国　家　出　版　基　金　项　目
国家社科基金重大招标项目
教育部人文社科重点研究基地重大项目
安徽省“十三五”重点出版规划项目

国家出版基金项目
NATIONAL PUBLICATION FOUNDATION

吴在庆　主编　丁　放　副主编

# 唐五代文编年史

## 五代十国卷

罗立刚　吴在庆　著

黄山书社

# 目　录

五代十国卷

**916** 后梁贞明二年　吴天祐十三年　前蜀通正元年
吴越天宝九年　契丹神册元年　丙子　069

**917** 后梁贞明三年　吴天祐十四年　前蜀天汉元年
吴越天宝十年　南汉乾亨元年　契丹神册二年　丁丑　072

**918** 后梁贞明四年　吴天祐十五年　前蜀光天元年
吴越天宝十一年　南汉乾亨二年　契丹神册三年　戊寅　077

**919** 后梁贞明五年　吴越天宝十二年　吴武义元年
前蜀乾德元年　南汉乾亨三年　契丹神册四年　己卯　082

**920** 后梁贞明六年　吴越天宝十三年　吴武义二年
前蜀乾德二年　南汉乾亨四年　契丹神册五年　庚辰　085

**921** 后梁龙德元年　吴越天宝十四年　吴顺义元年
前蜀乾德三年　南汉乾亨五年　契丹神册六年　辛巳　088

**922** 后梁龙德二年　吴越天宝十五年　吴顺义二年
前蜀乾德四年　南汉乾亨六年　契丹天赞元年　壬午　092

**923** 后唐同光元年　吴越天宝十六年　吴顺义三年
前蜀乾德五年　南汉乾亨七年　契丹天赞二年　癸未　096

**924** 后唐同光二年　吴越宝大元年　吴顺义四年
前蜀乾德六年　南汉乾亨八年　契丹天赞三年　甲申　104

**925** 后唐同光三年　吴越宝大二年　吴顺义五年
前蜀咸康元年　南汉白龙元年　契丹天赞四年　乙酉　119

**926** 后唐天成元年　吴越宝正元年　吴顺义六年
南汉白龙二年　契丹天显元年　丙戌　139

**927** 后唐天成二年　吴越宝正二年　吴乾贞元年
南汉白龙三年　契丹天显二年　丁亥　162

**928** 后唐天成三年　吴越宝正三年　吴乾贞二年
南汉大有元年　契丹天显三年　戊子　182

# 唐哀帝天祐四年 后梁朱晃开平元年 吴杨渥天祐四年 吴越钱镠天祐四年 前蜀王建天复七年

丁卯 九〇七

## 正月

**吴杨渥无道,张颢、徐温发动兵变,吴政悉归颢、温,渥不能制。**

《资治通鉴》卷二六六载:“渥居丧,昼夜酣饮作乐,然[燃]十围之烛以击球,一烛费钱数万。或单骑出游,从者奔走道路,不知所之。左、右牙指挥使张颢、徐温泣谏。渥怒曰:‘汝谓我不才,何不杀我自为之?’二人惧。渥选壮士,号‘东院马军’,广署亲信为将吏。所署者恃势骄横,陵蔑勋旧。颢、温潜谋作乱。渥父行密之世,有亲军数千,营于牙城之内。渥迁出于外,以其地为射场。颢、温由是无所惮。”

**闽中设二十万人斋以落丈六金身之佛。右省常侍李洵,翰林承旨制诰兵部侍郎韩偓,右补阙崔道融,刑部员外郎杨承休等皆与其事。黄滔有《丈六金身碑》以记其事。崔道融未几卒,具体卒年不详。黄滔为作《祭崔补阙》。**

《十国春秋》卷九五载:“梁时强藩多僭位称帝,太祖据有全闽,而终其身为节将者,滔规正有力焉。中州名士,避地来闽,若韩偓、李洵数十辈,悉主于滔。”《黄御史文集》卷五《丈六金身碑》载:“我公粤天祐三年丙寅秋七月乙丑,铸金铜像一,丈有六尺之高。后二十有三日丁亥,继之铸菩萨二,丈有三尺高……其明年正月十有八日乙未,设二十万人斋,号无遮以落之……座客有右省常侍陇西李公洵,翰林承旨制诰兵部侍郎昌黎韩公偓,中书舍人琅琊王公涤,右补阙博陵崔征君道融,大司农琅琊王公标,吏部郎中谯国夏侯公淑,司勋员外郎王公拯,刑部员外郎弘农杨公承休,弘文馆直学士弘农杨公赞图,弘文馆直学士琅琊王公倜,集贤殿校理吴郡归公傅懿,皆以文学之奥比偃商,侍从之声齐褒向。”《十国春秋》卷九五载:“(道融)以征辟为永嘉令,累官右补阙。避地来闽依太祖,未几,病卒。”道融唐末累官右补阙,唐亡依闽,未几即卒,当在本年或稍后。黄滔《祭崔补阙》文称:“呜呼!闽中三月,烟光秀绝……而况昨日轩车,今朝涂刍。唱《薤露》以出门,飞粉旌而戒途。五离择日,九泉卜居。”据黄滔《丈六金身碑》所记,本年正月十八日,道融曾预闽王“无遮”会。道融著述,《新唐书》卷六〇《艺文志四》、《崇文总目》卷五均著录《申唐诗》三卷。陈振孙《直斋书录解题》卷一九录《东浮集》九卷,注载:“唐荆南崔道融撰,自称‘东瓯散人’。乾宁乙卯,永嘉山斋编成,盖避地于此。今缺第十卷。”又录《唐诗》三卷(当为《申唐诗》之误),注载:“崔道融撰,皆四言诗,述唐中世以前事实。事为一篇,篇各有小序,凡六十九篇。”尤袤《遂初堂书目》别集类仅录《东浮集》,未列卷数。《宋史》卷二〇八《艺文志七》载《崔道融集》九卷、《申唐诗》三卷,则其集元时尚存。然今皆散佚,《全唐诗》卷七一四存诗一首。道融文章,《唐才子传》卷六载:“崔道融,荆人也,自号东瓯散人,与司空图为诗友。出为永嘉宰,工绝句,语意妙甚……谁谓晚唐间忽有此作!使古人复生,亦不多让。可谓出乎其类,拔乎其萃者矣。人悉推服其风情雅度,犹恨出处未能梗概之也。”《十国春秋》卷九五论曰:“昭武立国,宾至如归。唐衣冠卿士跋涉来奔,若李洵、韩偓、王标、夏侯淑、王淡、杨承休、王涤、崔道融、王拯、杨赞图、王倜、杨沂丰、归传懿诸人,未易指屈。”

**梁太祖有《召崔胤书》**。

《资治通鉴》卷二六三:“(天祐四年正月)茂贞惧,自致书于胤,辞甚卑逊。全忠亦以书召胤,且戏之曰:‘吾未识天子,须公来辨其是非。’胤始来。”文存《全唐文补编》卷九三。

## | 三 月 |

**唐昭宣帝降御札禅位于梁,唐亡。朱全忠即帝位于洛阳,更名晃,国号大梁,史称“后梁”。迁昭宣帝于曹州,为济阴王。后梁封马殷为楚王。下制夺李克用官爵。河东、凤翔、淮南以“天祐”纪年,西川用“天复”年号,余皆奉梁正朔。李茂贞开岐王府,置百官。赵光逢本年以唐尚书左丞为押金宝副使,赴大梁参加受禅仪式。杨凝式劝阻其父杨涉为押传国宝使,因惧事泄,遂阳狂。**

《资治通鉴》卷二六六载："（三月）甲辰，唐昭宣帝降御札禅位于梁。以摄中书令张文蔚为册礼使，礼部尚书苏循副之；摄侍中杨涉为押传国宝使，翰林学士张策副之；御史大夫薛贻矩为押金宝使，尚书左丞赵光逢副之；帅百官备法驾诣大梁。"《资治通鉴》卷二六六载："杨涉子直史馆凝式言于涉曰：'大人为唐宰相，而国家至此，不可谓之无过。况手持天子玺绶与人，虽保富贵，奈千载何！盍辞之！'涉大骇曰：'汝灭吾族！'神色为之不宁者数日。"《宦游纪闻》卷一〇载："朱全忠篡唐，凝式谏其父唐相涉宜辞押宝使，涉惧事泄。凝式自此遂阳狂。"

**阙名有《璘辉尊胜幢记》**。

此文文末署："天祐四年岁次丁卯三月戊寅朔廿八日乙巳，建内道场持念大德知诲书。"文存《唐文续拾》卷一一。

## 四月

**梁太祖朱晃受唐禅，都汴。颁《受禅改元制》《受禅改名令》《升汴州为开封府诏》《改宫殿门名制》**。

《旧五代史》卷三载："（天祐四年四月）戊辰，即位，制曰：'王者受命于天，光宅四海，祗事上帝，宠绥下民……'"此即梁太祖《受禅改元制》，文存《全唐文》卷一〇一。《册府元龟》卷一八二载："梁太祖讳晃，初名温。唐僖宗中和三年，授宣武军节度使，赐名全忠。天祐四年受禅，下令曰：'王者创业，兴邦立名。传世必难知而示训，从易避以便人。'"据《旧五代史》卷三，天祐四年四月，朱全忠受唐禅，"时将受禅，下教以本名二字异帝王之称，故改名。"此即《受禅改名令》，文存《全唐文》卷一〇一。《册府元龟》卷一九六载："梁太祖开平元年四月受唐禅，都汴。诏曰：'古者兴王之地，受命之邦，集大勋有异，庶方沾庆泽，所宜加等……'"另据《五代会要》卷一九载："梁开平元年四月二十三日敕：'升汴州为东京，置开封府。以开封、浚仪两县为赤县，其余属县为畿县。'是月敕：'东京诸城门宜赐名额，宋门为观化门……'"《旧五代史》卷三载："是月（四月），制宫殿门及都门名额……"此即《升汴州为开封府诏》《改宫殿门名制》，二文皆存《唐文拾遗》卷九。

**王建在蜀谋称帝，下教谕统内吏民，又与李克用书，请各帝一方，俟破朱梁后，访唐宗室立之，有《遗晋王李克用书》。李克用不从，有《报西川王建书》**。

《资治通鉴》卷二六六："（开平元年四月）蜀王乃谋称帝，下教谕统内吏民。又遗晋王书，云：'请各帝一方，俟朱温既平，乃访唐宗室立之，退归藩服。'"王建文存《全唐文补编》卷一一八。《旧五代史》卷二六："（天祐四年）四月，天子禅位于汴帅，奉天子为济阴王，改元为开平，国号大梁。是岁，四川王建遣使至，劝武皇各王一方，俟破贼之后，访唐朝宗室以嗣帝位，然后各归藩守。武皇不从，以书报之曰：'窃念本朝屯否，巨业沦胥，攀鼎驾以长违，抚彤弓而自咎。默默终古，悠悠彼苍，生此厉阶，永为痛毒。'"其时李克用受唐封，称晋王。李克用文存《全唐文》卷一〇三。

**后梁征李琪，拜翰林学士。李琪有《谢朱梁祖大砚瓦状》**。

《北梦琐言》卷六载："梁祖受禅，征入，拜翰林学士。"详参《旧五代史》卷五八《李琪传》。其谢状中有："如臣者，坐忧才短，行怯思迟，自叨金马之近班，常愧玉蟾之旧物。"史载，梁祖受禅，即擢李琪为翰林学士，时在本年四月，赐大砚瓦或亦在此时。文存《全唐文》卷八四七。

## | 五 月 |

**梁封钱镠为吴越王，以刘隐为大彭王，以高季昌为荆南节度使**。

《资治通鉴》卷二六六载："己卯，以河南尹兼河阳节度使张全义为魏王，镇海镇东节度使吴王钱镠为吴越王，加清海节度使刘隐、威武节度使王审知兼侍中，仍以隐为大彭王。癸未，以权知荆南留后高季昌为节度使。"

**王居仁有《神福山寺灵迹记并序》**。

此文文末署："天祐四年岁次丁卯五月丁丑朔十四日庚寅建。"文存《全唐文补编》卷九二。

## 六月

**梁太祖有《加恩前朝官寮诏》。**

《册府元龟》卷一九一："梁太祖开平元年六月癸亥诏：'以前朝官僚，谴逐南荒，积年未经昭雪，其间有怀抱材器，为时所嫉者……"文存《全唐文》卷一〇一。

**杜光庭居蜀依王建，住成都玉局观，有《贺雅州进白鹊表》。**

杜光庭，《五代史补》卷一有传："（杜光庭）其人性简而气清，量宽而识远……僖宗召而问之，一见大悦。遂令披戴，仍赐紫衣，号曰'广成先生'，即日驰驿遣之。及王建据蜀，待之愈厚，又号为'天师'。"《资治通鉴》卷二六八："丙子，蜀主以道士杜光庭为金紫光禄大夫、左谏议大夫，封蔡国公，进号广成先生。"据《十国春秋》卷三五："（开平元年）夏六月，凤凰见万岁县，黄龙见嘉阳江，诸州各上言甘露、白鹿、白雀之瑞。"所谓"白雀"当即"白鹊"。杜氏文中有："伏睹严道县多功团崇善里百姓李彦韬，于楠树上获白鹊进献者……臣获逢昌运，累睹殊祥，辄陈歌颂之词……"此表言祥瑞，有"臣获逢昌运"等文字，与王建僭号正相关联，其文或作于此时，姑系于此。杜光庭《贺雅州进白鹊表》，文存《全唐文》卷九二九。

## 七月

**梁太祖有《止绝举人拔解敕》《以潼关仍隶陕州敕》。**

《五代会要》卷二三："梁开平元年七月敕：'近年举人，当秋荐之时，不亲试者，号为拔解，今后且止绝。'"《止绝举人拔解敕》文存《唐文拾遗》卷九。《五代会要》卷二六："梁开平元年七月敕：'建国迁都，俾新其制。况山河之险，表里为防。今二京俱在关东以内，仍以潼关隶陕州。'"《以潼关仍隶陕州敕》文存《全唐文》卷一〇一。

## |八月|

**梁太祖有《禁滞留军奏敕》《定封册礼诏》《诸道申奏军事敕[题拟]》。**

《五代会要》卷五:"梁开平元年八月敕:'诸道所有军事申奏,令直至右银台门,委客省使画时引进……'"《禁滞留军奏敕》文存《全唐文》卷一〇二。《册府元龟》卷一九一:"(开平元年)八月,诏曰:'朝廷之仪,封册为重。用报勋烈,以降隆荣。固合亲临,式光典礼……'"《定封册礼诏》文存《全唐文》卷一〇一。《诸道申奏军事敕[题拟]》题下注:"开平元年八月。"文存《全唐文补编》卷九三。

## |九月|

**王建称帝,国号大蜀。周德权有《上蜀高祖劝进表》。**

《十国春秋》卷四〇载:"梁既篡唐,德权上表曰:'案谶文:李祐西王逢吉昌,土德兑兴丹莫当。李祐者,唐亡也;西王者,王氏兴于西方也。逢吉昌者,逢字如殿下之名也。土德,坤维也,兑兴亦西方也。丹莫当者,丹朱也,言朱梁不敢与殿下抗也。'"蜀王建称帝在开平元年九月,则德权此文当作于此前不久,姑系于此。

**张蠙本年前入蜀依王建,及开国,拜膳部员外郎。王建召张道古为武部郎中。未几,复贬茂州。李珣字德润,梓州人,时已在蜀。贯休已入蜀,先居东禅院,永平二年,王建为修龙华禅院,赐号"禅月大师"。牛峤在蜀,拜给事中,未几卒。**

张蠙,《郡斋读书志》卷四之中载:"王建开国,拜(蠙)膳部员外郎。"《唐才子传》卷一〇所记与《郡斋读书志》同。王安石《唐百家诗选》卷一六谓蠙"昭宗时为尚书膳部员外郎"。然据《唐才子传》卷一〇载,蠙于乾宁二年(895)赵观文榜进士及第后,"释褐为校书郎,调栎阳尉,迁犀浦令",无任尚书膳部员外郎记载。揆之以理,当是后梁灭唐,蠙西入川,至王建僭位,拜为膳部员外郎。其具体时间难于确考,因在王建开国时,姑系于此。张道古,《十国春秋》卷四二载:乾宁四年(897)道古被贬之后,"未几,以左补阙征。陈、田之乱,西南路塞,复惧为高祖所憾，乃变姓名，卖卜导江、青城市中。韦庄习其名，荐为节度判官……高祖开国，召为武部郎中。至玉垒关，谓所亲曰：'吾唐室谏臣，终不能拳跽与鸡犬同食，虽召，必再贬。死之日，当葬我于关东不毛之地，题曰：唐左补阙张道古墓。'入朝，果不为时所容，复贬茂州。"李珣，宋黄休复《茅亭客话》卷二"李四郎"条载："李四郎名玹，字廷仪，其先波斯国人，随僖宗入蜀，授率府。兄珣，有诗名，预宾贡。"五代何光远《鉴诫录》卷四"斥乱常"条载："宾贡李珣，字德润，本蜀中土生波斯也。少小苦心，屡称宾贡，所吟诗句，往往动人。尹校书鹗者，锦城烟月之士，与李生常为善友。"综上两书所载，知李珣为唐末波斯人，僖宗入蜀（中和元年，881）后，曾为宾贡。贯休，昙域《禅月集序》载："特修禅宇，恳请住持。寻赐师号曰'禅月大师'，曲加存恤，优异殊常。"《宣和书谱》卷一九载："天复中入蜀，往益州东禅院，赐号禅月。"《十国春秋》卷四七载："高祖大悦，呼为'得得和尚'，留住东禅院……已而建龙华道场，令居之。"《蜀梼杌》卷上载蜀中王建修龙华禅院是"永平二年"事。牛峤，《郡斋读书志》卷四中著录《牛峤歌诗》三卷，注载："右伪蜀牛峤，字延峰，陇西人。唐相僧孺之后。博学有文，以歌诗著名。乾符五年进士，历拾遗、补阙、尚书郎。王建镇西川，辟判官，及开国，拜给事中，卒。集本三十卷，自序云：'窃慕李长吉所为歌诗，辄效之。'"《唐才子传》卷九、《十国春秋》卷四四所记与《郡斋读书志》相同，皆云"及（王建）开国，拜给事中，卒"，不载其确切年月，因本年王建僭号，可断定其卒于此年或其后不久。牛峤著述，据《郡斋读书志》载有集，原为三十卷，至南宋时仅存歌诗三卷。

**梁太祖有《放宫人敕》《禁使臣逗留敕》，又有《答钱镠奏敕》。**

《五代会要》卷一："梁开平元年九月敕：'西宫所有前朝宫人，宜放出宫，任从所适。'"《放宫人敕》文存《唐文拾遗》卷九。《册府元龟》卷一九一："（开平元年）九月敕：'以近年文武官，诸道奉使，皆于所在分外停住，逾年涉岁，未闻归阙，非唯劳费州郡，抑且侮慢国经。'"《禁使臣逗留敕》文存《全唐文》卷一〇一。《十国春秋》卷七七："（天祐四年）九月，梁封（钱镠）镇东军神祠为崇福侯，从王请也。敕曰：'镇东军墙，隍神庞玉；前朝名将，剧郡良材。顷因剖竹之辰，实有披榛之绩……'"《答钱镠奏敕》文存《全唐文》卷一〇一。

**王延翰有《造师子香炉记[题拟]》。**

文中有:“天祐四年九月四日题。”文存《全唐文补编》卷一一六。

**韩偓有《与友人书》,托请延接右司李郎中**。

吴在庆《韩偓集系年校注》卷六《手简十一贴·第六贴》云:“旬日前所谘启,乞一书与建州,为右司李郎中经过,希稍延接。况承舍人亦与正郎旧知闻,必切于施分。今晚有的的人去,若可践言,速乞封示。幸甚,幸甚。偓虽承建州八座眷私,自是旅客,难于托人,伏惟照察。偓状。十月十五日偓状。”据是书所系年,韩偓此文乃开平元年十月作。

## |十一月|

**杜光庭有《皇帝本命醮词》《圣上与葛仙本命化醮词》《皇帝又醮葛仙化词》。又有《邛州刺史张太博敬周为鹤鸣化枯柏再生修金箓斋词》《贺鹤鸣化枯树再生表》《宣醮鹤鸣枯柏再生醮词》**。

《皇帝本命醮词》中所谓“皇帝”当指前蜀王建。文中有“伏以二气裁形,五行构象,禀大道生成之德,荷元和亭育之恩。……立身罪福,行运吉凶,上自天司,旁兹本命,主张考校,巨细无遗。某夙荷洪休,仰承元泽,继天立极,应运抚时。惭德教之未孚,虑赏刑之或失”,显系王建僭号时语辞。据史籍可知,王建生于宣宗大中元年(丁卯年)十一月十一日,其称帝时,即丁卯年,姑系此文于此年王建出生月份。文存《全唐文》卷九四二。《皇帝又醮葛仙化词》文中有:“皇帝承天启历,应运执符,本命之山,实惟兹化。”《圣上与葛仙本命化醮词》:“果叶殊休之运,爰膺开国之祥。惟此命辰,配兹真境,契清明之嘉候,耀大火之灵光。当人天祷福之期,是鸾鹤上宾之日,式陈醮祝,用达精诚。”可知皆作于王建僭号之时。二文存《全唐文》卷九四一。《邛州刺史张太博敬周为鹤鸣化枯柏再生修金箓斋词》文中有:“敢因皇帝本命之日,修金箓道场,翘罄丹襟,仰祈元贶……皇太子永扶皇极,养德青宫。公主嫔妃,荣匡圣日。”可知此文当作于前蜀皇帝王建本命之日。《邛州刺史张太博敬周为鹤鸣化枯柏再生修金箓斋词》存《全唐文》卷九三六,《贺鹤鸣化枯树再生表》文存《全唐文》卷九三〇,《宣醮鹤鸣枯柏再生醮词》存《全唐文》卷九四三。

**刘知俊有《华阴令陈知古贪贿奏[题拟]》。**

《册府元龟》卷七〇七:“梁陈知古为华阴县令,太祖开平元年十一月,同州刘知俊奏:‘知古因抽选丁,藏匿富户,以受其赂。阖县诉论,今已按验罪状。’帝恶其贪猾,委本道以法诛之。”刘知俊文存《全唐文补编》卷九四。

**信惠有《祭三哥文[题拟]》。**

文中有:“维岁次丁卯十一月甲戌朔三十日癸卯,契弟僧信惠谨以茶乳之奠,敬祭于故三哥之灵。”文存《全唐文补编》卷九三。

## |十二月|

**梁太祖有《恤征役诏》。**

《册府元龟》卷一九五:“梁太祖开平元年十二月辛亥,诏曰:‘潞寇未平,王师在野……’”文存《全唐文》卷一〇一。

**冯道,字可道,瀛州景城人。已事刘守光为幽州掾。**

冯道传见《旧五代史》卷一二六、《新五代史》卷五四。《旧五代史》传载:“冯道,字可道,瀛州景城人。其先为农为儒,不恒其业。道少纯厚,好学能文,不耻恶衣食。负米奉亲之外,唯以披诵吟讽为事,虽大雪拥户,凝尘满席,湛如也。天祐中,刘守光署为幽州掾。守光引兵伐中山……置于狱中,寻为人所救免。”此云“天祐中,刘守光署为幽州掾”,未明具体时间,姑系于此。

## |本年|

**罗隐劝钱镠讨梁,不果。梁太祖以谏议大夫征,不起。**

《资治通鉴》卷二六六载:“(开平元年四月)镇海节度判官罗隐说吴王镠兴兵讨梁,曰:‘纵无成功,犹可退保杭、越,自为东帝;奈何交臂事贼,为终古之羞乎！'镠始以罗隐为不遇于唐，必有怨心，及闻其言，虽不能用，心甚义之。"《旧五代史》卷二四载："开平初，太祖以右谏议大夫征，不至。"

**陈用拙仕南汉，为掌书记，摄观察判官**。

《十国春秋》卷六二传载："梁王朱全忠篡位，改元开平，用拙力劝仍奉天祐年号，烈宗多其义而不能用。遂掌书记，摄观察判官。"《南汉纪》卷一所载同。

**阙名有《请追封皇兄皇侄奏》**。

此文题下注："开平元年。"文存《全唐文》卷九六九。

**荆浩于梁时隐居太行洪谷，卒年不详。著有《笔法记》《画山水赋》**。

《宣和画谱》卷一〇："荆浩，河内人。自号为洪谷子，博雅好古，以山水专门，颇得趣向。尝谓'吴道玄有笔而无墨，项容有墨而无笔'，浩兼二子所长而有之……后乃撰《山水诀》一卷，遂表进藏之秘阁。"《新唐书·艺文志一》录："荆浩《笔法记》一卷，浩称洪谷子。"《直斋书录解题》卷一四录："《山水受笔法》一卷，唐沁水荆浩浩然撰。"今存《画山水赋》一卷，《笔法记》一卷。

**王毂约于梁初集《临沂子观光集》三卷，撰《前代忠臣临危不变图》一卷**。

《永乐大典》卷六八五一引《清源志》卷七〇："（王毂）释褐校书郎。唐亡，奔淮南……撰《前代忠臣临危不变图》。"《唐才子传》卷一〇："于时宦进，俱素餐尸位、卖降恐后之徒，毂因撰《前代忠臣临危不变图》一卷及《观光集》一卷，并传。"

**孙郃为左拾遗，朱温篡唐，愤而作《春秋无贤人论》，脱冠裳，归隐于明州奉化山。著书纪年悉用甲子，以示不臣于梁，有《送无作上人游云门法华寺序》**。

《十国春秋》卷八八本传："朱全忠篡唐，（孙郃）著《春秋无贤人论》，即脱冠裳，服布衣，归隐于奉化山。著书纪年悉用甲子，以示不臣之义。"孙氏有《送无作上人游云门法华寺序》,具体作年难以确考,姑系于此。文存《全唐文》卷八二〇。

## 后梁开平二年　吴杨渥天祐五年　吴越天宝元年　前蜀王建武成元年

戊辰　九〇八

### |正 月|

**蜀祀南郊,御楼肆赦,以韦庄为门下侍郎,张格为中书侍郎,并平章事。**

《资治通鉴》卷二六六记载:"(开平二年正月丁丑)蜀以韦庄为门下侍郎同平章事。"《蜀梼杌》卷上载:"武成二年正月,祀南郊,御楼肆赦。以韦庄为吏部侍郎,张格为中书侍郎,并平章事。因谓曰:'不恃权,不行私,惟至公是守,此宰相之任也。'"

### |二 月|

**司空图卒,七十二岁,有集传世。**

《旧唐书》卷一九〇下《文苑传下·司空图传》载:"唐祚亡之明年,闻辉王遇弑于济阴,不怿而疾,数日卒,时年七十二。"《新唐书》卷一九四《卓行·司空图传》亦载:"哀帝弑,图闻,不食而卒,年七十二。"图之著述,《新唐书》卷六〇《艺文志四》著录《一鸣集》三十卷。《郡斋读书志》卷四中所录同。且载:"集自为序,以《濯缨亭》《一鸣窗》名其集。子荷,别为集后记。"《直斋书录解题》卷一六著录《一鸣集》十卷(注:案《文献通考》作三十卷),卷一九又录《司空表圣集》十卷,注载:"别有全集,此集皆诗也。其子永州刺史荷为后记。"《佚存丛书·景文宋公集·题司空图诗卷末》载:"唐亡,表圣死,无子,家书湮散。"《旧唐书》卷一九〇本传亦称载:"图无子,以其甥荷为嗣,荷官至永州刺史。"世传司空图有《二十四诗品》,今人陈尚君《〈二十四诗品〉辨伪》(见陈氏著作《唐代文学丛考》)考订为明人伪作。然究为何人所作,至今尚无定论,故录以备考。司空图之文章,《旧唐书》卷一九〇下本传赞曰:"国之华彩,人文化成;间代杰出,奋藻摛英。骐骥逸步,《咸》《韶》正声;粲流缃素,下视姬、嬴。"《新唐书》卷一九四本传赞曰:"图知命,其志凛凛与秋霜争严,真丈夫哉。"

## |三 月|

**蜀太师王宗佶罢相,怨望,阴畜死士,谋作乱,有《上蜀高祖表》。**

《资治通鉴》卷二六六:"(开平二年三月)蜀太师王宗佶既罢相,怨望,阴畜养死士,谋作乱。上表以为:'臣官预大臣,亲则长子,国家之事,休戚是同。今储贰未定,必启厉阶。陛下若以宗懿才堪继承,宜早行册礼,以臣为元帅,兼总六军……'"文存《全唐文》卷八八九。

## |四 月|

**李存勖颁《亲决疑狱令》《严科市井凶豪令》《求贤令[题拟]》等令,颇张显其政能。**

《册府元龟》卷一五一:"后唐庄宗天祐五年四月下令曰:'议狱恤刑,比求冤滥。顽民下辈,轻侮宪章。苟非五听之通明,何辨二门之邪正。'"《全唐文》称为《亲决疑狱令》。《册府元龟》卷六五:"后唐庄宗初为晋王,天祐五年四月下令曰:'兵乱以来,生灵凋耗。岂止赋租烦重,加之寇盗侵渔。又闻市井之中,多有凶豪之辈……'"《全唐文》称为《严科市井凶豪令》。二文皆存《全唐文》卷一〇三。《求贤令》题下注:"天祐五年四月。"文存《全唐文补编》卷九五。其时后唐尚未代梁,李存勖袭其父克用爵,当称晋王。称庄宗者,追记也。

**后梁中书门下上《李褆立三庙奏》。**

题下注:"开平二年四月,中书门下。"文存《唐文拾遗》卷五八。

**吴越钱镠有《镇东军墙隍神庙记》。**

文末署:“时大梁开平二年岁在戊辰四月,启圣匡运同德功臣淮南镇海镇东等军节度使检校太师守侍中兼中书令吴越王钱镠记。”文存《全唐文》卷一三〇。

**王□□有《敕□□□□□□□公造弥勒殿记》**。

文末署:“时武[成元年岁]次戊辰四月辛丑朔十三日癸丑奉命记。”文存《全唐文补编》卷一一八。

**义存示疾,王审知为延医,终不治,有《遗诫》,并有《雪峰义存禅师语录》存世**。

文末署:“开平二年戊辰四月二十八日,沙门义存告示。”文存《全唐文补编》卷一一六。义存论禅诸语,其门人编为《雪峰义存禅师语录》二卷,收于《续经藏》。

## |五 月|

**吴张颢、徐温弑吴王杨渥。渥时年二十三岁。颢欲自立,温患之,用客严可求计以争。颢气沮,遂奉杨渥弟杨隆演为淮南留后、东面诸道行营都统。丁亥,徐温遣壮士斩张颢,并暴其弑君之罪。隆演以温为左、右牙都指挥使,总揽军府事。自此,徐温治吴,江淮渐得复苏**。

《资治通鉴》卷二六六载:“淮南左牙指挥使张颢、右牙指挥使徐温专制军政,弘农威王心不能平,欲去之而未能。二人不自安,共谋弑王,分其地以臣于梁。戊寅,颢遣其党纪祥等弑王于寝室,诈云暴薨……颢气色皆沮,以其义正,不敢夺,遂奉威王弟隆演称淮南留后、东面诸道行营都统……温与可求谋诛颢。可求曰:‘非钟泰章不可。’泰章者,合肥人,时为左监门卫将军。温使亲将彭城翟虔告之。泰章闻之喜,密结壮士三十人,夜刺血相饮为誓,丁亥旦直入,斩颢于牙堂并其亲近。温始暴颢弑君之罪,轘纪祥等于市。”

**梁因旧年蝗害,且冬来无雪,太祖有《令诸州扑蝗诏》**。

《册府元龟》卷一九三:“(开平二年)五月己丑,令下诸州:‘去年有蝗虫下子处,盖前冬无雪,今春亢阳,致为灾沴,实伤陇亩……’”《令诸州扑蝗诏》文存《全唐文》卷一〇一。

**义存灭度。王审知遣子祭之,黄滔撰《福州雪峰山故真觉大师碑铭》。**

黄滔撰《福州雪峰山故真觉大师碑铭》文中有:“戊辰年春三月示疾……夏五月二日,鸟兽悲鸣,云水惨悴。其夜十有八刻时灭度。俗八十有七,僧腊五十有九。以其月十五日塔其藏焉……闽王涕之,子降左金吾卫将军检校刑部尚书延禀,始陈祭是设斋焉。”依义存《遗诫》及黄滔本文可知,义存知已将不治,于四月二十八日有《遗诫》,至五月二日夜灭度。

## 六月

**太祖以亢阳虑时政之阙,有《亢阳修政诏》。又颁诏倡俭素,斥浮华,有《崇节俭诏》。**

《旧五代史》卷四:“(开平二年)六月辛亥,以亢阳虑时政之阙,乃诏曰:‘迩者下民丧礼,法吏舞文。铨衡既失于选求,州镇又无其举刺。’”《亢阳修政诏》文存《全唐文》卷一〇一(下文同)。《册府元龟》卷一九八:“梁太祖开平二年六月,诏曰:‘敦尚俭素,抑有前闻。斥去浮华,期臻至理。’”此即《崇节俭诏》。

**张道古卒于灌州,郑云叟在华州闻其死,作诗吊之。道古有《上高祖书》《易题》《兵论》等。**

《十国春秋》卷四二传载:“武成元年卒于灌州(原注:《鉴诫录》载:‘王太祖诛之,瘗之五墓之地。’似误)。郑云叟在华州闻其死,作诗吊之。一云:道古遇害,妻亦继亡。高祖悯之,俾祔葬焉。道古深于象象,著《易题》数卷行于世。后人有得其《上高祖书》稿,极言幕僚掩其才学,不为延誉,故同官多忌之(原注:《北梦琐言》又曰:道古常自筮遇凶卦,预造一穴。题表云:唐左补阙张道古墓。后果遇害而瘗之。”)同书卷三六《前蜀纪》二亦载,本年六月“灌州奏武部郎中张道古卒”。《蜀梼杌》卷上记道古卒于武成二年三月,误。道古著述,《新唐书》卷五九《艺文志三》载其《兵论》一卷。《全唐诗》卷六九四存诗二首。

## 七月

**梁授杨隆演淮南节度使、东面诸道行营都统、弘农王。湖南判官高郁请听民自采茶，卖与北客，收其征以赡军，楚王殷从之。湖南由是富赡。**

《资治通鉴》卷二六六载："（开平二年六月）丁卯，诏会诸道兵。湖南判官高郁请听民自采茶，卖于北客，收其征以赡军。楚王殷从之。秋七月，殷奏于汴、荆、襄、唐、郢、复州，置回图务，运茶于河南、北卖之，以易缯纩、战马而归。仍岁贡茶二十五万斤，诏许之。湖南由是富赡。壬申，淮南将吏请于李俨，承制授杨隆演淮南节度使、东面诸道行营都统、同平章事、弘农王。"

**梁太常礼院请冬至有事于南郊，太祖以西都宫内修造尚未毕功，下令改在来年正月。有《改南郊日期敕》。又正车服之制，有《定鞍饰等级诏》，又令御史条件礼典，有《修祀典诏》。**

《册府元龟》卷一九三："（开平二年）七月诏曰：'……太常礼院状，选用今年十一月己丑冬至有事于南郊。奉敕：西都宫内修造，尚未毕功，过此一冬，方当绝手。宜令于来年正月内选日申奏。'"是为《改南郊日期敕》，文存《唐文拾遗》卷九。《五代会要》卷六："梁开平二年七月敕：'车服以庸，古之制也，贵贱无别，罪莫大焉。应内外将相，许以银饰鞍。敕其刺史、都将、内诸司使以下，只许用铜饰。仍永为定式。'"是为《定鞍饰等级诏》，文存《全唐文》卷一〇一（下文同）。《册府元龟》卷一九三："（开平二年）七月诏曰：'祀典之垂有国之大事也。如闻官吏慢于展敬，礼容牲馔，有异精虔，宜令御史疏其条件以闻。'"此即《修祀典诏》。

**阙名有《普明大师幢记》。**

文末署："开平二年七月十四日记。"文存《唐文续拾》卷一一。

## |十月|

**张□庭有《释迦崇容幢记[题拟]》。**

文中有:“时□□开平二年岁当戊辰十月己亥朔八日丙午,请百岩寺僧智明庆讫。”文存《全唐文补编》卷九三。

## |十一月|

**阙名有《大晋故孙府君墓志铭并序》。**

文中有:“时以天祐五年岁当庚子十一月十一日,合祔于本庄西北七里屯留县口泉村左侧平原也。”文存《全唐文补编》卷一五六。

## |十二月|

**师备灵龛归于闽县怀贤里。死前填词为偈,见当时唱词风气之盛。林澂有《唐福州安国禅院先开山宗一大师碑文并序》。**

《唐福州安国禅院先开山宗一大师碑文并序》,文中有:“至开平二载孟冬……大师世寿七十有四,僧腊四十有五,其年十二月十日,灵龛归于闽县怀贤里飞山之原,从礼也。”文中记师备临死:“仍令附笔修遗启,感别忠懿王。兼寄偈子云:‘人中宝,人中宝。一颗神珠明已早,徒来显现编娑婆,人中达得无生老。’”据此知其时僧人已谙熟填词为偈。另,师备有《方丈录》。文末署:“古德云:努力今生须了却,谁能累劫受余殃。丈室辄书与弟子珍重。”似示寂前语。林澂、师备二文皆存《全唐文又再补》卷七。

**阙名有《立二王三恪状》。**

题下注:“开平二年十二月南郊礼仪使。”文存《全唐文》卷九七四。

## |本 年|

**卢汝弼事晋王李存勖,除补之命,皆出其手,颇以贿赂闻,士论少之。**

《旧五代史》卷六〇传载:"初,武皇平王行瑜,天子许承制授将吏官秩……及庄宗嗣晋王位,承制置吏,又得汝弼,有若符契,由是除补之命,皆出汝弼之手。既而畿内官吏,考课议拟,奔走盈门,颇以贿赂闻,士论少之。"李克用卒于本年二月,李存勖袭其位,承制置吏,当在此时,姑系于本年。

**吴越钱镠有《真圣观碑》。**

《舆地碑记目》卷一:"真圣观碑,在天庆观,开平二年刻。"文存《全唐文》卷一三〇。

**蜀中许寂少栖四明山,学《易》于晋征君。王建闻其名而馆之,及开国,以为左谏议大夫,判门下省,待以师礼,有《上蜀主求贤书》。**

许寂,传见《旧五代史》卷七一、《十国春秋》卷四一。《旧五代史》卷七一载:"(王建)待以师礼,位至蜀相。"《十国春秋》本传载:"许寂,会稽人,少栖四明山,学《易》于晋征君。天复五年,赵匡明来奔,寂与俱行。高祖闻其名而馆之,及开国,以为左谏议大夫,判门下省。武成初,上《求贤书》曰:'历朝之君,乘时启运,莫不博访髦士,详求硕画,以武定祸乱,以文致康熙……'"此云"武成初"而未知具体何时,姑系于此。文存《全唐文》卷八八九。

**黄损游宜春,谒郑谷,谷颇赏其诗。冬,与谷及齐己共定《今体诗格》。**

据《靖康缃素杂记》补辑一八"进退格"条:"郑谷与僧齐己、黄损等共定《今体诗格》……"其具体作时难于确考。据齐己集中有《戊辰岁湘中寄郑谷郎中》,可以确知开平二年(戊辰,908)齐己在湘中。姑系于此。郑谷赞黄损诗,事见《南汉书》本传:"宜春郑谷为湖海宗匠,一见辄举其诗,谓曰:'君殆夺真宰所有也。'"

# 后梁开平三年　前蜀武成二年　吴天祐六年　吴越天宝二年

己巳　九〇九

## 正　月

**梁迁太庙神主于洛阳，为西都。差官祭岳渎山川，给百官俸料。太祖有《差官祭岳渎山川诏》《给百官俸料诏》。正月己卯，备法驾六军仪仗入西都。御文明殿，受朝贺，有《许开坊市燃灯敕》。**

《资治通鉴》卷二六七载："三年春正月己巳，迁太庙神主于洛阳。甲戌，帝发大梁。壬申，以博王友文为东都留守。己卯，帝至洛阳。庚寅，飨太庙。辛巳，祀圆丘，大赦。丙申，以用度稍充，初给百官全俸。"《册府元龟》卷一九三存梁太祖《差官祭岳渎山川诏》载："（开平）三年正月乙酉，诏曰：'初宅雒都，将行郊祀……'"《差官祭岳渎山川诏》文存《唐文拾遗》卷九。《给百官俸料诏》文存《全唐文》卷一〇一（下文同）。《旧五代史》卷四："（开平三年正月）己卯，备法驾六军仪仗入西都。是日御文明殿，受朝贺。诏曰：'近年以来，风俗未泰，兵革且繁……'"此即《许开坊市燃灯敕》。

## 二　月

**梁改酸枣等九县属开封府，升砀山为赤县，皆有敕文。**

《册府元龟》卷一九六载："（开平三年）二月，改思政殿为金銮殿。敕东都曰：'自升州作府，建邑为都，未广邦畿，颇亏国体。其以滑州酸枣县、长垣县……九县，宜并割属开封府，仍升为畿县。'"《旧五代史》卷四载："（开平三年二月）癸亥敕：'丰沛之基，寝园所在。凄怆动关于情理，充奉自系于国章。宜设陵台，兼升县望。其辉州砀山县宜为赤县，仍以本县令兼四陵台令。'"二文皆存《全唐文》卷一〇一。

## |三 月|

**梁太祖幸蒲陕，有《幸蒲陕诏》**。

《旧五代史》卷四："（开平三年）三月，以万兴检校司徒为丹、延等州安抚、招讨等使。辛未，诏曰：'同州边隅，继有士众归化，暂思巡抚，兼要指挥……'"文存《唐文拾遗》卷九。

## |四 月|

**翁承赞以户部员外郎奉使闽中，册封王审知为闽王**。

《资治通鉴》卷二六七载："（开平三年夏四月）庚子，以王审知为闽王，刘隐为南平王。"《旧五代史》、《九国志》卷一〇、《五代会要》卷一一等所载同。黄滔《黄御史文集》卷三有《翁文尧员外拥册礼之归一路有诗名书锦集先将寄示因书五十六字》诗，当作于翁氏完成使命北归之时。翁承赞两次使闽，前次在唐天祐元年，职右拾遗；此次在梁开平三年，职户部员外郎。《十国春秋》本传载："天祐元年受诏，册封太祖为琅琊王，赐金紫以行，易其居处名号曰文秀亭、光贤阁、昼锦堂。黄滔为诗荣之。已，仕梁为谏议大夫，开平三年复为闽王册礼副使。滔复赠以诗，寻守右谏议大夫、福建盐铁副使，就加左散骑常侍、御史大夫。承赞既依太祖，太祖待之殊厚，遂以为相。承赞劝太祖建四门学以教闽士之秀者，自号狎鸥翁。"

## |五 月|

**梁礼部放进士，中有薛钧者，为左司侍郎薛廷珪男，太祖特落之，有《落薛钧进士敕》**。

《日知录》卷一七载："后梁开平三年五月敕：'礼部所放进士薛钧，是左司侍郎薛廷珪男，方持省辖，固合避嫌，宜令所司落下。'"文存《唐文拾遗》卷九。

## | 六 月 |

**姚洎、罗衮使吴越，册钱镠为吴越国王。时梁授罗隐给事中，隐不赴任，与罗衮有诗往还。闰八月，梁再授钱镠守太尉。罗衮于此后数年卒。**

《十国春秋》卷七八载："（天宝二年）六月壬寅，王发明州。梁遣刑部尚书姚洎、礼部员外郎罗衮授王吴越王册礼……秋闰八月，梁授王守太尉，加实封二百户。"《唐摭言》卷一〇载："罗隐，梁开平中累征夕郎不起。罗衮以小天倅大秋姚公使两浙。衮以诗赠隐……"《北梦琐言》卷五："唐罗员外衮……竟通朝籍，终于梁礼部员外郎也。"衮此后行迹不可考，当卒于此后数年。《全唐文》卷八二八收衮《答魏博罗太尉启》，罗太尉当指罗绍威，其加检校太尉，是天祐元年事，书当作于天祐至开平间。《新唐书·艺文志》录《罗衮集》二卷，今不传。《全唐诗》卷七三四收其诗三首，《全唐诗补编·续拾》卷四一补一首，断句一。《全唐文》卷八二八收其文二十篇，《唐文续拾》卷七补一篇。

**同州节度使刘知俊据本郡反，制令削夺其官爵，征发诸军进讨，梁太祖有《讨刘知俊悬爵赏诏》。知俊弟知浣自洛阳奔潼关，右龙虎军十将张温以上二十二人于潼关擒获，送至行在。太祖赏之，有《赏张温等敕》。**

《册府元龟》卷二一六："（开平）三年六月庚戌，同州节度使刘知俊据本郡反。制令削夺刘知俊在身官爵，仍征发诸军速令进讨。"梁太祖《讨刘知俊悬爵赏诏》文存《唐文拾遗》卷九。《册府元龟》卷二一〇："（开平）三年六月，同州节度使刘知俊据郡叛。知俊弟内直右保胜指挥使知浣，自雒奔至潼关。右龙虎军十将张温以上二十二人于潼关擒获刘知浣。送至行在。敕：'知浣，逆党之中，最为头角；龙虎军亲兵之内，实冠爪牙……'"《赏张温等敕》文存《全唐文》卷一〇一。

**刘守光以其子继威为沧帅，大将张迈进佐之。有《上梁祖状》。**

《册府元龟》卷九四三载："（天祐六年五月）守光以其子继威为沧帅，大将张迈进佐之。守光既得志，父兄虽结托于我（指庄宗，时用唐'天祐'纪年），而以状告梁祖曰：'臣守光谬叨戎寄，向受国恩，既有血诚，合宜披诉。伏自陛下初登宝位，才建皇基，四方尚扰于干戈，诸道未宾于声教，唯臣不劳兵刃，不俟诏书，便贡表章……’”《资治通鉴》卷二六七载：“（六月）刘守光遣使上表告捷，且言：‘俟沧德事毕，为陛下扫平并寇。’亦致书晋王云：‘欲与之同破伪梁。’”刘守光《上梁祖状》文存《全唐文》卷八四二。

## 七月

**梁太祖有《恤阵殁将士敕》。又有《定门禁敕》《申明门禁敕》《申谢南郊诏》《斩李洪等敕》。**

《册府元龟》卷一九五：“（开平）三年七月乙丑，敕行宫将士阵殁者，咸令所在给槽椟津置归乡里，战卒闻之悉感涕。”《恤阵殁将士敕》文存《唐文拾遗》卷九。《册府元龟》卷一九一：“（开平）三年七月敕大内皇墙使：诸门素来未得严谨，将令整肃，须示条章。”《定门禁敕》等文存《全唐文》卷一〇一。《册府元龟》卷一九一又有：“（开平）三年七月……又敕：‘皇墙大内，本尚深严；宫禁诸门，岂宜轻易？未当条制，交下因循，苟出入之无常，且公私之不便。’”此即《申明门禁敕》。《册府元龟》卷一九三：“（开平三年）七月甲戌，诏曰：‘朕自膺眷佑，勉副乐推；三载于兹，多难未弭。但蒙灵贶，每窃休征。’”此即《申谢南郊诏》《斩李洪等敕》题下注：“开平三年七月。”文存《全唐文补编》卷九三。

## 八月

**梁太祖有《便殿听政敕》《给行营阵殁家属粮赐敕》。以禁科配州县，有《禁科配州县敕》。以拟祭告东岳，有《祭告东岳诏》。又有《令同华雍等州招谕制》。**

《册府元龟》卷一九七：“（开平三年）八月甲午敕：‘朕以干戈尚炽，华夏未宁，宜循卑菲之言，用致雍熙之化。’”《便殿听政敕》文存《全唐文》卷一〇二。《册府元龟》卷一九五：“（开平三年）八月辛亥，制：‘诸郡如有阵殁将士，仰逐都安存家属，如有弟兄儿侄，便给与衣粮充役。’”《给行营阵殁家属粮赐敕》文存《唐文拾遗》卷九。同上书卷一九一：“（开平三年）八月敕：‘所在长吏，放杂差役，两税外不得妄有科配。’”《禁科配州县敕》文存《全唐文》卷一〇二。《五代会要》卷三：“梁开平三年八月诏曰：‘封岳告功，前王重事；祭天肆觐，有国常规。'"《祭告东岳诏》文存《全唐文》卷一〇一。《册府元龟》卷二一五:"(开平)三年…… 又八月制:'左凭背叛,元恶逋逃。如闻相济之徒,多是胁从之辈……'"《令同华雍等州招谕制》文存《全唐文》卷一〇一。

**法藏有《祭安寺主文[题拟]》。**

文中有"维岁次己巳八月癸巳朔十一日癸卯……",文存《全唐文补编》卷九三。

## 九月

**赵光逢由太常卿转中书侍郎、同平章事。**

《资治通鉴》卷二六七载:"(开平三年九月)辛亥,侍中韩建罢守太保,左仆射、同平章事杨涉罢守本官。以太常卿赵光逢为中书侍郎,翰林奉旨工部侍郎杜晓为户部侍郎,并同平章事。晓,让能之子也。"《旧五代史》《新五代史》所载与《资治通鉴》皆同。

**盛延丕有《有梁故教坊使银青光禄大夫检校工部尚书前守右卫将军兼御史大夫上柱国高府君墓志铭并序》。**

文中有:"有梁开平三年八月十七日,故教坊使八座高公终于洛京……以其年九月廿二日大通葬于河南府河南县平乐乡朱杨村……"文存《全唐文再补》卷五。

**梁以秋冬阴雨相仍,有司奏拟拜郊,太祖有《改拜郊日期诏》。又欲令内外使臣辞见之仪,合守敬恭之道,有《黜罚使臣制》。**

《册府元龟》卷一九三:"(开平三年)九月诏曰:'秋冬之际,阴雨相仍,所司择日拜郊……'"《改拜郊日期诏》文存《唐文拾遗》卷九。同上书卷一九一:"(开平三年)九月制:'内外使臣复命,未见便归私第者,朝廷命使臣下奉行,唯于辞见之仪,合守敬恭之道。'"《黜罚使臣制》文存《全唐文》卷一〇一。

**蜀广都嘉禾合穗，杜光庭有《贺天贞军进嘉禾表》。**

《十国春秋》卷三六："（武成二年）是岁，广都嘉禾合穗。"禾结穗当在秋季，此嘉禾祥瑞虽难免弄虚作假，当亦在秋后进呈方能以假乱真，姑系文于秋季。文存《全唐文》卷九二九。

## 十月

**梁以宰臣专判司门出给，太祖有《令宰臣专判司门出给敕》。**

《五代会要》卷一六："梁开平三年十月敕：'故过所先是司门郎中员外郎出给，今寇盗未平……'"文存《全唐文》卷一〇二。

## 十一月

**甲午，梁祀南郊，大赦。太祖有《南郊恩制》。**

《资治通鉴》卷二六七载："（开平三年）十一月甲午，帝告谢于圜丘。戊戌，大赦。"《册府元龟》卷一九一载："（开平三年）十一月甲午，祀南郊。戊戌制曰：'夫严祀报本，所以通神明；流泽覃休，所以惠黎庶。斯盖邦家不易之道，皇王自昔之规。'"文存《全唐文》卷一〇一。

**邺王罗绍威得风痹疾，愿择重臣镇之，乞骸骨归第。有《上梁祖表》。**

《资治通鉴》卷二六七载："（开平三年十一月）邺王罗绍威得风痹病，上表称：'魏故大镇，多外兵，愿得有功重臣镇之，臣乞骸骨归第。'帝闻之，抚案动容。"

**梁太祖有《委宰臣专判祭祀制》。**

《册府元龟》卷一九三："（开平三年）十一月癸巳朔……是岁降制：'国之大事，唯祀与戎。祭法所标，礼经尤重。其齐心必至，备物精臻，方感召于神祇，乃降通于福佑。近者所司祠祭，或闻官吏因循，虚破支供，动多亏阙，致阴阳之失序，仍水旱以为灾。每一念思，实多凛若。宜加提举，用复敬恭，须委元臣，以专重事……'"文存《全唐文》卷一〇一。

## 十二月

**罗隐迁盐铁发运使，寻寝疾，十三日卒于杭州，时年七十七。次年正月，沈崧有《罗给事墓志》文。**

《吴越备史》本传载："十一月乙酉，发运使罗隐卒。"沈崧《罗给事墓志》载："开平二年授给事中，至三年迁盐铁发运使。""以开平三年春寝疾，冬十二月十三日殁于西阙舍，享年七十七岁。以开平四年正月二十三日，归灵于杭州钱塘县定山乡居山里，殡于徐村之穴，礼也。"《吴越备史》所述与《墓志》小异，当以《墓志》为准。罗隐著述，《崇文总目》卷五录其《湘南应用集》三卷、《谗书》五卷、《罗隐集》二十卷、《吴越掌记集》三卷、《甲乙集》十卷、《罗隐赋》一卷、《罗隐启事》一卷、《淮海寓言》七卷、《吴越应用集》三卷、《江东后集》十卷、《两同书》二卷、《谗本》三卷，凡十二种，六十八卷。《郡斋读书志》卷四中录《甲乙集》十卷、《谗书》五卷。《直斋书录解题》卷一六著录《甲乙集》十卷、《后集》五卷、《湘南集》三卷，且曰："隐又有《淮海寓言》《谗书》等，求之未获。"同书卷一九又录《罗江东集》十卷，卷一〇录祝融子《两同书》二卷，案："《崇文总目》以为罗隐撰。"《宋史》卷二〇八《艺文志七》著录罗隐《湘南应用集》三卷、《淮海寓言》七卷、《甲乙集》三卷、《外集诗》一卷、《启事》一卷、《谗本》三卷、《谗书》五卷、《罗隐后集》二十卷、《汝江集》三卷、《歌诗》十四卷、《吴越掌记集》三卷，凡十一种，六十三卷。今存《甲乙集》十卷，清人辑《罗昭谏集》八卷。《全唐诗》卷六五五至六六五，录罗隐诗十一卷，《全唐文》卷八九四至八九七存其文四卷。今人雍文华校辑有《罗隐集》。罗隐之文章，《旧五代史》卷六〇载："自广明大乱之后，诸侯割据，方面竞延名士，以掌书檄。是时梁有敬翔，燕有马郁，华州有李巨川，荆南有郑准，凤翔有王超，钱塘有罗隐，魏博有李山甫，皆有文称。"《旧五代史》卷一三三载："镠学书，好吟咏。江东有罗隐者，有诗名闻于海内，依镠为参佐。镠常与隐唱和，隐好讥讽，尝戏为诗，言镠微时骑牛操梃之事。镠亦怡然不怒，其通恕也如此。"《唐才子传》卷六载："曹唐，字尧宾，桂州人，初为道士，工文赋诗。大中间，举进士。咸通中，为使府从事。唐与罗隐同时，才情不异……"同书卷七载："罗隐，字昭谏，钱塘人也。少英敏，善属文，诗笔尤俊拔，养浩然之气……时钱尚父镇东南，节钺崇重，隐欲依焉。进谒投素作卷，其首章《过夏口》云：‘一个祢衡容不得，思量黄祖漫英雄。’镠得之大喜，以书辟之曰：‘仲宣远托刘荆州，盖因乱世；夫子乐为鲁司寇，只为故乡。’隐曰：‘是不可去矣。’遂为掌书记。性简傲，阔谈高论，满座风生，好诙谑，感遇辄发。镠爱其才，前后赐予无数，陪从不顷刻相背。表迁节度判官、盐铁发运使，未几，奏授著作郎。镠初授镇，命沈崧草表谢，盛言浙西富庶。隐曰：‘今浙西焚荡之余，朝臣方切贿赂，表奏将鹰犬我矣。’镠请隐更之。有云：‘天寒而麋鹿曾游，日暮而牛羊不下。’又为贺昭宗改名表云：‘左则姬昌之半字，右为虞舜之全文。’作者称赏。转司勋郎中，自号江东生……诗文多以讥刺为主，虽荒祠木偶，莫能免者，且介僻寡合，不喜军旅，献酬俎豆间，绰绰有余也……论曰：《易》戒‘毋以小善为无益而弗为，小恶为无伤而弗去也’，罗隐以褊急性成，动必嘲讪，率成漫作，顷刻相传。以其事业非不五鼎也，学术非不经史也夫？何齐东野人、猥巷小子，语及讥诮，必以隐为称首。凋丧淳才，揄扬秽德，白日能蔽于浮翳，美玉曾玷于青蝇。虽亦未必尽然，是皆阙慎微之义。阮嗣宗臧否不挂口，欲免其身，如滑稽抗世东方朔之流，又不相类也。”同书同卷又载：“罗邺，余杭人也。家赀巨万，父则为盐铁吏，子二人，俱以文学干进，邺尤长律诗。时宗人隐、虬，俱以声格著称，遂齐名号三。罗隐雄丽而坦率，邺清致而联绵，虬则区区而已。”《吴越备史》卷一载：“江东罗隐每就方远授子书。方远必瞑目而授，余无他论。门人夏隐言谓方远曰：‘罗记室，上令公客，先生何不与之语？’方远曰：‘隐才高性下，吾非授书不欲及他事。’而隐亦尽师弟之礼。”《十国春秋》卷八四载：“隐为文章多气力，而性傲睨。常值韦贻范于舟次，素昧生平，隐直呼舟子曰：‘是何朝官！我脚间夹笔，可敌得数辈。’贻范惭恨，卒以此沮之。又作诗文及谑语，常涉刺讥……论曰：语云，‘士用则为虎，不用则为鼠’。岂不信哉！方隐屡踬进士第，遍历诸州，驰驱扰攘之中，惫矣。及遭逢霸主，文采烂然，声施后世，可不谓得时而驾邪？虽然，以彼义形于色，劝兴兵伐无道梁，藐视强藩，畜以从子，大义侃侃，又宁独以文士见哉？”

**国子监上《留官俸修文宣王庙奏》**。

题下注：“开平三年十二月，国子监。”文存《唐文拾遗》卷五八。

## |本 年|

**春,韩偓在闽地沙县,时有致杨赞图兄弟文。**

吴在庆《韩偓集系年校注》卷六有韩偓《手简十一贴》,其《第七帖》云:“杨学士兄弟来此。消梨子两日前已寻得,花时伏望铨拔。谨状。十四日偓状。”据考,杨学士兄弟指杨赞图、杨承休兄弟,其时杨家兄弟在福州,而韩偓在沙县寓居,此书或作于本年春。

**梁委诸道搜访贤良,太祖有《求贤制》《求贤诏[题拟]》。**

《册府元龟》卷二一三:“(开平)三年制:‘自开创已来,凡有赦书、德音节文,内皆委诸道搜访贤良,尚虑所在长吏,未切荐扬……’”《求贤制》文存《全唐文》卷一〇一。《求贤诏[题拟]》文存《全唐文补编》卷九三,题下注:“开平三年。”

**贯休在蜀中,有《自题十六罗汉像》。**

陈尚君《全唐文补编》卷一一八存贯休文,其中有:“以乾宁初冬孟十三日,于江宁再续前十本,相去已十六年。时景昭禅人自(下缺)来见请,当年将归怀玉。”乾宁元年下推十六年,当在梁开平三年。

**澄玉有《疏山白云禅院记》。**

文中有:“天祐六年,淮海统兵,收复当郡……”姑系文于此年后,具体写作时间待考。文存《全唐文》卷九二〇。

**韩偓有致友人书,自述其“衰迫情地,旦夕难胜”之况。**

吴在庆《韩偓集系年校注》卷六韩偓《手简十一贴》第二帖云:“偓今日衰迫情地,旦夕难胜。况又孤侄已下,兼与小男等四处分散。中夜往往惊叫,便达晓号咽。衰迈之年,不自堪忍。计申令闻此冤恸,必赐轸念。”据是书所系,此文乃开平三年韩偓年六十八时所作。

## 后梁开平四年　前蜀武成三年　吴杨隆演天祐七年　吴越天宝三年

庚午　九一〇

### 正月

**梁以公事难于稽迟，令当直官于中书侧近宿止，太祖有《令当直官于中书侧近宿止敕》**。

《册府元龟》卷一九一："（开平）四年正月敕：'公事难于稽迟，居处悉皆遥远。其逐日当直中书舍人及吏部司封知印郎官、少府监及篆印文兼书写告身人吏等，并宜轮次于中书侧近宿止。'"文存《全唐文》卷一〇二。

### 二月

**刘昌鲁有《致马殷书》**。

《十国春秋》卷五八："开平四年春二月，王命弟賨帅兵攻高州，防御使刘昌鲁拒之。我兵败绩，又移兵攻容州，宁远节度使庞巨昭拒之，亦不克。是岁二州皆入于楚。"刘昌鲁《致马殷书》，即谈归楚事，当作于此时。文存《全唐文》卷八三九。

### 四月

**梁太祖追赠张策等官，有《追赠张策等官诏》**。

《册府元龟》卷二一〇："（开平）四年四月壬戌，诏曰：'追养以禄，王者推归厚之恩；欲静而风，人子抱终身之感。'"文存《全唐文》卷一〇一。

## 五月

**天雄节度使兼中书令邺王罗绍威卒，年三十四。绍威喜文学，能文，好儒士，有诗集曰《偷江东集》。**

《旧五代史》卷五载："（五月）魏博节度使、守太师兼中书令、邺王罗绍威薨，帝哀恸曰：'天不使我一海内，何夺忠臣之速也！'诏赠尚书令。"同书称："绍威在镇凡十七年，年三十四薨。"《唐诗纪事》卷六一载："（绍威）喜为诗，江东罗隐有诗名，绍威厚礼之，与通属籍。目己所为诗号《偷江东集》。如'楼前淡淡云头日，帘外萧萧雨脚风'，无愧隐矣。绍威形貌魁伟，有英杰气，好招延文学士，开馆，聚书万卷。每歌酒宴会，与宾佐赋诗，颇有情致。"《旧唐书》与《旧五代史》《新五代史》所载略同。《北梦琐言》卷一七载："邺王罗绍威喜文学，好儒士，每命幕客作四方书檄，小不称旨，坏裂抵弃，自劈笺起草，下笔成文。又癖于七言诗。江东有罗隐，为钱镠客，绍威申南阮之敬，隐以所著文章诗赋酬寄，绍威大倾慕之，乃目其所为诗集曰《偷江东》。今邺中人士，多有讽诵。"绍威著述，《旧唐书》谓有《偷江东集》五卷，今佚。《全唐诗》卷七三四存其诗二首，同书卷八七三录歌一首。

**梁厌奇邪乱正，假伪夺真，太祖有《禁伪造犀玉诏》。**

《旧五代史》卷五："（开平四年五月）甲辰，诏曰：'奇邪乱正，假伪夺真，既刑典之不容，宜犯违而勿赦。应东、西两京及诸道州府，创造假犀玉、真珠腰带、璧珥并诸色售用等，一切禁断，不得辄更造作。'"文存《全唐文》卷一〇一。

**慕峰有《□□□胜陀罗尼记》。**

文末署："时开平四年五月□□□□□慕峰记。"文存《全唐文又再补》卷七。

## 六月

**楚马殷始开天策府，置左、右相。**

《资治通鉴》卷二六七载:"(六月)楚王殷求为天策上将,诏加天策上将军。殷始开天策府,以弟賨为左相,存为右相。"

**蜀王建颁劝农桑之诏,行重农之政,锦城益富。**

《十国春秋》卷三六载:"(武成三年)六月,下诏劝农桑曰:'昔刘先主入蜀,武侯劝其闭关养民十年,而后举兵震摇关内。朕以猥眇,托居人上,爰念蒸民,久罹干戈之苦……'"

## |七月|

**蜀门下侍郎兼吏部尚书、同平章事韦庄卒于成都花林坊,葬白沙之阳,谥文靖,年七十五。**

《资治通鉴》卷二六七载:"(开平四年)秋七月戊子朔,蜀门下侍郎兼吏部尚书、同平章事韦庄卒。"《十国春秋》卷四〇载:"累官至门下侍郎、吏部尚书、同平章事。武成三年,卒于花林坊,葬白沙之阳……谥曰文靖。"《蜀梼杌》卷上系于(武成)三年八月,不确,当从《资治通鉴》。韦庄著述,《新唐书·艺文志》不载。《崇文总目》卷二著录其《蜀程记》一卷、《峡程记》一卷,卷五又录《浣花集》二十卷、《谏疏集》三卷、《幽居杂编》一卷、《又玄集》一卷。凡六种二十七卷。《通志》卷七〇《艺文略八》录《浣花集》二十卷、《韦文靖笺集》一卷。《宋史》卷二〇四《艺文志三》著录《蜀程记》一卷、《峡程记》一卷;同书卷二〇八《艺文志七》录《谏疏笺表》四卷、《谏草》一卷、《浣花集》十卷;同书卷二〇九《艺文志八》又录《又玄集》三卷、《采玄集》一卷。《浣花集》据《崇文总目》及《通志·艺文略》所载,原有二十卷,至南宋时已散佚大半。《郡斋读书志》卷四中称为五卷。《直斋书录解题》卷一九则录为一卷。今本《浣花集》标为十卷,是后人重编本。《四库全书总目》卷一五一录韦庄《浣花集》十卷,《补遗》一卷,识曰:"《文献通考》载庄集五卷,此本十卷,乃毛晋汲古阁所刻,为庄弟蔼所编,前有蔼《序》。疑后人析五为十,故第十卷仅诗六首也。末为《补遗》一卷,则毛晋所增。"《全唐诗》卷六九五至六七〇编庄诗六卷,《全唐诗逸》卷一四补一首。长诗《秦妇吟》在本世纪初发现于敦煌石窟。陈寅恪《寒柳堂集》有《韦庄秦妇吟校笺》。《全唐文》卷八八九存文三篇。韦庄文章,《唐才子传》卷七载:"所在薄游，举目有山河之异，故于流离漂泛，寓目缘情。子期怀旧之辞，王粲伤时之制，或离群轸虑，或反袂兴悲，四愁九怨之文，一咏一觞之作，俱能感动人也。"《十国春秋》卷四〇载："论曰：冯涓、韦庄，皆翩翩艺苑之雄也。或请以蜀王称制，或劝以帝位抗梁，议论较殊，而其为主之心同矣。周庠参赞帷幄，雍容风议，直言无隐，卒秉国钧，殆所谓社稷臣者，非邪？"

**宦者周延诰等二十五人，唐末避祸吴越，钱镠上表乞梁原之，有《上梁太祖表[题拟]》。**

《资治通鉴》卷二六七："（开平四年七月）吴越王镠表：'宦者周延诰等二十五人，唐末避祸至此，非刘、韩之党，乞原之。'"文存《全唐文补编》卷一一三。

## | 九 月 |

**胡裳吉有《梁故静难功臣金紫光禄大夫检校司空前守右金吾卫大将军充街使兼御史大夫上柱国武威县开国男食邑三百户石府君墓志铭并序》。**

文中有："即以开平四年七月四日寝疾，薨于延福里之第。享年五十八……即以其年九月四日，葬于河南府洛阳县平乐乡朱阳村，礼也。"则此《墓志铭并序》盖作于九月左右，姑系于此。文存《全唐文补编》卷九三。

**梁以刺史州务委诸督邮，使曹官擅其威权，欲有所更改，太祖有《令刺史专达敕》。**

《册府元龟》卷一九一："（开平四年）九月敕：'魏博管内刺史，比来州务，并委督邮，遂使曹官擅其威权……'"文存《全唐文》卷一〇二。

**梁太祖有《求贤诏》。**

《册府元龟》卷二一三："（开平）四年九月下诏曰：'朕闻历代帝王，首推尧舜；为人父母，孰比禹汤。睿谋高出于古先，圣德普闻于天下……'"文存《全唐文》卷一〇一。今人陈尚君《全唐文补编》卷九三于《册府元龟》卷六四五录出

《求贤诏[题拟]》，题下注："开平四年。"当以《全唐文》为准，今从其编年。

**刘知俊背梁，太祖有《讨刘知俊悬爵赏诏》。**

《册府元龟》卷二一六："（开平四年九月）丙午，诏曰：'刘知俊贵为方伯，尊极郡王，而乃背诞朝恩，窜投贼垒……'"文存《全唐文》卷一〇一。

## 十月

**吴越钱镠于本年八月筑捍海塘，广杭州城，大修台馆。由是，钱塘富庶盛于东南。十月，钱镠有《筑塘疏》。**

《吴越备史》卷二载："八月，始筑捍海塘。王因江涛冲激，命强弩以射涛头，遂定其基，复建候潮、通江等城门。"陈尚君《全唐文补编》卷一一三收有钱镠《筑塘疏》，文末署："开平四年十月。"

**张峭有《大梁洛州河南郡穆征君改葬合祔墓志铭并序》。**

文中有："以新朝开平四年十月十七日，合葬于涿州东三里孝义乡河村之原，礼也。"文存《全唐文补编》卷九三。

## 十一月

**梁以朔风不息，遣官分祀风神，太祖有《遣官分祀风神诏》。以兵民游走混杂，欲严关防，太祖有《严关防诏》。**

《册府元龟》卷一九三："（开平四年）十一月戊戌，诏曰：'自朔至今，暴风未息。谅惟不德，致此咎征……'"《遣官分祀风神诏》文存《全唐文》卷一〇一（下文同）。同书卷一九一："（开平四年）十一月乙巳，诏曰：'关防者，所以讥异服，察异言也。况天下未息，兵民多奸……'"此即《严关防诏》。

## |十二月|

**梁以滑、宋、辉、亳等州水涝败伤，欲有所赈贷，太祖有《赈贷滑宋等州诏》。太常卿李燕等刊定《梁律令格式》，行之。**

《册府元龟》卷一九五："梁太祖开平四年十二月己巳，诏曰：'滑、宋、辉、亳等州，水涝败伤，人户愁叹。朕为民父母，良用痛心……'"文存《全唐文》卷一〇一。《资治通鉴》卷二六七载："（十二月）太常卿李燕等刊定《梁律令格式》，癸酉行之。"

**兵部尚书知贡举姚洎因举子应试者甚少，欲请各州府广为荐送，上《请令公卿子弟准赴贡举奏》。**

《册府元龟》卷六四二载："（开平）四年十二月，兵部尚书知贡举姚洎奏曰：'近代设词科，选胄子，盖所以纲维名教，崇树邦本者也……'"文存《全唐文》卷八四一。

## |本年|

**郑谷约于本年或稍后卒于宜春仰山草堂，齐己有诗哭之。谷颇负诗名，有《云台编》《宜阳集》《国风正诀》。今存《云台编》三卷。**

宋祖无择《都官郑谷墓志铭》："当时正人，咸称其善，尤工五七言诗，为薛能、李频所知，有《云台编》与《外集》，凡四百篇行焉。"赵昌平《郑谷年谱》载："谷之卒年，无明确记载，今按《全唐诗》卷八四三齐己《哭郑谷郎中》诗云：'长忆招夜吟，前年风雪时。'齐己赠谷诗有确切年代可考者为《戊辰岁湘中寄郑谷郎中》，假设此为谷招齐己会吟之末次，则据'前年'云云，谷卒年当为己巳或庚午年（前年可称去年，亦可称今义之前年），即后梁开平三、四年（909、910）。然戊辰未必为谷与齐己最后相聚之年，故谷之卒年当在开平四年（910）或稍后数年间，享年六十余。"此后郑谷生平不可考，姑系于此。谷之著述，《新唐书》卷六〇《艺文志四》录《云台编》三卷、《宜阳集》三卷。《崇文总目》卷五著录《云台编》三卷、《宜阳外编》一卷。《郡斋读书志》卷四中所载与《崇文总目》同。《直斋书录解题》卷一九仅录《云台编》三卷。据此可知，郑谷原有《云台编》三卷、《宜阳外编》一卷。前者三百余篇，后者百余篇，然在流传中有遗失。宋祖无择《都官郑谷墓志铭》载："有《云台编》与《外集》，凡四百篇行焉。"童宗说《云台编后序》载："自至和甲午(1054)，迄今百有七年，《外集》又阙其半。"今存《郑守愚文集》三卷，为后人重辑本。《全唐诗》卷六七四至六七七编录谷诗四卷。谷之文章，《唐才子传》卷六载："谷诗清婉明白，不俚而切，为薛能、李频所赏，与许棠、任涛、张蠙、李栖远、张乔、喻坦之、周繇、温宪、李昌符唱答往还，号'芳林十哲'。谷多结契山僧，曰：'蜀茶似僧，未必皆美，不能舍之。'"

**梁太祖有《与蜀王建书》。**

《锦里耆旧传》卷二："(武成)三年，大梁遣使通聘书曰：'夫唐虞致治，遵禅让之明文；汤武开基，允神人之至愿……'"文存《全唐文》卷一〇二。

**董鹏有《□故武顺军讨击副使侠马将银青光禄大夫检校太子宾客兼殿中侍御史□阳纪公夫人陇西牛氏合祔墓志铭并序》。**

文中有："以开平四年十一月四日，启先君之玄寝而合祔焉，礼也。"文存《全唐文补编》卷九三。

**韩偓在福建南安县，约于本年或稍后编辑其部分言情之作为《香奁集》，并撰《香奁集序》。**

吴在庆《韩偓集系年校注》卷六有韩偓《香奁集序》，其中云："余溺于章句，信有年矣。诚知非士大夫所为，不能忘情，天所赋也。自庚辰辛巳之际，迄己亥庚子之间，所著歌诗，不啻千首。其间以绮丽得意者，亦数百篇，往往在士大夫口，或乐工配入声律。粉墙椒壁，斜行小字，窃咏者不可胜纪。大盗入关，缃帙都坠。迁徙流转，不常厥居。求生草莽之中，岂复以吟咏为意。或天涯逢旧识，或避地遇故人，醉咏之暇，时及拙唱。自尔鸠集，复得百篇，不忍弃捐，随即编录。遐思宫体，未敢称庾信工文；却诮《玉台》，何必使徐陵作序。粗得捧心之态，幸无折齿之惭。柳巷青楼，未尝糠粃；金闺绣户，始预风流。咀五色之灵芝，香生九窍；咽三危之瑞露，美动七情。若有责其不经，亦望以功掩过。玉山樵人韩致尧序。”吴氏考云：“此篇《香奁集序》乃韩偓贬官入闽后晚年所作。《香奁集》中收有《无题》诗，其诗序云：‘余辛酉年戏作《无题》十四韵，故奉常王公相国首于继和……是岁十月末，余在内直，一旦兵起，随驾西狩，文稿咸弃，更无孑遗。丙寅年九月，在福建寓止，有前东都度支院苏玮端公，挈余沦落诗稿见授，中得《无题》一首。因追味旧作，缺忘甚多，唯第二、第四首仿佛可记，其第三首才得数句而已。今亦依次编之，以俟他时偶获全本。余五人所和，不复忆省矣。’据此序知，韩偓‘丙寅年九月，在福建寓止’方得到包括《无题》诗在内的‘沦落诗稿’，则此序之作当在‘丙寅年九月’之后。丙寅年乃唐昭宣帝天祐三年(906)，其年九月诗人已在福州。又今《香奁集》诗尚存《多情》一诗，此诗乃开平四年所作，则至是年《香奁集》恐尚未编成，如此则《香奁集序》或作于开平四年或之后欤？其确年则未能确知。”

## 后梁开平五年、乾化元年　前蜀王建永平元年<br>吴杨隆演天祐八年　吴越钱镠天宝四年

辛未　九一一

### 正月

**蜀主问计于大夫冯涓，涓上《谏伐李茂贞疏》，以普慈公主嫁岐王从子李继崇，望成姻好以和之，然公主因继崇骄矜嗜酒求归成都。蜀主旋召公主归宁，留之不遣，竟与岐绝。冯涓以高祖屡兴兵旅，上《谏用兵疏》。**

《鉴诫录》卷四载：“初，王太祖欲兴师取天下，而计未成，因问大夫冯涓，涓对曰：‘臣闻兴师者，残兵力，虚府库……莫若与秦王和亲，稍稍以麻布茗草给之，不伤于大义，济之以小利。蜀但训兵秣马，因敌料强，足可以保大禄于山川，固子孙于万叶。潜令公主探其机密，窥彼室家，俟便攻之，一举而获可也。’帝曰：‘甚善。’是时秦王遣使求亲，遂以普慈公主而许之，于是成其姻好，公主出降也。”《资治通鉴》卷二六七载：“(乾化元年正月)蜀主之女普慈公主嫁岐王从子秦州节度使继崇。公主遣宦者宋光嗣以绢书遗蜀主，言继崇骄矜嗜酒，求归成

都。蜀主召公主归宁。辛亥,公主至成都。蜀主留之,以宋光嗣为阁门南院使。岐王怒,始与蜀绝。"冯涓《谏用兵疏》《谏伐李茂贞疏》文存《全唐文》卷八八九。《十国春秋》卷四〇:"永平初,高祖屡兴兵旅。涓上疏曰:'古之用兵,非以逞威暴而肆杀戮,盖以安民为先。'"冯涓《谏用兵疏》文存《全唐文》卷八八九。

**晋王李存勖颁《徇刑洺魏博卫滑诸郡县令》,并有《晓谕梁将王檀书》。**

《册府元龟》卷八载:"(天祐八年正月)徇地邢洺,先驰檄谕邢洺魏博卫滑诸郡县曰:'王室遘屯,七庙被凌夷之酷;旻天不吊,万民罹涂炭之灾。必有英主奋庸,忠臣效顺。斩长鲸而清四海,廓妖祲以泰三灵……'"《册府元龟》卷一六六载:"庄宗初为晋王,天祐八年正月,南伐至邢州,遣李存璋治械攻城。时梁将王檀为邢帅,乃约矢飞书,谕以祸福曰:'天维助顺,神亦害盈。有道即兴,无道即灭……'"《徇刑洺魏博卫滑诸郡县令》文存《全唐文》卷一〇三,《晓谕梁将王檀书》文存《全唐文》卷一〇五。

**梁有司上《监生出给光学文钞并纳光学钱奏》,以整饬监生,太祖有《凡补监生须愿修学敕》。**

《监生出给光学文钞并纳光学钱奏》题下注:"开平五年正月五日。"文存《唐文拾遗》卷五八。据《五代会要》卷一六:"(开平)五年正月五日……敕:'宜准往例,自今后凡补监生,须令情愿于监中修学,则得给牒收补,仍据所业次第,逐年考试申奏。如收补年深,未闻艺业,虚占补牒,不赴试期,亦委监司具姓名申奏。'"太祖《凡补监生须愿修学敕》文存《唐文拾遗》卷九。

**梁整顿军务,对军吏多有禁止,太祖有《禁用军焚掠制》《禁军吏诛求制》。**

《册府元龟》卷一九一:"(开平)五年正月庚寅,制曰:'扈氏不恭,固难去战;鬼方未服,尚或劳师……应天兵所至之地,宜令将帅节级,严戒军伍,不得焚烧庐舍,开发丘垄,毁废农桑,驱掠士女,使其背叛之俗,知子吊伐之心……'"《禁用军焚掠制》文存《全唐文》卷一〇一。《册府元龟》卷一九一:"(开平五年正月)又制曰:'戎机方切,国用未殷,养兵须藉于赋租,挽粟尚烦于力役。所在长吏,不得因缘征发,自务贪求。苟有故违,必行重典。立法垂制,详刑定科,传之无穷,守而勿失。中书门下所奏新定格式律令,已颁下中外,各委所在长吏,切务遵行。尽革烦苛,皆除枉滥,用副哀矜之旨,无违钦恤之言。'"《禁军吏诛求制》文存《全唐文》卷一〇一。

**梁因许昌民耕盗止,敕褒太保韩建,太祖有《褒韩建敕》。**

《五代会要》卷一一:"乾化元年正月敕:'许昌雄镇太保韩建,朕用之布政,民耕盗止,久居其位,庶可胜残矣。宜令中书门下不计年月,勿议替移。'"文存《全唐文》卷一〇二。

**梁因正月朔日食,太祖有《日食求言制》。**

《册府元龟》卷二一二:"梁太祖乾化元年正月朔,日有食之。庚寅制曰:'两汉已来,日蚀地震,百官各上封事,指陈得失……'"梁改元在本年五月,此称乾化元年正月,仍追记也。文存《全唐文》卷一〇一。

## | 二 月 |

**梁太祖有《巡幸东京诏》,宰臣等上《请勿幸东都奏》。**

《册府元龟》卷二〇五:"(开平)五年二月壬戌,诏曰:'东京旧邦,久不巡幸,宜以今月九日幸东都。'"《巡幸东京诏》文存《唐文拾遗》卷九。宰臣等《请勿幸东都奏》题下注:"开平五年二月,宰臣等。"文存《唐文拾遗》卷五八。

**梁太祖有《给宰臣餐钱敕》。**

《五代会要》卷一三:"梁开平五年二月敕:'食人之食者,忧人之事。况丞相尊位,参决大政,而堂封未给,且无餐钱……'"文存《全唐文》卷一〇二。

**晋王李存勖有《册刘守光为尚父文[题拟]》。**

题下注:"天祐八年三月二十七日。"文存《全唐文补编》卷九五。

**阙名有《释迦牟尼佛赞并序》。**

文中有："开平伍年岁次辛未二月乙酉朔八日壬辰毕工。"文存《唐文续拾》卷一二。

## 四月

**以吴越王钱镠惠及于物，恩结于人，立生祠。李琪为其撰碑文。**

李琪文题：《梁启圣匡运同德功臣淮南镇海镇东等军节度使淮南浙江东西等道观察处置营田招讨安抚兼盐铁制置发运等使开府仪同三司尚父守尚书令扬杭越等州大都督府长史上柱国吴越王钱公生祠堂碑》。文中有："越五年夏四月，上坐便殿，顾谓翰林学士守尚书右司郎中知制诰臣李琪曰：'朕有宝臣，国之巨栋。加地进律，虽图伯舅之功；严像立祠，尚慊缁黄之愿。去岁杭、越等州军府将吏、士民耆艾列状，以吴越王钱镠惠及于物，恩结于人，愿立生祠，式光异政。今我俞允，显其勋劳。汝为好辞，以永嘉闻。'微臣俯伏奉诏，兢兢莫图，惧玷厥庸，弗任其职。"知此文当于开平五年四月时奉命为之。李琪文存《全唐文》卷八四七。

**梁太祖以邠岐未灭，关陇多虞，诏令冀王朱友谦将兵，有《令冀王友谦将兵诏》。**

《旧五代史》卷六："(开平五年四月)己卯，又幸左龙虎军。宴群臣，诏曰：'邠岐未灭，关陇多虞。宜择亲贤，总兹戎任。'"文存《全唐文》卷一〇一。

## 五月

**梁改开平五年为乾化元年，赐诸道节度使一子官爵。梁太祖有《赐诸道节度使一子官制》，萧顷有《高邵求荫一子判[题拟]》。太祖另有《闹以时开闭诏》《禁朝参官从人不得阑入银台门敕》。**

《册府元龟》卷二一〇载："(开平)五年五月甲申朔，制曰：'诸道节度使钱镠、张宗奭、马殷、王审知、刘隐各赐一子六品正员官,高季昌赐一子八品正员官,贺德伦赐一子九品正员官。'"太祖此制存《唐文拾遗》卷九。

萧顷判高邵求荫子事,见《册府元龟》卷四五九:"后唐萧顷,初在唐为吏部员外郎。先是,张浚由中书出为右仆射,后为梁太祖判官,高邵使祖荫求一子出身官,省寺皆称无例。浚指挥甚急,吏徒惶惧。顷又判云:'仆射未集,郎官未赴,省上指挥使曹公事,俱非南宫旧仪。'浚闻之惭悚致谢。顷繇是名振,梁祖亦加奖之。"梁开平五年五月,太祖有《赐诸道节度使一子官制》,高邵求荫一子,或与此事相关,姑系于此。文存《全唐文补编》卷九七。《五代会要》卷二四载:"乾化元年五月,诏曰:'闹是正门也,宜以时开闭,用达阳气。委皇城使准例检校启门,车驾出则阖扉。"《旧五代史》卷六:"(开平五年)五月……癸巳,观稼于伊水,登建春门……临亭皋视物色,赏赐甚厚。诏左银台门,朝参诸司使库使已下,不得带从人入城,亲王许一二人执条床手简……"此事又载于《五代会要》卷五:"乾化元年五月敕:'左右银台门,朝参诸司使军使已下,不得带从人出入,亲王许一二人执条沐手简。'"此即《禁朝参官从人不得阑入银台门敕》,文存《唐文拾遗》卷九。

**颜志道有《小蓬莱题名》。**

文末署:"辛未改元后二日题。"辛未即此年。此改元当指后梁本年五月改开平年号为乾化,文当作于五月。文存《全唐文补编》卷九四。

**南平王刘隐卒,弟刘岩袭位。梁以清海留后刘岩为节度使。岩多延中国士人置于幕府,出为刺史,致刺史无武人。黄滔七十二岁,代王审知作《祭南海南平王》。滔之事迹此后无考,有集传世。**

《资治通鉴》卷二六八载:"乾化元年三月乙酉朔,以天雄留后罗周翰为节度使。清海静海节度使兼中书令南平襄王刘隐病亟,表其弟节度副使岩权知留后。丁亥卒,岩袭位。"《旧五代史》卷六:"海清军节度使守侍郎兼中书令刘隐薨,辍朝三日,百僚诣合门奉慰。"《考证》曰:"案:刘隐卒,《五代会要》《五代春秋》俱作五月,惟《资治通鉴》作三月,与是书异。"而《通鉴纪事本末》卷三九下载:"乾化元年春三月,清海静海节度使兼中书令南平襄王刘隠病亟,表其弟节度副使岩权知留后。丁亥卒,岩袭位。夏四月甲辰,以清海留后刘岩为节度使。

岩多延中国士人，置于幕府，出为刺史。刺史无武人。”叙刘隐表其弟为留后，及后梁任命刘岩为节度使事虽甚详明，但未知所据，今从旧史《考证》。《新五代史》卷六五载：“乾化元年，进封隐南海王，是岁卒，年三十八。弟龑立。”《旧五代史》卷六《考证》谓刘隐卒于乾化元年五月，则黄氏文当作于五月。又《四库全书总目·黄御史集》载：“（黄滔）集中有《祭南海南平王》文，称‘崔员外昨持礼币，尝诣门墙，爰蒙执手之欢，宏叙亲仁之旨’云云，乃为王审知祭刘隐而作。按：隐自大彭王进称南平王，再进封南海王，据《五代会要》，南海之封，在隐卒后一月，故此文尚称南平王。说者或以高季兴亦称南平，又不知此文为代审知所作，遂谓滔尝应高氏之聘，亦考之未审矣。”滔之著述，《新唐书·艺文志四》著录《黄滔集》十五卷，《通志》卷七〇《艺文略八·别集四》著录《黄滔集》亦十五卷，同卷诗评类著录黄滔《泉山秀句集》三十卷。《宋史》卷二〇八《艺文志七》著录《莆阳黄御史集》二卷。今传《四部丛刊》本《唐黄御史文集》八卷。《全唐诗》卷七〇四至七〇六编黄滔诗为三卷。《全唐文》卷八二二至八二六编其文为五卷。滔之文章，《十国春秋》卷九五载：“滔文赡蔚典则，诗清淳丰润，有贞元、长庆风。《马嵬》《馆娃》《景阳》《水殿》诸赋，雄新隽永，称一时绝调。”《四库全书总目·黄御史集》载：“集中文颇赡蔚，诗亦有贞元、长庆之遗，虽不及罗隐、司空图，而实非徐寅诸人之所及。”

**杜光庭在蜀，蜀主王建亲帅步骑十三万伐岐，光庭有《请驾不巡幸军前表》《请驾不巡幸军前第二表》。**

《十国春秋》卷三六载：“（永平元年）帝以宗侃为北路行营都统，以兼侍中王宗祐、太子少师王宗贺、山南节度使唐道袭为三招讨使，左金吾大将军王宗绍为宗祐之副，帅步骑十三万伐岐。壬辰，宗侃等发成都，旌旗数百里。夏四月乙卯朔，岐兵寇兴元，唐道袭击却之。五月帝如利州，命皇太子监国。”杜氏第二表文中有：“臣某伏睹宣旨，驾幸北路军前。皇太子宰臣百官等上表陈请，未赐俞允者。省访风俗，虽经典之旧仪；慰抚师徒，乃君父之慈照。但以道途险阻，水陆严凝，遐迩群心，实切忧灼。”正与此史载相符，可知二文作于永平元年五月。文存《全唐文》卷九二九。

## 六月

**晋王李存勖、义武王处直、昭义李嗣昭、振武周德威、天德宋瑶与赵王镕六节度使共奉册推守光为尚书令、尚父，刘守光益骄，作《上梁祖状[题拟]》。**

《资治通鉴》卷二六八载："（乾化元年六月）守光不悦，又使人讽镇定，求尊己为尚父。赵王镕以告晋王，晋王怒，欲伐之。诸将皆曰：'是为恶极矣，行当族灭，不若阳为推尊，以稔之。'乃与镕及义武王处直、昭义李嗣昭、振武周德威、天德宋瑶六节度使，共奉册推守光为尚书令、尚父。守光不寤，以为六镇实畏己，益骄。乃具表其状曰：'晋王等推臣，臣荷陛下厚恩，未之敢受。窃思其宜，不若陛下授臣河北都统，则并镇不足平矣。'"刘守光《上梁祖状[题拟]》文存《全唐文补编》卷九四。

**梁太祖有《令行营招谕归降诏》。**

《册府元龟》卷二一五："乾化元年六月乙卯，命北面都招讨使、镇国军节度使杨师厚出屯邢雒。丁巳，镇定钞我荡阴，诏曰：'常山背义，易水效尤……'"文存《全唐文》卷一〇一。

**杜光庭谏王建不巡幸军前未果，作《皇太子宴诸将祈晴感应灵宝斋词》。**

杜氏文中有："六月二十二日，皇太子大会诸将，用卜吉辰。方当暑雨之时，遂有晴明之祷。果蒙灵贶，协此诚祈……今则旋整车徒，爰申吊伐。千军雷动，山川绝泥潦之虞；万马星驰，戈甲曜晶莹之色。伫平凶梗，大拯黎元。"《十国春秋》卷三六载："（永平元年）五月，帝如利州，命皇太子监国。六月癸丑朔，至利州，诸将击岐兵，屡破之。"其时间事态皆与文中所述颇相符，文当作于此时，姑系于此。文存《全唐文》卷九三六。

**利合有《清泉禅院钟款文》。**

文末署："开平五年六月三日重记。"文存《唐文续拾》卷七。

## ｜七月｜

**阙名有《沙州百姓一万人上回鹘天可汗状》。**

文末署："辛未年七月□日。"辛未即此年，文存《全唐文补编》卷一二九。

## ｜十二月｜

**蜀群臣再上尊号曰"英武睿圣光孝皇帝"，杜光庭作《谢允上尊号表》。**

杜氏文中有："臣某伏奉恩旨，俞允宰臣等所上尊号者。丹恳上陈，皇情下瞩，自天有命，率土同欢。臣某中谢。"据《十国春秋》卷三六载："（武成元年六月）群臣上帝尊号曰：英武圣皇帝。"至永平元年"十二月丁巳，帝至成都，群臣加上尊号曰：英武睿圣光孝皇帝。"杜氏文中有："麟呈沼沚，龙跃江湍，草树含文，云霞绚彩，金符涌篆，玉玺流光……丰财和众，禁暴安人，大阅以正武威，大搜以示军实。貔貅百万，皆蒙轮拔拒之豪；驿牝千群，尽骥子龙孙之骏。延奖忠孝，博采器能，片善无遗，微功必录。专经稚子，激之以高科；靖节幽人，縻之以好爵。赏勤敦本，务穑劝农。"据《十国春秋》载，蜀中麟呈龙现之祥瑞，百万貔貅之征伐，劝农赏勤之政策，皆是武成元年以后事。据此可推知文中所谓上尊号，当是指上"英武睿圣光孝皇帝"之号，是在永平元年十二月。杜光庭文存《全唐文》卷九三〇。

**廖匡图字赞禹，廖凝字熙绩，匡图之弟，本年二人随父奔楚。**

廖匡图，又作廖图（《唐才子传》卷一〇）、光图（《新五代史》卷六六），字赞禹，传见《十国春秋》卷七三。《唐才子传》及《十国春秋》本传并谓"虔州虔化人"。《十国春秋》载："父爽，事镇南军留后卢延昌为将，延昌表于梁，授爽韶州刺史。武穆王时为广南所攻，举族来奔，部曲随至者数千人。王以其豪而众多，将拒不纳。或谏曰：'廖者，料也。马得料必肥，是国家强霸之兆，何拒焉？'王遂遇以恩礼，表爽为永州刺史。匡图故年少，善文辞，授江南观察判官。"同书卷六七《楚世家》一载，乾化元年十一月，"清海节度使刘岩攻梁韶州，陷之，刺史廖爽来奔，王表爽为永州刺史”。据此，廖匡图于本年十二月随父奔楚。廖凝，《十国春秋》卷二九有传。宋陶岳《五代史补》卷四“廖氏世胄”条载：“廖氏，虔州赣县人。有子三人：伯曰图，仲曰偃，季曰凝。图、凝皆有诗名，偃骁勇绝伦，由是豪横，遂为乡里所惮。江南命功臣钟章为虔州刺史，深嫉之，于是图与凝等议曰：‘观章所为，但欲灭吾族矣。若恋土不去，祸且及矣。’……遂奔湖南……武穆喜，遂善待。仍制下，以凝为永州刺史，图为行军司马，偃为天策府列校。仍赐庄宅于衡山，自称逸人。”廖氏举族奔楚之因缘，可与《十国春秋》相补充。廖氏三子入楚后行迹，匡图与偃皆入仕，匡图后预天策府十八学士之选，偃以战功署决胜指挥使，与溪州蛮作战时，死于战场。二人以仕宦故，皆不会久住衡山之庄宅，而廖凝既有诗名，又预十八学士之选，又为永州刺史，离衡山差近，似可推知《五代史补》谓“自称逸人”者，极有可能是廖凝。

**晋王李存勖与梁军战于柏乡，因祃牙祀之，有《祃牙文》。**

《册府元龟》卷三四：“后唐庄宗初为晋王，天祐八年，与梁军战于柏乡，因祃牙祀之曰：‘南望柏人，当汉祖擒奸之地；北临鄗邑，有萧王告类之亭。一则成创业之功，一则纂中兴之绪……’”文存《全唐文》卷一〇五。

**崔沂为御史司宪，为人刚正守法，士人多之。以金吾卫使寇彦卿毙市民梁观于天津桥，有《请覆勘寇彦卿致死梁观奏》。**

《册府元龟》卷五二〇下：“崔沂，梁开平中为御史司宪。金吾卫使寇彦卿入朝，过天津桥，市民梁观者不时回避，前道伍伯捽之，投石栏以致毙。彦卿自首于梁祖。命通事舍人赵可封宣谕，令出私财与死者之家，以赎其罪。沂奏劾曰：‘彦卿位是人臣，无专杀之理。况天津桥御路之要，正对端门，当车驾出入之途，非街使振怒之所……’沂表入，责授彦卿游击将军左卫中郎将。沂刚正守法，人士多之。”文存《全唐文》卷八三九。

**梁因军人侵夺百姓财物，太祖颁《处置北面招讨使胡规扰民诏》。**

《册府元龟》卷四四五：“（乾化初）仍招伏军人侵夺百姓财物。下诏曰：‘胡规比缘微效，遂委剧权。不能禁戢诸军，而敢侵凌百姓。’”文存《全唐文》卷一〇一。

**蜀高祖作新宫，集四部书于其中，王锴因劝兴用文教，有《上蜀主奏记》。**

《十国春秋》卷四一："永平元年，高祖作新宫，集四部书于中。锴因劝高祖兴用文教，上奏记曰：'伏以羲王演卦，神农造书……'"文存《全唐文》卷八九〇。

**沙州曹元忠有《致于阗皇帝书［题参李正宇说］》。**

陈尚君《全唐文又再补》卷七于此文末附按语载："《文献》一九八八年刊李正宇《归义军曹氏表文三件考释》谓此件为曹元忠致于阗大王或皇帝书。推测作于开宝三年或稍后。虽或已入宋，今仍附存。"《全唐文又再补》卷七存曹元深上晋帝谢恩表文字，据《旧五代史》卷一三八载："晋天福五年义金卒，子元德立，至七年，沙州曹元忠、瓜州曹元深皆遣使来。"同书卷八一载："（天福八年正月）庚寅，沙州留后曹元深加检校太傅，充沙州归义军节度使。"史载曹义金卒后，由其子曹元德继其位，为归义军节度使。至天福七年时，犹是曹元忠据有沙州，曹元深据有瓜州。然前引史料表明，天福八年，曹元深称"沙州留后"，且已为"充沙州归义军节度使"。如此变故，说明曹元忠已不在沙州。曹元深文字中又有"赐臣手诏一封，赠臣亡父官告一道，告弟一通，焚黄一道，故兄赠太保官告一通，告弟一道"云云，推知曹元忠在晋天福八年正月前已不在世。如此，则此文或非曹元忠作，若是其所作，则不可能入宋，至迟当在天福八年正月前。《旧五代史》卷一三八记回鹘"世以中国为舅，朝廷每赐书诏，亦常以甥呼之"。此文中"某忝为甥舅，欢忭极深"云云，跟回鹘与中国关系正相吻合，而历史上未闻回鹘与于阗皇帝有甥舅相称者（或失诸载籍），则此书不当是"致于阗皇帝"，而当是致中国皇帝或为西域一带有中国皇帝声威者。又书中云："趁皇帝不及，非论黑衣大石，怕怯皇威，直至唐国已来，尚惧势力。凡在寰海，忻跃倍多，远近并闻，不任庆快。"则此信是给"唐国已来，尚惧势力"之有"皇威"者甚明。检《旧五代史》卷一三八载："沙州，梁开平中，有节度使张奉自号'金山白衣天子'。"此张奉当为晚唐时人，或是朱梁篡唐之时，自立为金山白衣天子，亦未可知。就信中内容而论，此"白衣天子"与收信人身份正相吻合：既有"甥舅"名分，又非唐朝天子，却有"皇威"。果真如此，则此信当是致金山白衣天子之书，或作于后梁时。是否如此，尚待详考。今姑系此文于梁开平间。

## |本 年|

**牛峤为蜀给事中,约卒于本年后数年间。峤博学善文,效李贺为歌诗,有集三十卷,今不存。**

《花间集》卷三称“牛给事峤”,《郡斋读书志》卷四中云“及(蜀)开国,辟给事中,卒”,可见牛峤终官给事中,而王建开国时,峤授职秘书监,则任职给事中及卒,当在其后。《郡斋读书志》卷四中录《牛峤歌诗》三卷,今不存。《花间集》卷三、卷四录其词三十二阕。《全唐诗》卷六六七及八九二共收其诗词三十三首,《全唐诗补编 · 补遗》卷一三补诗一首,《全唐诗续补遗》卷一三补一首。

**韩偓隐居福建南安县,有致友人书二贴言及“眷私借及女使衣服”“忧眷借及米贰硕”事。**

吴在庆《韩偓集系年校注》卷六有韩偓《手简十一贴》之第十帖云:“眷私借及女使衣服,不任悚荷。来早令入州人马,必希践言。泉州书谨封纳书中,亦说皆谘托。必望周而述之,幸甚,谨状。九日偓状。”第十一帖云:“忧眷借及米贰硕,不任济荷。钝拙无谋,惟挠知与,不胜愧赧之至。即冀拜谒,它冀面述。谨状。念二日偓状。”《韩偓集系年校注》考引邓小军《韩偓年谱》考云:“此文《韩偓年谱》系于后梁开平五年(911),时韩偓居南安县。《韩偓年谱》谓‘偓在南安,尝借衣、借米于他人。《手简十一帖》第十帖:……又第十一帖:……按:《手简十一帖》第十帖、第十一帖,虽作年不详,但是观第十帖“泉州书谨封纳书中,亦说皆谘托”,语及“泉州”,当是作于南安。第十帖有“眷私借及女使衣服”之语,第十一帖亦有“忧眷借及米贰硕”之语,当为同时之作。第十帖云“眷私借及女使衣服”,又云“泉州书谨封纳书中,亦说皆谘托”,则借衣者并非王延彬。偓在南安,虽不能不于州刺史延彬有所“谘托”,但从此帖看,亦是辗转托人达于延彬,则所托必有限度。“入州,指入泉州。”后人读韩偓《手简十一贴》多有赞誉者,黄庭坚称:“余观韩致尧出内庭后诗,忠义感激,诗语亦清壮,超一时体律,未尝不叹赏也。今观《十一贴》,字字笔到。乱离中借衣、乞米,真复可怜。嘱李右司状,情致曲折可喜。元祐元年十月己亥,黄庭坚。”(见明汪砢玉撰《珊瑚网》卷二《法书题跋》,下引同)马昫谓“旧闻韩偓有《香奁集》,意其为人,才情风调而已。今观此心画与其简中所及,亦骨鲠之人。是可尚也!至元辛卯夏六月戊寅,因之江西,拜别吾友清臣侍御于真阳获观。滏阳马昫题。”张仲寿“唐韩致尧《手简十一帖》,计其岁月,四百余年矣!观古人率尔而作,八法俱备,今人虽尽思为书,不能到也。中有杨学士一帖,简斋慕其姓职相同,因以市之,为拾袭之藏。暇日出示,命识其后云。延祐丙辰冬十月既望后三日,张仲寿题于有何不可之阁。”

## 后梁乾化二年　前蜀永平二年　吴天祐九年　吴越天宝五年

壬申　九一二

### 正月

**蜀以封疆宁晏,于岁首设醮,杜光庭有《太子为皇帝醮太乙及点金箓灯词》《道门为皇帝醮太乙并点金箓灯词》《普康诸公主为皇帝修金箓斋词》。**

《太子为皇帝醮太乙及点金箓灯词》文中有:“皇帝受命上元,握符承统,宏慈俭之化,敦清净之基,思洽太和,以康万国。昨者以邻封背义,越境干盟,残剽蒸黎,侵凌郡邑。旋平凶孽,尽廓氛埃,指麾元自于睿谋,赞助实资于神力。今则封疆宁晏,褒汉肃清,星纪回天,岁聿云暮。当此月壬申之日,乃新岁首值之辰,辄备坛场,虔申告谢。”据《十国春秋》卷三六载,永平元年初,蜀嫁普慈公主与岐王从子,未几交恶,苦战一年,两次亲征,以太子监国,至年末始退岐王兵,国境遂宁。此文所记,与史实正相符合。《道门为皇帝醮太乙并点金箓灯词》文中有:“大蜀英武睿圣光孝皇帝,德符穹昊,功被生灵,受命仪乾,永康三极。”王建称“英武睿圣光孝皇帝”,是永平元年改元时事,一年后再加“神功文德”四字。《新五代史》卷六三:“(永平元年)加尊号曰英武睿圣光孝皇帝,二年,又加号曰英武睿圣神功文德光孝皇帝。”此文不称王建“神功文德皇帝”,则当作于永平二年加尊号之前。联系《太子为皇帝醮太乙及点金箓灯词》文中谓“乃新岁首值之辰”云云,则二文作于永平二年正月甚明。《太子为皇帝醮太乙及点金箓灯词》《道门为皇帝醮太乙并点金箓灯词》二文并存《全唐文》卷九四一。《普康诸公主为皇帝修金箓斋词》文中有“某等今以时当端月,节遇正阳,属二气之将交,处午位之炎景”云云,与《太子为皇帝醮太乙及点金箓灯词》正相符合,当是作于同时。《普康诸公主为皇帝修金箓斋词》文存《全唐文》卷九三四。

## 二月

**梁以春寒颇甚,雨泽仍愆,司天监占以夏秋多霖潦,太祖有《备雨潦敕》。**

《册府元龟》卷一九三:“(乾化二年)二月癸丑敕曰:‘今载春寒颇甚,雨泽仍愆。司天监占以夏秋必多霖潦……’”文存《全唐文》卷一〇二。

## 三月

**梁与晋抗争失利,境内亢旱,先令魏州差官祷雨,无果,又诏令宰臣于魏州精加祈祷,太祖有《令魏州差官祷雨诏》《令宰臣祈雨诏》。又以惠养疲羸,颁《严惩注拟蠹弊诏》。**

《册府元龟》卷一九三:“(乾化二年)三月丙午,帝北巡次,至济源县。诏曰:‘淑律将迁,亢阳颇甚,宜令魏州差官搅龙祈祷。’戊申诏曰:‘雨泽愆期,祈祷未应。宜令宰臣各于魏州灵祠精加祈祷。’”《令魏州差官祷雨诏》等二文并存《唐文拾遗》卷九。又,同书卷六三二:“乾化二年三月丙申,诏曰:‘夫兴隆邦国,必本于人民;惠养疲羸,允资于令长……’”《严惩注拟蠹弊诏》文存《全唐文》卷一〇一。

## 四月

**梁太祖以星辰失度,颁《修禳星灾敕》。**

《五代会要》卷九:“梁乾化二年四月敕:‘近者星辰失度,方在修禳。宜令两京及宋州、魏州取此月至五月,禁断屠宰。’”文存《全唐文》卷一〇二。

## | 五 月 |

**梁太祖因其时亢旱，令宰臣等赴五岳祈雨，颁《遣官祈雨诏》，因初夏时青黄不接，百姓生活困苦，颁诏禁长吏诛求，遂颁《禁长吏诛求诏》《暑月施恩诏》。**

《旧五代史》卷七："（乾化二年五月）辛卯，诏曰：'亢阳滋甚，农事已伤。宜令宰臣于兢赴中岳，杜晓赴西岳……'"《遣官祈雨诏》文存《全唐文》卷一〇一（下文同）。《册府元龟》卷一九六："梁太祖乾化二年五月，诏曰：'共理庶民，是资牧宰；克勤厥职，必选端良。倘徇私以灭公，则兴灾而敛怨。岂遵条教，实蠹风猷，其所在长吏，不得因缘差役，分外诛求。律令所施，典刑具在，宁容残忍，合务哀矜。'"此即《禁长吏诛求诏》。依《册府元龟》，此诏既戒宰牧，又禁长吏诛求，实为一篇文字，《唐文拾遗》卷九另析为《戒牧宰诏》，或小误，附记于此。《册府元龟》卷一九五："乾化二年五月丁亥，诏曰：'生育之人，爰当暑月乳哺之爱，方及薰风……'"《暑月施恩诏》文存《全唐文》卷一〇一。

**宋齐邱落魄江湖间，窘急，投书姚洞天以求援引，有《投姚洞天书》。**

宋齐邱，传见马令《南唐书》卷二〇、陆游《南唐书》卷四、《江南野史》卷四及《十国春秋》卷二〇。据《十国春秋》载，其卒年为后周显德六年，时年七十三岁。由此逆推，知齐邱本年二十六岁。《五代史补》卷二"宋齐邱投姚洞天"条载："宋齐邱，豫章人。父尝在钟傅幕下，齐邱素落魄。父卒，家计荡尽，已在穷悴，朝夕不能度。时姚洞天为淮南骑将，素好士，齐邱欲谒之，且囊空无备纸笔之费，计无所出，但于逆旅杜门而坐，如此殆数日。邻房有散乐女尚幼，问齐邱曰：'秀才何以数日不出？'齐邱以实告，女叹曰：'此甚小事，秀才何吝一言相示耶？'乃惠以数缗，齐邱用市纸墨为诗咏，以投洞天。其略曰：'某学武无成，攻书失志。岁华蹭蹬，身事蹉跎……'洞天怒其言大，不即接见。齐邱窘急，乃更其启……洞天始悯之，渐加以拯救。徐温闻其名，召至门下，及昇之有江南也，齐邱以佐命功，遂至将相，乃上表以散乐女为妻，以报宿惠，许之。"另据马令《南唐书》卷二〇载，宋齐邱在其父亡故后，确曾困窘："齐邱益穷，随众东下，糊口于倡优。魏氏烈祖时为升州刺史，延四方之士，齐邱依焉。"所记正相属。且马令《南唐书》卷一载："（先主）以舟兵屯金陵，柴再用攻宣州，用其兵杀李遇，以功拜升州刺史。时江淮初定,州县吏多武夫,务赋敛为战守。知诰独好学,接礼儒者,能自励为勤俭,以宽仁为政,远近向风。”其招宋齐邱当在此时。据《资治通鉴》卷二六八,柴再用与徐知诰攻宣州李遇,是梁乾化二年春夏间事,至五月始下之,知诰以功为升州刺史,始招揽儒士,宋齐邱由姚洞天荐之于先主,当在此时,则宋齐邱所为书应在此前,姑系于此。宋齐邱《投姚洞天书》文存《全唐文》卷八七〇。宋齐邱又有《再投姚洞天书[题拟]》文存《全唐文补编》卷一一一。

## |六月|

**梁许文武百官及草泽士人上封事言国事,太祖有《求言诏》。**

《册府元龟》卷二一二:“(乾化)二年诏曰:‘谤木求规,集囊贡事;将裨理道,岂限侧言。应内外文武百官及草泽并许上封事,极言得失。’”文存《全唐文》卷一〇一。太祖遇弑于本年六月,则此诏当在本年六月前,姑系于此。

**蜀遣梁使卢玭等还汴,许寂代王建作《蜀答聘书》《谢信物书》。**

《十国春秋》卷三六载:“(永平二年六月)麟见文州,遣梁使卢玭等还汴。帝答梁王书曰:‘大蜀皇帝致书于大梁皇帝阁下,窃念早岁,与皇帝共逢昌运,同事前朝,俱荣倚注之恩,并受安危之寄……’”此文《成都文类》《锦里耆旧传》《全蜀艺文志》皆存。此所谓“大梁皇帝……同事前朝”云云,当是指梁太祖而言。此时太祖为朱友珪弑,消息或未至蜀中,故蜀主有此信。《全唐文》系二文于许寂名下,题曰《蜀答聘书》,又有《谢信物书》,当是许寂代蜀主作草,今仍属之王建,附记于此。文存《全唐文》卷八八九。

**朱友珪弑朱晃于洛阳,矫诏称帝。杜晓撰哀册文,赵光逢撰谥册文,李燕撰谥议。**

《五代会要》卷一载:“乾化二年六月五日,(梁太祖朱晃)为其子郢王友珪所弑,崩于大内之寝殿,年六十一……哀册文,中书侍郎、平章事杜晓撰;谥册文,门下侍郎、平章事赵光逢撰;谥议,太常卿李燕撰。”

**梁禁私度僧尼，朱友珪有《禁私度僧尼诏》。**

《册府元龟》卷一九四："（乾化二年夏）诏曰：两都左右街赐紫衣及师号僧委功德，使具名奏闻。今后有阙，方得奏荐，仍须道行精至，夏腊高深，方得补填。"《全唐文》系文于末帝，误，盖本年六月太祖为郢王朱友珪所害，友珪旋即称帝，颁此诏者，当是郢王友珪，今正之。文存《全唐文》卷一〇二。

## |七月|

**蜀汉州什邡县百姓郭回芝于仙居观采药耕地，掘得铜牌，上有六十字：老子通天纪云："丁卯年甲戌乙亥人王生，享二百年。天子王从建、王元膺、王万感、王岳、王则、王道义……"蜀主以为祥瑞，更太子元坦名元膺以应之。杜光庭作多篇醮词，如《皇帝修灵符报恩醮词》《天锡观告封章真人词》《皇帝醮仙居山章仙人词》《皇帝修符瑞报恩斋词》《皇太子为皇帝生日醮词》《皇帝醮仙居山词》《皇太子醮仙居山词》《谢宣赐天锡观庄表》《封李真人告词》《天锡观告封章李二真人醮词》**等。**本年，杜氏另有《越国夫人为都统宗侃令公还愿谢恩醮词》**。

《天锡观告封章李二真人醮词》及《天锡观告封章真人词》二文中有"永平二年秋七月，于仙居云山，获古篆铜谶，乃太上通天之记，是章真所铸之文。名姓生辰，子孙年数，重重显迹，一一合符……是用创新观宇，别署嘉名，备像设之仪，改镇县之额。"皆指郭回芝采药于仙居观得铜牌事。杜氏诸文涉得铜牌祥瑞者，可互证，皆作于永平二年七月，此不赘引。杜光庭《谢宣赐天锡观庄表》文存《全唐文》卷九三〇，《皇帝修符瑞报恩斋词》文存《全唐文》卷九三五，《封李真人告词》《天锡观告封章李二真人醮词》《天锡观告封章真人词》《皇太子为皇帝生日醮词》文均存《全唐文》卷九四三，《皇帝醮仙居山章仙人词》《皇帝醮仙居山词》《皇帝修灵符报恩醮词》《皇太子醮仙居山词》文均存《全唐文》卷九四一。《十国春秋》卷三九："永平元年，高祖与岐交恶。宗侃请效力行间，即命为北路行营都统。是役也，步骑十二万人，旌旗绵亘数百里，及青泥岭之战，侃兵大败，退保安远军。"同书卷三六记青泥岭之役在永平元年八月。杜光庭《越国夫人为都统宗侃令公还愿谢恩醮词》文中有："妾夫王宗侃、男承肇等，去年以统戎伐叛，助国勤王，俯迫孤城，遽淹旬月，烽烟警急，音问寂寥……遂虔诣道宫，乞申章奏，严陈法席，降请天兵……俄开坚壁，大破凶狂，成扫荡之功，副圣明之奖。

骨肉团聚,师旅凯还,克平实自于睿谋,护助亦兼于道力。辄因良日,昭答玄休,重申章醮之仪,式罄谢陈之礼。"则此文当作于青泥岭之役次年,即永平二年,姑系于此。文存《全唐文》卷九四〇。

**梁遣刑部尚书李皎奉诏加吴越钱镠为尚父。钱镠有《辞加尚父奏》。**

《旧五代史》卷一三三载:"梁祖革命,以镠为尚父。"梁太祖时已册钱镠为尚父,立生祠,李琪撰生祠碑文(见前引)。此当为朱友珪所加号,因梁局势未定,故钱氏辞之。钱镠《辞加尚父奏》文中有:"乾化二年壬申秋七月内,蒙遣刑部尚书李皎,恭赍恩诏,加臣为尚父之衔。"文存《全唐文补编》卷一一三。

## |八月|

**蜀主王建以太子元膺年少,命学士为文诫之,撰《诫子元膺文》。**

《十国春秋》卷三六载:"(永平二年八月)帝以元膺年少,又命学士为文诫之曰:'吾提三尺剑,化家为国,亲决庶狱,人无枉滥,恭俭畏慎,勤劳慈惠,无一事纵情,无一言伤物……'"文存《全唐文》卷一二九。

**王仲父有《小蓬莱题名》。**

文中有:"壬申秋社日,主簿颜志道、尉杨子章,同观主张义之到是峪……"秋社在立秋后第五个戊日,大致在八月。姑系于此。文存《唐文续拾》卷七。

## |十二月|

**梁朱友珪腊祭百神,御史郑观至日晏方来,友珪有《勒停御史郑观现任敕》。**

《册府元龟》卷五二二:"郑观为监察御史。乾化二年,御史台奏准堂帖送到腊飨,行事官秘书监苗昉等五人状称:十二月二十六日腊祭百神,十九日早,于都省受誓戒至午。时监察御史郑观状称:其日泥雪稍深……奉敕:'国之重典,祀事为先。监察御史本虞不恪,今则众官晨兴已到,御史日晏方来,既紊国章,难亏朝典,其郑观宜停见任。'"《全唐文》系文于梁太祖,误。盖太祖于本年六月已为友珪弑于寝殿,友珪随即即皇帝位,此敕文当是友珪所为,今正之。文存《全唐文》卷一〇二。

## |本年|

**贯休卒于成都,年八十一。明年,葬于成都北门外。有《禅月集》传世,弟子昙域作序。**

《宋高僧传》卷三〇本传载:"至梁乾化二年,终于所居,春秋八十一。蜀主惨怛,一皆官葬,塔号'白莲'。于成都北门外升迁为浮图,乃伪蜀乾德中,即梁乾化三年癸酉岁也。"《十国春秋》卷四七载:"永平二年卒,年八十一。明年,为浮图于成都北门外葬焉。"同书卷三六记载:"(永平二年)二月□□朔,帝幸龙华禅院,召僧贯休坐,赐茶药彩缎。"《蜀梼杌》卷上亦载:"(永平二年)二月朔,(帝)游龙华禅院,召僧贯休坐,赐茶药彩缎,乃令口诵近诗。时诸王贵戚皆赐坐,贯休欲讽之,因诵《公子行》云云。"《十国春秋》盖本此。昙域《禅月集序》所述与此略同。贯休著述,《十国春秋》称有《宝月集》一卷、《西岳集》四十卷。宋元公私书目所载惟《禅月集》。《崇文总目》卷五录为三卷,《直斋书录解题》卷一九录为十卷,《郡斋读书志》卷四中及《通志》卷七〇《艺文略八》均著录为三十卷。今传《四部丛刊》本《禅月集》共二十五卷。集前有吴融撰《西岳集序》,后有昙域《禅月集序》。依昙《序》所记,贯休集中原存诗千首,存者七百二十首。《全唐诗》卷八二六至八三七编其诗十二卷,《全唐诗补遗》补二首,《续补遗》补八首,《续拾》补七首六句。《全唐文》卷九二一存其文四篇。贯休文章,《唐才子传》卷八载:"论曰:贯休天赋敏速之才,笔吐猛锐之意,昔谓龙象蹴踏,非驴所堪,果僧中之一豪也。"《四库全书总目·白莲集》载:"唐代缁流能诗者众,其有集传于今者,惟皎然、贯休及齐己。皎然清而弱,贯休豪而粗。"

**欧阳炯本年前后作歌赞贯休所绘水墨罗汉图。**

欧阳炯《花间集》《尊前集》,景焕《野人闲话》,《益州名画录》《锦里耆旧传》《唐诗纪事》《续资治通鉴长编》等均作"炯",《宋会要辑稿·职官四六》、《翰苑群书》卷一〇《学士年表》及《宋史》卷四七九本传作"迥"。《十国春秋》

以“炯”“迥”为二人，分别立传，误。《宋史》传载：“欧阳迥，益州华阳人。父珏，通泉令。迥少事王衍，为中书舍人……开宝四年卒，年七十六，赠工部尚书。”《太平广记》卷二一四引景焕《野人闲话》载：“（贯休）王氏建国时，来居蜀中龙华之精舍，因纵笔，用水墨画罗汉一十六身并一佛二大士。巨石萦云，枯松带蔓，其诸古貌，与他人画不同。或曰梦中所睹，觉后图之，谓之‘应梦罗汉’……蜀主曾宣入内，叹其笔迹狂逸，供养经月，却令分付院中。翰林学士欧阳炯亦曾观之，赠以歌曰：‘……休公休公，始自江南来入秦，于今到蜀无交亲。诗名画手皆奇绝，覰你凡人争是人。瓦棺寺里维摩诘，舍卫城中辟支佛。若将此画比量看，总在人间为第一。’”依诗意，炯作此歌时，贯休当在世。休本年卒于成都，故炯之作歌词必是本年前事。而炯此时尚年少，约十六七，故也不可能太早，更不可能任翰林学士之职。其任翰林学士乃后蜀时事，此当是因简致误。

**朱希济以世乱流寓蜀中，依季父峤，任遂州卑职，有《重修龙兴寺碑》。**

《太平广记》卷一五八引《北梦琐言》：“蜀御史中丞牛希济，文学繁赡，超于时辈。自云早年未出学院，以词科可以俯拾。或梦一人介金曰：‘郎君分无科名，四十五已上，方有官禄。’觉而异之。旋遇丧乱，流寓于蜀，依季父也。大阮即给事中峤也。仍以气直嗜酒，为季父所责，旋寄巴南。旋聆开国，不预劝进，又以时辈所排，十年不调。为先主所知，召对，除起居郎，累加至宪长。是知向者之梦，何其神也。”据此可知，王建称帝时，牛希济已四十五岁，则本年约四十岁。《宝刻类编》卷七录《重修龙兴寺碑》云：“牛希济撰，永平二年立，遂宁。”可知文作于此时。遂宁，即遂州遂宁郡，唐时属剑南东川节度，可称巴南，与《北梦琐言》正相符合。

**蜀置史官，并下诏命张格等编开国以来实录。王建有《命编开国已来实录诏》。**

《成都文类》卷一六载：“（永平二年）置史官诏：‘自古王者之兴，善恶之迹不泯者，有史臣传之，丹青载之。平章事张格，儒术领袖，文高于世，著述之体，自侔班、马，可专编纂开国已来实录。’”《命编开国已来实录诏》文存《全唐文》卷一二九。

# 后梁乾化三年　前蜀永平三年　吴天祐十年　吴越天宝六年

癸酉　九一三

## 二月

**梁侍卫都将袁象先率禁军杀郢王于洛京，朱友贞即帝位于大梁，去凤历年号，复称乾化三年。末帝改名瑱，作《报典军赵岩书》《即位改名制》。以博王友文为友珪夺去封爵，且为所害，追复之，令有司择日归葬。梁末帝有《追复博王友文官爵诏》。**

《旧五代史》卷八载："（朱友贞）因出梁祖御容以示诸将，帝欷歔而泣曰：'郢王贼害君父，违天逆地，复欲屠灭亲军。尔等苟能自趋洛阳，擒取逆竖，告谢先帝，即转祸为福矣。'众踊跃曰：'王言是也。'皆呼万岁，请帝为主。时伪凤历元年二月十五日也。帝乃遣人告赵岩、袁象先、傅晖、朱珪等。十七日，象先引禁军千人突入宫城，遂诛友珪。事定，象先遣赵岩赍传国宝至东京，请帝即位于洛阳。帝报之曰：'夷门，太祖创业之地，居天下之衡，北拒并、汾，东至淮海，国家藩镇，多在厥东。命将出师，利于便近。若都洛下，非良图也。公等如坚推戴，册礼宜在东京。贼平之日，即谒洛阳陵庙。'是月，帝即位于东京，乃去凤历之号，称乾化三年。"《五代会要》卷一："末帝讳瑱，唐文德元年九月十二日生于汴州。梁开平元年封均王，乾化三年二月十七日，侍卫都将袁象先率禁兵杀郢王于洛京，帝即位于汴州，改名瑱。"梁末帝《报典军赵岩书》《即位改名制》文均存《全唐文》卷一〇二（下文同）。梁末帝《追复博王友文官爵诏》文中有："去岁郢王友珪，尝怀逆节，已露凶锋，将不利于君亲，欲窃窥于神器。此际值先皇寝疾，大渐日臻，博王乃密上封章，请严宫禁。因以莱州刺史授于郢王友珪，才睹宣头，俄行大逆。岂有自纵兵于内殿，却翻事于东都，又矫诏书，枉加刑戮，仍夺博王封爵，又改姓名，冤耻两深，诳欺何极！……冤愤既伸于幽显，霈泽宜及于下泉。博王宜却复官爵，仍令有司择日归葬。"依文意当作于其即位不久，姑系于此。

**末帝授张延朗礼部尚书兼中书侍郎平章事判三司，张氏二次上表，请节国用。**

《旧五代史》卷九六载："末帝即位，授礼部尚书兼中书侍郎平章事判三司。延朗再上表，辞曰：'臣滥承雨露，擢处钧衡，兼叨选部之衔，仍掌计司之重。况中省文章之地，洪炉陶铸之门。臣自揣量，何以当处，是以继陈章表，叠贡情诚……'"末帝即位在乾化三年二月，可推知张延朗就节国用两次上表或在此后不久。张氏《请节国用表》文存《全唐文》卷八四九。

## | 三 月 |

**王建为贯休起白莲塔，庞延翰撰《白莲塔记》，贯休弟子昙域为篆额。**

《宝刻丛编》卷八："昙域《白莲塔记》，庞延翰撰，域篆额，永平三年，成都。"据《禅月集后序》记载，贯休卒后，王建"敕令四众共助葬仪，特竖灵塔，敕谥'白莲之塔'，以癸酉年三月十七日于成都北门外十余里置塔之所，地号升迁"，可知庞延翰文作于此时。碑石今已不存。

## | 四 月 |

**阙名有《大唐故府君李□墓志》。**

文中有："时天祐十年岁次癸酉四月癸酉朔十日壬午，合葬于铜鞮东一十七里庄一里岗源，礼也。"文存《全唐文又再补》卷一〇。

**阙名有《唐故延府君神道铭志并序》。**

文中有："乃于天祐九年三月六日，奄归贷岳……乃去天祐四年十二月卅日，殂归逝水……取天祐拾年岁次癸酉肆月癸酉朔拾三日乙酉，厝神于本村西北三里。"文存《全唐文补编》卷一五六。

## 五月

**末帝因太祖忌日辍朝,有《国忌辍朝诏》等。**

《国忌辍朝诏》文中有:"太祖皇帝六月二日大忌……朕顷遘家冤,近平内难……是宜辍听政于外朝,虽异常仪,愿申罔极。宜辍五月二十二日至六月二十九日朝参。"《辍朝答宰臣诏》文中有:"今以甫临忌日,暂辍视朝,冀全哀戚之情,用表始终之节。宰臣等累陈章表,备述古今,虑以万几之繁,议以五日之请……宜自今月二十九日辍至六月七日,无烦抑请,深体朕怀。"《国忌辍朝诏》《辍朝答宰臣诏》二文存《全唐文》卷一〇二。

## 六月

**蜀主授杜光庭为金紫光禄大夫、左谏议大夫,封蔡国公,进号"广成先生",蜀主命其选纯静有德者使侍东宫,光庭荐儒者许寂、徐简夫以砺太子之情志。太子未尝与之交言,日与乐工群小嬉戏无度,终无所成。**

《资治通鉴》卷二六八:"(六月)丙子,蜀主以道士杜光庭为金紫光禄大夫、左谏议大夫,封蔡国公,进号'广成先生'。光庭博学善属文,蜀主重之,颇与议政事。"又载:"蜀主命杜光庭选纯静有德者使侍东宫,光庭荐儒者许寂、徐简夫。太子未尝与之交言,日与乐工群小嬉戏无度,僚属莫敢谏。"又见《十国春秋》卷四七。

**颜志道、李元英有《小蓬莱题名》。**

颜志道《小蓬莱题名》文末署"癸酉六月拾贰日,颜志道记",可知作于此时。又《全唐文补编》卷九四另有颜志道《小蓬莱题名》,署开平五年改元后二日作,其中有"巡山李元英"字样,而颜志道此文同题文字称"巡山孙明叔",则凤历秋社日前李元英已去"巡山"之职。李元英《小蓬莱题名》文中自称"巡山",当是就曾任此职言,姑系文于此。二文皆存《全唐文补编》卷九四。

## |八月|

**王缄有《封白鸡山记》。**

文中有:"时天祐十载龙集癸酉,鸿雁来宾之月十五日记。"古"鸿雁来宾之月"乃仲秋之月,即八月,可知文作于此时。文存《全唐文》卷八四二。

## |十月|

**蜀主立宗衍为太子。册礼毕,内枢密使潘炕固请归老,许之。**

王衍,原名宗衍,字化源。王建十一子,其母即贤妃徐氏。初封郑王,为左奉驾军使。元膺死,贤妃与宦官唐文扆、宰相张格等合谋立之。《资治通鉴》卷二六八载:"(乾化三年十月)蜀潘炕屡请立太子,蜀主以雅王宗辂类己,信王宗杰才敏,欲择一人立之。郑王宗衍最幼,其母徐贤妃有宠,欲立其子,使飞龙使唐文扆讽张格上表,请立宗衍。格夜以表示功臣王宗侃等,诈云受密旨,众皆署名。蜀主令相者视诸子,亦希旨言郑王相最贵。蜀主以为众人实欲立宗衍,不得已许之。曰:'宗衍幼懦,能堪其任乎?'甲午,立宗衍为太子。受册毕,潘炕以朝廷无事,称疾请老。蜀主不许,涕泣固请,乃许之。国有大疑,常遣使就第问之。"

**阙名有《唐故成德军衙前兵成使深州饶阳镇遏使银青光禄大夫检校国子祭酒兼殿中侍御史上柱国河间郡邢公夫人汝南周氏合祔墓志铭并序》。**

文中有:"以天祐九年九月廿九日,构疾终于镇府真定县北常安坊之私第,享年七十有九。夫人汝南周氏……不幸以天祐六年四月十八日构疾,先公而殁焉……以天祐十年十月廿二日,合葬于镇府平山仙乡□北原先茔,礼也。"文存《全唐文补编》卷一五六。

**颜子逢有《梁故昌黎韩夫人王氏墓志铭并序》。**

文中有:"以乾化三年九月三日,奄忽长夜,呜呼哀哉!以其年十月二日,卜葬于河南府河南县平洛村之高原,礼也。"文存《全唐文补编》卷九四。

## |十一月|

**刘守光谋攻易、定、幽州,参军冯道以为未可,光系之于狱,或救之,遁归太原,张承业辟为巡官。**

《资治通鉴》卷二六八:乾化三年"十一月壬午,帝南还。燕主守光集将吏谋攻易、定、幽州,参军景城冯道以为未可。守光怒,系狱,或救之,得免。道亡奔晋。张承业荐于晋王,以为掌书记"。《旧五代史》卷一二六:"守光败,(道)遁归太原,监军使张承业辟为本院巡官。承业重其文章履行,甚见待遇。"

## |本年|

**皮光业奉使后梁,梁末帝特赐其进士及第。**

《吴越备史》卷三:"光业字文通,世为襄阳人。父日休,有盛名,为苏州军事判官、太常博士。光业生于姑苏,十岁能属文。及长,以所业谒武肃,累署浙西节度推官,赐绯。命入贡京师,梁后主特赐进士及第,仍赐秘书郎,授右补阙内供奉,赐金紫。"徐松《登科记考》卷二五:"赐及第,盖非登第也。事在贞明前,当附是年。"

**梁夏侯龟符怀监使等泛彩舟游于九龙泉,作《九龙庙述》。**

文中有:"梁癸酉,命公于许,受钺于同。同即潼之西北,实国之枢键与奥区也……暇日,尝搜景前奇,得九龙泉……一日,斤斧休,畚锸已。公请监使与副车已下,泛彩舰顺流而下。"文存《全唐文补编》卷九三。

**晋以李承勳为刘守光杀害故,遣周德威将三万人,会镇定之兵以攻燕。刘**

**守光有《致周德威书[题拟]》。**

《新五代史》卷三九:"守光遂以梁乾化元年八月,自号大燕皇帝,改元曰应天,以王瞳、齐涉为左右相。晋遣太原少尹李承勳贺册尚父,至燕,而守光已僭号。有司迫承勳称臣,承勳不屈,以列国交聘礼入见。守光怒,杀之。明年,晋遣周德威将三万人,会镇定之兵以攻燕。自祁沟关入,其澶、涿、武、顺诸州皆迎降。守光被围经年,累战常败,乃遣客将王遵化致书于德威曰:'予得罪于晋,迷而不复,今其病矣,公善为我辞焉。'"刘守光僭号,在乾化元年,次年周德威攻之经年,守光始有此书,则书当作于乾化三年。

## 后梁末帝朱瑱乾化四年　前蜀永平四年　吴天祐十一年　吴越天宝七年

甲戌　九一四

### 正月

**高季昌兴兵攻蜀,大败。蜀主命太子判六军,开崇勋府,置僚属,后更名天策府。王建有《置东宫官属诏》。**

《资治通鉴》卷二六九载:乾化四年"(正月)丙子,蜀主命太子判六军,开崇勋府,置僚属,后更谓之天策府"。同卷又载:"高季昌以蜀夔、万、忠、涪四州旧隶荆南,兴兵取之。先以水军攻夔州,时镇江节度使兼侍中嘉王宗寿镇忠州,夔州刺史王成先请甲,宗寿但以白布袍给之。成先帅之逆战,季昌纵火船焚蜀浮桥,招讨副使张武举铁絙拒之,船不得进。会风反,荆南兵焚溺死者甚众。季昌乘战舰,蒙以牛革,飞石中之,折其尾。季昌易小舟而遁。荆南兵大败,俘斩五千级。"《成都文类》卷一六载:"永平四年,以其子衍判内外六军事。诏曰:'王者经世驭民,以保安于蒸人,曷尝不讲求贤硕,以辅元子。故汉开博望,唐承重华……'"王建《置东宫官属诏》存《全唐文》卷一二九。

## 四月

**吴越钱镠有《刘仁规等改补节度散子将牒》。**

文中有:“乾化四年四月日牒,使尚父守尚书令吴越王。”文存《全唐文》卷一三〇。

## 五月

**张承奉有《许邓传嗣女出家敕[题拟]》。**

文末署:“甲戌年五月十四日。”文存《全唐文补编》卷九三。

## 七月

**刘岩遣供军巡官陈用拙奉礼币使吴越,请兄事于吴越王,钱氏纳之。**

《十国春秋》卷七八载:“七月,清海军节度使刘岩遣供军巡官陈用拙奉礼币,请兄事于王,王纳之。是岁改温州横阳县曰平阳,表封钱塘龙君为广润龙王。”又《吴越备史》载:“秋七月,广帅岩遣供军巡官陈用拙奉礼币,请兄事于王,王纳之。”陈用拙奉使吴越之时间,《十国春秋》卷五八载:“乾化四年春二月,王遣供军巡官陈用拙如吴越,是时郁林州宝圭洞迎玉宸道君及葛真人石像于南海,置之石室。”卷六二载:“乾化四年,奉使吴越,吴越武肃王与语,嘉其专对,赉以金帛甚厚,用拙逊谢,归以献高祖。”或是误记,或是刘岩本年多次遣其使吴越,则当以七月较为妥当。

**阙名有《昭义军节度使泽潞磁洺等州观察处置等使开府仪同三司检校太傅兼侍中潞州大都督府长史上柱国陇西郡开国公食邑一千五百户李嗣昭新铸泽州开元寺寺神钟记》。**

文末署:“时天祐十一年七月十三日。”文存《全唐文补编》卷一三七。

**東元伯有《小蓬莱题名》。**

文末署："甲戌孟秋望日题。"文存《全唐文补编》卷九四。

## |八月|

**蜀毛文锡由翰林学士承旨迁礼部尚书，判枢密院；或以高季昌不服，劝王建决峡堰以灌江陵，毛文锡力阻，江陵士庶得以保全。**

《资治通鉴》卷二六九述此甚详。《十国春秋》卷三六载："（八月）翰林学士承旨毛文锡为礼部尚书，判枢密院。或劝帝乘夏秋江涨，决峡堰以灌江陵。文锡固谏，以为不可，帝乃止。"同书卷四一《毛文锡传》亦记文锡谏辞："高季昌不服，其民何罪？陛下方以德怀天下，忍以邻国之民为鱼鳖食乎！"

**阙名有《梁故东海徐氏夫人墓志铭》。**

文中有："夫人以乾化四年七月六日遭疾奄逝，享年四十，以其年八月三日，归葬于鄞县灵岩乡金泉里，礼也。"文存《唐文拾遗》卷六七。

## |九月|

**杜光庭有《皇帝周天醮词》。**

杜氏文中有："臣恭临大宝，虔奉丕图，不敢遑宁，若临冰谷。而频移圭律，七变槐檀，虑兆庶未康，恐一物失所。"据《十国春秋》卷三五，王建"恭临大宝"于西川称帝，是天复七年九月事，文中所谓"频移圭律，七变槐檀"，当指其即位已达七年之久，是为永平四年，姑系文于此。文存《全唐文》卷九四〇。

## |十月|

**蜀利州团练使王承宾奏，仙都山见神仙，杜光庭等十二人代蜀主祭封之。**

**杜光庭有《紫霞洞修造毕告谢醮词》《自到仙都山醮词》。**

杜氏文中有:"粤以永平二年壬申七月二十一日丁卯,汉州什邡县获太上老君锡命谶文,留玉篆于仙居,刻铜符于厚地。生辰命属,时日姓名,叙奕世之蝉联,明卜祚之延久。四年八月二十四日戊子,利州团练使王承宾奏,此山灵洞,显见神仙。遂命威仪任可言、高品、杨知淑专申告谢,仰答光灵。十月一日甲子,才启醮筵,再闻应见。云旌羽旆,参差崖壁之中;鹤态神仪,罗列洞门之内。事迈于昆山瑶水,美超于姑射具茨,祇荷祯祥,弥增震惕。是用考诸典礼,特举封崇,以是月甲申,改道长山为玄都山,阳谟洞为紫霞洞,景谷县为金仙县,封元都山神为玉清公,创厥坛场,鼎新观宇。自初揆构,逮于毕功,累见真仪,益彰灵贶。谨遣金紫光禄大夫、左谏议大夫广成先生蔡国公杜光庭等一十二人,赍信币香花,按元科具典,于紫霞仙观,修金箓道场。况属下元,允当大节,式陈昭谢,再显旌封。"可知此事乃以铜牌祥瑞为由头,因太子元膺败亡,王衍新立太子不久,持重大臣或有未服,故以神仙再现为说辞。下元节即十月十五日。《紫霞洞修造毕告谢醮词》文存《全唐文》卷九四〇,《自到仙都山醮词》文存《全唐文》卷九三八。

**曹议金有《邓弘嗣改补充左厢第五将将头牒[题拟]》。**

文末署:"甲戌年十月十八日牒,使检校吏部尚书兼御史大夫曹仁贵。"文存《全唐文补编》卷九八。

## |十一月|

**杨夔有《歙州重筑新城记》。此后行迹无考。有集,今佚。**

文中有:"天祐丁卯岁月直辛亥,有星自积水流入于舆鬼……明年夏四月辛丑,宣歙睦雨,周一甲子,平地水丈余……时岁在降娄周正之月十一日记。"据《书纂言》载:"戌曰降娄。"天祐后,戌年为梁末帝乾化四年甲戌。"周正之月",即周代之正月,周代建子,以子月(即农历十一月)为岁首,则此文当作于是年十一月十一日。文存《全唐文》卷八六七。夔之著述,《新唐书》卷六〇《艺文志四》录《杨夔集》五卷、《冗书》十卷、《冗余集》一卷。《崇文总目》卷一一、《通志》卷七〇《艺文略八》所录皆同。《宋史》卷二〇八《艺文志七》录《杨夔集》五卷、《赋》一卷、《冗书》十卷、《冗余集》十卷。《诗话总龟》前集卷二七引《古今诗话》载:"高士杨夔尝著《冗书》三卷,驰名于士大夫间。"吴任臣《十国春秋》卷一一本传又载:"夔有《纪梁公对》《原晋乱说》,当世争传其文。"夔集今皆佚。《全唐诗》卷七六三存夔诗十二首,《全唐文》卷八六六、八六七录存其文二十二篇。

## |本 年|

**和凝举明经,至京师,感梦而改应进士举。**

和凝,传见《旧五代史》卷一二七、《新五代史》卷五五。《新五代史》本传称:"和凝字成绩,郓州须昌人也。其九世祖逢尧为唐监察御史,其后世遂不复宦学。凝父矩,性嗜酒,不拘小节,然独好礼文士,每倾赀以交之,以故凝得与之游。而凝幼聪敏,形神秀发。"《旧五代史》所载略同,且曰:"少好学,书一览者咸达其大义。年十七举明经。至京师,忽梦人以五色笔一束以与之,谓曰:'子有如此才,何不举进士?'自是才思敏赡。"凝卒于后周显德二年(955),卒年五十八岁。逆推之,本年十七岁。

**韩偓有《裴郡君祭文》,此乃其可考年代最晚之文章。**

刘克庄《跋韩致光帖》云:"致光自癸亥去国,至甲戌悼亡,十有二年,流落久矣,而乃心唐室,始终不衰,其自书《裴郡君祭文》首书'甲戌岁',衔书'前翰林学士承旨、银青光禄大夫、行尚书户部侍郎、知制诰、昌黎县开国男、食邑三百户韩某',是岁朱氏篡唐已八年,为乾化四年,犹书唐故官而不用梁年号,贤于杨风子辈远矣。"宋王应麟《困学纪闻》卷一四记云:"韩偓自书《裴郡君祭文》,首书'甲戌岁',衔书'前翰林学士承旨、银青光禄大夫、行尚书户部侍郎、知制诰、昌黎县开国男、食邑三百户韩某'。是岁朱氏篡唐已八年,为乾化四年,犹书唐故官而不用梁年号。"则韩偓之《裴郡君祭文》乃本年祭其妻之作。《十国春秋·韩偓传》谓其卒年"龙德三年(923),卒于南安龙兴寺,葬葵山之麓"。

## 后梁贞明元年 吴天祐十二年 前蜀永平五年 吴越天宝八年

乙亥 九一五

### |二月|

**末帝朱瑱以寿春公主尚吴越王子传珍。梁末帝有《以寿春公主选驸马赐钱镠敕》**。

《新五代史》卷九三载:“(罗)周翰娶末帝女曰寿春公主。”《十国春秋》卷八四载:“(杜建徽)天宝八年,送王子传珍进京师,尚梁寿春公主,未几归,进泾源节度使。”据此可知,传珍入京娶寿春公主,时在吴越国天宝八年。据史载,末帝共有二女。《新五代史》卷三九载:“周翰娶末帝女曰寿春公主,周敬亦娶末帝女曰普安公主。”《旧五代史》卷一四载:“(罗)绍威子三人,长曰廷规,位至司农卿,尚太祖女安阳公主,又尚金华公主,早卒。次曰周翰,继为魏博节度使,亦早卒。季曰周敬,历滑州节度使,别有传。开平四年夏,诏金华公主出家为尼,居于宋州玄静寺。盖太祖推恩于罗氏,令终其妇节也。”则传珍所娶寿春公主,或因周翰早卒,再尚。梁末帝《以寿春公主选驸马赐钱镠敕》文存《全唐文》卷一〇二。

**阙名有《□□[天]祐十二年岁次乙亥闰二月壬辰五日(下缺)马军都指挥使金紫光禄大夫检校(下缺)孟璠志铭并序》**。

文存《全唐文补编》卷一五六。

### |闰二月|

**蒋鉴玄有《梁故明州军事押衙充勾挥官银青光禄大夫检校太子宾客兼殿中侍御史王府君墓志铭》**。

文中有："以乾化四年十二月廿二日即世，享年五十五，以乾化五年闰二月二十九日归葬于鄞县灵岩乡金泉里，礼也。"文存《唐文拾遗》卷四六。

## 三月

**末帝从租庸使赵岩、租庸判官邵赞计，下诏分相、魏为两镇。赵岩有《魏博六州议[题拟]》。魏军作乱，张彦等胁贺德伦奏请兼招讨使，末帝屡下诏抚之，未果，终致贺德伦背梁归晋。**

《旧五代史》卷八载："（贞明元年三月）租庸使赵岩、租庸判官邵赞献议于帝曰：'魏博六州，精兵数万，蠹害唐室，百有余年……若分割相、魏为两镇，则朝廷无北顾之患矣。'帝曰：'善。'即以平卢军节度使贺德伦为天雄军节度使，遣刘鄩率兵六万屯河朔。诏曰：分疆裂土，虽赏勋劳；建节屯师，亦从机便。比者魏博一镇，巡属六州。为河朔之大藩，实国家之巨镇……"同卷又载："（贞明元年三月二十九日）张彦又以杨师厚先兼招讨使，请朝廷依例授之，故复逼。德伦奏曰：'臣当道兵甲素精，貔貅极锐。下视并、汾之敌，平吞镇、定之人。特乞委臣招讨之权，试臣汤火之节，苟无显效，任赐明诛。'诏报曰：'魏博寇敌接连，封疆悬远。凡于应赴，须在师徒。'"赵岩《魏博六州议[题拟]》文存《全唐文补编》卷九四。梁末帝《分相魏为两镇诏》文存《全唐文》卷一〇二，贺德伦《请兼招讨使奏》文存《全唐文》卷八四二，梁末帝《答贺德伦诏》文存《全唐文》卷一〇二。

**杜光庭有《先锋王承遂为祖母九曜醮词》。**

文中有："臣祖母代国太夫人某氏，年八十岁，本命乙卯三月十三日戊午生。今以土火二曜，居三合之方；天符飞旗，冲大运之上。"乙卯岁与杜光庭相及者，在晚唐乾宁二年，其时王氏祖母当为六十岁，为九曜醮时，年已八十，则当在乾化五年，姑系此文于乾化五年三月。文存《全唐文》卷九四二。

## 四月

**魏州文士司空颋为张彦请复相卫，未果，遂胁梁天雄节度使贺德伦附晋。**

**德伦不得已，遣牙将曹廷隐奉书求援于太原。**

《旧五代史》卷八载：“（贞明元年四月）时有文吏司空颋者，甚有笔才。彦召见，谓曰：‘为我更草一状，词宜抵突，如更敢违，则渡河掳之。’乃奏曰：‘臣累拜封章，上闻天听，在军众无非共切，何朝廷皆以为闲？半月三军切切，而戈矛未息；一城生聚皇皇，而控告无门……’张彦坏裂（诏书），抵之于地。谓德伦曰：‘梁主不达时机，听人穿鼻。城中扰攘，未有所依。我甲兵虽多，须资势援。河东晋王统兵十万，匡复唐朝，世与大梁仇雠。若与我同力，事无不济。请相公改图，以求多福。’德伦不得已而从之，乃遣牙将曹廷隐奉书求援于太原。”司空颋《为张彦请复相卫状》文存《全唐文》卷八四三。

**阙名有《移建尊胜幢题记》。**

文末署：“大梁乾祐五年岁次乙亥四月辛卯朔四日甲午。”乾祐为后汉年号，梁时有乾化年号，其中乾化五年正为乙亥年，而后汉“乾祐”未至五年即更年号，可知“乾祐”当为“乾化”之误，文当作于后梁乾化五年四月四日。文存《唐文续拾》卷一一。

**蜀中阙名有《种审能造像记》。**

文中有：“右卫第三军散副将种审能，为亡男希言为贼伤煞……以永平五年四月四日……”从署永平年号似可推知为文者是西蜀人士。文存《全唐文补编》卷一四二。

## | 五月 |

**郑山甫有《大梁故宋州观察支使将仕郎检校祠部员外郎兼侍御史赐绯鱼袋贾府君墓志》。**

文中有：“维贞明元年夏五月五日，摄河清县令贾公遘疾终于县宅，享年五十三，其年五月十二日，窆于河清县述仙乡杨寺村。”文存《全唐文补编》卷九四。

## |六月|

**魏博三军作乱，胁持贺德伦背梁归晋。晋王李存勖览司空颋《代贺德伦陈被胁归晋状[题拟]》，拥兵亲临魏州。晋王得魏博，有《平魏博令》。梁刘鄩欲趁晋军入魏博时进军晋阳，以断其归路，遇大雨未果。**

《北梦琐言》卷一七"魏博衙军"条："梁以贺德伦领镇，分其土宇，创立相、贝为节镇，减其力用。三军作乱，胁持德伦背梁归晋，其状词云：'屈原哀郢，本非怨望之人；乐毅辞燕，且异倾邪之行。'晋王览状，拥兵亲临。"又据《旧五代史》卷八："（贞明元年）五月，晋王率师赴魏州，节度使牛存节薨。是月，凤翔李茂贞遣伪署泾州节度使刘知俊率师攻邠州，以李保衡归顺故也。自是，凡攻围十四月，节度使霍彦威诸军、都指挥使黄贵坚守捍寇，会救军至，岐人乃退。六月庚寅，晋王入魏州，以贺德伦为大同军节度使，举族迁于晋阳。"据此可知司空颋《状》当作于贞明元年六月。司空颋《代贺德伦陈被胁归晋状[题拟]》文存《全唐文补编》卷九四。又据《册府元龟》卷六五载："（天祐）十二年六月平魏博，令军中曰：'我国家列爵疏封，皆循旧制；建藩维而命宗子，锡茅社以报功臣。'"《平魏博令》文存《全唐文》卷一〇三。据《旧五代史》卷八载："（六月）是月，刘鄩自洹水潜师由黄泽路西趋晋阳，至乐平县，值霖雨积旬，乃班师还。次宗城，遂至贝州，军于堂邑，遇晋军，转斗数十里。晋军稍退。翼日，鄩移军于莘。"

**阙名有《李琮造像记》。**

文末署："大梁乾化五年乙亥岁六月三日记。"文存《全唐文补编》卷一四二。

## |七月|

**阙名有《大梁故佑国军节度押衙银青光禄大夫检校国子祭酒兼御史大夫上柱国徐州下邳郡国礣志铭》。**

文中有："乾化五年岁次乙亥七月庚申朔廿五日甲申，迁葬于河南县定理武店东北，因遭兵革，移住洛都。”文存《全唐文补编》卷一五六。

## | 八月 |

**末帝颁诏，以河朔之事托诸刘鄩，鄩上疏陈军中事宜，有《陈军中事宜疏》。**

《旧五代史》卷二三载：“（贞明元年）八月，末帝赐鄩诏曰：‘阃外之事，全付将军。河朔诸州，一旦沦没，劳师弊旅，患难日滋……’鄩奏曰：‘臣受国深恩，忝兹阃政，敢不枕戈假寐，罄节输忠。昨者比欲西取太原，断其归路，然后东收镇、冀，解彼连鸡，止于旬时，再清河朔……’”梁末帝《赐镇南军节度使刘鄩诏》文存《全唐文》卷一〇二，刘鄩《陈军中事宜疏》文存《全唐文》卷八四二。

**吴越王钱镠修《钱氏大宗谱》成，亲为撰序。**

《武肃王集》有《钱氏大宗谱序》，末署：“乾化五年八月十八日书。”

## | 十月 |

**行坚有《惠光和尚舍利铭记》。**

文中有：“乾化三年春三月，长老惠光和尚建置禅院。至五年岁次乙亥三月庚辰朔十二日壬申迁化，十四日焚烧，得感应舍利……其年十月八日，礼葬于洛都当院内，故记于舍利铭记。”姑系文于此。文存《唐文拾遗》卷五〇。

## | 十一月 |

**曹元深有《上晋帝起居表[题拟]》。**

该文末附辑者陈尚君按语：“末有题记：乙亥年十一月十六日，乾明寺学士郎杨定千自手书记。”文存《全唐文又再补》卷七。

## |本年|

**王仁裕入蜀**。

王仁裕，传见《旧五代史》卷一二八、《新五代史》卷五七、《十国春秋》卷四四。《新五代史》载："王仁裕字德辇，天水人也。少不知书，以狗马弹射为乐，年二十五始就学，而为人隽秀，以文辞知名秦、陇间。秦帅辟为秦州节度判官。秦州入于蜀，仁裕因事蜀为中书舍人、翰林学士……显德三年(956)卒，年七十七。"《旧五代史》所记同。秦州入于蜀具体时间难于确考，然其初因秦帅辟为秦州节度判官，据《资治通鉴》卷二六九载："(本年十一月)秦州节度使李继崇遣其子彦秀奉牌印迎降。"据此似可推断仁裕入蜀，或是随李继崇降蜀。

**王延彬刺泉州，徐寅每与游赏。寅尝病，求药于延彬，延彬有《答徐寅求药物书》。寅于本年或稍后离王延彬泉州幕，归隐莆田延寿溪**。

《十国春秋》卷九五载："太祖从子延彬刺泉州，寅每同游赏，及陈郯、倪曙等赋诗酣酒为乐，凡十余年。常被病求药物于延彬，延彬答书：'善自调护，亦可自开豁；三皇五帝，不死何归。'盖举寅《人生几何赋》语以戏之也。"延彬为泉州刺史，是乾化五年事，徐寅与之游赏，当在此前后十余年间。又余师仁《钓矶文集序》引《九国志·徐寅传》载："凡十余年，求还所居……竟卒于延寿之别墅。"寅居王延彬幕是天祐元年事，下推十一年为本年，则徐寅离泉州幕归隐延寿溪，当在本年或稍后。又《诗话总龟》前集卷四三引《诗史》："徐寅，兴化军莆田人，以秘书省正字归老乡里。既死，节度使王延宾(当为彬字之误)以诗哭之曰：'延寿溪头哭逝波，古今人事半销磨。昔徐正字今何在，所谓人生能几何。'延寿溪，寅所居也。"此后徐寅事迹不可考，姑附于此。

**阙名有《张景等造经幢记》**。

文末署："时乾化伍年岁次乙亥(缺)。"文存《唐文续拾》卷一一。

# 后梁贞明二年　吴天祐十三年　前蜀通正元年　吴越天宝九年　契丹神册元年

丙子　九一六

## 正月

**吴越钱镠有《建广润龙王庙碑》。**

《宝刻丛编》卷一四“唐新建钱塘湖广润龙王庙碑”条云:“钱镠记,行书篆额,贞明二年丙子正月十五日庚午建。”文存《全唐文》卷一三〇。

## 二月

**阙名有《唐故王府君合祔墓志铭并序》。**

文中有:“去光化二载四月七日,殁于私地。夫人张氏……去乾宁元年十二月十二日,殁于私室……于天祐十三年岁次丙子二月丙戌朔五日庚寅,合祔于丹城北原……”文存《全唐文补编》卷一五六。

## 三月

**吴越钱镠牒钟廷翰摄安吉主簿,有《钟廷翰摄安吉主簿牒》。**

《容斋三笔》卷一六载:“钱武肃在镇,牒钟廷翰摄安吉主簿云:‘敕淮南、镇海、镇东等军节度使,牒将仕郎试秘书省校书郎钟廷翰,牒奉处分,前件官儒素修身,早升官绪,寓居霅水,累历星霜,克循廉谨之规,备显温恭之道。今者愿求录用,特议抡材,安吉属城印曹阙吏,俾期差摄,勉效公方,傥闻佐理之能,岂悋超升之奖?事须差摄安吉县主簿牒举者,故牒。贞明二年三月日。’牒后衔云:‘使、尚父、守尚书令吴越王押。’此牒今藏于王顺伯家,其字画端严有法,其文则掌书记所撰,殊为不工,但印记不存矣。”

**杜光庭为蜀左谏议大夫，撰成《毛仙翁传》。**

文末署："通正元年丙子三月七日辛酉，杜光庭记。"文存《全唐文》卷九四四。

**蜀中阙名有《田氏造尊胜幢记》。**

文中有："通政元年三月八日，女弟子郡夫人田氏发愿……"文存《全唐文补编》卷一四三。

## | 四 月 |

**阙名有《唐故南阳郡张府君墓志铭并序》。**

文中有："以天祐十年正月十九日，殁于天宁私室，春秋六十有二……以天祐十三年岁次丙子四月乙酉朔日，葬于军城之西北隅五里马邑县殄胡乡和戎里息马之□原。"文存《全唐文补编》卷一五六。

## | 十 月 |

**蜀移旧玉局观老君石像于龙兴观，杜光庭有《奏于龙兴观醮玉局札子》《谢恩赐玉局化老君表》。**

《奏于龙兴观醮玉局札子》中有："臣先蒙今年十月二十二日宣赐旧玉局洞门官舍一所，并石像老君一座，移在当观。其舍今于殿后讲堂基上起立功毕，便用安置石像老君，焚修供养……伏请起天汉元年二月八日，委本府县祗就龙兴观玉局石像老君前修设，冀免旷阙，以协敬恭。"文中请自天汉元年二月八日起，委府县就龙兴观石像老君前修设，则文中所称"今年十月二十二日"当是指"天汉元年"前一年即通正元年。文存《全唐文》卷九三一。《谢恩赐玉局化老君表》文中有："臣某言：'伏奉恩敕，宣赐旧玉局洞门石像老君，归龙兴观御容院阁下西间奉安供养。'"所言"宣赐"事，即《奏于龙兴观醮玉局札子》中有："臣先蒙今年十月二十二日宣赐旧玉局洞门官舍一所，并石像老君一座，移在当观。"可知此谢表作于恩赦后不久，姑系于此。文存《全唐文》卷九二九。

**薛廷圭撰《赠太尉葛从周神道碑》。**

薛廷圭，传见《旧唐书》卷一九〇下、《新唐书》卷二〇三及《旧五代史》卷六八。碑文阙字颇多，文中有："明年，青齐之众，复陷兖州……即以(阙四字)十月三日，归葬于偃师县亳邑乡林南里之别墅。"《旧五代史》卷一六载："(葛从周)养疾偃师县亳邑乡之别墅。顷之，授太子太师，依前致仕。末帝即位，制授潞州节度使，令坐食其俸，加开府仪同三司、检校太师兼侍中，封陈留郡王，累食邑至七千户，命近臣赍旌节，就别墅以赐之。贞明初卒于家，册赠太尉。"可知葛从周卒于贞明元年，依文中"即以(阙四字)十月三日"阙者四字推断，当非本年下葬，否则依碑铭类文字惯例，当只书"其年"，所阙四字当是帝王年号和年份，如"贞明某年"之类。再据古人习俗，人死下葬，又无祔葬者，不当相隔太久，故系于贞明二年。文存《全唐文》卷八三八。

## |本 年|

**王定保在南汉刘岩幕，撰成《唐摭言》十五卷。**

《唐摭言》卷一五："(赵)光逢膺大用，居重地十余岁，七表乞骸，守司空致仕。居二年，复征拜上相。"据《资治通鉴》卷二六九，赵光逢再拜相是本年八月事。南汉建国，是次年七月事。刘毓崧《唐摭言跋》据此条及书中不避刘隐、刘岩兄弟讳，断此书成于本年九月至下年七月间。又据《南汉纪》卷二载："越主初欲僭号，惮王定保不从，遣定保使荆南。及还，惧其非己，使倪曙劳之，告以建国。定保曰：'建国当有制度，吾入南门，清海军额犹在，四方其不取笑乎！'越主笑曰：'吾备定保久矣，而不思此，宜其讥也。'"可知越主欲立国而惮定保沮之，便遣其使荆南，待定保出使回，则南汉已立国矣。《唐摭言》不避南汉主讳，当成书于其出使之前。王定保使荆南具体时间不可考，姑系于本年。

## 后梁贞明三年　吴天祐十四年　前蜀天汉元年<br>吴越天宝十年　南汉乾亨元年　契丹神册二年

丁丑　九一七

### 二月

**新州偏将卢文进杀其帅李存矩，叛投契丹，庄宗遗书让契丹主，有《让契丹阿保机书》。**

《册府元龟》卷九九六载："后唐庄宗初为晋王，天祐十四年二月，新州编（同书卷四四三作'偏'，是）将卢文进杀其帅李存矩，叛投契丹，寇我新州。先是，契丹阿保机当武皇时，屡盟于云中，面相约束，款塞交欢，义为弟兄。急难相救，彼无侵苦。至是容纳叛臣，渝盟犯塞。使让之曰：'画野离疆，虽有华戎之别；惟忠与信，不违蛮貊之邦……'"庄宗李存勖《让契丹阿保机书》文存《全唐文》卷一〇五。

**杜光庭有《寿春节进章真人像表》《寿春节进元始天尊帧并功德疏表》。**

据《广成集》所收《寿春节进章真人像表》题下注"天汉元年二月八日"，可知文作于此时。文存《全唐文》卷九二九。《寿春节进元始天尊帧并功德疏表》文中有："今属日丽九芒，风和八景，寿春大节，诞圣昌辰，辄绘真容，愿崇睿福。臣某与当院道众，起今月一日，开置灵宝延寿道场七昼夜，香烛蠲洁，焚诵精虔。冀凭妙道之功，永祝无疆之寿。前件画像及功德疏一通，谨辄陈进。"与《寿春节进章真人像表》内容颇近似，姑同系于此。文存《全唐文》卷九三〇。

**蜀中阙名有《骞知进造像记》。**

文中有："右弟子军事押衙骞知进……以天汉元年二月十五日，就院修□□赞，用开鸿泽，永为贡奉。"文存《全唐文补编》卷一四二。

## 三月

**吴越钱镠有《敕授各王子官爵谢恩稿》。**

文中有:"贞明三年丁丑岁三月八日,接奏恩纶。"文存《全唐文补编》卷一一三。

**蔡曙有《新修南溪池亭及九龙庙等记》。**

文末署:"贞明三年丁丑岁春三月二十七日记。"文存《唐文续拾》卷七。

## 六月

**蜀中导江令黄璟奏天大雷雨,江神忽成巨堰,群臣入贺。杜光庭有《贺江神移堰笺》。**

《十国春秋》卷三六载:"(天汉元年)六月,赐百官飞雪丸。是月,导江令黄璟奏天大雷雨,江神忽成巨堰,群臣入贺。"注文引杜氏《贺江神移堰笺》文字,可知作于此时。

## 七月

**殷文圭为淮南节度掌书记,有《后唐张崇修庐州外罗城记》。**

文末署:"天祐十四载岁次丁丑七月戊申朔二十六日癸酉建立,淮南节度掌书记殷文圭文。"文存《全唐文》卷八六八。

## 十月

**李戬为太子太傅,多因释教,诳惑群情,梁末帝有《诫李戬诏》。**

《旧五代史》卷九:"(贞明三年)冬十月壬午,以权西面行营都监左武卫上将军张筠权知商州军州事。戊子，诏曰：'太子太傅李戬，多因释教，诳惑群情，此后不得出入无恒。'"文存《唐文拾遗》卷九。

**梁加吴越王钱镠天下兵马元帅。朱珍有《加忠懿王天下兵马都元帅敕》。**

《新五代史》卷六七载："末帝贞明三年，加镠天下兵马都元帅，开府置官属。"《资治通鉴》卷二七〇载："（贞明三年）冬十月己亥，加吴越王镠天下兵马元帅。"可知朱珍文作于此时。文存《全唐文》卷八四一。

**阙名有《曹彦晖等造南无佛陀耶经幢题记》。**

文中有："天汉元年十月十八日，弟子曹彦晖小满哥敬造……"文存《全唐文补编》卷一四三。

## 十一月

**杜光庭除户部侍郎兼加阶爵，有谢表。**

杜光庭有《谢恩除户部侍郎兼加阶爵表》，《蜀梼杌》卷上载："（通正二年）十一月，大赦，改元天汉元年，国号改称天汉，以广成先生杜光庭为户部侍郎。"杜氏谢表即作于此时。文存《全唐文》卷九二九。

**阙名有《龙兴寺郑义尊胜等经幢记》。**

文中有："贞明三年岁次丁丑十一月壬子朔二十六日辛丑，敬佛弟子郑义（下缺）。"文存《全唐文补编》卷一四三。

## 十二月

**安彦之丧杨刘城，敬翔为梁相，有《上军事疏》文。晋破安彦之后，其溃亡卒多啸聚于兖郓山谷间，庄宗以书谕之，有投来者。**

《资治通鉴》卷二七〇载,“(贞明三年十二月)是日大寒,晋王视河冰已坚,引步骑稍度。梁甲士三千戍杨刘城,缘河数十里列栅相望。晋王急攻,皆陷之。进攻杨刘城,使步兵斩其鹿角,负葭苇塞堑,四面进攻,即日拔之,获其守将安彦之。”可知安彦之丧杨刘,是本年十二月事。又《册府元龟》卷三一五载:“梁敬翔为相,及刘鄩失河朔,安彦之丧杨刘。翔奏曰:‘国家连年遣将出征,封疆日削。不独兵骄将怯,亦制置未得其术。陛下处深宫之中,与之计事者,皆左右近习,岂能量敌之胜负哉……’”据此可知,敬翔此文当作于安彦之丧杨刘后不久,今姑系于此。敬翔《上军事疏》文存《全唐文》卷八四二。《册府元龟》卷一六六载:“(天祐)十四年二月……自破安彦之后,其溃亡之卒,多啸聚于兖郓山谷间,观时胜负,有投来者。帝以书谕之曰:‘夫相时达变,为智士之良图;择福知机,盖丈夫之能事……’”庄宗《谕兖郓群盗书》文存《全唐文》卷一〇五。

**刘知俊因中官唐文扆数毁其短,与判官石钦若被同杀于炭市。杜光庭有《贺诛刘知俊表》。**

《十国春秋》卷四二载:“中官唐文扆数毁其(按:指刘知俊)短,遂与判官石钦若同杀于炭市,毕命时惶惧乞命,行刑者嗟笑之。时天汉元年十二月也。”杜光庭文当作于此时,文存《全唐文》九三〇。

## |本 年|

**后百济王甄萱有《训要十首》。**

《十国春秋》卷七八载:“宝正二年春正月,唐王更名亶。冬十一月,遣尚书班(阙)为通和使,如高丽及后百济甄萱。时萱与高丽王构兵。”注引《东国通鉴·新罗景哀王纪》载:“甄萱三十六年,是为高丽太祖十年。”以此可知甄萱三十六年、高丽太祖王建之十年乃吴越国宝正二年,依此可以推知《训要十首》中所谓“叨居大宝二十五年”云云,当在贞明三年。文存《全唐文》卷一千。

**梁刘鄩有《兵要望江南跋》。**

文中有："贞明三年中休安刘鄩谨跋。"可知作于本年。文存《全唐文补编》卷九四。

**齐己有《凌云峰永昌禅院记》。**

文末署："光化己未岁，迄于天祐丁丑年，一十八载矣。"天祐丁丑岁即本年。文存《全唐文》卷九二一。

**陈用拙为吏部侍郎、知制诰，卒年不详。有诗集八卷，今已佚。著有《大唐正声琴籍》十卷、《大唐正声新徵琴谱》十卷。**

《十国春秋》卷六二传载："高祖自立为皇帝，擢用拙吏部郎中、知制诰。久之，卒。有诗集八卷传于世。尤精音律，著《大唐正声琴籍》十卷……又以古调缺徵音，补《新徵音谱》若干卷。"用拙著述，《新唐书》卷五七《艺文志一》乐类载"陈拙《大唐正声新徵琴谱》十卷"（按，陈拙即陈用拙）。其诗今佚。

**毛文锡为蜀司徒、判枢密院事，因受人之谮，贬茂州司马，未几卒。撰有《唐诗纪事》《茶谱》，均散佚。**

《资治通鉴》卷二七〇载："（贞明三年七月）蜀飞龙使唐文扆居中用事，张格附之，与司徒、判枢密院事毛文锡争权。文锡将以女适左仆射兼中书侍郎、同平章事庾传素之子，会亲族于枢密院，用乐。不先表闻，蜀主闻乐声，怪之，文扆从而谮之。八月庚寅，贬文锡茂州司马，其子司封员外郎询流维州，籍没其家，贬文锡弟翰林学士文晏为荣经尉。"毛文锡卒年，傅璇琮主编《唐五代文学编年史》（五代卷）考订其被贬后未几卒，今从之。毛文锡著述，《崇文总目》卷三录《前蜀王氏纪事》二卷，《通鉴考异》卷二五称《王建纪事》，《史略》卷四作《唐诗纪事》，当以《唐诗纪事》为是。《郡斋读书志》卷三上、《直斋书录解题》卷一四均录有《茶谱》一卷，书已散佚，今人陈尚君有辑本。

## 后梁贞明四年　吴天祐十五年　前蜀光天元年　吴越天宝十一年　南汉乾亨二年　契丹神册三年
戊寅　九一八

### 三月

**西域番僧满多三藏来游峨眉山，旋归西国。杜光庭有贺表并进诗二十韵。**

《十国春秋》卷三六载："（光天元年）三月，西域番僧满多三藏来游峨眉山，旋归西国。"杜光庭《宣进天竺僧二十韵诗表》存《全唐文》卷九三〇，其中有："臣某伏睹西天三满多到阙朝对者。"其贺表中又载："臣某伏以西域天竺僧到阙朝觐者。天慈遐被，异域怀归，致万里之番僧，朝千年之圣主，华夷率化，亿兆同欢。臣中贺。"彼此可相对照。杜光庭《贺西域胡僧朝见表》《宣进天竺僧二十韵诗表》均存《全唐文》卷九三〇。

### 四月

**蜀立皇子宗平为忠王，宗特为资王。杜光庭有《贺封资王忠王表》。**

《十国春秋》卷三六载："（光天元年）夏四月癸卯朔，立皇子宗平为忠王，宗特为资王。"杜氏文当作于此时。文存《全唐文》卷九三〇。

**高讽有《太师中书讼北平王再修文宣王庙院记》。**

文末署："天祐十五年岁次戊寅四月癸卯朔廿一日癸亥建。"文存《唐文续拾》卷七。

### 五月

**蜀主王建病日重。杜光庭先有《贺疾愈表》《贺圣体渐痊愈表》《谢手诏表》**

**《皇帝本命醮词》《君居纮辛酉本命醮词》。王建病甚，有《示群臣手书》，卒于成都，在位十二年，享年七十二。**

据《十国春秋》卷三六载："（光天元年五月）帝自永平末得疾昏瞀，至是增剧……六月帝复病痢痛楚，日坐锦囊中。壬寅，帝病中顾左右曰：'朕见百姓无数列床前，诟曰：'重赋厚敛，以至伤害而死，今已得诉于帝矣。'朕实不知下民如此，今若之何？'"则王建病势加重，在永平末已显，至光天元年五月增剧。杜氏《贺疾愈表》文中有："伏审圣体日就痊平，中外臣寮，咸增踊跃。臣某诚欢诚忭，顿首顿首……臣某与当院道众，起今月一日，开置灵宝延寿道场七昼夜，香烛蠲洁，焚诵精虔。"可知王建病情一度好转，且呈痊愈之兆，时当在永平末年后光天元年五月前，具体时间难于确考。其文当作于此时，姑系于此。杜氏《贺疾愈表》文存《全唐文》卷九三〇。杜氏又有《贺圣体渐痊愈表》《谢手诏表》，其《谢手诏表》文中有："今日伏奉恩旨，以臣今月十一日上表称贺圣体痊复事，赐手诏奖饬者。"文中所及事，与《贺疾愈表》相呼应，姑皆系于本月。二文皆存《全唐文》卷九三〇。杜氏《皇帝本命醮词》文中有："又医方所诊，藏气未调，荣卫未和，正气衰薄，六脉未复，九府犹虚。恐构灾凶，更深厄运，又恐积生往世，冤债未除。运意行心，罪瑕旋结，须凭章奏，冀达忏祈。是敢依按明科，选求良日，列词备信，拜奏章文，请天官吏兵，降鉴营护。"味此文所言，当是《十国春秋》所载王建眼疾发作，幻觉百姓无数列于床前，故遣杜氏为本命醮词。《君居纮辛酉本命醮词》文中有："又恐三命五行，天文年运，或逢厄会，或值灾期，犯神明主宰之司，违仁义元儒之训；或侵人利己，或故杀误伤，罪目易盈，善功难就；或寿龄促少，或禀禄单微。"可知二文皆为王建病时所作。二文分别存《全唐文》卷九四二、九四一。《十国春秋》卷三六载："（光天元年五月）乙亥，帝召大臣入寝殿，示手书曰：'朕比遭乱离，以干戈定秦蜀。赖卿等忠勤夹辅，遂正名号，奄有神器……'"此《示群臣手书》文存《全唐文》卷一二九。王建为前蜀开国之主，事迹详于《蜀梼杌》《资治通鉴》及《十国春秋·前蜀纪》。《全唐诗》卷一录其诗一首。

## | 六 月 |

**蜀王衍即皇帝位，改名衍。时年十八，好声色，奢纵无度。杜光庭有《贺嗣位表》《贺德音表》《又贺德音表》《谢批答表》《贺登极后听政表》等。**

《十国春秋》卷三七载:“(王衍)光天元年六月癸卯嗣皇帝位,时年十八。”后主即位后,改元乾德,是为乾德元年六月。杜氏贺嗣位表文中有:“伏审今日皇嗣宝位,光御洪图,率土欢呼,普天欣戴。臣中贺。”《贺德音表》文中有:“今日皇帝御殿,宣降德音者。臣闻圣德法天,应候每行于亭育;神功体道,顺时克布于生成……臣伏恨疾瘵所萦,不获随例蹈舞玉阶,无任欢呼踊跃屏营之至。”《贺嗣位表》《贺德音表》皆存于《全唐文》卷九三〇。又《全唐文》卷九三一有杜氏《慰祔庙礼毕表》载:“臣获以衰迟,躬逢睿圣,方婴疾疹,不获蹈舞尧阶,瞻恋天慈,无任欢呼踊跃屏营之至。”对照前后文可知,在王建亡、王衍即位时,杜光庭恰因疾病,未能参与丧葬大礼,或为旧主重臣,未敢轻进,故一再进表申述慰抚。诸文当作于王衍即位御殿宣降德音之时,依其所上《谢批答表》载:“以臣今月二日贺登极表一道……”可知都是光天元年六月所作。杜氏《又贺德音表》《谢批答表》《贺登极后听政表》《慰中祥大祥禫制表》,当亦作于同时。其中《慰中祥大祥禫制表》一篇,文中有:“臣某顿首言:日月不居,大行皇帝奄及某祥。”史载王建葬于光天元年六月。此虽云在大祥、中祥之时,然帝王之家服孝皆以日当月,亦当作于此后不久,故皆系于此。杜氏《又贺德音表》文存《全唐文》卷九三〇,其余诸文皆存《全唐文》卷九三一。

**杜光庭有《汉州王宗夔尚书安宅醮词》。**

《十国春秋》卷三九:“王宗夔,故高祖养子也。初隶高祖戏下为亲校,进拔龙州,杀刺史田昉,有功,累官至兼中书令。高祖弥留之际,与王宗弼、宗瑶、宗绾等同受遗诏辅政,后主即位,封琅邪郡王。”据《资治通鉴》卷二六〇载,王宗夔拔龙州杀田昉是乾宁三年春正月事,其任尚书具体时间难以确考,但从后主即位封琅邪郡王判断,当是前蜀王建时事。或即《十国春秋》所谓“受遗诏辅政”时,姑系于此。文存《全唐文》卷九四〇。

**吴重裕有《上武肃王牒》。**

末附辑者陈尚君按语:“此为贞明四年六月牒。”未知何据,姑从之。

## 七月

**藏之有《故宋府君历任记》《(上缺)宋府君墓志铭并序》。**

《(上缺)宋府君墓志铭并序》文中有:"时贞明元年乙亥岁身殁。诸军差左长剑都兵士舁灵榇,至滑州南权殡。于贞明四年岁次戊寅七月廿六日,就大茔重迁厝。"据此推知《故宋府君历任记》或作于《(上缺)宋府君墓志铭并序》前后不久,姑系于此。二文皆存《全唐文补编》卷九四。

## 八月

**翁承赞有《梁忠勤守志兴国功臣威武军节度使太师守中书令食邑一万三千户实封玖佰户闽王琅琊王公夫人魏国尚贤夫人乐安任氏墓志铭并序》。**

文中有:"以贞明四年五月二十一日薨于福府之正寝,享年五十有四……以其年八月二十日卜宅于闽县灵岫乡怀贤里凤池山任�之原,礼也。"文存《全唐文补编》卷一一六。

**晋王好自引轻骑迫敌营挑战,危窘者数四。王镕以《致晋王书》谏止之。**

《资治通鉴》卷二七〇载:"(贞明四年八月)晋王好自引轻骑迫敌营挑战,危窘者数四,赖李绍荣力战翼卫之得免。赵王镕及王处直皆遣使致书曰:'元元之命系于王,本朝中兴系于王,奈何自轻如此。'"王镕文存《全唐文补编》卷九三。

## 十月

**王衍有《永陵谥册文[题拟]》。**

文中有:"维光天元年岁次戊寅十年辛丑朔廿五日□□,□皇帝衍俯伏哀号。"文存《全唐文又再补》卷七。

## 十一月

**王衍有《永陵哀册文[题拟]》。杜光庭作多篇慰表，且请不赴山陵。**

《十国春秋》卷三七载："（光天元年）十一月壬申，葬神武圣文孝德明惠帝于永陵，庙号高祖。十二月，谒永陵。"王衍文中有："惟光天元年夏六月壬寅朔，大行皇帝登遐。粤十一月三日，神驾迁座于永陵，礼也。"文存《全唐文又再补》卷七。杜光庭有《慰册庙号表》《慰启攒表》《慰发引表》《慰封陵表》《慰山陵毕表》，又有《请不赴山陵表》，当皆作于此时。因王衍将谒永陵，故撰表谏止之，然终不见纳，故王衍仍有十二月谒永陵之举。杜氏诸文皆见《全唐文》卷九三一。

## 十二月

**杜光庭有《慰祔庙礼毕表》《慰释服表》。**

十一月蜀葬王建于永陵时，杜光庭曾上《请不赴山陵表》，终不见纳。从《慰祔庙礼毕表》文中"臣某顿首顿首言：伏承某皇帝祔庙礼毕者"文字，可知是王衍祔庙礼毕后作表。《慰释服表》当是同时所作。《十国春秋》载，王衍谒永陵是十二月事。二文皆存《全唐文》卷九三一。

**梁末帝有《以曹州刺史朱珪检校太傅充平卢军节度使诏》。**

《旧五代史》卷九："（贞明四年十二月）癸丑，诏曰：'行营诸军马步都虞侯、匡国军节度观察留后朱珪，昨以寇戎未灭，兵革方严，所期朝夕之间，克弭烟尘之患。'"文存《全唐文》卷一〇二。

## 本年

**前蜀王衍有《张格贬茂州刺史制》。**

《旧五代史》卷七一："及建卒，蜀人以格为山陵使，格有难色。未几得罪，出为茂州刺史。伪制责词云:‘送往辞命,不忠也;丧母匿丧,非孝也。’王衍嗣伪位,后数年,复用为宰相。”王建卒,其子衍立在贞明五年六月。张格得罪出为茂州刺史,在此后不久,姑系于此年。文存《全唐文补编》卷一一八。

## 后梁贞明五年　吴越天宝十二年　吴武义元年　前蜀乾德元年　南汉乾亨三年　契丹神册四年

己卯　九一九

### 二月

**阙名有《吴郡陆夫人墓志》。**

文中有:“时大梁贞明五年正月廿九日,上苍降祸,终于此晨……于二月廿八,葬于光府君同丙首圹疆贝妙清院西地。”文存《全唐文补编》卷一五六。

### 四月

**沈颜、殷文圭以杨隆演称帝故,拜翰林学士。殷氏此后事迹不详,有集,今传。**

《资治通鉴》卷二七〇载:“(三月)吴徐温帅将吏藩镇请吴王称帝,吴王不许。夏四月,戊戌朔,即吴国王位……掌书记殷文圭为翰林学士。”《新五代史》卷六一载:“夏四月……殷文圭、沈颜为翰林学士。”文圭卒年未详。《直斋书录解题》卷一九谓其“后仕南唐”,《唐诗纪事》卷六八又载:“文圭事杨行密,终左千牛卫将军。”皆不可从,详参《唐才子传校笺·殷文圭》。沈颜历官情况,据《十国春秋》卷一一载,在此任前,曾为淮南巡官,累迁礼仪使、兵部郎中、知制诰。殷文圭著述,《崇文总目》卷五录《从军稿》二十卷、《汤文圭登龙集》十卷、《冥搜集》二十卷、《汤文圭笔耕》一卷。《直斋书录解题》卷一九诗集类上录《殷文圭集》一卷。《通志》卷七〇《艺文略八》别集类录其《登龙集》十卷、《冥搜集》二十卷,四六类录《殷文圭四六》三卷,军书类录其《从军稿》二十卷,表章类录其《笔耕》二十卷。《宋史》卷二〇八《艺文志七》别集类录《殷文圭冥搜集》二十卷,又《登龙集》十五卷、商文圭(宋人避讳改)《从军稿》二十卷、《镂冰录》二十卷、《笔耕词》二十卷。今存《殷文圭诗集》一卷,《全唐诗》卷七〇七编为一卷,计二十七首。《全唐诗续补遗》补三首。《全唐文》卷八六八收文一篇。

## |五 月|

**楚王重修二妃庙于洞庭岸。萧振有《修黄陵庙记》。**

文中有:"岁在单阏,律应蕤宾。太尉中书令楚王重修二妃庙于洞庭岸,所以酬灵感而答前愿也。"又有:"仍奏皇明,请崇徽号,奉唐景帝天祐五年六月十有四日敕旨,以黄陵祠封懿节庙……振迹忝前旌,名微候馆,仰承严命,俯扣庸音……""单阏"岁,即卯年。天祐后,卯年有梁贞明五年己卯、唐明宗长兴二年辛卯,此后卯年已是吴禅位于南唐之后。依文中萧振"迹忝前旌,名微候馆"自述来判断,当是萧振微时所作。振于吴高祖传位睿帝及南唐代吴时,都当有升迁,不致无闻,虽不见于史籍,当不致"名微候馆",则此所谓"名微候馆"当是吴高祖时事。其时卯年为梁贞明五年,姑系文于本年五月。文存《全唐文》卷八六九。

## |九 月|

**梁末帝命钱镠进取海南刘岩。有《命钱镠进取海南刘岩敕》文。**

《吴越备史》卷二载:"(贞明五年)九月,朝廷以南海僭号,诏我师伐之。制曰:'朕闻纲纪乱常,前王无赦;惩恶劝善,有国不私。苟罪恶以显彰,在刑名而何逭……'"文存《全唐文》卷一〇二。

**杜太初有《梁故管内释门僧政临坛供奉大德兼阐所三教大法师赐紫沙门张和尚写真赞并序》。**

文末署:"己卯岁九月二日题记。"文存《全唐文补编》卷九四。

## 十月

**王宗寿有《祭神照禅师文[题拟]》。**

文中有:“维乾德元年岁次己卯十月乙未朔十五日己酉……”文存《全唐文补编》卷一一八。

**阙名有《于时大梁贞明伍年[己卯]岁十月十五日题记》。**

文存《全唐文补编》卷一三八。

## 十一月

**吴禁民私畜兵器,而盗贼益繁,御史台主簿京兆卢枢有《请教民战奏[题拟]》。**

《资治通鉴》卷二七一载:“(贞明五年十一月)吴禁民私畜兵器,盗贼益繁。御史台主簿京兆卢枢上言:‘今四方分争,宜教民战,且善人畏法禁,而奸民弄干戈,是欲偃武而反招盗也。宜团结民兵,使之习战,自卫乡里。’从之。”《全唐文补编》系此文于杨行密名下,误。此既名“奏”,则不当是杨行密所为,《资治通鉴》谓是卢枢所为,称是“上言”,则当是进谏文字,亦与杨氏身份不符,今依《资治通鉴》属卢枢。文存《全唐文补编》卷一〇九。

**吴地张崇有《东林寺题名》。**

文末署:“武义元年十一月二十七日。”文存《全唐文补编》卷一〇九。

## 十二月

**庄宗再拔濮阳,有《谕曹濮百姓教》。**

《册府元龟》卷一六六载:“(天祐)十六年,攻下濮阳,获其良吏,乃下教告谕曹濮百姓曰:'干纪乱常,人神共怒;弑君盗国,天地何容。激忠良仗顺之心,拯黎庶倒悬之急。予援从近岁,亲举义师,每惟戡难之谋,所切吊民之患……'"《大事记续编》卷七一载:"十二月晋败梁兵复取濮阳。"《直斋书录解题》载:"《通鉴考异》曰:《庄宗实录》去年十二月已拔濮阳,至此又云攻下濮阳。《旧史·梁纪》去年十二月晋人攻濮阳,陷之。今年十二月又云晋人陷濮阳。《唐纪》:去冬拔濮阳,今年四月追袭贺瓌至濮阳。无下濮阳事,非实录。《梁纪》重复,则是去冬唐虽得濮阳,弃不守,今冬复拔之也。"则庄宗曾再拔濮阳。《资治通鉴考异》卷二九载:"《庄宗实录》天祐十六年十二月攻下濮阳,下教告谕曹濮百姓,劝令归附,是濮州未属晋也。"庄宗文存《全唐文》卷一〇三。

## |本 年|

**游恭年初迁知制诰,无何,卒。**

《十国春秋》卷一一载:"武义改元,迁知制诰。无何,卒。"按马令《南唐书》卷一〇《游简言传》载:"游简言,字敏中,其先建安人。父恭,登进士第,有名于时。仕吴,为驾部员外郎、知制诰。"则恭为知制诰前,曾官驾部员外郎。恭之著述,《十国春秋》称有《小东里集》三卷、《广东里集》四卷,今皆不传。

**延寿献《齐天赋》于钱元瓘,为众所称赏。**

《十国春秋》卷八九本传:"年十六,时文穆王镇余杭,延寿献《齐天赋》,众咸欲官之。"

## 后梁贞明六年　吴越天宝十三年　吴武义二年<br>前蜀乾德二年　南汉乾亨四年　契丹神册五年

庚辰　九二〇

## |正 月|

**阙名有《王宗轨造幢记》。**

文中有："乾德二年正月□日，男弟子王宗轨造……"文存《全唐文补编》卷一四三。

## | 二 月 |

**杜光庭有《道德真经元德纂序》。**

文末署："乾德二年庚辰隆圣节戊申日，广成先生光禄大夫尚书户部侍郎上柱国蔡国公杜光庭序。""隆圣节"或为"降圣节"之误，唐人奉二月十五日老子生日为降圣节，杜氏为道士，所作序文又因《道德真经元德纂》而起，极有可能在降圣节时为此文。文存《全唐文》卷九三一。

## | 四 月 |

**李琪此前与冯锡嘉、张充、郄殷象同撰《梁太祖实录》三十卷，迁御史中丞、尚书左丞。本年四月，李琪拜相，后因受贿赂为人所告，罢为太子少保。**

《旧五代史》卷五八本传："贞明、龙德中，历兵、礼、吏侍郎，受命与冯锡嘉、张充、郄殷象同撰《梁太祖实录》三十卷，迁御史中丞，累擢尚书左丞、中书门下平章事。"《资治通鉴》卷二七一载："夏四月乙亥，以尚书左丞李琪为中书侍郎、同平章事。琪，珽之弟也，性疏俊，挟赵岩、张汉杰之势，颇通贿赂。"后为人告发，梁帝欲流之远方，由于"赵、张左右之，止罢为太子少保。"

**梁末帝朱瑱下《给复宋亳等三十二州制》。**

《旧五代史》卷一〇载："（贞明六年）夏四月丁亥，制曰：'王者爰育万方，慈养百姓，恨不驱之仁寿，抚以淳和。而炎黄有战伐之师，尧舜有干戈之用。谅不获已，其犹病诸。'"文存《全唐文》卷一〇二。

**翟氏有《布施疏》。**

文末署："于时大汉乾德二年甲子岁四月廿二日题记之耳。"文存《全唐文补编》卷一〇八。

## | 五 月 |

**梁末帝下诏举废官,有《举废官诏》。**

《旧五代史》卷一〇载:"(贞明六年)五月乙丑,故左卫上将军齐奉国赠太傅。诏曰:'应文武朝官,或有替罢,多年漂流在外者,宜令中书门下量才除授,勿使栖迟……'"文存《全唐文》卷一〇二。

## | 九 月 |

**阙名有《维大梁国贞明六年岁次庚辰九月己丑朔廿五日癸丑郑州荥阳县荥邑乡朗封管□村创建造院及作佛殿功德记》。**

文存《全唐文又再补》卷九。

## | 秋 |

**陶穀作《右军书黄庭经跋》。**

《唐文拾遗》卷四七收此文,其中有:"山阴道士刘君以群鹅献右军,乞书《黄庭经》,此是也……草十行敌行书一字,行书十行敌真书一字耳。"《全唐文补编》卷一〇八又录此文,题曰《王右军书黄庭经跋》,末附辑者陈尚君按语:"《唐文拾遗》卷四七收本文,仅录山阴道士以下七十一字。今重录。"其文首曰:"甲戌九月十一日,百计取得此书详观。"则陶氏首得观此书是在甲戌岁九月十一日,然据《唐文拾遗》卷四七所收《续跋》可知,当时并不为其所有:"此乃明州刺史李振景福中罢任,过浚郊,遗光禄朱卿。朱卿名友文,即梁祖之子,后封博王。王薨,予获于旧邸,时贞明庚辰秋也。"可知直到贞明庚辰之秋,陶氏始得此书。据其跋语只评右军书艺,而不及其收藏流传推断,极有可能是其初得该帖抚玩之时写下跋语数行以赞叹。则此文当作于贞明六年秋,姑系于此。

## 十月

**吴崇有《重修开元天宝观记》。**

文末署:“时乾德二年太岁甲子十月十五日记。”文存《全唐文》卷八八九。

## 十一月

**张崇吉有《梁故匡国军节度陈许蔡等州管内观察庭置等使守许州刺史充北面行管副招讨使金紫光禄大夫检校太保兼御史大夫陈留郡开国侯食邑一千户谢公墓志铭并序》。**

文中有:“即于贞明六年庚辰岁十一月十五日,殡于洛阳河南县梓泽乡宣武里北邙原之别墅也。”文存《全唐文补编》卷九四。

## 十二月

**伏琛有《梁故检校刑部尚书兼御史大夫鲁国储府君墓志铭并序》。**

文中有:“以贞明六年十月二十日武寅,奄然即世。春秋四十有七……即以其年十二月十三日庚午,葬于寿安县甘泉乡木连村,礼也。”干支记日无“武寅”,或为“戊寅”之误,姑仍之。文存《全唐文补编》卷九四。

# 后梁龙德元年　吴越天宝十四年　吴顺义元年　前蜀乾德三年　南汉乾亨五年　契丹神册六年

辛巳　九二一

## 正月

**末帝令御史台点检诸道入奏官,赏赐诸军。有《令御史台点检诸道入奏官**

**诏》《赏赐诸军诏》**。

《旧五代史》卷一〇载："龙德元年春正月癸巳诏：'诸道入奏判官，宜令御史台点检，合从正衙退后，便于中书门下公参辞谢，如有违越，具名衔闻奏。'"末帝《令御史台点检诸道入奏官诏》文存《唐文拾遗》卷九。《册府元龟》卷一九七载："末帝龙德元年正月改元，诏曰：'郊禋大礼，旧有渥恩；御殿改元，比无赏给。今则不循旧例，别示特恩。'"末帝《赏赐诸军诏》文存《全唐文》卷一〇二。

**杜光庭仍为蜀户部侍郎，有《焰阳洞记》**。

文中有："乾德三年辛巳正月十六日，井监使保义军使太保马全章中夜……"似可系于乾德三年正月，然文中所记，乃道教灵异事，殊不可信，因无他证，姑系于此。文存《唐文拾遗》卷五〇。

## | 二 月 |

**卢泳有《有唐故成德军东门亲事兵马使宅内鞍辔库□知官银青光禄大夫检校太子宾客侍御史上柱国平昌郡孟弘敏夫人陇西李氏合祔墓志铭并序》**。

文中有："长子守振取天祐十八年二月十五日，迁府君夫人之柩，葬于石邑县沍水乡赵陵村，附先茔之礼也。"文存《全唐文补编》卷九四。

## | 四 月 |

**阙名有《郭存实造陀罗尼经幢记》**。

文末署："时天祐十八年岁在辛巳四月丁巳朔十一日丁卯。"文存《全唐文补编》卷一四三。

**马缟有《诸王纳妃公主下降不合于宫殿门行揖让礼疏》**。

《册府元龟》卷五九三载："梁末帝贞明中，诸王纳妃、公主下降，皆宫殿门廷行揖让之礼,物议非之。太常少卿马缟上疏曰:'臣闻《诗》美何秾,《传》称筑馆,将就肃雍之德,必分内外之规。故曰主王姬者,自公门出。旧礼以几筵告于宗庙以候迎者,故于庙之外朝门筑馆,得礼之正也……'"文存《全唐文》卷八四九。梁于本年五月改元"龙德",则马缟文当作于此前,具体时间不可考,姑系于此。

**中书门下上《放朝参奏[题拟]》**。

题下注:"贞明中中书门下。"具体作时不可考,因梁于本年五月改元,姑系于此。文存《全唐文补编》卷一二六。

## 五月

**梁改元龙德。末帝朱瑱有《改元德音》**。

《旧五代史》卷一〇载:"(龙德元年)五月丙戌朔,制曰:'朕闻惟辟动天,惟圣时宪,故君为善则降之以福,为不善则降之以灾。朕以眇末之身,托于王公之上。不能荷先帝艰难之运,所以致苍生涂炭之危……'"文存《全唐文》卷一〇二。

**阙名有《五台山佛光寺题记》**。

文中有:"故前代州刺使韩司徒夫人,天祐十八年五月廿三日设供。"文存《全唐文补编》卷一五六。

## 七月

**陈州朱友能降,梁末帝降封为房陵侯,有《降封惠王友能为房陵侯诏》。又以陈州受兵祸,敕令其夏税只据现苗输纳,有《太康等县夏税据见苗输纳敕》**。

《旧五代史》卷一〇载:"(龙德元年)秋七月,陈州朱友能降。庚子诏曰:'朕君临四海……特进检校太傅使持节陈州刺史兼御史大夫上柱国食邑三千户惠王友能,列爵为王,颁条治郡。受元戎之寄任,处千里之封疆。就进官资,已登崇贵。时加锡赉，以表优隆……’”末帝《降封惠王友能为房陵侯诏》文存《全唐文》卷一〇二。又《册府元龟》卷四九一：“（龙德元年）七月，以陈州平敕：‘开封府太康、襄邑、雍丘三县遭陈州贼军奔冲，其夏税只据见苗输纳。’”《太康等县夏税据见苗输纳敕》文存《唐文拾遗》卷九。

**卢汝弼卒，唐庄宗追赠兵部尚书。**

《旧五代史》卷二九载：“秋七月，河东节度副使卢汝弼卒。”《新五代史》卷二八本传亦载：“十八年，卒。”按：晋之天祐十八年，即后梁龙德元年（921）。唐庄宗追赠卢汝弼兵部尚书事，载《新五代史》卷二八《李袭吉传》。卢汝弼之著述，《才调集》卷八存诗七首，《全唐诗》卷六八八补一首，录存八首。

## | 八 月 |

**蜀主王衍受道箓，以杜光庭为传真天师、崇真馆大学士。**

《蜀梼杌》卷上：“（乾德三年）五月，宣华苑成，延袤十里，有重光、太清、延昌、会真之殿，清和、迎仙之宫，降真、蓬莱、丹霞之亭……八月，受道箓于苑中。”《十国春秋》卷三七：“是月，帝受道箓于苑中，以杜光庭为传真天师、崇真馆大学士，起上清宫，塑王子晋像，尊为圣祖至道玉宸皇帝，又塑高祖及帝像侍立于左右，又于正殿塑玄元皇帝及唐诸帝，备法驾朝之。”

## | 十 月 |

**梁末帝有《赐吴越国王钱镠书诏不名诏》。**

文存《全唐文补编》卷九四，辑者陈尚君按语：“诏后为龙德元年十月十五日。”今从之，系文于此。

## | 十 一 月 |

**吴越钱镠有《拜郊台题名》。**

文末署:“梁龙德元年岁次辛巳十一月壬午朔一日。”文存《全唐文补编》卷一一三。

## 本年

**倪曙由尚书左丞迁同平章事,未几卒。**

《资治通鉴》卷二七一载:“是岁,汉以尚书左丞倪曙同平章事。”《十国春秋》卷六二载:“乾亨五年,诏同平章事。无何,以病卒。所著赋一卷行世。”倪氏著述今不传。

## 后梁龙德二年　吴越天宝十五年　吴顺义二年
## 前蜀乾德四年　南汉乾亨六年　契丹天赞元年

壬午　九二二

## 正月

**晋军大败契丹于定州、易州,李存勖逐之出境。**

《资治通鉴》卷二七一载,龙德元年,王都、幽王处直及其妻妾,处直孽子王郁招契丹,契丹主为利所诱出兵。次年正月:“(庄宗)自帅铁骑五千,先进至新城北,半出桑林。契丹万余骑见之,惊走。晋王分军为二,逐之行数十里,获契丹主之子。时沙河桥狭冰薄,契丹陷溺死者甚众。是夕,晋王宿新乐,契丹主车帐在定州城下。败兵至,契丹举众退保望都。晋王至定州,王都迎谒于马前,请以爱女妻王子继岌。戊戌,晋王引兵趣望都,契丹逆战,晋王以亲军千骑先进,遇奚酋托诺五千骑,为其所围。晋王力战,出入数四,自午至申,不解。李嗣昭闻之,引三百骑横击之,虏退。王乃得出。因纵兵奋击,契丹大败,逐北至易州。”

**阙名有《唐故秦府君墓志铭并序》。**

文中有:“惟天祐十九年岁次壬午正月壬朔十五日丙申……”文存《全唐文补编》卷一五六。

**姚崇休有《唐故代州刺史任公尊夫人高氏墓志铭并序》。**

文中有:“时天祐十六己卯岁十一月十四日,薨于潞州子城之公第,享年六十有九。壬午年正月廿五日,合祔于汾州西河县文信乡上文里。”文存《全唐文补编》卷九四。

## | 二 月 |

**前蜀王衍举行制科殿试,王衍有《制科策问》,蒲禹卿有《应制科策》。**

《十国春秋》卷三七载:“乾德四年春二月,帝御文明殿,试制科策文曰:‘炎汉致治,始策贤良。巨唐思皇,爰求茂异。讲邦国治乱之体,陈天人精祲之原……’”王衍文存《全唐文》卷一二九。《蜀梼杌》卷上载:“(乾德)四年二月,文明殿试制科。白衣蒲禹卿对策,其略曰:‘今朝廷所行者,皆一朝一夕之事,公卿所陈者……’”蒲禹卿对策文存《全唐文》卷八九〇。

**薛昌序有《重修法门寺塔庙记》。**

文末署:“天祐十九年岁次壬午二月壬子朔二十六日丁丑记。”文中称天祐十九年岁次壬午,壬午为龙德二年,推以天祐纪年当在天祐十八年。小误。文存《全唐文》卷八二九。

## | 六 月 |

**毛文徽有《大蜀故光禄大夫检校太保使持节臻州诸军事守臻州刺史上柱国高阳县开国子食邑五百户许君墓志铭并序》。**

文中有:“以乾德四年岁次壬午五月庚辰朔廿八日丁未,终于成都府华阳县万秀坊之私第,享年六十有九。即以其年六月庚戌朔二十三日壬申,葬于成都府华阳县普安乡沙坎里卧龙山,礼也。”文存《全唐文补编》卷一一八。

## 十一月

**李慎仪有《梁故陇西郡君姑臧李氏夫人墓志铭并序》。**

文中有:“至龙德二年壬午十有一月二十日,清河公贰职居待。遂命崇吉奉夫人之丧,祔于河南府寿安县甘泉乡连理村先茔,礼也。”文存《全唐文补编》卷九八。

**李专美有《梁故清河崔府君墓志并序》。**

文中有:“即以大梁岁在庚辰二月十日,卒于东京利仁里之官舍,春秋二十有一……后以龙德二年十一月二十日,侍先夫人之丧,归祔于河南府寿安县连理村先域,礼也。”文存《全唐文补编》卷一〇二。

## 十二月

**吴越钱镠有《举崇吴禅院僧嗣匡牒》。**

文末署:“龙德二年十二月日牒,都元帅吴越王。”文存《全唐文补编》卷一一三。

**王镕为乱军所杀,卢质有《王镕墓志铭》。**

《新五代史》卷三九载:“天祐十八年冬,镕方与道士焚香受箓,军士斩镕首,袖之而出,因纵火焚其宫室,遂灭王氏之族……”卢质文中有:“天祐十八年秋八月大□□□□公□伐□□□而终……其兄十九年平□以□□□□幽冤……十二月廿□日□□□□□□□□赵国夫人合葬于真定县新市乡廉颇里寿阳岗……”文存《唐文拾遗》卷四六。

## | 本 年 |

**李明启有《柱国牛公新筑州城创建公署记》。**

《甘肃通志》卷七载："宁州州城，五代梁隆德二年刺史牛知业建。东倚山，南、西、北俱阻河为池，周三里四十步，高四丈。门三，东曰宾旸，南曰朝天，西曰保宁，南关城周二里。""隆德"当是"龙德"之误，文存《全唐文》卷八二九。

**王宗俦大兴工役，军人告倦。有李延召者以事佛为托辞，欲避其事。王宗俦作《李延召投状乞免役事佛判》。**

《太平广记》卷二三八载："王蜀将王宗俦帅南梁日，聚粮屯师，日兴工役，凿山刊木，略不暂停，运粟泛舟，军人告倦。岷峨之人，酷好释氏，军中皆右执凶器，左秉佛[illegible]，诵习之声，混于刁斗。时有健卒李延召，继年役于三泉黑水以来，采斫木[illegible]，力竭形枯，不任其事，遂设诈陈状云：'近者得见诸佛如来，乘舆跨象，出[illegible]岩崖之中，飞升松柏之上。如是之报甚频。某虽在戎门，早归释教，以其课[illegible]至诚，是有如此感应。今乞蠲兵籍，截足事佛，俾将来希证无上之果。'宗俦判曰：'虽居兵籍，心在佛门，修心于行伍之间，达理于幻泡之外。归心而依佛氏，截足以事空王……'及临断足旨（指），则怖惧益切，于是迁延十余日，哀号宛转，避其锋芒。宗俦闻之大笑，而不罪焉。"《资治通鉴》卷二七一载："（贞明六年）十一月戊子朔，蜀主以兼侍中王宗俦为山南节度使、西北面都招讨行营安抚使……"则此事当在此后。其到任后，大兴工役，健卒李延召役于三泉黑水"继年"，始生事欲断足事佛，则此文最早当在贞明六年后二年，即龙德二年，姑系文于此。文存《全唐文》卷八八九。

**宋齐邱上书献《收谷帛策》。**

《十国春秋》卷三载："顺义二年（阙）月，命官兴版簿定租税……守员外郎宋齐邱上策曰：'江淮之地，自唐季以来……'"齐邱文存《唐文拾遗》卷四七。陈尚君《全唐文补编》卷一一一收其《致徐知诰书[题拟]》，内容相似，当是同一篇文字。

**翟奉达有《贞明八年岁次壬午年具注历日序》。**

文存《全唐文补编》卷一〇七，依题可知作于此时。

## 后唐同光元年　吴越天宝十六年　吴顺义三年　前蜀乾德五年　南汉乾亨七年　契丹天赞二年

癸未　九二三

### 三月

**后唐庄宗将即皇帝位，下诏赐功臣名号、封命妇邑号。**

《册府元龟》卷一三三载："后唐庄宗同光元年三月诏：'随驾收复汴州并扈从到雒及南郊立仗，都将已下至节级长、行军将等，朕自削平中夏，扫荡群凶，被介胄以征行，历星霜而扈从。凡经百战，尽力殊功，永念丹心……'又诏：'昨皇太后爰自北京归于大内，旋膺典册，正位宫闱，载详邦国旧规，合有命妇贡表，宜稽邃古，以示新恩。应内外文武官妻，可据品秩高卑，各封邑号。'"后唐庄宗李存勖有《赐功臣名号诏》《封命妇邑号诏》二文，皆存《全唐文》卷一〇三。

### 四月

**晋王李存勖即皇帝位于魏州，国号大唐，大赦，改元同光，史称后唐。太常礼院上《册皇后仪奏》和《又朝谢皇帝仪奏》。庄宗李存勖有《改元同光赦文》。**

《册府元龟》卷九二载："后唐庄宗同光元年四月己巳，即位于魏州，升告礼毕，御应天门，改元，肆赦。制曰：'法天取象，令王以降衷下民；秉箓承乾，哲后以膺图受命。莫不运推历数，道济艰难，经纶于草昧之中，式遏于乱略之始……'"庄宗《改元同光赦文》文存《全唐文》卷一〇五，太常礼院二奏文存《唐文拾遗》卷五八。

## |闰四月|

**庄宗李存勖有《幸洛京诏》。**

《册府元龟》卷六五载："同光元年闰四月癸未诏曰：'自古圣帝明王，创业垂统，九州共贯，五运相承。未有不始于忧勤，终于逸乐……'"文存《全唐文》卷一〇三。

## |五月|

**绍宗有《大梁故河西管内释门都僧政兼毗尼藏主京城内外临坛供奉大德阐扬三教大法师赐紫沙门香号会恩俗姓阎氏和尚邈真赞并序》。**

文末署："于时大梁贞明九年岁次癸未五月乙巳朔廿三日丁卯题记。"文存《全唐文补编》卷九八。

## |八月|

**萧蘧有《梁故左藏库使右威卫大将军金紫光禄大夫检校尚书右仆射萧府君墓记铭》。**

文中有："俄以龙德二年岁在壬午七月十八日，启手足于延福里之私第，享年六十有四。识与不识，痛惜咸同。以癸未年八月一日，窆于河南县金谷樵谷村之源，礼也。"称"墓记铭"颇少见，或为"墓志铭"之误，姑仍之。文存《全唐文补编》卷九四。

**康延孝有《对庄宗疏》。**

《历代名臣奏议》卷二二九载："（同光元年八月）后唐庄宗引兵屯朝城，梁将康延孝来奔。唐主问以梁事，延孝对曰：'梁朝地不为狭，兵不为少。然主既暗懦，赵张擅权，内结宫掖，外纳货赂……'"文存《全唐文》卷八四四。

## |九 月|

**郭崇韬有《对割郓州和梁疏》。**

《通鉴纪事本末》卷四〇下载："（同光元年）九月，帝在朝城，梁段凝进至临河之南……乃罢诸将，独召郭崇韬问之。对曰：'陛下不栉沐、不解甲，十五余年，其志欲以雪家国之雠耻也……'"文存《全唐文》卷八四四。

## |十 月|

**后唐军急趋大梁，末帝朱瑱为禁军将领所杀，后梁亡。庄宗入汴洛，黜诛乱臣。段凝上《请诛赵同岩等疏》。庄宗有《入洛招抚敕》《平汴州大赦德音》《许求外职敕》《入汴州诛乱臣诏》《黜郑珏等诏》。**

《旧五代史》卷三〇载："（同光元年十月）梁将段凝上疏奏：'梁朝权臣赵岩等，并助成虐政，结怨于人。圣政惟新，宜诛首恶。'"《资治通鉴》卷二七二载："丙戌，诏贬梁中书侍郎同平章事郑珏为莱州司户，萧顷为登州司户，翰林学士刘岳为均州司马，任赞为房州司马，姚顗为复州司马，封翘为唐州司马，李怿为怀州司马，窦梦徵为沂州司马，崇政学士刘光素为密州司户，陆崇为安州司户，御史中丞王权为随州司户，以其世受唐恩而仕梁贵显故也……段凝、杜晏球上言：'伪梁要人赵岩、赵鹄、张希逸、张汉伦、张汉杰、张汉融、朱珪等，窃弄威福，残蠹群生，不可不诛。'诏：'敬翔、李振首佐朱温，共倾唐祚，契丹博啰鄂博叛兄弃母，负恩背国，宜与岩等并族诛于市。自余文武将吏，一切不问。'"段凝《请诛赵同岩等疏[题拟]》文存《全唐文补编》卷九七。庄宗《入汴州诛乱臣诏》《黜郑珏等诏》文存《全唐文》卷一〇三。《入洛招抚敕》《许求外职敕》文存《全唐文》卷一〇四。《平汴州大赦德音》文存《全唐文》卷一〇五。

**窦梦徵有《祭故君文》。**

《旧五代史》卷六八载："庄宗入汴，梦徵以例贬沂州，居尝感梁末帝旧恩，因为《祭故君文》云。"庄宗入汴，梁唐易代，在同光元年，梦徵受贬事，详前引《资治通鉴》文字。文存《全唐文》卷八四四。

**张全义于梁末帝时撰《上梁末帝启》，请代段凝为北面招讨使。梁唐易代后，以其识略德望动人，为庄宗所赏。唐鸿代张全义作《代张全义作乞雪表》。**

《旧五代史》卷六三载："梁末帝嗣位于汴，以全义为洛京留守兼镇河阳，未几，授天下兵马副元帅。梁帝季年，赵张用事，段凝为北面招讨使，骤居诸将之右。全义知其不可，遣使启梁末帝曰：'老臣受先朝重顾，蒙陛下委以副元帅之名，臣虽迟暮，尚可董军，请付北面兵柄，庶分宵旰。段凝晚进，德未服人，恐人情不和。'"则张氏此启在梁帝季年，末帝亡于此月，姑附于此。张全义《上梁末帝启》文存《全唐文补编》卷九五。又，《洛阳搢绅旧闻记》卷二载："梁祖遂以子福王纳齐王之女为亲，以故虽尽力于梁祖，而武皇、庄宗常切齿于齐王矣。及庄宗灭梁，齐王上表待罪。庄宗降诏释之。后召见，大喜开怀，慰纳若见平生故人，尽鱼水之情焉，与论当世之事，皆出庄宗功臣意表，恨得齐王之晚，其识略德望动人主也如此。因再上表，叙述屡为朱梁窥图，偶脱虎口，逼为亲，且非素志。《乞雪表》数句云：'伏念臣曾栖恶木，曾饮盗泉……'"据《资治通鉴》卷二七二载："（十一月）张全义请帝迁都洛阳，从之。"年底，即加张全义守尚书令。由此可推知，张氏《乞雪表》当作于此前不久，姑系于十月。此《乞雪表》文乃唐鸿代笔，文存《全唐文补编》卷九五。

## | 十 一 月 |

**岐王李茂贞遣使致书，贺唐灭梁，以季父自居。荆南高季昌入朝见李存勖，改名季兴。中书门下奏请停罢不急朝官。庄宗朝献太微宫、太庙，祀南郊毕，着手整饬朝纲，有敕文。**

《资治通鉴》卷二七二载："壬寅，岐王遣使致书，贺帝灭梁，以季父自居，辞礼甚倨。"《实兵录》卷一四载："五代荆南季昌，方庄宗初有中国，诏季昌入朝。将行，幕客梁震曰：'唐室反正，有平天下心，缮甲治兵以自固，犹恐不保，今去国千里余，入不测之渊。公，梁室勋旧，安知不以仇敌相遇？'昌不从。震谓人曰：'老兵此去得免，是新朝无谋矣。'"庄宗《幸洛京祀南郊敕》《许刘岳终丧敕》《止进献敕》诸文存《全唐文》卷一〇四。中书门下所奏《停罢不急朝官奏》文存《唐文拾遗》卷五八。

**阙名有《乞降河南诸方镇制命奏》。**

题下注曰："同光元年十一月。"文存《全唐文》卷九六九。

## |十二月|

**庄宗敕收德胜寨等处军士骸骨，禁屠牛。有《汴州去门额敕[题拟]》。**

《册府元龟》卷一三五载："同光元年十二月敕：'自十数年来，累经战阵，杀伤暴露，有足悯嗟。其德胜寨莘县杨刘镇通津镇胡柳陂，战阵之所，宜令逐处差人检收骸骨埋瘗，取系省钱，备酒纸招祭，以慰亡魂。'"《简收德胜寨等处军士骸骨敕》文存《全唐文》卷一〇四。《五代会要》卷九载："后唐同光元年十二月十一日敕下：'凡军人百姓，将牛驴及马宰杀货卖，今后切要断除。如敢故违，即擒捉，不问单分高低所在，处斩讫奏。'"《禁屠牛敕》文存《全唐文》卷一〇九，《唐文拾遗》卷九题曰《断除宰杀马牛敕》，实为一文。庄宗《汴州去门额敕[题拟]》文存《全唐文补编》卷九五，题下注："同光元年十二月。"

**中书门下上《论两省官常朝宜拜奏》。**

题下注："同光元年十二月中书门下。"文存《全唐文》卷九六九。

**李德休上《请详定本朝法书奏》，御史台亦有上奏，庄宗有答敕。**

《册府元龟》卷五一七载："后唐庄宗同光元年十二月庚辰，御史中丞李德休奏：'当司刑部大理寺，本朝法书，自朱温僭逆，删改事条，或重货财轻人生命，或自徇枉过滥加刑罚……'敕：'李德休誉洽朝端，任隆台宪，将举行于旧典，请删定其法书，载阅申陈，备见公切。从之。'"李德休《请详定本朝法书奏》文存《全唐文》卷八四三，庄宗《答李德休请详定本朝法书敕》文存《全唐文》卷一四。又有御史台《请追取本朝法书奏》当是李德休奏文之覆奏，文存《全唐文》卷九六九，题下注载："同光元年十二月。"

**张冲虚因枯桧再生上奏,以为祥瑞,庄宗有敕文答之。**

《旧五代史》卷一四一载:“同光元年冬十二月辛卯,亳州大清宫道士上言:‘玄元黄帝殿前枯桧再生一枝,画图以进。’”据此可知张冲虚当为亳州大清宫之道士,其《上枯桧再生表》文存《全唐文》卷九二八。庄宗《元元庙枯桧再生敕》文存《全唐文》卷一〇四。

**昙域,贯休弟子。本月重纂其师文集曰《禅月集》,且为作序。其生卒年不详。**

《郡斋读书志》卷四中“贯休禅月集三十卷”条载:“右唐僧贯休撰,字德隐,姓姜氏,婺州人,后入蜀,号禅月大师。初,吴融为之序,其弟子昙域削去,别为序引,伪蜀乾德中献之。”据此可知在昙域编纂之前,有吴融序本贯休诗文流传。昙域重编以求完整。故《后序》称:“或有念先师一篇两篇,或记三句五句,或未闲深旨,或不晓根源。众请昙域编集前后所制歌诗赞文,日有见问,不暇枝梧。遂寻检稿草及暗记已者约一千首……时大蜀乾德五年癸未岁十二月十五日序。”昙域著述,有《龙华集》《补说文解字》。《全唐诗》卷八四九存诗三首。

**严居贞有《大蜀故忠贞护国佐命功臣前武泰军节度观察处置等使开府仪同三司检校太师兼中书令守黔州刺史上柱国弘农王食邑五千户赠太师弘农王赐谥献武晋公墓志铭并序》。**

文中有:“公竟以乾德五年岁次癸未六月四日薨于在京成都县碧鸡坊之私第,享年七十有九……以乾德五年岁次癸未十二月辛丑朔三日癸卯,归窆于华阳县积善乡永宁里其原,礼也。”文存《全唐文补编》卷一一八。

## |本年|

**庄宗有《报齐州刺史孟璆书》《赐诚惠法号广法大师诏》。**

《册府元龟》卷一四九载:“后唐庄宗同光初,既平朱梁。齐州刺史孟璆上章请死,帝原之。璆初为骑将,天祐十三年,帝与刘鄩莘县对垒。璆领七百骑奔投梁,末帝以为齐州刺史,至是首过。帝恨之曰:‘尔当吾急时,引我七百骑投贼,何过之有?但予推心御物,不欲坐汝。我不阻尔来,将何面相视耶?’璆惶惧请死,帝恕之,移为贝州刺史。”《旧五代史》卷三〇载:“(十二月)齐州刺史孟璆上章请死,诏原之。”庄宗之诏,当即此文。《报齐州刺史孟璆书》文存《唐文拾遗》卷九。又,据《山西通志》卷一五九载:“同光元年,庄宗制书并紫衣赐之。书云:‘师鹫岭名流,鸡园上哲。精持护鹅之戒,弘宣住雁之谈……’”此即《赐诚惠法号广法大师诏》,文存《全唐文》卷一〇三。

**翁承赞为王审知撰报恩寺碑铭。**

《十国春秋》卷九〇载:“(同光元年)王于城西南张炉冶十三所,备铜镴三万斤,铸释迦、弥勒诸像,唐主赐额曰‘金身报恩之寺’。王又泥金银万余两,作金银字四藏经各五千四十八卷……翁承赞为碑铭。”

**韩偓卒于南安龙兴寺,葬葵山之麓。偓有《金銮密记》五卷,已佚。又有《韩偓诗》《香奁集》各一卷,今存。**

韩偓之卒,《十国春秋》本传谓其“龙德三年,卒于南安龙兴寺,葬葵山之麓”。《闽书》卷八南安县:“葵山……唐翰林承旨韩偓……葬是麓。均王十一年卒于邑之龙兴寺。”均王十一年即本年。韩偓之著述,《新唐书》卷五八《艺文志二》录《金銮密记》五卷,同书卷六〇《艺文志四》复记《韩偓诗》一卷、《香奁集》一卷。《崇文总目》卷二记《金銮密记》一卷,卷五又记《韩偓诗》一卷。《直斋书录解题》卷五录《金銮密记》三卷,卷一九又录《香奁集》二卷、《入内廷后诗集》一卷、《别集》三卷。《郡斋读书志》卷二之上录《金銮密记》一卷,卷四中录《韩偓诗》二卷、《香奁集》一卷。《宋史》卷二〇三《艺文志二》载《金銮密记》一卷,同书卷七录《香奁小集》一卷,又《别集》三卷。《全唐诗》卷六八〇至六八三录存韩偓诗四卷,计三百三十六首。其文仅存十余篇,见录于《全唐文》卷八二九。《香奁集》宋人沈括疑为和凝作,而胡仔《苕溪渔隐丛话》前集卷二三引《遁斋闲览》辨之,以为韩偓作,今多从之。《金銮密记》乃韩偓天复中为翰林学士时所记,其书宋以后已佚,然尚有十数则存于各种典籍中。晁公武《郡斋读书志》卷二上记“《金銮密记》一卷。右唐韩偓撰。天复中为翰林学士,从昭宗西幸。梁祖以兵围凤翔。偓每与谋议,因密记之,及所闻见。事止复京师,偓贬去。”陈振孙《直斋书录解题》卷五杂史类亦记"《金銮密记》三卷。唐翰林学士承旨京兆韩偓致尧撰,具述在翰苑时事,危疑艰险甚矣。昭宗屡欲相之,卒不果而贬,竟终于闽,非不幸也,不然与崔垂休辈骈肩就戮于朱温之手矣。"韩偓文章,《四库全书总目·韩内翰别集》载:"其诗虽局于风气,浑厚不及前人,而忠愤之气,时时溢于语外。性情既挚,风骨自遒,慷慨激昂,迥异当时靡靡之响,其在晚唐,亦可谓文笔之鸣凤矣。变风变雅,圣人不废,又何必定以一格绳之乎。"

**齐己仍居荆州龙兴寺,为居遁《偈颂》作序。**

《全唐诗补编·续拾》卷四八录居遁《偈颂》,并附序云:"序为南岳齐己撰。"居遁卒于本年,则齐己所为序当在此前后不久,姑系于此。

**阙名有《表本(一)》《表本(二)》《上皇帝表[题拟]》《上皇帝起居表[题拟]》。**

文见《全唐文补编》,辑者陈尚君按:"以上四表,李正宇考为甘州回鹘上朝廷之表文,但第二表恐非。后二表可确定作于后梁时。"文中有:"某曾祖圣明,某官点率部下铁骑万人,亲往征讨……"记上表人先祖助唐讨安禄山事。据此似可推知其为回鹘可汗之书。但后二表是否作于后梁,则有待商榷。文中载:"去光化年初,先帝远颁册礼,及恩赐无限信币,兼许续降公主,不替懿亲。初闻銮驾东迁,后知已无宗派,瞻天望日,空切愤怀。今者陛下统御寰瀛,恩沾远迩。去冬剖陈志恳,亦已闻天。依赖陛下,便同唐朝天子。用结千秋之愿,将连万代之荣。"其中既称唐皇帝为"先帝",又称"唐朝天子",且记唐帝东迁事,"后知已无宗派",似可推知其为进奏后唐文字,而非进奏后梁之文。《旧五代史》卷一三八载:"后唐同光二年四月,其本国权知可汗仁美,遣都督李引释迦、副使铁林、都监杨福安等,共六十六人,来贡方物,并献善马九匹。庄宗召对于文明殿,乃命司农卿郑绩、将作少监何延嗣持节,册仁美为英义可汗。"明宗时又有朝贡。同书另一《表本》,所述内容与此相当,另有文字:"伏惟皇帝陛下始隆宝位,创业鸿基,四远来宾,八蛮归化……去载伏闻陛下龙骧梁国,子(育)[肓]黔黎。蕃汉之境邑[不]殊,唯臣子之恩情不隔,是已专差小将,远贡芹心。"两《表本》对读,似可初步确定为同光二年四月李引释迦等来贡时所携仁美可汗之书信。其作书或在庄宗践祚之初(即文中所称"始隆宝位"),但因路途遥远,故迟至次年四月(即同光二年四月)始至。今姑将此二《表本》系于同光元年。此四表既系一组,且内容相涉,又皆为回鹘可汗之文,姑系于同一时期。文存《全唐文补编》卷一二八。

## 后唐同光二年　吴越宝大元年　吴顺义四年
## 前蜀乾德六年　南汉乾亨八年　契丹天赞三年

甲申　九二四

### |正月|

**庄宗下敕文,将亲至怀州奉迎太后,下诏内官赴阙,改殿门名。**

《册府元龟》卷二七载:"同光二年正月甲寅,帝在雒京。太常奏定皇太后到阙仪,皇帝合于银台门内奉迎。敕:'顷以未平国耻,须运戎机,十年亲统于骁雄,千里久违于定省。宁辞栉沐,常切晨昏,今已翦荡元凶,宅居中土,仰禀庭闱之训,获宁宇宙之心。恨不得躬诣汾川,攀迎法驾。况皇太后远涉山阻,将及近畿。朕何以端坐阙庭,为拘常礼……'"《亲至怀州奉迎太后敕》文存《全唐文》卷一〇四,《改殿门名敕[题拟]》文存《全唐文补编》卷九五(下文同),题下注:"同光二年正月。"《内官赴阙诏[题拟]》题下注:"同光二年正月"。

**中书门下、礼仪使、四方馆等,就朝仪等上奏。**

《中书不得轻给告示奏》文存《全唐文》卷九六九,题下注:"同光二年正月中书门下。"《请以亲王充南郊行事[题拟]》文存《全唐文补编》卷一二六,题下注:"同光二年正月礼仪使。"《正衙对见奏》文存《唐文拾遗》卷五八,题下注:"同光二年正月四日四方馆。"

### |二月|

**后唐立国,庄宗祀南郊,大赦,有《南郊赦文》《南郊减选敕》。左拾遗赵都**

**上疏论治国思想，有《上唐庄宗疏》。**

《册府元龟》卷六三二载："（同光二年三月）是月敕：'应南郊大礼，六品已下行事官。朕禋祀天地，朝享祖宗，百司各具其威仪，郡吏遂蒙其置摄……"此谓事在三月，然《资治通鉴》卷二七三以为二月："二月己巳朔，上祀南郊，大赦。"当以二月为是。又《册府元龟》卷九二载："（同光）二年二月己巳朔，有事于南郊。礼毕，还御五凤楼。宣制曰：'体元立极，树司牧者大君；创业开基，定祸乱者真主。是以肇分正气，断鳌足而定四维……'"《南郊赦文》文存《全唐文》卷一〇五，《南郊减选敕》文存《全唐文》卷一〇四。《册府元龟》卷五四七载："后唐赵都为左拾遗，同光二年二月上疏云：'无以有威以自大，无以足兵以自安，无以奇技悦情，无以淫声惑志。非社稷之功，乞不加于厚赏；非股肱之力，乞不近于凝旒……'"文存《全唐文》卷八四七。

**郭崇韬再上表陈情，请轻已权。庄宗不许，崇韬郁郁不得志。**

《资治通鉴》卷二七三载："崇韬屡请以枢密使让李绍宏，上不许。又请分枢密院事归内诸司，以轻其权，而宦官谤之不已。崇韬郁郁不得志，与所亲谋赴本镇以避之。"《册府元龟》卷三三一载："后唐郭崇韬为枢密使、中书令。同光二年二月上表陈请曰：'臣闻底力辞封者，贞臣之至节；慢官速戾者，有国之常刑。其或任重才轻，智小谋大，纵君恩念旧，不贻覆餗之讥……'诏报曰：'卿名高钓渭，才大筑岩。夙符封社于周王，早契梦魂于殷主。顾君臣之际会，实社稷之威灵。所以翊赞冲人，缵承丕祚……'"郭崇韬《上陈情表》《上陈情表第二表》文存《全唐文》卷八四四。庄宗《答郭崇韬陈情表手诏》《答郭崇韬再上陈情表诏》文存《全唐文》卷一〇三。

**庄宗下诏减东京赋税，且下诏为太后建长寿宫。**

《册府元龟》卷四九一载："（同光）二年二月甲子朔，诏曰：'间者以皇纲中坠，国步多艰，率兵甲于两河，涨烟尘于千里。忧勤二纪，劳役万端。矧乃东京，国号大名，雄称全魏，昔惟广晋，今实兴唐……'"《减东京赋税诏》文存《全唐文》卷一〇三（下文同）。《旧五代史》卷三一载："（同光二年二月）癸巳，诏曰：'皇太后母仪天下，子视群生，当别建宫闱，显标名号，冀因称谓，益表尊严，宜以长寿宫为名。’”此即《建长寿宫诏》。庄宗另有《移改汴州属县诏[题拟]》,文存《全唐文补编》卷九五,题下注:“同光二年二月。”

**租庸使孔谦以纲运商旅多于私路逃免商税,上《请严关防奏[题拟]》。**

《册府元龟》卷五〇四载:“后唐庄宗同光二年二月庚午,租庸使孔谦奏:‘诸道纲运商旅,多于私路,苟免商税,不繇官路往来……’”文存《全唐文补编》卷九五。

**太常礼院有《李茂贞册礼奏[题拟]》。**

题下注:“同光二年二月太常礼院奏。”文存《全唐文补编》卷一二六。

## 三月

**智严有《往西天巡礼圣迹后记》。**

文末署:“大唐同光二年三月九日。”文存《全唐文补编》卷九五。

**钱铧有《康乐岩题记》**

文中有:“时甲申岁清明日,彭城辅轩记,以示后来。”文存《唐文拾遗》卷四八。

**窦专有《请罢租庸使归三司奏》。**

《五代会要》卷二四载:“(同光二年)其年三月,左谏议大夫窦专上疏曰:‘臣伏见天下诸色钱谷,比属户部度支,金部仓部各有郎中员外支计……’”文存《唐文拾遗》卷四六。

**唐州骈晏上奏江南纲商挟带锡蜡小钱,庄宗有《禁铅锡钱诏》。**

《册府元龟》卷五〇一载："(同光二年)三月,知唐州骈晏平奏:'市肆间点检钱帛,内有锡蜡小钱,拣得不少,皆是江南纲商挟带而来。'诏曰:'帛布之币,杂以铅锡。就中江湖之外,盗铸尤多;市肆之间,公行无畏。因是纲商挟带,舟楫往来,换易好钱,藏贮富室,实为蠹弊……'"文存《全唐文》卷一〇三。

**中书门下有《定刺史县令赏罚奏》《定诸道奏除官员额数奏》《停废仪仗使奏》。御史台有《请准例征光台礼钱奏》。庄宗有《禁请托敕》《定内外官寮职事敕》《李文矩等复旧官敕》。**

《定刺史县令赏罚奏》《定诸道奏除官员额数奏》二文存《全唐文》卷九六九。题下注:"同光二年三月,中书门下。"《停废仪仗使奏》文存《唐文拾遗》卷五八。御史台《请准例征光台礼钱奏》文存《全唐文》卷九六九,题下注:"同光二年三月御史台。"《册府元龟》卷六四一载:"后唐庄宗同光二年三月敕:'选举二门,仕进根本。当抡择于多士,全委仗于有司……'"《禁请托敕》文存《全唐文》卷一〇四。《册府元龟》卷六五载:"(同光二年)三月敕:'朕自雀台创业,兔苑平凶,救生聚之倒悬,俾众区之反正。凡云机密,深系忧勤,每事多委密司,权令决遣,贵无停滞,要速施行……'"《定内外官寮职事敕》文存《全唐文》卷一〇四。《五代会要》卷二〇载:"(同光)二年三月敕:'其先减省员官,除已别授官外,左散骑常侍李文矩等三十人,宜却后旧官。太子詹事石戬等五人,宜以本官致仕。将作少监岑保嗣等一十四人,候续敕处分。"《李文矩等复旧官敕》文存《唐文拾遗》卷九。

**祠部有《太微宫等祠祭奏[题拟]》。**

题下注:"同光二年三月,祠部。"文存《全唐文补编》卷一二六。

**韩德兄弟累世同居,母死,割乳以祭,庐于墓侧累年。永王李存霸上《旌韩德兄弟表》。**

《册府元龟》卷一四〇载:"(同光)二年三月,安义李存霸奏:'屯留县坊市百姓韩德兄弟,累世同居,母死,割乳以祭,庐于墓侧累年,种瓜合欢同蒂。'旌表之。"文存《唐文拾遗》卷四六。

## 四月

**郭崇韬上奏,请奖献书人以富史馆藏书,庄宗有《授献书人官敕》。史馆上奏录送史馆事,从之。**

《册府元龟》卷五〇载:“(同光二年)四月,枢密使郭崇韬又奏曰:‘伏以馆司四库藏书,旧日数目至多。自广明年后流散他方。宜示奖酬,俾申搜访……’敕史馆提举,赦书节文:‘购求经史,颇为允当,宜许施行……’”郭崇韬《请奖献书人奏》文存《全唐文》卷八四四,庄宗《授献书人官敕》文存《全唐文》卷一〇四。史馆又有《录送史馆事件奏》,文存《唐文拾遗》卷五八,题下注:“同光二年四月,史馆”。

**庄宗下敕文搜访被害臣寮。**

《册府元龟》卷六五载:“(同光二年)四月敕:‘朕祗应大宝,虔奉鸿名,勉承夷夏之心,以副天人之望。虽德音寻降,赦宥近行……’”《搜访被害臣寮敕》文存《全唐文》卷一〇四。

**庄宗遣客省使李严使蜀,起侵蜀之意。蜀宋光葆识之,谏言防备。李严有《笏记》。**

《资治通鉴》卷二七三本年四月载:“帝遣客省使李严使于蜀,严盛称帝威德,有混一天下之志。且言:‘朱氏篡窃,诸侯曾无勤王之举。’王宗俦以其语侵蜀,请斩之。蜀主不从。宣徽北院使宋光葆上言:‘晋王有凭陵我国家之志,宜选将练兵,屯戍边鄙,积糗粮、治战舰以待之。’蜀主乃以光葆为梓州观察使,充武德节度留后。”《锦里耆旧传》卷二载:“咸康元年夏六月,续添闰十二月历日,一纸印造施行。春初颁历,只以十二月。暨夏方知唐朝历日,闰添之也。是岁遣翰林学士欧阳彬通聘洛京回。庄宗皇帝遣客省使李严来修好。严《朝见笏记》曰:‘伏自朱温肆逆,运属昭宗。三年痛别于西秦,一旦逼迁于东洛……’”《锦里耆旧传》系此于咸康元年,误。今从《资治通鉴》。李氏文存《全唐文》卷八四七。

**太常礼院上《皇后册礼仪仗奏》《皇后册礼谢仪奏》。**

《资治通鉴》卷二七三:“(二月)崇韬屡请以枢密使让李绍宏,上不许。又请分枢密院事归内诸司,以轻其权,而宦官谤之不已。崇韬郁郁不得志。与所亲谋赴本镇以避之。其人曰:‘不可。蛟龙失水,蝼蚁足以制之。’先是,上欲以刘夫人为皇后,而有正妃韩夫人在。太后素恶刘夫人,崇韬亦屡谏上,以是不果。于是所亲说崇韬曰:‘公若请立刘夫人为皇后,上必喜。内有皇后之助,则伶宦辈不能为患矣。’崇韬从之,与宰相帅百官共奏刘夫人宜正位中宫。癸未,立魏国夫人刘氏为皇后。”太常礼院所奏册礼仪仗与谢仪,当是指册刘夫人为皇后之仪式。册刘夫人为皇后事,《旧五代史》卷三一所载与《资治通鉴》不同:“(二月)癸未,宰臣豆卢革率百官上表,请立中宫。制以魏国夫人刘氏为皇后,仍令所司择日备礼册命……(四月)己卯,帝御文明殿,册魏国夫人刘氏为皇后。”可知册刘氏之议始自二月,正式册封则迟至四月。《资治通鉴》因简致误。太常礼院二文皆存《全唐文补编》卷一二六,题下注:“同光二年四月,太常礼院。”

**卢质有《言贱估尝丝疏[题拟]》。**

《资治通鉴》卷二七三载:“(同光二年四月)孔谦贷民钱,使以贱估偿丝,屡檄州县督之。翰林学士承旨权知汴州卢质上言:‘梁赵岩为租庸使,举贷诛敛,结怨于人。陛下革故鼎新,为人除害,而有司未改其所为,是赵岩复生也。’”文存《全唐文补编》卷一〇〇。

**吏部有《量添县官尉簿奏》。**

题下注:“同光二年四月,吏部。”文存《全唐文》卷九六九。

**中书门下有《请令节度等使归本任奏》。**

题下注:“同光二年四月,中书门下。”文存《全唐文》卷九六九。

**新罗景明王朴升英有《有唐新罗国故国师谥真镜大师宝月凌空之塔碑铭**

**并序》**。

文末署:“龙德四年岁次甲申四月一日记。”按:龙德仅三年,此署龙德四年,盖后梁为后唐所灭,改元消息未及时传至新罗故也。姑系文于此。文存《唐文拾遗》卷六八。

**归文有《上人启[题拟]》**。

文中有:“未遂寸心。故难东返。昨于四月廿三日已达灵州。”据辑者陈尚君《全唐文补编》卷九五小传介绍,归文于“后唐庄宗同光二年西行,五月达灵州”,此状称“四月廿三日”,陈氏小误,然据此亦可知此状当作于同光二年四月后,姑系于本月。文存《全唐文补编》卷九五。

**回鹘权知可汗仁美遣使来贡,庄宗有《回鹘权知可汗仁美制》**。

《册府元龟》卷九六五载:“(同光)二年四月回鹘权知可汗仁美遣使来贡,制曰:‘回鹘可汗仁美,代袭骁雄,生知义烈,秉北方忠顺之气,为南面沙漠之君……’”文存《全唐文》卷一〇三。

## |五 月|

**右谏议大夫薛昭文上疏言时政之弊,请更之,皆不从**。

《资治通鉴》卷二七三载:“(五月)乙巳,右谏议大夫薛昭文上疏,以为:‘诸道僭窃者尚多,征伐之谋未可遽息。又士卒久从征伐,赏给未丰,贫乏者多,宜以四方贡献及南郊羡余更加颁赉。又河南诸军皆梁之精锐,恐僭窃之国,潜以厚利诱之,宜加收抚。又户口流亡者,宜宽徭薄赋,以安集之。又土木不急之役,宜加裁省。又请择隙地牧马,勿使践京畿民田。’皆不从。”《全唐文》题曰《陈十事疏》,存卷八四三。

**以尚书工部郎中李途为长安两路检视诸陵使,严禁诸陵台令丞影占人户。庄宗有《诸陵台令不得影占人口敕》**。

《五代会要》卷四载:“后唐二年三月,以尚书工部郎中李途为长安两路检视诸陵使。其年五月二十四日敕:‘宗正寺严切指挥,诸陵台令丞不得辄令影占人户。其诸陵旧制,合破巡人,仍仰酌量额定数目。’”《资治通鉴》卷二七三载:“(同光二年三月)唐室诸陵先为温韬所发。庚申,以工部郎中李途为长安按视诸陵使。”则此文当作于同光二年五月。文存《唐文拾遗》卷九。

**后唐以麦实不广,敕令放免四京秋税,庄宗有《放免四京秋税敕》。**

《册府元龟》卷四九一载:“(同光二年)五月敕:‘治国之由,安民是本。如闻今岁,麦田虽繁,而结实不广。其四京诸道百姓,于麦察地内种得秋苗,并不征税。’”文存《全唐文》卷一〇四。

**中书门下上《点检前资官告敕奏》。御史台上《请重行分察条例奏》。尚书兵部有《重制置收补千牛进马事奏[题拟]》。**

《点检前资官告敕奏》文存《全唐文》卷九六九,题下注:“同光二年五月,中书门下。”《请重行分察条例奏》文存《全唐文》卷九六九,题下注:“同光二年五月,御史台。”《重制置收补千牛进马事奏[题拟]》文存《全唐文补编》卷一二六,题下注:“同光二年五月,尚书兵部。”

**吴越钱镠有《开慈云岭记》。**

文末署:“甲申岁六月十五日吴越国王记。”文存《唐文拾遗》卷一一。

**归文有《灵州与某和尚状[题拟]》《上曹尚书牒[题拟]》。**

前文末署:“五月廿九日,定州开元寺参学比丘归文状上。”后文末署:“同光二年五月□日。”两文皆存《全唐文补编》卷九五。

## 六月

**礼部尚书王正言上奏请停北京宗庙。太常礼院上《请废北都宗庙奏》。**

《册府元龟》卷五九三载："（同光二年）六月，太常礼院奏：'国家在邺都兴建之时，于北京已置宗庙。自六龙都雒，却复本朝宗祧。详求典礼，无二庙之文。其北京庙，据礼彻去。'遂下尚书省议其可否。礼部尚书王正言等奏议曰：'伏以宫室之制，宗庙为先。陛下卜雒居尊，开基御宇……'"文存《全唐文》卷八四四。太常礼院所奏，据《五代会要》录出，文存《唐文拾遗》卷五八，题下注："同光二年六月十日，太常礼院。"《全唐文补编》卷一二六又据《册府元龟》卷五九三《请撤北京庙奏[题拟]》题下注："同光二年六月，太常礼院。"文字小有差异。

**庄宗有《限决禁囚敕》。**

《册府元龟》卷一五一载："同光二年六月己巳敕：'应御史台、河南府、行台马步司、左右军巡院：见禁囚徒，据罪轻重，限十日内并悉决遣申奏。'"文存《全唐文》卷一〇四。

**吴越钱镠有《海会寺陀罗尼经幢记》。**

文末署："时宝大元年岁次甲申五月一日，天下都元帅吴越国王镠建。"文存《唐文拾遗》卷一一。

**归文有《上令公牒》。**

文末署："同光二年六月□日。"文存《全唐文补编》卷九五。

## | 七月 |

**后唐议皇太子婚礼，太常礼院有《上皇太子婚礼奏》。**

题下注："同光二年，礼仪使。"《册府元龟》卷五九三系此文于本年七月，从之。文存《全唐文》卷九六九。

**蜀中越国夫人路氏有《千佛崖造象记》。**

据《唐文拾遗》小传载，路氏乃前蜀王衍宫人。文存《唐文拾遗》卷五一。文末署："乾德六年七月十五日白。"《全唐文补编》卷一四二题阙名《千佛崖四十二娘造像题记》，文末署："乾德六年七月十五日白。"二者实同一段文字，唯《唐文拾遗》录自《金石苑》，《全唐文补编》录自《八琼室金石补正》卷八一。

**阙名有《差宰臣祠祭太庙奏[题拟]》。**

题下注："同光二年七月，中书门下。"文存《全唐文补编》卷一二六。

## 八月

**郭崇韬上陈情第三表，求出镇以避祸。**

《册府元龟》卷三三一载："后唐郭崇韬为枢密使、中书令。同光二年二月上表陈请曰……其年八月，崇韬又上表曰：'臣伏念朝廷起军之际，陛下决于宸断。抚臣背曰：此去必荡寇雠，可期清泰，事了之后，与卿一镇……'"郭崇韬《上陈情表第三表》文存《全唐文》卷八四四。

**庄宗有《葺修宫殿敕》《令诸道节度使等洛京修宅诏》。**

《册府元龟》卷一四载："（同光二年）八月敕：'三川奥壤，四海名区。为帝王光宅之都，乃符瑞荐臻之地。周朝始建，卜年遂启于延洪，汉室中兴，即土是图于远大，咸兹建极……'"《葺修宫殿敕》文存《全唐文》卷一〇四。《册府元龟》卷一四载："（同光二年八月）是月辛巳，诏曰：'朕刷荡妖氛，收复京辇。三灵胥悦，万国骏奔。凡在照临，毕同欣戴；或出司土宇，入觐朝廷……'"《令诸道节度使等洛京修宅诏》文存《全唐文》卷一〇三。

**后唐重州镇之事，中书门下上《许诸道辟举职员奏》《请详定长定格循资格十道图奏》《任诸藩奏辟军事判官奏》诸奏。**

《许诸道辟举职员奏》题下注："同光二年八月八日，中书门下。"文存《唐文拾遗》卷五八。《请详定长定格循资格十道图奏》题下注："同光二年八月，中书门下。"文存《全唐文》卷九六九。《任诸藩奏辟军事判官奏》题下注:"同光二年八月,中书门下。"文存《全唐文》卷九六九。

## 九月

**庄宗觉察蕃方入奏之人有私买衣甲行为,颁《觉察藩方私买衣甲敕》。**

《五代会要》卷一二载:"(同光二年)其年九月敕:'近闻蕃方入奏之人,多于京内私买衣甲,宜令总管司,密加觉察。'"文存《唐文拾遗》卷九。

**郭崇韬有《条陈三铨事例奏》。**

《册府元龟》卷六三二载:"(同光二年)九月,侍中郭崇韬奏:'臣伏见今年三铨选人并行事官等,内有冒名入仕,假荫发身,或卜祝之徒、工商之类,既淄渑之一乱,谅玉石之宁分……'"文存《全唐文》卷八四四。

**司封奏《叙封条贯奏[题拟]》。**

题下注:"同光二年九月,司封。"文存《全唐文补编》卷一二六。

## 十月

**中书门下上《请权停选举奏》。庄宗不许,有《不准权停选举敕》。**

《册府元龟》卷六四一载:"(同光二年)十月中书门下奏:'献可效忠,前经之令典,因时建议,有国之明规。道既务于化成,事亦敷于竞劝……'敕:'举选二门,国朝重事,俱要精确,难议权停。宜准常例处分。'"中书门下上《请权停选举奏》文存《全唐文》卷九六九,题下注:"同光二年十月,中书门下。"庄宗《不准权停选举敕》文存《全唐文》卷一〇四。

**庄宗有《支郡公事须申本道诏[题拟]》。**

题下注:“同光二年十月。”文存《全唐文补编》卷九五。

## 十一月

**河南尹张全义奏请万寿节于嵩山度僧,庄宗有《允张全义请万寿节于嵩山琉璃戒坛度僧敕》**。

《册府元龟》卷五二载:“(同光二年)十一月甲戌,河南尹张全义奏:‘万寿节于嵩山开琉璃戒坛,度僧百人。’敕:‘张全义首冠王臣,心明佛性。资善弘于净众,增福聚于皇基。将欲坛启琉璃,人铨鸳鹭,实彰忠节,宜示允俞。’”文存《全唐文》卷一〇四。后唐无佞佛之风,此敕特为张全义设也。

**范遵有《卫刺史神道碑》**。

文中有:“以同光二年十一月八日,归葬于修武县清平乡南孔庄之别业,穆配祖武。”文存《全唐文补编》卷九五。

**李瑶有《故金紫光禄大夫检校司空左骁卫大将军兼御史大夫上柱国太原郡王公墓志铭并序》**。

文中有:“以同光二年五月十七日遘疾,终于洛阳彰善坊私第,享年八十一。以其年十一月二十六日择地于河南县平乐乡朱阳里北邙之原,礼也。”文存《全唐文补编》卷九五。

**吕梦奇有《后唐招讨使李存进墓碑》**。

文中有:“同光二年冬十月赠太尉,以十一月八日葬于太原县……”《旧五代史》卷五三载:“李存进,振武人。本姓孙,名重进。父佺,世吏单于府。重进初仕岚州刺史汤群,为步校。献祖诛群,乃事武皇,从入关,还镇太原。”原《注》:“欧阳《史》:太祖破朔州得之,赐以姓名,养为子。”文存《全唐文》卷八四〇。

**谢鹗,南康人,唐末举进士,事吴越武肃王,生卒年不详。本年撰《佐正匡国**

**功臣故节度左押衙亲卫第三都指挥使静海镇遏使银青光禄大夫检校尚书右仆射御使上柱国朱府君墓志铭》**。

《十国春秋》卷八五《谢鹗传》云:"谢鹗,南康人,举唐进士……及长,善为诗,有文名,仕武肃王为□□□□。宝大时,朱行先勤王事而殁,鹗为撰墓志铭,文章雅赡,一时推许……进士裴说选其诗之善者六十余篇,行于世。"

谢鹗所为《墓志铭》文存《全唐文》卷八九八。其文有:"其年岁次甲申十一月乙未朔六日……泣血而拜,请予撰墓志,坚免不从,遂命笔。"据此可知此文乃本年十一月撰。按:鹗举唐进士一事,《十国春秋》及《全唐文》小传均有记,徐松《登科记考》则未收鹗,他史亦未见佐证。存此待考。

## |十二月|

**庄宗幸东京,有《幸东京敕》。与皇后刘氏幸河南尹张全义第,酒酣,命皇后刘氏拜张全义为养父。赵凤密疏以为不可,竟不能已其事。赵凤有《谏皇后拜张全义为养父疏》**。

《册府元龟》卷一一四载:"(同光二年)十二月戊辰,幸西苑。庚午,车驾幸张全义之第。丙子,敕:'大名重地,全魏奥区。成予定霸之基,致我兴王之业……'"庄宗《幸东京敕》文存《全唐文》卷一〇四。同书卷一八〇载:"(同光二年)十二月庚午,帝与皇后刘氏幸河南尹张全义第。酒酣,帝命皇后拜全义为养父,全义皇恐致谢,复出珍货贡献。翌日,皇后传旨,令学士草谢全义书。赵凤密疏陈国后无拜人臣为父之礼,帝虽嘉之,竟不能已其事。"赵凤《谏皇后拜张全义为养父疏》文存《全唐文》卷八四九。

**吴越国徐□有《吴越国故僧统慧因普光大师塔铭并序》**。

文中有:"俗姓钱氏,法号令因,即今天下都元帅吴越国王第十九子也……是年始十三,于梁乾化三年四月十日申请住持安国罗汉寺……以宝大元年八月十三日夜召□足□□付嘱教门,亲述遗章……以此夜三更便□圆寂……以其年十二月九日归窆于塔(缺三字)。"文存《唐文拾遗》卷五二。

**阙名有《□□□义赞明功臣□左右拱圣军统军光禄大卿检校太傅□□□□上柱国赵郡开国伯食邑七百户李涛故妻颍川县君汪氏墓志铭并序》。**

文中有："乃于故唐天祐二年承(下缺)月之贵也，于大吴顺义四年十月(下缺)私第，享年五十有二，以当年十二月(下缺)礼也。"可知此文当作于顺义四年十二月。文存《全唐文补编》卷一五六。

**徐寅本年或之后卒，刘山甫为其撰《墓志铭》。有集传世。**

徐师仁《唐秘书省正字徐公钓矶文集序》引《九国志・徐寅传》云：寅依王延彬，"凡十余年，求还所居。尝被病，遣求药物于延彬……竟卒于延寿之别墅。"《十国春秋》卷九五记徐寅卒前，有如下文字："唐灭梁，闽使贺庄宗登极。庄宗遽问使曰：'徐寅无恙乎？归语尔主：父母之雠，不共戴天。寅指斥先帝，尔国何以容之？'使回，具以告，太祖曰：'如此则上直欲杀徐寅尔，今但不用可矣。'即日戒阍者不得引接。寅拂衣去曰：'丈尺之水，前陂后堰，安能容万斛之舟乎？'寻旧隐钓矶处，慨然有长往志。"此段下注文曰："《九国志》又云王审知礼待简略，内不能平，一旦拂衣去。"。据《新五代史》卷六八之《王审知世家》载："审知虽起盗贼，而为人简约，好礼下士……徐寅，唐时知名进士，皆依审知仕宦。"王审知对徐寅礼待简略，当事出有因，其"即日戒阍者不得引接"或实有其事，而寅之卒年，则当下推至后唐同光元年，姑系于此。《十国春秋》卷九五载："山甫，故中朝旧族，有才藻，著《金谿闲谈》十二卷，常(尝)撰《徐寅墓志铭》，情文兼至，为世所称。官终威武军、殿中侍御史。"山甫事迹至此无考，《全唐诗》卷七六三存诗一首。寅之著述，《新唐书・艺文志》未著录。徐师仁《序》载："按《崇文总目》：《正字赋》五卷、《探龙集》一卷，题为'伪唐徐某撰'；正字实未尝仕伪唐也。"今本《崇文总目》卷五集部别集类录《徐寅赋》一卷、《探龙集》一卷，未署"伪唐"二字。《直斋书录解题》卷二二文史类录《雅道机要》二卷，注："前卷不知何人，后卷称徐寅撰。"《通志》卷七〇《艺文略八》赋类录《徐寅赋》一卷、《探龙集》一卷，注曰："伪唐人。"寅未仕南唐，误。《宋史》卷二〇八《艺文志七》录《徐寅别集》五卷、《探龙集》五卷。今传《四部丛刊》集部三编《徐公钓矶文集》录赋五卷、诗五卷，《四库全书》集部别集类四录《徐正字诗赋》二卷，《总目》题云："(寅)所著有《探龙》《钓矶》二集，共五卷，自《新唐书・艺文志》已不著录，诸家书目亦不载其名，意当时即散佚不传。此本仅存赋一卷，计八首；各体诗一卷，计三百六十八首……已非五卷之旧矣。"《全唐诗》卷七〇八至七一一编寅诗为四卷,共二百六十八首。《全唐文》卷八三〇存寅赋二十八篇,《唐文拾遗》卷四五补录二十一篇,其中《均田赋》述后周显德中均田事,乃误收。寅之文章,《十国春秋》卷九五载:“寅才思敏绝。黄滔为威武节度推官,太祖馈以鱼。会滔与寅方接谭,即请寅为谢笺。寅殊不经意,援笔疾书曰:‘衔诸断索,裁从羊续悬来;列在琱盘,便到冯驩食处。’时人大称之。”《四库全书总目·徐正字诗赋》载:“其赋句雕字琢,不出当时程试之格,而刻意锻炼,时多秀句。集中《赠渤海宾贡高元固诗序》称:其国传写寅《斩蛇剑》《御沟水》《人生几何》三赋,至以金书列为屏幛,则当时亦价重鸡林矣。诗亦不出五代之格,体物之咏,尤多五言……当时文体不过如斯,不能独责备于寅也。”

**蜀中郑艺有《武德军节度使徐延琼德政碑》。**

《十国春秋》卷四四载:“郑艺仕后主为翰林学士,文辞敏赡,笔不加点,其最著有《武德军节度使赵国公徐延琼碑铭》,蜀人往往传诵焉。”文中有“明孝皇帝受命之六年”文字。检史籍可知,前后蜀之后主都称“明孝皇帝”,前蜀后主王衍在乾德元年即位之时称此号,后蜀后主孟昶在广政十三年始有此号。郑艺文中“明孝皇帝”当是指前蜀后主王衍,则所谓“六年”者,盖指王衍乾德六年也,姑系文于此。文存《全唐文》卷八九〇。

**杜光庭有《莫庭乂青城甲申本命周天醮词》《谢恩赐兴圣观宏一大师张潜修造表》。**

《全唐文》卷九三二记乾宁二年九月二十四日杜光庭所作《修青城山诸观功德记》载:“癸丑岁,县令南郡莫公廷乂,奉敕常醮,躬行奠礼,阅其胜异,痛此榛芜。不率私财,不侵公用,二年注意,两观鼎新……初,相国司徒王公、安抚副使张公佥以青城处二江上游,为一川剧县,赋舆殷会,水陆兼资,非能政全才,难膺慎择。飞上章奏,而授于公……剽燔之余,廨宇未立,经始营创,惟新其谋。工以子来,用以农隙,曾不越月,巨绩告周。”可知莫氏任青城令,是晚唐乾宁二年时事,以后梁代唐计,距甲申岁有三十年之久,莫氏任青城令时间不当有如此之长。王建称帝后,甚重道教,青城作为道教圣地之一,地位甚重,而莫氏姓名不见于其他载籍,则或其时已调任他处。本文不及青城事,似亦可为其调离之佐证。如此,则是甲申年莫氏作故地之游,杜光庭作此文。文存《全唐文》卷九三九。杜光庭《谢恩赐兴圣观宏一大师张潜修造表》文存《全唐文》卷九二九，文中有："臣某伏睹恩敕，宣赐左街兴圣观宏一大师张潜，令修葺住持者。"检《王氏闻见录》"兴圣观"条载："蜀城旧有兴圣观，废为军营，庭宇堙毁，已数十年。军中生子者，奕世擐甲矣，殊不知此为观基。甲申岁，为蜀少主生日，僚属将率俸金营斋，忽下令，遣将营斋之费，亟修兴圣观。左徒藏事，急如星火，不日而观成。"可知兴圣观之修葺，乃甲申岁少主生日后事，即后主王衍乾德六年。

**归文有《与人启[题拟]》。**

文中有："幸因云水，获寄王都。满川之花木（下缺）。"依文意当是其西行至某"王都"时所为，因其西行是同光二年事，姑系于此。文存《全唐文补编》卷九五。

**孔谦有《省国用奏》。**

《旧五代史》卷七三载，孔谦为租庸副使，乃庄宗同光初事，至明宗即位诛之。其间庄宗入汴曾以豆卢革专租庸，之后始任孔氏为租庸使。孔氏所奏，当即此时。检《旧五代史》卷三〇，宰臣豆卢革专判租庸事，在同光元年十二月，姑系孔谦文于同光二年。文存《全唐文补编》卷九五。

**南汉高祖建南宫，王定保献《南宫七奇赋》以美之。**

《新五代史》卷六五《刘龑传》："（乾亨八年）作南宫，王定保献《南宫七奇赋》以美之。"

## 后唐同光三年　吴越宝大二年　吴顺义五年
## 前蜀咸康元年　南汉白龙元年　契丹天赞四年

乙酉　九二五

### 正月

**庄宗下敕迁昭宗、少帝之陵，有《迁昭帝陵敕》。然此事终因国乏而罢。**

《册府元龟》卷三一载："（同光二年）八月，以宗正少卿李琼往曹州检行哀帝陵寝。三年正月丙申敕曰：'朕顾惟寡德，获嗣丕图，奉先之道尝勤，送往之诚靡怠。爰自重兴庙社，载展郊禋。旋荡涤于瑕疵，复涵濡于庆泽……恭念昭宗晏驾之辰，少帝登遐之日，咸罹虺毒，遽殒龙髯。委冠剑于仇雠，托山陵于枭獍。静惟规制，岂叶度程。存怆结以弥深，固寝兴而增惕。虔思改卜，式慰允怀。宜令所司，别选园陵，备礼迁葬。贵雪幽明之恨，以申追慕之心。'"庄宗文存《全唐文》卷一〇四。《旧五代史》卷三二载："（正月）丙申，诏以昭宗、少帝山陵未备，宜令有司别选园陵改葬。寻以年饥财匮而止。"

**后唐整饬官吏风习，庄宗有《禁征纳礼钱敕》《少府监铸印敕[题拟]》《特恩授官敕[题拟]》。**

《册府元龟》卷六一载："（同光）三年正月戊戌敕：'兵吏部以台省礼钱为名，所司妄有留滞在京者，遽难应付。外来者固是淹延，须至条流，冀绝讹弊。自此后特恩授官，侍卫军功改转内廷诸司，带职外来进奉阙廷，绫纸并宜官给。'"文存《全唐文》卷一〇四。《少府监铸印敕[题拟]》文存《全唐文补编》卷九五（下文同），题下注："同光三年正月。"《特恩授官敕[题拟]》题下注："同光三年正月。"

**崔匡有《大唐故赠尚书左仆射长沙吴府君夫人谯郡曹氏墓志铭并序》。**

文中有："以同光三年岁次乙酉正月甲午朔二十二日乙卯，葬于河南县平乐乡朱阳村茔庄。"文存《全唐文补编》卷九五。

## 二月

**枢密使郭崇韬上表辞兼镇州，表再上。庄宗先不允，有《郭崇韬辞节镇不允批答[题拟]》，后允之，有《允郭崇韬再让节镇优诏》。**

《册府元龟》卷四〇九载："后唐郭崇韬为侍中枢密使兼领镇州，庄宗谓之曰：'吾欲移卿兼领汴州，授总管。镇阳节制总管则嗣源也，与李绍斌为声援，庶济军机……'翌日，上章辞节镇。批答云：'岂可朕居亿兆之尊，俾卿无尺寸之地？卿虽坚让，朕意何安？'崇韬再表恳沥。批答曰：'朕以卿久司枢要，常处重难。或迟疑未决之机，询诸先见；或忧挠不定之事，访自必成。至于赞朕丕基，登兹大宝，众兴异论，卿独坚言……'"《旧五代史》卷三二载："（同光三年二月）丙子……枢密使郭崇韬上表辞兼镇，时帝命李绍斌镇幽州，以其时望未重，欲以李嗣源为镇帅，且为绍斌声援，移郭崇韬兼领汴州。召崇韬议之，崇韬奏以为当，因恳辞兼领。"庄宗《郭崇韬辞节镇不允批答[题拟]》文存《全唐文补编》卷九五，题下注："同光中。"据前考可知在本月。《允郭崇韬再让节镇优诏》文存《全唐文》卷一〇三。

**租庸院上《复位州县等官俸料奏》《支给副使以下俸料奏》。庄宗有答敕。**

《五代会要》卷二七载："后唐同光三年二月十九日，租庸院奏：'新定四京及诸道副使判官已不俸料，请降敕各下逐处支遣……'奉敕：'宜令诸道节镇依旧更置观察支使一员，其俸料春衣赐，仍准掌书记例支遣，余依租庸院所奏。'"租庸院奏文皆存《唐文拾遗》卷五八，前文题下注："同光三年二月十五日，租庸院。"后文题下注："同光三年二月十九日，租庸院。"庄宗答敕《观察支使俸料准掌书记敕》文存《唐文拾遗》卷九。

**庄宗有《令李继麟制置榷盐敕》《减兴唐府随丝盐钱诏[题拟]》《魏府输税示矜蠲敕[题拟]》。**

《册府元龟》卷四九四载："后唐庄宗同光三年二月敕：'会计之重，咸鹾是先。矧彼两池，实有丰利。顷自兵戈扰攘，民庶流离，既场务以隳残，致程课之亏失。'"庄宗《令李继麟制置榷盐敕》文存《全唐文》卷一〇四。庄宗《减兴唐府随丝盐钱诏[题拟]》《魏府输税示矜蠲敕[题拟]》二文皆存《全唐文补编》卷九五，题下皆注："同光三年二月。"

## | 三月 |

**朱守殷修雒阳月波堤，至立德坊南古岸，得玉玺一面及古钱若干，进纳。朱守殷有《上玉玺表》，庄宗有敕文。**

《册府元龟》卷二五载："（同光）三年三月，振武节度使雒京内外蕃汉马步使朱守殷奏：'臣修雒阳月波堤，至立德坊南古岸，得玉玺一面，上进。伏以皇帝陛下明德动天……'敕：'玉以呈祥，印惟示信。况坊名立德，地近雒阳……'守殷又于积善坊役所得古文钱四百五十六一十六文，得一元宝，四百四十文顺天元宝。守殷进纳。敕：'凡窥奇异，尽系休明。所获钱文式昭玄，贶得一者伫归于一，统顺天者式契于天……'"其中"得古文钱四百五十六一十六文"中之"一十六"显为衍文，当删。《旧五代史》卷三二载："甲午，振武军节度使洛京内外蕃汉马步使朱守殷奏：'昨修月陂堤，至德宫南，获玉玺一纽。'献之。诏示百官，验其文曰：'皇帝行宝'四字，方圆八寸、厚二寸，背纽交龙，光莹精妙。守殷又于役所得古文钱四百六十六，内二十六文。曰得一元宝四百四十，曰'顺天元宝'。上之。"所记古钱数与《册府元龟》异。此不详考。朱守殷表文存《全唐文》卷八三九，庄宗《宣示朱守殷进古钱敕》文存《全唐文》卷一〇四。

**详定院上《请定东都邺都奏》。**

题下注："同光三年三月，详定院。"文存《全唐文》卷九六九。

**唐州上《淮渎广润庙树连理奏》。**

题下注："同光三年三月，唐州。"文存《唐文拾遗》卷五八。

**庄宗有《驾还洛京诏》。途中颇与郭崇韬忆旧时战事。**

《册府元龟》卷一一四载："（同光三年）三月庚子，诏曰：'朕以削平僭乱，底定寰区。爰宅雒都，再逾星岁，乃睠兴王之地，颇聆望幸之辞。'"《旧五代史》卷三二载："庚子诏：'取三月十七日车驾归洛京……'戊申，帝召郭崇韬谓曰：'朕思在德胜寨时，霍彦威、段凝皆予之勍敌，终日格斗，战声相闻。安知二年之间，在吾庑下。吾无少康、光武之才，一旦重兴基构者，良由二三勋德同心辅翼故也。朕有时梦寝，如在戚城。思念曩时挑战鏖兵，劳则劳矣，然而扬旌伐鼓，差慰人心。残垒荒沟，依然在目。予欲按德胜故寨，与卿再陈旧事。'崇韬曰：'此去澶州不远，陛下再观战地，益知王业之艰难，岂不韪哉。'"文存《全唐文》卷一〇三。

**翟奉达有《发愿文》。**

文末署："于时大唐岁次同光三年岁次乙酉三月丁巳朔廿五日辛巳题记之耳。"文存《全唐文补编》卷一〇七。

**王衍朝永陵，自为尖巾，民庶皆效之。蜀嫔妃妾妓皆衣道服，莲花冠髽髻为乐，夹脸连额，渥以朱粉，名曰醉妆。刘纂谏请禁之。**

《说郛》卷五四载："咸康元年正月朔，受朝贺，大赦，改元。三月，衍朝永陵，自为尖巾，民庶皆效之。还，宴怡神亭，嫔妃妾妓皆衣道服，莲花冠髽髻为乐，夹脸连额，渥以朱粉，曰醉妆。国人皆效之。"刘纂请禁醉妆当在此后不久，姑系于咸康元年三月后。《请禁醉妆》文存《全唐文》卷八九〇。

## |四 月|

**庄宗以时雨稍衍，下敕文请下诸道州府依法祈祷。又因租庸使奏，再下敕文令河南府于府门集巫祈雨。**

《册府元龟》卷一四五载："（同光三年）四月丁卯，敕：'时雨少愆，恐妨农事。须命祈祷，冀遂丰登。宜令差官分道祈祷百神。'癸酉，租庸院奏：'时雨少愆，恐伤宿麦，兼虑有妨耕稼。请诸道州府依法祈祷。'从之。辛巳，敕：'亢阳稍甚，祈祷未征，将致感通，难避劳扰。宜令河南府于府门造五方龙，集巫祷祭徙市。'"庄宗二篇《祈雨敕》文皆存《全唐文》卷一〇四。

**符蒙正及第，庄宗令翰林院覆试，翰林学士承旨卢质主其事，定符为第四，有敕文。**

《直斋书录解题》卷一九著录《符蒙集》一卷，注云："题符侍郎，同光三年进士也。同年四人，蒙初为状头，覆试为第四。"徐松《登科记考》卷二四据此列符蒙正为本年进士，复云："蒙第三人，陈氏以为第四人，误。"实则陈氏不误而徐松误。《文献通考》卷三〇载："后唐庄宗同光三年敕：'今年新及第进士符蒙正等，令翰林院覆试，升王徽、桑维翰居魁亚，降符蒙正第四。今后礼部所试，委中书门下子细详覆奏闻。’”《旧五代史》误以“王徽”为“王澈”，当以王徽为是。符蒙正最终为第四人及第所载甚明。《册府元龟》卷六五一载：“后唐庄宗同光三年三月敕：‘今年新及第进士符蒙正等，宜令翰林学士承旨卢质就本院覆试……’”庄宗《重试符蒙正等敕》文存《全唐文补编》卷九五。庄宗《更定符蒙正等及第敕》文存《全唐文》卷一〇四。《全唐文补编》卷九五有同题文字，乃据宋本《册府元龟》卷六四四及卷六四一辑出，定为同光三年四月，附按语：“《全唐文》卷一〇四收此文，仅一百四字。今重录。”

**蜀林罕有《十在文》。**

《十国春秋》卷三七载：“（咸康元年）夏四月，帝曲宴群臣，忽举觞不悦曰：‘北有后唐，南有蛮诏。朕不能吊伐，是所忧也。’特进顾在珣曰：‘朝廷有十臣在，陛下何忧？’太子洗马林罕因著《十在文》以进。”林罕文存《唐文拾遗》卷四七。

## | 五 月 |

**礼部贡院上《请定乡贡童子事例奏》，庄宗下诏应试童子委其所在州府结解送省。**

《册府元龟》卷六四一载：“（同光三年）五月，礼部贡院奏：‘当司准流内铨牒，应请定冬集举人，内有前乡贡童子者，三铨已前团奏，冬集皆竖前乡贡童子。伏准格文：只有童子科，此无乡贡字……’奉敕：‘起今后宜准开成三年敕文，凡有官者，并诣吏曹，未仕者，皆归礼部。其童子则委本州府，依诸色举人例考试，结解送省。”庄宗《定考试例诏》文存《全唐文》卷一〇三，礼部贡院文存《全唐文》卷九六九，题下注：“同光三年五月，礼部。”

**庄宗再下《祈雨敕》。赐五台山僧人诚惠号降龙大师。**

《册府元龟》卷九二六载：“后唐诚惠，五台山僧也。自云能役使毒龙，可致风雨。其徒号曰降龙大师。同光三年，京师旱。庄宗迎至雒下，士庶瞻仰，谓朝夕可致甘泽。祷之数旬，无征应。或以焚燎为闻，惧之，潜去。至其寺，惭恚而终。”《册府元龟》卷一四五载：“（同光三年）四月丁卯，敕：‘时雨少愆，恐妨农事。须命祈祷，冀遂丰登。宜令差官分道祈祷百神。’癸酉，租庸院奏：时雨少愆，恐伤宿麦，兼虑有妨耕稼，请诸道州府依法祈祷。从之。辛巳，敕：‘亢阳稍甚，祈祷未征，将致感通，难避劳扰。宜令河南府于府门造五方龙，集巫祷祭徙市。’五月壬子，敕：‘时雨尚未沾足，宜令河南府徙市闭坊门依法画龙置水祈请，令宰臣于诸寺烧香。’戊申，帝幸龙门之广化寺，开佛塔请雨。”可知此次祈雨，五月前并未让僧人参与，只以官僚为之。五月后始画龙祈雨，令宰臣烧香，甚至帝幸佛寺请雨。则降龙大师与其事，当是五月后。《北梦琐言》卷一九载：“（降龙大师）同光初到阙，权贵皆拜之，唯郭崇韬知其为人，终不设拜。”郭崇韬时为宰臣，庄宗令诸宰臣于诸寺烧香，唯郭崇韬不拜降龙大师，当在五月壬子敕后。可知此时降龙大师之伪犹未揭破，赐紫衣当亦在此前，姑系于本月。庄宗敕文存《全唐文》卷一〇四（下文同）。庄宗又有《答降龙大师让法号紫衣敕》。

**庄宗有《疏决禁囚敕［题拟］》**

题下注：“同光三年五月。”文存《全唐文补编》卷九五。

**蜀杜光庭有《皇帝设南斗醮词》。**

文中有：“今年以火水金土四星，聚于实沈之墟，又逢日度所经，皆为顺伏。五月合朔，太阳当蚀而不蚀；洎乎既望，太阴当亏而不亏。斯乃五日得丙午之辰，纯阳所应，顾惟寡昧，钦荷元功，惭化理之未周，念声教之未普，敢祈流贶，以及微躬。”《五代会要》卷一〇载，杜光庭在蜀时，五月份当日蚀而未日蚀，是后唐庄宗同光三年五月戊申事，据此可推知文当作于此时，其所谓“当蚀不蚀”“当亏而不亏”云云，盖为设醮之借口耳。

## | 六月 |

**崔憓上疏请正街坊，有《请正街坊疏》。庄宗因颁布敕文，有《在京空地任人请射敕》，另有《京城空地即速盖造敕［题拟］》。**

《册府元龟》卷一四载：“（同光三年）六月壬戌……左谏议大夫崔憓上言曰：‘臣伏见雒都，顷当制葺之初，荒凉至甚，才通行径，遍是荆榛……’”为此，庄宗下敕《在京空地任人请射敕》。崔憓《请正街坊疏》文存《全唐文》卷八三九，庄宗《在京空地任人请射敕》文存《唐文拾遗》卷九。庄宗另有《京城空地即速盖造敕[题拟]》，文存《全唐文补编》卷九五。此文依文意与《在京空地任人请射敕》文相呼应，题下注："同光三年六月。"可推断二文皆缘一事而起，当作于其前后不久，姑系于同时。

**大理寺上《虑刑狱迟留奏》，庄宗下《虑囚诏》。**

《册府元龟》卷六〇载："（同光）三年六月，诏曰：'刑以秋冬，虽关恻隐，罪多连累，翻虑淹滞，若或十人之中，止为一夫抵死，岂可以轻附重，禁锢逾时，言念哀矜，又难全废。'"此诏乃因大理寺上《虑刑狱迟留奏》起，当作于同时。大理寺奏文存《唐文拾遗》卷五八，题下注："同光三年六月二十一日，大理寺。"庄宗《虑囚诏》文存《全唐文》卷一〇三。

**张继业上疏劾张继孙非亲弟，庄宗下《贬张继孙敕》。**

《册府元龟》卷九三四载："后唐张继业为河阳两使留后，庄宗同光三年六月，继业上疏，称：'弟继孙本姓郝，有母尚在，父全义养为假子，令官衙内兵士。自皇帝到京，继孙私藏兵甲，招置部曲，欲图不轨，兼私家淫纵，无别无义。臣若不自陈，恐累家族。'敕：'有善必赏，所以劝忠孝之方；有恶必诛，所以绝奸邪之迹……'"张继业《劾张继孙非亲弟疏》文存《全唐文》卷八四三，庄宗《贬张继孙敕》文存《全唐文》卷一〇四。

**庄宗有《量置陵户敕》。**

《册府元龟》卷一七四载："后唐庄宗同光三年六月，巡简诸陵使工部郎中李途奏：'昨计三十三陵及合重修下宫殿宇法物等。'敕：'关内诸陵，顷因丧乱，例遭穿穴，多未掩修。其下宫殿宇法物等，各令奉陵州府据所管陵园修制。'"文存《全唐文》卷一〇四。

**归文有《与评事启[题拟]》。**

僧归文西行至灵州是同光二年事，依此文中“去岁今年”云云，推知当为同光三年；又据文中“季夏极热”云云推知当在盛夏。姑系于六月。文存《全唐文补编》卷九五。

**刘少晏有《上太保阿郎状[题拟]》。**

文末署：“乙酉年六月日，凉州节度使押衙刘少晏状。”文存《全唐文补编》卷九五。

## | 七月 |

**太祖曹皇后曹贞简卒，有《遗令》。李琪充大行皇太后山陵礼仪使，旋任吏部尚书，仍判太常卿。太常礼院上《皇太后丧服议奏》。**

《五代会要》卷八载：“后唐同光三年七月，正简皇太后遗令曰：‘皇帝以万几至重，八表所尊。勿衣粗缞，勿居谅暗。三年之制，以日易月，过三日便亲朝政……’”后唐太祖曹皇后曹贞简有《遗令》，文存《全唐文》卷一二七。《旧五代史》卷三二载：“（六月）戊子，以刑部尚书李琪充昭宗、少帝改卜园陵礼仪使”。同书卷三三载：“（七月己酉）以刑部尚书李琪充大行皇太后山陵礼仪使”；“戊午，以刑部尚书、判太常卿兼判吏部尚书铨事李琪为吏部尚书，依前判太常卿”。太常礼院上《皇太后丧服议奏》文存《全唐文》卷九六九，题下注：“同光三年七月，太常礼院。”

**庄宗有《责授李鏻李琼敕》。**

《册府元龟》卷四八一载：“后唐李鏻，庄宗时自宗正卿迁工部侍郎。同光三年七月敕：‘罚罪赏功，大朝常宪。掩瑕宥过，前圣格言。工部侍郎李鏻、宗正少卿李琼等，早在公途，忝居班列，靡思畏惧，各犯刑章……’”文存《全唐文》卷一〇四。

**任赞有《请逐处比试举人奏[题拟]》。**

《五代会要》卷二三载："（同光）三年七月四日，尚书工部侍郎任赞奏：'今后伏请宣示诸州府，所有诸色举人，不是家在远方，水陆隔越者，逐处选宾从官僚中艺学精博一人，各于本贯一例分明比试，如非通赡，不许妄给文解。'"文存《全唐文补编》卷一〇〇。

**阙名有《巨鹿律公邈真赞[题拟]》。**

文末署："于（时）唐同光三年七月十五日题记。"文存《全唐文补编》卷一三三。

**虚受有《大唐嵩山少林寺故寺主法华钧大德塔铭》。**

文中有："于同光三年七月廿日示灭，春秋七十八，僧腊五十九。"文存《全唐文》卷九二一。

**蒲禹卿有《谏蜀后主东巡表》。**

《十国春秋》卷三七载："（咸康元年七月）天雄节度使王承休请帝东游，帝将如秦州。群臣谏者甚众，王宗弼亦上表谏，帝投其表于地。太后涕泣不食，止之，不能。得前秦州节度判官蒲禹卿上疏极谏，凡二千言，亦不听。"蒲氏文存《全唐文》卷八九〇。

## 八月

**后唐由张宝撰文，以遣李德休、聂玙持节赐金印玉册，册吴越钱镠为吴越王。钱镠有《辞玉册金印奏》。**

《十国春秋》卷七八载："宝大二年夏四月癸酉朔，日有食之。五月，王献二孔雀于唐，又遣使王浩贡重午簟扇、龙凤纱纹厨有差。秋八月，唐命吏部侍郎李德休等赐王黄金印玉册，仍锡红袍御服一副，及沿身礼物衣冠剑等。其印文曰吴越国王之印，册曰：维同光三年岁次乙酉八月辛酉朔二十七日丁亥皇帝若曰……"《资治通鉴》卷二七三载："（八月）丁亥，遣吏部侍郎李德休等赐吴越国王玉册金印、红袍御衣。”庄宗《赐钱镠吴越国王册文》文存《全唐文》卷一〇五，文中有：“维同光三年岁次乙酉八月辛酉朔二十七日丁亥，皇帝若曰：‘……天下兵马都元帅尚父守尚书令吴越国王钱镠……居方面任，将五十年……今遣正议大夫守尚书吏部侍郎上柱国赞皇县开国男食邑三百户赐紫金鱼袋李德休，使副朝议郎守起居郎充史馆修撰赐绯衣鱼袋聂玙持节备礼，胙土苴茅，册尔为吴越国王。’”张宝《加钱镠爵敕》文存《全唐文》卷八四三。然既以敕为题，则不当署张宝之名，而应署庄宗，今仍之。钱镠《辞玉册金印奏》文存《全唐文补编》卷一一三，文中有“窃臣于同光三年正月二十五日，先准兵部咨，称除臣已受前唐追封曾祖父母三代”云云，可知册吴越国王事始于正月，而正式册文，实迟至本年八月。钱氏辞奏，当更在此后，姑系于此月。

**中书门下上《太祖曹皇后定谥奏》，山陵礼仪使有《迁山陵封域内丘坟奏［题拟］》。**

前文存《唐文拾遗》卷五八，题下注：“同光三年八月，中书门下。”后文《迁山陵封域内丘坟奏［题拟］》，文存《全唐文补编》卷一二六，题下注：“同光三年八月，山陵礼仪使。”

**和凝有《故三学法师绯公碣铭并序》。**

文中有：“同光三年八月十九日，示终于世，寿三十七。”文盖作于本年八月十九日之后，姑记于此。文存《全唐文又再补》卷七。

**庄宗有《以天津桥未通放朝参敕》。**

《五代会要》卷一一载：“（同光）三年六月至九月，大雨。江河决，坏民田。七月，洛水泛涨，坏天津桥，漂近河庐舍。舣舟为渡，覆没者日有之……八月敕：如闻天津桥未通，往来百官以舟船济渡，因兹倾覆，兼踣泥涂。自今文武百官可三日一趋朝，宰臣即每日中书视事。”文存《全唐文》卷一〇四。

**庄宗有《诸司人吏非考满不许奏荐敕》。**

《五代会要》卷一七载:"后唐同光三年八月敕:诸寺监人吏授官,从来只计劳考,年满起选,方许离司。近日以来,颇隳旧制……"文存《全唐文》卷一〇四。

**杨途有《请修整都城奏》。**

《册府元龟》卷一四载:"(同光三年)八月,左补阙杨途奏:'明君举事,须合前规。窃见京城之内,尚有南州北州,纵市井不可移改,城池即宜毁废……'"文存《全唐文》卷八三九。

## |九 月|

**薛廷珪卒,赠右仆射。**

《旧五代史》卷六八载薛廷珪:"同光三年九月卒,赠右仆射。所著《凤阁词书》十卷、《克家志》五卷,并行于世。初,廷珪父逢,著《凿混沌》《真珠帘》等赋,大为时人所称。廷珪既壮,亦著赋数十篇,同为一集,故目曰《克家志》。"同书卷三三《庄宗纪》七亦载,本年九月,"太子少师致仕薛廷珪卒,赠右仆射"。廷珪著述,《新唐书》卷六〇《艺文志四》别集类著录《凤阁词书》十卷。《全唐文》卷八三七、八三八存其文六十四篇。

**天下大水,国计不充,庄宗有《祈晴敕》,李琪上《陈经国事疏》。**

《册府元龟》卷一四五载:"(同光三年)九月辛卯朔,敕:'霖雨未止,恐伤苗稼,及妨收获。宜令差官于诸寺观神祠,虔心祈祷。'"《旧五代史》卷五八载:"(同光)三年秋,天下大水,国计不充。庄宗召百寮,许上封事,陈经国之要,琪因上疏。"庄宗《祈晴》文存《全唐文》卷一〇四,李琪《陈经国事疏》文存《全唐文》卷八四七。

**后唐以魏王继岌充西川四面行营都统,兴灭蜀之役。庄宗有《伐蜀制》。郭崇韬有《征蜀荐才疏》。**

《册府元龟》卷一二三载:"(同光三年)九月,大举伐蜀。制曰:'朕以夙荷丕基,乍平伪室。非不欲宠绥四海,协和万邦,广正朔以遐同,俾人伦之有序……'"文存《全唐文》卷一〇三。《册府元龟》卷八六五载:"同光三年,庄宗命崇韬从魏王继岌伐蜀。崇韬将行,因奏云:'陛下委臣以戎事,仗将士之忠孝,凭陛下之神武,鼓行而西,庶几集事。如蜀川平定,陛下择帅,以臣料之,信厚善谋,事君以礼,则北京副留守孟知祥有焉,愿陛下志之。及蜀平,庄宗遽命知祥为剑南节度使,自太原驰骑入蜀。'"文存《唐文拾遗》卷四六。

**蜀主王衍与太后、太妃游青城山,衍自制《甘州曲》,其词哀怨。王衍有《幸秦州制》。**

《资治通鉴》卷二七三载:"九月,蜀主与太后、太妃游青城山,历丈人观、上清宫,遂至彭州阳平化、汉州三学山而还。"《新五代史》卷五三亦记其事,且云:"宫人衣服,皆画云霞飘然,望之若仙。衍自作《甘州曲》,述其仙状,上下山谷,衍常自歌,而使宫人皆和之。"王衍因王承休妻严氏故幸秦州,据《太平广记》卷二四一载:"(同光三年九月)少主睹之,不觉心狂,遂决幸秦之计。因下制曰:'朕闻前王巡狩,观土地之惨舒;历代省方,慰黎元之徯望。西秦封域,远在边隅,先皇帝画此山河,历年征讨,虽归王化,未浃惠风。今耕稼既属有年,军民颇闻望幸,用安疆场,聊议省巡。朕选取今年十月三日幸秦州,布告中外,咸使闻知。'由是中外切谏,不从。"王衍制文存《全唐文》卷一二九。

**魏王继岌伐蜀,前锋已至汉州,王衍遣人送牛酒请降,有《上魏王继岌笺》。**

《册府元龟》卷九二七载:"(同光三年九月)康延孝、李严至汉州,伪蜀主王衍遣人送牛酒请降。魏王至绵州,王衍遣使上笺曰:'衍叩头言:伏以五帝三王,竟归于代谢;有家垂国,孰免其废兴。苟大命之革新,愿转祸而为福。衍诚惶诚恐叩头。伏以衍先人,顷以受唐封册,列土坤维,自霸一方,于兹三纪。乃者因夷门之构逆,偶中国以丧君……'"文存《全唐文》卷一二九。

**中书门下有《议毁京内南北城奏》《曹太后定谥告庙奏》。**

前文题下注:"同光三年九月,中书门下。"文存《全唐文》卷九六九。后文题下注:"同光三年九月,中书门下。"文存《唐文拾遗》卷五八。

## 十月

**冯道归朝，复为翰林学士、户部侍郎。**

《新五代史》卷五四载："其解学士居父丧于景城，遇岁饥，悉出所有以赒乡里，而退耕于野，躬自负薪。有荒其田不耕者与力不能耕者，道夜往，潜为之耕。其人后来愧谢，道殊不以为德。服除，复召为翰林学士。"《旧五代史》卷三三载："（十月）丙子，以前翰林学士、户部侍郎冯道依前本官充职。"

**庄宗欲以贞简太后祔于代州武皇陵，以中书上言止，乃另卜坤陵安葬。礼仪使上《贞简太后升祔礼毕请行享祀奏》。**

《旧五代史》卷三三载："冬十月庚申朔，宰臣及文武三品以上官赴长寿宫，上大行皇太后谥曰贞简皇太后。辛酉，幸甘泉，遂幸寿安陵。壬戌，魏王继岌率师至凤翔，先遣使驰檄以谕蜀部。丁卯，奉皇太后尊谥宝册赴西宫灵座。宰臣豆卢革摄太尉读册文，吏部尚书李琪读宝文。百官素服，班于长寿宫门外奉慰。淮南杨溥遣使进慰礼。己巳，中书上言：贞简太后陵请以坤陵为名，从之。初，卜山陵，帝欲祔于代州武皇陵。奏议：天子以四海为家，不当分其南北。乃于寿安县界别卜是陵。"礼仪使上《贞简太后升祔礼毕请行享祀奏》，文存《全唐文》卷九六九，题下注："同光二年，礼仪使。"所注误。贞简太后薨乃同光三年事。又据《旧五代史》，知事在是年十月，今正之。《贞简皇后不宜葬代州奏》文存《唐文拾遗》卷五八，题下注："同光三年十月，中书门下。"

**蜀主王衍因私王承休妻，东游秦州，蒲禹卿上表切谏，不听。韩昭、李浩弼、徐光浦、王仁裕等随行，一路与群臣赋诗唱和，众人应制，有《秦中父老望幸赋》。**

《蜀梼杌》卷上："咸康元年十月，衍还成都。是月，庄宗遣兴庆宫使魏王继岌、枢密使郭崇韬来伐，中外皇骇。衍有所私秦州节度使王承休妻严氏，至是自统精兵入秦州，以巡边为名，左右切谏，皆不听。补阙蒲禹卿上疏，衍不纳。"《太平广记》卷二四一引《王氏闻见录》："……又命制《秦中父老望幸赋》一首进之。今亡其本。"

**后唐魏王李继岌有《喻蜀郡檄》。**

《旧五代史》卷三三载:“(同光三年)冬十月……壬戌,魏王继岌率师至凤翔,先遣使驰檄以谕蜀部……”继岌文存《全唐文》卷一二七。

## |十一月|

**王衍还成都,旋为王宗弼所囚。王宗弼、王宗范各有《上魏王笺》。魏王继岌至成都,王衍率百官出降,前蜀亡。王锴有《上魏王笺》,且为王衍撰降表。李昊为王衍草降表,国亡入洛。王衍另有《与康延孝书》。**

《新五代史》卷五三载:“衍留王宗弼守绵谷,遣王宗勳、宗俨、宗昱率兵以拒唐师。宗勳等至三泉,望风退走。衍诏宗弼诛宗勳等,宗弼反与宗勳等合谋,送款于唐师。衍自绵谷还,至成都,百官及后宫迎谒七里亭。衍杂宫人作回鹘队以入。明日,御文明殿,与其群臣相对涕泣,而宗弼亦自绵谷驰归,登太玄门,收成都尹韩昭、宦者宋光嗣、景润澄、欧阳晃等杀之,函首送于继岌。衍即上表乞降。宗弼迁衍于天启宫。魏王继岌至成都。衍君臣面缚舆榇,出降于七里亭。庄宗召衍入洛。”《册府元龟》卷四二七载:“(同光三年十一月)辛亥,魏王军到德阳。伪蜀六军使王宗弼遣使颜守伦上笺云:‘蜀主王衍已出府第,举家迁于西宅。王宗弼权称西川兵马留后,安抚军城,以候王师。’”王宗弼文存《全唐文补编》卷一一八。同书同卷又载:“(同光三年十一月)伪中书令夔王宗范上笺曰:‘臣生居颍许。因先父建光启中讨陈敬瑄在蜀。’”王宗范文存《全唐文补编》卷一一八。《册府元龟》卷四二七载:“(同光三年十一月)伪司空平章事王谐上笺曰:‘臣因天复三年奉使西川,遇车驾劫迁洛阳,因留蜀部。’”《十国春秋》卷三七载:“(咸康元年十一月)又命中书侍郎同平章事王锴草降书曰:‘臣先人受职坤维,作藩唐室,一开土宇,垂四十年。属梁孽挺灾,皇纲解纽,不能助逆,遂至从权……’”王锴《上魏王笺》文存《全唐文补编》卷一一八,王锴《王衍降表》文存《全唐文》卷八九〇。《册府元龟》卷六五六载:“延孝在汉州,王衍与书曰:‘可请李司空先来,予即举城纳款。’”王衍出降,在同光三年十一月,姑系于此。王衍与康延孝文存《全唐文补编》卷一一八。李昊蜀亡入洛事,《十国春秋》卷三七载:“(十一月)己酉,魏王继岌至绵州,帝命翰林学士李昊草降表。”同书卷五二载:“王氏既亡,昊入洛。”

**庄宗有《谕蜀敕》。**

《十国春秋》卷三七载:“(咸康元年十一月)戊申,宣唐主敕曰:‘朕以蜀部封疆,本是我唐境土。爰从兵革远阻江山,当伪梁篡弑之时,致宗庙震惊之难。遂滋割据,益逐便安。虽行建号之谋,乃是从权之道……’”文存《全唐文》卷一〇四。

**欧阳彬奉王衍之命,迎魏王继岌与郭崇韬,后事孟氏。王仁裕时事王衍为中书舍人、翰林学士。先随后主东巡,国亡降唐。欧阳炯事后主,官中书舍人,国亡入洛,补秦州从事。尹鹗仕前蜀为校书郎,前蜀亡,不知所终。李珣,前蜀时秀才,其妹舜弦为王衍昭仪,前蜀亡,不知所终。张云,唐安人,立朝謇谔,不为苟容,历官右补阙,曾以彗星见井鬼之次向王衍进谏,有《上后主疏》。毛文锡或随王衍入洛而卒,无确考。**

欧阳彬,《资治通鉴》卷二七四载:“(十一月)己酉,魏王继岌至绵州,蜀主命翰林学士李昊草降书,又命中书侍郎、同平章事王锴草降书,遣兵部侍郎欧阳彬奉之以迎继岌及郭崇韬。”《锦里耆旧传》卷二载:“(咸康元年)十一月庚寅朔丙申,帝归入内,京城沸扰。至壬寅,唐国使李严走马入城,宣唐敕命,安抚三军万姓,又云:‘六军使齐王宗弼先已有状归降,兴圣太子令见引领大军相次即到。’帝与太后一时号泣,左右悲哀。帝遂召欧阳彬修降表曰:‘臣闻沧海澄波,纳百谷朝宗之水;皇风扇物,来万方向化之人……’”则欧阳彬先是受命上李昊、王锴所草降表,至此又自为王衍撰降表。《全唐文》署哀帝降表,误。欧阳彬《哀帝降表》文存《全唐文》卷八九一。王仁裕,《十国春秋》卷四四载:“仁裕因入成都,事后主为中书舍人。后主东巡,仁裕与翰林学士李浩弼等从行,在路酬答吟咏,无有虚日。国亡降唐。”据《新五代史》卷五七载,王仁裕在王衍时官中书舍人、翰林学士。欧阳炯,《十国春秋》卷五二载:“炯少事前蜀后主,为中书舍人,国亡降后唐,补秦州从事。”尹鹗,《十国春秋》卷四四载:“鹗累官至翰林校书。”《花间集》卷九称“尹参卿鹗”。《鉴戒录》则云为“校书郎”。鹗之著述,《花间集》存词六首,《尊前集》录词十一首。李珣,《花间集》称李珣为“秀才”。陈尚君《“花间”词人事辑》以为前蜀无开科举事,珣为宾贡秀才,当是唐末事。张兴武《五代十国文学编年》以为此说未确,举《蜀梼杌》卷上所载乾德“四年春二月,帝御文明殿试制科”为例,证明前蜀曾有制举。然制科举荐,未必受“秀才”

身份限制,李珣是否为“秀才”似与此制科无涉。珣在唐末时既为宾贡,或是蜀人借此习惯呼之。李珣今存词五十四首,《花间集》录其词三十七首,《尊前集》十八首(与《花间集》重见者一首)。王国维《唐五代二十一家词》所辑《琼瑶集》及《全唐诗》,并录珣词五十四首。张云,《十国春秋》卷四三载:“张云,唐安人。立朝謇谔,不为苟容,历官右补阙。咸康元年,彗星见井鬼之次,司天言宜修德以弭大灾。后主诏于玉局化置道场禳之。云上疏言:‘百姓怨气,上彻于天,故结为彗星。彗者,除旧布新之义,斯乃亡国之兆。’”张云《上后主疏》文存《全唐文补编》卷一一八。毛文锡著述,《崇文总目》卷二录《前蜀王氏纪事》二卷,卷三录《茶谱》一卷。《直斋书录解题》卷五、《宋史》卷二〇三《艺文志三》录《前蜀王氏纪事》同。《直斋书录解题》卷一四、《郡斋读书志》卷三上、《宋史》卷二〇四《艺文志四》均载其《茶谱》。二书今俱已佚。《花间集》卷五录存其词三十一阕,《尊前集》存《巫山一段云》一阕。王国维《唐五代二十一家词》辑《毛司徒词》一卷,三十二阕。《全唐诗》词五所载同。

**蜀亡,楚马殷惧,上表求致仕。**

《资治通鉴》卷二七四载:“(同光三年十一月)楚王殷闻蜀亡,上表称:‘臣已营衡麓之间,为菟裘之地。’”马殷《求致仕表》文存《全唐文补编》卷一〇九。

**青州符习奏莱州即墨县人乡贡士李梦徵室内柱上生芝草两岐,画图而进。庄宗有《赐青州符习奏即墨县李梦徵室内柱上生芝敕》。**

《册府元龟》卷二五载:“(同光三年)十一月,青州符习奏:‘莱州即墨县人乡贡士李梦徵室内柱上生芝草两岐,画图而进。’敕:‘符习累居藩翰,屡显政能。静以临人,宽而得众,抚裕已彰于惠爱,辅时又致于休征……’”庄宗文存《全唐文》卷一〇四。符习奏文至今未从《册府元龟》析出,姑附于此。

**礼仪使有《施行宗庙伎乐群祀奏[题拟]》。**

题下注:“同光三年十一月,礼仪使。”文存《全唐文补编》卷一二六。

**吴地顿金有《仰山加封记》。**

文末署:“顺义五年十一月三日记。”文存《全唐文》卷八六九。以文中用吴顺义年号,推断顿金为吴人。

## |十二月|

**魏承班先因王宗弼叛蜀归唐,据成都,承班奉父命贿赂唐军。本月被魏王继岌斩于成都**。

《九国志》卷六《王宗弼传》载:“及王师至,令其子承班赍衔玩用直百万,献于魏王,并赂郭崇韬,请以己为西川节度使。魏王曰:‘此吾家之物也,焉用献为?’”《资治通鉴》卷二七四亦载此事。《十国春秋》卷三七载:“十二月己巳,崇韬白继岌收王宗弼、宗勳、宗渥,斩之,并杀宗弼子驸马都尉承班。”《资治通鉴》卷二七四载:“崇韬欲诛宗弼以自明,己巳,白继岌收宗弼及王宗勳、王宗渥,皆数其不忠之罪,族诛之,籍没其家。蜀人争食宗弼之肉。”魏承班著述,《花间集》存词十五首,《尊前集》存词六首。王国维《唐五代二十一家词》辑《魏太尉词》一卷,计二十一首。《全唐诗》“词七”所载同。

**闽王审知卒,其子王延翰自称留后。南汉主刘岩改元白龙,更名曰龑**。

《资治通鉴》卷二七四本年十二月载:“辛未,闽忠懿王审知卒,子延翰自称威武留后。汀州民陈本聚众三万围汀州,延翰遣右军都监柳邕等将兵二万讨之……(癸未)有白龙见于汉宫,汉主改元白龙,更名曰龑。”

**庄宗下诏处理前蜀官僚,有《诏伪蜀私署官员等》。闰十二月又有敕文《伪蜀降官次北任使敕》**。

《诏伪蜀私署官员等》题下注:“同光三年十二月。”闰十二月,庄宗再降敕文处理此事。《五代会要》卷一七载:“后唐同光三年闰十二月敕:‘初平伪蜀,应伪署官员等,官至太师、太傅及三少,并太尉、司徒、司空、侍中、中书令、左右仆射已上,并宜降至六尚书,临时更酌高下……’”庄宗《诏伪蜀私署官员等》文存《全唐文补编》卷九五,《伪蜀降官次北任使敕》文存《唐文拾遗》卷九。

## |闰十二月|

**庄宗有《赐王衍诏》。**

题下注:“同光三年闰十二月。”文存《全唐文补编》卷九五。

**庄宗有《求言诏》。**

《册府元龟》卷一〇三载:“(同光)三年闰十二月诏曰:‘朕闻古先哲王,临御天下。上则以无偏无党为政治,次则以足食足兵为远谋。缅惟前修,诚可师范。’”文存《全唐文》卷一〇三。

**因本年水涝为患,令京西诸道收籴不征纳税钱。庄宗有《令京西诸道收籴不得征纳税钱敕》《停折纳等税敕》。**

《五代会要》卷二七载:“后唐同光三年闰十二月十九日敕:‘今岁自春以来,水涝为患。物价腾涌,人户多于西京收籴斛斗……’”《册府元龟》卷四八八载:“(同光三年)闰十二月,吏部尚书李琪上疏,请两税不以折纳为事,不以纽配为名,止以正税加纳。敕:‘本朝征科,唯有两税,至于折纽,比不施为,宜依李琪所论……’”庄宗《令京西诸道收籴不得征纳税钱敕》《停折纳等税敕》文均存《全唐文》卷一〇四。

**上欲幸汴州,两省官及谏官皆上表谏止之。庄宗有《答谏官请不幸汴州批》《答两省谏官请不幸汴州批》。**

《册府元龟》卷一〇一载:“同光三年闰十二月……戊申,谏官上疏,请不巡幸汴州。批答曰:‘朕以四海虽宁,五兵不可不训。聚之王室,务壮神京。其如人赖糇粮,马资槁秸;飞挽动劳于四达,经谋全系于有司。’”《答谏官请不幸汴州批》《答两省谏官请不幸汴州批》文均存《全唐文》卷一〇五。

**李琪有《请转运官物授官奏》。庄宗诏答之，然竟不能行。**

《资治通鉴》卷二七四本年载："（闰十二月）礼部尚书李琪上疏，以为：'古者量入以为出，计农而发兵，故虽有水旱之灾而无匮乏之忧。近代税农以养兵，未有农富给而兵不足，农捐瘠而兵丰饱者也……农亦可以小休矣。'帝既敕有司如琪所言，然竟不能行。"《册府元龟》卷五〇九载："后唐庄宗同光三年闰十二月，吏部尚书李琪上疏曰：'臣伏思汉文帝时，欲人务农，乃募人入粟，得拜爵及赎罪。景帝亦如之。后汉安帝时，水旱不定，三公奏请富人入粟得封关内侯及公卿已下散官……'"李琪《请转运官物授官奏》文存《唐文拾遗》卷四六。《五代会要》卷二七亦载此事，然记于"后唐同光三年闰十一月"。按，同光三年闰十二月而非闰十一月，《会要》误。庄宗《答李琪转仓赠军条陈敕》文存《唐文拾遗》卷九。

**魏逅为大理少卿，有《申请慎勘囚徒奏》。**

《五代会要》卷一〇载："（同光三年）其年闰十二月二十五日，大理少卿魏逅奏：'此后伏请指挥天下州府，应所禁囚徒，不计州县府巡大小，刑狱委观察使刺史填送……'"文存《全唐文》卷八三九。

**冯涓仕蜀至御史大夫，卒于乾化中至本年前。冯涓为人滑稽，诗多讥讽，尤长于章奏。所著有《南冠集》《梁川集》《龙吟集》《长乐集》等。**

《宋高僧传》卷二二《周伪蜀净众寺僧缄传》："释僧缄者，俗名缄也，姓王氏，京兆人……后唐同光三年入蜀，寻访冯涓，已死矣。"可知冯涓此前已亡故。冯涓著述，《崇文总目》录《怀秦赋》一卷，《通志》录《龙吟集》三卷，又《长乐集》十卷，今皆不传。《全唐诗》卷七六〇存其诗二首，断句四，卷八七〇存一首；《全唐诗补编·续补遗》卷一三补二首，酒令二句。《全唐文》卷八八九存其文三篇。

# 后唐天成元年　吴越宝正元年　吴顺义六年　南汉白龙二年　契丹天显元年

丙戌　九二六

## 正月

**后唐杀郭崇韬于成都，孟知祥入蜀，抚慰吏民。**

《新五代史》卷五载："（正月）甲子，魏王继岌杀郭崇韬及其三子于蜀。"注曰："实皇后刘氏作教与继岌，使杀崇韬，而书继岌杀者，继岌将兵在外，后教非天子命，可止而不止。"《资治通鉴》卷二七四载："（正月）戊辰，孟知祥至成都，时新杀郭崇韬，人情未安，知祥慰抚吏民，犒赐将卒，去留帖然。"

**王松有《劾郭崇韬疏》。**

《旧五代史》卷六七载："及崇韬得罪，说惧流言所钟，乃令门人左拾遗王松、吏部员外郎李慎义等上疏，云：'崇韬往日专权，不闲故事，塞仕进之门，非奖善之道。'疏下中书，说等覆奏，深诋崇韬，识者非之。"据《资治通鉴》卷二七四，郭崇韬被杀，在天成元年正月，随即下诏尽诛其子。故此疏当作于此时。王松《劾郭崇韬疏》文存《全唐文补编》卷一〇三。

**初春大水潦，庄宗避正殿，减膳以答天谴。有《水潦放免两税敕》《减膳宥罪德音》。**

《五代会要》卷一一载："（同光）四年正月敕：'自京以东，幅员千里，水潦为沴，流亡渐多。宜自今月三日后，避正殿，减膳撤乐省费，以答天谴。'"《册府元龟》卷九二载："（同光）四年正月壬戌制曰：'盖闻兵者凶器，战者危事。故圣王不得已而任之，是以大兵之后，必有凶年。朕自收复汴州，戡定蜀郡……'"《水潦放免两税敕》文存《唐文拾遗》卷九，《减膳宥罪德音》文存《全唐文》卷一〇五。

**许维岳有《科举额数请依长庆咸通事例状》。**

《五代会要》卷二三载："后唐同光四年正月，五科举人许维徽（按：即许维岳）等一百人进状：'伏见新格文，三《礼》三《传》，每科只放两人。方今三《传》，一科五十余人，三《礼》，三十余人……"文存《全唐文》卷八四四。

**阙名有《榆林窟题记［题拟］》。**

文存《全唐文补编》卷一三八，文中有："维大唐同光四年正月十五日。"

## 二月

**后唐魏博兵变，李嗣源奉命率兵镇压。**

《资治通鉴》卷二七四本年二月载："杨仁晸部兵皇甫晖，与其徒夜博，不胜。因人情不安，遂作乱，劫仁晸曰：'主上所以有天下，吾魏军力也。魏军甲不去体、马不解鞍者十余年。今天下已定，天子不念旧劳，更加猜忌，远戍逾年，方喜代归；去家咫尺，不使相见。今闻皇后弑逆，京师已乱，将士愿与公俱归，仍表闻朝廷。若天子万福，兴兵致讨，以吾魏博兵力，足以拒之，安知不更为富贵之资乎？'仁晸不从，晖杀之……在礼惧而从之，乱兵遂奉以为帅。"注曰："皇甫晖，银枪效节卒也。从庄宗战河上，习见庄宗之用兵，与夫诸军之勇怯，故敢发此言。"

**庄宗有《量停三川泾凤秦陇等州佐杂敕》。**

《册府元龟》卷六三二载："（同光四年）二月敕：'三川泾凤秦陇等州县官员，数目极多，其上佐官，自少尹已下，依本朝旧制，各具见任员阙申奏……'"文存《全唐文》卷一〇四。

**李慎仪有《请委铨曹检点选格奏》。**

《册府元龟》卷六三二载："（同光）四年二月，左拾遗李慎仪、吏部员外王松上表云：‘诸道州县，皆是摄官，诛剥生灵，渐不存济。此盖郭崇韬在中书日，未详本朝故事，妄被闲人献疑，点简选曹，曲生异议，行矫枉过直之道，成欲益反损之文……’”文存《唐文拾遗》卷四六。

**中书门下上《甄录伪蜀官员奏》。**

文存《全唐文》卷九七〇，题下注：“同光四年二月，中书门下。”

## 三月

**豆卢革有《请出内府财帛劳军奏》。**

《册府元龟》卷一八一载：“（同光）四年三月壬戌，宰相豆卢革率百官上表，请出内府财帛劳军，以军情有变故也。其辞略云……”文存《唐文拾遗》卷四六。

**景姹有《请改葬唐诸王奏》。**

《五代会要》卷二载：“后唐同光四年三月，内人郡主景姹奏：‘唐昭宗诸王及皇子弟宗属千余人，当朱梁弑逆之时，同时遇害，为三坑瘗于内西右龙兴寺北，请合为一冢改葬。’”文存《唐文拾遗》卷五一。

**阙名有《请更定选曹事例表》。**

文存《全唐文》卷九六三，题下注：“同光四年三月。”

**中书门下上《请颁诏集选人奏[题拟]》。**

文存《全唐文补编》卷一二六，题下注：“同光四年三月，中书门下。”

**后唐杀王衍及宗族于秦川驿，尽得蜀中珍宝。王衍时年二十八。衍酷好靡丽之辞，尝集艳体诗二百篇，号曰《烟花集》。蜀花蕊夫人与其姊随王衍赴洛，俱遇害于秦川驿。传世《花蕊夫人宫词》一卷，多出其手，或有其姊翊圣太后及王**

**衍、昭仪李舜弦、宫人李玉箫之词章杂于其中。**

《资治通鉴》卷二七四载:“帝乃遣中使向延嗣赍敕往诛之。敕曰:‘王衍一行,并从杀戮。’已印画,枢密使张居翰覆视,就殿柱揩去‘行’字,改为‘家’字。由是蜀百官及衍仆役获免者千余人。延嗣至长安,尽杀衍宗族于秦川驿。衍母徐氏且死,呼曰:‘吾儿以一国迎降,不免族诛。信义俱弃,吾知汝行亦受祸矣。’”衍之著述,《直斋书录解题》卷一五录《烟花集》五卷,注云:“蜀后主王衍集艳诗二百篇,且为之序。”今佚。《全唐诗》卷一录诗五首,同书“词五”录词三首。浦江清《花蕊夫人宫词考证》(收《浦江清文录》)云:“花蕊夫人《宫词》者,熙宁五年(1072)王安国于崇文院中校理蜀国故书时发见之,凡二敝纸所书,共有八九十首。安国察知为花蕊夫人诗笔,以其诗之内容似王建《宫词》,遂名之为《花蕊夫人宫词》,定为后蜀主孟昶妃号花蕊夫人所作……今考《宫词》所咏为前蜀后主王衍之宣华苑事,可正名为《宣华宫词》,历代相传以为孟昶妃所作者,非也。作者为谁,竟不可知。惟前蜀王建之小徐妃曾有花蕊夫人之号,且有诗才,此人即王衍之母,衍嗣位后尊为顺圣太后者(883?—926),《宫词》或其所作。亦恐有太后之姊翊圣太妃及后主王衍、昭仪李舜弦、宫人李玉箫辈之词章杂于其中。此乃宣华苑花前月下之歌曲,不主于一人也。一说,后主时中书舍人欧阳炯(896—971)曾有《宫诗》之献,此或欧阳炯之词。但何以题称花蕊夫人则不可知矣。诗之作必在宣华苑初成时,即921—922,可为定论。”

**翁承赞有《大唐故扶天匡国翊佐功臣威武军节度观察处置三司发运等使开府仪同三司守太师兼中书令福州大都督府长史食邑一万五千户食实封一千户闽王墓志并序》。翁承赞此后事迹无考,有诗传世。**

文末署:“同光三年十二月十二日薨于威武军之使宅,享年六十有四……即以同光四年三月四日,卜茔于闽县灵岫乡怀贤里仙宗山凤池之原,魏国顺正尚贤夫人茔域之东,礼也。”《全唐文补编》卷一一六,辑者陈尚君按:“末署:同光四年岁次丙戌二月戊子朔十八日乙巳置,将仕郎前守河南府文学王倓书并篆盖,节度衙前虞侯林欢镌字。”可知此文实撰于同光四年二月十八日前,为保持体例一致,姑仍系于此年三月。《八闽通志》卷七二载:“除门下侍郎、同中书门下事,未拜。”据此,承赞仕王审知,终未拜相。或据《全唐文》卷八九三载钱昱所撰《忠懿王庙碑》文称,王审知卒于同光三年十二月,以为承赞之未拜相,因其先闽王卒,即当卒于本年十二月前。此论实误。由其为闽王所撰《墓志铭》一文,即可证其卒于闽王之后。然其此后事迹无考矣。翁承赞集,《新唐书》卷六〇《艺文志四》别集类、《崇文总目》卷五、《直斋书录解题》卷一九诗集类上、《宋史》卷二〇八《艺文志七》等并著录一卷。《全唐诗》卷七〇三编其诗为一卷,凡三十七首,同书卷八八五《补遗》补一首。《唐才子传》卷一〇称承赞诗"尚存百二十余篇,为一卷,秘书郎孙郜为序云。"此本今佚。

**洛阳兵乱,唐庄宗李存勖被杀,享年四十六岁。**

《资治通鉴》卷二七五载:"天成元年夏四月丁亥朔,严办将发,骑兵陈于宣仁门外,步兵陈于五凤门外。从马直指挥使郭从谦不知睦王存乂已死,欲奉之以作乱,帅所部兵自营中露刃大呼,与黄甲两军攻兴教门。帝方食,闻变,帅诸王及近卫骑兵击之,逐乱兵出门。时蕃汉马步使朱守殷将骑兵在外,帝遣中使急召之,欲与同击贼。守殷不至,引兵憩于北邙茂林之下。乱兵焚兴教门,缘城而入。近臣宿将皆释甲潜遁,独散员都指挥使李彦卿,及宿卫军校何福进、王全斌等十余人力战。俄而帝为流矢所中,鹰坊人善友扶帝自门楼下至绛霄殿庑下。抽矢,渴懑求水。皇后不自省视,遣宦者进酪。须臾,帝殂。李彦卿等恸哭而去,左右皆散。善友敛庑下乐器,覆帝尸而焚之。"李存勖著述,《全唐诗》卷八八九录歌词四首,《全唐文》卷一〇三至卷一〇五存文七十四篇,多为诏、令文字。《唐文拾遗》卷九录文十一篇,《全唐文补编》录文十九篇。

**李亶即皇帝位,大赦,改元,是为明宗。明宗有多篇敕文,如《即位赦文》《令河南府诸道津送诸王眷属敕》《恤刑诏》《却贡鹰犬敕》《量力进奉不得伤耗生灵敕》《京城许盖屋宇敕》《孔谦削夺在身官职敕[题拟]》《夏秋止纳正税敕[题拟]》。**

《册府元龟》卷九二载:"明宗天成元年四月丙午即位,甲寅,御文明殿受朝,改元,肆赦,制曰:'天生蒸民,树之司牧;立君臣之位,定治乱之机……'"《即位赦文》文存《全唐文》卷一一二。《册府元龟》卷三九载:"明宗同光四年四月即位,时河中军校王舜贤奏:'节度使李存审今月三日弃城出奔,不知所在。'敕曰:'寡人允副群情,方监国事。外安黎庶,内睦家亲,庶谐敦叙之规,永保隆平之运。一昨京师变起,祸难荐臻,于戚属之门,不测惊奔之所,虑因藏窜,滥被伤夷。'"《即位赦文》文存《全唐文》卷一〇六。《册府元龟》卷一五〇载:"后唐庄宗以同光四年四月即位,下诏曰:'朕临御寰区,当明赏罚,刑既加于有罪,道贵洽于无私。据亲疏宜分皂白,特行宽宥,俾释忧疑。罪人元行钦、孔谦及应犯法人田宅,已从籍没。其门人使下任从稳便不诘罪,尤灼然有才能者,仍许所司录任。'"《恤刑诏》文存《全唐文》卷一〇七。《册府元龟》卷一六八载:"明宗即位初,敕曰:'八表来王,盖率朝宗之义;四方述职,咸遵任土之宜。苟献奉之过常,固烦费而滋甚。将隆景运,以俟雍熙。'"据《旧五代史》,明宗即位在天成元年三月,此文当作于此后不久,姑系于本月。《却贡鹰犬敕》文存《全唐文》卷一〇八。《五代会要》卷五载:"后唐同光四年四月十九日,明宗敕旨:'应中外臣僚及三京诸道州府,如是谢贺并节序,并可据有无,量力进奉,不得因兹掊敛,伤耗生灵。至于奇巧珍玩,飞放搏噬之物,并不得转将进奉。'"《量力进奉不得伤耗生灵敕》文存《唐文拾遗》卷九。《五代会要》卷二六载:"后唐天成元年四月敕:'京都之内,古无郡城。本朝多事已来,诸侯握兵自保。张全义土功斯设……'"《京城许盖屋宇敕》文存《全唐文》卷一〇八,《孔谦削夺在身官职敕[题拟]》文存《全唐文补编》卷九六(下文同),题下注:"天成元年四月。"《夏秋止纳正税敕[题拟]》题下注:"天成元年四月。"

**百官有议改国号者,李琪上奏《不应改国号议》。**

《册府元龟》卷五七载:"吏部尚书李琪议曰:'殿下宗室勋贤,立大功于三世,一朝雨泣赴难,安定宗社,抚事因心,不失旧物。若别新统制,则先朝便是路人,茕茕梓宫,何所归往……'"据《旧五代史》卷三五、《资治通鉴》卷二七五载,天成元年四月明宗即位,百官有议改国号者,李琪上此议,始定之。则此议当作于天成元年四月。《不应改国号议》文存《全唐文》卷八四七。

**张昭劝张宪死节,后为北京留守推官,加殿中侍御史、内供奉官,赐绯。**

《宋史》卷二六三载:"庄宗及难,闻邺中兵士推戴明宗,宪部将符彦超合成兵将应之。昭谓宪曰:'得无奉表劝进为自安之计乎?'宪曰:'我本书生,见知主上……苟觍颜求生,何面目见主于地下?'昭曰:'此古人之志也,公能行之,死且不朽矣。'相泣而去,宪遂死之,时论重昭能成宪之节……事宁,以昭为北京留守推官,加殿中侍御史、内供奉官,赐绯。"

**王仁裕尝随王衍入洛，入朝授雄武军节度判官。因途经秦地，感而作《开元天宝遗事》。至秦州，又撰《入洛记》一卷，记入洛途中事，并存其所作诗赋。**

李昉《王仁裕神道碑》："蜀亡，入朝授雄武军节度判官，桑梓故里，樽俎上列，归与之乐，适我愿兮。"王仁裕《开元天宝遗事序》文中有："仁裕破蜀之年，入见于明天子。假途秦地，振辔镐都。有唐之遗风，明皇之故迹，尽举目而可观也。因得询求军实，采摭民言。开元天宝之中影响如数百余件。"后唐庄宗平蜀，在同光三年十一月。前蜀后主王衍亡国东迁，至秦川驿被害，在同光四年三月。王仁裕随之"假途秦地，振辔镐都"，访明皇故迹，感旧主之被戮，作《开元天宝遗事》当在此后。因与王衍亡国事相关涉，姑系于此。《开元天宝遗事序》文存《全唐文又再补》卷七。《郡斋读书志》卷二上录《入洛记》一卷云："右蜀王仁裕随王衍降入洛阳，记往返途中事并其所著诗赋。"

**牛希济至洛阳，拜雍州节度副使。此后行迹不详，卒年无考。**

《鉴诫录》卷七"雪废主"条载："天成初，明宗临朝，宣王蜀旧宰臣王锴、张格、庾传素、许寂、御史中丞牛希济等，各赐一韵，试蜀主降臣唐诗，限五十六字。成。王锴等皆讽蜀主僭号，荒淫失国，独牛希济得川字，所赋诗意，但述数尽，不谤君亲。明宗览诗曰：'如牛希济才思敏捷，不伤两国，迥存忠孝者，罕矣。'当日有雍州亚事之拜。至今京洛，无不称之。""雍州亚事"，当即《十国春秋》卷四四所载"雍州节度副使"。希济事迹，此后无考。牛希济著述，《新唐书·艺文志》子部儒家类、《崇文总目》卷三及《宋史》卷二〇五《艺文志四》杂家类均著录《理源》二卷，今佚。《宋史·艺文志》又著录《治书》十卷，未知所出。《全唐文》卷八四五、八四六编其文两卷。《全唐诗》卷七六〇仅存诗一首。希济又善词，《花间集》存词十一首。《全唐诗》卷八九三词五较《花间集》多收《生查子》一首。林大椿《唐五代词》据《词林万选》收《生查子》四首，又较《花间集》多三首。王国维《唐五代二十一家词》辑《牛中丞词》一卷，计十四首。牛希济之文章，《蜀中广记》卷七九引《北梦琐言》载："孟蜀御史中丞牛希济，文学繁赡，超于时辈。"

**中书门下上《停废诸道监军使等奏[题拟]》。**

文存《全唐文补编》卷一二六，题下注："同光四年四月，中书门下。"

**许寂有《启玄子元和纪用经序》。**

文中有："同光从王入朝，齿发已衰，旋乞致仕，卜林泉于洛。居岁余……"所谓"同光从王入朝"，盖指同光三年十一月王衍降后唐事。王衍降后，于同光四年三月在秦川驿为向延嗣所杀，许寂等入朝日更在其后。文中称至洛后犹"居岁余"，则当在明宗天成元年四月后，姑系于此。文存《全唐文补编》卷一一八。许寂之卒年《旧五代史》本传载"清泰三年六月卒，时年八十余。"

**孙光宪以梁震荐，为高季兴掌书记，谏阻攻楚。**

《资治通鉴》卷二七五载："（四月）梁震荐前陵州判官贵平孙光宪于季兴，使掌书记。季兴大治战舰，欲攻楚。光宪谏曰：'荆南乱离之后，赖公休息士民，始有生意。若又与楚国交恶，它国乘吾之弊，良可忧也。'季兴乃止。"《十国春秋》卷一〇二《孙光宪传》亦载："天成初，避地江陵，武信王奄有荆土，招致四方之士，用梁震荐，入掌书记。"

## | 五 月 |

**明宗置端明殿学士，以备应对。冯道、赵凤拜端明殿学士。下制复郭崇韬等官爵财产，明宗有《复郭崇韬朱友谦官爵财产制》。郑珏、任圜拜中书侍郎，明宗有《授郑珏任圜中书侍郎制》。**

《资治通鉴》卷二七五载："帝目不知书，四方奏事皆令安重诲读之，重诲亦不能尽通……乃置端明殿学士。（五月）乙亥，以翰林学士冯道、赵凤为之。"《旧五代史》卷三六载："（天成元年五月）丙子诏：'故西道行营都招讨制置等使守侍中监修国史兼枢密使郭崇韬，宜许归葬，其世业田宅，并还与骨肉。故万州司户朱友谦，可复护国军节度使守太师兼尚书令……'"明宗复郭崇韬等官爵财产制文存《全唐文》卷一〇六。《册府元龟》卷七四载："明宗天成元年五月制曰：'欲运阴阳，贤者谅资于筹划；将烹鼎饪，哲王取喻于盐梅。是知心恬淡则燮理无差，意平正则调和靡慝。王者以二仪为法，百度是贞，将施理国之规，必慎代天之任……'"明宗《授郑珏任圜中书侍郎制》文存《全唐文》卷一〇六。

**明宗有《令合门使宣放朝班敕》**。

《五礼通考》卷一三三引《五代会要》载:"天成元年五月十九日敕:'本朝旧日趋朝官,置待漏院,候子城门开,便入立班。'"文存《全唐文》卷一〇八。

## |六月|

**荆南高季兴求夔、忠、万、归、峡五州为属郡,明宗诏许夔、忠、万三州归荆南**。

《十国春秋》卷一〇〇载:"丙午,李嗣源即皇帝位。甲寅,改元天成。六月甲寅,王表求夔、忠、万、归、峡五州于唐为属郡。略言:'去冬先朝诏命攻峡内属郡,寻有施州官吏,知臣上峡,率先归投。夔、忠等州,旦夕期于收复。及被郭崇韬专将文字,约臣回归。方欲陈论,便值更变。'唐大臣多谓王请自取诸州,而兵出无功,不当以诸州与我。唐主重违王意,不得已许之。"荆南高季兴《求夔忠万归峡五州为属郡表》文存《全唐文补编》卷一一九。

**四夷来王,御史台上《参详引对番客奏》《内殿引对番客奏》。明宗下诏,定蕃使朝仪,有《定蕃使朝仪诏》**。

《旧五代史》卷三六载:"(天成元年六月)丁酉诏曰:'四夷来王,历代故事,前后各因强弱,抚制互有典仪。大蕃须示于威容,即于正衙引对;小蕃但推于恩泽,仍于便殿抚怀。'"明宗《定蕃使朝仪诏》文存《全唐文》卷一〇七。御史台奏题下注:"天成元年六月十日,御史台。"文存《唐文拾遗》卷五八。《唐文拾遗》卷五八另有太常礼院《内殿引对番客奏》,题下注:"天成元年,太常礼院。"当是同时之作,姑系于一处。

**明宗有《御名二字不连称不得回避敕》**。

《五代会要》卷四载:"后唐天成元年六月十二日敕:'朕闻古者酌礼以制

名,惧废于物,取其难犯而易避……'"文存《全唐文》卷一〇八。

**刘安文有《造像记》。**

文中有:"以同光景戌载六月景戌朔十六日辛丑,设斋表赞讫。"文存《全唐文补编》卷九五。

## 七月

**朝臣议起居、奏对,李琪请定朔望入阁奏对,从之,停四孟月旦起居。**

《全唐文》卷九七〇有天成元年七月中书省《请依李琪朔望奏对议》文字,《全唐文补编》卷一二六又有阙名于同时所作请每月两对御殿奏文字,可知此时于奏对朝仪曾有议论。李琪上《请更定朔望入阁奏对疏》文存《全唐文》卷八四七,当在中书省所奏前不久,姑系于本月。中书门下《请依李琪朔望奏对议》文存《全唐文》卷九七五,题下注:"天成元年七月,中书门下。"明宗《依李琪朔望奏对敕》文存《全唐文》卷一〇八。明宗另有《停四孟月旦起居表敕》,文存《唐文拾遗》卷九。据《五代会要》卷四载:"天成元年七月敕:'三京诸道节度团练使防御使刺使文武将吏州县职员,皆进月旦起居表,其四孟月旦,并可止绝。'"中书门下又有《请停赐庶僚官告及朝对奏》,文存《全唐文》卷九七〇,题下注:"天成元年七月。"御史台有《请每月两对御殿奏[题拟]》,文存《全唐文补编》卷一二六,题下注:"天成元年七月,御史台。"诸文性质相类,皆在本月,姑系于一处。

**明宗有《置彰国军敕》。**

《册府元龟》卷一七二载:"(天成元年七月)是月敕:'汉朝升沛,魏祖封谯。当化家为国之时,行奉先思孝之道。睠惟应郡,迹乃帝乡。宜师古而建邦,亦推恩而及物。俾崇国本,以洽人情。其应州宜置彰国军节度,仍以兴唐军为寰州,隶彰国军。'"文存《全唐文》卷一〇八。

**尚书省上《内外官纳礼钱堂帖》,明宗有《定检校官所纳礼钱诏》。**

《五代会要》卷一四载："（天成元年七月二十七日）尚书省准堂帖：'应内外带职除官，自三公至郎官合纳礼钱……'敕：'会府华资，皇朝宠秩。凡沾新命，合纳礼钱。爰自近年，全隳旧例……'"尚书省帖文存《全唐文补编》卷一二六，题下注："天成元年七月，尚书省。"明宗诏由尚书省文而起，当亦在此后不久，姑存于一处。明宗文存《全唐文》卷一〇七。

**豆卢革、韦说因萧希甫奏纵田客杀人和侵邻，且对上无礼，遭贬。本月再下诏，由刺史贬司户参军，又贬为长流百姓，至天成二年七月，赐自尽。**

《旧五代史》卷三六载："（天成元年七月）宰相豆卢革贬辰州刺史，韦说贬溆州刺史，仍令所在驰驿发遣，为谏议大夫萧希甫疏奏故也。制略曰：'革则纵田客以杀人，说则侵邻家而夺井。选元亨之上第，改王参之本名。'"此乃第一次下诏贬之，《贬豆卢革韦说制》文存《全唐文》卷一〇六。同书卷三六载："（天成元年七月）癸未诏：'辰州刺史豆卢革，可责授费州司户参军。溆州刺史韦说，可责授夷州司户参军，皆员外置同正员，仍令驰驿发遣。'甲申又诏曰：'责授费州司户参军豆卢革、夷州司户参军韦说等，自居台辅，累换岁华，负先皇倚注之恩，失大国燮调之理。朕自登宸极，常委钧衡，略无谦逊之辞，但纵贪饕之意。除官受赂，树党徇私，每亏敬于朕前，徒自尊于人上……革可陵州长流百姓，说可合州长流百姓。'"据此可知，二人被一贬再贬，直到为长流百姓，皆在七月之内。明宗《责授豆卢革韦说司户参军制》文存《全唐文》卷一〇六，《再贬豆卢革韦说诏》文存《全唐文》卷一〇七。至八月又再下敕，定豆卢革两人为"不宥"之犯。明宗有《豆卢革韦说逢赦不宥敕[题拟]》，文存《全唐文补编》卷九六，题下注："天成元年八月。"明年七月，又下诏赐两人自尽，事载《旧五代史》卷三八。明宗贬豆卢革、韦说事，《旧五代史》卷六七概而述之曰："天成初……后郑珏、任圜等连上三章，请不行后命。乃下制曰：'豆卢革、韦说等身为辅相，手握权衡，或端坐称臣，或半笑奏事。于君无礼，举世宁容……革可责授费州司户参军，说可夷州司户参军。皆员外置同正员，并所在驰驿发遣。寻贬陵州长流百姓，委长吏常知所在。'天成二年夏，诏令逐处刺史监赐自尽，其骨肉并放逐。"

**韩熙载自后唐奔吴，初为校书郎。本年举进士，有《投李鼎书》。及南奔，有《贻李縠书》。至吴，有《上睿帝行止状》。**

韩熙载，传见《五代史补》卷五、马令《南唐书》卷一三、陆游《南唐书》卷九及《十国春秋》卷二八。韩熙载擢进士第时间，难以确考。《全唐文补编》卷一一二录其《投李鼎书》，当是其擢进士第前所为。《山堂肆考》卷一〇四“长驱中原”条载：“《南唐遗事》：韩熙载举进士，投书李晟（鼎）曰：‘钓大鳌者，不投取鱼之饵；断长鲸者，焉用割鸡之刀。’”文中确颇有投谒之气。马令《南唐书》卷一三载：“韩熙载字叔言，北海人也。弱冠擢进士第。同光末，北海军乱，推熙载父光嗣为留后。明宗即位，平北海，光嗣见杀，熙载来奔于吴……开宝三年病卒，年六十三。”据其卒年及年龄，可推知其生年在后梁开平元年，至弱冠中进士当在本年。韩氏擢进士第及南奔事，亦见《宋史》卷四七八载：“韩熙载字叔言，潍州北海人。后唐同光中举进士，名闻京洛。父光嗣为平卢军节度副使。同光末，青州军乱，逐其帅，符习推光嗣为留后。明宗即位，诛光嗣。熙载奔江南，历伪吴滁和常三州从事。”《全唐文》卷八七七有韩氏《上睿帝行止状》述及其南奔：“某处士伦，谬知人理，是以副明君之将善，恢圣代之乐贤。昔数（娄）敬布衣上言于汉祖，曹刿草泽陈谋于鲁公。失范增而项氏不兴，得吕望而周朝遂霸。使远人之来格，实至德之克昭，谨具行止如前。伏请准式。顺义六年七月，归明进士韩熙载状。”可知韩熙载在吴顺义六年七月前已奔吴，事在明宗天成元年。则韩熙载进士及第与南奔吴，在同光三年与天成元年之间。明宗即位于天成元年四月（即同光四年四月），七月韩熙载已有上吴帝状，则其南奔时间可定在本年四月至七月间。又《齐乘》卷六载：“初，熙载之走江南也，李穀送别，各言所志。熙载曰：‘江南果相我，当以长驱定中原。’穀曰：‘中原若相我，下江南如探囊中物。’穀后相周世宗定江南，而熙载之言不验。”《贻李穀书》文存《全唐文补编》卷一一二，乃作于其奔江南前，当在本年七月前。

**史虚白字畏名，世家齐鲁，后唐时奔吴，生卒年不详。**

马令《南唐书》本传记虚白初奔江南之情形云：“史虚白，山东人。世儒学，与韩熙载友善。唐晋之间，中原多事，遂因熙载渡淮。闻宋齐邱总相府事，虚白放言曰：‘彼可代而相也。’齐邱欲穷其伎，因宴僚属而致虚白，酒数行，出诗百咏，俾赓焉。恣女奴玩肆，多方扰之。虚白谈笑献酬，笔不停辍，众方大惊。”陆游《南唐书》及《江南野史》等亦载此事。史虚白南下之时间，《江南野史》等谓与韩熙载同时。史虚白传，见《江南野史》卷八、《南唐近事》、马令《南唐书》卷一四、陆游《南唐书》卷七及《十国春秋》卷二九。虚白字畏名，见陆《书》传。其籍贯,《江南野史》及马《书》皆曰“山东人”,《南唐近事》则云:“处士史虚白,北海人也。”陆《书》《十国春秋》称“世家齐鲁”。以其与韩熙载友善,且同时南奔看,或与韩熙载为近邻。熙载本年南奔后有《上睿帝行止状》,称“熙载本贯齐州,陷居嵩岳,虽叨科第,且晦姓名”云云,亦可证其乃山东人。前已考证韩熙载南奔时间在本年七月前,史氏既与韩熙载同时南奔,则亦当在七月前。

**房滍有《唐故金紫光禄大夫检校司空前左金吾卫将军兼御史大夫太原郡康公府君墓志铭并序》。**

文存《全唐文补编》卷九七。辑者陈尚君按:“末署:乡贡进士房滍撰。天成元年七月十四日,左街内大德令俨书并篆,贾颙镌。”从之。

## 八月

**明宗下诏整饬吏治,有敕文多篇。如《祈晴敕》《谕三京诸州府敕》《定奏请判官条例诏》《依旧取解敕[题拟]》。**

《册府元龟》卷一四五载:“明宗天成元年五月辛未,以时雨稍愆,分命朝臣祷祠岳渎。八月,敕:‘久雨不晴,虑伤农稼。可申命祷禜,仍晓谕天下州府,疏理系囚,无令冤滞。’”《祈晴敕》文存《全唐文》卷一〇八。《册府元龟》卷六五载:“(天成元年八月)又敕曰:‘昨帝室缠灾,生民受弊。方兹缵绍,务切抚宁。寻降德音,复宣明敕。贵先求瘼,务在推恩。’”《谕三京诸州府敕》文存《全唐文》卷一〇八。《册府元龟》卷六一载:“(天成元年)八月敕:‘藩镇幕职,皆有旧规。奏荐官寮,须循前例。苟或隳紊,难止弊讹。承前使府奏请,判官率皆随府除移,府罢亦罢。’”《定奏请判官条例诏》文存《全唐文》卷一〇七。《依旧取解敕[题拟]》题下注:“天成元年八月。”文存《全唐文补编》卷九六。

**御史台上《请定新除官及差使辞谢奏》,明宗有《州县引对敕》答之。**

《五代会要》卷一九载:“后唐天成元年八月敕:‘中书先条奏州县令录正衙谢后,合趋内殿谢辞者。如令录是除授,宜令给事中引对,如是指授者,准旧例委三铨尚书侍郎各自引对,仍须前一日合门送状。’”御史台《请定新除官及差使辞谢奏》文存《全唐文》卷九七〇，题下注："天成元年八月，御史台。"明宗《州县引对敕》文存《唐文拾遗》卷九。

**枢密院上《请禁诏条外科歛奏［题拟］》。**

题下注："天成元年八月，枢密院。"文存《全唐文补编》卷一二六。

**萧顷有《议覆中书请祧懿祖奏》。**

《册府元龟》卷五九三载："明宗天成元年八月，庄宗皇帝神主以此月十日祔太庙七室之内，合有祧迁。中书门下奏议请祧懿祖皇帝室。复下百寮集议于尚书省。礼部尚书萧顷等奏议曰：'历代故事，沿革不同，盖就所宜，期于合礼……'"文存《全唐文》卷八四四。

**马夔有《奉象国令公修王子山院之记》。**

文末署："时天成元年太岁丙戌八月十五日记。"文存《全唐文补编》卷九七。

## |九月|

**于邺已官都官员外郎。于邺生卒年、籍贯均难详考，或为唐末进士。**

《唐诗纪事》卷六三载："邺，唐末进士也。"《旧五代史》卷三七本年载："（九月）都官员外郎于邺奏请指挥不得书契券辄卖良人，从之。"

**明宗《赐凤翔节度使李曮改名诏》。**

《旧五代史》卷三七载："（天成元年九月）诏曰：'凤翔节度使李曮，世联宗属，任重蕃宣，庆善有称，忠勤显著。既在维城之列，宜新定体之文。是降宠光，以隆惇叙。俾焕成家之美，贵崇犹子之亲，宜于本名上加从字。'"文存《全唐文》卷一〇七。

**李琪官御史大夫,上《请行开成格奏》。十月,御史台刑部大理寺覆奏之。**

《册府元龟》卷六一三载:"明宗天成元年九月,御史大夫李琪奏:'奉八月二十八日敕,以大理寺所奏,见管四部法书,内有《开元格》一十卷,《开成格》一十一卷……'"文存《全唐文》卷八四七。又《全唐文补编》卷一二六录御史台刑部大理寺《请行开成格奏[题拟]》,此当是覆奏李琪奏章。题下注:"天成元年十月二十一日,御史台刑部大理寺。"当是九月李琪上奏之继续,姑系于一处。

**幽州赵德钧奏契丹阿保机已薨。**

《册府元龟》卷九八〇载:"天成元年九月,幽州赵德均奏:'先差军将陈继威使契丹部内,今使还得状,称今年七月二十日至渤海界扶余府,契丹族帐在府城东南隅。继威既至,求见,不通。窃问汉儿,言契丹主阿保机已得疾,其月二十七日阿保机身死……'"赵德钧《奏契丹阿保机薨逝状》文存《全唐文》卷八四九。

**门下有《旧征光省礼钱及贷免钱数状》。**

题下注:"天成元年九月二十五日,门下。"文存《唐文拾遗》卷六〇。

**边鲁有《儒林郎试大理评事行幽都府路县令边府君敏墓石》**

文中有:"维丙戌之岁,仲商之月,又十六日。呜呼!我先伯父长官遘疾,倾殂于故里,以(阙)月十四日,攒涂于正寝。欲询逾月之制,得以送终。继逢逐鹿之秋,未遑安厝。"其"正寝"之时在"仲商"后"逾月",可以推知最早当在九月。文存《全唐文》卷八六二。

**道清有《磁州武安县定晋山重修古定晋禅院千佛邑碑》。**

文中有:"从大唐同光元年岁次癸未七月起功,至天成元年岁次丙戌九月院成,法堂僧堂,厨库(阙一字)屋并在岩峦之下。"文存《全唐文》卷九二一。

## |十月|

**契丹遣使告哀,明宗闻阿保机薨,辍朝。因秋冬愆雨雪,祈雪。**

《旧五代史》卷三七载:“(天成元年十月)辛丑,契丹遣使来告哀,言国王按巴坚以今年七月二十七日卒。诏曰:‘朕近缵皇图,恭修帝道,务安夷夏;贵洽雍熙。契丹王世预欢盟,礼交聘问,遽闻凶讣,倍轸悲怀……’”明宗《契丹国主阿保机薨逝辍朝敕》《祈雪敕》文均存《全唐文》卷一〇八。据《册府元龟》卷一四五载:“(天成元年)十月己丑,日月色皆赤。庚寅,日月尚赤,遣使祠五岳。丁酉敕:‘自秋涉冬,稍愆雨雪,虑伤宿麦。宜令祷祠分遣朝臣,告祠群望,宜付所司。’”

**明宗有《禁淹停埋葬敕》《静江军节度使马賨加实封制[题拟]》《埋茔暴露骸骨诏[题拟]》《严诫摄官敕》。**

《册府元龟》卷五一七载:“(天成元年十月)敕旨:‘今后文武两班及诸司官、诸道商旅,凡丧亡,即准台司所奏施行……’”文存《全唐文》卷一〇八。《静江军节度使马賨加实封制[题拟]》题下注:“天成元年十月。”文存《全唐文补编》卷九六。《埋茔暴露骸骨诏[题拟]》题下注:“天成元年十月。”文存《全唐文补编》卷九六。《五代会要》卷一七载:“后唐天成元年十月十六日敕:‘朕以削平区宇,抚育蒸黎,顷当灾歉之余,未绝疮痍之苦。缅维邦本,寔系官常。苟未致于雍熙,则曷宁于宵旰。必在求之良吏,委以亲人,倘或因循,遂成劳扰。’”《严诫摄官敕》文存《全唐文》卷一〇八。

**明宗采取抑制佛道政策,有《令诸道不得表请僧道师号敕》。十月,又有《禁造佛寺并私剃度敕》。**

《五代会要》卷一二载:“后唐天成元年十月十一日敕:‘上国两街僧道,自前赐师号,不数人而已,至于赐紫,并系特恩。近日诸道州府,因应圣节表荐僧道颇多……’”《令诸道不得表请僧道师号敕》文存《全唐文》卷一一二。《册府元龟》卷五二载:“明宗天成元年十一月敕:‘佛氏之教,其来久矣。既为空寂之门,不无高洁之士……'"此是十月《令诸道不得表请僧道师号敕》文之继续。《禁造佛寺并私剃度敕》文存《全唐文》卷一〇八,因性质相类,姑系于一处。

**卢文纪有《请御书殿最臣寮奏》,中书门下覆奏之。卢氏又有《明定文武考校奏》,从之。**

中书门下《覆奏卢文纪请御书殿最臣寮议》文存《全唐文》卷九七五,题下注:"天成元年十月,中书门下。"据此可推知卢文纪文当作于此前不久,姑系于本月。卢氏文存《全唐文》卷八五五。《册府元龟》卷六三六载:"后唐明宗天成元年十月,吏部侍郎卢文纪上言:'请内外文武臣寮,每岁有司明定考校将相,乞回御笔,以行黜陟。'疏下中书门下商量,宰臣奏请施行。从之。"《明定文武考校奏》文存《唐文拾遗》卷四六。

**契丹名将卢文进奔后唐,有《自契丹还上唐明宗表》。**

《旧五代史》卷九七载:"明宗即位之明年,文进自平州率所部十余万众来奔,行及幽州,先遣使上表曰:'顷以新州团练使李存矩提衡郡邑,掌握恩威,虐黎庶则毒甚于豺狼,聚赋敛则贪盈于沟壑……'"《新五代史》、马令《南唐书》皆系于天成元年。《辽史》卷二引《资治通鉴》载:"天成元年冬十月庚子,幽州奏契丹卢龙节度使卢文进来奔。"依文中"臣十月十日决计杀在城契丹,取十一日离州,押七八千车乘,领十五万生灵,十四日已达幽州"判断,当以天成元年十月较为确当。《自契丹还上唐明宗表》文存《全唐文》卷八七〇。

**孔庄有《请依格律行枷杖奏[题拟]》。**

《旧五代史》卷三七载:"(天成元年十月)刑部员外郎孔庄上言:'自兵兴已来,法制不一,诸道州县常行枷杖,多不依格律,请以旧制晓谕,改而正之。'"文存《全唐文补编》卷九七。

**李光宪有《请复常参官上任举人自代例疏》。**

《册府元龟》卷四七五载:"李光宪为右散骑常侍,天成元年十月乙巳,明宗御中兴殿。光宪奏：'将垂帝范，在守于旧章；欲叙彝伦，合循于故典。实大朝之理本，盖有国之常规……'"文存《全唐文》卷八四八。

**刘知新有《请赐尚书省月粮奏》。**

《册府元龟》卷五〇八载："明宗天成元年十月，水部员外郎刘知新奏：'尚书省京师会府，辇毂繁司，奏议虽委于官寮，行遣亦资于胥吏，六典之制官吏，有俸有粮，其尚书省诸司令史，伏请给赐月粮，俾其奉职。'"文存《全唐文》卷八五二。

**姚颉有《请修斋宿屋宇奏》。**

《册府元龟》卷五九三载："（天成元年）十月，左散骑常侍姚颉奏曰：'明王御宇，哲后垂衣，必崇郊荐之仪，以表君临之道。伏自陛下兴隆宝祚……'"文存《全唐文》卷八五〇。

**张铸有《请灾异依故事奏》。**

《册府元龟》卷四七五载："张铸为起居舍人，天成元年十月庚戌奏：'钦若天道，闻诸尧舜之朝；敬授人时，乃自殷周之代，能消灾异而致福祥。自兵兴以来，多失本朝故事，不拘典法，有误修禳。承前日月薄蚀，百官皆合守司；星象有差，九重亦当避殿……'"文存《全唐文》卷八六一。

## 十一月

**萧希甫奏请释天成以前罪人，明宗允其奏，有《赦宥系囚敕》。**

《册府元龟》卷四七五载："萧希甫为左谏议大夫知匦院，天成元年十一月戊午奏：'臣切蒙擢任，官忝谏司，所职重难，兼知匦院……'敕旨：'丧乱之际，不可以法行，致理之初，渐宜于刑措。萧希甫官居谏省，职本匦函……'"萧氏《请释天成以前罪人奏》文存《全唐文》卷八四八，明宗《答萧希甫奏释天成以前罪人敕》文存《全唐文》卷一〇八。另据《册府元龟》卷九二载："（天成元年）是年十一月庚申敕:'应天下州使系囚,除大辟罪已下,委所在长吏速推勘决断,不得旁追证对……'"乃明宗《赦宥系囚敕》,文存《全唐文》卷一〇八。

**明宗另有《批答中书门下奏敕》《正断刑狱公事敕[题拟]》《整饬朝参宪台旧例诏》《颁赐官诰品秩敕[题拟]》《遍宣敕命敕[题拟]》《刺史替移敕[题拟]》等多篇敕文。**

《五代会要》卷二七载:"天成元年,中书门下奏:'访闻近日诸道州府所买卖铜器价贵,多是销镕现钱,以邀厚利。'敕:'宜遍行晓告,如原旧破损铜器及碎铜,即许铸造器物。如生铜器物,每斤价定二百,熟铜器物每斤四百,如违价买卖之人,依盗铸钱律文科断。'其年十一月六日敕:'诸道州府,约勒见钱,素有条制。若全禁断,实匪通规……'"明宗文存《唐文拾遗》卷九。其年十一月六日敕文,《全唐文》题为《约勒见钱敕》,系于庄宗,实误,当为明宗敕,今正之。《全唐文补编》卷九六据《册府元龟》及《五代会要》又录《关纳勒见钱敕[题拟]》,题下注:"天成元年十一月。"较《全唐文》多出二十六字,较为完备。《正断刑狱公事敕[题拟]》题下注:"天成元年十一月。"文存《全唐文补编》卷九六。《五代会要》卷一七载:"后唐天成元年十一月……敕:'御史台是中朝执宪之司,乃四海绳违之地,凡居中外,皆俟整齐……'"《整饬朝参宪台旧例诏》文存《全唐文》卷一〇七。《颁赐官诰品秩敕[题拟]》题下注:"天成元年十一月。"《遍宣敕命敕[题拟]》题下注:"天成元年十一月。"《刺史替移敕[题拟]》题下注:"天成元年十一月。"诸文均存《全唐文补编》卷九六。

**卢文进来奔,授义成节度使。**

《册府元龟》卷一六六载:"(天成元年)九月,幽州奏契丹平州守将伪置幽州节度使卢文进率户口归明,所率降户孳畜人口,在平州西首尾约七十里。十一月,镇州又奏文进所率归业户口蠲免税租三年,仍每口给粮五斗,是月文进及将吏四百人,见赐鞍马玉带衣被器玩钱帛有差。仍下制:'契丹卢龙军节度使检校太尉卢文进,辽西飞将,蓟北雄才,倾以被谗,因而避祸。虽附茹毛之俗,长怀向国之诚……'"明宗《授卢文进义成节度使制》文存《全唐文》卷一〇六。

**李荛有《奏乞恭陵园林地亩状》。**

《册府元龟》卷三一载："（天成元年）十一月庚寅，宗正少卿李荛奏：'恭陵所，其山园之内，被民户起舍屋居止，台观皆被侵耕，柏城松径，樵采殆尽。乞下本县与寺司，重定完本园林地亩。'从之。"文存《全唐文》卷八三九。

**刘岳为吏部侍郎，有《除官当颁告身奏》。**

《册府元龟》卷四七五载："刘岳为吏部侍郎，天成元年十一月甲戌奏：'凡在立朝，悉是为臣之贵；每蒙进秩，咸知报上之忠……'"文存《全唐文》卷八三九。

**裴皞为礼部侍郎，有《请刺史经三考许替移奏》。**

《册府元龟》卷四七五载："裴皞为礼部侍郎，天成元年十一月戊辰奏：'方伯郡守之任，与天朝分理疆土，共养黎民，委寄非轻，古今所重，亲人之职，莫过于斯。伏请起今后诸州刺史，经三考方可替移，使能理者尽展所能，弊政者自彰其滥，优劣既判，黜陟可行，则州县免迎新送故之劳，朝廷得惠养除烦之理。太平之道，无易于斯。'敕旨：'有政声者，就加恩泽；弊政者，不限考课替移。'"文存《全唐文》卷八五一。

**诸道进奏官上《请定台参奏》。**

题下注："天成元年十一月，诸道进奏官。"文存《全唐文》卷九七〇。

## 十二月

**御史台上每日常朝及五日起居事件奏文，答之。**

据《全唐文》卷九七〇中书门下文字、卷八四七李琪文字、《全唐文补编》卷一二六、一六七阙名文字，明宗天成元年曾就每日常朝与五日起居及朔望入对等进行讨论，时间自七月至十二月。此乃明宗定论文字，当在众人讨论之后，最早当在天成元年十二月，至迟也应在天成二年初。因本月有御史台相关奏文，姑列于十二月。御史台《条流每日常朝及五日起居事件奏[题拟]》，文存《全唐文补编》卷一二六，题下注："天成元年十二月，御史台。"明宗《百官五日一起居敕》文存《唐文拾遗》卷九。

**卢文纪上《请振饬辞谢朝班告假事例奏》，明宗有《答卢文纪整饬辞谢朝班等例诏》答之。**

《册府元龟》卷五一七载："（天成元年）十二月丙戌御史台奏：'常朝辞谢官，常朝则南班横行，与百官齐拜。入阁日，敷正门外序班，亦伏南横行……'敕旨：'卢文纪自领宪纲，颇思振举；备观条奏，皆叶通规。李琪以内殿起居，不废辞谢。盖虑留滞，乃是权仪。'"卢氏文存《全唐文》卷八五五，明宗《答卢文纪整饬辞谢朝班等例诏》文存《全唐文》卷一〇七。

**明宗有《禁铁镴钱敕》。**

《五代会要》卷二七载："（天成元年）其年十二月敕：'行使铜钱之内，访闻夹带铁镴。若不严设条法，转恐私家铸造。应中外所使铜钱内铁镴钱，即宜毁弃。'"文存《全唐文》卷一〇八。

**明宗以契丹将领卢文进率部来归，有《加蛮都首领官秩诏》。**

《旧五代史》卷三七载："（天成元年）十二月戊子，卢文进及将吏四百人见，赐鞍马、玉带、衣被、器玩、钱帛，有差。诏曰：'朕中兴宝祚，复正皇纲，万国骈罗，俱在照临之内；八纮辽夐，咸居覆载之间。矧被云南，素归正朔。洎平伪蜀，思锡旧恩。于乃眷以虽深，欲霈覃而未暇。百蛮都首领李卑晚，六姓蛮都首领勿邓摽莎等……'"文存《全唐文》卷一〇七。

**明宗以礼部侍郎裴皞于本年十一月奏请刺史经三考许替移，有《久任刺史敕》。**

《五代会要》卷一九载："天成元年十二月十九日敕：'尚书吏部侍郎裴皞所请，刺史三考方可替移，免有行送之劳……'"文存《全唐文》卷一〇八。

**御史台有《请定检勘非理死亡及丧葬仪制奏》《请复台巡旧例奏》**。

前文题下注："天成元年十二月，御史台。"后文题下注："天成元年十二月，御史台。"两文均存《全唐文》卷九七〇。

**中书有《使相纳礼钱奏》**。

题下注："天成元年十二月二十三日，中书。"文存《唐文拾遗》卷五八。

## |本 年|

**李昊三十五岁，为后唐检校兵部郎中，归蜀中**。

《十国春秋》卷五二载："唐明宗授检校兵部郎中，诏高祖（即孟知祥）及赵季良于榷盐、度支、户部间授昊一职。昊至成都，久无所授。"

**杜光庭仍隐青城山，撰《石笋记》**。

《宝刻类编》卷八："《石笋记》，杜光庭撰，同光四年立，成都。"文今不传。

**闽中贾郁有《库吏盗官钱判［题拟］》**。

《十国春秋》卷九六载："惠宗即位，擢郁赞善大夫，再令仙游。会醉，吏为库史，盗官钱数万。郁署牍尾曰：'窃铜镪以润家，非因鼓铸；造铁船而渡海，不假炉锤。'竟抵罪。"闽惠宗王鏻立，在后唐同光四年初，姑系此文于此年。文存《全唐文补编》卷一一六。

**翟奉达有《大唐同光四年具〔注〕历序》《供养题记［题拟］》**。

前文作时已于题中标示，文存《全唐文补编》卷一〇七。后文文中有："天成元年己亥岁。"文存《全唐文补编》卷一〇七。

**马缟有《请依两汉故事别立亲庙奏[题拟]》。**

《五代会要》卷二系此文于天成元年，载："天成元年，中书舍人马缟奏曰：伏见汉晋已来，以诸侯王宗室承袭帝统，除七庙之外，皆别追尊私亲。"文存《全唐文补编》卷九八。

**聂延祚有《厘革牌印奏》。**

《册府元龟》卷六二〇载："后唐聂延祚为少府监，明宗天成元年上言：'牌印旧体，不与朱记相参。伏自近年，亦归当监铸造。既须篆字，何异印文。伏乞下中书厘革……'"文存《唐文拾遗》卷四六。

**王彦熔为太仆少卿，有《请令晋张慈三州供郊庙羊犊奏》。**

《册府元龟》卷六二〇载："王彦镕为太仆少卿，天成元年上言：'国家四时祠祀郊庙群神，当时供应羊犊，皆是前一月于度支请钱，付行市人买，虽得供事，终匪度程……'"文存《全唐文》卷八四九。

**冯道有《笏记》。**

《职官分纪》卷一五引《续翰林志》载："后唐天成元年，命冯道、赵凤充端明殿学士，非旧号也。冯道笏记云：'天下儒生，仅余万数；殿前学士，只有两人。'时辈荣之。"文存《全唐文补编》卷一〇五。

**沈颜本年前后卒，有作品传世。**

《十国春秋》卷一一载："顺义中卒。颜少有词藻，琴弈皆臻神境，时人为之语曰'下水船'，言为文精速，无不载也。性闲淡，不乐世利。常疾当世文章浮靡，仿古著书百篇，曰《聱书》，凡十卷，自序云：'孟轲以后千余年，儒者咸未有闻焉，天厌其极，付在鄙子。'其夸诞如此。又有《解聱书》十五卷，《大纪赋》一卷，《登华》《旨象》《刑解》《时辨》《谗国》诸文，及《宣州重建小厅记》行世。"其文本《郡斋读书志》。吴"顺义"凡六年(921—926)，沈颜顺义中卒，姑系于此。沈颜著述,《新唐书》卷六〇《艺文志四》别集类、《郡斋读书志》卷四中、《直斋书录解题》卷一六等并著录《聱书》十卷。《全唐诗》卷七一五存诗二首,《全唐文》卷八六八录文十一篇。

## 后唐天成二年　吴越宝正二年　吴乾贞元年　南汉白龙三年　契丹天显二年

丁亥　九二七

### 正月

**冯道由端明殿学士迁中书侍郎、同平章事。明宗有《授冯道崔协中书侍郎制》《改宏文馆名敕》《改名制》《禁新授官托故请假敕》《严断服饰逾品诏》《早赴朝参诏》《端明殿学士班位敕[题拟]》《新授官准例上事敕[题拟]》。**

《资治通鉴》卷二七五载:“(正月)癸亥,竟以端明殿学士冯道及崔协并为中书侍郎、同平章事”。《新五代史》卷六所载同。《旧五代史》卷三八载:“以端明殿学士、尚书、兵部侍郎冯道为中书侍郎、平章事、集贤殿大学士,以太常卿崔协为中书侍郎、平章事。”稍异。《册府元龟》卷七四载:“(天成)二年正月制曰:‘昔舜命皋夔,百揆时叙;汤命仲虺,万国咸宁……既询谋以佥同,固朕志而先定。爰行并命,是降宠灵。端明殿学士朝议大夫守尚书兵部侍郎上柱国赐紫金鱼袋冯道,四渎凝休,五行钟秀;积善克承于家训,扬名端守于素风。’”明宗《授冯道崔协中书侍郎制》文存《全唐文》卷一〇六。《册府元龟》卷三三七:“豆卢革庄宗时为相,以枢密使郭崇韬父名宏,乃奏改宏文馆为崇文馆。至明宗天成二年正月敕:‘三馆重事,历代通呼。只自先朝,偶更旧制。因近臣之避忌,易大国之规模。今属维新,理宜仍旧,其崇文馆宜却改为宏文馆。’”《改宏文馆名敕》文存《唐文拾遗》卷九。《册府元龟》卷六五载:“(天成)二年正月敕曰:‘设官分职,有国宏图;授才任能,前王重事。凡系惟行之命,须遵不易之规。朕以猥绍丕基,务弘至理,临万国则每勤听政,任庶官则切在得人……’”《禁新授官托故请假敕》文存《全唐文》卷一〇九。《册府元龟》卷三:(天成)二年正月制曰:‘王者祗敬宗祧,统临寰宇。必顺体元之典,特新制义之文。朕以眇躬,获承丕构。袭三百年之休运,继二十圣之耿光,驭朽纳隍,夕惕之心罔怠;法天师古,日跻之道惟勤……'"《改名制》文存《全唐文》卷一〇六。《五代会要》卷六载:"后唐天成二年正月敕:'今后三京及诸道州使职员名目,是押衙兵马使指挥使已上,骑马得有暖坐,诸都将衙官使下系名目者,只得衣紫皂衣。'"《严断服饰逾品诏》文存《全唐文》卷一〇七。《册府元龟》卷一〇八载:"(天成)二年正月癸丑朔,帝被衮冕法服御明堂殿,百寮称贺,文物仗卫礼乐如常仪。丙申诏曰:'君使臣以礼,臣事君以忠。礼不可一日不修,忠不可一夕不念。二者全则上下顺,一途废则出入差。'"《早赴朝参诏》文存《全唐文》卷一〇七。《端明殿学士班位敕[题拟]》题下注:"天成二年正月。"《新授官准例上事敕[题拟]》题下注:"天成二年正月。"两文均存《全唐文补编》卷九六。

**孔邈为吏部郎中,有《请许注拟天成元年已前有出身人奏》。**

《册府元龟》卷六三二载:"(天成)二年正月,吏部郎中孔邈奏:'近见选人,或以志在循陔,难违色养;或以家同悬磬,不办衣裳。致违调选之期,遂遇废沉之例……'"文存《全唐文》卷八四三。

**李同为左拾遗,有《平刑法疏》《请逐旬断囚奏》。**

《册府元龟》卷四七五载:"李同为左拾遗,天成二年正月奏:'三尺之法,天下共之。法一动摇,民无所措,是知爱育黎庶,信及豚鱼,既礼乐之中兴,在刑罚之必中。陛下初当治乱,合肃化条,请处分天下州使系囚,逐旬咨长史亲自引虑,使知罪真虚,然后论之以法,则狱无冤滞,政治和平。'"此为一段完整文字,当是一篇章奏,《全唐文》析之为二:一曰《平刑法疏》,一曰《请逐旬断囚奏》,姑仍之。文存《全唐文》卷八三九。

**礼部上《请增五经考试官奏》。**

题下注:"天成二年正月,礼部。"文存《全唐文》卷九七〇。

## 二月

**李琪为右仆射。本年正月，任圜欲荐李琪为相，不果，遂有此任。**

《资治通鉴》卷二七五载：“朝廷议置相……任圜欲用御史大夫李琪；郑珏素恶琪，故（孔）循力沮之……圜曰：‘明公舍李琪而相崔协，是犹弃苏合之丸，取蛣蜣之转也。’循与重诲共事，日短琪而誉协。”《旧五代史》卷三八载：“（二月）戊申，以御史大夫李琪为右仆射”。

**明宗有《推恩节度使子弟敕》《勘责录事等犯贼敕[题拟]》。**

《册府元龟》卷一三一载：“明宗天成二年二月敕：‘朕以握图御宇，应运承祧，副亿兆之欢心，赖英雄之叶力。虽畴庸之命，已遍及于勋贤，而延赏之恩，宜更加于骨肉……’”文存《全唐文》卷一〇九。《勘责录事等犯贼敕[题拟]》题下注：“天成二年二月。”文存《全唐文补编》卷九六。

**中书门下上《条覆选人事例奏》。**

题下注：“天成二年二月中书门下。”文存《全唐文》卷九七〇。

**萧希甫有《唐故丰财赡国功臣光禄大夫检校太傅守卫尉卿充租庸使兼御史大夫上柱国会稽县开国伯食邑七百户孔谦夫人刘氏夫人王氏合祔玄堂铭》。**

文中有：“铭曰：……天成二年二月十五日葬。”文存《全唐文补编》卷九七。

**御史台刑部大理寺上《越诉断罪轻重奏》。**

题下注：“天成二年二月十五日御史台刑部大理寺。”文存《唐文拾遗》卷五八。

**王骞有《唐故朝散大夫守尚书工部侍郎柱国赐紫金鱼袋孙公墓名并序》。**

文中有:"以天成元年岁在丙戌五月十二日,薨于洛城税舍。享年六十有九。以明年二月十五日穴之于河南县平乐乡张杨村,从先大夫于九原。礼也。"文存《全唐文补编》卷九七。

## | 三 月 |

**任圜上《请庆贺例贡马价更以所在土产奏》《诸州进马改折进价值奏[题拟]》。明宗有答敕。**

《册府元龟》卷六二一载:"天成二年三月丙辰,宰臣任圜奏:'臣伏见番牧臣僚,每正至庆贺,例皆进马。臣以捧日之心,贵申其忠孝;追风之步,必择于驯良……'"《请庆贺例贡马价更以所在土产奏》文存《全唐文》卷八四四。《全唐文补编》卷九七又录任圜《诸州进马改折进价值奏[题拟]》。《五代会要》卷五载:"天成二年三月五日,门下侍郎兼工部尚书平章事判三司任圜奏:'三京留守诸道节度观察诸道州防御使刺史,每年应圣节及正至等节,贡奉或讨伐胜捷,各进献马……'"一针对番牧,一针对诸州,正可互观。《诸州进马改折进价值奏[题拟]》中"许依天福三年以前事例",其中"天福"当为"天复"之误。"天福"为后晋年号,不当滥入后唐。当改。明宗《褒答任圜敕》文存《全唐文》卷一〇九。

**郑珏有《请追尊先代奏》。明宗《报郑珏请追尊先代御札》答之。**

《册府元龟》卷五九三载:"(天成)二年春,宰臣郑珏等上言曰:'恭以皇帝陛下,特降睿慈,俯询舆议,尊历朝之正典,允多士之虔祈……臣闻自古英主入绍洪基,莫不慎固远图,凝思往事,敬宗尊祖,追养存诚,广殊号于园陵,展异仪于玺绂……'御札报曰:'朕猥承基构,实赖祖宗。将申报本之义,常切奉先之志,爰崇祀典,思固远图。'"郑珏《请追尊先代奏》文存《全唐文》卷八四七,明宗《报郑珏请追尊先代御札》文存《全唐文》卷一一二。

**宰臣郑珏、宗正丞李郁就陵庙事上奏,各有文。**

《册府元龟》卷五九三载:"(天成)二年春,宰臣郑珏等上言曰:'恭以皇帝陛下特降睿慈，俯询舆议，尊历朝之正典，允多士之虔祈。广溥天孝治之风，慰万国仁亲之道……’”郑珏《请于洛京立四庙奏[题拟]》文存《全唐文补编》卷九七。《册府元龟》卷一七四载：“明宗天成二年三月丙寅，宗正丞李郁奏：‘两京畿甸园陵之制，其地四十里曰封山。爰自唐室已来，收在公田之籍，今方绍袭，宜正规仪。’”李郁《请复园陵旧制奏》文存《唐文拾遗》卷四六。

**明宗有《令诸道交聘不必奏闻敕》**。

《五代会要》卷二四载：“（天成）二年三月二十一日敕：‘诸道州府所有专差人持礼往来，皆具申奏。况列蕃交聘，诸侯结欢，乃自古之通规，亦明朝之旧事……’”文存《全唐文》卷一〇九。

**李光纬为右拾遗，有《请录功臣后裔奏》**。

《册府元龟》卷四七五载：“李光纬为右拾遗，天成二年三月奏：‘自本朝应运以来，陛下登极之后，有赤心事主，勠力勤王……’”文存《全唐文》卷八三九。

**中书门下有《请定选人过格奏》**。

题下注：“天成二年三月中书门下。”文存《全唐文》卷九七〇。

**李仁矩有《装饰三圣堂佛龛题记[题拟]》**

文中有：“检校金紫光禄大夫检校尚书右仆射左卫将军御史大夫李仁矩。奉宣持敕书手诏，骤马径入西蜀……时天成二年三月十一日记。”文存《全唐文又再补》卷七。

## 四月

**以威武留后王延钧为本道节度使、守中书令、琅琊王**。

《册府元龟》卷一二九载：“明宗天成二年四月癸丑制曰：‘朕闻袭弓裘之

美，惟孝承家；秉旄钺之权，惟忠报国。……威武军节度观察留后起复云麾将军检校太傅使持节舒州诸军事守舒州刺史兼御史大夫柱国琅琊县开国伯食邑七百户王延钧，拱北华星，图南巨翼……’”明宗《封王延钧琅琊王制》文存《全唐文》卷一〇六。

**刘训攻荆南，有疾，明宗赐诏劳问，遣孔循往荆南劳问兵士。**

《册府元龟》卷一二三载：“（天成二年）四月，与刘训等诏曰：‘朕昨以妙选师臣，往除凶孽，自长驱于锐旅，将并击于孤城。已发使臣，迭颁诏谕。料龙韬之此举，顾蚁垤以即平。’”《赐刘训等诏》文存《全唐文》卷一〇七。《册府元龟》卷一三六载：“明宗天成二年四月，有内臣自荆南至，云暑雨方甚，兵士苦之。及刘训有疾，是日差孔循径往劳问，及续赐孔循诏曰：‘朕以荆门伐叛，方委勋臣，而闻统帅萦切戎机，勤劬王事……’”《命孔循往荆南劳问兵士诏》文存《全唐文》卷一〇七。

**明宗有《兵吏部官告敕［题拟］》《廊餐失仪罚俸敕［题拟］》。**

二文题下皆注：“天成二年四月。”文皆存《全唐文补编》卷九六。

**封翘有《请行封建疏》。**

《册府元龟》卷四七五载：“封翘为给事中，天成二年四月戊子上言曰：‘臣闻立爱惟亲，教民以睦，实天朝之重事，乃有国之通规，是知维城为固本之资，磐石作安宗之计……’”文存《全唐文》卷八四七。

**李光宪有《请置郊坛斋屋奏》。**

《册府元龟》卷五九三载：“（天成二年）四月，左散骑常侍李光宪上言曰：‘臣闻国之重事，惟祀与戎。四时荐享之仪，合以敬恭备礼。每祭，三公具列……’”文存《全唐文》卷八四八。

**梁文矩有《请许收河南北人口奏》。**

《册府元龟》卷四二载："（天成）二年四月，右谏议大夫梁文矩奏：'上年平蜀以来，军人将到西川人口甚多，骨肉阻隔，恐伤和气。请许收认。'帝仁慈素深，因文矩之奏，河南北旧因兵火虏隔者，再令条理，并从识认。"旧《史》卷三十八所载略同，文存《全唐文》卷八五一。

**吏部员外郎周知微有《请禁告讦疏》。**

《册府元龟》卷四七五载："周知微为吏部员外郎，天成二年四月戊子上言：'窃睹近敕，虑有官吏割剥下人，许百姓陈告……'"文存《全唐文》卷八四八。

**中书门下上《王蟾应归吏部考试奏》。**

题下注："天成二年四月，中书门下。"文存《全唐文》卷九七〇。

## | 五 月 |

**楚王殷遣中军使史光宪入贡，帝赐之骏马美女，为高季兴所夺，季兴请附于吴，徐温不许。**

《资治通鉴》卷二七五载："（五月）楚王殷遣中军使史光宪入贡，帝赐之骏马十，美女二。过江陵，高季兴执光宪而夺之，且请举镇自附于吴。徐温曰：'为国者当务实效而去虚名。高氏事唐久矣，洛阳去江陵不远，唐人步骑袭之甚易，我以舟师溯流救之甚难。夫臣人而弗能救，使之危亡，能无愧乎？'乃受其贡物，辞其称臣，听其自附于唐。"

**明宗有《加恩臣寮父母敕》。**

《册府元龟》卷八一载："明宗天成二年五月敕：'朕自恭承景运，祇荷丕图，念寰海生灵，录勋贤骨肉。保家莫尚于孝，报国莫大于忠。忠孝两全，古今所重……'"文存《全唐文》卷一〇九。

## | 六月 |

**后唐封楚王马殷为楚国王;后唐败荆南军于峡中,复取夔、忠、万三州。**

《资治通鉴》卷二七五本年载:"(六月)丙申,封楚王殷为楚国王。西方邺败荆南水军于峡中,复取夔、忠、万三州。"

**李鳞为户部尚书,有《请朝官举贤疏》。明宗答之,有《答李鳞请朝官举贤敕》。**

《册府元龟》卷四七五载:"李鳞为户部尚书,天成二年六月乙未上言:'请朝班自四品以上官各许荐令录两人,五品六品官许荐簿尉两人,使廉慎能名者同受爵赏,贪婪害物者并坐刑书。各举所知,不蔽贤路。'奉敕:'兴国之方,养民为本,衣不可一岁不制,食不可一日不充,其或桑柘少而望衣充,耒耜闲而求食足。'"《请朝官举贤疏》文存《全唐文》卷八五四,明宗《答李鳞请朝官举贤敕》文存《全唐文》卷一〇九。

**明宗下敕条流寺院僧尼,禁兴造寺院。**

《五代会要》卷一二载:"(天成)二年六月七日敕:'应条流三京诸道州府县镇寺院僧尼事一,访闻近日僧尼等,或因援请托以参寻,既往来以为常,致奸讹之有幸。自此后,如有官中斋会行香,显有告援,及大段斋供,请命即行,依时赴会,除此外不计斋前斋后,僧尼不得辄有相过。'"同卷又载:"(天成)二年六月七日敕:'应天下大寺,及敕赐名额院宇,兼有功德堂殿楼阁已成就者,各勒住持。其余小小占射,或舍施及置买,目下屋宇虽多,未有佛像者,并须量事估价……'"《条流寺院僧尼敕》文存《唐文拾遗》卷九,《禁兴造寺院敕》文存《全唐文》卷一〇九。二文实相属,当合为一文。

**任圜罢相,明宗有《任圜罢相制》。**

《册府元龟》卷三三三载:"明宗天成二年丙戌制曰:'朕恭膺大宝,虔荷丕基,选众与能,克保君临之道;宝贤念旧,庶符帝赉之资。繇是推以腹心,授之衡柄,冀扶持于寡昧,申启沃于始终。……光禄大夫门下侍郎兼工部尚书平章事监修国史上柱国乐安郡开国侯食邑一千户任圜,天授宏材,波澄伟度。早负公侯之器,深怀将相之资……'"明宗《任圜罢相制》文存《全唐文》卷一〇六。《旧五代史》卷六七《考证》"(李愚)长兴初除太常卿,属赵凤出镇邢台,乃拜中书侍郎平章事"称:"案,欧阳史:任圜罢相,乃拜愚中书侍郎、同平章事。吴缜《纂误》:《明宗纪》天成二年六月,任圜罢。长兴二年,李愚为平章事。自任圜罢至此已五年矣。与愚入相年月太远。盖史之所书,本谓赵凤,而误为任圜也。"则任圜罢相当在天成二年六月。

**明宗有《举官连坐敕[题拟]》**。

题下注:"天成二年六月。"文存《全唐文补编》卷九六。

**户部上《纳夏秋苗子斛斗奏》**。

题下注:"天成二年六月二十九日户部。"文存《唐文拾遗》卷五八。

**御史中丞卢文纪有《请禁丧制逾式奏》**。

《五代会要》卷八载:"(天成)二年六月三十日,御史中丞卢文纪奏:'奉六月十四日敕,丧葬之仪,本防逾僭,若容锦绣,难抑奢豪,但人情皆重于送终,格令当存于通理。宜令御史台除锦绣之外,并庶人葬更检详前后敕格……'"文存《全唐文》卷八五五。又《全唐文补编》卷一〇四收此文后半部分,当两相并合,始成完璧。

**大理少卿王爵有《请定覆奏决囚奏》**。

《五代会要》卷一〇载:"(天成)二年六月十二日,大理少卿王爵奏:'伏惟正观五年八月二十一日敕:极刑虽令即决,仍三覆奏;在京,五覆奏;决前,三奏;决日,两奏,准。犯恶逆者,一覆奏……'"文存《全唐文》卷八四八。

## | 七月 |

**明宗复两川节度使职名，升夔州为宁江军。流段凝于辽州、温韬于德州、刘训于濮州。任圜请致仕，居磁州，许之。**

《五代会要》卷二四载："（天成）二年七月敕：'顷用本朝亲王遥领方镇，其在镇者遂云副大使知节度事，但年代已深，相沿未改。今天下侯伯并正节旄，惟东西两川未落副大使字，宜令今后只言节度使。'"此即明宗《复两川节度使职名敕》，文存《全唐文》卷一〇九。又，《资治通鉴》卷二七六载："天成二年秋七月，以归德节度使王晏球为北面副招讨使。丙寅，升夔州为宁江军，以西方邺为节度使。癸巳，以与高季兴夔忠万三州为豆卢革、韦说之罪，皆赐死。流段凝于辽州、温韬于德州、刘训于濮州。任圜请致仕，居磁州，许之。"

**明宗有《赐豆卢革韦说自尽诏》。**

《旧五代史》卷三八载："（天成二年七月）戊辰……是日诏：'陵州、合州长流百姓豆卢革、韦说等，宜令逐处刺史监赐自尽，其骨肉并放逐便。'"文存《全唐文》卷一〇七。

**封翘为给事中，有《请答谢神祠疏》**

《册府元龟》卷四八二载："后唐封翘为给事中，明宗天成二年七月甲戌，百官朝于中兴殿。翘上言：'以星辰合度，风雨应时，将修赛谢，请以御前香一合，圣上亲爇一炷，余者即令分于所谢答庙中焚之，贵表精至，庶贤圣感通……'"文存《全唐文》卷八四七。

**洺州平息人高弘超，其父晖为乡人王感所杀，弘超挟刃以报之，遂携其首自陈。大理寺以故杀论，刑部员外李殷梦覆奏，明宗特与减死。**

《册府元龟》卷八九六载："后唐高弘超，洺州平息人。父晖为乡人王感所杀，弘超挟刃以报之，遂携其首自陈。大理寺以故杀伤论，刑部员外李殷梦覆曰:‘伏以挟刃杀人,按律处死,投狱自首,降罪垂文……’”李殷梦《乞高宏超减死奏》文存《全唐文》卷八三九,明宗《高宏超减死敕》文存《全唐文》卷一〇九。又《全唐文补编》卷九七据《五代会要》卷九收李恩梦《高弘超故杀案复议[题拟]》,与《全唐文》所收李殷梦文实同。小传谓:“李恩梦,后唐明宗天成二年为刑部员外郎。”可知李恩梦,实为李殷梦之误。“弘超”与“宏超”亦当为一人。

**度支上《请禁短陌钱奏[题拟]》。**

题下注:“天成二年七月度支。”文存《全唐文补编》卷一二六。

**明宗有《申严覆勘狱囚敕(节文)》。**

《五代会要》卷一〇载:“(天成)二年七月十七日敕节文:‘今后指挥诸道州府,凡有推鞫囚狱,案成后,逐处委观察防御团练军事判官,引所勘囚人面前录问……’”文存《全唐文》卷一〇九。

**胜明有《发愿文》。**

文中有:“时唐〔丁〕亥年七月十三日。”丁亥年乃后唐天成二年。文存《全唐文补编》卷九七。

## |八月|

**楚王殷建国,立宫殿,置百官,皆如天子。**

《资治通鉴》卷二七六载:“册礼使至长沙,楚王殷始建国,立宫殿,置百官,皆如天子,或微更其名。”

**秦王从荣自邺中至,进马及银器钱绢,明宗幸其第,旋有《幸汴州御札》。**

《册府元龟》卷一一四载:“(天成二年)八月,秦王从荣自邺中至,泊于至德宫。帝幸其第,宣禁中女伎及教坊乐饮宴至晚。从荣进马及银器钱绢,帝赐诸伎乐及行从人等，乘舆归内。己未，御札就中书示谕曰：‘历代帝王，以时巡狩。一则遵行典礼，一则按察方区。矧彼夷门，控兹东夏，当先帝戡平之始……’”《幸汴州御札》文存《全唐文》卷一一二。

**明宗有《答西京请决刑覆奏敕》《宥过敕》。**

《旧五代史》卷一四七载：“（天成二年）八月，西京奏：‘奉近敕：在京犯极刑者，令决前一日各一覆奏，缘当府地远，此后凡有极刑，不审准条疏覆奏。’奉敕旨：‘昨六月二十日所降敕文，秖为应在洛京有犯极刑者覆奏，其诸道已降旨命准旧例施行。’”《答西京请决刑覆奏敕》文存《全唐文》卷一〇九。又《册府元龟》卷六五载：“（天成二年）八月敕旨：‘……圣贤明训，今古通规。非法无以振其威，非恩无以流其泽。故有功不奖，何以激尽忠；有罪不刑，何以戒为恶。’”《宥过敕》文存《全唐文》卷一〇九。

**孔邈为吏部郎中，有《请录死事子孙疏》**

《册府元龟》卷四七五载：“孔邈为吏部郎中，天成二年八月庚辰上言曰：‘臣闻赏延于世，实皇王体国之规；立身扬名，为人子承家之道。苟推诚于忠孝，必怀庆于子孙……’”文存《全唐文》卷八四三。

**刘赞为比部郎中知制诰，有《请申法令疏》。**

《册府元龟》卷五五三载：“刘赞为比部郎中知制诰，明宗天成二年八月，赞上言曰：‘臣闻信者使民不惑，义者使民知禁。非信无以彰明德，非义无以显圣猷。此乃三代英风，百王令则……’”文存《全唐文》卷八四九。

**李琪授仆射，就言事日恩赐酒食上奏，中书门下上《李琪新授仆射上事奏》。**

题下注：“天成二年八月中书门下。”文存《唐文拾遗》卷五八。

**张文宾为中书舍人，有《请下敕收籴奏［题拟］》。**

《册府元龟》卷五〇二载："明宗天成二年八月乙酉，中书舍人张文宝上言：'今岁……望下敕收籴，以备歉岁。'"文存《全唐文补编》卷九八。

**赵明吉为左补阙，有《请修天下宫观奏》**。

《册府元龟》卷五四载："明宗天成二年八月，左补阙赵明吉上言曰：'窃见天下宫观，久失崇修。盖自朱温篡逆以来，例多毁废，请下诸道，应本朝旧置宫观，近经毁折者，皆勒修增，以奉祖宗……'"文存《全唐文》卷八三九。

**赵熙为起居郎、史馆修撰，有《请令诏书关送史馆疏》《内中公事等关送史馆奏[题拟]》。九月，史馆上奏**。

《册府元龟》卷五五七载："后唐赵熙，明宗时为起居郎、史馆修撰。天成二年八月熙上言曰：'伏以皇帝陛下，应天御宇，缵圣承乾，咸从睿哲之功，克致文明之运……自此凡是内中公事，及诏书奏对，应不到中书者，伏乞委内臣一人旋具抄录，月终关送史馆，庶使简编毕备，言动无遗。'"《请令诏书关送史馆疏》文存《全唐文》卷八五四。同书卷五六〇载："后唐赵熙为起居郎，明宗天成二年八月，熙奏：'今后凡内中公事及诏书奏对，应不到中书者，伏乞委内臣一人旋具抄录，月终关送史馆。'敕：'宜令枢密院学士阎至录送。'"《内中公事等关送史馆奏[题拟]》文存《全唐文补编》卷一〇二。按，以上二文实同一性质。赵熙为史馆修撰，奏疏所上事，至九月史馆始因赵熙所奏，上《请下所司抄录诏书送馆奏》，文存《全唐文》卷九七〇，题下注："天成二年九月史馆。"姑系于此。

**郑韬光为给事中。有《请禁州使影占人户奏》**。

《册府元龟》卷四七五载："郑韬光为给事中，天成二年八月庚辰上言：'以诸县力役，人户多为州使影占，或台省投名，惟贫民客户在县应役，例有不均之叹，且多侥幸之流，请议。'"文存《全唐文》卷八五〇。

**申著瑀为少府少监，有《未明事理不得行责奏》**。

《五代会要》卷一〇载："(天成二年)其年八月十五日，少府少监申著瑀奏：'伏乞指挥诸道州府,此后或显犯宪章者,候文案毕,任依格法断惩,如未明事理,不得行责情杖。'从之。"文存《唐文拾遗》卷四六。

## 九月

**帝与安重诲论儒者从政事,欲斩妄言勿接儒生者。明宗有《藩镇幕寮不准兼职敕》《禁带挟逃走军人敕[题拟]》。**

《资治通鉴》卷二七六载:"九月,帝谓安重诲曰:'从荣左右有矫宣朕旨,令勿接儒生,恐弱人志气者。朕以从荣年少临大藩,故择名儒,使辅导之。今奸人所言乃如此!'欲斩之。重诲请严戒而已。"《五代会要》卷一九载:"(天成)二年九月十九日敕:'近闻藩镇幕职内,或有带录事参军,兼郯都管内诸州录事参军,从前并兼防御判官……'"《藩镇幕寮不准兼职敕》文存《全唐文》卷一〇九。《禁带挟逃走军人敕[题拟]》题下注:"天成二年九月。"文存《全唐文补编》卷九六。

**御史台上《请添点检朝班御史奏》。**

题下注:"天成二年九月御史台。"文存《全唐文》卷九七〇。

**姚颢为左散骑常侍,有《请禁州郡供亿疏》。**

《册府元龟》卷四七五载:"姚颢为左散骑常侍,天成二年九月上言:'伏以运当昭泰,时属丰成,金銮已议于省方,彩仗将离于上国,沿路供亿,固有旧规……'"文存《全唐文》卷八五〇。

## 十月

**朱守殷叛,死。安重诲奏遣使赐任圜死,明宗有《赐任圜自尽诏》《平朱守殷告谕天下诏》《除放积欠诏》。赵凤哭之。孙晟因朱守殷败,自后唐奔吴。**

《资治通鉴》卷二七六载:"冬十月乙酉,帝发洛阳,将如汴州。丁亥,至荥阳。民间讹言帝欲自击吴。又云欲制置东方诸侯。宣武节度使检校侍中朱守殷疑惧,判官高密孙晟劝守殷反,守殷遂乘城拒守。帝遣宣徽使范延光往谕之。延光曰:'不早击之,则汴城坚矣。愿得五百骑与俱。'帝从之。延光暮发,未明行二百里,抵大梁城下,与汴人战。汴人大惊。戊子,帝至京水,遣御营使石敬瑭将亲兵倍道继之,或谓安重诲曰:'失职在外之人,乘贼未破,或能为患,不如除之。'重诲以为然,奏遣使赐任圜死。端明殿学士赵凤哭谓重诲曰:'任圜义士,安肯为逆? 公滥刑如此,何以赞国?'使者至磁州,圜聚其族酣饮,然后死,神情不挠。己丑,帝至大梁,四面进攻。吏民缒城出降者甚众。守殷知事不济,尽杀其族,引颈命左右斩之。乘城者望见乘舆,相帅开门降。孙晟奔吴。徐知诰客之。"《旧五代史》卷三八载:"(天成二年十月)己亥诏曰:'太子少保致仕任圜,早推勋旧,曾委重难。既退免于剧权,俾优闲于外地,而乃不遵礼分,潜附守殷,缄题罔避于嫌疑,情旨颇彰于怨望……'"明宗《赐任圜自尽诏》文存《全唐文》卷一〇七。《册府元龟》卷一一八载:"后唐明宗天成二年十月乙酉,帝幸汴州。戊子,至京水店。汴州分巡院官王荣走马报朱守殷已叛。帝亲统禁军,倍程先进。己丑,师临汴州,四面逼之,人百其勇。斗不逾时,城溃而入,戮其党类。晡晚收军,当日宁帖,告谕天下曰:'朕以名藩龙潜旧地,思覃风教,爰议巡游。今月九日至荥阳,得朱守殷诈奏,称本道都指挥使马彦超等欲谋叛逆,辄使杀害。'"《平朱守殷告谕天下诏》文存《全唐文》卷一〇七。《旧五代史》卷三八载:"(天成二年十月)戊戌诏曰:'诸道州府,自同光三年已前所欠秋夏税租、并主持务局败阙课利、并沿河舟船折欠、天成元年残欠夏税,并特与除放。'"《除放积欠诏》文存《全唐文》卷一〇七。

**明宗有《加恩汴州诏》。**

《册府元龟》卷九二载:"(天成)二年二月丙申,曲赦京城台府军巡见系囚徒。十月辛丑,诏曰:'朕闻后来其苏,动必从于人欲;天监厥德,静宜布于国恩。近者优恩,多因州使幸门,淹留敕命。或公然隐匿,全不施行。官吏但言幸浚郊,暂离雒邑。盖逢岁稔,共乐时康……'"文存《全唐文》卷一〇七。

**灵俊有《唐故河西释门正僧政临坛供奉大德兼阐扬三教毗尼藏主赐紫沙门和尚邈真赞并序》。**

文末署:“天成二年丁亥岁十月廿五日题记。”文存《全唐文补编》卷一〇〇。

## 十一月

**吴杨溥即皇帝位,大赦,改元乾贞,加徐知诰都督中外诸军事**。

《资治通鉴》卷二七六载:“十一月庚戌,吴王即皇帝位,追尊孝武王曰武皇帝,景王曰景皇帝,宣王曰宣皇帝。安重诲议伐吴,帝不从。甲子,吴大赦,改元乾贞。丙子,吴主尊太妃王氏曰皇太后,以徐知询为诸道副都统、镇海宁国节度使兼侍中,加徐知诰都督中外诸军事。”

**刘岳为吏部侍郎,有《请革虚衔任官疏》**。

《册府元龟》卷四七五载:“(天成二年)十一月,吏部侍郎刘岳上言曰:‘伏以有国命官,立朝厘务,必资详谏,以集事功……’”文存《全唐文》卷八三九。

**阙名有《故朝议郎前峡州司马柱国清河郡公墓志并序》**。

此文存《全唐文补编》卷一五六,辑者陈尚君按:“天成二年九月十八日,张积酉时归世。其日丙寅。末题:天成二年岁次丁亥十一月壬子朔葬于河南县平乐乡杜郭村。”

**杨潜有《后唐故银青光禄大夫检校工部尚书守郑州都粮料使兼御史大夫任府君墓志铭并序》**。

文中有:“以天成二年岁次丁亥十一月戊申朔廿五日,祔葬于先茔之侧。”文存《全唐文补编》卷九七。

**张文宝为中书舍人,有《请旋跸疏》**。

《册府元龟》卷五五三载:“张文宝为中书舍人,天成二年十一月,文宝上言曰:‘巡狩省方,唐虞之旧典;吊民伐罪,汤武之前功……’”文存《全唐文》卷八四三。

**崔贻孙自吏部侍郎贬官塞北，三子争于旧业，分其利以自谋。有《责子书》《致孔勍书》**。

《册府元龟》卷九二三载："崔贻孙自吏部侍郎贬官塞北，三子争于旧业，分其利以自谋。甘旨医药，咸莫知之。贻孙以书责之曰：'生有明君真宰，死有天曹地府。'"《北梦琐言》卷一九记之更详："礼部尚书崔贻孙年过八十，求进不休，囊橐之资，素有贮积，性好干人，喜得小惠。左降之后，二子争财，甘旨医药，咸不供侍。书责其子曰：'生有明君真宰，死有天曹地府，无为老朽，岂放尔邪？'为缙绅之笑端。"两相对照，可知乃其老年贬官后所为。据《旧五代史》卷三二，崔贻孙贬朔州是天成二年十一月事，则此书当作于此后不久，姑系于本月。文存《全唐文补编》卷九七。崔氏另有《致孔勍书》，文存《全唐文补编》卷九七。其中有："十五年谷城山里，自谓逸人；二千里沙塞途中，今为逐客。"可知是其遭贬时所作。

## 十二月

**中书舍人马缟议宗庙事，请别立亲庙。群臣议之。明宗有《议追尊名号诏》**。

《资治通鉴》卷二七六载："中书舍人马缟请用汉光武故事，七庙之外别立亲庙。中书门下奏请如汉孝德、孝仁皇例，称皇不称帝。帝欲兼称帝，群臣乃引德明、玄元、兴圣皇帝例，皆立庙京师。帝令立于应州旧宅，自高祖考妣以下，皆追谥曰皇帝、皇后。墓曰陵。"据《全唐文》卷九七二中书门下奏《请改庙讳偏旁奏》载："准天成元年正月十六日敕：'本朝列圣及四庙讳，近日中外表疏，偏旁文字，皆阙点画。凡当出讳，止避正呼。傥回避于偏旁，则亏阙于文字，宜从朴素，庶便公私。凡庙讳但回避正文，其偏旁文字不在减少点画。'"可知天成元年正月前明宗已立四庙，至天成二年又起追尊庙号议。《全唐文》卷九七〇存宰臣所奏《覆追崇庙号奏》文字，题下注："天成二年宰臣。"与明宗此文"可特委宰臣与百官详定，集两班于中书，逐班各陈所见"正相呼应，故可定其作于天成二年。又明宗此文提及马缟论宗庙礼制。考《全唐文》中另有马缟《请依两汉故事别立亲庙议》(文存卷八四九)、《追尊不宜兼用帝字议》(文存卷八四九)及萧顷《覆准马缟议奏》(文存卷八四四)、李琪《请准马缟奏即令撰谥册议》(文存卷八四七)、张昭《复议册四庙奏》(文存卷八六四),《全唐文补编》卷九七郑珏请于洛京立四庙奏文字,皆议帝庙事,可知皆作于同时。明宗《议追尊名号诏》文存《全唐文》卷一〇七。阙名有《追尊四庙改置园陵奏》,文存《唐文拾遗》卷五八,题下注:"天成二年中书门下。"可知此次议宗庙,朝廷甚重其事,众臣皆有奏议。诸文皆只言天成二年而不及月份,盖因明宗欲使其亲兼称帝,特为尊者讳乎?《资治通鉴》特为揭橥,示其虽不改国号,而实不尊唐也。

**明宗有《二月后州县不得受状敕》《赐闻喜宴钱敕》《准格断割论认桑土敕[题拟]》。**

《五代会要》卷二五载:"天成元年十二月三日敕:'率土黎氓,并输王税。逐年生计,只在春时。深虞所在之方,或有无知之人,不自增修产业,辄便搅扰乡邻,既挠公门,须严定制。'"又于"元年"之"元"字下作注:"一作'二'。"《文献通考》系之于天成二年。综合考虑,以系于天成二年较妥当。《二月后州县不得受状敕》文存《全唐文》卷一〇九。《五代会要》卷二二载:"天成二年十二月敕:'新及第进士有闻喜宴,今后逐年赐钱四百贯。'"《赐闻喜宴钱敕》文存《唐文拾遗》卷九。明宗《准格断割论认桑土敕[题拟]》题下注:"天成二年十二月。"文存《全唐文补编》卷九六。

**程逊为中书舍人,有《请禁机织假伪奏[题拟]》。**

《册府元龟》卷五〇四载:"后唐明宗天成二年十二月,中书舍人程逊上言:'以民间机杼多有假伪,虚费丝缕,不堪为衣,请下禁止,庶归朴素。'"文存《全唐文补编》卷九九。

**卢咸雍为起居郎,有《请禁盗贼疏》。**

《册府元龟》卷四七五载:"卢咸雍为起居郎,天成二年十二月上言:'以贼寇宵行,逼胁村舍,俾供食宿,及当败露,指引行程,追禁经时,虑妨农作,望颁明敕,俾得疏治。'从之。"文存《全唐文》卷八三九。

**卢损为左司郎中，有《请置营田奏[题拟]》。**

《册府元龟》卷五〇三载："（天成二年）十二月，左司郎中卢损上言：'以今岁南征，运粮縻费，唐邓复郢，地利膏腴，请以下军官徤，兴置营田，庶减民役，以备军行。'"文存《全唐文补编》卷一〇四。

**刘处让有《千佛崖题记》。**

文中有："大唐天成二年十二月一日，自东川加平章事回，再经兹寺，睹古龛灵迹，藓驳苔封，遂拾俸金装此功德一龛。"文存《全唐文补编》卷一〇二。

**高丽王王建有《答后百济王甄萱书》。**

《十国春秋》卷七八载："宝正二年春正月，唐王更名亶。冬十一月，遣尚书班（阙）为通和使，如高丽及后百济甄萱。时萱与高丽王构兵。"注引《东国通鉴·新罗景哀王纪》载："甄萱三十六年，是为高丽太祖十年，冬十二月，萱贻书于高丽求和，曰'前月七日，吴越国使班尚书至，传王诏旨'云云。明年春正月，高丽王答萱书，曰'伏奉吴越国通和使班尚书听传诏书一道，兼蒙足下辱示长书叙事者'云云。"可知吴越国"班尚书"于宝正二年冬十一月出使，至十二月到后百济调停后百济与高丽战事，始有甄萱书及王建答书。王建文存《全唐文》卷一千。

## |本 年|

**何泽为仓部郎中，因逢恩赦，上表昭雪。明宗有《昭雪洛阳令罗贯敕》《禁短陌敕》。**

《册府元龟》卷八七五载："天成二年，（何）泽为仓部郎中，因逢恩赦，上表昭雪。敕：'河南县是神州赤县，县令乃明庭籍臣，未审罪名，便当极法，不削不贬，不案不彰，困枯木于广衢，抱沉冤而至死。众人具见，有耳皆闻……'"《昭雪洛阳令罗贯敕》文存《全唐文》卷一〇九。《文献通考》卷九载："（天成）二年敕：'买卖人所使见钱，旧有条流：每陌八十文。近访闻在京及诸道市肆人户，皆将短陌转换长钱。今后凡有买卖并须使八十陌钱,如有辄将短钱兴贩,仰所在收捉禁治。'"《禁短陌敕》文存《全唐文》卷一〇四。《全唐文》系于庄宗,误,当属明宗。今正之。

**赵光逢约本年卒于洛阳**。

《旧五代史》卷五八载:"天成初,迁太保致仕,封齐国公,卒于洛阳。"同书卷三八载:"(三月)乙卯,开府仪同三司、司徒致仕赵光逢可太保致仕,仍封齐国公"。《新五代史》卷三五称其卒后赠太傅。光逢著述多佚,《全唐诗》卷七三四存诗八首。

**杜光庭仍隐青城山,撰《太清观取钟并修观记》**。

《宝刻丛编》卷七:"《太清观取钟并修观记》,杜光庭撰,天成二年,成都。"文今不传。

**卢士衡进士及第**。**其字里、生卒年及仕历不详**。**京兆人李涛进士及第**。

《直斋书录解题》卷一九录《卢士衡集》一卷,注曰:"后唐卢士衡撰,天成二年进士。"徐松《登科记考》卷二五所载同。《卢士衡集》今佚,《全唐诗》卷七三七存诗七首;卷八八六《补遗五》补诗二首。《宋史》卷二六二载:"涛字信臣,京兆万年人,唐敬宗子郇王玮十一世孙。祖镇,临濮令。父元,将作监。朱梁革命,元以宗室惧祸,携涛避地湖南,依马殷,署涛衡阳令。涛从父兄郁仕梁为阁门使,上言涛父子旅湖湘,诏殷遣归京师,补河阳令。后唐天成初,举进士甲科。自晋州从事拜监察御史,迁右补阙。宋王从厚镇邺,以涛为魏博观察判官。岁余,入为起居舍人。"徐松《登科记考》卷二五列涛为本年进士。据《宋史》本传,李涛卒于北宋建隆二年(961),享年六十四。逆推之,知其本年三十岁。

**吴赵王李德诚第四子、徐温之婿李建勳佐徐知询幕,其起家为金陵巡官**。

李建勳,传见马令《南唐书》卷一〇、陆游《南唐书》卷六、《十国春秋》卷二一。马《书》卷九《李德诚传》载:"李德诚,广陵人也……有子二十人,建勳为相而建封为将。”同书卷一〇《李建勳传》载：“李建勳，字致尧，南平王德诚之子。”它书所载略同。宋陈彭年《江南别录》载：“李德诚为润州，秉烛夜出，扬州遥见，谓有变，立命亲兵千余人渡江。比明，德诚盥漱，兵已入城，除德诚为江州。德诚惶怖即路，幕帏皆不及取。至江州，惧祸未已，令子继勋（按：当为建勳之讹）来谒。义祖（即徐温）见之，叹曰：‘有子如此，非为恶人也。’以女妻继勋，移德诚于信州。”宋释文莹《玉壶清话》卷一〇《南唐遗事》载：“钟山相李建勳……徐温以女妻之，奁橐之外，复赐田沐邑，岁入巨万。”马令《南唐书》载：“起家为金陵巡官。徐温卒，知询代镇，而建勳仍佐幕府。及知询被征，僚属皆受遣，独建勳自全。”

**杜绍光为少府少监，有《请置丞簿等官奏》。**

《册府元龟》卷六二〇载：“杜绍光为少府少监，天成二年上言：‘当司掌朝服仪仗祭器服兵戈已来，散失向尽，苟非得人，难为掌辖……’”文存《全唐文》卷八三九。

**钱傅为太常丞，有《请禁止侵践坛壝奏》。**

《册府元龟》卷六二〇载：“钱傅太常丞，天成二年奏：‘当司专典祠祀，伏以国城西面群祀，各有坛墠。近年多被民户侵耕畜牧，腾践莫知处所。行事之时，于封上芟草，有乖诚敬。今正方春，易行止绝者。’”文存《全唐文》卷八三九。

## 后唐天成三年　吴越宝正三年　吴乾贞二年　南汉大有元年　契丹天显三年

戊子　九二八

### 正月

**明宗欲巡幸邺都，郑珏等赞美其事。**

《册府元龟》卷一一四载："（天成）三年正月壬子，延宰臣于玄德殿。帝欲巡幸邺都，郑珏等赞美其事。癸丑内出御札曰：'王者以六合为家，万几是务。动必从于人欲，道贵表于君临。矧以大业名都，先皇旧地，干戈近息，井邑初完……'"明宗《幸邺都御札》文存《全唐文》卷一一二。《全唐文补编》卷九六又录明宗《幸邺都降御札》，题下注："天成三年正月。"其文字与《幸邺都御札》不同，且文中有："所宜别选良辰，以融朕意。"可见是在拟巡邺都后再下改期巡幸之御札。

**明宗准天成二年敕，追赠加封臣僚父母，有《赠臣寮父母敕》。为便于公文，使无亏于文字，申定回避庙讳，但避正文，有《申定回避庙讳诏》。又颁《罢般粮御札》。以误决竹竿为戏小儿，颁《误决小儿狱御札》。**

《册府元龟》卷八一载："（天成）三年正月己丑，先准天成二年五月十二日敕：'中外臣寮及诸道节度使等有父母者，并许加恩。'奉敕：'凡居臣下，尽抱公忠，共为朝廷，各荣家族。具庆者继颁恩渥，俾耀晨昏；既亡者宜漏泉扃，以光封树。应中外群臣及诸道节度防御团练刺史等，父母亡殁者，并与追赠加封。'"《赠臣寮父母敕》文存《全唐文》卷一〇九。《全唐文补编》卷九六据《册府》卷一三一另作辑录，末附辑者陈尚君按语："《全唐文》卷一〇九收此文，较此少二十九字。今重录。"且题下误注"天成三年二月"。姑系文于此。《读礼通考》卷六三载："（天成）三年正月诏曰：'本朝列圣及新追四庙讳，近日章奏，偏旁文字，皆阙点画。凡当出讳，止避正呼，若违避于偏旁，则亏阙于文字。宜从朴素，庶便公私。此后凡庙讳，但避正文，其偏旁文字，不在减少点画。'"此诏当是对前一年年底群臣议论避讳的答复。《申定回避庙讳诏》文存《全唐文》卷一〇七。《册府元龟》卷一一四载："（天成三年正月）壬戌，追朝宣御札于阁门曰：'朕每念眇躬，嗣承丕构，厉忧勤于庶政，持兢业于厥心。罔敢怠荒，冀符裨益。去岁以五兵偃息，九谷丰登，指内外以省方……'"《罢般粮御札》文存《全唐文》卷一一二。《册府元龟》卷一七五载："明宗天成三年正月丁巳，内出御札曰：'朕闻尧舜，有恤刑之典，贵务好生；禹汤申罪己之言，庶明知过。今月七日，据巡简军使浑公儿口奏，称有百姓二人，以竹竿习战斗之事。昨朕初闻奏报，实所不容，率尔传宣，令付石敬瑭处置。今旦安重诲敷奏，方知悉是幼童为戏……'"《误决小儿狱御札》文存《全唐文》卷一一二。

**中书门下上《请令宰臣兼判国子祭酒奏》。**

题下注："天成三年正月中书门下。"文存《全唐文》卷九七〇。

**阙名有《重给告身事例奏》。**

题下注："天成三年正月。"依文意当是中书门下所奏，姑仍之。文存《全唐文》卷九七〇。

**西蜀李昊为孟知祥观察推官，有《创筑羊马城记》。**

《创筑羊马城记》文中有："自天成二年丁亥岁十二月一日起工版筑，至三年正月八日毕手，公再飞章上奏……嗟乎，邓禹秉钧之岁，虽庆承家；陆机赴洛之年，不堪观国。空余壮节，即卜良知。驱车幸返于故园，提笔谬登于华馆……"可知当是前蜀亡国后，李昊返蜀过羊马城时所作。前蜀亡后，王衍被后唐杀于秦川驿，次年正月，孟知祥入蜀。据《十国春秋》卷五二载："唐明宗授检校兵部郎中，诏高祖（孟知祥）及赵季良于榷盐、度支、户部间授昊一职。昊至成都，久无所授。"则李昊至成都依孟知祥，当在天成三年正月后，姑系此文于本月。文存《全唐文》卷八九一。

## | 二 月 |

**礼部贡院上奏，刘英甫请对经义，明宗允之。**

《五代会要》卷二三载："（天成）三年二月十日，礼部贡院奏：'当司据乡贡九经刘英甫经中书陈状，请对经义九十道，以代旧格帖经。奉堂判令，详状处分者。当司伏准格文：九经只帖九经书各一十帖，并对《春秋》《礼记》□义各一十道。今准往例，并不曾有应排科讲义九经，若便据送到引试排科讲义，即恐有格例者。'奉敕：'刘英甫请以讲义便代帖经，既能鼓箧而来，必有撞钟之应。宜令礼部贡院考试。'"礼部贡院《刘英甫请对经义奏》文存《唐文拾遗》卷五八，题下注："天成三年二月礼部贡院。"明宗《允刘英甫以讲义代帖经敕》当在同时，姑系于此。文存《唐文拾遗》卷九。

**何泽由仓部郎中转吏部郎中，上疏请置太子侍读，且伏阁谏巡幸邺都**。**明宗答奖之，且停幸邺都**。

《太平御览》卷二四七载："五代史后唐书曰：'仓部郎中何泽上疏，请置太子侍读。敕旨：何泽早处班行，深明典制，固根本而别彰忧国……'"明宗《褒何泽敕[题拟]》文存《全唐文补编》卷九六。又据《旧五代史》卷三九载："（天成三年二月）以仓部郎中何泽为吏部郎中，奖伏阁谏巡幸邺都也。"又据《册府元龟》卷一一四载："（天成）三年二月，帝在汴。丁酉，出御札于中书曰：'朕闻王者握图御宇，应天顺人，必从亿兆之心，以副寰瀛之望。朕恭承大宝，渐致小康。当时和岁丰之辰，叶海晏河清之道……'"明宗《停幸邺都御札》文存《全唐文》卷一一二。

**明宗有《起刘训守右龙武大将军敕》**。

《册府元龟》卷一四九载："明宗天成三年二月敕：'朕闻为贤讳过，含垢匿瑕，而皆载在春秋，显其惩劝。是以孟明不懈，遂霸西戎；曹沫有谋，克宁东鲁……'"文存《全唐文》卷一〇九。

**卢文纪由工部尚书贬石州司马，员外安置**。**于邺除工部郎中，旋自经而死**。

《旧五代史》卷三九载："（二月）癸未，工部尚书卢文纪贬石州司马，员外安置。文纪私讳'业'，时新除于邺为工部郎中。旧例，僚属名与长官讳同，或改其任。文纪素与宰相崔协有隙，故中书未议改官。于邺授官之后，文纪自请连假。邺寻就位，及差延州官告，使副未行，文纪参告，且言候邺回日终请换曹，邺其夕自经而死，故文纪贬官。"《新五代史》卷五五《卢文纪传》所载同。

**王姓左拾遗上《请禁军门招集无赖疏》**。

《册府元龟》卷四七五载："王□为左拾遗，天成三年二月上言曰：'伏睹州县百姓，早因危岁，小寇连绵，旧染成非，习性难改，逃刑网外，作患民间……'"文存《全唐文》卷八三九。

**中书上《县令两税征科公事奏》。**

题下注:“天成三年二月二十三日中书。”文存《唐文拾遗》卷五八。

**学士院上《上中书记事帖》。**

题下注:“天成三年二月十二日学士院。”文存《唐文拾遗》卷六〇。

## |三 月|

**郑珏罢相,明宗下《郑珏罢相制》,又颁《求言御札》。**

《册府元龟》卷三三三载:“(天成)三年三月己未制曰:‘朕闻老氏谈经,无如知止;素王穷《易》,当在庶几。贤哲所以保身,进退于焉合道。其有位居元辅,功叙彝伦,节宣微爽于冲和,休致屡坚于章表。酌其陈力,莫若从人。俾回席于三台,就悬车于百揆。特进行门下侍郎兼刑部尚书同中书门下平章事充太微宫使弘文馆大学士上柱国荥阳郡开国公食邑一千五百户郑珏,皇朝轩冕,清庙笙镛……’”明宗《郑珏罢相制》文存《全唐文》卷一〇六。《册府元龟》卷一〇三载:“明宗天成三年三月丁未,宣御札曰:‘朕奄有四海,于今三年。敬事天明,敢忘日慎。上凭列圣,赖祖宗之垂休;下设庶官,思邦家之共治。闻过必服,见善则师。’”《求言御札》文存《全唐文》卷一一二。

**灵俊有《后唐河西敦煌府释门法律临坛供奉大德兼通三学法师毗尼藏主沙门刘和尚生前邈真赞并序》。**

文末署:“于时天成戊子岁三月八日题记。”文存《全唐文补编》卷一〇〇。

**吴越钱镠撰《投龙文》以祈福。**

文末署:“宝正三年岁在戊子三月丁未朔二十六日壬申投。”文存《全唐文》卷一三〇。

## 四月

**明宗讨王都，有制文。另下制文褒奖夔州刺史西方邺，又有《词状策条皆须务实敕》**。

《册府元龟》卷一二三载："（天成）三年四月，北面副招讨使王晏球以定州节度使王都反状闻。制曰：'王者君临八表，子育万民，务匿瑕含垢之仁，引禁暴戢兵之德。每存宽恕，贵就和平……'"明宗《讨王都制》文存《全唐文》卷一〇六。《册府元龟》卷一六六载："（天成）三年四月制：'夫忠而能力，盖臣子之嘉猷；赏不逾时，乃君亲之大义。其有一心奉国，万里勤王，宣至化于遐陬，振威声于异俗，宜升宠秩，式示优恩。竭忠建策兴复功臣东南面行营副招讨使宁江军节度观察等使光禄大夫检校司徒使持节都督夔州诸军事守夔州刺史西方邺，壮节挺生，英材间出……'"明宗《褒夔州刺史西方邺制》文存《全唐文》卷一〇六。《册府元龟》卷六五载："（天成）三年四月敕：'设官分职，比委仗于公才；询事考言，务恢弘于理道。朕自祗膺大宝，俯育群生，四门无塞其聪明，百辟咸专于谏诤……'"《词状策条皆须务实敕》文存《全唐文》卷一〇九。

**阙名有《常庭训尊胜大悲幢记》**。

文末署："天成三年岁次戊子四月丙子朔五日建立。"文存《全唐文补编》卷一四三。

## 五月

**王建立为右仆射中书侍郎同中书门下平章事，以当时所急之务六条陈奏，明宗答之**。

《册府元龟》卷三一四载："王建立为右仆射中书侍郎同中书门下平章事。天成三年五月，以时所急务陈六条以奏之。其一……奉敕：'皇王宣政，侯伯分忧。薄赋轻徭，方为济物。迎新送故，必恐扰人。征赋以不虐黎庶为先，衔命以不辱朝廷为贵……'"王建立《陈急务六条疏》文存《全唐文补编》卷九九，明宗

《答王建立陈急务敕》文存《全唐文》卷一〇九。

**后唐整饬官制，明宗有《据告赤授官敕》《予朝臣及诸道节度妻室封号敕》《文武官加勋依旧制敕》。**

《五代会要》卷二一载："（天成三年）其年五月敕：'先准同光二年十二月敕，北京及河北诸道摄官内，有御署一任简牒分明前衔先有正官告身者，便与据正官资叙依资授一任官……'"《据告赤授官敕》文存《全唐文》卷一〇九。《册府元龟》卷一三一载："（天成三年）五月丁巳敕：'自家刑国，内平外成。天子立言，备有《关雎》之乐；《春秋》垂训，非无石窌之封。况夫尊于朝，妻贵于室。所宜从爵，各显家肥。朝臣及诸道节度使妻室，未有称号者宜各加恩。'"《予朝臣及诸道节度妻室封号敕》文存《全唐文》卷一〇九。《五代会要》卷一四载："后唐天成三年五月十九日敕：'近代已来，文武官阶稍高，便授柱国；岁月未深，便转上柱国。武资初官便授上柱国。官爵非无次第，阶勋备有等差。宜自此时重循旧制，今后加勋，先自武骑尉经十二转，仍永为例程。'"《文武官加勋依旧制敕》文存《全唐文》卷一〇九。《全唐文补编》卷九六重录，题下注："天成三年五月。"辑者陈尚君按："《全唐文》卷一〇九收此文，仅七十一字，较此少三十八字。今重录。"

**中书门下上《请定奏荐人数奏》。**

题下注："天成三年五月，中书门下。"文存《全唐文》卷九七〇。

## | 六 月 |

**萧希甫任散骑常侍，奏请禁州府推委刑狱。明宗答之。**

《册府元龟》卷四七五载："（天成三年）六月戊子，散骑常侍萧希甫奏：'以府州官吏，不务守官，咸思避事。每睹微小刑狱，皆以闻奏。不惟有紊朝纲，实恐淹延刑狱。'奉敕：'……萧希甫位兼三事，务赞万几，更激藩方，共裨庶政。自此凡有争讼，委随处官吏据罪详断，如事有不可裁断者，则结案闻奏。'"萧希甫有《请禁州府推委刑狱奏》文存《全唐文》卷八四八，明宗《答萧希甫请禁府州推委刑狱敕》文存《全唐文》卷一〇九。

**吴越钱镠有《请都城隍驱蝗疏》。**

前文中有："兹天成三年戊子岁夏六月八日，有蝗自苏常而至秀州，蔽日而飞。"可以推知此文当作于此后不久，姑系于本月。文存《全唐文补编》卷一一三。

**曹议金有《致甘州回鹘可汗书[题拟]》《上朝廷状[题拟]》。**

致可汗书文中有："季夏极热，伏惟弟顺化可汗天子尊体动止万福……自去年兄大王当便亲到甘州，所有社稷久远之事，共弟天子面对商议，平稳已讫。兄大王当便发遣一伴般次入京……昨六月十二日，使臣以当道平善到府，兼赍持衣赐分物，并加兄大王官号者，皆是弟顺化可汗天子惠施周备，圣泽曲临，以弟天子同增欢庆。"据《旧五代史》同书卷三二载："（同光二年五月）乙丑，以权知归义军留后曹义金为归义军节度使沙州刺史检校司空。"同书卷三九载："（天成三年）五月乙巳朔，回鹘可汗仁喻封顺化可汗……辛亥，沙州节度使曹义金加爵邑。"据此可知，天成三年五月仁喻封顺化可汗，同月曹议金加爵邑，与信中所谓"加兄大王官号者，皆是弟顺化可汗天子惠施周备，圣泽曲临"云云正相吻合，可知此信作于天成三年六月。文存《全唐文再补》卷五。《上朝廷状[题拟]》文末署："河西归义军节度观察处置管内置田押蕃落等使金紫光禄大夫检校太保兼令公御史大夫上柱国曹议金状上。"据《旧五代史》卷三二载："（同光二年五月）乙丑，以权知归义军留后曹义金为归义军节度使沙州刺史检校司空。"此时曹议金职尚非"太保兼令公"，亦非"上柱国"。考同书卷三九载："（天成三年五月）辛亥，沙州节度使曹义金加爵邑。"卷四二载："（长兴二年正月）丙子，以沙州节度使曹义金兼中书令。"其后再不载其来使贡物，亦无后唐加爵事。至后晋天福五年卒，晋以曹元德及曹元忠继其任。如此，则曹议金最高职衔当在长兴二年正月时任命，是在原职上兼"中书令"，此文中不署此职，当是作于此前。读文中有"伏惟相公轩冕清门……"云云，似是加爵邑后寄"相公"之谢启（《全唐文又再补》卷七，陈尚君[题拟]为《上朝廷状》，与文意殊不符），则可推知此文当作于天成三年五月后不久，因皆为曹议金先后所作，姑系于一处。文存《全唐文又再补》卷七。

## | 七月 |

**卢詹为中书舍人，上《请罢论奏复稽课最表》，明宗允之。**

《册府元龟》卷六三二载："（天成三年）七月，中书舍人卢詹上言曰：'一同分土，五等命官。所以字彼黎民，司其舆赋。至于田租桑税，夏敛秋征，或旨限不愆，或简量增羡，殊非异政，乃是常程。窃见诸州频奏县令多以税输办集，便作功劳，诸道才有表章，朝廷已行恩命。且征科是县令之职分，不过合望于甄酬。若一年两度转迁，则三载六升阶级，并加宠渥，虑失规程。伏乞止绝荐论，但稽课最，即铨司黜陟，自有等差，贵塞幸门，以循旧制。'奉敕：'卢詹职居近侍，恳述大纲。案州县之规程，重国家之恩命。既为允当，须示听从。'"卢詹《请罢论奏复稽课最表》文存《全唐文》卷八五三，明宗《褒允卢詹所奏敕》文存《全唐文》卷一〇九。

**成景宏因贪求财货，贬绥州司户，旋长流宥州。**

《册府元龟》卷七〇〇载："成景宏为曹州刺史，受仓吏百缗。天成三年七月敕：'成景宏位列百城，秩膺八命，在旌旃而甚至，于委任以非轻，所宜均我诏条，副余优寄，而乃罔遵彝宪，辄恣贪求，差廪吏以非公，取货财而润己，才行鞫勘，果伏罪尤。宜行窜逐之文，以示澄清之道，可贬绥州司户参军。'续敕：'长流宥州。'"明宗《贬成景宏绥州司户敕》文存《全唐文》卷一〇九。

**任赞为工部侍郎，有《请州县官先考试贡举人表》。明宗下敕以为策对当重时务，规定贡举人先委本道观察使考试，不得假冒乡贯，且严童子科试事。**

《册府元龟》卷六四一载："（天成三年）七月，工部侍郎任赞上言曰：'伏以圣代设科，贡闱取士，必自乡荐，来观国光……'"任赞《请州县官先考试贡举人表》文存《全唐文》卷八五〇。《册府元龟》卷六四一载："（天成三年七月）是月敕：'应将来三《传》三《礼》三《史》、开元礼、学究等考试，本业毕后，引试对策时，宜令主司须于时务中采取要当策题，精详考校，不必拘于对属……'"同卷又载："（天成三年七月）敕：'宜令今后诸色举人，委逐道观察使，慎择有词艺及通经官员，各据所业，考试及格者即与给解。'"同卷又载："（天成三年七月）是月敕：'近年诸道解送童子，皆越常规。或年齿渐高，或精神非俊，或道字颇多讹舛，或念书不合格文……'"明宗《策对重时务敕》《贡举人先委本道观察使考试及不得假冒乡贯敕》《严定童子科场敕》三文均存《全唐文》卷一〇九。

**明宗就诸州府事颁《州府连状勘囚敕[题拟]》《诸州等庆贺表本道封进敕》《任百姓私曲酝酒诏》。**

《州府连状勘囚敕[题拟]》题下注："天成三年七月。"文存《全唐文补编》卷九六。《五代会要》卷四载："（天成）三年七月二十一日敕：'今后天下诸州刺史及系属节镇团练防御使，除应圣节冬至端午外谢上，及每月起居庆贺章表，并付本道封进，其余公事，准往例节度观察使誊覆奏闻。'"又《五代会要》卷二六载："后唐天成三年七月十三日敕：'应三京邺都诸道州府乡村人户，自今年七月后，于夏秋田苗上亩纳曲钱五文足陌，一任百姓造曲酝酒供家，其钱随夏秋征纳。'"《诸州等庆贺表本道封进敕》《任百姓私曲酝酒诏》文均存《唐文拾遗》卷九。

**于峤有《请蠲减租税疏》。**

《册府元龟》卷五五三载："（天成三年）七月，峤上言曰：'协和万邦，明主所以安社稷；平章百姓，哲后所以怀黎民。将延七百载之洪基，须安亿兆众之黔首……'"文存《全唐文》卷八三九。

## | 八 月 |

**赵熙为起居郎，有《请令文武两班更互奏对疏》。**

《册府元龟》卷四七五载："赵熙为起居郎，天成三年八月戊寅上言曰：'伏自陛下乘乾之后，缵圣以来，从谏如流，求贤不倦……伏望令两班更互奏对。'"赵熙《请令文武两班更互奏对疏》文存《全唐文》卷八五四。

**崔棁为右补阙，有《请奖励刺史县令疏》。**

《册府元龟》卷四七五载："崔棁为右补阙，天成三年八月己亥上言曰：'昔汉宣帝缵绍皇图，勤恤民隐，慎择循良之吏，分居牧守之权。其有政合廉平，惠敷疲瘵；小则降玺书而劳问，大则锡侯爵以甄酬。欲教化之久行，故迁移之不遽……'"崔棁《请奖励刺史县令疏》文存《全唐文》卷八五一。

**明宗有《翰林学士承旨班在学士上敕》《诫励长吏制》**。

《五代会要》卷一三载："天成三年八月二十九日敕：'掌纶之任，擢才以居，或自初命而升，或自显秩而授。盖重厥职，靡系其官，虽事任皆同，而行缀或异。诚由往日未有定制……'"文存《全唐文》卷一〇九。《册府元龟》卷一五八载："（天成）三年八月下制诫励长吏曰：'朕自承天命，恭袭帝图，务令黔黎永安，非止皇居独乐。当难虞之际，与良将共静边尘；及开泰之时，于诸侯各加官爵。'"《诫励长吏制》文存《全唐文》卷一〇六。

**明宗闻民间有不孝之俗，颁《严断不孝敕》**。

《册府元龟》卷五九载："（天成）三年八月，帝闻随邓复郢均房之间，父母骨肉有疾，以竹竿遥致粥食于病者之侧。出嫁女，父母有疾，夫家亦不令知，闻哀始奔丧者。敕曰：'万物之中，人曹为贵；百行之内，孝道居先。凡戴北辰，并遵皇化；备闻南土，多爽时风。……'"文存《全唐文》卷一〇九。

## 闰八月

**滑州掌书记孟升匿母忧，大理寺断流，明宗下敕赐自尽**。

《册府元龟》卷一五四载："（天成）三年闰八月，滑州掌书记孟升匿母忧，大理寺断流。奉敕：'朕以允从人望，嗣守帝图。政必究于化源，道每从于德本。贵全国法，以正人伦……'"明宗《赐孟升自尽敕》文存《全唐文》卷一〇九。

**吏部郎中何泽请废户部蠲纸，明宗有敕文**。

《册府元龟》卷一六〇载："（天成三年）闰八月，吏部郎中何泽请废户部蠲纸。奉敕:'日月流行之处,王人亿万之家,既绝烦苛,无滥力役。唯忠孝二柄,可以旌表户门,若广给蠲符,深为弊事……'"明宗文存《全唐文》卷一〇九。

**明宗有《用刑日不举乐敕》。**

《全唐文》卷八六三窦俨《请禁诸镇酷刑疏》中有"又准天成三年闰八月二十三日敕:'行极法日,宜不举乐,减常膳。'"可证明宗此敕于天成三年闰八月二十三日颁示。明宗文存《全唐文》卷一〇九。

**吴越王钱镠上奏请以镇海、镇东两镇授其子传瓘。后唐即以传瓘为镇海、镇东节度使。**

《资治通鉴》卷二七六:"(天成三年八月)吴越王钱镠欲立中子传瓘为嗣,谓诸子曰:'各言汝功,吾择多者而立之。'传瓘兄传璹、传璙、传璟皆推传瓘,乃奏请以两镇授传瓘。闰月丁未,诏以传瓘为镇海、镇东节度使。"

## |九 月|

**明宗下诏,温韬、段凝、陶玘、石知讷、聂屿并赐死。**

《旧五代史》卷三九载:"(天成三年九月)乙未诏:'德州流人温韬,辽州流人段凝,岚州司户陶玘,宪州司户石知讷,原州司马聂屿,并宜赐死……'"明宗《诛温韬等诏》文存《全唐文》卷一〇七。

**孔昭序为给事中,有《请复北省官常朝不拜疏》。**

《册府元龟》卷四七五载:"孔昭序为给事中,天成三年九月丁酉上言曰:'伏见本朝仪制,北省官为近侍之班,遂异常参之礼,所以百寮则曰拜……'"文存《全唐文》卷八五二。

**郑兟为膳部郎中,有《请禁诸吏僭侈奏》。**

《册府元龟》卷四七五载："郑玭为膳部郎中，天成三年九月乙亥奏：'诸司诸使，职掌人吏，乘暖坐，带银鱼席帽，轻衣肥马，参杂庭臣，尊卑无别，污染时风……'"文存《全唐文》卷八三九。

**周知微为吏部员外郎，有《请禁官曹被刑疏》**。

《册府元龟》卷四七五载："（天成三年九月）是月丁酉，吏部员外郎周知微上言曰：'窃以唐有天下垂三百年，圣帝明君，览宏纲而御极；忠臣贤佐，法古道以赞时。两汉以还，历代罕比……'"文存《全唐文》卷八四八。

**阙名有《于当居创造佛刹功德记》**。

陈尚君按："末署：于时天成三年岁次戊子九月壬申朔十五日丙戌题记。"从之。文存《全唐文补编》卷一四〇。

**泛通子有《供养题记[题拟]》**。

文末署："天成三年戊子岁九月十七日题记。"文存《全唐文补编》卷九七。

## | 十月 |

**卢詹为中书舍人，有《请令夷人观乐疏》。中书上《冬至百寮表贺仪注奏》**。

《册府元龟》卷四七五载："卢詹为中书舍人，天成三年十月上言曰：'歌称九德，彰圣哲于一人；国启四门，睦臣宾于万宇。伏惟陛下登临宸极，统御寰区，普天之来享来王，率土之为臣为子……'"卢詹文存《全唐文》卷八五三。中书省《冬至百寮表贺仪注奏》题下注："天成三年十月二十一日，中书。"文存《唐文拾遗》卷五八。

**明宗有《令州府长吏每年考课县令敕》《委南曹考试举人敕[题拟]》**。

《五代会要》卷一九载："其年（天成三年）八月二十五日及十月十五日敕：

‘条流公事，数内一件，县令化洽一同，位居百里，在专勤课，抚育疲羸，苟或因循，是孤委任。’”《令州府长吏每年考课县令敕》文存《全唐文》卷一〇九。《委南曹考试举人敕[题拟]》题下注：“天成三年十月。”文存《全唐文补编》卷九六。

**中书上《冬至百寮表贺仪注奏》。**

题下注：“天成三年十月中书。”文存《全唐文补编》卷一二六。

## |十一月|

**太常定奏少帝为昭宣光烈孝皇帝，庙号景宗。博士吕朋龟上《少帝谥号议》。**

《五代会要》卷三载：“后唐天成三年十一月，太常定奏少帝为昭宣光烈孝皇帝，庙号景宗。博士吕朋龟奏：‘谨按礼经，臣不诔君，称天以谥之，是以本朝故事，命太尉率百寮奉谥册，告天于圜丘，回读于灵前……’”吕朋龟《少帝谥号议》文存《全唐文》卷八四八。

**中书门下上《请临轩册命奏》。**

题下注：“天成三年十一月中书门下。”文存《全唐文》卷九七〇。

**和凝为尚书礼部员外郎，有《西京置留台省奏》。**

《五代会要》卷一六载：“后唐天成三年十一月二十一日，尚书礼部员外郎和凝奏：‘臣当司补奏斋郎，今重起请如后……’”和凝《西京置留台省奏》文存《唐文拾遗》卷四七。《唐文拾遗》系文于杨凝式名下，误。

**刘赞为中书舍人，有《乞诏所司复位朝仪奏》。**

《五代会要》卷六载：“（天成）三年十一月十一日，中书舍人刘赞奏：‘往例：应诸道节度使、两班大僚，凡对明庭，例合通唤。近日全废此仪……’”文存《全唐文》卷八四九。

**匡习有《故清河郡君张氏墓铭并序》。**

文中有："于唐天成三年七月二十一日，忽尔婴疾。至二十四日，终于洛阳天门街龙武军内，年六十有一，哀哉……其年岁次戊子十一月壬申朔十三日甲申，呈礼也。"文存《全唐文补编》卷九七。

## 十二月

**以武王、庄宗实录未修，诏正国节度卢质、西川节度副使何瓒、秘书监韩彦辉缵录事迹。赵凤上《请撰两朝实录奏》，张昭上《请修太祖庄宗实录奏[题拟]》，何瓒上言请以张昭私撰《同光实录》等送史馆。**

《宋史》卷二六三载："天成三年……时以武王、庄宗实录未修，诏正国节度卢质、西川节度副使何瓒、秘书监韩彦辉缵录事迹。瓒上言：'昭有史材。尝私撰《同光实录》十二卷。又闻其欲撰《三祖志》，并藏昭宗朝赐武皇制诏九十余篇。请以昭所撰送史馆。'"据《五代会要》卷一八载："后唐天成三年十二月，史馆奏：'据左补阙张昭状：尝读国书，伏见……庄宗皇帝亲平大憝，奄有中原，倘阙编修，遂成湮坠。伏请与当馆修撰，参序条纲，撰太祖、庄宗《实录》者。'"张昭所上状与何瓒所言同一事实，皆以武王、庄宗《实录》未修故，且何瓒奏请以张昭所撰付史馆，又请以张昭为史官。然据《五代会要》所记，至其年十二月，史馆上奏，犹称张昭为"左补阙"，可推断何瓒所奏未报，张昭职位未迁。揆之以理，张昭之状，当在何瓒之先。二文之作，最迟当在十二月之前，姑系二文于本月。何瓒《请以张昭所撰送史馆疏[题拟]》文存《全唐文补编》卷九七，张昭《请修太祖庄宗实录奏[题拟]》文存《全唐文补编》卷一〇八，赵凤《请撰两朝实录奏》实指此事，姑系于一处，文存《全唐文》卷八四九。史馆上《撰太祖庄宗实录奏》文存《唐文拾遗》卷五八，题下注："天成三年十二月史馆。"明宗《允修太祖庄宗实录敕[题拟]》文存《全唐文补编》卷九六，题下注："天成三年十二月。"

**明宗有《禁滞狱敕》《令选人先纳三代亲族状敕》。**

《册府元龟》卷一五一载:“(天成三年)十二月癸丑,诸州使数奏囚人死于狱中。奉敕:‘朕以握图缵位,端己临民,每于刑狱之间,倍轸忧勤之念。虑多淹滞,累降指挥。’”明宗《禁滞狱敕》文存《全唐文》卷一〇九。《册府元龟》卷六三二载:“(天成三年)十二月敕:‘选门官吏,讹滥者多。自今后并令各录三代家状,乡里骨肉在朝亲情,先于曹印署,纳吏部中书门下……’”明宗《令选人先纳三代亲族状敕》文存《全唐文》卷一〇九。

**中书门下有《论宰臣常朝宜拜奏》《朝官具古代名讳一度奏》。**

《论宰臣常朝宜拜奏》文存《全唐文》卷九七〇,题下注:“天成三年十二月中书门下。”《朝官具古代名讳一度奏》文存《唐文拾遗》卷五八,题下注:“天成三年十二月十日中书门下。”

**李延范为殿中监,有《逃户归业二年内放免两税奏》。**

《五代会要》卷二五载:“后唐天成三年十二月十日,殿中监李延范奏:‘请指挥诸道州府,每逃户归业后,委州司各与公凭,二年内放免两税差科。如有违,许州论详勘责。若州县官总得五百户以上,元等第奖酬。’从之。”文存《唐文拾遗》卷四六。

**孔知郛为濮州刺史,因妄称逃却人户,明宗颁《孔知郛罚俸敕》。**

《册府元龟》卷六九九载:“后唐孔知郛,明宗天成三年为濮州刺史,先为船粮,妄称逃却人户。奉敕:‘大驾省巡,六师屯聚,览有司所奏,虑军食稍亏,须议转般,然后供赡,事非获已,理在权行。’”文存《全唐文》卷一〇九。

**国子监上《解送监生奏》。**

题下注:“天成三年国子监。”文存《唐文拾遗》卷五八。

**萧希甫为散骑常侍,有《请求言选吏以消灾沴表》。**

《册府元龟》卷五三三载：“萧希甫为散骑常侍。天成三年，希甫上言曰：‘臣闻天地助顺，神理福谦，既物性之德宜，何虚心之致误。伏惟陛下自统临四海，勤恤万方，每崇恭俭之风，尝布仁慈之德……’”文存《全唐文》卷八四八。

**于峤以后唐既定君临之位，天下当同轨同文，不当偏颇于河朔，奏《请令河朔从常调疏》。**

《册府元龟》卷五五三载：“（天成三年）峤又上言曰：‘有国有家，既定君临之位；无偏无党，方明王者之心。苟少亏于同轨同文，则微损于尽美尽善。窃知河朔令录，须俟本道荐扬，朝廷就加其命……’”文存《全唐文》卷八三九。

**翟奉达有《唐天成三年戊子岁具注历日序》**

文存《全唐文又再补》卷七。

## 后唐天成四年　吴越宝正四年　吴大和元年　南汉大有二年　契丹天显四年

己丑　九二九

### 正月

**因旧税难于整齐，明宗特放免元年秋税。**

《册府元龟》卷四九二载：“（天成）四年正月敕：‘会计之司，租赋为本；州县之职，征科是常。傥不切整齐，必渐滋侥幸。今聆举奏，果有逋悬，非朝廷之立法不严，盖官吏之慢公颇甚。缘当献岁，未欲加刑。宜显示于新条，贵永除于积弊。其天成元年应欠秋税，特与据数放免。’”明宗《放免元年秋税敕》文存《全唐文》卷一〇九。

**灵俊有《唐河西节度右马步都押衙银青光禄大夫检校国子祭酒兼御史大夫**

**上柱国阎公生前写真赞并序》**。

文末署:“于时天成四年岁次己丑太簇之月蓂生十二叶题记。”按,太簇律对应月份为孟春月,可知此文当作于正月十二日。文存《全唐文补编》卷一〇〇。

**大理寺以近时陵令虚称试衔,上《陵令虚称试衔奏[题拟]》,明宗下敕禁断之**。

《册府元龟》卷六三二载:“(天成)四年正月,大理寺奏:‘近为陵令,虚称试衔,简法以诈假论……’敕旨:‘居官之荣,其求甚重;试摄之任,所得非轻。徐究根源,亦阙治道。自乱离已来,天下州府,例是摄官,皆给试衔……’”大理寺上《陵令虚称试衔奏[题拟]》文存《全唐文补编》卷一二六,题下注:“天成四年正月大理寺。”明宗《禁称试衔敕》文存《全唐文》卷一〇九。《全唐文补编》卷九六重录之,题下注:“天成四年九月。”末附辑者陈尚君按:“《全唐文》卷一〇九收此文,较此少二十九字,今重录。”其中“天成四年九月”当是“正月”之误。

**幽州节度使赵德钧奏其孙于汴州叙解就试,明宗特颁《赐五岁童子赵赞及第诏》**。

《册府元龟》卷一三一载:“(天成)四年正月,幽州节度使赵德钧奏:‘臣孙美年五岁,默念何《论》《孝经》,今于汴州叙解就试。’敕:‘都尉之子,太尉之孙,能念儒书,备彰家训。不劳就试,特与成名,宜赐别敕及第,仍附今年春榜。’”文存《全唐文》卷一〇七。

**中书门下上《朝官升任宜令中谢奏》**。

题下注:“天成四年正月中书门下。”文存《全唐文》卷九七〇。

## 二月

**后唐收复定州,明宗御咸安楼,立仪仗,百官就列,尚书兵部宣露布于楼前**。

《册府元龟》卷四三五载："（天成四年）二月乙巳，北面驰报：是月三日，收复定州。帝大悦，举酒遍赐侍臣，喜除心腹之疾……辛酉，定州献俘馘，帝御咸安楼，立仪仗，百官就列，尚书兵部宣露布于楼前曰：'盖闻祸福两途，响应虽从于天道；赏罚二柄，宪章必在于帝王。所以虞殛四凶之徒，周诛三监之类，为时除害，令在必行。显申旄钺之威，以剿豺狼之党。逆贼王都，滥承余绪，叨据边方……'"明宗《收复定州露布》文存《全唐文》卷一一二。

**王晏球累有军功，明宗有《进封王晏球等制》。**

《册府元龟》卷一二八载："（天成）四年二月辛亥下制曰：'朕尝披国史，备阅军功。裴度之破淮西，无遗庙算；石雄之攻山北，益展皇威……'"文存《全唐文》卷一〇六。

**赵德钧以军功进封，明宗有《进封赵德钧制》。**

《册府元龟》卷一二八载："（天成四年二月）又制：'朕闻魏绛和戎，始克谐于金石；祭遵征虏，终并息于烟尘。此乃先务怀柔，后申禁暴。明国家之耀德，表藩翰之图功。既立丕勋，宜加懋赏。兴邦守正翊赞功臣卢龙军节度管内观察处置押奚契丹两藩经略卢龙军等大使特进检校太尉同中书门下平章事幽州大都督府长史上柱国天水县开国侯食邑一千户赵德钧，崆峒禀气，渤澥融精……'"文存《全唐文》卷一〇六。

**东京留守孔循请车驾还京师，明宗有《归洛都御札》。**

《册府元龟》卷一一四载："（天成）四年二月丁卯，东京留守孔循请车驾还京师。己酉，出御札宣示中书曰：'朕绍续鸿图，抚宁诸夏。爰从雒邑，来幸浚郊。属中山兴悖逆之心，外寇恣朋连之势……"明宗《归洛都御札》文存《全唐文》卷一一二。

**车驾自汴还京，至汜水，东都留司官太子少傅李琪等上奏误用真定事，明宗特为罚俸一月。李琪有《奉迎车驾还京奏》，明宗有《李琪上表误用真定罚俸敕》。**

《册府元龟》卷一五四载："（天成）四年二月，车驾自汴还京，至汜水。东都留司官太子少傅李琪等奏曰：'伏以陛下暂违清庙，才过周星，初平作孽之守殷，次戮不臣之庭琬。今者败契丹之凶党，破真定之逆城，大振皇威，咸繇睿算……臣等今乞于偃师东排班迎驾称贺后，先赴雒阳东祗候。'奉敕：'契丹即为凶党，真定不是逆城。盖阙审详，有兹差误，李琪罚一月俸。'"李琪《奉迎车驾还京奏》文存《全唐文》卷八四七，明宗《李琪上表误用真定罚俸敕》文存《全唐文》卷一〇九。

**夏州李仁福身亡，其子彝超擅称留后，诏邠州药彦稠总兵赴夏州，因降敕书晓谕夏、绥、银、宥等州将吏百姓。明宗有《晓谕夏州将吏百姓敕》。**

《册府元龟》卷一六六载："（天成）四年二月丁亥，夏州行营都监安重益率师赴西军，时夏州李仁福身亡，其子彝超擅称留后，诏邠州药彦稠总兵赴夏州。至此，因降敕书晓谕夏、绥、银、宥等州将吏百姓曰：'近据西北藩镇闻奏，定难军节度使李仁福薨变，朕以仁福自分戎阃，远镇塞垣，威惠俱行，忠孝兼著……'"文存《全唐文》卷一〇九。

**明宗以王都之乱，灾及邺都等州，颁《放免邺都等州诸色差配敕》。**

《册府元龟》卷四九二载："（天成四年）三月敕：'王都负国，命将除凶，攻伐之劳，朕所尝悯搬运之苦，朕实备知……'"文存《全唐文》卷一〇九。

**阙名有《唐河西道节度押衙银青光禄大夫检校国子祭酒侍御史清河张府君讳议广邈真赞》。灵俊有《唐河西节度押衙知应管内外都牢城使银青光禄大夫检校国子祭酒兼监察御史上柱国清河郡张公生前写真赞并序》。**

灵俊《唐河西节度押衙知应管内外都牢城使银青光禄大夫检校国子祭酒兼监察御史上柱国清河郡张公生前写真赞并序》文末署："于时天成肆年岁当赤奋若律中夹钟蓂生壹叶题。"夹钟之月乃仲春，二文所记清河郡张府君，当是一人。二文当作于同时，姑皆系于此。阙名文存《全唐文补编》卷一三三，灵俊文存《全唐文补编》卷一〇〇。

**龙晉有《应管内外都僧统榜》。**

文末署："天成肆年二月六日榜。"文存《全唐文补编》卷一〇二。

## 三 月

**明宗削减仙韶院乐官每月料钱，转给翰林侍讲太子少师王起，有《给王起料钱敕》。贬皇城使从璨为房州司户参军。**

《册府元龟》卷五〇七载："(开成四年)三月诏曰：'仙韶院乐官，每月料钱数内减三百千，转给翰林侍讲太子少师王起。'"后唐明宗无"开成"年号，当是"天成"之误。文当作于天成四年三月。明宗《给王起料钱敕》文存《唐文拾遗》卷九。明宗《皇城使从璨贬房州司户参军制[题拟]》题下注："天成四年三月。"文存《全唐文补编》卷九六。

**御史台上《请复置格杖奏》。**

题下注："天成四年三月御史台。"文存《全唐文》卷九七〇。

**中书门下上《群臣乞假覲省请量赐茶药奏》。**

题下注："天成四年三月中书门下。"文存《全唐文》卷九七〇。

**龙敏有《京城士庶丧葬事节奏[题拟]》。**

《五代会要》卷九载："(天成)四年三月二十五日，御史中丞龙敏奏：'京城士庶丧葬，近有起请条流。臣等参详，恐未允当……'"文存《全唐文补编》卷一〇三。

**符习为汴州节度使，其故所事赵王王镕子昭海因家败出家为僧，名崇隐。昭海来投，即表其事，有《表王昭晦来投事》。**

《旧五代史》卷五四载:“时镕故将符习为汴州节度使,会昭诲来投,即表其事曰:‘故赵王王镕小男昭诲,年十余岁遇祸,为人所匿免,今尚为僧,名崇隐,谨令赴阙。’”据《旧五代史》卷四〇载:“(天成四年三月)乙未,以前郓州节度使符习为汴州节度使。”则此奏当作于天成四年三月后,姑系于本月。文存《全唐文补编》卷九七。

**危德舆有《有吴太仆卿检校尚书左仆射舒州刺史彭城刘公夫人故寻阳长公主墓志铭并序》。**

文中有:“公主则弘农杨氏大吴太祖之令女,国家闺室之长也……育男六,育女六……以顺义六年中春,太仆卿自洪井副车秩满,皇恩降命,除郡临川……顺义七年七月廿六日薨于临川郡城公署,享年三十八岁,箕扫二十二春……以乾贞三年二月二日,符护灵柩。以其年三月廿四日,窆于都城江都县兴宁乡东袁野村建义里庄西北源,式建封树,礼也。”文存《唐文拾遗》卷四八。

## |四月|

**程逊为主客郎中、知制诰,上《请州县不举奏割股奉亲者奏[题拟]》。**

《册府元龟》卷四七五载:“程逊为主客郎中知制诰,天成四年四月丙辰上言曰:‘臣闻身体发肤,受之父母,不敢毁伤,所以乐正子春下堂伤足,三月不出而有忧色。民间多有割股上闻天听者……’”程逊有《请州县不举奏割股奉亲者奏[题拟]》文存《全唐文补编》卷九九。

**明宗有《令诸道使相直省追还中书敕》。**

《五代会要》卷一三载:“(天成)四年四月二十一日敕:‘诸道节度使带平章事兼侍中、中书令,在京则中书差直省一员引接,及赴镇,拟合追还缘使相。在京百官请诸须差直省引接,兼侍卫出入,或恐朝列误冲。及到本道,自有客司通引官引接。’”文存《全唐文》卷一〇九。

**中书门下上《请准旧式五月一日起居奏》。**

题下注:“天成四年四月中书门下。”文存《全唐文》卷九七〇。

## 五月

**后唐整饬科第制度,明宗先后颁《及科第人免差徭敕[题拟]》《前资州县官依常调赴选敕[题拟]》《御署官准同有出身人申送诏》《廨宇不得摧毁敕》《严捕在逃典史敕[题拟]》等。**

《及科第人免差徭敕[题拟]》题下注:“天成四年五月。”又,《前资州县官依常调赴选敕[题拟]》题下注:“天成四年五月。”两文均存《全唐文补编》卷九六。又,《册府元龟》卷六三二载:“(天成四年)五月诏曰:‘凡在禄仕,固有规程。发身必藉于器能,在任须彰于劳考。否臧斯异,黜陟并行。朕自统寰区,务均渥泽。淹滞者皆期振举,勤恪者亦议旌酬……’”明宗《御署官准同有出身人申送诏》文存《全唐文》卷一〇七。同书卷六五载:“(天成)四年五月……又敕:‘大壮之规,标于《易》象。不庄之戒,著在《礼》经……凡所置办,亦令勒其年月,编于帐籍。受代之际,各明交领,亦不得托于廨署,接便扰人。’”明宗《廨宇不得摧毁敕》文存《全唐文》卷一〇九。《严捕在逃典史敕[题拟]》题下注:“天成四年五月。”文存《全唐文补编》卷九六。

**孔庄为司门郎中,以后唐每择郡牧,惟赏军功,上疏请择郡守,有《请择郡守疏》。**

《册府元龟》卷四七五载:“孔庄为司门郎中,天成四年五月上言曰:‘臣闻汉宣帝云:与朕共治天下者,其惟良二千石乎?今国家每择郡牧,惟赏军功,虑于治民,未尽其旨,为人求瘼,责在参佐,则庶几近理。愿留天眷,俾慎择焉。’”文存《全唐文》卷八四八。

**户部上《条流租税诸般钱谷奏》。**

题下注:“天成四年五月五日户部。”文存《唐文拾遗》卷五八。

**度支上《赐朝臣茶药奏》。**

题下注:“天成四年五月四日度支。”文存《唐文拾遗》卷五八。

**中书门下上《景宗宜合食太庙奏》。**

题下注:“天成四年五月中书门下。”文存《全唐文》卷九七〇。

**萧希甫为左散骑常侍,以四方刑狱动皆上闻,有紊公朝,且淹延狱讼,上《请条流县令刺史得专断狱奏》。**

《册府元龟》卷六五载:“(天成四年五月)是月,左散骑常侍萧希甫,以四方刑狱,动皆上闻,不独有紊于公朝,兼且淹延其狱讼。伏乞条流县令,凡死罪以下,得专之刺史……”文存《全唐文》卷八四八。

**户部上《夏秋租税等定格流奏[题拟]》。明宗下诏委人户自供手状夏苗顷亩多少,如或人户隐欺,许令保内陈告其田,并令倍之。明宗有《令人户供田数敕》《令保户自供手状诏》,又有《夏苗人户供手状敕》。**

户部《夏秋租税等定格流奏[题拟]》文存《全唐文补编》卷一二六,题下注:“天成四年五月户部。”《册府元龟》卷四九五载:“后唐明宗天成四年夏,诏曰:‘今年夏苗,委人户自供手状,具顷亩多少,仍以五家为保,委无隐漏,攒连手状,送于本州。本州具帐送省,州县不得差人简括。如或人户隐欺,许令保内陈告其田,并令倍。”明宗《令人户供田数敕》文存《全唐文》卷一〇六,《令保户自供手状诏》文存《全唐文》卷一〇七。《五代会要》卷二五载:“(天成四年五月)并潞泽应威塞军大同军振武军等,其月敕:‘百姓今年夏苗委人户自通供手状,具顷亩多少,五家为保……’”《夏苗人户供手状敕》文存《唐文拾遗》卷九。

**阙名有《樊宜信造药师像功德记[题拟]》。**

文末署:“天成四年己丑岁五月廿九日题记。”文存《全唐文又再补》卷九。

## 六月

**平卢军节度使霍彦威卒，明宗颁敕以三公礼葬之。**

《五代会要》卷一一载："天成四年六月敕：'故平卢军节度使霍彦威，勋名显著，宅兆已营，爰遵定谥之规，俾议送终之制，宜以三公礼葬。'"明宗《故平卢军节度使霍彦威以三公礼葬敕》文存《全唐文》卷一〇九。

**明宗有《禁诸州使论请新恩敕》《节度副使权知军州敕[题拟]》《刑狱申廉使敕[题拟]》等。**

《册府元龟》卷一六〇载："（天成）四年六月己丑敕：'自天成缵绍之初，曾降敕：应随驾并内外将校职员，许奏名衔，当议迁陟，俾行赏旧之恩，以报惟新之命。自后累据奏荐，人数及多，已经数载……'"《禁诸州使论请新恩敕》文存《全唐文》卷一〇九。《节度副使权知军州敕[题拟]》题下注："天成四年六月。"《刑狱申廉使敕[题拟]》题下注："天成四年六月。"二文均存《全唐文补编》卷九六。

**田敏本年为国子博士，六月上奏《请置郊坛斋屋奏》。**

《册府元龟》卷五九三载："（天成四年）六月，国子博士田敏上言曰：'礼有五经，祭在其首。国之大事，祀亦居先。则知祭祀者，有国是遵，百王所重……'"田敏文存《全唐文》卷八六五。

## 七月

**夏鲁奇镇遂州，进嘉禾一茎九穗。明宗奖之，以嘉禾宣示，令史馆编记，并以此有事于南郊。**

《册府元龟》卷二五载："（天成）四年七月，遂州夏鲁奇进嘉禾一茎九穗。敕旨：'三秀灵芝，标仙籍而罔资世务；九茎嘉谷，按地谍而实表丰年。既呈殊异之祥，雅叶治平之运。宜付史馆编记。”明宗《宣示夏鲁奇进嘉禾敕》文存《全唐文》卷一〇九。同书卷一四〇载：“夏鲁奇天成四年镇遂州，军府将吏上言，以节度使到任已来，有善政七条以安百姓。奏。敕：‘鲁奇宣力两朝，统戎三镇。居富庶之地，无奢侈之心。上为国家，下安生聚。’”明宗《奖夏鲁奇敕》文存《全唐文》卷一〇九。此所谓善政云云，恐亦与嘉禾事有关。明宗奖之，虽以其善政七条以安百姓为由，或有嘉禾祥瑞缘故，姑系文于本月。

同书卷三四又载明宗以嘉禾故，有事于南郊：“（天成）四年七月壬辰制：‘朕自嗣守丕图，勤修庶政，于兹四稔，罔怠万机。上实赖于祖宗，下必资于卿士。卑躬克俭，景行前王，侧席求贤；追踪往哲，日慎一日，虽休勿休。幸致风雨不愆，干戈载戢。九穗之禾应瑞，足表丰年；两阶之舞咸宾，无亏旷代。’”明宗《有事南郊制》文存《全唐文》卷一〇六。

**礼部贡院上《请及第人文书详书履历年月奏》。**

题下注：“天成四年七月礼部贡院。”文存《全唐文》卷九七〇。

**赵凤监修国史，上书奏懿祖、献祖、太祖、庄宗四帝实录事。**

《册府元龟》卷五五七载：“赵凤监修国史，天成四年七月，凤奏：‘当馆奉敕修懿祖、献祖、太祖、庄宗四帝实录，自今年六月初一日起手，旋具进呈次。’”赵凤《论四帝实录奏》文存《全唐文》卷八四九。

**赵燕为兵部员外郎，以京城人买卖庄宅税契钱多，甚苦贫民，请条理之。有《条理庄宅买卖奏[题拟]》，诏从之。**

《册府元龟》卷五〇四载：“（天成）四年七月，兵部员外郎赵燕奏：‘切见京城人买卖庄宅，官中印契，每贯抽税契钱二十文，其市牙人每贯收钱一百文，甚苦贫民，请行条理。’从之。”文存《全唐文补编》卷九七。

## 八月

**明宗整饬官序，有《定将相署名敕》《朱颖仍旧官敕[题拟]》等敕文。**

《五代会要》卷一三载："后唐天成四年八月敕：'朝廷遇有将相恩命，准往例：诸道节度使带平章事兼侍中中书令，并列衔于敕牒后侧，书使字……'"明宗《定将相署名敕》文存《全唐文》卷一〇九。《朱颍仍旧官敕[题拟]》三文题下皆注："天成四年八月。"文存《全唐文补编》卷九六。

**郭正封为考功员外郎，以兵乱之中，民或为兵士所掠，没为奴婢，上《请晓谕诸军放还所掠生口奏》。明宗有《所掠生口放归敕[题拟]》。**

《册府元龟》卷四七五载："郭正封为考功员外郎，天成四年八月癸卯奏：'中兴平定之初，自数十年，杂乱编民，或为兵士所掠，没为奴婢者，既无特敕厘革，无复从良，遂令骨肉流离……'"文存《全唐文》卷八三九。明宗《所掠生口放归敕[题拟]》题下注："天成四年八月。"文存《全唐文补编》卷九六。

**吴越钱镠重开舜井，收得重华石一片，作《开舜井得重华石记》以记其事，实寓祥瑞意。**

文中有："吴越国王宝正三年八月十九日，重开舜井，收得重华石一片。窃恐年移代远，莫测端由，特令镌刻，用记年月。己丑岁林钟之月二十九日，天下兵马都元帅吴越国王记。"按，"林钟"为季夏之月，然依文意判断，此文不当作于六月。盖其重开舜井时，已是八月十九日，不可能提前为文。文末所署"林钟之月"，当是误志。或为"应钟"（十月）之误，因无确据，姑系于本年八月。文存《全唐文》卷一三〇。

## |闰八月|

**吴越钱镠有《浚舜井记》。**

文中有："镠于闰八月初九日奏。十四日差西都上直官五十人。东都上直官五十人……十六日凿西井。十九日得银环六……西有重华石一片，阔三尺，厚九寸，左右有索痕深二寸，宫中令造深沙神一躯，足履四石。"据《全唐文》卷一三〇录钱氏《开舜井得重华石记》载："吴越国王宝正三年八月十九日，重开舜井，收得重华石一片。窃恐年移代远，莫测端由，特令镌刻，用记年月。己丑岁林钟之月二十九日,天下兵马都元帅吴越国王记。”可知除得石时为记外,出于“用记年月”之目的,又撰有《开舜井得重华石记》详述之,至闰八月初九日,奏闻其事。诸文皆在八月之后。此文既提及闰八月上奏事,则当作于其后,姑系于本月。文存《全唐文补编》卷一一三。

**尚书户部上《请给蠲符奏[题拟]》**。

题下注:“天成四年闰八月尚书户部。”文存《全唐文补编》卷一二六。

## | 九月 |

**段颙为太常博士,上《小祀差五品官行事奏[题拟]》,太常寺覆奏之**。

《册府元龟》卷五九三载:“(天成四年)九月,太常博士段颙奏:‘臣闻国之大事,惟有祀典。窃见时祭,遇大祠则差宰臣行事,中祀则诸寺卿监行事,小祀则委太祝奉礼而已,并不差官。以臣刍愚,窃谓不可。今小祀请差五品官行事。’从之。”段氏文存《全唐文补编》卷九八,太常寺上《小祠差五品官行事奏[题拟]》,文存《全唐文补编》卷一二六,题下注:“天成四年九月太常寺。”

**后唐以市场流通钱币中有夹带铁锡钱故,严明法纪,所犯人准条流科罪。明宗有《禁铁锡钱敕》**。

《册府元龟》卷五〇一载:“(天成四年)九月敕:‘先条流三京诸道州府,不得于市使钱内夹带铁锡钱,虽自约束,仍闻公然行使。自此有人于钱陌中捉到一文至两文,所使钱不计多少纳官,所犯人准条流科罪。’”文存《唐文拾遗》卷九。

**明宗长子从荣为天下兵马元帅,明宗颁《秦王从荣班在宰相上敕》**。

《册府元龟》卷二七七载:“秦王从荣,明宗长子也。天成二年,自邺中至,泊于至德宫,帝幸其第,宣禁中女伎及教坊乐欢宴至晚,后为天下兵马元帅。四年九月敕:‘从荣位隆将相,望重盘维,委任既崇,等威合异。班位宜在宰臣之上。'"文存《唐文拾遗》卷九。

**明宗有《谕诸司寺监敕》。以雨衍久旱,有《以灾旱蠲贷制》《禁冒称试衔敕[题拟]》。**

《五代会要》卷一七载:"天成四年九月敕:'诸司寺监,凡有文簿施行,奏覆司长,须与逐司官员同签署申发,不得司长独有指挥,其主印官或请假,差使其印,须依伦次,主簿不得逾越。'"文存《全唐文》卷一〇九。《册府元龟》卷四九二载:"(天成四年)九月敕曰:'朕自恭临万国,惠抚兆民,遵上古清净之规,削近代繁苛之政。两税之外,别无征敛之名;八年之间,继有丰穰之瑞。睹流亡之渐复,谓富庶之可期。爰自今秋,偶衍时雨。郡县累陈于灾沴,关梁亦奏于逃移。'"文存《全唐文》卷一〇六。《禁冒称试衔敕[题拟]》题下注:"天成四年九月。"文存《全唐文补编》卷九六。

**中书门下上《请检勘南郊行事官文书奏》。太常礼院上《明堂致斋旧仪奏》。**

中书门下《请检勘南郊行事官文书奏》题下注:"天成四年九月中书门下。"文存《全唐文》卷九七〇。太常礼院《明堂致斋旧仪奏》题下注:"天成四年九月太常礼院。"文存《唐文拾遗》卷五八。

**钱镠尝遗安重诲书,辞礼颇倨,安重诲恨之。乌昭遇、韩玫使吴越回,重诲因奏削钱镠元帅、尚父、国王之号,以太师致仕。钱镠子元瓘为上《乞复父旧号表》,钱镠自己亦上表辨明心迹。**

《旧五代史》卷一三三载:"重诲因削镠元帅、尚父、国王之号,乙(以)太师致仕。久之。其子元瓘等上表陈叙,时淮寇攻逼荆南,明宗疑其同恶,因降诏诘之。元瓘等复遣使自淮南间道上表云:'窃念臣父天下兵马都元帅吴越国王臣镠,爰自乾符之岁,便立功劳,至于天复之初,已封茅土……'"据《资治通鉴》卷二七六载:"(天成四年九月)吴越王镠居其国,好自大。朝廷使者,曲意奉之,则赠遗丰厚,不然则礼遇疏薄。尝遗安重诲书,辞礼颇倨。帝遣供奉官乌昭遇、韩玫使吴越。昭遇与玫有隙,使还,玫奏:'昭遇见镠称臣,拜舞。谓镠为殿下,及私以国事告镠。'安重诲奏,赐昭遇死。癸巳制:'镠以太师致仕,自余官爵皆削之。凡吴越进奏官使者,纲吏令所在系治之。'镠令子传瓘等上表讼冤,皆不省。"据此可知元瓘此表当作于是时。钱镠于闰八月曾以浚井得重华石事上奏,其奏章或是由乌昭遇一行转呈。至九月令其致仕,与其礼遇乌昭遇有关,怕是与此类祥瑞也有关涉。文存《全唐文》卷一三〇。钱镠《辨明心迹奏》文存《全唐文补编》卷一一三。文中有:"窃臣于天成四年九月十三日,接准兵部咨,称臣已致仕,并将进贡陪臣乌昭遇赐其自尽等语。"此奏因是而起,当在此后不久,姑系于本月。

**张昭远为左补阙,以秋来物价绝贱,极伤农业,上《加估折纳奏》。**

《册府元龟》卷五〇二载:"(天成)四年九月,左补阙张昭远奏:'切见今秋物价绝贱,百姓随地亩细配钱物名目,多般皆贱粜供输,极伤农业。既未能减放贮,请加估折纳斛斗,稍便于民。'"文存《唐文拾遗》卷四六。

## |十月|

**明宗有《升济阴县奉园陵敕》。**

《册府元龟》卷三一载:"(天成四年)十月癸酉,敕:'昭宣光烈孝皇帝曾居宝位,久抱幽冤,近始追崇,方安寝庙。宜升县邑,以奉园陵。'遂升曹州济阴县为次赤,以本县令兼陵令。"文存《全唐文》卷一〇九。

**中书门下上《条陈贡举事例奏》。明宗有《更定注拟诏》。**

中书门下《条陈贡举事例奏》文存《全唐文》卷九七〇,题下注:"天成四年十月中书门下。"《册府元龟》卷六三二载:"(天成四年)十月诏曰:'本朝一统之时,除岭南黔中去京地远,三年一降选补使,号为南选外,其余诸道及京有司诸色选人,每年动及数千,分在三铨……'"明宗《更定注拟诏》文存《全唐文》卷一〇七。

**中书门下上《宰臣宿斋不见百官奏[题拟]》。**

题下注:“天成四年十月二十七日,中书门下。”文存《全唐文补编》卷一二六。

**阙名有《后唐毗沙门佛龛碑》**。

文末署:“大唐天成四年太岁己丑十月日记。”文存《唐文拾遗》卷六三。

**王豹有《大唐故东南面招讨副使宁江军节度观察处置兼云□榷盐制置等使光禄大夫检校太保乐安县开国伯食邑七百户西方公墓志铭并序》**。

文中有:“以天成四年夏四月二十二日丑时。薨于夔州公寝。春秋三十有八……以其年十月十八日,灵纼自夔州达于京师,将卜葬于河南府河南县平洛乡朱阳里,礼也……当月二十四日巳时续赠太傅。”文存《全唐文补编》卷九七。

**周渥有《大唐故东头供奉官银青光禄大夫检校左散骑常侍左千牛衔将军兼御史大夫上柱国韩公墓志铭》**。

文中有:“洎天成四年十月十五日,寿故也。年三十六。”文当作于天成四年十月后,具体时间难于确考,姑系于此。文存《全唐文补编》卷九七。

**张弘济有《佛顶尊胜陀罗尼幢赞》**。

文中有:“维大唐天成四年岁次己未十月己酉朔廿四日壬申。”文存《全唐文再补》卷五。

## 十一月

**吴徐知诰留徐温子徐知询于朝,知诰自是始专吴政。吴大赦,改元大和**。

《资治通鉴》卷二七六载:“十一月,知询入朝。知诰留知询为统军,领镇海节度使,遣右雄武都指挥使柯厚征金陵兵还江都。知诰自是始专吴政。知询责知诰曰:‘先王违世兄,为人子初不临丧,可乎?’知诰曰:‘尔挺剑待我,我何敢往。尔为人臣,畜乘舆服御物,亦可乎?'知询又以廷望所言诘知诰,知诰曰:'以尔所为告我者,亦廷望也。'遂斩廷望。壬辰,吴主加尊号曰睿圣文明光孝皇帝,大赦,改元大和。"

**明宗有《州县告身不要进纳敕》《非时冲替官宜勒赴任考满敕》《合门宣赐诸道官告敕[题拟]》。**

《五代会要》卷一四载:"(天成四年十一月)其月敕:'应诸道州府令录等官告敕牒,元是中书进纳。入内,令合门宣赐。其判司主簿官告,旧是所司发遣,受恩后,令赴本任。地理远近,各有程限。'"《州县告身不要进纳敕》文存《全唐文》卷一〇九。《册府元龟》卷六三二载:"(天成四年)十一月敕:'应诸道见任州县官司在任之时,若时违犯,本道非时冲替,宜却勒赴任,考满即罢。'"明宗《非时冲替官宜勒赴任考满敕》文存《全唐文》卷一一〇。《合门宣赐诸道官告敕[题拟]》题下注:"天成四年十一月。"文存《全唐文补编》卷九六。

**崔憓为左谏议大夫,奏请止绝诸道州府不得进金玉鞍辔龙凤御衣,有《请禁诸道进鞍辔御衣奏》。**

《册府元龟》卷四七五载:"(天成四年)十一月辛未,左谏议大夫崔憓奏,请止绝诸道州府,不得进金玉鞍辔龙凤御衣。其奏曰:'凡在御前,皆为法物。供奉所自,出自内司,岂假外臣而有营造……'"文存《全唐文》卷八三九。

**赵凤修太祖武皇帝、庄宗实录成,有《上两朝实录奏》。**

《册府元龟》卷五五七载:"(天成)四年十一月,史馆奏:'先奉敕旨,纂修太祖武皇帝、庄宗光圣神闵孝皇帝两朝实录呈进者。'"署为史馆上奏,不云为赵凤所奏,则是时赵凤以宰丞监修国史故,《全唐文》署其名下,亦当。文存《全唐文》卷八四九。

**周知微为刑部郎中,为使诸藩方州郡依法办案,有《请令州郡抄法书奏》。**

《册府元龟》卷四七五载:"是月(天成四年十一月)壬辰,刑部郎中周知微奏：‘请藩方州郡，皆令抄写法书，每遇详刑，须凭条格，既无失入，自绝衔冤……’”文存《全唐文》卷八四八。

**礼官上《复位正冬朝会礼仪奏》。**

题下注：“天成四年十一月，礼官。”文存《全唐文》卷九七〇。

**阙名有《钱氏买地券》。**

文中有：“维天成四年岁次己丑十一月丙寅朔五日庚午，故钱氏地券。”文存《全唐文又再补》卷一〇。

## 十二月

**明宗有《官告绫纸价钱并与官破敕》。**

《册府元龟》卷六三二载：“（天成四年）十二月戊戌敕：‘其自陈状乞除官者所赐告身，并系特恩，虽旧例令本官自出价钱，虑不迨者，稍难送纳。’”文存《唐文拾遗》卷九。

**明宗有《令造上清宫牌额敕》。**

《五代会要》卷一二载：“后唐天成四年十二月敕：‘尊崇圣祖，修饰道宫，既复其名，固难无额。宜令所司依旧造上清宫牌额，兼京城内金真观改为崇道宫，亦准上给换牌额。’以上清宫久无牌额故也。”文存《全唐文》卷一〇九。

**蔡州西平县令李商，因百姓告其不公，大理寺以官当罪，断止赎铜，明宗不许，有《诛西平令李商敕》。**

《册府元龟》卷一五四载：“（天成四年）十二月，蔡州西平县令李商为百姓告陈不公，大理寺断止赎铜，以官当罪。敕旨：‘李商招愆，俱在案款。大理定罪，备引格条。然亦事有所未图，理有所未尽。古之立法，意在惜人，况自列圣相承，溥天无事，人皆知禁。'"文存《全唐文》卷一〇九。

**崔棁为尚书比部员外郎，有《左右史随宰臣上殿奏[题拟]》。**

《五代会要》卷一三载："后唐天成四年十二月，尚书比部员外郎崔棁奏：'请自今后，每遇起居，令左右史随宰臣上殿，各赍纸笔，分侍冕旒，或阶下发一德音，宰臣陈一时政事，无大小，皆令编录，季终即送史馆。'"文存《全唐文补编》卷一〇二。

**王郁为右庶子，以官坏政伤，诸司公文样式各异，上《请令诸司各详令式奏》。**

《册府元龟》卷四七五载："王郁为右庶子，天成四年十二月辛酉奏：'伏自广明辛丑之后，天祐甲子以来，官坏政荒，因循未补。此盖诸司灭丧人吏，曹局亡失簿书……'"文存《全唐文》卷八四八。

**王建立有《石棺题记》。**

文末署："天成四年岁次己丑十二月丙中朔十九日甲寅。"文存《全唐文又再补》卷七。

**中书门下上《宰臣致斋不押班等奏[题拟]》。**

题下注："天成四年十二月中书门下。"文存《全唐文补编》卷一二六。

## |本年|

**张昭上《武皇以来功臣列传》三十卷，以本官知制诰。作《谏畋猎疏》。**

《宋史》卷二六三载："(天成)四年，上武王以来功臣列传三十卷，以本官知制诰。明宗好畋猎，昭疏谏曰：'太祖初镇太原，每年打鹿于北鄙，先帝在位，暇日射雁于近郊……'"张昭《谏畋猎疏》文存《全唐文》卷八六四。

**安重诲为枢密使，以其堂兄卒，请准式假。有司给假一十五日，明宗共给七日，有《给安重诲假敕》。**

《册府元龟》卷九〇六载："安重诲为枢密使。天成四年奏：'堂兄应州副使晟卒，请准式假。'有司给假一十五日。敕旨：'重诲位重禁庭，日亲机务，与群官之有异，在例程以难拘。宜自初闻日，共给七日。'"文存《全唐文》卷一〇九。

**阙名有《敦煌新录序》。**

文中有："天成四年，沙州傅舍集。"文存《全唐文补编》卷一三五。

## 后唐长兴元年　吴越宝正五年　吴大和二年　南汉大有三年　契丹天显五年

庚寅　九三〇

### 正月

**礼部贡院上《进士试文策后帖经事条奏[题拟]》，奏请进士试杂文后，据所习本经一一考试，须帖得过三已上者，才放及第。明宗有《更议帖经事例敕》，又有《准往例补监生敕[题拟]》**

《五代会要》卷二二载："（天成）五年正月二十五日，礼部贡院奏：'当司准天成三年十二月十八日敕文，内准近敕，自此进士试杂文后，据所习本经一一考试，须帖得过三已上者，即放及第者。'奉敕：'进士帖经，本朝旧制。盖欲明先王之旨趋，阅多士之文章。近代以来，此道稍坠……'"明宗《更议帖经事例敕》文存《全唐文》卷一一〇，礼部贡院上《进士试文策后帖经事条奏[题拟]》文存《全唐文补编》卷一二六，题下注："天成五年正月二十三日礼部贡院。"明宗《准往例补监生敕[题拟]》题下注："天成五年正月。"文存《全唐文补编》卷九六。

**崔协有《请令国子监学生束脩光学等钱充公使奏》。国子监又上《监司出给**

**光学文抄奏[题拟]》。**

《五代会要》卷一六载："（天成）五年正月五日，国子监奏：'当监旧例，初补监生，有束脩钱二千，及第后光学钱一千。窃缘当监诸色举人，及第后多不于监司出给光学文抄，及不纳光学钱……'"此只云国子监奏，不称崔协奏。《文献通考》《册府元龟》《五礼通考》等皆引其文，皆只云中书省奏。《全唐文》系之于崔协，姑仍之。文存《全唐文》卷八三九。国子监所上《监司出给光学文抄奏[题拟]》题下注："天成五年正月五日国子监。"文存《全唐文补编》卷一二六。

**明宗有《毁郭在徽所进钱谱敕[题拟]》。**

题下注："天成五年正月。"文存《全唐文补编》卷九六。

**御史台上《州府断遣不了方付台奏[题拟]》。御史台奏京兆府牒送到争论庄田人，京兆府元未曾推勘，便送赴台。明宗颁《罚京兆府官吏敕》。**

御史台上《州府断遣不了方付台奏[题拟]》题下注："长兴元年正月御史台。"文存《全唐文补编》卷一二六。《册府元龟》卷一五四载："长兴元年正月乙亥，御史台奏：'京兆府牒送到争论庄田人，详牒内。本府元未曾推勘，便送赴台。伏准旧例，诸道州府责勘寻常公事，如曾经断遣不了，方具奏闻，候敕下付台，始行追勘。且无州县直牒送台，请行推勘，兼夹府尹判语，指挥台司。'敕旨：'为官未可避事，夹判不合申台。既有举明，须行责罚。府司官吏已下，等第书罚。'"明宗《罚京兆府官吏敕》文存《全唐文》卷一一〇。依御史台二奏文，似乎推断其所奏事，乃准旧例，之所以再上《州府断遣不了方付台奏》一章，或因京兆府事再次强调此律，亦未可知。

## 二月

**后唐大赦，改元长兴。明宗有《南郊改元赦文》《郊禋礼毕赐将士钱帛制》。**

《册府元龟》卷九三载："后唐明宗长兴元年二月乙卯，郊祀毕，还御五凤楼，宣制曰：'王者法天为子，长人为君，必在于上奉天明，下从人欲，奉天莫先于孝敬,从欲莫先于矜宽。则必上下叶和,阴阳调序……'"明宗赦文存《全唐文》卷一一二。《册府元龟》卷八一载:"长兴元年二月郊禋礼毕,下制曰:'朕恭荷丕图,获申大礼。盖股肱之叶力,环卫之输忠,将士等扈从乘舆,警巡昼夜。咸彰劳瘁,深所嘉称。各示颁宣,以明酬奖。'"《郊禋礼毕赐将士钱帛制》文存《全唐文》卷一〇六。

**翰林学士、户部侍郎刘昫奏停试翰林学士诗赋,有《请试新学士权停诗赋并内赐题目奏》。明宗有《慎选举诏》《三传三礼科准明经例逐场去留敕》。**

《旧五代史》卷四一:"(长兴元年二月)翰林学士刘昫奏:'新学士入院,旧试五题,请今后停试诗赋,只试麻制、答番书、批答共三道……'"刘昫《请试新学士权停诗赋并内赐题目奏》文存《全唐文》卷八五三。《册府元龟》卷二二载:"(天成)五年二月九日敕:'近年文士,轻视格条。就试时疏于帖经,登第后耻于赴选。宜绝躁求之路,别开奖劝之门……'"明宗此篇《慎选举诏》,《全唐文》误为庄宗文字,当属明宗,今正之。文存《全唐文》卷一〇三。《册府元龟》卷六四二载:"后唐明宗长兴元年二月敕:'传科不精《公》《穀》,虚有其名;礼科未达周《仪》,如何登第。兼知前后,空闻定制。去留皆在终场,博通者混杂以进身,肤浅者侥求而望事。须颁明敕,俾叶公途。自此后贡院应试三《传》三《礼》,宜令准进士九经、五经、明经例,逐场皆须去留,不得候终场方定。'"《三传三礼科准明经例逐场去留敕》文存《全唐文》卷一一〇。

## 三月

**宰臣冯道率百僚拜表,请上尊号曰圣明神武文德恭孝皇帝。明宗诏答之。**

《册府元龟》卷一七载:"后唐明宗长兴元年三月庚辰,宰臣冯道率百僚拜表,请上尊号曰圣明神武文德恭孝皇帝。表曰……诏曰:'朕顾惟凉德,获绍丕基。赖心膂之吁谟,繄股肱之寅亮。惧难负荷,尝励斋庄……'"冯道《请上尊号表》文存《全唐文》卷八五七,明宗《答冯道等上尊号诏》文存《全唐文》卷一〇七。

**萧希甫为散骑常侍、集贤殿学士判院事,坐诬告之罪,被贬岚州司户参军,**

**仍驰驿发遣，明宗有《贬左散骑常侍萧希甫诏》**。

《旧五代史》卷四一载："（长兴元年三月）癸未诏，贬右散骑常侍集贤殿学士判院事萧希甫为岚州司户参军，仍驰驿发遣，坐诬告之罪也。"萧氏任右散骑常侍，见于《旧五代史》，是长兴元年春正月事。《五代会要》《册府元龟》所涉萧氏事，天成间或长兴三年后，皆称"左散骑常侍"，不载其曾任"右散骑常侍"，或是笔误，或是萧氏在长兴元年间曾短期任右散骑常侍，随即被贬，《旧五代史》追记至误，则不得而知，姑仍之。明宗《贬左散骑常侍萧希甫诏》文存《全唐文》卷一〇七。

**明宗有《州府秆草依则例受纳敕》**。

《册府元龟》卷四八八载："（长兴元年）三月敕：'天下州府受纳秆草，每束纳一文足陌，每一百束纳纽子四茎。……其草并柴蒿一束，只纳一束。'"文存《唐文拾遗》卷九。

**明宗有《文书告敕宜粘连逐缝使印敕》**。

《册府元龟》卷六三三载："后唐长兴元年三月敕：'凡是选人，皆有资考，每至赴调，必验文书，或不具全，多称失坠，将明本末，须示规程……'"文存《全唐文》卷一一〇。

## 四月

**冯道、赵凤、李琪等再上唐明宗徽号册**。

冯道等《上唐明宗徽号册》文中有："维长兴元年，岁次庚寅，四月甲午朔二十五日戊午，金紫光禄大夫守尚书左仆射兼门下侍郎同中书门下平章事充太微宫使宏文馆大学士上柱国始平郡开国侯食邑一千五百户食实封一百户臣冯道、银青光禄大夫门下侍郎兼吏部尚书同中书门下平章事监修国史判集贤院事上柱国天水郡开国伯食邑七百户臣赵凤，及文武百官特进太子少傅上柱国酒泉郡开国侯食邑一千户臣李琪等五千八百九十七人……愿谨奉玉宝玉册上号曰：圣明神武文德孝恭皇帝。”文存《全唐文》卷八五七。

## |五 月|

**明宗有《加恩官员敕》《减拜郊行事官选数制》《厘革告身文牒事例敕》《凡有除移人到交割敕》。**

《册府元龟》卷九三载：“（长兴元年）五月敕曰：‘本朝列圣受册徽号，多施沾泽，荡涤瑕疵。今缘才过南郊，不可便行大赦。其中有恩未及者，宜示优矜。’”明宗有《加恩官员敕》文存《全唐文》卷一一〇。《册府元龟》卷六三三载：“是月（长兴元年五月）又敕：‘凡命职官，只凭告敕，条流虽切，谬滥不无，况来自群方，固非遍识，除因章露，始见罪尤。先皇帝临御之初，郭崇韬制置甚切，虽加峻法，尚有讹风。’”明宗《厘革告身文牒事例敕》文存《全唐文》卷一一〇。《册府元龟》卷六三三载：“（长兴元年）五月制曰：‘获遇拜郊，远来行事，既施微效，宜被优恩。欠一选者，宜令待阙；欠两选者，减一选；欠三选四选者，减两选；欠五选六选者，减三选……’”《减拜郊行事官选数制》文存《全唐文》卷一〇六。《五代会要》卷二四载：“长兴元年五月敕：‘今后凡有除移，准宣诏遣差外，其余须候人到彼，点检交割军州公事了日，即可发离本处。’”明宗《凡有除移人到交割敕》文存《唐文拾遗》卷九。

**张进为郑州防御使，因乖警备之方，明宗勒停现任。明宗有《张进等勒停见任敕》。**

《册府元龟》卷六九九载：“张进为郑州防御使，咸继威为副使。明宗长兴元年五月敕：‘自张进等或位分符竹，或职卒郡城，殊乖警备之方……宜勒停见任。’以盗掠城中居人故也。”《张进等勒停见任敕》文存《全唐文》卷一一〇。

**太常礼院上《命妇表贺奏》《命妇贺皇后称殿下奏》。中书覆奏《上皇后章表请呼皇殿下奏》。中书门下有《命妇上表皇后不报答奏》。**

太常礼院前文题下注：“长兴元年五月太常礼院。”后文题下注：“长兴元年五月太常礼院。”二文皆存《唐文拾遗》卷五八。中书覆奏《上皇后章表请呼皇殿下奏》题下注:“长兴元年五月中书覆奏。”中书门下另有《命妇上表皇后不报答奏》题下注:“长兴元年中书门下。”二文所涉实乃一事,姑系于同时。

**中书门下上《造贺表呈讫无报奏[题拟]》。**

题下注:“长兴元年五月中书门下。”文存《全唐文补编》卷一二六。

## 六月

**明宗颁《幕职俟朝廷除授敕[题拟]》。**

题下注:“长兴元年六月。”文存《全唐文补编》卷九六。

**中书门下上《请禁师生称谓奏》。**

题下注:“长兴元年六月中书门下。”文存《全唐文》卷九七〇。

## 七月

**明宗有《定节度等使在朝班位敕》《封叙无得留滞敕》《禁州县于限前征科敕》《令礼葬被害诸王敕》。**

《五代会要》卷六载:“后唐长兴元年七月敕:‘诸道得替防御团练等使及刺史,到京朝见后,并宜班行比拟,如未有员阙,可令随常参官遂立班。’二年十二月,谏议大夫卢损奏:‘请前任节度防御团练使刺史,每五日随例起居。’从之。”文存《全唐文》卷一一一。明宗此文又见《唐文拾遗》卷九,题为《得替防御等使立班敕》。《册府元龟》卷六六载:“(长兴元年)七月敕旨:‘今年二月二十一日郊天赦书节文:朝臣及藩镇郡守,亡父母、祖父母及父母在并妻室,未沾恩命,并与追封赠及叙封者。’”明宗《封叙无得留滞敕》文存《全唐文》卷一一〇(以下诸文同)。《五代会要》卷一九载:“长兴元年七月敕:‘访闻诸道州府县官,自徇虚名,不惜人户,皆于省限前行帖催驱,须令人户贵买充纳,此后征科,事办亦不酬劳,本处不得申奏。’”此即明宗《禁州县于限前征科敕》。《册府元龟》卷三九载："长兴元年七月壬午敕：'先朝诸王，顷因同光末年宫门变起，诸王多奔北京，沿路为部下所害，宜于北京留守寻访之所，各依品秩礼葬讫奏闻。'"此即明宗《令礼葬被害诸王敕》文。

**吏部南曹上《磨勘李范赵知远奏》，明宗有《宥李范赵知远敕》《责罚征科稽慢敕[题拟]》。**

吏部南曹文题下注："长兴元年七月吏部南曹。"文存《唐文拾遗》卷五八。《册府元龟》卷六三八载："后唐明宗长兴元年七月，吏部南曹奏磨勘南郊行事……敕旨：'李范已该恩赦，特放罪收纳文书。赵知远以兄为父，未之前闻……'"明宗《宥李范赵知远敕》文存《全唐文》卷一一〇。《责罚征科稽慢敕[题拟]》题下注："长兴元年七月。"文存《全唐文补编》卷九六。

**董璋为剑南东川节度使，有《与子光业书》。**

《十国春秋》卷四八载："(长兴元年)七月，璋与子宫苑使光业书曰：'朝廷割吾支郡为节镇，屯兵三千，是杀我必矣。汝见枢要，为言朝廷：更发一骑入斜谷，吾必反。与汝诀矣。'"董璋《与子光业书》文存《全唐文补编》卷九七。

**郑良士仕闽为掌书记，作闽惠宗后刘华墓志。**

《文物》一九七五年第一期刊福建省博物馆《五代闽国刘华墓发掘报告》，附长兴元年七月立《唐故燕国明惠夫人墓志》，志主刘华为南汉南平王刘陁女。撰者署："威武军节度掌书记检校右散骑常侍兼御史大夫赐紫金鱼袋郑昌士。""良士"改名"昌士"，乃避后唐讳故。

## 八月

**崔棁为尚书比部员外郎、知制诰，有《请贡举人复诣国子监谒先师奏》。从之。**

《五代会要》卷八载："后唐长兴元年八月六日，尚书比部员外郎知制诰崔棁奏：'臣伏见开元五年：每年贡举人，见讫，宜令引就国子监谒先圣先师，学者谓之开讲质疑义。所司设食，其监内得举人，亦准此例。其日清资官五品已上，并朝集，使并往观礼，永为例程。自经多故，其礼久废，请再举行。'从之。"崔棁文存《全唐文》卷八五一。

**明宗下《权罢宏词诸科敕》：今后吏部所应宏词拔萃，宜并权罢，其贡院据应进士九经并五科童子外诸色科名，亦宜停罢。又有《童子科出身不得遽授亲人官敕》《授张延朗三司使敕》。**

《五代会要》卷二二载："长兴元年八月三日，尚书吏部据礼部贡院牒，称送到附试，请应书判拔萃前虢州卢氏县主簿张岫对六节判四通二，粗准例入第五等，上其所试判，令录奏闻。奉敕：'宜付附所司，今后吏部所应宏词拔萃，宜并权罢，其贡院据见应进士九经并五科童子外诸色科名，亦宜停罢。'"明宗《权罢宏词诸科敕》文存《唐文拾遗》卷九。《册府元龟》卷六四二载："（长兴元年）八月敕：'其童子准往例，委诸道表荐，不得解送。兼所司每年所放不得过十人，仍所念书并须是部帙正经，不得以诸杂零碎文书，虚成卷数。'"《童子科出身不得遽授亲人官敕》文存《全唐文》卷一一〇（下文同）。《五代会要》卷二四载："长兴元年八月敕：'会计之司，国朝重务。总其使额，以委近臣。贵便一时，宁循往例。张延朗可充三司使，班位在宣徽使之下。'"此即《授张延朗三司使敕》文。

**李行德等以虚事诬告重臣，明宗有《族诛李行德等敕》。**

《册府元龟》卷三三七载："赵凤为中书侍郎平章事。长兴元年八月壬寅，明宗御中兴殿对，凤奏曰：'一日已来，臣等窃知有奸人荧惑陛下，诬陷大臣，未知信否？'上曰：'闲事，卿勿复言。朕已处置讫。'凤坚奏曰：'所闻之事不小，陛下不得以为闲。自数日已来，众口籍籍，言安重诲几倾家族。'因指殿以谕之曰：'此殿宏壮，所以不骞不挠者，栋梁柱石之所扶持也。如狂人折一柱、坏一栋，则殿危矣……'敕曰：'捧圣都军使李行德十将张俭等，摭求虚事，诬告重臣，奏陈而颇骇听闻，诘验而乃明谗谤。……'"明宗文存《全唐文》卷一一〇。

**周知微为刑部郎中，有《请明商贾开验奏》。**

《册府元龟》卷四七五载:"(长兴元年)八月壬辰朔,刑部郎中周知微奏:'近年关防商贾,不凭司门公验。关禁之设,国有旧章,请诸司举行之。'疏奏不报。"文存《全唐文》卷八四八。

## 九月

**明宗颁《讨董璋敕》,又有《升尚书右丞为正四品诏》。**

《册府元龟》卷一二三载:"(长兴元年九月)又下制曰:'王者兴师讨伐,若行其时雨;农夫去草诛锄,务绝其本根。具载格言,式符戎略。而况天垂弧矢,尽殪狼星。国举干戈,当平贼子。得不朝申号令,夕议削除。安邦守正翊赞功臣剑南东川节度使特进检校太尉同中书门下平章事梓州刺史董璋,受国深恩,殿邦重寄,但恣贪残之性,莫分宵旰之忧……'"明宗《讨董璋敕》文存《全唐文》卷一一〇。《旧五代史》卷一四九载:"后唐长兴元年九月诏曰:'台辖之司,官资并设,左右貂素来相类,左右揆不至相悬。以此比方,岂宜分别,自此宜升尚书右丞官品与左丞并为正四品。'"《升尚书右丞为正四品诏》文存《全唐文》卷一〇七。

**兴唐府寇氏县尉杨知万经中书陈状,称光化三年明经及第,其后选授官两任,杨知万有《自陈请验文书状》。明宗特令铨司点简历任文书,准非时选人例处分,有《杨知万准非时选人例处分敕》。**

《册府元龟》卷六三三载:"是月(长兴元年九月)前,兴唐府寇氏县尉杨知万经中书陈状,称光化三年明经及第,其后选授官两任。庄宗郊天年,于将作监内行事,礼毕,拟授太子通事舍人……"杨知方《自陈请验文书状》文存《唐文拾遗》卷四六。《册府元龟》卷六三三载:"(长兴元年九月)敕旨:'杨知万实曾行事,寻已注官,只为父母转年,恩命遂寝,外别无违碍。自后相次丁忧,久住京城,诚宜伤愍。宜令铨司点简历任文书,准非时选人例处分,或前资官中有与杨知万事状相类者,并准此指挥。"《杨知万准非时选人例处分敕》文存《全唐文》卷一一〇。

**段颙为太常博士,有《册秦王仪注议》。**

《五代会要》卷二载:“长兴元年九月,太常礼院奏草定册秦王仪注。博士段颙议曰:‘据开元礼,临轩册命,诸王大臣其日受册者朝服,从第卤簿,与百官俱集朝堂,就次受册讫,通事舍人……’”文存《全唐文》卷八四八。

**韩彦恽为户部尚书,有《祫禘议》。**

《册府元龟》卷五九三载:“(长兴元年九月)户部尚书韩彦恽署百僚议状,奏曰:‘伏以三年祫而五年禘,邃古通规;祖有德而宗有功,前王令范。始封为百代之主,亲尽从群庙之祧。繇是昭穆罔差,尊卑式叙……’”韩氏文存《全唐文》卷八四七。

**后蜀孟知祥以董璋攻阆州,榜示诸州,起兵西川,有《起兵西川示诸州榜》。未几,收复阆州,有《收阆州示西川榜》。**

《十国春秋》卷四八载:“(长兴元年九月)是月应圣节,知祥开宴,东北望,再拜俯伏,呜咽泣下沾襟,士卒为之欷歔。明日庚午,遂举兵于成都……会璋攻阆州,榜示诸州曰:‘盖闻皇王御下,恩信乖而叛离;臣子事君,猜忌生而权变。固不可刮席以忍耻,胶柱而移音,开户牖以启戎,长根芽而稔患。以至举戈问罪……’”《起兵西川示诸州榜》文存《全唐文》卷一二九。《锦里耆旧传》卷三载:“(长兴元年)秋九月辛酉朔丙辰,收下阆州,榜曰:‘昨者两川以朝廷自生疑贰,不体忠良,信谗贼之间言,致诸侯之离德……’”《收阆州示西川榜》文存《全唐文》卷一二九。

**孔崇弼为库部郎中,有《请禁干没公廨什物奏》。**

《册府元龟》卷四七五载:“孔崇弼为库部郎中,长兴元年九月奏:‘天下州县长吏,每到任造得公廨什物,罢任之时,多事已有不系案牍,此后请公廨什物,明立文案,不许干没,免致扰人。’”文存《全唐文》卷八五二。

**燕人梁庭,以天下商税处多非旧时关市制度,投匦陈状,请减除奸弊,有《投匦陈状》。**

《册府元龟》卷五〇四载："（长兴元年）九月燕人梁庭投匦陈状云：'天下商税处，多不繇旧时关市制度，以此倍扰农商，亦请减除奸弊。'"文存《全唐文补编》卷九七。

**西京上《武功百姓劫县科断奏》**。

题下注："长兴元年九月西京。"文存《唐文拾遗》卷五八。

## |十月|

**李琪为太子少傅、上柱国、酒泉郡开国侯，食邑一千户。卒于私第，享年六十岁。著有《金门集》《应用集》《玉堂遗范》《皇王大政论》《春秋王伯世纪》等。**

《旧五代史》卷五八载："（长兴元年十月）以太子太傅致任。长兴中，卒于福善里第，时年六十。子贞，官至邑宰。琪以在内署时所为制诏编为十卷，目曰《金门集》，大行于世。"李琪著述，《崇文总目》录其《金门集》十卷，《应用》三卷、《玉堂遗范》三十卷。《宋史・艺文志》另录其《皇王大政论》十卷。《补五代史艺文志》补录其《春秋王伯世纪》十卷。今皆不传。《全唐文》卷八四七收文九篇，《唐文拾遗》卷四六补一篇。《全唐诗》卷七一五存诗二首，断句二。《全唐诗补编・续补遗》卷一〇补一首。

**田敏为国子尚书博士，请依春秋藏冰班冰之义，以消阴阳愆伏之沴。从之。**

《五代会要》卷一六载："后唐长兴元年十月，国子尚书博士田敏奏：'请依春秋藏冰班冰之义，以消阴阳愆伏之沴。'敕：'藏冰之制，载在前经。献庙之义，废于近代。既朝臣之特举，按典礼以宜行。田敏所奏，祭司寒献羔事宜，依其桃弧棘矢，事久不行，理难备创。其诸侯亦宜准往制藏冰。'"明宗《准田敏请藏冰颁冰敕》文存《全唐文》卷一〇九。

**明宗有《赙赠段端丈尺敕》**。

《五代会要》卷八载："长兴元年十月十九日敕：'太常礼院例，凡赙匹帛言段,不言端匹,每二丈为段,四丈为匹,五丈为端。近日三司支遣,每段全支端匹,此后凡交赙赠匹帛,只言合支多少段,库司临时并鼞尺丈给付,不得剩有支破。'"文存《唐文拾遗》卷九。

**吏部侍郎王权、将作监王澄、太仆少卿魏仁锷、库部郎中孔崇弼、司门郎中李殷梦、河南县令郭正封等六人妻,因误叙封郡君、县君,明宗有《叙封舛错敕》**。

《册府元龟》卷一五四载:"(长兴元年)十月,吏部侍郎王权、将作监王澄、太仆少卿魏仁锷、库部郎中孔崇弼、司门郎中李殷梦、河南县令郭正封等六人妻,叙封郡君、县君者。敕旨:'叙封之例,敕格甚明。况在所司,备经其事。既成差误,盖是因循,显有纠弹,实为允当。欺即难恕,错即可矜。然欲示戒惩,须行责罚。本行令史马仁珪决臀杖七十,勒停本部判郎中。'"文存《全唐文》卷一一〇。

**崔衍为给事中,有《乞省请左鱼归郡契合奏》**。

《册府元龟》卷六一载:"(长兴元年)十月,给事中崔衍奏:'当省给纳诸州铜鱼勘问,本行令史状,称内库每州有铜鱼八只,一只大,七只小;两只右,五只左。其右铜鱼一只,长留在内,留一只在本州库……'"文存《全唐文》卷八四七。

**后蜀右厢马步都指挥使张业收下夔州并黔州,孟知祥有《收下夔州并黔南榜》**。

《锦里耆旧传》卷三载:"(长兴元年)冬十月辛卯朔辛亥,右厢马步都指挥使张业收下夔州并黔州,榜示曰:'今月二十一日,据峡路行讨伐招收使状报黔南节度使,去今月二十七日,将手下元戎兵士抛本州,下水奔窜。寻差衙队指挥使朱偓部领左右,飞棹并诸指挥兵士,乘战船十五只,往黔南安慰,至今月二日午时回……'"文存《全唐文》卷一二九。

**李超为著作郎,有《请修秘书监奏》**。

《册府元龟》卷六〇四载:"李超为著作郎,长兴元年十月奏:'秘书监空有省名，而无廨署藏书之府，无屋一间，无书一卷，非人文化成之道，请依六典创修之。'"文存《全唐文》卷八六五。

**李畴为宗正丞，有《请禁陵封内开掘奏》。**

《册府元龟》卷一七四载："长兴元年十月辛丑，宗正丞李畴奏：'京畿内列圣园陵，自兵乱已来，人户多于陵封内开掘烧砖窑灶，掘断冈阜，惊动神灵。此后请严切禁止，奉陵州县，凡有封内窑灶并宜修塞。'从之。"文存《全唐文》卷八四八。

**中书门下上《请定铨选事例奏》。**

题下注："长兴元年十月，中书门下。"文存《全唐文》卷九七〇。

## |十一月|

**吏部南曹阅试当年及第进士李飞等七十九人，内有三《礼》刘莹等五人，因所试判语皆同，明宗颁敕，特落刘莹等进士。**

《五代会要》卷二二载："（长兴元年）其年十一月，吏部南曹阅试今年及第进士李飞等七十九人，内三《礼》刘莹、李诜、李守文、明箅、宗延美等五人，所试判语皆同。寻勘，状称晚逼试，偶拾得判草写净，实不知判语不合一般者。敕：'贡院擢科，考详所业；南曹试判，激劝授官。刘莹等既不攻文，合直书其事。岂得相传稿草，侮渎公场。载考情由，实为忝冒。及至定期覆试，果闻自擅私归。且令所司，落下其所给春关，仍追纳放罪，许后放举。自此南曹凡有及第人，试判之时，更效此者，准例处分。'"明宗《落刘莹等进士敕》文存《全唐文》卷一〇八。

**崔棁为比部员外郎、知制诰，有《请立王府师友疏》。**

《册府元龟》卷四七五载："（长兴元年十一月）是月乙丑……比部员外郎知制诰崔棁奏：'臣历观往代，下及近朝，既立纲维，必择师友。或取其德行彰著，或取其学术精通……’”《请立王府师友疏》文存《全唐文》卷八五一。

**封翘为中书舍人，有《请入阁次对奏》。**

《册府元龟》卷四七五载：“是月（长兴元年十一月）乙丑，中书舍人封翘奏：‘切见五日转对，于事太繁，所见或有短长，不当空烦圣览。请此后只于入阁者，依刑法待制官例次对……’”《请入阁次对奏》文存《全唐文》卷八四七。

**明宗幸龙门，冯道上奏请明宗自重，不可轻涉山险。**

《旧五代史》卷四一载：“（长兴元年）十一月庚申朔，帝御文明殿，册皇子秦王，仗卫乐悬如仪。甲子，正衙命使册皇子宋王于镇州。是日幸龙门。翼日，冯道奏曰：‘陛下宫中无事，游幸近郊则可矣，若涉历山险，万一马足蹉跌，则贻臣下之忧。’”冯道《请明宗自重奏［题拟］》文存《全唐文补编》卷一〇五。又《新五代史》卷五四载：“天成长兴之间，岁屡丰熟，中国无事。道常戒明宗曰：‘臣为河东掌书记时，奉使中山，过井陉之险，惧马蹶失，不敢怠于衔辔，及至平地，谓无足虑，遽跌而伤……’”依文意，冯道二文实可作一篇文字看，姑系于一处。冯道《论安不忘危状》文存《全唐文》卷八五七。

**李崇遇为尚舍奉御，有《请四品以下官准赙赠奏》。**

《册府元龟》卷四七五载：“李崇遇为尚舍奉御，长兴元年十一月辛未奏：‘窃见文武百官，一品已上薨谢者，皆有赙赠。自四品以下，无例施行。请特定事例，以表无偏。’”文存《全唐文》卷八四八。

**刘羽有《唐故特进检校太保前守左金吾卫上将军兼御史大夫上柱国荥阳郡开国侯食邑一千户毛公〔墓铭〕》。**

文中有：“于天成四年己丑岁七月五日，薨于洛阳私第。享年四十八……府君以长兴元年庚寅岁十一月七日，葬于徽安门外十里之原杜泽村。”文存《全唐文补编》卷九七。

## 十二月

**学士院上《请依旧格考试进士奏》，中书门下上《东丹王突欲赐名号奏［题拟］》**。

《请依旧格考试进士奏》题下注："长兴元年十二月学士院。"文存《全唐文》卷九七〇。《东丹王突欲赐名号奏［题拟］》题下注："长兴元年十二月中书门下。"文存《全唐文补编》卷一二六。

**王延为左补阙，有《请方镇不判县务奏》**。

《册府元龟》卷四七五载："王延为左补阙，长兴元年十二月奏：'一县之内，所管乡村，而有割属镇务者，转为烦扰，益困生民。请直属县司，镇惟司贼盗。'从之。"文存《全唐文》卷八四二。

**孔知邵为太常丞，有《除替诸道副使等官奏》**。

《五代会要》卷二五载："其年（长兴元年）十二月十九日，大（太）常丞孔知邵奏：'诸道行军副使、两使判官及防御团练军事判官，并请依考限，欲满一月前，本处闻奏，朝廷除替。'从之。"文存《唐文拾遗》卷四〇。

## 本年

**郑良士卒，年七十五。有《白岩集》**。

《唐才子传校笺·郑良士》（周祖课、贾晋华）文："良士至后梁乾化五年（915）又为闽王审知所辟，官至左散骑常侍兼御史大夫，卒于后唐长兴元年（930），年七十五。"郑良士著述，《新唐书》卷六〇《艺文志四》录《白岩集》十卷。《崇文总目》卷一二录《白岩四六》五卷，虽未署名，当为郑良士撰。《通志》卷七〇《艺文略八》诗集类录《白岩集》十卷，四六类录《白岩四六》五卷，未署撰者，姑系于郑良士。《宋史》卷二〇八《艺文志七》别集类录《白岩集》五卷、《诗集》

十卷、《四六集》一卷。《十国春秋》载:“有《白岩文集》《诗集》十卷,《中垒集》若干卷。”诸集今皆不存。《全唐诗》卷七二六录诗三首,其中《题兴化高田院桥亭》一诗,《唐才子传校笺·郑良士》考属伪作。

**宋齐邱在吴,有《齐邱子自序》。**

文末署:“时大吴大和庚寅岁序。”文存《全唐文》卷八七〇。

**郭彦夔为青州孔目吏,以节度使霍彦威故改名致雍。天成中,中书以旧名除官,邸使苏仁裕陈状以为不便。安重诲上《郭彦夔不许改名疏》,从之。**

《册府元龟》卷八二五载:“郭彦夔为青州孔目吏,以节度使霍彦威故改名致雍。天成中,为本道所荐。至京,中书以旧名除官,邸使苏仁裕陈状,以为不便。安重诲以圣旨令中书奏曰:‘伏以凡是人名,皆繇父名。侍侧者称以荣左右,为后者称以奉烝尝。犯庙讳须更,同御名亦改,降此以外,回避无闻……宜令权称致雍,在告敕内,即须仍旧。诚为至论,永作通规。’从之。”安重诲《郭彦夔不许改名疏》文存《全唐文》卷八三九。

**梁文矩为御史中丞,有《请颁示敕令表》。**

《册府元龟》卷五二一载:“梁文矩天成中为御史中丞,上表曰:‘臣近闻有敕命,夏秋苗税取天成二年额为长定,虽圣主时行忧轸……’”文存《全唐文》卷八五一。

**张昭为左辅阙,有《请妙选东宫师傅疏》,又有《请遣使宣问风俗奏[题拟]》。**

《册府元龟》卷五三三载:“汉张昭远,后唐天成中为左辅阙,上言曰:‘臣闻周家创业七百年,汉氏延洪四百载,非惟天命,抑亦人谋。臣虽至愚,粗闻其要,叨居谏列,备敢奏陈……’”张昭《请妙选东宫师傅疏》文存《全唐文》卷八六四。同书同卷又载:“周张昭远初仕后唐,为都官员外郎知制诰。明宗长兴元年,昭远奏:‘古者圣帝明王,爱民恤物,先要察其利病,愍其凶灾……’”《请遣使宣问风俗奏[题拟]》文存《全唐文补编》卷一〇八。

**太常礼院上《请定禘袷配食奏》**。

题下注:"长兴元年太常礼院。"文存《全唐文》卷九七一。

**林澄有《安国院宗一行状碑》**。

文末署:"长兴元年。扶天保大忠孝功臣威武军节度福建管内观察处置兼三司发运等使开府仪同三司检校太师守中书令闽王食邑三千户食实封五百户王延钧。"文存《全唐文补编》卷一一六。

## 后唐长兴二年　吴越宝正六年　吴大和三年　南汉大有四年　契丹天显六年

辛卯　九三一

### 正月

**荆南奏湖南节度使楚王马殷于去年底薨,本月以楚国王马殷品位俱高,封崇已极,无官可赠,赐谥及神道碑文,以王礼葬之**。

《旧五代史》卷四二载:"长兴二年春正月庚申朔,帝御明堂殿,受朝贺。仗卫如仪。乙丑诏曰:'故天策上将军守太师尚书令楚国王马殷,品位俱高,封崇已极,无官可赠,宜赐谥及神道碑文,仍以王礼葬。'"明宗《赐太师尚书令马殷谥法诏》文存《全唐文》卷一〇七。

**明宗有《官限准长定格敕》《定节度等使判官已下宾寮考限敕》《换给公凭敕[题拟]》**。

《册府元龟》卷六三三载:"(长兴二年正月)是月敕:'少尹上佐以二十五月

为限，其府县官宜准长定格，以三十月为限，其行军司马节度副使判官等，并元未定月限。'"《官限准长定格敕》文存《唐文拾遗》卷九。《册府元龟》卷六三三载："（长兴二年正月）是月敕……敕旨：'诸道行军节度副使两使判官已下宾僚及防御副使判官、推官、军事判官等，若洵前代……'"《定节度等使判官已下宾寮考限敕》文存《全唐文》卷一一〇。《换给公凭敕[题拟]》题下注："长兴二年正月。"文存《全唐文补编》卷九六。

**户部上《申明土贡奏》。**

题下注："长兴二年正月户部。"文存《全唐文》卷九七一。

**灵俊有《唐河西释门故僧政京城内外临坛供奉大德兼阐扬三教大法师赐紫沙门范和尚写真赞并序》。**

文末署："长兴二年辛卯岁正月十三日题记。"文存《全唐文补编》卷一〇〇。

**福佑有《大唐敕授归义军应管内外都僧统充佛法主京城内外临坛供奉大德兼阐扬三教大法师赐紫沙门泛和尚邈真赞》。**

《全唐文补编》卷一〇〇有灵俊《唐河西释门故僧政京城内外临坛供奉大德兼阐扬三教大法师赐紫沙门范和尚写真赞并序》，作于长兴二年正月十三日。福佑此文当亦作于同时，姑系于此。"泛"当是"范"字之误。文存《全唐文补编》卷九八。

## | 二 月 |

**后唐遣监门卫上将军张篯、兵部郎中卢重赐钱镠国信、汤药，起致仕，复元帅尚书令国王如故。明宗有《复钱镠爵位敕》。**

《吴越备史》卷二载："长兴二年春二月敕，遣监门卫上将军张篯、兵部郎中卢重赐王国信、汤药，起王致仕，复元帅尚书令国王如故，依前不名，仍示安重诲矫诬之罪。敕略曰：'天下兵马都元帅尚父尚书令吴越国王钱，久列王公，恒输爱戴。朕方礼加元老,恩遇远方……'"《吴越备史》所载因略致误。《全唐文》卷一〇七存明宗《赐吴越国王钱镠不名诏》,作于本年四月。可知复爵位在本月,至四月始诏书不名。此在二月,敕文当称"钱镠"而不当略曰"钱"。又《全唐文》卷一〇七存明宗《诛安重诲诏》,在本年闰五月,则诛安重诲是闰五月事。明宗《复钱镠爵位敕》文存《全唐文》卷一一〇。明宗《诛安重诲告吴越国王钱镠诏[题拟]》题下注称"长兴二年二月",误,当是闰五月事。《资治通鉴》卷二七七可证:"(闰五月)皇城使翟光邺素恶重诲,帝遣诣河中察之。曰:'重诲果有异志,则诛之。'光邺至河中,李从璋以甲士围其第,自入见重诲,拜于庭下,重诲惊,降阶答拜,从璋奋檛击其首。妻张氏惊救,亦檛杀之。奏至,己亥下诏以重诲离间孟知祥、董璋、钱镠为重诲罪,又诬其欲自击淮南,以图兵柄。遣元随窃二子归本道,并二子诛之。丙午,帝遣西川进奏官苏愿、东川军将刘澄各还本镇,谕以安重诲专命,兴兵致讨,今已伏辜。"文存《全唐文补编》卷九六。

**吕朋龟为度支员外郎,上奏追赠追封有未沾恩命者,乞赐施行。明宗有《戒封赠停滞敕》。**

《册府元龟》卷四七五载:"吕朋龟为度支员外郎。长兴二年二月庚戌奏:'以恩赦中许追赠追封已及周岁,有未沾恩命者,乞赐施行。'敕旨:'宜令所司报在朝文武官员及诸道州府,当制内有未沾恩命者,令供申文状到者,旋即施行,不得停滞。'"明宗《戒封赠停滞敕》文存《唐文拾遗》卷九。

**礼部贡院奏请夜试进士条格。明宗颁《罢夜试进士敕》。**

《册府元龟》卷六四二载:"(长兴)二年二月,礼部贡院奏:'当司奉堂帖夜试进士,有何条格者。'敕旨:'秋来赴举,备有常程;夜后为文,曾无旧制。王道以明规是设,公事须白昼显行,冀盛观光……'"明宗《罢夜试进士敕》文存《全唐文》卷一一〇。

**中书门下上《幕府等官定限奏》。**

题下注:"长兴二年二月中书门下。"文存《唐文拾遗》卷五八。

## | 三 月 |

**李愚授中书侍郎,明宗有《授李愚中书侍郎制》。**

《册府元龟》卷七四载:"长兴二年三月制曰:'衡之平,不欺于物;水之止,洞鉴于形。厥有操心秤而无挠重轻,挂人镜而自分妍丑。所以旁求多士,果得正人。符梦卜而惟吉之从,举贤良而不仁者远。命为余弼,佥曰汝谐。朝议大夫守太常卿上柱国陇西县开国男食邑三百户赐紫金鱼袋李愚……'"明宗《授李愚中书侍郎制》文存《全唐文》卷一〇六。

**明宗有《禁铁锡钱又敕》《禁枉滥敕》。**

《册府元龟》卷五〇一载:"(长兴)二年三月敕:'诸道州府累降敕令,不得使铁蜡钱,如有违敕,行使者所使钱不计多少并没纳入官,所犯人具姓名以闻。近日依前有无良之辈,所使钱内夹带铁蜡钱,须议再行止绝。'"文存《唐文拾遗》卷九。同书卷一五一载:"(长兴)二年三月辛亥敕:'朕猥以眇躬,荐承鸿业。念彼疲瘵,劳于寝兴。或虑官不得人,因成紊乱;或虑刑非其罪,遂致怨嗟。王化所兴,狱讼为本。苟无训励,必有滞淹。近日诸道百姓或诸多违犯,或小可斗争。官吏曲纵,吏人巧求瑕衅,初则滋张节目,作法拘囚;终则诛剥货财……'"《禁枉滥敕》文存《全唐文》卷一一〇。

**礼部令史吴知已揩改太庙斋郎李谊敕甲及堂判姓名为张昭,因伪出给优牒与张昭,斋郎吕图陈告其伪,捕讯于御史台。明宗颁《详断张延雍等敕》。少卿路航详断之,上《详断张延雍等奏》,吴知已等各有惩处。**

《册府元龟》卷一五四载:"(长兴)二年三月,礼部令史吴知已,揩改太庙斋郎李谊敕甲及堂判姓名为张昭,因伪出给优牒与张昭,斋郎吕图陈告其伪,捕讯于御史台。张昭、吕图、李谊是谏议大夫张延雍、将作少监吕道昭、宗正卿李玩之子也,以荫当补。狱成,吴知已款伏,缘张延雍习为当省郎官,令知已专主张其子斋郎……少卿路阮详断:'准格诈为制敕,伪行符印,罪当绞。其令史吴知已准格重杖一顿处死,本司官祠部郎中王承弁,初不精详,致彼罔冒,准诈伪律,合杖九十,如已去官则减等……’敕旨曰:‘张延雍中官旧居,省署荫子……,自掇两词之诘,致淹折狱,宜示罚金。宜罚一季俸余,依法寺详断。’”路航《详断张延雍等奏》文存《全唐文》卷八四八,明宗《详断张延雍等敕》文存《全唐文》卷一一〇。

**史馆上《请编录奏对公事奏》。中书门下上《请赐东丹王等姓名奏》。**

《请编录奏对公事奏》题下注:“长兴二年三月史馆。”文存《全唐文》卷九七一(下文同),《请赐东丹王等姓名奏》题下注:“长兴二年三月中书门下。”

**师进有《造石香台记》。**

文中有:“维大唐长兴二年岁次辛亥三月乙未朔二十四日壬午,造香台一坐,永为供养。”文存《全唐文补编》卷九七。

## |四月|

**明宗幸龙门寺祈雨,颁《省刑诏》。**

《册府元龟》卷一四五载:“(长兴二年)四月乙巳,帝幸龙门寺祈雨,至晚还宫。乙卯敕:‘久愆时雨,深疚予心。虽遍虔祈,犹未溥足。宜广推恩之道,更敷恤物之怀。”明宗《省刑诏》文存《全唐文》卷一〇七。

**明宗令吏部南曹晓谕选人当逐州府得解,有《吏部南曹晓谕选人敕》,又因兵火之余,选人艰辛,颁《准失坠春关冬集人许举及第铨注事实敕》,又有《诫勉量移官敕[题拟]》。**

《册府元龟》卷六三三载:“(长兴二年四月)奉敕:‘宜依吏部南曹,具此分明晓告及遍下诸道州府,应是选人,各令知委,如守官满日未给得解,繇历子等文书,随处不得便令辞谢,如逐州府辄有邀难,不便出给,罪在本判官,并录事参军。’”《吏部南曹晓谕选人敕》文存《唐文拾遗》卷九。《册府元龟》卷六三三载:“(长兴二年)四月敕:‘举选人众,例是艰辛。曾因兵火之余,多无敕甲,不有特开之路,皆为永弃之人。其失坠春关冬集者,宜令所司取本人状,当及第之时何人知举,同年及第人数几何。如实,即更勘本贯得同举否……'"《准失坠春关冬集人许举及第铨注事实敕》文存《全唐文》卷一一〇。明宗《诫勉量移官敕[题拟]》题下注:"长兴二年四月。"文存《全唐文补编》卷九六。

**明宗有《赐吴越国王钱镠不名诏》。**

《五代会要》卷一一载:"长兴二年四月诏曰:'周崇吕望,有尚父之荣;汉重萧何,有不名之礼。钱镠冠公侯之位,疏吴越之封,宜示异恩,俾当缛礼,其钱镠宜赐不名。'"文存《全唐文》卷一〇七。

**剧可久为大理正,上奏,引《开成格》,请改定推勘盗贼。**

《册府元龟》卷六一三载:"长兴二年四月,大理正剧可久奏:'引《开成格》:应盗贼须得本赃,然后科决,如有推勘,因而致死者,以故杀罪论。臣详此理未便。且云无持赃待捕之贼,或偷生隐讳,所司又须讯拷……'"剧可久《请改定推勘盗贼奏》文存《全唐文》卷八六一。

**周知微为刑部郎中,有《请除落正罪外科决轻赃奏》。中书省上覆奏状。**

《册府元龟》卷六一三载:"(长兴二年四月)是月刑部郎中周知微奏:'臣每详覆案文,静究赃罪条件,或有因缘勘鞫,滋蔓告陈,虽广讼论,渐异根本……'"周知微《请除落正罪外科决轻赃奏》文存《全唐文》卷八四八。中书省《覆论周知微奏状》文存《全唐文》卷九七四,题下注:"长兴二年四月中书省。"

**中书门下上《朝臣丁忧乞颁赉布帛奏》。**

题下注:"长兴二年四月中书门下。"文存《全唐文》卷九七一。

**前濮州录事参军崔琮献时务,请置病囚院。中书覆奏。明宗颁敕加恤病囚。**

《册府元龟》卷二载："长兴二年四月丙申，前濮州录事参军崔琮献时务：'诸道狱囚，恐不依法考掠，或不胜致毙，翻以病闻，请置病囚院……'"崔琮《请置病囚院疏》文存《全唐文》卷八四八。中书《覆崔琮请置病囚院奏》题下注："长兴二年四月中书。"文存《唐文拾遗》卷五八。《五代会要》卷一〇载："长兴二年四月二日敕：'诸道州府各置病囚院，仍委随处长吏端加经心，或有病囚，当时差人诊候，疗理后据所犯轻重决断。'"明宗《加恤病囚敕》文存《全唐文》卷一一〇。

## | 五 月 |

**崔棁为都官郎中、知制诰，上《请修史疏》。史馆奏闻之。**

《册府元龟》卷五五七载："崔棁为都官郎中知制诰，长兴二年五月棁上言：'臣闻高祖神尧皇帝初定天下，起居舍人令狐德棻上言，以近代已来，多无正史，恐十数年后，事迹蔑闻。因命儒学大臣，分撰南北诸史……'"崔棁《请修史疏》文存《全唐文》卷八五一。史馆《请纂集四朝史事奏[题拟]》题下注："长兴二年五月史馆。"文存《全唐文补编》卷一二六。

**中书上《换给告身多有违碍奏》《条流换给告身公凭奏[题拟]》**

前文题下注："长兴二年五月二十六日中书。"文存《唐文拾遗》卷五八。后文题下注："长兴二年五月中书。"末附辑者陈尚君按语："《唐文拾遗》卷五八收此文首六十五字。"文存《全唐文补编》卷一二六。经核，二文实为一篇，唯陈氏所录较《唐文拾遗》文字为多。

**明宗有《放免诸州苗亩所征曲钱敕》《禁百官徇人情敕[题拟]》《禁臣寮私行举荐人敕》《禁私卖文书敕》。**

《册府元龟》卷五〇四载："（长兴）二年五月诏曰：'酒醴所重，曲糵是先。顷缘卖价太高，禁条颇峻，士庶因斯而抵犯刑名，繇是以滋彰爰行改革之文，庶息烦苛之政。各随苗亩，量定税钱……'"文存《唐文拾遗》卷九。《禁百官徇人情敕[题拟]》题下注："长兴二年五月。"文存《全唐文补编》卷九六。《册府元龟》卷六六载:“(长兴二年)五月敕:‘国赖贤良,虽务搜扬之道;官繇请托,实开侥幸之门。盖任不当材,则民将受弊;稍乖抡择,大紊纪纲。近闻百执事等,或亲居内职,或贵列廷臣,或因宣达君恩,或因勾当公事。经繇列镇,干扰诸侯,指射职员,安排亲昵。’”《禁臣寮私行举荐人敕》文存《全唐文》卷一一〇。同书同卷载:“(长兴二年)五月,鸿胪卿柳膺将斋郎文书两件,卖与同姓人柳居则,其婢母论诉,伏罪。大理寺断罪当大辟,缘遇恩赦,合与减死,夺见任官员,罚铜,终身不齿。敕旨:‘访闻诸色官员之中,多有此色之事。须行厘革,以塞弊源。应诸色常调选人,如有此色文书,便须焚毁……’”文存《全唐文》卷一一〇。

**李云为泗水县令,献时务策欲重租税,明宗以为荒唐颇甚,有《李云献时务策敕》。前泽州录事参军韩滔献时务,所司面试策问一件,无词以对。明宗颁《处分献策人韩滔敕》。**

《册府元龟》卷四一载:“长兴二年五月,泗水县令李云献时务策:‘天下民多除田土征租税,其余不计是何物色,并请配定税钱。’敕旨:‘益国利民,方为良策。越常生事,则乱彝章。李云粗读儒书,曾居假官,所进条件既广,征引仍繁,而于职略之间,荒唐颇甚。’”明宗《李云献时务策敕》文存《全唐文》卷一一〇。《册府元龟》卷四一载:“(长兴二年五月)是月庚戌,献时务人前泽州录事参军韩滔,所司面试策问一件,无词以对。敕旨:‘以纳言路,广进策人,多别出试题,盖防假手,韩滔独隳众例,辄出己怀,敢以闲词,有违明敕。’”明宗《处分献策人韩滔敕》文存《全唐文》卷一一一。

**国子勒停官张崇远受赂补人,法寺定罪为无禄者减死一等。明宗颁《诛张崇远敕》。**

《册府元龟》卷一五四载:“(长兴二年)五月丙子,国子勒停官张崇远受赂补人,法寺定罪为无禄者减死一等。又引四月二十六日恩赦,俾从释放。帝问张崇远本官久无钱料,今有春冬逐月粮者。敕旨:‘设禄任能,立法惩恶……崇远流外授官,监中守职。……赃罪既彰,死刑难贷。宜决重杖一顿处死。’”明宗《诛张崇远敕》文存《全唐文》卷一一〇。

## 闰五月

**曹琛为起居郎，上《文武给假许支料钱奏》，从之。**

《五代会要》卷二八载："长兴二年闰五月，起居郎曹琛奏：'文武两班，或请假归宁，或卧疾未顿，才住班簿，便住料钱，伏乞特降敕命者。'"又，《册府元龟》卷五〇八载："长兴二年闰五月，起居郎曹琛奏：'两班或请假归宁，或染病未损，才注班簿，便住料钱。'敕旨：'有礼于君，克勤于国，为臣所重，自古皆然。其或令朝不朝，即亏匪懈；无病称病，亦属自欺……'"曹琛《文武给假许支料钱奏》文存《唐文拾遗》卷四六，明宗《朝臣假内仍给俸敕》文存《全唐文》卷一一〇。

**明宗有《州府秆草依则例受纳又敕》《录写律令格式六典诏》。**

《册府元龟》卷四八八载："（长兴）二年闰五月敕：'今后诸州府所纳秆草，每二十束别纳加耗一束，充场司耗折。其每束上旧纳盘缠钱一文，仰官典同供系署，一一分明上历。至纳遣了绝已来，公使不得辄将出外分张破使。'"《州府秆草依则例受纳又敕》文存《唐文拾遗》卷九。另：《全唐文》卷一一三有后唐末帝《申明长兴二年敕录写律令格式六典诏》载："长兴二年闰五月敕律令格式六典，凡关庶政，尽有区分，久不举明遂致隳紊，宜令京百司，各于其间录出本司事，裁成卷轴，或粉壁写在廨署，本司官常宜省览……"可知长兴二年闰五月明宗有此颁示。《录写律令格式六典诏》文存《全唐文》卷一〇七。《全唐文补编》卷九六据《五代会要》卷一〇录出明宗《百司录本局公事于厅壁[题拟]》，题下注："长兴二年闰五月。"当即此篇文字，唯转录典籍不同，致小异耳。

**明宗颁诏诛河中节度、新除太子太师致仕安重诲，有《诛安重诲诏》。又有《耄疾不得身自论对敕[题拟]》《幕职考满未替仍支全俸敕[题拟]》。**

《册府元龟》卷一五四载："（长兴二年）闰五月，诛河中节度新除太子太师致仕安重诲。诏曰：'朕猥以眇躬，缵承丕构，欲华夷之共泰，于刑赏以无私。其有位极人臣，宠逾涯分，擅威权而积恶，询物议以难容。苟缓刑章，是滋凶慝。安重诲始从幼稚，获备指挥……'"《诛安重诲诏》文存《全唐文》卷一〇七。《耄疾不得身自论对敕[题拟]》题下注:"长兴二年闰五月。"文存《全唐文补编》卷九六(下文同)。《幕职考满未替仍支全俸敕[题拟]》题下注:"长兴二年闰五月。"

**吏部上《选差勾当吏部甲库状》**。

题下注:"长兴二年闰五月十九日,吏部。"文存《唐文拾遗》卷六〇。

**阴氏有《致某和尚书[题拟]》**。

文末署:"闰五月□日,弟子武威郡夫人阴氏上。"考五代时期闰五月之年,一为后唐长兴二年,一为后汉乾祐元年。文中有:"又缘肃州甘州世界不安,斗乱作恶"数语,据《旧五代史》卷一三八载:"值中国衰乱,不能抚有,惟甘、凉、瓜、沙四州,常自通于中国。甘州为回鹘牙帐,而凉、瓜、沙三州将吏,犹称唐官,数来请命。自梁太祖时,常以灵武节度使兼领河西节度,而观察甘肃威等州。然虽有其名,而凉州自立守将。唐长兴四年,凉州留后孙超遣大将拓拔承谦及僧道士耆老杨通信等至京师,明宗拜孙超节度使。"可知后唐长兴四年后,甘、凉、瓜、沙等州始较安定统一,阴氏文中所称"世界不安,斗乱作恶"云云,或当在此前,则此闰五月当是长兴二年,姑系文于此。文存《全唐文补编》卷一〇六。

## | 六 月 |

**康澄为大理少卿,上《请禁不务农桑奏》,从之**。

《册府元龟》卷四七五载:"康澄为大理少卿。长兴二年六月辛未奏曰:'陛下御极以来,大稔,于此时无水旱,岁有丰登,所以民去农桑,士思游惰。或机巧以趋利,或宴乐以弃时……'敕旨:'皇王之业,寰海为家,民不扰而自安,事不紊而易治。皆修远大,以固雍熙。朕自缵丕图,每勤庶政,民有耕耘之乐,时无饥馑之灾。'"康澄《请禁不务农桑奏》文存《全唐文》卷八四八,明宗《禁不务农桑敕》文存《全唐文》卷一一〇。

**明宗有《令有力人户均摊贫户税额诏》**。

《册府元龟》卷四八八载："（长兴二年）六月诏曰：'务穑劝分，前贤之令范；裒多益寡，往圣之格言。比者诸道赋税一定数额，广种不编于帐案，频通恐挠于乡村，如闻不逮之家，困于输纳……'"文存《全唐文》卷一〇七。

**京城左右军巡使特上奏称：六街及诸闲坊，先许人修建屋室。至此时因侵地太多，乃至不通车驾。明宗颁《禁京城人户侵越并许奏闻利便互买敕》。河南府上《议覆收买京城坊户菜园条例奏》，明宗颁《京城菜园许人收买敕》。明宗又有《禁侵射入官店宅庄园敕》《禁受理赦书前词讼敕》。**

《册府元龟》卷一四载："（长兴）二年六月戊辰：'应京城六街及诸闲坊，先许人修建屋室。近闻侵地太多，乃至不通车驾。今后盖造外须通车马，或有越众牵盖，并须画时毁拆……'敕旨：'伊雒之都，皇王所宅，乃夷夏归心之地，非农桑取利之田……'"明宗《禁京城人户侵越并许奏闻利便互买敕》文存《全唐文》卷一一〇。明宗此敕，盖因左右军巡使上奏《京城请射空地造屋事例奏》，左右军巡使奏文存《唐文拾遗》卷五八，题下注："长兴二年六月八日，左右军巡使。"《五代会要》卷二六："（六月）其月敕：'京城坊市人户菜园，许人收买。窃虑本主占押，年多以鬻蔬为业，固多贫窭。岂办盖造，恐资豪滑，转伤贫民。若是有力人户，及形势职掌曹司等，已有居地外，于别处及连宅买菜园，令人主把或典赁于人，并准前敕价例。'"明宗《京城菜园许人收买敕》文存《唐文拾遗》卷一〇，河南府《议覆收买京城坊户菜园条例奏》文存《全唐文》卷九七一，题下注："长兴二年六月河南府。"《全唐文补编》卷九六重收明宗此敕，题为《禁别置菜园敕[题拟]》题下注："长兴二年六月。"末附辑者陈尚君按语："《唐文拾遗》卷一〇收此文，题作《京城菜园许人收买敕》，较此少八十余字，前半几全不同。故重录之。"又，《册府元龟》卷六六载："（长兴二年）六月……又敕：'无厌之求，既亏廉耻；不义而富，终取悔尤。应诸道系省店宅庄园，或抵犯刑章，纳来家业，或主持败（阙）收致抵当。姓名才系簿书，诸利未经收管。诸色人等，不度勋庸高下，不量事分浅深，相尚贪饕，竞谋请射，惟利是视，以得为期……'"《禁侵射入官店宅庄园敕》文存《全唐文》卷一一〇（下文同）。《册府元龟》卷六六载："（长兴二年）六月敕：'诸道州府推断刑狱，或虑有司因循，仍以赦令前事，辄有申理，紊乱刑罚。宜令尽举中兴以来所降赦书、德音，厘革恩敕，晓示王者。'"此即《禁受理赦书前词讼敕》。

**和凝为刑部员外郎,有《请减明法科选限奏》。**

《册府元龟》卷六四二载:"(长兴二年)六月,刑部员外郎和凝奏:'臣窃见明法一科,久无人应。今应令请减其选限,必当渐举……'"文存《全唐文》卷八五九。

**李详为左补阙,因郑州、太原地震,上《谏修德省灾疏》。郑韬光为左散骑常侍,有《请断罪详检格律奏》。**

《五代会要》卷一〇载:"明宗天成二年七月,郑州地大震,杀二人。长兴二年六月,太原地震,自二十五日未时至二十七日申时,二十余度。左补阙李详上疏曰:'臣闻天地之道,以简易示人;鬼神之情,以祸福为务。王者祥瑞至而不喜,灾异见而必惊……'"李氏文存《全唐文》卷八五二。《册府元龟》卷四七五载:"是月(长兴二年六月)戊寅,左散骑常侍郑韬光奏:'臣闻春秋《传》曰:将赏为之加膳,将刑为之撤乐,此明君之爱人也……'"郑氏文存《全唐文》卷八五〇。

**神致有《鸟石山题名》。**

文末署:"时长兴二载季夏十九日。故题。"文存《全唐文补编》卷一一六。

## 七月

**周知微为刑部郎中,有《请复议典奏》,尽从之。**

《册府元龟》卷四六七载:"周知微为刑部郎中。长兴二年七月奏:'开元刑法格,有后格破前格之载,无后敕破前律之文。今虽以律定罪,以格禁违复,有八议之条,废来斯久,请准旧制。今居八议之条,有犯死罪者,令所司准法先奏,请行议典。'敕旨:'周知微官在郎曹,职参拜宪。虑有乱名之弊,举无破律之规。法虽重于一成,恩亦存于八议。盖前王之定制,固当代以常行。今睹敷扬,可嘉勤荩。从之。'"周知微《请复议典奏》文存《全唐文》卷八四八,明宗《答周知微请复议典敕》文存《全唐文》卷一一〇。

**明宗下《量增奏荐员数敕》《带台省职州县官及得十六考者并依出选门例处分敕》,增加诸道奏荐州县官员数。**

《册府元龟》卷六三三载:"(长兴二年)七月敕:'诸道奏荐州县官各定员数,今宜增益以广搜扬。使相先许一年荐三人,今许荐五人,不带使相,先许荐二人,今许荐三人。直属京防御团练使,先许荐一人,今许荐二人……'敕旨:'州县官带侍御史、殿中侍御史、内供奉、监察里行及省衔者,皆非正秩,尚出铨曹,况曾三度升朝,岂可一例守选,所宜振发,以励操修。'"《五代会要》卷二四载:"(长兴二年)其年七月敕:'诸道奏荐州县官各定员数,今宜增益,以广搜扬,带使相节度使每年许荐三,今加至五人。不带使相节度使许荐二人,今加至三人。直属京防御团练使许荐一人,今加至二人。即不得荐新罢任及过格之人,如未曾有官者,当别比拟。'"二书所载略同。

**前安州应城县主簿王鼎、前随州唐县主簿陈廷毓同献时务七件,明宗颁《禁同表进策敕》。**

《册府元龟》卷六六载:"(长兴二年)七月,前安州应城县主簿王鼎、前随州唐县主簿陈廷毓同献时务七件。敕旨:'投匦上章,条流不阻。合表进策,理例无闻。而况七件之中,有长有短;两人之内,孰否孰臧。方当选以公才,未可混其言路。王鼎、陈廷毓宜各试以策问两道,定其优劣。'"明宗《禁同表进策敕》文存《全唐文》卷一一〇。

**明宗《令诸道搜访隐逸敕》。**

《册府元龟》卷六八载:"明宗长兴二年七月敕:'朝臣相次敷陈,请搜沉滞。簪缨之内,甚有美贤;山泽之中,非无俊彦……'"文存《全唐文》卷一一〇。

**李照为泽州沁水县令,与主簿乐钧两相斗殴,又不肯交割牌印。大理刑部详断其罪,明宗颁《停李照乐钧官敕》。**

《册府元龟》卷一五四载:"(长兴二年)七月,泽州沁水县令李照,主簿乐钧,两相斗殴,及追至本州,不肯交割牌印。大理刑部详断其罪,准律罪当徒及罚铜。缘并该今年四月二十六日恩宥。敕旨：'同官相殴，据法当徒。大理寺以所犯罪名，合该恩赦，虽备陈格律，而合议矜宽。'"明宗文存《全唐文》卷一一〇。

**王昭诲为司农少卿，因请假归镇州洒扫过百日，御史台奏准例停官，明宗颁《王昭诲不停见任敕》。**

《册府元龟》卷九〇六载："王昭诲为司农少卿。长兴二年七月乙巳，御史台奏：'昭诲自寒食请假归镇州洒扫，已满百日，准例停官。'敕旨：'王昭诲方念继绝，特授殊恩。久别丘园，许归祭奠……'"明宗文存《全唐文》卷一一〇。

**明宗有《明法科同开元礼科敕》《无诸封王敕[题拟]》。**

《五代会要》卷二三载："后唐长兴二年七月一日敕：'其明法科今后宜与开元礼科同，其选数兼赴举之时，委贡院别奏，请会法试官，依格例考试。'"文存《唐文拾遗》卷九。《无诸封王敕[题拟]》题下注："长兴二年七月。"文存《全唐文补编》卷九六。

**吏部南曹上《李玭五选集奏》。三司上《请准前曲法奏[题拟]》。**

《李玭五选集奏》题下注："长兴二年七月吏部南曹。"文存《唐文拾遗》卷五十八。《请准前麴法奏[题拟]》题下注："长兴二年七月三司。"文存《全唐文补编》卷一二六。

**吴越钱镠有《新建风山灵德王庙记》。**

文末署："时宝正六年重光单阏岁为相之月二十有三日记。天下都元帅吴越国王钱镠。"文存《全唐文》卷一三〇。

## | 八 月 |

**中书省上奏条理州县官制，有《限诸道州府荐州县官奏[题拟]》。明宗下敕**

**文：文资官阶衔内已有金紫不许为州县官，武职银青阶衔不得奏荐为州县官员，有《不准奏荐著紫官为州县敕》《武职银青阶准文资赐紫例不得奏为州县官敕》。**

《五代会要》卷一九载："（长兴）二年八月二十三日，诸道奏荐州县官前衔内有赐紫金鱼袋者，奉长兴元年九月十七日敕：'州县官若循常例十六考方得叙绯……'奉敕：'文资官阶衔内已有金紫尚不许却为州县官，其武职银青阶衔亦宜条理，宜令诸道州府自此详文资赐紫例，不得更以带武职银青阶衔奏荐为州县官员。仍付所司。'"明宗《不准奏荐著紫官为州县敕》文存《全唐文》卷一一〇，中书《限诸道州府荐州县官奏[题拟]》文存《全唐文补编》卷一二，题下注："长兴二年八月，疑为中书。"明宗《武职银青阶准文资赐紫例不得奏为州县官敕》文存《全唐文》卷一一一。

**明宗有《停转对敕》《诸商税委逐处州府扑断敕》《约勒诸城放出钱敕》《均平量度敕[题拟]》《令大理寺断狱取最后敕定罪敕》《令道路置碑晓谕路人敕》。**

《五代会要》卷五载："长兴二年八月敕：'今后宰臣文武百官，每五日内殿起居仍旧，其轮次转对宜停。若有所见，许非时上表，其朔望入合待制候对，不依旧规。'"《停转对敕》文存《唐文拾遗》卷九（下文同）。《册府元龟》卷五〇四载："（长兴）二年八月敕：'应三京诸道州府商税等，多不系属州府，皆是省司差置场官。朕自受命开基，励精布政，将推诚而感物，每屈己以从人。况于列侯，尤所注意。'"此即《诸商税委逐处州府扑断敕》文。《册府元龟》卷六六载："（长兴二年）八月，前摄普州洪洞县令胡廷暐献时务：'籴粜斛斗，买卖丝绵，请因旧样斗秤。'敕旨：'官中比设量度，民间合务均平，苟纵欺谩，诚为蠹弊……'"《约勒诸城放出钱敕》文存《全唐文》卷一〇八。《均平量度敕[题拟]》题下注："长兴二年八月。"文存《全唐文补编》卷九〇。《五代会要》卷一六载："（长兴二年八月）又奉敕：'大理每有详断刑狱案牍，准律须具引律令格式正文。又称准格详狱，一切取最后敕为定，后敕合破前格。今后凡有刑狱，先引律令格式有无正文，然后检详后敕。须是名目条件同，即以后敕定。'"《令大理寺断狱取最后敕定罪敕》文存《全唐文》卷一一一。《册府元龟》卷五九载："长兴二年八月壬申敕：'朕闻教化之本，礼让为先，欲设规程，在循典故。盖以中兴之始，兆庶初安，将使知方，所以渐诱。准仪制令道路街巷：贱避贵，少避长，重避轻，去避来。有此四事，承前每于道途立碑刻字，令路人皆得闻见。'"《令道路置碑晓谕路人敕》文存《全唐文》卷一一一。《全唐文补编》卷九六又录明宗《晓示道路仪制令敕[题拟]》,题下注:“长兴二年八月。”较《全唐文》所录文字稍少,当以《全唐文》为完备。

**太傅致仕王建立、太子少保致仕朱汉宾上章,求归乡里,明宗许之。**

《册府元龟》卷四八载:“明宗长兴二年八月,太傅致仕王建立、太子少保致仕朱汉宾上章,求归乡里。敕曰:‘凡为食禄,无不尽忠,既以悬车,永期乐道。若妨养性,岂是优贤。况非系滞之名,宜遂逍遥之便。宜依。应内外致仕官,自此凡要出入,不在拘束之限。’”明宗《许致仕太傅王建立太子少保朱汉宾还乡敕》文存《全唐文》卷一一一。

**明宗有《增大理寺御史台俸钱敕》。**

《五代会要》卷一六载:“后周长兴二年八月敕:‘今后大理寺官员,宜同台省例升进。其法直官比礼直官任使兼御史台,每月支钱三百千,充曹司人力纸笔粮课。’”后周无长兴年号,当是后唐。《会要》误,今正之。文存《全唐文》卷一一一。

**屈蟠有《析疑论叙》。**

文末署:“时辛卯中秋八日书。”可知作于长兴二年八月八日。文存《全唐文》卷九〇二。

**李延范为大理卿,有《除具切要逐件奏》。**

《五代会要》卷一六载:“(长兴二年八月)其月十一日,大理卿李廷范奏:‘当寺今有要切事节,谨具逐件如后。一件,寺司每奉敕旨断案,准格须委法直司……’”文存《唐文拾遗》卷四六。

## |九 月|

**昭义县主簿张廷诩上言，谓诸道州县在仕衣冠与富民交通，明宗颁《禁州县交通富民敕》。**

《册府元龟》卷六六载："（长兴二年）九月，昭义县主簿张廷诩上言：'应诸道州县之内，有在仕居闲衣冠，不得与编民一例差遣，及有假称摄试，抗礼公厅，请赐条理。'敕旨：'凡曰士流，州县尽应饶假；诈称门族，长吏岂肯延容。应是户人，皆编部籍。如或为其家富，邀坐公厅，显从宾主之仪，颇辱朝廷之任，所在必无此事。其中或有如斯，须重衣冠，以敦风俗。州县官或与富百姓同坐交通者，随处纠察使知，事若不虚，当行严断，其妄称士族者，亦议科罪。'"文存《全唐文》卷一一一。

**前辽州和顺县令刘虔膺上时务，敦孝义，有《上时务奏》。明宗有《敦劝孝义敕》。**

《册府元龟》卷一五八载："（长兴）二年九月，前辽州和顺县令刘虔膺上时务云：'里俗有父母在而析财别居，又宗族之间，或有不义，凌其孤弱者，请行止绝。'"刘虔膺《上时务奏》文存《全唐文》卷八四八。同卷又载："（长兴二年九月）敕旨：'王者以孝理万邦，化敷兆庶，用勋贤而接部，专刑赏以宣风。其在惩劝，知方统临。得术比屋，有可委之俗，六亲无不和之人。刘虔膺曾州县为官，见乡闾弊事，宜加条理，免乱彝章。宜令诸道长吏严行诫约，如有违者，准法加刑。'"可推知明宗下敕敦教义，当是因刘虔膺上《时务》起。姑系于一处。明宗《敦劝孝义敕》文存《全唐文》卷一一一。

**前鄜州县令窦延冈、前温县令杜同文言时务，分别言及营田事及七十已上人注散官事，明宗有《禁营田听税户越境耕占敕》《七十已上人不得概注散官敕》，又有《选人进策减选敕［题拟］》《放鹰隼敕》等。**

《册府元龟》卷四九五载："（长兴二年）九月戊子，前鄜州县令窦延冈上：'利见营田务，有元属田户，一任管系。如是后来投务，乞行止绝。'敕旨：'凡致营田,比召浮客。若取编户,实紊常规……'"明宗《禁营田听税户越境耕占敕》文存《全唐文》卷一一一。同书卷六三三载:"(长兴二年)九月,前温县令杜同文献时务:'长吏年七十已上者,请不除令录。其合格应选者,请授散官。'敕旨:'耄年为政莅事,或有昏蒙,老成之人,安知不可师范。宜令铨司:此后有全不任待者,即别以优散官资注拟。'"明宗《七十已上人不得概注散官敕》文存《全唐文》卷一一一。明宗有《选人进策减选敕[题拟]》,题下注:"长兴二年九月。"文存《全唐文补编》卷九六。《册府元龟》卷一六八载:"长兴二年九月辛亥敕曰:'驰骋畋猎,圣人每抑其心;奇兽珍禽,明王不畜于国。朕猥将寡薄,虔奉宗祧。览前代之兴亡,思昔人之取舍。所以寻颁明诏,遍谕遐方。'"明宗《放鹰隼敕》文存《全唐文》卷一一一。

**吴地王栖霞有《灵宝院记》。**

文末署:"时太和三年重光单阏岁九月乙酉朔九日癸巳谨记。"五代吴睿帝杨溥时有"大和"无"太和",此"太和"当是"大和"之误。文存《全唐文》卷九二八。

## |十月|

**北京地震,李详上疏,请遣使臣往彼慰抚,祭祀山川。从之,并颁《施行恩荫敕》。另有《千牛等依次受官敕[题拟]》。**

《旧五代史》卷四二载:"(长兴二年)冬十月戊午,以前北京留守太原尹冯赟为许州节度使。辛酉左补阙李详上疏,以北京地震多日,请遣使臣往彼慰抚,察问疾苦,祭祀山川。从之。"李详《请遣使慰抚北京疏[题拟]》文存《全唐文补编》卷一〇二。《册府元龟》卷一〇一载:"明宗长兴二年十月,北京地震,左补阙李祥上疏曰:'臣闻北京地震,日数稍多……'诏曰:'地道安静,以动为异。前文备载,历代不无。因有灾祥,深加儆戒。朕自登九五,每念生灵,乐闻忠正之言,恶见骄奢之事……'"明宗《答李祥请蠲除诏》文存《全唐文》卷一〇七。《旧五代史》卷四二载:"(长兴二年十月)丙寅诏:'应在朝臣寮藩侯郡守,准例合得追赠者,新授命后,便于所司投状,旋与施行,封妻荫子。准格合得者,亦与施行……'"《施行恩荫敕》文存《全唐文》卷一一一。《千牛等依次受官敕[题拟]》题下注:"长兴二年十月。"文存《全唐文补编》卷九六。

## 十一月

**明宗有《定升转官年数敕》。**

《册府元龟》卷六三三载:“(长兴二年)十一月敕:‘阙员有限,人数常多,须以高低,定其等级。起今后两使判官罢任后,宜一年外与比拟;书记支使防御团练判官,二年外与比拟。’”文存《全唐文》卷一一一。

**明宗有《幕职罢任后拟官敕[题拟]》。**

题下注:“长兴二年十一月。”文存《全唐文补编》卷九六。

**史馆上《请购募四朝野史奏[题拟]》。**

题下注:“长兴二年十一月史馆。”文存《全唐文补编》卷一二六。

**蜀中杜光庭有《贺太阳合亏不亏表》。**

文中有:“今月一日丁未巳时四刻,太阳合亏于轸宿十一度,至未时四刻复圆。今测验不亏者,日华腾景,君德齐尊,超术历而不亏,彰睿明之通感。中贺。”古人以日食为大事,载记甚明,五代时日蚀当亏不亏,在后唐明宗长兴二年十一月。《五代会要》卷一〇载:“(长兴)二年十一月甲申朔,先是,司天计朔日合食二分,伏缘所食微少,太阳光影相铄。伏恐不辨亏缺,其日不入合,百官不守司。从之。”可推知杜光庭文当作于此时。文存《全唐文》卷九三〇。

## 十二月

**卢损为左谏议大夫,上封事三件。并从之。**

《册府元龟》卷四七五载:“卢损为左谏议大夫,长兴二年十二月,上封事三件:‘先罪犯谴逐,殁于遐方者,请准南郊赦文,并许归葬,仍还旧秩处分;凤翔山南已来，长吏有两川界内人户，任还乡里，愿住者即加安抚；前任节度使刺史防御等使，请五日随例起居。'并从之。"卢损有《陈时政奏》，文存《唐文拾遗》卷四七。《五代会要》卷六载："（长兴）二年十二月，谏议大夫卢损奏：'请前任节度防御团练使刺史，每五日随例起居。'从之。"可知五日起居如旧奏，当是卢损上封事三件之一，不当别立一题。《五代会要》撮录其要，《唐文拾遗》卷四七专就此题曰《五日起居如旧奏》，小有误。

**刘赞为御史中丞，因诸人抄录六典法书，明宗颁诏褒奖，因刘赞新近除官，析出褒奖之列。明宗有《褒赏吕琦姚遐致等诏》**。

《册府元龟》卷五一三载："刘赞为御史中丞。长兴二年十二月诏曰：'国祚中兴，皇纲再整。合颁公事，偏委群臣。先敕抄录六典法书，分为二百四十卷。从朝至夕，自夏徂冬，御史台官员等，或同切催驱，或递专勘读。校前王之旧制，布当代之明规，宜有奖酬，以励勤恪。御史中丞刘赞，近别除官，今加偕爵，宜从别敕处分。'"明宗文存《全唐文》卷一〇七。

**御史台上《请申定官民丧葬仪制奏》**。

题下注："长兴二年十二月御史台。"文存《全唐文》卷九七一。

**道真有《祈愿文》**。

文末附辑者陈尚君按语："末署：长兴二年十二月二十六日。□河西归义等军（下缺）。"文存《全唐文补编》卷九七。

## | 本 年 |

**文益有《宗门十规论叙》**。

文存《全唐文补编》卷一一一。文中有："文益幼脱繁笼，长闻法要，历参知识，垂三十年。"文益卒于显德五年，享寿七十四，则其生于中和四年。其七岁出家，二十受戒，时在天复元年，其历参知识，撰写此叙，是三十年后事，即长兴二年。姑系于此年。

**曹议金有《致甘州顺化可汗书》。**

文末附辑者陈尚君按语:“参归义军史研究,作于长兴二年。”姑从之。文存《全唐文又再补》卷七。

**中书门下上《详覆进士杂文奏》。中书省上《覆推勘盗贼致死状》。**

《详覆进士杂文奏》题下注:“长兴二年中书门下覆奏。”文存《唐文拾遗》卷五八。《覆推勘盗贼致死状》文存《唐文拾遗》卷六〇,题下注:“长兴二年中省。”

## 后唐长兴三年　吴大和四年　南汉大有五年　契丹天显七年

壬辰　九三二

### | 正 月 |

**前摄临沂县令孟师敏献时务:请止绝齐州村店要津关税。明宗颁《禁村店要津置辣阑头敕》。**

《册府元龟》卷六六载:“(长兴)三年正月,前摄临沂县令孟师敏献时务:‘切见齐州村店要津,皆有阑头,乞赐止绝。’敕旨:‘比置关防津铺,为要禁察奸凶,如或纵舍贼徒,透漏商税,既亏职分,难逭刑章。若敢阻滞行人,侥求润己,但有发觉,并以枉法赃论。宜令诸道,常切指挥,无使违犯。’”明宗《禁村店要津置辣阑头敕》文存《全唐文》卷一一一。

**太常礼院上《定衣服制度奏》,明宗答之。**

《册府元龟》卷六一载:“(长兴三年正月)敕旨:‘礼(院)所奏,内外臣僚所衣朱紫服饰不越时，宜将健衣装，各立军号，一切仍旧。其经过百姓，不得著色样绫罗及紫皂杂色衣服金色带等。宜依。'"明宗《答礼院奏衣服制度敕》文存《全唐文》卷一一一，太常礼院《定衣服制度奏》文存《全唐文》卷九七一，题下注："长兴三年正月太常礼院。"

**刘岳为太常卿，与太子宾客马缟、太常博士段颙、田敏、路航、季居浣、太常丞陈观等共同详定《郑馀庆书仪》，有《删定郑馀庆书仪奏》。**

《五代会要》卷一六载："后唐长兴三年正月，太常卿刘岳奏：'先奉敕删定郑馀庆书仪者，臣与太子宾客马缟、太常博士段颙、田敏、路航、季居浣、太常丞陈观等同共详定其书，送纳中书门下。'奉敕：'宜差左散骑常侍任赞、右散骑常侍杨凝式、兵部尚书梁文矩、工部尚书崔居俭、太子宾客裴高、尚书左丞王权、尚书吏部侍郎姚顗等七人，与刘岳再于郑馀庆书仪内仔细检详。除文臣起复及士庶冠婚，准敕删集。其中节文，倘有过繁过简，不能施行，亦须具言……'"刘岳文存《唐文拾遗》卷四六。

**中书门下上《定使相班位奏》。**

题下注："长兴三年正月，中书门下。"文存《全唐文》卷九七一。

**张昭服除，改职方员外郎知制诰，充史馆修撰，上《陈治道疏》《请复法官弹劾故事疏》。**

《宋史》卷二六三载："长兴二年，丁内艰……昭性至孝，明宗闻其居丧哀毁，复赐以钱币。服除，改职方员外郎知制诰，充史馆修撰。上言乞复本朝故事，置观察使察民疾苦，御史弹事，谏官月给谏纸。并从之。又奏请劝农耕及置常平仓等数事。明宗方务听纳，昭复上疏云云。"明宗览之称善。可知张昭在长兴二年时丁内艰，至此时服除，即上疏陈政事谈治道。《册府元龟》卷四七五载："张昭远为都官员外郎知制诰，长兴三年正月上疏曰：'臣闻谏官进言，御史持法，实人君之耳目，正邦国之纪纲。自本朝以来，尤重其任……'"所载乃张氏《请复法官弹劾故事疏》。据前引《宋史》可知，张氏同时还有《陈治道疏》，文皆存《全唐文》卷八六四。

## 二 月

**中书奏请依石经文字,刻九经印板。明宗颁《诏依石经文字刻九经印板敕》。**

《册府元龟》卷五〇载:"(长兴)三年二月,中书奏:'请依石经文字,刻九经印板。'敕旨:'教导之本,经籍为宗。兵革已来,庠序多废。纵能传授,罕克精研。繇是豕亥有差,鲁鱼为弊。苟一言致误,则大义全乖。傥不讨详,渐当纰缪。宜令国学集博士儒徒,将西京石经本,各以所业本经句度抄写注出,子细勘读,然后召雇能雕字匠人,各随部帙刻印板,广颁天下。如诸色人要写经书,并须依所印敕本,不得更使杂本交错,所贵经书广布,儒教大行。'"文存《全唐文》卷一一一。

**明宗有《定出选门除官年限敕》。**

《册府元龟》卷六三三载:"(长兴三年)二月敕:'前资朝官及诸道节度观察判官,近敕罢任一周年后,方许求官。其出选门官,虽准格例送名,未定除官年限。自此应出选门官,亦宜罢任后周年,方许拟议仍本官,自于所司授状磨勘,申送中书门下。'"文存《全唐文》卷一一一。

## 三 月

**吴越王钱镠卒,谥武肃,终年八十一岁。钱镠子传瓘袭位,更名元瓘;去宝正年号,改用后唐年号。钱镠有《奏明病重以七子元瓘暂权军政》《遗训》《八训》等文。明宗有《赐吴越王钱镠谥诏》。镠能文工书,尤喜吟咏,有《武肃王集》。**

《旧五代史》卷一三三载:"镠既年高,欲立嗣。召诸子,使各论功,皆让于元瓘。及镠病笃,召将吏谓之曰:'余病不起,儿皆愚懦,恐不能为尔帅,与尔辈决矣。帅当自择。'将吏号泣言曰:'大令公有军功,多贤行仁孝,已领两镇,王何若言及此?'镠曰:'此渠定堪否。'曰:'众等愿奉贤帅。'即出符钥数筐于前,谓元瓘曰:'三军言尔可奉领,取此。'镠薨,遂袭父位。唐长兴四年,遣将作监李鳞起复元瓘官爵……"《遗训》当是钱镠临死前所遗。《八训》文中有:"吾五十年理政钱唐,无一日耽于三惑……自吾主军六十年,见天下多少兴亡成败……"大致可推知此八训乃其修齐治平之要,实与《遗训》性质相类,当亦作于其卒前不久,姑系于此。《旧五代史》卷一三三载:"(钱)镠以长兴三年三月二十八日薨,年八十一。制曰:'故天下兵马都元帅尚父吴越国王钱镠,累朝元老,当代勋贤,位已极于人臣……'"明宗《赐吴越王钱镠谥诏》文存《全唐文》卷一〇八。钱镠著述,有《武肃王集》。《全唐诗》卷八收其诗二首,断句六。《全唐诗补编·补逸》卷一补残诗一首,《全唐诗补编·续补遗》卷一二补十六首,《全唐诗补编·续拾》卷四六补一首。《全唐文》卷一三〇收其文十五篇,《唐文拾遗》卷一一补六篇,其中或有臣僚代拟之作。

**明宗有《改卫军指挥敕》。**

《五代会要》卷一二载:"后唐长兴三年三月敕:'应军神威、雄威及魏府广捷以下指挥,宜改为左右羽林,置四十指挥,每十指挥立为一军,置都指挥使一人,兼分为左右厢。'应顺元年三月,改左右羽林四十指挥为严卫左右军,龙武神武四十指挥为奉圣左右军。"文存《唐文拾遗》卷九。

**明宗有《论诉人不许淹滞敕》。**

《五代会要》卷一七载:"长兴三年三月敕:'近月累据御史台奏:陈状诉屈人,据状内皆是讯鞫多时,却晓示陈状人送道,依次第论对,及州府追到本支证,本人又不到彼处,恐紊规绳,须行条理。'"文存《全唐文》卷一一一。

**封翘为给事中,有《敬天爱民疏》。**

《册府元龟》卷四七五载:"(长兴三年)三月己巳,给事中封翘上言曰:'天地之经,阴阳之数,莫不上规帝道,旁体物情,傥国人偶有其咨嗟,则时令必为之差忒,如陛下英明御宇,勤俭临朝……'"文存《全唐文》卷八四七。

## 四月

**御史台奏应学究科人李咸雍于省门前高声称屈，明宗颁《处分李咸雍敕》。**

《册府元龟》卷一五四载："（长兴三年）四月，御史台奏：'礼部贡院散从官呼延昭，送到应学究科人李咸雍，称于省门前高声称屈。'敕曰：'李咸雍既是书生，合知礼范。凡关事理，祇可披论。'"文存《全唐文》卷一一一。

**马缟为太子宾客，以雕刻石经充详勘官。明宗有《委马缟等勘诸经敕》。**

《册府元龟》卷六〇八载："马缟为太子宾客，长兴三年四月敕：'近以遍注石经，雕刻印板，委国学每经差专知业博士儒徒五六人勘读并注，今更于朝官内别差五人充详勘官……'"文存《全唐文》卷一一一。

**河南府上陆浑县令陈岩状，欲于县邑修盖屋宇，明宗有《许客户于坊市修营屋宇敕》。**

《册府元龟》卷六六载："（长兴三年）四月，河南府奏：'据陆浑县令陈岩状申：县邑荒凉，欲修葺。今有客户，各欲盖造屋宇，有碍同光二年条格。乞准近敕，属县亦许客户于坊市修营屋宇，所期完葺。'敕旨：'凡兴舍宇，务广人烟，既闻完葺之期，式叶绥安之道。况京城之内，已有条流；县邑之中，可援事例。'"文存《全唐文》卷一一一。

**董璋拥兵袭汉州，为赵廷隐所败。孟知祥有《讨平董璋榜》。李昊为孟知祥记室，有《为孟知祥答唐明宗奏状》。**

《锦里耆旧传》卷三载："（长兴）三年夏四月辛巳，东川董相公拥兵来袭我，至汉州。昭武军节度使赵廷隐讨平之。榜示曰：'盖闻皇天无亲，唯德是辅；明神不昧，稔恶则亡。逆贼东川节度使董璋，包藏祸心，良背盟约，暴兴士马……'"孟氏文存《全唐文》卷一二九。

《鉴戒录》卷一载："（长兴三年四月）明宗遣供奉官李仆射驰骑入，以赐高祖诏，曰：'朕知卿近与逆贼董璋小间交兵，已敕军前，俾其犄角。'高祖复请记室李昊修其章奏，备陈本末，事闻上听，宣示百僚，中外咸知，莫不惊骇。"李昊文存《全唐文》卷八九一。

**中书门下上《定四大都护额奏》《复位三京诸道州府地望次第奏》《定十都督府额奏》。**

《定四大都护额奏》文存《唐文拾遗》卷五九，《复位三京诸道州府地望次第奏》文存《全唐文》卷九七一，《定十都督府额奏》文存《唐文拾遗》卷五九，三文皆题下注："长兴三年四月中书门下。"

## | 五 月 |

**董璋被杀，梓州降。孟知祥命李昊草榜谕东川吏民，行梓州军府事。明宗有《赐孟知祥诏》。**

《资治通鉴》卷二七七载："（五月）乙酉，知祥会廷隐于赤水，遂西还。命廷隐将兵攻梓州。璋至梓州，肩舆而入。王晖迎问曰：'太尉全军出征，今还者无十人，何也？'璋涕泣不能对，至府第，方食。晖与璋从子牙内都虞侯延浩帅兵三百大噪而入。璋引妻子登城，子光嗣自杀。璋至北门楼，呼指挥使潘稠，使讨乱兵。稠引十卒登城，斩璋首，及取光嗣首，以授王晖。晖举城迎降，赵廷隐入梓州，封府库以待知祥。李肇闻璋败，始斩其使以闻。"《册府元龟》卷一七八载："（长兴三年五月）即令供奉官李环使西川，赐知祥诏曰：'省洋州及兴元奏，探闻得董璋把截剑门，关路不通……'"明宗文存《全唐文》卷一〇七。

**蔡同文为国子博士，有《请增七十二贤酒脯奏》，又有《武成王庙四壁设酒醢奏》。礼院覆奏之，明宗有《武成王庙四壁陈祭物敕》。**

《五代会要》卷八载："后唐长兴三年五月七日，国子博士蔡同文奏：'伏见每年春秋二仲月上丁，释奠于文宣王，以兖公、颜子配坐……今后乞准本朝旧规，文宣王四壁诸英贤画像面，请各设一豆一爵祠飨。'"此段文字，在《五代会要》中前后相属，当是一篇奏文。《全唐文》仅收部分，《唐文拾遗》补之，却因礼院覆奏文字题曰《武成庙从祀英贤设笾豆奏》，故题为《武成王庙四壁设酒醢奏》。《全唐文补编》卷九七据《五代会要》又补之。今人陈尚君合三书所收为一篇文字，始复蔡氏文字原貌。礼院《武成庙从祀英贤设笾豆奏》文存《唐文拾遗》卷五九，题下注："长兴三年五月礼院。"蔡氏文见《全唐文》卷八四八。明宗文存《唐文拾遗》卷十。

**范延光为枢密使，有《请赐指挥奉料奏》，从之。**

《册府元龟》卷五〇八载："（长兴）三年五月，枢密使范延光等奏：'诸道指挥使，月俸未有定制。请大藩镇都指挥使月赐料钱三十贯、粮二十石、春衣十五匹、冬衣二十五匹，其余藩府约此为等第。'从之。"范氏文存《唐文拾遗》卷四六。

**赵凤上《请纂集典礼奏》，从之。明宗有《答史馆奏事敕》，另有《饬定廊餐诏》《每年二月初禁止弋猎敕》。**

《册府元龟》卷五五七载："（长兴）三年五月史馆奏：'当馆职备编修，理无旷失，将美恶而具载，庶古今以同风。垂训将来，传范不朽。实有国之重事，乃设教之本根。伏自寇盗寖兴，皇唐中否。四朝之圣君令命，寂寞无闻；数世之忠臣楷模，湮沦罔纪。至于后妃贵主帝子皇孙，礼乐废兴，制度沿革，不偶文明之运，难崇祖述之规。既遇升平，须谋纂集。'敕旨：'史馆奏陈事件，皆叶规程，显验公勤，并宜依允。'"此处只言史馆上奏，而不系赵凤名下。《全唐文》以赵凤时任监修故，系于赵凤名下。赵凤文存《全唐文》卷八四九，明宗《答史馆奏事敕》文存《唐文拾遗》卷九。《五代会要》卷六载："长兴三年五月诏：'文武两班每遇入合赐食，从前御史台省及诸朝官皆在敷政门外两廊食……'"《饬定廊餐诏》文存《全唐文》卷一〇七。《册府元龟》卷四二载："（长兴）三年五月癸未敕：'春夏之交，长育是务。眷彼含灵之类，方资亭育之功。……'"《每年二月初禁止弋猎敕》文存《全唐文》卷一一一。

**明宗有《疏理选曹并免落第人来年再纳文解敕》，明经崔觊等经中书诉，以国子监生赴举，不取文解。明宗有《附监举人分别解送诏》。另有《合格选人判**

**成敕[题拟]**》。

《五代会要》卷二二载:"(长兴)三年五月敕:'今后合格选人,历任无违碍者,并仰吏部南曹判成,如文解差谬,不合式样,罪在发解官吏。'"《疏理选曹并免落第人来年再纳文解敕》文存《全唐文》卷一一一。《册府元龟》卷六四二载:"(长兴)三年五月,明经崔贶等经中书诉:'宋州节度掌书计上封事,贡举人须依旧格,取本州里文解者,见附国子监诸生赴举,皆不取文解,条例异同。'诏曰:'凡布化条,惟务均一。苟公平之无爽,即中外以适从。国子监每举举人,皆自四方来集,不询解送,何辨是非……'"《全唐文》误收为末帝文,误。《附监举人分别解送诏》文存《全唐文》卷一一三。《合格选人判成敕[题拟]》题下注:"长兴三年五月。"文存《全唐文补编》卷九六。

**王权为尚书吏部侍郎,有《诸道详勘职方地图奏》。明宗颁《令诸道进州县图经敕》**。

《五代会要》卷一五载:"长兴三年五月二十三日,尚书吏部侍郎王权奏:'伏见诸道州府,每遇闰年,准例送尚书省职方地图者,顷因多事之后,诸道州府旧本虽存,其间郡邑或迁……'奉敕:'宜令诸道州府,据所管州县,先各进图经一本,并须点勘文字,勿令差误。'"王权文存《唐文拾遗》卷四六。明宗此敕,在王权上奏后不久,姑系于本月。明宗文存《全唐文》卷一一一。

**尚书户部上《天下合贡方物奏[题拟]**》。

题下注:"长兴三年五月尚书户部。"文存《全唐文补编》卷一二六。

**高丽王王建有《训要十首**》。

《新五代史》卷七四载:"高丽本扶余人之别种也……当唐之末,其王姓高氏,同光元年,遣使广评侍郎韩申一、副使春部少卿朴岩来,而其国王姓名史失不纪。至长兴三年,权知国事王建遣使者来。明宗乃拜建玄菟州都督充大义军使,封高丽国王。建,高丽大族也。开运二年,建卒,子武立。乾祐四年,武卒,子昭立。王氏三世,终五代常来朝贡,其立也必请命中国,中国常优答之。"可知王建权知高丽国事,最早当在长兴三年,至开运二年去世,恰当十五年。其文中称:“朕亦起自单平,谬膺推戴,夏不畏热,冬不避寒,焦身劳思,十有九载。统一三韩,叨居大宝二十五年,身已老矣!”所谓十有九载,盖合其曾权知高丽国事时间计。其“叨居大宝”时间,最多只十五年,“二十五年”之“二”或为衍文。盖其“起自单平,谬膺推戴”计亦不过十有九载,无“叨居大宝二十五年”之可能。又据《十国春秋》卷七八载:“宝正二年春正月,唐王更名亶。冬十一月,遣尚书班(阙)为通和使,如高丽及后百济甄萱。时萱与高丽王构兵。”注引《东国通鉴·新罗景哀王纪》载:“甄萱三十六年,是为高丽太祖十年。”以此可知高丽太祖王建之十年乃吴越国宝正二年,依此可以推知诸篇时间。此“十五年”云云,当为长兴三年。文存《全唐文》卷一千。

## |六月|

**闽王延钧谋称帝,绝后唐职贡,有《上唐明宗表》。**

《十国春秋》卷九一载:“长兴三年春三月甲辰,王复位。夏六月,王酷信神仙之术,遣陈守元问宝皇:‘六十年天子后将安归?’守元传宝皇语:‘六十年后为大罗仙主。’徐彦等亦附会曰:‘北庙崇顺王,常见宝皇,其言与守元同。’王益自负,始谋称帝。上表于唐言:‘楚王殷、吴越王镠,皆为尚书令,今已薨,请授臣为尚书令。’唐不报,遂绝朝贡。”王延钧《上唐明宗表》文存《全唐文补编》卷一一六。

## |七月|

**宋亳等州霖雨,至川渎泛溢,宰臣上《出籴救灾奏[题拟]》,明宗颁《赈贷宋亳等州御札》。另有《册高丽国王夫人柳氏文》。**

宰臣《出籴救灾奏[题拟]》题下注:“长兴三年七月宰臣。”文存《全唐文补编》卷一二六。《册府元龟》卷一〇六载:“(长兴三年)七月丁未,内出御札示百僚曰:‘朕以临御万邦,宠绥四海,务恤民以设教,期化俗以成风。昨自霖雨连绵,川渎泛溢,伤数州之苗稼,荡百姓之丘园……’”明宗《赈贷宋亳等州御札》文存《全唐文》卷一一二。《册府元龟》卷九七六载:“(长兴三年)七月,诏特进检校太保使持节玄菟州都督上柱国高丽国王建妻河东柳氏可封河东郡夫人。高丽入朝使太相王儒奏请也。”明宗《册高丽国王夫人柳氏文》文存《全唐文》卷一一二。

**曹允升为太常丞,有《请禁府郡以仆使代书判奏》。**

《册府元龟》卷四七五载:“曹允升为太常丞。长兴三年七月奏:‘使府郡牧,例以随身仆使为中门代判通呈等,名目极多,皆恃势诛求,不胜其弊……’”文存《全唐文》卷八四八。

## |八月|

**思敬有《尊胜经幢记》。**

文中有:“维大唐洛京河南府巩县净土寺……长兴三年壬辰岁八月己酉朔廿二日辛未建立。”文存《唐文续拾》卷八。

**阙名有《佛顶尊胜陀罗尼经幢记》。**

文末署:“长兴三年壬辰岁八月己酉朔廿二日辛未建立。”文存《全唐文又再补》卷九。

**陆元浩有《仙居洞永安禅院记》。**

文末署:“大和四年岁次壬辰八月己酉朔六日庚戌题。”文存《全唐文》卷八六九。

## |九月|

**供奉官李环自西川使回,进呈西川节度孟知祥表三封。明宗旋遣合门使刘思政充西川宣谕使,抚慰孟知祥。先后两次颁《赐孟知祥诏》。另有《减进策选数敕》。**

《册府元龟》卷一七八载："（长兴三年）九月乙未，供奉官李环自西川使回，进呈西川节度孟知祥表三封……乙巳，遣合门使刘思政充西川宣谕使，与知祥诏曰：'省所奏，东川董璋，爰自为邻，从初不睦，尝厚诬于表疏，每深间于朝廷。欲窃兵权，来并土宇。忽去年四月二十八日，暴兴兵士，至五月一日骤入汉州……'又诏曰：'朕猥以眇躬，缵承丕构。赖忠良之共理，冀寰宇之永康。矧念元勋，早联懿戚。永保君臣之分，足论终始之心。卿出应贞期，生符间气。洞晓圯桥之兵略……'"明宗《赐孟知祥诏》二文皆存《全唐文》卷一〇七。《册府元龟》卷六三三载："九月敕：'朕大启四门，无遗片善。继有智能之士，来陈利害之言。是命擢量贵行酬奖，须论条件，以定等差。应进策人等，若是选人，所进策内一件可行，与减两选。'"《减进策选数敕》文存《全唐文》卷一一一。

## 十月

**徐光溥，蜀人，生卒年不详。博学善歌词，上疏请孟知祥行墨制。**

《十国春秋》卷五二载："徐光溥，蜀人也。博学善歌词。初仕高祖为观察判官。长兴初，上疏请高祖行墨制，略曰……"《锦里耆旧传》卷三载："（长兴）四年春，观察判官（徐）光溥上疏请行墨制曰：'伏以我蜀被山带江，足食足兵，实天下之强国也。'"《锦里耆旧传》所记时间误。《全唐文补编》卷一一九存孟知祥《上明宗表》，作于长兴三年十月，其中已云："两川部内将校州县官员，缘地里遥远，一时奏报不暇，乞许臣权行墨制，除补讫闻奏。"明宗有《许孟知祥权行墨制诏》答之（文存《全唐文》卷一〇八），亦是长兴三年十月事。则徐光溥不致迟到次年春再上请行墨制疏，今正之，系于此。徐光溥《上后蜀高祖请行墨制疏》文存《全唐文》卷八九一。

**蜀孟知祥骄矜自恃，请行墨制后，又上表乞发遣兵士家口骨肉入川，又表请正授赵季良等五军吏。从之。孟知祥有《上明宗表》三篇。明宗有《答孟知祥奏请发遣兵士家口来川诏》《许孟知祥权行墨制诏》《许孟知祥奏赵季良等五人乞正授节旄诏》答之。**

《册府元龟》卷一七八载："（长兴三年十月）知祥骄矜自恃，乃上章云：'臣当道先隔留川中兵士，乞发遣家口骨肉来入川。'今再遣李环，与知祥诏曰：'供奉官陈延矩回，览所奏，遂阆黔夔等州，自此差来所屯军都将士等，当府已厚给衣粮……'知祥别表：'两川部内将校、州县官员，缘地里遥远，一时奏报不暇，乞许臣权行墨制，除补讫闻奏。'与知祥诏曰：'据所奏，以文武之将僚，希尺寸之官赏，请卿自称王爵，权行制书……'知祥别表又奏：'大将军赵季良、李仁罕、赵廷隐、张知郧、李肇等五人，昨有破董璋之大功，臣已权补充五镇兵马留后，伏乞正授节旄者。'与知祥诏曰：'据所奏，节度副使知武泰军节度兵马留后赵季[良]、马步诸军都指挥使知武信军节度兵马留后李仁罕……'"孟知祥有《上明宗表》，文存《全唐文补编》卷一一九。明宗《答孟知祥奏请发遣兵士家口来川诏》等三文皆存《全唐文》卷一〇八。

**明宗有《加恩朝臣敕》。**

《册府元龟》卷八一载："（长兴三年）十月丙寅，敕曰：'朕闻君臣一也，善否同之。比之于人，心安则体逸；方之于木，枝盛则叶繁。朕自父天子民，宗文祖武，辅弼上凭于廊庙，献替次赖于缙绅。四海无波，敢自矜于清晏；一人有庆，思共乐于雍熙。'"文存《全唐文》卷一一〇。

## | 十 一 月 |

**明宗颁敕宥龙鹭、毛璋、陶玘、曹廷隐、成景宏等，给公凭使各自稳便，有《宥龙鹭等家口敕》。**

《册府元龟》卷一五〇载："（长兴三年）十一月甲辰敕：'龙鹭、毛璋、陶玘、曹廷隐、成景宏等，或子或弟，本无相及之刑，寻示宽恩，各免连坐，止令州府，别系职官。而闻收管已来，縻系之后，颇极穷困，宜放营生，仰逐处开落姓名，乃给公凭，放逐稳便。'"文存《全唐文》卷一一一。

**朱弘昭有《请节限赏军买马奏[题拟]》。**

《册府元龟》卷六二一载："（长兴三年）十一月朱弘昭、冯赟奏曰：'臣等自蒙重委，计度国力盈虚，而支给尝苦不足者，直以赏军无算，买马太多之弊也。若不早为节限，后将难济。宜严敕西北边镇守，此后请禁止其来。'"文存《全唐文补编》卷九八。

**崔善有《唐推忠再造致理功臣剑南两川节度使管内营田观风处置统押近界诸蛮兼西山八国云南安抚制置等使开府仪同三司检校太尉兼中书令行成都尹上柱国清河郡开国公食邑一千五百户食实封一百户孟公夫人福庆长公主墓志铭并序》**。

文中有:“长兴三年正月十三日,长公主享年六十,薨于正寝……以长兴三年十一月廿四日,葬于成都县会仙乡,即良辰也。”文存《全唐文补编》卷一一九。

**李璨有《大唐颍州开元寺新钟铭并序》**。

文末署:“长兴三祀岁次壬辰十一月己卯朔十日戊子铸。”文存《全唐文补编》卷九七。

## |十二月|

**明宗有《科决丁延徽等敕》**。

《册府元龟》卷一五四载:“(长兴三年)十二月敕曰:‘国计之重,军食为先。比防主守之隐欺,遂致监临之钤辖。丁延徽选从禁职,委以仓储,盖藉忠勤,特添俸给,所宜廉慎,以副指挥……’”文存《全唐文》卷一一一。

**史馆上《请下两浙荆湖购募野史奏》。礼部贡院上《请更定诸州贡人朝拜仪制奏》**。

《请下两浙荆湖购募野史奏》题下注:“长兴三年十二月史馆。”文存《全唐文》卷九七一。礼部贡院《请更定诸州贡人朝拜仪制奏》题下注:“长兴三年十二月礼部贡院。”文存《全唐文》卷九七一。

## |本年|

**司天台上《星历申送史馆奏》,明宗有《答司天台敕》。另有《许百姓自铸农器诏》《复乡饮酒礼敕》。**

《五代会要》卷一八载:"长兴三年,司天台奏:'奉中书门下牒,令逐年申送史馆十一曜细行历,并周天行度祥变等。当司旧例,祇申星曜事件,不载占言。'敕:宜令司天台密奏留中外,其余凡奏历象云物水旱等事,及诸州府或奏灾祥,一一并申送史馆。"司天台奏文存《唐文拾遗》卷五九,题下注:"长兴三年司天台。"明宗《答司天台敕》文存《唐文拾遗》卷九。《授时通考》卷四三载:"后唐明宗长兴三年诏:'富民之道,莫尚于务农;力田之资,必先于利器。器苟不利,民何以安?闻诸道监治所卖农器,或大小异同,或形状轻怯……'"《许百姓自铸农器诏》文存《全唐文》卷一〇七。《五代会要》卷四载:"后唐清泰二年九月,中书门下帖:'太常以长兴三年敕:诸举人常年荐送,先令行乡饮酒之礼,宜令太常草定仪注,颁下诸州,预前肄习,解送举人之时,便行此礼,其仪速具奏闻。'"可知此礼始于长兴三年,重申于清泰二年。《复乡饮酒礼敕》文存《全唐文》卷一一一。

**康澄为大理少卿,有《陈政事疏》。**

《册府元龟》卷五四七载:"康澄为大理少卿,长兴三年上疏曰:'臣闻安危得失,治乱兴亡,诚不系于天时,固匪繇于地利。童谣非祸福之本,妖祥岂隆替之源……'"文存《全唐文》卷八四七。

**林文盛有《招庆禅院僧〔慧〕(惠)棱碑》。**

文中有:"是年十一月,以福建观察使王审知奏乞慧(惠)棱师号。"《十国春秋》卷九九载:"僧慧棱,杭州盐官人,姓孙氏,禀性淳。年十三,祝发苏州通元寺。唐末往来雪峰、元沙间,凡二十九载。天祐三年,太祖从子延彬守泉州,请住招庆院。开堂日,延彬衣朝服听说法。未几,太祖又请居长庆院,号超觉大师。嗣王时,夫人崔氏自称练师,时与往复论难。长兴三年卒,惠宗为建塔。"可知此碑最早当立于长兴三年。文存《全唐文补编》卷一一六。

**徐锴有《茅山道门威仪邓先生碑》**。

文中有："春秋八十有五，太和四年岁在壬辰，解化于山门……锴之蒙浅，虽晚闻道，昔尝逮奉贞素伏申之敬。贞素之上清门人今右街章表大德刘君德光，为启霞之友，邓君栖一因而见托，故锴不为让焉。"文存《全唐文》卷八八八。

**杜光庭有《天册巡官何文济为东院生日斋词》**。

文中有："今属岁纪壬辰，日乘庚午，朔居天候，月合水衡。凝南斗之祯休，集东陵之瑞彩，景风入律，星火开祥，诞昴降嵩，允当令序。"可知作于长兴三年。文存《全唐文》卷九三五。

## 后唐长兴四年　吴大和五年　南汉大有六年　闽龙启元年　契丹天显八年

癸巳　九三三

### 正月

**中书门下上《请量减选数奏》，三司使上《正押衙设省职奏》，史馆上《修史规程奏》《修撰功臣列传奏》**。

中书门下《请量减选数奏》文存《全唐文》卷九七一，题下注："长兴四年一月中书门下。"三司使《正押衙设省职奏》文存《唐文拾遗》卷五九，题下注："长兴四年正月三司使。"史馆《修史规程奏》《修撰功臣列传奏》二文皆存《唐文拾遗》卷五九，题下皆注："长兴四年正月十一日史馆。"二文皆史馆于同日上奏，文意亦相属，或为同一篇文字。

## | 二 月 |

**和凝以主客郎中知贡举，号得人，有《请发榜后贡举官晚出奏》。明宗答之，有《答和凝奏五凤楼前谢恩敕》。明宗另有《试举人朝堂谢恩即赴国学敕[题拟]》。**

《旧五代史》卷一二七载："寻诏（和凝）入翰林，充学士，转主客郎中充职，兼权知贡举。贡院旧例，发榜之日，设棘于门及闭院门，以防下第不逞者。凝令撤棘启门，是日寂无喧者。所收多才名之士，时议以为得人。"洪迈《容斋四笔》卷四"和范杜苏四公"条云："晋相和凝，以唐长兴四年知贡举，取范质为第十三人。唐故事，知贡举者所放进士，以己及第时名次为重，谓之传衣钵。盖凝在梁正（贞）明中居此级，故以处质。"《册府元龟》卷六四二载："（长兴）四年二月，知贡举和凝奏：'举人就试日，请皇城司差人于院门前，听察举人挟带文书入院，请殿将来举数，自一举至三举放榜后，及第人看榜讫，便缀行于五凤楼前谢恩，后赴国学谢先师。旧例侵星张榜讫，贡举考试官便出院，盖恐人榜下喧诉。今年请放榜后贡举官已下至晚出。'敕旨：'五凤楼前非举子谢恩之所，令于朝堂谢讫，即赴国学，试日宜令御史台差人院司听察，放榜日至晚出院，此后永为定制，余并依奏。'"此篇奏文，《册府元龟》署和凝，《唐文拾遗》系于杨凝式，误，今正之。和凝《请发榜后贡举官晚出奏》文存《唐文拾遗》卷四七。又答诏当是明宗所作，《唐文拾遗》系于闵帝，误，今正之。明宗《答和凝奏五凤楼前谢恩敕》文存《唐文拾遗》卷九。明宗另有《试举人朝堂谢恩即赴国学敕[题拟]》，文存《全唐文补编》卷九六，题下注："长兴四年二月。"和凝此次知贡举，颇得人，于科考制度亦有所因革。当时礼部上《试举人定制奏》文存《唐文拾遗》卷五九，题下注："长兴四年二月十六日礼部。"礼部贡院《新立条件奏》文存《全唐文》卷九七一，题下注："长兴四年二月礼部贡院。"

**张仁瑑为大理正，有《法寺置议狱堂奏》，请于法寺置议狱堂，每奉敕详断刑狱，毕集大卿二、少卿二、正六、丞四、司直八、评事十，同于议狱堂参详。明宗答之。**

《五代会要》卷一六载："（长兴）四年二月，大理正张仁瑑奏曰：'臣伏见咸通十年二月二十九日，大理少卿刘庆初奏：请于法寺置议狱堂，每奉敕详断刑狱，毕集大卿二、少卿二、正六、丞四、司直八、评事十，同于议狱堂参详。'"张仁琢《法寺置议狱堂奏》文存《唐文拾遗》卷四七。《全唐文补编》卷一〇四录之，题曰《请集法官详议公事奏[题拟]》，与《唐文拾遗》重。明宗《法寺议狱敕[题拟]》文存《全唐文补编》卷九六，题下注："长兴四年二月。"

**中书奏诸道州县官甚有阙员，宜开振滞之门。明宗颁《不许停滞选人敕》。**

《册府元龟》卷六三三载："（长兴）四年二月，中书奏：'诸道州县官甚有阙员，前资官皆拘选限，其间有朝廷选择，侯伯荐扬，得者无多，余难骤进。或病跧于陋巷，或老谢于穷途，宜开振滞之门……'敕旨：'常调之中，无媒者众；省员之外，有阙常多……'"文存《全唐文》卷一一二。

**路航为太常博士，有《申严祀典议》。**

《五代会要》卷四载："（长兴）四年二月，太常博士路航奏：'比来小祠已上，公卿皆著祭服行事。近日惟郊庙，太微宫具祭服，五郊迎气日月，诸祠并衹常服行事。兼本司执事人等，皆著随身衣装，狼藉鞋屦，便随公卿升降于坛墠……'"文存《全唐文》卷八四八。

## 三月

**为安流民，明宗颁《放免岐延等州税钱敕》。**

《册府元龟》卷四九二载："（长兴）四年三月辛丑敕：'叛党未平，难辍转输之役；流民既复，必资安集之谋。朕应天顺人，端居静治，若涉大水，如履薄冰，翼翼乾乾，惧不克荷……'"明宗文存《全唐文》卷一一二。

**吴越钱元瓘有《建化度禅院宝幢记》。**

文末署："长兴四年癸巳三月二十六日，起复吴越四面都统镇海镇东等军节度使检校太师守中书令钱元瓘记。"文存《唐文拾遗》卷一一。

**三司上《别凿洛河引漕船奏》。**

题下注:“长兴四年三月三日三司。”文存《唐文拾遗》卷五九。

## |四 月|

**赵凤为端明殿学士、兵部侍郎,授正议大夫、门下侍郎兼工部尚书、同平章事、监修国史。明宗有《授赵凤门下侍郎制》。**

《册府元龟》卷七四载:“(长兴四年)四月制曰:‘朕闻燮理阴阳,霖雨之功,是托调和鼎鼐,盐梅之味攸凭。……今得良臣,庶臻治道。端明殿学士中大夫尚书兵部侍郎上柱国赐紫金鱼袋赵凤,丹山瑞彩,赤廛灵锋……可正议大夫、门下侍郎兼工部尚书、同平章事、监修国史、上柱国,仍封天水县开国男食邑三百户。’”明宗《授赵凤门下侍郎制》文存《全唐文》卷一〇六。

**阙名有《造像碑》。**

文中有:“元年癸巳岁建巳之月。”其“癸巳”当为闽太宗龙启元年。“建巳”之月,指四月。文存《全唐文补编》卷一四〇。

## |五 月|

**获嘉县令卢嵩以户民关延韬不伏责问,令从人曳扑致死,大理寺详断,被长流蔚州。大理寺有《详断卢嵩等奏》,明宗有《长流卢嵩蔚州敕》。**

《册府元龟》卷一五四载:“(长兴四年)五月,获嘉县令卢嵩,以户民关延韬不伏责问喧悖,令从人曳扑,良久致死。大理寺断:‘既关威力之条,合处杀人之罪。但以情非巨蠹,事准格文,爰该免死之科,式表好生之德。卢嵩准格配流天德,曳扑人王光祚配流登州。’敕旨:‘卢嵩容易宰邑,造次怒人,不恕法以行刑,遂寻时而致死,原情则本非故杀,据律则当处极刑……’”大理寺上《详断卢嵩等奏》文存《全唐文》卷九七一,题下注:“长兴四年五月大理寺。”明宗《长流卢嵩蔚州敕》文存《全唐文》卷一一〇。

**明宗有《叙理中兴以来官告敕》《马步判官不得差摄敕》。**

《册府元龟》卷六三三载："（长兴四年）五月……又诏：'应见任前资守选官等，所有本朝及梁代出身，历任告身，并仰送纳，委所在磨勘。'"明宗《叙理中兴以来官告身》文存《全唐文》卷一一〇。《五代会要》卷二〇载："后唐长兴四年五月敕：'诸道马步判官，不得差摄官。如阙人，须于前资正官判司簿尉中，选性行平允者补授。'"明宗《马步判官不得差摄敕》文存《唐文拾遗》卷九。

**供奉官崔处讷自夏州回，李彝超附表乞留周岁，有《请更留周岁表［题拟］》。**

《册府元龟》卷四三九载："长兴四年五月丁丑，供奉官崔处讷自夏州回，彝超附表：'臣奉诏受延州留后，寻欲赴任，而军民留连，未容进发，伏乞更容臣周岁。'"李彝超文存《全唐文补编》卷九八。

**中书门下上《核定雪冤超资条例奏》，盐铁使上《定私盐科罪奏》，中书上《判官考校州县奖罚奏》。**

《核定雪冤超资条例奏》题下注："长兴四年五月中书门下。"文存《全唐文》卷九七二。《定私盐科罪奏》文存《全唐文》卷九七一，题下注："长兴四年五月盐铁使。"《判官考校州县奖罚奏》题下注："长兴四年五月中书。"文存《唐文拾遗》卷五九。

**龙敏为御史中丞，有《条陈台中事宜疏》。**

《册府元龟》卷五一七载："（长兴）四年五月二十四日，御史中丞龙敏等奏：'陈事如后：一伏以台司除御史中丞随行印，及左右巡事监察使并出使印等外，其御史台印一面，先准令式，即是主簿监临。近年已来，缘无主簿，遂至内弹御史权时主持，常随本官出入不定……'"文存《全唐文》卷八五四。

## | 六 月 |

**宰臣冯道率文武百僚拜章，请上徽号内加“广道法天”四字。冯道有《请徽号内加广道法天四字表》，明宗有《答冯道等表请徽号加广道法天四字诏》**。

《册府元龟》卷一七载：“（长兴）四年六月丙午，宰臣冯道率文武百僚拜章，请上徽号内加‘广道法天’四字……诏答曰：‘朕猥以眇躬，虔承丕构，统临区宇，绵历星霜。九有所宾，万务思治。鉴往代兴废之本，禀前王嗣守之规……’”冯道文存《全唐文》卷八五七，明宗《答冯道等表请徽号加广道法天四字诏》文存《全唐文》卷一〇八。

**张仁瑑为大理正，有《请令瘞埋刑人奏》**。

《册府元龟》卷六一三载：“（长兴四年）六月，大理正张仁瑑奏：‘臣尝历外任，见州府刑杀罪人，虽有骨肉，寻时不容收瘞，皆令给丧葬行人，载于城外，残害尸发，多致邀求……’”文存《全唐文》卷八五六。

**明宗有《定赃罪敕》**。

《五代会要》卷九载：“后唐长兴四年六月十四日，准敕：‘枉法赃十五匹绞，准格加至二十匹。乃自丧乱以来，廉耻者少，举律行令，戒人远财，国家常切好生，上下颇能知禁。犯既渐寡，法亦宜轻……’”文存《全唐文》卷一一二。

## | 七 月 |

**明宗封孟知祥为蜀王，以工部尚书卢文纪、礼部郎中吕珂为册礼使，赐孟知祥一品朝服。卢文纪入蜀归来，过岐，李从珂遇之甚厚。明宗有《封孟知祥为蜀王册文》**。

《十国春秋》卷四八载：“（长兴四年）秋七月，唐以工部尚书卢文纪、礼部郎中吕珂为册礼使，赐王一品朝服。册文曰：‘朕祗受天眷，虔荷帝图，敷大信而仰法昊穹,秉至公而俯临亿兆……'"明宗文存《全唐文》卷一一二。《新五代史》卷五五载:"久之,为秘书监、太常卿,奉使于蜀,过凤翔。时废帝为凤翔节度使,文纪为人形貌魁伟,语音琅然,废帝奇之。"

**吕澄为秦州清水县令,犯赃,为观察使所奏。刑部员外郎薛冲乂详覆,上《详覆吕澄赃犯状》。明宗有《流清水县令吕澄岚州敕》,另有《责土贡稽迟敕》。**

《册府元龟》卷七〇七载:"吕澄为秦州清水县令。长兴四年七月,观察使奏:'澄于长兴元年、二年、三年相以乞敛人户……'刑部员外郎薛冲乂详覆:'吕澄赃赂事发,因镇将上论乞取之赃,又无文簿,镇将遍下乡村勘问,又无人户姓名。积数虽多,未尝正格,量其情状,难逭刑章……'敕旨:'吕澄命为宰字,委以民人。不守公廉,恣行聚敛。赃数甚广,情状难矜。当实重刑,仍从远窜。宜决脊杖二十,配流岚州。关连人吏,依法司所奏。'"薛冲乂《详覆吕澄赃犯状》文存《全唐文》卷八六〇,明宗《流清水县令吕澄岚州敕》文存《全唐文》卷一一二。《册府元龟》卷一五四载:"(长兴四年)七月,户部奏:'诸州所贡物,旧例每年冬至后到京,准备正仗,于殿前陈列。据房州常贡物,至今年三月方至京。有违例程。'敕旨:'方州所尚,土贡为先。苟有稽迟,诚为怠易。须加惩罚,俾效恭勤。其录事参军孔霸文,宜罚一季俸。刺史尹晖缘元敕不该,宜放本典以下,宜令本道观察使量罪科责讫以闻。'"《责土贡稽迟敕》文存《全唐文》卷一一二。

**前潞州屯留县主簿李光鼎献时务,有《时务奏》。**

《五代会要》卷一〇载:"其年(长兴四年)七月,前潞州屯留县主簿李光鼎献时务:'凡当道推刑狱,请令于本判官厅前,当面责勘。'"文存《全唐文补编》卷九七。

**阙名有《太子诸王见师傅礼奏》。**

题下注:"长兴四年七月三日太常寺。"文存《唐文拾遗》卷五九。

## | 八 月 |

**何泽以太仆少卿致仕，自河阳遣婢宜子投匦上书，请立秦王从荣为皇太子。**

《册府元龟》卷九三八载："何泽为太仆少卿致仕，长兴四年八月，自河阳遣婢宜子投匦上书，请立秦王从荣为皇太子。泽前任吏部郎中，旧曾与宰相赵凤使府同院为判官，因是旧数泣告于凤，求为给谏。凤怒其躁佞，除授秘书少监，堂吏有姓何者，私报泽，泽即称：新授秘书少监臣泽上章诉屈。大略云：'臣伏寻近例，自郎中拜给谏者……'"何泽有《遣婢投匦上书[题拟]》，文存《全唐文补编》卷一〇〇。

**孟知祥有《下蜀国教》。**

《锦里耆旧传》卷三载："（长兴四年）秋八月，下教曰：'取威定霸，乃公侯权变之方；舍爵策勋，乃皇王叙酬之典。其或兵屯万旅，地广山川，周环列国之山河，奄有全蜀之封部，倘不从权而徇众，则稽录效以报功。今禀命于中朝，得专制而行赏……'"文存《全唐文》卷一二九。

**明宗颁《册尊号赦文》。**

《册府元龟》卷九三载："（长兴）四年八月戊申，册尊号礼毕。制曰：'朕闻为而不有曰天，使而不知曰道。下覆万物，中含两仪，难以常名加，难以常德报，是故贤君哲后，则而象之……'"文存《全唐文》卷一一二。

**张师古有《唐故昭义节度使相国毛公夫人陇西郡夫人李氏墓志铭并序》。**

文中有："俄以长兴三年七月十七日。薨于洛京扬善坊之正寝，享年五十一。即以长兴四年八月十日，归葬于河南县平乐乡杜泽原。祔于公之玄室。礼也。"文存《全唐文补编》卷九七。

## 九月

**后唐以冯赟为相,因"平章事"犯其父名,改"同平章事"。明宗有《相冯赟敕》。**

《旧五代史》卷一四九载:"后唐长兴四年九月敕:'冯赟有经邦之茂业,宜进位于公台,但缘平章事字犯其父名,不欲斥其家讳,可改同平章事,为同中书门下二品。'"《五代会要》卷一三作"马赟",误,今从《旧五代史》。文存《全唐文》卷一一二。

**孙霁有《大吴国威敌将军光禄大卿检校司徒使持节海州诸军事守海州刺史充本州岛团练使兼御史大宪上柱国天水县开国子食邑五百户赵公名思虔夫人太原县君王氏墓志并序》。**

文中有:"吴大和五年岁次癸巳八月乙巳朔二日丙午,太原县君王氏疾殁于海州官署,享年四十一矣。以其年九月甲戌朔二十九日壬寅,葬于当州朐山县朐山乡,礼也。"文存《全唐文补编》卷一〇九。

**中书门下上《见天下兵马大元帅礼奏》,尚书考功上《逐年书考校优劣奏》。**

《见天下兵马大元帅礼奏》题下注:"长兴四年九月中书门下。"文存《唐文拾遗》卷五九(下文同)。《逐年书考校优劣奏》题下注:"长兴四年九月尚书考功。"

## 十月

**曹议金有《舍施回向疏[题拟]》。**

文末署:"长兴四年十月九日。弟子河西归义等军节度使检校令公大王曹议金谨疏。"文存《全唐文补编》卷九八。

## |十一月|

**明宗昭懿皇后夏氏，生秦王从荣及闵帝，同光初以疾崩。至此明宗以其所生二子位望既隆，追册之，有《追册晋国夫人夏氏为昭懿皇后制》。**

《旧五代史》卷四九载："明宗昭懿皇后夏氏，生秦王从荣及闵帝。同光初，后以疾崩。明帝即位，追封为晋国夫人。长兴中，明宗以秦、宋二王位望既隆，因思从贵之义，乃下制曰：'故晋国夫人夏氏……考本朝之文，沿追册之制，将慰怀于九族，冀叶庆于四星。宜追册为皇后，兼定懿号。既而有司上谥曰昭懿。'"明宗《追册晋国夫人夏氏为昭懿皇后制》文存《全唐文》卷一〇六。

**卢质新授尚书右仆射，有《仆射上事仪注务简奏》。**

《五代会要》卷一四载："长兴四年十一月，新授尚书右仆射卢质奏：'臣忝除官，合赴省上，若准旧例，左右仆射上事仪注，所费极多。欲从权务简，祗取尚书丞郎上事例，止集南省属僚，及两省官送上，亦不敢辄援往例，有费官中，自量力排比，兼不敢自臣隳废旧规，他时任行旧制。'从之。"文存《唐文拾遗》卷四六。

**李鸾有《唐故朝议郎检校尚书屯田员外郎前河南府长水县令赐绯鱼袋琅琊王君墓志铭并序》。**

文中有："至长兴四年三月二十九日，遘疾奄终于洛邑之第，享年五十有二……即以癸巳岁长兴四年十一月十八日祔葬于河南县平乐乡杜翟里，礼也。"文存《全唐文补编》卷九七。

**郭峭有《□猛院记》。**

末附辑者陈尚君按语："末署：大唐长兴肆年岁次癸巳十一月癸酉朔十九日辛卯，院主僧智纳建。另有多人题名，略。"姑从之。文存《全唐文又再补》卷七。

## |十二月|

**后唐明宗崩，宋王李从厚即皇帝位，史称闵帝。**

《资治通鉴》卷二七八载："十二月癸卯朔，始发明宗丧。宋王即皇帝位。"

## |本年|

**杜光庭卒于蜀中，享年八十三岁。有集传世。**

《十国春秋》卷四七载："建飧和阁，奉行上清紫虚吞日月气法，年八十五卒，颜貌如生，人以为尸解，葬于清都观后。"杜光庭著述颇富，《郡斋读书志》卷二之下载《青城山记》一卷，卷三之下列《王氏神仙传》，不注卷数。《直斋书录解题》卷八载《青城山记》一卷、《武夷山记》一卷，卷一二载《道教灵验记》二十卷、《王蜀神仙传》一卷。《宋史》卷二〇三《艺文志二》著录《古今类聚年号图》一卷，《帝王年代州郡长历》二卷；卷二〇四《艺文志三》著录《续成都记》一卷；卷二〇五《艺文志四》著录《道德经广圣义疏》三十卷，又有《二十四化诗》一卷、《二十四化图》一卷、《神仙感遇传》十卷、《墉城集仙录》十卷、《应现图》三卷、《仙传拾遗》四十卷、《历代帝王崇道记》一卷、《道教灵验记》二十卷、《道经降传世授年载图》一卷；卷二〇六《艺文志五》著录《虬髯客传》一卷；卷二〇八《艺文志七》著录《广成集》一百卷、《壶中集》三卷、《三教论》一卷、《大宝论》一卷。《十国春秋》卷四七谓光庭有文集三十卷，又著《洞天福地记》一卷、《录异记》八卷、《阴府经注》一卷、《广成义》八十卷、《东瀛子》一卷、《青城山记》一卷、《武夷山记》一卷、《墉城集仙录》十卷、《崇道记》一卷、《混元图》十卷、《传受年载记》一卷、《元门枢要》一卷。《全唐诗》卷八五四录诗三十首，《全唐文》卷九二九至九四四录文十五卷，《唐文拾遗》卷五〇补录三篇。《全唐文补编》补文二篇。

**卢华为刑部员外郎，有《请旌赏外官能理冤狱奏》。**

《册府元龟》卷四七五载："卢华为刑部员外郎，长兴四年奏：'臣窃以钦恤者，圣人之大德；畏慎者，臣下之小心。倘不怠于交修，庶自叶于理道……'"文存《全唐文》卷八四八。

**钱昱有《甘棠院记》。**

文中有:“甲戌三月,予始叨岳牧,至十九年乃作甘棠院。”甲戌为后梁乾化四年,其后十九年,当在后唐长兴四年,姑系文于此。文存《全唐文补编》卷一一五。

## 后唐闵帝李从厚应顺元年、末帝李从珂清泰元年 吴大和六年 南汉大有七年 闽龙启二年 后蜀明德元年 契丹天显九年

甲午 九三四

### 正月

**后唐闵帝大赦,改元应顺。以荆南节度使高从诲为南平王,武安、武平节度使马希范为楚王,吴越钱元瓘为吴越王。**

《资治通鉴》卷二七八载:“清泰元年春正月戊寅,闵帝大赦,改元应顺……壬辰,以荆南节度使高从诲为南平王,武安武平节度使马希范为楚王。甲午,以镇海镇东节度使吴王元瓘为吴越王。”

**闵帝李从厚有《籍没田宅禁请射敕》。**

《五代会要》卷一五载:“应顺元年正月敕:‘诸州府籍没田宅,并属户部,除赐功臣外,禁请射。’”文存《唐文拾遗》卷一〇。

**卢质为太子太傅。时中书门下奏大行升祔礼,合祧迁献祖,有《祧迁献祖奏》,请下尚书省集议,卢质有《祧迁献祖议》。**

《五代会要》卷二载:“应顺元年正月,中书门下奏:‘太常以太行山陵毕祔庙。今太庙见享七室:高祖、太宗、懿祖、昭宗、献祖、太祖、庄宗,大行升祔礼,合祧迁献祖,请下尚书省集议。’太子太傅卢质等议曰……”卢质有《祧迁献祖议》,文存《全唐文》卷八五一。中书门下《祧迁献祖奏》文存《唐文拾遗》卷五九,题下注:“应顺元年正月中书门下。”

**曹议金有《舍施回向疏[题拟]》。**

文末署:“长兴伍年正月廿三日弟子河西归义等军节度使检校令公大王曹议金谨疏。”长兴仅四年,此云五年,或因西域未能及时得知改元应顺及清泰也。文存《全唐文补编》卷九八。

**杨凝式有《大唐故天下兵马都元帅尚父吴越国王谥武肃神道碑铭(并序)》,实为李浣代笔。**

《五代史补》卷三:“李瀚有逸才,每作文则笔不停辍,而性嗜酒。凝式尝受诏撰《钱镠碑》,自以作不逮瀚,于是多市美酒,召瀚饮,俟其酣,且使代笔,经宿而成。凡一万五千字,莫不词理典赡。凝式叹服久之。”李瀚即李浣。文存《全唐文》卷八五八。文中有:“长兴五年岁次甲午正月壬申朔十一日壬午,葬于吴越国杭州都督府安国县衣锦乡熏贵里,礼也……”长兴年号仅四年,此云五年,或是后唐年号更改未及传至吴越致误故也。

**阙名有《龙潭寺经幢记》。**

文末署:“应顺元年岁次甲午正月壬申朔廿一日壬辰建。”文存《全唐文补编》卷一四三。

## |闰正月|

**孟知祥即皇帝位于成都,国号蜀,史称后蜀。顾夐、欧阳炯、毋昭裔、徐光溥仕于后蜀。**

《资治通鉴》卷二七八载:“(闰正月)蜀将吏劝蜀王知祥称帝。己巳,知祥即皇帝位于成都。”顾敻,《花间集》《鉴诫录》皆称顾太尉,何时除授未详。《全唐诗》卷七六〇、《历代诗余》卷一〇一、《十国春秋》卷五六等皆载顾敻后仕孟知祥,官至太尉,未详所据,姑从之。顾敻著述,《花间集》存词五十五首。欧阳炯事孟知祥为中书舍人。《十国春秋》卷五二载:“高祖镇西川,炯复入蜀;及登极,以为中书舍人。”毋昭裔事孟知祥为御史中丞。《十国春秋》卷五二载:“毋昭裔字(缺),河中龙门人。博学有才名。高祖镇西川,辟掌书记……及登极,擢为御史中丞。”徐光溥进秩翰林学士。《十国春秋》卷五二载:“高祖称尊号,进秩翰林学士。”

**闵帝有《令三京诸道祭山川祠庙诏》。**

《册府元龟》卷三四载:“愍帝应顺元年闰正月诏曰:‘朕猥以冲人,获膺大宝。赖神祇之赞助,显天地之休祯。夷夏骏奔,式符于眷命……’”文存《全唐文》卷一一三。

**中书门下上《请优经学出身选任奏》,闵帝答之。闵帝另有《定夺情限制敕》。**

《五代会要》卷二一载:“应顺元年闰正月,中书门下奏:‘准天成二年十二月敕节文,准长定格,应经学出身一任三考,许入下县令、下州录事参军,亦入中州录事参军……’敕:‘其经学出身一任两考,元敕入中下县令、下州录事参军。今后更许入中县令、中州下州录事参军……’”中书门下《请优经学出身选任奏》文存《全唐文》卷九七二,题下注:“应顺元年闰正月中书门下。”闵帝《准优经学出身选任诏》文存《全唐文》卷一一三。同书卷九载:“后唐应顺元年闰正月十六日敕:‘凡在苴麻,并须终制。比缘金革,遂有夺情,示以移忠,藉其陈力……’”《定夺情限制敕》文存《全唐文》卷一一三。

**集贤院上《准敕修凌烟阁奏》。**

题下注:“应顺元年闰正月,集贤院。”文存《全唐文》卷九七二。

**阙名有《枢密使朱弘昭尊胜幢记》**。

文末署:"甲午岁闰正月一日壬寅朔二十三日甲子建。"其中"一日"当为衍文。文存《全唐文补编》卷一四三。

**阙名有《龙潭寺经幢记》**。

文末附陈尚君按语:"此署云水最闲书。另有院主僧行岑等题名,建于应顺元年闰正月四日。"文存《全唐文补编》卷一四三。

## |二 月|

**闵帝有《禁滞狱诏》**。

《旧五代史》卷一四七载:"应顺元年二月戊午诏:'应三京诸道州府,系囚据罪轻重,疾速断遣。比来停滞,须奏取裁,不便区分,故为留滞……'"文存《全唐文》卷一一三。

**山陵使上《谏亲送葬奏》**。

题下注:"应顺元年二月山陵使。"文存《全唐文》卷九七二。

**曹议金有《舍施回向疏[题拟]》**。

文末署:"长兴五年二月九日,弟子河西归义等军节度使检校令公大王曹议金谨疏。"文存《全唐文补编》卷九八。

## |三 月|

**潞王起兵争帝位,举兵向阙,次于陕州,有《谕在京文武令》**。

《册府元龟》卷六六载:"末帝初为潞王,举兵向阙,次陕州,下令曰:'余叨居冢嫡，谬列盘维，成家于十死九生，立国于千征万战，事父母敦于至孝，为臣子敢于尽忠……'"知此令是在兵至峡州时作。《资治通鉴》卷二七九载："(清泰元年三月)丁卯，潞王至陕，僚佐说王曰：'今大王将及京畿，传闻乘舆已播迁……'"据此可推知此令当作于此时。文存《全唐文》卷一一三。

**故忠武军节度使孟鹄男遵古上言，乞立先臣神道碑。闵帝有《立藩镇神道碑诏》。**

《册府元龟》卷六一载："愍帝应顺元年三月，故忠武军节度使孟鹄男遵古上言，乞立先臣神道碑。诏：今后藩侯带同平章事已上薨谢者，并差官撰文宣赐……"文存《全唐文》卷一一三。

**闵帝有《处分卖官买官人敕》《州县敛民加等论敕》。**

《五代会要》卷一七载："应顺元年三月二十日敕节文：'如有卖官买官人等，并准长兴四年三月二十七日断魏钦绪犯买官罪，决重杖一顿处死敕处分。'"《处分卖官买官人敕》文存《唐文拾遗》卷一〇。同书卷一九载："应顺元年三月二十日敕：'刺史县令丞尉得替，自今后如是见任官将已分钱物资送得替人，即勿论其或率敛吏民，以受所监临财物论加一等，如以威刑率敛，以枉法论。其去任受财人减二等。'"《州县敛民加等论敕》文存《唐文拾遗》卷一〇。

**宗正寺上《诸陵兼令丞不便奏[题拟]》。**

题下注："庆顺元年三月宗正。"文存《全唐文补编》卷一二七。

**龙敏有《应顺元年三月二十日详定敕》。**

文存《全唐文补编》卷一〇三。

## 四月

**潞王有《致秦泾雍梁邠诸帅书》。**

《册府元龟》卷三七四载："王思同，闵帝应顺元年为京兆尹，兼西京留守。时潞王镇凤翔，与之邻境。及潞王不禀朝旨，致书于秦泾雍梁邠诸帅言：'贼臣乱政，属先帝疾笃，谋害秦王，迎立嗣君。自擅权柄，以至残害骨肉，摇动藩垣……'"依文意当在其于凤翔起兵之际，时在四月，姑系于此。文存《全唐文补编》卷九八。

**后唐皇太后曹氏下令，废闵帝为鄂王，令潞王即皇帝位，是为末帝，改元清泰。后蜀大赦，改元明德。明宗曹皇后有《以皇长子潞王监国令》《以潞王从珂即皇帝位令》。末帝有《即位赦制》。**

《旧五代史》卷四六载："（应顺元年四月）癸酉，皇太后下令，降闵帝为鄂王。又太后令曰：'先皇帝诞膺天眷，光绍帝图。明诚动于三灵，德泽被于四海。方期偃革，遽叹遗弓……'"《以皇长子潞王监国令》文存《全唐文》卷一二七。《册府元龟》卷一一载："（应顺元年）四月壬申，帝至蒋桥，文武百官立班奉迎教旨，以未拜梓宫，未可相见。是日入谒太后、太妃，伏梓宫恸哭。宰臣冯道等上笺劝进。癸酉，太后下令，以帝为监国。甲戌，又下令曰：'先皇帝栉风沐雨，平定华夷，嗣洪业于艰难，致苍生于富庶。八年临御，万汇舒苏……'"《以潞王从珂即皇帝位令》文存《全唐文》卷一二七。同书卷九三载："末帝清泰元年四月乙亥即位，乙酉，帝衮冕御明堂。宣制曰：'王者司牧兆民，宠绥四海，爰属统临之始，宜布涣汗之恩。仰测天心，俯从人欲……'"末帝《即位赦制》文存《全唐文》卷一一三。

**末帝有《优赐劝进人等诏》《诛朱宏昭等诏》。**

《册府元龟》卷八一载："末帝清泰元年四月即位，大赦。应内外文武臣寮，即镇州府等使、刺史、文武职员、将校并与加恩。应自凤翔扈驾员寮，凡主兵主事者各赐功臣名……又诏曰：'应劝进诸选人，前京兆府武功令庞涛而下四百九十有四人，方在京都，遭兹际会，既同劝进，宜示奖酬。其前资州县官及黄衣进选人，近日缘少阙员，难于减选，候合格日，各超一资注拟。'"《优赐劝进人等诏》文存《全唐文》卷一一三。《旧五代史》卷四六载："（清泰元年四月）诏曰：'枢密使朱弘昭、冯赟，宣徽南院使孟汉琼，西京留守王思同，前邠州节度使药彦稠，共相朋煽，妄举干戈，互兴离间之谋，几构倾亡之祸……'"《诛朱宏昭等诏》

文存《全唐文》卷一一三。

**中书门下上《御明堂比正至奏》。**

题下注:“清泰元年四月中书门下。”文存《唐文拾遗》卷五九。

**冯道率百官上《唐末帝即位册书》。冯道另有《唐明宗谥议》。**

文中有:“维应顺元年,岁次甲午四月庚午朔六日乙亥,文武百寮特进守司空兼门下侍郎同中书门下平章事充太微宫使宏文馆大学士上柱国始平郡公食邑二千五百户臣冯道等九千五百九十三人上言:‘帝皇兴运,天地同符……’”《唐末帝即位册书》文存《全唐文》卷八四八。《五代会要》卷一载:“唐清泰元年四月,群臣议明宗谥于南郊。太常卿卢文纪请谥曰圣智仁德钦孝皇帝庙号明宗。宰臣冯道议曰……”冯道《唐明宗谥议》文存《唐文拾遗》卷四七。

**孟知祥在西蜀称帝,有《告即位书》。**

孟知祥据蜀称帝,在清泰元年。文中有:“见迫群情,以今年四月十二日即皇帝位。”则书当作于此时,姑系于四月。文存《全唐文补编》卷一一九。

## | 五 月 |

**冯道以上笺劝进,充匡国节度使。阙名有《请加吴山封号奏》。末帝有《加吴山王号诏》《速断淹滞诏》。**

《资治通鉴》卷二七九本年载:“(四月)壬申,潞王至蒋桥……冯道等皆上笺劝进”。五月“庚戌,以司空兼门下侍郎、同平章事冯道同平章事,充匡国节度使。”《册府元龟》卷三四载:“末帝清泰元年五月壬申诏曰:‘吴岳成德公,昨遇享期,克申幽赞。宜加王号,以表神功。可进封灵应王。’”《加吴山王号诏》文存《全唐文》卷一一三。据末帝此文可知,阙名《请加吴山封号奏》当作于此前不久,姑系于一处。其文存《全唐文》卷九七二,题下注:“清泰元年。”同书卷一五一载:“末帝清泰元年五月丁丑诏:‘在京诸狱及天下州府见系罪人,正当暑毒之时,未免拘囚之苦。诚知负罪,特轸予怀。恐法吏生情,滞于决断。诏至所在,长吏亲自虑问,据轻重疾速断遣,无令淹滞。'"《速断淹滞诏》文存《全唐文》卷一一三。

**后唐以改元故,遣臣僚赴应州告四庙。左监门卫将军孔知郰称疾,右骁卫将军华光远称坠马伤足。末帝停其官职,有《停孔知郰等官诏》。**

《册府元龟》卷一五四载:"清泰元年五月,中书门下言:'以改元分命朝臣奏告,其应州四庙,差左监门卫将军孔知郰称疾,改差右骁卫将军华光远称坠马伤足。'诏曰:'改元重事,告庙常规。凡在班行,宜思策励。孔知郰等方当任使,皆合恪恭,岂可居常,则各冒宠……'"文存《全唐文》卷一一三。

**曹议金有《舍施回向疏[题拟]》。**

文末署:"长兴伍年五月十四日。弟子河西归义等军节度使检校令公大王曹议金谨疏。"文存《全唐文补编》卷九八。

**刘昫为宰臣,缘判三司公事,上奏请祀事国忌日行香特免,从之。刘昫有《乞免行香奏》。**

《五代会要》卷一三载:"清泰元年五月,宰臣刘昫奏:'中书以近敕:祠祭行事官致斋内,惟祀事得行,其余悉断。又宰臣行事致斋内,不押班,不赴内殿起居,不知印。臣缘判三司公事,其祀事国忌行香,伏乞特免。'从之。"文存《唐文拾遗》卷四六。

**中书门下上《私斋不得废大祀议》《明宗祔庙请差宰臣行事奏[题拟]》。**

前文题下注:"清泰元年五月中书门下。"文存《全唐文》卷九七五。后文题下注:"清泰元年五月中书门下。"文存《全唐文补编》卷一二七。

**阙名有《张□峰修佛堂记》。**

文中有:"大唐青州府益都县,清泰元年岁次甲午伍月甲□□□□□平卢军节度使同经略副使张□峰,□为妻王氏□□子□□生长先曾有愿,舍□□物等。"文存《全唐文补编》卷一三七。

**高丽王王建有《诏谕八首之八》。**

文中有:"十七年五月乙巳幸礼山镇诏曰……"《新五代史》卷七四载:"高丽本扶余人之别种也……当唐之末,其王姓高氏,同光元年,遣使广评侍郎韩申一、副使春部少卿朴岩来,而其国王姓名史失不纪。至长兴三年,权知国事王建遣使者来。明宗乃拜建玄菟州都督充大义军使,封高丽国王。建,高丽大族也。开运二年,建卒,子武立。乾祐四年,武卒,子昭立。王氏三世,终五代常来朝贡,其立也,必请命中国,中国常优答之。"可知王建权知高丽国事,最早当在长兴三年,至开运二年卒,恰当十五年。又据《十国春秋》卷七八载:"宝正二年春正月,唐王更名亶。冬十一月,遣尚书班(阙)为通和使,如高丽及后百济甄萱。时萱与高丽王构兵。"注引《东国通鉴·新罗景哀王纪》载:"甄萱三十六年,是为高丽太祖十年。"以此推知高丽太祖王建之十年乃吴越国宝正二年,据此可以推知诸篇时间:此"十七年"云云,当是王建年号,与之相应,是后唐应顺元年,姑系文于此。文存《全唐文》卷一千。

## 六月

**剧可久为大理正,有《请赏罚理刑等官疏》。末帝虽奖掖之,却不尽从。**

《册府元龟》卷六一三载:"(清泰元年)六月,大理正剧可久上疏:'臣曾披法律,深究臧否。州县令律之中,具存条格;军镇按推之吏,未载明文。事若不均,何以示劝。其三京军巡使、诸州府马步都虞侯,有精于推劾,雪活冤滥者,请量事超擢。如按鞫偏私,故入人罪者,亦刑之无赦。'诏曰:'义存两造,善推鞫者,故合奖酬。法贵一成,务钦守者,岂烦更改。剧可久所陈章奏,备验忠勤,然于取舍之间,未尽咨询之理。'"剧可久文存《全唐文》卷八六一,末帝有《定酬奖能理冤狱诏》,文存《全唐文》卷一一三。

**中书门下上《册拜王公交车略法物奏》。**

题下注:“清泰元年六月中书门下。”文存《唐文拾遗》卷五九。

**张鹏为御史中丞,有《常朝就敷政门外赐食奏》。**

《五礼通考》卷一三三引《册府元龟》载:“末帝清泰元年六月辛卯,御史中丞张鹏奏:‘文武常参官入合内廊下设食,每宣放仗拜后就食,相承以为谢食……’”文存《唐文拾遗》卷四六。

**道真有《三界寺藏内经论目录题记》。**

文中有:“长兴五年岁次甲午六月十五日……”文存《全唐文补编》卷九七。

## 七月

**孟知祥卒,终年六十一岁。子孟昶即位。昶字保元,初名仁赞,孟知祥第三子,时年十六岁。**

《资治通鉴》卷二七九载:“蜀主得风疾逾年,至是增剧。甲子,立子东川节度使同平章事亲卫马步都指挥使仁赞为太子,仍监国。召司空同平章事赵季良、武信节度使李仁罕、保宁节度使赵延隐、枢密使王处回、捧圣控鹤都指挥使张公铎、奉銮肃卫指挥副使侯弘实受遗诏辅政,是夕殂。秘不发丧。王处回夜启义兴门,告赵季良。处回泣不已。季良正色曰:‘今强将握兵,专伺时变。宜速立嗣君,以绝觊觎。岂可但相泣邪?’处回收泪谢之。季良教处回见李仁罕,审其词旨,然后告之。处回至仁罕第,仁罕设备而出,遂不以实告。丙寅,宣遗制命太子仁赞更名昶。丁卯,即皇帝位。”

**楚祚为末帝长子重吉供奉官。末帝有《免楚祚死诏》。**

《册府元龟》卷一五〇载:“末帝清泰元年七月诏曰:‘朕自中春,衅生家国,长子重吉,遽陷无辜。其供奉官楚祚,乘幼主之猜嫌,徇贼臣之指使,才闻差使,遽自请行……’”文存《全唐文》卷一一三。

**时雨稍愆，末帝赴龙门祈祷，甘泽寻降，末帝有《赛祭得雨诏》。**

《册府元龟》卷二六载："末帝清泰元年七月诏曰：'昨以稍愆时雨，虑损嘉禾。朕亲赴龙门，遍申祈祷。甘泽寻降，丰稔可期。宜令元差祷雨官各赴祠宇昭赛。'"文存《全唐文》卷一一三。

**末帝有《申明长兴二年敕录写律令格式六典诏》《委三司重议税法诏》《准徽陵行事官减选诏》。**

《册府元龟》卷六六载："清泰元年七月丙午诏曰：'长兴二年闰五月敕律令格式六典，凡关庶政，尽有区分，久不举明，遂致隳紊。宜令京百司各于其间录出本司事，裁成卷轴……'"《申明长兴二年敕录写律令格式六典诏》文存《全唐文》卷一一三。同书卷四九二载："（清泰元年）七月庚午，诏曰：'朕尝领藩条，屡亲政事，每于求理，务在恤民。况今子育万方，君临四海，日慎一日，思渐致于小康；虽休勿休，冀终成于大化。得不察生灵之疾苦，知稼穑之艰难。'"《委三司重议税法诏》文存《全唐文》卷一一三。同书卷六三三载："（清泰元年）七月诏：'应徽陵行事官，各无遗阙，已议奖酬，比少阙员，难于减选。遂许合赴集日，各与超资，今又恳有披论，宜特与减一选。'"《准徽陵行事官减选诏》文存《全唐文》卷一一三。

**刘昫为丞相监修国史，有《请宣功臣传付史馆奏》。**

《册府元龟》卷五五七载："刘昫自唐末帝时为丞相监修国史。清泰元年七月，昫奏曰：'史官奏：天成二年九月诏纂修太祖至庄宗实录及功臣列传……'"文存《全唐文》卷八五三。

**中书门下上《请定刺史选举军州判官条例奏》。**

题下注："清泰元年七月中书门下。"文存《全唐文》卷九七二。

## 八月

**霖雨稍频，虑妨收获，末帝有《祈晴诏》。**

《册府元龟》卷一四五载："（清泰元年）八月甲申，诏曰：'霖雨稍频，虑妨收获，分命朝臣诸祠宇祈晴。'乙未诏曰：'苦雨连绵已逾旬浃，差官祈禜，尚未晴明。宜令宰臣李愚、刘昫、卢文纪、姚𫖮各于诸寺观虔告。'自十一日后霖不止，至是日稍霁。"文存《全唐文》卷一一三。

**末帝有《百官充使依例轮差敕》《御署官准同一任正官期限赴选诏》。**

《五代会要》卷二四载："清泰元年八月敕：'凡关差使，须示均平。今后文武百官充使者，宜令依轮差，中书置簿，不得重迭。'"《百官充使依例轮差敕》文存《唐文拾遗》卷一〇。同书卷六三三载："（清泰元年）八月诏：'应自凤翔及沿路迎接，随从到京州县等官，或昔经患难，罄竭忠劳，或远奉乘舆，奔驰扈从。既各凭其衔署，遂溥降于优恩，爰示等差，特行厘革。'"《御署官准同一任正官期限赴选诏》文存《全唐文》卷一一三。

**李盈休为司勋郎，有《禁叙勋越次奏》。**

《五代会要》卷一四载："清泰元年八月，尚书司勋郎李盈休奏：'近日朝廷凡初叙勋，便至柱国。臣伏见本朝，位至宰辅藩镇，其勋皆从初叙……'"文存《全唐文》卷八四九。

**洪福有《佛本行集经变文题记》。**

文中有："长兴五年甲午岁八月十九日，莲台寺僧洪福写记诸耳。"文存《全唐文补编》卷九七。

**匡白任吴庐山僧正，居东林寺，奉德化王杨沏之命，撰《德化王于东林寺重置白氏文集记》。**

文末署："时太和六年岁次甲午八月己巳朔十二日庚辰，管内僧正讲论大德赐紫沙门匡白记。"据岑仲勉《读全唐文札记》："卷九一九'匡白，太和中沙门。'下收《江州德化东林寺白氏文集记》一首，末有云'时太和六年岁次甲午，八月己巳朔，十二日庚辰'。按此五代吴之太和也，今与唐大和（原均吴太和）师用、东乂诸僧杂列，使读者误会为同时人矣。"

## |九月|

**连雨害稼，末帝颁《祈晴诏》者再。另有《清理庶狱诏》。**

《旧五代史》卷一百四十一载："清泰元年九月，连雨害稼。诏曰：'久雨不止，礼有祈禳。荣都城门，三日不止。仍祈山川告宗庙社稷，宜令太子宾客李延范等禜诸城门，太常卿李怿等告宗庙社稷。'"《册府元龟》卷一四五载："（清泰元年九月）癸卯，司天监灵台郎李德舟，以霖雨为灾，献唐初太史令李淳风祈晴法：天皇、大帝、北极、北斗、寿星、九曜、二十八宿、天地水三官、五岳神，又有陪位神五岳判官、五道将军、风伯、雨师、名山、大川。醮法用纸钱驰马有差。诏曰：'李德舟显陈艺术，特贡封章。以霖雨之为灾，恐粢盛之不稔。请修祈醮，以示消禳。恭以天地星辰、宗庙社稷、雨师风伯，皆遵祀典，荐告不亏；名山大川，屡行祈祷。今据德舟所陈，据祠祷不该者，所司严洁祠祭，以表精虔。'"末帝两篇《祈晴诏》文皆存《全唐文》卷一一三。《册府元龟》卷一四五载："（清泰元年）九月己亥，诏曰：……甲辰诏曰：'霖霪稍甚，愆伏为灾。朕烛理不明，虑伤和气，都下诸狱，委御史台差官虑问……'"《清理庶狱诏》文存《全唐文》卷一一一三。

**后唐许朱弘昭、冯赟、孟汉琼、康义诚、王思同、乐彦稠等归葬。末帝有《许朱宏昭等归葬诏》。**

《册府元龟》卷四二载："末帝清泰元年九月庚戌，诏曰：'朱弘昭、冯赟、孟汉琼、康义诚、王思同、乐彦稠等，朕志切行仁，情唯念旧。虽颠覆自贻，其伊戚而愍伤，犹轸于予怀。宜降特恩，许其归葬。'"文存《全唐文》卷一一三。

**杜崇龟为翰林待诏、右赞善大夫，以星辰变度，苦雨霖霪，有《请修省以塞天**

**变表》。末帝有《褒答杜崇龟诏》。**

《册府元龟》卷五三三载："后唐杜崇龟，清泰初为翰林待诏、右赞善大夫同正，上言曰：'近日星辰变度，苦雨霖霪，是生灵共感之灾，致纬象垂芒之异，惟宜修德，以答玄穹。臣窃以修德遍在君臣，非独在于君父……师古以合天心，恶杀好生，资于睿化。'诏曰：'杜崇龟术精玄象，职在禁廷。睹苦雨之霖霪，视文星之变异，形于章奏，足验忠勤，修德省躬，朕诚有愧。见灾而惧，安敢忘怀，载阅所陈，深所嘉奖。'"此两文不署具体奏答时日，但从其上奏原因为星辰变度，苦雨霖霪，可以推知当在此时。以此前久旱，此后无雪，后唐皆有祈天举措，唯此时久雨。杜崇龟《请修省以塞天变表》文存《全唐文》卷八四九，末帝有《褒答杜崇龟诏》，文存《全唐文》卷一一三。

**范延光为天雄军节度使，有《请捕盗用重法奏》。**

《册府元龟》卷六一三载："（清泰元年九月）是月，天雄军节度使范延光上言：'副使王钦祚报：管内频有盗贼，剽劫坊市乡村，差兵巡捕，严加提防……'"文存《全唐文》卷八四九。

**宰臣李愚有《请以降诞日为千春节奏》《与太常帖[题拟]》。中书门下覆奏李愚举奏，上《荐送举人先行乡饮礼帖》。**

《册府元龟》卷二载："清泰元年九月壬申，宰臣李愚等奏：'臣览国史，开元十七年宰臣张说、源乾曜奏：改朔体元，固圣主之能事；良辰嘉会，亦俗化之大端。盖周人有合宴之仪，汉代有赐酺之律……'"《请以降诞日为千春节奏》文存《全唐文》卷八四八。《册府元龟》卷六四二载："末帝清泰元年九月，中书门下帖：'太常以长兴三年敕：诸科举人，常年荐送，先令行乡饮酒之礼，凡预举人，列从乡赋，遂奏《鹿鸣》之什……初，长兴中宰臣李愚好古，奏行此礼，累年不暇，至是愚复举奏。'"可知此为中书门下帖送李愚奏议。中书门下《荐送举人先行乡饮礼帖》文存《唐文拾遗》卷六〇，题下注："清泰元年九月中书门下。"李愚《与太常帖[题拟]》文存《全唐文补编》卷九八。

**大理寺上《窃盗议定赃罪奏》。吏部三铨上《请差官评议循资格奏》。**

《窃盗议定赃罪奏》题下注:“清泰元年九月大理寺。”文存《唐文拾遗》卷五九(下文同)。《请差官评议循资格奏》题下注:“清泰元年九月吏部三铨。”

## | 十 月 |

**河东等边地因契丹入侵,放免三年两税,末帝有《放免河东等处两税敕》,另有《禁官吏通衢陈诉诏》。**

《册府元龟》卷四九二载:“(清泰元年)十月癸未诏:‘河中居民屋税蠲除其半。’丙午又诏:‘振武新州河东西北边经契丹蹂践处,放免三年两税差配。’时契丹初退故也。”此乃末帝时事,《唐文拾遗》系于明宗,误。文存《唐文拾遗》卷九。《册府元龟》卷六六载:“(清泰元年)十月甲午诏曰:‘官吏通衢陈诉,比来时亦有之,若抱屈难伸,或有理未雪,固难抗节……’”《禁官吏通衢陈诉诏》文存《全唐文》卷一一三。

**宰臣卢文纪上章请条理选部,中书侍郎平章事姚颚驳之,末帝准姚颚所奏。**

《册府元龟》卷六三三载:“(清泰元年)十月,中书侍郎平章事姚颚上言:‘近宰臣卢文纪上章,请条理选部。臣闻事不师古,匪说攸闻……’诏曰:‘姚颚所奏铨管,实合规程,不唯六典昭彰,抑亦三铨整肃……’”姚颚《请六典分铨奏》文存《全唐文》卷八五〇,末帝有《准姚颚六典分铨诏》,文存《全唐文》卷一一三。

**欧阳熙有《洪州云盖山龙寿院光化大师宝录碑铭》。**

文中有:“吴大和六年甲午岁杪夏十一日示疾松堂,迨于中秋二十八日夜子时归真丈室,俗龄八十八,僧腊六十七。当年冬十月二十(阙一字)日移龛瘗乎真塔……”文存《全唐文》卷八六九。

**灵俊有《敕授河西应管内都僧统京城内外临坛供奉大德兼阐扬三教毗尼藏主赐紫沙门和尚墓志铭并序》。**

文末署:“于时清泰元年敦牂岁律当应钟萱雕十五叶书记。”以十二律应十二月,应钟律应十月,姑系文于此。文存《全唐文补编》卷一〇〇。

## |十一月|

**护圣军使王彦塘所至州府,乞索钱物,恃酒讹言,抵忤侍御马军都指挥使安从进,被斩于军门。末帝有《禁约军将诏》**。

《册府元龟》卷六六载:“(清泰元年)十一月壬子,侍御马军都指挥使安从进奏:‘护圣军使王彦塘,先西南面行营,所至州府,乞索钱物,恃酒讹言,抵忤本指挥使。赵廷昭诘之,伏罪,已斩于本军门。’诏曰:‘夫命将所以行兵,聚兵所以遏乱。必在上下有理,进退无违,入则畏法以谨身,出则图功而效命。畏法必无罪戾,图功则有宠恩。以此言之,不可不慎。’”文存《全唐文》卷一一三。

**因契丹蹂践,末帝再颁《免放被兵诸州两税诏》**。

《册府元龟》卷四九二载:“(清泰元年)十一月乙未,蔚州言州界经契丹蹂践处,乞蠲除差税,从之。丁未又诏曰:‘朕猥将寡昧,虔嗣宗祧,草木虫鱼,思宏于覆育;东西南朔,同切于绥怀。眷彼契丹,孤我恩信,忽驱族类,扰乱边陲……’”文存《全唐文》卷一一三。

**末帝有《祈雪诏》《停冬朝会仪诏》**。

《册府元龟》卷一四五载:“(清泰元年)十一月辛亥诏曰:‘朕君于人上,烛理不明。自冬初迄今,未降密雪。虞愆伏灾及黎民,宜令宰臣百寮分诣诸祠坛祈告。’”《祈雪诏》文存《全唐文》卷一一三。同书卷三一载:“(清泰元年)十一月戊戌,中书门下奏:‘太常撰定冬至朝会仪。’诏曰:‘初成园陵,弥轸孝思,遽履节辰,尤增顾复,所奏各仗宜停。’”《停冬朝会仪诏》文存《全唐文》卷一一三。

**宗正寺上《请修奉列圣陵寝奏》,末帝有《修奉列圣陵寝诏》**

《册府元龟》卷一七四载:“末帝清泰元年十一月己未,宗正寺言:‘御史台转报，百司各抄六典令式内本司事，举行职典，宗庙陵园，列圣陵寝，多在关西，梁季为贼臣盗发……'诏曰：'所请修奉列圣陵寝及差官，宜依。其陵令候事毕日以闻。'"宗正寺文存《全唐文》卷九七二，题下注："清泰元年十一月宗正寺。"末帝《修奉列圣陵寝诏》文存《全唐文》卷一一三。

**中书门下上《奏忌辰前后日不坐朝状》。御史台上《前任节度使缀班奏》。**

《奏忌辰前后日不坐朝状》题下注："清泰元年十一月中书门下。"文存《全唐文》卷九七四。《前任节度使缀班奏》题下注："清泰元年十一月御史台。"文存《唐文拾遗》卷五九。

## 十二月

**李元龟上《请令贬降官归葬疏》，末帝有《答李元龟请降优恩诏》。**

《册府元龟》卷一四五载："（清泰元年十二月）甲午诏曰：'李元龟官处法司，次当候对，以稍愆于时雪，请特降于优恩。初则以贬谪官亡殁外州，乞容归葬，次则以亡殁者儿孙绝嗣，请本处瘗埋。宜依所陈，颁告诸道。'"李元龟《请令贬降官归葬疏》文存《全唐文》卷八四九。末帝《答李元龟请降优恩诏》文存《全唐文》卷一一三。

**陈保极为侍御史，有《请置资福道场疏》。**

《册府元龟》卷一四五载："（清泰元年）十二月戊子，以自冬无雪，诏宰臣卢文纪祈嵩岳。庚寅，幸龙门广化寺开无畏塔祈雪，自卯至申时还宫，又侍御史陈保极上疏：'元冬告谢，密雪未零，窃虑今夏，龙德启图，銮旌赴阙，拥十万众，临九重城……'"文存《全唐文》卷八五二。

**后蜀孟昶有《劝农桑诏》。**

《十国春秋》卷四九载："（明德元年）十二月，颁劝农桑诏曰：'刺守县令，其务出入阡陌，劳来三农，望杏敦耕，瞻蒲劝穑……'"文存《全唐文》卷一二九。

## |本 年|

**卢文纪为中书侍郎平章事,有《陈政事疏》。末帝答之。**

《册府元龟》卷三一四载:“卢文纪为中书侍郎平章事,末帝清泰元年上疏曰:‘臣闻事君尽忠,孔子激扬于直道;无功受禄,周诗讥讽于旷官。敢因灾沴之时,辄贡倾输之悬。臣伏见比年以来,朝廷多故。人事则兵丧祸乱,天时则水旱虫霜。若非陛下拯溺救焚,移灾作福,则生灵受弊,宗社何依……’诏曰:‘卢文纪早践班行,迭更显重,动惟稽古,言必为时。当朕求治之初,首居辅弼之位,能竭事君之节,以申报国之劳……’”卢文纪《陈政事疏》文存《全唐文》卷八五五,末帝《答卢文纪陈政事诏》文存《全唐文》卷一一三。

**周元枢为侍御史,陈十事,行者四。末帝有《答周元枢陈十事诏》。**

《册府元龟》卷四七六载:“周元枢为侍御史。清泰元年陈十事,其行者四。诏曰:‘请再示赏罚,提举县令。事百里象雷之地,一同制锦之人,期在养民,岂宜失职。’”末帝《答周元枢陈十事诏》文存《全唐文》卷一一三。

**中书门下上《覆奏程逊等陈时务奏》,末帝有《施行程逊等所陈时务诏》。**

《覆奏程逊等陈时务奏》文存《全唐文》卷九七二,题下注:“清泰元年中书门下。”末帝《施行程逊等所陈时务诏》文存《全唐文》卷一一三。

**阙名有《府主大王曹公修功德记[题拟]》。**

文末署:“于时大唐清泰元年(下缺)甲午十(下缺)日题斯记。”文存《全唐文补编》卷一三八。

**王延钧有《太祝院祝生陈兴可银青光禄大夫检校太子宾客兼监察御史上柱国制》。**

文末附辑者陈尚君按语:“此为龙启二年制。”姑从之。文存《全唐文补编》卷一一六。

**贾鹗有《判彭州人请归醋头僧状》**。

《十国春秋》卷五三载:“贾鹗,青社人也。仕高祖为御史,刚方严正,门无私谒。明德元年,彭州刺史田敬全辟为本州卒职,已而权刺史事,为理公清,人多敬惮之。是时彭州僧号醋头者,长髭垂发,以功德灯像,纳为三衣,状若佯狂,言事多中。惧鹗,不敢辄入境内,彭州人诣鹗陈状,请归之。鹗判状曰:‘出家长头,未除烦恼;为衣挂像,岂敬慈尊。向禅室以邪淫,发妖言而惑众……’”文存《全唐文》卷八九一。

**刘昫有《请令朝臣巡视均田奏》**。

文中有:“天下州郡,于天成二年括定税率,迨今八年。近有民于本道及诣阙诉田不均,乞简视。”自天成二年下推八年,当在应顺元年,姑系文于此。文存《全唐文》卷八五三。

## 后唐清泰二年　吴天祚元年　南汉大有八年　闽永和元年　后蜀明德二年　契丹天显十年

乙未　九三五

### 正月

**末帝有《许招添牢城防御兵士诏[题拟]》**。

题下注:“清泰二年正月。”文存《全唐文补编》卷九八。

**宗正寺上《朝拜诸陵奏》,中书门下上《刑狱公事遇节奏覆奏[题拟]》**。

《朝拜诸陵奏》题下注:“清泰二年正月宗正寺。”文存《唐文拾遗》卷五九。《刑狱公事遇节奏覆奏[题拟]》题下注:“清泰二年正月中书门下。”文存《全唐文补编》卷一二七。

## |二 月|

**宰臣卢文纪上奏,请追尊明宗魏皇后。中书门下覆奏,明宗答之。**

《册府元龟》卷三一载:“(清泰二年)二月己丑,宰臣卢文纪等上章曰:‘臣闻圣列九皇,必禀严慈之训;贵为万乘,弥怀顾复之思。所谓生我劬劳,昊天罔极……’诏曰:‘朕猥以眇质,获嗣丕图,暑往寒来,知昊天之罔极;忧深思远,唯触地以无容。卿等学究源流,文苞体要,以致财成之美,复陈孝理之规,援引古今,铺陈茂实,导朕以爱亲之礼,勉朕以追远之文,取则昭成,明征章敬。’”卢文纪《请追尊宣宪太后表》(“宣宪”当是“宣献”之误)文存《全唐文》卷八五五,中书门下《明宗魏皇后上谥奏》题下注:“清泰二年二月中书门下。”文存《唐文拾遗》卷五九,可知与卢氏文所为一事,当是覆奏之文,应作于同时。末帝《答卢文纪请追尊宣献太后诏》文存《全唐文》卷一一三。

**中书上《禁漏泄除官制书奏[题拟]》,末帝有《节度等使官告不得漏泄敕》。**

《五代会要》卷一三载:“清泰二年二月,中书奏:‘近日除官,制书未下,多已漏泄。此后除改,候画下所司,以正敕写官告进纳,如画黄未下,请不催素。’敕:‘节度防御团练使刺史行军副使等,事关急切,除授官告,若待画下给赐,即恐滞留,敕枢密院:凡经由处,不得漏泄,其寻常除命,依中书所奏。’”《唐文拾遗》署为闵帝敕文,误,今正之。中书《禁漏泄除官制书奏[题拟]》文存《全唐文补编》卷一二七,题下注:“清泰二年二月中书。”末帝《节度等使官告不得漏泄敕》文存《唐文拾遗》卷一〇。《全唐文补编》卷九八据《册府元龟》卷六三三、《五代会要》卷一三重录,于末尾增“其寻常除命,依中书所奏”数字,题下注:“清泰二年二月。”

## |三 月|

**两街功德使雍王重美奏:每年诞节,诸道州府奏荐僧尼道士紫衣师号渐多,**

**请特立条流,以防滥进。雍王重美有《量立僧道科试奏》,末帝有《答雍王重美敕》。**

《册府元龟》卷六一载:"末帝清泰二年三月辛亥,两街功德使雍王重美奏:'每年诞节,诸道州府奏荐僧尼道士紫衣师号渐多,今欲量立条式:僧讲论讲经表白各三科,文章应制十二科,持念一科,禅声赞科,并于本伎能中条贯。道士经法科,试义十道,讲论科,试经论文章。应制科试诗,表白科试声喉,声赞科试步虚、三启,焚修科试斋醮仪。'诏曰:'重美学洞儒玄,官居尹正,因三教之议论,希千春之渥恩。特立条流,以防滥进。从之。'"末帝《答雍王重美敕》文存《唐文拾遗》卷九。《全唐文补编》卷九八重出标题,附辑者陈尚君按语曰:"见《册府元龟》卷六一。《唐文拾遗》卷九误收于明宗下。今移正。文不重录。"雍王重美《量立僧道科试奏》文存《唐文拾遗》卷四六。

**史在德为太常丞,上疏指朝廷弊政。末帝因即位之初,不以言定罪。史在德有《朝廷任人滥进疏》,末帝有《免史在德言事罪诏》,另有《令监祭使省视祭物诏》。**

《册府元龟》卷四一载:"(清泰)二年三月,太常丞史在德上疏言事……帝召学士马裔孙谓曰:'史在德语太凶,其实难容。朕初临天下,须开言路。若朝士以言获罪,谁敢言者?尔代朕作诏,勿加在德之罪。'诏曰:'左补阙刘涛等奏,太常丞史在德所上章疏……'"据《册府元龟》可知,此诏乃末帝令马裔孙所为,因是诏书,当署末帝名而不当系于马裔孙名下。《全唐文》误,今正之。史在德《朝廷任人滥进疏》文存《全唐文》卷八四九,末帝《免史在德言事罪诏》文存《全唐文》卷八五六。同书卷三四载:"(清泰)二年三月庚申,诏曰:'祠祭国家重事,功在精虔,若不提撕,渐成疏慢。今后监祭使,每祭亲视酒馔币玉,不得令馔料失于蠲洁。如有所闻,罪在监祭。使其坛庙墙屋,勿令疏漏,本司常检举修葺以闻。'"《令监祭使省视祭物诏》文存《全唐文》卷一一三。

**崔居俭为工部尚书判吏部尚书铨,有《请停预州员缺奏》。**

《册府元龟》卷六三三载:"(清泰二年)三月,工部尚书判吏部尚书铨崔居俭奏:'今年选人,内八十三人无阙注拟,词诉纷纭,盖因近敕减选,入仕者多门,虽可区分,难抑词理,请下格式。'"崔氏文存《全唐文》卷八五〇。

## |四 月|

**考功员外郎李慎仪有《乞修饰祠宇疏》。**

《册府元龟》卷三四载:"(清泰二年)四月戊辰,考功员外郎李慎仪上言:'今春以来,稍愆雨泽。陛下念稼穑之重,深宵旰之忧,倍轸圣心,遍走群望……'"文存《全唐文》卷八五二。

**宰臣张延朗有《州县征科赏罚奏》。**

《册府元龟》卷六三六载:"末帝清泰二年四月,宰臣张延朗奏:'州县官征科赏罚,例县令录事参军正官,一年依限征科了绝,加阶;二年依限与试衔;三年总及限与服色……'"文存《唐文拾遗》卷四六。

**灵俊有《唐故河西归义军左马步都虞候银青光禄大夫检校左散骑常侍上柱国梁府君邈真赞并序》。**

文末署:"于时清泰二年乙未岁四月九日题记。"文存《全唐文补编》卷一〇〇。

## |五 月|

**程逊为中书舍人,与学士和凝、张砺等上十三事,程逊有《与学士和凝张砺等上十三事疏》。**

《册府元龟》卷五五三载:"晋程逊初仕后唐,为中书舍人。上言:'以民间机织,多有假伪,虚费丝缕,不堪为衣,请下禁止,庶归朴素。'后为翰林学士,与学士和凝、张厉(砺)等上十三事……其五:朝野官吏,人数众多,若不行黜陟之科,何以察其能否。望准考课令,凡中外官,岁终校考,以行进退。"据《旧五代史》卷一四九载:"后唐清泰二年秋九月庚申,尚书考功上言:'今年五月翰林学士程逊所上封事内,请自宰相百执事外镇节度使刺史,应系公事官,逐年书考,较其优劣,遂检寻唐书六典会要考课,令书考第。'"两相比照,可知程逊上奏章当是清泰二年五月事。程逊《与学士和凝张砺等上十三事疏》文存《全唐文补编》卷九九。

**末帝有《禁进奉异物诏》**。

《册府元龟》卷一六〇载:"末帝清泰二年五月庚戌,诏曰:'朕闻奇伎淫巧,增费损功。古先哲王,尝戒其事。朕宪章百代,临御万方,以其欲致延洪,必绝骄奢之渐。'"文存《全唐文》卷一一三。

**御史台刑部大理寺上《请定枉法赃数奏[题拟]》,中书门下上《请改定枉法赃罪奏》。末帝有《以夏令赦宥御札》《禁盛夏滞狱诏》**。

《请定枉法赃数奏[题拟]》文存《全唐文补编》卷一二七,题下注:"清泰二年五月御史台刑部大理寺。"中书门下《请改定枉法赃罪奏》文存《全唐文》卷九七二,题下注:"清泰二年五月中书门下。"《册府元龟》卷九三载:"(清泰)二年五月乙巳御札曰:'王者父天子民,深居高视,恭己以行道,褒贤以劝功。盖以上承天休,下除民瘼,率辇下以劝天下,自一人而惠万人。'"《以夏令赦宥御札》文存《全唐文》卷一一三。又,同书卷一五一载:"(清泰)二年五月辛丑诏曰:'运当昭泰,时属乐康,思欲导和气于雍熙,布休光于幽隐,将期恤物,必轸深仁……'"《禁盛夏滞狱诏》文存《全唐文》卷一一三。

**中书门下上《避御名上一字奏》《请改庙讳偏旁奏》,末帝颁《庙讳偏旁不宜全改诏》**。

《避御名上一字奏》《请改庙讳偏旁奏》二文题下皆注:"清泰二年五月中书门下。"可知末帝文当在此后不久,姑系于一处。《避御名上一字奏》文存《唐文拾遗》卷五九,《请改庙讳偏旁奏》文存《全唐文》卷九七二,末帝《庙讳偏旁不宜全改诏》文存《全唐文》卷一一三。

**尚书考功上《乞当司逐月支赐纸笔钱粮奏[题拟]》**。

题下注："清泰二年五月尚书考功。"文存《全唐文补编》卷一二七。

**阙名有《大唐故光禄大夫检校司徒前使持节冀州诸军事冀州刺史兼御史大夫上柱国清河郡商在吉墓志铭》**。

文存《全唐文补编》卷一五六。文中有："司徒于清泰二年五月二日夜，忽觉心腹有疾，药饵无征，遂乃哭别明时，甘归大夜。"可推知其文当作于此后不久，姑系于此。

## 六月

**后唐局势渐稳，拟修明宗实录，末帝有《令修撰实录制》**。

《册府元龟》卷五五七载："（清泰）二年六月制曰：'恭惟先皇帝，夷凶静乱，开国承家，社稷危而再安，乾坤否而复泰……'"文存《全唐文》卷一一三。

**林弼有《唐太子少保赠太子少傅朱汉宾谥议》**。

《旧五代史》卷六四载："（朱汉宾）清泰二年六月卒，时年六十四。"则此议当在其卒后未久，姑系文于此。文存《全唐文》卷八五〇。

## 七月

**卢损为御史中丞，上《酌定不便时宜条件奏》，末帝有《量准卢损不便时宜条件诏》。另有《举奏判官敕》《限荐人诏[题拟]》**。

《册府元龟》卷四七六载："（清泰二年）是年，又上言：'……准天成二年二月敕：每年进士，合有闻喜宴、春关宴，并有司所出春关牒用绫纸，并官给。臣等以举人既成名，第宴席所费属私，况国用未充，枉有劳费，请依旧制不赐……'诏曰：'令录之任，总六曹之纠辖，系百里之惨舒，惠养吾民，可以亲承顾问。内殿辞谢，可如旧制。……举人春关冬集，绫纸、闻喜、关宴所赐钱，并仍旧官给。余从之。'"卢损《酌定不便时宜条件奏》文存《全唐文》卷八五六，末帝《量准卢损不便时宜条件诏》文存《全唐文》卷一一三。另外,《全唐文》八五六另收卢损《请停春关宴奏》,是从《册府元龟》卷六四二录出:“(清泰)二年七月,御史中丞卢损言:‘天成二年二月敕:每年进士,合有闻喜宴、春关宴,并有司所出春关牒用绫纸,并官给。臣等以举人既成名第,宴席所费属私,况国用未充,枉有劳费。请依旧制不赐。’诏曰:‘春关冬集,绫纸、闻喜、关宴所赐钱,并仍旧官给,余从之。’”二处所载,详略虽异,实则一事,只不过《册府元龟》卷四七六记载较详,卷六四二则撮录其要。《五代会要》卷二五载:“清泰二年七月,中书门下奏:‘自今年三月后,诸州刺史奏军判官九人行,有碍新敕,虑在外未知。’敕:‘军判官宜令本州刺史自选择举奏,且初除本职,未得与官,或与刺史连任相随,显有劳能,许本州刺史以闻,量事奖擢,仍不得枉有论荐,其三月后,九人且与施行。’”末帝《举奏判官敕》文存《唐文拾遗》卷一〇。《限荐人诏[题拟]》题下注:“清泰二年七月。”文存《全唐文补编》卷九八。

## |八月|

**中书门下上《请定朝官除任月限奏》《条理前资朝官》。**

二文题下皆注:“清泰二年八月中书门下。”前文存《全唐文》卷九七二。后文存《全唐文补编》卷一二七。

**钱元瓘有《请建龙册寺奏》。**

《册府元龟》卷五二载:“(清泰二年)八月,杭州钱元瓘言:‘袭爵四年,曾无显效。受凤池之真命,降龙册以双封。臣特于府城外造寺一所……’”文存《全唐文》卷一三〇。

**杨德纶有《大吴金紫光禄大卿检校司徒行光禄卿使持节颍州诸军事颍州刺史兼御史大宪上柱国太原王公墓志铭并序》。**

文中有:“以大和七年岁次乙未六月甲子朔十一日甲戌,薨于江都府江阳县布政坊私第,享年六十有七。以其年八月十日,葬于都之西北江都县兴宁乡马坊村山之阳,礼也。”文存《全唐文补编》卷一〇九。

## |九月|

**末帝有《以安崇赞为孟州司马诏》。**

《册府元龟》卷一三一载:“末帝清泰二年九月诏曰:‘安崇赞父有力于皇家,著之青史。虽然得罪于先朝,此日特行于延赏。’”末帝文存《全唐文》卷一一三。

**中书门下上《定乡饮酒仪注帖[题拟]》。**

题下注:“清泰二年九月中书门下。”文存《全唐文补编》卷一二七。

**礼部贡院上《科举事宜奏》《试进士依旧例奏》。考功上《请行考课奏[题拟]》。**

礼部贡院二文题下皆注:“清泰二年九月礼部贡院。”文皆存《唐文拾遗》卷五九。《请行考课奏[题拟]》题下注:“清泰二年九月考功。”文存《全唐文补编》卷一二七。

**僧绍宗有《为亡母设供疏》。**

文末署:“清泰二年九月十四,哀子比丘僧绍宗谨疏。”文存《全唐文补编》卷九八。

## |十月|

**中书门下上《议臣寮居丧终制除授奏》,末帝有《居丧终制敕》。**

《五代会要》卷九载:“清泰二年十月中书门下奏:‘奉长兴二年四月五日敕,朝臣居丧终制,委御史台具名申奏。诸道幕府职事,除丧后宜行恩命。州县官才使授官,及到任一考前丁忧,服阕并与除授,依常定格,自有节文。应州县官新授及到任一考后丁忧,服阕准格取文解,南曹磨勘,申中书门下,当与除授,不得经堂陈状。'从之。"《册府元龟》卷六三三亦载此奏,然皆未录答敕文字,只"从之"二字而已。《唐文拾遗》以中书门下所奏文字为答敕,且误收于明宗名下,实误,今正之。中书门下《议臣寮居丧终制除授奏》文存《全唐文》卷九七二,题下注:"清泰二年十月中书门下。"末帝《居丧终制敕》文存《唐文拾遗》卷九。

**闽王延钧有《封陈靖姑为顺懿夫人诏》,旋为皇城使李仿所杀。子继鹏即位,更名昶。**

《十国春秋》卷九九载:"靖姑,守元女弟也。常饷守元于山中,遇馁妪,发箪饭饭之,遂授以秘箓符篆,与鬼物交通,驱使五丁,鞭笞百魅。永福有白蛇为孽,数害郡县,或隐迹宫禁,幻为人形。惠宗召靖姑驱之,靖姑率弟子作丹书符,夜围宫斩蛇为三,蛇化三女子,溃围出,飞入古田井中。靖姑围井三匝,乃就擒。惠宗诏曰:'蛇魅行妖术,逆天理,隐沦后宫,诳惑百姓。靖姑亲率神兵服其余孽,以安元元,功莫大焉,其封靖姑为顺懿夫人。'"惠宗此诏具体时间难考,以其旋为李仿所杀,姑系文于此。文存《全唐文补编》卷一一六。据《新五代史》卷六八载:"镂婢春燕有色,其子继鹏烝之。镂已病,继鹏因陈氏以求春燕,镂怏怏与之。其次子继韬怒,谋杀继鹏。继鹏惧,与皇城使李仿图之。是岁十月,镂飨军于大酺殿,坐中昏然,言见延禀来。仿以为镂病已甚,乃令壮士先杀李可殷于家。明日晨朝,镂无恙,问仿杀可殷何罪?仿惧而出,与继鹏率皇城卫士而入。镂闻鼓噪声,走匿九龙帐中。卫士刺之,不殂。宫人不忍其苦,为绝之。继韬及陈后、归郎,皆为仿所杀。镂立十年见杀。谥曰惠皇帝,庙号太宗。"

## |十一月|

**御史台上《请更定朝班奏》。**

题下注:"清泰二年十一月御史台。"文存《全唐文》卷九七二。

## |十二月|

**马缟为国子祭酒,时年八十余,形气不甚衰,而于事多遗忘。马缟有《改服**

**制疏》**。

《册府元龟》卷九五四载："马缟为国子祭酒，时年八十余，形气不甚衰，而于事多遗忘。尝言元稹不应进士，以父元鲁山名进故也。多如此类。又上疏：'古者无嫂叔服，文皇创意，以兄弟之亲，不宜无服。乃议服小功。今令文省服制条，为兄弟之妻大功，不知何人议改……'"据《旧五代史》卷四七载，马缟兼国子祭酒，在清泰二年十二月。《五代会要》卷八录此文，系于清泰三年二月太常礼院所奏文字中："清泰三年二月，太常礼院奏：'据尚书兵部侍郎马缟上疏，言古礼嫂叔无服，盖推而远之。案《五礼精义》，贞观十四年魏徵等议亲兄弟之妻，请服小功五月……'"据此似可推断，马缟任兵部侍郎兼国子祭酒后，曾上此章，故有太常礼院覆奏上闻，时间当在清泰三年二月之前，姑系于此。《全唐文补编》卷九八另录一段文字，附案语载："此与《全唐文》卷八四九《改服制疏》为同一文，而内容几全不同，殆一文而称引不一。"马缟《改服制疏》文存《全唐文》卷八四九。

**太常礼院上《明堂受朝大事不坐奏》**。

题下注："清泰二年十二月太常礼院。"文存《唐文拾遗》卷五九。

**僧延寿有《法华瑞应赋》**。

文末署："时乙未岁冬十二月壬寅朔十一日记。"文存《全唐文》卷九二二。

## |本 年|

**刘赞六十余岁，病卒**。

《新五代史》卷二八载："清泰二年，诏归田里，行至石会关，病卒。"刘赞著述，宋元公私书目均未著录。《全唐诗》卷七二七录诗一首，有疑辞。《全唐文》卷八四九存文两篇。

**张昭加判史馆兼点阅三馆书籍，校正添补。又预修《明宗实录》三十卷**

**以献**。

《宋史》卷二六三载:"(清泰)二年,召判史馆兼点阅三馆书籍,校正添补,预修《明宗实录》。成三十卷以献。"

**越国夫人路氏有《千佛崖造象记其二》**。

文中有:"清泰己(下缺)",考清泰只两年,一为甲午一为乙未,"己"当为"乙"之误,即清泰二年。文存《唐文拾遗》卷五一。

**和凝初仕后唐,有《请置医学奏》**。

《册府元龟》卷五五三载:"和凝初仕后唐,末帝清泰二年为翰林学士,上言:'当贞观之朝,则广开医学,及开元之代,则亲制方书,爰在明朝,宜遵故事……'"文存《全唐文》卷八五九。

**末帝有《饬中书舍人诏》**。

《册府元龟》卷一五八载:"(清泰)二年诏曰:'近日告敕牒,书写生疏,装褫卤莽,未欲便行罚责……'"末帝文存《全唐文》卷一一三。

**刘鼎有《请依故事荐人自代疏》,末帝有《答刘鼎请依故事荐人自代诏》**。

《册府元龟》卷四七六载:"刘鼎为吏部员外郎,清泰二年上疏:'臣见建中元年正月敕:中外文武臣寮,授官上后三日,举人自代……除官用人,选所荐多者拟议,多事已来,此道久废。今后乞复施行。'诏曰:'设官分职,为时主之敷恩;推贤让能,乃朝臣之盛事。是以《诗》称伐木,史载弹冠……'"刘鼎《请依故事荐人自代疏》文存《全唐文》卷八五五,末帝《答刘鼎请依故事荐人自代诏》文存《全唐文》卷一一三。

**卢损为御史中丞,有《陈五事疏》,末帝有《答卢损陈五事诏》**。

《册府元龟》卷四七六载："清泰二年，御史中丞卢损上言五事：'其一：臣睹陛下勤俭为本，宵旰是专。日新之德，继声时病之忧渐息，事才达听言乃必行，若有隐于圣明……依旧令衙前选任。'诏曰：'听政不坐，礼仪而合使先知；牧马趋朝，道路而宜令有异。况民家占侵于御路，固合条流；牛车来往于天津，宜须禁止。卢损益深奉职，言切为时，详五件之封章，俾四方之观政，除光政门外下马一件续有处分，余并从之。'"卢损《陈五事疏》文存《全唐文》卷八五六，末帝《答卢损陈五事诏》文存《全唐文》卷一一三。

**卢文纪为中书侍郎、平章事，有《请对便殿疏》，末帝有《答卢文纪请对便殿诏》。**

《册府元龟》卷三一四载："（清泰）二年又上疏曰：'臣近蒙召对，面奉天旨：凡军国庶事，利害可否，卿等位居辅弼，并合尽言。臣等仰承诏谕，退自省循，时遇休明，名叨辅弼。才器不能经纶庶务，智术不能康济大猷……'诏曰：'朕闻宫鸣商应，则律吕和；君唱臣随，则邦家理。兴化之本，百代同归。朕顾惟眇冲，获奉基构，虑生灵之未泰，忧政教之不明。旰食宵衣，未尝暂暇，副我焦劳之意，属于辅相之臣。卿等济代英才，镇时硕德……'"卢文纪《请对便殿疏》文存《全唐文》卷八五五，末帝《答卢文纪请对便殿诏》文存《全唐文》卷一一三。

**许逊为右拾遗，有《请停越局言事疏》，末帝有《答许逊请停越局言事诏》。**

《册府元龟》卷二七六载："许逊为右拾遗。清泰二年，上疏曰：'臣见上封事者，多不关时政得失。或以事不合己，或以位未及人……'诏曰：'上书言事，谏署旧规，各有所司，岂宜越局。若思出于位，理或侵官。言匪尽忠，徒欲沽于謇直，词多率意，实有望于指陈。许逊所上封章，请依近敕，各司其事，允叶旧章。'"许逊《请停越局言事疏》文存《全唐文》卷八六〇，末帝《答许逊请停越局言事诏》文存《全唐文》卷一一三。

**刘昫有《请差官纪录时政疏》《请令朝臣巡视均田奏》。**

《册府元龟》卷五六〇载："李崧为端明殿学士，清泰二年，史馆上言：'自明宗朝，每见宰臣节度使为军民政事，有所敷陈，或宸旨宣扬，此关道理，唯近臣闻听,外面不知。先朝时诏枢密直学士阎至,于奏对时记录,逐季下史馆以备纂修。自今年四月后,诏李专美记录,今以改官,其记录望别差官,乃诏崧记录。'"据此知此奏为史馆所上,但未署刘昫,《全唐文》系于刘氏名下不知何据,姑仍之。又《全唐文补编》卷一二七录有史馆《请别差官记录奏[题拟]》题下注:"清泰二年史馆。"依此,则可推知其时刘昫为史馆修撰,故有此章奏。刘昫《请差官纪录时政疏》文存《全唐文》卷八五三。刘昫《请令朝臣巡视均田奏》文中有:"天下户民,自天成二年括定秋夏田税,迨今八年。"自天成二年下推八年,当在清泰二年。姑系文于此。刘昫《请令朝臣巡视均田奏》文存《全唐文补编》卷一〇三。

**萧渊有《褚氏遗书序》。**

《四库全书总目·褚氏遗书》载:"是书分受形、本气、平脉、津润、分体、精血、除疾、审微、辨书、问子十篇,大旨发挥人身气血阴阳之奥。《宋史》始著于录,前有后唐清泰二年萧渊序云……"可知序文作于此年。文存《全唐文》卷八四九。

**于遘为刑部郎中,有《请禁妄言投匭疏》。**

《册府元龟》卷四七六载:"李遘为刑部郎中,清泰二年上言:'臣忝掌刑名,合论法律。臣见比年已来,有前州县官或假侵官,不量事体,皆投匭乞官,况大朝取士之门,有举有选……'"按,"李遘"当是"于遘"之误。文存《全唐文》卷八四九。

**道琳有《莫高窟功德记》。**

此文末附辑者陈尚君按语:"此篇不署名。文中'余无智虑'句。'余'原作'琳',已涂去,知其名琳,当即文中之法律道琳。伯三七一八卷有灵俊撰梁幸德邈真赞。清泰二年撰。因知此亦后唐时文。"姑从之,系于此。文存《全唐文补编》卷九八。

**西蜀幸寅逊有《谏孟昶击球驰骋疏》。**

《十国春秋》卷五四载："明德二年，寅逊上疏曰：'臣闻诸召公曰：玩人丧德，玩物丧志。不作无益害有益，功乃成，不贵异物贱用物，民乃足……'"幸氏文存《全唐文》卷八九一。

## 后晋天福元年　吴天祚二年　南汉大有九年　闽通文元年　后蜀明德三年　契丹天显十一年

丙申　九三六

### 正月

**吴越钱元瓘有《杨瑫等改补节度子将牒》。**

文中有："清泰三年正月日牒。"文存《全唐文》卷一三〇。

### 二月

**后唐末帝因兵部侍郎马缟年前上疏，言古者嫂叔无服，敕下尚书省集百官议。太常礼院上《今古服制令式不同奏》。尚书左仆射刘昫有《嫂丧宜依开元礼议》，右赞善大夫赵咸乂有《嫂丧宜依令式服大功议》。**

《册府元龟》卷五九四载："（清泰）三年二月，太常礼院奏：'据兵部侍郎马缟上疏，言古者嫂叔无服……'敕下尚书省集百官议。尚书左仆射刘昫等议曰：'伏以嫂叔服小功五月，《开元礼》、《会要》皆同其令式，正文内元无丧服制度，只有一本内编，在假宁令后……'"马缟文存《全唐文》卷八四九，作于后唐清泰二年十二月。此乃其上章后下群臣议论文字。刘昫《嫂丧宜依开元礼议》文存《全唐文》卷八五三。《五代会要》卷八载："清泰三年二月，太常礼院奏：'据尚书兵部侍郎马缟上疏言：古礼嫂叔无服，盖推而远之……'右赞善大夫赵咸乂议曰：'臣闻三代之制礼，无降减之名；五服之容丧，有宁戚之义。此盖圣人随时设教，称情立文，沿革不同，吉凶相反……'"《全唐文》录此文于赵延乂，当即赵咸乂，文存《全唐文》卷八五六，太常礼院《今古服制令式不同奏》文存《唐文拾遗》

卷五九,题下注:“清泰三年二月太常礼院。”

**贾纬有《昭义军节度使安元信谥议》**。

《旧五代史》卷四八载:“(清泰三年二月)丁亥,以昭义节度使安元信卒废朝。”贾纬此谥议当在此时,姑系于本月。文存《全唐文》卷八五六。

## 三月

**和凝有《给诸屯兵士医药奏[题拟]》,末帝有《答和凝请给诸屯兵士医药敕[题拟]》**。

末帝《答和凝请给诸屯兵士医药敕[题拟]》文存《全唐文补编》卷九八,题下注:“清泰三年三月。”据此可以推知和凝所奏亦当在此前不久,姑系于一处。和凝《给诸屯兵士医药奏[题拟]》文存《全唐文补编》卷一〇五。

**李元龟为尚书刑部郎中,有《徒流放还依律处分奏》**。

《五代会要》卷九载:“后唐清泰三年三月,尚书刑部郎中李元龟奏:‘准开成格,应断天下徒流人,到所流处,本管画时申御史台,候年月满日申奏,得放还本贯。近年凡徒流人,所管虽奏,不申御史台,报大理寺,所以不知放还年月。望依格律处分。’从之。”李氏文存《唐文拾遗》卷四六。

**阙名有《请定内外官吏对见条例奏》**。

题下注:“清泰三年三月。”文存《全唐文》卷九七二。

## 四月

**磁州长史党径有《安阳修定寺塔题名》**。

文末署:“清泰三年四月八日,磁州长史党径,行人焦贵、韩彦然□张温、高遇。故记。”文存《全唐文补编》卷九八。

## 五月

**后唐薛文遇上奏石敬瑭必反，宜早图之。末帝以为然。河东石敬瑭将反，有《上唐末帝奏章》，末帝有答诏。**

《旧五代史》卷四八载：“（清泰三年五月，薛）文遇奏曰：‘臣闻作舍于道，三年不成。国家利害，断自宸旨。以臣料之，石敬瑭除亦叛，不除亦叛，不如先事图之。’帝喜曰：‘闻卿此言，豁吾愤气。’先是，有人言国家明年合得一贤佐，主谋平定天下。帝意亦疑贤佐者属在文遇，即令手书除目，子夜下学士院草制。翼日宣制之际，两班失色。居六七日，敬瑭上章云：‘明宗社稷，陛下纂承。未契舆情，宜推令辟，许王先朝血绪，养德皇闱，傥循当璧之言，免负阋墙之议。’帝览奏不悦。”石敬瑭《上唐末帝奏章》文存《全唐文补编》卷九九。《资治通鉴》卷二八〇载：“敬瑭将举事，亦以情告之。彦询曰：‘不知河东兵粮几何，能敌朝廷乎？’左右请杀彦询。敬瑭曰：‘惟副使一人，我自保之，汝辈勿言也。’戊戌，昭仪节度使皇甫立奏敬瑭反。敬瑭表帝，养子不应承祀，请传位许王。帝手裂其表抵地，以诏答之曰：‘卿于鄂王，固非疏远，卫州之事，天下皆知。’”末帝《答石敬瑭诏》文存《全唐文》卷一一三。

**末帝有《选京员为两使判官畿赤县令诏》。**

《旧五代史》卷一四九载：“（清泰）三年五月乙未，诏曰：‘近以内外臣寮，出入迭处，稍均劳逸，免滞转迁。应两司判官畿赤令，取郎中员外补阙……’”文存《全唐文》卷一一三。

**郝琼为右街使兼判尚书考功，有《司吏逐月支赐粮钱奏》。**

《册府元龟》卷六三六载：“（清泰）三年五月，右街使兼判尚书考功郝琼上言：‘去年五月诏，中外官员自宰臣节度使已下，并逐年书考课，计官员千余。当司人吏四人，二人赴官，又公用不足，乞依三铨例，当司归司官，逐月交赐纸笔粮钱。’诏：‘考功人吏，两人依三铨例给，及春冬衣两分，诸司不得为例。’”文存

《唐文拾遗》卷四六。

**曹元德有《转经疏》。**

文末署:“清泰三年五月廿一日,弟子归义军节度留后使检校司空曹元德谨疏。”文存《全唐文补编》卷一〇〇。

## |六月|

**末帝有《祈晴诏[题拟]》。秦州奏《成州并镇创县奏[题拟]》。**

前文题下注:“清泰三年六月。”文存《全唐文补编》卷九八。后文题下注:“清泰三年六月秦州奏。”文存《全唐文补编》卷一二七。

## |八月|

**吴越国为钱镠立庙,皮光业有《吴越国武肃王庙碑铭》。**

文中有:“粤以唐长兴三载壬辰春季萱凋十三荚,天下兵马都元帅尚父守尚书令吴越国王弃捐宫馆。以是岁明宗皇帝降太常博士段容,定谥议曰‘武肃’,诏尚书工部侍郎杨凝式撰神道碑文,宣翰林待诏张季恭至吴越,书于刊石……丙申岁秋八月十有七日,我王备卤簿鼓吹……”可知此文作于清泰三年八月十七日后,姑系于此。文存《全唐文》卷八九八。

**崔棁有《金沙王庙记》。**

文末署:“清泰三年八月九日记。”文存《全唐文》卷八五一。

## |九月|

**段颙为太常博士,有《服制议[题拟]》。**

《五代会要》卷八载："清泰三年二月，太常礼院奏：……九月，太常博士段颙称：'自来给假，元依令式，若云违古，不独嫂叔一条，旧为亲姨服小功令式，今服大功……'"文存《全唐文补编》卷九八。嫂叔服制事，见本年二月相关条目，当时太常礼院上奏后，下群臣议之，已见诸载籍。段颙于几个月后，再上此章奏，不知何故。

**李慎仪有《唐故渤海县太君高氏墓志铭并序》。**

文中有："以清泰三年岁次丙申九月丁亥朔四日庚寅，葬于河南府河南县平乐乡朱杨村，礼也。"文存《全唐文补编》卷九八。

## 十月

**末帝有《抽借私马敕》。**

《五代会要》卷一二载："清泰三年十月敕：'诸道州府县镇宾佐至录事参军都押衙教练使以上，各留马一匹乘骑，及乡射士庶有马者，无问形势，马不以牝牡，皆抄借。'"文存《唐文拾遗》卷一〇。

## 十一月

**末帝有《徐皓落下敕[题拟]》。**

《全唐文补编》卷九八从宋本《册府元龟》卷一五四录出此文。题下注："清泰三年十二月。"按，注误，末帝于十一月自焚死，不当于十二月下此敕。姑系于十一月。

**深州司功马胜有《上封事疏》，末帝有《褒答马胜诏》。**

《册府元龟》卷五三三载："后唐马胜，清泰中为深州司功，诣阙上封事曰：'夫道贵适时，谋须应务。不可专遵前古，不可苟徇今时。必在合宜，方能致理。臣见贼盗律：凡盗窃资财多少，及放火烧伤，据所烧物数为钱数裁断。比来法司，尝行此律……’诏曰：‘马胜所陈，理亦公当。严刑去盗，正切救时。付中书门下告谕中外，于极刑之中，不得因缘枉滥，务在惩恶止奸，审详行遣。’”马胜上此封事具体时间难以确考，清泰共三年，至本年十一月末帝自焚死，姑系文于此。马胜《上封事疏》文存《全唐文》卷八四九，末帝《褒答马胜诏》文存《全唐文》卷一一三。

**姚顗监修国史，有《进实录表》。**

《册府元龟》卷五五七载：“姚顗为相，兼监修国史。清泰三年，顗上表：‘奉诏臣等同修先皇帝实录进呈……臣即与判馆事修撰官中书舍人张昭远、中书舍人李详、左拾遗吴承范等，依约典谟，考详记注，按编年之旧体，各次第以分功。起龙潜受命四十年，成《凤册新书》三十卷。’”文存《全唐文》卷八五〇。姚氏此文具体时间待考，以末帝本月自焚死，姑系于此。

**张守吉为吏部员外郎，有《请量减重囚封事》。**

《册府元龟》卷四七六载：“张守吉为吏部员外郎，清泰三年上封事：‘伏睹两道兴兵，所宜备虑。臣恐京师天下州府所禁囚徒，狱户不完，凶徒多狡……”依文意当是晋帝未至两京前奏呈唐末帝文字。文存《全唐文》卷八四九。

**后唐末帝自焚死，后唐亡。石敬瑭入洛阳，耶律德光立石敬瑭为“大晋皇帝”，史称后晋。石敬瑭割幽、蓟、瀛、莫、涿、檀、顺、新、妫、儒、武、云、应、寰、朔、蔚十六州与契丹，岁纳帛三十万匹。改长兴七年为天福元年。张昭、符蒙、李涛等事晋。晋高祖有《改元大赦文》。**

《资治通鉴》卷二八〇载：“契丹主谓石敬瑭曰：‘吾三千里赴难，必有成功。观汝器貌识量，真中原之主也。吾欲立汝为天子。’敬瑭辞让者数四，将吏复劝进，乃许之。契丹主作册书，命敬瑭为大晋皇帝，自解衣冠授之，筑坛于柳林，是日，即皇帝位。割幽、蓟、瀛、莫、涿、檀、顺、新、妫、儒、武、云、应、寰、朔、蔚十六州以与契丹，仍许岁输帛三十万匹。己亥，制改长兴七年为天福元年……辛巳，唐主与曹太后、刘皇后、雍王重美及宋审虔等携传国宝登玄武楼自焚。”《册府元龟》卷九三载：“晋高祖天福元年十一月己亥，即位于晋阳，御崇元殿，肆赦改元。

制曰：'古者君临大宝，子育黎民，爰当御历之初，宜布惟新之令……'"晋高祖《改元大赦文》文存《全唐文》卷一一七。

**晋以赵莹为翰林学士承旨、户部侍郎、知河东军府事，掌书记桑维翰为翰林学士、礼部侍郎、权知枢密使事，薛融为侍御史知杂事，窦贞固为翰林学士。晋高祖有《授赵莹门下侍郎平章事桑维翰集贤殿大学士制》。**

《资治通鉴》卷二八〇本年十一月载："己亥，制改长兴七年为天福元年，大赦；敕命法制，皆遵明宗之旧。以节度判官赵莹为翰林学士承旨、户部侍郎、知河东军府事，掌书记桑维翰为翰林学士、礼部侍郎、权知枢密使事，观察判官薛融为侍御史知杂事，节度推官白水窦贞固为翰林学士。"《册府元龟》记于闰十一月，今从《资治通鉴》。文存《全唐文》卷一一四。

## |闰十一月|

**晋高祖有《御文明殿大赦文》《赦事潞王从珂诸臣罪制》。**

《册府元龟》卷九三载："（天福元年）闰十一月辛巳入雒。壬午，诏御史府促朝官入见。敕曰：'朕远提义旅，寻克皇都。六部相次以奉迎，兆庶画时而安堵。旋兹底定，已遂廓清。应文武百官等，早列通班，各怀忠节，掩迹虽沦于污俗，推诚必候于维新……'"从此段文字看，当是一篇，盖新帝即位，御文明殿以大赦，赦事潞王诸臣，亦当在大赦之列，故不当分为二篇。《全唐文》析文为二，于潞王诸臣另加文题，或另有原因。《御文明殿大赦文》文存《全唐文》卷一一七，《赦事潞王从珂诸臣罪制》文存《全唐文》卷一一四。

## |十二月|

**晋高祖有《示百寮御札》。**

《册府元龟》卷一〇三载："（天福元年）十二月庚寅，御札宣示百寮曰：'朕猥以渺冲，式承眷命……既逢昌运，宜罄谠言，须务救时，各思举职，勿取容而避事，勿尸禄以旷官……'"文存《全唐文》卷一一七。

**晋以冯道为相,晋高祖有《授冯道门下侍郎平章事制》。冯道有《请以圣寿日为天和节奏》。**

《旧五代史》卷七六载:“(十二月)丁亥,制以司空冯道守本官兼门下侍郎平章事、弘文馆大学士。”《资治通鉴》卷二八〇亦载:“(十二月)丁亥,以冯道兼门下侍郎、同平章事。”《册府元龟》卷七四载:“(天福元年)十二月制曰:‘……冯道,礼天苍璧,镇国元龟,夏璜为稀世之珍,轩镜是辟邪之宝……共臻至理,勿坠前功,唯于大臣,不俟多训,可守司空兼门下侍郎平章事弘文馆大学士。’”晋高祖《授冯道门下侍郎平章事制》文存《全唐文》卷一一四。《册府元龟》卷二载:“天福元年十二月,宰臣冯道等奏曰:‘臣闻惟睿作圣,千年乃契于贞期;大德曰生,万国咸思于令节。将诠懿号,仰庆休辰,倾心未出于常名……’”冯道文存《全唐文》卷八五七。

## |本 年|

**汤悦仕吴,受诏撰《扬州孝先寺碑》。**

《旧五代史》卷一一八于显德五年九月条注引《宋类苑》云:“汤悦……初在吴为舍人,受诏撰《扬州孝先寺碑》。”碑文今不存。汤文具体作年难于确考,其受吴帝诏书而撰碑文,吴帝于次年禅位南唐,则文至迟当在本年撰成,姑系于此。

**曹元德有《凉州书》《又别纸(一)》《又别纸(二)》《又别纸(三)》《又别纸(四)》《又贺别纸》《致相公状[题拟](一)》《致相公状[题拟](二)》。**

诸文皆见《全唐文又再补》卷七,末附辑者陈尚君按语:“以上伯二九四五号八件文稿。《魏晋南北朝隋唐史资料》十一期刊李正宇曹仁贵归奉后梁的一组新资料,以为曹仁贵即曹议金时作。荣新江《归义军史研究》亦同。赵和平《敦煌表状笺启书仪辑校》以为是清泰末至天福初曹元德作。别纸中自称孤孽,可得确证。收件人可能是朔方节度使张希崇。《凉州书》则或系致凉州留后李文谦。今从其说。”姑系于本年。

**姚存有《狼山题名》。**

文末署："天祚□□□□廿四日，东海都镇遏使姚存。"吴天祚仅两年，因未知具体时间，姑系于此。文存《全唐文补编》卷一〇九。

**中书门下上《请详酌现行法律奏》。**

题下注："清泰三年中书门下。"依此清泰年号可知为后唐中书门下奏章，因未知具体时间，姑系于本年末。文存《唐文拾遗》卷五九。

**御史台刑部大理寺《请依统类计赃议》。**

题下注："清泰三年御史台刑部大理寺。"依此清泰年号可知为后唐中书门下奏章，因未知具体时间，姑系于本年末。文存《唐文拾遗》卷六〇。

**夏侯坦为南唐司门郎中，有《申明关防奏》。**

《册府元龟》卷四六七载："夏侯坦清泰三年为司门郎中，上言：'去年六月诏，京百司举本司公事，当司官属关令丞，及京城诸色人出入过所事，久不施行……'"依文意当是后唐时文，因未知具体时间，姑系于本年末。文存《全唐文》卷八四九。

**张允为右散骑常侍，有《驳赦论》，晋高祖有《奖张允驳赦论诏》。**

《册府元龟》卷五二三载："汉张允初仕晋，为左散骑常侍。天福初，允以国朝频有肆赦，乃进《驳赦论》……帝览而嘉之，降诏奖饰云：'张允位居近侍，志奉远图。属将来之助致小康，睹已往之频行大赦。若惠奸稍甚，则蠹政亦多。推恩务洽于华夷，作解愤调于疏数，所贡论宜付史馆。'"张允《驳赦论》文存《全唐文》卷八五五，晋高祖《奖张允驳赦论诏》文存《全唐文》卷一一四。

**杨凝式有《华岳题名》。**

文中有:“户部侍郎杨凝式,衔叩祭□清泰(下缺)。”可知是清泰中所题,姑系文于此。文存《全唐文补编》卷一〇五。

## 后晋天福二年　南唐升元元年　南汉大有十年　闽通文二年　后蜀明德四年　契丹天显十二年

丁酉　九三七

### |正月|

**晋高祖有《封唐后备三恪敕》《改唐庄宗陵名诏》《迁擢中外臣寮诏》《朝臣除外任准同在朝例升进敕》《不以陵台结衔敕[题拟]》《外任官同朝任敕[题拟]》。**

《五代会要》卷五载:“晋天福二年正月敕:‘周以杞宋,封夏殷之后为二王,后兼封舜之后为三恪。唐以周隋之后封公为二王,后又封魏之后为三恪。宜于唐朝宗属中取一人封公世袭……’”《封唐后备三恪敕》文存《全唐文》卷一一五。《旧五代史》卷七六载:“天福二年春正月甲寅朔,帝御文明殿,受朝贺,仗卫如式……是日诏曰:‘唐庄宗陵名,与国讳同,宜改为伊陵。’”《改唐庄宗陵名诏》文存《全唐文》卷一一四。《册府元龟》卷八一载:“(天福)二年正月庚申,诏曰:‘有晋开国,新命临人。宜宏不二之规,以广无私之化。应在朝中外臣寮,及节度团练防御使刺史留守司及州府县官等,宜并与加恩,擢材委任,不问常例……’”《迁擢中外臣寮诏》文存《全唐文》卷一一四。《册府元龟》卷六三六载:“晋高祖天福二年正月敕:‘外官内官,陈力实关于共理;或出或处,藉才难执于常规。近睹朝臣,偶除外任,三年替罢之后,再来拟官之时,不计新职之勤劳,惟循旧官之资历……’”《朝臣除外任准同在朝例升进敕》文存《全唐文》卷一一五。《不以陵台结衔敕[题拟]》文存《全唐文补编》卷九九,题下注:“天福二年正月。”《外任官同朝任敕[题拟]》文存《全唐文补编》卷九九,题下注:“天福二年正月。”

**中书上《请建宗庙表》。**

题下注："天福二年正月。"文存《全唐文》卷九六三。《全唐文补编》卷一二七又据《册府元龟》卷三一录出，题曰《请立宗庙制度奏[题拟]》，与《全唐文》重。据其题下注："天福二年正月壬戌中书。"可定此文乃中书上奏文字。

## |二 月|

**前陇州长史杜篷有《请开种荒田策》，晋高祖有《答杜篷请开种荒田敕》。**

《册府元龟》卷七〇载："晋高祖天福二年二月，前陇州长史杜篷进策曰：'伏见近年，百姓颇遇灾荒，纵纳得王租……请晓示天下，应有荒田，一任百姓开种，候及三年外，即检照所开种顷亩多少，量纳一半租税，所贵家国富饶，上下通济者。'敕曰：'辟彼污莱，期于富庶。方当开创，正切施行。往日虽曾指挥，渐恐废堕……'"杜篷《请开种荒田策》文存《全唐文》卷八五〇，晋高祖《答杜篷请开种荒田敕》文存《全唐文》卷一一五。

**晋高祖有《予臣寮母妻叙封敕》《予文武百寮先代封赠敕》《衙前大将差补都虞侯敕》《得替官限家居一年方得赴阙敕》《禁荐人藩镇敕》《严约军法敕》《招抚流亡官健敕》。**

《册府元龟》卷一三一载："晋高祖天福二年二月敕曰：'朕以爰膺宝历，方启金行。既风教之诞敷，谅寰区之渐泰。而繇股肱元辅藩郡重臣，咸著大功，同为至治……宜示褒功之宠，俾祛风树之悲。自在朝文武百僚至见任刺史，先代未封赠者，据品秩与封赠，已封赠三代者，与加封赠……'"《册府元龟》中此与《予臣寮母妻叙封赦》后先相属，为同一篇文字，《全唐文》析为二篇，未知何故，姑仍之。《予臣寮母妻叙封敕》《予文武百寮先代封赠敕》均存《全唐文》卷一一五。《五代会要》卷二四载："（天福二年二月）其月敕：'诸道马步都虞侯，今后朝廷更不差补，委逐州府于衙前大将中选久历事任、晓会刑狱者充。仍以三年为限，不得于元随职员中差补。'"《衙前大将差补都虞侯敕》文存《唐文拾遗》卷一〇。《册府元龟》卷六三三载："（天福二年）二月敕：'应诸道前任行军副使等，例从替罢，久住京师，每念滞淹，常怀恻悯，极欲疾速发遣，稳便安排……'"《得替官限家居一年方得赴阙敕》文存《全唐文》卷一一五（下二文同）。《五代会要》卷二四载："晋天福二年二月敕：'今后中外臣寮，或因差使出入，不得荐嘱人于藩镇,希求事任。如有犯者,准长兴三年敕条处分。'"此即《禁荐人藩镇敕》。《册府元龟》卷六六载:"(天福)二年二月敕:'古之用兵,必先立法。等第既分于将领,高卑自有于规绳。或闻近年,多逾此制……'"此即《严约军法敕》。《册府元龟》卷一六六载:"晋高祖天福二年二月敕:'闻访诸道州府等,昨以朝廷近有指挥,搜罗官健,震惊户口,搔动乡原……'"此即《招抚流亡官健敕》文。

## 三月

**刘昫为左仆射,有《议册四庙状》《宗庙制度议》,尚书省有《覆册四庙奏》。**

《册府元龟》卷五九四载:"晋高祖天福二年三月,左仆射刘昫等奏《议册四庙状》,曰:'臣等据太常博士段颙议云:夫宗庙之制,历代为难,须广按礼经,旁求故实……'"《议册四庙状》文存《全唐文》卷八五三。《宗庙制度议》文存《唐文拾遗》卷四六。《议册四庙状》在晋天福二年,本年正月曾有中书省上奏《请建宗庙表》,文存《全唐文》卷九六三。至三月尚书省有覆奏,再下群臣议之,此当是刘昫所上议。尚书省《覆册四庙奏》曰:"臣等今月十三日再于尚书省集百官详议,夫王者祖武宗文,郊天祀地,故有追崇之典,以申配飨之仪。"可知此事前后两次展开议论,第一次在三月八日,第二次在三月十三日,刘昫皆与其事。依文意此当是三月十三日文字。尚书省《覆册四庙奏》文存《全唐文》卷九七二,题下注:"天福二年三月尚书省。"

**晋高祖有《令法司改正法书文字敕》。**

《册府元龟》卷六一三《予文武百寮先代封赠敕》载:"晋高祖天福二年三月敕:'大理寺奏见管统类一十二卷,编敕三卷,散敕七十六道。宜差侍御史李遐、刑部郎中郑观与本寺官员同为参详。今踏逐到静僧坊,便欲删定,再候进止者。'敕:'李遐改官,郑观去世。更候差遣,转虑稽延。宜令大理寺,其合改正国号庙讳等文字,如是不动格条,不碍理义,便可集本寺官员检寻改正。'"文存《全唐文》卷一一五。

**晋高祖颁《幸汴州敕》。中书奏《请备沿途祭告奏[题拟]》。**

《册府元龟》卷一一四载："(天福)二年三月敕曰：'王者省方设教，靡惮于勤劳；养士抚民，必从于宜便。顾惟凉德，肇启丕图。尝务去乎烦苛，冀渐臻于富庶……'"高祖文存《全唐文》卷一一五，中书《请备沿途祭告奏[题拟]》文存《全唐文补编》卷一二七，题下注："天福二年三月中书。"

**御史台就赐食礼仪上奏，有《请准旧式赐食仪制奏》《请入合赐食不差中使口宣奏[题拟]》。**

《请准旧式赐食仪制奏》文存《全唐文》卷九七二，题下注："天福二年三月御史台。"《请入合赐食不差中使口宣奏[题拟]》文存《全唐文补编》卷一二七，题下注："天福二年三月御史台。"

## |四月|

**晋君臣议册封礼仪，中书门下有《封册三代降等奏》，晋高祖有《封赠三代不得第降敕》《听以见居官品封赠三代敕》。**

《册府元龟》卷六一载："(天福二年四月)敕曰：'自家刑国，历代明规。祖德宗功，前王至训。在君上之尊则异，在臣下之孝皆同。凡有公田，并立私庙，自经多难，不举旧章。今以应运开基，体元布化。不思奉己，专务安人。高低推念祖之诚，内外保贻孙之庆。其内外官等，准敕合与三代已下封赠者，并以见居官品数比拟，冀使人之例，不轻王父之尊，永载简编，普示孝理。'"中书门下《封册三代降等奏》文存《唐文拾遗》卷五九，题下注："天福二年四月中书门下。"晋高祖《听以见居官品封赠三代敕》文存《全唐文》卷一一五，晋高祖《封赠三代不得第降敕》文存《唐文拾遗》卷一〇。检《封赠三代不得第降敕》所录文字，其意实已包涵于《听以见居官品封赠三代敕》之中，唯文字小异，盖《唐文拾遗》依《五代会要》录出，故不如《册府元龟》详尽。《册府元龟》存于一处，实不当另为一篇。

**晋高祖至汴州，有《幸汴州赦文》。**

《册府元龟》卷九三载："(天福)二年四月甲申入汴州，丁亥制曰：'历代省方,盖观风而设教;前王展义,皆利国以便民。虽今古以有殊,在皇上而无异。朕艰难创业,宵旰临朝,每轸念于疮痍,敢自辞于瘝瘠。近以浚郊粤壤,梁苑名区,乃舟车通会之都……'"文存《全唐文》卷一一七。

**王权为户部尚书,有《请禁贡献奢侈奏》,晋高祖答之。**

《册府元龟》卷五六载:"晋高祖天福二年四月,户部尚书王权奏:'臣闻戒奢从俭,惟经国之远图;务实去华,乃前王之令范……'敕:'王权素推华族,方处重官。睹四海之贡输,虚陈巧丽;察五兵之器用,枉饰珍奇。不惟耗彼生灵,实且伤于淳素。爰陈章疏,将召和平。宜允。'"王权《请禁贡献奢侈奏》文存《全唐文》卷八五一,晋高祖《答王权奏请禁贡献奢侈敕》文存《全唐文》卷一一五。

**晋高祖有《令立妃及拜免三公等并降制命敕》《更定铨选章程敕》《关监临主库无故欠少敕[题拟]》。**

《册府元龟》卷六一载:"是月(天福二年四月),中书奏翰林志节文:'凡赦书德音,立后建储,行大诛讨,拜免三公、宰相,命将日。制并使白麻纸……'敕曰:'九五之尊,亿兆所赖;法天敷化,师古宣风。宜循历代之规,以补前王之阙……'"《令立妃及拜免三公等并降制命敕》文存《全唐文》卷一一五(下文同)。《册府元龟》卷六三三载:"(天福二年)四月敕:'应诸道前资州县令官等,明廷选士,历代通规。各系职司,共将抡拟。显有去留之式,明分真滥之源……'"此即《更定铨选章程敕》,文存《全唐文》卷一一五。《关监临主库无故欠少敕[题拟]》文存《全唐文补编》卷九九,题下注:"天福二年四月。"

**御史台上《行朝起居依在京事体奏》,中书上《宣示赦书德音奏》。**

《行朝起居依在京事体奏》题下注:"天福二年四月御史台。"文存《全唐文》卷九七二。《宣示赦书德音奏》题下注:"天福二年四月中书。"文存《唐文拾遗》卷五九。

## 五月

**张昭有《请汴州街城门权挂一宫门牌额奏》。**

《册府元龟》卷一四载："晋高祖天福二年正月丙寅，改中兴殿中兴门为天福殿天福门。五月丙辰，御史中丞张昭远奏：'汴州在梁室朱氏称制之年，有京都之号，及唐庄宗平河南，复废为宣武军……'"文存《全唐文》卷八六四。

**晋高祖有《示百寮御札》《减放洛京魏府夏税敕》《许罪人收葬敕》。**

《册府元龟》卷一〇三载："（天福）二年五月御札示百寮曰：'朕自祗膺大宝，虔奉丕图，每念创业之艰，虽未尝终日而懈堕，所冀照临之内，将臻康泰之风，庶几亿兆之中，渐息疮痍之痛。虽疚心罔暇，而逆耳无闻，岂视听之不开，致箴规之未贡？'"《示百寮御札》文存《全唐文》卷一一七。《册府元龟》卷四九二载："（天福二年五月）敕：'应雒京及魏府管内所征今年夏苗税物等，朕自临御寰瀛，躬亲庶政，静惟师古，动欲便民……'"《减放洛京魏府夏税敕》文存《全唐文》卷一一六。《册府元龟》卷四二载："（天福二年）五月己卯敕：'大社内先收掌唐朝罪人首级等，王业肇兴，德音屡降。念兹既往，属我维新。宜弘掩骼之仁，以广烛幽之德。其大社内应收掌唐朝罪人首级，并许骨肉或亲旧寮属收葬，其丧葬仪注，聊备饰终，不得过制，仍付所司。'"《许罪人收葬敕》文存《全唐文》卷一一六。

**御史台奏，六宅使王继弘、前洺州团练使高信，于崇礼门内相诟，已伏款罪。晋高祖有《流高信等敕》。**

《册府元龟》卷一五四载："晋高祖天福二年五月乙丑，御史台奏：'六宅使王继弘、前洺州团练使高信，于崇礼门内相诟，已伏款罪。'敕曰：'高信曾剖郡符，继弘方参禁职，凡于语默，合晓规仪，岂得辄于内庭，恣行私忿……'"文存《全唐文》卷一一六。

**后晋群臣议陵庙制度，太常卿梁文矩有《四庙谥号庙号陵号议》，太常少卿**

**裴垣有《四庙后妃追尊谥议》。**

《册府元龟》卷三一载:“(天福二年)五月,太常卿梁文矩奏:‘奉敕旨定四庙谥号庙号陵号者,伏以四代祖朔州使君府君,自天所祐,应时而生……’”梁文矩《四庙谥号庙号陵号议》文存《全唐文》卷八五一(下文同)。同书同卷又载:“(天福二年五月)太常少卿裴垣奏:‘奉敕定四庙皇后追尊谥议者,伏惟四代,祖妣秦氏,积行芝兰,含贞闺壸。徽猷令问,厥彰内则之贤;懿静柔明,绰有礼闲之节。谅非余庆,何启昌期……’”裴垣文即《四庙后妃追尊谥议》。

**前守汴州浚仪县主簿何光乂进策二,晋高祖为颁《久任长吏敕》《量宽文书驳放敕》。**

《册府元龟》卷六三三载:“(天福二年)五月,前守汴州浚仪县主簿何光乂进策二,其一曰:‘窃见诸处边郡小县,多是山乡,虽旧有敕,正官满时,不许差摄充替……’敕曰:‘今后正官满日,宜令逐处长吏准元敕,预前奏闻。必在审择能官,不得朝差暮替……’其二曰:‘切见诸道选人,合格下解,不出十月,立定三旬,此则常程,向来旧制,却是或有因解样所误,式例稍亏……’敕曰:‘参选之日,考验之间,稍容易则必长奸欺,若艰难则或成淹滞……’”何光乂二《进策》文皆见《全唐文》卷八五〇,晋高祖《久任长吏敕》《量宽文书驳放敕》文皆见《全唐文》卷一一六。

**陈彦□有《牒状》。**

文末署:“清泰四年(丁)酉岁五月□日。”文存《全唐文补编》卷九八。

## |六 月|

**乡贡明经张休以廉科擢第,奏封章,授将仕郎守河南府伊阳县主簿。晋高祖有《授张休官敕》。**

《册府元龟》卷九七载:“晋高祖天福二年六月敕:‘进策官前摄郑州防御巡官前乡贡明经张休,以廉科擢第,艺府游心,既坚拾芥之勤,果契然薪之志。而能救斯时病,来贡封章,览其所陈,甚为济要。旌诸忧国,示以宠章。王畿式解于褐衣,县簿仍超于常品,可将仕郎守河南府伊阳县主簿。'"文存《全唐文》卷一一六。

**以翰林学士礼部侍郎和凝为端明殿学士,凝署其门,不通宾客。前耀州团练推官襄邑张谊致书于凝,以为宜知四方利病,不当拒绝宾客。凝奇之,荐于桑维翰。未几,除左拾遗。张谊有《请修好北狄奏[题拟]》《致和凝书》。**

《资治通鉴》卷二八一载:"(天福二年六月)以翰林学士礼部侍郎和凝为端明殿学士,凝署其门:不通宾客。前耀州团练推官襄邑张谊致书于凝,以为切近之职,为天子耳目,宜知四方利病,奈何拒绝宾客,虽安身为便,如负国何?凝奇之,荐于桑维翰。未几,除左拾遗。谊上言:'北狄有援立之功,宜外敦信好,内谨边备,不可自逸,以启戎心。'帝深然之。"据此或可推知张谊此文当作于天福二年六月后,姑系于此月。张谊《请修好北狄奏[题拟]》《致和凝书》文皆见《全唐文补编》卷九九。

## |七月|

**石光赞为宗正卿,有《请修万石君庙疏》,吏部尚书梁文矩进之。晋帝修荥阳县道左万石君庙,封汉大中大夫石奋。晋高祖有《追封万石君诏》《赠石奋太傅敕》。**

《册府元龟》卷四七六载:"晋梁文矩为吏部尚书。天福二年七月奏:'臣伏奉敕牒,令参详文武百官所进封事。内宗正卿石光赞上章云:伏见荥阳县道左万石君庙,本前汉大中大夫石奋之庙,德行意绩,备列前书……'敕:'汉大中大夫石奋,德盛轩裳,道光简素,享万石休明之禄,成一门忠孝之名……'"石光赞《请修万石君庙疏》文存《全唐文》卷八五二,梁文矩《进石光赞封事奏》文存《全唐文》卷八五一,晋高祖《追封万石君诏》文存《全唐文》卷一一四,《赠石奋太傅敕》文存《全唐文》卷一一六。

**晋高祖有《授李晟五代孙官敕》《豆卢升等已洗涤敕[题拟]》《郭重义收身定罪敕[题拟]》。**

《册府元龟》卷一三一载："(天福二年)七月丁卯敕曰：'朕闻王者怀于有仁，所以享灵长之运，赏延于世，所以劝忠烈之臣。唐开府仪同三司守太尉兼中书令西平王上柱国岐国公食邑三千户食实封一千五百户赠太师谥曰忠武李晟五代孙职……'"《授李晟五代孙官敕》文存《全唐文》卷一一六。《豆卢升等已洗涤敕[题拟]》文存《全唐文补编》卷九九(下文同)，题下注："天福二年七月。"《郭重义收身定罪敕[题拟]》题下注："天福二年七月。"

**太子少保梁文矩表请致仕，晋高祖有《允梁文矩致仕敕》。**

《册府元龟》卷八九九载："梁文矩天福二年七月，以太子少保表求致政，敕曰：'昔魏舒人之领袖，以二揆而解官。刘寔邦之宗模，自三公而逊位……'"晋高祖《允梁文矩致仕敕》文存《全唐文》卷一一六。

**尹晖、娄继英恐为奸人离间而潜匿，晋高祖招抚之，有《招抚尹晖娄继英敕》。**

《册府元龟》卷一六六载："(天福二年)七月敕：'昨者魏府帅臣，忽与狂悖，河阳兵士，小有惊擾，已各命于讨除，伫尽平于巢窟。军兴之际，贼计多奸，时发细人，潜赍猎弹，意在离间上下，点污忠良。……近闻尹晖忽然出外，不赴朝参，又娄继英误有传闻，亦兹潜匿。且尹晖、娄继英位居班列，事合审详，不谓此特偶乖斟酌。朕情深轸悯，恩在矜宽，专遣招携，时议释放，各委家人，诸处招唤出来。却令如旧，一切不问。……布告中外，咸使闻知，仍付所司。'"文存《全唐文》卷一一六。

**李遐为留守判官监左藏库，以不与张从宾钱帛，为其所害；东头供奉官王思勳赍诏抚谕河阳，为张从宾所害，晋高祖特与赠官，有《赠李遐右谏议大夫诏》《赠王思勳左武卫大将军制》。**

《册府元龟》卷一四〇载："(天福二年)七月诏曰：'东都奏留守判官监左藏库李遐，当张从宾作乱之际，遣李彦珣强取钱帛。李遐称不奉诏旨，安敢从命，寻遇害。朕以李遐读古人书，持君子行……'"同卷又载："(天福二年七月)是月，又以东头供奉官王思勳，前赍诏抚谕河阳，为张从宾所害。制曰：'思勳早承家荫,久列内廷。奉王命而不辞,顾贼众而无惧。宣扬朝旨,劝谕兵师,遂被凶徒横加杀害……'"《赠李遐右谏议大夫诏》《赠王思勋左武卫大将军制》均存《全唐文》卷一一四。

**阙名有《高阳乡麻浩等造像碑》。**

文中有:"维大唐天福二年岁次□酉七月辛亥朔二日壬子,青州北海县高阳乡明村人都维那、麻浩、虬化施主等,再建东明寺,兼立碑铭一座。"文存《全唐文补编》卷一四〇。

**度支上《买卖使八十陌钱奏》。**

题下注:"天福二年七月十二日度支。"文存《唐文拾遗》卷五九。

**孙绍荣有《高明寺经幢记》。**

文末署:"时天福二年岁次丁酉七月辛亥朔十五日乙丑记。"文存《唐文拾遗》卷四七。

**殷鹏有《晋故竭诚匡定保乂功臣特进检校太保右金吾卫上将军兼御史大夫上柱国长沙郡开国公食邑一千八百户食实封一百户赠太傅罗公墓志铭(并序)》。**

文中有:"丙申九月,唐废主以汴师北征,命公以所部禁旅巡警夷门……上嘉其懿效,旌彼殊庸,遂除右金吾上将军……寿年未高,染疾不起。以天福二年七月二十七日,薨于汴州道德坊之私第。享年三十有三。"文存《全唐文》卷八五二。

## | 八 月 |

**南唐百官至金陵劝进,宋齐邱不署表。**

《十国春秋》卷二〇载:“俄而齐国建,犹以勋旧为左丞相,而不预事。李德诚等持禅诏至,百官诣金陵劝进,齐邱独称疾卧家,不署表,烈祖心衔之。及即位,徐玠为侍中,李建勳为中书侍郎同平章事,周宗为枢密使,齐邱止进司徒一官。齐邱自悼失计,复耻无功,不胜愤。及宣制,至‘布衣之交’句,忽抗声曰:‘臣布衣时,陛下乃一刺史尔!今日为天子,可不用老臣矣!’拂衣而出,阖门待罪。烈祖但逊辞谕之,不为改官。”

**晋高祖有《平张从宾赦制》。**

《册府元龟》卷九三载:“(天福二年)八月乙巳,制曰:‘雷雨作解,表天道之推恩;瑾瑜匿瑕,显国君之含垢。顾惟师古,敢怠弘仁。关河既静于昏霾,纶綍宜覃于庆泽。昨者张从宾辄萌逆节……’”文存《全唐文》卷一一四。

**大理正韩保裔上言,请天下狴牢宜加药饵,有《请狴牢加药饵奏》。晋高祖有《恤囚敕》。**

《册府元龟》卷四二载:“是月(天福二年八月),大理正韩保裔上言,其略云:‘伏请天下狴牢,特颁恻悯,抱沉疴者,宜加药饵,无骨肉者,勿使饥寒……’”韩保裔《请狴牢加药饵奏》文存《全唐文》卷八五二。《旧五代史》卷一四七载:“晋天福二年八月敕:‘下刑部大理寺御史台及三京诸道州府,今后或有系囚染疾者,并令逐处军医看候,于公廨钱内量支药价,或事轻者,仍许家人候看。’”晋高祖《恤囚敕》文存《全唐文》卷一一六。

**杨仁泽前为鄜州三川县主簿,在父忧制内求官,为大理寺所奏。李知损有《杨仁泽释服求官判[题拟]》。**

《册府元龟》卷九二三载:“杨仁泽前为鄜州三川县主簿。仁泽在父忧制内求官,为大理寺所奏。详断官大理正韩保裔与详覆官刑部员外郎李知损断曰:‘伏以杨仁泽父丧未满,释服求官,人子何堪。违律如此,宜从追毁,以赎典刑。’”据《旧五代史》卷一三一载:“李知损,字化机,大梁人也。少轻薄,利口无行。梁朝时以牒刺篇咏,出入于内臣之门,繇是浪得虚誉,时人目之为‘李罗隐’。后累为藩镇从事,入朝拜左补阙,历刑兵二员外度支判官、右司郎中,坐受榷盐使王景遇厚赂,谪于均州。汉初归朝。”其任职刑兵二员外度支判官,或在后晋时。前文引《册府元龟》卷四二载有大理正韩保裔上言请天下犴牢宜加药饵,韩保裔即为大理正,据此似可推知,李氏任职刑官,与韩氏一同断案,当在此时,姑系文于此。据《册府元龟》当是韩保裔与李知损共同判词,《全唐文补编》署李知损名下,小误。文存《全唐文补编》卷一〇五。

**李涛改考功员外郎史馆修撰,上疏释张全义子张继祚之罪,请止罪其妻子,晋祖从之。有《论张继祚疏》。**

《宋史》卷二六二载:“晋天福初,(李涛)改考功员外郎史馆修撰。晋祖幸大梁,张从宾以盟津叛,陷洛阳,扼虎牢,故齐王全义子张继祚者,实党之。晋祖将族其家。涛上疏曰:‘全义历事累朝,颇著功效,当巢蔡之乱,京师为墟,全义手披荆棘,再造都邑,垂五十年,洛民赖之。乞以全义之故,止罪继祚妻子。’从之。”据《旧五代史》卷七六载:“(天福二年八月)乙巳诏:‘天下见禁囚徒……张继祚在丧纪之中,承逆竖之意,显从叛乱,难贷刑章。乃眷先臣,实有遗德,遽兹乏祀,深所轸怀。其一房家业,准法虽已藉殁,所有先臣并祖父母坟庄嗣堂,并可交付骨肉主张……’继祚,故齐王全义之子也,故有是诏。”两相对照,可知李涛此疏当作于天福二年八月。李涛《论张继祚疏》文存《全唐文补编》卷一〇七。晋太祖《平张从宾敕制》文存《全唐文》卷一一四。

**左拾遗任瑶进封事,请昭雪唐庄宗朝宰臣豆卢革、韦说。梁文矩为进奏疏,有《请详议任瑶封事奏》。**

《册府元龟》卷四七六载:“晋梁文矩为吏部尚书,天福二年……八月又奏:‘臣看详左拾遗任瑶所进封事,切见唐庄宗朝宰臣豆卢革、韦说,洎历数朝,累行宥典,俱遂昭雪,颇是分明……’”梁文矩文存《全唐文》卷八五一。

**赵莹为相,监修国史,有《内庭及百司公事送史馆奏[题拟]》。**

《册府元龟》卷五六〇载:“晋赵莹为相,监修国史。莹奏:‘请循近例,依唐明宗朝:凡有内庭公事及言动之间,委端明殿学士或枢密院学士,侍立冕旒,系日编录,逐季送当馆。其百司公事,亦望逐季送馆。旋要编修日历。’从之。”注云:“天福四年十一月,史馆奏:‘案唐长寿二年右丞姚璹奏,帝王谟训,不可阙文,然仗下所言军国政事,请令宰臣一人撰录,号时政记。至唐明宗朝,又委端明殿学士撰录,逐季付史馆。伏乞遵行者。’敕:‘宜令宰臣一员撰述。’”《旧五代史》卷七六系赵莹奏于天福二年八月,则可推知越莹奏章后,以学士为内庭公事撰录,至天福四年史馆再奏,始由宰臣专之。赵氏文存《全唐文补编》卷一〇三。

**杨继恩有《唐故河西归义军节度内亲从都头守常乐县令银青光禄大夫检校国子祭酒兼御史大夫上柱国阴府君墓志铭并序》《唐故河西归义军节度使内亲从都头守常乐县令武威郡阴府君邈真赞并序》。**

前文中有:“当清泰四年丁酉岁八月十四日,寿卒于钦贤坊之私第,春秋五十。以其月二十日,权葬于州东南漠高里之原,礼也。”文存《全唐文补编》卷一〇一。前文作于清泰四年八月二十日,则邈真赞当亦作于同时,姑系于一处。后文存《全唐文补编》卷一〇一。以“清泰”纪年者,或因唐晋易代尚未传至西域故也。

**曹元深有《祭神文》。**

文中有:“维大唐清泰四年岁次丁酉八月辛巳朔十九日己亥,孤子归义军行军司马银青光禄大夫检校国子祭酒兼御史大夫上柱国谯郡曹元深等,敢昭告于后土地神祇……今既吉晨良日,奉设微诚……去乙未年二月十日于此沙州莫高乡阳关之里,依案阴阳典礼,安厝宅兆,修荣填墓,至今月十九日毕功葬了……主人某乙等谨复重启,所献微礼,蒙降福佑。”文存《全唐文又再补》卷七。以“清泰”纪年者,或因唐晋易代尚未传至西域故也。

## |九月|

**高鸿渐为将作少监,有《请禁丧葬不哀奏》,晋高祖有《禁丧葬举乐敕》答之。**

《册府元龟》卷一六〇载:“(天福)二年九月,将作少监高鸿渐奏:‘伏睹近年已来,士庶之家,死丧之苦……’敕:‘丧葬有期,哀情惨极。其或举乐,可谓乖仪。始因伎艺苟求，遂致浇讹渐起。所陈章疏，颇正时风。宜下有司，永令止绝。'"高鸿渐《请禁丧葬不哀奏》文存《全唐文》卷八五二，晋高祖《禁丧葬举乐敕》文存《全唐文》卷一一六。

**吏部上《选差马步判官奏》，晋高祖有《判官参选敕》答之。**

《册府元龟》卷六三三载："（天福二年九月）敕：'《停废前资摄正官充马步判官》，前件敕已经封锁不行者。敕伪清泰二年三月已前诸道州府所差马步判官，有勤绩者，宜令并准元敕赴吏部参选，不得更经中书陈状。'十月敕：选人试判两道。"吏部《选差马步判官奏》文存《唐文拾遗》卷五九，题下注："天福二年九月吏部。"晋高祖《判官参选敕》文存《唐文拾遗》卷一〇。

**前汴州阳武县主簿左墀进策十七条，梁文矩有《进左墀策奏》，晋高祖有《停差县令检巡河堤敕》答之。**

《册府元龟》卷四九七载："晋高祖天福二年九月，判详定院梁文矩奏：'以前汴州阳武县主簿左墀进策十七条，可行者有四。其一，请于黄河夹岸防秋水暴涨，差上户充堤长，一年一替，委本县令十日一巡……'敕曰：'修葺河岸，深护田农，每岁差堤长检巡，深为济要；逐旬遣县令看行，稍恐烦劳。堤长可差，县令宜止。'"梁文矩《进左墀策奏》文存《全唐文》卷八五一，晋高祖《停差县令检巡河堤敕》文存《全唐文》卷一一六。

**李知损为左补阙，有《陈盐法利弊疏》。**

《册府元龟》卷四九四载："（天福）二年九月，左补阙李知损上章曰：'臣以前承御札，许进言者，直书其阙，况在谏司，不敢避事。臣近闻众议，云国家将变盐法，有司即欲宣行……'"李知损《陈盐法利弊疏》文存《全唐文》卷八五八。

**阙名有《王重叙建经幢记》。**

文末署："明德四年岁次丙申九月中旬设斋表庆讫。"文存《全唐文补编》卷一四三。

## |十月|

**徐知诰受吴禅，年五十。奉吴主为让皇，即帝位于金陵，国号大齐，改元升元。常梦锡擢殿中侍御史、礼部员外郎。高越迁水部员外郎。韩熙载以秘书郎事元宗于东宫。江文蔚为主客郎中，拜中书舍人。**

《资治通鉴》卷二八一载：“（天福二年）冬十月，甲申，齐王诰即皇帝位于金陵，大赦，改元升元，国号唐。”然马、陆两《南唐书》及《新五代史》卷六二皆谓复李姓在次年四月。定国号为唐，当在复李姓之后，《资治通鉴》误。常梦锡诸人之改官详《资治通鉴》此时所记。

**窦温颜为隰州蒲县令，有《请肄武策》。详定院上《进窦温颜策奏》。**

详定院《进窦温颜策奏》文存《全唐文》卷九七二，题下注：“天福二年十月详定院。”窦温颜《请肄武策》文存《全唐文》卷八五〇。又《册府元龟》卷四七六载：“曹国珍为吏部郎中，天福三年十月，隰州蒲县令窦温颜进策，内一曰：‘兵不可不战，将不可不择……’国珍与其议，以为可行，乃上言曰：‘臣闻去华务实，舍短从长，片善不遗，群材毕录……’敕：‘习战讲武，历代通规，选士练兵，其来旧制。宜以每年农隙时讲武，仍准令式处分。’”揆之以理，窦氏进策，详定院覆奏，当在天福二年十月，所言当不止一事，而天福三年曹国珍与议其中言兵事一件，以为可行，才专门上言。

**晋高祖有《加恩追尊四庙行事官敕》。**

《册府元龟》卷八一载：“（天福二年）十月敕：‘应追尊四庙行事官等，追尊四庙，式展盛仪，行事庶官，合颁溥泽。贵承光宠，共赞孝思……’”文存《全唐文》卷一一六。

**详定院上《进苑勰策奏》。中书门下上《谢贺上表准贞元制奏》。**

《进苑勰策奏》题下注：“天福二年十月详定院。”文存《全唐文》卷九七二。

《谢贺上表准贞元制奏》题下注："天福二年十月中书门下。"文存《唐文拾遗》卷五九。

**张恕为刑部郎中，有《请放还伪廷贬降官奏》。**

《册府元龟》卷四七六载："张恕为刑部郎中。天福二年十月奏：'伏以革故从新，方恢于圣运；赦过宥罪，继洽于君恩。故泽布九天，无所不及；庆流万国，无所不周。伏惟皇帝义布幽明……'"文存《全唐文》卷八二九。

**南唐立国，李建勳为宰相，有《上先主密表》。**

马令《南唐书》卷六载："烈祖受禅，徐(主)为郡公主。建勳为宰相，上章改时政，许之。建勳密表曰：'制置大事，若可以臣下请，是以善归已，以过归君也……'"烈祖受吴禅在升元元年十月，则此密表当作于此后不久。文存《全唐文补编》卷一一一。

**南唐李昪有《勿议讨伐诏》。**

《钓矶立谈》载："烈祖每言百姓皆父母所生，安用争城广地，使之肝脑异处，膏涂草野……及受禅年，两江土寓比诸侯最广，兵力雄盛，气可以吞噬。谋臣桀将，方有建立功名之意。一日内燕，中坐，有诏曰：'知足不辱……'"则此诏当在其受禅之年。马令《南唐书》卷一载："(升元元年)冬十月受吴禅，摄太尉杨璘奉上皇帝玺绶，国号大齐，改元升元。"姑系于本月。文存《唐文拾遗》卷一一。

**宋齐丘为南唐司徒，有《请绝杨琏婚奏[题拟]》。**

马令《南唐书》卷二〇记烈祖受吴禅："烈祖即位，徐玠为使相，张居咏、张延翰、李建勳皆平章事，周宗为枢密使，齐邱但迁司徒而已。自悼失计，复耻无功，不胜其忿。受宣之日，闻制辞云……齐邱久之，计无所出，乃更上书请议迁让皇他郡，以绝人望。吴世子琏，烈祖子婿也。又请绝其婚而斥远之，其词云：'非独妇人有七出，夫有罪，亦可出之。'闻者莫不大笑。"据马令《南唐书》卷一，烈祖受吴禅在升元元年冬十月。此前百官劝进，而宋齐丘不署名，及南唐受禅，宋齐丘自悼失计,故有此奏。则宋齐邱此奏当在烈祖受禅后不久,姑系于此月。文存《全唐文补编》卷一一一。

## |十一月|

**张昭远新除翰林学士,晋高祖有《张昭远班次敕》。**

《五代会要》卷一三载:“(天福二年)其年十一月敕:‘新除翰林学士张昭远,早践纶闱,久司史笔。曾居宪府,累陟贰卿。今既擢在禁林,所宜别宣班序,其立位宜次崔棁。’”文存《唐文拾遗》卷一〇。

**李知损为刑部员外郎,有《请禁宰耕牛战马疏》。**

《册府元龟》卷五四七载:“李知损为刑部员外郎,天福二年十一月上言:‘臣近自作补阙,擢为员外,守刑法之司,非谏诤之任,虽越职干议,典制固所不容……’”文存《全唐文》卷八五八。

**路航为大理少卿,有《请收籴疏[题拟]》。**

文末附辑者陈尚君按语:“《册府元龟》谓此为晋高祖天福二年十一月大理少卿路阮上言,阮为航之误。”文存《全唐文补编》卷九九。

**中书门下上《分别常参官奏》《职事官觐省及给装束假奏》《定朔望朝参官品奏[题拟]》。**

诸文题下皆注:“天福二年十一月中书门下。”《分别常参官奏》文存《全唐文》卷九七二,《职事官觐省及给装束假奏》文存《唐文拾遗》卷五九,《定朔望朝参官品奏[题拟]》文存《全唐文补编》卷一二七。

## |十二月|

**殷鹏为起居郎,有《请加恩叙封疏》,晋高祖有《答殷鹏请加恩叙封敕》。**

《册府元龟》卷四七六载:“殷鹏为起居郎。天福二年十二月上言:‘切闻司封格式,内外文武臣寮,才升朝籍者,无父母便与追封追赠,父母在即未叙未封。以臣所见,诚为不可。此则轻生者而重死者,弃今人而录古人……’敕:‘人子之道,禄贵在于及亲;王者之恩,事必从于尊本。应内外文武臣寮,父母在如子品秩及格与加恩,在朝行者父与致仕官,母与叙封郡邑号……’”殷鹏《请加恩叙封疏》文存《全唐文》卷八五二,晋高祖《答殷鹏请加恩叙封敕》文存《全唐文》卷一一六。《全唐文补编》卷九九录《内外臣僚加恩敕[题拟]》,当是同一文字。

**晋高祖有《剃度僧尼敕[题拟]》。**

题下注:“天福二年十二月。”文存《全唐文补编》卷九九。

## |本 年|

**晋高祖有《允成德军请立节度使安重荣德政碑敕》。**

《册府元龟》卷八二〇载:“晋安重荣为成德军节度使,天福二年副使朱崇节奏:‘镇州军府将吏僧道父老诣阙,请立重荣德政碑。’高祖敕:‘安重荣功宣缔构,寄重藩维,善布诏条,克除民瘼。遂致僚吏僧道诣阙上章,求勒贞珉,以扬异政。既观勤功,宜示允俞。其碑文仍令太子宾客任赞撰进。’”晋高祖文存《全唐文》卷一一六。

**欧阳炯仍为蜀中书舍人,撰有《武信军创移山饷寺碑》《武信军军衙记》。**

《宝刻丛编》卷七:“欧阳炯,《武信军创移山饷寺碑》,撰并八分书,明德四年,遂宁。”另,《舆地碑记目》卷四载欧阳炯于广德间撰有《武信军军衙记》,二文今皆不存。

**赵崇祚助林罕撰成《林氏字源编小说》,林氏有《序》文。**

《林氏字源编小说序》文存《全唐文》卷八八九。文中有:“罕长兴二年岁在戊子,时年三十有五,疾病逾时,闲坐思书之点画,莫知所以。乃搜阅今古篆隶,始见源由。旋观近代以来,篆隶多失。始则茫乎不知,终则惜其错误。欲求端正,将示同人。病间有事,其志不遂。至明德二年乙未复病,迄于丁酉冬不瘳,病中无事,得遂前志。与大理少卿赵崇祚讨论,成一家之书。""丁酉"年即本年。

**于鹏为右拾遗,上章言事,晋高祖有《奖于鹏忠谏敕》。**

《册府元龟》卷五四九载:"于鹏为右拾遗。天福二年,鹏上章言事:'其一,请频御外殿,采纳忠言。其二,请添择大臣十人,每共佥谐。其三,请罢修烧毁宫殿,恐劳民力。其四,以太原伤残,所蠲半税,未尝为当,今请全放。'敕曰:'于鹏官居谏诤,志在辅裨……'"晋高祖文存《全唐文》卷一一五。

**吕延祯有《复练塘奏状》《练湖碑铭》。**

《吴中水利全书》卷一三存《吕延贞浚治练湖状》,即此篇,注云:"升元元年上状,存,略。"《练湖碑铭》依文意当与《复练塘奏状》同时或略后,姑系于升元元年。文皆见《全唐文》卷八七一。

**南唐立国,张义方为侍御史。既就职,上疏言事,有《请纳谏疏》。李昪有《旌张义方直言诏》。**

陆游《南唐书》卷一〇载:"张义方,不知其所以进。烈祖代吴,用为侍御史。义方既就职,即上疏曰:'古之任御史者,非止平狱讼、肃班列也,有怙威侮法,弃忠贼义,树朋党,蔽聪明者,得以纠弹。至于人主好游畋声色,说(悦)奢侈佞媚,赏非功,罚非罪,得以论争。使诸侯不敢乱法,百司不得盗权,则御史为不失职。今文武材行之士,固不为乏,而贪墨陵犯,伤风教,弃仁义者,犹未革心。臣欲奉陛下德音,先举忠孝洁廉,请颁爵赏,然后绳纠乖戾,以正典刑……'疏奏,烈祖亲札曰:'孤始受禅,任义方以风宪……'"《十国春秋》卷二五亦有类似记载。烈祖受吴禅在升元元年冬十月,则张义方上疏及烈祖御札当皆在烈祖受吴禅后不久,可定为升元元年。张义方《请纳谏疏》文存《全唐文》卷八七〇,李昪《旌张义方直言诏》文存《全唐文》卷一二八。

**徐铉有《陈褒卫尉卿制》。**

陆游《南唐书》卷一七载:“陈褒,江州德安县人……升元初,州以闻。诏复徭役,表门闾。同时见旌者尚数家,皆五世同居云。”陈褒以五世同居而闻之州里,是“升元初”事,其为卫尉卿当更在其后,姑系于此。徐铉文存《全唐文》卷八七九。

## 后晋天福三年　南唐升元二年　南汉大有十一年　闽通文三年　后蜀广政元年　辽会同元年

戊戌　九三八

### 正月

**晋高祖有《加恩选人敕》《旋决刑狱敕[题拟]》。**

《册府元龟》卷六三三载:“(天福)三年正月敕:‘举选之流,辛苦备历,或则耽书岁久,或则守事年深。小有违碍格条,例是不知式样。今则方求公器,宜被皇恩,所有选人等,宜各令所司,除元驳放及落下事由外,无违碍并与施行。仍令所司遍下诸道,起今后文解差错,过在发解州府官吏。’”《加恩选人敕》文存《全唐文》卷一一六。《旋决刑狱敕[题拟]》文存《全唐文补编》卷九九,题下注:“天福三年正月。”

**徐铉有《成氏诗集序》。**

文中有:“诗之旨远矣,诗之用大矣。先王所以通政教,察风俗,故有采诗之官,陈诗之职。物情上达,王泽下流。及斯道之不行也,犹足以吟咏性情,黼藻其身,非苟而已矣。若夫嘉言丽句,音韵在成,非徒积学所能,盖有神助者也。罗君章、谢康乐、江文通、邱希范,皆有影响发于梦寐。今上谷成君亦有之,不然者,何其朝舍鹰犬,夕味风雅,虽世儒积年之勤,曾不能及其门者耶?……戊戌岁正月日序。”此可作徐铉诗学主张看。文存《全唐文》卷八八二。

**夏谦有《东林寺题名》。**

文末署:“升元二年正月二十八日故留题记。”文存《全唐文》卷八七一。

## 二月

**沈崧卒,享年七十六岁。**

《吴越备史》卷二载:“(晋天福三年)二月乙亥,吴越国丞相沈崧卒,赠谥文献。”沈崧著述,《十国春秋》卷八六本传云“有集二十卷”,南宋《秘书省续编到四库阙书目》著录其《铸金集》一卷、诗集六卷,今佚。《罗氏宗谱》收其《罗给事墓志铭》一文,乃记载罗隐生平事。

**中书门下上《奏请避讳状》,晋高祖有《避嫌名敕》。**

《册府元龟》卷三一载:“(天福)三年二月辛丑,中书奏:‘《礼经》云:礼不讳嫌名,二名不偏讳……’敕:‘朝廷之制,今古相沿。道在人弘,礼非天降;况以方开历数,虔奉祖宗……’”中书门下《奏请避讳状》文存《全唐文》卷九七四,题下注:“天福三年二月中书门下。”又,《全唐文补编》卷一二七录有中书《避讳请依古礼奏[题拟]》,题下注:“天福三年二月中书。”当是同一篇文字。晋高祖《避嫌名敕》文存《全唐文》卷一一六。

**晋高祖有《令盐钱使禁销钱铸器物敕》《令百官上封事御札》。**

《册府元龟》卷五〇一载:“晋高祖天福三年二月敕:‘朕以历代铸钱,济时为宝。久无监务,已绝增添。迩来趋利之人,违法甚众,销镕不已,毁蠹日滋……’”《令盐钱使禁销钱铸器物敕》文存《唐文拾遗》卷一〇。《册府元龟》卷一〇三载:“(天福)三年二月御札曰:‘百官曾有宣示,令进封事。据到者未及十人,朕虽无德,自行敕后数月,至懵人也应有一件事,食禄于朝,卒无一言……’”《令百官上封事御札》文存《全唐文》卷一一七。

**中书门下正月奏请令所司速具制度典礼以闻,从之。本月,刘昫又有《宗庙制度议》。**

《五代会要》卷二载:“晋天福三年正月,中书门下奏:‘皇帝到京,未立宗庙,望令所司,速具制度典礼以闻。’从之。二月……敕:‘宜令尚书省集议奏闻。’左仆射刘昫等再奏议曰:‘臣等今月十三日再于尚书省集百官详议。夫王者祖武宗文,郊天祀地,故有追崇之典……’”刘氏文存《唐文拾遗》卷四六。

**司天台上《请改正漏刻奏》《遵敕改定漏刻奏》。**

《请改正漏刻奏》《遵敕改定漏刻奏》二文题下注:“天福三年二月司天台。”《唐文拾遗》卷五九重录,题曰《改更漏刻错误奏》,题下注:“天福三年二月司天监。”末附按语:“按《全唐文》所收中无‘奏敕’云云十五字,故分而为二。《会要》合为一首。”二文皆存《全唐文》卷九七二。

**皈道有《沂州其山寺故寺主惠公塔记之》。**

文末署:“时大晋天福三年岁次戊戌二月一日戊寅朔建立。”文存《全唐文补编》卷九九。

## 三 月

**边光范为太府少卿,上书《请简都督刺史疏》。**

《册府元龟》卷四七六载:“边光范为太府少卿。天福三年三月上书曰:‘臣闻太宗有言曰:朕居深宫之中,视听不能及远,所委者惟都督刺史。则知此官实系治乱,本须得人。臣窃见今之刺史,或因缘世禄,或贡奉家财,或微立军功,或但询官序,实恐抚民寡术,仰贪吏以无方……’”文存《全唐文》卷八六二。

**崔棁以翰林学士承旨、兵部侍郎权知贡举,有《请落第举人得自陈诉奏》。**

《册府元龟》卷六四二载:“晋高祖天福三年三月,翰林学士承旨兵部侍郎权知贡举崔棁奏:‘臣谬蒙眷渥,叨掌文衡,实忧庸懦之材,不副搜罗之旨。敢不揣摩顽钝,绝杜阿私。上则显陛下求贤,次则使平人得路……’”文存《全唐文》卷八五一。

**刘皞为驾部员外郎知杂事，有《请慎择牧守疏》。**

《册府元龟》卷四七六载："刘皞为驾部员外郎知杂事，天福三年三月上言曰：'藩侯郡牧，仗钺分符，系千里之惨舒，行一方之威福。自古选任，须擢贤明。近代统临，为酬勋绩。将邦域之生聚，展将领之人情……'"文存《全唐文》卷八五六。

**李详为中书舍人，有《条奏节度刺史州衙前职员事疏》。宰臣上《进李祥疏奏》。**

《册府元龟》卷四七六载："李祥为中书舍人，天福三年三月上疏曰：'臣闻除旧布新，故顺天而设教，惟名与器不假人，以树恩所以示寓，县之至公，所以仰朝廷之大柄。今则既逢英主，未革前踪……'""李祥"当即"李详"。李详文存《全唐文》卷八五二。宰臣《进李祥疏奏》题下注："天福三年三月宰臣。"文存《全唐文》卷九七二。

**前守晋州洪洞县主簿卢粲进策，请诸州府凡断大辟罪人，逐季具有无申报，有《慎刑策》。详定院上《进卢粲策奏》。**

《五代会要》卷一六载："晋天福三年三月，详定院奏：'前守晋州洪洞县主簿卢粲进策：伏以刑狱至重，朝廷所难，尚书省分职六司，天下谓之会府。诸道决狱，若关人命，即刑部不合不知。欲请诸州府，凡断大辟罪人，讫逐季具有无申报，刑部仍具录案款事节……'"卢粲《慎刑策》文存《全唐文》卷八五三，详定院《进卢粲策奏》题下注："天福三年三月详定院。"文存《全唐文》卷九七二。

**阙名有《义井砖题记》。**

文末署："时通文三年岁次戊戌三月十八日题记。"文存《全唐文补编》卷一四五。

**南唐信王景达先娶李德诚女，烈祖复姓，有司以同姓非礼上闻。李昪有《宋王妃改氏南平制》。**

文中有："南平王，国之元老，婚不可离，信王妃可改氏南平。"文存《唐文拾遗》卷一一。马令《南唐书》卷九载："信王景达先娶德诚女，烈祖复姓，有司以同姓非礼。制曰：'南平王，国之元老……'"同书卷一载："二年春三月……徐氏诸子屡请帝复姓，帝谦抑不忍忘徐氏恩，下其议百官。百官皆请，乃复姓李，改名昪，国号大唐。"则此制当作于复姓之时，姑系于本月。

**齐己本年三月前已卒，有《白莲集》十卷传世。孙光宪为荆南节度副使朝议郎检校秘书少监试御侍中丞，为齐己《白莲集》作序。**

孙光宪《白莲集序》曰："师平生诗稿，未遑删汰，俄惊迁化，门人西文并以所集见授。"是知此序乃作于齐己卒后。孙氏《序》末署："天福三年戊戌三月一日序。"可知齐己此前已卒。《白莲集序》记《白莲集》之结集云："因得编就八百一十篇，勒成一十卷，题曰《白莲集》。"《崇文总目》卷五、《直斋书录解题》卷一九所记卷数同。今有《四部丛刊》本《白莲集》十卷传世。《全唐诗》卷八三八至八四七录诗十卷。《全唐文》卷九二一录存文二篇。又，《直斋书录解题》卷二二载《风骚旨格》一卷；《宋史》卷二〇九《艺文志八》录《玄机分明要览》一卷，又《诗格》一卷；《通志》卷七〇《艺文略八》"别集诗类"录《白莲集》十卷、又《外编》十卷。《风骚旨格》一卷，现附《白莲集》后。孙序见《白莲集》卷首，题衔为"荆南节度副使朝议郎检校秘书少监试御侍中丞赐紫金鱼袋孙光宪撰"，此即光宪当日之官守全称。文末署："天福三年戊戌三月一日序。"《序》云："鄙以旅宦荆台，最承款狎。较风人之情致，赜大夫之旨归；周旋十年，互见阃域。"可见二人交游之厚。

## 四月

**朝散大夫卫尉寺丞陈保极以过左降，至此复行尚书仓部员外郎官，晋高祖有《复陈保极官制》。**

《册府元龟》卷一四九载："晋高祖天福三年四月诏：'责授朝散大夫卫尉寺丞陈保极，夙蕴才名，早登科第，洎居班列，深显器能。近者假限，既为朝章是举，自闻左降，深悟前非，宜推宥罪之恩，俾奉自新之命，勉伸倾竭，继俟陟迁。可复行尚书仓部员外郎，赐紫金鱼袋。'"文存《全唐文》卷一一四。

**以尚书吏部侍郎卢詹为尚书左丞。中书舍人李详上疏请沙汰在朝文武臣僚，有《沙汰文武臣僚疏[题拟]》。**

《旧五代史》卷七七载："（天福三年）四月丁亥，以尚书吏部侍郎卢詹为尚书左丞。中书舍人李详上疏：'请沙汰在朝文武臣僚，以减冗食，仍条贯藩侯郡守，凡遇溥恩，不得多奏衙门职员，妄邀恩泽。'疏奏，嘉之。"文存《全唐文补编》卷一〇二。

**晋高祖有《谕盐铁度支户部等敕》。**

《册府元龟》卷六六载："（天福三年）四月甲午敕：'盐铁度支户部，应监临主持场院仓库官吏等，制置场务，总榷课程，将期共济于军流，免使偏竭于民力……'"文存《全唐文》卷一一六。

**详定院上《请准段禺修斋坛屋宇奏》。**

题下注："天福三年四月详定院。"文存《全唐文》卷九七二。

**希宁有《金刚经赞》。**

文中有："大晋天福三年岁次戊戌四月戊寅朔十五日敬镌石壁《金刚经》一卷……"文存《唐文续拾》卷八。

## | 五 月 |

**晋高祖有《听私门立戟敕》《慎刑诏》《改州县名敕[题拟]》。**

《五代会要》卷六载："晋天福三年五月诏：'应中外臣寮带平章事、侍中、中书令及诸道节度使，并许私门立戟，仍并官给及据官品依令式。'"《听私门立戟敕》文存《全唐文》卷一一六。《册府元龟》卷一五一载："（天福三年）五月，诏曰：'刑狱之难，古今所重。但关人命，实动天心。或有冤魂，则伤和气。应诸道州府，凡有囚徒，据推勘到案款一一尽理，子细检律令合格敕。其间或有疑者，准令又谳大理寺，亦宜申尚书省。省寺明有指归，州府然后决遣。’”本年四月，晋州洪洞县主簿卢粲曾上《慎刑策》，详定院上《进卢粲策奏》，此诏当是因卢粲策而下。文存《全唐文》卷一一四。晋高祖《改州县名敕[题拟]》文存《全唐文补编》卷九九，题下注：“天福三年五月。”

**赵仁锜为司天少监，有《请停诸卫官遥授刺史疏》。**

《册府元龟》卷四七六载：“赵仁奇为司天少监，天福三年五月上言曰：‘臣闻自古创业之君，开基之主，设官分职，革故鼎新，必有强名，用为公器，以诱英彦，皆不徒然。伏见近年酬赏，在京诸指挥使，皆遥授刺史，得非朝廷以贵其地，望优其禄利乎？臣以为大辂起椎轮之始，滥觞成方舟之流，但恐滋深，不可改易，非创业制命之所宜也。今六军诸卫，品秩皆高，不用酬勋，是成虚设……’”“赵仁奇”当即“赵仁锜”。文存《全唐文》卷八五三。

## | 六 月 |

**薛融为左谏议大夫，有《请停营作疏》。晋高祖有《褒薛融直谏敕》。**

《册府元龟》卷五四七载：“薛融为左谏议大夫。天福三年六月上疏曰：‘臣近睹河南留守高行周状奏：修大内事，以大厦既成，燕雀尚犹相贺，皇居是葺，臣子岂不同欢。然则时方属于多虞，事宜停于不急……’敕曰：‘薛融官居谏署，志奉皇图，特贡忠言，备彰直道。载观臣节，深契朕怀，其雒京大内先令葺修，今宜停罢。’”薛融《请停营作疏》文存《全唐文》卷八五〇，晋高祖《褒薛融直谏敕》文存《全唐文》卷一一六。

**晋高祖有《本司不得差补令丞敕[题拟]》。**

题下注：“天福三年六月。”文存《全唐文补编》卷九九。

**张铸为金部郎中，有《请省新户科徭奏》。**

《册府元龟》卷四九五载：“晋高祖天福三年六月己丑，金部郎中张铸奏：

‘臣闻国家以务农是本，劝课为先，用广田畴，乃资仓廪。臣窃见所在乡村，浮居人户，方思垦辟，正切耕耘……’”文存《全唐文》卷八六一。

**中书门下上《请详定明宗朝敕制奏》《制皇帝受命宝奏》**。

二文题下皆注：“天福三年六月中书门下。”前文存《全唐文》卷九七二，后文存《唐文拾遗》卷五九。

**阙名有《罗什法师悟玄序》**。

文末署：“戊戌季夏望日。”文存《全唐文补编》卷一三六。

**宋齐邱有《仰山光涌长老塔铭》**。

文中有：“公法号光涌，丰城县张氏也……升元二年夏，顺化于禅寝，僧腊七十，俗龄八十有九。门人具梵礼塔于山之西南隅，表至德也。”光涌长老是升元二年夏寂灭，则此文当在其后不久，具体作于夏季何月，难以确考，姑系于此。文存《全唐文》卷八七〇。

**契丹使至南唐，翰林院进《二丹入贡图》，江文蔚奉诏作《二丹入贡图赞并序》**。

《十国春秋》卷一五载：“是岁，契丹主之弟东丹王亦遣使以羊马入贡，别持羊三万口、马二百匹来鬻，以其价市罗纨茶叶。于是翰林院进《二丹入贡图》，诏中书舍人江文蔚作赞以美之。”陆游《南唐书》卷一八所载：“烈祖升元二年，契丹主耶律德光及其弟东丹王各遣使，以羊马入贡，别持羊三万口，马二百匹来鬻，以其价市罗纨茶药。烈祖从之。于是，翰林院进《二丹入贡图》，诏中书舍人江文蔚作赞。”江文蔚文存《唐文拾遗》卷四七。

**高丽王王建有《上南唐烈祖贺即位笺》**。

陆游《南唐书》卷一八载：“升元二年，遣使来贡方物，所上书称笺。大略云：

'今年六月,内当国中原府入吴越国使张训等回,伏闻大吴皇帝已行禅礼,中外推戴,即登大宝者……'"则此笺当作于是年六月后不久,其达于南唐应更晚。为保持体例一致,姑系于本月。文存《全唐文》卷一千。

## |八月|

**窦贞固为翰林学士、中书舍人,有《请定举士官赏罚奏》。晋高祖有《答窦贞固请定举士官赏罚敕》。**

《册府元龟》卷六八载:"(天福)三年八月丙申,翰林学士中书舍人窦贞固奏:'臣伏睹先降御札,令文武百僚各进封事,臣闻举善为公,知人则哲……'敕曰:'进贤受赏,备有前文。得士则昌,斯为急务。窦贞固名参国籍,职在禁庭,贡章疏以倾心……'"窦贞固《请定举士官赏罚奏》文存《全唐文》卷八六五,晋高祖《答窦贞固请定举士官赏罚敕》文存《全唐文》卷一一六。

**晋高祖有《令铨司检点御署官文书敕》《遣祭魏府坟墓敕[题拟]》《放河府同州绛州等税科敕[题拟]》。**

《册府元龟》卷六三三载:"(天福三年)八月敕:'御署官员等,自前并于中书陈状,引验文牒拟官,承乏之官从权,所任例逢兴运,咸被异恩……'"《令铨司检点御署官文书敕》文存《全唐文》卷一一六。《放河府同州绛州等税科敕[题拟]》文存《全唐文补编》卷九九(下文同),题下注:"天福三年八月。"《遣祭魏府坟墓敕[题拟]》文题下注:"天福三年八月。"

**晋高祖有《给复同绛等州敕》。**

《册府元龟》卷四九二载:"(天福三年八月)己丑,户部奏:'河南同州绛州等处相次上诉,为管界灾旱逃却人户。'敕:'朕奄有四方,尊为万乘,所务诞敷教化,普济黎元……'"晋高祖文存《全唐文》卷一一六。

**左街使从人韩延嗣为百姓李延晖冲,遂驱趁殴击,致延晖身死,大理寺上《韩延嗣合斩奏》。晋高祖宥之,有《流韩延嗣敕》。**

《册府元龟》卷一五〇载："（天福）三年八月，大理寺以左街使从人韩延嗣招为百姓李延晖冲，省街使连喝不住，遂驱趁殴击，致延晖身死。准律斗殴人者，元无杀心，因相斗殴而杀人者绞，故杀人者斩。其韩延嗣准律皆斩、准刑法绞类节文：绞斩刑决，重杖一顿处死。敕曰：'韩延嗣因叫喝，见不避路者辄行殴击，致伤人命。法寺定刑，比不因斗故殴伤人辜内死者，依杀人论。盖征相类，且非本条有所疑，法当在宥。宜决脊杖十八，黥面配华州发运务收管。'"大理寺《韩延嗣合斩奏》文存《唐文拾遗》卷五九，题下注："天福三年八月大理寺。"晋高祖《流韩延嗣敕》文存《全唐文》卷一一六。

**以定州奏境内旱民多流散，放其夏税。晋高祖有《放定州夏税诏》。**

《册府元龟》卷四九二载："（天福）三年八月癸未，定州奏境内旱民多流散。诏曰：'朕自临寰宇，每念生民。务切抚绥，期于富庶。属干戈之未戢，虑徭役之或烦。以彼中山，偶经夏旱，因兹疾苦，遽至流移。'"文存《全唐文》卷一一四。

## |九月|

**范延光据邺城，攻之经岁不下，以师老民劳，思解其役。宗正丞石昂上书请别与藩镇，使其归降。因赐铁券，改封高平郡王，移镇天平。石昂有《请赦范延光表》，晋高祖有《复范延光等官爵制（节文）》《招安魏府敕》。**

《册府元龟》卷五三三载："晋石昂，天福中为宗正丞，上言曰：'臣伏见铜台逆竖，漳水叛城，始见利而忽起祸心，终负衅而难归至化，遂使雄师大举，元恶未除，虽宠极祓兴，宜奋雷霆之怒，而势穷力屈，可哀蝼蚁之生。况师老费财，民劳失本，赦过宥罪，素垂范于典经；含垢匿瑕，事颇关于仁恕。伏望陛下，施云天之泽，收霜雪之威，舍独夫百死之愆，救一镇万家之命。俾范延光令移本任，别与小藩……'"范延光降晋，是天福三年九月事，此表当作于此前不久。石昂《请赦范延光表》文存《全唐文》卷八五三。同书卷一六六载："（天福三年）八月，帝以范延光据邺城，攻之经岁不下，以师老民劳，思解其役，遣谒者入谓之曰：'卿既危蹙，败在朝夕。若能返掌转规，改节归我，我当以大藩处之；如降而杀之，则何以享国。明明白日，可质是言。'因赐铁券，改封高平郡王，移镇天平。延光谓门人李式曰：'主上敦信明义，言无不践。许之不死，则不死矣。'因彻去守备，素服请降。”晋高祖文存《全唐文》卷一一四。同书卷九三又载:“(天福)三年九月己巳,敕:‘魏府城内马步诸军将校员寮节级军将长行,及参佐官员僧道百姓等,朕以范延光是明宗旧臣,与朕素敦分义,因开怀而舍释,果沥恳以归明。君臣之义,宛然金石之言。’”晋高祖《招安魏府敕》文存《全唐文》卷一一六。

**晋高祖有《平范延光大赦文》。**

《册府元龟》卷九四载:“晋高祖天福三年十月戊戌敕曰:‘天有四时,首布和阳之命;君临万国,先弘旷荡之恩……一昨灾躔沙鹿,兵驻铜台,擐甲执兵,颇劳师旅,飞刍挽粟,重困生灵。赖天地垂休,将相叶力,克宁邦家,永静烟尘。凯歌共乐于班还,喜气实腾于远迩。岂一人之感召,盖群后之扶持。弓矢载櫜,大庆已流于中外;雷雨解作,普恩宜被于寰区。庶使齐民,咸沾霈泽。可大赦天下。’”文存《全唐文》卷一一七。

**张希崇有《与甘州回鹘可汗函[题拟]》。**

文中有:“今则前邠州康太傅及庆州符太保承奉圣旨,部领大军援送贡奉使人及有天使去。八月廿一日,得军前太傅书牒云,与都鉴司空已于八月十六日到方渠镇,与都监商量,定取丹所者。九月五日发离方渠……于九日到府次……朔方军节度使检校太傅兼御史大夫张。”可知此是就送贡奏使人沟通事务之书。史载张希崇弃儒从军,没入契丹多时。《旧五代史》卷三九载:“(天成三年八月)契丹遣使来贡献,契丹平州刺史张希崇上表归顺。”同书卷八八载,张希崇归顺后,在后唐先为汝州防御使,后为邠州节度使,未闻有朔方军节度使之任。晋高祖入洛,于契丹方有要盟,卢其为所取,乃复除灵武。其除职灵武,或如韩璞,为“朔方军节度使灵武雄警甘肃等州观察使”之省称,果如此,则其任朔方军节度使,当是后晋时事。再据同书卷七八载:“(天福四年正月)己酉,朔方军节度使张希崇卒,赠太师。”则其任朔方军节度使,当在天福元年至天福四年正月间。考后晋时回鹘来朝贡,天福四年前只有两次:一在天福三年十月,一在天福四年三月。《旧五代史》卷一三八载:“晋天福三年十月,(回鹘)遣使都督李万全等朝贡,以万全为归义大将军,监使雷福德为顺化将军。四年三月,又遣都督拽里敦来朝,兼贡方物。其月命卫尉卿邢德昭持节,就册为奉化可汗。”天福四年三月那次,在契丹使者到京前,张希崇死讯已至。灵武至汴京,传讯者不可能较回鹘贡奉使人快出三个月之久。如此,则张氏此信所谓"贡奉使人",当指天福三年十月李万全等一行。此信亦当作于天福三年九月九日后,姑系于本年九月。文存《全唐文再补》卷五。

## |十月|

**曹国珍为吏部郎中,有《论窦温颜进策疏》,晋高祖有《答曹国珍进窦温颜习武策敕》**

《册府元龟》卷四七六载:"曹国珍为吏部郎中,天福三年十月,隰州蒲县令窦温颜进策,内一曰:'兵不可不战,将不可不择……国珍与其议,以为可行,乃上言曰:臣闻去华务实,舍短从长,片善不遗,群材毕录……'敕:'习战讲武,历代通规,选士练兵,其来旧制。宜以每年农隙时讲武,仍准令式处分。'"《全唐文》卷九七二有详定院《进窦温颜策奏》,题下署"天福二年十月详定院"。当时详定院称"进策一十一件,可行者有二",所奏二件不言军事。此曹国珍进策称其中之一为练兵,当是详定院以为不可行者,或是曹国珍因时势所需,借题发挥,高祖顺水推舟,故有此两文。曹国珍文存《全唐文》卷八五三,晋高祖文存《全唐文》卷一一六。

**晋高祖有《升汴州为东京诏》《东京城门署名敕[题拟]》。**

《册府元龟》卷一四载:"(天福)三年十月丙辰,诏曰:'为国之规,在于敏政。建都之法,务要利民。历考前经,朗然通论。顾惟凉德,获启丕基,当数朝战伐之余,是兆庶伤残之后……'"《升汴州为东京诏》文存《全唐文》卷一一四,《全唐文补编》卷九九重录之,题下注:"天福三年十月。"末附辑者陈尚君按语:"《全唐文》卷一一四收此文,较此少四十三字。今重录。"《东京城门署名敕[题拟]》题下注:"天福三年十月。"文存《全唐文补编》卷九九。

**晋高祖有《册于阗王李圣天制》。**

《旧五代史》卷七七载:"(天福三年十月)庚子,杨光远朝觐到阙,对于便殿,锡赉甚厚,于阗国王李圣天册封为大宝于阗国王。"高祖文存《全唐文》卷一一四。

**王权为兵部尚书，因不遵朝命出使契丹停官，晋高祖有《停兵部尚书王权官诏》。**

《册府元龟》卷四八一载："晋王权高祖时为兵部尚书。天福三年十月诏曰：'王权昨差北朝国信使，坚不肯收接敕牒，兼有状推托事故，不遵朝命者。王权久在班行，众推夙旧……'"文存《全唐文》卷一一四。

**南唐刘津为诸县都制置使检校司空，有《婺源诸县都制置新城记》。**

文末署："唐升元二年，今上即中兴位，岁次戊戌十月癸丑五日丁巳诸县都制置使检校司空刘津记。"文存《全唐文》卷八七一。

**崔彦撝有《有唐高丽国海州须弥山广照寺故教谥真澈禅师宝月乘空之塔碑铭》。**

文末署："清泰四年十月二十日立。"文存《唐文拾遗》卷六九。

## |十一月|

**晋高祖有《封钱元瓘吴越国王玉册文》《封王继恭临海郡王制》。晋以中原多事，钱币消耗过甚，下《公私铸钱条章诏》。一月后晋高祖又有《许百姓铸钱诏》《听公私自铸钱敕》。**

《封钱元瓘吴越国王玉册文》文中有："唯天福三年岁次戊戌十一月甲辰朔五日戊申，皇帝若曰：'……今遣使大中大夫尚书左丞上柱国赐紫金鱼袋王延、使副中散大夫尚书司门郎中柱国赐紫金鱼袋张守素持节备礼，册尔为吴越国王。'"《封钱元瓘吴越国王玉册文》文存《全唐文》卷一一七。《册府元龟》卷一七九载："（天福三年）十一月制曰：'王者居域中之大，以天下为家。两曜照临，必覃声教。二仪覆载，咸有宠绥。矧夫地镇南台，心倾北阙，遥识兴隆之运，显输翊戴之诚。……威武军节度福建管内观察处置等使光禄大夫检校太保兼御史大夫上柱国琅邪县开国伯食邑七百户王继恭，淮水源长，缑山系远，代袭弓裘之业，家承带砺之勋……'"《封王继恭临海郡王制》文存《全唐文》卷一一四。

《册府元龟》卷五〇一载："(天福三年)十一月敕：'国家所资，泉货为重，减耗渐亏于日用，增加自致于时康。近代已来，中原多事，销蠹则甚，添铸无闻。朝廷合议于条章，寰海必臻于富庶。'"《公私铸钱条章诏》文存《唐文拾遗》卷一〇。另，《全唐文》卷一一四录有晋高祖《许百姓铸钱诏》，文字与本篇小异，盖因录自《五代会要》卷二七，载记各有侧重。《五代会要》署为："晋天福三年……其年十二月诏曰……"因本年十二月，晋高祖另有《听公私自铸钱敕》，于铸钱规格有较具体规定。

**河阳侯益有《请修唐庄宗祠庙奏》。**

《册府元龟》卷一七四载："(天福三年)十一月，河阳侯益奏：'伏自收复汜水关日，以逆贼张从宾于庄宗旧盖亭子上，与官军斗敌。臣以为庄皇历数虽谢，精爽犹存……'"文存《全唐文》卷八六二。

**龙詈有《谢司空赐物牒》《上司空牒》。**

前文末署："清泰四年十一月十八日。"后文末署："清泰四年十一月十八日。"文皆见《全唐文补编》卷一〇二。

**曹元德有《张员进补充衙前正十将牒[题拟]》。**

文末署："天福三年十一月五日牒。检校司空兼御史大夫曹。"文存《全唐文补编》卷一〇〇。

## 十二月

**马承翰为尚书刑部郎中，有《请禁走马害人奏》，晋高祖有《答马承翰封章敕》。**

《册府元龟》卷六一三载："(天福三年)十二月，尚书刑部郎中马承翰奏：'伏见都下衢街窄狭，人物殷繁，其有步履艰难，眼目昏暗，老者幼者，悉在其间。车马若纵于奔驰，生性必见于伤害……'敕曰：'马承翰所贡封章，俾人知禁，虽曾条贯，恐未周详，宜依。余准近敕处分，仍付所司。'"马承翰《请禁走马害人奏》文存《全唐文》卷八五五，晋高祖《答马承翰封章敕》文存《唐文拾遗》卷一〇。

**晋高祖有《听公私自铸钱敕》。**

《文献通考》卷九载："(天福三年)其年十二月敕：'先许铸钱，切虑逐处缺铜，难依先定铢两。宜令天下公私，应有铜欲铸钱者，取便酌量轻重铸造，不得入铅铁及缺落，不堪久远流行。'"文存《全唐文》卷一一六。又《唐文拾遗》卷一〇录有晋高祖有《任公私铸钱敕》，文字小异，盖其录自《五代会要》，载记各有侧重，当是同一篇文字，姑存于此。

**晋高祖有《州县官丁忧服阙敕[题拟]》。**

题下注："天福三年十二月。"文存《全唐文补编》卷九九。

## | 本 年 |

**何光远官普州军事判官，有《聂公真龛记》。**

《十国春秋》卷五六载："何光远，字辉夫，东海人也，好学嗜古。广政初，官普州军事判官，撰《聂公真龛记》。"《十国春秋》卷五六载："尝著《鉴诫录》十卷，纂辑唐以来君臣事迹可为世法者。又有《广政杂录》三卷，皆行于世。"《鉴诫录》十卷，今传。

**尚颜本年前犹在世，此后行迹无考，卒年不详。**

尚颜有《读齐己上人集》一诗，可证其于《白莲集》结集之后晋天福三年犹在世。尚颜著述，《直斋书录解题》卷一九著录《尚颜供奉集》一卷；《宋史》卷二〇八《艺文志七》著录其《荆门集》五卷。《全唐诗》卷八四八录存尚颜诗三十四首。

**晋高祖有《赐僧法城敕》。**

《香乘》卷一载："晋天福三年，赐僧法城跋遮那，王言云：'敕法城，卿佛国栋梁，僧坛领袖。今遣内官赐卿研金虚镂沉水香纽列环一枚，至可领取。'"文存《唐文拾遗》卷一〇。

**王易简为中书舍人，有《渐治论》，晋高祖有《奖王易简进渐治论诏》。**

《册府元龟》卷五五三载："王易简仕晋为中书舍人。天福三年，易简进渐治论曰：'臣闻天地之道……'敕：'王易简手演王言，心资帝业。当开创之运，以远大而论。天不能蹙变四时，地不能躁成万物。况当革夏尽，已从周化。未可以骤行事，只宜于渐治，不疾而速，其在兹乎。所贡论宜付史馆。'"王易简《渐治论》文存《全唐文》卷八六一，晋高祖《奖王易简进渐治论诏》文存《全唐文》卷一一四。

**马重绩仕后晋，拜太子右赞善大夫，迁司天监，有《请改正漏刻法疏》《上调元新历疏》。**

《旧五代史》卷九六载："马重绩，字洞微，少学数术，明太一五纪八象三统大历，居于太原，仕晋，拜太子右赞善大夫，迁司天监。天福三年，重绩上言：'历象王者，所以正一气之元，宣万邦之命……'又言：'漏刻之法，以中星考，昼夜为一百刻，八刻六十分刻之，二十为一时，时以四刻十分为正，此自古所用也。'"依《旧五代史》，马重绩所上二文，当皆在天福三年。二文皆见《全唐文》卷八四九。

**张昭有《题窦巩诗后》。**

文中有："巩嗫嚅诗一何神妙，慨此少不见其集联珠之最也。戊戌岁中元前一日夷门旅舍书潜夫。"文存《唐文续拾》卷七。

**阙名有《陈氏尊买地券》。**

文中有："维唐升元二年太岁戊戌月戊戌朔五日壬子，殁故亡人颍川陈氏尊六十九天禄。"文存《全唐文又再补》卷一〇。

## 后晋天福四年　南唐升元三年　南汉大有十二年　闽永隆元年　后蜀广政二年　辽会同二年

己亥　九三九

### 正月

**南唐李昪有《恤农诏》。**

马令《南唐书》卷一载:“(升元)三年春正月丙申,诏曰:‘比者干戈相接,人无定主,地易而弗艺,桑陨而弗蚕,衣食日耗,朕甚悯之。其向风面内者,有司计口给食,愿耕植者,授之土田,仍复三岁租役。’”文存《全唐文》卷一二八。

**后晋户部上《奏李自伦孝义状》。**

题下注:“天福四年正月户部。”文存《全唐文》卷九七四。

### 二月

**南唐烈祖大赦,改国号“大唐”,复姓李氏,更名昪;诏国事委齐王璟决,惟军旅以闻。李昪有《禁上尊号诏》,司徒宋齐丘请依《春秋》郊以四月,群臣议之,常梦锡等据《礼》以争,宋齐丘固争,议者多哂之。门下侍郎平章事居咏、中书侍郎平章事李建勳皆与其事。张居咏有《郊祀议》,李建勳有《郊祀议》,李昪有《享太庙诏》。**

陆游《南唐书》卷一载:“(升元三年二月)大赦,百官进位,将士劳赐有差,民三年艺桑及三千本者赐帛五十匹……诏曰:‘朕以眇躬,托于民上……群公卿士顾欲举上尊号之礼,朕甚不取,其勿复以闻。’”马令《南唐书》卷一载:“(升元三年春二月)司徒齐丘请依《春秋》郊以四月上辛,常梦锡驳曰:‘案《礼》,天子之郊以冬至,不卜日。鲁侯之郊以仲春,卜上辛。今之四月,非郊之时。’齐丘固争,遂用夏。议者多哂之。诏曰:‘礼莫重于享帝,孝莫大于隆亲……’”《禁上尊号诏》《享太庙诏》文皆存《全唐文》卷一二八。另据马令《南唐书》卷一："（升元三年）二月，池州杨琏卒，以统军王彦俦为康化军节度使。诏公卿以下议定郊祀，门下侍郎平章事居咏、中书侍郎平章事建勳等议曰……"李氏《郊祀议》文存《全唐文补编》卷一一一。又，《十国春秋》卷一五载："（升元三年三月）庚午，作南郊行宫千间，诏公卿以下议定郊祀。平章事张居咏、李建勳等议曰：'孔子云：郊祀后稷以配天，宗祀文王于明堂以配上帝，此万世不易之法也。昔长孙无忌请祀高祖于圆丘，以配昊天上帝，祀太宗于明堂，以配上帝，义为得之……'"陆游《南唐书》系于升元三年二月，陆氏、马氏《南唐书》皆记宋齐丘与常梦锡、李建勳议郊祀事于二月，唯《十国春秋》载于三月，今不从，依陆氏、马氏《南唐书》系于本月。张居咏文存《全唐文》卷八七二。

**晋高祖有《禁擅加赋税诏》。**

《册府元龟》卷四八八载："（天福）四年二月诏曰：'朕自临区夏，每念蒸黎。常夜思而昼行，冀时康而俗阜。其如干戈乍息，疮痏犹多。由是疚怀，不能安席。复又车徒甚众，廪藏方虚，虽赋租未暇于矜蠲，而烦扰当行于禁止。俾除暴敛，式合群心。应郡守藩侯，不得擅加赋役，及县邑别立监征，所纳田租，委人户自量自概。'"文存《全唐文》卷一一四。

**中书门下上《请建庆昌宫奏》。**

题下注："天福四年二月，中书门下。"文存《全唐文》卷九七二。

## | 三 月 |

**晋遣使入蜀，叙姻亲之旧，晋高祖有《遗后蜀后主告即位书》。**

《蜀梼杌》卷下载："天福四年三月，晋高祖遣使来聘，叙姻亲之旧。其书略曰：'大晋皇帝奏书大蜀皇帝，伏自中原多故，大憝继兴，朱氏不道，而皇天不亲……'"文存《全唐文》卷一一七。

**晋高祖有《齐延祚决杖配流敕[题拟]》。**

题下注:“天福四年三月。”文存《全唐文补编》卷九九。

**晋封回鹘可汗仁裕,晋高祖有《封回鹘奉化可汗制》。**

《册府元龟》卷九六五载:“(天福)四年三月制曰:‘回鹘可汗仁裕,雄临朔野,虔奉中朝。一方之烽燧蔑闻,万里之梯航继至。自当开创,益效倾输,备观尊奖之心,爰降册封之命。宜封为奉化可汗,择日备礼册命,遣卫尉卿邢德昭持节使之。’”文存《全唐文》卷一一四。

**御史台上《乞御史照旧例分判事宜奏》。**

题下注:“天福四年三月御史台。”文存《全唐文》卷九七二。

**南唐景迢有《东林寺题名》。**

文末署:“升元三年太岁己亥三月二十三日。”文存《全唐文》卷八七一。

## |四月|

**晋征前左拾遗郑云叟为右谏议大夫,云叟称疾不起,有《辞征聘表》。**

《册府元龟》卷九八载:“晋高祖天福四年四月庚辰,征前左拾遗郑云叟为右谏议大夫,玉笥山道士罗隐之赐号希夷先生。云叟始隐尚少,累年之后,西入华岳,与之朝夕游处。隐之以药术取利,云叟以山田自给,俱好酒能诗及长啸。有大瓠,云可辟寒暑,置笮所酒经时,其味不坏。日携酒就花木水石之间,一酌一咏。尝酒酣联句,郑云叟曰:一壶天上有名物,两个世间无事人。罗隐之曰:醉却隐之云叟外,不知何处是天真。上闻其名,故遣刘珣、赵处玭等赍鹄书致礼征召。其后,云叟称疾不起,上表曰:‘臣闻君子有应敌之方,因时俯仰;介士有不移之操,与性逍遥。康尧佐舜者,洽道于君臣;洗渭巢箕者,寄形于天壤。惟圣人之效业,左庶物以由庚……’”郑云叟文存《全唐文》卷八五〇。

**晋高祖有《禁朝臣荐托敕》。**

《册府元龟》卷六六载："（天福）四年五月甲寅敕：'访闻朝臣于外州侯伯，求其表状，奏荐交亲。朕以应天顺人，开基创业，大化方流于区宇……'"文存《全唐文》卷一一六。

**御史台上《年深御史判杂上事奏[题拟]》。**

题下注："天福四年五月御史台。"文存《全唐文补编》卷一二七。

**冷求有《开路记》。**

文中有："天福四年己亥岁五月二十五日，开此路。"文存《全唐文补编》卷一一四。

**南唐李昪有《却符瑞诏》。**

马令《南唐书》卷一载："（升元三年四月郊祀）州郡言符瑞者十数，帝曰：'谴告在天，聪明自民；鲁以麟削，莽以符亡。常谨天戒，犹惧或失之……'"文存《唐文拾遗》卷一一。

**崔彦撝有《高丽国弥智山菩提寺故教谥大镜大师元机之塔碑铭并序》。**

文末署："晋天福四年岁次己未四月十五日立。"文存《唐文拾遗》卷六九。

## |六 月|

**晋高祖有《权停贡举敕》。**

《册府元龟》卷六四二载："（天福）四年六月敕：'尚书礼部，历代悬科，为时取士，任使贵期于称职，搜罗每虑于遗才。其如铨司注官，员阙有限，贡闱考第，人数不常……'"文存《全唐文》卷一一六。

**司天台上《日食救护奏》。**

题下注:“天福四年六月,司天台。”文存《全唐文》卷九七二。

## |七月|

**闽禁军将领连重遇变乱,杀闽王昶;王延羲自称威武节度使、闽国王,更名曦,改元永隆。**

《资治通鉴》卷二八八载:“闽主数侮拱宸控鹤军使永泰朱文进、光山连重遇,二人怨之。会北宫火,求贼不获。闽主命重遇将内外营兵扫除余烬,日役万人,士卒甚苦之。又疑重遇知纵火之谋,欲诛之,内学士陈郯私告重遇。辛巳夜,重遇入直,帅二都兵焚长春宫,以攻闽主。使人迎延羲于瓦砾中,呼万岁。复召外营兵共攻闽主,独宸卫都拒战。闽主乃与李后如宸卫都。比明,乱兵焚宸卫都,宸卫都战败,余众千余人奉闽主及李后出北关,至梧桐岭,众稍逃散。延羲使兄子前汀州刺史继业将兵追之,及于村舍,闽主素善射,引弓杀数人,俄而追兵云集,闽主知不免,投弓谓继业曰:‘卿臣节安在?’继业曰:‘君无君德,臣安有臣节?新君,叔父也;旧君,昆弟也。孰亲孰疏?’闽主不复言。继业与之俱还,至陁庄,饮以酒,醉而缢之,并李后及诸子王继恭皆死。宸卫余众奔吴越。延羲自称威武节度使、闽国王,更名曦,改元永隆。”

**晋高祖有《禁铸私钱敕》。**

《五代会要》卷二七载:“(天福)四年七月敕:‘先令天下州府公私铸钱,近闻以铅锡相参,缺薄小弱,有违条制,不可久行……’”天福为后晋年号,此时晋高祖在位,且年前曾颁诏允公私铸钱,与此敕文正相呼应,敕文当属晋高祖。《全唐文》系此于后唐明宗,误,今正之。文存《唐文拾遗》卷九。《全唐文补编》卷九九据《旧五代史》卷七八重录,题曰《禁私铸线诏[题拟]》,题下注:“天福四年七月。”实为一文。

**晋许符彦饶、张继祚、娄英、尹晖等收葬,晋高祖有《许符彦饶等收葬敕》。**

《册府元龟》卷四二载:“(天福)四年七月甲子敕:‘符彦饶、张继祚、娄英、尹晖等,皆受国恩,悉亏臣节。孽非天作,戚实自贻。寻正典刑,屡迁岁月。宜示烛幽之道,用推掩骼之仁。宜令近亲,任便收葬。'"文存《全唐文》卷一一六。

**户部上《请定旌表门闾式议》**。

题下注:"天福四年七月户部。"文存《全唐文》卷九七五。

**中书门下上《日变依旧礼奏》**。

题下注:"天福四年七月庚子朔中书门下。"文存《唐文拾遗》卷五九。

## |闰七月|

**晋高祖有《旌表李自伦门闾令式敕[题拟]》**。

题下注:"天福四年闰七月。"文存《全唐文补编》卷九九。

**尚书户部上《旌表门闾令式奏》**。

题下注:"天福四年闰七月,尚书户部。"文存《唐文拾遗》卷五九。

## |八月|

**马重绩为司天监,有《上调元新历表[题拟]》。和凝为晋翰林学士承旨,奉诏撰《调元历序》**。

《五代会要》卷一〇载:"晋天福四年八月,司天监马重绩奏曰:'臣闻为国者,正一气之元,宣万邦之命,受兹历象,以立章程……'"马重绩《上调元新历表[题拟]》文存《全唐文补编》卷一〇〇。《旧五代史》卷七八:"(八月)司天监马重绩等进所撰新历,降诏褒之,诏翰林学士承旨和凝制序,命之曰《调元历》。"

**晋高祖有《以宰臣一人知中书印诏》**。

《旧五代史》卷七八载："（天福四年八月）壬寅诏曰：'皇图革故，庶政惟新。宜设规程，以谐公共。其中书印只委上位宰臣一人知当。'"文存《全唐文》卷一一四。

**中书省上《请定公主出降仪奏》。**

题下注："天福四年八月，中书省。"文存《全唐文》卷九七二。

## | 九 月 |

**晋高祖有《答桑维翰请免籍没贼人财产敕》。**

《册府元龟》卷六一三载："（天福四年）九月，相州节度桑维翰上言：'管内获贼人，从来籍没财产，云是邺都旧例，格律未见明文。'敕：'桑维翰佐命功全，临戎寄重，举一方之往事，合四海之通规……'"晋高祖文存《全唐文》卷一一六。

**晋高祖有《封李从益为郇公敕》《停寒食七夕等节进献敕》。**

《册府元龟》卷一七三载："（天福）四年九月癸未敕：'周受龙图，立夏殷之祀；唐膺凤历，开酅介之封。历代相沿，百王不易。朕显符景运，肇启丕基，乃眷前朝，载稽旧典……'"《封李从益为郇公敕》文存《全唐文》卷一一六。《五代会要》卷五载："晋天福四年九月敕：'每年寒食七夕重阳及十月暖帐，内外臣僚进献，并宜停了。'"《停寒食七夕等节进献敕》文存《全唐文》卷一一六。

**彭士有《溪州誓文》。**

文中有："天福四年九月，蒙王庭发军，收讨不顺之人。当都头将本营诸团百姓军人，及祖父本分田场土产，归明王化。当州大乡三亭两县，苦无税课。归顺之后，请祇旧额供输，不许管界围保军人百姓，乱入诸军四界劫掠。"据此可知此文当作于天福四年九月，文存《全唐文》卷八九三。

# | 十 月 |

**李道牧前为陆浑县主簿，狠直求官，强词抗敕，晋高祖有《流李道牧敕》。**

《册府元龟》卷一五四载：“（天福）四年十月敕：‘李道牧前为陆浑县主簿，狠直求官，强词抗敕，厚诬宰辅，累犯乘舆，措言孰顾于斥尊，构意只谋其挠政。将惩狡蠹，须举典刑……’”文存《全唐文》卷一一六。

**威武军节度使王继恭使僚佐郑元弼来贡方物。兵部员外郎李知损等奏，王昶僭逾名器，使者林恩等实时下狱。王继恭有《致执政书》，王昶有《遗晋执政书》，李知损有《请禁锢王昶使人林恩郑元弼奏》，晋高祖有《勒林恩郑元弼归国诏》。**

《册府元龟》卷二三三载：“闽王昶天福四年十月庚戌，昶威武军节度使王继恭使僚佐郑元弼来朝贡其方物，致书于执政曰：‘闽国一从兴建，久历年华，见北辰之星位频移，致东海之风帆多阻。愿言遐想，文不逮诚。余遣邸吏林恩列状申述。’壬子，诏曰：‘朕仰承天命，肇启帝图，黄屋非尊，苍生在念。旰食宵衣，而修庶政；推恩示信，以御万方。要荒未绥，责躬勤止……’兵部员外郎李知损等奏曰：‘王昶僭逾名器，嫚渎朝廷，虽天罚之未行，在国章而当正。所颁诏命，过示宽恩。且匹夫犯法之赃，尚犹征纳，而遐裔不臣之物，岂可放还。伏请禁锢来人，籍没纲运。’帝可其奏，林恩等实时下狱。”王昶《遗晋执政书》文存《全唐文补编》卷一一六，王继恭《致执政书》文存《全唐文》卷八五二，李知损《请禁锢王昶使人林恩郑元弼奏》文存《全唐文》卷八五八，晋高祖《勒林恩郑元弼归国诏》文存《全唐文》卷一一四。

**杜谦有《晋故太原郡小娘子幢记》。**

文末署：“时天福四年岁在己亥十月戊戌朔廿三日建。”文存《全唐文补编》卷九九。

**强道有《原武县令京兆王公墓志铭并序》。**

文中有:“至晋天福四年十月十七日,葬于荥泽县广武乡崇德里广武原。”文存《全唐文补编》卷一〇〇。

## 十一月

**楚王马希范开天策府,置护军都尉、领军司马等官;并置十八学士。丁思觐有《上马希范书》谏之,无果。潘玘、拓跋恒、李弘皋、李庄、徐收、徐仲雅、彭继英、刘昭禹、何仲举、邓懿文、廖匡图、李松年、卫曮、彭继勋、萧铢、孟玄晖本年皆列名天策府十八学士。廖匡图此后数年卒。何仲举官全、衡二州刺史,卒。刘昭禹终严州刺史,卒年无考。**

《三楚新录》卷一载:“(马)殷薨,希范立。时维翰已为宰相,奏削去半仗,止称天策上将军楚王而已。其卿相台阁,皆罢之。然希范性刚愎,好以夸大为事,虽去半仗,而军国制度皆拟乘舆,乃大兴土功,建天策府,中构九龙殿。仍以沉香为龙,其数八,各长百尺,皆抱柱而相向,作趋捧之势,而希范坐于其间,自谓一龙也。……麾下将丁思觐,雄杰之士,以希范器度不广,乃上书曰:‘今四海分裂,中原之地才十数州,而大王克绍先业,为诸侯之长,未闻折一马棰,为天子计,此愚臣所以为耻也,惟大王思之。’”《资治通鉴》卷二八二载:“(天福四年十一月)楚王希范始开天策府。”注云:“是年夏加天策上将军,至是始开府。”丁思觐上言当在马希范建天策府之后,即晋天福四年十一月后,姑系于此。丁思觐文存《全唐文》卷八九三。《资治通鉴》卷二八二载:“(十一月)楚王希范始开天策府,置护军都尉、领军司马等官,以诸弟及将校为之。又以幕僚拓跋恒、李弘皋、廖匡图、徐仲雅等十八人为学士。”

《五代史补》卷三“马希范奢侈”条载:“马希范,武穆之嫡子,性奢侈,嗣位未几,乞依故事,置天策府僚属。于是擢从事有才行者,有若都统判官李铎、静江府节度判官潘玘、武安节度判官拓拔坦(恒)、都统掌书记李皋、镇南节度判官李庄、昭顺军节度判官徐收、澧州观察判官彭继英、江南观察判官廖(匡)图、昭顺军观察判官徐仲雅、静江府掌书记邓懿文、武平军节度掌书记李松年、镇南军节度掌书记卫曮、昭顺军观察支使彭继勋、武平军节度推官萧铢、桂管观察推官何仲举、武安军节度巡官孟玄晖、容管节度推官刘昭禹等十八人,并为学士。”廖匡图,此后数年卒,有集一卷。《诗话总龟》前集卷四《称赏门》引《雅言杂录》云:“廖(匡)图……文学博赡,为时辈人所服。湖南马氏辟幕下,奏天策府学士,与刘禹、李宏皋、徐仲雅、蔡昆、韦鼎、释虚中、齐己俱以文藻知名,更唱迭和,今有集行于世。"《十国春秋》卷七三载:"文昭王时选为天策府学士,与徐仲雅、李宏皋等同在十八人之列。居数年,卒于官。有集一卷。"廖匡图集,《崇文总目》卷一二别集类及《宋史》卷二〇八《艺文志七》均录为二卷。《直斋书录解题》卷一九诗集类录为一卷。《新唐书》卷六〇《艺文志四》总集类录《廖氏家集》一卷。《崇文总目》卷一一总集类、《通志》卷七〇《艺文略八》诗总集类同。今皆不传。《全唐诗》卷七四〇存诗四首。《五代史补》卷二"何仲举及第"条云:"及归,遇文昭马氏(按:马希范谥文昭)承制,依唐太宗故事,于天策府置十八学士,以皋为学士之首,且执政柄。而仲举自以出于皋之门下,虽策名中朝,事皋未尝暂懈。皋感悦,遂加引用,未几与之同列。"《十国春秋》卷七三载:"同与十八人之数。久之,出为全州刺史,已又改衡州,以寿终。"何仲举事迹至此无考,卒年不详。其著述不传,《全唐诗》卷七六二存诗一首。《十国春秋》卷七三载:"历官容管节度推官、天策府学士,终严州刺史。有诗三百篇,为集一卷行世。昭禹少师林宽,为诗刻苦,不惮风雨。平居论诗曰:'五言如四十贤人,不乱著一字屠沽辈也。'又云:'索句如获玉匣,精求必得其宝。'尝有诗云:'句向夜深得,心从天外归。'又有《送休上人之衡岳》《经费冠卿旧居》二章,甚称于时。"刘昭禹诗集,《崇文总目》卷五、《直斋书录解题》卷一九、及《宋史》卷二〇八《艺文志七》均载录一卷。集今不存。《全唐诗》卷七六二存诗九首。

**郑云叟居华山,本月卒,著有《咏酒诗》千二百言,为时所重。著有《拟峰集》二十卷,《续酒谱》十卷。**

《旧五代史》卷七八:"(天福四年十一月),谏议大夫致仕逍遥先生郑云叟卒。"郑云叟著述。《新唐书·艺文志》录《郑云叟诗集》三卷,《宋史·艺文志》录其《拟峰集》二卷。《郡斋读书志》卷十二上录:"《续酒谱》十卷,右唐郑遨云叟撰,辑古今酒事以续王绩之书。"郑氏著述今皆不传。《全唐诗》卷八五五载其诗十七首,卷七九四又载其联句诗一首。《全唐文》卷八五〇载其文一篇。

**太常礼院上《请定唐庙制度奏》,晋高祖有《立唐五庙诏》。**

《册府元龟》卷一七四载:"(天福)四年十一月乙亥,太常礼官议立唐庙。按武德故事祀隋之三帝,请立近朝庄宗、明宗、闵帝三代,庶合前规。诏曰:'德莫盛于继绝,礼莫大于敬先。庄宗立兴复之功,明宗垂光大之业,逮乎闵帝,实纂本枝。然则丕绪洪源,皆尊唐氏。继周者须崇后稷,嗣汉者必奉高皇。将启严祠,当从茂典,宜立高祖、太宗及庄宗、明宗、闵帝五庙。'"晋高祖《立唐五庙诏》文存《全唐文》卷一一四,太常礼院《请定唐庙制度奏》文存《全唐文》卷九七二,题下注:"天福四年十一月太常礼院。"

**史馆上《时政记付史馆奏》。礼官上《奉诏约开元礼复位正冬朝会奏》。**

《时政记付史馆奏》题下注:"天福四年十一月史馆。"文存《唐文拾遗》卷五九。《奉诏约开元礼复位正冬朝会奏》题下注:"天福四年十一月礼官。"文存《全唐文补编》卷一二七。辑者陈尚君按:"《唐文拾遗》卷五九收此,题作《复位正冬朝会奏》,仅一百三十二字,且多与此有异。今重录。"太常礼院《复位正冬朝会奏》文存《唐文拾遗》卷五九,题下注:"天福四年十二月太常礼院。"二书所录时间一为"十一月",一为"十二月",因是"正冬朝会"之礼,当以十一月为是。

**许鼎有《唐通和先生祖君墓志铭》,其后行迹无考。**

文中有:"己亥年秋九月,先生召门人婿侄曰:'二仪者,万有之逆旅。两曜者,百灵之灯烛。欲灯烛之不晓,安逆旅之不去。怪矣!况贺公之期至矣。'乃就沐浴,如有所候。粤八日,奄然委化,寿九十有五。……其年冬十一月十一日,葬于宅东北隅,祔胡夫人坟右,世礼也。鼎亦先生所教者。奉门人婿侄命为坟表。"可知此铭作于天福四年十一月。文存《全唐文》卷八四二。

**徐铉有《前知虔州雩都县令包府君墓志》。徐锴有《前虔州雩都县令包府君墓志铭》。**

徐铉文中有:"以己亥岁秋九月十九日,终于历阳驯翟里之私第,享年四十有一。以其年冬十一月六日,葬于本县本乡许思里,祔先君长史之茔,礼也。"文存《全唐文》卷八八六。依徐铉所作《前知虔州雩都县令包府君墓志》,可以推知徐锴铭文当亦作于此前后不久,姑系于一处。徐锴文存《全唐文补编》卷一一二。

## 十二月

**晋高祖有《禁创造寺院敕》。**

《册府元龟》卷五二载："（天福四年）十二月丙辰敕：'凡为精舍，将结胜缘，清虚则神亦相依，混乱则人皆不重，其或偶然乘兴，率尔栖心……宜崇释梵之因，永肃人天之化，所有自前院宇，即且依旧住持。'"文存《全唐文》卷一一六。

**张孝友有《福祈禅院碑》。**

文中有："是有晋天福二年丁酉，行淳师主兹山弟子无相自孙出也。……四年己亥赐额祈福禅院……是年腊月望日，外友镇海节度判官吴兴张考友撰并书。"文存《唐文拾遗》卷四七。

## 本年

**阙名有《与某书[题拟]》。**

文中有："今则将赴道途，即获祗候，欣忭之悬，预积肺怀。天福肆年己亥岁某某。"文存《全唐文补编》卷一二九。

**曹国珍为左谏议大夫，上奏请修《大晋政统》。左谏议大夫梁文矩、张允上奏驳之。晋高祖有《答曹国珍请修大晋政统诏》。**

《册府元龟》卷五五九载："晋曹国珍为左谏议大夫。高祖天福四年，国珍上章：'请于内外臣寮之中，择选才略之士，聚唐六典、前后会要、礼阁新仪、大中统类、律令格式等，精详纂集，别为一部，商议今古，俾无漏略，目之为《大晋政统》，用作成规。'报。诏曰：'国珍职居谏诤，志在恢弘，当其鼎社开基，乃欲象魏悬法，请详前代之编简，别创新朝之楷模，以示将来，甚为允当……'允、汭等咸曰：'改前代礼乐刑宪。为《大晋政统》，则尧典、舜典，当以晋典革名。'列状驳之曰：'作者之谓圣，述者之谓明。苟非圣明，焉能述作，若运因革故，则事乃惟新，或改正朔而变牺牲,或易服色而殊徽号……'"此处不载梁文矩驳斥文字,而将张允、成汭文字统略言之,则梁文矩、张允、成汭皆与其事可知。曹国珍《请修大晋政统奏》文存《全唐文》卷八五三,梁文矩《驳修大晋刑统状[题拟]》文存《全唐文补编》卷一〇二,张允《驳曹国珍请修大晋政统疏》文存《全唐文》卷八五五,晋高祖《答曹国珍请修大晋政统诏》文存《全唐文》卷一一四。

**神晏卒于鼓山,有语录集《法堂玄要广集》存世。**

《古尊宿语录》卷三七:"寿七十七,腊五十八。……五代晋天福中示寂。"今人考订神晏生于唐懿宗咸通四年(863),至天福中七十七岁示寂,当是本年。神晏有《法堂玄要广集》,《古尊宿语录》卷三七全部收录。《全唐诗补编·续拾》卷四七收其诗偈三首。

## 后晋天福五年　南唐升元四年　南汉大有十三年　闽永隆二年　后蜀广政三年　辽会同三年

庚子　九四〇

### 正月

**晋高祖有《元日推恩制》《福州贡物私商准律处分诏》。**

《册府元龟》卷四九二载:"(天福)五年正月丁卯朔,帝受朝于崇元殿。降制曰:'朕自勉副群心,恭临大宝。承历代荒屯之后,属前朝丧乱之余。每务绥和,渐期富庶。寻以东迁梁苑,北定邺都……'"《元日推恩制》文存《全唐文》卷一一四。《册府元龟》卷六六载:"(天福)五年正月诏曰:'朕自御万方,于今五稔。每推诚而待物,贵舍己以从人。乃有不体朕怀柔,恣行凶慝,显干纪律,须举宪章。福州王昶,恃彼偏方,乱其彝典。于使臣而倨傲,向朝阙以邀求……'"《福州贡物私商准律处分诏》文存《全唐文》卷一一五。

**宋齐邱有《让表》。**

《江南野史》卷四载："齐丘自揆以草野之人，遭逢英杰，言听谋从，身居显位，儒家之荣，于斯为盛，遂告归豫章改葬。既退身，卜居九华山下，表乞致仕。吴主累召，乃数上表固辞。其略曰：'昔高宗之梦傅说……'"马令《南唐书》卷二载："（升元）四年春正月，陈觉讽齐王景遂，言宋齐丘先朝布衣之旧，委诸山林，不允中外之望。帝使景遂至青阳召之，起，拜太傅……"参阅二书，南唐召宋齐邱及齐邱之上表，当是升元四年正月以后事，姑系于此月。宋齐丘文存《唐文拾遗》卷四七。《全唐文补编》卷一一一录宋齐丘《辞召表》，实与《唐文拾遗》卷四七《让表》为同一文字，唯小异耳。

## 二月

**窦贞固为御史中丞，有《请国忌宰臣立班奏》。**

《册府元龟》卷三一载："（天福）五年二月乙巳，御史中丞窦贞固奏：'国忌日，宰臣跪炉焚香，僧人表赞孝思，述祖先违世之事，而文武百辟俨然列坐……'"文存《全唐文》卷八六五。

**太常礼院上《公主出降废书函礼奏》，晋高祖有《常安公主出降仪敕》。**

《五代会要》卷二载："（天福）五年二月，太常礼院奏：'长安公主以三月出降……'诏曰：'纳采之时，主人再拜，使者不答，虽开元礼具载其仪，今宜答拜，仍令郑王重贵主其婚礼，中外不贺，余依所奏。'"太常礼院文存《唐文拾遗》卷五九，题下注："天福五年二月。"晋高祖《常安公主出降仪敕》文存《唐文拾遗》卷一〇。

**张祭有《创建斛律王庙记》。**

文末署："时天福五年二月十日记。"文存《唐文拾遗》卷四七。

## 三月

**晋高祖有《科愬耳称冤罪敕》《废押角之礼选胜筵宴等诏[题拟]》。**

《五代会要》卷一〇载："（天福）五年三月十日敕：'膀耳称冤人，准大中六年十二月十五日敕，若有犯者，决杖流配，诉虽有理，不在申明。今后所陈，与为勘断，膀耳之罪，准律别科。'"文存《唐文拾遗》卷一〇。《废押角之礼选胜筵宴等诏[题拟]》文存《全唐文补编》卷九九，题下注："天福五年六月。"

**刘光度有《澶州建奈河将军堂记》。**

文中有："天福三年五月十日建就。堂一所三间……天福五年三月九日，迎入将军夫人真形两座。……郭肇等命以（阙一字）者告厥成功，酾酒焚香，虔诚启仰。"可推知此记当作于此后不久，故系于此。文存《全唐文》卷八五一。

**李芝有《晋故商州长史安定梁府君墓志铭并序》。**

文中有："先夫人以府君未及中年，俄随朝露……时天福五年正月一日，寝疾而终，用其年三月十八日，启府君之墓，合葬焉。"文存《全唐文补编》卷一〇〇。

**曹元深有《请为表忏疏[题拟]》。**

文末署："天福五年三月□日，弟子归义军节度留后使检校司空曹元深。"文存《全唐文又再补》卷七。

## 四月

**张允为礼部侍郎，上《请罢童子科奏》。**

《册府元龟》卷六四二载："（天福五年）四月礼部侍郎张允奏曰：'……童子每当就试，止在念书。背经则虽似精详，对卷则不能读诵。及名成贡院，身返故乡，但刻日以取官，更无心而习业。'"文存《全唐文》卷八五五。

**裴皞卒，享年八十五岁，赠太子太保。**

《旧五代史》卷七九载："（四月）壬寅，右仆射致仕裴皞卒，赠太子太保。"同书卷九二载："皞累知贡举，称得士。宰相马裔孙、桑维翰皆其所取进士也。后裔孙知贡举，率新进士谒皞。皞喜，为诗曰：'词场最重是持衡，天遣愚夫受盛名。三主礼闱年八十，门生门下见门生。'当世荣之。桑维翰尝私见皞，皞不为迎送，人问之，皞曰：'我见桑公于中书，庶僚也；今见我于私第，门生也。'人以为允。卒年八十五，赠太子太保。"裴皞著述，宋元公私书目均未见录。《全唐诗》卷七一五仅录诗一首，《全唐文》卷八五一存文一篇。

**赵崇祚为蜀卫尉少卿，编成《花间集》十卷，欧阳炯为蜀中书舍人，为赵崇祚《花间集》作叙。赵崇祚卒年未详。**

《花间集》卷首欧阳炯《序》末署："广政三年夏四月大蜀欧阳炯叙。"可知赵崇祚《花间集》编成于此时。《实宾录》卷六载："五代后蜀赵崇祚，以门第为列卿，而俭素好士。大理少卿刘痹、国子司业王昭图，年德俱长，时号宿儒，崇（祚）友之，为忘年友。"

## | 五 月 |

**李宏皋以天策府学士为溪州界铜柱撰铭文，有《复溪州铜柱记》。**

文中有："粤以天福五年岁在庚子夏五月，楚王召天策府学士李宏皋谓曰：'我列祖昭灵王，汉建武十八年，平征侧于龙编，树铜柱于象浦。其铭曰：'金人汗出，铁马蹄坚。子孙相连，九九百年。'是知吾祖宗之庆绪绵远，则'九九百年'之运昌于南夏者乎？今五溪初宁，群帅内附。古者天子铭德，诸侯计功，大夫称伐，必有刊勒，垂诸简编。将立标题，式昭恩信。敢继前烈，为吾纪焉。'"李宏皋《复溪州铜柱记》文存《全唐文》卷八九三。

**宰臣冯道上《请正朝班奏》，晋高祖有《正朝班诏》《定朝见辞谢班位敕》。**

《册府元龟》卷八五四载："（天福）五年五月，宰臣冯道奏：'宰臣朝见、辞谢在朝堂横街之南，及至余官，即悉于崇元门内。此盖事因偶尔，习以为常……'敕：'官爵之班，即分高下；见谢之位，岂有异同。宜立通规，以为定制。今后宰臣使相朝见、辞谢，并于崇元门外，与诸官同行异位，一时列拜。假满横行，即从旧例。’”冯道《请正朝班奏》文存《全唐文》卷八五七，晋高祖《正朝班诏》文存《全唐文》卷一一五，《定朝见辞谢班位敕》文存《全唐文》卷一一〇，且系于后唐明宗，误，今正之。

**安州节度使李金全叛归淮南，命马全节以汴雒汝郑郓宋陈蔡曹濮周唐之兵讨之。晋高祖有《谕安州节度使李金全诏》。**

《册府元龟》卷一六六载：“（天福）五年五月，安州节度使李金全叛归淮南，命马全节以汴雒汝郑郓宋陈蔡曹濮周唐之兵讨之。帝使供奉官刘彦瑶驰诏谕李金全曰：‘边藩都护，三载一更，古之制也……’”文存《全唐文》卷一一五。

## 六月

**晋高祖有《改承旨官名敕》《录事参军举赃敕[题拟]》。**

《五代会要》卷二四载：“（天福）五年六月敕：‘承旨者，承时君之旨。非近侍重臣，无以禀命。是以大朝会，则以宰臣承旨，草诏书则以学士承旨，若无区别，何表等威。除翰林学士承旨外，殿前承旨改为殿直，枢密院承旨改为承宣，御史台三司合门容省承旨，并令别定其名。’”文存《唐文拾遗》卷一〇。《录事参军举赃敕[题拟]》文存《全唐文补编》卷九九，题下注：“天福五年六月。”

**张延嗣有《齐王重修敬亭昭威侯庙记》。**

文末署：“时升元四载六月二十一日记。”文存《全唐文》卷八七一。

**晋高祖下令将《道德经》雕板，颁行天下，和凝奉诏撰《道德经新序》。**

《旧五代史》卷七九：“（天福五年六月）道士崇真大师张荐明赐号通玄先生。是时皇帝好《道德经》……令荐明以《道》《德》二经雕上印板，命学士和凝别撰新序，冠于卷首，俾颁行天下。”和凝文今不存。

**可洪有《藏经音义随函录前序》《大藏经音随函录后序》《度册疏文一道》。**

《藏经音义随函录前序》文中有："时天福五年岁次庚子六月二十日也。"文存《全唐文又再补》卷七。依《度册疏文一道》云："沙门可洪谨就方山延祚寺设一百僧齐一会……今因斋次，请为表白，谨疏。右从长兴二年十月七日起首看经，兼录草本，至清泰二年十二月三日罢卷。又从清泰三年六月二十三日下手缮写入册，至天福五年六月二十日绝笔。"知其"绝笔"在"天福五年六月二十日"，则《大藏经音随函录后序》当与《前序》同时或稍后。《大藏经音随函录后序》《度册疏文一道》均存《全唐文又再补》卷七。又可洪有《施册入藏疏文一道》，文末署："天福五年九月十五日，施册沙门可洪疏。"因所涉一事，姑附于此。

**详定院上《县令犯赃连坐府州奏》。大理寺上《每月公案祗录状敕状》。**

《县令犯赃连坐府州奏》题下注："天福五年六月二十日详定院。"文存《唐文拾遗》卷五九。《每月公案祗录状敕状》题下注："天福五年六月二七日大理寺。"文存《唐文拾遗》卷六〇。

## | 七月 |

**崔棁为太常卿，有《朝会乐章制度奏》。详定院上《正冬二节朝会旧仪制度奏》。晋高祖有《定朝会礼节乐章诏》。**

《五代会要》卷六载："晋天福五年七月，详定院奏：'先奉敕：正冬二节，朝会旧仪礼节乐章二舞行列等事宜，差太常卿崔棁、御史中丞窦贞固、刑部侍郎吕琦、礼部侍郎张允与太常寺官一一详定，令检讨典经，具述制度……'"崔棁《朝会乐章制度奏》文存《全唐文》卷八五一。详定院《正冬二节朝会旧仪制度奏》题下注："天福五年七月详定院。"因所涉一事，故系于一处，文存《唐文拾遗》卷五九。《旧五代史》卷一四四载："晋天福四年十二月，礼官奏：'来岁正旦，王公上寿。皇帝举酒，请奏玄同之乐，再举酒，奏文同之乐。'从之。五年，始议重兴二舞。诏曰：'正冬二节，朝会旧仪。废于离乱之时，兴自和平之代。将期备物，全系用心。'"《定朝会礼节乐章诏》文存《全唐文》卷一一四。

**晋高祖有《赠贾仁诏右卫将军诏》。**

《册府元龟》卷一四〇载："（天福）五年七月己巳，诏曰：'故银青光禄大夫检校左散骑常侍兼御史大夫贾仁诏，顷自内廷，出为外职。李金全愚冥而猜忌，胡汉筠邪佞而贪残，竟罹涂地之殃，诚堪叹息。爰示漏泉之泽，用表褒崇。必有贞魂，钦兹茂典，可赠右卫将军。'"文存《全唐文》卷一一五。

**故安州马步军副都指挥使桑乾、威和指挥使王万金、成彦温等当安州叛乱时，执节不从，全烈士之名。晋高祖有《赠桑乾等官诏》。**

《册府元龟》卷一四〇载："（天福）五年七月己巳，诏曰……又曰：'故安州马步军副都指挥使桑乾、威和指挥使王万金、成彦温等，皆精武略，咸著军功。或列偏裨，或尝屯戍。当奸臣之叛国，或执节不从，全烈士之徇名；或衔冤而死，实兴永叹，宜示追崇。或列部符，或升环卫。贲诸幽壤，彰彼明诚。乾可赠峡州刺史，万金可赠左监门卫将军，彦温可赠左千牛卫将军。'"文存《全唐文》卷一一五。

**闽王羲遣商人间路贡表自述，过南唐境，李昪有《上晋高祖书》。晋高祖有《答淮东镇书》。**

《旧五代史》卷七九载："（天福五年秋七月）宿州奏淮东镇移牒云：'本国奏书于上国皇帝曰：久增景慕，莫会光尘。但循战国之规，敢预睦邻之道。一昨安州有故……'帝复书曰：'昨者灾生安陆，衅接汉阳，当三伏之炎蒸，动两朝之师旅，岂期边帅不禀上谋，洎复城池，备知本末……'"李昪文存《唐文拾遗》卷一一。《全唐文补编》卷一一〇重录，辑者陈尚君于文末附按语："《唐文拾遗》卷一一据《册府元龟》卷二〇三收此书，首缺三十字，今重录。"晋高祖《答淮东镇书》文存《全唐文》卷一一七。另，《全唐文》卷一三〇录有闽王羲《奏晋帝书》，内容与李昪《上晋高祖书》同。检书中内容，当是安陆兵祸之故，南唐借闽帝贡表自述之机奏明之，据晋帝答"淮东书"，已知非复闽王而是复南唐李氏文字。闽王羲自述文字，或是他文。《全唐文》因简致误。

**崔彦撝有《高丽国滨州普贤山地藏禅院故国师朗圆大师悟真之塔碑铭》。**

文中有："以同光八年秋九月二十四日，示灭于普贤山寺法堂，俗年九十有六，僧腊七十有二……其月二十八日，号奉色身假隶于当寺西峰石室……天福五年七月三十日立。"文存《唐文拾遗》卷七〇。

**高丽王王建有《高丽国原州灵凤山兴法寺忠湛大师塔铭》**。

依文意，忠湛大师生于咸通十年八月一日，享年七十二，其示寂当在天福五年。又据文中："富有(阙)五年七月十八日诘旦，告门人曰：'万法皆空，吾将去矣！一心为本，汝等勉旃。'"可以推知，阙文部分当为"……，天福"字样，则此文当作于此后不久，姑系于天福五年七月。文存《全唐文》卷一千。

## |八月|

**李璟被立为皇太子，固让之，有《让太子表》。李昪有《奖太子诏》**。

《十国春秋》卷一五载：八月"丁巳，立齐王璟为皇太子，仍兼大元帅，录尚书事。璟固让，从之。"陆游《南唐书》卷二载："(升元)四年八月，立为皇太子。复固让曰：'前世以嫡庶不明，故早建元，良示之定分。如臣兄弟友爱，尚何待此？'烈祖为下诏，称其守廉退之风，师忠贞之节。"检《江南别录》可知，升元四年立为皇太子时，景通三上表辞之，烈祖许之，直到升元六年四月，始立为太子。此文当即升元四年八月辞皇太子表章。李璟《让太子表》、李昪《奖太子诏》文均存《唐文拾遗》卷一一。

## |九月|

**晋高祖有《翰林学士公事并归中书舍人诏》**。

《旧五代史》卷一四九载："晋天福五年二月敕：'以门下侍郎中书侍郎并为清望正三品。'九月，诏曰：'六典云：中书舍人掌侍奉、进奏、参议、表章。凡诏旨制敕玺书策命，皆按故事起草进画，既下则署而行之。其禁有四：一曰漏泄，二曰稽缓，三曰违失，四曰忘误。所以重王命也。古昔已来，典实斯在。爰从近代，别创新名。今运属兴王，事从师古，俾仍旧贯，以耀前规。其翰林学士院公事,宜并归中书舍人。'"文存《全唐文》卷一一五。

## |十月|

**晋高祖有《过格选人准降资注官诏》《宽窃盗赃罪诏》。**

《册府元龟》卷六三三载:"(天福五年)十月诏曰:'过格选人等,早列官途,合依选限,或值戈铤之隔越,或缘贫病以淹延,既碍旧条,永为废物。适当闿创,宜闵湮沈,可赴吏部南曹,准格召保,是正身者,与降资注官。'"《过格选人准降资注官诏》文存《全唐文》卷一一四。《册府元龟》卷六一三载:"(天福)五年十月癸丑诏曰:'朕自临区夏,每念生灵。恶杀为心,实慈是务。凡于狱讼,尝切哀矜。况时渐兴文,民皆知禁,宜伸轻典,用缓峻刑。今后窃盗赃满五匹处死,三匹以上决杖配流。以盗论者,依律文处分。'"《宽窃盗赃罪诏》文存《全唐文》卷一一五。

**吴幸通有《佛说多心经题记》。**

文末有:"天福五年庚子岁十月十六日。"文存《全唐文补编》卷一〇二。

**□志鹏有《大晋故推诚奉义匡运致理功臣昭义军节度使泽潞辽沁等州观察庭置等使开府仪同三司持节潞州诸军事行潞州刺史检校太师兼中书令食邑一千户赠尚书令琅琊王墓铭》。**

文中有:"王享年七十,生于辛卯,薨于庚子……冬十月十七日,至孝卫牧扶护归于所造石室,礼也。"文存《全唐文补编》卷一〇〇。

**李象有《晋故建雄军节度使左龙武军统军检校太尉赠太子太师西河郡开国侯食邑一千三百户相里公神道碑》。**

文中有:"于天福五年八月二十四日,薨于东京望仙坊私第,享年六十有九……即以当年十月十七日护丧葬于汾州西河县唐化乡大相里原,礼也。"文存《全唐文补编》卷一〇〇。

## 十一月

**黄德懋有《大唐抚州新修罗城记》。**

文末附辑者陈尚君按："末署：升元四年太岁庚子十二月七日，管驿巡官掌表奏银青光禄大夫检校左散骑常侍御史大夫上柱国黄德懋撰，中勇将军金紫光禄大夫检校太傅持节抚州诸军事守抚州刺史上柱国汝南县开国子食邑五百户周弘祚立石。"文存《全唐文补编》卷一一〇。

**胡熙载有《大晋故陇西李氏夫人墓志铭并序》。**

文中有："以天福五年岁在庚子二月七日，变故于洛京私第……即以其年十一月二十三日，迁葬于河南县永乐乡徐娄村，附先太保茔，礼也。"文存《全唐文补编》卷一〇〇。

## 十二月

**晋高祖有《李彦珣夺官敕[题拟]》。**

题下注："天福五年十二月。"文存《全唐文补编》卷九九。

**蜀阙名有《于彦璋等造像记》。**

文中有："右弟子于彦璋、邓知进并奉为外□任师礼发心造上件功德……以广政三年十二月四日，修斋表庆讫。"文存《全唐文补编》卷一四二。

**陈贶，闽人，生年无考。隐庐山三十年，善诗。于本年前卒。**

陈贶，传见马令《南唐书》卷一五、陆游《南唐书》卷七、《十国春秋》卷二九。马令书载："陈贶，南闽人。性沉淡，志操古朴而不苟于仕进。一卧庐山三十年，学者多师事焉。元宗以币致之，布裘鹿鞟，进止闲肆。因献《景阳台怀古》诗云：

'景阳六朝地,运极自依依。一会皆同是,到头谁论非。酒浓沉远虑,花好失前机。见此犹宜戒,正当家国肥。'元宗称善,欲授以官,贶固不受,赐粟帛,遣还旧隐,卒,年七十。"陆游书所载与之稍异,谓隐庐山四十年,卒年七十余。据《江南野史》等书载,陈贶于李煜即位时(961)有赴金陵献诗之举。逆推二十年,据此推知,贶之卒年应在本年前。《全唐诗》卷七四一存其《景阳台怀古》一诗。同书卷七九五辑录散句十句。

**王定保年七十。本年为中书侍郎、同平章事,寻卒。**

《十国春秋》卷五八载:"是岁同平章事赵损卒,以宁远节度使王定保为中书侍郎、同平章事,寻亦卒。"《南汉纪》考定保卒于明年,云:"按《资治通鉴》,天福五年,汉主以王定保为中书侍郎同平章事,不逾年卒。是定保为相在十三年,卒于十四年,今据移入。"又《唐摭言》卷三"散序"条云"定保生于咸通庚寅岁",即公元870年。其卒年应为七十岁。定保著述,《郡斋读书志》卷三(下)载《摭言》十五卷,注云:"右唐王定保撰,八十三门,记唐朝进士应举登科杂事。"《直斋书录解题》卷一一所载同。除《唐摭言》十五卷今存外,定保其他著述皆不传世。定保之文章,《十国春秋》卷六二载:"定保善文辞,高祖常作南宫,极土木之盛,定保献《南宫七奇赋》以美之,一时称为绝伦。"

**刘龑晚年建南熏殿,黄损极谏,不果。无何,退居永州,病卒。**

《十国春秋》卷六二载:"高祖建南熏殿,雕沉香为龙柱,务极工巧,少不如意,辄诛工匠,前后十余人。损极谏,致忤高祖意。会宰相缺,群臣多推损。高祖谓左右曰:'我殊不喜此老狂!'无何,婴足疾,退居北沧塘湖上,诗酒自娱,竟病卒。或曰一夕遁去,莫知其存亡。子若孙肖像事之。越三十二年,损忽归家,索笔题诗而出,人皆以为仙去云。……损尝与都官员外郎郑谷、僧齐己定近体诗诸格,为湖海骚人所宗。有《桂香集》若干卷,《射法》一卷。"刘龑建南熏殿之确切年代今不可考。龑后此二年卒,损之卒年当在刘龑前,姑系于此。黄损《桂香集》今佚。《全唐诗》卷七三四录诗四首。

**廖融字元素,生卒年无考。隐于衡山,与逸人任鹄、王正已、凌蟾、王元皆一时名士,为诗相善。终于南岳。**

《诗话总龟》前集卷一〇引《雅言杂载》云:“廖融字元素,隐于衡山,与逸人任鹄、王正已、凌蟾、王元皆一时名士,为诗相善。湘守杨徽之代归阙,枉道出南岳,宿融山斋,留诗曰:‘清和春尚在,欢醉日何长。谷鸟随柯转,庭花夺酒香。初晴岩翠滴,向晚树阴凉。别有堪吟处,相留宿草堂。’……融卒,刺史何承矩葬之,进士郑铉表其墓。”廖融著述,《全唐诗》卷七六二录存七首。廖融之文章,《十国春秋》卷七五载:“廖融字元素,隐居衡山,与逸人任鹄、王正已、凌蟾、王元游。所著《梦仙》《题桧》《退宫妓》诸诗,啧啧一时。当武穆、文昭二王时,避乱不仕,竟终于南岳。”

**徐铉有《古钲铭碑叙》。**

文中有:“献之刺史王延政,有摹其字以示余者,惟‘连钲’二字可识,上有真实黑印云。”据《资治通鉴》卷二七七,长兴二年十月,以王延政为建州刺史。同书卷二八二载:“(天福六年正月)王延政城建州,周二十里,请于闽王曦,欲以建州为威武军,自为节度使。曦以威武军福州也,乃以建州为镇安军,以延政为节度使,封富沙王。”则王延政为建州刺史,当在长兴二年至天福六年间。其间天福五年王曦与王延政兄弟相攻,吴越国趁之。其年五月,“唐主遣客省使尚全恭如闽,和闽王曦及王延政”。王延政与南唐通好,徐铉始有可能得此古钲摹字,姑系文于天福五年。文存《全唐文补编》卷一一二。

## 后晋天福六年　南唐升元五年　南汉大有十四年　闽永隆三年　后蜀广政四年　辽会同四年

辛丑　九四一

### 正月

**晋高祖有《罢冬至寒食等节进奉诏》《封唐叔虞台骀诏》《修葺岳镇海渎庙宇诏》。**

《册府元龟》卷一六八载:“(天福)六年正月诏曰:‘朕自御寰区,每思黎庶,贵除聚敛,以活疲羸……'"《罢冬至寒食等节进奉诏》文存《全唐文》卷一一五。《册府元龟》卷三四载:"(天福)六年正月戊寅诏曰:'全晋奥区,兴王重镇。唐叔之英灵未泯,台骀之古庙犹存。朕顷在并门,长承阴助……'"《封唐叔虞台骀诏》文存《全唐文》卷一一五。《册府元龟》卷三四载:"(天福)六年正月戊寅诏曰……又诏曰:'岳镇司方,海渎纪地,载诸祀典,咸福蒸民,将保丰穰,宜申虔敬,俾加崇饰……'"《修葺岳镇海渎庙宇诏》文存《全唐文》卷一一五。

## |二 月|

**诏户部侍郎张昭远、起居郎贾纬、秘书少监赵熙、吏部郎中郑受益、左司员外郎李为先等同修《唐书》,宰臣赵莹监修。因贾纬丁忧去官,赵莹奏请吕琦、伊拙同修。晋高祖有《令修唐史敕》,下敕购求唐朝实录**。

《旧五代史》卷七九载:"辛丑,宰臣监修国史赵莹奏:'奉诏差张昭远等五人同修《唐史》,内起居郎贾纬丁忧去官,请以刑部侍郎吕琦、侍御史尹拙同与编修。'又奏:'史馆所阙唐朝实录,请下敕购求。'并从之。"赵莹《请令吕琦尹拙修唐史奏》文存《全唐文》卷八五四。本月另有史馆《请修唐史奏》,文存《全唐文》卷九六九,题下注:"龙德元年二月史馆。"当是赵莹先有上奏,此为史馆覆奏文字。赵莹另有《论修唐史奏》,内容与此正相呼应,当是同时之作,姑系于此。文存《全唐文》卷八五四。《五代会要》卷一八载:"晋天福六年二月敕:'有唐远自高祖,下暨明宗,纪传未分,书志咸阙。今耳目相接,尚可询求,若岁月寖深,何由寻讨。宜令户部侍郎张昭、起居郎贾纬、秘书少监赵熙、吏部郎中郑受益、左司员外郎李为先等修撰唐史,仍令宰臣赵莹监修。'"文存《全唐文》卷一一六。《全唐文补编》卷九九,在此文基础上又增四十七字,并重录。

**晋高祖有《停朝贡置宴诏》**。

《册府元龟》卷六六载:"(天福)六年二月辛卯,天下郡县不得以天和节禁屠宰滞刑狱。戊申诏曰:'臣子之心,务申勤敬;国家之体,自有规绳。凡侯伯之来朝,或君臣之相见,岂烦贡奉,方启宴筵……'"文存《全唐文》卷一一五。

**孔明亮有《晋故归义军都头守常乐县令银青光禄大夫检校国子祭酒御史大**

**夫上柱国薛府君邈真赞》**。

文末署："于时天福六年辛丑岁二月二十四日题记。"文存《全唐文补编》卷一〇一。

## |四月|

**赵莹监修国史，有《论修唐史奏》。晋高祖有《命编开国已来实录诏》。起居郎贾纬撰成《唐年补遗录》六十五卷，上之，有《上唐年补遗录奏》**。

《五代会要》卷一八载："晋天福六年二月敕……其年四月，监修国史赵莹奏：'自李朝丧乱，迨五十年，四海沸腾，两都沦覆。今之书府，百无二三。'"《论修唐史奏》文存《全唐文》卷八五四。《册府元龟》卷五五四载："晋赵莹为相监修国史……其年四月，莹奏：'所修唐史，首尾二十一朝，绵历三百余载，其于笔削，斯实难办。必藉群才，司分事任。张昭等五人奉敕同撰……'"从文题看，此是诏书，当是晋高祖览赵莹章奏后所下诏书，文当属晋高祖，《全唐文》以为赵莹，或因简致误，或是脱文致误，今正之。《命编开国已来实录诏》文存《全唐文》卷八五四。《册府元龟》卷五五四载："汉贾纬仕晋为起居郎，天福六年奏曰：'伏睹史馆，唐高祖至代宗，已有纪传，德宗至文宗，亦存实录。武宗至阴济废帝，凡六代，唯有《武宗实录》一卷，余皆阙落。臣今采访遗文，及耆旧传说，编成六十五卷，目为《唐年补遗录》，以备将来史官修述……'"贾纬所撰，或在此后，然其有意收集唐代实录，或因赵莹修史奏请群才分司其事，晋高祖下诏命编开国已来实录而起。因是一事，姑系文于此。贾纬《上唐年补遗录奏》文存《全唐文》卷八五六。

**阙名有《超化寺石香炉赞》**。

末附辑者陈尚君按语："后有都维那僧法典等数十僧题名，末署：大晋天福六年岁次辛丑四月庚寅朔八日丁酉建造。"文存《全唐文补编》卷一三二。

**南唐李昪有《书刘承勳奏后》**。

陆游《南唐书》卷一载："元宗为太子，欲得杉木作板障，有司以闻，帝曰：'杉木固有之，但欲作战舰，以竹代障可也。'"只云"有司"，并未明言为刘承勲，题为《书刘承勲奏后》，《全唐文补编》署刘承勳，未知何据，姑仍之。中主被立为太子，前后有两次。检《江南别录》可知，升元四年立为皇太子时，景通三上辞表，烈祖许之，至升元六年四月，始立为太子。依马令《南唐书》卷一，元宗正式被立为太子是升元六年四月事，至升元七年二月即皇帝位，其任太子时间一年不到。依文意，以其初立太子时欲以杉木作障，较为合理，姑系文于升元六年四月后。文存《全唐文补编》卷一一〇。

## | 五 月 |

**孟昶著《官箴》，颁布郡县。自云不学王衍之浮薄。**

《十国春秋》卷四九载："（广政四年）五月，帝著《官箴》，颁郡县曰：'朕念赤子，旰食宵衣，托之令长，抚养安绥，政在三异，道在七丝。驱鸡为理，留犊为规，宽猛得所，风俗可移。无令侵削，无使疮痍，下民易虐，上天难欺。赋舆是切，军国是资，朕之爵赏，固不逾时。'"此当为《官箴》内容，《全唐文》题曰《戒石文》，当是刻石以颁示郡县故也。《蜀梼杌》卷下载："四年五月，昶著《官箴》，颁于郡国……昶好学，凡为文皆本于理。尝谓李昊、徐光溥曰：'王衍浮薄而好轻艳之辞，朕不为也。'"文存《全唐文》卷一二九。

**晋高祖有《封王建高丽王制》《岳牧善政委卒贰官条奏诏》。**

《册府元龟》卷九六五载："（天福）六年五月制曰：'王者法二象以覆载，齐七丽以照临，既符有道之文，是布无私之化。其有诚悬象阙，路越鲸津，首倾拱极之心，久励事君之节，得不示四时之信，同万国之风，用显英贤，俾行典礼。大义军使特进检校太保使持节玄菟州都督上柱国高丽王王建，天资间杰，神授机谋。宇量矜严，灵襟洞达。志坚金石，操凛雪霜。每切朝宗，常勤事大，守三韩之重地……'"《封王建高丽王制》文存《全唐文》卷一一四。《册府元龟》卷六三六载："（天福）六年五月诏曰：'王者行考绩之文，重为政之本。若存功课，自有旌酬。或仗钺守方，著安民之术；或剖符刺部，彰恤物之仁……'"《岳牧善政委卒贰官条奏诏》文存《全唐文》卷一一五。

**详定院上《拷掠致死请减故杀一等奏[题拟]》。**

题下注:"天福六年五月,详定院。"文存《全唐文补编》卷一二七。

**贾纬有《大晋故金紫光禄大夫检校尚书左仆射兼御史大夫赠秘书监博平郡马公神道碑铭并序》。**

此文见《全唐文补编》卷一〇四。辑者陈尚君按:"末署:天福六年岁次辛丑五月庚申朔二十五日甲申建。"

**李象为尚书刑部员外郎,有《邂逅致死勿论奏》《散官犯罪不得当赎奏》。**

《五代会要》卷九载:"晋天福六年五月十五日,尚书刑部员外郎李象奏:'据《刑法统类》节文云:盗贼未见本赃,推勘因而致死者,有故者以故杀论,其无故者减一等……'"同书卷一〇载:"(天福)六年五月十五日,尚书刑部员外郎李象奏:'请今后凡是散官,不计高低,若犯罪,不得当赎,亦不得上请详定院覆……'"李象《邂逅致死勿论奏》文存《全唐文》卷八五一,《散官犯罪不得当赎奏》文存《唐文拾遗》卷四六。

## | 六 月 |

**阙名有《王新等造经幢记》。**

文末附辑者陈尚君按:"原署:乡贡三礼徐光衣书,大晋天福六年岁次辛丑六月庚寅日丁酉建。"文存《全唐文补编》卷一四三。

**安重荣有《请讨契丹表》,桑维翰有《论安重荣请讨契丹疏》。八月,晋高祖有《谕安重荣诏》。**

《新五代史》卷五一载:"天福六年夏,契丹使者拽刺过镇。重荣侵辱之,拽刺言不逊,重荣怒执拽刺,以轻骑掠幽州南境之民,处之博野。乃上表曰:'臣昨据熟吐浑白承福赫连功德等,领本族三万余帐,自应州来奔……'"安重荣《请讨契丹表》文存《全唐文》卷八五〇。《册府元龟》卷九九四载:"安重荣抗表请讨契丹……维翰知重荣已畜奸谋,且惧朝廷拂于其意,乃密上疏曰:'窃以防未萌之祸乱,立不拔之基局,上系圣谋,动符天意,非臣浅陋所可窥量。然臣逢世休明,致位通显,无功报国,省己愧心。其或事系安危,理干家国,苟犹缄默,实负君亲,是以区区之心,不能自已者。相次得院状报,叶浑首领白承福已下,举众内附,镇州节度使安重荣上表,臣方遥隔朝阙,未测端睨……'"据《新五代史》载,白承福与安重荣约,在天福五年,时桑维翰为相州节度使。安重荣上表中明言"昨据熟吐浑白承福"云云,当是追记往日事,与《册府元龟》所记正相符合。桑维翰奏疏中"臣方遥隔朝阙,未测端睨"云云,亦与之相符。两相对照,可知安重荣、桑维翰文皆作于天福六年夏,具体时间难以确考。桑维翰《论安重荣请讨契丹疏》文存《全唐文》卷八五四。《册府元龟》卷二八二载:"(天福六年八月)壬寅,大赦。帝以诏谕安重荣曰:'尔身为大臣,家有老母。忿不思难,弃君与亲。吾因契丹得天下,尔因吾致富贵,吾不敢忘德,尔乃忘之,何邪?今吾以天下臣之,尔欲以一镇抗之,不亦难乎?'"晋高祖此诏,实因安重荣《表》而起,姑系文于一处。晋高祖《谕安重荣诏》文存《全唐文》卷一一五。

## | 七月 |

**李建勳因烈祖忌讳罢相,放还私第,李昪有《罢李建勳诏》。**

《资治通鉴》卷二八二载:"(六月)唐主自以专权取吴,尤忌宰相权重,以右仆射兼中书侍郎、同平章事李建勳执政岁久,欲罢之。会建勳上疏言事,意其留中,既而唐主下有司施行。建勳自知事挟爱憎,密取所奏改之。秋七月,戊辰,罢建勳归私第。"马令《南唐书》卷六《徐主传》云:"徐主,义祖长女也……建勳为宰相,上章改时政,许之。建勳密表曰:'制置大事,若可以臣下请,是以善归己,以过归君也。请宣中旨行之。'表未报,而建勳命中书舍人草制,给事中常梦锡奏建勳专造制书,烈祖大怒,欲罢建勳。徐主入谓烈祖曰:'吾父在日,兄不尝求儿与李郎耶?何弃之速?'召入禁中,慰喻久之。"陆游书卷一载:"秋七月,诏曰:'右仆射兼中书侍郎同平章事监修国史李建勳,幸处台司,且连戚里,靡循纪律,敢渎彝亲,其罢归私第。'"李昪《罢李建勳诏》文存《全唐文》卷一二八。

**晋高祖有《幸洛都御札》《决滞狱诏》《停诸道宣补骨肉敕[题拟]》。**

《册府元龟》卷一一四载:“(天福)六年七月甲申,降御札曰:‘朕自承天命,肇启帝图,期四海之混同,法五载之巡狩,眷惟全魏,实曰奥区,人物殷繁,山河雄壮,地虽升于都邑,民未识于乘舆,皆倾望幸之情,宜展省方之义。取今月五日,暂幸雒都……’”《幸洛都御札》文存《全唐文》卷一一七。《册府元龟》卷一五一载:“(天福)六年秋七月庚辰诏曰:政刑所切,狱讼惟先。推穷须察于事情,断遣必遵于条法。用弘钦恤,以致和平……”《决滞狱诏》文存《全唐文》卷一一五。《停诸道宣补骨肉敕[题拟]》文存《全唐文补编》卷九九,题下注“天福六年七月。”

**阙名有《陀罗尼经幢记》。**

文末署:“天福六年岁次辛丑七月己未朔(缺四字)建。”文存《唐文续拾》卷一一。

## | 八 月 |

**晋昌军节度使安审琦上奏请射庄宅,户部上《后晋户部牒》覆奏之。**

《后晋户部牒》文末署:“天福六年八月二十七日牒。”文存《唐文续拾》卷一〇。文中有:“户部牒:晋昌军节度使准宣头晋昌军节度使安审琦奏……可赐安审琦充为永业,宜令安审琦收管,依例轮供差税,仍下三司指挥交割。付三司准此者,牒具如前。已牒……天福六年八月二十七日牒。”可知此文当作于天福六年八月二十七日前不久。安审琦《请射庄宅奏》文存《唐文续拾》卷七。

**韩运有《灵棋经后序》。**

文中有:“仆知命之后,从宦幽燕。值唐祚湮微,时岁在辛丑三月中旬,契丹大下,围绕燕城……是年八月二十四日,大兵解围,乃知至诚感神,至诚感灵。敬叙其事,附于十卷之后云。”辛丑为晋天福六年,则此文当作于此年八月二十四日后,姑系于此。文存《全唐文》卷八二一。

**晋高祖有《幸邺都赦文》。**

《册府元龟》卷九四载:“(天福)六年八月己亥,帝至邺。壬寅制曰:‘自昔圣皇明帝,膺图受命,必观风而设教,或展义以省方。上则顺彼天道,下则从其人欲。朕创开基业,每遵旧章,期四海之混同,法五载之巡狩。乃眷全魏,肇启新都。顷属经纶,当兹潜跃。’”文存《全唐文》卷一一七。

## 九月

**阙名有《僧彦升重建经幢记》**。

文末署:“升元五年九月廿九日,重建。”文存《全唐文补编》卷一四三。

## 十月

**晋高祖有《赠狄仁杰太师诏》**。

《册府元龟》卷一四〇载:“(天福)六年十月壬寅诏曰:‘唐室中圮,贤臣挺生。凛然英风,迥冠千古。不有典册,曷旌忠良。唐梁国公狄仁杰……’”文存《全唐文》卷一一五。

## 十一月

**崔彦撝有《有晋高丽中原府故开天山净土寺教谥法镜大师慈灯之塔碑铭并序》**。

文中有:“天福六年十一月二十六日诘旦……竟坐灭俗,年六十有三,僧腊四十有一……以其月二十八日窆于北峰之阳,遵像教也。”文存《唐文拾遗》卷六九。

**颖至有《大晋故博陵崔氏夫人墓志铭并序》**。

文中有:“享年五十五一,于大晋天福六年九月二十八日,薨于洛京积善坊私第……遂于天福六年十一月十六日,葬于河南县金谷乡焦谷村。”文存《全唐文补编》卷一〇〇。

**闽建坚牢塔城，景宗王曦有《坚牢塔题记》。林同颖有《坚牢塔记》。**

王曦《坚牢塔题记》文末署："永隆三年岁在辛丑十一月八日建。"文存《全唐文补编》卷一一六。则文当作于坚牢塔建成之时。林同颖《坚牢塔记》文存《全唐文》卷九〇〇，或是坚牢塔建成时所作，姑系于一处。《全唐文补编》卷一一六又有众人题记，以李真文字著前，或是另一次所为，为题名文字，王曦亦与其事焉。

**张崇训有《禁私盐用新旧法上请奏》。**

文末署："永隆三年岁次辛丑十一月记。"文存《全唐文》卷九〇〇。

## 十二月

**吴越国钱元瓘卒，后晋封钱弘佐为镇海、镇东军节度使兼中书令、吴越国王。和凝有《吴越钱元瓘碑铭》。**

《资治通鉴》卷二八三载："（十二月）庚戌，制以钱弘佐为镇海、镇东军节度使兼中书令、吴越国王。"马令《南唐书》卷一载："（天福六年）秋九月壬子，有星孛于天市。钱元瓘卒，佐嗣位。冬十有二月，葬吴越文穆王。"可知钱元瓘卒是九月事，至十二月晋始封弘佐而葬钱元瓘。和凝撰碑铭，当是由晋使携至吴越国，必在十二月前，姑系于此。和凝文存《全唐文》卷八五九。另，《两浙金石志》卷四录有和凝《吴越文穆王钱元瓘碑铭》，末署："天福八年岁次癸卯四月戊申朔二十日丁卯建。"似可推知和凝原碑文撰于天福六年钱氏死时，上石立碑则迟至天福八年四月。

## 本年

**欧阳炯为蜀中书舍人，书刘曦度撰《修净众寺碑》。**

《宝刻丛编》卷七:“欧阳炯……《修净众寺碑》,刘曦度撰,广政四年,成都。”碑今不存。

**晋高祖有《赐桑维翰密旨[题拟]》**。

题下注:“约天福六年。”文存《全唐文补编》卷九九。

**何光远有《聂公真龛记》**。

文末附辑者陈尚君按语:“《舆地纪胜》卷一五八:《聂公真龛记》,在灵居山,军事判官何光远撰。广政四年建。”文存《全唐文又再补》卷八。

## 后晋天福七年　南唐升元六年　南汉光天元年　闽永隆四年　后蜀广政五年　辽会同五年

壬寅　九四二

### 二月

**晋高祖有《令开垦旷土敕》《除放积欠诏》《奏状须印署敕》《门下侍郎班位敕[题拟]》**。

《册府元龟》卷七〇载:“(天福)七年二月丙午敕:‘邓唐随郢诸州管界,多有旷土,宜令逐处晓谕人户,一任开垦佃莳,仍自开耕后与免五年差徭……’”《令开垦旷土敕》文存《全唐文》卷一一六。《同书》卷四九二载:“(天福)七年二月癸酉诏曰:‘朕自临天下,每念民间。御一衣思蚕绩之劳,对一食想耕耘之苦……’”《除放积欠诏》文存《全唐文》卷一一五。同书卷六一载:“(天福)七年二月甲辰敕:‘应内外诸司诸使及诸道州府,凡有诸色公事,须具奏闻。今后不得将白状及札子记事申覆……’”《奏状须印署敕》文存《唐文拾遗》卷一〇。《门下侍郎班位敕[题拟]》文存《全唐文补编》卷九九,题下注:“天福七年二月。”

**宋齐邱以左丞相、太保知尚书省事。徐铉有《宋齐邱知尚书省制》。**

《资治通鉴》卷二八三载:"(二月)唐左丞相宋齐邱固求豫政事,唐主听入中书;又求领尚书省,乃罢侍中。寿王景遂判尚书省,更领中书、门下省,以齐邱知尚书省事;其三省事并取齐王璟参决。齐邱视事数月,亲吏夏昌图盗官钱三千缗,齐邱判贷其死,唐主大怒,斩昌图。齐邱称疾,请罢省事,从之。"陆游《南唐书》卷一载:"(升元六年)二月己丑,以左丞相太保宋齐丘知尚书省。"可知徐铉文当作于此时。文存《全唐文》卷八七九。

## 三月

**晋高祖有《百官许非时论奏敕[题拟]》。**

题下注:"天福七年三月。"文存《全唐文补编》卷九九。

**阙名有《东岳庙尊胜幢记》。**

文末署:"时天福七年岁在壬寅三月乙卯朔廿四日戊寅建。"文存《全唐文补编》卷一四三。

**阙名有《吕氏尊胜幢赞》。**

文末署:"天福七年岁次壬寅三月甲辰十二日丙寅建立。"文存《唐文续拾》卷一二。

## 四月

**南汉主刘龑卒,其子弘度袭位,更名玢,改元光天。南汉卢应有《高祖天皇大帝哀册文》。**

《资治通鉴》卷二八三载:"汉高祖寝疾,以其子秦王弘度、晋王弘熙皆骄恣少子,越王弘昌孝谨,有智识,与右仆射兼西御院使王翷谋,出弘度镇邕州,弘熙镇容州，而立弘昌。制命将行，会崇文使萧益入问疾，以其事访之。益曰：‘立嫡以长，违之必乱。’乃止。丁丑，高祖殂。高祖为人辨察多权数，好自矜大，常谓中国天子为洛州刺史。岭南珍异所聚，每穷奢极丽，宫殿悉以金玉珠翠为饰，用刑惨酷，有灌鼻、割舌、支解、刳剔、炮炙、烹蒸之法，或聚毒蛇水中，以罪人投之，谓之水狱。同平章事杨洞潜谏，不听。末年尤猜忌，以士人多为子孙计，故专任宦官，由是其国中宦者大盛。秦王弘度即皇帝位，更名玢。以弘熙辅政，改元光天，尊母赵昭仪曰皇太妃。”《文物》2006 年第 7 期载有文州市文物考古研究所撰《广州南汉德陵、康陵发掘简报》，其文后附录有康陵哀册文，记：“翰林学士承旨银青光禄大夫行尚书左丞知制诰上柱国范阳县开国男食邑三百户臣卢应奉敕撰并书。维大有十五年岁次壬寅四月甲寅朔二十四日丁丑，高祖天皇大帝崩于正寝。粤光天元年九月壬午朔二十一日壬寅迁神于康陵，礼也。”

**李涛官刑部郎中，上疏请诛张彦泽。郑受益亦上封事请诛之。杨昭俭拜中书舍人，又为翰林学士，亦上章奏。晋帝竟不从，只削官而已。杨昭俭有《谏宥张彦泽疏》，郑受益有《再论张彦泽疏》，晋高祖有《削张彦泽官阶诏》。**

《旧五代史》卷八〇载：“（四月）庚申，刑部郎中李涛、张麟，员外郎麻麟、王禧，同诣阁门上疏，论张彦泽罪犯，词甚恳切。”《五代史补》卷三亦载：“李涛常忿张彦泽杀邠州幕吏张式而取其妻。涛率同列上疏，请诛彦泽以谢西土，高祖方姑息武夫，竟不从。”《宋史》卷二六九载：“（杨昭俭）又为荆南高从诲生辰国信使，赐金紫。使回，拜中书舍人，又为翰林学士。时骄将张彦泽镇泾原，暴杀从事张式，朝廷不加罪。昭俭与刑部郎中李涛、谏议大夫郑受益抗疏论列，请置之法，疏奏不报。会有诏令朝臣转对，或有对事，亦许以不时条奏。昭俭复上疏曰：‘天子君临四海，日有万机，懋建诤臣，弥缝其阙。今则谏臣虽设，言路不通……’”更张扬其事。又《册府元龟》卷五四七载：“天福七年夏，以泾原张彦泽杀害书记张式，恣为不道，受益上章请行国典，（郑受益）旬日不报，又上疏曰：‘臣自贡封事，已及九日，未闻施行，实深激愤……’”诸书所记皆同。据《全唐文》卷一一五存晋高祖《削张彦泽官阶诏》于四月颁示，诸奏章文字当在四月或其前不久，姑皆系于四月。杨昭俭《谏宥张彦泽疏》文存《全唐文》卷八六三，郑受益《再论张彦泽疏》文存《全唐文》卷八五一，晋高祖《削张彦泽官阶诏》文存《全唐文》卷一一五。

**晋高祖有《停迎送使臣敕》《令沿河使尹兼河堤使名诏》《赐邺都诸门名额敕[题拟]》《邺都诸门赐名敕》。**

《册府元龟》卷六六载:“(天福)七年四月戊寅敕曰:‘时属炎蒸,路当冲要,使命之往来甚众,州府之迎送颇多,既有烦劳,所宜轸恻……’”《停迎送使臣敕》文存《全唐文》卷一一六。同书卷四九七载:“(天福七年)四月诏曰:‘近年以来,大河频决,漂荡人户,妨废农桑。言念蒸黎,因兹凋敝。凡居牧守,皆委山河。既已在封巡,所宜专切。’”《令沿河使尹兼河堤使名诏》文存《全唐文》卷一一五。《赐邺都诸门名额敕[题拟]》文存《全唐文补编》卷九九,题下注:“天福七年四月。”《五代会要》卷一九载:“(天福)七年四月敕:‘邺都诸门,宜赐名额。罗城南砖门为广运门,观音门为金明门,橙糟门为清景门,冠氏门为永芳门……’”《唐文拾遗》以文属晋少帝,误,当为晋高祖。《邺都诸门赐名敕》文存《唐文拾遗》卷一〇。

**杨继恩有《晋故归义军节度班首都头知管内都牢城使银青光禄大夫检校国子祭酒兼御史大夫上柱国太原阎府君写真赞并序》。**

文末署:“天福柒年四月廿日题记。”文存《全唐文补编》卷一〇一。

**徐铉有《唐故德胜军节度使检校太保同中书门下平章事扶风马匡公神道碑铭》。**

文中有:“公讳仁裕,字德宽,其先扶风人……春秋六十有三,升元六年闰三月五日,薨于庐州公署。上省奏震悼,废朝三日。即用元甲之数,式拟铁山之功。给于官司,临以中使。奉常以视履考祥之义,循贞心大度之美。详协公论,易名曰匡。即以其年四月七日,备卤簿仪卫,葬于庐州合淝县乡里,礼也。”文存《全唐文》卷八八五。

## 五月

**侯益有《乞赐寺名奏》。**

《册府元龟》卷五二载:“(天福七年)五月乙未,秦州侯益奏:‘臣顷岁曾为偏将,往伐叛逆,有愿:如范延光归降,兵无血刃,即于招讨使杨光远中军寨建一佛刹。自后延光果能归款,克契发心。光远寻施钱三百贯文与臣共力营葺。今修成天王院一所,乞赐名额。’敕以‘福顺天王院’为名。”文存《全唐文》卷八六二。

**中书门下上《点检起居官奏》《请定官品奏》。晋高祖有《进策人定三等诏》《进策人定等减选敕[题拟]》**

中书门下文题下皆注:“天福七年五月,中书门下。”文皆见《全唐文》卷九七二。《五代会要》卷一三载:“晋天福七年五月诏:‘应诸色进策人等,皆抱才能,方来贽献。宜加明试,俾尽臧谋。今后应进策,中书奏覆,敕下,委门下省试策三道,仍定上中下三等。’”《唐文拾遗》属文于少帝,误,今正之。《进策人定三等诏》文存《唐文拾遗》卷一〇。《进策人定等减选敕[题拟]》题下注:“天福七年五月。”文存《全唐文补编》卷九九。

**阙名有《晋故归义军节度押衙知敦煌郡务银青光禄大夫检校国子祭酒兼御史中丞上柱国陇西李府君邈真赞并序》**。

文末署:“于时大晋天福七年五月癸未朔十四日丙申题记。”文存《全唐文补编》卷一三三。

## |六月|

**后晋高祖石敬瑭卒,终年五十一岁,有《致北朝皇帝遗书》。冯道奉石重贵继帝位**。

《资治通鉴》卷二八三载:“帝寝疾。一旦,冯道独对,帝命幼子重睿出拜之,又令宦者抱重睿置道怀中,其意盖欲道辅立之。六月乙丑,帝殂。道与天平节度使侍卫马步都虞侯景延广议,以国家多难,宜立长君,乃奉广晋尹齐王重贵为嗣。是日,齐王即皇帝位。延广以为己功,始用事,禁都下人无得偶语。初,高祖疾亟,有旨召河东节度使刘知远入辅政。齐王寝之,知远由是怨齐王。丁卯,尊皇太后曰太皇太后，皇后曰皇太后。”晋高祖《致北朝皇帝遗书》当是其临死前致契丹皇帝书，姑系于此。文存《全唐文补编》卷九九。

## | 七月 |

**晋少帝有《即位大赦文》。**

《册府元龟》卷九四载：“少帝以天福七年六月即位，七月庚子，御正殿。制曰：‘古先哲王，开创丕业，未尝不栉风沐雨，旰食宵衣。安黔首于八纮，保鸿图于万世。恭惟先皇帝，艰难启运，恭俭临朝，以武功定寰区，以文德安黎庶……’”文存《全唐文》卷一一九。

**冯道三表请复置枢密使，少帝不许。冯道有《请依旧置枢密使表》。**

《资治通鉴》卷二八三载：“庚子，大赦。癸卯，加景延广同平章事兼侍卫马步都指挥使。勋旧皆欲复置枢密使。冯道等三奏请以枢密旧职让之。帝不许。”《旧五代史》卷八一载：“（天福七年七月）宰臣冯道等上表，请依旧置枢密使。略曰：‘窃以枢密使，创自前朝，置诸近侍，其来已久，所便尤多。顷岁枢密使刘处让，偶属家艰，爰拘丧制，既从罢免，暂议改更，不曾显降敕文……’”冯道《请依旧置枢密使表》文存《全唐文》卷八五七。

**太常礼院上《大行升祔奏》。**

题下注：“天福七年七月太常礼院。”文存《唐文拾遗》卷五九。

**曹国珍有《上少帝疏》。**

《旧五代史》卷九三载：“高祖晏驾，朝廷以宰臣冯道为山陵使，及灵辅既发。国珍上疏言：‘冯道既为山陵使，不得复入都城，请除外佐。’”据同书卷八一载，晋高祖晏驾在天福七年六月十三日，是月“丙子，以司徒兼侍中冯道为大行皇帝山陵使，门下侍郎窦贞固副之。”是年秋七月“己丑，大行皇帝大祥，帝释缞服”，大祥本指死后两周年祭，然帝王之家不可能守孝不视朝，故行以日代月之制。

晋高祖卒于六月十三日，其后二十四日，即七月初七日，是为“大祥”之期。国珍文字当作于此前，姑系于七月。文存《全唐文补编》卷一〇二。

**南语徐知证有《庐山太一真人庙记》《重修东林寺记》**。

《宝刻丛编》卷七：“《重修东林寺记》，韩王知证记，（孟拱辰）草书并篆额，升元六年七月一日，江（州）。《太乙真人庙记》，韩王知证记，（孟拱辰）行书并篆额，升元六年七月六日，江（州）。”《庐山太一真人庙记》文存《全唐文》卷八七〇。文中有：“予以再任宣城之二载也，是时升元六祀，岁在壬寅秋七月有六日，应运匡国佐圣功臣宁国军节度宣州营田观察处置等使特进检校太尉兼中书令使持节宣州诸军事宣州刺史上柱国食邑一万户韩王知证记。”

**曹元深有《史再盈补充节度押衙牒[题拟]》**。

文中有：“天福柒年柒月贰拾壹日牒。”文存《全唐文又再补》卷七。

## 八月

**晋少帝有《襄州平赦文[题拟]》《赐襄州粟诏》《给复襄州诏》**。

《襄州平赦文[题拟]》题下注：“天福七年八月。”文存《全唐文补编》卷一〇二。《册府元龟》卷一〇六载：“少帝天福七年八月诏：‘襄州城内百姓等，久经围闭，例各饥贫，宜示颁宣，用明恩渥……’”《赐襄州粟诏》文存《全唐文》卷一一八。《册府元龟》卷四九二载：“（天福七年）八月诏曰：‘叛逆之臣，必行于讨伐；凋伤之俗，宜示于抚绥。一昨逆贼安从进不戒满盈，辄谋违背，占据城垒，虐害人民……’”《给复襄州诏》文存《全唐文》卷一一八。

**中书门下上《上高祖谥册差官祭告奏》**。

题下注：“天福七年八月，中书门下。”文存《唐文拾遗》卷五九。

**张廷胤有《故竭忠建策兴复功臣光禄大夫检校太傅使持节前蔡州诸军事蔡**

**州刺史兼御史大夫上柱国汝南郡开国伯食邑七百户周公墓志铭并序》**。

文中有:“即以天福七年壬寅岁五月十四日,薨于东都私第,享年六十九。今龟筮叶从,良日有卜,便取其年八月九日,迁神榇葬于西京河南县平洛乡朱杨村,从吉兆也。”文存《全唐文补编》卷一〇一。

**阙名有《吴仁朗立经幢记》**。

文末署:“壬寅岁天福七年八月廿七日建立记。”文存《全唐文补编》卷一四三。

## |九月|

**南唐颁布《升元删定条》**。

陆游《南唐书》卷一载:“九月庚寅,颁《升元删定条》。”

**晋少帝有《除授留守宜降麻制敕》**。

《五代会要》卷一九载:“晋天福七年九月敕:‘留守之任,委寄非轻。凡降丝纶,宜同将相,今后除留守,宜降麻制。’”《唐文拾遗》卷一〇据《五代会要》重录,较《全唐文》少四字,题曰《除留守降麻敕》,系于高祖,误,今正之。文存《全唐文》卷一一八。

**和凝上《回河颂》**。

《旧五代史》卷八一:“(本年九月)宰臣和凝上《回河颂》。”

## |十月|

**晋少帝有《西京改晋昌军敕[题拟]》**。

题下注:“天福七年十月。”文存《全唐文补编》卷一〇二。

**中书门下上《奏定高祖郊坛配坐状》**。

题下注:“天福七年十月中书门下。”文存《全唐文》卷九七四。《全唐文补编》卷一二七据《册府元龟》卷三一重录,题下注:“天福七年十月中书。”末附辑者陈尚君按语:“《全唐文》卷九七四收此文,仅六十八字。今重录。”

**李崧有《大晋皇帝祭文》**。

文中有“臣不能请代,乃是罗乂。虽获送终,未酬知己。食晋之禄,匡晋之邦。愿竭节于新君,表感恩于高祖……”等语。《旧五代史》卷八一载:“(天福七年九月)甲辰,上大行皇帝尊谥宝册,百官素服班于天清殿。”又同卷记十月己卯,宰臣李崧母丧归葬深州,遣使吊祭之。则此祭文当作于李崧在深州丁母忧之时,即天福七年十月后,姑系于本月。文存《全唐文补编》卷一〇三。

**南唐李昪有《举用儒吏诏》**。

马令《南唐书》卷一载:“(升元六年)冬十月,诏曰:‘前朝失御,强梗崛起……自今宜举用儒者,以补不逮。’于是稍用儒臣,渐去苛察,又将修复故事,为后代法。未果行,而帝疾作。”文存《全唐文》卷一二八。

## 十一月

**晋葬高祖于显陵,和凝为撰谥册、哀册文**。**晋少帝有《太庙置库敕》《修制祭器敕》《遇大祭祀等不得行极刑敕》**。

《旧五代史》卷八〇载:“八月,太常卿崔棁上谥曰:‘圣文章武明德孝皇帝。’庙号高祖。以其年十一月十日庚寅葬于显陵,宰臣和凝撰谥册哀册文。”《册府元龟》卷三四载:“(天福七年)十一月敕:‘天地宗庙社稷及诸祠祭等,访闻自前所司承宽,多不精洁。宜令三司豫支一年,诸司合请祠祭礼料物色等,于太庙置库,仍差宗正丞石载仁专主掌……其大祠、中祠,兼令监察使点检馔料,一一须得精洁。如或更致慢易,本司当准格律科罪,其祭服祭器未有者,修制已有者更仰雅饰。'"依文意判断,当是一篇敕文,《唐文拾遗》卷一〇取其前面部分为《太庙置库敕》,《全唐文》卷一一八取期后面部分为《修制祭器敕》,盖辑者所据录文字来源不同致误耳。《五代会要》卷一〇载:"(天福)七年十一月二十九日敕:'宜令四京及诸道州府,遇大祭祀、正冬、寒食、立春、立夏、雨雪未晴已上日,并不得行极法。'"《遇大祭祀等不得行极刑敕》文存《唐文拾遗》卷一〇。

**李为光为礼部郎中,上封事言两税,晋少帝有《禁两税加耗敕》,又有《州郡税盐诏[题拟]》。**

《册府元龟》卷四八八载:"(天福)七年十一月,礼部郎中李为光上封事:'为诸州府仓场,逐年所纳百姓秋夏租,加耗颇多,乞行条理……'敕曰:'朕自居藩邸,每务躬亲。禀先帝之圣谟,见万方之庶政。洎登宸极,思致时康。属蝗旱为灾,耕桑失业,顾惟寡昧,深轸焦劳……'"文存《全唐文》卷一一八。《州郡税盐诏[题拟]》题下注:"天福七年十一月。"文存《全唐文补编》卷一〇二。

**曹元深有《舍施回向疏》。**

文末署:"天福七年十一月廿三日,弟子归义军节度使检校司徒兼御史大夫曹元深疏。"文存《全唐文补编》卷一〇二。

**贾彬有《圣母庙记》。**

文末署:"升元六年太岁壬寅仲冬十有九日记。"文存《全唐文》卷八七一。

## |本 年|

**高居诲有《于阗记》。**

《新五代史》卷七四载:"晋天福三年……晋遣供奉官张匡邺假鸿胪卿,彰武军节度判官高居诲为判官,册(李)圣天为大宝于阗国王。是岁冬十二月,匡邺等自灵州行二岁,至于阗。至七年冬乃还,而居诲颇记其往复所见山川诸国,而不能道圣天世次也。”既云其“往复”之期为天福七年冬，则汇集成文应是天福七年以后。文存《全唐文》卷八五〇。

**乔匡舜为宋齐邱所荐，为镇南军节度掌书记。徐铉有《洪州掌书记乔匡舜可浙西掌书记赐紫制》。**

陆游《南唐书》卷八载：“齐丘出镇豫章，始表乔匡舜为节度掌书记。保大中召为驾部郎中、知制诰，进中书舍人。”检马令《南唐书》卷二〇载：“（宋齐邱）乃求知尚书省事，亦许之……数月，有亲吏夏昌图者盗官钱三百万。齐邱特判贷其死，烈祖大怒。切责所司，刑部官吏自劾请罪，久之乃解。昌图坐斩，齐邱卧疾不出，烈祖遣寿王景遂往问之，许其出镇本州，旬日遂起，拜洪州节度使。”则乔匡舜为洪州节度使掌书记，当是宋齐邱知尚书省后“数月”，夏昌图案发后，齐邱出知洪州节度使时。《资治通鉴》卷二八三系宋齐邱任洪州节度使事于本年五月：“唐丞相太保宋齐丘既罢尚书省，不复朝谒。唐主遣寿王景遂劳问，许镇洪州，始入朝。唐主与之宴，酒酣，齐丘曰：‘陛下中兴，臣之力也，奈何忘之？’唐主怒曰：‘公以游客干朕，今为三公，亦足矣。乃与人言朕鸟喙如勾践，难与共安乐，有之乎？’齐丘曰：‘臣实有此言，臣为游客时，陛下乃偏裨耳。今日杀臣可矣。’明日，唐主手诏谢之曰：‘朕之褊性，子嵩平昔所知。少相亲，老相怨，可乎？’丙午，以齐丘为镇南节度使。”据前引陆游《南唐书》，次年“保大中”乔匡舜已召为驾部郎中、知制诰，进中书舍人，则其由洪州掌书记调任浙西掌书记，当在“保大”之前，宋齐邱任洪州节度使后，姑系于本年。徐铉文存《全唐文》卷八八〇。

## 后晋天福八年　南唐保大元年　南汉应乾元年　闽永隆五年　后蜀广政六年　辽会同六年

癸卯　九四三

### 正月

**李崧丁母忧，六表辞起复，晋少帝一再下诏促之。李崧有《辞起复第一表［题拟］》《辞起复第二表［题拟］》《辞起复第三表［题拟］》《辞起复第四表［题**

**拟]》《辞起复第五表[题拟]》《辞起复第六表[题拟]》。晋少帝有《答李崧辞起复第一表[题拟]》《答李崧辞起复第二表[题拟]》《答李崧辞起复第三表[题拟]》《答李崧辞起复第四表[题拟]》。**

据《全唐文补编》卷一〇三,李崧《辞起复第六表》中有:"方开晋祚,慎求良辅。误取庸材,复学士职。继及三旬,委户部事,未逾半月,骤升廊庙,兼掌枢衡,特是宸衷,殊非人望……倏及五年,内自母妻,傍及兄弟,皆封美号。"则其文字当作于晋天福六年后。据《旧五代史》卷八一载:"(天福七年十月)己卯,宰臣李崧母丧归葬深州,遣使吊祭之。"可知李崧丁母忧去职在天福七年七月。时当高祖亡故,否则无"起复"之事。晋高祖死后,少帝即位,人心摇动,故李崧一再有辞起复之表。从其第一表文中"况自丁大衅。未及十旬",可以推知其文最早当作于天福八年正月,即少帝即位之时,李崧所呈送者,当是少帝,促其起复者亦当为少帝。《全唐文补编》系答表于晋高祖,误,今正之。李崧文皆见《全唐文补编》卷一〇三。晋少帝文皆见《全唐文补编》卷九九。

**曹元深有《上晋帝谢恩表[题拟]》。**

文中有:"臣某言。旌节官告国信使副某至,奉宣圣旨。"据《旧五代史》卷一三八载:"晋天福五年义金卒,子元德立,至七年,沙州曹元忠、瓜州曹元深皆遣使来。"同书卷八一载:"(天福八年正月)庚寅,沙州留后曹元深加检校太傅,充沙州归义军节度使。"史载曹义金卒后,由其子曹元德继位,为归义军节度使。至天福七年,犹是曹元忠据沙州,曹元深据瓜州。天福八年,曹元深不仅称"沙州留后",而且已"充沙州归义军节度使"了。如此变故,似表明曹元忠已不在沙州。此文中"奉宣圣旨,赐臣手诏一封,赠臣亡父官告一道,告弟一通,焚黄一道,故兄赠太保官告一通,告弟一道"云云,似可推断其时曹元忠物故不久,如此,既然晋加曹元深检校太傅,考虑到晋使西行至沙洲,非几个月不可能到达,则此表当作于天福八年正月后。具体时间难于确考,姑系文于此。文存《全唐文又再补》卷七。

**晋少帝有《显陵行事官加阶减选敕》《赈济贫民诏[题拟]》。**

《册府元龟》卷六三四载:"晋少帝天福八年正月诏:'显陵行事及祔庙等行

事官，并宜加两阶减两选理减外，合格日，免取文解，便与注官，过格者降一资。'"《显陵行事官加阶减选敕》文存《唐文拾遗》卷一〇。《赈济贫民诏［题拟］》题下注："天福八年正月。"文存《全唐文补编》卷一〇二。

**丁拙有《晋故庆州刺史光禄大夫检校太傅兼御史大夫上柱国清河县开国男食邑三百户张公墓志铭并序》。**

文中有："卜天福八年岁在癸卯正月六日，葬于伊（阙）县□□□□。"文存《全唐文补编》卷一〇二。

**李匡尧有《晋故银青光禄大夫太子左庶子致仕上柱国济阳蔡府君墓志并序》。**

文中有："公以天福七年十月十五日寝疾，薨于东都绥福里第。卜明年正月十一日，归葬于新安县龙涧乡王村里府君之茔也。"文存《全唐文补编》卷一〇二。

## | 二 月 |

**南唐主李昇卒，子李璟继位，改元保大。李昇有《遗诏》。中主即位，拜韩熙载虞部员外郎、史馆修撰，赐绯；旋兼太常博士，议烈祖葬仪，有《先主称祖议》《烈祖庙议》《请逾岁改元疏［题拟］》。徐铉有《虞部员外郎史馆修撰韩熙载可太常博士制》。徐铉另有《安陆郡公景逵检校司空太府少卿制》《保定郡公景迪可朝散大夫检校左仆射赐紫制》《兵部侍郎张义方可左常侍制》《大理卿判户部刁绍可工部尚书制》《和州司马潘处常可金部郎中制》《太常少卿李贻业可宗正卿制》《屯田郎中李璟进可工部郎中制》《外祖母追封某国夫人制》《王崇文刘仁赡张钧并本州观察使制》《浙西判官高越可检校水部郎中赐紫制》《楚州刺史刘彦贞可本州观察使制》。**

《资治通鉴》卷二八三载："（先主）疽发背，秘不令人知，密令医治之，听政如故。庚午，疾亟，太医吴廷裕遣亲信召齐王璟入侍疾。唐主谓璟曰：'吾饵金石，始欲益寿，乃更伤生，汝宜戒之。'是夕，殂。秘不发丧，下制以齐王监国。大赦。孙晟恐冯延巳等用事，欲称遗诏令太后临朝称制。翰林学士李贻业曰：'先帝尝云:妇人预政,乱之本也。安肯自为厉阶,此必近习奸人之诈也。且嗣君春秋已长,明德著闻。公何得遽为亡国之言。若果宣行,吾必对百官毁之。'晟惧而止。贻业,蔚之从曾孙也。丙子,始宣遗制。"马令《南唐书》卷一载:"(升元)七年春二月,诏曰:'乃公乃侯,越百执事,钦承嗣命,命尔保元子璟……'"李昪《遗诏》文存《全唐文》卷一二八。昪之著述,《全唐诗》卷八存诗一首,《全唐文》卷一二八录诏书七篇。《十国春秋》卷二八载:"(韩熙载)元宗嗣位,拜虞部员外郎、史馆修撰,赐绯。乃慨然曰:'先帝知我而不显用,是以我为幕,荣绍宗也。'始数言朝廷事所当施行者,又吉凶礼仪不如式者,随事举正无隐,大为宋齐邱、冯延巳等所忌。烈祖将葬,以熙载知礼,令兼太常博士。时议者以孝高继昭宗之后,庙合称宗,熙载建议,以为'古者帝王,已失之,已得之,谓之反正;非我失之,自我复之,谓之中兴。中兴之君,庙号称祖。先帝兴既坠之业,请上庙号曰烈祖。'元宗嘉纳之。俄擢知制诰,书命典雅,有元和之风。"徐铉《唐故中书侍郎光政殿学士承旨昌黎韩公墓志铭》(见《全唐文》卷八八六)载:"元宗深器之,及践位,以为虞部员外郎史馆修撰赐绯。又以大礼繁迭,加太常博士。时有司议孝高庙宜称宗,司门郎中萧君俨上疏论之,公与给事中江公文蔚协同其议。"《资治通鉴》卷二八三载:"(保大元年)三月己卯朔……唐元宗即位,大赦,改元保大。秘书郎韩熙载请俟逾年改元。不从。"诸书所载甚明,韩氏《先主称祖议》文存《全唐文补编》卷一一二,《烈祖庙议》文存《唐文拾遗》卷四七。而韩氏表请新年改元文字,亦应是当时议礼之一部分,文存《全唐文补编》卷一一二。再阅《资治通鉴》卷二八三载:"(天福八年)十一月……唐葬光文肃武孝高皇帝于永陵,庙号烈祖。"则南唐议烈祖庙号耗时甚久,自二月至于十一月。此表面上是议葬仪庙号甚难,实为南唐臣僚朋党义气之争。据前引诸书可知,韩熙载任太常博士与元宗践位的一系列"大礼"相关,徐铉此制即作于此时。《虞部员外郎史馆修撰韩熙载可太常博士制》文存《全唐文》卷八八〇。徐铉所为其他诸制,据陆游《南唐书》卷一三可知,王崇文任吉州刺史、刘仁赡任袁州刺史,皆烈祖时事,则其加爵,或当在烈祖死而元宗即位之时,是在保大元年四月。此所列诸制,当出自其手,姑系于此。

**李崧有《祭亡妣秦国太夫人文[题拟]》。**

李崧《祭亡妣秦国太夫人文[题拟]》文存《全唐文补编》卷一〇三。末附辑者陈尚君按语:"此篇原题祭文,末有附记:晋国天福七年岁次辛丑十二月廿七日。秦国太夫人薨,皆至壬寅岁二月十九日集贤相公落起复表。”

**皮光邺卒,享年六十七岁**。

《吴越备史》卷三载:“(晋天福八年)二月,晋主还京。是月丙辰,吴越丞相皮光邺卒。”同书同卷又载:“国建,拜丞相,凡教令仪注,多出其手。光邺美容仪,善谈论,人或以为神仙中人。终年六十七岁,赠谥曰贞敬。”光邺著述,《十国春秋》卷八六称:“所撰《皮氏见闻录》十三卷行世。又有《妖怪录》五卷。”《崇文总目》卷二录《皮氏见闻录》十三卷,卷三录《妖怪录》五卷。《郡斋读书志》卷三下录《皮氏见闻录》五卷。《宋史》卷二〇六《艺文志五》亦录《妖怪录》五卷、《皮氏见闻录》十三卷。二书今已佚。《全唐诗》卷七九五录诗一首,《全唐文》卷八九八存文二篇。

**龙某有《诸司请禅律大德律师等榜[题拟]》**。

文末署:“天福捌年二月十九日榜。”文存《全唐文补编》卷一〇二。

**晋少帝有《还幸东都御札》**。

《册府元龟》卷一一四载:“少帝以天福七年六月即位,八年二月庚戌,御札宣示曰:‘控制寰中,梁苑得舟车之要;抚宁河朔,邺台有粟帛之饶。先皇帝肇启其扃,咸升都邑……’”文存《全唐文》卷一一九。

## |三 月|

**南汉主刘玢被杀,其弟刘弘熙继位,更名晟,改元应乾**。

《资治通鉴》卷二八三载:“汉殇帝骄奢,不亲政事。高祖在殡,作乐酣饮,夜与倡妇微行,倮男女而观之。左右忤意辄死,无敢谏者。惟越王弘昌及内常侍番禺吴怀恩屡谏不听,常猜忌诸弟,每宴集,令宦者守门,群臣宗室皆露索然后入。晋王弘熙欲图之,乃盛饰声伎,娱悦其意,以成其恶。汉主好手搏,弘熙令指挥使陈道庠引力士刘思潮、谭令禋、林少强、林少良、何昌廷等五人习手搏于晋府,汉主闻而悦之。丙戌,与诸王宴于长春宫,观手搏至夕。罢宴,汉主大醉,弘熙使道庠、思潮等掖汉主,因拉杀之。尽杀其左右。明旦,百官诸王莫敢入宫,越王弘昌帅诸弟临于寝殿,迎弘熙即皇帝位,更名晟,改元应乾。”

**晋少帝有《令佐招携户口加阶敕》。**

《五代会要》卷二〇载:“(天福)八年三月初八日敕:‘诸道州府令佐,在任招携户口,比初到任交领数目外,如出得百户以上,量添得租税者……’”文存《唐文拾遗》卷一〇。

## | 四 月 |

**晋少帝有《禁盛夏滞狱敕》。**

《册府元龟》卷一五一载:“少帝天福八年四月壬申,敕诏:‘自临寰宇,思致和平,以四海为家,虑一物失所。每念狴牢之内,或多枉挠之人,属此炎蒸,倍加轸悯……’”文存《全唐文》卷一一八。《全唐文补编》卷一〇二据《旧五代史》卷一四重录,题曰《速断见禁罪人敕[题拟]》,题下注:“天福八年四月。”实为一文。

**陶穀有《义成军节度使赠太保史匡翰碑铭(并序)》。**

文中有:“以天福七年三月十六日寝疾,薨于镇,享年四十(阙五字)人罢市……越明年,太岁在癸卯孟夏四月二十有三日庚午归葬于北京太原……”文存《全唐文》卷八六三。

## | 五 月 |

**吕琦为尚书兵部侍郎,有《请疏通注拟奏》。晋少帝有《疏通吏部注拟敕》,又有《夏令赦文》。**

《册府元龟》卷六三四载:“(天福八年)六月,尚书兵部侍郎吕琦奏:‘臣窃见四时选人,三铨待阙,停滞已及于数百,栖迟列困于累年……’”吕氏文存《全唐文》卷八五一。同书同卷于此段文字前有晋少帝《疏通吏部注拟敕》:“(天福八年)五月敕曰:‘吏部已判成选人等,访闻人数绝多,阙员甚少,颇为淹注,例是饥贫。宜推振滞之恩,用广进身之路。’”《疏通吏部注拟敕》文存《全唐文》卷一一八。依理推知,少帝之敕,当在吕琦奏章之后才对,则《册府元龟》所录吕琦奏章与少帝敕文,必有一件记时有误。今以少帝敕文为准,系吕氏文亦在五月。《册府元龟》卷九四载:“(天福八年)五月甲辰,敕曰:‘朕荷上天之眷命,守先帝之丕基,日午坐朝,恐一物之失所;夜分不寐,思比屋之可封。身虽安于九重,心常悬于亿兆。属飞蝗作沴,膏雨久愆。流民倍切于抚安,征赋频令于蠲减,未能感召,深轸焦劳……’”《夏令赦文》文存《全唐文》卷一一九。

**张昭为吏部侍郎,有《请改定十道图奏》。**

《册府元龟》卷四六七载:“周张昭远为吏部侍郎,奏疏:‘内铨见行用十道图,除旧雒都、并都外,有新升京都及节度防御团练等,名目不一……’”据《旧五代史》卷八一,张昭远(按:即张昭)任吏部侍郎,是天福八年五月事。则文当作于此后,姑系于此。文存《全唐文》卷八六四。

**三司上《诸仓纳耗本色折钱奏》。**

题下注:“天福八年五月十五日三司。”文存《唐文拾遗》卷五九。

## |六 月|

**宰臣冯道以诞辰率文武百官上表请以圣寿日为启圣节,有《请以圣寿日为启圣节表》。**

《册府元龟》卷二载:“少帝以天祐十一年六月二十七日生于太原汾阳里,天福七年六月即位,八年六月,宰臣冯道以诞辰率文武百官上表曰:‘……臣等不胜大愿,望以六月二十七日为启圣节,著于甲令,告彼万方……’”文存《全唐文》卷八五七。

**徐铉有《故平昌郡君孟氏墓志铭》，又有《知杂御史查文徽可起居郎枢密副使制》。**

前文中有："太岁癸卯五月十有九日，大行皇帝诸妃平昌郡君没于大内之别院，享年四十有三……即以其年六月日，葬于江宁县安德乡德信里之原，礼也。"文存《全唐文》卷八八七。据马令《南唐书》卷二载："（保大元年）十有二月，下令中外庶政并委齐王景遂参决，文武百司唯枢密副使魏岑、查文徽得白事，余非召对不得见。"同书卷二一载："查文徽，不知何许人也，用宋齐邱荐授元帅府掌书记，迁秘书郎。元宗即位，拜中书舍人。保大中，闽人连重遇、朱文进弑其君曦，遣使告乱。冯延巳请执其使以伐闽，俄以民疫寝其议。文徽独以为可讨，王延政首乱，宜攻自建州。议者多不从。唯冯延鲁赞之。翰林待诏臧循者，与文徽同闬，尝贾于闽，具知山川险易，为陈进兵之计，文徽因是决行。"则元宗即位后查氏初任中书舍人，或未几即兼起居郎枢密副使，或旋改任起居郎枢密副使，至保大二年初闽乱时，即以枢密副使身份讨之。如此，则此文当作于保大元年六月至十二月之间，姑系于六月。《知杂御史查文徽可起居郎枢密副使制》文存《全唐文》卷八八〇。

## 七月

**萧俨有《谏齐王景遂拜诸道兵马大元帅疏[题拟]》。**

马令《南唐书》卷二载："（保大元年）秋七月，燕王景遂改封齐王，拜诸道兵马大元帅、太尉、中书令。鄂王景达改封燕王，拜副元帅。宣告中外，以兄弟相传之意。以元子南昌王冀为江都尹、东都留守。景遂固让，不许。萧俨上疏。其略曰：'夏商之后……'"萧氏文存《全唐文补编》卷一一二。

## 八月

**徐铉有《封保宁王册》《保宁王制》《南昌王制》。**

《封保宁王册》文中有："维保大元年八月丁未朔某日，皇帝若曰……"文存《全唐文》卷八八〇。《资治通鉴》卷二八三载，南唐于晋天福八年"八月乙卯，唐主立弟景遏为保宁王。”《保宁王制》《南昌王制》文皆见《全唐文》卷八七八。

## |九 月|

**李彝殷为夏州节度使，有《李彝敏将家南走奏[题拟]》。少帝有《诛李彝敏诏[题拟]》。**

《册府元龟》卷九四三载：“李彝殷为夏州节度使。天福末奏：‘卫内指挥拓拔崇斌等五人作乱，当时收擒处斩讫。相次绥州刺史李彝敏，擅将兵士直抵城门，寻差人掩杀。彝敏知事不济，与弟五人将家南走。’”文存《全唐文补编》卷一〇七。《旧五代史》卷八二载此事于晋少帝天福八年九月，晋少帝《诛李彝敏诏[题拟]》题下注：“天福八年九月。”文存《全唐文补编》卷一〇二。

**李彦宾有《石香炉记》。**

文末署：“天福八年九月日记。”文存《唐文续拾》卷七。

**杨继恩有《晋故河西应管内外诸司马步军都指挥使银青光禄大夫检校工部尚书兼御史大夫上柱国豫章郡罗府君墓志铭并序》《晋故河西应管内外诸司马步军都指挥使银青光禄大夫检校工部尚书兼御史大夫上柱国豫章郡罗府君邈真赞并序》。**

前文中有：“即以天福八年岁次癸卯九月十日，寿卒于怀安坊之私宅也。以其月十六日，葬于莫高里杨开河北原……”后文末署：“于时大晋天福八年癸卯岁九月丙子朔十五日。”二文皆见《全唐文补编》卷一〇一。

## |十 月|

**李鼎为侍御史，以丧妻不供状，为郑搏所劾，晋少帝勒停其职。郑搏有《弹李鼎奏》，晋少帝有《勒停李鼎现任敕》。**

《册府元龟》卷五二二载：“李鼎为侍御史，天福八年敕曰：‘李鼎方居宪府，合禀朝章。岂可八月中丧妻,十月后供状?'”可知此敕当作于是年十月。郑搏《弹李鼎奏》文存《唐文拾遗》卷四七,晋少帝《勒停李鼎现任敕》当是因郑搏奏章而起,姑存于一处。晋少帝文存《全唐文》卷一一八。

**晋少帝有《封钱宏佐吴越国王玉册文》。**

文中有:“惟天福八年岁次癸卯十月丙午朔六日辛亥,皇帝若曰……今遣使光禄大夫检校司徒行太子宾客上柱国太原县开国男食邑三百户王玫、使副正议大夫行尚书吏部郎中柱国赐紫金鱼袋赵熙等持节备礼,册尔为吴越国王。”文存《全唐文》卷一一九。

**徐铉有《招讨妖贼制》。**

马令《南唐书》卷二载:“(保大元年)冬十月庚戌,有星孛于东方。妖贼张遇贤聚众十余万陷处州诸县。”所记与文中内容相符,文当作于是时。徐铉文存《全唐文》卷八七九。

## |十一月|

**南唐李璟有《烈祖哀册文》。**

文末署:“维保大元年岁次癸卯十〔一月二十有八日壬寅。哀〕子嗣皇帝臣瑶。”文存《全唐文补编》卷一一〇。

## |十二月|

**唐中主李璟下令中外庶政并委齐王景遂参决,唯枢密副使魏岑、查文徽得白事,余非召对,不得见。有《齐王景遂参决庶政敕[题拟]》。萧俨谏之,有《谏齐王景遂总庶政书[题拟]》。宋齐邱为太保兼中书令,罢归九华山。宋齐邱有《谏不朝群臣疏》《乞归九华表》。南唐李璟有《赐宋齐邱书》。**

马令《南唐书》卷二载:“(保大元年)十有二月,下令中外庶政并委齐王景遂参决,文武百司,唯枢密副使魏岑、查文徽得白事,余非召对不得见。萧俨上书极论曰:'元帅开府,人犹惊骇……'"《齐王景遂参决庶政敕[题拟]》文存《全唐文补编》卷一一〇。萧俨《谏齐王景遂总庶政书[题拟]》文存《全唐文补编》卷一一二。据《资治通鉴》载,上疏进谏者除萧俨外,还有侍卫都虞侯贾崇。同书卷二八三载:"唐主决欲传位于齐、燕二王。翰林学士冯延巳等因之欲隔绝中外以擅权。辛巳,敕:'齐王景遂参决庶政,百官惟枢密副使魏岑、查文徽得白事。余非召对不得见。'国人大骇。给事中萧俨上疏极论,不报。侍卫都虞侯贾崇叩阁求见,曰:'臣事先帝三十年,观其延接疏远,孜孜不怠,下情犹有不通者。陛下新即位,所任者何人,而顿与群臣谢绝?臣老矣,不复得奉颜色。'因涕泗呜咽。唐主感悟,遽收前敕。"再据《江南野史》卷二载:"是岁下令:'中外庶政并委齐王景达参决,唯枢密使魏岑、查文徽得入白事,余非召对不见。'宰相宋齐丘上疏极谏,不听。其略云:'臣事先朝迨三十年……'"则宰相宋齐邱亦与其事,只因中主素与宋齐邱不协,故其奏不为人所重,也正因如此,宋齐邱对中主更生愤懑之情。《资治通鉴》卷二八三载:"(十二月)唐侍中周宗年老,恭谨自守,中书令宋齐邱广树朋党,百计倾之。宗泣诉于唐主,唐主由是薄齐邱。既而陈觉被疏,乃出齐邱为镇海节度使。齐邱忿怼,表乞归九华旧隐。唐主知其诈,一表即从之,赐书曰:'今日之行,昔时相许。朕实知公,故不夺公志。'仍赐号'九华先生',封青阳公,食一县租税。齐邱乃治大第于青阳,服御将吏,一如王公,而愤邑尤甚。"宋齐邱《谏不朝群臣疏》文存《全唐文》卷八七〇,《乞归九华表》文存《全唐文补编》卷一一一。中主《赐宋齐邱书》文存《唐文拾遗》卷一一。《全唐文补编》卷一一〇据《资治通鉴》重录,实为一文。另外,宋齐邱之乞归九华,除《资治通鉴》所述原因外,还有远因可寻。《资治通鉴》卷二八三载:"唐宣城王景达刚毅开爽,烈祖爱之,屡欲以为嗣。宋齐丘亟称其才,唐主以齐王璟年长而止。璟以是怨齐丘。"此可谓远因。据《五代诗话》卷三载:宋齐邱为诗讽唐主,"而主终不听,不得意,上表乞归九华。其略云:'千秋载籍,愿为知足之人;九朵峰峦,永作乞骸之客。'主知其诈也,一表许之,赐号九华先生,以青阳一县舆赋给之。"当日君臣义气之争,可见一斑。

**拓跋恒有《谏楚文昭王书》**。

拓跋恒本姓元,后避讳改姓,生卒年无考。《十国春秋》卷七三载:"拓跋恒,本姓元,避景庄王偏讳,改今姓。少以才学见称,武穆王时以学士兼仆射。"同书又载："衡阳王罢建国之制，降称节度判官。"《资治通鉴》卷二八三载："（天福八年十二月）天策学士拓跋恒上书曰：'殿下长深宫之中，藉已成之业，身不知稼穑之劳，耳不闻鼓鼙之音……'"拓跋氏文存《全唐文》卷八九三。

## |本 年|

**陈致雍有《临轩册封楚王不合执镇圭议》。**

马令《南唐书》卷七："景迁卒，葬饮马池之阳。禅代之后，诸子例封王爵。保大初，元宗改封诸弟，追赠景迁楚王，命江文蔚为碑以表其墓。"可知南唐册封景迁为楚王，是元宗保大初时事，陈致雍文当作于此时。

**曹元深有《上回鹘众宰相状》。**

末附辑者陈尚君按语："荣新江《归义军史研究》第十章第三节考此文为天福八年曹元深文。"今从之。文存《全唐文补编》卷一〇二。

**阙名有《虎跑寺经幢》。**

文末署："天福八年岁在（下缺）奉立。"文存《唐文拾遗》卷六一。

# 后晋开运元年　南唐保大二年　南汉乾和二年　闽永隆六年　后蜀广政七年　辽会同七年

甲辰　九四四

## |正月|

**少帝闻契丹将入寇，拟亲征，有《亲征诏》。**

《册府元龟》卷一一八载："（天福九年正月）壬午诏曰：'朕以恭承先旨，尊奉北朝,无事不随,有求皆应,竭国家之财用,务蕃汉之欢和……取此月十三日,躬御六师北征……'"文存《全唐文》卷一一八。

**善光有《上太傅牒》。**

文末署:"天福九年正月日,释门僧政沙门善光牒。"文存《全唐文补编》卷一〇一。

**闽景宗与后妃、公主及臣下游坚牢塔,众人皆题记其事。闽景宗王曦、皇后李氏、贤妃尚氏、福清公主、顺昌公主及臣下李真、王继潜、王亚澄皆有《坚牢塔题记》。**

题记末署:"甲辰岁正月十五日记。"辑者陈尚君按语:"文前有数十人题名,而以李真为首,姑存其名下。"文中有"右各为自身家室等,伏愿……"可证辑者陈尚君语不虚,则闽中所为《坚牢塔题记》皆众人一时所为,姑皆系于此时。诸文皆见《全唐文补编》卷一一六。

**徐铉有《张居咏制》。**

马令《南唐书》卷二载:"(保大)二年春正月,右丞相周宗罢除江西节度使。门下侍郎平章事张居咏罢除浙西节度使。"与制文相呼应,可知徐铉文作于此时。文存《全唐文》卷八七八。

## |三 月|

**闽禁军将领朱文进、连重遇杀闽王曦,闽亡。**

《资治通鉴》卷二八四载:"(三月)闽国拱宸都指挥使朱文进、合门使连重遇既弑康宗,常惧国人之讨,相与结昏以自固。闽主曦果于诛杀,尝游西园,因醉杀控鹤指挥使魏从朗。从朗,朱、连之党也。又尝酒酣诵白居易诗云:'惟有人心相对间,咫尺之情不能料。'因举酒属二人。二人起流涕,再拜曰:'臣子事君父,安有它志。'曦不应。二人大惧。李后妒尚贤妃之宠,欲弑曦而立其子。

亚澄使人告二人，曰：‘主上殊不平于二公，奈何？’会后父李真有疾。乙酉，曦如真第问疾。文进、重遇使拱宸马步使钱达弑曦于马上，召百官集朝堂告之曰：‘太祖昭武皇帝光启闽国，今子孙淫虐，荒坠厥绪。天厌王氏，宜更择有德者立之。’众莫敢言，重遇乃推文进升殿，被衮冕，帅群臣北面再拜称臣。文进自称闽主，悉收王氏宗族延喜以下少长五十余人皆杀之。葬闽主曦，谥曰：‘睿文广武明圣元德隆道大孝皇帝。’庙号景宗。”

## 五月

**南唐阙名有《大泉院创建佛殿功德赞》。**

文末署：“唐保大二年甲辰岁五月一日记。”文存《全唐文》卷九八八。

**高丽阙名有《有晋高丽国踊岩山五龙寺故王师教谥法镜大师善照惠光之塔碑铭并序》。**

文末署：“天福九年岁甲辰五月壬申朔十九日戊子立。”文存《唐文拾遗》卷七〇。

## 六月

**后晋复置翰林学士，晋少帝有《复置翰林学士院敕》。**

《资治通鉴》卷二八四载：“（六月）甲子，复置翰林学士。”《五代会要》卷一三载：“开运元年六月敕：‘翰林学士与中书舍人，旧分为两制，各置六员。偶自近年，权停内署，况司诏命，必在深严，将使从宜，却仍旧贯。宜复置翰林学士院。’”晋少帝《复置翰林学士院敕》文存《全唐文》卷一一八。

## 七月

**后晋大赦，改元开运。晋少帝有《改元开运大赦文》。**

《资治通鉴》卷二八四载："秋七月辛未朔，大赦，改元。己丑，以太子太傅刘昫为司空兼门下侍郎、同平章事。改元开运。"《册府元龟》卷九四载："开运元年七月辛未朔，御崇元殿，降制曰：'王者化家为国……内以宗社为忧。若涉大川，如驭朽索。然犹功非及物，德不动天……'"文存《全唐文》卷一一九。

## 八月

**晋少帝有《亲征契丹命将制》**。

《册府元龟》卷一二〇载："晋少帝开运元年八月制曰：'宣王讲武，逐猃狁于太原；汉帝出师，走匈奴于瀚海。是知蛮夷猾夏，不能绝之于古今；戎狄无厌，不能拘之以信义。先皇帝昔当草昧，方在龙潜，未登鄗邑之坛，始有晋阳之难。契丹主径驱蕃部，直抵并郊，遂解重围，助成大统。我之兴也，彼有力焉……'"文存《全唐文》卷一一八。

**朔方节度使冯晖上章，自陈未老可用，而制书见遗。晋少帝有《答灵武节度使冯晖制》**。

《资治通鉴》卷二八四载："（开运元年八月）朔方节度使冯晖上章，自陈未老可用，而制书见遗。维翰诏禁直学士使为答诏曰：'非制书忽忘，实以朔方重地，非卿无以弹压。比欲移卿内地，受代亦须奇才。'"似是桑维翰主张其事，少帝下诏抚之。文存《全唐文》卷一一八。

**晋少帝有《复置明经童子科诏》《整饬吏治诏》**。

《册府元龟》卷六四二载："少帝开运元年八月诏曰：'明经童子之科，前代所设，盖期取士，良谓通规。爰自近年，暂从停废，损益之机未见，牢笼之义全亏。将阐斯文，宜依旧贯，庶臻至理，用广旁求。其明经童子二科，今后复置。'"《复置明经童子科诏》文存《全唐文》卷一一八。同书卷六三六载："少帝开运元年八月诏曰：'向者朝廷无事，经费尚多。今则师旅方兴，支赡尤广，必资国力，以济军需……'"《整饬吏治诏》文存《全唐文》卷一一八。

**陶穀为仓部郎中、知制诰，有《请郡牧不与卑冗官同班奏》。**

《册府元龟》卷一〇八载："少帝开运元年七月辛未朔，帝御崇元殿。八月癸卯，仓部郎中知制诰陶穀奏：'内外臣寮，正衙辞谢，内则诸司小吏与宰相差肩，外则属郡末寮共元戎接武……'"文存《全唐文》卷八六三。

**南唐章震有《后唐重建巢湖太姥庙记》。**

文末署："时后唐保大二年龙集甲辰八月十日记。"文存《全唐文》卷八七一。

**沈彬年八十一，有《方等寺经藏记》。**

文中有："彬八十余生，三教在念……幸于是日聊以述焉。时唐保大二年八月十五日记。"《宝刻类编》卷七："《方等寺经藏记》，沈彬撰。……保大元年八月十五日记。"其"元"或为"二"衍笔致误，姑从《全唐文》系文于此。文存《全唐文》卷八七二。

## |九月|

**符蒙病卒，终官礼部侍郎。**

《旧五代史》卷八三载："（九月）己丑，礼部侍郎符蒙卒。"蒙之著述，《直斋书录解题》卷一九录《符蒙集》一卷，今佚。《全唐诗补逸》卷一三补诗一首，陈尚君《全唐诗续拾》卷四二再补三首。

**晋少帝有《修省诏》《诸州征科为帐籍敕[题拟]》。**

《册府元龟》卷一四五载："开运元年九月诏曰：'朕虔承顾命，获嗣丕基。常惧颠危，不克负荷。宵分日昃，罔敢怠荒。夕惕晨兴，每怀祇畏。但以恩信未著，德教未敷，理道不明，咎征斯至。向者频年灾沴，稼穑不登，万姓饥荒，道殣相望。'"《修省诏》文存《全唐文》卷一一八。《诸州征科为帐籍敕[题拟]》题下

注:“开运元年九月。”文存《全唐文补编》卷一〇二。

## |十月|

**赵延义有《荧惑犯哭星奏[题拟]》。**

《五代会要》卷一一载:“晋开运元年十月壬戌夜,荧惑犯哭星。”注云:“司天监赵延义奏:‘元枵鬼方,阴之所治,司命哭位,生乎火,猛而代,其征也急。齐地将有覆败破家伏法而死。’其年十二月,青州叛帅杨光远子承勋斩其同谋逆人邱涛等,以城降,光远寻亦被诛。’”赵延义文存《全唐文补编》卷一〇四。

## |十一月|

**晋少帝颁《亲征诏》。**

《册府元龟》卷一一八载:“开运元年十一月壬申诏曰:‘朕以蕃冠未平,边陲多事,选求将帅,征发师徒,北面屯军,汾河守御,即目虽无侵轶,亦须广设堤防。朕将亲率虎貔,躬擐甲胄,俟闻南牧,即便北征……’”文存《全唐文》卷一一八。

**贾元珪为殿中侍御史,奏请押班宰相宜列班,有《请押班宰相宜列班奏》。张昭为吏部侍郎,其见与贾氏相左,有《请押班宰相等不随庶官俱拜奏》。**

《五礼通考》卷一三三载:“(开运元年十一月)殿中侍御史贾元珪奏:‘是非既异,沿革不同,举之则虽有旧规,考之则全无故实。且夫酌人心而致礼,依神道而设教,此乃经国之大端也……’”《册府元龟》卷一〇八载:“(开运元年)十一月乙亥,吏部侍郎张昭远(按:即张昭)奏:‘文武常参官,每日于正衙立班,阁门使宣,不坐。后百寮俱拜,旧制唯押班宰相押楼……’”贾元珪《请押班宰相宜列班奏》文存《全唐文》卷八五三,张昭《请押班宰相等不随庶官俱拜奏》文存《全唐文》卷八六四。从贾氏、张氏所论宰臣班次礼仪,可知当时对宰相地位颇有争议。

## 十二月

**窦贞固有《请贡举复限三条烛奏》,晋少帝有《下礼部贡院敕》。**

《册府元龟》卷六四二载:"(开运元年)十二月敕:'礼部贡院,自前考试进士,皆以三条烛为限,并诸色举人等,有怀藏书册,不令就试。宜并准旧施行。'从窦贞固奏也。"可知少帝敕文因窦贞固所奏而起。窦贞固《请贡举复限三条烛奏》文存《全唐文》卷八六五,晋少帝《下礼部贡院敕》文存《唐文拾遗》卷一〇。

**中书门下上《寺监摄官五年方理选数奏》。**

题下注:"开运元年十二月,中书门下。"文存《唐文拾遗》卷六〇。

**徐铉有《礼部员外郎冯延鲁可中书舍人勤政殿学士制》。**

马令《南唐书》卷二载:"(保大二年)冬十有二月,冯延巳为翰林学士承旨、水部员外郎,冯延鲁为中书舍人。"可知徐铉所为制文当在此时。徐铉文存《全唐文》卷八八〇。

## 闰十二月

**晋少帝有《收复青州大赦文》。杨麟为清州节度杨光远判官,晋少帝以杨光远叛逆时,杨麟未极谏,流之,有《流杨麟等诏》。**

《册府元龟》卷九四载:"(开运元年)闰十二月乙酉,以赦青州制曰:'……杨光远顷以微功,骤升亚将。后承伪命,来拒义师。始则为桀犬吠尧,终则背楚降汉……'"少帝赦文文存《全唐文》卷一一九。同书卷九二五载:"晋杨麟为清州节度杨光远判官。少帝开运元年诏:'杨光远随幕宾从等,久在樽罍,比资参佐。当光远始谋逆节,未尝闻拯救之言。及杨承勳决意归明,又不是赞成之数……'"少帝诏文文存《全唐文》卷一一八。

## |本年|

**故淄州刺史翟进宗因营兵叛乱死节,晋少帝特赠左武卫上将军,有《赠翟进宗左武卫上将军敕》**。

《册府元龟》卷一四〇载:“少帝开运元年敕曰:‘故淄州刺史翟进宗,不穀不德,营兵叛予。陷尔厉阶,力屈遇害。念兹忠瘁,实用衋伤。蜀主恕其黄权,鲁缪诔其卜国,皆非罪也。吾将赠之,用慰贞魂。宜颁漏泽,可赠左武卫上将军。’”文存《全唐文》卷一一八。

**徐铉被贬泰州司户掾,徐锴贬乌江尉**。

《十国春秋》卷二八载:“(徐铉)与宰相宋齐邱不协,时有得军中书檄者,铉与弟锴评其援引不当。檄,故殷崇义笔也,由是崇义与齐邱诬铉、锴泄机事,铉坐贬泰州司户掾。”陆游《南唐书》卷五载:“时殷崇义为学士,草军书,用事谬误,锴窃议之。崇义方得君,诬奏锴泄禁省语,贬乌江尉。”

**毋昭裔命刻《九经》于石,贮成都学宫**。

《十国春秋》卷四九记:“是岁,门下侍郎、同平章事毋昭裔按雍都旧本《九经》,命平泉令张德钊书而刻诸石,以贮成都学宫。”

**古昭裔为刑部员外郎,有《韩颙报雠投人判[题拟]》**。

《册府元龟》卷八九六载:“晋韩颙,邺人,少帝开运中,为父报雠,……刑部员外郎古昭裔断曰:‘伏以韩颙称为父报雠,准律:谋杀人者死。情虽可矜,法且不容。请依大理寺断遣。’从之。”文存《全唐文补编》卷一〇二。

**杨演有《耒阳杜工部祠堂版记[题拟]》**。

据陈尚君《全唐文补编》卷一〇九杨演小传:“后晋开运中郴县令。”此耒阳杜工部祠堂版记，当是其任职时作，姑系于开运中，文存《全唐文补编》卷一〇九。

**刘仁赡有《袁州厅壁记》**。

文中有："南唐保大二年春二月，廉使彭城公新建大厅者，所以延宾旅，服不庭也。载笔之士，得以总叙兴复叛乱。"可知刘氏《记》文当作于此后，姑系于此。文存《全唐文》卷八七六。

**南唐李璟有《御史张纬贬官敕［题拟］》**。

题下注："保大二年。"文存《全唐文补编》卷一一〇。

**阙名有《保大二年丹霞府新泉记》**。

文存《全唐文补编》卷一三七。

**阙名有《龙池石块记》**。

文中有："大汉通容元年太岁甲辰，其年大旱……"后汉无通容年号，甲辰岁在晋天福九年。考其文乃记怪异之事，或为依托，姑系于此。文存《唐文续拾》卷一一。

## 后晋开运二年　南唐保大三年　南汉乾和三年　后蜀广政八年　辽会同八年

乙巳　九四五

### 正月

**闽遣将诣建州以拒南唐军**。

《资治通鉴》卷二八四载："闽之故臣共迎殷王延政，请归福州，改国号曰闽。延政以方有唐兵，未暇徙都，以从子门下侍郎、同平章事继昌都督南都内外诸军事镇福州，以飞捷指挥使黄仁讽为镇遏使，将兵卫之。林仁翰至福州，闽主赏之甚薄。仁翰未尝自言其功，发南都侍卫及两军甲士万五千人诣建州以拒唐。"

**王易简为吏部侍郎，奏《请铨司一人都签奏》，晋少帝有《令三铨详看关牒敕》。**

《册府元龟》卷六三四载："开运二年正月，吏部侍郎王易简奏：'吏部流内铨诸司令史，各主一司，不相统摄，苟有逾滥，无所责成。起今后望令本铨阙头一人，都签署诸司案牍者。'敕旨：'铨总之司，提举是务。时临注拟，尤在精详。宜令三铨，仔细看验关牒，或稍涉差谬，即据理科条，将澄刈楚之风，用诫侮文之吏。'"王易简《请铨司一人都签奏》文存《唐文拾遗》卷四七，晋少帝《令三铨详看关牒敕》文存《全唐文》卷一一八。

**陶穀为太常少卿，奏请疏理狱讼瘗埋病亡，有《请疏理狱讼瘗埋病亡奏》。晋少帝有《疏理狱讼瘗埋病亡敕》。**

《册府元龟》卷六六载："少帝开运二年正月，太常少卿陶穀奏：'臣任监察御史日，留台西京。窃见台司详断者，至于夫妇之间，小小争讼，动引支证，淹滞积时。及坊市死亡丧葬，又须台司判状，奴婢病亡，又须检验。人吏贪狡，因此邀求，动经旬时，不遂埋瘗。是臣目击，尝嫉弊讹者。'敕旨：'淹延刑狱，实启幸门，稽滞瘗埋，尤伤和气。追呼既广劳扰，斯烦检验，取裁停驻为弊。宜令凡有禁系，不得分外追人，百姓死亡，亦仰及时葬送。既无重扰，式叶化风。仍付所司。'"陶穀《请疏理狱讼瘗埋病亡奏》文存《全唐文》卷八六三，晋少帝《疏理狱讼瘗埋病亡敕》文存《全唐文》卷一一八。

**赵远为刑部侍郎，奏请超选朝官能活冤狱，有《请超选朝官能活冤狱奏》。晋少帝有《准广雪冤赏例诏》。**

《册府元龟》卷六三四载："是月（开运二年正月）刑部侍郎赵远奏：'臣伏睹长兴四年五月二十三日敕：'州县官在任日，有覆推刑狱公事，雪得冤狱活人命者。准长兴元年二月二十一日南郊赦书节文,便许非时参选,特与超资注官,仍赐章服者……'敕旨:'理冤申屈,劳绩可嘉,内职外官,课最无异。苟能雪活,何悋甄酬。宜先录公文,直具闻奏,或实官满到阙,投状无致来年。庶绝滥讹,用分真伪。宜依。'"赵远《请超选朝官能活冤狱奏》文存《全唐文》卷八六一,晋少帝《准广雪冤赏例诏》文存《全唐文》卷一一八。

**阙名有《郭昌嗣建香幢记》**。

文末署:"开运二年岁次乙巳正月戊寅朔二日戊戌建立。"文存《唐文续拾》卷一一。

**永隆有《大晋河西敦煌郡释门法律临坛供奉大德兼阐扬三教毗尼藏主香号□□俗姓张氏和尚生前写真赞》**。

文末署:"于晋岁乙巳正月廿六日记。"文存《全唐文补编》卷一〇一。

**禅牙有《顾亭林法云寺感梦伽蓝神记》**。

文末署:"时开运二年岁次乙巳孟春月二十一日纪。"文存《全唐文补编》卷一〇二。

## | 二 月 |

**卢夐为右辅阙,奏祭中岳请遣河南尹行礼。晋少帝有《祭中岳令河南尹行礼敕》**。

《册府元龟》卷八五四载:"开运二年二月,右辅阙卢夐奏曰:'臣闻国之大事,在祀与戎。祀则必尽其诚,戎则不加无罪……'敕曰:'卢夐请河南尹亲及庙貌,冀表精虔,在祷山川,诚为重事,且浩穰都邑,岂可阙人。今后祭中岳,宜令河南尹往彼行礼。'"卢夐《祭中岳请遣河南尹行礼奏》文存《全唐文》卷八五三,晋少帝《祭中岳令河南尹行礼敕》文存《全唐文》卷一一九。

**晋少帝有《收瘗骸骨敕》。**

《册府元龟》卷一三五载:“少帝开运二年二月乙酉敕曰:‘契丹违天背惠,猾夏渝盟,无名侵犯于封疆,纵暴杀伤于生聚。毒流数郡,怒积群情,果败衄于漳州,乃退归于燕塞……’”文存《全唐文》卷一一九。

**苏畋有《大晋故竭忠匡运佐国功臣横海军节度沧景德州观察庭置管内河内等使充北面行营步军左右厢都指挥使特遣检校太师持节沧州诸军事行沧州刺史兼御史大夫上柱国太原郡开国公食邑三千户食实封一百户赠侍中王公墓志铭》。**

文中有:“时开运元年秋九月二十三日,薨于浮阳任所,享年五十有四……于开运二年四月十四日,卜宅兆与周氏夫人合祔于西京河南县平乐乡杜泽村北邙,礼也。”文存《全唐文补编》卷一〇二。

**孔明亮有《晋故归义军节度左班都头银青光禄大夫检校左散骑常侍兼御史大夫上柱国南阳张府君邈真赞并序》。**

文末署:“于时天福十年乙巳岁二月□日题记。”文存《全唐文补编》卷一〇一。

**尉迟枢居金陵,书《中兴佛窟寺碑》。**

《宝刻类编》卷七录:“尉迟枢,《中兴佛窟寺碑》,孙(阙一字)撰,(枢)正书,王文秉篆额,保大四年二月五日,升(州)。”

**孙宝有《千佛崖造像题名》。**

文末署:“广政八年乙巳岁二月廿五日□□题记。”文存《全唐文补编》卷一一九。

## | 三 月 |

**闽将李仁达立僧卓岩明为帝。**

《资治通鉴》卷二八四载:“延政得福州,二人(李仁达、陈继珣)皆不自安。王继昌暗弱,嗜酒,不恤将士,将士多怨。仁达潜入福州,说黄仁讽曰:‘今唐兵乘胜,建州孤危。富沙王不能保建州,安能保福州?昔王潮兄弟,光山布衣耳,取福建如反掌,况吾辈乘此机会,自图富贵,何患不如彼乎?’仁讽然之。是夕,仁达等引甲士突入府舍,杀继昌及吴成义。仁达欲自立,恐众心未服,以雪峰寺僧卓岩明素为众所重,乃言:‘此僧目重瞳子,手垂过膝,真天子也。’与迎之。己亥,立为帝,解去衲衣,被以衮冕。帅将吏北面拜之。然犹称天福十年,遣使奉表称藩于晋。延政闻之,族黄仁讽家,命统军使张汉真将水军五千会漳泉兵讨岩明。”

**陈十八郎有《尊生经石幢记》。**

文中有:“乾和三年太岁乙巳三月八日丙寅(缺),陈十八郎……”文存《唐文拾遗》卷五一。

**杜威自定州班师赴镇州,晋少帝有《改泰州属定州敕》。**

《册府元龟》卷一一八载:“(开运二年三月)乙丑,杜威大军自定州班师赴镇州。敕曰:‘眷唯泰郡,素乃汉疆……将控临于强敌,宜系属于雄藩……’”文存《全唐文》卷一一九。

## | 五 月 |

**卓岩明有《天王寺土地封效节护君侯制》。李仁达杀卓岩明。南唐兵围建州,屡破泉州兵。**

卓岩明文末署:“开运二年五月日。”文存《全唐文补编》卷一一六。《资治通鉴》卷二八四载:“(五月)丁巳,李仁达大阅战士,请卓岩明临视。仁达阴教军士突前,登阶刺杀岩明。仁达阳惊,狼狈而走,军士共执仁达,使居岩明之坐。仁达乃自称威武留后,用保大年号,奉表称藩于唐,亦遣使入贡于晋,并杀岩明之父。唐以仁达为威武节度使同平章事,赐名弘义,编之属籍。弘义又遣使修好于吴越……唐兵围建州,屡破泉州兵。”

**桑简能为殿中丞,上《请盛夏速断冤狱封事》,晋少帝有《答桑简能请断冤狱封事敕》。**

《册府元龟》卷一五一载:“开运二年五月壬戌,殿中丞桑简能上封事曰:‘伏以天地育万物,广博厚之恩;帝王牧黎元,行宽大之令。是知恤刑缓狱,乃为政之先……’敕曰:‘囹圄之中,缧绁之苦,奸吏苟穷于枝蔓,平人用费于货财。繇兹滞淹,兼致屈塞。桑简能体兹轸悯,专有敷陈,请长吏躬亲,免狱官抑逼。深为允当,宜在颁行。’”桑简能《请盛夏速断冤狱封事》文存《全唐文》卷八五三,晋少帝《答桑简能请断冤狱封事敕》文存《全唐文》卷一一九。

**晋少帝有《征契丹还大赦文》。**

《册府元龟》卷九四载:“(开运)二年五月丙申朔,御崇元殿受朝,制曰:‘尧仁御极,尚兴丹浦之师;轩后承乾,亦有阪泉之战。是知五材并用,王者不能去兵;四气同功,天道不能止杀……’”文存《全唐文》卷一一九。

## 六 月

**吏部上《复位四辅州奏[题拟]》。**

题下注:“开运二年六月,吏部。”文存《全唐文补编》卷一二七。

**定州上《据乞赐院额奏》。**

题下注:“开运二年六月定州。”文存《全唐文》卷九七二。

**南唐白西有《重光院钟铭》。**

文中有："保大三年岁次乙巳六月十八日，铭云……"文存《全唐文》卷九二一。

**阙名有《后晋某司空为亡考妣建经幢铭[题拟]》。**

文末署："时大晋开运二年岁次乙巳六月二十日记。"文存《全唐文补编》卷一三五。

## | 七月 |

**南唐兵拔镡州，查文徽、魏岑、冯延巳、冯延鲁等以出师有功，皆踊跃赞成之，征求供亿，府库为之耗竭。**

《资治通鉴》卷二八四载："秋七月，闽人或讹言赴援兵谋叛。闽主延政收其铠仗遣还，伏兵于隘，尽杀之。死者八千余人，脯其肉以归为食。唐边镐拔镡州，查文徽之党魏岑、冯延巳、延鲁以师出有功，皆踊跃赞成之，征求供亿，府库为之耗竭。洪饶抚信之民尤苦之。"

**徐铉有《追封许国太妃册》《故昭容吉氏墓志铭》。**

《追封许国太妃册》文存《全唐文》卷八八〇，文中有："维保大三年太岁乙巳七月乙未朔某日，皇帝若曰：'昔在徂后，法象天明……'"《故昭容吉氏墓志铭》文存《全唐文》卷八八七，文中有："春秋三十有三，保大三年秋七月二日，薨于别宫……即以其年月日，葬于上元县龙城乡之原，礼也。"

**阙名有《永宁坊济北创造功德记》。**

文末署："于是天福拾年乙巳岁七月六日题。"文存《全唐文又再补》卷九。

**赵延寿有《复杜威书》。**

《册府元龟》卷九九八载:“(开运二年)七月,行实自燕回,得延寿书,具言:‘久陷虏庭,愿归中国,乞发大军应接,即拔身南去。’”文存《全唐文补编》卷一〇三。

**苏禹珪有《重修蒙山开化宝严阁记》。**

《曝书亭集》卷六八“蒙山访碑题名”云:“躄叟语予:蒙山多石刻,乃往求之。马行碎石中,将至,见厓岸多以断碣垒砌,大率比丘塔铭及陀罗尼幢也。入开化寺,有穹碑戴额,乃苏禹珪撰《宝严阁记》,碑后具书:‘开运二年兴邦佐命忠力保定功臣北京留守河东节度使管内观察处置等使北面行营都统开府仪同三司检校太师兼中书令行太原尹上柱国北平王食邑一万三千户实食封二千二百户刘知远立石……’”按,此文今存《全唐文》卷八六〇,文末署“大晋开运二年七月十三日记”,则文乃作于此时。

## |八 月|

**南唐攻克建州,执王延政以归。**

《资治通鉴》卷二八五载:“唐兵围建州既久,建人离心。或谓董思安宜早择去就,思安曰:‘吾世事王氏,危而叛之,天下其谁容我?’众感其言,无叛者。丁亥,唐先锋桥道使上元王建封先登,遂克建州。闽主延政降,王忠顺战死,董思安整众奔泉州。”

**颜衎为御史中丞,有《请定内外官制》,晋少帝有《御史不得以小事请假敕》。晋少帝另有《以郎署兼侍御史敕》。**

《历代名臣奏议》卷一五九载:“后晋出帝开运末,御史中丞颜衎上言:‘才除御史者,旋授外藩宾佐,复有以私故细事求假,外拜州郡,无参谒之仪,出入失风宪之体,渐恐四方得以轻易,百辟无所准绳……’”颜氏文具体作于何时不详,检《五代会要》卷一七,有晋少帝敕文:“晋开运二年八月敕:‘今后诸御史,宜令除准式请假外,不得以私故小事请假离京,并除奉制命差勘公事及案察外,不得以琐琐细事差使出外。’”两相对照,则晋少帝敕文,当因颜氏上奏而起,则二文后先相属可知，当在开运二年八月。颜衎文存《全唐文》卷八六一，晋少帝《御史不得以小事请假敕》文存《唐文拾遗》卷一〇。《旧五代史》卷一四九载："开运二年八月敕：'御史台准前朝故事，以郎中员外郎一人兼侍御史知杂事，近年停罢。独委年深御史知杂……'"《以郎署兼侍御史敕》文存《全唐文》卷一一九。

**御史台上《请定仆射入朝仪注奏》。**

题下注："开运二年八月，御史台。"文存《全唐文》卷九七三。

**桑维翰有《谏赐优伶无度疏》。**

《资治通鉴》卷二八五载："开运二年八月甲子朔……赏赐优伶无度，桑维翰谏曰：'向者陛下亲御胡寇，战士重伤者，赏不过帛数端。今优人一谈一笑称旨，往往赐束帛万钱，锦袍银带……'"桑氏文存《全唐文》卷八五四。

**陶穀为中书舍人，有《请停废教习舞郎奏》。**

《五代会要》卷七载："晋开运二年八月，中书舍人陶穀奏：'臣前任太常少卿，伏见本寺见管教坊二舞，大户州县居士，若不尽免差徭，无缘投名鼓舞。况正殿会朝，已久停废……'"文存《全唐文》卷八六三。《全唐文补编》卷一〇八据《册府元龟》卷五七〇重录，末附辑者陈尚君按语："按：《全唐文》卷八六三收此文，仅八十六字，较此少一百七十四字，今重录。"

**阙名有《普净寺尊胜幢记》。**

文中有："大晋开运二年岁次乙巳八月甲子朔二十八日辛卯，普净寺主僧道□，奉为□□师和尚。"文存《全唐文补编》卷一四三。

**张昭撰成《唐书》二百卷。**

《宋史》卷二六三载："开运二年秋，《唐书》成二百卷，加金紫阶进爵邑。"姑系文于此。

## 十月

**秘书省著作郎边玕上封事，请五日一录囚，晋少帝有《答边玕请五日一录囚敕》**。

《册府元龟》卷一五一载："（开运二年）十月甲子，秘书省著作郎边玕上封事曰：'臣闻从谏如流，人君之令范；极言无隐，臣子之尝（常）规。盖欲表大国之任人，致万邦之无事……'敕：'自今后诸道，并委长吏五日一度，当面同共录问，所冀处法者无恨，衔冤者获伸。俾令四海九州，咸歌圣德。'"边玕《请五日一录囚封事》文存《全唐文》卷八六五，晋少帝《答边玕请五日一录囚敕》文存《全唐文》卷一一九。

## 十一月

**太常丞刘涣奏请添置乐工，有《请添置乐工奏》，晋少帝有《招充西京太常寺乐工敕》**。

《五代会要》卷七载："（开运二年）其年十一月，太常丞刘涣奏：'当寺全少乐工，或正冬朝会，郊庙行礼，徒差京府衙门首乐官权充，虽曾教习，未免生疏，兼又改业胡部音声，不闲太常歌曲。伏乞宣下所司，量支请给，据见阙乐师添召，令在寺习乐。'敕：'太常见管两京雅乐节级乐工共四十人外，更添六十人，内三十八人宜抽教坊贴部乐官，兼先余二十二人，宜令本寺照名充填，仍令三司定支春冬衣粮月报闻奏，其旧管四十人，亦量添请。'"《请添置乐工奏》文存《全唐文》卷八五三。刘涣奏文，《全唐文补编》卷一〇二据《册府元龟》卷五七〇重录。末附辑者陈尚君按语："按：《全唐文》卷八五三收此文，凡一百四十六字，且后半误入晋末帝敕旨，涣文仅存七十字。今重录。"晋少帝《招充西京太常寺乐工敕》文存《唐文拾遗》卷一〇。

## 十二月

**冯道有《除宰相刘昫兼判三司拟状》**。

《旧五代史》卷八四载："（开运二年十二月）以司空门下侍郎平章事刘昫判三司。"可知冯道除状当作于此时。文存《全唐文》卷九七四。

**陶穀为中书舍人，奏请禁伐桑枣，有《请禁伐桑枣奏》。晋少帝有《答陶穀请禁伐桑枣敕》。**

《册府元龟》卷七〇载："少帝开运二年十二月，中书舍人陶穀奏：'窃以稼穑为生民之天，机杼乃丰财之本，是以耕耜在御，王者用三推之仪；鞠衣载陈，后妃有躬桑之礼……'敕曰：'陶穀方思丰国，切欲劝农，以贸易于柴薪，多斫伐于桑枣。请行禁绝，宜举科条，仍付所司。'"陶穀《请禁伐桑枣奏》文存《全唐文》卷八六三，晋少帝《答陶穀请禁伐桑枣敕》文存《全唐文》卷一一九。

**道珍有《林虑县仙岩乡元康村法院幢记》。**

文中有："维开运二年岁次乙巳十二月癸未朔二十三日乙酉。"文存《全唐文补编》卷一〇二。

## |本 年|

**陈致雍归南唐，有《光山王延政谥议》。**

《十国春秋》卷九七载："（陈致雍）入南唐，以通《礼》及第，除秘书监。"陈致雍归南唐，在南唐灭闽、执王延政归金陵之时。其进士及第，当在此后。马令《南唐书》卷二五载："建州王延政僭号，元宗遣将平之，俘延政于建康，封鄱阳王，命公卿宴其第。延政吝于赐予，家明谑之曰：'贱工无伎，优赐叵富，然告大王乞取一物。'延政曰：'汝何求？'家明曰：'大殷平天冠，今已无用，家明敢取为优服。'延政默然惭恨而罢。自是怏怏病卒。"南唐平建州，俘王延政于建康，是保大三年春二月事。公卿宴其第，伶人俳偕嘲弄，当在此后不久。其病卒具体时间不可考，姑系此文于是年。陈致雍《光山王延政谥议》文存《全唐文》卷八七五。

**吴可一有《南海乾和白石秀林之记》。**

文末署："乾和三年岁次乙酉。"文存《全唐文补编》卷一一七。

**晋少帝有《与高丽国王敕三篇》。**

末附辑者陈尚君按语："见《高丽史》卷二，为晋少帝开运二年遣范匡政、张季凝册高丽惠宗王武之文。《全唐文》卷一一二误收后唐明宗下，今移正，文不重录。"文存《全唐文补编》卷一〇二。

**陈延福为房州刺史，为百姓任行通所诉讼，创置支计司，回图钱物及改移市井末利，下御史台。晋少帝有《科陈延福罪敕》。**

《册府元龟》卷六九九载："陈延福为房州刺史，少帝开运二年为民任行通所论，创置支计司，回图钱物及改移市井末利。下御史台，鞫云：'其支计回图，是本州旧事；改移市井，充公家使用。'敕曰：'陈延福位居牧守，首被讼论，移市肆，以创回图……'"文存《全唐文》卷一一八。

**开封府上《张嗣宗不受代状》，晋少帝下敕流之。**

《张嗣宗不受代状》题下注："开运二年开封府。"文存《全唐文》卷九七四，晋少帝《流张嗣宗敕》文存《全唐文》卷一一八。

**阙名有《天福中长洲某府君墓铭》。**

文中有："天福十（下缺）于长洲武丘乡之私第也，以（下缺）十三日归神柩于当县陈公乡（下缺）首，从其礼也。"后晋天福仅九年，无十年之说，至后汉刘知远即帝位于太原，径改后晋开运四年为天福十二年，未几改元乾祐。此文或即后汉改元时作，因彼时时间较短，具体时间待考，姑系于此。文存《全唐文补编》卷一五六。

**南唐阙名有《李公舍义井栏题记》。**

文中有："大唐保大三载岁在乙巳□月十有五日□□□僧广慧大师……"文

存《全唐文补编》卷一四五。

## 后晋开运三年　南唐保大四年　南汉乾和四年　后蜀广政九年　辽会同九年

丙午　九四六

### 正月

**宋齐邱为太傅兼中书令，封卫国公，但奉朝请，不预政事。李建勳由昭武节度使为右仆射兼门下侍郎，与冯延巳并同平章事**。

《资治通鉴》卷二八五载："（开运）三年春正月，以齐丘为大傅兼中书令，但奉朝请，不预政事。以昭武节度使李建勳为右仆射兼门下侍郎，与中书侍郎冯延巳皆同平章事。建勳练习吏事，而懦怯少断。延巳工文辞而狡佞，喜大言，多树朋党。"

**冯道有《移文宣王庙记》**。

文末署："时开运三年正月十五日记。"文存《全唐文》卷八五七。

### 二月

**晋少帝有《定亲王公主婚礼法物诏》《令长吏掩埋暴骸诏》《久雨断狱敕[题拟]》**。

《五代会要》卷一六载："晋开运三年二月诏：'少府监，今后凡修制亲王婚礼法物并册文出降公主，九树花钗箱盝，宜令不得用龙凤红绦帕。'"《定亲王公主婚礼法物诏》文存《唐文拾遗》卷一〇。《册府元龟》卷四二载："少帝开运三年二月诏：'自冬徂春，稍愆雨雪，掩骼埋胔，必契阴灵。将召纯和，宜藏暴露。宜令所在长吏依此掩藏，仍付所司。'"《令长吏掩埋暴骸诏》文存《全唐文》卷一一八。《久雨断狱敕[题拟]》题下注:“开运三年二月。”文存《全唐文补编》卷一〇二。

**冲瑗有《西关净化院记》**。

《六艺之一录》卷一一〇载:“西关净化院碑,西关净化禅院新建之记,开运三年岁在丙午二月十日记。”文存《全唐文补编》卷一一五。

**陶穀有《右军书黄庭经续跋》**。

文中有:“此乃明州刺史李振景福中罢任,过浚郊,遗光禄朱卿。朱卿名友文,即梁祖之子,后封博王。王薨,予获于旧邸,时贞明庚辰秋也……晋都梁苑,因重背之。中书舍人陶穀记。是日降麻以京兆安彦威兼副都统。”《旧五代史》卷九一载:“少帝与契丹构衅,授彦威北面行营副都统。彦威悉率家财佐军,人称其忠。”《新五代史》及《续通志》同。《旧五代史》卷八四载:“(开运三年春正月)乙卯定州奏契丹入寇……(二月)壬午,以前晋昌军节度使安彦威充北面行营副都统。”可知安彦威授副都统是开运三年春二月事,陶氏《续跋》当作于此时。文存《唐文拾遗》卷四七。

**阙名有《唐故李府君夫人墓志铭并序》**。

文中有:“择得开运三年二月十一日,选葬于祖茔内丙地安厝……府君去开运三年正月内,归于私地,享年七十有四。夫人去长兴四年十月内,妆于大夜,享年七十有一。”文存《全唐文补编》卷一五六。

**徐铉有《唐故朝议大夫行尚书礼部郎中柱国赐紫金鱼袋太原王君墓志铭》**。

文中有:“升元六年夏六月二十有六日,卒于建康翔鸾里之官舍,享年五十有一。呜呼哀哉!惟君孝于事亲,悌于承长。和以接上,廉以在公。胥吏臣仆,靡不被仁恕之惠。家人妻子,未尝见喜愠之容。学古观书,如恐弗及。恤旧敬老,周知其疲。三德聿修,五福斯阙。即世之日,遗爱存焉。卜远不从,旅殡京邑。后四岁春二月五日,嗣子延绍、延贞等,始备大葬之礼,窆于江都县某乡里,从先卿府君大茔,与夫人李氏合祔焉,礼也。"升元六年后"四岁",即保大四年。可知此文作于本年二月。文存《全唐文》卷八八五。

## 四月

**王易简为吏部侍郎,有《请颁示文解板样奏》。**

《五代会要》卷二一载:"开运三年四月,吏部侍郎王易简奏:'伏见礼部贡院逐年先书板榜,高立省门,用示举人,俾知状样。臣欲请选人文解条例,各下诸州……'"文存《全唐文》卷八六一。王易简此后之事迹《全唐文》卷八六一其小传谓"周广顺初迁礼部尚书,改刑部。显德四年以太子少保致仕。入宋,建隆四年卒。"

**南唐李璟有《元恭皇后哀册文》。**

文中有:"〔维保大三年岁次乙巳十月□□朔□□日□□。大行皇太后崩于□□□。粤四年岁次丙午四月□日。将迁祔于〕钦陵,礼也。"文存《全唐文补编》卷一一〇。其中括号内为陈尚君辑校补出文字,未知何据。姑从之。

**阙名有《温氏买地券》。**

文中有:"维保大四年岁次历丙午四月辛酉朔十二日壬申,故范阳郡温氏县君遗寿,行年五□□□,不幸于三月三日身已亡殁。"文存《全唐文又再补》卷一〇。

## 五月

**晋少帝有《差摄官满五年授官敕》。**

《五代会要》卷一七载:"(开运)三年五月敕:'有司差摄官员,今日已前,任摄满五年者,宜追验本司差摄文牒及亲公事文书并乡贯三代,点检与授初官。起今后所司如更有阙,须差摄官者,可具所摄乡贯三代奏闻。'"文存《唐文拾遗》卷一〇。

**崔彦撝有《晋高丽先觉大师遍光灵塔碑》**。

文末署："开运三年岁次丙午五月庚寅朔二十九日戊午立。"文存《唐文拾遗》卷七〇。

## | 六 月 |

**晋少帝颁《禁横荐官寮敕》**。

《册府元龟》卷六六载："（开运）三年六月乙丑敕：'诸道不许横荐官寮，爰自近年，颇逾旧制。起今后，诸道藩镇防御团练刺史，如本处幕席中有阙，准元敕合奏荐，当与除授，不得横荐前资宾从……'"文存《全唐文》卷一一九。

**西京留司监祭使上《吏部郎中主判祠祭行事官奏》**。

题下注："开运三年六月西京留司监祭使。"文存《唐文拾遗》卷六〇。

**曹元忠有《致回鹘可汗状》《致回鹘可汗状[题拟]（其一）》《致回鹘可汗状[题拟]（其二）》**。

《致回鹘可汗状[题拟]（其一）》文末署："三月日，归义军节度使特进检校太傅兼中书令曹元忠状。"《致回鹘可汗状》末署"六月日，弟归义军节度使特进检校太傅兼中书令曹元忠状上"。《致回鹘可汗状[题拟]（其二）》文末署："三月日，归义军节度使特进检校太傅兼中书令敦煌王曹元忠状。"曹元忠兼中书令，据《旧五代史》卷一一五载，非后周时事："（显德二年五月）戊子，以沙州留后曹元忠为沙州节度使检校太尉同平章事。"则其兼中书令当是后晋时所授职。再据《瓜沙曹氏年表补正》，后晋授曹氏此职，是开运三年六月后事。又《全唐文补编》录有曹氏《雕印版题记》一篇，其中有"弟子归义军节度瓜沙等州观察处置管内营田押蕃落等使特进检校太傅谯郡开国侯曹元忠雕此版"，末署："大晋开运四年丁未岁七月十五日记。"可知开运四年七月后曹氏已封谯郡开国侯，则此数文当作于后晋开运三年六月至开运四年七月之间,姑系于本月。三文皆存《全唐文补编》卷一〇八。

## | 七 月 |

**中书门下上《朝拜义惠康昌四陵奏》。**

题下注:“开运三年七月八日,中书门下。”文存《唐文拾遗》卷六〇。

## | 八 月 |

**陈亿有《汉容州都峤山中峰石室五百罗汉记并序》。**

文末署:“时乾和四年岁次丙午八月十五日癸未住持禅大德。”文存《全唐文补编》卷一一七。

**田员宗有《山南贼情启[题拟]》。**

文末署:“八月二日,常乐副使田员宗启。”《全唐文补编》卷一〇一陈尚君按:“此卷末有倒书云:‘于时大晋开运三年十二月丁巳朔三日己未题记。’”检《全唐文补编》卷一〇一,此卷末所署文字,亦见于杨继恩所撰《晋故归义军节度左班首都头知节院军使银青光禄大夫检校左散骑常侍兼御史大夫上柱国太原郡阎府君邈真赞并序》一文之末。则可知此伯二四八二卷所录文字,最迟当在开运三年十二月三日。陈尚君所云“倒书”,或是卷中杨继恩文末所署。因未见原卷,姑存疑待考。此文所称“八月二日”,未知何年,暂系于本年八月二日。文存《全唐文补编》卷一〇一。

**张绍有《武夷山冲佑宫碑》。**

《资治通鉴》卷二八五载:“(开运二年八月)以百胜节度使王崇文为永安节度使,崇文治以宽简,建人遂安。”马令《南唐书》卷二载:“(保大四年八月)以庐州王崇文镇建州。”据文中“特命出内库中金,宣付建州观察使王崇文,俾乃旧址，更创新居，再拟丹邱，重换绛阙”数语，当是王崇文镇建州时修葺冲佑观，立碑时间或稍晚，姑系于此。文存《全唐文》卷八七二。

## 九月

**皇甫枚有《玉匣记》。**

文中有：“丙午岁秋九月。因掘一株铜雀台下，其地……”丙午在后晋朝，是开运三年。文中所记，乃怪异之事，或系伪托，姑系文于此。文存《全唐文补编》卷九二。

**徐铉居泰州贬所，有《大唐故匡时启运功臣清淮军节度寿州观察处置等使特进检校太傅使持节都督寿州诸军事寿州刺史御史大夫上柱国彭城威侯赠太尉刘公神道碑》。**

徐铉文中有：“保大四年夏六月十有六日，薨于寿春公署。皇上翦须靡及，穿壁方遥。投绿沉之瓜，悲哀竟日；赐黄银之带，慷慨沾襟。废朝三日，中使护葬。诏兵部侍郎李贻业持节册赠太尉，赐谥曰威。即以其年秋九月十五日，备卤簿鼓吹，葬于濠州钟离县大化里之原，礼也。”文存《全唐文》卷八八四。

## 十月

**晋少帝有《禁选人妄陈文状敕》。**

《册府元龟》卷六三四载：“（开运三年）十月敕：‘今年四月二十五日厘革，应前资州县官，一考前丁忧，一任除官，雪活冤狱，及在任日招添得户口……’”文存《全唐文》卷一一九。

**乔匡舜有《新得贞元录大小乘经等序》。**

文末署：“时保大丙午岁冬十月序。”文存《全唐文补编》卷一一二。

## 十一月

**南唐与吴越争夺福州，南唐败。建、福之役，南唐府库消耗过半。**

《资治通鉴》卷二八五载："己酉，吴越兵至福州，自罾浦南潜入州城。唐兵进据东武门。李达与吴越兵共御之，不利。自是内外断绝，城中益危。唐主遣信州刺史王建封助攻福州。时王崇文虽为元帅，而陈觉、冯延鲁、魏岑争用事。留从效、王建封倔强不用命，各争功，进退不相应。由是将士皆解体，故攻城不克。唐主以江州观察使杜昌业为吏部尚书判省事。先是，昌业自兵部尚书判省事，出江州，及还，阅簿籍，抚案叹曰：'未数年而所耗者半，其能久乎？'"

**窦俨为左拾遗，有《请禁诸镇酷刑疏》，晋少帝有《答窦俨请禁酷刑敕》。**

《册府元龟》卷一五一载："（开运）三年十一月丁未，左拾遗窦俨上疏曰：'臣伏睹名律例疏云：死刑者，古先哲王则天垂象，本欲生之义，期止杀绞斩之坐，皆刑之极也……'敕曰：'文物方兴，刑罚须当，有罪宜从于正法，去邪渐契于古风。窦俨所贡奏章，实裨理道。宜依所奏，准律令施行。'"窦俨《请禁诸镇酷刑疏》文存《全唐文》卷八六三，晋少帝《答窦俨请禁酷刑敕》文存《全唐文》卷一一九。

**南唐恒安有《大唐保大乙巳岁续贞元释教录序》《进大唐乙巳岁续贞元释教录表》。**

文中有："写录得前件贞元录藏经律论等，于大唐保大三年，却回帝阙，自贞元甲戌岁，今计一百五十二年矣。寻又伏蒙今早皇帝陛下天恩俞［允］，写录施行。"云云，可知此《序》当是在进呈获准"写录施行"之后所作。《全唐文补编》卷一一〇《进大唐乙巳岁绩贞元释教录表》一篇，辑者陈尚君按："末附牒文云：保大四年十一月日，右街报恩禅院取经禅大德臣恒安表上。准僧录司，准尚书都省以所进呈《大唐保大乙巳岁续新译贞元释教录》一卷，奉御批下司者。寻令右街僧禄司，给下编入新译贞元录藏经内计数，写录施行，并具事由，已具奏闻者。保大四年丙午十二月十五日下。"据此牒文可知，此《序》当作于恒安上表之前,即保大四年十一月前,姑系于此。二文皆见《全唐文补编》卷一一〇。

**晋少帝有《颁奖李守贞敕[题拟]》。**

题下注:“开运三年。”具体何月未详。因本月后,后晋为契丹所灭,姑系于此。文存《全唐文补编》卷一〇二。

**晋少帝有《量留晋阳令刘继儒诏》。**

《册府元龟》卷七〇一载:“汉刘继儒,晋末为晋阳县令兼昌陵台令。开运三年诏曰:‘兴王旧地,原庙所存;载怀瞻奉之心,允属循良之吏……’”此诏具体何月未详,因本月后,后晋为契丹所灭,姑系于此。文存《全唐文》卷一一八。

**边归谠为给事中,有《请禁使臣骚扰馆驿奏》。**

《册府元龟》卷四七六载:“边归谠初仕晋,为给事中。开运三年奏:‘臣近以宣达丝纶,经过州县,切见使臣于券料外别要……’”此奏具体何月未详,因本月后,后晋为契丹所灭,姑系于此。文存《全唐文》卷八六一。

## 十二月

**李守贞、王周、王晖、李殷、张彦泽等相继降契丹;契丹以张彦泽为先导,长驱入洛,杀开封尹桑维翰。李涛自往投谒,获免。后晋灭亡。翰林学士范质为晋末帝草降表,李皇后亦有致契丹书。**

《旧五代史》卷九八载:“开运三年冬,契丹既南牧……彦泽以是岁十二月十六日夜,自封丘门斩关而入。”《续世说》卷三所记较详:“石晋高祖时,张彦泽残虐不法,刑部郎中李涛伏阁极论彦泽之罪,语甚切至。彦泽削一阶,降爵一级。及契丹入京师,彦泽恣行杀戮,士民不寒而栗。涛时为中书舍人,谓曰:‘吾与其逃于沟渎而不免,不若往见之。’乃投刺谒彦泽曰:‘上疏请杀太尉人李涛谨来请死。’彦泽欣然接之,谓涛曰:‘舍人今日惧乎?’对曰:‘涛今日之惧,亦犹足下昔年之惧也。向使高祖用涛之言,事安至此?’彦泽大笑,命酒饮之。涛引满而去,旁若无人。”《资治通鉴》卷二八五载：“张彦泽倍道疾驱，夜渡白马津。壬申，帝始闻杜威等降。是夕，又闻彦泽至滑州。召李崧、冯玉、李彦韬入禁中计事，欲诏刘知远发兵入援。癸酉，未明，彦泽自封丘门斩关而入。李彦韬帅禁兵五百赴之，不能遏。彦泽顿兵明德门外，城中大扰。帝于宫中起火，自携剑驱后宫十余人，将赴火。为亲军将薛超所持。俄而彦泽自宽仁门传契丹主与太后书，慰抚之。且召桑维翰、景延广，帝乃命灭火，悉开宫城门。帝坐苑中，与后妃相聚而泣。召翰林学士范质草降表，自称：‘孙男臣重贵，祸至神惑，运尽天亡。今与太后及妻冯氏举族于郊野面缚待罪，次遣男镇宁节度使延煦、威信节度使延宝，奉国宝一金印三出迎。’太后亦上表称‘新妇李氏妾’。傅珠尔（又译称‘富珠哩’）入，宣丹主命帝脱黄袍，服素衫，再拜受宣，左右皆掩泣。帝使召张彦泽，欲与计事。彦泽曰：‘臣无面目见陛下。’帝复召之，彦泽微笑不应。或劝桑维翰逃去，维翰曰：‘吾大臣，逃将安之？’坐而俟命。彦泽以帝命召维翰，维翰至天街，遇李崧，驻马语未毕，有军吏于马前揖维翰赴侍卫司。维翰知不免，顾谓松（崧）曰：‘侍中当国，今日国亡。反令维翰死之，何也？’崧有愧色。”《新五代史》卷一七载：“（开运三年十二月）臣（按：指出帝石重贵）与太后、妻冯氏于郊野面缚俟罪。次又为太后表曰：‘晋室皇太后、新妇李氏妾言：张彦泽、傅住儿等，至伏蒙皇帝阿翁降书安抚者。妾伏念先皇帝顷在并汾，适逢屯难，危同累卵，急若倒悬，智勇俱穷，朝夕不保。皇帝阿翁发自冀北，亲抵河东……’”李皇后《降契丹表》文存《全唐文》卷一二七。

**契丹主以传国宝制造非工责晋帝，晋帝以后唐从珂焚传国宝，后晋立国即新制者应。晋少帝有《进契丹主状》《契丹主表》。**

《旧五代史》卷八五载：“（开运三年十二月）癸酉，帝奉表于契丹主曰：‘孙臣某言，今月十七日寅时，相州节度使张彦泽、都监富珠哩，部领大军入京，赍到翁皇帝赐太后书，示于滹沱河降下杜威一行马步兵士，见领蕃汉步骑来幸汴州者……’”同卷又载：“（开运三年十二月）时契丹主以所送传国宝制造非工，与载籍所述者异，使人来问。帝进状曰：‘顷以伪主王从珂于洛京大内自焚之后，其真传国宝不知所在，必是当时焚之。先帝受命，旋制此宝，在位臣寮，备知其事。’”此表状显系晋少帝所作答契丹状，不当署范质之名。《全唐文》系之范质，当是范质代帝起草，今正之，属晋少帝名下。二文皆存《全唐文》卷八六五。其中《上契丹主状》一文，《全唐文补编》卷一〇二据《旧五代史》重录，文末多出

"臣至今日，敢有隐藏"八字。

**丁思覲有《谏楚文昭王书》。**

《新五代史》卷六六载："希范又作九龙殿，以八龙绕柱，自言身一龙也。是时契丹灭晋，中国大乱。希范牙将丁思覲廷谏希范曰：'先王起卒伍，以攻战而得此州，倚朝廷以制邻敌，传国三世，有地数千里，养兵十万。今天子囚辱，中国无主，真霸者立功之时。诚能悉国之兵，出荆襄以趋京师，倡义于天下，此桓文之业也。奈何耗国用而穷土木，为儿女子之乐乎？'"契丹灭晋，在出帝开运三年十二月，次年五月，马希范卒。此书当作于天运三年十二月至次年五月间，姑系于开运三年十二月。文存《全唐文》卷八九三。

**冯延巳、延鲁、魏岑、陈觉皆以奸回得用，人情不平。江文蔚劾之，有《劾冯延巳魏岑疏》。**

马令《南唐书》卷二载："（保大四年）冬十有二月……是岁中原无主，密州刺史皇甫晖、青州刺史王建及沿淮诸戍皆来降。方且疲兵东南，不暇北顾。冯延巳、延鲁、魏岑、陈觉皆以奸回得用，人情不平。既流延鲁及觉，而延巳为相，岑亦居近密，于是御史中丞江文蔚疏其罪曰：'二凶虽去，未称民情。四罪尽除，方明国典。'帝大怒，贬文蔚江州司士参军。"文蔚所上即此疏，时在保大四年冬十二月。文存《全唐文》卷八七〇。

**杨继恩有《晋故归义军节度左班首都头知节院军使银青光禄大夫检校左散骑常侍兼御史大夫上柱国太原郡阎府君邈真赞并序》。**

文末署："于时大晋开运三年十二月丁巳朔三日己未题记。"文存《全唐文补编》卷一〇一。

## | 本 年 |

**契恩有《祈泽寺碑》。**

文中有:“爰从保大三年起首,迄于四载兴功。”可知此碑文当作于保大四年。文存《全唐文补编》卷一一〇。

**南唐阙名有《谦公安公构造残碑记》**。

文中有:“召以(阙)桷爰从保大三年起首,迄于四载。”文存《全唐文》卷九八七。

**南唐徐铉有《太弟太保冯延巳落起复加特进制》**。

陆游《南唐书》卷一一载:“(保大)四年,(冯延巳)同平章事集贤殿大学士,罢为太子少傅。顷之拜抚州节度使,以母忧去镇,起复冠军大将军,召为太弟太保,领潞州节。俄以左仆射同平章事……”冯延巳为起复冠军大将军在保大四年,其后未久即授仆射同平章事。可推知其加“特进”当在“起复”后不久,姑系于此。文存《全唐文》卷八七八。

**殷观有《景星观记》**。

文中有:“甲推丙午,岁保中和。教化中外,爰育民子。”五代丙午岁在南唐保大四年。文存《全唐文》卷八七一。

## 后汉高祖刘暠天福十二年　南唐保大五年　南汉乾和五年　后蜀广政十年　辽耶律德光大同元年

丁未　九四七

### 正月

**契丹主耶律德光入大梁,杀张彦泽**。

《资治通鉴》卷二八六载:“高勳诉张彦泽杀其家人于契丹主,契丹主亦怒彦泽剽掠京城，并傅珠尔锁之，以彦泽之罪宣示百官，问应死否？皆言应死，百姓亦投牒争疏彦泽罪。己丑，斩彦泽、珠尔于北市，仍命高勳监刑。彦泽前所杀士大夫子孙皆绖杖号哭，随而诟詈，以杖扑之。勳命断腕出锁，剖其心以祭死者。市人争破其脑取髓，脔其肉而食之。”

**南唐陈致雍有《奏皇太弟不合立班状》**。

陆游《南唐书》卷二载：“保大五年春正月，立齐王景遂为皇太弟。”立太弟时当议其在朝班地位，陈致雍文当作于此时。文存《全唐文》卷八七三。

## | 二 月 |

**刘知远即帝位于太原，改晋开运四年为天福十二年，史称后汉。即位后即从太原启道中原，至霍邑，有《谕镇州赵赞诏》**。

事见《资治通鉴》卷二八六。《谕镇州赵赞诏》文存《全唐文》卷一二〇。

## | 三 月 |

**冯延巳以福州兵败，上表自咎。为江文蔚、徐铉、韩熙载等所劾，罢相，为太弟少保**。

《资治通鉴》卷二八六载：“唐主以矫诏败兵，皆陈觉、冯延鲁之罪，壬申，诏赦诸将，议斩二人以谢中外……知制诰会稽徐铉、史馆修撰韩熙载上疏曰：‘觉、延鲁罪不容诛，但齐邱、延巳为之陈请，故陛下赦之。擅兴者不罪，则疆场有生事者矣；丧师者获存，则行陈（阵）无效死者矣。请行显戮，以重军威。’不从。中书侍郎、同平章事冯延巳罢为太弟少保，贬魏岑为太子洗马。”马令、陆游两《南唐书》及《十国春秋》所载皆同。

**韩熙载上书请伐契丹，不省。旋因上书弹劾冯延巳等，贬为和州司马，有《上元宗书》。江文蔚亦因弹劾宋齐邱、冯延巳等，被贬江州司士参军**。

马令《南唐书》卷三载:“(保大)九年春正月,周帝即位,刘旻称帝于太原。初,契丹犯河南,晋帝北迁。韩熙载上书曰:‘陛下有经营天下之志,当在今时。若辽主遁归,中原有土……’”《新五代史》卷六二记保大四年八月:“是岁,契丹陷京师,中国无主。而景方以觉等疲兵东南,不暇北顾。”可知韩熙载计在趁晋与契丹相斗之机,进取中原,却因陈觉等用兵福建致使兵老将疲,国库耗竭而痛失良机。韩氏之文,依文意当是晋与契丹大势已定之时,所以有“若辽主遁归,中原有土”云云。此乃开运三年十二月晋少帝为契丹主所俘,后晋亡国事。《资治通鉴》卷二八六系此事于本年二月:“唐虞部员外郎、史馆修撰韩熙载上疏,以为:‘陛下恢复祖业,今其时也。若虏主北归,中原有主,则未易图也。’时方连兵福州,未暇北顾。唐人皆以为恨,唐主亦悔之。”同卷又云:“韩熙载屡言宋齐邱党与,必为祸乱。齐邱奏熙载嗜酒猖狂,贬和州司士参军。”《钓矶立谈》《南唐拾遗记》、陆游《南唐书》卷一二、马令《南唐书》卷一三、《湘山野录》卷下、《十国春秋》卷二八本传所载略同。韩氏《上元宗书》文存《全唐文补编》卷一一二。又,《资治通鉴》卷二八六载:“御史中丞江文蔚对仗弹冯延巳、魏岑曰:‘陛下践祚以来,所信任者,延巳、延鲁、岑、觉四人而已,皆阴狡弄权,壅蔽聪明,排斥忠良,引用群小。谏争者逐,窃议者刑,上下相蒙,道路以目。今觉、延鲁虽伏辜,而延巳、岑犹在。本根未殄,枝干复生。同罪异诛,人心疑惑。’又曰:‘上之视听,惟在数人,虽日接群臣,终成孤立。’又曰:‘在外者握兵,居中者当国。’又曰:‘岑、觉、延鲁,更相违戾,彼前则我却,彼东则我西。天生五材,国之利器,一旦为小人忿争妄动之具……’唐主以文蔚所言为太过,怒,贬江州司士参军。”徐铉《徐公文集》卷一五《江君墓志铭》称:“拜御史中丞,矫枉持平,无所顾惮。坐廷劾宰相,其言深切,贬江州司士参军。初,国朝自王义之后,旷数百年,宪署之举,间无废职,然未有危言激论如此之彰灼者也。故权右振竦,朝野喧腾。传写弹文,为之纸贵。人心既尔,天鉴亦回,前所劾者,或免或黜。”《十国春秋》卷二五传亦云:“文蔚将上疏,先具小舟载老母,以待左降。元宗果怒,贬江州司士参军……是时文蔚直声震江左,传写弹文,为之纸贵。”

**徐铉知制诰,与江文蔚、韩熙载等共同弹劾宋党诸人,有《请诛陈觉冯延鲁疏[题拟]》《与韩熙载谢请诛陈觉等批答表》。李璟答之,有《韩熙载徐铉请诛陈觉等疏批答[题拟]》。**

据前引《资治通鉴》卷二八六可知,南唐党争甚烈。诸人上奏后,李璟答之,有《韩熙载徐铉请诛陈觉等疏批答[题拟]》。李璟文题下注:“保大五年。”文存《全唐文补编》卷一一〇。得唐主批答后,徐铉犹有《与韩熙载谢请诛陈觉等批答表》,以为“既知而弃,虽在何为”。徐铉《请诛陈觉冯延鲁疏[题拟]》《与韩熙载谢请诛陈觉等批答表》文皆见《全唐文补编》卷一一二。

**李昊为蜀翰林学士承旨,力劝蜀军攻取凤州。**

《资治通鉴》卷二八六载:“(三月)蜀翰林承旨李昊谓枢密使王处回曰:‘敌复据固镇,则兴州道绝,不复能救秦州矣。请遣山南西道节度使孙汉韶将兵急攻凤州。’癸巳,蜀主命汉韶诣凤州行营。”

## | 五 月 |

**文昭王马希范卒,张少敌等议立马希萼为嗣君,宏皋固争之,后终立马希广。**

《资治通鉴》卷二八七载:“(五月)壬辰夜,希范卒,将佐议所立。都指挥使张少敌、都押牙袁友恭,以武平节度使知永州事希萼,于希范诸弟为最长,请立之……天策府学士李宏皋、邓懿文、小门使杨涤皆欲立希广。张少敌曰:‘永州齿长而性刚,必不为都尉之下明矣。必立都尉,当思长策以制永州,使贴然不动则可。不然,社稷危矣。’……天策府学士拓跋恒曰:‘三十五郎虽判军府之政,然三十郎居长,请遣使以礼让之。不然,必起争端。’……希广懦弱,不能自决。乙未,彦蹈等称希范遗命,共立之。张少敌退而叹曰:‘祸其始此乎!’与拓跋恒皆称疾不出。”

## | 六 月 |

**吴越忠献王钱弘佐卒,钱弘倧袭位。刘知远入洛阳。后汉有刘知远《即位求贤诏》《至东京大赦文》。**

《吴越备史》卷四载:“王名俶,字文德,文穆王第九子也。……以天成四年岁己丑(929)八月二十五日生于功臣堂。天福四年十二月,承制授内衙诸军指挥使、检校司空。忠献王累授王特进检校太尉。开运四年春三月庚寅，出镇丹丘（原注：即台州也）……乾祐元年春正月辛亥朔，汉帝南郊，大赦改元。是月乙卯，王即位于天龙堂。”《册府元龟》卷一〇三载：“汉高祖以晋开运四年二月即位，称天福十二年，至六月，诏曰：‘古者询刍荛之言，采歌诗之讽。冀求利病，以省是非。况济济盈朝，謇謇就列，怀才抱器，博古知今……’”此即《即位求贤诏》。又，同书卷九五载：“（天福十二年）六月甲子至东京，戊辰赦曰：‘王者兴膏雨之师，所以荡瑕秽；下哀痛之诏，所以吊伤夷。朕顷自晋朝，俾乂并土，属戎夷兆乱，致干戈日寻。每怀如毁之忧，常竭扶颠之力。旋以金行失驭，天骄纵暴，北陷河塞，南逾官渡，盗据宫阙，凌辱衣冠。’”此即《至东京大赦文》。汉高祖二文皆存《全唐文》卷一二〇。

## | 七月 |

**汉高祖有《罢契丹括率钱帛诏［题拟］》。**

题下注：“天福十二年七月。”文存《全唐文补编》卷一〇三。

**杨凝式有《卢鸿草堂十志图跋》。**

文中有：“丁未岁前七月十八日。老少傅弘农人题。”文存《全唐文补编》卷一〇五。

**曹元忠有《雕印版题记》《印大圣毗沙门天王像记》。**

《雕印版题记》文末署：“于时大晋开运四年丁未岁七月十五记。”《印大圣毗沙门天王像记》文末署：“于时大晋开运四年丁未岁七月一十五日记。”二文皆见《全唐文补编》卷一〇八。

## | 闰七月 |

**段颙为太常博士，有《请定五庙奏》。**

《旧五代史》卷一四二载："汉天福十二年七月闰时，汉高祖已即位，尚仍天福之号。太常博士段颙奏议曰：'伏以宗庙之制，历代为难。须按礼经，旁求故实，又缘礼贵隋时，损益不定……'"文存《全唐文》卷八四八。

**张昭为吏部侍郎权判太常卿，有《定宗庙酌献乐舞奏[题拟]》。**

《册府元龟》卷五七〇载："汉高祖即位称天福十二年，是年闰七月，追立六庙，制定太庙六室，奠献乐章舞名。吏部侍郎权判太常卿张昭议曰：'臣闻先王作乐崇德，所以殷荐上帝，严配祖宗，是明大夏云门，本匪自娱，而至空桑雷鼓……'"文存《全唐文补编》卷一〇八。

## |八月|

**南唐在福州兵败，宋齐邱为江文蔚、韩熙载等所劾，罢为镇南节度使。**

陆游《南唐书》卷二载："二月己亥，吴越救福州兵自海道至，我师与之战。败绩，诸营皆溃。夏四月壬申，诏即军中斩陈觉、冯延鲁，余将帅皆赦不问。已而复诏械觉、延鲁还都。既至，贷死。觉流蕲州，延鲁流舒州……八月，太傅兼中书令宋齐邱罢为镇南军节度使。"

**汉高祖有《强盗并处死敕[题拟]》。**

题下注："天福十二年八月。"文存《全唐文补编》卷一〇三。

**韩熙载有《真风观碑(并序)》。**

文末署："保大五年岁次丁未八月壬午朔二十八日己酉虞部郎中韩熙载记。"文存《全唐文》卷八七七。

## |九月|

**李涛以中书侍郎兼户部尚书、平章事。冯道、和凝自常山还，汉高祖嘉之。**

《旧五代史》卷一〇〇载："（九月）以翰林学士、行中书舍人李涛为中书侍郎兼户部尚书、平章事"。同书卷一二六载："是岁三月，（冯道）随契丹北行，与晋室公卿俱抵常山。俄而戎王卒，永康王代统其众，及北去，留其族嘉哩以据常山。时汉军愤激，因共逐出嘉哩，寻复其城。道率同列四出按抚，因事从宜，各安其所，人或推其功。道曰：'儒臣何能为，皆诸将之力也。'道以德重，人所取则，乃为众择诸将之勤宿者，以骑校白再荣权为其帅，军民由是帖然，道首有力焉。道在常山，见有中国士女为契丹所俘者，出橐装以赎之，皆寄于高尼精舍，后相次访其家以归之。又契丹先留道与李崧、和凝及文武官等在常山。是岁闰七月二十九日，契丹有诏追崧，令选朝士十人赴木叶山行事。契丹帅满达召道等至帐所，欲谕之，崧偶先至，知其旨，惧形于色。满达勒将以明日与朝士齐遣之，崧乃不俟道，与凝先出。既而相遇于帐门之外，因与分首俱归。俄而李筠等纵火与契丹交斗，鼓槊相及。是日，若齐至与满达勒相见，稍或踌躇，则悉为俘矣。时论者以道布衣有至行，立公朝有重望，其阴报昭感多此类也。及自常山入觐，汉祖嘉之，拜守太师。"

**河南诸道并奏和买战马事，汉高祖有《和买战马诏》，又有《幸澶魏御札》。**

《册府元龟》卷六二一载："汉高祖天福十二年九月，河南诸道并奏：'使臣到和买战马……'时制旨略曰：'朕方以勤俭一身，辑和庶政，未尝枉费，所在安人。今则重威未宾，契丹尚扰……'"《和买战马诏》文存《全唐文》卷一二〇。同书卷一一八载："汉高祖天福十二年九月御札曰：'朕自副推崇，敢忘寅畏，及物必加于恩信，任人无间于亲疏。期区宇之大同，俾蒸黎之小泰。洎朕始临梁苑，毕会藩侯，盖当再造之期，用普维新之命……'"《幸澶魏御札》文存《全唐文》卷一二〇。

**尚书司封上《司封合行事件奏》。**

题下注："天福十二年九月，尚书司封。"文存《唐文拾遗》卷五九。

**张昭有《请改十二和乐奏》《改二舞名议》《按旧章别为雅乐名奏[题拟]》。**

《旧五代史》卷一四四载："汉高祖受命之年秋九月，权太常卿张昭上疏奏改一代乐名，其略曰：'昔周公相成王，制礼殿庭……'又请改十二和乐云：'昔周朝奏六代之乐……'"可见此二文当作于汉高祖天福十二年秋九月。《请改十二和乐奏》文存《全唐文》卷八六四。《全唐文补编》卷一〇八录张昭《改二舞名议》，末附辑者陈尚君按语："按：《全唐文》卷八六四收此文，题作《请改乐章奏》，仅二百八十九字，较此少四百多字。今重录。"据《册府元龟》卷五七〇所收录文字，此文实包括《请改十二和乐奏》和《按旧章别为雅乐名奏［题拟］》（文存《全唐文补编》卷一〇八），内容亦前后相属，当合为一篇观之。

**彭晓有《参同契通真义后序》。**

文末署："时孟蜀广政十年岁次丁未九月初八日，昌利化飞鹤山真一子彭晓叙。"文存《全唐文》卷八九一。

## 十月

**汉高祖有《北巡赦文》。**

《册府元龟》卷九五载："（天福十二年）十月甲申，北巡至韦城。制曰：'自古圣帝明王，开基创业，辑宁庶汇，康济四方。行宽大之恩，不遗遐迩；布含宏之德，无隔华夷。顷属前朝季年，中原失驭，蒸黎板荡……'"文存《全唐文》卷一二〇。

**徐铉有《宣州泾县文宣王新庙记》。**

文末署："于时太岁丁未冬十月九日，尚书主客员外郎知制诰徐铉记。"文存《全唐文》卷八八二。《徐公文集》卷一三作《宣州泾县文宣王庙记》。

## 十一月

**翟氏有《布施疏》。**

文末署："于时大汉天福十二年丁未岁十一月壬子朔十九日庚午毕功记。"

文存《全唐文补编》卷一〇八。

## |本 年|

**卢擢为右拾遗，有《请许朝臣封赠父母疏》，汉高祖有《答卢擢请许朝臣封赠父母敕》**。

《册府元龟》卷四七六载："汉卢擢为右拾遗。天福十二年，转对奏曰：'臣闻《诗》云：哀哀父母，生我劬劳。又仲由云：树欲静而风不止，子欲孝而亲不待。皆以昊天所覆，永报为难。今陛下信及昆虫，孝理天下，漏泉之泽。傥尚拘于常制，过隙之恨，诚何慰于孝思。今请应在朝内外文武臣寮，亡父亡母并请特与追赠追封，既存没以知荣，则寰区而荷德。'敕曰：'卢擢忠勤奉职，谠直立言，贡以封章，举其坠典，详观弘益，尤切叹嘉。宜下所司，并令举奏。'"卢擢《请许朝臣封赠父母疏》文存《全唐文》卷八五四，汉高祖《答卢擢请许朝臣封赠父母敕》文存《全唐文》卷一二〇。

**许敬迁为左卫将军，有《请禁断契丹样装服奏》，晋少帝有《禁断契丹装服敕》**。

《册府元龟》卷一六〇载："晋高祖天福十二年，左卫将军许敬迁奏：'臣伏见天下鞍辔器械并取契丹样装饰，以为美好。安有中国之人，反效异域之俗？请下明诏毁弃，须依汉境旧仪。'敕曰：'近年中华兆人，浮薄不依汉礼，却慕殊风，果致狂兵来侵诸夏。应有契丹样鞍辔器械服装等，并令逐处禁断。'"许敬迁《请禁断契丹样装服奏》文存《全唐文》卷八五四，晋少帝《禁断契丹装服敕》文存《唐文拾遗》卷一〇。

**张灿为昭义判官，以上封事有违朝廷诏敕，高祖以非毁诏敕，论将处死。冯道谏之，改勒停现职。汉高祖有《停张灿见职敕》**。

《洛阳搢绅旧闻记》卷五载："（张灿）遂封奏之。时三司使方用事，执政之地，除冯瀛王外皆恶之。曰：'岂有州郡使敢非朝廷诏敕？'力言于汉祖。汉祖亦怒曰：'昭义一判官，是何人为作敢如此？'其犯牛皮者依敕俱死大监，以其非毁诏敕亦死。敕未下,独瀛王非时请见。汉祖出,瀛王曰:‘陛下在河东时,断牛皮可也。今既有天下,牛皮不合禁。陛下赤子,枉杀之亦足为陛下惜。昭义判官,以卑位食陛下禄,居陛下官,不惜躯命,敢执而奏之,可赏不可杀。臣当辅弼之任,使此敕枉害天下人性命,臣不能早奏,使陛下正之,臣罪当诛。’稽首再拜。又曰:‘张灿不合加罪,望宽敕赦之。’汉祖久之曰:‘已行之矣。’冯瀛王曰:‘敕未下。’汉祖遽曰:‘与赦之。’冯曰:‘欲勒停可乎?’上曰:‘可。’由是改其敕,记其略曰:‘三司邦计,国法攸依。张灿体事未明,执理乖当,宜停见职……’”此文具体作于何时未能详考,据冯道称汉高祖既得天下,不合禁牛皮看,当是在后汉立国后不久,大致当在天福十二年至乾祐元年间,时汉高祖已即位,姑系于天福十二年。文存《唐文拾遗》卷一〇。

**王殷丁内艰,有诏起复,授宪州刺史,上章辞之。有《辞夺情疏》。**

《旧五代史》卷一二四载:“晋天福中丁内艰,寻有诏起复,授宪州刺史。殷上章辞曰:‘臣为末将,出处无损益于国家。臣本燕人,值乡国离乱,少罹偏罚,因母鞠养训导,方得成人,不忍遽释苴麻。’”文存《全唐文》卷八五七。

**南唐李景遂有《谏张易使契丹疏[题拟]》。**

马令《南唐书》卷七载:“俄以景遂代储副,固让,不许,遂立为太弟。景遂因易字曰退身,以示不处之志……易迁工部侍郎,泛海使契丹。景遂手疏曰:‘朝臣如张易者,宜置诸左右,不宜使之泛不测之渊,投足远夷。’”《新五代史》卷六二载:“(保大)五年,以景遂为太弟,景达为元帅,封齐王。南昌王冀为副元帅,封燕王。契丹遣使来聘,以兵部尚书贾潭报聘。”两相对照,张易使契丹事,极有可能是作为兵部尚书贾潭之副。如此,则此疏当作于景遂任太弟未久时,姑系于保大五年。文存《全唐文补编》卷一一一。

**边光范改检校刑部尚书卫尉卿,有《请立刺史年限疏[题拟]》。**

《宋史》卷二六二载:“开运元年,权知郑州,拜左散骑常侍。二年,入为枢密直学士。少帝以光范藩邸旧僚,待遇尤厚,因游宴,见光范位翰林学士下,即日拜尚书礼部侍郎知制诰充翰林学士,仍直枢密院。汉初,改检校刑部尚书卫尉卿。上言:‘伏见朝廷除刺史,不限年月,或未及期年……’”依文意当是汉高祖即位不久,边氏议其除官制度,姑存于此。文存《全唐文补编》卷一〇八。

**阙名有《请量留太谷令李股状》**。

题下注:“天福间。”具体作时未详,姑系于此。文存《全唐文》卷九七四。

**阙名有《功德记》**。

文末署:“今晨略题□□虔仰三道(下缺)天福(下缺)年月(下缺)日题记。”文存《全唐文补编》卷一三八。

**戴偃徙居永州,后不知所终**。

《五代史补》卷三载:“(迁居湖上后)自是偃穷饿日至,无以为计,乃谓妻曰:‘与汝结发,已生一男一女,今度不惟挤于沟壑,亦恐首领不得完全,宜分儿遁去,庶几可免,不然旦夕死矣。’于是举骰子与妻子相约曰:‘彩多得儿,彩少得女。’既掷,偃彩少,乃携女相与痛哭而别。偃将奔岭南,至永州,会文昭薨,乃止。其后不知所终。”戴偃诗文今已全佚。

**陈郯有《乌石宣威感应王庙碑铭》**。

文末附辑者陈尚君按语:“《三山志》不署撰者,据《舆地纪胜》卷一二八考知,碑为会同十年立。”文存《全唐文补编》卷一一六。

**闽王延政有《九仙山神封安境侯制》**。

文末附辑者陈尚君按语:“为会同十年封。”姑从之。文存《全唐文补编》卷一一六。

**徐锴为齐王景达记室,景达好神仙,锴献《述仙赋》以讽,景达遂绝其好**。

马令《南唐书》卷七《齐王景达传》:“及景遂为太弟,以景达为元帅、中书令,徙封齐王……好神仙修炼之事,记室徐锴献《述仙赋》以讽,遂绝所好。”据《资治通鉴》卷二八六,唐主立齐王景遂为皇太弟,徙燕王景达为齐王,领诸道兵马元帅,是天福十二年正月事。景达为齐王而好神仙事,以至徐锴献赋以讽,当有一段时日,故系之于本年末。

**詹敦仁有《清隐堂记》**。

《十国春秋》卷九七载:“詹敦仁字君泽,固始人,避乱来隐仙游植德山下。上康宗书,累数百言。康宗召之饮,且欲留之,命决参军事。敦仁谢以诗,强以袍笏,不受。已复,杜门不出,清源节度使留从效再辟之,乃求监小溪场。既至,请升场为县。未几,举王直道自代,隐居佛耳山,自号清隐。”留从效为清源军节度使,是天福十二年七月后事。据《嘉靖安溪县志》卷三本传载:“留鄂公遗之书,称曰清隐先生。”则是先有留从效称其“清隐先生”,后有其本人自号所居曰“清隐”,已是其举王直道自代之后事。詹敦仁具体何时举王直道自代,难以确考,姑系文于此。文存《全唐文》卷九〇〇。

## 后汉乾祐元年　南唐保大六年　南汉乾和六年　后蜀广政十一年　辽天禄二年

戊申　九四八

### 正月

**中书上《诸道奏荐官吏条例奏[题拟]》,汉高祖有《定节度使奏荐属官敕[题拟]》《省躬罢役诏》**。

《册府元龟》卷六三四载:“汉高祖乾祐元年正月,中书奏:‘以诸道奏荐官吏多逾旧式,今简取后唐及晋朝事例,开条晓示,以为定制者……’敕:‘设官分职,朝廷自有规程;荐士延才,州郡合存体式。应诸道节度防御团练刺史,奏荐判官书记支使推官令录簿尉等,亲人之官,不易入幕之客……’”中书《诸道奏荐官吏条例奏[题拟]》文存《全唐文补编》卷一二七,题下注:“乾祐元年正月中书。”汉高祖《定节度使奏荐属官敕[题拟]》文存《全唐文》卷一二一,题曰《定节度使奏荐属官敕》,属汉隐帝刘承祐名下。《全唐文补编》卷一〇三重录之,署以今名。末附辑者陈尚君按语:“《全唐文》卷一二一收此敕于隐帝下,《册府元龟》卷六三四云此为乾祐元年正月敕。高祖卒于是月二十七日。隐帝至二月朔日方即位。知应移归高祖。文不重录。”《册府元龟》卷五六载:“汉高祖乾祐元年诏曰:‘卑宫菲食,前代之令猷;革舃绨衣,哲后之明德。至于损上益下,惜力爱人,冀息烦苛,渐期富庶,所有乘舆服御后宫费用、太官常膳,一切减损。在京及内诸司,并天下州府,除应奉军期急切外,其余不急之务,非礼营造,并皆停罢,免致劳役。’”依《册府元龟》,此文当作于乾祐元年,其年正月,后汉高祖崩。《册府元龟》属汉高祖,当是正月时所颁。《唐文拾遗》系于晋少帝,误,今正之。《省躬罢役诏》文存《唐文拾遗》卷一〇。

**后汉大赦,改元乾祐;冯道进封齐国公。刘知远更名暠,旋病卒,遗诏诛杜重威。有《改元乾祐大赦文》《诛杜重威诏》。**

《旧五代史》卷一〇〇载:“乾祐元年正月辛亥朔,帝不受朝贺。乙卯制大赦天下,改天福十三年为乾祐元年……以前邓州节度使、燕国公冯道为守太师,进封齐国公。甲子,帝不豫。庚午,以前宗正卿石光赞为太子宾客,以太仆卿赵上交为秘书监。丁丑,故尚书左丞韩祚赠司徒。二十七日丁丑,帝崩于万岁殿,时年五十四。秘不发丧。庚辰,太傅杜重威伏诛。”《册府元龟》卷九五载:“乾祐元年正月乙卯,制曰:‘昔我艺祖神宗,开基抚运,以武功平祸乱,以文德致升平。泽润生民,庆流长世。淳耀之德不泯,延洪之业无穷。肆予冲人,猥集大命……’”《旧五代史》卷一〇九载:“(开运四年十月)高祖不豫,既而大渐,顾命之际,谓近臣将佐曰:‘善防重威。’帝崩,遂收重威。……诏曰:‘杜重威犹贮祸心,未悛逆节,枭音不改,虺性难驯。昨朕小有不安,罢朝数日,而重威父子潜肆凶言,怨谤大朝,扇惑小辈……’”汉高祖《改元乾祐大赦文》文存《全唐文》卷一二〇,《诛杜重威诏》文存《全唐文》卷一二〇。

**杜重威伏诛,李守贞因是重威之党,疑不自安,据城不顺,隐帝命周太祖征之。李守贞乞师于南唐,有《上南唐元宗乞师表》。**

《江南野史》卷二载:“隐帝即位,恐重威复叛,遂诛之。守贞乃重威之党,疑不自安,遂据城不顺。隐帝命周太祖征之,攻其城且急。守贞惧,乃窃遣元等致其表,略曰:‘臣之先世,乃唐之远裔,祖侯祢将,代不绝人。茂绩殊勋,著于简册。’”据马令《南唐书》卷二一载:“保大六年,李守贞乞师,以岑兼沿淮巡抚使,闻守贞败,罢为屯田使。”则李守贞此表当作于南唐保大六年时杜重威伏诛后不久,姑系文于此。文存《全唐文》卷八五五。

**纥干德覃有《大汉故鸿胪少卿金紫光禄大夫检校兵部尚书兼御史大夫上柱国庞公墓志铭并序》**。

文中有:“即以天福十二年丁未岁十月二十四日,薨于三乡县之旅舍,享年六十有五……即以乾祐元年正月二十二日,卜窆于洛京河南县平乐乡朱杨里。”文存《全唐文补编》卷一〇三。

## | 二 月 |

**刘知远子承祐即帝位,时年十八,有《即位大赦文》《文武官父母加恩叙封敕》。又有《改名敕》**。

《册府元龟》卷九五载:“隐帝以乾祐元年二月辛巳即位,癸巳制曰:‘古先哲王,继天御物;必有大造,被于生民。故能流余庆于子孙,保永图于宗社……’”《即位大赦文》文存《全唐文》卷一二一。《五代会要》卷一四载:“乾祐元年二月二十九日敕:‘应文武内外官员,有父母见在,合得加恩叙封者,不在官阶品齐,但见居官品,合与父加恩母叙封进封者,便与施行,余准前敕。’”《文武官父母加恩叙封敕》文存《唐文拾遗》卷一〇。《册府元龟》卷三载:“乾祐元年敕曰:‘朕祗膺景命,肇启鸿图,适当建号之初,宜举正名之典。夫名以制义,义以出礼,礼以体政,政以养民,载考格言,抑有彝训……’”依文意当是隐帝即位后更名,《全唐文》属汉高祖名下,误,今正之。《改名敕》文存《全唐文》卷一二〇。《册府元龟》未具体标隐帝更名之时间,然即位更名,乃常例也。姑系于此。

**王周高祖时镇徐州,以疾卒于镇**。

《旧五代史》传云:“乾祐元年二月,以疾卒于镇,辍视朝二日,赠中书令。”王周著述,《直斋书录解题》卷一九录《王周集》一卷。《全唐诗》卷七六五录存诗一卷,共五十三首。《全唐文》卷八五五录存《蚋子赋并序》一篇。

**南唐李璟有《上汉帝书》。**

李璟文中有:“先因河府李守贞求援,又闻大国沿淮屯军,当国亦于境上防备,昨闻大朝收军,当国寻已彻备,其商旅请依旧日通行。”《旧五代史》卷一〇一载:“(乾祐元年二月)庚寅,奉高祖神主于西京太庙。淮南伪主李璟奉书于帝云:‘先因河府李守贞求援……’”可知文当作于李守贞败后,当在二月或稍后,姑系于此。文存《全唐文》卷一二八。

## |三 月|

**李涛有《上汉隐帝疏》,旋罢相。汉隐帝有《李涛罢相制》。**

《册府元龟》卷三三三载:“汉隐帝乾祐元年二月制曰:‘朕虔承遗训,嗣守鸿基,常惧眇冲,不克负荷。所以师臣畏相,稽众从人;采沃心造膝之谋,询继体守文之道。其或力非任重,才不逮时,有玷天工,显贻物议。宜从罢免……’”按,《册府元龟》误,李涛罢相时间,它书皆系于本年三月。《资治通鉴》卷二八八载:“(乾祐元年三月)苏逢吉等为相,多迁补官吏。杨邠以为虚费国用,所奏多抑之,逢吉等不悦。中书侍郎兼户部尚书同平章事李涛上疏言:‘今关西纷扰,外御为急。二枢密皆佐命功臣,官虽贵而家未富。宜授以要害大镇。’”《旧五代史》所载略同,亦系于三月。《文献通考》卷三〇〇载:“汉乾祐元年三月,中书厨釜鸣者七。是月宰相李涛罢免,勒归私第。”李涛《上汉隐帝疏》文存《全唐文补编》卷一〇七,汉隐帝《李涛罢相制》文存《全唐文》卷一二一。

**□宪有《□故青州刺史弘农杨公墓志铭并序》。**

文中有:“于开运元年甲辰岁十月十六日,薨于汴州安业西坊私第,享年六十三矣。公娶李氏女……享年六十一……至汉乾祐元年戊申岁三月十一日合祔葬讫。”可知文作于后汉戊申岁三月十一日后。文存《全唐文补编》卷一〇三。

## |闰五月|

**后汉国子监奏请雕刻《周礼》《仪礼》《公羊》《穀梁》四经,国子监上《集学官校勘四经奏[题拟]》。**

题下注:“乾祐元年闰五月,国子监。”文存《全唐文补编》卷一二七。

## |六月|

**段思恭为左补阙,有《请令诸州速决重刑疏》。**

《续通志》卷三一一载:“段思恭……汉祖建国,授左补阙。隐帝时,蝗遍祈山川。思恭上言:‘狱讼平允,则灾害不生,望令诸州速决重刑,无致淹滥,必召和气。’”据《旧五代史》卷一〇一载:“(乾祐元年六月)是月河北旱,青州蝗。”至七月“丙辰,以久旱幸道宫佛寺祷雨,是日大澍,开封言阳武、雍丘、襄邑三县,蝗为鸜鹆聚食。”据此可以推知段氏此疏,当作于乾祐元年六月。文存《全唐文补编》卷一〇八。

**太常礼院上《请修制配享献享礼奏》。**

题下注:“乾祐元年六月,太常礼院。”文存《全唐文》卷九七三。

## |七月|

**常准为吏部员外郎,有《请禁摄官冲替奏》。**

《册府元龟》卷六三四载:“隐帝乾祐元年七月,吏部员外郎常准上言:‘臣以国家选择令佐,或从铨注,或是敕除,立考课以校政能,验贪廉而行黜陟。如斯条贯,尚有阙遗。’”文存《全唐文》卷八五五。

**张昭为礼仪使,有《上高祖庙奠献舞曲名并歌调表》。汉隐帝有《修饰两汉**

**陵园敕》《经过关津须给公验敕[题拟]》**。

《册府元龟》卷五七〇载:"隐帝乾祐元年七月,礼仪使张昭上高祖庙奠献舞曲名并歌调表。"据此可知张昭文作于此时。张昭文存《全唐文补编》卷一〇八。同书卷一七四载:"隐帝乾祐元年敕:'国家肇迹丰沛,膺箓并汾,盖承积德之灵,再享配天之业。四百年之洪绪,一千载之遗风。乃祖陵园,先时庙貌……'"汉隐帝此敕具体时间未能确考,但其修饰两汉陵园,当与张昭上歌调事相应,姑存于一处。隐帝文存《全唐文》卷一二一。汉隐帝《经过关津须给公验敕[题拟]》题下注:"乾祐元年七月。"文存《全唐文补编》卷一〇三。

**尚书省上《封母加太字议》,汉隐帝有《父在母封议加太字敕》**。

《册府元龟》卷四七六载:"乾祐元年诏:'尚书省集议,内外臣寮父在母承子荫,叙封追封合加太字否以闻。'尚书省奏议曰:'今详前后敕条,凡母皆太字,存殁并同……'"尚书省上《封母加太字议》文存《全唐文》卷九七五,题下注:"乾祐元年尚书省。"汉隐帝《父在母封议加太字敕》文存《唐文拾遗》卷一〇。另,《唐文拾遗》卷六〇有《父在母封加太字奏》。题下注:"乾祐元年七月尚书省。"依文意与《全唐文》中《封母加太字议》后先相属,文意贯通,颇似一篇文字,故皆系于一处。

## 九月

**徐铉有《大唐故中散大夫检校司徒使持节泰州诸军事兼泰州刺史御史大夫洛阳县开国子贾宣公墓志铭》**。

文中有:"保大六年九月二十有一日,卒于江宁永安里官舍,享年六十有八。皇上轸悼,再不视朝。饰终之礼,务从加等。太常考行,赐谥曰宣。以某年月日,葬于某所,与夫人杨氏合祔焉,礼也。"依"某年月日,葬于某所"等推之,当是下葬前撰就以待葬期。姑系于本月。文存《全唐文》卷八八五。

**阙名有《买地券》**。

文中有："广政十一年岁次戊申九月丙子朔十五日庚申，故匡国奉圣叶力功臣北路行营招讨安抚等使左匡圣马步都指挥使山南节度观风营田处置等使与元武定管界沿边诸寨屯驻都指挥使开府仪同三司检校太师兼中书清河郡开国公食邑四千户食实邑三百户行兴元尹张府君家，生居城邑，死安宅兆……"可知文当作于此时。文存《全唐文补编》卷一四五。

## 十一月

**李崧有《论诗答徐巡官》。**

《旧五代史》卷一〇一载："（乾祐元年）十一月甲寅，诛太子太傅李崧及其弟司封员外郎屿、国子博士嶬，夷其族。为部曲诬告故也。"李崧所为答徐巡官之文字，当作于此前。宋龚鼎臣撰《东原录》载："四六文字，虽变古体，其有至当者，亦不减于古。如梁李崧《论诗答徐巡官》，其略曰：诗者，或逸乐而兴，或悲哀而作。内经夫妇，外正君臣。虽孤愤必申，虽舆言必达。惩恶劝善之理，于是乎明；感新怀旧之情，于是乎见。乃知作者岂徒然哉。是以读驺虞之章，知岐周之盛；德诵芍药之句，识郑卫之淫。声如巡官送宾，云'蟾桂三春捷，鸡林一国荣'，则知皇泽之被于远人，素风之渐于殊俗。又若贻友，云'诗至道长乐，生来贫却闲'，则知尺璧轻于寸阴，千金贱于一字。如崧所述，岂必以古律为别哉。"李崧文之具体时间难以确考，因本月被杀，姑系文于此。文存《全唐文补编》卷一〇三。

**诛太子太傅李崧，夷其族。汉隐帝有《诛李崧等诏》。**

《旧五代史》卷一〇一载："（乾祐元年）十一月甲寅，诛太子太傅李崧及其弟司封员外郎屿、国子博士嶬，夷其族。为部曲诬告故也。诏曰：'稔恶图危，难逃天网。亏忠负义，必速神诛。李崧顷在前朝，最居重危，略无裨益，遂至灭亡。及事契丹，又为亲密，士民俱愤……先皇帝含垢掩瑕，推恩念旧，擢居一品，俾列三师。不谓潜有包藏，谋危社稷，散差人使，潜结奸凶，俯近山陵，拟为叛乱。按其所告，咸已伏辜。宜正典章，用惩奸逆。其李崧、李屿……及同谋作乱人，并从极法。'"文存《全唐文》卷一二一。

## 十二月

**后蜀徐光溥坐以艳词挑前蜀安康长公主,罢守同平章事,居无何,卒。**

《资治通鉴》卷二八八载:“(十二月)蜀中书侍郎兼礼部尚书、同平章事徐光溥坐以艳词挑前蜀安康长公主,丁酉,罢守本官。”《十国春秋》卷五二载:“广政十一年,改中书侍郎、兼礼部尚书,与李昊并同平章事。时有优人唱《康老子》曲,后主问曲何由名,光溥以为康老老而无子所作,后主大加欣赏。居无何,坐以艳词挑前蜀安康长公主,罢相,卒。”光溥仕后蜀,于国事得失一无建树,时号“睡相”。卒年不详。《全唐诗》卷七六一录诗二首,《全唐文》卷八九一存文一篇。

**朗州节度马希萼献银器千五百两,降诏奖饰,汉隐帝有《慰谕马希萼诏》。延州节度使高允权上奏,以太子太师致仕刘景岩与乡军指挥使高志等窥图州城,为指挥使李勳聊将兵士巡检侦逻斩杀,刘隐帝有《诛刘景岩后放免其子行谦等诏》。**

《册府元龟》卷一六九载:“(乾祐元年)十二月癸未,史弘肇献钱万缗、马二十匹以助军讨叛。又朗州节度马希萼献银器千五百两,降诏奖饰,仍谕之云:‘所修职贡,旧有规程。念航深梯险之劳,重违卿意;在诱善劝忠之道,本实朕心。今后凡有进献,可与希广商量,庶叶雍和,不爽体制。’”《慰谕马希萼诏》文存《全唐文》卷一二一。《旧五代史》卷一〇一载:“(乾祐元年十二月)延州节度使高允权奏:‘得都头李彦、李遇等告,太子太师致仕刘景岩与乡军指挥使高志,结集草寇,欲取腊辰,窥图州城。寻请使臣与指挥使李勳聊将兵士巡检侦逻,刘景岩果出兵斗敌,时即杀败,其刘景岩寻获斩之。’诏曰:‘刘景岩年已衰暮,身处退闲,曾无止足之心,辄肆包藏之毒,结集徒党,窥同(图)藩垣……’”《诛刘景岩后放免其子行谦等诏》文存《全唐文》卷一二一。

**阙名有《上嘉庆节表》。**

题下注:“乾祐元年十二月。”文存《全唐文》卷九六三。

**杨凝式为太子太傅分司洛京，冬，有《起居帖》。**

《全唐诗补编·续拾》卷四二据《铁网珊瑚·书品》卷一补杨凝式《起居帖》诗，并录诗后题云："乾祐元年冬残腊暮，华阳焦上人尊师处传，杨凝式。"姑系于此。

## | 本 年 |

**南唐殷崇义撰有《张懿公碑》。**

《宝刻类编》卷七："《张懿公碑》，殷崇义撰，朱锐书，保大六年。升（州）。"碑文已佚。

**徐铉有《蒋庄武帝册》《蒋庄武帝新庙碑铭》。**

《宝刻类编》卷七载《蒋庄武帝庙碑》，署徐铉撰，与《张懿公碑》同系于保大六年，未知何据，姑仍之。据此可推知铉所作册文当亦作于同时。《蒋庄武帝册》文存《全唐文》卷八八〇，《蒋庄武帝新庙碑铭》文存《全唐文》卷八八四。

**罗周裔为膳部郎中，有《禁民间用铜奏》。**

《册府元龟》卷五〇一载："汉隐帝乾祐初始使七十七陌钱，是时膳部郎中罗周裔上言曰：'钱刀之货，今古通行，从古自来，铸造不息……'"文存《唐文拾遗》卷四七。

**吕咸休为给事中，有《请令闽浙贡物自出脚乘奏》。**

《册府元龟》卷四七六载："吕咸休为给事中，乾祐元年上言：'臣见前朝闽浙入贡物色，下船之后，官差脚乘，搬送到京。臣悉谙知，害民尤甚。比来贡奉，自是勤王，差扰贫民，贡之何益。以臣管见，凡此数处贡物，并令自出脚乘，不困贫民，于理无爽。'"文存《全唐文》卷八五六。

**麻麟为水部郎中，有《请限年除刺史疏》。**

《册府元龟》卷四七六载："麻麟乾祐元年为水部郎中，上言：'臣闻汉朝除吏，苟称其职，不数迁移。自先朝开国已来，牧守多酬勋旧……'"文存《全唐文》卷八五二。

## 后汉乾祐二年　南唐保大七年　南汉乾和七年　后蜀广政十二年　辽天禄三年

己酉　九四九

### 正月

**元日，大雪，李璟与弟景遂等宴雪赋诗。李建勳、张义方、殷崇义等与其事，皆有应制之作。次日，徐铉有《御制春雪诗序》《后序》。**

徐铉撰《御制春雪诗序》曰："于是岁躔作噩，序首青阳。元鸟司启之明晨，白兽称觞之节日，有唐中兴之一纪，皇上御历之七年，地平天成，时和岁稔。衢樽之味，普洽元风；击壤之声，散为和气。……笔落天波，言成帝典。七言四韵，宣示群臣。乃命太弟太傅建勳、翰林学士给事中朱巩、常梦锡、翰林学士中书舍人殷崇义、游简言、吏部尚书毗陵郡公景运、工部尚书上饶郡公景逊、左常侍勤政殿学士张义方、谏议大夫勤政殿学士潘处常、魏岑、驾部员外郎知制诰乔舜、主客员外郎知制诰徐铉、膳部员外郎知制诰张纬、光禄卿临汝郡公景辽、鸿胪卿文安郡公景游、太府少卿陈留郡公景道、左卫将军乐安郡公宏茂、驾部郎中李瞻等，或赓元首之歌，或和阳春之曲。如葵心之向日驭，似蛰户之环雷门。二十一篇，咸从奏御，皆所以美丰年之兆，申万物之情，非徒载笑载言，一咏一吟而已。昔者白云之唱，七萃驱驰。黄竹之诗，万人冻馁。王猷且塞，后嗣何观。孰若偃仰大庭，优游六艺，初筵有秩，而六宫不移；夜漏未央，而百官已事。被之乐府，授以史官，焕乎文章，无得而称也？有诏为序，以纪岁月（御批云：宿来健否？酒醒诗毕，可有余力？何妨一为之序，以纪岁月？呵呵！）。"据"皇上御历之七年"云云，可知当是保大七年事，又"序首青阳"云云，则元日也。此次元日赋诗，实乃南唐君臣雅集盛事,故至"夜漏未央,而百官已事",御批所谓"宿来健否?酒醒诗毕,可有余力?何妨一为之序,以纪岁月?"可推知徐氏乃于次日奉诏为序。又《后序》曰:"臣建勳、义方、铉等,闻命在前,援简先就,因承中旨,入奉斯筵。而两省众篇,翌日咸集。故奉和者二十一首,而侍宴者十有四人。前序阙遗,被令重述。谨上。"又,《江表志》卷二载:"保大五年元日大雪,上诏太弟以下登楼展燕,咸命赋诗。令中使就私第赐李建勳,建勳方会中书舍人徐铉、勤政殿学士张义方于浮亭,实时和进。元宗乃召建勳、铉、义方同入,夜艾方散。侍臣皆有图有咏,徐铉为前、后序。太弟以下,法部丝竹,周文矩主之;楼阁宫殿,朱澄主之;雪竹寒林,董源主之;池沼禽鱼,徐崇嗣主之。图成无非绝笔,侍宴诗总记数篇而已。御诗云:'珠帘高卷莫轻遮,往往相逢隔岁华。春气昨朝飘律管,东风今日散梅花。素姿好把芳姿比,落势还同舞势斜。坐有宾朋尊有酒,可怜情味属侬家。'"《清异录》《江南余载》卷下、《十国春秋》卷一六、《南唐纪》二等皆记于保大五年,皆误。否则,徐铉序中"有唐中兴之一纪,皇上御历之七年"皆无着落矣。当以徐铉序言为是,盖后唐烈祖立国至此时刚好一纪,而李璟在位也正好七年。徐铉文存《全唐文》卷八八一。

**张义方为左散骑常侍、勤政殿学士,参加元日赋诗;后率兵平淮北之盗。卒年无考。**

《十国春秋》卷一六载:"保大七年正月,淮北盗起,以神威都虞侯皇甫晖……监军散骑常侍张义方帅师万人出海、泗招降,纳汉、亳州、蒙城将咸师朗等以归。"《南唐近事》云:"谏议大夫张义方,命道士陈友合还丹于牛头山,频年未就。会义方遘疾将卒,恨不成九转之功,一旦命弟子发丹灶,灶下有巨虺,火吻锦鳞,蜿蜒其间,若为神物护持,乃取丹自饵一粒,喑症而终。当时识者以为气未尽,服之阴者不寿也。"张义方著述,《全唐诗》卷七三八存诗一首;《全唐文》卷八七〇存文一篇。

**汉隐帝有《春令赦文》《委长吏亲虑囚敕》。**

《册府元龟》卷九五载:"(乾祐)二年正月乙巳朔,制曰:'朕以眇躬,获缵洪绪。念守器承祧之重,怀临深履薄之忧,属以县道,犹艰王室多故;天降重戾,国有大丧。奸臣乐祸以图危;群寇幸灾而伺隙。力役未息,兵革方殷……'"《春令赦文》文存《全唐文》卷一二一。同书卷一五一载："汉隐帝乾祐二年正月敕：'政贵宽易，刑尚哀矜。虑滋蔓之生奸，实轸伤而是念。今属三元改候，四序履端，将冀和平，无如狱讼……'"《委长吏亲虑囚敕》文存《全唐文》卷一二一。

## 二月

**汉隐帝有《给复三京敕》。**

《册府元龟》卷四九二载："（乾祐）二年二月敕：'先以兵甲至多，粮储不给，权放苗亩之上，遂有纽配之烦，虽年岁之丰登，谅黎民之艰窘，固非获已，深用轸怀……'"文存《全唐文》卷一二一。

**宰臣苏逢吉监修《高祖实录》，左谏议大夫贾纬与其事。汉隐帝有《修高祖实录敕》。**

《册府元龟》卷五五四载："汉贾纬为谏议大夫，乾祐二年二月敕曰：'载唐虞之盛，传彼古文；明得失之由，存乎信史……左谏议大夫贾纬、左拾遗窦俨、右拾遗王绅等，才学渊深，论辩蜂起，分职方提于直笔，编年允属于鸿儒。宜令纬等同修《高祖实录》呈进，仍令宰臣苏逢吉监修。'"文存《全唐文》卷一二一。

## 四月

**中书门下上《审改考牒奏》。汉隐帝有《伪命文书追毁换给敕》。**

《册府元龟》卷六三四载："（乾祐二年）四月，中书门下奏：'准吏部南曹，锁宿内选人中，有契丹会同年号。历子解由考牒未审，各令改就天福年号为复，别有指挥奏。'敕：'应是伪命文书，不在施行之限者。今缘有晋州受官契丹，年给解由历子。若执格敕文，虑有废身名……'"中书门下《审改考牒奏》文存《唐文拾遗》卷六〇，题下注："乾祐二年四月，中书门下。"汉隐帝《伪命文书追毁换给敕》文存《唐文拾遗》卷一〇。

**汉隐帝有《暑月断刑敕》。**

《册府元龟》卷一五一载："（乾祐二年）四月甲午敕曰：'月届正阳，候当小暑。乃挺重出轻之日，是恤刑议狱之辰。有罪者速就勘穷，薄刑者画时疏决。用符时令，勿纵滞淹。三京邺都诸道州府在狱见系罪人，宜令所司疾速断遣，无致淹滞枉滥。'"文存《全唐文》卷一二一。

**文偃有《遗表》《遗诫》《颂》。**

《全唐文补编》卷一一七雷岳《云门山光泰禅师匡真大师行录》："师以乾和七年己酉四月十日顺寂。"可推知文偃此数文当作于乾和七年四月十日前不久。偃文皆见《全唐文补编》卷一一七。

## 五 月

**汉隐帝有《决滞狱敕》。**

《册府元龟》卷一五一载："（乾祐二年）五月辛未敕：'王化所先，狱讼攸切。不唯枉挠，兼虑滞淹。适当长养之时，正属熇蒸之候。累行条贯，俾速施行，靡不丁宁，未曾奏报。再颁告谕，无或因循。'"文存《全唐文》卷一二一。

**周太祖有《榜谕宋州敕》。**

《册府元龟》卷一六〇载："（乾祐）二年五月敕榜：'宋州晓谕管内诸县民等省，节度使尝思所进丝四万一千四百七两……'"此时尚在后汉朝，称周太祖者，追记之也。文存《唐文拾遗》卷一一。

**艾颖有《请复入阁起居奏》。**

《册府元龟》卷一〇八载："（乾祐）二年五月，中书舍人艾颖上言：'近制一月两度入阁，五日一度起居。近年以来，入阁多废，每遇朔望，不面天颜……'"文存《全唐文》卷八六〇。

**雷岳有《云门山光泰禅院匡真大师行录》。**

文末署："时己酉岁孟夏月二十有五日。"文存《全唐文补编》卷一一七。

**曹元忠有《献硇砂状》**。

文末署："天福十四年五月日，新授归义军节度观察留后光禄大夫检校司空兼御史大夫谯县开国男食邑三百户曹元忠牒。"文存《全唐文补编》卷一〇八。

## | 七月 |

**汉隐帝诏赐郭威平李守贞，有《赐郭威平李守贞诏》。又有《与吏部南曹敕[题拟]》。郭威有《祷河伯祠文》**。

《册府元龟》卷八载："（乾祐二年七月）诏曰：'李守贞顷在前朝，骤承委遇。追事先帝，复委藩垣。效浅功微，宠深位大，而狡性难制，小器易盈……'"《赐郭威平李守贞诏》文存《全唐文》卷一二一。汉隐帝《与吏部南曹敕[题拟]》题下注："乾祐三年七月。"文存《全唐文补编》卷一〇三。《册府元龟》卷二六载："周太祖以乾祐二年讨李守真（贞），太祖决欲进攻。十七日，于西砦抽郭崇、叶仁鲁及手下兵士，与东砦军进攻，梯冲�弩，百道齐发。俄而西北黑风扬沙晦暝，梯冲摇荡，人不能开目。太祖令祷河伯，祠曰：'吾奉辞伐罪，以救黎元，凶丑拒张，劳兵攻伐，神道祸淫，合伸冥助。风师无状，不祐王师，明灵感通，速宜止绝。如无显效，祠其危乎。'奠讫而风止。"《全唐文补编》署"周太祖"，小有误，以此时为后汉朝，后周尚未立国，郭威乃奉汉隐帝诏平李守贞。其文虽未署具体时间，据史实当是其平李守贞时所为，姑系于此。郭威文存《全唐文补编》卷一〇四。

**郭从义为永兴都部署，以赵思绾移官不赴任上奏，有《请赵思绾奏》**。

《册府元龟》卷四三五载："（乾祐二年）七月，永兴都部署郭从义奏：'新除华州留后赵思绾，三月三日授华州留后，准诏赴任，三移行期，仍要铠甲，以给牙兵，及与之，竟不遵路……'"文存《唐文拾遗》卷四六。

## 八月

**楚马希萼马希广相攻，楚地内乱。**

《资治通鉴》卷二八八载："马希萼悉调朗州丁壮为乡兵，造号静江军，作战舰七百艘，将攻潭州。其妻苑氏谏曰：'兄弟相攻，胜负皆为人笑。'不听，引兵趣长沙。马希广闻之，曰：'朗州，吾兄也，不可与争，当以国让之而已。'刘彦瑫、李弘皋固争，以为不可。乃以岳州刺史王赟为都部署战棹指挥使，以彦瑫监其军。己丑，大破希萼于仆射洲，获其战舰三百艘。赟追希萼将及之。希广遣使召之，曰：'勿伤吾兄。'赟引兵还。赟，环之子也。希萼自赤沙湖乘轻舟遁归。苑氏泣曰：'祸将至矣。余不忍见也。'赴井而死。"

**高守琼为右拾遗，上奏请慎选县令，有《请慎选县令奏》。汉隐帝有《注拟令录限年敕》，又有《选人注官敕[题拟]》。**

《册府元龟》卷六三四载："（乾祐二年）八月，右拾遗高守琼上言：'有国通规，无先擢士；论选既当，纲纪必陈。而县令字人，最亲理道，若宰大邑，难用小才……'敕：'令录之任，责办非轻，用舍之间，尤宜适中。少小者未曾履历，则为政必疏；衰晚者已及耄昏，则临民多废。'"高守琼《请慎选县令奏》文存《全唐文》卷八五五，汉隐帝《注拟令录限年敕》文存《全唐文》卷一二一。汉隐帝有《选人注官敕[题拟]》，题下注："乾祐二年八月。"文存《全唐文补编》卷一〇三。

## 九月

**卢知猷有《卢鸿草堂图后跋》。**

文末署："己酉岁重九日，专谒大仪，遂载览间。累经多难，顿释愁襟。子書再题。"文存《唐文拾遗》卷三三。

**严续有《东林寺题名》。**

文中有:“以保大七年太岁己酉孟秋,作镇兹地,暨无射月十有一日游于二林精舍。”以十二律应十二月,无射指九月,可知文作于此时。文存《全唐文补编》卷一一二。

**阙名有《乾祐凿佛赞》**。

文末署:“乾祐二年岁在己酉九月十□日记。”文存《全唐文补编》卷一三二。

**吴越钱俶有《观音自在菩萨尊像赞》**。

文末署:“乾祐二年岁在己酉九月十日记。”文存《全唐文补编》卷一一四。

## |十月|

**汉隐帝有《封钱宏俶为吴越国王玉册文》**。

文中有:“惟乾祐二年岁次己酉十月庚午朔十九日戊子,皇帝若曰……册尔为吴越国王。”文存《全唐文》卷一二一。

**柴自牧有《大汉河阳节度使光禄大夫检校太傅兼御史大夫上柱国陇西公奉宣祭渎记》**。

末附辑者陈尚君按语:“末署:乾祐二年十月九日,押衙充收表前行马守源书。”文存《全唐文补编》卷一〇三。

## |十二月|

**汉隐帝有《州县替任叙资规程》**。

《册府元龟》卷六三四载:“(乾祐二年十二月)赴所司磨勘无违碍者,即录名送中书。敕:‘审官之要,必择才能。与理同归,迭处中外。约以选限,固有条格。迩来或自朝行，或从宾职，愿为州县，自就便宜。当求事之时，冀得而不论卑位，及既替之后，叙资而却理前官。须立规程，以绝侥幸。’”文存《唐文拾遗》卷一〇。

**中书门下上《条陈减选奏》。汉隐帝有《宣示冬集人候阙除授敕》。**

《册府元龟》卷六三四载：“（乾祐二年）十二月敕：‘中书奏：前资朝官，近日并于中书陈状。称准宣命指挥，自外地发遣，相次到京。正当冬寒，未有员阙，既难淹泊，须议指挥。’”中书门下上《条陈减选奏》文存《全唐文》卷九七三，题下注：“乾祐二年十二月，中书门下。”汉隐帝《宣示冬集人候阙除授敕》文存《全唐文》卷一二一。

**汉隐帝有《答太常礼院敕》。**

《五代会要》卷五载：“（乾祐）二年十二月太常礼院奏：‘来年正月元日，合御明堂，受朝贺。其日上辛，祀昊天上帝于南郊，依礼，大祀不坐。’敕：‘祀事在质明前，仪仗在日出后。事不相干，宜依常年受朝。’”《唐文拾遗》系之后唐闵帝，误，今正之。文存《唐文拾遗》卷一〇。

**张仁瑑为左庶子，邓州节度判官史在德以误断民崔彦等八人犯牛皮禁，罪德弃市，张仁瑑有《论史在德罪议》。**

《册府元龟》卷六一六载：“汉张仁瑑为左庶子，乾祐二年十二月，邓州节度判官史在德弃市，以其误断民崔彦等八人犯牛皮禁罪，皆至死刑故也。……乃召仁瑑谳之，仁瑑谳上，以大理寺所断，即依律文。凡断罪合取最后敕为定，详编敕云：‘宫典鞫狱枉滥，或经台授轨……’”文存《全唐文》卷八五六。

**宰臣窦贞固上《请纂集晋朝实录疏》。汉隐帝有《修晋朝实录敕》。**

《五代会要》卷一八载：“汉乾祐二年……其年十二月敕：‘宜令监修国史。’苏逢吉与史馆贾纬并窦俨、王伸等修《晋朝实录》呈进，从宰臣窦正（贞）固奏请也。”则窦氏此《疏》，当作于此年十二月前，姑系于本月。窦贞固《请纂集晋朝实录疏》文存《全唐文》卷八六五，汉隐帝有《修晋朝实录敕》文存《全唐文》卷一二一。

**钟允章有《碧落洞天云华御室记》。**

文中有："大汉享国之三十有三祀，龙集己酉季冬，蓂开十四叶，上以万几有暇，四海无波，时属祁寒，节当冬狩。九卿扈驾，百司随銮……"可知文作于此时，文存《全唐文》卷八九二。

**冯道有《哀刘审交[题拟]》。**

《旧五代史》卷一〇六载："（刘审交）乾祐二年冬卒，年七十四……故相国太师秦国公冯道闻之，曰：'予尝为刘汝州僚佐，知其为人，廉平慈善，无害之良吏也。'"文存《全唐文补编》卷一〇五。

**李钦明为司勋员外郎，有《请汰僧人疏》。李守琼为太子率更令，有《禁沙门着紫奏》。樊伦为国子司业，有《禁僧尼剃度奏》《请除关税奏》。**

《册府元龟》卷五四七载："汉李钦明为司勋员外郎，乾祐二年冬上言：'伏见天下户民，大半家贫产薄，征赋之外，差配尤繁，岂宜寒耕热耨之人，供游手惰农之辈。臣近以简苗外县，遍历乡村，缁侣居精舍辉赫……'"同书卷五二载："汉隐帝乾祐二年，太子率更令李守琼上言二事。其一：沙门着紫，比非佛门，贵务奢华，以邀名利，诸处奏荐，盖出颜情。以臣愚见，不敢便望止绝……"同书卷一六〇载："隐帝乾祐二年，国子司业樊伦上言：'游惰之民，多归僧舍，朝廷用兵，须丰军食。请三五年间，止绝僧尼戒坛……'"同书卷五〇四又载："隐帝乾祐二年，国子司业樊伦上言三事。其一：耕桑未至，国多游民，关市之中，税物苛细，请稍减省，以惠疲民，百姓卖物不多，所历关市，并望除税……"李钦明疏署明为本年冬，李守琼、樊伦二人文只署本年，因内容彼此相关，姑系于一处。李钦明文存《全唐文》卷八五五，李守琼《禁沙门着紫奏》文存《全唐文》卷八五六，樊伦《禁僧尼剃度奏》文存《全唐文》卷八五五，《请除关税奏》文存《唐文拾遗》卷四六。

## 本 年

**边归谠为刑部侍郎，有《请诸道举精加考试不得滥送奏》。**

《册府元龟》卷六四二载：“汉隐帝乾祐二年，刑部侍郎边归谠上言：‘臣窃见每年贡举人数甚众，动应五举六举，多至二千三千，既事业不精，即人文何取……’”文存《全唐文》卷八六一。

**曹允升为太子詹事，有《请置常平仓奏》。**

《册府元龟》卷五〇二：“汉隐帝乾祐二年，太子詹事曹允升上言：‘国以民为本，民以食为天。时或水旱为灾，虫蝗害稼，既无九年之蓄，宁救万姓之饥……’”文存《唐文拾遗》卷四七。

**王松为礼部尚书，因事免官，汉隐帝有《免王松官敕》。**

《册府元龟》卷九二五载：“汉王松为礼部尚书。隐帝乾祐二年敕：‘松事因有玷，诚功上章。述避嫌之辞，形告退之意……特俾免官，用明减等，宜停见任。’”文存《全唐文》卷一二一。

**梁文赞为户部员外郎，有《请罚惰民奏》。**

《册府元龟》卷四七六载：“梁文赞为户部员外郎，乾祐二年上言：‘臣窃见诸道州府力及人户，广置田园，不勤耕稼，唯为兴利，以事末游。臣虑因循，以成渐染，请量为条教，以塞源流。臣请在处官吏，搜求此色户民，令出代耕钱纳官，以督农务。’”文存《全唐文》卷八五五。

**刘涛为中书舍人，有《论诸道贡物疏》。**

《册府元龟》卷四七六载：“刘涛为中书舍人，乾祐二年上言：‘方镇之内，土俗不同；山泽川原，租赋各异。任土作贡，盖便黎民。臣恐天下税赋、上供，土产各异,恐于调度或未便安。请敕诸道州府,于所部之内,贡赋供输有未便,特许上书论列,以协物宜。'"文存《全唐文》卷八六五。

**卢琼为兵部员外郎,有《请建高祖别庙奏》。**

《册府元龟》卷三一载:"(乾祐)二年,兵部员外郎卢琼上言:'恭以高祖皇帝驱除戎虏,救解倒悬,德被生民,功高邃古。请依西汉祖宗故事……'"卢琼文存《全唐文》卷八五六。

**卢振任职补阙,有《请开斗门奏》。**

《册府元龟》卷四九七载:"汉隐帝乾祐二年,有补阙卢振上言:'臣伏见汴河两岸堤堰不牢,每年溃决,正当农时,劳民功役。以臣愚管,沿汴水有故河道陂泽处,置立斗门。水涨溢时,以分其势,即涝岁无漂沫之患,旱年获浇溉之饶,庶几编甿差免劳役。'"文存《全唐文》卷八五五。

**裴巽为司封郎中,有《请置洛阳坛墠斋屋奏》。**

《册府元龟》卷八五四载:"(乾祐)二年,司封郎中裴巽上言:'国家郊庙社稷,百神祀祭,皆在雒阳。臣每见差官行事,诸神坛墠,多无斋宿之所……'"文存《全唐文》卷八五五。

**王易为尚书左丞,有《请复尚书省令式奏》。**

《册府元龟》卷四七六载:"王易乾祐二年为尚书左丞,上言:'尚书省名曰中台,素称会府,列曹令式,废坠多年。两辖纪纲,隳紊积岁。或因贡一时之浅见,破千载之通规,遂俾廨宇类乎衡门,官位等乎虚器。'"文存《全唐文》卷八五六。

**汉赵思绾据永兴、王景崇据凤翔反,密送款蜀主,蜀主遣安思谦应之。毋昭裔上疏谏之,有《上蜀后主疏》。**

《十国春秋》卷五二载："（毋昭裔）广政三年分判盐铁，久之，以次进左仆射。时汉赵思绾据永兴、王景崇据凤翔反，密送款后主，后主遣安思谦应之。昭裔上疏谏曰：'窃见庄宗皇帝志贪西顾，前蜀主意欲北行，凡在廷臣，皆贡谏疏……'"据郭从义《请赵思绾奏》（文存《唐文拾遗》卷四六）可知，赵思绾于本年三月授华州留后，却三移其期，不愿赴任，至七月郭从义奏闻后，或有惩戒，其授官永兴，当是七月以后事。又据《续通志》卷五九七，王景崇据凤翔反，在蜀广政十二年。则赵思绾到任未久，即与王景崇先后谋叛逆矣。其具体时间未详，姑系文于本年。文存《全唐文补编》卷一一九。

## 后汉乾祐三年　南唐保大八年　南汉乾和八年　后蜀广政十三年　辽天禄四年

庚戌　九五〇

### 正月

**南唐李璟有《恤民诏》。**

《十国春秋》卷一六载："保大八年春正月，诏曰：'春秋日食、地震、星孛、木冰，感召靡爽，比灾异频仍，岂人君不德以致之邪？抑亦天心仁爱，而谴告之也。朕甚惕焉。曩者兵连闽越……'"文存《全唐文》卷一二八。此诏散体单行，不求骈偶。以南唐文士之才，为骈骊文字当不为难，盖时风故也。此文风与五代时文体稍有差别，已彰显宋代文风矣。

**六娘子有《与教栋状[题拟]》。**

文末署："乾祐三年正月十二日。"文存《全唐文补编》卷一〇四。

### 三月

**汝州防御使刘审交卒，郡人聚哭于柩所，列状乞留葬本州界，立碑起祠，以**

**时致祭。汉隐帝有《赠刘审交太尉诏》**。

《册府元龟》卷一四〇载:“汉隐帝乾祐三年春,汝州防御使刘审交卒。汝为近辅,号为难治。审交尽去烦弊,无扰于民,百姓歌之。及卒,郡人聚哭于柩所,列状乞留葬本州界,立碑起祠,以时致祭。本州以闻。诏曰:‘朝廷之制,皆有旧章。牧守卒官,比无赠典,其或政能殊异,惠及蒸黎,生有令名,殁留遗爱。褒贤奖善,岂限彝章,可赠太尉。吏部所请,宜依。’”文存《全唐文》卷一二一。

**徐纶有《元化长寿禅院记》**。

文中有:“至后汉乾祐三年春,摄当县长内黄扈。公一日从容而谓院主义常……以其年三月七日备僧俗礼仪。……以其日吉辰斋庆讫,院主以余祖构是务,翰墨为功。”文存《全唐文》卷八五六。

## |四 月|

**泰州刺史陶敬宣卒,徐铉有《唐故泰州刺史陶公墓志铭》,陈致雍有《泰州刺史陶敬宣谥议》**。

徐铉文中有:“春秋五十有二,保大八年夏四月十有八日,卒于位。上省奏伤悼,辍朝两日。有司考行,赐谥曰顺。即于其年月日,权窆于东都。明年某月日,葬于江都府县里,与前夫人合祔焉,礼也。”依文意当是保大八年后撰就,“明年某月日”云云,或是预设之辞,或确作于一年之后。姑系于本年四月。文存《全唐文》卷八八五。依徐铉文可以推知陈致雍文当作于保大八年夏四月十八日后,因事相涉,姑系于一处。陈致雍文存《全唐文》卷八七五。

**王成允有《故大晋光禄大夫检校尚书左仆射行司农卿上柱国河间县开国男食邑三百户赠太子宾客邢府君墓志铭并序》**。

文中有:“以天福九年六月八日寝疾,启手足于东都相国之佛舍,春秋五十有八。……粤明年二月十七日,迁护于洛阳之北郊……以大汉乾祐三年四月十八日,窆于洛都北原朱阳里。”文存《全唐文补编》卷一〇三。

**阙名有《孟受上祖庄上浮图功德记并序》。**

文末署："于时大汉乾祐三年岁次阉茂仲吕之月萱生三叶题记。"以十二律应十二月，仲吕当为四月。文存《全唐文补编》卷一三八。

## 五 月

**窦文靖为殿中侍御史，访闻朝官便服徒步城市，以为有污朝风，上《纠朝官便服徒步奏》。汉隐帝有《批答窦文靖奏朝官便衣徒步敕》，又有《请道团集差散从官敕》《诸州公事先申廉使敕》。**

《五代会要》卷一七载："汉乾祐三年五月，殿中侍御史窦文靖奏：'台中纠弹过失，旧有十六僭事，节次不举明，臣访闻朝官有便服徒步城市者，既通闺籍，实污朝风。'敕：'宜令御史台常加察访，具以名闻，当行谴逐。隐而不言，与之同罪。'"窦文靖《纠朝官便服徒步奏》文存《唐文拾遗》卷四七。汉隐帝《批答窦文靖奏朝官便衣徒步敕》文存《唐文拾遗》卷一〇。同书卷二四载："（汉乾祐三年五月）其月敕：'诸道州府，宜差散从官大府五百人，下州二百人，宜量户多少，差团集本处管系，立节级点检教习，警备州城。'"同书同卷又载："汉乾祐三年五月敕：'诸防御团练州申奏公事，除朝廷以军期应副，则不及开于廉使。如寻常公事，不得自专，须先申本官，斟酌以闻。今后州府不得违越。'"此两段文字，依文意当是一篇文章，《唐文拾遗》卷一〇析为两篇，分别题为《请道团集差散从官敕》《诸州公事先申廉使敕》。未知何据，姑仍之。

## 六 月

**刘悦为太常少卿，有《止绝税牛奏》。**

《册府元龟》卷五〇四载："（乾祐）三年六月，太常少卿刘悦上言：'臣伏见买卖耕牛，官中元无商税。近日关市场院，不禀敕文，悉是收税，岁计其利，所入无多，在于农民，即疲于市易。请重降敕文，明行止绝。劝人耕稼，国之大计，仓廪有积，何莫由斯。'"文存《唐文拾遗》卷四七。

**冯道有《长乐老自叙》。**

文末署:“乾祐三年朱明月长乐老序云。”“朱明”指夏季,可知此文当作于是年夏季,姑系于此。文存《全唐文》卷八五七。

## | 七 月 |

**汉隐帝有《详核增户添租敕》《俸户不得当直敕》。**

《册府元龟》卷六三六载:“(乾祐)三年七月敕:‘亲人之任,务在安民;经国之规,必资征赋。至于招添户口,增长税租,减选加阶,优有处分。’”《详核增户添租敕》文存《全唐文》卷一二一。《五代会要》卷二八载:“汉乾祐三年七月十六日敕:‘(节文)诸道州府令录判官主簿,宜令等第支与,俸户逐户每月纳钱五百,与除二税外免放诸杂差遣,不得更种职,所定俸户于中等无色役人户内置。’”《俸户不得当直敕》文存《唐文拾遗》卷一〇。

**英若讷有《(上缺)碑铭序》。**

文末署:“时大汉乾祐三年岁次庚戌七月丙寅朔十五日庚辰建。”文存《全唐文补编》卷一〇三。

## | 八 月 |

**汉隐帝有《色役人员还州县敕[题拟]》。**

题下注:“乾祐三年八月。”文存《全唐文补编》卷一〇三。

**殿中省上《仪仗奏》。**

题下注:“乾祐三年八月殿中省。”文存《唐文拾遗》卷六〇。

**虞希范有《风穴七祖千峰白云禅院记》。阙名有《风穴七祖千峰白云禅院阴**

**面记》**。

虞希范文末署:“乾祐三年岁在庚戌八月十五日记。”末附辑者陈尚君按语:“原署:登仕郎试大理司直前守临汝县令兼殿中侍御史虞希范撰。”据此可知虞希范文作于此时。虞希范文存《全唐文又再补》卷七。阙名所撰阴面记,当亦在此前后,姑系于一处。

**僧智谦有《颂》,以明法华经义**。

末附辑者陈尚君按语:“末署:乾祐三年岁在庚戌八月十五日镌记。”文存《全唐文又再补》卷七。

**陈致雍有《太尉李金全谥议》**。

陆游《南唐书》卷一〇载:“(李金全)保大八年八月卒于金陵,年六十,多内宠,子男女凡三十二人。元宗命少府监王仲连持节册赠中书令,谥曰顺。”可以推知陈致雍文当于此时。文存《全唐文》卷八七五。

## 九月

**朱知家有《镌观音像赞》**。

文末署:“乾祐三年岁在己酉九月十四日记。”文存《唐文拾遗》卷四七。

**楚马希萼有《上南唐元宗乞师表》**。

《十国春秋》卷六九载:“是月(乾祐三年九月)希萼以朝廷偏袑于王,大怒,遣使称藩于唐,乞师来攻。唐加希萼同平章事,以鄂州今年之租税赐焉,又命楚州刺史何敬洙济师助希萼。”马希萼文存《全唐文》卷一二九。

**王昶游成都,叹为锦城**。

《蜀梼杌》卷下载："九月，令城上植芙蓉，尽以帷幕遮护。是时蜀中久安，赋役俱省，斗米三钱。城中之人子弟不识稻麦之苗，以笋芋俱生于林木之上，盖未尝出至郊外也。村落闾巷之间，弦管之声合宴，社会昼夜相接，府库之积，无一丝一粒入于中原，所以财币充实。城上尽种芙蓉，九月间盛开，望之皆如锦绣。昶谓左右曰：'自古以蜀为锦城，今日观之，真锦城也。'"

## |十月|

**楚马希广上奏，请发兵击朗州马希萼，有《请发兵击朗州奏》。**

《册府元龟》卷九五二载："乾祐三年，湖南马希广上言：'臣当道去九月内，量发兵士，往朗州招安户民，……朗州自闻当道抽退已来，狂谋益甚……'"据史载，乾祐二年八月，马希广与希萼相攻杀，至乾祐三年九月，希萼以朝廷偏于希广，遣使称藩于南唐，乞师来攻，并于十二月下长沙，杀希广。从文中"臣当道去九月内，量发兵士"云云，当是十月至十二月之间所为，姑系于十月。文存《全唐文》卷一二九。

**汉太后颁令郭威监国，周太祖有《监国敕》。**

《旧五代史》卷一一〇载："（乾祐三年十二月）二十八日，监国诏曰：'寡人出自军戎，本无德望，因缘际会，叨窃宠灵……'"《全唐文》署"周太祖"，且称其文曰"敕"，盖追记也。文存《全唐文》卷一二二。

**阙名有《莫高窟题记》。**

文末署："乾祐三年庚[戌岁]十月廿五日。"文存《全唐文补编》卷一三九。

## |十一月|

**郭威起兵邺都，周太祖有《澶州上汉帝疏》《请擒缚李业等疏》。**

《旧五代史》卷一一〇载："（乾祐三年十一月）十六日，至澶州。王殷迎谒恸哭，时隐帝遣小竖鸗脱侦鄴军所在，为游骑所执。帝即遣回，令附奏隐帝赴阙之由，仍以密奏置鸗脱衣领中，奏曰：'臣发迹寒贱，遭遇圣明，既富且贵，实过平生之望……'"《册府元龟》卷八载："（乾祐三年十一月十四日）帝因寘奏状于鸗脱衣领，奏曰：'昨为兵士拥至河上，言京中诛史弘肇等，尽非圣意。请陛下密诏内班，擒缚李业等，送至澶州……'"《全唐文》署为周太祖，盖追记也，小有误。郭威《澶州上汉帝疏》《请擒缚李业等疏》文存《全唐文》卷一二四。

**郭威入大梁，后汉亡。汉高祖李皇后有《命宰臣权军国事诰》《议择嗣君诰》。郭威有《请册立嗣君疏》。李皇后再颁《临朝诰》《册徐州节度使赟即帝位诰》。**

《资治通鉴》卷二八九载："（十一月）乙酉旦，郭威望见天子旌旗在高阪上，下马免胄往从之，至，则帝已去矣。帝策马将还宫，至玄化门。刘铢在门上问帝：'左右兵马何在?'因射左右。帝回辔西北，至赵村，追兵已至，帝下马入民家，为乱兵所弑。苏逢吉、阎晋卿、郭允明皆自杀，聂文进挺身走，军士追斩之。李业奔陕州，后匡赞奔兖州。郭威闻帝遇弑，号恸曰：'老夫之罪也！'威至玄化门，刘铢雨射城外，威自迎春门入归私第。"《旧五代史》卷一〇三载："（乾祐三年十一月）太后诰曰：'王室多故，边境未宁，内难虽平，外寇仍炽。据北面奏报，强敌奔冲，继发兵师，未闻平殄。须劳上将，暂自临戎。宜令枢密使郭威部署大军，早谋掩击。其军国庶事权委宰臣窦贞固、苏禹珪、枢密使王峻等商量施行……'"同书同卷又载："（乾祐三年十一月）丙戌，太后诰曰：'高祖皇帝翦乱除凶，变家为国，救生灵于涂炭，创王业于艰难，甫定寰区，遽遗弓剑。枢密使郭威、杨邠，侍卫使史弘肇、三司使王章，亲承顾命，辅立少君。协力同心，安邦定国。旋属四方多事，三叛连衔，吴蜀内侵，契丹启衅，蒸黎凶惧，宗社阽危……'"李皇后《命宰臣权军国事诰》《议择嗣君诰》两文皆存《全唐文》卷一二七。《册府元龟》卷八载："（乾祐三年十一月）二十四日，（郭威）率群臣起居于明德门外。奏曰：'昨者左右荧惑，舆驾仓皇归阙，师徒未免惊动，帝王出令，其位难虚，军国事多……'"《全唐文》署周太祖，小有误，以此时郭威未尝即位故也。郭威《请册立嗣君疏》文存《全唐文》卷一二四。《旧五代史》卷一〇三载："（乾祐三年十一月）周太祖与诸将请视承勳起居，及视之方信，遂议立高祖从子徐州节度使赟为嗣。己丑，太后诰曰：'天未悔祸，丧乱宏多。嗣王幼冲，群凶蔽惑，构奸谋于造次，纵毒虿于斯须。将相大臣，连颈受戮，股肱良佐，无罪见屠……徐州节度使赟，禀上圣之资，抱中和之德，先皇如子，钟爱特深，固可以子育兆民，君临万国，宜令所司择日备法驾，奉迎即皇帝位。'"同书同卷载："周太祖以嗣君未至，万机不可暂旷，率群臣请太后临朝。诰曰：'昨以奸邪构衅，乱我邦家。勋德效忠，剪除凶慝。俯从人欲，已立嗣君，宗社危而再安……'"李皇后《册徐州节度使赟即帝位诰》《临朝诰》两文皆存《全唐文》卷一二七。

**西蜀欧阳彬病卒。**

《蜀梼杌》卷下载："（广政十三年）十一月，左丞欧阳彬卒。彬字齐美，衡山人，博学能文。昶以为嘉州刺史，喜曰：'青山绿水中为二千石，作诗饮酒，为风月主人，岂不嘉哉。'"彬之著述，散佚殆尽，《全唐诗》卷七九五收佚诗两联，卷八九六收《生查子》词一首。《全唐文》卷八九一录文一篇。彬之文章，《五代史补》卷三亦称："郴特好学，工于辞赋。"所作有《九州歌》《独鲤朝天赋》（《十国春秋》作《万里朝天赋》）等，"为文词切而理直"。

## 十二月

**郭威等议立徐州节度使刘赟为汉嗣，冯道受命往迎之。回至宋州，身陷乱军，几为所害。汉高祖李皇后有《降封徐州节度使赟为湘阴公诰》《命郭威监国令[题拟]》。**

《旧五代史》卷一二六载："及（周）太祖平内难，议立徐州节度使刘赟为汉嗣，遣道与秘书监赵上交、枢密直学士王度等往迎之。道寻与赟自徐赴汴，行至宋州，会澶州军变……道偃仰自适，略无惧色，寻亦获免焉。道微时尝赋诗云：'终闻海岳归明主，未省乾坤陷吉人。'至是其言验矣。"据《资治通鉴》，郭威等议立徐州节度使刘赟为汉嗣，事在本年十二月。后汉立刘赟不果，李皇后只能以郭威监国以顺其意。《旧五代史》卷一〇三载："（乾祐三年十二月）己未，太后诰曰：'比者枢密使郭威，志安社稷，议立长君。以徐州节度使赟，高祖近亲，立为汉嗣。爰自藩镇征赴京师，虽诰命寻行，而军情不附，天道在北，人心靡东。适当改卜之初，俾膺分土之命。赟可降授开府仪同三司检校太师上柱国封湘阴公食邑三千户食实封五百户……'"依文意，李皇后是在刘赟"军情不附，天道在北"的情况下，不得已颁郭威监国之令，其文意相属，不当析为两篇。李皇后《降封徐州节度使赟为湘阴公诰》文存《全唐文》卷一二七,《全唐文补编》卷一〇据《旧五代史》析出命郭威监国令,题为《命郭威监国令[题拟]》。

**周太祖上笺李皇后,愿奉之为慈母,有《上汉太后笺》。李皇后有《答周太祖诰》《监国郭威即皇帝位诰[题拟]》。**

《旧五代史》卷一〇三载:"明年(广顺元年)正月丁卯,太后诰:'奉符宝于监国,可即皇帝位。'周太祖践阼,奉太后为母,迁于西宫,上尊号曰昭圣太后。"《册府元龟》卷八载:"(乾祐三年十二月)二十日,帝上太后笺,论列澶州三军逼胁之事,不获已班师。又言:'臣事先帝,过承君父之恩;及奉嗣君,愿竭腹心之效。岂期祸难,事与愿违,方择当璧之贤,又爽大横之兆。永言膝下,何慰慈颜。望太后以宗子待微臣,臣敢不奉宗庙,如本朝事太后为慈母,悃款之至,祈恋增深。'太后令曰:'侍中功烈崇高,德声昭著,剪除祸乱,安定乾坤。讴咏有归,历数攸属,所以群情推戴,亿兆同欢。老身未终残年,属兹多难,唯以衰朽,托于始终。'"周太祖《上汉太后笺》文存《全唐文》卷一二四,汉高祖李皇后《答周太祖诰》文存《全唐文》卷一二七,李皇后《监国郭威即皇帝位诰[题拟]》文存《全唐文补编》卷一〇三。

**裴长官为人滑稽,以蝗害嘲州牧,有《对州牧状》。**

《五代史补》卷四载:"乾祐中,有裴长官为新郑县令,时蝗虫为灾,新郑尤甚,本州有令,使令躬行,率村农掩扑,无令散入别县。居无何,蝗虫飞散,触处皆是。州牧怒,下符劾之。长官素滑稽,因具对状曰:'伏以前件,蝗虫背上有翅,肚底无粮,来时而不自招呼,去日而固难留止。'闻者皆笑。"此文具体作于何时待考,以其用后汉"乾祐"年号,姑系于此。文存《全唐文补编》卷一〇三。

**陶縠有《乞停常参官转对奏》。**

《宋史》卷二六九载:"乾祐中,令常参官转对。(陶)縠上言曰:'五日上章,曾非旧制,百官叙对,且异昌言……'"陶氏此文具体作于何时待考,以其用后汉"乾祐"年号,姑系于此。文存《全唐文补编》卷一〇八。

**张昭为太常卿，有《请尊师傅讲论经义疏》。**

《册府元龟》卷五三三载："（张昭）乾祐中为太常卿，上言：'臣闻江海不让于细流，所以成其大；山岳不让其撮土，所以成其高。王者不倦昌言，所以成其圣。臣历观前代，乃至近朝，遍阅圣君，无不好学……'"张昭此文具体作于何时待考，以其用后汉"乾祐"年号，姑系于此。文存《全唐文》卷八六四。

**边归说为刑部侍郎，有《请禁无名文书疏》。**

《册府元龟》卷四七六载："又至隐帝时，为刑部侍郎。乾祐三年上言：'臣伏见诸处有人抛无名文书，及言风闻访闻之事，不委根苗，即便追扰，既非责实，多是构虚……'"边氏此文载记于乾祐三年，但具体作于何时待考，姑系于此。文存《全唐文》卷八六一。

**淳于希颜为左补阙，有《请禁括田出剩求功奏》。**

《册府元龟》卷四九五载："汉隐帝乾祐三年，左补阙淳于希颜上言：'窃以久不简田，且仍旧额，无妨耕稼。虽知有劝于农民，复恐不均于众望。三五年中，时一通括……'"淳于氏此文具体作于何时待考，以其用后汉"乾祐"年号，姑系于此。文存《全唐文》卷八五六。

**李钦明为司勋员外郎，有《请许陈许蔡三州制造舟船奏》。**

《册府元龟》卷四九七载："李钦明为司勋员外郎，是年（乾祐三年）钦明言：'臣伏以百姓转食馈运，舟车之利，苦乐相悬……'"李钦明此文载记于乾祐三年，但具体作于何时待考，姑系于此。文存《全唐文》卷八五五。

**卢振为左司员外郎，有《禁止织造疏薄奏》。**

《册府元龟》卷五〇四载："汉隐帝乾祐三年，左司员外郎卢振上言：'古先哲王之制，布帛不中度，不鬻于市。比来组织之物，轻重皆有定规。近年已来，织帛之家，过为疏薄。'"卢氏此文载于乾祐三年，但具体作于何时待考，姑系于此。文存《唐文拾遗》卷四六。

**司徒诩为礼部侍郎，有《请采遗书奏》。**

《册府元龟》卷六〇四载："汉司徒诩为礼部侍郎。乾祐三年上言：'臣闻致理之方，咸资稽古，多闻之道，讵舍群书。历代已来，斯文不坠……'"司徒氏此文载记于乾祐三年，但具体作于何时待考，姑系于此。文存《全唐文》卷八五五。

**苏德潜为右补阙，有《禁道士携妻孥奏》。**

《册府元龟》卷五四载："汉隐帝乾祐三年，右补阙苏德潜上言：'臣闻道以至真为本，自然为宗，若不离嗜欲之源，则安奏虚无之理。况两京道宫，是国家崇福之地。窃见道场所设斋醮，无非蠲洁净筵，盖表其精虔也。访闻道士皆有妻孥，携在道宫居止，不独伤于教法，其实污于清虚。望特行禁止。'敕：'宜令御史台严加告谕，不得更然。'"苏氏此文载记于乾祐三年，但具体作于何时待考，姑系于此。文存《全唐文》卷八五六。

**孟知进有《立父母恩重经碑记》。**

文中有："乾祐三年建立。"文存《全唐文补编》卷一〇三。

**程极有《复人状[题拟]》。**

《全唐文补编》卷一〇三《程极小传》谓其任随使押衙充临河镇使，在汉隐帝乾祐中。文末署职与此吻合，姑系于此时。文存《全唐文补编》卷一〇三。

**楚马希萼攻下长沙，杀马希广。李宏皋亦被马希萼脔杀于长沙。徐仲雅自此闭门不出。**

《资治通鉴》卷二八九载，马希萼攻陷长沙俘获马希广后："（十二月）戊申，希萼谓将吏曰：'希广懦夫，为左右所制耳，吾欲生之，可乎？'诸将皆不对。朱进忠尝为希广所笞，对曰：'大王三年血战，始得长沙。一国不容二主，它日必悔之。'戊申,赐希广死。希广临刑,犹诵佛书。彭师暠葬之于浏阳门外。"《十国春秋》卷六九载:"(十二月)乙巳,希萼入府视事,闭城分捕王及掌书记李宏皋、弟宏节、都统判官唐昭胤与邓懿文、杨涤等,尽获之……明日,脔食宏皋、宏节、昭胤、涤,斩懿文于市。"同书卷七三亦载:"朗兵破长沙,宏皋为所执。恭孝王诘责之曰:'吾虽生于庶孽,然托体先君,皆马氏子也。汝何见毁而不吾立邪!'宏皋无以对。命壮士脔杀之。"宏皋有《表状》一卷,传于世。《全唐诗》卷七六二李宏皋小传称:"李宏皋,善夷之子,仕湖南为天策学士,官至刑部侍郎。集二卷,今存诗二首。"《全唐文》卷八九三录《复溪州铜柱记》一文。《十国春秋》卷七三载:"及废王希广之变,仲雅闭门不出。唐边镐入潭州,益屏迹荒遁,不免冻馁。"

## |本 年|

**王朴举进士第,解褐授校书郎。**

《旧五代史》卷一二八载:"王朴,字文伯,东平人也。父序,以朴贵,赠左谏议大夫。朴幼警慧,好学善属文。汉乾祐中,擢进士第,释褐授校书郎,依枢密使杨邠,馆于邠第。是时汉室浸乱,大臣交恶,朴度其必危,因乞告东归。未几,李业辈作乱,害邠等三族,凡游其门下者,多被其祸,而朴独免。"史弘肇与苏逢吉不协及李业作乱,并为本年事,可推知王朴至迟本年已进士及第。

**李建勳本年前后以司徒致仕,赐号"钟山公",闲居蒋山别墅。**

宋释文莹《玉壶清话》卷一〇载:"钟山相李建勳……营别墅于蒋山,泉石佳胜。再罢相,逼疾求退,以司徒致仕,赐号'钟山公'。或谓曰:'公未老无疾,求此命,无乃复为九华先生耶?'九华即宋齐邱,常乞骸,屡娇国主。公曰:'余尝笑宋公轻以出处,敢违素心。吾必非寿考之物,劳生纷扰,耗真蠹魂,求数年闲适尔。'尝畜一玉磬,尺余,以沉香节安柄,扣之,声极清越。客有谈及猥俗之语者,则击玉磬数声于耳。客或问之,对曰:'聊代洗耳。'一轩,榜曰'四友轩'。以琴为峄阳友,以磬为泗滨友,《南华经》为心友,湘竹簟为梦友。果遂闲旷五年而卒。"《江表志》卷中亦载:"先是宋齐邱自京口求退,归于九华青阳,号'九华先生'。未周岁,一征而起,时论薄之。建勳年德未衰,时望方重,或有以宋公比之,因为诗曰:'桃花流水须相信,不学刘郎去又来。'"李建勳之文章,《唐才子传》卷七载："能文，赋诗琢炼颇工，调既平妥，终少惊人之句也。"

## 后周广顺元年　南唐保大九年　南汉乾和九年　后蜀广政十四年　辽应历元年

辛亥　九五一

### | 正 月 |

**郭威即皇帝位，更名崇，国号周，史称后周。周太祖有《即位赦文》《为汉隐帝发丧敕》《追册故夫人柴氏为皇后制》《却诸道贡物诏》《求言诏》《令诸道劝课耕桑敕》《收瘗暴骸敕》**等。

《旧五代史》卷一一〇载："是日，帝自皋门入大内，御崇元殿，即皇帝位。制曰：'自古受命之君，兴邦建统，莫不上符天意，下顺人心……今建国，宜以大周为号，可改汉乾祐四年为广顺元年……'"周太祖《即位赦文》文存《全唐文》卷一二四。《五代会要》卷八载："周广顺元年正月敕：'汉高祖为义帝举丧，魏明帝正禅陵尊号。一时达礼，千古所称……'"《为汉隐帝发丧敕》文存《全唐文》卷一二三。《旧五代史》卷一二一载："太祖即位，乃下制曰：'义之深，无先于作配；礼之重，莫大于追崇……'"周太祖即帝位，在广顺元年正月，其追册故夫人柴氏为皇后，当在即位后不久，姑系于此。《追册故夫人柴氏为皇后制》文存《全唐文》卷一二二。《册府元龟》卷一六八载："周太祖广顺元年正月庚辰，御札宣示群臣曰：'朕以眇末之身，托王公之上。深惧弗类，抚躬匪遑……'"《却诸道贡物诏》文存《全唐文》卷一二二。同书卷一〇三载："周太祖广顺元年正月……是月庚辰，又诏曰：'朕昔在侧微，罔亲教学，但明军旅之事，安知王化之基……'"《求言诏》文存《全唐文》卷一二二。同书卷七〇载："周太祖广顺元年正月敕：'农桑之务，衣食所资；一夫不耕，有艰食之虑……'"《令诸道劝课耕桑敕》文存《全唐文》卷一二三。同书卷四二载："周太祖广顺元年正月敕：'含幽育明，哲后法之而致理；掩骼埋胔，贤主著之为令猷……'"《收瘗暴骸敕》文存《全唐文》卷一二三。

**北京留守刘崇将叛，遣押牙巩廷美致书求同党刘赟归藩。周太祖有《答北京留守刘崇书》《遣刘赟书》。**

《旧五代史》卷一一〇载："（广顺元年正月）北京留守刘崇遣押牙巩廷美致书求刘赟归藩，帝报曰：'朕在澶州之时，军情推戴之际，先差来直省，李光美备见，必想具言……'"《答北京留守刘崇书》文存《全唐文》卷一二四。《资治通鉴》卷二九〇载："（广顺元年正月）帝复遗赟书曰：'爰念斯人，尽心于主，足以赏其忠义，何由责以悔尤，俟新节度使入城，当各除刺史，公可更以委曲示之。'"《遣刘赟书》文存《全唐文补编》卷一〇四。

**周太祖有《宣谕晋绛慈隰诸州军民敕》。**

《册府元龟》卷六六载："（广顺元年正月）丙戌，河东刘崇僭号。太祖遣供奉官张令权赍敕书，晓谕晋绛慈隰诸州军民曰：'朕早事刘氏，共立汉朝，当高祖寝疾既危，朕与扬州史弘肇于御床之前同受顾托……'"文存《全唐文》卷一二三。

**周太祖有《宣谕徐宿二州敕》《谕徐州军民诏》《谕徐州城内军民书》。**

《册府元龟》卷六六载："（广顺元年正月）是日降敕宣谕徐宿二州官吏百姓曰：'朕猥以寡薄，肇创基图。思康济于兆民，推恩信于天下……'"《宣谕徐宿二州敕》文存《全唐文》卷一二三。同书卷一六七载："广顺元年正月，徐州押牙巩廷美、教练使杨温据城拒守。敕曰：'朕昨迫于军情，遂临帝位，已曾示谕，想备闻知……'"《谕徐州军民诏》文存《全唐文》卷一二二。同书卷一二三载："周太祖广顺元年正月……遂诏进攻，仍晓谕城内军民曰：'昨以巩廷美、杨温等不认朝旨，妄蓄疑心，累令招携，明示诚信……'"《谕徐州城内军民书》文存《全唐文》卷一二四。

**宗正寺上《请朝拜睿陵奏》。中书门下上《追谥四庙所议未同奏》。**

《请朝拜睿陵奏》题下注："广顺元年正月宗正寺。"文存《全唐文》卷九七三。《追谥四庙所议未同奏》题下注："广顺元年正月，中书门下。"文存《唐文拾遗》卷六〇。

**南唐韩熙载有《上元宗书》。**

马令《南唐书》卷三载："九年春正月……时以连兵南闽，至此方议北师。熙载又上书曰：'郭氏奸雄，虽有国日浅……'"《十国春秋》卷一六同，可知此书作于保大九年正月。文存《全唐文补编》卷一一二。

## 二月

**太常礼院上《迁汉庙奏[题拟]》。**

题下注："广顺元年二月，太常礼院。"文存《全唐文补编》卷一二七。

**和凝为太子太傅，有《立四庙议》。**

《册府元龟》卷八五四载："（广顺元年）二月，太子太傅和凝等奏：'以肇启洪图，惟新皇室。左宗庙而右社稷，率繇旧章；崇祖祢而辨尊卑，载于前史……'"文存《全唐文》卷八五九。

**吏部三铨上《南曹选人兵火散失公凭奏》。**

题下注："广顺元年二月吏部三铨。"文存《唐文拾遗》卷六〇。

**许迁为隰州刺史，河东军侵隰州，许败之，上《破河东贼奏》。周太祖有《奖隰州刺史许迁破敌诏》。**

《册府元龟》卷四三五载："周太祖广顺元年二月，隰州刺史许迁上言：'河东贼军侵我，今月十一日，遣步军都指挥使孙继业等领兵三百，至州北长寿村掩杀……'诏曰：'凶狂乌合，来犯军城；丑类蜂屯，罔识天命。汝誓平国蠹，固彼人心……'"许迁《破河东贼奏》文存《全唐文》卷八五六。周太祖《奖隰州刺史许迁破敌诏》文存《全唐文》卷一二二。

**周太祖有《定赴任程期敕》《前资官准听外居敕》《追封越王谊等诏》《赐王彦超诏》**。

《册府元龟》卷六三四载:“(广顺元年二月)是月敕:‘自前朝廷除官,铨司选授,当其用阙,皆弃旧规……应诸道州府录事参军、判司、县令主簿等,宜令本州府以到任月日,旋具申奏,及报吏部。此后中书及铨司,以到任月日用阙,永为定制。’”《定赴任程期敕》文存《全唐文》卷一二三。同书同卷又载:“周太祖广顺元年二月敕:‘朕祗膺景命,淹有中区。每思顺物之情,从众之欲,将使照临之下,咸遂宽舒,仕宦之流,自安进退……’”《前资官准听外居敕》文存《全唐文》卷一二三。《册府元龟》卷二九六载:“越王谊、吴王诚、韩王諴皆世宗子,乾祐末遇害,广顺元年二月,太祖诏:‘故皇孙三人,宜哥赠左骁卫大将军,赐名谊;二哥赠左武卫大将军,赐名诚;三哥赠左屯卫大将军,赐名諴。’”《追封越王谊等诏》文存《全唐文》卷一二五。《册府元龟》卷六六载:“(广顺元年)二月癸巳,赐王彦超诏曰:‘昨以巩廷美、杨温等妄抱忧疑,辄敢违拒,累令招谕,未体诚怀……切虑破城之后,玉石难分。卿可告谕诸军,勿令杀人放火,但诛恶党,宜舍胁从,眷惟许国之心,当体好生之意。’”《赐王彦超诏》文存《全唐文》卷一二二。

## |三月|

**卢文纪以太子太师致仕为司空致仕,四月病卒,享年七十六岁**。

《旧五代史》卷一一一载:“(三月)丙子,以太子少保致仕王延为太子少傅,以户部尚书卢损、左骁卫上将军致仕李肃并为太子少保,兵部尚书致仕韩昭裔为尚书右仆射,太子太师致仕卢文纪为司空,自延而下,并依前致仕。”卢文纪著述,散佚殆尽。《全唐诗》卷七三七存诗一首;《全唐文》卷八五五收文六篇,《唐文拾遗》补一篇。

**周太祖有《报慕容彦超诏[题拟]》**。

题下注:“广顺元年三月。”文存《全唐文补编》卷一〇四。

**咸师范为西头供奉官，有《乞宣赐物业奏》。**

《册府元龟》卷四八载："周太祖广顺元年三月丁卯，西头供奉官咸师范奏：'弟师朗先为亳州蒙城镇将，因怀惊疑，遁过淮外。臣与东头供奉官师睿二人，时在定州，监押兵士……臣冒死上诉，缘祖父坟墓庄田点检入官，至今属营田户部，岁时骨肉祭拜无所。臣叨为人子，孝道难忘，遂于生前便亏祀飨。'敕下本州：'其咸师范物业，并宣赐。'"文存《全唐文》卷八五六。

**周太祖更定铜法，一任兴贩，有《定铜法敕》。又有《赐高保融诏》。**

《册府元龟》卷五〇一载："周太祖广顺元年三月敕：'铜法今后官中更不禁断，一任兴贩……'"《定铜法敕》文存《唐文拾遗》卷一一。《册府元龟》卷一六七载："(广顺元年)三月丙寅，与荆南高保融诏曰：'安审琦奏湖南船网……卿义在恤邻，志惟体国。俾归途而无滞，副轸念以在兹。已降宣命下襄州，取逐人便稳，如愿归本道者，即差人管押至荆南。候到，卿可差人部送至湖南。'"《赐高保融诏》文存《全唐文》卷一二二。

**以襄州节度副使郭令图为宗正卿。以苏逢吉、刘铢在汉朝时，与太祖同事，特赐庄宅。周太祖有《赐苏逢吉刘铢家属庄宅诏》。**

《旧五代史》卷一一一载："(广顺元年三月)丙戌，以襄州节度副使郭令图为宗正卿。诏曰：'故苏逢吉、刘铢顷在汉朝，与朕同事。朕自平祸乱，不念仇雠……报怨以德，非我负人。赐逢吉骨肉洛京庄宅各一，赐刘铢骨肉陕州庄宅各一。'"文存《全唐文》卷一二二。

**潞州常思差人部送捉到之贼将校赴阙。周太祖有《赦潞州俘馘诏》。**

《册府元龟》卷四三五载："其月(广顺元年三月)己卯，潞州常思奏，差人部送涉县阵所捉到之贼将校长行，共二百六十五人，马三十四匹赴阙。回诏曰：'卿摧敌有方，执俘甚众……'"文存《全唐文》卷一二二。

**徐州行营都部署王彦超驰奏收复徐州，城内逆首杨温及亲近徒党并处斩。**

**周太祖有《收复徐州诏》。**

《旧五代史》卷一一一载："（广顺元年三月）壬申，诏曰：'……徐州行营都部署王彦超驰奏收复徐州，城内逆首杨温及亲近徒党并处斩，其余无名目人，及本城军都将校职掌吏民等，虽被胁从，本非同恶，并释放。'"文存《全唐文》卷一二二。

**周太祖有《定府州从事等当直人力数敕》《放散诸州抽差敕》《禁沿淮州县军镇侵略淮南敕》《牛皮人犯重处敕》。**

《册府元龟》卷六一载："周太祖广顺元年三月辛卯敕：'职当参佐，位列宾僚，苟无职驭之人，颇异筑台之礼……'"《定府州从事等当直人力数敕》文存《全唐文》卷一二三。同书卷一六〇载："（广顺元年）三月壬申敕：'前朝于诸州府差散从亲事官等，前朝创置，盖出权宜，苟便一时，本非旧贯……'"《放散诸州抽差敕》文存《全唐文》卷一二三。同书卷六六载："（广顺元年）三月丙子敕沿淮州镇：'朝廷比与淮南，素非仇怨，互分疆土，各有人民……'"《禁沿淮州县军镇侵略淮南敕》文存《全唐文》卷一二三。《五代会要》卷二五载："周广顺元年三月二十八日敕：'诸道州府牛皮，今后犯一张，本犯人徒三年，刺配，重处色役……'"《牛皮人犯重处敕》文存《唐文拾遗》卷一一。

## | 四 月 |

**淮南饥民过境籴物，周太祖有《许淮南籴易诏》，又有《均禄敕》。**

《册府元龟》卷四二载："（广顺元年）四月，沿淮州镇上年淮南饥民过来籴物，从前通商，未敢止绝。诏曰：'淮南虽是殊邦，未通中国。近闻歉食，深所轸怀……'"文存《全唐文》卷一二二。同书卷五〇八载："周太祖广顺元年四月敕：'牧守之任，委遇非轻；分忧之务，既同制禄之数……'"《均禄敕》文存《全唐文》卷一二三。

**皇子荣为镇宁军节度使，上奏请放免散户，周太祖有《允皇子荣请放免散户诏》。**

《册府元龟》卷一六〇载:“(广顺元年)四月,皇子镇宁军节度使荣言:‘属州帐内有羊猪纸炭等户,并羊毛、红花、紫草及进奉官月科,并是影占大户,凡差役者是贫下户,今并欲放免为散户。’诏褒之曰:‘卿作镇王畿,留心政道,虽米盐细务,不懈于躬亲……’”文存《全唐文》卷一二二。

**中书六门下上《请降阶迎四庙册案奏》。**

题下注:“广顺元年四月,中书六门下。”文存《全唐文》卷九七三。

**泛僧统有《处分佛诞转经事宜帖[题拟]》。**

文末署:“乾祐四年四月四日。”文存《全唐文又再补》卷七。

**阙名有《应管内外都僧统牒》。**

文中有:“乾祐四年四月四日,右奉庭分,今者四月八日,是释迦牟尼降诞之晨。”可知文作于此时。文存《全唐文补编》卷一二八。

**滕绍宗有《造像题名》。**

文末署:“时广顺元年岁次辛亥四月三日镌记。”可知文作于此时。文存《唐文拾遗》卷四七。

## | 五 月 |

**周太祖颁敕京兆凤翔府,给还籍没田产,有《给还籍没田产敕》。**

《册府元龟》卷一六七:“(广顺元年)五月丁丑敕京兆凤翔府:‘朕临御以来,忧勤无怠,虑庶政之尚阙,恐蒸民之未安……应有诸色犯罪人第宅庄园店舍水硙,曾经籍没,及本主未归者,已宣下本道,却给付罪人骨肉为主,仍仰逐处严切指挥。”文存《全唐文》卷一二三。《全唐文补编》卷一〇四据《册府元龟》卷一六七重录,题《赐京兆凤翔府敕[题拟]》,题下注:“广顺元年五月。”

**周太祖有《磨勘州县前资官敕》《禁滥荐敕》《盛夏决滞狱敕》。**

《册府元龟》卷六三四载:"(广顺元年)五月敕:'朕祗荷上玄,恭临大宝,虑一夫之不获期,四海之攸归。近知铨选人,多州县阙……'"《磨勘州县前资官敕》文存《唐文拾遗》卷一一。同书同卷又载:"是月(广顺元年五月)敕:'朝廷设爵命官,求贤取士,或以资叙进,或以科级升。至有白首穷经,方阶一第……'"《禁滥荐敕》文存《全唐文》卷一二三。同书卷一五一载:"周太祖广顺元年五月壬戌朔敕:'朕肇启丕基,躬临庶政。深慕泣辜之道,以宏恕物之心。今则方属炎蒸,正当长养,黄沙系縶,宜矜非罪之人;丹笔重轻,切戒舞文之吏。'"《盛夏决滞狱敕》文存《全唐文》卷一二三。

**边蔚本年为太常卿,有《请改乐舞名疏》《太庙四室奠献舞词表》。**

边蔚,传见《旧五代史》卷一二八。据本传,蔚字得升,长安人。《册府元龟》卷五七〇载:"周太祖广顺元年五月丙子,太常卿边蔚上太庙四室奠献舞词表曰:'臣闻礼莫尊于明祀,孝莫重于奉先。历观哲王,必严清庙,所以二簋可用,陈于羲《易》之中;百世不迁,著在周《诗》之内。既修祀典,爰奏乐章,沾滞之音,不可以致来格;蹁跹之貌,不可以达至诚。是宜详按旧规,发扬新号……'"《太庙四室奠献舞词表》文存《全唐文补编》卷一〇五,《请改乐舞名疏》文存《全唐文》卷八五八,《全唐文补编》卷一〇六重录。边蔚,此后之事迹其本传谓"迁太常卿,后以足疾辞位。显德二年冬卒于家,时年七十一。"

**宗正寺上《县令兼诸陵令丞不便奏》。**

题下注:"广顺元年五月宗正寺。"文存《唐文拾遗》卷六〇。

## |六 月|

**周太祖有《四庙行事官除官敕》《追毁出身敕》。**

《册府元龟》卷六三四载:"(广顺元年六月)是月敕:'追尊四庙诸司寺监,合差行事官,宜令差补。'"《四庙行事官除官敕》文存《唐文拾遗》卷一一。同书同卷又载:“(广顺元年六月)又:‘今年正月五日恩赦,前应诸色官员,有过犯合追毁出身历任官牒,至今尚未追毁,其本官叙理,仍各依格敕处分。’”《追毁出身敕》文存《唐文拾遗》卷一一。

**阙名有《上永寿节表》**。

题下注:“广顺元年六月。”依文意当是太常礼院所上,姑仍之。文存《全唐文》卷九六三。

**中书门下《请勘寻选人失坠告牒事理奏》**。

题下注:“广顺元年六月中书门下。”文存《全唐文》卷九七三。

**云辩有《与缘人遗书》**。

文末附辑者陈尚君按语:“末署:时广顺元年六月十八日迁。”文存《全唐文补编》卷一〇四。

## | 七月 |

**窦贞固监修国史,有《进晋朝实录疏》,周太祖有《答窦贞固进晋朝实录敕》。窦俨与贾纬、王伸同修晋高祖、少帝、汉祖三朝实录。窦俨改主客员外郎、知制诰**。

《册府元龟》卷五五七载:“太祖广顺元年七月,窦贞固上言:‘臣监修国史时,奉诏修《晋朝实录》。伏以皇帝陛下武功定业,文德化民……所撰《晋高祖实录》三十卷,《少帝实录》二十卷,谨诣东山阁门呈进。’敕:‘贞固等群书睹奥,直笔记言,成一代之明文,继百王之盛典。岂特洪纤靡漏,抑亦褒贬有彰。将播无穷,永传不朽。叹重褒美,顷刻不忘。’”窦贞固《进晋朝实录疏》文存《全唐文》卷八六五,周太祖《答窦贞固进晋朝实录敕》文存《全唐文》卷一二三。《宋史》卷二六三载:“俨仕汉为史馆修撰。周广顺初,迁右补阙,与贾纬、王伸同修晋高祖、少帝、汉祖三朝实录。改主客员外郎、知制诰。时仪自阁下入翰林,兄弟同日拜命,分居两制,时人荣之。俄加金部郎中,拜中书舍人。”据末条窦贞固《进晋朝实录疏》在本年七月,可以推知窦俨改官当在其后不久,姑系于此。

**周太祖有《赐昭义节度使常思诏》**。

《册府元龟》卷一七二载:“周太祖广顺元年……七月,昭义节度使常思上言曰:‘臣妻王氏入贡,蒙陛下致敬,臣惶恐无容自处。’诏曰:‘朕以君臣之道,则外有朝廷之仪;骨肉之亲,则内有少长之敬。且朕与卿,当夙昔之共事,实敦叙于周亲,安可此时,使逾曩分。’”文存《全唐文》卷一二二。

**贬监察御史刘顼复州司户参军,周太祖有《贬监察御史刘顼复州司户参军敕》**。

《册府元龟》卷九二五载:“广顺元年七月敕:‘顼名升通籍,官列宪司,凡系所为,尤宜知禁。不能为子诤父,而乃离局侵官……’”文存《全唐文》卷一二三。

**周太祖有《定催科赏罚敕》**。

《册府元龟》卷四八八载:“周太祖广顺元年七月敕:‘秋夏征赋,素有常规。苟或催督及时,官吏奉法,自然办及,不至愆期……’”文存《全唐文》卷一二三。

**南唐弘茂卒,追封庆王,陈致雍有《定虞祭议》**。

文中有:“今月十三日庆王葬及虞,合用三祭。”据陆游《南唐书》卷一六载:“(弘茂)保大九年七月卒,追封庆王。”可以推知陈氏此文当作于保大九年七月。文存《全唐文》卷八七三。

**南唐韩熙载有《清凉寺悟空禅师碑》**。

《宝刻类编》卷七录:“《清凉寺悟空禅师碑》,韩熙载撰并八分书及篆额,保大九年七月二十五日,升(州)。”

## | 八 月 |

**契丹遣幽州教练使曹继筠护送赵莹丧柩至其家，周太祖有《赠赵莹太傅制》。**

《册府元龟》卷一四〇载："周太祖广顺元年八月，契丹遣幽州教练使曹继筠护送赵莹丧柩至其家。制曰：'《礼》云利禄，先死者而后生者，则民不悖；先亡者后存者，则民可以托……'"文存《全唐文》卷一二二。

**沧州王景言幽州饥，继有流民入界，周太祖有《抚恤沿边流民敕》。**

《册府元龟》卷一六七载："（广顺元年）八月，沧州王景言幽州饥，继有流民入界。敕：'朕以沿边百姓，适因灾沴，遂至流亡……'"文存《全唐文》卷一二三。

**周太祖有《出给失坠文书公凭敕［题拟］》。**

题下注："广顺元年八月。"文存《全唐文补编》卷一〇四。

**徐铉有《摄山栖霞寺新路记》。**

文中有："保大辛亥岁，时安岁丰，政简民暇。粤有寺僧道严，名高白足，动思利人……凿甘井以救渴，立名表以指迷。草树风烟，依依四望。峰峦台榭，肃肃前瞻。由是江乘之涂，复识王畿之制矣。余职事多暇，屡游此山。喜直道之攸遵，嘉二叟之不懈。为文刻石，用纪成功。俾后之好事者，以时开通，随坏完葺。此碣有泐，斯文未湮，不亦美乎？其年八月一日，兵部员外郎知制诰徐铉记。""辛亥"年即本年，因其文末所署日期，可知文作于此时。文存《全唐文》卷八八二。

## | 九 月 |

**南唐李璟有《祭悟空禅师文》。**

文中有:“保大九年岁次辛亥九月,皇帝以香茶乳药之奠,致祭于右街清凉寺悟空禅师。”文存《全唐文补编》卷一一〇。

**阙名有《故仆射王进威墓志》**。

文中有:“维大周广顺元年岁次辛亥九月庚申朔十三日壬申志。”文存《全唐文补编》卷一五六。

## | 十月 |

**南唐大将边镐率师入湖南,马希崇降,楚亡。孟宾于归南唐。拓跋恒为马希崇奉笺诣南唐军,后不知所终。廖凝归南唐,具体时间不详,卒年无考。**

《江南野史》卷八载:“及江南攻下湖湘,宾于随马氏归朝嗣主,授以丰城薄,寻迁淦阳令,因黩货以赃罪当死。会昉迁翰林学士,闻其缧绁,以诗寄宾于云:‘幼携书剑别湘潭,金榜标名第十三。昔日声名喧洛下,近年诗价满江南。长为邑吏情终屈,纵处曹郎志未甘。莫学冯唐便休去,明君晚事未为惭。’后主见诗,贷之,复其官。”南唐灭湖南,执马希崇等至金陵,是在本年十月,孟宾于归南唐当在此时。关于拓跋恒,《十国春秋》卷七三传云:“及边镐入醴陵,恭效王(马希萼)母弟希崇命(拓跋)恒奉笺诣军门降。恒叹曰:‘吾久不死,乃为小儿送降状!’后希崇入南唐,恒不知所终。”拓跋恒著述不传,《全唐文》卷八九三存《谏楚文昭王书》一篇。关于廖凝,《十国春秋》卷二九载:“(廖凝)少隐居南岳,时登祝融峰顶,触思成韵语,一时诗人尽屈其下。元宗习其名,数往聘之。初不赴诏,后江南贼起,凝曰:‘与其抱道而死,孰与就义以存吾宗。’遂出为彭泽令,慕陶处士为人。已而笑曰:‘渊明不为五斗米折腰,吾宁久为人役!’即解印归衡山。久之,复起为连州刺史,与张居咏辈为诗友;未几复辞,归隐衡山。有诗集七卷。一云凝即匡图弟,楚亡迁金陵,累官水部员外郎、建昌县令、江州团练副使。未知孰是也。”《五代史补》卷四“廖氏世胄”条称:廖图、廖偃、廖凝为弟兄,虔州赣县人,楚武穆王时投奔湖南。图后预天策府十八学士之选,凝则隐居衡山。凝之归于南唐,当在本年南唐灭楚之后。凝仕南唐所历官阶,《诗话总龟》前集卷一〇引《郡阁雅谈》云:“江南受(授)伪官为彭泽令,迁升州刺史,与升州李建勳为诗友相善。有集,盖见行于世……江左学诗者,竞造其门。”卒年无考。

廖凝著述,散佚殆尽,《全唐诗》卷七四〇小传云:“善吟讽,与李建勳为诗友相善,江左学诗者多造其门。集七卷,今存诗三首。”

**宰臣王峻献唐张蕴古《大宝箴》、谢偃《惟皇诫德赋》二图。诏报之,周太祖有《答宰臣王峻诏》。**

《旧五代史》卷一一二载:“广顺元年冬十月己丑朔,宰臣王峻献唐张蕴古《大宝箴》、谢偃《惟皇诫德赋》二图。诏报曰:‘朕生长军戎,勤劳南北。虽用心于钤匮,且无暇于诗书……’”文存《全唐文》卷一二二。

**阙名有《维大汉国清河郡张府君夫人彭城郡刘氏合祔墓志铭》。**

文中有:“以天福四年十二月二十七日终,享龄六十八岁。……遂乃葬事,于广顺元年岁次辛亥十月庚寅朔十二日辛丑,合葬于澶州顿丘县千秋乡赵楼村平源里先茔之后也。”文存《全唐文补编》卷一五六。

## |十一月|

**吴怀恩据蒙州,进兵侵掠桂管,大扰希隐。南汉刘晟有《遗马希隐书》。**

《资治通鉴》卷二九〇载:“(广顺元年十一月)吴怀恩据蒙州,进兵侵掠桂管,大扰希隐。可琼不知所为,但相与饮酒对泣。南汉主遗希隐书言:‘武穆王奄有全楚,富强安靖五十余年,止由三十五舅、三十舅,兄弟寻戈,自相鱼肉。’”文存《全唐文》卷一二九。

**王德成有《清河郡〔太君张〕氏墓志并序》。**

文中有:“至乾祐三年八月十二日,遘疾终于东京道德里之第,享年八十有五……即以明年十一月廿一日,扶护祔葬于河南府河清县长泉先少卿之茔。”文存《全唐文补编》卷一〇六。

**徐铉有《抚州节度使马希崇除舒州节度使制》。**

马令《南唐书》卷三载:“(保大九年)十有一月,楚人廖偃等招合蛮獠,复立希萼为楚王。楚国大乱。边镐以信州屯兵出宜春讨长沙,破其军于龙回关。徐威等以希崇降,希萼亦送款于镐。镐尽迁马氏之族于金陵,以希萼为洪州大都督,封楚王,希崇为舒州节度使。”则徐铉此制当作于此时。文存《全唐文》卷八七八。

## 十二月

**徐铉有《唐故检校司徒行右千牛卫将军苗公墓志铭》。**

文中有:“中朝丧乱,后裔播迁。匿迹淮楚之间,今为盱眙人也。先公讳邻,生于兵戈之间,长习旗鼓之用……出为泗州防御使,入为静江军统军……公即静江之长子也。……春秋六十一,保大九年十月七日,卒于宣州公署。上省奏伤悼,为之罢朝。送终之礼,有以加等。即以其年十二月二十七日,葬于江宁府县里,礼也。”文存《全唐文》卷八八六。

## 本年

**孟昶诏勒诸经于石。**

《十国春秋》卷四九载:“是岁,诏勒诸经于石,秘书郎张绍文写《毛诗》《仪礼》《礼记》,秘书省校书郎孙朋古写《周礼》,国子博士孙逢吉写《周易》,校书郎周德政写《尚书》,简州平泉令张德昭写《尔雅》,字皆精谨。”原注:“《容斋三笔》云:成都石本诸经,题云广政十四年,盖孟昶时所镌。”姑系于此。

**高行周为郓州节度使,以降诏不呼名,上奏示心不遑安,有《辞让诏不呼名奏》。**

《册府元龟》卷四〇九载:“周高行,周太祖时为郓州节度使,以降诏不呼名,上章让曰:‘陛下每降诏书,过逾常制。耳闻宣读,心不遑安。诏书呼名,人臣常分,乞不逾圣制者。’太祖初践祚,志怀谦抑,藩岳元老,多不呼名,与行周诏,即呼齐王,故有是奏。”据此可知其奏当在周太祖践祚不久,姑系于广顺元年。文存《全唐文》卷八五六。

**李穀有《答韩熙载书》。**

《玉壶野史》卷四系此事于广顺中:“广顺中,穀仕周为中书侍郎平章事。熙载事江南李先主,为光政殿学士承旨。二公书问不绝。熙载戏贻穀曰:‘江南果相我,长驱以定中原。’穀答熙载曰:‘中原苟相我,下江南如探囊中物尔。’后果作相,亲征江南,赖熙载卒已数岁。”此记颇不实,周广顺中,江南李璟为君而非先主时期,今姑仍之。文存《全唐文补编》卷一〇七。

**周太祖有《宣谕王殷诏》。**

题下注:“广顺元年。”文存《全唐文补编》卷一〇四。

**贾纬为给事中,有《拜给事中自欣奏》。**

《册府元龟》卷四八一载:“广顺初,(贾纬)为给事中,上言曰:‘臣久尘西掖,近缀东台,既居封驳之官,兼处编修之职,凡关闻见,合补聪明……’”文存《全唐文》卷八五六。

## 后周广顺二年　南唐保大十年　南汉乾和十年　后蜀广政十五年　辽应历二年

壬子　九五二

### 正月

**诏赐兖州慕容彦超慰抚,旋颁敕讨之,周太祖先颁《赐慕容彦超诏》,继而有《讨慕容彦超敕》。**

《册府元龟》卷一六七载:“(广顺)二年正月,赐兖州慕容彦超诏曰:‘朕与卿久叙兄弟,比无嫌隙。自前岁奔逃之后,寻时慰纳如初……’”同书卷一一八载:“周太祖广顺二年正月,敕曰:‘兖州节度使慕容彦超,不知恩信,辄恣凶狂,北则勾唤刘崇,南则结连淮寇……’”《赐慕容彦超诏》文存《全唐文》卷一二二,《讨慕容彦超敕》文存《全唐文》卷一二三。

**周太祖有《令诸道劝课农桑敕》《营田课利敕[题拟]》。**

《册府元龟》卷七〇载:“(广顺)二年正月敕:‘诸道府州吏;六府允修,无先重谷;九扈分职,厥惟勤农……诏到,卿可散下管内,劝课乡县百姓,依时耕种,栽接桑枣,勿纵游惰,务在精勤。’”《令诸道劝课农桑敕》文存《全唐文》卷一二三。《营田课利敕[题拟]》题下注:“广顺二年正月。”文存《全唐文补编》卷一〇四。

## |二 月|

**兖州兵士随慕容彦超叛,其中数百人先在金州屯戍,家口仍在城中。周太祖有《谕金州屯戍兵士敕》。**

《册府元龟》卷一六七载:“(广顺二年二月)是月戊申,以兖州兵士数百人先在金州屯戍,其家口仍在本城中。敕:‘就金州抚谕之曰:一昨慕容彦超结连草寇,毒寇蒸民……’”文存《全唐文》卷一二三。

**南唐公乘镕有《使契丹进元宗蜡书》。**

陆游《南唐书》卷一八载:“元宗嗣位,遣使者公乘镕航海继好。既至,而契丹主乌裕被杀,弟舒噜遗元宗书曰:‘大契丹天顺皇帝谨致书大唐皇帝阙下:贵朝使公乘镕等自去秋以达东京海岸,适遭国祸。今年二月二十六日部署一行并诸仪物兵铠,已至燕京……’而公乘镕亦以蜡封帛书,其词曰……”据《旧五代史》卷一一一载:“(广顺二年九月)癸亥,定州奏契丹永康王乌裕为部下所杀。”据上引可知,乌裕弟舒噜致元宗书当在广顺二年二月后,公乘镕蜡书亦当作于是时,姑系于本月。文存《全唐文》卷八七〇。

**宣徽院上《六司夏秋税额奏[题拟]》。中书门下上《请再颁明敕奏[题拟]》。**

《六司夏秋税额奏[题拟]》题下注:"广顺二年二月,宣徽院。"文存《全唐文补编》卷一二七。《请再颁明敕奏[题拟]》题下注:"广顺二年二月,中书门下。"文存《全唐文补编》卷一二七。

**后周颍州郭琼有《与南唐刘彦贞书》。**

陆游《南唐书》卷二载:"保大十年春正月,升洪州高安县为筠州,以清江、万载、上高三县隶焉。援兖州之师败绩于沭阳,周人执我指挥使燕敬权。二月,周人归敬权,使来言曰:'吾贼臣背叛,尔国助之,岂长计哉?'且使颍州郭琼遗我寿州刘彦贞书曰……"郭氏文存《唐文拾遗》卷四七。

## |三 月|

**周太祖有《西京册庙行事人减选敕》《四司税户还府县诏[题拟]》。**

《册府元龟》卷六三四载:"(广顺)二年三月敕:'应京诸司职掌赴西京册庙行事八十有六人……'"文存《唐文拾遗》卷一一。《四司税户还府县诏[题拟]》题下注:"广顺二年三月。"文存《全唐文补编》卷一〇四。

**南唐李征古有《庐江宴集记》。**

《庐江宴集记》文末署:"巨唐保大十稔太岁壬子三月十日,银青光禄大夫检校司徒使持节袁州刺史兼御史大夫柱国李征古记。"文存《全唐文》卷八七二。

**徐纶有《大周泽州阳城县龙泉禅院记》。**

文末署:"时大周开基之二载岁直壬子三月辛亥朔二十二日壬申记。"文存《全唐文补编》卷一〇四。

## 四月

**周太祖有《诸道奏荐僧尼道士人数敕》《恤刑敕》《幸兖州札》。**

《五代会要》卷一二载："周广顺二年四月敕：'永寿节每年诸道节度、防御、团练使、刺史奏荐僧尼道士紫衣师号，今后见任带使相共奏二人，见任防御团练刺史只许奏一人，在朝文武臣寮及前任官今后更不得奏荐。'"《诸道奏荐僧尼道士人数敕》文存《唐文拾遗》卷一一。《册府元龟》卷一五一载："（广顺）二年四月壬辰敕：'朕以寡昧，获主黎元。将以召天地之和，每思去刑政之弊，寅恭于此，宵旰为劳……'"《恤刑敕》文存《全唐文》卷一二三。同书卷一一八载："（广顺二年）四月，内出御札曰：'昨以慕容彦超违负国朝，闭据城垒，尚稽显戮，未决群情……'"《幸兖州札》文存《全唐文》卷一二四。

**侯殷有《蜀国夫人尊胜幢记》。**

文末署："时大周广顺二年岁次癸丑四月辛亥朔二十一日庚□建。"文存《唐文续拾》卷七。

## 五月

**李建勳卒，有诗集传世。**

《资治通鉴》卷二九〇载："（五月）唐司徒致仕李建勳卒。"李建勳著述，《崇文总目》卷五著录《李建勳诗》二卷、《钟山公集》二十卷。《直斋书录解题》卷一九诗集类上录《李建勳集》一卷。《通志》卷七〇《艺文略八》别集类录《李建勳诗》二卷，又《钟山公集》二十卷。《宋史》卷二〇八《艺文志七》别集类录《李建勳集》二十卷。今存《宋本李丞相诗集》二卷。《全唐诗》卷七三九编其诗为一卷，《全唐诗逸》卷一四补一首，《全唐诗外编·续补遗》卷一五补四首。

**徐铉有《游卫氏林亭序》。**

《游卫氏林亭序》文末署："壬子岁夏五月，祠部郎中知制诰徐铉踌躕慨叹之所作也。"文存《全唐文》卷八八二。

**周太祖有《平兖州大赦文》。赠阎宏鲁、崔周度等死义之臣官爵，周太祖有《赠阎宏鲁崔周度官敕》。**

《册府元龟》卷九六载："（广顺）二年五月，亲征兖州……是月兖州平。壬午制曰：'在昔哲王承天育物，莫不内修庶政，外抚诸侯，推诚以待人，人皆自信；虚己以驭下，下无弗从……'"《平兖州大赦文》文存《全唐文》卷一二四。同书卷一四〇载："（广顺二年）五月，太祖平兖州，乃下敕曰：'阎弘鲁、崔周度，死义之臣，礼加二等，所以渗漏泽而贲黄泉也。尔等贞节昭彰，正容肃厉，以从顺为己任，以立义作身谋。履此祸机，并罹冤横。宜伸赠典，以慰贞魂。弘鲁赠骁卫大将军，周度赠秘书少监。'"《册府元龟》以"宏鲁"为"弘鲁"。《赠阎宏鲁崔周度官敕》文存《全唐文》卷一二三。

## | 六 月 |

**太祖幸曲阜，谒孔子祠，拜孔子墓。**

《旧五代史》卷一一二载："六月乙酉朔，帝幸曲阜县，谒孔子祠。既奠，将致拜，左右曰：'仲尼，人臣也，无致拜。'帝曰：'文宣王，百代帝王师也，得无敬乎！'即拜奠于祠前。其所奠酒器、银炉并留于祠所。遂幸孔林，拜孔子墓。帝谓近臣曰：'仲尼、亚圣之后，今有何人？'对曰：'前曲阜令、袭文宣公孔仁玉，是仲尼四十三代孙。有乡贡《三礼》颜涉，是颜渊之后。'即召见。仁玉赐绯，口授曲阜令，颜涉授主簿，便令视事。仍敕兖州修葺孔子祠宇，墓侧禁樵采。"从唐末至梁、唐、晋、汉四代，武夫专权，文章礼乐之教，几成虚事。郭威此举，于后周及赵宋文治，当有力焉。

**李澣羁离异域，尝有南归之意，太祖令田重霸赍诏赐之，兼令澣兄太子宾客李涛密通家问。李澣有《与兄涛言契丹述律事书》《谢周太祖赐诏书》《陈阴事奏》。**

《册府元龟》卷七六二载："太祖哀(李)澣羁离异域,尝有南归之意。乃令田重霸赍诏赐之,兼令澣兄太子宾客涛密通家问。澣得诏,甚感太祖恩,因重霸回,致谢曰:'田重霸至,伏蒙圣慈,特颁明诏,降日中之文字,慰天外之流离。别述宸慈,俾传家信,如见骨肉,倍感君亲。'又奏阴事曰:'昨田重霸至,为无与萧海真诏敕,秖有兄涛家书,不敢将出……至五月二十六日,又唤重霸于衙内一宿。今月四日……又与涛书,言契丹述律事云:今王骄騃,唯好击鞠,耽于内宠,固无四方之志,观其事势不同已前……'"李涛为太子宾客,是广顺元年春二月事。《资治通鉴》卷二九〇载:"(广顺二年六月)太子宾客李涛之弟澣,在契丹为勤政殿学士,与幽州节度使萧海真善。海真,契丹主托云之妻弟也。澣说海真内附,海真欣然许之,澣因定州谍者田重霸赍绢表以闻。"所载与李氏文中所言甚吻合,可以推知其奏阴事当在广顺二年六月。其致谢诏书当亦在此时,姑系于一处。《陈阴事奏》《与兄涛言契丹述律事书》文均存《全唐文》卷八六一。

**徐铉有《唐故道门威仪玄博大师贞素先生王君碑》。**

文中有:"君讳栖霞,字符隐,华宗继世,积德所钟。生于齐,得泱泱之风;长于鲁,习恂恂之教。七岁神童及第,十五博综经史……保大壬子岁夏四月甲寅,隐化于元贞观,春秋六十有二……六月丙申,发自京师,溯淮而上。时畿内久旱,川涂可揭。是日大雨洪注,腾波却流。蓦长堤,逾重堰,飘然利涉,人不知劳。"依文意当作于本年六月后,故系于此。文存《全唐文》卷八八五。

## 八月

**江文蔚病卒。陈致雍有《谏议大夫江文蔚谥议》,徐铉为其著述作序。**

《全唐文》卷八八五徐铉《唐故左谏议大夫翰林学士江公墓志铭》一文中有:"春秋五十有二,保大十年八月二日,卒于京师官舍。皇上痛惜,为之废朝。送死恤孤,一从公赐。有司考行,易名曰简。"陈致雍《谏议大夫江文蔚谥议》文存《全唐文》卷八七五。徐铉《翰林学士江简公集序》文中有:"呜乎!运逢上圣,年在中身。人之云亡,空嗟殄瘁。死而可作,谁与同归?《诗》所谓'胡不万年',《传》有云'古之遗爱'者也。昔襄阳孟浩然,年五十有二,疾发背而亡。公岂其后身欤?何符合之若此?"可见江氏文集之编定,当在其亡后,姑系于此。

徐氏《序》文存《全唐文》卷八八一。文蔚著述,宋代各家书目均未见著录。《宋史》卷二〇九《艺文志八》载:"江文蔚《唐吴英秀赋》七十二卷、《桂香赋集》三十卷"。《唐吴英隽赋集》七十卷见载《通志》卷七〇《艺文略八》,或即江文蔚《唐吴英秀赋》,然原注云:"伪吴杨氏撰。"或以伪吴时文蔚所集唐赋,故不署其名而为后世称为伪吴杨氏。文蔚素以赋体擅名江表,与高越齐名,时称"江高"。然其著述未能传世。《全唐文》卷八七〇存文一篇,《唐文拾遗》卷四七补录一篇。文蔚之文章,《十国春秋》卷二五载:"江文蔚字君章,建安人,博学工属文……文蔚雅善作赋。《天窗赋》云:'一窍初启,如凿开混沌之时;两瓦欹飞,类化作鸳鸯之后。'《土牛赋》云:'饮渚俄临,讶监军之捧塞;度关倘许,疑函谷之丸封。'皆称一时佳句。"

**李穀坠阶跌伤右臂,不任朝谒,周太祖有《谕李穀扶疾视事诏》。**

《册府元龟》卷三一九载:"广顺二年八月丙辰,(李)穀坠阶跌伤右臂,不任朝谒。癸巳,赐穀诏曰:'卿方秉国钧,实藉维持之效;复兼邦计,最为繁剧之司。'"文存《全唐文》卷一二二。

**周太祖有《改定盐麹条法敕》《禁吏民举留守牧敕》《奖擢刺史县令敕[题拟]》。**

《册府元龟》卷六一三载:"(广顺二年)八月敕:'承前所立盐曲条法,每犯至少,尽处极刑……凡盐麹犯,一斤以下至一两,杖臀十七,配役一年。五斤以下一斤已上,杖脊二十,役三年。五斤以上,杖死之。煎鹻盐犯,一斤已下,杖脊二十,役三年。一斤已上,杖死之。'"《改定盐麹条法敕》文存《全唐文》卷一二三。《册府元龟》卷一六〇载:"(广顺二年)八月甲午敕:'诸州县吏民缁黄,继来诣阙,留举刺史县令牧宰之任,委寄非轻……'"《禁吏民举留守牧敕》文存《全唐文》卷一二三。《奖擢刺史县令敕[题拟]》题下注:"广顺二年八月。"文存《全唐文补编》卷一〇四。

**王覃有《故凤翔节度行军司马光禄大夫检校司空兼御史大夫上柱国扶风郡开国侯食邑一千户马公墓志铭并序》。**

文中有:"以乾祐元年五月四日,薨于位,享年四十有五。越大周广顺二年八月二日乙酉,迁葬于寿安县连理乡任村管,礼也。"文存《全唐文补编》卷一〇四。

## 九月

**周太祖有《令黄知筠往兖州收埋暴骨敕》《追封乳母楚国太夫人制》《更定招安户口赏例敕》《条流禁私盐麹法敕》。**

《册府元龟》卷一三五载:"周太祖广顺二年五月,平慕容彦超于兖州,诏诸军将士等有殁于王事者各等第给孝缯……九月,敕:'兖州自逆臣盗据,多有杀伤……'"《令黄知筠往兖州收埋暴骨敕》文存《全唐文》卷一二三。同书卷三八载:"周太祖广顺二年九月癸未制:'敦叙九族,纠绥六亲。生者锡其宠临,没者优其追赠……噫嘻,贞魄享此仪章,可追封楚国太夫人。太祖孩幼而孤,楚国抚视,教道有恩,故有是命。'"《追封乳母楚国太夫人制》文存《全唐文》卷一二二。《册府元龟》卷六三四载:"(广顺二年)九月敕:'朝廷命官,分治州县,至于招安户口,增益税租,明立赏科,以劝勤吏……'"《更定招安户口赏例敕》文存《全唐文》卷一二三。《条流禁私盐麹法敕》题下注:"广顺二年九月。"文存《全唐文补编》卷一〇四。

**江文蔚下葬,徐铉有《与中书官员祭江学士文》《唐故左谏议大夫翰林学士江公墓志铭》。**

《唐故左谏议大夫翰林学士江公墓志铭》文中有:"春秋五十有二,保大十年八月二日,卒于京师官舍。皇上痛惜,为之废朝。送死恤孤,一从公赐。有司考行,易名曰简。即以其年九月十三日,葬于某县某里之原,礼也。"文存《全唐文》卷八八五。《与中书官员祭江学士文》当作于其下葬之日,文存《全唐文》卷八八七。

## 十月

**刘言收湖湘,差人上章,为荆南高保融所留,高氏另遣人奏其事,有《收复湖**

**湘状》。刘言闻之，另遣张崇嗣持文上奏，至十二月始至京城。**

《册府元龟》卷一七九载："是年（广顺二年）十月内，言收湖湘，寻差人上章。至荆南，高保融留之，自先奏其事。言闻其未达，乃复令张崇嗣奉表，兼别具奏状，缕述其事……"同书同卷又载："是月（广顺二年十二月）丙戌，武平军兵马留后刘言上表曰：'臣闻域中至大，须归正统之君；海内称尊，合奉真明之主。事既缘其道阻，机且务于从权。关河之信使不通，戎政之笺章未达。实为睽越，罪属稽留……'"其先，刘言先有状，为高保融所阻，是为《收复湖湘状》，此是另遣人所奏之表，称《收复湖湘表》。刘言二文皆存《全唐文》卷八五七。

**周太祖有《并三铨为一敕》《禁越诉敕》《宣李榖入见敕》《关词讼申理敕[题拟]》。**

《册府元龟》卷六三四载："（广顺二年）十月敕：'选部公事，比置三铨，所有员阙选人分在三处，每至注拟之际，资叙难得相当……'"《并三铨为一敕》文存《全唐文》卷一二三。《册府元龟》卷六六载："（广顺二年）十月戊子，诏诸州府：'晓谕军民，不得屠牛驴及卖生口。'辛亥敕：'致理安邦，必先刑政，分争辨讼，各有职司……'"《禁越诉敕》文存《全唐文》卷一二三。《资治通鉴》卷二九一载："（广顺二年十月）丁未，李榖以病臂久未愈，三表辞位。帝遣中使谕旨曰：'卿所掌至重，朕难其人。苟事功克集，何必朝礼……'"《宣李榖入见敕》文存《全唐文》卷一二三。《关词讼申理敕[题拟]》题下注："广顺二年十月。"文存《全唐文补编》卷一〇四。

**刘仁清有《周故枢密副承旨银青光禄大夫检校兵部尚书兼御史大夫上柱国彭城刘府君墓志铭并序》。**

文中有："即以大周广顺二年十月十四日，自东都奉先府君之墓，与先太夫人合葬于洛京河南府河南县平洛乡杜郭村，礼也。"文存《全唐文补编》卷一〇五。

## 十一月

**周太祖颁诏有亲亡殁未经迁葬，不得辄求仕进，有《新丧未葬不准选举诏》，又有《令李仲玉祀唐陵庙敕》《定皮革税敕》。**

《册府元龟》卷五九载："（广顺）二年十一月丙子，诏曰：'应内外文武臣僚幕职，州县官举选人等，今后有父母祖父母亡殁，未经迁葬者，其主家之长，不得辄求仕进。'"文存《全唐文》卷一二二。同书卷一七四载："（广顺二年）十一月敕：'唐明宗五庙，在至德宫安置……'"《令李仲玉祀唐陵庙敕》文存《唐文拾遗》卷一一。同书卷四八八载："（广顺二年）十一月敕：'累朝已来，用兵不息，至于缮治甲胄，未免配敛生灵，取乃民资，助成军器，就中皮革，尤峻科刑。'"《定皮革税敕》文存《全唐文》卷一二三。

**冯延巳有《楞严经序》。**

马令《南唐书》卷二六《僧应之传》："元宗喜《楞严经》，命左仆射冯延巳为序，其略曰……"冯延巳以南唐尽失湖湘地，自劾罢相为左仆射是本年十一月事，马令既称其为左仆射，则其文当作于本年十一月之后，姑系于此。文存《唐文拾遗》卷四七。

## 十二月

**开封府上《请禁业主牙人陵弱商贾奏》。御史台上《左右屯卫请复旧名奏》。**

《请禁业主牙人陵弱商贾奏》题下注："广顺二年十二月开封府。"文存《全唐文》卷九七三。《左右屯卫请复旧名奏》题下注："广顺二年十二月，御史台。"文存《唐文拾遗》卷六〇。

**朱恂有《仰山庙记》。**

文末署："保大十年龙集壬子冬十二月五日记。"文存《全唐文》卷八七一。

## | 本 年 |

**李元懿有《上六事疏》。**

《册府元龟》卷五四七载:"李元懿前为北海令,广顺二年,投匦献六事……"文存《全唐文》卷八五六。

**南唐陈致雍有《祃牙祭议》。**

马令《南唐书》卷一二载:"保大九年,以金全为大将,耀兵淮上。方与诸将会食,候言涧有羸兵数百,欲掩之。金全不许,曰:'过涧者斩。'及暮,伏兵四起,旌旗蔽日,金鼓闻数十里。金全曰:'适可与战乎。'及归,语人曰:'吾得全军而还,为功大矣。'其后不复用,卒于镇。"此文中有:"准枢密院牒:'去年遣李金全统军,太常寺定有祃牙之祭。今遣亲王出征,祃牙之祭,仪式如何。'"南唐李金全耀兵淮上,是保大九年事,则此文当作于保大十年。文存《全唐文》卷八七三。

**徐铉有《宓子贱冢碑》。**

《明一统志》卷七载:"(宓子贱冢)在寿州南六十里,旧有碑云:'子贱为鲁使吴,死于道,因葬焉。'"然不云为徐铉所撰。考徐铉行实,曾于中主保大十一年冬十月,筑楚州白水塘以溉屯田,南唐遣近侍车延规董其役,发洪、饶、润等州民牛以往。吏缘为奸,强夺民田为屯田,江淮骚动。徐铉时知制诰,因奏事白之,乃诏铉行视利害。铉至楚州,悉取所夺田还民,诘责车延规,欲榜之,百姓感悦。"太延左右交赞,以为擅作威福,遂触上怒。趣归,将沉之江。既至,怒少解,流铉舒州,而白水塘役亦赖以止。"(《唐余纪传》卷二)此次徐铉在江北一带活动范围较大,且其流放地离宓子贱冢不远,其文极有可能就作于此时,姑系于此。文存《全唐文补编》卷一一二。

**殷崇义有《南唐祈仙观记》。**

《骑省集》卷一〇《重修筠州祈仙观记》:"筠州祈仙观者,东晋黄真君上升之地，因为道馆，绵历代祀，互有增修。国朝保大中，元宗皇帝奉为吴让皇，再加营构，金石具刻，此不备书……修葺之后二纪有余，闬闳垣墉，颓落且半……开宝七年九月二十四日记。”依开宝七年前“二纪”推之，南唐修葺祈仙观，当在保大十年。殷氏作记，当在此后不久，姑系于此。文存《全唐文》卷八七七。

## 后周广顺三年　南唐保大十一年　南汉乾和十一年　后蜀广政十六年　辽应历三年

癸丑　九五三

### 正月

**后周以刘言为武平军节度使，王逵为武安节度使，周行逢为武安行军司马。周太祖有《赐刘言诏》。**

《册府元龟》卷一七九载：“三年正月丙辰，制武平军节度留后检校太尉彭城郡侯……又赐刘言诏曰：‘卿卓立功勋，明彰臣节，复马氏所亡之地，安楚人仍旧之邦……’”文存《全唐文》卷一二二。

**尚书兵部上《责输贡物违限奏[题拟]》。**

题下注：“广顺三年正月兵部尚书。”文存《全唐文补编》卷一二七。

**阙名有《王氏造幢记》。**

文中有：“广政十六年正月□日……”可知文作于此时。文存《全唐文补编》卷一四三。

**曹元忠有《为亡男写佛说延寿命经》。**

文中有：“维大周广顺三年岁当癸丑正月廿三日，府主太保及夫人，为亡男太子早别王宫，弃辞火宅，遂写延寿命经四十三卷。”可知文作于此时。文存《全唐文补编》卷一〇八。

**石公霸为陇州防御使，有《本管县镇越诉凤翔奏》。**

《册府元龟》卷六六载：“是月（广顺三年正月），陇州防御使石公霸上言：‘元管三县五镇，自秦州阻隔，废定戎、新关两镇，唯汧源皆称直属本府……’”文存《全唐文》卷八五六。

**邠州折从阮有《招抚树伙等族奏》，次月上《庆州军事奏》。**

《册府元龟》卷一六七先后载：“（广顺）三年正月……邠州折从阮言：‘奉诏示谕：庆州诸蕃部，寻遣人告报首领。其野鸡第七门族首领李万全，及树伙等族，受敕书，领袍带等设誓。其诸族犹负倔强……’”“（广顺）三年正月……其次月戊申，邠州折从阮言：‘奉诏讨逐庆州野鸡族，兼招携诸部族。臣自前月兴兵后，招到树伙等二十一族，与敕书袍带彩缎，设酒食，令发誓词盟约……’”《招抚树伙等族奏》《庆州军事奏》文均存《唐文拾遗》卷四七，其中《庆州军事奏》虽是二月上奏，因事相涉，姑系于一处。又《唐文拾遗》误“折从阮”为“析从阮”，今正之。

**赵上交为户部侍郎，权知贡院，有《请罢帖经对墨义奏》。**

《册府元龟》卷六四二载：“（广顺）三年正月，户部侍郎权知贡院赵上交奏：‘九经举人元帖经一百二十帖，墨义三十道，臣今欲罢帖经，于诸经对墨义一百五十道……’”文存《唐文拾遗》卷四七。

**周太祖有《令三京及诸道劝课农桑诏》《赐青州敕》《宣慰麟州刺史杨仲训敕》《朗州升大都督府敕》。**

《册府元龟》卷七〇载：“（广顺）三年正月，诏曰：‘宜令三京及诸道州府委长吏指挥管内人户，勉勤耕稼，广辟田畴。’”《令三京及诸道劝课农桑诏》文存《全唐文》卷一二二。《册府元龟》卷四八八载：“（广顺）三年正月敕：‘青州在城及诸县镇乡村人户等,朕临御已来,安民是切,务除疾苦……'"《赐青州敕》文存《全唐文》卷一二四。《陕西通志》卷八一载:"广顺三年正月……敕书曰:'麟州刺史杨崇训(即"仲训"),及军州将吏职员等,据夏州节度使李彝殷奏,得汝等状称,刘崇拒命圣朝,坚其逆垒。今被部族侵迫,乞垂救解……已指挥州府及诸蕃部,不令进攻。'"《宣慰麟州刺史杨仲训敕》文存《全唐文》卷一二四。《五代会要》卷一九载:"周广顺三年正月四日敕:'顷者淮海陆梁,举干戈而入寇,湖湘覆没……'"《朗州升大都督府敕》文存《唐文拾遗》卷一一。

**徐锴有《先圣庙记》**。

文末署:"唐保大癸丑岁正月二十日庙成之日也。"可知文作于此时。文中有:"昔夫子禀天地之灵,膺期运之数;体山岳之成形,合尧禹之宏度;跨三五以杰出,邈千载而高步,岂惟民哉。泰山之于邱垤,凤凰之于飞鸟也。然而日月有薄蚀之运,生民有沦胥之期。老聃已逝,蹈流沙而不返;文王既没,顾天下而谁宗。是以则天以化民,屈己以济物。使夫子志在于为君也,则当假道百里,因基一成,受禄以有民,逆取而顺守。然后革命创物,锡土苴茅;布子姓于九州,班正朔于四裔。因王法以行礼,假号令以济人。然而不屑意者,以为尧汤既远,武有惭德。《乐》则有司失其传,《礼》则孟孙病其仪。风俗崩弛,皇纲解散。是以周流天下,遑遑列国,一车二竖(疑),访苌宏而观周庙。四科十哲,昭日月而播微言。假陪臣以尊周公,修《春秋》而正王室。匡辅元精,陶冶情性。因国风而正乐,顺人情而定礼。万物既治,我无位焉。"其中论及孔子之功,以为不在于"为君",而在于至道,大有宋学风味。又讥孔学肇基于"尧汤既远,武有惭德",亦为宋学树帜矣。文存《全唐文》卷八八八。

## 闰正月

**张宏有《龙城寺记》**。

文末署:"时保大十一载闰首月。"文存《全唐文补编》卷一一一。

**南唐草泽之士邵棠有《上唐元宗书》**。

《资治通鉴》卷二九一载:"(广顺三年闰正月)唐草泽邵棠上言:'近游淮上,闻周主恭俭,增修德政,吾兵新破于潭朗,恐其有南征之志,宜为之备。'"文存《全唐文补编》卷一一〇。

## | 二 月 |

**高绍基奏观察判官李彬承节度使梦变内外勾结,谋杀都指挥使及行军副使,有《请捕录李勋奏》。周太祖有《高绍基请捕李怀义答敕》。**

《册府元龟》卷九三三载:"太祖广顺三年二月,绍基言观察判官李彬承节度使梦变结构内外,谋杀都指挥使及行军副使,使自据城池,已伏诛。其李彬妻刘氏、子怀义、怀义妻高氏,并已收捕……敕:'李怀义、怀贞、景韬等并放,宜令向训并诸房骨肉奴仆津置起离,量差兵士防援,并于汝州安置。'又以李彬被诬,并释其族,仍恐遇祸,乃徙于汝州。""李勋"当为"李彬"之误。《请捕录李勋奏》文存《唐文拾遗》卷四七,周太祖《高绍基请捕李怀义答敕》文存《唐文拾遗》卷一一。

**中书门下上《犯罪人依格令处分奏》《断遣死罪闻奏犯录奏[题拟]》。周太祖有《改定刑法诏》《关被奸决杀敕[题拟]》。**

《犯罪人依格令处分奏》文存《唐文拾遗》卷六〇,《断遣死罪闻奏犯录奏[题拟]》文存《全唐文补编》卷一二七,二文题下注:"广顺三年二月中书门下。"《五代会要》卷九载:"周广顺三年二月,中书门下奏:'今后应犯窃盗赃及和奸者,并依晋天福元年以前条制施行……'乃下诏曰:'赦书节文,明有厘革,窃虑边城远郡,未得审详,宜使更明,免至舛误……'"《改定刑法诏》文存《全唐文》卷一二二。《关被奸决杀敕[题拟]》题下注:"广顺三年二月。"文存《全唐文补编》卷一〇四。

**史臣上《玉玺述》。有司上《制天子八宝奏》。**

《玉玺述》题下注:"广顺三年二月史臣。"文存《唐文拾遗》卷六〇。《制天子八宝奏》题下注:"广顺三年二月有司。"文存《唐文拾遗》卷六〇。

**阙名有《僧愿昭造像记》。**

文末署:“时癸丑岁仲春月九日题。”文存《全唐文补编》卷一四二。

**皇甫晖有《东林寺题名》。**

文末署:“时大唐保大十一年太岁癸丑二月辛亥五月乙卯题记。”其中“二月辛亥五月乙卯”显系“二月辛亥五日乙卯”之误。文存《全唐文补编》卷一一一。

## | 三 月 |

**尚书考功上《凤翔府考帐违限不收奏》。周太祖有《处分供申考簿违限敕》《处分供申考簿违限又敕(一)》《处分供申考簿违限又敕(二)》《限时申到考簿敕[题拟]》,又有《定抽税蕃汉粜盐诏》。**

《凤翔府考帐违限不收奏》题下注:“广顺三年三月尚书考功。”文存《唐文拾遗》卷六〇。《册府元龟》卷六三六载:“(广顺三年三月)敕:‘凤翔考帐违限,本府各以科征,其考帐省司,特与考校。起今后诸州府,更有违限者,本判官录事参军各罚五十直。录事参军殿中选典押本处科断,仍令省司依时催促。若校考过时,即与次年校奏。余依前后格敕指挥。’”《处分供申考簿违限敕》文存《唐文拾遗》卷一一。同书同卷又有《处分供申考簿违限又敕(一)》,专就凤翔府考帐违限论。可推知是因三月尚书考功奏章而起,姑系于一处。又《册府元龟》卷六三六载:“(广顺三年三月)又敕:‘州县官或特敕除授,或非时有故停任,员缺除官到任者,缘赴任不拘期限申发考帐之时,但满一周年,便与依例书校一考,申省如书校时。少欠日月,即与次年附帐申校,不得漏落考第姓名。如或有违,罪本道书考官吏。’”《处分供申考簿违限又敕(二)》文存《唐文拾遗》卷一一。《限时申到考簿敕[题拟]》题下注:“广顺三年三月。”文存《全唐文补编》卷一〇四。此二敕文当亦与前二敕文相应,必在同时。又《册府元龟》卷八五四载:“(广顺)三年三月,诏曰:‘青白池务,素有定规。只自近年,颇乖循守……’”《定抽税蕃汉粜盐诏》文存《全唐文》卷一二二。

**殿中侍御史贾玭、殿中侍御史刘载上奏请依入阁弹奏,贾玭有《请依入阁弹**

**奏仪状[题拟]》,刘载有《内殿弹奏仪奏》。**

《五代会要》卷一七载:“周广顺三年三月十四日,殿中侍御史贾玭、殿中侍御史刘载状申:‘自汉朝次,每遇内殿起居,台司定左右巡使先入起居后,于殿庭左右立定,百官始入,起居有失官仪,便宜弹奏者。今后欲依入阁弹奏仪折署奏后,宣徽使言所奏知通事舍人喝拜再拜讫,便退。如两巡使自有失仪,亦候班退,互相弹奏。’”贾玭《请依入阁弹奏仪状[题拟]》文存《全唐文补编》卷一〇七,刘载《内殿弹奏仪奏》文存《唐文拾遗》卷四七。据《五代会要》可知,二人奏文,实为一篇。《唐文拾遗》属刘载名下,《全唐文补编》属贾玭名下,易致误,当合署为宜。

**御史台上《除授节度使等正衙辞谢奏》,周太祖有《节度使等正衙辞谢敕[题拟]》。**

御史台《除授节度使等正衙辞谢奏》题下注:“广顺三年三月,御史台。”文存《唐文拾遗》卷六〇。周太祖《节度使等正衙辞谢敕[题拟]》题下注:“广顺三年三月。”文存《全唐文补编》卷一〇四。

**杨凝式为西京留司太子少师,有《料度斋宫事件奏》。**

《册府元龟》卷三四载:“(广顺)三年三月,西京留司太子少师杨凝式言:‘诸祠祀之所,并无斋宫。遣前染院使周重兴监造,与留司计会,具料度事件以闻,其太庙郊社,要补葺处,仍便检计。’”文存《全唐文》卷八五八。

**陶穀有《龙门重修白乐天影堂记》。**

文中有:“广顺三祀,岁在癸丑,暮春之初,予因芟除入洛,获谒拜上公……予归朝未再旬,邸吏捧公书相授,具报讫事。”可知此文作于广顺三年暮春三月。文存《全唐文》卷八六三。

**澶州上《回换临黄观城两县管系奏[题拟]》。**

题下注:"广顺三年三月,澶州。"文存《全唐文补编》卷一二七。

## 四月

**周太祖有《命诸州恤刑诏》《虑囚敕》《凤翔属郡公事敕[题拟]》。**

《册府元龟》卷一五一载:"(广顺)三年四月乙亥……又赐诸州诏曰:'朕以敷政之勤,惟刑是重。既未能化人于无罪,则不可为上而失刑。'"《命诸州恤刑诏》文存《全唐文》卷一二二。同书同卷载:"(广顺)三年四月乙亥敕:'朕以时当化育,气属炎蒸,乃思缧绁之人,是轸哀矜之念……'"《虑囚敕》文存《全唐文》卷一二四。《凤翔属郡公事敕[题拟]》题下注:"广顺三年四月。"文存《全唐文补编》卷一〇四。

## 五月

**开封府以赵应与僧智钦等同谋发冢掘井,诳惑闾阎,上《勘韦城镇将赵应等发冢掘井奏》。周太祖有《命开封府处死妖妄人敕》,又有《条件诸色出选门州县敕》。**

开封府上《勘韦城镇将赵应等发冢掘井奏》题下注:"广顺三年五月开封府。"文存《唐文拾遗》卷六〇。《册府元龟》卷九二二载:"周赵应为韦城镇将,广顺三年五月,开封府上言:'应与僧智钦、镇氏、陈光济二十人,同谋发冢掘井,妄称罗汉圣出,诳惑闾阎,希求财物,逐人勘责,并招妖妄。其钱各入,已分张藏匿。'敕:'赵应、智钦、陈光济三人处死,连坐郭延贵等十七人并决杖配蔡河务收管。'"《命开封府处死妖妄人敕》文存《唐文拾遗》卷一一。《册府元龟》卷六三四载:"(广顺)三年五月敕:'近日多有诸色出选门州县官,累经中书陈状……'"《条件诸色出选门州县敕》文存《唐文拾遗》卷一一。

**毋昭裔刻印《九经》,门人版刻《文选》《初学记》《白氏六帖》,由是学术复盛。**

《资治通鉴》卷二九一本年载:"(五月)自唐末以来,所在学校废绝,蜀毋昭裔出私财百万营学馆,且请刻板印《九经》,蜀主从之。由是蜀中文学复盛。”《十国春秋》卷四九《后蜀本纪》二亦系此事于本年五月。同书卷五二《毋昭裔传》云:“蜀土自唐末以来,学校废绝,昭裔出私财营学宫,立黉舍。且请后主镂版印《九经》,由是文学复盛。又令门人句中正、孙逢吉书《文选》《初学记》《白氏六帖》,刻版行之。后子守素赍至中朝,诸书遂大彰于世。所著有《尔雅音略》三卷。”

**丁宏道有《招隐院新建钟楼记》。**

文末署:“保大十一载岁次癸丑仲夏月建立谯国丁宏道撰。”文存《全唐文》卷八七一。

## | 六 月 |

**尚书左丞兼判国子监事田敏献印板书《五经文字》《九经字样》各二部,一百三十策。冯道奏行《九经》于天下。**

《资治通鉴》卷二九一载:“初,唐明宗之世,宰相冯道、李愚请令判国子监田敏校正《九经》,刻板印卖,朝廷从之。(六月)丁巳,板成,献之。由是,虽乱世,《九经》传布甚广。”

**周太祖有《赐郑仁诲手敕》。**

《旧五代史》卷一二一载:“广顺三年夏遇疾,医药之,际属太祖兖海之征……太祖手敕郑仁诲曰:‘切虑德妃以朕至兖州行营,津置内人承侍,缘诸军在野,不可自安。’”依文意,此“太祖”当指周太祖而非梁太祖。《全唐文》误属梁太祖名下,今改正。文存《全唐文》卷一〇二。

**陈致雍有《唐故金华大师正和先生刘君碑铭(并序)》。**

文中有:“保大十一年夏仲月二十三日晨起,命易衽席并几杖履,迁于正寝,凡附身者一一陈之……以其年六月十二日归灵于方山隐晦解脱。”文存《全唐文》卷八七五。

**向训知延州，以蕃部侵盗汉户故，与诸部酋誓约，有《誓约蕃部奏》。**

《册府元龟》卷三九七载："周向训知延州，太祖广顺三年六月上言：'所属蕃部侵盗汉户，臣已招唤诸部酋，率设酒食，仍令誓约，更不敢侵犯。'"文存《唐文拾遗》卷四七。

**□逊有《华岳题名二则》。**

文中有："广顺癸丑岁六月廿日，陪从本府侍中乐安公，准敕祭金天王，行礼毕（下缺）逊书。"可知文作于此时，文存《全唐文补编》卷一〇五。

## | 七 月 |

**周太祖有《允淮南籴粮敕［题拟］》。**

题下注："广顺三年七月。"末附辑者陈尚君按语："《册府元龟》卷五〇二、卷六六作八月。"今从七月。文存《全唐文补编》卷一〇四。

**周太祖有《减损永寿节臣寮设斋供敕》《令州县军镇各守职分敕》。**

《五代会要》卷五载："周广顺三年七月敕：'内外文武臣僚，遇永寿节辰，皆于寺观起置道场，便为斋供……'"《减损永寿节臣寮设斋供敕》文存《唐文拾遗》卷一一。《册府元龟》卷六一载："（广顺）三年七月丁酉敕：'赋税婚田，比来州县之职；盗贼烟火，元系巡镇之司。各有区分，不相逾越……'"《令州县军镇各守职分敕》文存《全唐文》卷一二四。

**太常礼院上《请孟冬祫祭奏》。**

题下注："广顺三年七月太常礼院。"文存《全唐文》卷九七三。

**阙名有《判官堂塑象记幢》。**

文末署："时大周广顺三年癸丑岁七月一日建。"文存《唐文拾遗》卷六一。

## |九 月|

**后周君臣讨论奉迎太庙礼仪，各有奏文。窦贞固有《奉迎太庙神主请车驾出城议》《奉迎太庙神主议》《郊庙议》。礼仪使上《量定郊祀璧币制度奏》《请祀郊庙用祝版奏》《迎太庙神主仪注奏》。**

《量定郊祀璧币制度奏》文存《全唐文》卷九七三，题下注："广顺三年九月礼仪使。"《请祀郊庙用祝版奏》文存《全唐文》卷九七三，题下注："广顺三年九月礼仪使。"礼仪使上《迎太庙神主仪注奏》文存《全唐文》卷九七三，题下注："广顺三年九月礼仪使。"又《全唐文补编》卷一二七收阙名请议郊迎太庙神主奏文字，亦作于广顺三年九月。可知当时就奉迎太庙神主仪注，曾有议论。窦贞固文虽未明具体写作时间，依其内容推断，当是争议文字，亦应作于此时。窦氏《奉迎太庙神主请车驾出城议》文存《全唐文》卷八六五。同时还有《奉迎太庙神主议》《郊庙议》。《奉迎太庙神主议》文存《全唐文补编》卷一〇七，《郊庙议》文存《全唐文》卷八六五。

**太常礼院上《园邱制度奏》《修奏社稷坛奏》《修奏洛京庙室奏》《请议郊迎太庙神主奏[题拟]》。**

《园邱制度奏》题下注："广顺三年九月太常礼院。"文存《唐文拾遗》卷六〇（下文同）。《修奏社稷坛奏》《修奏洛京庙室奏》《请议郊迎太庙神主奏[题拟]》三文皆题下注："广顺三年九月，太常礼院。"文存《全唐文补编》卷一二七。

**徐台符以翰林学士承旨、刑部侍郎、知制诰权知贡举，有《条陈贡举试义奏》。**

《册府元龟》卷六四二载："（广顺三年）九月，翰林学士承旨刑部侍郎知制诰权知贡举徐合符奏：'贡举之司，条贯之道，有沿有革，或否或臧，盖趣向之不同，致施行之有异。今欲酌其近例，按彼旧规，参而用之，从其可者，谨条如右：九经，元格帖经一百二十帖，对墨义、泛义、口义共六十道，策五道。去年知举赵上交起，请罢帖书、泛义、口义，都对墨义一百五十道。合今请去泛义、口义，都对墨义六十道。其帖书、对策,依元格。五经元格帖书八十帖,对墨义五十道。臣今请对墨义十五道,其帖书、对策依元格。明法元格帖律令一十帖,对律令、墨义二十道,策试十条。去年罢帖对,墨义六十道,策试如旧。臣今请并依元格。学究,元格念书、对墨义各二十道,策五道。去年罢念书,都对墨义五十道。今请依去年。起请、三礼,元格对墨义九十道,去年添四十道。臣今请并依元格。三传,元格对墨义一百一十道,去年对四十道。臣今请并依元格。开元礼、三史,元格各对墨义三百道,策五道。去年加对五十道。臣今请并依元格。进士试杂文、诗赋、帖经二十帖,对墨义五道。去年代帖经、对义,别试杂文二首。臣今请依起请,别试杂文,其帖书、对义,请依元格。童子,元格念书二十四道。起请,添念书都五十道,及三十通者放。臣请依起请。'""徐合符"当是"徐台符"之误。文存《全唐文》卷八五二。

**周太祖有《遣曹匪躬点检佃租敕》**。

《五代会要》卷一五载:"(广顺三年)九月敕:'京兆府耀州庄宅三白渠使所管庄宅,宜并属州县……并敕见佃人为主,依例纳租,条例未尽,委三司区分,仍差尚书刑部员外郎曹匪躬专往点检,割属州县。'"文存《唐文拾遗》卷一一。

**泾州节度使史懿疾复作,遣客省使杨廷章往知州事。周太祖有《谕彰义军民吏诏》**。

《册府元龟》卷一三六载:"(广顺)三年九月,泾州节度使史懿疾复作,遣客省使杨廷章往知州事。赐袭衣金带缣帛,诏谕彰义军民吏曰:'朕以史懿自镇边蕃,克勤王事……'"文存《全唐文》卷一二二。

**周太祖有《禁习天文图纬诸书敕》**。

《册府元龟》卷六一三载:"(广顺)三年九月敕:'辰象玄远,罕克精研,术数幽深,骤难穷究……自今后玄象品物,天文、图书、谶记、七曜历、太一雷公式法等,私家不合有及衷私传习,见有者并须焚毁。司天台、翰林院本司职员,不得以前件所禁文书出外借人传写。其诸时日、五行、占筮之书,不得禁限其年历日,须候本司筭造奏定,方得雕印。所司不得衷私示外,如违,准律科断。遍下诸道州府,各令告示。'"文存《全唐文》卷一二四。

**阙名有《□□□师□苏村兴□院经幢记》**。

文末署:"维大周广顺三年岁次癸丑九月(下缺)日甲午朔建立。"文存《全唐文补编》卷一四三。

**王逵有《上周太祖表》**。

《旧五代史》卷一三三载:"广顺三年……其年秋,进逵奏:'刘言与淮贼通连,差指挥使郑玟部领兵士,欲并当道。郑玟为军众所执,奔入武陵。'"文存《全唐文补编》卷一〇六。

## |十月|

**贞峻有《云门山大云寺重装修壁龛功德记》**。

文末署:"时大周广顺三年岁次癸丑十月戊申朔十八日乙丑记。"文存《全唐文补编》卷一〇四。

**周太祖有《切举受官不谢不赴敕[题拟]》**。

题下注:"广顺三年十月。"文存《全唐文补编》卷一〇四。

**南郊大礼,冯道有《请上尊号表》,周太祖有《答冯道等上尊号诏》**。

《册府元龟》卷一七载:"周太祖广顺三年十月甲子,南郊大礼使中书令弘文馆学士齐国公冯道率文武百僚诸道节度使内外将校官吏耆老僧道等上表:'……臣等不胜大愿,谨上尊号曰圣明文武仁德皇帝……'诏报曰:'……朕顾寡薄,非所宜当。即断来章,无至固执,所请宜不允。'表三上,从之。"冯道文存《全唐文》卷八五七,周太祖《答冯道等上尊号诏》文存《全唐文》卷一二二。

**周太祖有《贬宝州刺史张建武制》《令所司备南郊仪注札》《检勘受官不赴谢人敕》。**

《册府元龟》卷四四六载："初，高祖在位时，宣借杨光远骑兵数百，延广请下诏追还。光远繇此忿延广，怨朝廷。广遣间使泛海构虏。周张建武为宝州刺史。广顺三年十月，责授左司御率府副率。制曰：'顷以野鸡蕃族，蠢贼边陲，俾尔率领兵师，于彼进讨……'"《贬宝州刺史张建武制》文存《全唐文》卷一二二。同书卷三四载："（广顺）三年……十月戊申，内出御札曰：'王者应运开基，子民育物，罔不承天事地，尊祖敬宗，燔柴于泰坛，用昭乾德……'"《令所司备南郊仪注札》文存《全唐文》卷一二四。《五代会要》卷六载："（广顺三年）十月十二日敕：'今后起更有受官不赴衙谢人，宜令门下省御史台检举追勘闻奏。'"《检勘受官不赴谢人敕》文存《唐文拾遗》卷一一。

## 十一月

**周太祖有《州县各守职分敕[题拟]》。**

题下注："广顺三年十一月。"文存《全唐文补编》卷一〇四。

**周太祖有《磨勘郊礼行事官敕》《策礼乐兵刑问》《遣赵元休相度租赋敕》《命以天下县户口定望紧上中下次第敕》。**

《册府元龟》卷六三四载："（广顺三年）十一月敕：'郊礼行事官，并差在京永任者充。'"《磨勘郊礼行事官敕》文存《唐文拾遗》卷一一。同书卷四九五载："（广顺三年）十一月敕：'废卫州共城县稻田务，并归州县，任人佃莳。'"《遣赵元休相度租赋敕》文存《唐文拾遗》卷一一。《册府元龟》卷六四四载："（广顺三年）十一月乙卯，命翰林学士窦俨试进策官曹巨源、邓杲、李峣等于禁中。策曰：'王者以礼御人伦，以乐和天地，以兵柔万国……'"《策礼乐兵刑问》文存《全唐文》卷一二四。《五代会要》卷二〇载："周广顺三年十一月敕：'天下县邑，素有等差。年代既深，增损不一……'"《命以天下县户口定望紧上中下次第敕》文存《全唐文》卷一二四。

**中书省上《请定起居舍人朝班先后奏》。**

题下注:“广顺三年十一月中书省。”文存《全唐文》卷九七三。

## 十二月

**三司使上《依散户人课盐征税奏[题拟]》,周太祖有《关居人屋税盐敕[题拟]》。**

三司使《依散户人课盐征税奏[题拟]》题下注:“广顺三年十二月三司使。”文存《全唐文补编》卷一二七。周太祖《关居人屋税盐敕[题拟]》题下注:“广顺三年十二月。”文存《全唐文补编》卷一〇四。

**周太祖有《改元显德赦文[题拟]》《赐赵凤自尽敕》。**

《改元显德赦文[题拟]》文中有:“可大赦天下,改广顺四年为显德元年。”据《旧五代史》卷一一三,改广顺四年为显德元年之大赦文字,作于广顺三年十二月。《改元显德赦文[题拟]》文存《全唐文补编》卷一〇四。《册府元龟》卷六九九载:“周赵凤为单州刺史。太祖广顺三年十二月,御史台奏凤在任日,残虐百姓,非理科率十六事。敕:‘赵凤骤承委寄,合禀宪章。临民不利于抚绥,率性但闻于凶暴……’”《赐赵凤自尽敕》文存《全唐文》卷一二四。

**欧阳炯有《蜀八卦殿壁画奇异记》。**

《益州名画录》卷上载:“广政癸丑岁,新构八卦殿,又命(黄)鉴于四壁画四时花、竹、兔、雉、鸟雀。其年冬,五坊使于此殿前呈雄武军进昔白鹰,误认殿上画雉为生,掣臂数四,蜀主叹异久之。遂命翰林学士欧阳炯撰《壁画奇异记》以旌之。”其文末署:“广政十六岁岁次癸丑十二月记。”可知作于此时。文存《唐文拾遗》卷四八。

## 本年

**陈光穗为邺都副留守,周太祖以其汉周更始时事奖之,授博州刺史,有《赐**

**邺都事留守陈光穗诏书》**。

《册府元龟》卷七六六载："陈光穗为邺都副留守。广顺中，高祖赐诏书曰：'汝澶渊卒职之时，值汉室衅生之际，潜赍密旨，将陷朕躬……径自河壖，报于邺下。忠孝之规迥著，旌酬之道未弘。每慊朕怀，仍宣公论。宜膺列郡，用赏前功。今授汝博州刺史。'"具体时间待考，因本年改元，姑系于此。文存《全唐文》卷一二四。

**胡峤居契丹七载，于广顺三年亡归中国，有《陷北记》**。

《新五代史》卷七三载："初，萧翰闻德光死，北归。有同州合阳县令胡峤，为翰掌书记，随入契丹，而翰妻争妒，告翰谋反，翰见杀。峤无所依，居外域七年，当周广顺三年，亡归中国，略能道其所见云……峤归，录以为《陷北记》。"据此可知，胡峤《陷北记》当是入契丹后文字。其归于中国，在广顺三年，姑系于本年。文存《全唐文》卷八五九。

**鱼崇谅以母病难于违养，累表辞征，周太祖有《命鱼崇谅复位诏》。鱼崇谅有《乞至春暖归朝表[题拟]》**。

《册府元龟》卷五五〇载："至太祖时，崇谅母病笃，太祖许归侍养。广顺三年，复征之。崇谅累表，辞以母病，难于违养。太祖赐诏曰：'卿向以母亲高年，久婴疾恙，解职归止，徇意承颜……'崇谅认诏意，不敢坚辞。复表言：'比及撰行，节气凝沍，乞至春暖，奉亲归朝。'许之。"太祖《命鱼崇谅复位诏》文存《全唐文》卷一二二，鱼崇谅《乞至春暖归朝表[题拟]》文存《全唐文补编》卷一〇六。

**贤义有《云门山功德记》**。

《全唐文补编》卷一〇四存贞峻《云门山大云寺重装修壁龛功德记》作于广顺三年十月十八日，其时贤义正在大云寺讲经，则此文与贞峻文字相先后，姑系于广顺三年。文存《全唐文》卷九二二。

**南唐李璟有《依旧解送举人制[题拟]》**。

题下注:“保大十一年。”文存《全唐文补编》卷一一〇。

**南唐薛文美有《泾县小厅记》。**

文中有:“大唐保大十一年岁次癸丑七月二十六日,宁国军节度推官知录镇事朝议郎检校尚书主客郎中赐紫金鱼袋薛文美记。”文存《全唐文》卷八七二。

**朱涣有《贵元思真洞天碑》。**

文中有:“洎保大十一载癸丑岁,有乡老刘英者,寻而得之,奏闻阙下,凝和先生陈希声奉敕遍礼名山,遂诣古坛,修行醮礼……昭孝太弟早启崇心,已图基构,贤顺妃钦兹妙果,别用庄严。”可以推知此文作于保大十一年之后。姑系于本年。文存《全唐文再补》卷五。

## 后周显德元年　南唐保大十二年　南汉乾和十二年　后蜀广政十七年　辽应历四年

甲寅　九五四

### 正月

**周太祖有《升朝官赐绯敕》《寺监官满七年同明经出身敕》。**

《五代会要》卷六载:“周显德元年正月一日敕节文:‘今后升朝官两任以上者,著绿,十五周年者与赐绯……’”《升朝官赐绯敕》文存《唐文拾遗》卷一一。同书卷一七载:“周显德元年正月一日赦节文:‘其诸寺监官如满七周年已上,应奉公事无遗阙,文书灼然者并与同明经出身……’”《寺监官满七年同明经出身敕》文存《唐文拾遗》卷一一。

**周太祖郭威卒,晋王柴荣即皇帝位,是为周世宗。端明殿学士尚书户部侍郎王溥为撰制文,旋擢为中书侍郎、平章事。**

《旧五代史》卷一一三:"(显德元年正月)以端明殿学士尚书户部侍郎王溥为中书侍郎、平章事。"《宋史》卷二四九本传:"周祖疾革,召学士草制,以溥为中书侍郎、平章事。宣制毕,周祖曰:'吾无忧矣。'即日崩。"《资治通鉴》卷二九一载:"重进年长于晋王荣,帝召入禁中,属以后事,仍命拜荣,以定君臣之分。是日,帝殂于滋德殿,秘不发丧。乙未,宣遗制。丙申,晋王即皇帝位。"郭威著述,《全唐文》卷一二二至卷一二四录文八十一篇,《唐文拾遗》卷一一补录二十四篇。

**南唐冯延巳有《开先禅院碑记》。**

文末署:"保大十二年,岁次甲寅正月丙子朔十日乙酉冯延巳奉敕撰。"可知作于此时,文存《全唐文》卷八七六。

**阙名有《佛顶尊胜陀罗尼幢赞》。**

文末附辑者陈尚君按语:"末署:时大周显德元年岁次甲寅正月二十五日庚子朔建。"文存《全唐文又再补》卷八。

## |二月|

**僧戒贞有《周西京修行寺故讲律临坛大德赐此尼戒恩尊胜幢记》。**

文中有:"广顺二年七月皇帝永寿节宣赐紫衣至广顺三年三月得疾……显德元年岁次甲寅二月丙午朔二十四(缺)看待行寺讲律临坛大德戒贞记。"可知文作于此时。文存《唐文续拾》卷八。

**蜀中阙名有《刘恭造象记》。**

文末署:"以广政十七年太岁甲寅二月丙午朔十一日丙辰设斋赞讫。"可知文作于此时。文存《唐文续拾》卷一一。

**范质有《议刑典疏》。**

《玉壶野史》卷六载:“周祖自鄴起师……(范质)首议刑典,疏曰:‘先王所恤,莫重于刑。今繁苛失中,轻重无准,民罹横刑,吏得侮法。愿陛下留神刑典,深轸无告。’”从“周祖自鄴起师”可知其文当作于后周太祖时。范质此文具体作年难以确考,因周太祖此月驾崩,姑系于此。文存《全唐文补编》卷一〇七。

## | 三 月 |

**周世宗即位,大赦,有《即位大赦文》《亲征刘崇御札》。**

《册府元龟》卷九六载:“世宗以显德元年正月即位,三月辛巳,制曰:‘凡神圣之……’”可知柴荣即位之初,无暇大赦,迟至三月,始有此大赦文字。文存《全唐文》卷一二六。《册府元龟》卷一一八载:“世宗显德元年三月癸未,内出御札曰:‘朕自遘闵凶,再经晦朔,山陵已卜,日月有期……’”《亲征刘崇御札》文存《全唐文》卷一二六。

**李琬有《抄圆鉴大师云辩诗文附记[题拟]》。**

文末署:“时显德元年季春月萱开三叶,长白山人李琬蒙沙州大德请抄记。”可知文作于此时。文存《全唐文补编》卷一〇四。

**徐铉有《木兰赋(并序)》。**

文中有:“顷岁,铉左宦江陵,官舍数亩,委之而去,庭木兰因移植于宗兄家。及铉征还,席不遑暖,又窜于舒庸。吾兄感春物之载华,拟古诗而见寄。吟玩感叹,谨赋以和焉。”《唐余纪传》卷二载,中主保大十一年冬十月,筑楚州白水塘以溉屯田,南唐遣近侍车延规董其役,发洪、饶、润等州民、牛以往。吏缘为奸,强夺民田为屯田,江淮骚动。徐铉时知制诰,因奏事白之,乃诏铉行视利害。铉至楚州,悉取所夺田还民,诘责车延规,欲榜之,百姓感悦。“太延左右交赞,以为擅作威福,遂触上怒。趣归,将沉之江。既至,怒少解,流铉舒州,而白水塘役亦赖以止。”徐铉赋《序》所记“席不遑暖,又窜于舒庸”云云,正是此事。依文中“吾兄感春物之载华”,可知已是第二年春天事,则文当作于保大十二年春。文存《全唐文》卷八七八。

## 四月

**冯道病卒,谥文懿,追封瀛王。**

《资治通鉴》卷二九一载:"(柴荣欲亲征北汉)冯道固争之,帝曰:'昔唐太宗定天下,未尝不自行,朕何敢偷安!'道曰:'未审陛下能为唐太宗否?'帝曰:'以吾兵力之强,破刘崇如山压卵耳!'道曰:'未审陛下能为山否?'帝不悦。"柴荣下诏亲征北汉,是三月事。同卷又载:"(四月)庚申,太师中书令瀛文懿王冯道卒。道少以孝谨知名,唐庄宗世始贵显,自是累朝不离将相三公三师之位。为人清俭宽弘,人莫测其喜愠。滑稽多智,浮沈取容。尝著《长乐老叙》,自述累朝荣遇之状,时人往往以德量推之。"《旧五代史》卷一二六载:"道历任四朝,三入中书,在相位二十余年,以持重镇俗为己任,未尝以片简扰于诸侯。平生甚廉俭,逮至末年,闺庭之内,稍徇奢靡……史臣曰:道之履行,郁有古人之风;道之宇量,深得大臣之体。然而事四朝,相六帝,可得为忠乎!"道之著述,《崇文总目》卷五著录《冯道诗》十卷,《通志》卷七〇《艺文略八》所载同。《宋史》卷二〇八《艺文志七》著录"《冯道集》六卷,又《河间集》五卷,《诗集》十卷"。则冯道著述元时尚存,其后渐散佚。《全唐诗》卷七三七存诗五首。《全唐文》卷八五七收其文十一篇,多表奏文字。《唐文拾遗》卷七补《唐明宗谥议》一篇。冯道文章,《新五代史》卷五四载:"予读冯道《长乐老叙》,见其自述以为荣,其可谓无廉耻者矣。则天下国家,可从而知也。"

**周世宗不听冯道生前谏止,荡平北汉,有《平刘崇赦文》。**

《册府元龟》卷九六载:"(显德元年)四月庚午,制曰:'昨者刘崇纵肆毒螫,勾引蕃戎,困我生民,深入泽潞……诚赖玄穹垂佑,将士输忠,大剪寇雠,寻清原野。览贼寇经繇之地,深切悯伤。当城池围闭之时,良资捍御……'"文存《全唐文》卷一二六。

**王德成有《大周故将仕郎检校尚书库部郎中守太子左赞善大夫赐紫金鱼袋彭城郡刘公墓志铭并序》。**

文中有:“以显德元年二月二十六日遘疾,启手足于洛阳修善坊之私第。享年六十有六……即以其年四月二十九日,扶护葬于河南府河南县平洛乡杜泽村,礼也。”可知文作于此时。文存《全唐文补编》卷一〇六。

## | 五 月 |

**符彦卿与契丹战于忻口,败绩。先锋都指挥使史彦超死之。周世宗有《赠史彦超检校太师制》。**

《新五代史》卷一二载:“(显德元年)五月丙子,代州守将郑处谦叛于汉来附,契丹救汉。丁酉,回鹘使因难敌略来,符彦卿及契丹战于忻口,败绩。先锋都指挥使史彦超死之。”世宗赠史彦超检校太师,当在其亡后。姑系于此月。文存《全唐文》卷一二五。

**世宗力排众议,攻破北汉,自是亲决庶政。河南府推官高锡有《谏亲决庶政疏》。**

《资治通鉴》卷二九二载:“(显德元年五月)帝违众议破北汉。自是政事无大小,皆亲决,百官受成于上而已。河南府推官高锡上书谏,以为:‘四海之广,万机之众,虽尧舜不能独治,必择人而任之。今陛下一以身亲之,天下不谓陛下聪明睿智,足以兼百官之任……’”文存《全唐文》卷八六二。

**义楚有《释氏六帖序》《进释氏六帖表》。**

《释氏六帖序》载:“起草乙巳,毕功甲寅仲夏月之十日耳。”可知《释氏六帖序》当作于此时。其进《表》,亦当在此后不久,姑系于一处。文皆见《全唐文补编》卷一〇八。

## | 六 月 |

**阙名有《姜氏妹婆买地券》。**

文中有:“维南瞻部州大唐国庐州合肥县右厢永宁乡纳善坊没故亡人天水

郡姜氏妹婆，行年七十，不幸于保大十二年岁次癸丑六月己酉朔廿四日壬申，券生之时，未有墓地。”可知文作于此时，文存《全唐文又再补》卷一〇。

## | 七 月 |

**周世宗有《授景范中书侍郎平章事制》。**

《新五代史》卷一二载：“（显德元年）秋七月庚辰，阅稼于南御庄。癸巳，枢密院直学士工部侍郎景范为中书侍郎同中书门下平章事。”可知世宗文当作于此时。文存《全唐文》卷一二五。

**阙名有《上天清节表》。**

题下注：“显德元年七月。”文存《全唐文》卷九六三。

**□逊有《华岳题名二则》。**

文中有：“甲寅七月一日，逊（下缺）官与（下缺）廉判金城员外郎（下缺）庙，因留题于此。”文存《全唐文补编》卷一〇五。

**新罗国纯白有《新罗国石南山故国师碑铭后记》。**

文中有：“恭以大师于唐新罗国景明王之天祐年中，化缘毕已。明王谥号铭塔，仍敕崔仁滚侍郎使撰碑文。然以世杂人猾，难为盛事，是以年新月古，未立碑文。至后高丽国凡平四郡，鼎正三韩，以显德元年七月十五日，树此丰碑于太子山者，良有良缘者乎？”文存《全唐文》卷九二二。

## | 八 月 |

**应文有《□周邢郡坊里社众创修六曹轩宇四时祭敬记并序》。**

文末署：“显德元年岁次甲寅八月癸酉朔二十八日〔辛〕巳建。”末附辑者陈尚君按语:“按:《唐文续拾》卷八收此文,作者误作文□。且多阙文。今重录之。”《唐文续拾》卷八录有文□《周邢郡坊里社众创修六曹轩宇四时祭敬记并序》,文末署:“显德元年岁次甲寅八月癸酉朔二十八日□已建。”依陈氏按语可知,“文□”当为“应文”。文存《全唐文又再补》卷七。

## |九 月|

**周世宗有《严究落第举人腾谤并不得受荐托敕》**。

《册府元龟》卷六四二载:“(显德元年九月)敕:‘国家开仕进之路,设儒学之科,校业抡才,登贤举俊……’”文存《全唐文》卷一二四。《全唐文》将此文属周太祖,误。因本年正月,太祖卒,世宗三月即位。

**阙名有《周故南阳郡娘子张氏墓志铭并序》**。

文中有:“娘子春秋七十有四,于广顺四年甲寅岁九月廿日殒逝于定难坊私第也,其月卅日,葬于莫高里阳关河北源之礼也。”“之”字后应有缺文,文存《全唐文补编》卷一五六。

## |十 月|

**杨凝式以太子太保致仕,卒于洛阳,赠太子太傅,终年八十五岁**。

《旧五代史》卷一二八载:“显德初,改左仆射,又改太子太保,并悬车。元年冬,卒于洛阳,年八十五。诏赠太子太傅。凝式长于歌诗,善于笔札,洛川寺观蓝墙粉壁之上,题纪殆遍,时人以其纵诞,有‘风子’之号焉。”凝式著述,宋人书目均未著录。《全唐诗》卷七一五存诗三首,同书卷八八六补一首。《全唐文》卷八五八存文三篇,《唐文拾遗》卷四七补文一篇。

**李縠监修国史,有《请以政事封付史官疏》**。

《旧五代史》卷一一四载:“(显德元年十月)戊午,监修国史李縠等上言曰:

‘……今之左右起居郎，即古之左右史也……’”文存《全唐文》卷八六一。

**曲励为侍御史知杂事，以颍州放罪人故，有《谏滥放囚徒疏》**。

《册府元龟》卷五四七载：“曲厉，显德元年十月为侍御史知杂事，上言曰：‘窃见颍州为天清节放见禁罪人。伏以祝万寿之延洪，但要斋心洁恳，临一州之生聚，当思共理分忧……’”文存《全唐文》卷八六〇。

**周世宗有《差人收拿盗贼逃军亡命人敕》《祭司寒敕》**。

《五代会要》卷一〇载：“显德元年十月敕：‘应诸司贼盗，宜委本府州节度防御团练等使、刺史专切断除。其部内凡有贼盗及逃走军健诸色亡命之人，并须觉察设计差人收拿。’”《差人收拿盗贼逃军亡命人敕》文存《唐文拾遗》卷一一。《册府元龟》卷五九六载：“周世宗显德元年十月，太常礼院上言……敕曰：‘据《月令》，孟冬祭司，寒于北郊……’”《祭司寒敕》文存《全唐文》卷一二五。

**吴越国崔铎有《大吴越国匡时励节功臣台州教练都知兵马使罗城四面都巡检使银青光禄大夫检校刑部尚书上骁卫将军兼御史大夫上柱国俞让墓志》**。

文中有：“以显德元年甲寅十月十□日甲寅，宅兆于临海县兴国乡浮江里东山保茔，近先妻王氏夫人之墓，礼也。”文存《全唐文补编》卷一一四。

## |十一月|

**北汉主刘崇卒，子刘承钧即位，更名钧；契丹主赐诏，呼为“儿皇帝”**。

《资治通鉴》卷二九二载：“北汉主疾病，命其子承钧监国，寻殂。遣使告哀于契丹，契丹遣骠骑大将军知内侍省事刘承训册命承钧为帝，更名钧。北汉孝和帝，性孝谨，既嗣位，勤于为政，爱民礼士，境内粗安。每上表于契丹主称男。契丹主赐之诏，谓之儿皇帝。”

**国子监所解送广顺三年以前监生人数，周世宗令礼部贡院收纳文解，有《解**

**送监生须是监中受业敕》，又有《州县官不得擅离任所敕[题拟]》。**

《五代会要》卷一六载：“周显德元年十一月，敕：‘国子监所解送广顺三年已前监生人数，宜令礼部贡院收纳文解……’”文存《唐文拾遗》卷一一。《州县官不得擅离任所敕[题拟]》题下注：“显德元年十一月。”文存《全唐文补编》卷一〇五。

**颖赞有《大周故护国军节度行军司马金紫光禄大夫检校司徒兼御史大夫上柱国武威县开国男食邑三百户安公墓志铭并序》。**

文中有：“于广顺元年九月四日寝疾，终于西京福善坊私第，享年六十有一……以彭城县君祔焉，即显德元年十一月八日也。”文存《全唐文补编》卷一〇六。

**南唐倪少通有《太一观董真人殿碑铭(并序)》。**

文末署：“唐保大十二年岁次乙卯十一月记。”文存《全唐文》卷九二八。

**郭玘有《大周故金紫光禄大夫检校尚书右仆射左监门卫将军兼御史大夫上柱国刘公墓志铭文》。**

文中有：“于癸丑年孟冬十有二日，因浴暴卒于滑州荷恩禅院浴室，享年六十六，用甲寅年仲冬二十六日，归葬于洛阳县玄象乡南陶里。”文存《全唐文补编》卷一〇六。

**蜀中欧阳炯应诏作《十二仙真形赞》。**

《益州名画录》卷上载：“甲寅岁十一月十一日，值蜀主诞生之辰。安公(思谦)进(张)素卿所画《十二仙真形》十二帧。蜀主耽玩观赏者久，因命翰林学士、礼部侍郎欧阳炯次第赞之。”甲寅即蜀广政十七年。欧阳炯赞文当作于此时，惜其文今已不存。

## 十二月

**阙名有《大唐故府君墓志铭》。**

文中有："维大周显德元年岁次甲寅十二月辛丑朔二十日庚申，怀州武德县(缺)州清河(缺)君讳(缺)供奉(缺)巡检使(缺)新妇刘氏新妇石氏嗣子长(缺)、次男(缺)、次侄永兴、长男……"可知文作于此时。文存《唐文拾遗》卷六七。《全唐文补编》卷一五六重录此铭，文字可略互补。

**苏允□有《妙乐寺重修舍利塔碑并序》。**

文中有："而复史公清河公太夫梁氏郡夫人刘氏各舍净财，其崇胜事，自大周广顺三年癸丑岁兴工，至显德元年甲寅岁毕功，不□二载□成□塔……"文存《唐文续拾》卷九。

**徐锴为校书郎分司东都，撰成《说文解字系传》四十卷。**

《直斋书录解题》卷三录《说文解字系传》四十卷，云："南唐校书郎广陵徐锴楚金撰。"徐锴任校书郎是上年十月至本年事，从其署名可知书当成于本年，姑系于此。

# 后周显德二年　南唐保大十三年　南汉乾和十三年　后蜀广政十八年　辽应历五年

乙卯　九五五

## 正月

**后周世宗柴荣规定令、录除授，须署举者姓名，令、录犯法，举者连坐。周世宗有《命荐举令录诏》。**

《五代会要》卷四载:“周显德二年正月二十一日,御札:‘应在朝文资官,翰林学士、两省官内有曾历藩郡宾职州县官者,宜各举堪为令录者一人,务在强明清慎,公平勤恪。其中有已曾任令录,亦许称举,并当擢用,不拘选限资序,虽姻族近亲,亦无妨嫌。只须举状内具言除官之日,仍署举主姓名。若在官贪浊不公,懦弱不治,职业废缺,处断乖违,并量事状轻重,连坐。仍令御史台催提本官,旋具奏闻,限两月举状齐足。如出使在外者,俟回日准此指挥。’”文存《全唐文》卷一二五。

## 二月

**刘德润有《大周故金紫光禄大夫检校司徒使持节单州诸军事单州刺史兼御史大夫上柱国天水郡开国侯食邑一千户赵公墓志铭并序》。**

文中有:“于广顺三年十二月五日,终于旅馆,享年四十有一……越明年,改广顺为显德元年,至二年岁次乙卯二月庚子朔四日癸卯,与衙内同部署扶护灵榇,卜吉地葬于洛京河南县梓泽乡宣武村,礼也。”文存《全唐文补编》卷一〇六。

**后周校勘《经典释文》,国子监祭酒尹拙预其事。上奏请兵部尚书张昭、太常卿田敏同校勘。中书门下覆奏,周世宗答之。尹拙有《请令张昭田敏等校勘〈经典释文〉状》,周世宗有《令张昭田敏校勘〈经典释文〉敕》。**

《全唐文补编》卷一二七有显德二年中书门下奏《尹拙请同校勘奏[题拟]》文字:“国子监祭酒尹拙状,称准敕校勘〈经典释文〉三十卷。雕造经板,欲请兵部尚书张昭、太常卿田敏同校勘。”题下注:“显德二年二月中书门下。”可以推知尹拙《请令张昭田敏等校勘〈经典释文〉状》及周世宗《令张昭田敏校勘〈经典释文〉敕》诸文皆当在此前后。对照三篇文章,可知尹拙为校勘《经典释文》之始作俑者,经其推荐,张昭、田敏等获世宗许可参与校勘,后尹拙又自请命与其事。尹拙《请令张昭田敏等校勘〈经典释文〉状》文存《全唐文》卷八六五,中书门下履奏《尹拙请同校勘奏[题拟]》文存《全唐文补编》卷一二七,周世宗《令张昭田敏校勘〈经典释文〉敕》文存《全唐文》卷一二五。

**蜀中阙名有《王承秀造象记》。**

文末署:“以广政十八年二月廿四日修斋表……”文存《唐文续拾》卷一一。

## 三月

**周世宗有《驳落新进士严说等敕》,又有《求言诏》。**

《五代会要》卷二二载:“显德二年三月敕:‘礼部贡院奏,今年新及第进士李覃、严说、何俨、武允成、王纷间、丘舜卿、杨微之、任惟吉、赵邻几、周度、张慎微、王翥、马文、刘选、程浩然、李震等一十六人所试诗赋文论策文等。国家设贡举之司,求俊彦之士,务询文行以中科名。比闻近年以来,多有滥进,或以年劳而得第,或因谋势以出身。今岁所贡举人,试令看详,果见纰缪,须有去留。其李覃、何俨、杨微之、赵邻几等四人宜放及第,其严说、武允成、王纷间、丘舜卿、任惟吉、周度、张慎微、王翥、马文、刘选、程浩然、李震等共十二人,艺学未精,并宜斥落。’”文存《全唐文》卷一二五。《册府元龟》卷一〇三载:“(显德)二年三月,诏曰:‘善操理者不能有全功,善处身者不能无过失。虽尧舜禹汤之上圣,文武成康之至明,尚犹思逆耳之言……’”《求言诏》文存《全唐文》卷一二五。

**南唐徐铉有《乔公亭记》。**

文末署:“于时岁次乙卯保大十三年三月日东海徐铉记。”文存《全唐文》卷八八二。

**赵逢有《大周故北京飞胜五军都指挥使银青光禄大夫检校司空兼御史大夫上柱国赠左骁卫将军石公妻河南郡太夫人元氏墓志铭并序》。**

文中有:“广顺元年七月……三年正旦二日,太夫人薨于义州官舍,享年八十三。太守茹荼衔疢,护丧归洛,以显德二年三月三日,袝葬于先将军司空之茔,礼也。”文存《全唐文补编》卷一〇八。

## 四月

**周世宗有《京城别筑罗城诏》《未朝谢御史不得受供给敕》《供给无家罪人**

**水米敕》**。

《册府元龟》卷一四载："（显德）二年四月，诏曰：'惟王建国，实曰京师。度地居民，固有前则。东京华夷臻凑，水陆会通……'"《京城别筑罗城诏》文存《全唐文》卷一二五。《五代会要》卷一七载："周显德二年四月三日敕：'起今后，应有自外新除御史未经朝谢者，经过州府，不得受馆驿供给……'"《未朝谢御史不得受供给敕》文存《唐文拾遗》卷一一。《五代会要》卷一〇载："（显德）二年四月五日敕：'应诸道见禁罪人，无家人供给乞食者，每人逐日散官米二升……'"《供给无家罪人水米敕》文存《唐文拾遗》卷一一。

**王颜有《东林寺题名》**。

文中有："解印归京，游诸胜境，故记。尔时癸丑岁夏四月二十四日书。"可知文作于此时。文存《全唐文补编》卷一一一。

**王仁裕为太子少保，进回文《金镜铭》**。

《册府元龟》卷九七《奖善门》："显德二年四月，太子少保王仁裕进回文《金镜铭》上之，赐帛百匹。"可知文作于此时。

**陶谷为周户部侍郎、翰林学士，撰《为君难为臣不易论》《平边策》，述平南之策，为世宗所赏。王朴亦有《平边策》**。

《旧五代史》卷一一五："（显德二年四月）诏翰林学士承旨徐台符已下二十余人，各撰《为君难为臣不易论》《平边策》一首，帝亲览也。"陶氏文今不存。另：王朴亦有《平边策》，依理当是此时所为，姑系于此。王朴文存《全唐文》卷八六〇。

## 五 月

**后周沙汰僧尼，废寺院三万三百三十六所。周世宗有《毁私建寺院禁私度僧尼诏》，又有《逃户庄田许人请射敕》**。

《旧五代史》卷一一五载:"(显德二年五月)甲戌,诏曰:'释氏贞宗,圣人妙道,助劝善,其利甚优,前代以来,累有条贯。近年已降,颇紊规绳。近览诸州奏闻,继有缁徒犯法。盖无科禁,遂至尤违……是岁,诸道供到帐籍所存寺院,凡二千六百九十四所,废寺院凡三万三百三十六,僧尼系籍者六万一千二百人。'"文存《全唐文》卷一二五。《全唐文补编》卷一〇五又录周世宗《条流僧尼敕[题拟](共四篇)》,题下注:"显德二年五月。"末附辑者陈尚君按语:"《全唐文》卷二一五《毁私建寺院禁私度僧尼诏》,内容大致与此四文同,然少六百余字,故重录之。"《五代会要》卷二五载:"周显德二年五月二十五日敕:'应自前及今后有逃户庄田,许人请射承佃供纳租税……'"《逃户庄田许人请射敕》文存《唐文拾遗》卷一一。

**窦仪以翰林学士、尚书礼部侍郎知贡举,有《条陈贡举事例奏》。**

《册府元龟》卷六四二载:"(显德二年)五月,翰林学士尚书礼部侍郎知贡举窦仪上言:'伏以朝廷设科,比来取艺,州府贡士,祇合荐能。爰因近年,颇隳旧制,其举子之弊也,多是才谋习业,便切干名……'"文存《全唐文》卷八六二。

**杜韡有《大唐推诚翊戴功臣金紫光禄大夫检校司徒使持节卫州诸军事卫州刺史兼御史大夫上柱国太原县开国男食邑三百户郭公屏盗碑铭》。**

《金石文字记》卷五载:"卫州刺史郭公屏盗碑,杜韡撰,孙崇望正书,显德二年五月。"文存《全唐文》卷八五九。《全唐文补编》卷一〇五重录此文,末署:"显德二年岁次乙卯五月戊辰朔十一日戊寅建。"末附辑者陈尚君按语:"《全唐文》卷八五九收此文,缺文甚多,今重录。"

**王景为凤翔节度使,有《安抚诸砦奏》。**

《册府元龟》卷三九七载:"王景为凤翔节度使,世宗显德二年五月上言:'今月七日收下黄牛新城大忌等三砦,相次又收下鬼迷、黄花、下湛、滴水、皂荚等五砦,其乡村人户,并已招携安抚。'"文存《唐文拾遗》卷四七。

## 六月

**周世宗有《不得奏荐判官诏》。**

《五代会要》卷二五载："显德二年六月诏：'两京诸道州府留守判官、两使判官、少尹、防御团练军事判官，今后并不得奏荐……'"文存《唐文拾遗》卷一一。

## 七月

**南唐林赞有《重修后土庙记》。**

文末署："时太岁乙卯巨唐保大十三年孟秋月。"文存《全唐文》卷八七六。

**和凝卒，赠侍中。凝著有《演纶》《游艺》《孝悌》《疑狱》《香奁》《籯金》等集及《赋格》，为五代时名家。**

《旧五代史》卷一二七载："显德二年秋，以背疽卒于其第，年五十八。辍视朝两日，诏赠侍中。凝性好修整，自释褐至登台辅，车服仆从，必加华楚，进退容止伟如也。又好延纳后进，士无贤不肖，皆虚怀以待之，或致其仕进，故甚有当时之誉。平生为文章，长于短歌艳曲，尤好声誉。有集百卷，自篆于板，模印数百帙，分惠于人焉。"《旧五代史》卷一一五明记："（显德二年七月）太子太傅、鲁国公和凝卒。"和凝著述颇多，后蜀赵崇祚选编之《花间集》收凝词二十首。《崇文总目》卷二及《郡斋读书志》卷二上并著录和凝《疑狱集》三卷。《崇文总目》卷五另著录《演论集》五十卷、《游艺集》五十卷。《通志》卷七〇《艺文略八》著录和凝《演编集》五十卷，又《游艺集》五十卷，《郦炎集》一卷。《宋史》卷二〇八《艺文志七》著录和凝《演论集》三十卷，又《游艺集》五十卷，《红药编》五卷。同书《艺文志八》另录《赋格》一卷。沈括《梦溪笔谈》卷一六《艺文》三记云："凝生平著述，分为《演论》《游艺》《孝悌》《疑狱》《香奁》《籯金》六集。自为《游艺集序》云：'予有《香奁》《籯金》二集，不行于世。'凝在政府，避议论，讳其名；又欲后人知，故于《游艺集序》述之，此凝之意也。"沈氏所列举之六部著作，今皆不见传世。《全唐诗》卷七三五和凝小传云："凝为文章以多为富，有集百余卷，今编诗一卷。”收诗一百零九首。同书卷八九三“词五”收和凝词二十四首。《全唐诗续补遗》补诗一首。《全唐文》卷八五九录文四篇。和凝之文章,《旧五代史》卷一二七载:“平生为文章,长于短歌艳曲。”

## | 八 月 |

**周世宗有《令点检祠祭诏》。**

《册府元龟》卷三四载:“(显德二年)八月乙丑诏曰:‘今后诸处祠祭,应有牲牢香币馔料供具等,仰委本司官吏,躬亲检校,务在精至。’”文存《全唐文》卷一二五。

**张昭为兵部尚书,上奏请减祀祭用犊,有《覆减祀祭用犊奏》。周世宗有《太庙及诸祠非亲祀不用犊敕》。**

《五代会要》卷三载:“周显德二年八月,兵部尚书张昭等奏:‘今月十二日奉圣旨,以每年祭祀多用太牢,念其耕稼之勤,更备牺牲之用,比诸豢养,特可愍伤,令臣寻讨故事……’奉敕:‘祭祀尚诚,祝史贵信,非诚与信,何以事神……’”张昭《覆减祀祭用犊奏》文存《全唐文》卷八六四,周世宗有《太庙及诸祠非亲祀不用犊敕》文存《全唐文》卷一二五。

**周世宗有《病患老马送监诏[题拟]》《改正盐法敕[题拟]》。**

二文题下皆注:“显德二年八月。”文皆存《全唐文补编》卷一〇五。

**道林有《(上缺)京城内外临坛供奉大德兼(下缺)门和尚邈真赞并序》。**

文末署:“于时显德二年岁次丙辰八月。”文存《全唐文补编》卷一〇六。

**严□有《华岳题名》。**

文末署:“乙卯岁八月庚寅,奉使东周展敬。”文存《全唐文补编》卷一二一。

## 九月

**周世宗有《令毁铜器铸钱敕》。**

《册府元龟》卷五〇一载："世宗显德二年九月，敕：'国家之利，泉货为先，近朝已来，久绝铸造……今采铜兴冶立监铸钱，冀便公私，宜行条制。起今后，除朝廷法物、军器及镜并寺观钟、磬、钹、相轮、火珠、铃铎外，其余铜器，一切禁断。应两京诸道州府铜像器物，及诸色装铰所用铜，限敕到五十日内，立须毁折送官。'"文存《全唐文》卷一二五。

**藏莹有《周晋州慈云寺长讲维摩经僧普静舍身记》。**

文末署："显德二年岁次乙卯九月丙寅朔二十八日癸巳建。"文存《全唐文补编》卷一〇六。

**王玭有《彰信军节度使曹单等州观察庭置等使韩通故陇西郡夫人董氏墓志铭并序》。**

文中有："以显德二年岁次乙卯九月七日，卜葬于洛水之北邙山之东，其实曰河南府河南县平乐乡杜泽里，礼也。"文存《全唐文补编》卷一〇六。

**刘从乂有《大周广慈禅院记》。**

文中有："时岁在单阏月旅季秋记。"单阏为卯年言，后周国祚不长，只有乙卯年为卯年，即显德二年，季秋则当指九月言。故可定此篇作于显德二年九月。文存《全唐文》卷八六〇。

**孙光宪为荆南节度副使、检校秘书监兼御史大夫，撰有《高季兴碑》。**

《宝刻类编》卷七录："《荆南节度赠太师楚王高季兴碑》，孙光宪撰，贞元行书，贞范篆额。显德二年九月，江陵。"文今不存。

## 十月

**南唐周宗先后三表请致仕，南唐李璟有《赐周宗诏》。**

马令《南唐书》卷三载："（保大）十有三年……冬十月，东都留守周宗乞罢镇。诏曰：'……今任公以何恂之事，宜强饭扶力，以副朕意。于嘻，国之安危，惟兹淮甸，慎始成终，非公而谁。所请宜不允。'宗以老病，三表乃许守司徒致仕。"文存《全唐文》卷一二八。

**罗汉融有《造尊胜幢记》。**

文中有："维乾和十三年岁次乙卯十月乙未朔廿七日辛酉。"文存《全唐文补编》卷一一七。

## 十一月

**后周伐蜀，尽得秦、成、阶、凤四州，诏罢后蜀所立各色科徭。凤翔节度王章上言收下凤州，周世宗有《平秦成阶等州德音》。**

《新五代史》卷六四载："（广政）十八年，周世宗伐蜀，攻自秦州。昶以韩继勲为雄武军节度，闻周师来伐，叹曰：'继勲岂足以当周兵耶？'客省使赵季札请行，乃以季札为秦州监军使。季札行至德阳，闻周兵至，遽驰还奏事。昶召问之，季札惶惧不能道一言。昶怒，杀之。乃遣高彦俦、李廷珪出堂仓以拒周师。彦俦大败，走青泥，于是秦、成、阶、凤复入于周。"《册府元龟》卷九六载："（显德）二年十一月癸丑，凤翔节度王章上言收下凤州。乙卯，诏曰：'朕承宗社之灵，居亿兆之上……既为吾民，宜革前弊。今后除秋夏两税征科外，应伪蜀所立诸般科率名目，及非理徭役，一切停罢。德音未该者，宜令所司相次指挥。'"周世宗《平秦成阶等州德音》文存《全唐文》卷一二六。《全唐文补编》卷一〇五补出一段，题下注："显德二年八月。"末附辑者陈尚君按语："《全唐文》卷一二六收此文，无此段，今另录出。"

**周世宗有《征淮南敕》。**

《新五代史》卷六二载:“(保大)十三年十一月,周师南征。诏曰:‘蠢尔淮甸,敢拒大邦……勾诱契丹,入为边患,结连并垒,实我世雠。罪恶难名,人神共愤。’”文存《全唐文》卷一二五。

**徐铉有《册赠武烈帝碑》。**

马令《南唐书》卷一一载:“柴克宏,吴功臣再用之子……淮甸兵起,越人寇常州,以克宏为抚州刺史,克宏上书乞从军效用。元宗善之,使帅师救常州。时精兵皆在江北,克宏将老弱数千介胄朽蠹入白枢密副使李征古曰……常州有隋末陈果仁祠,果仁见梦于克宏曰:‘吾与阴兵助尔。’及战,有黑牛二头冲突越兵,克宏继之,大败越人,俘馘甚众。克宏奏封果仁为武烈大帝。”同书卷三记柴克宏救常州,在保大十三年十一月,是役之后,拜克宏奉化军节度。依文意即此数端可知,该文当作于保大十三年十一月,是克宏破吴越兵后不久事。文存《全唐文》卷八八三。

**扈载有《银青光禄大夫中书侍郎同中书门下平章事上柱国晋阳县开国伯食邑三百户赠侍中景公神道碑铭(并序)》。**

文中有:“故中书侍郎平章事景公讳范(阙四字)皇朝元佐,显德二祀冬十一月,薨于淄川郡之私第。天子废视朝,轸歼夺之令。制赠侍中,遣使赠奠。”文存《全唐文》卷八六〇。

## |十二月|

**周世宗有《求遗书诏》。**

题下注:“显德二年十二月。”文存《全唐文补编》卷一〇五。

**阙名有《大周故田府君墓志铭并序》。**

文中有:“于显德二年四月十九日,七十有二,终于私第……夫人王氏……去天成三年七月九日,三十有七,终于家第……于显德二年岁次乙卯十二月乙丑朔三日丁犯,合葬于府城东三里。”文存《全唐文补编》卷一五六。

**蜀中阙名有《宋琳地券》**。

文中有:“广政十八年太岁乙卯十二月乙亥朔二十日甲申,大蜀国眉州彭山县阳乡北通零里殁,故宋琳地券……”文存《全唐文补编》卷一四五。

**王乂有《大蜀故匡时翊圣推忠保大功臣武信军节度遂合渝泸昌等州管内观风营田处置等使开府仪同三司守太傅兼中书令使持节遂州诸军事守遂州刺史上柱国乐安郡王食邑三千户食实封二百户赠太尉梁州牧赐谥忠简孙公内志》**。

文中有:“以广政十有八年岁次乙卯秋八月丁酉朔十日丙午,未罢藩镇,薨于成都县武担坊私第,享年七十有二……其年冬十有二月乙丑朔六日庚午,以本官仪卫葬于华阳县升仙乡升仙里之原,礼也。”文存《全唐文补编》卷一一九。

## 本年

**张昭有《请以旧法用人疏》**。

《续通志》卷三〇四载:“世宗好拔英俊,有自布衣及下位上书言事者,多不次进用。昭疏谏曰:‘昔唐初刘洎、马周起于徒步,太宗擢用为相,其后柳璨、朱朴方居下僚,昭宗亦加大用……”《宋史》卷二六三所载大致相同,具体时间待考,世宗好拔英俊,当是其即位后局面控制好以后事,姑系于显德二年。文存《全唐文》卷八六四。

**李昉有《济州刺史任公屏盗碑》**。

《山东通志》卷九载:“济州刺史任公屏盗碑,在巨野县。五代周李昉奉敕撰,显德二年立。”文存《全唐文》卷八六二。

**大周后小字娥皇,年十九,与李煜完婚。陈致雍有《婚礼婿见外舅姑仪议》。**

马令《南唐书》卷六载:“后主昭惠后周氏,小字娥皇,大司徒宗之女。甫十九岁,归于王宫。通书史,善音律,尤工琵琶。元宗赏其艺,取所御琵琶,时谓之烧槽者赐焉。”同传记昭惠后卒于宋乾德二年(964)十一月,享年二十九岁。据此推知,其与李煜完婚应在本年。陈致雍归南唐后,充职太常卿,是中主时事,此文中所谓“皇子储君”云云,当指后主言。所议婿见外舅之仪,当指后主完婚之仪。陈致雍《婚礼婿见外舅姑仪议》文存《全唐文》卷八七三。

**徐铉有《稽神录序》。**

文中有:“自乙未岁至乙卯,凡二十年,仅得百五十事。”可知文作于此时,文存《全唐文补编》卷一一二。

**义楚有《释氏六帖后序》。**

文末署:“自甲寅年进,大周世宗皇帝敕付史馆收,诸厅相公各施钱镂版流通。”甲寅为后周太祖显德元年,文中称世宗敕付史馆,则当在世宗即位后,最迟也在显德二年,姑系于此年。文存《全唐文补编》卷一〇八。

## 后周显德三年　南唐保大十四年　南汉乾和十四年　后蜀广政十九年　辽应历六年

丙辰　九五六

### 正月

**周世宗柴荣拟亲征淮南,有《南征御札》。**

《册府元龟》卷一〇八载:“(显德)三年正月,帝将南征。庚子,御札曰:‘朕以中原虽静,四表未宁……取此月内,车驾进发,暂幸淮上。凡关旧仪,有司准式。'以宣徽南院使陈州节度使向训为权东京留守兼判开封府事,以端明殿学士左散骑常侍权知开封府事王朴为权东京副留守……"文存《全唐文》卷一二六。

## 二月

**张昭为兵部尚书,有《进所撰兵法表》,周世宗有《答张昭进兵法诏》。**

《旧五代史》卷一一六载:"(二月)兵部尚书张昭奏:'准诏撰集兵法,分为十卷,凡四十二门,目之为《制旨兵法》。'上之。优诏褒美,仍以器币赐之。"张昭《进所撰兵法表》文存《全唐文》卷八六四,周世宗《答张昭进兵法诏》文存《全唐文》卷一二五。

**南唐李璟有《上周世宗第一表》《上周世宗第二表》《奉大周皇帝书》。三月,南唐再遣孙晟使周,请去帝号,割寿、濠、泗、楚、光、海六州之地,柴荣不许。**

《册府元龟》卷二三二载:"周显德三年,世宗亲征淮南。二月壬午,景遣其臣钟谟、李德明等奉表来,上表云:'臣闻舍短从长,乃推通理……'丙午,景遣其臣孙晟、王崇质等奉表来,上表云:'伏自上将……'"《上周世宗第一表》《上周世宗第二表》文均存《全唐文》卷一二八。《旧五代史》卷一一六载:"(显德三年二月)江南国主李璟遣泗州牙将王知朗赍书一函,至滁州本州以闻。书称唐皇帝奉书于大周皇帝,其略云:'愿陈兄事,永奉邻欢,设或俯鉴远图,下交小国……必当岁陈山泽之利,少助军旅之须,虔俟报章,以答高命。道涂朝坦,礼币夕行。'"李璟文存《全唐文》卷一二八。《全唐文补编》卷一一〇又据《资治通鉴》录此文,题曰《上周世宗书》。《资治通鉴》卷二九三载:"(三月)唐主使李德明、孙晟言于上,请去帝号,割寿、濠、泗、楚、光、海六州之地,仍岁输金帛百万,以求罢兵。上以淮南之地已半为周有,诸将捷奏日至,欲尽得江北之地,不许。德明见周兵日进,奏称:'唐主不知陛下兵力如此之盛,愿宽臣五日之诛,得归白唐主,尽献江北之地。'上乃许之。晟因奏遣王崇质与德明俱归。"

## 三月

**韩熙载为中书舍人,谏阻陈觉监齐王景达军,不从。有《上元宗书》。**

《资治通鉴》卷二九三载："唐主命诸道兵马元帅齐王景达将兵拒周，以陈觉为监军使……中书舍人韩熙载上书曰：'信莫信于亲王，重莫重于元帅，安用监军使为！'唐主不从。"韩熙载《上元宗书》文存《全唐文补编》卷一一二。

**南唐李璟有《谢遣王崇质等归国表》。周世宗有《赐李璟玺书》《赐李璟将佐书》。**

《册府元龟》卷二三二载："（显德三年）三月己未，景以王崇质等归国，复遣使奉表来，上表云：'臣叨居旧邦，获嗣先业……'"《谢遣王崇质等归国表》文存《全唐文》卷一二八。《册府元龟》卷一六七载："（显德三年三月）……上乃许其（李德明）行，因令赍玺书以赐李璟。书曰：'顷自有唐失御，天步方艰……'又赐其将佐书曰：'朕自类祃兴师，麾旄问罪，绝长淮而电击，指建业以鹰扬……'"《赐李璟玺书》《赐李璟将佐书》二书文存《全唐文》卷一二六。

**刘仁赡为寿州节度使，病甚，上表乞降。周世宗有《赐刘仁赡诏（一）》《赐刘仁赡诏（二）》。**

《册府元龟》卷一六七载："（显德三年三月）甲辰，伪寿州节度使刘仁赡上表乞降。丁未，再差人上表。是日，赐仁赡诏曰：'朕昨者再幸淮淝……'差东上阁门使张保绩入城宣谕。是日，仁赡遣其子崇让上表请罪。又赐诏曰：'朕临御万邦，推诚克己……'"世宗二诏文存《全唐文》卷一二五。

**徐铉由舒州徙饶州。**

《十国春秋》卷二八载："周师南侵，元宗徙铉饶州。"同书卷一六载，本年三月周师攻陷舒州，刺史周宏祚赴水死。铉自舒州徙饶州，当在此时。《骑省集·徐公行状》云："及流舒州，亲友临江相送……及量移饶州，未登途而周世宗之师过淮取舒、蕲，公遽携家榜小舟，由皖口归升州。公赋诗末云：'一夜黄星照官渡，本初何面见田丰。'其情发于中，不顾言之太直如此。"

## 四月

**周世宗至濠州，驻跸于其城南，有《平扬州谕诸道诏》。**

《册府元龟》卷一一八载："（显德三年）四月乙亥，帝至濠州，驻跸于其城南……先是，江南既失扬州，乃令邻郡悉发部兵同谋收复，至是皆为我师所败。庚辰，诏谕诸道曰：'朕自渡长淮，寻清千里……'"文存《全唐文》卷一二五。

## 五月

**周世宗至自淮南，有《公私织造须合制度制》。**

《册府元龟》卷五〇四载："周世宗显德三年五月，诏曰：'化民成俗，须务真纯……'"《公私织造须合制度制》文存《唐文拾遗》卷一一。

## 六月

**周世宗有《许京城街道取便种树掘井诏》。**

《册府元龟》卷一四载："（显德）三年六月癸亥。诏曰：'辇毂之下，谓之浩穰……道阔五十步者，许两边人户各于五步内取便种树掘井，修盖凉棚，其三十步以下至二十五步者，各与三步，其次有差。'"文存《全唐文》卷一二五。

**周世宗自淮南返京师，有《平淮南德音》。**

《册府元龟》卷九六载："（显德）三年五月乙卯，帝至自淮南。是日诏免在京见禁罪人。六月壬申，降德音曰：'王者经营四方……'"《平淮南德音》文存《全唐文》卷一二六。

**南唐陈致雍为太常博士，成《曲台奏议集》，徐锴为作序。**

徐锴《序》文存《全唐文》卷八八八，文中有："知余直笔，访余为序。保大丙辰岁六月一日，于集贤序之。屯田郎中知制诰徐锴述。"文中："三代之文既远，两汉之风不振。怀芬敷者连袂，韵音响者比肩。子虚文丽用寡，而末世学者，以为称首；两京文过其心，后之才士，企而望之。嗟夫！为文而造情，污准而粉颡。若夫有斐君子，含章可正，和顺积中，而英华发外。周旋俯仰，金石之度彰；摛简下笔，鸾凤之文奋。必有其质，乃为之文。其积习欤，何其寡也？有能一日用其本者，文远乎哉！我欲仁，斯仁至矣。"此可为徐锴文学观之大概。

## 七月

**王仁裕卒，年七十七。王氏著有《开元天宝遗事》《玉堂闲话》《王氏见闻录》《入洛记》《南行记》《紫阁集》《乘辂集》《国风总类》等。**

《新五代史》卷五七载："显德三年卒，年七十七，赠太子少师。仁裕性晓音律，晋高祖初定雅乐，宴群臣于永福殿，奏黄钟。仁裕闻之，曰：'音不纯肃而无和声，当有争者起于禁中。'已而两军校斗升龙门外，声闻于内，人以为神。喜为诗，其少也，尝梦剖其肠胃，以西江水涤之，顾见江中沙石皆为篆籀之文，由是文思益进。乃集其平生所作诗万余首为百卷，号《西江集》。仁裕与和凝在五代时均以文章知名，又尝知贡举，仁裕门生王溥，和凝门生范质，皆至宰相，时称其得人。"王仁裕著述颇富，《崇文总目》卷二著录其《王氏见闻集》三卷、《入洛记》十卷、《南行记》一卷、《玉堂闲话》十卷，卷五又著录《乘辂集》五卷、《紫阁集》十一卷、《国风总类》五十卷。《郡斋读书志》卷二上著录《入洛记》一卷，卷二下著录《南行记》三卷、《开元天宝遗事》四卷。《直斋书录解题》卷七著录《开元天宝遗事》二卷、《入洛记》一卷。《通志》卷七〇《艺文略八》别集类著录其《紫阁集》十一卷，又《乘辂集》五卷。《宋史》卷二〇八《艺文志七》录有《乘辂集》五卷、《紫阁集》五卷、《紫泥集》十二卷、《紫泥后集》四十卷、《诗集》十卷。《十国春秋》卷四四载："平生作诗满万首，蜀人呼曰'诗窖子'。所著《紫阁集》《乘辂集》《西江集》《王氏见闻录》《玉堂闲话》《入洛记》《开元天宝遗事》诸书传于世；又辑《国风总类》五十卷，时人称道之。"上述作品中《开元天宝遗事》及《玉堂闲话》等皆传世。《全唐诗》卷七三六录诗为一卷，共十五首。

**周行逢慕徐仲雅名，署为节度判官，不就；遂流放邵州，后不知所终。**

《资治通鉴》卷二九三载:"七月辛卯朔,以周行逢为武平节度使,制置武安、静江等军事……自刘言、王逵以来,屡举兵,将吏积功及所羁縻蛮夷,检校官至三公者以千数。前天策府学士徐仲雅,自马希广之废,杜门不仕。行逢慕之,署节度判官。仲雅曰:'行逢昔趋事我,奈何为之幕吏!'辞疾不至。行逢迫胁固召之,面受文牒,终辞不取。行逢怒,放之邵州,既而召还。会行逢生日,诸道各遣使致贺,行逢有矜色。谓仲雅曰:'自吾兼镇三府,四邻亦畏我乎?'仲雅曰:'侍中境内,弥天太保,遍地司空,四邻那得不畏!'行逢复放之邵州,竟不能屈。"《十国春秋》卷七三本传所载与此略同,且云:"仲雅结庐山寺,暇日睹群僧剥棕树,咏以见志,曰:'叶似新蒲绿,身如乱锦缠。任君千度剥,意气自冲天。'其负气不屈,皆此类也。"仲雅事迹,至此无考。徐仲雅著述,未见载录,《全唐诗》卷七六二小传云:"所业百余卷行世,今存诗六首。"

**萧士明有《大周故光禄大夫检校司徒行右金吾卫将军兼御史大夫上柱国兰县开国男食邑三百户赠汉州防御使萧公墓志铭并序》。**

文中有:"公以捕逐遗寇,为流矢所伤而没,即显德三年二月八日也,享年五十有四……以其年七月二十四日,奉神柩归葬于洛京河南县平乐乡乐善里之原,以三夫人祔焉,礼也。"文存《全唐文补编》卷一〇六。

**韩桂有《大周故输诚效议功臣光禄大夫检校太保前行宁州刺史权知阶州军州事濮踼郡开国侯食邑一千户袁公墓志并序》。**

末附辑者陈尚君按语:"末署:显德三年七月十三日,前摄宁州军事衙推韩桂撰。"文存《全唐文补编》卷一〇六。

## | 八月 |

**王朴、王处讷等撰成《显德钦天历》,王朴有《奏进钦天历表》。周世宗有《毁废妖妄占卜书敕》。**

《旧五代史》卷一一六载:"(八月)戊辰,端明殿学士王朴撰成新历,上之,命曰《显德钦天历》,上亲为制序,仍付司天监行用"。《资治通鉴》卷二九三载:

“八月戊辰,端明殿学士王朴、司天少监王处讷撰《显德钦天历》上之。”《注》曰:“初,王处讷私造《明玄历》于家,因唐世所行《崇玄历》而明之也。帝以王朴通于历数,乃诏朴撰定以步日步月步星步发,敛为四篇,合为《历经》,并著《显德三年七政细行历》一卷以为《钦天历》。”王朴《奏进钦天历表》当作于此时。文存《全唐文》卷八六〇。《五代会要》卷一一载:“显德三年八月敕:‘应诸色阴阳占卜书,宜令司天台……曾经前代圣贤行用,合正道者,只可存留。其有浅近妖妄,不依典据者,并可毁废。’”揆之以理,当是王朴新历成而世宗有此敕也。文存《唐文拾遗》卷一一。

**南唐陈致雍有《左威卫大将军琅琊太尉侍中王府君墓志铭(并序)》。**

文中有:“享年四十有五,以保大十四年七月十二日,薨于京师崇礼坊私第正寝。皇上抚几增悼,废朝三日,诏鸿胪护葬司仪礼,赗赙加等。启殡右卫上将军,谥曰敬,礼也。以其年八月二十五日,葬江宁县安德乡安宜里。”文存《全唐文》卷八七五。

## |九月|

**王献可有《大周泽州阳城县龙泉禅院记后序》。**

文末署:“时显德三年岁次丙辰九月庚寅朔七月丙申记。”依文意,“七月”当为“七日”之误。文存《全唐文补编》卷一〇六。

## |十月|

**周世宗有《织造绢布不得夹带粉药敕》《慎择诸司寺监官诏》。**

《五代会要》卷二五载:“其年(显德三年)十月敕:‘旧制织造絁、紬、绢布绫罗锦绮纱縠等,幅阔二尺。起来年后,公私织造,并须及二尺五分,不得夹带粉药……’”文存《唐文拾遗》卷一一。《慎择诸司寺监官诏》题下注:“显德三年十月。”文存《全唐文补编》卷一〇五。

**詹敦仁有《初建安溪县记》。**

文末署:“丙辰十月甲辰记。”文存《唐文拾遗》卷四八。

**李浔有《吴越故东海徐太夫人墓志》。**

文中有:“于显德三年岁在丙辰九月庚寅朔五日甲(阙)寝疾,殒于吴县令德乡之私第也……以十月庚申十四日癸酉,窆于吴县胥乡去尚书里阖闾城西……”文存《全唐文》卷八六〇。

## |十一月|

**南唐孙晟奉表使周,被杀于大梁,陈致雍有《孙晟谥议》。**

《十国春秋》卷二七载:“周师南侵,围寿春,破滁州,擒皇甫晖。江左大震,以晟使周奉表,请得内附。晟见延巳曰:‘公今当国,此行当屑公。然晟若辞,是负先帝也。’既行,中夜叹息,语其副礼部尚书王崇质曰:‘吾行,必不免,然吾终不负永陵一坯土也!’……(临刑)晟声色怡然,索靴笏,正衣冠,南望而拜曰:‘臣谨以死报国。’乃就刑。晟既死,周世宗怜其忠,颇悔杀之。元宗闻晟死,哀甚流涕,赠太傅,追封鲁国公,谥文忠。”陈致雍《孙晟谥议》当在南唐得知死讯后不久,姑系于此。文存《全唐文》卷八七五。孙晟著述,有《孙晟集》《崇文总目》卷五、《通志》卷七〇《艺文略八》及《宋史》卷二〇八《艺文志七》等均录为五卷。《宋史·艺文志七》另录孙晟《续古阙文》一卷。晟集今佚,《全唐文》卷八六一录存《佛窟寺碑》一文。

**周世宗有《废淫祠敕[题拟]》。**

题下注:“显德三年十一月。”文存《全唐文补编》卷一〇五。

## |十二月|

**周世宗有《修太祖实录诏》《修梁均帝唐清泰帝实录诏》《求遗书诏》。张昭**

**奉诏撰三朝《实录》。**

《册府元龟》卷五五七载:“周世宗显德三年十二月诏曰:‘伏以太祖圣神恭肃文武孝皇帝,削平多难,开启洪图。用干戈而清域中,修礼乐而治天下。克勤克俭,乃武乃文……’”世宗二文皆存《全唐文》卷一二五。《旧五代史》卷一一六载:“(十二月)癸亥,诏兵部尚书张昭纂修《太祖实录》及梁均王、唐清泰帝两朝《实录》。”《册府元龟》卷五〇载:“世宗显德三年十二月诏曰:‘史馆所少书籍,宜令本馆诸处求访补填。如有收得书籍之家,并许进纳,其进书人,部帙多少等第,各与恩泽。如是卷帙少者,量给资布。如馆内已有之书,不在进纳之限。’”世宗《求遗书诏》文存《全唐文》卷一二五。据上数条可知,世宗是诏张昭撰三朝《实录》,而其《求遗书诏》,即为张昭收集史料之举。张昭著作,《宋史》卷二六三载:“尝诏撰《制旨兵法》十卷,又撰《周祖实录》三十卷,及梁郢王、均帝,后唐闵帝、废帝,汉隐帝五朝实录;梁二主年祀寖远,事皆遗失,遂不克修。余三帝实录,皆藏史阁。世宗好拔奇俊,有自布衣及下位上书言事者,多不次进用。昭疏谏曰:‘昔唐初……’世宗善之。诏令详定《经典释文》《九经文字》《制科条式》,及问六玺所出,并议《三礼图》祭玉及鼎釜等。昭援引经据,时称其该博。”张昭一生著述大要,略备于此。

**朱承惠有《妙法莲华经题记》。**

文中有:“时显德三年岁次丙辰十二月十五日,弟子朱承惠特舍净财。”文存《全唐文补编》卷一〇六。

## | 本 年 |

**陈致雍有《上音律疏》。**

《历代名臣奏议》卷一二七载:“南唐嗣主时,太常博士陈致雍奏曰:‘臣闻羽钥干戚,所以调八风也;金石丝竹,所以正五音也。古先哲王,致人神协和,彝伦攸序者,鲜不由之。高皇帝再造丕基,显登大宝,修三代之礼,正八佾之仪,未及下车,遽命置舞童,令乐师导之以节奏,教之以升降,特备大礼,于今二十年矣。近者兵戎来侵,王师出讨……’”烈祖受吴禅,在升元元年,下推二十年,应在本年，且“近者兵戎来侵，王师出讨”云云，与周师南侵正相符合，可推知当在后周显德三年。文存《全唐文》卷八七三。

**阙名有《夏保威造像记》。**

文末署：“丙辰□□□月二日记。”文存《全唐文补编》卷一四二。

**周世宗有《任乡村煎盐敕》《减盐税敕》。**

《文献通考》卷一五载：“（显德）三年敕：‘漳河已北州府管界，元是官场粜盐，今后除城郭草市内，仍旧禁法，其乡村并不许盐货通商……’”《任乡村煎盐敕》文存《唐文拾遗》卷一一。《续通典》卷一四载：“周世宗显德三年，敕：‘齐州管内，元于秋苗，上俵配蚕盐，谓之察头盐，每一石征钱三千文。苗亩虽减于旧时，盐数不少于往日。且闻黎庶，颇亦艰辛，其沧棣滨淄青五州管内，祈请蚕盐，每一石征绢一匹。地理相接，苦乐顿殊。输轻者量与增添，赋重者时宜蠲减。庶无偏党，用示均平。’”《减盐税敕》文存《全唐文》卷一二五。

**吴越钱俶有《宝箧印经记》《宝箧印经题记》。**

《宝箧印经记》文末署：“天下都元帅钱弘俶。折本宝箧印经八万四千卷之内，安宝塔之中，供养回向已毕。显德三年丙辰岁记也。”文存《全唐文补编》卷一一四。据此可以推知《宝箧印经题记》当亦作于显德三年。《宝箧印经题记》文存《全唐文补编》卷一一四。

**翟奉达《显德三年丙辰岁具注历日序》。**

依题可知在显德三年，文存《全唐文补编》卷一〇七。

## 后周显德四年　南唐保大十五年　南汉乾和十五年　后蜀广政二十年　北汉天会元年　辽应历七年

丁巳　九五七

### |正月|

**北汉大赦,改元天会。**

《资治通鉴》卷二九三载:"四年春正月己丑朔,北汉大赦,改元天会。以翰林学士卫融为中书侍郎、同平章事,内客省使段恒为枢密使。宰相屡请立皇子为王。上曰:'诸子皆幼,且功臣之子皆未加恩,而独先朕子,能自安乎?'"

**张昭为兵部尚书,就修诸实录事宜上奏,有《修太祖实录奏》。**

《五代会要》卷一八载:"显德三年十二月敕:'《太祖实录》并梁均帝、唐清泰二主《实录》,宜差兵部尚书张昭修,其同修撰官委张昭定名奏请。'至四年正月,兵部尚书张昭奏:'……伏缘汉隐帝君临太祖之前,其历试之绩,并在汉隐帝朝内,请先修《隐帝实录》。又梁末主之上有郢王友珪,篡弑居位,未有纪录……又唐末主之前有应顺帝,在位四月出奔,亦未编纪,请书为前废帝,清泰主为后废帝,其书并为《实录》。'从之。"张昭文存《全唐文》卷八六四。

**周世宗有《幸淮上御札》《春令赦宥诏》。**

《册府元龟》卷一〇八载:"(显德)四年正月戊申,御札曰:'朕躬临庶政,志静八方……今取二月内暂幸淮上,应自来缘路供顿,务从省略。凡有费用,并以官物供备,所在不得科配。其诸约束条件,一如近年巡按之例。'"《幸淮上御札》文存《全唐文》卷一二六。同书卷九六载:"(显德)四年正月己丑,诏曰:'朕自守丕图,常勤庶政,念万方之至广,终日劳心……应天下见禁罪人,除犯大辟外,一切释放。应诸色亡命之人,官中自来追捕未获者,今并放罪。诸道州府应欠显德三年终已前秋夏税物,并与除放……'”《春令赦宥诏》文存《全唐文》卷一二五。

## |二月|

**李穀寝疾在第,有《上周世宗疏》。周世宗再次亲征淮南。**

《资治通鉴》卷二九三载:“李穀寝疾在第。(显德四年)二月丙寅,帝使范质、王溥就与之谋。穀上疏以为‘寿春危困,破在旦夕。若銮驾亲征,则将士争奋,援兵震恐,城中知亡,必可下矣。’上悦。”可知此疏作于此时。文存《全唐文补编》卷一〇七。《册府元龟》卷一一八载:“二月甲戌,以枢密副使王朴为权东京留守,兼判开封府事,以内客省使昝居润副焉。以三司使张美为大内都巡检,以侍卫都虞侯韩通为京城内外都巡检。乙亥,帝衣戎服,率步骑数万,繇熏风门出。三月己丑,次石硖山,瞰山川之形势。是夜,大陈师旅,繇浮桥济淮抵寿州之北。庚寅旦,帝躬擐甲胄,拥兵于紫金山南。乃命太祖领殿前诸军击贼先锋砦,一鼓而破之。”此所谓“太祖”(当指赵匡胤),乃追记故也。

**周世宗有《秋夏征了追摄公事敕》《禁闲人游索敕[题拟]》。**

《五代会要》卷二五载:“(显德)四年二月六日敕(节文):‘诸道州府所管属县,每年秋夏征科了毕后……今后秋夏征科了足日,仰本州府但取仓场库务纳欠文钞,如无异同,不在更追官典。诸道州府管内县内镇每有追摄公事,自前多差衙前使院职员及散从步奏官,今后如是常程追摄公事,祗令府望知后承受递送,不得更差专人,若要切公事及军期,不在此限。’”文存《唐文拾遗》卷一一。《禁闲人游索敕[题拟]》题下注:“显德四年二月。”文存《全唐文补编》卷一〇五。

**阙名有《定州曲阳县龙泉镇王子山院长老舍利塔[之记]》。**

文末署:“时大周显德四年岁次丁巳二月己未朔十五日建。”文存《全唐文补编》卷一三七。

## | 三 月 |

**后周攻下寿州，周世宗有《降寿州赦文》《受寿州降谕天下诏》《收寿州战骨并优给阵殁将士家物诏》，又有《刘仁瞻天平节度使兼中书令制［题拟］》。南唐李璟有《刘仁瞻赠太师诰》。**

《册府元龟》卷九六载：“（显德四年）三月庚戌，以降下寿州，制曰：‘朕受天明命，继统中区，寰瀛将保于大同……’”《降寿州赦文》文存《全唐文》卷一二六。同书卷一〇八载：“（显德四年三月）丙午，寿州刘仁赡奉表请降。戊辰，帝率六师于寿州城北受刘仁赡降。诏谕天下曰：‘朕昨者再举锐师，重清淮甸……’”《受寿州降谕天下诏》文存《全唐文》卷一二五。同书卷一三五载：“（显德四年）三月，诏曰：‘自攻讨寿州已来，应有将士殁于王事者，宜差殿直刘汉卿于寿州四面收敛其尸……’”《收寿州战骨并优给阵殁将士家物诏》文存《唐文拾遗》卷一一。《刘仁瞻天平节度使兼中书令制［题拟］》题下注：“显德四年三月。”文存《全唐文补编》卷一〇五。据马令《南唐书》卷一六，刘仁赡守寿州死，在显德四年三月，元宗闻之，赠太师。刘仁瞻为南唐寿州守将，世宗攻破寿州，刘氏死之。世宗似不当有此制。陈尚君辑《全唐文补编》录有此文，且署世宗名下，未知何据，姑仍之。李璟《刘仁瞻赠太师诰》文存《全唐文补编》卷一一〇，题下注：“保大十五年。”据《十国春秋》卷一六，刘仁赡守寿州，力屈病笃，降于后周，旋卒。唐主知之，赠太师。其事在显德四年五月，姑系文于此。其时唐主战败，已去帝号，改奉后周正朔。《全唐文补编》卷一一〇题下注仍用南唐年号，小误。又“仁瞻”当为“仁赡”之误。

**徐铉有《祭刘司空文》，另有《楞严院新作经堂记》《送张佖郭贲二先辈序》。**

《祭刘司空文》文存《全唐文》卷八八七。文中有：“顷自奋迹清朝，策名近侍。既保后凋之节，终谐贞退之心。道因损而益光，名以谦而更著。优游自得，忠孝归全。求之古人，我复何愧。某等幸承事旧，况预姻连。眷分过私，襟期莫逆。”据马令《南唐书》卷一六，刘仁赡守寿州死，在显德四年三月，元宗闻之，赠太师。徐铉此文当作于是时。《楞严院新作经堂记》文末署：“保大丁巳岁春三月日，东海徐铉记。”文存《全唐文》卷八八二。关于《送张佖郭贲二先辈序》，据傅璇琮主编，贾晋华、傅璇琮著《唐五代文学编年史》考证，本年前郭贲尚未仕，南唐收复广陵，是上年七月事，至本年十月再失，徐氏文中有："句曲仙乡，广陵胜地，多难将弭，春物将华……"可推知是本年春季时事，文存《全唐文》卷八八二。

**南唐李璟怒命斩降周将领朱元妻子，元妻乃宣徽使查文徽女，文徽累表救之，元宗有《署查元徽表》。又欲亲自帅军拒周，乔匡舜谏阻，被流抚州。**

马令《南唐书》卷二七载："监军使陈觉先与（朱）元有私隙，召元至濠州计事，且欲害之。元不往，觉因奏元不受节制。元宗遣杨守忠代元，且召还都。元愤怒，以其众降周，诸军皆溃。元宗怒命斩元妻子。元妻乃宣徽使查文徽女，年少，有国色。文徽累表救之，诚款恳切。元宗署其表曰：'只斩朱元妻，不斩查家女。'文徽辞穷，遂斩元妻，尸于市。文徽以珠笼覆尸，哭之大恸。市人为之泣下。"《大事记续编》卷七七载："三月辛卯，唐朱元降周，周大破唐军于紫金山，齐王景达走。"则查文徽表及元宗于表上署文字当在三月后不久，姑系于本月。文存《全唐文补编》卷一一〇。《资治通鉴》卷二九三载："（三月）唐主议自督诸将拒周，中书舍人乔匡舜上疏切谏，唐主以为沮众，流抚州。"陆游《南唐书》卷八载："保大中，召为驾部郎中、知制诰，进中书舍人。周侵淮南，诸将无功，元宗议亲率六军拒之。匡舜上疏切谏，帝怒，坐以沮国动人心，流抚州。然亦卒不能亲行也。"

## |四月|

**周世宗有《加赠皇从弟守愿等官制》《追封郯王侗等制》。**

《册府元龟》卷二七七载："周大将军守筠、奉超、定哥，皆太祖侄，乾祐末遇害……显德四年四月，制曰：'故皇从弟赠左领军卫将军守愿……宜加赠典，复贲泉扃。守愿可赠左卫大将军，奉超可赠左卫大将军，逊可赠左武卫大将军。'"《加赠皇从弟守愿等官制》文存《全唐文》卷一二五。同书卷二九六载："周郯王侗、杞王信，皆太祖子，乾祐末遇害……显德四年四月，制曰：'礼以缘情，恩以悼往……'"《追封郯王侗等制》文存《全唐文》卷一二五。

## 五月

**周世宗有《求直言诏》。**

《册府元龟》卷一〇三载："（显德）四年五月，诏曰：'朕暇日观书，见前代名臣议时政得失，皆直书其事，不尚枝词。举一善必适其材，惩一恶必当其咎。故能中外无壅，悔吝不生。居上者听之而不疑，在下者言之而无罪……爰自近朝，颇亏公道。上封事者，言无可采；议刑罚者，事不酌中。论阿党则莫显姓名，述正直则曾无按据。卒岁延纳，终无可观。为臣事君，不当如是。今后每遇入合，其待制官候对，及文武臣寮非时所上章疏，并须直书其事，不得隐情……'"文存《全唐文》卷一二五。

**中书门下上《请删定法书奏》。**

题下注："显德四年五月中书门下。"文存《全唐文》卷九七三。

**陶穀有《紫芝白兔颂》。**

《册府元龟》卷三七载："周世宗显德四年五月癸卯，翰林学士兵部侍郎知诏诰陶穀进《紫芝白兔颂》。"据此可知文作于此时，文存《全唐文》卷八六三。

## 六月

**周世宗有《命再举令录敕》。**

《五代会要》卷四载："（显德）四年六月敕：'应在朝文资官，各令再举一人堪充令录及两使防御团练军事判官者……'"文存《唐文拾遗》卷一一。

## 七月

**后蜀孟昶有《与周世宗书》。**

《挥麈录·后录》卷五载:“三朝史孟昶传云:其在蜀日,改元广政。周世宗既取秦凤,昶惧,致书世宗,自称‘大蜀皇帝’。世宗怒其抗礼,不答。”据《新五代史》卷六四,世宗伐蜀在蜀广政十八年:“十八年,周世宗伐蜀,攻自秦州。昶以韩继勳为雄武军节度,闻周师来伐。叹曰:‘继勳岂足以当周兵耶?……’二十年,世宗以所得蜀俘归之,昶亦归所获周将胡立于京师,因寓书于世宗,世宗怒昶无臣礼,不答。”而孟昶《与周世宗书》云:“七月一日大蜀皇帝谨致书于大周皇帝……”对照二书及孟昶文可知,孟昶书当作于广政二十年七月一日。文存《全唐文》卷一二九。

**周世宗有《停罢官麯许人户自造诏》《饬州县清厘词状诏》。**

《册府元龟》卷五〇四载:“周世宗显德四年七月诏曰:‘诸道州府麯务,今后一依往例。官中禁法卖麯,逐处先置都务,候敕到日,并仰停罢。据见在麯数,依时踏造……’”《停罢官曲许人户自造诏》文存《唐文拾遗》卷一一。《旧五代史》卷一一七载:“(显德四年秋七月)甲辰,诏曰:‘准令诸论田宅婚姻,起十一月一日至三月三十日止者,州县争论,旧有厘革,每至农月贵塞讼端。近闻官吏因循,由此成弊。凡有诉竞,故作逗遛,至时而不与尽辞,入务而即便停罢。强猾者因兹得计,孤弱者无以自伸。起今后,应有人论诉陈词状,至二月三十日权停,若是交相侵夺,情理妨害,不可停滞者,不拘此限。’”《饬州县清厘词状诏》文存《全唐文》卷一二五。

## | 八 月 |

**李穀以疾故,罢相,周世宗有《李穀罢相制》《令举军职诏》。**

《册府元龟》卷三三三系此文于显德四年八月乙亥:“制曰:‘鸿水未堙,舟楫赖济川之用;密云既雨,郊原成利物之功……李穀,昔事先朝,勤劳王室,暨登上相,佐佑朕躬。疾因忧国而有加,志在避权而知足,烦燮调而斯久,释难重以为宜。渐俟痊平,别期委任。俾展辂车之礼,用光水土之官。惟尔诚明,当体优异。凡百有位,知予尚贤。可守司空加食邑五百户食实封二百户功臣散官勋如故,仍命所司择日备礼册命。’”《李穀罢相制》文存《全唐文》卷一二五。《册府元龟》卷六八载:“(显德四年)八月辛未,诏曰:‘文武之道迭用,军旅之事非轻,朝廷方整车徒，欲清区宇，咸资戎事……’”《令举军职诏》文存《全唐文》卷一二五。

**周颋有《产宝方序》。**

文末署：“时丁巳岁秋八月序。”文存《全唐文补编》卷一一九。

## 九月

**窦俨为中书舍人，上疏请令有司讨论古今礼仪，有《上治道事宜疏》。**

《资治通鉴》卷二九三载：“九月，中书舍人窦俨上疏，请令有司讨论古今礼仪，作《大周通礼》，考正钟律，作《大周正乐》。”《册府元龟》卷四七六载：“窦俨为中书舍人。显德四年上疏云：‘伏以历代至理，六纲为首。一曰明礼，礼不明则彝伦不叙；二曰崇乐，乐不崇则二仪不和……’”合二书所载观之，可知窦俨此疏当在本年九月。窦俨《上治道事宜疏》文存《全唐文》卷八六三。

**翟氏有《结坛施舍疏》。**

文末署：“显德四年九月日，弟子梁国夫人浔阳翟氏疏。”文存《全唐文补编》卷一〇八。

**黄延谦有《东林寺题名》。**

文末署：“保大十五年九月十六日记。”文存《全唐文补编》卷一一一。

## 十月

**后周设制科，周世宗有《兴制举制》《幸淮上御札》。**

《五代会要》卷二二载：“周显德四年十月，诏曰：‘制策悬科，前朝盛事。莫不访贤良于侧陋，求谠正于箴规……应天下诸色人中，有贤良方正能直言极谏，经学优深,可为师法,详闲吏理,达于教化者,不限前资见任职官,黄衣草泽,并许应诏。其逐处州府,依每年贡举人式例,差官考试解送尚书吏部,仍量试策论三道,共三千字已上,当日内取文理具优人物爽秀方得解送。取来年十月集上都,其登朝官,亦许表自举。'”《兴制举制》文存《全唐文》卷一二五。《册府元龟》卷一〇八载:“(显德四年)四月至自寿州,东京留司文武百官迎见于高砦镇,且以胜捷称贺,上顾盼者久之。兵部尚书张昭因伏奏于马前曰:'陛下昨离京之日,臣等亲奉德音,期以两月还京。今才五十余日矣……'再拜呼万岁,上大悦。十月戊辰,降御札曰:'向者以淮甸未平,王师致讨,实赖忠贞之力,继成克捷之功。渐属严凝,念彼征役。况今边陲无事,军旅正雄,须议省巡,亲躬抚问,将布混同之化,罔辞栉沐之劳。止期一两月间,车驾却还京阙……'”《幸淮上御札》文存《全唐文》卷一二六。

## |十一月|

**周世宗第三次亲征淮南。唐濠州团练使郭廷谓上表求降,周世宗许之。郭廷谓有《上周世宗表》。**

《资治通鉴》卷二九三载:“(十月)己巳,以王朴为东京留守,听以便宜从事,以三司使张美充大内都点检。壬申,帝发大梁。十一月丙戌,至镇淮军,是夜五鼓济淮。丁亥,至濠州城西。濠州东北十八里有滩,唐人栅于其上,环水自固,谓周兵必不能涉。戊子,帝自攻之,命内殿直康保裔帅甲士数百乘橐驼涉水。太祖皇帝帅骑兵继之,遂拔之。”此所谓“太祖”者,乃宋人追记宋太祖赵匡胤也。同书同卷又载:“(显德四年十一月)丙申夜唐濠州团练使郭廷谓上表言:'臣家在江南,今若遽降,恐为唐所种族,请先遣使诣金陵禀命,然后出降。'帝许之。”文存《全唐文补编》卷一〇八。

**沙门绍有《蜀普慈县永封里再兴王董毚报国院碑记》。**

文中有:“以大蜀广政二十年岁次丁巳十一月二十七日设斋表赞讫。”文存《唐文拾遗》卷五〇。

**阙名有《长庆禅院铜钟款》。**

文中有："汉乾和十五年岁次丁巳十一月一日癸未朔二十日壬寅，云母山长庆禅院沙门神坦……"文存《全唐文补编》卷一四五。

**李榖有《遗韩熙载书》。**

《玉壶野史》卷四载："朝廷遣陶榖使江南，以假书为名，实使觇之。李相密遗熙载书曰：'吾之名从五柳公，骄恣喜奉，宜善待之。'"《宋史》卷二六五《李昉传》载陶氏出使是在显德四年："四年，（李昉）加史馆修撰判馆事。是年冬，世宗南征，从至高邮，会陶榖出使，内署书诏……"则李氏此书，当作于是年冬。文存《全唐文补编》卷一〇七。

## 本年

**南唐陈致雍为太常博士，有《祖宗配郊位议》。**

《历代名臣奏议》卷一八载："南唐嗣主保大中，太常博士陈致雍进《祖宗配郊位议》。"文存《全唐文》卷八七三。

**欧阳广，吉州吉水人。保大中诣阙上书论边镐之短，不为所用，及辱师失地，元宗始思其言，欲授以官，竟辞不受。本年有《上元宗论边镐书》。**

陆游《南唐书》卷一〇载："欧阳广，吉州吉水人。保大中诣阙上书曰：'臣近游潭州，伏见节度使边镐，偶逢圣代，初非将才……五者无一长，考之前古，未或不败，请择帅济师，以全境土。'书入，不省。及失湖南，元宗思广言，命授以官，执政请召试，广言非人主尊贤待士之意，不肯就试，乃授本县令，亦辞不受而卒。"《上元宗论边镐书》文存《全唐文》卷八七〇。

**西蜀田淳，成都人，官龙游县令，好谈治乱大略，屡陈朝廷得失。以后主与周世宗交恶，迭兴师旅，上疏谏用兵，有《谏用兵疏》。**

《十国春秋》卷五四载："田淳，成都人。广政中，官龙游县令，好谈治乱大略，屡陈朝廷得失。是时后主与周世宗交恶，迭兴师旅。淳上疏曰：'伏见三年以来,民颇怨嗟,谓陛下求贤失道,为政不平。重纂组夺女工,贵雕镂损农事……'"据《新五代史》卷六四载,周世宗伐蜀,在蜀广政十八年,至二十年"世宗以所得蜀俘归之,昶亦归所获周将胡立于京师,因寓书于世宗,世宗怒昶无臣礼,不答。"此后世宗将目标定于南唐,与蜀暂时相安。此与田淳疏中所称"三年以来,民颇怨嗟"正相符合。如此,则可推知田淳此书当作于蜀广政二十年。文存《全唐文》卷八九一。

**徐铉有《萧庶子诗序》**。

文中有:"丁巳岁,抚王高让承华,出分陕服,君以宫省旧德,复践初筵。撰行之夕,俾予视草。铉也不佞,无足扬君之美,徒欲申别恨,叙交情,故作斯文,冠于篇首云尔。"可知此文作于显德四年。文存《全唐文》卷八八一。

## 后周显德五年　南唐中兴元年、交泰元年　南汉大宝元年　后蜀广政二十一年　北汉天会二年　辽应历八年

戊午　九五八

### 正月

**周世宗有《定考满月限诏》**。

《册府元龟》卷六三四载:"(显德)五年正月,诏曰:'职官攸设,数易则弊生;政理所施,久行则民信……起今年正月一日后,所授官并以三周年为月限,闰月不在其内。每年常调选人及诸色求任人,取十月一日已前到京,下纳文解及陈乞文状,委所司依旧例磨勘注授。至十二月上旬终,并须了毕,便令赴官。限二月终以前到任,若违程,仰本处不得放上。且令旧官在任,如是无故违程,依格殿选。其有故违程者,须分明出给得所在凭由,许至前冬赴集。今年赴任者,不在此例。'"文存《全唐文》卷一二五。

**许九言有《故凤翔节度使秦王赠尚书令李公楚国夫人高平朱氏墓志铭并序》。**

文中有："大汉乾祐二年己酉岁六月七日殂于凤翔府私第，享年五十一，权殓中堂之奥室……大周显德五年岁次戊午正月（原空二字）日用大礼葬于岐山县凤栖乡，祔秦王之新茔也。"文存《唐文续拾》卷七。

## | 二 月 |

**洪范大师有《上某人牒［题拟］》。**

文末署："显德五年二月□日，左街洪范大师赐紫（下缺）。"文存《全唐文补编》卷一〇六。

**刘蟠《大周棣州开元寺故宗主临坛律大德琅琊颜上人幢子记》。**

文末署："时大周显德五年岁次戊午二月癸丑朔三日己卯申时建立。"文存《全唐文补编》卷一〇六。

## | 三 月 |

**南唐大赦，改元交泰。太弟景遂十表辞位，有《辞太弟表［题拟］》。**

《资治通鉴》卷二九四载："三月壬午朔，帝如泰州。丁亥，唐大赦，改元交泰。唐太弟景遂前后凡十表辞位，且言：'今国危不能扶，请出就藩镇。燕王弘冀嫡长，有军功，宜为嗣。谨奏上太弟宝册。'齐王景达亦以败军辞元帅。唐主乃立景遂为晋王，加天策上将军、江南西道兵马元帅、洪州大都督太尉尚书令，以景达为浙西道元帅、润州大都督。景达以浙西方用兵，固辞。改抚州大都督。立弘冀为皇太子，参决庶政。"李景遂《辞太弟表［题拟］》文存《全唐文补编》卷一一一。

**南唐李璟有《上周世宗表》。**

文中有:"今遣左谏议大夫、兵部侍郎臣陈觉。躬听敕命。"马令《南唐书》卷四载:"(保大十六年)三月……时杨(扬)、泰、滁、和、寿、濠、泗、光、海等州已为周得,乃遣陈觉奉表献庐、舒、蕲、黄,画江以为界。天子许之。"文当作于本年三月。文存《全唐文补编》卷一一〇。

**南唐李璟有《进奉钱绢茶米等表》《进买宴钱第一表》《进买宴钱第二表》。周世宗有《赐江南国主李璟书》(一)、(二)。**

《十国春秋》卷一六载:"(中兴元年三月)帝遣合门承旨刘承遇上表,称唐国主尽献江北郡县之未陷者,鄂州汉阳、汉川二县在江北亦割献焉,岁输土贡数十万而乞海陵盐监南属。不许……周贻书于我,允奉正朔。罢兵而止其传位。甲辰,遣同平章事冯延巳、给事中田霖使周,献银绢钱茶谷共百万,以犒军及买宴。表云:'臣闻盟津初会……'又遣临汝郡公徐辽、客省使尚全恭上买宴钱,表云:'伏以栢梁高会……'"李璟《进奉钱绢茶米等表》等三文皆存《全唐文》卷一二八。《册府元龟》卷一六七载:"(显德五年)三月己亥,赐江南书云:'皇帝恭问江南国主,刘承遇至,赍到草表……'"又《旧五代史》卷一一八载:"先是,李璟以江南危蹙,谋欲传位于世子,使附庸于我。故遣陈觉上表陈叙,至是(显德五年三月),帝以既许其通好,乃降书以答之曰:'别睹来章,备形缛旨,叙此日传让之意,述向来高尚之怀……'"周世宗《赐江南国主李璟书》(一)(二)二文皆存《全唐文》卷一二六。

**周世宗有《驳落郭峻赵保雍等及第诏》。**

《五代会要》卷二二载:"(显德)五年三月,诏曰:'比者以近年贡举,颇是因循……'"文存《全唐文》卷一二五。

**南唐李宏冀有《崇圣院铜钟铭》。**

《六艺之一录》卷一〇一"崇圣院铜钟铭"条云:"唐太子弘冀所置,题云:'赐江阴崇圣院。今在乾明寺。'"翻检史乘,弘冀为太子,是周显德五年三月事。其卒在显德六年九月。此《铭》署称"太子弘冀",则当作乾显德五年三月至六年九月之间,姑系于本月。文存《全唐文》卷八七〇。"宏冀"当是"弘冀"之误。

**徐铉有《唐故银青光禄大夫检校国子祭酒御史中丞包君墓志铭》《唐故钟氏太夫人太原县太君王氏墓铭》。**

《唐故银青光禄大夫检校国子祭酒御史中丞包君墓志铭》文中有："君讳谔，字直臣，丹阳延陵人也……交泰元年春二月日，卒于鄱阳舟中，春秋七十有九。夫人危氏，故贺州刺史讳德卿之女也。妇道以顺，家政以严。内慎有光，六姻是则……即以其年月日，葬于江宁县某里，礼也。"文存《全唐文》卷八八六。《唐故钟氏太夫人太原县太君王氏墓铭》文中有："交泰元年春二月十八日，卒于京师嘉瑞坊之官舍，享年七十有五。即以某年月日，归葬于洪州某县某里之原，礼也。"文存《全唐文》卷八八七。以南唐改元"交泰"是三月事，姑系文于此。

**王朴有《六帖述》。**

文末原署："从表侄孙权东京留守枢密使判开封府检校太保王朴述。"据《资治通鉴》卷二九三载，显德四年冬十月，帝征淮南，"己巳，以王朴为东京留守，听以便宜从事。"次年五月归京，六月禘于太庙。则王朴此述当作于这段时间里，姑系于五年春。文存《全唐文补编》卷一〇六。

**周世宗有《检校江南臣寮先代坟墓诏[题拟]》。**

题下注："显德五年三月。"文存《全唐文补编》卷一〇五。

**翟奉达有《为家母阿婆马氏写经题记[题拟]》。**

文中有："显德五年岁次戊午三月一日夜，家母阿婆马氏身故。至七日是开七斋。夫检校尚书工部员外郎翟奉达……每七至三周年，每斋写经一卷追福。"文存《全唐文又再补》卷七。

## 四月

**周世宗有《诸道奉料不得分配人户敕》。**

《五代会要》卷二四载:“显德五年四月六日敕:‘应诸道州府进奏,逐月合请俸料及纸笔等钱,宜令今后于本州公使钱内支给……’”文存《唐文拾遗》卷一一。

**董玼有《大周解州闻喜县清通乡董池圣母庙碑记》。**

文末署:“显德五年岁次戊午四月十五日丙寅树立碑记。”文存《全唐文补编》卷一〇六。

## | 五 月 |

**南唐李璟去帝号,奉后周正朔。徐铉有《林仁肇浙西节度使制》。**

《资治通鉴》卷二九四载:“唐主避周讳,更名景,下令去帝号,称国主。凡天子仪制,皆有降损。去年号,用周正朔,仍告于太庙。左仆射同平章事冯延巳罢为太子太傅、门下侍郎、同平章事,严续罢为少傅、枢密使、兵部侍郎,陈觉罢守本官。初,冯延巳以取中原之策说唐主,由是有宠。延巳尝笑烈祖戢兵为龌龊。曰:‘安陆所丧,才数千兵,为之辍食咨嗟者旬日,此田舍翁识量耳。安足与成大事?岂如今上暴师数万于外,而击球宴乐,无异平日,真英主也。’延巳与其党谈论,常以天下为己任,更相唱和。翰林学士常梦锡屡言延巳等浮诞,不可信。唐主不听。”马令《南唐书》卷四载:“(交泰元年)夏五月,下令去帝号,称国主,奉周正朔。以交泰元年为显德五年……以行营应援使林仁肇为浙西节度使……”可推知徐铉此制即在其时。文存《全唐文》卷八七八。

**周世宗有《御崇元殿德音》《命在朝文官再举幕职诏》《宋延渥除义成军节度使制[题拟]》《赐江南国主李璟书》《赐江南国主李璟玺书》。**

《册府元龟》卷六六载:“(显德)五年五月辛巳朔,帝御崇元殿。礼毕,内降德音曰:‘疆场未宁,旗鼓下出师之命;氛霾既静,云雷覃及物之恩……’”《御崇元殿德音》文存《全唐文》卷一二六。《五代会要》卷四载:“(显德)五年五月诏:‘在朝文资官,各令再举堪为幕职令录者一人,所举幕职,州县官罢任后,便与除官,仍并许赴阙。’”《命在朝文官再举幕职诏》文存《唐文拾遗》卷一一。《宋延渥除义成军节度使制[题拟]》题下注:"显德五年五月。"文存《全唐文补编》卷一〇五。《旧五代史》卷一一八载:"(显德五年五月)赐江南世子李弘冀器币鞍马等,别赐李璟书曰:'皇帝恭问江南国主,煮海之利,在彼海滨……愿均收积之余,以助军旅之用。已下三司,逐年支拨,供军食盐三十万石。'"《赐江南国主李璟书》文存《全唐文》卷一二六。《册府元龟》卷一六七载:"(显德五年)五月,降玺书赐李璟云:'皇帝恭问江南国主,窃以道契昌隆,抚有疆宇……今遣太府卿冯延鲁、卫尉卿钟谟管押持送,仍赐景御衣四对、金玉带各一,锦衣绮罗縠绫帛共十万匹,金器千两,银器万两,御马五匹,并金玉鞍马散马四百蹄,羊五百口。又赐其世子冀国信物称是。'"《赐江南国主李璟玺书》文存《全唐文》卷一二六。

**徐铉有《齐王赠太弟哀册文(代乔侍郎)》。**

《宋史》卷四七八载:"周师征淮,吴越围常州,冀部将败之,景达屯濠州,兵衄遁还。及割地后,出景遂为洪州元帅,封晋王景达抚州元帅,立冀为太子。景遂寻卒,数月冀亦卒。"据《新五代史》卷六二,南唐去帝号称国主,立弘冀为太子,是本年二月事,其奉周正朔,在本年五月。景遂之卒及此文之作,当在此后不久,姑系于本月。文存《全唐文》卷八八七。

## |六 月|

**周世宗有《赐江南国主李璟玺书》《兴贩牛畜抽税敕》《减常膳批[题拟]》。**

《册府元龟》卷一六七载:"(显德五年)六月辛未,降玺书赐李璟云:'朕居大宝之尊,为万邦之主。体穹昊从人之意,法禹汤罪已之心……相次收到江南诸军员寮、兵士四千六百八十七人,今并放归。'自是,命使臣七人分番押送,赴迎銮渡过江,仍以资粮赐之,南军无不感悦。"《赐江南国主李璟玺书》文存《全唐文》卷一二六。《五代会要》卷二五载:"(显德)五年六月四日敕:'诸道州府,应有商贾兴贩牛畜,不计黄水牛,凡经过处并不得抽税……'"《兴贩牛畜抽税敕》文存《唐文拾遗》卷一一。《减常膳批[题拟]》题下注:"显德五年六月。"文存《全唐文补编》卷一〇五。

**南唐徐铉有《唐故太原府君夫人彭城刘氏墓铭》。**

文中有:“初,我大父殷、考遇,皆立功兴运,蔚为将臣,婚姻之盛,冠彼当代……春秋四十有九,戊午夏六月某日,终于京师滨江坊里第……即以某年月日,葬于某乡祔府君之茔,礼也。”“戊午”即本年。文存《全唐文》卷八八七。

## |七月|

**后周成《大周刑统》,张昭有《进大周刑统奏》。中书门下上《请颁大周刑统奏[题拟]》,周世宗有《颁大周刑统敕[题拟]》**

《册府元龟》卷六一三载:“(显德)五年七月,中书门下奏:‘侍御史知杂事张湜等九人奉诏编集刑书,悉有条贯。兵部尚书张昭远等一十人参详旨要,更加损益。臣质、臣溥据文评议,备见精审,其所编集者,用律为主,辞旨之有难解者,释以疏意;义理之有易了者,略其疏文;式令之有附近者次之,格敕之有废置者又次之,事有不便于该说未尽者,别立新条于本条之下。其有文理深古,虑人疑惑者,别以朱字训释。至于朝廷之禁令,州县之常科,各以类分,悉令编附。所冀发函展卷,纲目无遗;究本讨原,刑政咸在。其所编集,勒成一部,别有目录,凡二十一卷。刑名之要,尽统于兹,目之为《大周刑统》。’”张昭《进大周刑统奏》文存《全唐文》卷八六四。中书门下《请颁大周刑统奏[题拟]》题下注:“显德五年七月中书门下。”文存《全唐文补编》卷一二七。周世宗《颁大周刑统敕[题拟]》题下注:“显德五年七月。”文存《全唐文补编》卷一〇五。

**吏部甲库上《甲库见行公事奏》。**

题下注:“显德五年七月吏部甲库。”文存《全唐文补编》卷一二七。

**周世宗有《颁赐诸道元积均田图诏》《杖臀不过十五敕》。**

《五代会要》卷二五载:“(显德)五年七月,诏曰:‘朕以寰宇虽安,烝民未泰。当一夜观书之际,校前贤阜俗之方。近览元稹《长庆集》,见在同州时所上均田表,较当时之利病,曲尽其情,俾一境之生灵,咸受其赐。传于方册,可得披寻。因令制素成图,直书其事。庶王公观览,触目警心,利国便民,无乱条制,背经合道,尽系变通。但要适宜,所冀济务,系乃勋旧,共庇黎元。今赐元积所奏

《均田图》一面，至可领也。'"文存《全唐文》卷一二五。同书卷一〇载："（显德）五年七月七日敕：'州县自官已下，因公事行责情杖，量其罪轻重用，不得过臀十五杖……'"《杖臀不过十五敕》文存《唐文拾遗》卷一一。

**许中孚有《敕留启母少姨庙记》。**

文末署："时显德五年岁在戊午七月十二日记。"文存《全唐文》卷八六一。

## |闰七月|

**后周省司上奏删集现行公事。考功上《条陈考课事例奏》、御史台上《请定文武官朝参不到罚例奏》、度支上《漕运水陆行程奏》、司农寺上《祠祭合供芹韭等五件奏》、御史台上《申见行事件奏》、吏部甲库上《甲库见行公事奏》、吏部流内铨上《南曹见行格件公事状》、御史台上《祇祭礼料见行事件奏》、秘书省上《删集见行公事奏[题拟]》、太常寺上《删集见行公事奏[题拟]》、宗正寺上《删集见行公事奏[题拟]》、光禄寺上《删集见行公事奏[题拟]》、太仆寺上《删集见行公事奏[题拟]》、太府寺上《删集见行公事奏[题拟]》、兵部上《武成王庙释奠奏[题拟]》。**

考功《条陈考课事例奏》题下注："显德五年闰七月考功。"文存《全唐文》卷九七三。御史台上《请定文武官朝参不到罚例奏》题下注："显德五年闰七月御史台。"文存《全唐文》卷九七四。度支上《漕运水陆行程奏》，题下注："显德五年闰七月度支。"文存《唐文拾遗》卷六〇。司农寺上《祠祭合供芹韭等五件奏》，题下注："显德五年闰七月司农寺。"文存《唐文拾遗》卷六〇。御史台上《申见行事件奏》，题下注："显德五年闰七月御史台。"文存《全唐文补编》卷一二七。吏部甲库上《甲库见行公事奏》，题下注："显德五年闰七月吏部甲库。"文存《唐文拾遗》卷六〇。吏部流内铨上《南曹见行格件公事状》，题下注："显德五年闰七月吏部流内铨。"文存《唐文拾遗》卷六〇。御史台上《祇祭礼料见行事件奏》，题下注："显德五年闰七月一日御史台。"文存《唐文拾遗》卷六〇。秘书省上《删集见行公事奏[题拟]》，题下注："显德五年闰七月秘书省。"文存《全唐文补编》卷一二七。太常寺上《删集见行公事奏[题拟]》，题下注："显德五年闰七月太常寺。"文存《全唐文补编》卷一二七。宗正寺上《删集见行公事奏[题拟]》,题下注:"显德五年闰七月宗正寺。"文存《全唐文补编》卷一二七。光禄寺上《删集见行公事奏[题拟]》,题下注:"显德五年闰七月光禄寺。"文存《全唐文补编》卷一二七。太仆寺上《删集见行公事奏[题拟]》,题下注:"显德五年闰七月太仆寺。"文存《全唐文补编》卷一二七。太府寺上《删集见行公事奏[题拟]》,题下注:"显德五年闰七月太府寺。"文存《全唐文补编》卷一二七。兵部上《武成王庙释奠奏[题拟]》,题下注:"显德五年闰七月兵部。"文存《全唐文补编》卷一二七。

**崇定有《请重修僧堂表[题拟]》。**

文末署:"闰七月日。衣锦兴国军宝庆兴院知院僧臣崇定。"五代时闰七月,在本年。文存《全唐文补编》卷一一五。

**吴怀恩有《感报寺铜钟款文》。**

文中有:"维大汉乾和十六年太岁戊午闰六月庚辰朔十六日己未……"乾和十六年即显德五年,是年闰七月而非六月,"闰六"当为"闰七"之误。文存《唐文续拾》卷七。

**王福新有《大唐晋州神山县玉兔寺现身罗汉于禅乐庵坐化遗嘱》《玉兔寺罗汉遗嘱碑附记》。**

此碑据胡聘之《跋》谓王福新伪造。据王福新《玉兔寺罗汉遗嘱碑附记》末署"时显德五年岁次戊午闰十月口日,学究王福新记。"显德五年是闰七月而非闰十月,"闰十"当为"闰七"之误。果如胡聘所言,则此碑当作于此时。《大唐晋州神山县玉兔寺现身罗汉于禅乐庵坐化遗嘱》《玉兔寺罗汉遗嘱碑附记》文均存《全唐文补编》卷一〇六。

**南唐文益卒,谥大法眼禅师。李煜为《碑》颂德,韩熙载撰塔铭。**

《宋高僧传》卷一三本传:"以周显德五年戊午岁秋七月十七日有恙,国主纡于方丈问疾。闰月五日,剃发澡身,与众言别,跏趺而尽,颜貌如生,俗年七十四，腊五十五……江南后主为《碑》颂德，韩熙载撰塔铭云。"文益著有《宗门十规论》，其弟子录其语录成《大法眼文益禅师语录》，今并传世。

## 八月

**南汉刘晟卒，长子卫王继兴即帝位，更名鋹，改元大宝。**

《资治通鉴》卷二九四载："辛巳，南汉中宗殂，长子继兴即帝位，更名鋹，改元大宝。鋹年十六，国事皆决于宦官玉清宫使龚澄枢及女侍中卢琼仙等。台省官备位而已。"

**南唐李璟有《请改书称诏表》《请令钟谟归国表》。**

《册府元龟》卷二三二载："（显德五年）八月甲申，遣其臣陆昭符始置邸于京师。辛丑，太府卿冯延巳、鲁卫尉少卿钟谟自江南使回，奉李璟手表来上。手表者，盖景亲书以表其虔恳也。表云：'臣谬承先业，僻在一隅，不识天命，得罪上国，困而后伏，何足可多，许以不亡，臣之幸也……兼臣比乞钟谟过江，盖有情事上告。钟谟又已奉圣旨，许其放回。伏乞才到京师，即令单骑归国，庶于所奏，早奉敕裁，瞻望冕旒，不胜恳祷。'又表云：'臣闻天秩有礼，位已定于高卑；王者无私，事必循于轨辙……伏乞皇帝陛下深鉴卑衷，终全旧制，凡回诰命，乞降诏书。庶无屈于至尊，且稍安于远服，乃心恳祷，无所寄言。'"二表文存《全唐文》卷一二八。

**孙汉晖有《东林寺题名》。**

文末署："于显德五载中秋八日。"文存《全唐文补编》卷一一一。

## 九月

**刘从乂有《修府衙记》。**

文末署："显德五年岁次戊午九月一日记。"文存《唐文续拾》卷七。《全唐文补编》卷一〇六据《陕西金石志》卷一九录《重修文昌庙记》,实为同一文字。

**泛富住有《与指挥都衙等状[题拟]》**。

文末署:"天兴玖年九月□日。前检校银青光禄大夫新受内亲侍都头西朝走马使泛富住状。"辑者陈尚君按语谓天兴九年约相当于显德五年,姑从之,系此文于显德五年九月。文存《全唐文又再补》卷七。

**徐铉有《宣州开元观重建中三门记》**。

文末署:"戊午秋九月庚申记。"文存《全唐文》卷八八二。

## |十月|

**周世宗有《选大户为耆长诏》《赐诸道均田诏》**。

《五代会要》卷二五载:"周显德五年十月诏:'诸道州府令团并乡村,大率以百户为一团,选三大户为耆长……'"《选大户为耆长诏》文存《唐文拾遗》卷一一。《册府元龟》卷四九五载:"(显德五年十月)赐诸道诏曰:'朕以干戈既弭,寰海渐宁……'"《赐诸道均田诏》文存《全唐文》卷一二五。

**李昊奉命草书,拒绝高保融劝蜀主臣于后周之意**。

《资治通鉴》卷二九四载:"(十月)高保融再遗蜀主书,劝称臣于周,蜀主集将相议之。李昊曰:'从之则君父之辱,违之则周师必至,诸将能拒周乎?'诸将皆曰:'以陛下圣明,江山险固,岂可望风屈服!秣马厉兵,正为今日。臣等请以死卫社稷!'丁酉,蜀主命昊草书,极言拒绝之。"

**马去非有《周太尉清河公祖母安定郡太夫人墓志铭》**。

文中有:"惟显德五年夏四月,侵疾弥留,终于澶泉之公宅,享寿八十有一。冬十月七日,迁葬于洛京新安县国川乡狗村,从其兆也……大周岁次戊午十月七日。”文存《全唐文补编》卷一〇七。

**高弼有《大周故开府仪同三司太子太师致仕蔡国公赠侍中宋公墓志铭并序》。**

文中有：“于显德五年□月十日，薨于伊川之别墅，享年七十有八……即以其年岁次戊午十月十一日朔戊子日，与先夫人张氏、戴氏、刘氏，祔葬于洛京河南县北邙之原，礼也。”文存《全唐文补编》卷一〇六。

## |十一月|

**常梦锡卒，年六十一。徐铉有《故朝散大夫守礼部尚书柱国河内县开国男食邑三百户赐紫金鱼袋常公行状》。**

陆游《南唐书》卷七载：“交泰元年，方与客坐谈，忽奄然卒，年六十一。卒后裁逾月，齐邱党与败，元宗叹曰：‘梦锡平生欲去齐邱，恨不使见之。’赠右仆射，谥曰康。”徐铉《故朝散大夫守礼部尚书柱国河内县开国男食邑三百户赐紫金鱼袋常公行状》文中有：“戊午岁冬十一月，方与客谈，奄然而逝。”文存《全唐文》卷八八七。《玉壶清话》卷一〇“江南遗事”条云：“自割地之后，公卿在坐，有言及‘大朝’者，梦锡大笑曰：‘君辈尝言致君如尧舜，何忽一旦自以大国为小朝，得无愧乎？’众皆默散。梦锡文章诗笔精赡合体，然懒于编收，故无文集。方与客坐，奄然而卒。前数日，谓所知曰：‘齐邱、陈觉辈败在朝夕，但恨不能延数日之命，俾吾目见，然先在泉下，俟数子之诛。’果卒不久，齐邱自经于青阳，陈觉、李征古杀于鄱阳道中。”常梦锡著述今不见传。本年十一月，南唐已去交泰年号，陆游仍记为“交泰元年”，是专记南唐，不忍遽去其年号邪？

**南唐李征古削官置洪州，旋赐死。**

《十国春秋》卷二六载：“淮甸兵败，元宗感慨泣下，征古遂进曰：‘陛下涕泣何为？饮酒过量邪？乳保不至邪？’元宗色变，左右股栗，而征古傲然自若。又与陈觉从臾元宗国事尽付齐邱。元宗心不平，以戎事未戢，未有以发也。及画江罢兵，钟谟自周归，判尚书三省，尤切齿齐邱党与，常曰：‘人臣窥国，理不可容!’会觉矫周世宗命,欲杀宰相严续,事觉,齐邱党败,征古削夺官爵,置洪州,赐死。”李征古著述,《全唐诗》卷七三八存诗一首,《全唐文》卷八七二录文一篇。

**后周窦俨为翰林学士,有《陈政事疏》,周世宗有《答窦俨诏》。**

《册府元龟》卷五五三载:“窦俨,世宗显德末为翰林学士,上疏曰:‘臣伏睹御札,应内外臣寮,有所见所闻,并许上章议论者。臣菲才寡识,备位旷官,仰承纶綍之言,聊贡刍荛之说……’”据同书卷五七〇载:“(显德)五年六月,命中书舍人窦俨参详太常雅乐。十一月,翰林学士窦俨上疏论礼乐刑政之源,其一曰:请依《唐会要》所分门类,上自五帝,迄于圣朝,凡所施为,悉命编次,凡关礼乐,无有阙漏,名之曰《大周通礼》,禅礼院掌之。其二曰:伏请博通之士,上自五帝,迄于圣朝,凡乐章沿革,总次编录,系于《历代乐录》之后,永为定式,名之曰《大周正乐》,俾乐寺掌之,依文教习,务在齐肃。”则窦氏任翰林学士当是显德五年六月至十一月间事。《全唐文》卷一二五录周世宗《答窦俨诏》载:“窦俨所上封章,备陈政要,举当今之急务,疾近世之因循,器识可嘉,辞理甚当,故能立事,无愧莅官。所请编集《大周通礼》《大周正乐》,宜依。仍令于内外职官前资前名中,选择文学之士,同共编集,具名以闻。委俨总领其事,所须纸笔,下有司供给。”世宗之诏,依《册府元龟》当作于显德五年十一月。据此,可知窦俨此疏也当作在此时。窦俨《陈政事疏》文存《全唐文》卷八六三,周世宗《答窦俨诏》文存《全唐文》卷一二五。

**周世宗有《定学士朝请例诏》。**

《五代会要》卷一三载:“(显德)五年十一月,诏曰:‘翰林学士,职系禁庭,地居亲近,与班行而既异,在朝请以宜殊。起今后当直下直学士,并宜令逐日起居,其当直学士,仍起晚朝。’”文存《全唐文》卷一二五。

**索子全有《与指挥都衙等状[题拟]》。**

文末署:“天兴七年拾壹月□日。于阗回礼使内亲从都头前寿昌县令御史大夫检校银青光禄大夫上柱国索子全状。”陈尚君《全唐文又再补》卷七称天兴七年约当显德五年,则此文作时可定为显德五年十一月。文存《全唐文又再补》

卷七。

**后蜀以礼部侍郎汤悦为门下侍郎平章事、知制诰，张洎以为汤悦非经纶之才，不宜处钧衡之地，有《上后主疏》。**

马令《南唐书》卷五载："（显德五年）冬十有一月……以礼部侍郎汤悦为门下侍郎平章事知制诰，张洎上疏曰：'悦非经纶之才，不宜处钧衡之地。'"文存《全唐文补编》卷一一二。

**夏承原有《祇园寺舍利塔题名》。**

文末署："显德五年十一月三日记。"文存《唐文拾遗》卷四七。

## |十二月|

**中书上《定府县各官料钱停废俸户奏》。**

题下注："显德五年十二月中书。"文存《唐文拾遗》卷六〇。

**周世宗有《省废两京五府诸州曹官敕》《赐江南国主李璟玺书》。**

《旧五代史》卷一四九载："周显德五年十二月诏：'两京五府少尹司录参军，先各置两员，起今后只置一员……'"《省废两京五府诸州曹官敕》文存《唐文拾遗》卷一一。《册府元龟》卷一六七载："（显德五年）十二月庚辰，江南生辰国信使曹翰辞，上令赍玺书以赐李璟云：'皇帝致书恭问江南国主，星聚湖关……今差枢密承旨曹翰押生辰国信往彼，到希见领，仍赐景金银器千两，锦绮缯帛二千匹，御衣三袭，玉带二条，名马二十匹，金银鞍勒各一副。'"《赐江南国主李璟玺书》文存《全唐文》卷一二六。

**宋齐丘听归九华，陈觉责授国子博士，宣州安置。唐主令汤悦撰《暴宋齐丘等罪恶诏[题拟]》。**

《资治通鉴》卷二九四载："初，唐太傅兼中书令楚公宋齐邱多树朋党，欲以专固朝权，躁进之士争附之，推奖以为国之元老。枢密使陈觉、副使李征古恃齐邱之势，尤骄慢……会司天奏：'天文有变，人主宜避位禳灾。'唐主乃曰：'祸难方殷，吾欲释去万机，栖心冲寂，谁可以托国者？'征古曰：'宋公，造国手也，陛下如厌万机，何不举国授之！'觉曰：'陛下深居禁中，国事皆委宋公，先行后闻，臣等时入侍，谈释、老而已。'唐主心愠，即命中书舍人豫章陈乔草诏行之。乔惶恐请见，曰：'陛下一署此诏，臣不复得见矣。'因极言其不可。唐主笑曰：'尔亦知其非也？'乃止。由是，因晋王出镇，以征古为之副，觉自周还，亦罢近职。钟谟素与李德明善，以德明之死怨齐邱。及奉使归唐，言于唐主曰：'齐邱乘国之危，遽谋篡窃，陈觉、李征古为之羽翼，理不可容。'陈觉之自周还，矫以帝命谓唐主曰：'闻江南连岁拒命，皆宰相严续之谋，当为我斩之。'唐主知觉素与续有隙，固未之信。钟谟请覆之于周，唐主乃因谟复命，上言：'久拒王师，皆臣愚迷，非续之罪。'帝闻之，大惊曰：'审如此，则续乃忠臣，朕为天下主，岂教人杀忠臣乎！'谟还，以白唐主……乙亥，唐主命知枢密院殷崇义草诏暴齐邱、觉、征古罪恶，听齐邱归九华山旧隐，官爵悉如故；觉责授国子博士，宣州安置；征古削夺官爵，赐自尽。"此云暴齐邱、陈觉、李征古罪恶者，为殷崇义，而《江表志》卷二则载："命汤悦草制曰：'恶莫大于无君，罪莫深于卖国。宋齐丘本一布衣，遭遇先帝不二十年，穷极富贵……即日齐丘青阳安置。'"可知，南唐听齐丘归九华，先后由殷崇义、汤悦草制。汤悦所拟诏当在此时，此文乃汤悦代唐主撰。《暴宋齐丘等罪恶诏[题拟]》文存《全唐文补编》卷一一二。

**雷岳有《匡真大师塔铭》。**

文末署："汉大宝元年岁次戊午十二月一日建。"文存《唐文拾遗》卷四八。

## |本 年|

**周世宗有《祭海诏[题拟]》《不允田敏致仕诏[题拟]》《王仁镐拜安国军节度制》。**

《祭海诏[题拟]》文存《全唐文补编》卷一〇五。末附辑者陈尚君按语："《旧五代史》卷一一八载，张顺于显德五年十二月因赃赐死。《会要》载此为显德七年十月诏,年月有误,时顺已死。且显德七年初已禅位于宋。今姑附五年。”从之。《不允田敏致仕诏[题拟]》题下注:“显德五年。”《王仁镐拜安国军节度制》题下注:“显德五年。”两文均存《全唐文补编》卷一〇五。

**何希范有《请灵树禅院偃和尚疏[题拟]》。**

《全唐文补编》卷一一七雷岳《云门山光泰禅师匡真大师行录》载:“先是,知圣住灵树凡数十年,堂虚首席。众屡请命上座,知圣不许,尝曰:‘首座才游方矣。’及师至,始命首众焉。洎知圣将示灭,欲师踵其席,乃潜书秘函中,谓六弟子曰:‘吾灭后,上或幸此,请以遗。’上果会驾幸山。知圣预测上至,乃升堂加趺而终。乃帝至,已灭矣。帝询师遗示,门人出函奉之。上启函得书。云:‘人天眼目,堂中上座。’帝乃敕刺史何希范具礼命师,以袭法会……师自衡踞祖域,凡二纪有半,风流四表,大弘法化。”《佛祖历代通载》卷一七载:“(文偃)晚游广中灵树知圣禅师,久迟师来,比至,亦率众门迎,命居第一座。树将终,遗书嘱广主,请师继踵住持。”可知文偃游广中乃其晚年事。其示寂于乾和七年四月,何希范任韶州防御使,亦在乾和中。据此数端,可知广主请文偃当在乾和中,知圣禅师寂灭后不久。何希范文存《全唐文补编》卷一一七。

**马去非本年为义成军节度掌书记,有《黎阳大伾山寺准敕不停废记》。**

文末有:“时大周显德五年。”文存《全唐文》卷八六〇。《全唐文》其小传“去非,周显德五年官义成军节度掌书记”。

**聂崇义有《论禘祫疏》。**

《宋史》卷四三一载:“(显德)四年,崇义上之,乃命有司别造焉。五年,将禘于太庙,言事者以宗庙无祧室,不当行禘祫之礼。崇义援引故事上言,其略曰:‘魏明帝以景初三年……’”文存《全唐文》卷八六五。

**徐铉有《文献太子诗集序》《私诚帖》。**

徐铉《文献太子诗集序》依文意当在文献太子卒后。据马令《南唐书》卷七载:“显德五年始还储副之地,参决国事,莅下有法,未几卒。”文献太子卒于显德五年,此文当作于此后不久,姑系于此。《文献太子诗集序》文存《全唐文》卷八八一。《私诫帖》具体作时不详,据《十国春秋》卷二八,徐铉于中主时曾流舒州,因周世宗南征徙饶州,旋复官。此文中提及诸多湘赣州县地名与市民细事,极可能是其将复官前托办私函。果如此,则此文当作于中主南迁南昌,后主守金陵时。姑系于本年。《私诫帖》文存《全唐文补编》卷一一二。

## 后周显德六年　南汉大宝二年　后蜀广政二十二年　北汉天会三年　辽应历九年

己未　九五九

### 正月

**王朴、张昭等详定后周礼乐制度,有奏章。王朴有《详定雅乐疏》,张昭有《详定雅乐疏》《奏改乐章疏》。周世宗有《详定雅乐诏》。**

王朴、张昭文字,在《册府元龟》卷五七〇中为一段文字,文意亦相属,系于显德六年正月。先是王朴上奏请下诏百官知音者详定音律,周世宗于是下诏尚书省集百官详定之。张昭遂请依王朴所定雅乐,下太常寺简详校试,如或乖忤,则请太常寺依新法声调别撰乐章舞曲,令歌者诵习,永为一代之法,以光六乐之书。议上,诏曰:“礼乐之重,国家所先,近朝以来,雅音全废……”其中张昭所上疏,实为一篇文字,而《全唐文》析为《奏改乐章疏》与《详定雅乐疏》两篇,未知何据,姑仍之。《全唐文补编》卷一〇六和一〇八又分别据《册府元龟》补王朴和张昭疏文首节,使全文更加完整。据此似可推知清人编《全唐文》时,其所录文字或有不如《册府元龟》完备者。王朴《详定雅乐疏》文存《全唐文》卷八六〇,《详定雅乐疏补首节》文存《全唐文补编》卷一〇六,张昭《详定雅乐疏》文存《全唐文》卷八六四,《详定雅乐疏首节》文存《全唐文补编》卷一〇八,《奏改乐章疏》文存《全唐文》卷八六四,周世宗《详定雅乐诏》文存《全唐文》卷一二五。

**周世宗有《及第举人敕下放榜敕[题拟]》《令宣徽院排比闻喜宴诏[题**

**拟**]》。

《及第举人敕下放榜敕[题拟]》题下注:“显德六年正月。”《令宣徽院排比闻喜宴诏[题拟]》题下注:“显德四年三月。”两文均存《全唐文补编》卷一〇五。

**宋齐邱自尽于九华之青阳,享年六十三岁,谥曰“愧缪”**。

《江南野史》卷四载:“归九华,既至,遂绝粮七日而卒。齐邱昔尝著启,有曰:‘至于千态万端,只为饥寒二字。’人见其死,谓之自谶……齐邱之学,天才纵逸,颖出超群,混然而得,非耗蠹前修而为之辞。至如《凤台山亭》诗、《延宾亭记》、九华三《表》,有古儒之风格;《化书》五十余篇,颇机于道家。凡建碑碣,皆齐邱之文,命韩熙载八分书之。熙载尝以纸实其鼻,或问其故,答曰:‘其辞秽而且臭!’时见谤诽,多此之类。”《资治通鉴》卷二九四载:“六年春正月……唐宋齐邱至九华山,唐主命锁其第,穴墙给饮食。齐邱叹曰:‘吾昔献谋,幽让皇帝族于泰州,宜其及此。’乃缢而死。谥曰愧缪。”宋齐邱著述,《崇文总目》卷五录《宋齐邱集》四卷,《郡斋读书志》卷三上及《直斋书录解题》卷一〇并录《化书》六卷。《通志》卷七〇《艺文略八》别集五录《宋齐邱集》六卷,四六类又录《宋齐邱四六》一卷。《宋史》卷二〇五《艺文志四》杂家类录宋齐邱《化书》六卷,又《理训》十卷;同书卷二〇六《艺文志五》录《玉管照神局》二卷;卷二〇八《艺文志七》录《祀玄集》三卷,又《宋齐邱文传》十三卷。今《全唐诗》卷七三八存诗三首,《全唐文》卷八七〇收存文四篇,《唐文拾遗》卷四七补其表、策二则。宋齐邱之文章,《十国春秋》卷二〇载:“齐邱为文,语发天然,而学问不广,恒自谓古今独步,又书札不甚工,亦自矜炫,颇以虞欧为嗤。”

## | 三 月 |

**王朴病卒**。

《旧五代史》卷一二八载:“六年三月,世宗令树斗门于汴口,不逾时而归朝。是日,朴方过前司空李穀之第,交谈之顷,疾作而仆于座,遽以肩舆归第,是夕而卒,时年四十五。世宗闻之骇愕,实时幸其第,及柩前,以所执玉钺卓地而恸者数四……所撰《大周钦天历》及《律准》,并行于世。”朴之著述,《通志》卷七〇

《艺文略八》著录《王朴集》三卷。《宋史》卷二〇八《艺文志七》著录《翰苑集》十卷,《乐赋》一卷。今存《全唐文》卷八六〇《奏进钦天历表》《详定雅乐疏》《平边策》及《太清神鉴序》等四文。

**周世宗有《幸沧州御札》《停铜鱼敕》。**

《册府元龟》卷一一八载:"(显德)六年三月丙寅,御札曰:'朕猥以凉德,绍此丕图,既为万乘之君,宜去兆民之患……今取此月内,驾幸沧州已来,应沿路排顿,并以官物充,余依旧例。以右羽林统军李继勳充棹船左厢都部署,前泽州刺史刘洪副之,以前虢州刺史刘汉遇充棹船右厢都部署,客省副使刘赞原副之。以宣徽南院使吴廷祚为权东京留守判开封府事,宣徽北院使昝居润副之。以三司使张美为权大内都部署。'"《幸沧州御札》文存《全唐文》卷一二六。《册府元龟》卷六一载:"(显德)六年三月癸酉,敕:'铜鱼之设,虽载前编。原其始初,盖防伪滥。今诸道牧守,每遇除移,并特降放制书,又何假于符契。如闻请纳,颇是烦劳。宜易前规,罢兹虚器,其铜鱼并宜停废。'"《停铜鱼敕》文存《全唐文》卷一二五。

**阙名有《南诏中兴二年画卷题记》。**

文末署:"时中兴二年戊午岁三月十四日谨记。"又,此文涉及南诏内容甚丰富,研究相关主题时可详参。文存《全唐文又再补》卷九。

## | 六 月 |

**周世宗有《赐伪泉州节度使留从效诏》,未几,周世宗卒。其子柴宗训即皇帝位。**

《册府元龟》卷一六七载:"(显德六年)六月戊寅,赐伪泉州节度使刘从效诏曰:'黄禹锡至,省所上表,归附大朝……'"《全唐文又再补》卷七又据《闽国史事编年》所引《清源留氏族谱》录《赐留从效敕》文字,实乃《赐伪泉州节度使留从效诏》之一部分,二文合并,始称完璧。《赐伪泉州节度使留从效诏》文存《全唐文》卷一二五。《资治通鉴》卷二九四载:"癸巳,大渐,召范质等入受顾命。上曰：'王著，藩邸故人。朕若不起，当相之。'质等出，相谓曰：'著终日游醉乡，岂堪为相？慎勿泄此言。'是日上殂……甲午，宣遗诏，命梁王宗训即皇帝位，生七年矣。"《注》曰："帝（宗训）世宗第四子也，当此之时，主少国疑，宿卫将士多归心于太祖皇帝。明年正月，遂因出师翼戴，而天下为宋，改元建隆。"

**陶穀有《赐华山处士陈抟敕》。**

《五代史补》卷五"世宗诏陈抟"条云："陈抟，陕西人，能为诗，数举不第，慨然有尘外之趣，隐居华山，自是其名大振。世宗之在位也，以四方未服，思欲牢笼英杰，且以抟曾践场屋，不得志而隐，必有奇才远略，于是召到阙下，拜左拾遗。抟不就，坚乞归山。世宗许之。未几，赐之书曰：'敕陈抟，朕以汝高谢人寰，栖心物外，养太浩自然之气……'"诏陈抟乃世宗所为，世宗于此月卒，事必在此前某时，姑系于此。文存《全唐文》卷八六三。

## 七月

**周恭帝有《定摄官出身敕》。**

《五代会要》卷一七载："（显德）六年七月二十三日，敕：'摄官承乏，或久废于公勤，因时侧扬，宜特行于旌录。诸处自前应有摄官曾经五度者，与一时出身，仍先令所司磨勘，须得任亲公事，文书解由分明，每摄须及半年已上，方得充为任数。仍令所司引验人材及考试，书判灼然堪录用者，方得施行。'"《全唐文》系此敕于世宗柴荣名下，然世宗前一月已驾崩，此敕当是恭帝所为，今正之。《全唐文补编》卷一〇七辑者陈尚君按："见《五代会要》卷一七。《全唐文》卷一二八收世宗下。按世宗卒于此年六月，此敕为恭帝所下，今移正。"文存《全唐文》卷一二五。

**徐铉有《祭世宗皇帝文》。**

《旧五代史》卷一二〇载："显德六年六月……世宗崩，甲午内出遗制，命（恭）帝柩前即皇帝位。"而文中有："集同轨于七月，遏八音于四海……"等句，可推知此文当作于本年七月。文存《全唐文》卷八八七。

**聂崇义有《祔主修庙议》**。

《五代会要》卷三载:“显德六年七月,诏以大行皇帝山陵有期,神主将祔太庙,其庙屋宇舍添修否。国子司业兼太常博士聂崇义奏曰:‘奉敕为大行皇帝山陵有期,神主祔庙,恐殿室缺少,合重添修……’”文存《全唐文》卷八六五。

**郑敬赟有《乐昌黄连山铜钟记》**。

文中有:“粤维大宝二年太岁己未七月甲辰十九日……七月廿八日(下缺)。”文存《唐文拾遗》卷四八。

## |八 月|

**徐铉有《复三茅禁山记》**。

其文中有:“天祐丁丑岁,贞素先生王君栖霞始来此山,恭佩上法,徘徊地肺,偃息朱阳,永怀旧规,期在必复……己未岁秋八月日记。”可知文作于此时。文存《全唐文》卷八八二。

**张洎字师合,改字偕仁,南谯人,为句容尉。本年九月,南唐太子弘冀卒,有司谥曰宣武。张洎以为不当,上《论太子谥疏[题拟]》,遂改谥曰文。张洎因此得官监察御史**。

张洎,传见《宋史》卷二六七及《十国春秋》卷三〇。《十国春秋》卷三〇载:“张洎字师合,改字偕仁,南谯人也。少有俊才,博通坟典。举进士,起家句容尉。以议文献太子谥,为元宗所识,擢监察御史。”又陆游《南唐书》卷一六载:“显德六年七月,弘冀属疾,数见景遂为厉。九月丙午卒,有司谥曰宣武。句容尉张洎上书谓:‘世子之德,在侍膳问安,今标显武功,垂示后世,非所以防微。’洎知元宗犹衔弘冀专杀事,其说盖出于揣摩,元宗果大以为然,改谥曰文,而洎由此进用。”此可与《宋史》相互印证。张氏文存《全唐文补编》卷一一二。

**刘崇远有《新开宴石山记》**。

文存《全唐文》卷八六一。文末署："时大汉大宝二年太岁已未九月癸卯朔二十四日丙寅记。"《全唐文补编》卷一一七重录，末附辑者陈尚君按语："此较《全唐文》卷八六一所收多三十四字，适完备无缺，故重录之。又《全唐文》以此人与金华子作者合为一人，以二人经历言，似以二人为是。"

**阙名有《利州都督府皇泽寺唐则天皇后武氏新庙记》**。

文末署："广政二十二年岁在已未九月六日记。"文存《全唐文补编》卷一三七。

**李莹有《栖严寺新修舍利塔殿经藏记》**。

文末署："时大周显德六年岁次已未九月癸卯朔九日辛亥稽首谨记。"文存《唐文续拾》卷七。

## |十 月|

**沈仁衷有《感应塔记》**。

文中有："起自戊午年秋初，讫于已未岁冬首。"文存《唐文拾遗》卷四八。

## |十 一 月|

**张万进有《石尾洞造像题名》**。

文末署："显德六年十一月日。"文存《全唐文补编》卷一〇七。

## |十 二 月|

**周恭帝有《荫补子侄敕[题拟]》**。

题下注："显德六年十二月。"文存《全唐文补编》卷一〇七。

**徐铉有《文献太子哀册文》《祭文献太子文》,又有《茅山紫阳观碑铭(并序)》**。

《文献太子哀册文》文中有:“维显德六年太岁己未九月癸卯朔四日丙午,文献太子薨于东宫延春殿,以其年十有二月壬申朔十三日甲申,迁座于文园。”据此可知,《祭文献太子文》当亦作于此时。《文献太子哀册文》文存《全唐文》卷八八七,《祭文献太子文》文存《全唐文》卷八八七。《茅山紫阳观碑铭(并序)》文中有:“岁己未十二月一日,建朝议郎守尚书祠部郎中知制诰武骑尉赐紫金鱼袋徐铉撰并书。”可知文作于此时。《茅山紫阳观碑铭(并序)》文存《全唐文》卷八八四。

**吴融有《禅月集序》**。

文末署:“时己未岁嘉平月之三日。”嘉平月为腊月别称,可知文作于此时。文存《全唐文》卷八二〇。

**梁文瑾有《石屋洞造像题名》**。

文末署:“显德六年十二月日永记。”文存《全唐文补编》卷一〇七。

## |本 年|

**后周建东南夹城,欲速成功,隳颓低下。入宋后始经度修筑。钱昱有《重筑东南夹城记》记之**。

文中有:“周显德六年己未,始增土补其缺坏,累石立其攲邪,既欲速成,隳颓低下,至是始经度修筑。”可知后周显德六年所修东南夹城,并未最后完成。入宋之后,又有增修。《全唐文补编》卷一一五录钱昱《重筑东南夹城记》,以为唐文,依前引文字断之,实误,附记于此。

## 后周显德七年　北宋建隆元年　南汉大宝三年　后蜀广政二十三年　北汉天会四年　辽应历十年

庚申　九六〇

### | 正 月 |

**契丹入侵，赵匡胤率兵抵御，至大梁城北陈桥驿，兵变，受禅，建立赵宋，改元建隆。王溥、薛居正、张昭、李涛等周亡后仕宋。陶穀代周恭帝撰禅位诏，有《周恭帝禅位诏》。**

《旧五代史》卷一二〇载："显德七年春正月辛丑朔，文武百寮进名奉贺，镇定二州驰奏契丹入寇，河东贼军自土门东下，与蕃寇合势。诏今上率兵北征。癸卯，发京师，是夕宿于陈桥驿。未曙，军变，将士大噪呼万岁，擐甲将刃推戴，今上升大位，扶策升马，拥迫南行。是日诏曰：'天生蒸民，树之司牧。二帝推公而禅位，三王乘时以革命，其极一也。予末小子，遭家不造，人心已去，国命有归……'"据史实可知，此乃显德七年正月陈桥驿兵变禅位之诏。《全唐文补编》卷一〇八文后附辑者陈尚君按语："见《旧五代史》卷一二〇《周恭帝纪》。据《宋史》卷二六九陶穀传及《涑水纪闻》卷一，知为穀撰。《全唐文》卷一二六收周恭帝下，今移正，文不重录。"今从之。文存《全唐文补编》卷一〇八。

**窦俨，周亡仕宋，本年病卒，享年四十二岁。**

《宋史》卷二六三载："宋初，就转礼部侍郎，代（窦）仪知贡举。当是时，祠祀乐章、宗庙谥号多俨撰定，议者服其该博。车驾征泽、潞，以疾不从。卒，年四十二。"窦俨著述，《通志》卷七〇《艺文略八》别集五载录《窦俨集》五十卷。又窦氏曾参编《晋少帝实录》二十卷，《直斋书录解题》卷四著录此书，注云："监修窦正固、史官贾纬、王伸、窦俨等撰。"

**窦仪本年四十七，周亡仕宋，迁工部尚书，罢学士，兼判大理寺。宋乾德四年（966）卒，享年五十三岁。**

《宋史》卷二六三本传载:“仪学问优博,风度峻整。弟俨、侃、僻、僖,皆相继登科。冯道与禹钧有旧,尝赠诗,有‘灵椿一株老,丹桂五枝香’之句,缙绅多讽诵之,当时号为窦氏五龙。”窦仪著述,《全唐文》卷八六二存文一篇。

**王溥年三十九。周亡仕宋,本年官同平章事、右仆射,参知枢密院事。**

《宋史》卷一载:“(二月)以周宰相范质依前守司徒、兼侍中;王溥守司空、兼门下侍郎、同中书门下平章事。”溥入宋后,于乾德二年(964)罢相为太子太保。五年(967)后,加太子太傅。开宝二年(969),迁太子太师。太平兴国初(976)封祁国公。太平兴国七年(982)八月卒,年六十一。王溥著述颇多,有《唐会要》一百卷、《五代会要》三十卷。《通志》卷七〇《艺文略八》及《宋史》卷二〇八《艺文志七》均录《王溥集》二十卷。

**范质年五十。周亡仕宋,官同平章事,加兼侍中,罢参知枢密院。**

《宋史》卷二四九载:“恭帝嗣位,加开府仪同三司,封萧国公。及太祖北征,为六帅推戴,自陈桥还府署……质不知所措,乃与溥等降阶受命。宋初,加兼侍中,罢参知枢密……太祖初即位,庶事谦抑,至于藩戚尚未崇建,幕府宾佐未列于位。质因上奏曰:‘……臣又闻为宰相者,当举贤能,以辅佐天子。窃以端明殿学士吕庆余、枢密副使赵普精通治道,经事霸府,历岁滋深,睹其公忠,诚堪毗倚。乞授以台司,俾申才用。’帝嘉纳之。”质入宋后,于乾德初(963)受封为鲁国公;次年(964)正月罢相为太子太傅,九月病卒,享年五十四岁。范质著述,《郡斋读书志》卷二上及《直斋书录解题》卷四均著录《五代通录》六十五卷,《郡斋》注云:“右皇朝范质撰。《五代实录》共三百六十卷,质删其烦文,摭其要言,以成是书。自乾化壬申至梁亡十二年间,简牍散亡,亦采当时制、敕、碑、碣以补其阙。”《直斋》卷五又录质《晋朝陷蕃记》四卷。此外,《通志》卷七〇《艺文略八》及《宋史》卷二〇八《艺文志七》均著录《范质集》三十卷。

**薛居正年四十九。周亡仕宋。**

《宋史》卷二六四载:“宋初,迁户部侍郎。太祖亲征李筠及李重进,并判留司三司,俄出知许州。”据《宋史》卷一载李筠本年四月叛,太祖五月下诏亲征;九月，李重进叛，十月太祖亲征，十一月讨平之。薛居正入宋于建隆三年（962）入为枢密直学士，权知贡举。乾德元年（963），湖南平，以居正知朗州，旋加兵部侍郎。五年（967）加吏部侍郎。开宝五年（972），兼淮南、湖南、岭南等道都提举三司水陆发运使事，又兼判门下侍郎事、监修国史，又监修《五代史》。六年（973）拜门下侍郎、平章事。太平兴国初（976）加左仆射、昭文馆大学士。六年（981）六月卒于私邸，享年七十岁。赠太尉、中书令，谥文惠。薛居正著述，除《旧五代史》一百五十卷外，《宋史》本传称有文集三十卷，赐名《文惠集》。《通志》卷七〇《艺文略八》别集五、《宋史》卷二〇八《艺文志七》等均载录《薛居正集》三十卷。

**陶穀年五十八。周亡仕宋。**

《宋史》卷二六九载："宋初，转礼部尚书，依前翰林承旨。"据此传记，穀于乾德二年（964）判吏部铨兼知贡举。开宝三年（970），卒，享年六十八岁。陶穀著述，《通志》卷七〇《艺文略八》及《宋史》卷二〇八《艺文志七》均著录《陶穀集》十卷。

**张昭年六十七岁，周亡仕宋。**

《宋史》卷二六三本传载："恭帝即位，封舒国公。宋初，拜吏部尚书。"昭入宋后于乾德元年（963）进封郑国公，旋致仕，改封陈国公。开宝五年（972）卒，享年七十九岁。张昭著述颇富，《郡斋读书志》卷二上著录《唐书》（即《旧唐书》）二百卷，注曰："石晋刘昫、张昭远等撰。"《直斋书录解题》卷四载张昭多参与五代《实录》撰修，计有《后唐庄宗实录》三十卷（天成四年上）、《后唐明宗实录》三十卷（清泰三年上）、《后唐废帝实录》十七卷、《汉隐帝实录》十五卷、《周太祖实录》三十卷；同书卷五又录《晋太康平吴记》二卷。《通志》卷七〇《艺文略八》及《宋史》卷二〇八《艺文志七》等均录张昭《嘉善集》五十卷。《全唐诗》卷七六三录存《汉宗庙乐舞辞》一首。《全唐文》卷八六四存昭文十七篇，《唐文拾遗》卷四六补一篇。

**李涛年六十三。周亡仕宋，明年病卒，享年六十四岁。**

《宋史》卷二六二本传载："宋初，拜兵部尚书。建隆二年，涛被病……涛卒，年六十四，赠右仆射。"李涛著述，《全唐诗》卷七三七存诗一首，卷八七〇"谐谑"二补一首，《全唐诗补编·续拾》卷四二补诗二首。《全唐文》卷八六一录文一篇。

**赵普年三十九。周亡仕宋，官右谏议大夫、充枢密直学士。**

《宋史》卷二五六本传云："太祖北征至陈桥，被酒卧帐中，众军推戴，普与太宗排闼入告。太祖欠伸徐起，而众军擐甲露刃，宣拥麾下。及受禅，以佐命功，授右谏议大夫，充枢密直学士。"

**陈抟闻宋太祖登极称帝，谓天下从此可定，入宋不仕。**

宋邵伯温《易学辨惑》云："（抟）一日，乘驴游华阴市，闻太祖登极，大笑。问其故，曰：'天下至此定矣。'"《宋史》卷四五七本传载，抟隐居华山四十余年，于北宋太平兴国中（976—984）曾入朝，宋太宗下诏赐号"希夷先生"，旋归旧隐之云台观。端拱二年（989）七月，化形于张超谷。陈抟著述，《宋史》传云："著《指玄篇》八十一章……又有《三峰寓言》及《高阳集》《钓潭集》，诗六百余首。"同书卷二〇八《艺文志七》著录《钓潭集》二卷，今佚。《全唐诗外编·补遗》卷一八录诗四首。

## | 三 月 |

**阙名有《阿弥陀佛造像题记》。**

文末署："时己未建隆元年三月十九日记。"建隆元年岁次庚申，非己未，署有误，揆之以理，以建隆年号为准较为妥当，姑系于本年。文存《全唐文又再补》卷九。从现有文字判断，此与《全唐文补编》卷一四〇实为一文。《全唐文补编》录前者于《两浙金石》卷四，录后者于《飞来峰造像题记》，文字小异，正可相互补充。

## | 五 月 |

**冯延巳卒,年五十八。**

陆游《南唐书》卷一一载:"建隆元年五月乙丑卒,年五十八,谥忠肃。延巳工诗,虽贵且老,不废。如'宫瓦数行晓日,龙旗百尺春风',识者谓有元和词人气格。尤喜为乐府词。元宗尝因曲宴内殿,从容谓曰:'吹皱一池春水,干卿何事?'延巳对曰:'安得如陛下小楼吹彻玉笙寒之句!'时丧败不支,国几亡,稽首称臣于敌,奉其正朔以苟岁月,而君臣相谑乃如此。"冯延巳著述,《直斋书录解题》卷二一及《宋史》卷二〇八《艺文志七》均载《阳春录》一卷,《通志》卷七〇《艺文略八》别集五录《冯延巳集》一卷。《阳春录》即《阳春集》,今传。《全唐诗》卷七三八存诗一首,卷八九八"词类"十录词七十八首。《全唐文》卷八七六载《开先禅院碑记》一文,《唐文拾遗》卷四七补其《楞严经序》。

## | 七 月 |

**陈致雍有《请公除预祭议》《改正太庙迁祔神主议》。**

《请公除预祭议》文中有:"臣伏见太庙行礼,百官有缌麻服已上,并不预祭……魏晋已降,变行权制,缌麻已上,假内谓之丧服,假满即吉,谓之公除。今既葬公除,废葬非也。"据马令《南唐书》,元宗显德七年六月殂于豫章,七月丧还,既殡之后,太子即位。此文议百官太庙行礼,当是元宗祔太庙后事。《改正太庙迁祔神主议》文中有:"伏见保大初给事中朱巩、著作郎徐铉奏引秦汉故事,请定宗孝静皇帝、成宗孝平王、惠宗孝安王、庆宗孝德皇帝,宜准例于潜龙故地,别创新祠,以四时而祭,既协尊祖之义,别为祭祢之宗……其四亲庙,臣请依朱巩等原奏施行,或以潜龙故地稍远,恐亏严敬,只依京都建祀,于礼无愆。其义祖祠建,请准元敕处分。"依文意当是中主亡后议太庙礼事,姑系于建隆元年七月。陈致雍二文存《全唐文》卷八七四。

## 十一月

**蜀中李昊劝孟昶对宋修职贡。**

《蜀梼杌》卷下载:“十一月,宰相李昊请对,言曰:‘臣观大宋启运,不类汉周。天厌乱久矣,一统天下,岂在此乎?若通职贡,亦保安三蜀之长策也。’昶曰:‘卿且去,朕徐自图之。’”

**阙名有《拓路记》。**

文中有:“大宝三年庚申岁,月在仲冬,开拓此路……”文存《全唐文补编》卷一四五。

## 本年

**延寿有《宗镜录序》。**

《十国春秋》卷八九载:“建隆元年,忠懿王重创灵隐寺,命延寿主其事。后迁永明道场,以心为宗,以悟为旨,度弟子一千七百人。著《宗镜录》一百卷,期每日行一百八善。”则此序文当作于建隆元年后,姑系于本年。文存《全唐文》卷九二二。

**刘崇远有《金华子新编序》。**

《四库全书总目·金华子》载:“南唐刘崇远撰。崇远家本河南,唐末避黄巢之乱,渡江南徙,仕李氏为文林郎大理司直。尝慕皇初平之为人,自号金华子,因以为所著书名。崇远有《自序》一篇,颇具梗概,序末题名具官称臣,不著年月,而书中所称烈祖高皇帝者,乃南唐先主李昪庙号,又有升元受命之语,亦南唐中主李璟纪年……其中于将相之贤否,藩镇之强弱,以及文章吟咏,神奇鬼怪之事,靡所不载,多足与正史相参证。观《资治通鉴》所载宣宗对令狐绹,李景让禀母训,王师范拜县令,王式驭乱卒诸事,皆本是书,则司马光亦极取之。惟其纪刘鄩袭兖州一条，以兖帅为张姓，而考之五代欧、薛二《史》，则当时兖帅实葛从周，不免传闻异词。然要其大致可信者，多与大唐传载诸书，摭拾委巷之谈者，相去固悬绝矣。”依《序》中“始则承平事实矣，爰及乱离，于故基迹，或叹或泣，凄咽仆隶。自念髫龀之后，甚能记听。今虽稚齿变老，耄亡失忆，十可一二，犹存乎心耳。并成人宦游之后，其间耳目谙详，公私变易，知闻传载，可系铅椠者，渐恐年代浸远，知者已疏。更虑积新沉故，遗绝堪惜。宜编序者，即随而释之云尔”等文字，当是“耄亡失忆”之际老年之作，姑存于此。《序》文存《全唐文》卷八六一。《全唐文》同卷又收有《新开宴石山记》一篇，末署南汉大宝二年九月二十四日，不署南唐年号，或为另一人，待考。

**延寿有《受菩萨戒法序》《受菩萨戒法序跋》。**

《受菩萨戒法序》文存《全唐文又再补》卷七，末附辑者陈尚君按语：“原署：大吴越国惠日永明寺智觉禅师延寿集序。”《五灯会元》卷一〇载：“（延寿）居永明十五载，度弟子一千七百人。开宝七年入天台山，度戒约万余人……开宝八年十二月示疾，越二日，焚香告众，跏趺而寂，塔于大慈山。”以开宝七年逆推十五载，当在后周显德七年，可知延寿离开永明寺入天台山，最迟在显德七年，其时“吴越国”之号尚存。文中署“永明寺智觉禅师”，当是延寿住寺时所署，姑系于显德七年后。据《受菩萨戒法序》，可考最早作于显德七年，则《受菩萨戒法序跋》文当亦作于同时或其后。文存《全唐文又再补》卷七。

**徐锴为屯田郎中、知制诰、集贤殿学士，有茅山题名。**

《宝刻类编》卷一五引《复斋碑录》：“南唐徐锴茅山题名篆书，太岁庚申弟子徐锴敬谒。”

# 参考文献


**B**

（宋）陈思编.宝刻丛编.丛书集成初编本.

（宋）孙光宪著，贾二强校.北梦琐言.北京：中华书局，2002.

**C**

（宋）袁说友等编.赵晓兰整理.成都文类.北京：中华书局，2011.

（宋）王钦若等编.册府元龟.北京：中华书局，1973.

**D**

（清）徐松撰，赵守俨点校.登科记考.北京：中华书局，1984.

（清）徐乾学撰.读礼通考.四库全书本.

**G**

（清）许容等监修.甘肃通志.四库全书本.

**H**

（宋）王明清著.挥麈录.上海：上海古籍出版社，1990.

**J**

（五代）何光远著.鉴诫录.见五代史书汇编.浙江：杭州出版社，2004.

（宋）勾延庆.锦里耆旧传.见五代史书汇编.浙江：杭州出版社，2004.

(宋)薛居正等撰.旧五代史.北京:中华书局,1976.
(宋)晁公武撰,孙猛校证.郡斋读书志校证.上海:上海古籍出版社,1990.

## L

(明)黄淮、杨士奇等编著.历代名臣奏议.上海:上海古籍出版社,1989.
(宋)张齐贤著.洛阳搢绅旧闻记.北京:中华书局,1985.

## N

(宋)陆游.南唐书.见五代史书汇编.浙江:杭州出版社,2004.
(宋)马令.南唐书.见五代史书汇编.浙江:杭州出版社,2004.

## Q

(明)杨慎撰.全蜀艺文志.四库全书本.
(清)董浩等编.全唐文.上海:上海古籍出版社,1990.
陈尚君辑校.全唐文补编.北京:中华书局,2005.
陈尚君辑校.全唐文又再补.北京:中华书局,2005.
陈尚君辑校.全唐文再补.北京:中华书局,2005.

## R

(宋)陆游.入蜀记.丛书集成本.
(清)顾炎武.日知录.四库全书本.
(宋)洪迈.容斋随笔.北京:中华书局,2005.

## S

(明)陶宗仪编撰.说郛.四库全书本.
(清)吴任臣编撰.十国春秋.见五代史书汇编.浙江:杭州出版社,2004.
(宋)赞宁.宋高僧传.北京:中华书局,1987.
(清)永瑢著.四库全书总目.北京:中华书局,1965.
(元)脱脱等撰.宋史.北京:中华书局,1985.

(宋)张唐英撰.蜀梼杌.见五代史书汇编.浙江:杭州出版社,2004.
(清)罗石麟等监修.山西通志.四库全书本.
(清)刘玮义等监修.陕西通志.四库全书本.
(明)曹学佺撰.蜀中广记.四库全书本.

**T**

(宋)袁枢撰.通鉴纪事本末.四库全书本.
(宋)李昉等编.太平广记.北京:中华书局,1961.
(宋)李昉著.太平御览.北京:中华书局,2011.
(清)陆心源编.唐文拾遗.上海:上海古籍出版社,1990.
(清)陆心源编.唐文续拾.上海:上海古籍出版社,1990.

**W**

(宋)王溥撰.五代会要.见五代史书汇编.浙江:杭州出版社,2004.
(宋)陶岳撰.五代史补.见五代史书汇编.浙江:杭州出版社,2004.
(清)郑方坤撰.五代诗话.见五代史书汇编.浙江:杭州出版社,2004.
(清)秦蕙田撰.五礼通考.四库全书本.
(元)马端临撰.文献通考.北京:中华书局,1986.
(宋)钱俨撰.吴越备史.见五代史书汇编.浙江:杭州出版社,2004.

**X**

(清)嵇璜、刘墉等撰,纪昀等校订.续通典.四库全书本.
(清)嵇璜、刘墉等撰,纪昀等校订.续通志.四库全书本.
(宋)欧阳修撰、徐无党注.新五代史.北京:中华书局,1974.

**Y**

(宋)释文莹撰.玉壶野史.四库全书本.
(宋)黄休复撰.益州名画录.见五代史书汇编.浙江:杭州出版社,2004.

## Z

（宋）孙逢吉撰.职官分纪.北京：中华书局，1988.

（宋）陈振孙撰.徐小蛮、顾美华点校.直斋书录解题.上海：上海古籍出版社，1987.

（宋）司马光主编.资治通鉴.北京：中华书局，1956.

（宋）司马光撰.资治通鉴考异.四库全书本.

# 跋

《唐五代文编年史》从规划到即将出版已经十五六年了，在这不算短的日子里，我感受到了撰著者们为了这一学术著作而孜孜不倦地投入工作，不厌其烦地反复修改、补充的敬业精神，没有他们的这种刻苦努力与付出，这一著作是难以完成的。忝为本书主编，我为大家的精诚合作和这种敬业精神而深感欣慰。

本世纪初，傅璇琮先生即有编撰此书的想法，并命我主编撰写。在我编撰此书的过程中，他还多次过问编撰的具体情况与进度，对此书寄予厚望。令人遗憾的是，正当此书在出版社编校之际，敬爱的傅先生却已归道山，令我们全体撰著者十分遗憾伤痛。这部著作的另一学术顾问余恕诚先生，是一位学养深厚、道德文章均令我十分敬佩的学者，也是我交往多年的师长与挚友。他关心此书的撰著，也曾审评过部分作为博士学位论文的文稿，提出过宝贵的修改意见。非常遗憾的是，余先生在我对此书进行统稿并作进一步全面修改时遽然仙逝。两位先生均未及见到此书的出版，这实在令我们痛心。谨在此追思两位先生之恩德，并以一瓣心香，敬献给两位师长的在天之灵。

陈铁民先生也是一位我所钦敬的师长。他和我先后在上世纪五六十年代中分别从泉州、厦门考入北京大学中文系学习。他研究生毕业后即留校任教，其时我正为中文系学生。近二十六年来，我们因古典文学研究而有直接的接触与联系。他对盛唐王维、高适、岑参、储光羲、李华、萧颖士等一系列著名作家的作品和生平仕履的研究考赜，以及所撰的《王维新论》《王维年谱》《王维集校注》《岑参集校注》等多种著作，均颇为扎实厚重，成果斐然，令我钦佩敬重。此书能获得师辈专家陈先生赐序，我颇感荣幸，在此谨致以衷心的感谢。此书在编撰和出版过程中，得到安徽师范大学文学院及中国诗学研究中心的重视和支持，给了我们许多关爱和帮助。时任安徽师范大学文学院和诗学中心负责人的丁放教授积极参与本项目的工作，担任本书副主编，协助我做了许多具体工作，使此项目成为教育部人文社科重点研究基地的重大项目并任项目主持人，还将此项目列为他主持的国家社科基金重大招标项目“唐诗学研究”的中期成果，审阅了林宜青、刘心等三人的博士论文及书稿，邀请曲景毅博士担任盛唐卷的主要作者并审阅全稿，在与出版社的沟通交流方面，也做了大量工作。凡此皆令我钦敬感动，在此我谨代表本书全体撰著者向他们致以深深的谢意。

吴在庆

二〇一六年八月二十三日于厦门大学海韵园北区

国　家　出　版　基　金　项　目
国家社科基金重大招标项目
教育部人文社科重点研究基地重大项目
安徽省“十三五”重点出版规划项目

吴在庆 主编 丁放 副主编

# 唐五代文编年史

## 晚唐卷

杨娟娟 吴在庆 著

国家出版基金项目
NATIONAL PUBLICATION FOUNDATION

黄山书社

# 目 录

晚唐卷

# 唐敬宗宝历三年　唐文宗大和元年

丁未　八二七

## |正月|

**文宗本月下《诸使去任日具交割状敕》。**

《全唐文补编》卷六六文宗有《诸使去任日具交割状敕》:"诸道节度观察使去任日,宜具交割状,仍限新人到任一月日分析闻奏。"题下注作于本月,文亦存《册府元龟》卷六三六。

**韦处厚为宰相,本月奏请复置别驾以处两河用兵以来偏裨立功者。**

《唐会要》卷六九《都督刺史已下·别驾》载:"大和元年正月,宰相韦处厚奏:'请复置六雄、十望、十紧、三十四州别驾。先是,贞元中,宰相齐抗奏减冗员,罢诸州别驾。其京百司,合入别驾,多处之朝列。及元和已后,两河用兵,偏裨立功者,率以储采、王官杂补之,处厚乃复请置别驾以处焉。"

**杜牧本年二十五岁。初春,游同州澄城县,遇谭宪,宪谈其兄谭忠事,杜牧为作《燕将录》。又访问地方风俗,感民生疾苦,作《同州澄城县户工仓尉厅壁记》。**

据缪钺《杜牧年谱》,杜牧本年二十五岁。《杜牧集系年校注》卷六《燕将录》:"谭忠者,绛人也。……明年春,刘总出燕,卒于赵。忠护总丧来,数日亦卒。年六十四,官至御史大夫。忠弟宪,前范阳安次令,持兄丧归葬于绛,常往来长安间。元年孟春,某遇于冯翊属县北征中,因吐其兄之状。某因直书其事。"《杜牧年谱》将此事系于大和元年,今从之。又同书卷十《同州澄城县户工仓尉厅壁记》亦同时之作。文中记澄城耆老之言,以批评吏之扰民:"耆老咸曰:'西四十里即畿郊也,至如禁司东西军,禽坊龙厩,彩工梓匠,善声巧手之徒,第番上下,互来进取,挟公为首,缘以一括十。民之晨炊夜舂,岁时不敢尝,悉以仰奉,父伏子走,尚不能当其意,往往击辱而去。……征民幸脱此苦者,盖以西有通涧巨壑，叉牙交吞，小山峭径，驰鞍马、张机置者，不便于此，是以绝迹不到。兼之土田枯卤，树植不茂，无秀润气象，咸恶之而不家焉。民所以安活输赋者，殆由此，傥使征亦中其苦，则墟矣，尚安敢比之于他邑乎？’嗟乎！国家设法禁，百官持而行之，有尺寸害民者，率有尺寸之刑。今此咸堕地不起，反使民以山之涧壑自为防限，可不悲哉！使民恃险而不恃法，则划土者宜乎墙山堑河而自守矣。”

**山陵使上《请严山陵诸减选例奏》。**

《全唐文》卷九六五有《请严山陵诸减选例奏》，题下注：“大和元年正月。”

## | 二 月 |

**文宗御丹凤楼，大赦，改元大和。下制举荐贤良方正、能直言极谏者等人，又令奖引勋臣子弟。**

见《旧唐书·文宗纪》、《资治通鉴》卷二四三。又《登科记考补正》卷二十引诸书载本年二月制曰：“天下诸色人中，有贤良方正、能直言极谏者，及经学优深，可为师法，详闲吏理、达于教化……常参官及方牧郡守各举所知。”“自今已后天下勋臣、节将子弟，有能修词尚学，应进士、明经及通史学者，委有司务加奖引。”文亦存《全唐文》卷七五，题为《大和改元赦文》。又《唐会要》卷七六《贡举中·缘举杂录》载：“大和元年二月敕：‘自今已后，天下勋臣节将子弟，有能修词尚学，应进士明经，及通史学者，委有司务加奖引。’”文亦存《唐文拾遗》卷七，题为《奖引勋臣子弟敕》。

**李郃、萧仿、崔慎由、陈会、许玫、崔铉、陆宾虞、韦悫、房千里、宇文临、程尤等三十三人及第，李郃为状元，试《求友诗》《观民风赋》。卢宗冉、孙嗣初登明经科。时礼部侍郎崔郾知贡举。**

见《登科记考补正》卷二十。

## 三月

**白居易五十六岁，本年春返洛阳。本月十七日，征为秘书监。**

《旧唐书·文宗纪》本年三月载："戊寅，以前苏州刺史白居易为秘书监，仍赐金紫。"按，"戊寅"即本月十七日。又据朱金城《白居易年谱》，白居易本年"春，经荥阳，返洛阳"，故授秘书少监时应仍在洛阳。

**李翱五十六岁，在庐州刺史任，应歙州长史李则子李克恭之请为其父撰墓志铭。后拜谏议大夫，路出于蔡，应蔡州刺史柏元封之请，为其父柏良器撰神道碑。**

李翱任庐州刺史，见前中唐卷。《全唐文》卷六三八有李翱《唐故特进左领军卫上将军兼御史大夫平原郡王赠司空柏公神道碑》，中云："公讳良器，字公亮。……（贞元）十九年闰十月，以疾卒，年六十一。……有子曰元封，为蔡州刺史……大和元年，翱自庐以谏议大夫征，路出于蔡，元封泣拜。"又《唐代墓志汇编续集》"大中〇五四"《唐故青州司户参军韦君夫人柏氏墓志铭并序》，柏夫人乃良器第四女，文载良器"礼贤下士，如韩愈、李观辈，旦夕游处门下"，李翱为韩愈门人，与柏氏或有旧交，故有是请。又《全唐文》卷六三九有《故歙州长史陇西李府君墓志铭》，文中云："府君讳则……授歙州长史。宣歙观察使请为判官，奏未下，以疾卒，年七十四。……幼子克恭……宝历三年三月……翱知克恭之材十三年矣，故克恭以府君之葬来召请。且曰：'将以六月庚申窆。'"则文当撰于本月，时翱尚在庐州刺史任，故能就近为歙州长史李则撰墓志铭。另据傅璇琮主编《唐五代文学编年史》（下文简称《编年史》）所云："李翱生年诸说不一，陈尚君《李翱卒年订误》（《中华文史论丛》一九八一年第一辑）谓翱生于 772 年，今从之，则翱本年五十六岁。"

**都省上《请复庾威等官议》。**

《全唐文》卷九七五有《请复庾威等官议》，题下注："大和元年三月。"

## 四月

**太子少傅杨於陵以右仆射致仕，文宗特恩令全给俸料，於陵上疏请罢。**

《唐会要》卷六七《致仕官》载："大和元年四月，检校右仆射兼太子少傅杨於陵以左仆射致仕，特恩令全给俸料。上疏云：'……今若又逾常制，重启殊恩，锡端寮之厚俸，为朽质之私费，循理抚事，情所不安。招损害盈，臣所深惧。伏乞俯回圣眷，再敕有司，得从半禄之文，斯乃残年之幸。'"文亦存《唐文拾遗》卷二四，题为《辞全俸表》。另《旧唐书·文宗纪》："（大和元年）四月壬辰朔，癸巳，以太子少傅杨於陵守右仆射致仕，俸料全给。"今从《旧唐书》所记，於陵乃以右仆射致仕。

**杨嗣复本年四十一岁，为户部侍郎，本月作《九征心戒序》。**

《全唐文》卷六一一有杨嗣复《九征心戒序》，文末署："大和元年丁未岁夏四月十一日，谨题。"文记创作之由云："因读庄周书至《孔圣九征》，乃泫然流涕。……夫筌者所以在鱼，得鱼而忘筌；言者所以在意，得意而忘言。慎勿失鱼而空执其筌，失意而守其言。此是读《九征》之夫，非行《九征》之士也。如药能疗病，必坚服之，书能治身，必坚行之。坚之至，无不愈矣。……嗣复年四十一，造次至三品，人多称幸。凡得其如高名厚利，唯恐不及。自六七载，有拯物之愿，无自拯之心，但力步烟霄，蹑云霞之路，未足上亲天汉，恐雨露之恩不浓，此贪名也，非畏盈惧满慎终之心也，非知进退存亡之心也。如此心未决，增负乘致寇之迫，必待人而拯己，何力能自拯也。今者洗心涤肠，祇荷德语，尽夜栗栗，若临深谷。必薄嗜捐华，祛情除妄，至于白首，不敢中废。"按，《全唐文》题为《九证八戒序》，考文中所录"九证"当为"九征"，《新唐书·艺文志三》亦著录杨嗣复《九征心戒》一卷。

**翰林院奏请加学士每人每日杂买钱至二百文。**

《唐会要》卷五七《翰林院》载："大和元年四月，翰林院奏：'准旧例，学士每人每日于户部请杂买钱一百文。伏以数目至少，杂买不充，伏请每人每日于户部更加一百文。'"

**宗正寺上《量放宗子出身条例奏》。**

《全唐文》卷九六五有《量放宗子出身条例奏》,题下注:"大和元年四月。"

## |五 月|

**文宗下旨令参酌仪制,又令停奏事监收。**

《册府元龟》卷六五:"大和元年五月诏曰:'衣服车乘,器用宫室,侈俭之制,近日颇差。宜付所司,并准仪制,令依品秩勋劳。仍约今时所宜,撰等级送中书门下,参酌奏闻。'"文亦存《全唐文》卷七〇,题为《参酌仪制诏》。又《唐会要》卷五三载:"大和元年五月十一日敕:'元首股肱,君臣象类,义深同体,理在坦怀。……自今以后,紫宸坐朝,众僚既退,宰臣复进奏事,其监搜宜停。'"文亦存《全唐文》卷七〇,题为《停奏事监搜诏》。

**刘禹锡本年五十六岁。与白居易皆罢郡北归,同游大梁,应令狐楚之请撰《汴州刺史厅壁记》,稍早前有《汴州郑门新亭记》。**

《刘禹锡集笺证》卷八《汴州刺史厅壁记》:"长庆四年,诏书命河南尹敦煌令狐公来莅来刺……他日,命游梁客志之,书于厅事。谨按前贤之在此堂者,张平原首之,陆氏撰《节度使记》,揭于东壁,详矣。今公命为《刺史记》,书于右端……大和元年夏五月某日记。"文末笺证云:"此文亦为令狐楚作。……考大和元年,禹锡正与白居易皆罢郡北归,同游大梁,故文中有'游梁客'之语。"今从之。同卷又有《汴州郑门新亭记》,中云:"公遂条白其所以然,远命学古者书之。公姓令狐氏,以文章典内外书命,以谟明登左右相……其古之大臣欤!"文末笺证云:"此文亦为令孤楚作。……《汴州刺史厅壁记》有'游梁客'一语,是大和元年(827)禹锡游梁时作,此文则有'远命学古者书之'一语,疑是禹锡宝历中在和州时作,较前一篇略早",今一并录于此。

**庾承宣为京兆府尹，本月请割高陵县万福乡、富陵县从化乡、云阳县善化乡、泾阳县常乐乡等四乡归三原县。**

《全唐文补编》卷六八庾承宣有《请割四乡归三原县奏》，陈尚君先生考曰："此为大和元年五月京兆府奏，考是时承宣为尹。"

## 六 月

**文宗有《以京畿旱宥囚徒诏》《勘理禁囚赦》《疏决禁囚敕》《删定制敕》《命百司陈列不便诏》诸敕。**

《全唐文》卷七十文宗有《以京畿旱宥囚徒诏》："其京畿见禁囚徒，犯死罪非故杀人者，并降流，流已下罪，递减一等。……百司庶务有不便于人者，各委长吏悉心陈列，无使壅于上闻。"《册府元龟》卷六五记之于本月。《全唐文补编》卷六六文宗有《勘理禁囚赦》《疏决禁囚敕》，亦俱存《册府元龟》卷一四五，前者云："缘自夏少雨，应见禁囚徒。"后者云："京城见禁囚徒，虑有冤滞，宜令御史台府县及诸司，各量轻重疏决。"以上三诏盖先后所下，因大旱而理冤狱。《全唐文补编》卷六六《删定制敕》："元和长庆之中，皆因用兵，且欲济事，所下制条，或是权宜。今四方少宁，庶政须理。每有司检举行下，则诸道援引申论，所执不同，遂成舛驳者，若不刊定，则无准凭。宜令尚书省诸司郎官各取本司元和已来制敕，参详定讫送都省，令左右丞重与尚书侍郎覆视，更加裁度，送中书门下议定闻奏。"文后注作于本月。同卷《命百司陈列不便诏》亦记作于本月。

**王播本月由淮南节度使入为尚书左仆射、同中书门下平章事，拜相。**

《唐大诏令集》卷四八有《王播平章事制》，文后注"大和元年六月"。《旧唐书·文宗纪》所记同。

**刘禹锡本月任尚书主客郎中，分司东都。有启谢裴度援引。**

《刘禹锡集注》卷十七有刘禹锡《举姜补阙伦自代状》，中云："右臣蒙恩，授尚书主客郎中，分司东都……大和元年六月十四日。"则禹锡本年六月已为主客郎中,分司东都,此状当此时文。卷十八有《谢裴相公启》,文中谓:“某遭不幸,岁将二纪……岂意天未剿绝,仁人持衡,纡神虑于多方……通籍郎位,分曹乐都。”按,裴相即裴度,文当本月任主客郎中后,为谢裴度援引而撰。

**李固言为御史大夫,本月奏请定监太仓殿中侍御史和监左藏库殿中侍御史之具体职责。**

《唐会要》卷六〇《御史台·殿中侍御史》载:“大和元年六月,御史大夫李固言奏:‘监太仓,殿中侍御史一人;监左藏库,殿中侍御史一人。台中旧例,取殿中侍御史从上第一人充监大仓使,第二人充监左藏库使,又各领制狱。伏缘推事,皆有程限,所监遂不专精,往往空行文牒,不到仓库,动经累月,莫审盈虚。遂使钱谷之司,狡吏得计,至于出入,多有隐欺。臣今商量,监仓御史,若当出纳之时,所推制狱稍大者,许五日一入仓;如非大狱,许三日入仓。如不是出纳之时,则许一月两入仓检校。其左藏库公事,寻常繁闹。监库御史所推制狱,大者亦许五日一入库;如无大狱,常许一旬内计会,取三日入库句当。庶使当司公事,稍振纲条,钱谷所由,亦知警惧。’”文亦存《唐文拾遗》卷二九,题为《监仓御史五日一入仓奏》。

**兵部、吏部、礼部三司尚书、侍郎等官一十二员,主举选试期间本可五个月不朝参,御史中丞魏谟奏请改为可一两个月不朝参。**

《唐会要》卷二四《朔望朝参》载:“大和元年六月敕:‘文武常参官,朝参不到。’御史中丞魏谟奏:‘准兵部、吏部、礼部三司尚书、侍郎等官一十二员,主举选试,五个月不朝参,近已降流闻奏讫。……前件三司,除试人及入宿外,并不合不朝参……本是五个月不朝,今许不过一两月。奏不权放,必恐拥滞。’”文亦存《唐文拾遗》卷三〇,题为《权放一两月朝参奏》。

**杜牧约本年夏游涔阳,路出荆州松滋县,摄令王淇为其言窦桂娘事,牧遂作《窦列女传》以表彰之。**

《杜牧集系年校注》卷六有《窦列女传》,文中云:“大和元年,予客游涔阳,路出荆州松滋县,摄令王淇为某言桂娘事。”文表彰桂娘智灭强藩李希烈曰:“能得希烈，权也；姊先奇妻，智也；终能灭贼，不顾其私，烈也。六尺男子有禄位者，当希烈叛，与之上下者众矣，岂才力不足耶？盖义理苟至，虽一女子可以有成。”杜牧本年初游同州，秋冬间至洛阳赴举，其客游涔阳、路出荆州而作此文约在夏季。

## 七月

**本月，葬敬宗于庄陵，谥曰睿武昭愍孝皇帝，庙号敬宗。裴度撰有哀册文，窦易直撰有谥册文。**

《旧唐书·文宗纪》：“（大和元年七月）癸酉，葬敬宗于庄陵。”又《唐会要》卷一《帝号上》载：“大和元年七月，葬庄陵，在京兆府三原县界。谥曰睿武昭愍孝皇帝，庙号敬宗。哀册文，司空平章事裴度撰。谥册文，右仆射窦易直撰。”

**朝廷下敕本年于东都置举。**

《登科记考补正》卷二十引诸书载：“（大和元年）七月辛巳，敕：‘今年宜权于东都置举，其明经、进士任便在东都赴集。其上都国子监举人，合在上都试及节目未尽者，委条流闻奏。’”

**裴度本月为李晟撰碑铭。**

《全唐文》卷五三八有裴度《唐故太尉兼中书令西平郡王赠太师李公神道碑铭》，文中云：“公讳晟，字良器……以贞元九年八月四日，薨于位，春秋六十有七。……以其年十二月十六日，葬于高陵县奉正原……粤大和元年秋七月，听拜疏上言，以公之徽烈，则御制碑文于渭川矣；以公之风度，则诏命图形于云台矣。”

**太常博士崔龟从奏请定大臣薨辍朝例，太常寺参定上言定例，文武三品以上官薨卒非任将相不辍朝，中书门下奏覆赞同。**

《唐会要》卷二五《辍朝》载：“大和元年七月，太常博士崔龟从奏大臣薨辍朝曰：‘……臣谓大臣薨，礼合辍朝，纵有疑务急速，便殿须召宰臣，不临正朝，无爽事体。如此则由衷之信,载感于幽明;弥情之文,无亏于礼典。'太常寺参定上言曰:'伏以近日文武三品以上官薨卒,皆为辍朝。其间有未经亲重之官,今任是列散者,为之变礼,诚恐非宜。自今以后,文武三品以上,非曾任将相,及曾在密近,宜加恩礼者,余请不在辍朝例。'又中书、门下奏覆:'……余约太常寺所奏,别具品列轻重进定。谨按《仪制令》,百官正一品丧,皇帝不视事一日。……缘令式旧文,三品以上薨殁,通有辍朝之制。伏以君臣之间、礼情所及,事必繁于委遇,官则以时重轻,一用旧仪,咸乖中道。……'依奏。"《全唐文》卷九六五有《覆辍朝例奏》,《唐文拾遗》卷五五有《三品以上官薨卒非任将相不辍朝奏》即为上所录中书、门下及太常寺所上奏文。

**太常礼院上《请敬宗庙祝文罢称孝弟奏》。**

《全唐文》卷九六五有《请敬宗庙祝文罢称孝弟奏》,题下注:"大和元年七月。"

## |八月|

**文宗下诏定冬荐之条例。**

《唐会要》卷八二《冬荐》载:"大和元年八月敕:'诸道、诸军、诸使应奏判官,并每年冬荐等所奏判官,除新开幕府据元额署外,其向后奏请,如是元阙,即云阙某职,今奏某人充;如已有令更奏,即云某职某人缘某事停,奏某人替某。前使下台省官合冬荐者,除府使罢外,既有荐用,当且要籍,不合便称去职。自今以后,如带职掌授台省官两考者,不在冬荐限;如其中实有故罢免者,亦须待授官周岁,然后许冬荐,状中具言罢免事故。其他据品秩合冬荐者,则依元敕。"文亦存《全唐文》卷七〇,题为《更定荐代例诏》,然文句稍有不同。

## |九月|

**李翱或已由庐州刺史入朝任右谏议大夫、知制诰,本月撰文祭其友独孤朗。**

《全唐文》卷六四〇有李翱《祭福建独孤中丞文》,中云:"维大和元年岁次丁未九月庚申朔二十日己卯，朝散大夫守右谏议大夫知制诰李翱……敬祭于亡友故福建都团练观察处置等使兼御史中丞独孤君侍郎之灵。”据《编年史》所引《旧唐书·李翱传》载翱“授庐州刺史。大和初，入朝为谏议大夫，寻以本官知制诰”。则此时翱或已由庐州刺史任职朝中。

**李德裕本年四十一岁，在浙西观察使任；元稹本年四十七岁，在浙东观察使任。丁丑，皆加检校礼部尚书。**

见《旧唐书·文宗纪》。李德裕年岁，参傅璇琮《李德裕年谱》；元稹年岁，参卞孝萱《元稹年谱》。

**邓衮本月作《望雪楼记》。**

《全唐文》卷七五七有邓衮《望雪楼记》，文末署：“大和元年九月记。”邓衮，生平不详，大和初进士。

**本月因尚书左丞庾敬休卒，文宗下敕四品清望官当在辍朝例中。**

《唐会要》卷二五载：“其年（大和元年）九月，中书门下奏：‘近奏定合辍朝官品，敕已寻行，其致仕官，多是优礼，合同贞观敕例，未该须有处分。自今以后，其致仕官，如非曾任三品以上正官，及历四品清望，并不在此例。’依奏敕：‘应官至丞、郎亡殁，合有废朝，况班在诸司三品之上。自今以后，宜准诸司三品官例处分。’”文后注：“因尚书左丞庾敬休薨，乃降是敕也”。中书门下奏书亦存《唐文拾遗》卷五四，题为《致仕官身故非三品以上不辍朝奏》。

**中书门下上《请定诸道奏补及致仕章服等例奏》。**

《全唐文》卷九六五有《请定诸道奏补及致仕章服等例奏》，题下注：“大和元年九月。”

**御史台上《条陈台参并科决令史奏》**。

《唐文拾遗》卷五五有《条陈台参并科决令史奏》，题下注："大和元年九月。"

## |十月|

**李翱为其友独孤朗撰墓志铭**。

《全唐文》卷六三九有李翱《唐故福建等州都团练观察处置等使兼御史中丞赠右散骑常侍独孤公墓志铭》，中云："公讳朗，字用晦，当州刺史赠太子少保宪公之长子。……大和元年八月以为福建等州都团练观察等使兼御史中丞，公疮发于背，不克入谢。病二旬，九月壬子，以疮卒，年五十三。天子为之废朝，赠右散骑常侍。……十月壬午，其侄庠以公之丧归祔河南之寿安甘泉乡先公墓次，以十月己酉窆。"据文知，独孤中丞指独孤朗。

**白居易为秘书监，奉诏与沙门义休、道士杨弘元于麟德殿论儒释道三教之义，成《三教论衡》**。

《旧唐书·白居易传》载："文宗即位，征拜秘书监，赐金紫。九月上诞节，召居易与僧惟澄、道士赵常盈对御讲论于麟德殿。居易论难锋起，辞辨泉注，上疑宿构，深嗟挹之。"《白居易集笺校》卷六八《三教论衡》："大和元年十月，皇帝降诞日，奉敕召入麟德殿内道场，对御三教谈论。"又言参与者为"秘书监、赐紫金鱼袋白居易，安国寺、赐紫、引驾沙门义休，太清宫、赐紫、道士杨弘元"，文中所记三教讲论时间与参加者与《旧唐书·白居易传》所记有异，此据居易文。

**中书门下奏请定科目选官事例**。

《唐会要》卷七七《贡举下·科目杂录》载："大和元年十月，中书门下奏：'凡未有出身未有官，如有文学，只合于礼部应举；有出身有官，方合于吏部赴科目选。近年以来，格文差误，多有白身及用散试官并称乡贡者，并赴科目选。及注拟之时，即妄论资次，曾无格例，有司不知所守。其有宏辞拔萃、开元礼、学究一经，则有定制，然亦请不任用在散试官限。其三礼、三传、一史、三史、明习律令等，如白身，并令国学及州府，同明经，一史、三礼、三传同进士，三史当年关送吏部，便授第二任官。如有出身及有正员官，本是吏部常选人，则任于吏部不限选数，应科目选。仍须检勘出身，及授官无逾滥否，缘取学艺，其余文状错缪，则不在驳放限。如考试登科，并依资注与好官。唯三史则超一资授官。如制举人暨诸色人皆得选试，则无出身无官人并可，亦请不用散、试官。伏以散、试偶于诸道甄录处得便第二第三任官，既用虚衔，及授官则胜进士及诸色及第登科人授官，实恐侥幸。'敕旨依奏。"文亦存《全唐文》卷九六五，题为《请定科目选官事例奏》。

## |十一月|

**文宗本月下《流人许将家口诏》。**

《全唐文补编》卷六六文宗有《流人许将家口诏》："应配流灵夏等州及天德军人等，自今后宜许将家口赴流所。除本身外，亦据口数给熟食递送。"题下注作于本月，文亦存《册府元龟》卷一四七。

**福建进瑞粟一千茎，中书门下奏请今后若有祥瑞，但申有司，不令进献。**

《唐会要》卷二九《祥瑞下》载："其年（大和元年），福建进瑞粟一千茎，中书门下奏：'伏以陛下勤求治本，澄清化源，不以灵芝白雁为瑞应，方将时安人和为嘉祥，宸翰昭宣，睿情斯属。伏请自今以后祥瑞，俱申有司，更不令进献。'依奏。"文亦存《全唐文》卷九六五，题为《请令有司勿进祥瑞奏》，文后注："大和元年十一月。"

**河中府上《图进白虎奏》。**

《唐文拾遗》卷五五有河中府所上《图进白虎奏》，题下注："大和元年十一月。"

**张遵本年正月卒,本月权葬,王劢为其撰墓志铭。**

《全唐文补编》卷六六王劢有《范阳张公墓志铭》:"皇唐代宗宝应大圣文武皇帝御宇之九载也,龙集庚戌七月四日,张公生。大和丁未岁正月九日,不禄,享年五十有八。……公讳遵,字敬儒,其先范阳人也。……长子试太常寺奉礼郎论……以其年十一月廿六日甲申权窆。"

## |十二月|

**殿中省上《请添赐尚食局本钱奏》。**

《全唐文》卷九六五有《请添赐尚食局本钱奏》,题下注:"大和元年十二月。"

**御史台奏请囚徒称冤,便配四推。**

《唐会要》卷六〇《御史台》载:"大和元年十二月,御史台奏:'……伏请自今以后,有囚称冤者,监察御史闻奏,敕下后,便配四推。所冀狱无冤滞,事得伦理。'从之。"文亦存《全唐文》卷九七四,题为《请推问临决称冤疏》,又存《唐文拾遗》卷五五,题为《囚徒称冤便配四推奏》。

**吴武陵为太学博士。冬,崔郾为礼部侍郎将赴东都知贡举,武陵以杜牧《阿房宫赋》进荐。**

《唐摭言》卷六《公荐》载:"崔郾侍郎既拜命,于东都试举人,三署公卿皆祖于长乐传舍,冠盖之盛,罕有加也。时吴武陵任太学博士,策蹇而至。郾闻其来,微讶之,乃离席与言。武陵曰:'侍郎以峻德伟望,为明天子选才俊,武陵敢不薄施尘露!向者,偶见太学十数辈,扬眉抵掌,读一卷文书,就而观之。乃进士杜牧《阿房宫赋》。若其人,真王佐才也,侍郎官重,必恐未暇披览。'于是搢笏朗宣一遍。郾大奇之。武陵曰:'请侍郎与状头。'郾曰:'已有人。'曰:'不得已,即第五人。'郾未遑对,武陵曰:'不尔,即请此赋。'郾应声曰:'敬依所教。'"《新唐书·吴武陵传》所记略同,且谓"大和初,礼部侍郎崔郾试进士东都,公卿咸祖道长乐”。考崔郾大和二年在东都洛阳知贡举,则吴武陵以《阿房宫赋》荐杜牧当在本年冬。按,据吴在庆《杜牧集系年校注》所考,《阿房宫赋》乃作于宝历元年,至今年为吴武陵所知赏举荐。

## |本 年|

**文宗勤于听政,然浮于决断,骤信轻改。宰相韦处厚上奏,以裴度等宰相忠直可信,请文宗委信。文宗深然之。自是宰臣敷奏,人不敢横议。**

《唐会要》卷五三《举贤》载:“大和元年,文宗勤于听政,然浮于决断。宰相韦处厚论奏曰:‘陛下不以臣等不肖,用为宰相,参议大政。凡有奏请,初蒙听纳,寻乃中变。若出自宸断,即示臣等不信;若出于横议,臣等何名鼎司?且裴度元勋旧德,历辅四朝,陛下固宜亲重。窦易直长厚,忠事先朝,陛下固宜委信。’上深然之。自是宰臣敷奏,人不敢横议。”

**韦表微本年撰《翰林学士院新楼记》。表微,字子明,累擢中书舍人知制诰,拜户部侍郎。卒年六十,赠礼部尚书。**

《全唐文》卷六三三有韦表微《翰林学士院新楼记》,文末署:“时大和元年某月日记。”文记新楼概貌云:“心匠始形于事先,物境潜运于度内。乃撤小屋,崇广厦,揭飞梁于层构,耸危楼于上楹。重檐翼舒,虚牖霞驳。甍栋丰丽,栏槛周固。三门并设,双阁对启。延清风于北户,候朗月于南荣。积其典坟,藏于扃钥。因讨阅之际,资登眺之娱。若乃前瞰云山,傍窥台观;仰丹霄于咫尺,纳颢气于襟抱。八表殊望,四时异境。触类生趣,随方散怀。其下廊庑对序,阶陛四匝。中创小亭,以候宴语。卉木骈植,松竹交荫。折高标于棼橑,散余芳于户庭。信可久之宏规,不泯之盛迹也。”文章对仗工整,文辞清丽。同卷尚有《麟台碑铭并序》,据文所知,此文作于元和五年十一月,今一并叙及于此。

**李商隐本年十六岁,有《才论》《圣论》,以古文为士大夫所知。**

《樊南文集》卷七《樊南甲集序》:“樊南生十六能著《才论》《圣论》,以古文出诸公间。”商隐生年诸说不一,今从刘学锴、余恕诚《李商隐诗歌集解》。商隐生于元和七年(812),本年十六岁。

## 唐文宗大和二年

戊申　八二八

### |二月|

**文宗本月下《散配兆人本业敕》。**

《全唐文补编》卷六六文宗有《散配兆人本业敕》:“李绛所进则天圣后删定《兆人本业书》三卷,宜令在所州县写本,散配乡间。”题下注作于本月。文亦存《册府元龟》卷七〇。

**韦筹、厉玄、钟辂、杜牧、崔黯、郑熏、孙景商等三十三人登进士第,试《缑山月夜闻王子晋吹笙诗》。礼部侍郎崔郾在东都洛阳知贡举。**

见《登科记考补正》卷二十本年条。又《唐摭言》卷三《慈恩寺题名游赏赋咏杂记》:“大和二年,崔郾侍郎东都发榜。”

**郁群老为江阴县兴建寺撰碑铭。群老,大和中进士。**

《全唐文》卷七四一有郁群老《大唐常州江阴县兴建寺碑铭并序》,文末署:“大和二年戊申岁二月八日,主寺僧文献置,进士鲁郡郁群老撰。”

**刑部奏请官吏出入人罪不得原免。**

《唐会要》卷四十《君上慎恤》载:“大和二年二月,刑部奏:‘伏准今年正月三日制,刑狱之内,官吏用情,推断不平,因成冤滥者,无问有赃无赃,并不在原免之限。又准律文,出入人罪,合当坐者,不言有赃无赃,今请准律科本罪,不得原免。’敕旨依。”文又存《唐文拾遗》卷五五,题为《官吏出入人罪不得原免奏》。

**国子祭酒致仕包陈本月下葬，左散骑常侍张贾为撰墓志。包陈父包佶亦尝任国子祭酒，文中记父子二人履历颇详。**

《唐代墓志汇编》“大和〇一一”为《国子祭酒致仕包府君墓志铭并序》，题下注：“银青光禄大夫守左散骑常侍上柱国张贾撰。”中云：“君讳陈。……考讳佶……历银青光禄大夫、尚书刑部侍郎、国子祭酒、掌礼部□举、秘书监、丹阳郡开国公，赠礼部尚书、太子少保……君即少保之胤……授雅州刺史、本州经略使、福王府长史，□王傅，国子祭酒，致仕。年五十七，终于西京升平里第……君在雅州，为风恙所中，及扶持至城，遂有长史、王傅之授。噫！夫年方五十，才可理人，而右揆平章事窦公，工部尚书张正甫、太子宾客皇甫镛、洎左散骑常侍张贾皆门生也……以太和二年二月十六日葬于东都河南县平乐乡杜翟村之北原。”

## | 三 月 |

**裴休、裴素、李郃、南卓、李甘、杜牧、郑亚、崔慎由等二十二人贤良方正，能直言极谏科登第。时刘蕡上疏言论激切，极言宦官专权之祸，士林感动，然宦官当途，终被落黜。时论多不平。李郃愤而上疏，请以所授已官让蕡，然不果。时左散骑常侍冯宿、太常少卿贾𫗧、库部郎中庞严并为考制策官。**

见《登科记考补正》卷二十本年条。又《旧唐书·刘蕡传》：“蕡宝历二年进士擢第。……大和二年策试贤良曰……时对策者百余人，所对止循常务，唯蕡切论黄门太横，将危宗社。对曰……臣以为陛下宜先忧者，宫闱将变，社稷将危，天下将倾，海内将乱。……今海内困穷，处处流散，饥者不得食，寒者不得衣，鳏寡孤独者不得存，老幼疾病者不得养。加以国之权柄，专在左右，贪臣聚敛以固宠，奸吏因缘而弄法。冤痛之声，上达于九天，下流于九泉，鬼神怨怒，阴阳为之愆错。君门万里而不得告诉，士人无所归化，百姓无所归命。官乱人贫，盗贼并起，土崩之势，忧在旦夕。”本传又记考官冯宿等人“睹蕡条对，叹服嗟悒，以为汉之晁、董，无以过之。言论激切，士林感动。时登科者二十二人，而中官当途，考官不敢留蕡在籍中，物论喧然不平之。守道正人，传读其文，至有相对垂泣者。谏官御史，扼腕愤发，而执政之臣，从而弥之，以避黄门之怨。唯登科人李郃谓人曰：‘刘蕡不第，我辈登科，实厚颜矣！’请以所授官让蕡，事虽不行，士人多之。”《唐会要》卷七六《贡举中·制科举》亦载此事，并详录及第二十二人之姓名。李郃《乞旌刘蕡直言策》,见《全唐文》卷七四四;刘蕡《对贤良方正直言极谏策》,见《全唐文》卷七四六。

**杜牧本年二十六岁,时在长安应制举贤良方正直言极谏科,以第四等及第,后授官为弘文馆校书郎、试武卫兵曹参军。**

《杜牧集系年校注》卷十《自撰墓志铭》:"牧进士及第,制策登科,弘文馆校书郎、试武卫兵曹参军。"又《资治通鉴》卷二四二记本年登贤良方正科诸人"皆除官"在闰三月,杜牧亦此时授官。

**尚书左丞崔宏景以吏部注拟,多不守文,选人中侥幸者众,纠案其事,落下甲敕。选人辈惜已成之官,经宰相喧诉。文宗乃下敕定铨司注拟例。**

《唐会要》卷七四《选部上·掌选善恶》载:"大和二年三月,都省奏:'落下吏部三铨注今春二月旨,甲内超资官洪师敏等六十七人。'敕:'都省所执是格,铨司所引是例,互相陈列,颇似纷纭。所贵清而能通,亦由议事以制。今选已满,方此争论,选人可哀,难更停滞。其三铨已授官,都省落下者,并依旧注,重与团奏,仍限五日内毕。其如官超一资半资,以今授稍优者,至后选日,量事降折。尚书、侍郎注拟不一,致令省都以此兴词,郑絪、丁公著宜罚一季俸。东铨所落人数较少,杨嗣复罚两月俸。其今年选格,仍分明标出近例,冀绝侥求。'时尚书左丞崔宏景以吏部注拟,多不守文,选人中侥幸者众,纠案其事,落下甲敕。选人辈惜已成之官,经宰相喧诉,故特降此敕。"

**左右金吾本月奏请补宿卫官健名额。**

《全唐文》卷九六六有《补宿卫官健名额奏》,题后注:"大和二年三月左右金吾。"

**度支使本月奏请禁盗采水柏柴,以水柏柴灰煎盐所得之数多于碱土,故有是请。**

《全唐文》卷九六六有《请禁盗采水柏柴灰奏》,题后注:"大和二年三月度支。”中云：“京兆府奉先县卤池侧近陂泊池井，应有水柏柴烧作灰煎盐等。……伏以柏柴灰比曾煎试，据所获灰，准旧试例，约得盐一斗八升，比类碱土煎盐，所收盐分数较多。其碱土亦有敕条禁止，其水柏柴灰，乱法甚于碱土，不可因循。”

**蒋防此前曾贬汀州、连州，本年春奉命往宜春。抵湘阴，应岳州刺史徐希仁、湘阴宰马搏之请，为撰《汨罗庙记》。**

《全唐文》卷七一九有蒋防《连州静福山廖先生碑铭并序》，文中云：“长庆末，余自尚书司封郎、知制诰、翰林学士得罪，出守临汀，寻改此郡。”据《旧唐书·敬宗纪》，防长庆四年（824）二月贬汀州（即临汀），则其改连州刺史约在宝历（825—826）间。同卷又有《汨罗庙记》，中言：“唐文宗大和二年春，防奉命宜春，抵湘阴，歇帆西渚。邑宰马搏谓予曰：‘三闾之坟，有碑无文，岂前贤缺欤？’……郡守东海徐希仁洎马搏，以予常学古道，熟君臣至理之义，请述始终符契，以广忠贤之业云。”文赞屈原曰：“然三闾者，以大忠而揭大文，沉吟楚泽，哀郁自赞，爰兴褒贬，六经同风。”蒋防此后行踪无可考。其以传奇《霍小玉传》闻名。《宋史·艺文志七》著录《蒋防集》一卷，《全唐文》卷七一九收其文二十七篇。

**柳公权为司封员外郎，撰《题王大令送梨帖》。**

《唐文拾遗》卷二八有柳公权《题王大令送梨帖》，文中云：“因太宗书卷首，见此两行十字，遂连此卷末，若珠还合浦，剑入延平。大和二年三月十日，司封员外郎柳公权记。”

## 闰三月

**中书门下奏请今后御史台推事，纵有特宣，亦须正敕。**

《唐会要》卷六二《御史台下·推事》载：“大和二年闰三月，中书门下奏：‘御史台推事，纵有特宣，亦须正敕。应朝官犯罪，准狱官令，先奏后推。格式具存，合共遵守，臣等请便提举。’敕旨依奏。”

## | 五 月 |

**文宗本月下《进奉物折克挺银等敕》。**

《全唐文补编》卷六六文宗有《进奉物折克挺银等敕》:“应诸道进奉内库四节及降诞进奉金花银器,并纂组文绫缬杂物,并折克挺银及绫绢。中有赐与所须,待五年后续有进止。”题下注作于本月。文亦存《册府元龟》卷五六。

**桂管防御观察使刘栖楚去岁八月卒,本月归葬,山南东道节度使李逢吉为撰墓志。文记栖楚宝历元年(825)撞石进谏及一年由左拾遗速升迁至京兆尹事甚详。**

《唐代墓志汇编》“大和〇一四”《唐故桂管都防御观察等使桂州刺史兼御史大夫赐紫金鱼袋赠左散骑常侍刘公墓志铭》,题后注:“山南东道节度管内观察处置临汉监牧等使光禄大夫检校司徒同中书门下平章事使持节襄州诸军事兼襄州刺史上柱国凉国公食邑三千户李逢吉撰。”中云:“维大和丁未岁正月,桂管都防御观察等使桂州刺史兼御史大夫河间刘公栖楚字善保,始受命之桂林,八月廿五日公薨,时年五十二……越来岁夏五月十二日……归葬河南府河南县之邙原。”又《旧唐书·敬宗纪》载:“(宝历元年三月)戊辰,群臣入阁,日高犹未坐,有不任立而踣者。谏议大夫李渤出次白宰相,俄而始坐。班退,左拾遗刘栖楚谏,头叩龙墀血流,上为之动容,仍赐绯鱼袋。”文中记栖楚此事稍详,“初公为左拾遗,尝言事,未即用。后朝紫宸,进谏恳直,因顿伏文石之上,奋身连击,自誓以死。余与奇章公方立侍左右,惧遂殒踣,遽前引罢,遣命扶而去之。犹蒙袂疾趋,朱殷四流。上骇甚,使医奔视,则骨已糜而血方注。即日赐银艾之服起居郎。公自度不起,移疾之洛中,居数月,闻其病已,以谏议大夫征。岁中,迁刑部侍郎。会京兆尹缺,议未有所定,上遂特命授之。其在神州,超张而掩王,于是知敬宗愍皇帝之能知人而尚贤也”。

## 六月

**文宗感褚遂良、狄仁杰、宋璟与李元纮等人之功业，各授诸人之裔孙为县尉。**

《唐会要》卷四五《功臣》载："大和二年六月，诏曰：'朕详观列圣纪册，祖宗盛业，灿然在前。其或道有污隆，政有善否，未始不系乎当时辅弼。常因便殿，言诸宰臣，勉其匡益，协心推戴。且以去岁乙巳，登应门，敷大号，俾畴贤相，以访遗裔，或血食不继，宗祊已芜。如遂良之委笏面诤，名垂史书；仁杰之恢复庙社，事形先觉；宋璟之文吏骨鲠，功参治平；元纮之守规画一，时成有裕。其胄仅存，不绝若发；各授邑吏，使其自试。"文亦存《全唐文》卷七一，题为《追录故中书令褚遂良等裔孙诏》。

**中书门下奏请处分诸道幕府。**

《唐会要》卷七九《诸使下·诸使杂录下》载："大和二年六月，中书门下奏：'诸道观察等使，奏请供奉官及见任郎官、御史充幕府，贞元、长庆已有敕文，近见因循，多不遵守。然酌时议制，事在变通。如或统帅专征，特恩开幕；戎府初建，军幄籍才。事关殊私，别听进止，此外一切请准前后敕文处分。'敕旨宜依。"文亦存《唐文拾遗》卷五五，题为《处分诸道幕府奏》。

**柳公绰去岁八月授邠宁节度使，感官员会食无所，遂于节度使院中修食堂，本月已成，刘宽夫撰文记之。**

《全唐文》卷七四〇有刘宽夫《邠州节度使院新建食堂记》，题末云："时大和二年六月日记。"前人撰记多言衙府之类，而此言食堂，似可见公绰治邠宁之所关注者："朝廷以新平扼东西夏，锁钥郊圻，将帅得人，则虏马不敢东向而牧。今上注意边事，元年，命左仆射河东柳公专护塞之任。公祇承诏旨，不敢怠遑。……既而定名分，补废阙，饰宾署，宏讲宴。视使院之狭湫，顾会食之无所，因喟然而叹曰：'夫为政之本，在于得人。燕以尊贤是称，卫以多士为美。今鳍瑗在列，而堂馆未严。非所以重樽俎咨帷幄之意也。因是从观马之旧亭，敞公府之新宇。……可以备盘餐之品式,可以叙主客之威仪,可以寄琴樽之笑傲,可以筹政令之得失。’君子是知河东公之为政也。”按,邠州乃邠宁治所,《旧唐书·文宗纪》:“(大和元年八月)壬寅,以刑部尚书柳公绰检校左仆射,充邠宁节度使。”

## |八月|

**方参为左骁卫仓曹参军,本月侍从朝觐,过华岳,撰题记。**

《全唐文补编》卷六七方参有《华岳题记》,文末署:“大和二年八月廿八日,男守左骁卫仓曹参军……方参侍从朝觐。”

## |九月|

**白居易本年五十七岁。春,任刑部侍郎,本年秋将长庆三年(823)后之诗文编为《白氏长庆集·后集》,自为之序,以寄元稹。**

《白居易集笺校》卷六九《祭弟文》:“今年春除刑部侍郎。”按,此文作于本年十二月三十日,详见本年十二月条。据此知白居易本年春任刑部郎中。又《白居易集后序》(《白居易集笺校》卷二一):“前三年,元微之为予编次文集而叙之。凡五帙,每帙十卷,讫长庆二年冬,号《白氏长庆集》。迩来复有格诗、律诗、碑、志、序、记、表、赞,以类相附,合为卷轴。又从五十一以降,卷而第之。是时,大和二年秋,予春秋五十有七,目昏头白,衰也久矣;拙音狂句,亦已多矣。由兹而后,宜其绝笔,若余习未尽,时时一咏,亦不自知也。因附前集报微之,故复序于卷首云尔。”

**杜牧仍为校书郎,诣董重质,问淮西四岁不破之由。**

《杜牧集系年校注》卷一一《上李司徒相公论用兵书》:“某大和二年,为校书郎,曾诣淮西将军董重质,诘其以三州之众,四岁不破之由。”文当作于本年三月至本月间,因下月,杜牧为江西观察使沈传师辟为团练巡官、试大理评事,随沈传师赴洪州。

**以河南尹王播权知吏部侍郎，主吏部东都选事。**

《唐会要》卷七五《选部下·东都选》载："大和二年九月敕：'吏部今年东都选事，宜令河南尹王播权知侍郎，铨试毕日停。'"

## | 十 月 |

**文宗下敕令岭南、福建、桂管、邕管、安南等道百姓禁断掠买饷遗良口。**

《唐会要》卷八六《奴婢》载："大和二年十月敕：'岭南、福建、桂管、邕管、安南等道百姓，禁断掠买饷遗良口。"文亦存《唐文拾遗》卷七，题为《禁掠买良口敕》。

**白居易续编与元稹唱和集《因继集》第二卷，作《因继集重序》。元稹寄来近作四十三首，居易和二十三首，作诗序述此事。**

《白居易集笺校》卷六九《因继集重序》："去年，微之取予《长庆集》中诗未对答者五十七首追和之，合一百一十四首寄来，因题为《因继集》卷之一。今年，予复以近诗五十首寄去。微之不逾月，依韵尽和，合一百首，又寄来，题为《因继集》卷之二。卷末批云：'更拣好者寄来。'盖示余勇，磨砺以须我耳。予不敢退舍，即日又收拾新作格律诗共五十首寄去。虽不得好，且以供命。……二年，十月十五日。"又《白居易集笺校》卷二二《和微之诗二十三首并序》："微之又以近作四十三首寄来，命仆继和。其间瘀絮四百字，车斜二十篇者流，皆韵剧辞殚，瑰奇怪谲。又题云：'奉烦只此一度，乞不见辞。'意欲定霸取威，置仆于穷地耳。大凡依次用韵，韵同而意殊；约体为文，文成而理胜：此足下素所长者，仆何有焉？今足下果用所长，过蒙见窘。然敌则气作，急则计生，四十二章，麾扫并毕，不知大敌以为如何？……以足下来章，惟求相困；故老仆报语，不觉大夸。况曩者唱酬，近来《因继》，已十六卷，凡千余首矣。其为敌也，当今不见；其为多也，从古未闻。所谓：'天下英雄，唯使君与操耳。'戏及此者，亦欲三千里外一破愁颜；勿示他人，以取笑诮。"按，此文以散体文为诗序，亦作书信，诙谐幽默，颇富情趣。文后笺注系两文于本年。

**顾非熊至襄阳,请皇甫湜为其父顾况之诗集撰序。适皇甫湜将归洛阳,虽允而未及撰文。**

《文苑英华》卷七〇五有皇甫湜《著作佐郎顾君集序》,中云:"去年从丞相凉公襄阳,有曰顾非熊生者在门,讯之,即君之子也。出其诗果工,袖君集二十卷,泣请余发之。凉公适移莅宣武军,余装归洛阳,诺而未副。"顾君即顾况。凉公为李逢吉。据《旧唐书·文宗纪》,李逢吉由山南东道节度使移镇宣武在本年十月。顾非熊之请序当在是时。

**郊庙告祭,差摄三公行事,多以杂品。监察御史柳璟监祭,奏请自本年冬季,敕吏部准开元、元和敕例差官。**

《唐会要》卷六〇《御史台上·监察御史》载:"大和二年,郊庙告祭,差摄三公行事,多以杂品。监察御史柳璟监祭,奏曰:'准开元二十三年敕,宗庙大祀,宜差左右丞相、嗣王、特进、少保、少傅、尚书、宾客、御史大夫。又准二十五年敕,太庙五享,差丞相、师、傅、尚书、嗣郡王通摄,余司不在差限。又元和四年敕,太庙告祭摄官,太尉以宰相充,其摄司徒、司空,以仆射、尚书、师、傅充,余司不在差限。比来吏部因循,不守前后敕文,用人稍轻。请自今年冬季,敕吏部准开元、元和敕例差官。'从之。"文所上月份不详,姑记于此。

## 十一月

**僧义林撰《尊胜陀罗尼幢记》。**

《唐文续拾》卷八有义林《尊胜陀罗尼幢记》,文末署:"大和二年十一月二日记。"

## 十二月

**白居易时已请长告,或求分司,即将移家洛阳,意养病抚孤,聊以终老。为其弟白行简编次《白郎中集》,本月有《祭弟文》。**

《白居易集笺校》卷六九《祭弟文》:"维大和二年岁次戊申,十二月壬子朔,三十日辛巳，二十二哥居易以清酌庶羞之奠，致祭于郎中二十三郎知退之灵。……今已请长告，或求分司，即拟移家，尽居洛下。亦是夙意，今方决行。养病抚孤，聊以终老。……尔前后所著文章，吾自捡寻编次，勒成二十卷，题为《白郎中集》。”据此文所记，文乃作于本月三十日前，为祭其弟白行简（字知退）。此文哀情凄婉，乃沉痛感人之作，如“呜呼！词意书迹，无不宛然。唯是魂神，不知去处。每开一卷，刀搅肺肠；每读一篇，血滴文字。……吾今头白眼暗，筋力日衰。黄壤之期，亦应不远。但恐前后乖隔，不知得见尔无？下邽北村，尔茔之东，是吾他日归全之位。神纵不合，骨且相依。岂恋余生？愿毕此志！”

**路隋本月由兵部侍郎、知制诰、翰林学士入为中书侍郎、同平章事，拜相。**

《唐大诏令集》卷四八有《路隋平章事制》，文后注：“大和二年十二月。”《旧唐书·文宗纪》所记同。

**御史台上《推勘伪出告身奏》。**

《唐文拾遗》卷五五有《推勘伪出告身奏》，题下注：“大和二年十二月。”

## |本年|

**僧宗密本年四十九岁，庆成节时征入内殿问法要，并赐紫方袍，为大德，寻请归山。**

《全唐文》卷七四三有裴休《圭峰禅师碑铭并序》，文记宗密“大和二年庆成节征入内殿问法要，赐紫方袍，为大德。寻请归山”。据裴休序，宗密生于建中元年（780），本年四十九岁。

**陆希声约本年生。**

宋葛立方《韵语阳秋》卷八记希声“尝著《易传》十卷。观其自序，以谓梦在大河之阳，有三人偃卧东首，上伏羲，中文王，下孔子，下以《易》道畀余，遂悟八卦小成之位，质以象数有符契。且云：今年四十有七，已及圣人之年，于是作《易传》以授门人崔徇、王赞之徒，复自为注”。按《全唐文》卷八一三有陆希声《周易传序》，中云：“予乾符初任右拾遗，岁莫端居，梦在大河之阳，旷野数百里，有三人偃卧东首，长各数十丈。……寤而震悸，伏而思之……由是考核少小以来所集诸家注说，贯以自得之理，著《易传》十篇。”此文无《韵语阳秋》所记“且曰今年四十有七”以下文字，倘葛立方所说可信，则陆希声撰《周易传序》时年为四十七岁，而此序据序文乃作于乾符初年(874)，以此推希声约生于本年。

## 唐文宗大和三年

己酉　八二九

### 正月

**陈鸿本月撰文记庐州同食馆，后任主客郎中。有文三篇。**

《全唐文》卷六一二有陈鸿《庐州同食馆记》，文末署：“大和三年太岁己酉正月壬午朔二十日辛丑记。”文记合肥郡陆太守修同食馆事，描述同食馆之构造与功用，语言质朴精当：“怒桷蚪蚪，层栌牙牙，中回洞深，高檐腾掀。阶间容揖让，楹间容宾盘，柱间容乐工，屏间容将吏。左右为寝食更衣之所，朱户素壁，洁而不华。东西厢复廊直澍，又西开下合作饔舍，厩屋宏大。中敞作南门，容旌旗驷马。北上作丁字亭，亭北列朱槛，面城墉。其下淤沟开导通水，因古岸植竹树，为风月晏游地。东南自会稽、朱方、宣城、扬州，西达蔡汝，陆行抵京师。江淮牧守，三台郎吏，出入多游郡道。是馆成，大宾小宾，皆有次舍。”又《全唐文》作者小传记陈鸿“大和三年官尚书主客郎中”。鸿此后行踪无考，以传奇《长恨歌传》闻名。《新唐书·艺文志》于其名下录《开元升平源》一卷，《郡斋读书志》《直斋书录解题》皆录为吴兢撰。《全唐文》卷六一二收其文三篇。其中《大统记序》“今以大唐元和六年太岁辛卯”，文当作于元和六年(811)。又《华清汤池记》：“元宗幸华清宫，新广汤池，制作宏丽，安禄山于范阳以白玉石为鱼龙凫雁，仍以石梁及石莲花以献，雕镌巧妙，殆非人功。上大悦，命陈于汤中，仍以石梁横亘汤上，而莲花才出水际。……又尝于宫中置长汤数十，门屋环回，甃以文石，为银楼谷船及白香木船，致于其中。至于楫棹，皆饰以珠玉。又于汤中垒瑟瑟及沈香为山，以状瀛洲方丈……今惟太子、少阳二汤存焉。其穷奢而极欲，古今罕匹矣。"文中述华清汤池之奢华,以刺君王,主旨与其《长恨歌传》相类。

## | 二 月 |

**崔瑶、邢群、郑齐之、李景素等二十五人进士及第;王淑、李昼明经科及第。知贡举为礼部侍郎郑澣。**

见《登科记考补正》卷二十本年条。

**李德裕本年四十三岁,为浙西观察使,本月于甘露寺重瘗舍利,并撰文记之。**

《唐文续拾》卷六有李德裕《甘露寺重瘗舍利记》,文中云:"有唐大和三年正月二十四日,于上元县禅众寺旧塔基下,获舍利石函。以其年二月十五日,重瘗藏于丹徒县甘露寺东塔下。……余创甘露寺宝刹,重瘗舍利,以资穆皇之福也。江浙西道观察等使兼润州刺史李德裕记。"

## | 三 月 |

**文宗本月下《戒行营兵马诏》,令行营拣精锐,深坚守。**

《全唐文补编》卷六六文宗有《戒行营兵马诏》:"行营兵马,各量拣精锐,深壁坚守,分兵务农,非按袭勿更决战。军中老弱伤疾,及拣留固守外,并抽归本里,训励营生。……李祐所统兵马至多,既逼德州,自是本道粮馈不乏,进取已深,宜依前当处守御。"题下注文作于本月。文亦存《册府元龟》卷一二三。

**本年放榜之后,吏部分察姚中立以考功员外郎高锴送进士郑齐之、李景素两人,明经王淑等十八人并及第,引群议沸腾似不公。御史台勘察之后,以为高锴所录无不当。**

《全唐文》卷九七四有《奏姚中立高锴考试状》,题后注:"大和三年三月御史台。"中云:"据吏部分察姚中立称:'准敕考试别头进士明经等官,考功员外郎高锴考试礼部，关送到进士郑齐之、李景素两人，明经王淑等十八人，并及第，放榜之后，群议沸腾。'职当分察，不敢缄默。及得高锴状，伏以进士、明经，并先无格限，其所送进士二人，文艺并堪与及第。明经比年所送不过三五人。今年礼部开送十一人。及考试帖义，十一人并堪与及第。"

**白居易本年五十八岁，本月五日编成《刘白唱和集》。本月末百日假满，罢刑部侍郎，以太子宾客分司东都。春有《苏州重玄寺法华院石壁经碑文》，又有《刘白唱和集解》称刘禹锡诗"真谓神妙"。**

《白居易集笺校》卷六九《苏州重玄寺法华院石壁经碑文》，中谓石壁经碑"唐长庆二年冬作，大和三年春成。……寺僧契元舍艺而书之，郡守居易施词而赞之"。碑文即成于此时。又同上书同卷有《刘白唱和集解》，据文末"己酉岁三月五日，乐天解"，知文作于此时。文中云："予顷以元微之唱和颇多，或在人口。常戏微之云：仆与足下，二十年来为文友诗敌，幸也，亦不幸也。吟咏情性，播扬名声，其适遗形，其乐忘老，幸也；然江南士女语才子者，多云'元白'。以子之故，使仆不得独步于吴越间，亦不幸也。今垂老，复遇梦得，得非重不幸耶！梦得，梦得，文之神妙，莫先于诗。若妙与神，则吾岂敢？如梦得'雪里高山头白早，海中仙果子生迟'，'沉舟侧畔千帆过，病树前头万木春'之句之类，真谓神妙。在在处处应当有灵物护之。"

## |四月|

**本月，卢龙节度使李载义奏攻拔沧州罗城，横海节度使李佑攻占德州，前横海节度副使李同捷降，沧州平。谏议大夫柏耆受诏宣慰行营，至沧州后，斩李同捷首，奏于朝。**

见《旧唐书·文宗纪》、《资治通鉴》卷二四四。《唐大诏令集》卷一二五有《破李同捷德音》，文后注："大和二年五月十二日。"此"二年"恐为"三年"之误。

**本年停吏部东都选事与南选。**

《唐会要》卷七五《选部下·东都选》载："（大和）三年四月敕：'东都选事宜

权停。'"又同卷《南选》载:"大和三年敕:'岭南选补,虽是旧例,远路行李,未免劳人。当处若有才能,廉使宜委推择。待兵息事简,续举旧章,其南选使,可更停一二年。'"

**中书门下上奏请禁自荐求迁。**

《唐会要》卷五四《省号上·中书省》载:"大和三年四月,中书门下奏:'内外文武官除授,伏以为官择人,实资进选举能。考绩固切,旁求必当,按实循名,听言观行。事合先于徇众,道必恶于自媒,进退之间,风俗所系。……伏望自今后,应缘官阙须有除授,先选吏迹有闻,行己务实者,随才奖用;如有志涉浮躁,事近邀求者,量加摈斥。所觊官修其方,人思励行。'敕旨:'宜依。'"文亦存《全唐文》卷九六六,题为《请禁自荐求迁奏》。

**文宗令左右常侍、谏议大夫、给事中与中书舍人等,审同详议仆射与御史中丞以下街衢相遇仪式。中书舍人李启等以为自今以后,御史中丞以下与仆射相遇,当依令致敬,敛马立侍仆射过。文宗以为然。**

《唐会要》卷五七《尚书省诸司上·左右仆射》载:"大和三年四月,中书舍人李启奏:'伏奉敕旨,宜令左右常侍、谏议大夫、给事中、中书舍人,审同详议仆射与御史中丞以下街衢相遇仪式奏闻者。……臣等详议,伏请自今以后,御史中丞以下与仆射相遇,依令致敬,敛马立侍仆射过。仆射谢官日,大夫、中丞与三院御史就幕次参见。其观象门外立班,既以后至为重,大夫、中丞到班后,朝堂所由引仆射就立,传呼赞导,如大夫就列之仪。仆射朝退,出宣政门,朝堂所由赞引至幕次,及兴化门,待与参从相得而退。御史大夫与仆射既隔品,自合分道而行,庶轻重得宜,典章不紊。'敕旨:'仆射实百僚师长,国初为宰相正官,品秩至崇,仪制特异。近或勋臣居任,遂使故事不行,卑列上凌,旧章下替。昨令参议,颇为得中,宜付所司,永为定制。'"李启之文亦存《全唐文》卷七四一,题为《请定仆射中丞途遇仪式奏》。

## | 五月 |

**曹濮等道自去年以来多水患，文宗本月下诏赈恤。**

《全唐文补编》卷六六文宗有《赈恤曹濮等道诏》：“去年已来，水损处郓曹濮、青缁、德齐等三道，宜各赐米五万石，兖海三万石。”题下注文作于本月。

**辛卯，柏耆因据破李同捷之功为己有，为诸将所恶，被贬为循州司户。**

《资治通鉴》卷二四四本年五月载：“诸道兵攻李同捷三年，仅能下之。而柏耆径入城，取为己功，诸将疾之，争上表论列。辛卯，贬耆为循州司户。”

**李翱约五十八岁，为中书舍人。坐举柏耆，贬少府少监。**

《新唐书·李翱传》载翱：“入为谏议大夫，知制诰，改中书舍人。柏耆使沧州，翱盛赞其才。耆得罪，由是左迁少府少监。”

**李肇坐荐柏耆，自中书舍人左迁将作少监。肇著有《国史补》三卷、《翰林志》一卷。**

《新唐书·艺文志二》著录李肇《国史补》三卷，下记：“翰林学士，坐荐柏耆，自中书舍人左迁将作少监。”《全唐文补编》卷七七有李肇《国史补序》，中云：“予自开元至长庆撰《国史补》，虑史氏或阙则补之意，续传记而有不为，言报应、叙鬼神、征梦卜、近帷箔，悉去之；纪事实、探物理、辨疑惑、示劝戒、采风俗、助笑谈，则书之。仍分为三卷。”按此开元当为贞元之误，以开元末岁即开元二十九年（741）算，李肇若此年出生，至今已八十七岁，更遑论其若生于开元二十九年前至长庆时则约已百岁左右，当不能著述。故知开元，当为贞元之误。同卷又有《经史释题序》：“经以学令为定，以《艺文志》为编，史以史通为准，各列其题，从而释之。”《全唐文》卷七二一有李肇《翰林志序》，文记唐代翰林演变之经过。《新唐书·艺文志二》著录李肇《翰林志》一卷。据《重修承旨学士壁记》，李肇元和十三年七月至长庆元年正月为翰林学士。此二文可见李肇著述之状况，然作年不详，姑一并系于此。又李肇贞元十二年为左拾遗，《全唐文》卷四七六有崔损《祭成纪公文》“左拾遗李肇”。长庆元年因李景俭使酒获戾事，以司勋员外郎出为澧州刺史，《旧唐书・穆宗纪》：长庆元年十二月，“司勋员外郎李肇澧州刺史……坐与李景俭于史馆同饮，景俭乘醉见宰相谩骂故也”。《白居易集笺校》卷六〇《论左降独孤朗等状》（长庆元年十二月十一日奏）：“司勋员外郎李肇可澧州刺史。”又同书卷五〇《李肇可中散大夫郢州刺史王镒可朗州刺史温造可朝散大夫三人同制》：“敕：朝请大夫、使持节澧州诸军事、澧州刺史、上柱国、赐紫金鱼袋李肇等。”

**中书门下上《内外官不论考年奏》《实陈刺史善状奏》。**

《唐会要》卷五四《省号上・中书省》载：“其年（大和三年）五月，中书门下奏：‘……须令百吏勤官，众官得人，举直措枉，行于授受之际。伏望从今以后，内外常参官，并不论年考，议事而迁位，位均以才，才均以望。位望均，然后以日月班之。而第用之，则冀有司竭力尽知，务治其职，而以起功。唯御史台刑宪是司，责任颇重，其三院御史，望约旧敕例比量处分。”又同书卷六八《刺史上》载：“大和三年五月，中书门下奏：‘……近日方镇所奏，人数渐多。自今已后，刺史在任政绩尤异，检勘不虚者，观察使具事状，及所差检勘判官名衔同奏。若他时察勘不实，本判官量加削夺，观察使奏听进止。所陈善状，并须指实而言。’”文亦存《唐文拾遗》卷五五，分别题为《内外官不论考年奏》《实陈刺史善状奏》。

## | 六 月 |

**白居易时居洛阳，喜东都第宅池上风景，作《池上篇并序》，又有《祭中书韦相公文》。**

《白居易集笺校》卷六九《池上篇并序》谓其欣赏池上风景云：“大和三年夏，乐天始得请为太子宾客，分秩于洛下，息躬于池上。……每至池风春，池月秋，水香莲开之旦，露清鹤唳之夕，拂杨石，举陈酒，援崔琴，弹姜《秋思》，颓然自适，不知其他。酒酣琴罢，又命乐童登中岛亭，合奏《霓裳散序》。声随风飘，或凝或散，悠扬于竹烟波月之际者久之。曲未竟而乐天陶然已醉，睡于石上矣。”同上书同卷《祭中书韦相公文》：“维大和三年岁次己酉，六月己酉朔，三十日戊寅，中大夫、守太子宾客分司东都、上柱国、晋阳县开国男、食邑三百户、赐紫金鱼袋白居易……敬祭于故中书侍郎平章事、赠司空韦公德载。”文即此时作。

**中书门下以纠告铅锡钱一钱赏百钱，至赏银无际，必不可行，上奏请一贯赏五千钱，计赏累至三百千止。**

《全唐文》卷九六六有《定纠告行铅锡钱赏例奏》，题后注：“大和三年六月中书门下。”

**刘禹锡本年五十八岁，或已入长安，真集贤院。本年春夏间应李德裕之请撰《牛头山第一祖融大师新塔记》。**

《刘禹锡集笺证》卷四《牛头山第一祖融大师新塔记》，文中云：“大师号法融，姓韦氏，延陵人。少为儒，博极群书。……揭立江左，名闻九围，学徒百千，如水归海。由其门而为天人师者，皆脉分焉。……大和三年，润州牧、浙江西道观察使、检校礼部尚书赵郡李公……尚理信古，儒玄交修。始下令禁桑门贩佛以眩人者，而于真实相深达焉。常谓大师像设宜从本教，言自我启，因自我成。……三月甲子，新塔成。……尚书欲传信于后，远命愚志之。”按，润州牧、浙江西道观察使、检校礼部尚书赵郡李公为李德裕，参见本年二月条。傅璇琮《李德裕年谱》谓文乃本年春夏间所撰，今从之。《刘禹锡集笺证》文末笺证云：“禹锡方在长安，直集贤院，故文云‘远命愚志之’今从之。”

## | 七月 |

**乙巳，李德裕由浙西观察使入为兵部侍郎，裴度本荐以为相，因吏部侍郎李宗闵有宦官之助，未遂。下月甲戌，李宗闵为同中书门下平章事。**

见《旧唐书·文宗纪》、《资治通鉴》卷二四四。《唐大诏令集》卷四八有《李宗闵平章事制》，文后注：“大和三年八月。”与《旧唐书》《资治通鉴》记于本月不同。按，据推算乙巳为本月二十七日，而甲戌为八月二十七日，故从《唐大诏令集》，李宗闵下月入相。

**文宗下敕令进奏正官不带检校官、宪官。**

《唐会要》卷七九《诸使下·诸使杂录下》载："（大和）三年七月敕：'诸道进奏官等，旧例多是本道差文武职掌官充，自后遂有奏带正官者，近日又有请兼检校官及宪官者，递相援引，转无章程。自今已后，更有奏请带正官，不得兼检校官及宪官。如准诸道、诸军、诸使职掌官例，请检校官及兼宪官充，则不得带正员官。'"文亦存《唐文拾遗》卷七，题为《进奏正官不带检校官宪官敕》。

**李翱本年五十八岁。本月为横海军节度使傅良弼撰神道碑。**

《全唐文》卷六三八有李翱《唐故横海军节度傅公神道碑》，中云："公讳良弼，字安道，清河人也。……大和二年九月，以公为横海军节度使检校兵部尚书……以十月晦，薨于硖石驿，春秋五十有六。天子悼痛，为之废朝，赠尚书左仆射。以明年七月，葬河南府洛阳县伯乐里。"

## | 八 月 |

**文宗有《处分断裂制敕敕》，又下旨令自今后，凡尚书省、御史台所有制敕及官属除不当，给事中宜封章上论。**

《全唐文》卷七四文宗有《处分断裂制敕敕》，《册府元龟》卷六五记其事于本月。又《唐会要》卷五四《省号上·给事中》载："大和三年八月敕：'凡制命颁行，事有不可，给事中职合封进。省审既毕，宣布百司，稽停晷刻，皆著律令。自今尚书省、御史台所有制敕及官属除不当，宜封章上论。'"文亦存《唐文拾遗》卷七，题为《事有不可封章上论敕》。

**太常礼院以前无凯乐仪注，奏请定凯乐之陈设及奏歌曲之仪。**

《唐会要》卷三三《凯乐》载："大和三年八月，太常礼院奏：'谨按凯乐，鼓吹之歌曲也……谨检贞观、显庆、开元礼书，并无仪注。今参酌今古，备其陈设及奏歌曲之仪如后。'"文亦有《全唐文》卷九六六，题为《进凯乐奏》。

**礼部请定进士帖式字数限五百字以上为式。**

《全唐文》卷九六六有《请限进士帖式字数奏》，题后注："大和三年八月礼部。"中云："进士举人先试帖经，并略问大义，取经义精通者。次试议、论各一首，文理高者便与及第。其所试诗、赋并停者，伏请帖大经各十帖，通五、通六为及格。所问大义，便于习大经内，准各明经例问十条，仍对众试口义。伏惟新制进士，略问大义，缘初厘革，今且以通三、通四为格，明年以后，并依明经例。其所试议、论，请各限五百字已上为式。"由文可知其时加大对进士科经义之考核。

## | 九 月 |

**文宗下诏令御史巡定诸道米价，由诏中可见北方诸道艰难之状。**

《全唐文补编》卷六六文宗有《令御史巡定诸道米价敕》："河东河北诸道，频年水旱，重以兵革，农耕多废，粒食未丰……今诸道谷价，尚未减贱，而徐汴管内，又遭水潦。如闻江淮诸郡，所在丰稔，困于甚贱，不免伤农。州县长史，苟思自便，潜设条约，不令出界……而商旅不通，米价悬异，致令水旱之处，种食无资。"题下注文作于本月。

**牛僧孺为武昌节度使，本月于夏口遇仙翁，感其仙风道骨，作《别志》一文以叙离恨。**

据《旧唐书·文宗纪》，牛僧孺大和四年正月由武昌节度使入朝，其本月尚在武昌节度使任。《全唐文》卷六八二有牛僧孺《别志》，文末言："大和三年秋九月，偶拜兄于夏口，眷予尘俗，授之元记，又约僧孺为道弟。所讶真步超遥，白云无系，要他日为拜会之资。僧孺抽毫以叙离恨，题文曰《别志》，且用契异时之语焉。"按夏口为夏水(汉水)入长江之口。由文可见僧孺因见仙翁而对道家养生之道由疑而信："僧孺见仙翁兄，深仰其为真人也。僧孺读史传，尝病仙者能上升，鄙见也斯不然。……昔昌黎韩公侍郎掌国子，裴、李二相府，皆命世之大贤，与兄文字，不曰'师'则曰'丈'。予又焉测兄之寿耶?"

## |十月|

**卢从俭本月为张侔撰墓志铭。从俭，大和中官朝散大夫行京兆府户曹参军。**

《唐文续拾》卷五有卢从俭《唐沔王府谘议参军张公墓志铭并序》，文中云："君讳侔，字侔……以大和三年八月十一日终于沔王府谘议参军，年四十四……以其年十月廿三日窆于万年县崇义乡南姚里。"

## |十一月|

**文宗下诏节文禁止奇贡，推广经学，推荐奖励宗子中才行著明、文学优异者。**

《旧唐书·文宗纪》本年十一月，"帝亲祀昊天上帝于南郊，礼毕，御丹凤门，大赦。节文禁止奇贡，云：'四方不得以新样织成非常之物为献，机杼纤丽若花丝布缭绫之类，并宜禁断。'"《南郊赦文》存《全唐文》卷七五。《登科记考》卷二十本年十一月甲午：南郊礼毕，御丹凤楼大赦天下。制曰："量能受用，允属于群材；举善推贤，是先乎公族。经学可以弘教本，高尚可以观时风。宗子中有才行著明、文学优异者，委宗正寺具名闻荐，比类加奖。诸色人中，有精究经术、洞该古今，求志不期闻达，委所在长吏具以名闻。"

**南诏以西川节度使杜元颖治无状，不恤三军，兴兵为叛，南诏帅蒙嵯巅上表请诛杜元颖。十二月丁未朔，南诏逼戎州。壬子，贬杜元颖为韶州刺史，并遣中使杨文端赍诏赐南诏王蒙丰佑。南诏犹不满，复陷邛、雅，乃至成都府。朝廷无奈，贬杜元颖循州司马，南诏方退兵，文宗更遣使赐南诏帅蒙嵯巅国信。由此可见唐朝国力之衰减。**

见《旧唐书·文宗纪》。《全唐文》卷九九九有嵯颠《请诛杜元颖表》，当为本月或稍后之作。作者小传云："嵯颠，南诏弄栋节度王。弄栋地名，南诏别部。元和十一年，以南诏王劝龙晟不道，杀而立其弟劝利，赐姓蒙氏。大和三年，西川节度使杜元颖治无状。嵯颠陷邛、戎、巂三州。四年，上表请罪。”嵯颠即蒙嵯巅。

**王源中为翰林学士、中书舍人，本月为内坊典内许遂忠撰墓志。**

《全唐文补编》卷六七王源中有《唐故内坊典内……许公墓志铭并序》：“公讳遂忠，字贞颀。……父讳进迮，皇剑南西川监军使中大夫行内侍省内府局令。……(大和)二年……除内坊典内……以三年六月廿九日薨……享龄四十八，以其年十一月八日。窆……”

## |十二月|

**李德裕为义成军节度使，本月为其妾徐氏撰墓志铭。序中亦多骈句，颇有文采。**

《唐代墓志汇编》“大和〇二五”《滑州瑶台观女真徐氏墓志铭并序》，题后注：“义成军节度使兼滑州刺史御史大夫李德裕撰。”中云：“徐氏润州丹徒县人，名盼，字正定，疾亟入道，改名天福。大和己酉岁十一月己亥，终于滑州官舍，享年廿三。呜呼哀哉！长庆壬寅岁，余自御史丞出镇金陵，徐氏年十六，以才惠归我，长育二子，勤劳八年。惟尔有绝代之姿，掩于群萃；有因心之孝，合于礼经。其处众也，若芙蓉之出蘋萍，随和之映珉砾；其立操也，如昌花之秀深泽，菊英之耀岁寒。仪静体闲，神清意远，固不与时芳并艳，俗态争妍。嗟乎！崖谷之兰，植于庭则易朽；江潭之翠，驯于人则不久。岂天意希，奇芳于近玩，不钟美于凡情？淑景鲜辉，掩阴氛而遂翳；良珪粹质，委埃尘而忽碎。无心所感，况在同心。残月映于轩墀，形容如觌；孤灯临于帷幔，音响疑闻。冥冥下泉，嗟尔何托？余自宦达，常忧不永，由是树槚旧国，为终焉之计。粤以其年十二月二十日葬于洛阳之邙山，盖近我也。庶其子识尔之墓，以展孝思。一子多闻早夭，次子烨，将及捧雉，未能服缟。顾视不忍，强为之铭。”

**中书门下奏请定诸道所奏宪官特置考限。**

《唐会要》卷七九《诸使下·诸使杂录下》载：“其年(大和三年)十二月，中书门下奏:‘伏准五月八日敕节文,诸道、诸使奏判官,所奏虽官资相当,并请限曾任正官经六考以上者,比拟监察、侍御史;九考以上者,与比拟殿中侍御史;以上节级各加三考。如曾诸色登科,超资授官者,不得在此限。所奏宪官,特置考限,以防侥幸,深合至公。然节文之中,或有未尽。臣等再四商量,如京六品以上清资官、并两府判官,及进士出身,平判入等,诸色登科授官人,不在此限。”文存《唐文拾遗》卷五五,题为《诸道所奏宪官特置考限奏》。

## |本 年|

**李商隐本年十八岁,为天平军节度使令狐楚聘为巡官,遂从楚学今体章奏。**

见张采田《玉溪生年谱会笺》本年谱。《旧唐书·文宗纪》:“(大和三年十二月)己丑,以东都留守令狐楚检校右仆射、天平军节度使,代崔弘礼为东都留守。”按,己丑恐为乙丑之误,本月推算并无己丑日。乙丑为本月十九日,则商隐为令狐楚聘为巡官当在稍后。又《旧唐书·李商隐传》:“商隐能为古文,不喜偶对,从事令狐楚幕,楚能章奏,遂以其道授商隐,自是始为今体章奏。”

**刘禹锡本年除礼部郎中,仍兼集贤殿学士。分别为令狐楚、王涯撰《先庙碑》,其中评令狐楚为“言文章者以为冠”**。

《刘禹锡集笺证》卷二《彭阳侯令狐氏先庙碑》:“大和纪元,作庙之首。刻碑庙门,龙集己酉。”大和己酉乃大和三年。《宝刻丛编》卷八万年县引《集古录目》:“《唐令狐楚先庙碑》,唐礼部郎中、集贤院学士刘禹锡撰并书。大和初,楚为宣武节度使,始立家庙于京师通济里。碑以大和三年立。”文记令狐楚父云:“太保府君,志为君子儒,以明经居上第……始以颛经进,既仕,旁通百家。爱《谷梁子》清而婉,左丘明《国语》辨而工,司马迁《史记》文而不华,咸手笔朱墨,究其微旨。”又记令狐楚云:“彭阳以词笔取科名……由博士主尚书笺奏,典内外书命,遂登枢衡,言文章者以为冠。”又同上书同卷《代郡开国公王氏先庙碑》:“维长庆三年,前相国王公始卜庙于西京崇业里。……大和二年,增新室既成……今年,自梁州请觐,上思用旧臣为羽仪,遂领太常,其公府如故。”按,相国王公为王涯。据《旧唐书·文宗纪》大和三年正月“己酉,以前山南西道节度使王涯为太常卿”,文乃作于本年此时之后。

**元稹本年撰《重修桐柏观记》,其《还珠记》撰于本年前。**

欧阳修《集古录跋尾》卷九《唐元稹修桐柏观碑》云:“右唐元稹撰文,并书。其题云:《修桐柏观碑》。又其文以四言为韵语,既牵声韵,有述事不能详者,则自为注以解之……”元稹此《记》云:“岁大和己酉,修桐柏观讫事,道士徐灵府以其状乞文于余曰……”可系于本年。又《宝刻丛编》卷一三《两浙东路·婺州》《唐还珠记》条引《诸道石刻录》云:“唐浙东观察使元稹撰。”《舆地碑记目》卷一《婺州碑记》亦云:“《还珠记碑》:唐元稹文。”则知《还珠记》亦当元稹所撰。据《唐方镇年表》,元稹长庆三年八月至大和三年为浙东观察使,则此文最迟撰于本年。

**殷侔本年过窦建德庙,感建德知义尚仁、贵忠爱贤之故行,惜其失败,为作碑铭。**

《全唐文》卷七四四有殷侔《窦建德碑》,末云:“圣唐大和三年,魏州书佐殷侔过其庙下,见父老群祭,骏奔有仪,夏王之称,犹绍于昔。感豪杰之兴奋,吊经营之勿终,始知天命之莫干,惜霸略之旋陨。激于其文,遂碑。”

**温造为御史中丞,路遇左补阙李虞,怒其不避,捕祗承人决脊十下。左拾遗舒元褒等上疏论之,文宗下诏令台官与侍臣同道相遇,勿竞争先。**

《旧唐书·温造传》:“造性刚褊,人或激触,不顾贵势,以气凌藉。尝遇左补阙李虞于街,怒其不避,捕祗承人决脊十下。左拾遗舒元褒等上疏论之。”温造大和四年初即由尚书右丞出为山南西道节度使,则其由御史中丞转任尚书右丞当在本年,其遇李虞事约在本年。又舒元褒之奏书存《全唐文》卷七四五,题为《论温造疏》,陈尚君于《全唐文补编》卷七一中复录之,多八十六字,题为《论中丞温造凌供奉官事》。又《全唐文补编》卷六六文宗有《台官等同道勿竞诏》:“宪官之职,在指佞触邪,不在行李自大;侍臣之职,在献可替否,不在道途相高。并列通班,合知名分,如闻喧竞,亦以再三。既招人言,甚损朝体。其台官与供奉官同道,听先后而行,道途任只揖而过……少相僻避,勿信冲突。”

**刘宽夫本年应汴州录事参军葛元方之请为其纠曹厅撰壁记。宽夫，赠工部尚书刘伯刍之子。伯刍元和中尝主司法考试，元方于其名下及第。**

《全唐文》卷七四〇有刘宽夫《汴州纠曹厅壁记》，中云："郡府之有录事参军，犹文昌之有左右辖，南台之有大夫中丞也。……法令修明，典章不紊，此其任也。……大和二年，琅琊郡葛公元方由天长令而莅焉。……元和中，宪宗皇帝励进理道，注意法律，特设科以招士，欲问明廷后，诏有司核其妍否。先君仆射公时为司绩外郎，实专斯寄，绝因缘之举，以公共为先，于数十人中，得君充诏。……葛君以余从事斯文，叨官倚相，见托论撰，无愧直书。大和三年记。"《全唐文》卷七四〇存宽夫文三篇，尚有《剿竹记》一文，作年无确考，然由文观之，宽夫或尝任起居郎，中云："左史院迩宸居之正地，直日笔之东偏。俗尘不飞，人意自远。闭邃幽阒，似非官曹。有竹一丛，翠接阶所。……二年冬，侍轩之暇，载笔之余，偶步庭除，病其蔽翳。"据《旧唐书·职官志二》载："起居郎二员，从六品上。龙朔二年改为左史，咸亨复。天授元年又改为左史，神龙复也。……起居郎掌起居注，录天子之言动法度，以修记事之史。"因起居郎掌起居注，故可言"侍轩"。又《旧唐书》卷一五三载宽夫"宝历中，入为监察御史。尝上言曰：'近日摄祭多差王府官僚，位望既轻，有乖严敬。伏请今后摄太尉，差尚书省三品已上及保傅宾詹等官；如人少，即令丞郎通摄之。"文存《全唐文补编》卷六七，题为《摄祭请差要官奏》。

## 唐文宗大和四年

庚戌　八三〇

### 正月

**朝廷本月下诏征各色人才。**

《登科记考补正》卷二一引《唐会要》卷七六《贡举中·制科举》："天下诸色人中，有贤良方正、能直言极谏及经术优深、可为师法，详明吏治、达于教化等科，委常参官及方牧郡守，各举所知。草泽无人举者，亦听自举。限来年正月至上都。"

**李宗闵举荐牛僧孺。本月辛卯，僧孺由武昌节度使入朝为兵部尚书、同平章事。**

见《旧唐书·文宗纪》、《资治通鉴》卷二四四。《资治通鉴》并云："于是二人相与排摈李德裕之党，稍稍逐之。"《唐大诏令集》卷四八有《牛僧孺平章事制》，文后注："大和四年正月。"

## | 二月 |

**林简言、杨发、令狐绹、魏扶、郑滂、韦周方等二十五人登进士第，知贡举为礼部侍郎郑澣。拔萃科张正矩及第。**

见《登科记考补正》卷二一本年条。

**本月册皇子李永为鲁王，牛僧孺为册命使。**

《全唐文》卷七五文宗有《册鲁王永文》，中云："维大和四年岁次庚戌二月景午朔十二日丁巳，皇帝若曰：……今用命使兵部尚书平章事牛僧孺、副使左散骑常侍吴士矩，持节册命为鲁王。"

**刘禹锡本年五十九岁，仍在长安为礼部郎中、集贤殿学士。本月，山南西道节度使李绛为乱兵所杀，禹锡有文祭之。**

《刘禹锡集笺证·外集》卷十《祭兴元李司空文》："维大和四年月日，礼部郎中、集贤殿直学士刘禹锡谨以清酌之奠，敬祭于故相国、山南西道节度使、赠司空李公之灵。……玄天甚高，上诉何时？长夜无晓，斯焉永归！风凄日昏，鼓咽箫悲。沉埋玉树，谁不沾衣？平生故人，零落已稀。……如何国桢，有此遭罹？"文末笺证云："李司空谓李绛。……绛在山南西道节度使任内，以兵变被害，是大和四年(830)二月事，此文当作于是时，故结衔称礼部郎中集贤殿学士，直字误衍。禹锡官已至五品，不当为直学士，自传即无直字。"今从之。

## 三月

**三院御史尽入，到朝堂前无止泊处，御史台奏请于门下直省院西、京兆尹院东之官地置祗候院屋。**

《唐会要》卷六二《御史台下·杂录》载："大和四年三月，御史台奏：'三院御史尽入，到朝堂前无止泊处，请置祗候院屋……自门下直省院西，京兆尹院东，有官地，东西九十尺，南北六十尺……给此地充三院御史祗候院。请度支给钱一千贯文……伏以御史风宪之职，行止有常，朝堂祗事，每日须入。从前假借，不遑启居，或与吏伍相参，或当食无所。今伏请前件地名，及起舍价。'敕旨依奏。"文亦存《唐文拾遗》卷五五，题为《三院御史置祗候院奏》。

## 四月

**文宗以五脏之系，咸附于背，本月下旨禁鞭背之刑。**

《唐大诏令集》卷八二有《禁罪人鞭背敕》，文后注："大和四年四月。"中云："且人之有生，系于脏腑，针灸失所，尚致夭伤，鞭扑苟施，能无枉横？况五刑之内，笞最为轻，岂可以至轻之刑，伤至重之命。"

**郑覃奏请校定六籍，并依东汉例勒石于太学，文宗准之，并诏令秘阁搜访遗文。**

《旧唐书·郑覃传》："（大和）四年四月，拜工部侍郎。覃长于经学，稽古守正，帝尤重之。覃从容奏曰：'经籍讹谬，博士相沿，难为改正。请召宿儒奥学，校定六籍，准后汉故事，勒石于太学，永代作则，以正其阙。'从之。"又《旧唐书·经籍志》上："禄山之乱……乾元旧籍，亡散殆尽。……文宗时，郑覃侍讲禁中，以经籍道丧，屡以为言。诏令秘阁搜访遗文，日令添写。"

**刘纬本月为亲事兵马使曹宪荣所建之大般若石经撰赞。**

《全唐文补编》卷六七刘纬有《大般若经赞并序》："经主堂前亲事兵马

使……彭城郡王曹宪荣……敬造大般若石经一条。”文末云:“大和四年四月八日建……乡贡进士刘纬述读兼书。”

**亲事兵马使史怀宝撰《刻经铭记》**。

《全唐文补编》卷六七史怀宝有《刻经铭记》:“经主堂前亲事兵马使……史怀宝……唐大和四年四月八日建。”

**中书门下奏请定诸道荐送军将之条件**。

《唐会要》卷七九《诸使下·诸使杂录下》载:“(大和)四年四月,中书门下奏:‘自元年以来,频有讨伐,诸道荐送军将,其数渐多。臣等商量,应诸道军将,官至常侍、大夫,职兼知兵马使、都押衙,功绩显著,本道官职可奖者,即任荐送。其余官职未高,才能可录,所在军镇合驱使。自今后,军官未至常侍、大夫,职兼都虞候、都知兵马使、都押衙者,不在荐送限。但仰本道节度使,看其功绩显著,与改转。职已至高者,检校官兼官,宜与奏改。”文亦存《唐文拾遗》卷五五,题为《诸道荐送军将奏》。

**都省上《韩巨川等进状奏》、御史台上《推勘刑狱时限奏》、中书门下上《诸道荐送军将奏》**。

《唐文拾遗》卷五五有《韩巨川等进状奏》《推勘刑狱时限奏》《诸道荐送军将奏》,三文题下均注:“大和四年四月。”

## | 五 月 |

**司空兼门下侍郎、同平章事裴度以疾在假,将去相印,文宗惜之。本月,以度为司徒、平章军国事,待疾损日,每三日一度入中书,散官勋封如故**。

《唐会要》卷五一《官号·名称》载:“大和四年五月,制以司空、兼门下侍郎、同平章事裴度可司徒、平章军国事,待疾损日,每三日一度入中书,散官勋封如故。度勋望特高,以疾在假淹时,上将去相印,而又惜之,故有是诏,以示优宠。”《全唐文》卷七一文宗有《加裴度司徒诏》。

**兵部奏请停废资荫三卫子弟。**

《唐会要》卷七一《十二卫》载：“大和四年五月，兵部奏：‘伏以三卫出入禁署，番署子弟，期于恭恪。近日顽弊，皆非正身。诸卫公然纳资，访闻亦不雇召士庶，假荫混杂缙绅。隙既一开，奸滥纷入。实宜杜绝，以序彝伦。其资荫三卫，并请停废，冀清流品，式茂皇猷。’敕旨依奏。”此亦即《唐文拾遗》卷五五所载《停废三卫资荫奏》，题下注：“大和四年五月。”

## 七月

**宋申锡本月由尚书右丞入为正议大夫、同中书门下平章事，拜相。**

《唐大诏令集》卷四八有《宋申锡平章事制》，文后注：“大和四年七月。”《旧唐书·文宗纪》所记同。

**中书门下奏请前行郎中知制诰与从谏议大夫知者，约满一年即与正授。**

《唐会要》卷五五《省号下·中书舍人》载：“大和四年七月，中书门下奏：‘伏以制诰之选，参用高卑，迁转之时，合系劳逸。顷者，缘无定制，其间多有不均。……其有本官已是前行郎中，年月已深，方被奖用，即授官数月合正除比类旧制，却成侥幸，将垂永久，须有商量。自今以后，从前行郎中知者，并不许计本官日月，但约知制诰满一周年即与正授。其从谏议大夫知者，亦宜准此。’……敕旨依奏。”文亦存《唐文拾遗》卷五五，题为《知制诰满年正授奏》。

**吏部奏请以久次侍郎居西铨，以新除侍郎居东铨。又奏请减三铨令史。**

《唐会要》卷七五《选部下·杂处置》载：“大和四年七月，吏部奏：‘当司两铨侍郎厅，伏以吏部居文昌首曹，侍郎为尚书贰职，铨庭所宜顺序，厅事固有等衰。旧以尚书厅之次为中铨，其次为东铨。自乾元中，侍郎崔器以当时休咎为虞，奏改中为西铨，以久次侍郎居左，以新除侍郎居右，因循倒置，议者非之。伏请今以后，以久次侍郎居西铨，以新除侍郎居东铨。’敕旨依奏。”文亦存《全唐文》卷九六六，题为《请复东西铨厅事旧例奏》。同卷又载：“其年（大和四年）七月，吏部奏：‘三铨正令史，每铨元置七人。今请依大和元年流外铨起请，置五人，减下二人。南曹令史一十五人，今请依大和元年流外铨起请节文，减下三人。’奉敕依奏。”文亦存《全唐文》卷九六六，题为《请减三铨令史奏》。

**白居易本年五十九岁，在太子宾客、分司东都任。本月作《祭李司徒文》，叙述与李绛之深厚交情。**

《白居易集笺校》卷六九《祭李司徒文》：“维大和四年岁次庚戌，七月癸酉朔，十九日辛卯，中大夫、守太子宾客分司东都、上柱国、赐紫金鱼袋白居易……敬祭于故相国、兴元节度、赠司徒李公：……居易应进士时，以鄙劣之文，蒙公称奖。在翰林日，以拙直之道，蒙公扶持。公虽徇公，愚则受赐。或中或外，或合或离。契阔绸缪，三十余载。至于豆觞之会，轩盖之游，多奉光尘，最承欢惠。眷遇既深于常等，痛愤实倍于众情。”

**王璠为京兆尹，本月请东渭桥、北仓米三岁一换。**

《全唐文补编》卷六八王璠有《请东渭桥北仓米三岁一换奏》：“东渭桥每年北仓收贮漕运糙米一十万石，以备水旱，今累年贮三十万石，请以今年所运者换之。自是三岁一换，率以为常，则所贮不陈，而耗蠹不作。”《册府元龟》卷四八四记其作于本月。又《全唐文》卷六一五有《请换贮东渭桥米石奏》，文与此文同，作者为王播。据《旧唐书·文宗纪》：“（大和四年正月）甲午，守左仆射、同平章事，诸道盐铁转运使王播卒。”又《旧唐书》本传记王璠“（大和三年）改吏部侍郎，四年七月，拜京兆尹、兼御史大夫……九年五月，迁户部尚书、判度支”，此文作者为王璠，不是王播。王璠时任京兆尹。

## | 八 月 |

**舒元舆本年四十二岁，任职御史台。本月御史台造中书院，撰文记之。**

《全唐文》卷七二七有舒元舆《御史台新造中书院记》，文末云：“某备于僚属，得闻君子之论，且承公命其记，于是乎书。仍题中丞、杂事洎三院至主簿官封名氏于其后，以为一时之盛事。大和四年岁次庚戌八月十六日丁巳记。”由文中可知唐代御史台朝会之状况：“若御史台每朝会，其长总领属官，谒于天子。……至含元殿西庑，使朱衣从官传呼，促百官就班。迟晓，文武臣僚列于两观之下，使监察御史二人，立于东西朝堂砖道以监之。鸡人报点，监者押百官由通乾观象入宣政门。及班于殿廷前，则左右巡使二人分押于钟鼓楼下。若两班就食于廊下，则又分殿中侍御史一人为之使以莅之。内谒者承旨唤仗入东西合门，峨冠曳组者皆趋而进，分监察御史一人，立于紫宸屏下，以监其出入。炉烟起，天子负斧扆听政，自螭首龙墀南属于文武班，则侍御史一人，尽得专弹举不如法者。由是吾府之属，得入殿内，其职益繁，其风益峻。”又《旧唐书·舒元舆传》载元舆：“大和初，入朝为监察，转侍御史……寻转刑部员外郎……五年八月，改授著作郎，分司东都。”据此，元舆此时或已在侍御史任。

**陈齐之本月为右内率府兵曹郑准撰墓志铭。**

《全唐文》卷七四四有陈齐之《故右内率府兵曹郑君墓志铭》，中云：“君讳准……大和四年正月二日遘疾，终于苏州华亭县白砂乡徐浦场之官舍……以其年秋八月廿五日权葬。”

**御史中丞魏謩奏请以诸道观察使幕中判官带宪者推勘百姓诉事。**

《唐会要》卷六二《御史台下·推事》载：“（大和）四年八月，御史中丞魏謩奏：‘诸道州府百姓诣台奏事，多差御史推劾，臣恐烦劳州县，先请差度支、户部、盐铁院官带宪衔者推勘。又各得三司使申，称院官人数不多，例专掌院务课绩。今诸道观察使幕中判官，少不下五六人，请于其中带宪衔者，委令推劾。如累推有劳，能雪冤滞，若御史台缺官，便令闻奏。’从之。”文亦存《全唐文》卷七六六，题为《请令判官推劾诉事奏》。

**御史台奏请若刺史未至，上佐阙人，则许差录事参军知州事，如录事参军又阙，则委任判官。**

《唐会要》卷六八《刺史上》载：“（大和）四年八月，御史台奏：‘……伏请自今已后，刺史未至，上佐阙人，及别有句当处，许差录事参军知州事。如录事参军又阙，则任别差判官……'敕旨依奏。"文亦存《唐文拾遗》卷五五，题为《刺史缺人分析闻奏奏》。

## |九 月|

**裴度本年六十六岁，为李宗闵所忌，本月壬午，出为山南东道节度使。**

《资治通鉴》卷二四四载："裴度以高年多疾，恳辞机政。六月，丁未，以度为司徒、平章军国重事，俟疾损，三五日一入中书。"又载："初，裴度征淮西，奏李宗闵为观察判官，由是渐获进用。至是，怨度荐李德裕，因其谢病，九月壬午，以度兼侍中，充山南东道节度使。"《旧唐书·裴度传》亦称宰相李宗闵、牛僧孺等不悦其所为，故因裴度谢病而罢其相位，复出为襄阳节度。

**杜牧本年二十八岁。沈传师迁宣歙观察使，本月牧从至宣州，后奉传师命使于京师，见王简易，问造刻漏法。其《望故园赋》约作于赴京途中。**

《旧唐书·文宗纪》载本年九月丁丑，沈传师由江西观察使移为宣歙观察使。杜牧移宣州事见《杜牧年谱》。又《杜牧集系年校注》卷十《池州造刻漏记》："大和四年，某自宣城使于京师，处士年余九十，精神不衰。某拜于床下，言及刻漏，因图授之。"则知，本月牧随沈传师移宣州，后又奉传师命使于京师。又《杜牧集系年校注》卷一有《望故园赋》，云："余固秦人兮故园秦地，念归途之几里。诉余心之未归兮，虽系日而安至。……余之思归兮，走杜陵之西道。岩曲天深，地平木老。陇云秦树，风高霜早；周台汉园，斜阳暮草。寂寥四望，蜀峰联嶂。葱茏气佳，蟠联地壮。缭粉堞于绮城，矗未央于天上。月出东山，苔扉向关，长烟苒惹，寒水注湾。远林鸡犬兮，樵夫夕还。织有桑兮耕有土，昆令季强兮乡党附。怅余心兮舍兹而何去？忧岂无念，念至谓何？愤悒凄悄，顾我则多。万世在上兮百世居后，中有一生兮孰为寿夭？生既不足以纫佩兮，顾他务之纤小。赋言归兮，余之忘世，徒为兮纷扰。"《杜牧集系年校注》考云："《杜牧集系年校注》卷一二《池州造刻漏记》云：'大和四年，某自宣城使于京师。'考本赋有'陇云秦树，风高霜早''长烟苒惹，寒水注湾'，乃寒凉气候，与杜牧此行之节候同。且赋中所表现之不得志与思归情绪与诗人大和四年之情形相符，故本赋约大和四年(830)由宣州入京时作。”

**中书门下奏请当左右仆射上仪之时,诸司四品以下官,及御史台六品以下并郎官,罗拜阶下。**

《唐会要》卷五七《尚书省诸司上·左右仆射》:“(大和)四年九月,中书门下奏:‘左右仆射伏准仆射上仪故事,自御史中丞、吏部侍郎以下罗拜阶下。准元和七年杂定仪注,全无受拜之礼。当时盖以仆射非其人,所以杀礼。臣等以为只合系官之轻重,不合为人而升降。受中丞、侍郎拜,则似太重;答郎官以下拜,则似太轻。臣等商量,令诸司四品以下官,及御史台六品以下并郎官,并望准故事,余依元和七年敕处分。’敕旨宜依。”文亦存《全唐文》卷九六六,题为《请定仆射上仪奏》。

**比部本月连上二奏本,请定残欠羡余钱物条件。**

《唐会要》卷五九《尚书省诸司下·比部员外郎》载:“大和四年九月,比部奏:‘准大和三年十一月十八日赦文,天下州府两税,占留支用有定额,其残欠羡余钱物,并合明立条件,散下诸州府者……又诸州应有城廓,及公廨、屋宇、器械、舟车、什物等,合建立修理,须创制添换。又当州或属将校所由,有巡检非违,追捕盗贼,须行赏劝,合给程粮者。又当州或百姓贫穷,纳税不逮,须矜放要添货物者。又当州遇年谷丰熟,要收籴贮,备以防灾歉者。’敕旨宜依。”文亦存《全唐文》九六六,题为《请定残欠羡余钱物条件奏》。又《唐会要》卷六八《刺史上》载:“其年(大和四年)九月,比部奏:‘……其应合用羡余钱物,并令明立条件,散下州府者。谨具起请条件如后,应有城郭及公廨、屋宇、器械、舟车、什物等,合建立修理,须创置添换者;或有公私使客,兼遇征拜朝官,送故迎新,旧例合有供应,宴饯赠贶者;或官属将校所由等,有巡检非违,追捕盗贼,须行赏劝,合给程粮者;或百姓贫穷,纳税不逮,须有矜放,要添填元额者;或遇年丰谷熟,要收籴贮备,以防灾敝者,并任用当州所有诸色正额数内回残羡余钱物等。如不依此色,即同赃犯。’”文亦存《唐文拾遗》卷五五,题为《羡余充分条件奏》。

**御史台奏请定推勘刑狱时限**。

《唐会要》卷六〇《御史台上·御史台》载:"(大和)四年九月,御史奏:'诸司诸使及诸州府县并监院等,公事申牒臣当台,各令遵守时限。并臣当司行牒勘事,多缘准敕推勘刑狱,或是远方人事有冤抑,凡于关系,尽须勘逐。事节不精,即虑滞屈。比来行牒,有累月不申,兼频牒不报者,遂使刑狱淹恤,惧涉慢官。……臣等今勘责,各得远近程限,及往复日数。限外经十日不报者,其本判官勾官等各罚三十直;如两度不报者,其本判官勾官各罚五十直;如三度不报者,其本判官勾官各罚一百直。如涉情故违敕限者,本判官勾官牒考功书下考。……'旨依奏。"文亦存《唐文拾遗》卷五五,题为《推勘刑狱时限奏》。

## |十月|

**李德裕四十四岁。为李宗闵、牛僧孺所排挤,本月戊申,由滑州刺史、义成节度使徙剑南西川节度副大使、知节度事**。

《旧唐书·李德裕传》:"(李)宗闵寻引牛僧孺同知政事,二憾相结,凡德裕之善者,皆斥之于外。(大和)四年十月,以德裕检校兵部尚书、成都尹、剑南西川节度副大使、知节度事。"据《旧唐书·文宗纪》,德裕任西川在本月戊申。

**刘三复随李德裕由滑州往西川。居滑州时,德裕筑节堂,三复撰文记之,赞德裕之功**。

《旧唐书·刘邺传》记三复"又从德裕历滑台、西蜀"。又《全唐文》卷七四六有三复《滑州节堂记》,文中云:"我连帅赞皇公以全才上略标柄中外……岁值己酉,拥旄来斯。"赞皇公即李德裕。据文中所记,文撰于德裕至滑州之次年,据《旧唐书·文宗纪》,德裕大和三年九月为滑州刺史、义成军节度使,大和三年即己酉岁,则文当作于本年德裕迁西川前。

**文宗下敕令大理寺结断如有行文不当之处，即委中书舍人，举书其轻重出入所失之事。**

《唐会要》卷五五《省号下·中书舍人》载："大和四年七月中书门下奏……其年十月二十二日敕：'今后大理寺结断，行文不当，刑部详覆；于事不精，即委中书舍人举书其轻重出入所失之事，然后出。'"

**右领军卫上将军兼御史大夫何文哲本年四月一日卒，本月下葬，殿中侍御史卢谏卿为撰墓志铭。文多骈偶之句。**

《唐代墓志汇编续集》"大和〇二〇"《唐故银青光禄大夫检校尚书守右领军卫上将军兼御史大夫上柱国庐江郡开国公食邑二千户赠太子少保何公墓志铭并序》："庚戌春正月，诏追还京。二月，授右领军卫上将军……不幸寝疾，享年六十七，以其年四月一日薨……以其年十月八日启二夫人而祔葬。"序文中多骈偶之句，如"曾祖怀昌，皇大中大夫、守殿中少监，赐紫金鱼袋；权兼六局，职备大朝，肴膳无废于供储，劳绩共多于修举。祖彦诠，皇正议大夫、行丹州别驾、上柱国。王祥屈居别乘，诸葛攸展良材。稽功尚袭于遗芳，积善果征于余庆。列考游仙，皇宝应元从功臣、开府仪同三司、行灵州大都督府长史、上柱国，赠尚书右仆射。禄山僭盗，肃宗幸边。毒志方肆于狼心，义勇共歼于枭师。功均正始，褒典自颁于夏书；光被承家，追级寻高于汉历。公即仆射第三子也。"

**李宏庆本月为大慈恩寺大法师基公撰塔铭。法师乃鄂国公尉迟恭之侄，十七岁时从玄奘学释教，永淳元年(682)仲冬卒。至大和二年(828)，旧塔已坏，其徒安国寺大师义林请立新塔，至今始成。**

《全唐文》卷七六十有李宏庆《大慈恩寺大法师基公塔铭(并序)》，中云："法师以皇唐永淳元年仲冬壬寅日，卒于慈恩寺翻译院……大和二年二月五日，异时门人安国寺三教大德赐紫法师义林，见先师旧塔摧圮……奏发旧塔，起新塔。功未半而疾作……命高足僧令检，俾卒其事。明年七月十三日，令检奉行师言，启其故塔得全躯，依西国法焚而瘗之，其上起塔焉。又明年十月，赍行状请宏庆撰其铭。"

**寇同本月为吴达撰墓志。同,宝历时乡贡进士。**

《全唐文》卷六九五有寇同《奉义郎试洋王府长史濮阳吴府君墓志铭(并序)》,中云:"府君讳达,字建儒,濮阳人也。……不幸以大和四年夏六月有六日遘疾,终于胜业里之私第,春秋六十七。以其年十月廿日辛酉,权葬于京兆府万年县洪固乡北韦村。"文当本月作。

**严轲本月为永穆观主能师撰墓志。**

《全唐文补编》卷六七严轲有《唐故女道士永穆观主能师铭志并序》:"师姓能氏,讳去尘。……归于钟离令河南阎君,不幸先殁,丧礼终毕,遂于黄箓坛场投迹从道。……以大和四年二月十五日,归化于绛台之私宇……以其年十月廿日权葬。"轲,文宗大和间乡贡进士。

**御史台奏请外官赴任,公私行李须勒依纪律,不得枉道。**

《唐会要》卷六一《御史台中·馆驿使》载:"大和四年十月,御史台奏:'伏准《六典》故事,外官授命,皆便道之官。盖缘任阙其人,则朝廷切于综理。近日皆显陈私便,不顾京国,越理劳人,逆行县道,或非传置。……况每道馆驿有数,使料有条,则例常逾,支计失素。使偏州下吏,何以资陪?……乞起今公私行李,勒依纪律,敢有违越,请委所司论列。'敕旨依奏。"文亦存《唐文拾遗》卷五五,题为《公私行李勒依纪律奏》。

## 十一月

**孙革为太子左庶子,本月奏请当司典膳等五局郎勿用流外人。**

《唐会要》卷六七《左春坊》载:"大和四年十一月,左庶子孙革奏:'当司典膳等五局郎,伏以青宫列局,护翼元良,必用卿相子弟,先择文学端士。国朝不忘慎选,冀得其人,或扬历清资,或致位丞相。今以年月浸久,渐至讹替。缘其俸禄稍厚,近年时有流外出身者,侥求授任。……今五局郎资序,本是清品,若使流外不已，则此司官属，渐成芜蔓。伏请自今以后，吏部不得更注拟流外人，其见任官中有流外者，许臣具名衔牒吏部，至注官日注替。'敕旨宜依。"文亦存《全唐文》卷七四五，题为《请诸局郎勿用流外人疏》。

## 十二月

**文宗有《令神策军与府县协捕寇贼诏》。**

《全唐文》卷七一文宗有《令神策军与府县协捕寇贼诏》，《册府元龟》记之于本月。

**本月，刑部员外郎张讽、大理少卿崔玘等奏议亲议贵事。**

《唐会要》卷三九《议刑轻重》载："大和四年十二月，刑部员外郎张讽、大理少卿崔玘等奏议亲议贵事。其一议亲曰：'皇帝至太皇太后、皇后亲，有内外服同者，皆在议条。……伏请今后，亲有任刺史、监临、主守，犯赃罪得蒙减死者，必重其过，直以赃罪为污累，定刑流决外，其后子孙，并不得任理人官及为监临、主守，庶得家知其耻，人革非心。'其一议贵曰：'谨按礼经，贵谓近于君也，非独高秩厚俸之为贵。今后刺史非在朝文武职事三品官任者，于所部犯赃抵死罪，并不得以刺史品秩议贵，征司议条，免所犯罪。'"

## 闰十二月

**李德裕仍为剑南西川节度副大使，本月撰《重写前益州五长史真记》。**

傅璇琮、周建国《李德裕文集校笺·别集》卷七有《重写前益州五长史真记》。文末署："大和四年闰十二月十八日，西川剑南节度副大使、知节度事、银青光禄大夫、检校兵部尚书、兼成都尹、御史大夫、赞皇县开国伯李德裕记。"

## |本年|

**刘禹锡仍在长安为礼部郎中、集贤院学士。作《郑州刺史东厅壁记》。又约本年前后,新修《五经》壁成,禹锡为作《国学新修五经壁记》。**

《刘禹锡集笺证》卷八《郑州刺史东厅壁记》:"今年郑州刺史杨君作东厅,既成而落之,且以书抵余为记。……大和四年某月日。"据郁贤皓《唐刺史考全编》,杨君乃杨归厚。同上书同卷《国学新修五经壁记》:"初,大历中,名儒张参为国子司业,始定《五经》,书于论堂东西厢之壁。……揭揭高悬,积六十岁。崩剥污蔑,澳然不鲜。今天子尚文章,尊典籍。于苑囿不加尺椽,而成均以治学上言,遽赐千万。……再新壁书。……时余为礼部郎,凡瞽宗之事得以关决,故书之以移史官,宜附于《艺文》云。"按,大和三至五年禹锡为礼部郎中,文当作于本年前后。

**牛僧孺五十一岁,约本年撰成《玄怪录》。**

据《编年史》所云:"牛僧孺有《玄怪录》之作,据李剑国《唐五代志怪传奇叙录》所考,'《玄怪录》记事最晚者为大和二年之《齐饶州》,三、四年之《李沈》……即以《李沈》而言,亦可知僧孺撰此书约在大和年中',今即系于本年。"

# 唐文宗大和五年

辛亥　八三一

## |正月|

**文宗有《令节度等使朝觐先行奏闻诏》。**

《全唐文》卷七二文宗有《令节度等使朝觐先行奏闻诏》,《册府元龟》卷六五记于本月。

## | 二 月 |

**文宗与宰相宋申锡谋诛宦官，申锡与京兆尹王璠谋议，璠泄其谋。郑注与宦官、神策中尉王守澄谋划，使神策都虞候豆卢著诬告宋申锡与文宗弟漳王李凑谋反。宋申锡贬太子右庶子。朝臣左常侍崔玄亮等力谏，请以狱事付外覆按，文宗不听。至三月，贬漳王为巢县公，宋申锡为开州司马，漳王及宋申锡等部属坐死及流窜者数十百人。**

见《旧唐书·文宗纪》、《资治通鉴》卷二四四。《唐大诏令集》卷五六有《宋申锡太子右庶子制》，文后注："大和五年二月。"

**杜陟、李远、徐商、殷羽、李汶儒、苗恽等二十五人登进士第。中书舍人贾𫗧知贡举。**

见《登科记考补正》卷二一本年条。

**吏部奏请量抽三铨注拟员阙。**

《唐会要》卷七五《选部下·杂处置》载："（大和）五年二月，吏部奏：'请量抽大和三年终已来，至今年三月四月以来，得资及计入成三考阙四十五员。……三铨以当年合用阙，方圆发遣之外，每铨各有十余人未得官。今请准元和中及长庆初敕例，据见在人数，量抽前件阙注拟毕，具所用阙闻奏。'敕旨宜依。"文亦存《全唐文》卷九六六，题为《请量抽三铨注拟员阙奏》。

## | 三 月 |

**御史台奏请止诸司及诸道方镇以宾僚及州县官与己近族从伯叔名同之由而改名，又奏请截耳进状，先决四十然后推勘。**

《册府元龟》卷五一六载："五年三月御史台奏，应截耳进状人准开元十三年八月二十四日敕：'比来有小小诉竞即自刑害，自今以后犯者先决四十，然后勘事。'……伏以近日截耳论诉，其徒实繁，且将自刑，以冀上达，未必皆负其屈，州府不与申论。臣谨详前后敕制如前，伏请自今已后，有如此色者，并准元敕付司，先决四十后推勘。……是月丙寅，御史台奏：伏见在京诸司兼诸道方镇每奏请宾僚及州县官等改名，多言与近族从伯叔名同，敕旨皆允。在于典法，宜为重难。若于宗族之中，服属又近，创名之日，合虑有妨，而曾不是思，但将自便，紊朝廷之典章，滋选部之奸滥。苟无惩革，实谓倖门……伏请严示敕文，俾其止绝。诸司使自今以后不得辄奏闻。"

## |四月|

**文宗有《李石守本官敕》。**

《唐文拾遗》卷七文宗有《李石守本官敕》："盐铁判官守尚书刑部郎中李石，宜守本官。自今已后，刑部郎中，诸司诸使，更不得奏请充职。"《册府元龟》卷六五："（大和五年）四月敕：盐铁判官、尚书刑部郎中、诸司诸使，更不得奏请充职。"《唐会要》卷五九《尚书省诸司·刑部员外郎》所载亦同。

**刘禹锡本年六十岁，仍为礼部郎中、集贤院学士。本月，应天平军节度使令狐楚之请撰《天平军节度使厅壁记》。**

《刘禹锡集笺证》卷八《天平军节度使厅壁记》记大和三年东都留守令狐公拜天平军节度使，后云："初，斯堂西墉有刺史记，而元戎雄尊之位虚其左方，岂有待邪？公命愚志之，俾来者仰公知变风之自。大和五年夏四月二十六日记。"文末笺证云："此文为令狐楚作，年月具载文中，禹锡方左集贤院学士任。

**李翱仍在郑州刺史任，时杨於陵归葬郑州，翱受其子户部侍郎杨嗣复之请为撰墓志，并有文祭之。**

《全唐文》卷六三九有李翱《唐故金紫光禄大夫尚书右仆射致仕上柱国宏农郡开国公食邑二千户赠司空杨公墓志铭》，中云："公讳於陵，字达夫……大和四年十二月癸亥，以疾薨于新昌第，享年七十有八……明年四月庚午归葬郑州……子景复，卫尉卿；曰嗣复，户部侍郎……大卿侍郎以翱之受恩也久，来请为志。"又同书卷六四〇有《祭杨仆射文》,亦为祭杨於陵而撰。

**李骘将归涔阳,路出无锡,遂寓居惠山寺读书,其后多有诗作。**

《全唐文》卷七二四有李骘《题惠山寺诗序》,中云:"大和五年四月,予自江东将西归涔阳。路出锡邑,因肄业于惠山寺。居三岁,其所讽念《左氏春秋》《诗》《易》及司马迁、班固史、屈原《离骚》、庄周、韩非书记及著歌诗数百篇。其诗凡言山中事者,悉记之于屋壁,文则不载。"

## | 五 月 |

**本月御史台奏请限刺史赴任日期。**

《唐会要》卷六八《刺史上》载:"(大和)五年五月,御史台奏:'应诸州刺史谢官后,限发赴任日。准敕例,刺史谢官后,不计近远,皆限十日内发。伏以刺史治民之官,分陛下忧,受命之后,固宜速行……今请量其远近,次第限日。应去京一千里内者,限十日;二千里内者,限十五日;三千里内,限二十日;三千里以外者,限二十五日。如限内遇延英不开,亦请准常例进状候进止,便发……其贬授刺史,即请准旧例发遣,不依此限。'"

**吏部奏请诸亲注得外官欲赴任者需详奏家状。**

《唐会要》卷七五《选部下·杂处置》载:"其年(大和五年)五月,吏部奏:'准贞元十八年四月一日敕,诸亲注得外官,欲赴任,自今已后,每年须先奏闻者,今请至时准敕简勘闻奏。其诸亲已薨殁,子弟注得外官者,准前后敕合奏闻。起自今已后,请便赴集,更不在重奏限。其给解处审勘,仍于家状一一具奏诸亲等第,如违,驳放。'"文亦存《全唐文》卷九六六,题为《请诸亲注拟外官详具家状奏》。

**沈亚之在郢州司户参军任,有文记其谪居状况。又有文上江州郑刺史,陈述被贬事由。另亚之尚有《湘中怨解》《秦梦记》二文。**

《全唐文》卷七三六有沈亚之《谪掾江斋记》,文末署:"时大和五年五月十九日也。"文中记其谪居状况,谓:"谪掾沈亚之廨居负江,方苇为墙,止于堤防之下。堂序四辟,巽隅道门。虽江风奔怒,鸥滃鹭澡,颇檐庑之闲,而拏绪不发。方暑,即尽提枕簟,假庥于佛域之中。虽缁衣烦厌,乃阳为不省也。"又同书卷七三五《上九江郑使君书》,文中陈述其被贬之经过:"郢崖谪吏敬对所诘,引言为书,致于九江郡守郑君阁下。……前年天子以两河逐叛之兵,连岁不解。……辇毂之下,执笏常谓请罢所讨者十八九。独谏大夫自以为习知叛臣之情日就窘,请得往导愍痛以归之。既可所奏,即请以亚之为副。……谏大夫因令亚之为书檄之。书成,亚之题帛引弓,射书于常山帅。帅得书,以期请降。……于是谏大夫遣河南将石税部献阙下。税夜杀同捷于平昌。亚之分道驰还以报事,道中不得乘,乃乘羸驱。驰至贝魏之门,守长皆为艰,日昃不得食,因中病于广武之间。历再旬而谪书降,即奔上所委。"按,平李同捷,柏耆与沈亚之遭贬均在大和三年(829)夏,文中谓"前年",则文当作于本年。另《全唐文补编》卷六七亚之有《湘中怨解》《秦梦记》二文。《湘中怨解》所记故事与《柳毅传》相类,记太学进士郑生晨遇孤女于洛桥下哀哭,生怜之,招与同归,并号曰汜人。汜人常拟楚调,赋为怨句。居数岁,汜人始告生其乃湘中蛟宫之娣也,谪而从生,今岁满,泣而与生别。又后十余年,生之兄为岳州刺史,会上巳日,与家人宴于岳阳楼,生感而念汜人,恰时,汜人现,舞而歌前所赋之怨句,后翔然凝望。楼中纵观之时,风涛崩怒,汜人迷其所往。又《梦秦记》云:"大和初,沈亚之将之邠。"文记其客橐泉邸舍,昼梦入秦,得秦穆公赏识,尚弄玉公主,后公主亡,哀而被病,卧床月余后乃愈,悲而离秦,至函谷关时忽醒,始知为梦。文中诸诗词颇有情采。此二文作年不确考,姑一并系于此。

## | 六 月 |

**文宗本月下敕,令被驳选人若已依期限,经废置详断不成,自谓有屈,任经中书门下陈状,不得滥行陈诉。又敕准格详断选人,复敕专责令史简点选人文案。**

《唐会要》卷七四《选部上 · 吏曹条例》载:"(大和)五年六月敕:'南曹检勘,废置详断,选人倘有屈事,足以往覆辨明。近年以来,不问有理无理,多经中书门下接诉。致令有司失职,莫知所守;选人逾分,惟望哀矜。若无条约,恐更滋甚。起今已后,其被驳选人,若已依期限,经废置详断不成,自谓有屈,任经中书门下陈状。状到吏部后,铨曹及废置之吏,更为详断,审其事理,可收即收。如数至三人已上,废置郎官请牒都省罚直。如至十人已上,具事状申中书门下处分。如未经废置详断,公然越诉,或有已经详断不错,辄更有投论者,选人量殿两选,当日具格文榜示,冀无冤滥,亦免幸求。'"文亦存《全唐文》卷七二,题为《量放驳选人滥行陈诉诏》。又《唐会要》卷七五《选格下·杂处置》载:"其年(大和五年)六月敕:'应选人未试以前,南曹驳放后,经废置详断,及准堂判却收。比来南曹据给帖人数,续到续试,铨司更不考判,便同平留选人例注拟,稍涉侥幸。自今以后,应有此色,并请待正月十日,准格详断限毕都引,试判不及格,并杂犯,及续检勘库报,并前选子案不同,并驳放。不任更陈状披诉,及重详断之限。'"文并存《唐文拾遗》卷七,题为《准格详断选人敕》。又《唐会要》卷八二《甲库》载:"(大和)五年六月敕:'应选人及冬集人于案,门下省检勘毕后,比来更差南曹令史收领,却纳门下甲库,在于公事,颇甚劳扰。自今以后,请敕吏部过选院,本令史便自分付甲库,以备他年检勘。仍请门下省勒甲库令史,每过选时,常加检点收拾,明立文案,据官吏等递相分付,不得妄有破除。南曹申请之时,如有称失落欠少,本令史及专知官,请准检报揩抹、违越条例处分。'"文亦存《全唐文》卷七四,题为《专责令史简点选人文案敕》。

## | 七 月 |

**文宗本月下诏令诸色艺能授官者中如有罪犯停职者,不得叙用。**

《全唐文补编》卷六六文宗有《诸色艺能授官诏》,题下注作于本月,文亦存《册府元龟》卷六三一。

**元稹暴卒于武昌军节度使任,年五十三。卒前,曾托白居易为撰墓志铭。有集多卷传世。**

《白居易集笺校》卷七〇《唐故武昌军节度处置等使正议大夫检校户部尚书鄂州刺史兼御史大夫赐紫金鱼袋赠尚书右仆射河南元公墓志铭并序》,中云:"公讳稹,字微之,河南人。……大和五年七月二十二日,遇暴疾,一日薨于位,春秋五十三。……以六年七月十二日,祔葬于咸阳县奉贤乡洪渎原,从先宅兆也。"文中记元稹著述状况云:"公著文一百卷,题为《元氏长庆集》,又集古今刑政之书三百卷，号《类集》，并行于代。公凡为文，无不臻极，尤工诗。在翰林时，穆宗前后索诗数百篇，命左右讽咏，宫中呼为‘元才子’。自六宫、两都、八方至南蛮、东夷国，皆写传之。每一章一句出，无胫而走，疾于珠玉。”又评及元稹仕宦之路：“予尝悲公始以直躬律人，勤而行之，则坎壈而不偶。谪瘴乡凡十年，发斑白而归来。次以权道济世，变而通之，又龃龉而不安。居相位仅三月，席不暖而罢去。通介进退，卒不获心。是以法理之用，止于举一职，不布于庶官；仁义之泽，止于惠一方，不周于四海。故公之心不足也。逢时与不逢时同，得位与不得位同，富贵与浮云同。”又《全唐文》卷六七六有白居易《修香山寺记》：“去年秋，微之将薨，以墓志文见托。”《旧唐书·元稹传》：“工为诗，善状咏风态物色，当时言诗者称元、白焉。自衣冠士子，至闾阎下俚，悉传讽之，号为‘元和体’。”稹亦擅散文、传奇。其“《叙诗寄乐天书》自述作诗见解，《唐故工部员外郎杜君墓系铭并序》首倡扬杜抑李之说，于后世影响甚巨。传奇《莺莺传》，为《西厢记》所取材，几成家喻户晓之故事”（《中国文学家大辞典（唐五代卷）》）。《新唐书·艺文志三》著录《元氏类集》三百卷；《新唐书·艺文志四》记其《元氏长庆集》一百卷、《小集》十卷。

**令狐楚仍在天平军节度使任，本月撰《刻苏公太守二文记》。**

《全唐文》卷五四三有令狐楚《刻苏公太守二文记》。文首曰：“大和五年春三月……以故太守《苏源明集》中《小洞庭宴籍》及序二首见寄，请余立一贞石，识其故处云。”文末又记：“秋七月二十七日，天平军节度等使、检校尚书右仆射、郓州刺史兼御史大夫彭阳县公令狐楚记。”故系本文于此。按，文中“苏公”即指苏源明。“二文”为苏源明所作《小洞庭五太守燕集序》及《秋夜小洞庭离燕序》。

**左右巡使奏请闭塞向街门户，左街使亦奏请整肃禁街。**

《唐会要》卷八六《街巷》载：“大和五年七月，左右巡使奏：‘伏准令式及至德、长庆年中前后敕文，非三品以上，及坊内三绝，不合辄向街开门，各逐便宜，无所拘限，因循既久，约勒甚难。或鼓未动即先开，或夜已深犹未闭，致使街司巡检，人力难周，亦令奸盗之徒，易为逃匿。伏见诸司所有官宅，多是杂赁，尤要整齐，如非三绝者，请勒坊内开门，向街门户，悉令闭塞，请准前后除准令式各合开外，一切禁断。'"又载："其月，左街使奏：'伏见诸街铺近日多被杂人及百姓、诸军诸使官健起造舍屋，侵占禁街，切虑停止奸人，难为分别。今除先有敕文，百姓及诸街铺守捉官健等舍屋外，余杂人及诸军诸使官健舍屋，并令除折，所冀禁街整肃，以绝奸民。'"两文亦俱存《唐文拾遗》卷五五，题分别为《闭塞向街门户奏》与《整肃禁街奏》。

## | 八月 |

**刘禹锡仍在礼部郎中、集贤院学士任，本月为高陵县令刘仁师撰遗爱碑。**

《刘禹锡集笺证》卷二《高陵县令刘君遗爱碑》："大和四年，高陵人李士清等六十三人思前令刘君之德，诣县请金石刻。……明年八月庚午，诏曰：'可。'今书其章明有以结人心者，揭于道周云。"文末笺证云："此文为刘仁师作。《新唐书·地理志》，'京兆府高陵'下注云：'自古白渠，宝历元年，令刘仁师请更水道，渠成，名曰刘公，堰日彭城。'盖即采禹锡此文。……禹锡作此文时，据碑当为大和五年(831)，禹锡方在长安。"今从之。

**舒元舆本年四十三岁，自负奇才，锐于进取，以所业文章献于阙下。李宗闵以为浮躁诞肆不可用，由刑部员外郎改授著作郎，分司东都。**

《旧唐书·舒元舆传》："寻转刑部员外郎。元舆自负奇才，锐于进取，乃进所业文章，乞试效用，宰执谓其躁竞。(大和)五年八月，改授著作郎，分司东都。"《旧唐书·文宗纪》大和五年八月"辛未，贬刑部员外郎舒元舆为著作郎"。《新唐书》本传所记较详："大和五年，献文阙下，不得报。上书自言：'马周、张嘉贞代人作奏，起逆旅，卒为名臣。今臣备于朝，自陈文章，凡五晦朔不一报。窃自谓才不后周、嘉贞，而无因入，又不露所蕴，是终无振发时也。汉主父偃、徐乐、严安以布衣上书，朝奏暮召。而臣所上八万言，其文锻炼精粹，出入今古千百年，披剔剖抉，有可以辅教化者未始遗。拔犀之角，擢象之齿，岂主父等可比哉！'文宗得书，高其自激印，出示宰相。李宗闵以浮躁诞肆不可用，改著作郎，分司东都。"按，元舆所上书即《全唐文》卷七二七《献文阙下不得报上书》。

## |九 月|

**牛僧孺本年五十二岁，为宰相。以处置吐蕃维州副使悉怛以其众并城降事，与李德裕意见不合，谤论沸然。**

《资治通鉴》卷二四四大和五年九月："吐蕃维州副使悉怛谋请降，尽帅其众奔成都；德裕遣行维州刺史虞藏俭将兵入据其城。庚申，具奏其状，……事下尚书省，集百官议，皆请如德裕策。牛僧孺曰：'吐蕃之境，四面各万里，失一维州，未能损其势。比来修好，约罢戍兵，中国御戎，守信为上。……徒弃诚信，有害无利。约此匹夫所不为，况天子乎！'上以为然，诏德裕以其城归吐蕃，执悉怛谋及所与偕来者悉归之。吐蕃尽诛之于境上，极其惨酷。德裕由是怨僧孺益深。"《旧唐书·牛僧孺传》："僧孺素与德裕仇怨，虽议边公体，而怙德裕者以僧孺害其功，谤论沸然。"

## |十 月|

**刘禹锡由礼部郎中、集贤院学士改苏州刺史。其任集贤院学士四年，供进新书二千余卷。**

据《刘禹锡年谱》，刘禹锡由礼部郎中、集贤院学士改苏州刺史，乃在大和五年十月十二日。《刘禹锡集笺证》卷一五《苏州谢上表》云："既幸逢时，常思展效。在集贤院四换星霜，供进新书二千余卷。儒臣之分，甘老于典坟。"据文知其任集贤院学士四年间所进新书颇多。

**白居易本年六十岁，在河南尹任。十月，元稹灵柩途经洛阳，居易有《祭元微之文》，叙及两人诗文相交之深情，文中亦以诗抒发此情。**

《白居易集笺校》卷六九《祭微之文》："维大和五年岁次辛亥十月乙丑朔十日辛巳，中大夫、守河南尹、上柱国、晋陵县开国男、食邑三百户、赐紫金鱼袋白居易……敬祭于故相国、鄂岳节度使、赠尚书右仆射元公微之：……贞元季年，始定交分。行止通塞，靡所不同；金石胶漆，未足为喻。死生契阔者三十载，歌诗唱和者九百章，播于人间，今不复叙。至于爵禄患难之际，寤寐忧思之间，誓心同归，交感非一。布在文翰，今不重云。唯近者公拜左丞，自越过洛，醉别悲吒，投我二诗，云：‘君应怪我留连久，我欲与君辞别难。白头徒侣渐稀少，明日恐君无此欢。’又曰：‘自识君来三度别，这回白尽老髭须。恋君不去君须会，知得后回相见无？’吟罢涕零，执手而去。私揣其故，中心惕然。及公捐馆于鄂，悲讣忽至，一恸之后，万感交怀。覆视前篇，词意若此。得非魄兆先知之乎？无以继寄悲情，作哀词二首，今载于是，以附奠文。其一云：‘八月凉风吹白幕，寝门廊下哭微之。妻孥亲友来相吊，唯道皇天无所知。’其二云：‘文章卓荦生无敌，风骨精灵殁有神。哭送咸阳北原上，可能随例作埃尘？’呜呼微之！始以诗交，终以诗诀。弦笔两绝，其今日乎！”该祭文入诗多首，此亦较少见，颇具特色。

**杜牧本年二十九岁，仍在沈传师宣州幕中，应沈述师之请，为李贺集撰序。**

《杜牧集系年校注》卷十《李贺集序》：“大和五年十月中，半夜时，舍外有疾呼传缄书者。某曰：‘必有异。’亟取火来。及发之，果集贤学士沈公子明书一通，曰：‘吾亡友李贺，元和中义爱甚厚，日夕相与起居饮食。贺且死，尝授我平生所著歌诗，杂为四编，凡千首。……子厚于我，与我为《贺集》序，尽道其所来由，亦少解我意。’……某因不敢辞，勉为贺序。’”“沈公子明”为沈述师，字子明，沈传师之弟，李贺生前好友。文中称赞李贺诗云：“皇诸孙贺，字长吉。元和中，韩吏部亦颇道其歌诗。云烟绵联，不足为其态也；水之迢迢，不足为其情也；春之盎盎，不足为其和也；秋之明洁，不足为其格也；风樯阵马，不足为其勇也；瓦棺篆鼎，不足为其古也；时花美女，不足为其色也；荒国陊殿，梗莽丘垄，不足为其恨怨悲愁也；鲸呿鳌掷，牛鬼蛇神，不足为其虚荒诞幻也。盖《骚》之苗裔，理虽不及，辞或过之。《骚》有感怨刺怼，言及君臣理乱，时有以激发人意。乃贺所为，无得有是！贺能探寻前事，所以深叹恨今古未尝经道者，如《金铜仙人辞汉歌》《补梁庾肩吾宫体谣》，求取情状，离绝远去，笔墨畦径间，亦殊不能知之。贺生二十七年死矣，世皆曰：‘使贺且未死，少加以理，奴仆命《骚》可也。’”此评价为后人所广泛称引。

**唐扶大和初累迁至屯田员外郎，本月或稍前宣抚山南，回奏邓琬父子兄弟至玄孙四辈因贮米坏烂成灰尘而见禁事。**

《全唐文补编》卷七〇唐扶有《宣抚邓州奏》：“内乡县行市、黄涧两场仓督邓琬等,先主掌湖南、江西运到糙米,至浙川县于荒野中囤贮。除支用外,六千九百四十五石,裛烂成灰尘。度支牒征元掌所由。自贞元二十年,邓琬父子兄弟至玄孙,相承禁系二十八年,前后禁死九人,今琬孙及玄孙见在枷禁者。”陈尚君按:“《全唐文》卷九七四阙名下收大和五年十月度支《奏邓琬等禁系状》,即转录此文。”又邓州属山南东道。

## |十一月|

**韦绚为李德裕西川幕巡官,录德裕之语为《戎幕闲谈》,本月著毕,自序之。**

《唐文拾遗》卷二八有韦绚《戎幕闲谈序》:“赞皇公博物好奇,尤善话古今异事。当镇蜀时资佐宣吐,亹亹不知倦焉。乃语绚曰:能随而纪之,亦足以资于闻见。绚遂操觚录之,号为《戎幕闲谈》。大和五年十一月二十三日,巡官韦绚引。”《直斋书录解题》卷一一著录《戎幕闲谈》,并谓:“韦绚撰,为西川巡官,记李文饶所谈。”

**赵崇约本月为平遥县尉徐伟撰墓志。**

《全唐文补编》卷六七《平遥县尉徐伟墓志》:“遂以大和五年十一月八日迁神。”

## |十二月|

**裴通为国子祭酒,本月奏请定国子监官员职责与学生考核方式。**

《唐会要》卷六六《东都国子监》载:“大和五年十二月,国子祭酒裴通奏:‘当司所授丞、簿及诸馆博士、助教、直讲等,谨按《六典》云:丞掌判监事,凡六学生每岁月业成,上于监者,以其业与司业、祭酒试之。明经帖经,口试,策经义。进士帖一中经,试杂文,策时务,征故事。注云:其试法皆依考功口试,明经帖限通八以上,明法等皆通九以上。主簿掌印勾检,凡学生有不率师教者,则举而免之。其频三年下第,九年在学无成者,亦如之。注云:假如违程限,及作乐杂戏者,亦同,唯弹琴习射不禁。诸博士、助教皆分经教授学者,每授一经,必令终讲,所讲未终,不得改业。诸博士、助教皆计当年讲授多少,以为考课等级。应补当司诸学生等,按《学令》云:诸生先读经文通熟,然后授文讲义。每旬放一日休假,前一日,博士考试。其试读,每千言,内试一帖,帖三言;讲义者,每二千言内问大义一条,总试三条,通二为及第。通一及全不通者,酌量决罚。谨具当司官吏及学生令典条件如前。伏望敕下有司,允臣所奏。'敕旨:'宜依。'"文亦存《全唐文》卷七二九,题为《定决罚当司官吏学生等奏》。

## |本 年|

**李德裕本年四十五岁,仍在西川节度使任,有《黄冶赋》,反对方士炼丹、求长生之术。**

《会昌一品集·别集》卷一《黄冶赋》,序云:"蜀道有青城、峨眉山,皆隐沦所托。辛亥岁,有以铸金术干余者。窃叹刘向累世懿德,为汉儒宗,其所述作,根于圣道,犹爱信鸿宝,几婴时戮,况流俗之士,能无惑于此乎?因作赋以正之。"又《全唐文》卷六九六有德裕《画桐花凤扇赋》,序云:"成都夹岷江,矶岸多植紫桐。每至暮春,有灵禽五色,小于元鸟,来集桐花,以饮朝露。及华落,则烟飞雨散,不知其所往。有名工绘于素扇,以赍稚子,余因作小赋,书于扇上。"《李德裕年谱》以为本年或明年在成都作,并姑系于此。此赋文辞华美流畅,描写栩栩如生、呼之欲出:"青春晚兮芳节阑,敷紫华兮荫碧湍。美斯鸟兮类鹓鸾,具体微兮容色丹。彼飞翔于霄汉,此藻绘于冰纨。虽清秋之已至,常爱玩而忘餐。"

**初,韩愈撰《顺宗实录》,说禁中事颇切直。内官恶之,于文宗前屡言不实,文宗遂令刊正。百官中以为不妥者众,中书侍郎、监修国史路随奏请修订其中旧记最错误者,余不更修。**

《唐会要》卷六四《史馆下·史馆杂录下》载:"大和五年,中书侍郎监修国史路随奏曰:'臣昨面奉圣旨,以《顺宗实录》,颇非详实,委臣等重加刊正,毕日闻奏。伏以史册之作,劝诫所存;事有当书,理宜归实。匹夫美恶,尚不可诬;人君得失,无容虚载。……其实录伏望取旧记最错误者,宜付史馆,委之修定。'诏曰:'其实录中所书德宗、顺宗朝禁中事,起于谬传,殊非信史。宜令史官详正,其它不要更修。'初,韩愈撰《顺宗实录》,说禁中事颇切直,内官恶之,于上前屡言不实，故令刊正也。”又《全唐文》卷四八二路随有《修定顺宗实录错误奏》，中云：“近伏见卫尉卿周居巢、谏议大夫王彦威、给事中李固言、史官苏景允等各上章疏，具陈刊改，非甚便宜，又闻班行如此议论颇众。”

**李固言本年为给事中。将作监王堪修奉太庙，弛慢罚俸，改官为太子宾客。固言以东宫调护之地，不可令被罚弛慢之人处之，堪乃改均王傅。**

《唐会要》卷五四《省号上·给事中》载：“（大和）五年，将作监王堪修奉太庙，弛慢罚俸，仍改官为太子宾客。制出，给事中李固言封还曰：‘东宫调护之地，不可令被罚弛慢之人处之。’乃改均王傅。”

**韦纾本年为处州刺史，感是州之贫瘠，希民安而和，书其志于壁以自儆。**

《全唐文》卷六一三韦纾有《栝郡厅壁记》，中云：“处州溯浙江东南七百里，连山洞溪，负海逾峤。绵历更置，至隋始为处州，后复号栝……大和五年，纾自司贺员外郎奉符典州，大惧不称其职。且以地险而瘠，人贫而劳；茧丝之税，重倍他郡。故逢穰岁，亦未若他郡之平年也。为是邦者，得不谨节而乃自封乎？夫为恻隐可以安疲羸，忠信可以美风俗，待物以诚，饮人以和，可以去刑法矣。是三者，纾未之逮，而有志焉。因书之壁以自儆。”

## 唐文宗大和六年

壬子　八三二

### 正月

**乙未朔，文宗以久雪废朝会，并下诏赈济百姓。**

见《旧唐书·文宗纪》。按，据《旧唐书·文宗纪》，去岁，淮南、浙江东西道、荆襄、鄂岳、剑南东川皆大水害稼，是年冬，长安又大雨雪。《册府元龟》卷九〇：“六年正月壬子诏曰：‘……自去冬以来，逾月雨雪，寒风尤甚，颇伤于和。念兹庶氓，或罹冻馁，无所假贷，莫能自存。……思宏惠泽，以顺时令。’”文存《全唐文》卷七四,题为《雨雪赈济百姓敕》。

## | 二 月 |

**李珪、许浑、毕诚、杜颉、韦澳、侯春时、卢就等二十五人登进士第,试《君子之听音赋》,以"'审音合志铿锵'为韵"。礼部侍郎贾竦知贡举。**

见《登科记考补正》卷二一本年条。

**杜颉本年二十六岁,春登进士第,时已有文传于天下,贾竦亦以擢其登第而自豪。颉,杜牧弟。**

《杜牧集系年校注》卷九《唐故淮南支使试大理评事兼监察御史杜君墓志铭》:"君讳颉,字胜之。……年十七,读《尚书》十三篇,《礼记》七篇,《汉书》止《贾谊传》,不复执卷。年二十四,明年当举进士,始握笔,草《阙下献书》《与裴丞相度书》,指言时事。书成各数千字,不半岁遍传天下。进士崔岐有文学,峭涩不许可人,诣门赠君诗曰:'贾马死来生杜颉,中间寥落一千年。'年二十五举进士。二十六一举登上第。时贾相国竦为礼部之二年,朝士以进士干贾公不获,有杰强毁嘲者,贾公曰:'我只以杜某敌数百辈足矣。'"

**己丑,寒食节,文宗宴群臣于麟德殿。时宫中演杂戏,伶人有戏弄孔子者,文宗下令驱出。**

见《旧唐书·文宗纪》。《旧唐书·文宗纪》并记文宗语曰:"孔子,古今之师,安得侮渎。"据此可见文宗之崇尚孔子,然其时伶人对孔子已有颇不尊重者,儒学之衰亦可见。

**本月,谏议大夫王彦威、户部郎中杨汉公、祠部员外郎苏涤、右补阙裴休等四人并充史馆修撰,论者以超员非之。**

《唐会要》卷六三《史馆上·修史官》载:"大和六年二月,以谏议大夫王彦威、户部郎中杨汉公、祠部员外郎苏涤、右补阙裴休并充史馆修撰。故事,修撰不过三员,或止两员,今四人并命,论者非之。”

**刘禹锡本年六十一岁,抵苏州刺史任,有谢上表。**

《刘禹锡集笺证》卷一五《苏州谢上表》,乃禹锡抵苏州后作,文中云:“臣即以今月六日到任上讫。”文末署:“大和六年二月六日。”

## | 三 月 |

**李商隐本年二十一岁,春应试落第。后又入令狐楚太原幕,有文上之。**

《樊南文集补编》卷五《上令狐相公状一》:“不审近日尊体何如?太原风景恬和,水土深厚……某下情无任抃贺之至。轩车才临,日月未几,旱云藏燎于天末,甘泽流膏于地中……自叨从岁贡,求试春官……然犹摧颓不迁……仰尘裁鉴,有负吹嘘。”《李商隐文编年校注》认为“本文当作于令狐楚至太原后不久,约本月或下月间。作此状时,商隐不在太原幕”(按,李商隐文编年主要据刘学锴、余恕诚《李商隐文编年校注》,下同)。张采田《玉溪生年谱会笺》谓:“是年,义山应举,为贾悚所斥,旋从(令狐)楚太原幕。……义山应举在京,下第之后,当至其幕。”

## | 六 月 |

**王涯等此前奉敕详度诸司制度条件等,本月上奏具体条目,规定从官员至庶民之舆服标准,朝廷准敕。此后,又有所补充规定。另,本月又有关于官员袍袄绫等之规定。由此条规,可见唐代社会之等级观念。**

《全唐文》卷四四八王涯有《准敕详度诸司制度条件奏》,文末云:“以前臣涯等奉敕,令臣等同为详定,酌中奏闻者。伏以法惟无作,作则必行,令贵在宽,宽则可久。今臣等约所司条件令式旧章,从俗酌宜,务遵中道。”又《唐会要》卷三一《舆服上 · 杂录》载:“(大和)六年六月敕详度诸司制度条件等……余并依奏。”同卷又载:“其年(大和六年)七月,度支、户部、盐铁三司奏:‘准今年六月敕……请敕下后,约省使条流,递减一等处分。’……七年八月九日敕:‘今年十月服冬裘后，其衣服舆马，并宜准大和六年六月十七日敕处分。如固违制度，九品已上，量加黜责；其布衣，五年不得选举。'”又《唐会要》卷三二《舆服下》载："大和六年六月，敕三品已上，许服鹘衔瑞草、雁衔绶带及对孔雀绫袍袄。四品、五品许服地黄交枝绫。六品已下常参官，许服小团窠绫及无纹绫、隔织、独织等。充除此色外，应有奇文异制袍袄绫等，并禁断。”文又存《唐文拾遗》卷七，题为《禁奇异袍袄绫敕》。

**白居易本年六十一岁，仍在河南尹任。本年夏应僧白寂然之请，为沃洲山禅院撰记。**

《白居易集笺校》卷六八《沃洲山禅院记》："沃洲山在剡县南三十里，禅院在沃洲山之阳，天姥岑之阴……（大和）六年夏，（白）寂然遣门徒僧常贽自剡抵洛，持书与图，诣从叔乐天，乞为禅院记云。”

## |七月|

**元稹葬于咸阳，白居易为作墓志铭，称其"凡为文，无不臻极"。**

《白居易集笺校》卷七〇《唐故武昌军节度处置等使正议大夫检校户部尚书鄂州刺史兼御史大夫赐紫金鱼袋赠尚书仆射河南元公墓志铭并序》中记元稹葬于大和"六年七月十二日"，文为此时稍前作。文中记元稹："九岁能属文，十五明经及第。二十四调判入四等……二十八应制策，入三等，拜左拾遗。即日献教本书，数月间上封事六七。宪宗召对，言及时政。”又记任知制诰："制诰，王言也，近代相沿，多失于巧俗。自公下笔，俗一变至于雅，三变至于典谟。时谓得人。上嘉之，数召与语，知其有辅弼才擢授中书舍人，赐紫金鱼袋，翰林学士承旨。……公著文一百卷，题为《元氏长庆集》，又集古今刑政之书三百卷，号《类集》，并行于代。公凡为文，无不臻极。尤工诗，在翰林时，穆宗前后索诗数百篇，命左右讽咏，宫中呼为'元才子'。自六宫、两都、八方至南蛮、东夷国，皆写传之。每一章一句出，无胫而走，疾于珠玉。又观其述作编纂之旨，岂止于文章刀笔哉？实有心在于安人活国，致君尧舜，致身伊皋耳。”

**郑泽为芮城县令，芮城自大和五年秋至六年春无雨，土地硗确，首种不入。**

**群牧史袁公梦得神言，祷于龙泉，随后即甘泽大降，遂大飨以答神应。郑泽撰文以记之。**

《全唐文补编》卷六八郑泽有《龙泉后记》，文末署："大和六年岁在壬子七月立秋日，芮城县令赐绯鱼袋郑泽记。"文中云："县城北七里，有古魏城，城西北隅有一泉，其宝如线，派分四流，浇灌百里，活芮之民，斯水之功也。顷年已土遇旱歉，前令尹因而祷之，遂得神应，乃降甘雨，始命为龙泉。"

## |八月|

**文宗下诏令应请州府五品长、马权知正授，通计六考满停。**

《唐会要》卷七四《选部上·吏曹条例》载："大和六年八月敕旨：'凡权知授官，皆缘本资稍优，未合便得，藉才不遽擢用，故且权知。若通计五考，即便同正授，极为侥幸。自今已后，应请州府五品长马权知正授，通计六考满停。其勒留官如有未满六考，停给课料者，便准此却与支给。'"文亦存《全唐文》卷七一，题为《更定权知同正授六考诏》。

**白居易仍在河南尹任，本月将撰写元稹墓志铭之润笔六七十万钱布施修香山寺，并撰《修香山寺记》以记之。**

《白居易集笺校》卷六八《修香山寺记》，据文末所记："唐大和六年八月一日，河南尹太原白居易记。"文云："去年秋，微之将薨，以墓志文见托。既而元氏之老，状其臧获舆马绫帛洎银鞍玉带之物，价当六七十万，为谢文之贽，来致于予。予念平生分，文不当辞，贽不当纳。……讫不得已，回施兹寺。……越三月而就。"

## |十月|

**本年八月崔群卒，本月白居易撰文以祭之。**

《白居易集笺校》卷七〇《祭崔相公文》，据此文前所记年月，乃作于大和六年十月二十四日稍前。祭文中叙及两人诗文酣咏情景："大和之初……南宫多暇，屡接游遨。竹寺雪夜，杏园花朝；杜曲春晚，潘亭月高。前对青山，后携浊醪。微之、梦得、慕巢、师皋，或征雅言，酣咏陶陶；或命俗乐，丝管嘈嘈。藉草荫松，枕曲餔糟。”崔相即崔群，《旧唐书·文宗纪》：“八月辛酉朔，吏部尚书崔群卒。”《旧唐书·崔群传》记：“崔群，字敦诗……（大和）六年八月卒，年六十一。”

**王攀大和间试太子中允，本月为甘泉山寺禅和尚撰碑铭。**

《全唐文补编》卷六八王攀有《敕置甘泉山寺禅和尚碑铭并序》，文末署：“唐大和六年岁次壬子十月庚申朔一日。”

## | 十一月 |

**因时议有责牛僧孺处置西川事不当之言，文宗疏远之。僧孺内不自安，上表请罢相。下月，充淮南节度使。**

《资治通鉴》卷二四四大和六年十一月：“西川监军王践言入知枢密，数为上言：‘缚送悉怛谋以快虏心，绝后来降者，非计也。’上亦悔之。……附李德裕者因言‘僧孺与德裕有隙，害其功’，上益疏之。僧孺内不自安，会上御延英，谓宰相曰：‘天下何时当太平，卿等亦有此意乎！’僧孺对曰：‘太平无象。今四夷不至交侵，百姓不至流散，虽非至理，亦谓小康。陛下若别求太平，非臣等所及。’……因累表请罢。十二月乙丑，以僧孺同平章事，充淮南节度使。”

**白居易仍在河南尹任，本月《刘白吴洛寄和卷》编成，作《与刘苏州书》《与刘禹锡书》诸文，后文述及挚友俱逝之沉痛。**

《白居易集笺校》卷六八有《与刘苏州书》，据《文末笺证》，此文作于本年冬编《刘白吴洛寄和卷》成时。文中叙及与刘禹锡两人之诗文交往云：“梦得阁下：……与阁下在长安时，合所著诗数百首，题为《刘白唱和集》卷上下。去年冬，梦得由礼部郎中、集贤学士迁苏州刺史……微之先我去矣，诗敌之勍者，非梦得而谁？前后相答，彼此非一。彼虽无虚可击，此亦非利不行。但止交绥，未尝失律。然得隽之句，警策之篇，多因彼唱此和中得之，他人未尝能发也。所以辄自爱重。今复编而次焉，以附前集。合前三卷，题此卷为‘下’，迁前‘下’为

‘中’,命曰《刘白吴洛寄和卷》。”又《全唐文补编》卷七四白居易有《与刘禹锡书》,中云:“冬候斗寒,不审动止何似。……洛下今年旱损至甚,蠲放大半,经费不充,见议停减料钱,公私之况可见,盖天灾流行也。承贵部大稔,流亡悉归,既遇丰年,又加仁政,否极则泰,物数之常。且使君之心,得以与众同乐,即宴游酣咏,当随日来。前月廿六日崔家送终事毕,执绋之时,长恸而已。况见所示祭文及《祭微哀辞》,岂胜悽咽。来使到迟,不及发引,反虞之。明日申奠,亦足以及哀。因睹二文,亦录祭敦并微志文同往,览之当一恻恻耳。平生相识虽多,深者盖寡,就中与梦得同厚者,深、敦、微而已。今相次而去,奈老心何!以此思之,遂有奉寄长句。长句而下,或感事、或遣怀、或对境,共十篇,今又录往。公事之暇,为遍览之,亦可悲亦可哂也。微既往矣,知音兼勍敌者,非梦得而谁? ……十一月日。”白居易于上月撰文祭崔群,则此文作于本月。

**郭捐之本月为卫尉卿柏元封撰墓志。**

《全唐文补编》卷六七郭捐之有《唐故中散大夫守卫尉卿上柱国赐紫金鱼袋赠左散骑常侍魏郡柏公墓志铭》:“公讳元封,字子上……父良器,平原郡王,赠司空。……以大和六年六月廿一日,启手足于河南履信里之寓居,享年六十有五,皇上悼惜罢朝,追赠左散骑常侍……是年十一月其子虔仲、均籀等护其丧。归葬……”文中记柏元封尝官陈州刺史、蔡州刺史、太子宾客兼御史大夫分司东都(按:未赴任)、卫尉卿诸职。

## 十二月

**李德裕本年四十六岁,本月丁未,由西川节度使入为兵部尚书。**

见《旧唐书·文宗纪》。

**本月濠州刺史刘茂复建写经画西方像成,滁州长史卢子骏为撰记。**

《全唐文》卷七四六有卢子骏《彭城公写经画西方像记》,中云:“滁州长史卢子骏,大和六年十一月十七日,自南谯抵钟离,谒太守彭城刘公。……大和六年十二月五日,濠城刺史彭城刘茂复建。”同卷有《濠州刺史刘公善政述》,当为同时先后之作。

**卢商为司封郎中，本月为其侄女、监察御史里行李项妻卢氏撰墓志铭。**

《唐代墓志汇编续集》“大和〇三九”《从事监察御史里行李公妻范阳卢氏墓志铭并序》：“夫人始十三岁，从父司封郎中商时任河南令。故相司空李公为太子少师，分司洛邑，常私器爱子项，欲择伉俪于高门，亟访于商，因为子求□，夫人遂归于项……以大和六年九月十日，终于解县之官舍，享龄一十有九……粤其年十二月十二日，权厝……”

**刘禹锡在苏州刺史任，有《澈上人文集纪》，文中评价唐代诗僧以皎然、灵澈为优。又有文祭故福建团练使桂仲武。**

《刘禹锡集笺证》卷一九有《澈上人文集纪》。据《刘禹锡年谱》，此文作于本年。文中云：“释子工为诗尚矣。……上人生于会稽，本汤氏子。聪察嗜学，不肯为凡夫。因辞父兄出家，号灵澈，字源澄。……与长老诗僧皎然游，讲艺益至。……元和十一年，终于宣州开元寺，年七十有一。……上人没后十七年，予为吴郡，其门人秀峰捧先师之文来乞词以志，且曰：‘师尝在吴，赋诗仅二千首，今删取三百篇，勒为十卷。自大历至元和凡五十年间，接词客闻人酬唱，别为十卷。’”文又评唐代诗僧曰：“世之言诗僧多出江左。灵一导其源，护国袭之。清江扬其波，法振沿之。如么弦孤韵，瞥入人耳，非大乐之音。独吴兴昼公能备众体。昼公后，澈公承之。”又同书《外集》卷十有《祭福建桂尚书文》，文首云：“维大和六年月日，苏州刺史刘禹锡，谨以清酌之奠，敬祭于故福建团练使桂公之灵。”据《唐方镇年表》，“福建桂尚书”即桂仲武，大和四年至五年在任。

## 唐文宗大和七年

癸丑　八三三

### 正月

**按例，文武九品已上每月料钱，一半合给段匹丝绵等。然自去年冬以来，久**

**无雨雪,米价少贵,户部侍郎庾敬休奏请停百官应给匹段以平米价**。

《唐会要》卷九二《内外官料钱下》载:"(大和)七年一月,户部侍郎庾敬休奏:'应文武九品以上每月料钱,一半合给段匹丝绵等。伏以自冬涉春,久无雨雪,米价少贵,人心未安。自德音放免逋悬,赈恤贫下,中外群庶,已感皇慈。至于衣冠之家,素乏储蓄,朝夕取给,犹足为忧。以臣愚见,若令百官料钱内,一半停给段匹丝绵等,回给太仓粟,每斗计七十文,在众庶必见欢康,于公家无所亏减。待至麦熟,米价稍贱,即依前却给段匹等,酌于事理,庶叶变通。'敕旨:'宜依。'"文亦存《全唐文》卷七三二,题为《请停百官应给匹段以平米价奏》。

**段文昌为西川节度使,有《修仙都观记》之作**。

《全唐文》卷六一七有段文昌《修仙都观记》文,末言:"去年冬十一月,诏命换麾幢,再领全蜀……时大和七年正月五日记。"

**罗隐本年生**。

隐本名横,字昭谏,号江东生,新城人(今浙江富阳市西南)。隐之籍贯与生年,诸文所记不同。《北梦琐言》《旧五代史》《旧唐书》《宣和书谱》《郡斋读书志》《唐才子传》皆以隐为钱塘人,而《唐诗纪事》则谓其余杭人。然二说名异而实同。据《旧唐书》卷四〇《地理志》之江南东道,杭州于隋唐时均称余杭郡,郡治钱塘。故言余杭者,乃称其郡名,谓钱塘者,乃举其郡治。然其籍贯当以新城为确。新城之说乃出自沈崧《罗给事墓志》(见雍文华校辑《罗隐集·附录》,谓隐"家本新城"。沈崧与隐同时人,且皆在钱镠幕任职,其此言当较可信。且余杭郡下有新城,故今从之。隐之生年,史传亦未明载,然可由其享年及卒年推知。隐之享年及卒年诸书所言不一。《旧唐书》本传、《唐诗纪事》、《全唐文》卷八九四罗隐小传等均谓隐八十余卒,然《吴越备史》、《全五代诗》卷六七则谓其年七十七卒。其卒年,《全唐文》谓后梁开平二年(908),《吴越备史》则记其卒于开平三年(909),而《十国春秋》则互有矛盾,本传谓其天宝三年(按,即开平四年910)十一月卒,而卷七八则谓卒于开平三年。考沈崧《罗给事墓志》记隐:"以开平三年春寝疾,冬十二月十三日殁于西阙舍,享年七十七岁。以开平四年正月二十三日,归灵于杭州钱塘县定山乡居山里,殡于徐村之穴,礼也。"此记隐之卒与葬诸事甚详，且为当时人所撰，当颇为可信。则隐之卒于开平三年，年七十七无可疑。由此上溯七十七年，则其应生于本年。又《新城县志》谓隐“正月二十三日辰时，诞生于浙江新城县钦贤里”。

## | 二 月 |

**李余、李福、魏谟、胡溵等二十五人登进士第；杨思立登明经科。知贡举为礼部侍郎贾竦。**

见《登科记考补正》卷二一本年条。

**刘禹锡本年六十二岁，仍在苏州刺史任。本月将与令狐楚唱和诗编为《彭阳唱和集》，后又将与李德裕唱和诗编为《吴蜀集》。**

《刘禹锡集笺证·外集》卷九有《彭阳唱和集引》，文末署：“大和七年二月五日，中山刘禹锡述。”又记此集之编辑缘由曰：“今年公在并州，余守吴门，相去迥远，而音徽如近。且有书来抵曰：‘三川守白君编录与吾子赠答，缄缥囊以遗予。白君为词以冠其前，号曰《刘白集》。悠悠思与所赋亦盈于巾箱，盍次第之以塞三川之诮？’于是缉缀，凡有百余篇，以《彭阳唱和集》为目，勒成两轴。尔后继赋，附于左方。”同卷又有《吴蜀集引》：“长庆四年，余为历阳守，今丞相赵郡李公时镇南徐州。每赋诗，飞函相示，且命同作。尔后出处乖远，亦如邻封。凡酬唱始于江南，而终于剑外，故以《吴蜀》为目云。”按，丞相李公为李德裕。《刘禹锡年谱》谓编《吴蜀集》在大和六年。然据《旧唐书·文宗纪》与《新唐书·宰相表》，李德裕大和六年十二月由西川节度使入为兵部尚书，至本年二月方任宰相。文谓“今丞相”，则当作于本月或稍后。

**李绅本年六十二岁，正月由寿州刺史授太子宾客分司东都，本月赴任经濠州，游四望亭，有文纪之。**

《全唐文》卷六九四有李绅《四望亭记》：“大和七年春二月，绅分命东洛，路出于濠，始登斯亭。周目四瞩，美乎哉！……癸丑岁建卯月七日，赵郡李绅书上。”按，“分命东洛”指任太子宾客分司东都。癸丑岁即本年，建卯月即本月。

据《新唐书·李绅传》："迁滁、寿二州刺史。……以太子宾客分司东都。"又《全唐诗》卷四八〇有李绅《发寿阳分司敕到又遇新正感怀书事》诗，题下注："（大和）七年正月八日立春。"寿阳即寿州。

**李德裕本年四十七岁，本月丙戌，由兵部尚书同中书门下平章事，入相。与文宗论朋党事，藉以排其不悦者。**

见《旧唐书·文宗纪》。《资治通鉴》卷二四四亦载："德裕入谢，上与之论朋党事，对曰：'方今朝士三分之一为朋党。'时给事中杨虞卿与从兄中书舍人汝士、弟户部郎中汉公、中书舍人张元夫、给事中萧澣等善交结，依附权要，上干执政，下挠有司，为士人求官及科第，无不如志。上闻而恶之，故与德裕言首及之；德裕因得以排其所不悦者。"《唐大诏令集》卷四八有《李德裕平章事制》，文后注："大和七年七月。"此从《旧唐书》。

## 三月

**文宗有《停忌日举奏刑狱敕》。**

《全唐文》卷七四文宗有《停忌日举奏刑狱敕》，《册府元龟》卷六五记其事于本月。

## 四月

**白居易本年六十二岁，本月以病免河南尹，授太子宾客分司东都。**

《旧唐书·文宗纪》大和七年四月载："壬子，以河南尹白居易为太子宾客，分司东都。"按，壬子为本月二十五日。

**御史台奏请严禁杂榷。**

《唐会要》卷八四《杂税》载："大和七年四月，御史台奏：'伏准大和三年十二月十八日赦文，天下除两税外，不得妄有科配，其擅加杂榷率，一切宜停，令御史台严加察访者。……臣昨因岭南道擅置竹练场，税法至重，害人颇深……伏望起今后，应诸道自大和三年准赦文所停税外，科配杂榷率等复已却置者，仰敕到十日内，具却置事由闻奏，仍申报台司。每有出使郎官御史，令严加察访。苟有此色，本判官重加惩责，长吏奏听进止。’敕旨宜依。”文亦存《全唐文》卷九六六，题为《请严禁杂榷奏》。

## | 五月 |

**中书门下以救弊之术在于择吏，奏请令京兆、河南尹及天下刺史，各于本府本道常选人中，拣勘择堪为县令、司录、录事、参军者。又奏请量罚荐举不合例之事。**

《全唐文》卷九六六阙名有《请令举荐堪为县令录事参军奏》，中云："国之根本，系于生灵；人之性命，悬于守宰。刺史犹官重事隔，莫得躬亲。亲人之切，无如县令。况自兵兴以来，仍岁灾歉，百姓凋敝。救敝之术，在于择吏。又录事参军纠察属县，课责下僚，一郡纪纲，藉其提举。若曰令吏曹注拟，无由得尽人才，真伪难知，贪廉莫辨。……臣等商量，望令京兆、河南尹及天下刺史，各于本府本道常选人中，拣勘择堪为县令、司录、录事、参军人名，具课绩才能闻荐。"又《全唐文》卷九六六有《请量罚荐举不合例奏》，文后注："大和七年五月中书门下。"中云："诸道、诸使停罢郎官、御史等，望令罢职后，其所任官经两考已上，方得冬荐。如所任官未经考者，许以罢职后计月日成两考，即得冬荐。如考数未满便冬荐者，其所举官量加殿罚。如文学才行堪奖用者，中书门下别加采择，不在此限。诸州府上佐罢秩后……其上佐考满后，望量立年限，经二年已上，方得闻荐。其非时替者，更守二年，即似稍屈，望一年后许冬荐。如才行政绩为众所知者，望委中书门下搜访与升奖，不在此限。"《唐会要》卷八二《冬荐》条亦有所载。

## | 七月 |

**文宗本月下诏令理冤狱。**

《全唐文补编》卷六六文宗有《疏理囚徒敕》："今缘稼穑方滋，旬月少雨。

虑其冤滞,或有感伤,宜委左仆射李程及御史大夫郑覃,同就尚书省疏理诸司囚徒,务从宽降。”题下注作于本月。文亦存《册府元龟》卷一四五。

**王涯本月以守尚书右仆射、诸道盐铁转运使同中书门下平章事。**

《唐大诏令集》卷四八有《王涯平章事制》,文后注:“大和七年七月。”《旧唐书·文宗纪》所记同。

**李商隐本年二十二岁,时在令狐楚太原幕中,本月初代楚撰文与李听。后归郑州,旋习业于长安。**

《樊南文集补编》卷二《为彭阳公上凤翔李司徒状》:“司徒道光纂服,功著干城。朝廷虑切河湟……自承镇定,大治声谣。……某方抵远役,未获拜尘。”按,凤翔李司徒为李听,《旧唐书·文宗纪》大和七年五月:“丁酉,以李听为凤翔陇右节度使。”《旧唐书·文宗纪》大和七年六月:“乙酉,以前河东节度使令狐楚检校右仆射,兼吏部尚书。”又文中有“某方抵远役,未获拜尘”之语,当为令狐楚本年六月二十九日除吏部尚书而未离镇时所作,约作于本月初。另张采田《玉溪生年谱会笺》:“义山太原府罢,归郑州主,旋习业京师。”

**御史台奏请定详核刺史理郡政绩之方法。**

《唐会要》卷六八《刺史上》载:“(大和)七年七月,中书门下奏:‘应诸州刺史除授序迁,须凭显效。若非责实,无以劝人。近者受代归朝,皆望超擢,在郡治绩,无由尽知。或自陈制置事条,固难取信。或别求本道荐状,多是徇情。将明宪章,在核名实。伏请自今已后,刺史得替代,待去郡一个月后,委知州上佐及录事参军,各下诸县,取耆老百姓等状。如有兴利除害,惠及生民,廉洁奉公,肃清风教者,各具事实,申本道观察使检勘得实,具以事条录奏,不得少为文饰,其荐状仍与观察使判官连署。如事不可称者,不在荐限。仍望委度支、盐铁分巡院内官同访察,各申报本使录奏。如除授后,访知所举不实,观察、判官、分巡院官及知州上佐等,并停见任,一二年不得叙用。’……敕旨依奏。”文亦存《全唐文》卷九六六,题为《请详核刺史理绩奏》。

## 闰七月

**文宗有《令出使郎官御史条奏所历州县政绩诏》。**

《全唐文》卷七二文宗有《令出使郎官御史条奏所历州县政绩诏》,《册府元龟》卷六五记其于本月。

## 八月

**文宗以其时文风过于浮华,下制批评,倡重儒学,并令进士停试诗赋,意欲务实抑华。国子监即置五经博士一人。又令来年正月以后,公卿士族子弟,不先入国学习业者,不在应明经进士之限;弘文、崇文两馆生,今后并依式;复令每年试帖经官,以国子监学官充,礼部不得别更奏请。**

《登科记考补正》卷二一引《册府元龟》等书记大和七年八月制:"汉代用人,皆由儒术,故能风俗深厚,教化兴行。近日苟尚浮华,莫修经义。先圣之道,堙郁不传。况进士之科,尤要厘革。虽乡举里选,不可复行,然务实抑华,必有良术。……宜令国子监于诸道搜访名儒,置五经博士各一人。……其进士学,宜先试帖经,并略问大义,取经义精通者;次试议论各一首,文理高者,便与及第。其所试诗赋并停。"又《资治通鉴》卷二四四本年七月记:"上患近世文士不通经术,李德裕请依杨绾议,进士试论议,不试诗赋。"《登科记考》卷二一记本年八月:"国子监起请:'……令监司于诸道搜访名儒,置五经博士一人者。……伏请五经博士秩比国子博士。今《左氏春秋》《礼记》《周易》《尚书》《毛诗》为五经;若《论语》《尔雅》《孝经》等,编简既少,不可特立学官,便请依旧附入中经。'敕旨'依奏'。"又《唐会要》卷三五《学校》载:"大和七年八月赦节文:'应公卿士族子弟,取来年正月以后,不先入国学习业者,不在应明经、进士之限。'"同书卷七七《贡举下·弘文崇文生举》载:"大和七年八月九日敕:'弘文、崇文两馆生,今后并依式,试经毕日,仍差都省郎官两人覆试,须责保任,不得辄许替代。'"又卷五九《尚书省诸司下·礼部尚书》载:"大和七年八月敕:'每年试帖经官,以国子监学官充,礼部不得别更奏请。其弘文、崇文两馆生斋郎,并依令试经毕,仍差都省郎官两人覆试。'"

**文宗有《册立皇太子德音》，文中要求官员节俭。**

《全唐文》卷七四文宗有《册立皇太子德音》，中云："卿大夫者，群下之所视，远方之所效，若非恭俭克己，廉贞化人，而望其服从，固不可得。况朕不宝珠玉，不御纤华，逮于六宫，皆务俭薄。卿大夫得不叶朕此志，率先兆人？"《册府元龟》记其事于本月。另，上条所引倡儒学之言与试帖经官之规定，并存此文中。

**国子监请以《左氏春秋》《礼记》《周易》《尚书》《毛诗》为五经，各置博士一人，秩比国子博士。**

《唐会要》卷六六《东都国子监》载："（大和）七年八月，国子监起请：'准今月九日德音节文，令监司于诸道搜访名儒，置五经博士一人者。伏以劝学专门，复古之制，博采儒术，以备国庠。作事之初，须有奖进。伏请五经博士秩比国子博士，今《左氏春秋》《礼记》《周易》《尚书》《毛诗》为五经，若《论语》《尔雅》《孝经》等，编简既少，不可特立学官，便请依旧附入中经。'敕旨依奏。"

**礼部奏请进士举人先试帖经，并略问大义，其所试诗赋并停。**

《唐会要》卷七六《贡举中・进士》载："大和七年八月，礼部奏：'进士举人先试帖经，并略问大义，取经义精通者，次试议论各一首，文理高者，便与及第，其所试诗赋并停者。伏请帖大小经各十帖，通五通六为及格。所问大义，便与习大经内，准格明经例问十条，仍对众口义。伏准新制，进士略问大义，缘初厘革，今且以通三通四为及格。明年以后，并依明经例。其所试议论，请限五百字以上为式。'"文亦存《唐文拾遗》卷五五，题为《进士先试帖经奏》。

## |十月|

**李商隐时居长安，本月撰《太仓箴》，诫太仓吏廉洁守道。**

《樊南文集详注》卷八有《太仓箴》："险哉太仓，险若太行。彼悬车束马，为陟高冈；此祸胎怨府，起自斗量。无小无大，不可不防。……各敬尔职，一乃心力。仓中水外,人马勿食。陶母反鱼,以之叹息。岂无他粟,岂无他刍。薏苡似珠,不可不虞。仓中役夫,千径万涂。……敢告君子,身可杀,道不可渝。"据《金石录》:"唐《太仓箴》,大和七年十月李商隐撰。"今系于本月。

## 十一月

**度支、盐铁等使以银州为牧放之地,水草甚丰,奏请于银州置银州监使,堪牧养马,朝廷允奏,并以银州刺史刘源兼充监使。**

《唐会要》卷六六《群牧使》载:"大和七年十一月,度支、盐铁等使奏:'以银州是牧放之地,水草甚丰,国家自艰虞以来,制置都阙。每西戎东牧,常步马相凌,致令外夷浸骄……今于银州置银州监使,委刘源充使勾当,冀得三数年外,蕃息必多。'敕旨:'刘源宜兼充银州监牧,余委度支使条流讫闻奏。'"

## 十二月

**朝廷下敕于国子监立石壁九经及《论语》等儒家经典。**

《登科记考补正》卷二一本年记:"十二月,敕于国子监讲论堂两廊创立石壁九经,并《孝经》《论语》《尔雅》,共一百五十九卷,《字样》四十卷。"《唐会要》卷六六《东都国子监》所载亦同。

**段成式约本年冬为延唐寺寂照和尚撰碑铭。**

《全唐文》卷七八七段成式《寂照和尚碑》,中云:"大和二年,来延唐寺……洎七年冬季,上弦而疾,下弦而病。将化之夕,异香满风,体可折支。其月阇维于寺北原……以成式腹笥三藏,请词其德。"

**李商隐仍居长安,本年冬,有文与崔戎,谢其延聘。**

《樊南文集补编》卷六《上崔大夫状》:"今早七弟远卫风雪,特迂车马……徒以四丈,顷因中外,最赐知怜。极力提携,悉心指教……今又获依门墙,备预宾客……以报恩知。”崔大夫即崔戎,《李商隐文编年校注》谓文乃本年冬所撰。又《樊南文集补编》卷五《上令狐相公状二》:“伏蒙仁恩,赐借太原日所著歌诗等。”据此知,文当作于令狐楚去镇之后。《李商隐文编年校注》谓商隐明年正月已居崔戎华州幕,而书中言及自身状况时,未反映出已居华州幕之迹象,文当作于大和七年(833)七月至大和八年正月之前,姑一并系于此。

**贾𫗧本年五月由礼部侍郎迁兵部侍郎。其所撰李德裕德政碑约作于本年。𫗧擅赋,所作赋颇多。**

《旧唐书·贾𫗧传》:“贾𫗧字子美河南人。……文史兼美……(大和)四年九月,权知礼部贡举。……凡典礼闱三岁,所选士七十五人,得其名人多至公卿。七年五月,转兵部侍郎。”又《全唐文》卷七三一有贾𫗧《赞皇公李德裕德政碑》:“及戎轩西去,将校官吏,三州耆耄,感公之惠训,怀公之明德,道路号叹,若无所归。……今节度使段尚书嶷继以事闻,恩诏嘉许。”按,段尚书即段文昌。据《唐方镇年表》,段文昌始授西川在大和六年十一月,则文约作于本年。贾𫗧所撰赋颇多,《全唐文》卷七三一收其赋十二篇,作年均难详考。

## |本年|

**刘禹锡本年自编《刘氏集略》,又为李绛编辑遗集二十卷,皆有文记编辑缘由。**

《刘禹锡集笺证》卷二十《刘氏集略说》,文中记其编辑缘由:“前年,蒙恩泽,以郡符居海壖,多雨慝作,适晴喜,躬晒书于庭,得以书四十通。……它日,子婿博陵崔生关言曰:‘某也向游京师,伟人多问丈人新书几何,且欲取去。而某应曰无有,辄愧起于颜间。今当复西,期有以弭愧者。’由是删取四之一,为《集略》,以贻此郎,非敢行乎远也。”又自叙为文过程:“始余为童儿,居江湖间,喜与属词者游,谬以为可教。视长者所行止,必操觚从之。……长安中,多循空言,以为诚,果有名字,益与曹辈畋渔于书林,宵语途话,琴酒调谑,一出于文章。俄被召为记室参军。会出师淮上,恒磨墨于楯鼻上,或寝止群书中。……凡三进班而所掌犹外府,或官课,或为人所倩,昌言、奏记、移让、告谕、奠神、志葬,或猥并焉。及谪于沅湘间,为江山风物之所荡,往往指事成歌诗;或读书有所感,辄立评议。穷愁著书,古儒者之大同,非高冠长剑之比耳。”又同书卷十九《唐故相国李公集纪》:“公讳绛,字深之,赵郡人。……嗣子前京兆府尹曹掾琢、次子前监察御史里行顼等,泣持遗草,请编之。肇自从试有司,至于宰天下,词赋、诏诰、封章、启事、歌诗、赠饯、金石、扬功,凡四百余篇,勒成二十卷。”并评李绛创作云:“上所以知君臣启沃之际,下所以备风雅诗声之义。洪钟骇听,瑶瑟清骨。其在翰苑,及登台庭,亟言大事,诚贯理直,感通神祇。”以上二集之编辑及集序,《刘禹锡年谱》皆记于本年。

**于季友时为明州刺史,本月撰《阿育王寺碑后记》。**

《全唐文》卷七四一有于季友《阿育王寺碑后记》,文末云:“大和七年十二月一日,明州刺史于季友记。”

**钟簵约本年前后撰《前定录》,时为崇文馆校书郎。**

《编年史》载:“钟簵有《前定录》一卷,书结衔为崇文馆校书郎,则撰此书时乃任此职。此书《序》云‘大和中雠书春阁’。李剑国《唐五代志怪传奇叙录》谓此书‘撰成于大和四年后、大和八年前’。今记于此。”

**本年前后杜牧有《战论》《守论》之作。**

《杜牧集系年校注》卷五有《战论并序》《守论并序》二文。前文云:“兵非脆也,谷非殚也,而战必挫北,是曰不循其道也。故作《战论》焉。论曰:河北视天下,犹珠玑也,天下视河北,犹四支也。珠玑苟无,岂不活身;四支苟去,吾不知其为人。何以言之?……是天下四支尽解,头腹兀然而已。焉有人解四支,其自以能久为安乎?今者诚能治其五败,则一战可定,四支可生。……此不专任责成之过,其败五也。元和时,天子急太平,严约以律下,常团兵数十万以诛蔡,天下干耗,四岁然后能取,此盖五败不去也。长庆初,盗据子孙,悉来走命,是内地无事,天子宽禁厚恩,与人休息。未几而燕、赵甚乱,引师起将,五败益甚,登坛注意之臣,死窜且不暇,复焉能加威于反虏哉。今者诚欲调持干戈,洒扫垢污,以为万世安,而乃踵前非,踵前非是不可为也。古之政有不善,士传言,庶人谤。发是论者,亦且将书于谤木,传于士大夫,非偶言而已。”《杜牧集系年校注》

考云:“此文作年难于确考,然《资治通鉴》卷二四四大和七年八月曾节引,谓杜牧‘又作《战论》,以为:“河北视天下,犹珠玑也;天下视河北,犹四支也”’。据此,本文或约作于大和七年(833)前后欤?”《守论》云:“往年两河盗起,屠囚大臣,劫戮二千石,国家不议诛洗,束兵自守,反修大历、贞元故事,而行姑息之政,是使逆辈益横,终唱患祸,故作《守论》焉。论曰:厥今天下何如哉?干戈朽,铁钺钝,含引混贷,煦育逆孽,而殆为故常。而执事大人,曾不历算周思,以为宿谋,方且嵬岸抑扬,自以为广大繁昌莫己若也。呜呼!其不知乎?其俟蹇顿颠倾而后为之支计乎?且天下几里,列郡几所,而自河已北,蟠城数百,金坚蔓织,角奔为寇,伺吾人之憔悴,天时之不利,则将与其朋伍,罗络郡国,将骇乱吾民于掌股之上耳。今者及吾之壮,不图擒取,而乃偷处恬逸,第第相付,以为后世子孙背胁疽根,此复何也?……大抵生人油然多欲,欲而不得则怒,怒则争乱随之。是以教笞于家,刑罚于国,征伐于天下,此所以裁其欲而塞其争也。大历、贞元之间,尽反此道,提区区之有而塞无涯之争,是以首尾指支,几不能相运掉也。今者不知非此,而反用以为经,愚见为盗者非止于河北而已。呜呼!大历、贞元守邦之术,永戒之哉。”《杜牧集系年校注》考云:“此文作年难于确考,然《资治通鉴》卷二四四大和七年八月曾节引,谓杜牧‘又作《守论》,以为“今之议者皆曰:夫倔强之徒,吾以良将劲兵为衔策,高位美爵充饱其肠,安而不拘,亦犹豢扰虎狼而不拂其心,则忿气不萌”’。据此,本文或约作于大和七年(833)前后欤?”

## 唐文宗大和八年

甲寅　八三四

### 正月

**文宗下敕令权停流外令史,又令暂停吏礼兵三部选举。**

《唐会要》卷七四《选部上·吏曹条例》载:“(大和)八年正月敕:‘吏部疏理诸色入仕人等,令勘会诸司流外令史、府史、掌固、礼生、楷书、医工及诸司流外令史等,总一千九百七十二员。六百五十七员请权停,一千三百一十五员,请令诸司守缺。除见在外,以后不得更置。委御史台察访。’”文亦存《唐文拾遗》卷七，题为《权停流外令史敕》。同书卷七六《贡举中·缘举杂录》载："其月（大和八年正月），敕吏部、礼部、兵部：'今年选近，缘秋末虫旱相因，恐致灾荒，权令停罢。及敛藏之后，物力且任。念彼求名之人，必怀觖望之志，宁违我令，以慰其心。宜依常例却置，应缘所纳文状及铨试等期限，仍准今年格文，递延一月。'"文亦存《全唐文》卷七四，题为《暂停吏礼兵三部选举敕》。

**李德裕本年四十八岁，仍为宰相，本月奏请罢进士名单先呈宰相以定取舍之旧例。**

《全唐文》卷七〇一有李德裕《请罢呈榜奏》："旧例：进士未发榜前，礼部侍郎遍到宰相私第，先呈及第人名，谓之呈榜。比闻多有改换，颇致流言。宰相稍有寄情，有司固无畏忌，取士之滥，莫不由斯。……臣等商量，今年便任有司发榜，更不得先呈臣等。仍向后便为定例。如有固违，御史纠举。"《唐会要》卷七六《贡举中·进士》亦载："（大和）八年正月，中书门下奏：'进士放榜，旧例，礼部侍郎皆将及第人名先呈宰相，然后放榜。伏以委任有司，固当精慎，宰相先知取舍，事匪至公。今年以后，请便令放榜，不用先呈人名。其及第人所试杂文，及乡贯三代名讳，并当日送中书门下，便合定例。'敕旨依奏。"

**李汉为礼部侍郎，奏请举人不试诗赋。**

《唐会要》卷七六《贡举中·缘举杂录》载："（大和）八年正月，礼部侍郎李汉奏：'准大和七年八月敕，贡举人不要试诗赋策，且先帖大经、小经，共二十帖，次对正义十道，次试议论各一首讫，考核放及第。'"文亦存《唐文拾遗》卷二九，题为《举人不试诗赋奏》。

**李商隐本年二十三岁，居崔戎华州幕，为戎撰表状贺文宗皇帝痊愈。**

《樊南文集详注》卷一《代安平公华州贺皇躬痊复表》《为安平公贺皇躬痊复上门下状》、卷二《为大夫安平公华州进贺皇躬痊复物状》，此三文均为代崔戎所作，贺文宗皇帝痊愈。《旧唐书·文宗纪》大和七年十二月："庚子，幸望春宫，圣体不康。""八年春正月癸丑朔。丁巳，圣体痊平，御大和殿见内臣。甲子，御紫宸殿见群臣。"按，八年正月甲子为十二日，此三表状当作于本月。

## 二月

**陈宽、雍陶、裴坦、郑处诲、苗恪、赵璘、杨宇、薛庶、范鄴、李胤之等二十五人登进士第，诸科登第者十一人。知贡举为礼部侍郎李汉。**

见《登科记考补正》卷二一本年条。

**文宗本月病愈，有《大和八年疾愈德音》。**

《全唐文》卷七五文宗有《大和八年疾愈德音》，《册府元龟》卷九一记其事于本月。

**郑处诲登进士第，后释褐为校书郎，始撰《明皇杂录》。**

《旧唐书·郑处诲传》："大和八年登进士第，释褐秘府。"又记处诲："方雅好古，且勤于著述，撰集至多。为校书郎时，撰次《明皇杂录》三篇。"则其撰是书盖始于本年为校书郎时。

**雍陶本月进士及第。陶后自国子博士出为简州刺史，善诗，有诗集十卷。**

《全唐文》卷八一七张为有《诗人主客图序》，中云："以武元衡为瑰奇美丽主，上入室刘禹锡，入室赵嘏、长孙佐辅、曹唐，升堂卢频、陈羽、许浑、张萧远，及门张陵、章孝标、雍陶、周祚、袁不约。"可见陶为诗当有瑰奇美丽之特点。《全唐文》卷七五七雍陶有赋二篇，《新唐书·艺文志》有《雍陶诗集》十卷，《宋史·艺文志》有《雍陶诗集》三卷。

## 四月

**集贤殿学士裴潾撰成《大和通选》三十卷，以续《文选》。**

《旧唐书·裴潾传》："裴潾，河东人也。少笃学，善隶书。……（大和）七年，迁左散骑常侍，充集贤殿学士。集历代文章，续梁昭明太子《文选》，成三十卷，目曰《大和通选》，并音义、目录一卷，上之。当时文士，非素与漭游者，其文章少在其选，时论咸薄之。”按，此事《旧唐书·文宗纪下》记于本年四月壬辰，并云“漭所取偏僻，不为时论所称”。此书今不存。

**李商隐仍居华州幕，上月崔戎迁兖海观察使，本月代崔戎撰谢表。后又从戎赴兖海，于道中作贺端午状**。

《旧唐书·文宗记》：“大和八年三月丙子，以右丞李固言为华州刺史，代崔戎；以戎为兖海观察使。”《樊南文集详注》卷一《为安平公谢除兖海观察使表》“即以今月二日，雪泣西拜，星驰东下”，据《李商隐文编年校注》，“今月”当四月。同集卷二《为安平公赴兖海在道进贺端午马状》亦稍后之作。

## 五月

**李商隐随崔戎至兖州，为作谢上表**。

《樊南文集详注》卷二《为安平公兖州谢上表》：“即以今月五日到任上讫。”据《李商隐文编年校注》，“今月”指五月，“表应上于大和八年五月五日”。同卷《为安平公兖州祭城隍神文》《为安平公谢端午赐物状》亦当稍后之作。

## 六月

**李中敏时为司门员外郎，因久旱，上书请斩郑注为宋申锡雪冤。表留中，遂愤而谢病归洛阳**。

《旧唐书·李中敏传》：“李中敏，陇西人。……性刚褊敢言。与进士杜牧、李甘相善，文章趣向，大率相类。……大和中，为司门员外郎。六年夏，旱，时王守澄方宠郑注，及诬构宋申锡后，人侧目畏之。上以久旱，诏求致雨之方。中敏上言曰：‘仍岁大旱，非圣德不至，直以宋申锡之冤滥，郑注之奸弊。今致雨之方，莫若斩郑注而雪申锡。’士大夫皆危之，疏留中不下。”按，此事《资治通鉴》卷二四五据《开成纪事》《大和摧凶记》所载，记在本年六月，并谓：“表留中，中敏谢病归东都。”今从之。《全唐文》卷七一六亦有中敏《大和六年大旱上言》：“宋申锡位宰相，生平馈致一不受，其道劲正，奸人忌之，陷不测之辜，狱不参验，衔恨而没，天下士皆指目郑注。臣知数冤必列诉上帝，天之降灾，殆有由然。……况申锡之枉，天下知之，何惜斩一注以快忠臣之魂，则天且雨矣。”此文或即中敏所上之书，题中之“大和六年”，盖据《旧唐书·李中敏传》而拟，非原题。

**李商隐仍在崔戎兖州幕，代戎撰遗表。**

《樊南文集详注》卷一《代安平公遗表》：“至十一日辰时，转加困剧，渐不支持。……力封遗奏。”据《旧唐书·文宗纪》：“大和八年六月庚子，兖海观察使崔戎卒。”文当本月十一日所作。

## 七月

**白居易本年六十三岁，仍任太子宾客、分司东都。本月编其自大和三年春至本年夏在洛所作诗为一集，并自序之，于文中阐述其诗歌见解。**

《白居易集笺校》卷七〇《序洛诗》，文末署“甲寅岁七月十日”。序记诗集内容：“序洛诗，乐天自序在洛之乐也。……自(大和)三年春至八年夏，在洛凡五周岁，作诗四百三十二首。除丧朋、哭子十数篇外，其它皆寄怀于酒，或取意于琴。闲适有余，酣乐不暇。苦词无一字，忧叹无一声。岂牵强所能致耶！盖亦发中而形外耳。斯乐也，实本之于省分知足，济之以家给身闲，文之以觞咏弦歌，饰之以山水风月。……予尝云：‘治世之音安以乐，闲居之诗泰以适。’苟非理世，安得闲居？故集洛诗，别为序引。不独记东都履道里有闲居泰适之叟，亦欲知皇唐大和岁有理世安乐之音。集而序之，以俟夫采诗者。”文又陈述其诗歌见解云：“予历览古今歌诗，自《风》《骚》之后，苏、李以还，次及鲍、谢徒，迄于李、杜辈，其间词人，闻知者累百，诗章流传者巨万。观其所自，多因谗冤谴逐，征戍行旅，冻馁病老，存殁别离，情发于中，文形于外。故愤忧怨伤之作，通计今古，什八九焉。世所谓文士多数奇，诗人尤命薄，于斯见矣。又有以知理安之世少，离乱之时多，亦明矣。予不佞，喜文嗜诗，自幼及老，著诗数千首，以其多矣，故章句在人口，姓字落诗流。虽才不逮古人，然所作不啻数千首。以其多矣，作一数奇命薄之士亦有余矣。”

**刘禹锡本年六十三岁，本月罢苏州刺史，移任汝州刺史，抵任后有谢上表。**

《刘禹锡集笺证》卷一六《有汝州谢上表》：“伏奉去年七月十四日诏书，授臣使持节汝州诸军事、守汝州刺史、兼御史中丞、充本道防御使……臣本业儒素，频登文科。时命遭回，再领军郡。即以今月二十七日到州上讫。”又《姑苏志·古今守令表上·唐制史》记禹锡大和八年罢苏州刺史，则其改汝州当在大和八年七月，文中之“去年”当为衍文。

## |八月|

**文宗本月下诏令许近京商贩往来通商。**

《全唐文补编》卷六六文宗有《许近京商贩往来诏》：“岁有歉穰，谷有贵贱，权其轻重，须使通流，非止救灾，亦为利物。同州诸县至河中、晋、绛京西北丰熟之处，宜令近京诸道许商兴往来，不得止遏。”

**李仲言厚贿郑注，并交结宦官王守澄，守澄荐于文宗，文宗奇之，不顾李德裕之谏，以李仲言为四门助教。**

见《资治通鉴》卷二四五。

**门下省奏请常参官若因家事乞假，不给公券。**

《唐会要》卷六一《御史台中·馆驿使》载：“（大和）八年八月，门下省奏：‘常参官私事请假，从来准例，并给券牒。今商量，或缘家事乞假，各申私志，须约公费。自今后，应有此色假官，并任私行，门下省不得给公券。如或事出特恩，不在此限。’敕旨依奏。”文亦存《唐文拾遗》卷五五，题为《私假不给公券奏》。

**顺宗第二子郯王李经上月薨，本月下葬，翰林学士、中书舍人李珏奉敕为撰墓志。**

《唐代墓志汇编续集》"大和〇四六"《大唐故郯王墓志铭并序》，题后注"翰林学士、朝议郎、守中书舍人赐紫金鱼袋臣李珏撰"，中云："王讳经，顺宗至德人圣大安孝皇帝之第二子也。母太妃张氏。王早封于郯，以大和八年七月十一月七薨于京师内邸，享年五十有七……以其年八月廿四日迁窆……词臣奉诏，志于佳城。"

**吕让本年夏罢海州刺史西归，经楚州，本月一日为楚州刺史郑复所重修成之刺史厅撰记。**

《全唐文》卷七一六吕让有《楚州刺史厅记》："大和七年，天子以大理少卿荥阳郑公活无辜当刑者四十余人，殊其绩，命守于楚……八年夏，予罢郡西归，道出于此，而是厅新成。忝春秋之徒也。见不朽之作，而无述焉，心窃耻之，请书本末，以告来者。其他善政能事，有风俗言，故不采列于记上。大和八年八月一日记。"时楚州刺史为郑复，详参《唐刺史考全编》卷一二四。又《唐代墓志汇编》"大中一〇七"《唐故秘书监致仕吕府君墓志铭并序》："先府君讳让，字逊叔……授海州刺史，罢郡西归。"则吕让本年夏罢海州刺史西归，经楚州，有此作。让，吕渭子，与兄温、恭、俭皆有美才。两《唐书》与《全唐文》作者小传皆言其官至太子右庶子。据《墓志》载让"除膳部郎中，改万年县令。疾免。为司农少卿，转大理少卿，迁右庶子……自尔杜门，唯以经典为娱……改秘书监致仕"，《唐尚书省郎官石柱题名考》无载吕让任膳部郎中事，可据此补。

## 九月

**李德裕仍为宰相，本月撰《次柳氏旧闻序》。**

据《旧唐书·文宗本纪》大和八年九月载："己未，宰臣李德裕进《御臣要略》及《柳氏旧闻》三卷。"

**监察御史六人分察尚书省，从下一人察吏部，其次察兵部省。每因一人奉使，须数员转职，举察之务，难得精审。御史台奏请除监察、馆驿两处以次人，便专察吏部，其下便依次转差。又奏请文武常参官每月可请三日事故假，并请依品轶罚每月请事故假多者。**

《唐会要》卷六〇《御史台上·监察御史》载："（大和）八年九月，御史台奏：'当司应六察官，伏准元和四年五月二十日敕，监察御史六人分察尚书省，从下一人察吏部，其次察兵部省。伏以监察在台，职当使役，或有出入推按，例合差遣新人。每因一人奉使，须数员转职，既频移易，使致因循，举察之务，难得精审。今请除监察、馆驿两处以次人，便专察吏部。其下便依次转差。所冀察务有常，公事知守。'敕旨依奏。"又同书卷八二《休假》载："大和八年九月，御史台奏：'文班常参官，旧例，每月得请两日事故假，今许请三日，仍不得在尽入众集并头朝等日。……文武常参官每月终比，校其中请事故假多人，三品、六品，各罚两人，四品、五品，人数稍多，各罚三人，请各夺一月俸。如合罚人数稍多，即从下罚，亦不过两三人及三人。如实疾患，已连请假十日以上，为众所知，不在此限。每至次月，具状申中书门下。'"文亦存《唐文拾遗》卷五五，题为《参假多夺俸奏》。

## 十月

**庚寅，以李宗闵为中书侍郎、同平章事，李德裕同平章事，充山南西道节度使，罢相。以李仲言为翰林侍讲学士。后又以德裕为兵部尚书。**

见《旧唐书·文宗纪》、《资治通鉴》卷二四五。《唐大诏令集》卷四八有《李宗闵平章事制》，文后所注时间同。

**礼部奏请恢复进士试诗赋，从之。**

《登科记考补正》卷二一本年十月："礼部奏：'进士举人，自国初以来，试诗赋，帖经，时务策五道。……去年八月敕节文，先试帖经、口义、论议等。以臣商量，取其折衷。伏请先试帖经，通数依新格处分。时务策五道，其中三道问经义，两道时务。其余并请准大和六年以前格处分。'敕旨'依奏'。"《唐会要》卷七六《贡举中·进士》所载亦同。

## |十一月|

**李德裕罢相，出为镇海节度使、浙江西道观察等使。于本年冬至明年四月贬袁州长史前撰赋四篇，合为《再至江南四首》。**

见《旧唐书·文宗纪》。《资治通鉴》卷二四五记："李宗闵言李德裕制命已行，不宜自便，乙亥，复以德裕为镇海节度使，不复兼平章事。时德裕、宗闵各有朋党，互相挤援。上患之，每叹曰：'去河北贼易，去朝中朋党难！'"又《李德裕文集校笺·别集》卷一有《再至江南四首》，为《通犀带赋（并序）》《鼓吹赋（并序）》《白芙蓉赋（并序）》《重台芙蓉赋（并序）》四文，当或作于此期间。其中，《通犀带赋（并序）》以叙物引发说理，言之有理："若乃名山岑寂，珍图谲诡；柳谷则鳞马粲然，扶风则鱼龙隐起；待有象而无施，故虽奇而莫拟。然则美服珍玩，近于祸机。虞公灭而垂棘返，壮武残而龙剑飞。先哲所以闻象则服，防患则微。经侯委佩而去，宣子辞环以归。"而《鼓吹赋（并序）》对吹奏技艺的描写惟妙惟肖："忽疑朔雁叫于寒烟，胡沙蔽于天地。其始也，若伐木丁丁，响连青冥，喧禽万族，声应崖谷。其纵也，狠羊斗角，奔兕相触，转石振于崩溪，燎野焚于寒竹。其终也，如风飙暂息，万籁皆肃，天地霁而雷霆收，川波静而鱼龙伏。"

## |十二月|

**文宗有《曲赦京畿德音》。**

《全唐文》卷七五文宗有《曲赦京畿德音》："王者爱人如身，推己及物，恤其寒燠之苦，适其舒惨之宜，俾协大和，用臻至理。……恻然疚心，思有矜降，宜布在宽之令，使无留狱之嗟。"《唐大诏令集》卷八六、《册府元龟》卷九一皆记其事于本月。

## |本年|

**杜牧本年三十二岁，在牛僧孺淮南幕中。本年已撰《罪言》《原十六卫》《上**

**知己文章启》诸文，指陈时弊，并提出治世见解。又曾有事至越州，见韩乂。**

缪钺《杜牧年谱》以《罪言》《原十六卫》《上知己文章启》诸文系于本年。《杜牧集系年校注》卷一六《上知己文章启》："伏以元和功德，凡人尽当咏歌纪叙之，故作《燕将录》。往年吊伐之道，未甚得所，故作《罪言》。自艰难来始，卒伍佣役辈多据兵为天子诸侯，故作《原十六卫》。诸侯或恃功不识古道，以至于反侧叛乱，故作《与刘司徒书》。处士之名，即古之巢、由、伊、吕辈，近者往往自名之，故作《送薛处士序》。宝历大起宫室，广声色，故作《阿房宫赋》。有庐终南山下，尝有耕田著书志，故作《望故园赋》。"文中所列诸文当作于本年或稍前。《资治通鉴》卷二四四大和七年下载："杜牧愤河朔三镇之桀骜，而朝廷议事者专事姑息，乃作书，名曰《罪言》……又伤府兵废坏，作《原十六卫》……又作《战论》……又作《守论》……又注《孙子》。"以上诸文均显现出杜牧对现实的深刻认识与敏锐见解。如同上书卷五《罪言》："今者上策莫如自治。……如不果自治，是助虏为虐，环土三千里，植根七十年，复有天下阴为之助，则安可以取。……中策莫如取魏。魏于山东最重，于河南亦最重。……最下策为浪战，不计地势，不审攻守是也。"又同卷《原十六卫》："自贞观至于开元末百五十年间，戎臣兵伍，未始逆篡，此圣人所能柄统轻重，制障表里，圣算圣术也。……至于开元末……府兵内铲，边兵外作，戎臣兵伍，湍奔矢往，内无一人矣。起辽走蜀，缭络万里，事五强寇，十余年中，亡百万人，尾大中干，成燕偏重。而天下掀然，根萌烬燃，七圣旰食，求欲除之且不能也。由此观之，戎臣兵伍岂可一日使出落钤键哉。然为国者，不能无也。居外则叛，居内则篡，使外不叛，内不篡，兵不离伍，无自焚之患；将保颈领，无烹狗之谕，古今已还，法术最长，其置府立卫乎。"文章皆结合唐代情势，抒发论兵意见。又同上书卷十六《荐韩乂启》："大和八年，自淮南有事于越，见韩君于境上。"则杜牧本年曾至越州，遇韩乂，牧与乂曾同在沈传师幕中。

**李辅本年为魏州开元寺琉璃戒坛碑撰碑铭。**

《全唐文》卷七四五有李辅《魏州开元寺琉璃戒坛碑》，中云："去大和七年四月十九日，因公行寺，自有琉璃坛法，请公为地。……一岁而坛上下俱构，贲以琉璃。"则文当作于本年。

**白居易本年为白敏中父故溧水县令白季康撰墓志。**

《白居易集笺校》卷七〇有《唐故溧水县令太原白府君墓志铭并序》，文中云："公讳季康，字某，太原人……后夫人高阳敬氏……子曰敏中，进士出身。前试大理评事，历河东、郑滑、邠宁三府掌记……夫人以大和七年正月某日寝疾，终于下邽别墅……明年某月某日……合祔焉礼也。"则文作于本年。

## 唐文宗大和九年

乙卯　八三五

### 二月

**郑确、贾驰、何扶、牛蔚、侯固等二十五人登进士第；王凝明经科及第。工部侍郎崔郸知贡举。**

见《登科记考补正》卷二一本年条。

**白居易本年六十四岁，仍为太子宾客分司东都，约本月撰文祭奠其好友崔咸。**

《全唐文》卷六八〇白居易有《祭崔常侍文》，中云："维大和元年岁次丁未二月丙午朔七日壬子，中大夫、守太子宾客、分司东都、上柱国、赐紫金鱼袋白居易，谨以清酌庶羞之奠，敬祭于故秘书监赠礼部尚书崔公。……居易兄弟，与公伯仲，前后科第，同登者四五，属为僚友，三十余年。又膳部房与公同声尘之游，定胶漆之分，两家不幸，十年以来，哀衅所钟，零落殆尽，我老君病，唯余二人，天不憗遗，公又即世。……呜呼重易，平生知我，寝门一恸，可得而闻乎？呜呼重易，平生嗜酒，奠筵一酌，可得而歆乎？"又《旧唐书·文苑传》载："崔咸，字重易，博陵人。……入为右散骑常侍、秘书监。大和八年十月卒。"考白居易大和三年夏始为太子宾客分司东都，故而文中记年当有误，又居易弟行简宝历二年(826)卒，至本年为十年，故而文约撰于本月。

## |三 月|

**段文昌卒于西昌节度使任，年六十三，有集三十卷。**

《旧唐书·段文昌传》："（大和）六年，复为剑南西川节度使。九年三月……无疾而卒，年六十三，赠太尉。有文集三十卷。"《新唐书·艺文志四》著录《段文昌集》三十卷。《全唐文》卷六〇七收其文四篇，《唐文拾遗》卷二六录其文一篇。

## |四 月|

**贾𫗧本月辛卯由京兆尹出为浙西观察使，戊戌，即入为中书侍郎、同中书门下平章事。**

《唐大诏令集》卷四八有《贾𫗧平章事制》，文后注"大和九年四月"，《旧唐书·文宗纪》所记同。

**白居易仍居洛阳。本月为崔玄亮撰墓志铭，赞其义抗宦官、力救宋申锡事。**

《白居易集笺校》卷七〇《唐故虢州刺史赠礼部尚书崔公墓志铭并序》："公讳元（玄）亮，字晦叔。……大和七年七月十一日，遇疾，薨于虢州廨舍。……以九年四月二十八日，用大葬之礼，归窆于磁州昭义县磁邑乡北原。"文记玄亮义抗宦官、力救宋申锡事云："未几，朝有大狱，人心惴骇，势连中外，众以为冤。百辟在廷，无敢言者。公独进及霤，危言触鳞，天威赫然，连叱不去。遂置笏伏陛，极言是非，血泪盈襟，词竟不屈。上意稍悟，容而听之卒使罪疑惟轻，实公之力。既而真拜，因旌忠臣。由是正气直声，震耀朝右。缙绅者贺，皆曰：'国有人焉！国有人焉！'"又评玄亮诗文曰："公幼嗜学，长善属文，以辞赋举进士，登甲科；以书判调天官，入上等。前后文集凡若干卷，尤工五言、七言诗。警策之篇，多在人口。其余制述，作者许之。"另文记叙崔公之政绩，颇以笔记小说记叙之法，如"换歙州刺史，其政如密。先是，歙民畜马牛而生驹犊者，官书其数，吏缘为奸。公既下车，尽焚其籍，孳息货易，一无所问。先是，歙民居山险，而输税米者担负跋涉，勤苦不支。公许其计斛纳缗，贱入贵出，官且获利，人皆忘劳。农人便之，归如流水。”玄亮之文，《全唐文》卷六一五仅收一篇。

**沈传师卒于吏部侍郎任，年五十九。后杜牧为撰《沈公行状》。**

《旧唐书·文宗纪》下：“（大和九年四月）壬寅，吏部侍郎沈传师卒。”其卒年寿，《旧唐书·沈传师传》记为“年五十九”。又《杜牧集系年校注》卷一四有《唐故尚书吏部侍郎赠吏部尚书沈公行状》：“公生得灵粹，沛然而仁，自幼及长，未尝须臾间汲汲牵率欲及于道。温良恭俭，明智忠信，内积外溢，自然相随。……公之德行，可以称古君子矣。牧分实通家，义推先执，复以孱昧，叨在宾席，幼熟懿行，长奉指教，泣涕撰记，以备遗阙，以附于史氏云尔。”文乃此后为沈传师所撰。《新唐书·艺文志二》著录沈传师与郑澣等人所撰《宪宗实录》四十卷，《新唐书·艺文志三》又记其与令狐楚等人所撰《元和辨谤略》十卷。

**李德裕本年四十九岁，本月贬袁州长史。有《白芙蓉赋》《重台芙蓉赋》。**

《旧唐书·文宗纪》大和九年四月：“李德裕贬袁州长史。”《会昌一品集·别集》卷一有《白芙蓉赋（并序）》，题下注：“再至江南作。”自序云：“金陵城西，池有白芙蓉，素萼盈尺，皎如霜雪。江南梅雨麦秋后，风景甚清，漾舟绿潭，不觉隆暑。”《李德裕文集校笺》系此文于本月。文状芙蓉池之景云：“是时黛叶已繁，琼英始发。摇瑞彩于波上，挺纤茎于苹末。……点白露于葭菼，散飞鸿于林樾。余乃鼓轻枻，入澄瀛（原注：《楚词》曰：“楚人呼池泽中曰瀛。”）。度柳杞（一作杞柳），越兰蘅。徘徊容与，放志遗荣。近汀洲而菱密，出莲径而潭平。飞鸂鶒，起䴔䴖。挥水珠而溅叶，动波纹而抗茎。”文辞清丽幽雅。又有《重台芙蓉赋（并序）》，亦同时先后之作。此二赋乃借芙蓉自伤，“因为此赋，以代美人托意焉”（《重台芙蓉赋（并序）》）。又《李德裕文集校笺·别集》卷一《山凤凰赋（并序）》，文前题下注：“袁州七首。”笺校一载：“‘袁州七首’此四字为诸本所无，据陆氏校勘（即现藏日本岩崎氏静嘉堂之原陆心源皕宋楼本《李文饶文集》）补于本文篇首。”此七首应指本文及以下六篇：《孔雀尾赋（并序）》《智囊赋（并序）》《积薪赋（并序）》《欹器赋（并序）》《虬蜉赋（并序）》《振鹭赋（并序）》。此六文当为德裕遭贬后藉以抒发感慨之文，如：“畏采毛之摧落，不凌厉而奋飞。乃知玉之败也，以致其琼弁；翠之焚也，犹袭其宝衣。何异夫怀禄耽宠，乐而忘归,玩轩冕而不去,惜印绶而无时。嗟乎!乘君子之器,与兹鸟而同讥。”(《山凤凰赋》(并序))又如:“昔我经世,徒闻智忧。索遗珠而不得,复明烛其焉求。与万物而道夭,又何谟于大猷。今吾所谓智者,乘五湖之浩荡,永终老于扁舟。”(《智囊赋(并序)》)此乃借鸱夷子抒发自己对人生之见解。

## |五月|

**中书门下奏请诸道进奏官须拣择清慎人充,且定任职条件**。

《唐会要》卷七九《诸使下·诸使杂录下》载:“(大和)九年五月,中书门下奏:‘准大和七年七月十四日敕,诸道进奏官,令拣择清慎人充,非因过犯,不得停罢。如方镇自要腹心委寄,任于本道差见任官充。又准大和元年九月十九日敕,不许授别官。今日以后,并请准元和敕处分。如边上无俸料处,只得授近处官,亦不得占江淮好阙。其新进奏官,仍须守职二年后,无败阙,方得奏官。’敕旨依奏。”文亦存《唐文拾遗》卷五五,题为《择清慎进奏官奏》。

## |六月|

**郑注得文宗宠信,渐与李宗闵不和,因杨虞卿事,进言文宗,壬寅,贬李宗闵为明州刺史**。

见《资治通鉴》卷二四五。

**白居易仍在太子宾客分司任。夏,编成《白氏文集》六十卷,藏于庐山东林寺,有《东林寺〈白氏文集〉记》。同时尚有《盘石铭并序》**。

《白居易集笺校》卷七〇《东林寺〈白氏文集〉记》:“今余前后所著文大小合二千九百六十四首,勒成六十卷。编次既毕,纳于藏中。……大和九年夏……太原白居易乐天记。”同上书同卷《磐石铭并序》:“大和九年夏,有山客赠余磐石,转置于履道里第,时属炎暑,坐卧其上,爱而铭之云尔。”

**李固言为御史大夫,奏请置知弹御史一人,专掌京城百司公事;皆弹侍御史一人,分掌诸州府之事。**

《唐会要》卷六一《御史台中·弹劾》载:“(大和)九年六月,御史大夫李固言奏:‘知弹侍御史,自京城百司及天下诸州府等公事,应关文法者,皆先申台司,旧例配知弹侍御史一人,专掌其事。至朝日入阁,又对仗弹奏中外臣僚不如法者。事最繁重,又须详精,一人当之,实恐不逮。臣商量,请知弹御史一人,专掌京城百司公事;皆弹侍御史一人,分掌诸州府之事,庶使官业各修,无所遗阙。’从之。”文亦存《唐文拾遗》卷二九,题为《知弹御史专掌京城奏》。

## |七月|

**文宗每吟杜甫《曲江行》诗,思复升平故事。本月下敕修紫云楼于曲江芙蓉北垣以壮之。**

《唐会要》卷三〇《杂记》载:“(大和)九年七月,敕修紫云楼于芙蓉北垣。九月,内出新造紫云楼彩霞亭额,左军中尉仇士良,以鼓吹迎于银台门。时上好诗,每吟杜甫《曲江行》云:‘江头宫殿锁千门,细柳新蒲为谁绿。’乃知天宝已前,曲江四面皆有行宫台殿,思复升平故事,故为楼殿壮之。”

**李固言本月以御史大夫为门下侍郎、同平章事。**

《唐大诏令集》卷四八有《李固言平章事制》,文后注“大和九年七月”,《旧唐书·文宗纪》所记同。

## |八月|

**太常少卿冯定之古体诗为文宗所称,令其录诗献上。**

《旧唐书·冯定传》:“定字介夫。……与(冯)宿俱有文学,而定过之。……时人比之汉朝二冯君。……大和九年八月,为太常少卿。文宗每听乐，鄙郑、卫声，诏奉常习开元中《霓裳羽衣舞》，以《云韶乐》和之。舞曲成，定总乐工阅于庭……文宗喜，问曰：'岂非能为古章句者耶？'乃召升阶。文宗自吟定《送客西江诗》，吟罢益喜，因赐禁中瑞锦，仍令大录所著古体诗以献。"同卷又记此前冯定即以文驰声域外："先长庆中，源寂使新罗国，见其国人传写讽念定所为《黑水碑》《画鹤记》。韦休符之使西蕃也，见其国人写定《商山记》于屏障。其文名驰于戎夷如此。"

**御史台奏请当三院有新除御史时，敕京兆尹及少尹、两县令就廊下参见，又请以常行杖科决。**

《唐会要》卷六〇《御史台上·御史台》载："（大和）九年八月，御史台奏：'……旧例，新除大夫、中丞，府县官自京兆尹以下，并就台参见。其新除三院御史，并不到台参，亦不于廊下参见。此为阙礼尤甚。伏请自今以后，应三院有新除御史等，并请敕京兆尹及少尹、两县令，就廊下参见……又缘台杖稍细，以细杖而止大罪，必恐凶狡不惩。自今以后，如有情故难容，不足上陈圣听者，许臣等据所犯判决杖下数，勒送京兆府，用常行杖科决讫报，冀得戒惧之意稍严，奸欺之心可革。'敕旨依奏。"文亦存《唐文拾遗》卷五五，题为《条陈台参并科决令史奏》，然文后注"大和元年九月"，恐误。

## 九月

**李训、郑注用事，不附己者，即时贬黜，朝廷悚震，人不自安。癸卯，文宗下旨告谕天下。**

据《旧唐书·文宗纪》。《唐大诏令集》卷一一〇有《告谕宗闵德裕亲故更不问罪敕》："今既再申朝典，一变浇风，扫清朋比之徒，匡饰贞廉之俗，凡百卿士，惟新令猷。如闻周行之中，尚蓄疑惧，或有委相指目，令不自安。今斯旷然，明喻朕意。与宗闵、德裕或亲故及门生故吏等，除今日已前黜远之外，一切不问。"文后注"大和元年九月"，此据《旧唐书》改。文亦存《全唐文》卷七二，题曰《除朋党禁诏》。

**本月，御史中丞兼刑部侍郎舒元舆同中书门下平章事，李训由兵部郎中、知制诰、充翰林侍讲学士为礼部侍郎、同中书门下平章事，皆入相。**

《唐大诏令集》卷四九有《舒元舆李训平章事制》，文后注“大和九年九月”。《旧唐书·文宗纪》所记同。

## 十月

**本月三日，司空兼门下侍郎、同中书门下平章事、充弘文馆大学士、太清宫使及充诸道盐铁转运等使王涯充诸道盐铁转运榷茶等使。**

《唐大诏令集》卷五二有《王涯诸道榷茶使制》，文后注：“大和九年十月三日。”

**大理丞周太元奏请定杂物结赃估断之法。**

《唐会要》卷四〇《定赃估》载：“大和九年十月，大理丞周太玄奏：‘准制条云，杂物依上估绢结赃，所犯若干匹，并无估定计折字者。伏以监利物与两税物，好恶有殊，一例科决，虑忧有屈。今请盗换两税绸绫绢等物，请依元盗换匹数结罪科断，更不估定。如盗换监利物，杂麻布焦葛匹段丝绵纸，及诸色进贡物，不是两税匹段等，请准法式，估定数依上绢结赃科断。’敕旨依奏。”文亦存《唐文拾遗》卷二九，题为《杂物结赃估断奏》。

## 十一月

**李训、郑注与文宗谋诛杀宦官仇士良等人，却反为宦官所杀，数日之内罹难者千余人，时谓“甘露之变”。**

见《旧唐书·文宗纪》、《资治通鉴》卷二四五。司马光评曰：“自是天下事皆决于北司，宰相行文书而已。宦官气益盛，迫胁天子，下视宰相，凌暴朝士为草芥。”

**王涯、舒元舆在甘露之变中皆被宦官所杀，两人均有文名，有集传世。元舆之《牡丹赋》尤为时人所称。**

《资治通鉴》卷二四五记王涯、舒元舆均在本年十一月甘露之变中为宦官所杀。《旧唐书·王涯传》："涯博学好古，能为文，以辞艺登科，践扬清峻……涯家书数万卷，侔于秘府。前代法书名画，人所保惜者，以厚货致之。……厚为垣，窍而藏之复壁。至是，人破其垣取之，或剔取函奁金宝之饰与其玉轴而弃之。"《新唐书·艺文志四》著录《王涯集》十卷。《直斋书录解题》卷一九记《王涯集》一卷。《宋史·艺文志七》著录《翰林歌词》一卷又《新唐书·舒元舆传》："元舆为《牡丹赋》一篇，时称其工。死后，帝观牡丹，凭殿栏诵赋，为泣下。"《新唐书·艺文志四》著录《舒元舆集》一卷。其《牡丹赋》见《全唐文》卷七二七。此赋状牡丹颇为精彩，多为人所称赏。《唐诗纪事》卷四三记唐文宗"一日看牡丹，或吟曰：'拆者如语，含者如烟，俯者如愁，仰者如悦。'吟罢，方省元舆词，不觉叹息，泣下沾衣"。

**郑覃本月同中书门下平章事，翰林学士归融为草制。李石本月亦以户部侍郎、判度支同中书门下平章事。**

见《旧唐书·文宗纪》。《全唐文》卷七四七有归融《郑覃平章事制》："银青光禄大夫、守尚书右仆射……郑覃……可守本官同中书门下平章事"，《唐大诏令集》卷四九有《李石平章事制》。

## 十二月

**文宗有《诛王涯郑注加恩中外德音》。又郭子仪、郭承嘏本年为给事中，约本月上奏请宣布诛王涯等德音。承嘏，郭子仪孙。**

《全唐文》卷七五有《诛王涯郑注加恩中外德音》，《册府元龟》卷九一记其事于本月。又《全唐文补编》卷七〇郭承嘏有《请宣布诛王涯等德音奏》，文首云"给事中臣承嘏等言"，文当为稍前所上。

**文宗本月下旨令六品以下官员授官前，除进士及登科、众所闻知外，宜令先下吏部检勘。又令起居郎、起居舍人可于入阁日赍纸笔于螭头下记言记事。**

《唐会要》卷五四《省号上·中书省》载："（大和）九年十二月敕：'中书、门下、吏部，各有甲历，名为三库，以防逾滥。如闻近日诸处奏官，不经司检寻，未免奸伪。起今已后，诸司诸使诸道应奏六品以下诸色人，称旧有官及出身，请改转并请授官，可与商量者，除进士及登科，众所闻知外，宜令先下吏部，及中书门下及三库，委给事中、中书舍人、吏部格式郎中，各与甲库官同检勘，具有无申报。中书门下审无异同者，然后依资进拟。如诸司诸道奏论不实，以有为无者，临时各加惩罚，务使仕进稽实，永绝侥幸。'"文亦存《唐文拾遗》卷七，题为《检勘旧官敕》。又同书卷五六《省号下·起居郎起居舍人》载："大和九年十二月敕：'宜令起居郎、起居舍人，准故事，入阁日赍纸笔于螭头下记言记事。'"

**令狐楚守尚书左仆射，本月奏请新授节度使入兵部参辞，不带器仗。**

《唐会要》卷七九《诸使下·诸使杂录下》载："其年（大和九年）十二月，左仆射合诸道奏：'诸节使新授，具巾抹，带器仗，省中参辞兵部尚书、侍郎者。伏以军国异容，古今定制。苟不由旧，务祈改常。未闻省阁之门，忽入弓刀之器，伏请停罢。如须参谢，任具公服，到本州县后，交割兵马，诣实申奏。'从之。"又《旧唐书》卷一七六《令狐楚传》载："十月，守尚书左仆射，进封彭阳郡开国公。十一月，李训兆乱，京师大扰。训乱之夜，文宗召右仆射郑覃与楚宿于禁中，商量制敕，上皆欲用为宰相。楚以王涯、贾𫗧冤死，叙其罪状浮泛，仇士良等不悦，故辅弼之命移于李石。乃以本官领盐铁转运等使。……楚又奏：'诸道新授方镇节度使等，具帑抹，带器仗，就尚书省兵部参辞。伏以军国异容，古今定制，若不由旧，斯为改常。未闻省阁之门，忽内弓刀之器……如须参谢，即具公服。'"故知此左仆射乃令狐楚。

**中书门下奏请加进士及第人数至四十人，明经及第人数不得过一百人。又奏请弘文馆学生定减一人。**

《唐会要》卷七六《贡举中·进士》载："（大和）九年十二月，中书门下奏：'今月九日，阁内面奉进止，令条流进士人数，及减下诸色入仕人等。准大和四年格，及第不得过二十五人。今请加至四十人。明经准大和八年正月敕，及第不得过一百一十人，今请再减下十人。'"由此亦可见进士科考试日渐风行。同书卷七七《贡举下·弘文崇文生举》载：(大和)九年十二月，中书门下奏：'奉进止，令减下诸色入仕人。其弘文馆学生见定十六人，今请减下一人。'敕旨依奏。"

## |本 年|

**皇甫湜本年约五十九岁，其《谕业》一文最早乃本年作，文中陈述其为文见解并评论唐诸家之文。其卒年在本年之后，有集三卷。**

《全唐文》卷六八七有皇甫湜《谕业》一文，文中评及"李襄阳之文"，李襄阳即李翱。据《唐方镇年表·山南东道》，李翱本年始出镇襄阳，则此文最早作于本年。文中陈述其为文见解："驰其华不若驰其实……书不千轴，不可以语化；文不百代，不可以语变。体无常轨，言无常宗，物无常用，景无常取。在谭其理，核其微，赋物而穷其致。歌咏者极性情之本，载述者遵良直之旨，觞类而长，不失其要。"又评唐诸家之文云："当朝之作，则燕公悉以评之。自燕公已降，试为子论之。燕公之文，如楩木枏枝，缔构大厦，上栋下宇，孕育气象。可以燮阴阳而阅寒暑，坐天子而朝群后。许公之文，如应钟鼙鼓，笙簧镈磬，崇牙树羽，考以宫县。可以奉明神，享宗庙。李北海之文，如赤羽白甲，延亘平野，如云如风，有貙有虎，阗然鼓之，吁可畏也。贾常侍之文，如高冠华簪，曳裾鸣玉，立于廊庙，非法不言。可以望为羽仪，资以道义。李员外之文，则如金舆玉辇，雕龙彩凤，外虽凡青可掬，内亦体骨不饥。独孤尚书之文，如危峰绝壁，穿倚霄汉，长松怪石，倾倒溪壑，然而略无和畅，雅德者避之。杨崖州之文，如长桥新构，铁骑夜渡，雄震威厉，动心骇耳，然而鼓作多容，君子所慎。权文公之文，如朱门大第，而气势宏敞，廊庑廪厩，户牖悉周，然而不能有新规胜概，令人竦观。韩吏部之文，如长江秋注，千里一道，冲飙激浪，瀚流不滞，然而施诸灌溉，或爽于用。李襄阳之文，如燕市夜鸿，华亭晓鹤，嘹唳亦足惊听，然而才力偕鲜，悠然高远。故友沈谏议之文，则如隼击鹰扬，灭没空碧，崇兰繁荣，曜英扬蕤，虽迅举秀擢，而能沛艾绝景。"本年后湜之行踪无可考，卒年不详。《新唐书·艺文志四》著录《皇甫湜集》三卷，《郡斋读书志》卷四记《皇甫湜文》六卷。

# 唐文宗开成元年

丙辰 八三六

## |正 月|

**本年改元开成，文宗下赦文。**

《旧唐书·文宗纪》："开成元年正月辛丑朔，帝常服御宣政殿受贺，遂宣诏大赦天下，改元开成。"赦文存《全唐文》卷七五，题为《大和改元赦文》。

## |二 月|

**陈上美、郑史、蔡京、陆瑰、李朋、刘瑑、裴德融等四十人登进士第。知贡举为中书舍人高锴。本年文宗亲自出进士试题。**

见《登科记考补正》卷二一本年条。又《旧唐书·高锴传》："开成元年春，试毕，进呈及第人名。文宗谓侍臣曰：'从前文格非佳，昨出进士题目，是朕出之，所试似胜去年。'郑覃曰：'陛下改诗赋格调，以正颓俗，然高锴亦能励精选士，仰副圣旨。'"

**刺史及五品以上官去任之后遽即到京，人数既多，实难安顿。中书门下本月奏请刺史及五品以上官，在外应受替去任，非有征召，未得到京。**

《全唐文》卷九六七有《请命代官留任候除奏》，题后注："开成元年二月中书门下。"

## |三 月|

**李德裕本年五十岁，春在袁州长史任。时寓郊外精舍，遇清景辄杖策独游，吟咏著述以自适。作有《观钓赋（并序）》《振鹭赋（并序）》《怀䴔赋（并序）》《斑竹管赋（并序）》等。本月改滁州刺史，途中又作《畏途赋（并序）》《望匡庐赋**

**（并序）》《大孤山赋（并序）》《剑池赋（并序）》等。至任所，又有《怀崧楼记》。**

据傅璇琮《李德裕年谱》本年谱。

## |四 月|

**文宗与郑覃论诗，覃谓人君应采风以观俗，不应自身作诗。本年覃又奏罢进士科，与文宗论进士科率多轻薄。**

《资治通鉴》卷二四五本年夏四月："戊戌，上与宰相从容论诗之工拙，郑覃曰：'诗之工者，无若三百篇，皆国人作之以刺美时政，王者采之以观风俗耳，不闻王者为诗也。后代辞人之诗，华而不实，无补于事。陈后主、隋炀帝皆工于诗，不免亡国，陛下何取焉！'覃笃于经术，上甚重之。"又《旧唐书·郑覃传》："覃虽精经义，不能为文，嫉进士浮华。开成初，奏礼部贡院宜罢进士科。初，紫宸对，上语及选士，覃曰：'南北朝多用文华，所以不治。士以才堪即用，何必文辞？'帝曰：'进士及第人已曾为州县官者，方镇奏署即可之，余即否。'覃曰：'此科率多轻薄，不必尽用。'帝曰：'轻薄敦厚，色色有之，未必独在进士。此科置已二百年，亦不可遽改。'"

**本月，李固言由山南西道节度使入为门下侍郎、同中书门下平章事，拜相。**

《唐大诏令集》卷四九有《李固言平章事制》，文后注"开成元年四月"，《旧唐书·文宗纪》所记同。

## |闰 五 月|

**白居易本年六十五岁，时守太子少傅，仍居洛阳，自编《白氏文集》六十五卷，藏于洛阳圣善寺，并撰文记之。**

《白居易集笺校》卷七〇《圣善寺白氏文集记》："中大夫、守太子少傅、冯翊县开国侯、上柱国、赐紫金鱼袋太原白居易，字乐天……曰：吾老矣。将寻前好，且结后缘。故以斯文寘于是院。其集七帙，六十五卷，凡三千二百五十五首，题为《白氏文集》，纳于律疏库楼……开成元年闰五月十二日，乐天记。”

## | 六 月 |

**李翱约此时卒于山南东道任，年约六十五，谥文。卒前，韦处厚子韦藩请翱为其父文集作序，翱允而因病未果，遂嘱藩求于刘禹锡。翱有文集十卷**。

据《编年史》：“李翱之卒，李恩溥《李翱年谱》、姜亮夫《历代人物年里碑传综录》皆定于会昌元年(841)，而陈尚君《李翱卒年订误》(《中华文史论丛》一九八一年第一辑)则以为其卒‘应在开成元年七月殷侑继任之前’。今从之。”又《刘禹锡集笺证》卷一九《唐故中书侍郎平章事韦公集纪》：“公本名淳……既仕，方更名处厚，字德载……初，蕃既纂修父书，咨于先执李习之，请文为领袖，许而未就。一旦，习之怃然谓蕃曰：‘翱昔与韩吏部退之为文章盟主，同时伦辈，惟柳仪曹宗元、刘宾客梦得耳。韩、柳之逝久矣，今翱又被病，虑不能自述，有孤前言，赍恨无已，将子荐诚于刘君乎！’无何，习之梦奠于襄州。”《新唐书·李翱传》：“翱始从昌黎韩愈为文章，辞致浑厚，见推当时，故有司亦谥曰文”。《新唐书·艺文志四》著录《李翱集》十卷，《宋史·艺文志一》著录其《易铨》七卷、《艺文志五》著录其《卓异记》一卷、《艺文志七》著录其《李翱集》十二卷，《郡斋读书志》卷四上记《李翱集》十八卷，并谓“集皆杂文无歌诗，前有苏舜钦序，云唐之文章称韩柳，翱文虽辞不迨韩而理过于柳”。《全唐文》存其文六卷。

## | 七 月 |

**温庭筠约本月前撰文与李翱，谢其举荐己为庄恪太子李永之侍从**。

《全唐文》卷七八六温庭筠有《谢襄州李尚书启》，刘学锴《温庭筠全集校注》谓“襄州李尚书”即李翱，文为谢翱举荐其从游庄恪太子李永而上，并系此文于大和九年(835)至开成元年(836)七月间。今从之。

**左街僧录内供奉大达法师上月卒，本月荼毗，裴休为撰碑铭**。

《全唐文》卷七四三裴休有《唐故左街僧录内供奉大达法师元秘塔碑铭并

序》:“以开成元年六月一日,西向右胁而灭。……其年七月六日,迁于长乐之南原。遗命荼毗,得舍利三百余粒。……赐谥大达,塔曰元秘。”

## 九月

**刘禹锡本年六十五岁,秋自同州刺史迁太子宾客分司东都,后将其任汝州以来与白居易酬唱诗编为《汝洛集》。**

《刘禹锡集笺证·外集》卷九有《子刘子自传》:“子刘子,名禹锡,字梦得……迁同州……后被足疾,改太子宾客、分司东都。”又同前书同卷《彭阳唱和集后引》:“开成元年,公镇南梁,予以太子宾客分司东都。”又同前书同卷《汝洛集引》:“大和八年,予自姑苏转临汝,乐天罢三川守,复以宾客分司东都。未几,有诏领冯翊,辞不拜职,换太子少傅分务,以遂其高。时予代居左冯。明年,予罢郡,以宾客入洛,日以章句交欢。因而编之,命为《汝洛集》。”

**白居易仍居洛阳,为皇甫镛撰墓志铭,称镛有集十八卷。**

《白居易集笺校》卷七〇《唐故银青光禄大夫太子少保安定皇甫公墓志铭》并序:“公姓皇甫,讳镛……以开成元年七月十日寝疾……是岁十月三日,用大葬之礼。”则白所撰墓志铭约作于本月。文又云:“公好学,善属文,尤工五言、七言诗,有集十八卷。又著《性言》十四篇。”

## 十月

**李商隐本年二十五,初冬,有文与令狐楚。**

《樊南文集补编》卷五《上令狐相公状三》:“前月末八郎书中,附到同州刘中丞书一封。……彼州风物极佳,节候又早,远闻汉水,已有梅花。……今者绵隔山川,违举旌旆。托乘且殊于文学,受辞不及于大夫。”据《旧唐书·文宗纪》开成元年四月甲午:“以左仆射、诸道盐铁转运使令狐楚检校左仆射,为山南西道节度使。”文中云“远闻汉水,已有梅花”,则本文当作于本年初冬。又“同州刘中丞”为刘禹锡,据《旧唐书·文宗纪》大和九年十月乙未,“以汝州刺史刘禹锡为同州刺史”。禹锡本年秋迁太子宾客、分司东都（见上月条），文约作于本月。

## |十一月|

**李德裕本年三月由袁州长史量移滁州刺史，七月迁太子宾客分司东都，本月庚辰，改浙西观察使。**

见《旧唐书·文宗纪》、两《唐书》本传。

## |十二月|

**潘图本月为隐士刘源撰墓志铭。**

《全唐文》卷七四一有潘图《唐彭城刘府君墓志》，中云：“君讳源，字文宗……树德树居，不仕朝廷。……以开成元年十一月二十五日，卒于私第。以其年十二月庚寅朔十九日甲寅，葬于海盐县南三里。”

**新罗质子金允夫自元和中入唐，历二十六年，累试光禄卿，本月授武成王庙令。**

《册府元龟》卷九九六：“是年（按：开成元年）十二月，新罗国质子试光禄卿紫金鱼袋金允夫进状称：‘本国王命臣入朝充质，二十六年矣。三蒙改授试官，再当本国宣慰及册立等副使，准往例皆蒙特授正官。’遂授武成王庙令。”

**李商隐本年冬有文与令狐楚，又有文与崔龟从及令狐绹，希其援引，并对“学道必求古，为文必有师法”表示怀疑。**

《樊南文集补编》卷五《上令狐相公状四》：“束帛是将，千里而远。缊袍十载，方见于改为；大雪丈余，免虞于偃卧。”文当作于本年冬。又《樊南文集详注》卷八《上崔华州书》：“中丞阁下，愚生二十五年矣。五年读经书，七年弄笔砚……凡为进士者五年。始为故贾相国所憎，明年，病不试；又明年，复为今崔宣州所不取。居五年间，未曾衣袖文章，谒人求知，必待其恐不得识其面，恐不得读其书，然后乃出。呜呼！愚之道可谓强矣，可谓穷矣。宁济其魂魄，安养其气志，成其强，拂其穷，惟阁下可望。辄尽以旧所为发露左右。恐其意犹未宣泄，故复有是说。”按，崔华州为崔龟从。《旧唐书·文宗纪》开成元年十二月庚戌，“以中书舍人崔龟从为华州防御使”。《李商隐文编年校注》谓龟从“例兼御史中丞宪衔。故有‘中丞阁下’之称”。又文中有“‘愚生二十五年矣’之语，故文当本月作”。文又云：“始闻长老言，学道必求古，为文必有师法，常悒悒不快。退自思曰：‘夫所谓道，岂古所谓周公、孔子者独能邪？盖愚与周孔俱身之耳。’以是有行道不系今古，直挥笔为文，不爱攘取经史，讳忌时世。百经万书，异品殊流，又岂能意分出其下哉。”又同上书同卷《别令狐拾遗书》：“自昔非有故旧援拔，卒然于稠人中相望，见其表得所以类君子者，一日相从，百年见肺肝。尔来足下仕益达，仆困不动，固不能有常合而有常离。……足下与仆，于天独何禀，当此世生而不同此世，每一会面一分散，至于慨然相执手，颦然相戚，泫然相泣者，岂于此世有他事哉。惜此世之人，率不能如吾之所乐，而又甚惧吾之徒孑立寡处。……千百年下，生人之权，不在富贵，而在直笔者，得有此人，足下与仆当有所用意。”按，令狐拾遗为令狐绹。《旧唐书·令狐绹传》：“绹字子直，开成初为左拾遗。二年，丁父丧。服阕，授本官，寻改左补阙。”书中有“仆困不动”之语，当此时商隐尚未登第。商隐明年正月下旬登第，当不复有此语，故文当作于本年。

## |本 年|

**杜牧本年三十四岁，为监察御史，分司东都。**

《杜牧集系年校注》卷一六《上宰相求湖州第二启》：“文宗皇帝改号初年，某为御史分察东都。”

**薛元赏去年十二月以司农卿权知京兆尹，本年奏请解还京城豪猾。**

《册府元龟》卷六九六载：“薛元赏开成初为京兆尹，奏：‘京城豪猾，素难禁戢。自去冬后，益恣凶狂，假托军司，劫掠坊市。伏望自去年十一月后，府县所由及坊市百姓投名诸军诸使诸司，悉令解还府县，冀得畿内宁止，辇下清肃。’许之。”又《旧唐书·文宗纪》:“(大和九年十二月)丁亥,以权知京兆尹张仲方为华州防御使,以司农卿薛元赏权知京兆。”

**段成式约本年后辑成《金刚经鸠异》,并为之序。**

《唐文拾遗》卷三十有段成式《金刚经鸠异序》,文记成集经由云:“先命受持讲解有唐已来《金刚经灵验记》三卷,成式当奉先命受持讲解。大和二年,于扬州僧栖简处听《平消御注》一遍。六年,于荆州僧靖奢处听《大云疏》一遍。开成元年,于上都怀楚法师处听《青龙疏》一遍。复日念书写,犹希传照罔极,尽形流通,摭拾遗逸,以备阙佛事,号《金刚经鸠异》。”

**薛逢本年开始求举,后其文为人所称。**

《全唐文》卷七六六有薛逢《上崔相公启》:“某自开成建号,则执艺求知。迹忝及门,名叨中选。或缘情序美,移时而奖导再三;或体物达诚,一席而称扬数四。遂使声华振耀,喧动辈流。”

## 唐文宗开成二年

丁巳 八三七

### 正月

**李肱、张棠、沈黄中、柳棠、李商隐、韩瞻、郑宪、李定言、杨鸿等四十人进士及第,试《霓裳羽衣曲诗》《琴瑟合奏赋》,李肱诗最为出色,为本年状元。礼部侍郎高锴知贡举,先进五人诗,并奏述本年选士情况。**

见《登科记考补正》卷二一本年条。《樊南文集补编》卷五《上令狐相公状五》,刘学锴、余恕诚考曰:“考唐代礼部试,通常于正月进行,二月发榜。状云:‘今月二十四日,礼部发榜。’而上《令狐相公状六》有‘前月七日过关试讫’,‘即以今月二十七日东下’之语,《及第东归次灞上却寄同年》又有‘行期未分压春期’句,相互参证,可推知本篇所云‘今月二十四日,礼部发榜’之‘今月’为正月……《状六》所云‘今月二十七日东下’指三月二十七日东归，而‘前月七日过关试讫’指二月七日关试，然则礼部发榜之日明为正月二十四日。”今从之，将本年进士发榜之时定于正月。又《唐诗纪事》卷五二李肱条：“主司先进五人诗，其最佳者李肱……乃以榜元及第。帝览之曰：近属如肱者，其不忝乎？高锴奏曰：臣锴昨日奉宣进，旨令将进士所试诗赋进来者。……今年诗赋题目，出自宸衷，体格雅丽，意思遐远……其今年试诗赋，比于去年，又胜数等。臣日夜考较，敢不推公。就中李肱《霓裳羽衣曲》诗一首，最为迥出，更无其比。词韵既好，去就又全，臣前后吟咏近三五十遍，虽使何逊复生，亦不能过……其次沈黄中《琴瑟合奏赋》，又似《文选》中《雪月赋》体格……其诗赋总一卷，谨随状奉进以闻。”

**李商隐二十六岁。本月登第后上书令狐楚，谢其多年提携之恩。**

《樊南文集补编》卷五《上令狐相公状五》：“今月二十四日礼部发榜，某徼幸成名，不任感庆。某材非秀异，文谢清华，幸忝科名，皆由奖饰。……岂若四丈屈于公道，申以私恩，培树孤株，骞腾短羽。自卵而翼，皆出于生成；碎首糜躯，莫知其报效。”

## 二月

**裴夷直为左司员外郎权判吏部。前左武卫大将军张克勤以子幼为由请以官恩回授外甥。夷直劾之，以为乱法，恐开日后卖爵之端。朝廷遂不允克勤所请，并为定例。**

《旧唐书·张茂昭传》：“小男克勤，长庆中左武卫大将军。时有赦文许一子五品官，克勤以子幼，请准近例回授外甥。状至中书，下吏部员外郎判废置，裴夷直断曰：‘一子官，恩在念功，贵于延赏；若无己子，许及宗男。今张克勤自有息男，妄以外甥奏请，移于他族，知是何人！傥涉卖官，实为乱法。虽援近日敕例，难破著定格文，国章既在必行，宅相恐难虚授。具状上中书门下，克勤所请，望宜不允。’遂为定例。”《全唐文》卷七五九有夷直《张克勤恩荫请回与外甥判》。又《册府元龟》卷六三一载：“二年二月，吏部奏准制请叙一子官。张茂昭男左武卫大将军克勤进状称：‘男小未堪授任，请回与外甥。’…… 左司员外郎权判吏部废置裴夷直断。”则知裴夷直时为左司员外郎权判吏部。

## 三月

**本月彗星现，文宗下诏自省。**

《旧唐书·文宗纪》开成二年三月："乙丑夜，彗星长五丈……丙寅……彗长六丈……戊辰夜，彗长八丈有余……壬申，诏曰……夫道大为帝，朕膺此称，祇愧已多，矧钟星变之时，敢议名扬之美？"《全唐文》卷七三文宗有《彗星见修省诏》。

**李商隐本月离京东归，行前复上书令狐楚，再谢其恩。**

《樊南文集补编》卷五《上令狐相公状六》："前月七日过关试讫。伏以经年滞留，自春宴集，虽怀归苦无其长道，而适远方俟于聚粮。即以今月二十七日东下。伏思自依门馆，行将十年；久负梯媒，方沾一第。仍世之徽音免坠，平生之志业无亏。信其自强，亦未臻此。愿言丹慊，实誓朝暾。虽济上汉中，风烟特异；而恩门故国，道里斯同。"文之系年详参本年正月条。

## 四月

**陈夷行以工部侍郎、知制诰，充翰林学士同中书门下平章事。**

《唐大诏令集》卷四九有《陈夷行平章事制》，文后注"开成二年四月"，《旧唐书·文宗纪》所记同。

## 五月

**乙丑，裴度由东都留守为太原尹、北都留守、河东节度使。丙寅，李德裕由浙西观察使为扬州大都督长史、淮南节度使。辛未，牛僧孺由淮南节度使为东都留守。**

见《旧唐书·文宗纪》。

## 七月

**李德裕本年五十一岁，为淮南节度使。其大和二年正月任浙西观察使时，偶得其父所收藏之王维辋川图，欣而题画，本月为记。**

《全唐文补编》卷七五李德裕有《题辋川图》，中云："乘闲阅箧书，中得先公相国所收王右丞画辋川图，实家世之宝也。先公凡更三十六镇，故所藏书画多用方镇印记，大和二年戊申正月四日，浙江西道观察等使检校礼部尚书兼润州刺史李德裕恭题。开成二年秋七月望日，文饶记。"又《旧唐书》本传记德裕："开成二年五月，授扬州大都督府长史、淮南节度副大使、知节度使事。"

**司空图本年生。**

《司空表圣诗文集笺校》卷二《休休亭记》云："自开成丁巳岁（837）七月，距今以是岁是月作是歌，亦乐天作传之年，六十七矣。……天复癸亥（903）秋七月记。"按，天复癸亥乃903年，上推67年，则知司空图生于本月。图字表圣，号知非子，晚又号耐辱居士，河中虞乡（今山西永济）人。

## 八月

**白居易本年六十六岁，在洛阳，为太子少傅分司，本月有《范阳张公墓志铭并序》。**

《白居易集笺校》卷七〇《唐故银青光禄大夫秘书监曲江县开国伯赠礼部尚书范阳张公墓志铭并序》，乃为墓主张仲方作。据文，知约作于本年八月。文谓张仲方亦文学之士："公幼好学，长善属文，俯取科第，如拾地芥。著文集三十卷，藏于家。纂制诏一百卷，行于代。尤工五言章句，诗家流称之。尝撰《先仆射府君神道碑》及《丞相文献始兴公庙碑》。由文得礼，秉笔者许之。文献始兴公九龄，即公之伯祖。开元中以儒学诗赋，独步一时。及辅弼明皇帝，号为贤相。"又于铭中称张仲方之文："在唐张氏，世为儒宗。文献既没，郁生我公。我公沨沨，学奥词雄。缘情体物，有文献风。"

**唐元度为翰林待诏、权知沔王友，以国子监所用五经字样所用岁月已久，渐至乖误，于大和七年十二月奏请参详改正，本月撰成《新加九经字样》一卷，凡七十六部四百二十一文。**

《全唐文》卷七五九唐元度有《九经字样序表》，中云："由是遂微臣之上请，许于国学创立石经。仍令小臣覆定字体，谬当刊校，罄尽所知。大历中，司业张参掇众字之谬，著为定体，号曰《五经文字》，专典学者，实有赖焉。臣今参详，颇有条贯。传写岁久，或失旧规。今删补冗漏，一以正之。又于五经文字本部之中，采其疑误旧未载者，撰成《新加九经字样》一卷，凡七十六部四百二十一文。其偏傍上下本部所无者，乃纂为杂辨部以统之。若体画全亏者，则引文以证解。于雅言执礼，诚愧大儒，而辨体观文，式遵小学。其声韵谨依开元文字，避以反言，但纽四声，定其音旨。今条目已举，刊削有成。愿竭愚衷，以资后学。当开成丁巳岁序谨上。"又同卷《九经文字牒文》："右国子监奏，得覆定石经字体官、翰林待诏、朝议郎权知沔王友、上柱国赐绯鱼袋唐元度状，准大和七年十二月五日敕，覆定九经字体者。……今与校勘官同商较是非，取其适中，纂录为《新加九经字样》一卷。或经典相承，与字义不同者，具引文以注解。今刊削有成，请附于《五经字样》之末，用证纰误者。……开成二年八月十二日牒。"同卷元度尚有《论十体书》一文，文中述及古文、大篆、八分、小篆、飞白、倒薤篆、散隶、悬针、鸟书及垂露等十种字体。

**赠陇西郡夫人董氏自德宗年间入宫登乐籍，历六朝，本月卒。翰林学士黎埴奉敕为撰墓志铭。文多骈偶，辞藻华丽。**

《唐代墓志汇编》"开成〇一〇"《唐故赠陇西郡夫人董氏墓志铭并序》，题后注："翰林学士黎埴奉敕撰。"文中云董氏："当德皇御宇，而名达宸听，超自辈流，登于乐籍……是以列圣佳其艺能，六宫推其德美，虽修蛾已老，椒房之贵人。而罗袖时翻，授梨园弟子。名居上品，时历六朝，逝水不留，化泉将及。以开成二年岁次丁巳八月壬辰朔廿二日癸丑，卒于内院，享年六十有六……其年其月卅日辛酉，俾袝葬于先茔。"文为奉敕而作，多骈偶，文辞华丽，如："岂独清音响亮，空号双成之笙；长袖翩翩，唯许娇娆之舞而已哉！自笈年入居宫台，容华绰约，仪则详闲；执礼谦和，发言明媚。而又纤腰柔弱，举趾嫣妍。飞燕自得于体轻，平阳雅称其妙丽。”

## |九 月|

**杜牧本年三十五岁，秋末赴宣州。过金陵，遇李锜妾杜秋娘，赋诗感慨秋娘之遭遇。**

《杜牧集系年校注》卷一六《上宰相求湖州第二启》：“文宗皇帝改号初年，某为御史，分察东都……至二年间，(杜)𫖮疾眼，暗无所睹……某迎石生至洛，告满百日，与石生俱东下，见病弟于扬州禅智寺。……其年秋末，某载病弟与石生自扬州南渡，入宣州幕。”又同上书卷一《杜秋娘诗并序》：“杜秋，金陵女也。年十五为李锜妾。后锜叛灭，籍之入宫。有宠于景陵。穆宗即位，命秋为皇子傅姆。皇子壮，封漳王。郑注用事，诬丞相欲去异己者，指王为根。王被罪废削，秋因赐归故乡。予过金陵，感其穷且老，为之赋诗。”据吴在庆《杜牧论稿·杜牧卒年及〈杜秋娘诗〉系年考辨》，此序文盖此时所作。

**李商隐约本年秋代崔珙为萧澣撰墓志铭。**

《樊南文集详注》卷六有《代李玄为崔京兆祭萧侍郎文》，萧侍郎为萧澣，崔京兆为崔珙。据《旧唐书·文宗纪》大和九年七月：“贬刑部侍郎萧澣为遂州刺史。”又据段成式《酉阳杂俎》卷四《祸兆》：“萧澣初至遂州，造二幡竿施于寺，设斋庆之。斋毕作乐，忽暴雷霹雳，竿各成数十片。至来年，当雷霹日，澣死。”又《旧唐书·崔珙传》开成二年：“六月，迁京兆尹。”另商隐有《哭遂州萧侍郎二十四韵》(《全唐诗》卷五四一)，诗中有“蚁漏三泉路，螀啼百草根”之句，则祭文亦约本年秋之作。祭文中云：“上蔽聪明，内求媟近。故鸿猷不得而协赞，睿化莫可以辅成。藐是流离，有窘阴雨。呜呼！令惟逐客，谁复上书？狱以党人，但求俱死。衔冤遽往，吞恨孤居。目断而不见长安，形留而远托异国。屈平忠而获罪，贾谊寿之不长。才易炎凉，遂分今昔。粤自东蜀，言旋上京。郭泰墓边，空多会葬；邓攸身后，不见遗孤。信阴骘之莫知，亦生人之极痛！”言辞凄婉又不乏犀利之气，充分表达对萧澣冤贬遭遇之深切义愤。

## 十月

**郑覃进《石壁九经》一百六十卷，又奏置五经博士。覃重视经书，轻视文辞，故以此欲折文章之士。**

《旧唐书·文宗纪》开成二年十月："诏改天后所撰《三教珠英》为《海内珠英》。……癸卯，宰臣判国子祭酒郑覃进《石壁九经》一百六十卷。时上好文，郑覃以经义启导，稍折文章之士，遂奏置五经博士，依后汉蔡伯喈刊碑列于太学，创立《石壁九经》，诸儒校正讹谬。上又令翰林勒字官唐玄度复校字体。"

## 十一月

**令狐楚卒于山南东道节度使任，享年七十二。卒前，召李商隐作遗表。后其子令狐绹编辑其文一百三十卷，刘禹锡为作《集纪》。**

《旧唐书·文宗纪》开成二年十一月，"丁丑，兴元节度使令狐楚卒"。《旧唐书·令狐楚传》亦载楚"开成二年十一月，卒于镇，年七十二，册赠司空，谥曰文"。又记楚"未终前三日，犹吟咏自若。……前一日，召从事李商隐曰：'吾气魄已殚，情思俱尽，然所怀未已，强欲自写闻天……子当助我成之。'即秉笔自书曰"。《全唐文》卷五四一有令狐楚《遗疏》，即卒前所书。又《樊南文集详注》卷一《代令狐公遗表》，即此时李商隐代楚所作。文中云："入冬则肠胃不调……十二日夜，有仆夫告臣云：'大星陨地，雅当正室，洞照一庭。'"则楚入冬即身体不适，其当卒于本月十二日。又《旧唐书·令狐楚传》："后（令狐）绹贵，累赠至太尉。有文集一百集，行于时。后撰《宪宗哀册文》，辞情典郁，为文士所重。"刘禹锡后亦为撰《唐故相国赠司空令狐公集纪》（《刘禹锡集笺证》卷一九）云："既免丧，嗣子左补阙绹集公之文，成一百三十卷。因长子太子左谕德宏分司东都，负其笥来谒，泣曰：'先赠司空与丈人为显交，撤悬之前五日，所赋诗寄友，非他人也。今手泽尚存。'言之呜咽长号，予为之恸，收泪而视，分当编次之。"文又赞令狐楚文曰："始公参大卤记室，以文雄于边。议者谓一方不足以骋用，征拜于朝。累迁仪曹郎，乃登西掖，入内署，吁谟密勿，遂委魁柄，斯以文雄于国也。呜呼！咫尺之管，文敏者执而运之，所知皆合。在藩耸万夫之观望，立朝贲群僚之颊舌,居内成大政之风霆。导畎浍于章奏,鼓洪澜于训诰。笔端肤寸,膏润天下。文章之用,极其至矣。而又余力工于篇什,古文士所难兼焉。"《新唐书·艺文志四》著录令狐楚《漆奁集》一百三十卷、《梁苑文类》三卷、《表奏集》十卷;另有《断金集》一卷、《彭阳唱和集》三卷、《广宣与令狐楚唱和》一卷,皆为与他人唱和之集。

**李商隐本月为令狐楚代撰遗表,对其时朝中宦官专权之状深表不满。**

《樊南文集详注》卷一《代彭阳公遗表》,中云:"伏惟皇帝陛下,春秋鼎盛,华夏镜清,是修教化之初,当复理安之始。然自前年夏秋以来,贬谴者至多,诛僇者不少。伏望普加鸿造,稍霁皇威。殁者昭洗以云雷,存者沾濡以雨露,使五稼嘉熟,兆人乐康。用臣将尽之苦言,慰臣永蛰之幽魄。"文对其时朝中宦官专权之状深表不满。此文虽为代令狐楚而作,然亦可展示李商隐之立场。

**李汉为绛州长史,本月撰文记唐高祖孙李譔其人其事。**

《全唐文补编》卷七三李汉有《黄公记》,文末署:"尔时开成二年十一月二十五日,绛(州)长史李汉记。"中云:"绛州道士观,其教所谓碧落尊像者……□是永隆中孝子李譔谌等,为妣助冥福建也。……高祖子韩王元嘉,嘉生譔,别封黄□公。天后时……王时为绛州刺史,公不胜忍,自京托疾至绛,与王潜议起兵诛诸武,迎中宗于房陵。时瑯琊王冲亦与谋,期有日矣。不幸冲不俟期,先起以败,公与王发觉伏诛。……史云公父子皆□□法为重人,尤好古学,家藏书埒天府,□书本为详定。公为文与当时周思□□利贞者齐名。"

## |十二月|

**刘禹锡本年六十六岁,感令狐楚之逝,补编《彭阳唱和集》。又为韦处厚集撰序。**

《刘禹锡集笺证·外集》卷九有《彭阳唱和集后引》:"(大和)八年,公为吏部尚书,予牧临汝,有诗叹七年之别,署其后云:集卷自此为第三。未几,予转左冯,公登左揆,每恨近而不见,形于咏言。开成元年,公镇南梁,予以太子宾客分司东都，新韵继至，率云三轴成矣。二年冬，忽寄一章，词调凄切，似有永诀之旨，伸纸悸叹。居数日，果承讣书。呜呼！聆风相悦者四十年，会面交欢者十九年，以诗见投凡七十九首，勒成三卷，以副平生之言。”据文知，刘禹锡与令狐楚诗歌往还达十九年之久。楚卒于上月，则文当作于本月或稍前。同集卷十九有《唐故中书侍郎平章事韦公集纪》，文中云：“公本名淳……既仕，方更名处厚，字德载……大和二年十二月，上前言事，未及毕词，疾作暴偾，以朝服委地。……诘旦以不起闻。……后十年，嗣子蕃以太子舍人直弘文馆，编次遗文七十通，衔哀贡诚，乞词以冠其首。谨按公未为近臣已前，所著词赋、赞论、记述、铭志，皆文士之词也，以才丽为主。自入为学士至宰相以往，所执笔皆经纶制置财成润色之词也，以识度为宗。观其发德音，福生人，沛然如时雨；褒元老，谕功臣，穆然如景风。命相之册和而庄，命将之诰昭而毅。荐贤能，其气似孔文举；论经学，其博似刘子骏；发十难以摧言利者，其辩似管夷吾。”

**薛元赏为武宁军节度使，本月奏请停泗口税场杂税**。

《全唐文补编》卷七六薛元赏有《请停杂税奏》。《旧唐书》卷四九载：“开成二年十二月，武宁军节度使薛元赏奏：‘泗口税场，应是经过衣冠商客金银、羊马、斛斗、见钱、茶盐、绫绢等，一物已上并税。今商量，其杂税并请停绝。’诏许之。”

## |本 年|

**杨嗣复本年为权德舆文集撰序**。

《全唐文》卷六一一有杨嗣复《丞相礼部尚书文公权德舆文集序》，文首云：“唐有天下二百二十载”，唐建于高祖武德元年(618)，下推220年，则文当作于本年。文又言：“公讳德舆，字载之，天水人也。……凡四任九年，专掌诏诰。大则发德音，修典册，洒朝廷之利泽，增盛德之形容；小则褒才能，叙官业，区分流品，申明诫劝。无诞词，无巧语，诚直温润，真王者之言。公昔自纂录为制集五十卷，托于友人湖南观察使杨公凭为之序，故今不在编次之内。其它千名万状，随意所属，牢笼今古，穷极微细，周流于亲爱情理之间，磅礴于勋贤久大之业，不为利疚，不以菲废，本乎道以行乎文，故能独步当时，人人心伏，非以德爵齿挟而致之。”

**杜牧约本年或稍后为李戡作墓志铭，文中记李戡曾选唐诗编为三卷，并批评元白之纤艳诗歌。其《投知己书》《上郑相公状》亦作于本年或稍后。**

《杜牧集系年校注》卷九《唐故平卢军节度巡官陇西李府君墓志铭》：“君讳戡，字定臣……所著文数百篇，外于仁义，一不关笔。尝曰：‘诗者可以歌，可以流于竹，鼓于丝，妇人小儿，皆欲讽诵，国俗薄厚，扇之于诗，如风之疾速。尝痛自元和以来，有元白诗者，纤艳不逞，非庄士雅人，多为其所破坏，流于民间，疏于屏壁，子父女母，交口教授，淫言媟语，冬寒夏热，入人肌骨，不可除去。吾无位，不得用法以治之。’欲使后代知有发愤者，因集国朝以来类于古诗，得若干首，编为三卷，目为《唐诗》，为序以导其志。”文中记李戡卒于开成二年（837）春，此铭约作于本年或稍后。又《杜牧集系年校注》卷一三有《投知己书》，云：“夫子曰：‘不怨天，不尤人，下学而上达，知我者其天乎？’复曰：‘知我者《春秋》，罪我者亦以《春秋》。’此圣人操心，不顾世之人是非也。……圣贤义列之士，既不可到，小生有异于众人者，审己切也。审己之行，审己之才，皆不出众人，亦不求知于人，已或有知之者，则藏缩退避，唯恐知之深，盖自度无可以为报效也。或有因缘他事，不得已求知于人者，苟不知，未尝退有怼言怨色，形于妻子之前，此乃比于众人，唯审己求知也。大和二年，小生应进士举，当其时先进之士，以小生行可与进，业可益修，喧而誉之，争为知己者不啻二十人。小生迩来十年江湖间，时时以家事一抵京师，事已即返，尝所谓喧而誉之为知己者，多已显贵，未尝一到其门。……昨李巡官至，忽传阁下旨意，似知姓名，或欲异日必录在门下。阁下为世之伟人巨德，小生一获进谒，一陪燕享，则亦荣矣，况欲异日终置之于榻席之上，齿于数子之列乎？无攀缘丝发之因，出特达倜傥之知，小生自度宜为何才，可以塞阁下之求；宜为何道，可以报阁下之德。是以自承命已来，审己愈切，抚心独惊，忽忽思之，而不自知其然也。……”《杜牧集系年校注》考云：“知己：当为崔郸。……开成二年，出为宣歙观察使。……文云‘大和二年，小生应进士举’‘小生迩来十年江湖间’，‘自十年来，行不益进，业不益修’，自大和二年（828）来十年，乃开成二年，则本文当作于是年。又据《旧唐书·文宗纪下》，开成二年正月，‘以吏部侍郎崔郸为宣歙观察使’。又观文中‘昨李巡官至，忽传阁下旨意，似知姓名，或欲异日必录在门下’等语，知此时崔郸有意延揽杜牧入幕，而杜牧此时正因乞假百日去职，正觅新职，故有‘若蒙待之以众人之地，求之以众人之才，责之以众人之报，亦庶几异日受约束指顾于簿书之间，知无不为，为不及私’之言。据此订本文于开成二年(837)。”又《杜牧集系年校注》卷一六有《上郑相公状》。《杜牧集系年校注》考郑相公为郑覃，又云：“郑覃，大和九年十一月至开成四年五月为相……本文云‘犹尚不遗微贱，特降慰诲’，又有‘某一门骨肉，皆受恩知，效命之诚，沥血自誓’语，与会昌间杜牧已为刺史不合，而与开成二年至三年间杜牧因病假百日去官后在扬州、宣州幕较为相合，故姑系本文于开成二至三年间。”

**刘轲本年居洛阳修行里，曾应人之请为三藏法师撰塔铭。**

《全唐文》卷七四二有刘轲《大唐三藏大遍觉法师塔铭并序》：“岁丁巳，开成纪年之明年，有具寿沙门曰令检，自上京抵洛师，以缥囊盛三藏遗文传记，访余柴门于行修里，且曰：闻夫子斧藻群言旧矣。讵直专声于班、马，能不为释氏董狐耶？抑岂不闻贞观初慈恩三藏之事乎，敢矢厥来旨云。”文记三藏取经事颇详，并记三藏归国后之盛况：“翌日，大会于朱雀街之南，陈列法师于西域所得经像舍利等。其梵文凡五百廿夹，六百五十七部，以廿马负而至。自朱雀宏福十余里，倾都士女，夹道鳞次，若人非人，曾不知几俱胝矣。壬辰，法师谒文武圣皇帝于洛阳宫。二月己亥，对于仪鸾殿。”又《唐诗纪事》卷四六刘轲条引白居易语曰：“庐山自陶、谢后……今读书属文……其出秀出者有彭城刘轲，开卷慕孟轲为人，秉笔慕扬雄、司马迁为文。”

## 唐文宗开成三年

戊午　八三八

### 正月

**甲子，宰相李石赴朝途中为盗射伤，京城大恐，但捕盗不获，后知乃宦官仇士良使人所为。乙丑，百官仅有九人入朝。**

见《旧唐书·文宗纪》、《资治通鉴》卷二四六。《资治通鉴》又记：“中书侍郎、同平章事李石，承甘露之乱，人情危惧，宦官恣横，忘身徇国，故纪纲粗立。

仇士良深恶之,潜遣盗杀之,不果。石惧,累表称疾辞位,上深知其故而无如之何。丙子,以石同平章事,充荆南节度使。"《唐大诏令集》卷五三有《李石荆南节度同平章事制》。

**去年秋,淄、青、兖、海、郓、曹、濮等州深受虫蝗之害,本月文宗有《优恤旱蝗诸州诏》,下旨减税并查冤狱。**

《全唐文》卷七三有《优恤旱蝗诸州诏》:"其淄、青、兖、海、郓、曹、濮去秋虫蝗,害物偏甚。……邦畿之内,徭役殷繁,言念疲人,固资矜恤。……刑狱之重,人命所悬,将绝冤滥,必资慎恤。……辇毂之下,法在肃清。"《册府元龟》卷六五记其事于本月。

**本月,杨嗣复由户部尚书同中书门下平章事,李珏由户部侍郎、判户部事同中书门下平章事,皆入相。**

《唐大诏令集》卷四九有《杨嗣复李珏平章事制》,文后注:"开成三年正月。"《旧唐书·文宗纪》所记同。

## |二月|

**裴思谦、李滂、萧膺、归仁晦、沈朗、陈嘏、欧阳秬、冯涯等四十人登进士第,裴思谦为状元。本年进士试题为《霓裳羽衣曲赋》《太学创置石经诗》,赋任用韵。今存有沈朗、陈嘏赋。礼部侍郎高锴为本年知贡举。孙谷、赵璘分别为博学宏词科与书判拔萃科及第者。**

见《登科记考补正》卷二一本年条。

**沈朗本月及第。朗重儒学,存有《霓裳羽衣曲赋》《进新添毛诗四篇表》二文。**

《全唐文》卷七四一沈朗有《霓裳羽衣曲赋》,中云:"儒有悦声教以自勖,观至乐于实录。如元宗之圣代，制霓裳之丽曲。岂惟象德以饰喜，将以变风而易俗。……乃制神仙之妙响，是知郑卫之难侵。”又《全唐文补编》卷七八有朗《进新添毛诗四篇表》：“《关雎》后妃之德，不可为三百篇之首，盖先儒编次不当耳。今别撰二篇为尧舜诗，取虞人之箴为禹诗，取《大雅·文王》之篇为文王诗，请以此四诗置《关雎》之前，所以先帝王而后后妃，尊卑之义也。”

**王起为兵部尚书判太常卿事，本月奏请祔怀懿太子神主。**

《全唐文》卷六四三王起有《覆奏祔怀懿太子神主状》，中云：“今怀懿太子为侄，以侄祔叔，享献得宜。请于惠昭太子庙添置一室，择日升祔。”又《唐会要》卷一九《诸太子庙》亦载：“开成三年二月，兵部尚书、判太常卿事王起等奏：‘今怀懿太子以侄祔叔，享献得宜。请于惠昭太子庙添置一室，择日升祔。’从之。”

## 三 月

**李商隐本年二十七岁，春，入王茂元泾原幕，后试博学宏词科，为人所抑，落第归泾原幕。后代韩瞻上启李执方，谢其欲辟瞻入幕，并为王茂元加兵部尚书作诸表状。**

据张采田《玉溪生年谱会笺》本年谱。《樊南文集详注》卷八《与陶进士书》：“前年乃为吏部上之中书，归自惊笑，又复懊恨。周、李二学士以大法加我。夫所谓博学宏词者，岂容易哉！……后幸有中书长者曰：‘此人不堪。’抹去之。乃大快乐，曰：此后不能知东西左右，亦不畏矣。”所叙即本年博学宏词科试时为人所抑事。同上书卷三《为韩同年瞻上河阳李大夫启》，韩瞻，韩偓父，与李商隐为连襟。“李大夫”为李执方，时为怀州节度使。

**房千里本年春自海上北徙，舟行次洞庭湖之阳，遇风受阻，观人游戏，感仕宦之无常，遂编《骰子选格》，并为之序。**

《全唐文》卷七六〇有房千里《骰子选格序》：“开成三年春，予自海上北徙，舟行次洞庭之阳，有风甚急，系船野浦下三日。遇二三子号进士者，以六骰双双为戏，更投局上，以数多少为进身职官之差数，丰贵而约贱。卒局，座客有为尉掾而止者，有贵为相臣将臣者，有连得美名而后不振者，有始甚微而歘升于上位者。大凡得失，酷似前所谓不系贤不肖，但卜其偶不偶耳。达人以生死为劳息，万物为一马。果如是，吾今之贵者，安知其不果贱哉！彼真为贵者，乃数年之荣耳。吾今贵者，亦数刻之乐耳。虽久促稍异，其归于偶也同。……因条所置进身职官迁黜之目，为骰子选格序。”同卷又有《庐陵所居竹室记》，作年无确考，然与本文相似，亦由物感怀之作，今一并系于此。文中云：“予三年夏，待罪于庐陵。其环堵所栖者，率用竹以结其四周。……方大暑，火烘爆，溜坼壤，若坠于炉，若燎于原。舌呀而不能持，支堕而不自运。赫赫爞爞，如列千万炬于室内。视其门，即寂寥虚阒，若清秋之山焉，若寒浦之波焉。予乃知向所谓天地之气，人之百骸，与其心形之内外，居室之寒燠，反是果为灾，且妖且病，且乱且穷也。今予方穷不能奋，果穷也，其处于是亦宜矣。……今予室之曦，予门之寒，予亦姑思其治之之道。将爇其庐而斩其工竹，室其能永永以烁。予书其词于壁。”又《全唐文补编》卷七一千里有《杨娼传》，记长安城杨娼者与岭南某帅相善，帅为出资去娼籍，私挈之南海。娼有慧性，颇得帅之欢心。后帅得病，思见娼，娼欲往，然为帅之悍妻所知，欲投之沸鬲。帅闻而大恐，促命止娼，大遗其奇宝，并命家僮卫其北归。帅愤而卒，娼闻讯殉情。文末云：“夫娼，以色事人者也，非其利则不合矣。而杨能报帅以死，义也；却帅之贿，廉也。虽为娼，差足多乎？”文作年未能确考，姑一并系于此。

## 四月

**裴潾卒于兵部侍郎任，谥敬。有《大和新修辨谤略》等。**

《旧唐书·文宗纪》载开成三年四月乙酉“兵部侍郎裴潾卒”。《旧唐书·裴潾传》：“寻出为河南尹，入为兵部侍郎。（开成）三年四月卒，赠户部尚书，谥曰敬。”陶宗仪《书史会要》卷五记潾“隶书为时所推右，晚岁行草尤胜，当是其耿耿流于毫端者，故笔不病而韵自高耳”。《新唐书·艺文志三》著录其《大和新修辨谤略》三卷、《大和通选》三十卷。

**檀州刺史周元长去年四月卒，本月卜葬，李掖为撰墓志。**

《全唐文补编》卷七一李掖有《故幽州节度押衙……檀州刺史……汝南周府

君墓志铭》:“有唐故汝南周府君讳元长,字愬。……以开成二年四月廿日遇疾终……享年六十四,即以三年岁在戊午四月十三日庚子卜葬。”

## 五月

**文宗不满虚美推功之风,本月下旨禁奏祥瑞**。

《全唐文》卷七一文宗有《禁奏祥瑞诏》:“虚美推功,非予所尚。……事非经通,理当厘正,庶使溥天之下,知予务实之心。”《册府元龟》卷六五记其事于本月。

**王起本年七十九岁,此前已为皇太子侍读,为太子广《五位图》及《文场秀句》,此时又充翰林学士**。

《旧唐书·王起传》:“文宗好文,尤尚古学。郑覃长于经义,起长于博洽,俱引翰林,讲论经史。起僻于嗜学,虽官位崇重,耽玩无斁,夙夜孜孜,殆忘寝食,书无不览,经月靡遗。……以庄恪太子登储,欲令儒者授经,乃兼太子侍读,判太常卿。……为太子广《五运图》及《文场秀句》等献之。(开成)三年,以本官充翰林侍讲学士。”又《新唐书·王起传》:“俄兼太常卿、礼仪使。帝题诗太子笏以赐,诏画像便殿,号‘当世仲尼’……又使广《五位图》,俾太子知古今治乱。开成三年,入翰林为侍讲学士。”据《翰林学士壁记》,王起本年五月五日判太常卿事、充皇太子侍读、侍讲学士,依前判太常卿事,充翰林学士。按,《新唐书·艺文志二》著录《五位图》十卷,与《旧唐书·王起传》作《五运图》异,今从《新唐书·艺文志》。

## 六月

**李商隐在泾原幕,为令狐楚作祭文。文以浓缩虚括之诗笔,抒深挚之情**。

《樊南文集详注》卷六《奠相公令狐公文》:“戊午岁丁未朔乙亥晦,弟子玉溪生李商隐,叩头哭奠故相国、赠司空彭阳公。呜呼!昔梦飞尘,从公车轮,今梦山阿,送公哀歌。古有从死,今无奈何!天平之年,大刀长戟,将军樽旁,一人衣白。十年忽然，蜩宣甲化。人誉公怜，人谮公骂。……愚调京下，公病梁山，绝崖飞梁，山行一千。草奏天子，镌辞墓门。临绝丁宁，托尔而存……故山巍巍，玉溪在中。送公而归，一世蒿蓬！"按，"戊午岁丁未朔乙亥晦"为本年六月二十九日。商隐自大和三年(829)初谒楚于洛阳，至开成二年(837)楚卒时已近十年。其间楚对其多有教诲、提携之恩，故此文情感浓郁，而笔法又极简略。冯浩评曰："楚爵高望重，义山受知最深。铺叙恐难见工，故抛弃一切，出以短章，情味乃无涯矣。是极惨淡经营之作。"

## 七月

**李商隐在泾原幕，为王茂元上书杨嗣复。**

《樊南文集补编》卷四《为濮阳公上杨相公状》。"杨相公"为杨嗣复。《李商隐文编年校注》系于本月十二日之前，今从之。

## 八月

**日本僧人圆仁随日本遣唐使来中国，七月下旬船抵扬州。八月，其大使入府城见李德裕。李德裕曾于八九月数次见圆仁及其他日本来使，并问及日本状况。**

详见圆仁所著《入唐求法巡礼行记》，并参傅璇琮《李德裕年谱》。

**李绅本年六十七岁，仍在宣武节度使任，自编诗为《追昔游诗》三卷，并为之序。**

《全唐文》卷六九四有李绅《追昔游集序》，文末署"开成戊午岁秋八月"。文记诗集内容云："追昔游，盖叹逝感时，发于凄恨而作也。或长句，或五言，或杂言，或歌或乐府、齐梁，不一其词，乃由牵思所属耳。起梁溪，归谏署，升翰苑，承恩遇，歌帝京风物。遭谗邪，播历荆楚，涉湘沅，逾岭峤荒陬，止高安，移九江，泛五湖，过钟陵，溯荆江，守滁阳，转寿春，改宾客，留洛阳，廉会稽，过梅里，遭谗者再。宾客为分务，归东周，擢川守，镇大梁，词有所怀，兴生于怨。故或隐显不常其言,冀知者于异时而已。”据《唐方镇年表》,李绅开成二年(837)六月至五年九月为宣武节度使。

**李商隐在泾原幕,为王茂元贺丁居晦拜中书舍人。**

《樊南文集补编》卷七《为濮阳公贺丁学士启》:“墨丸赤管,岂滞于南宫;黄纸紫泥,聊过于禁掖。凤池甚迩,鸡树非遥,副此具瞻,当在后命。”按,“丁学士”为丁居晦,据《重修承旨学士壁记》:“丁居晦大和九年五月三日自起居舍人、集贤院直学士充……(开成)三年八月十四日迁中书舍人,十一月十六日拜御史中丞,出院。”又唐人诗文中言及中书舍人多用“黄纸紫泥”典,故文当作于本月居晦拜中书舍人后不久。

## 九月

**李商隐在泾原幕,为王茂元先后撰文与李程、杨嗣复、李珏、陈夷行、牛僧孺等,并代上《论皇太子表》。**

《樊南文集补编》卷五《为濮阳公上汉南李相公状》。按,“汉南李相公”为李程。据《旧唐书·李程传》:“敬宗即位之五月,以本官同平章事。”“(开成)二年二月,检校司徒,出为襄州刺史、山南东道节度使。”状中有“远想亭皋,如飞木叶”之语,则此状盖作于本年秋。又《樊南文集详注》卷一《为濮阳公论皇太子表》:“今月某日,得本道进奏院状报,今月六日,宰臣郑某等率三省官属入论皇太子事者。”据《旧唐书·文宗纪》开成三年九月:“壬戌,上以皇太子慢游败度,欲废之。”文当作于本月。又《樊南文集补编》卷二《为濮阳公上杨相公状》:“伏承相公由大司徒之率属,掌中秘书之枢务”,《为濮阳公上李相公状二》:“伏承相公假道版图,正位机密。”《为濮阳公上陈相公状一》:“奉承相公显由起部,光践黄枢。”此三文乃分别贺杨嗣复、李珏、陈夷行拜相而作。据《新唐书·宰相表》开成三年:“九月,夷行为门下侍郎,珏、嗣复为中书侍郎。”则文均当本月所作。又卷四《为濮阳公贺陈相公送土物状》《为濮阳公贺杨相公送土物状》《为濮阳公贺李相公送土物状》《为濮阳公贺牛相公状》亦当稍后之作。

## |十月|

**李商隐在泾原幕，为王茂元上《奉慰皇太子薨表》与《谢冬衣表》。**

《樊南文集补编》卷一《为濮阳公奉慰皇太子薨表》："今月某日以皇太子奄谢东宫。"据《旧唐书·文宗纪》"（开成三年）冬十月，太子薨于少阳院"，则文当作于本月。又同上书卷二《为濮阳公皇太子薨慰宰相状》亦当为同时之作。又同卷《为濮阳公泾原谢冬衣表》"燕鸿未过，泾水先冰"，据此知寒衣送达当在初冬，姑一并系于本月。

## |十一月|

**唐文宗好诗，尝欲置诗学士，为李珏、杨嗣复等人所谏止，盖李珏等对"元和体"颇为鄙薄。**

《资治通鉴》卷二四六本年十一月载："上好诗，尝欲置诗学士。李珏曰：'今之诗人浮薄，无益于理。'乃止。"此事宋王谠《唐语林》卷三所记较详，云："文宗好五言诗，品格与肃、代、宪宗同，而古调尤清峻。尝欲置诗学士七十二员，学士中有荐人姓名者（原注：当时诗人李廓驰名，为泾原从事）。宰相杨嗣复曰：'今之能诗，无若刘宾客分司禹锡。'上无言。李珏奏曰：'当今起置诗学士，名稍不嘉。况诗人多穷薄之士，昧于识理。今翰林学士皆有文词，陛下得以览古今作者，可怡悦其间；有疑，顾问学士可也。陛下昔者命王起、许康佐为侍讲，天下谓陛下好古宗儒，敦扬朴厚。臣闻宪宗为诗，格合前古，当时轻薄之徒，摛章绘句，聱牙崛奇，讥讽时事，尔后鼓扇名声，谓之"元和体"，实非圣意好尚如此。今陛下更置诗学士，臣深虑轻薄小人，竞为嘲咏之词，属意于云山草木，亦不谓之"开成体"乎？玷黯皇化，实非小事。'"

**马植为安南都护，颇有良政，去岁奏请升武陆县为州，本月又奏请给经略押衙杜存诚印奏，于此二奏中可见马植与民相安之治郡方略。**

《唐会要》卷七三载："开成三年，安南都护马植奏：'当管羁縻州首领，或居巢穴自固，或为南蛮所诱，不可招谕，事有可虞。臣自到镇以来，晓以逆顺，今诸首领愿纳赋税，其武陆县请升为州，以首领为刺史。'从之。"又同卷："四年十一月，安南都护马植奏：'当管经略、押衙、兼都知兵马使杜存诚，管善良四乡，请给发印一面。前件四乡是獠户，杜存诚祖父以来，相承管辖，其丁口税赋，与一郡不殊。伏以夷貊不识书字，难凭印文，从前征科，刻木权用。伏乞给发印一面，令存诚行用。'敕旨：'宜依。'"马植乃将家子，然擅诗赋，《唐摭言》卷五"以其人不称才试而后惊条"载："令狐文公镇三峰，时及秋赋，特置五场试。第一场，杂文；第二场，试歌篇；第三场，表檄。先是卢弘正一人就试，来者皆栗缩而退。马植以将家子来求荐，文公与从事皆鄙之，专令人伺其词句。既而试《登山采珠赋》。曰：'文豹且异于骊龙，采斯疏矣；白石又殊于老蚌，剖莫得之。'众皆大惊，遂夺弘正解元矣。"植开成五年以政绩擢为黔中观察使、黔州刺史，《新唐书》卷一八四本传谓植："精吏事，以文雅绚饰其政，清净不烦，洞夷便安。……以政最，检校左散骑常侍，徙黔中观察使。"《全唐文补编》卷七七有马植《浯溪题名》："黔州刺史马植，赴任黔中，后户部九日过此。"陈尚君按曰："此题名在户部侍郎卢钧开成五年十二月十一日题名后。"

## 十二月

**裴度本月由河东节度使入为司徒、中书令。**

《唐大诏令集》卷四九有《裴度中书令制》，文后注"开成三年十二月"，《旧唐书·文宗纪》所记同。

## 本年

**白居易本年六十七岁，在太子少傅分司任，有《醉吟先生传》，自写其陶然于山水花竹与诗酒歌舞中之生活。**

《白居易集笺校》卷七〇有《醉吟先生传》，文末云"于时开成三年，先生之齿，六十有七"，知为本年文。文中自记其沉醉山水诗酒歌舞之乐："性嗜酒、耽琴、淫诗，凡酒徒、琴侣、诗客，多与之游。游之外，栖心释氏，通学小中大乘法。与嵩山僧如满为空门友，平泉客韦楚为山水友，彭城刘梦得为诗友，安定皇甫朗之为酒友。每一相见,欣然忘归。洛城内外六七十里间,凡观寺、丘墅有泉石花竹者,靡不游;人家有美酒、鸣琴者,靡不过;有图书、歌舞者,靡不观。自居守洛川洎布衣家,以宴游召者,亦时时往。每良辰美景,或雪朝月夕,好事者相过,必为之先拂酒罍,次开诗箧。酒既酣,乃自援琴,操宫声,弄《秋思》一遍。若兴发,命家僮调法部丝竹,合奏《霓裳羽衣》一曲。若欢甚,又命小妓歌《杨柳枝》新词十数章。放情自娱,酩酊而后已。往往乘兴,屦及邻,杖于乡,骑游都邑,肩舁适野。舁中置一琴、一枕,陶、谢诗数卷,舁竿左右悬双酒壶。寻水望山,率情便去;抱琴引酌,兴尽而返。如此者凡十年。其间日赋诗约千余首。"又自号"醉吟先生"云:"既而醉复醒,醒复吟,吟复饮,饮复醉。醉吟相仍,若循环然。由是得以梦身世,云富贵,幕席天地,瞬息百年,陶陶然,昏昏然,不知老之将至。古所谓得全于酒者,故自号为'醉吟先生'。"此多用顶针句式,灵活流畅。

**杜牧本年三十六岁,仍在崔郸宣州幕中,撰文上李德裕,称颂德裕治理淮南之功绩。冬,迁左补阙、史馆修撰,进京前先赴浔阳探视堂兄杜慥。**

《杜牧集系年校注》卷一六《上淮南李相公状》:"伏以近日当州人吏往来……皆传相公以淮海之地……广求人瘼,大革土风……,窃以圣上倚注既深,相公勋业愈重,况兹异政,即达宸聪。伏料穷边绝塞,将议息兵,宣室明庭,必思旧德,重秉钧轴,固在旬时。"按,"淮南李相公",李德裕也。据《唐方镇年表》,德裕于开成二年(837)五月至五年七月镇淮南。据文知,此状当本年仍在宣州幕中所作,明年牧已离宣州,则文盖上于本月或稍前。又同上书同卷《上宰相求湖州第二启》:"至(开成)三年冬,某除补阙。……堂兄慥守浔阳……遂如浔阳。"同上书卷十《自撰墓志铭》:"授宣州团练判官、殿中侍御史、内供奉,迁左补阙、史馆修撰。"

**李商隐在泾原幕,约本月或稍后为王茂元撰文与郑覃,贺其罢政退闲。**

《樊南文集补编》卷二《为尚书濮阳公贺郑相公状》:"以相公累请退闲,特从休澣,式从阶级,无废平章。"按,郑相公为郑覃。据《旧唐书·郑覃传》:"开成三年二月,进位太子太师。十二月,三上章求罢,诏落太子太师,余如故,仍三五日一入中书,商量政事。"则状应上于本月或稍后。

# 唐文宗开成四年

己未 八三九

## |二 月|

**曹汾、田章、杨知温等三十人登进士第。张不疑登博学宏词科。中书舍人崔蠡知贡举。**

见《登科记考补正》卷二一本年条。

**白居易本年六十八岁，为太子少傅分司。本月将《白氏文集》六十七卷藏于苏州南禅院等处，并有文纪之。**

《白居易集笺校》卷七〇有《苏州南禅院〈白氏文集记〉》，文末署："开成四年二月二日。"文称其"有文集七帙，合六十七卷，凡三千四百八十七首。其间根源五常，枝派六义，恢王教而弘佛道者，多则多矣。然寓兴放言，缘情绮语者，亦往往有之。乐天，佛弟子也，备闻圣教，深信因果，惧结来业，悟知前非，故其集家藏之外，别录三本，一本置于东都圣善寺钵塔院律库中，一本置于庐山东林寺经藏中，一本置于苏州南禅院千佛堂内。"并言其藏书寺院之意，乃"愿以今生世俗文字放言绮语之因，转为将来世世赞佛乘转法轮之缘也。"

**杜牧本年三十七岁，本月自浔阳赴京就左补阙、史馆修撰职。**

《杜牧集系年校注》卷一六《上宰相求湖州第二启》："（开成）四年二月，某于浔阳北渡赴官。"

**本月，中书门下奏请常参官寒食拜扫给公券。**

《唐会要》卷二三《寒食拜扫》载："开成四年二月，中书门下奏：'常参官寒食拜扫，奉进止，准往例给公券者，臣等谨案旧制，承前常参官应为私事请假，外州往来，并给券牒。'"《全唐文》卷九六七亦有《请常参官拜扫给公券奏》。

## | 三 月 |

**裴度本年卒于中书令任，享年七十五岁。临终前自为墓志，又有《却赐玉带表》。**

《旧唐书·裴度传》："（开成）四年正月，诏许还京，拜中书令。……度已薨，四年三月二日也。……时年七十五岁，册赠太傅。……上怪度无遗表，中使问之，家人进其稿草，其旨以未定储贰为忧，言不及家事。"《新唐书·裴度传》："度临终，自为铭志。"并记"谥文忠"。《全唐文》卷五三七有《却赐玉带表》："内府之珍，先朝所赐，既不敢将归地下，又不合留向人间。谨却封进。"文当度临终前所上。《新唐书·艺文志二》著录裴度《书仪》二卷，《新唐书·艺文志四》记"《汝洛集》一卷，裴度、刘禹锡唱和"。《直斋书录解题》卷一六记《裴晋公集》二卷。

**李商隐本年二十八岁，约于此时前后释褐为秘书省校书郎，此前居泾原幕时，为王茂元上书郑肃、丁居晦。**

《玉溪生年谱会笺》本年记"义山释褐为秘书省校书郎，调补弘农尉"，然未记具体时间。《编年史》系于本年春，今从之。又《樊南文集补编》卷五《上河中郑尚书状》，"河中郑尚书"为郑肃。据《旧唐书·文宗纪》："闰（正）月甲申朔，以吏部侍郎郑肃检校礼部尚书，河中晋绛慈隰等州节度使。"《李商隐文编年校注》认为此状似作于郑肃出镇未久之本年春，并疑文章题首脱"代濮阳公"四字，今从之。同上书卷二《为濮阳公与丁学士状》亦为先后之作。

**本月，中书门下以让皇帝列于宗庙中已不合情理，奏请停之。下月，太常寺亦奏，文宗准奏。**

《唐会要》卷一九《让皇帝庙》载："开成四年三月，中书令门下奏：'伏以让皇帝睿宗之子，玄宗之兄，位止列藩，功非及物，玄宗情深同气，恩起权宜，赠王者之尊名，申友于之私分，别构庙宇，以时烝尝，求之古先，则匪经制。比及肃宗之代，岁月未深，礼仪使杜鸿渐言其不可，四时享献，从此并停，每至禘祫之年，犹令一祭。伏以禘祫之礼，义理甚明，祫谓合祭祖宗，禘谓审谛昭穆。让帝亲非正统，名是赠加，久从禘祫，颇为乖爽。臣等又以睿宗之尊崇，玄宗之功德，皆以亲尽祧去，藏主于夹室之中。而让帝宗祀依然，庙宇仍旧，曾无昭穆之序，而有禘祫之仪，惟情与理，俱所未可。况自建立，于今九庙，比章怀、孝敬，名位犹轻，与德明、兴圣，则尊卑顿异。岂可因循不毁，享献无穷者也？伏以今年夏，禘祭俯临，辄敢举明，特希废革。'……其年四月，太常寺奏议曰：'臣等伏以让皇帝追尊位号，恩出一时，别立庙祠，不涉正统。……则让皇帝之庙，不宜独存。臣等参详，伏请准中书门下状，便从废毁，沿情定礼，实为协宜。'制从之。"文亦存《唐文拾遗》卷五六，《全唐文》卷六四三王起有《覆废罢让皇帝庙奏》，知此时王起还判太常卿事。

## | 五 月 |

**郑覃、陈夷行罢相，杨嗣复、李珏专权，朋党之争又起。**

《资治通鉴》卷二四六开成四年五月记："丁亥，上与宰相论政事……郑覃曰：'陛下开成元年、二年政事殊美，三年、四年渐不如前。'杨嗣复曰：'元年、二年郑覃、夷行用事，三年、四年臣与李珏同之，罪皆在臣。'……遂趋出。上遣使召还，劳之，曰：'郑覃失言，卿何遽尔？'"丙申，郑覃罢为右仆射，陈夷行罢为吏部侍郎。《资治通鉴》又云："覃性清俭，夷行亦耿介，故嗣复等深疾之。"胡注："史言小人排君子，不遗余力。"

## | 六 月 |

**杨汉公为湖州刺史，重刻颜真卿干禄字样，并为撰后记。**

《全唐文》卷七六〇有杨汉公《干禄字书后记》，文后署"时开成四年六月廿九日"，中云："太师鲁公，忠孝全德，仪刑古今，存道没身，焕乎国史。文学之外，尤工隶书。尽鲴繇之精能，极逸少之楷则。顷因左宦，曾牧兹郡，才大事简，居多余闲，录干禄字样，镌于贞石……亲侄禺顷牧天台，惧将磨灭，欲以文字移于他石。资用且乏，不能克终。汉公谬憩棠阴，获睹墨妙，得以余俸，成禺之意。自看摹勒，不差纤毫，庶笔踪传于永永。"汉公开成三年即牧湖州，可详参该年十月条,“太师鲁公”即颜真卿。

## |七月|

**大中大夫、守太常卿崔郸以本官同中书门下平章事**。

《唐大诏令集》卷四九有《崔郸平章事制》,文后注“开成四年七月”,《旧唐书·文宗纪》所记同。

**圆仁本月随日本朝贡船至登州,当地有诸文谍记此事**。**从诸文中可知圆仁入中原之缘由**。

《全唐文补编》卷七〇王佐有诸文谍记圆仁随船至登州事。佐,登州文登县典使。《县帖青宁乡》:“得板头窦文至状报,日本国船上抛却人三人。右检案内,得前件板头状报,其船今月十五日发讫,抛却三人,见在赤山新罗寺院……又不见抛却人姓名……开成四年七月廿四日。”《县帖青宁乡》(二):“在赤山寺院,日本国船上抛却僧三人、行者一人。……开成四年八月十三日。”《请处分日本僧帖》:“先在青宁乡赤山寺院日本国船上抛却僧三人、行者一人。……至今都无状报……开成四年九月日。”《与勾当新罗押衙所张押牙牒》:“当县先申上日本国船主客僧圆仁等四人。……先在赤山院住舍,为春暖,欲往诸处巡礼,恐不练事由,今欲放东西,未敢专擅……请处分者。……开成五年二月十日。”《文登县牒》:“日本国客僧圆仁等四人。僧圆仁,弟子僧维正、惟晓,行者丁雄万并随身衣钵等。……去开成四年六月,因随本国朝贡船到文登县青宁乡赤山新罗院寄住。今蒙放任东西,今欲往诸处巡礼,恐所在州县、关津、口铺、路次不练行由,伏乞赐公(马念)为凭……开成五年二月廿三日。”同卷有赤山院主新罗僧人法清《勘日本国僧人船上不归事由等状》:“右日本国僧圆仁、小师惟正、惟晓、行者计四人口云。远闻重花兴流佛教,故来投学圣教,拟次寻名山圣迹,巡礼诸方。缘时热,且在山院避热,待时凉即便行,遂不早县司状。……开成四年七月日,赤山院主僧法清状。”文当为答王佐所下第一帖而作。又登州府史匡从制有《登州都督府上押两蕃使牒》,文末署:“开成五年三月九日,府史匡从制牒。”文当为登州府收到文登县所上文牒后提请处分。

## 十月

**白居易仍居洛阳，应湖州刺史杨汉公之请，为撰《白蘋洲五亭记》，文乃据图想象之作，然颇似亲眼所见。**

《白居易集笺校》卷七一《白蘋洲五亭记》，末记："时开成四年十月十五日记。"文记写作之由云："湖州城东南二百步，抵霅溪，连汀洲，洲一名白蘋。梁吴兴守柳恽于此赋诗云：'汀洲采白蘋。'因以为名也。……至开成三年，弘农杨君为刺史，乃疏四渠，浚二池，树三园，构五亭。卉木荷竹，舟桥廊室，洎游宴息宿之具，靡不备焉。……君名汉公，字用乂。恐年祀久远，来者不知，故名而字之。"文中写五亭之景色及游者之乐曰："五亭间开，万象迭入，向背俯仰，胜无遁形。每至汀风春，溪月秋，花繁鸟啼之旦，莲开水香之夕，宾友集，歌吹作，舟棹徐动，觞咏半酣，飘然怳然。游者相顾，咸曰：此不知方外也，人间也。又不知蓬、瀛、昆、阆，复何如哉？时予守官在洛，杨君缄书赍图，请予为记。予按图握笔，心存目想。覙缕梗概，十不得其二三。"文为据图想象之作，如后宋范仲淹之作《岳阳楼记》，然文所写颇为具体如亲见。同上书同卷《不能忘情吟并序》据文末笺注，亦为本年之作。文自叙此文之特色云："饮素酒，自饮一杯，快吟数十声。声成文，文无定句，句随吟之短长也。凡二百三十四言。噫！予非圣达，不能忘情，又不至于不及情者。事来搅情，情动不可柅。因自哂，题其篇曰《不能忘情吟》。"

**李商隐仍在弘农尉任，代王茂元作《陈情表》。**

《樊南文集详注》卷一《为濮阳公陈情表》："伏以朝那阙守，昆壤须人，一去阙庭，五罹寒燠，处京畿五百里之内，控蕃寇数十州之多。……苟罢严撤警，则负约渝盟。……久处炎荒，备熏瘴毒，内摇心力，外耗筋骸。……自思已熟，求退为宜。"据《旧唐书·文宗纪》大和九年："十月癸未，以前广州节度使王茂元为泾原节度使。"至本年为五年，则文当作于本年。

**胡璩本月为益州节度押衙崔协撰墓志。**

《全唐文补编》卷七三胡璩有《博陵崔公墓志铭》："公讳协……丞相李公司

镇益部，得以导来。……官太子通事舍人，职节度押衙……开成四年七月廿四日终……以其年十月廿二日葬。”

**崔蠡为户部侍郎，本月奏请停国祭行香，文宗准之。至宣宗即位之初，始复。**

《唐会要》卷二三《忌日》载：“其年（开成四年）十月，户部侍郎崔蠡奏：‘臣伏以国忌行香，事不师古，圣心求治，动法典章。臣顷于延英奏陈，愿有厘革……’敕旨：‘……其京城及天下州府，国忌日寺观设斋行香，起自今以后，并宜停。’……至宣宗即位之初，先以列圣忌辰行香既久，合申冥助，用展孝思，其京城及天下州府诸寺观，国忌行香，一切仍旧。”《全唐文》卷七一八崔蠡有《请停国忌行香奏》。

**因停国忌行香，御史台本月奏请重申国忌日彻乐废公之制。**

《唐会要》卷二三《忌日》载：“其月（开成四年十月），御史台奏请：‘国忌日，天下依旧不举乐，不视事，不鞭笞。……但以列圣忌日行香，及兹修崇，示人广孝，兼以天下州县，不举乐，不视事，不鞭笞，以此海内苍生，常知列圣庙号。今既停罢行香之后，敕内又无其日彻乐废公止行如旧之文，伏恐遐远之地，迷其所向，便与居常之日，率皆无殊。……其日天下州县，不举音乐，不视公事，不行鞭笞。伏请重下明制，依前遵守，则凡在遐远，逮于蛮貊，不忘庙号，有裨孝礼之源。’敕旨‘宜依’。”文亦存《全唐文》卷九六三、《唐文拾遗》卷五六。

## |本 年|

**杜牧本年撰有《唐故岐阳公主墓志铭》《唐故范阳卢秀才墓志》。**

《杜牧集系年校注》卷八有《唐故岐阳公主墓志铭》，中云：“宪宗皇帝即位八年，出嫡女册封岐阳公主，下嫁于今工部尚书、判度支杜公悰。……尚书自许奉急追诏，主有疾小愈，强不肯留，曰：‘去朝兴庆宫，纵死于道，吾无恨。’以开成二年十一月某日，薨于汝州长桥驿亭，年若干。上废朝三日。其年十二月某日，主丧至京师，比及葬，两宫吊问，相继于道。开成三年某月日，上御正殿，诏丞相嗣复摄中书令正衙宣册,谥曰庄淑大长公主。某年某月日,祔葬于万年县洪原乡少陵原尚书先茔,礼也。"《杜牧集系年校注》考云:"岐阳公主,即岐阳庄淑大长公主,唐宪宗女,懿安皇后所生。下嫁杜悰。传见《新唐书》卷八三《诸帝公主》。生平见本文。据本文,岐阳公主卒于开成二年十一月,'开成三年某月日……谥曰庄淑大长公主。某年月日祔葬于万年县洪原乡少陵原尚书先茔',未有具体祔葬年月。检宋陈思《宝刻丛编》卷八万年县:'《唐宪宗女庄淑大长公主碑》,唐杜牧撰,柳公权正书,开成四年(京兆金石录)。'杜牧开成三年尚在宣州,开成四年春回京师,则杜牧撰碑铭文盖亦在开成四年(839)。又《杜牧集系年校注》卷九有《唐故范阳卢秀才墓志》,中云:"秀才卢生名霈,字子中。自天宝后,三代或仕燕,或仕赵,两地皆多良田畜马,生年二十,未知古有人曰周公、孔夫子者,击球饮酒,马射走兔,语言习尚,无非攻守战斗之事。镇州有儒者黄建,镇人敬之,呼为先生,建因语生以先王儒学之道,因复曰:'自河而南,有土地数万里,可如燕、赵比者百数十处。……但能为先王儒学之道,可得其公卿之位,显荣富贵,流及子孙,至老不见战争杀戮。'生立悟其言,即阴约母弟云窃家骏马……请诣道士观。道士怜之,置之外门庑下,席地而处。始闻《孝经》《论语》。布褐不袜,捽草为茹,或竟日不得食,如此凡十年。年三十,有文有学,日闲习人事,诚敬通达,汝、洛间士人,稍稍知之。开成三年,来京师举进士,于群辈中酋酋然,凡曰进士知名者多趋之,愿与之为交。……开成四年,客游代州南归,某月日,于晋州霍邑县界昼日盗杀之。京师名进士闻之,多有哭者,资其弟云至霍邑取生丧来长安。以某年月日,葬于城南某乡里……某常以生之材节荐生于公卿间,闻生之死,哭之。因志其墓。"《杜牧集系年校注》考云:"本文谓卢霈'开成四年,客游代州南归,某月日,于晋州霍邑县界昼日盗杀之。京师名进士闻之,多有哭者,资其弟云至霍邑取生丧来长安。以某年月日,葬于城南某乡里,其所资费,皆出于交游间'。又云'某常以生之材节荐生于公卿间,闻生之死,哭之。因志其墓'。则文当开成四年(839)撰,时杜牧在京任左补阙、史馆修撰。"

# 唐文宗开成五年

庚申　八四〇

## |正 月|

**辛巳，文宗薨，年三十三。两军中尉仇士良、鱼弘志以兵逼文宗弟李炎即帝位，是为武宗，时年二十七。仇士良等又说武宗，赐原所立皇太子陈王成美（敬宗子）、安王溶死。**

见《旧唐书·武宗纪》、《资治通鉴》卷二四六。

**李从实、喻凫、李蔚、杨知退等三十人登进士第。礼部侍郎李景让知贡举。**

见《登科记考补正》卷二一本年条。

**段成式本年约三十八岁，在秘书省著作郎任，本月撰《寂照和尚碑》。**

《全唐文》卷七八七有段成式《寂照和尚碑》："大德号寂照字广法，族庞氏，京兆兴平人。"据毕沅《关中金石记》卷四："安国寺寂照禅师碑，开成五年正月立，段成式撰文，僧无可正书，顾元篆额，在咸阳。"又《金石文钞》卷八有《唐寂照和尚碑》，题"宣德郎守秘书省著作郎集贤殿修撰上柱国段成式纂"。则此文最迟作于此时。

## |二 月|

**太常卿崔郸、户部尚书判度支崔珙并本官同中书门下平章事。**

见《旧唐书·文宗纪》。《唐大诏令集》卷四九有《崔珙平章事制》，题后注"开成五年五月"。按，所署时间误，据《旧唐书·文宗纪》改。又文中云崔珙此前任刑部尚书、诸道盐铁转运使。

## |三月|

**李商隐本年二十九岁，仍在弘农尉任，代王茂元上书李德裕。**

《樊南文集补编》卷二《为濮阳公上淮南李相公状一》："某初到京即附状，伏计上达……获修观礼，复忝卿曹。位重大农，荣兼右揆。"按，淮南李相公为李德裕。据张采田《玉溪生年谱会笺》，王茂元入为朝官在文宗崩后，武宗初即位时，则此状当上于本月或稍前。

## |四月|

**武宗有《禁妄投匦使状敕》，令开言路。又令有司详议尹台相逢仪制。**

《全唐文》卷七六武宗有《禁妄投匦使状敕》："匦函所设，贵达下情。近者所投文书烦碎：或论列祖曾功业，或进献自己文章，无补国经，有紊时政，极言不讳，岂假匿名。从今后，如知朝廷得失，军国利害，实负冤屈，有司不为申明者，任投匦进状，所由画时引进，不得壅滞。"《册府元龟》卷六五记此事于本月。又《唐会要》卷六八《河南尹》："开成五年四月，东都奏：'河南尹高铢与知台御史卢罕街衢相逢，高铢乘肩舆，无所避。二人各引所见，台府喧竞。'上乃下诏曰：'尹正官重，台宪地高，道路相逢，仪制不定，各执词理，每有纷争。胜负取决于一时，参详未申于久制。委有司斟酌典故闻奏。'都省议：'……京兆尹若逢御史，即下路驻马，其随从人亦皆留止。待御史过，任前进。其东都知台御史，亦请准此为例。其京兆尹若趋朝及遇宣朝，不可留滞，即任分路前进。'制可。"武宗所下诏原存《唐文拾遗》卷七，误收于文宗下，陈尚君据此移正，见《全唐文补编》。

**寇公嗣为卢龙节度判官兼掌书记，本月幽州卢龙节度使史元忠于西山上佛经，公嗣为撰碑铭。**

《全唐文补编》卷七一寇公嗣有《仆射四月八日于西山上佛经铭》《司徒四月八日于西山上佛经铭并序》二文。陈尚君于后者文末按云："本文刻于萍沙王五愿经石。题下署:卢龙节度判官知书记……寇公嗣撰。末云……幽州卢龙节度副大使知节度事……司徒兼幽州大都督府长史御史大夫史元忠。……开成五年四月八日建造。”二文当为同日之作。又同卷周瞳亦有《司徒四月八日于西山上佛经铭并序》,瞳,卢龙节度巡官,此文亦当同日之作。

## 五月

**本月,刑部尚书判度支崔珙守本官,同中书门下平章事。**

《唐大诏令集》卷四九有《崔珙平章事制》,文后注“开成五年五月”,中云:“诸道盐铁转运等使、银青光禄大夫、守刑部尚书、上柱国崔珙……可守本官、同中书门下平章事,依前充诸道盐铁转运等使。”又《旧唐书·武宗纪》:“(开成五年二月)太常卿崔郸、户部尚书判度支崔珙并本官同中书门下平章事。”二者所记时间及崔珙其时之官衔皆不同,此从《唐大诏令集》。

## 六月

**睦州刺史吕述新建城隍庙,有文记之。**

《唐文拾遗》卷二九有吕述《移城隍庙记》:“睦州城隍神庙旧在城内西北隅……开成四年刺史吕述移狱就六司院东南之隙地,于废址上立新庙堂。……开成五年六月一日刺史吕述建。”

## 七月

**李珏本月为门下侍郎、同平章事,代武宗撰《唐文宗皇帝谥册文》。**

《全唐文》卷七二〇《唐文宗皇帝谥册文》云:“维开成五年岁次庚申七月乙亥朔十一日乙酉,哀弟嗣皇帝臣某。……谨遣太尉中书侍郎同中书门下平章事李珏谨奉册上尊谥曰‘元圣昭献孝皇帝’,庙号文宗。”

**高铢为河南尹，本月上疏请更澠水名。**

《全唐文》卷九六七有《请更澠水名奏》，文后署："开成五年七月河南尹。"检《唐刺史考全编》卷五〇，是时高铢为河南尹。

## |八月|

**文宗葬于章陵。**

《旧唐书·文宗纪》开成五年八月十七日，"葬文宗皇帝于章陵"。《唐会要·帝号下》载："谥曰元圣昭献孝皇帝，庙号文宗。哀册文，中书侍郎平章事崔郸撰。谥册文，中书侍郎平章事李珏撰。谥议，太常少卿杨敬之撰。"

**礼仪使约本月或稍后奏请以代宗乃文宗亲尽之祖，礼合祧迁。**

《唐会要·庙议上》载："开成五年，礼仪使奏：'谨按天子七庙，祖功宗德，不在其中。国朝制度，太庙九室。伏以太祖景皇帝受封于唐，高祖、太宗创业受命，有功之主，百世不迁。今文宗元圣昭献皇帝升祔有时，代宗睿文孝武皇帝是亲尽之祖，礼合祧迁，每至禘祫，合食如常。'敕旨：'敬依典礼。'"文亦存《全唐文》卷九六七。

**穆宗第四子安王李溶本年四月薨，本月下葬，翰林学士、知制诰李褒奉敕撰墓志铭。**

《唐代墓志汇编续集》"开成〇二五"《大唐故安王墓志铭并序》，题后注"翰林学士、朝议郎、守尚书库部郎中、知制诰、上柱国臣李褒奉敕撰"，中云："开成五年四月廿二日安王薨于第，将窆之前，且上遣奚官局令郇重亮传诏于词臣，俾志诸墓。臣褒适更值禁中，谨执笔而叙曰：'王讳溶，穆宗皇帝之第四子。母曰杨太妃……享年二十有八，以其年八月廿九日葬。"又《旧唐书·武宗纪》载："陈王成美、安王溶殂于邸第。初，杨贤妃有宠于文宗，而庄恪太子母王妃失宠怨望，为杨妃所谮，王妃死，太子废。及开成末年，帝多疾无嗣，贤妃请以安王溶嗣,帝谋于宰臣李珏,珏非之,乃立陈王。至是,仇士良立武宗,欲归功于己,乃发安王旧事,故二王与贤妃皆死。”又《旧唐书》本传载:“安王溶,穆宗第八子。母杨贤妃,长庆元年封……武宗即位,李德裕秉政,或告文宗崩时,杨嗣复以与贤妃宗家,欲立安王为嗣,故王受祸,嗣复贬官。”此或当从墓志,安王溶为穆宗第四子。

**李商隐仍在弘农尉任,约于本月或稍前上书周墀,叙师生情谊,表不甘尉职之心。并代王茂元撰书上李德裕。**

《樊南文集补编》卷六《上华州周侍郎状》:“某文非胜质,黠不半疑,辛勤一名,契阔九品。献书指佞,远愧南昌;悬棒申威,近惭北部。”按,周侍郎为周墀。文中皆用县尉典故,则知此时商隐尚在弘农尉任。据《新唐书·周墀传》:“武宗即位,以疾改工部侍郎,出为华州刺史,徙江西观察使。”又《旧唐书·武宗纪》开成五年:“秋七月,制检校礼部尚书、华州刺史陈夷行复为中书侍郎、同平章事。”则墀刺华州当在开成五年七月,文当作于本月或稍前。又同书卷二《为濮阳公上淮南李相公状二》:“伏承恩诏荣征……窃计轩车,已臻伊、洛,伫见方明展事,庭燎臣仪。”《李商隐文编年校注》认为此文当李德裕奉诏内调,已离淮南使府,未达长安,行至洛阳一带时所作,德裕于七月内召,九月甲戌(初一)抵京师,则行至伊、洛一带时当在八月。今从之。同卷《为濮阳公上淮南李相公状三》当为稍后之作,文中论及李吉甫与李德裕父子的功绩:“某窃思章武皇帝之朝,元和六年之事。镇南建议,初召羊公;征北求人,先咨谢傅。故得齐刳封豕,蔡剔长鲸。伏惟相公清白传资,馨香袭庆。始自辛卯,至于庚申。虽号历四朝,而岁才三纪。淮王堂构,既高大壮之规;汉相家声,复有急征之诏。……且广陵奥壤,江都巨邦。爰在顷时,亦经芜政。风移厌劾,俗变侵凌。家多纷若之巫,户绝娈兮之女。相公必置于理,大为其防。邺中隳河伯之祠,蜀郡破水灵之庙。然后教之厚俗,喻以有行。用榛栗枣修,远父母兄弟。隐形吐火,知非鬼不祭之文;抱布贸丝,识为嫁曰归之旨。”

**杜悰时为工部尚书,其长女本年五月卒,本月下葬,大理评事毕诚为撰墓志。**

《唐代墓志汇编续集》“开成〇二六”《唐工部尚书杜公长女墓志铭并序》,

题后注“大理评事毕諴撰”。中云：“京兆杜公，早尚岐阳公主。有子多不育，及生女在褓，懿性已兆，自是遂无孩殇，为弟娣长，以此尤爱之……开成二年冬十一月居主丧，孝出礼外，性不能支。五年春二月禫除，夏五月七日终于昌化里，享年二十有三。秋八月二十九日葬。……宪宗皇帝之外孙。曾祖佑，司徒平章事、赠太师；祖式方，桂管观察使、赠司徒。公名悰，是时为工部尚书、判度支。比常话于宾友间，意者求贤以配之。况公望高天下，宗族当今为大，凡谓甲门清才，求之皆未许嫁。谁谓如是之不幸邪！”

## 九月

**白居易本年六十九岁，在洛阳任太子少傅分司。本月收辑经律五千二百七十卷，藏于经藏室，并作《香山寺新修经藏堂记》以记之。**

《白居易集笺校》卷七一《香山寺新修经藏堂记》：“寺有佛像，有僧徒，而无经典。寂寥精舍，不闻法音。三宝阙一，我愿未满。乃于诸寺藏外杂散经中得遗编坠轴者数百卷袟。以《开元经录》按而校之，于是绝者续之，亡者补之，稽诸藏目，名数乃足。合是新旧大小乘经律论集凡五千二百七十卷，乃作六藏，分而护焉。寺西北隅有隙屋三间，土木将坏，乃增修改饰为经藏堂。……开成五年九月二十五日，堂成、藏成、道场成。……佛弟子香山居士乐天欲使浮图之徒游者归依，居者护持，故刻石以记之。”

**李德裕本年五十四岁，本月由淮南节度使入为吏部尚书、同中书门下平章事，后又兼门下侍郎。李绅由宣武节度使、汴州刺史代李德裕为淮南节度使。德裕约此前撰《平泉山居诫子孙记》《平泉山居草木记》。**

见《旧唐书·文宗纪》。《李德裕文集校笺·别集》卷九《平泉山居草木记》：“己未岁，又得番禺之山茶……庚申岁，复得宜春之笔树。”文中所记未有庚申岁之后事。文又言：“余二十年间，三守吴门……”按，德裕长庆二年(822)出守浙西，至本年十九年，“二十年间”系整数而言。庚申岁即开成五年。又，宋欧阳棐《集古录目》据《宝刻丛编》亦系本文于开成五年。此二记当为同时所作。

**崔龟从在宣歙观察使任，本月于敬亭庙致祭梓华府君。**

《全唐文》卷七二九有崔龟从《敬亭庙祭文》："维开成五年岁次庚申九月甲戌朔十四日丁亥，宣歙池等州都团练观察处置等使……崔龟从……致祭于梓华府君之神。"同卷《书敬亭碑阴》云："宋元嘉二年，有钱塘神姓梓名华，居住东境。……百姓恭祭，乃号昭亭山，至今祠祷，必致灵验。"二文当为先后之作。

**李商隐仍在弘农尉任。为周墀上《谢加阶状》，谢加朝散大夫阶。本月三日作《与陶进士书》，后移家关中，辞尉任从调，于路中上书李执方，谢其厚赠。**

《樊南文集详注》卷二《为侍郎汝南公华州谢加阶状》，"侍郎汝南公"为周墀。前文提及墀出守华州在开成五年七月，又商隐本年十月作《献华州周大夫十三丈启》，则此状当作于本月或稍前。又同上书卷八《与陶进士书》："九月三日，弘农尉李某顿首。"又《樊南文集补编》卷六《上河阳李大夫状》："不审自拜违后尊体何如？……近以亲族相依，友朋见处，卜邻上国，移贯长安。始议聚粮，俄沾厚赐。衣裾轻楚，疋帛珍华，负荷不胜，推让何及？"按，河阳李大夫为李执方。据文知，商隐移家前当拜辞执方，并得其厚赠，商隐作此书致谢。状中有"白露初凝，朱门渐远"之语，"白露初凝"通常指农历九月之寒露季节，文亦本月作。又同卷《上河阳李大夫状》当为稍后之作。

## |十月|

**武宗本月下敕令停滞流囚。**

《册府元龟》卷六一三："武宗以开成五年正月即位。十月敕：配流囚人，行李所在，州县申报到发时刻月日，颇甚迟违。今再条流，其递过渡以囚，准律日行五十里，所在州县各具月日时刻，相承申报。自今更或停滞囚徒，有淹申发，其本判官罚五十，直县令罚三十，直本典决脊杖十五。"文存《全唐文》卷七，误收文宗下，陈尚君据此移正，见《全唐文补编》卷七二。

**李商隐至长安后从常调，本月上书李执方，告以近况，复谢其资助与知遇之恩。又述其自弱龄始即向往高洁，厌恶机巧，然迫于家累不得不求举，陷于仕**

**途。稍后应王茂元之召赴陈许，代茂元撰书与李宗闵，解释其赴陈许时不经由洛阳拜谒之原因。**

《樊南文集补编》卷五《上李尚书状》："昨者伏蒙恩造，重有沾赐，兼假长行人乘等，以今月十日到上都讫。既获安居，便从常调。"考前文，商隐上月离开弘农，则本文之"今月"当为十月。文中云："某始在弱龄，志惟绝俗，每北窗风至，东皋暮归。彭泽无弦，不从繁手；汉阴抱瓮，宁取机心？岩桂长寒，岭云镇在，誓将适此，实欲终焉。其后以婚嫁相萦，弟兄未立，阳货有迷邦之诮，王华生处世之心。靡顾《移文》，言从初服。……然窃观古昔之事，遐听上下之交，有合自一言，奖因片善，不以齿序，不以位骄，想见其人，可与为友。近古以降，斯风顿微，处贵有隔品之严，于道绝忘形之契。……时之不可，人以为悲，愚虽甚微，颇向斯义。自顷升名贡籍，厕足人流，未尝辄慕权豪，切求绍介，用胁肩谄笑，以竞媚取容。袁生之门，但闻有雪；墨子之突，曾是无烟。每虞三揖之轻，略以千钧自重。"又同上书卷二《为濮阳公上宾客李相公状一》："本冀征辕，得由东洛。伏以延英奉辞之日，宰臣俟对之时，止得便奏发期，不敢更求枉路。"按，宾客李相公为李宗闵。据文知，文当代王茂元作，解释其赴陈许不经由洛阳拜谒宗闵之由，当作于茂元起程赴陈许前后。又同上书同卷《献华州周大夫十三丈启》，"华州周大夫"为周墀，《李商隐文编年校注》系此书于本月，今从之。

## 十一月

**白居易仍居洛阳，本月将在洛阳十二年间所作格律诗编为《白氏洛中集》，藏于龙门香山寺经藏堂，亦有文记之。**

《白居易集笺校》卷七一《香山寺白氏洛中集记》："《白氏洛中集》者，乐天在洛所著书也。大和三年春，乐天始以太子宾客分司东都，及兹十有二年矣。其间赋格律诗凡八百首，合为十卷。今纳于龙门香山寺经藏堂。夫以狂简斐然之文，而归依支提法宝藏者，于意云何？我有本愿，愿以今生世俗文字之业，狂言绮语之过，转为将来世世赞佛乘之因，转法轮之缘也。……於戏！垂老之年，绝笔于此。有知我者，亦无隐焉。大唐开成五年十一月二日，中大夫、守太子少傅、冯翊县开国侯、上柱国、赐紫金鱼袋白居易乐天记。"

**卢钧仍在岭南东道节度使任。本月奏请停岭南官吏之吏部注拟，由文可知岭南官吏赴选之艰难。钧性仁恕，为政廉洁。山越之俗，服其德义，令不严而人化。下月召为户部侍郎。**

《唐会要》卷七五载："其年（开成五年）十一月，岭南节度使卢均奏：'当道伏以海峤，择吏与江淮不同。若非谙熟土风，即难搜求民瘼。且岭中往日之弊是南选，今日之弊是北选。臣当管二十五州，唯韶、广两州官僚，每年吏部选授，道途遥远，瘴疠交侵。选人若家事任持，身名真实，孰不自负，无由肯来。更以俸入单微，每岁号为比远。若非下司贫弱令史，即是远处无能之流。比及到官，皆有积债。十中无一，肯识廉耻。臣到任四年，备知情状。其潮州官吏，伏望特循往例，不令吏部注拟，且委本道求才。若摄官廉慎有闻，依前许观察使奏正，事堪经久，法可施行。'敕旨：'依奏。'"文存《全唐文》卷七五九。又《旧唐书》卷一七七本传载卢钧"其年冬（按，开成元年），代李从易为广州刺史、御史大夫、岭南节度使。……钧性仁恕，为政廉洁…………由是山越之俗，服其德义，令不严而人化。三年将代，华蛮数千人诣阙请立生祠，铭功颂德。"又《全唐文补编》卷七九有卢钧《浯溪题名》："户部侍郎卢钧，开成五年十二月十一日，赴阙过此。"故"三年"恐为"五年"之误。

**李商隐在王茂元陈许幕，代茂元撰《谢上表》，并复代撰书与李宗闵。**

《樊南文集详注》卷一《为濮阳公陈许谢上表》："臣伏奉去月八日制书，授臣前件官，臣即以某月日到任上讫。"据《李商隐文编年校注》，茂元出镇陈许在开成五年十月，其至镇在十一月。"按，例，《谢上表》当作于至镇后不久，则此文当作于本月"，今从之。《樊南文集补编》卷二《为濮阳公上宾客李相公状二》、卷七《为濮阳公贺四相贺正启》当稍后之作。

## | 本 年 |

**杜牧本年三十八岁，冬，为膳部员外郎，往浔阳探视弟杜顗。**

《杜牧集系年校注》卷一六《上宰相求湖州第二启》："五年冬，某为膳部员外郎，乞假往浔阳取顗西归。顗固曰：'归不可议，俟兄慥所之而随之。'"

**刘轲开成中迁秘书丞、史馆修撰学士，约本年或稍后卒于洺州刺史任。有集多种**。

《编年史》所引《庐山记》卷二："（刘）轲，元和十四年进士登第，大和初历监察御史，四年转殿中。开成中迁秘书丞、史馆修撰学士，出为洛州刺史。"又按，"'洛州'乃洺州之讹。《新唐书·艺文志二》记轲'洺州刺史'。"《唐诗纪事》卷四六谓其"卒于洺州刺史"。其卒年不详，约卒于本年或稍后。《唐摭言》卷一一《反初及第》："刘轲，慕孟轲为文，故以为名焉。……文章与韩、柳齐名。"轲所著甚多，《全唐文》卷七四二其《与马植书》云："予是以自忘其愚瞽，故有《三传指要》十五卷、《汉书右史》十卷、《黄中通理》三卷、《翼孟》三卷、《隋监》一卷、《三禅五革》一卷。每撰一书，何尝不覃精潜思。"同上其《上座主书》又记其撰有《十三代名臣议》十卷。《新唐书·艺文志一》著录其《三传指要》十五卷，《新唐书·艺文志二》记《帝王历数歌》一卷，《新唐书·艺文志三》著录《牛羊日历》一卷，《新唐书·艺文志四》记《刘轲文》一卷。

**李远约本年为福州从事**。

《全唐文》卷七六五有李远《灵棋经序》，中云："及开成末，予将适闽中……后予福州从事，居多暇日，凡集数十本。"

**孙樵本年在蜀，有《梓潼移江记》《龙多山记》，之前又有《书褒城驿屋壁》之作**。

《全唐文》卷七九四有孙樵《梓潼移江记》，文末署"是岁开成五年也"。文中又记"樵尝为《褒城驿记》，恨所在长吏不肯出毫力以利民"。《褒城驿记》即《书褒城驿屋壁》（同上书卷七九五）。又同上书同卷有《龙多山记》，文首云："梓潼南鄙，越五百里，其中有山，崛起中天。"则文亦同时先后之作。此文状龙多山之状，即有奇崛险怪之貌，又有清新秀丽之风："即山之趾，得径蜿蜒。举武三十，北出其巅。气象鲜妍，孕成阴烟。矻石巉巉，别为东岩。槎牙重复，争先角逐。若绝若裂，若缺若穴。突者虎怒，企者猿踞。横者木仆，挺者碑植。又有似乎飞檐连轩，栾栌交攒。攲撑兀柱，悬栋危础。殊状诡类，愕不得视。下有亩平，砥若户庭。摅乳侧脉，膏停泓石。俯对绝壑，杪临兰薄。仙台标异，丛石负起。屹与山别，猿鸟迹绝。腹窦而空，路由其中。……一去辽廓，千载寂寞。澄泉传灵，别壑镜明。风间景清，寂寥无声。嘉木美竹，冈峦交植。风来怒黑，雷动崖谷。岩兽山禽，捷翔呀惊。哓吟暝啼，听之凄凄。回环下瞩，万类在目。因山带川，青萦碧联。莽苍际云，杳杳不分。月上于天，日薄于泉。魄朗轮昏，出入目前。其或宿雾朝云，糊空缚山。漠漠漫漫，莫知其端。阳曜始浴，彻天昏红。轮高而赤，洪流散射。浓透薄释，锦裂绮拆。千状万态，倏然收霁。"又《新唐书·艺文志四》记孙樵"字可之"。又《孙可之文集序》谓其"樵家本关东"，"代袭簪缨，藏书五千卷，常自采讨。幼而工文，得之真诀，提笔入贡士列，于时以文学见称"。

**黄滔约本年生。**

黄滔，字文江。初为福州侯官人，后迁居泉州莆田。世称"黄御史"。黄滔生年无确考。《莆阳黄御史集》所附《年考》谓："按公《华岩寺碑》云：'愚冠扣师关，壮以随计，乾宁二年忝登甲科，东还荐造金地，岁周三纪。'三纪者，昭宗之乾宁乙卯(895)溯懿宗之咸通元年庚辰(860)也。冠则二十矣，通计五十六年。意公之生其文宗开成庚申岁乎？"则滔约生于本年。

## 唐武宗会昌元年

辛酉　八四一

### 正月

**辛巳，改元会昌。**

《新唐书·武宗纪》："(会昌元年正月)辛巳，有事于南郊。大赦，改元。"《唐大诏令集》卷七一有《会昌元年五月南郊赦》，文末云"改开成五年为会昌元年"，"五月"恐为"正月"之误。

**李商隐本年三十岁。在周墀华州幕，代周墀、韦温作《贺赦表》。**

《樊南文集详注》卷一《为汝南公华州贺赦表》："伏奉正月九日制书，南郊礼毕，改元为某，大赦天下者。"按，汝南公为华州节度使周墀，表当作于本月。同上书同卷《为京兆公陕州贺南郊赦表》当为稍后之作，按，"京兆公"当为韦温。据《唐刺史考全编》，韦温开成五年至会昌三年为陕虢观察使。

**僧宗密圆寂，年六十二，后裴休为撰碑铭。**

《全唐文》卷七四三有裴休《圭峰禅师碑铭并序》，中云："圭峰禅师号宗密，姓何氏，果州西充县人。释迦如来三十九代法孙也。……会昌元年正月六日，坐灭于兴福塔院。……俗岁六十二，僧腊三十四。"文中又记宗密之著述云："自后乃著《圆觉》《花严》及《涅槃》《金刚》《起信》《唯识》《盂兰》《法界观》《行愿经》等疏钞，及《法义类例》《礼忏修证图书纂略》。又集诸宗禅言为禅藏，总而叙之，并酬答书偈议论等，凡九十余卷。皆本一心而贯诸法，显真体而融事理，超群有于对待，冥物我而独运矣。"又言己与宗密关系云："休与大师于法为昆仲，于义为交友，于恩为善知识，于教为内外护，故得详而叙之。"又同卷有《释宗密禅源诸诠序》："圭峰禅师集禅源诸诠为禅藏而都序之。河东裴休曰：'未曾有也。'……后之学者，当取信于佛，无取信于人；当取证于本法，无取证于末习。能如是，则不孤圭峰劬劳之德矣。"文乃为宗密禅书撰序，观文意，或作于宗密在世时。《新唐书·艺文志三》著录宗密《禅源诸诠集》一百一卷、《起信论》二卷、《起信论钞》三卷、《原人论》一卷、《圆觉经大小疏钞》各一卷。

## | 二 月 |

**薛逢、沈询、杨收、王铎、李蠙、谈铢、康僚、谢防、苗绅等三十人登进士第，崔岘为本年状元。张勍、蔡京明经科及第。礼部侍郎柳璟知贡举。**

据《登科记考补正》卷二二本年条。

**孙樵本年赴进士试,然为有司所挫,后回蜀。有《出蜀赋》。**

《全唐文》卷七九四有孙樵《出蜀赋》:"辛酉之直年兮,引败军而言旋。济潼梓之重江,出大剑之复关。"辛酉即指本年。文中叙其本年赴试为有司所落云:"夫何疏贡之缺条兮,忽有司之吾斥。曾不得而上达兮,居悒悒而不适。……忽徊徊以惶惶,蹇东西而独悲。因默默以心计兮,思辗转而自非。胡不知进之与道谋兮,徒盛气而愤时。不知求已以为虑兮,而患人之不知……于是谢唯唯之面朋,而焚逐逐之躁机。馁不饱谋冻不燠谋兮,环亩墙而阖扉。邀仁义与之为友乎,追五经而为师。徜徉文章之林圃兮,与百氏而驱驰。"此文描写蜀路艰险,颇习韩愈奇崛险怪之文风,如:"谲石诡崖,汩汩其城。属兮屹纡,郁于云昏。嵌岩岩而查牙兮,上攒罗布而戛天。中呀拆以隙斜兮,途诘屈而隘穿。以去以来奔蹄疾足兮,鼠出入乎穴间。蹇余马之不息,届峡山之逼侧。划崇峦而急来,水涵空而混碧。途迫高而缘深,不尺直而又曲。跬危步之促促,栗若跣而蹈棘。朝天双峙以亏蔽,中惨栗而阴翳。倏下驰而上回,若出地而天开。龙堂呀呀而上启,怪若虎踞而欲噬。泉觱沸而中冽,灵窸窣乎像设。"

## 三月

**宦官仇士良谮杨嗣复、李珏于武宗,并劝武宗杀之。李德裕与同时为相者崔珙、崔郸、陈夷行等力谏,杨、李二人得免死。杨贬为潮州刺史,李出为昭州刺史。**

见《旧唐书·武宗纪》、《资治通鉴》卷二四六。

**裴度赠太师,李德裕为撰制文。**

《旧唐书·武宗纪》:"(会昌元年三月)赠故中书令、晋国公裴度太师。"又《李德裕文集校笺》卷四有《赠裴度太师制》,文以寥寥数语概括裴度功绩,语精意深:"始以谋策除害,佐烈祖之中兴;终以忠贞立朝,毗累圣之鸿业。经纬之志,华皓不衰;功勋烂然,图史辉焯。奸邪所忌,臬危兀危于时。"

**李德裕本年五十五岁，仍为宰相。约此时撰《牡丹赋并序》。**

《李德裕文集校笺·别集》卷九有《牡丹赋并序》。序文曰："仆射十一丈蔚羁儒宗词赋之首。"按，此仆射乃指王起。据《旧唐书·王起传》："武宗即位，充山陵卤簿使。……寻检校左仆射、东都留守，判东都尚书省事。"朱金城《白居易年谱》会昌元年载："白氏有《早入皇城赠王留守仆射》《赠举之仆射》诗（卷三五）。会昌元年，王起八十二岁。……起自东都留守征拜吏部尚书、判太常卿事，约在元年春后。"又文中有"青阳既暮，鶗鴂已鸣"之语，当为暮春景色。

## | 四月 |

**杜牧本年三十九岁，其从兄慥自江州刺史迁蕲州刺史，牧随至蕲州。**

《杜牧集系年校注》卷一六《上宰相求湖州第二启》："会昌元年四月，兄慥自江守蕲，某与𫖮同舟至蕲。"

**李商隐本月为其连襟张审礼撰祭文，文中寄寓其久居下僚之悲。**

《樊南文集详注》卷六《祭张书记文》，文中云："维会昌元年岁次辛酉四月辛丑朔二十日庚申，陇西公、荥阳郑某、陇西李某、安定张某、昌黎韩某、樊南李某，谨以清酌之奠，敬祭于故朔方书记张五审礼之灵。……某等早承余眷，晚获联姻。或感极外家，延自出之念；或恩深犹子，多引进之仁。或敬属丈人之行，或情兼内妹之亲。'据文知张审礼为李商隐连襟，《李商隐文编年校注》认为此七人俱王茂元女婿。商隐之祭文情感丰富，此将己怀才不遇之悲寄寓其中："吁嗟审礼，宁或免之。瞭眸巨鼻，方口疏髭。始自渚宫，来游帝里。论极悬河，文酬散绮。体物称最，登高擅美。良时不来，躁进为耻。门巷蓬蒿，荒凉如此。藩溷笔砚，寂寥而已。……青袍若草，白简如霜。东阁朝暖，西园夜凉。震岂杀公，谌惟故吏。渭滨回流马之运，岘首奉辞曹之讳。松筠不改，琴樽有寄。三径方营，一亩乏地。文多为富，无事当贵。亦解《客嘲》，还答《宾戏》。"

## 六月

**武宗崇尚道教，以道士刘玄靖为银青光禄大夫，充崇玄馆学士，令与赵归真于禁中修法箓**。

《旧唐书·武宗纪》会昌元年六月："以衡山道士刘玄靖为银青光禄大夫，充崇玄馆学士，赐号广成先生，令与赵归真于禁中修法箓。左补阙刘彦谟上疏切谏，贬彦谟为河南府户曹。"《资治通鉴》卷二四六亦记此事而上疏者不同："上命道士赵归真等于三殿建九天道场，亲授法箓。右拾遗王哲上疏切谏，坐贬河南府士曹。"

## 七月

**回鹘王子嗢没斯降，武宗本月下旨赐名李全忠**。

《册府元龟》卷九七六载："会昌元年七月癸巳敕赐盟没斯姓李名全忠"，文存《全唐文补编》卷七二，题为《嗢没斯赐姓名李全忠制》。又同卷有《回鹘内宰相受耶勿充归义军副使兼赐姓名制》，当为同时之作。

**杜牧本月归长安**。

《杜牧集系年校注》卷一六《上宰相求湖州第二启》："会昌元年四月，兄慥自江守蕲，某与𫖮同舟至蕲。某其年七月却归京师。"

**崔龟从本年仍在宣歙观察使任，有《宣州昭亭山梓华君神祠记》，欲诫民以"知神虽福人，终假医然后能愈其疾耳"之理**。

《全唐文》卷七二九有崔龟从《宣州昭亭山梓华君神祠记》，中云："前年四月自户部侍郎出为宣州。……明年七月，得疾苦下泄，尤不喜食，暮夜辄大剧。"据《旧唐书·文宗纪》开成四年三月"以户部侍郎崔龟从为宣歙观察使"，则文当作于本月。文记其病中梦神显灵而信之，然后觉此乃良医之效，故而撰此文以诫民曰:“鬼神之事,闻见于经籍,杂出于传闻,其为昭昭,断可知矣。然而圣人不语者,惧庸人之舍人事而媚于神也。吴越之俗尚鬼,民有病者,不谒医而祷神。余惧郡人闻余感梦之事,而为巫觋之所张大,遂悉纪其事,与祝神之文,刊之于石。因欲以权道化黎氓,使其知神虽福人,终假医然后能愈其疾耳。”

## |十月|

**杨牢妻郑氏本年五月卒,本月归葬,牢为撰墓志铭。文叙亲情,并言及郑氏对其外遇之包容。**

《唐代墓志汇编》“会昌〇〇五”《荥阳郑夫人墓志铭》,题后注“夫兖海沂密等州观察推官杨牢撰”。文中云:“元和四年己丑岁九月,夫人生于长安南社陵大和二年戊□□□□□□杨氏之室,会昌元年辛酉岁五月殁于东都康俗里,时年三十三,葬□□十月□酉为良日,遂葬。”文记郑氏殁后诸女之哀痛:“夫人生四女,长曰李……李方九岁,枕其尸,哭绝良久,有如天成……其下皆五六岁,或既晬,咸未知其有死。以为且寐还觉,尚呼之于庭户间。既敛不见,人告之以既殁,然后哇哇而啼,痛亲其父。”又言及郑氏对外遇之包容:“牢年三十,在洛阳,尝于外有子,既龀夫人未之名,一旦为侍婢失语所漏,方甚愧恐。夫人曰:‘久以君无男用,忧几成病。今则□□当贺,奈何愧为?因以锦缬二幅赏侍儿能言。不弃隔我子于外,早令知母恩。内此婢,遂收养之。其爱抚之道,非亲戚莫知。”

## |十一月|

**白居易本年七十岁,春,百日长假告满,停少傅官。本年为李绅作《家庙碑铭》,又有《六赞偈》。**

据《白居易年谱》本年谱。《白居易集笺校》卷七一《淮南节度使检校尚书右仆射赵郡李公家庙碑铭并序》:“仆射名绅,字公垂。”同上书同卷《六赞偈并序》:“乐天常有愿,愿以今生世俗文笔之因,翻为来世赞佛乘、转法轮之缘也。今年登七十,老矣病矣,与来世相去甚迩。故作六偈,跪唱于佛法僧前,欲以起因发缘,为来世张本也。”其中《赞佛偈》云:“十方世界,天上天下。我今尽知,无如佛者。堂堂巍巍,为天人师。故我礼足,赞叹归依。”《赞法偈》云:“过见当来，千万亿佛。皆因法成，法从经出。是大法轮，是大宝藏。故我合掌，至心回向。”

**李德裕仍为相，本月上书劝诫武宗节制游猎。**

《李德裕文集校笺》卷一七有《论游幸状》二篇，即《人君动法于日》与《人君动敬天道》。《新唐书·李德裕传》载会昌元年李德裕谏止武宗杀杨嗣复、李珏一事后，又载：“时帝数出畋游，暮夜乃还。德裕上言：‘人君动法于日，故出而视朝，入而燕息。传曰：‘君就房有常节。’惟深察古谊，毋继以夜。侧闻五星失度，恐天以是勤勤儆戒。《诗》曰：‘敬天之渝，不敢驰驱。’愿节田游，承天意。’寻册拜司空。”所记即指此事。《资治通鉴》卷二四六会昌元年十一月亦载：“上颇好田猎及武戏，五坊小儿得出入禁中，赏赐甚厚。尝谒郭太后，从容问为天子之道，太后劝以纳谏。上退，悉取谏疏阅之，多谏游猎。自是上出畋稍希，五坊无复横赐。”明年正月，德裕进位司空，与本传“寻册拜司空”合。故文当作于本月。

## | 本 年 |

**康僚本年冬博学宏词科及第，授秘书省正字。**

《全唐文》卷七九五有孙樵《唐故仓部郎中康公墓志铭序》，中云：“三举进士，登上第，是岁会昌元年也。其年冬，得博学宏词，授秘书省正字。”

**皮日休本年生。**

皮日休，字逸少，后字袭美，襄阳竟陵人。自号“鹿门子”“醉吟先生”“醉士”。《皮日休文集》卷四《文中子碑》云：“后先生二百五十余岁，生曰皮日休。”“文中子”即王通，生于隋文帝开皇四年（584），则知皮日休当生于文宗大和七年（833）之后。又《全唐诗》卷六一四《庚寅岁十一月新罗弘惠上人与本国同书请日休为灵鹫山周禅师碑将还以诗送之》有“三十麻衣弃渚禽，岂知名字彻鸡休”语，庚寅为咸通十一年（870），上推三十年，则知日休当生于本年。

**杜牧本年以其文十四篇上浙西节度使卢简辞,又曾有《上宣州崔大夫书》。**

《杜牧集系年校注》卷一二有《与浙西卢大夫书》:“某年二十六,由校书郎入沈公幕府。自应举得官,凡半岁间,既非生知,复未涉人事,齿少意锐,举止动作,一无所据。至于报效施展,朋友与游,吏事取舍之道,未知东西南北宜所趋向。此时郎中六官一顾怜之,手携指画,一一诱教,丁宁纤悉。两府六年,不嫌不怠,使某无大过而粗知所以为守者,实由郎中之力也。去岁乞假,路由汉上……今敢谨写所为文十四首,编为一卷,继进于后,爱之不倦,为之不已,不至于工,今以为献,无任惭惶。然特为进说之端,非敢因此求知,不胜攀恋惕惧之至。”《杜牧集系年校注》考云:“浙西卢大夫即卢简辞。字子策,诗人卢纶子。登进士第,三辟诸侯府。历任考功员外郎、郎中。累官湖南、浙西观察使。大中初,任兵部侍郎、检校工部尚书、忠武军节度使、山南东道节度使等。……《杜牧年谱》系本文于会昌元年(841),考云:‘文中云:“去岁乞假,路由汉上。”指开成五年冬自膳部员外郎乞假往浔阳事,故知此书为本年作。’”又《杜牧集系年校注》卷一三有《上宣州崔大夫书》,中云:“自古虽尊为天子,未有不用此而能得多士尽心也,未有不得多士之尽心,而得树功立业流于歌诗也,况于诸侯哉!夫子曰:‘君子疾没世而名不称。’司马迁曰:‘自古富贵,其名磨灭,不可胜纪。’静言思之,令人感动激发,当寐而寤,在饥而饱。……某也于流辈无所知识,承风望光,徒有输心效节之志。今谨录杂诗一卷献上,非敢用此求知,盖欲导其志,无以为先也。往年应进士举,曾投献笔语,亦蒙亟称于时。今十五年矣,于顽慒中为之不已矣,于其事,能不稍工,不敢再录新述,恐烦尊重,无任惶惧。谨再拜。”《杜牧集系年校注》考云:“宣州崔大夫:即崔龟从。……据胡可先《杜牧研究丛稿·〈杜牧年谱〉商榷》所考,崔龟从开成四年三月至会昌四年为宣歙观察使,而其《敬亭庙祭文》(《全唐文》卷七二八)题有‘开成五年,岁次庚申,九月……宣歙池等州都团练观察处置等使、朝散大夫、使持节宣州诸军事、守宣州刺史、兼御史大夫、上柱国、赐紫金鱼袋崔龟从’。则崔龟从曾以御史大夫镇宣歙。与‘宣州崔大夫’合。又据文中‘往年应进士举,曾投献笔语,亦蒙亟称于时。今十五年矣’语,考本文乃作于会昌元年(841)。今从之。”

# 唐武宗会昌二年

壬戌　八四二

## 二月

**张潜、郑从谠、郑畋、郑诚、郭京、宋震、崔枢、韦滂等三十人登进士第，郑颢为本年状元。苗绅博学宏词科及第。书判拔萃科李商隐及第。礼部侍郎柳璟知贡举。**

据《登科记考补正》卷二二本年条。

**丁丑，李绅由淮南节度使入朝为中书侍郎、同平章事。**

见《资治通鉴》卷二四六。

**李商隐本年三十一岁，为王茂元陈许幕掌书记。约此时书判拔萃科及第，授秘书省正字。**

据《玉溪生年谱会笺》本年谱。《樊南文集补编》一一《请卢尚书撰曾祖妣志文状》："曾孙商隐，以会昌二年由进士第判入等，授秘书省正字。"

## 三月

**白居易本年七十一岁。春，有《佛光和尚真赞》。**

《白居易集笺校》卷七一《佛光和尚真赞》："会昌二年春，香山寺居士白乐天命绘以写和尚真而赞之。和尚姓陆氏，号如满，居佛光寺东芙蓉山兰若，因号焉。"

**杜牧本年四十岁。春,罢比部员外郎,出为黄州刺史。**

《杜牧集系年校注》卷十《自撰墓志铭》:“转膳部、比部员外郎,皆兼史职。出守黄、池、睦三州。”又同上书卷一四《黄州准赦祭百神文》:“会昌二年,岁次壬戌,夏四月乙丑朔,二十三日丁亥……大赦天下。……牧为刺史,实守黄州。”由此可知,杜牧应在本年春出为黄州刺史。

## | 四 月 |

**本月戊寅,武宗受尊号,大赦。下制进士必经两考,方许奏职,又下敕禁伐桑。**

《册府元龟》卷六三二《铨选部·条制》第四制曰:“涉历吏事,盖崇理本,自因近制,却启幸门。大和九年十二月十八日敕,进士初合格,并令授诸州府参军及紧县簿、尉,未经两考,不许奏职。盖以科第之人,必弘理化,黎元之弊,欲使谙详。非惟可塞幸门,实亦用惩浇俗。近者诸州长吏,渐不遵承,虽注县僚,多縻使职。苟从知己,不顾蒸人,流例寖成,侵费不少。况去年选格,更改新条,许本郡奏官,便当府充职。一人从事,两请料钱,虚占吏曹正员,不亲本任公事。其进士宜至合选年,诸道依资奏授州县官,即不在兼职之限。”又《旧唐书·武宗纪》会昌二年四月载:“敕:‘劝课种桑,比有敕命,如能增数,每岁申闻。比知并无遵行,恣加翦伐,列于鄽市,卖作薪蒸。自今州县甩由,切宜禁断。’”

**杜牧在黄州刺史任,有《黄州刺史谢上表》。**

《杜牧集系年校注》卷一五有《黄州刺史谢上表》。依前文所考,杜牧本年四月已在黄州刺史任上。唐例,刺史至州后应作谢上表,则此文当作于是时或稍前。《杜牧集系年校注》考云:“杜牧由朝中出任黄州刺史在会昌二年春,抵黄州任所约在当年三四月间。按唐时制度,官员抵州任后不久即得上表朝廷谢恩,故此文盖作于会昌二年三四月间或稍后。”

## | 五 月 |

**初，回鹘为黠戛斯所败，可汗卒。其大首领嗢没斯帅其部下数千帐进西城，无秋毫犯塞。武宗听李德裕之言但保境以备之，无击之。本年四月甲申，嗢没斯帅其国特勒、宰相等二千二百余人来降。本月，封嗢没斯为怀化郡王。**

见《资治通鉴》卷二四六。《唐大诏令集》卷一二八有《嗢没斯怀化郡王制》，文后注："会昌二年五月。"

## | 六 月 |

**本月，以嗢没斯所部为归义军，嗢没斯为归义军使。**

《唐大诏令集》卷一二八有《嗢没斯归义军使制》，文后注："会昌二年六月。"

**本月，尚书左仆射、兼门下侍郎、同中书门下平章事、监修国史陈夷行守尚书左仆射，罢相。**

《唐大诏令集》卷五六有《陈夷行左仆射制》，文后注："会昌二年六月。"

**长安东西街佛徒道士于御前论议，武宗崇道抑佛。时日本僧人圆仁在长安，曾有《入唐求法巡礼行记》记之。**

圆仁《入唐求法巡礼行记》卷三本年六月十一日记"上德阳日，大内降诞降斋。两街大德对道士御前论议。道士二人得紫，僧人不得着紫。"

**杜牧在黄州刺史任，有《黄州准赦祭百神文》。**

《杜牧集系年校注》卷一四《黄州准赦祭百神文》："夏六月甲子朔十八日辛巳，伏准赦书得祭诸神。"

**刘蜕本年约二十二岁。时寓居襄阳之野，将前所作文编为《文泉子集》十卷，并自序之，又撰《与韦员外书》。**

《全唐文》卷七八九刘蜕《文泉子自序》："于西华主之降也，其三月辛卯，夜未半，野水入庐，渍坏简策。既明日，燎其书，有不可玩其辞者。……故自褐衣以来，辛卯以前，收其微词属意古今上下之间者为外内篇焉。复收其怨抑颂记婴于仁义者，杂为诸篇焉。物不可以终杂，故离为十卷。离则名之不绝，故授之以为文泉。泉之时义大矣哉！盖覃以九流之文旨配以不竭之义曰泉。……自辛卯讫甲午，覆研于襄阳之野。"按，据陈寅恪《刘复愚遗文中年月及其不祠祖问题》（见《金明馆丛稿初编》）所考，文中之三月，"非会昌某年之三月，而是正式受西华主人降及遣使册命一大事之三月"，"即从会昌二年三月此大事之后顺数第三月，即会昌二年六月是也"。则刘蜕编集及撰序皆在此时。刘蜕，两《唐书》无传，《新唐书·艺文志四》记其"字复愚"。《全唐文》卷七八九作者小传谓其"自号文泉子"。其籍贯据上引陈寅恪文所考乃桐庐。又同卷《上礼部裴侍郎书》："今者欲三十岁矣。"按，礼部裴侍郎乃裴休，文乃上于大中三年（详参大中四年二月条），时蜕二十九岁，则蜕当生于穆宗长庆元年（821），本年二十二岁。又同卷《与韦员外书》："蜕为人子二十二年，唯初七年持瓦石为俎豆戏。"文亦本年所作。文中记其勤苦学习云："蜕辄自爱而庶几不惑也。故进不暇视地，食不及卒哺，起居不忘于文，穷泰不忘于文。虽分不出畛，实爱且专也。"

## | 七月 |

**刘禹锡本年七十一岁，为太子宾客分司，在洛阳。患病，自作《子刘子自传》。本月卒，赠兵部尚书。有集四十卷。**

《旧唐书·刘禹锡传》："会昌二年七月卒，时年七十一，赠户部尚书。"《新唐书·刘禹锡传》："卒，年七十二，赠户部尚书。始疾病，自为《子刘子自传》。"按，两传所记禹锡享年不同。考《子刘子自传》（《刘禹锡集笺证·外集》卷九）："行年七十有一，身病之日，自为铭曰。"又《白居易集笺校》卷三六《感旧》诗序："刘尚书梦得，会昌二年秋薨。"禹锡生于大历七年（772），则其享年应为七十一。又禹锡赠户部尚书误。《刘宾客嘉话录叙》称"故赠兵部尚书，宾客中山刘公”。《子刘子自传》为禹锡临终前自述生平之作，文中特述其所历永贞革新之事：“初，叔文北海人，自言猛之后，有远祖风，唯东平吕温、陇西李景俭、河东柳宗元以为信然。三子者皆与予厚善，日夕过，言其能。叔文实工言治道，能以口辩移人。既得用，自春至秋，其所施为，人不以为当非。时上素被疾，至是尤剧。诏下内禅，自为太上皇，后谥曰顺宗。东宫即皇帝位，是时太上久寝疾，宰臣及用事者都不得召对。宫掖事秘，而建桓立顺，功归贵臣。于是叔文首贬渝州，后命终死。宰相贬崖州。予出为连州，途至荆南，又贬朗州司马。”又文末铭文曰：“天与所长，不使施兮；人或加讪，心无疵兮。”由文意观之，禹锡虽久经贬谪，然其对永贞革新的见解至死不变。禹锡之作颇丰，《新唐书·艺文志》著录其《刘禹锡集笺证》四十卷，另有《刘白唱和集》三卷、《汝洛集》一卷、《彭阳唱和集》三卷、《吴蜀集》一卷，皆为与他人唱和之作。

**李德裕本年五十六岁，仍为相，以回鹘大特勤嗢没斯内附，进《异域归忠传序》。**

《李德裕文集校笺》卷二有《异域归忠传序》：“会昌二年四月甲申，回鹘大特勤嗢没斯率其国特勤、宰相、尚书、将军凡十二人，大首领三十七人，骑士二千六百一十八人内附。”文又说明写作缘由：“今圣主以嗢没斯忠，爰采武功贞烈之士，以为《归忠传》。”据岑仲勉《李德裕〈会昌伐叛集〉编证》：“嗢没斯以六月二十一日加检校工尚，而序文著之，则应在其后，不称思忠而称嗢没斯，又应在八月十六之前，故兹附于六月之末。”按，《资治通鉴考异》卷二一会昌二年八月丁丑（十六日）载：“赐嗢没斯姓李名思忠”；又《唐会要》卷三六《修撰》载：“会昌二年七月，宰臣德裕进《异域归忠传》两卷。”

## 八月

**回纥乌介可汗一部侵扰云、朔北川，武宗令朝中大臣议攻守之策，牛僧孺主消极应付，李德裕主积极备战。武宗肯定李德裕之策，命诸镇征讨。**

《旧唐书·武宗纪》：“（会昌二年）八月，回纥乌介可汗过天德，至把头烽北，俘掠云、朔北川，诏刘沔出师守雁门诸关。……诏以回纥犯边，渐侵内地，或攻或守，于理何安？会少师牛僧孺、陈夷行与公卿集议可否以闻。僧孺曰：‘今百僚议状，以固守边防，伺其可击则用兵。'宰相李德裕议：'……守险示弱，虏无由退。击之为便。'天子以为然。乃征发徐、蔡、汴、滑等六镇之师，以太原节度使刘沔为回纥南面招讨使，以张仲武为幽州卢龙节度使……充回纥东面招讨使，以李思忠为河西党项部将，回纥西南面招讨使，皆会军于太原。"又李德裕《会昌一品集》卷一四有《驱逐回纥事宜状》，文末注"会昌二年八月二十七日"，同卷又有《牛僧儒等奉敕公卿集议须便施行其中有未尽处须更令分析谨连如前》，文末注"会昌二年九月七日"。

## |九月|

**武宗欲征白居易为相，李德裕以居易衰病，不宜入朝，荐居易从弟白敏中为翰林学士。**

《资治通鉴》卷二四六本年九月载："上闻太子少傅白居易名，欲相之，以问李德裕。德裕素恶居易，乃言居易衰病，不任朝谒。其从父弟左司员外郎敏中，辞学不减居易，且有器识。甲辰，以敏中为翰林学士。"按，《旧唐书·白居易传》所附白敏中传未云李德裕"素恶居易"，仅谓"宰相李德裕言居易衰病不任朝谒"，《新唐书·白敏中传》亦谓"是时居易足病废，宰相李德裕言其衰茶不任事"。

## |十月|

**武宗下敕令部分僧尼还俗。**

圆仁《入唐求法巡礼行记》卷三会昌二年十月十九日记："敕下：'天下所有僧尼解烧练咒术、禁气，背军、身上杖痕、鸟文，杂工功，曾犯淫养妻，不修戒行者，并勒还俗。若僧尼有钱物及谷斗、田地、庄园，收纳官。如惜钱财，情愿还俗去，亦任勒还俗，充入两税徭役。'……左街功德使奏，准敕条流僧尼，除年已衰老及戒行精确外，爱惜资财，自还俗僧尼，共一千二百卅二人。右街功德使奏……自还俗僧尼共二千二百五十九人。"按，中国史书尚未记此时有敕令僧尼还俗事。

## |十一月|

**武宗本月下旨定御史大夫、御史中丞之品秩。**

《旧唐书》卷四四《职官志》载："会昌二年十二月敕：大夫，秦为正卿，汉为副相，汉末改为大司空，与丞相俱为三公。掌邦国刑宪，肃正朝廷。其任既重，品秩宜峻。准六尚书例，升为正三品，著之于令。……中丞为大夫之贰，缘大夫秩崇，官不常置，中丞为宪台长。今九寺少卿及诸少监、国子司业、京兆少尹，并府寺省监之贰，皆为四品，唯中丞官重，品秩未崇，可升为正四品下，与丞郎出入迭用，著之于令。"

## |本年|

**卢肇久困科场，约本年冬在京，以其赋一篇献王起，求其援引。**

《全唐文》卷七六八卢肇《上王仆射书》："故度天下之德，莫重于仆射；计天下之学，莫深于仆射；观天下文章，莫富于仆射。兼是三美，然后询于庙堂之上。……某本孤浅，生江湖间。自知书已来，窃有微尚，窥奥索幽，久而不疲，垂二十年，以穷苦自励。……及来辇下，再试皆黜，观望于时而揆于事，至于得之者未必尽贤，失之者未必尽愚。意谓随天下贡士，且进且退，可以无咎。今乃不意遇圣君贤相，以仆射为日月。……某于此时，若不得循墙以窥，则是终身无窃望之分也。敢布愚拙，伏惟特以文之光明而俯烛之。幸甚幸甚！并献拙赋一首。"按，王仆射为王起。据《旧唐书·王起传》，起会昌元年(841)前已"检校左仆射"，会昌三年"权知礼部贡举"。肇明年登进士第(详明年二月条)，则其献文事盖在本年冬。

**白居易本年罢太子少傅后自称白衣居士，曾写真于香山寺藏经堂。又自编《后集》二十卷藏于庐山东林寺。**

《白居易集笺校》卷三六《香山居士写真诗并序》："会昌二年，罢太子少傅，为白衣居士，又写真于香山寺藏经堂，时年七十一。……观今照昔，慨然自叹者久之。形容非一，世事几变，因题六十字，以写所怀。”《白居易年谱》本年谓居易“自编《后集》二十卷，纳于庐山东林寺，至此《白氏文集》七十卷成”。

## 唐武宗会昌三年

癸亥　八四三

### | 正 月 |

**太原节度使刘沔奏捷。刘沔将石雄袭回纥，大破之，乌介可汗被创而遁，走保黑车子。雄迎大和公主以归。回纥溃兵多降于幽州。武宗令李德裕草制讨之。**

见《旧唐书·武宗纪》、《资治通鉴》卷二四七。又《唐大诏令集》卷一三〇有《讨回鹘制》，文后注“会昌三年正月”，中云：“去岁潜入朔川，大掠牛马，今春掩袭振武，逼近城池。可汗皆自率兵，首为寇盗，不耻破败，莫顾姻亲。河东节度使刘沔，料敌伐谋，乘机制胜，发胡貉之骑，以为前锋，搴翎侯之旗，伐彼在穴，短兵鏖于帐下，元恶轶于彀中……其回鹘既以破灭，义在剪除，宜令诸道兵马使便同进讨。”文并存《全唐文》卷六九八李德裕名下。又《资治通鉴》卷二四七载：“自回鹘至塞上及黠戛斯入贡，每有诏敕，上多命德裕草之。”

**朝廷排斥佛释，僧尼还俗者众。**

圆仁《入唐求法巡礼行记》卷三本年正月十七日记：“功德使帖诸寺，僧尼入条流内，并令还俗。”十八日记：“早朝，还俗讫。左街还俗僧尼共一千二百卌二人，右街还俗僧尼共二千二百五十九人。”

### | 二 月 |

**丁稜、黄颇、姚鹄、徐薰、高退之、孟球、刘耕、裴翻、樊骧、崔轩、蒯希逸、林滋、李宣古、张道符、邱上卿、石贯、李潜、孟宁、唐思言、尤牢、王甚夷、金厚载等二十二人登进士第，卢肇为本年状元。本年试《风不鸣条诗》。诸科十四人。吏部尚书王起知贡举。时华州刺史周墀赋诗寄贺王起及新进士，起与诸生均赋诗**

**唱和**。

据《登科记考补正》卷二二本年条。又《唐摭言》卷三《慈恩寺题名游赏赋咏杂纪》:"周墀任华州刺史,武宗会昌三年,王起仆射再主文柄,墀以诗寄贺,并序曰:'仆射十一叔以文学德行,当代推高。……近者,朝廷以文柄重难,将抑浮华,详明典实,由是复委前务,三领贡籍。……新榜既至,众口称公。墀忝沐深恩,喜陪诸彦,因成七言四韵诗一首,辄敢寄献,用导下情,兼呈新及第进士。'……时诸进士皆贺。"

**林滋本年登第。滋,闽县人,以赋驰名**。

《淳熙三山志》卷二六《人物·科名·进士》:"林滋,字后象,闽县人。"《全唐诗》卷五五二其小传谓滋与詹雄、郑诚齐名,"时称雄诗、诚文、滋赋为闽中三绝"。

## | 四 月 |

**昭义节度使刘从谏卒,军中以其侄刘稹为留后,上表请授节钺。朝廷令其护丧归洛阳,刘稹拒旨。朝议对策,李德裕力主征讨**。

见《旧唐书·武宗纪》。《资治通鉴》卷二四七亦记之,并谓:"宰相多以为回纥余烬未灭,边鄙犹须警备,复讨泽潞,国力不支,请以刘稹权知军事。谏官及群臣上言者亦然。李德裕独曰:'……从谏跋扈难制,累上表迫胁朝廷,今垂死之际,复以兵权擅付竖子。朝廷若又因而授之,则四方诸镇谁不思效其所为,天子威令不复行矣!……'上喜曰:'吾与德裕同之,保无后悔。'遂决意讨稹。"

**李德裕本月撰《让官表》,以身有顽疾沉痼为由,乞退就闲职**。

《李德裕文集校笺》卷一八有《让官表》:"伏望陛下察臣恳诚,矜臣衰耗,得罢繁务,退守州行,稍获安闲,渐自颐养,一二年后,或冀有瘳。臣倘余齿尚存,筋力未朽,必当灰身粉骨,上报圣慈。不任祈恩之至,谨奉表以闻。"据《资治通鉴》卷二四七载:"(会昌三年)四月辛未,李德裕乞退就闲局。上曰:'卿每辞位,使我旬日不得所。今大事皆未就,卿岂得求去?'"按,辛未为十三日。

**张又新仍在江州刺史任，有《东林寺碑阴记》。善文辞，终左司郎中，有《煎茶水记》。**

《全唐文》卷七二一有张又新《东林寺碑阴记》，中云："会河东裴公自中书舍人开廉府于钟陵，敷文行政教之余，得六度三乘之秘，闻皋志愿，亦垂信施。因自染翰赞，列爵秩名氏于卷末，又有以增名迹重为光也。皋乃得模而刊于碑。会昌三年四月，磨砻既成……余时刺兹郡，因减俸缗屋其上，且嘉皋建志不苟。"按，"兹郡"即东林寺所在之江州。又新此后行踪无详考，《新唐书·张又新传》记其"终左司郎中"，然未知卒于何年。《旧唐书·张又新传》谓其"幼工文，善于傅会"。《新唐书·张又新传》："又新善文辞。"《新唐书·艺文志三》著录其《煎茶水记》一卷，《郡斋读书志》卷三所记同，并谓"其所尝水凡二十种，因第其味之优劣"。《宋史·艺文志六》录其《画总载》一卷。《全唐文》卷七二一存其文二篇，尚有《煎茶水记》，文记陆羽论茶水云："庐山康王谷水帘水第一；无锡县惠山寺石泉水第二；蕲州兰溪石下水第三；峡州扇子山下，有石突然，泄水独清冷，状如龟形，俗云虾历口，水第四；苏州虎丘寺石泉水第五；庐山招贤寺下方桥潭水第六；扬子江南零水第七；洪州西山西东瀑布水第八；唐州柏岩县淮水源第九（淮水亦佳）；庐州龙池山头水第十；丹阳县观音寺水第十一；扬州大明寺水第十二；汉江金州上游中零水第十三（水苦）；归州玉虚洞下香溪水第十四；商州武关西洛水第十五（未尝泥）；吴松江水第十六；天台山西南峰千丈瀑布水第十七；郴州圆泉水第十八；桐庐严陵滩水第十九；雪水第二十（用雪不可太冷）。此二十水，余尝试之，非系茶之精粗，遇此不之知也。夫茶烹于所产处，无不佳也。盖水土之宜，离其处水功其半，然善烹洁器全其功也。"又谓："天下之理，未可言至。古人研精，固有未尽，强学君子，孜孜不懈，岂止思齐而已哉！此言亦有裨于劝勉，故记之。"

## | 五月 |

**白居易本年七十二岁，在洛阳，以刑部尚书致仕。本月为牛僧孺作《太湖石记》，记其收集奇石而宝爱玩赏之事。**

《白居易集笺校》外集卷下《太湖石记》，文末署"会昌三年五月癸丑日记"。

文记牛僧孺“公之僚吏多镇守江湖,知公之心惟石是好。乃钩深致远,献瑰纳奇,四五年间,累累而至。公于此物,独不廉让。东第南墅,列而置之”。文描写奇石云:“富哉砑,厥状非一。有盘拗秀出如灵丘鲜云者,有端俨挺立如真官神人者……又有如虬如凤,若跧若动,将翔将踊,如鬼如兽,若行若骤,将攫将斗者。又有如虬如凤,若跧若动,将翔将踊,如鬼如兽,若行若骤,将攫将斗者。风烈雨晦之夕,洞穴开咳,若欲云喷雷,嶷嶷然有可望而畏之者。烟霁景丽之旦,岩崿霮霸,若拂岚扑黛,霭霭然有可狎而玩之者。昏晓之交,名状不可。撮要而言,则三山五岳,百洞千壑,覙缕簇缩,尽在其中。百仞一拳,千里一瞬,坐而得之。……公又待之如宾友,视之如贤哲,重之如宝玉,爱之如儿孙。不知精意有所召耶?将尤物有所归耶?孰不为而来耶?必有以也。”文多排比句,多方形容,将石描述得千奇百怪,有声有色。

**戊戌,李宗闵由太子宾客分司东都出为湖州刺史。**

《资治通鉴》卷二四七:“李德裕言太子宾客、分司李宗闵与刘从谏交通,不宜置之东都。戊戌,以宗闵为湖州刺史。”

**王茂元、刘沔、王元逵、陈夷行等出兵,合力攻讨刘稹。**

见《资治通鉴》卷二四七。

**卢商为京兆尹,本月奏请许追捉两坊市犯禁者。**

《唐会要》卷六七载:“会昌三年五月,京兆府奏:‘两坊市闲行不事家业,黥刺身上,屠宰猪狗,酗酒斗打。及僦构关节,下脱钱物,樗蒲赌钱人等。伏乞今后如有犯者,许臣追捉。若是百姓,当时处置。如属诸军、诸使、禁司,奏闻。’从之。”考《唐刺史考全编全编》卷二,是时卢商为京兆尹。

**李商隐本年三十二岁,本月代王茂元与书刘稹,从地势、人心向背、双方实力对比诸方面劝说刘稹。**

《樊南文集详注》卷八《为濮阳公与刘稹书》:“昨者秘不发丧,已逾一月。”

又《新唐书·武宗纪》:"(会昌三年)四月乙丑,昭义军节度使刘从谏卒。"则知文当作于本月。文中云:"窃计足下之怀,执事之论,当以赵氏传子,魏氏袭侯,欲以逡巡希恩,顾望谋立耳。夫事殊者趣异,势别者迹睽,故度其始而议其终,搴其华而寻其实?愿为足下一二而陈之。……今足下之于太傅也,地则犹子,职非副戎,赏罚未尝相参,恩威未尝相抗,秘丧则于义爽,拒诏则于事乖,比赵魏二侯,信事殊而势别矣。……先太尉与李洧尚书,齐之密戚;杨太保与苏肇给事,蔡之懿亲。并据要地方州,领精甲锐卒。及其王师戾止,我武维扬,则割地驱人以降,送款输忠而入。非不顾密戚,非不念懿亲,非不思恩,非不怀惠,直以逆顺是逼,死生实难,能与其同休,不能与其共戚故也。况足下大未侔齐、蔡,久未及李、吴,将以其人,动于不义。仆固恐夙沙之国,缚主之卒重生;彭宠之家,不义之侯更出。……又计足下当恃太行九折之险,部内数州之饶,兵士尚强,仓储且足,谓得支久谋而使安。危哉此心,自弃何速!……恃河北而河北无储,倚山东而山东不守。以两州之残殍,抗百道之奇兵,比累卵而未危,寄孤根于何所?"文章从地势、人心向背、双方实力对比诸方面劝说刘稹,条理清晰,论据充分。

**薛逢本年约三十八岁,上书宰相崔铉、翰林学士韦琮,求其援引。**

《全唐文》卷七六六有薛逢《上崔相公启》:"某自开成建号,则执艺求知。迹忝及门,名叨中选。……桂折高枝,名登上第。但以依仁岁久,轩墀之桃李成阴;趋岸年深,门巷之椅桐暗老。徒蒙荫覆,莫自根牙。良辰几何,元鬓倏改。伏惟相公推名意切,录旧情深。朝宣一言,夕济千里。俾平生志业,不负于辛勤。"按,崔相公乃崔铉。据《旧唐书·崔铉传》:"(崔铉)复辅政,奏为万年尉。"《新唐书·宰相表》,崔铉本年五月任宰相,启约此时之作。又同卷《上翰林韦学士启》:"某顷因章句,获达门墙。……故得桂枝先攀,杨叶高中。始谓陵跃出泥滓,指顾生风云。……方今选限犹远,官秩未期。伏希度以短长,择其任用。上可以考校书府,下可以羽檄戎藩。"按,韦学士指韦琮,据《翰林学士壁记》,韦琮会昌二年(842)十月为翰林学士。文中又云:"尝闻通义相公炉冶新开,陶甄是切。"据《唐两京城坊考》卷四,通义坊有崔铉宅,则启亦约此时所上。据文知,启上时,逢未任秘书省校书郎。又据有关史料,逢先任秘书省校书郎,又任某县吏,后授万年尉,则其任县尉约在宣宗朝。

## 六月

**武宗排斥佛教，太子詹事韦宗卿进《涅槃经疏》，遭痛斥贬官。**

圆仁《入唐求法巡礼行记》卷四会昌三年六月十一日记："内里设斋，两街大德及道士御前论义，每街停止十二员大德，功德使帖巡院令简择大德，每街各七人，依旧例入内。大德对道士论义，道士二人敕赐紫衣，而大德总不得着紫。"又六月十三日记："太子詹事韦宗卿撰《涅槃经疏》廿卷进，今上览已，焚烧经疏，敕中书门下，令就宅追索草本烧焚，其敕文如左：'敕：……韦宗卿，忝列崇班，合遵儒业，溺于邪说，是扇妖风，既开炫惑之端，全戾典坟之旨……况非圣之言，尚宜禁斥，外方之教，安可流传。……宜从左官，犹为宽恩。任成都府尹，驰驿发遣。……其所进经，内中已焚烧讫。其草本委中书门下追索焚烧，不得传之于外。'"

**杜牧本年四十一岁，仍为黄州刺史。约本月作《祭城隍神祈雨文》《祭城隍神祈雨第二文》，为黄州百姓求雨。其《上李中丞书》亦约作于此时。**

《杜牧集系年校注》卷一四《祭城隍神祈雨第二文》："牧为刺史凡十六月。"据前文所考，牧于前年春到黄州，下推十六个月，文约作于本月。又《杜牧集系年校注》卷一二有《上李中丞书》，中云："某入仕十五年间，凡四年在京，其间卧疾乞假，复居其半。嗜酒好睡，其癖已痼，往往闭户，便经旬日，吊庆参请，多亦废阙。至于俯仰进趋，随意所在，希时徇势，不能逐人。……某世业儒学，自高、曾至于某身，家风不坠，少小孜孜，至今不怠。性颛固，不能通经。于治乱兴亡之迹，财赋兵甲之事，地形之险易远近，古人之长短得失。中丞即归廊庙，宰制在手，或因时事召置堂下，坐之与语，此时回顾诸生，必期不辱恩奖。今者志尚未泯，齿发犹壮，敢希指顾，一罄肝胆，无任感激血诚之至。某恐惧再拜。"据《杜牧集系年校注》所考李中丞即李让夷，"本文云'某入仕十五年间，凡四年在京'，杜牧大和二年(828)登第入仕，至会昌二年(842)为十五年。又据《新唐书·武宗纪》：会昌二年七月'尚书右丞兼御史中丞李让夷为中书侍郎、同中书门下平章事。'则李让夷为中丞在会昌二年七月前，故本文当作于会昌二年七月之前。"今从之，即系于此。

**段成式本年四十一岁，在秘书省校书郎任。夏，与张希复、郑符游京中寺院，多有咏句。**

《全唐文》卷七八七有段成式《寺塔记》，中云："武宗癸亥三年夏，予与张君希复善继同官秘书，郑君符梦复连职仙署。会暇日，游大兴善寺。因问《两京新记》及《游目记》，多所遗略。乃约一旬寻两街寺，以街东兴善为首。二记所不具，则别录之。游及慈恩，初知官将并寺，僧众草草，乃泛问一二上人，及记塔下画迹，游于此遂绝。"又据毕沅《关中金石记》卷四："安国寺寂照禅师碑，开成五年正月立，段成式撰文，僧无可正书。"又《金石文钞》卷八亦记此碑，题"宣德郎守秘书省著作郎充集贤殿修撰上柱国段成式纂"，则知本年段成式约在著作郎任。

## | 七月 |

**武宗令刑部侍郎兼御史中丞李回宣慰河北三镇，令幽州乘秋早平回鹘，镇、魏早平泽潞。此前，李德裕尝草制讨伐刘稹。**

据《旧唐书·武宗纪》、《资治通鉴》卷二四七。《唐大诏令集》卷一一七有《命李回宣慰幽镇魏等道赦》。又同书卷一二〇有《讨潞州刘稹制》，文后注"会昌三年七月"，文并存《全唐文》卷六九七，署为李德裕所作。

**杜牧仍在黄州刺史任，本月上书宰相李德裕论泽潞兵事，并献破敌方略，德裕颇采其言。**

《杜牧集系年校注》卷一一有《上李司徒相公论用兵书》，李司徒即李德裕。据《杜牧集系年校注》所考："《新唐书·武宗纪》会昌三年六月载'李德裕为司徒'。……此文上李德裕之时间，《资治通鉴》卷二四七记在会昌三年四月，云：'黄州刺史杜牧上李德裕书，自言："尝问淮西将董重质以三州之众四岁不破之由……"时德裕制置泽潞，亦颇采牧言。'按所记时间有误。傅璇琮《李德裕年谱》会昌三年七月谱考云：'按杜牧此书，题中称"李司徒"。德裕加司徒乃在三年六月。书中又云："伏睹明诏诛山东不受命者。"明诏者，即讨刘稹制书，于五月十三日行下，杜牧于黄州看到诏书，当又在此之后。《通鉴》系牧之上书在四月，显系不确。书中又建议唐军于河阳，宜取守势，不宜进攻，谓“高壁深堑，勿与之战。忽有败负，势惊洛师。盖河阳军士，素非精勇，战则不足，守则由有余”。观此数句，则叙河阳形势，即非如此书中作虚拟之笔。由此可见，杜牧上李德裕书论泽潞军事，当作于六月之后，八月之前，即七月左右。’本文据此订于会昌三年七月作。又《李德裕年谱》又谓‘《通鉴》谓德裕平泽潞，颇用杜牧书中之策。实则以成德、魏博攻昭义山东三州，德裕于五、六月即已定策，尚在杜牧上书之前。在尔后的军事行动中，正由于成德、魏博两军已攻取山东之州，昭义失去军粮的支持，然后又由王宰从河阳北上，石雄由翼城东进，以至刘稹、郭谊势穷力屈而降，与杜牧所言均有出入，因此说德裕平泽潞，颇用其策，实为夸大之词。’”今从之，系于此时。

## 八月

**杜牧仍在黄州刺史任，作《上门下崔相公书》。**

《杜牧集系年校注》卷一一有《上门下崔相公书》：“某僻守荒郡，亦被陶钧，齿发甚壮，志尚未衰，敢不自强。冀答天造，无任感激悃悬之至。”据《杜牧集系年校注》所考崔相公即崔珙，“曾任泗州刺史，入为太府卿。又拜广州刺史、岭南节度使，后累官京兆尹。会昌时，授户部侍郎，拜相。累迁刑部尚书、门下侍郎等。后被贬，曾为安州长史等。传见《旧唐书》卷一七七、《新唐书》卷一八二。本集卷十六《上安州崔相公启》之崔相公即崔珙。此《启》云：‘至于会昌三年八月中所献相公长启，铺陈功业，称校短长，措于《史记》、两《汉》之间，读于文士才人之口，与二子并无愧容。’所言‘会昌三年八月中所献相公长启’盖即本文。据此而订本文作于会昌三年（八四三）八月。”今从之，系于此。

## 九月

**王茂元卒于河阳节度使任，李商隐为其作遗表。**

《樊南文集详注》卷一《代仆射濮阳公遗表》。《资治通鉴》：“（会昌三年）（九月）丙午，河阳奏王茂元薨。”丙午为二十日，则此表当作于二十日稍前。

## 十月

**本月，以河阳三城为孟州。**

《唐大诏令集》卷九九有《置孟州敕》，文后注“会昌三年十月”。又《资治通鉴》卷二四七会昌三年九月载：“丙午，河阳奏王茂元薨。李德裕奏：‘王宰止可令以忠武节度使将万善营兵，不可使兼领河阳，恐其不爱河阳州县，恣为侵扰，又，河阳节度先领怀州刺史，常以判官摄事，割河南五县租赋隶河阳，不若遂以五县置孟州，其怀州别置刺史。俟昭义平日，仍割泽州隶河阳节度，则太行之险不在昭义，而河阳遂为重镇，东都无复忧矣！’上采其言。”《旧唐书·武宗纪》记此事于会昌四年九月，此从《唐大诏令集》与《资治通鉴》。

## 十一月

**武宗本月下旨令吏部条疏合减官员。**

《旧唐书·武宗纪》：“（会昌三年）十一月，敕：‘中外官员，过为繁冗，量宜减省，以便军民。宜令吏部条疏合减员数以闻。’”

**李商隐葬母，路经怀州，迁裴氏仲姊柩，又代怀州刺史李璟作诸表状。**

《樊南文集详注》卷一《为怀州李中丞谢上表》，“怀州李中丞”为李璟。据《资治通鉴》：“（会昌三年九月）丙午，河阳奏王茂元薨。李德裕奏……怀州别置刺史。……戊申，以河南尹敬昕为河阳节度、怀孟观察使。”则李璟任怀州刺史必在茂元卒后。刘学锴、余恕诚认为“此必义山葬母、迁姊柩时曾至怀、洛”，又《表》中“臣伏奉某月日制书，授臣某官者……即以今月某日到任上讫”句，奉制曰“某月”，到任曰“今月”，则其到任已是奉制之月（十月）的隔月，今从之，系于本月。同书卷二《为怀州刺史举人自代状》、卷五《为怀州李使君祭城隍神文》、《樊南文集补编》卷五《为怀州刺史上后上门下状》、卷一一《为李怀州祭太行山神文》等当为同时或稍后之作。

## |十二月|

**李德裕上书请罢进士宴会题名等习俗。**

《唐摭言》卷三《慈恩寺题名游赏赋咏杂记》载："会昌三年，赞皇公为上相……（十二月）二十三日，中书覆奏：'奉宣旨，不欲令及第进士呼有司为座主，趋赴其门，兼题名、局席等条疏进来者。伏以国家设文学之科，求贞正之士……岂可怀赏拔之私惠，忘教化之根源。自谓门生，遂成胶固。……树党背公，靡不由此。臣等商量，今日已后，进士及第任一度参见有司，向后不得聚集参谒及于有司宅置宴。其曲江大会朝官及题名、局度，并望勒停。'"文亦存《全唐文》卷七〇一，题为《停进士宴会题名疏》。

## |本年|

**本年左右杜牧有《上池州李使君书》，《与人论谏书》亦约本年之作。**

《杜牧集系年校注》卷一三有《上池州李使君书》，中云："景业足下：仆与足下齿同而道不同，足下性俊达坚明，心正而气和，饰以温慎，故处世显明无罪悔；仆之所禀，阔略疏易，轻微而忽小。然其天与其心，知邪柔利己，偷苟谗谄，可以进取，知之而不能行之。非不能行之，抑复见恶之，不能忍一同坐与之交语。……去岁乞假，自江、汉间归京，乃知足下出官之由，勇于为义，向者仆之期足下之心，果为不缪，私自喜贺，足下果不负天所付与、仆所期向，二者所以为喜且自贺也，幸甚，幸甚。……仆与足下年未三十为诸侯幕府吏，未四十为天子廷臣，不为甚贱，不为不试矣。今者齿各甚壮，为刺史各得小郡，俱处僻左，幸天下无事，人安谷熟，无兵期军须、逋负诤诉之勤，足以为学，自强自勉于未闻未见之间。……年四十为刺史，得僻左小郡，有衣食，无为吏之苦，此时之可惜也。……"据《杜牧集系年校注》所考，李使君，即李方玄。"本文云'去岁乞假，自江、汉间归京，乃知足下出官之由'，据《杜牧年谱》，杜牧'去岁乞假，自江、汉间归京'事乃在会昌元年，言'去岁'，则文作于会昌二年。文又云'年四十为刺史，得僻左小郡'，杜牧年四十，乃会昌二年，此时任黄州刺史。据此订本文为会昌二年（842）作。"又，《杜牧集系年校注》卷一二有《与人论谏书》，中云："某疏愚怠惰，不识机括，独好读书，读之多矣。每见君臣治乱之间，兴亡谏诤之道，遐想其人，舐笔和墨，则冀人君一悟而至于治平，不悟则烹身灭族，唯此二者，不思中道。自秦、汉已来，凡千百辈，不可悉数。然怒谏而激乱生祸者，累累皆是；纳谏而悔过行道者，不能百一。何者？皆以辞语迂险，指射丑恶，致使然也。……某蒙合下之厚爱……某纵不得效用，但于一官一局，筐箧簿书之间，活妻子而老身命，作为歌诗，称道仁圣天子之所为治，则为有余，能不自慰？……无因面赞其事，书纸言诚，不觉繁多。某再拜。”按，《杜牧集系年校注》考本文作年云：“本文之作年难于确定，然文中有‘作为歌诗，称道仁圣天子之所为治’语。据《新唐书·武宗纪》，会昌二年四月丁亥，‘群臣上尊号曰仁圣文武至神大孝皇帝’。则文乃作于武宗会昌二年四月后。又文中又有‘前数月见报，上披阁下谏疏，锡以币帛，僻左且远，莫知其故’等语。其中‘僻左且远’乃指其所在之地。杜牧武宗间曾任黄州、池州刺史，则撰此文时必在两地之一。考杜牧《上李中丞书》乃作于会昌二年在黄州任时，此文中称黄州为‘三千里僻守小郡’，与本文‘僻左且远’同，则本文疑作于黄州时，亦即约作于会昌二年四月至会昌四年(842—844)九月间。’”今从之，故系于此处。

## 唐武宗会昌四年

甲子　八四四

### 一月

**太原都将杨弁作乱，河东节度使李石奔汾州。弁与刘稹约为兄弟，交结为乱。朝议喧然，或言对潞州、太原皆应罢兵，李德裕则主战。武宗从德裕之言。本月壬子，河东监军使吕义忠收复太原，生擒杨弁，尽诛乱卒。**

详见《旧唐书·武宗纪》、《资治通鉴》卷二四七。

**李商隐本年三十三岁。本月为其处士叔、裴氏仲姊和侄女寄寄撰祭文。**

《樊南文集详注》卷六有《祭处士房叔父文》《祭裴氏姊文》《祭小侄女寄寄文》。《祭裴氏姊文》云：“又以十二房旧域。风水为灾。……今则已于左次，别卜鲜原,重具棺衾,再立封树。通年难遇,同月异辰,兼小侄女寄儿,亦来自济邑。”又《祭小侄女寄寄文》:“正月二十五日,伯伯以果子弄物,招送寄寄体魄……今吾仲姊,返葬有期。”则知此三文当为本月先后之作。史载商隐“尤善为诔奠之辞”(《旧唐书·李商隐传》),刘学锴先生评曰:“商隐重情的气质个性和善于抒写哀情的特长,使他的祭文成为其骈文诸体中最富于情采个性的一种体式。”商隐之祭文现存二十四篇,于此择选数文以窥其特点。如《祭小侄女寄寄文》,此文向来最受研究者所称道,文虽以骈文形式写成,然一反骈文好用典、美辞藻的传统,以白描的手法写就:“尔生四年,方复本族。既复数月,奄然归无。于鞠育而未深,结悲伤而何极!来也何故,去也何缘?……自尔没后,侄辈数人。竹马玉环,绣襜文褓。堂前阶下,日里风中,弄药争花,纷吾左右。独尔精诚,不知何之。……呜呼!荥水之上,檀山之侧,汝乃曾乃祖,松槚森行。伯姑仲姑,冢坟相接。汝来往于此,勿怖勿惊。华采衣裳,甘香饮食,汝来受此,无少无多。汝伯祭汝,汝父哭汝,哀哀寄寄,汝知之邪?”商隐祭文之情深,不仅在于其为文真挚,还在于将其不幸之人生遭际化入文中,以渲染笔法凸显凄婉之情,如:“某年方就傅,家难旋臻。躬奉板舆,以引丹旐。四海无可归之地,九族无可倚之亲。既祔故丘,便同逋骇。生人穷困,闻见所无。……弱弟幼妹,未笄未冠。胤绪犹阙,家徒屡空。载惟家长之寄,偷存晷刻之命。号天叫地,五内崩摧。……今则南望显考,东望严君。伯姊在前,犹女在后。克当寓邸,归养幽都。”(《祭裴氏姊文》)又如:“始某兄弟,初遭家难,内无强近,外乏因依。祗奉慈颜,被蒙训勉。及除常制,方志人曹。以顽陋之姿,辱师友之义。获因文笔,实忝科名。三干有司,两被公选。再命芸阁,叨迹时贤。仲季二人,亦志儒墨。于显扬而虽未,在进修而不隳。永惟幽灵,盍亦垂鉴。今者苴麻假息,粪土偷存。不即殒伤,盖亦有以。”(《祭徐氏姊文》)又有:“君方赤绂银章,浙东从务,道途悠邈,时序徂迁。讶吊缄之不来,忽讣书之俱至。感旧怀分,情如之何?埋玉焚芝,固未可喻。呜呼!今来古往,人谁不亡,于君之亡,其酷斯甚!藐然一女,才已数龄。乞后旁宗,又未能立。贤弟扶服东路,遇疾洛师。徘徊十旬,淹不得进。浮泛水陆,厥途四千。建旐云归,旷然无主。”(《祭徐姊夫文》)刘学锴先生认为:“直到李商隐,才以其特有诗心诗才,在一部分骈文中恢复并发展了抒情和诗化的传统。由于商隐骈文的诗化,是在经历了唐诗的高度繁荣,包括作为传统五七言诗诗艺的总结者李商隐自己的创作基础上进行的,因此其诗化的程度较前更有所提高,艺术上更加纯熟。这是李商隐对骈文发展的一种贡献。与此同时,他对骈文多用典、重藻饰的传统形式也作了改造的成功尝试,这就是像《祭小侄女寄寄文》那样，在抒情化、诗化的基础上使骈文语言通俗化。”

## | 二 月 |

**项斯、赵嘏、孙玉汝、陈纳、顾陶、马戴、张裼、郑祥、崔隋、杨严等二十五人登进士第，郑言为状元。左仆射王起知贡举。**

据《登科记考补正》卷二二本年条。

**李商隐在长安樊南，为王茂元撰祭文。**

《樊南文集补编》卷一二《祭外舅赠司徒公文》。刘学锴、余恕诚《李商隐文编年校注》认为做此文时，李商隐居长安樊南，并未亲至祭奠，故文中有“将观祖载，遂迫瘥瘍”之语。又据文中“汉陵摇落，秦苑冰霜”之句，系本文于本年仲春，因杨弁之乱而暂殡茂元于万善之时，而非本年八月茂元灵柩至洛阳时。同卷《为王从事妻万俟氏祭先舅司徒公文》《为王秀才妻苏氏祭先舅司徒公文》亦先后之作。

## | 五 月 |

**李商隐约此时前后曾代李贻孙撰启上李德裕，盛赞其武功之盛与文采之美。**

据傅璇琮《李德裕年谱》本年谱。李商隐《为李贻孙上李相公启》(《樊南文集》卷三)赞德裕任武宗朝宰相以来三大“庙战之功”(击回鹘、平杨弁、讨泽潞)，尤以讨泽潞一段最富气势：“潞寇不惩两竖之凶，徒恃三军之力，干我王略，据其父封。袁熙因累叶之资，卫朔拒大君之诏。人将自弃，鬼得而诛；蛙觉井宽，蚁言树大。招延轻险，曾微吴国之钱；藏匿罪亡，又乏江陵之粟。所谋者河朔遗事，所恃者岩险偷生。今则赵魏俱攻，燕齐并入。奉规于帷幄，遵命于指踪。亚夫拒吴，惊东南而备西北；韩信击魏，舣临晋而渡夏阳。百道无飞走之虞，一缕见倾危之势。计算反掌，当不逾时。是则陈曲逆之六奇，翻成屑屑；葛武侯之八阵，更觉区区。”文章骈散结合，句式整齐又富于变化。冯浩尝评其为商隐“以全力赴之者”。文又称德裕文采云:“重以心游书囿,思托文林。提枹于绝艺之场,班扬扫地;鞠旅于无前之敌,江鲍舆尸。故矫枉则《黄诒》之赋兴,游道则知止之篇作。辞穷体物,律变登高。文星留伏于笔间,采凤翱翔于梦里。此固谈扬绝意,仿效何阶!”《樊南文集》卷六《祭裴氏姊文》有“首夏已来,亦有通吉”之语,据《玉溪生年谱会笺》,或此时前后所作。

## |七月|

**蔚州节度使马纾本年三月卒,本月归葬,汾州刺史杨倞为撰墓志。马纾,故御史中丞马实第廿五子,曾从裴度讨李同捷。**

《唐代墓志汇编》“会昌〇三〇”《唐故银青光禄大夫使持节蔚州诸军事行蔚州刺史兼御史丞马公墓志铭并序》,题后注“朝请大夫使持节汾州诸军事守汾州刺史杨倞撰”。中云:“公讳纾,字无畏,扶风平陵人。曾祖行琰,妫州刺史;祖千龙,平州刺史;父实,右骁骑将军、御史中丞:并有功幽蓟,书勋竹帛。公即中丞第廿五子……大和初,沧帅李全略死,子同捷盗袭其位,先皇震怒,征君讨之……时中书令裴公掌兵柄,谋挠魏事,公以才辨为戎率知……未几,王师大捷,而同捷就戮……拜左武卫将军,后出为宁州刺史……以会昌四年三月十日终于所寄之第,享年五十六……即以其年七月十日归窆。”

## |闰七月|

**潞州大将郭谊杀刘稹并其族,函稹首,遣使奉表及书以降,泽潞平。**

详见《旧唐书·武宗纪》。《资治通鉴》卷二四八系于八月。

**武宗闻扬州倡女善于酒令,敕淮南监军选十七人献之。监军请节度使杜悰同选,且欲更择良家美女,教而献之。悰不从,监军怒,具表其状。武宗赞悰之德,下诏停选。甲辰,以悰同平章事,兼度支、盐铁转运使。**

见《资治通鉴》卷二四七。《唐大诏令集》卷四九有《杜悰平章事制》。

# | 八月 |

**李德裕本年五十八岁，本月以平泽潞之功进封太尉、卫国公，封敖为草制。**

《旧唐书》卷一七四《李德裕传》载："自开成五年冬回纥至天德，至会昌四年八月平泽潞，首尾五年，其筹度机宜，选用将帅，军中书诏，奏请云合，起草指踪，皆独决于德裕，诸相无预焉。以功兼守太尉，进封卫国公，三千户。"又《旧唐书》卷一六八《封敖传》记敖为德裕草制云："其制语有：'遏横议于风波，定奇谋于掌握。逆稹盗兵，壶关昼锁，造膝嘉话，开怀静思，意皆我同，言不他惑。'制出，敖往庆之，德裕口诵此数句，抚敖曰：'陆生有言，所恨文不迨意。如卿此语，秉笔者不易措言。'座中解其所赐玉带以遗敖，深礼重之。"

**巩县净土寺大德演公去岁二月卒，本月塔成，御史中丞裴休为撰塔铭，柳公权书。大德演公原本濮阳丞，后度为僧。**

《唐代墓志汇编》"会昌〇三四"《唐故禅大德演公塔铭》，题后注："金紫光禄大夫兼御史中丞上柱国裴休撰，金紫光禄大夫充集贤殿大学士柳公权书。"文后注："会昌四年岁次壬午八月廿二日建。"文中云："大师俗姓柳，法号明演……天宝季，擢明经第；宝应中，调濮州临濮尉，后迁濮阳丞……因诣方袍士，语及无生，喟然叹曰：'万法归空，一身偕幻，琐琐名位，曷足控搏。'遂投绂捐玺，适于京师。时神策都知兵马使、检校御史大夫王驾鹤奏曰：'前佚人舍官入道，乐在法门，今因章敬皇后忌辰，伏请度为僧。'诏曰'可'。乃隶名于洛阳县敬爱寺，因具戒于嵩岳坛场……以会昌三年二月五日整三衣，掩一室，汩然坐化，容白如生。"

**杜牧本年四十二岁，仍为黄州刺史。本月上启贺朝廷平泽潞。**

《杜牧集系年校注》卷一六有《贺中书门下平泽潞启》，中云："某启：伏以上党之地，肘京洛而履蒲津，倚太原而跨河朔。……某谬分符竹，实由恩知，庆快欢抃之诚，倍百常品，不宣。谨启。"《杜牧集系年校注》考云："据《资治通鉴》卷二四八，泽潞平在会昌四年(844)八月。本文即作于此时稍后，时杜牧在黄州刺史任。"今即从之，系于此时。

**李商隐在洛阳，本月王茂元灵柩至洛，商隐复为之撰祭文。**

据《樊南文集详注》卷六《重祭外舅司徒公文》。《樊南文集补编》卷五《上许昌李尚书状二》云："王十二郎、十三郎，扶引灵筵，兼侍从郡君，今年八月至东洛讫。"则本文当作于本月茂元灵柩至洛阳后，举行葬礼之时，时商隐在洛。文中思念其岳父，情意深沉："千里归途，东门故第。数尺素帛，一炉香烟。……草荄土梗，旁助酸辛；高鸟深鱼，遥添怨咽。"

## 九月

**武宗以潞州百姓饱受战火之苦，本月十八日，下旨蠲租税，减征徭。**

《唐大诏令集》卷一二五有《平潞州德音》，文后注"会昌四年九月十八日"，中云："念彼战争之地，况当凋瘵之余，租赋且蠲，征徭合减。"文亦存《全唐文》卷七七。

**杜牧本月迁池州刺史。**

《杜牧集系年校注》卷一四《祭故处州李使君文》："及我南去，君刺池阳。我守黄冈，葭苇之场。……幸会交代，沿楫若飞。江山九月，凉风满衣。"同书卷十《池州重起萧丞相楼记》："会昌四年甲子摧，木悉朽坏，无一可取者。刺史李方玄具材，刺史杜牧命工，……从会昌五年五月毕。"《杜牧年谱》载杜牧本月由黄州刺史徙池州刺史。

**刘三复为刑部侍郎，约此时或稍前上疏请诛刘从谏妻裴氏。三复稍后病卒。三复善文，尤长于章奏，为李德裕所倚重。**

《全唐文》卷七四六有刘三复《请诛刘从谏妻裴氏疏》，《资治通鉴》卷二四八："（会昌四年九月）刘从谏妻裴氏亦赐死。"《新唐书》卷二一四："从谏妻裴，以弟立功，诏欲贷其死。刑部侍郎刘三复执不可，于是赐死，以尸还问。"《旧唐书》卷一七七《刘邺传》亦记此事并言三复未几病卒，又言："父三复，聪敏绝人，幼善属文。……长庆中,李德裕拜浙西观察使,三复以德裕禁密大臣,以所业文诣郡干谒。德裕阅其文,倒屣迎之,乃辟为从事,管记室。母亡,哀毁殆不胜丧。德裕三为浙西,凡十年,三复皆从之。大和中,德裕辅政,用为员外郎。居无何,罢相,复镇浙西,三复从之。……又从德裕历滑台、西蜀、扬州,累迁御史中丞。会昌中,德裕用事,自谏议、给事拜刑部侍郎、弘文馆学士判馆事。”又《旧唐书·李德裕传》载三复“长于章奏,(德裕)尤奇待之。自德裕始镇浙西,迄于淮甸,皆参佐宾筵。军政之余,与之吟咏终日”。《新唐书·艺文志四》著录《刘三复表状》十卷,《宋史·艺文志七》又著录其《景台杂编》十卷、《问遗集》三卷、《别集》一卷。

## |十月|

**李德裕奏牛僧孺、李宗闵与刘从谏、刘稹交通,贬牛僧孺为汀州刺史,李宗闵为漳州长史;十一月,再贬僧孺循州长史,宗闵长流封州**。

见《资治通鉴》卷二四八,又参《李德裕年谱》。

**李商隐本月上书李执方,贺其镇陈许,后又上书告以王茂元归葬之事**。

《樊南文集补编》卷五《上许昌李尚书状一》云:“伏承旌幢,寻达忠武。”此文乃贺执方镇陈许。执方赴陈许之时间,刘学锴、余恕诚《李商隐文编年校注》系于本月,详参之。同卷《上许昌李尚书状二》“王十二郎、十三郎,扶引灵筵,兼侍从郡君,今年八月至东洛讫”,乃告以茂元归葬洛阳之事,写作时间稍晚于前文。

**杜牧约于秋冬间上书李德裕,讨论回鹘之事,为李德裕所称赞**。

《杜牧集系年校注》卷一六有《上李太尉论北边事启》。据《编年史》所引傅璇琮《李德裕年谱》谓李太尉为李德裕,文作于“稻谷半熟之际,当在秋冬之间”。又谓“《旧唐书·杜牧传》:‘牧好读书,工诗为文,尝自负经纬才略。武宗朝诛昆夷、鲜卑,牧上宰相书论兵事,言胡戎入寇,在秋冬之间,盛夏无备,宜五六月中击胡为便。李德裕称之。’《新唐书·杜牧传》:‘宰相李德裕素奇其才。

会昌中，黠戛斯破回鹘，回鹘种落溃入漠南，牧说德裕不如遂取之，以为两汉伐虏，常以秋冬，当匈奴劲弓折胶，重马免乳，与之相校，故败多胜少。今若以仲夏发幽并突骑及酒泉兵，出其意外，一举无类矣。德裕善之。' 均指此启。”

## |十二月|

**绵州刺史李正卿本年四月卒，本月归葬，郑州刺史李褒为撰墓志。正卿，李邕孙，承家风，制述文章四十卷，撰《中权略》四十卷，注《管氏指要》两卷，然皆不存。**

《唐代墓志汇编》“会昌〇四〇”《唐故绵州刺史江夏李公墓志铭并序》，题后注“朝散大夫使持节郑州诸军事守郑州刺史上柱国赐紫金鱼袋李褒撰”。中云：“有唐会昌四年四月十一日，左绵守李公殁于位，其孤潜状公之理行，请铭于褒。褒与公实姻旧，得以忘个陋，遂条列云……其年十二月十九日，嗣子潜奉理命启先夫人之窆合祔于河南县金谷原，礼也。”文又述李正卿家有文风：“曾祖善，贯通坟史，注《文选》六十卷，用经籍引证，研精而该，博学者开卷自得，如授师说，官至秘书郎弘文馆学士沛王侍读；祖邕，文学优宏，以风概然诺自任，落落有大节，为一时伟人，官至北海太守赠秘书监；考翘，履道葆光，绰有余裕，皇任大理评事赠太常少卿。公讳正卿，字肱生……公平生所制述文章四十卷，撰《中权略》四十卷，注《管氏指要》两卷，勤励不息，而志行在焉。凡宰三邑，刺六郡，洎历他官，率以廉清检克为理。”正卿所著皆不存，《千唐志斋藏志》存其为父李翘所撰墓志一方。

## |本年|

**刘蜕本年二十四岁，为应举两上书崔龟从，求其援引。**

《全唐文》七八九有刘蜕《献南海崔尚书书》，中云“蜕之生于今二十四年”，则文当作于本年。按，南海崔尚书为崔龟从，据《唐方镇年表》卷七，崔龟从会昌四年至五年为岭南东道节度使。文乃为求龟从援引而上，文中述其寒门士子求举之苦：“虽天有南，无可置其门；虽天有东，不得开其序。伏腊不足于糗粮，冬夏常苦于皲湿。然而因时著书满十卷，自谓不有得于今，必有得于后；不有得于人，必有得于鬼神。今则力疲而天下笑，日暮而邮舍闭。”同卷《复崔尚书书》当为稍后之作，乃为崔龟从复书中评其“恃才傲物欤？论议险直欤”之语而上书自明：“况蜕近世无九品之官，可以藉声势，而又当时无绵络之旧，无一箪之食。设有乘人之气，而穷贱夺其气矣，何能为也？使蜕一旦为病狂妄人而行之，俄而自成怪笑，不止人之怪笑也。然则希权门以媚嬖幐，随众口以赞曲私，瞻视行坐，倾身预起，则信乎对南面如濠壁之相峙也。如此岂曰恃才傲物乎？险直之在己，不得其人而尽言之，则有杀身磔尸之祸；得其人而尽言之，则有忠义谅正之名。使蜕前不得其人而言之，则身死已久；得其人而言之，则安得困而至此。故岂曾论议险直乎？”又同卷有《古渔父四篇》及《篇后序》，《篇后序》中云：“会昌甲子岁，予于西塞岩下见版，洗而得渔父书七篇，尚多古文。然其三篇甚怪妄，浅近类词赋，今皆舍之。其四篇予特为之笺正其文字。然前二篇文有高致，后二篇则托寓鄙狎。以其颇有讥劝，余亦存之。然不知其年代，故谓之古渔父。”文亦当本年之作。

**苏球本年为泉州刺史，散步时偶遇古木根，如龙状，爱玩不足，作文以记之。**

《全唐文补编》卷七三苏球有《木龙赞有引》，文末云：“会昌四年仁泽记。”引曰：“余于此谷口散步，遇将焚古木根，视之，若有异，命加斧斤，宛如龙状，有符爨桐之类，爱玩不足，因作木龙赞以伟之。”据《唐刺史考全编》卷一五三，苏球会昌元年六月至四年十月任泉州刺史。

## 唐武宗会昌五年

乙丑　八四五

### 正月

**本月三日，武宗祀南郊，赦天下。**

《唐大诏令集》卷七一有《会昌五年正月三日南郊赦》。

**武宗本月始修望仙台，后孙樵经郦山，见汉文帝露台遗基，作赋以讽之。**

据《旧唐书·武宗纪》："五年春正月己酉朔，敕造望仙台于南郊坛。"又《全唐文》卷七九四有孙樵《露台遗基赋并序》，中云："武皇郊天明年，作望仙台于城之南。农事方殷，而兴土工，且有縻于县官也。樵东过骊山，得露台遗基，遂作赋以讽之。"

**本月，敬宗母义安太后卒，权知礼部贡兴趣陈商等上《请定义安太后服制状》。**

《全唐文》卷七二五陈商有《请定义安太后服制状》："皇帝为义安皇太后服制重轻事，权知礼部侍郎陈商等状。"据《旧唐书·武宗纪》："（会昌五年正月）庚申，义安太后崩，敬宗之母也。"

## | 二 月 |

**本年谏议大夫、权知礼部侍郎陈商选士后，时论以为请托，令翰林学士白敏中覆试，黜落七人。易重、孟迟、卢嗣立、鲁受、顾非熊等二十七人登进士第。**

据《登科记考补正》卷二二本年条。

## | 三 月 |

**李商隐本年三十四岁，约于上月与本月间受李褒之招移居郑州，并得其馈赠，上书致谢。过洛阳，有《重祭外舅司徒公文》。**

《樊南文集补编》卷六《上郑州李舍人状一》，"郑州李舍人"，李褒也，褒时为郑州刺史。《状》云："伏蒙赐及麦粥饼啖锡酒等……恩同上客，礼异编氓。桑梓有光，里闾加敬。"则知《状》上时，商隐已在郑州，时节当为暮春。又《樊南文集》卷四《重祭外舅司徒公文》，张采田《玉溪生年谱会笺》亦"定为是春过洛时作"。

## |四月|

**本月，尚书右仆射兼门下侍郎、同中书门下平章事杜悰行尚书右仆射，中书侍郎兼户部尚书、同中书门下平章事、充集贤殿大学士崔铉守户部尚书，皆罢相。**

《唐大诏令集》卷五六有《杜悰右仆射崔铉户部尚书制》，文后注："会昌五年四月。"

**杜牧本年四十三岁，仍为池州刺史。本月于池州城南门楼造刻漏，并为之记。时处州刺史李方玄卒，杜牧有文祭之，后又撰其墓志铭并序。**

《杜牧集系年校注》卷十有《池州造刻漏记》，文末言："会昌五年，岁次乙丑，夏四月，始造于城南门楼。"同上书卷一四有《祭故处州李使君文》："维会昌五年，岁次乙丑，某月日，池州刺史杜牧谨遣军事押衙王镤，谨以清酌庶羞之奠，敬致祭于亡友李君起居之灵。……及我南去，君刺池阳，我守黄冈，葭苇之场。唯君书信，前后相望，辞意纤悉，勉我自强。律我性情，补短裁长，一函每发，沉忧并忘。幸会交代，沿檝若飞，江山九月，凉风满衣。为别几时，多少欢悲……一疾不起，讣来犹疑。呜呼哀哉！"《杜牧集系年校注》谓"池州李使君即李方玄。……李方玄卒于会昌五年四月，本文又云'维会昌五年岁次乙丑某月日，池州刺史杜牧谨遣军事押衙王镤，谨以清酌庶羞之奠，敬致祭于亡友李君起居之灵'，则祭文盖作于会昌五年(845)四月稍后。"今从之。又同上书卷八有《唐故处州刺史李君墓志铭并序》，中云："君讳方玄，字景业，刑部尚书、赠司空贞公长子。……景业少有文学，年二十四，一贡进士，举以上第，升名解褐，裴晋公奏以秘书省校书郎，校集贤殿秘书。聪明才敏，老成人争与之交。……始至，创造籍簿，民被徭役者，科品高下，鳞次比比，一在我手，至当役役之，其未及者，吏不得弄。……凡四年，政之利病，无不为而去之。罢去上道，老民攀哭。……罢池，廉使韦公温馆于宣城。会昌五年四月某日，卒于宣城客舍，年四十三。"《杜牧集系年校注》考云："据本文所记，李方玄卒于会昌五年四月，然未记下葬年月，故此文作年难确知，盖最早乃作于会昌五年(845)四月后。"

## | 五 月 |

**本月,以黠戛斯平回鹘有功,诏册其为宗英雄武诚明可汗。**

《唐大诏令集》卷一二八有《黠戛斯为可汗制》,文后注"会昌五年五月",中云:"可册为宗英雄武明诚可汗,命右散骑常侍兼御史中丞李拭持节充册立使。"文亦存《全唐文》卷七六,题为《立黠戛斯为可汗制》。

**本月乙丑,以户部侍郎李回为中书侍郎、同平章事,判户部如故,入相。**

见《资治通鉴》卷二四八。《唐大诏令集》卷四九有《李回平章事制》,文后注"会昌五年五月乙丑"。

**白居易本年七十四岁,在洛阳,刑部尚书致仕。本月编其近年诗文为续后集五卷,合前七十五卷,作《白氏长庆集后序》记其集流传与收藏情况。**

《白居易集·外集》卷下《白氏长庆集后序》署"会昌五年夏五月一日,乐天重记"。序谓:"白氏前著《长庆集》五十卷,元微之为序;后集二十卷,自为序。今又续后集五卷,自为记。前后七十五卷,诗笔大小凡三千八百四十首。集有五本:一本在庐山东林寺经藏院……其日本、新罗诸国及两京人家传写者,不在此记。又有《元白唱和因继集》共十七卷,《刘白唱和集》五卷,《洛下游赏宴集》十卷,其文尽在大集内录出,别行于时。"

**李商隐居郑州。本月或稍后上书李回,贺其拜相,并希其援引。**

《樊南文集补编》卷五《上座主李相公状》,"座主李相公",李回也。《新唐书·武宗纪》:"会昌五年五月,李回为中书侍郎、同中书门下平章事。"《状》中云:"相公以五月十九日登庸。"则此状当作于本月十九日稍后。又《状》末有"嗟睹奥以未期,但濡毫而抒恳。崔氏之乃心紫阙,陈生之思入京城"之语,似有望其援引,入京为官之意。

**本年四五月间排佛事已成规模，僧尼还俗者众多。**

详见圆仁《入唐求法巡礼行记》卷四。《旧唐书·武宗纪》本年四月载："敕祠部检括天下寺及僧尼人数，大凡寺四千六百，兰若四万，僧尼二十六万五百。"按，《资治通鉴》卷二四八记此事于本年五月。

**杜牧撰《池州重起萧丞相楼记》。**

《杜牧集系年校注》卷十有《池州重起萧丞相楼记》，同上书考云："萧丞相：即萧复，字履初。曾任歙、池二州刺史，迁湖南观察使，改同州刺史。后拜兵部侍郎，户部尚书，宰相。传见《旧唐书》卷一二五、《新唐书》卷一〇一。本文末云：'以会昌五年五月毕，自初至再，凡七十一年。……京兆杜某记。'"据此，文乃作于会昌五年(845)五月。"

## |六 月|

**武宗本月下旨禁请乡贡进士为幕府及州县官敕。**

《唐会要》卷了七九："五年六月敕：诸道所奏幕府及州县官。近日多乡贡进士奏请，此事已曾厘革，不合因循，且无出身，何名入仕？自今以后，不得更许如此，仍永为定例。"

**杜牧仍为池州刺史，本年六七月间上书宰相李德裕，论江贼事。**

《杜牧集系年校注》卷一一有《上李太尉论江贼书》。文中谈及江淮水贼危害之严重性并提出解决方法："伏以江淮赋税，国用根本，今有大患，是劫江贼耳。……自十五年来，江南、江北，凡名草市，劫杀皆遍，只有三年再劫者，无有五年获安者。一劫之后，州县糜费，所由寻捉，烽火四出。凡是平人，多被恐胁，求取之外，恩仇并行，追逮证验，穷根寻叶，狼虎满路，狴牢充塞。……为江湖之公害，作乡闾之大残，未有革厘，实可痛恨。…… 今若令宣、润、洪、鄂各一百人，淮南四百人，每船以三十人为率，一千二百人分为四十船，择少健者为之主将，仍于本界江岸创立营壁，置本判官专判其事，拣择精锐，牢为舟棹，昼夜上下，分番巡检,明立殿最,必行赏罚。江南北岸添置官渡,百里率一,尽绝私载,每一宗船上下交送。是桴鼓之声,千里相接,私渡尽绝,江中有兵,安有乌合蚁聚之辈敢议攻劫。”据《杜牧集系年校注》考云:“李太尉:即李德裕……本文乃作于池州,而文中谓‘某到任才九月,日寻穷询访,实知端倪。’杜牧初任池州在会昌四年九月,文又谓‘去年十月十九日是,劫池州青阳县市’,则本文当作于会昌五年(845)六七月中。”

## |七月|

**朝廷诏敕并省天下佛寺。李德裕约此时上表祝贺。**

《旧唐书·武宗纪》:“(会昌五年七月)庚子,敕并省天下佛寺。中书门下条疏闻奏:‘据令式,诸上州国忌日官吏行香于寺,其上州望各留寺一所,有列圣尊容,便令移于寺内;其下州寺并废。其上都、东都两街请留十寺,寺僧十人。’敕曰:‘上州合留寺,工作精妙者留之;如破落,亦宜废毁。其合行香日,官吏宜于道观。其上都、下都每街留寺两所,寺留僧三十人。上都左街留慈恩、荐福,右街留西明、庄严。’”李德裕有《贺废毁诸寺德音表》(《会昌一品集》卷二〇)即作于此时。

**李商隐居洛阳。闲居多病,屡上书李褒。**

《樊南文集补编》卷六《上郑州李舍人状二》云:“伏承中元,进受治箓,兼建妙斋。”此状当为中元节即本月十五稍后之作。同卷《上郑州李舍人状三》《上郑州李舍人状四》《上李舍人状二》《上李舍人状三》《上李舍人状四》当为稍后之作。

## |八月|

**朝廷正式下诏,陈释教之弊,毁寺、归俗僧尼。**

见《旧唐书·武宗记》。《资治通鉴》卷二四八:“(会昌五年八月)壬午,诏陈释教之弊,宣告中外。凡天下所毁寺四千六百余区,归俗僧尼二十六万五百人,大秦穆护、祆僧二千余人,毁招提、兰若四万余区。收良田数千万顷,奴婢十五万人。……百官奉表称贺。寻又诏东都止留僧二十人,诸道留二十人者减其半,留十者减三人,留五人者更不留。"《唐大诏令集》卷一一三亦有《拆寺制》。

## 十月

**李商隐丁母忧满,本月入京,重官秘书省校书郎。行前上书孙谷,希其援引。**

《樊南文集补编》卷六《上孙学士状》,"孙学士"为孙谷。《状》末云"窃期光价,微借疏芜",有希冀援引之意。

## 十一月

**李贻孙为夔州刺史,本月作《夔州都督府记》,文记夔州之历史并及其地理风貌。**

《全唐文》卷五四四有李贻孙《夔州都督府记》,文末云:"会昌五年十一月十三日建。"《宝刻丛编》引《集古录目》:"《唐都督府记》,唐夔州刺史李贻孙撰。"此文记夔州之悠久历史并及壮阔之风貌,尤以瞿塘滟滪为险:"直南城一里,得巨石为滟滪,地载之险。此其渊壑,独峰兀顶,万仞崒拔;高涛坳洑,岳跃坑转……穷年縆絙,不究其次。瞿塘暗导,势列根属,水魅施怪,阴来潜往。"

**皇甫松感酒德之衰,于本年冬纂成《醉乡日月》三卷,后为之序。**

《全唐文补编》卷七五皇甫松有《醉乡日月序》,文末署:"余会昌五年春,尝因醉罢,戏纂当今饮酒者之格,寻而亡之。是冬闲暇,追以再就,名曰《醉乡日月》,勒成一家,施于好事,凡上中下三卷。"松于书中分酒德为三,以"负壶云岩,长歌林莽"为上士之醉。以"友月朋风,吟烟笑露……追傲逸于古人,求舒适于当代"为中士之醉。以"节以丝簧,程以袂舞,焰红烛于春夕,飘翠袖于香筵"为下士之醉。并曰:"眠瓮者嗤为朴陋,搦管者目曰迂儒,于是以上士中人之风,拂尽于尊爵矣。既而六音靡靡,九醖泠泠,傲云山为外人,愿罍杓为剩物;含犀露玉之党，悬缨拖紫之群，联襟而媚新声，接舞而趋艳曲。虽有清真雅士，肮脏高人，亦舍方而就圆，盖彼众而我寡……”

## |本 年|

**前山南节度使崔琯本年卒，武宗下诏赠尚书左仆射。**

《旧唐书》卷一七七本传载琯：“会昌中，迁银青光禄大夫、检校吏部尚书、兴元尹，充山南西道节度使。以弟珙罢相贬官，琯亦罢镇归东都。五年卒。诏曰：‘……故山南西道节度使崔琯……可赠尚书左仆射。’”武宗之诏书存《全唐文》卷七三，原误书于文宗下，陈尚君据此移正，然又系之于开成五年，恐误。

**孙樵于本年道出益昌，有感于益昌令何易于虽廉政爱民，却只在吏治考核中得中上，撰文批评朝廷考核制度。**

《全唐文》卷七九五有孙樵《书何易于》，文中赞易于廉政爱民，然其于吏治考核中仅得中上，此乃因其爱民而不善督赋、督役，治安清明而无盗可捕，“问其政，则曰某人能督赋，先期而毕。某人能督役，省度支费。某人当道，能得往来达官为好言。某人能擒若干盗，反若干盗。县令得上下考者如此。……当世在上位者，皆知求才为切。至于缓急补吏，则曰吾患无以共治。膺命举贤，则曰吾患无以塞诏。及其有之，知者何人哉”。

**杜牧本年有《上安州崔相公启》《唐故宣州观察使御史大夫韦公墓志铭并序》之作。**

《杜牧集系年校注》卷一六有《上安州崔相公启》，中云：“某比于流辈，一不及人。至于读书为文，日夜不倦，凡诸所为，亦未有以过人。至于会昌三年八月中所献相公长启，铺陈功业，称校短长，措于《史记》、两《汉》之间，读于文士才人之口，与二子并无愧容。……今者窃敢再录启本，重干尊严。付于史官而不诬，悬于后代而不泯，其于取重，岂在小人？复敢别录所为新旧文两卷，凡一十九首，上尘视听，一希镌琢。”《杜牧集系年校注》谓“安州崔相公，即崔珙”，并考此文乃作于会昌五年。今从之。又《杜牧集系年校注》卷八有《唐故宣州观察使御史大夫韦公墓志铭并序》,中云:“公幼不戏弄,冠为老成人,解褐得官,超出群众中,人不敢旁发戏嫚。及为公卿,在朝廷省阁中,大臣见公,若临绝壑,先忖度语言举止,然后出发。其所执持不可者,笔一落纸,言一出口,虽天子宰相知不能夺,俯委遂之。不以德行尚人,人自敬畏;不施要结于人,人自亲慕。后进凡持节业自许者,获公一言,矜奋刻削,益自贵重。……疾甚将终,悉召亲属宾吏,称先常侍诗句云‘在室愧屋漏’,因曰:‘今知没身不负斯诫。’遂涕下不禁。当夫子世,得七十子,国小俗俭,复有圣人为之师,使生于今,与公相后先,必有能品之者。”据《杜牧集系年校注》所考,墓主为韦温,文乃作于会昌五年。今从之。

## 唐武宗会昌六年

丙寅　八四六

### 二月

**因久未雨,武宗本月下旨令疏理天下囚徒。**

《旧唐书·武宗纪》会昌六年二月载:“癸酉,以时雨愆候,诏:‘京城天下系囚,除官典犯赃、持仗劫杀、忤逆十恶外,余罪递减一等,犯轻罪者并释放。征党项行营兵士,不得滥有杀伤。’”《册府元龟》卷九一所载稍详于此。

**薛能、张黯、颜□、李昼等十六人(疑当作二十六人)登进士第,狄慎思为状元。郑畋、李蔚拔萃科及第。礼部侍郎陈商知贡举。**

据《登科记考补正》卷二二本年条。

**贾暄本月为幽州节度押衙王时邕撰墓志。**

《全唐文补编》卷七三贾暄有《唐故幽州节度押衙王公墓志铭并序》,中云:“公讳时邕,字子泰……会昌五年十一月遘之疾矣,医卜无验,乙丑岁月次大吕廿有四日终……取会昌六年沽洗月朔日卜葬。”“沽洗月”为三月,则文盖二月作。

**魏则之为朝散大夫，本月为正议大夫内侍省内寺伯李升荣撰墓志。**

《全唐文补编》卷七三魏则之有《唐故正议大夫内侍省内寺伯上柱国陇西郡开国子食邑五百户李公墓志铭》："公讳升荣，字处约。……以五年冬十一月十六日薨……即以会昌六年二月廿五日迁葬。"

## |三 月|

**甲子，武宗病卒。宦官谋立武宗叔光王李怡为帝，是为宣宗。**

见《旧唐书·武宗纪》。《资治通鉴》卷二四八："（会昌六年）三月，下诏改名炎。上自正月乙卯不视朝。……及上疾笃，旬日不能言。诸宦官密于禁中定策，辛酉，下诏称：'皇子冲幼，须选贤德，光王怡可立为皇太叔，更名忱，应军国政事令权勾当。'"武宗卒时年三十三。宣宗为宪宗第十二子，本年三十七岁。

## |四 月|

**李德裕出镇荆南，众闻之颇惊骇。**

《旧唐书·宣宗纪》本年四月载："以特进、守太尉、门下侍郎、同平章事、上柱国、卫国公、食邑二千户李德裕检校太尉、同平章事、江陵尹、荆南节度使。"《资治通鉴》卷二四八所记同，谓："德裕秉权日久，位重有功，众不谓其遽罢，闻之莫不惊骇。"并于同年三月条载德裕遽罢之原委："宣宗素恶李德裕之专，即位之日，德裕奉册。既罢，谓左右曰：'适近我者非太尉耶？每顾我，使我毛发洒淅。'"《唐大诏令集》卷五三有《李德裕荆南节度平章事制》。

杜牧本年四十四岁，为睦州刺史。本月白敏中拜相，杜牧稍后上启贺之，或有希其援引之意。

《杜牧集系年校注》卷九有《唐故进士龚轺墓志》，中云"会昌五年十二月，某自秋浦守桐庐，"则知杜牧去岁十二月已自池州移睦州。同书卷十六有《上白相公启》"白相公"即白敏中，据《旧唐书·宣宗纪》，白敏中拜相左，本年四月，则文上于本月稍后。文末云:“某远守僻左,无因起居,但采风谣,亦能歌咏。无任攀恋激切之至。”杜牧会昌二年(842)守黄州,其后迁池、睦,此三州皆处江南,远离京师,杜牧上启,或有望白敏中援引之意。

**李商隐本年三十五岁,仍官秘书省校书郎。本月上书李执方,贺其内召。**

《樊南文集补编》卷六《上忠武李尚书状》,“忠武李尚书”,李执方也。《状》云:“先皇以倦勤厌代,圣上以睿哲受图。……今者果应急召,咸副佥谐。”则本文当作于宣宗新立,李执方奉召入京后不久。刘学锴、余恕诚《李商隐文编年校注》系于本月,今从之。

## | 五 月 |

**宣宗乃敬、文、武三帝之叔父,且三帝为兄弟,宗庙昭穆之位与承前不同,礼仪使奏请于太庙东间另立两室,定为九代十一室之制。宣宗下旨令尚书省、两省、御史台四品以上官、大理卿、京兆尹等集议,后赞同礼仪使所奏。**

《旧唐书·礼仪志》载:“会昌六年五月,礼仪使奏:‘……伏以自敬宗、文宗、武宗兄弟相及,已历三朝。昭穆之位,与承前不同。所可疑者,其事有四:一者,兄弟昭穆同位,不相为后;二者,已祧之主,复入旧庙;三者,庙数有限,无后之主,则宜出置别庙;四者,兄弟既不相为后,昭为父道,穆为子道,则昭穆同班,不合异位。……今备讨古今,参校经史,上请复代宗神主于太庙,以存高曾之亲。下以敬宗、文宗、武宗同为一代,于太庙东间添置两室,定为九代十一室之制。’敕曰:‘宗庙事重,实资参详。宜令尚书省、两省、御史台四品以上官、大理卿、京兆尹等集议以闻。’尚书左丞郑涯等奏议曰:‘……伏自敬宗、文宗、武宗三朝嗣位,皆以兄弟,考之前代,理有显据。今谨详礼院所奏,并上稽古文,旁摭史氏,协于通变,允谓得宜。臣等商议,请依礼官所议。’从之。”

**宣宗下制添置佛寺,还俗僧人可依旧出家。**

《旧唐书·宣宗纪》会昌六年五月:“左右街功德使奏:‘准今月五日赦书节文,上都两街旧留四寺外,更添置八所……’敕旨依奏。”《资治通鉴》卷二四八本年五月载:"乙巳,赦天下。上京两街先听留两寺外,更各增置八寺;僧、尼依前隶功德使,不隶主客,所度僧、尼仍令祠部给牒。"圆仁《入唐求法巡礼行记》卷四本年记:"新天子姓李,五月中大赦,兼有敕天下每州造两寺,节度府许造三所寺,每寺置五十僧。去年还俗僧年五十已上者,许依旧出家。其中年登八十者,国家赐五贯文。"

## 七月

**宣宗以十六宅宫市苦于百姓,下旨改移**。

《唐会要》卷八六《市》:"(会昌)六年七月敕:'如闻十六宅置宫市以来,稍苦于百姓,成弊既久,须有改移。自今以后,所出市一物以上,并依三宫直市,不得令损刻百姓。'"

## 八月

**武宗葬端陵**。

《资治通鉴》卷二四八会昌六年八月载:"壬申,葬至道昭肃孝皇帝于端陵,庙号武宗。"

**牛僧孺、李宗闵、崔珙、杨嗣复、李珏皆自贬所内迁,宗闵卒于贬地封州**。

《资治通鉴》卷二四八会昌六年八月:"以循州司马牛僧孺为衡州长史,封州流人李宗闵为郴州司马,恩州司马崔珙为安州长史,潮州刺史杨嗣复为江州刺史,昭州刺史李珏为郴州刺史。僧孺等五相皆武宗所贬逐,至是,同日北迁。宗闵未离封州而卒。"

**白居易卒于洛阳,年七十五,谥右仆射。唐宣宗有诗悼之。有文集七十五卷**。

《新唐书·白居易传》:"(会昌)六年,卒,年七十五,赠尚书右仆射,宣宗以诗吊之。”又《唐摭言》卷一五载唐宣宗吊白居易诗云：“缀玉联珠六十年，谁教冥路作诗仙？浮云不系名居易，造化无为字乐天。童子解吟《长恨曲》，胡儿能唱《琵琶篇》。文章已满行人耳，一度思君一怆然。”《新唐书·艺文志四》著录《白氏长庆集》七十五卷；《新唐书·艺文志三》记《白氏经史事类》三十卷，附注：“白居易，一名《六帖》。”《旧唐书·白居易传》史臣评白居易文云：“若品调律度，扬榷古今，贤不肖皆赏其文，未如元、白之盛也。昔建安才子，始定霸于曹、刘；永明辞宗，先让功于沈、谢。元和主盟，微之、乐天而已。臣观元之制策，白之奏议，极文章之壶奥，尽治乱之根荄。非徒谣颂之片言，盘盂之小说。就文观行，居易为优。放心于自得之场，置器于必安之地。优游卒岁，不亦贤乎！”

## |九月|

**本年三月太常博士郑路等奏请于东都立太庙，朝廷下制可。后太常博士段瑰等以为不可，本月宣宗下旨令并赴都省对议。**

《旧唐书·礼仪志》载：“（会昌）六年三月，太常博士郑路等奏：‘东都无兴圣庙可祔，伏请且权藏于太庙夹室。’制可。……太常博士段瑰等三十九人奏议曰：‘……愚以为庙不可修，主宜藏瘗，或就瘗于坎室，或瘗于两阶间，此乃百代常行不易之道也。’其年九月敕：‘段瑰等详议，东都不可立庙。李福等别状，又有异同。国家制度，须合典礼，证据未一，则难建立。宜并令赴都省对议，须归至当。’”此制《全唐文》卷七七归于武宗名下，当误。

**武宗去岁册立黠戛斯为回鹘可汗，然因武宗逝未能成行。今宣宗欲遣使往，然虑回鹘向残，下旨令群臣集议。**

《唐会要》卷一〇〇：“（会昌）六年九月敕：‘去岁先帝册立黠戛斯为可汗，虽有成命，旋属朝廷变故，未果遵行。今欲遣使，且展封告之仪，续行先帝之意；又虑深僻小国，不足与之抗衡，回鹘向残，不合遽有建置。事新体大，须归至当，必询于众，方免有疑。宜令中书、门下五品以上，御史台、尚书省四品以上，集议闻奏。’”

**李德裕又由荆南节度使改为京都留守，并解平章事。**

见《资治通鉴》卷二四八。《旧唐书·宣宗纪》系于十月。

**杜牧本年四十四岁，任睦州刺史。约本年上书宣歙观察使高元裕，言及科举中子弟与寒士之争。**

《杜牧集系年校注》卷一二有《上宣州高大夫书》。文中不满反映当时科举中时有排斥子弟之状况："自去岁前五年，执事者上言，云科第之选，宜与寒士，凡为子弟，议不可进。熟于上耳，固于上心，上持下执，坚如金石，为子弟者鱼潜鼠遁，无入仕路，某窃惑之。科第之设，圣祖神宗所以选贤才也，岂计子弟与寒士也。"《杜牧集系年校注》考云："高大夫即高元裕。……会昌五六年间，任宣歙观察使……本文乃作于高元裕为宣歙观察使期间。据吴廷燮《唐方镇年表》及其《考证》，高元裕镇宣歙在会昌五年五月至大中元年（845—847），故本文即作于此期间。郭文镐《杜牧若干诗文系年之再考证》（《西北师院学报》1987 年第 2 期）谓文中'去岁前五年'指开成五年，时德裕拜相曾向武宗进言为政之要，其欲纠科场滥放子弟之弊而主张宜取寒士，即与之同时，史传不载，并认为'此文唯作于会昌六年'。今即据此订文作于会昌六年（846）"。又《杜牧集系年校注》卷一六《上白相公启》。白相公，白敏中也。据《旧唐书·宣宗纪》，白敏中会昌六年四月拜相，此启盖白敏中拜相后，杜牧所上。

**裴处权为义成节度使崔元式从事，本年夏无雨，元式祷于何侯庙，后雨，处权本月撰文拜神赐、表其功。**

《全唐文》卷七五七裴处权有《祷何侯庙记》，中云："六年夏不雨，尚书博陵崔公惧兹农事，凡明神灵迹有可以膏稼穑者，必命牺牲箫鼓以动之，卒无应。一旦，监军使阎公曰：'郡濒何侯庙具存，姑用申祷，宜斡流以苏大田。'五月庚午，公会阎公……罗为侯拜。……六月辛未雨，乙亥始霁。自乙亥至秋七月壬子，以烈日下烛，南亩复燥。……癸丑，公复会阎公，仪若庚午。丙辰雨，己未乃霁。……或曰，昔河流滥泛，将鱼滑人，滑人祝侯，骇浪帖息。今日拜侯赐，未若记侯之感通。公乃召从事河东裴处权文其功，客有博陵崔应书于石。会昌六年九月一日记。”据《唐方镇年表》卷二，崔元式会昌五年为义成节度使。

### |十月|

**宣宗有《命南郊前速议庶狱敕》。**

《全唐文》卷八一宣宗有《命南郊前速议庶狱敕》，《册府元龟》卷六五记其事于本月。

### |本年|

**孙樵于本年尝撰《武皇遗剑录》，赞武宗排佛。**

《全唐文》卷七九五有孙樵《武皇遗剑录》，文中云：“武皇帝得利剑于希夷之间，提携六年而四用之，宜其庶绩晖如哉。……今者嗣皇帝纂武皇之耿光，传武皇之遗剑。”文约作于本年。文赞武宗排佛：“浮屠之流，其来绵绵。根盘蔓滋，日炽而昌。蛊于民心，蚕于民生。力屈财殚，民恬不知。武皇始议除之，女泣于闺，男号于途。廷臣辩之于朝，亵臣争之于旁。群疑胶牢，万口一辞。武皇曾不持疑，卒诏有司，驱群髡而发之，毁其居而田之。其徒既微，其教仅存。民瘼其瘳，国用其加。风雨以时，灾沴不生。”

## 唐宣宗大中元年

丁卯　八四七

### |正月|

**本月祀南郊，大赦，改元大中。**

《旧唐书·宣宗纪》大中元年春正月：“戊申，皇帝有事于郊庙，礼毕，御丹凤门，大赦，改元。”《唐大诏令集》卷七二有《大中元年南郊赦》，文末云“改会昌七年为大中元年”。

## | 二 月 |

**李德裕自东都留守为太子少保、分司东都，郑亚亦因被视为德裕党，出为桂州刺史**。

《资治通鉴》卷二四八大中元年二月载：“初，李德裕执政，引白敏中为翰林学士；及武宗崩，德裕失势，敏中乘上下之怒，竭力排之，使其党李咸讼德裕罪，德裕由是自东都留守以太子少保、分司。”《旧唐书·宣宗纪》载同日郑亚由给事中出为桂州刺史、御史中丞、桂管防御观察等使。

**陈镛、杨乘、刘瞻、李义叟、崔滔、王凝等二十三人登进士第。后续放封彦卿、崔琢、郑延休三人进士及第。李昼博学宏词科及第。礼部侍郎魏扶知贡举。敕恢复进士发榜后杏园宴集活动。舒贺武举及第**。

据《登科记考补正》卷二二本年条。又《旧唐书·宣宗纪》本年二月记：“又敕：‘自今进士发榜后，杏园任依旧宴集，有司不得禁制。’”

**李商隐本年三十六岁，仍为秘书省校书郎。喜其弟义叟及第，上书本年主考魏扶**。

《樊南文集详注》卷三《献侍郎巨鹿公启》，“侍郎巨鹿公”为魏扶。文中云：“今月某日，舍弟新及第进士义叟处，伏见侍郎所制《春闱于榜后寄呈在朝同年兼简新及第诸先辈》五言四韵诗一首。”则本文当作于本月发榜后至下月七日商隐赴桂前。文中言及其诗歌见解：“况属词之工，言志为最。自鲁、毛兆轨，苏、李扬声，代有遗音，时无绝响。虽古今异制，而律吕同归。我朝以来，此道尤盛，皆陷于偏巧，罕或兼材。枕石漱流，则尚于枯槁寂寥之句；攀鳞附翼，则先于骄奢艳佚之篇。推李、杜则怨刺居多，效沈、宋则绮靡为甚。至于秉无私之刀尺，立莫测之门墙，自非托于降神，安可定夫众制。”

**前永州刺史张浑去年八月卒，本月下葬，前行舒州文学韦邈为撰墓志。张浑尝历侍御史、工部员外郎、雅州刺史、永州刺史诸职，后居洛阳，与白居易为琴**

**酒之侣，遂绝意于仕宦。**

《唐代墓志汇编续集》“大中〇〇一”《唐故永州刺史清河张公墓志铭并序》，题后注“宣义郎前行舒州文学韦邈撰”，中云：“公讳浑，字万流，其先洛阳人……会昌六年八月廿三日疾，薨于河南府洛阳县仁风里，年七十六。大中元年二月十八日，归祔。”文并记张浑尝历侍御史、工部员外郎、雅州刺史、永州刺史诸职，后居洛阳，与白居易为琴酒之侣，遂绝意于仕宦。又《新唐书·白居易传》载，居易“尝与胡杲、吉旼、郑据、刘真、卢真、张浑、狄兼谟、卢贞燕集，皆高年不事者，人慕之，绘为《九老图》。”

## | 三 月 |

**李商隐本月七日随郑亚赴桂，行前代郑亚上诸状与李德裕、李执方、卢钧、韦琮、崔元式、崔郸、郑肃、李让夷、李景让等人。**

《樊南文集补编》卷二《为荥阳公上李太尉状》，“荥阳公”为郑亚，“李太尉”，李德裕也。状中有“方抵藩任，未即门闱”之语，《李商隐文编年校注》以文当为郑亚动身赴桂前所上，今从之。同集卷四《为荥阳公与昭义李仆射状》《为荥阳公与汴州卢仆射状》，卷三《为荥阳公谢集贤韦相公状》《为荥阳公上河中崔相公状一》《为荥阳公上河中崔相公状二》，卷四《为荥阳公上西川崔相公状》，卷三《为荥阳公上荆南郑相公状》《为荥阳公上淮南李相公状》，卷四《为荥阳公与浙西李尚书状》《为荥阳公与京兆李尹状》《为荥阳公与河南崔尹状》《为荥阳公与容州韦中丞状》等为稍后之作。

**杜牧本年四十五岁，仍为睦州刺史。作《送卢秀才赴举序》。**

《杜牧集系年校注》卷十《送卢秀才赴举序》云：“去岁九月，余自池改睦。”杜牧去年九月授睦州刺史，此文当作于本年。《杜牧集系年校注》卷十有《送卢秀才赴兴序》文末注释云：“文云：‘去年九月，余自池改睦，凡同舟三千里，复为余留睦七十月，今之去，余知其成歎而不丐矣。’杜牧由池州转睦州，乃在会昌六年九月，并约于会昌六年底抵睦州任。而卢秀才此后来睦州留七十日，且文云‘去岁九月’，则文当撰于大中元年(847)春’。”今从之。

## 闰三月

**宣宗反武宗排佛之政，敕修复所废佛寺。**

《旧唐书·宣宗纪》本年闰三月："敕会昌季年，并省寺宇。虽云异方之教，无损致理之源。中国之人，久行其道，厘革过当，事体未弘。其灵山胜境、天下州府，应会昌五年四月所废寺宇，有宿旧名僧，复能修创，一任住持，所司不得禁止。"《资治通鉴》卷二四八本年同月"敕：'应会昌五年所废寺。有僧能营葺者，听自居之，有司毋得禁止。'是时君、相务反会昌之政，故僧尼之弊皆复其旧"。文存《全唐文》卷八一，题为《复废寺敕》。

## 四月

**文宗母积庆太后寝疾，宣宗下旨权不听政。**

《唐大诏令集》卷七六有《大中元年积庆皇后寝疾权不听政敕》，文后注"四月"。又《旧唐书·宣宗纪》："（大中元年）四月，积庆太后萧氏崩，谥曰贞献，文宗母也。"

## 七月

**李商隐居桂州幕，本月代郑亚上书牛僧孺与周墀。**

《樊南文集补编》卷四《为荥阳公贺牛相公状》，"牛相公"，牛僧孺也。《状》中有"今者复自衡阳，去临汝水"，则状当为贺牛僧孺自衡州徙汝州也。刘学锴、余恕诚《李商隐文编年校注》考证出僧孺之徙汝当在上月，消息自长安达于桂林，约在本月，故系于本月。今从之。

## 九月

**李商隐本月仍居桂州幕，本月代郑亚上书李德裕，并为之撰写《太尉卫公会**

**昌一品集序》。**

《樊南文集补编》卷五《为荥阳公上李太尉状》，状中有“伏承以所撰武宗一朝册书诰命并奏议等一十五轴，编次已成，爰命庸虚，俾之序引”之语，则此状乃为回复李德裕所托为《会昌一品集》做序而作。又《全唐文》卷七三〇有郑亚《太尉卫公会昌一品集序》，中云：“岁在丁卯，亚自左掖出为桂林。九月，公书至自洛，以典诰制命示于幽鄙，且使为序，以集成书。”则此状当作于本月。

## |十月|

**李德裕仍为太子少保、分司东都，本月为其堂姊撰墓志。**

《唐代墓志汇编续集》“大中〇〇九”《唐故博陵崔府君夫人李氏墓志铭并序》，题后注“堂弟特进行太子少保分司东都卫国公李德裕撰”。中云：“夫人赵郡赞皇人，曾祖赠太保讳载，祖赠太师赞皇文献公讳□（按：当为‘栖’）筠，考赠兵部郎中讳老彭，娶范阳卢氏，生夫人，即郎中第二女也……以会昌五年九月廿五日考终……享年六十九，以大中元年十月十七日迁神。”

**李商隐大约于上月末本月初奉使南郡，于途中撰《樊南甲集序》。**

《樊南甲集序》云：“大中元年，被奏入岭当表记，所为亦多。冬如南郡，舟中忽复括其所藏，火燹墨污，半有坠落。……得四百三十三件，作二十卷，唤曰《樊南四六》……十月十二日夜月明序。”

## |十二月|

**本月，李德裕贬潮州司马。**

《唐大诏令集》卷五八有《李德裕潮州司马制》，文后注：“大中元年十二月。”

# 唐宣宗大中二年

戊辰 八四八

## 正月

**李商隐本年三十七岁，本月自南郡归桂州，代郑亚上书白敏中、韦琮、崔铉等。**

《樊南文集补编》卷七《为荥阳公贺白相公加刑部尚书启》，据《新唐书·宰相表》，白敏中加刑部尚书在本月，则状当上于本月。同卷《为荥阳公贺韦相公加礼部尚书启》与《为荥阳公贺崔相公转刑部尚书启》当为同时之作。

## 二月

**崔荛、李彦升、邓敞、韩藩、崔瑄、裴□、皇甫炜、朱革、李璋等二十三人登进士第，诸科十七人，礼部侍郎封敖知贡举。**

据《登科记考补正》卷二二本年条。

**本月郑亚贬循州刺史，李商隐遂罢桂幕，但仍代亚作诸文。**

据《旧唐书·宣宗纪》："（二年二月）桂州刺史、御史中丞、桂管防御观察使郑亚贬循州刺史。"又《樊南乙集序》云"二月府贬"，则知本月郑亚贬循州刺史，商隐遂罢桂幕。又《樊南文集补编》卷七《为荥阳公上马侍郎启》，文首言"蒙恩左迁，不任感惧"，则此启当作于本月。同卷《为荥阳公与前浙东杨大夫启》有"旧吏常僚，微有诬引；小藩远地，难自辨明……以今月二十三日南去"之语，当本月稍后之作。

## 五月

**本月，穆宗母懿安太后郭氏寝疾，宣宗下旨权不听政。**

《唐大诏令集》卷七六有《大中二年太皇太后寝疾权不听政敕》，文后注“五月”。

## 六月

**崔龟从为户部侍郎，本月奏请处分隐盗欠负者。**

《旧唐书》卷一八：“（大中二年）六月，户部侍郎，兼御史大夫、判度支崔龟从奏：‘应诸司场院官请却官本钱后，或有欺隐欠负，征理须足，不得苟从恩荡，以求放免。今后凡隐盗欠负，请如官典犯赃例处分。纵逢恩赦，不在免限。’从之。”

**李商隐本月在潭州，知周墀拜相，上书恭贺，并希其援引。**

《樊南文集详注》卷三《贺相国汝南公启》：“某早奉辉光，常蒙咳唾，牛心致誉，麈尾交谈。而契阔十年，流离万里，《扶风歌》则刘琨抱膝，《白头吟》则鲍昭抚膺。重至门闱，空余皮骨。方从初服，无补大钧。穿履敝衣，正同东郭；槁项黄馘，乃类曹商。未知伏谒之期，徒切太平之贺。”据《李商隐文编年校注》，“相国汝南公”为周墀，并考文作于本月上旬，为贺周墀拜相而上，希其援引。

## 八月

**杜牧本年四十六岁，本月擢为司勋员外郎、史馆修撰。此前曾上书吏部尚书高元裕、刑部崔尚书，抒抑郁之怀。又有文谢周墀之提拔。**

《杜牧集系年校注》卷一六《上宰相求杭州启》：“自去年八月，特蒙奖擢，授以名曹郎官，史氏重职。七年弃逐，再复官荣。……去年十二月至京。”据缪钺

《杜牧年谱》，此启作于大中三年，则知杜牧于本月擢为司勋员外郎、史馆修撰，十二月至长安。又《杜牧集系年校注》卷一六《上吏部高尚书状》中有“三守僻左，七换星霜”之语，考杜牧于会昌二年(842)守黄州，其后迁池州、睦州。至本年为七年，故此书当作于本年。状中又云“江山绝域，登临已秋，猿吟鸟思，草衰木坠”，盖作于初秋。吏部高尚书即高元裕，高元裕于大中元年入授吏部尚书，大中二年，出为山南东道节度使，则文当其本年秋尚在睦州时作。同卷《上刑部崔尚书状》《上周相公启》，盖亦同时先后之作。《上周相公启》中云：“伏以睦州治所，在万山之中，终日昏氛，侵染衰病，自量忝官已过，不敢率然请告。……不意相公拔自污泥，升于霄汉，却收斥锢，令厕班行，仍受名曹，贴以重职。”按，周相公即周墀，文为本月接内擢之命时所上。

**纥干㮚为江西观察使，本月重修滕王阁毕，韦悫为撰记。**

《全唐文》卷七四七韦悫有《重修滕王阁记》，中云：“时滕王作苏州刺史，转洪州都督之所营造也。距今大中岁戊辰，亦将垂三百年。……故我雁门公按节廉问，方颁条诏……时大中执徐岁秋八月。”又《因话录》卷三：“考官刑部员外郎纥干公……公后自中书舍人观察江西……累赠封雁门公。”

## 九月

**宣宗有《焚埋匿名文状诏》。**

《全唐文》卷八〇宣宗有《焚埋匿名文状诏》，《册府元龟》记其事于本月。

**李德裕本年六十二岁，本月甲子，再贬为崖州司户。湖南节度使李回也因李德裕故，先贬太子宾客分司东都，后贬贺州刺史。**

据《资治通鉴》卷二四八。《唐大诏令集》卷五八《李德裕崖州司户制》，文末署“大中二年九月”。同卷尚有《李回太子宾客分司东都制》《李回贺州刺史制》二文，文后俱注作于本月。

**刘蜕本年二十八岁，本月集其文章之草稿，封为文冢，并自序之。**

《全唐文》卷七八九有刘蜕《梓州兜率寺文冢铭》，文末云“时有唐大中之丁卯，而戊辰之季秋”，则文当本月之作。由文中可见其以文立身、勤奋为文之情状：“文冢者，长沙刘蜕复愚为文，不忍去其草，聚而封之也。蜕愚而不锐于用，百工之技，天不工蜕也，而独文蜕焉。故饮食不忘于文，晦冥不忘于文。悲戚怨愤（原作惯，此据《文苑英华》卷七九〇改），疾病嬉游，群居行役，未尝不以文为怀也。……十五年矣，实得二千七百八十纸。有涂者乙者，有注揩者，有覆背者，有朱墨围者。”

## 十一月

**故光禄大夫太子太傅致仕刘沔本月卒，左谏议大夫韦博为撰神道碑。**

《全唐文补编》卷七七有韦博《唐故光禄大夫太子太傅致仕上柱国彭城郡开国公食邑二千户赠司徒刘公神道碑铭并序》，文后署“朝请大夫守左谏议大夫上柱国赐紫金鱼袋韦博撰”，文中云：“公讳沔，字子汪。……以大中二年十一月七日，遘疾薨于升平里，享年六十五。”

**本月崔珙在凤翔陇州节度观察使任，上《周公祠灵泉奏状》。**

《全唐文》卷七四一有崔珙《周公祠灵泉奏状》，中云：“当府岐山县凤栖乡周公祠，旧有泉水，枯竭多年。去冬十一月十七日，忽因大风，其泉五处一时涌出，深一尺已来，又有七处见出。”《唐方镇年表》卷一引《金石萃编》载：“《周公祠灵泉记》：大中二年十一月二十，凤翔陇州节度观察使、检校右仆射、兼凤翔尹、御史大夫、安平郡开国公崔珙状奏。”《全唐文》卷八一并载宣宗《答崔珙奏敕》，文中云：“省所奏：当府周公祠，旧有泉水枯竭。十月中因风，泉水五处，一时涌出，又有七处见出，并图画进上。……今赐名润德泉，想宜知悉。”

**杜牧撰《宋州宁陵县记》。**

《杜牧集系年校注》卷一〇有《宋州宁陵县记》，末云：“天宝末，淮阳太守薛愿(即故起居郎弘之祖)、睢阳太守许远、真源县令张巡等兵守二城,其于穷蹙,事相差埒,睢阳陷贼,淮阳能守,故巡、远名悬而愿事不传。昌之守宁陵,近比之于睢阳,故良臣之名不如忠臣。孙武曰:'善用兵者,无赫赫之功。'斯是也。大中二年十一月十八日,将仕郎、守尚书司勋员外郎、史馆修撰杜某题。"据文末所署,本文乃撰于本年十一月。

## 十二月

**韦瓘为太仆卿分司东都,本月过浯溪,题名于此。文中述及宦途骞薄,有心隐居。瓘著有《大唐传载》一卷,记唐初至元和中杂事。**

《全唐文补编》卷七六韦瓘有《浯溪题名》,中云:"太仆卿分司东都韦瓘,大中二年十二月七日过此。余大和中,以中书舍人谪官康州,逮今十六年,去冬罢楚州刺史……今年三月有桂林之命……才经数月……又蒙除替,行次灵川,闻此改官,分司优闲,诚为忝幸。官途蹇薄,分亦可知,因吟'作官不了却归来,还是杜陵一男子'。余洛川弊庐,在崇善里,有竹千竿,有池一亩,罢郡之日,携猿一双,越鸟一双,石数片,将归洛中。方与猿鸟为伍,得丧之际,岂足介怀。"瓘著有《大唐传载》一卷。严杰《〈大唐传载〉考》(《古籍整理研究学刊》,东北师范大学古籍整理研究所,1990年第5期)据序中所记经历及书中所涉人事,考定此书为韦瓘撰,举证颇详,可详参之。《全唐文》卷九八六有《大唐传载序》,中云:"夫艺者,不独总多能,第以其无用于代,而穷愁时有所述耳。八年夏,南行极岭峤,暇日泷舟,传其所闻而载之,故曰'传载'。虽小说,或有可观。览之而喁而笑焉。"

**牛僧孺本年冬卒,年六十九,赠太尉,谥文贞(一作文简)。后杜牧为作墓志铭,李珏为撰神道碑。著有传奇《玄怪录》。**

《旧唐书·牛僧孺传》:"大中初卒,赠太子太师,谥曰文贞。"《新唐书·牛僧孺传》:"宣宗立,徙衡、汝二州,还为太子少师。卒,赠太尉,年六十九。谥曰文简。"此后杜牧有《唐故太子少师奇章郡开国公赠太尉牛公墓志铭并序》(《杜牧集系年校注》卷七),中云:"大中二年十月二十七日,薨于东都城南别墅,年六十九。"李珏《故丞相太子少师赠太尉牛公神道碑铭并序》(《全唐文》卷七二〇):"公以大中戊辰岁十二月二十九日薨,以大中己巳岁五月十九日葬。"两文所记牛僧孺卒之月份不同。《新唐书·艺文志三》著录牛僧孺《玄怪录》十卷，《崇文总目》卷五记有《牛僧孺论集》一卷，《宋秘书省续编四库阙书目》又记有《牛僧孺文》二卷。

## 本年

**杨嗣复本年六十六岁，去岁自潮州征拜吏部尚书，本年行至岳州病卒，赠左仆射，谥孝穆。著有《九征心戒》一卷。**

《旧唐书·杨嗣复传》载嗣复“宣宗即位，征拜吏部尚书。大中二年，自潮阳还，至岳州病，一日而卒，时年六十六。赠左仆射，谥曰孝穆”。《新唐书·艺文志三》著录杨嗣复《九征心戒》一卷。

**南卓本年约五十八岁，在婺州刺史任，著成《羯鼓录》前录。**

《编年史》所引南卓《羯鼓录》记此书之作云：“会昌元年，卓因为洛阳令，数陪刘宾客、白少傅宴游，白有家僮，多佐酒。卓因谈往前三数事，二公亦应和之，谓卓曰：‘若吾友所谈，宜为文纪，不可令堙没也。’时过而未录。及陕府卢尚书任河南尹，又话之，因遣为纪，即粗为编次，尚未脱稿。至东阳，因曝书见之，乃详列而竟焉。虽不资儒者之博闻，亦助宾筵之谈话，属之好事，庶几流传。前录大中二年所著。”按，东阳即婺州，本年南卓为婺州刺史。

# 唐宣宗大中三年

己巳　八四九

## 二月

**高璩、崔安潜、何鼎、赵隐、崔彦昭、王传、孙瑝等三十人登进士第，于珪为本年状元。是岁试《尧仁如天赋》。礼部侍郎李褒知贡举。**

据《登科记考补正》卷二二本年条。

**吐蕃国内乱起，秦、原、安乐三州及石门等七关之民众前来归唐。**

见《旧唐书·宣宗纪》。又《资治通鉴》卷二四八亦载，大中三年二月，“吐藩秦、原、安乐三州及石门等七关来降（胡三省注：盖三州、七关，以吐藩国乱，自来降唐）。以太仆卿陆耽为宣谕使，诏泾原、宁武、凤翔、邠宁、振武皆出兵应接”。并载本年八月，河、陇老幼千余人曾来长安，宣宗登廷喜门楼接见。

**杜牧本年四十七岁，在京为司勋员外郎、史馆修撰。本月奉诏为故江西观察使韦丹撰《遗爱神道碑》，以表丹在江西为官之功德。随后又有《进撰故江西韦大夫遗爱碑文表》。约本年春，又将其所注《孙武十三篇》呈献宰相周墀，并上书强调大儒知兵法之重要性。**

《杜牧集系年校注》卷七《唐故江西观察使武阳公韦公遗爱碑》云：“大中三年正月二十日诏书，授史臣尚书司勋员外郎杜牧曰：‘汝为丹序而铭之，以美大其事。’”《杜牧集系年校注》卷一五又有《进撰故江西韦大夫遗爱碑文表》，中云：“臣不敢深引古文，广征朴学，但首叙元和中兴得人之盛，次述韦丹在任为治之功。事必直书，辞无华饰，所冀通衢一建，百姓皆观，事事彰明，人人晓会。但率诚朴，不近文章。受曲被之恩私，如生羽翼；报非次之拔擢，宜裂肝肠。无任感激恳悃血诚之至。其碑文本，谨随状封进以闻。谨奏。”《杜牧集系年校注》考谓：“《资治通鉴》卷二四八大中三年正月亦载：‘乙亥，诏史馆修撰杜牧撰（韦）《丹遗爱碑》以纪之。’则杜牧受命撰写韦丹碑在大中三年（849）正月乙亥，其撰写毕进献碑文及本文，盖在此时后不久春中。”又《杜牧集系年校注》卷一二《上周相公书》：“长庆兵起，自始至终，庙堂之上，指踪非其人，不可一二悉数。……某所注《孙武》十三篇，虽不能上穷天时，下极人事，然上自周、秦，下至长庆、宝历之兵，形势虚实，随句解析，离为三编，辄敢献上，以备阅览。”据文末注，周相公为周墀，《新唐书·宣宗纪》记墀大中二年五月至本年四月任宰相。杜牧去年十二月抵京，则文盖献于本年春。

## 四月

**宣宗有《获贼支给赏钱敕》。**

《全唐文》卷八一宣宗有《获贼支给赏钱敕》,《册府元龟》卷六五记其事于本月。

**本月,御史大夫崔铉为中书侍郎、同中书门下平章事,行兵部侍郎、判户部事魏扶守本官、同中书门下平章事,俱入相。**

《唐大诏令集》卷四九有《崔铉魏扶平章事制》,文后注"大中三年四月",《旧唐书·宣宗纪》所记同。

## 五月

**李珏本月为牛僧孺作神道碑铭。**

《全唐文》卷七二十《故丞相太子少师赠太尉牛公神道碑铭并序》:"以大中戊辰岁十二月二十九日薨,以大中己巳岁五月十九日葬。"

**杜牧仍为司勋员外郎、史馆修撰。本月为牛僧孺作墓志铭。**

《杜牧集系年校注》卷七《唐故太子少师奇章郡开国公赠太尉牛公墓志铭并序》。考李珏《故丞相太子少师赠太尉牛公神道碑铭并序》(《全唐文》卷七二〇)"公以大中戊辰岁十二月二十九日薨,以大中己巳岁五月十九日葬",则文当本月之作。

## 八月

**唐收复河湟三州七关,河陇老幼千余人至长安庆贺。宣宗有《收复河湟德音》。**

《旧唐书·宣宗纪》大中三年载:"七月,三州七关军人百姓,皆河陇遗黎,数千人见于阙下。上御延喜门抚慰,令其解辫,赐之冠带,共赐绢十五万匹。"《资治通鉴》卷二四八本年亦载:"八月,乙酉……河、陇老幼千余人诣阙,己丑,上御延喜门楼见之,欢呼舞跃,解胡服,袭冠带,观者皆呼万岁。"《唐大诏令集》卷一三〇有《收复河湟德音》,文后注:"大中三年八月。"

**公乘亿约此时作《复河湟赋》,以庆唐军收复河湟**。

《全唐文》卷八一三有公乘亿《复河湟赋》,中云:"帐下美人,醉舞胡筵之夜。天边戍客,行歌陇月之秋。况在秦则秦之无策,在汉则汉之莫克。恨旄头而夜夜长悬,怨羽檄而年年不息。爰及我后,混成区域,自然与三代同风,百王作式。"文约作于此时。

## |九 月|

**李德裕本年六十三岁,本月自潮州司马员外置同正员再贬崖州司户,令狐绹草制**。

《旧唐书》卷一八下载:"(大中三年九月)制曰:'……守潮州司马员外置同正员李德裕,早藉门地,叨践清华,累居将相之荣,唯以奸倾为业。当会昌之际,极公台之荣,骋谀佞而得君,遂恣横而持政,专权生事,妒贤害忠。动多诡异之谋,潜怀僭越之志。秉直者必弃,向善者尽排。诬贞良造朋党之名,肆谗构生加诸之衅。……《元和实录》乃不刊之书,擅敢改张,罔有畏忌。夺他人之懿绩,为私门之令猷。又附李绅之曲情,断成吴湘之冤狱。……是宜移投荒服,以谢万邦。中外臣僚,当知予意。可崖州司户参军,所在驰驿发遣,纵逢恩赦,不在量移之限。"文收《全唐文》卷七九。又《全唐文补编》卷八六陈尚君按曰:"《南部新书》卷丁谓此制为令狐绹所草,今据以移正。"

## |十 月|

**李商隐本年三十八岁。本月为卢弘止表节度判官,上书致谢**。

《樊南文集详注》卷四《上尚书范阳公启》,"尚书范阳公"为卢弘止。启云:

"仰蒙仁恩,俯赐手笔,将虚右席,以召下材。"又《樊南文集详注》卷七《樊南乙集序》:"十月,尚书范阳公以徐戎凶悍,节度缺判官,奏入幕。"则此启当作于本月。同卷《第二启》《第三启》当稍后之作。

## |十一月|

**山南西道节度使郑涯、凤翔节度使李玭本月修成文川谷路,并于其中置十一驿所,上奏朝廷,宣宗下旨褒奖。**

《唐会要》卷八六:"大中三年十一月,山南西道节度使郑涯、凤翔节度使李玭等奏:'当道先准敕新开文川谷路,从灵泉驿至白云驿,共一十所。……并已毕功讫。'敕旨:'蜀汉道古今攲危,自羊肠九曲之盘,入鸟道三巴之外,虽限戎隔夷,诚为要害,而劳人御马,常困险难。郑涯首创厥功,李玭继成巨绩,校两路之远近,减十驿之途程,人不告劳,功已大就。偃师开路,只为通津,桂阳列亭,止于添驿。此则通千里之险峻,便三川之往來,实为良能,克当寄任,宜依所奏,仍付史馆。'"

## |闰十一月|

**李德裕仍在崖州贬所。约本月修订《舌箴》,并为之序。此前编《穷愁志》,并为之序。**

《李德裕文集校笺·别集》卷八有《舌箴并序》。序言:"戊辰岁仲春月戊申夜,余宿于洞庭西……余以仲夏月达于海曲,尝窃思之……乃为《舌箴》云。"按,戊辰为大中二年,则《舌箴》当作于大中二年仲夏五月。又据同上书卷六有《与姚谏议郃书三首》,其三言:"小生《舌箴》更改三五字。不欲两本流传,今谨录新本献上,旧本伏望封还。如不能远寄,伏惟必赐焚却,下情切望。"其一文末有"闰十二月二十八日,从表文崖州司户参军同正李某状上"之语,"闰十二月"当为闰十一月,则此三文乃大中三年闰十一月底所作。又《李德裕文集校笺·外集》卷一有《穷愁志序》:"予顷岁吏道所拘,沉迷簿领,今则忧独不乐,谁与晤言?偶思当世之所疑惑,前贤之所未及,各为一论,庶乎箴而体要,谓之《穷愁志》。凡三卷,篇论四十九首。销此永日,聊以解忧。地僻无书,心力久废,每怀多闻之益,颇有阙疑之恨。贻于朋友,以俟箴规。"据《旧唐书·李德裕传》载:"初贬潮州,虽苍黄颠沛之中,犹留心著述,杂序数十篇,号曰《穷愁志》。"此四十九篇论序存于同书卷一至卷四,其中有大中三年抵崖州贬所后之作,则此序文当作于去年九月后至本年稍前。

**杜牧本月仍为司勋员外郎、史馆修撰。本月以任京官无力赡养病弟与孀妹为由,上启求为杭州刺史。**

《杜牧集系年校注》卷一六有《上宰相求杭州启》,中云:"弟𫖮,一举进士及第,有文章时名,不幸得痼疾,坐废十三年矣。今与李氏孀妹,寓居淮南,并仰某微官以为糇命。某前任刺史七年,给弟妹衣食,有余兼及长兄,亦救不足,是某一身作刺史,一家骨肉,四处安活。……自去年十二月至京,以旧第无屋,与长兄异居。今秋已来,弟妹频以寒馁来告。某一院家累,亦四十口,狗为朱马,缊作由袍,其于妻儿,固宜穷饿。是作刺史,则一家骨肉,四处皆泰,为京官,则一家骨肉,四处皆困。"文末注释云:"宰相:指周墀。本文云'自去年八月,特蒙奖擢,授以名曹郎官,史氏重联。'按此指大中二年八月朝廷授杜牧司勋员外郎、史馆修撰。则文乃作于大中三年。又杜牧《上宰相求湖州第三启》云"某去岁闰十一月十一日,辄书微恳,列在长启,干黩尊重,乞守钱塘",此文所谓'长启'即为《上宰相求杭州启》,据此知本文乃大中三年(849)闰十一月作。"今从之。

**李商隐本月为白居易作墓志铭。**

《樊南文集详注》卷八《刑部尚书致仕赠尚书右仆射太原白公墓志铭并序》,"太原白公",为白居易。文中云:"子景受,大中三年自颍阳尉典治集贤御书,侍太夫人弘农郡君杨氏来京师……取文刻碑。……其曾祖弟,今右仆射平章事敏中,果相天子……仲冬南至,备宰相仪物,擎跪斋栗,给事寡嫂。"则此文当撰于本年仲冬南至之后,考本年冬至为闰十一月初四,故碑文当作于本月。

## 十二月

**李德裕卒于崖州贬所,年六十三。有《会昌一品集》二十卷,《次柳氏旧闻》一卷等著作。**

《旧唐书·李德裕传》:"贬崖州司户……(大中三年)十二月卒,时年六十三。”德裕之功业与文学成就颇为人所推崇。《旧唐书·李德裕传》:“德裕以器业自负,特达不群。好著书为文,奖善嫉恶,虽位极台辅,而读书不辍。……在长安私第,别构起草院。院有精思亭,每朝廷用兵,诏令制置,而独处亭中,凝然握管,左右侍者无能预焉……有文集二十卷。记述旧事,则有《次柳氏旧闻》《御臣要略》《伐叛志》《献替录》行于世。初贬潮州,虽苍黄颠沛之中,犹留心著述,杂序数十篇,号曰《穷愁志》。”《新唐书·李德裕传》:“德裕性孤峭,明辩有风采,善为文章。虽至大位,犹不去书。其谋议援古为质,衮衮可喜。”《云溪友议》卷中《赞皇勋》:“或问赞皇公之秉钧衡也,毁誉如何?削祸乱之阶,辟孤寒之路;好奇而不奢,好学而不倦;勋业素高,瑕疵乃顾。是以结怨豪门,取尤群彦。后之文场困辱者,若周人之思张焉,皆曰:‘八百孤寒齐下泪,一时回首望崖州。’”《新唐书·艺文志》著录李德裕著作颇多,有《次柳氏旧闻》一卷、《文武两朝献替记》三卷、《会昌伐叛记》一卷、《上党记叛》一卷、《异域归忠传》二卷、《西藩会盟记》三卷、《西戎记》二卷、《御臣要略》、《西南备边录》十三卷、《会昌一品集》二十卷、《姑臧集》五卷、《穷愁志》三卷、《杂赋》二卷。《直斋书录解题》又录有《会昌一品集别集》十卷、《外集》十卷等。

## 唐宣宗大中四年

庚午　八五〇

### 正月

**宣宗上月加追封顺宗、宪宗谥号为二圣。本月御正殿,大赦天下,减流人年限为七年。**

《旧唐书·宣宗纪》:“四年春正月,以追尊二圣,御正殿,大赦天下。天下徒流人,比在天德者,以十年为限,既遇明恩,例减三载,使循环添换,边不阙人,次第放归,人无怨苦。其秦、原、威、武诸州、诸关,先准格徒流人,亦量与立限,止于七年,如要住者,亦听。……有故意杀人者,虽已伤未死、已死更生,意欲杀伤,偶然得免,并同已杀人条处分。”《全唐文补编》卷七四收此赦文,陈尚君于文末按曰:“此与《全唐文》卷八〇《令详定盗贼赃罪诏》、卷八二《上顺宗宪宗谥号赦文》为同一文,《唐文拾遗》卷八《徒流人减年限敕》存此文前六十余字,《宋刑统》卷二一存末数句。”

## | 二 月 |

**曹邺、卢邺、刘蜕、崔涓、李备等三十人登进士第，张温琪为本年状元。林杰举童子科，刘瞻博学宏词科及第。礼部侍郎裴休知贡举。**

据《登科记考补正》卷二二本年条。

**刘蜕本年三十岁，本月及第，试前曾上书裴休，谈及其求仕之艰难。**

《北梦琐言》卷四《破天荒解》载：“荆州衣冠薮泽，每岁解送举人多不成名，号曰天荒解。刘蜕舍人，以荆解及第，号为‘破天荒’。”《唐摭言》卷二《海述解送》亦载：“大中四年，刘蜕舍人以荆南府解及第。时崔魏公作镇，以破天荒七十万资蜕。蜕谢书略曰：‘五十年来，自是人废；一千里外，岂曰天荒。’”又《全唐文》卷七八九有刘蜕《上礼部裴侍郎书》：“今者欲三十岁矣，所望不过抱关轮力，求粟养亲而已。何者？家在九曲之南，去长安近四千里。膝下无怡怡之助，四海无强大之亲。日行六十里，用半岁为往来程，岁须三月侍亲左右，又留二月为乞假衣食于道路，是一岁之中，独留一月在长安。王侯听尊，媒妁声深，况有疾病寒暑风雨之不可期者，杂处一岁之中哉。是风雨生白发，田园变荒芜，求抱关养亲，亦不可期也。及今年冬，见乙酉诏书，用阁下以古道正时文，以平律校郡士。怀才负艺者，踊跃至公。蜕也不度，入春明门，请与八百之列，负阶待试。”据文知，文乃前年冬知裴休知贡举后所上。同卷《投知己书》“蜕生二十余年”，文当会昌元年至本年前所作，作年无确考。文中颇有久困科场、愤世不平之语：“已过当时之盛，栖迟困辱者，未遇当时之人。书成而尝乐乎其时，出车满于道路。而才高于蜕，忌蜕侵己；才下于蜕，畏悦擅名。是以深知之者不得终其朝，欲振之者又自无其力也。……斯人也，读书业文，得有知己，居穷守道，死且不朽。复何事哉！”姑一并系于此。又同卷《与京西幕府书》“独蜕居家甚困，白身三十”，文约本年所作。

## 三月

**许浑去年授监察御史，然以疾乞东归，时居丁卯涧村舍，本月自编其诗共五百首，并为之序。**

《全唐文》卷七六〇有许浑《乌丝阑诗自序》："余丱岁业诗，长不知难。虽志有所尚，而才无可观。大中三年，守监察御史。抱疾不任朝谒，坚乞东归。明年少间，端居多暇，因编集新旧五百篇，置于几案间。聊用自适，非求知之志也。时庚午岁三月十日，于丁卯涧村舍，手写此本。"

## 六月

**崔龟从本月拜相，中书舍人崔玙草制。**

《全唐文》卷七四一有崔玙《授崔龟从平章事制》，中云："户部尚书、判度支崔龟从……可户部尚书同中书门下平章事。"《唐大诏令集》卷四九有《崔龟从平章事制》，文后注"大中四年六月"，《新唐书·宣宗纪》所记同。

**杜牧本年四十八岁，本年夏转吏部员外郎。以弟病，三上启求湖州，并上书李拭。**

《杜牧集系年校注》卷十《自撰墓志铭》："迁司勋员外郎、史馆修撰，转吏部员外。以弟病，乞守湖州。"同书卷一六有《上宰相求湖州第一启》《第二启》《第三启》三文。《第二启》中有"某今生四十八年矣……当盛暑时"之语，故知为本年夏间作。据缪钺《杜牧年谱》，杜牧屡次上书于宰相，请求外放，所提出原因是刺史官俸厚，可以赡养病弟孀妹，但其中可能另有隐衷，即是不满于当时朝政，以为在朝亦不能有所作为，故愿外放。同书卷一三《上河阳李尚书书》，文末注云："河阳李尚书郎李拭。……李拭节度河阳，在大中四年九月以前。按文中有它筑七关，取陇城，缉为郡县'之语，取七关在大中三年六、七月间，则此书之作，必在大中三年七月之后，大中四年秋之前……时杜牧方求外放，故书中曰：'某多病早衰，志在耕钓，得一二郡，资其退休，以活骨肉。'按，杜牧大中四年初秋出守湖州，据上所考，则本年乃作于大中三年七月至大中四年（849—850）七月间。”今从之，姑一并系于此。

### 七月

**杜牧约于本月或稍后出为湖州刺史。**

《杜牧集系年校注》《上宰相求湖州第三启》中有“今年七月，湖州月满”之语，则知杜牧约于本月或稍后出为湖州刺史，《杜牧年谱》系于本年初秋。

## 唐宣宗大中五年

辛未　八五一

### 正月

**崔倬为宋州刺史，本月重刻颜真卿石幢，为题记。**

《全唐文》卷七五九崔倬有《石幢叙》，文末署“大中五年正月一日叙”。中云：“此州开元寺，先有太师鲁郡颜公，以郡守僚吏州人等为连帅田氏八关斋会，镌记大幢，立石袤丈，而围几再寻。程材巨异，八觚如砥，伟词逸翰，龙跃鸾翔。……倬大中己巳岁守郡明年，尝暇日访求前贤事迹。……果于前刺史唐氏之家得其模石，本末完备，炳然辉耀溢目。倬自幼学慕习鲁公书法，才不能窥涉其门宇。然惜其高踪堙没，遂命攻治其伤残，补续其次。虽真赝悬越，貂狗相属，且复瞻仰鲁公遗文，昭示于后矣。”《中州金石记》卷三《重刻颜真卿宋州官吏八关斋会报德记》：“碑后有刺史崔倬叙石幢事。”

### 二月

**郑嵎、柳珪、薛谔、宋寿等三十人登进士第，李郜为本年状元。刘铨明经及第。林勖《开元礼》登科，莫宣卿制科及第。礼部侍郎韦悫知贡举。**

据《登科记考补正》卷二二本年条。

## 四月

**宣宗以党项久未平，命宰相白敏中为招讨使。本月，定远城使史元破党项九千余帐，白敏中遂奏党项平。宣宗为此两下德音宣抚百姓。**

《资治通鉴》卷二四九大中五年载：“上以南山、平夏党项久未平，颇厌用兵。崔铉建议，宜遣大臣镇抚。三月，以白敏中为司空、同平章事，充招讨党项行营都统、制置等使。……（四月）敏中军于宁州，壬子，定远城使史元破党项九千余帐于三交谷，敏中奏党项平。辛未，诏：‘平夏党项，已就安贴。南山党项，闻出山者迫于饥寒，犹行钞掠，平夏不容，穷无所归。宜委李福存谕，于银、夏境内授以闲田。如能革心向化，则抚如赤子，从前为恶，一切不问，或有抑屈，听于本镇投牒自诉。若再犯疆场，或复入山林，不受教令，则诛讨无赦。将吏有功者甄奖，死伤者优恤。灵、夏、邠、鄜四道百姓，给复三年，邻道量免租税。向由边将贪鄙，致其怨叛，自今当更择廉良抚之。若复致侵叛，当先罪边将，后讨寇虏。”《唐大诏令集》卷一三〇有《平党项德音》，文后注“大中五年四月”，文亦存《全唐文》卷八一，文句与《资治通鉴》所记之句稍有不同。又《唐大诏令集》卷一二九有《洗雪平夏党项德音》，文后注：“大中五年七月”，文亦存《全唐文》卷八一，题为《洗雪南山平夏德音》。

## 五月

**宣宗本月诏赐僧洪䛒为京城内外临坛供奉大德，表彰其忠孝之行，于文中赞同大行佛事，再次显示对佛教之推崇。**

《全唐文补编》卷七四宣宗有《赐洪䛒诏书》，题后注“大中五年五月”，中云：“师中华良裔，西土律仪，修行而不失戒珠，调御而深藏惠剑，而又远怀故国，愿披皇风……摅祖父之沉冤，惟孝与忠，斯谓兼美……今授师京城内外临坛供奉大德，仍赐紫衣，依前充河西释门都僧统，知沙州僧政法律三学教主。……师等所上陈情表，请依往日风俗大行佛法者，朕精心释教，丕拾修持，师所陈论，深惬本意，允依来奏。”又《全唐文补编》卷七七有崔瑶《洪䛒等授临坛大德制》，文末云“大中五年五月二十一日”，注有“原署中书舍人臣崔瑶行”之语。

**杜牧有《祭龚秀才文》。**

《杜牧集系年校注》卷一四有《祭龚秀才文》，云："维大中五年，岁次辛未，五月朔二日，湖州刺史杜牧谨遣军事十将徐良，敬致祭于故龚秀才之灵。死者生之极，折胫而夭，复死之极。言于前定，莫得而推；出于偶然，魂其冤哉。乡里何在，骨肉何人？卞山之南，可以栖魂。呜呼哀哉，伏惟尚飨！"据文中所言，本文乃本月初或稍前所作。

## 六月

**孙樵上书谏止复佛寺。后朝中大臣亦奏此事。**

《全唐文》卷七九四有孙樵《复佛寺奏》。据《资治通鉴》卷二四九本年六月载："进士孙樵上言：'百姓男耕女织，不自温饱，而群僧安坐华屋，美衣精馔，率以十户不能养一僧。武宗愤其然，发十七万僧，是天下一百七十万户始得苏息也。陛下即位以来，修复废寺，天下斧斤之声至今不绝，度僧几复其旧矣。陛下纵不能如武宗除积弊，奈何兴之于已废乎！日者陛下欲修国东门，谏官上言，遽为罢役。今所复之寺，岂若东门之急乎？所役之功，岂若东门之劳乎？愿早降明诏，僧未复者勿复，寺未修者勿修，庶几百姓犹得以息肩也。'秋，七月，中书门下奏：'陛下崇奉释氏，群下莫不奔走，恐财力有所不逮，因之生事扰人，望委所在长吏量加撙节。所度僧亦委选择有行业者，若容凶粗之人，则更非敬道也。乡村佛舍，请罢兵日修。'"又《全唐文》卷七九四有孙樵《与李谏议行方书》，中云："今年三月，上尝欲营治国门，执事尚谏罢之。今诏营废寺以复群髡，三年之间，斧斤之声不绝。度其经费，岂特国门之广乎？稽其所务，岂特国门之急乎？何执事在国门则知谏，在复废寺则缄默，勇其细而怯其大，岂谏议大夫职耶？……今天下之民，喘未及息，国家复欲兴既除之髡，以重困之，将何以致民之蕃富乎？樵不知时态，窃所愤勇，故作奏书一通，以明群髡大蠹之由，生民重困之源，无路上闻，辄以寓献执事。倘以樵书不为狂，试入为上言其略。"则文盖先后之作。又《全唐文》卷七九五有孙樵《读开元杂报》一文，文末署"是岁大中五年也"，未具月日，姑一并附于此。

## 七月

**杜牧本年四十九岁，仍居湖州。本月东川节度使周墀卒，杜牧有文祭悼。其《上盐铁裴侍郎书》亦约上于此时前后。**

《杜牧集系年校注》卷一四《祭周相公文》，文首云："维大中五年，岁次辛未，七月辛未朔，八日戊寅，故吏朝议郎、知湖州诸军事、守湖州刺史杜牧……敬祭于故相国仆射、赠司徒周公之灵。"文乃为祭周墀而撰，文中抒其自会昌以来倍受压抑之愤慨："会昌之政，柄者为谁？忿忍阴污，多逐良善。牧实忝幸，亦在遣中。黄冈大泽，葭苇之场，继来池阳，栖在孤岛。僻左五岁，遭逢圣明。收拾冤沉，诛破罪恶。牧于此际，更迁桐庐，东下京江，南走千里。曲屈越嶂，如入洞穴，惊涛触舟，几至倾没。万山环合，才千余家，夜有哭鸟，昼有毒雾，病无与医，饥不兼食，抑暗逼塞，行少卧多。逐者纷纷，归轸相接，唯牧远弃，其道益艰。相公怜悯，极力掀拔，爰及作相，首取西归，授之名曹，帖以重职。"又《杜牧集系年校注》卷一三有《上盐铁裴侍郎书》，首云："伏以盐铁重务，根本在于江淮，今诸监院，颇不得人，皆以权势干求，固难悉议停替。其于利病，岂无中策？某自池州、睦州，实见其弊。盖以江淮自废留后已来，凡有冤人，无处告诉，每州皆有土豪百姓，情愿把盐每年纳利，名曰'土盐商'。如此之流，两税之外，州县不敢差役。自罢江淮留后已来，破散将尽，以监院多是诛求，一年之中，追呼无已，至有身行不在，须得父母妻儿锢身驱将，得钱即放，不二年内，尽恐逃亡……"据《杜牧集系年校注》所考，盐铁裴侍郎即裴休。"大中初，累官户部侍郎，充诸道盐铁转运使，转兵部侍郎，兼御史大夫，领使如故。六年八月，以本官同平章事，判使如故。后累迁中书侍郎，兼礼部尚书、户部、吏部尚书、太子少师等。……据《旧唐书·宣宗纪》，大中五年二月，以'户部侍郎裴休充诸道盐铁转运等使'。又同书大中五年九月记：'以正议大夫、兵部侍郎、诸道盐铁转运使、上柱国、河东县开国子裴休守礼部尚书，进阶金紫。'文称盐铁裴侍郎，则本文作于大中五年(851)二月至九月间。"今从之，姑系于此时。

**李商隐本年四十岁，本月东川节度使柳仲郢表为记室，上书致谢。**

《樊南文集详注》卷四《上河东公谢辟启》，"河东公"，柳仲郢也。《樊南乙集序》:“七月,河东公守蜀东川,奏为记室。”又据《唐方镇年表》卷六,柳仲郢大中五年任剑南东川节度使,则此文当为本月之作。文中诉其坎坷仕途云:“某少而孱藾,长则艰屯。有志为文,无资就学。虽杂赋八首,或庶于马迁;而读书五车,远惭于惠子。契阔湖岭,凄凉路岐,罕遇心知,多逢皮相。昔鲁人以仲尼为佞,淮阴以韩信为怯。圣哲且犹如此,寻常安能免乎?是以艮背却行,求心自处。罗含兰菊,仲蔚蓬蒿。见芳草则怨王孙之不归,抚高松则叹大夫之虚位。”又同卷《为东川崔从事谢辟启》当为稍后之作。

**工部尚书致仕孙公乂本年四月卒,享年八十,本月归葬,冯牢为撰墓志。文记公乂生卒年月日甚详。**

《唐代墓志汇编》“大中〇五四”《唐故银青光禄大夫工部尚书致仕上柱国乐安县开国男食邑五百户孙府君墓志铭》,中云:“公讳公乂……以大历七年十一月廿一日壬子生,以大中五年四月廿五日丁卯殁,即以其年七月三日癸酉窆。”墓志铭多只记墓主卒年及享年,此文记生卒年月日甚详。

## | 八 月 |

**宣宗有《委京兆府捉获奸人诏》,欲整治京畿治安。**

《全唐文》卷八〇宣宗有《委京兆府捉获奸人诏》:“如闻近日多有闲人,不务家业,常怀凶恶,肆意行非,专于坊市之间,恐胁取人财物。又其中亦有曾为趋吏,依倚门栏,自恐愆尤,遂致停解……”《册府元龟》卷六五记其事于本月。

**杜牧本月或稍前拜考功郎中、知制诰。本月游浙江玲珑山,题名于此。**

《杜牧集系年校注》卷十《自撰墓志铭》:“入拜考功郎中、知制诰。”又《全唐文补编》卷七六杜牧有《玲珑山题名》“前湖州刺史杜牧,大中五年八月八日来”,故知杜牧拜考功郎中、知制诰当在上月与本月七日间。

## |十月|

**本月戊辰，户部尚书、同中书门下平章事魏谟守本官、同中书门下平章事，依前判户部事。**

《唐大诏令集》卷四九有《魏谟平章事制》，文后注“大中五年十月戊辰”，《旧唐书·宣宗纪》所记时间同，然记魏谟其时之官职为“户部侍郎、判户部事”，此从《唐大诏令集》。

**本月，门下侍郎、同中书门下平章事白敏中出镇邠宁。**

《唐大诏令集》卷五三有《白敏中邠宁节度使平章事制》。文下注“大中五年十月”。

**韦博为京兆尹，本月奏请不得强夺百姓入军。**

《旧唐书·宣宗纪》载：“十月己亥，京兆尹韦博奏：‘京畿富户为诸军影占，苟免府县色役，或有追诉，军府纷然。请准会昌三年十二月敕，诸军使不得强夺百姓入军。’从之。”

## |十一月|

**尚书刑部员外郎余从周本年八月卒，本月归葬，权寔为撰墓志，序以友人口吻叙余君生平事迹，有记叙文之情节特色，乃其时所少见者。**

《唐代墓志汇编》“大中〇六〇”《唐故尚书刑部员外郎会稽余公夫人河南尹方氏合祔墓志铭并叙》：“君讳从周，字广鲁，其先会稽人……今将以冬十一月庚午同葬于河南之平乐乡北邙。”文中以诸同僚于吊唁时语及从周之往事，按时间顺序记述其仕宦经历，有文学性作品之情节特色，中云：“大中五年秋八月癸卯，尚书刑部员外郎余君卒，甲辰，卜于尚书。其同列诸郎聚立以相吊，吊罢，语君之平生，或曰：‘吾岂唯与君同为属于此，盖昔者亦尝同为御史。’于是逐各各有言,或曰尝同为博士,或曰尝同为集仙之职,或曰尝同为王畿尉,或曰尝同为秘书官,或曰尝同为贡士。同为贡士者曰:‘君始少时,从东海徐先生学……因授秘书省正字。’同为秘书官者曰……同为王畿尉者曰……同为集仙之职者曰……同为博士者曰……同为御史者曰……于是诸郎又聚叹者良久,然后各往其家哭君而吊其孤。”

### |十二月|

**李商隐本月受柳仲郢命往西川推狱,行前代柳仲郢附书西川节度使杜悰。此前有文上柳仲郢,辞谢其赠歌妓。**

《樊南文集详注》卷八《为河东公上西川相公京兆公书》,“西川相公京兆公”为杜悰。书云:“今谨差节度判官李商隐侍御往。以今月十八日离此。”则本文当作于此前。又《樊南文集详注》卷四有《上河东公启》,据张采田《玉溪生年谱会笺》,文当作于本年冬。文中云:“锦茵象榻,石馆金台,入则陪奉光尘,出则揣摩铅钝。兼之早岁,志在玄门,及到此都,更敦夙契。自安衰薄,微得端倪。至于南国妖姬,丛台妙妓,虽有涉于篇什,实不接于风流。况张懿仙本是无自双,曾来独立,既从上将,又托英寮。”商隐之妻卒于本年暮春,柳仲郢欲赠其歌妓张懿仙,商隐上文辞谢。文中述其妻亡子幼之况,凄伤动人:“某悼伤以来,光阴未几。梧桐半死,方有述哀;灵光独存,且兼多病。眷言息胤,不暇提携。或小于叔夜之男,或幼于伯喈之女。检庾信荀娘之启,常有酸辛;咏陶潜通子之诗,每嗟漂泊。”

## 唐宣宗大中六年

壬申 八五二

### |正月|

**裴休为盐铁转运使,本月请革茶叶交易中之横税与私贩。**

《旧唐书·食货志下》:“大中六年正月,盐铁转运使裴休奏:‘诸道节度、观察使，置店停上茶商，每斤收搨地钱，并税经过商人，颇乖法理。今请厘革横税，以通舟船，商旅既安，课利自厚。今又正税茶商，多被私贩茶人侵夺其利。今请强干官吏，先于出茶山口，及庐、寿、淮南界内，布置把捉，晓谕招收，量加半税，给陈首帖子，令其所在公行，从此通流，更无苛夺。'敕旨依奏。其年四月，淮南及天平军节度使并浙西观察使，皆奏军用困竭，伏乞且赐依旧税茶。敕旨：'裴休条流茶法，事极精详，制置之初，理须画一。并宜准今年正月二十六日敕处分。'"裴休所上奏书存《全唐文》卷七四三，题为《请革横税私贩奏》。

**杜牧为周墀撰墓志铭。**

《杜牧集系年校注》卷七有《唐故东川节度使检校右仆射兼御史大夫赠司徒周公墓志铭》，此墓主乃周墀。本文谓周墀"大中六年岁次壬申二月十二日，归葬先茔河南府河南县谷阳乡立行里"，则杜牧撰墓志铭当在此时稍前，盖在大中六年（852）初。

## |二月|

**刘驾、许道敏、苗台符、张读、赵骘等二十八人登进士第。礼部侍郎崔玙知贡举。**

据《登科记考补正》卷二二本年条。

**杜牧本年五十岁，迁中书舍人。去年二月其弟杜𫖮卒，本月归葬，牧为撰墓志铭。**

《杜牧集系年校注》卷十《自撰墓志铭》："入拜考功员外郎、知制诰，周岁，拜中书舍人。"又同上书卷九《唐故淮南支使试大理评事兼监察御史杜君墓志铭》，中云："君讳𫖮，字胜之。……年二十四，明年当举进士，始握笔，草《阙下献书》《与裴丞相度书》，指言时事。书成各数千字，不半岁，遍传天下。……年二十五举进士，二十六一举登上第。时贾相国𫗧为礼部之二年，朝士以进士干贾公不获，有杰强毁嘲者，贾公曰：'我只以杜某敌数百辈足矣。'……年四十五，大中五年二月二十五日卒。……六年二月八日，归葬先茔，实万年县洪原乡少陵西南二里。某今年五十……”《新唐书》本传称顗及第后“授秘书省正字。李德裕奏为浙西府宾佐。德裕贵盛,宾客无敢忤,惟顗数谏正之。及谪袁州,叹曰:‘门下爱我皆如顗,吾无今日。’大和末,召为咸阳尉,直史馆。常语人曰:‘李训、郑注必败。’行未及都,闻难作,即辞疾归。顗亦善属文,与牧相上下”。《全唐文》卷七五七存文两篇,《集贤院山池赋》或其任职秘书省时作,文中描写其漫步于其间之闲适心境:“宛云霞而在目,眇江海而为心。何扁舟之独往,何倒影之远寻。怀我魏阙,浩尔长吟。山池之阴,可以清吾襟;山池之所,可以狎吾侣。凉风忽起,白云时举。步苔岸之周流,藉松溪之积阻。邈矣幽兴,飒然清暑。乃登玉峦,抚金渚。图书载暇,缨弁以序。”为文清新淡雅。

**温庭筠约于本月或稍后,寄书杜牧,求其援引。**

《全唐文》卷七八六温庭筠有《上杜舍人启》,《温庭筠全集校注》谓杜舍人即杜牧。中云:“某弱龄有志,中岁多虞。模孝绰之辞,方成笺奏;窃仲任之论,始解言谈。犹恨日用殊多,天机素少。……今者末涂怊怅,羁宦萧条。陋容须托于媒扬,沈痼宜蠲于医缓。亦尝临铅信史,鼓箧遗文。颇知甄藻之规,粗达显微之趣。倘使阁中撰述,试传名臣;楼上妍媸,暂陪诸隶。微回木铎,便是云梯。”文当为求杜牧举荐而上。

**崔黯前为江州刺史时出资复东林寺,寺成,约本月或稍后为撰碑记。**

《全唐文》卷七五七崔黯有《复东林寺碑》,中云:“今天子取其益生人,稍复其教,通而流之,以济中下。于是江州奉例诏。余时为刺史,前访兹地。……得旧僧正言,问能复东林乎?曰:‘能。’即断其发,佳而勉之。……大中六年二月十四日,言命以图及其备录,访余为刻石之文。”劳格《郎官石柱题名考》卷七引《庐山记》二云:“大中三年兴复东林寺,江州刺史为捐私钱以倡施者。”《集古录跋尾》:“右唐湖州观察使崔黯撰,柳公权书。东林寺,会昌中废之,大中初黯为江州刺史而复之。黯之文辞甚遒丽可爱,而世罕有之。”

**罗隐本年二十岁,举进士不第。**

《罗隐集·附录》有沈崧《罗给事墓志》:“弱冠举进士,高文善价,籍甚广场。”

## 三月

**李商隐本年四十一岁，仍居东川幕，本月代柳仲郢、柳珪父子上书杜悰，谢其辟珪为幕府参军充安抚巡官。**

《樊南文集详注》卷四《为柳郢上京兆公谢辟启》云："伏蒙召署摄成都府参军充安抚巡官者。……今月六日辰时，辄奉辟书……但须旬日，方拜旌旄。"又《新唐书·柳珪传》言："杜悰镇西川，表在幕府，久乃至。会悰徙淮南，归其积俸，珪不纳；悰举故事为言，卒辞之。"据《李商隐文编年详注》，文当本月之作。同卷《为河东公谢相国京兆公启》《第二启》《为柳珪上京兆公谢辟启》《谢马启》亦为先后之作。

## 四月

**李商隐仍居东川幕，本月复代柳仲郢附书杜悰，贺其徙淮南。**

《樊南文集补编》卷七《为河东公谢相国京兆公第三启》云"相公爰自奥正，将临巨镇"之语，当为本月杜悰徙淮南时作。

## 五月

**宣宗本月下旨定吏部两项选格。**

《册府元龟》卷六三二："（大中六年）五月制：'吏部选格，一曰，县令司录参军，今任四上考，减两选择；县令司录事参军得三考，并减一选。二曰，选人大功已上亲，连任停解，如已得资者，依本官选数集，未得资及未上，并同非时选人例放选。"

**李商隐仍居东川幕，本月复代柳仲郢附书杜悰，为其送行。**

《樊南文集补编》卷七《为河东公复相国京兆公第二启》云"伏承风诏已颁，

鹢舟期舣，日临端午，路止半千”，则此文当作于端午之前。同卷《为河东公复相国京兆公启》当为稍前之作。

## |六月|

**宣宗令御史推勘刑狱。**

《全唐文补编》卷七四宣宗有《关御史推勘刑狱敕》：“御史台奏：应推勘诸色刑狱，关连朝官，合取文状。自今以后，如尚书省四品以上官、诸司三品以上官，并宜先奏取进止，如取诸色官状，即申中书门下取裁。”文题下注“大中六年六月二十四日”。

## |八月|

**本月，以礼部尚书、诸道盐铁转运等使裴休守本官、同中书门下平章事，依前充诸道盐铁转运等使。**

《唐大诏令集》卷四九有《裴休平章事制》，文后注“大中六年八月”，《旧唐书·宣宗纪》所记同。

## |十二月|

**杜牧病卒于中书舍人任。卒前曾自撰墓志铭，嘱其甥裴延翰为辑《杜牧集系年校注》并为之序。其所撰制诰皆大中五年九月至卒前所撰。有《杜牧集系年校注》二十卷等。**

《杜牧集系年校注》卷十《自撰墓志铭》乃杜牧卒前自撰，文中云：“去岁七月十日，在吴兴，梦人告曰：‘尔当作小行郎。’……复自视其形，视流而疾，鼻折山根，年五十，斯寿矣。某月某日，终于安仁里。”考前文杜牧生于唐德宗贞元十九年(803)，下推五十年，当卒于本年，文亦本年之作。又谓：“某平生好读书，为文亦不出人。曹公曰：‘吾读兵书战策多矣，孙武深矣。’因注其书十三篇，乃曰：‘上穷天时，下极人事，无以加也，后当有知之者。’”杜牧卒前曾嘱其甥裴延翰为编文集并作序。延翰《樊川文集序》(见《杜牧集系年校注》卷首)记云:“顾延翰曰:‘司马迁云,自古富贵,其名磨灭者,不可胜纪。我……既不自期富贵,要有数百首文章,异日尔为我序,号《樊川集》,如此顾樊川一禽鱼、一草木无恨矣,庶千百年未随此磨灭邪!”又云:“明年冬(按,指大中六年冬),迁中书舍人,始少得恙,尽搜文章,阅千百纸,掷焚之,才属留者十二三。……以是在延翰久藏蓄者,甲乙签目,比较焚外,十多七八,得诗、赋、传、录、论、辨、碑、志、序、记、书、启、表、制,离为二十编,合为四百五十首,题曰《杜牧集系年校注》。”序评杜牧文云:“窃观仲舅之文,高骋夐厉,旁绍曲摭,絜简浑圆,劲出横贯,涤濯滓窳,支立欹倚。呵摩皲瘃,如火煦焉;爬梳痛痒,如水洗焉。其抉剔挫偃,敢断果行,若誓牧野,前无有敌。其正视严听,前衡后銮,如整冠裳,祗谒宗庙。其聒蛰爆聋,发不栗,若大吕劲鸣,洪钟横撞,撑裂噎喑,戛切《韶》《濩》。其砭熨嫉害,堤障初终,若濡槁于未焚,膏痈于未穿。栽培教化,翻正治乱,变醨养瘠,尧醲舜熏,斯有意趋贾、马、刘、班之藩墙者邪。其文有《罪言》者,《原十六卫》者,《战》《守》二论者,与时宰《论用兵》《论江贼》二书者。上猎秦、汉、魏、晋、南北二朝,逮贞观至长庆数千百年,兵农刑政,措置当否,皆能采取前事,凡人未尝经度者。若绳裁刀解,粉画线织,布在眼见耳闻下。其谲往事,则《阿房宫赋》;刺当代,则《感怀诗》;有国欲亡,则得一贤人,决遂不亡者,则《张保皋传》;尚古兵柄,本出儒术,不专任武力者,则注《孙子》而为其序;褒劝贤杰,表揭职业,则赠庄淑大长公主及故丞相奇章公、汝南公墓志;摽白历代取士得才,率由公族子弟为多,则《与高大夫书》;谏诤之体,非讦丑恶,与主斗激,则《论谏书》;若一县宰,因行德教,不施刑罚,能举古风,则《谢守黄州表》;一存一亡,适见交分,则《祭李处州文》;训励官业,告束君命,拟古典谟,以寓诛赏,则司帝之诰。其余述喻赞诫,兴讽愁伤,易格异状,机键杂发,虽绵远穷幽,酞腴魁礨,笔酣句健,窕眇碎细,包诗人之轨宪,整扬、马之衙阵,耸曹、刘之骨气,掇颜、谢之物色,然未始不拨劚治本,缅幅道义,钩索于经史,抵御于理化也。”此文乃作于杜牧卒后数年,其文集编成时。《杜牧集系年校注》卷十七至卷二十有杜牧所撰制诰四卷,此四卷制诰乃大中五年九月至本年其卒前任中书舍人时所撰。杜牧之作,《新唐书·艺文志四》著录《樊川集》二十卷,《艺文志三》著录其注《孙子》三卷。《通志·艺文略》著录《樊川集》二十卷、《外集》一卷、《别集》一卷。《外集》《别集》乃后人辑成,中多有他人诗误入。

## |本年|

**高元裕本年自山南东道节度使召为吏部尚书，卒于道，年七十六。**

《新唐书》卷一七七本传载元裕拜山南东道节度使，“在镇五年，复以吏部尚书召，卒于道，年七十六”。据《旧唐书》卷一七一本传，元裕检校吏部尚书、襄州刺史、山南东道节度使在大中二年，则其在镇五年后召还为吏部尚书当在大中六年，其卒亦在本年。元裕卒时年七十六，则其生当在大历十二年。

**本年朝廷以韩愈笏归其孙韩谟，孙樵请为此笏撰铭，以赞韩愈耿烈之气。**

《全唐文》卷七九四有孙樵《文贞公笏铭》，文首云：“大中六年，诏出文贞公笏，归其孙丞相谟。孙樵请铭其笏。”文赞韩愈耿烈之气：“合以愤烈，在公为笏。怒虎可唾，笏不可挫。太华可裂，笏不可折。柱天不仄，指日不蚀。”樵本韩愈门人，其自谓：“然尝得为文之道于来公无择，来公无择得之皇甫公持正，皇甫持正得之韩先生退之。”（《全唐文》卷七九四《与友人论文书》）“尝得为文之道于来公无择，来公无择得之皇甫么持正，皇甫持正得之于韩先生退之。”（同上书同卷《与王霖秀才书》）将学流渊源表述得如此细致，足见其引以为豪。孙氏为文亦多有与韩愈相似之处。樵有诸文谈及其文学主张，作年不详，姑一并系于此。如上所提及之《与友人论文书》，文中批评其时文风云：“古今所谓文者，辞必高然后为奇，意必深然后为工，焕然如日月之经天也，炳然如虎豹之异犬羊也。是故以之明道，则显而微，以之扬名，则久而传。今天下以文进取者，岁丛试于有司，不下八百辈。人人矜执，自大所得，故其习于易者，则斥艰涩之辞，攻于难者，则鄙平淡之言。至有破句读以为工，摘俚句以为奇。……当元和、长庆之间，达官以文驰名者，接武于朝，皆开设户牖，主张后进，以磨定文章。故天下之文，熏然归正。洎李御史甘以乐进后士飘然南迁，由是达官皆阖关齰舌，不敢上下后进。宜其为文者得以盛任其意，无所取质，此诚可悲也。”据此知，孙樵主文当有为而作。又如《与贾希逸书》（同上书同卷），樵读希逸《五通》五十篇，有感于其仕途穷困，撰文以叹：“物之精华，天地所秘惜，故蒙金以沙，锢玉以璞。……文章亦然，所取者廉，其得必多。所取者深，其身必穷。……今足下立言必奇，摭意必深，抉精剔华，期到圣人。以此贾于时，钓荣邀富，犹欲疾其驱而方其轮。若曰爵禄不动于心,穷达与时上下,成一家书,自期不朽,则非樵之所敢知也。呜呼!孤进患心不苦,及其苦,知者何人!"此与韩愈"不平则鸣"观相近。又樵为文主雄壮之势,如其《与王霖秀才书》:"鸾凤之音必倾听,雷霆之声必骇心。龙章虎皮,是何等物。日月五星,是何等象。储思必深,摛词必高。道人之所不道,到人之所不到。趋怪走奇,中病归正。以之明道,则显而微;以之扬名,则久而传。"文又赞韩愈《进学解》:"莫不拔地倚天,句句欲活。读之如赤手捕长蛇,不施控骑生马,急不得暇,莫可捉搦。又似远人入太兴城,茫然自失。讵比十家县,足未及东郭,目已极西郭。"有纵横雄壮之势。

**李贻孙在福建观察使任,本年为欧阳詹文集作序。**

《全唐文》卷五四四李贻孙有《故四门助教欧阳詹文集序》,文中记:"大和中,予为福建团练副使日,其子价自南安抵福州,进君之旧文共十编,首尾凡若干首,泣拜请序。已诺其命矣,而词竟未就。……大中六年,予又为观察使,令访其裔,因获其孙曰澥。不可使欧阳氏之文遂绝其所传也,为题其序,亦以卒后嗣之愿云。"序中评欧阳詹之文云:"君之文新无所袭,才未尝困。精于理,故言多周详。切于情,故叙事重复。宜其司当代文柄以变风雅。"较全面概括欧阳詹文之基本特点。

## 唐宣宗大中七年

癸酉　八五三

### 二月

**崔殷梦、李詹、韦蟾等三十人登进士第。于瑰为本年状元。中书舍人崔瑶知贡举。**

据《登科记考补正》卷二二本年条。

## 十月

**崔铉进《续会要》四十卷，修撰官有杨绍复、崔瑑、薛逢、郑言等。**

《旧唐书·宣宗纪》："（大中七年）十月，尚书左仆射、门下侍郎、平章事、太清宫使、弘文馆大学士崔铉进《续会要》四十卷，修撰官有杨绍复、崔瑑、薛逢、郑言等，赐物有差。"又见《唐会要》卷三六《修撰》。

## 十一月

**李商隐本年四十二岁，仍居东川幕，本月作《四证堂碑铭》与《樊南乙集序》。**

《樊南文集补编》卷十《唐梓州慧义精舍南禅院四证堂碑铭》云："圣敬文思和武光孝皇帝陛下在宥七年，尚书河东公作四证堂于梓州慧义精舍之南禅院。""圣敬文思和武光孝皇帝"为宣宗徽号。又赵明诚《金石录》："唐《四证台记》，一作《四证堂碑》，李商隐撰，正书无姓名，大中七年十一月。"则此文当作于本月。《樊南文集详注》卷七《樊南乙集序》末云"是夕大中七年十一月十日夜"，则本文当作于本月十日夜。此文忆自《樊南甲集序》以来之遭际，多感慨身世之言，为研究商隐生平之重要文献。

## 本年

**段成式本年归京，重游大兴善寺，睹与二亡友当年游寺所留书籍，揃坏居半，感慨良多，复方刊整成两卷。**

《全唐文》卷七八七段成式有《寺塔记》，中云："武宗癸亥三年夏，予与张君希复善继同官秘书，郑君符梦复连职仙署。会暇日，游大兴善寺。……后三年，予职于京洛。及刺安成，至大中七年归京，在外六甲子。所留书籍，揃坏居半。于故简中睹与二亡友游寺，沥血泪交，当时造适乐事，邈不可追。复方刊整，才足续穿蠹。然十亡五六矣。次成两卷，传诸释子。"

**温庭筠约本年前后上书封敖、蒋系，求其举荐。**

《全唐文》卷七八六温庭筠有《上封尚书启》，封尚书为封敖。文中云："某迹在泥途，居无绍介。常思激励，以发湮沉。素禀颛愚，夙耽比兴。……遂使崇朝览镜，壮齿成衰；暇日欹冠，玄鬓变白。望将芜菲，来贡文明。伏遇尚书秉甄藻之权，尽搜罗之道。……旦推毂贞师，渠门锡社。顾惟孤拙，频有依投。今者正在穷途，将临献岁。曾无勺水，以化穷鳞。俯念归荑，犹怜弃席。……不获亲承师席，躬拜行台。"据《旧唐书·封敖传》："宣宗即位，迁礼部侍郎。大中二年，典贡举，多擢文士。……四年，出为兴元尹、御史大夫、山南西道节度使。"又《唐方镇年表》卷四，封敖大中四年至八年为山南西道节度使，据文知，庭筠必于封敖大中二年知贡举时试进士，为敖所知，然未及第，后遂上此文求其援引。文约上于本年前后。又同卷《上蒋侍郎二启》，《温庭筠全集校注》认为蒋侍郎当为蒋系。《旧唐书·蒋系传》："宣宗即位，征拜给事中、集贤殿学士、判院事，转吏部侍郎，改左丞，出为兴元节度使。"又据《唐方镇年表》卷四，蒋系大中八年代封敖为山南西道节度使，则文当作于大中八年（854）系出为节度使前。同卷《上盐铁侍郎启》盖亦先后之作。

## 唐宣宗大中八年

甲戌　八五四

### 二月

**李频、刘沧、毕绍颜、李循、崔橹、李瓒、薛调等三十人登进士第，颜标为本年状元。是岁试《省试振振鹭诗》诗。礼部侍郎郑熏知贡举。**

据《登科记考补正》卷二二本年条。《全唐诗》卷五八九存李频《省试振鹭》诗。

## 七月

**郑朗监修国史，本月奏请停史馆增修撰。**

《唐会要》卷六四载："八年七月，监修国史郑朗奏：'当馆修撰直馆共四员，准故事，以通籍者为直馆。伏以修史重事，合选廷臣，秩序或卑，笔削不称。其直馆伏请停废，更添修撰二员。其旧直馆万年尉张范、泾阳尉李节勒守本官。以户部郎中孟穆、驾部员外郎李涣并充修撰，通旧为四员，分修四季之事。'从之。"

**孙樵由蜀赴京，途中有《祭梓潼帝君文》，稍后又或有《乞巧对》《寓居对》二文。**

《全唐文》卷七九五有孙樵《祭梓潼帝君文》，文首有"大中十八年七月九日，乡贡进士孙樵再拜献辞"之语。樵明年春及第（详见下文大中九年二月条），则"大中十八年"当为"大中八年"之误。文末云："今过祠宇，其敢默去。觞酒豆脯，捧拜庭下。"当是樵本年秋由蜀入京赴试，经梓潼而撰此祭文。

## 八月

**柳喜为京兆尹，或本月为安北都护、御史大夫契苾通撰墓志。通为契苾何力五世孙，尝历胜、蔚、仪、丹四郡守，官终振武、麟、胜等州节度观察处置等使、度支河东振武营田使。**

《唐代墓志汇编续集》"大中〇四四"题为《唐故银青光禄大夫检校左散骑常侍兼安北都护御史大夫充振武麟胜等军□□度观察处置蕃落兼权□度支河东振武营田等使上柱国□海县开国侯食邑五百户契苾符君墓志铭并序》，题后注"朝议大夫守京兆尹上柱国赐紫金鱼袋京兆尹柳喜撰"。中云："公讳通，字周物，姓契苾氏。其族系源流，载在国史。五代祖讳何力，在贞观初，发齿尚幼，率部落千□□効款内附。太宗嘉之，授左领军将军。后以征讨有劳，尚临洮县主，为葱岭道副大总管，忠□义勇，存乎本传。"

## 九月

**李商隐本年四十三岁，仍居东川幕，本月作《剑州重阳亭铭并序》。**

《全唐文》卷七七九有李商隐《剑州重阳亭铭并序》，文末署："唐大中八年九月一日，太学博士河南李商隐撰。"

## 本年

**南卓本年卒于黔南经略使任，年六十四。有《羯鼓录》《南卓文》等。**

《云溪友议》卷中《南黔南》记南卓："转黔南经略使，大更风俗。凡是溪坞，呼吸文字，皆同秦汉之音，甚有声光。"据《唐方镇年表》卷六，南卓镇黔中在大中六年至八年(852—854)。又《宝刻丛编》："《黔南观察使赠右散骑常侍南公碑》，大中八年。"卞孝萱《南卓考》亦谓卓卒于本年。《新唐书·艺文志》著录南卓《羯鼓录》一卷、《唐朝纲领图》一卷、《南卓文》一卷。《云溪友议》又记其撰《驳史》三十卷，云："与马史殊贯，班书小异，三国二晋已下之文，多被攻难。每于朝野摧论，莫能屈之者乎！唯吴武陵郎中、刘轲侍御，俱服其识才也。"《唐文拾遗》卷二九存其《题刘熏兰表后》文一篇，文乃赞其友沈下贤之才："余所善房叔豹，豹好色，得刘熏兰最为嬖，后即不复顾他色。始余与房晏言，熏必预，故余得周视熏所举。凡为言，虽尚才功柔戏以乐左右，而往往甚正命。独恨对熏兰，凝视之移晷刻，将有嘲述，卒不能云云。顾余才不足当语熏耳。十年冬，余友沈下贤抵豹居。下贤诚才，尤精为太史公言，一见其书，果能备熏善。时余贡于京师，豹与张孝标美善言文并挑笑事，因录沈述采。余知熏之色，而待沈之才，才色两相宜耶？故复叙之，以系于沈左。"此文作年不详，姑一并系于此。

**陆希声本年二十七岁，此前曾入韦损郓州幕。**

《全唐文》卷八一三有陆希声《仰山通智大师塔铭》，中云："及大师自石亭入东平，会希声府罢，冒暑蹑屩，礼辞于岩下。违师仅三十年，师归圆寂。……大师元和二年六月二十一日生，中和三年二月十三日入灭。"按，陆希声与仰山大师分别三十年后，仰山圆寂，时为中和三年(883)，则希声与之分别当在本年。东平为郓州之别称，据郁贤皓《唐刺史考全编》，韦损约大中六年至八年为郓州节度使，则约本年前陆希声曾入韦损郓州幕。

## 唐宣宗大中九年

乙亥　八五五

### 正月

**宏词科考官唐扶等坐泄露试题被贬；时温庭筠曾为柳翰假手作赋，为人所告发。庭筠应进士举不得意，曾于试日夜献启于沈询。**

裴庭裕《东观奏记》卷下："（大中九年）正月十九日，制曰：'朝议郎、守尚书刑部郎中、柱国、赐绯鱼袋唐扶，将仕郎、守尚书职方员外郎裴绅，早以科名，荐由台阁，声猷素履，亦有可嘉。昨者吏部以尔秉心精专，请委考核，而临事或乖于公当，物议遂至于沸腾。岂可尚列弥纶，是宜并分符竹，善绥凋瘵，以补悔尤。扶可虔州刺史，散官、勋、封如故。裴可申州刺史，散官如故。……考院所送博学宏词科赵秬等十人，并宜覆落，不在施行之限。初，裴谂兼上铨，主试宏、拔两科，其年争名者众。应宏词选前进士苗台符、杨严、薛䜣、李询古、敬翊已下一十五人就试。谂宽豫仁厚，有赋题不密之说。前进士柳翰，京兆尹柳熹之子也。故事，宏词科只三人，翰在选中。不中者言翰于谂处先得赋，托词人温庭筠为之。翰既中选，其声聒不止，事彻宸听。杜德公时为中书舍人，言于执政曰：'某两为考官，未试宏词，先锁考官，然后考文书。若自先得赋题者必佳。糊名考文书得佳者，考官乃公。當罪上铨为宜，考官不合坐。'"又《新唐书·温庭筠传》载庭筠"思神速，多为人作文。大中末，试有司，廉试尤谨，庭筠不乐，上书千余言；然私占授者已八人"。《北梦琐言》卷四："庭筠又每岁举场多为举人假手，沈询侍郎知举，别施铺席授庭筠，不与诸公邻比。翌日，于帘前请庭筠曰：'向来策名，皆是文赋托于学士，某今岁场中，并无假托，学士勉旃。'因遣之，由是不得意也。"《唐摭言》卷一三亦载沈询"特召温飞卿于帘前试之，为飞卿爱救人故也。适属翌日飞卿不乐，其日晚请开门先出，仍献启千余字。或曰潜救八人矣"。又记"温庭筠烛下未尝起草，但笼袖凭几，每赋一韵，一吟而已，故场中号为温八吟”。

## |二月|

**孙樵、卢携、柳璧、杨授、陆肱、李彬、沈儋、罗洙、崔□等三十人登进士第，中书舍人沈询知贡举。**

据《登科记考补正》卷二二本年条。

**孙樵本年进士及第。樵久抑于科场，此前多有牢骚之文。**

《全唐文》卷七九四有孙樵《自序》，文中云：“幼而工文，得之真诀，提笔入贡士列，于时以文学见称，大中九年叨登上第。”樵久抑于科场，此前多有牢骚之文。如《全唐文》卷七九五有《骂僮志》，中云：“九试泽宫，九黜有司。十年辇下，与穷为期。”文中借二僮之口展现其时仕子为求及第，趋炎附势之状，并表达自己不趋时流之志：“凡为世人，婉颜巧唇，望风趋尘，以售其身；则必淡面钝口，戆揖痴步，昧于知幾，买嫌于时。凡为读书，东猎西渔，粗知首尾，则为有余；则必灯前月下，寒朝暑夜，磨砻反复，期入圣域，徒苦其神，孰裨其身。凡为文章，拈新摘芳，鼓势求知，取媚一时；则必摆落尖新，期到古人，上规时政，下达民病，句句淡涩，读不可人，徒乖于众，孰适于用？凡为造谒，去冷附热，大求其力，小求其得；则必权门扫迹，寂寞是适，所至之处，雀罗在户，人皆嫌去，愈恭好慕。凡为结交，搜罗杰豪，相醉以酒，相饫以庖；则必屑去温燠，胶牢淡泊，时或丛处，冻冷彻曙，晨起散去，洁腹出户，追暮如故。学猎古今，不为众誉。文近于奇，不为人知。……彼以其势，我专吾勤。彼以其力，我勤吾学。”又如《寓居对》（同上书同卷）：“长安寓居，阖户讽书。悴如冻灰，癯如槁柴。志枯气索，怳怳不乐。……十试泽宫，十黜有司。知己日懈，朋徒分离。矧远来关东，橐装销空。一入长安，十年屡穷。长日猛赤，饿肠火迫。满眼花黑，晡西方食。暮雪严冽，入夜断骨。穴衾败褐，到晓方活。古人取文，其责盖轻。一篇跳出，至死驰名。今人取文，章章贵奇。一句戾意，全卷鲜知。言念每岁，徂春背暑。洗剔精魂，澄拓襟虑。晓窗夜烛，上下雕斫。摭言必高，储思必深。字字磨校，以牢知音。”文批唐末取士多不重文意，而重文句怪异之况。又如《逐痁鬼文》，文由己之病推而现社会之弊：“予之不得专也如此，以故学勤而吾道愈穷，业修而知己日消。”故而请友人为己招谄、矫、巧、钱四鬼，使自己得而去善就恶，消病去灾，文以反语形式写就，于嬉笑怒骂中抨击时政，以上三文铺陈排比，对仗工整，行文风格与韩愈《进学解》颇为相似。还有如《乞巧对》(同上书同卷)，文似柳宗元《乞巧文》，讽刺现实中伪巧逐利之人：“彼巧在言，便便翻翻。出口簧然，媚于人间。……彼巧在文，摘奇搴新。……取媚于时，古风不归。彼巧在官，窃誉假善。……玩世偷安，败俗紊官。彼巧在工，狷诡不穷。……蛊于化源，戕此民力。”文末抒其守拙明志之心：“吾宝吾拙，虽与事阔，优游经史，卧云啸月。九衢喧喧，夹路朱门，晓鼓一发，车驰马奔。予方高枕。偃然就寝。腹坦(一作摇)鼻息，梦到乡国。槐花扑庭，鸣蜩噪晴。怀轴囊刺，门门买声。予方屏居，咏歌吾庐。对松欹石，莫知其余。上天付性，吾岂无命。何求于巧，以挠吾静。吾方欲上叫帝阍，以窒巧门，使天下人，各归其根。”此外还有不少针砭时弊之作，如《大明宫赋》，文首称己“贡士”，文必及第前之作。文借守宫神之口展现唐末凋敝之状：“往孰为设，今孰为缺。籍民其凋，有野而蒿。籍甲其虚，有垒而墟。西垣何缩，匹马不牧。北垣何蹙，孤垒城粒。”

**曹州刺史崔翚去年十一月卒，本月归葬，太子宾客分司东都崔干为撰墓志。由文可窥唐末世族联姻之风尚。**

《唐代墓志汇编》“大中〇九〇”《□□□□□使持节曹州诸军事刺史赐紫金鱼袋清河崔府君墓志铭并序》，题后注：“从祖兄正议大夫守太子宾客分司东都上柱国清河郡开国公食邑二千户赐紫鱼袋干撰。”中云：“府君讳翚，字遐举，清河东武城人……以大中八年十月既望□疾，医祷无应，至十一月十二日告终于济阴之官舍，享龄六十有八……即以明年乙亥二月庚戌朔廿三日壬申附葬。”又云：“君出于王太原上族，外祖蒙，苏州录事参军。夫人荥阳郑氏……生一子崇……崇娶范阳卢氏女。”清河崔氏、太原王氏、荥阳郑氏、范阳卢氏，崔翚家三代皆娶高门女，可见唐末世族联姻之风尚。

## |闰四月|

**本月，宣宗下旨令岭南不得货卖男女，由文可见岭南百姓生活之艰难。**

《唐大诏令集》卷一〇九有《禁岭南货卖男女敕》：“闻岭外诸州居人，与夷獠同俗,火耕水耨,昼乏暮饥,迫于征税,则货卖男女。奸人乘之,倍讨其利,以齿之幼壮,定估之高下,窘急求售,号哭逾时。为吏者谓南方之俗,夙习为常,适然不怪,因亦自利。遂使居人男女,与犀象杂物,俱为货财。故四方鳏寡高年,无以养活,岂理之所安,法之所许乎?纵有令式,废而不举,为长吏者何以副吾志哉?自今以后,无问公私土客,一切禁断。"文后注"大中九年闰四月"。

## |六月|

**韩昶本月卒,年五十七。卒前自撰墓志铭,文中述及其为学之路。昶,韩愈子,官终襄阳别驾,检校户部郎中。昶性直,沉居下僚,文多愤世之情。**

《全唐文》卷七四一有韩昶《自为墓志铭并序》,文中云:"昌黎韩昶,字有(按,《唐代墓志汇编》"大中一〇二"作"存")之。……幼而就学,性寡言笑,不为儿戏,不能闇记书。至年长,不能通诵得三五百字,为同学所笑。至六七岁,未解把笔书字,即是性好文字,出言成文,不同他人所为。张籍奇之,为授诗,时年十余岁。日通一卷,籍大奇之。试授诸童,皆不及之。能以所闻,曲问其义,籍往往不能答。受诗未通两三卷,便自为诗。及年十一二,樊宗师大奇之。宗师文学为人之师,文体与常人不同,昶读,慕之。一旦为文,宗师大奇。其文中字或出于经史之外,樊读不能通。稍长,爱进士及第,见进士所为之文与樊不同,遂改体就之,欲中其汇。年至二十五,及第释褐。……再授襄阳别驾,检校户部郎中,大中九年六月三日寝疾,八日终于任,年五十七。其年十二月十五日,葬孟州河阳县尹村。"昶性直敢言,沉居下僚,文多愤世之情:"不通人事,气直不乐者,或终年不与之语。因与俗乖,不得官。"又叹曰:"世以昧昧为贤而白黑分,众以委委为道而曲直辨。生有志而卒不能就,岂命也夫!岂命也夫!"

## |八月|

**本月,尚书左仆射兼门下侍郎、同中书门下平章事崔铉出镇淮南。**

《唐大诏令集》卷五三有《崔铉淮南节度平章事制》,文后注"大中九年八月"。

**卢求受白敏中之命编《成都记》，本月自序之，文中述创作之由兼及成都自古至唐代之简要历史状况。**

《全唐文》卷七四四有卢求《成都记序》，篇末云“大中九年八月五日叙”。中云：“大中六年四月，诏以丞相太原公有驱制羌戎之成绩，由邠宁节度拜司徒同平章事镇蜀。……先是西蜀图经甚备，朝野之士多寄声写录，主兹务者，不胜其烦，遂尽削而潜焚之。长吏至，即据显者集为一轴以献，由是百不书一。大中八年，户曹参军蔺宏宗甚好学，且目睹司徒相国之异绩，愿付以传示于后。然不以文自任，翦截疏长，芜言不略。相国乃属于小子，令刊益之。……乃搜访编简，目为《成都记》五卷，经与图之附益。”据《资治通鉴》卷：（大中六年）“四月，甲辰，以邠宁节度使白敏中为西川节度使。”

**成德军节度使王元逵去岁十二月卒，本月归葬，节度掌书记黄建为撰墓志。元逵，王庭凑子，尚寿安公主。**

《唐代墓志汇编》“大中〇九六”《唐故成德军节度镇冀深赵等州观察处置等使光禄大夫检校司徒兼太傅同中书门下平章事兼镇州大都督府长史驸马都尉上柱国太原郡开国公食邑二千户实封二百户赠太师王公墓志铭并序》，题后注“节度掌书记承议郎监察御史里行赏紫金袋黄建撰”，中云：“公讳元逵，字茂远……以大中八年十二月四日弃邦国万人而薨背……夫人寿安公主……卜于守龟，得兆袝茔，大中九年八月十四日庚寅定封。”

## 九月

**本月七日，门下侍郎兼兵部尚书、平章事、监修国史令狐绹守本官、充太清宫使，中书侍郎兼礼部尚书、同中书门下平章事、集贤殿大学士魏谟守本官、监修国史，中书侍郎兼户部尚书、同中书门下平章事裴休守本官、充集贤殿大学士。三十日，令狐绹又充弘文馆大学士。**

《唐大诏令集》卷五一有《魏谟监修国史等制》，文后注：“大中九年九月七日。”同卷又有《令狐绹弘文馆大学士制》，文后注：“大中九年九月三十日。”

## 十二月

**裴延翰本年为蓝田尉充集贤校理,时已辑杜牧《杜牧集系年校注》成,并撰《樊川文集后序》。**

《全唐文》卷七五九有裴延翰《樊川文集后序》。裴延翰乃杜牧外甥,此序下署"将仕郎守京兆府蓝田县尉充集贤殿校理裴延翰"。据序,杜牧于晚年曾托延翰为编文集,延翰遂于杜牧卒后编成《杜牧集系年校注》,并撰此序。序约作于本年,详见吴在庆《杜牧论稿·杜牧卒年及〈杜秋娘诗〉系年考辨》。《新唐书·宰相世系表一上》东眷有延翰,裴俦子,"字伯甫"。

# 唐宣宗大中十年

丙子　八五六

## 正月

**本月丁巳,御史大夫郑朗为工部尚书、同中书门下平章事。**

《唐大诏令集》卷五〇有《郑朗平章事制》,文后注"大中十年正月丁巳"。然文中所记郑朗时之官职为通议大夫,此从《新唐书·宣宗纪》所载。

## 二月

**伍愿、徐涣、李郢、崔瑾、刘铨等三十人登进士第,崔铏为本年状元。礼部侍郎郑颢知贡举。**

据《登科记考补正》卷二二本年条。

**本月，立庞特勒今为回鹘可汗。本年十二月，以御史中丞王端章为持节册使往回鹘。**

《唐大诏令集》卷一二八有《议立回鹘可汗诏》，文末注“大中十年二月”。中云：“回鹘久为与国，常建大勋，累申式配之仪，兼展称藩之礼……牧马远迹于朔野，烽火罢照于甘泉，虽云华夷，欢若亲戚。会昌中虏廷丧乱，可汗沦亡，狼顾既困于岁牧，鼠窃或行于边候。时属奸臣当轴，懦将操戈，因乐祸以乘危，遂兴戎而生事……近有回鹘，来款朔方，帅臣得之，送至阙下。又有回鹘，随黠戛斯李兼至朝廷。各令象胥，征其要领，音尘可访，词旨必同。愿复本邦，仍怀化育，皆云庞特勒今为可汗，尚寓安西，众所悦附。”《资治通鉴》卷二四九记于三月，此据《唐大诏令集》。又同卷有《遣使册回鹘可汗诏》，文末注“大中十年十一月”，中云：“可册为嗢禄登里罗汨没密施合俱录毗伽怀建可汗。命检校秘书监兼御史中丞王端章持节册使，仍令所司择日，备礼策命。”《资治通鉴》卷二四九记于十一月，此亦从《唐大诏令集》。两文并存《全唐文》卷八〇。

**韦绚在江陵少尹任，本月撰《刘宾客嘉话录》成，并自序之。书记其早年在夔州时所闻刘禹锡之谈论，内容多唐代遗闻掌故。**

《全唐文》卷七二〇韦绚《嘉话录叙》云：“蒙丈人许措足侍立，解衣推食，晨昏与诸子起居。或因宴集命坐与话论，大抵根于教诱而解释经史之错谬，及国朝文人剧谈，卿相新语，异常梦话，美誉善谑、卜祝童谣、佳句廋词，即席听之，退而默记。或染翰竹简，簪笔书绅。其不暇记录，因循遗忘者不知其数，在掌中梵夹者百存其一焉。今悉依当时逐日所话而录之，不复编次矣。号曰《刘公嘉话录》，传之好事以为谭柄也。时大中十年二月朝散大夫江陵少尹上柱国京兆韦绚序。”《郡斋读书志》卷三记此书为一卷。韦绚（801—866?），字文明，京兆（今陕西西安）人。《刘宾客嘉话录》记其早年在夔州时所闻刘禹锡之谈话，内容多唐代遗闻掌故。

## 三 月

**《开元礼》、三礼、三传、三史、学究、道举、明算、明法、童子等九科自本年起**

**停举三年，三年满后再据应试者本业情况而定**。

《旧唐书·宣宗纪》载本年三月，中书门下奏论此事，谓此九科："近年取人颇滥。曾无实艺可采，徒添入仕之门，须议条流，俾精事业。……其前件九科，臣等商量，望起大中十年，权停三年。满后至时赴试者，令有司据所举人先进名，令中书舍人重复问过。如有本业精通，堪备朝廷顾问，即作等第进名，候敕处分。如事业荒芜，不合格送名数，考官当议朝责。其童子，近日诸道所荐送者，多年齿已过，伪称童子。考其所业，又是常流。起今已后，望令天下州府荐送童子，并须实年十一、十二以下，仍须精熟一经，问皆全通，兼自能书写者。如违制条，本道长吏亦议惩罚。"

## | 四 月 |

**郑颢本月进《诸家科目记》十三卷，记载自武德元年至宣宗时及第人姓名及所试诗赋题目**。

《册府元龟》："四月，礼部侍郎郑颢进《诸家科目记》十三卷，表曰：'自武德以后，便有进士诸科。出莺谷而飞鸣，声华虽茂；经凤池而阅视，史策不书。所传前代姓名，皆是私家记录。虔承圣旨，敢不讨论。臣寻委当行祠部员外郎赵璘采访，《诸家科目记》撰成十三卷，自武德元年至于圣朝，谨专上进，文俟无疆。'"敕："宜付翰林。自今发榜后，仰写及第人姓名及所试诗赋题目进入内，仍仰所司，逐年编次。"按，赵璘所撰《科目记》，《新唐书·艺文志》未载，后亦不传。

**郑朗为工部尚书、同中书门下平章事，本月其第五女子容并幼女归葬，为撰墓志铭，文中述及宗门数年丧诸女之悲**。

《唐代墓志汇编》"大中一〇八"《唐荥阳郑氏女墓志铭并序》："工部尚书、同中书门下平章事郑朗第五女字子容……以大中六年五月四日遘疾终……以十年四月廿五日并归葬……□之伯仲姊妹，数年之中弃养而去者五人，余与若母夫人郡君但有割夺之哀，莫获劬劳之报……何乃宗门之益昌，瑶姿之不寿耶？"

## 六月

**本月，中书侍郎兼户部尚书、同中书门下平章事裴休出镇宣武。**

《唐大诏令集》卷五四有《裴休宣武军节度平章事制》，文后注“大中十年六月”。

## 九月

**段成式本年约五十四岁，在处州刺史任，撰《好道庙记》。**

《全唐文》卷七八七段成式有《好道庙记》：“缙云郡之东南十五里抵古祠，曰好道。询于旧，云置自后周。”又：“予大中九年到郡，越月方谒。至十年夏旱……予学儒外，游心释老……大中岁在景子季秋中丁日建。”

## 十月

**蒋伸为翰林学士承旨，本月为天平军节度使孙景商撰墓志。景商，萧遘孙。**

《唐代墓志汇编》“大中一二〇”《唐故天平军节度郓曹濮等州观察处置等使朝请大夫检校礼部尚书使持节郓州诸军事兼郓州刺史御史大夫上柱国赐紫金鱼袋赠兵部尚书孙府君墓志铭并序》，题后注“翰林学士承旨通议大夫户部侍郎知制诰上护军赐紫金鱼袋蒋伸撰”，中云：“公讳景商，字安诗……以大中十年八月廿二日薨……以其年十月廿七日祔先茔。”

## 十二月

**本月壬辰，户部侍郎、判户部崔慎由为工部尚书、同中书门下平章事。**

《唐大诏令集》卷五〇有《崔慎由平章事制》，文后注“大中十年十二月”，《新唐书·宣宗纪》所记同。

# |本年|

**顾陶年七十四，本年编成《唐诗类选》，并为此书撰前、后序。**

《全唐文》卷七六五有顾陶《唐诗类选序》和《唐诗类选后序》两文（亦见《文苑英华》卷七一四），据吴在庆《听涛斋中古文史论稿·赵嘏、杜牧卒年与〈唐诗类选后序〉作年考论》（黄山书社2011年版）所考，两文均撰于本年顾陶编选《唐诗类选》成时。两文述及自古以来之文风以及顾陶之文论见解，亦涉及众多文士之生平仕履与创作，乃了解研究唐代众多文士之生平与创作之重要资料，今特地全文转录于此。前文云："在昔乐官采诗而陈于国者，以察风俗之邪正，以审王化之兴废，得刍荛而上达，萌治乱而先觉。诗之义也，大矣远矣。肇自宗周，降及汉、魏，莫不由政治以讽谕，系国家之盛衰。作之者有犯而无讳，闻之者伤惧而鉴诫。宁同嘲戏风月，取欢流俗而已哉！晋、宋诗人，不失雅正，直言无避，颇遵汉、魏之风。逮齐、梁、陈、隋，德祚浅薄，无能激切于事，皆以浮艳相夸，风雅大变，不随流俗者无几，所谓亡国之音哀以思，王泽竭而诗不作。吴公子听五音，知国之兴废，匪虚谬也。国朝以来，人多反古，德泽广被。诗之作者继出，则有杜、李挺生于时，群才莫得而并。其亚则昌龄、伯玉、云卿、千运、应物、益、适、建、况、鹄、当、光羲、郊、愈、籍合十数子，挺然颓波间。得苏、李、刘、谢之风骨，多为清德之所讽览，乃能抑退浮伪流艳之辞宜矣。爰有律体，祖尚清巧，以切语对为工，以绝声病为能。则有沈、宋、燕公、九龄、严、刘、钱、孟、司空曙、李端、二皇甫之流，实繁其数，皆妙于新韵，播名当时，亦可谓守章句之范，不失其正者矣。然物无全工，而欲篇咏盈千，尽为绝唱，其可得乎？虽前贤纂录不少，殊途同归，《英灵》《间气》，正声南薰之类，朗照之下，罕有孑遗。而取舍之时，能无少误？未有游诸门而英菁毕萃，成篇卷而玷纇全无。诗家之流，语多及此，岂识者寡，择者多，实以体词不一，憎爱有殊，苟非通而鉴之，焉可尽其善者。由是诸集悉阅，且无情势相托，以雅直尤异成章而已。或声流乐府，或句在人口，虽靡所纪录，而关切时病者，此乃究其姓家，无所失之。或风韵标特，讥兴深远，虽已在他集，而汨没于未至者，亦复掇而取焉。或词多郑、卫，或音涉巴、俞，苟不亏六义之要，安能间之也。既历稔盈箧，搜奇略罄，终恨见之不遍，无虑选之不公。始自有唐，迄于近殁，凡一千二百三十二首，分为二十卷，命曰《唐诗类选》。篇题属兴，类之为伍而条贯，不以名位卑崇、年代远近为意。骚雅绮丽，区别有可观，宁辞披拣之劳，贵及文明之代。时大中景子之岁也。”又《唐诗类选后序》云：“余为类选三十年，神思耗竭，不觉老之将至。今大纲已定，勒成一家，庶及生存，免负平昔。若元相国稹、白尚书居易，擅名一时，天下称为元白，学者翕然，号元和诗。其家集浩大，不可雕摘，今共无所取，盖微志存焉。所不足于此者，以删定之初，如相国令狐、楚李凉公逢吉、李淮海绅、刘宾客禹锡、杨茂卿、卢仝、沈亚之、刘猛、李涉、李璆、陆畅、章孝标、陈罕等十数公，诗犹在世，及稍沦谢，即文集未行，纵有一篇一咏得于人者，亦未称所录。僻远孤儒，有志难就，粗随所见，不可殚论。终愧力不及心，庶非耳目之过也。近则杜舍人牧、许鄂州浑，洎张祜、赵嘏、顾非熊数公，并有诗句，播在人口。身没才二三年，亦正集未得绝笔之文，若有所得，别为卷轴，附于二十卷之外，冀无见恨。若须待见全本，则撰集必无成功，若但泛取传闻，则篇章不得其美。已上并无采摭，盖前序所谓终恨见之不遍者矣。唯歙州敬方才力周备，兴比之间，独与前辈相近。亡殁虽近，家集已成三百首，中间录律韵八篇而已。虽前后复接，或畏多言，而典型具存，非敢遐弃，又前所谓虑选之不公者矣。嗟乎！行年七十有四，一名已成，一官已弃，不惧势逼，不为利迁。知我以《类选》起序者天也。取舍之法二十通在，故题之于后云尔。”

## 唐宣宗大中十一年

丁丑　八五七

### 正月

**京兆尹韦澳以当今政事已渐不佳拒判户部。**

《资治通鉴》卷二四九大中十一年：“春，正月，丙午，以御史中丞兼尚书右丞夏侯孜为户部侍郎、判户部事。先是，判户部有缺，京兆尹韦澳奏事，上欲以澳补之，辞曰：‘臣比年心力衰耗，难以处繁剧，屡就陛下乞小镇，圣恩未许。’上不悦。及归，其甥柳玭尤之。澳曰：‘主上不与宰辅佥议，私欲用我，人必谓我以它岐得之，何以自明！且尔知时事浸不佳乎？由吾曹贪名位所致耳。”

## 二 月

**归仁翰、王徽、卢处权、王缄、冯涓、盛均、孙绿等三十人登进士第。冯涓博学宏词科及第。中书舍人杜审权知贡举。**

据《登科记考补正》卷二二本年条。

**本月，门下侍郎兼户部尚书、同中书门下平章事魏谟出镇西川。**

《唐大诏令集》卷五四有《魏谟西川节度平章事制》，文后注“大中十一年二月”。

## 三 月

**本月九日，中书侍郎兼吏部尚书、同中书门下平章事、充集贤殿大学士郑朗守本官、监修国史，工部尚书、同中书门下平章事崔慎由充集贤殿大学士。**

《唐大诏令集》卷五一有《郑朗监修国史等制》，文后注“大中十一年三月九日”。

## 四 月

**宣宗以安南久为南诏所扰，本月，以右千牛卫大将军宋涯为御史中丞，宣慰安南、邕、管等道。**

据《旧唐书·宣宗纪》。《唐大诏令集》卷一一七有《遣使宣慰安南邕管等敕》。

**卢缄为剑南西川节度判官，本月其妻崔氏权葬，缄为撰墓志。崔氏，崔群幼女，尚礼崇佛，文中多有述崔氏贤良之语。**

《唐代墓志汇编》“大中一二八”《有唐卢氏故崔夫人墓志铭并序》，题后注：

“剑南西川节度判官朝议郎检校尚书驾部郎中兼侍御史上柱国赐绯鱼袋卢缄撰”，中云：“夫人生于元和之壬辰岁，没于大中之丁丑岁，归于缄者廿有四年……缄于夫人既没之二十日，方授相国巨鹿魏公蜀川奏署之命……即其年夏四月戊辰廿有七日甲午权窆。”又云：“亡室夫人……考丞相……讳群……陇西李夫人生女子子者五人，夫人即其季也……夫人习礼言诗，尤专《论语》，崇奉释教，深味佛经，诵读讲磨，咸得要妙。洞知声律，不学而能，笔札雅琴，皆所尽善。”

## 五月

**刘蜕本年三十六岁，任太学助教、集贤校理。二月，其母卒，本月权葬，有权葬石表之作。**

《编年史》所引刘蜕《先妣□夫人权葬石表》：“今者助教于大学，校理于集贤，又餍于寒饥，故仪卫不周，衣廞俭薄……且蜕犹为羁也，今故穿土周棺，丘封四尺，同于葬□。”文记其母“大中十一年二月甲午，弃其孤于长安宣平里之寓舍。五月庚申，权奉于城南毕原，春秋七十二”。

**李蘧本月过惠山寺，念其舅贞元四年八月游寺时所作诗于武宗排佛时随寺毁，作《惠山寺记》以题之。**

《全唐文》卷七四六有李蘧《惠山寺记》，末云：“大中十一年五月十三日，怀孟等观察使从事、试大理评事兼监察御史李蘧重题。”

## 七月

**本月，兵部侍郎、判度支萧邺守本官，同中书门下平章事，依前判度支。**

《唐大诏令集》卷五十有《萧邺平章事制》，文后注“大中十一年七月”。

## | 十 月 |

**本月，中书侍郎兼礼部尚书、同中书门下平章事、监修国史郑朗罢为太子少师。**

《唐大诏令集》卷五六有《郑朗太子少师制》，文后注“大中十一年十月”。

**裴休本年六十七岁，时任太子少保，分司东都。本月作《黄檗山断际禅师传心法要序》。**

《旧唐书·裴休传》记休大中“十年罢相，检校户部尚书、汴州刺史、御史大夫，充宣武军节度使。其年冬……守太子少保，分司东都。十一年冬，检校户部尚书……充昭义节度、潞磁邢洺观察使。”据《新唐书·宰相表》，裴休罢相镇宣武在大中十年十月。又《旧唐书·宣宗记》记裴休罢太子少保、分司东都改昭义节度使在大中十一年十一月，则此时尚在太子少保分司任。又《全唐文》卷七四三裴休《黄檗山断际禅师传心法要序》云：“有大禅师，法讳希运，住洪州高安县黄檗山鹫峰下，乃曹溪六祖之嫡孙，西堂百丈之法嗣。”又记与其交往云：“予会昌二年廉于钟陵，自山迎至州憩龙心寺，旦夕问道。大中二年廉于宛陵，复去礼迎至所部，安居开元寺，旦夕受法，退而纪之，十得一二，佩为心印，不敢发扬。”文末署“时唐大中十一年十月初八日序”。据此文可知裴休师从希运禅师已多年。《旧唐书·裴休传》称其“善为文，长于书翰，自成笔法。家世奉佛，休尤深于释典。太原、凤翔近名山，多僧寺。视事之隙，游践山林，与义学僧讲求佛理。中年后，不食荤血，常斋戒，屏嗜欲。……咏歌赞呗，以为法乐。”今存裴休文亦多有关僧徒、佛理之碑铭、论序者，如《大方广圆觉修多罗了义经略疏序》《华严原人论序》《释宗密禅源诸诠序》《注华严法界观门序》《清凉国师碑铭》《主峰禅师碑铭并序》等。

## 十一月

**本月，崔慎由监修国史，兵部侍郎、同中书门下平章事、判度支萧邺充集贤殿大学士。**

《唐大诏令集》卷五一有《崔慎由监修国史等制》，文后注“大中十一年十月十七日”。

**郑熏在宣歙观察使任，撰《移颜鲁公诗记》，记其移颜真卿题左伯桃墓诗之经过。**

《全唐文》卷七九〇郑熏《移颜鲁公诗记》，文记颜真卿大历六年(771)经宣州溧水县古烈士左伯桃墓，感而作诗一首：“自题于蒲塘之客舍，词韵凄激，点画崭壮，穷国艺之奇事。阙后洎于大中之丁丑岁，八十七年矣。……余作镇至此，有客谓余者惜之，立召工将王少儒领其部匠凿垣复匣，移窨于北望楼之西隅，且以为郡居之胜绝，镌石其下，俾后之观者知改置之意无忽。大中十二年十一月十九日，宣歙池观察使检校右散骑常侍兼御史大夫郑熏记。”按，“大中之丁丑岁”即大中十一年。文末署“大中十二年”误。据《资治通鉴》卷二四九，大中十二年七月，“宣州都将康全泰作乱，逐观察使郑熏；熏奔扬州。……八月，甲午，以(崔)铉兼宣歙观察使”。又《新唐书·郑熏传》：“熏奔扬州。贬棣王府长史，分司东都。”又《全唐文》卷七九〇郑熏有《祭梓华府君神文》，乃作于大中十二年十月，时署为“棣王府长史，分司东都”。则文中“大中十二年”乃“大中十一年”之误，文当作于本月。

## 十二月

**令狐绹仍为门下侍郎同平章事，约本月为太子少师分司东都孙简撰墓志。孙简，故邕管经略使孙公器子。**

《唐代墓志汇编续集》“咸通〇九九”《唐故银青光禄大夫检校司空兼太子少师分司东都上柱国乐安县开国侯食邑一千户赠太师孙公墓志铭并序》，题后注“从表侄金紫光禄大夫、守□□右仆射、兼门下侍郎、同平章事、充太清宫使、弘文馆大学士、上柱国、彭阳县开国男、食邑三百户令狐绹撰”。按，此文当为大中末之作，中云“圣敬文思和武光孝皇帝御极之十□年七月……以其年十二月廿六日归祔”。据《旧唐书·宣宗纪》载“（大中）二年春正月壬戌，宰臣率文武百僚上徽号曰圣敬文思和武光孝皇帝”，故此文当为大中十一年至大中十三之作，而非作于咸通年间。又《旧唐书·宣宗纪》载宣宗大中十三年八月卒，“诏门下侍郎、平章事令狐绹摄冢宰”，“十月癸未，制以门下侍郎、守左仆射、同平章事令狐绹守司空”，则知文当不为大中十三年之作，约作于本月或大中十二年十二月。文记孙简“宝历元年，以司勋员外郎判吏部，废置，转礼部郎中，又罹裴太夫人之祸，殆不胜丧。及出，除左司郎中，加朝散阶，转吏部郎中，加朝散大夫”。《唐尚书省郎官石柱题名考》仅载孙简任左中、吏中、勋外之职，无记其任礼中事，此可补其缺。

## 唐宣宗大中十二年

戊寅　八五八

### 正月

**本月，户部侍郎、判度支刘瑑守本官、同中书门下平章事，依前判度支。**

《唐大诏令集》卷五〇有《刘瑑平章事制》，文末云“大中十二年正月”。

**杨牢本年五十七岁，卒于河南县令任。有集三十卷。**

《唐代墓志汇编》“大中一三七”《唐故河南府河南县令赐绯鱼袋弘农杨公墓志铭并序》：“大中十二年正月二日，河南县令□□□□□□□□□□善里之私第，享年五十七。……公讳□□松年。”又记：“有集卅卷，名□□集。”牢文集今不存。

## 二月

**宋言、崔沆、卢象、徐彦若、侯岳、于琮等三十人登进士第，李亿为本年状元。过纳明经科及第。中书舍人李潘知贡举。**

据《登科记考补正》卷二二本年条。

**本月，工部尚书、同中书门下平章事、充集贤殿大学士萧邺监修国史。户部侍郎、同中书门下平章事、判度支刘瑑充集贤殿大学士。中书侍郎兼礼部尚书、同中书门下平章事崔慎由出镇东川。**

《唐大诏令集》卷五一有《萧邺监修国史等制》，文后注“大中十二年二月十八日”。又同书卷五四有《崔慎由东川节度制》，文后注“大中十二年二月”。

**宋言曾应试近十举，本年终登第。后累官侍御史，有赋一卷。**

《云溪友议》卷下《去山泰》条记：“宋言端公，近十举，而名未播。大中十一年，将取府解。言本名岳，因昼寝，似有人报云：‘宋二郎秀才，若头上戴山，无因成名。但去其山，自当通泰。’……乃改为‘言’。及就府试，冯涯侍郎作掾而为试官，以解首送言也。……再试，退解头宋言为第六十五人。知闻来唁，宋曰：‘来春之事，甘已参差。’李播舍人发榜，以言为第四人及第。”按，称宋言“端公”，则言后曾任侍御史，唯未知事在何时，其事迹亦难考详。《新唐书·艺文志四》著录《宋言赋》一卷，下注“字表文”。则言以赋称。《全唐文》卷七六二收有其《渔父辞剑赋》《效鸡鸣度关赋》《鹤归华表赋》三文，未知作年，疑其登第前所咏。

## 三月

**本月，兵部侍郎、同中书门下平章事、判户部事蒋伸罢判户部。**

《唐大诏令集》卷五二有《蒋伸罢判户部制》，文后注“大中十二年三月”。

**郑处诲本年在刑部侍郎任，时撰《邠州节度使厅记》。**

《新唐书·郑处诲传》："仕历刑部侍郎、浙东观察。"考《嘉泰会稽志》卷二："郑处诲，大中十二年七月自刑部侍郎授；十二月，移浙西观察使。"《全唐文》卷七六一郑处诲有《邠州节度使厅记》，文末署"大中二年三月二十日记"。按，大中二年乃大中十二年之误。文中有"司空白公由丞相府持节来镇……廷议以我季父公前为夏帅……迁镇是军"之语。白公即白敏中，据《唐方镇年表》卷一，其镇邠宁在大中五年至六年（851—852），而郑助镇邠宁则在大中十一年二月至十二年四月（857—858）。又据《新唐书·宰相世系表五》，郑处诲叔有郑泐。则《旧唐书·宣宗纪》大中十一年二月所记由夏绥移镇邠州之"检校工部尚书、邠州刺史"之郑泐，即《新唐书·宰相世系表》之郑泐。据此，郑处诲叔郑助泐之镇邠宁在大中十一年后，则文末所署当为"大中十二年三月"方与史实合。

## 四月

**本月，兵部侍郎，充诸道盐铁转运等使夏侯孜守本官、同中书门下平章事，依前充诸道盐铁转运等使。**

《唐大诏令集》卷五十有《夏侯孜平章事制》，文后注"大中十二年四月"。

**杨发本年正月由福建观察使徙为岭南东道节度观察处置使。本月，都将王令寰作乱，发被囚。后贬婺州刺史，卒于任。**

《旧唐书·杨发传》记其镇福建，"朝廷以发长于边事，移授广州刺史、岭南节度使。属前政不率，蛮、夏咸怨，发以严为理，军乱，为军人所囚，致于邮舍。坐贬婺州刺史，卒于治所"。又《旧唐书·宣宗纪》：大中"十二年春正月……以大中大夫、福州刺史、御史中丞……杨发检校右散骑常侍、广州刺史、御史大夫，充岭南东道节度观察处置等使"。此外，《资治通鉴》卷二四九大中十二年夏四月记："庚子，岭南都将王令寰作乱，囚节度使杨发。"杨发之卒，《唐才子传校笺》谓在大中十二年至咸通二年间。《全唐文》卷七五九录有其《太阳合朔不亏赋》《大音希声赋》《庆云抱日赋》诸赋，作年均难确考，或是其及第前之作。

**宣宗崇道，此前召道士轩辕集至长安，轩辕集留月余，坚求还山，约此时离长安。南楚诗人多赋诗以送，王棨作赋咏此事。**

《资治通鉴》卷二四九本年正月载："轩辕集至长安，上召入禁中……留数月，坚求还山，乃遣之。"《旧唐书·宣宗纪》则谓"留之月余，坚求还山"。今从《资治通鉴》。又何光远《鉴戒录》卷五《禅月吟》载："南楚才人竞以诗送轩辕先生归罗浮山，计百余家矣。"轩辕集自长安还罗浮山，途中南楚诗人赋诗相送事，盖在此时前后。《全唐文》卷七六九王棨有《诏遣轩辕先生归罗浮旧山赋》："帝以先生久驻长安，应思故山。新恩而纶綍云降，旧德而岩峦许还。今朝北阙之前，已辞丹陛；几日南溟之下，再启元关。……臣知其史笔已书，故聊详于斯赋。"

## 七月

**李景让出镇西川，至蜀广源公庙，有庙记之作。**

《全唐文》卷七六二李景让《南渎大江广源公庙记》："大中十二年……自御史大夫检校吏部尚书尹成都镇蜀西川……秋七月庚午，乘辂至止，遂谒渎庙。惟神盛烈，著金石刻，他所必见，于斯阙耶……乃作铭曰：滔滔沲江，发自岷山，浪溢流飞，走峡之荆……" 又景让尚有《望春宫赋》（同上）："青门之左兮，层宫嶙峋。资睿览以临下，得嘉名于望春。……然则赋望春之事，宜乎播大雅而登歌。"按，此赋作于在京时，唯未知作于何时，以此时离京镇蜀，故姑系于此。

## 十二月

**本月，翰林学士承旨、兵部侍郎、知制诰杜审权守本官、同中书门下平章事。**

《唐大诏令集》卷五〇有《杜审权平章事制》，文后注"大中十二年十二月"。

**李商隐本年四十七岁，病卒于郑州。临终前僧彻曾寄其《天眼偈》三章。有《樊南甲集》《樊南乙集》等。**

《旧唐书·李商隐传》："大中末……商隐废罢，还郑州，未几病卒。"知商隐本年卒。又《宋高僧传》卷六《唐彭州丹景山知玄传》："释知玄，字后觉，姓陈氏，眉州洪雅人也。……有李商隐者，一代文宗，时无伦辈，常从事河东公梓潼幕，久慕玄之道学，后以弟子礼事玄，时居永崇里，玄居兴善寺。义山苦眼疾，虑婴昏瞽，遥望禅宫，冥祷乞愿。玄明日寄《天眼偈》三章，读终疾愈。迨乎义山卧病，语僧录僧彻曰：'某志愿削染为玄弟子，临终寄书偈诀别'云。"《玉溪生年谱会笺》于本年记上述事，谓"义山与知玄东川相遇，当在大中八年。……义山以弟子礼事玄，必在其时。其寄《天眼偈》，义山方居永崇里，永崇里在西京……乃东川归后事矣。义山大中末病还郑州时，玄弟子僧彻……又有临终寄《偈》一段因缘。义山晚年弃道兆禅，屡见集中。"《新唐书·艺文志四》著录李商隐《樊南甲集》二十卷，《乙集》二十卷，《玉溪生诗》三卷，又赋一卷，文一卷。

## 唐宣宗大中十三年

己卯　八五九

### 正月

**本月戊午朔，赦天下。**

《通鉴·宣宗纪》载："（大中十三年）春，正月，戊午朔，赦天下。"《唐大诏令集》卷八六有《大中十三年正月赦》。

### 二月

**李磎、豆卢瑑、崔澹、储嗣宗、吴畦、李质等三十人登进士第，孔纬为本年状元。兵部侍郎郑颢知贡举。又孙棨《北里志》述及大中时进士在京师与歌妓宴**

**游之风气**。

据《登科记考补正》卷二二本年条。又《全唐文》卷八二七有孙棨《北里志序》，述及宣宗时，尤其本年前后进士宴游及与北里诸妓狎游之风而影响及文学创作之风气，有云："自大中皇帝好儒术，特重科第，故其爱婿郑詹事再掌春闱。上往往微服长安中，逢举子则狎而与之语，时以所闻质于内庭学士及都尉，皆耸然莫知所自。故进士自此尤盛，旷古无俦。然率多膏粱子弟，平进岁不及三数人。由是仆马豪华，宴游崇侈。以同年俊少者为两街探花使，鼓扇轻浮，仍岁滋盛。自岁初等第于甲乙，春闱开送天官氏，设春闱宴，然后离居矣。近来延至仲夏。京中饮妓，籍属教坊，凡朝士宴聚，须假诸曹署行牒，然后能致于他处。惟新进士设筵，顾吏故便可行牒追，其所赠之资则倍于赏数。诸妓皆居平康里，举子、新及第进士、三司幕府但未通朝籍，未直馆殿者，咸可就诣。……其中诸伎，多能谈吐，颇有知书言话者。自公卿以降，皆以表德呼之。其分别品流衡尺人物，应对非次，良不可及。……比常闻蜀妓薛涛之才辩，必谓人过言，及睹北里二三子之徒，则薛涛远有惭德矣。"

**李磎本年登进士第。磎擅文章，约大中五年四月至本年间作《蔡袭传》，感其功业被掩抑**。

《旧唐书·李磎传》："（磎）博学多通，文章秀绝。大中十三年，一举登进士第。"《全唐文》卷八〇三李磎有《蔡袭传》，文中言："今上大中四年，南山党羌反……始余于京洛间闻说者多称刘石破虏之功，及至太原闻蔡袭，方知为举代之惑也。悲夫，功业卓然尚可掩抑，况才艺耶！余念其勤而无益，故详足其事为传云。"又据《资治通鉴》与《唐大诏全集》，大中五年（851）四月，党项平，据此知，文当作于大中五年之后，唐宣宗尚在位时。本年八月宣宗崩，则文恐为此前之作。李磎尚有《反五等六代论》《广废庄论并序》二文，然作年无确考，姑一并系于此。

**罗隐本年二十七岁，已名在贡籍，本月应试落第**。

《罗隐集·启事》之《湘南应用集序》："隐大中末即在贡籍中。命簿地卑，自己卯至于庚寅，一十二年，看人变化。"

## 四月

**罗隐本月前后至同州，有文投同州刺史杨汉公，以求援引。**

《罗隐集·启事》有《投同州杨尚书启》，言："某樵乡贱族，钓濑遗氓。……偶然蒙郭泰之言，欻尔厉苏秦之志，遂得麦漂风雨，门长蒿莱；旋慕题桥，因吟入洛。三秋旅寓，身居计吏之先；万里徒行，家匪大夫之后。孰谓九街浪阔，双阙云浮。姜维之胆有破时，李阳之拳无下处。由是潜伤鲋辙，暗泣牛衣……"按，同州杨尚书即杨汉公。考《东观奏记》卷中载："洎至大中十三年，（杨）汉公除同州刺史……时属寒食，内宴百僚。"则汉公刺同州在本年寒食时。罗隐至同州而投文，盖在此时前后。

## 七月

**本年秋，段成式闲居汉上，应人之请撰《塑像记》。时温庭筠贬随县尉，亦来汉上。余知古、韦蟾、元繇、温庭皓等人亦均在徐商襄阳幕。诸人赋诗唱和，往来简牍，后集为《汉上题襟集》。**

《全唐文》卷七八七段成式有《塑像记》，末云"（大中）十三年秋，予闲居汉上，辂为交趾使入京，请予纪释氏事……"。则知文作于本年秋成式闲居汉上时。《新唐书·温庭筠传》："大中末，试有司，廉视尤谨，庭筠不乐，上书千余言，然私占授者已八人。执政鄙其为，授方山尉。徐商镇襄阳，署巡官，不得志，去归江东。"（按，"方山尉"应为随县尉）。《金华子杂编》卷上："……段成式乃退隐于岘山。时温博士庭筠，方谪尉随县，廉帅徐太师商留为从事，与成式甚相善，以其古学相遇，常送墨铤与飞卿，往复致谢，递搜故事者九函，在禁中集。"又《东观奏记》卷下亦记："敕：'乡贡进士温庭筠，早随计吏，夙著雄名；徒负不羁之才，罕有适时之用；放骚人于澧浦，移贾谊于长沙，尚有前席之期，未爽抽毫之思。可随州随县尉。'舍人裴坦之词也。庭筠字飞卿……连举进士，竟不中第，至是谪为九品吏。……前一年，商隐以盐铁推官死。"按，商隐卒于大中十二年，则庭筠之贬当在本年。《直斋书录解题》卷一五著录有《汉上题襟集》三卷，谓"唐段成式、温庭筠、逢皓（按，逢皓，据夏承焘《温飞卿系年》所考为庭皓之误）、余知古、韦蟾、徐商等倡和诗什,往来简牍,盖在襄阳也。”又《新唐书 · 艺文志四》亦记《汉上题襟集》十卷,作者为“段成式、温庭筠、余知古”。又此时前后于徐商襄阳幕唱和诸人中有元繇(按,《唐诗纪事》《全唐诗》误作周繇,参陶敏《晚唐诗人周繇及其作品考辨》,文刊《唐代文学研究》第五辑),《唐诗纪事》载“(繇)后以御史中丞与段成式、韦蟾、温庭皓同游襄阳徐商幕府”,并录诸公交往酬唱之诗。《全唐文》卷七八七段成式《与温飞卿书八首》、卷七八六温庭筠《答段成式书七首》《锦鞵赋》即此时相互酬唱之作。

## | 八月 |

**壬辰,宣宗薨,年五十。其子恽王李温由左军中尉王宗实拥立,即帝位,是为懿宗,并改名为漼,时年二十七岁。**

见《资治通鉴》卷二四九、《旧唐书 · 懿宗纪》。《全唐文》卷八二宣宗有《命皇太子即位册文》。

**本月,兵部侍郎、同中书门下平章事、充诸道盐铁转运等使夏侯孜充集贤殿大学士。**

《唐大诏令集》卷五一有《夏侯孜集贤殿大学士制》,文后云“大中十三年八月”。

**卢潘为庐州刺史,为表彰州之孝子万敬儒而立行状碑。**

《全唐文》卷七九二有卢潘《万敬儒孝行状碑》,中云:“当州合肥县扬名乡桃子村百姓万敬儒,自大中九年荒俭。其年四月,父母并亡。至五月五日送葬后,庐墓不归,今已五年。先截下两手指并甲各长半寸已来,今见刺指血写《恩重经》三百六十卷者。……大中十三年十月十五日,庐州刺史卢潘立。”

## 九月

**本月定懿宗母元昭皇太后谥，夏侯孜为撰册文。**

《全唐文》卷七四六有夏侯孜《唐懿宗元昭皇太后谥册文》，中云："维大中十三年岁次己卯九月癸丑朔二十七日己卯……谨遣摄太尉门下侍郎兼兵部尚书平章事萧邺奉册上尊谥曰元昭皇太后。"

## 十月

**裴夷直本年七月卒，十月归葬河南偃师，李景让为撰墓志。**

《全唐文补遗・千唐志斋新藏专辑》有《唐故朝散大夫守左散骑常侍赠工部尚书裴公墓志并叙》，中云："大中之十有三岁，岁在己卯秋七月二十日癸酉，唐社稷端臣、骑省裴公薨于安邑里故友之室，享年七十有三。先皇帝罢朝一日，诏赠工部尚书。……其年十月十二日甲午，归葬于偃师县亳邑乡先茔。其孤托景让为志，力而文之。公讳夷直，字礼卿，河东人。"文前署"检校尚书右仆射、兼成都尹、御史大夫、酒泉男李景让撰"，李景让与裴夷直同为崔群门下及第，后又皆为李宗闵、杨嗣复所擢，俱属牛党，关系甚密，故墓志中铭文乃深情之作："相别几时，二十多年。相见几回，两驾来过。君方朝请，我困沉疴。谁言一旦，君逐逝波。"亦可窥见党争于其时士人之心灵创伤。

## 十一月

**本月，门下侍郎兼兵部尚书、同中书门下平章事萧邺出镇荆南。**

《唐大诏令集》卷五四有《萧邺荆南节度平章事制》，文后注"大中十三年十一月"。

## |十二月|

**本年冬，泉州南安人盛均撰《桃林场记》。**

《全唐文》卷七六三盛均《桃林场记》："唐武宗二年，余迁斯境。其场由西十里，右协精庐，前距危岫，形拘势促，不似公门。故其人轻而险，其官屑而残。……今己卯年，觐季父于此……吾友王颛，字还古……是年冬，枉车再至，盖有为也。"己卯即本年，文当作于本年冬。《新唐书·艺文志三》记盛均"字之材，泉州南安人"，又谓其"终昭州刺史"。然明黄仲昭《八闽通志》卷六七《人物》记均"大中十一年第进士，终台州刺史"。未知何者为是。《新唐书·艺文志》著录其《十三家帖》，"以《白氏六帖》未备而广之，卷亡"。《八闽通志》亦载："博闻强识，尝病《白氏六帖》疏略，广为《盛氏十二帖》，囊括经史，贯穿百家，颇资时贤所好。舍人皇甫燠以辩博自处，每宾客及门，必延饮为证事令，屈者多自引去，惟均终席，时谓劲敌。"《全唐文》卷七六三尚录其《送建安郡守之任序》《人旱解》等文五篇，确年无所考，姑一并系于此。

## |本年|

**皇甫松本年约四十四岁。其隐居自放始于本年前后，曾作《大隐赋》并序。后有《醉乡日月》三卷。**

谭正璧《中国文学家大辞典》谓皇甫松"约公元859年前后在世"，所说可参。《剧谈录》云："自大中、咸通之后，每岁试春官千余人。其间章句有闻，亹亹不绝，如何植、李玫、皇甫松……文章著美……皆苦心文章，厄于一第。"则大中、咸通间皇甫松乃在世。松有《大隐赋》并序（《文苑英华》卷九九），为了解其晚年生活思想之重要资料，中云："栾子（按，皇甫松自称）进不能强仕以图荣，退不能力强以自给。上不能放身云壑，下不能投迹尘埃。似智似愚，人莫之识也。如狂如懦，物不可知焉。……遨游不出于醉乡，居处自同于愚俗。闵仲叔之殊见，徒避猪肝；屈大夫之褊怀，浪投鱼腹。是以坐成涤器，行将价春。拥万卷而笑百城，举箪瓢而歌一室。……于是诗轻招隐，赋陋归田。和光同尘，尝闻语矣；遁世无闷，岂虚言哉。荣启期之鼓琴，身终三乐；严君平之卖卜，日止百钱。

是可以融神保和，含道咏德，亦何必拂衣丹峤，散发清流，吸玉露之英，撷金芝之秀，炼神化骨，以为荣乎？甚不然也。”文作于何时不可详考，或成于本年前后。松工诗擅词，《花间集》收其《采莲子》《梦江南》《浪淘沙》《杨柳枝》等词十二首。《新唐书·艺文志三》著录其《醉乡日月》三卷。《新唐书·艺文志四》又记其《大隐赋》一卷。

**陆龟蒙本年约二十岁。龟蒙少聪悟高致，通六经大义，善属文。约本年前即与豆卢瑑交游。**

《新唐书·陆龟蒙传》：“陆龟蒙，字鲁望，元方七世孙也。……龟蒙少高致，通六经大义，尤明《春秋》。”《唐摭言》卷一〇《韦庄奏请追赠不及第人近代者》：“陆龟蒙，字鲁望，三吴人也，幼而聪悟，文学之外，尤善谈笑，常体江谢赋事，名振江左。居于姑苏，藏书万余卷；诗篇清丽。”《北梦琐言》卷六：“唐吴郡陆龟蒙……幼精六籍，弱冠攻文。……性高洁，家贫。”陆龟蒙《甫里先生传》（《全唐文》卷八〇一）亦自谓：“先生性野逸，无羁检，好读古圣人书，探六籍，识大义，就中乐《春秋》，抉擿微旨……人谓之江湖散人。”《陆龟蒙全集校注》卷十六有《送豆卢处士谒宗丞相序》，文后校注云：“据此文‘豆卢处士。’‘今复家有丞相’，则此宰相必姓豆卢。《新唐书》卷六三《宰相表下》：‘乾符五年五月丁酉……翰林学士承旨、户部侍郎豆卢瑑为兵部侍郎’……则豆卢瑑为‘豆卢处士’之家。”文记其于豆卢瑑及第前与之交游之事，“昔丞相未升甲科时，年才出弱冠，龟蒙幸得参游中以兄事之，许与胶固，形于咏歌”。又《旧唐书·豆卢瑑传》：“豆卢瑑者，河东人也。……瑑，大中十三年亦登进士科。”则龟蒙约本年前即与瑑相交游。文中言豆卢瑑未及第时，“年才出弱冠”，龟蒙以兄事之，则龟蒙本年约二十岁。

**黄滔本年约二十岁，时与陈蔚、黄楷、欧阳碣等人葺斋于闽莆山东峰读书。约本年，尝谒华严寺僧行标。**

《全唐文》卷八二五有黄滔《莆山灵岩寺碑铭并序》，文记其葺斋莆山东峰事云：“大中中，颍川陈蔚、江夏黄楷、长沙欧阳碣兼愚，慕三贤之懿躅，葺斋于东峰十年。”（按，所谓“三贤”乃文中所记之章孝标、邵楚苌、朱可名。）又卷八二三《侯博士圭启》言：“在他处则早逾一纪，来上国则已逮二年”。案所谓“在他处早逾一纪”指入京求试前，滔葺斋于东峰与随后之漫游已大大超过十二年，则知黄滔与诸人于大中中即葺书斋于莆山，历十年读书于此，本年尚寓居此处。又黄滔尚有《华岩寺开山祖碑铭并序》，文中记其谒莆田华岩寺僧行标之事“愚冠扣师关，壮以随计”。据前文，滔约生于文宗开成五年（840），则本年滔约二十岁，其“愚冠扣师关”事盖在本年。

## 唐宣宗大中十四年　唐懿宗咸通元年

庚辰　八六〇

### 正月

**本月十六日，司徒兼门下侍郎、同中书门下平章事白敏中兼充太清宫使、弘文馆大学士。**

《唐大诏令集》卷五一有《白敏中弘文馆大学士等制》，文后注“大中十四年正月十六日”。

**薛逢本年约五十五岁，仍在洛阳“东周掾”任。时白敏中尚在相位，逢上启自述其十年来之经历，祈求援引。**

《全唐文》卷七六六薛逢《上白相公启》：“因大中四年冬，蒙相公念以苦心，拔授官职……风云一失，流落十年。……自相公再秉钧衡，重开炉冶……山妻敛袂而前曰：‘尔以词赋掇高科，以诗篇达天听……今相国司徒公鼓铸元和……是怀才抱器之人，云飞雨化之秋也，何尚悒悒于蓬茅者乎？’于是整某之冠……仍授某洛下所著百篇，再拜祝而送之曰：‘飞龙在天，云雨阗阗。贤相秉钧，伦方序圆。时哉时哉，君其勉焉。’”则知文盖作于本年，逢时“纠东洛”，亦即在“东周掾”任时。白相公乃白敏中，时“再秉钧衡，重开炉冶”，当为重入相之初，且官司徒。据《新唐书·宰相表下》，白敏中自荆南节度使守司徒，任宰相，在大中十三年十二月丁酉，丁酉为十六日。薛逢此启盖作于此时后，约在本年初。逢本启又自述云：“爰及成人，役思虑者三十年，著诗赋者千余首，虽不足夸张流辈，亦可传示子孙。”

## 二月

**丙申，葬圣武献文孝皇帝于贞陵，庙号宣宗。**

见《资治通鉴》卷二五〇。

**翁彦枢、刘虚白、令狐滈、郑羲、裴弘余、魏笃、崔涣、陈汀、刘邺、陶史等三十人登进士第，刘蒙为本年状元。徐□明经科及第。徐珏中童子科。中书舍人裴坦知贡举。**

据《登科记考补正》卷二二本年条。

**罗隐本年二十八岁，在京应进士试落第。**

《罗隐集》附录之方回《罗昭谏谗书跋》云："唐懿宗即位，咸通元年庚辰，隐在京师举进士，留七载而不第。"

## 五月

**蔡京在抚州刺史任，有《东林寺经藏院碑阴记》。**

《庐山记》卷五："《东林寺经藏院碑阴记》，朝议郎检校尚书□部郎使持节抚州诸军事守抚州刺史兼侍御史柱国赐绯鱼袋蔡京撰，大中十四年五月二十九日建。"此文即《李肇东林寺碑阴记》，见《全唐文》卷七六〇。

**薛调时为右拾遗内供奉，本月壬申上言，谓"兵兴以来，赋敛无度"，请严加纠察。**

《资治通鉴》卷二五〇咸通元年五月载："壬申，右拾遗内供奉薛调上言，以为：'兵兴以来，赋敛无度，所在群盗，半是逃户，固须翦灭，亦可闵伤。望敕州县税外毋得科率，仍敕长吏严加纠察。'从之。"

### 九月

**白敏中罢相，进位中书令。**

《资治通鉴》卷二五〇咸通元年九月载："白敏中五上表辞位；辛亥，以敏中为司徒、中书令。"

**刘邺时为拾遗，上疏请追赠武宗朝宰相李德裕官位。**

《全唐文》卷八〇二刘邺有《乞赠恤李德裕》。《资治通鉴》卷二五〇咸通元年九月载："癸酉，右拾遗句容刘邺上言：'李德裕父子为相，有声迹功效，窜逐以来，血属将尽，生涯已空。宜赐哀闵，赠以一官。'冬，十月，丁亥，敕复李德裕太子少保、卫国公，赠左仆射。"

### 十一月

**本月丁未，大赦，改元咸通。**

见《旧唐书·懿宗纪》。《全唐文》卷八五懿宗有《即位赦文》。

## 唐懿宗咸通二年

辛巳　八六一

### 正月

**沈光经任城，作《李白酒楼记》述李白醉酒之因。**

《全唐文》卷八〇二沈光《李白酒楼记》："有唐咸通辛巳岁正月壬午，吴兴沈光过任城，题李白酒楼。……翰林李公太白，聪明才韵，至今为天下唱首。……太白既以峭讦矫时之状，不得大用，流斥齐鲁。眼明耳聪，恐贻颠踣，故狎弄杯觞，沉溺曲糵。耳一淫雅，目混黑白，或酒醒神健，视听锐发，振笔著纸，乃以聪明移于月露风云，使之娟洁飞动；移于草木禽鱼，使之妍茂褰掷；移于边情闺思，使之壮气激人，离情溢目；移于幽岩邃谷，使之辽历物外，爽人精魄。……呜呼，太白触文之强，乘文之险，溃文之毒，搏文之猛而作，狎弄杯觞，沉溺曲糵，是真筑其聪，翳其明。醒则移于赋咏，宜乎醉而生，醉而死。”

## |二 月|

**白敏中出为凤翔节度使，以左仆射、判度支杜悰为门下侍郎同平章事。**

见《资治通鉴》卷二五〇。

**于渍、牛征、李蔼、孔绚、孔纶、王季文、叶京、周慎辞等三十人登进士第，裴延鲁为本年状元。本年试《盛德日修赋》（以“修乃无已，尧舜何远”为韵）。张佶明经科及第。中书舍人薛耽知贡举。**

据《登科记考补正》卷二三本年条。

**王棨本年应进士举落第。文集中录本年进士举试题。**

《全唐文》卷七六九有王棨《盛德日新赋》（以“修乃无已，尧舜何远”为韵）（按，题中“新”当为“修”）：“皇德弥盛，宸心未休。虽昭昭而光启，犹日日以勤修。……遂使卿云瑞露，皆感之以呈祥，凿齿雕题，具怀之而纳贶。况乎混文轨，倒干戈，惟馨之义斯在，既饱之人若何。播以乐章，八音而尽善尽美；导乎邦政，万物而无偏无颇。大矣哉垂拱端居，风行草偃，全臻教化之要，渐积邦家之本。臣知合天地而日新又新，岂致君之云远。”

## |五 月|

**日本僧人圆珍于大中七年抵唐，感天台宗国清寺冷清之况，遂重修之，大中十年九月建成，于院中修行，至十二年告别东归。沈懽受赵郡李达之托撰文记之。**

《唐文续拾》卷六有沈懽《国清寺止观堂记》，文末署“咸通二年五月十日记”，文中记日本僧人圆珍重修天台宗国清寺事：“向者我大中七年九月十日，有日本国大德僧，法号圆珍，俗姓殷。自扶桑而来，抵于巨唐福建，旋适五台，复止天台国清，传西域金人之教。……此地自会昌废坼之后，大中恩旨重兴，佛殿初营，僧房未置。白衣居士，经行而晓泊浮云；青眼沙门，座定而夜栖磐石。师乃瞑心起念，言发响从。爰得郢人，伐幽林之柽柏。丁丁之响，朝发南山；落落之材，暮盈北坞。妙运斤斧，长短得规；巧引绳墨，曲直成准。功不逾月，其如化城。翚飞而彩曜庵园，胜概而光扬鹫岭。以十年九月七日建成矣。法师即住持此院，苦节修行，以无为心，得无得法。遂挈瓶锡，告别东归，即十二年六月八日矣。有赵郡李处芳，名达，爰来告愚。与师有旧，东望云外，空增浩然，仰梵宇之宽斯，其功莫大，乃命予实录其事，唯惭不文。”

## 六月

**初安南都护李鄠杀安南酋首杜守澄，咸通元年十二月，安南土蛮引南诏兵攻陷交趾，李鄠奔武州。本月，以盐州防御使王宽为安南经略使，流鄠崖州。**

《全唐文补编》卷七九有唐懿宗《赐王宽手诏》：“如闻李琢在安南日，杀害杜存诚；李鄠又处置其子守澄，使诱导群蛮，陷没城邑，卿到镇日，于李鄠处索取前后敕诏，一一参详。”又《资治通鉴》卷二五〇载：“（咸通元年）十二月，戊申，安南土蛮引南诏兵合三万余人乘虚攻交趾，陷之。都护李鄠与监军奔武州。……（咸通二年）夏，六月，癸丑，以盐州防御使王宽为安南经略使，时李鄠自武州收集土军，攻群蛮，复取安南，朝廷责其失守，贬儋州司户。鄠初至安南，杀蛮酋杜守澄，其宗党遂诱道群蛮陷交趾，朝廷以杜氏强盛，务在姑息，冀收其力用，乃赠守澄父存诚金吾将军，再举鄠杀守澄之罪，长流崖州。”

## 八月

**张彦远时为舒州刺史，本月有《三祖大师碑阴记》之作。**

《全唐文》卷七九〇有张彦远《三祖大师碑阴记》，文末云：“大中初，塔复置而碑未立。咸通二年八月，遂与沙门重议刊建。舒州刺史张彦远遂书于碑之阴。”

## |十 月|

**白敏中本年七月十五日卒，本月归葬下邽，高璩为撰墓志。**

《唐代墓志汇编续集》“咸通〇〇五”《唐故开府仪同三司守太傅致仕上柱国太原郡开国公食邑二千户赠太尉白公(敏中)墓志铭并序》，题后注“门吏翰林学士承旨朝议郎守尚书□部侍郎知制诰柱国赐紫金鱼袋高璩”。文中云：“公讳敏中，字用诲……以咸通二年七月十五日，薨于凤翔府公馆，享年七十……以其年十月三十日，归葬于华州下邽县义津乡洪义原。”白敏中《全唐文》卷七三九存其文五篇。

## |十 一 月|

**天平军节度使杨汉公本年七月卒，本月归葬，刑部侍郎郑薰为撰墓志。**

《唐代墓志汇编续集》“咸通〇〇八”《唐故银青光禄大夫检校户部尚书使持节郓州诸军事守郓州刺史充天平军节度郓曹濮等州观察处置等使御史大夫柱国弘农郡开国公食邑二千户弘农杨公墓志铭并序》，题后注：“正义大夫守尚书刑部侍郎上柱国赐紫金鱼袋郑薰撰”，中云：“公讳汉公，字用乂，弘农华阴人也……以咸通二年七月十日，薨于宣教坊之私第……以其年十一月廿日归葬。”

## |本 年|

**陆希声本年约三十四岁。去年在商州刺史郑愚幕，约本年前后离幕隐居于义兴，后自称君阳遁叟，有《君阳遁叟山居记》。**

《新唐书·陆希声传》记希声：“商州刺史郑愚表为属。后去，隐义兴。久之，召为右拾遗。”按，据郁贤皓《唐刺史考全编》，郑愚咸通元年(860)为商州刺史，希声入其幕盖在其时，而离幕隐居在何时则未详。又《全唐文》卷八一三有希声《周易传序》，中云“予乾符初任右拾遗”，则希声于僖宗乾符初已召为右拾遗，其离幕隐居义兴盖在本年前后。同卷尚有《君阳遁叟山居记》，乃其隐居时之作。

**萧仿本年六十六岁，时任左散骑常侍。懿宗怠临朝政，沉溺于佛事，仿有疏谏之。**

《旧唐书·萧仿传》载："仿，大和元年登进士第。大中朝，历谏议大夫、给事中。咸通初，迁左散骑常侍。懿宗怠临朝政，僻于奉佛，内结道场，聚僧念诵。又数幸诸寺，施与过当。仿上疏论之曰……伏睹陛下留神天竺，属意桑门，内设道场，中开讲会，或手录梵筴，或口扬佛音……虑稍稀于听政，废失万机。居安思危，不可忽也。"此疏即《谏懿宗奉佛疏》，见《全唐文》卷七四七。据《唐会要》卷四八《议释教》下，此疏上于咸通二年。又据《新唐书·萧仿传》："时天下盗起，宦人持兵柄，仿以鲠正为权近所忌。卒年八十。"又《资治通鉴》卷二五二记仿乾符二年(875)五月卒，则知其本年六十六岁。

## 唐懿宗咸通三年

壬午　八六二

### 正月

**赵璘本年约六十岁，仍在衢州刺史任，有《书戒珠寺》文。**

《全唐文》卷七九一有赵璘《书戒珠寺》，文末署"咸通三年正月二十五日，中大夫守衢州刺史赵璘书"。又《新唐书·艺文志三》赵璘《因话录》下记其"大中衢州刺史"。又《唐代墓志汇编》"咸通〇二一"《唐故处州刺史赵府君墓志》，题后注"兄中大夫守衢州刺史璘撰"，文记其弟赵璜"刺缙云也，余前此自祠部郎守信安"。则知璘盖在大中末年由祠部郎中任衢州刺史，本年仍在任。

### 二月

**萧廪、王棨、薛承裕、徐仁嗣、卢征、郑蕡、陈翚等三十人登进士第，薛迈为本年状元。本年试《倒载干戈赋》(以"圣功克彰，兵器斯戢"为韵)、《天骥呈材诗》。中书舍人郑从谠知贡举。**

据《登科记考补正》卷二三本年条。

**王棨去岁已入京赴试，时出《江南春赋》示友人陈黯。初，府试时，棨以《三箭定天山赋》为试官冯涯所知。本月进士及第。**

《全唐文》卷八一七有黄璞《王郎中传》："王棨，字辅之，福唐人也。咸通三年郑侍郎从谠下进士及第，试《倒载干戈赋》《天骥呈材诗》。公词赋清婉，托意奇巧。有《江南春赋》，末云：'今日并为天下春，无江南兮江北。'又有《诏遣轩辕先生归旧山赋》及《马惜锦障泥》诗尤美。公风资雅茂，举措端详，时贤仰风，盛称人瑞。成名归觐，廉使杜公宣猷请署团练巡官，景慕意深，将有瑶席之选。公辞以旧与同年陈郎中翚有要约，就陈氏婚好，时益以诚信奇之。初就府荐，冯涯为试官，《三箭定天山赋》当意，为涯所知。欲显滞遗，明设科第，以宋言为解头，公为第二。"又《全唐文》卷七六七有陈黯《送王棨序》："黯去岁自褒中还辇下，辅文（按，上引黄璞《王郎中传》作"辅之"，为王棨字，未知孰是）出新试相示，其间有《江南春赋》。篇末云：'今日并为天下春，无江南兮江北。'某即贺其登选于时矣。何者？以辅文家于江南，其词意有是，非前眹耶！今春果擢上第。……辅文早岁业儒，而深于词赋。其体物讽调，与相如、扬雄之流，异代而同工也。故角于文阵，而声光振起。'"又王棨《麟角集》有《倒载干戈赋》："欲廓文德，先韬武功。倒干戈而是载，铸韧戟以攸同。千里还师，回刃于戎车之上；一朝偃伯，垂仁于王道之中。皇上以心宅八纮，威加四极，有罪必伐，无征不克。旌旗西向，竞纳款于中原；鼙鼓东临，咸献俘于上国。然后轸宸虑，恻皇情。万姓苟宜于子视，三边可俟其尘清。由是罢师旅，休甲兵。干橹势倾，压双轮而委积；戈鋋色寝，满十乘以纵横。盖以战乃危事，兵惟凶器，欲令永脱于祸机，必使先离于死地。所以前镈俄睹，回转继至。"王棨工于赋，《全唐文》卷七六九、七七〇录其赋二卷，作年无法详考，恐多为本年及第前之作。

## 四月

**懿宗奉佛太过，怠于政事，本月于两街四寺各置戒坛，度人三七日。**

《资治通鉴》卷二五〇咸通三年："夏，四月，己亥朔，敕于两街四寺各置戒坛，度人三七日。上奉佛太过，怠于政事，尝于咸泰殿筑坛为内寺尼受戒，两街僧、尼皆入预；又于禁中设讲席，自唱经，手录梵夹；又数幸诸寺，施与无度。"

## 五月

**本月，翰林承旨、兵部侍郎、知制诰杨收守本官、同中书门下平章事。**

《唐大诏令集》卷五〇有《杨收平章事制》，文后注"咸通三年五月"。然此文在《夏侯孜平章事制》后，所记时间却在其前。考《旧唐书·宣宗纪》载此事在咸通三年五月，今从之，记于本月。

## 六月

**陈黯本年约五十八岁，在长安。时王棨及第后返闽，黯作序送之。**

《全唐文》卷七六七有陈黯《送王棨序》，中云："黯去岁自褒中还辇下，辅文出新试相示。……今春果擢上第。夏六月，告归省于闽，命序送行。"王棨本年二月登进士第，陈黯此序乃作于此时。

## 七月

**本月，剑南西川节度使夏侯孜入为尚书左仆射、同中书门下平章事。**

《唐大诏令集》卷五〇有《夏侯孜平章事制》，文后注"咸通三年七月"。

## | 八 月 |

**朝廷以徐州寇孽冰消，区域无事，改徐州为团练使，隶属兖海节度使收管。**

《唐大诏令集》卷九九有《降徐州为团练敕》，文后注“咸通三年八月”，中云：“自寇孽冰消，区域无事，武宁一道，翻长乱阶。曾靡悛心，殆成逋薮，须为制置，以削骁锋。徐州宜改为本州团练使，除当州诸县镇外，别更留兵二千人，隶属兖海节度使收管。濠州本属淮南节度收管，宿州地居埇口，路扼彭门，北接睢阳，南临淮甸，当漕运之要，盖水陆之冲，宜置全师，以临列郡，仍置宿、泗等州都团练、观察、处置等使，便以宿州为理所。”

## | 十 月 |

**朝廷以邕州西接南蛮，深据黄洞，故分岭南为东西二道，以广州为岭南东道、以邕州为岭南西道。**

《唐大诏令集》卷九九有《分岭南为东西道敕》：“岭南分为五管，诚已多年。居常之时，同资御捍，有事之际，要别改张。邕州西接南蛮，深据黄洞，控两江之犷俗，居数道之游民。比以委人太轻，军威不振，境连内地，不并海南。宜分岭南为东西道节度观察处置等使，以广州为岭南东道，邕州为岭南西道，别择良吏，付以节旄。其所管八州，俗无耕桑，地极边远，近罹寇扰，尤甚凋残。将盛藩垣，宜添州县，宜割桂州管内龚州、象州，容州管内藤州、岩州，并隶岭南西道收管。”文后注“咸通三年十月”。

**赵璘仍在衢州刺史任，本月为其弟处州刺史赵璜撰墓志。**

《唐代墓志汇编》“咸通〇二一”《唐故处州刺史赵府君墓志》，题后注“兄中大夫守衢州刺史璘撰”，中云：“君讳璜，字祥牙……以咸通三年四月十一日遭大病于郡廨，享年五十九……是岁十月景申十四日，以君归葬。”

# 唐懿宗咸通四年

癸未　八六三

## 正月

**懿宗有《令常参官举人自代诏》。**

《全唐文》卷八四懿宗有《令常参官举人自代诏》:“建中元年已有明敕,常参官上后,举一人自代,编诸式令,实广闻见。既开推让之途,将致雍熙之化。闻其近者多废旧规,从今后百官凡有除移,切遵典故。”《册府元龟》记其事于本月。

**刘蜕本年四十三岁,时任左拾遗,因懿宗游宴无节,上疏论谏之。**

《资治通鉴》卷二五〇咸通四年正月载:“上游宴无节,左拾遗刘蜕上疏曰:‘今西凉筑城,应接未决于与夺。南蛮侵轶,干戈悉在于道途。旬月以来,不为无事。陛下不形忧闵以示远近,则何以责其死力!望节娱游,以待远人乂安,未晚。’弗听。”刘蜕此疏今不存。

## 二月

**柳告、韩绾、武瓘、李昌符、伊播、薛扶、孔振、苏蒀等三十五人(又有二十五人之说)登进士第。本年试《谦光赋》《澄心如水诗》。左散骑常侍萧仿知贡举。**

据《登科记考补正》卷二三本年条。

**萧仿本年六十六岁,知礼部贡举。但因榜中数人有故,本月责授蕲州刺史。**

《旧唐书·萧仿传》云:“仿咸通初迁左散骑常侍。四年,本官权知贡举,迁礼部侍郎。”《唐摭言》卷一四载:“咸通四年,萧仿杂文榜中,数人有故,发榜后发觉。责授蕲州刺史。……其年二月十三日得罪,贬蕲州刺史。”中书舍人、知制诰宇文瓒制:“近者擢司贡籍,期尽精研,既紊官常,颇兴物论。经询大义,去留或致其纷拏;榜挂先场,进退备闻共差互。且昧泉鱼之察,徒怀冰蘖之忧。岂可尚列貂蝉,复延骑省。……可守蕲州刺史。”宇文瓒之文存《全唐文》卷八〇二,题为《贬萧仿蕲州刺史制》。

**皮日休本年约二十三岁。此前隐居鹿门山,有《鹿门隐书》诸作。本月在长安,上《请孟子为学科疏》,从理论、功用两方面论《孟子》之优点,建言于科举试中,去《庄》《列》之文,以《孟子》为主。**

《北梦琐言》卷二:“日休,先字逸少,后字袭美,襄阳竟陵人也。业文,隐鹿门山,号醉吟先生。”皮日休尝自述其隐居生活,《全唐文》卷七九七《食箴并序》云:“皮子少且贱,至于食自甘粢粝而已,未尝食于乡里,食于亲戚,食于州鄙。”同卷《酒箴并序》亦载:“皮子性嗜酒,虽行止穷泰,非酒不能适。居襄阳之鹿门山,以山税之余,继日而酿,终年荒醉,自戏曰‘醉士’。居襄阳之洞湖,以舶艑载醇酎一瓻,往来湖上,遇兴将酌,因自谐曰‘醉民’。於戏!吾性至荒,而嗜于此,其亦为圣哲人之罪人也。”又《全唐文》卷七九六有皮日休《请孟子为学科书》,中言:“臣闻圣人之道,不过乎经;经之降者,不过乎史;史之降者,不过乎子。子不异乎道者,《孟子》也。……夫《孟子》之文,粲若经传,天惜其道,不烬于秦。自汉氏得其书,常置博士,以专其学。故其文继乎六艺,光乎百氏,真圣人之微旨也。……盖仲尼爱文王,嗜昌歜以取味。后之人将爱仲尼者,其嗜在《孟子》矣。呜呼!古之士,以汤武为逆取者,其不读《孟子》乎?以杨墨为达智者,其不读《孟子》乎?由是观之,《孟子》之功利于人,亦不轻矣。今有司除茂才、明经外,其次有熟《庄周》《列子》书者,亦登于科。其诱善也虽深,而悬科也未正。夫《庄》《列》之文,荒唐之文也,读之可以为外方之士,习之可以为鸿荒之民,安有能汲汲以救时补教为志哉!伏请命有司去《庄》《列》书,以《孟子》为主。有能精通其义者,其科选视明经。苟若是也,不谢汉之博士矣。”按,皮日休上疏事,《唐会要》卷七七《贡举下·科目杂录》记于本年二月,并录“疏奏不答”,然此疏足见日休之儒学精神。又《北梦琐言》卷二载:“咸通中进士皮日休进书两通,其一请以《孟子》为学科。……其二请以韩文公配飨。”两文均《皮日休文集》卷九,题为《请孟子为学科书》《请韩文公配飨太学书》,事在何年未能知。

## |三月|

**萧仿本月抵蕲州贬所。曾上书朝廷，稍后又有文与浙东观察使郑商绰，为此次知贡举录取薛扶等故人作辩白。**

《全唐文》卷七四七有萧仿《蕲州谢上表》，中云："臣二月十三日当日于宣政门外谢讫，便辞进发，今月一日到任上讫。"仿本年二月被贬，则此表当上于本月。复云："伏以朝廷所大者，莫过文柄；士林所重者，无先辞科。推公过即怨讟并生，行应奉即语言皆息。为日虽久，近岁转难，如臣孤微，岂合操专！徒以副陛下振用，明时至公，是以不听嘱论，坚收沉滞。请托即绝，求瑕者多。臣昨选择，实不屈人，杂文之中，偶失详究。扇众口以腾毁，致朝典以指名。……臣前后黜责，多因奉公，秉持直诚，常逢党与，分使如此，时亦自嗟。写肝胆而上告明君，希衰残而得还帝里。"同卷《与浙东郑商绰大夫雪门生薛扶状》，亦约此时之作，中云："去冬遽因铨衡，叨主文柄，珥貂载笔，忝幸实多。遂将匪石之心，冀伸藻镜之用，雍遏末俗，荡涤讹风。刈楚于庭，得人之举，而腾口易唱，长舌莫箝。吹毛岂惜其一言，指颣何啻于十手。既速官谤，皆由拙直，窃以常年主司亲属尽得就试，某敕下后，榜示南院，外内亲族具有约勒，并请不下文书。敛怨之语，日已盈庭。复礼部旧吏云，常年例得明经一个，某面责其事，即严厘革。然皆阴蓄狡恨，求肆蠹言，致杂文之差互，悉群吏之构成。失于考议，敢不引过。又常年榜贴，并他人主张，凡是旧知，先当垂翅。灵蛇在握，弃而不收，璞鼠韬怀，疑而或取。致使主司胁制于一时，遗恨遂流于他日。今春此辈，亦有数人，朝夕相门，月旦自任，共相犄角，直索文书。某坚守不听，惟运独见。见在子弟无三举，门生旧知才数人。……某但不欺知白之诚，岂畏如簧之巧。……某裁断自己，实无愧怀。敦朝廷厚风，去士林时态，此志惶挠，岂惮悔尤。今则公忠道消，奸邪计胜，众情犹有惋叹，深分却无悯嗟。何直道而遽不相容，岂正德而亦同浮议！"由此可见其时之举场风气。

## 四月

**皮日休将抵江南，本月至郢州，拜会刺史郑诚，并作《郢州孟亭记》，盛赞孟浩然之文才与德行**。

《皮日休文集》卷七《郢州孟亭记》云："（咸通）四年，荥阳郑公诚刺是州，余将抵江南，舣舟而诣之……咸通四年四月三日记。"孟亭，为纪念孟浩然之处。日休与孟浩然同为襄阳人，见此亭而思浩然："谓乎贫，则天爵于身；谓乎死，则不朽于文。为士之道，亦以至矣。"盛赞孟浩然之文才与德行："明皇世，章句之风大得建安体，论者推李翰林、杜工部为之尤。介其间能不愧者，惟吾乡之孟先生也。先生之作，遇思入咏，不拘奇抉异，令龌龊束人口者，涵涵然有干霄之兴，若公输氏当巧而不巧者也。北齐美萧悫有'芙蓉露下落，杨柳月中疏'，先生则有'微云淡河汉，疏雨滴梧桐'。乐府美王融'日霁沙屿明，风动甘泉浊'，先生则有'气蒸云梦泽，波撼岳阳城'。谢朓之诗句，精者有'露湿寒塘草，月映清淮流'，先生则有'荷风送香气，竹露滴清响'。此与古人争胜于厘毫也。他称是者众，不可悉数。"

**宣宗第十一女平原长公主去岁十二月卒，本月葬，翰林学士、右补阙独孤霖奉敕为撰墓志铭。文多骈偶之句**。

《唐代墓志汇编续集》"咸通〇一五"《故赠平原长公主墓志铭并序》，题后注"翰林学士朝议郎行右补阙柱国赐绯鱼袋臣独孤霖奉敕撰"。中云："有唐咸通三年十二月二十二日宣宗皇帝第十一女薨，享年二十有九。诏赠平原长公主，以四年四月十七日葬。"序文多骈偶之句，如"夕睹西楼之月，空咏纤纤；秋闻北渚之风，徒嗟眇眇"。由晚唐时期诸多奉敕撰写之墓志铭可见，在晚唐文坛，骈体文仍占据主导地位。

## 五月

**本月，门下侍郎兼吏部尚书、同中书门下平章事杜审权出镇浙西**。

《唐大诏令集》卷五四有《杜审权镇海军节度平章事制》，文后注"咸通四年五月”。

**李密思咸通二年始为巴陵县令，当年六月因久旱祷于君山，后果雨，遂建庙以谢，本月庙成，为之记**。

《全唐文》卷八〇二有李密思《湘君庙记》，中云：“洞庭山，盖神仙洞府之一也。以其洞府之庭，故以是称。湖名因山，自上古而然矣。昔人有立湘君祠于此山，因复谓之君山。其庙宇为秦皇毁废，后亦久无构葺者。……密思以咸通二年，谬宰巴陵。其年六月，因时雨不降，遂洁斋躬祷于山。……及县署，则甘泽溥降，一夕而涨陂溢塍。里巷欢呼，相以为贺。众尤异者，自卯及申，一往一复，转风徇意，如用迎送。则知非至神无以动阴阳，非至诚无以感灵应。昭昭显验，诚可嘉之。密思由是默度于心，将建祠宇。会有阻而逾年未克。及我使君濮阳公之来也，抚此疲氓，一振仁风。俾俗安物泰，于是得以为请。……此非独纪建庙之微绩，且欲旌神灵之有征，带砺山河，唯兹乎不泯。有唐咸通四年癸未五月十八日己卯，朝请郎岳州巴陵县令李密思撰。”

## | 六 月 |

**段成式卒于太常少卿任。著有《酉阳杂俎》等**。

《新唐书·段成式传》载成式：“累擢尚书郎，为吉州刺史，终太常少卿。”《南楚新闻》（据《太平广记》卷三五一引）：“太常（少）卿段成式，相国文昌子也，与举子温庭筠亲善。咸通四年六月卒。”袁嘉谷《卧雪诗话》卷三评段成式云：“段酉阳与温、李并称三十六体，非惟不及李，亦不及温，僻典涩体，至不可解，与所著《酉阳杂俎》类书相似。其奇丽似长吉，实非长吉；其沉厚似昌黎，实非昌黎；其纤密似武功，实非武功，当为唐诗别派，后人亦鲜效之者。”《旧唐书·段成式传》记其“家多书史，用以自娱，尤深于佛书。所著《酉阳杂俎》传于时”。《新唐书·艺文志三》著录《酉阳杂俎》三十卷，《新唐书·艺文志四》又记《汉上题襟集》十卷，谓“段成式、温庭筠、余知古”撰。《直斋书录解题》卷一一复记其《庐陵官下记》三卷。

## 八 月

**刘蜕仍为左拾遗，本月上疏谏以内臣吴德应等为馆驿使**。

《资治通鉴》卷二五〇咸通四年八月载：“敕以阁门使吴德应等为馆驿使。台谏上言：故事，御史巡驿，不应忽以内臣代之。上谕以敕命已行，不可复改。左拾遗刘蜕上言：‘昔楚子县陈，得申叔一言而复封之；太宗发卒修乾元殿，闻张玄素谏，即日罢之。自古明君所尚者，从谏如流，岂有已行而不改！且敕自陛下出之，自陛下改之，何为不可！’弗听。”

## 九 月

**皮日休或本年初秋至沅湘，感怀贾谊而做《悼贾并序》。后至建康，作《白门表》，不满朝廷姑息徐地叛卒**。

《皮日休文集》卷二《悼贾并序》云：“咸通癸未中，南浮至沅、湘，复沉文以悼之。”西汉贾谊被贬长沙王太傅，经湘水，做《吊屈原赋》，借怀念屈原以抒发自己抑郁不平之志。此时，日休经沅、湘，有感于此，复沉文以悼之：“是以其心切，其愤深，其词隐而丽，其藻伤而雅。余悲生哀平之见弃，又生不能自用其道。……其辞曰……香依依兮杜若，韵凄凄兮篻簩。山隐隐以扫空兮，烟微微而淡秋”。文或作于本年初秋。又《皮日休文集》卷七有《白门表》，中云：“三年秋，徐卒无状，叛军逐其帅。……四年秋，进士皮日休之白门。”考《资治通鉴》卷二五〇，咸通三年“秋，七月，徐州军乱，逐节度使温璋”，则知文当作于本年秋。按，“白门”乃南京之别称。文中借徐地老翁之口，抒发不满朝廷姑息叛军之情：“呜呼！皇天仁于数百人，反不仁于一郡，岂得言者，过耶！且兵者，圣王不能免其征，仁帝不能无其伐。是以逆者必杀；顺者必生，所以示天下不私也。往年，数万之卒逐天子命将，自树其便者，国家以不忍尽杀，因听之。皆贼而不贡，兵而不从，死而辄代，名为列藩，实一州之主也。……前日，徐卒幸活，而为盗。于民，特苦国家无辱，或不尽僇而赦之，则自树其便者。”众所周知，藩镇割据之祸由唐王朝姑息安史叛将而致，皮日休乃借徐州事表达对此之不满。

## |十月|

**令狐滈授左拾遗,时刘蜕、张云上疏论谏。**

《全唐文》卷七八九有刘蜕《论令狐滈不宜为左拾遗疏》。《旧唐书·懿宗纪》载:"(咸通四年)十一月,长安县尉、集贤校理令狐滈为左拾遗。制出,左拾遗刘蜕、起居郎张云上疏,论滈父绹秉权之日,广纳赂遗,受李琢贿,除安南,致蛮寇,滈不宜居谏诤之列。时绹在淮南,上表论述。"然《资治通鉴》卷二五〇记刘蜕上疏于本年十月,而张云上谏分别在本年十月、十一月。今从《资治通鉴》。

## |十二月|

**温庭筠本年约六十三岁,自江陵归江东,经淮南,醉而犯夜,为虞候所伤,诉于令狐绹,然虞侯极言庭筠狭邪丑迹,绹遂释之。庭筠曾致书裴休,祈其为己雪冤。**

《旧唐书·温庭筠传》载:"咸通中,失意归江东,路由广陵,心怨令狐绹在位时不为成名。既至,与新进少年狂游狭邪,久不刺谒。又乞索于扬子院,醉而犯夜,为虞候所击,败面折齿,方还扬州诉之。令狐绹捕虞候治之,极言庭筠狭邪丑迹,乃两释之。自是污行闻于京师。庭筠自至长安,致书公卿间雪冤。"按,夏承焘《温飞卿系年》记上述事于本年。又《全唐文》卷七八六有庭筠《上裴相公启》,中云:"某性实颛蒙,器惟顽固。纂修祖业,远愧孔琳;承袭门风,近惭张岱。……既而羁齿侯门,旅游淮上。投书自达,怀刺求知。岂期杜挚相倾,臧仓见嫉。守土者以忘情积恶,当权者以承意中伤。直视孤危,横相陵阻。绝飞驰之路,塞饮啄之途。射血有冤,叫天无路。此乃通人见愍,多士具闻。徒共兴嗟,靡能昭雪。"裴相公为裴休,据《旧唐书·裴休传》,休大中"六年,进同中书门下平章事",又据《唐方镇年表》卷五,裴休本年在荆南节度使任。据文知,庭筠上此启当为祈休为其雪冤,同卷《上令狐相公启》当为此前上令狐绹之作。

## |本年|

**皮日休约本年前后在襄阳撰《刘枣强碑》,文中论及当代诗风。**

《皮日休文集》卷四有《刘枣强碑》,文乃作于襄阳,或本年前后之作。碑中云:"歌诗之风荡来久矣,大抵丧于南朝,坏于陈叔宝。然今之业是者,苟不能求古于建安,即江左矣;苟不能求丽于江左,即南朝矣。或过为艳伤丽病者,即南朝之罪人也。吾唐来有是业者,言出天地外,思出鬼神表,读之则神驰八极,测之则心怀四溟,磊磊落落,真非世间语者,有李太白。百岁有是业者,雕金篆玉,牢奇笼怪,百锻为字,千炼成句。虽不追躅太白,亦后来之佳作也。有与李贺同时,有刘枣强焉。先生姓刘氏,名言史……所有歌诗千首。其美丽恢赡,自贺外,世莫得比。"

# 唐懿宗咸通五年

甲申　八六四

## |正月|

**令狐绹为其子滈讼冤。刘蜕、张云遭贬。**

《资治通鉴》卷二五〇咸通五年正月:"淮南节度使令狐绹为其子滈讼冤。贬张云兴元少尹,刘蜕华阴令,敕曰:'虽嘉蹇谔之忠,难逃疏易之责。'"

## |二月|

**韦保衡、萧遘、卢隐、李峭、裴偓、王愔等二十五人登进士第,中书舍人王铎知贡举。**

据《登科记考补正》卷二三本年条。

**高湜为司勋员外郎。去岁闰六月，其妻郑氏卒，本月归葬，湜为撰墓志。**

《唐代墓志汇编》“咸通〇三三”《亡妻荥阳郑氏夫人墓志铭》，题后注：“朝议郎行尚书司勋员外郎柱国高湜撰并书”，文中言其妻卒于咸通四年闰六月，本月迁葬。郑氏十九岁归高湜，三十五岁卒，凡十六年，执恭妇道，《墓志》中云：“余同气素鲜，凋零已半，唯孀妹季弟，逮孤侄孤甥，寒衣饥食，取给于我。夫人奉上恤下，实获我心。”

**罗隐本年三十二岁。应举不第，至隋都，有感于权臣蔽听，作《迷楼赋》。后经大梁，曾赋诗二十韵献宣武节度使郑处诲，离别时复上《辞宣武郑尚书启》，述及落第之悲。**

《罗隐集·谗书》卷五《迷楼赋》：“岁在甲申，余不幸于春官兮，凭羸车以东驱。”遂知罗隐本年春应举不第，东归而经隋都，有感于权臣蔽听，故有是文，中云：“□魏阙之三千兮，得隋家之故都。乔木拱立以不语兮，繄今昔之自离。慨余基之未平兮，曰迷楼而在斯。迷楼者何？炀帝所制。炀袭文后，天下无事，谓春物繁好不足以开吾视，谓春风懒慢不足以吹吾志。斯志既炽，斯楼乃峙。……于是相秉君恩，将侮君权，百官庶位，万户千门。且不知隋炀帝迷于楼乎？迷于人乎？若迷于楼，则楼本土木，亦无亲属，纵有所迷，何爽君德？吾意隋炀帝非迷于楼，而人迷隋炀帝于此，故曰迷楼，然后见生灵意。”又《罗隐集·甲乙集补编》卷一有《投宣武郑尚书二十韵》，诗称郑尚书“世家惟蹇谔，官业即清通。翰苑论思外，纶闱啸傲中。健毫惊彩凤，高步出冥鸿。……绛霄无系滞，浙水忽西东。庾监高楼月，袁郎满扇风。”按，此郑尚书即郑处诲。据《唐方镇年表》，郑处诲本年在宣武节度使任。又《罗隐集·启事》有《辞宣武郑尚书启》，文当辞别郑处诲时所作，文中述及落第之悲：“加以贡部伤心，名场落羽；兽因斗困，羊以多亡。前瞻既倦于吹虀，内顾徒悲于求剑。昔也来惭赋雪，谬称梁苑之游；今则去类乞师，已抱秦庭之哭。倚征轮而怅望，指断梗以夷犹。”

**皮日休本年约二十四岁，春，自沤陵之江左，经六安，作《咎繇碑》，以拜皋陶。**

《皮日休文集》卷四《咎繇碑》：“五年春，日休自沤陵之江左，道出英、六城下，因求遗实，厥祀存焉。乃挂马于古木，再拜于庙庭。”咎繇，即皋陶，“六”为其封地六安。

## 五月

**朝廷以对南诏用兵，下旨优恤当地百姓。**

《唐大诏令集》卷一〇七有《岭南用兵德音》："独唯南蛮，奸宄不率，侵陷交阯，突犯朗宁。爰及隽州，亦用寇攘。劳我士卒，兴吾甲兵，骚动黎元，疲力飞挽。每一轸念，悯然疚怀。顾惟生人，罹此愁苦，宜布自天之泽，俾垂及物之仁。"文后注："咸通三年五月"。《旧唐书·懿宗纪》记之于咸通五年五月，此据《旧唐书》改。文并存《全唐文》卷八三，题曰《以南蛮用兵特恩优恤制》。

**皮日休本月居彭泽栖宾亭，作《通玄子栖宾亭记》与《狄梁公祠碑》。**

《皮日休文集》卷七《通玄子栖宾亭记》："距彭泽东十里，有山，邃源奥处，号曰富阳，文士李中白隐焉。五年冬，别中白，岁且翅，再自淝陵之江左，因访于是……五年五月朔日记。"此五年即咸通五年。（按，"五年冬"或为"四年冬"之误）文中抒久困科举之慨："昔余与中白有俱隐湘、衡之志。中白以时不合己，果偿本心。余以寻求计吏，不谐夙念。今至是境，语及名利，则芒刺在背矣。……夫学高行远谓之'通'，志深道大者谓之'玄'……请以'通玄'为其号，请以'栖宾'为亭名"。又《全唐文》卷七九九《狄梁公祠碑》云"进士皮日休游江左至彭泽，当河东公观察之四年"。河东公即裴坦。据《唐方镇年表》卷五，坦咸通二年拜江西观察使，至本年正四年，则知文盖作于本月或稍后。

## 十二月

**裴休本年卒于荆南节度使任，享年七十四，赠太尉。休能文擅书，曾集希运《传心法要》一卷。**

《新唐书·裴休传》记休"由太子少保分司东都，复起历昭义、河东、凤翔、荆南四节度。卒，年七十四，赠太尉"。又卢肇《宣州新兴寺碑铭并序》（《全唐文》卷七六八）记裴休"凡三拜廉察，五授节旄……荆门复平乎水土。公降辛未，归以甲申”。所谓“归以甲申”,即指卒于本年甲申年。《唐方镇年表》亦考裴休卒于本年。《旧唐书·裴休传》称其:“性宽惠,为官不尚曒察……善为文,长于书翰,自成笔法。”《新唐书·裴休传》亦载其:“能文章,书楷遒媚有体法。为人酝藉,进止雍闲。宣宗尝曰:‘休真儒者。’”《新唐书·艺文志三》著录有裴休所集之希运《传心法要》一卷。

## 唐懿宗咸通六年

乙酉　八六五

### 二月

**刘崇龟、袁皓、常修、翁绶、崔凝、卢文秀等二十五人登进士第。中书舍人李蔚知贡举。**

据《登科记考补正》卷二三本年条。

**李骘为太常少卿、弘文馆学士,去岁徐商由山南东道节度使、襄州刺史入为御史大夫,州人感其六年治襄之绩,立碑以记其德,求文于骘。**

《全唐文》卷七二四有李骘《徐襄州碑》,中云:“大中十年春,今丞相东海公自蒲移镇于襄,四十年诏微赴阙。今天子咸通五年,公为御史大夫,自始去襄,于兹六年矣。而襄之卒校民吏,自七州之幼艾,追思公之养育教训,相与上言京师,状公之事绩,请于天子,刻之碑石,用昭示于无穷。于是天子嘉公之勤,诏可其奏。明年二月,襄之父老请词于公之旧军副使太常少卿宏文馆学士李骘……公名商,字秋卿。”

### 七月

**刘允章为翰林学士、户部郎中、知制诰,本月奉敕为楚国夫人赠贵妃杨氏撰墓志。**

《唐代墓志汇编》“咸通〇四一”《故楚国夫人赠贵妃杨氏墓志铭并序》,题后注“韩林学士、朝议郎、守尚书户部郎中、知制诰、赐紫金鱼袋臣刘允章奉敕撰”，文记楚国夫人杨氏本年四月卒于大内，赠贵妃，本年七月廿三日葬。文未记杨妃所出。

**裴璩为翰林学士、户部郎中、知制诰，本月奉敕为魏国夫人撰墓志。魏国夫人为宪宗子绛王悟妻，寿安公主母。公主开成二年尚成德军节度使王元逵。元逵为平刘稹乱功臣，与子绍鼎、绍懿皆忠于唐朝，故有此文以示褒奖。**

《唐代墓志汇编续集》“咸通〇三一”《唐故赠魏国夫人墓志铭并序》，题后注：“韩林学士朝议郎守尚书户部郎中知制诰柱国赐紫金鱼袋臣裴璩奉敕撰。”中云：“夫人姓崔氏，其先博陵人也。以良家子纳于公宫……生寿安公主。主克承训诲，光备肃雍，下嫁元勋，作我英辅，载诞忠烈，继临藩垣……以咸通六年四月十日薨，年七十二。皇帝念公主陟屺之哀，崇夫人开国之号。爰疏殊爵，俾锡大名，盖所以彰异数也。即以其年七月廿三日葬。”又《新唐书》本传载元逵：“识礼法，岁时贡献如职。帝（按，即文宗）悦，诏尚绛王悟女寿安公主。元逵遣人纳聘阙下，进千盘食、良马、主妆泽奁具、奴婢，议者嘉其恭。其后刘稹叛，武宗诏元逵为北面招讨使。诏下，即日师引道，拔宣务壁，破援军尧山，攻邢州降之，累迁检校司徒、同中书门下平章事。稹平，加兼太子太师，封太原郡公，食实封户二百，进至兼太傅。大中八年死，年四十三，赠太师，谥曰忠。”

## | 八月 |

**卢肇本年仍在歙州刺史任，约本月前后进其以二十余年撰成之《海潮赋》，深受懿宗褒奖。其与姚岩杰、蒯希逸交往亦约在本年前后。**

《全唐文》卷七六八有卢肇《进海潮赋状》：“去年五月，又蒙恩除歙州刺史。臣谨行陛下法令，常惧僭违，理郡周星，未有政绩，潜被百姓诣阙，以臣粗能缉理，求欲留臣。奉七月二十二日敕，又蒙圣恩赐臣金紫。”按，去年五月乃指咸通五年五月，时卢肇初为歙州刺史，则本状约上于本年七月下旬后，八月前后。状中复云：“臣为此赋，以二十余年，前后详参，实符象数……今差军事押衙卢师泊随状奉进。”按，卢肇之《海潮赋》乃以赋体形式叙述海潮与日、月之关系，其《海潮赋序》云：“肇观乎日月之运，乃识海潮之道。识海潮之道，亦欲推潮之象，得其象亦欲为之辞，非敢炫于学者，盖欲请示千万祀，知圣代有苦心之士如肇者焉。"《海潮赋后序》又云："窃以海潮之事，代或迷之。今于赋中，尽抉疑滞。辄依洛下闳、张平子、何承天等以浑天为法，水与地居其半，日月绕乎其下，以证夫激而成潮之理。并纳华夷郡国，环以二十八宿，黄道所交及。立北极为上规，南极为下规。以正乎日月之所由升降，其理昭然可辨，谓之潮图。"《全唐文补编》卷七九存懿宗《答卢肇进海潮赋敕》："敕：卢肇文学优赡，时辈所推，穷测海潮，出于独见，征引有据，图象甚明，足成一家之言，以祛千载之惑。其赋宜宣付史馆。"又《唐摭言》卷十《海叙不遇》条记卢肇与姚岩杰、蒯希逸之交往："卢子发牧歙州，(姚)岩杰在婺源，先以著述寄肇。肇知其人性使酒，以手书褒美，赠之以束帛。辞以兵火之后，郡中凋敝，无以迎逢大贤。岩杰复以长笺激之，始谓以文友相遇，千载一时，肇不得已，辍所乘马，迎至郡斋，馆谷如公卿礼。"按，上记卢肇与姚岩杰、蒯希逸交往乃在卢肇为歙州刺史之后，故一并记于此。

**魏博节度使、中书令何弘敬本年三月卒，本月葬，左谏议大夫卢告为撰墓志。弘敬自大和四年以大理卿副戎事，历四朝，迁官一十三任，兼佩相印者七。**

《唐代墓志汇编续集》"咸通〇三二"《唐故魏博节度开府仪同三司检校太尉兼中书令魏州大都督府长史充魏博观察处置等使上柱国楚国公食邑三千户实封一百户赠太师卢江何公墓志》，题后注"朝议郎守左谏议大夫柱国赐绯鱼袋卢告撰"。中云："公讳弘敬，字子肃，卢江人也……(咸通六年三月)乙丑，公薨于位……公享年六十，以八月一日癸酉葬。"又云："自大和四年以大理卿副戎事，始事文宗皇帝，逮今四朝，迁官一十三任，兼佩相印者七焉。"

**皮日休本年二十五岁。秋为江州刺史所荐入京赴试，途中先至霍山，有《霍山赋》之作。后抵蓝田关，作《蓝田关铭并序》。至京，寓居永崇里，作《内辨》。**

《皮日休文集》卷四《蓝田关铭并序》云："六年，皮子副诸候贡士之荐入京，程至蓝田关，睹山形关势，回抱于天，秀欲染眸，危将惊魄。……因陈其规，是为蓝田关铭。"同书卷八《内辩》亦云："日休自布衣，受九江之荐，与计偕寓止永崇里。"按，文中之"六年"指咸通六年。本年秋，日休为九江(即江州)刺史所荐与计偕赴京。日休之《太湖诗序》(《全唐诗》卷六一〇)记其本年赴试之路线："尔后，以文事造请……济九江，由天柱抵霍岳，又自箕颍转樊邓，涉商颜，入蓝关。

凡自江汉至于京，干者十数侯，绕者二万里。”据此，日休此次入京乃取道商山、蓝关。又同书卷一有《霍山赋》，中云：“臣日休以文为命士，所至州县山川，未尝不求其风谣，以颂以文，幸上发輶轩，使得采以闻。六年，至寿之骈邑曰霍山。”则此赋乃本年经霍山时所作。关于日休本年赴举之路线，详参马丕环《皮日休年谱会笺》，《宝鸡文理学院学报》，1996 年第 1 期。

## 九月

**李伉为明州刺史，为求雨祷于五龙之神，雨至，修五龙堂以谢神。本月秋庙成，为文以记之。**

《全唐文》卷八〇六有李伉《五龙堂记》，中云：“余受命牧明人，四月戾止，六月大旱。俾吏具香酒，敬祈于五龙之神。……吏未返，雨已大注。由是生植茂遂，阖邑丰衍。思所以崇祀事答神休者，乃建宇爽垲，依方塑像，以时荐飨，谓之五龙祠堂云。时咸通六年季秋之末也。”又《唐尚书省郎官石柱题名考》卷三《吏部郎中》引《宝庆四明志·一》：“李伉，咸通六年明州刺史，建五龙堂。”

## 十一月

**本月，宣宗母太皇太后郑氏寝疾，懿宗下旨权不听政。**

《唐大诏令集》卷七六有《咸通六年太皇太后寝疾权不听政敕》，文后注“十一月”。又据《通鉴·懿宗纪》，郑氏薨于下月。

## 本年

**李蔚为尚书右丞，本年上疏谏禁中饭僧，文以狄仁杰、姚崇、辛替否等人谏言为例，主文而谲谏，为懿宗赞许。**

《唐会要》卷四八《议释教下》载：“（咸通）六年，尚书右丞李蔚复上疏谏曰：‘……陛下自纂帝图，克崇佛事。臣采本朝名臣奏启之言，以证奉佛始终之要……臣观仁杰，天后时上公也；崇，开元时贤相也；替否，睿宗之直臣也。每览斯言,未尝不废卷叹惜其言之不行也。伏望详前事之安危,览昔贤之启奏,营缮之闲,稍宜停减。’疏奏,优诏嘉之。”李蔚文存《全唐文》卷七六六,题为《谏禁中饭僧疏》。

## 唐懿宗咸通七年

丙戌　八六六

### 二月

**蒋泳、欧阳琳、杜裔休、沈光、汪遵、崔璐、孔炅、骆兢、孙备等二十五人登进士第,韩衮为本年状元。本年试《被衮以象天赋》。礼部侍郎赵骘知贡举。**

据《登科记考补正》卷二三本年条。

**沈光本年进士及第,光早有文名,其《洞庭乐赋》为人称赏。**

孙光宪《北梦琐言》卷七记:“前进士沈光有《洞庭乐赋》,韦八座岫谓朝贤曰:‘此赋乃一片宫商也。’后辟为闽从事。”

**郑愚本年已过五十,性崇佛,时为潭州大沩山同庆寺大圆禅师撰碑铭。**

《全唐文》卷八二〇有郑愚《潭州大沩山同庆寺大圆禅师碑铭并序》,中云,“若予者,少抱幽忧之疾,长多羁旅之役……行年五十,已极迟暮。……况洗心于是,逾三十载。适师之徒有审虔者,以师之图形自大沩来,知予学佛,求为赞说。……咸通六年岁在乙酉,草创其事。会予有疾,明年二月始讫其铭。”郑愚此碑铭之字句,颇具特色,如:“湖之南,湘之西。山大沩,深无蹊。虎日啸,猿又啼。雨摵摵,风凄凄。高入云,不可梯。虽欲去,谁与携。彼上人,忘其身。”

**归义节度使张义潮奏北庭回鹘固俊克西州、北庭、轮台、清镇等城。**

据《资治通鉴》卷二五〇咸通七年。胡注云:“按,大中五年,义潮以十一州图籍来上,西州已在其中。今始云收西州者,盖当时虽得其图籍,其它犹为吐蕃所据耳。"

**皮日休本年二十六岁。本年落第后,退归淝陵别墅,后编《文薮》,以为行卷之用。此间,曾至扬州、常州拜谒令狐绹与杨知至。**

《皮日休文集》所附《文薮序》云:"咸通丙戌岁,日休射策不第,退归州东别墅,次其文,复将贡于有司。发箧丛萃,繁如薮泽,因名其书曰《文薮》焉。……赋者,古诗之流也。伤前王太佚,作《忧赋》;虑民道难济,作《河桥赋》;念下情不达,作《霍山赋》;悯寒士道壅,作《桃花赋》。《离骚》者,文之菁英者,伤于宏奥,今也不显《离骚》,作《九讽》。文贵穷理,理贵原情,作《十原》。大乐既亡,至音不嗣,作《补周礼九夏歌》。两汉庸儒,贱我《左氏》,作《春秋决疑》。其余碑、铭、赞、颂、论、议、书、序,皆上剥远非,下补近失,非空言也。较其道,可在古人之后矣。古风诗,编之文末,俾视之,粗俊于口也。亦由食鱼遇鲭,持肉偶膜。《皮子世录》著之于后,亦《太史公自序》之意也。凡二百篇,为十卷,览者无诮矣。"按,由《序》知,《文薮》中所录之诗文均作于本年前。日休编《文薮》盖为行卷之需,然与一般行卷之文又有所不同,多反映现实之作,如卷九《鹿门隐书》六十篇多刺世讽时之文:"古之杀人也怒,今之杀人也笑。古之用贤也为国,今之用贤也为家。古之酗醬也为酒,今之酗醬也为人。古之置吏也,将以逐盗。今之置吏也,将以为盗。"皮日休散文继承韩柳古文传统,崇儒学、主美刺,其与陆龟蒙、罗隐等人之小品文为鲁迅先生称为"一塌糊涂的泥塘里的光彩和锋芒"。又《皮日休文集》卷一《河桥赋》:"咸通癸巳岁,日休游河桥,观桥之利,不檝而济。美其事,著《河桥赋》。""癸巳",咸通十四年。然《文薮序》中已有"虑民道难济,作《河桥赋》之语,则知"癸巳"必误,今从《皮日休年谱》,系于本年。又《全唐文》卷七九六《松陵集序》:"咸通七年,今兵部令狐员外在淮南,今中书舍人弘农公守毗陵,日休皆以词获幸,悉蒙以所制命之和。""兵部令狐员外",令狐绹也。据《唐方镇年表》,令狐绹咸通三年至十年为淮南节度使。"弘农公",指杨知至,据《唐刺史考全编》,杨知至时为常州刺史。据文知日休本年曾至扬州、常州拜谒令狐绹与杨知至,然何月无可考,姑一并系于此。

## 七月

**杜宣猷去岁三月为宣歙观察使，到任后谒梓华府君，见前使郑薰纪任内平乱之奠文，恐久远隳落，遂移于贞石，刻而立之，本月撰文以记之。**

《全唐文》七六五有杜宣猷《郑左丞祭梓华府君碑阴记》，中云："今左丞郑公之廉宣城也，视人如子，洁己奉公。……怀奸之徒，有李惟真、康全参者，平地起戎，迫胁贤帅……朝廷命今廷尉温公自睢阳守杖剑来讨，以顺伐逆，无敢碍刃，军令明肃，曾无冤人。筑二京观于西郭门外。……宣猷去岁三月到官，择日谒梓华府君，见公奠文纪当时之事，板于梁间。恐久远隳落，遂移于贞石，刻而立之。咸通七年七月十一日，宣歙观察使兼御史大夫杜宣猷记。"据《唐仆尚丞郎表》，郑左丞为郑薰。

## 八月

**懿宗以今年江淮丰收，下旨平粜，并诫有司。**

《册府元龟》卷五〇二载："懿宗咸通七年八月，户部奏请开和粜，敕曰：'自数年江淮颇为饥歉，今年稼穑稍似丰穰，国家比为伤农，是开和粜。如闻积弊，继有多端，善价不及乡闾，美利皆归司局，徒为名目，不益公私。委户部自此择人，深须峻法，稍循前弊，必罪所司。'史官曰：'和粜之文累朝承弊。'"

## 九月

**司空图本年三十岁，秋作《太原王公同州修堰记》。**

《司空表圣诗文集笺校》卷二"太原王公"，王凝也。文中云："咸通五年，太原王公自中书舍人出牧是邦，思所以利人者，无易于此。（咸通）七年秋，愚自蒲获展贽见之礼，出次近埛，备得其事，因著于篇，以彰勤济之志云。"

## 十月

**高骈军围交趾,克之,南诏遁去,安南平。**

见《旧唐书·懿宗纪》、《资治通鉴》卷二五〇。《资治通鉴》并载:“十一月,壬子,赦天下。诏安南、邕州、西川诸军各保疆域,勿复进攻南诏。委刘潼晓谕,如能更修旧好,一切不问。置静海军于安南,以高骈为节度使。自李涿侵扰群蛮,为安南患殆将十年,至是始平。”

**温庭筠本年约六十六岁,任国子助教,本月为试官,榜进士诗篇以明无私。稍后卒,其弟庭皓为撰墓志。庭筠著述颇丰。**

《全唐文》卷七八六温庭筠《榜国子监》文:“进士所纳诗篇等,识略精微,堪裨教化,声词激切,曲备风谣。标题命篇,时所难著。灯烛之下,雄词卓然,诚宜榜示众人,不敢独专华藻。并仰榜出,以明无私。仍请申堂,并榜礼部。咸通七年十月六日,试官温庭筠榜。”又温庭筠之卒盖在本年冬。《宝刻丛编》卷八京兆府万年县下据京兆金石录记有《唐国子助教温庭筠墓志》,谓“弟庭皓撰,咸通七年”。则庭筠之卒当在本年十月之后。《郡斋读书志》卷四下记温庭筠“终国子助教”,其弟庭皓为其所撰墓志亦称其“国子助教温庭筠”,则庭筠当终于此任。《旧唐书·温庭筠传》谓其“著述颇多,而诗赋韵格清拔,文士称之”。《新唐书·艺文志三》著录其《乾𦠆子》三卷、《采茶录》一卷、《学海》三十卷。《新唐书·艺文志四》又录其《握兰集》三卷、《金荃集》十卷、《诗集》五卷、《汉南真稿》十卷。《全唐文》卷七八六存其文二十五篇。

## 十一月

**本月壬子,因收复安南,赦天下。**

《旧唐书·懿宗纪》载:“(咸通七年)十一月十日,御宣政殿,大赦,以复安南故也。”《唐大诏令集》卷八六有《咸通七年大赦》。

**卢肇约此时罢歙州刺史，回宜春后，与袁州刺史高厚交游，并撰《震山岩记》。**

《全唐文》卷七六八有卢肇《震山岩记》，文中云："宜春郡东五里有山，望之正若冠冕。……咸通七年，予罢新安守，以俸钱易负郭二顷，在震山之西，又得枫树之林于溪南，日与郡守高公游其下。公名厚，衣缨之茂士也。为政严简，民悉安之，咸瞻仰之。而以震山易呼冈之名白公，公喜，命刊其事于岩下。……时郡民相率言曰：二刺史俱好事者，吾侪幸寓目焉。遂以刊之。是岁景戌十一月二十三日谨记。"景戌即丙戌，即本年，文乃卢肇罢歙州刺史回宜春后所作。

## |本 年|

**崔致远本年十二岁，自朝鲜入唐求学。致远字海夫，号孤云，新罗国湖南之沃沟人。**

崔致远《桂苑笔耕集》有《桂苑笔耕序》一文，中云："右臣自年十二离家西泛。当乘桴之际，亡父诫之曰：'十年不第进士，则勿谓吾儿，吾亦不谓有儿。往矣勤哉，无隳乃力！臣佩服严训，不敢弭忘，悬刺无遑，冀谐养志，实得人百之，己千之。"又同书附有朝鲜人徐有榘《校印桂苑笔耕集序》亦记致远"幼颖慧绝伦，年十二，从商舶入中原"。又云："公名致远，字海夫，孤云其号也。湖南之沃沟人。"按，崔致远《初投献太尉启》（《桂苑笔耕集》卷一七）云："自十二则别鸡林，至二十得迁莺谷，方接青襟之侣。"据《登科记考补正》卷二三，致远乃乾符元年（874）登进士第，是年二十岁，则其生年为大中九年（855）（详参吴在庆《增补唐五代文史丛考·崔致远生年》），本年十二岁。

**韦绚约本年卒于义武军节度使任，有《戎幕闲谈》。**

《编年史》所引李剑国《唐五代志怪传奇叙录》载："韦绚自咸通四年出镇易定，六年题名北岳，何时罢镇不明。今姑酎定于咸通七年（866），且以是年为卒年，时已七十七岁矣。"又云："韦绚著述，除本书及《刘宾客嘉话录》，尚有《佐谈》十卷，见《秘书省续编到四库阙书目》及《宋志》小说类。《全唐文》卷七二〇收录其《嘉话录》一篇，《唐文拾遗》卷二八收《戎幕闲谈序》一篇。"

# 唐懿宗咸通八年

丁亥　八六七

## 正月

**罗隐本年三十五岁。自举进士七载而不第，本月编《谗书》，并为之序，抒久困科场之愤慨。**

《罗隐集·谗书序》云："《谗书》者何？江东罗生所著之书也。生少时自道有言语，及来京师七年，寒饿相接，殆不似寻常人。丁亥年春正月，取其所为书诋之曰：'他人用是以为荣，而予用是以为辱；他人用是以富贵，而予用是以困穷，苟如是，予之书乃自谗耳。'目曰《谗书》。卷轴无多少，编次无前后，有可以谗者，则谗之，亦多言之一派也。而今而后，有诮予以哗自矜者，则对曰：'不能学扬子云寂寞以诳人。'"文中"丁亥年"即本年。

## 二月

**牛徽、韦昭度、韦承贻、崔昭符、皮日休、宋垂文、范元超等三十人登进士第，郑洪业为本年状元。本年试《诏放云南子弟还国》诗。孙纬、欧阳琳博学宏词科及第。礼部侍郎郑愚知贡举。**

据《登科记考补正》卷二三本年条。

**皮日休本年二十七岁，本月榜末及第，郑愚戏之，日休智对。**

《北梦琐言》卷二载："（日休）榜末及第。礼部侍郎郑愚以其貌不扬，戏之曰：'子之才学甚富，如一目何？'休对曰：'侍郎不可以一目废二目。'谓不以人废言也，举子咸推伏之。"又《南部新书》卷丙载："大中以来礼部发榜，岁取三二人姓氏稀僻者，谓之色目人，亦谓之榜花。"

## 三月

**伶官李可及善为新声，懿宗命为左威卫将军，中书侍郎监修国史曹确奏谏无果。**

《资治通鉴》卷二五〇载："乐工李可及善为新声，三月，上以可及为左威卫将军。曹确谏曰：'太宗定文武官六百余员，谓房玄龄曰："朕以待天下贤士，工商杂流，不可处也。"大和中，文宗欲以乐工尉迟璋为王府率，拾遗窦洵直谏，即改光州长史。乞以两朝故事，别除可及官。'不从。"曹确文存《全唐文》卷七六一，题为《谏用伶官李可及为威卫将军疏》。

## 五月

**本月丙辰，疏理天下系囚，非臣藎不可赦者，皆递降一等。**

据《通鉴·懿宗纪》。《唐大诏令集》卷八六有《咸通八年五月德音》。

## 六月

**罗隐居长安，有感于晋阳崔县令因廉而殍，为文吊之。**

《罗隐集·谗书》卷五《吊崔县令》："丁亥年夏，前晋阳崔县令死于通政里客舍，殍也。虽余不识其人，且念其官不卑也，死亦命也。而竟以饿者，是必不为贪吏。为贪吏则不然。因作词以吊。"

## 八月

**本月，宣歙观察使杨收贬为端州司马。**

《资治通鉴》卷二五〇载："宣歙察使杨收过华岳庙，施衣物，使巫祈祷，县令诬以为收罪。右拾遗韦保衡复言，收前为相，除严谟江西节度使，受钱百万，又置造船务，人讼其侵隐。八月，庚寅，贬收端州司马。”《唐大诏令集》卷五八有《杨收端州司马制》，文后亦注“咸通八年八月”。

## |本 年|

**郑处诲约本年卒于宣武军节度使任。有《明皇杂录》传世。**

《旧唐书·郑处诲传》记处诲“宣武军节度观察等使，卒于汴”。据《唐方镇年表》卷二，郑处诲镇宣武至咸通八年，则其约于本年卒。《新唐书·艺文志二》著录其《明皇杂录》二卷。

# 唐懿宗咸通九年

戊子 八六八

## |正 月|

**高骈为安南都护，本月奏请寻访褚遂良后裔，护丧归葬，懿宗准奏。**

《唐会要》卷四五《功臣》载：“咸通九年正月五日，安南观察使高骈奏：‘爱州日南郡北五里，有故中书令河南元忠公褚遂良墓。……伏乞寻访苗裔。护丧归葬。’从之。仍敕岭南各委本道搜访，如有褚氏事迹相类者，寻访闻奏，当加优悯。”《唐文拾遗》卷三三收录此奏书，题为《寻访褚遂良后裔护丧归葬奏》。

## |二 月|

**羊昭业、连总、孔纾、郑仁表、颜□、胡学等三十人登进士第，赵峻为本年状元。本年试《天下为家赋》。礼部侍郎刘允章知贡举。**

据《登科记考补正》卷二三本年条。

**罗隐本年三十六岁，是年举不第，复归江东，不随岁贡。**

《罗隐集·谗书重序》云："隐次《谗书》之明年，以所试不如人，有司用公道落去。其夏调膳于江东，不随岁贡。"

**罗虬本年春在京应进士试，礼部侍郎刘允章以其交通中贵，为"芳林十哲"之一，鄙其为人而斥落之。**

《唐摭言》卷十载："罗虬词藻富赡，与宗人隐、邺齐名。咸通、乾符中，时号'三罗'。"《郡斋读书志》卷四中："（罗）虬词藻富赡，与其族人隐、邺齐名，时号'三罗'。"又《唐语林》卷三记："（刘）允章少孤自立，以臧否为己任。及掌贡举，尤恶朋党。初进士有'十哲'之号，皆通连中官，郭纁、罗虬并其徒也。每岁，有司无不为其干挠，根蒂牢固，坚不可破。都尉于琮方以恩泽主盐铁，以纁极力，允章不应，纁竟不就试。比考帖，（罗）虬居其间，允章诵其诗，有'帘外桃花晒熟红'，不知'熟红'何用。虬已具在去留中，对曰：'《诗》云：关关雎鸠，在河之洲；窈窕淑女，君子好逑。侍郎得不思之？'顷之唱落，众莫不失色。"此乃记本年刘允章知贡举时事。《唐摭言》卷九《芳林十哲》条云："咸通中自（沈）云翔辈凡十人，今所记者有八，皆交通中贵，号芳林十哲。芳林，门名，由此入内故也。然皆有文字，盖礼所谓君子达其大者远者，小人知其近者小者。"据《唐摭言》所记"芳林十哲"为沈云翔、林缮（改名绚）、郑玘、刘业、唐珣、吴商叟、秦韬玉、郭纁。据《唐语林》，罗虬亦其中之一。罗虬，台州人，早年事迹无可考。

## | 五 月 |

**禹璜去岁五月拜安阳令，至安阳时尝游灵泉寺，感寺四周环境之雄伟，今再游，撰文记之。**

《唐文拾遗》卷三二有禹璜《灵泉寺题记》，中云："圃人禹璜，以咸通八年五月自宗城拜安阳。是月十八日较夏租，面宝山之崔嵬，税车半日，扪萝环涧，力抵危峰。瞩盟津于前，眄常山于后，左揖泰岳，右俯砥莘，流情肆目，独畅其巅。虽乘查之问霄汉，入壶而观太虚，未必多此。……明年夏五月廿八日，又擢麦租，再游午寺，颇息尘思。禹璜记。"

## 七月

**本月，兵部侍郎、充诸道盐铁转运等使于悰守本官、同中书门下平章事。**

《唐大诏令集》卷五〇有《于悰平章事制》，文后注“咸通八年七月”。

## 九月

**裴铏为静海军节度使掌书记，时开凿天威径成，为撰碑文以纪之。**

《全唐文》卷八〇五裴铏有《天威径新凿海派碑》，碑记咸通九年高骈为静海军节度使时，开凿天威径一事。此次开凿自咸通九年四月五日起，“至其年九月十五日毕工，(林)讽、(余)存古等坚请刻石纪次，以示旷代。渤海公从之，因命于掌书记直书其事。铏谬当秉笔，不敢退让”。

## 十月

**顾云本年约十八岁。始至京求举，或有文投陆侍御，求其援引。约此时前后为令狐绹所知赏。**

《全唐文》卷八一五顾云有《投陆侍御启》，中云：“若某年将逾谊，才不及宏……徒修通刺，莫偶深知。加以故国三千，青霄九万，但抱羁离之苦，略无骞翥之期。……近者不自揣量，辄怀狂狷，累缄巴唱，来扣郢门。”按，顾云其它启文多有落第之语，而此启则无，似为初至京应试时投人之作。又顾云作于咸通十二年(871)秋之《上翰林刘侍郎启》中有“以至两临文阵，俱挫笔锋”之语，则知其时已两次落第。咸通十一年停贡举，则顾云初落第在咸通十年，本年秋冬间当已至京，其投陆侍御启约本年所上。又顾云字垂象，生年难确考，然本启有“年将逾谊”之语，乃用贾谊年十八得河南太守器重之典故，则本年顾云约十八岁左右，推其生年约在大中五年(851)前后。又《北梦琐言》卷六云：“唐罗给事隐、顾十二云俱受知于相国令狐公。顾虽鹾商之子，而风韵详整……相国子弟，每有宴会，顾独与之，丰韵谈谐，莫辨其寒素之士也。顾文赋为时所称，而切于成名,尝有启事,陈于所知,只望丙科尽处,竟列名于尾株之前也。”此令狐相公为令狐绹。据《旧唐书·令狐绹传》,绹咸通三年冬镇淮南,至咸通十二年离任,不久卒。据顾云与令狐绹之经历,两人之交盖在本年前后。

## |十二月|

**皮日休本年约二十八岁,自京东游,浮汴渠至扬州。又从北固至姑苏。**

《全唐诗》卷六一〇有皮日休《太湖诗并序》,中云:“咸通九年,自京东游,复得宿太华,乐荆山,赏女几,度轘辕,穷嵩高,入京索,浮汴渠至扬州。又航天堑,从北固至姑苏。”

## |本年|

**司空图本年三十二岁,上书夏侯孜论人才问题。后又有《将儒》《铭秦坑》《辩楚刑》《移雨神》《议华夷》等关心时事之作。**

《司空表圣诗文集笺校》卷一《上谯公书》。“谯公”,夏侯孜也,孜封“谯郡开国公”。据《旧唐书·夏侯孜传》:“懿宗即位,以本官同平章事,领使如故。累加左仆射、门下侍郎,封谯郡侯。……咸通八年罢相,检校司空、同平章事,兼成都尹,充剑南西川节度使……寻移孜为河中尹、检校司徒、河中晋绛节度使。九年……天子惩孜治蜀无政,诏曰:‘可太子少保,分司东都。’未几卒。”文中有“前年已上书蜀相”之语,考孜咸通八年充剑南西川节度使,则知文当作于本年孜任河中晋绛节度使,未分司东都之前。又书中司空图自称“布衣”“小子”,恰符其时身份。文中云:“夫用人也固得矣,亦在知失之不足盖为明,则伪者惩而实者劝,且无伤于爱士;处事也固济矣,又知谋之不必自我出为知,则听日广而神不劳,且无伤于好谋。是道也,盖贤哲用之而不谒,相公得之而不疑,坦怀至公,自无愧古,然后文尚制科之选,武先西北之虞,抑简诞以捐空,峻规程而括实,则病应适时之宜,尽矣。”由此文可见,图此时多关心时政,思想上以儒家思想为主导。相关之文尚有《将儒》《铭秦坑》《辩楚刑》《移雨神》《议华夷》等。《将儒》云:“儒之将道,肥其内也;武以将威,肃其外也。未有内自瘠而外能劝者焉。……嗟乎,道之不可振也久矣。儒失其柄,武玩其威,吾道益孤。势果易凌于物,削之又削,以至于庸妄,于武可也。必将反是,请先将儒。”提倡进用儒者以兴国,反对藩镇割据。《铭秦坑》:“秦术戾儒,厥民斯酷。秦儒既坑,厥祀随覆。”《辩楚刑》:“然其嗜宝之心,皆达于天下,故连刖之无怨……楚无嗜宝之心,下岂受刑;上无嗜贤之实,士岂受辱。”《议华夷》:“贾仆射耽,并苞华夷,绵络山川,披图摘要,繁而不瘠,可谓勤而至精者矣。”文中从贾耽所编地图册之重要性入手,强调国家“关防”“战守”之重要性。《移雨神》:“今始吝其施,以愁疲民,是神怠天之职也;必希民之求而遂应,是神玩天之权也;既应而俾民输怨于天,归惠于已,是神撰天之德也。推怨,何以为义? 利腥膻之馈,何以为仁? 怠天下之事,何以为敬? 蔑是数者,何以为神?”此乃司空图有感于吏制腐败,赋税繁苛,“天不可终谩,民不可久侮”之作。《司空表圣诗文集笺校》将此文系于黄巢起义前,姑一并系于此。

## 唐懿宗咸通十年

己丑　八六九

### 二月

**司空图、欧阳玭、林慎思、虞鼎、余镐等三十人登进士第,归仁绍为本年状元,礼部侍郎王凝知贡举。**

据《登科记考补正》卷二三本年条。

**司空图本年三十三岁,以文为礼部侍郎王凝所知赏而登第。及第后留京,或有《与惠生书》,多有谈及时势之言。夏归蒲。**

《北梦琐言》卷三载:“及(凝)知举日,司空一捷,列第四人登科。同年讶其名姓甚暗,事成太速。有鄙薄者,号为‘司徒空’。琅琊知此说,因召一榜门生开筵,宣言于众曰:‘某叨忝文柄,今年榜帖,全为司空先辈一人而已。’由是声采益振。”《五代史阙文》云:“(图)少有俊才,咸通中,一举登进士第。雅好为文,躁于进取,颇自矜伐,端士鄙之。”此文下《旧五代史》著者按云:“(图)少有文彩,未为乡里所称。会王凝自尚书郎出为绛州刺史,图以文谒之,大为凝所赏叹,由是知名。未几，凝入知制诰，迁中书舍人、知贡举，擢图上第。”由于受知于王凝，故司空图在其后创作中多有感念之作。如《司空表圣诗文集笺校》卷一《纪恩门王公宣城遗事》，记载王凝阻击黄巢起义军、杖杀宦官恶奴之事迹，藉以表彰王氏德行。又卷七《唐故宣州观察使检校礼部王公行状》、卷九《兵部恩门王贞公赞》亦同题材之作。又《与惠生书》开篇云：“某赘于天地之间三十三矣。”图生于文宗开成二年（837），下推32年，则知文当作于本年。中云：“故愚以为今欲应时之病，即莫若尚通，通不必叛道而攻利也，隘则驱之以仇己；树政之基，莫若尚法，法不必任察而嗜刑也，驰则怠之以陷人。”考同书卷四《段章传》云：“咸通十年，吾中第在京……夏归蒲。”则此书或本年及第后离京时之作，姑一并系于此。

**虞鼎本年五十一岁，本月进士及第。鼎为虞世南八世孙，后任监察御史里行、饶州刺史。乾符二年，黄巢寇饶州，鼎不敌，城陷。遂感时局艰难，退居其乡。后于唐庄宗同光元年十月卒，年八十三，杨收子杨矩为撰墓志。**

《全唐文》卷八一九有杨矩《唐御史里行虞鼎墓志铭》，中云：“公虞姓，讳鼎，字少微。本会稽人，秘书监兼宏文馆学士、赠礼部尚书、银青光禄大夫、永兴郡公、谥文懿讳世南八世孙……公性敏，好问学。月开日益，卓然老成。登咸通十年进士，为校书郎，累迁至御史里行。举弹无所避，謇然有声于时。寻陟饶州刺史……乾符二年，黄巢寇饶州，公出御之，战甚力。贼益至，势不能支，城遂陷。……公遭时艰，不克居其乡。因见山水清秀，洎田宅为休老计。闻人道国事升降消息，即喟然长叹，不食竟日。无事与山翁野老相往返，历历谈桑麻事，意泊如也。公生会昌元年九月九日，卒同光元年十月十六日，春秋八十三。”

**本月，杨收长流驩州，旋又赐自尽。其僚属党友坐长流岭表者十余人。**

《唐大诏令集》卷五八有《杨收长流驩州》，文后注“咸通十年二月”。同书卷一二七有《杨收赐自尽敕》，文后亦注“咸通十年二月”。同卷又有《严谟赐自尽敕》，文后注“咸通十年”，中云：“杨收既尝极典……宜所在赐自尽。”杨收赐自尽之时，谟长流岭南，文乃稍后所作。

**李骘为江西观察使，本月受锡邑宰之托，为题重修后之惠山寺。李骘大和五年曾路出锡邑，肄业于惠山寺三岁之久，于其间讽念古文，著歌诗数百篇，并**

**悉记之于屋壁。然寺毁于会昌中，后乃复置。骘去岁重游，今感念逾三纪以来锡邑故人皆亡之况，染翰增悲而撰此文。**

《全唐文》卷七二四有李骘《题惠山寺诗序》，中云："大和五年四月，予自江东将西归涔阳，路出锡邑，因肄业于惠山寺。居三岁，其所讽念《左氏春秋》《诗》《易》及司马迁、班固史、屈原《离骚》、庄周韩非书记及著歌诗数百篇。其诗凡言山中事者，悉记之于屋壁，文则不载。其寺会昌末经废毁，屋室殆无存者。去年蒙恩自禁职出镇钟陵，钟陵与毗陵地不相远，而惠山居其属邑间。其寺复置，会锡邑宰去年过此，留宴数日。今于予为故人，因寓书请再题焉。呜呼！自太和癸丑至咸通己丑，三纪余矣。念邑中居人与僧居在惠山、兴宁两寺者，今无人焉。染翰增悲，复何言耳！咸通十年二月一日，江南西道都团练观察处置等使、中散大夫、检校左散骑常侍、使持节都督洪州诸军事兼洪州刺史、御史中丞、上柱国、赐紫金鱼袋李骘题记。"按，锡邑即今无锡。

## 五月

**吴行曾为彭州刺史，于彭州唐昌县中界置草市以便民生，又复置灵岩报恩院，陈溪本月撰文记此事。**

《全唐文》卷八〇四有陈溪《彭州新置唐昌县建德草市歇马亭镇并天王院等记》，文末署"咸通十年五月十五日记"。文记吴行曾咸通年间连镇雅、黎、彭三州之善政，尤记其于彭州唐昌县中界置草市以便民生："圣上以南夷不虔，边尘岔起，俟旦授执政意，俾择要郡以良能而牧之，遂命御史中丞渤海吴公行曾持节出刺雅安……丞相陇西公以公功业昭著，飞章上闻。……兼知黎州及巡边制署。……复由是天子以彭门名都而偿其重勋。……以唐昌县中界接导江郫城，东西绵远，不啻两舍。虽有村落，僻在荒塘。昔置邮亭，废毁将久。遂使行役者野食而泉饮，贸易者星往而烛归。……于其心而置草市。因其乡名，便以建德为号。自此四来者旋踵而迓近，中望者举目而知归。老幼携挈，倏忽而至。万家欢笑，共事修营，不旬日而告就。今则百货咸集，蠢类莫遗。旗亭旅舍，翼张鳞次。榆杨相接，桑麻渐繁。如此牧人，可谓移风易俗矣。……又兹地会昌之前，有佛寺数所。因废而未兴，乡闾求福，无处礼敬。……复置灵岩报恩院，修北方天王及侍从。"

## | 六 月 |

**懿宗以徐州庞勋反，战事不息，久旱虫灾，民生困弊，遂下制布告天下**。

《旧唐书·懿宗纪》咸通十年六月戊戌，“制曰：动天地者莫若精诚，致和平者莫若修政。……然而烛理不明，涉道唯浅，气多堙郁，诚未感通。旱蝗是虞，虫螟为害，蛮蜑未宾于遐裔，寇盗复蠹于中原。尚驾戎车，益调兵食，俾黎元之重困，每宵旰而忘安。今盛夏骄阳，时雨久旷，忧勤兆庶，旦夕焦劳。……而油云未兴，秋稼阙望，因兹愆亢……矧复暴政烦刑，强官酷吏，侵渔蠹耗，陷害孤茕，致有冤抑之人，构成灾沴之气。主守长吏，无忘奉公。伐叛兴师，盖非获已，除奸讨逆，必使当辜。苟或陷及平人，自然风雨愆候。……昨陕虢中使回，方知蝗旱有损处，诸道长史，分忧共理……内有饥歉，切在慰安。哀此蒸人，毋俾艰食。……咨尔多士，俾予一人。既引过在躬，亦渐几于理。布告中外，称朕意焉。”文存《全唐文》卷八四，题为《罪己诏》

## | 九 月 |

**唐南面招讨使马举以兵围徐州，拔之，庞勋欲南逃濠州，为马举兵追及，勋逆水而死，徐州乱平**。

见《旧唐书·懿宗纪》、《资治通鉴》卷二五一。

**郑畋本年四十五岁，任中书舍人充翰林学士。时官军讨庞勋，书诏纷委，畋文思敏捷，成文粲然，为同僚所推重**。

《旧唐书·郑畋传》记畋于咸通“十年，王师讨徐方，禁庭书诏旁午，畋洒翰泉涌，动无滞思，言皆破的，同僚阁笔推之。寻迁户部侍郎。”《新唐书·郑畋传》记其“荐授户部郎中，入翰林学士，俄加制诰。会讨徐州贼庞勋，书诏纷委，畋思不淹晷，成文粲然，无不切机要，当时推之。勋平，以户部侍郎进学士承旨”。据《翰林学士壁记》，郑畋咸通十年六月由户部郎中知制诰迁中书舍人，十一月十一日，迁户部侍郎。则此时畋在中书舍人充翰林学士任。《全唐文》卷七六七存有郑畋制诰多篇,当此时前后为知制诰、中书舍人时所草。

**孔温裕为天平军节度使,请以私俸重修先人孔子文宣王庙。本月中书门下奉敕牒依。庙成后,贾防为撰记。**

《全唐文》卷七八八有贾防《新修曲阜县文宣王庙记》,中云:"皇帝御寓之十年,岁在己丑,夫子三十九代孙鲁国公节镇汶阳之三载。……道已清矣,政已成矣。于是瞻故乡以徘徊,想庙貌而怊怅。……既而飞章上陈,请以私俸葺饰。由是命工庀事,饰旧加新。浃旬之间,其功乃就。"又同书卷七九一有孔温裕《请修孔庙状》:"右军曹濮等州观察使孔温裕奏。……今曲阜县乃鲁国故都,文宣庙即素王旧宅。兴儒之地,孕圣之邦。所宜庙宇精严,礼物具举。近者以兖州频年灾歉,都废修营,徒瞻数仞之墙,才识两楹之位。虽春秋无缺于释奠,而揖让颇紊于彝章。遂使金石之音,靡闻于肸蠁;俎豆之设,常列于荒芜。圣域儒门,岂宜堙坠?臣忝为远裔,叨领重藩,咫尺家乡,拘限戎镇,望阙里而无由展敬,瞻庙貌而有愿兴功。臣今差人赍持料钱,就兖州据庙宇倾毁处,悉令修葺。皆自支费,不扰州县。……伏缘兖州非臣本界,须有申奏。伏乞天恩允臣所请。"又同书卷九八六有《牒郓曹濮观察使》,题后注"咸通十年九月中书门下",乃为朝廷同意温裕以私俸修葺孔庙之牒文。

## |十月|

**懿宗荒宴,不亲庶政,委任路岩。岩奢靡纳赂,至德令陈蟠叟上书论谏之,遭流爱州。**

《资治通鉴》卷二五一咸通十年十月:"上荒宴,不亲庶政,委任路岩。岩奢靡,颇通赂遗,左右用事。至德令陈蟠叟因上书召对,言:'请破边咸一家,可赡军二年。'上问:'咸为谁?'对曰:'路岩亲吏。'上怒,流蟠叟于爱州,自是无敢言者。"

**懿宗以徐州自去岁以来之兵乱涂炭百姓,下旨减赋税、稳人心,并遣左散骑常侍刘异、兵部郎中薛崇宣慰徐州。**

《唐大诏令集》卷一二五有《平徐州制》,文后注"咸通十年十月",中云:"王者以仁恕为本，拯济是谋，元恶既已诛锄，胁从理宜宽宥。除庞勋亲属及桂州回戈逆党，为贼胁从，及纵因战阵拒敌，官军招谕不悛，惧法逃走，皆非本恶。盖锋刃所驱，今并释放，一切不问。……地经战伐，人率流亡，闾里既已归还，征赋先宜蠲免。其徐、宿、濠、泗等州，应合征秋夏两税，及诸色差科色役，一事已上，并从十年蠲放三年。州县所由，辄不得妄入乡村，搅扰百姓。待三年已后，量其事力，续议条流处分。……今遣左散骑常侍刘异、兵部郎中薛崇专往宣抚军人百姓，恤问闾里疾苦，回日具利害分析闻奏。”文并存《全唐文》卷八三，题曰《平徐州推恩制》。同书卷一一七有《遣使宣慰徐宿二州敕》，文后亦注“咸通十年十月”。

## 十二月

**朝廷下诏因战事而权停贡举一年**。

《旧唐书·懿宗纪》咸通十年十二月：“诏以兵戈才罢，且务抚宁，其礼部贡举，宜权停一年。”

**罗隐本年三十七岁。冬曾至长沙，有书上湖南观察使于瓌，请为奏一官**。

《罗隐集·启事》有《投湖南于常侍启》，中云：“光阴不驻，齿发渐高。当家贫亲老之时，是失路亡羊之日。泪将欲尽，口不敢开。……所以仰蟾桂之高高，恐无仙骨；睹鱼鬐之敛敛，忽有痴心。窃希常侍从来许与之言，作此改张之计；俾其七郡，与奏一官，致之于髯参短簿之间，责之以驽马铅刀之用。所冀内资骨肉，外罄筋骸。但系受恩，何须及第。”按，于常侍即于瓌。据《唐方镇年表》卷六，瓌本年接替李业为湖南观察使。又《罗隐集·杂著》尚有《湘南应用集序》，中谓“去年冬，河南公按察长沙郡，隐因请事笔砚，以资甘旨”，则知罗隐上书于瓌当在本年冬。

## 本年

**赵璘本年约六十七岁，此前曾任汉州刺史、金部郎中等职。本年前后在山南东道裴坦幕为从事。其《因话录》一书约完成于此时**。

《新唐书·艺文志三》记赵璘《栖贤法隽》一卷，下注：“僧惠明与西川节度判官郑愚、汉州刺史赵璘论佛书。”则璘曾任汉州刺史。又岑仲勉《郎官石柱题名新考订》金部郎中有赵璘名。此二任之时间难详考,盖在本年之前。《北梦琐言》卷十载:“赵璘员外为裴坦相汉南从事。”据《唐方镇年表》卷四,裴坦镇山南东道在咸通十年至十二年。然裴坦前任卢耽于咸通九年九月移为西川节度使(据《资治通鉴》卷二五一),则裴坦镇山南东道约在咸通九年秋冬间。又《宝刻丛编》有《唐延庆院经藏铭》,为赵璘所撰,咸通九年六月建,则知璘是时已在山南。赵璘有《因话录》,书中卷三云:“余座主陇西公为台丞,奏今孔尚书温(应作温业)、丞相徐公商为监察。……而孔、徐二公并时为宰相,每宴集,时人以为盛事。”据《新唐书·宰相表》,徐商咸通六年六月至十年六月为相。璘称“今宰相”,则文作于此间,成书时间约在本年前后。《因话录》六卷,《新唐书·艺文志三》已著录。《郡斋读书志》卷三下谓其“记唐史逸事”。《新唐书·艺文志四》又记赵璘《表状集》一卷。

## 唐懿宗咸通十一年

庚寅　八七〇

### 正月

**甲寅朔,群臣上尊号,赦天下。**

见《资治通鉴》卷二五二。

### 二月

**南诏于正月寇黎、雅二州,围成都。本月东川节度使颜庆复与之战于新都,大败之。**

见《新唐书·懿宗纪》、《资治通鉴》卷二五二。

## | 三 月 |

**皮日休本年三十岁，为苏州刺史崔璞从事，本年春起，与陆龟蒙相酬唱。**

《全唐文》卷七九六有皮日休《松陵集序》：“（咸通十年），大司谏清河公出牧于吴，日休为郡从事，居一月，有进士陆龟蒙字鲁望者以其业见造，凡数编。”清河公乃苏州刺史崔璞，皮日休本年春在苏州幕并与陆龟蒙往还，此详见吴在庆《唐五代文史丛考·皮日休为苏州郡从事及初识陆龟蒙之时间》。

## | 四 月 |

**朝廷下诏明年复举，并增补及第名额。**

《旧唐书·懿宗纪》：“（四月戊子）去年属以用军之际，权停贡举一年。今既偃戈，却宜仍旧。来年宜别许三十人及第，进士十人，明经二十人。已后不得援例。”

**罗隐本年三十八岁。约本月或稍后重序《谗书》。**

《罗隐集·谗书重序》，中云：“隐次《谗书》之明年，以所试不如人，有司用公道落去。其夏调膳于江东，不随岁贡。又一年，朝廷以彭□就辟，刀机犹湿，诏吾辈不宜求试。然文章之兴，不为举场也明矣。盖君子有其位，则执大柄以定是非；无其位，则著私书而疏善恶。斯所以警当世而诫将来也。自扬、孟以下，何尝以名为？而又念文皇帝治理之初，法制悠久，必不以虮虱养痛，遂偃斯文。今年谏官有言，果动天听。所以不废《谗书》也，不亦宜乎？”由文知，隐重序《谗书》乃在知朝廷复举之后，约于本月或稍后。

**鱼孟威咸通九年自黔南移镇桂州，感灵渠之年久失修而成民病，遂重修之。本月为文记修渠之缘由与经过，由文可见南诏兵乱致民生多艰之状况。**

《全唐文》卷八〇四有鱼孟威《桂州重修灵渠记》，文末署“时咸通十一年四月十五日谨记”。文记修渠之缘由与经过云:“灵渠乃海阳山水一派也,谓之漓水焉。……洎乎宝历初,给事中李公渤廉车至此,备知宿弊,重为疏引,仍增旧迹,以利行舟。……不历多年,又闻湮圮,于今亦三纪余焉。桂人复苦,已恨终无可奈何矣。况近岁来蛮寇犹梗,王师未罢,或宣谕旁午,晦暝不辍。或屯戍交还,星火为期。役夫牵制之劳,行者稽留之困,又积倍于李公前时。转使桂人肤革羸腊,手足胼胝,且逃且死,无所诉怨,殆十七八矣。……咸通九年,余自黔南移镇于此,舣棹岭首,备观其事。……凡用五万三千余工,费钱五百三十余万。固不敢侵征赋,必竭其府库也。不敢役穷人,必伤其和气也。皆招求羡财,标求善价,以佣愿者。自九年兴工,至十年告毕。……今所自记重修,非为名也,且要叙民之艰苦,实由斯渠。冀后之居者不阙其修,行者不毁其修,长利民而已矣。”由文可见南诏兵乱致民生多艰之状况。

## |六月|

**懿宗以久旱无雨,令京城坊市权断屠宰**。

《唐会要》卷四一《断屠钓》载:“咸通十一年六月赦文:‘其京城久旱,未降雨间,宜权断屠宰。’”

## |八月|

**郑畋本年四十六岁,为翰林学士承旨。本月同昌公主薨,诏赠卫国公主,郑畋为草制**。

《全唐文补编》卷八七有《赠同昌公主卫国公主制》,陈尚君按:“见《唐大诏令集》卷四二,署沈畋,《全唐文》卷八〇六据以收入。唐无沈畋其人,劳格疑为郑畋。是。郑畋于咸通九年入充学士,十一年出,见《重修承旨学士壁记》。《新唐书》卷八三载,同昌公主于咸通十年卒,适郑畋在职时。今移正。”

## |九月|

**高湘在右谏议大夫任,为宰相韦保衡、路岩所排,贬为高州司马,时有怨愤**

**之作。**

《编年史》所引《玉泉子》载:“及咸通中,韦保衡、路岩作相,除不附己者十司户。崔沆循州……高湘高州……初高湜与弟湘少不相睦。咸通末既出高州……愤湜不佑己,尝赋诗云‘唯有高州是富家’之句焉。”《旧唐书·高湘传》:“咸通年,改谏议大夫。坐宰相刘瞻亲厚,贬高州司马。”《资治通鉴》卷二五二咸通十一年亦载:“秋,八月,乙未,同昌公主薨。上痛悼不已,杀翰林医官韩宗劭等二十余人,悉收捕其亲族三百余人系京兆狱。中书侍郎、同平章事刘瞻召谏官使言之,谏官莫敢言者,乃自上言,以为:‘修短之期,人之定分。昨公主有疾,深轸圣慈。宗劭等诊疗之时,惟求疾愈,备施方术,非不尽心,而祸福难移,竟成差跌,原其情状,亦可哀矜。而械系老幼三百余人,物议沸腾,道路嗟叹。奈何以达理知命之君,涉肆暴不明之谤!盖由安不虑危,忿不思难之故也。……’上览疏,不悦。瞻又与京兆尹温璋力谏于上前,上大怒,叱出之。……(九月)丙辰,以刘瞻同平章事,充荆南节度使。温璋振州司马。璋叹曰:‘生不逢时,死何足惜!’是夕,仰药卒。……己巳,贬右谏议大夫高湘、比部郎中知制诰杨知至、礼部郎中魏筜等于岭南,皆坐与刘瞻亲善,为韦保衡所逐也。……保衡又与路岩共谮刘瞻,云与医官通谋,误投毒药。丙子,贬瞻康州刺史。”刘瞻之谏文存《全唐文》卷七四七,题为《请释医官韩宗召康仲殷宗族疏》。

**郑畋仍为翰林学士承旨。本月草刘瞻罢相制,不合路岩意,贬梧州刺史。**

《资治通鉴》卷二五二咸通十一年九月载:“丙子,贬(刘)瞻康州刺史。翰林学士承旨郑畋草瞻罢相制辞曰:‘安数亩之居,仍非己有;却四方之赂,惟畏人知。’(路)岩谓畋曰:‘侍郎乃表荐刘相也’。坐贬梧州刺史。”《唐大诏令集》卷五四有《刘瞻荆南节度使平章事制》。

## | 十 月 |

**本年夏,罗隐得任湖南衡阳主簿。本月自湖南乞假归觐江东,阻风于洞庭湖,遂将湘南文书编成《湘南应用集》,并自序之。**

《罗隐集·杂著》有《湘南应用集序》,中云:“去年冬,河南公按察长沙郡,隐因请事笔砚，以资甘旨。明年夏，隐得衡阳县主簿。”按，据《唐方镇年表》，河南公乃于瓌，其咸通十年任湖南观察使，罗隐上书请官，本年夏遂有衡阳主簿之任。文中又言：“冬十月，乞假归觐，阻风于洞庭、青草间，因思湘南文书，十不一二，盖以失落于马上军前故也。今分为三卷，而举牒、祠祭者亦与焉。某月二十四日序。”

## 十一月

**朝廷以徐州地势重要，且因多年兵乱，民生多艰，建徐州为感化军节度。**

《唐大诏令集》卷九九有《建徐州为感化军节度敕》，文末注“咸通十一年十一月”，中云：“徐州地当沛野，军本骁雄，实为壮国之都，因叶建侯之制。况山河素异，土俗甚殷，岂欲削卑，挫其繁盛。盖缘比因稔祸，或至乱常，罪由己招，孽非天作。桂林叛卒，继有逆谋，涂炭生灵，首尾两岁。杀伤黎庶，污染忠良，所不忍言，寻加翦灭，是以卑其镇额，隶被藩方。远属大兵已来，饥年荐至，且闻军人百姓，深耻前非，愿行旧规，却希建节……其徐州都团练使，仍改为感化军节度、徐、宿、濠等州观察处置等使。”《旧唐书·懿宗纪》记于本月丁卯，文亦存《全唐文》卷八四，题为《改徐州为感化军敕》。

**孙樵友滁州刺史高锡望前年被害，本年十一月樵撰文祭之。樵此前与高锡望多有交往，有《与高锡望书》，又尝编《孙氏西斋录》以授高锡望。**

《全唐文》卷七九五有孙樵《祭高谏议文》，文中云：“咸通十一年十一月五日，友人孙樵，谨遣家僮……敬祭于故友滁州刺史赠谏议大夫高公叶卜之灵。”按，高谏议即高锡望。《旧唐书·懿宗纪》，咸通九年十一月庞勋将张行简攻陷滁州，杀害刺史高锡望。《祭文》云：“君牧滁甿，我从邠军，方恨绵邈，凶讣遽闻。”又同卷有《孙氏西斋录》，中有“授其友高锡望传之”之语，文当作于本年之前。此文谓樵有史录之作，号《孙氏西斋录》。其记此书之作意及起讫时间、体例云：“孙樵谓陆长源《唐春秋》，乃编年杂录，因掇其体切峭独，可以示惩劝者，掷其丛冗秃屑，不足以警训者，自为十八通书，号《孙氏西斋录》。起高祖之初，洎武皇之终，首庙号以表元，首日月以表事。尚功力，正刑名，登崇善良，荡戮凶回。有所鲠避，则微文示讥，无所顾栗，则直书志慝。”据此知《孙氏西斋录》乃记高祖至武宗朝事，乃杂录之作。又同书卷七九四有樵《与高锡望书》，乃此前所作，由文可见樵之修史主张："史才最难……唐朝以文索士，二百年间，作者数十辈，独高韩吏部。吏部修《顺宗实录》，尚不能当孟坚，其能与子长、子云相上下乎？……古史有直事俚言者，有文饰者，乃特纪前人一时语，以为实录，非谓俚言奇健，能为史笔精魄，故其立言序事，及出没得失，皆字字典要，何尝以俚言汩其间哉。今世俚言文章，谓得史法，因牵韩吏部曰如此如此。……又史家纪职官山川地理礼乐衣服，亦宜直书一时制度，使后人知某时如此，某时如彼，不当以秃屑浅俗，别取前代名品，以就简绝。又史家条序人物，宜存警训，不当徒以官大宠浓，讲文张字。故大恶大善，虽贱必纪，尸位浪职，虽贵必黜。……为史官者，明不顾刑辟，幽不愧神怪。若梗避于其间，其书可烧也。"文尚指责唐代修史之弊端："古者国君不得视史，今朝廷以宰相监修，大丈夫当一时宠遇，皆欲齐政房杜，跻俗太平，孰能受恶于不隐乎？古者七十子不与笔削，今朝廷以史馆丛文士，儒家擅一时胸臆，皆欲各任憎爱，手出白黑，孰能专门立言乎？"樵重史氏，或有以史为鉴之意。

## 十二月

**顾云本年约二十岁，约此时至天雄军拜谒独孤云，有投献之作。**

《全唐文》卷八一五有顾云《投西边节度使启》，中云："伏以尚书勇冠山西，声闻陇右……某稷下儒生，天涯客子，远携书剑，来拜旌旗。……春初将谒朱门，卜行上国。蓍言利见，龟告叶从，径趋沙漠而来，直指旌旗之下。"据《编年史》，文乃作于本年落第后至陇右时，西边节度使乃天雄军节度使独孤云。可详参之。

## 本年

**谭铢本年为僧文珦撰文，记其创转关经藏之事。**

《全唐文》卷七六〇谭铢有《庐州明教寺转关经藏记》，中云："大唐咸通庚寅岁，庐之佛寺曰明教，有禅那僧文珦创转关经藏成，命铢记其事。铢常学释氏，因录其义以喻之。"

# 唐懿宗咸通十二年

辛卯 八七一

## 正月

**辛酉，葬文懿公主，丧事极其奢华。**

《资治通鉴》卷二五二咸通十二年，“春，正月，辛酉，葬文懿公主。韦氏之人争取庭祭之灰，汰其金银。凡服玩，每物皆百二十舆，以锦绣、珠玉为仪卫、明器，辉焕二十余里。赐酒百斛、饼餤四十橐驼，以饲体夫。上与郭淑妃思公主不已，乐工李可及作《叹百年曲》，其声凄惋。舞者数百人，发内库杂宝为其首饰，以绝八百匹为地衣，舞罢，珠玑覆地。”

**懿宗韩国夫人王氏去年七月薨，赠德妃，本月葬。王氏为昭宗母，其出身卑微，然不恃宠而骄，故有是封。**

《唐代墓志汇编续集》“咸通〇七五”《故德妃王氏墓志铭并序》，中云：“有唐韩国夫人王氏，其本太原人也……以咸通十一年七月十八日薨于大内，享年廿有六，赠德妃……用咸通十二年正月廿五日葬。”又云：“幼有容色，既笄而中选入宫。我皇御极之初，特承恩泽……出尘处宠，贵而益谦，持礼教以垂训。至于保恭默之道，知节俭之风，虽古之慎夫人，无以过也。而又识满盈之理，审荣辱之机。常以止足为戒，又见其班婕妤之不若也。故得侍宠十有余年，而未尝居有过之地……孕贵子三人：长曰昌宁公主，次曰七郎，次曰八郎。”按七郎即昭宗。《旧唐书》本纪载：“昭宗圣穆景文孝皇帝讳晔，懿宗第七子，母曰惠安太后王氏。以咸通八年二月二十二日生于东内。十三年四月，封寿王，名杰。”又《旧唐书·后妃传》载：“懿宗恭宪皇后王氏，其出至微。咸通中，列后廷，得幸，生寿王而卒。”

## | 二 月 |

**裴枢、许棠、刘希、李拯、公乘亿、聂夷中、曾繇、韦保乂等四十人登进士第，李筠为本年状元。林慎思博学宏词科及第，中书舍人高湜知贡举。**

据《登科记考补正》卷二三本年条。

**顾云本年约二十一岁，本月落第，有文投户部郎中裴德符，述落第之悲，祈为援引。**

《全唐文》卷八一五有顾云《投户部裴德符郎中启》，中云："二年求试，未过先场，抚萤窗而便欲灰心，对莺花而徒伤泪目。……伏以曾将薄技，叨忝殊私，倘蒙尚悯枯鳞，犹伤塌翼，才沾末荐，便是深恩。"按，此乃顾云再落第后求荐之文。顾云初落第于咸通十年(869)，再落第当在此时。

## | 四 月 |

**路岩罢相，出守西川，京兆尹薛能以词讥讽之。**

《资治通鉴》卷二五二咸通十二年："门下侍郎、同平章事路岩与韦保衡素相表里，势倾天下。既而争权，浸有隙，保衡遂短岩于上。夏，四月，癸卯，以岩同平章事，充西川节度使。岩出城，路人以瓦砾掷之。权京兆尹薛能，岩所擢也，岩谓能曰：'临行，烦以瓦砾相饯！'能徐举笏对曰：'向来宰相出，府司无例发人防卫。'岩甚惭。能，汾州人也。"

## | 五 月 |

**懿宗感天下刑狱严苛，下诏恤刑。**

《全唐文》卷八四懿宗有《恤刑敕》："狱吏苛刻，务在舞文，守臣因循，罕闻亲事。以此械系之辈，溢于狴牢，追捕之徒，繁于简牍。实伤和气，因致沴氛。

况时属熇蒸，化先茂育，并赦罪戾，式顺生成。应天下所禁系罪人，除十恶忤逆，及故意杀人，合造毒药，持仗行劫，开发坟墓外，余并宜疏理释放。”《册府元龟》卷九一记其事于本月。

## |六月|

**顾云本月为武攸绪嵩山旧隐诗题序，文词藻华丽，多骈偶之句。**

《全唐文》卷八一五有顾云《题致仕武宾客嵩山旧隐诗序》，中云：“宾客讳攸诸，则天皇后从侄也。……时睿文英武明德至仁广孝皇帝御宇十二岁也。龙集辛卯，律中林锺十二日丙寅题。”“睿文英武明德至仁广孝皇帝”乃懿宗尊号，则知文题于本年六月十二日。是序词藻华丽，多骈偶之句，如：“飞流界练，贯幽响于风湍；曙景张屏，挂清光于露壑。时或春花发尽，秋雨晴初，虚籁调风，斜窗印月。吞露华兮，漱烟液而乐天和；吟酒赋兮，唱琴歌焉知帝力。及龙图去吕，龟鼎还刘，中宗皇帝方欲访道昆岩，鸣鸾茨岫，遥飞鹤版，亲授蒲轩。扣蓬藋之荒扉，远征枚乘；扫皋夔之右席，强走严陵。莫不黄屋翘襟，高霞迭梦；由是轻鸥出浦，明月离云。”

## |七月|

**中书门下本月奏请准敕厘革中外奏请官额，对诸道奏请司录、录事、参军等幕属及转试官及宪御等官额进行限定。**

《全唐文》卷九六八有《准敕厘革中外奏请官额奏》，题后注“咸通十二年七月中书门下”。

## |十二月|

**独孤霖为宣州刺史，于宣州立小楼，名为叠嶂楼，为之记。**

《全唐文》卷八〇二有独孤霖《书宣州叠嶂楼》，文末署：“咸通十二年十二月辛亥，宣州刺史独孤霖书。”文记筑楼与命名缘由：“予春至逮秋，偶步池北，得小亭之直上,居然最胜。因命植栋斗梁,出城屋之脊。周方数间,小亭如初,而中与诸楼相差者,自为一地。其上则朗出高际,平与空等。响所谓越噪者,不复游虑。……郡以溪山著名,而蹊小负,则叠嶂之命为宜。"此文文句优美,行文流畅,如:"繁丝机罗,错卉障锦,春以融。独峰揉云,双波屹风,夏以澄。晓黛频入,夕蟾娟来,秋以扬。云并半空,冰偏一岸,冬以明。"

## |本 年|

**近两年中,皮、陆唱和诗颇多,约本年或稍后,陆龟蒙编成《松陵集》十卷,皮日休为之序,并阐述诗歌见解。**

《全唐文》卷七九六有皮日休《松陵集序》,末云:"(咸通)十年,大司谏清河公出牧于吴,日休为郡从事。居一月,有进士陆龟蒙字鲁望者,以其业见造。凡数编,其才之变,真天地之气也。近代温飞卿、李义山为之最,俾生参之,未知其孰为之后先也。"则知皮、陆咸通十一二年中唱和之作颇多,约本年或稍后,陆龟蒙遂编为《松陵集》十卷,日休为之序。日休在序中谈及其诗歌见解:"建安以降,江左君臣,得其浮艳,然诗之六义微矣。逮及吾唐开元之世,易其体为律焉,始切于俪偶,拘于声势。……古之士穷达必形于歌咏,苟欲见乎志,非文不能宣也,于是为其词。……昔周公为诗以遗成王,吉甫作颂以赠申伯,诗之酬赠,其来尚矣。"

**胡曾本年或稍后入路岩西川幕,有书上路岩,谢其延聘,文中述久举不第之悲慨。曾论诗主讽谏,尝作咏史诗一百五十首。**

《全唐文》卷八一一有胡曾《剑门寄上路相公启》,中云:"(某)效枚叟之文章,虽怜七岁,感潘生之岁月,已叹二毛。失路肠回,迷邦足刖。……方嗟碌碌之生,忽忝戋戋之幸。……既蒙蜀顾,敢望秦留。即遂面走鹿头,背驰鹑首,如升青昊,似入元都。不知剑阁之艰,岂觉刀州之远。伏惟相公……今则暂辞龙阙,来镇龟城……曾实惭孤陋,叨沐招延……那能倚马,妄窃攀龙。仰天下之程途,已亲台席;指人间之歧路,尚感客星。披雾非遥,拜尘在即。"此路相公乃路岩,据《唐方镇年表》,路岩本年四月至咸通十三年五月间镇西川,则胡曾入路岩幕约在本年或稍后,文当路岩聘其入幕而未至西川时作。同卷又有《谢赐钱启》，中云：“曾业谢悬头，道非刺股，未能入洛，安可下辽。空怀逐鹿之心，莫遇斩蛇之世。因拘翰墨，困厄尘泥……伏惟相公英风独振……推葛亮之秤心，负姜维之斗胆。内安宗庙，外却蛮夷。”两启或先后之作。胡曾论诗主讽谏，尝作咏史诗一百五十首，《全唐文补编》卷八三有其《咏史诗序》，中云：“夫诗者，盖美盛德之形容，刺衰政之荒怠，非徒尚绮丽瑰琦而已。故言之者无罪，读之者足以自戒。……晋宋诗人，佳句名篇，虽则妙绝，而发言指要，亦已疏□。齐代既失轨范，梁朝文加穿凿，八病兴而六义坏。……曾不揣庸陋，转采前王得失……成一百五十首，为上中下三卷。……虽则讥讽古人，实欲裨补当代。”文作年无可考，姑一并系于此。

## 唐懿宗咸通十三年

壬辰　八七二

### 二月

**周繇、张演、韦庠、裴赞、郑延昌、赵崇、邹希回等三十人登进士第，郑昌图为本年状元。本年试《禹拜昌言赋》。礼部侍郎崔殷梦知贡举。**

据《登科记考补正》卷二三本年条。按，《全唐文》卷八二三有黄滔《答陈磻隐论诗书》，中谓“咸通季，初贡于小宗伯，试《禹拜昌言赋》，翌日罢”，孟二冬先生据此将《禹拜昌言赋》定为咸通年号之最后一年即十五年之试题。然所定恐误。《全唐文》卷八二五有黄滔《莆山灵岩寺碑铭》，中云：“奋然凡二十四年，于举场幸忝甲第。”滔乾宁二年(895)登第，上溯24年，则其当于本年首次应举，故而《禹拜昌言赋》应为本年试题。

**黄滔本年约三十三岁。首次在长安应举，下第。后撰文干谒博士侯圭。**

《全唐文》卷八二三有黄滔《侯博士圭启》，文中云：“在他处则早逾一纪，来上国则已逮二年。”滔本年首应试，则其当于去年赴京师，至本年为二年，文当为干谒博士侯圭而作。

**皮日休本年三十二岁，本月为常熟令周君作《破山龙堂记》。其入京为著作郎约在此时之后。**

《全唐文》卷七九七皮日休有《破山龙堂记》，中曰："常熟，泽国也，风雨怪物日作于民……汝南周君为令之初年，夏且旱，禜其神于破山之潭上，果雨以应……于是命工以土木介其象，为宝宫以荫之。……君为其祠已，乞文其事。日休佳君之为，志在民，故从之。咸通十三年二月十九日，襄阳皮日休记。"又《唐才子传校笺》谓皮日休"入为著作局校书郎当在咸通十三年前后"。按，此时日休尚在常熟，则其入京任著作局校书郎当在此时之后。

**薛调本月二十六日卒于驾部郎中、知制诰、翰林学士任，年四十三。后赠户部侍郎。有《无双传》传奇。**

据《编年史》所引李剑国《唐五代志怪传奇叙录》。又丁居晦《重修承旨学士壁记》云："薛调，咸通十一年十月十七日自□部员外郎加驾部郎中充。十二年正月二十六日加知制诰，依前充。十三年二月二十六日卒官，三月十一日赠户部侍郎。"

## | 四 月 |

**懿宗为迎凤翔真身，下旨疏理狱讼。**

《唐大诏令集》卷一一三有《迎凤翔真身德音》，文后注"咸通十三年四月"，中云："朕以寡德，缵承鸿业，十有四年矣。顷属蛮寇猖狂，王师未息，朕忧勤在位，爱育生灵。遂乃尊崇释教，致敬玄门，迎请真身，盖为万姓祈福……嗟我黎人，陷于刑辟，况渐当暑毒，系于缧绁。或身积幽冤，有伤和气；或关连追扰，有妨农务。其京畿及天下州府见禁囚徒，除十恶五逆，故意杀人，官典犯赃，合造毒药，光火持仗，开发坟墓外，其余罪无轻重，节级递减一等。"

**本月，京兆重修六门堰毕，李石为撰记。**

《全唐文补编》卷七四李石有《六门堰记》，文首云"咸通十三年夏四月戊子，京兆奏六门堰毕”，文当本月或稍后之作。文中记六门堰之功用、历史概况及本次重修之原委、耗费等相关事项。

## | 五 月 |

**本月，懿宗以刑狱严苛，再下旨令疏理刑狱。**

《唐大诏令集》卷八六有《咸通十三年五月疏理刑狱敕》，中云：“狱吏苛刻，务在侮文，守臣因循，罕闻亲事……应天下所禁系罪人，除十恶、五逆及故意杀人、合造毒药、持杖行劫、开发坟墓外，余并宜疏理释放。”两年以来，懿宗数次下旨疏理刑狱，由此可见其时时局之混乱、民生之艰辛。

## | 六 月 |

**懿宗令诫约天下州府，应有逃亡户口，其赋税差科，不得摊配见在人户上者。中书门下草奏，于奏中可见晚唐时局动荡致民生多艰。**

《全唐文》卷九六八有《议免摊配逃亡户口赋税差科奏》，题后注“咸通十三年六月中书门下”。于文中可见晚唐时局动荡致民生多艰：“今月十七日延英面奉圣旨：‘令诫约天下州府，应有逃亡户口，其赋税差科，不得摊配见在人户上者。’伏以诸道州府，或兵戈之后，灾沴之余，户口逃亡，田畴荒废，天不敷佑，人多艰危。乡闾屡困于征徭，帑藏因兹而耗竭。遂使从来经费色额，大半空系簿书。缓征敛则阙于供须，促期限则迫于贫苦。言念凋敝，劳乃忧勤，不降明文，孰知圣念？其逃亡户口赋税及杂差科等，须有承佃户人，方可依前应役。如将阙税课额，摊于见在人户，则转成逋债，重困黎元。或富者有连阡之田，贫者无立锥之地，欲令均一，固在公平。”

## | 七 月 |

**陆龟蒙本年约三十三岁。本月后为湖州刺史张搏辟为从事。**

《新唐书》本传记龟蒙“举进士，一不中，往从湖州刺史张搏游，搏历湖、苏二州，辟以自佐”。又《嘉泰吴兴志》卷十四记：“张搏咸通十三年七月，自中大夫拜。”

## 八月

**归义节度使张义潮卒，制以沙州长史曹义金为节度使。是后中原多故，朝命不及，回鹘陷甘州，自余诸州隶归义者多为羌、胡所据。**

据《资治通鉴》卷二五二。胡三省注云：“自唐末迄于宋朝，河、湟之地遂悉为戎，中国不能复取。”

## 九月

**孙樵约此时为康僚撰墓志铭并序，称其善四六文。**

《全唐文》卷七九五有孙樵《唐故仓部郎中康公墓志铭并序》，据志，此康公咸通九年（868）为仓部郎中。考岑仲勉《郎官石柱题名新著录》，仓部郎中有康僚，则此康公即为康僚。文中记康僚卒于咸通十三年，其年九月三日“权窆于孟州河阴县某乡里”。文中复记康僚文才“公幼嗜书，及冠，能属辞，尤攻四六文章，援毫立成，清媚新峭，学者无能如”。《全唐文》卷七五七有康僚《汉武帝重见李夫人赋》与《日中乌赋》二文，前文展现出李夫人重现之景：“清风拂户，疑仿佛以徐来；皎月临轩，尚朦胧而未见。且其驻视潜听，虔思效灵。燎金炉之馥馥，灿银烛以荧荧。寂寞而求，瞥尔而风生绮席；从容以俟，俄然而影在花屏。于时渐出形仪，暗闻珠翠。初半面以呈姿，忽全身而表异。盈盈不笑，如羞久别之容；眷眷无言，莫问平生之事。”似有非有，似无非无，朦胧中展现出李夫人之婉媚，也恰好体现出汉武帝对其之一往情深。

## 十月

**顾云本年约二十二岁。复落第，约此时在京，有多篇投献文述及落第之悲。**

《全唐文》卷八一五有顾云《投翰林刘学士启》，文中述及科考之艰辛：“栖迟虽甚于苏秦,辛苦近同于宁越。时或严霜屈节,脱叶辞枝,曲突无烟,幽窗有雪。飞文月殿,欲拟谢庄,染瀚兰台,思齐宋玉。……三犯龙门,屡奔鲸浪。元珠难得,空迷罔象之津;大道多歧,频洒亡羊之泣。……傥假以风云,赐之慰荐,奏扬雄于汉殿,始郭隗于燕台,愿借吹嘘,岂无裨助。”按,“三犯龙门”乃谓曾三试而三次落第。顾云咸通十年、十二年及本年均落第,则文应作于本年。又其《又谢下第后使人存问启》作于咸通十四年,乃上刘承雍,即本文之刘学士。又同卷有《投顾端公启》,中云:“爰自随计遐方,观光上国。……出谷风高,先摧弱羽;登门浪急,预返穷鳞。伏念一掷鱼竿,四环星琯。华发洒倚门之泪,远书开隔岁之缄。”又《投刑部赵郎中启》亦云:“一别楚山,四凋秦叶,进惟角触,退则羁栖。望化羽之期,乌头讵白;困龙门之险,鱼尾将赪。”按,以上诸文均作于顾云咸通九年(868)离家至京赴举之后。

## |十一月|

**王讽前自吏部侍郎以旁累谪守漳浦,尝与漳州三平大师论及儒释、权道,深服之。本月大师卒,王讽或稍后为撰碑铭。**

《全唐文》卷七九一有王讽《漳州三平大师碑铭并序》,中云:“大师法名义中,俗姓杨氏,为高陵人。因父仕闽,生于福唐县。……宝历初到漳州,州有三平山,因芟薙住持,敞为招提。……至宣宗皇帝稍复佛法……刺史故太子郑少师薰俾葳其事,旬岁内寺宇一新,因旧额标曰开元。……讽自吏部侍郎以旁累谪守漳浦,至止二日访之,但和容瞪目,久而无言。征其意,备得行止事实,相见无间然也。问曰:‘《周易》经历三圣,皆合天旨神道。注之者以至虚而善应,则以道为称,以不思而元览,则以神为名,达理者也。经云隐而显,不言而喻,不疾而速,不行而至。后之通儒,有何疑也?’异日又访之,适有刑狱,因语及,师曰:‘孝之至也,无所不善,有其迹乃匹夫之令节,法之至也,莫得而私,一其政,则国之彝典。’其于适道适权又如此。言讫颔之,不复更言。”

## |十二月|

**汀州刺史孙子泽本年六月卒,本月归葬,左散骑常侍李都为撰墓志铭。子**

**泽，孙公乂子，以御史中丞左迁汀州，于途中接连逝妻女，至郡三月而卒。**

《唐代墓志汇编续集》“咸通〇八九”《唐故御史中丞汀州刺史孙公墓志铭并序》，题后注“朝请大夫守左散骑常侍赐紫金鱼袋上柱国李都撰”。中云：“吾友孙子泽于咸通十三年六月三日殁于临汀刺史之位……用其年十二月五日……合夫人之丧祔于先茔。”又云：“遂擢为御史中丞，庭赐金紫……其选置寮采，必搜贞良，不为势屈。一旦为飞语所中，谪去数千里，人莫得而名之。及就路，衅生闺阁，良偶先凋，越月而爱女继夭。公抱无泣之戚，陷不测之算，至郡三月，为南方毒沴所寇，一夕奄忽。”又子泽乃孙公乂之子，“烈考讳公乂，皇大理卿、礼部尚书致仕，赠太尉”。此与公乂墓志所载其以工部尚书致仕不同。

## 唐懿宗咸通十四年

癸巳　八七三

### 二月

**唐彦谦、杜让能、李渥、曹希干、韦昭范等三十人登进士第，孔缥为本年状元。中书舍人崔瑾知贡举。**

据《登科记考补正》卷二三本年条。

**顾云本年约二十三岁，时下第在京，翰林学士刘承雍遣人慰问，云有文谢之。**

《全唐文》卷八一五有顾云《又谢下第后使人存问启》，中云：“近者以龙门阻浪，莺谷摧枝，鳞鬣伤残，羽翰零落。……前日某官委访穷居，曲传芳讯，侧聆尊旨，跪听玉音。……伏以学士优游仙苑，泛咏天潢。”按，此学士即翰林学士刘承雍。《启》又云：“爰从前岁秋杪，去年冬初，累贡菲词，上干藻鉴。”据前文，咸通十二年秋、十三年冬初，顾云各有文上刘承雍，则此启盖此时下第后感谢刘承雍者。

## 三月

**罗隐本年四十一岁。约本年春,至湖南谒观察使王凝,上书求其举荐。**

《罗隐集·启事》有《投湖南王大夫启》,中云:“前使常侍,遽怜此志,遂以奏官,藉俸入于衡阳,专表章于使府。……寻遇大夫,辄梦轩宫,吹暄梦峤。手中扇在,何必袁宏;天上才高,宁惟公辅?间者龙门掌贡,马帐搜遗。……而某适限徐兵,远留吴会,不得少将鳞鬣,侧望风雷。”按,此湖南王大夫乃王凝。启中所谓“前使常侍”即前湖南观察使于瓌,隐于咸通十一年因于瓌荐为衡阳主簿。而王凝咸通十年主礼部试,罗隐因徐州兵乱而未能赴举。《唐方镇年表》卷六记王凝镇湖南在咸通十三年、十四年,则隐之启约上于此时。

## 四月

**懿宗崇佛,不顾群臣反对,遣使诣法门寺迎佛骨,仪卫之盛,甚为侈靡。下赦文,于文中可见由于时局日艰,懿宗愈信释氏。**

《资治通鉴》卷二五二咸通十四年载:“春,三月,癸巳,上遣敕使诣法门寺迎佛骨,群臣谏者甚众,至有言宪宗迎佛骨寻晏驾者。上曰:‘朕生得见之,死亦无恨!’广造浮图、宝帐、香舆、幡花、幢盖以迎之,皆饰以金玉、锦绣、珠翠。自京城至寺三百里间,道路车马,昼夜不绝。夏,四月,壬寅,佛骨至京师,导以禁军兵仗、公私音乐,沸天烛地,绵亘数十里。仪卫之盛,过于郊祀,元和之时不及远矣。富室夹道为彩楼及无遮会,竞为侈靡。上御安福门,降楼膜拜,流涕沾臆,赐僧及京城耆老尝见元和事者金帛。迎佛骨入禁中,三日,出置安国崇化寺。宰相已下竞施金帛,不可胜纪。”《全唐文》卷八五懿宗有《迎佛骨赦文》,中云:“朕以寡德,缵承鸿业,十有四年。顷属蛮寇猖狂,王师未息,朕忧勤在位,爱育生灵,遂乃尊崇释教,志重元门,迎请真身,为万姓祈福。”

## 五月

**懿宗以狱吏苛刻，本月下敕慎恤刑狱。**

《唐会要》卷四〇《君上慎恤》载："咸通十四年五月敕：'慎恤刑狱。'"文存《全唐文》卷八四，题为《恤刑敕》。

## 六月

**累年以来，四方多故，今虽宁谧，然已物力凋耗，人情艰危。懿宗本月下旨委所在长吏，各承诏令，切务慰安。**

《唐大诏令集》卷一一七有《安恤天下德音》，文后注"咸通十四年六月"。中云："自累年已来，四方多故，虽已宁谧，尚切防虞。居安不忘于虑危，有备可期于无患。况海隅封略，犹集戎兵，天下租庸，半资军食。而又徐泗战争之地，疮痍仅平；江淮灾沴之乡，流亡未占。遂使物力凋耗，人情艰危，言念蒸黎，良深悯恻……应诸道州府军人百姓，委所在长吏，各承诏旨，切务慰安。疮痛仅平者，尤在抚绥；流亡未占者，倚深招谕。物力凋耗之处，速致安全；人情艰危之时，无更侵扰。远年逋欠，且缓并征，近日归还，勿更加税。劝农重谷，以备饥荒，训卒练兵，用防寇盗。"

## 七月

**辛巳，懿宗崩，年四十一。宦官左军中尉刘行深、右军中尉韩文约立少子普王李儇即位，是为僖宗。**

见《旧唐书·懿宗纪》、《资治通鉴》卷二五二。

## |十月|

**癸卯,赦天下**。

见《旧唐书·懿宗纪》、《资治通鉴》卷二五二。

## |十二月|

**己亥,诏送佛骨还法门寺**。

见《资治通鉴》卷二五二。

**牛丛上月授剑南西川节度使,本月即收到南诏国坦绰之书,言多忤逆之词,从览书惊骇,复书警谕。从,牛僧孺子**。

《全唐文》卷八二七有牛丛《报坦绰书》,中云:“十二月二十四日,剑南西川节度观察安抚使守兵部尚书成都尹牛丛,致书于云南诏国坦绰麾下……坦绰今既离彼巢穴,犯我封圻,当道已排比战场,点齪戈甲。雄师十万,骁骑五千。即遂鼓行,并令擒戮。”此文后有编者按:“谨案,《成都文类》:咸通十四年,兵部尚书牛公丛除剑南西川节度使,十二月坦绰至雅州差使送书上川主云:‘此时止欲专诣京都,恳求朝见论理,枉遭谗间,隔绝梯航。冀与尚书继好息民,朝来暮往。今故假道贵府,请于蜀王殿安下三五日,即前进。’公览书惊骇,乃复书云云。”据《唐方镇年表》,丛本年十一月授西川节度使。

## |本年|

**薛逢本年约六十八岁,其官终秘书监约在本年前后**。

薛逢之卒年无可详考,两《唐书》本传等谓其官终秘书监。据《旧唐书·薛逢传》载:“王铎作相,逢又有诗云:‘昨日鸿毛万钧重,今朝山岳一尘轻。’铎又怨之。以恃才褊忿,人士鄙之。迁秘书监,卒。”考《新唐书·宰相表》,王铎咸通十一年十一月任宰相，则逢以诗讥王铎盖在其时，而逢之迁秘书监在此之后。倘逢卒于是任，则其卒盖在本年前后数年中。逢善七律，诗多精警。胡震亨称“薛陶臣殊有写才，不虚俊拔之目。长歌似学白氏，虽以此得名，未如七律多警”（《唐音癸签》卷八）。辛文房《唐才子传·薛逢传》谓“逢天资本高，学力亦赡，故不甚苦思，而自有豪逸之态。第长短皆率然而成，未免失浅俗，盖亦当时所尚，非离群绝俗之诣也”。又《旧五代史》卷六八《薛廷珪传》云：“初，廷珪父逢，著《凿混沌》《真珠帘》等赋，大为时人所称。”《南部新书》卷丙亦称“逢作《凿混沌赋》知名。”《全唐文》卷七六六载《凿混沌赋》《天上种白榆赋》。《新唐书·艺文志》著录《薛逢诗集》十卷、《别纸》十三卷。《直斋书录解题》卷一六录有薛逢《四六集》一卷。《宋史·艺文志七》亦录《薛逢别集》九卷、《薛逢赋》四卷、《薛逢诗》一卷。

**卢肇约本年或稍前罢吉州刺史，回宜春，时林韫学书于肇，肇授以拔镫法。肇擅赋，尤以《海潮赋》驰名。**

《全唐文》卷七六八林韫《拨镫序》云：“韫咸通末为州刑掾，时庐陵卢肇罢南浦太守归宜春。公之文翰，海内知名。韫窃慕小学，因师于卢公子弟安期。岁余，卢公忽相谓曰：‘子学吾书，但求其力尔，殊不知用笔之方，不在于力，用于力，笔死矣。……意在笔前，然后作字……吾昔授教于韩吏部，其法曰拔镫，今将授子，子勿妄传，推拖捻拽是也。诀尽于此，子其旨而味乎。”按，据《元和郡县图志》卷二八江南道四，庐陵郡即吉州。据上文可知咸通末卢肇已罢吉州回宜春而授书法于林韫。卢肇之卒年不可考，《郡斋读书志·附志》卷五下称肇历“歙、宣、池三州刺史，所至皆有可纪。后为吉州刺史，卒”。则卢肇之卒约在此后数年中。肇擅赋，尤以《春潮赋》驰名，此外《全唐文》卷七六八尚有《如石投水赋》《湖南观双柘枝舞赋》《鹳鸽舞赋》《天河赋》等。其中《湖南观双柘枝舞赋》文采斐然，描摹舞姿栩栩如生，乃研究柘枝舞之重要资料。如：“乍惨舒而复振。惊顾兮若严，进退兮若慎。或迎兮如流，即避兮如慅。傍睨兮如慵，俯视兮如引。风袅兮弱柳，烟幂兮春松。缥缈兮翔凤，婉转兮游龙。……飞飙忽旋，鸾鹤联翩。撼帝子之瑶佩，触仙池之玉莲。拥惊波与急雪，卷祥云及瑞烟。词方重陈，鼓亦再歇。俄举袂以容曳，忽吐音而清越。一曲曲兮春恨深，一声声兮边思发。……歌扇兮才敛，鸣鼙兮更催。将腾跃之激电，赴迅疾之惊雷。忽如厌乎挥霍，戢余势以徘徊。屹而立，若双鸾之窥石镜；专而望，似孤云之驻蓬莱。

轻攒翠蛾,稍拂香汗,暂尔安逸,复骋陵乱。"《新唐书·艺文志四》著录卢肇《海潮赋》一卷、《通屈赋》一卷,注林绚《大统赋》二卷。

## 唐懿宗咸通十五年　唐僖宗乾符元年

甲午　八七四

### 正月

**户部侍郎、知制诰、翰林学士卢携上疏,言关东旱灾,百姓饥苦,请蠲免税收,发仓赈给。**

《全唐文》卷七九二有卢携《乞蠲租赈疏》。《资治通鉴》卷二五二乾符元年春正月丁亥载:"翰林学士卢携上言,以为:'陛下初临大宝,宜深念黎元。……臣窃见关东去年旱灾,自虢至海,麦才半收,秋稼几无,冬菜至少,贫者硙蓬实为面,蓄槐叶为齑。或更衰羸,亦难采拾。常年不稔,则散之邻境。今所在皆饥,无所依投,坐守乡闾,待尽沟壑。其蠲免余税,实无可征。而州县以有上供及三司钱,督趣甚急,动加捶挞,虽撤屋伐木,雇妻鬻子,止可供所由酒食之费,未得至于府库也。或租税之外,更有他徭。朝廷傥不抚存,百姓实无生计。乞敕州县,应所欠残税,并一切停征,以俟蚕麦。仍发所在义仓,亟加赈给。至深春之后,有菜叶木牙,继之桑椹,渐有可食。在今数月之间,尤为窘急,行之不可稽缓。'敕从其言,而有司意不能行,徒为空文而已。"又《旧唐书》卷二二载:"(乾符元年五月)户部侍郎、知制诰、翰林学士、赐紫金鱼袋卢携本官同平章事。"

### 二月

**刘崇望、夏侯泽、崔致远、顾云、蒋曙、杨环等三十人登进士第,归仁泽为本年状元。礼部侍郎裴瓒知贡举。**

据《登科记考补正》卷二三本年条。

**新罗人崔致远本年二十岁，登进士第，后游东都，有诗赋之作。**

崔致远本年登进士第，其《进诗赋表状等集状》（《唐文拾遗》卷四三）自叙其及第与诗赋创作之事云："观光六年，金名榜尾。此时讽咏情性，寓物名篇，曰赋曰诗，几溢箱箧。但以童子篆刻，壮夫所惭，及忝得鱼，皆为弃物。"又谓其及第后，"寻以浪迹东都，笔作饭囊，遂有赋五首、诗一百首、杂诗赋三十首，共成三篇"。又崔致远《初投献太尉启》（《桂苑笔耕集》卷十七）云："自十二则别鸡林，至二十得迁莺谷，方接青襟之侣。"迁莺谷即登进士第之谓，则知致远本年二十岁。

## | 三 月 |

**罗隐本年四十二岁，时在李蔚淮南幕。**

《罗隐集·启事》有《投永宁李相公启》，中云："伏思癸卯年中，维扬城畔，谢傅裂土疆之日，羊公分节制之时。"永宁李相公乃李蔚。据文意，李蔚曾任淮南节度使。考《唐方镇年表》，李蔚咸通十一年十二月至乾符元年任淮南节度使，文中"癸卯"有误，当为"癸巳"，亦即咸通十四年。启中又谓："所以汉阳计吏，得诣军门；厌次狂生，叨蒙客礼。……进趋获奉于麾幢，俸入仍资于甘旨。"则知隐去年即入李蔚淮南幕，本年仍在其幕。《吴越备史》卷一《罗隐传》记罗隐"凡十上不中第，遂更名。初从事湖南，历淮、润，皆不得意"。

## | 四 月 |

**前河中少尹卢知宗本年正月卒，本月葬，其季弟前河南少尹卢荛为撰墓志，知宗、荛皆卢商子。**

《唐代墓志汇编》"咸通一一三"《唐故河中少尹范阳卢府君墓志铭并序》，题后注"季弟朝议郎前守河南少尹上柱国赐绯鱼袋荛撰并书"。中云："兄讳知宗，字弘嗣……先考相国讳商，皇户部尚书赠太尉……以咸通十五年正月廿九日弃世……以四月廿一日诸子瓜奉帷辖于河南府河南县金谷乡焦古村合祔于前夫人从大茔"，知宗两娶荥阳郑氏堂姐妹，前夫人"相国太子少师赠司空谥德朗之女”,“今夫人即荥阳夫人堂妹也……夫人先考讳颙,太常少卿;大父讳珣瑜,吏部尚书平章事赠太师谥文献”。

## | 六月 |

**郑仁表文章俊拔,此时任殿中侍御史,为其友左拾遗孔纾作墓志铭。后转任起居郎,为宰相刘邺所恶,本年贬岭外,后卒。**

《旧唐书·郑仁表传》:“仁表文章尤称俊拔,然恃才傲物,人士薄之。自谓门地、人物、文章具美,尝曰:‘天瑞有五色云,人瑞有郑仁表。’”又谓:“刘邺少时,投文于刘洎,仁表兄弟嗤鄙之。咸通末,邺为宰相,仁表竟贬死南荒。”《唐代墓志汇编续集》“咸通一〇〇”《唐故左拾遗鲁国孔府君墓志铭并序》,题后注“空具兼军节度常书记,将仕郎、殿中侍御史内供奉赐绯鱼袋郑仁表撰并书”,中云:“咸通十五年三月(后缺),侍讲学士、太仆射、太常孔公以疾辞内署职,其元子左拾遗养疾亦病逾二旬……又旬日,太常公薨,拾遗哭无时,后七十六日亦终……公讳纾,字持卿。”按推算,文约作于本月。又《唐诗纪事》卷六一记仁表“仕为起居郎,为刘邺所恶,贬死岭外”。又《新唐书·宰相表三下》,刘邺于乾符元年十月出为淮南节度使,则仁表为起居郎被贬当在此后至十月间。其卒盖在此后数年间。

## | 九月 |

**黄滔本年约三十五岁。去岁往岭南东道觅举。本年五月,韦荷镇南海,黄滔得州举,有书上韦荷。后离开广州赴京应进士第,途中有文与南海节度段判官。**

《全唐文》八二三有黄滔《南海韦尚书启》,文中言:“且自古六官所重,莫先于吏部。逮今贰职所难,无出于侍郎。而尚书五陟东西,两司铨管。”据《旧唐书·僖宗纪》载,乾符元年五月“以吏部侍郎韦荷为检校礼部尚书、广州刺史、岭南东道节度使”。则知“韦尚书”当为韦荷。文中叙述获韦荷举荐之幸云:“宁期尚书亲回严重,庭赐褒称,变泥沙为丹雘之资,植菅蒯作芝兰之秀。鲁史骤荣于一字,晋庭俄采于片言。超越寻常,震惊流辈。况方今武功草偃,文教风行。

计奔岁贡于九州岛，榜擢词人于都省。至如生于草泽，来自沟塍，或能中甲乙，求登殊尤选，盖止于同人延誉，先达吹嘘。……藉以宇内迹单，天涯亲老。一旦有兹殊遇，得此吉祥。买臣何愧于负薪，毛义实荣于捧檄。”据文中所叙，文乃黄滔受韦荷所荐，将赴京应试时所作。据《唐方镇年表》卷七，韦荷镇岭南东道自乾符元年五月至四年(874—877)。又明年黄滔在长安应试(详乾符二年二月条)，则其受韦荷荐当在本年。又《全唐文》卷八二四有黄滔《段先辈启》与《第二启》二文，前文言“判官先辈万顷襟神，四科文行”。后文言“滔行役近已到潮州，伏以一路经过，二年飘泊，言则涕下，静而魂销……将卜一归，仅阙两试”。且《全唐诗》卷七〇五有黄滔《南海幕和段先辈送韦侍御赴阙》，中云“树色川光入暮秋”之句，则知段先辈为南海节度判官。且黄滔去岁即入南海，因每年进士科举考试须于前年十一月于礼部报到，黄滔参加明年之科举，故其本年暮秋必已离开广州。其去岁虽至南海，但未参加州试，故言“仅阙两试”，即指去年广州州试与本年进士考试。且于第二启中可见黄滔虽知科举艰难，但仍执着于其中之心态：“且圣代近来，时风愈正。取舍先资于德行，较量次及于文章。无论于草泽山林，不计于簪裾绂冕。少有三举五举，多闻十年廿年。而滔自厕迹其中，且迷津不暇。”

## 十一月

**本月庚寅，大赦，改元乾符。**

据《旧唐书·僖宗纪》。

## 十二月

**南诏于十一月寇西川，济大渡河，败唐军黄景复部。本月乘胜陷黎州，入邛崃关，攻雅州。成都惊扰。朝廷诏发河东、山南东道、东川兵援之，仍命高骈诣西川总其事。**

见《旧唐书·懿宗纪》、《资治通鉴》卷二五二。

**朝政昏乱，民不堪苦，奋起反抗。王仙芝率众起兵于长垣。**

《资治通鉴》卷二五二本年末载："上年少，政在臣下，南牙、北司互相矛盾。自懿宗以来，奢侈日甚，用兵不息，赋敛愈急。关东连年水、旱，州县不以实闻，上下相蒙，百姓流殍，无所控诉，相聚为盗，所在蜂起。州县兵少，加以承平日久，人不习战，每与盗遇，官军多败。是岁，濮州人王仙芝始聚众数千，起于长垣。"据胡注，长垣属滑州，宋时属开封府。

## |本 年|

**陆希声本年约四十七岁。自义兴隐召为右拾遗，有感州县刓辟，上疏言事。约本年或稍后为段公路所撰《北户录》作序，述及其诗文见解及当时文风。**

《全唐文》卷八一三有陆希声《周易传序》，中云"予乾符初任右拾遗"。又《新唐书·陆希声传》："隐义兴。久之，召为右拾遗。时憸腐秉政，岁数歉，梁宋尤甚。希声见州县刓辟，上言当谨视盗贼。明年，王仙芝反，株蔓十州，遂不制。"按，王仙芝本年已举兵，其株蔓十州事在明年（详参乾符二年十二月条），则知陆希声入朝为右拾遗并上疏言事当在本年。又希声有《北户录序》（《全唐文》卷八一三），乃为段公路所撰《北户录》而作。文末有"右拾遗内供奉陆希声撰"之语，知文乃作于本年或稍后。文中述及其对诗文创作及当时文风之见解："诗人之作，本于风俗。大抵以物类比兴，达乎情性之源。自非观化察时，周知民俗之事，博闻多见，曲尽万物之理者，则安足以蕴为六义之奥，流为弦歌之美哉？由是言之，则古之学者，固不厌博。博而且信，君子难之……近日著小说者多矣，大率皆鬼神变怪荒唐诞妄之事。不然，则滑稽诙谐以为笑乐之资。离此二者，或强言故事，则皆诋訾前贤，使悠悠者以为口实。此近世之通病也。"序中又记段公路"以事南游五岭间，常采其民风土俗饮食衣制歌谣哀乐。有异于中夏者，录而志之。至于草木果蔬虫鱼羽毛之类，有瑰形诡状者，亦莫不毕载。非徒止于所闻见而已，又能连类引证，与奇书异说相参验，真所谓博而且信者矣"。据此知《北户录》乃乾符元年前段公路南游五岭之作。《唐文拾遗》卷三二有段公路《祷孟公祝词》，中云："公路咸通辛卯年，从茂名归南海。"咸通辛卯乃咸通十二年（871），则公路约是年南游五岭，其撰《北户录》盖在此时或稍后。《新唐书·艺文志二》著录有段公路《北户杂录》三卷。

## 唐僖宗乾符二年

乙未　八七五

### 正月

**本月辛巳，上祀圆丘，赦天下。**

据《通鉴·僖宗纪》。《唐大诏令集》卷七一有《乾符二年南郊赦》。

**朝廷以近年进士宴游过奢，下敕约束。**

《全唐文》卷八八僖宗《戒约新及第进士宴游敕》："进士策名，向来所重，由此从官，第一出身。诚宜行止端庄，宴游俭约，事务率醵，动合兢修。保他日之令名，成在此之慎静，岂宜纵逸，唯切追欢。近年以来，浇风大扇，一春所费，万余贯钱。况在麻衣，从何而出？力足者乐于书罚，家贫者苦于成名。将革弊讹，实在中道，宜令礼部切加戒约。每年有名宴会，一春罚钱及铺地等，相许每人不得过一百千，其勾当分手，不得过五十人。其开试开宴，并须在四月内。稍有违越，必举朝章。"《唐大诏令集》卷一〇六记此敕下于本月，题为《厘革新及第进士宴会敕》。《登科记考补正》所记时间同，并录所下制曰："词科出身，士林所重，本贵贱历，渐至显荣。近者惟扇浇风，皆务躁进，麻衣才脱，结绶王畿。是能十年宦途，今来半岁迁授，颇为讳弊，须举重明。自今以后，进士及第并许满二周年后，诸道藩镇及户部度支、盐铁，及在京诸司方得奏请。"

**僖宗荒废朝政，宠信宦官田令孜，使专政事。**

《资治通鉴》卷二五二乾符二年正月载："上之为普王也，小马坊使田令孜有宠，及即位，使知枢密，遂擢为中尉。上时年十四，专事游戏，政事一委令孜，呼为'阿父'。令孜颇读书，多巧数，招权纳贿，除官及赐绯紫皆不关白于上。……上与内园小儿狎昵，赏赐乐工、伎儿，所费动以万计，府藏空竭。令孜说上籍两市商旅宝货悉输内库,有陈诉者,付京兆杖杀之。宰相以下,钳口莫敢言。”

**高骈本年五十五岁,本月任西川节度使。南诏闻其至,引兵去。骈上奏停发长武、鄜州、河东兵,后率军击退南诏。**

《资治通鉴》卷二五二乾符二年正月“丙戌,以高骈为西川节度使。……高骈至剑州,先遣使走马开成都门。或谏曰:‘蛮寇逼近成都,相公尚远,万一豨突,奈何?’骈曰:‘吾在交趾破蛮二十万众,蛮闻我来,逃窜不暇,何敢辄犯成都!今春气向暖,数十万人蕴积城中,生死共处,污秽郁蒸,将成疠疫,不可缓也!’使者至成都,开城纵民出,各复常业,乘城者皆下城解甲,民大悦。蛮方攻雅州,闻之,遣使请和,引兵去。骈又奏:‘南蛮小丑,易以枝梧。今西川新旧兵已多,所发长武、鄜坊、河东兵,徒有劳费,并乞勒还。’敕止河东兵而已。”又《全唐文》卷八〇二有高骈《请勒回长武鄜州河东兵士赴剑南奏》,当为此奏。《资治通鉴》卷二五二复记:“高骈至成都,明日,发步骑五千追南诏,至大渡河,杀获甚众,擒其酋长数十人,至成都,斩之。……自是蛮不复入寇。”

## |二月|

**张文蔚、崔胤、崔瀣、杨涉、林嵩、孟棨、郑隐、陈说、林征等三十人登进士第,郑合敬为本年状元。本年试《王者之道如龙首赋》(以“龙之视听,有符君德”为韵)、《一一吹竽诗》、《涨曲江池诗》(以春字为韵)。中书舍人崔沆知贡举。**

据《登科记考补正》卷二三本年条。

**黄滔本年约三十六岁,本月应试落第。后或尝入蜀谒高骈。**

《全唐文》卷八二二黄滔有《省试王者之道如龙首赋》,文中云:“王者以御彼万国,居于九重。既体天而立制,遂如首以犹龙。视听无偏,四海自看其波凑;聪明罔失,兆民咸睹其云从。岂非祖述圣明,披陈道德。以王者为天下之大,域中之式。非澄耳目,不可以烛暗通幽;非审细微,不可以开基建极。于是设喻斯异,微文特殊。以端拱之尊比义,取产泽之灵合符。则而象之,既不雷同于形质;区以别矣,爰将首冠于寰区。”又《全唐文》卷八二四有《西川高相启》,

文中云："公岳降宏才，神资伟望。象外而蔼然妙旨，人间而凛若清风。当以四三杰于汉庭，九八元于尧日。圣上以南澄鸢水，克伏英威。西镇龟城，须资妙略。所以未归台辅，且据重难。巍峨两地之勋，冠绝一时之盛。凡在中外，孰不具瞻。"彭万隆《晚唐诗人黄滔行年考》云："滔《西川高相启》，高相指高骈，乾符二年正月至五年正月为剑南西川节度使。在此期间，黄滔惟有本年乃可能入蜀。《宝刻丛编》卷七'京兆府上'：'《唐磻溪庙碑并诗二》……右骁卫将军兼侍御史高骈书《磻溪诗》二首，其一京兆府渭南县尉郑諴撰……骈以咸通二年刻。'高骈与郑諴有旧，意黄滔此行干谒高骈或由郑諴推荐。"今从之，姑系于此。

## 四月

**浙西狼山镇遏使王郢等作乱，攻陷苏、常二州，转掠二浙，南及福建。**

《旧唐书·僖宗纪》乾符二年四月载："海贼王郢攻剽浙西郡邑。"《资治通鉴》卷二五二亦载："浙西狼山镇遏使王郢等六十九人有战功，节度使赵隐赏以职名而不给衣粮，郢等论诉不获，遂劫库兵作乱，行收党众近万人，攻陷苏、常，乘舟往来，泛江入海，转掠二浙，南及福建，大为人患。"

## 六月

**王仙芝与黄巢攻占数州，民之不堪重赋者争归之，众至数万。**

《资治通鉴》卷二五二乾符二年六月载："王仙芝及其党尚君长攻陷濮州、曹州，众至数万。天平节度使薛崇出兵击之，为仙芝所败。冤句人黄巢亦聚众数千人应仙芝。巢少与仙芝皆以贩私盐为事，巢善骑射，喜任侠，粗涉书传，屡举进士不第，遂为盗，与仙芝攻剽州县，横行山东，民之困于重敛者争归之，数月间，众至数万。"

**吴畦约本月陪温州邵刺史游雁荡山，撰文以记之。**

《全唐文补编》卷八六有吴畦《陪邵太守游南雁山记》，中云："乾符甲……

吾瓯刺史钱公铧去任,会浙招讨司副使邵公摄守兹土……明年乙未,期月治也,百废具举,政府无事,乃始行郊野,以至横阳,去治西南二百里,有雁荡山,隐于榛莽,自前康乐谢公,未之至也。”乾符乙未即本年,文中又有“盛夏如秋”之语,则文约作于本月。又据此文可补《唐刺史考全编》。“康乐谢公”即谢灵运,尝为永嘉太守。据《唐刺史考全编》:“上元二年分括州之永嘉、安固二县置温州。天宝元年改为永嘉郡。乾元元年复为温州。”则知邵氏乾符元年任温州刺史。又钱铧,钱镠弟,《唐文拾遗》卷四八作者小传:“铧,字辅轩,武肃王之弟也。累授温、明二州刺史。”据此文与《唐刺史考全编》可知,钱铧之任温州刺史在咸通十三年至乾符元年间。

## |七月|

**罗隐本年四十三岁,秋至鄂州,上书谒观察使韦蟾。**

《罗隐集·甲乙集》卷二有《上鄂州韦尚书》,中云:“往岁先皇驭九州,侍臣才业最风流。文穷典诰虽余力,俗致雍熙尽密谋。……都缘未免江山兴,开济生灵一校秋。”此韦尚书乃韦蟾。蟾乾符元年初出镇鄂岳,罗隐此文当作于蟾镇鄂岳之次年,即本年秋。

## |九月|

**杨知退为亳州刺史兼御史中丞,本月其弟前凤翔节度副使杨思立归葬,知退为撰墓志。知退、思立皆杨虞卿子。**

《唐代墓志汇编》“乾符〇一一”《唐故朝议大夫前凤翔节度副使检校尚书兵部郎中兼御史中丞上柱国赐紫金鱼袋弘农杨府君墓志铭并序》,题后注“长兄中散大夫使持节亳州诸军事守亳州刺史兼御史中丞充本州团练镇遏使上柱国赐紫金鱼袋知退撰”,中云:“君讳思立,字立之……先考虞卿,京兆尹,赠太尉。”文记思立卒于本年六月,本月归葬。

## 十月

**右补阙董禹上疏论时弊,因触怒宦官而遭贬。**

《资治通鉴》卷二五二乾符二年载:"九月,左补阙董禹谏上游畋,乘驴击球,上赐金帛以褒之。邠宁节度使李侃奏为假父华清宫使道雅求赠官,禹上疏论之,语颇侵宦官。枢密使杨复恭等列诉于上,冬,十月,禹坐贬郴州司马。"

## 十二月

**山东各地起义事者众,绵延十余州,至于淮南。本月,王仙芝兵攻沂州。**

《资治通鉴》卷二五二乾符二年载:"群盗侵淫,剽掠十余州,至于淮南,多者千余人,少者数百人。诏淮南、忠武、宣武、义成、天平五军节度使、监军亟加讨捕及招怀。十二月,王仙芝寇沂州,平卢节度使宋威表请以步骑五千别为一使,兼帅本道兵所在讨贼。乃以威为诸道行营招讨草贼使……因诏河南方镇所遣讨贼都头并取威处分。"

## 本年

**陈黯卒于本年,年七十二。有集三卷。其文多讽刺时世,笔锋犀利。后黄滔与罗隐为其文集撰序。**

《全唐文》卷八二四有黄滔《颍川陈先生集序》,中云:"先生下世后二十年而忝登甲第。"考黄滔乾宁二年(895)年及第,则黯约卒于本年。黄滔乃陈黯内侄,黯卒后,滔于天复二年(902)作此文,文记黯之生平与才学,中云:"先生讳黯,字希孺。父讳贽,通经及第,娶江夏黄夫人。……十岁能诗,十三……声名大振于州里。十七为词赋,作《苏武谒汉武帝陵庙赋》,便为作者推伏。二十为文。先生松姿柳态,山屹陂注,语默有程,进退可法。早孤,事太夫人弥孝,熙熙愉愉,承颜侍膳,虽隆云路之望,终确彩衣之恋。既而及其子蔚冠,太夫人勉之曰:'付蔚于潘岳之筵,俟尔于郄诜之桂。'方起于乡荐,求试贡闱,已过不惑之年矣。乃会昌乙丑逮咸通乙酉，其间以宁家兼在疚之日，断绝往来。吴楚之江山辛勤，秦雍之槐蝉叹嗟。知己之许，与同郡（指泉州）王肱、萧枢、同邑林颢、漳浦赫连韬、福州陈蔇、陈发、詹雄同时，而名价相上下。……先生之文，词不尚奇，切于理也。意不偶立，重师古也。其诗篇词赋檄，皆精而切，故于官试尤工。”《罗隐集·杂著》有《陈先生集后序》，据文中所述，亦作于天复二年。《新唐书·艺文志四》著录《陈黯集》三卷，《郡斋读书志》卷四记《陈黯文集》三卷，《全唐文》卷七六七录其文十篇。陈黯之文多讽刺时世，如《御暴说》将文锋直指朝廷之暴政，言辞犀利：“或问为物之暴者，出于狼虎也何？暴攫搏于山薮之间尔。权幸之暴，必祸害于天下也，狼虎焉得而类诸？夫狼虎之暴，炳其形，犹可知也。权幸之暴，萌其心，不可知也。自口者不过于噬人之腥，咋人之骨血。自心者则必亡人之家，赤人之族，为害其不甚乎！”又如《本猫说》，文记猫本为狸，生野外，善捕鼠，其后代经人驯养之后，不甚怒鼠，又因其母杀鼠食之，竟与鼠同为盗。从野外重捕其幼以养，及长复捕鼠如故。文似批评时人之耽于安乐，言辞简练，然切于事理。

## 唐僖宗乾符三年

丙申　八七六

### 二月

**高蟾、苗廷乂等三十人登进士第，孔缄为本年状元。礼部侍郎崔沆知贡举。**

据《登科记考补正》卷二三本年条。

### 三月

**高骈本年五十六岁，仍在西川节度使任。本月回牒南诏，文中数责其挑起战火之罪，并述及击敌过程，文笔恣肆，颇显武将之风。**

《资治通鉴》卷二五二乾符三年三月载：“南诏遣使者诣高骈求和而盗边不

息，骈斩其使者。蛮之陷交趾也，虏安南经略判官杜骧妻李瑶。瑶，宗室之疏属也。蛮遣瑶还，递木夹以遗骈，称‘督爽牒西川节度使’，辞极骄慢。骈送瑶京师。甲辰，复牒南诏，数其负累圣恩德、暴犯边境、残贼欺诈之罪，安南、大度覆败之状，折辱之。”又《全唐文》卷八〇二有高骈《回云南牒》，文中云：“前诏王遣张栋成等扬言和好，身才入境，兵已继来。侵欺大国，荧惑元戎。戮仆之仪，须依古典，已军令处置。诏国前后俘获约十万人，今独送杜骧妻，言是没落。杜骧守职，本在安南。城陷驱行，故非没落。星霜半代，桎梏几年。李氏偷生，空令返国。杜骧早殁，不得还乡。……李氏并诏国木夹，并差人押领进送朝廷。”据此知，文当作于本月。牒中述及击敌过程：“某比者亲征海裔，克复龙编。驾三千之师，剿十万之寇。南定县全军陷没，如乾镇匹马不回，罗和一空，嘉宁俱尽。赞卫段酋迁斩首，骑将麻光亮亡躯。李善龙面缚军前，张诠生擒阵上。沈白衣殁命之众，如赤日消冰。杀朱弩佉苴之军，若红炉焰雪。诸眉就戮，思缙自裁。董译龙之凄惶，范昵些之窘沮。江桥则尽底焚烧，采筏则从头覆没。波封瓦解，扶耶大隳。容易诛锄，若高原之纵燎。等闲扑灭，如顺阪之走丸。收复城池，扫殄妖孽。仗睿谋之果断，资神术而追擒。掩韩信灭赵之功，吞乐毅定齐之策。其于胜负，诏国同知。”文笔恣肆，颇显武将之风。

**罗隐本年四十四岁，约本月有书与招讨将军宋威，责其“横摧士伍，鞭挞馈运”，致王仙芝拔睢阳、围大梁，文章言辞犀利。**

《罗隐集·谗书》有《与招讨宋将军书》，文中云：“而仙芝、尚君长等，凌突我庐、寿，剥我梁、宋。天子以虮虱痒痛，不足搔爬，因处分十二州，取将军节度……今闻群盗已拔睢阳三城，大梁亦版筑自固。彼之望将军，其犹沸之待沃，压之待起也。而将军朱轮大旆，优游东道，抑不知朝廷以十二州奉将军侍卫者乎？……自将军受命，迄今三月，啮、啖、刷、掠之不解，杀、伤、驱、辇之不已，乃将军为之，非君长、仙芝之所为也。今将军……横摧士伍，鞭挞馈运，以愚度之，将军之行，酷于君长、仙芝之行也，甚为将军忧。”宋将军为宋威，据前文乾符二年十二月载，“以威为诸道行营招讨草贼使……因诏河南方镇所遣讨贼都头并取威处分。”知宋威为招讨将军讨王仙芝在乾符二年十二月，至本月为三月，则文约作于此时。田启文评此文曰：“一介平民能有如此的识见与气度，着实令人赞叹；而其不畏强权，据理力争的作为，实因心系黎民而生出的勇气啊！”（《晚唐讽刺小品之风貌》，台北文津出版社有限公司，2004 年版）

**胡曾在高骈西川幕，为骈起草文书**。

《全唐文》卷八一一胡曾有《代高骈回云南牒》，系本年代高骈作。

## | 六 月 |

**朝廷讨伐王郢**。

《唐大诏令集》卷一二〇有《讨伐王郢诏》，文后注“乾符三年六月”。文亦存《全唐文》卷八七。

## | 七 月 |

**黄滔本年约三十七岁，下第后居长安，约本月或稍后上启谒刑部员外郎卢浔**。**本月之前曾代郑諴上启谢郑畋与卢携**。

《全唐文》卷八二三有黄滔《卢员外浔启》，文中云：“昨辄以近试赋轻黩门墙……户部郑郎中伏话员外仁恩，大赐奖录。”按，户部郑郎中即郑諴。据《唐尚书省郎官石柱题名考》卷一一“户部郎中”，本年七月至九月郑諴任户部郎中，则文当作于本月或稍后。按《淳熙三山志》卷二六《人物类一·科名》载“郑諴，字申虞，闽县人”，与黄滔为同乡，故黄滔依其门墙，代其撰文。《全唐文》卷八二三有黄滔《代郑郎中上静恭卢相启》与《代郑郎中上兴道郑相启》二文，按，卢相指卢携，郑相指郑畋。《上卢相启》中云：“某顾惟琐陋，获忝钧熔。既契之于无私，固施之于不报。岂宜遽赍感激，窃拜门墙。……自从振迹春闱，投身宦路，徒绵岁月，莫致飞驰。却则穷途，前皆散地。”据《唐刺史考全编》，諴咸通四年任郢州刺史，后又任邓州刺史。郢、邓二州均属山南东道，此与文中所谓“却则穷途，前皆散地”之语相符。又据《旧唐书·僖宗纪》，乾符三年七月，以主客郎中郑諴为金部郎中。劳格谓当作金部郎中。郑諴为户部郎中，则諴当于本月前入京任金部郎中或先任主客郎中，再转金部郎中。諴之任职时间无详考，约在乾符元年十月卢携、郑畋拜相后至本月间，文姑一并系于此。又諴与郑畋同于会昌二年（842）登进士第，故《上郑相启》中有“既以宗盟属意，仍从知旧留情……今则荣窃握兰，幸当幞被”之句，当为代谢郑畋念及同年情谊，于其拜相后调諴入京任职而作。

## |八月|

**高骈本月始筑成都罗城，为此上请表。**

《全唐文》卷八〇二有高骈《请筑罗城表》，中云：“臣今欲与民防患，为国远图，广筑罗城，以示雄阃。”又《资治通鉴》卷二五三记其筑罗城始于本月。

**苏鹗自幼好学，长而忘倦，尤喜前代故实。自咸通间举进士，十上而不第，遂将所闻见之事编为《杜阳杂编》三卷，约本月书成，并为之序。**

《全唐文》卷八一三苏鹗有《杜阳杂编序》，文末署：“时乾符三年秋八月编次焉。”序中述及成书经过及书中之作：“予髫年好学，长而忘倦。尝览王嘉《拾遗记》、郭子衡《洞冥记》及诸家怪异录，谓之虚诞。而复访问博文强记之士，或潜夫辈，颇得国朝故实。始知天地之内，无所不有。……屡接朝事，同人语事，必三复其言，然后题于简册，藏诸箧笥。暇日阅所纪之事逾数百纸，中仅繁鄙者并弃而弗录，精实者编成上中下三卷，自代宗广德元年癸卯，讫懿宗咸通癸巳，合一百一十载。……知我者谓稍以补东观缇油之遗阙也。”《新唐书·艺文志》著录苏鹗《演义》十卷、《杜阳杂编》三卷。《全唐文》作者小传记其“字德祥，京兆武功人，光启二年进士”。此后事迹不详。

## |九月|

**本月，王仙芝陷汝州，执刺史王镣。东都大震，士民挈家逃出城。稍安，僖宗遣左谏议大夫杨授、工部员外郎李巢专往宣慰。仙芝又南攻唐、邓、安、黄等州。关东诸州军但守城而已。**

《旧唐书·僖宗纪》乾符三年，“七月，草贼王仙芝寇掠河南十五州，其众数万。是月，贼逼颍、许，攻汝州，下之，虏刺史王镣。刑部侍郎刘承雍在郡，为贼所害。贼遂南攻唐、邓、安、黄等州。时关东诸州府兵不能讨贼，但守城而已”。

《资治通鉴》卷二五二记王仙芝陷汝州于本年九月丙子，后又陷阳武，攻郑州。十月，南攻唐、邓。又《唐大诏令集》卷一一七有《宣抚东都官吏敕》，中云："昨者草寇冯陵，王师讨伐，勤劳车甲，绵历星霜。巡环于十二郡间，涂炭于数千里内，方闻翦灭，又致猖狂。王仙芝等纵胁生灵，联攻县邑，才收阳翟，又破郡城。不日复陷汝州，兼掳郡守、监军使。凶党既盛，人心易摇。寻闻洛邑震惊，都城纷扰，旧相护几筵回避，群官挈妻子奔逃，工商失业以无依，黎庶舍家而竞出……今则官兵渐集，王室顿安，公卿可以还旧居，闾巷足得复生业。况闻秋田大稔，物价稍低，虽暂履于艰危，必终成于康济。今差左谏议大夫杨授、工部员外郎李巢专往宣慰。"

**黄滔仍居长安，约此时或稍后有启上刑部侍郎郑諴，向其行卷，乞其援引，并代諴撰启文谢令狐绹。**

《全唐文》卷八二三黄滔有《刑部郑郎中启》《第二启》两篇。其一云："滔学异生知，才非夙构。虽叨进取，莫俟遭逢。郎中模楷词林，梯航名路。每虑或遗于片善，常忧不采于一言。比者伏蒙曲念虚芜，荣流咳唾，诲以磨铅未至，刻楮非工。冥心于雪夜花朝，空征六义。属意于国风王泽，罔造二南。将令罢课缘情，回从体物。"其二云："伏惟郎中乐府至音，儒家上瑞。既负雄文于卓绝，仍搜律韵于精微。……滔业非精至，艺本雕镌。猥蒙仁恩，曲赐借示。自旬日已来，斋心缮写，沐发吟哦。愈尽头风，沉成心醉。……赋集谨诣宅起居陈纳。""刑部郑郎中"为郑諴。据《旧唐书·僖宗纪》，乾符三年九月，郑諴自户部郎中为刑部郎中。又黄滔明年有《下第东归留辞刑部郎中諴》（《全唐诗》卷七〇五）诗，则知此二启约作于此时或稍后。黄滔乃向諴行卷，乞其援引。同上书同卷尚有《代郑郎中上令狐相公启》，中云："某今月四日转授刑部郎中，伏蒙相公仁恩特赐宠诲。"令狐相公为令狐绹，文当上于本月。又滔尚有《代陈蠲谢崔侍郎启》，中云："户部郑郎中伏话郑隐先辈专传侍郎尊旨，伏蒙于新除永乐侍郎处特赐荐论……今春伏遇侍郎精求俊彦，历选滞遗，某又名碍龙头，迹乖豹变。"按，崔侍郎当为崔沆，沆本年二月知贡举。新除永乐侍郎为本年新任命之礼部侍郎高湘。据《旧唐书·僖宗纪》："三年九月，中书舍人高湘权知礼部侍郎。"则文当作于本月或稍后。

## 十一月

**成都罗城本月筑成，高骈为此上表，述及罗城威武之势。**

《资治通鉴》卷二五二载："西川节度使高骈筑成都罗城，使僧景仙规度，周二十五里，悉召县令庀徒赋役，吏受百钱以上皆死。蜀土疏恶，以甓甃之，环城十里内取土，皆划丘垤平之，无得为坎埳以害耕种，役者不过十日而代，众乐其均，不费扑挞而功办。自八月癸丑筑之，至十一月戊子毕功。"又《全唐文》卷八〇二有高骈《筑罗城成表》，中云："严设武备，广筑罗城。雄壮三川，保安千载。使寇孽遮围而不遍，军戎限倚而无疑。……五千堵之周回，川中捍敌。百万人之筑起，空里巍峨。日居月诸，功成事立。金汤既设，铁瓮如坚。控地道之莫能，徒云入寇。纵云梯之强立，无计登陴。白露屋之凌空，跻攀莫及。青城山之对峙，形势不如。拥门之扃锁坚牢，曲角之规模周密。壕深莫跨，壁峻难攻。外边睥睨之崇高，内面栏杆而固护。兽头帖出，雁翅排成。覆瓦烟青，甃砖苔碧。纵蛮再至，无计重图。"

## 十二月

**王仙芝攻申、光、庐、寿、舒、通等州，淮南节度使刘邺奏求援兵，朝中令感化节度使薛能选精兵数千助之。仙芝又攻蕲州，刺史裴渥利诱之，仙芝欲降，黄巢反对，仙芝终不受命，但军中现分裂，仙芝与巢各领兵分道而去。**

见《资治通鉴》卷二五二。

## 本年

**郑綮约本年前后为吏部员外郎，于公事之暇，搜求遗闻逸事，撰成《开天传信记》一书。**

郑綮《开天传信记》一书署"吏部员外郎郑綮"，则此书乃成于其任吏部员外郎时。据《旧唐书·郑綮传》："郑綮者，以进士及第，历监察、殿中，仓、户二员外,金、刑、右司三郎中。家贫求郡,出为庐州刺史。”据此知,郑綮之任吏部员外郎盖在户部员外郎之后,金、刑、右司等部郎中及庐州刺史之前。(又据《唐会要》卷五八《尚书省诸司中》“左右司郎中”条载:“永泰二年四月二十六日诏:‘自今已后,郎中与中州刺史,员外郎与下州刺史……’”)考《旧唐书·僖宗纪》乾符二年六月“仓部员外郎郑綮为户部员外郎”。又《新五代史·杨行密传》记:“唐乾符中,江淮群盗起,行密以为盗见获,刺史郑棨(按,即綮)奇其状貌,释缚纵之。”则知郑綮之任吏部员外郎盖在本年前后。《全唐文》卷四〇八郑綮《开天传信记序》云:“余何为者也?累忝台郎,思勤坟典,用自修励。窃以国朝故事,莫盛于开元、天宝之际,服膺简策,管窥王业,参于听闻,或有阙焉。承平之盛,不可陨坠,辄因簿领之暇,搜求遗逸,传于必信,名曰《开天传信记》。斗筲微器,周鼎齐量,不节之咎,自己致乎?好事者观其志,宽其愚,是其心也。”

## 唐僖宗乾符四年

丁酉 八七七

### 正月

**沈光以《洞庭乐赋》为福建观察使韦岫所称赏,辟为从事。约本月至福建幕。**

《北梦琐言》卷七载:“前进士沈光有《洞庭乐赋》,韦八座岫谓朝贤曰:‘此赋乃一片宫商也。’辟为闽从事。”《唐才子传·沈光传》:“光,吴兴人……工文章古诗,标致翘楚,大得美称。尝作《洞庭乐赋》,韦岫见之曰:‘此乃一片宫商也。’”则知沈光乃以《洞庭乐赋》受知于韦岫,复辟为从事。据《唐方镇年表》卷六,韦岫镇福建在乾符三年(876)至五年。又罗隐有《送沈光侍御赴职闽中》(《罗隐集·甲乙集》卷五)诗:“未至应居右,全家出帝乡。……夜浦吴潮吼,春滩建水狂。延平有风雨,从此是腾骧。”据诗知,时盖在早春,则沈光赴福建幕当在本年初春时。

### 二月

**王郢又出兵攻陷望海镇,掠明州,又陷台州。刺史王葆退守唐兴。诏二浙、**

**福建各出舟师以讨之。镇海节度使裴璩平定王郢之乱。**

见《资治通鉴》卷二五三。《唐大诏令集》卷一二〇有《讨草贼诏》,文后注“乾符四年三月”,此从《资治通鉴》。

**刘覃、郑宾、邵安石、章碣等三十人登进士第。中书舍人高湘知贡举。**

据《登科记考补正》卷二三本年条。

**黄滔本年约三十八岁,落第后将东归,行前有书上尚书右丞崔沆,谢其援引之恩。后郑诚出为安州刺史,滔因此未归家,而往安州依之。**

《全唐文》卷八二四有黄滔《崔右丞启》二文,其一云:“滔献赋命奇,食贫计尽,难安桂玉,须逐萍蓬。伏念灞浐行尘,周秦去路,平言南北,犹悄神魂。况今樊托门墙,依凭奖顾……矧当杏苑烟睛,柳沟风暖。陌上而群英得意,尘中而衰发伤离。”其二云:“滔依栖门馆,感激生成。频年忝极荐之书,词逾一鹗,累榜以未亨之数,愧积迁莺。……而又荐以羁游,仰干笺翰。……今则已装行计,即拟出京。”按,崔右丞为崔沆。据《旧唐书·僖宗纪》乾符三年九月记“礼部侍郎崔沆为尚书右丞”。沆于乾符二年、三年两知贡举,然滔未及第。本年高湘知贡举,沆为滔“荐以羁游”,故而滔上此二启以谢之,文当作于滔落第离京前。又卷八二三有《与杨状头书》,文中谓“故安州郑郎中、江陵蒋校书谓所业赋偶公道,必为宗师之荐,宗伯之求。某佩斯言十有五年矣”。此书作于大顺二年(891)(详见该年十月条),上推十五年,则知滔本年当依郑诚于安州,诚约于本年春迁安州刺史。郁贤皓《唐刺史考全编》所考郑诚乾符三年迁安州刺史似有误,详考可参彭万隆《晚唐诗人黄滔行年考》。

**王仙芝攻陷鄂州,黄巢攻陷郓州。**

见《旧唐书·僖宗纪》、《资治通鉴》卷二五三。

## 三月

**黄巢攻陷沂州。**

见《资治通鉴》卷二五三。

## 四月

**裴澈为翰林学士、礼部员外郎，本月奉敕为宣宗十一子广王滩撰墓志。**

《唐代墓志汇编续集》“乾符〇一〇”《唐故广王墓志铭并序》，题后注“翰林学士、礼部员外郎裴澈奉敕撰”。中云：“广王滩……宣宗皇帝第十一子，母曰陈氏……咸通五年六月十一日薨于邸第，享年十一岁……以乾符四年四月十四日迁窆。”

**萧遘为翰林学士、中书舍人，本月奉敕为宣宗第十子康王汶撰墓志。**

《唐代墓志汇编续集》“乾符〇一一”《唐故康王墓志铭并序》，题后注“翰林学士、中书舍人萧遘奉敕撰”。中云：“康王讳汶……宣宗献文皇帝第十子，母曰仇氏。以咸通七年七月廿七日薨，享年一十六。以乾符四年四月十四日葬。”

## 八月

**王仙芝攻陷安州、随州，又转攻复、郢等州。**

见《资治通鉴》卷二五三。

## 九月

**王仙芝已连下数郡，战火导致民生凋敝。本月，僖宗遣国子司业李夷遇宣**

**慰应、汝、随、申、安、蕲、黄等州。**

《唐大诏令集》卷一一七有《遣使宣慰蕲黄等州敕》，文后注“乾符四年九月”。中云：“今故遣国子司业李夷遇，将我惠渥，恤彼荒残，拯涂炭之沉沦，解疮痍之呻痛。应、汝、随、申、安、蕲、黄等州，凡经王仙芝、尚君长所攻劫处，悉加抚辑，遍问存亡。”

**黄滔本月赴江陵府秋试，受江陵府校书蒋德山之提携，上二启以谢之。**

《全唐文》卷八二三有黄滔《与蒋先辈启》《第二启》。第一启云：“伏自归宁膝下，驻迹江干。白日思惟，中宵起坐。既名为得路，当别议感恩。况缘家邈东闽，路遥北阙。一回逐计，数载违亲。……今则从大藩之宾榻，得当代之主人。……须俟新春，方议假道进发。”滔有《伤蒋校书德山》诗（见《全唐诗》卷七〇五），又《与杨状头书》（《全唐文》卷八二三）中谓“故安州郑郎中、江陵蒋校书谓所业赋偶公道”，则此蒋先辈当指江陵府校书蒋德山。据文知，滔本年秋赴江陵府秋试，受蒋德山提携，乃撰文谢之。考滔本欲入京赴试，然此时王仙芝攻安、随、复、郢诸州，其入京之路线为战事所阻，故而取道返回福建。

## |十一月|

**公乘亿约此时前后为万年县尉，受任为京兆府试官，以等第荐举罗隐、贾涉等人。**

《唐摭言》卷二《置等第》记：“乾符四年，崔清为京兆尹，复置等第。差万年县尉公乘亿为试官。试《火中寒暑退》赋、《残月如新月》诗。李时（文公孙）、韦硎、沈驾、罗隐、刘纂、倪曙、唐骈、周繁（池人，善赋）、吴廷隐、贾涉（其年所试八韵，涉擅场，而屈其等第）。”又《资治通鉴》卷二五三乾符四年载：“（十月）以京兆尹窦璟为河中宣慰制置使……十一月己酉，以窦璟为河中节度使。”则知崔清之任京兆尹盖在本月，京兆府试约在秋冬间，姑系于此。

## 十二月

**黄巢攻陷匡城、濮州。王仙芝攻荆南。**

见《资治通鉴》卷二五三。

# 唐僖宗乾符五年

戊戌　八七八

## 正月

**裴铏任西川节度副使，因不满高骈，题诗于文翁石室。铏有《传奇》之作。**

《唐诗纪事》卷六七裴铏条载："乾符五年，铏以御史大夫为成都节度副使。《题石室》诗曰：'文翁石室有仪形，庠序千秋播德馨。……更叹沱江无限水，争流只愿到沧溟。'时骈为使，时乱矣，故铏诗有'愿到沧溟'之句，有微旨也。铏作《传奇》，行于世。"据《资治通鉴》卷二五三，高骈于本年正月由西川节度使改为荆南节度使，则裴铏此诗当作于此时。裴铏此后行踪无可详考。《新唐书·艺文志三》著录其《传奇》三卷。《郡斋读书志》卷三下所记同，又云："《唐志》称铏高骈客，故其书所记皆神仙诡谲事。"裴铏之《传奇》为晚唐著名传奇集，有《昆仑奴》《聂隐娘》等名篇。

**胡曾在高骈西川幕为从事，本月骈移镇荆南，曾有文贺之。**

《全唐文》卷八一一有胡曾《贺高相公除荆南启》，中云："今者江腾海沸，山动岳摇。荆门告累卵之危，淮楚陈剖胎之难。赤眉卷地，黄巾滔天。公侯无匡合之才，藩镇乏纵擒之术。若不预咨贤哲，早托英雄，则无异鱼游宋池，燕巢卫幕。……佥云非相公不能定荆楚，非相公不能缩货泉。既无异于肩尧，遂有成于命说。伏计即离犀浦，遽赴龙山。销唐尧旰食之忧，解黎庶倒悬之急。某家在湖外，即出关中。遂假道于荆关，获起居于梅鼎。仰将军之大树，敢议营巢。

窥丞相之巨川,唯希在藻。”据文知,胡曾此时不在西川,故上此启。

**崔晔本月为其妻李氏撰墓志,李氏,李骘女,崔鄘外孙。文中记崔李四世联姻。**

《唐代墓志汇编》“乾符〇二〇”《亡室姑臧李氏墓志铭并序》,文记李氏卒于去岁七月,本月归葬。文中记崔李四世联姻:“亡室姓李氏,讳道因……曾王父侨……娶清河崔庭曜女;王父应……累赠户部尚书,娶清河崔少通女;显考骘,自中书舍人、翰林学士出拜江西观察使……夫人清河崔氏之出,外王父名鄘,终于浙西观察使。夫人曾外大父于余为诸老姑,余于夫人先尚书为诸从甥。”

## | 二 月 |

**牛峤、侯潜、杜彦林、崔昭愿、卢择、李茂勋、李深之、卢嗣业、康骈、陈蜀、赵光逢、王玫、蒋子友、邓承勋等三十人登进士第,孙偓为本年状元。本年试《以至仁伐至不仁赋》。林翱明经科及第。中书舍人崔澹知贡举。孙偓与诸同年游北里,卢嗣业不预此事,赋诗致孙偓以明由。**

据《登科记考补正》卷二三本年条。又孙棨《北里志·郑举举》条载:“郑举举者,居曲中,亦善令章。……孙龙光(名偓,文府弟为状元在乾符五年)颇惑之。与同年侯彰臣(潜)、杜宁臣(彦珠)、崔勋美、赵延吉(光逢)、卢文举(择)、李茂勋(茂万弟)等数人,多在其舍。他人或不尽预。故同年卢嗣业诉醵罚钱,致诗于状元曰:‘未识都知面,频输复分钱。……力微多谢病,非不奉同年。’”

**振武节度使李国昌之子李克用为沙陀副兵马使,戍蔚州。大同防御史段文楚克扣军士衣米,且用法稍峻,军士怨怒。云州沙陀兵马使李尽忠等与克用相勾结,杀文楚,拥克用为防御留后。克用随即入府舍视事。**

见《资治通鉴》卷二五三。

**王仙芝余党攻江西，招讨使宋威出兵，屡败其兵，并招降之。仙芝令其大将尚君长、蔡温玉奉表入朝，宋威杀尚、蔡二人。仙芝怒，急攻洪州，为宋威所败，仙芝被杀。**

见《旧唐书·僖宗纪》。

**黄巢闻王仙芝被杀，即自号冲天大将军，改元王霸，攻陷沂州、濮州。**

见《资治通鉴》卷二五三。

## | 三 月 |

**王仙芝余党王重隐攻陷洪州，江西观察使高湘逃奔湖口；后仙芝别将曹师雄又转掠宣、润二州。黄巢则引兵渡长江，攻陷虔、吉、饶、信等州。同时，湖南又军乱，都将高杰驱逐观察使崔瑾。**

以上均见《资治通鉴》卷二五三。

## | 四 月 |

**罗隐本年四十六岁，约此时经蕲州，以所著《谗书》呈献刺史裴渥，并向其述落第之悲。**

《罗隐集·启事》有《投蕲州裴员外启》，中云："某月六日，辄以所著《谗书》一通，贡于客次，遂归逆旅，载轸危途……某怀璧经穿，壮年见志。仲舒养勇，何啻三年？安世补亡，宁惟一箧？……嵇康骨俗，徒矜养性之能；李广数奇，岂是用兵之罪？……去年牵迫旨甘，留连江徼。虽伤弓之鸟，诚则恶弦；食堇之虫，未能忘苦。……负所业以长嗟，向良工而有喟。"按，据启所述，罗隐去年曾谒裴员外。据《旧唐书·僖宗纪》乾符四年三月载："兵部员外郎裴渥为蕲州刺史。"又《罗隐集·甲乙集》有《送蕲州裴员外》诗，当为去年送裴渥赴任时所作，此与启中所记合。此启恐为本年罗隐下第东归，途经蕲州时所上。所作时间不详，疑在本月前后。

## 五月

**李国昌欲父子并据两镇，得大同制书，毁之，杀监军，不受代，与李克用合兵陷遮虏军，进击宁武及岢岚军。**

见《资治通鉴》卷二五三。

## 八月

**沙陀军攻岢岚军，陷罗城，败唐军于洪谷，晋阳闭门城守。**

见《资治通鉴》卷二五三。《旧唐书·僖宗纪》载："太原大俱，闭城门，昭义兵士为乱，劫坊市。"

**黄巢攻宣州，宣歙观察使王凝拒之，败于南陵。巢乃引兵攻浙东，开山路七百里，攻福建诸州。**

见《资治通鉴》卷二五三。

**司空图本年四十二岁，本月王凝卒，图为其撰行状。**

《司空表圣诗文集笺校》卷七有《唐故宣州观察使检校礼部王公行状凝》。文中云："乾符五年八月七日，薨于位，享年五十八岁……图忝迹门下，义服终始。兢命撰德，唯以漏略为愧。"则知文当作于本月。《司空表圣诗文集笺校》认为："这篇'行状'……见史笔功力，自非著意摛藻铺排的'生祠碑''德政碑'诸文可比，应视为表圣文集中的佳作。"

**皮日休本年三十九岁，本年秋已由太常博士出任毗陵副使。**

《郡斋读书志》卷四记皮日休为毗陵副使事云："乾符丧乱，东出关，为毗陵副使，陷巢贼中。"《唐诗纪事》卷六四皮日休条记："为太常博士，遭乱，归吴中。

黄巢寇江浙,劫以从军。”按,《唐才子传校笺·皮日休》,认为皮日休为毗陵副使“殆在乾符五年”。陆龟蒙《风人诗四首》(《全唐诗》卷六二七)其一云:“十万全师出,遥知正忆君。”此所谓“十万全师”指高骈军。据《资治通鉴》卷二五三乾符五年六月载:“朝廷以荆南节度使高骈先在天平有威名,仙芝党多郓人,乃徙骈为镇海节度使。”则知皮日休当在本年六月骈移镇海军后从之。《风人诗四首》之三云:“旦日思双屦,明时愿早谐。丹青传四渎,难写是秋怀。”则知本年秋日休已在毗陵副使任。

## |十二月|

**黄巢攻陷福州,观察使韦岫弃城走。**

见《资治通鉴》卷二五三。

**河东节度使崔季康、昭义节度使李钧与李克用战于洪谷,两镇兵败,李钧战死。**

见《旧唐书·僖宗纪》、《资治通鉴》卷二五三。

## |本年|

**顾云本年约二十八岁,以试秘书省校书郎为高骈镇海军节度幕行营都招讨判官。入幕时有一篇长启及十首短诗呈献高骈。**

《编年史》所引宋卢宪《嘉定镇江志》卷一四记:“乾符间,高骈节度镇海兼江南行营招讨使,(顾)云以试秘书省校书郎为行营都招讨判官。”据前引《资治通鉴》卷二五三乾符五年六月载本年六月,高骈为镇海节度使,则知顾云入高骈镇海幕在此时之后。又崔致远《献诗启》(《唐文拾遗》卷四二)云:“某窃览同年顾云校书献相公长启一首、短歌十篇,学派则鲸喷海涛,词锋则剑倚云汉,备为赞颂,永可流传。”据此可知顾云本年入高骈幕时有一篇长启及十首短诗以献。

**屯田员外郎陈翰约本年前后撰成《异闻集》十卷。**

《编年史》所引李剑国《唐五代志怪传奇叙录》谓《新唐书·艺文志》此书下注陈翰"唐末屯田员外郎,依《新唐志》例,此为撰书之题衔"。又谓"翰任屯田员外郎,当在任库部员外郎之后,时在乾符二三年至五六年间"。今姑系于此。

## 唐僖宗乾符六年

己亥　八七九

### 正月

**黄巢兵为高骈所败,进军广南。**

《资治通鉴》卷二五三乾符六年正月载:"镇海节度使高骈遣其将张璘、梁缵分道击黄巢,屡破之,降其将秦彦、毕师铎、李罕之、许勍等数十人,巢遂趣广南。"

**河东节度使崔季康去年十二月为李国昌父子所败,本月收余众归太原,其衙将张锴等又鼓噪兵士,杀崔季康父子。**

见《旧唐书·僖宗纪》。

### 二月

**杜弘徽、李袭吉、骆用锡等三十人登进士第。康骈博学宏词科及第。中书舍人张读知贡举。**

据《登科记考补正》卷二三本年条。

**卢渥本年六十岁,居洛阳,本月自前中书舍人出任陕虢观察使,洛阳饯送者甚众。此前渥典制诰,文稿颇多,人称为“一时之典则”。**

《唐诗纪事》卷五九记卢渥自前中书舍人拜陕府观察使,“及赴任,陕郊洛城,自居守分司朝臣已下,互设祖筵,洛城为之一空,都人耸观,亘数十里”。考《资治通鉴》卷二五三乾符六年二月记“辛巳,以陕虢观察使高浔为昭义节度使”。又据《唐方镇年表》卷四,卢渥乃接高浔任陕虢观察使,则其赴任当在此时。又司空图《故太子太师致仕卢公神道碑》(《司空表圣诗文集笺校》卷五)记卢渥“拜某官知制诰……前后六年,编录盈笥,实一时之典则也。……拜陕虢观察使兼御史中丞”。

## | 三 月 |

**周朴居福州,为黄巢所获,巢劝其归附,朴不从被杀。后林嵩编其诗集二卷,并为之序。**

《全唐文》卷八二九有林嵩《周朴诗集序》,文中记周朴被杀之事云:“乾符七年,闽城殒贼,悲夫!”此记周朴被杀在乾符七年,即广明元年(880),误。考《新唐书·黄巢传》记:“初,军中谣曰:‘逢儒则肉,师必覆。’巢入闽,俘民绐称儒者,皆释。时(乾符)六年三月也。才路围福州,观察使韦岫战不胜,弃城遁,贼入之,焚室庐,杀人如蓺。……又求处士周朴,得之,谓曰:‘能从我乎?’答曰:‘我尚不仕天子,安能从贼!’贼怒斩朴。”由此知周朴之被杀当在此时。《周朴诗集序》中复记朴之为人与诗集成书经过:“先生名朴,字见素。生于钓台,而长于瓯闽。与李建州频、方处士干为诗友,一篇一咏,脍炙人口。鹭鹭屈轶,祥瑞皇家。迂僻而贫,聋瞽不重。高傲纵逸,林观宇宙。视富贵如浮云,蔑珪璋如草芥。惟山僧钓叟,相与往还。蓬门芦户,不庇风雨。稔不粳,歉不变,晏如也。……先生为诗思迟,盈月方得一联一句。得必惊人,未暇全篇,已布人口。有僧楼浩,高人也。与先生善,捃拾先生遗文,得诗一百首。中和二年(882)冬十月,携来访余。且惊且喜,余欲先生之文与方干齐,集毕遂为之序。”由文可知周朴为诗多苦吟之风。

**陆龟蒙本年约四十一岁,春,于苏州笠泽之滨辑其所撰文为《笠泽丛书》,并**

**为之序**。

《唐甫里先生文集》卷十六有陆龟蒙《丛书序》(《陆龟蒙全集校注》解题云:“此为陆龟蒙为其《笠泽丛书》所撰序。观《笠泽丛书》卷一。”)文中云:“丛书者,丛脞之书也。丛脞,犹细碎也。细而不遗大,可知其所容矣。乾符六年春,卧于笠泽之滨败屋数间,盖蠹书十余箧。伯男儿才三尺许长。……体中不堪羸耗,时亦隐几强坐。内壹郁,则外扬为声音,歌诗赋颂铭记传序,往往杂发。不类不次,浑而载之,得称为《丛书》。自当谖忧之一物,非敢露世家耳目,故凡所讳中略无避焉。笠泽,松江之名。”据序知《笠泽丛书》乃本年春病卧笠泽时所辑集,书中之文皆此前龟蒙所作。

## |七月|

**本月,陆龟蒙居湖州震泽别业,作《记稻鼠》,借鼠患以刺执政者之急索赋税**。

《唐甫里先生文集》卷十九陆龟蒙《记稻鼠》,文中云:“乾符己亥岁,震泽之东曰吴兴,自三月不雨至于七月,当时污坳沮洳者,埃壒尘勃。濯楫支派者,人扉屦无所污。农民转远流,渐稻本,昼夜如乳赤子,欠欠然救渴不暇。仅得葩拆穗结,十无一二焉。无何,群鼠夜出,啮而僵之,信宿食殆尽。……当是而赋索愈急……且《魏风》以《硕鼠》刺重敛,斥其君也。有鼠之名,无鼠之实,诗人犹曰:‘逝将去汝,适彼乐土。’况乎上捃其财而下啖其食,率一民而当二鼠,不流浪转徙,聚而为盗何哉?”故知此文当作于本月或稍后。文乃龟蒙哀民艰,苦重赋,借鼠患以刺执政者。

## |八月|

**裴澈为翰林学士、中书舍人,本月奉敕为懿宗第三子凉王侹撰墓志。文中谈及其时藩王不就藩国之状况**。

《唐代墓志汇编续集》“乾符〇二六”《唐故凉王墓志铭并序》,题后注“翰林学士中书舍人裴澈奉敕撰”。中云:“王讳侹,懿宗皇帝第三子,母曰雷氏……乾符五年六月十二日薨，享年一十有四，明年八月廿七日葬。”又云：“皇朝以天下一家，四海无事，罢周召藩垣之制，故诸王但建号列国，不离朱邸，得以尽雍睦诚敬之道。”

## 九月

**本月，陆龟蒙仍居震泽别业，作《送小鸡山樵人序》，借小鸡山樵人之口指斥执政者横征暴敛。**

《唐甫里先生文集》卷十六陆龟蒙送《送小鸡山樵人序》，文中云：“小鸡山在震泽西……乾符六年春弗雨，夏支流将绝。八月暴雨，而巨艑可实而行之矣。九月朔，方置薪二百五十于门，召而责之。”则知文当作于本月或稍后。文中借小鸡山樵人之口，指斥国家赋税繁重，以至民不堪其负：“元和中，尝从部游京师，人言国家用兵，帑金窖粟不足用。当时江南之赋已重矣。迨今盈六十年，赋数倍于前，不足之声，闻于天下，得非专地者之欺甚乎！”

## 十月

**黄巢于九月攻占广州，士卒因瘴疠者死伤众，遂于本月离广北上，攻陷潭州。其将尚让乘胜进逼江陵。唐军王铎将刘宏汉大掠江陵，焚荡殆尽，士民僵尸满野。**

《资治通鉴》卷二五三乾符六年十月载：“黄巢在岭南，士卒罹瘴疫死者什三四，其徒劝之北还以图大事，巢从之。自桂州编大筏数十，乘暴水，沿湘江而下，历衡、永州。癸未，抵潭州城下。李系婴城不敢出战，巢急攻，一日，陷之，系奔朗州。巢尽杀戍兵，流尸蔽江而下。尚让乘胜进逼江陵，众号五十万。”又记王铎将刘宏汉率兵大掠江陵，“焚荡殆尽，士民逃窜山谷。会大雪，僵尸满野。后旬余，贼乃至”。

## 十一月

**黄巢北攻襄阳，为山南东道节度使刘巨容与江西招讨使曹全晸所败，巢与**

**尚让收余众渡江东走，攻鄂州，转掠饶、信、池、宣、歙、杭十五州，众至二十万。**

见《资治通鉴》卷二五三。

## |十二月|

**林嵩本年已离秘书省正字任东归福建，游太姥山，作《太姥山记》。**

《全唐文》卷八二九作者小传记林嵩生平云：“登乾符二年进士，除秘书省正字。值黄巢之乱，遂东归。观察使李晦辟为团练巡检官。”据《唐方镇年表》卷六，李晦乾符六年任福建观察使。又《全唐文》卷八二九有林嵩《太姥山记》，文末亦署“乾符六年记”，则知林嵩本年已返福建。太姥山在闽境内。文中记太姥山壮丽之景云：“山旧无寺，乾符间，僧师待始筑居于此，乃图其秀拔三十三峰。……石下曰万丈崖，崖上为望仙桥。桥西曰白龙潭，有龙伏焉。雷轰电掣之时，洞中䃔䃔如鼓声，天旱祷雨辄应。……此摩霄顶，太姥山颠也。山高风寒，夏月犹挟纩。山木无过四尺者，石皆皲瘃。秋霁望远，可尽四五百里。虽浙水亦在目中。”

## |本年|

**阙名撰《树萱录》一卷，乃成于僖宗时。**

据李剑国《唐五代志怪传奇叙录》，阙名《树萱录》一卷，“书必成于僖宗朝”。又称：“此书幻设怪语，系志怪之书。然与六朝志怪颇相异趣，非但求事奇以惊听骇目，更以情致供人玩味，自是唐人面目。女怪女鬼吟诗，事事皆佳，风情具足，直发人迷惘之思。其诗多有佳句，清丽隽永，全是晚唐格调。张邦基叹为‘警绝可观’，信非溢美。”

# 唐僖宗广明元年

庚子 八八〇

## 正月

**乙卯朔,改元广明。**

《旧唐书·僖宗纪》载制词云:"江右、海南,疮痍既甚,湖湘荆汉,耕织屡空。"

## 二月

**刘崇鲁、何迎、钱珝、杨钜等三十人登进士第,郑蔼为本年状元。礼部侍郎崔厚知贡举。**

据《登科记考补正》卷二三本年条。

**僖宗好骑射、蹴鞠、斗鸡、击球,不亲政事,专务游戏,赏赐无度。左拾遗侯昌业上疏极谏,被赐死。**

《资治通鉴》卷二五三本年二月载:"上好骑射、剑槊、法算,至于音律、蒱博,无不精妙;好蹴鞠、斗鸡,与诸王赌鹅,鹅一头至直五十缗。尤善击球,尝谓优人石野猪曰:'朕若应击球进士举,须为状元。'对曰:'若遇尧、舜作礼部侍郎,恐陛下不免驳放。'上笑而已。"又:"左拾遗侯昌业以盗贼满关东,而上不亲政事,专务游戏,赏赐无度,田令孜专权无上,天文变异,社稷将危,上疏极谏。上大怒,召昌业至内侍省,赐死。"《全唐文补编》卷八六有侯昌业《直谏表》。

**沙陀兵入雁门关,攻忻、代二州,又以二万人逼晋阳。河东节度使康传圭专事威刑,为其部将所杀,监军周从寓以姑息慰谕,事乃定。**

见《旧唐书·僖宗纪》、《资治通鉴》卷二五三。《资治通鉴》载:"朝廷闻之,遣使宣慰曰:'所杀节度使,事出一时,各宜自安,勿复忧惧。'"由此可见其时朝中执政者之软弱姑息。

## 三月

**本月,门下侍郎兼兵部尚书、同中书门下平章事郑从谠出镇河东。**

《唐大诏令集》卷五四有《郑从谠河东节度使平章事制》,文后注"广明元年三月"。

## 七月

**黄巢自采石渡江,围天长、六合,兵势甚盛。高骈自度力不能制,畏怯不敢出兵,但自保而已。朝廷诏责骈散遣诸道兵,致黄巢军乘机渡江。骈遂称风痹,不复出战。**

见《资治通鉴》卷二五三。

## 八月

**李国昌、李克用父子为唐军所败,北走达靼。**

见《资治通鉴》卷二五三。

## 九月

**薛能时为许州节度使,时徐州兵经许昌,许军惧徐州兵之凶悖,又见薛能厚之,遂乱。许军大将周岌杀徐卒、逐薛能,自据其城。诸道屯溵水者皆散。黄巢遂悉众渡淮。**

见《旧唐书·僖宗纪》、《资治通鉴》卷二五三。《资治通鉴》谓薛能将奔襄阳,为乱军追杀,全家皆死。《唐才子传校笺》卷七薛能笺考能此后尚有诗作,故应从《旧唐书·僖宗纪》,此次能仅被逐而未被杀。

## |十月|

**陆龟蒙本年约四十二岁。时居甫里,作《禽暴》一文述及时事,慨时乱民伤。又约此时作《送豆卢处士谒宰相序》。**

《唐甫里先生文集》卷十九陆龟蒙《禽暴》,文中云:"冬十月,予视获于甫里,旱苗离离,年无以揞。幽伤盈怀,夜不能寐。往往声类暴雨而疾至者,一夕凡数四。明日讯其甿,曰:'凫鹥也。其曹蔽天而下盖田,所留之禾,必竭穗而后去。'……盗兴已来,蒙冲塞江,其谁敢啇?是药既绝,群凫恣翔。幸不充乎口腹,反侵人之稻粱。……失驭之民,化而为盗。关梁急征,商不得行。使江湖小禽,亦肆其暴,以害民食。"同书卷十六有《送豆卢处士谒丞相序》,"丞相"指豆卢瑑也。据《新唐书·宰相表》,豆卢瑑乾符五年五月任宰相,广明元年十二月被杀,则文当作于乾符五年五月至本年底。文中记豆卢处士"一旦访龟蒙曰:'吴中兵荒来,人不足犬豕之食,安能遂退藏耶'"云云,乃记吴中之事,又云:"龟蒙江湖边叟,病不能起。一耒而耕,一船而渔。有文三十编,有书数千幖,未尝干求诸侯,故没没然无一人道著名字。"文确年难考,然与本年龟蒙病卧甫里情况颇合,或即本年之作。又同卷《幽居并序》,中云:"陆子居全吴东,距长洲故苑一里,阖关不通人事,且欲吟咏情性。……既抱幽忧之疾,复为低下之居,乃作《幽居赋》。"按,此赋作年难考,以其本年居甫里,且亦抱幽忧之疾,故一并系于此。其序尚记其身世,可资探讨其生平思想:"余少学穷玄,早持坚白。其生也悬赘附疣,其材也戴瘿衔瘤。居无养拙之资,出有倦游之叹。初张蓬矢,尝遑志于四方;末佩椒桃殳,敢违仁于一日。虽家风未泯,而世德全衰。"

**司空图本年四十四岁,本月入京为礼部员外郎,迁本司郎中,作《〈擢英集〉述》,述其为文之法。**

《司空表圣诗文集笺校笺校》卷十有《〈擢英集〉述》,文末云:"有唐仪曹外史司空员外郎","仪曹外吏"乃"礼部员外郎"。又据《旧唐书·司空图传》等记载,因卢携提拔,图本月随卢渥入京,为礼部员外郎,迁本司郎中。则知文当作于本月或稍后。文中论及为文之法，云："遇则以身行道，穷则见志于言。各擅英灵，宁甘顿挫。自昭明妙选，振起斯文。荣虽著于方将，恨皆缠于既往。……思慰穷津，用征逸藻。想其黎黄洞奏，锦绣毕陈。涵经天纬地之源，胸襟万象。骄晤月吟风之态，嵩华一毫。固当触兴牢笼，忘情蒂芥。况牙弦入契，郢握称珍。……夫著言纪事，在演致于全篇。赋象缘情，或标工于偶句。虽豹文必备，方成隐雾之姿。而翠羽已零，犹称凌波之玩。诚欲兼搜于笔海，亦当间掇于兰丛。人不陋今，才惟振滞。韵笙簧于骚雅，资粉泽于风流。事窃推公，盖止交游之内。僭将罪我，益知褒采之难。题以擢英，庶能耸听。"

## 十一月

**丁卯，黄巢军攻陷东都，留守刘允章帅百官迎谒。巢入城，劳问而已，闾里晏然。巢军又占虢州，攻潼关。**

见《旧唐书·僖宗纪》、《资治通鉴》卷二五四。

## 十二月

**黄巢破潼关。甲申，僖宗携福、穆、泽、寿四王及妃嫔数人自长安出走，至凤翔。百官皆莫知之。黄巢入长安，立国号大齐，改元金统。宰相卢携饮药自杀，唐宗室在长安者并大臣豆卢瑑、崔沆、于琮、刘邺、赵蒙等被杀。**

见《旧唐书·僖宗纪》、《资治通鉴》卷二五四。

**刘邺为黄巢捕杀。有《甘棠集》三卷等。**

据《旧唐书·刘邺传》，邺时任左仆射，"巢贼犯长安，邺从驾不及，与崔沆、豆卢瑑匿于金吾将军张直方家旬日……为贼所得，迫以伪命，称病不应，俱为贼所害"。此事乃在本月黄巢攻入长安时。《新唐书·艺文志四》著录刘邺《甘棠集》三卷。《秘书省续编到四库阙书目》记其《翰苑集》一卷。

**司空图本月居长安，乱中避居常平廪。**

《司空表圣诗文集笺校》卷四有《段章传》，文中云："广明庚子岁冬十二月，寇犯京，愚寓居崇义里。九日，自里豪杨琼所转匿常平廪下。"

## |本 年|

**韩偓本年三十九岁。此前已著诗千余首，广为流传，然时逢战乱，多有遗失，后仅得百篇，编录成集。**

韩偓《玉樵山人集》所附《香奁集》有序云："余溺章句信有年矣，诚知非丈夫所为，不能忘情，天所赋也。自庚辰、辛巳之际，迄辛丑、庚子之间，所著歌诗不啻千首。其间以绮丽得意亦数百篇，往往在士大夫之口，或乐工配入声律，粉墉椒壁，斜行小字，窃咏者不可胜记。大盗入关，缃帙都坠，迁徙不常厥居，求生草莽之中，岂复以吟讽为意。或天涯逢旧识，或避地遇故人，醉咏之暇，时及拙唱。自尔鸠辑，复得百篇，不忍弃捐，随时编录。"按，庚辰为咸通元年(860)，庚子即本年。韩偓，字致尧，小字冬郎，据吴在庆《韩偓集系年校注》，偓生于武宗会昌二年(842)，本年三十九岁。

**崔致远本年二十六岁，冬溧水县尉任满，至高骈淮南幕为从事，专主草拟军书，其间撰多篇启上高骈。**

《唐文拾遗》卷四三有崔致远《进诗赋表状等集状》，文中言及其授宣州溧水县尉后又云："及罢微秩，从职淮南，蒙高侍中专委笔砚，军书幅至，竭力抵当。"徐有榘《桂苑笔耕集序》亦谓崔致远"久之调溧水县尉，任满而罢。时值黄巢之乱，诸道行营都统高骈开府淮南，辟公为都统巡官，凡表状文告，皆出于公手"。其入淮南幕之确时，诸书均未明载。考崔致远《长启》(《桂苑笔耕集》卷一八)中云："前年冬罢离末尉，望应宏词，计决居山……岂料太尉相公迴垂奖怜，便署职秩……窃聆太尉相公去年夏于东塘顾问某之时，诸郎官同力荐扬，和之如响，遂沾厚遇。"按，此述去年夏东塘之事，乃指高骈出师屯东塘时事，此事《资治通鉴》卷二五四记于中和元年(881)五月，则文中所述前年冬罢离末尉入高骈幕当在本年冬。崔致远《桂苑笔耕集》卷一七有数文均为本年冬投献高骈之作，如《初投献太尉启》，文末云："某固敢隳肝沥胆，进牍抽毫，不避严诛……谨录所业杂篇章五轴，兼陈情七言长句诗一百篇，斋沐上献。"《再献启》云："某今月五日，谨以所学篇章五通，贡于宾次。"又《献诗启》云："某窃览同年顾云校书献相公长启一首，短歌十篇，学派则鲸喷海涛，赐锋则剑倚云汉。……某者迹自外方，艺唯下品……而笔阵争雄，未得摩曹、刘之垒。……辄献《纪德绝句诗三十首》。"

**皮日休本年四十岁，黄巢任其为翰林学士。其为巢所杀疑在本年或稍后。**

据《编年史》所引《南部新书》卷癸云："皮日休，历太常博士，后从巢寇，遇祸。"同书卷丁载："黄巢令皮日休作谶词，云：'欲知圣人姓，田八二十一；欲知圣人名，果头三屈律。'巢大怒，盖巢头丑，掠鬓不尽，疑三屈律之言是其讥也，遂及祸。"《唐诗纪事》卷六四所载略同，并谓其时皮日休为黄巢朝之翰林学士。按，关于皮日休之死，说法颇多，今从上述记载及《唐才子传校笺·皮日休传》笺之说，其为黄巢所杀盖在本年或稍后。《新唐书·艺文志三》著录皮日休《鹿门家钞》九十卷，《新唐书·艺文志四》著录《皮日休集》十卷、《胥台集》七卷、《文薮》十卷、《诗》一卷，又有与陆龟蒙唱和诗《松陵集》十卷。

**唐彦谦约于本年前后避乱隐居于汉南鹿门山，以著述为任，自号鹿门先生。**

《旧唐书·唐彦谦传》："乾符末，河南盗起，两都覆没，以其家避地汉南。"又郑贻《鹿门诗集叙》(《唐文拾遗》卷三三)记彦谦"光启七年，隐居鹿门山，以著述为任"。按，鹿门山在汉水之南，故避地汉南与隐居鹿门意同。然光启仅四年，无七年。光启七年恐为乾符七年，即广明元年之误。

# 唐僖宗广明二年　中和元年

辛丑　八八一

## 正月

**僖宗至成都。**

见《旧唐书·僖宗纪》、《资治通鉴》卷二五四。

**本月，太子少师王铎守门下侍郎、兼司徒、同中书门下平章事，兵部侍郎、判度支萧遘守工部侍郎、同中书门下平章事，皆入相，乐朋龟为草制。朋龟稍后又草《萧遘判度支制》《王铎宏文馆大学士等制》。**

《唐大诏令集》卷五〇有《王铎萧遘平章事制》，题下注“乐朋龟”，文后注“中和元年正月”。《全唐文》卷八一四乐朋龟有《萧遘判度支制》：“行中书侍郎兼户部尚书、同中书门下平章事、监修国史、上柱国萧遘。”《王铎宏文馆大学士等制》：“守门下侍郎、兼司徒、同中书门下平章事王铎。”二制当草于此后，姑一并录于此。

**孙樵于广明元年十二月应诏赴行在，此时随僖宗入蜀，迁职方郎中。时与李潼、司空图并号为“行在三绝”。**

《全唐文》卷七九四有孙樵《自序》（即《孙可之文集序》），文中云：“从军邠国，忝历华资，久居兰省。广明元年，狂寇犯阙，驾避岐陇，诏赴行在，迁职方郎中。朝廷以省方蜀国，文物攸兴，品藻朝伦，旌其才行，诏曰：‘行在三绝：右散骑常侍李潼有曾、闵之行，职方郎中孙樵有扬、马之文，前进士司空图有巢、由之风，可载青史，以彰有唐中兴之盛。’”据《资治通鉴》卷二五四中和元年正月，僖宗至成都，则孙樵等人被誉为“行在三绝”约在此时或稍后。

**侯圭去年为东蜀从事，撰《贾阆仙墓表》。本月仍在任，有《东山观音院记》一文。**

据《编年史》所引《舆地碑目》卷四《普州碑记》："贾阆仙墓表，广明庚子东蜀从事上谷侯圭表：於戏！有唐诗流贾君之墓。"按，此墓表今不存。《全唐文》卷八〇六有侯圭《东山观音院记》，文中云："广明初，梓州浮图祠大小共十二。慧义居其北，兜率当其南，牛头据其西，正观距其东。上临绝壁，下瞰长江。青霭属天，纤尘莫及。巉岩险峭，孤标势盛，诸寺让焉。……梓州诸寺山院陈迹……皆雄词健笔，抉异挑奇，相继驰名于诸夏矣。惟正观旧无纪述……圭辞不获命……辛丑岁正月二十七日丙子刻。"辛丑岁即本年。同卷尚有《割鸿沟赋》，作年不详，然文笔颇雄健，文中云："龙争虎斗兮，万象交奔。镞尽兵穷兮，白日犹昏。潜豹略而久困，割鸿沟而两存。临屹屹之重关，平分海岳。指遥遥之一水，画断乾坤。秦之末世也，鹿走中原，人殃下土。……争驰羽檄，欲定云雷。共假长山之隔阔，请如横汉以昭回。劈六合以中裂，割八纮而半开。于是对戢雄棱，俱停执驭。盟高岸以斜指，约中流而内据。霜戈雪刃，拥云阵以东归。火帜虹旗，扶日轮而西去。"就内容而言，亦是咏史怀古之作。按，侯圭之生平事迹未能详考，官至散骑常侍，李洞有《戏赠侯常侍》（《全唐诗》卷七二三）、《吊侯圭常侍》（《全唐诗》卷七二一）诗，言圭以能赋名，卒于东蜀。

## 二月

**于棁、黄郁、李端等十二人登进士第，后续放王彦昌、杜升及第。户部侍郎韦昭度知贡举。**

据《登科记考补正》卷二三本年条。

## 五月

**李克用自称奉诏将兵五万讨黄巢，过太原，克用纵兵剽掠居民，城中大骇，后又掠阳曲、榆次而归。**

见《资治通鉴》卷二五四。

**顾云本年约三十一岁，在高骈淮南节度使幕。骈奏为观察支使，奏文乃崔致远所撰。**

《唐文拾遗》卷三六有崔致远代高骈所草之《请转官从事状（某官顾云）》，乃为顾云请为观察支使奏文，文中云："前件官，东笛孕美，南桂抽芳，曳谢朓之长裾，从卫青之军幕。五羖皮之为重，岂谓虚谭……伏请转官，仍赐章服，充观察支使。……伏以某远率舟师，誓除国贼。"据《资治通鉴》卷二五四，高骈率舟师出屯东塘在本年五月，则知奏文应此时所草。

**崔致远本年二十七岁，时随高骈出屯东塘，任馆驿巡官。有多篇文上高骈，又代骈起草《请巡幸江淮表》。**

崔致远《桂苑笔耕集》卷一七有《出师后告辞状》，中云："今者属以大憝逋诛，中朝多难……伏惟太尉相公身耀福星……远命舟师，重兴国祚。……若某者，空有肺肠，方重祷祝，恨无羽翼，一遂奋飞。望龙节以魂销，窥虎威而股栗。虽则熊罴之力，共喜安人；其如犬马之心，常增恋主。"按，高骈率舟师屯东塘在本月，则文乃此时崔致远送高骈时所上。然高骈忽又许致远随军至东塘，故致远又有《谢令从军状》（同上），文中云："某适见客司奉传处分，令借舟船随从行李者。……（某）启无投笔之心，时应未偶；空有请缨之志，力且难成。谁谓忽被殊私，不遗贱迹，许随旌旆，借赐舟航。"同卷《谢借舫子状》盖亦此时之作。又有《谢改职状》（同上卷一八），文中云："某伏蒙仁恩……改署馆驿巡官，令随旌旆西去者。虽命重难荷，而身轻欲飞，称心怀捧檄之荣，满口咏从军之乐。"据此知致远至东塘时改任馆驿巡官。其《谢职状》（同上）云："某今月二十五日伏承公牒，特赐署充馆驿巡官者。"文亦当此时之作。又同书卷二《请巡幸江淮表》中云："昨率舟师，暂屯江次。""陛下九年理国，四海为家。"按，僖宗自咸通十四年（873）七月即位，至本年为九年，表乃月稍后所作。

## | 六月 |

**李克用攻陷忻、代二州，因大雨留居代州。**

见《资治通鉴》卷二五四。

## | 七月 |

**丁巳，僖宗在成都，改元中和，赦天下。**

见《旧唐书・僖宗纪》、《资治通鉴》卷二五四。

**本月，翰林学士承旨、兵部侍郎、知制诰韦昭度守本官、同中书门下平章事，乐朋龟为草制。**

《唐大诏令集》卷五〇有《韦昭度平章事制》，题后署名乐朋龟，文后注“中和元年七月”。

**崔致远代高骈作《檄黄巢书》，文颇为人所传诵，后又代骈作《贺改年号表》。**

《桂苑笔耕集》卷一一有《檄黄巢书》，文首云“广明二年七月八日”，知文乃本年七月作。文中云：“夫守正修常曰道，临危制变曰权。智者成于顺时，愚者败于逆理。……所谓燕巢幕上，漫恣騫飞；鱼戏鼎中，即看燋烂。我缉熙雄略，纠和诸军。猛将云飞，勇士雨集。高旌大旆，围将楚塞之风；战舰楼船，塞断吴江之浪。……则乃批熊拉豹之师，一麾扑灭；乌合鸱张之众，四散分飞。身为齐斧之膏，骨作戎车之粉。妻儿被戮，宗族见诛。想当燃腹之时，必恐噬脐不及。尔须酌量进退，分别否臧，与其叛而灭亡，曷若顺而荣贵。”徐有榘《桂苑笔耕集序》谓：“凡表状文告，皆出公（按，指崔致远）手。其讨黄巢檄天下传诵。奏除殿中侍御史，赐绯鱼袋。”又同书卷一有《贺改年号表》，云“奉十一日宣下，改广明元年为中和元年者”，文当本月稍后之作。

**僖宗在成都日夜与宦者同处，议天下事，待外臣殊疏薄。左拾遗孟昭图上疏进谏。疏入，田令孜屏不奏，矫诏贬昭图嘉州司户，并遣人于途中沉昭图于水。闻者气塞而莫敢言。**

见《资治通鉴》卷二五四。《资治通鉴》记昭图疏云：“治安之代，遐迩犹应同心；多难之时，中外尤当一体。去冬车驾西幸，不告南司，遂使宰相、仆射以下悉为贼所屠，独北司平善。况今朝臣至者，皆冒死崎岖，远奉君亲，所宜自兹同休等戚。伏见前夕黄头军作乱，陛下独与令孜、敬瑄及诸内臣闭城登楼，并不召王铎已下及收朝臣入城。翌日，又不对宰相，又不宣慰朝臣。……傥群臣不顾君上，罪固当诛；若陛下不恤群臣，于义安在！夫天下者，高祖、太宗之天下，非北司之天下；天子者，四海九州之天子，非北司之天子。北司未必尽可信，南司未必尽无用。岂天子与宰相了无关涉，朝臣皆若路人！如此，恐收复之期，尚劳宸虑，尸禄之士，得以宴安。”

## |十月|

**沈光本年仍在世，撰《唐再建大厅记》。此后事迹不详，卒年亦无考。**

《唐才子传校笺·沈光传》补笺引《宝刻丛编》卷一三《婺州》云：“《唐再建大厅记》，唐前福州观察支使沈光撰，广明二年十月立。”据此知，沈光本年仍在世。沈光约于乾符四年（877）应韦岫辟为福建观察使从事（见该年正月条）。《唐再建大厅记》今已不存，《全唐文》卷八〇二仅载其《太白酒楼记》一文（见咸通二年正月条）。《唐才子传·沈光传》谓：“《太白酒楼记》等文，皆仪表于世。有诗集及《云梦子》五卷，并传世。光风鉴澄爽，神情俊迈。”《新唐书·艺文志四》著录“《沈光集》五卷，题曰云梦子”。有疑其诗集及《云梦子》非二书者。

## |本年|

**陆龟蒙本年约四十三岁，病居苏州甫里，作《自怜赋》自伤。其约卒于本年，吴融撰诔文祭之，颜荛为撰墓志。有《笠泽丛书》三卷、《诗编》十卷等。**

《唐甫里先生文集》卷十三有陆龟蒙《自怜赋序》，中云：“余抱病三年于衡泌之下，医甚庸而气益盛，药非良而价倍高。每一把臂，一下杵，未尝不解衣辍食而后致也。其为穷且否亦已至矣。圣人云：‘五福六极之数，曰寿、曰富、曰康、曰宁、曰贫、曰疾、曰忧。’既贫且疾，能无忧乎？忧既盈矣，能无伤乎？人既伤矣，能不夺寿乎？是不蒙五福，偏被六极者也。谁其怜之？作《自怜赋》。”按，龟蒙自乾符六年春病（见该年三月条），至本年已三年。该赋乃哀叹己又贫又疾之状况。又《唐摭言》卷十《海叙不遇》条记龟蒙“诗篇清丽,与皮日休为唱和之友;有集十卷,号曰《松陵集》。中和初,遘疾而终。颜荛给事为文志其墓,吴子华(按,即吴融)奠文千余言,略曰:‘大风吹海,海波沦涟,涵为子文,无隅无边。长松倚雪,枯枝半折,挺为子文,直上巅绝。风下霜晴,寒钟自声,发为子文,铿锵杳清。武陵深阒,川长昼白,间为子文,渺茫岑寂。豕突禽狂,其来莫当。云沉鸟没,其去倏忽。腻若凝脂,软于无骨。霏漠漠,澹涓涓,春融冶,秋鲜妍。触即碎,潭下月,拭不灭,玉上烟。’”按,颜荛所作墓志今已不存,吴融所撰祭文,见《全唐文》卷八二〇。《唐诗纪事》卷六四陆龟蒙条谓其“中和初遇疾而卒”。《新唐书·艺文志四》著录陆龟蒙《笠泽丛书》三卷、《诗编》十卷、《赋》六卷,与皮日休等人唱和之《松陵集》十卷。《新唐书·艺文志二》又著录其《小名录》五卷。南宋后有《甫里先生文集》二十卷行世。《全唐文》卷八〇〇至八〇一存其文二卷。龟蒙颇多赋作,《苔赋》《田舍赋》《求志赋》《秋虫赋》《杞菊赋》《麈尾赋》诸文,无法确切记年。《苔赋》《求志赋》《秋虫赋》《杞菊赋》诸文展示自己高才不遇境况,抒发守贫贱、尊古圣贤道德言之志;《求志赋》反对只以《春秋》求古人之志之读书方法,主张通读儒家经书。又《田舍赋》云:“使农工之洎商、民弃其守而趋仕,农之仕,堕于力而希岁;工之仕,巧于文而幸贵;商之仕,射其肥而啖利。所以国靡凶荒之储,家乏完坚之器。”批评朝廷废农工之本,驱民就利。

**王驾本年前后居蒲中,与司空图多有诗文往还。图有《与王驾评诗书》之作,品评唐代诗风,并推奖王驾五言诗“思与境偕”。**

《司空表圣诗文集笺校》卷一有《与王驾评诗书》,文中云:“末伎之工,虽蒙誉于贤哲,未足自信,必俟推于其类,而后神跃而色扬。今之贽艺者反是……且工之尤者,莫若工于文章。其能不死于诗者,比他伎尤寡。……国初主上好文雅,风流特盛。沈、宋始兴之后,杰出于江宁,宏肆于李、杜极矣。右丞、苏州,趣味澄澹,若清风之出岫。大历十数公,抑又其次焉。元、白力勍而气孱,乃都市豪估耳。刘公梦得、杨公巨源,亦各有胜会。阆仙、东野、刘得仁辈,时得佳致,亦足涤烦。厥后所闻,逾褊浅矣。河汾蟠郁之气,宜继有人。今王生者,寓居其间,浸渍益久,五言所得,长于思与境偕,乃诗家之所尚者。则前所谓必推于其类,岂止神跃色扬哉!经乱索居,得其所录,尚累百篇,其勤亦至矣。……吾适又自编《一鸣集》,且云撑霆裂月,劼作者之肝脾,亦当吾言之无怍也。”按,司空图于广明元年底隐居河中,本年仍隐此地。王驾亦居河汾,约此时及之后与司空图有诗文往还。图此文作年难确考，盖在本年或稍后。

## 唐僖宗中和二年

壬寅　八八二

### 正月

**本月，司徒兼太子太保、同书门下平章事，充太清宫使、弘文馆大学士兼延资库使王铎，守司徒兼中书令、充诸道行营都统兼指挥兵马收复京城及租庸等使、判延资库事、权知义成军节度管内观察处置等使，乐朋龟为草制。**

《唐大诏令集》卷五二有《王铎中书令诸道行营都统权知义成军节度使制》，题后署名乐朋龟，文后注“中和二年正月”。

### 二月

**本年贡举试在成都。杨注、卢尚卿、程贺、秦韬玉、于邺等二十八人登进士第，礼部侍郎归仁绍知贡举。**

据《登科记考补正》卷二三本年条。

**本月，太子少傅分司东都郑畋守司空、兼门下侍郎、同中书门下平章事、守太清宫使、弘文馆大学士。**

《唐大诏令集》卷五〇有《郑畋平章事制》，文后注“中和二年二月”。

### 五月

**顾云本年约三十二岁，在高骈淮南节度使幕。时高骈被罢都统及盐铁转运使，怨愤不已，请顾云为其草奏文，责僖宗任用奸臣，致使国家乱离。**

《全唐文》卷八一五有顾云《代高骈上僖宗奏》，文乃高骈被罢都统及盐铁转运使后代之所作。文中责僖宗任用奸臣，致使国家乱离："岂有狂寇奔冲，略无阻碍！即百二之地，固是虚言，神策六军，此时安在？陛下仓皇西出，内官奔命东来。黎庶尽被杀伤，衣冠悉遭屠戮。今则园陵开毁，宗庙荆榛。远近痛伤，遐迩嗟怨。虽然，奸臣未悟，陛下犹迷。不思宗庙之焚烧，不痛园陵之开毁。臣之痛也，实在于斯。此事见之多年，不独知于今日。况自萑蒲盗起，朝廷征用至多，上至帅臣，下及裨将，以臣所料，悉可坐擒。用此为谋，安能办事？陛下今用王铎，尽主兵权，诚知狂寇必歼，枭巢即覆。……今贤才在野，憸人满朝。致陛下为亡国之君，此等计将安出？伏乞戮卖官鬻爵之辈，征鲠直公正之臣。委之重难，置之左右，克复宫阙，莫尚于斯。若此时谤诽忠臣，沉埋烈士，匡复宗社，未见有期。"又《资治通鉴》卷二五五中和二年五月记："加淮南节度使高骈兼侍中，罢其盐铁转运使。骈既失兵柄，又解利权，攘袂大诟，遣其幕僚顾云草表自诉，言辞不逊。"所上当为此表。

## 六月

**崔致远本年二十八岁，仍在高骈淮南节度使幕，本月为高骈撰文多篇。**

崔致远《桂苑笔耕集》卷二有《谢赐宣慰加侍中兼实封表》，文中云"六月十六日……就加臣侍中，仍加食实封一百户，余并如故"。又卷三有《谢就加侍中兼实封传》，中云"加授臣侍中，余并如故，仍加食实封一百户"。文乃本月代高骈而撰。

## 九月

**黄巢同州防御使朱温降唐，任同华节度使。**

《资治通鉴》卷二五五中和二年载："黄巢所署同州防御使朱温屡请益兵以扞河中，知右军事孟楷抑之，不报。温见巢兵势日蹙，知其将亡，亲将胡真、谢瞳劝温归国。九月，丙戌，温杀其监军严实，举州降王重荣。温以舅事重荣，王铎承制以温为同华节度使。"

**黄滔本年约四十三岁，东居福建，于闽越间漫游。本年秋再撰文与蒋德山，**

**于文中言因战乱而无法入蜀赴举之悲慨。**

《全唐文》卷八二三有黄滔《与杨状头书》,中云:"幸蜀之后,东蛰闽越。"据文知,僖宗幸蜀,战乱频仍,滔未能赴举,东居福建,于闽越间漫游。同书卷八二四有《与蒋先辈启》,此乃上蒋德山之第三启。文中云:"三吴烟水,百越山川。干戈杳隔于音尘,门馆久违于趋覲。空自明祈日月,暗祝神祇。……滔一滞江乡,六更寒燠。都由恶命,早失良时。迢递一名,进取则大朝有难;零丁数口,退休则故国无家。归蜀还吴,言发涕下。"滔与蒋德山分别于乾符四年(877)秋,至本年已历六载。又《全唐诗》卷七〇五有黄滔《寄蒋先辈》诗,题后注"在苏州",中有"秋风急处烟花落……千载三吴有高迹,虎丘山翠益崔嵬"之句。卷七〇六《寓题》亦有"吴中烟水越中山,莫把渔樵谩自宽。归泛扁舟可容易,五湖高士是抛官"之句,与启文语意类似,当为同时之作,则可知文约作于本年秋,时蒋德山居吴中,而僖宗幸蜀,黄滔苦于兵患无法入蜀、吴,故有"归蜀还吴,言发涕下"之语。

## |十月|

**林嵩仍在福建观察使幕为从事,本月为周朴集撰序。**

《全唐文》卷八二九林嵩有《周朴诗集序》,序末云:"有僧楼浩,高人也。与先生善,掇拾先生遗文,得诗一百首。中和二年冬十月,携来访余。且惊且喜,余欲先生之文与方干齐,集毕遂为之序。"则知序乃撰于本月。又《八闽通志》卷七二《人物》记林嵩"值黄巢之乱,遂东归,观察使辟为团练巡检官,转度支使。秉公赞理,举贤良、裨政化,虽在军旅,不忘俎豆之事。后除《毛诗》博士,官至金州刺史。嵩长于词赋"。然其任上述二职之时间,已难详考。《新唐书·艺文志四》著录《林嵩赋》一卷。《唐才子传·林嵩传》谓"有诗一卷,赋一卷,传于世。"《全唐文》卷八二九仅载其文二篇。其中《太姥山记》详见乾符六年十二月条。

## |十二月|

**许棠本月为平南节度使戴昭撰墓志。**

《唐代墓志汇编》"中和〇〇四"《唐故浙江道五部兵马大元帅平南节度使

银青光禄大夫检校尚书令戴公墓志铭并序》,题后注"进士许棠撰",中云:"府君讳昭,字德辉……中和二年八月二十日寝疾……以其年十二月十六日葬。"

## 唐僖宗中和三年

癸卯 八八三

### 二月

**刘崇谟等三十人登进士第,崔昭纬为本年状元,礼部侍郎夏侯潭知贡举。**

据《登科记考补正》卷二三本年条。

**雁门节度使、东北面行营都统李克用与河中、易定、忠武军合,大败黄巢将尚让于梁田陂。**

见《资治通鉴》卷二五五。

### 四月

**李克用等与黄巢战于渭南,大败之。黄巢自长安遁去。官军入长安,暴掠民众,长安室屋及民所存无几。**

《资治通鉴》卷二五五中和三年四月载:"李克用与忠武将庞从、河中将白志迁等引兵先进,与黄巢军战于渭南,一日三战,皆捷。义成、义武等诸军继之,贼众大奔。甲辰,克用等自光泰门入京师,黄巢力战不胜,焚宫室遁去。贼死及降者甚众,官军暴掠,无异于贼,长安室屋及民所存无几。巢自蓝田入商山,多遗珍宝于路,官军争取之,不急追,贼遂逸去。"

**崔致远本年二十九岁,仍在高骈淮南幕为都统巡官。代高骈撰贺收复京城表状。**

《桂苑笔耕集》卷六有《贺收复京城状》,卷一有《贺收复京阙表》,即约此时或稍后之作。

## 五月

**黄巢出长安后东走，击蔡州，节度使秦宗权战败而降，与黄巢连兵。**

见《资治通鉴》卷二五五。

## 六月

**黄巢与秦宗权合兵围陈州，为刺史赵犨所败，巢怒而围之，为持久之计。自河南、许、汝、唐、邓、孟、郑、汴、曹、濮、徐、兖等数十州皆遭兵害。**

见《旧唐书·僖宗纪》、《资治通鉴》卷二五五。

**司空图本年四十七岁，避难于河中，约本月作《解县新城碑》。**

《司空表圣诗文集笺校》卷六有《解县新城碑》，题下注"奉敕撰"。文中云："自中和二年冬十月奏请兴役，至明年夏六月凡计工五十万，城高三丈，周绕九里一百六十步。隍刳浚洫，堞冠层楼。外创犒军之营，内修御敌之具。观其地萦壮址，云郁平川。拥形势而增严，屏要卫而莫犯。归师还迹，忘自意于窥觎。匝境罢扃，亦宁虞于奔窜。其它缉饰，悉叶机宜。公旋陟上台，恳辞剧务。咸欣庇赖，益著咏歌。遂乞飞章，愿刊殊绩。以图同庥乐土，见托芜词。"据《元和郡县图志》卷一二，解县原为虞乡县，据文知，此时司空图因战乱而避居于此。

**本年夏，柳玭为中书舍人，曾在成都东南阅杂书，书皆雕板所印。**

宋薛居正《旧五代史》卷四三《明宗纪》注引柳玭《柳氏家训序》云："中和三年癸卯夏，銮舆在蜀之三年也，余为中书舍人，旬休，阅书于重城之东南，其书多阴阳杂记、占梦相宅、九宫五纬之流。又有字书小学，率雕板，印纸浸染，不可尽晓。"据此可知，其时雕板印刷书在蜀中已颇为流行。

## |七月|

**朱温改名全忠，任宣武节度使，本月丁巳至汴州赴任，又加为东北面都招讨使。**

见《资治通鉴》卷二五五。

## |十月|

**乐朋龟为翰林学士承旨、尚书兵部侍郎、知制诰，从僖宗于成都。上月，僖宗诏改成都元中观为青羊宫。本月及稍后，僖宗频驾幸青羊宫，朋龟奉旨撰碑铭。本月，朋龟亦奉旨撰铁券文赐陈敬瑄。**

《全唐文》卷八一四乐朋龟有《西川青羊宫碑铭》，中去："今日宫庭，精新尤盛。七色凤辇，驾幸仍频。九班龙舆，巡礼弥敬。……臣职忝禁林，身叨词客。"又同书卷九三三杜光庭有《历代崇道记》："（中和三年九月）二十一日又诏曰：'其观可改号为青羊宫，仍置殿堂屋宇。'…… 至十月七日，敕高品郭遵泰监造青羊宫土木之工，并用内库宣赐。自获灵瑞之后，至是月癸丑，近蜀郡寇，相次擒戮，旬月之内，遂至清平。驾至青羊宫，颁赐有差。……又敕翰林学士承旨、尚书兵部侍郎、知制诰乐朋龟撰碑立之，伏乞颁示天下，以表皇家承神仙之苗裔，感太上之灵贶，实万代之无穷也。"又同书卷九八六阙名有《奉敕立青羊宫碑牒》，题后注"中和四年中书门下"，中云："乐朋龟职司内翰，首冠近臣，妙回掷地之金，镂入他山之石。……宜刊盛事，以证斯文。"同书卷八一四乐朋龟尚有《赐陈敬瑄太尉铁券文》："维中和三年岁次癸卯十月甲午朔十六日己酉，皇帝赐功臣剑南西川节度副大使、太尉兼中书令成都尹陈敬瑄铁券。"

## |十二月|

**崔致远本年三十岁，仍在高骈淮南幕，有《补安南录异图记》之作，记述安南民俗。**

《桂苑笔耕集》卷一五有《禳火斋词》，乃崔致远代高骈所作，文中云："（骈）

早托山河之誓，久临淮海之封。……粗安一境，已涉五年。”按，高骈自乾符六年(879)自镇海移淮南，至本年已五年。则文当为本年之作。又同书卷一六有《补安南录异图记》，文中记叙安南一带少数民族生活习俗颇为详尽。如谓：“或被发缕身，或穿胸凿齿。诡音嘲哳，奸态睢盱。其中尤异者，卧使头飞，饮于鼻受。豹皮裹体，龟壳蔽形。捣木絮而为裘（獠子多衣木皮，熟捣有如纤纩），编竹苫而作翅。”文末署“时翠华幸蜀之三载也”。按，僖宗中和元年初抵成都，至本年为三年，则文亦本年之作。

# 唐僖宗中和四年

甲辰　八八四

## 二月

**初，田令孜表荐其心腹杨师立为东川节度使。师立渐以陈敬瑄兄弟权宠之盛，心不能平。敬瑄遣高仁厚讨韩秀升，语师立若成功而还，当奏天子，以东川相赏。师立闻之，大怒。田令孜恐其为乱，因其不发兵，征师立为右仆射。师立遂反。僖宗下旨讨伐。**

见《资治通鉴》卷二五五。《唐大诏令集》卷一二〇有《讨杨师立制》，文后注“中和四年二月”，文并存《全唐文》卷八七。《新唐书·僖宗纪》记师立反于三月，误。

## 三月

**张曙本年避乱巴南，春与刺史登楼宴饮为乐，应刺史之请而作《击瓯赋》，文中写其避世之心态。**

《全唐文》卷八二九有张曙《击瓯赋》，文中云：“宋玉《九辩》曰：‘悼余生之不时也。’甲辰，窜身巴南，避许溃师，郡刺史甚欢接。春一日，登郡东楼，下临巴江，馔酒簇乐，以相为娱。言间有马处士末至，善击瓯者。……斯可以抑扬淫放，顿挫匏竹，运动节奏，出鬼入神。太守请余赋之。……乃为赋云：器之为质兮白而贞,水之为性兮柔而清。水投器而有象,器藉水而成声。始因心而度曲,俄应手以征情。莫不敲箫熠爚,擻捩纵横。胡不自匏丝而起,胡不从金石而生。孰谓节奏,乐我生平。何彼秾矣,高楼燕喜。叩寂含商,穷元咀征。……余乃歌曰:'江风起兮江楼春,千里万里兮愁杀人。楼前芳草兮关山道,江上孤帆兮杨柳津。是何况我兮击拊,眷我兮殷勤。……夫当筵一曲,人生一世。何纷糅乎是非,顾何慕乎隆替。飘缨宜入醉乡来,自识天人之际。'"按,本年乃甲辰年,则文当为本年春所作。又《北梦琐言》卷四云张曙有《鄠郊赋》,乃"叙长安乱离",盖为此前数年中之作,然今《全唐文》中无载。曙,昭宗大顺二年及第。

## |四月|

**高彦休本年三十一岁。彦休自号参寥子,乾符元年始应进士举,至本月将其历年闻见所记之轶事辑成《阙史》,并自序之。**

《直斋书录解题》卷一一记高彦休著有《阙史》,并谓其"自号参寥子,乾符中人"。又《全唐文》卷八一七有其《阙史序》,文中云:"愚乾符甲午岁生唐世,二十有一始随乡荐于小宗伯。"按,高彦休乾符甲午年(即乾符元年874)二十一岁,则其当生于大中八年(854),本年为三十一岁。文末署:"甲辰岁清和月编次。"按,甲辰岁即本年,清和月即四月,则文当本月辑成。《序》中又记其编辑《阙史》之经由及书之大致内容:"故自武德、贞观而后,吮笔为小说、小录、稗史、野史、杂录、杂纪者多矣。贞元、大历已前,捃拾无遗事。大中、咸通而下,或有可以为夸尚者,资谈笑者,垂训诫者。惜乎不书于方册,辄从而记之。……岁月滋久,所录甚繁。辱亲朋所知,谓近强记。中和岁,齐偷构逆,翠华幸蜀。搏虎未期,鸣銮在远。旅泊江表,问安之暇,出所记述,亡逸过半。其间近屏帏者,涉疑诞者,又删去之,十存三四焉。共五十一篇,分为上下卷,约以年代为次。讨寻经史之暇,时或一览,犹至味之有菹醢也。"据此知,书中所记多为大中、咸通朝后之事。

**韩偓本年四十三岁。广明间黄巢入长安后,偓迁徙流转,行踪难定。**

韩偓《香奁集·自序》云:"大盗入关,缃帙都坠。迁徙流转,不常厥居。"然偓广明之乱后避乱于何处未能确考。

## | 六 月 |

**黄巢兵败至狼虎谷，为其甥林言所杀。**

《资治通鉴》卷二五六中和四年六月载："甲辰，武宁将李师悦与尚让追黄巢至瑕丘，败之。巢众殆尽，走至狼虎谷，丙午，巢甥林言斩巢兄弟妻子首，将诣时溥，遇沙陀博野军，夺之，并斩言首以献于溥。"

**杨师立为其将郑君雄所杀，东川乱平。僖宗下旨赞陈敬瑄、高仁厚、郑君雄等之功。**

见《资治通鉴》卷二五六。《唐大诏令集》卷一二五有《平杨师立诏》《平杨师立宣示中外诏》，文后俱注"中和四年六月"，文并存《全唐文》卷八七。《平杨师立诏》云："敬瑄开张武略，禀奉睿谋，选将果得于雄才，练兵莫非于教士，舞梯冲而将平雉堞，整旗鼓而已挫虫沙。副高仁厚攻心之木，成郑君雄反掌之计，果枭逆首，尽戮凶徒。"

**崔致远本年三十一岁，约本月代高骈撰《贺杀黄巢表》献朝廷。**

崔致远《桂苑笔耕集》卷一有《贺杀黄巢表》，文乃代高骈所作，当作于本月黄巢被杀之后。

## | 七 月 |

**李克用五月至汴州时，朱全忠曾密谋害之，克用逃脱。本月上表自陈有破黄巢大功，为朱全忠所图，请朝廷发兵诛讨。朝廷得表大恐，但和解而已，藩镇由是互相攻杀吞噬。**

李克用于汴州为朱全忠所谋害之事见《旧唐书·僖宗纪》、《资治通鉴》卷二五五。《资治通鉴》卷二五六中和四年七月载："时朝廷以大寇初平，方务姑息，得克用表，大恐，但遣中使赐优诏和解之。克用前后凡八表……上累遣杨复恭等谕指，称：‘吾深知卿冤，方事之殷，姑存大体。’克用终郁郁不平。时藩镇相攻者，朝廷不复为之辨曲直。由是互相吞噬，惟力是视，皆无所禀畏矣！”

## |九月|

**崔致远堂弟自新罗将家信迎其东归，获其幕主高骈允许后，致远约于此时归新罗，行前撰多篇表状上高骈以谢之。**

《桂苑笔耕集》卷二〇有《谢许归觐启》（以下诸文均见同书同卷），乃谢高骈许其归觐新罗所作。文中云：“伏蒙恩慈，念以某久别庭闱，许令归觐者。……伏缘某自年十二离家，今已二九（按，即十八）载矣。”又云：“唯愿暂谋东返，迎侍（原作待，据《唐文拾遗》卷四三改）西来，仰托仁封，永安卑迹。”按，崔致远咸通七年（866）年十二来唐，至本年为十九年，谢启盖本年所作。又有《谢行装钱状》云：“今者果逢尊慈，令将远命，荣归故国，免挈空囊。”又《谢再送月料钱状》中云：“昨日军资库送到驿馆巡官八月料钱，伏缘某将命远（原作“逮”，据《唐文拾遗》卷四三改）方，已奉公牒，暂离候馆，即指归程，既蒙别赐行装。”则文约本年九月作，其时将离淮南返新罗。又《谢赐弟栖远钱状》：“某堂弟栖远，比将家信，迎接东归，遂假新罗国入淮海使录事职名获诣雄藩，将归故国。昨者伏蒙仁恩，特赐钱三十贯者。……今者某已荣奉使，则遂宁亲。”以上诸文皆致远行前上高骈之作。

## |十月|

**画家常重胤约此时于成都大圣慈寺画僖宗及随驾大臣像。**

据《编年史》所引宋黄休复《益州名画记》卷上《常重胤》条云：“重胤者，粲之子也。僖宗皇帝幸蜀，回銮之日，蜀民奏请留写御容于大圣慈寺。其时随驾写貌待诏，尽皆操笔，不体天颜。府主陈太师敬瑄遂表进重胤。御容一写而成，内外官属，无不叹骇。谓为僧繇之后身矣。宣令中和院上壁，及写随驾文武臣僚真。”按，所画诸臣中有陈敬瑄、韦昭度、乐朋龟、杜让能、张读及行在十军司马、工部侍郎、判度支秦韬玉等多人。常重胤作画时间，严耕望《唐仆尚丞郎表》卷六认为在中和四年九、十月间。

**崔致远乘舟返新罗，本月至东牟县东之乳山候风，自本月至明年正月有《上太尉别纸五首》**。

崔致远《桂苑笔耕集》卷二〇有《上太尉别纸五首》。其一云："今则共别淮城，齐登海舰。"其四云："某舟船行李，自到乳山，旬日候风，已及冬节。海师进难，恳请驻留。……今则已依曲浦，暂下飞庐，结茅茨以庇身，糁藜藿而充腹，候过残腊，决撰行期。若及春日载阳，必无终风且暴，便当直帆，得遂荣归。"又其五云："伏见今年，自十月之交至于周正月，略无霿发，倍觉温燠。"又作于光启元年之《祭巉山神文》（同卷）云："去岁初冬及东牟东，属以沧流尚远，玄律将穷，浪形匌匒而鹢难浮舰……遂舣刳木，聊安断蓬。"由此可知，本年初冬十月崔致远于东牟县东之乳山候风，自此时至明年春正月撰文五篇上高骈。

## |十一月|

**秦韬玉在成都，有《新修曹溪六祖禅院记》**。

宋佚名《宝刻类编》卷六载："《新修曹溪六祖禅院记》，秦韬玉撰，中和四年十一月，成都。"按，韬玉另有《移毗卢佛殿记》文，同书卷七又载："《移毗卢佛殿记》，秦韬玉撰……京兆。"然二文今皆不存，后文作年亦不详。

## |十二月|

**黄巢虽平，秦宗权兵势仍盛，命将出兵，寇掠邻道，淮南、江南、山东、河南等地均受其灾**。

《资治通鉴》卷二五六中和四年十二月载："所至屠翦焚荡，殆无孑遗。其残暴又甚于巢，军行未始转粮，车载盐尸以从。北至卫、滑，西及关辅，东尽青、齐，南出江、淮，州镇存者仅保一城，极目千里，无复烟火。"

**朝廷以秦宗权之故，下旨诫谕藩镇。由文可见唐藩镇各怀私心，以致民生**

**凋敝之况**。

《唐大诏令集》卷一一〇有《诫谕藩镇诏》,题后注“中和四年十二月”,中云:“而宗权藩垣所属,倚仗特深,虽章表继来,臣诚可验,而兵戈未戢,物论犹疑……势敌则相倾,力均则相忌,害莫深于归怨,利莫厚于图安。况井邑皆空,耕桑尽废,叹疮痍而未复,轸哀痛而难忘……今者先在息兵,各令守境,爵位本非爱惜,君臣足保初终。尚或执迷,方知误计。若法制不行于一处,即征讨须徇于众情。”文亦存《全唐文》卷八六,题曰《谕秦宗权制》。

**杜光庭为太清宫文章应制宏教大师,有《历代崇道记》,述及自周穆王起之历代崇道简况**。

《全唐文》卷九三三有杜光庭《历代崇道记》,文末署:“中和四年十二月十五日,上都太清宫文章应制宏教大师、赐紫道士臣杜光庭上进。”文中记载自周穆王起之历代崇道简况,尤其突显唐代道教之盛况。其末记僖宗修蜀青阳宫云:“(中和三年)八月十二日,敕亳州太清宫是混元降圣之里……其住宫威仪道士吴重元可赐紫,仍号‘凝元先生’。道士马含章、孙栖梧并赐紫,潘稠加金紫光禄大夫检校工部尚书,余并如故。……其观可改号为‘青羊宫’,仍置殿堂屋宇。侧近属观田地,约有两顷……清虚之地,难使熏蒸。已赐钱二百贯,便令收赎,仍给公验,永归靖庐。……至十月七日,敕高品郭遵泰监造青羊宫土木之工,并用内库宣赐。……驾至青羊宫,颁赐有差。……又下诏曰:‘太上垂祥,青羊应现,礼宜崇饰,用答殊休。诸道州府紫极宫,宜委长吏如法修饰,仍选有科仪道士祭醮。’是月(按,中和三年十月)乙卯奏,收复京城,有以见大道垂休,圣祖昭佑,洪图延永,唐祚无疆者也。又敕翰林学士承旨、尚书兵部侍郎、知制诰乐朋龟撰碑立之,伏乞颁示天下,以表皇家承神仙之苗裔,感太上之灵贶,实万代之无穷也。臣今校会从国初已来所造宫观,约一千九百余所,度道士计一万五千余人。其亲王贵主及公卿士庶,或舍宅舍庄为观,并不在其数。则帝王之盛业,自古至于我朝,莫得而述也。”于此可见其时崇道之概况。

## |本年|

**郑畋约卒于本年或稍后,年或逾六十。**

郑畋之生卒年,《旧唐书》卷一七八、《新唐书》卷一八五本传及其他典籍均未明载。考郑畋《擢官自陈表》(《全唐文》卷七六七)云“臣年十八登进士及第,二十二书判登科。”《旧传》亦云:“畋年十八,登进士第……二十二,吏部调选,又以书判拔萃授渭南尉、直史馆事。”又其《加知制诰自陈表》(同上云)“臣会昌二年进士及第,大中首岁书判登科”。据上引文,则会昌二年(842)郑畋擢第时年十八,推其生年乃敬宗宝历元年(825)。《旧唐书》卷一七八本传载:“其年(中和元年)冬,畋暴病……诏畋赴行在。二年正月至成都,以王铎代畋将兵收复。畋寻以仆射平章事,以疾,久之不拜,累表乞解机务。二年冬,罢相,授太子少保。僖宗以畋子给事中凝绩为陇州刺史,诏侍畋就郡养疾,薨于郡舍,时年五十九。”《新传》所记事略同,唯曰畋卒时年六十三。《全唐文补编》卷八七郑畋有《壁州新建山寺记》,文末云“甲辰孟秋二十三日记”。考畋生于敬宗宝历元年,则畋本年六十。文中所记与史传中所载亦合:“岁次癸卯,天子□蜀,凤翔节度使荥阳郑畋以疾辞所任。……至七月初,蒙允检校司徒东宫太保。季秋,子凝绩自兵部侍郎拜疏乞郡迎养……冬十月,奉辞行在。”

**孙樵本年在成都,仍任职方郎中。时所著文已有二百余篇,择其可观者三十五篇,编成文集十卷,并自序之。**

《全唐文》卷七九四有孙樵《自序》,文中云:“樵遂检所著文及碑、碣、书、檄、传、记、铭志得二百余篇,丛其可观者三十五篇,编成十卷,藏诸箧笥,以贻子孙。是岁中和四年也。朝散大夫尚书职方郎中上柱国赐绯鱼袋孙樵。”按,中和四年,僖宗尚在成都,樵此时当随驾于此。此后,樵之行踪无可考,卒年亦不详。《新唐书·艺文志四》著录孙樵《经纬集》三卷,《直斋书录解题》卷一六记《孙樵集》十卷,并谓“自为序,凡三十五篇,盖其删择之余也”。

**周繇约于本年迁池州至德令。其卒盖在本年之后。繇以《明皇梦钟馗赋》**

**知名,乃“咸通十哲”之一。有集一卷。**

据《编年史》所引《大明一统志》卷一六池州府人物记:“周繇,建德人。……归隐九华山。……仆射王徽称其孝弟,可以表俗,奏为至德令。尝著《明皇梦钟馗赋》。弟繁,亦有文声,称至德二周。”按,周繇之任至德令,陶敏《晚唐诗人周繇及其作品考辨》(《唐代文学研究》第五辑)以为在中和四年,“此后,周繇事迹无考,或即于罢至德令后卒于家”。又周繇乃“咸通十哲”之一,《唐才子传·周繇传》称其“家贫,生理索寞,只苦篇韵,俯有思,仰有咏,深造阃域,时号为诗禅”。《直斋书录解题》卷一九著录《周繇集》一卷。《全唐文》卷八一二载其《梦舞钟馗赋》一篇。此文构思奇特,文辞优美,如:“虎魄枕欹,象榻透荧荧之影;虾须帘卷,鱼灯摇闪闪之光。圣魂惝怳以方寐,怪状朦胧而遽至。硉矶标众顢頞特异。奋长髯于阔臆,斜领全开;搔短发于圆颅,危冠欲坠。顾视才定,趋跄忽前。不待乎调凤管,揆鸾弦,曳蓝衫而飒纚,挥竹简以蹁跹。顿趾而虎跳幽谷,昂头而龙跃深渊。或呀口而扬音,或蹲身而节拍。震雕栱以将落,跃瑶阶而欲折。万灵沮气以憧惶,一鬼傍随而奋踯。烟云忽起,难留舞罢之姿。雨雹交驰,旋失去来之迹。睿想才悟,清宵已阑。”

**孙棨自广明后逋窜山林,久罹惊危,于本年将其早年所闻见之北里狎游之事编次为《北里志》一卷,并自序之。文中述及其广明以来之经历与成书之缘由。**

《全唐文》卷八二七有孙棨《北里志序》,文末署“时中和甲辰,无为子序”。中和甲辰即本年,孙棨字无为。文中述及自大中以来进士游北里之时俗:“自大中皇帝好儒术,特重科第……上往往微服长安中,逢举子,则狎而与之语。时以所闻质于内庭学士及都尉,皆耸然莫知所自。故进士自此尤盛,旷古无俦。然率多膏粱子弟,平进岁不及三数人。由是仆马豪华,宴游崇侈,以同年俊少者为两街探花使。鼓扇轻浮,仍岁滋盛。自岁初等第于甲乙,春闱开送天官氏设春闱宴,然后离居矣。近来延至仲夏,京中饮妓籍属教坊,凡朝士宴聚,须假诸曹署行牒,然后能致于他处。……诸妓皆居平康里,举子新及第进士三司幕府,但未通朝籍未直馆殿者,咸可就诣。如不吝所费,则下车水陆备矣。其中诸妓,多能谈吐,颇有知书言话者。自公卿以降,皆以表德呼之。其分别品流,衡尺人物,应对非次,良不可及。信可辍叔孙之朝,致杨秉之惑。比常闻蜀妓薛涛之才辩,必谓人过言,及睹北里二三子之徒,则薛涛远有惭德矣。予频随计吏,久寓京华，时亦偷游其中，固非兴致。每思物极则反，疑不能久。常欲纪述其事，以为他时谈薮。……不谓泥蟠未伸，俄逢丧乱。銮舆巡省崤函，鲸鲵逋窜山林，前志扫地尽矣。静思陈事，追念无因，而久罹惊危，心力减耗。向来闻见，不复尽记。聊以编次为《太平遗事》云。”

# 唐僖宗中和五年　光启元年

乙巳　八八五

## 正月

**崔致远本年三十一岁，时在归新罗途中，仍候风于东牟东，有《祭巉山神文》。**

《桂苑笔耕集》卷二〇有《祭巉山神文》，中云：“去岁初冬及东牟东属，以沧流尚远，玄律将穷，浪形匌匒而鹢难浮舰……遂舣刳森，聊安断蓬。一昨虽迎端月，犹惧俊风，延颈而待逢候燕，回眸而送尽归鸿。方期利涉，龟从筮叶，直指鸡林。”按，端月即正月，燕回鸿归均为春日景象。崔致远去年冬十月候风于东牟东之乳山，至此仍舶于此，可详参去年十月条，此文乃本月所撰。

## 二月

**倪曙、裴延裕等三十五人登进士第，许佑孙为本年状元。尚书礼部侍郎归仁泽知贡举。**

据《登科记考补正》卷二三本年条。

**司空图本年四十九岁。僖宗自成都还至凤翔，召司空图为知制诰，迁中书舍人。**

据《旧唐书・司空图传》：“僖宗自蜀还，次凤翔，召图知制诰，寻正拜中书舍人。”又《旧唐书・僖宗纪》载：“（光启元年）二月丁亥朔。丙申，车驾次凤翔。”

则司空图为僖宗召为知制诰,寻迁中书舍人约在此时。

## 三月

**僖宗返抵长安,改元光启。时京城荆棘满地,极为荒凉。时朝廷所能号令者惟数十州而已,其余诸镇郡将自擅,不受命于朝廷。**

《资治通鉴》卷二五六中和五年三月载:“丁卯,至京师;荆棘满城,狐兔纵横,上凄然不乐。己巳,赦天下,改元。时朝廷号令所行,惟河西、山南、剑南、岭南数十州而已。”《旧唐书·僖宗纪》本年三月亦记:“大赦,改元光启。时李昌符据凤翔,王重荣据蒲、陕……秦彦据宣、歙,刘汉宏据浙东,皆自擅兵赋,迭相吞噬,朝廷不能制。江淮转运路绝,两河、江淮赋不上供,但岁时献奉而已。国命所能制者,河西、山南、剑南、岭南西道数十州。大约郡将自擅,常赋殆绝,藩侯废置,不自朝廷,王业于是荡然。”

## 六月

**秦宗权攻占洛阳。**

《资治通鉴》卷二五六光启元年六月载:“东都留守李罕之与秦宗权将孙儒相拒数月,罕之兵少食尽,弃城,西保渑池,宗权陷东都。”

## 七月

**常浚为右补阙,本月上疏言藩镇事,贬万州司户,寻赐死。**

《资治通鉴》卷二五六光启元年七月载:“乙巳,右补阙常浚上疏,以为:‘陛下姑息藩镇太甚,是非功过,骈首并足,致天下纷纷若此,犹未之寤,岂可不念骆谷之艰危,复怀西顾之计乎!宜稍振典刑以威四方。’田令孜之党言于上曰:‘此疏传于藩镇,岂不致其猜忿!’庚戌,贬浚万州司户,寻赐死。”

## 九月

**李磎为史官尚书司封郎中，本月自淮楚赴京经泗州，撰《泗州重修鼓角楼记》。**

《全唐文》卷八〇三有李磎《泗州重修鼓角楼记》，文末云："积月而史官尚书司封郎中李磎自淮楚趋阙驿泗，于是郡从事张信与同僚及将吏等磨石濡笔，且以众志白于公，请磎为记，磎不敢辞，即所闻实书于石。於戏！楼以中和五年二月二十八日成，以其年九月三十日书。"文中述及泗州鼓角楼之要："烈而悲者角之声，谨而壮者鼓之声。烈与悲似义，谨与壮似勇。夫军以义集，以勇进，故军城例楼鼓角于正门，以严暮警夜。二物用固均，然凡发语虽先鼓，及奏而角先鸣者，盖欲勇生于义云。泗城据汴淮奔会处，汴迅以射，淮广而吞。拧势雄重，翕张气象。故其出人物义且勇，与鼓角之声相叶。虽商贩四冲，舷击柁交，而气不衰杂。"

## 十二月

**李克用进占长安，田令孜奉僖宗出奔凤翔。长安宫阙一片萧条。**

《资治通鉴》卷二五六光启元年十月载，河中节度使王重荣联络李克用，欲除田令畋。令孜遣朱玫、李昌符将三万兵以讨王重荣，李克用遂出兵关中以应重荣。"十二月，癸酉，合战，玫、昌符大败，各走还本镇，溃军所过焚掠。克用进逼京城，乙亥夜，令孜奉天子自开远门出幸凤翔。初，黄巢焚长安宫室而去，诸道兵入城纵掠，焚府寺民居什六七，王徽累年补葺，仅完一二，至是复为乱兵焚掠，无孑遗矣。"《旧唐书·僖宗纪》亦载："至是，乱兵复焚，宫阙萧条，鞠为茂草矣。"

**沈颜本月行经江西临川，偶获颜真卿所撰碑。碑为真卿所沉，沈颜感而撰《碎碑记》，念真卿之德业。沈颜少有词藻，为文精速。**

《全唐文》卷八六八有沈颜《碎碑记》，中云："乙巳岁冬十二月，客钟陵，由章江入剑池，过临川。……风不便行，维舟于岸左。岸左有小渚，小渚之间，垂舟之介揭厉而获碑。为介者异而告，发而视之，字残阙，存者十七八。考其文，则故临川内史颜鲁公之文。识者以为公牧临川日所沉碑。其文亦多载鲁公之德业，辄碎败而已。会同济者谓余曰：'且鲁公沉是碑也，必将德业不称于后世，故沉之。今子既不能文而补之写传之，亦不可复沉之于浚流。'……鲁公之德业，史传载之矣，遗俗传之矣。夫德业者，病不著于当世，岂病扬于后世乎？苟鲁公德业，史传不载，虽全是碑，亦不能扬鲁公德业于后世。夫如是，碎之何伤？"按，乙巳岁即本年。又吴任臣《十国春秋》卷一一载："沈颜字可铸，湖州德清人，唐翰林学士传师之孙也。……少有词藻，琴弈皆臻神境，时人为之语曰'下水船'，言为文精速，无不载也。"

## 本 年

**杨夔本年上执政书，痛陈官吏骄奢，为满足私欲而盘剥百姓，致使民声怨嗟之时弊，恳请执政者选贤任能，随田定赋，用法必公。文章对时弊之剖析颇为精当，见解深刻，笔锋犀利。**

《全唐文》卷八六六有杨夔《复宫阙后上执政书》，文中云："自大驾南巡，官失其守。"按，文中所言指广明中和年间僖宗避蜀之事，则复宫阙当即指本年僖宗由蜀返长安。文乃上执政者以指陈时弊："今大兵之后，生民陷于涂阱。九州四海，固仰首于吾君吾相，以待其脱涂出阱也。……夫欲安其民，则莫若择守宰。夫欲固其本，则莫若去奢侈。夫欲官之治，则莫若为官而择人。夫欲弊之革，则莫若限田而定赋。……今远方郡邑，民抱愁痛，嗷嗷然如婴儿之望父母也。朝廷命牧守，选邑宰，以何道而取耶？其有忘慈惠之心，蕴聚敛之志，不思疾痛，但恣刻剥。役厓瘵以从欲，饰厨传以邀名。天路高邈，叫诉无所。居者以远而吞气，行者以赂而设誉。纵使贪过桀跖，亦可高枕夷柳。如此则流毒于下，岂有既乎？故曰欲安其民，莫若择守宰也。……故因赂而仕，由贿而达。牛骥皂隶，汩为一流。居外者恃内之权，恣其刻削。居内者恃外之遗，益其侈靡。耗民之生，如城之狐。蠹民之力，如社之鼠。枯骸朽皮，尽取后已。……故曰欲固其本，莫若去奢侈也。……古画地之数，限人名田。一则量其贫富，一则均其肥瘠。今凡称衣冠，罔计顷亩。是奸豪之辈，辐辏其门。但许借名，便曰纳货。既托其权势，遂恣其苞囊。州县熟知，莫能纠摘。且州县所切，莫先科差。富贵者既党护有人,贫困者即窜匿无路。上逼公使,下窘衣资。怨嗟之声,因伤和气。……田有恒,即赋有限,无路广占矣。既绝其广占,即富者无苟免之徭,贫者无非次之役,则凋瘵何有夫不苏,时俗何有夫不安?故曰欲弊之革,莫若随田而定赋也。……今法不患不制,而患不行。事不患不立,而患不公。苟以用法必公,不以豪强而曲直,则不出户可以见四方之承禀,不下席可以知兆庶之休戚矣。”

**李隐约此时前后撰有《大唐奇事记》十卷。**

据《编年史》所引李剑国《唐五代志怪传奇叙录》所考,李隐,赵郡赞皇人,字岩士,“《直斋书录解题》卷一一《潇湘录》解题称‘唐校书郎李隐’,《说郛》卷三三《潇湘录》李隐下注:守秘书省校书郎。此隐之官政可考者。《新唐志》著录《大唐奇事记》,注云咸通中人,然本书佚文记事下逮乾符中(《狐龙》),书成当在僖宗中和、光启中”。

## 唐僖宗光启二年

丙午　八八六

### 正月

**李克用还军河中,与王重荣同表请僖宗还宫,并请诛田令孜。戊子,令孜引兵入宫,劫僖宗幸宝鸡,宰相朝臣皆不知。令孜由此引起天下共忿。**

见《旧唐书·僖宗纪》、《资治通鉴》卷二五六。

**崔致远本年三十二岁。去年冬自淮南东归新罗。此时向新罗王进献其在唐时所作诗文集凡二十八卷。此后,致远留新罗,为翰林学士、兵部侍郎,后出为武城太守。真圣时,挈家入江阳郡伽倻山以终。**

崔致远《桂苑笔耕集》有《桂苑笔耕序》一文,文末署“中和六年正月,前都统巡官、承务郎、侍御史、内供奉、赐紫金鱼袋臣崔致远状奏”,知此文乃中和六年（即光启二年）正月所上。《唐文拾遗》卷四三本文题为《进诗赋表状等集状》，系致远上其文集之奏状。由文末所署年月及职务可知，致远去年归抵新罗，此时尚未就任新罗朝廷新职。文末致远自谓“其诗赋表状等集二十八卷随状奉进谨进”。又据本状文首所记，此二十八卷为“私试今体赋五首一卷、五言七言今体诗共一百首一卷、杂诗赋共三十首一卷、《中山覆篑集》一部五卷、《桂苑笔耕集》一部二十卷”。其《桂苑笔耕集》二十卷今存，有《四部丛刊》本，乃上海涵芬楼借无锡孙氏小绿天藏高丽旧刊本影印者。致远本状叙此集云：“及罢微秩，从职淮南，蒙高侍中专委笔砚，军书辐至，竭力抵当。四年用心，万有余首，然淘之汰之，十无一二。敢比披沙见宝，粗胜毁瓦画墁，遂勒成《桂苑集》二十卷。臣适当乱离，寓食戎幕，所谓饘于是，粥于是，辄以笔耕为目。”据此知，《桂苑笔耕集》乃致远任职高骈幕后返抵新罗前之作。致远本年后之仕历，据《桂苑笔耕集》书首所附高丽人徐有榘之《校印〈桂苑笔耕集〉序》云：“后四年，充国信命名东归，事宪康王、定康王为翰林学士、兵部侍郎，出为武城太守。真圣时，挈家入江阳郡伽倻山以终焉。葬在湖西之鸿山。”《新唐书·艺文志》著录崔致远《四六》一卷、《桂苑笔耕集》二十卷。《宋秘书省续编到四库阙书目》记其《中山覆篑集》五卷、诗赋三卷。

## 三月

**丙申，僖宗至兴元。朝臣累表请诛田令孜及其党。**

见《旧唐书·僖宗纪》、《资治通鉴》卷二五六。

## 五月

**上月，朱玫逼凤翔百官奉襄王煴权监军国事，还长安。本月，又奉煴即皇帝位，号令诸镇。李克用闻此事皆出于朱玫，大怒，发兵攻之。**

见《旧唐书·僖宗纪》、《资治通鉴》卷二五六。按，此时僖宗仍在兴元。

## 六月

**因战乱至本月方于行在兴元发榜。顾在镕、苏鹗等九人登进士第，陆扆为本年状元。中书舍人郑损知贡举。**

据《登科记考补正》卷二三本年条。

**苏鹗本月及第。有《杜阳杂编》《演义》诸作。**

《新唐书·艺文志三》记苏鹗有《演义》十卷、《杜阳杂编》三卷。《直斋书录解题》卷十称其《苏氏演义》“考究书传，订正名物，辨正讹谬，有益见闻”。然《演义》十卷已佚，清修《四库全书》时从《永乐大典》辑得二卷。《杜阳杂编》三卷今存。

## 七月

**秦宗权攻陷许州，杀节度使鹿晏弘。**

见《旧唐书·僖宗纪》、《资治通鉴》卷二五六。

## 十一月

**孟棨本年前任尚书司勋郎中。本月所著《本事诗》成，自序之。**

《全唐文》卷八一七有孟棨《本事诗序》，文后署“时光启二年十一月，大驾在褒中。前尚书司勋郎中、赐紫金鱼袋孟启序”。序中述及其为诗之见解与诗集之体例：“诗者，情动于中而形于言。故怨思悲愁，常多感慨。抒怀佳作，讽刺雅言。著于群书，虽盈厨溢阁，其间触事兴咏，尤所钟情。不有发挥，孰明厥义。因采为本事诗凡七题，犹四始也。情感、事感、高逸、怨愤、征异、征咎、嘲戏，各以其类聚之。亦有独掇其要不全篇者，咸为小序以引之，贻诸好事。其有出诸异传怪录，疑非是实者，则略之。拙俗鄙俚，亦所不取。闻见非博，事多阙漏。

访于通识,期复续之。"

## 十二月

**朱玫将王行瑜自凤州引兵还长安,斩朱玫并其党,纵兵大掠。裴澈、郑昌图等奉襄王煴奔河中,节度使王重荣执煴斩之,函其首赴行在兴元。文武官僚遭戮者大半。**

见《旧唐书·僖宗纪》、《资治通鉴》卷二五六。《旧唐书·僖宗纪》记王行瑜纵兵大掠云:"是岁苦寒,九衢积雪,兵入之夜,寒冽尤剧,民吏剽剥之后,僵冻而死蔽地。"

## 本年

**公乘亿本年前后在魏博节度使乐彦祯幕为从事,曾教其婿孙骘笺奏程序。其时以赋冠绝一时。**

《新唐书·乐彦祯传》载乐彦祯为魏博节度使,"喜儒术,引公乘亿、李山甫皆在幕府"。《旧五代史·孙骘传》:"唐光启中,魏博从事公乘亿以女妻之,因教以笺奏程序。"则知本年前后,公乘亿为魏博从事。又《全唐诗》卷六五九罗隐有《寄易定公乘亿侍郎》,诗题下注云:"侍郎有《明皇再见阿蛮舞》及《龙池柳赋》,时称冠绝也。"据此知,公乘亿此时已以上述二文驰名,然此二文,今《全唐文》不载。

# 唐僖宗光启三年

丁未　八八七

## 正月

**李山甫仍为魏博判官,时出使太原、汴州等地。山甫文笔雄健,有赋二卷。**

《全唐文》卷八一二有乐彦贞《致太原汴州两镇书》,文中云:"光启三年正月五日，魏博节度使、开府仪同三司、检校司空、同中书门下平章事……致书于二镇足下……有事则同谋，有征则同举……谨请当道李山甫判官奉书陈请。”据此可知，李山甫此时仍任魏博节度判官而出使太原、汴州。辛文房《唐才子传》称山甫“诗文激切，耿耿有奇气，多感时怀古之作”。《新唐书·艺文志》著录《李山甫诗》一卷、《李山甫赋》二卷，均已散佚。

## 二月

**郑谷、李屿、赵光裔、郑微、黄匪躬、翁洮等二十五人登进士第，赵昌翰为本年状元。侯翮书判拔萃科及第。尚书右丞柳玭知贡举。**

据《登科记考补正》卷二三本年条。

## 三月

**本月甲申，僖宗自兴元还京，次凤翔。萧遘、郑昌图、裴澈等人先前为襄王煴伪宰相，僖宗复位，赐死。**

《旧唐书·僖宗纪》：“（光启三年）三月甲申，车驾还京，次凤翔。以宫室未完，节度使李昌符请驻跸，以俟毕工。河中械送伪宰相裴澈、郑昌图，命斩之于岐山县。太子少师致仕萧遘赐死于永乐县。”又《唐大诏令集》卷一二七有《处置萧遘等敕》“逆贼伪宰相萧遘、郑昌图、裴澈……遽隳臣节，辄肆逆谋”，文后注：“光启三年三月。”

## 四月

**扬州牙将毕师铎自高邮率兵回攻扬州，破之，囚高骈于别室，自总军政。后邀宣歙观察使秦彦至扬州主事。**

见《旧唐书·僖宗纪》。《资治通鉴》卷二五七记：“骈先为盐铁使，积年不贡奉，货财在扬州者，填委如山。骈作郊天、御楼六军立仗仪服，及大殿元会、内署行幸供张器用，皆刻镂金玉，蟠龙蹙凤数十万事，悉为乱兵所掠，归于闾阎，张陈寝处其中。”

**顾云本年约三十七岁，时在高骈淮南幕。毕师铎囚高骈，顾云遂退居霅川，杜门著书。**

《唐诗纪事》卷六七顾云条载云“为高骈淮南从事。（毕）师铎之乱，退居霅川，杜门著书”。霅川即湖州。

## 六月

**张全义本月为河南尹，至洛阳。洛阳自黄巢起事后，屡经战乱，居民不满百户。**

《资治通鉴》卷二五七光启三年六月载：“（张）全义为河南尹。初，东都经黄巢之乱，遗民聚为三城以相保，继以秦宗权、孙儒残暴，仅存坏垣而已。全义初至，白骨蔽地，荆棘弥望，居民不满百户。”由此可见当时中原名城破败情况。

## 九月

**高骈被囚于淮南幕延和阁，为毕师铎将刘匡时所杀。骈有文一卷。**

《资治通鉴》卷二五七光启三年九月记：“命其将刘匡时杀骈，并其子弟甥侄无少长皆死，同坎瘗之。”又《新唐书·高骈传》记光启三年，“骈久囚拘，供亿窘狭，群奴彻延和阁阑楯为薪，煮革带以食”。另记高骈被杀云：“众入，骈骂曰：‘军事有监军及诸将在，何遽尔？’众辟易，有奋而击骈者，曳廷下数之曰：‘公负天子恩，陷人涂炭，罪多矣，尚何云？’骈未暇答，仰首如有所伺，即斩之。”骈能诗，亦善书法。《新唐书·艺文志四》著录《高骈诗》一卷，《直斋书录解题》记《高骈集》一卷，《宋史·艺文志》则记为三卷，集均散佚。《全唐文》卷八〇二录其文五篇，《唐文拾遗》卷三三收其文三篇。

**罗隐本年五十五岁，东归杭州佐钱镠，被辟为从事。本月刘匡时杀高骈，隐**

**著《广陵妖乱志》以非骈。**

《十国春秋》载："九月甲戌，秦彦命其将刘匡时杀高骈、并其子弟甥侄，无少长皆死，同坎瘗之。隐著《广陵妖乱志》以非之。"《罗隐集》有《广陵妖乱志》，文中述及高骈末年因惑于神仙之说，信用佞臣，耗费奢靡，终至身死名毁："高骈末年惑于神仙之说，吕用之、张守一、诸葛殷等，皆言能役使鬼神，变化黄白。骈酷信之，遂委以政事。用之等援引朋党，恣为不法。……自此内外壅隔，纪纲日紊。用之等因大行威福，傍若无人。岁月既深，根蒂遂固。……中和元年，用之以神仙好楼居，请于公廨邸北跨河为迎仙楼。其斤斧之声，昼夜不绝。费数万缗，半岁方就。自成至败，竟不一游。扃锸俨然，以至灰烬。是冬又起延和阁于大厅之西，凡七间，高八丈，皆饰以珠玉，绮窗绣户，殆非人工。每旦焚名香，列异宝，以祈王母之降。"

## |十一月|

**杨行密率军围扬州，破秦彦、毕师铎军，入据扬州，自称淮南留后。**

见《旧唐书·僖宗纪》、《资治通鉴》卷二五七。

## |本年|

**司空图本年五十一岁，居中条山王官谷，撰《中条王官谷序》与《山居记》，述及其居王官谷之状况。**

《司空表圣诗文集笺校》有《司空表圣文集序》，文末署："有唐光启三年，泗水司空氏中条王官谷濯缨亭记。"文中云："知非子雅嗜奇，以为文墨之伎，不足曝其名也。盖欲揣机穷变，角功利于古豪。及遭乱窜伏，又故无有忧天下而访于我者，曷以自见平生之志哉？因捃拾诗笔，残缺无几。乃以中条别业一鸣以目其前集，庶警子孙耳。其述先大夫所著家牒照乘传，及补亡舅（原注：名权，四岁能讽诵其舅水轮陈君赋，十六著《刘氏洞史》二十卷）。赞祖彭城公中兴事，并愚自撰密史，皆别编次云。"又有《山居记》，文末署"有唐光启三年丁未岁（887）记"。文中记其山居构建情况，其中可见其洁心之志："愚以家世储善之佑，集于厥躬,乃像刻大悲,跂新构于西北隅,其亭曰‘证因’。证因之右,其亭曰‘拟纶’,志其所著也。拟纶之左,其亭曰‘修史’,勖其所职也。西南之亭曰‘濯缨’,濯缨之窗旦鸣,皆有所警。堂曰‘三诏之堂’,室曰‘九钥之室’,皓其壁以模玉川于其间,备列国朝至行清节文学英特之士,庶存耸激耳。其上方之亭曰‘览昭’,悬瀑之亭曰‘莹心’,皆归于释氏,以栖其徒。”按,《司空表圣诗文集笺校》卷九附有《三贤赞》,乃赞房玄龄、李靖、魏徵三人。又有《今相国地藏赞》《香岩长老赞》《兵部恩门王贞公赞》《相国老君赞》《李翰林写真赞》等,或即所备列之文。

## 唐僖宗光启四年　文德元年

戊申　八八八

### 二月

**僖宗自凤翔返长安,改元文德。**

《资治通鉴》卷二五七本年二月记僖宗“壬午,发凤翔。己丑,至长安。庚寅,赦天下,改元。以韦昭度兼中书令。”

**崔涂、谢脩、陈峤等二十八人登进士第,郑贻矩为本年状元。郑延昌知贡举。**

据《登科记考补正》卷二三本年条。

### 三月

**僖宗薨,昭宗即位。昭宗好文重儒,尊礼大臣,意在复兴,为人所称道。**

《旧唐书·昭宗纪》载:“文德元年二月,僖宗暴不豫。……及大渐之夕,而未知所立。……军容杨复恭请以寿王监国。三月六日,宣遗诏立为皇太弟。八日,柩前即位,时年二十二。……帝好书攻文,尤重儒术,神气雄俊,有会昌之遗风。以先朝威武不振,国命浸微,而尊礼大臣,详延道术,意在恢张旧业,号令天下。即位之始,中外称之。"《资治通鉴》卷二五七亦载:"昭宗即位,体貌明粹,有英气,喜文学,以僖宗威令不振,朝廷日卑,有恢复前烈之志,尊礼大臣,梦想贤豪,践祚之始,中外忻忻焉。"

## |六 月|

**黄巢乱时,昭宗为寿王,从僖宗幸蜀。田令孜恃宠辱之,昭宗颇不满。及即位,遣人监西川军,令孜不奉诏。昭宗以令孜所恃者陈敬瑄耳,本月,以韦昭度兼中书令,充西川节度使,兼西川招抚制置等使,征敬瑄为龙武统军。**

据《资治通鉴》卷二五七。

## |七 月|

**罗隐本年五十六岁。时钱镠新创祖庙,隐为其撰庙碑记。**

《罗隐集·吴越掌记集》有《钱氏九州庙碑记》,文末署"文德元年七月七日记"。

## |十 二 月|

**本年十月,陈敬瑄、田令孜闻韦昭度将至,治兵完城以拒之,反。本月戊子,削陈敬瑄官爵。**

见《资治通鉴》卷二五七。又《唐大诏令集》卷一二〇有《削夺陈敬瑄官爵制》,文后注"文德元年十二月"。

# 唐昭宗龙纪元年

己酉　八八九

## | 正 月 |

**癸巳朔,改元龙纪,赦天下**。

见《旧唐书·昭宗纪》。

## | 二 月 |

**上年十二月,蔡州牙将申丛执秦宗权以降唐**。**本月,沐州行军司马李璠监送宗权至长安,秦宗权伏诛**。

见《旧唐书·昭宗纪》,云:“宗权既平,而朱全忠连兵十万,吞噬河南,兖、郓、青、徐之间,血战不解。”

**温宪、吴融、韩偓、唐备、崔远、李冉、程忠等二十五人登进士第,李瀚为本年状元**。**礼部侍郎赵崇知贡举**。

据《登科记考补正》卷二四本年条。

**韩偓本年四十八岁,本月及第**。**此前尝作《红芭蕉赋》《黄蜀葵赋》**。

韩偓及第前为诗,颇以后人所称“香奁体”闻名。《全唐文》卷八二九有其《红芭蕉赋》,中云:“瞥见红蕉,魂随魄消。阴火与朱华共映,神霞将日脚相烧。谢家之丽句难穷,多烘茧纸;洛浦之下裳频换,剩染鲛绡。……赵合德裙间一点,愿同白玉唾壶;邓夫人额上微殷,却赖水晶如意。……大凡人之丽者必动物,物之尤者必移人。”又有《黄蜀葵赋》。两文作年难确考,然风格与其及第前诗风相近,姑一并系于此。

**吴融本月及第，或尝作有诸赋**。

《全唐文》卷八二〇吴融有《古瓦砚赋》《沃焦山赋》《沃焦山赋（其二）》《戴逵破琴赋》四赋。此四文皆咏史怀古赋，如《古瓦砚赋》，以古瓦断而为砚，慨叹富贵之无常："繁华几代，零落一朝。委地而合随尘土，依人而却伍琼瑶。……有以见古今推移，牢笼渺漫。成败皆分，短长一贯。何树春秋各千年，何花开落惟一旦。星陨地以为石，尽灭光辉。"其赋文辞简约，对仗工整。

## | 三 月 |

**公乘亿本月为罗让撰神道碑**。

《全唐文补编》卷九〇公乘亿有《唐太师南阳王罗公神道碑记》，中云："烈考讳珍，魏博节度押衙亲事厢虞候。公少立奇节，倜傥不群。交结时豪，轻死重义。……自此乡间畏爱，遐迩来投。……乾符三年六月十一日，遘疾薨于宽仁坊之私第，享龄六十九。……当年十一月二十四日，迁宅兆于贵乡县迎济乡蔡林，礼也。蒙恩赐工部尚书。……龙纪元年岁次己酉三月丙辰朔庚申建。"又《旧唐书·罗弘信传》："罗弘信字德孚，魏州贵乡人。曾祖秀，祖珍，父让，皆为本州军校。"则知墓主乃罗让，文约撰于本月。

## | 六 月 |

**司空图本年五十三岁，复拜中书舍人，旋以疾辞。时河北乱，因寓居华阴**。

《旧唐书·司空图传》载："龙纪初，复召拜舍人，未几，又以疾辞。河北乱，乃寓居华阴。"考《资治通鉴》卷二五八龙纪元年六月载："（李克用）拔磁、洺二州。……乘胜进攻邢州。"按，据《旧唐书·地理志二》，磁、洺、邢三州皆属河北道，此即《旧唐书·司空图传》所谓"河北乱"之事，则图寓居华阴盖在本月之后。

## | 八 月 |

**公乘亿仍在魏博幕为从事。去年七月，魏州和尚孔存奖卒，亿约本月受法主大德藏晖之请，为其塔撰碑文。**

《全唐文》卷八一三有公乘亿《魏州故禅大德奖公塔碑》，中云："和尚姓孔，字存奖。家本邹鲁，即阙里之裔孙也。……禅大德元公者，即临济之大师也。……斯乃文德元年七月十二日也，享龄五十九，僧腊四十一。有亲信弟子藏晖、行简，一以主丧，一以传法。大德奉先师之遗命，于龙纪元年八月二十二日，于本院焚我真身，用观法相。……三日三夜，号礼如斯。于香烬之中，得舍利一千余粒。诸寺大德，各各作礼，请分供养焉。……遂建塔于府南贵乡县熏风里，附于先师之塔志也。亿到职之初，曾获瞻礼。法主大德藏晖，不以亿才业庸浅，具闻于我公，相请撰斯文。亿秉笔惕然，得尽芜鄙。"文中之"我公相"，即指魏博节度使罗弘信。据《资治通鉴》卷二五七文德元年七月载："以权知魏博留后罗弘信为节度使。"公乘亿在罗弘信幕，亦可见于《旧五代史·司空颋传》："罗绍威为节度副大使，颋以所业干之。幕客公乘亿为廷誉，罗弘信署为府参军。"公乘亿终于魏博从事任，然其卒年无确考。《旧五代史·孙鹭传》云："唐光启中，魏博从事公乘亿以女妻之，因教以笺奏程序。……亿既死，魏帅以章表笺疏淹积……或以鹭为言，即署本职，主奏记事。"据此知公乘亿在魏博乃主章表记事。《新唐书·艺文志四》著录《公乘亿诗》一卷、《赋集》十二卷，《宋史·艺文志》记其《珠林集》四卷、《华林集》三卷，然均已散佚。《全唐文》卷八一三收其文三篇。

## | 十 月 |

**司空图仍寓居华阴，约此时撰《石氏墓志铭》。**

《司空表圣诗文集笺校》卷七有《蒲帅燕国太夫人石氏墓志铭》，中记石氏薨于光启丙午（即光启二年）八月，"以龙纪元年十月迁祔于河东县某里琅琊公之茔"，文约撰于此时。

## 十一月

**罗隐本年五十七岁，时昭宗改名晔，隐有贺表，颇为人所称道。**

《吴越备史·罗隐传》载：“及为贺昭宗更名表，曰：‘左则虞舜之全文，右则姬昌之半字。’当时京师称第一。”《十国春秋·罗隐传》所记同，并记在“昭宗改名晔”时。据《旧唐书·昭宗纪》，龙纪元年十一月载：“改御名曰晔。”隐上贺表当在此时。

**钱珝在太常博士任，时朝廷将有事于圆丘，珝上文论内臣不应衣朝服，对宦官专权表示不满。**

《全唐文》卷八三六钱珝有《论内臣朝服状》《再论内臣朝服状》二文。两文均见于《旧唐书·昭宗纪》龙纪元年所载：“十一月己丑朔，将有事于圆丘。改御名曰晔。辛亥，上宿斋于武德殿，宰相百僚朝服于位。时两军中尉杨复恭及两枢密皆朝服侍上，太常博士钱珝、李绰等奏论之曰：‘皇帝赴斋宫，内臣皆服朝服。臣检国朝故事及近代礼令，并无内官朝服助祭之文。……今参详近朝事例，若内官及诸卫将军必须制冠服，即各依所兼正官，随资品依令式服本官之服。’状入，至晚不报。钱珝又进状曰：‘臣今日巳时进状，论内官冠服制度，未奉圣旨。……今陛下行先王之大礼，而内臣遂服先王之法服。来日朝献大圣祖，臣赞道皇帝行事，若侍臣服章，有违制度，是为非礼，上渎祖宗，臣期不奉敕。臣谬当圣代，叨备礼官，获正朝仪，死且不朽。脂膏泥滓，是所甘心。’状入，降朱书御札曰：‘卿等所论至当，事可从权。勿以小瑕，遂妨大礼。’于是内四臣遂以法服侍祠。”

## 本年

**韩偓本年四十九岁。及第后佐河中幕府，后入朝为右拾遗。**

《新唐书·韩偓传》记偓“擢进士第，佐河中幕府，召拜右拾遗”。据钱珝《授司勋郎中兼侍御史知杂事赐绯鱼韩偓本官充翰林学士制》（《全唐文》卷八三一)中云:“具官韩偓,动人之行,率性自强,慎独不渝,考祥甚远,资以讲学,见于文章。……朕初嗣丕业,擢升谏曹。”按,谏曹即指拾遗,则知韩偓于昭宗即位不久即入为拾遗,其时间盖在本年或稍后。

## 唐昭宗大顺元年

庚戌　八九〇

### 二月

**宰臣兼国子祭酒孔纬提议内外文臣捐钱助修国学,诏从之。**

《旧唐书·昭宗纪》大顺元年二月载:“丁巳,宰臣兼国子祭酒孔纬以孔子庙经兵火,有司释奠无所,请内外文臣自观察使、制使下及令佐,于本官料钱上缗抽十文,助修国学,从之。”

**王驾、戴思颜、王虬、张莹、林衮、张乔等二十一人登进士第,杨赞禹为本年状元。御史中丞裴贽知贡举。**

据《登科记考补正》卷二四本年条。

**归义军节度使张淮深本月卒,掌书记张景球为撰墓志。**

《全唐文补编》卷八九张景球有《归义军节度使检校司徒南阳张府君墓志铭》:“府君讳淮深,字禄伯,敦煌信义人也。……祖曰谦逸,工部尚书……府君洎大中七载便任敦煌太守。……乾符之政,以功再建节旄,特降皇华,亲临紫塞。……公以大顺元年二月廿二日,殒毙于本郡,时年五十有九。”

### 五月

**上月,宰相张浚听从朱全忠之计,请讨伐李克用,昭宗勉强从之。本月,下诏削夺李克用官爵、属籍,以张浚为河东行营都招讨制置宣慰使。此后数月,河**

**北、河东兵患不绝。**

见《资治通鉴》卷二五八。

## |十月|

**陆希声本年约六十三岁，此前曾累官歙州刺史，后入为给事中。本月，仍在给事中任，编次中唐古文家李观文为三编，并为之序，序中评述李观及韩愈文风。**

《新唐书·陆希声传》记希声"擢累歙州刺史。昭宗闻其名，召为给事中"。又《全唐文》卷八一三陆希声有《唐太子校书李观文集序》，文末署"大顺元年十月日给事中陆希声序"。序中述及编次李观文集过程："自广明丧乱，天下文集略尽。予得元宾文于汉上，惜其恐复磨灭，因条次为三编，论其意以冠于首。大顺元年十月日，给事中陆希声序。"文中评述李观、韩愈及历朝文章云："贞元中，天子以文化天下，天下翕然兴于文。文之尤高者李元宾观、韩退之愈。始元宾举进士，其文称居退之之右。及元宾死，退之之文日益高。今之言文章，元宾反出退之之下。论者以元宾早世，其文未极，退之穷老不休，故能卒擅其名。予以为不然。要之所得不同，不可以相上下者。文以理为本，而辞质在所尚。元宾尚于辞，故辞胜其理；退之尚于质，故理胜其辞。退之虽穷老不休，终不能为元宾之辞。假使元宾后退之之死，亦不能及退之之质。此所以不相见也。夫文兴于唐虞，而隆于周汉。自明帝后，文体浸弱，以至于魏、晋、宋、齐、梁、隋，嫣然华媚，无复筋骨。唐兴犹袭隋故态，至天后朝，陈伯玉始复古制，当世高之。虽博雅典实，犹未能全去谐靡。至退之乃大革流弊，落落有老成之风，而元宾则不古不今，卓然自作一体，激扬发越，若丝竹中有金石声。每篇得意处，如健马在御，蹀蹀不能止。其所长如此，得不谓之雄文哉？"

## |十二月|

**张浚为李克用所败，贬连州刺史。**

见《旧唐书·昭宗纪》。

# 唐昭宗大顺二年

辛亥　八九一

## 正月

**陈鼎、黄璞、杜荀鹤、王涣、李德邻、王拯、赵光胤、张曙、吴仁璧、蒋肱、罗兖、吴蜕、王翃、江极等二十七人登进士第，崔昭矩为本年状元。礼部侍郎裴贽知贡举。**

据《登科记考补正》卷二四本年条。按，礼部发榜一般在二月，而本年则在正月。《南部新书》卷辛载："杜荀鹤……大顺二年正月十日，裴贽下第八人。其年发榜日，即荀鹤生日。"

**本月，太保兼门下侍郎、同中书门下平章事孔纬出为荆南节度使，尚书右仆射兼中书侍郎、同中书门下平章事张濬出为鄂岳观察使。**

《唐大诏令集》卷五八有《孔纬荆南节度使制》《张濬鄂岳观察使制》，文后注"大顺二年正月"。

**杜荀鹤本年四十六岁，其本年之擢第，乃因其诗为裴贽所重，誉有陈子昂之风。**

《全唐文》卷八一五有顾云《唐风集序》，文中云："大顺初，皇帝命小宗伯河东裴公掌邦贡。次二年，遥者来，隐者出，异人俊士，始大集都下。于群进士中，得九华山杜荀鹤，拔居上第。诸生谢恩日，列坐既定，公揖生谓曰：'圣上嫌文教之未张，思得如高宗朝拾遗陈公，作诗出没二雅，驰骤建安。削苦涩僻碎，略淫靡浅切，破艳冶之坚阵，擒雕巧之酋帅。皆摧撞折角，崩溃解散。扫荡词场，廓清文祲。然后有戴容州、刘随州、王江宁，率其徒扬鞭按辔，相与呵乐，来朝于正道矣。以生诗有陈体，可以润国风，广王泽，因擢生以塞诏意。生勉为中兴诗宗。'"

**王涣本年三十三岁。本月登第前即以文词显名。**

唐卢光济《唐故清海节度掌书记太原王府君墓志铭》(《全唐文补遗》册一),记王涣"君适当游戏之年,已无所好弄,独于文学笔砚,乃天敕其性,才十余岁,其章句之妙,遽有老成人之风,遂稍稍布于名士之听。未数载,即妍词丽唱,喧著缙绅,靡不相传,成诵在口,如非玄赋,与彼生知,信未可造次企拟也。既随计吏,自若闻人,贽执之初,声称藉甚,故凡所仰止者皆世之名士,朝之巨贤,俾成羽翰,迭用唱和。"王涣本年登进士第,则如文所述,其本年前即以文驰名于世。又《王府君墓志铭》记王涣"无何,前数日,以膏肓受疾,厉毒寖深,曾未浃辰,奄至厌谢,时天复辛酉年十月之三日……享年四十有三"。天复辛酉即天复元年(901),时涣年四十三,则本年三十三岁。

## 二月

**羊昭业约本月始在朝修国史。有集十五卷。**

《唐摭言》卷一二《轻佻》条载:"顾云,大顺中制同羊昭业等十人修史。"按,据《唐会要》卷六三《修国史》条,此次修国史事始于大顺二年二月,则羊昭业之修史盖始于本月。然此后其行踪无可考。《宋史·艺文志七》著录《羊昭业集》十五卷,然《全唐文》中未载其文。

## 三月

**韦昭度将诸道兵十余万讨陈敬瑄,三年不能克,馈运不继,朝议欲息兵。本月乙亥,制复敬瑄官爵,令顾彦朗、王建各帅众归镇。**

见《资治通鉴》卷二五八。《唐大诏令集》卷一二二有《复陈敬瑄官爵制》,文后注"大顺二年三月"。

## 八月

**王建围成都数月,西川节度使陈敬瑄出降,建遂据成都。十月,授为西川节**

**度使**。

据《资治通鉴》卷二五八。《资治通鉴》又记同年十月王建为西川节度使，“建即得西川，留心政事，容纳直言，好施乐士，用人各尽其才，谦恭俭素；然多忌好杀，诸将有功名者，多因事诛之。”

**杜光庭本年四十二岁，已入蜀依王建，居成都玉局观。本月作《无上黄箓大斋后述》，述及自古以来，尤其是唐代道经之流传与撰录情况**。

《全唐文》卷九四四杜光庭有《无上黄箓大斋后述》，文后署：“时大顺二年辛亥八月初三日庚辰，成都玉局化阅省科教，聊纪云尔。”文中记述自古以来，尤其是唐代道经之流传与撰录情况，云：“粤自三无已降，迄于巨唐，宝轴灵文，或隐或见。出于史策，或著在别传。至宋朝简寂先生，校雠之际，述珠囊经目万八千卷。其后江表干戈，秦中兵革，真经秘策，流散者多。后周武帝立通元观，收集众经，犹及万卷。洎隋火板荡，唐土龙兴，翦扫氛妖，底定寰宇。至开元之岁，经诀方兴。元宗著《琼纲经箓》凡七千三百卷，复有玉讳别目记传疏论相兼九千余卷。寻至二胡猾夏，正教凌迟，两京秘藏，多遇焚烧。上元年中，所收经箓六千余卷。至大历年，申甫先生海内搜访，京师缮写，又及七千卷。长庆之后，咸通之间，两街所写才五千三百卷。近属巨寇凌犯，大驾南巡，两都烟煤，六合榛棘，真宫道宇，所在凋零，玉笈琅函，十无三二。余属兹艰会，漂寓成都，扈跸还京，淹留未几，再为搜访，备涉艰难。新旧经诰，仅三千卷，未获编次，又属省方。所得之经，寻亦亡坠。重游三蜀，更欲搜访，累阻兵锋，未就前志。”

## | 十 月 |

**黄滔本年约五十二岁。约此时至长安应举，献书前年状元杨赞禹，谢其举荐，并述及久困科场之苦。又上书裴贽，冀其举荐**。

《全唐文》卷八二三有黄滔《与杨状头书》，文中云：“洎前年榜，伏睹先辈荣登。……昨某之来也，朝及京师，暮期刺谒。今幸于此遽获贽投，果蒙先辈逾涯越等，加之赏录，便许荐拔。充宗伯之所求，则二贤之言斯验矣。若某则已登选于今日也。……某今感先辈之恩知，谨唯铭刻肌骨。故献书于座右以陈露之，伏惟始终怜察焉。”按,杨状头为杨赞禹。据《登科记考补正》卷二四,杨赞禹于大顺元年(890)状元及第,文中称“前年榜”,则文当上于本年,时黄滔已入京赴试,文约作于本月。又文中述及久困科场之苦:“且咸通乾符之贡士,其有德行文学人地如先辈,而在举场,则其举罕再。而先辈在举场逮二十年,何哉?是知天否先辈当年之数,以亨今日之道。……今俾天下之人,奔走瞻之为龙门管钥,宗伯之处士也,莫不俟我之启。某顷者频试于小宗伯,姓名罔为人之所闻,然多受知于前辈。故安州郑郎中、江陵蒋校书谓所业赋偶公道,必为宗师之荐,宗伯之求。某佩斯言十有五年矣。”同卷又有《与杨状头赞图启》,此赞图乃赞禹之误。据《登科记考补正》卷二四,杨赞图为乾宁四年(897)之状元,而滔乾宁二年已登第,文中言:“滔骤持末学,遽窃殊知。伏自豫章数旬,湓浦一路,扃旅舍而夜唯假寐,逐征帆而日但沾衣。盖以虔戴遭逢,仰思情旨。先辈主中兴之文学,作来者之蓍龟。伏蒙采滔所业,异于等伦。悯滔所举,困于曩昔。大张金口,精发瑶函。……每摛一幅之霞笺,咸滴千痕之雨汗。虽才高倚马,曾无起草之词。而字悉如蝇,几若生胝之笔。”据文知,滔此时尚困于举场,启乃谢杨状头举荐之恩而撰,与前文或为先后之作。又卷八二四有《与裴侍郎启》,中云:“伏惟侍郎中丞顷持文柄,大阐至公。垂为圣代之准绳,悬作贡闱之日月。滔为后无私之两榜,遂乖必字于十年。伏蒙侍郎中丞曲赐悯伤,直加赏录。连岁荐论琐质,倾极重言。而以弱植难培,么弦易断。且惊负累,空费生成。既而不罪龙钟,愈隆恩遇。……今则已除主文,只祈阴德。延颈于沟隍之底,瞻恩于丘岳之隆。”按,《登科记考补正》卷二四大顺二年“知贡举礼部侍郎裴贽”下引黄滔此文,并按云:“启言‘无私之两榜’,是裴公第二榜。”据此,则黄滔于本年春裴贽知贡举时落第,本年新命知贡举时,滔上此文以求举荐。本年何时任命知贡举者,史书无载,然一般在冬日已定,故系于此。

## |本年|

**司空图本年五十五岁,仍寓居华阴,作《说鱼》,并上书裴贽,举荐邢赍与王驾二人为官。**

《司空表圣诗文集笺校》卷四有《说鱼》,文中云“前年捧诏西上,复移疾华下”。按,司空图捧诏西上,复移疾华下在龙纪元年(889,详参该年条)。文称龙纪元年为前年,则知文当作于本年。文中抒避世保安之心态:“蒲之东七十里,山秀而瘠,故其水迅激,不能蓄鬐介之族,著于方志焉。王城谷司空氏曰祯贻溪,其岩瀑尤为峭束。……邻之佛者遽至,言:石窦泉隙,鱼皆充牣。愚熟念竟不能究其说。而佛者谓吾久于是溪,虽才啬而命驰,然抚其爱育之心,足以达其物类;盖斯鱼之产,是欲信吾心于方将耳。而愚尚以为愧也,且以为羁。涉岁而后鱼集于故山泉,彼能达吾之心,宅幽而远害,是有物致之。且惑愚之妄进,姑欲全吾道而退保安耳。"又《司空表圣诗文集笺校》卷三有《与台丞书》,中云:"中丞阁下……今阁下前为小宗伯,实振惟公之举,庶不孤吾道矣。况宪府僚属,系本朝之轻重,是尤宜于慎择也……今有邢赍者……雅志贞独,且以名节自任。……又有王驾者,勋休之后,于诗颇工,于道颇固。但其所知,方在显清之地,不敢越境以输其珍耳。"按,小宗伯即礼部侍郎,宪府即御史台。据《登科记考补正》卷二四大顺二年礼部侍郎裴贽下,按云:"前引资料如《洞微志》、《永乐大典》引《苏州府志》、《唐才子传》皆称本年知贡举裴贽为'侍郎',杜荀鹤题诗亦作《辞座主侍郎》,则黄滔《上裴侍郎启》中称'侍郎中丞'者,盖'中丞'为后除官职,其知本年贡举时当为礼部侍郎也。"据此知,文盖本年司空图向时任御史中丞之裴贽举荐邢赍与王驾二人为御史台官。

**闽人谢廷浩本年已以辞赋著名,人称锦绣堆。**

《唐摭言》卷十《海叙不遇》载:"谢廷浩,闽人也。大顺中,颇以辞赋著名,与徐夤不相上下,时号'锦绣堆'。"按,谢廷浩,两《唐书》无传,作品已佚。

## 唐昭宗景福元年

壬子　八九二

### 正月

**丙午朔,大赦,改元景福。**

据《旧唐书·昭宗纪》。《资治通鉴》卷二五九作"丙寅"。

## | 二 月 |

**崔舣等三十人登进士第，归黯为本年状元。蒋泳知贡举。**

据《登科记考补正》卷二四本年条。

**朱全忠与感化节度使时溥交战数年，徐、泗、濠三州民不得耕获。**

《资治通鉴》卷二五九景福元年二月载："朱全忠连年攻时溥（胡注：光启三年，徐、汴始交兵），徐、泗、濠三州民不得耕获，兖、郓、河东兵救之，皆无功，复值水灾，人死者什六七。溥困甚，请和于全忠，全忠曰：'必移镇乃可。'溥许之。全忠乃奏请移溥它镇，仍命大臣镇徐州。"

## | 六 月 |

**司空图本年五十六岁，仍寓居华阴，约此时奉诏为王重盈撰生祠碑。**

《司空表圣诗文集笺校》卷五有《太尉琅琊王公河中生祠碑》。据文中所记，"太尉琅琊王公"乃河中节度使、加检校太傅兼中书令王重盈。文中云："景福元年五月，上自将佐，下逮缁黄，五郡联属，四封耆艾，共忻弘庇，请建生祠。……五月日，都押衙录事参军，又诣让军使特进思猷，请奏别立碑记。上亦俯从人愿，有命微臣。……臣迹本寓居，心非昧利，久怀赞激，窃听讴谣。奉眷奖于丝纶，素惭鸿笔。"据此知，文当作于本年五月后。

**顾云本年约四十二岁，在长安为太常博士，修国史。杜荀鹤本年宁亲归江南时，出其平生所著五七言三百篇，以示云，云感其雅丽清苦激越之诗风，为其集撰序。**

《全唐文》卷八一五有顾云《唐风集序》，文末署："景福元年壬子夏述。"而南宋蜀刻本《杜荀鹤文集》卷首《杜荀鹤文集序》署："景福元年夏太常博士修国史顾云撰序。"序中述及写作原委并评论杜荀鹤之诗风云："次年，宁亲江表，以仆故山偕隐者,出平生所著五七言三百篇见简。咏其雅丽清苦激越之句,能使贪吏廉,邪臣正,父慈子孝,兄良弟顺,人伦纲纪备矣。其壮语大言,则决起逸发,可以左揽工部袂,右拍翰林肩。吞贾喻八九于胸中,曾不虿介。或情发乎中,则极思冥搜,游泳希夷,形兀枯木。五声劳于呼吸,万象悉于抉剔,信诗家之雄杰者也。……视其继作,得如周颂、鲁颂者,广之为《唐风集》。老而益精,留次序(一作"别为之次序")。"

## |十一月|

**黄滔本年约五十三岁。约于本月或稍前撰文与翰林学士、中书舍人薛贻矩。**

《全唐文》卷八二四有黄滔《翰林薛舍人启》,中云:"滔伏以十一日才除主文,旋沥情恳。……哀滔昔年五随计吏,刖双足以全空。今复三历贡闱,救陆沉而未暇。"本年任命知贡举之时间无详载,然依唐例,一般于九月至十一月间,姑系于此。据彭万隆《晚唐诗人黄滔行年考》中言,"昔五随计吏"乃指"咸通十三年、十四年,乾符二、三、四年五试于礼部而未中"。"今复三历贡闱"则指"大顺元年、二年与本年(景福元年)三次参加春试"。并谓"广明、中和、光启间亦曾断续求举,非谓自随计以来只考过八次。薛舍人,《新考订》定为薛贻矩",今从之。此启乃希冀贻矩之举荐而上,文中述及唐代科举之状况与寒门举子求学之艰难,云:"且夫礼司取士,寒进升名,若无哲匠以斫成,未有良时而自致。不然者,则安得权悬至鉴,代有遗人。……而滔折角有年,交锋无托。羽毛零落,鬐鬣摧残。若不自学士舍人推恩极山岳之隆,攘臂到沟隍之底,则还惭抱瓮,难出戴盆。"同卷又有《薛舍人启》,中云:"今月二十八日,张道古参军仰传仁恩,伏承舍人学士不以滔幽沉,荣赐论荐。"据文知,文乃谢贻矩举荐而撰,文撰于同月稍后。

## |十二月|

**太子少詹事边冈造新历成,命曰《景福崇玄历》。**

《资治通鉴》卷二五九景福元年记:"《宣明历》浸差,太子少詹事边冈造新历成,十二月,上之,命曰《景福崇玄历》。”胡三省注云:“边冈与司天少监胡秀林、均州司马王墀改治新历,然术一出于冈。冈用算巧,能驰骋反履于乘除间,由是简捷超径等接之术兴,而经制远大衰序之法废矣。虽筹策便易,然皆冥于本原。”

## |本 年|

**司空图约本年或稍后拜谏议大夫,不赴,撰《注〈愍征赋〉后述》。**

《旧唐书·司空图传》记:“景福中,又以谏议大夫征。时朝廷微弱 ,纪纲大坏,图自深惟出不如处,移疾不起。”景福仅二年,则图不赴谏议大夫任当在本年或稍后。《司空表圣诗文集笺校》卷二有《注〈愍征赋〉后述》,又孟棨《本事诗·征咎》第六:“范阳卢献卿……作《愍征赋》数千言,时人以为庾子山《哀江南》之亚。今谏议大夫司空图为注之。”则知文当作于本年或稍后。

**裴廷裕去年任右补阙,时监修国史杜让能奏选鸿儒硕学之士十五人,分修宣宗、懿宗、[僖宗]三朝实录。裴廷裕与柳玭、郑光庭等专修宣宗实录。修例未立,廷裕遂采宣宗朝事迹撰成《东观奏记》三卷,并自序之。**

《全唐文》卷八四一有裴廷裕《东观奏记序》,文中云:“圣文睿德光武弘孝皇帝自寿邸即位二年,监修国史丞相晋国公杜让能以宣宗、懿宗、僖宗三朝实录未修,岁月渐远,虑圣绩湮坠,乃奏上选中朝鸿儒硕学之士十五人,分修三圣实录。以吏部侍郎柳玭、右补阙裴廷裕、左拾遗孙泰、驾部员外郎李允、太常博士郑光庭专修宣宗实录。……逾岁,修例竟未立。国朝故事,以左右史修起居注,逐季送史馆。史馆别设修撰官。起居注外,又置日历,至修实录之日,取信于日历起居注,参而成之。伏自宣宗皇帝宫车宴驾,垂四十载。中原大乱,日历与起居注,不存一字。致儒学之士,阁笔未就,非旷职官,无凭起凡例也。廷裕自为儿时,已多记忆。谨采宣宗朝耳目闻睹,撰成三卷,非编年之史,未敢闻于县官,且奏记于监国史晋国公,藏之于阁,以备讨论。”按,据《唐会要》卷六三《修国史》条,裴廷裕等奉诏修国史在大顺二年(891)二月。序中言“逾岁”,则文当作于本年。《直斋书录解题》卷五记《东观奏记》三卷,“唐右补阙裴延裕膺馀撰,记宣宗朝事凡八十九条”。

# 唐昭宗景福二年

癸丑　八九三

## 二月

**易标、张鼎、归蔼、卢玄晖、张道古、杜晏、曹愚、孔闰、卢汝弼、崔承佑等二十八人登进士第，崔胶为本年状元。贾潭明经科及第。礼部侍郎杨涉知贡举。**

据《登科记考补正》卷二四本年条。

**黄滔本年约五十四岁，再次落第，有启投本年知贡举礼部侍郎杨涉，贺其知贡举，并求举荐。**

《全唐文》卷八二四有黄滔《贺杨侍郎启》，中云："伏以侍郎荣司文柄，宏阐至公。历选滞遗，精求文行。泉下则大臣有感，揭起销沉。场中则寒族无差，酌平先后。所以如滔者，曾干衡镜，经定否臧。若不蒙指向后人，说为遗恨，则宰辅之为荐举，帝王之作知音，而主且不言，人谁肯信。由是须作侍郎金口，须自侍郎瑶函。今则论启无私，恩加琐质。锡生成于此日，迴分付于将来。早从握内以挤排，便是眼前之科第。然后念以渐临风水，莫如蓬岛之音尘。……莺谷乘春，虽托他门而振羽。糜躯异日，须归旧地以论恩。沥肝胆以无穷，寓笺毫而莫戴。"按，杨侍郎即本年知贡举之礼部侍郎杨涉。黄滔当于本年落第后上此启，以求杨涉援引。

## 四月

**冯涓为王建西川节度幕判官，工于章奏。时王建斩陈敬瑄、田令孜，涓为草奏表。**

《全唐文》卷八八九冯涓有《为蜀王建草斩陈敬瑄、田令孜表》。据《资治通鉴》卷二五九，陈敬瑄被杀在本年四月。《十国春秋·冯涓传》记此事云："涓性滑稽，语多讥诮。高祖尝问：‘击抡之戏，创自何人？’涓对曰：‘丘八所制。’高祖大笑。又与司空王锴等小酌，锴举令一字三呼，两物相似，曰：‘乐乐乐，冷淘似馎饦。’涓曰：‘已已已，驴粪似马矢。’坐中大噱，涓但长啸而已。生平尤工于章奏。先是景福间，高祖杀陈敬瑄、田令孜，命涓草表，曰：‘开匣出虎，孔宣父不责他人；当路斩蛇，孙叔敖盖非利己。专杀不行于阃外，先机恐失于彀中。’一时为朝中所诵。”

## |五月|

**王潮遣王彦复、王审知攻福州，已一年有余，本年五月攻据福州，自此王氏遂据有闽地。**

《资治通鉴》卷二五九景福二年载：“王彦复、王审知攻福州，久不下。”胡三省注：“去年二月，王潮遣彦复等攻福州。”五月，攻据福州。胡注：“王氏自此遂据有七闽矣。”《资治通鉴》本年十月记：“戊戌，以泉州刺史王潮为福建观察使。”

## |七月|

**山南西道节度使李茂贞恃功骄横，上表朝廷，辞语不逊。昭宗欲讨之，杜让能数谏之。**

《资治通鉴》卷二五九景福二年七月载：“李茂贞恃功骄横，上表及遗杜让能书，辞语不逊。……茂贞又上表，略曰：‘陛下贵为万乘，不能庇元舅之一身；尊极九州，不能戮复恭之一竖。’又曰：‘今朝廷但观强弱，不计是非。’又曰：‘约衰残而行法，随盛壮以加恩；体物锱铢，看人衡纩。’……”（胡注云：“李茂贞之表辞固慢，然当时之政实亦如此。”）昭宗见表，大怒，欲讨之，令宰相杜让能专掌其事。让能泣曰：“况陛下所欲行者，宪宗之志也；顾时有所未可，势有所不能耳。但恐它日臣徒受晁错之诛，不能弭七国之祸也。”

## |八月|

**黄璞本月为故福建观察使陈岩撰墓志。璞曾任校书郎,后隐居不仕,有《雾居子》《闽川名士传》等书。**

《淳熙三山志》卷二六记黄璞"官至崇文馆校书郎。当昭宗之世,杜门不仕"。《唐文拾遗》卷三三有《观察使检校司徒兼御史大夫陈岩墓志》,文中记陈岩大顺三年(即景福元年)卒,景福二年八月"厝于闽县敦业乡太平里"。又言"江夏黄璞为名士传以伸之,又为神道碑以明之"。据此知,墓志当作于本年或稍后。璞之任校书郎时间无确考,约在本年前后。《新唐书·艺文志二》著录黄璞《闽川名士传》一卷,《新唐书·艺文志四》又著录其《雾居子》十卷。《郡斋读书志》卷二下于其《闽川名士传》三卷下记"唐神龙以来,闽人知名于世者,效楚国先贤传为之"。《直斋书录解题》卷七此书下亦载"所记人物自薛令之而下凡五十四人"。今存之《林孝子传》《欧阳行周传》《王郎中传》,当为其《闽川名士传》中文。

## |九月|

**昭宗命覃王李嗣周率军讨伐李茂贞,军于兴平。李茂贞军进逼兴平,禁军望风而逃,茂贞遂乘胜进攻三桥,京城大乱,士民奔散。杜让能请以自解兵祸,昭宗不得已,以出兵之责归于让能,贬为梧州刺史,十月,又赐死。**

见《旧唐书·昭宗纪》、《资治通鉴》卷二五九。《资治通鉴》并载:"制复以茂贞为凤翔节度使兼山南西道节度使,守中书令,于是茂贞尽有凤翔、兴元、洋、陇秦等十五州之地。"《唐大诏令集》卷五八有《杜让能梧州刺史制》,文后亦注"景福二年九月",同书卷一二七又有《诛杜让能等宣示天下诏》,文后注"景福元年六月"。按,此误,当为"景福二年十月"。

**罗隐本年六十一岁,为钱镠镇海军掌书记。时为钱镠所撰之谢表为人所称。**

《吴越备史·罗隐传》载:"王初授镇海军节度使时,命沈崧草谢表,盛言浙西繁富,成以示隐。隐曰:‘今浙西兵火之余,日不暇给,朝廷执政,方切于贿赂,此表入,执政岂无意于要求邪?’乃请更之。其略曰:‘天寒而麋鹿常游,日暮而牛羊不下。’朝廷见之曰:‘此罗隐词也。’”据《资治通鉴》卷二五九景福二年“九月,丁卯,以钱镠为镇海军节度使”。又《资治通鉴》卷二六三天复二年七月载:“初,镠筑杭州罗城……掌书记余杭罗隐曰……”据《资治通鉴》卷二五九景福二年七月载“钱镠发民夫二十万及十三都军士筑杭州罗城”,则罗隐本年七月已为钱镠之掌书记。

## |十一月|

**杭州罗城建成,罗隐约此时或稍后撰《杭州罗城记》。**

《罗隐集·吴越掌记集》有《杭州罗城记》,文乃杭州罗城建成后,罗隐为钱镠而撰。文中云:“自大寇犯阙,天下兵革,而江左尤所繁并。余始以郡之子城,岁月滋久,基址老烂,狭而且卑。每至点阅士马,不足回转。遂与诸郡聚议,崇建雉堞,夹以南北,矗然而峙。帑藏得以牢固,军士得以帐幕。是所谓固吾圉。……爰自秋七月丁巳,讫于冬十有一月某日。由北郭以分其势,左右而翌,合于冷水源,绵亘若干里。其高若干丈,其厚得之半。民庶之负贩,童髦之缓急,燕越之车盖,及吾境者,俾无他虑。”据记知,杭州罗城乃修成于本年十一月,文当此时或稍后所作。

## |本年|

**顾云本年约四十三岁,约本年修史成,授虞部员外郎。**

《唐诗纪事》卷六七记顾云与陆希声等人分修宣、懿、僖三朝实录后谓“书成,加虞部员外郎”。按,据前述,景福元年(892)夏,顾云尚在太常博士修国史任,而乾宁元年(894)顾云卒,则顾云修史成授虞部员外郎当在景福元年夏后至乾宁元年间,即约在本年前后。

# 唐昭宗乾宁元年

甲寅　八九四

## |正 月|

**乙丑朔,赦天下,改元乾宁。**

见《旧唐书·昭宗纪》、《资治通鉴》卷二五九。

**郑谷本年四十七岁,时任右拾遗,颇有诗名。**

据傅义《郑谷年谱》,此时郑谷已任右拾遗。《全唐文》卷八三七有薛廷珪《授长安县尉直宏文馆杨赞禹左拾遗鄠县郑谷右拾遗制》,中云:"以谷二雅驰声,甲科得隽,亦承遗构,自致亨衢。求诸辈流,兼慎行止。……闻尔谷之诗什,往往在人口而伸王泽。举贤劝善,允得厥中。"据此可知此时郑谷已颇有诗名。

## |二 月|

**韦庄、徐夤、卢仁炯、王倜、陈乘、唐禀、孔昌庶、李德休、韦郊等二十八人登进士第,苏检为本年状元。本年试《东风解冻诗》、《止戈为武赋》(以"和众安人,是为武德"为韵)。礼部侍郎李择知贡举。**

据《登科记考补正》卷二四本年条。

**徐夤此前已以词赋驰名,曾多次应试,然皆落第,至本年方及第。**

《唐摭言》卷十《海叙不遇》条载:"谢庭浩……大顺中,颇以辞赋著名,与徐夤不相上下。"则此前夤已以词赋驰名,然困于举场。《全唐文》卷八三〇所录徐夤赋多未能系年,当多为本年前所咏。后授秘书省正字。

## | 三 月 |

**徐夤约此时或稍后离长安归闽，途经大梁，谒朱全忠，并献《游大梁赋》。**

《五代史补》卷二载“徐夤登第，归闽中，途经大梁，因献太祖《游大梁赋》。时梁太祖与太原武皇为仇敌，武皇眇一目，而又出自沙陀部落，寅欲曲媚梁祖，故词及之云：‘一眼胡奴，望英威而胆落。’”又徐师仁《徐公钓矶文集序》亦记此事，谓徐夤：“及解褐东还，祖为开宴，醉中误触讳。归馆了悟，忧在不测，复制《游大梁赋》以献。其略曰：客有得意还乡，游于大梁。遇郊垧之耆旧，问今古侯王。父老曰：‘且说当今，休论前古。昔时之功业谁见，今日之声名有睹。’中一联云：‘遂使千金汉将，凭吉梦以神符；一眼胡奴，望英风而胆丧。’祖曾梦韩信授以兵法，胡奴指李克用也。祖读至此大悦，令军士传写，皆讽诵之。”徐夤本年及第，其过大梁而献赋约在本月或稍后。

## | 六 月 |

**李磎为翰林学士承旨、礼部尚书，本月欲拜相，但为崔昭纬、刘崇鲁所扰而止，竟罢为太子少傅，磎累上表自讼。**

《资治通鉴》卷二五九载乾宁元年六月：“戊午，以翰林学士承旨、礼部尚书李磎同平章事；方宣制，水部郎中知制诰刘崇鲁出班掠麻恸哭。上召崇鲁，问其故，对言：‘磎奸邪，依附杨复恭、西门君遂，得在翰林，无相业，恐危社稷。’磎竟罢为太子少傅。磎，鄘之孙也。上师磎为文，崔昭纬恐磎为相，分己权，故使崇鲁沮之。磎十表自讼，丑诋崇鲁父符‘受赃枉法，事觉自杀；弟崇望与杨复恭深交，崇鲁庭拜田令孜，为朱玫作劝进表，乃云臣交结内臣，何异抱赃唱贼！且故事，绝巾惨带，不入禁庭。臣果不才，崇鲁自应上章论列，岂于正殿恸哭！为国不祥，无人臣礼，乞正其罪’。诏停崇鲁见任。磎犹上表不已，乞行诛窜，表数千言，诟詈无所不至。”

## |本年|

**司空图本年五十八岁，被召为户部侍郎，数日即乞还华阴寓居，后奉敕为韩建作德政碑**。

《司空表圣诗文集笺校》卷六有《华帅许国公德政碑》，题下注“奉敕撰”。“华帅许国公”，韩建也。文中言：“乾宁元年……翊日，遂请诏吏前户部侍郎司空图，条次所上，刊示无穷。”则知文当作于本年司空图辞户部侍郎后。又《旧唐书·司空图传》载：“乾宁中，又以户部侍郎征，一至阙廷致谢，数日乞还山，许之。”据上文所记，此“乾宁中”当即指本年。《四库全书总目提要》评《韩建德政碑》云：“其时，建方强横，昭宗不得已而誉之。图奉敕为文，词多戒饬，足见其刚正之气矣。”

**杨夔本年或稍前已寓居湖州，约本年前后撰《乌程县修东亭记》《小池记》与《湖州录事参军新厅记》诸文**。

《全唐文》卷八六七有杨夔《乌程县修东亭记》，文中云：“故相国赵郡李公讳绅，宝历中廉问会稽日，以吴兴僧大光有神异之迹，为碑文托郡守敬公建立于下山法华寺。会昌中，诏毁佛寺，此寺随废。时县令李式其碑，述相国先人曾宰乌程，遂移立于县之东亭。迨今五十载，其碑毁折。汝南周生，以明经赐命，重宰乌程。睹其废逸，遂求于故老，获旧文，比类于折碑，所失者数字，因重刊于石。……生既重立大光上人之碑，遂命某纪其年月，别立于石，且以旌新亭之兴替有自也。”按，会昌中下诏并省佛寺在会昌五年（845）七、八月间，文中曰“迨今五十载”，则文约作于本年。同卷又有《小池记》，中云：“宏农子始卜居于前溪，得地数亩。”按，据《新唐书·地理志五》，乌程、前溪均在湖州，据前文知，杨夔本年前已寓居湖州，则《小池记》约本年前后之作。由文可见夔之情性：“构草堂竹斋，植修篁。竹斋之前，有地周三十步，因命僮执锸穴为池焉，逗前溪余派以涨之。流或时涸，则汲井以满。环池树菊及诸菜果，可以左右俎机者。暇则散襟曳筇，修吟自怡。或从风微澜，或因雨暗溢，则江湖之思满目矣。宏农子性洁，不喜淆杂。故一卉一木，爽静在眼前。池之上，未尝许片叶寸梗，顷刻浮泛。以是耕僮颇厌其役。”此外，《全唐文》卷八六六尚有杨夔《湖州录事参军新厅记》，记中云："甲辰年，今太守以彭门之师，擒巢于莱芜，提其颅荐于成都。明年春玉辇还阙，遂以功牧于吴兴。帝念殊庸，位不配德，诏加防御，以高其位。"按，文中之彭门太守即李师悦（师悦之杀黄巢事见中和四年884六月条）。据《嘉泰吴兴志》卷一四，李师悦"光启元年八月自工部尚书授"，并引《统记》记其大顺"三年加检校司徒，赐德政碑。景福二年，加防御使"。文当作于李师悦诏加防御使之后，盖在稍后或本年，今一并系于此。

**顾云卒于本年，年约四十四岁。有《顾氏遗编》等集多种。**

《唐诗纪事》卷六七记顾云修史成，"加虞部员外郎。乾宁初卒"。云著述颇丰，《新唐书·艺文志四》著录其《顾氏遗编》十卷、《苕川总载》十卷、《纂新文苑》十卷、《集遗具录》十卷、《启事》一卷、《赋》二卷。《直斋书录解题》卷一六又著录其《风策联华》三卷，并谓"多以拟古为题，并行卷之文也"。《全唐文》卷八一五收其文一卷。

**黄滔本年约五十五岁。本年再落第，后撰文上赵起居，冀其举荐。**

《全唐文》卷八二四有黄滔《赵起居启》，文中云："滔今月二十日，辄以所业赋一轴陈献清严。……而滔二纪飘零，三朝困辱。"按，滔自咸通十三年（872）始应举，至本年已近二十四年，其间历懿宗、僖宗、昭宗三朝，故有"二纪飘零，三朝困辱"之语。赵起居，不详。

## 唐昭宗乾宁二年

乙卯　八九五

### 二月

**本年刑部尚书崔凝知礼部贡举，先放张贻宪等二十五人及第，旋因选人有滥而重试，放赵观文、程晏、崔赏、崔仁宝、卢赡、韦说、封渭、韦希震、张蠙、黄滔、卢鼎、王贞白、沈崧、陈晓、李龟祯等十五人登进士第。张贻宪等十人被落下。本年初试《人文化天下赋》（以"观彼人文，以化天下"为韵）、《内出白鹿宣示百**

**官诗》，后又试四题，《曲直不相入赋》（取“曲直”二字为韵）、《良弓献问赋》（以“太宗问工人：木心不正，脉理皆邪，若何道理”，取五声字轮次，各双用为韵）、《询于刍荛诗》《品物咸熙》。黄诜拔萃科及第。后知贡举崔凝贬合州刺史**。

据《登科记考补正》卷二四本年条。《全唐文》卷九一有昭宗本月己亥之《覆试进士敕》，中云：“朕自君临寰海，八载于兹，梦寐英贤，物色岩野，思名实相符之士，艺文具美之人，用立于朝，庶裨于理。且令每岁乡里贡士，考核求才，必在学贯典坟，词穷教化，然后升于贤良之籍，登诸俊造之科。如闻近年已来，兹道寖坏，鹦多披于隼翼，羊或服于武（虎）皮，未闻一卷之师，已在迁乔之列，永言其弊，得不以惩？昨者崔凝所考定进士张贻宪等二十五人，观其所进文书，虽合程度，必虑或容请托，莫致精研。朕是以召至前轩，观其实艺，爰于经史，自择篇题。今则比南郭之竽音，果分一一；慕西汉之辞彩，无愧彬彬。既鉴妍媸，须有升黜。其赵观文、程晏、崔赏、崔仁宝等四人，才藻优赡，义理昭宣，深穷体物之能，曲尽缘情之妙。所试诗赋，辞艺精通，皆合本意。其卢赡、韦说、封渭、韦希震、张蠙、黄滔、卢鼎、王贞白、沈崧、陈晓、李龟祯等十一人，所试诗赋，义理精通，用振儒风，且蹑异级。其赵观文等四人并卢赡等十一人，并与及第。其张贻宪、孙溥、李光序、李枢、李途等五人，所试诗赋，不副题目，兼句稍次，且令落下，许后再举。其崔砺、苏楷、杜承昭、郑稼等四人，诗赋最下，不及格式，芜颣颇甚，曾无学业，敢窃科名，浼我至公，难从滥进。宜令所司落下，不令再举。”同卷尚有《赐新及第进士敕》，中云：“今年新及第进士张贻宪等二十五人，并指挥取今月九日于武德殿祇候，委中书门下准此处分，仍付所司”。又有《贬崔凝合州刺史敕》。又《唐摭言》卷七《好放孤寒》条亦记本年科举事云：“昭宗皇帝颇为寒畯开路。崔合州榜放，但是子弟，无问文章厚薄，邻之金瓦，其间屈人不少。孤寒中唯程宴、黄滔擅场之外，其余以呈试考之，滥得亦不少矣。然如王贞白、张蠙诗，赵观文古风之作，皆臻前辈之阃阈者也。”

**黄滔本月及第。滔善赋，为晚唐三大赋家之一**。

《全唐文》卷八二二录黄滔赋二十二篇。滔之赋大致可分为四类：咏史怀古赋、省试赋、抒情赋、杂文赋。其中尤以咏史怀古赋最为人所称。“黄滔之作，多以前代帝王故事为题材，讽刺君王的荒淫亡国，如《馆娃宫赋》，前半极力铺张馆娃宫之豪华,衬托吴王的昏庸奢侈,后半写越军攻吴,荡平宫室。其立意很明显,是在讽刺吴王的荒淫误国,这与同类题材的诗歌如李白《乌栖曲》等相同,而末联云‘彼雕墙峻宇之君,宜鉴丘墟于茂草’,则又不单是以吴王为的,而是将讽谏的对象扩大到一切荒淫之君,其中当然也包括当世人主。其《景阳宫赋》《水殿赋》等与此同类,都以历史上的昏庸无道之君如陈后主、隋炀帝等为讽刺对象,主题都是指斥荒淫亡国,以警当世帝王。”(赵俊波《论晚唐律赋三大家的咏史怀古之作》)。除讽刺主题外,滔之咏史怀古赋中尚有其余题材之作,如《戴安道碎琴赋》,赞颂晋代著名音乐家戴逵不慕名利,独操自守之高尚品德;《魏待中谏猎赋》以人臣之事为题材,赞扬了魏徵“恐羽猎以失德,采风骚而属词”,向唐太宗抗颜进谏之浩然正气;《误笔牛赋》以赋之形式铺陈王献之“失手而笔唯误点,应机而牛则真成”之故事,新颖有趣。除此以外,滔其余类型之作品亦颇富特色,如《课虚责有赋》,文从道家有无观出发,论述了创作构思之特点:“虚者无形以设,有者触类而呈……虽群言互发,则归于造化之中。而一物未萌,乃锁在渺茫之始……若摘元珠,非所得而遽得,则知文本于道。道不可量,杳韬存而韫亡。道散于文,文不可当。”艺术特点方面,其借鉴韩愈以文为诗之笔法,将散文句法融入律赋之中,从而呈现出韵散结合之特点。

**程晏登进士第。善杂文,有集七卷。**

程晏,字晏然,本年进士及第后行踪难考。《新唐书·艺文志》著录《程晏集》七卷,《郡斋读书志》则记为六卷,并谓“集皆杂文”。今《全唐文》卷八二一存其文七篇,皆为杂文,所论颇新异。

**威胜军节度使董昌为政苛虐,于常赋之外,加敛数倍,以充贡献及中外馈遗。其贡奉为天下最,由是朝廷以为忠,宠命相继,官至司徒、同平章事,爵陇西郡王。建生祠于越州,制度悉如禹庙。昌求为越王,朝廷未之许。本月辛卯,昌被衮冕登子城门楼,称帝。**

见《资治通鉴》卷二五九、二六〇。

## |三月|

**陆希声本年约六十八岁，在宰相任，本月初于病中撰通智大师塔铭。**

《全唐文》卷八一三有陆希声《仰山通智大师塔铭》，文末署“乾宁二年三月一日，力病撰铭”，则文作于本月初。文中云：“自文宗朝，有大沩山大圆禅师居士养道，以曹溪心地，直指示学人，使入亢理。天下云从雾集，常数千人。然承其宗旨者，三人而已。一曰仰山，二曰大安，三曰香严。希声顷因从事岭南，遇仰山大师于洪州石亭观音院，洗心求道，言下契悟元旨。大师尝论门人，以希声为称首。及大师自石亭入东平，会希声府罢，冒暑蹑屩，礼辞于岩下。违师仅三十年，师归圆寂。今者门人光昧专自东山来，请予以文铭和尚塔。……大师法名慧寂，居仰山日，法道大行，故今多以仰山为号。享年七十七，僧腊五十四。……大师元和二年六月二十一日生，中和三年二月十三日入灭。大顺二年三月十日敕号通智大师妙光之塔云尔。”

## |四月|

**康軿于广明世乱时归隐渔樵，景福、乾宁间耕隐于池阳山中，撰成《剧谈录》二编。**

《唐文拾遗》卷三三有康軿《剧谈录序》，中云：“骈（应作軿）咸通中始随乡赋……及窃名殆将一纪，其间退黜羁寓旅乎秦甸洛师，新见异闻，常思纪述。或得史馆残事聚于竹素之间，进趋不遑，未暇编缀。及寇犯天邑，挈归渔樵，属江表乱离，亡逸都尽。景福、乾宁之际，耦耕于池阳山中，闭关云林……然则平昔之道本为于文，既未能立匡世之功名，又安得舍穷愁之翰墨。……是以耘耨之余，粗成前志。所记亦多遗漏，非详悉者不复叙焉。分为二编，目之曰《剧谈录》。文义既拙，复无雕丽之词，亦观小说家流，聊以传诸好事者。乾宁二年建巳月池州黄老山白社序。”按，建巳月即四月。

## | 五月 |

**李茂贞、王行瑜、韩建等各率精甲数千人入觐，京师大恐，人皆亡窜，吏不能止。昭宗御安福门自喻之。茂贞、行瑜极言南北司相倾，深蠹时政，请诛其太甚者。乃贬韦昭度、李磎，寻杀之于都亭驿，杀内官数人而去。**

见《旧唐书·昭宗纪》、《资治通鉴》卷二六〇。

**宰相李磎及其子沇为李茂贞所杀。磎父子皆擅文学，均有文集。**

《新唐书·昭宗纪》载“（乾宁元年六月）翰林学士承旨、礼部尚书李磎同中书门下平章事。庚申，磎罢”；乾宁二年二月，磎复为宰相。《新唐书·李磎传》：“昭宗素所器遇，决意复用之，而李茂贞等上言深诋其非，帝不获已，又罢为太子太师。于是茂贞及王行瑜、韩建拥兵阙下，列磎罪，杀之于都亭驿。”据《资治通鉴》卷二六〇，磎乾宁二年五月被杀。《资治通鉴》卷二五九曾载乾宁元年六月李磎拜相时，知制诰刘崇鲁极言其奸邪，两人互相攻讦，胡三省注云：“当是时，强藩遥制朝廷，视当朝宰相特鬼朴耳。”可见当时方镇跋扈之状。其子名沇，据《旧唐书》卷一五七，“沇与父同日遇害，诏赠礼部员外郎”。又《旧唐书·李磎传》：“磎自在台省，聚书至多，手不释卷，时人号曰：‘李书楼。’所撰文章及注解书传之阙疑，仅五百余卷，经乱悉亡。”《北梦琐言》卷四亦谓“唐李相磎，高才奥学，冠绝群彦”。陶宗仪《书史会要》卷五亦称其“善著述，学者宗之，真儒相也。其书见于楷法处是宜，皆有胜韵，兹胸次使之然也”。《北梦琐言》卷六述及李磎之著述：“司空图侍郎撰李公磎行状，以公有出伦之才，为时辈妒忌，罹于非横。其平生著文，有《百家著诸心要文集》三十卷、《品流志》五卷、《易之心要》三卷，注《论语》一部，《明无为》上下二卷，《义说》一卷。仓卒之辰，焚于贼火，时人无所闻也，惜哉！阳春白雪，世人寡和，岂虚言也！”《新唐书·艺文志四》著录《李磎制集》四卷，《崇文总目》卷五则记《李磎表疏》一卷。《全唐文》卷八〇三存其文三十四篇。又《北梦琐言》卷七记李沇：“磎相之子也，文学渊奥，迥出辈流。于时公相子弟，无能及者。应举时，文卷行《明易先生书》，又有《答明易先生书》，朝士览之，不测涯涘，即其它文章可知也，然恃才躁进，竟罹非祸。”《秘书省续编到四库阙书目》著录有《李沇歌行》一卷。

**陆希声约此时因李茂贞兵犯长安，舆疾避难，其卒约在此后不久。希声善属文，通经史，喜著述，且精于正书。**

《新唐书·陆希声传》载："昭宗闻其名，召为给事中，拜户部侍郎、同中书门下平章事。在位无所轻重，以太子少师罢。李茂贞等兵犯京师，舆疾避难。卒，赠尚书左仆射，谥曰文。"据《资治通鉴》卷二六〇，本年四月陆希声罢为太子少师，而其舆疾避难约在本月，其卒年当在本年之后。又《宣和书谱》卷四称希声"尤善属文，通经史，喜著述，且精于正书。"《书史会要》亦记："家世有书名……至希声遂能复振家法，且精于正书。宋钱若水常言，古之善书鲜有得笔法者。唐陆希声得之，凡五字：擫、押、钩、格、抵。自言出自二王，斯与阳兵得之，希声授之䛒光，得其法者为一时之绝。"《新唐书·艺文志一》著录其《周易传》二卷、《春秋通例》三卷；《新唐书·艺文志四》又著录《颐山诗》一卷。《郡斋读书志》卷一记其《周易微旨》三卷，并谓希声"大顺中，弃官居阳羡，自号君阳遁叟，著传十卷，别撰《易图》一、《指说》一、《释变》一、《微旨》一，通十卷。此《微旨》也，皆设问答。《崇文目》只有二篇"。卷一四《吴子》三卷云："魏吴起撰，言兵家机权法制之说。唐陆希声类次为之说，《料敌》《治兵》《论将》《变动》《励士》，凡六篇。"

**朝廷本欲以董昌有贡输之勤，今日所为，类得心疾，诏释其罪，纵归田里。钱镠表董昌僭逆，不可赦，请以本道兵讨之。本月，诏削董昌官爵，委钱镠讨之。**

见《资治通鉴》卷二六〇。《唐大诏令集》卷一二〇有《讨董昌制》，文后注"乾宁二年五月"。

## | 八 月 |

**本月，国子毛诗博士朱朴同中书门下平章事，入相，韩仪为草制。**

《唐大诏令集》卷五〇有《朱朴平章事制》，题后署名韩仪，文后注"乾宁八年八月"。按，此"八年"当为"二年"，同卷此文后尚有《王抟平章事制》，文后注"乾宁二年十月"。朴以下僚骤而入相，后人张昭《请以旧法用人疏》(《全唐文》

卷八六四))评曰:"昔唐初刘洎、马周,起于徒步,太宗权用为相。其于柳璨、朱朴,方居下僚,昭宗亦加大用。此四士者,受知于明主。然太宗用之而国兴,昭宗用之而国亡,士之难知如此。臣愿陛下存旧法而用人,当以此四士为鉴戒。"

## |九月|

**杜光庭本年四十六岁,时在成都,撰《修青城山诸观功德记》,文中述及景福二年青城县令莫廷乂始修青城山诸观之经过。**

《全唐文》卷九三二有杜光庭《修青城山诸观功德记》,文末署:"乾宁二年乙卯九月二十日癸酉,杜光庭记。"按,据《元和郡县图志》,青城山属成都府青城县。文中云"癸丑岁,县令南郡莫公廷乂,奉敕常醮,躬行奠礼,阅其胜异,痛此榛芜。不率私财,不侵公用,二年注意,两观鼎新。福地山祠,各设其位,刻石为像,用图永年。"按,癸丑岁为景福二年。又同卷有《青城山记》,当为其时先后之作。

**沈颜在宣州,时宣州重建小厅,撰文记之。**

《全唐文》卷八六八有沈颜《宣州重建小厅记》,文末署:"乾宁二年乙卯秋九月八日记。"又沈颜尚有《视听箴》《妖祥辨》《祭祀不祈说》《象刑解》《时日无吉凶解》《谗国》《时辨》诸杂文,作年无确考。

## |十月|

**本月,浙东观察使王抟入为吏部尚书、同中书门下平章事,拜相,韩仪为草制。**

《唐大诏令集》卷五〇有《王抟平章事制》,题后署名韩仪,文后注"乾宁二年十月"。

## |十一月|

**钱珝本月以膳部郎中知制诰。珝善文辞，多草诰命。**

《新唐书·钱珝传》记钱珝："善文辞，宰相王抟荐知制诰。"又钱珝《舟中录序》（《全唐文》卷八三六）云："乙丑岁冬十一月，余以尚书郎得掌诰命。"按，乙卯即本年。又《全唐文》卷八三七有薛庭珪《授膳部郎中知制诰钱珝守中书舍人制》。按，钱珝掌诰命直至光化三年（900）六月贬抚州司马时（详该年条），《全唐文》卷八三一至卷八三三录有其所草之诰命三卷，皆本年此时至光化三年六月所作。

**裴庭裕为翰林学士、司封郎中、知制诰，本月为内枢密使吴承泌撰墓志。**

《唐代墓志汇编》"乾宁〇〇五"《大唐故内枢密使吴公墓志铭并序》，题后注"翰林学士、司封郎中、知制诰裴庭裕撰"。文记吴承泌本年正月卒，本月葬。

## |本年|

**黄滔本年约五十六岁，秋始离长安东归，约本年冬为华严寺开山始祖行标法师撰碑铭。**

《全唐诗》卷七〇六有黄滔《出京别同年》诗，中有"槐花黄日出青门"之句，则滔当于本年秋始离长安东归。又《全唐文》卷八二六有滔《华严寺开山始祖碑铭》，文中云："师法号行标，俗姓方。祖荣父安，莆之盛族也。……愚冠扣师关，壮以随计。乾宁二年，忝登甲科，东还荐造金地，岁周三纪。"据文知，滔二十岁时曾谒行标法师，至今已隔三十六年，滔本年五十六岁，文当作于本年。

# 唐昭宗乾宁三年

丙辰 八九六

## |二 月|

**杨镂、翁承赞、王权等十二人登进士第，崔谔为本年状元。礼部侍郎独孤损知贡举。**

据《登科记考补正》卷二四本年条。

## |四 月|

**湖南军乱，杀其帅刘建峰，三军立其将权知邵州刺史马殷为兵马留后。马殷自此据有湖南之地。**

据《旧唐书·昭宗纪》、《资治通鉴》卷二六〇。

**钱镠攻越州，斩董昌，平浙东。**

据《旧唐书·昭宗纪》、《资治通鉴》卷二六〇。《旧唐书·昭宗纪》并记“制加镠检校太尉、中书令。……八月，新除镇东军节度使钱镠权领浙江东道军州事”。

## |五 月|

**初，门下侍郎、同平章事崔昭纬外结李茂贞、王行瑜等藩镇，朋党相倾。去岁九月，李克用攻王行瑜，败之。崔昭纬罢为左仆射。十月，贬为梧州司马。本月，赐死。**

见《资治通鉴》卷二六〇。又《唐大诏令集》卷一二七有《崔昭纬赐自尽敕》,文后注“乾宁三年五月”,中云:“左降官崔昭纬……不能忠贞报国,端慎处身,潜交结于奸臣,致漏泄于机事,星霜累换,匡辅蔑闻,其罪一也。又快其私忿,辄恣阴谋,托崔铤之险巇,连行瑜之计策,遂令引兵向阙,怙众胁君。故宰臣韦昭度、李磎,并被无辜杀戮,几危宗社,显辱君亲,其罪二也。”文并存《全唐文》卷九一,题为《诛崔昭纬诏》。

**张忠贤感于世道丧乱,王教风移,著《葬经》三卷,本月为之撰序。**

《全唐文补编》卷九〇张忠贤有《葬经序》:“时遇乱世,根浅性□,俗化所易,王教风移。……某今集诸家诸著,删除淫秽,亦有往年曾学,昔岁不问。所录者,多取汉丞相方朔之要言;所阙者与事理如唱之七十二条,勒成一部,上中下与为三□。事无不尽,理无不穷,后诸达解者,但俗行用,得真无假。于时大唐乾宁三年五月□日下记。”

## | 七月 |

**李茂贞怨朝廷有朱玫之讨,本月再次率军逼京师,昭宗将幸太原,至渭北,华州节度使韩建请暂驻跸华州。李茂贞军入长安后,宫室廛闾,尽为灰烬。**

据《旧唐书·昭宗纪》、《资治通鉴》卷二六〇。胡三省于此处注云:“黄巢之乱,宫室燔毁,中和以来,留守王徽补葺粗完。襄王之乱,又为乱兵所焚,及僖宗还京,复加完葺。上出石门,重罹烧爇,还又葺之,至是为茂贞所燔。”

**本月,翰林学士承旨、尚书左丞、知制诰陆扆守兵部侍郎、同中书门下平章事,入相。**

《唐大诏令集》卷五〇有《陆扆平章事制》,文后注“乾宁三年七月”,《旧唐书·昭宗纪》所记时间同,然官职稍有不同,谓陆扆所任为户部侍郎,此从《唐大诏令集》。

**钱珝约此时任中书舍人,代宰臣上表请昭宗勿出幸近县。**

《全唐文》卷八三四有钱珝《宰相谏罢讨伐请不幸奉天表》,文中云:“况去秋寇孽犯顺，銮辂出居。宗庙震惊，士庶流落。尚赖皇威所被，大憝寻平。宫阙复清，生灵全活。今才周岁，始得稍安。至于畿甸之间，尚有疮痍之疾。”按，去年秋七月，昭宗曾出避于莎城、石门等地。又云：“昨者仰奉天颜，密承圣旨。又欲出幸近县，亲督戎师。……一则伏思朝廷今日之事，与建中之难不同。当时猛将如云，谋臣如雨。国赡九年之蓄，兵持百胜之权。德宗皇帝出幸奉天，以为长策。一旦怀光继叛，晷刻难安，遽远宗祧，遂奔梁汉。陛下视将帅之材，与粟帛之积，得如当时否？天下尽忠之力，赴难之心，又得如当时否？以此度量，实恐稍难。二则陛下虽处奉天之固，不可遽弃京师。勿使奸谋，驰于间道。直趋阙下，大纵凶残。陛下隔在孤城，众军各图其利，谋危救乱，欲仗何人？……今则实赖陛下英朗疏通，且思守位。”

**杨夔仍居湖州，时乌程县修庙宇，撰文记之。**

《全唐文》卷八六七有杨夔《乌程县修建廨宇记》，文末署“乾宁丙辰秋七月记”。按，乾宁丙辰即本年。乌程乃湖州属县，时夔仍居湖州。

## |八 月|

**本月，门下侍郎兼户部尚书、同中书门下平章事王抟出镇浙东，杨钜为草制。**

《唐大诏令集》卷五四有《王抟威盛军节度平章事制》，题后署名杨钜，文后注“乾宁三年八月”。

**狄归昌时任御史中丞，本月为刑部尚书崔凝撰墓志。**

《全唐文补编》卷九〇有狄归昌《唐故刑部尚书崔公府君墓志并序》，中云：“公讳凝，字得之……复转刑部尚书兼知贡举。公心目自任，请谒无阶，致不当之言，上达旒扆，成中覆之事，半斥生徒，公坐是左迁为合州刺史。……以乾宁二年八月廿五日薨……以来年八月十八日窆。”

## 九月

**崔胤七月罢相，出镇湖南，陆扆为草制。后朱全忠表请论奏，言胤不宜去相位。本月，崔胤守中书侍郎、兼户部尚书、同中书门下平章事，复知政事；翰林学士承旨、兵部侍郎、知制诰崔远守本官、同中书门下平章事，判户部。**

《旧唐书·昭宗纪》载："（乾宁三年秋七月）乙巳，制以金紫光禄大夫、中书侍郎，兼礼部尚书、同平章事、集贤殿大学士、判户部事崔胤检校尚书左仆射，兼广州刺史、御史大夫，充清海军节度、岭南东道观察处置等使。……（九月）乙未，制新除清海军节度使崔胤复知政事。胤之出镇，朱全忠再表请论奏，言胤不宜去相位，故有是命。"《唐大诏令集》卷五四有《崔胤武安军节度平章事制》，中云："礼部尚书兼中书侍郎、同中书门下平章事、兼集贤殿大学士、判户部事崔胤……充义安军节度、湖南管内观察处置等使。"该文署名陆扆，文后注"乾宁三年七月"。又同书卷五〇有《崔胤崔远平章事制》，文后注"乾宁三年九月"，中云："新授武定军节度、湖南管内观察处置等使……崔胤……翰林学士承旨、兵部侍郎、知制诰……崔远……胤可守中书侍郎、兼户部尚书、同中书门下平章事、集贤殿大学士、判度支；远可守本官、同中书门下平章事，判户部。"二者所记官职不同，此从《唐大诏令集》。

## 本年

**段安节约本年前后任国子司业，著有《乐府杂录》。**

段安节有《乐府杂录》，书前序云："爰自国朝初修郊礼，刊定乐悬，约三代之歌钟，均九威之律度，莫不韵音尽美，雅奏克谐……洎从离乱，礼寺隳颓，簨簴既移，警鼓莫辨，梨园弟子，半已奔亡；乐府歌章，咸皆丧坠。安节以幼少即好音律，故得粗晓宫商，亦以闻见数多，稍能记忆。尝见《教坊记》亦未周详，以耳目所接，编成《乐府杂录》一卷。……朝议大夫、守国子司业、上柱国赐紫金鱼袋段安节撰。"按，《新唐书·段志玄传》记安节"乾宁中，为国子司业。善乐律，能自度曲"。则此书及序约撰于本年前后。此文即《全唐文》卷八二〇《乐府杂录序》。安节此后行踪不详。《新唐书·艺文志一》著录其《乐府杂录》一卷，《直斋书录解题》卷一四又记其《琵琶故事》一卷。按,段安节为段文昌之孙,段成式之子,温庭筠婿,传见《新唐书·段成式传》附。

## 唐昭宗乾宁四年

丁巳 八九七

### |正月|

**李绰于龙纪时曾任太常博士,后迁膳部郎中,著有《秦中岁时记》。本年正月已转为礼部郎中,有《升仙庙兴功记》。又曾著《尚书故实》一书。**

《全唐文》卷八二一有李绰《升仙庙兴功记》,文中云:"今河阳行军怀州刺史仆射清河张公,即留守太保相君之令弟。游心众妙,秉志出尘。省日费之资,出星冠之侣。鸠工合力,易朽为坚。……观主苏尊师以克就厥功,宜刊贞石。……时乾宁四年正月三日记。"按,"留守太保相君"即张全义。又岑仲勉《郎官石柱题名新考订》一书《膳部郎中·补遗》李绰条云:"《书录解题》六《秦中岁时记》,膳部郎中赵郡李绰撰,亦约乾宁三年,因乾宁四年正月石刻《升仙庙兴功记》,题礼部郎中李绰撰,礼中职位略优于膳中也。"则本年前李绰曾任膳部郎中,且尝有《秦中岁时记》之作。又《郡斋读书志》卷一二记:"《辇下岁时记》一卷。右唐李绰撰。绰经黄巢之乱,避地蛮隅,偶记秦地盛事,传诸晚学云。"后按云:"《新唐志》卷三、《崇文总目》卷二史部岁时类、《宋志》卷四、《书录解题》卷六史部时令类有李绰《秦中岁时纪》一卷,当即一书异名。《书录解题》、《山堂考索前集》卷五五引《中兴书目》亦作《秦中岁时记》一卷,云:'唐膳部郎中赵郡李绰撰。纪唐室朔望荐献及岁时宴会之事,一名《辇下岁时记》、一名《咸镐岁时记》。'"则知此书又名《辇下岁时记》《咸镐岁时记》,乃绰作于避黄巢乱时。又《旧唐书·昭宗纪》龙纪元年(889)十一月记"太常博士钱珝、李绰等奏论",则其时绰在太常博士任。《全唐文》卷八二一又有李绰《尚书故实序》,文中云:"宾护尚书河江张公,三相盛门,四朝雅望。博物自同于壮武,多闻远迈于胥臣。绰避难圃田,寓居佛庙。秩有同于锥印,迹更甚于酒佣。叨遂迎尘,每容侍话。凡聆征引,必异寻常。足广后生,可贻好事。遂纂集尤异者,兼杂以诙谐十数节,作《尚书故实》云耳。"《四库全书总目提要》卷一二〇子部杂家类《尚书故实》提要云:"其书杂记近事,亦兼考旧闻……在唐人小说中亦《因话录》之亚也。"《尚书故实》作年未详,乃避难时之作。绰此后行踪不详。《新唐书·艺文志二》著录其《尚书故实》一卷,《新唐书·艺文志三》又记其《秦中岁时记》一卷。

## |二 月|

**韦彖、卓云、孙郃、刘纂等二十人登进士第,杨赞图为本年状元。本年试《未明求衣赋》、《驾在华州》诗、《问善如扣钟》诗。翁承赞博学宏词科及第。礼部侍郎薛昭纬知贡举。**

据《登科记考补正》卷二四本年条。

**孙郃慕韩愈之文,本年登进士第,后任校书郎。其《方玄英先生传》似撰于本年前。**

《郡斋读书志》卷一八著录《孙郃文纂》一卷,其作者小传云:"右唐孙郃字希韩,四明人。乾宁四年进士。好荀卿、杨雄、孟氏之书,慕韩愈。为校书郎,河南府文学。旧四十卷。"《全唐文》作者小传亦载郃:"累迁左拾遗。朱温篡虐,隐遯奉化山,著书但纪甲子,以示不臣之义。"《全唐文》卷八二〇录其文四篇,作年俱不详。其《春秋无贤臣论》云:"春秋列国,周之诸侯。受周之封,分为五等。五等之下,臣为陪臣。陪臣于诸侯,君父也。诸侯于周王,亦君父也。陪臣于周,义犹大父也。……陪臣忠于诸侯者,必欲诸侯忠于天子。则上下有序,康乂四方。今春秋陪臣,张公室,侵王室。弱周以强诸侯,是弱祖而强父。佐诸侯而敌周,是佐父而敌祖。遗祖之怨,成父之逆,恶莫大焉。言之于臣则非忠,语之于子则非孝,论之于道则伤义,推之于情则辜恩。"文乃以春秋事讽晚唐藩镇强而唐王室弱之社会状况,表达对强藩之不满。又有《方玄英先生传》,亦见席启寓《唐诗百名家全集·方玄英先生诗集》,文中有"光启、文德间,客有至自鉴湖者,云先生亡矣",则文当作于文德元年(888)之后不久。

## 四月

**钱珝仍在中书舍人任，约本月或稍后代宰相崔远撰谢表。**

《全唐文》卷八三五有钱珝《代兵部崔相公谢追赠三代表》二篇。按，兵部崔相公为崔远。据《新唐书·宰相表三》，崔远乾宁三年七月始入相，四年四月又为兵部尚书。珝为其撰文当约在此时后。

## 六月

**韩偓本年五十六岁，随昭宗在华州。时由刑部员外郎被挤为覃王凤翔节度掌书记。**

《全唐文》卷八三二有钱珝《授窦回凤翔节度副使崔澄观察判官韩偓节度掌书记等制》，据《资治通鉴》卷二六一乾宁四年六月记"乙卯，以（李）茂贞为西川节度使，以覃王嗣周为凤翔节度使"。则韩偓出为覃王凤翔节度掌书记当在此时。又《全唐诗》卷六八二有韩偓《余自刑部员外郎为时权所挤值盘石出镇藩屏朝廷宾佐以余充职掌记郁郁不乐因成长句寄所知》之作，知偓此次乃为人所挤而外充职。

**司空图本年六十一岁，仍寓居华下。草书僧詧光归永嘉，图撰文送之。同时送行者有崔远、吴融等。罗隐时在江东，詧光谒钱镠时，隐亦有诗送之。送者有五十家，后曾辑诗为一集。**

《全唐文》卷八〇七有司空图《送草书僧归楚越》，文中云："詧光僧生于东越，虽幼落于佛，而学无不至。故逸迹遒劲之外，亦恣为歌诗，以导江湖沉郁之气，是佛首而儒其业者也。虽孟荀复生，岂拒之哉？今系名内殿，且为归荣，足以光于远矣。永嘉西岑，康乐胜游之最。是行也，为我以论诗一篇，题于绝壁。"按，赞宁《宋高僧传·后唐明州国宁寺詧光传》载："释詧光，字登封，姓吴氏，永嘉人也……好自标遇，慢易缁流。多作古调诗，苦僻寡味，得句时有得色。长于草隶……昭宗诏对御榻前书，赐紫方袍。后谒华帅韩建，荐号曰广利。自华下归故乡，谒武肃王钱氏，以客礼延之。……有朝贤赠歌诗，吴内翰融、罗江东隐等五十家，仅成一集。”按，据《唐刺史考全编》韩建本年已在华州。又宋岳珂《宝真斋法书赞》卷六有崔远《送广利大师归江东诗》，诗末署：“中书侍郎平章事崔远，乾宁四年季夏二十九日书。”则詈之归永嘉当在此时。

## 七月

**昭宗本月曾登华州齐云楼，感念长安，令乐工唱御制《菩萨蛮》词，泣下沾襟。**

《旧唐书·昭宗纪》本年七月载：“甲戌，帝与学士、亲王登齐云楼，西望长安，令乐工唱御制《菩萨蛮》词，奏毕，皆泣下沾襟，覃王以下并有属和。”

## 八月

**罗隐本年六十五岁，仍在钱镠幕，为镠撰谢铁券表。**

《罗隐集·吴越掌记集》有谢恩表。《十国春秋》卷七七《武肃王世家》乾宁四年载：“八月，我师屯昆山。唐敕王起复……又遣中使焦楚锽赍铁券至。券文曰：维乾宁四年岁次丁巳八月甲辰朔……”罗隐代撰谢表当在此时。

**昭宗去年曾遣延王李戒丕使太原见李克用，陈省方之意。本月，延王自太原还。华州节度使韩建上奏，以为延王、覃王等包藏阴计，请诛之。居数日，以昭宗无报，乃矫制发兵，将通、覃以下十一王并其侍者，无长少皆杀之。**

见《旧唐书·昭宗纪》、《资治通鉴》卷二六一。

**本月，礼部尚书孙偓贬为南州司马，朱朴再贬郴州司户。**

《唐大诏令集》卷五八有《孙偓南州司马制》《朱朴郴州司户制》，文后皆注“乾宁四年八月”。

## 九月

**以钱镠为镇海军节度使、浙江东西道观察处置等使、杭州越州刺史、上柱国、吴王。**

见《旧唐书·昭宗纪》。

## 十一月

**黄滔本年约五十八岁，居家。本月为泉州开元寺撰佛殿碑记。约稍前撰书送其甥翁袭明赴举。**

《全唐文》卷八二五有黄滔《泉州开元寺佛殿碑记》，文末署："乾宁四年丁巳冬十一月日记。"文中记开元寺名字由来云："垂拱三年，郡儒黄守恭宅桑树吐白莲花，舍为莲花道场。后三年，升为兴教寺，复为龙兴寺。逮元宗之流圣仪也，卜胜无以甲兹，遂为开元寺焉。……自垂拱之迄开元，四朝而四易号……"又同上书卷八二四有《送外甥翁袭明赴举序》，中云："诗言简，赋词饰，不可以叙事，故若之行也送以序。……洎中兴之十年，寒进亹亹于科第。……近吾姊以他人之继翔，念袭明之久蟠，悄焉如疾。吾得以与内外之亲辈流之善者，日激其行。……大哉吾唐之设科第也，实本于乡举里选。乡举里选，莫不以忠孝先之，由是诸侯之岁贡。……今袭明孝于家也，闺门和也，乡党附也，而移孝于忠。中兴之第，吾庆有司之得人，非庆袭明得也。"按，昭宗于文德元年(888)即位，至本年为十年，文约本月之前所撰。翁袭明，哀帝天祐三年(906)擢第。

**台州刺史杜雄上月卒，本月下葬，故吏鲁洵为撰墓志。雄，中和三年至乾宁四年为台州刺史，光启三年加工部尚书，与前福建观察使陈岩、两浙观察使钱镠交厚。**

《全唐文》卷八一七鲁洵有《唐台州刺史杜雄墓志铭》，文多缺字。杜雄，中和三年至乾宁四年为台州刺史，上月卒，本月下葬，详参《唐刺史考全编》卷一四四。雄于江南为官多年，与前福建观察使陈岩、两浙观察使钱镠交厚。《墓志》中云："女四人，皆明惠贤淑，有曹、谢之风。长适镇海军都指挥右揆吴章，次方笄年,未良匹。次许嫁陈氏,即故闽帅司空公第二子。次许嫁钱氏,即今两浙中令彭城郡王爱子也。”“故闽帅司空公”即前福建观察使陈岩,“两浙中令彭城郡王”即两浙观察使钱镠。《资治通鉴》:“(乾宁三年八月)加钱镠兼中书令”,“(十月)以镠为镇海、威胜两军度使。丙子,更名威胜曰镇东军。”又《墓志》载雄“光启三年加工部尚书,是秋又迁刑部,□以正道使知而后改,遂刑措不用”。

## 唐昭宗乾宁五年　光化元年

戊午　八九八

### 正月

**殷文圭、刘咸、王毂、褚载、孔邈、陈炯、何幼孙、贾泳、卢肃、路德延、伍唐珪等二十人登进士第,羊绍素为本年状元。本年试《春草碧色诗》。礼部尚书裴贽知贡举。**

据《登科记考补正》卷二四本年条。

### 四月

**钱珝仍在中书舍人任,本月为册淑妃为皇后撰表文。**

《全唐文》卷八三三有钱珝《册淑妃为皇后文》,中云:“维乾宁(按,原作元,误)五年岁次戊午四月庚子朔二十七日丙寅……咨尔淑妃何氏,柔既可观,俭皆中度。……今遣某官某持节册尔为皇后。”

### 六月

**罗隐本年六十六岁,本月应钱镠之请为东安镇新筑罗城撰记。**

《罗隐集·吴越掌记集》有《东安镇新筑罗城记》。文中云:“起大顺辛亥年秋七月壬戌,讫于明年夏四月庚寅……噫!天下之无事也,吾乡则有河间凌准宗一、濮阳吴降下己、汝南袁不纳还朴以文学进。天下之有事也，吾乡则君建至于子弟仲伯及诸将佐以武艺称。岂文武之柄，倚伏而然？……杜君以镌勒见征，不敢坚让。乾宁五年六月二十一日记。”据文知，东安镇罗城乃钱镠所筑，始建于大顺二年(891)七月，成于景福元年(892)年四月。

## |八月|

**昭宗由华州返长安，甲子改元光化。以韩建驻跸之功，升华州为兴德府。**

《资治通鉴》卷二六一本年八月载：“己未，车驾发华州。壬戌，至长安。甲子，赦天下，改元。”又《唐大诏令集》卷九九有《升华州为兴德府敕》，文后注“光化元年八月”，中云：“朕越在关辅，屡经岁时，苟宽失驭之忧，盖获视朝之所。镇国军节度使韩建，始者星驰感愤，雪涕奉迎，邀天力以来同，激人情而共固。以兹驻跸，安类覆盂，邑无夜犬之惊，野有春耕之乐。……宜改为兴德府。其所置官员资望，一切与五府同。郑县升为次赤，诸县为次畿，其将校等并赐华州安跸功臣。”《旧唐书·昭宗纪》所记时间同。

## |九月|

**本月，诏赐华州节度使韩建免死铁券。**

《唐大诏令集》卷六四有《赐韩建铁券文》，文后注“光化元年九月”。

**康骈本年在宣州为田頵客，此后为田頵荐为吏部员外郎，历中书舍人。**

路振《九国志》卷三《田頵传》记田頵在宣州，“时游其门者杨夔、康骈、夏侯淑、殷文圭、杜荀鹤、王希羽”。《唐方镇年表》卷五记頵镇宣州在景福元年(892)八月至天复三年(903)。据《唐五代志怪传奇叙录》所考，康骈客宣州在光化初。此后为田頵荐为吏部员外郎，历中书舍人。《新唐书·艺文志三》著录其《剧谈录》三卷。《四库全书总目》卷一四二子部小说家类杂著录为二卷，并提要此书云：“皆记天宝以来琐事，亦间以议论附之，凡四十条，今以《太平广记》勘之，一一相合，非当时全部收入，即后人从《广记》钞合也。”

# 唐昭宗光化二年

己未　八九九

## 正月

**本月，中书侍郎兼吏部尚书、同中书门下平章事崔胤守吏部尚书，罢相。**

《唐大诏令集》卷五六有《崔胤吏部尚书制》，文后注"光化二年正月"。

## 二月

**柳璨等二十七人登进士第，卢文焕为本年状元。礼部侍郎赵光逢知贡举。**

据《登科记考补正》卷二四本年条。

## 三月

**幽州节度使刘仁恭发幽、沧等十二州兵十万南下攻魏州，魏博节度使罗绍威求救于朱全忠，于是汴、魏合兵与幽州战，刘仁恭大败，自是不振，朱全忠由是益横。**

见《旧唐书·昭宗纪》、《资治通鉴》卷二六一。

## 四月

**罗衮愤保义节度使王珙之残暴，约本月或稍后上疏请削夺其所授赠之官爵。**

《全唐文》卷八二八有罗衮《请削夺王珙授赠官爵疏》，文中云："窃见故保义军节度使赠太师王珙，于国不忠，于家不孝。身为首帅，行桀纣之虐。名挂人伦,纵豺狼之性。顷乘京国患难,藉父叔勋劳,宠极将相,凶逾寇贼。坐召伯甘棠之树,残毒郡人。对傅说筑版之岩,侵侮王室。朝臣幕客,受戮辱者非少。军吏百姓,遭杀害者甚众。朝廷比属多事,每须含垢。而上天不容,遂振疏网。虽假手麾下,幸就屠灭。然靡伏就法,终为侥幸。……考其终始,无改暴横。以珙之骨,千鞭不足快愤嫉之人。”按,《资治通鉴》卷二六一本年六月载:“保义节度使王珙,性猜忍,虽妻子亲近,常不自保;至是军乱,为麾下所杀。”王珙被杀于本年六月,罗衮此疏当上于此后,约在本月或稍后。

## |六月|

**司空图本年六十三岁,约本年夏有《疑经》《疑经后述》《复陈君后书》诸作。**

《司空表圣诗文集笺校》卷三有《疑经后述》,文中云:“今夏孙郃自淮南缄所著新文而至……今钟陵秀士陈用拙出其宗人岳所作《春秋折衷论》数十篇,赡博精致,足以下视两汉迂儒矣。因激刚肠,有诋经之说,亦疑经文误耳。盖亟于时病,言或不得其中,亦欲鼓陈君之锐气,当有以复于我耳。时光化中兴二年。”又同卷《复陈君后书》云:“吾既以《疑经》为《后述》矣,今年夏,陈君果复致累百言,且援谷梁之说,欲以质吾。吾熟视其书,率意而答之。”则知《疑经后述》当作于本年夏季,《疑经》当为稍前之作。《疑经》一文对经书中“天王使来,求金”一句中“求车”之“求”字的真伪作出辨析,谓:“若诸侯之使来求金,则谓求可矣。若致天子之命,征于诸侯,其可谓之求耶?……《春秋》之旨,尊君卑臣,岂圣人为鲁不为周耶?……纵天子制用失节,多取于诸侯,如欲垂诫,即书于周史可矣,若书于诸侯之史,是悔慢其货而侮王命也,王祭亦不供矣,必非圣人之文也。”

## |十二月|

**吴融仍在中书舍人、翰林学士任,本月为贯休诗集撰序,论及其诗歌见解及自李白以来之唐诗流变。**

《全唐文》卷八二〇有吴融《禅月集序》,文中叙其贬荆南时与诗僧贯休往还,乾宁三年丙辰岁(896)冬返京,贯休赠其诗集《西岳集》,末云:“窃虑将来作者,或未深知,故题于卷之首。时己未岁嘉平月之三日。”己未岁即本年,嘉平月为腊月,即十二月。又此序谓贯休诗为《西岳集》,此题为《禅月集》,而贯休号禅月乃入蜀王建所赐,融作此序时尚未号禅月,则序题盖后人所改。此序评贯休诗云:“上人之作,多以理胜,复能创新意,其语往往得景物于混茫之际。然其旨归,必合于道。太白乐天既殁,可嗣其美者,非上人而谁?”文又论及其诗歌见解及自李白以来之唐诗流变:“夫诗之作者,善善则咏颂之,恶恶则风刺之。苟不能本此二者,韵虽甚切,犹土木偶不生于气血,何所尚哉!自风雅之道息,为五言七言诗者,皆率拘以句度属对焉。既有所拘,则演情叙事不尽矣。且歌与诗,其道一也。然诗之所拘悉无之,足得于意,取非常语,语非常意,意又尽则为善矣。国朝为能歌诗者不少,独李太白为称首,盖气骨高举,不失颂咏风刺之道。厥后白乐天为讽谏五十篇,亦一时之奇逸极言。昔张为作诗图五层,以白氏为广大教化主,不错矣。至于李长吉以降,皆以刻削峭拔飞动文彩为第一流,而下笔不在洞房蛾眉神仙诡怪之间,则掷之不顾。迩来相教学者,靡漫浸淫,困不知变。呜呼!亦风俗使然。君子萌一心,发一言,亦当有益于事。矧极思属词,得不动关于教化?”

## |本 年|

**郑綮卒于本年。有《开天传信记》之作。**

《旧唐书·郑綮传》载綮:“移疾乞骸,以太子少保致仕。光化二年卒。”《新唐书·艺文志二》著录其《开天传信记》一卷。《四库全书总目》卷一四二子部小说家类,提要谓书中所记皆开元、天宝中事,不尽可信,“司马光作《资治通鉴》,亦不从是书”,“然行世既久,诸书言唐事者多沿用之”。

**黄滔本年约六十岁,在京任四门博士。**

《莆阳黄御史集》所附《裔孙诸志》:“公字文江……光化中守四门博士。”《新唐书·艺文志四》记黄滔“字文江,光化四门博士”。《莆阳黄御史集》所附《年考》则谓其“光化己未守四门博士”。

**枢密使宋道弼、景务修自乾宁三年重修内侍省,约本年或稍后成,郑璘为撰**

碑志。

《全唐文补编》卷九二郑璘有《唐重修内侍省碑》,中云:“我国家富有四海,坐镇粤区,端拱凝旒,垂三百载矣。南逾北粤,北超玄塞,东临若木,西极流沙。……乾宁三载,以道思展义,爰幸咸林,既旧址荒凉,而孰议修葺。内枢密使广平宋公道弼,才膺人杰,佐我皇家……内枢密使晋阳景公务修,博识生知,令猷夙赋……广平公荣总枢□,晋阳公专掌纶綍……首陪法驾,翊扈行宫,发甚密之诏书,受无遗事,定克复之计策……今大署葺厥功成,得不记于碑碣。”按:乾宁三载七月,昭宗因李茂贞乱避居华州,乾宁五年八月始归长安,改元光化,宋道弼、景务修二人扈从于华州,故重修内侍省事虽言始于乾宁三载,然其间必停。又《旧唐书》卷二三载:“(光化三年六月)戊辰,特进、司空、门下侍郎、平章事、监修国史王抟贬崖州司户,寻赐死于蓝田驿,枢密使宋道弼、景务修并死。”故而内侍省当重修成于本年至明年六月前。文中并载唐内侍省格局:“内则内园、客省、尚食、飞龙、弓箭、染房、武德留后、大盈琼林、如京营幕等司,并命妇院、高品、内养两院;外则太仓庄宅、左右三军、威远教坊、鸿胪、牛羊等司,并国计库、司天台,曹署并臻华局,克叶旧规,徘徊翼张东西,鳞次列秩俊美。”

## 唐昭宗光化三年

庚申　九〇〇

### 正月

**黄滔本年约六十一岁。因长安兵乱从此绝迹中州,归闽依王审知。其友陈峤上年卒,滔本月为撰墓志并祭文。**

据《莆阳御史集》所附《年考》云:“庚申,逆掩幽主,辇下交兵,公因绝迹中州。”庚申即指本年。又《全唐文》卷八二六有黄滔《司直陈公墓志铭》,文中云:“讳峤,字延封。龆龀好学,弱冠能文。……今府相继拥于节旄,益贤其参画,奏大理司直兼殿中。方期辍从藩屏,入践谏垣,不幸寝疾。浃辰不起,享龄七十有五。光化二年十月三日……三年庚申正月十七日丙午,葬于泉州莆田县崇教里北平故山。”则知陈峤去年十月卒,滔本年正月为撰墓志。文称陈峤:“公为人谨信,居家纯孝。事继亲弥善,庐先君墓,泣血有闻。其所为文,扣孟轲、扬雄户牖。凡三百篇,有表奏牍,颇为前辈推工。”又叙其与峤之交往及闽中登科词人云:“愚与公同邑,闽越江山,莆阳为灵秀之最。贞元中,林端公藻冠东南之科第。十年而许员外稷继翔其后。词人亹亹,若陈厚庆、陈泛、陈黯、林颢、许温、林速、许龟图、黄彦修、许超、林郁,俱以梦笔之词,籝金之学,半生随计,没齿衔冤,旷乎百年。而公追二贤之后七年,而徐正字寅捷,八年而愚□,莫不以江山之数耶。猗欤!昔之负高才不以位而碑者,襄阳惟孟先生焉。今也累懿德不隆位而碑者,以陈夫子始。”同卷又有《祭陈侍御》,文首云:“维光化三年岁次庚申正月庚寅朔十五日甲辰,将仕郎守国子四门博士黄滔,谨以清酌之奠,敬祭于侍御陈君延封之灵。”文当本月十五日之作。依两文写作时间而言,黄滔去岁末或即离长安返闽。

## |二月|

**卢延让、裴皞、王定保、崔籍若、郑珏、吴霭、孔昌明、翁承裕、林用谦等三十六人(一作二十六人)登进士第,裴格为本年状元。杨知万、林翊明经科及第。礼部侍郎李渥知贡举。**

据《登科记考补正》卷二四本年条。

## |四月|

**颜荛时兼修史,本月为僧尚颜集撰序。又曾与陆龟蒙为诗文之交一纪之久,龟蒙卒后,为撰碑文。**

《全唐文》卷八二九有颜荛《颜上人集序》,文末署:“光化三年孟夏序。”则知文当作于此时。文中又云:“颜公姓薛氏,字茂圣。少工为五言诗,天赋其才,迥超名辈。……余景福间为尚书郎,故相国陆希声为给事中。一日谓余曰:‘颜公自荆门惠然访我,兴尽而去。无以赠其行,请于知交赋送别。’余亦勉为应命,而莫之披睹也。后数载,余罢自合江,沿泱流而下,至荆之日,方遂疑阙。阅其篇章,睹其仪相,然后知师之盛名不虚得也。向之送别者,自故太傅相国韦政公而下,凡四十三首。余亦别为一卷,陆相公为序。余继忝清华荐兼史任,宜以师之名字书于文苑传中。……今且掇师之序于诗集之前,其五言七字诗凡四百篇,以为儒释之光。余与师周旋殆将十稔,始仰师为诗家之杰,今与师为方外之期。契分知心,言之无愧。若师本教之行,自为其徒所宗,则非愚儒之所敢知也。"据文知,颜荛此时兼修史。按,与颜荛同为尚颜集撰序者又有李诇,其《颜上人集序》(同上)云:"释门高德颜公尚为诗,不入声相得失哀乐怨欢,直以清寂景构成数百篇。其音清以和,其气刚以达。妙出无象,虚涵不为。冷然若悬,未扣而响。信其功之妙也,不可得而称矣。信其旨之深也,不可举而言矣。……诇常搜文猎儒,乘丘索穴,睹师之作,异而序之不足。举师之美,为后人宗旨也。"又《北梦琐言》卷六载:"颜给事荛,谪官没于湖外。尝自草墓志,性躁急不能容物。其志词云:'寓于东吴,与吴郡陆龟蒙为诗友之交,一纪无渝。龟蒙卒,为其就木至穴,情礼未缺。'"又记:"吴侍郎融传贻史,右补阙韦庄撰诔文,相国陆希声撰碑文,给事中颜荛书,皮日休博士为诗。"按,上述事当约在中和元年(881)陆龟蒙卒前后。

## 六月

**崔胤罢相,意王抟排己,使朱全忠上书,诬抟与宦官勾结,同危社稷。昭宗不得已,罢王抟相,贬出,后又赐死于蓝田驿。崔胤复相,专制朝政。**

《资治通鉴》卷二六二光化三年六月载:"司空、门下侍郎、同平章事王抟,明达有度量,时称良相。上素疾宦官枢密使朱道弼、景务修专横,崔胤日与上谋去宦官,宦官知之。由是南、北司益相憎嫉,各结藩镇为援以相倾夺。抟恐其致乱,从容言于上曰……胤闻之,谮抟于上曰:'王抟奸邪,已为道弼辈外应。'上疑之。及胤罢相,意抟排己,愈恨之。及出镇广州,遗朱全忠书,具道抟语,令全忠表论之。全忠上言:'胤不可离辅弼之地,抟与敕使相表里,同危社稷。'表连上不已。上虽察其情,迫于全忠,不得已,胤至湖南复召还。……戊辰,贬抟溪州刺史;己巳,又贬崖州司户。道弼长流欢州,务修长流爱州。是日,皆赐自尽。抟死于蓝田驿……于是胤专制朝政,势震中外。"由此可见唐末强藩控制朝政之一斑。《唐大诏令集》卷五八有《王抟工部侍郎制》《王抟溪州刺史制》和《王抟崖州司户制》,卷一二七又有《王抟赐自尽敕》,此四文,文后皆注作于本月。

**韩偓于本月以司勋郎中兼侍御史充翰林学士,有《御试缴状》《万邦咸宁**

**赋》《禹拜昌言诗》《武臣授东川节度使制》《答佛誓国王进贡书》《让图形表》等文多篇。后晋为中书舍人。**

宋朱胜非《绀珠集》卷十韩偓《金銮密记·学士试五题》载:“偓于昭宗朝宣入院,试学士,试文五篇:《万邦咸宁赋》《禹拜昌言诗》《武臣授东川节度使制》《答佛誓国王进贡书》《让图形表》。其缴状云:‘臣才不迈群,器非拔俗。待价既殊于椟玉,穷经有愧于籯金。而乃遭遇清时,涵濡睿泽。峨冠振佩,已尘象阙之班;舔笔和铅,更辱金门之侣。击钵谢捷,纂组惭工。抚己循涯,以荣为惧。’”(曾慥《类说》卷七韩偓《金銮密记·召入院试文》所载同)唐李肇《翰林志》:“凡初迁者,中书门下召令右银台门候旨,其日入院试制、书、答共三首,诗一首;自张仲素后,加赋一首。试毕,封进。可者,翌日受宣,乃定。事下中书门下,于麟德殿候对,本院赐宴。”按,据《韩偓集系年校注》所考,韩偓试文五篇,入为翰林学士在本年六月。又,《新唐书·韩偓传》:“王溥荐为翰林学士,迁中书舍人。偓尝与胤定策诛刘季述,昭宗反正,为功臣。”按,昭宗反正在明年正月,则偓晋中书舍人当在本年六月为翰林学士后不久。

## |七月|

**韦庄本年六十五岁,前曾任左补阙。本月编《又玄集》成,自序之。**

据《韦端己年谱》,本年夏已自中谏除左补阙。《全唐文》卷八八九有韦庄《又元(玄)集序》,文末署:“光化三年七月二日,前左补阙韦庄述。”据此知,书编于此前,并于本月二日为撰序。文记编书之由云:“所以撷芳林下,拾翠岩边。沙之汰之,始辨辟寒之宝。载雕载琢,方成瑚琏之珍。故知颔下采珠,难求十斛。管中窥豹,但取一斑。自国朝大手名人,以至今之作者,或百篇之内,时纪一章。或全集之中,微征数首。但掇其清词丽句,录在西斋,莫穷其巨派洪澜,任归东海。总其记得者才子一百五十人,诵得者名诗三百首。长乐暇日,陋巷穷时,聊撼膝以书绅,匪攒心而就简。……昔姚合所撰《极元集》一卷,传于当代,已尽精微。今更采其元者,勒成《又元集》三卷,记方流而目眩,阅丽水而神疲。鱼兔虽存,筌蹄是弃。所以金盘饮露,惟采沆瀣之精。花界食珍,但享醍醐之味。非独资于短见,亦可贻于后昆。采实去华,俟诸来者。”

## | 八 月 |

**司空图本年六十四岁，仍寓居华阴。本月作《书屏记》，记述书屏之特色与流传过程。**

《司空表圣诗文集笺校》卷三有《书屏记》，文末署："今旅寓华下，于进士姚觊所居，获览书品及徐公评论，因感愤追述，贻信后学。且冀精于赏览者，必将继有诠次。光化三年八月三日，泗水司空图衔涕撰录。"文中记述书屏之特色与流传过程："人之格状或峻，其心必劲。心之劲，则视其笔迹，亦足见其人矣。……国初欧、虞之后，继有名公。元和、长庆间，先大夫初以诗师友兵部卢公载从事于商於，因题纪唱和，乃以书受知于裴公休，辟倅钟陵。及征拜侍御史，退居中条，时李忻州戎亦以草隶著称。为计吏在满，因辍所宝徐公浩真迹一屏以为贶。凡四十二幅，八体皆备。所题多《文选》五言诗，其'朔风动秋草，边马有归心'，十数字或草或隶，尤为精绝。或缀小简于其下。记云：'怒猊抉石，渴骥奔泉，可以视碧落矣。'先公清旦披玩，殆废寝食。常属诫云：'正长诗英，吏部笔力，逸气相资，奇功无迹。儒家之宝，莫逾此屏也。……'庚子岁遇乱，自虞邑居负之置于王城别业。丙辰春正月，陕军复入，则前后所藏及佛道图记，共七千四百卷，与是屏皆为灰烬。痛哉！"

**颜荛本月授中书舍人，后以柳璨精《汉史》而深重之，引为直学士。璨，柳公绰从侄孙，或稍后著有《柳氏释史》十卷。**

《旧唐书》卷二三载（光化三年八月）："丁卯，以朝请大夫、虞部郎中、知制诰、上柱国、赐紫金鱼袋颜荛为中书舍人。"同书卷一七九《柳璨传》载柳璨"尤精《汉史》，鲁国颜荛深重之。荛为中书舍人，判史馆，引为直学士。璨以刘子玄所撰《史通》讥驳经史过当，璨纪子玄之失，别为十卷，号《柳氏释史》，学者伏其优赡。迁左拾遗。公卿朝野，托为笺奏，时誉日洽。以其博奥，目为'柳箧子'"。《新唐书·艺文志四》载有"《柳氏释史》十卷，一作《史通析微》"。《全唐文补编》卷九二柳璨有《史通析微序》："刘子玄《史通》妄诬圣哲，评汤之德为伪迹，论桀之恶为厚诬；谤周公云不臣，褒武庚以徇节，其甚至于弹劾仲尼。因讨论其舛谬，共成五十卷。萧统云：'论则析理精微。'故以为名。"据上文知，《史通析微》乃著于璨任左拾遗之前，然璨任左拾遗之时间无确考。《旧唐书》卷二三载“天祐元年春正月丁酉朔，以翰林学士、左拾遗柳璨为右谏议大夫、同平章事，”则此书作于本月后，天祐元年之前，姑系于此。

## | 九 月 |

**钱珝本年六月坐王抟事，贬抚州司马，于行舟中编次其文为《舟中录》，本月至沔阳之南时撰集序。**

《全唐文》卷八三六有钱珝《舟中录序》，序中记其编集之原由：“庚申岁夏六月，以舍人获谴，佐抚州，驰暑道病。秋八月，自襄阳浮而下。舟行无事，因解束书，视所为辞稿，翦翦冗碎，可存者得五百四十篇。丞相表奏百篇，区别编联为二十卷。夫体正而有伦，辞约而居要。始终明白，兹所以为诰也。国朝声名辞臣，率能由是而作。……所编联不敢以集称，理诸舟中，遂曰《舟中录》。是年九月，钱珝自序于沔阳之南。”按，庚申即本年。钱珝此后行踪无考。《新唐书·艺文志四》著录其《舟中录》二十卷。

## | 十 月 |

**罗隐本年六十八岁，在镇海军节度判官任，撰《镇海军使院记》。**

《罗隐集·吴越掌记集》有《镇海军使院记》，中云：“庚申年，始辟大厅之西南隅，以为宾从晏息之所。……是年冬十月，始命观察判官罗隐为记。”按，庚申即本年。又《吴越备史·罗隐传》：“隐累官钱塘县令，寻授镇海军掌书记、节度判官。”

## | 十 一 月 |

**左右军中尉刘季述、王仲先废昭宗，幽于东内问安宫，请太子裕监国，后又奉之即帝位。**

《旧唐书·昭宗纪》光化三年十一月载：“上猎苑中，醉甚，是夜，手杀黄门、侍女数人。庚寅,日及辰巳,内门不开。刘季述诣中书谓宰相崔胤曰:‘宫中必有不测之事,人臣安能坐观?我等内臣也,可以便宜从事。’即以禁兵千人破关而入,问讯中人,具知其故。即出与宰臣谋曰:‘主上所为如此,非社稷之主也。废昏立明,具有故事,国家大计,非逆乱也。’即招百官署状,崔胤等不获已署之。……季述、仲先……遂突入宣化门,行至思政殿,便行杀戮,径至乞巧楼下。帝遽见兵入,惊堕床下,起而将去,季述、仲先掖之令坐。……季述即出百官合同状,曰:‘陛下倦临宝位,中外群情,愿太子监国,请陛下颐养于东宫。’……(皇后)即于御前取国宝付季述……是日,迎皇太子监国,矫宣昭宗命称上皇。”《资治通鉴》卷二六二所载同,并记昭宗被幽后之状云:“时大寒,嫔御公主无衣裳,号哭闻于外。季述等矫诏令太子监国,迎太子入宫。辛卯,矫诏令太子嗣位,更名缜。以上为太上皇,皇后为太上皇后。甲午,太子即皇帝位。”

**黄滔仍居闽,本月撰文祭其友林用谦**。

《全唐文》卷八二六有黄滔《祭林先辈(用谦)》,文首云:“维光化三年岁次庚申十一月日,敬祭于林君执友之灵。”文中又云:“呜呼林君,得以言矣。君负相如之词赋,慕郄氏之科名。一纪秦城,千门祢刺。虽众口大馨其风藻,人罕如焉。而三春累困于莺乔,数何奇也。然则女贞而十年必字,药灵而九转须成。果契至公,克升上第。既已东堂得意,南国言旋。……滔京关进退,砚席参差。幸忝先鸣,弥欣继捷。未贺桂枝之入手,忽从薤露以伤心。修短有兹,吁嗟何极。灵輀而戒路,丹旐翻风。远寓丹诚,聊陈薄奠。愿垂冥感,鉴歆于斯。”

## 十二月

**韦庄为左补阙,约本月上奏请追赐李贺、皇甫松、陆龟蒙、罗隐等人进士及第**。

《全唐文》卷八八九有韦庄《乞追赐李贺、皇甫松等进士及第奏》:“词人才子,时有遗贤。不沾一命于圣明,没作千年之恨骨。据臣所知,则有李贺、皇甫松、李群玉、陆龟蒙、赵光远、温庭筠、刘德仁、陆逵、傅锡、平曾、贾岛、刘稚珪、罗邺、方干,俱无显遇,皆有奇才,丽句清词,遍在词人之口,衔冤抱恨,竟为冥路之尘。伏望追赐进士及第,各赠补阙拾遗。见存惟罗隐一人,亦乞特赐科名,录升三级，便以特敕，显示优恩。俾使已升冤人，皆沾圣泽。后来学者，更励文风。”按，宋洪迈《容斋三笔》卷七《唐昭宗恤儒士》条亦载此事，云：“唐昭宗光化三年十二月，左补阙韦庄奏……”据此，此事盖在本年十二月，今从之。

### |本 年|

**刘山甫约本年后撰成《金溪闲谈》十二卷。**

吴任臣《十国春秋》卷九五：“刘山甫，彭城人。太祖入闽，署山甫威武军节度使判官……山甫故中朝旧族，有才藻，著《金溪闲谈》十二卷。”按，据《唐五代志怪传奇叙录》所考，《金溪闲谈》所记及最迟年份为光化中，则此书盖成于本年之后。

## 唐昭宗光化四年　天复元年

辛酉　九〇一

### |正 月|

**王仲先、刘季述等被杀，昭宗反正。后昭宗自制曲以褒之。昭宗本月又下旨令枢密须俟宰臣奏对事毕，方得升殿承受公事，盖为限制宦官权利。**

《资治通鉴》卷二六二光化三年十二月已载宰相崔胤与左神策军指挥使孙德昭谋诛王仲先、刘季述等。四年正月，孙德昭先擒斩王仲先，后擒刘季述等人，昭宗反正，后斩刘季述等于都市，“丙戌，以孙德昭同平章事，充静海节度使”。又《南部新书》卷辛：“光化四年正月，宴于保宁殿，上自制曲，名曰《赞成功》。时盐州雄毅军使孙德昭等杀刘季述，帝反正，乃制曲以褒之。仍作《樊哙排君难》戏以乐焉。”又《资治通鉴》卷二六二光化四年正月载：“丙午，敕：‘近年宰臣延英奏事，枢密使侍侧，争论纷然。既出，又称上旨未允，复有改易，桡权乱政。自今并依大中旧制，俟宰臣奏事毕，方得升殿承受公事。’”

**李茂贞留兵于京师充卫宿，韩偓时为左谏议大夫，议以为不可。**

《资治通鉴》卷二六二光化四年正月记昭宗反正后，李茂贞自凤翔来朝，后返镇，“崔胤以宦官典兵，终为肘腋之患，欲以外兵制之，讽茂贞留兵三千于京师，充宿卫，以茂贞假子继筠将之。左谏议大夫万年韩偓以为不可，胤曰：‘兵自不肯去，非留之也。’偓曰：‘始者何为召之邪？’胤无以应。偓曰：‘留此兵则家国两危，不留则家国两安。’胤不从”。

**吴融时在翰林，以草诏“语当意详”，进户部侍郎。**

《新唐书·吴融传》：“昭宗反正，御南阙，群臣称贺，融最先至。于时左右欢骇，帝有指授，叠十许稿，融跪作诏，少选成，语当意详，帝咨赏良厚。进户部侍郎。”又《唐摭言》卷一三《敏捷》条：“昭宗天复元年正旦，东内反正，既御楼，内翰惟吴子华先至，上命于前跪草十余诏，简备精当，曾不顷刻。上大加赏激。”《全唐文》卷八二〇有吴融《授孙德昭安南都护充清江军节度使制》，据《旧唐书·昭宗纪》与《资治通鉴》卷二六二，此制即此时所撰，然“清江”当作“静海”。

**黄滔本年约六十二岁，仍居闽。本月撰文祭其友人陈鼎。后以监察御史里行充王审知武威军节度推官，奉命出使吴越，与罗隐相遇。隐忆及咸通初与陈黯往还事，滔邀隐为陈黯集撰序。**

《全唐文》卷八二六有黄滔《祭陈先辈鼎》，文首云：“维光化四年岁次辛酉正月二十七日，祭于陈君之灵。”陈鼎，昭宗大顺二年(891)进士及第，故文中有“大国中兴，作第二人之登第”之语。文中云：“咸通之年，九霄也鹓路。乾符之际，万仞之龙津。既而瓯岭经兵，蜀川迎帝。匪无随驾之恳，实切问安之计。……大国中兴，作第二人之登第。杏园醉后，华表归时。往岁井邑，兹辰羽仪。旋属姑苏积衅，勾践兴师。于是板舆避地，草檄从知。百越之江光汹涌，四明之山翠参差。长鲸既剔，逸足难羁。东别朱门，南还故里。一朝而奄至泣血，三载而蔑闻见齿。”据文知，陈鼎盖吴越人，自咸通岁随吏计，久困科场，至大顺二年始及第。后浙东节度使董昌称帝于越州，镇海军节度使钱镠讨之(事见昭宗乾宁二年二月),因战事频繁,鼎遂隐居,壮志未成。文中又述及二人情谊,“滔始自童年,至于壮岁,江乡为竹马之友,京辇作谷莺之会。三朝被刖,栖迟泣荆璞之艰。十上遭时,次第到瑶蟾之内。谁言倏忽,遽叹存亡。痛人琴之俱绝,缅胶漆以空伤。”于中寓久困科场之悲苦,言辞真挚肯切。又《莆阳黄御史集》所附《年考》载:“天复辛酉,为闽藩礼至宾幕,荐御史里行。”又《全唐文》卷八二四有黄滔《颍川陈先生集序》,文中云:“天复元年(辛酉),滔叨闵相之辟,旋使钱塘,与罗郎中隐遇。隐曰:‘咸通初,与先生定交于蒲津秋赋之场,赋则《五老化为流星》,诗则《汉武横汾》。先生之作也,为试官严郎中下都之吟讽,秋场五十人之降仰。今遗稿可丛,愿为之序。’”按,天复辛酉即本年。

## |二月|

**陈光问、曹松、王希羽、欧阳持、刘象、柯崇、郑希颜、沈颜、裴□、颜□、李□等二十六人登进士第,归佾为本年状元。本年试《天得一以清赋》《武德殿退朝望九衢春色诗》。李琪博学宏词科及第。礼部侍郎杜德祥知贡举。后陈光问、刘象、曹松等人以老于名场而诏授一官。**

据《登科记考补正》卷二四本年条。又《唐摭言》卷八《放老》:“天复元年,杜德祥榜,放曹松、王希羽、刘象、柯崇、郑希颜等及第。时上新平内难,闻放新进士,喜甚,诏选中有孤平屈人,宜令以名闻,特敕授官。故德祥以松等塞诏各受正。制略曰:‘念尔登科之际,当予反正之年,宜降异恩,各膺宠命。’松,舒州人也,学贾司仓为诗,此外无他能,时号松启事为送羊脚状。希羽,歙州人也,辞艺优博。松、希羽甲子皆七十余。象,京兆人;崇、希颜,闽中人,皆以诗卷及第,亦皆年逾耳顺矣。时谓五老榜。”按,洪迈《容斋三笔》卷七《唐昭宗恤录儒士》条所记诸人年岁等尤详,云:“天复元年赦文,又令中书门下选择新及第进士中久在名场,才沾科级,年齿已高者,不拘常例,各授一官。于是礼部侍郎杜德祥奏:拣到新及第进士陈光问年六十九、曹松年五十四、王希羽年七十三、刘象年七十、柯崇年六十四、郑希颜年五十九。诏光问、松、希羽可秘书省正字,象、崇、希颜可太子校书。……昭宗当斯离乱极矣,尚能眷眷于寒儒,其可书也。”

**朱全忠引兵攻河中,河中节度使王珂以城降,朱全忠又至洛阳,自此遂有河**

**中、晋、绛诸州。**

见《旧唐书·昭宗纪》、《资治通鉴》卷二六二及胡三省注。

## |三 月|

**韦庄本年六十六岁。春应王建辟入蜀为掌书记，颇得王建倚重，自此仕蜀。**

韦庄弟韦蔼《浣花集序》："辛酉春，应聘为西蜀奏记。"《唐诗纪事》卷六八韦庄条云："以中原多故，潜欲依王建，建辟为掌书记。寻召为起居舍人，建表留之。"按，韦庄从此即仕蜀，不再北返。

## |四 月|

**昭宗下诏改元天复。**

《旧唐书·昭宗纪》本年四月载："甲戌，天子有事于宗庙。是日御长乐门，大赦天下，改元天复。"

**李茂贞自凤翔来朝，交结中尉韩全诲，而宰相崔胤则与朱全忠相善，各有挟天子以令诸侯之意。**

《旧唐书·昭宗纪》本年四月载昭宗下诏改元后，"李茂贞自凤翔来朝……时中尉韩全诲及北司与李茂贞相善，宰相崔胤与朱全忠相善，四人各为表里。全忠欲迁都洛阳，茂贞欲迎驾凤翔，各有挟天子以令诸侯之意。"

## |六 月|

**韩偓本年六十岁，仍在翰林学士任，颇受倚重。此后昭宗数召韩偓议政，参谋机密。**

《资治通鉴》卷二六二载："上之返正也，中书舍人令狐涣、给事中韩偓皆预其谋,故擢为翰林学士,数召对,访以机密。……时上悉以军国事委崔胤,每奏事,上与之从容,或至然烛。宦官畏之侧目,事无大小,皆咨胤而后行。胤志欲尽除之,韩偓屡谏曰:‘事禁太甚。此辈亦不可全无,恐其党迫切,更生他变。’胤不从。丁卯,上独召偓,问曰:‘敕使中为恶者如林,何以处之?’对曰:‘东内之难,敕使谁非同恶,处之当在正旦,今已失其时矣。’上曰:‘当是时,卿何不为崔胤言之?’对曰:‘臣见陛下诏书云:自刘季述等四家之外,其余一无所问。夫人主所重,莫大于信,既下此诏,则守之宜坚。若复戮一人,则人人惧死矣。然后来所去者已为不少,此其所以恟恟不安也。陛下不若择其尤无良者数人,明示其罪,置之于法,然后抚谕其余曰:“吾恐尔曹谓吾心有所贮,自今可无疑矣。”乃择其忠厚者使为之长。其徒有善则奖之,有罪则惩之,咸自安矣。今此曹在公私者以万数,岂可尽诛邪!夫帝王之道,当以重厚镇之,公正御之,至于琐细机巧,此机生则彼机应矣,终不能成大功,所谓理丝而棼之者也。况今朝廷之权,散在四方。苟能先收此权,则事无不可为者矣。’上深以为然,曰:‘此事终以属卿。’”《全唐文》卷八二九有《论宦官不必尽诛》即此文。按,据此可知昭宗对韩偓之信任,同书此后屡记昭宗之召问事,皆可证偓之被倚重,

## |十一月|

**韩全诲等劫昭宗出幸凤翔。韩偓追至凤翔,旋迁兵部侍郎、翰林学士承旨。吴融不克从,离长安,客居阌乡。**

《资治通鉴》卷二六二本年十月记朱全忠发兵赴长安,宦官韩全诲闻之,令李继筠、李彦弼等勒兵欲劫昭宗赴凤翔。十月“戊戌,上遣赵国夫人出语韩偓:‘朝来彦弼辈无礼极甚,欲召卿对,其势未可。’且言:‘上与皇后但涕泣相向。’自是,学士不复得对矣”。《旧唐书·昭宗纪》天复元年:“十月己卯朔。戊戌,全忠引四镇之师七万赴河中,京师闻之大恐,豪民皆亡窜山谷。……十一月己酉朔。壬子,中尉韩全诲与凤翔护驾都将李继诲奉车驾出幸凤翔。”《新唐书·韩偓传》:“及胤召朱全忠讨全诲,汴兵将至,偓劝胤督茂贞还卫卒。又劝表暴内臣罪,因诛全诲等;若茂贞不如诏,即许全忠入朝。未及用,而全诲等已劫帝西幸。偓夜追及鄠,见帝恸哭。至凤翔,迁兵部侍郎,进承旨。”又《新唐书·吴融传》:“凤翔劫迁,融不克从,去客阌乡。”则吴融离京客居阌乡亦在此时。

**朱全忠引兵西入关中,屯于凤翔,并北攻邠州,声言奉昭宗还宫。李茂贞拒朱全忠兵,并遣使征兵于西川王建。**

见《资治通鉴》卷二六二。

## 唐昭宗天复二年

壬戌　九〇二

### | 三 月 |

**李克用闻朱全忠兵入关中,遣其将李嗣昭、周德威攻慈、隰、晋等州。二月朱全忠令其兄子友宁将兵会晋州刺史氏叔琮击之,破之。三月,友宁乘胜进围太原,再战不利,乃还关西。此战后,李克用数年不敢与朱全忠相争。其掌书记李袭吉劝克用崇德爱人、去奢省役、设险固境、训兵务农,以俟将来。**

见《旧唐书·昭宗纪》、《资治通鉴》卷二六三。《资治通鉴》云:“自是克用不敢与全忠争者累年。”又载:“克用以使引咨幕府曰:‘不贮军食,何以聚众?不置兵甲,何以克敌?不修城池,何以扞御?利害之间,请垂议度。’掌书记李袭吉献议,略曰:‘国富不在仓储,兵强不由众寡,人归有德,神固害盈。……伏愿大王崇德爱人,去奢省役,设险固境,训兵务农。定乱者选武臣,制理者选文吏,钱谷有句,刑法有律。诛赏由我,则下无威福之弊;近密多正,则人无谮谤之忧。顺天时而绝欺诬,敬鬼神而禁淫祀;则不求富而国富,不求安而自安。’”

**司空图本年六十六岁。春复自檀山至浙上,作《绝麟集述》。**

《司空表圣诗文集笺校》卷四《绝麟集述》云:“驾在石门年秋八月,愚自关畿窜浙上,所著歌诗累千首,题于屋壁,且人前集。壬戌春,复自檀山至此,目败痁作,火土二曜,叶力攻凌可知矣。冒没已多,幸无大愧,固非赍恨而有作也,尚虑道魁释酉见之,慊然于我者。盖自此集杂言,实病于负气,亦犹小星将坠,则芒焰骤作,且有声曳其后而可骇者,撑霆裂月,挟之而共肆,其愤固不能自戢耳。……知非子述。”按,壬戌春即本年春,知非子乃司空图自号。

## 四月

**韩偓本年六十一岁,仍在翰林承旨学士任,时在凤翔行在,昭宗欲召回鹘兵勤王,韩偓谏之。**

《资治通鉴》卷二六三天复二年四月:“辛丑,回鹘遣使入贡,请发兵赴难,上命翰林学士承旨韩偓答书许之。乙巳,偓上言:‘戎狄兽心,不可倚信。彼见国家人物华靡,而城邑荒残,甲兵凋敝,必有轻中国之心,启其贪婪。且自会昌以来,回鹘为中国所破,恐其乘危复怨。所赐可汗书,宜谕以小小寇窃,不须赴难,虚愧其意,实沮其谋。’从之。”

## 五月

**朱友宁总大军屯于兴平,李茂贞引岐军出战,累败于武功南之汉谷。朱全忠闻捷,自率汴军五万西征。**

见《旧唐书·昭宗纪》。

## 七月

**韩偓仍在翰林承旨学士任,本月拒为韦贻范起复草制,并上疏谏止。**

《资治通鉴》卷二六三天复二年七月载:“韦贻范之为相也,多受人赂,许以官。既而以母丧罢去,日为债家所噪。亲吏刘延美,所负尤多,故汲汲于起复,日遣人诣两中尉、枢密及李茂贞求之。甲戌,命韩偓草贻范起复制,偓曰:‘吾腕可断,此制不可草!’即上疏论贻范遭忧未数月,遽令起复,实骇物听,伤国体。学士院二中使怒曰:‘学士勿以死为戏!’偓以疏授之,解衣而寝,二使不得已奏之。上即命罢草,仍赐敕褒赏之。”《全唐文》卷八二九有韩偓《谏夺制还位疏》,即此文。

**黄滔本年约六十三岁，仍在闽为威武军节度推官。本月为陈黯集撰序，稍后，寄书罗隐，请其为陈黯集撰序。**

《全唐文》卷八二四有黄滔《颖川陈先生集序》，文中云："天复元年（辛酉），滔叨闵相之辟，旋使钱塘，与罗郎中隐遇。隐曰：'咸通初，与先生定交于蒲津秋赋之场，赋则《五老化为流星》，诗则《汉武横汾》。先生之作也，为试官严郎中下都之吟讽。秋场五十人之降仰，今遗稿可丛，愿为之序。'既还，不及求增，谨以所得之文赋诗笺檄，分为五卷，收泪搦管，为之前序。将寓正郎为之后序。正郎负宇内之雄名，用释泉台之永恨。时天复二年秋七月十日也。"按，"正郎"即指罗隐，时为司勋郎中充镇海军节度判官。又同上书卷八二三有《与罗隐郎中书》："故表丈遗文，盛叙古人之重存殁，爰捧诺金，感涕之诚，实刻肌骨。然以郎中十五兄相逢京辇，得志金兰，虽备熟于行文，恐未周于平昔。而滔以内外之戚，始终所详，敢以小才为之前叙，诚以麟经下笔，诸生不合措辞。而马史抽毫，汉代还陈别录。伏惟慈造，必践前言。西望祷祈，可以鉴料。"文当为稍后之作，请隐为陈黯集撰序。

## |八月|

**罗隐本年七十岁，约此时应黄滔之请，为陈黯集撰后序。**

《罗隐集·吴越掌记集》有《陈先生文集后序》，序中述及天复元年与黄滔相遇，及本年黄滔寄文请为陈黯集撰后序，后云："大唐设进士科三百年矣，得之者或非常之人，失之者或非常之人。若陈希孺之才美，则非常之人失者矣。夫德行莫若敦于亲戚，文章莫若大于流传，今已备于江夏之笔矣。"按，据前文，黄滔本年七月为陈黯集作前序，请罗隐为撰后序，则后序盖成于此时前后。

**本年王审知于泉州开元寺之灵山塑北方毗沙门天王碑，黄滔为撰碑铭，又曾代王审知撰文祭其母秦国太夫人董氏。**

《全唐文》卷八二五有黄滔《灵山塑北方毗沙门天王碑》，中云："我相府琅琊王王公之有闽越也，具列藩之业，修有地之职，行有民之道。自乾宁四年丁巳至天祐二年壬戌凡六年，礼乐兴，忠孝敦，乃谋及城池。城池既谋，乃尸及神祇。

于是于开元寺之灵山，塑北方毗沙门天王一铺，全部落己，镇于城焉。”按，“天祐”乃天复之误，自乾宁四年下推六年当为本年。又同卷《大唐福州报恩寺定光多宝塔碑记》中有“壬戌岁我公卜筑其外城号月城”之句，则文中之“谋及城池”盖指筑月城事。又卷八二六有《祭钱塘秦国太夫人》，题下注“代闽王”。文首云：“维天复二年岁次壬戌，敬祭于故秦国太夫人之灵。”按，秦国太夫人，王审知母也。《十国春秋》卷九四“秦国太夫人董氏”条记：“太夫人董氏，太祖之母也。……后以太祖贵，累封秦国太夫人。天祐元年，太祖建报恩定光多宝塔，以荐司空即太夫人冥福。”文乃本年代王审知所作。

**韩偓于七八月间坚拒为宰相韦贻范起复草麻，以此为宦官所怨怒。**

《新唐书·韩偓传》：“宰相韦贻范母丧，诏还位，偓当草制，上言：‘贻范处丧未数月，遽使视事，伤孝子心。今中书事，一相可办。陛下诚惜贻范才，俟变缞而召可也。何必使出峨冠庙堂，入泣血柩侧，毁瘠则废务，勤恪则忘哀，此非人情可处也。’学士使马从皓逼偓求草，偓曰：‘腕可断，麻不可草！’从皓曰：‘君求死邪?’偓曰：‘吾职内署，可默默乎?’明日，百官至，而麻不出，宦侍合噪。茂贞入见帝曰：‘命宰相而学士不草麻，非反邪?’艴然出。姚洎闻曰：‘使我当直，亦继以死。’既而帝畏茂贞，卒诏贻范还相，洎代草麻。自是宦党怒偓甚。”按，以上事《资治通鉴》卷二六三记在本年七、八月间。

## |十一月|

**朱全忠军围攻凤翔行朝，时大雪，城中食尽，以至卖人肉以充食。韩偓亦在城中，昭宗窃与相见而悲泣。**

《资治通鉴》卷二六三本年十一月记朱全忠所率汴军攻行朝凤翔：“汴军每夜鸣鼓角，城中地如动。攻城者诟城上人云‘劫天子贼’，乘城者诟城下人云‘夺天子贼’。是冬，大雪，城中食尽，冻馁死者不可胜计，或卧未死已为人所剐。市中卖人肉斤直钱百，犬肉值五百。茂贞储偫亦竭，以犬彘供御膳。上鬻御衣及小皇子衣于市以充用，削渍松柹以饲御马。”又记：“甲辰，上使赵国夫人诇学士院二使皆不在，亟召韩偓、姚洎，窃见之于土门外，执手相泣。洎请上速还，恐为它人所见，上遽去。”

**本月，司空兼门下侍郎、同中书门下平章事崔胤罢为工部尚书。**

《唐大诏令集》卷五八有《崔胤工部尚书制》，文后注“天复二年十一月”。

## |本年|

**韦庄本年六十七岁，仕蜀。于成都浣花溪寻得杜甫草堂旧址，于其上筑一室以资纪念。**

韦蔼《浣花集序》记韦庄“辛酉春应聘为西蜀奏记，明年，浣花溪寻得杜工部旧址，虽芜没已久，而柱砥犹存。因命芟夷，结茅为一室，盖欲思其人而成其处，非敢广其基构耳”。按，辛酉之明年即本年。按，韦庄不唯修葺杜甫旧址，并以浣花作为其诗集之名。

**徐夤约本年或稍前离汴梁返闽，旋为王审知所辟。**

《新五代史·王审知世家》载：“审知虽起盗贼，而为人俭约，好礼下士。王淡，唐相溥之子；杨沂，唐相涉从弟；徐夤，唐时知名进士，皆依审知仕宦。”《十国春秋·徐夤传》记夤离汴梁后，“已而走归家里，太祖辟掌书记”。同书《杨沂传》：“遭乱，依太祖，与徐夤、王淡同居幕府，以风雅倡和，闽士多宗之。”据前文，徐夤于乾宁元年(894)间在大梁，本年或已返闽。《五代史补·黄滔命徐夤代笔》载：“黄滔在闽中为王审知推官，一旦馈鱼，时滔方与徐夤对谈，遂请代为谢笺。夤援笔而成，其略曰：‘衔诸断索，才从羊续悬来；列在雕盘，便到冯谖食处。’时人大称之。”

# 唐昭宗天复三年

癸亥　九〇三

## |正月|

**朱全忠围凤翔，李茂贞遣使与之和解，并奏昭宗，议诛杀宦官韩全诲等，奉昭宗回京。李茂贞即奉命斩韩全诲等二十人。昭宗出赴朱全忠营，并返长安宫中。后朱全忠又杀宦官数百人。**

见《旧唐书·昭宗纪》、《资治通鉴》卷二六三。

**韩偓本年六十二岁，仍为翰林学士承旨，已改户部侍郎。奉昭宗令宣谕朱全忠军，后随驾由凤翔返长安。**

《旧唐书·昭宗纪》："天复三年正月癸卯朔，车驾在凤翔。……（丙午）上又令户部侍郎韩偓、赵国夫人宠颜宣谕于全忠军。……甲子巳时，车驾出凤翔……己巳，入京师。"

**罗衮在左拾遗任，上疏请褒赠前朝蒙屈遭贬而死之刘蕡。**

《全唐文》卷八二八有罗衮《请褒赠刘蕡疏》："臣衮伏以典礼褒荣，用广哲王之道。生死抱痛，可念直臣之魂。伏以陛下再阐皇图，初平内患。善无殁而不纪，恶无存而不诛。事或有遗，臣敢不奏。窃见故秘书郎责授柳州司户臣刘蕡，当大和年，对直言策。是时宦官方炽，朝政已侵，人谁敢言。蕡独能指抑堕雨回天之势，欲使当门夺官卿爵土之权，将令拥篲，遂遭退黜，实负冤欺。其后竟陷侵诬，终罹谴逐。沉沦绝世，六十余年。……向使蕡策得用，蕡才得施，则杜渐防萌，寻消逆节。岂殷忧多难，远及圣躬！……特乞宣付中书门下，显加褒赠，仍敕天下州府，求蕡子孙，振拔录用。"按，《新唐书·刘蕡传》亦记此事，云："及昭宗诛韩全诲等，左拾遗罗衮上言……"则疏当上于本月或稍后。

## | 二 月 |

**韩偓荐赵崇与王赞为相，为崔胤所忌，胤使朱全忠入争之，遂贬韩偓为濮州司马。偓后将其于翰苑所历事编为《金銮密记》。**

《资治通鉴》卷二六四天复三年二月载："初，翰林学士承旨韩偓之登进士第也，御史大夫赵崇知贡举。上返自凤翔，欲用偓为相，偓荐崇及兵部侍郎王赞自代。上欲从之，崔胤恶其分己权，使朱全忠入争之。全忠见上曰：'赵崇轻薄之魁，王赞无才用，韩偓何得妄荐为相！'上见全忠怒甚，不得已，癸未，贬偓濮州司马。上密与偓泣别，偓曰：'是人非复前来之比，臣得远贬及死乃幸耳，不忍见篡弑之辱！'"又韩偓有《金銮密记》，约成于此时或稍后。《新唐书·艺文志》著录此书为五卷，《郡斋读书志》卷六则记："《金銮密记》一卷，右唐韩偓撰。偓天复元年为翰林学士，从昭宗西幸。朱温围岐三年，偓因密记其谋议及所见闻，事止于贬濮州司马。予尝谓偓有君子之道四焉：唐之末，南北分朋而忘其君，偓崔胤门生，独能弃家从上，一也。其时搢绅无不交通内外以躐取爵位，偓独能力辞相位，二也。不肯草韦贻范起复麻，三也。不肯致拜于朱温，四也。《诗》曰：'风雨如晦，鸡鸣不已。'偓之谓也。……一本厘天复二年、三年各为一卷，首尾详略颇不同，互相雠校，凡改正千有余字云。"《直斋书录解题》卷五："《金銮密记》三卷，唐翰林学士承旨京兆韩偓致尧撰，具述在翰苑时事，危疑艰险甚矣。"按，《金銮密记》今存不全，吴在庆《韩偓集系年校注》一书有所辑佚。

**朱全忠本月进封为梁王。**

《全唐文补编》卷八八昭宗有《朱全忠封梁王制》："兔苑名邦，睢阳奥壤，光膺简册，大启封疆。可守太尉中书令，进封梁王。"题下注"天复三年二月"。

## | 六 月 |

**韦蔼将其兄韦庄诗编成《浣花集》十卷，并为之序。**

韦蔼《浣花集序》："余家之兄庄，自庚子乱离前，凡著歌诗文章数十通。属兵火迭兴，简编俱坠，唯余口诵者所存无几。尔后流离漂泛，寓目缘情。子期怀旧之辞，王粲伤时之制。或离群轸虑，或反袂兴悲。四愁九愁之文，一咏一觞之作。迄于癸亥岁，又缀仅千余首。……辛酉春，应聘为西蜀奏记。明年……蔼便因闲日，寻兄之稿草中，或默记于吟咏者，次为若干首，目之曰《浣花集》，亦杜陵所居之义也。余今之所制，则俟为别寻，有继于右。时癸亥年六月九日蔼集。”按，癸亥岁即本年。

## 七月

**司空图本年六十七岁，已返回中条山王官谷，修葺已毁坏之濯缨亭，改名为休休亭，并作《休休亭记》。**

《司空表圣诗文集笺校》卷二有《休休亭记》，文末云：“天复癸亥秋七月二十七日耐辱居士司空图记”，则知文当作于本月。文记修葺此亭之始末云：“休，休也，美也，既休而且美在焉。司空氏王官谷休休亭，本濯缨也。濯缨为陕军所焚，愚窜避逾纪。天复癸亥岁，蒲稔人安，既归，葺于坏垣之中，构不盈丈，然遽更其名者，非以为奇，盖量其材，一宜休也；揣其分，二宜休也；且耄而聩，三宜休也。而又少而堕，长而率，老而迂，是三者皆非救时之用，又宜休也。……既而昼寝，遇二僧，其名皆上方刻石者也。其一曰阍顽，谓吾曰：‘……且汝虽退，亦尝为匪人之所嫉，宜以耐辱自警，庶保其终始，与靖节、醉吟第品极于千载之下，复何求哉！’因为耐辱居士歌，题于亭之东北楹。……休休，且又殁而可以自任者，不增愧负于家国矣，复保求哉！”此文反映出司空图晚年之思想转变。

## 八月

**杨夔已为宣州田頵上客。本月田頵举兵反杨行密，约此时前后，夔尝上《溺赋》戒之。**

《十国春秋·杨夔传》载夔：“与殷文圭、杜荀鹤、康軿、夏侯淑、王希羽同为宣州田頵上客。夔知頵不足抗太祖，著《溺赋》数百言以戒之，頵不用，竟至于败。”同书卷一三《田頵传》记：“天复三年八月，頵遂与（安）仁义同举兵反。”又《全唐文》卷八六六有杨夔《溺赋》，中云：“波而解浪而倾者，亦一瞬而俱及。雨既霁，风亦止。呀呷余波，振荡未已。俄有呈其板而流者，碎其篷而飘者。彼缄縢之箧，扃镝之柜，委翳波间，罔知所秘。或一竹以脱命，或举族而咸坠。沿汀绕滨，零落在地。元微子指而泣曰：'其嗜利则孟子所以恶交争也，其欲速则仲尼所以悲不达也。孰有轻命若粪，重贿如山，用一缕无继之力，涉万仞不测之川，践险冒危，既蔑履冰之诫，殒身覆族，空衔没齿之冤。'宏农子闻其言，同其叹。此则以江以湖，没不可援。今复有非波非涛，溺不可算，窥之则茫然无岸，由古及今，陷者如贯。……所以为酒之溺也。……此所以为色之溺也。……此所以为贪之溺也。……此所以为权之溺也。是四者，匪横其流，匪驾其舟，有溺者，孰究其由。其毒也必渍于骨髓，其痛也亦甚于戈矛。虽扛鼎之力，触山之酋，亦不能杼之以出，而况于纤离之俦哉！元微子乃曰：'始吾观涉水而溺，则恍然而内惕。今复闻不波而沉，则瞿然如大敌。且酒不可甘，甘之则沉，吾命酒曰甘波。色不可爱，爱之则溺，吾命色曰爱河。衣所以被体，食所以充肠。苟朝脯而不匮，寒暑而有装，岂假积粟于廪，储货于囊。且药所以攻百疾，百疾蠲而药不止者，鲜不及其殃，吾命财曰药江。士患不达之名，不立之身，苟达苟立，在守其真，何必竞升沉之路，争轻重之钧。狼子野心，昵之害人，吾命权曰狼津。噫！生于世，不溺于四水者，吾谓夫颜闵之伦。'”文乃以不顾浪急强渡洞庭，终致船毁人亡者为喻，告诫田颗勿溺于酒、色、贪、权。文约作于此时前后。

## |本年|

**罗衮本年因宰相、监修国史裴枢所荐，为史馆修撰，上启谢之。后又上疏请置官买书以充实史馆。**

《全唐文》卷八二八有罗衮《谢史馆裴相公启》，中云："实以衮家殊弁冕，业继诗书。卷怀于盛壮之时，浮泛于衰迟之日。词科入仕，寻周一纪之星。谏署升朝，亦改四年之火。"按，衮大顺二年（891）登进士第，下数十二周年即本年。又同卷《谢监修相公启》："今伏奉恩制，伏蒙相公特赐奏授前件官充职者。……伏以相公道壮龙图，情专凤策。两掖之内，以谠辞为先。三馆之中，以信史为急。必铨名实，乃授清华。"按，合上述二启，此裴相公于监修国史时荐罗衮以左拾遗充史馆修撰。裴相公即裴枢。据《旧唐书·裴遵庆传》附《裴枢传》，裴枢于昭宗时入相，后"出为广南节度使。制出，朱全忠保荐之，言枢有经世才，不可弃之岭表，寻复拜门下侍郎，监修国史"。据《旧唐书·昭宗纪》，裴枢复相监修国史在本年二月，则其荐罗衮为史馆修撰盖在本年。又罗衮为史馆修撰时有《请置官买书疏》（同上书同卷），中云："臣闻窃谓尧舜所以成其圣哲者，稽古之力也。……是则为国之要，在乎顺考古道而已。古事之效，布在群籍。兹历代所以盛藏书之府，不可一日而阙也。臣伏念秘阁四部，三馆图书，乱离已来，散失都尽。一为坠阙，二十余年。陛下追踪往圣，劳神故实，岁下明诏，旁求四海。或遣使搜访，或购以官爵，亦已久矣。然而一编一简，未闻奏御。加以时玩武事，不急文化。若非别降圣谟，无因可致。臣今伏请陛下出内库财，于都下置官买书，不限经史之集，列圣实录，古今传记，公私著述，凡可取者，一皆市之。部帙俱全，则价有差等。至于零落杂小，每卷不过百钱，率不费千缗，可获万卷。傥或稍优其直，则远近趋利之人，必当舍难得之货，载天下之书，聚于京师矣。不惟充足书林，以备宣索。今三朝实录未修，无所依约，便期因此遂有所得，斯又朝廷至切之务也。"按，此疏当为本年衮充史馆修撰时所上。据此疏可知唐末时典籍因兵火而严重丧失。

**冯翊子《桂苑丛谈》约撰成于本年之后。**

据《唐五代志怪传奇叙录》，《桂苑丛谈》一卷乃唐严子休（冯翊子）撰，为志怪杂事集。"严子休，不详何人。《新唐志》题冯翊子子休，冯翊子当为别号，子休当为其字"。又谓此书"所记事在大和至天复中。……知子休僖、昭时人也"。则此书约成于本年之后。

## 唐昭宗天复四年　天祐元年　唐哀帝天祐元年

甲子　九〇四

### 正月

**朱全忠迫昭宗迁都洛阳，毁长安，驱徙士民至洛。昭宗途次华州，后抵陕州。**

《旧唐书·昭宗纪》天祐元年正月己酉："全忠率师屯河中，遣牙将寇彦卿奉表请车驾迁都洛阳。全忠令长安居人按籍迁居，彻屋木，自渭浮河而下，连甍号哭,月余不息。秦人大骂于路曰:‘国贼崔胤,召朱温倾覆社稷,俾我及此,天乎!天乎!’丁巳,车驾发京师。癸亥,次陕州,全忠迎谒于路。”《资治通鉴》卷二六四亦记此事,中云:“甲子,车驾至华州,民夹道呼万岁,上泣谓曰:‘勿呼万岁,朕不复为汝主矣!’馆于兴德宫,谓侍臣曰:‘鄙语云:纥干山头冻杀雀,何不飞去生处乐。朕今漂泊,不知竟落何所!’因泣下沾襟,左右莫能仰视,二月,乙亥,车驾至陕,以东都宫室未成,驻留于陕。”又《北梦琐言》卷一五亦记:“既入华州,百姓呼万岁,帝泣谓百姓曰:‘百姓勿唱万岁,朕弗能与尔等为主也。’沿路有《思帝乡》之词,乃曰:‘纥干山头冻杀雀,何不飞去生处乐?况我此行悠悠,未知路在何所?’言讫,泫然流涕。”按,据《资治通鉴》载,昭宗出长安前,朱全忠已密遣兵围宰相崔胤第,杀之。

## |二月|

**李旭、董全祯、许昼、卢程、刘岳、王濉、陈用拙、陈咏、姚颉、赵颀、刘明济、窦专、李慎微等二十六人登进士第。唐休复明经科及第。尚书左丞杨涉知贡举。**

据《登科记考补正》卷二四本年条。

## |闰四月|

**昭宗自陕州入洛。途中,朱全忠令坑杀昭宗侍从二百余人,以汴人代之。甲辰,昭宗抵洛。乙巳,大赦天下,改元天祐。**

《旧唐书·昭宗纪》天复四年闰四月载:“丁酉,车驾发陕州。壬寅,次谷水行宫。时崔胤所募六军兵士,胤死后亡散并尽,从上东迁者,唯诸王、小黄门十数,打球代奉内园小儿共二百余人。全忠在陕,仍虑此辈为变,欲尽去之,以汴卒为侍卫。至谷水顿,全忠令医官许昭远告内园等谋变,因会设幄,酒食次并坑之,乃以谋逆闻。由是帝左右前后侍卫职掌,皆汴人也。甲辰,车驾由徽安门入……上谒太庙,礼毕还宫,御正殿宣劳从官卫士,受贺。乙巳,上御光政门,大赦,制曰……可大赦天下,改天复四年为天祐元年。”《资治通鉴》卷二六四亦记此事,并云:“自是上左右职掌使令,皆(朱)全忠之人矣。”《全唐文》卷九五有《改元天祐赦文》。

## 五月

**柳璨为中书侍郎、同平章事，本月续题柳公权王献之《洛神赋帖》后。**

《全唐文补编》卷九二柳璨有《王献之洛神赋帖题记》："天祐元年五月六日，堂侄孙中书侍郎、同中书门下平章事、判户部璨，续题王子敬《洛神赋帖》后。"《旧唐书》卷一七九本传云"柳璨，河东人。曾祖子华。祖公器，仆射公绰之再从弟也。"又卷一六五《柳公绰传》载："公绰伯父子华……子华二子：公器、公度。"柳公权乃公绰弟，故亦当为柳璨堂叔祖。

## 七月

**冯涓为王建西川节度判官，时西川诸将劝王建攻李茂贞，涓上言谏止，又于王建生日时献颂言生民之苦。**

《全唐文》卷八八九有冯涓《谏伐李茂贞疏》。《资治通鉴》卷二六五天祐元年七月载："西川诸将劝王建乘李茂贞之衰，攻取凤翔。建以问节度判官冯涓，涓曰：'兵者凶器，残民耗财，不可穷也。今梁、晋虎争，势不两立，若并而为一，举兵向蜀，虽诸葛亮复生，不能敌矣。凤翔，蜀之藩蔽，不若与之和亲，结为婚姻，无事则务农训兵，保固疆埸，有事则觇其机事，观衅而动，可以万全。'建曰：'善！'……乃与茂贞修好。"又载："王建赋敛重，人莫敢言。冯涓因建生日献颂，先美功德，后言生民之苦。建愧谢曰：'如君忠谏，功业何忧！'赐之金帛。自是赋敛稍损。"

## 八月

**朱全忠使枢密使蒋玄晖弑昭宗，并立辉王李祚为帝，年十三，是为昭宣帝。**

《资治通鉴》卷二六五天祐元年八月载："壬寅，帝在椒殿，（蒋）玄晖选龙武牙官史太等百人夜叩宫门，言军前有急奏，欲面见帝。……帝方醉，遽起，单衣绕柱走，史太追而弑之。（李）渐荣以身蔽帝，太亦杀之。又欲杀何后，后求哀于玄晖,乃释之。……癸卯,蒋玄晖矫诏……立辉王祚为皇太子,更名柷,监军国事。又矫皇后令,太子于柩前即位。……丙午,昭宣帝即位,时年十三。”《资治通鉴》并记其由曰:“时李茂贞、杨崇本、李克用、刘仁恭、王建、杨行密、赵匡凝移檄往来,皆以兴复为辞。全忠方引兵讨,以帝有英气,恐变生于中,欲立幼君,易谋禅代。”

**柳璨仍为中书侍郎、同平章事,本月续题柳公权所题褚遂良书《帝京篇》帖后。**

《全唐文补编》卷九二柳璨有《褚遂良书帝京篇题记》:“堂侄孙中书侍郎、同中书门下平章事、判户部璨,续题褚河南墨迹后,天祐元年八月廿五日记。”

## | 十 二 月 |

**司空图本年六十八岁,其《与李生论诗书》约作于本年或稍后,文中提出“辨于味而后可以言诗”及“韵外之致”等诗论观点。**

《司空表圣诗文集笺校》卷二有《与李生论诗书》,此文乃司空图最重要之论诗作品之一。图于文中提出其“味外味”与“韵外之致”等论诗主张:“文之难而诗尤难,古今之喻多矣。愚以为辨味而后可以言诗也。江岭之南,凡足资于适口者,若醯非不酸也,止于酸而已。若鹾非不咸也,止于咸而已。华之人所以充饥而遽辍者,知其咸酸之外,醇美者有所乏耳。彼江岭之人,习之而不辨也宜哉。”“王右丞、韦苏州,澄澹精致,格在其中,岂妨于道学哉?贾阆仙诚有警句,然视其全篇,意思殊馁。大抵附于蹇涩,方可致才。亦为体之不备也,矧其下者哉?噫!近而不浮,远而不尽,然后可以言韵外之致耳。”此外,图还于文中列举其诗歌中具有“味外味”“韵外之致”的诗句二十四联,如“隔谷见鸡犬,山苗接楚田”“夜短猿悲减,风和鹊喜灵”“日带潮声晚,烟和楚色秋”“松日明金像,苔龛响木鱼”等,张少康先生评曰:“从他列举的这些诗中,可以看出他所说的‘味外之旨’‘韵外之致’,正是指艺术意境所具有的含蓄不尽、意在言外的特点。同时也可以看出,司空图所欣赏的是以这种艺术意境来表现山水田园隐逸生活、寄托佛老精神情操的诗歌。”(《中国文学理论批评史教程》,北京大学出版社,

1999 版)《司空表圣文集笺校》考本文作于本年或稍后,可从之。司空图乃晚唐著名文学理论批评家,其论诗文章除前述之《与王驾评诗书》外,尚有《与极浦书》(卷三)、《题柳柳州集后》(卷二)、《诗赋赞》(卷八)等,今一并系于此。《与极浦书》借戴叔伦之语提出"象外之象、景外之景"之说:"戴容州云:'诗家之景,如蓝田日暖,良玉生烟,可望而不可置于眉睫之前也。'象外之象,景外之景,岂容易可谈哉?"又《题柳柳州集后》述及作家创作之个性与特征:"思观文人之为诗,诗人之为文,始皆系其所尚,既专则搜研愈至,故能炫其工于不朽。亦犹力巨而斗者,所持之器各异,而皆能济胜,以为勍敌也。"文又评点盛唐、中唐诸人文风:"愚尝览韩吏部歌诗累百首,其驱驾气势,若掀雷抉电,奔腾于天地之间,物状奇变,不得不鼓舞而徇其呼吸也。其次皇甫祠部文集,所作亦为遒逸。非无意于深密,盖或未遑耳。今于华下方得柳诗,味其深搜之致,亦深远矣。俾其穷而克寿,抗精极思,则固非琐琐者轻可拟议其优劣。又尝睹杜子美《祭太尉房公文》、李太白《佛寺碑赞》,宏拔清厉,乃其歌诗也。张曲江五言沉郁,亦其文笔也。岂相伤哉?"又有《诗赋赞》,文中云:"知道非诗,诗未为奇。……神而不知,知而难状。挥之八垠,卷之万象。……上有日星,下有风雅。"司空图认为"道"非诗歌创作之准的,情感与想象才是诗歌创作不可缺少之因素。

## |本 年|

**徐夤约本年在泉州王延彬幕,与陈乘、倪曙等文士赋诗酣酒为乐,并为王延彬之父王审邽撰墓碑文。**

据《编年史》所引徐师仁《徐公钓矶文集序》引《九国志·徐夤传》记夤不满王审知之礼待简略,寻退隐。"王延彬判泉州,每同游赏,及陈乘、倪曙等赋诗酣酒为乐。凡十余年,求还所居。"《闽书》卷二〇五谓其"归则卜居延寿溪上,泉州刺史延彬招致之,如布衣交"。又谓"陈乘,仕秘书郎,退居里中,与王延彬、郑良士、徐夤辈以诗唱和"。据前考,徐夤天复二年(902)在福州王审知幕,则其至泉州王延彬幕当在是年后,且有十余年。据《十国春秋·王延彬传》:"天祐初,太祖承制加平卢节度使,权知泉州军州事,二年实授。"则延彬招徐夤入泉州幕约在天祐元年。又同书《王审邽传》记审邽乾宁三年(896)实授泉州刺史,后"中原乱,公卿多依闽,审邽遣子延彬作招贤院礼之……卒……葬于晋江皇积山,徐寅撰墓碑文。碑文有'皇者天皇,积者勋积'之语,人以为献谀"。又《五国故事》卷下记“延彬,圭(当作邽)之子……圭死袭其父,封于泉州”。则王审邽之卒,夤之撰碑文当在本年延彬权知泉州军州事前后。

**罗衮本年由左拾遗充史馆修撰改官右补阙充史馆修撰,上书裴枢谢其提携,又撰文与罗绍威,赞其热心延揽文士。**

《全唐文》卷八二八有罗衮《谢监修相公第二启》,中云:“幸以弱才,托于宏造。遂拾寒乡之士,爰升近署之班。……是以久列编修,常孤事任。……不谓相公尚贷简书,且敦方册。才授改官之宠,仍还帖职之荣。乍簪笔于宸轩,复和铅于细卜。中书肆入,宁同著作之郎。相府依栖,乃类司徒之掾。分诚已过,恩亦太隆。”按,去年罗衮以宰相、监修国史裴枢之荐以左拾遗充史馆修撰,而此启乃改官又充史馆修撰时上书谢裴枢而作。据《唐五代史·哀帝纪》,天祐二年(905)四月罗衮已在右补阙任,则其此次改官当为迁右补阙。又据《新唐书·宰相表》,裴枢天祐二年三月罢相,则此启乃上于本年或下年初。又衮尚有《答魏博罗太尉启》(同上),中云:“盖以太尉二十二叔学擅鸿儒,词摛丽藻。临戎按节,全忘掌武之尊;握椟含毫,但记为文之客。得不终身永佩,拭目频观。”按,此罗太尉为罗绍威。据《新唐书·罗绍威传》,绍威“伏膺儒术,招纳文人,聚书至万卷。每花朝月夕,与宾佐赋咏,甚有情致”。而其“天祐初,授检校太尉、守侍中”。则衮此文约作于本年或稍后。据文可见罗绍威好儒术,热心延揽文士,此在唐末割据之混乱局势下殊为难得。

## 唐哀帝天祐二年

乙丑　九〇五

### 二月

**社日,朱全忠使枢密使宴昭宗子九人于九曲池,后皆缢杀之。**

见《旧唐书·哀帝纪》、《资治通鉴》卷二六五。

**杨凝式、刘赞、窦梦征、崔庸、卢导、杨在尧、张鸿等二十三人登进士第,归系**

**为本年状元。礼部侍郎张文蔚知贡举。**

据《登科记考补正》卷二四本年条。

**黄滔本年约六十六岁，仍居王审知幕。本月为莆山灵岩寺撰碑铭，文中记闽中多位名士尝业文于灵岩寺，或可见时闽中士子之读书状况。**

《全唐文》卷八二五有黄滔《莆山灵岩寺碑铭并序》，文中云："今仆射琅琊王公，牧民之外，雅隆净土，论及灵胜，以为东山神泉之比（神泉寺在府城之东山，其泉亦自僧感而涌也）。缮经五千卷，于兹华创藏而藏焉，即天祐二年春二月也。"由此知，文当作于本月。文中述及闽中多位名士尝业文于灵岩寺，"初侍御史济南林公藻与其季水部员外郎蕴，贞元中谷（居）兹而业文，欧阳四门舍泉山而诣焉（四门家晋江泉山，在郡城之北。其集有《与王式书》云：'莆阳读书。'即兹寺也）。其后皆中殊科。御史省试《珠还合浦赋》，有神授之名。水部应贤良方正科擅比干之誉（策云'臣远祖比干因谏而死，天不厌直，生微臣也'）。欧阳垂四门之号，与韩文公齐名，得非山水之灵秀乎？元和才子章孝标、邵楚苌、朱可名寄诗以题。大中中（宣宗元年丁卯号大中，凡十三年），颍川陈蔚、江夏黄楷、长沙欧阳碣兼愚慕三贤之懿躅，葺斋于东峰十年。咸通乾符之际（懿宗元年庚辰改咸通，凡十四年。僖宗元年甲午改乾符），豪贵塞龙门之路，平人艺士，十攻九败。故颍川之以家冤也与，二三子率不西迈，而愚奋然凡二十四年，于举场幸忝甲第。东归之寻旧址，苍苔四叠，嘉树双亚（今东峰双龙眼树即往岁书斋之庭阴也）。访旧僧，云扃十扣，雪顶一存。"由此可见中晚唐时闽地文学兴起之状况。

## | 三 月 |

**本月，礼部侍郎张文蔚同中书门下平章事，吏部侍郎杨涉守本官、同中书门下平章事、集贤殿大学士、判户部事。户部尚书兼门下侍郎、同中书门下平章事独孤损出镇安南。尚书右仆射兼门下侍郎、同中书门下平章事裴枢守尚书左仆射，门下侍郎兼兵部尚书、同中书门下平章事崔远守尚书右仆射，皆罢相。**

《唐大诏令集》卷五〇有《张文蔚平章事制》《杨涉平章事制》二文。前文文后注“天祐二年二月”,后文文后注“天祐二年三月”。《旧唐书·哀帝纪》记于天祐二年三月,故二文作年当皆为“天祐二年三月”,然《旧唐书》所记二人之官职与《唐大诏令集》稍有不同,此从《唐大诏令集》。又同书卷五四有《独孤损静海军节度平章事制》,文后注“天祐二年三月”。同书卷五六有《裴枢崔远左右仆射制》,文后注“天祐二年三月二十五日”。

## |四 月|

**本月,哀帝下旨按品秩均俸禄,以改文武俸禄不均之状况。**

《唐大诏令集》卷一〇一有《文武官参用诏》,文后注“天祐二年四月”。文武按品轶均俸禄,由此也可见晚唐官场混乱、无品序之状:“文武二柄,国家大纲;东西两班,官职同体。咸匡圣运,共列明廷。品秩相对于高卑,禄俸皆均于厚薄……近代浮薄相尚,凌蔑旧章,假偃武以修文,竞弃本而逐末。虽蓝衫鱼简,当一见而便许升堂;纵拖紫腰金,若非类而无由接席。以是显扬荣辱,分别重轻,遽失人心,尽隳朝体。致有今日,实此之由,须议改更,渐期通济。今文武百官自一品已下,逐月所给料钱,并须均匀。数目多少,一般支给,兼命使诸道,亦依轮次差遣。”文亦存《全唐文》卷九四,题为《均文武俸料敕》。

**黄滔仍居王审知幕。审知自去年营建福州报恩定光多宝塔,本月又大陈法会,滔受命为撰《多宝塔碑记》,文中谈及审知统合儒释之治闽之策。**

《全唐文》卷八二五有黄滔《大唐福州报恩定光多宝塔碑记》,文中云:“天复元年辛酉,天子西巡,岐汴交兵,京洛禺禺。我威武军节度使相府琅琊王王公,祀天地鬼神,以至忠之诚,发大誓愿。于开元之寺造塔,建号寿山,仍辅以经藏,乞车驾之还宫也。其三年甲子,以大孝之诚,发大誓愿,于兹九仙山造塔,建号定光,仍辅以经藏,为先君司空先秦国太夫人元昆故司空荐祉于幽阴也。……天祐二年乙丑夏四月朔,我公宿诚于州,柬烹于肆。及胁降之辰,大陈法会,以藏其经。……塔之讫功,顾小从事滔,有礼官甲科之忝,明主研许之幸。……滔不敢牢让,作礼而推之言。”由文知,王审知于天复元年辛酉(901)始建开元寺寿山塔。天祐元年甲子(904)又建报恩定光多宝塔。本月大陈法会以庆塔成,黄滔受命为撰碑记。文中展现法会盛况云:“观者如堵墙,佛声入霄汉。

幡花照乎全郭,香烟连乎半空。"自黄滔依审知以来,已为寺院撰文多篇,由此可见闽地佛教兴盛之况,此恐与审知统合儒释之治闽之策有关。故文中谓审知:"乃大读儒释之书,研古今之理。常曰:'文武之与释氏,盖同波而异流。若儒之五常仁义礼智信,仁者含宏也,比释之慈悲为之近。礼者,谦让也,比释之恭敬为之近。智者通识也,比释之圣觉为之近。信者,直诚也,比释之正直为之近。而义者杀也,其为异诸武之七德。至如戢兵保大安民和众之类,亦犹川陆之徂秦适洛焉。然则皆谓之烦恼。吾父国也,子民也。朝为社稷之计,暮作稼穑之念。若俾求智慧火,乾烦恼海,则非吾之所能。若建金地,缮金文,陈法会,一众僧,冀乎不可思议,乃吾之所志也。'"

## | 五 月 |

**裴枢、陆扆、赵崇等诸大臣皆遭贬斥,朝中搢绅为之一空。**

《资治通鉴》卷二六五天祐二年五月载:"柳璨恃朱全忠之势,恣为威福。""因疏其素所不快者于全忠。""李振亦言于朱全忠曰:'朝廷所以不理,良由衣冠浮薄之徒紊乱纲纪;且王欲图大事,此曹皆朝廷之难制者也,不若尽去之。'全忠以为然。"遂贬独孤损、裴枢、崔远、陆扆、王溥、王赞诸大臣,"自余或门胄高华,或科第自进,居三省台阁,以名检自处,声迹稍著者,皆指以为浮薄,贬逐无虚日,搢绅为之一空。"《唐大诏令集》卷五八有《裴枢登州刺史崔远莱州刺史制》《陆扆濮州司户王溥淄州司户制》。

**柳璨本年三月为门下侍郎、兼户部尚书、同平章事、太清宫使,本月奏请将太清宫复为太微宫。**

《旧唐书·哀帝纪》卷二四载:"(天祐二年三月)以正议大夫、中书侍郎、同平章事,判户部事、上柱国、河东县男、食邑三百户柳璨为门下侍郎、兼户部尚书、同平章事、太清宫使、弘文馆大学士、延资库使、诸道盐铁转运等使。""(五月)己巳,太清宫使柳璨奏:'近敕改易宫殿门名,窃以玄元皇帝庙,西京曰太清宫,东京曰太微宫,其太清宫请复为太微宫,臣便给入官阶。'从之。"

## 六月

**本月戊子，裴枢、陆扆等三十余朝士贬官者，被朱全忠杀于滑州白马驿，投尸黄河。乙丑，守司空致仕裴贽责授青州司户。**

《资治通鉴》卷二六五天祐二年："六月，戊子朔，敕裴枢、独孤损、崔远、陆扆、王溥、赵崇、王赞等并所在赐自尽。时全忠聚枢等及朝士贬官者三十余人于白马驿，一夕尽杀之，投尸于河。初，李振屡举进士，竟不中第，故深疾搢绅之士，言于全忠曰：'此辈常自谓清流，宜投之黄河，使为浊流！'全忠笑而从之。振每自汴至洛，朝廷必有窜逐者，时人谓之鸱枭。见朝士皆颐指气使，旁若无人。"《唐大诏令集》卷五八有《裴贽青州司户制》，文后注"天祐二年六月"。

## 七月

**司空图本年六十九岁，仍居中条山王官谷，本月应人之请撰《泽州灵泉院记》，文中赞佛教驯化人性之功。**

《司空表圣诗文集笺校》卷九《泽州灵泉院记》，文中记禅宿洪密长老创灵泉院："凡制经楼斋堂共一百余间，又塑罗汉洁刻之相，以渐化服。而后日集方丈，敷演上乘。自江汉北渡，以至魏晋之交，其俗坚悍难诱，今则悉为佛人矣。且善教童孺者，虽指摘其书，而必以言反复晓谕，当自释然。若典教积于前，笞挞骇于侧，彼将窜匿之不暇，讵肯说而从命哉？律刑书也，经诰誓也，禅乃诱劝之宗，先驯其性而后入人者耳。故其道至隐，其功至博，不可废也"。又云："耐辱居士病且死，不忍其门人慧依慧海之勤请也，直纪所行，惟以漏略为愧云。"《全唐文》卷八〇七亦有此文，文末署："天祐二年岁次乙丑七月望日记。"

## 八月

**司空图本月奉诏至洛，借堕笏失仪之举以避祸，并谒卢渥。柳璨草诏放其还山。后离洛归蒲，行前编诸公送行之作为《寿星集》，并为之序，抒局势混乱**

**之忧**。

《旧唐书·司空图传》:“昭宗迁洛,鼎欲归梁,柳璨希贼旨,陷害旧族,召图入朝。图惧见诛,力疾至洛阳,谒见之日堕笏失仪,旨趣极野。璨知不可屈,诏曰:‘司空图俊造登科,朱紫升籍,既养高以傲代,类移山以钓名,心惟乐于漱流,任非专于禄食。匪夷匪惠,难居公正之朝;载省载思,当徇栖衡之志。可放还山。’”按,《旧唐书·哀帝纪》、《资治通鉴》卷二六五均记此事于本年八月。《司空表圣诗文集笺校》卷五《唐故太子太师致仕卢公神道碑》:“公讳渥,字子章,范阳人。……天祐二年九月十日,寝疾,薨于长寿佛宇……今年秋八月,愚诏追洛,拜公床下,明日继谒,蒙手授以诗。”据文知,司空图本月至洛时当谒卢渥。又同上书卷十《寿星集述序》:“国史司马先生辞归,朝中赠诗号为《白云集》。余天祐乙丑岁八月五日过僧阁,僧云昨夜嘉祥西阁望老人星见,为时明。十四日朝参,其日大河南府奏老人星见。因以寿星目群公之作云云。”文末云:“敢慕高风,猥烦众作。诗家此会,谁邀清夜之游。仙装不回,别有《白云》之集。徒攀逸唱,益愧馁才。”据文知,司空图放还中条山时,朝中文士曾夜集赋诗以送之,图乃仿司马承祯例,编诸公送别之作为《寿星集》。文中云:“若某者,孤立多虞,衰年谢病,因耕岩而自给,非欲贩山;知在木而无堪,便当为社。莫敢张皇丘壑,拟议巢由。……但已伸拜阙,况毕悬车。……今也龙门回望,鹤盖交驰。落日琴樽,前朝图画。想家山之醉石,认客处之渔舟。白首归心,黄花缘路。来时不下,漂零海上之鸥;去兮自怜,放旷人间之世。斯乃仅能忘怨,庶可息机。”此盖忧时局,有隐世避祸之意。

## 十月

**司空图居中条山王官谷,为卢渥撰神道碑**。

《司空表圣诗文集笺校》卷五《唐故太子太师致仕卢公神道碑》:“公讳渥,字子章,范阳人。……天祐二年九月十日,寝疾,薨于长寿佛宇,享年八十六。……公以其年十月某日,祔葬于缑氏某乡某里。”据《旧唐书·司空图传》载,图尝为卢渥宾佐。

**罗衮此前已由右补阙迁起居郎，与苏楷等人上疏驳昭宗谥号，以投合朱全忠。**

《旧唐书·哀帝纪》天祐二年十月载："甲午，起居郎苏楷驳昭宗谥号曰：'……伏以昭宗皇帝睿哲居尊，恭俭垂化，其于善美，孰敢蔽亏。然而否运莫兴，至理犹郁，遂致四方多事，万乘频迁。始则阉竖猖狂，受幽辱于东内；终则嫔嫱悖乱，罹夭阏于中闱。其于易名，宜循考行。有司先定尊谥曰圣穆景文孝皇帝，庙号昭宗，敢言溢美，似异直书。按，后汉和、安、顺帝，缘非功德，遂改宗称，以允臣下之请。'楷，礼部尚书循之子，凡劣无艺。乾宁二年应进士登第后，物论以为滥，昭宗命翰林学士陆扆、秘书监冯渥覆试黜落，永不许入举场，楷负愧衔怨。至是，全忠弑逆君上，柳璨陷害朝臣，乃与起居郎罗衮、起居舍人卢鼎联署驳议。楷目不知书，手仅能执笔，其文罗衮作也。时政出贼臣，哀帝不能制。"据前文，本年四月罗衮尚在右补阙任，则其迁起居郎在本年四月后，十月前。《全唐文》卷八二八有罗衮《谢诸知己第三启》，中云："遂令补衮掖垣，仍叨笔削。"依唐制，起居郎又称"左史"，则文当迁起居舍人后谢人作，当撰于此时前。

## |十二月|

**本月，守司空、门下侍郎、同中书门下平章事柳璨先责授登州刺史，后又贬密州司户，寻赐死。**

见《旧唐书·哀帝纪》。《唐大诏令集》卷五八有《柳璨密州司户制》，卷一二七又有《柳璨赐自尽敕》。

# 唐哀帝天祐三年

丙寅　九〇六

## |二月|

**裴谐、陈光义、翁袭明、李愚、何瓒、崔彦扐、乌光赞等二十五人登进士第，裴**

**说为本年状元。冯群玉明以吏事科及第。吏部侍郎薛延珪知贡举。**

据《登科记考补正》卷二四本年条。

## |六 月|

**哀帝有《新除官不得停住诏》。**

《册府元龟》卷六五:“哀帝天祐三年六月壬辰诏曰:‘……既除官者,尚不归班,则前任者,良难恋主。宜令诸道节度观察防御刺史等,如部内有新除朝官前资朝官,敕到后三日内发遣赴阙,仍差人监送。所在州县,不得停住。’”文存《全唐文》卷九三。

## |九 月|

**前东都度支院苏暐端公授前韩偓所沦落诗稿,中有《无题》诗,偓遂编次之,并作序纪之。**

《全唐诗》卷六八三有韩偓《无题并序》:“余辛酉年戏作《无题》十四韵,故奉常王公相国首于继和,故内翰吴侍郎融、令狐舍人涣、阁下刘舍人崇誉、吏部王员外涣相次属和。……是岁十月末,余在内直,一旦兵起,随驾西狩,文稿咸弃,更无孑遗。丙寅年九月,在福建寓止,有前东都度支院苏暐端公,挈余沦落诗稿见授,中得《无题》一首。因追味旧作,缺忘甚多,唯第二、第四首仿佛可记,其第三首才得数句而已。今亦依次编之,以俟他时偶获全本。余五人所和,不复忆省矣。”据此,苏暐端公本年交给韩偓已失落之诗稿(中有《无题》诗一首),韩偓遂追味旧作而编次之,并作《无题诗序》以纪之。

# 参考文献


**B**

(唐)白居易著,朱金城笺校.白居易笺校.上海:上海古籍出版社,1988.

(宋)陈思编.宝刻丛编.丛书集成初编本.

**C**

(宋)王钦若等编.册府元龟.北京:中华书局,1973.

胡可先.出土文献与唐代诗学研究.北京:中华书局,2012.

**D**

(清)徐松著,孟二冬补正.登科记考补正.北京:北京燕山出版社,2003.

吴在庆.杜牧集系年校注.北京:中华书局,2008.

吴在庆.杜牧论稿.厦门:厦门大学出版社,1991.

缪钺.杜牧年谱.石家庄:河北教育出版社,1999.

**E**

陈垣.二十史朔闰表.北京:中华书局,1962.

**G**

(唐)崔致远撰,党银平校注.桂苑笔耕集校注.北京:中华书局,2007.

**H**

(唐)韩偓著,吴在庆注.韩偓集系年校注.北京:中华书局,2015.

(唐)李德裕.会昌一品集.上海:上海古籍出版社,2005.

霍松林、邓小军. 韩偓年谱(上). 陕西师范大学学报,1988 年第 3 期.
霍松林、邓小军. 韩偓年谱(中). 陕西师范大学学报,1988 年第 4 期.
霍松林、邓小军. 韩偓年谱(下). 陕西师范大学学报,1989 年第 1 期.

**J**

陈寅恪. 金明馆丛稿初编. 北京:生活 · 读书 · 新知三联书店,2009.
(后晋)刘昫等. 旧唐书. 北京:中华书局,1975.
(宋)晁公武撰,孙猛校证. 郡斋读书志校证. 上海:上海古籍出版社,1990.

**L**

岑仲勉. 郎官石柱题名新考订(外三种). 北京:中华书局,2004.
(清)浦铣著,何新文、路成文校证. 历代赋话校证. 上海:上海古籍出版社,2007.
傅璇琮. 李德裕年谱. 北京:中华书局,2013.
(唐)李德裕著,傅璇琮、周建国校笺. 李德裕文集校笺. 石家庄:河北教育出版社,2000.
刘学锴、余恕诚. 李商隐文编年校注. 北京:中华书局,2002.
刘学锴. 李商隐传论. 合肥:安徽大学出版社,2002.
(唐)王棨. 麟角集. 丛书集成初编本.
(唐)刘禹锡撰,《刘禹锡集》整理组点校. 刘禹锡集. 北京:中华书局,1990.
(唐)刘禹锡著,瞿蜕园笺证. 刘禹锡集笺证. 上海:上海古籍出版社,1989.
(唐)陆龟蒙著,何锡光校注. 陆龟蒙全集校注. 南京:凤凰出版社,2015.
(唐)罗隐著,雍文华校辑. 罗隐集. 北京:中华书局,1983.
(唐)罗隐著,李定广校. 罗隐集系年校笺. 北京:人民文学出版社,2013.
李定广. 罗隐年谱. 上海:上海古籍出版社,2012.

**P**

李福标. 皮陆年谱. 广州:中山大学出版社,2011.
(唐)皮日休著,萧涤非、郑庆笃整理. 皮子文薮. 上海:上海古籍出版社,1981.
(唐)黄滔. 莆阳黄御史集. 丛书集成初编本.
马丕环. 皮日休年谱会笺(上). 宝鸡文理学院学报,1996 年第 1 期.

马丕环. 皮日休年谱会笺(下). 宝鸡文理学院学报,1996 年第 2 期.

李福标. 皮日休散体文管窥. 西北大学学报,2000 年第 1 期.

**Q**

(清)彭定求等. 全唐诗. 北京:中华书局,1956.

(清)董诰等. 全唐文. 北京:中华书局,1983.

陈尚君辑校. 全唐文补编. 北京:中华书局,2005.

(清)陈鸿墀. 全唐文纪事. 上海:上海古籍出版社,1987.

**R**

(日)圆仁. 入唐求法巡礼行记. 广西师范大学出版社,2007.

**S**

(清)吴任臣. 十国春秋. 北京:中华书局,2010.

(唐)司空图著,祖保泉、陶礼天笺校. 司空表圣诗文集笺校. 合肥:安徽大学出版社,2002.

(清)永瑢. 四库全书总目. 北京:中华书局,1965.

(唐)孙樵. 孙樵集. 四部丛刊初编本.

**T**

傅璇琮主编. 唐才子传校笺. 北京:中华书局,1989.

郁贤皓. 唐刺史考全编. 合肥:安徽大学出版社,2000.

周绍良主编. 唐代墓志汇编. 上海:上海古籍出版社,1992.

周绍良、赵超主编. 唐代墓志汇编续集. 上海:上海古籍出版社,2001.

吴廷燮. 唐方镇年表. 北京:中华书局,1980.

(唐)陆龟蒙. 唐甫里先生文集. 四部丛刊初编本.

(宋)王溥. 唐会要. 上海:上海古籍出版社,2006.

郁贤皓、胡可先. 唐九卿考. 北京:中国社会科学出版社,2003.

严耕望. 唐仆尚臣郎表. 上海:上海古籍出版社,2007.

(清)劳格、赵钺著,徐敏霞、王桂珍点校. 唐尚书省郎官石柱题名考. 北京:中华书局,1992.

(宋)计有功. 唐诗纪事. 上海:上海古籍出版社,1987.

高步瀛选注. 唐宋文举要. 上海:上海古籍出版社,1982.
上海古籍出版社编. 唐五代笔记小说大观. 上海:上海古籍出版社,2000.
傅璇琮主编. 唐五代文学编年史・晚唐卷. 沈阳:辽海出版社,1998.
(明)胡震亨. 唐音癸签. 上海:上海古籍出版社,1981.
(清)赵钺、劳格. 唐御史台精舍题名考. 北京:中华书局,1997.
熊礼汇. 唐末三家古文艺术论. 武汉大学学报,2005 年第 5 期.

W

田启文. 晚唐讽刺小品之风貌. 台北:文津出版社有限公司,2004.
(唐)温庭筠著,刘学锴校注. 温庭筠全集校注. 北京:中华书局,2007.
(宋)李昉等. 文苑英华. 北京:中华书局,1966.
傅璇琮、徐海荣、徐吉军主编. 五代史书汇编. 杭州:杭州出版社,2004.
彭万隆. 晚唐诗人黄滔行年考. 古籍研究,2000 年第 1 期.
刘学锴. 温庭筠文笺证暨庭筠晚年事迹考辨. 文学遗产,2006 年第 3 期.

X

(宋)欧阳修、宋祁等. 新唐书. 北京:中华书局,1975.

Z

吴在庆. 增补唐五代文史丛考. 合肥:黄山书社,2006.
(宋)陈振孙撰,徐小蛮、顾美华点校. 直斋书录解题. 上海:上海古籍出版社,1987.
吴海林、李延沛编. 中国历史人物生卒年表. 哈尔滨:黑龙江人民出版社,1981.
张少康. 中国文学理论批评史教程. 北京:北京大学出版社,1999.
周祖譔. 中国文学家大辞典・唐五代卷. 北京:中华书局,1992.
赵俊波. 中晚唐赋分体研究. 北京:中国社会科学出版社,2004.
(宋)司马光. 资治通鉴. 北京:中华书局,1956.

国家出版基金项目
国家社科基金重大招标项目
教育部人文社科重点研究基地重大项目
安徽省“十三五”重点出版规划项目

国家出版基金项目
NATIONAL PUBLICATION FOUNDATION

吴在庆 主编 丁 放 副主编

# 唐五代文编年史

## 盛唐卷

曲景毅 林宜青 著

黄山书社

# 目　录

盛唐卷

# 唐玄宗先天二年　开元元年

癸丑　七一三

## 二月

**唐玄宗本年二十九岁，下《勉励宗亲诰》。**

《唐大诏令集》卷四〇载此诰，系先天二年二月。《册府元龟》卷三九《帝王部睦亲》亦载。《全唐文》卷二六题为《诫励宗室诏》。

## 三月

**常无名、张子容、王湾、程南锐、赵子卿、赵自励、梁献、李日用、昔安仁等七十一人登进士第，为盛唐时及第人数最多者，试《出师赋》《长安早春诗》。明经科崔众甫等人及第。考功员外郎房光庭知贡举。**

《登科记考补正》卷五："（先天二年）孟按：本年试题当为《出师赋》《长安早春诗》。"王湾（生卒年不详），洛阳（今属河南）人。《旧唐书》《新唐书》无传。《唐才子传》卷一载其"词翰早著，为天下所称"。开元年间，曾参与修撰《群书目录》，专司集部。《唐会要》卷三六《修撰》："九年十一月十三日，左散骑常侍元行冲，上《群书四部录》二百卷，藏之内府，凡二千六百五十五部，四万八千一百六十九卷。分为经、史、子、集四部。经库是殷践猷、王恢编，史库韦述、余钦，子库毋照（煚）、刘彦直，集库王湾、刘仲。其序例，韦述撰，其后毋煚又略为四十卷，为《古今书录》。"《全唐文》卷四〇二收其《对清白二渠判》文，唯作年难确考。

**苏颋本年四十四岁，正月服阕，起授工部侍郎，袭父爵许国公。奉诏为钟绍京之祖母撰《蒋烈女碑》。**

《唐文续拾》卷二苏颋《蒋烈女碑》："大唐□□□□之元祀，王春三月，哉生魄日，户部尚书金紫光禄大夫□中书令越国公钟绍京□□□章□陈上疏，扆为祖母安乐县君……皇帝曰：'俞诏工部侍郎许国公臣苏颋，询事考能，直笔勒石。'"文中苏颋自称"工部侍郎、许国公臣苏颋"。《旧唐书·苏颋传》:"景云中,(苏)瓌薨,诏颋起复为工部侍郎,加银青光禄大夫。颋抗表固辞,辞理恳切,诏许其终制。服阕就职,袭父爵许国公。"《新唐书·苏颋传》:"迁太常少卿,仍知制诰。遭父丧,起为工部侍郎,辞不拜,终制乃就职。"按:据《旧唐书·苏瓌传》载,景云元年(710)十一月,苏瓌薨。苏颋守制,约至先天二年正月服阕,起授工部侍郎。苏颋(670—727),字廷硕,京兆武功(今属陕西)人,苏瓌之子,袭封许国公,是盛唐时期非常重要的文章家,与燕国公张说俱以文章显,称望略等,时称"燕许大手笔"。他一生历仕高宗、武后、中宗、睿宗、玄宗五朝,是初盛唐之交的重要政治人物。他家世显赫,世代身居要职。其父苏瓌在当时颇有声名,且位居宰相。中宗景龙三年,苏瓌拜右仆射、同中书门下三品,苏颋为中书舍人,"父子同掌枢密,时以为荣"(《旧唐书·苏颋传》)。先天二年苏颋为中书侍郎,与舅父李乂对掌书命,号为"苏李"。玄宗以为其可与唐初苏味道、李峤相媲美。开元四年,与宋璟同知政事,八年罢为礼部尚书,寻出为益州大都督府长史,十三年复入朝知吏部选事,十五年卒,谥曰文宪。生平事迹见《全唐文》卷二九五韩休《唐金紫光禄大夫礼部尚书上柱国赠尚书右丞相许国文宪公苏颋文集序》、《旧唐书》卷八八、《新唐书》卷一二五本传。今人陈钧有《苏颋年谱》(《盐城师专学报》一九九一——一九九四年共八期)。

**晋陵尉杨相如以隋炀帝、唐太宗之言上《陈便宜疏》论时政,切中时弊,以为"隋氏纵欲而亡,太宗抑欲而昌",唐玄宗览而善之。**

《全唐文》卷三〇三《陈便宜疏》:"炀帝借文皇之资,跻大宝之位,兵加海外,威震区中。乃自恃其强,不忧时政,大纵骄欲,恣成猜险,所为不轨,所行不顺。忌忠正之义,黜废贤良;狎便佞之言,昵爱邪僻。荒淫酒色,穷极绮丽,兵戈不息,调役非时。奇技淫巧者率获登迁,力边攘冠者皆愆财赏。不恤人之疾苦,不知政之理乱。君臣阻隔,上下相蒙,虽制敕交行,而声实舛谬。言同尧舜,迹如桀纣,为行若是,人何克从?夫推心不诚,欲人之附己,恣恶内炽,望俗之无邪,犹却行追人,向日避影。……炀帝不节其欲,而欲禁人之欲,其可得乎?故四海之风淫,天下之情伪。其人怨,其俗荡,贞髦摈逐,奸逆竞驰,皇纲紊而隙生,祸衅滋而难作。昔之有隋也,今转为大唐,岂不以纵餍无厌,危患不恤,举天下之大,一掷而弃之?荒迷沉乱,终不自觉,要之覆灭,死于人手,为天下笑,甚可痛哉!……太宗以圣德英武,雄才睿略,扫除昏虐,大济生人。叱咤而四维更张,指麾而六合复正。其知人任使,尽得其才。或取诸俘虏仇敌,并推怀而用之,意豁如也。……听朝之后,覃思典坟,周通百家,乐而忘倦。所谓武以得之,文以守之。其帝王臧否,安危成败,政刑理乱,风雨兴衰,皆鉴于前古,比之明镜。故以书籍为古镜,魏徵为人镜,见善则行之,不善则去之。闻直言则欣然受纳,得一士则喜见于朝;谄谀便媚者不得臻于前,梗正贞贤者纵容于左右矣。贞观之际,太平俗洽,官人得材,功赏必实,刑不谬及,礼无愆度。……臣所以举隋氏纵欲而亡,太宗抑欲而昌,愿陛下详择。……往者太宗尝敕魏徵作《群书理要》五十篇,大论得失。臣诚请陛下温清闲暇,以时观览其书,虽简略不备,亦足以见忠臣之谠言,知经国之要会矣。……臣闻人之性分,不可转移,邪佞忠贤,各有所趣。顺道违俗,忠贤也;违道顺俗,邪佞也。若言之咈耳,行之忤心,动繇先王之道,事极终始之虑,志惟安国卫主者,忠贤之所为也。故雅质而不佞,勤诚而取容,务正道而抗节,人主闻之,固将疏远之矣,此真忠贤之臣也,陛下可不恕而用之乎?顺欲从旨,甘言美饰,不繇先圣之道,思乱国家之政,务于要利以惑主者,邪佞之所为也。故发小惠以贾信,忘大义而苟合,权宠势而挟威,伺愉悦而争媚,人主见之,固将亲近之矣,此真邪佞之臣也,陛下可不测而去之乎?……夫法贵简而能禁,罚宜轻而必行。陛下方兴崇至德,大布新政,譬琴之不理,宜在更张;路之不平,终当徙辙。若不改创而求理,安扬汤以止沸,不可得也。臣请不如除去碎密,不察小过。小过不察,则无烦苛;大罪不漏,则止奸慝。使简而难犯,宽而能制,此所谓'天网恢恢,疏而不漏'矣。"《资治通鉴》卷二一〇、《册府元龟》卷五三三《谏诤部·规谏一〇》有节录,称"上览而善之"。

## 五月

**唐玄宗下《停修大明宫诏》。**

《全唐文》卷二六题为《缓修大明宫诏》。《册府元龟》卷一四七《帝王部·恤下二》、《唐大诏令集》卷一〇八载此诏,系先天二年五月。

## 六月

**八日,苏颋撰《大明宫成放免囚徒等制》。**

《唐大诏令集》卷一〇八载此制，系先天二年六月八日。《文苑英华》卷四四〇、《全唐文》卷二五四题为《居大明宫德音》。

**张说本年四十七岁，在尚书左丞、分司东都任，知太平公主等阴怀异计，乃因使自东都献佩刀于唐玄宗，意欲其断割，玄宗嘉纳。**

《旧唐书·张说传》："说既知太平等阴怀异计，乃因使献佩刀于玄宗，请先事讨之，玄宗深嘉纳焉。"《资治通鉴》卷二一〇："太平公主依上皇之势，擅权用事，与上有隙。宰相七人，五出其门。……王琚言于上曰：'事迫矣，不可不速发。'左丞张说自东都遣人遗上佩刀，意欲上断割。"张说（667—731），字道济，又字说之，祖籍河东（今山西永济），十四岁丧父后迁居洛阳（今属河南），故自称洛阳人；又自称范阳人者，冒范阳族望也。他是盛唐重要的文章家，开元元年，封燕国公，与许国公苏颋并称"燕许大手笔"。他一生历仕武后、中宗、睿宗、玄宗四朝，"三登左右丞相，三作中书令，唐兴以来，朝佐莫比"（张九龄《故开府仪同三司行尚书左丞相燕国公赠太师张公墓志铭》），政治地位显赫。他曾两次使蜀，三度为相，三次总戎边塞，屡立边功，威震朝野；曾预修《三教珠英》，长期兼修国史，开元十三年后知集贤院事。他"前后三秉大政，掌文学之任凡三十年"（《旧唐书·张说传》），朝廷重要文诰，多出其手；为文精壮，尤长于碑志，主一时坛坫，开一代风气；一生文治武功，喜延纳后进，乃是初盛唐之交政坛与文坛的双重领袖。生平事迹见张九龄《故开府仪同三司行尚书左丞相燕国公赠太师张公墓志铭》、《旧唐书》卷九七、《新唐书》卷一二五，今人陈祖言《张说年谱》、熊飞《张说年谱新编》。

## 七月

**太平公主依太上皇之势，擅权用事，宰相七人，五出其门，文武大臣，大半附之，与窦怀贞、岑羲、萧至忠、崔湜、薛稷等人谋废唐玄宗。甲子，唐玄宗与岐王范、薛王业、郭元振、王琚及王毛仲、姜皎、高力士等定计诛之，以太上皇睿宗名义下《诛窦怀贞等大赦诏》。乙丑，睿宗下《命皇帝处分军国政刑诰》，"自今已后，军国政刑，一事已上，宜并取皇帝处分"。自此，玄宗实掌一切军国政刑大权。**

《资治通鉴》卷二一〇："太平公主依上皇之势，擅权用事，与上有隙，宰相七人，五出其门。文武之臣，大半附之，与窦怀贞、岑羲、萧至忠、崔湜及太子少保薛稷、雍州长史新兴王晋、左羽林大将军常元楷、知右羽林将军事李慈、左金吾将军李钦、中书舍人李猷、右散骑常侍贾膺福、鸿胪卿唐晙及僧慧范等谋废立。……上乃与岐王范、薛王业、郭元振……等定计诛之。……乙丑，上皇诰：'自今军国政刑，一皆取皇帝处分。'……百官素为公主所善及恶之者，或黜或陟，终岁不尽。"《册府元龟》卷一一《帝王部·继统三》亦载。《旧唐书·玄宗纪上》："先天二年七月三日，尚书左仆射窦怀贞，侍中岑羲，中书令萧至忠、崔湜，雍州长史李晋，左羽林大将军常元楷，右羽林将军李慈等与太平公主同谋，期以其月四日以羽林军作乱。上密知之，因以中旨告岐王范、薛王业、兵部尚书郭元振、将军王毛仲，取闲厩马及家人三百余人，率太仆少卿李令问、王守一、内侍高力士、果毅李守德等亲信十数人，出武德殿，入虔化门。枭常元楷、李慈于北阙，擒贾膺福、李猷于内客省以出，执萧至忠、岑羲于朝，皆斩之。"《新唐书·玄宗纪》："甲子，太平公主及岑羲、萧至忠、窦怀贞谋反，伏诛。"张鷟《朝野佥载》卷五："太子少保薛稷，雍州长史李晋，中书令崔湜、萧至忠、岑羲等，并外饰忠鲠，内藏谄媚，翕肩屏气，舐痔折肢。附太平公主，并腾迁云路，咸自以为得志，保泰山之安。七月三日，破家身斩，何异鸳鸯栖于苇苕，大风忽起，巢折卵破。后之君子，可不鉴哉！"《全唐文》卷一九《诛窦怀贞等大赦诰》："逆贼窦怀贞、萧至忠、岑羲、薛稷、李猷、常元楷、唐晙、唐昕、李晋、李钦、贾膺福、傅孝忠、僧惠范等，咸以庸微，谬承恩幸，未申毫发之效，遂兴枭獍之心。共举北军，突入中禁，将欲废朕及皇帝，以行篡逆。朕令皇帝率众讨除，应时殄尽。元恶既戮，奸常毕歼，宗社乂安，人神胥悦。务申宽大之典，宜覃肆宥之恩，可大赦天下。自大辟罪已下，无轻重咸赦除之，其逆人魁首未捉获及应缘坐者，并不在赦限。自余党类往还，一无所问。"《册府元龟》卷八四《帝王部·赦宥三》亦载。《新唐书·玄宗纪》："乙丑（七月四日），始听政。""始"字颇能体现史家笔法。《全唐文》卷一九载《命皇帝处分军国政刑诰》（《唐大诏令集》卷三〇题为《睿宗命明皇总军国刑政诏》）："昨者奸臣构衅，潜发禁闱，凶党布于萧墙，飞变闻于帷扆，朕虑深仓卒，受命讨除。皇帝遂与岐王范、薛王业等，励兹孝心，率彼义勇，戮鲸鲵于阙下，扫欃枪于天路。元恶大憝，罔不伏诛。人神用康，功业弥广，信可总璇衡之大政，守国家之鸿绪。能事备矣，朕又何忧？自今已后，军国政刑，一事已上，宜并取皇帝处分。其岐王范、薛王业，宜各加实封一千户。朕方闲居大庭，缅怀汾水，无为养志，以遂素心。"

**丁卯，唐玄宗御承天门楼，下《受禅制》《大赦制》《受太上皇诰敕》。**

《全唐文》卷二〇载《受禅制》与《大赦制》(《唐大诏令集》卷二题为《明皇即位赦》)。《大赦制》："朕承累圣之洪休(按：《唐大诏令集》'洪休'作'鸿源')，荷重光之积庆。昔因多难，时属邅屯，宝位深坠地之忧，神器有缀旒之惧。事殷家国，义感神祇，吟啸风云，龚行雷电。致君亲于尧舜，济黔首于休和。遂以孟秋，允升储贰；旋承内禅，继体宸居。拜手之请空勤，让立之诚莫展，恭临亿兆，二载于兹。上禀圣谟，下凝庶绩，八荒同轨，瀛海无波。不谓奸慝潜谋，萧墙窃发。逆贼窦怀贞等并以庸妄，擢在朝廷，毫发之效未申，邱山之衅仍积，共成枭獍，将肆奸回。太上皇圣断宏通，英谋独运，命朕率岐王范、薛王业等，躬事诛锄。齐斧一麾，凶渠尽殪。太阳朗耀，澄氛霭于天衢；高风顺时，厉肃杀于秋序。神灵叶赞，夷夏相欢。四族之慝既清，七百之祚方永。爰承后命，载阐休期，总军国之大猷，施云雨之鸿泽。承乾之道，既光被于无垠；作解之恩，思式覃于品物。当与亿兆，同此维新。可大赦天下，大辟罪已下，咸赦除之。邠王守礼加实封三百户，宋王成器、申王成义各加实封一千户，岐王范、薛王业各加实封七百户。文武官三品已上赐爵一级，四品已下各加一阶。内外官人被诸道按察使及御史所通恶状，咸宜洗涤，选日依资叙用。"《旧唐书·玄宗纪上》全录此文。《全唐文》卷三四载《受太上皇诰敕》："太上皇志尚无为，捐兹俗务，军国庶政，委成朕躬。祗奉圣谟，膺斯负重，顾惟菲薄，何以克堪？若临大川，罔知攸济。冀王公卿士，百辟庶寮，戮力同心，辅相休命，各尽诚节，共洽维新。"《册府元龟》卷一一《帝王部·继统三》亦载。

**乙亥，以尚书左丞张说为检校中书令，封燕国公，下《张说检校中书令制》，张说撰《让封燕国公表》。苏颋在工部侍郎职上撰《矜放缘坐敕》《加王琚等食实封制》《加张玮食实封制》《命新除牧守面辞敕》。唐玄宗下《赏定策功臣制》。**

《新唐书·玄宗纪上》："乙亥，尚书右丞张说为检校中书令。"《旧唐书·玄宗纪上》："癸丑……尚书左丞张说为检校中书令。"按：张说此前官职应为尚书"左"丞，本月无"癸丑"，新旧唐书《玄宗纪》各有小误。《旧唐书·张说传》："及至忠等伏诛，征拜中书令，封燕国公，赐实封二百户。"《唐大诏令集》卷四四载《张说检校中书令制》、《全唐文》卷二〇题作《授张说中书令制》，《册府元龟》卷七二《帝王部·命相二》亦载。《文苑英华》卷五七三载张说《让封燕国公表》。

《唐大诏令集》卷一二一载苏颋《矜放缘坐敕》(系先天二年七月十三日)、卷六三载苏颋《加王琚等食实封制》(系先天二年七月十八日)、《加张昨食实封制》(系先天二年七月十九日)、卷一〇〇载苏颋《命新除牧守面辞敕》(系先天二年七月二十四日)。《全唐文》卷二〇载《赏定策功臣制》。《资治通鉴》卷二一〇:“(先天二年)秋,七月……己巳,赏功臣郭元振等官爵、第舍、金帛有差。以高力士为右监门将军,知内侍省事。”

**内侍高力士以预诛岑羲、萧至忠等功,超拜银青光禄大夫、行内侍同正员。本年又加右监门卫将军、知内侍省事。史称唐宦官之盛自此始。**

《旧唐书·高力士传》:“先天中,预诛萧、岑等功,超拜银青光禄大夫、行内侍同正员。开元初,加右监门卫将军、知内侍省事。玄宗尊重宫闱,中官稍称旨,即授三品将军,门施棨戟。故杨思勖、黎敬仁、林招隐、尹凤祥等,贵宠与力士等。杨则持节讨伐,黎、林则奉使宣传,尹则主书院。其余孙六、韩庄、杨八、牛仙童、刘奉廷、王承恩、张道斌、李大宜、朱光辉、郭全、边令诚等,殿头供奉、监军、入蕃、教坊、功德主当,皆为委任之务。监军则权过节度,出使则列郡辟易。其郡县丰赡,中官一至军,则所冀千万计,修功德,市鸟兽,诣一处,则不啻千贯,皆在力士可否。故帝城中甲第,畿甸上田、果园池沼,中官参半于其间矣。”《资治通鉴》卷二一〇载:“宦官之盛自此始。”此说恐不确切。关于对高力士的评价,可参见葛承雍《重评高力士》(《人文杂志》一九八四年第一期)及许道勋、赵克尧《唐玄宗传·宠信高力士》(页一九八—二〇五)之论述。

**唐玄宗下《遣使宣抚诸道制》。**

《全唐文》卷二〇载此制,《唐大诏令集》卷一一五题为《遣毕构等慰抚诸道诏》,系先天二年七月。

**薛稷因知情不报,被赐死于万年县狱中,年六十五。**

薛稷(649—713),字嗣通,蒲州汾阴(今山西万荣)人,出身于官宦世家,隋代著名文学家薛道衡之曾孙,初唐一代名相魏徵外孙,其祖父为记室参军薛收,从父为中书令兼左庶子薛元超。薛稷仕途显达,则天朝举进士,累迁礼部郎中、中书舍人,深受睿宗之宠幸,曾任黄门侍郎、参知机务、太子少保、礼部尚书。《旧唐书·薛稷传》:“好古博雅,尤工隶书。自贞观、永徽之际,虞世南、褚遂良时人宗其书迹,自后罕能继者。稷外祖魏徵家富图籍,多有虞、褚旧迹,稷锐精模仿,笔态遒丽,当时无及之者。又善画,博探古迹。”书法与欧阳询、虞世南、褚遂良并称为“初唐四大书家”。绘画擅长花鸟、人物、佛壁画,尤以画鹤最为精妙,时号一绝,李白、杜甫曾为其鹤画作赞题诗。辞章亦甚美,《唐朝名画录》称其“文章学术,名冠时流”。《新唐书·艺文志四》载:“《薛稷集》三十卷。”《全唐文》卷二七五存其文六篇,《唐文拾遗》卷一七存《夏热帖》一篇,《唐代墓志汇编》录《大周故瀛州文安县令王府君(德表)墓志铭》(页一九六〇)一篇,共计八篇。

## |八月|

**二日,苏颋撰《封华岳神为金天王制》。**

《唐大诏令集》卷七四(《全唐文》卷二五三)载此制,系先天二年八月二日。

**壬辰,以刘幽求为左仆射、平章军国大事、徐国公,苏颋撰《授刘幽求左仆射制》《加刘幽求实封制》;不久再封同中书门下三品、检校中书令,苏颋撰《授刘幽求同中书门下三品制》。**

刘幽求拜相事见《资治通鉴》卷二一〇。《旧唐书·玄宗纪上》作“壬辰”,《通鉴》作“癸巳”。《全唐文》卷二五〇苏颋《授刘幽求左仆射制》:“封州流人刘幽求,风云元感,川岳粹灵,学综九流,文穷三变。义以临事,精能贯日,忠以成谋,用若投水。茂勋立艰难之际,嘉话盈启沃之初,存谠直以不回,为奸邪之所忌。衅萌颇露,谮端潜发,元宰见逐,谗人孔多。既殄群凶,方宣大化,期问政于经始,载登贤于梦卜。”《全唐文》卷二〇载《加刘幽求实封制》(《唐大诏令集》卷六三题为《加刘幽求食实封制》,系先天二年八月十五日)、卷二五〇载《授刘幽求同中书门下三品制》(《唐大诏令集》卷四四题为《刘幽求同三品制》,系先天二年九月八日)。

**唐玄宗初平内难,禁断大酺,意在反拨朝政,苏颋撰《禁断大酺广费敕》,以是年二月大酺为鉴。**

《资治通鉴》卷二一〇："二月，庚子夜，开门然灯，又追作去年大酺，大合伎乐。上皇与上御门楼临观，或以夜继昼，凡月余。"《唐大诏令集》卷一〇八(《全唐文》卷二五四)载此敕，系先天二年八月。

**唐玄宗下《科屠割刑人骨肉者制》，对酷吏遗风加以清理，开元时基本废除苛刑。**

《全唐文》卷二〇载此制。

**己亥，下《封张说褚无量制》。**

《全唐文》卷二〇载此制，《册府元龟》卷一二八《帝王部·明赏二》系于开元元年八月己亥。按，是年十二月方改元，作"开元"者，非。

**禅宗六祖慧能卒，后王维撰《能禅师碑并序》。**

慧能(638—713)，或曰惠能，俗姓卢，继承禅宗五祖弘忍之衣钵，建立南宗，弘扬"直指人心，见性成佛"之顿悟法门。《宋高僧传·慧能传》："以先天二年八月三日俄然示疾，异香满室，白虹属地，饭食讫，沐浴更衣，弹指不绝，气微目瞑，全身永谢。……春秋七十六矣。"《王维集校注》卷九《能禅师碑并序》(《全唐文》卷三二七题为《六祖能禅师碑铭》)："大师至性淳一，天姿贞素，百福成相，众妙会心。经行宴息，皆在正受；谭笑语言，曾无戏论。故能五天重迹，百越稽首。修虵雄虺，毒螯之气销；跳殳弯弓，猜悍之风变。畋渔悉罢，蛊酖知非。多绝膻腥，效桑门之食；悉弃罟网，袭稻田之衣。永惟浮图之法，实助皇王之化。"按：《校注》系该文于天宝五六载间。

## |九 月|

**七日，苏颋撰《诫励官僚敕》。**

《唐大诏令集》卷一一〇载此制(《全唐文》卷二五三题为《戒励官僚制》)，系先天二年九月七日。

**张说请免诛特进致仕之李峤，唐玄宗下《斥李峤制》。辛未，张说守中书令，苏颋撰《授张说中书令制》，张说撰《让中书令表》。**

《资治通鉴》卷二一〇："中宗之崩也，同中书门下三品李峤密表韦后，请出相王诸子于外。上即位，于禁中得其表，以示侍臣。峤时以特进致仕，或请诛之，张说曰：'峤虽不识逆顺，然为当时之谋则忠矣。'上然之。九月，壬戌，以峤子率更令畅为虔州刺史，令峤随畅之官。"《全唐文》卷二〇载《斥李峤制》："特进赵国公李峤，往缘宗韦弑逆。朕恭行戡定，揖让之际，天命有归。峤有窥觎，不知顺逆，状陈诡计，朕亲览焉。以其早负辞学，累居台辅，忍而不言，特掩其恶。今忠邪既辨，具物惟新，赏罚傥乖，下人安劝？虽经赦令，犹宜放斥。矜其老疾，俾遂余生。宜听随子虔州刺史畅赴任。"《全唐文》卷二五〇苏颋《授张说中书令制》："门下：咸有其德，委廊庙之元宰；知无不为，归掖垣之成务。银青光禄大夫检校中书令上柱国燕国公张说，含和育粹，特表人师，悬解精通，见期王佐。立言布文武之用，定策励忠公之典，才冠代而不有，功至大而若虚。自顷宏益时政，发挥王道，万事必理，一心从乂。以观其独，伯起慎于四知；常得其贞，叔敖谨于三省。故能深而不竭，久而弥芳，宣大号于紫宸，润昌图于清禁。我凭柱石，尔作盐梅，正名之谓，群议斯集。可守中书令，散官勋封如故，主者施行。"《文苑英华》卷五七三载张说《让中书令表》。（此制又载《文苑英华》卷三八〇，系于先天二年九月十一日）

## | 十月 |

**癸卯，唐玄宗讲武于骊山，征兵二十万，苏颋随驾，撰《骊山讲武赏慰将士诏》。郭元振坐军容不整，将斩之，刘幽求、张说为之说情，流放新州，卒于道。玄宗欲以同州刺史姚崇为相，中书令张说嫉之，阻之未成。甲辰，玄宗遣中使召姚崇为兵部尚书、同中书门下三品，下《授姚元之兵部尚书同三品制》，姚崇或献"十事要说"。**

《全唐文补编》卷三一载苏颋《骊山讲武赏慰将士诏》（录自《唐大诏令集》卷一〇七）："往以韦氏构逆，近又凶魁作祸，则我之宗社危如缀旒，故斩长蛇，截封豨，戮枭獍，扫欃枪。使武之不修，人何克乂？"《唐会要》卷二六："先天二年十月十三日，讲武于骊山之下，征兵二十万，戈铤金甲，耀照天地。列大阵于长川，坐作退进，以金鼓之声节之。三军出入，号令如一。"《全唐文》卷二三三张说《兵部尚书代国公赠少保郭公行状》(《文苑英华》卷九七二)："是岁，大征兵众，阅武骊山，兵一百万，号三百万，并奉公节度。是日三令之后，上将亲鼓，公虑有大变，因略行礼。上大怒，引坐纛下，紫微令张说犯鳞而谏，上乃曰：'元振有保护之功，宜舍军法流新州。'未至，属开元元年册尊号，赦曰：'元振往立大功，保护于朕，顷因阅武，颇失军容，责情放逐，将收后效。可饶州司马。'未至，卒于道，时年五十八。"郭元振(656—713)，名震，字元振，以字行，魏州贵乡(今河北省大名县北)人，是玄宗的登基功臣，屡立边功。有文集二十二卷，《定远安边策》三卷，《安邦策》一卷，《九谏书》一卷。《全唐文》收录其奏疏五篇，卷二〇载《授姚元之兵部尚书同三品制》。

《资治通鉴》卷二一〇："甲辰，猎于渭川。上欲以同州刺史姚元之为相，张说疾之，使御史大夫赵彦昭弹之，上不纳。又使殿中监姜皎言于上曰：'陛下常欲择河东总管而难其人，臣今得之矣。'上问为谁，皎曰：'姚元之文武全才，真其人也。'上曰：'此张说之意也，汝何得面欺，罪当死！'皎叩头首服。上即遣中使召元之诣行在。既至，上方猎，引见，即拜兵部尚书、同中书门下三品。"世传吴兢《开元升平源》(司马光《资治通鉴考异》引)载："上曰：'(姚崇)可兵部尚书、同平章事。'公不谢。上顾讶焉。至顿，上命宰臣坐，公跪奏：'臣适奉作弼之诏而不谢者，欲以十事上献；有不可行，臣不敢奉诏。'上曰：'悉数之，朕当量力而行，然定可否。'"司马光以为"当时天下之事，止此十条，须因事启沃，岂一旦可邀！似好事者为之，依托兢名，难以尽信，今不取"。丁放、袁行霈《姚崇、宋璟与盛唐诗坛》(《文学遗产》二〇〇七年第三期)认为不能轻易否定此事的真实性，因为刘肃《大唐新语》点明了"十事"的要点，《新唐书·姚崇传》记载了"十事"，后世学者也多相信此书为吴兢所作，且记载了"十事"，可参看。《大唐新语·匡赞》曰："(元之)备陈古今理乱之本上之，可行者必委曲言之。玄宗心益开，听之亹亹忘倦。"《新唐书》卷一二四赞曰："姚崇以十事要说天子而后辅政，顾不伟哉，而旧史不传。观开元初皆已施行，信不诬已。"

**唐玄宗下《陆象先益州大都督府长史制》。**

事见《资治通鉴》卷二一〇。《唐大诏令集》卷五三载此制。

**崔湜作《野燎赋并序》，于荆州被缢，卒。其弟崔液作《幽征赋》，不久亦卒。**

崔湜(671—713),字澄澜,定州人,曾三度为相。则天时,预修《三教珠英》,依附武三思、上官昭容,拜中书侍郎、检校吏部侍郎、同中书门下平章事。后于韦氏称制时再度同中书门下三品。景云中,太平公主引为中书令。太平之乱后流放岭外,并于荆州赐死。按:崔湜本与窦怀贞等乱党密谋废唐玄宗,参见先天二年七月条,但他是标准的两面派,表面上仍与玄宗保持亲善关系,且由于不在叛乱现场,故其他几个宰相都被处死,惟独他流于窦州。后来被人揭发是主谋,故被追赐死于荆州。崔湜《野燎赋序》:"先天二年十月,仆客于郢山之胡氏,胡氏之子体道之命,与仆有忘年之厚焉。常以暇日,登高纵观,见火燎于野,壮而伟之,因谓仆曰:'吾读文多矣,未尝见有赋于是者,试为吾赋之。'仆时负谴,触物多兴,援毫斐然,岂近声律。"《旧唐书·崔湜传》:"时湜与尚书右丞卢藏用同配流俱行,湜谓藏用曰:'家弟承恩,或冀宽宥。'因迟留不速进。行至荆州,梦于讲堂照镜,曰:'镜者明象,吾当为人主所明也。'以告占梦人张由,对曰:'讲堂者受法之所,镜者于文为'立见金',此非吉征。'其日追使至,缢于驿中,时年四十三。"《新唐书·崔湜传》:"(湜)与弟液、澄、从兄涖并以文翰居要官。每宴私,自比东晋王、谢。尝曰:'吾一门入仕,历官未尝不为第一。丈夫当先据要路以制人,岂能默默受制于人哉!'故进趣不已,至于败。湜执政时,年三十八,尝暮出端门,缓辔讽诗。张说见之,叹曰:'文与位固可致,其年不可及也。'"《旧唐书·崔液传》:"坐兄(崔湜)配流,逃匿于郢州人胡履虚之家。作《幽征赋》以见其意,辞甚典丽。遇赦还,道病卒。友人裴耀卿纂其遗文为集十卷。"《新唐书·艺文志四》:"《崔液集》十卷,裴耀卿纂。"崔氏兄弟有才无德,见风使舵,贪得无厌,与上官婉儿等祸乱宫闱,声名狼藉。

**张说上疏请罢泼寒胡戏,唐玄宗从之。韩朝宗亦有《谏作乞寒胡戏表》,应作于此时。**

《泼寒胡舞》是唐代民间广为流传的著名乐舞之一。张说曾作《苏摩遮》五首描绘泼寒胡戏演出的盛况。但表演者"裸身挥水",不合礼法,张说以"踝体跳足,盛德何观"为由剀切禁断,此舞遂绝。《张说之文集》卷二七《谏泼胡(乞寒)戏疏》云:"臣闻韩宣适鲁,见周礼而叹;孔子会齐,数倡优之罪。列国如此,况天朝乎?今外蕃请和,选使朝谒,所当接以礼乐,示以兵威,虽曰戎夷,不可轻易,焉知无驹支之辩,由余之贤哉?且泼寒胡未闻典故,踝体跳足,盛德何观?挥水投泥,失容斯甚。法殊鲁礼,亵比齐优,恐非干羽柔远之义,樽俎折冲之道。愿择刍言,特罢此戏,干冒宸极,伏深战惧。"《唐会要》卷三四《杂录》载"至先天二年十月,中书令张说谏曰",故系于此。据《唐大诏令集》卷一〇九载,本年十二月七日敕断腊月乞寒戏。《全唐文》卷三〇一载韩朝宗《谏作乞寒胡戏表》。(又见《文苑英华》卷六二〇,《太平御览》卷五六七)

## |十一月|

**四日,苏颋为撰《搜扬怀才隐逸等敕》。**

《唐大诏令集》卷一〇二(《全唐文》卷二五四)载此敕,系先天二年十一月四日。

**唐玄宗令张说等与两省侍臣讲读,希以微言匡非德者,令黄门侍郎李乂、中书侍郎苏颋随事编录起居注。八月,命苏颋撰《命张说等与两省侍臣讲读制》,玄宗为苏颋开政事食先例。以张说、姚崇监修国史,苏颋撰《张说等监修国史敕》。**

《全唐文》卷二〇苏颋《命张说等与两省侍臣讲读制》:"朕往在储宫,旁求儒雅,则张说、褚无量等,为朕侍读。《诗》不云乎:'如切如磋,如琢如磨。'斯之谓也。咸能发挥启迪,执经尊道,以微言匡非德者,朕甚休之。自虔奉圣训,祗膺大宝,冀天下学士,靡然向风,实获我心,登于近侍;复欲勉听虚伫,论思献纳。孔子曰:'德之不修,学之不讲,是吾忧也。'岂食而不知其旨,耕而不知其耨,将何以因于义,求于善,补朕之阙,诲人罔倦哉?宜令银青光禄大夫、守中书令、上柱国、燕国公张说,银青光禄大夫、右常侍、崇文馆学士、兼国子祭酒、上柱国、舒国公褚无量等,公务之暇,于中书与两省侍臣讲读。其有昌言至诚、可体要经远者,仍令银青光禄大夫、行黄门侍郎、昭文馆学士、上柱国、中山郡开国公李乂,银青光禄大夫、行中书侍郎、兼知制诰、上柱国、成安县开国男苏颋,与左右起居随事编录,三两□进,朕将亲览。"按:《全唐文》录此文于唐玄宗名下,误,《唐大诏令集》卷一〇五载录此文为苏颋所撰,题为《命张说等两省侍臣讲读敕》,系于先天二年十一月八月。《旧唐书·李乂传》:"开元初,特令乂与中书侍郎苏颋纂集起居注,录其嘉谟昌言可体国经远者,别编奏之。"按:苏颋应于此前即为"行中书侍郎",《旧唐书·苏颋传》:"玄宗谓宰臣曰:'有从工部侍郎得中书侍郎否?’对曰:‘任贤用能,非臣等所及。’玄宗曰:‘苏颋可中书侍郎,仍供政事食。’明日,加知制诰。有政事食,自颋始也。”又,苏颋于本年正月即袭封“许国公”(见本年三月文),此处仍称“开国男”,不知是否有误,姑存疑。

张说曾撰《上东宫请讲学启》(《全唐文》卷二二四),向李隆基建议“重道尊儒”“博采文士”:“臣闻安国家定社稷者,武功也;经天地纬礼俗者,文教也。……殿下之于天下,可谓不轻矣,监国理人,可谓至重矣。莫不拭目而视,清耳而听,冀闻异政,以裨圣道。臣愚伏愿崇太学,简明师,重道尊儒,以养天下之士。今礼经残缺,学校凌迟;历代经史,率多纰缪。实殿下阐扬之日,刊定之秋。伏愿博采文士,旌求硕学,表正九经,刊考三史。则圣贤遗范,粲然可观。况殿下至性神聪,留情国体。幸以问安之暇,应务之余,引进文儒,详观古典,商略前载,讨论得失。降温颜,闻谠议,则政途理体,日以增益;继业承祧,永垂德美。”《唐大诏令集》卷五一载《张说等监修国史敕》(《全唐文》卷二五三载为苏颋《张说监修国史等制》,有误):“自非经术文雅,进德修业,出忠入孝,匡俗佐时,为朕宝臣,有邦良辅者,孰可综核班纪,发挥苍籀?银青光禄大夫、守中书令、上柱国、燕国公张说,银青光禄大夫、守兵部尚书、同中书门下平章事三品、上柱国、梁郡开国公姚元之等,并可监修国史。”系于先天二年十一月二十二日。

**群臣上表请加尊号为开元神武皇帝,苏颋撰《依王公等请上尊号制》《开元神武皇帝册文》。**

《唐大诏令集》卷六载苏颋《依王公等请上尊号制》(《全唐文》卷二五三)。《唐大诏令集》卷七载苏颋《开元神武皇帝册文》(《全唐文》卷二五四题为《上开元神武皇帝册文》):“曩者景龙之末,长蛇纵祸,陛下虑宗社之坠,提剑夷之,则因亲以尊主。间者朝有贼臣,天罚大憝,陛下拯邦家之难,援旗剿之,则厝枉以举直。戮不及嗣,恶惟其身,思与王公卿士,下逮元元,扬闿择而布和气。……夫开者,泰也,罔弗亨;元者,善也,罔弗利;神者,圣也,罔弗通;武者,威也,罔弗服。”

## 十二月

**改元开元,大赦天下。改中书省为紫微省,门下省为黄门省,侍中为监,尚书左、右仆射为左、右丞相。苏颋撰《开元元年赦书》。**

《旧唐书·玄宗纪上》:"(先天二年)十二月庚寅朔,大赦天下,改元为开元。内外官赐勋一转,改尚书左、右仆射为左、右丞相,中书省为紫微省,门下省为黄门省,侍中为监。"《新唐书·玄宗纪》:"(先天二年)十二月庚寅,大赦,改元。……改中书省为紫微省,门下省为黄门省,侍中为监。"苏颋十二月一日作《开元元年赦书》(载《全唐文》卷二五四及《文苑英华》卷四二一,《唐大诏令集》卷四题为《改元开元元年大赦天下制》),文中有云:"《礼》尚于俭,《书》诫于奢,朕方归敦朴,以存劝沮,至于乘舆服御,及土木之功,蠲除撙节,贵从简省。王公以下,宜识此心,欲将先自朕躬,冀能化行海内。薛伯阳以凶魁之子,合寘严刑,缘尚主之恩,特令远贬,旋念从夫之礼,深矜自我之出,宜复旧婚,再承新命,可唐州别驾员外郎置同正员。郭元振往立大功,保护于朕,顷因阅武,颇失军容,责情放逐,将收后效,可饶州司马员外置同正员。朕闻罪不相及,先王之制:叔向岂坐于凶弟?展禽见称于哲兄,刘廙不以刘伟获辜,王导不以王敦废职。崔涤为其兄湜构祸,每进款诚,事朕有年,心则无隐,忠邪既判,赏罚宜均,俾践储卿,式彰臣节,可太子仆员外置同正员。国初以来宰相,及实封功臣子孙,一房沉翳,未承恩者,令所司访择有才用者,量加擢用。周朝酷吏来俊臣、周兴之徒,残害宗枝,毒害良善,永言及此,深所叹恨。其酷吏有身在,及酷吏身后有子孙,亦令所司勘会,甄别处分。诸军将士,有年岁深久,所由要籍,或不得选集,及未叙劳效,咸委军将据实奏闻,仍令所司早勘处分。及诸军子将总管以上,自今已后,冬正赐帛,一准京官例给。亡命山泽、挟藏军器,百日不首,复罪如初,敢以赦前事相告言者,以其罪罪之。"该文对有罪之臣轻罚,对酷吏之臣警戒,对诸军将士宽待,显示新朝气象。

**壬寅,唐玄宗更以姚崇为紫微令,苏颋撰《授姚崇兼紫微令制》。姚崇劝不用功臣。癸丑,张说左迁相州刺史,刘幽求罢为太子少保。以黄门侍郎卢怀慎同紫微黄门平章事,下《授卢怀慎同平章事制》。张九龄本年三十六岁,任左拾遗,有《上姚令公书》,劝其远谄躁,进纯厚,姚崇嘉纳之。**

《资治通鉴》卷二一〇:"壬寅,以姚元之兼紫微令。元之避开元尊号,复名崇。……姚崇既为相,紫微令张说惧,乃潜诣岐王申款。他日,崇对于便殿,行微蹇。上问:'有足疾乎?'对曰:'臣有腹心之疾,非足疾也。'上问其故。对曰:'岐王陛下爱弟,张说为辅臣,而密乘车入王家,恐为所误,故忧之。'癸丑,说左迁相州刺史。右仆射、同中书门下三品刘幽求亦罢为太子少保。甲寅,以黄门侍郎卢怀慎同紫微黄门平章事。"《全唐文》卷二〇载《授卢怀慎同平章事制》(《唐大诏令集》卷四四题为《卢怀慎平章事制》)。《全唐文》卷二五〇载苏颋《授姚崇兼紫微令制》(《唐大诏令集》卷四四题为《姚崇兼紫微令制》)。按:姚元之本名元崇,武后长安四年命以字行,今复旧名。又按:除张说、刘幽求罢相外,其他功臣钟绍京、王琚、崔日用、魏知古等或罢知政事,或被外贬,参见《旧唐书》各人本传。《新唐书》卷一二一传赞曰:"幽求之谋,绍京之果,日用之智,琚之辩,皆足济危纾难,方多故时,必资以成功者也。雄迈之才,不用其奇则厌然不满,诚不可与共治平哉!姚崇劝不用功臣,宜矣。"《资治通鉴》卷二一〇亦载:"左拾遗曲江张九龄以元之有重望,为上所信任,奏记劝其远谄躁,进纯厚……元之嘉纳其言。十二月壬寅,以姚元之兼紫微令。"张九龄记中称上"紫微令梁公",则当在姚崇兼紫微令之后。参看顾建国《张九龄年谱》,页五四。《曲江集》卷一六《上姚令公书》:"而曩之用才,非无知人之鉴;其所以失,溺在缘情之举。……至于合如市道,廉公之门客虚盈;势比雀罗,廷尉之交情贵贱。初则许之以死殉,体面俱柔;终乃背之而饱飞,身名已遂:小人恒态,不可不察。自君侯职相国之重,持用人之权,而浅中弱植之徒,已延颈企踵而至,谄亲戚以求誉,媚宾客以取容,情结笑言,谈生羽翼。万事至广,千变难知,其间岂不有才?所失在于无耻。"

张九龄(678—740),一名博物,字子寿,韶州曲江(今广东韶关)人,西汉留侯张良之后,西晋开国功勋张华十四世孙。开元贤相,盛唐重要的文章家。为人聪敏,七岁知属文。长安二年,进士擢第。先天元年,授左拾遗。开元六年,迁左补阙。十年为中书舍人、内供奉。十九年为秘书少监,迁中书侍郎,二十一年以本官同中书门事平章事,明年迁中书令,兼集贤院学士知院事、修国史。二十四年为李林甫所谮,改尚书右丞相。二十五年,贬荆州长史。二十八年病卒,年六十三,谥曰文献。生平事迹见徐浩《唐尚书右丞相中书令张公神道碑》,《旧唐书》卷九九、《新唐书》卷一二六本传。另参今人何格恩《张九龄年谱》及《曲江年谱拾遗》、杨承祖《张子寿先生九龄年谱》、李世亮《张九龄年谱》、张近凡《张曲江年谱补正》、顾建国《张九龄年谱》、熊飞《张九龄年谱新编》。

**苏颋与王琚同为紫微侍郎,又与舅父李乂同掌制诰,时称"苏李"。**

《唐会要》卷五四:"开元元年十二月……上曰:'苏颋可除中书侍郎。'仍令宰臣宣旨,移入政事院,便供政事食。明日,加知制诰。"改官名后,其为紫微侍郎。苏颋七日作《禁断腊月乞寒敕》。是月还作有《授韦玢司农少卿制》《授许辅虔左羽林将军制》《授李杰河南尹制》《授郑勉紫微舍人等制》及《授彭景直礼部郎中制》等。《旧唐书·王琚传》:"十二月,改年号为开元,又改官名,与苏颋同为紫微侍郎。"王琚(656—746),怀州河内(今河南沁阳)人。玄宗未登基时即与之交游亲善,韦氏专制、太平谋逆之戡乱中,皆有功,曾任户部尚书,参预大政,封赵国公,时号"内宰相"。天宝时为李林甫所构贬死。著有《射经》。李乂(657—716),本名尚真,赵州房子(今河北临城)人。因太平公主干政之时,拒绝依附,姚崇为紫微令,荐其为侍郎。李乂为苏颋舅父,舅甥二人对掌书命,并称"苏李"。《新唐书·苏颋传》中玄宗称:"前世李峤、苏味道,文擅当时,号'苏李'。今朕得颋及乂,何愧前人。"

## 丨本 年丨

**据陈钧《苏颋年谱》,苏颋撰有《授韩休起居郎制》《授刘知柔尚书右丞制》《授裴漼兵部侍郎制》《授张景升刑部员外郎制》《授尹思贞御史大夫制》《授慕容珣侍御史制》《授嗣郑王希言右卫大将军制》《授崔珪太子左庶子制》《授杨廉陕王傅制》等。**

**赵冬曦任右拾遗。张九龄与赵冬曦两人同考吏部选人等第,时称平允。**

《旧唐书·张九龄传》:"九龄以才鉴见推,当时吏部试拔萃选人及应举者,咸令九龄与右拾遗赵冬曦考其等第,前后数四,每称平允。"

**本年左右,始置翰林院,以张说、陆坚、张九龄、徐安贞等为翰林待诏。**

事见《唐会要》卷五七、《旧唐书·职官志二》。《新唐书·百官志一》:"玄宗初,置翰林待诏,以张说、陆坚、张九龄等为之,掌四方表疏批答、应和文章。"《资治通鉴》卷二一七:"上即位,始置翰林院,密迩禁延,延文章之士,下至僧、道,书、画、琴、棋、数术之工皆处之,谓之待诏。"徐安贞(671—743),原名楚璧,信安龙丘(今浙江衢州)人。初应制举,一岁三登甲科,为时所称。开元时整理秘府书籍,累迁中书舍人,后为集贤院学士,"上每属文及作手诏,多命安贞视草,甚承恩顾"(《旧唐书·文苑传》)。开元十九年上《文府》二十卷(参见本书开元十九年二月条),官至中书侍郎,封东海县子。生平事迹见《旧唐书》卷一九〇、《新唐书》卷二〇〇本传。《全唐文》卷三〇五存文十二篇,《唐代墓志汇编》载《唐故朝散大夫滁州别驾萧府君(谦)墓志铭》(页一四四六)、《唐故尚书右丞相赠荆州大都督始兴公(张九龄)阴堂志铭》(页一五一七)二篇,《全唐文补遗》(千唐志斋新藏专辑)补《大唐德州安陵县尉陆光庭妻吴郡朱夫人(淑)墓志》一篇,共计十五篇。

**本年左右,吴兢迁任起居郎,虑唐玄宗果而不及精,上疏陈谏议之道。**

《新唐书·吴兢传》:"玄宗初立,收还权纲,锐于决事,群臣畏伏。兢虑帝果而不及精,乃上疏曰:……陛下初即位,犹有褚无量、张廷珪、韩思复、辛替否、柳泽、袁楚客等数上疏争时政得失。自顷上封事,往往得罪,谏者顿少。是鹊巢覆而凤不至,理之然也。臣诚恐天下骨鲠士以谠言为戒,桡直就曲,斫方为刓,偷合苟容,不复能尽节忘身,纳君于道矣。……太宗皇帝好悦至言,时有魏徵、王珪、虞世南、李大亮、岑文本、刘洎、马周、褚遂良、杜正伦、高季辅,咸以切谏,引居要职。……当是时,有上书益于政者,皆黏寝殿之壁,坐望卧观,虽狂瞽逆意,终不以为忤。故外事必闻,刑戮几措,礼义大行。陛下何不遵此道,与圣祖继美乎?"

## 唐玄宗开元二年

甲寅　七一四

### 正月

**唐玄宗本年三十岁,置左右教坊以教俗乐,自教法曲于梨园,张廷珪、袁楚客上疏谏之,虽不能用,咸嘉赏之。**

《资治通鉴》卷二一一:"旧制,雅俗之乐,皆隶太常。上精晓音律,以太常礼乐之司,不应典倡优杂伎;乃更置左右教坊以教俗乐,命右骁卫将军范及为之使。又选乐工数百人,自教法曲于梨园,谓之'皇帝梨园弟子'。又教宫中使习之。又选伎女,置宜春院,给赐其家。礼部侍郎张廷圭、酸枣尉袁楚客皆上疏,以为'上春秋鼎盛,宜崇经术,迩端士,尚朴素;深以悦郑声、好游猎为戒'。上虽不能用,咸嘉赏之。"

**制求直谏昌言弘益政理者**。

《旧唐书·玄宗纪上》:"(开元二年正月)制求直谏昌言弘益政理者。"《登科记考补正》卷五:"(开元二年)正月壬午,制求直谏昌言弘益政理者。"此为针对姚崇"十事要说"之"触龙鳞,犯忌讳"的具体施行之策。

**唐玄宗企图扭转"重内官,轻外职"的倾向,撰《黜陟内外官制》**。

《全唐文》卷二〇载《黜陟内外官制》(《唐大诏令集》卷一〇〇题为《简京官为都督刺史诏》):"当于京官内简宏才通识堪致理兴化者,量授都督、刺史等官,在外藩频有升进状者,量授京官。使出入尝均,永为常式。课最超等,必议升选,循默守常,必加黜免。昭昭赏罚,可不慎欤!"史称玄宗虽欲重都督、刺史,选京官才望者为之,然当时士大夫犹轻外任。

**姚崇上《谏造寺度僧奏》,上从之,天下僧尼以伪滥还俗者二万余人**。

《全唐文》卷二〇六姚崇《谏造寺度僧奏》:"佛不在外,求之在心。图澄最贤,无益于全赵;罗什多艺,不救于亡秦。何充、符融,皆遭败灭;齐襄、梁武,未免灾殃。但发心慈悲,行事利益,使苍生安乐,即是佛身,何用安度奸人,令坏正法。"又载《唐会要》卷四七,《册府元龟》卷三一三《宰辅部·谋猷第三》。《全唐文补编》卷三〇重录此文,补五十字。《资治通鉴》卷二一一:"中宗以来,贵戚争营佛寺,奏度人为僧,兼以伪妄;富户强丁多削发以避徭役,所在充满。"《旧唐书·玄宗纪上》:"(开元二年正月)丙寅,紫微令姚崇上言请检责天下僧尼,以伪滥还俗者二万余人。"稍后唐玄宗下诏不得更建佛寺。

**贺知章在太常博士任,撰《唐故朝议大夫给事中上柱国戴府君(令言)墓志铭并序》《戴令言墓志》**。

《唐代墓志汇编》开元〇一〇《唐故朝议大夫给事中上柱国戴府君(令言)

墓志铭并序》:“以开元二年岁次甲寅正月廿日终于洛阳审教里之私第,春秋五十有六。”贺知章(659—744),字季真,一说字维摩,自号四明狂客。越州永兴(今浙江杭州市萧山区)人,早年移居山阴(今浙江绍兴)。以文词知名,与张旭、包融、张若虚并称“吴中四士”。性放旷善谑,好饮酒,与李白、张旭等并称“饮中八仙”。工书法,尤擅草隶。历任四门博士、礼部侍郎、集贤院学士、太子宾客、秘书监,世称“贺监”。乾元元年有诏赠礼部尚书(《册府元龟》卷八二二载此诏)。生平事迹见《旧唐书》卷一九〇中、《新唐书》卷一九六本传。《全唐文》卷三〇〇存文两篇,《唐代墓志汇编》录《唐故朝议大夫给事中上柱国戴府君(令言)墓志铭并序》(页一一五六)、《大唐故金紫光禄大夫行鄜州刺史赠户部尚书上柱国河东忠公杨府君(执一)墓志铭》(页一三三六)、《皇朝秘书丞摄侍御史朱公妻太原郡君王氏墓志》(页一四〇三)三篇,《全唐文补遗》(第四辑)补《唐故银青光禄大夫行大理少卿上柱国渤海县开国□封公(祯)墓志铭并序》《皇朝秘书丞摄侍御史朱公妻太原郡王氏墓志并序》两篇,《全唐文补编》卷三五补《龙瑞宫山界至记》《参定南郊大礼奏》《大唐故中散大夫尚书比部郎中郑公墓志铭》三篇,共计十篇。

**苏颋本年四十五岁,二十四日在紫微侍郎任,仍知制诰,撰《授姚崇都检校诸军大使李义甫副使制》。**

《全唐文》卷二五二苏颋《授姚崇都检校诸军大使李义甫副使制》:“兵部尚书兼紫微令、监修国史、上柱国、梁国公姚崇,朝廷宿望,军国大才,蕴平仲之一心,举夷吾于六翮,惟此人杰,是称天赉。银青光禄大夫、行黄门侍郎、昭文馆学士、上柱国、中山郡开国公李义甫,用穷精微,体自公直,贞规逾于铁石,词律比于笙簧,左曹之美,中朝所咏。咸能上言宠答,备陈胡虏,阅武观对,暗合孙吴。”按:李义,本名尚真,或义甫为李义之字,存疑。《唐大诏令集》卷五二题为《姚崇都检校诸军大使制》,不确,系开元二年正月二十四日。

## | 二 月 |

**五日,以王晙兼安北大都护、朔方道行军大总管,令丰安、定远、三受降城及旁侧诸军皆受晙节度,苏颋撰《授王晙朔方道行军总管制》。**

《全唐文》卷二〇载此制,《唐大诏令集》卷五九题为《王晙朔方道行军总管制》,系开元二年二月五日。王晙(662? —732),沧州景城(今属河北)人,后徙家洛阳。性豪旷,弱冠擢明经。长期历任地方及边疆大任,颇有政绩。开元以讨突厥功,迁左散骑常侍、兵部尚书。十一年拜相,为朔方节度使,兼知河北郡,陇右、河西兵马使,二十年卒。新旧《唐书》有传。《全唐文》卷二九八录其文五篇。

**二十八日,苏颋撰《命姚崇等北伐制》**。

《唐大诏令集》卷一三〇(《全唐文》卷二五三)载此制,系开元二年二月二十八日。

**改太史监罢隶秘书省**。

《旧唐书·玄宗纪上》:"(开元二年二月)改太史监罢隶秘书省。"

## |闰二月|

**癸亥,令道士、女冠、僧尼致拜父母,苏颋撰《令道士女冠僧尼拜父母敕》**。

《旧唐书·玄宗纪上》:"(开元二年)闰(二)月癸亥,令道士、女冠、僧尼致拜父母。"《全唐文》卷二五四苏颋《令道士女冠僧尼拜父母敕》(《唐大诏令集》卷一一三题为《令僧尼道士女冠拜父母敕》):"哀哀父母,生我劳瘁,故六亲有不和之戒,十号有报恩之旨,此又穷源本而启宗极也。今若为子而忘其生,傲亲而徇于末,背礼而强名于教,伤于教则不可行;行教而不废于礼,合于礼则无不遂。二亲之与二教,复何异焉?"

**七日,唐玄宗有制复置十道按察使,苏颋为撰《复置十道按察使制》**。

《唐大诏令集》卷一〇〇载《复置十道按察使制》,系开元二年闰二月,又载于卷一〇四,题为《遣陆象先等依前按察制》,系开元二年闰二月七日。《全唐文》卷二五三题为《遣姚巂陆象先等依前按察制》,文字有小异。

**苏颋撰诗及序送褚无量归觐**。

《全唐诗》卷七三载苏颋《送常侍舒公归觐》,又卷七四载《重送舒公》。舒公,即褚无量。《旧唐书·褚无量传》:“玄宗即位……以师傅恩迁左散骑常侍,仍兼国子祭酒,封舒国公。”《全唐文》卷二五六苏颋《饯常侍舒公归觐序》:“是月惟闰,乘春载阳。”

## |三月|

**上巳日,何延之撰《兰亭始末记》**。

《法书要录》卷三载为何延之《兰亭记》:“长安二年,素师已年九十二,视听不衰,犹居永欣寺永禅师之故房,亲向吾说。聊以退食之暇,略疏其始末。……于时岁在甲寅季春之月上巳之日,感前代之修禊而撰此记。”此文记述王羲之书写《兰亭序》的全过程及嗣后收藏、传世、著录及殉葬太宗昭陵始末,叙述曲折,《太平广记》摘引采入,后世流传较广,亦有学者认为此文当为信史。何延之,生卒年不详,开元十年任均州刺史,《全唐文》卷三〇一收录此文。稍后的刘悚亦有简文《兰亭记》,收入《全唐文》卷三七八。

**韦安石贬沔州别驾,韦嗣立贬岳州别驾,赵彦昭贬袁州别驾,李峤贬滁州别驾,并员外置**。**唐玄宗有《贬安石等诏》,安石愤激而卒**。

《资治通鉴》卷二一一:“(开元二年三月)御史中丞姜晦以宗楚客等改中宗遗诏,青州刺史韦安石、太子宾客韦嗣立、刑部尚书赵彦昭、特进致仕李峤于时同为宰相,不能匡正,令监察御史郭震弹之。……甲辰,贬安石为沔州别驾,嗣立为岳州别驾,彦昭为袁州别驾,峤为滁州别驾。”按:此郭震并非前述郭元振。《全唐文》卷二六唐玄宗《贬韦安石等诏》:“青州刺史韦安石、太子宾客韦嗣立、刑部尚书赵彦昭等,往在先朝,曲蒙厚赏,因缘幸会,久在庙堂。朋党比周,闻于行路,景龙之末,长蛇纵祸,仓卒之间,人神愤怨。未闻舍生取义,直道昌言,遂削太上皇辅政之辞,用韦氏临朝之策。比常隐忍,复以崇班,将期愧畏,稍惩前恶,而尚款回邪,苟安荣宠。宜从谪官之典,以励事君之节。安石可沔州别驾,嗣立可岳州别驾,彦昭可袁州别驾,并员外置。”韦安石(648—714),京兆万年

(今陕西西安市)人。世家大族出身,生性敦厚,为人持重,为官严明,有善政,曾受武后嘉奖,官拜宰相。时张易之兄弟恃宠用权,安石数折辱之。中宗、睿宗时曾任中书令、侍中等显职。《旧唐书·韦安石传》:“既至沔州……愤激而卒,年六十四。”后谥曰文贞。新旧《唐书》有传。

**李昂、孙逖、于休烈等十七人登进士第,试《旗赋》。明经科权自挹、郑钦说、裴稹、柳真召等人及第。王翰、席豫、梁升卿、孙逖等登贤良方正、能直言极谏科,席豫授阳翟尉。孙逖、王翰等登手笔俊拔科,孙逖又登哲人奇士、隐沦屠钓科。考功员外郎王邱知贡举。孙逖年方十九岁,“三擅甲科”,授山阴尉,撰《竹帘赋》《应贤良方正科对策并问》。**

《登科记考补正》卷五:“《永乐大典》赋字韵注云:‘开元二年,王邱员外知贡举,始有八字韵脚。是年试《旗赋》,以“风日云野,军国清肃”为韵。’按杂文之用赋,初无定韵,用八韵自此年始,见《能改斋漫录》引伪蜀冯鉴《文体指要》。”

李昂,生卒年不详,郡望陇西成纪(今甘肃秦安)。约生于武后时,另有同名人唐文宗、中晚唐时道士。开元二年状元及第,九年登拔萃科。历任考功员外郎,二十四年知贡举,为举人所讼,后改任礼部侍郎知举、吏部郎中,参见《唐才子传校笺》卷一。以文辞著称,《赋戚夫人楚舞歌》为时人传诵。《全唐文》卷三〇二录其文四篇。《唐代墓志汇编》录《唐故北海郡守赠秘书监江夏李公(邕)墓志铭并序》(页一七六六)一篇,《全唐文补遗》(第八辑)补《唐故通议大夫守濮州刺史上柱国元氏县开国男赐金鱼袋李府君(粲)墓志铭并序》《唐故大理丞赵郡府君(李震)夫人太原王氏合葬铭并序》二篇,共计七篇。

于休烈(692—772),河南洛阳人。唐初名臣于志宁之玄孙。幼好学,善属文,与贺朝、万齐融、包融为文词之友,齐名一时。开元二年登进士第,又制策登科。十八年在秘书省正字任上疏议吐蕃请文籍事。天宝十一载,任集贤学士,曾称颂杜甫所上三赋,杜甫有诗赠谢。后为杨国忠所排挤。长期修国史,代宗时拜右散骑常侍,迁工部侍郎、工部尚书,大历七年卒,年八十一。新旧《唐书》有传。平生笃好典籍,熟谙经史,以儒行著闻于世。有文集十卷,已佚。《全唐文》卷三六五录其文四篇,《唐文拾遗》卷二一录一篇,共计五篇。

席豫(680—748),字建侯,襄州襄阳(今属湖北)人,徙居河南。进士及第后,又中词擅文场科。太极元年,复中手笔俊拔科。开元二年,又中贤良方正科。六年，复举超拔群类科，以文名当时，任考功员外郎、中书舍人、预掌制诰，时有能名。后任户部侍郎、吏部侍郎，典选六年，擢拔寒士，时推知人，尊称“席公”。天宝初，拜礼部尚书，封襄阳县子，七载卒，谥曰文。新旧《唐书》有传。《全唐文》卷二三五录其文三篇，《全唐文补遗》（第六辑）补《大唐故通议大夫沂州司马清苑县开国子刘府君（敦行）神道记》《大唐故中散大夫守少府监上柱国赵郡李府君（述）墓志铭并序》二篇，《全唐文补遗》（千唐志斋新藏专辑）补《唐故京兆府云阳县尉李君（滔）墓志铭并序》一篇，共计六篇。

颜真卿《尚书刑部侍郎赠尚书右仆射孙逖文公集序》：“年未弱冠而三擅甲科。吏部侍郎（按：或应为“考功员外郎”）王邱试《竹帘赋》，降价约拜，以殊礼待之。”《唐才子传·孙逖》：“开元二年，举手笔俊拔、哲人奇士、隐沦屠钓及文藻宏丽等科。”此处有误。如上所述，开元二年有手笔俊拔科、哲人奇士隐沦屠钓科以及贤良方正科，没有文藻宏丽科。经傅璇琮《唐才子传校笺·孙逖》辨证，“三擅甲科”当为手笔俊拔、哲人奇士隐沦屠钓与贤良方正三科，开元十年又登文藻宏丽科。《旧唐书·孙逖传》：“开元初，应哲人奇士举，授山阴尉。”《登科记考补正》卷五：“（开元二年）孙逖对策曰：‘伏惟陛下，文明有赫，元圣广运。……’”此对策即《应贤良方正科对策并问》。孙逖（696—761），潞州涉县（今河北涉县）人，郡望乐安武水（今山东聊城）。少时寓居巩县（今河南巩义），故又谓其为河南巩人。幼而能文，才思敏捷，援笔成篇。玄宗朝文才大用，历任左拾遗、集贤院学士、考功员外郎（知贡举）、中书舍人等职。开元二十一年，知贡举两年，选拔颜真卿、李华、萧颖士等俊才。二十四年迁中书舍人，掌制诰八年，制敕文理精练，为时流叹服。天宝三载拜刑部侍郎，五载改太子左庶子，仕终太子詹事。新旧《唐书》有传，颜真卿有《尚书刑部侍郎赠尚书右仆射孙逖文公集序》，《唐才子传校笺》卷一亦有载。

## 四月

**十一日，唐玄宗下《遣使安抚江东敕》。**

《全唐文》卷三四载此敕，《唐大诏令集》卷一一五题为《遣杨虚受江东道安抚敕》，系开元二年四月十一日。

## 五月

**唐玄宗下《令举实才诏》。**

《全唐文》卷二六载此诏,《唐大诏令集》卷一〇六题为《令贡举人勉学诏》,系开元二年五月。

**召解琬起复散骑常侍应对吐蕃进犯事宜,令与之结盟,苏颋撰《授解琬左散骑常侍制》。不久授解琬为朔方道后军大总管,张知运副之,苏颋又撰《授解琬朔方道后军大总管张知运副大总管制》。**

解琬(?—718),魏州元城(今河北大名县)人。守边二十余年,颇有军功政绩,尝为朔方大总管。《文苑英华》卷三八〇(《全唐文》卷二五〇)载《授解琬左散骑常侍制》,称颂解琬:"文合骚雅,学殚经籍,百城分按,南宪是绳,万里出师,西戎即序。"《全唐文》卷二〇载《授解琬朔方道后军大总管张知运副大总管制》,应移于苏颋名下,《唐大诏令集》系此制于先天二年九月十六日,误。

## 六月

**甲子,苏颋撰《居大明宫德音》。**

《全唐文》卷二五四载此德音,《册府元龟》卷八五系开元二年六月甲子。《唐大诏令集》卷一〇八作《大明宫成放免囚徒等制》,《文苑英华》卷四四〇亦载。

**唐玄宗下《饬尚书诸司诏》。**

《全唐文》卷二六载此诏,《唐大诏令集》卷一〇〇题为《诫励尚书省官敕》,系开元二年六月。

**许人自举。**

《登科记考补正》卷五："（开元二年）六月甲子，制曰：'其有茂才异等，拔萃超群，缘无绍介，久不闻达者，咸令自举，朕当亲问。其应宣抚使名闻，举人试第四等，须准旧例，别有优奖。'"

## |夏|

**张九龄本年三十七岁，在左拾遗任上，撰《景龙观山亭送密县高赞府序》。**

《唐会要》卷五〇："景龙观：崇仁坊，本申国公高士廉宅，西北方金吾卫。神龙元年并为长宁公主宅。韦庶人败后，遂立为观，仍以中宗年号为名。"《唐两京城坊考》卷三《西京次南崇仁坊》："西南隅玄真观，半以东本尚书左仆射、申国公高士廉宅……即旧东阳公主亭子。韦庶人败，公主随夫为外官，遂奏请为景龙观，仍以中宗年号为名。"《曲江集》卷一七载《景龙观山亭送密县高赞府序》，系年见顾建国《张九龄年谱》，页六四。

## |七月|

**乙未，唐玄宗以风俗奢靡，销毁部分乘舆服御、金银器玩，焚毁珠玉锦绣，下《禁用珠玉锦绣诏》。苏颋为撰《禁断锦绣珠玉制》《焚珠玉锦绣敕》，显示玄宗亲政初刻厉节俭之作为，渐起移风易俗之效。**

事见《资治通鉴》卷二一一，司马光曰："明皇之始欲为治，能自刻厉节俭如此。"《旧唐书·玄宗纪下》记为六月，恐误。参《册府元龟》卷五六《帝王部·节俭》。《全唐文》卷二六载《禁用珠玉锦绣诏》（《唐大诏令集》卷一〇八题为《禁奢侈服用敕》，系开元二年七月），《全唐文》卷二五三、二五四载《禁断锦绣珠玉制》（《唐大诏令集》卷一〇九，系开元二年七月三日）、《焚珠玉锦绣敕》（《唐大诏令集》卷一〇八题为《禁锦绣珠玉敕》，系开元二年七月）。

**丙午，昭文馆学士柳冲、太子左庶子刘知幾上《姓族系录》二百卷，同修撰者还有魏知古、陆象先、徐坚、吴兢、薛南金等。**

《旧唐书·玄宗纪上》："（开元二年七月）丙午，昭文馆学士柳冲、太子左庶子刘子玄刊定《姓族系录》二百卷，上之。”参《唐会要》卷三六、《旧唐书·柳冲传》。

**壬子，禁百官家与僧尼道士往还，下《禁百官与僧道往还制》，又禁人间铸佛写经，下《禁坊市铸佛写经诏》。**

事见《唐会要》卷四九、《资治通鉴》卷二一一。《全唐文》卷二一载《禁百官与僧道往还制》，《册府元龟》卷一五九系开元二年七月壬子。《全唐文》卷二六载《禁坊市铸佛写经诏》，《唐大诏令集》卷一一三题为《断书经及铸佛像敕》。

**薛仁贵长子并州大都督府长史、兼检校左卫大将军、同紫微黄门三品薛讷出兵击契丹，轻敌大败，被削除官爵。杜宾客曾以“士卒盛夏负戈甲，赍资粮，深入寇境，难以成功”谏阻，独赦，不久起复为右威卫将军，苏颋撰《起复杜宾客右威卫将军制》。薛讷本年亦以白衣摄左羽林将军，大破贼众，升为右羽林大将军，苏颋撰《授薛讷右羽林军大将军制》。**

事见《资治通鉴》卷二一一，《旧唐书》之《苏颋传》《王晙传》《王忠嗣传》。《全唐文》卷二五二载苏颋二文。

## | 八月 |

**壬戌（七日），禁断女乐，苏颋撰《禁断女乐敕》。十日，唐玄宗下《出宫人诏》，称“见不贤莫若自省”。**

《唐大诏令集》卷八一（《全唐文》卷二五四）载《禁断女乐敕》：“朕闻乐者起于心，心者动于物，物不正不可为乐，乐不正则不能理人。况天生黎蒸，区别男女，外则不能导之以礼，中则不能由之以乐，苟或不臧，孰云致理？自有隋颓靡，庶政雕缺，徵声遍于郑卫，炫色矜于燕赵。广场角抵，长袖风飘，聚而观之，浸而为俗，所以戎王夺志，夫子遂行也。朕方大变浇讹，用清淄蠹，眷兹女乐，事切骄淫，伤风害政，莫斯为甚，既违令式，尤宜禁断。自今以后，不得更然，仍令御史金吾，严加捉搦。如有犯者，先罪长官，务令杜绝，以称朕意。”《册府元龟》卷一五九载，系开元二年八月壬戌。《文苑英华》卷四六五亦载。《全唐文》卷二六载《出宫人诏》:“见不贤莫若内省,欲止谤莫若自修,改而更张,损之可也。妃嫔以下,朕当简择,使还其家,宜令所司将车牛,今月十二日赴崇明门待进止。”《唐会要》卷三系于开元二年八月十日。

**唐玄宗下《诫厚葬敕》,强调“以厚葬为诫”**。

《唐大诏令集》卷八〇载此敕,《全唐文》卷二一题为《禁厚葬制》。

**高安长公主卒,苏颋撰《高安长公主神道碑》**。

《全唐文》卷二五七苏颋《高安长公主神道碑》:“惟开元二年龙集摄提格夏五月哉生明,高安长公主薨于长安永平里第,享年六十有六。……乃制银青光禄大夫、行紫微侍郎、兼知制诰、上柱国、许国公苏颋为铭刻石。”

**唐玄宗下《授薛讷陇右道防御大使敕》**。

《全唐文》卷三四载此制,《唐大诏令集》卷五九题为《薛讷白衣摄左羽林将军击吐蕃制》,系开元二年八月。

## 九月

**七日,封司空兼虢州刺史、邠王守礼第二女为华亭县主,有《封华亭县主制》**。

《唐大诏令集》卷四三载此制,系开元二年九月七日。《全唐文》卷二一题为《封邠王守礼第二女华亭县主制》。

**戊甲,唐玄宗巡幸新丰、同州,苏颋撰《幸新丰及同州敕》**。

事见《旧唐书·玄宗纪上》,《唐大诏令集》卷七九(《全唐文》卷二五四)载此敕。

## 十月

**吐蕃复寇渭源。丙辰，唐玄宗欲亲征，下《亲征吐蕃制》，发兵十余万人，马四万匹，后经群臣谏阻。戊午，还宫，苏颋撰《谏銮驾亲征吐蕃表》《第二表》，玄宗撰《罢亲征吐蕃敕》。**

事见《资治通鉴》卷二一一。《全唐文》卷二一、二五五、三四载此四文。

## 十二月

**七日，苏颋撰《禁断腊月乞寒敕》。**

《唐大诏令集》卷一〇九（《全唐文》卷二五四）载此敕，系开元二年十二月七日。

**二十八日，封宋王长女为安吉县主，有《封安吉县主制》。**

《唐大诏令集》卷四三载此制，系开元二年十二月二十八日。《全唐文》卷二一题为《封宋王成器长女安吉县主制》。

**右威卫中郎将周庆立为安南市舶使，与波斯僧广造奇巧，将以进内。监选使、殿中侍御史柳泽上《谏进用奇器书》进谏，唐玄宗嘉纳之。**

事见《旧唐书·玄宗纪上》。《全唐文》卷二七七载此文。

## 本年

**本年末，唐玄宗立郢王嗣谦为皇太子，下《立郢王为皇太子制》。**

《唐大诏令集》卷二七《立郢王为皇太子制》（《全唐文》卷二一题为《立郢王嗣谦为皇太子制》）："郢王嗣谦，聪睿夙成，端庄特秀。三雍礼乐，必也生知；五官词藻，居然暗合。……宜以来年正月四日备礼册为皇太子。"《旧唐书·玄宗纪上》："（开元）三年春正月丁亥，立郢王嗣谦为皇太子。"《新唐书·玄宗纪》："（开元）三年正月丁亥，立郢王嗣谦为皇太子。"

**苏颋撰有《授张廷圭黄门侍郎制》《授宋璟御史大夫制》《授宋璟兼京兆尹制》《授崔沔御史中丞制》《授沈佺期太子少詹事等制》。**

据陈钧《苏颋年谱》。宋璟（663—737），祖籍广平（今河北鸡泽），徙居邢州南和（今属河北）。唐代名相，少好学，工文辞。弱冠举进士，累迁殿中侍御史，历天官员外郎、凤阁舍人、御史中丞。神龙元年，为吏部侍郎，迁黄门侍郎。睿宗即位拜相，任吏部尚书、同中书门下三品，贬楚州刺史，转魏、兖、冀州刺史，东都留守。开元初任京兆尹，进御史大夫，坐事出为睦州刺史，徙广州都督。四年再登相位，由刑部尚书迁吏部尚书兼黄门监，五年改为侍中。开元八年罢相，封广平郡公，世称宋广平。十七年，拜尚书右丞相，二十年以年老乞休。二十五年卒，年七十五，谥曰文贞。生平事迹见颜真卿《有唐开府仪同三司行尚书右丞相上柱国赠太尉广平文贞公宋公神道碑铭》、《旧唐书》卷九六、《新唐书》卷一二四本传。宋璟工诗善赋，少即以《长松篇》《梅花赋》献苏味道，知名于时，《新唐书·艺文志四》："《宋璟集》十卷。"已佚。《全唐文》卷二〇七录其文十八篇。其文学成就可参见丁放、袁行霈《姚崇、宋璟与盛唐诗坛》（《文学遗产》，二〇〇七年第三期）。

《全唐文》卷二五一载苏颋《授崔沔御史中丞制》，称崔沔"纯至之心，求忠出孝，精微之用，博学多文"。崔沔（673—739），字若冲，一作善冲。京兆长安（今陕西西安）人，祖籍博陵安平（今属河北）。武后时擢进士，举贤良方正对策第一，当时落第士子不满，举行重试，结果崔沔对策又工于前次，为天下第一。授校书郎。历任左补阙、起居舍人、祠部员外郎，拜中书舍人。开元七年拜中书侍郎、左散骑常侍、集贤院学士、秘书监，迁太子宾客、东都副留守。开元二十七年冬卒于山东刺史任，年六十七，赠礼部尚书，以侍母至孝闻名，谥曰孝。新旧《唐书》有传，另参李华《赠礼部尚书清河孝公崔沔集序》、颜真卿《博陵崔孝公宅陋室铭记》、北京国家图书馆藏《大唐尚书右仆射崔沔墓志》。崔沔公正嫉邪，博学能文，曾撰《老子道德经疏》行于天下，文多散佚，其子祐甫集其遗文，编为二十九卷，李华为序，今不存。《全唐文》卷二七三录文十二篇，《唐文拾遗》卷一七辑补《谢恩慰喻表》一篇，《千唐志斋藏志》录《大唐故银青光禄大夫守工部尚书赠荆州大都督清河郡开国公上柱国崔公(泰之)墓志铭并序》一篇,《唐代墓志汇编》补《有唐卢夫人(梵儿)墓志》(页一七九七)、《有唐太原郡夫人太王氏(方大)墓志》(页一八〇一)二篇,《全唐文补遗》(第六辑)补《唐正议大夫使持节相州诸军事守相州刺史上柱国赞皇县开国子李公(畅)墓志铭并序》《唐中散大夫守秘书监致仕上柱国慕容公(珣)墓志铭并序》二篇,《全唐文补遗》(第八辑)补《唐故朝请大夫守都水使者荥阳郑府君(齐丘)墓志铭并序》一篇,《全唐文补编》之《全唐文又再补》补《大唐故右散骑常侍清河崔府君夫人故河东郡太君裴氏墓志》一篇,共计二十篇。

《全唐文》卷二五二苏颋《授沈佺期太子少詹事等制》:"沈佺期,才标颖拔,思诣精微,早升多士之行,独擅词人之律。"沈佺期(? —716?),字云卿,相州内黄(今属河南)人。圣历中,预修《三教珠英》。神龙元年因谄附张易之,流放驩州。二年,北归。后召为起居郎,兼修文馆直学士。历中书舍人、太子少詹事,约卒于开元四年。善属文,与宋之问齐名,时人称为"沈宋"。有文集十卷,已佚,明人辑有《沈佺期集》(一名《沈云卿集》)四卷。《全唐文》卷二三五录其文六篇。

**李峤卒,年七十,有文集五十卷。**

《旧唐书·李峤传》:"制曰:'……赵国公李峤……宜听随子虔州刺史畅赴任。'寻起为庐州别驾而卒,有文集五十卷。"《新唐书·李峤传》:"贬滁州别驾,听随子虔州刺史畅之官。改庐州别驾,卒,年七十。"《新唐书·艺文志四》:"《李峤集》五十卷。"李峤历仕高宗、武后、中宗、睿宗、玄宗五朝,曾任凤阁舍人,参修国史,又任礼部侍郎、尚书,修文馆大学士,圣历、长安、神龙三度拜相,一度为中书令,位极人臣,封赵国公。史称其"少负才华,代传儒学"(《大唐新语·文章》),与崔融、苏味道、宋之问、阎朝隐等人气质接近,都是武周朝的御用学士,共同纂修《三教珠英》。诸珠英学士以李峤为首,说明他在当时文坛的领袖地位。《新唐书·李峤传》:"富才思,有所属缀,人多传讽……其仕前与王勃、杨盈川接,中与崔融、苏味道齐名,晚诸人没而为文章宿老,一时学者取法焉。"李峤"久宦成资",累居台辅,高寿七十,且著述不辍,有文集五十卷,《军谋前鉴》十卷,《杂咏诗》十二卷,均佚,现存文一百五十九篇,包括《全唐文》卷二四二至二四九存文一百五十五篇,《唐文拾遗》补一篇,《全唐文补遗》(第二辑)补一篇,《全唐文补编》补二篇,参见曲景毅《唐代"大手笔"作家考论》,台湾《辅仁国文学报》,第三十二期,二〇一一年,页七五— 一〇三。关于其文章成就,参见曲景毅《“文章四友”新论:以李峤、崔融之应用文书写为探讨中心》,“国立”台湾师范大学《师大学报:语言与文学类》,第五十七卷第二期,二〇一二年,页二九—五八。

**徐彦伯卒,有集二十卷,为文好变易求新,好为强涩之体,时称“徐涩体”。**

徐彦伯(？—714),名洪,以字行,兖州瑕丘(今山东兖州)人。少以文章闻名,薛元超表荐之,对策高第。武后选天下文士撰《三教珠英》,以彦伯与李峤居首。后以预修《则天实录》,封高平县子,旋贬。景龙三年,上《南郊赋》,文辞典美。《旧唐书·徐彦伯传》:“迁右散骑常侍、太子宾客,仍兼昭文馆学士。先天元年,以疾乞骸骨,许之。开元二年卒……自晚年属文,好为强涩之体,颇为后进所效焉。有文集二十卷,行于时。”《唐诗纪事》卷九:“彦伯为文,多变易求新,以凤阁为鹓阁,龙门为虬户,金谷为铣溪,玉山为琼岳,竹马为篠骖,月兔为魄兔,进士效之,谓之‘徐涩体’。”《新唐书·艺文志四》:“徐彦伯《前集》十卷,《后集》十卷。”均佚。《全唐文》卷二六七存其文六篇,《唐文续拾》卷三存《唐柏梯寺之碑铭》一篇,《唐代墓志汇编》存《大唐永泰公主(李仙蕙)志石文》(页一〇五八)一篇,《全唐文补遗》(第五辑)补《□故韶州乐昌县上柱国王府君(师协)墓志铭并序》一篇,共计九篇。

**卢藏用约卒于本年,著述甚丰,有集二十(或三十)卷。**

《旧唐书》本传:“先天中,坐托附太平公主,配流岭表。开元初,起为黔州都督府长史,兼判都督事,未行而卒,年五十余。有集二十卷。”卢藏用(？—714),字子潜,幽州范阳(今北京)人。隐居终南、少室二山,心冀终南捷径,长安中召授左拾遗。历任起居舍人兼知制诰、中书舍人、吏部侍郎、黄门侍郎、修文馆学士、尚书右丞。多能之士,能属文,工草隶、大小篆、八分书,好琴棋,与陈子昂、赵贞固友善,为陈子昂编集、撰序、作传。著述颇丰,《新唐书·艺文志一》载其《春秋后语》十卷、《老子注》二卷、《庄子内外篇注》一二卷、《子书要略》一卷,文集三十卷,已佚。新旧《唐书》有传。《全唐文》卷二三八录其文一卷,《全唐文补遗》(第一辑)补《大唐故万泉县主薛氏墓志铭并序》一篇,《全唐文补遗》(第五辑)补《大唐故鸿胪卿兼检校右金吾大将军上柱国赠兵部尚书曹国公甘府君

（元柬）墓志文》一篇。

## 唐玄宗开元三年

乙卯　七一五

### 正月

**四日，唐玄宗本年三十一岁，册立郢王嗣谦为皇太子，有《册郢王为皇太子文》《命征辟东宫官属制》。**

《唐大诏令集》卷二八《册郢王为皇太子文》（《全唐文》卷三八载）："维开元三年，岁次乙卯，正月甲申朔四日丁亥……郢王嗣谦，忠肃恭懿，元亨利贞。……是用命尔为皇太子。"《旧唐书·玄宗纪上》："三年春正月丁亥，立郢王嗣谦为皇太子，降死罪以下，大酺三日。"《新唐书·玄宗纪》："三年正月丁亥，立郢王嗣谦为皇太子。降死罪，流以下原之。赐酺三日。"《全唐文》卷二一载《命征辟东宫官属制》（《唐大诏令集》卷二九题为《开元三年册皇太子赦》）。

**十九日，唐玄宗授卢怀慎检校黄门监，授李杰御史大夫。苏颋本年四十六岁，撰《授卢怀慎黄门监制》《授李杰御史大夫制》。**

《全唐文》卷二一、卷二五一载此二制。《授卢怀慎黄门监制》称卢怀慎："气实温厚，生于蓟北，年始英妙，出相山东，王佐所期，人师攸属。考彼扬历，多所献替。学以充其忠谠，才以运其清明，所谓许国忘身，立朝正色。有仲山甫之节，成管夷吾之能，故其道弥尊，其心益下。"《唐大诏令集》卷四四题为《卢怀慎检校黄门监制》，系开元三年正月十九日。《册府元龟》卷七二《帝王部·命相二》，系于开元二年正月十九日，误。据新旧《唐书·玄宗纪》，卢怀慎检校黄门监在开元三年。《授李杰御史大夫制》称李杰："直清浩素，刚断精密，学究文儒，才优经济。物宁滞用，若遇盘根；人或蒙求，似开明镜。心公而恶恶，道正以闲邪，河南擅声，天下称最。"《文苑英华》卷三九三亦载此制。按：李杰之前为河南尹，颇有政声。

**唐玄宗下《春令行赦制》。**

《全唐文》卷二一载此制,《唐大诏令集》卷八三题为《开元三年正月德音》。

**中书舍人齐澣称姚崇为“救时之相”,时人称怀慎为“伴食宰相”。然史称二人同心勠力,以济明皇太平之政。**

《资治通鉴》卷二一一:“姚崇尝有子丧,谒告十余日,政事委积,怀慎不能决,惶恐,入谢于上。上曰:‘朕以天下事委姚崇,以卿坐镇雅俗耳。’崇既出,须臾,裁决俱尽,颇有得色,顾谓紫微舍人齐澣曰:‘予为相,可比何人?’澣未对。崇曰:‘何如管、晏?’澣曰:‘管、晏之法虽不能施于后,犹能没身。公所为法,随复更之,似不及也。’崇曰:‘然则竟如何?’澣曰:‘公可谓救时之相耳。’崇喜,投笔曰:‘救时之相,岂易得乎!’怀慎与崇同为相,自以才不及崇,每事推之,时人谓之‘伴食宰相’。”司马光评曰:“崇,唐之贤相,怀慎与之同心戮力,以济明皇太平之政,夫何罪哉!”卢怀慎(? —716),滑州灵昌(今河南滑县西南)人。少清谨,举进士,历监察御史、吏部员外郎、黄门侍郎,封渔阳县伯。景龙中曾上疏陈时政得失三篇(《旧唐书》本传录之),开元元年进同紫微黄门平章事,三年迁黄门监,四年兼吏部尚书,卒谥文成。能诗文,为官清俭,以直道始终。新旧《唐书》有传。《全唐文》卷二七五录其文两篇,《唐文拾遗》卷一七辑补一篇,共计十篇。齐澣(675—746),字洗心,定州义丰(今河北安国)人。少以词学见称。开元初任中书舍人。与苏颋、苏晋、贾曾、许景先、孙逖、王丘、韩休、张九龄俱以文翰著称最。马怀素等编次《四库群书》,以澣为编修使,改秘书少监。后为尚书右丞,吏部侍郎。新旧《唐书》有传。《全唐文》卷三五三录其文两篇,《唐代墓志汇编》录《大唐故闽州司马邓府君(宾)志石铭》一篇(页一二九二),共计三篇。

**甲辰,魏知古卒,年六十九,有集二十卷。**

《旧唐书·玄宗纪上》:“(正月)甲辰,工部尚书魏知古卒。”《旧唐书》本传:“三年卒,时年六十九。”《旧唐书·经籍志下》《新唐书·艺文志四》著录“《魏知古集》二十卷”,已佚。《全唐文》卷二三七录其文四篇。魏知古(647—715),深州陆泽(今河北深州)人。性方直,早有才名。弱冠举士,累授著作郎,兼修国史。历任凤阁舍人、吏部侍郎、黄门侍郎、兼修国史。景云二年夏，睿宗女金仙、玉真公主入道，各造一观，知古因上《谏造金仙玉真观疏》《又谏营道观疏》（《旧唐书》本传录之），受睿宗嘉赏，拜相，迁户部尚书，第二年擢拜侍中。先天二年，累封梁国公。开元元年为黄门监，二年为紫微令，为姚崇所毁，除工部尚书，罢知政事。新旧《唐书》有传。

## 二 月

**庚午，玄宗下《清厘滞狱诏》。**

《全唐文》卷二六载此诏，《册府元龟》卷一五一系开元三年二月庚午。

## 春

**李诚等二十一人登进士第，明经科崔杰等人及第。考功员外郎杨滔知贡举。**

见《登科记考补正》卷五本年条。

## 四月

**张九龄本年三十八岁，任宣议郎、左拾遗，撰《敕令礼部掌贡人》。**

《全唐文》卷二八四载此敕，《唐大诏令集》卷一〇六题为《令礼部掌贡举敕》，系开元三年四月一日。

**庚申，突厥葛逻禄等部新归，恐边境有虞，命薛讷、杨执一、郭虔瓘、王晙等防备突厥，下《命薛讷等讨吐蕃诏》。**

事见《新唐书·玄宗纪》、《资治通鉴》卷二一一。《全唐文》卷二六载此诏，《册府元龟》卷一一九亦载。

## | 五 月 |

**五日，唐玄宗下《选宗子授台省官及法官京县官诏》。**

《唐大诏令集》卷四〇载此诏，系开元三年五月五日。《全唐文》卷三一题为《选宗子授台省京县等官诏》。

**时属盛夏，旱，减囚，十六日，苏颋为撰《原减囚徒敕》。玄宗避正殿减膳，下《减膳省刑诏》。**

《新唐书·玄宗纪》："五月丁未，以旱录京师囚。戊申，避正殿，减膳。"《唐大诏令集》卷八三（《全唐文》卷二五四）载此敕文。《全唐文》卷二七将其归在唐玄宗名下，题为《命宰臣省察囚徒诏》。《全唐文》卷二七载《减膳省刑诏》。

**张九龄《上封事书》疑作于本年。**

《全唐文》卷二八八《上封事书》："五月二十日，宣义郎、左拾遗、内供奉臣张九龄谨再拜，死罪死罪，上书开元神武皇帝陛下。……然犹黎人未息，水旱为忧。……亲人之任，宜得其贤；用才之道，宜重其选。……臣以为选部之法，弊于不变。变法之易，在陛下焕然行之。"《新唐书·玄宗纪》："（开元三年）五月丁未，以旱录京师囚。戊申，避正殿，减膳。"此记载正合《上封事书》中"黎人未息，水旱为忧"之说。故疑《上封事书》作于开元三年五月。张九龄本年还撰有《论内勘别宅妇女事状》《故中散大夫并州孟县令崔府君（哲）夫人源氏墓志铭并序》，系年见顾建国《张九龄年谱》，页六九。

**山东大蝗，民不敢杀，姚崇奏遣州县捕瘗，议者以为蝗众多，除不可尽，玄宗亦疑之，姚崇撰《请遣捕蝗疏》。是岁，田收有获，人不甚饥。**

《资治通鉴》卷二一一："山东大蝗，民或于田旁焚香膜拜设祭而不敢杀，姚崇奏遣御史督州县捕而瘗之。议者以为蝗众多，除不可尽；上亦疑之。崇曰：'今蝗满山东，河南、北之人，流亡殆尽，岂可坐视食苗，曾不救乎！借使除之不尽，犹胜养以成灾。'上乃从之。卢怀慎以为杀蝗太多，恐伤和气。崇曰：'昔楚庄吞蛭而愈疾，孙叔杀蛇而致福，奈何不忍于蝗而忍人之饥死乎！若使杀蝗有祸，崇请当之。'"《全唐文》卷二〇六载姚崇此文，《全唐文补编》卷三〇重录《请遣捕蝗疏》，增四十六字。《旧唐书·玄宗纪上》："六月，山东诸州大蝗，飞则蔽景，下则食苗稼，声如风雨。紫微令姚崇奏请差御史下诸道，促官吏遣人驱扑焚瘗，以救秋稼，从之。是岁，田收有获，人不甚饥。"

## |六月|

**唐玄宗下《整饬吏治诏》。**

《全唐文》卷二七载此诏，《册府元龟》卷六三五系开元三年六月。

**张说本年四十九岁，至岳州任，撰《岳州谢上表》。**

《张说之文集》卷三〇《岳州谢上表》："伏奉四月十有二日制书，除臣岳州刺史。某月二十七日递书到相州，承恩惶怖，狼狈上道，以月一日至岳州上讫。"张说本年四月十二日坐事贬岳州刺史，停所食实封三百户，六月一日至岳州任。

## |七月|

**刘幽求自杭州刺史徙郴州刺史，愤恚，卒于道，年六十一，赠礼部尚书，谥曰献，崔元翰曾为撰神道碑。**

事见《资治通鉴》卷二一一、新旧《唐书》本传。《全唐文》卷四八九权德舆《比部郎中崔君元翰集序》载："叙守臣勋烈，则《黎阳城碑》《刘幽求神道碑》。"碑文今已佚。崔元翰（729—795），名鹏，以字行，深州安平（今属河北）人。建中二年登进士第，中状元。德宗时为礼部员外郎，知制诰，师事独孤及，有文名，《旧唐书》本传称其"对策及奏记、碑志，师法班固、蔡伯喈，而致思精密"。新旧《唐书》有传。《全唐文》卷五二三录其文十三篇，其中有为中唐名将马燧请罢节度的两篇表文及《与常州独孤使君（及）书》《右补阙翰林学士梁君（肃）墓志》。

## |八月|

**十七日，唐玄宗下《驸马阶宜依令式敕》。**

《唐会要》卷八一："官不滥升，才无虚受，惟名与器，不可以假人，左贤右戚，岂资于缪赏。驸马都尉从五品阶，受自先朝，颇亏前式。秾华甫降，紫艾先登，不循旧章，有紊彝典，宜遵古训，以革逾弊。俾九族无私，千官有叙。自今已后，驸马阶宜依令式，仍借紫金鱼袋。"

## |十月|

**甲寅，令每日选耆儒博学一人，入内侍读。以光禄卿马怀素为左散骑常侍，褚无量并充侍读，玄宗亲送迎之，待以师傅之礼，并撰《选耆儒侍读制》《命马怀素侍读制》《求贤诏》《命诸州举贤才诏》。玄宗又命褚无量、马怀素整理内库及秘书图籍。**

《全唐文》卷二一《选耆儒侍读制》："朕听政之暇，常览史籍，事关理道，实所留心，中有阙疑，时须质问。宜选耆儒博学一人，每日入内侍读。"《唐文拾遗》卷二《命马怀素侍读制》（《册府元龟》卷五九九题为《马怀素为光禄卿开元三年十月制》）："光禄卿马怀素，静专动直，资忠履信。词赋成于鼓吹，典坟富于泉海。……朕以听政之余，尝思稽古之对。俾迁近侍，润兹鸿业，可左散骑常侍，仍每日入朝侍读。"《册府元龟》卷六八三年十月载《求贤诏》："有怀才抱器，沉沦草泽，不能自达者，具以名闻。"《全唐文》卷二六唐玄宗《命诸州举贤才诏》："致化之道，必于求贤；得人之要，在于征实。……其诸州有抱器怀才、不求闻达者，命所在长官访名奏闻，武勇者具言谋略，文学者指陈艺业，务求实用，以副予怀。"《旧唐书·玄宗纪上》："（开元三年）冬十月甲寅，制曰：'朕听政之暇，常览史籍，事关理道，实所留心，中有阙疑，时须质问。宜选耆儒博学一人，每日入内侍读。'以光禄卿马怀素为左散骑常侍，与右散骑常侍褚无量并充侍读。"故知《选耆儒侍读制》《命马怀素侍读制》当作于开元三年十月。又《登科记考补正》卷五："（开元三年）十月，诏曰：'有怀才抱器，沉沦草泽，不能自达者，具以名闻。'"故知《求贤诏》当作于开元三年十月。另《命诸州举贤才诏》所载与《求贤诏》大抵相同,应为同时之作,姑一并系于此。《唐会要》卷三五《经籍》:“开元三年,右散骑常侍褚无量、马怀素侍宴,言及内库及秘书坟籍。上曰:‘内库书皆是太宗、高宗前代旧书,整比日,常令宫人主掌。所有残缺,未能补辑,篇卷错乱,检阅甚难,卿试为朕整比之。’至七年五月,降敕于秘书省、昭文馆、礼部、国子监、太常寺及诸司,并官及百姓等,就借缮写之。及整比四部书成,上令百姓官人入乾元殿东廊观书,无不惊骇。”《旧唐书·褚无量传》:“无量以内库旧书,自高宗代即藏在宫中,渐至遗逸,奏请缮写刊校,以弘经籍之道。”

**七日,唐玄宗下《求言诏》。**

《全唐文》卷二七载此诏,《唐大诏令集》卷一〇五题为《听百僚进状及廷争敕》,系开元三年十月七日。

**辛酉,巂州蛮寇边,李玄道伐之,下《征越巂诏》。壬戌,任薛讷为朔方道行军大总管,吕延祚、杜宾客副之,苏颋《授薛讷朔方道行军大总管吕延祚杜宾客副总管制》。**

事见《新唐书·玄宗纪》、《资治通鉴》卷二一一。《全唐文》卷二七载《征越巂诏》。《全唐文》卷二一载《授薛讷朔方道行军大总管吕延祚杜宾客副总管制》,归入玄宗名下,《唐大诏令集》卷五九题为《薛讷朔方道大总管制》,系于开元三年十月十四日,文字小异。

**癸亥,唐玄宗往幸凤泉,下《幸凤泉降所过地方刑罪制》,至凤泉下《幸凤泉汤制》。**

《册府元龟》卷八五载:“(开元三年)十月癸亥……往幸凤泉,所过之县流以上囚奏听进止者。”《新唐书·玄宗纪》:“(开元三年)癸亥,如郿,赦所过徒罪以下,赐侍老九十以上及笃疾者物,甲子,如凤泉汤。”《全唐文》卷二一载此二文。《唐大诏令集》卷八〇载《幸凤泉汤制》,题为《酬赏凤泉汤知顿官及百姓敕》,时为“开元三年十月二十六日(甲戌)”,文字略有小异。

**戊辰,降大理系囚罪,下《降大理系囚罪诏》。**

事见《新唐书·玄宗纪》。《全唐文》卷二七载此诏,《册府元龟》卷八五亦载。

## |十一月|

**唐玄宗幸凤泉汤,下《幸凤泉汤诏》。**

事见《资治通鉴》卷二一一。《全唐文》卷二六载此诏。

**丁亥,妖贼崔子岩等入相州作乱,州司讨平之,仍令按察使采访,苏颋撰《禁断妖讹等敕》。**

事见《旧唐书·玄宗纪上》《新唐书·玄宗纪》。《唐大诏令集》卷一一三(《全唐文》卷二五四)载此敕。

**郭虔瓘自募关中兵万人诣安西讨击,玄宗敕许之,并封郭潞国公,苏颋撰《封郭虔瓘潞国公兼食邑实封制》。韦湊上疏谏之,姚崇亦以虔瓘之策为不然,既而虔瓘卒无功。**

事见《旧唐书·郭虔瓘传》、《资治通鉴》卷二一一。《文苑英华》卷四一六(《全唐文》卷二五三)载此制,《唐大诏令集》卷六三题为《加郭虔瓘食实封制》,系开元三年十月十八日,恐误。

## |十二月|

**二十二日,唐玄宗下《令蕃客国子监观礼教敕》。**

《唐大诏令集》卷一二八(《全唐文》卷三四)载此敕,系开元三年十二月二十二日。

**苏颋撰《封常芬公主等制》。**

《唐大诏令集》卷四一载此制，系开元三年十二月，《全唐文》卷二五三题为《封皇行二女为常芬公主等制》。

## |本 年|

**苏颋本年撰有《授王晙左散骑常侍制》《授吴兢谏议大夫制》《授吴兢著作郎制》《授许景先左补阙等制》《授李乂刑部尚书制》《授刘知柔工部尚书制》《授杨玚侍御史制》《授张昕鸿胪卿制》《授韦抗太子左庶子制》。本年前后撰有《授陆余庆大理卿制》《授源乾曜户部侍郎制》《授王邱主爵郎中等制》《授崔谔之少府监制》《授贺知章起居郎制》**等。

据陈钧《苏颋年谱》。兹选许景先略加介绍。《授许景先左补阙等制》："词含风雅，有公直之量。"许景先，生卒年不详，常州义兴（今江苏宜兴）人，徙居洛阳。少举进士，神龙初洛阳造圣善寺报慈阁，景先献《大像阁赋》，其词甚美，擢左拾遗，后连中手笔俊拔、茂才异等科，为左补阙。开元中，为张说称赏，迁中书舍人，与张九龄等同掌制诰，以文翰见称。官终吏部侍郎。生平事迹见《旧唐书》卷一九〇中、《新唐书》卷一二八本传。《全唐文》卷二六八录其文二篇，《全唐文补遗》（第三辑）补《唐故通议大夫行广州市都督府长史上柱国朱府君（齐之）墓志铭并序》一篇，《全唐文补遗》（第八辑）补《大唐开府仪同三司紫微令梁国公姚公（崇）夫人沛国夫人刘氏墓志铭并序》一篇，共计四篇。

**李邕为户部郎中，苏颋撰《授李邕户部郎中制》**。

《旧唐书·李邕传》："开元三年，擢为户部郎中。"《全唐文》卷二五一载此文，称李邕"探学精奥，为文沉郁"。李邕（675—747），字泰和，江夏（今湖北武汉）人，李善之子。两《唐书》称李善、李邕为江都（今江苏扬州）人，据唐人杜甫《八哀诗》、颜真卿《尚书刑部侍郎赠尚书右仆射孙逖文公集序》（《全唐文》卷三三七载）所载"江夏李公邕""江夏李邕"，《金石萃编》卷七八《东林寺碑记》载"前陈州刺史江夏李邕文并书"及周绍良《唐代墓志汇编》所收李邕及其子李岐等墓志铭考，实误。李邕为唐代著名书法家、文章家，曾受李峤、宋璟赏识，但为姚崇、张说所嫉，仕途迍邅，官终北海太守，故世称"李北海"。天宝六载年七十三岁时其为李林甫所忌，含冤杖杀。其以文名天下，尤长于碑颂，时中朝衣冠及海内寺观多持金帛往求其文,所撰《张韩公行状》《洪州放生池碑》《批韦巨源谥议》最为著名。精于书法,尤善行书,变王羲之法,笔致一新,传世书迹以《岳麓寺碑》《李思训碑》最受世人重视。生平事迹见《旧唐书》卷一九〇中、《新唐书》卷二〇二本传。《新唐书·艺文志二》录其《狄仁杰传》三卷、《金谷园记》一卷、文集七十卷,均已散佚。明人辑有《李北海集》。《全唐文》卷二六一至二六五录其文五卷,《唐文拾遗》卷一六辑补八篇,《全唐文补遗》(第三辑)补《有唐通议大夫守太子宾客赠尚书左仆射崔孝公(沔)墓志》一篇,《全唐文补遗》(第八辑)补《唐故云麾将军左豹韬卫翊府中郎将辽西郡开国公上柱国李府君(秀)神道碑并序》一篇,《全唐文补编》卷三六补《永康帖》《记刻帖》《滑州献马表》《灵岩寺碑颂》《唐故白马寺主翻译惠沼神塔碑》《唐故云麾将军左豹韬卫翊府中郎将辽西郡开国公上柱国李府君神道碑》(与《全唐文补遗》(第八辑)重)六篇。

**李白十五岁,居蜀中,作赋学剑,《明堂赋》疑作于本年前后。**

瞿蜕园、朱金城《李白集校注》卷一《明堂赋》:"伊皇唐之革天创元也,我高祖乃仗大顺,赫然雷发以首之。……钦若太宗,继明重光。……若乃高宗绍兴,佑统锡羡。……将欲考有洛,崇明堂。惟厥功之未辑兮,乘白云于帝乡。天后勤劳辅政兮,中宗以钦明克昌。遵先轨以继作兮,扬列圣之耿光。……观夫明堂之宏壮也,则突兀曈昽,乍明乍蒙,若大古元气之结空。巃嵸颓沓,若嵬若嶪。似天阊地门之开阖。……穹崇明堂,倚天开兮。巃嵸鸿蒙,构瑰材兮。偃蹇坱莽,邈崔嵬兮。周流辟雍,岌灵台兮。赫奕日,喷风雷。宗祀肸蠁,王化弘恢。镇八荒,通九垓。四门启兮万国来,考休征兮进贤才。俨若皇居而作固,穷千祀兮悠哉!"由《李白集校注》卷一一《赠张相镐二首》"十五观奇书,作赋凌相如"可知,李白年十五即精于作赋。加以《明堂赋》历溯天皇、天后、中宗而不及睿宗,可推知此赋之作不仅在未改乾元殿之先,并在睿宗未崩之先。考睿宗崩于开元四年六月,制改明堂为乾元殿在开元五年七月,故知《明堂赋》当作于开元三、四年间,唯作年难确考,姑系于此。另由《李白集校注》卷二六《与韩荆州书》"十五学剑术,遍干诸侯"语可知,李白此时曾学剑。

**岑参生。**

岑参(715—769),行二十七,荆州江陵(今属湖北)人,郡望南阳。大历四年卒，年五十五。《旧唐书》《新唐书》无传，生平事迹见杜确《岑嘉州诗集序》。杜确《岑嘉州诗集序》："南阳岑公，声称尤著。公讳参，代为本州岛冠族。"以大历四年卒，年五十五逆推，知岑参当生于唐玄宗开元三年。按：学术界关于岑参生年有争议，闻一多《岑嘉州系年考证》认为是 715 年，陈铁民、侯忠义《岑参集校注 · 岑参年谱》认为是 717 年，姑存疑。

**李华生**。

李华（715—774），字遐叔，赵州赞皇（今属河北）人。开元二十三年进士及第，天宝二年登博学宏词科，为科首。为秘书省校书郎，监察御史，右补阙。安史之乱时为叛军所虏，受伪凤阁舍人。后遭贬，曾入梁国公李岘幕，擢检校吏部员外郎，大历九年卒，年六十。《新唐书 · 李华传》："大历初，卒。"有误。参见尹仲文《李华卒年考辨》，《河北大学学报》（哲学社会科学版），一九七九年第二期。以大历九年卒，年六十逆推，知李华当生于唐玄宗开元三年。与萧颖士齐名，世号"萧李"，兄事元德秀，友萧颖士、刘迅，李华为撰《三贤论》，与颜真卿、独孤及、贾至、柳芳、殷寅、邵轸、陈兼、权皋、郗纯等有交谊，共同推动古文创作，为古文运动先驱。生平事迹见《旧唐书》卷一九〇下、《新唐书》卷二〇三本传。独孤及《赵郡李公中集序》、梁肃《为常州独孤使君祭李员外文》。《新唐书 · 艺文志四》著录《李华前集》十卷、《中集》二十卷。独孤及《赵郡李公中集序》云："自监察御史以前十卷，号为《前集》，其后二十卷颂、赋、诗、碑、表、叙、论、志、记、赞、祭文凡一百四十四篇为《中集》。"今已佚。后人辑其佚文成《李遐叔文集》四卷。《全唐文》卷三一四至三二一编其文八卷，《唐文拾遗》卷一九补《蒙求序》一篇，《唐代墓志汇编》录《唐大洞法师齐国田仙寮墓志铭》（页一五二二）一篇，《全唐文补遗》（第七辑）补《故河南府伊阙县丞博陵崔府君（遐）墓志铭并序》一篇。

**刘晏生**。

刘晏（715—780），字士安，曹州南华（今山东东明）人。肃、代两朝理财家，亦善诗文。建中元年遭宰相杨炎诬构，卒，年六十六。贞元五年，帝方悟，追赠晏为郑州刺史。生平事迹见《旧唐书》卷一二三、《新唐书》卷一四九本传。鞠清远有《刘晏年谱》。《旧唐书 · 经籍志》载其注《春秋公羊违义》三卷，已佚。

《全唐文》卷三七〇存文二篇,《唐文拾遗》卷二二补二篇。《旧唐书·刘晏传》:“刘晏字士安,曹州南华人。……诬晏以忠州谋叛,下诏暴言其罪,时年六十六,天下冤之。……贞元五年,上悟……特追赠郑州刺史。”《新唐书·刘晏传》:“刘晏字士安,曹州南华人。……建中元年七月,诏中人赐晏死,年六十五。………贞元五年………有诏赠郑州刺史,又加司徒。”若以《新传》所载建中元年,年六十五逆推,则晏当生于开元四年(716)。然《新传》又载:“玄宗封泰山,晏始八岁,献颂行在。”若刘晏生于开元四年,献颂事当在开元十一年。然据《新唐书·玄宗纪》所载,开元十一年玄宗未曾有封泰山之举,封泰山事在开元十三年十一月,则《新传》所载互有抵触。另《新唐书·德宗纪》:“(建中元年七月)杀忠州刺史刘晏。”知刘晏卒于建中元年无误。《新传》所载既互有抵触,今姑取《旧传》“年六十六”之说逆推,知刘晏当生于开元三年。

**本年左右,赵彦昭卒江州别驾任。**

赵彦昭(? —715),字奂然,甘州张掖(今属甘肃)人,少豪迈,风骨秀爽,以文辞知名。中宗景龙中,累迁中书侍郎、同中书门下三品,兼修国史,充修文馆学士。睿宗时出为凉州都督,为政清严。后入为吏部侍郎,迁刑部尚书,封耿国公。《旧唐书·赵彦昭传》:“俄而姚崇入相,甚恶彦昭之为人,由是累贬江州别驾,卒。”张说本年四月贬岳州,作《五君咏·赵耿公彦昭》伤悼之。曾著《河西人物志》十篇,已佚。

## 唐玄宗开元四年

丙辰　七一六

### |正月|

**二日,命薛讷、张知运、杨敬述等与九姓共伐突厥可汗默啜。苏颋本年四十七岁,撰《命薛讷等与九姓共伐默啜制》,应于之前或同时撰《授杨敬述右羽林将军制》。**

《全唐文》卷二五三载此文。《唐大诏令集》《文苑英华》均系于正月二日。

《资治通鉴》卷二一一、《旧唐书·玄宗纪上》载本年六月，拔曳固斩默啜首来献，默啜之兄子小杀立为可汗，请和，又复叛。《授杨敬述右羽林将军制》载："云麾将军、检校右羽林将军、上柱国杨敬述。"《命薛讷等与九姓共伐默啜制》载："右羽林将军兼凉州都督、赤水大使杨敬述。"其应于此前已被任命为右羽林将军。

**十九日，唐玄宗本年三十二岁，下《禁骊山樵采诏》。**

《唐大诏令集》卷七四《全唐文》卷三四载此诏，系开元四年正月十九日。《全唐文》卷三四题为《禁骊山樵采敕》。

**唐玄宗勤政，每日听政，苏颋为撰《每日听政勉励百僚敕》。**

《全唐文》卷二五四载此敕。

**皇后妹夫长孙昕与御史大夫李杰不协，与妹夫杨仙玉于里巷伺杰而殴之，李杰上表自诉。唐玄宗大怒，命于朝堂杖杀，以谢百僚，下《诛长孙昕等诏》《慰谕李杰敕书》。**

事见《资治通鉴》卷二一一、《旧唐书·玄宗纪上》。《全唐文》卷二七载《诛长孙昕等诏》，卷四〇载《慰谕李杰敕书》。后文曰："长孙昕等，朕之密戚。不能相遵以礼，而使凌犯衣冠。虽置以极刑，未足谢罪。卿志气忠亮，为国柱臣，宜以刚肠疾恶，勿以凶人介意。"

## | 二 月 |

**唐玄宗尝遣宦官诣江南取䴔䴖、鸂鶒等，使者所至烦扰。倪若水上《谏江南采捕诸鸟表》，谏言"贱人而贵鸟"，玄宗手敕谢若水，纵散其鸟。**

事见《资治通鉴》卷二一一。倪若水（？—719），字子泉，藁城（今河北藁城）人。进士出身。开元初，官至中书舍人、尚书右丞，后任汴州刺史，修孔庙，倡教育，兴办州学、县学，百姓称颂。《新唐书》有传。《全唐文》卷二七七录其文二篇，另一篇为《劾奏祝钦明郭山恽疏》。

**山东蝗复大起，姚崇又命捕之，倪若水称蝗乃天灾，非人力所及，不从其命，姚崇撰《报倪若水捕蝗牒》，若水乃不敢违。谏议大夫韩思复撰《谏捕蝗疏》，反对以人力捕杀蝗虫。姚崇一如既往，派韩思复、监察御史刘沼检察蝗害，继续执行灭蝗主张，并撰《答捕蝗奏》打消玄宗疑虑，由是连岁蝗灾，不至大饥。**

事见《资治通鉴》卷二一一。《全唐文》卷二〇六载姚崇两文，卷二七一载韩思复文。

**李乂自新丰扈从还，旋卒，苏颋撰碑文悼之。**

李乂(657—716)为一代“奇士”，年十一从学，十二属词，即“含商咀徵”。景龙中，迁中书舍人、修文馆学士。景云元年，迁吏部侍郎。二年，进黄门侍郎，封中山郡公。开元初，为紫微侍郎，俄拜刑部尚书，卒年六十，《全唐文》作者小传称卒年六十八，未知所据。赠黄门监，谥曰贞。与兄尚一、尚贞俱以文章见称，弟兄所作合编为《李氏花萼集》二十卷。《旧唐书·经籍志下》《新唐书·艺文志四》又著录《李乂集》五卷，俱佚，其文《全唐文》卷二六六存《谏遣使江南以官物充直赎生疏》《对成都令劝学判》《节愍太子哀册文》三篇，又周绍良编《唐代墓志汇编》录《大唐故特进中书令博陵郡王赠幽州刺史崔公墓志铭并序》(页一一六八)一篇、陈尚君编《全唐文补编》卷二八录《大唐大慈恩寺法师基公碑》(页三三九)一篇，合计五篇。《全唐文》卷二五六苏颋《故刑部尚书中山李公诗法记》载李乂扈驾新丰汤井还，作扈从诗十韵，“诗成而寝，奄忽生灾，此即夫子获麟之卒章”。文章骈散结合，追忆以往交往及作诗经历，感情悲切，痛彻心扉：“呜呼！翰墨未燥，形神已离。举朝惊嗟之声，不崇朝而达于远矣。公文特称于世，每谓知音则寡，同气相求。逮观此词，何异于理！正在心而为咏，岂交臂而相失！曾未数刻，恨不回车击节而如旧也。抚膺一恸，不觉涕之涟洏。痛矣中山，长无山日。虽子期不听，存者可以绝弦；而相如有作，殁者竟传遗草。”苏颋本年五月撰《唐紫微侍郎赠黄门监李乂神道碑》，称引当时名人对李乂的赞赏，如薛元超称“此子必负海内盛名”，苏味道亦称“伟藏器而嗟韫椟”，甚为器重。苏颋云：“所著文章，成六十卷。五言之妙，一变乎时。流便轻婉，经纶密致，犹乐箫韶、工黼黻也。”李乂确实兼有吏才与文才，担任殿中侍御，“平而不颇，疏而不漏”,开元中掌文诰,深受玄宗信用,秉承儒家忠信公顺的礼法行事,“邦释令典,公敷大猷”。死后许多好友痛悼其“弗冥冥隳行,弗察察从政,弗执利邀宠,弗夸毗耀荣;无躁求,无苟得,结友朋义也。诲子弟仁也,荐贤畏其知,闻善若已出。急于病,让于夷,轻于财,重于施,乃中山之度矣”。碑文末作颂言五首,称其为“王佐之才”,“守位以正,行己无私,无私伊何,惟忠是效,以正伊何,临事不挠”。

## |春|

**范崇凯、薛邕、史翙、李朏、张均等十六人登进士第,试《丹甑赋》,考功员外郎邵炅知贡举。**

《登科记考补正》卷五:“(开元四年)《文苑英华》载《丹甑赋》有薛邕、史翙,盖二人以此赋登第也。……按《丹甑赋》以‘周有丰年’为韵。”《全唐文》卷三三五、卷四三九载薛邕、史翙《丹甑赋》。薛邕《丹甑赋》:“元德日用兮象帝之先,丹甑时见兮神物光妍。中含虚兮体道,上应规兮法天。染人无所施其彩饰,陶人无所效其贞坚。以享以孝兮可以馈饎,多稌多黍兮屡兹丰年。”

## |四 月|

**四日,唐玄宗针对重征租调徭役,迫使农民逃亡的现象加以安抚,苏颋为撰《洗涤官吏负犯制》。**

《唐大诏令集》卷一〇〇载《洗涤官吏负犯制》。《全唐文》卷二五三载系于开元四年四月四日,《册府元龟》卷六三亦载。

## |五 月|

**甲辰,唐玄宗下《捕蝗诏》。**

《全唐文》卷二七载此诏,《册府元龟》卷一四四系开元四年五月甲辰。

**或言今岁选叙大滥，县令非才。唐玄宗悉召县令于宣政殿试策，韦济词理第一，余二十余人不入第，四十五人放归学问。唐玄宗下《劝奖县令诏》。随后吏部侍郎卢从愿左迁豫州刺史，李朝隐左迁滑州刺史。史称“从愿典选六年，与朝隐皆名称职”，与高宗时马载、裴行俭称“吏部前有马、裴，后有卢、李”。**

《资治通鉴》卷二一一：“或言于上曰：‘今岁选叙大滥，县令非才。’及入谢，上悉召县令于宣政殿庭，试以理人策。惟鄄城令韦济词理第一，擢为醴泉令。余二百余人不入第，且令之官；四十五人放归学问。吏部侍郎卢从愿左迁豫州刺史，李朝隐左迁滑州刺史。”按：“百”当作“十”。《旧唐书·韦济传》：“时有人密奏玄宗：‘今岁吏部选叙太滥，县令非材，全不简择。’及县令谢官日，引入殿庭，问安人策一道，试者二百余人，独济策第一，或有不书纸者。擢济为醴泉，令二十余人还旧官，四五十人放归习读，侍郎卢从愿、李朝隐贬为刺史。济至醴泉，以简易为政，人用称之。”《全唐文》卷二七《劝奖县令诏》：“抚字之道，在于县令。”按：《唐会要》卷六九载此诏，云“开元四年十一月敕”。韦济（688—754），京兆杜陵（今陕西西安）人。韦思谦之孙，韦嗣立第三子。早以辞翰闻。开元四年，选调鄄城令。玄宗殿试安民策，济策第一，擢醴泉令。二十四年擢京兆少尹，再迁户部侍郎，转太原尹。天宝七载迁河南尹，转尚书左丞，官终冯翊太守。韦济与杜甫、高適有交往，制《先德诗》，颂父祖功德，辞致高雅。新旧《唐书》有传。韦述有《韦济墓志》。《唐文拾遗》卷一八录其文一篇。

## 六月

**唐睿宗崩，年五十五，苏颋撰《睿宗遗诰》，称其“三为天子，三以天下让”。**

《旧唐书·睿宗纪》：“开元四年夏六月甲子，太上皇帝崩于百福殿，时年五十五。秋七月己亥，上尊谥曰大圣贞皇帝，庙曰睿宗。冬十月庚午，葬于桥陵。天宝十三载二月，改谥曰玄真大圣大兴孝皇帝。”《新唐书·睿宗纪》：“开元四年六月，崩于百福殿，年五十五，谥曰大圣真皇帝。天宝十三载，增谥玄真大圣大兴孝皇帝。”又《旧唐书·玄宗纪上》：“（开元四年六月）癸亥，太上皇崩于百福殿。”《新唐书·玄宗纪》：“（开元四年）六月甲子，太上皇崩。”《唐大诏令集》卷一二载苏颋《睿宗遗诰》（《全唐文》卷一九录此文于玄宗名下，误）：“三为天子，三以天下让。”具体应指：第一次被武后则天立为帝，后被贬黜为皇嗣，再降为相王；第二次唐中宗即位，尊称为“皇太弟”，中宗死后，遗诏指其辅政，因韦后反对而作罢；第三次，李隆基景龙四年“六月政变”胜利，睿宗重登皇位，两年后传位于太子李隆基，称太上皇，直至逝世。

## | 七月 |

**六日，唐玄宗制令精访人才，具以名闻，苏颋撰《遣王志愔等各巡察本管内制》。**

《登科记考补正》卷五：“（开元四年）七月六日，制曰：‘……宜令各巡本管内，人有清介独立，可以标映士林，或文理兼优，可以润益邦政者，百姓中文儒异等，道极专门，或武力超伦，声侔敌国者，并精访，具以名闻。’”《全唐文》卷二五三（《唐大诏令集》卷一〇四）载此制。

## | 秋 |

**卢怀慎因病去官，苏颋撰《许卢怀慎去官养疾敕》，许其养病。**

《全唐文》卷三四载此敕，称卢怀慎“大才宏识，资忠履信，学穷坟典，文纬邦国。朕之倚赖，人实具瞻”。《唐大诏令集》卷五七题为《卢怀慎去官养疾敕》。

## | 十月 |

**苏颋先后撰《为政事请公除状》《第二状》《第三状》。己亥，上尊谥曰大圣贞皇帝，庙号睿宗，苏颋撰《为群官请虞卒哭表》《睿宗大圣真皇帝哀册文》。**

事见新旧《唐书·睿宗纪》。《全唐文》卷二五六、卷二五五、卷二五八载以上诸文。

## | 十一月 |

**己卯，黄门监卢怀慎疾亟，上遗表荐宋璟、李杰、李朝隐、卢从愿并明时重**

**器,玄宗深纳之。乙未,卒,家无余蓄,唐玄宗下《赐卢怀慎家帛粟敕》,宋璟撰《请恤卢怀慎家口奏》,苏颋撰《唐黄门监卢怀慎碑》。丙申,下制以尚书左丞源乾曜为黄门侍郎同平章事。**

事见《资治通鉴》卷二一一。《旧唐书·卢怀慎传》录其《遗表》(《全唐文》卷二七五载)。《唐大诏令集》卷六五载《赐卢怀慎家帛粟敕》,《全唐文》卷二七题为《赐卢怀慎家粟帛诏》,文字有小异。《全唐文》卷二〇七载宋璟《请恤卢怀慎家口奏》。《全唐文补编》卷三一有苏颋《唐黄门监卢怀慎碑》之辑录。《全唐文》卷二一载《授源乾曜黄门侍郎同平章事制》,《唐大诏令集》卷四四、《册府元龟》卷七二、《文苑英华》卷四四八并载。《文苑英华》题为《源乾曜拜相制》。

**修史官刘知幾、吴兢撰《睿宗实录》二十卷、《则天实录》三十卷、《中宗实录》二十卷成。姚崇奏请赏赐。**

《唐会要》卷六三《修国史》:"开元四年十一月十四日,修史官刘子玄、吴兢撰《睿宗实录》二十卷、《则天实录》三十卷、《中宗实录》二十卷成,以闻。又引古义白于执政。宰相姚崇奏曰:'……子玄等请各赐物五百段。'从之。"

**张九龄本年三十九岁,奉命南使,开大庾岭山路。此前在左拾遗任上因上书言情,开罪时宰。**

《曲江集》卷一七张九龄《开凿大庾岭路序》:"先天二载,龙集癸丑,我皇帝御宇之明年也,理内及外,穷幽极远,日月普烛,舟车运行,无不求其所宁,易其所弊者也。……开元四载冬十有一月,俾命使臣左拾遗内供奉张九龄……相其山谷之宜,革其坂险之阻。"徐浩《唐尚书右丞相中书令张公神道碑》:"迁左拾遗,封章直言,不协时宰,方属辞满,拂衣告归。"

**张说本年五十岁,作《五君咏》及序投献苏颋,苏颋为之上封事求情。**

《明皇杂录》卷下:"苏颋方当大用,而张说与瓌相善,张因为《五君咏》,致书,封其诗以遗颋,戒其使曰:'候忌日近暮送之。'使者既至,因忌日,赍书至颋门下。会积阴累旬,近暮,吊客至,多说先公寮旧,颋因览诗,呜咽流涕,悲不自胜。翌日，乃上封，大陈说忠贞謇谔，尝勤劳王室，亦人望所属，不宜沦滞于遐方。上乃降玺书劳问，俄而迁荆州长史。由是陆象先、韦嗣立、张廷珪、贾曾皆以谴逐岁久，因加甄收。颋常以说父之执友，事之甚谨；而说重其才器，深加敬慕焉。"王泠然《论荐书》："相公《五君咏》曰：'凄凉丞相府，余庆在玄成。'苏公一闻此诗，移相公于荆府。"苏瓌卒于景云元年十一月。张说《五君咏序》："达志、美类、刺异、感义、哀事，颜氏之心也，拟焉。"所咏五君者为：齐国公魏元忠、许国公苏瓌、赵国公李峤、代国公郭元振、耿国公赵彦昭。

## |十二月|

**辛亥，唐玄宗将幸东都，苏颋为撰《幸东都制》。**

事见《资治通鉴》卷二一一。《全唐文》卷二五三载此文，《唐大诏令》《文苑英华》系于十二月三日。

**太常卿姜皎与礼官陈贞节等上表，请除则天帝号，直云则天皇后武氏。**

事见《唐会要》卷一五。《全唐文》卷二八一载陈贞节《请除则天帝号表》。陈贞节，颍川（在今河南禹州）人，开元初为右拾遗，迁太常博士。《全唐文》卷二八一录其文七篇，均与宗庙礼法有关，《新唐书》将其列入《儒学传》。

## |闰十二月|

**姚崇二子广通宾客，颇受馈遗，为时所讥，亲信赵诲受胡人赂当死，崇复营救，玄宗不悦。姚崇数请避相位，荐宋璟自代。己亥，姚崇罢知政事，宋璟、苏颋为相，宋璟犯颜直谏，与苏颋相得甚厚。姚、宋并称唐世贤相。**

《资治通鉴》卷二一一："（开元四年闰十二月）己亥，姚崇罢为开府仪同三司，源乾曜罢为京兆尹、西京留守，以刑部尚书宋璟守吏部尚书兼黄门监，紫微侍郎苏颋同平章事。璟为相，务在择人，随材授任，使百官各称其职；刑赏无私，敢犯颜正谏。上甚敬惮之，虽不合意，亦曲从之。……璟与苏颋相得甚厚，颋遇事多让于璟，璟每论事则颋为之助。璟尝谓人曰：'吾与苏氏父子皆同居相府，仆射宽厚,诚为国器,然献可替否,吏事精敏,则黄门过其父矣。'姚、宋相继为相,崇善应变成务,璟善守法持正;二人志操不同,然协心辅佐,使赋役宽平,刑罚清省,百姓富庶。唐世贤相,前称房、杜,后称姚、宋,他人莫得比焉。二人每进见,上辄为之起,去则临轩送之。"参《新唐书·玄宗纪》、《唐大诏令集》卷四四。《全唐文》卷二一载《授宋璟吏部尚书苏颋同平章事制》,《文苑英华》卷四四八题为《宋璟苏颋拜相制》,《唐大诏令集》卷四四题为《宋璟兼黄门监苏颋平章事制》。《旧唐书·苏颋传》:"璟刚正,多所裁断,颋皆顺从其美;若上前承旨、敷奏及应对,则颋为之助,相得甚悦。"

**紫微舍人高仲舒博通典籍,齐澣练习时务,姚、宋每坐二人以质所疑,称"欲知古,问高君,欲知今,问齐君,可以无阙政"**。

事见《资治通鉴》卷二一一。

## |本 年|

**李邕贬括州司马**。

《旧唐书·李邕传》:"开元三年,擢为户部郎中。邕素与黄门侍郎张廷珪友善,时姜皎用事,与廷珪谋引邕为宪官。事泄,中书令姚崇嫉邕险躁,因而构成其罪,左迁括州司马。"

**赵冬曦自监察御史贬流岳州,与张说、张均、张垍、尹懋等同登岳阳楼,同游洞庭湖,撰《谢燕公江上愁心赋》**。

《新唐书·赵冬曦传》:"开元初,迁监察御史,坐事流岳州。"《全唐文》卷二九六赵冬曦《谢燕公江上愁心赋》:"江上之仙鹤兮凤翥而龙跃,气摩青天兮遥横碧落。集洞庭兮乍驻,倏回翔兮辽阔。……目征帆兮春水曲,永一望兮空踯躅。望眇眇兮思绵绵,忆都门兮夏云边。"《新唐书·张说传》:"张说……为中书令,封燕国公。"《新唐书·玄宗纪》:"(开元元年七月)乙亥,尚书右丞张说检校中书令。……(九月)张说为中书令。"知玄宗于开元元年封张说为燕国公,题云"燕公",当指张说。《赋》云"集洞庭",又云"忆都门",则《赋》当作于赵冬曦遭贬岳州，与张说同游洞庭湖之际，故知《谢燕公江上愁心赋》当作于开元四年。

**李白隐居大匡山，从赵蕤学，深受其影响。赵蕤乃节士，任侠有气，善为纵横学，著《长短经》。该书申王霸之道，源出于纵横，因时制变，乃事功之学，大旨主于实用，犹有魏晋之遗。**

《唐诗纪事》卷一八引《彰明逸事》："太白恐，弃去，隐居戴天大匡山，往来旁郡，依潼江赵征君蕤。蕤亦节士，任侠有气，善为纵横学，著书号《长短经》。太白从学岁余，去游成都。"《全唐文》卷三五八赵蕤《长短经叙》："夫霸者驳道也，盖白黑杂合，不纯用德焉。期于有成，不问所以，论于大体，不守小节。虽称仁义不及三王，而扶颠定倾，其归一揆。恐儒者溺于所闻，不知王霸殊略，故叙以长短术，以经纶通变者。创立题目，总六十三篇，合为十卷，名曰《长短经》。大旨在乎宁固根蒂，革易时弊，兴亡治乱，具载诸篇，为沿袭之远图，作经济之至道。"《新唐书·艺文志三》："赵蕤《长短要术》十卷。字太宾，梓州人。开元中召之不赴。"《长短经》卷六："自隋开皇十年庚戌岁灭陈，至今开元四年丙辰岁，凡一百二十六年，天下一统。"《四库全书总目》卷一一七："《长短经》九卷，唐赵蕤撰。……是书谈王伯经权之要，成于开元四年。自序称凡六十三篇，合为十卷。《唐志》与晁公武《读书志》，卷数并同。……然仅存九卷。……刘向序《战国策》，称或题曰《长短》。此书辨析事势，其源盖出于纵横家，故以'长短'为名。虽因时制变，不免为事功之学，而大旨主于实用，非策士诡谲之谋。其言固不悖于儒者，其文格亦颇近荀悦《申鉴》、刘邵《人物志》，犹有魏晋之遗。唐人著述，世远渐稀，虽佚十分之一，固当全璧视之矣。"

**苏颋撰有《授褚无量右散骑常侍制》《授梁升卿等拾遗制》《授裴耀卿检校考功员外郎制》《授王邱紫微舍人制》《授姜皎太常卿制》《授游子骞屯田员外郎制》《授马怀素秘书监制》《授韦凑将作大匠制》《授陈贞节太常博士制》《授郑惟忠太子宾客制》《授萧璇京兆尹制》《授王璬柳城县令制》《唐长安西明寺塔碑》。**

据陈钧《苏颋年谱》。以下择裴耀卿制略述。《文苑英华》卷三九一（《全唐文》卷二五一）载《授裴耀卿检校考功员外郎制》："士行纯密，文词典丽，时人许其清秀，职事推其综核。"裴耀卿（681—743），字涣之，河东闻（今属山西）人。八岁神童擢第，开元初，为长安令，二十年为京兆尹。二十一年拜相，黄门侍郎、同中书门下平章事。二十二年，迁侍中。二十四年，改尚书左丞相罢知政事，封赵城侯。天宝元年自尚书左仆射转右仆射。二年卒，年六十三，谥曰文献。生平事迹见孙逖《唐济州刺史裴公德政碑》、王维《裴仆射济州遗爱碑》、许孟容《唐故侍中尚书右仆射赠司空文献公裴公神道碑》，及《旧唐书》卷九八、《新唐书》卷一二七本传。耀卿曾编《崔液集》。《全唐文》卷二九七录其文十四篇，《唐文拾遗》卷一八辑补《营田奏》一篇，《全唐文补编》卷三五补《请于河口置仓奏》《对诏问救人之术》《征契丹凯旋奏》《请以讲读经子付史官奏》四篇，共计二十篇。

**苏颋自景龙二年(708)为中书舍人至开元四年(716)为相，前后八年，朝廷制诰文书多出其手，是当之无愧的“大手笔”。**

据陈钧《苏颋年谱》，苏颋景龙二年至开元四年撰《授赵升卿驾部员外郎制》《授赵升卿长安县令制》《授张游侍御史制》《授窦慈逊岐山县令制》《授毕怀亮清流县令制》《授吴太元宋城县令制》《授唐先择左金吾卫将军等制》《授郑溥殿中侍御史等制》，先天二年至开元四年撰《授柳涣左司员外郎制》《授柳涣司门郎中制》《授柳涣给事中制》《授李畬司勋员外郎制》《授张肩太子司议郎制》《为政事贺苗稼状》《皇诞日画像铭》，开元元年至开元四年撰《授崔琳紫微舍人制》《授齐澣紫微舍人制》《授彭景直礼部郎中制》《授蔡秦客金部郎中制》《授郑博雅膳部郎中制》《授高仲舒都官郎中制》《授王践睦虞部郎中制》《授韦希仲宗正卿制》《授王希隽太仆郎制》《授郑孝式卫尉少卿制》《授杜元逞殿中少监制》《授陈正观将作少监制》《授李处直少府少监制》《授胡皓著作郎制》《授郑谞国子司业制》《授安金藏右骁卫将军制》《授裴君士太子少詹事制》《授于光寓太子中允制》《授杨祯太子右谕德制》《授王瑀太子左赞善大夫制》《授苏征太子右赞善大夫制》《授吴升太子左赞善大夫制》《授萧嵩太子舍人制》《授陈惠满仓部员外郎等制》《授姚弈太子舍人制》《授崔子源岐王府长史制》《授王守廉申王府长史制》《授贺兰忠肃郯王友制》《授白知慎河南少尹制》《授秦守一万年县令制》《授郑璇河南县令制》《授崔隐甫洛阳县令制》《授韦光业高陵县令制》《授李守一别驾等制》《授韦抱真虢州别驾制》《授韦表玘泗州别驾制》《授张景顺原州都督府别驾制》《授樊侃益州司马制》《授阳洽安邑县令制》《授于光庭闻喜县令制》《封姚崇妻郑国夫人制》，开元二年至开元四年，撰《授李怀让兵部郎中制》《授李怀让给事中制》《授李怀让御史中丞制》《授洪子舆起居舍人制》《授慕容珣吏部郎中等制》《授李延昌左金吾卫大将军制》《授秦守一京兆尹制》，开元三年、四年撰《授源乾曜等尚书右丞等制》《授毕构户部尚书制》《授艾敬直仙州长史制》。

## 唐玄宗开元五年

丁巳　七一七

### | 正 月 |

**癸卯，唐玄宗本年三十三岁，将幸东都，苏颋本年四十八岁，为撰《幸东都制》。太庙四室坏，素服避正殿，以问宋璟、苏颋、姚崇，喜姚崇对。己酉，命姚崇五日一朝，问于大政。褚无量称其谀臣，弗听。**

《全唐文》卷二五三载苏颋制书。《资治通鉴》卷二一一："时上将幸东都，以问宋璟、苏颋，对曰：'陛下三年之制未终，遽尔行幸，恐未契天心，灾异为戒；愿且停车驾。'又问姚崇，对曰：'太庙屋材，皆苻坚时物，岁久朽腐而坏，适与行期相会，何足异也！且王者以四海为家，陛下以关中不稔幸东都，百司供拟已备，不可失信；但应迁神主于太极殿，更修太庙，如期自行耳。'上大喜，从之。赐崇绢二百匹。己酉，上行享礼于太极殿，命姚崇五日一朝，仍入阁供奉，恩礼更厚，有大政辄访焉。右散骑常侍褚无量上言：'隋文帝富有天下，迁都之日，岂取苻氏旧材以立太庙乎！此特谀臣之言耳。愿陛下克谨天戒，讷忠谏，远谄谀。'上弗听。"

**太常少卿王仁忠，博士冯宗、陈贞节奏武则天立明堂有乖古制，穷极奢侈，陈贞节撰《明堂议》。**

事见《旧唐书·礼仪二》。《资治通鉴》卷二一一称"王仁忠"为"王仁惠"，恐误。《全唐文》卷二八一载此文。

## 二月

**唐玄宗至东都，大赦天下，苏颋为撰《至东都大赦天下制》。武德、贞观以来勋臣子孙无位者，访求其后奏闻，命州牧荐嘉遁幽栖养高不仕者。**

事见《旧唐书·玄宗纪上》。《唐大诏令集》卷七九载此制，《全唐文》卷二五三题为《至都大赦天下制》。

**针对去岁灭蝗教训，采取善后措施，巩固灭蝗成果，下《遣使河南河北道观察利害诏》。**

《唐大诏令集》卷一〇四载此诏，《文苑英华》卷四六一题为《出使优恤制》，《全唐文》卷二七题为《遣使巡察河南北诏》，文字略有小异。

## 三月

**刘清、刘廷玉、刘嶷、王泠然、李蒙等二十五人登进士第，试《止水赋》。明经科徐浩等人及第。考功员外郎裴耀卿知贡举。**

《登科记考补正》卷五："（开元五年）《文苑英华辨证》引《唐登科记》，开元五年试《止水赋》。考《文苑英华》，《止水赋》以'清审洞澈涵容'为韵。"《全唐文》卷三九五刘清《止水赋》："有一人兮充赋，每咨叹于涧松。饰清颜而自肃，希止水而今逢。则知无美恶以毕鉴，岂徒取乎矫容？"

徐浩（703—782），字季海，郡望东海，祖籍吴兴，越州剡县（今浙江嵊县）人。善为文，尤擅书法，擅长八分、行、草书，尤精于楷书。少举明经，安史之乱后从玄宗幸蜀，拜中书舍人、集贤殿学士、尚书右丞，为李辅国所谮，贬为庐州长史。肃宗时授中书舍人，四方诏令多由徐浩所书。代宗继位，仍为中书舍人，迁工部侍郎。德宗时封会稽县公，建中三年卒，年八十，赠太子少师，谥曰定。生平事迹见张式《大唐故银青光禄大夫彭王傅上柱国会稽郡开国公赠太子少师东海徐公神道碑》、《旧唐书》卷一三七、《新唐书》卷一六〇本传。《新唐书·艺文志》、王尧臣《崇文总目》著录《书谱》一卷、《古迹记》一卷，张彦远将两书编入《法书要录》,《直斋书录解题》卷五著录徐浩《卢陵王一事》一卷,已佚。《全唐文》卷四四〇存文五篇(包括《书法论》),《唐文拾遗》卷二七存文一篇,《全唐文补遗》(第五辑)补《唐故赠工部尚书张公(庭珪)墓志铭并序》一篇,《全唐文补遗》(第六辑)补《唐故河南府河阳县丞陈府君(希望)墓志铭并序》一篇,《全唐文补遗》(第八辑)补《唐故朝议郎行冯翊郡司兵参军徐府君(浚)墓志铭并序》一篇,《全唐文补遗》(千唐志斋新藏特辑)补《唐故朝议大夫行尚书膳部员外郎上柱国崔府君(藏之)墓志铭并序》一篇,共计十篇。

**唐玄宗复欲置营州于柳城,宋璟固争以为不可,宋庆礼陈其利,玄宗乃诏庆礼为礼充使兼营州都督,下《命柳城复置营州诏》。**

事见《资治通鉴》卷二一一,《唐会要》卷七三。《全唐文》卷二七载《命柳城复置营州诏》。《唐大诏令集》卷九九节选,题为《置营州都督府制》。《文苑英华》卷四六四节选,题为《置劳州都督府制》,误。

**王泠然本年二十六岁,登进士第,授将仕郎,守太子校书郎,撰《止水赋》《与御史高昌宇书》等。**

《全唐文》卷二九四《止水赋》:"为国者取象于止水,使其政公平;为身者亦同于止水,使其心至明。……《书》云:'视水积影,能见形容;视人行事,能知吉凶。'政烦则人扰,水浊则鱼喁。"王泠然《论荐书》:"长安令裴耀卿,于开元五年掌天下举,擢仆高第,以才相知。"同卷王泠然《与御史高昌宇书》:"先天年中,仆虽幼小,未闲声律,辄参举选。公既明试,量拟点额。仆之枉落,岂肯缄口? ……往者虽蒙公不送,今日亦自致青云。天下进士有数,至河以北,惟仆而已。……望御史今年为仆索一妇,明年为留心一官。……君之此恩,顶上相戴。傥也贵人多忘,国士难期,使仆一朝出其不意,与君并肩台阁,侧眼相视,公始悔而谢仆,仆安能有色于君乎?"王泠然上书御史高昌宇,欲得其援引,然语多狂傲。王泠然又有《汝州薛家竹亭赋》《清泠池赋》《新潭赋》《初月赋》《苏合山赋》,作年皆难确考,姑一并略记于此。

## 四月

**己丑，皇子嗣一卒，追立为夏王，谥曰悼，苏颋为撰《大唐故悼王石塔铭》。**

事见《资治通鉴》卷二一一。《全唐文》卷二五六载此文。

**张说本年五十一岁，二月迁荆州大都督府长史，四月到任，撰《荆州谢上表》，有“一辞庭阙，已涉五年，不有自白之书，竟无因人之请”之语。张说又撰《祭城隍文》。**

张说迁荆州长史，《旧唐书》本传未载其事，《新唐书》本传有其事而无其时。岑仲勉《唐史余渖》之“张说迁荆州之年”一条，提出开元五年、六年两种可能，陈祖言《张说年谱》证明其迁荆州确在开元五年，四月张说从岳州赴任。熊飞《张说年谱新编》更以新材料佐证，并参见，页一〇八—一〇九。《张说之文集》卷三〇《荆州谢上表》：“伏奉二月二十五日制书，除臣荆州大都督府长史。受命荒服，浮舟遡溯，以今月十七日到州上讫。……及一辞庭阙，已涉五年，不有自白之书，竟无因人之请。”《张说之文集》卷二三《祭城隍文》：“维大唐开元五年，岁次丁巳，四月庚午朔二十日己丑，荆州大都督府长史上柱国燕国公说，谨以清酌之奠，昭告于城隍之神。”

## 五月

**唐玄宗下《命故密王元晓再从孙彻嗣爵制》。**

《全唐文》卷二一载此制，《唐大诏令集》卷三八题为《封嗣密王制》，系开元五年五月。

**唐玄宗下《量减镇兵年限诏》，以四年为限。**

《全唐文》卷二七载此诏，《唐大诏令集》卷一〇七题为《镇兵以四年为限诏》，系开元五年五月。

**苏颋撰《巡幸东都赐赉扈从赦天下制》**。

《唐大诏令集》卷七九载此制,系开元五年五月。

## |七月|

**甲子,唐玄宗下《改明堂为乾元殿诏》**。

《旧唐书·玄宗纪上》:"(开元五年)秋七月甲子,诏曰:'……今之明堂,俯邻宫掖,比之严祝,有异肃恭,苟非宪章,将何轨物? ……可改为乾元殿,每临御依正殿礼。'"《唐大诏令集》卷一〇八(《全唐文》卷二七)载此诏:"今之明堂,俯邻宫掖,比之严祀,有异肃恭,苟非宪章,将何轨物? 由是礼官博士、公卿大夫,广参群议,钦若前古,宜存路寝之式,用罢辟雍之号。可改为乾元殿,每临御,宜依正殿礼。"系开元五年八月,恐有误。

**唐玄宗重视吏治,苏颋为撰《诫励诸州刺史敕》,逃民自动复归与诸州刺史的荐贤结合**。

《唐大诏令集》卷一〇〇《诫励诸州刺史敕》:"至于敬耆老,恤茕弱,止奸盗,伏豪强,人不忍欺,吏不敢犯,田畴垦辟,狱圄空虚,徭赋必平,逋逃自复,门杜请谒,庭无滞留。若是者,乃闻举职思,可以力致。"《唐大诏令集》卷一〇三、《全唐文》卷二五四题为《处分朝集使敕(二)》,题苏颋作。

**宋璟言姜皎、姜晦兄弟权宠盛,非所以安之,玄宗以姜晦为宗正卿,姜皎放归田园,玄宗撰《放姜皎归田敕》**。

事见《资治通鉴》卷二一一。《全唐文》卷三四载此文。

**并州置天兵军,唐玄宗下《并州置天兵军制》,以并州长史张嘉贞为天兵军大使**。

事见《资治通鉴》卷二一一。《全唐文》卷二一载此文,《册府元龟》卷九九二亦载此文,文字略有差异。

**唐玄宗下《放遣括获妇女诏》**。

《全唐文》卷二七载此诏,《唐大诏令集》卷一〇九题为《禁别宅妇人诏》,系开元五年七月。

## |九 月|

**复紫微省为中书省,黄门省为门下省,监为侍中**。

事见新旧《唐书·玄宗纪》、《资治通鉴》卷二一一。

**唐玄宗撰《优礼诸州乡贡明经进士诏》**。

《唐大诏令集》卷一〇五题为《令明经进士就国子监谒先师敕》:"古有宾献之礼,登于天府,扬于王庭。重学尊儒,兴贤造士,故能美风俗,成教化,先王之所繇焉。……其诸州乡贡明经进士,见讫宜令引就国子监谒先师。学官为之开讲,质问其义,仍令所司优厚设食。两官及监内得举人亦准此。其清资官五品以上及朝集使并往观礼,即为常式。"《唐会要》卷七六《缘举杂录》:"开元五年九月诏:诸州乡贡明经进士见讫,宜令引就国子监,谒先师,学官为之开讲,质问疑义,仍令所司优厚设食。两馆及监内得解举人,亦准此。其日,清官五品以上,及朝集使,并往观礼,即为常式。'谒先师,自此始也。'"《登科记考补正》卷五:"(开元五年)九月,诏曰:'古有宾献之礼,登于天府,扬于王庭。重学尊儒,兴贤造士,故能美风俗,成教化,盖先王之所繇焉。……其诸州乡贡明经、进士见讫,宜令引就国子监谒先师。学官为之开讲,质问疑义。仍令所司,优厚设食。两馆及监内得解举人,亦准此。其日,朝请官五品以上及朝集使并往观礼,即为常式。'"按:此文引自《册府元龟》卷五〇《帝王部·宗儒二》。《唐摭言》卷一"谒先师"条亦载此文。

**宋璟欲恢复贞观故事,中书、门下及三品官入奏事,必使谏官、史官随之,有失则匡正,美恶必记之,诸司对仗奏闻。唐玄宗下《令奏事仍进先状诏》,"自依**

**旧例”**。

事见《资治通鉴》卷二一一。《册府元龟》卷五二三《谏诤部·讽谏》:“(宋璟)手写《尚书·无逸》一篇,为图以献。”玄宗深知其用心良苦,“置之内殿,出入观省,咸记在心,每叹古人至言,后代莫及,故任贤戒欲,心归冲漠”(《旧唐书·崔植传》)。《全唐文》卷二七载《令奏事仍进先状诏》:“自今已后,非灼然秘密不合彰露者,并令封状奏。如文书浩大事理交杂者,仍进先状,其史官自依旧例。”参见《唐会要》卷二五《百官奏事》。

**张说撰《广州都督岭南按察五府经略使宋公遗爱碑颂》一文,概括宋璟之刚直风范,受到后世青睐**。

《张说之文集》卷一二载《广州都督岭南按察五府经略使宋公遗爱碑颂》。此文甚为有名,以“执白简,登琐闼,推诚謇谔,不私形骸,忤英主之龙鳞,踏奸臣之虎尾。挫二张之锐,则声怛寰域;折三思之角,则气盖风云”,概括宋璟执政时的威名,形象而又简练,宋璟“不怒而威,不言而信”的刚直个性自显。全文六百余字,深受清人蔡世远《古文雅正》卷七赞赏:“大手笔方有此大文章,惟广平公足以当之。”清人龚自珍《唐文目》选张说文只此一篇,可谓独具慧眼。张说还撰有《禜城门文》《祭江祈晴文》二文,《张说之文集》卷二三载,系年参熊飞《张说年谱新编》,页一一二、一一五。

## |十月|

**癸酉,伊阙人孙平子上《请祔孝和皇帝封事》,太常博士陈贞节、冯宗、苏献以为不可。陈贞节撰《驳孙平子请祔孝和皇帝议》,时论多是平子,玄宗亦以为然,议久不决。因苏献为苏颋从祖兄,故从礼官议。甲申,下《令史官条奏每月应所行事诏》**。

事见《资治通鉴》卷二一一。《全唐文》卷三三五载孙平子文,卷二八一载陈贞节文。《唐大诏令集》卷八六载《令史官条奏每月应所行事诏》,《全唐文》卷二七题为《令礼官条奏应行事诏》,《册府元龟》卷六三系开元五年十月甲申。

**许景先在殿中侍御史任，撰朱思贤墓志。**

《新唐书·许景先传》："宋璟、苏颋择殿中侍御史，久不补，以授景先，时议佥惬。"《唐五代墓志汇编》开元〇五七《朱思贤墓志》云"朝议郎、殿中侍御史高阳许景先词"，开元五年十月七日葬。

## |十一月|

**唐玄宗下《整饬民风诏》《禁屠杀马牛驴诏》。**

《全唐文》卷二七载此二诏，《唐大诏令集》卷一〇九题为《禁止街坊轻浮言语诏》《禁杀害马牛驴肉敕》，系开元五年十一月。

## |十二月|

**唐玄宗从秘书监马怀素奏，重新整理图书，以续王俭《七志》。褚无量、马怀素总理其事。马怀素领尹知章、王直、赵玄默、吴绰、韦述、马利征、刘彦直、宋辞玉、陆绍伯、李子钊、殷践猷、解崇质、余钦、王惬、刘仲丘、侯行果、袁晖、晁良、毋煚、王湾、郑良金等于秘书省编制群书目录，分部撰次，褚无量领卢僎、陆去泰、王择从、徐楚璧（安贞）等在乾元殿校写内库群书。**

《资治通鉴》卷二一一："（开元五年十二月）秘书监马怀素奏：'省中书散乱讹缺，请选学术之士二十人整比校补。'从之。于是搜访逸书，选吏缮写，命国子博士尹知章、桑泉尉韦述等二十人同刊正，以左散骑常侍褚无量为之使，于乾元殿前编校群书。"《旧唐书·马怀素传》："是时，秘书省典籍散落，条疏无叙，怀素上疏曰：'南齐已前坟籍，旧编王俭《七志》。已后著述，其数盈多，《隋志》所书，亦未详悉。或古书近出，前志阙而未编，或近人相传，浮词鄙而犹记。若无编录，难辨淄渑。望括检近书篇目，并前志所遗者，续王俭《七志》，藏之秘府。'上于是召学涉之士国子博士尹知章等分部撰录，并刊正经史，粗创首尾。"《新唐书·马怀素传》开列分部撰写名单。《玉海》卷五二引韦述《集贤注记》："五年于东京乾元殿写四部书，无量充使检校，六年三月五日，学士以下始入乾元院。"《新唐书·褚无量传》："天子诏于东都乾元殿东厢部汇整比，无量为之使。因表闻喜尉卢僎、江夏尉陆去泰、左监门率府胄参军王择从、武陟尉徐楚璧,分部雠定,卫尉设次,光禄给食。”马怀素与褚无量各领一班人员,于秘书省编制群书目录,在乾元殿校写内库群书。参见郑伟章《唐集贤院考》,载《文史》第十九辑。

**张九龄本年四十岁,居韶州,与王履震等交游,撰《岁除陪王司马登薛公逍遥台序》《陪王司马宴王少府东阁序》。**

《曲江集》卷一七张九龄《岁除陪王司马登薛公逍遥台序》:“故郡城有荒台焉,虽层宇落构,而遗制岿然,邑老相传,斯则薛公道衡之所憩也。薛公不容隋季,出守海隅,岂作台榭以崇奢?盖因丘陵而视远。必有以清涤孤愤,舒啸佳辰,寄文翰以相宣,仰风流而未泯。今司马公英达好古,清誉满时,迹有忤于贵臣,道未行于明主。以长沙下国,同贾谊之谪居;六安远郡,无桓谭之不乐。尝以为仁不异远,必敷政以爱人;穷当益坚,已坦怀而乐地。属府庭闲暇,江浦清明。南土阳和,觉寒氛之向尽;东郊候暖,爱春色之先来。于是命轻舸以乘流,趣高台而降望,越荒堞,披古道,跻隐嶙而三休,俯芊绵而四极。其远则烟连井墟,指瓯貊以南驰;云合山川,踞荆吴而北走。其近则深溪见底,鳞介之所出没;乔林夹岸,羽毛之所翱翔。悠哉薛公!无不寄也。意神期之可接,陟彼峻隅;想风景之不殊,剪为茂草。司马公又以为岘山故事,感羊祜以兴言;湘水遗风,怀屈原而可作。况登高能赋,得无述焉?某实小人,受教君子,虽羲之乐会稽之士,自与许询;而仲举礼豫章之人,复招徐孺。是日也,群英在焉,猥惟陋才,忝陪下列,祗命为序,请各言诗。”薛公即薛道衡。同卷张九龄又有《陪王司马宴王少府东阁序》:“至若《诗》有怨刺之作,《骚》有愁思之文,求之微言,匪云大雅。王六官志其大者,司马公引而申之,谪居何心,不欲贾生之投吊?穷愁非我,安用虞卿之著书?”王少府行六,即王履震。王司马,生平不详。张九龄本年还撰有《为王司马祭甄都督文》《为王司马祭妻父文》,均见《曲江集》卷一七。

## |本 年|

**韩琬上《续史记》《南征记》《御史台记》。**

《玉海》卷五七引韦述《集贤注记》:“宋州司马韩琬上《续史记》一百三十卷、《南征记》十卷、《御史台记》十二卷。”韩琬,生卒年不详,字茂贞,邓州南阳

（今属河南）人，擢进士第，天册万岁二年举文艺优长科。所著三书皆不存，但《太平广记》《太平御览》《资治通鉴考异》《类说》等书引其《御史台记》逸文七十余条，记唐初至玄宗御史台官员事迹，对武后时酷吏恶行有所揭露。《全唐文》卷三〇四录《上睿宗论时政疏》一文。《新唐书》有传。

**萧颖士生**。

萧颖士（717—760），字茂挺，行十，梁鄱阳王七世孙。郡望南兰陵（今江苏常州），颍州汝阴（今安徽阜阳）人。名重于时，号萧夫子、萧功曹。上元元年卒，门人谥曰文元先生。生平事迹见《旧唐书》卷一九〇下、《新唐书》卷二〇二本传。《旧唐书·萧颖士传》："萧颖士者，字茂挺。"《新唐书·萧颖士传》："萧颖士，字茂挺，梁鄱阳王恢七世孙。……尹征、王恒、卢异、卢士式、贾邕、赵匡、阎士和、柳并等皆执弟子礼，以次授业，号萧夫子。……后客死汝南逆旅，年五十二，门人共谥曰文元先生。颖士乐闻人善，以推引后进为己任，如李阳、李幼卿、皇甫冉、陆渭等数十人，由奖目，皆为名士。天下推知人，称萧功曹。"李华《扬州功曹萧颖士文集序》："开元天宝间词人……以文学著于时者，曰兰陵萧君颖士，字茂挺，梁鄱阳忠烈王之后。……十九进士擢第。"《新唐书·萧颖士传》载颖士"开元二十三年，举进士，对策第一"。《登科记考补正》卷八亦载："（开元二十三年）进士：萧颖士。"又李华《扬州功曹萧颖士文集序》云其"十九进士擢第"。以开元二十三年，年十九逆推，知萧颖士当生于唐玄宗开元五年。

## 唐玄宗开元六年

戊午　七一八

### 正月

**唐玄宗本年三十四岁，命整治御府古今工书钟、王等真迹，得一千五百一十卷**。

《唐会要》卷三五《书法》："开元六年正月三日，命整治御府古今工书钟、王等真迹，得一千五百一十卷。"

**辛丑，突厥毗伽可汗请和，唐玄宗下《赐突厥玺书》。**

事见《新唐书·玄宗纪》、《资治通鉴》卷二一二。《全唐文》卷四〇载此赐书，《册府元龟》卷九八〇亦载。

**敕禁私铸恶钱，秘书少监崔沔上《禁私铸议》。**

《资治通鉴》卷二一二："辛酉，敕禁恶钱，重二铢四分以上乃得行。敛人间恶钱镕之，更铸如式钱。于是京城纷然，卖买殆绝。宋璟、苏颋请出太府钱二万缗置南北市，以平价买百姓不售之物可充官用者，及听两京百官豫假俸钱，庶使良钱流布人间，从之。"司马光《资治通鉴考异》："武德四年铸开元通宝钱。其后盗铸渐起，显庆五年以恶钱多，官为市之，以一善钱售五恶钱。民间藏恶钱以待禁弛。乾封以后，私钱犯法日蕃，有以舟筏铸于江中者。诏所在纳恶钱，而奸亦不息。武后时，钱非穿穴及铁锡铜液，皆得用之，熟铜排斗沙涩之钱皆售。自是盗铸蜂起，吏莫能捕。先天之际，两京钱益滥，或镕锡模钱，须臾百十，故禁之。"《全唐文》卷二七三载《禁私铸议》。

**广州吏民为宋璟立遗爱碑，宋璟请敕禁止，玄宗从之，于是他州皆不敢立。**

《资治通鉴》卷二一二："广州吏民为宋璟立遗爱碑。璟上言：'臣在州无他异迹，今以臣光宠，成彼谄谀，欲革此风，望自臣始，请敕下禁止。'上从之。于是他州皆不敢立。"《全唐文》卷二〇七载宋璟《请停广州立遗爱碑奏》。

## | 二 月 |

**戊子，下制移蔚州横野军于代郡，以备边疆。壬辰，命王晙举兵征突厥，下《征突厥制》。**

《资治通鉴》卷二一二载："二月，戊子，移蔚州横野军于山北，屯兵三万，为九姓之援；以拔曳固都督颉质略、同罗都督毗伽末啜、霫都督比言、回纥都督夷健颉利发、仆固都督曳勒歌等各出骑兵为前、后、左、右军讨击大使，皆受天兵军节度。有所讨捕，量宜追集。无事各归部落营生，仍常加存抚。"《全唐文》卷二一载《移蔚州横野军于代郡制》，此文亦载于《册府元龟》卷九九二。《新唐书·玄宗纪》：“（开元六年）二月壬辰，朔方道行军大总管王晙伐突厥。”《全唐文》卷二一载《征突厥制》，此文亦载于《册府元龟·外臣部·征讨第五》（卷九八六）。

**唐玄宗撰《禁策判不切事宜诏》，革除浮艳文风。**

《全唐文》卷二七《禁策判不切事宜诏》：“比来选人试判，举人对策，剖析案牍，敷陈奏议，多不切事宜，广张华饰。何大雅之不足，而小能之是炫？自今以后，不得更然。”《登科记考补正》卷五：“（开元六年）二月，诏曰：‘……比来选人试判，举人对策，剖析案牍，敷陈奏议，多不切事宜，广张华饰。何大雅之不足，而小能之是炫？自今以后，不得更然。’”《册府元龟》卷六三〇、六三九亦载。

## |三月|

**乙巳，征嵩山处士卢鸿一入见，拜谏议大夫，下《授卢鸿一谏议大夫诏》。鸿固辞，后下《赐隐士卢鸿一还山制》。有山人范知璿献其文，宋璟以其《良宰论》偷合苟容，颇涉佞谀，黜之。**

事见《资治通鉴》卷二一二、《旧唐书·隐逸传》。《全唐文》卷二七载《授卢鸿一谏议大夫诏》、卷二一载《赐隐士卢鸿一还山制》，《册府元龟》卷九八亦载此文，文字小异。《旧唐书·隐逸传》载开元六年三月，玄宗授卢鸿一谏议大夫，“鸿一固辞，又制曰……”以下即此文。

## |春|

**三十二人登进士第，明经科寇钊、卢同等人及第。考功员外郎裴耀卿知贡举。**

见《登科记考补正》卷五本年条。

**张九龄本年四十一岁，诏拜左补阙，自韶赴东都，登朝后撰《论教皇太子状》。**

《曲江集》卷一一《论教皇太子状》："臣伏以皇太子是天下之本，为国之贰，今则睿质渐长，犹在深宫，所与近习者，未必皆正人端士，安于逸乐，久则性成。……伏愿详择典故，征用名贤，执经劝学，朝夕从事，俾皇太子得于所习。"

## | 五 月 |

**张说本年五十二岁，三月入京，授检校幽州都督。五月在幽州撰《论幽州边事书》，历述开元初至今事。**

《旧唐书·张说传》："迁右羽林将军，检校幽州都督。"《张说之文集》卷三〇《论幽州边事书》："开元之始，首典钧轴，智小任大，福过灾生，出守三州，违离六载，曲直非己，升降由人，惟君知臣，事不待说。今改秩边镇，委重戎麾，窃以两蕃近和，能无同异？九姓远附，未闻抚纳，欲恃贼杀无侵扰之虑，保、宁两蕃受征发之盟。臣愚料之，恐未然矣。"

## | 六 月 |

**制以故侍中桓彦范、敬晖，故中书令兼吏部尚书张柬之，故特进崔玄晔、故中书令袁恕己配飨中宗庙庭，下《桓彦范等配享中宗庙庭诏》，以故司空苏瓌，故左丞相、太子少保、郴州刺史刘幽求配飨睿宗庙庭，下《苏瓌刘幽求配享睿宗庙庭诏》。**

事见《旧唐书·玄宗纪上》、《唐会要》卷一八。《唐大诏令集》卷六三载《桓彦范等配享中宗庙庭诏》《苏瓌刘幽求配享睿宗庙庭诏》，《全唐文》卷二七题为《以桓彦范等配享中宗庙庭诏》《以苏瓌刘幽求配享睿宗庙庭诏》。

## | 七 月 |

**六日，苏颋撰《幸长安制》。**

《唐大诏令集》卷七九（《全唐文》卷二五三）载此制，系开元六年七月六日。

**唐玄宗下《禁有司仗下独奏诏》,“申明旧制”,继续恢复贞观故事**。

《全唐文》卷二八载《禁有司仗下独奏诏》:“有司及奏事,皆合对仗公言。比日已来,多仗下独奏。宜申明旧式,诰语令知。如缘曹吏司细务,及有秘密不合对仗奏者,听仗下奏。”《唐会要》卷二五《百官奏事》记于本年七月。

**马怀素卒,年六十**。

《唐代墓志汇编》开元〇七四《故银青光禄大夫秘书监兼昭文馆学士侍读上柱国常山县开国公赠润州刺史马公墓志铭并序》:“以开元六年七月二十七日终于河南之毓财里第,春秋六十。”(《全唐文》卷九九五亦载)马怀素(659—718),字惟白,一字贞规,润州丹徒(今属江苏)人,客居江都(今江苏扬州)。少师事李善,年十五,举孝廉,弱冠,登文学优赡科。长安中,历监察御史、殿中侍御史。景龙中,进考功员外郎、修文馆直学士,擢中书舍人。开元初,拜刑部侍郎,转户部侍郎,迁左散骑常侍。开元五年,改秘书监,兼昭文馆学士,奉诏编次群书,未成而卒。谥曰文。生平事迹见阙名上文墓志,《旧唐书》卷一〇二、《新唐书》卷一九九本传。怀素自少博览经史,善属文,后虽居吏职而笃志于学,手不释卷。今《全唐文》卷二九六录文一篇,《唐文拾遗》卷一八补一篇,共计两篇。

**赵冬曦复任监察御史,自岳州北归,会其妻牛氏卒,遂停官**。

《新唐书·赵冬曦传》:“开元初,迁监察御史,坐事流岳州。召还复官。”《中原文物》一九八六年第四期载河南荥阳出土之《赵冬曦墓志铭》:“夫人陇西牛氏……开元六年,岳州之还也,在路遇疾,七月癸巳,薨背于襄州。”

## | 八月 |

**庚辰,以旱虑囚,下《虑囚诏》**。

事见《新唐书·玄宗纪》。《全唐文》卷二七载此诏。

**辛巳，唐玄宗下《遣使赈恤河南道诏》。**

《全唐文》卷二八载此诏，《册府元龟》卷一六二系开元六年八月辛巳。

**李思训卒，数年后李邕为撰神道碑。**

《旧唐书·李思训传》："开元六年卒。……思训尤善丹青，迄今绘事者推李将军山水。"《历代名画记》卷九："李思训，宗室也，即林甫之伯父，早以艺称于当时。一家五人，并善丹青，世咸重之。……其画山水树石，笔格遒劲，湍濑潺湲，云霞缥缈，时睹神仙之事，窅然岩岭之幽，时人谓之大李将军。"《全唐文》卷二六五李邕《唐故云麾将军右武卫大将军赠秦州都督彭国公谥曰昭公李府君神道碑并序》："春秋六十六，以开元□年八月□日薨于□□□□私第。……以八年六月廿八日，合祔陪于桥陵园，礼也。侄吏部尚书兼中书令集贤院学士修国史□□公……布和宏恕以归厚，刑器有典，轨物有伦，尝追如父之恩，是切加人之感。相与公之长子朝议大夫魏州别驾……贤院昭道等，并才名用誉，业尚居多，至性纯深，终天孔亟。"据文中思训侄李林甫之官衔，此碑作于开元二十七年四月李林甫为吏部尚书后、天宝元年八月加左仆射前。

## | 九 月 |

**许景先以殿中侍御史、判职方员外郎，撰《移置唐兴寺碑》。**

《金石萃编》卷七一《移置唐兴寺碑》："殿中侍御史、判职方员外郎高阳许景先撰……开元六年岁次戊午九月壬辰朔二日癸巳建。"《全唐文补遗》（第三辑）载许景先《大唐朝议大夫行闻喜县令上柱国临淄县开国男于君□□唐兴寺碑并序》："时县令、朝议大夫东海于公名光庭，即银青光禄大夫、瀛州刺史、东海郡公士俊之孙，金紫光禄大夫、中书侍郎、同中书门下三品、东海宪公之第五子也。……开元□年岁次戊午九月壬辰朔二日癸巳建观道寺主僧师□书。"

## | 十 月 |

**张九龄应王昊、王旻兄弟之请，撰《故太仆卿上柱国华容县男王府君墓志》。**

《曲江集》卷一八《故太仆卿上柱国华容县男王府君墓志》:“开元六年秋八月乙亥寝疾,薨于洛阳之陶化里第……其年冬十月乙酉合葬于偃师之某原。”郁贤皓考证王府君即王希隽,一作王希俊。

## |十一月|

**丙申,唐玄宗亲谒太庙,下《亲谒太庙推恩制》。**

《旧唐书·玄宗纪上》:“(开元六年十一月)丙申,亲谒太庙,回御承天门,诏……”以下即节选本文。《新唐书·玄宗纪》:“(开元六年十一月)丙申,享于太庙。”《全唐文》卷二二载此制,《唐大诏令集》卷七五,《册府元龟》卷三〇、卷八〇亦录此文。

**宋璟爱李邕才略文词,称其才用可惜,奏请量移渝州刺史。**

《资治通鉴》卷二一二:(十一月)“宋璟奏:‘括州员外司马李邕、仪州员外司马郑勉,并有才略文词,但性多异端,好是非改变。若全引进,则咎悔必至;若长弃捐,则才用可惜,请除渝、硖二州刺史。’……从之。”

## |十二月|

**乾元书院更名丽正修书院,褚无量复就丽正殿校书。**

《玉海》卷五二引韦述《集贤注记》:“六年十二月,乾元书院更号丽正书院。”《新唐书·褚无量传》:“帝西还,徙书丽正殿,更以修书学士为丽正殿直学士,比京官预朝会。复诏无量就丽正纂续前功。”

**张九龄应韦瀚之请,撰《故韶州司马韦府君墓志铭并序》。**

《曲江集》卷一八《故韶州司马韦府君墓志铭并序》:“君讳某,字某,京兆杜陵人。……粤开元六年冬十二月庚午葬于少陵原。”顾建国《张九龄年谱》考韦府君与韦抗、韦拯和韦抱贞为堂兄弟,其子是韦瀚,参见页八九—九〇。

## |本 年|

**工部侍郎吕延祚上吕延济等五人所著《五臣注文选》,共三十卷。唐玄宗下《答吕延祚进文选注敕》**。

《新唐书》卷二〇二《吕向传》:"尝以李善释《文选》为繁酿,与吕延济、刘良、张铣、李周翰等更为诂解,时号《五臣注》。"《新唐书》卷六〇《艺文志四》载:"《五臣注文选》三十卷。衢州常山尉吕延济,都水使者刘承祖男良,处士张铣、吕向、李周翰注。开元六年,工部侍郎吕延祚上之。"吕延祚《进集注文选表》:"乃求得衢州常山县尉臣吕延济,都水使者刘承祖男臣良,处士臣张铣,臣吕向、臣李周翰等,或艺术精远,尘游不杂,或词论颖曜,岩居自修,相与三复乃词,周知秘旨,一贯于理,杳测澄怀,目无全文,心无留义。作者为志,森乎可观。记其所善,名曰《集注》,并具字音,复三十卷。其言约,其利博,后事元龟,为学之师。"《全唐文补编》卷二四《答吕延祚进文选注敕》:"朕近留心此书,比见注本唯只引事,不说意义,略看数卷。卿此书甚好,赐绢及彩一百段,即宜领取。"《答吕延祚进文选注敕》的写作时间当略晚于吕延祚上《五臣注文选》,姑同系于开元六年。

**唐玄宗命宋璟、苏颋修国史**。

《全唐文》卷二二载《命宋璟苏颋修国史制》,《唐大诏令集》卷五一题为《宋璟苏颋修国史制》。

**杜甫七岁,已能诗文**。

《全唐文》卷三五九杜甫《进雕赋表》:"自七岁所缀诗笔,向四十载矣,约千有余篇。"《壮游》:"七龄思即壮,开口咏凤凰。"

**贾至生**。

贾至(718—772),字幼几,一作字幼邻,行六。洛阳(今属河南)人,郡望长乐(今河北冀州)。天宝元年明经擢第,释褐为校书郎,出为单父尉。天宝末,任起居舍人,知制诰。安史之乱起,从玄宗入蜀,迁中书舍人。至德元年八月撰传位册文。乾元元年,坐房琯党出为汝州刺史。二年,贬为岳州司马。宝应元年,代宗召复中书舍人。二年,迁尚书右丞。广德二年,转礼部侍郎。永泰元年,知上都举,加集贤院待制。大历三年,改兵部侍郎。五年,转京兆尹兼御史大夫。七年,以右散骑常侍卒,年五十五,赠礼部尚书,谥曰文。贾至与房琯、严武、杜甫、李白有交游,时人、后人对其诗文评价甚高。生平事迹见《旧唐书》卷一九〇中、《新唐书》卷一一九本传。《新唐书·贾至传》:"至字幼邻。……(大历)七年,以右散骑常侍卒,年五十五,赠礼部尚书,谥曰文。"以大历七年年五十五逆推,知贾至当生于开元六年。

**皇甫冉生**。

《全唐文》卷三八八独孤及《唐故左补阙安定皇甫公集序》载其卒年五十四,时在大历六年(771)。据此逆推皇甫冉生于本年。皇甫冉(718—771),字茂政,润州丹阳(今江苏丹阳)人,郡望安定(今甘肃泾川)。十岁能属文,十五岁为张九龄赏,称其清颖秀拔,有江、徐之风。天宝十五载登进士第,大历二年入朝为左拾遗,擢左补阙。有文名,高仲武《中兴间气集》评曰:"补阙自擢桂礼闱,遂为高格。往以世遘艰虞,避地江外,每文章一到朝廷,而作者变色。于词场为先辈,推钱、郎为伯仲,诗家胜负,或逐鹿中原。……巧于文字,发调新奇,远出情外。"独孤及评曰:"沈、宋既没,而崔司勋颢、王右丞维复崛起于开元、天宝之间。得其门而入者,当代不过数人,补阙其人也。……其诗大略以古之比兴犹今之声略,涵咏风骚,宪章颜谢。至若丽曲感动,逸思奔发,则天机独得,非师资所奖。每舞雩咏归,或金谷文会,曲水修禊,南浦怆别,新意秀名,辄加于常时一等,才钟于情故也。"《全唐文》卷四五一存其《谢赐冬衣表》三首、《送陆羽之越序》。

# 唐玄宗开元七年

己未　七一九

## |正　月|

**崔镇、苗晋卿、杜钑等二十五人登进士第，试《北斗城赋》。明经科卢涛等人及第。邢巨、苗晋卿、孙楚、孙翃(翃)、王缙等人登文词雅丽科。考功员外郎李纳知贡举。**

《登科记考补正》卷六："(开元七年)《文苑英华辨证》引《唐登科记》，开元七年试《北斗城赋》，以'池塘生春草'为韵。"

《全唐文》卷三九五载崔镇《北斗城赋》："昔炎汉之开国，宅咸阳而设规。辟都邑之壮丽，纷制作而多仪。象蓬岛以疏岳，拟天河而凿池。馆倚南山，掇云霞而上出；城侔北斗，仰星汉而曾披。何爽鸠之代谢，验骊騵之运亏。"崔镇(生卒年不详)，《全唐文》卷三九五录其文二篇。

## |三　月|

**有诏令诸儒质定古文《孝经》《尚书》。**

《唐大诏令集》卷八一载《令诸儒质定古文孝经尚书诏》，系开元七年三月。《全唐文》卷二八题为《令诸儒质定孝经尚书古文诏》。

**左武卫大将军、霍国公王毛仲行太仆卿，又加特进，备受宠幸，杨思勖、高力士皆畏避之。**

《资治通鉴》卷二一二："三月，乙卯，以左武卫大将军、检校内外闲厩使、苑内营田使王毛仲行太仆卿。毛仲严察有干力，万骑功臣、闲厩官吏皆惮之，苑内所收常丰溢。上以为能，故有宠。虽有外第，常居闲厩侧内宅，上或时不见，则悄然若有所失；宦官杨思勖、高力士皆畏避之。"《旧唐书·玄宗纪上》："丁酉，左武卫大将军、霍国公王毛仲加特进。"

## |四 月|

**开府仪同三司祁公王仁皎卒，其子王守一请用窦孝谌例，筑坟高五丈二尺，宋璟、苏颋固争以为不可，玄宗嘉纳之。张说本年五十三岁，奉敕撰碑文。**

事见《资治通鉴》卷二一二。《全唐文》卷二〇七载宋璟《谏筑坟逾制疏》，其文曰："岂若韦庶人父追加王位，擅作酆陵，祸不旋踵，为天下笑。"《旧唐书·宋璟传》载玄宗曰："朕每事常欲正身以成纲纪，至于妻子，情岂有私？然人所难言，亦在于此。卿等乃能再三坚执，成朕美事，足使万代之后，光扬我史策。"《张说之文集》卷一四载张说《祁国公碑奉敕撰》，《全唐文》卷二三〇题为《赠太尉益州大都督王公神道碑奉敕撰》。

## |五 月|

**己丑朔，日有食之。玄宗素服以俟变，彻乐减膳，命中书门下察系囚，赈饥乏，劝农功。辛卯，宋璟上《论修德刑疏》，劝不必数下制书。**

事见《资治通鉴》卷二一二。《全唐文》卷二〇七载宋璟《论修德刑疏》。

**唐玄宗本年三十五岁，从司马贞议，下《令孝经并行孔郑帖易停子夏传诏》，令河上公、王弼二家所注《老子》并行于世。**

《唐会要》卷三六《修撰》："开元七年五月，左庶子刘子玄上议：'今之所注《老子》，是河上公注，其序云：'河上公者，是汉文帝时人，结草庵于河曲，因以为号。以所注《老子》授文帝，因冲空上天。'此乃不经之鄙言，流俗之虚语。《汉书·艺文志》注《老子》者有三家，河上所释，无处闻焉，王弼义旨为优，请黜河上公，升辅嗣所注。'司马贞亦注云：'汉史实无其人，然所注以养神为宗，以无为为体，请河、王注，令学者俱行。'从之。"《大唐新语》卷九《著述第十九》："开元初，左庶子刘子玄奏议，请废郑子《孝经》，依孔注；《老子》请停河上公注，行王弼注；《易传》非子夏所造，请停。引今古为证，文多不尽载。其略曰：'今所行《孝经》，题曰郑氏。爰在近古，皆云是郑玄，而魏晋之朝无有此说。后魏、北齐之代，立于学官，盖虏俗无识，故致斯谬。今验《孝经》，非郑玄所注，凡十二条。又今俗所行《老子》，云是河上公注。序云：‘河上公者，汉文帝时人，庵于河上，因以为号。以所注《老子》授文帝，因冲空上天。’此乃不经之鄙言，习俗之虚语。按：《艺文志》，注《老子》有三家，而无河上公注。虽使才别朱紫，粗分菽麦，亦皆嗤其过谬，况有识者乎？《艺文志》，《易》有十三家，而无子夏传。’子玄争论，颇有条贯，会苏、宋文吏，拘于流俗，不能发明古义，竟排斥之。深为识者所叹。”《全唐文》卷二八载此诏，《册府元龟》卷六三九系开元七年五月。

**玄宗诏公卿士庶之家所有异书，官借缮写。**

《旧唐书·经籍志上》：“至七年，诏公卿士庶之家所有异书，官借缮写。”

## | 七月 |

**元行冲在马怀素卒后代其综理四部书。**

《旧唐书·元行冲传》：“先是秘书监马怀素集学者续王俭《今书七志》，左散骑常侍褚无量于丽正殿校写四部书，事未就而怀素、无量卒，诏行冲总代其职。”《新唐书·马怀素传》：“怀素卒后，诏秘书官并号修书学士，草定四部，人人意自出，无所统一，逾年不成。……无量等奏：‘修撰有条，宜得大儒综治。’诏委行冲。乃令煚、述、钦总缉部分，践猷、惬治经，述、钦治史，煚、彦直治子，湾、仲丘治集。八年，《四录》成，上之。”《玉海》卷五二引《集贤注记》：“（开元）七年七月，行冲代怀素于秘书省综理。”

## | 闰七月 |

**辛巳，玄宗以旱避正殿，彻乐，减膳；甲申，虑囚，下《亲虑囚诏》。**

事见《新唐书·玄宗纪》。《册府元龟》卷一四四（《全唐文》卷二七）载此诏。

**右补阙卢履冰上《请复父在为母服期表》，请恢复父在为母服周年之礼（武**

**后时改服齐衰三年)，左散骑常侍褚无量以为是。卢履冰上《再请父在为母服期疏》《三请父在为母服期疏》。诸人争论，连年不决。玄宗下敕五服并依《丧服传》，但议论不息，行之各从其意，褚无量叹“俗情肤浅，不知圣人之心”。本年八月辛卯，玄宗下《定母服齐衰三年敕》。**

事见《资治通鉴》卷二一二。《旧唐书·玄宗纪上》：“八月癸丑，敕：‘周公制礼，历代不刊；子夏为传，孔门所受。逮及诸家，或变例。与其改作，不如好古。诸服纪宜一依旧文。’”《全唐文》卷三三五载卢履冰三文，卷三四载《定母服齐衰三年敕》。

## | 八 月 |

**丙戌，玄宗虑囚，下《命诸州虑囚诏》。**

事见《新唐书·玄宗纪》。《全唐文》卷二八载此诏。

**苏诜卒徐州刺史任，裴耀卿为撰神道碑。张九龄本年四十二岁，应苏诜太夫人崔氏所请，为撰《画天尊像铭并序》。**

《金石录》卷五：“《唐徐州刺史苏诜碑》，裴耀卿撰，刘升八分书，开元七年八月。”《新唐书·苏诜传》：“出徐州刺史，治有迹。卒，赠吏部侍郎。”《曲江集》卷一七《画天尊像铭并序》：“画天尊像者，赠吏部侍郎武功苏公太夫人崔氏，为公卒哭之所作也。”苏公即苏诜。苏诜，字廷言，宰相苏瓌第六子。举贤良方正高第，补汾阴尉，迁秘书详正学士，累转给事中，时苏颋为紫微侍郎，固辞。官至徐州刺史。工八分书。本年，张九龄还撰有《驳宋庆礼谥议》。

## | 九 月 |

**唐玄宗敕编制丽正殿四库书目录，并修补《三教珠英》，撰《集书目诏》。复昭文馆为宏文馆。**

《全唐文》卷二八唐玄宗《集书目诏》：“比来书籍缺亡后多错乱者，良由籍历不明,纲维失序,或须披阅,难可简寻。令丽正殿写四库书,各于本库每部,别为目录,其与四库目不类者,依刘歆《七略》排为《七志》。其经史子集及天文,以时代为先后,以品秩为次第。其《三教珠英》,既有缺落,宜依书目,随次修补。朕当披览,无使缺遗。"《唐会要》卷三五《经籍》:"七年九月敕:比来书籍缺亡,及多错乱,良由簿历不明,纲维失错,或须披阅,难可校寻。令丽正殿写四库书,各于本库每部为目录,其有与四库书名目不类者,依刘歆《七略》,排为《七志》。其经史子集,及人文集,以时代为先后,以品秩为次第。其《三教珠英》,既有缺落,宜依旧目,随文修补。"《旧唐书·玄宗纪上》:"(开元七年)九月甲子,改昭文馆依旧为宏文馆。"

**徙宋王宪为宁王,唐玄宗撰《改封宋王宪为宁王制》。宋王从容谏卫士过失,玄宗嘉纳之。**

事见《资治通鉴》卷二一二、《旧唐书·玄宗纪上》。《全唐文》卷二二载《改封宋王宪为宁王制》(《唐大诏令集》卷三三题为《改封宁王制》)。

**韦嗣立于陈州刺史任上遘疾,卒,年六十六,张说为撰墓志。**

韦嗣立(654—719),字延构,京兆万年(今西安市)人。少举进士,才名曰著,有善政,武后、中宗、睿宗朝均为宰相,封逍遥公,开元初遭贬,七年卒。《全唐文》卷二三六录其文四篇,《唐文拾遗》卷一六辑补一篇。新旧《唐书》有传。《新唐书·韦嗣立传》:"再徙为陈州刺史。开元中,河南道巡察使表其廉,欲复用,会卒,年六十六,赠兵部尚书,谥曰孝。"《张说之文集》卷二二《中书令逍遥公墓志铭》:"春秋六十,遘疾陈郡,还医洛师,开元七年九月二日薨于归德里。""六十",疑误。《文苑英华》卷九三六载此文,作"春秋六十有六"。

## | 十月 |

**张说自幽州入朝,戎服入见,帝大喜。王仁皎卒,张说为撰神道碑。**

《新唐书·张说传》:"俄以右羽林将军检校幽州都督,入朝以戎服见。帝大喜,授检校并州长史,兼天兵军大使,修国史,敕赍稿即军中论撰。"按:张说在幽州，禁暴丰财，安人戢兵，孙逖《唐故幽州都督河北节度使燕国文贞张公遗爱颂》载之甚详："开元六祀，宅于幽朔。及公既殁，御撰丰碑。以为用公于是邦，当革弊之举，讯彼故老，征于前事，有以见圣人之情见于辞矣。夫渤碣之北，有山戎焉，乍臣乍骄，或息或纵。镇之以大府，府有都督；威之以大军，军有节度。二者之任，万邦之屏，弥缝其阙，必有宗臣。曩者天册之初，王尚书不反命，则我天后以纳言狄公领之；先天之际，孙将军不振旅，则我睿宗以太尉宋公为之。洎陉口之役，薛公小衄，后数稔，伤痍未平，易置诸将，少有称者，则我皇帝注意于文贞公。社稷之固，生民之杰，伊昔徇节，未尝顾身。面折二竖，辩邪正于君侧；首谋四凶，决安危于天下。勇于义，力于忠，虽有贲育，不能夺已。自受命处此，声振殊俗，终公之代，不敢近边。圣人金城，其在是矣。先是公之未至也，军实耗斁，边储匮少，帑藏乏中人之产，革车无百驷之群。将欲丰之，不其难也？公问以谣俗，因而化之。命卝人采铜于黄山，使兴鼓铸之利；命柕人斩木于燕岳，使通林麓之财；命圉人市骏于两蕃，使颁质马之政；命廪人搜粟于塞下，使循平籴之法。物有其官，官赡其事，如川之至，以莫不增。一年而财用肃给，二年而蓄聚饶羡，军声武备，百倍于往时矣。犹以为不一劳者不久逸，不暂费者不永宁，既庶且富，人可用也。于是堑山泽，起亭障，塞鸡鸣之厄，守阜陵之冲，遮大夏之路，距卢龙之口。延袤千里，横绝一方，以顺天地之心，且为华夷之限。命下之日，修塞之后，人到于今赖焉。夫戎狄远却，暴禁矣；货食滋至，财丰矣；封守以固，人安矣；师徒不劳，兵戢矣。武有七德，我其四焉。坐致必胜之道，以销未形之患，是公之深计远虑所致也。"文见《文苑英华》卷七五。《张燕公集》卷一八载《题赠太尉益州大都督王公神道碑》："开元七年四月戊寅薨于京师。……粤以十月初吉葬。"《旧唐书·王仁皎传》："开元七年卒，赠太尉……令张说为其碑文，玄宗亲书石焉。"

## 十一月

**宋璟谏玄宗超奖藩邸故吏岐山令王仁琛墨敕五品官，请依资稍优注拟，玄宗从之；牒吏部其从叔宋元超依大例，不得优假，史称矫枉过正；谏宁王奏选人薛嗣先授官，主张行赏命官，必缘功与才，玄宗从之；又奏罢朝集使赍货入京，迁官升职，以革其弊。**

诸事并见《资治通鉴》卷二一二，凡此可见宋璟为相之尚法，但终难长久，次年正月即罢相。

## |十二月|

**丙戌,置宏文、崇文两馆雠校书郎官员。**

《旧唐书·玄宗纪上》:“(开元七年)十二月丙戌,置宏文、崇文两馆雠校书郎官员。”

## |本年|

**元结生。**

元结(719—772),字次山,后魏常山王遵十二代孙,自号元子、猗玗子、浪士、漫郎、聱叟、漫叟。郡望河南,世居太原,后移居汝州鲁山(今河南鲁山县)。大历七年卒,年五十四,谥曰太先生,宝应元年追赠左赞善大夫。生平事迹见《新唐书》卷一四三本传。《元次山集》卷八《自释》:“河南,元氏望也;结,元子名也;次山,结字也。……少居商余山,著《元子》十篇,故以‘元子’为称。天下兵兴,逃乱入猗玗洞,始称‘猗玗子’。后家瀼滨,乃自称‘浪士’。及有官,人以为浪者亦漫为官乎?呼为‘漫郎’。既客樊上,‘漫’遂显。樊左右皆渔者,少长相戏,更曰‘聱叟’。……吾又安能惭漫浪于人间,取而醉人议,当以‘漫叟’为称。”颜真卿《唐故容州都督兼御史中丞本管经略使元君表墓碑铭并序》:“君讳结,字次山……盖后魏昭成皇帝孙曰常山王遵之十二代孙。……以鲁县商余山多灵药,遂家焉。及终,门人谥曰太先生,宝应元年追赠左赞善大夫。……(大历)七年……夏四月庚午,薨于永崇坊之旅馆,春秋五十,朝野震悼焉。”《唐国史补》卷上:“结,天宝中,始在商余之山,称‘元子’。逃难入猗玗山,或称‘浪士’。渔者呼为‘聱叟’。酒徒呼为‘漫叟’。及为官,呼为‘漫郎’。”详参孙望《元次山年谱》。

# 唐玄宗开元八年

庚申　七二〇

## 正月

**褚无量卒，年七十五。苏颋本年五十一岁，撰《赠礼部尚书褚公神道碑》，玄宗颁诏称“无量朕师，宜从优典”，命右散骑常侍元行冲整比群书。**

《全唐文》卷二五八苏颋《赠礼部尚书褚公神道碑》：“粤开元庚申岁正月哉生魄，景命不造，遘疾薨于长安崇仁里之赐第，春秋七十有五。”碑文作于本年仲冬。《旧唐书·玄宗纪上》：“壬申，右（按：当为‘左’）散骑常侍、舒国公褚无量卒。”《旧唐书·褚无量传》：“临终遗言以丽正写书未毕为恨。上为举哀，废朝两日，赠礼部尚书，谥曰文。”《资治通鉴》卷二一二：“左散骑常侍褚无量卒。……命右散骑常侍元行冲整比群书。”褚无量（646—720），字弘度，盐官临平（今属杭州余杭）人，一说盐官许巷（今属海宁许巷）人。幼习坟典，喜读儒家著作，举明经，精通《三礼》《史记》，擅长词藻。历任中宗侍读，左散骑常侍、国子博士，修文馆学士。玄宗时为太子侍读，登基后任左散骑常侍兼国子祭酒，封舒国公。开元五年，上书修缮录补内府旧书，与卢僎等于洛阳乾元殿补内府群书，后至丽正殿续纂。开元七年，太子入学，奉旨升坐讲劝，百官观礼。《新唐书·艺文志二》载《帝王纪录》三卷和《翼善记》，《新唐书·褚无量传》载其“殁后，有于书殿得讲《史记》《至言》十二篇上之”，俱已佚。新旧《唐书》有传。《全唐文》录其文四篇。

**己卯，宋璟罢相为开府仪同三司，苏颋罢相为礼部尚书。以京兆尹源乾曜为黄门侍郎，并州长史张嘉贞为中书侍郎，并同平章事。**

《旧唐书·玄宗纪上》：“己卯，侍中宋璟为开府仪同三司，中书侍郎苏颋为礼部尚书，并罢知政事。京兆尹源乾曜为黄门侍郎，并州大都督府长史张嘉贞为中书侍郎，并同中书门下平章事。”《资治通鉴》卷二一二：“侍中宋璟疾负罪而妄诉不已者，悉付御史台治之。谓中丞李谨度曰：‘服不更诉者出之，尚诉未已者且系。’由是人多怨者。会天旱有魃，优人作魃状戏于上前，问魃：‘何为出？'对曰：'奉相公处分。'又问：'何故？'魃曰：'负冤者三百余人，相公悉以系狱抑之，故魃不得不出。'上心以为然。时璟与中书侍郎、同平章事苏颋建议严禁恶钱，江、淮间恶钱尤甚，璟以监察御史萧隐之充使括恶钱。隐之严急烦扰，怨嗟盈路，上于是贬隐之官。辛巳，罢璟为开府仪同三司，颋为礼部尚书。以京兆尹源乾曜为黄门侍郎，并州长史张嘉贞为中书侍郎，并同平章事。于是弛钱禁，恶钱复行矣。"史称"玄宗初即位，体貌大臣，宾礼故老，尤注意于姚崇、宋璟，引见便殿，皆为之兴，去则临轩以送。其他宰臣，优宠莫及"(《次柳氏旧闻》)。宋代范祖禹《唐鉴》卷四《玄宗上》评曰："开元之初，明皇励精政治，优礼故老，姚、宋是师。"姚、宋相继罢相后，依然优礼如故。张嘉贞(665—729)，以字行，蒲州猗氏(今山西临猗)人。光宅二年，应五经举。长安中，以张循宪荐，武后召见，与语大悦，擢监察御史，历中书舍人、秦州都督、并州长史。开元八年，拜中书侍郎、同中书门下平章事。数月，又迁中书令。十一年罢相。十七年秋卒，谥曰恭肃。生平事迹见《旧唐书》卷九九、《新唐书》卷一二七本传。嘉贞能诗善文，《全唐文》卷二九九录其文八篇。《全唐文补编》卷三三补《故荆州大都督府长史上柱国乐安县开国伯孙公之碑》一篇。

## 三月

**唐玄宗本年三十六岁，下《赐关内河东河西入朝蕃酋等敕》。**

《全唐文》卷三四载此敕，《唐大诏令集》卷一二八题为《赐入朝新降蕃酋敕》。

## 春

**苗含液等五十七人登进士第，明经科寇钧等人及第。考功员外郎李纳知贡举。**

见《登科记考补正》卷七本年条。

**张说本年五十四岁，转右羽林将军，摄御史大夫，权检校并州大都督府长史，持节天兵军节度大使，安定突厥各部。**

《旧唐书·张说传》:“开元七年,检校并州大都督府长史。”然熊飞《张说年谱新编》考当为八年春,见页一二二。《资治通鉴》卷二一二载朔方大使王晙伏杀突厥降卒,人心恐惧。本年秋,“并州长史、天兵节度大使张说引二十骑,持节即其部落慰抚之,因宿其帐下;副使李宪以虏情难信,驰书止之。说复书曰:‘吾肉非黄羊,必不畏食;血非野马,必不畏刺。士见危致命,此吾效死之秋也。’拔曳固、同罗由是遂安”。

## |四月|

**张九龄本年四十三岁,自礼部员外郎守司勋员外郎,袁晖自河南府法曹参军行其职。张九龄于礼部员外郎任上撰《韦司马别业集序》《龙门西龛石像铭》。**

《曲江集》附录诰命《转司勋员外郎制》:“通直郎、判尚书礼部员外郎张九龄,温粹冲简,乐善虚怀。朝议郎、河南府法曹参军袁晖,清直雅正,大器轨物。并富仁践义,崇德著言,词学高步于当时,领袖久彰于后进。……九龄可守尚书司勋员外郎,晖可行尚书礼部员外郎,散官各如故。开元八年四月七日。”《曲江集》卷一七《韦司马别业集序》:“杜城南曲,斯近郊之美者也。背原面川,前峙太一,清渠修竹,左并宜春,山霭下连,溪气中绝。此皆节公之有也,余固已闻之。开元岁夏四月,猥忝散职,居多放情。跂彼一行,无忘于夙尚;时其七召,果获于前期。乃与起居舍人蔡公、万年主簿韩公惠而得朋,欣然命驾。韦公方拭席见待,羞以药物之滋;倚琴相欢,杂以啸歌之韵。清言移景,闲步周林,翻飞自情,俯仰为得。斯亦吾侪之乐事,幸可而同也。扶阳余庆,磻溪古迹,树留梓漆,器用天成,庭渐芝兰,馨香世袭,斯乃韦氏之懿业,是所为异焉。而韦公尚其同之乐,亡其累之贵,均林栖于服冕,齐鼎食于荣枯,彼未可量,吾见其大。迹继前轨,将为龙以为光;道包远图,岂一丘而一壑?”韦公即韦瀚,别业即“故韶州司马韦府君”(张九龄于开元六年曾撰《故韶州司马韦府君墓志铭并序》)所遗留之家业。蔡公即蔡孚,韩公即韩朝宗。赵明诚《金石录》卷二七:“唐龙门西龛石像碑:‘右唐龙门西龛石像碑,礼部员外郎张九龄撰。’今世所有《曲江集》无此文,惜其残缺不完也。”张九龄本年四月七日转司勋员外郎,则此文作于四月六日前。

## | 五 月 |

**丁卯,源乾曜为侍中,张嘉贞为中书令。乾曜上方出其二子外任,玄宗命文武官效之,出者百余人。嘉贞吏事强敏,而刚躁自用,任用中书舍人苗延嗣、吕太一,考功员外郎员嘉静,殿中侍御史崔训。四人颇遭招权,时人语曰:“令公四俊,苗吕崔员。”**

事见《新唐书·玄宗纪》、《资治通鉴》卷二一二。

**源乾曜上疏请改公卿子弟京官为外僚。唐玄宗本年三十六岁,下《改公卿子弟京官为外僚制》,出者百余人。**

《全唐文》卷二二载此制。《旧唐书·源乾曜传》:“上疏曰:‘臣窃见形要之家并求京职,俊义之士多任外官,王道平分,不合如此。臣三男俱是京任,望出二人与外官,以叶均平之道。’上从之,于是改其子河南府参军弼为绛州司功,太祝洁为郑尉。因下制曰……”以下即本文。《资治通鉴》卷二一二载,开元八年五月,源乾曜为侍中。“乾曜上言:‘形要之家多任京官,使俊义之士沉废于外,臣三子皆在京,请出其二人。’上从之。因下制称乾曜之公,命文武官效之,于是出者百余人。”

**王维本年二十七岁,《白鹦鹉赋》疑作于本年。**

《王右丞集笺注》卷一六《白鹦鹉赋》:“偶白鹇于池侧,对皓鹤于庭隅,愁混色而难辨,愿知名而自呼。明心有识,怀思无极。芳树绝想,雕梁抚翼。”赋一般作于作者未登第前。《旧唐书·玄宗纪上》:“(开元八年五月)南天竺国遣使献五色鹦鹉。”赋或感此而作,唯作年难确考,姑系于此。关于王维生年,大抵可定为则天延载元年(694),故开元八年时王维二十七岁,参见王勋成《王维进士及第与出生年月考》(《文史哲》,二〇〇三年第三期)。

## 六月

**道士叶法善卒,凡一百七岁,唐玄宗下《赠叶法善越州都督制》。**

《全唐文》卷二二载此文。《旧唐书·叶法善传》:"道士叶法善,括州括苍县人。自曾祖三代为道士,皆有摄养占卜之术。法善少传符箓,尤能厌劾鬼神。……法善生于隋大业之丙子,死于开元之庚子,凡一百七岁。八年卒。诏曰……"《册府元龟》卷五三载"玄宗开元八年六月,道士叶法善卒,制曰……"以下即本文。

## 七月

**唐玄宗下《诫励京畿县令敕》,告诫县令勤政恤民,不夺农时,不事烦扰,宽简刑狱;随后下《铨择内外官敕》,希望官员中外迭用;下《整饬吏治诏》,派遣按察使考察诸道吏治。**

《唐大诏令集》卷一〇四载《诫励京畿县令敕》(《全唐文》卷三四题为《赐京畿县令敕》):"卿等列在王畿,各知人务,宜用心处置,以副朕怀。农功不可夺,蚕事须勿扰。市狱在简,典正宜肃,徭赋须平,豪强勿恣。"《全唐文》卷三四载《铨择内外官敕》(《唐大诏令集》卷一〇〇题为《京官都督刺史中外迭用敕》,系开元八年七月),卷二七载《整饬吏治诏》。

**国子司业李元瓘上言举人应兼习《周礼》《仪礼》《公羊》《谷梁》,帖十通五后,方许其入第,玄宗从之。**

《登科记考补正》卷七:"(开元八年)七月,国子司业李元瓘上言:'《三礼》《三传》及《毛诗》《尚书》《周易》等,并圣贤微旨,生徒教业,必事资经远,则斯道不坠。今明经所习,务在出身,咸以《礼记》文少,人皆谙读。《周礼》,经邦之轨则;《仪礼》,庄敬之楷模;《公羊》《谷梁》,历代崇习。今两监及州县以独学无友,四经殆绝。既事资训诱,不可因循。其学生望请各量配作业,并贡人参试之日,习《周礼》《仪礼》《公羊》《谷梁》,并请帖十通五,许其入第。以此开劝,即望四海均习,九经该备。'从之。"《册府元龟》卷六三九亦载。

**王邱任吏部侍郎,典选累年,堪称平允,拔擢孙逖、张镜微、张普明、王泠然、李昂等人**。

《唐会要》卷七五《选部下·藻鉴》:"开元八年七月,王邱为吏部侍郎,拔擢山阴尉孙逖,桃林尉张镜微,湖城尉张普明,进士王泠然、李昂等。不数年,登礼闱,掌纶诰焉。"

## | 八 月 |

**唐玄宗下《命两京及诸州简兵诏》,令拣取骁勇者十万人**。

《全唐文》卷二八载此诏,《册府元龟》卷一二四系开元八年八月。

**苏颋撰《遣御史大夫王晙等巡按诸道制》**。

《唐大诏令集》卷一〇四、《全唐文》卷二五三载此制,系开元八年八月。

## | 九 月 |

**丙寅,赦宥京城囚罪,下《宥京城罪人敕》**。

《唐大诏令集》卷八三载此文,系开元八年九月。《全唐文》卷二二题为《录京城囚制》,文字有小异。《新唐书·玄宗纪》载开元八年九月"丙寅,降京城囚罪,杖以下原之"。

## | 十 月 |

**唐玄宗禁约诸王,不使与群臣交结;惩治交结者,但待兄弟如故**。

《资治通鉴》卷二一二:"上禁约诸王,不使与群臣交结。光禄少卿驸马都尉裴虚己与岐王范游宴,仍私挟谶纬;戊子,流虚己于新州,离其公主。万年尉刘庭琦、太祝张谔数与范饮酒赋诗,贬庭琦雅州司户,谔山茌丞。然待范如故,谓左右曰:'吾兄弟自无间,但趋竞之徒强相托附耳。吾终不以此责兄弟也。'上尝不豫,薛王业妃弟内直郎韦宾与殿中监皇甫恂私议休咎。事觉,宾杖死,恂贬锦州刺史。业与妃惶惧待罪,上降阶执业手曰:'吾若有心猜兄弟者,天地实殛之。'即与之宴饮,仍慰谕妃,令复位。"《册府元龟》卷四七《帝王部·友爱》:"我兄弟友爱,天生必无异意,只是趋竞之辈,强相托附耳。我终不以纤芥之故责及兄弟也。"

## |十一月|

**唐玄宗诏贡举人谒先师开讲**。

《登科记考补正》卷七:"(开元八年)十一月,诏贡举人谒先师开讲,仍令朝集使及京官观礼。"

**张九龄为赵令言、赵令则之父撰《故许州长史赵公墓志铭并序》**。

《曲江集》卷一八《故许州长史赵公墓志铭并序》:"公讳某,天水陇西人。……曾祖某,隋尚书左右仆射,淮宁郡公。祖某,金紫光禄大夫、殿中监,赠工部尚书、武强公。父某,符宝郎。……开元八年春二月疾作革,乙丑终于官舍,春秋若干。某年冬十有一月庚午归葬,夫人崔氏祔焉。……有子曰令言,次曰令则。"赵府君,即赵庆逸。

## |十二月|

**唐玄宗下《命张说修国史诏》,诏张说兼修国史,敕赍稿于军中修撰。是年冬,张说撰《并州论边事表》,献"不战而定"契丹之策**。

《全唐文》卷二八载《命张说修国史诏》:"右羽林军将军摄御史大夫权检校并州大都督府长史持节天兵军节度大使燕国公张说,多识前志,学于旧史,文成微婉,词润金石。谅可以昭振风雅,光扬轨训,可兼修国史,仍赍史本就并州修撰。”《张说之文集》卷三〇《并州论边事表》:“契丹奚背恩,诚负天地不容之责,然原其状,本是夷戎君臣不和,自相诛戮耳。所望圣慈,且使其族类在朝者,将敕书再三告让,因其所欲立酋长而便定之,或可不战而定也。必告之不驯,则大发兵马,东召靺羯,西举九姓,来春未青,数道齐入,单于之首,可拾而取,未为晚也。天恩若不忍以中国劳事蛮夷,则严兵备塞,弃两蕃如粪土耳。又许钦淡拥二万余众,据五丈之城,有粮即守不可拔,无粮即鼓而行归,何所虑也?今遣史献非时,远钞近掠,其实甚难,万一未捷,贼气转壮。”

## |本 年|

**萧颖士四岁,能属文**。

《新唐书·萧颖士传》:“颖士四岁属文。”

**皎然生**。

皎然(720—796?),僧人,俗姓谢,字清昼,湖州长城(今浙江长兴)人,郡望陈郡阳夏(今河南太康)。自称谢灵运十世孙,实为谢安后裔。开元末出家,天宝时漫游各地,至德定居湖州。善交游,与颜真卿、于頔、陆羽、顾况、皇甫冉、吕渭、吴筠、张志和、刘长卿、梁肃、灵澈、韦应物、李端、权德舆、包佶、孟郊等过从唱酬,于大历、贞元间颇负盛名。能诗善文,德宗令集贤院写其文集,藏于秘府。撰有论诗著作《诗式》。著有《儒释交游传》、《内典类聚》四十卷、《号呶子》十卷、《茶诀》一篇、《皎然诗集》十卷、《诗式》五卷、《诗评》三卷、《诗议》一卷(或与《诗评》为一书,已佚)。《全唐文》卷九一七、九一八录其文二卷,其中《寄赠于尚书书》系误收。参见《宋高僧传》卷二九《唐湖州杼山皎然传》《唐才子传校笺》卷四、贾晋华《皎然年谱》。

**司马贞《史记索隐》应成于本年前后,有《史记索隐序》《史记索隐后序》**。

《全唐文》卷四〇二司马贞《史记索隐序》:“贞谀闻陋识,颇事钻研,而家传是书,不敢失坠。初欲改更舛错,裨补疏遗,义有未通,兼重注述。然以此书残缺虽多,实为古史,忽加穿凿,难允物情。今止探求异闻,采摭典故,解其所未解，申其所未申者，释文演注，又为述赞。凡三十卷，号曰《史记索隐》。虽未敢藏之书府，亦欲以贻厥孙谋云。"《史记索隐后序》："崇文馆学士张嘉会独善此书，而无注义。贞少从张学，晚更研寻，初以残缺处多，兼鄙褚少孙诬谬，因愤发而补《史记》，遂兼注之，然其功殆半。乃自惟曰：'千载古史，良难细绎。'于是更撰《音义》，重作赞述，盖欲以剖盘根之错节，遵北辕于司南也。凡为三十卷，号曰《史记索隐》云。"《史记》附录有《史记索隐序》题下署"朝散大夫国子博士弘文馆学士河内司马贞"。开元七年九月改昭文馆为弘文馆，则《史记索隐》之撰成在此之后，姑系本年。

**钱起约生于本年前后。**

钱起（720？—782？），字仲文，行大，湖州（今属浙江）人。《旧唐书》《新唐书》无传。《唐才子传》："钱起字仲文，吴兴人。"

## 唐玄宗开元九年

辛酉　七二一

### 正月

**唐玄宗本年三十七岁，下《求访武士诏》。**

《唐大诏令集》卷一〇二载此诏。《册府元龟》卷六八载此文，时为"九年正月诏"。《全唐文》卷二八题为《令州县举智勇诏》，文字有小异。

**监察御史宇文融上《定户口疏》，称天下户口逃逸，巧伪甚众，请加检括。源乾曜素爱其才，赞成之。**

事见《资治通鉴》卷二一二、《唐会要》卷八五。《通典》卷七《历代盛衰户口》："（开元）八年，天下户口逃亡，色役伪滥，朝廷深以为患。"《全唐文》卷三〇三载宇文融文。宇文融（？—802？），京兆万年（今陕西西安）人。开元九年后长期任户部侍郎，十七年拜相，百余日后罢相，贬卒。新旧《唐书》有传。今仅存此文。按:此前李峤曾上《请令御史检校户口表》(《全唐文》卷二四六载),讨论括户问题,宇文融继承了李峤的宽严相济的括户方针。

## | 二 月 |

**乙酉,唐玄宗下《禁逃亡诏》,丁亥,又下《科禁诸州逃亡制》,命州县逃亡户口百日自首,过期不首,即加检括,以宇文融为括田使。州县务于获多,虚张其数,百姓苦之。**

事见《资治通鉴》卷二一二。《全唐文》卷二八、卷二二载此二文,《文苑英华》卷四六五有节录,并参看《册府元龟》卷六三《帝王部·发号令二》。按:宇文融括户覆田是唐代开元年间增加财政收入的一项重大国策,前后历时六七年,分三个阶段。第一阶段从开元九年二月至开元十一年八月,第二个阶段从开元十一年十一月至开元十二年底,第三阶段从开元十三年一月到开元十五年二月。参见李春润《宇文融括户的两个问题》,《中南民族学院学报》,一九八四年第一期。

**丙戌,唐玄宗下《赐突厥玺书》。**

《全唐文》卷四〇载此文,《册府元龟》卷九八〇系开元九年二月丙戌。

**苏颋本年五十二岁,赴任益州大都督府长史。**

《旧唐书·苏颋传》:“八年,除礼部尚书,罢政事。俄知益州大都督府长史事。”《全唐诗》卷七四苏颋《将赴益州题小园壁》:“岁穷惟益老,春至却辞家。”宋璟、郑惟忠有《送苏尚书赴益州》诗,可证苏颋岁末除益州,二月方行。

## | 春 |

**王维、薛据、寇坰等三十八人登进士第;明经科寇铄等人及第;李昂、王泠然等人登拔萃科。考功员外郎员嘉静知贡举。**

见《登科记考补正》卷七本年条。

**王维本年二十八岁，释褐为太乐丞。**

《新唐书·王维传》："开元初，擢进士，调太乐丞。"《旧唐书·王维传》："维开元九年进士擢第。"《登科记考补正》卷七："（开元九年）进士：王维，状元。""九"疑为"元"之讹。关于王维进士及第，有学者认为王维于先天元年赴京兆府试，为解头；开元元年进士及第，年二十。可参看王勋成《王维进士及第与出生年月考》（《文史哲》，二〇〇三年第三期）。

## | 四月 |

**甲辰，唐玄宗下《条制番夷事宜诏》，诫励边防军僚。**

《全唐文》卷二八载此诏，《册府元龟》卷九九二系开元九年四月甲辰。

**唐玄宗下《令内外臣僚各举县令闻敕》。**

《全唐文》卷三四载此敕。《册府元龟》卷六八系开元九年四月。

**兰池胡康待宾寇边，唐玄宗下《讨康待宾等敕》。以太仆卿王毛仲为朔方道防御大使，与王晙及天兵军节度大使张说相知讨康待宾。张说率马步兵万人，大破之，并主张安抚党项，伐叛柔服，不杀降者。后诛康待宾，唐玄宗下《诛康待宾免从坐诏》。**

事见《资治通鉴》卷二一二、《旧唐书·玄宗纪上》。《旧唐书·张说传》："九年四月，胡贼康待宾率众反，据长泉县，自称叶护，攻陷兰池等六州。诏王晙率兵讨之，仍令说相知经略。时叛胡与党项连结，攻银城、连谷，以据仓粮，说统马步万人出合河关掩击，大破之。追至骆驼堰，胡及党项自相杀，阻夜，胡乃西遁入铁建山，余党溃散。说招集党项，复其居业。副使中史献请因此诛党项，绝其翻动之计，说曰：'先王之道，推亡固存，如尽诛之，是逆天道也。'因奏置麟州，以安置党项余烬。"《全唐文》卷三四载《讨康待宾等敕》、卷二八载《诛诏待宾免从坐诏》。按:据《册府元龟》卷九八六记载,“五月既诛康待宾,下诏曰”,即《诛康待宾免从坐诏》,然则以上两文应作于本年五月。

## 五月

**唐玄宗亲自策试应制举人于含元殿,撰《策试贡举人含元殿敕》。**

《全唐文》卷三四《策试贡举人含元殿敕》:“古有三道,朕今减其二策,近无甲科,朕将存其上第。务收贤隽,用宁军国。并宜即存,缓详思之。”《登科记考补正》卷七:“(开元九年五月)乙亥,(玄宗)亲试应制举人于含元殿,命有司置食。敕曰:‘……古有三道,朕今减其二策,近无甲科,朕将存其上第。务收贤俊,用宁军国。并宜即存,缓详思之。’”《册府元龟》卷六四三系于开元九年五月壬戌。《旧唐书·玄宗纪上》:“(开元九年四月)甲戌,上亲策试应制举人于含元殿,谓曰:‘古有三道,今减二策。近无甲科,朕将存其上第,务收贤俊,用宁军国。’仍令有司设食。”按:四月无甲戌日,《旧唐书》所载有误。今从《登科记考》《册府元龟》。

**庚午,原见囚死、流罪随军效力、徒以下未发者,下《释放流徒等罪诏》。**

事见《新唐书·玄宗纪》。《全唐文》卷二八载此诏书。

**张九龄本年四十四岁,任司勋员外郎,撰《敕处分举人》。**

《全唐文》卷二八四《敕处分举人》:“顷年策试,颇成弊风,所问既不切于时宜,所对亦何关于政事?徒征隐僻,莫见才明,以此择贤,良未得所。卿等各膺推荐,副朕虚求,宜其悉心,各尽所见,勿复仍旧,空载游词。各宜就食,食讫就试。”《登科记考补正》卷七:“(开元九年五月)乙亥,(玄宗)亲试应制举人于含元殿,命有司置食。敕曰:‘……古有三道,朕今减其二策,近无甲科,朕将存其上第。务收贤俊,用宁军国。并宜即存,缓详思之。’”此即唐玄宗《策试贡举人含元殿敕》内容。又《唐大诏令集》卷一〇六《处分举人敕》:“敕:……顷年策试,颇成弊风,所问既不切于时宜,所对亦何关于政事?……卿等各膺推荐,副朕虚求,宜具所见,各尽其长,勿复仍旧,空载游词。各宜就食,食讫就试。”《敕》

末注："开元九年。"则《敕处分举人》与《策试贡举人含元殿敕》当为同时之作，故知《敕处分举人》亦当作于开元九年五月。

## 六月

**唐玄宗下《安置北州诸蕃诏》。**

《全唐文》卷二八载此诏，《册府元龟》卷九九二系开元九年六月己亥，"己亥"恐有误。

**陆象先为政宽简，不以棰挞示威，称"天下本无事，但庸人扰之耳"。**

《资治通鉴》卷二一二："蒲州刺史陆象先政尚宽简，吏民有罪，多晓谕遣之。州录事言于象先曰：'明公不施棰挞，何以示威！'象先曰：'人情不远，此属岂不解吾言邪！必欲棰挞以示威，当从汝始！'录事惭而退。象先尝谓人曰：'天下本无事，但庸人扰之耳。苟清其源，何忧不治！'"

## 七月

**己酉，王晙大破康待宾，生擒腰斩之，杀叛胡一万五千人。**

事见《资治通鉴》卷二一二。

## 八月

**唐玄宗下《遣使宣慰百姓诏》。**

《全唐文》卷二八载此诏，《册府元龟》卷一六二系开元九年八月。

## 九月

**九日，唐玄宗下《幸东都诏》。**

《唐大诏令集》卷七九(《全唐文》卷二八)载此诏,系开元九年九月九日。

**丁未,姚崇卒,年七十一,有文集十卷、《六诫》一卷,今存《遗令诫子孙文》。赠扬州大都督,谥文贞,张说翌年奉敕撰碑,玄宗亲书。**

《旧唐书·玄宗纪上》:"丁未,开府仪同三司、梁国公姚崇薨。"姚崇(651—721),本名元崇,字元之,以与突厥叱利同名,武后时以字行,至开元时,避玄宗帝号更为崇。陕州硖石(今河南陕县)人。举下笔成章科,圣历三年拜相,进同凤阁鸾台平章事,迁凤阁侍郎。长安元年,以母老乞养,拜相王府长史,罢知政事。旋改春官尚书,为张易之所谮,改司仆卿,知政事如故,充灵武道大总管。中宗时为亳州刺史,转常州刺史。睿宗时召拜兵部尚书、同中书门下三品,寻迁中书令。为太平公主排挤,出为申州、同州刺史。先天二年,召为兵部尚书、同中书门下三品,迁紫微令,封梁国公。开元四年,罢知政事。九年卒,谥曰文贞。按:《旧唐书·姚崇传》谥曰文献,误,文献乃其父姚懿谥号。三居相位,开元初独当重任,为唐代名相之一。生平事迹见张说《故开府仪同三司上柱国赠扬州大都督梁国公姚文贞公神道碑》、《旧唐书》卷九六、《新唐书》卷一二四本传。姚崇工诗善文,《新唐书·艺文志三》著录其《六诫》一卷、文集十卷,俱佚。《全唐文》卷二〇六存其文一卷,《唐文拾遗》卷一六辑补一篇,《全唐文补遗》(第三辑)补《唐故左武卫中郎将石府君(映)墓志铭并序》一篇,《全唐文补编》卷三〇补《请遣捕蝗疏》(重录)、《谏造寺度僧奏》(重录)、《大唐故兖州都督于府君碑铭》(重录)、《唐故银青光禄大夫嶲州都督长沙郡公赠幽州都督吏部尚书文献公姚府君玄堂记》四篇。《全唐文》卷二〇六载《遗令诫子孙文》:"凡厚葬之家,例非明哲,或溺于流俗,不察幽明,咸以奢厚为忠孝,以俭薄为悭惜,至令亡者致戮尸暴骸之酷,存者陷不忠不孝之诮。可为痛哉,可为痛哉!死者无知,自同粪土,何烦厚葬,使伤素业?若也有知,神不在柩,复何用违君父之令,破衣食之资?吾身亡后,可殓以常服,四时之衣,各一副而已。"

《明皇杂录》卷上:"姚元崇与张说同为宰辅,颇疑阻,屡以其相侵,张衔之颇切。姚既病,诫诸子曰:'张丞相与我不叶,衅隙甚深。然其人少怀奢侈,尤好服玩,吾身殁之后,以吾尝同僚,当来吊。汝其盛陈吾平生服玩宝带重器,罗列于帐前,若不顾,汝速计家事,举族无类矣;目此,吾属无所虞,便当录其玩用,致于张公,仍以神道碑为请。既获其文,登时便写时,仍先砻石以待之,便令镌刻。张丞相见事迟于我,数日之后当悔,若却征碑文,以刊削为辞,当引使视其镌刻,仍告以闻上。'讫姚既殁，张果至，目其玩服三四，姚氏诸孤，悉如教诫。不数日文成，叙述该详，时为极笔。其略曰：'八柱承天，高明之位列；四时成岁，亭毒之功存。'后数日，张果使使取文本，以为词未周密，欲重为删改。姚氏诸子，仍引使者示其碑，乃告以奏御。使者复命。悔恨拊膺，曰：'死姚崇犹能算生张说，吾今知才之不及也远矣。'"此条记载的真伪受到了后人的猜疑，岑仲勉先生《唐集质疑》认为此事乃后人附会，姚崇碑是张说奉敕所撰。但由此可以从侧面看出二人不和在当时是一个公开的事实，后人因而才附会以成文。《张说之文集》卷一四《故开府仪同三司上柱国赠扬州刺史大都督梁国公姚文贞公碑奉敕撰》："享年七十有一，开元九年九月寝疾薨东都之慈惠里。……制赠扬州大都督，谥曰文贞，礼也。"《碑文》以"位为帝之四辅，才为国之六翮，言为代之轨物，行为人之师表"二十四个字对姚崇的成就作了精炼的概括，笔墨简括，可谓统领全篇的警句。二人虽有嫌隙，但碑文雍容典雅，极有分寸。

**癸亥，张说本年五十五岁，自并州入朝，守兵部尚书，同中书门下三品，即驰驿赴京。玄宗亲撰《授张说同中书门下三品》，张说十月十七日在并州赴京途中撰《让兵部尚书平章事表》，以让于宋璟、陆象先，不许。**

事见《新唐书·玄宗纪》《旧唐书·玄宗纪上》。《唐大诏令集》卷四四载《张说同三品制》："天兵军节度大使右羽林将军兼并州长史摄御史大夫燕国公兼修国史张说，挺其公才，生我王国。体文武之道，则出将入相；尽忠贞之节，亦前疑后丞。……可守兵部尚书同中书门下三品，勋封修国史如故。仍即驰驿赴京。"《张说之文集》卷三〇载《让兵部尚书平章事表》。

## 十月

**苏颋至益州，撰《初至益州上讫陈情表》。**

《全唐文》卷二五五载《初至益州上讫陈情表》。

**河西、陇右节度大使郭知运卒，王君㚟代之。翌年七月，张说奉敕为郭知运撰《赠凉州都督上柱国太原郡开国公郭君碑奉敕撰》，苏颋亦为撰《郭知运碑》。**

《资治通鉴》卷二一二:“十月,河西、陇右节度大使郭知运卒。知运与同县右卫副率王君㚟,皆以骁勇、善骑射著名西陲,为虏所惮。时人谓之王、郭。㚟遂自知运麾下代为河西、陇右节度使,判凉州都督。”《金石录》卷五:“第九百五十八,唐《郭知运碑》,苏颋撰,魏华正书,开元十年七月……第九百六十八,唐《郭知运后碑》,张说撰,梁升卿八分书,开元十一年五月。”《张说之文集》卷一七《赠凉州都督上柱国太原郡开国公郭君碑奉敕撰》:“开元九年十月二十二日,薨于军舍。……以十年七月葬于太原。……皇上念功以惜逝,原终以遇存,有诏词人,为其碑志。”郭公即郭知运(667—721),字逢时,瓜州晋昌(今甘肃安西县东)人,猿臂虎口,擅格斗,开元间数击破突厥、吐蕃有功,封太原郡公,左武卫大将军。碑文满是赞誉之辞,言其出身福贵无比:“公太白之精,雷泉之灵,膺家之祯,为国而生。身长七尺,力能扛鼎,猿臂虎口,虬鬓鹗瞵,射穿七札,剑敌万人。子卿路逢,遥识将军之相;唐举一见,足辨封侯之骨。”称其有将军封侯之相,后果立边功受厚封。又言其性情宽猛相济:“惟公气猛而性和,量宽而精锐,沉谋可以掩蓍蔡,雄断可以夺鬼神……树恩结信,立威用武,烜赫如风涛,荡震如雷雨,战必克,攻必取。每有奏谒,上特称叹:‘孝文之得魏尚,虏不足忧;太祖之见郭嘉,知成吾事。’”皇帝对其宠爱有加:“前后锡锦衣宝带,文马素女,烂其盈门,长鸣在厩。”其死后“千里送丧,三军凄怆”。《文苑英华》卷九〇七题为《冠军大将军郭知运神道碑》,《唐文粹》卷五七题为《唐赠梁州都督陇右节度大使郭知运神道碑》。苏颋《唐郭知运碑》已佚,宋代欧阳修有《唐郭知运碑铭跋》。

## |十一月|

**左散骑常侍元行冲上《群书目录》二百卷,藏之内府。毋煚《撰集四部经籍序略》当作于本年后。**

《全唐文》卷三七三《撰集四部经籍序略》:“孰有四万卷目,二千部书,名目首尾,三年便令终竟。欲求精悉,不其难乎?所以常有遗恨。窃思追雪,乃与类同契,积思潜心,审正旧疑,详开新制。……改旧传之失者三百余条,加新书之目者六千余卷。……成《书录》四十卷。其外有释氏经律论疏、道家经戒符箓,凡二千五百余部、九千五百余卷,亦具翻译名氏,序述指归,又勒成目录十卷,名曰《开元内外经录》。”《旧唐书·玄宗纪上》:“(开元九年)冬十一月丙辰,左散骑常侍元行冲上《群书目录》二百卷,藏之内府。"《唐会要》卷三六《修撰》:"九年十一月十三日,左散骑常侍元行冲,上《群书四部录》二百卷,藏之内府,凡二千六百五十五部,四万八千一百六十九卷。分为经史子集四部。经库是殷践猷、王恢编,史库韦述、余钦,子库毋照(煚)、刘彦直,集库王湾、刘仲,其序例,韦述撰,其后毋照(煚)又略为四十卷,为《古今书录》。"《撰集四部经籍序略》所云"四万卷目,二千部书"即为元行冲所上《群书目录》。其后,毋煚略为《古今书录》四十卷,又另撰佛、道二教书为《开元内外经录》十卷,并为之作序,故知《撰集四部经籍序略》之写作时间当略晚于开元九年十一月,唯作年难确考,姑系于此。

**张九龄撰《故河南少尹窦府君墓碑铭并序》。**

《曲江集》卷二〇《故河南少尹窦府君墓碑铭并序》:"公讳某,扶风平陵人。自后魏大将军侍中永富公至烈考瀛州刺史赠刑部尚书莘国公六叶矣……是岁有唐开元之九载,春秋五十有六。……冬十一月,葬于北原。……俾予为文,以叙孝子之志。"窦府君即窦敬宾,参见顾建国《张九龄年谱》,页一〇三。

## |十二月|

**刘知幾卒于安州别驾任上,年六十一,有集三十卷,《史通》二十卷。**

刘知幾(661—721),字子玄,景云元年后避讳以字行,徐州彭城(今江苏徐州)人。自幼攻读经史,以词学知名。永隆元年,登进士第。圣历二年,预修《三教珠英》。长安二年,以著作佐郎兼修国史,寻迁左史,撰起居注。长安四年,拜凤阁舍人。后预修《武后实录》。景龙二年,辞史职,为太子中舍人,又为修文馆学士。四年,撰《史通》成书。景云元年,兼太子左庶子,兼崇文馆学士。先天元年,奉诏与柳冲等改修《氏族志》。至开元二年,刊定为《姓族系录》二百卷。四年,因撰成武后、中宗、睿宗三朝实录,封居巢县子。其后数年,奉诏于乾元殿编校图书。《旧唐书·刘知幾传》:"开元初,迁左散骑常侍,修史如故。九年,长子贶为太乐令,犯事配流,子玄诣执政诉理,上闻而怒之,由是贬授安州都督府别驾。"又载:"预修《三教珠英》《文馆词林》《姓族系录》,论《孝经》非郑玄注,《老子》无河上公注,修《唐书》《实录》,皆行于代。有集三十卷。""后数年,玄宗敕河南府就家写《史通》以进，读而善之，追赠汲郡太守，寻又赠工部尚书，谥曰文。"《史通》为中国史学史上的重要理论著作，共二十卷，内篇十卷，三十六篇，外篇十卷，十三篇。《四库全书总目提要》卷八八："内篇皆论史家体例，辨别是非；外篇则述史籍源流，及杂评古人得失。"清人浦起龙有《史通通释》。傅振伦有《刘知幾年谱》。《全唐文》卷二七四存其赋三篇、文九篇，《唐文拾遗》卷一七补二篇，《全唐文补编》卷二九补《常服议》《应制表陈四事》二篇，共计十六篇。

## |本 年|

**著作郎吴兢撰《则天实录》，言刘知幾所录张说证魏元忠事，直笔终不改字。**

《资治通鉴》卷二一二："著作郎吴兢撰《则天实录》，言宋璟激张说使证魏元忠事。说修史见之，知兢所为，谬曰：'刘五（按：知几行五）殊不相借！'兢起对曰：'此乃兢所为，史草具在，不可使明公枉怨死者。'同僚皆失色。其后说阴祈兢改数字，兢终不许，曰：'若徇公请，则此史不为直笔，何以取信于后！'"

**唐玄宗遣使迎司马承祯入京，亲受法箓，赏赐甚厚。翌年承祯离京还天台山，玄宗下《赐司马承祯敕》。**

《旧唐书·司马承祯传》："开元九年，玄宗又遣使迎入京，亲受法箓，前后赏赐甚厚。十年，驾还西都，承祯又请还天台山，玄宗赋诗以遣之。"《全唐文》卷三六载此敕："司马炼师以吐纳余暇，琴书自娱，潇洒白云，超驰元圃。高德可重，暂违萝薜之情；雅志难留，敬顺松乔之意。音尘一间，俄归葛氏之天台；道术斯成，顷缩长房之地脉。善自珍爱，以保童颜，志之所之，略陈鄙什。既叙前离之意，仍怀别后之资。"

**员半千定居同州韩城县尧山、沮水间，卒于本年或稍后，年九十四，有集十卷。**

员半千（628—721），本名馀庆，字荣期，刘州全节（今山东济南）人，安居晋州临汾（今属山西）。少师事王义方，义方器之曰："五百岁一贤者生，子宜当之。"因改今名。上元三年应入科举，预修《三教珠英》，历任弘文馆学士、崇文馆学士,封平原郡公。著有《三国春秋》二十卷、《明堂新礼》三卷、《临戎孝经》二卷。《新唐书·艺文志四》:"《员半千集》十卷。"俱佚。《全唐文》卷一六五录其文三篇。《新唐书·员半千传》:"开元九年,游尧、沮水间,爱其地,遂定居。卒,年九十四,即葬焉。"《旧唐书·员半千传》云"开元二年卒",《大唐新语》卷四云"开元初卒"。《金石萃编》卷七一《尹尊师碑》:"银青光禄大夫、行太子左谕德兼崇文馆学士、上柱国、平凉县开国公员半千撰。"开元五年十月二日建,故知《旧传》误,从《新传》。

**许景先撰《奏停赐射疏》,由给事中转中书舍人,与中书舍人齐澣、王丘(邱)、韩休、张九龄掌知制诰。**

《全唐文》卷二六八载《奏停赐射疏》。《唐会要》卷二六:"(开元)八年九月七日,制赐百官九日射。给事中许景先驳奏曰:……"《旧唐书·玄宗纪上》开元九年七月载:"先天中,重修三九射礼,至是,给事中许景先抗疏罢之。"《旧唐书·许景先传》:"开元初,每年赐射,节级赐物,属年俭,甚费府库。景先奏曰:……自是乃停赐射之礼。俄转中书舍人。自开元初,景先与中书舍人齐澣、王丘、韩休、张九龄掌知制诰,以文翰见称。中书令张说尝称曰:'许舍人之文,虽无峻峰激流崭绝之势,然属词丰美,得中和之气,亦一时之秀也。'"王丘(?—743),又作王邱,字仲山,相州安阳(今属河南)人。年十一,擢童子科,弱冠,又举制科。开元初为考功员外郎,历迁紫微舍人、吏部侍郎、尚书右丞、黄门侍郎。开元十四年为尚书左丞知制诰,右散骑常侍,以礼部尚书致仕。天宝二年卒,谥曰文。新旧《唐书》有传。丘气象清古,而志行修洁,尤善词赋。《全唐文》卷三二八录其文二篇,《全唐文补遗》(第一辑)补《冠军大将军行右卫将军上柱国河东郡开国公杨君亡妻新城郡夫人独孤氏志铭并序》一篇,《全唐文补遗》(千唐志斋新藏专辑)补《大唐故右监门卫将军上柱国赠银青光禄大夫兖州都督谥曰光范阳卢府君(正言)墓志铭并序》一篇,共计四篇。

**李昂约三十二岁,登拔萃科,撰《对历生失度判》。**

《全唐文》卷三〇二李昂《对历生失度判》:"相彼历生,迹参日御。台观是黍,泉蒙未豁。唐都不作,糟粕谁传?……如或未精,法将焉舍?"《登科记考补正》卷七:"(开元九年)拔萃科:李昂。"又载:"李昂《历生失度判》曰……"

**王泠然三十岁,登拔萃科,任东宫校书郎**。

《登科记考补正》卷七:"(开元九年)拔萃科:王泠然。"王泠然《论荐书》:"今尚书右丞王丘,于开元九年掌天下选,授仆清资,以智见许。"

**李白二十一岁,喜纵横术,击剑任侠,轻财重施,不事产业**。**游成都,礼部尚书苏颋出为益州长史,白于路中投刺,颋待以布衣之礼,称其天才英丽,广之以学,可以相如比肩**。**是年李白从逸人东严子游,郡守举二人以有道科,并不起**。

《李白集校注》卷二六《上安州裴长史书》:"曩昔东游维扬,不逾一年,散金三十余万,有落魄公子,悉皆济之。此则白之轻财好施也。……又昔与逸人东严子隐于岷山之阳,白巢居数年,不迹城市,养奇禽千计,呼皆就掌取食,了无惊猜。广汉太守闻而异之,诣庐亲睹。因举二人以有道,并不起。……又前礼部尚书苏公出为益州长史,白于路中投刺,待以布衣之礼,因谓群僚曰:'此子天才英丽,下笔不休,虽风力未成,且见专车之骨,若广之以学,可以相如比肩也。'"《旧唐书·苏颋传》:"开元八年,颋除礼部尚书,罢政事,俄知益州大都督府长史事。"《新唐书·李白传》:"既长,隐岷山。州举有道,不应。苏颋为益州长史,见白异之,曰:'是子天才英特,少益以学,可比相如。'然喜纵横术,击剑,为任侠,轻财重施。"

**崔祐甫生**。

崔祐甫(721—780),字贻孙,京兆长安(今陕西西安)人,郡望博陵安平(今属河北)。天宝中登进士,历起居舍人、司勋、吏部员外郎,检校吏部郎中。开元十二年为中书舍人,知吏部选事。开元十四年以门下侍郎、同平章事,转中书侍郎,修国史,仍同平章事。建中元年卒,年六十一,谥文贞。新旧《唐书》有传。祐甫善古文,《新唐书·艺文志四》著录《崔祐甫集》三十卷,已佚。《全唐文》卷四〇九录其文十四篇,《唐代墓志汇编》录《有唐登仕郎行魏郡冠氏县尉云骑尉卢公(招)墓志铭》(页一七〇七)、《有唐濮州临濮县尉窦公(叔华)故夫人崔氏(组)墓志铭》(页一七六九)、《有唐魏州冠氏县尉卢公(招)夫人崔氏(严爱)墓记》(页一七六九)、《有唐朝散大夫行秘书省著作佐郎溪嗣安平县开国男崔公(众甫)墓志铭并序》(页一七九八)、《有唐朝议郎守尚书工部郎中寇公(锡)墓志铭并序》(页一八〇五)、《有唐故□□□魏郡魏县令崔公(夷甫)墓志铭》(页一八一一)、《卢梵儿墓志附记》(页一七九七)、《崔沔墓志附记》(页一七九九)、《王方大墓志附记》(页一八一〇)、《崔皑墓志附记》(页一八〇二)、《王媛墓志附记》(页一八〇三),共计二五篇。

# 唐玄宗开元十年

壬戌 七二二

## 正月

**元怀景卒,张说为撰《唐故左庶子赠幽州都督元府君墓志铭》。**

元怀景(? —722),河南洛阳人。弱冠登进士第。任太子通事舍人、尚书右丞,开元十年正月卒,谥文。著有《汉书议苑》、《属文要义》十卷,俱佚。《张说之文集》卷二〇载此文。

## 二月

**张九龄本年四十五岁,为张说超拔转中书舍人内供奉,撰《为吏部侍郎祭故人文》。张说亲重张九龄,与之叙为昭穆。**

《曲江集》附录开元十年二月十七日《转中书舍人制》:"朝散大夫、行尚书司勋员外郎、上柱国张九龄,含章间出,禀秀挺生,学总丘坟,词变风雅……可中书舍人内供奉。""内供奉"即"试用"之意(参见岑仲勉《依唐代官制说明张曲江集附录诰命的错误》一文)。张九龄于开元十二年十二月才正式加守中书舍人。(《曲江集》附录诰命《加守中书舍人敕》:"朝请大夫中书舍人内供奉上柱国曲江县开国男张九龄文含风雅,道映簪据。……九龄可守中书舍人。……开元十二年十二月十三日。")新旧《唐书·张九龄传》均载张说与九龄同姓,叙为昭穆,尤亲重之,九龄既欣为知己,亦依附焉。张说秉政,故对九龄提携有加。《曲江集》卷一七《为吏部侍郎祭故人文》:"维开元十年岁次壬戌二月癸酉朔十七日己丑,吏部侍郎某,谨以清酌脯醢之奠,敬祭故某公之灵。"顾建国《张九龄年谱》疑吏部侍郎即为玄宗宠臣、时任秘书监姜皎之弟姜晦,参见页一〇七。

## 三月

**王钧为洛阳县主簿贪赃。戊申,唐玄宗本年三十八岁,下《诫勖内外郡官诏》,自此内外官有犯赃至解免已上,纵逢赦免,并终身勿齿。**

事见《旧唐书·玄宗纪上》、《册府元龟》卷一五五。《唐大诏令集》卷一一〇载此诏书,《全唐文》卷二八题为《诛王钧诏》。

## 春

**考功员外郎员嘉静知贡举。苗含泽等三十三人登进士第,明经科白锽、崔泌等人及第。孙逖本年二十七岁,登文藻宏丽科,拜左拾遗,张说重其才,命子均、垍往拜之。**

见《登科记考补正》卷七本年条。《旧唐书·孙逖传》:"(开元)十年,应制登文藻宏丽科,拜左拾遗。张说尤重其才,逖日游其门,转左补阙。"《新唐书·孙逖传》:"开元十年,又举贤良方正。玄宗御洛城门引见,命户部郎中苏晋等第其文异等,擢左拾遗。张说命子均、垍往拜之。"据《登科记考补正》,开元十年,孙逖登文藻宏丽科,而非贤良方正科,《新传》所载有误。颜真卿《尚书刑部侍郎赠尚书右仆射孙逖文公集序》:"故燕国深赏公才,俾与张九龄、许景先、韦述同游门庭,命子均、垍申伯仲之礼。……其为先达所重也如此。"

## 四月

**己亥,唐玄宗下《张说兼知朔方军节度使制》。**

事见《资治通鉴》卷二一二、《旧唐书·张说传》。《唐大诏令集》卷五二载此制,《全唐文》卷二八题为《命张说兼领朔方节度诏》。

**张说本年五十六岁,撰《奉敕赤帝坛祈雨文》,五月东都大雨成灾。**

《张说之文集》卷二三载《奉敕赤帝坛祈雨文》:“维开元十年岁次壬戌四月壬申朔十四日乙酉,曾臣侍中源乾曜、中书令张嘉贞、兵部尚书张说,谨以清酌昭告于赤帝。”《旧唐书·玄宗纪上》:“五月,东都大雨,伊、汝等水泛涨,漂坏河南府及许、汝、仙、陈等州庐舍数千家,溺死者甚众。”按:是年二月,唐玄宗至东都。

## |闰五月|

**张说兼朔方军节度使,往朔方巡边,唐玄宗御制诗送之,源乾曜、张嘉贞、宋璟、卢从愿、许景先、韩休、徐知仁、崔禹锡、王翰、苏晋、王光庭、袁晖、席豫、张九龄、徐坚、崔日用、贺知章、崔泰之、胡皓、王丘等二十人和张说为撰《将赴朔方军应制》,编为《朝英集》,贾曾奉制作序。**

《张燕公集》卷四附贾曾《饯别张尚书赴朔方奉敕撰序》:“乃命元宰兵部尚书燕公,专节朔方,授律群帅。涉河之外,距关之西,公皆统之,重分阃也。公智以阐物,精以造微,文为一变之英,武有万人之敌。历登庶尹,王猷载宁,三宅台衡,帝采惟亮。虽坐堂足以制胜,而勤国忘其定居。阉茂次年,仲夏贞闰,拜手东洛,驰轺北阙,备官而行,成旅以从。是日也,景风司至,星火殷宵,伯赵鸣而戒阴,爽鸠习而扬武。赋可以升高望远,诗可以出宿饯行。有诏具僚,爰开祖宴,且申后命,宠以蕃锡。天章赋别,御札题笺,副衣表挟纩之诫,兼阃喻投醪之旨。筐篚以将其贶,笔砚以表其文,前载未书,今册斯睹。……成志在心,发言同唱,天子有念,式叙清风。请编《出车》之什,以继《蒸人》之雅。”《新唐书·艺文志四》:“《朝英集》三卷。开元中张孝嵩出塞,张九龄、韩休、崔沔、王翰、胡皓、贺知章所撰送行歌诗。”傅璇琮《唐代诗人丛考·王翰》(中华书局二〇〇三年版,页四六)考证疑宋人误记,应为送张说朔方巡边之作。参看曲景毅《诗国高潮的关奏——简论开元前期张说及其周围的诗人群体创作》(《文学遗产》,二〇〇八年第四期,页五三—五五)。贾曾(?—727),河南洛阳人,少知名。景云中,为吏部员外郎。唐玄宗为太子时为太子舍人。直言敢谏,擢中书舍人,避父讳不拜,徙谏议大夫、知制诰。开元初,复拜中书舍人,与苏晋同掌制诰,皆以文辞著称,时号“苏、贾”(《旧唐书·贾曾传》)。后坐事贬,开元十四年召为光禄少卿,迁礼部侍郎,十五年卒。新旧《唐书》有传。《全唐文》卷二七七录其文五篇,《唐代墓志汇编》录《唐故银青光禄大夫博州刺史柱国李君(尚贞)墓志铭》(页一二六四)一篇,共计六篇。

**戊寅,命诸蕃充质宿卫子弟并放还本国,下《放诸蕃质子各还本国敕》。**

事见《旧唐书·玄宗纪上》。《唐大诏令集》卷一二八载此敕,《全唐文》卷二六题为《放还诸蕃宿卫子弟诏》。《册府元龟》卷一七〇、九九六均系于本年闰五月戊寅,录文略异。

**唐玄宗下《申禁滞狱诏》。**

《全唐文》卷二七载此诏,《册府元龟》卷六三系开元十年闰五月。

**封余姚县主长女慕容氏为燕郡公主,妻契丹松漠郡王郁于,下《封燕郡公主制》。**

《唐大诏令集》卷四二载此制;《全唐文》卷二二亦载此文,文字小异。事见《唐会要》卷九六、《册府元龟》卷九七九、《资治通鉴》卷二一二、《旧唐书·玄宗纪上》。

## |六月|

**辛丑,唐玄宗训注《孝经》,颁于天下,撰《颁示道德经注孝经疏诏》。**

《全唐文》卷三二《颁示道德经注孝经疏诏》:"《孝经》旧疏,虽粗发明幽晦,探赜无遗,犹未能备。今敷畅以广阙文,且妙本逾元,微言久绝,或怡然独得,或参以诸家……颁示中外。"《旧唐书·玄宗纪上》:"(开元十年)六月辛丑,上训注《孝经》,颁于天下。"《唐会要》卷三六《修撰》:"十年六月二日,上注《孝经》,颁于天下及国子学。至天宝二年五月二十二日,上重注,亦颁于天下。"

**己巳,增置京师太庙为九室,移孝和皇帝神主以就正庙,唐玄宗下《增置太庙九室诏》。**

事见《旧唐书·玄宗纪上》、《资治通鉴》卷二一二。《唐大诏令集》卷七五(《全唐文》卷二八)载此诏。

## |七月|

**丙戌,唐玄宗下《命诸州虑囚诏》。**

《全唐文》卷二八载此诏,《册府元龟》卷一四四系开元七年七月丙戌。

## |八月|

**壬子,唐玄宗下《幸并州制》。**

《册府元龟》卷一一三(《全唐文》卷二二)载此制。

**癸卯,武强令裴景仙坐赃事觉亡命,唐玄宗欲集众斩之。大理卿李朝隐上《执奏裴景仙狱表》《第二表》,杖景仙一百,流放岭南。**

事见《资治通鉴》卷二一二。《旧唐书·李朝隐传》节录其文。李朝隐(665—734),京兆三原人。少以明法举,神龙中忤旨为敬晖、桓彦范说情,任侍御史、长安令,不畏阉竖,为睿宗嘉叹。开元二年迁吏部侍郎,与卢从愿同典选,铨叙平允,为当时所称,为卢怀慎推荐。后迁河南尹,政甚清严,豪右屏迹,亦为玄宗嘉许。后为扬州长史、大理卿、御史大夫。开元二十二年,卒于摄御史大夫。岭南采访处置使任上。性孝友,有公直之誉。新旧《唐书》有传。《全唐文》卷二三六录其文五篇。

## |九月|

**甲戌,秘书监、楚国公姜皎因泄禁中语,配流钦州,下《流姜皎岭外制》,弟吏部侍郎姜晦贬春州司马,亲党坐流、死者数人。姜皎卒于道中。**

《旧唐书·玄宗纪上》:"甲戌,秘书监、楚国公姜皎坐事,诏杖之六十,配流钦州,死于路。"《资治通鉴》卷二一二:"初,上之诛韦氏也,王皇后颇预密谋,及即位数年,色衰爱弛。武惠妃有宠,阴怀倾夺之志,后心不平,时对上有不逊语。上愈不悦,密与秘书监姜皎谋以后无子废之,皎泄其言。嗣滕王峤,后之妹夫也,奏之。上怒,张嘉贞希旨构成其罪,云:'皎妄谈休咎。'甲戌,杖皎六十,流钦州,弟吏部侍郎晦贬春州司马;亲党坐流、死者数人,皎卒于道。"《旧唐书·姜皎传》亦载。《全唐文》卷二二载此制文。姜皎(663—722),秦州上邽(今甘肃天水)人。唐玄宗即位,召授殿中少监,以功进殿中监,封楚国公,宠遇甚隆。迁太常卿,监修国史。开元五年,放归田里,复起为秘书监。死后开元十五年,追赠泽州刺史,天宝七载正月,赠吏部尚书,有《赠姜皎吏部尚书诏》(《册府元龟》卷一七二,系天宝七载正月)。姜皎善画鹰鸟,能诗。生平事迹见新旧《唐书》本传、《历代名画记》卷九。

**乙亥,唐玄宗下《诫宗属制》,重申禁止诸王与群臣交结,皇亲国戚之间亦不得交结,有效地保证了皇室内部的和平。诸王、公主、驸马、外戚家,不得出入门庭,妄说言语,下《禁百官交结匪人制》《禁左道诏》,约百官不得与卜祝之人交游往来。**

事见《新唐书·玄宗纪》。《册府元龟》卷一五八(《全唐文》卷二二)载此制:"自今已后,诸王公主驸马外戚家,除非至亲以外,不得出入门庭,妄说言语。所以共存至公之道,永协和平之义,克固藩翰,以保厥休。贵戚懿亲,宜书座右。"王夫之《读通鉴论》卷二二《玄宗》有云:"玄宗日游诸王于斗鸡吹笛之间,而以雷霆之威,亟施之挑激之小人,诸王保其令祚,王室无所震惊,不亦休乎!"《全唐文》卷二二载《禁百官交结匪人制》,卷二九载《禁左道诏》。

**己卯夜,左领军兵曹权楚璧与其党李齐损等作乱,求西京留守王志愔不获,比晓乱党自溃,志愔惊怖而亡。壬午,唐玄宗遣河南尹王怡按问宣慰,王怡因楚璧狱连逮甚众,久不能决,唐玄宗乃以开府仪同三司宋璟为西京留守,只诛同谋数人。**

《资治通鉴》卷二一二:"(开元十年)春,正月,丁巳,上行幸东都,以刑部尚书王志愔为西京留守(按:新旧《唐书·王志愔传》载开元九年,误)……(九月)己卯夜,左领军兵曹权楚璧与其党李齐损等作乱,立楚璧兄子梁山为光帝,诈称襄王之子,拥左屯营兵数百人入宫城,求留守王志愔,不获。比晓,屯营兵自溃,斩楚璧等,传首东都。志愔惊怖而薨。……壬午,遣河南尹王怡如京师,按问宣慰。……王怡治权楚璧狱,连逮甚众,久之不决,上乃以开府仪同三司宋璟为西京留守。璟至,止诛同谋数人,余皆奏原之。"新旧《唐书·玄宗纪》载开元十一年正月,"降东都囚罪""流,死罪减一等,余并原之"。王志愔(?—722?),生卒年不详,博州聊城(今山东聊城)人,以清白闻名,以刚猛治政,下官称其"皂雕"。曾著《应正论》(《全唐文》卷二八二载),规劝中宗革除时弊。新旧《唐书》有传,《朝野佥载》卷三载其事。

**张说在朔方,往巡五城,处置兵马,歼灭康待宾余党。秋,凯旋归京,奏罢边兵二十余万还农,唐玄宗初疑之,张说力谏乃从。张说着力于整顿兵制,建议改府兵制为募兵制,招募精兵充宿卫,并从之。**

《旧唐书·玄宗纪上》:"张说擒康愿子于木盘山。诏移河曲六州残胡五万余口于许、汝、唐、邓、仙、豫等州,始空河南朔方千里之地。"《新唐书·玄宗纪》:"张说败康愿子于木盘山,执之。"《旧唐书·张说传》:"先是,缘边镇兵常六十余万,说以时无强寇,不假师众,奏罢二十余万,勒还营农。玄宗颇以为疑,说奏曰:'臣久在疆埸,具悉边事,军将但欲自卫及杂使营私。若御敌制胜,不在多拥闲冗,以妨农务。陛下若以为疑,臣请以阖门百口为保。以陛下之明,四夷畏伏,必不虑减兵而招寇也。'上乃从之。时当番卫士,浸以贫弱,逃亡略尽。说又建策,请一切召募强壮,令其宿卫,不简色役,优为条例,逋逃者必争来应募。上从之。旬日,得精兵一十三万人,分系诸卫,更番上下,以实京师,其后彍骑是也。"事并见《资治通鉴》卷二一二。此前,开元七年(719)张说曾撰《请置屯田表》(《张说之文集》卷一五),主张以屯田制辅募兵制,为唐王朝的国力强盛奠定根基。

**张说归朝后为丽正殿修书使,奏请徐坚、贺知章、赵冬曦等人入院同修《唐六典》,毋煚、余钦、韦述亦参与修撰。**

《旧唐书·贺知章传》:"开元十年,兵部尚书张说为丽正殿修书使,奏请知章及秘书员外监徐坚、监察御史赵冬曦皆入书院,同撰《六典》及《文纂》等,累年,书竟不就。"《大唐新语》卷九《著述第十九》:"开元十年,玄宗诏书院撰《六典》以进。时张说为丽正学士,以其事委徐坚。沉吟岁余,谓人曰:'坚承乏,已曾七度修书,有凭准皆似不难。唯《六典》历年措思,未知所从。'说又令学士毋煚等,检前史职官,以令式分入六司,以今朝六典,象周官之制。然用功艰难,绵历数载。其后张九龄委陆善经,李林甫委苑咸,至二十六年,始奏上。百僚陈贺,迄今行之。"《玉海》卷五二引《集贤注记》:"开元十年九月,张说都知丽正殿修书事。秘书监徐坚为副,张悱改充知图书括访异书使。"《四库全书总目》卷七九《唐六典》提要:"《书录解题》引韦述《集贤记注》曰:'开元十年,起居舍人陆坚被旨修是书。帝手写白麻纸六条,曰理、教、礼、政、刑、事,令以类相从,撰录以进。张说以其事委徐坚,思之经岁莫能定。又委毋煚、余钦、韦述,始以令式入六司,其沿革并入注中。'"

## |十月|

**张九龄撰《狮子赞序》。**

《曲江集》卷一七《狮子赞序》:"顷有至自南海,厥繇西域,献其方物,而狮子在焉。"《册府元龟》卷九七一《外臣部朝贡四》:"开元十年十月乙巳,波斯国遣使献狮子。"时波斯国取海道具来唐。

## |十一月|

**张说与张嘉贞因裴伷先事不和,此乃玄宗朝"吏治与文治之争"的推演。**

《旧唐书·张嘉贞传》:"俄而广州都督裴伷先下狱,上召侍臣问当何罪,嘉贞又请杖之。兵部尚书张说进曰:'臣闻刑不上大夫,以其近于君也。故曰:士可杀,不可辱。臣今秋受诏巡边,中途闻姜皎以罪于朝堂决杖,配流而死。皎官是三品,亦有微功。若其有犯,应死即杀,应流即流,不宜决杖廷辱,以卒伍待之。且律有八议,勋贵在焉。皎事已往,不可追悔。伷先只宜据状流贬,不可轻又决罚。'上然其言,嘉贞不悦,退谓说曰:'何言事之深也!'说曰:'宰相者,时来即为,岂能长据?若贵臣尽当可杖,但恐吾等行当及之。此言非为伷先,乃为天下士君子也。'初,嘉贞为兵部员外郎,时张说为侍郎。及是,说位在嘉贞下,既无所推让,说颇不平,因以此言激怒嘉贞,由是与说不叶。"《资治通鉴》卷二一二载此事于十一月。姜皎是张说的亲信，曾于开元元年受张的指使上奏外放姚崇，此时借议裴伷先事引出姜皎事是为其伸不平。张说此番言论看似深明大义，实则针对曾经比自己官职低的张嘉贞。

## 十二月

**唐玄宗女永穆公主将下嫁，敕资送如太平公主故事，僧一行谏止。**

事见《资治通鉴》卷二一二。《旧唐书·僧一行传》云："太平骄僭，竟以得罪，不应引以为例。"

## 本年

**朝廷追赠郭元振太子少保，张说撰《兵部尚书代国公赠少保郭公行状》。张说《郑国夫人神道碑奉敕撰》亦应作于本年。**

《旧唐书·郭元振传》："开元十年，追赠太子少保。"《张说之文集》卷一七《兵部尚书代国公赠少保郭公行状》："（元振）时年五十八。有集二十二卷。文章有逸气，为世所重。……公务之暇，手不释卷，虽子弟家人，未尝见其喜怒。前后上事切谏得失十数道，俱焚其藁草，不以语人，故朝廷莫知也。睿宗尝曰：'元振正直齐于宋璟，政理逾于姚崇，其英谋宏亮过之矣。'……与狄仁杰、朱敬则、魏元忠、李峤、韦安石、赵彦昭、韦嗣立、薛稷、张说等为忘言之友。"此乃张说文集中第一长文，"卓荦入奇"，传奇色彩甚浓。参见曲景毅《论张说的尚奇与传奇》，载《多元视角与文学文化——古典文学论集》，安徽大学出版社，二〇一四年，页七六—九三。《张说之文集》卷二一有《郑国夫人神道碑奉敕撰》。郑国夫人乃武惠妃之母杨氏，系年见熊飞《张说年谱新编》，页一三三。

**吕向经张说请擢入翰林，兼集贤院校理，撰《美人赋》。**

《全唐文》卷三〇一《美人赋》："伊自古之亡主，莫不耽此嫚游，借为元龟，鉴在宗周。……俾革进伎乐者为荐士之官，征艳色者为聘贤之使，阙下骏奔，王庭麇至，野无遗材，山无逸人，贲然偕道，与物恒春。若此之淑美，起同夫玉颜绛唇,巧笑工颦,惑有国之君臣者哉!"《新唐书·吕向传》:"玄宗开元十年,召入翰林,兼集贤院校理,侍太子及诸王为文章。时帝岁遣使采择天下姝好,内之后宫,号'花鸟使',向因奏《美人赋》以讽,帝善之,擢左拾遗。"《全唐文纪事》卷六一:"昔向曾以《美人赋》谏,几死。张说为请,即拜补阙,赐银章朱绂,不可谓不遇也。"吕向,生卒年不详,字子回,东平(今属山东)人。少孤,与房琯友善,共隐于陆浑伊阳山中,开元十年,召入翰林,兼丽正殿校理,侍太子及诸王为文章。后为集贤殿直学士,因献《美人赋》擢左拾遗,进左补阙。十三年以起居舍人从帝东巡。十九年,突厥阙特勒死,奉命入蕃吊祭。历都官郎中,迁中书舍人,充翰林院供奉,改工部侍郎。卒,赠华阴太守。生平事迹见《旧唐书》卷二〇二本传、卷一一一《房琯传》,《新唐书》卷二〇〇《赵冬曦传》、卷二一五《突厥传》。吕向少好学,博通古今,善文,与诗人储光羲友善,精通《文选》,与吕延济、刘良、张铣、李周翰等人注释《文选》,时号"五臣注"。兼擅书法,工草隶,小楷尤妙,能以一笔环写百字,时号"连绵书"。《全唐文》卷三〇一收其文三篇,《全唐文补编》卷三五补《金刚智行纪》一篇,共计四篇。

**王泠然三十一岁,《论荐书》疑作于本年前后。**

《全唐文》卷二九四《论荐书》:"长安令裴耀卿,于开元五年掌天下举,擢仆高第,以才相知。今尚书右丞王丘,于开元九年掌天下选,授仆清资,以智见许。……是仆亦有文章,思公见也;亦未富贵,思公用也。"王泠然自以才高位卑,上书张说自荐。《论荐书》又云:"尚书右丞王丘,于开元九年掌天下选,授仆清资。"知《论荐书》当作于开元九年王丘拔擢王泠然后。又王泠然卒于开元十二年十二月,是《书》之作,必在此前。故知《论荐书》当作于开元九年至十二年间,唯作年难确考,暂系于此。

**崔日用卒并州长史任上,年五十,有文五十余篇。**

《全唐文》卷四〇九崔祐甫《齐昭公崔府君集序》:"公薨五十载,嗣孙起居舍人儒,以文事主便蕃禁闼,追怀前烈,思有以发扬垂裕,奉昭公之文集以请焉。伏览碑、颂、志、论、章、表、赞、序,凡五十余首,诗几三百篇,卓尔孤标,气高调远。若雅琴度曲,众音无味,则我远祖长岑济北雕龙之美,昭公能缵承矣。公嗣子宗之,学通古训,词高典册,才气声华,迈时独步。仕于开元中为起居郎,再为尚书礼部员外郎，迁本司郎中。时文国礼，十年三月，终于右司郎中，年位不充，海内叹息。儒即右司之子，有琼莹之质，鸾凤之章，国家之宝也。重名清贯，三代于兹，昭公之后其大矣。祐甫先君左仆射与昭公道艺敦睦，故赠答诗云‘棣华袭韡萼，桂树连芳根’，又‘接闬共怀铅，齐年俱赍玉’。祐甫之生也后，不及昭公之当代，儒曰：‘叔父当代叙。’故叙焉。”崔日用（673—722），滑州灵昌（今河南滑县）人，祖籍博陵（今河北安平）。弱冠举进士，神龙中附宗楚客、武三思，复预平韦后之乱，参知政事，月余罢相。先开二年，助玄宗平太平公主乱，拜吏部尚书，开元十年徙并州长史。《旧唐书·崔日用传》：“（开元）十年，转并州大都督长史。寻卒，时年五十。赠吏部尚书，谥曰昭。”著《姓苑略》一卷，已佚。有文五十余篇，并佚。崔日用一生善于权变，自认：“吾一生行事，皆临时制变，不必重专守始谋。每一念之，不觉芒刺在于背也。”

**刘晏约于本年献《东封书》以进，举神童，张说称之为“国瑞”，授秘书省正字。**

《旧唐书·刘晏传》：“年七岁，举神童，授秘书省正字。”《新唐书·刘晏传》：“玄宗封泰山时，晏始八岁，献颂行在。帝奇其幼，命宰相张说试之，说曰：‘国瑞也。’即授太子正字。公卿邀请旁午，号神童，名震一时。”《开天传信记》：“刘晏年八岁，献《东封书》。上览而奇之，命宰相出题，就中书试验。张说、源乾曜等咸宠荐。……寻拜晏秘书省正字。”

**本年左右，张鷟卒，年七十三。有《朝野佥载》二十卷、《龙筋凤髓判》十卷等。其下笔敏速，出言诙谐，文体浮艳，颇合时好，行于一时。**

张鷟（648？—722？），字文成，自号浮休子，深州陆泽（今河北深州）人。其生卒年参见马雪芹《张鷟生平经历及生卒年考释》（《河北师范大学学报》，二〇〇一年第三期，页六二—六四）。他一生历经武后、中宗、睿宗及玄宗前期，高宗上元二年登进士第，八次应制举，皆登甲科，四次参选判策为铨府之最，可见其文章才华，员半千称其文“犹青铜钱，万选万中”，故时号“青钱学士”。其《陈情表》云：“臣平生好学，颇爱文章，虽不逮于词人，滥流传于视草。”其下笔敏速，出言诙谐，文体浮艳，颇合时好，文大行一时，声名远播。新罗、日本等国遣使入唐，出重金购其文。历任襄乐尉、洛阳尉、长安尉等职。证圣中，任御史，性格直率，敢于批评朝政，因而一直得不到当权者的赏识(《旧唐书》本传称其“性褊躁，不持士行，尤为端士所恶，姚崇甚薄之”)。他一生怀才不遇，沉迹下僚，开元初贬岭南，开元初入为司门员外郎，卒。《桂林风土记》：“遂减死流岭南。数年，起为龚州长史。卒年七十三。……著《雕龙策》《帝王龟镜》《朝野佥载》，二百卷。”《新唐书·艺文志二》载：“张鷟《朝野佥载》二十卷。自号浮休子。”《艺文志四》载：“《才命论》一卷，张鷟撰，郗昂注。一作张说撰，潘询注。”同卷又载：“张文成《龙筋凤髓》十卷。”《郡斋读书志》卷一三：“《朝野佥载补遗》三卷，右唐张鷟文成撰，分三十五门，载唐朝杂事。”同书卷一七：“张鷟《龙筋凤髓》十卷，右唐张鷟文成，辞章藻丽，尝八中制科，此乃其书判也，凡一百首。”《直斋书录解题》卷一一：“《朝野佥载》一卷，唐司门郎中饶阳张鷟文成撰，其书本三十卷，此特其节略耳。”同书卷一六：“《龙筋凤髓判》十卷，唐司门员外郎陆泽张鷟文成撰。……唐以书判拔萃科选士，此集凡百题，自省、台、寺、监百司，下及州县，类事属辞，盖待选预备之具也。”其中《朝野佥载》六卷、《龙盘凤髓判》四卷及《游仙窟》流传至今。《四库全书提要》卷一四〇：“其书皆纪唐代故事，而于谐噱荒怪，纤悉胪载，未免失于纤碎。故洪迈《容斋随笔》讥其记事琐碎擿裂，且多媟语。然耳目所接，可据者多。故司马光作《通鉴》，亦引用之。兼收博采，固未尝无裨于见闻也。”生平事迹见《旧唐书》卷一四九本传、《新唐书》卷一六一《张荐传》。《全唐文》卷一七二至一七四编其文三卷，《全唐文补编》卷二九补《赠十娘书》一篇。

**李泌生。**

李泌(722—789)，字长源，京兆(陕西西安)人。七岁能属文，为张九龄所爱。操尚不羁，以王佐自负，耻随常格仕进，天宝中待诏翰林，供奉东宫，太子遇之甚厚。遭杨国忠忌，隐遁名山。肃宗即位，参预军国大议，权逾宰相。至德二载，李辅国害其能，泌惧归隐。代宗即位，召为翰林学士，颇承恩遇。大历二年，为宰相元载所恶，十二年元载诛，召还。复为宰相常衮所忌，外放。兴元三年拜相，累封邺县侯，世称李邺侯。五年卒，年六十八。新旧《唐书》有传，清杨希闵有《李邺侯年谱》。李泌博涉经史，精究《易象》，善属文，尤工诗，《全唐文》卷五一八载梁肃《丞相邺侯李泌文集序》。《新唐书·艺文志四》著录《李泌集》二十卷，今佚。《全唐文》卷三七八录其文二篇，《唐文拾遗》卷二二补一篇，共计三篇。

**鲍防生。**

鲍防(723—790),字子慎,襄州襄阳(今属湖北)人,郡望洛阳。天宝中撰《感遇》诗十七篇,传诵人口。天宝十二载登进士第,天宝末避乱襄阳。后为浙江幕府主事,江南文士依附者甚多,唱酬结集为《大历年浙东联唱集》二卷,历任御史大夫、福建观察使、江西观察使。代宗时拜左散骑常侍,从德宗幸奉天,进礼部侍郎,兴元元年至贞元二年三知贡举,颇称得人。封东海郡公,授工部尚书致仕。五年以工部尚书致仕,六年八月卒。生平事迹见穆员《工部尚书鲍防碑》、新旧《唐书》本传、《唐才子传校笺》卷三。有《鲍防集》五卷、《杂感诗》一卷,《全唐文》卷四三七录其文二篇,《唐文拾遗》卷二三补一篇,共计三篇。建中六年卒,年六十九。

## 唐玄宗开元十一年

癸亥　七二三

### 正月

**唐玄宗本年三十九岁,丁卯,降都城见禁囚徒,下《将离东都减降囚徒敕》。己巳,自东都北巡,撰《北都巡狩制》《置北都制》《幸并州推恩敕》《起义堂颂序》。张说本年五十七岁,撰《上党旧宫述圣颂》《起义堂颂》,对李唐统治的正统性予以充分肯定与赞颂。**

《唐大诏令集》卷八五载《将离东都减降囚徒敕》,《全唐文》卷三四题为《减东都禁囚等罪敕》。《唐大诏令集》卷七九(《全唐文》卷二二)载《北都巡狩制》。《文苑英华》卷四六四载《置北都制》,《全唐文》卷二二题为《并州置北都制》。《全唐文》卷三四载《幸并州推恩敕》,《唐大诏令集》卷七九题为《幸太原府赦境内制》。《全唐文》卷四一唐玄宗《起义堂颂序》:“并州起义堂者,皇天造帝之初,高祖誓众之地也。……思我列祖,如闻叹息之音;嗟尔后人,无忘成功之颂。”《旧唐书·玄宗纪上》:“(开元十一年春)正月丁卯,降都城见禁囚徒,流、死罪减一等,余并原之。己巳,北都巡狩,敕所至处存问高年、鳏寡孤独、征人之家,减流、死罪一等,徒以下放免。庚辰,幸并州、潞州,宴父老,曲赦大辟罪已下,给复五年。别改其旧宅为飞龙宫。辛卯,改并州为太原府。……上亲制《起义堂颂》及书,刻石纪功于太原府之南街。"故知《起义堂颂序》当作于开元十一年正月,"起义堂颂"后恐失"序"字。《资治通鉴》卷二一二载:"(开元十一年)春,正月,己巳,车驾自东都北巡;庚辰,至潞州,给复五年;辛卯,至并州,置北都,以并州为太原府,刺史为尹。"《张说之文集》卷一一载《上党旧宫述圣颂》,《唐文粹》卷一九上载张说《起义堂颂》。

## |二月|

**壬子,唐玄宗祠后土于汾阴之脽上,下《幸汾阴祠后土敕》。张说为礼仪使,撰《后土神祠碑铭》,襄助玄宗开创礼乐文化的新纪元。礼毕,唐玄宗下《祀后土赏赐行军官等制》。**

事并见《册府元龟》卷八〇、《旧唐书·玄宗纪上》、《资治通鉴》卷二一二。《唐大诏令集》卷六六载《幸汾阴祠后土敕》,《全唐文》卷二九题为《北巡祀后土诏》。《唐会要》卷一〇上《杂录》注:"至十一年,有司迁梁山神像于祠外之别室焉,诏以中书令张嘉贞为坛场使,将作少监张景为坛场副使,张说为礼仪使。"《文献通考》卷七六亦载。《旧唐书·张说传》:"是岁,玄宗将还京,而便幸并州,说进言曰:'太原是国家王业所起,陛下行幸,振威耀武,并建碑纪德,以申永思之意。若便入京,路由河东,有汉武脽上后土之祀,此礼久阙,历代莫能行之。愿陛下绍斯坠典,以为三农祈谷,此诚万姓之福也。'上从其言。"《文苑英华》卷八七八载张说《后土神祠碑铭》。《唐大诏令集》卷六六载《祀后土赏赐行军官等制》,《全唐文》卷二二题为《祀后土获符瑞行庆制》。《旧唐书》卷二四记载,"(开元)十一年二月,上亲祠于坛上,亦如方丘仪。礼毕,诏改汾阴为宝鼎。亚献邠王守礼、终献宁王宪已,颁赐各有差。"

**张嘉贞与张说不平,因其弟贪赃罪,张说借机将其排挤出京城。己酉,嘉贞左迁为幽州刺史,下《贬张嘉贞幽州刺史制》。**

《全唐文》卷二二载《贬张嘉贞幽州刺史制》,《唐大诏令集》卷五七题为《张嘉贞幽州刺史制》。《旧唐书·玄宗纪上》:"坛场使中书令张嘉贞贬为幽州刺史。壬子,祠后土于汾阴之脽上。"《新唐书·玄宗纪》:"二月己酉,贬张嘉贞为幽州刺史。"《资治通鉴》卷二一二:"张说与张嘉贞不平,会嘉贞弟金吾将军嘉祐赃发,说劝嘉贞素服待罪于外。己酉,左迁嘉贞幽州刺史。"《旧唐书·张嘉贞传》云:"(开元)十一年,上幸太原行在所。(嘉贞)弟嘉祐赃污事发,张说劝嘉贞素服待罪,不得入谒,因出为幽州刺史,说遂代为中书令。嘉贞惋恨,谓人曰:'中书令幸有二员,何相迫之甚也!'"邓名世《古今姓氏书辨证》卷一三孔至《姓氏杂录》:"又开元中,张说、张嘉贞同时入相,互为中书令,时称大张令、小张令。"

**癸亥,张说以兵部尚书、同中书门下三品兼中书令,制称说"当朝师表,一代词宗"。**

《全唐文》卷二二唐玄宗《命张说兼中书令制》(《唐大诏令集》题为《张说兼中书令制》):"兵部尚书、同中书门下三品、燕国公张说,道合忠孝,文成典礼,当朝师表,一代词宗……可兼中书令。"《旧唐书·玄宗纪上》:"(开元十一年二月)癸亥,兵部尚书张说兼中书令。"《全唐文》卷四一唐玄宗《赐源乾曜张说考中上词》称赞张说:"以道佐时,以忠处事。颜虽不犯,尝闻献替之诚;言则不谀,自得谋猷之体。政令必俟其增损,图书又借其刊削,才望兼著,理合褒升。考中上。"

## |三 月|

**源少良、崔颢等三十一人登进士第,试《黄龙颂》。明经科张倜等人及第。知贡举者俟考。储光羲、丁仙芝应举不第,同入太学。**

《登科记考补正》卷七:"开元十一年进士试《黄龙颂》。"又载:"(开元十一年)进士:崔颢。"《唐才子传》卷一载崔颢于"开元十一年源少良下及进士第"。陶敏按:《才子传》之"源少良下"实乃"源少良榜"之讹。崔颢(?—754),汴州(今河南开封)人,天宝十三载卒。生平事迹见《旧唐书》卷一九〇下、《新唐书》卷二〇三本传。储光羲《贻丁主簿仙芝别》:"摇曳君初起,联翩予复来(丁侯前举,予次年举)。兹年不得意,相命游灵台(同为太学诸生)。"丁仙芝明年进士及第,光羲与之入太学同在本年。丁仙芝,生卒年不详,润州曲阿(今江苏丹阳)人。仕途偃蹇,至开元十八年始授官,有诗名,系《丹阳集》作者之一。《千唐志斋藏志》收其作于开元十七年文《唐故随州司法参军陆府君(广成)墓志铭》,《全唐文补遗》(第一辑)亦录入。

## 四月

**甲子,张说正除中书令,吏部尚书王晙为兵部尚书、同中书门下三品,唐玄宗下《张说中书令王晙同三品制》《命王晙检阅朔方诸军敕》。张九龄本年四十六岁,任中书舍人内供奉,撰《为兵部尚书王晙谢平章事表》。苏颋本年五十四岁,仍为礼部尚书,撰《为王尚书让宰相表》。**

《唐大诏令集》卷四五载《张说中书令王晙同三品制》,《文苑英华》卷四四八题为《张说拜中书令王晙拜相制》,《全唐文》卷二二题为《授张说中书令王晙同三品制》。《资治通鉴》卷二一二:"(开元十一年)夏,四月,甲子,以吏部尚书王晙为兵部尚书、同中书门下三品。"《新唐书·玄宗纪》:"四月甲子,张说为中书令。吏部尚书王晙为兵部尚书、同中书门下三品。"《旧唐书·玄宗纪上》:"(开元十一年四月)癸亥,张说正除中书令,吏部尚书、中山公王晙为兵部尚书、同中书门下三品。"按:开元十一年四月无癸亥。《全唐文》卷二八八张九龄代王晙作《为兵部尚书王晙谢平章事表》:"臣晙言:伏奉今月二十九日制,授臣兵部尚书同中书门下三品,殊常宠荣,妄集疲朽,承恩窃喜,任重惟忧,臣诚欢诚恐。"苏颋代王晙作《为王尚书让宰相表》:"爰辱皇揆,屡叨宸渥,出则雄藩重镇,仗钺临戎;入则副相常伯,彯缨旅位。"《全唐文》卷三四载《命王晙检阅朔方诸军敕》,《册府元龟》卷一二四系开元十一年四月。

## 五月

**唐玄宗下《禁僧道不守戒律诏》。**

《全唐文》卷二九载此诏,《册府元龟》卷六三系开元十一年五月。

**辛卯,遣使分巡天下,下《遣御史分巡诸道诏》。**

事见《新唐书·玄宗纪》,《册府元龟》卷一六二《帝王部·命使》记载出使人名单。《全唐文》卷二九载此诏书。

**乙丑，玄宗还京师，迁中宗神主于太庙，下《躬京九庙制》**。

《旧唐书·礼仪志五》："开元十一年春，玄宗还京师，下制云。"并载此制。文又见《册府元龟》卷三〇："（开元十一年）五月乙丑，迁祔中宗神主于太庙，制曰……"《全唐文》卷二二载此制，《唐大诏令集》卷七五题为《亲享九庙制》，适园本系于开元十年五月者，误；文渊阁四库全书本作开元十一年五月"，是。

**张说为丽正书院修书使，总其事，徐坚、贺知章、赵冬曦等人同与其事。中书舍人陆坚以供给过于优厚，悉奏罢之，张说驳之，唐玄宗重说薄坚**。

《资治通鉴》卷二一二："（开元十一年五月）上置丽正书院，聚文学之士。秘书监徐坚、太常博士会稽贺知章、监察御史鼓城赵冬曦等，或修书，或侍讲，以张说为修书使以总之。有司供给优厚。中书舍人洛阳陆坚以为此属无益于国，徒为糜费，欲悉奏罢之。张说曰：'自古帝王于国家无事之时，莫不崇宫室，广声色，今天子独延礼文儒，发挥典籍，所益者大，所损者微。陆子之言，何不达也！'上闻之，重说而薄坚。"事又见《大唐新语·匡赞第一》。

**命王晙持节朔方节度大使，依张说故事，下《授王晙朔方节度使制》**。

《全唐文》卷二二载此文。事见《资治通鉴》卷二二一、《旧唐书·玄宗纪上》。

**王泠然上《论荐书》给张说，以求识拔，未果**。

《全唐文》卷二九四王泠然《论荐书》："将仕郎守太子校书郎王泠然谨再拜上书相国燕公阁下：孔子曰：'居是邦也，事其大夫之贤者。'则仆所以有意上书于公，为日久矣。所恨公初为相，而仆始总角；公再为相，仆方志学。及仆预乡举，公在官于巴邱；及仆参常调，而公统军于沙朔。今公复为相，随驾在秦，仆适效官，分司在洛，竟未识贾谊之面，执相如之手，则尧舜禹汤之正道，稷契夔龙之要务，焉得与相公论之乎？昔者公之有文章时，岂不欲文章者见之乎？公未富贵时,岂不欲富贵者用之乎?今公贵称当朝,文称命代,见天下未富贵、有文章之士,不知公何以用之?公一登甲科,三至宰相,是因文章之得用,于今亦三十年。后进之士,公勿谓其无人,何者?长安令裴耀卿,于开元五年掌天下举,擢仆高第,以才相知。今尚书右丞王丘,于开元九年掌天下选,授仆清资,以智见许。然二君者,若无明鉴,宁处要津?是仆亦有文章,思公见也;亦未富贵,思公用也:此非自媒自炫,恐不道之知。有唐以来,无数才子,至于崔融、李峤、宋之问、沈佺期、富嘉谋、徐彦伯、杜审言、陈子昂者,与公连飞并驱,更唱迭和。此数公者,真可谓五百年挺生矣,天丧斯文,凋零向尽,唯相公日新厥德,长守富贵。……公之用人,盖已多矣;仆之思用,其来久矣;拾遗补阙,宁有种乎?"

## |六月|

**七日,崔泰之卒,年五十七,崔沔为撰墓志铭并序。**

崔泰之(667—723),清河东武城(今河北清河)人,一说许州鄢陵(今属河南)人。崔知温子。学精而博,尤深经济,历礼部侍郎、尚书左丞、黄门侍郎、户部尚书,官拜工部尚书,封清河郡公。事迹见《旧唐书·崔知温传》。《千唐志斋藏志》录崔沔《大唐故银青光禄大夫守工部尚书赠荆州大都督清河郡开国公上柱国崔公墓志铭并序》:"春秋五十有七,以开元十一年六月七日寝疾,薨于京平康里第。……沔以虚寡,预沾宗属。时忘贵介,见忆少游之言;尝接从容,谬忝惠连之目。"崔沔为崔泰之从弟。

## |七月|

**唐玄宗下《诸州置医学博士敕》,令诸州各置医学博士一人。**

《唐大诏令集》卷一一四载《诸州置医学博士敕》(《全唐文》卷二九题为《令诸州置医学博士诏》):"今远路僻州,医术全少,下人疾苦,将何恃赖?宜令天下诸州各置职事医学博士一员,阶品同于录事。每州写《本草》及《百一集验方》,与经史同贮。"系开元十一年七月。

## |八月|

**唐玄宗下敕称前令检括逃人,宜各从所乐,令所在州县安集。**

事见《资治通鉴》卷二一二。

## |九月|

**己巳,颁唐玄宗撰《广济方》于天下。**

《旧唐书·玄宗纪上》:"(开元十一年)九月己巳,颁上撰《广济方》于天下,仍令诸州各置医学博士一人。"按:开元五载下《刊广济方诏》,参见该年八月条。

**癸未,唐玄宗下《祀南郊制》,准备南郊。**

《全唐文》卷二二载此制。《唐大诏令集》卷六七题为《开元十一年郊天制》,系九月。《唐会要》卷九、《册府元龟》卷三三节录本文,并系本年九月癸未。

**张九龄撰《谢赐马状》《故特进赠兖州都督驸马都尉观国公杨公墓志铭》。**

《文苑英华》卷六三三张九龄《谢赐马状》(《曲江集》未载):"今日高力士奉宣圣旨:赐臣紫骝马一匹。伏以恩覃不次,宠遇非常。……况郊坛展礼,尚未奠于九宫,而雨露深恩,反而叨于三接。"据《曲江集》卷六《南郊赦书》"所以今年献春,恭祠后土,季秋吉日,追崇九庙",知"奠于九宫"为是年秋,九月之前,姑系此文于此。《曲江集》卷一八《故特进赠兖州都督驸马都尉观国公杨公墓志铭》:"公讳慎交,字某,宏农华阴人也。……以选尚长宁郡主,加朝散大夫,拜通事舍人,累迁右卫郎将。……开元十二年四月癸卯,遘疾薨于绛郡之官舍,春秋五十。天子悼焉,有制赠使持节都督兖州诸军事兖州刺史,仍遣使吊问,令返葬京师,率礼有加,哀荣异数。其年秋九月甲申,葬于北原。""杨公"即杨睿交。"开元十二年四月癸卯"应为"开元十一年四月癸亥",参见顾建国《张九龄年谱》所据台湾杨承祖《唐张子寿先生九龄年谱》考证,页一一二。

## 秋

**苏颋复自礼部尚书出为益州大都督府长史,撰《利州北题佛龛记》。是年冬,撰《长乐花赋并序》。**

《全唐文》卷二五六苏颋《利州北题佛龛记》:"礼部尚书兼益州大都督长史、使持节剑南安南节度使诸军州事、许国公苏颋敬造。"《全唐文》卷二五〇载《长乐花赋并序》云:"冬早尚直本霜封。"按:苏颋曾两度入蜀,两度返京。第一次入蜀为开元九年春,返京在开元十年前,第二次入蜀为开元十一年秋,第二次返京在开元十二年,参见陈钧《苏颋诗文集编年考校》之《夜发三泉即事》考证,页二一八。

## 十一月

**戊寅,唐玄宗亲祠南郊,大赦天下。张说为礼仪使,韦绦为副。张说与贺知章撰《重定南郊星辰位次议》,又撰《请定南郊诸服奏》,张九龄撰《南郊赦书》。**

《旧唐书·玄宗纪上》:"(开元十一年)十一月戊寅,亲祀南郊,大赦天下,见禁囚徒死罪至徒流以下免除之。"《新唐书·玄宗纪》:"(开元十一年)十一月戊寅,有事于南郊,大赦。"《旧唐书·礼仪一》:"玄宗即位,开元十一年十一月,亲享圆丘。时中书令张说为礼仪使,卫尉少卿韦绦为副。"《册府元龟》卷五八九:"唐张说为中书令,开元十一年,与秘书监贺知章参定南郊之礼,奏议云云。"奏议乃张说与贺知章联名所上。《请定南郊诸服奏》载《旧唐书》卷四五《舆服志》。《文苑英华》卷四二四张九龄《南郊赦书》(《唐大诏令集》卷六八题为《开元十一年南郊赦》):"自开元十一年十一月十六日昧爽以前,罪无轻重,已发觉未发觉,已结正未结正,系囚见徒,大辟罪以下,咸赦除之。"

## 十二月

**庚申,因有人告许州刺史王乔与王晙谋反,诏源乾曜、张说审讯王晙,贬王**

**晙为蕲州刺史**。

《新唐书·王晙传》:“会有人告许州刺史王乔谋反,辞逮晙,诏源乾耀、张说杂讯,无状,以党与贬蕲州刺史。”《旧唐书·王晙传》:“会许州刺史王乔家奴告乔与晙潜谋构逆,敕侍中源乾曜、中书令张说鞫其状。晙既无反状,乃以违诏追不到,左迁蕲州刺史。”《新唐书·玄宗纪》:“庚申,贬王晙为蕲州刺史。”《旧唐书·玄宗纪上》:“庚申,王晙授蕲州刺史。”

## |本 年|

**张说奏改政事堂曰中书门下,列五房于其后,分掌庶政**。

《资治通鉴》卷二一二:“是岁,张说奏改政事堂曰中书门下,列五房于其后,分掌庶政。”《新唐书·百官一》:“初,三省长官议事于门下省之政事堂。其后,裴炎自侍中迁中书令,乃徙政事堂于中书省。开元中,张说为相,又改政事堂号‘中书门下’,列五房于后,一曰吏房,二曰枢机房,三曰兵房,四曰户房,五曰刑礼房,分曹以主众务焉。”

**武平一作《东门颂》**。

《宝刻丛编》卷一五宣州:“《唐修东门颂》,唐武平一撰,张敬玄书并题额,开元十一年立(《访碑录》)。”《全唐文》卷二六八载此文。武平一(生卒年不详),名甄,以字行,并州文水(今山西文水东)人。景龙四年为考功员外郎知贡举,玄宗时遭贬,开元末卒。博学,通《春秋》,工诗文。中宗时曾以诗颂规诫知名。《新唐书·艺文志二》有《景龙文馆记》十卷,佚。《全唐文》卷六一三存文六篇。《新唐书》卷一一九有传。

**岑参九岁,始属文**。

《岑嘉州诗笺注》附录一《感旧赋并序》:“参,相门子。五岁读书,九岁属文。”

**萧颖士七岁,能诵数经**。

李华《扬州功曹萧颖士文集序》:“君七岁能诵数经,背碑覆局。”

**本年前后,张说与徐坚等搜括《文选》外文章,别撰成《文府》二十卷。**

《新唐书·艺文志四》:“徐坚《文府》二十卷。开元中,诏张说括《文选》外文章,乃命坚与贺知章、赵冬曦分讨。会诏促从速,坚乃先集诗赋二韵为《文府》上之。余不就而罢。”《玉海·唐文府》引《集贤注记》:“燕公初入院,奉诏搜括《文选》外文章别撰一部。于是徐常侍及贺、赵分部检讨,徐等且集诗、赋二类,独简杂文,历年,撰成三十卷。”据“燕公初入院”,故系本年。

**本年或稍前,李邕四十九岁,官海州刺史,作《梁公别传》三卷。**

《舆地碑记目》卷二《楚州碑记》有《唐娑罗木碑》,其中云“唐开元十一年海州刺史李邕文并书”,知本年邕已在海州刺史任。《旧唐书·狄仁杰传》:“仁杰前后匡复奏对,凡数万言。开元中,北海太守李邕撰为《梁公别传》,备载其词。”李邕为北海太守在天宝中,“北海太守”当为“海州刺史”之误。《直斋书录解题》卷七:“《狄梁公家传》三卷。唐海州刺史江都李邕泰和撰。”李邕还曾撰《六公咏》诗,六公即五王与狄仁杰。

# 唐玄宗开元十二年

甲子　七二四

## 正月

**唐玄宗本年四十岁,戊寅,下《示节俭敕》。**

《全唐文》卷三五载此敕,《册府元龟》卷五八系开元十二年正月戊寅。

## 二月

**唐玄宗下《巡省河东德音》。**

《册府元龟》卷六三载此德音,系开元十二年二月。《全唐文》卷二九题为《幸河东推恩诏》。

## |三 月|

**唐玄宗下《止和蕃公主入朝敕》。**

《唐大诏令集》卷四二载此敕,系开元十二年三月。《全唐文》卷二九题为《赐奚契丹等绢绵诏》。

## |春|

**贾季阳、蔡希周、祖咏、丁仙芝等二十一人登进士第,明经科司马望等人及第。**

见《登科记考补正》卷七本年条。知贡举者俟考。

## |四 月|

**唐玄宗下《改封嗣江王祎等为郡王制》,敕宗室旁继为嗣王者并令归宗。敕封高宗子故泽王上金子义珣嗣泽王。**

事并见《资治通鉴》卷二一二、《旧唐书·玄宗纪上》。《全唐文》卷二二载《改封嗣江王祎等为郡王制》,《唐大诏令集》卷三八题为《嗣江王祎封郡王制》。《全唐文》卷二二载《封故泽王男义珣制》,《册府元龟》卷二八四系于开元十四年四月,误。

**唐玄宗下《减抵罪人决杖法诏》,进一步对杖刑过重加以纠正,后下《恤刑制》。**

《唐大诏令集》卷八二载《减抵罪人决杖法诏》(《全唐文》卷二九题《定犯盗人刑法诏》)云:"比来犯盗,先决一百,虽非死刑,大半殒毙。言念于此,良用恻然。自今已后,抵罪人合杖敕杖者,并宜从宽决杖六十。”《全唐文》卷二三载《恤刑制》云:“自今有犯死刑,除十恶罪,宜令中书门下与法官详所犯轻重,具状奏闻。”

**张说本年五十八岁,在中书令兼修国史任上,奉旨作拨川郡王碑。**

《张说之文集》卷一七《拨川郡王碑奉敕撰》:“(开元)十二年四月,诏葬于京城之南。……有命国史,立碑表墓。”碑文为一位原吐蕃王族后裔的藏族将领而写,盛赞其“拔身向化,首变华风”,归顺朝廷,向中土学习。他治军有方,“坚三革,利五刃,偶拳勇,齐足力,信赏罚,分甘苦”,对大唐忠心耿耿,与朔方诸军誓死悍卫边疆,为人称道。其又有武略,“几前后大战数十,小战数百,算无遗策,后有全胜”,使“六狄逃遁,三垂乂宁”,从而受到皇帝信任,后世敬仰。

**李邕本年五十岁,在海州刺史任上作《海州大云寺禅院碑》。**

《宝刻丛编》卷一二:“《唐大云寺碑》,唐海州刺史李邕并书……碑以开元十二年四月立。(《集古录目》)”《全唐文》卷二六四存李邕《海州大云寺禅院碑》。

## |六月|

**二十四日,唐玄宗下《重牧宰资望敕》,以图增进地方与京官的交流。**

《全唐文》卷三五载《重牧宰资望敕》:“朕欲妙择牧宰,以崇风化,亦欲重其资望,以励衣冠。自今已后,三省侍郎有阙,先求曾任刺史者。郎官阙,先求曾任县令者。”《唐会要》卷六八系于开元十二年六月二十四日。此前开元二年、六年、八年玄宗连番敕令,但未克奏效。

**壬辰,唐玄宗颁《置劝农使安抚户口诏》,确立括户新方针。**

事见《资治通鉴》卷二一二、《册府元龟》卷七〇《帝王部·务农》,系于十二年六月壬辰。《唐大诏令集》卷一一一载此诏,系开元十二年五月,恐误。《全唐文》卷二九题为《置劝农使诏》。

**唐玄宗下《授王邱等六人刺史制》，黄门侍郎王邱，中书侍郎长安崔沔，礼部侍郎、知制诰韩休等出为刺史。张说引荐崔沔为中书侍郎，然沔遇事多所异同，说不悦，故出为魏州刺史。**

《全唐文》卷二二载《授王邱等六人刺史制》。《资治通鉴》卷二一二："上以山东旱，命台阁名臣以补刺史。壬午，以黄门侍郎王丘（邱），中书侍郎长安崔沔，礼部侍郎、知制诰韩休等五人出为刺史。……初，张说引崔沔为中书侍郎，故事，承宣制皆出宰相，侍郎署位而已。沔曰：'设官分职，上下相维，各申所见，事乃无失。侍郎，令之贰也，岂得拱默而已！'由是遇事多所异同，说不悦，故因是出之。"《唐会要》卷五四《中书侍郎》："十二年六月，中书令张说荐崔沔为中书侍郎。……自是每月制敕及南曹事，沔多异同，张说顿不悦焉。"崔沔为中书侍郎应早于六月。

## | 七月 |

**张九龄本年四十七岁，任中书舍人内供奉，撰《废王皇后制》。**

《曲江集》卷七《废王皇后制》："皇后王氏，天命不佑，华而不实，居上畜虎狼之心，御下甚鹰鹯之迹。造起狱讼，朋扇朝廷，见无将之端，有可讳之恶，焉得敬承宗庙，母仪天下，可废为庶人，就别院安置。"《旧唐书·玄宗纪上》："（开元十二年七月）己卯，废皇后王氏为庶人。"《新唐书·玄宗纪》："（开元十二年）七月己卯，废皇后王氏为庶人。"关于废后事，《资治通鉴》卷二一二所载较详："开元十二年秋七月，姜皎既得罪，王皇后愈忧畏不安。然待下有恩，故无随而谮之者。上犹豫不决者累岁。后兄太子少保守一，以后无子，使僧明悟为后祭南北斗，剖霹雳木，书天地字及上名，合而佩之。祝曰：'佩此有子，当如则天皇后。'事觉，己卯，废为庶人，移别室内安置。"

**户部尚书、河东伯张嘉贞贬台州刺史。**

事见《旧唐书·玄宗纪上》。

## |八月|

**己亥,以宇文融为御史中丞,实施括户新政。融以能敛财有宠,公卿以下,畏融恩势。**

《资治通鉴》卷二一二:"融乘驿周流天下,事无大小,诸州先牒上劝农使,后申中书;省司亦待融指㧑,然后处决。时上将大攘四夷,急于用度,州县畏融,多张虚数,凡得客户八十余万,田亦称是。岁终,增缗钱数百万,悉进入宫,由是有宠。议者多言烦扰,不利百姓,上亦令集百僚于尚书省议之。公卿已下,畏融恩势,不敢立异。"《文献通考》卷三《田赋考》引沙随程氏语曰:"时天下有户八百万,而浮客乃至八十万,此融之论所以立也。使融检括剩田以授客户,责成守令,不收限外之赋,虽古之贤臣何以加诸?虽有不善,其振业小民,审修旧法,所得多矣,故杜佑作理道要诀,称融之功。"

**睿宗女李花妆薨,苏颋本年五十五岁,已返京,在礼部尚书任上为撰《凉国长公主神道碑》。**

《全唐文》卷二五八载此文。参见陈钧《苏颋诗文集编年考校》,页二三四。系此文于本年十一月。

## |九月|

**唐玄宗下《恤缘边兵士诏》。**

《全唐文》卷二九载此诏,《唐大诏令集》卷一〇五题为《遣使选择边兵敕》,系开元十二年九月。

## |十一月|

**唐玄宗制岳庙文,勒之于石,张说为撰碑铭,达奚珣、吕向为撰颂。**

《旧唐书·玄宗纪上》："（开元十二年）冬十一月庚申，幸东都，至华阴，上制岳庙文，勒之于石，立于祠南之道周。戊寅，至自东都。"《全唐文》卷四一唐玄宗《西岳太华山碑序》："十有一载，孟冬之月，步自京邑，幸于洛师。"《唐文粹》卷五〇载张说《西岳太华山碑铭》："龙驾帝服，封天禅地。南面会神，西后在位。待予治国安人，然后徐思其事。"《宝刻丛编》卷一〇："《唐华岳庙碑》，唐玄宗御制御书（《诸道石刻录》）。《唐御制华岳碑述圣颂》，唐京兆府富城（平）尉达奚珣撰序，右补阙、集贤殿学士吕向撰颂并书。玄宗御制书华岳庙碑，建于庙中，珣等遂作此颂，以开元中立（《集古录目》）。"

**申王病逝，追谥惠庄太子，唐玄宗有《追赠申王撝为惠庄太子制》《册惠庄太子文》，张九龄为撰《惠庄太子哀册文》。**

《新唐书·玄宗纪》："（开元十二年十一月）申王撝薨。"《旧唐书·玄宗上》："（开元十二年十一月）庚辰，司徒、申王撝薨，追谥曰惠庄太子。""庚辰"，误，应为"丁巳"。《资治通鉴》卷一二一二："（开元十二年十一月）辛巳，司徒申王撝薨，赠谥惠庄太子。""辛巳"，亦误，应为"丁巳"。《全唐文》卷二二《追赠申王撝为惠庄太子制》（《唐大诏令集》卷三二题为《申王赠惠庄太子制》）："用表非常之荣，少寄天伦之戚，可追赠惠庄太子。"同书卷二九三载《惠庄太子哀册文》："维开元十二年岁次甲子十二月丁巳朔二十四日庚辰，司徒申王薨于行在所。"又云："闰十二月二十七日壬午，将陪葬于桥林之柏城。"《曲江集》卷一七《惠庄太子哀册文》（《唐大诏令集》卷三二亦载）："维开元十二年岁次甲子十二月丁巳朔二十四日庚辰，司徒申王薨于行在所，册谥惠庄太子，旅殡于寝。粤闰十二月二十七日壬午，将陪葬于桥林之柏城。"

## 十二月

**王泠然本年三十三岁，卒，被称为"学为儒宗，文为词伯"。**

《唐代墓志汇编》天宝〇〇二《唐故右威卫兵曹参军王府君墓志铭并序》："君讳泠然，字仲清。……学为儒宗，文为词伯。……授东宫校书郎，满秩，移右威卫兵曹参军。其调补也，皆登甲科举，天下以为美谈。所著篇什，到今称之，洛阳犹为之纸贵。……以开元十二年十二月十八日不禄于位，享年卅有三。"王泠然(692—725),一作王冷然,字仲清,太原人。开元五年进士及第,九年登拔萃科。工文善诗,气度豪爽,恃才傲物,言无所忌。开元十年曾上书张说自荐,未果。所著篇什,为时人所称。参见《唐才子传校笺》卷一。《全唐文》卷二九四录其文十一篇。

**高力士继父高延福卒,张说为撰《唐故高内侍碑》,孙翌为撰《高延福墓志铭并序》。**

《全唐文》卷三〇五孙翌《高延福墓志铭并序》:“以开元十一年十二月二十五日,终于来庭里之私第,春秋六十有三。大敛之日,天王遣中使临吊,赗绢三十百匹。明年太岁在甲子正月壬戌朔廿一日壬午,迁窆于京兆府白鹿原之西隅,礼也。”《张说之文集》卷一七《唐故高内侍碑》:“年六十有四,开元十二年,终于来庭里。明年某月,葬于长乐原。”《全唐文》卷二二七《唐故高内侍碑》:“年六十有四,开元十四年,终于来庭里;明年五月,葬于长乐原。”

## |闰十二月|

**吏部尚书裴漼等文武百官,上请封东岳,唐玄宗下《报裴漼等请封禅手诏》。中书令张说、侍中源乾曜等连续三次上言请封,唐玄宗分别下《答源乾曜等请封禅手诏》《答源乾曜等重请封禅手诏》,张说撰《请许王公百官封泰山表》,唐玄宗下《允行封禅诏》。**

《旧唐书》卷二三《礼仪三》:“玄宗开元十二年,文武百僚、朝集使、皇亲及四方文学之士,皆以理化升平,时谷屡稔,上书请修封禅之礼,并献赋颂者,前后千有余篇。玄宗谦冲不许。中书令张说又累日固请,乃下制曰:‘……可以开元十三年十一月十日,式遵故实,有事太山。’”《册府元龟》卷三六《帝王部·封禅二》:“玄宗开元十二年闰十二月辛酉,文武百官吏部尚书裴漼等上请封东岳……时儒生墨客献赋颂者数百计,帝不得已而从之。”《张说之文集》卷一五载《请许王公百官封泰山表》。《全唐文》卷二九载《允行封禅诏》(《唐大诏令集》卷六五题为《封泰山诏》,系开元十二年十二月,误):“自古受命而王者,曷尝不封泰山,禅梁父,答厚德,告成功?!”同卷亦载《答源乾曜等请封禅手诏》《答源乾曜等重请封禅手诏》。按:司马光《资治通鉴》卷二一二曰:“张说首建封禅之议。”其实,首倡者应为崔日用,开元元年八月初五玄宗生日时,崔日用集《毛诗》《大雅》《小雅》二十篇以及西汉司马相如《封禅书》献上,“以申规讽,并述告成之事”,玄宗下《答崔日用手诏》(《全唐文》卷二六、《旧唐书·崔日用传》并载),参见许道勋、赵克尧《唐玄宗传》页一五九,然而许、赵二人称《册府元龟》所载误为“闰十二月”,当依《资治通鉴》卷二一二为“闰十一月”,见同书页一六一。按:其实开元十二年的闰月为“闰十二月”,《旧唐书·玄宗纪下》《新唐书·玄宗纪》云“闰十二月丙辰朔,日有蚀(食)之”。

## |本 年|

**房琯献《封禅书》及笺启,张说奏授秘书省校书郎。**

《旧唐书·房琯传》:“开元十二年,玄宗将封岱岳,琯撰《封禅书》一篇及笺启以献。中书令张说奇其才,奏授秘书省校书郎。”《全唐文》卷三三二房琯《上张燕公书》:“亦愿起自燕公门下,令众人别意瞻瞩也。”《全唐文》卷六三五李翱《谢杨郎中书》:“若张燕公之于房太尉,独孤常州之于梁补阙者,讫不见一人焉?”房琯(697—763),字次律,河南洛阳人。父融,则天朝正议大夫、平章事,琯以门荫补弘文生。应“清廉守节政术可称堪县令科”试,及第,授卢氏令。开元二十二年曾拜监察御史。天宝元年拜主客员外郎,三载迁试主客郎中,五载擢给事中,坐与李适之、韦坚友善,贬宜春太守。十四载征拜左庶子,迁宪部侍郎。安史乱时玄宗幸蜀,房琯追及之,拜文部尚书,同中书门下平章事。至德元载八月,奉使至灵武册立肃宗,请兵诏贼,兵败。二载五月,罢为太子少师。乾元二年为太子宾客。上元元年,改礼部尚书。宝应二年四月,拜特进、刑部尚书,八月卒于阆州僧舍,年六十七,赠太尉。其“清识雅量,工文茂学”(贾至《授房琯文部尚书同平章事》),与王维、杜甫、綦毋潜、贾至有交谊。新旧《唐书》有传,李华有《房丞相太尉房公德铭》。《全唐文》卷三三二录其文二篇。

**本年前后,张九龄撰有《故襄州刺史靳公(恒)遗爱碑并序》。**

《曲江集》卷一九《故襄州刺史靳公遗爱碑并序》:“公名恒,字子济。……开元十二年,以理迹尤异。廉使上达,天子嘉之,稍迁陕州刺史。暨解印去郡,攀车盈途,或愿借留无缘,而人吏遮道;或瞻望弗及,而老幼啼呼。如是者五里。

已终朝；十卜日，乃出界，而皆有言曰：'舍我何之？及闻公之丧，哀可知矣。市为之罢，舂以之辍，惠爱之结深，古今之感一，盖为仁由己，而遗德在人者，其若是乎！郡中士大夫与门生故吏，聚族而议撰德，是以刻石立纪，彼鲖阳之陋；堕泪成碑，此岘山之绩。"此文疑作于开元十二年，姑系于此。

## 唐玄宗开元十三年

乙丑　七二五

### 正月

**戊子，降死罪从流，流以下罪悉原之。敕遣御史中丞蒋钦绪等往十道疏决囚徒。**

事见《旧唐书·玄宗纪上》。《全唐文》卷二二载《分遣蒋钦绪等往返十道疏决囚徒宣慰百姓制》，《册府元龟》卷八五、卷一六二并载。

### 二月

**唐玄宗本年四十一岁，庚申，下《置十道劝农判官制》，免六年赋调，以御史大夫宇文融兼户部侍郎加以括户，"归首百万""食为人天，富而后教"，效果显著。**

《全唐文》卷二五载此文："人惟邦本，本固邦宁。必在安人，方能固本。永言理道，实获朕心。……食为人天，富而后教。"《资治通鉴》卷二一二："春，二月，庚申，以御史中丞宇文融兼户部侍郎。制以所得客户税钱均充所在常平仓本，又委使司与州县议作劝农社，使贫富相恤，耕耘以时。"《旧唐书·宇文融传》载宇文融宣制之日，"老幼欣跃，惟令是从，多流泪以感朕心，咸吐诚以荷王命"，足见括户收到很好的效果。

## | 三 月 |

**丙申，御史大夫程行谌奏周朝酷吏来俊臣等二十三人子孙皆禁锢，唐玄宗从之。次年，程行谌卒，苏颋撰《御史大夫赠右丞相程行谌神道碑》。**

《旧唐书·玄宗纪上》:“丙申，御史大夫程行谌奏:‘周朝酷吏来子珣、万国俊、王弘义、侯思止、郭霸、焦仁亶、张知默、李敬仁、唐奉一、来俊臣、周兴、丘神勣、索元礼、曹仁哲、王景昭、裴籍、李秦授、刘光业、王德寿、屈贞筠、鲍思恭、刘景阳、王处贞等二十三人，残害宗枝，毒陷良善，情状尤重，子孙不许仕宦。陈嘉言、鱼承晔、皇甫文备、傅游艺四人，情状虽轻，子孙不许近任。请依开元二年二月五日敕。’”《资治通鉴》卷二一二亦载。程行谌(634—726)，一作程行谋，名则，以字行，以文法著称。曾任刑部侍郎；开元初，为蒲州刺史、扬州长史。《全唐文》卷二五三载苏颋文，“谌”“湛”形近，“湛”为“谌”之讹。《资治通鉴》卷二一二载此奏时云“御史大夫程行湛奏”。

## | 春 |

**杜绾、祖咏、高盖、王諲、张甫、陶举、敬括等登进士第，试《花萼楼赋》，考功员外郎赵冬曦知贡举。**

《登科记考补正》卷七:“孟按:徐氏原于卷八开元二十五年(737)进士科目下考云:‘《文苑英华》有《花萼楼赋》。高盖《赋序》云:“有司盛称此楼，并命赋之。”王諲《赋》云:“于兹百有二十载。”按，唐有天下至此岁百二十年，是《花萼楼赋》为此年试题。又按，《文苑英华辨证》云:“今《文苑》《花萼楼赋》，以‘花萼楼赋一首并序’为韵，皆押八韵。《登科记》作花萼楼赋并序，以题为韵。”’”赵冬曦本年四十九岁，任考功员外郎，知贡举。《新唐书·赵冬曦传》:“冬曦知史官事，迁考功员外郎。”《登科记考补正》卷七:“(开元十三年)知贡举:赵冬曦。”

《全唐文》卷三九五高盖《花萼楼赋》:“开元中岁，天子筑宫于长安东郛，有以眷夫代邸之义旧者。中宫起楼，临瞰于外，乃以花萼相辉为名，盖所以敦友悌之义也。……辞曰:……嗟乎！时难再得，岁不我与。迹已混于沉滞，心未齐于出处。此小子之所以瞻梁栋以自非，仰云霄而失序。”高盖(生卒年不详)，《全唐文》卷三九五收其文四篇。

《全唐文》卷三五四敬括《花萼楼赋》："于是建百堵之崇墉，起九重之层阁。上郁律兮中窈窕，灵煌煌兮神漠漠。形直举而孤标，势将飞而不却。俯兰丛之长坂，对旗亭之延郭。"敬括（？—771），字叔弓，河中河东（今山西永济）人，谥曰献。生平事迹见《旧唐书》卷一一五本传。敬括为河汾大儒，博达古今，善诗赋。《全唐文》卷三五四收其赋十四篇，然除《花萼楼赋》外，作年皆难确考；另收判三篇，墓志铭四篇。《旧传》载其"少以文词称"，又载其"性深厚，志尚简淡，在职不务求名，因循而已。……迟重推诚于下，未尝以私害公，士颇称焉；而从容养望，不举纲纪，士亦以此少之"。

《全唐文》卷三九五陶举《花萼楼赋》："取诸棠棣，目以花萼。既揆日而爰谋，亦占星而是度。奢必去泰，俭而匪薄。素壁照耀以霜皜，丹桂翕赩而霞错。迭栾栌之夭矫，绕轩楹之周流。虽丽萼之不足，实规模而寡仇。"陶举（生卒年不详），《全唐文》卷三九五仅收此文。

《全唐文》卷三三三王諲《花萼楼赋》："我唐有国……于兹百有二十载，开元皇帝御极。……由是展礼乐，开塾序，太学时荐，列国奉举。择仙郎为清选之官，辟星台为明试之所。顾无智士之知难，而劳能者之虚伫。"王諲（生卒年不详），《全唐文》卷三三三收其文六篇。

《全唐文》卷三九五张甫《花萼楼赋》："理孝光大，敦敬则友。抚安戎狄，调六合以为家；敦睦友于，冠百王而为首。化猷方行，土无不并。演汤、禹之仁惠，洒唐、虞之颂声。士庶从而言曰：'观其壮则知至尊之攸处，察其功则知万人之是与，钦其号则知昆弟之相穆，见其仪则知君臣之有序。'此圣情方在于元邈，岂小人之赋能举！"张甫（生卒年不详），《全唐文》卷三九五仅收此文。

《文苑英华》卷四九载以上五人之《花萼楼赋》。

## | 四月 |

**诏改丽正殿书院为集贤殿书院，张说为集贤院学士，知院事，徐坚副之，学士共十八人。初以张说为大学士，张说辞之。拜学士知院事之日，唐玄宗赐宴，荷宠有加。中书舍人张九龄本年四十八岁，撰《集贤殿书院奉敕送学士张说上赐燕序》，称颂集贤院能人会萃，充分发挥文化与参政机构的双重功能。唐玄宗为尊集贤诸学士，令人画十八学士像。**

《旧唐书·玄宗纪上》:“夏四月丁巳,改集仙殿为集贤殿,丽正殿书院改集贤殿书院;内五品以上为学士,六品以下为直学士。”《资治通鉴》卷二一二:“(开元十三年)夏,四月,丙辰,上与中书门下及礼官、学士宴于集仙殿。上曰:‘仙者凭虚之论,朕所不取。贤者济理之具,朕今与卿曹合宴,宜更名曰集贤殿。’其书院官五品以上为学士,六品以下为直学士;以张说知院事,右散骑常侍徐坚副之。”《唐会要》卷六四《集贤院》:“十三年四月五日……中书令张说充学士,知院事,散骑常侍徐坚为副。礼部侍郎贺知章、中书舍人陆坚并为学士。国子博士康子元为侍讲学士。考功员外郎赵冬曦,监察御史咸廙业,左补阙韦述、李钊、陆元泰、吕向,拾遗毋煚,太学助教余钦,四门博士赵元默,校书郎孙季良,并直学士。太学博士侯行果、四门博士敬会直、右补阙冯鹭,并侍讲学士。初以张说为大学士,辞曰:‘学士本无大称,中宗欲以崇宠大臣,景龙中修文馆有大学士之名。如臣岂敢以大为称?’上从之。”《新唐书·张说传》:“后宴集贤院,故事,官重者先饮,说曰:‘吾闻儒以道相高,不以官阀为先后。大帝时修史十九人,长孙无忌以元舅,每宴不表先举爵。长安中,与修珠英,当时学士亦不以品秩为限。’于是引觞同饮,时伏其有体。”

《曲江集》卷一六《集贤殿书院奉敕送学士张说上赐燕序》:“集贤殿者,本集仙殿也。上不以惟睿作圣,而犹垂意好学,用相必本于经术,图王亦始于师臣。及乎鸿生硕儒,博闻多识之士,自开元肇建,以迄于今,大用征集,焕乎广内,而听政余暇,式燕在兹。忠臣嘉宾,得尽心之所;聪明文思,有光被之德:故下以道亲,上亦欢甚。即于御座,爰发德音,以为候彼神人,事虽千载,传于方士,言固不经。遂改仙为贤,去华务实,且有后命,增其学秩,是以集贤之庭,更为论思之室矣。中书令燕国公,外弼庶绩,以奉沃心之谋;内讲六经,以成润色之业。故得出入华殿,师长翰林,惟帝用臧,固天所赖,拜命之日,荷宠有加,降圣酒之罍,颁御厨之膳,食以乐侑,人斯德饱。”集贤院既是文化机构,又是参政机构。张说身为知院事,尤为称扬渲染。集贤院能人荟萃,充分发挥高等文士的智囊作用。同时,集贤院常宴饮赋诗,以张说为首的诸学士创作凡数百首,《新唐书》卷六〇《艺文志》载“《集贤院壁记诗》二卷”。参见曲景毅《诗国高潮的前奏——简论开元前期张说及其周围的诗人群体创作》,《文学遗产》二〇〇八年第四期,页五〇—五八。关于盛唐集贤院,参见日本学者池田温《盛唐之集贤院》,《北海道大学文学部纪要》第十九辑第二期(一九七一年),收入《唐研究论文选集》,中国社会科学出版社,一九九九年,页一九〇—二四二;郑伟章《唐集贤院考》,《文史》一九八三年第十九辑,页六五—八五;赵永东《唐代集贤殿书院考论》,《南开学报》,一九八六年第四期,页一二—二〇;刘健明《唐玄宗时期的集贤院》,黄约瑟、刘健明合编《隋唐史论集》,香港大学亚洲研究中心,一九九三年,页五四—六四。

《玉海》卷五七“唐开元十八学士图”条引《翰林盛事》:“开元中拜张说等十八人为学士,于东都上阳宫含像亭图像,写御赞述之。”《集贤注记》:“殷季友、殷𢘿、韦无忝等分貌张说等。燕公以手杂不精,奏同州僧法明独貌诸学士等。法明于写貌天工,切于形似。图成奏之,上称善,今藏其本于书院。”(王应麟按语:“图以年久致失,康子元得一本,取以进。今唯有写本存焉。”)《全唐文纪事》卷五《帝制二》引《天中记·注记》:“寻敕善写真人貌学士等,欲画像是书赞于含像亭。属车驾东行,竟不果。”陈祖言《张说年谱》:“三条材料所述各异,一曰‘含量像亭图像’,一曰‘藏本于书院’,一曰‘竟不果’。今检《新书》卷二〇〇《儒学·康子元传》:‘帝尝制赞赐说、子元,命工图其像。’同卷《陆坚传》:‘帝待之甚厚,图形禁中,亲制赞。’《新书》卷五九《艺文三·子部杂艺述类》有署名‘开元人’绘之《开元十八学士图》,可见确有图形之事。”

**贺知章自礼部侍郎改工部侍郎,仍兼秘书监,充集贤学士,源乾曜问学士与侍郎何者为美,张说称学士为最。**

《旧唐书·贺知章传》:“俄属惠文太子薨,有诏礼部选挽郎,知章取舍非允……由是改授工部侍郎,兼秘书监同正员,依旧充集贤院学士。”《大唐新语》卷一一《褒锡》:“贺知章自太常少卿迁礼部侍郎兼集贤学士,一日并谢二恩。时源乾曜与张说同秉政,乾曜问说曰:‘贺公久著盛名,今日一时两加荣命,足为学者光耀。然学士与侍郎何者为美?’说对曰:‘侍郎自皇朝已来,为衣冠之华选,自非望实具美,无以居之。虽然,终是具员之吏,又非德贤所慕。学士者,怀先王之道,为搢绅轨仪,蕴扬、班之词彩,兼游、夏之文学,始可处之无愧。二美之中,此为最矣。’”

**张说甚重文学之士,韦述、张九龄、许景先、袁晖、赵冬曦、孙逖、王翰等常游其门。**

《旧唐书·韦述传》:“中书令张说专集院事,引述为学直学士,迁起居舍人。说重词学之士,述与张九龄、许景先、袁晖、赵冬曦、孙逖、王翰常游其门。”关于张说奖掖后进事,可参见丁放《张说、张九龄集团与开元诗风》,《文学评论》二〇〇二年第二期;丁放《当朝师表 一代词宗》,《唐代文学研究》(第九辑),广西师大出版社,二〇〇二年,页一五二—一六一。

**唐玄宗命朝集使各举所部孝悌文武,集于泰山之下。**

《旧唐书·玄宗纪上》:"(开元十三年四月)癸酉,令朝集使各举所部孝悌文武,集于泰山之下。"

**张说恐突厥乘东巡之时入寇,召兵部郎中裴光庭谋议。光庭建议召突厥大臣从封泰山,张说善之。突厥主小杀果派大臣入贡,扈从东巡。**

《资治通鉴》卷二一二:"说以大驾东巡,恐突厥乘间入寇,议加兵守边,召兵部郎中裴光庭谋之。光庭曰:'封禅者,告成功也。今将升中于天,而戎狄是惧,非所以昭盛德也。'说曰:'然则若之何?'光庭曰:'四夷之中,突厥为大,比屡求和亲,而朝廷羁縻,未决许也。今遣一使,征其大臣从封泰山,彼必欣然承命;突厥来,则戎狄君长无不皆来。可以偃旗卧鼓,高枕有余矣。'说曰:'善,说所不及。'即奏行之。……(突厥)小杀乃使其大臣阿史德颉利发入贡,因扈从东巡。"

## 九月

**潞州献《瑞应图》,唐玄宗命唤取蕃邸旧僚,问其实事,然后修图。张九龄为撰《圣应图赞并序》。**

《唐会要》卷二八:"开元十三年九月十三日,潞州献《瑞应图》。上谓宰臣曰:'朕在潞州,但靖以恭职,不记此事。今既固请编录,卿唤取藩邸旧僚,问其实事,然后修图。'"《曲江集》卷一《圣应图赞并序》:"当陛下龙潜上党也,或托类于云物,或效灵于卜筮,天之意者,丁宁垂象,唯恐后时。又以潞水之泓深,山鹿之捷走,驰骑是获,厉流不濡,非力所能,以明或跃。《乾》之上体,时在九四,神道幽赞,圣期密迩,自后而占,何著明其若此?盖天福海内,地降圣迹,以瑞非常之后,以决如神之策,至于再三,明必信耳。有郡掾崔弼,时其从行,见龙骑先驰,谓河流可涉,亦既数步,遽已灭顶。”

## 十月

**辛酉,唐玄宗东封泰山,发自东都,途中数以驰射为乐,太子左庶子吴兢上《谏东封不宜射猎疏》谏止之。**

《旧唐书·玄宗纪上》:“辛酉,东封泰山,发自东都。”《新唐书·吴兢传》:“开元十三年,帝东封太山,道中数驰射为乐。兢谏曰:‘方登岱告成,不当逐狡兽,使有垂堂之危、朽株之殆。’帝纳之。”《全唐文》卷二九八载吴兢《谏东封不宜射猎疏》。

## 十一月

**唐玄宗封泰山,前后九天,后撰《纪太山铭》以总结之。《享地皇祇于社首玉册文》亦作于本年。壬辰,张说撰《大唐封祀坛颂》,源乾曜撰《社首坛颂》,苏颋撰《封东岳朝觐颂》,三颂并列,一时传为佳话。张九龄亦撰《东封赦书》,苏颋又作《贺封禅表》《进东岳朝觐颂表》。玄宗以侍中源乾曜为尚书左丞相兼侍中、中书令张说为尚书右丞相兼中书令,张说撰《让右丞相表》。**

《旧唐书》卷二三《礼仪三》:“(开元十三年十一月)至泰山……玄宗制《纪太山铭》,御书勒于山顶石壁之上。……于是中书令张说撰《封祀坛颂》,侍中源乾曜撰《社首坛颂》,礼部尚书苏颋撰《朝觐坛颂》以纪德。”《大唐新语》卷一三《郊禅第三十》:“开元十三年,玄宗既封禅,问贺知章曰:‘前代帝王,何故秘玉牒之文?’知章对曰:‘玉牒本通神明之意。前代帝王所求各异,或祷年算,或求神仙,其事微密,故外人莫知之。’玄宗曰:‘朕今此行,皆为苍生祈福,更无私请,宜将玉牒示百僚。’其词曰:‘有唐嗣天子臣某乙,敢昭告于昊天上帝:天启李氏,运兴土德。高祖、太宗,受命立极。高宗升平,六合殷盛。中宗绍复,继体丕定。上帝眷佑,锡臣忠武。底绥内难,推戴圣父。恭承大宝,十有三年。敬若天意,四海晏然。封祀岱岳,谢成于天。子孙百禄,苍生受福。’御制撰《太山铭》,亲札勒山顶。诏张说制《封祀坛碑》,以纪功德。”参见《通典》卷五四《礼一四·封禅》。《资治通鉴》卷二一二:“(开元十三年十一月)甲午,车驾发泰山;庚申,幸孔子宅致祭。"《全唐文》卷四一载《纪泰山铭并序》。《全唐文补编》卷二五唐玄宗《享地皇祇于社首玉册文》:"维开元十三年岁次乙丑十一月辛巳朔十一月辛卯,嗣天子臣隆基,敢昭告于皇帝祇。臣嗣守鸿名,膺兹丕运。率循地义,以为人极。夙夜祗若,讫未敢康。"张说撰《大唐封祀坛颂》,源乾曜撰《社首坛颂》,苏颋撰《封东岳朝觐颂》,三颂并列。《全唐文纪事》卷八引《曝书亭集·开元泰山铭跋》:"赵明诚《金石录目》载'泰山铭侧有题名三列',今已亡之。"今源乾曜文已不存,张说、苏颋文试分述之。

《张说之文集》卷一二《大唐封祀坛颂》记述了盛唐这场最为壮观的典礼,其规模之宏大是秦始皇、汉武帝、汉光武帝、唐高宗等前代帝王的封禅仪式所无法比拟的。张说是此次封禅的积极倡导者,之前曾写《请许王公百官封太山表》,请求封禅。文章以"厥初生人,俶有君臣,其道茫昧,其风朴略。因时而欻起,与运而纷落,泯泯没没,无闻焉尔。后代圣人,取法象,立名位,衣裳以等之,甲兵以怛之,于是礼乐出而书记存焉。反其源,致敬乎天地;报其本,致美乎鬼神。则封禅者,帝王受天命告成功之为也。阅曩圣之奥训,考列辟之通术,畴若天而不成,曷背道而靡失"开篇,说明封禅顺乎天命。之后言"封禅之义有三,帝王之略有七。七者何?传不云道、德、仁、义、礼、智、信乎?顺之称圣哲,逆之号狂悖。三者何?一位当五行图箓之序,二时会四海升平之运,三德具钦明文思之美;是谓与天合符,名不死矣!"颂文对封禅之意予以重新解释,把儒家道德与封禅本身结合起来,叙述了整个封禅过程,可补史料之不足。文笔参差错落,酣畅淋漓又不失庄重谨严,很能体现其"大手笔"风范。

苏颋先后撰《贺封禅表》《进东岳朝觐颂表》《封东岳朝觐颂并序》(《全唐文》卷二五五、卷二五〇载),尤以后者为佳。苏颋在序文中按时间顺序依次详述了封禅之因、封禅之行途,极力铺写了封禅过程的壮观场景:"封祀之山,五在中国,泰岳之首,昊穹之命,再集巨唐,皇帝受之。"威仪行止,要言不烦,严密典雅。《文心雕龙·封禅》称封禅之文是宣传"一代之典章""构位之始,宜明大体,树骨于训典之区,选言于宏富之路,使意古而不晦于深,文今而不坠于浅,义吐光芒,辞成廉锷,则为伟矣"。苏颋此文完全符合古雅但不晦涩,辞理通畅的文体要求。其颂文曰:"天子圣兮天孙崇,登以封兮报以功。受命再,惟皇代,天之赉,人所载。士马山巢,戈矛山沓,祯符山杂,灵响山答。天与人合,我铺衍兮长粹清。太元册兮太乙精,休光光我之庆成。舜四朝而禹万国,莫之我京。"

《曲江集》卷六《东封赦书》(《唐大诏令集》卷六六):"可大赦天下。自开元十三年十一月十三日昧爽已前,大辟罪已下,罪无轻重,已发觉未发觉,已结正未结正,系因见徒,咸赦除之。”

《旧唐书·玄宗纪上》:“壬辰……侍中源乾曜为尚书左丞相兼侍中,中书令张说为尚书右丞相兼中书令。”《张说之文集》补遗卷一载《让右丞相表》。

**陇右监王毛仲以数万匹战马扈从东巡,望之如云锦,牧马有功。癸巳,加开府仪同三司,张说为撰《大唐开元十三年陇右监牧颂德碑奉敕撰》。**

《资治通鉴》卷二一二:“初,隋末国马皆为盗贼及戎狄所掠,唐初才得牝牡三千匹于赤岸泽,徙之陇右,命太仆张万岁掌之。万岁善于其职,自贞观至麟德,马蕃息及七十万匹,分为八坊、四十八监,各置使以领之。是时天下以一缣易一马。垂拱以后,马潜耗太半。上初即位,牧马有二十四万匹,以太仆卿王毛仲为内外闲厩使,少卿张景顺副之。至是有马四十三万匹,牛羊称是。上之东封,以牧马数万匹从,色别为群,望之如云锦。上嘉毛仲之功,癸巳,加毛仲开府仪同三司。”张说为撰《大唐开元十三年陇右监牧颂德碑奉敕撰》,称颂王毛仲牧马的功绩,数量虽只有四十三万匹,但马贵精不贵多。这些战马经过精心挑选和严格训练,致使“皇帝东巡狩,封岱岳,辇辂既陈,羽卫咸备,大驾百里,烟尘一色。其外又有闲人万夫,散马千队。骨必殊貌,毛不离群。行如动地,止若屯云。百蛮震耸,四方抃跃。威怀纷纭,壮观挥霍”。封禅队伍颇为壮观威严,显示了大唐盛世的繁华与强盛。

**唐玄宗封泰山回,对张说称赞怀州刺史王丘、魏州刺史崔沔、济州刺史裴耀卿为“良吏”,亦赞宋州刺史寇泚。张说遂择王丘、齐澣为左右丞。**

《资治通鉴》卷二一二:“上还,至宋州,宴从官于楼上,刺史寇泚预焉。酒酣,上谓张说曰:‘向者屡遣使臣分巡诸道,察吏善恶,今因封禅历诸州,乃知使臣负我多矣。怀州刺史王丘,饩牵之外,一无他献。魏州刺史崔沔,供张无锦绣,示我以俭。济州刺史裴耀卿,表数百言,莫非规谏。且曰:“人或重扰,则不足以告成。”朕常置之坐隅,且以戒左右。如三人者,不劳人以市恩,真良吏矣。’顾谓寇泚曰:‘比亦屡有以酒馔不丰诉于朕者,知卿不借誉于左右也。’自举酒赐之。宰臣帅群臣起贺,楼上皆称万岁。”《旧唐书·齐澣传》:“中书令张说择左右丞之才,举怀州刺史王丘为左丞,以澣为右丞。”

**张说借封禅之时大封亲己势力，张九龄谏之，不听，为时人所诟。**

《旧唐书·张九龄传》："说自定侍从升中之官，多引两省录事、主书及己之所亲摄官而上，遂加特进阶，超授五品。初，令九龄草诏。九龄言于说曰：'官爵者，天下之公器，德望为先，劳旧次焉。若颠倒衣裳，则讥谤起矣。今登封霈泽，千载一遇。清流高品，不沐殊恩；胥吏末班，先加章绂。但恐制出之后，四方失望。今进草之际，事犹可改，唯令公审筹之，无贻后悔也。'说曰：'事已决矣，悠悠之谈，何足虑也！'竟不从。及制出，内外甚咎于说。"《资治通鉴》卷二一二、《旧唐书·张说传》亦载。《酉阳杂俎》前集卷一二："明皇封禅泰山，张说为封禅使。说女婿郑镒，本九品官，旧例封禅后，自三公以下皆迁转一级，惟郑镒因说骤迁五品，兼赐绯服。因大脯次，玄宗见镒官位腾跃，怪而问之，镒无词以对。黄幡绰曰：'此泰山之力也。'"

**李邕本年五十一岁，献词赋，唐玄宗称赏之，自云当居相位，张说甚恶之。**

《旧唐书·李邕传》："后征为陈州刺史。十三年，玄宗车驾东封回，邕于汴州谒见，累献词赋，甚称上旨。由是颇自矜炫，自云当居相位。张说为中书令，甚恶之。"

## |十二月|

**分吏部为十铨，分掌选事，经吴兢谏议，遂复以三铨还有司，敕礼部尚书苏颋、刑部尚书韦抗、工部尚书卢从愿等分掌选事。**

《旧唐书·玄宗纪上》："（开元十三年）冬，分吏部为十铨，敕礼部尚书苏颋、刑部尚书韦抗、工部尚书卢从愿等分掌选事。"《新唐书》卷四五《选举志下》载："户部侍郎宇文融又建议置十铨，乃以礼部尚书苏颋等分主之。太子左庶子吴兢谏曰：'《易》称"君子思不出其位"，言不侵官也。今以颋等分掌吏部选，而天子亲临决之，尚书、侍郎皆不闻参，议者以为万乘之君，下行选事。'帝悟，遂复以三铨还有司。"《唐会要》卷七四《选部上·论选事》："十三年十二月，封岳回，以选限渐迫。宇文融上表，请置十铨。……令刑部尚书韦抗等十人，分掌吏部铨选，及试判将毕，遽召入禁中决定。虽有吏部尚书及侍郎，皆不得参议其事。

议者皆以陛下曲受谗言,不信于有司也。……停此十铨分选,依旧以三铨为定。”

**孙逖本年三十岁,李邕缮写其集与逖,引为知己。**

颜真卿《尚书刑部侍郎赠尚书右仆射孙逖文公集序》:“江夏李邕,自陈州入计,缮写其集,赍以诣公,托知己之分,其为先达所重也如此。”李邕开元十四年夏贬岭南。

## |本 年|

**诏康子元等注《东封仪注》以进。**

《唐会要》卷三六《修撰》:“十三年,诏康子元等,注解《东封仪注》以进。”

**裴耀卿出守济州,王维为其属吏。**

《旧唐书·裴耀卿传》:“(开元)十三年,为济州刺史。”《王维集校注》卷九《裴仆射齐州遗爱碑》:“出为此州刺史……居无何,诏封东岳。……维也不才,尝备官属,公之行事,岂不然乎?”按:“齐”,当为“济”。

**李白二十五岁,出峡,至江陵,遇司马承祯,撰《大鹏遇希有鸟赋》,后更名为《大鹏赋》。**

《李白集校注》卷一《大鹏赋》:“余昔于江陵,见天台司马子微,谓余有仙风道骨,可与神游八极之表。因著《大鹏遇希有鸟赋》以自广。……悔其少作,未穷宏达之旨,中年弃之。及读《晋书》,睹阮宣子《大鹏赞》,鄙心陋之。遂更记忆,多将旧本不同。……俄而稀有鸟见谓之曰:伟哉鹏乎,此之乐也。吾右翼掩乎西极,左翼蔽乎东荒。跨蹑地络,周旋天纲。以恍惚为巢,以虚无为场。我呼尔游,尔同我翔。于是乎大鹏许之,欣然相随。此二禽已登于辽阔,而斥鷃之辈,空见笑于藩篱。”李白以大鹏自况,喻司马承祯为希有鸟。李白《宿巫山下》:“桃花飞渌水,三月下瞿塘。”知白于三月出峡。《旧唐书》卷一九二《司马承祯传》:“开元九年,玄宗又遣使迎入京,亲受法箓,前后赏赐甚厚。十年,驾还西都,承祯又请还天台山,玄宗赋诗以遣之。十五年,又召至都。玄宗令承祯于王屋山自选形胜,置坛室以居焉。”考司马承祯行迹,开元十年自京归天台,十四年抵南岳,十五年后即居王屋以迄于终,则李白遇司马承祯于江陵,当在开元十三至十四年间,唯作年难确考,姑系于此。按:瞿蜕园、朱金城言此年故相许圉师家以孙女妻白,白遂留安陆十年。疑误。此事当在开元十五年,详见开元十五年“李白”条。

**吕向任起居舍人,从唐玄宗东巡,作《谏令突厥入仗驰射疏》**。

《全唐文》卷三〇一《谏令突厥入仗驰射疏》:“臣闻鸱鸮不鸣,未为瑞鸟;猛武虽服,岂齐仁兽?是由丑性毒行,久务常积故也。今夫突厥者,正与此类。……何塞过责?特愿陛下勿复亲近,使知分限,待不失常,归于得所。此谓回两曜之鉴,祛九宇之忧。孰不幸甚!”《新唐书·吕向传》载:“以起居舍人从帝东巡,帝引颉利发及蕃夷酋长入仗内,赐弓矢射禽。向上言:‘鸱枭不鸣,未为瑞鸟……何以塞责?’帝顺纳,诏蕃夷出仗。”吕向开元十三年以起居舍人从帝东巡,故知《谏令突厥入仗驰射疏》当作于开元十三年。吕向(生卒年不详),字子回,东平(今属山东)人。卒,赠华阴太守。《新唐书·吕向传》:“吕向字子回,亡其世贯,或曰泾州人。……卒,赠华阴太守。”吕向善文、善书,少好学,博通古今。《全唐文》卷三〇一收其文四篇。《唐代墓志汇编》录《大唐故银青光禄大夫太仆卿驸马都尉中山郡开国公豆卢公(建)墓志铭》(页一五六五)一篇,《全唐文补遗》(千唐志斋新藏专辑)补《唐故朝议郎行鲁郡兵曹参军事任府君(晖)墓志铭并序》一篇,共计六篇。《新传》载其“工草隶,能一笔环写百字,若萦发然,世号‘连绵书’。强志于学,每卖药,即市阅书,遂通古今”。唐玄宗作赞曰“族茂飞熊,才方班马。考理篇籍,抑扬风雅”。

**独孤及生**。

独孤及(725—777),字至之,河南洛阳人。天宝中游秦燕等地,十三载以洞晓玄经科对策上第,授华阴尉。安史乱起,避地越州,后入浙东节度幕,任江淮都统掌书记。广德元年征为左拾遗,二年迁太常博士,累历礼部、吏部员外郎。后出为濠州、舒州、常州刺史,世称“独孤常州”。卒于大历十二年四月,年五十三，谥宪。著名古文家，与萧颖士、李华、贾至等先后提倡古文，喜奖掖后进，如梁肃、权德舆、朱巨川、崔元翰、陈京、唐次等皆出其门。通晓音乐，善鼓琴。生平事迹见崔祐甫《常州刺史独孤公神道碑》、梁肃《常州刺史独孤公行状》、《新唐书》卷一六二本传。近人赵望秦有《独孤及年谱》。《新唐书·艺文志四》有《毗陵集》二十卷，今存。《全唐文》卷三八四至三九三编其文十卷，《唐文拾遗》卷二二补一篇，《全唐文补遗》（第一辑）补《皇五从叔祖故衢州司士参军府君（李涛）墓志铭并序》一篇。

**刘太真生**。

刘太真（725—792），字仲适，润州上元（今江苏南京）人。天宝中，师事萧颖士，十三载登进士第。天宝末避乱归乡。大历五年为浙江观察使陈少游掌书记，十四年征拜起居郎，累历司勋员外郎、吏部员外郎、驾部郎中兼知制诰。建中四年，拜中书舍人。贞元元年，转礼部侍郎，四年、五年二掌贡举，擢杨巨源、裴度等登第，八年卒，年六十八。《新唐书·艺文志四》著录《刘太真集》三十卷，已佚。生平事迹见裴度《刘府君神道碑铭》，《旧唐书》卷一三七、《新唐书》卷二〇三本传。《全唐文》卷三九五录其文六篇，《唐文拾遗》卷二二补一篇，共计七篇。

**本年前后，张九龄应少府监、许州刺史李察之托请，为其祖父李仁瞻、父李玄祐撰《故果州长史李公碑铭并序》《故瀛州司马参军李府君碑铭并序》**。

以上二文并载于《曲江集》卷二〇。

## 唐玄宗开元十四年

丙寅　七二六

### 正月

**张说本年六十岁，癸未，奏请制定施行开元新礼，制从之。令徐坚、李锐、施敬本等检撰，历年，其功不就。**

《资治通鉴》卷二一三："春，正月，癸未……张说奏：'今之五礼，贞观、显庆两曾修纂，前后颇有不同。其中或未折衷，望与学士等讨论古今，删改施行。'制从之。"《旧唐书》卷二一《礼仪一》亦载。《通典》卷四一《礼一》："开元十四年，通事舍人王岩上疏请改撰《礼记》，削去旧文，编以今事。集贤院学士张说奏曰：'《礼记》汉朝所编，遂为历代不刊之典。去圣久远，恐难改易。但今之五礼仪注已两度增修，颇有不同，或未折衷，请学士等更讨论古今，删改行用。'制定之。于是令徐坚、李锐、施敬本等检撰。历年，其功不就。锐卒（陈祖言按：应为'说'卒），萧嵩代为集贤院学士，始奏起居舍人王仲邱修之。二十年九月，新礼成，凡百五十卷，是为《大唐开元礼》。"

**唐玄宗本年四十二岁，下《命卢从愿等祭岳渎敕》。**

《唐大诏令集》卷七四载此敕，系开元十四年正月，《全唐文》卷二九题为《遣官祭五岳四渎风伯雨师诏》。

**张嘉贞以工部尚书出为定州刺史，唐玄宗及百官赋诗送，张说为之序。**

《旧唐书·张嘉贞传》："明年（开元十二年），复拜户部尚书，兼益州长史、判都督事。敕嘉贞就中书省与宰相会宴，嘉贞既恨张说挤己，因攘袂勃骂，源乾曜、王晙共和解之。明年（十三年），坐与王守一交往，左转台州刺史。复代卢从愿为工部尚书、定州刺史，知北平军事，累封河东侯。将行，上自赋诗，诏百僚于上东门外饯之。"张嘉贞被张说排挤出朝后，又两次回朝任职，此时再次出朝，仍得玄宗任用。《张说之文集》卷二八《送工部尚书弟赴定州诗序》："尚书河东侯，朝廷之旧宰也。……于时春带余寒，野衔残雪，太官重味，御酒百壶。供帐临岐，假丝竹以留宴；倾城出饯，会文章以宠行。三台厚常僚之意，八座深联事之瞩。既而离人遽起，班马争嘶，寻太行之连山，想邯郸之长陌。虽仰瞻鸿雁，来往易于前期；而相对桑榆，迟暮难于远别：送归之地，欢怅如何？应制华篇，凡若干首。"嘉贞本年出为定州刺史，参见《唐刺史考·定州》。

## | 三 月 |

**严迪、储光羲、崔国辅、綦毋潜、左光胤等三十一人登进士第，试《考功箴》，**

**考功员外郎严挺之知贡举。**

《登科记考补正》卷七:“《词学指南》:‘开元十四年进士试《考功箴》。’”

## |四 月|

**癸丑,张说以“引术士占星,徇私僭侈,受纳贿赂”之罪为宇文融、崔隐甫、李林甫所弹,唐玄宗命源乾曜、韦抗、明圭与隐甫等共鞫之。庚申,仅停兼中书令。张九龄本年四十九岁,曾劝张说防备宇文融,奉拟《停燕国中书令制》,又撰《为何给事进亡父所著书表》,随后改任太常少卿,或受张说事件所牵,明升暗降。**

《旧唐书·玄宗纪上》:“夏四月癸丑,御史中丞宇文融与御史大夫崔隐甫弹尚书右丞相、兼中书令,鞫于中书省。……庚申,张说停兼中书令。”《曲江集》卷七《停燕国中书令制》:“中书令燕国公张说……及兹辅相,润色于告成,而不察细微之人,颇乖周慎之旨。……宜罢中枢之任。……可尚书右丞相,仍将国史于宅修撰。”《唐大诏令集》卷五五载《张说停中书令制》:“不肃细微之人,颇乖周慎之旨。朕略小在大,念旧录功,且法不欲屈,宜罢中枢之务,义亦有在,更全端右之荣。宜停中书令,仍将国史于宅修撰。”关于张说罢相之事,《资治通鉴》卷二一三所载甚详:“(开元十四年二月)上召河南尹崔隐甫,欲用之,中书令张说薄其无文,奏拟金吾大将军。前殿中监崔日知素与说善,说荐为御史大夫,上不从。丙辰,以日知为左羽林大将军;丁巳,以隐甫为御史大夫。隐甫由是与说有隙。说有才智而好贿,百官白事有不合者,好面折之,至于叱骂。恶御史中丞宇文融之为人,且患其权重,融所建白,多抑之。中书舍人张九龄言于说曰:‘宇文融承恩用事,辩给多权数,不可不备。’说曰:‘鼠辈何能为!’夏,四月,壬子,隐甫、融及御史中丞李林甫共奏弹说‘引术士占星,徇私僭侈,受纳贿赂’。敕源乾曜及刑部尚书韦抗、大理少卿明圭与隐甫等同于御史台鞫之。……源乾曜等鞫张说,事颇有状,上使高力士视说,力士还奏:‘说蓬首垢面,席藁,食以瓦器,惶惧待罪。’上意怜之。力士因言说有功于国,上以为然。庚申,但罢说中书令,余如故。”《曲江集》卷一三《为何给事进亡父所著书表》:“臣父某官某乙,往历枢近,志勤忠益。至于霸王大略,军国要务,事关兴替,言涉箴规,因著十篇,名曰《帝图秘箓》,将欲献纳,才加撰次。”系年参见顾建国《张九龄年谱》页一三四。《曲江集》附录诰命《转太常少卿制》:“中书舍人上柱国曲江县开国男张九龄夙擅能文,早推强学。清简彰于莅职,谨榷著于立身。掌诰禁垣,是称无对;亚司宗礼,时称有归。宜参象河之任,以光得人之美。可中散大夫守太常少卿,勋封如故。”此制题为“开元十三年十一月十六日”,恐误,熊飞《张九龄年谱新编》辨证后仍依《曲江集》,页七四,笔者不敢苟同。关于此次转官是否受张说事件影响,参见顾建国《张九龄年谱》引证前人论断,页一三四——一三六。《曲江集》附录《转太常少卿制》:“中书舍人、上柱国、曲江县开国男张九龄,夙擅能文,早推强学……可中散大夫、守太常少卿。”

**丁巳,户部侍郎李元纮为中书侍郎、同平章事。丁卯,岐王李范卒,赠惠文太子。唐玄宗本年四十二岁,手写《老子经》为之追福,有《追赠岐王范为惠文太子制》《册惠文太子文》,苏颋为撰《惠文太子哀册文》。**

《资治通鉴》卷二一三:“(开元十四年四月)丁巳,以户部侍郎李元纮为中书侍郎、同平章事。元纮以清俭著,故上用为相。……丁卯,太子太傅岐王范薨,赠谥惠文太子。”《旧唐书·玄宗纪上》:“(开元十四年四月)丁卯,太子少师岐王范薨,册赠惠文太子。”《全唐文》卷二二载《追赠岐王范为惠文太子制》(《唐大诏令集》卷三二题为《岐王赠惠文太子制》)、卷三八载《册惠文太子文》,卷二五八载苏颋《惠文太子哀册文》。李元纮(?—733),字大纲,祖籍滑州(今河南滑县),世居京兆万年(今陕西西安)。少谨厚,开元初为度支员外郎、吏部郎中、万年县令、京兆尹,苏颋曾为撰《授李元纮度支员外郎制》(《全唐文》卷二五一载)。历工部、兵部、吏部、户部侍郎,十四年拜相,封清水县男。十七年罢相,后以户部尚书致仕,卒谥文忠。为官清廉,家无储积(此与卢怀慎类),颇有时誉。《全唐文》卷三〇〇录其文二篇。新旧《唐书》有传。

**唐玄宗欲以武惠妃为皇后,潘好礼上《谏立武惠妃为皇后疏》,乃止,然宫中礼秩,一如皇后。**

《资治通鉴》卷二一三:“上欲以武惠妃为皇后,或上言:‘武氏乃不戴天之仇,岂可以为国母!人间盛言张说欲取立后之功,更图入相之计。且太子非惠妃所生,惠妃复自有子,若登宸极,太子必危。’上乃止。然宫中礼秩,一如皇后。”《全唐文》卷二七九载潘好礼《谏立武惠妃为皇后疏》,《唐会要》卷三亦详载此疏,作者题为“潘好礼”,为司马光《资治通鉴考异》疑之,俟考。潘好礼,贝州宋城（今属河北邢台）人，开元初曾任监察御史，开元三年转邠王府长史，迁豫州刺史，为政清廉，但繁于细事。累徙温州别驾（《考异》称"温州刺史致仕"，未知何据），《旧唐书·良吏下》有传，亦不载其任侍御史事。《全唐文》卷二七九录其文二篇，另一篇为《徐有功论》。

**唐玄宗下《顺时决狱诏》《巡理滞狱诏》**。

《全唐文》卷二九载此两诏，《册府元龟》卷一五一系开元十四年四月。

**王维本年三十三岁，作《送郑五赴任新都序》，述及玄宗东封泰山事，称"天下无事，海内乂安"**。

详见《王维集校注》卷八《送郑五赴任新都序》及《王维年谱》。

**王翰因张说罢相外贬**。

《旧唐书·王翰传》："说既罢相，出澣（翰）为汝州长史，改仙州别驾。"

## | 五 月 |

**张九龄出为冀州刺史，此亦受张说罢相牵连**。

《曲江集》附录《授冀州刺史制》，署为"开元十四年五月十四日"。

## | 六 月 |

**戊午，大风，唐玄宗诏群臣议得失，吴兢上《大风陈得失疏》，批评玄宗庶政之阙**。

《旧唐书·玄宗纪上》："戊午，大风，拔木发屋，毁端门鸱吻，都城门等及寺观鸱吻落者殆半，上以旱、暴风雨，命中外群官上封事，指言时政得失，无有所隐。"《新唐书·玄宗纪》："六月戊午，东都大风拔木。壬戌，诏州县长官言事。"

《新唐书·吴兢传》:“明年(开元十四年)六月,大风,诏群臣陈得失。兢上疏曰……”《全唐文》卷二九八载《大风陈得失疏》:“阴类大臣之象,恐陛下左右,有奸臣擅权,怀谋上之心。……且陛下承天后和帝之乱,府库未充,冗员尚繁,户口流散,法出多门,赇谒大行,趋竞弥广。此弊未革,实陛下庶政之阙也。臣不胜惓惓,愿斥屏群小,不为慢游,出不御之女,减不急之马,明选举,慎刑罚,杜侥幸,存至公,虽有旱风之变,不足累圣德矣。”

**唐玄宗下《求儒学诏》,令各州长官推举“精于经史,道德可遵。工于著述,文质兼美”者。**

《唐大诏令集》卷一〇五载开元十四年六月《求儒学诏》:“朕闻以道得人者谓之儒,切问近思者谓之学,故以阳礼教让,则下不争,以阴礼教亲,则远无怨,岂无习不利,教所由生者乎?朕所以厚儒林,辟书殿,讨论《易》象,研核道源,冀淳风大行,华胥非远,而承平日久,趍竞岁积。谓儒官为冗列,视之若遗,谓吏职为要津,救如不及。顷亦开献书之路,观扬己之人,阙下之奏徒盈,席上之珍盖寡。岂弘奖之义,或有未孚;将敦本之人,隐而未见。天下官人百姓,有精于经史,道德可尊。工于著述,文质兼美,宜令本司本州长官,指陈艺业,录状奏闻。其吏部选人,亦令所司铨择,各以名荐,朕当明试,自观其能。若行可甄,待以不次。如妄有褒进,必加明罚。”《全唐文》卷三五题为《令本州长官举人敕》。

**唐玄宗下《雨泽频降昭报山川敕》。孙逖本年三十一岁,撰《令关内诸州长官祭名山大川敕》。**

《唐大诏令集》卷七四载此二敕,第一敕系开元十四年六月。《全唐文》卷三〇题第一敕为《令诸州祭名山大川诏》,卷三一〇题第二敕为《令关内诸侯州长官祭名山大川敕》。

## | 夏 |

**李邕本年五十二岁,自陈州刺史贬钦州遵化县尉,经端州,作《崧台石室记》《端州石室记》。**

《旧唐书·李邕传》:“俄而陈州赃污事发,下狱鞫讯,罪当死,许州人孔璋上书救邕……疏奏,邕已会减死,贬为钦州遵化尉。”《全唐文》卷二六二李邕《崧台石室记》:“高要郡北五里有石室。”同卷李邕《端州石室记》:“有若邦伯,毕公守恭,广孝闻家,至忠观国。政门尤迹,谈者不容于口;义心厚行,游者每借于名。故能吏修其方,人乐其业,流冗归止,介特乂安。于是命友僚,纵琴酌,一歌一咏,以遨以游。莫不解榻于斯,张乐于斯,腾驾五龙,遣去驷马,岂惟辟暑窟室,缔赏林峦?击石如钟,酌泉如醴,固亦转丹灶,掇紫芝,迹参寥之远心,推习隐之幽致者也。”《宝刻丛编》卷一九引《集古录》卷三:“唐《端州石室记》,李邕撰并书,端州刺史毕守恭与僚佐游于石室为此记。以开元十五年正月立。”盖《记》作于本年夏,刻石则在次年正月。

## |七月|

**丁卯,唐玄宗下《禁断奢侈敕》。**

《全唐文》卷三五载此敕,《册府元龟》卷一五九系开元十四年七月丁卯。

## |八月|

**太子宾客元行冲等上《礼记义疏》五十卷,并请立学官。张说驳其奏,元行冲恚诸儒排己,退而撰长文《释疑》以自释。时议以为,张说之通识过于魏徵。**

《唐会要》卷七七《论经义》载:“十四年八月六日,太子宾客元行冲等,撰《礼记义疏》五十卷成,奏上之。”《旧唐书·元行冲传》:“初,有左卫率府长史魏光乘奏请行用魏徵所注《类礼》,上遽令行冲集学者撰《义疏》,将立学官。行冲于是引国子博士范行恭、四门助教施敬本检讨刊削,勒成五十卷,十四年八月奏上之。尚书左丞相张说驳奏曰:‘今之《礼记》,是前汉戴德、戴圣所编录,历代传习,已向千年,著为经教,不可刊削。至魏孙炎始改旧本,以类相比,有同抄书,先儒所非,竟不行用。贞观中,魏徵因孙炎所修,更加整比,兼为之注,先朝虽厚加赏锡,其书竟亦不行。今行冲等解徵所注,勒成一家,然与先儒第乖,章句隔绝,若欲行用,窃恐未可。’上然其奏,于是赐行冲等绢二百匹,留其书贮于内府,竟不得立于学官。行冲恚诸儒排己,退而著论以自释,名曰《释疑》。其词曰:客问主人曰：'小戴之学，行之已久；康成铨注，见列学官。传闻魏公，乃有刊易；又承制旨，造疏将颁。未悉二经，孰为优劣？'主人答曰：'小戴之礼，行于汉末，马融注之，时所未睹。卢植分合二十九篇而为说解，代不传习。郑絪子干，师于季长。属党锢狱起，师门道丧，康成于窜伏之中，理纷拏之典，志存探究，靡所咨谋。而犹缉述忘疲，闻义能徙，具于《郑志》，向有百科。章句之徒，曾不窥览，犹遵覆辙，颇类刻舟。王肃因之，重兹开释，或多改驳，仍按本篇。又郑学之徒，有孙炎者，虽扶玄义，乃易前编。自后条例支分，箴石间起。马伷增革，向逾百篇；叶遵删修，仅全十二。魏公病群言之错杂，细众说之精深。经文不同，未敢刊正；注理睽误，宁不芟砻。成毕上闻，太宗嘉赏，赉缣千匹，录赐储藩。将期颁宣，未有疏义。圣皇纂业，耽古崇儒，高曾规矩，宜所修袭，乃制昏愚，甄分旧义。其有注移往说，理变新文，务加搜穷，积稔方毕。具录呈进，敕付群儒，庶能斟详，以课疏密。岂悟章句之士，坚持昔言，特嫌知新恚，欲仍旧贯，沉疑多月，摈压不申。优劣短长，定于通识，手成口答，安敢铨量。'客曰：'当局称迷，傍观见审，累朝铨定，故是周详，何所为疑，不为申列？'答曰：'是何言欤？谈岂容易！昔孔安国注壁中书，会巫蛊事，经籍道息。族兄臧与之书曰："相如常忿俗儒淫词冒义，欲拨反正而未能果。然雅达通博，不代而生；浮学守株，比肩皆是。众非难正，自古而然。诚恐此道未申，而以独智为议也。"则知变易章句，其难一矣。汉有孔季产者，专于古学；有孔扶者，随俗浮沉。扶谓产云："今朝廷皆为章句内学，而君独修古义，修古义则非章句内学，非章句内学则危身之道也。独善不容于代，必将贻患祸乎！"则知变易章句，其难二矣。刘歆以通书属文，待诏官署，见《左氏传》而大好之，后蒙亲近，欲建斯业。哀帝欣纳，令其讨论，各迁延推辞，不肯置对。刘歆移书责让，其言甚切，诸博士等皆忿恨之。名儒龚胜，时为光禄，见歆此议，乃乞骸骨；司空师丹，因大发怒，奏歆改乱前志，非毁先朝所立。帝曰："此广道术，何为毁耶？"由是犯忤大臣，惧诛，求出为河南太守，宗室不典三河，又徙五原太守。以君宾之著名好学，仲公之深博守道，犹迫同门朋党之议，卒令子骏负谤于时。则知变易章句，其难三矣。子雍规玄数十百件，守郑学者，时有中郎马昭，上书以为肃缪。诏王学之辈，占答以闻。又遣博士张融案经论诘，融登召集，分别推处，理之是非，具《圣证论》。王肃酬对，疲于岁时。则知变易章句，其难四矣。卜商疑圣，纳诮于曾舆；木赐近贤，贻嗤于武叔。自此之后，唯推郑公。王粲称伊、洛已东，淮、汉之北，一人而已，莫不宗焉。咸云先儒多阙，郑氏道备，粲窃嗟怪，因求其学。得《尚书注》，退而思之，以尽其意，意皆尽矣。所疑之者，犹未喻焉。凡有两卷，列于其集。又王肃改郑六十八条，张融核之,将定臧否。融称玄注泉深广博,两汉四百余年,未有伟于玄者。然二郊之祭,殊天之祀,此玄误也。其如皇天祖所自出之帝,亦玄虑之失也。及服虔释《传》,未免差违,后代言之,思弘圣意,非谓扬己之善,掩人之名也。何者?君子用心,愿闻其过,故仲尼曰"过也人皆见之,更也人皆仰之"是也。而专门之徒,恕己及物,或攻先师之误,如闻父母之名,将谓亡者之德言而见压于重壤也。故王劭《史论》曰:"魏、晋浮华,古道夷替,洎王肃、杜预,更开门户。历载三百,士大夫耻为章句。唯草野生以专经自许,不能究览异义,择从其善。徒欲父康成,兄子慎,宁道孔圣误,讳闻郑、服非。然于郑、服甚愦愦,郑、服之外皆仇也。"恻知变易章名,其难五也。伏以安国《尚书》、刘歆《左传》,悉遭摈于曩叶,咸见重于来今。故知二人之鉴,高于汉廷远矣。孔季产云:"物极则变。比及百年外,当有明直君子,恨不与吾代者。"于戏!道之行废,必有其时者欤!仆非专经,罕习章句,高名不著,易受轻诬。顷者修撰,殆淹年月,赖诸贤辈能左右之,免致愆尤,仍叨赏赉,内省昏朽,其荣已多。何遽持一己之区区,抗群情之噂沓,舍勿矜之美,成自我之私,触近名之诫,兴犯众之祸?一举四失,中材不为,是用韬声,甘此沉默也。'"《全唐文》卷二七二录此文。关于此文,可参见吉川忠夫《元行冲及其〈释疑〉》,《东洋史研究》卷四七,号三,一九八八年十二月,页一—二六。《大唐新语》卷七《识量第十三》:"时议以为,说之通识,过于魏徵。"

**韦抗卒,苏颋撰《刑部尚书韦抗神道碑》。**

《全唐文》卷二五八苏颋《刑部尚书韦抗神道碑》:"开元十四年八月某日薨于洛之永义里第。……以颋爰在弱龄,获知君子,牙琴不赏,恸哭兹晨;乐弩仍悬,沉羸岁晚:悲凄固托,抚疾何成?愧不得绝妙好辞,披文而相质尔。"述己与韦抗交谊。韦抗(667—726),京兆万年(今陕西西安)人,弱冠明经及第,历任吏部郎中、御史中丞兼礼部尚书、兵部尚书、益州长史、黄门侍郎、御史大夫、刑部尚书,封武阳伯,卒赠太子太傅,谥曰贞。新旧《唐书》有传。《全唐文》卷三〇二录其文一篇。

## 九月

**己丑,以安西副大都护、碛西节度使杜暹同平章事。**

事见《资治通鉴》卷二一三。杜暹(678—740),濮州濮阳(今河南濮阳)人。以至孝擢明经第。开元四年,迁监察御史,拜安西副都护,镇守边关,清廉有节,不怕勤苦,颇有声誉。十四年拜相,擢户部尚书。藏书万余卷,秘不外借,开创私人藏书的先例。后与李元纮不和而被免相,迁荆州长史,调兵修建宫殿、庙宇,仍受玄宗宠爱,任礼部尚书,封魏县侯。开元二十八年卒,赠尚书右丞相,谥贞孝。新旧《唐书》有传。

**下《崇祀玄元皇帝制》,令本州择精诚道士七人,于龙角山庙中洁斋焚香,以崇敬奉。**

《全唐文》卷二二载此制文。《册府元龟》卷五三系开元十四年九月。

**十五州言旱及霜,五十州言水,河南、河北尤甚,遣御史中丞宇文融检覆赈给之,下《遣使宣抚河南北道诏》。**

事见《旧唐书·玄宗纪上》。《全唐文》卷二九载此诏。

## |十月|

**熊延景献《鹦鹉篇》,张说上表贺。**

《张说之文集》卷三〇《时乐鸟篇序》:“伏见天恩以灵异鹦鹉及能延京(景)所述篇出示朝列。”《册府元龟》卷二四:“开元十四年……十月,帝至自汝州之温汤。时有五色鹦鹉能言,育于宫。……岐王文学能延景因献《鹦鹉篇》以赞其事。帝以鸟及延景诗示百僚,尚书左丞相张说上表贺曰……”

## |本年|

**萧颖士十岁,以文章知名,入太学为太学生。**

李华《扬州功曹萧颖士文集序》:“十岁以文章知名。”《新唐书·萧颖士传》:“颖士四岁属文,十岁补太学生。”

**王易从卒于扬州大都督府长史任，年六十，有集二十卷。苏颋撰《扬州大都督府长史王公神道碑》。**

王易从(667？—726？)，京兆杜陵(今陕西西安)人。八岁工词赋，博涉经史。垂拱二年登进士第，大足元年登文坛词场科。景云二年，擢左右监察御史，再迁殿中侍御史、户部员外郎，转祠部、主爵、考功郎中。后拜给事中，转中书舍人，迁兵部侍郎，出为扬州大都督府长史，卒。善文词，工篆体，有文集二十卷，已佚。新旧《唐书》有传。《全唐文》卷二五八苏颋《扬州大都督府长史王公神道碑》："以东南封圻，淮海殷杂，虽陆摄水标，填于委输，而风果气锐，惩以剽轻：巨镇何有？紧公则赖。乃出为扬州大都督府长史，阳秋信，风雨若，不竞不绒。有伦有要，化之为最，理念于兹。呜呼！景命不融，流年孰返？以年月日，遘疾终于府之官舆，享年六十。……府君是以置毛发之愆，征膏肓之疾，加以博闻好古，精义入神，有夫子之文章，得吾家之书籍，或写或缮，海富山藏。尝工篆体，闲以琴德，不耀颖而好事者珍，每成声而知音者赏。身殁之日，所纂集二十卷，自弹琴凡数张，俾后代美其华，旨其实，垂芳尘之庵蔼，采嘉颂之洋溢。其高致欤！粤开元十五年龙集于卯仲春日晨，卜葬于京兆咸阳洪渎原，礼也。"按：苏颋此文撰于次年(727)二月。

**严武生。**

严武(726—765)，字季鹰，行八，华州华阴(今陕西华阴)人。中书侍郎严挺之之子也。永泰元年四月卒，年四十。生平事迹见《旧唐书》卷一一七、《新唐书》卷一二九本传。《旧唐书·严武传》："严武，中书侍郎挺之之子也。……永泰元年四月，以疾终，时年四十。"《新唐书·严武传》："武字季鹰。……永泰初卒。……年四十，赠尚书左仆射。"以《旧传》所载永泰元年年四十逆推，知严武当生于开元十四年。

**刘长卿生于本年前后。**

刘长卿(726？—790？)，字文房，宣州(今安徽宣城)人，郡望河间(今属河北)，其家久寓长安。少居嵩山读书，天宝后期登进士第，安史乱起，避乱于江东。历任地方和朝廷微官，约卒于贞元六年。交游甚广，诗名颇著，尤善七律，自诩"五言长城"。《新唐书·艺文志四》著录《刘长卿集》十卷，今存《刘随州文集》十一卷，诗十卷、文一卷。《唐才子传校笺》卷二有传。《全唐文》卷三四七录其文十二篇。

**包佶生于本年前后。**

包佶(726？—792)，字幼正，行七，润州延陵(今江苏丹阳)人。贞元八年五月卒，封丹阳郡公。《旧唐书》《新唐书》无传。《唐才子传》卷三："佶字幼正……卒封丹阳郡公。"《全唐文》卷三七〇录其文二篇。

# 唐玄宗开元十五年

丁卯　七二七

## 正月

**唐玄宗本年四十三岁，下制，令有文武高才者诣阙自举。**

《旧唐书·玄宗纪上》："十五年春正月戊寅，制草泽有文武高才，令诣阙自举。"

## 二月

**张说本年六十一岁，乙巳，坐与崔隐甫、宇文融等相争以致仕。**

《旧唐书·玄宗纪上》："(开元十五年二月)已(乙)巳，尚书左丞相张说、御史大夫崔隐甫、中丞宇文融以朋党相构，制说致仕，隐甫免官侍母，融资左迁魏州刺史。"《资治通鉴》卷二一三："御史大夫崔隐甫、中丞宇文融，恐左丞相张说复用，数奏毁之，各为朋党。上恶之，二月，乙巳，制说致仕，隐甫免官侍母，融出为魏州刺史。"

**河北牛畜大疫，遣左监门将军黎敬仁往河北赈给贫乏，下《宣慰河北州**

**县制》**。

事见《旧唐书·玄宗纪上》。《全唐文》卷二三载此制。

## | 三 月 |

**李嶷、王昌龄、常建、杜颀等十九人登进士第，试《积翠宫甘露颂》。明经科皇甫□、崔夐等人及第，王缙等登高才沉沦、草泽自举科。考功员外郎严挺之知贡举**。

《登科记考补正》卷七："（开元十五年）《词学指南》：'开元十五年进士，试《积翠宫甘露颂》。'"

**王昌龄本年约三十八岁，登进士第，补秘书省校书郎，《吊轵道赋并序》《灞桥赋》疑作于本年前**。

《全唐文》卷三三一《吊轵道赋并序》："长林之墟，荒草无垠，踌躇访古，隐嶙如存。耆老曰：此秦之轵亭也，莫不陨泣而伤魂。"《全唐文》卷三三一《灞桥赋》："惟梁于灞，惟灞于源，当秦地之冲口，束东衢之走辕。拖偃蹇以横曳，若长虹之未翻。隘腾逐而水激，忽须臾而听繁。"《旧唐书·王昌龄传》："王昌龄者，进士登第，补秘书省校书郎。"赋一般作于作者未登第前，以一般情况而言，《吊轵道赋并序》《灞桥赋》当作于开元十五年三月王昌龄登进士第前，唯作年难确考，姑系于此。李嶷，生卒年不详，赵郡赞皇（今河北赞皇县）人。《唐才子传校笺》卷二《王昌龄传补笺》，今不存文。常建，生卒年不详，长安（今陕西西安）人。进士及第后，仕途失意，放浪琴酒，天宝中隐居于鄂渚，受时人推重，为著名山水田园诗人。《全唐文》卷三三四录其文二篇。生平事迹见《唐诗纪事》卷三一，《唐才子传校笺》卷二。

**张九龄本年五十岁，除洪州刺史（都督）**。

《旧唐书·张九龄传》："无几，（张）说果为（宇文）融所劾，罢知政事，九龄亦改太常少卿，寻出为冀州刺史。九龄以母老在乡，而河北道路辽远，上疏固请换江南一州,望得数承母音耗,优制许之,改为洪州都督。"《曲江集》附录开元十五年三月十三日《授洪州刺史制》:"中散大夫、新除冀州刺史、上柱国、曲江县开国男张九龄……可使持节都督洪州诸军事,守洪州刺史。"

## | 五 月 |

**一日,集贤学士徐坚、韦述等纂经史文章之要,以类相从,上制名曰《初学记》。**

《唐会要》卷三六《修撰》:"十五年五月一日,集贤学士徐坚等纂经史文章之要,以类相从,上制名曰《初学记》,至是上之。欲令皇太子及诸王,检事缀文。"《大唐新语》卷九《著述第十九》:"玄宗谓张说曰:'儿子等欲学缀文,须检事及看文体。御览之辈,部帙既大,寻讨稍难。卿与诸学士撰集要事并要文,以类相从,务取省便,令儿子等易见成就也。'说与徐坚、韦述等编此进上,诏以《初学记》为名。赐修撰学士束帛有差。其书行于代。"《四库全书总目提要》卷一三五:"唐徐坚等奉敕撰。案《唐书·艺文志》载《元宗事类》一百三十卷,又《初学记》三十卷,注曰:'张说类集要事,以教诸王。徐坚、韦述、余钦、施敬本、张烜、李锐、孙季良等分撰。'似乎二书皆说总其事,而坚等分修。晁公武《读书志》则曰:'《初学记》三十卷,唐徐坚等撰。初,张说类集要事,以教诸王。开元中诏坚与韦述等分门撰次。'又似乎事类为说撰,而坚等又奉诏择其精粹编为此书。考《南部新书》载:'开元十三年五月,集贤学士徐坚等纂经史文章之要,以类相从,上制曰《初学记》。则晁氏所言,当得其实。'""其例前为叙事,次为事对,末为诗文。其叙事虽杂取群书,而次第若相连属,与他类书独殊。其诗文兼录初唐,于诸臣附前代后,于太宗御制则升冠前代之首。……其所采摭,皆隋以前古书,而去取谨严,多可应用。在唐人类书中,博不及《艺文类聚》,而精则胜之;若《北堂书钞》及《六帖》,则出此书下远矣。"陈祖言《张说年谱》考证《初学记》为徐坚等在张说《燕公事对》的基础上补充而成,并非四库馆臣所谓"择其精粹"。

**唐玄宗下《授庆王潭等诸州都督制》。**

《全唐文》卷二二载此文。《唐大诏令集》卷三六载此文,题为《授庆王潭凉州都督制》,系开元十五年五月。

## | 六 月 |

**唐玄宗下《北路幸长安制》。**

《唐大诏令集》卷七九载此制，系开元十五年六月，《全唐文》卷二二题为《幸长安制》。

**苏颋本年五十八岁，疾笃，撰《陈情表》，或为其绝笔。**

《全唐文》卷二五五载此文。

**诏令张说在家修史，李元纮撰《请令张说吴兢就史馆修史奏》，乃诏张说与吴兢就史馆修撰。**

《旧唐书·张说传》："诏说致仕，仍令在家修史。"《张说之文集》卷三〇张说《谢修史表》。《旧唐书·李元纮传》："先是，左庶子吴兢旧任史官，撰《唐书》一百卷、《唐春秋》三十卷，其书未成，以丁忧罢职。至是，上疏请终其功，有诏特令就集贤院修成其书。及张说致仕，又令在家修史。元纮奏曰：'国史者，记人君善恶，国政损益，一字褒贬，千载称之，前贤所难，事匪容易。今张说在家修史，吴兢又在集贤撰录，遂令国之大典，散在数处。且太宗别置史馆，在于禁中，所以重其职而秘其事也。望勒说等就史馆参详撰录，则典册有凭，旧章不坠矣。'从之，乃诏说及吴兢并就史馆修撰。"《全唐文》卷三〇〇载李元纮《请令张说吴兢就史馆修史奏》。

**张九龄至洪州，亲祭洪州城隍神，撰《祭洪州城隍神文》，又撰《荔枝赋》以寓身世之感。**

《曲江集》卷一七《祭洪州城隍神文》："维开元十五年岁次丁卯六月壬寅十日辛亥中散大夫使持节都督洪州诸军事洪州刺史上柱国曲江县开国男张某，谨以清酌脯醢之奠，祭于城隍神之灵……今水潦所降，亦惟其时，而淫雨不止，恐害嘉谷。……阖境山川，能致云雨，岂无节制？愿达精诚。以时弭灾，无或失稔，则理人有助，是所望于神明。”《曲江集》卷一《荔枝赋并序》：“南海郡出荔枝焉，每至季夏，其实乃熟，状甚环诡，味特甘滋，百果之中，无一可比。余往在西掖，尝盛称之，诸公莫之知，固未之信。唯舍人彭城刘侯，弱年累迁，经于南海，一闻斯谈，倍复嘉叹，以为甘美之极也。又谓龙眼凡果，而与荔枝齐名，魏文帝方引蒲桃及龙眼相比：是时二方不通，传闻之大谬也。每相顾闲议，欲为赋述，而世务卒卒，此志莫就。及理郡暇日，追叙往心，夫物以不知而轻，味以无比而疑，远不可验，终然永屈。况士有未效之用，而身在无誉之闲，苟无深知，与彼亦何以异也？因道扬其实，遂作此赋。”舍人彭城刘侯即刘子昇，开元中累迁中书舍人、太子右庶子。系年参见顾建国《张九龄年谱》，页一四八。

## | 七月 |

**甲戌（己卯），礼部尚书许文公苏颋卒，年五十八，赠尚书右丞相，谥文宪。有集四十卷，韩休为之作序，张说为作《右丞相苏公挽歌词二首》，张九龄称其“俊赡无敌”“文阵之雄”，晚唐李德裕称其诏诰“叙事外为文章”。**

《旧唐书·苏颋传》：“（开元）十五年卒，年五十八，赠尚书右丞相，谥曰文宪。”《旧唐书·玄宗纪上》：“（开元十五年七月甲戌）礼部尚书苏颋卒。”《资治通鉴》卷二一三：“己卯，礼部尚书许文公苏颋薨。”《全唐文》卷二九五韩休《唐金紫光禄大夫礼部尚书上柱国赠尚书右丞相许国文宪公苏颋文集序》：“故情发于中，而申之以歌咏；文生于情，而饰之以辞采。所以立言会友，感物造端，藻畅襟灵，导扬隐伏，润彼金石，流于管弦，以告其成功，而懿我文德者也。呜呼！斯文未丧，命世聿兴，发挥造化之微，鼓动江山之气，辚轹前古，昭彰后叶，畴克有之，则尚书许公应运而挺生矣。公四代相门，十卿崇构，海域挹其轩冕，缙绅推其轨仪。夫其导源锡允之庆，克家屏宗之美，论道布政之典，推诚立节之效，并已勒于丰碑，纪在良史，此则略而不言焉。公神秀颖发，自然生知，五岁便措意于文，每坐卧吟讽，未尝暂辍。至于八九岁，则有若大成焉，一览诵千言，有若素习。十七游太学，对策甲科，振麟溟渚，濯羽弱泉，海内重林宗之名，朝廷借贾生之誉矣。时吏部侍郎马载名知人，见公叹曰：‘苏生一日千里，王佐才也。’后因选集时属糊名考判，公与宋璟，俱入殊等，由是天下益称焉。公任御史时，两台有送别四韵诗四十余首，试令公诵之一遍，倒覆之，遂不错一字，其敏悟也如此。公任起居郎，属考功员外郎阙，时中书令李峤执笔曰：‘考功郎非苏君莫可。’遂拜考功员外郎。迁给事中,特制授修文馆学士,迁中书舍人,专知制诰。佥议允归,制命敕书,皆出自公手,笔不停辍,思无所让,及是见君,深所叹伏焉。今上尝谓公曰:'朕每见卿文章,与诸人尤异,当令后代作法,岂惟独称朕心?'及东封,诏公撰《朝觐坛颂》加金紫光禄大夫,与一子官,赏能也。公性与道合,神无滞用,惟深也,总众妙之门;惟才也,体生人之秀。若乃学以聚之,问以辨之,括囊道艺之场,探赜幽微之数。……故能虚明独照,壮思雄飞,自我心极,为之宰匠。尝亦纪秦望,铭华山,勒函谷之关,刊燕然之石。繁弦闲发,缛采相辉,歌奏而白雪遂孤,赋成而黄金有贵。岂惟排终拉贾,驾王超陈而已。若乃天言焕发,王命急宣,则翰动若飞,思如朱涌,典谟作制于邦国,书奏便蕃于禁省,敏以应用,婉而有章,则近代以来,未之前闻也。……谨撰缉文诰,成一家之言,凡四十卷,列之如左,请藏于秘府,以示来裔。"《郡斋读书志》卷一七:"颋幼敏悟,一览五千言,辄覆。景龙后,与张说俱以文章显,时号'燕许'。李德裕谓:'后世诏诰,惟颋叙事外为文章。'"《开元天宝遗事》卷下:"张九龄常览苏颋文卷,谓同僚曰:'苏生之俊赡无敌,真文阵之雄也。'"《新唐书·艺文志四》:"《苏颋集》三十卷。"今有陈钧《苏颋诗文集编年考校》(山西古籍出版社,二〇〇一年版)。苏颋今存文三百一十三篇:《全唐文》卷二五〇至二五八存二百九十篇,十二篇误收,实撰二百七十八篇,《唐文续拾》补一篇,《唐代墓志汇编》补二篇,《全唐文补遗》(第二辑)补一篇,《全唐文补遗》(第五辑)补一篇,《全唐文补遗》(第七辑)补二篇,《全唐文补编》补二十七篇,《全唐文补遗》(千唐志斋新藏专辑)补一篇。参见曲景毅:《唐代"大手笔"作家研究》(中国社会科学出版社,二〇一五年版)附录《唐代"大手笔"作家现存文章著录汇考》。

**贺知章撰《杨执一墓志》。**

《隋唐五代墓志汇编》陕西卷第一册一〇八《杨执一墓志》,"右庶子、集贤学士贺知章撰",开元十五年九月三日葬。杨执一(661—726),字太初,弘农华阴(今陕西华阴)人。观国公杨恭仁从孙,以诛张易之功封河东郡公,累官至右金吾卫大将军,年六十五,诏赠户部尚书。

**郑虔撰《郑仁颖墓志》。**

《唐代墓志汇编》开元二五九《郑仁颖墓志》,"从弟左蓝门卫录事参军虔撰”,开元十五年七月二十七日立。郑虔(685？—764？),字若齐,一作弱齐,郑州荥阳(今河南)人。开元末,坐私修国史,被贬十余年。天宝九载授广文馆博士,人称“郑广文”,天宝末迁著作郎。安史之乱爆发,身陷长安,伪署水部郎中,称疾不就。乱平后贬台州司户参军,卒于贬所。郑虔与杜甫、苏源明友善,杜甫对之尤为服膺。郑虔博学多才艺,工书法,善丹青,尝自写其诗并画,呈献玄宗,御题“郑虔三绝”。生平事迹见杜甫《八哀诗·荥阳郑公虔》,《新唐书》卷二〇二本传,《唐才子传校笺》卷二,今人王晚霞有《郑虔研究》(附《郑虔年谱》)。《唐代墓志汇编》录《唐故括州遂昌县令张府君(先)墓志铭》一篇,《全唐文补遗》(第一辑)补《大唐故汾州崇儒府折冲荥阳郑府君(仁颖)墓志铭并序》一篇,《全唐文补遗》(第六辑)补《大唐故江州都昌县令荥阳郑府君(承光)墓志铭并序》一篇,共计三篇。

## |八月|

**己巳,降都城囚罪、天下死罪、岭南边州流人,徒以下原之,有《录囚制》。**

《新唐书·玄宗纪》:“(开元十五年七月)己亥,降都城囚罪,徒以下原之。八月,涧谷溢,毁渑池县。己巳,降天下死罪、岭南边州流人,徒以下原之。”《旧唐书·玄宗纪上》亦载。《册府元龟》卷八五(《全唐文》卷二二)载此制。

**下《南路幸长安制》。**

《唐大诏令集》卷七九载此制,系开元十五年八月,《全唐文》卷二二题为《改道幸长安制》。

**比部郎中郑绩卒,年五十六。藏书一万卷,有集五十卷,又撰《拓州记》一卷、《新文类聚》一百五十卷、《甲子纪》七十篇、《古今录》二百卷,贺知章为撰墓志铭并序。**

《全唐文补遗》(第一辑)载一九八八年西安灞桥区出土的贺知章《大唐故中散大夫比部郎中郑府君墓志铭并序》:“君讳绩,字其凝,荥阳开封人。……充吐蕃分界使,因撰《拓州记》一卷。……征秘书郎,深惬素意。由是讨论七阁,综核九流，或繁失旨要，或缺遗条品，乃著《新文类聚》一百五十卷，依《春秋》作《甲子纪》七十篇。除太子司议郎，请加储后元服。朝廷美焉，所奏编于国史。加朝散大夫，册勋上柱国，拜尚书职方员外郎，暨掌地图，撰《古今录》二百卷。凡所著书，皆宪章遂古，贻范后昆，迁比部郎中。……重以有书一万卷藏于家，有集五十卷传于代。……春秋五十六，以开元十五年龙集丁卯八月辛丑终于私第。”

## |闰九月|

**王君㚟用兵于吐蕃败亡，张说撰《进嶲州斗羊表》以申讽喻，唐玄宗深悟其意，但玄宗此时自恃强大，益事边功。君㚟死后，以左金吾卫大将军信安王祎为朔方节度等副大使，以朔方节度使萧嵩为河西节度等副大使，萧嵩任用裴宽、牛仙客、张守珪等名将。**

《旧唐书·张说传》：“及瓜州失守，王君㚟死，说因获嶲州斗羊，上表献之，以申讽喻。”《张说之文集》卷二七载此文。《资治通鉴》卷二一三详述王君㚟之败亡经过，并于本年闰九月载其为回纥护输伏杀：“君㚟帅左右数十人力战，自朝至晡，左右尽死。护输杀君㚟，载其尸奔吐蕃；凉州兵追及之，护输弃尸而走。”其实，此前张说就曾劝玄宗谨慎用兵。“张说言于上曰：‘吐蕃无礼，诚宜诛夷，但连兵十余年，甘、凉、河、鄯，不胜其弊，虽师屡捷，所得不偿所亡。闻其悔过求和，愿听其款服，以纾边人。’上曰：‘俟吾与王君㚟议之。’说退，谓源乾曜曰：‘君㚟勇而无谋，常思侥幸，若二国和亲，何以为功！吾言必不用矣。’”

## |十二月|

**戊寅，以吐蕃为边患，下《命备吐蕃制》。**

事见《资治通鉴》卷二一三。《全唐文》卷二三载此制，《册府元龟》卷九九二亦载。

## |本 年|

**本年七月苏颋卒前，张绍宗卒，著《蓬山事苑》三十卷。苏颋为集序，韦述为撰神道碑。**

《古刻丛抄》乾符六年《唐故宣义郎侍御史内供奉知盐铁嘉兴监事张府君墓志铭》："高祖绍宗，皇邵州武岗令，赠宜春郡太守，博学工书，著《蓬山事苑》三十卷行于世。苏许公（颋）为之制集序，韦侍郎述撰神道碑。宜春生盛王府司马、翰林集贤两院侍书侍读学士讳怀瓌，有文学，尤善草隶书，与兄怀瓘同时著名。"苏颋卒于本年，故系于此。张绍宗为张怀瓘、张怀瓌之父。

**张怀瓘作《书断》三卷成，时吏部侍郎苏晋、兵部员外郎王翰俱为词场雄伯，欲作《书赋》，历旬不就。**

《法书要录》卷九张怀瓘《书断》卷下："开元甲子岁，广陵卧疾，始草创焉。……岁洎丁卯，荐笔削焉。"甲子，开元十二年。同书卷四张怀瓘《文字论》："时有吏部苏侍郎晋、兵部王员外翰，俱朝端英秀，词场雄伯，谓仆曰：'……今拟讨论之，欲造《书赋》，兼与公作《书断》后序。'……别经旬月，后见，乃有愧色曰：'书道亦太玄妙，翰与苏侍郎初并忽之，以为赋不足言者，今始知其极难下语。……虽沉思多日，言不尽意，意不能成。'"

**张九龄在洪州刺史任上撰《后汉征君徐君碣铭并序》《故安南副都护毕公墓志铭并序》《祭故李常侍文》。**

《曲江集》卷二〇《后汉征君徐君碣铭并序》："后汉高士徐君，讳稺，字孺子，南昌人也。……皇唐开元十五年，予忝牧兹郡，风流是仰，在悬榻之后，想见其人。有表墓之仪，岂孤此地。则先生之德，其可没乎？"《曲江集》卷一八《故安南副都护毕公墓志铭并序》："公讳某，字某，东平人。……授梧州录事参军……岁满，授广州浈阳令。……寻转韶州司马……岭南按察使广州都督兼御史大夫萧瓘……拔补按察判官……敕授新州刺史……后按察使广平郡宋璟以公为五府总管……广平公深以为能，奏假恩州刺史，俄又真授夷落太守，寻加朝散大夫，迁端州刺史。……加秩中散大夫，拜安南副都护。到官未几，暗忽遂殂，时年六十。某月日庚子，归葬于某山原。”何格恩《张曲江诗文事迹编年考》认为毕公即毕守恭，李邕撰有《端州石室记》（见开元十四年李邕条），略叙其游览之事。墓志应为毕守恭卒后九龄受其家人所托而撰。《曲江集》卷一七《祭故李常侍文》：“维年月朔日，中散大夫洪州都督张某，谨遣仓曹参军李某，以脯醢之奠，敬祭于故宋国公之灵。”李常侍即唐开国元勋李靖之侄孙李令问，《旧唐书·李靖传》：“靖弟客师……客师孙令问。玄宗在藩时，与令问款狎，及即位，以协赞功累迁至殿中少监，先天中，预诛窦怀贞等功，封宋国公。……开元中，转殿中监左散骑常侍，知尚食事。……十五年……左授抚州别驾，寻卒。”《资治通鉴》卷二一三：“（开元十五年九月）己卯，贬右散骑常侍李令问为抚州别驾，坐其子与承宗交游故也。”

**李白二十七岁，始居安陆，隐于寿山，《代寿山答孟少府移文书》疑作于本年前后**。

《李白集校注》卷二六《代寿山答孟少府移文书》：“无名为天地之始，有名为万物之母。假令登封禋祀，曷足以大道讥耶？然能损人费物，庖杀致祭，暴殄草木，镌刻金石。使载图典，亦未足为贵乎！且达人庄生常有余论，以为尺鷃不羡于鹏鸟，秋毫可并于太山。由斯而谈，何小大之殊也？……近者逸人李白自峨眉而来，尔其天为容，道为貌，不屈己，不干人，巢由以来，一人而已。乃虬蟠龟息，遁乎此山。仆尝弄之以绿绮，卧之以碧云，嗽之以琼液，饵之以金砂。既而童颜益春，真气愈茂。将欲倚剑天外，挂弓扶桑，浮四海，横八荒，出宇宙之辽阔，登云天之渺茫。俄而李公仰天长吁，谓其友人曰：吾未可去也。吾与尔达则兼济天下，穷则独善一身，安能餐君紫霞，映君青松，乘君鸾鹤，驾君虬龙，一朝飞腾，为方丈蓬莱之人耳？此则未可也。乃相与卷其丹书，匣其瑶瑟，申管晏之谈，谋帝王之术，奋其智能，愿为辅弼。使寰区大定，海县清一，事君之道成，荣亲之义毕。然后与陶朱留侯，浮五湖，戏沧洲，不足为难矣。”《李白集校注》卷二六《上安州裴长史书》云：“五岁诵六甲，十岁观百家，常横经枕籍，制作不倦，迄于今三十春矣。……而许相公家见招，妻以孙女，憩迹于此，至移三霜焉。”李白生于长安元年，三十岁时已居安州三载，故知李白与许圉师孙女成婚，始居安州，当在其二十七岁，亦即开元十五年之际。寿山在德安府安陆县西北六十里，唐安陆隶属于淮南道。唐人多先隐后世，借着隐居，获得美名，达到出世的目的，且《书》中云“乃虬蟠龟息，遁乎此山”，推知此《书》作于李白初隐安陆之际，唯作年难确考，姑系于此。另李白于《书》中云“仆尝弄之以绿绮，卧之以碧云，嗽之以琼液，饵之以金砂。既而童颜益春，真气愈茂”，此乃道家养生之术，亦可为李白深受道家思想影响之明证。

**顾况生**。

顾况（727？—816？），字逋翁，润州丹阳（江苏苏州）人。至德二年登进士第，善与文人交游，性诙谐放任，好佛老，善山水画。贞元四年迁秘书省著作佐郎，贞元后期游湖州、宣州、扬州、温州等地。撰有《文论》及集序数篇，主政教说。白居易、皇甫湜为况所推知，为一时文坛领袖。《新唐书·艺文志四》著录《顾况集》二十卷、《直斋书录解题》著录五卷，现存《华阳集》三卷。《全唐文》卷五二八至五三〇录其文三卷。《旧唐书·李泌传》附传，另见《唐才子传校笺》卷三。《全唐文》卷六八六载皇甫湜《唐故著作左郎顾况集序》。

## 唐玄宗开元十六年

戊辰　七二八

### 正月

**甲寅，以魏州刺史宇文融为户部侍郎兼魏州刺史，充河北道宣抚使。丙寅，宇文融为检校汴州刺史，充河南北沟渠堤堰决九河使**。

事见《资治通鉴》卷二一三。

**唐玄宗本年四十四岁，十四日，下《册疏勒国王裴安定文》**。

《全唐文》卷三九载此册文，云：“维开元十六年，岁次戊辰，正月戊戌朔十四日辛亥，皇帝若曰……”《唐大诏令集》卷一二九题为《册疏勒国王文》：“惟开元十年，岁次戊辰，正月戊戌朔十四日辛亥，皇帝若曰……”“开元十”下漏“六”字。《册府元龟》卷九六四亦系于开元十六年正月。

**庚申，兴庆宫成，唐玄宗下《兴庆宫成御朝德音》。**

《唐大诏令集》卷一〇八载此德音，系开元十六年正月，《册府元龟》卷一四七系开元十六年正月庚申，《全唐文》卷三七题为《营兴庆宫德音》。

## | 二 月 |

**壬申，以尚书右丞相致仕张说兼集贤殿学士。说虽罢政事，专文史之任，朝廷每有大事，上常遣中使访之。胡三省注曰："史言张说宠顾不衰。"**

事见《资治通鉴》卷二一三。

## | 三 月 |

**丁未，唐玄宗下《令陇右河西备边制》。**

《全唐文》卷二三载此制。《册府元龟》卷九九二亦载之，并云"十六年三月丁未制曰"。

## | 春 |

**虞咸、贺兰进明等二十人登进士第，考功员外郎严挺之知贡举。**

见《登科记考补正》卷七本年条。

贺兰进明，生卒年不详，历仕殿中侍御史并内供奉、主客员外郎、尚书郎；安史乱起，徙为北海太守。至德二载，进谗房琯，授御史大夫、河南节度使，乱军围困睢阳，不肯出兵相救。进明能文，"好古博达，经籍满腹，其所著述一百余篇，颇究天人之际"（殷璠《河岳英灵集》），亦能诗，作品多佚。《全唐文》卷三四六录其文二篇。《旧唐书》有传。另见《唐才子传校笺》卷二、《唐诗纪事》卷一七。

## 五月

**赐诸王“二王”真迹及张芝、张昶等古迹。**

《唐会要》卷三五《书法》:“(开元)十六年五月,内出‘二王’真迹及张芝、张昶等古迹,总一百六十卷,付集贤院依文榻四本进内,分赐诸王。”

**唐玄宗撰《喜雨赋》,张说、韩休、徐安贞、李宙、贾登撰《奉和圣制喜雨赋》。**

《全唐文》卷二〇唐玄宗《喜雨赋》:“恐岁凶之及人,宁天谴于我身。……重泉蒸润,触石吐滋,平云黯而铺幕,密雨森其散丝。”《玉海》卷三一《唐玄宗喜雨赋》载:“张说等和者五人。……贾登赋十有六年。”李宙、徐安贞、贾登、韩休、张说五人之赋当为和玄宗赋而作。《全唐文》卷四〇〇贾登《奉和圣制喜雨赋》:“十有六年,以至今载,旬有一雨,不愆乎晦。所谓元化之功,行于太平之代。”李宙《奉和圣制喜雨赋》:“既五月兮生一阴,犹不雨兮思作霖。”《贾赋》云“十有六年”,《李赋》云“既五月兮生一阴”,故知《奉和圣制喜雨赋》当作于开元十六年五月。贾登(生卒年不详),开元时官中书舍人,《全唐文》卷四〇〇收其文四篇,《全唐文补遗》(第一辑)补《唐故尚书右丞相赠荆州大都督始兴公(张九龄)阴堂志铭并序》。李宙(生卒年不详),开元朝登进士第,官殿中侍御史内供奉,《全唐文》卷三九七收其文两篇,《全唐文补遗》(千唐志斋新藏专辑)补《大唐德州安陵县尉陆光庭妻吴郡朱夫人(淑)墓志》一篇,《全唐文补编》卷三五补《授裴耀卿侍中张九龄中书令李林甫礼部尚书制》一篇,共计四篇。

**徐浩奉和应制《喜雨赋》《五色鸽赋》,为张说赏重,被称为“后进之英”。**

《全唐文》卷四四五张式《大唐故银青光禄大夫彭王傅上柱国会稽郡开国公赠太子少师东海徐公神道碑铭》:“年十五究经术,首科升第,始擢汝州鲁山主簿,□□□卑,时论称之。无何诏征,俾□□贤院。大学士燕国公(张)说,文之沧溟,间代宗师,尝览公应制《喜雨赋》及《五色鸽赋》兼和制等诗,曰:‘后进之英,今知所在。’赏叹不足。□为上闻,赐帛出于中禁,依声播于乐府。”按:徐浩所作《奉和喜雨赋》应与前文张说等作于同时。《旧唐书·徐浩传》:“以文学为张说所器重，调授鲁山主簿。说荐为集贤校理，三迁右拾遗，仍为校理。”

## 六月

**唐玄宗下《饬州县承敕宣示百姓诏》。**

《全唐文》卷三〇载此诏，《唐大诏令集》卷一一〇题为《令州县以制敕告示百姓敕》，系开元十六年六月。

## 七月

**吐蕃寇瓜州，张守珪击破之。唐玄宗下《讨吐蕃制》，检校兵部尚书萧嵩、鄯州都督张志亮攻拔吐蕃门城，斩获数千级，收其资畜而还。**

事见《旧唐书·玄宗纪上》。《全唐文》卷二三载此制。

**孙逖本年三十三岁，在太原李暠幕撰《伯乐川记》。**

《全唐文》卷三一二《伯乐川记》：“戊辰岁秋七月，公以疆场之事，会幽州长史李公于伯乐川。……诗曰：‘维其有之，是以似之。’其二公之谓矣。不书所会，将何述焉？扬厥美于万斯年，俾夫来世知二公相见在此川也。”《旧唐书·孙逖传》：“黄门侍郎李暠出镇太原，辟为从事。暠在镇，与蒲州刺史李尚隐游于伯乐川，逖为之记，文士盛称之。”颜真卿《尚书刑部侍郎赠尚书右仆射孙逖文公集序》赞孙逖《伯乐川记》“卓立千古，传于域中”。《记》云“戊辰岁秋七月”，戊辰岁即开元十六年。

## 八月

**张说本年六十二岁，上表僧一行所修《开元大衍历》，并作《大衍历序》《贺大衍历表》与《开元正历握乾符颂》三文。张九龄本年五十一岁，洪州刺史任上，撰《开元正历握乾符颂并序》。**

《张说之文集》卷二八《大衍历序》:“十有三祀,诏沙门一行,上本轩、项、夏、殷、周、鲁五王一侯之遗式,下集太初至于麟德二十三家之众议,比其异同,课其疏密,或前疑而后定,或始会而终乖。振古未探之象,必发挥于神算;大钧不测之气,尽觌缕于天聪。乃更审日晷之短长,核星闲之广狭,绳九道之朓朒,纠五精之进退。参大衍天地之数,综八卦六爻之序,一辙于文王也;核春秋交蚀之辰,研九畴五纪之奥,同符于孔子也。杼轴万象,优游四载,奏章朝竟,一公夕落。臣说奉诏金门,成书册府,先有理历陈景,善算赵昇,首尾参元之言,接承转筹之意,因而缉合编次,勒成一部,名曰《开元大衍历》。……谨以十六年八月端五,赤光照室之夜,皇雄成纪之辰,当一元之出符,献万寿之新历。”《旧唐书·玄宗纪上》:“(开元十六年八月己巳)特进张说进《开元大衍历》,诏命有司颁行之。”《张说之文集》卷一一、卷一五载《开元正历握乾符颂》《贺大衍历表》。《曲江集》卷一《开元正历握乾符颂并序》:“臣伏见景寅制书,以开元历握乾符垂示天下,幸甚!……敢献颂曰:于皇惟后,受命于天。时来于今,兆是厥先。既定乃日,允叶斯年。赫赫光明,应于上玄。”

## |九月|

**丙午,唐玄宗下《久雨赦宥诏》。**

《全唐文》卷三〇载此诏,《册府元龟》卷一四四系开元十六年九月丙午。

## |十月|

**张说奉敕撰《右羽林大将军王公神道碑奉敕撰》《唐故夏州都督太原王公神道碑》,二王公分别为名将王君㚟、王方翼。**

《张说之文集》卷一七《右羽林大将军、王公神道碑奉敕撰》:“大唐开元十五年闰九月二十三日庚申,右羽林大将军、持节河西陇右两道节度使、营田九姓转运十副大使,兼赤水大使、专知节度事、摄御史中丞、判凉州都督、上柱国、晋昌伯薨……以十六年十月,诏葬于万年县。”参见上年闰九月条。王君㚟,瓜州常乐(今甘肃玉门)人。与郭知运均为唐玄宗朝西陲勇将,时人称王、郭。张说碑文云:“公未登一命,事主将之旌麾;不出十年,代总戎之节钺。慷慨之士,以为美谈。"但其对这位恃勇冒进、贪图边功的王君㚟有所讽刺:"当斯时也,踌躇攘袂,三垂可以气压,百蛮可以力制。即叙者,老生之常谈;和亲者,竖儒之怯计。安足为神武非常之主道哉!誓请先拔犬戎,次系玁狁,尽区域于西海,辟郡县于北荒,辉皇灵于天外,图壮节于云阁。其事如果,旷古未俦。惟君知臣,保斯言之可复;何神与善?负厥志而无成。"《张说之文集》卷一六《唐故夏州都督太原王公神道碑》记述王方翼生平事略。王方翼(625? — 687),字仲翔,并州祁县人,初唐名将。永淳初年,西突厥阿史那车薄带兵围困弓月城,王方翼率军与之在伊犁交战,大获全胜。敌军援至,又在热海交战,杀敌七千,擒首领三百人,西域震服。《金石录》卷六:"第一千二十四唐王方翼碑,张说撰,陆坚八分书,开元十六年十月。"

## |十一月|

**甲辰,驰陂泽禁,下《驰陂泽入官诏》。**

事见《新唐书·玄宗纪》。《全唐文》卷三〇载此诏。

**癸巳,以河西节度副大使萧嵩为兵部尚书、同平章事。**

事见《资治通鉴》卷二一三、新旧《唐书·玄宗纪》。按:萧嵩以大败吐蕃故拜相。

## |十二月|

**长征兵无有还期,人情难堪,唐玄宗下《放诸军兵募更番洗沐诏》,分五番,岁遣一番还家洗沐,五年酬勋五转。**

事见《资治通鉴》卷二一三。《全唐文》卷三〇载此诏。

**唐玄宗下《处分朝集使敕》,敕令针对"攘窃者或有犯禁,逋亡者罕闻复业"的现象加以治理。**

《唐大诏令集》卷一〇四载此敕。《全唐文》卷二五四载此文于苏颋名下，误，因苏颋已于开元十五年七月卒。

**国子祭酒杨玚奏请习《左传》，优奖通《周》《仪礼》《公羊》《谷梁》者。**

《登科记考补正》卷七："（开元十六年）十二月二十四日，国子祭酒杨玚奏：'窃见今之举明经者，主司不详其述作之意，曲求其文句之难。每至帖试，必取年头月尾，孤经绝句。且今之明经，习《左传》者十无二三，若此久行，臣恐《左氏》之学废无日矣。臣望请自今以后考试者，尽帖平文，以存大典。又《周礼》《仪礼》及《公羊》《谷梁》，殆将废绝。若无甄异，恐后代便弃。望请能通《周（礼）》《仪礼》《公羊》《谷梁》者，亦量加优奖。'于是下制，明经习《左氏》及通《周礼》等四经者出身，免任散官。遂著于式。"《唐会要》卷七五《贡举上·明经》："开元十六年十二月，国子祭酒杨玚奏：'今之明经，习《左氏》者十无一二，恐《左氏》之学废。又《周礼》《仪礼》《公羊》《谷梁》，亦请量加优奖。'遂下制：明经习《左氏》，及通《周礼》等四经者，出身免任散官。至贞元元年五月二日敕，自今以后，明经习《礼记》及三传者，许冬集。"杨玚此文为《请定帖经奏》，载于《全唐文》卷二九八。杨玚，华州华阴（今属陕西华阴）人。历任侍御史、户部侍郎、国子祭酒、大理卿、左散骑常侍，卒年六十八，赠户部尚书，谥曰贞。《新唐书》有传。

## 本年

**武平一为徐峤之、徐浩父子作《徐氏法书记》。**

《法书要录》卷三武平一《徐氏法书记》："豫州刺史东海公峤之……人称草圣，季子浩，并有羲、献之妙，待诏金门，家多法书，见托斯题。"郁贤皓《唐刺史考》考徐峤之本年在豫州刺史任。

**张说、徐坚同在集贤院，评论众珠英学士及后进之文。**

《大唐新语·文章》载张说、徐坚共评当代文人之事："张说、徐坚同为集贤学士十余年，好尚颇同，情契相得。时诸学士凋落者众，唯说、坚二人存焉。说手疏诸人名，与坚同观之。坚谓说曰：‘诸公昔年皆擅一时之美，敢问孰为先后？’说曰：‘李峤、崔融、薛稷、宋之问之文，皆如良金美玉，无施不可。富嘉谟之文，如孤峰绝岸，壁立万仞，丛云郁兴，震雷俱发，诚可畏乎！若施之廊庙，则为骇矣。阎朝隐之文，则如丽色靓妆，衣之绮绣，燕歌赵舞，观者忘忧。然类之风雅，则为俳矣。’坚又曰：‘今之后进，文词孰贤？’说曰：‘韩休之文，有如太羹玄酒，虽雅有典则，而薄于滋味。许景先之文，有如丰肌腻体，虽秾华可爱，而乏风骨。张九龄之文，如轻缣素练，虽济时适用，而窘于边幅。王翰之文，有如琼林玉斝，虽烂然可珍，而多有玷缺。若能箴其所阙，济其所长，亦一时之秀也。’”这是张说一段非常重要的文学评论，《旧唐书·杨炯传》叙述大体相同。开元十三年（725）唐玄宗改丽正殿书院为集贤殿书院，张说已五十九岁，他于开元十八年过世，这段所云“张说、徐坚同为集贤学士十余年”，应是从开元五年算起，到开元十六、十七年，张说为学士、知院事，徐坚是他的副手，徐坚于开元十七年五月卒，二人讨论应在此之前，前后十余年。

张、徐二人是因伤叹诸珠英学士、修文馆学士亡殁殆尽而引发出这段重要的评论的。大体上，这段文字可以分三个部分。第一，李峤（644—713）、崔融（653—706）、薛稷（649—713）、宋之问（656？—712？）是稍前于张说的文坛宿老，皆以写宫廷诗闻名，张说给予他们非常高的评价，“如良金美玉，无施不可”，云其没有瑕疵，大力褒扬前辈文士。李峤三度为相，诗文兼擅，乃是张说之前的文坛领袖，并曾领修《三教珠英》，张说《五君咏·李赵公峤》诗云“李公实神敏，才华乃天授。……新诗冠宇宙”，盛赞李峤之诗为天下第一；《祭崔侍郎文》中称赞崔融：“位以行成，名以才起，束带立朝，惟国之俊。抑扬吐纳，金声玉振，器不滞方，神无留韵。”其为文华婉典丽，朝廷大手笔多出其手。《崔司业挽歌二首》其一亦赞云：“海岱英灵气，胶庠礼乐资。风流满天下，人物擅京师。疾起扬雄赋，魂游谢客诗。从今好文主，遗恨不同时。”薛稷是魏徵的外甥，著名的书画家，其实并不以文闻名，大概因属于年辈较高、“首膺其选”的珠英学士，且与张说为故交，故列于此。有“夺袍”之荣的宋之问，更是以文词知名。此四人，张说只是从整体上给予褒誉，并未展开评述，也未指出其不足。第二，张说评价了富嘉谟、阎朝隐。《旧唐书·富嘉谟传》：“先是，文士撰碑颂，皆以徐、庾为宗，气调渐劣。嘉谟与少微属词，皆以经典为本，时人钦慕之，文体一变，称为富吴体。”“富吴体”是唐代古文运动前最早出现的新型散文体式，开唐代古文运动之端绪。富嘉谟和吴少微二人反对六朝骈文“纤靡淫丽”的陈腐气，文风“雅厚雄迈”，令人耳目一新，他们“以经典为本”的创作特色，对后来的古文运动影响至深。张说肯定其文风气象卓异宏大,有气魄、有气势,具有较强的艺术感染力。这是未来文风的发展方向,张说给予充分肯定,但同时指出若施之于廊庙之上不合适,因为宫廷中更需要得“中和之气”的作品,以适应粉饰太平的功用。至于阎朝隐,《旧唐书·阎朝隐传》称阎文“善构奇,甚为时人所赏”,但“无《风》《雅》之体”。张说称其文章艳丽绮绣,如美女歌舞,使“观者忘忧”,然缺乏美刺,不合乎风雅,形同俳优,供人娱乐遣兴,从总体上是持否定态度的。第三,韩休、许景先、张九龄、王翰四人是当时的文学后进。韩休早有词学,为人方直,比如他为虢州刺史时,《旧唐书·韩休传》:“时虢州以地在两京之间,驾在京及东都,并为近州,常被支税草以纳闲厩。休奏请均配余州,中书令张说驳之曰:‘若独免虢州,即当移向他郡,牧守欲为私惠,国体固不可依。’又下符不许之。休复将执奏,僚吏曰:‘更奏必忤执政之意。’休曰:‘为刺史不能救百姓之弊,何以为政!必以忤上得罪,所甘心也。’竟执奏获免。”虢州百姓负担过重,要供应两京,韩休为民生疾苦执意上奏,不怕乖违当时的执政张说,个性可见一斑。张说不计前嫌,评其为文严正典雅,谨守法度。许景先、张九龄、王翰都属于张说延纳的后进。许景先为文细腻艳丽,很符合当时台阁创作风气,为一时之秀,中宗时他曾献《大像阁赋》,“词甚美丽”。但张说也批评他缺乏骨气,缺乏壮阔的气势,而这正是张说大力提倡的。《旧唐书·许景先传》:“自开元初,景先与中书舍人齐澣、王丘、韩休、张九龄掌知制诰,以文翰见称。中书令张说尝称曰:‘许舍人之文,虽无峻峰激流崭绝之势,然属词丰美,得中和之气,亦一时之秀也。’”“中和”这个概念,来自《礼记·中庸》,强调和谐。后来,刘勰、钟嵘借用这种中国传统文化特有的中和之美思想比喻文质关系,张说在这里称许文具有中和之气,是持肯定态度的。张九龄为张说所赏识,张说曾赞美他为“后来词人称首也”(《旧唐书·张九龄传》),其诗文均取得较高的成就,他和张说一起引导盛唐文学的到来。张说对其期望值很高,批评其文太过务实,境界不够阔大,可谓切中肯綮。王翰也是一位与张说仕宦共进退的文学才士,“少豪荡,恃才不羁。喜纵酒,枥多名马,家蓄妓乐。翰发言立意,自比王侯”(《唐才子传》卷一),颇有盛唐人之行止。前人对其诗歌成就评价较高,《凉州词》被评为唐人七绝压卷之作,张说评其文词采斑斓,但仍存在不少缺点。最后,张说希望他们四个能“箴其所阙,济其所长”,朝着文质彬彬的方向发展,达到尽善尽美。张说从文辞、风骨、滋味等方面对这十位作家逐一进行评论,以通达的态度肯定其优长,却又中肯地指出了后六位文士的不足之处,颇能显出文坛领袖特有的风范。

**孙逖《太子舍人王公墓志铭》疑作于本年。**

《全唐文》卷三一三《太子舍人王公墓志铭》:"公讳无竞……神龙初,坐以尝诋权幸,贬于岭外,终于广州,春秋五十四。……嗣子某,虔卜远日,奉成先志,以开元十六年某月某日,徙殡于馆陶,归葬于东莱之旧茔。"王无竞约卒于唐中宗神龙元年或稍后数年,开元十六年归葬东莱旧茔。墓志铭一般作于下葬前,以一般情况而言,《太子舍人王公墓志铭》当作于开元十六年王无竞归葬前,唯作年作月难确考,姑系于此。

**本年左右,权若讷卒,权皋辑其遗文三十卷,亡佚,权德舆复为编集十卷,为之序。**

《全唐文》卷四九三权德舆《唐故通议大夫梓州诸军事梓州刺史上柱国权公文集序》:"公讳若讷,字某,天水略阳人。其先武丁生子,手文命氏,在殷周间,为诸侯国。楚灭秦迁,始居汧陇,甘泉安邱之明德,宜昌鄘城之勋力,胙土启封,三叶弥大。以至平凉公文,诞生滑州匡城县令崇本,即匡城府君第二子。纯嘏粹气,积为清和,文谊内富,英华外发。弱冠与伯氏无侍、叔氏同光同游太学,连登上第,由是士林风动,一时向慕,言文章者,实归公门。永徽、开耀之后,以人文求士应诏,累践甲科,极天人之际,陈教理之本,坚疏古义,纳忠本朝。自晋州霍邑县尉四迁至咸阳尉,由右补阙拜起居郎。在中宗时,尝以禁中书籍编脱缪,诏朝廷文学大官十人绪正之,而公以秩卑名重,特居其选。……公曰:'此君命也,又何私焉?'比及已事,彼皆转职,独用砥矢之道,不得居中,出为蜀州司马,改梓州长史彭州别驾。吾道一贯,虚舟其心,士师之退黜恬然,海沂之咏歌日茂。拜歙州刺史,迁桂州都督梓州刺史,用中和清净之政,化悍戾剽轻之俗,三郡蔼然,有邹鲁之风。方谓入掌典谟训诰之文,外当十联九牧之寄,寿违其量,自古同悲。以某年月日,奄捐馆舍,享年若干。……公殁后二十余年,德舆先人筮仕河朔,始类公之文章为三十卷,成都府君、长安府君各二十卷,未遑序引,遇幽陵兵乱,故其篇皆亡。德舆既龀而孤,莫知世德,逮志学之岁,距公之下世,年逾四纪。咨谋于诸父兄,故德善行义,不得其详。至大历末,方获其文百余篇,其学富,其才雄。有贾生之正,相如之丽。大抵以彩错峻拔,使善否章明为主。至于吻机楗于动用以□其情,则《栖隐赋》《归山赋》体物比事;极风人之丽则,则《喜雨赋》《悲秋赋》;俶傥闳达,以文艺自任,则《诣乐城公奏记》《上吏部裴李二侍郎书》;叙家风世德,以识幽壤,则《司田大夫水部员外二世父墓志》;记时贤循吏,绩用行实,则《刘冯翊碑》《梁万年郑拾遗志铭》;缘情遣词,写境物而谐律吕,则《寄蜀中旧游诗》《蜀国吟》《拟古横吹曲》。其余表、笺、启、铭、赞、序、述,合而类之,列为十卷。盖于公述作,三之一也,幸而异日尽获公之遗文,则当求主文者为之序录。"系年据《唐五代文学编年史》,页六三九。

## 唐玄宗开元十七年

己巳　七二九

### 二月

**庚子,特进张说复为尚书右丞相,张说本年六十三岁,撰《让右丞相表》。**

《旧唐书·玄宗纪上》:"(开元十七年二月)庚子,特进张说复为尚书左丞相。""左"当为"右"之误。《张说之文集》卷三〇载《让右丞相表》。

### 三月

**丙辰,国子祭酒杨玚上《谏限约明经进士疏》,言任官与科举弊端,唐玄宗甚然之。**

《资治通鉴》卷二一三:"(开元十七年三月)丙辰,国子祭酒杨玚上言以为:'省司奏限天下明经、进士及第,每年不过百人。窃见流外出身,每岁二千余人,而明经、进士不能居其什一,则是服勤道业之士不如胥吏之得仕也。臣恐儒风浸坠,廉耻日衰。若以出身人太多,则应诸色裁损,不应独抑明经、进士也。'又奏:'诸司帖试明经,不务求述作大指,专取难知,问以孤经绝句或年月日,请自今并帖平文。'"《全唐文》卷二九八载此文。《唐会要》卷七五《帖经条例》:"十七年三月,国子祭酒杨玚上言曰:'伏闻承前之例,每年应举,常有千数,及第两监,不过一二十人。臣恐三千学徒,虚废官廪,两监博士,滥縻天禄。臣窃见入仕诸色出身,每岁向二千余人,方于明经进士,多十余倍。自然服勤道业之士,不及胥吏,以之效官,岂识先王之礼义?陛下设学校,务以劝进之;有司为限约,务以黜退之。臣之微诚，实所未晓。今监司课试，已退其八九；考功及第，十又不收一二。若长以此为限，恐儒风渐坠，小道将兴。若以出身人多，应须诸色都减，岂在独抑明经进士也？'"又载："十六年十二月，国子祭酒杨玚奏：'今之举明经者，主司不详其述作之意，每至帖试，必取年头月尾，孤经绝句。自今以后，考试者尽帖平文，以存大典。'"《资治通鉴》《唐会要》系本事于开元十七年三月，《唐会要》他条又系本事于开元十六年十二月，今从前二者，系于开元十七年三月。

**瓜州都督张守珪、沙州刺史贾师顺大破吐蕃大同军。甲寅，朔方节度使信安王祎攻拔吐蕃石堡城。唐玄宗本年四十五岁，闻此大悦，命石堡城曰振武军。**

事见《资治通鉴》卷二一三。

## | 春 |

**王正卿、樊系、蒋日用等二十六人登进士第，考功员外郎赵不为知贡举。**

见《登科记考补正》卷七本年条。另，《全唐文补编》卷三二《溧阳县城隍庙记》，署名为蒋日用，小传曰："玄宗开元十七年为国子进士。"

## | 五 月 |

**癸巳，徐坚卒，有集三十卷。张九龄本年五十二岁，任洪州刺史，《大唐故光禄大夫右散骑常侍集贤院学士赠太子少保东海徐文公神道碑铭并序》撰于本年五月后。**

《旧唐书·玄宗纪上》："（开元十七年）五月癸巳……左散骑常侍徐坚卒。"《旧唐书·徐坚传》："坚多识典故，前后修撰格式、氏族及国史等，凡七入书府，时论美之。十七年卒，年七十余。"徐坚（661—729），字元固，湖州长城（今浙江长兴）人。少好学，博览经史，举进士，累授太子文学，与李峤、张说、宋之问、徐彦伯、刘知幾等预修《三教珠英》。后转礼部侍郎兼修文馆学士、崇文馆学士，进封东海郡公。开元中，为秘书监，转国子祭酒，右散骑常侍，集贤院学士、副知事。开元十七年卒,赠太子少保,谥曰文。生平事迹见张九龄《大唐故光禄大夫右散骑常侍集贤院学士赠太子少保东海徐文公神道碑》,及《旧唐书》卷一〇二、《新唐书》卷一九九本传。《新唐书·艺文志四》:"《徐坚集》三十卷。"曾注《史记》,修《晋书》、撰《大隐传》、续《文选》、纂《初学记》,并有文集三十卷,然大多散佚,惟《初学记》三十卷流传至今。《全唐文》卷二七二存文六篇,《唐文拾遗》卷一七补一篇,共计七篇。《曲江集》卷一九《大唐故光禄大夫右散骑常侍集贤院学士赠太子少保东海徐文公神道碑铭并序》:"以开元十七年龙集己巳五月丁酉,薨于长安颁政里之私第。……其年冬甲子与夫人故南阳郡夫人合葬于万年县之少陵原先茔,礼也。……盖尝注《礼记》,修《晋书》《续文选》《大隐传》,及有文集三十卷,皆资于故实,博于遗训,古今通变,河汉共高,或藏名山,或升天府,亹亹然各得其所。"张说亦撰有《右常侍集贤院学士徐公挽歌二首》。

## |六 月|

**杜暹、李元纮不叶,故同罢相,唐玄宗下《罢杜暹李元纮平章事制》。源乾曜亦罢侍中,止为左丞相,有《停源乾曜侍中制》。宇文融为黄门侍郎,裴光庭为中书侍郎,并同平章事。萧嵩兼中书令,仍遥领河西。萧嵩成为自张说开元十四年四月罢中书令后三年多来的首位中书令。宇文融好自矜伐,为相百日即被贬,有《贬宇文融汝州刺史制》。宇文融成为日后以财利取贵仕之祖。**

《资治通鉴》卷二一三:"初,张说、张嘉贞、李元纮、杜暹相继为相用事,源乾曜以清谨自守,常让事于说等,唯诺署名而已。元纮、暹议事多异同,遂有隙,更相奏列。上不悦,六月,甲戌,贬黄门侍郎、同平章事杜暹荆州长史,中书侍郎、同平章事李元纮曹州刺史,罢乾曜兼侍中,止为左丞相;以户部侍郎宇文融为黄门侍郎,兵部侍郎裴光庭为中书侍郎,并同平章事;萧嵩兼中书令,遥领河西。"又载:"宇文融性精敏,应对辩给,以治财赋得幸于上,始广置诸使,竞为聚敛,由是百官浸失其职而上心益侈,百姓皆怨苦之。为人疏躁多言,好自矜伐,在相位,谓人曰:'使吾居此数月,则海内无事矣。'信安王祎以军功有宠于上,融疾之。祎入朝,融使御史李寅弹之,泄于所亲。祎闻之,先以白上。明日,寅奏果入,上怒,九月,壬子,融坐贬汝州刺史,凡为相百日而罢。是后言财利以取贵仕者,皆祖于融。""宇文融既得罪,国用不足,上复思之,谓裴光庭曰:'卿等皆言融之恶,朕既黜之矣,今国用不足,将若之何!卿等何以佐朕?'"《旧唐书·玄宗纪上》《新唐书·玄宗纪》并载源乾曜、杜暹、李元纮罢相，萧嵩兼中书令，宇文融、裴光庭拜相事。《全唐文》卷二三载《罢杜暹李元纮平章事制》，《唐大诏令集》卷五七题为《杜暹荆州长史李元纮曹州刺史制》。《全唐文》卷二三载《停源乾曜侍中制》，《唐大诏令集》卷五五题为《源乾曜停侍中制》。《全唐文》卷二二载《贬宇文融汝州刺史制》，《唐大诏令集》卷五七题为《宇文融汝州刺史制》。

**开府王毛仲与龙武将军葛福顺为婚。吏部侍郎齐澣谏毛仲为小人，宠过则生奸，恐成后患。唐玄宗初嘉之，齐澣泄禁中谏语遭贬，下《贬齐澣麻察等制》，称其“交构将相，离间君臣”。**

事见《资治通鉴》卷二一三。《全唐文》卷二三载《贬齐澣麻察等制》。按：此制文作于本年七月丁巳，参见《资治通鉴》卷二一三。

## | 八 月 |

**癸亥，自今以每年八月五日为千秋节，张说撰《请八月五日为千秋节表》，唐玄宗有《答百僚请以八月五日为千秋节手诏》。“当时流俗多传其事以为盛”，史称玄宗“享国日久，骄心浸生”。**

《旧唐书·玄宗纪上》：“（开元十七年）八月癸亥，上以降诞日，宴百僚于花萼楼下。百僚表请以每年八月五日为千秋节。”《资治通鉴》卷二一三：“八月癸亥，上以生日宴百官于花萼楼下。左丞相（源）乾曜、右丞相（张）说帅百官上表，请以每岁八月五日为千秋节，布于天下，咸令宴乐。寻又移社就千秋节。”参见《册府元龟》卷二《帝王部·诞圣》、《玉海》引《实录》。《张说之文集》卷一五载《请八月五日为千秋节表》，《全唐文》卷三〇载《答百僚请以八月五日为千秋节手诏》。《新唐书·礼乐志十二》：“千秋节者，玄宗以八月五日生，因以其日名节，而君臣共为荒乐，当时流俗多传其事以为盛。其后巨盗起，陷两京，自此天下用兵不息，而离宫苑囿遂以荒堙，独其余声遗曲传人间，闻者为之悲凉感动。盖其事适足为戒，而不足考法，故不复著其详。”宋代史学家范祖禹《唐鉴·玄宗下》：“太宗不以宴乐，以为父母劬劳之日也。乾曜等乃以人主生日为节，又移社以就之。夫节者，阴阳之候，不可为也；社者，国之大祀，不可移也。明皇享国既久，骄心浸生。乾曜、说不能以义正君，每为谄首以逢迎之，后世犹谓说等为名臣,不亦异乎?”

**乙酉,张说自右丞相迁左丞相,宋璟为尚书右丞相,源乾曜为太子少傅**。

《玉海》卷一六一:“开元十七年八月乙酉,尚书右丞相张说为左丞相,开府仪同三司兼吏部尚书宋璟为尚书右丞相,尚书左丞相源乾曜为太子少傅。”源乾曜(? —731),相州临漳(今河北临漳)人。举士。神龙中,为殿中侍御史。景云中,累迁谏议大夫,寻出为梁州都督。开元初,召拜少府少监,进尚书左丞。四年冬,拜相,为黄门侍郎、同紫微黄门平章事。逾月,因移政事末,罢相,改京兆尹。八年春,复为黄门侍郎、同中书门下三品,进位侍中。后拜尚书左丞相,仍兼侍中。十七年,罢侍中,授太子少傅,封安阳郡公。十九年卒。乾曜“政存宽简,不严而理”“在政事十年,时张嘉贞、张说相次为中书令,乾曜不敢与之争权,每事皆推让之”(《旧唐书》本传)。生平事迹见《旧唐书》卷九八、《新唐书》卷一二七本传。《全唐文》卷二七九存文三篇,《全唐文补编》卷三二补《请封泰山第一表》《请封泰山第二表》两篇,共计五篇。

**庚辰,工部尚书张嘉贞薨,曾撰《答劝置田园礼》以申为官之道**。

事见《资治通鉴》卷二一三、《旧唐书·玄宗纪上》。《全唐文》卷二九九载此文。

## 九月

**壬子,宇文融左迁汝州刺史,俄又贬昭州平乐尉。壬寅,裴光庭为黄门侍郎,依旧知政事**。

事见《旧唐书·玄宗纪上》。

**唐玄宗命左丞相张说修《八阵图》十卷及《经》二卷**。

《唐会要》卷三六《修撰》:“十七年九月十一日,上令左丞相张说修《八阵图》十卷及《经》二卷成。”

**唐玄宗下《申严铜禁制》。**

《全唐文》卷二三载此制,《唐大诏令集》卷一一二题为《禁铸造铜器诏》,系开元十七年九月。《册府元龟》五〇一系开元十七年八月。

## |十一月|

**唐玄宗自京师谒五陵,下《谒五陵敕》。**

事见《旧唐书·玄宗纪上》。《唐大诏令集》卷七七载此敕,《全唐文》卷三九题为《谒陵大赦文》。

**唐玄宗命崇玄馆学士于三元日讲《道德经》。**

《登科记考补正》卷七:"(开元十七年)十一月,谒五陵,大赦天下。制曰:'……自今以后,每至三元日,宜令崇玄馆学士讲《道德经》,群公百辟咸就观礼。'"

## |本年|

**严挺之本年春致书张九龄,劝其不必汲汲于声名,九龄稍后回函,撰《答严给事书》,坦陈全身远害之志。**

《曲江集》卷一六《答严给事书》:"自出江郡,慰诲累及。……仆方请归养,从此告辞,会面无期,所怀当尽,故复略而言之耳。……仆爰自书生,燕公待以族子,颇以文章见许,不因势利而合。但推奖之日,不量不才,引致掖垣,有负时议。然则初有超拔,岂由本心?嗷嗷之口,曾不是察,既不称其服,又加之谗闻,负乘致寇,几于不免。当此时也,若无所容,以孤特之身,处背憎之地,自怪既往,何幸而全?追想寒心,恍恍发悸,严子足下,不意而然。既而远出,犹有余衅,巧言潜构,期仆倾危。故使者之来,怒于心而色于事,赖于自慎,幸且无咎。不者吹毛洗垢,求其痕疵,势穷力屈,将无控告,未始怯事也,有为而然,以故春中有书,薄言求庇。足下犹不谅此意,以为汲汲于声名,而乃约以庄生之言,博以东山之法，晓导精至，诚故人之情。向之所防，有异来旨，彼二教者，忘情灭识，无有缠爱，故福至不喜，祸至不忧。今仆养亲，岂复割离恩爱，直措心于此地哉？正欲惟疾之忧，全身远害，故虽在小小，敢不兢兢？至如自于身心，虽复懵昧，幸受教于君子，亦闻道于古人，岂不能少有所适，方复屑屑于毁誉之际也？”严给事，即严挺之。《旧唐书·严挺之传》：“稍迁给事中。时黄门侍郎杜暹、中书侍郎李元纮同列为相，不叶。……（挺之）与张九龄相善。”杜暹、李元纮不叶事见本年六月条。

**张说为高力士撰《为将军高力士祭父文》，张九龄为高力士夫人之祖吕处贞撰《唐赠庆王友东平吕府君碑铭并序》。**

《张说之文集》卷二三《为将军高力士祭父文》：“维开元十七年月日，孝子力士，敢告于考潘州府君、妣南海太君之灵。”《曲江集》卷二〇《唐赠庆王友东平吕府君碑铭并序》：“公讳处贞，字虔求，东平人。……天册二年夏四月，遇疾终于家，春秋五十有二。开元十四年冬十一月，葬于邑城西南四里原，夫人北地傅氏祔焉。……开元十七年，有制赠公庆王友，夫人赠河间郡君。……公之女孙曰东平郡夫人，冠军大将军右监门卫大将军渤海高公之夫人，鄜州刺史之女也。”庆王，乃玄宗长子李嗣直。《旧唐书》卷一七《玄宗诸子传》：“奉天皇帝琮，玄宗长子也，本名嗣直。”吕处贞孙女东平郡夫人，乃高力士之妻。《旧唐书·高力士传》：“开元初，瀛州吕玄晤作吏京师，女有姿色，力士娶之为妇。”

**李白二十九岁，居安州，《上安州李长史书》应作于此时。**

《李白集校注》卷二六《上安州李长史书》：“白孤剑谁托，悲歌自怜。迫于凄惶，席不暇暖。寄绝国而何仰？若浮云而无依。……伏惟君侯明夺秋月，和均韶风。扫尘词场，振发文雅。陆机作太康之杰士，未可比肩；曹植为建安之雄才，惟堪捧驾。天下豪俊，翕然趋风。……敢以近所为《春游救苦寺》诗一首十韵，《石岩寺》诗一首八韵，《上杨都尉》诗一首三十韵，辞旨狂野，贵露下情，轻干视听，幸乞详览。”李白除于《上安州李长史书》中大赞李长史之德，还向李长史自我推荐，投诗三首，申述其济世之志，当作于其隐居安陆之际。李白后来撰《上安州裴长史书》回忆安州都督马公对其文章的评价时云：“前此郡都督马公，朝野豪彦，一见尽礼，许为奇才。因谓长史李京之曰：‘诸人之文，犹山无烟霞，春无草树。李白之文,清雄奔放,名章俊语,络绎间起,光明洞彻,句句动人。'”

**李镇上《史记注》一百三十卷,韩佑上《续古今人表》十卷,辛之鄂上《叙训》,裴杰上《史汉异义》三卷,卜长福上《续文选》三十卷,五人俱以上书授官。**

《新唐书·艺文志二》:“李镇注《史记》一百三十卷,开元十七年上,授权门下典仪。”又:“韩佑《续古今人表》十卷,开元十七年上,授权太常寺太祝。”同书《艺文志三》:“辛之鄂《叙训》二卷……开元十七年上,授长社尉。”《艺文志四》:“裴杰《史汉异义》三卷。河南人,开元十七年上,授临濮尉。”《封氏闻见记》卷三:“卜长福上《续文选》三十卷。”《登科记考》卷七:“(开元十七年)上书拜官五人:李镇、韩佑、辛之谔、卜长福、裴杰。”

**岑参十五岁,隐于嵩阳,能自砥砺,遍览史籍。**

《岑嘉州诗笺注》附录一《感旧赋并序》:“参,相门子。五岁读书,九岁属文,十五隐于嵩阳。”《全唐文》卷四五九杜确《岑嘉州集序》:“早岁孤贫,能自砥砺,遍览史籍。”

**吴兢约于本年上《贞观政要》,撰《上贞观政要表》。**

《全唐文》卷二九八吴兢《上贞观政要表》:“臣愚比尝见朝野士庶,有论及国家政教者,咸云若陛下之圣明,克遵太宗之故事,则不假远求上古之术,必致太宗之业。故知天下苍生所望于陛下者,诚亦厚矣。《易》曰:‘圣人感人心而天下和平。’今圣德所感,可谓深矣。窃惟太宗文武皇帝之政化,自旷古而来,未有如此之盛者也,虽唐尧虞舜,夏禹殷汤,周之文武,汉之文景,皆所不逮也。至如用贤纳谏之美,垂代立教之规,可以宏阐大猷,增崇至道者,并焕乎国籍,作鉴来叶。微臣以早居史职,莫不成诵在心,其有委质策名,立功树德,正词鲠义,志在匡君者,并随事载录,用备劝戒,撰成一帙十卷,合四十篇,仍以《贞观政要》为目,谨随表奉进。望纡天鉴,择善而行,引而伸之,触类而长之。”吴兢上《贞观政要》应在本年,见谢保成《贞观政要集校》。全书十卷四十篇,分类编辑唐太宗在位二十三年,与魏徵、房玄龄、杜如晦等大臣在治政时,大臣们的诤议、劝谏、奏议等,以规范君臣军政、道德思想,也记载了一些政治、经济上的重大措施。《全唐文》卷二九八载《贞观政要序》云:“于是缀集所闻,参详旧史,撮其指要,举其宏纲,词兼质文,义在惩劝,人伦之纪备矣,军国之政存焉。凡一帙一十卷,合四十篇,名曰《贞观政要》。庶乎有国有家,克遵前轨,择善而从,则可久之业益彰矣,可大之功尤著矣,岂必祖述尧舜,宪章文武而已哉?”

**常衮生**。

《旧唐书·常衮传》称其建中四年(783)卒于潮州刺史任上,年五十五,据此逆推。常衮,字夷甫,京兆(今陕西西安)人,天宝十五载状元及第,由太子正字授补阙起居郎。代宗广德元年选为翰林学士,考功员外郎中兼知制诰,永泰元年为中书舍人,加集贤院学士。大历元年,迁礼部侍郎,仍为学士。大历九年升礼部侍郎。他连续三年主持科举考试,处事谨慎、墨守陈规,后与刘晏等审理元载案有功,大历十二年拜相(门下侍郎、同平章事),加弘文、崇文馆大学士。杨绾死后,常衮独揽朝政。德宗即位后,他被贬为河南少尹,再贬为潮州刺史。不久由于好友杨炎为相,常衮被擢为福建观察使,任上注重教育,增设乡校,使作为文章,并亲自讲导,闽地风俗一振。建中四年死于任上,享年五十五岁,追赠为尚书左仆射。常衮有文集十卷、诏集六十卷行世,今已佚。现存文三百二十一篇,其中《全唐文》存二百八十三篇,其中三篇为伪作,《唐文续拾》补六篇,一篇为误收,《全唐文补遗》(第六辑)补一篇,《全唐文补编》(上)补八篇,《全唐文补编》(下)补二十七篇。以文体而言,所作多为制文、表文、册文和墓志,关于其文章成就可参见曲景毅《试论中唐常衮制书之文章价值》[香港中文大学《中国文化研究所学报》,第五十六期(二〇一三年),页一六五—一八六]。

## 唐玄宗开元十八年

庚午　七三〇

### 正月

**辛卯,以裴光庭为侍中,依旧兼御史大夫。左丞相张说加开府仪同三司**。

事见《资治通鉴》卷二一三、《旧唐书·玄宗纪上》。

## 三月

**十七日，下敕以量户口定上、中、下州。**

事见《唐会要》卷七〇。是年十一月，下《禁隐蔽人户等第敕》《编户籍敕》，《全唐文》卷三五、《册府元龟》卷四八六载。

**崔明允、陶翰、崔损、薛揔（总）等二十六人登进士第，试《冰壶赋》。明经科张翃等人及第。考功员外郎刘日政知贡举。**

《登科记考补正》卷七："（开元十八年）是年试《冰壶赋》，以'清如玉壶冰，何惭夙昔意'为韵。"《全唐文》卷三三四陶翰《冰壶赋》："惟冰也有坚凝之贞，惟壶也有虚受之明。谢周流之弱质，托镕铸以成名。直方任器，规圆惬情。对光辉而比色，因击扣而驰声。"陶翰（生卒年不详），润州丹阳（今属江苏）人，进士擢第，复登博学宏词科。天宝中任太常博士、礼部员外郎。见《唐才子传校笺》卷二，《全唐文》卷五二八顾况《礼部员外郎陶氏集序》。

**孙逖本年三十五岁，自太原归朝，任起居舍人、集贤院修撰，撰《宰相及百官定昆明池旬宴序》。**

《全唐文》卷三一二孙逖《宰相及百官定昆明池旬宴序》："皇帝御天下之十有九载……乃赐群臣十日宴，所以毕春气，乐太平也。越三日己巳，会于定昆明池。……以为正国风美王化者，莫近于《诗》。"《新唐书·孙逖传》载："以起居舍人入为集贤院修撰。时海内少事，帝赐群臣十日一宴，宰相萧嵩会百官赋《天成》《玄泽》《维南有山》《杨之华》《三月》《英英有兰》《和风》《嘉木》等诗八篇，继《雅》《颂》体，使逖序所以然。"《序》云"皇帝御天下之十有九载"。玄宗先天元年（712）即皇帝位至本年正值十九年，《序》又云"毕春气"，其时当为三月，故知《宰相及百官定昆明池旬宴序》当作于开元十八年三月。

## 四月

**己丑，侍中裴光庭兼吏部尚书，以年资用人，才俊之士无不怨叹。唐玄宗本年四十六岁，旋制封光庭宏文馆大学士。**

事见《资治通鉴》卷二一三。《全唐文》卷二三载《授裴光庭宏文馆大学士制》（《唐大诏令集》卷五一题为《裴光庭弘文馆大学士制》），云“侍中兼吏部尚书裴光庭”，则光庭封为宏文馆大学士在其兼吏部尚书后。

**丁卯，唐玄宗与群臣宴于宁王园池。**

《旧唐书·玄宗纪上》：“丁卯，侍臣已下宴于春明门外宁王宪之园池，上御花萼楼邀其回骑，便令坐饮，递起为舞，颁赐有差。”按：唐玄宗对待兄弟诸王，鼓吹友爱之道。兄弟同开邸第，“邸第相望，环于宫侧”（《旧唐书·睿宗诸子传》），听政之暇，常诏诸王登花萼楼同榻欢宴，礼仪悉如家人，常亲赴诸王邸第游宴，赐金分帛。这可从《册府元龟》卷四七《帝王部·友爱》、《旧唐书·睿宗诸子传》、《大唐新语》卷六《友悌》等记载中看出。玄宗还将自己服用的仙药分赠诸王，有《与宁王宪等书》（《全唐文》卷四〇载）：“朕每思服药而求羽翼，何如骨肉兄弟天生之羽翼乎？陈思有超代之才，堪佐经纶之务，绝其朝谒，卒令忧死。魏祚未终，遭司马宣王之夺，岂神丸之效也？虞舜至圣，舍傲象之愆以亲九族，九族既睦，平章百姓，此为帝王之轨则，于今数千岁，天下归善焉，朕未尝不废寝忘食钦叹者也。顷因余暇，妙选仙经，得此神效方，古老云：服之必验。今分此药，愿与兄弟等同享长龄，永无限极。”这实际上也是一种笼络加防范的措施。

**张九龄本年五十三岁，在洪州刺史任上撰《处分朝集使敕》，敕令对逃户者加以纠告。**

《唐大诏令集》卷一〇四载此敕，题为《敕处分朝集使敕五道之四》。

## | 六 月 |

**丙子,唐玄宗命忠王李浚、李朝隐、裴伷先讨奚、契丹。张说对集贤学士孙逖、韦述称之为社稷之福。**

《资治通鉴》卷二一三:"六月丙子,以单于大都护忠王浚领河北道行军元帅,以御史大夫李朝隐、京兆尹裴伷先副之,帅十八总管以讨奚、契丹。命浚与百官相见于光顺门。张说退,谓学士孙逖、韦述曰:'吾尝观太宗画像,雅类忠王,此社稷之福也。'"张说对朔方军事的判断非常准确,此前他已看出奚、契丹必叛。事并见《旧唐书·契丹传》。

**唐玄宗本年四十六岁,将巡幸东都,下《幸东都制》。**

《全唐文》卷二三载此制。《册府元龟》卷一一三亦载此文,并云"(开元)十九年丁卯制曰"。

**唐玄宗命左右丞相、尚书及中书门下五品以上官,举才堪边任及刺史者。**

《旧唐书·玄宗纪上》:"(开元十八年)六月庚申,命左右丞相、尚书及中书门下五品已上官,举才堪边任及刺史者。"

**张九龄在洪州任上撰《洪州进白鹿表》,应前任都督赵金縠之托为其父撰《故辰州泸溪令赵公碣铭并序》。**

《曲江集》卷一三《洪州进白鹿表》:"臣所部豫章县,某月某日获白鹿一……臣谨按《瑞应图》云:'王者明惠及下,则白鹿见。'又按《孝经·援神契》云:'王者德至鸟兽,则白鹿见。'盖鹿者仙寿之物,实为祯祥之表,虽时和岁稔,固不假于羽毛;而天意人事,诚欲伸于耳目。臣不胜感庆之至,谨诣某所奉瑞鹿表进以闻。"《曲江集》卷二〇《故辰州泸溪令赵公碣铭并序》,系年见顾建国《张九龄年谱》页一六五。

## 七月

**张九龄转桂州刺史兼岭南按察使，稍晚撰《祭舜庙文》。**

《曲江集》附录诰命《转授桂州刺史兼岭南按察使制》：“门下：中大夫、守洪州刺史使持节都督洪州诸军事、上柱国、曲江县开国男张九龄，雅有才干，兼达政理……可使持节都督桂州诸军事守桂州刺史，散官勋如故，仍充当管经略使，兼岭南道按察使、摄御史中丞借紫金鱼袋。”岑仲勉《依唐代官制说明张曲江集附录诰命的错误》一文对此道制文中的官职问题有说明，可参看。《曲江集》卷一七《祭舜庙文》：“维某月朔日，中散大夫（当为‘中大夫’）、使持节都督桂州诸军事、桂州刺史兼当管经略使、岭南道按察使、摄御史中丞、佩紫金鱼袋、上柱国、曲江县开国男张某敢昭告于大舜之灵。”

## 九月

**吐蕃兵数败求和，皇甫惟明从容言和亲之利，唐玄宗命出使并得吐蕃赞普款附。**

《资治通鉴》卷二一三：“吐蕃兵数败而惧，乃求和亲。忠王友皇甫惟明因奏事从容言和亲之利。上曰：‘赞普尝遗吾书悖慢，此何可舍！’对曰：‘赞普当开元之初，年尚幼稚，安能为此书！殆边将诈为之，欲以激怒陛下耳。夫边境有事，则将吏得以因缘盗匿官物，妄述功状以取勋爵，此皆奸臣之利，非国家之福也。兵连不解，日费千金，河西、陇右由兹困敝。陛下诚命一使往视（金城）公主，因与赞普面相约结，使之稽颡称臣，永息边患，岂非御夷狄之长策乎！’上悦，命惟明与内侍张元方使于吐蕃。赞普大喜，悉出贞观以来所得敕书以示惟明。冬，十月，遣其大臣论名悉猎随惟明入贡，表称：‘甥世尚公主，义同一家。中间张玄表等先兴兵寇钞，遂使二境交恶。甥深识尊卑，安敢失礼！正为边将交构，致获罪于舅；屡遣使者入朝，皆为边将所遏。今蒙远降使臣，来视公主，甥不胜喜荷。倘使复修旧好，死无所恨！’自是吐蕃复款附。”

**李邕本年五十六岁，撰《左羽林大将军臧公神道碑》《岳麓寺碑》。**

《全唐文》卷二六五李邕《左羽林大将军臧公神道碑》:“以开元十七年八月二十二日,薨于京师平康里之私第,春秋六十有八。主上感悼,边人掩泣,羊祜罢市,耿恭务面,见于此矣。明年秋七月日,葬于白鹿原,礼也。”《宝刻丛编》卷十:“《唐左羽林大将军臧怀亮碑》,唐陈州刺史李邕撰并书。(《集古录目》)”《全唐文》卷二六三载李邕《岳麓寺碑》。《金石萃编》卷七八《麓山寺碑》:“前陈州刺史李邕并书,大唐开元十八年岁次庚午九月。”“前陈州刺史”说明邕此时已从岭南贬所北归,但仍未授官职。

## 丨十一月丨

**席豫在户部侍郎任上,为李述撰墓志铭并序。**

《唐代墓志汇编续集》开元〇九九《大唐故中散大夫守少监府上柱国赵郡李府君墓志铭并序》:“君讳述,字处直,赵郡元氏人。……以开元十年二月十日遘疾,终于东都陶化里之私第,春秋五十有八。以开元十八年十一月十日迁厝于河南洛阳邙山,礼也。惟君行洁识精,词高气逸。……君又著《忠经》一卷,《经邦书》一部,并文集十卷,见行于代。其《经邦书》数章未就,落简犹存。”

## 丨十二月丨

**戊申,左丞相燕国公张说卒,年六十四,有集三十卷。唐玄宗下《赠张说太师诏》,亲制神道碑,张九龄为撰《故开府仪同三司行尚书左丞相燕国公赠太师张公墓志铭》及《祭张燕公文》。孙逖本年三十六岁,为撰《唐故幽州都督河北节度使燕国文贞张公遗爱颂并序》。**

《旧唐书·玄宗纪上》载:“(开元十八年十二月)戊申,尚书左丞相、燕国公张说薨。”按:戊申日已为阳历元月,故张说卒年为公元731年。《全唐文》卷三〇载《赠张说太师诏》,实录自《大唐新语》卷一《匡赞》。《大唐新语》卷一一《褒锡》:“及说薨,玄宗亲制神道碑。其略曰:‘长安中,公为凤阁舍人,属麟台监张易之诬构大臣,作为飞语。御史大夫魏元忠即其丑正,必以中伤。天后致投杼之疑,中宗忧掘蛊之变。是时敕公为证,啖以右职。一言刺回,四国交乱。公重为义,死且不辞;庭辩无辜,中旨有忤。左右为之惕息,而公以之抗词。反元忠之茔魂，出太子于坑陷。人谓此举义重于生。由是长流钦州，守正故也。'文多不尽载。"《曲江集》卷一八《故开府仪同三司行尚书左丞相燕国公赠太师张公墓志铭》："大唐有天下一百一十三年，开元十有八载，龙集庚午，冬十二月戊申，开府仪同三司行尚书左丞相燕国公薨于位，享年六十四。呜呼哀哉！皇帝悼焉，素服举哀，废朝三日，乃下制赠太师，盖师傅之旧，恩礼有加也。诏葬先远，丧事有日，又特赐御词，表章琬琰。公义有忘身之勇，忠为社稷之卫，文武可宪之政，公侯作捍之勋，皆已昭昭于天文，虽与日月争光可矣。……初天后称制，举郡国贤良，公时大知名，拔乎其萃者也。起家太子校书，迄于左丞相，官政四十有一，而人臣之位极矣。尚书国之理本，公悉更之；中书朝之枢密，公亟掌之。休声与偕，升降数四，守正而见逐者一，遇坎而左迁者二，其余总戎于外，为国作藩，所平除者，惟幽、并秉节钺而已。至若三登左右丞相，三作中书令，唐兴已来，朝右莫比。……公志玄远，而性高亮，未尝自异，会节乃有立，何所不可？体道以为宗，既定国于一言，亦保身之大雅。其于经理世务，杂以军国，决事如流，应物如响，纷纶辐辏，其犹指掌。及夫先圣微旨，稽古未传，阙文必补，坠礼咸甄，与经籍为笙簧，于朝廷为粉泽，固不可详而载也。始公之从事，实以懿文，而风雅陵夷，已数百年矣。时多吏议，摈落文人，庸引雕虫，沮我胜气，丘明有耻，子云不为，乃未知宗匠所作，王霸所在。及公大用，激昂后来，天将以公为木铎矣。……开元十九年三月壬戌，薨于东都康俗里第，享年六十四。"《曲江集》卷一七《祭张燕公文》："人亡令则，国失良相。学堕司南，文殒宗匠。"《全唐文》卷三一二孙逖《唐故幽州都督河北节度使燕国文贞张公遗爱颂并序》："及公既殁，御撰丰碑，以为用公于是邦，当革弊之举，讯彼故老，征于前事，有以见圣人之情见于辞矣。夫渤碣之北，有山戎焉，乍臣乍骄，或息或纵。镇之以大府，府有都督；威之以大军，军有节度。二者之任，万邦之屏，弥缝其阙，必有宗臣。曩者天册之初，王尚书不反命，则我天后以纳言狄公领之；先天之际，孙将军不振旅，则我睿宗以太尉宋公为之。洎陉口之役，薛公小衄，后数稔，伤痍未平，易置诸将，少有称者，则我皇帝注意于文贞公。社稷之固，生民之杰，伊昔徇节，未尝顾身。面折二竖，辩邪正于君侧；首谋四凶，决安危于天下。勇于义，力于忠，虽有贲育，不能夺已。自受命处此，声振殊俗，终公之代，不敢近边。圣人金城，其在是矣。先是公之未至也，军实耗斁，边储匮少，帑藏乏中人之产，革车无百驷之群。将欲丰之，不其难也？公问以谣俗，因而化之。命丱人采铜于黄山，使兴鼓铸之利；命杍人斩木于燕岳，使通林麓之财；命圉人市骏于两蕃，使颁质马之政；命廪人搜粟于塞下，使循平籴之法。物有其官，官赡其事，如川之至，以莫不增。一年而财用肃给，二年而蓄聚饶羡，军声武备，百倍于往时矣。犹以为不一劳者不久逸，不暂费者不永宁，既庶且富，人可用也。于是堑山泽，起亭障，塞鸡鸣之阨，守阜陵之冲，遮大夏之路，距卢龙之口。延袤千里，横绝一方，以顺天地之心，且为华夷之限。命下之日，修塞之后，人到于今赖焉。夫戎狄远却，暴禁矣；货食滋至，财丰矣；封守以固，人安矣；师徒不劳，兵戢矣。武有七德，我其四焉。坐致必胜之道，以销未形之患，是公之深计远虑所致也。初公之大用，实以词宗，虽亟持国钧，而未执兵柄。及台揆中废，荆衡外牧，上将复内用，因以为将。惟幽都克慎厥始，惟大原克和厥中，惟朔方克成厥终，三驾而时靡有争，由是复践中枢之任矣。文武为宪，斯之谓欤？乔岳告成，遂登仲虺之相；金华念旧，仍遵尚父之师。高朗令终，固其宜也。昔周有张仲，是称孝友；汉有留侯，见推筹画。太守飞声于朔野，司空迈绩于西晋。及公之贵，世德其昌，光于祖考，则庆州都督刑部尚书追孝于前烈；友于兄弟，则国子祭酒怀州刺史致美于当代；施于祚允，则兵部侍郎驸马都尉缵戎于后叶。人臣尊宠，举集其门，岂伊朱轮之盛，方继缁衣之好。辩其谱系，范阳之大族也；叙其封略，燕国之名都也；征其政理，幽州之良牧也。美数多矣。斯人之德，与夫班伯之荣故郡、买臣之惊守邸，盖不侔矣。蓟县父老某乙等，感之所至，久而益思，远诉不才，追书盛德。徽音已隔，空悲梁木之歌；碑颂独存，应堕岘山之泪。"《大唐新语》卷一《匡赞》："张说独排太平之党，请太子监国，平定祸乱，迄为宗臣，前后三秉大政，掌文学之任，凡三十年。为文思精，老而益壮，尤工大手笔，善用所长，引文儒之士以佐王化。得僧一行赞明阴阳律历，以敬授人时，封太山，祠脽上，举阙礼，谒五陵，开集贤，置学士，功业恢博，无以加矣。"《旧唐书·张说传》："前后三秉大政，掌文学之任，凡三十年。为文俊丽，用思精密，朝廷大手笔，皆特承中旨撰述，天下词人，咸讽诵之。尤长于碑文、墓志，当代无能及者。……玄宗为说自制神道碑文，御笔赐谥文贞。"《新唐书·张说传》："朝廷大述作多出其手。帝好文辞，有所为必使视草。善有人之长，多引天下知名士，以佐王化，粉泽典章，成一王法。天子尊尚经述，开馆置学士，修太宗之政，皆说倡之。为文属思精壮，长于碑志，世所不逮。既谪岳州，而诗益凄婉，人谓得江山助云。……开元文物彬彬，说力居多。"《新唐书·艺文志四》："《张说集》二十卷。"《旧唐书·张说传》："有文集三十卷。"《直斋书录解题》卷一六："《张燕公集》三十卷。"《四库全书总目》卷一四九："《张燕公集》二十五卷。……《唐书·艺文志》载其集三十卷，今所传本止二十五卷。然自宋以后，诸家著录并同，则其五卷之佚久矣。"今通行武英殿聚珍本《张燕公集》二十五卷、《四部丛刊》影明嘉靖丁酉本《张说之集》二十五卷，中国国家图书馆藏清钞宋刻的善本《张说之文集》三十卷补遗一卷,今人熊飞有《张说集校注》即以后者为底本。现存文二百六十五篇,其中《全唐文》存二百四十七篇(属名张说者中有一篇误收,改名李峤名下者《百官请不从灵驾表》,经考证应为张说作,故合计二百四十七篇),《唐文拾遗》补二篇,《唐代墓志汇编续集》补一篇,《全唐文补编》补十五篇。参见曲景毅《唐代“大手笔”作家研究》(中国社会科学出版社,二〇一五年)附录《唐代“大手笔”作家现存文章著录汇考》。张说有三子:张均、张垍、张埱。张均官至刑部尚书、大理卿,袭燕国公爵,孙逖有《张均袭封燕国公制》(《文苑英华》卷四一六);张垍官至太常卿,为驸马,娶玄宗女宁亲公主;张埱官至给事中、翰林学士。皆有文才。

## |本 年|

**裴耀卿在宣州刺史任上疏论宜以雅声古乐教化州县百姓,以奉乡饮酒礼。**

《唐会要》卷二六:“开元六年七月十三日,初颁乡饮酒礼于天下,令牧宰每年至十二月行之。至十八年,宣州刺史裴耀卿上疏曰:‘州牧县宰,所寄者,宣扬礼乐,典册经籍。所教者,返古还淳,上奉君亲,下安乡族。圣朝制礼作乐,虽行之日久,而外州远郡,俗习未知,徒闻礼乐之名,而不知礼乐之实。窃见乡饮酒礼颁于天下,比来唯贡举之日,略用其仪。闾里之间,未通其事。臣在州之日,率当州所管县,一一与父老百姓,劝遵行礼,奏乐歌至白华、华黍、南陔、由庚等章,言孝子养亲,及庶物遂性之义。或有泣者,则人心有感,不可尽诬。但州县久绝雅声,不识古乐,伏计太常,具有乐器大乐,久备和声。望天下二十五大州,简有性识人,于太常调习雅声,仍付笙竽琴瑟之类,各三两事,令比州转次造习,每年各备礼仪,准令式行礼,稍加劝奖,以示风俗。”

**智升撰《开元释教录》成。**

该书共二十卷,署名“庚午岁西崇福寺沙门智升撰”。卷首《序》云:“自后汉孝明皇帝永平十年岁次丁卯,至大唐神武皇帝开元十八年庚午之岁,凡六百六十四载,中间传译缁素总一百七十六人,所出大小二乘三藏及圣贤集传并及失译,总二千二百七十八部,都合七千四十六卷,其见行阙本并该前数。新录合二十卷,开为总、别。总录括聚群经,别录分其乘藏,二录各成十卷。就别更有七门。今先叙科条,余次编载。”此录为经录中最完备者,宋藏以下诸藏皆依准之;又古来凡言及翻译经典之书,亦皆以此录为标准。智升其他著作有《开元释教录略出》四卷、《续大唐内典录》一卷、《续古今译经图纪》一卷、《续集古今佛道论衡》一卷、《集诸经礼忏仪》二卷等。智升,生卒年、籍贯均不详,夙有出家弘扬大教之志,兼学大小二乘,尤善毗尼,又博通古今史实。

**王维三十七岁,作《故右豹韬卫长史赐丹州刺史任君神道碑》。**

《王维集校注》卷八《故右豹韬卫长史赐丹州刺史任君神道碑》有“谒五陵”语,据《旧唐书·玄宗纪上》载,开元十七年十一月,玄宗谒桥陵、定陵、献陵、昭陵、乾陵五陵,故本文应作于开元十七年十一月后,姑系于本年。

**李白三十岁,仍隐居安陆,撰《上安州裴长史书》。**

《李白集校注》卷二六《上安州裴长史书》:“白本家金陵,世为右姓,遭沮渠蒙逊难,奔流咸秦,因官寓家。少长江汉,五岁诵六甲,十岁观百家,轩辕以来,颇得闻矣。常横经籍书,制作不倦,迄于今三十春矣。以为士生则桑弧蓬矢,射乎四方,故知大丈夫必有四方之志。乃仗剑去国,辞亲远游,南穷苍梧,东涉溟海,见乡人相如大夸云梦之事,云楚有七泽,遂来观焉。而许相公家见招,妻以孙女,便憩迹于此,至移三霜焉。……白野人也,颇工于文,惟君侯顾之,无按剑也。……白窃慕高义,已经十年,云山间之,造谒无路。今也运会,得趋末尘,承颜接辞,八九度矣。常欲一雪心迹,崎岖未便。何图谤言忽生,众口攒毁,将恐投杼下客,震于严威,然自明无辜,何忧悔吝?孔子曰:‘畏天命,畏大人,畏圣人之言。’过此三者,鬼神不害。若使事得其实,罪当其身,则将浴兰沐芳,自屏于烹鲜之地。惟君侯死生!不然,投山窜海,转死沟壑,岂能明目张胆,托书自陈耶?……愿君侯惠以大遇,洞开心颜,终乎前恩,再辱英盼。白必能使精诚动天,长虹贯日,直度易水,不以为寒。若赫然作威,加以大怒,不许门下,遂之长途,白既膝行于前,再拜而去,西入秦海,一观国风,永辞君侯,黄鹄举矣。何王公大人之门,不可以弹长剑乎?”李白于《书》中向裴长史自叙家世,澄清谗言,证己清白,并自我推荐,盼获提携之情跃然纸上。《书》云:“常横经籍书,制作不倦,迄于今三十春矣。”清代王琦《李太白全集》据此将此文定为李白三十岁所作,即开元十八年(730)。张培锋《李白〈上安州裴长史书〉新考》认为裴长史为玄宗朝名臣裴宽,李白通过申述自己轻财好施、存交重义、养高忘机以及富有才情种种品行,向时为安州长史的裴宽辩解自己遭受诽谤谗言,蒙受不白之冤的情况,表明自己当年绝没有追随李林甫,陷害裴宽。按:张培锋之文可备一说。

**天下奏死罪者止二十四人**。

事见《资治通鉴》卷二一三。

# 唐玄宗开元十九年

辛未　七三一

## 正月

**唐玄宗本年四十七岁,壬戌,开府仪同三司、内外闲厩监牧都使霍国公王毛仲以不忠怨望,外贬之,下《贬王毛仲诏》,随后赐死。史称是时宦官势盛,高力士尤为玄宗宠信,力士小心恭恪,故终亲任之**。

《全唐文》卷三〇载唐玄宗《贬王毛仲诏》。《资治通鉴》卷二一三:“开府仪同三司、内外闲厩监牧都使霍国公王毛仲恃宠,骄恣日甚,上每优容之。毛仲与左领军大将军葛福顺,左监门将军唐地文,左武卫将军李守德,右威卫将军王景耀、高广济亲善,福顺等倚其势,多为不法。毛仲求兵部尚书不得,怏怏形于辞色,上由是不悦。是时,上颇宠任宦官,往往为三品将军,门施棨戟。奉使过诸州,官吏奉之惟恐不及,所得赂遗,少者不减千缗。由是京城郊畿田园,参半皆在官矣。杨思勖、高力士尤贵幸,思勖屡将兵征讨,力士常居中侍卫。而毛仲视宦官贵近者若无人,甚卑品者,小忤意,辄詈辱如僮仆。力士等皆害其宠而未敢言。会毛仲妻产子,三日,上命力士赐之酒馔、金帛甚厚,且授其儿五品官。力士还,上问:‘毛仲喜乎?’对曰:‘毛仲抱其襁中儿示臣曰:“此儿岂不堪作三品邪!”’上大怒曰:‘昔诛韦氏,此贼心持两端,朕不欲言之;今日乃敢以赤子怨我!’力士因言:‘北门奴,官太盛,相与一心,不早除之,必生大患。’上恐其党惊惧为变。(开元十九年)春,正月,壬戌,下制,但述毛仲不忠怨望,贬瀼州别驾,福顺、地文、守德、景耀、广济皆贬远州别驾,毛仲四子皆贬远州参军,连坐者数十人。毛仲行至永州，追赐死。自是宦官势益盛。高力士尤为上所宠信，尝曰：'力士上直，吾寝则安。'故力士多留禁中，稀至外第。四方表奏，皆先呈力士，然后奏御；小者力士即决之，势倾内外。金吾大将军程伯献、少府监冯绍正与力士约为兄弟。力士母麦氏卒，伯献等被发受吊，擗踊哭泣，过于己亲。力士娶瀛州吕玄晤女为妻，擢玄晤为少卿，子弟皆王傅。吕氏卒，朝野争致祭，自第至墓，车马不绝。然力士小心恭恪，故上终亲任之。"事并见《旧唐书·玄宗纪上》，《旧唐书》王毛仲、高力士本传。《全唐文》卷九九三《唐故开府仪同三司赠扬州大都督高公神道碑》称高力士"中立而不倚，得其君而不骄，顺而不谀，谏而不犯"，是为的评。

**唐玄宗下《命两京诸路各置玄元皇帝庙诏》**。

《全唐文》卷三一载此诏，《册府元龟》卷五三系开元十九年正月。

**吐蕃求书于唐，于休烈任秘书省正字，撰《请不赐吐蕃书籍疏》。裴光庭以为忠信礼义皆从经书出，唐玄宗遂与之**。

《全唐文》卷三六五于休烈《请不赐吐蕃书籍疏》："臣闻戎狄国之寇也，经籍国之异也。……若与此书，国之患也。……臣忝列位职，刊校秘籍，实痛经典，弃在夷狄。昧死上闻，伏惟陛下深察。"《唐会要》卷三六《蕃国请经史》："开元十九年正月二十四日，命有司写《毛诗》《礼记》《左传》《文选》各一部，以赐金城公主，从其请也。秘书正字于休烈上表，申招谏匦言曰：'臣闻和戎，国之权也；经籍，国之典也。国之利器，不可以示人。……若与此书，国之患也。'表入，敕下中书门下议。侍中裴光庭等曰：'西戎不识《礼经》，心昧德义，频负明约，孤背国恩。今所请《诗》《书》，随时给与。庶使渐陶声教，混一车书，文轨大同，斯可使也。休烈虽见情伪变诈于是乎生，而不知忠信节义于是乎在。'上曰：'善。'乃以经书赐与之。"《资治通鉴》卷二一三亦载。

## | 二 月 |

**丙申，初令两京诸州各置太公庙，以张良配享，选古名将，以备十哲，以二、八月上戊致，如孔子礼**。

事见《资治通鉴》卷二一三。

**礼部员外郎徐安贞等上《文府》二十卷。**

《唐会要》卷三六《修撰》:“十九年二月,礼部员外郎徐安贞等撰《文府》二十卷,上之。”

## | 三 月 |

**萧昕、郭邕、张钦敬、叔孙玄观等二十三人登进士第。明经科张诚、卢沇等人及第。萧昕、郑昉、陶翰等登博学宏词科。考功员外郎裴敦复知贡举。陶翰授华阴丞,本年撰《唐华岳真君碑》。**

见《登科记考补正》卷七本年条。《宝刻丛编》卷一〇:“《唐华岳真君碑》,唐华阴丞陶翰撰,韦腾书,玄宗开元十九年立此碑(《集古录目》)。”裴敦复(?—747),字号不详,山西闻喜人。开元十二年诏举“堪任将帅”科,第一人登第。历任考功员外郎、中书舍人、刑部尚书,为人乐善好施。天宝六载,为李林甫所杀。

**萧嵩在张说卒后代知集贤院院事,并修国史,有《授萧嵩集贤院学士修国史制》。奏王智明等助冯光震改注《文选》,后陆善经亦预其事,竟未成。**

《唐大诏令集》卷五一载《授萧嵩集贤院学士修国史制》。《旧唐书·萧嵩传》:“自十四年燕国公张说罢中书令后,缺此位四年,而嵩居之。常带河西节度,遥领之。加集贤殿学士、知院事,兼修国史,进位金紫光禄大夫。”《玉海》卷五四引《集贤注记》:“开元十九年三月,萧嵩奏王智用、李玄成、陈居注《文选》。先是,冯光震奉敕入院校《文选》,上疏以李善旧注不精,请改注。从之。光震自注得数卷。嵩以先代旧业,欲就其功,奏智明等助之。明年五月,令智明、玄成、陆善经专注《文选》,事竟不就。”

**张九龄本年五十四岁,入为秘书少监,兼集贤院学士,副知院事,曾撰《为信安王献圣真图表》。**

《曲江集》附录诰命《守秘书少监制》:“中大夫、使持节都督桂州诸军事守桂州刺史、充当管经略使、兼岭南道按察使、摄御史中丞、赐紫金鱼袋、上柱国曲江县开国男张九龄,履行高厉,含章挺生,学究而精,词丽而则。……属书院综辑,必藉英儒。蓬山典校,是资宏达。……可守秘书少监,兼集贤院学士,副知院事。”开元十九年三月七日行制。《曲江集》卷一三《为信安王献圣真图表》:“臣一昨扈从,西狩岐阳,时以有年,事因农隙,整六军之众。修大田之礼,戍卒是训,威武载扬。属草浅兽肥,霜清气杀……既而备献禽之礼,虔荐寝之诚,教人以孝,自天作则。”《旧唐书·玄宗纪上》:“开元十八年冬十月庚寅幸岐州之凤泉汤。……十二月戊申尚书左丞相燕国公张说薨。”此表当作于九龄回京任秘书少监后。信安王为唐太宗第三子吴王李恪之孙李祎,早年曾随家人流寓岭表,与九龄有交谊。

## |四月|

**壬午,降死罪以下,唐玄宗下《疏决囚徒诏》。**

事见《新唐书·玄宗纪》。《全唐文》卷三〇载此诏,《唐大诏令集》卷八三题为《孟夏疏决天下囚徒敕》。

**唐玄宗下《禁僧徒敛财诏》。**

《全唐文》卷三〇载此诏,《唐大诏令集》卷一一三题为《诫励僧尼敕》,系开元十九年四月。

## |五月|

**玄宗下令置老君庙五岳。**

《旧唐书·玄宗纪上》:“(开元十九年)五月壬戌,五岳各置老君庙。”

## 六月

**丁卯,唐玄宗下《幸东都制》。**

《册府元龟》卷一一三(《全唐文》卷二三)载此制。

## 七月

**唐玄宗下《不许私度僧尼及住兰若敕》。**

《唐大诏令集》卷一一三,系开元十九年七月。《全唐文》卷三〇载《澄清佛寺诏》《禁僧俗往还诏》,两诏即《不许私度僧尼及住兰若敕》。

**李邕本年五十七岁,撰《东林寺碑》。**

《金石萃编》卷七八《东林寺碑记》:"前陈州刺史江夏李邕文并书……大唐开元十九年七月十五日建。"《全唐文》卷二六四载李邕《东林寺碑》。按:东林寺有一篇碑记,贞元十七年李演撰《东林寺远法师影堂碑》(《全唐文》卷五一三),又见《全唐文》七二一张又新《东林寺碑阴记》、《全唐文》卷七五七崔黯《复东林寺碑》、《全唐文》七六〇蔡京《李肇东林寺碑阴记》。

**张九龄撰《贺祈雨有应状》。**

《曲江集》卷一四《贺祈雨有应状》:"臣一昨面奉恩旨,缘秋稼有望,时雨暂愆,念及黎元,见于颜色,方躬自祈请,诚勤夙夜,上灵昭鉴,嘉瑞必臻。昨日申酉之间,云物果应。"《册府元龟》卷二六帝王部感应:"(开元)十九年七月甲戌以久旱,帝亲祷于兴庆池,翌日大雨。"

## 十一月

**丙辰,唐玄宗至自东都,下《巡幸东都赐赉从官敕》。**

事见《旧唐书·玄宗纪上》。《唐大诏令集》卷七九(《全唐文》卷三四)载此敕。

## |十二月|

**裴光庭上《瑶山往则》《维城前轨》各一卷。**

《旧唐书·玄宗纪上》:“(开元十九年十二月)裴光庭上《瑶山往则》《维城前轨》各一卷,上令赐太子、诸王各一本。”《唐会要》卷三六《修撰》:“(开元)十九年……十二月十一日,侍中裴光庭,上《瑶山往则》《维城前轨》各一卷,上以赐皇太子及庆王。”裴光庭(676—733),字连城,绛州闻喜(今属山西)人。出身三晋望族河东裴氏,武周宰相裴行俭之子。开元十七年进中书侍郎、同中书门下平章事,寻改黄门侍郎,拜侍中兼吏部尚书,加弘文馆学士,封正平男;开元二十一年卒,谥曰忠宪,优制赠太师。为人沉默寡言,不喜交游,为政忠恳勤勉,循规蹈矩,主张以“用循资格”来铨选官员。生平事迹见张九龄《大唐金紫光禄大夫行侍中兼吏部尚书弘文馆学士赠太师正平忠宪公裴公碑铭并序》,及《旧唐书》卷八四、《新唐书》卷一〇八本传。《新唐书·艺文志三》著录其《摇(瑶)山往则》一卷、《维城前轨》一卷、《唐开元格令科要》一卷,又撰《续春秋经传》未成。《全唐文》卷二九九录其文十一篇,《唐文拾遗》卷一八辑补一篇,共计十二篇。

## |冬|

**集贤院四库书共八万九千卷。**

《唐会要》卷三五《经籍》:“十九年冬,车驾发京师,集贤院四库书,总八万九千卷。经库一万三千七百五十二卷,史库二万六千八百二十卷,子库二万一千五百四十八卷,集库一万七千九百六十卷。其中杂有梁、陈、齐、周及隋代古书。贞观、永徽、麟德、乾封、总章、咸亨年,奉诏缮写。”

## |本年|

**萧颖士十五岁，誉高天下。**

李华《扬州功曹萧颖士文集序》："十五誉高天下。"

**独孤及七岁，诵《孝经》。以立身行道，扬名后世自勉。**

崔佑甫《故常州刺史独孤公神道碑铭并序》："（独孤）常州禀元和以生，细有成人之量。秘监府君亲授以《孝经》，常州一览成诵。秘监问曰：'汝志于何名？'对曰：'立身行道，扬名于后世，是所尚也。'"梁肃《朝散大夫使持节常州诸军事守常州刺史赐紫金鱼袋独孤公行状》亦载。

# 唐玄宗开元二十年

壬申　七三二

## |正月|

**乙卯，以朔方节度副大使信安王祎为河东、河北行军副大总管，将兵击奚、契丹。壬申，以户部侍郎裴耀卿为副总管，大破敌虏，耀卿颇通治敌之策。**

事见《资治通鉴》卷二一三。

## |二月|

**唐玄宗本年四十八岁，壬午，降囚罪，徒以下原之，《以春令减降天下囚徒敕》。**

事见《新唐书·玄宗纪》。《唐大诏令集》卷八三载此敕，《全唐文》卷二三题为《宽宥天下囚徒制》，《册府元龟》卷八五亦载此敕。

## 三月

**鲜于向、谈戭等二十四人登进士第，考功员外郎裴敦复知贡举。**

见《登科记考补正》卷七本年条。

**唐玄宗思右骁卫将军安金藏忠烈，追赐代国公，下《追封安金藏代国公制》，于东、西岳立碑，以铭其功。**

事见《资治通鉴》卷二一三。《全唐文》卷二三载此制，《册府元龟》卷一三九亦载。

## 五月

**辛亥，金仙长公主薨，徐峤为撰神道碑铭。**

《旧唐书·玄宗纪上》："辛亥，金仙长公主薨。"《全唐文》卷二六七徐峤撰文、玉真公主手书《金仙长公主神道碑铭》。徐峤，字巨山，徐坚之子。历任集贤院直学士、中书舍人、河南尹，父子相继为学士，自祖及孙，三世为中书舍人（徐齐聃、徐浩、徐峤），时论荣之。金仙公主（689—732），唐玄宗同母妹，玉真公主之姊，以上三人同母。玉真公主约生于公元690年，薨于763年，是盛唐道教与文坛上的重要人物。（参见丁放、袁行霈《玉真公主考论——以其与盛唐诗坛的关系为归结》，《北京大学学报》二〇〇四年第二期；丁放《玉真公主、李白与盛唐道教关系考论》，《复旦学报》二〇一六年第四期）

## 夏末

**张九龄本年五十五岁，在秘书监任上奉敕撰《敕清夷军使虞灵章书》及《敕渤海王大武艺书》四篇，甚合上意。旋转工部侍郎、兼知制诰。九龄撰有《谢工部侍郎集贤院学士状》。唐玄宗撰《答张九龄谢工部侍郎集贤院学士批》。**

《曲江集》卷八载《敕清夷军使虞灵章书》:“略有枭夷,是申威武,边寄尽节,朕甚嘉之。……夏末甚热。”《旧唐书·玄宗纪上》:“(开元)二十年三月,信安王祎与幽州长史赵含章大破奚、契丹于幽州之北。……五月戊辰,信安王献奚、契丹之俘。”《曲江集》卷九载《敕渤海王大武艺书》四篇。徐浩《唐尚书右丞相中书令张公神道碑》:“时属朋党,颇相排根,穷栖岁余,深不得意。渤海国王武艺违我王命,思绝其词,中书奏章,不惬上意,命公改作,援笔立成,上甚嘉焉。”按:开元十四年十二月渤海武艺被迫归唐,开元二十年叛唐,唐发兵讨之,事见《资治通鉴》卷二一三。此四篇书为唐与渤海之最后通牒,九龄敕文“明畅得体,虽桀骜者闻之亦知朝廷有人……公以轻缣素练之文,为走章驰檄之用,义正辞达,切中事情”(温汝适《曲江集考证》卷上),深得玄宗嘉赏。又按:本年冬张九龄奉敕撰有《敕投降奚等书》(《曲江集》卷八):“敕新来投降奚等:汝本小蕃,不自存立,顷年依我,稍得安全,而常持两端,遽即背叛,忘恩负义,岂是人心?今者闻汝复归,亦应知过,仍缘困蹙,未免嫌疑。汝若诚能洗心,永以寄命,便令处置汝等,当须一一听从,即舍往愆,更期来效。官赏诸事,皆如旧日,各宜自勉,勿不知恩。比严寒,汝等部落百姓并平安好。”《曲江集》附录诰命《转工部侍郎制》:“九龄识茂而远,体正而清。行兼纯一,词会风雅。密勿累年,留心于西垣;澄清万里,树声于万国。秘室属书,甫流微婉之誉;公车待诏,稔闻忠谠之言。更著论于会府,仍献纳于高门。可守尚书工部侍郎,余如故。开元二十年□月三日。”《曲江集》卷一五《谢工部侍郎集贤院学士状》:“伏奉今月三日制除臣工部侍郎兼集贤院学士。”《全唐文》卷三七《答张九龄谢工部侍郎集贤院学士批》:“卿学府高标,士林贞干。论思之地,亦既优闲。弥纶之司,聊从应务,别当奖擢。”

## 七月

**甲辰,唐玄宗下《幸北都制》。**

《册府元龟》卷一三三(《全唐文》卷二三)载此制。

**颜元孙卒,有集三十卷,颜真卿撰《朝议大夫守华州刺史上柱国赠秘书监颜君神道碑铭》。**

《全唐文》卷三四一颜真卿《朝议大夫守华州刺史上柱国赠秘书监颜君神道碑铭》:“开元二十年秋七月才生明,薨于绛州翼城县丞之官舍,随子春卿任也。明年,葬于东京鸥店东北高村原夫人新城县君元氏故兆。异穴而堋,权也。文集三十卷,著《干禄字书》一卷,并行于世。”颜真卿(709—784),字清臣,祖籍琅琊临沂(今属山东),京兆长安(今陕西西安)人。齐黄门侍郎颜之推五代孙,秘书监颜师古为从曾孙。开元二十二年进士及第,天宝元年,登文词秀逸科,六载拜监察御史,八载迁殿中侍御史。为杨国忠排挤,出为平原太守,人称“颜平原”。安史乱起,举义兵二十万抵抗,被推为十七州盟主。至德元载,弃郡渡河,朝凤翔,授宪部尚书、御史大夫。乾元二年(759)征为刑部尚书,为李辅国忌,奏贬蓬州刺史。代宗时官至吏部尚书,封鲁郡公,人称“颜鲁公”。为权臣元载所衔诬,贬吉州别驾。大历十二年(777)诏为刑部侍郎、太子太师。建中四年(783)为宰相卢杞陷害,被遣往叛将李希烈部晓谕,为李缢杀。赠司徒,谥文忠。生平事迹见令狐峘《光禄大夫太子太师上柱国鲁郡开国公颜真卿墓志铭》、殷亮《颜真卿行状》,及《旧唐书》卷一二八、《新唐书》卷一五三本传。宋留元刚、清黄本骥皆有《颜鲁公年谱》。真卿富于学,工于文词,书法精绝,尤擅楷书,世称“颜体”。著述富赡,《新唐书·艺文志二》载《礼乐集》十卷,《宋秘书省续编四库阙书目》卷一著录颜真卿《五经要略》,卷二著录颜真卿《家教》三卷,今并不传。《新唐书·艺文志二》,著录颜真卿《吴兴集》十卷、《庐陵集》十卷、《临川集》十卷,北宋时散佚。今传《颜鲁公集》十五卷,为宋留元刚所刊刻。《全唐文》卷三三六至三四四编其文九卷,《全唐文补遗》(第三辑)补《金天王神祠题记》《臧府君(怀亮)墓志铭并序》二篇,《全唐文补遗》(第六辑)补《汉太中大夫东方先生墓碑》一篇,《全唐文补遗》(第八辑)补《唐工部尚书赠太子太师郭公(虚己)墓志铭并序》一篇。

## | 八月 |

**己卯,户部尚书王晙卒。**

事见《旧唐书·玄宗纪上》。

**唐玄宗下《刺史不准当年入考诏》。**

《全唐文》卷三〇载此诏,《册府元龟》卷六三五系开元二十年八月。

**张九龄加知制诰,撰《谢知制诰状》《故开府仪同三司行尚书左丞相燕国公赠太师张公墓志铭并序》《授卢绚裴宽御史中丞制》。唐玄宗有《答张九龄谢知制诰批》**。

《曲江集》附录诰命《知制诰敕》:“中大夫、守尚书工部侍郎、集贤院学士仍副知院事、上柱国、曲江县开国男、赐紫金鱼袋张九龄宜知制诰地。”末署:“开元二十年八月二十日。”《曲江集》卷一五载《谢知制诰状》。《曲江集》卷一八《故开府仪同三司行尚书左丞相燕国公赠太师张公墓志铭并序》:“开元十有八载,龙集庚午,冬十二月戊申,开府仪同三司行尚书左丞相燕国公薨于位,享年六十四。……二十年秋八月甲申,迁窆于万安山之阳,燕国夫人元氏祔焉。”《全唐文》卷三七唐玄宗《答张九龄谢知制诰批》:“昔掌王言,以宣国命,顷来相习,多事游词。卿旧在掖垣,已推才识,及登书府,备探微奥。故有新命,宜副闲心。”《文苑英华》卷三九三张九龄《授卢绚裴宽御史中丞制》(《曲江集》不载):“敕朝议大夫中书舍人内供奉上柱国卢绚、朝散大夫检校尚书左司郎中兼侍御史内供奉知台事护军裴宽等……可检校御史中丞。”《旧唐书》卷一〇〇《裴漼传》附:“(宽)历中书舍人、御史中丞。”

## |九 月|

**壬子,河西节度使牛仙客加六阶**。

事见《资治通鉴》卷一三。又载:“初,萧嵩在河西,委军政于仙客;仙客廉勤,善于其职。嵩屡荐之,竟代嵩为节度使。”

**中书令萧嵩等上《开元新礼》一百五十卷,制所司行用之**。

《旧唐书·玄宗纪上》:“(开元二十年)九月乙巳,中书令萧嵩等奏上《开元新礼》一百五十卷,制所司行用之。”

## | 秋 |

**李林甫为吏部侍郎，张九龄为工部侍郎，韩朝宗为吏部侍郎，席豫为户部侍郎**。

均见《唐仆尚丞郎表》。

## | 十 月 |

**丙戌，举有贤才未闻达者**。

《旧唐书·玄宗纪上》："（开元二十年）冬十月丙戌，命巡幸所至，有贤才未闻达者举之。"

**唐玄宗下《幸潞州敕》**。

《全唐文》卷三五载此敕，《册府元龟》卷一七二系开元二十年十月。

## | 十 一 月 |

**庚申，唐玄宗祀后土于汾阴，撰《祀后土文》。张九龄从之，奉敕撰《后土赦书》，玄宗称其有王佐之才**。

事见《资治通鉴》卷二一三。《全唐文》卷四〇载《祀后土文》。《文苑英华》卷四二四张九龄《后土赦书》（《唐大诏令集》卷六六）："自开元二十年十一月二十一日昧爽已前，大辟罪已下罪无轻重……咸赦除之。"此文《曲江集》仅节录之。徐浩《唐尚书右丞相中书令张公神道碑》："扈从北巡，便祠后土，命公撰赦，对御为文，凡十三纸。初无藁草，上曰：'比以卿为儒学之士，不知有王佐之才，今日得卿，当以经术济朕。'"

## |十二月|

**陶翰本年任华阴丞，撰《饯崔朔司功入计序》。**

《全唐文》卷三三四《饯崔朔司功入计序》："冬，天子至自河华。中使至，司功崔公朝于京师，礼也。……渭上西眺，寒原无色，赋《皇华》而送崔氏行焉。"《旧唐书·玄宗纪上》："（开元二十年十月）辛丑，至北都。癸丑，曲赦太原，给复三年。十一月庚午，祀后土于脽上。……十二月壬申，至京师。"玄宗十二月还京，陶翰在华州作《序》，送华州司功崔朔入计京师，故知《饯崔朔司功入计序》当作于开元二十年十二月。

## |冬|

**王维本年三十九岁，《京兆尹张公德政碑》疑作于本年。**

《王右丞集笺注》卷二一《京兆尹张公德政碑》："惟皇御极二十载……乃得我贤京兆……且维与人编户，与人为伍，与人出入，与人言语，知风俗之淳弊，识政化之源本。属词愧文，书事苠实。"按：赵殿成《王右丞集笺注》系本文于开元二十二年。

## |本年|

**皇甫冉年十五，以文才为张九龄称赏。**

独孤及《唐故左补阙安定皇甫公集序》："十岁能属文，十五岁而老成，右丞相曲江张公深所叹异，谓清颖秀拔，有江、徐之风。"张九龄此时仅为工部侍郎，加知制诰，独孤及称"右丞相"乃其后职。

**高希峤上《晋书注》一百三十卷。陈庭玉上《老子疏》，柳纵上《庄子注》，帅夜光上《三玄异义》。**

事见《新唐书》之《艺文志二》及《艺文志三》。

**本年前后，李华与萧颖士、赵骅、邵轸同入太学。**

《唐诗纪事》卷二一李华《寄赵七侍御》诗自注："华与赵七侍御骅、故萧十功曹颖士、故邵十六轸未冠进太学，皆苦贫共敝。同年三人登科，相次典校。邵后三人及第也。"

## 唐玄宗开元二十一年

癸酉　七三三

### 正月

**唐玄宗本年四十九岁，庚子朔，下诏令士庶家藏《老子》，撰《注道德经敕》《道德真经疏释题词》《命贡举加老子策制》。张九龄本年五十六岁，在工部侍郎兼知制诰任上，奉拟《岁初处分德音》敕文。**

《全唐文补编》卷二四《注道德经敕》："其《老子》宜令士庶家藏一本，仍劝令习读，使知旨要。每年□贡举人，量减《尚书》《论语》一两道策，准数加《老子》策。……开元廿一年正月一日。"《全唐文》卷二三《命贡举加老子策制》："老子《道德经》，宜令士庶家藏一本，每年贡举人，量减《尚书》《论语》策一两条，准数加《老子》策。俾尊崇道本，宏益化源。今之此敕，亦宜家置一本，每须三省，以识朕怀。"《注道德经敕》云："开元廿一年正月一日。"《全唐文》卷四一载《道德真经疏释题词》。《旧唐书·玄宗纪上》："二十一年春正月庚子朔，制令士庶家藏《老子》一本，每年贡举人量减《尚书》《论语》两条策，加《老子》策。"《唐会要》卷七五《帖经条例》："二十一年敕：令士庶家藏《老子》一本，每年贡举人，量减《尚书》《论语》一两条策，加《老子》策。"《登科记考补正》卷八："（开元二十一年）其《老子》宜令士庶家藏一本，仍劝令习读，使知旨要。每年贡举人，量减《尚书》《论语》一两条策，准数加《老子》策，俾敦崇道本，附益化源。"《文苑英华》卷四四〇张九龄《岁初处分德音》（《唐大诏令集》卷八六）："朕自有天下，二纪及兹……其老子《道德经》，宜令士庶家藏一本，仍劝习读，使知指要。每年贡举人,量减《尚书》《论语》一两道策,准数加《老子》策,俾敦崇道本,附益化源。”

## | 二 月 |

**张九龄上《奉贺衢州进古铜器表》,又撰《授皇甫翼等加阶制》。**

《曲江集》卷一四载《奉贺衢州进古铜器表》。《文苑英华》卷四一七载中书制诰张九龄《授皇甫翼等加阶制》(《曲江集》未载)。

## | 三 月 |

**侍中裴光庭薨,谥忠献。张九龄撰有《侍中兼吏部尚书裴公画赞并序》,后又为撰《大唐金紫光禄大夫行侍中兼吏部尚书弘文馆学士赠太师正平忠宪公裴公碑铭并序》。**

事见《旧唐书·玄宗纪上》。裴光庭薨前,张九龄撰有《侍中兼吏部尚书裴公画赞并序》(《曲江集》卷一七)。《曲江集》卷一九载裴光庭碑铭文。

**甲寅,尚书右丞韩休为黄门侍郎、同平章事,韩休为人峭直,宋璟嘉叹之,唐玄宗谓“吾用韩休乃为社稷,非为身耳”,张九龄为撰《除韩休黄门侍郎平章事制》。**

《资治通鉴》卷二一三:“三月,乙巳,侍中裴光庭薨。太常博士孙琬议:‘光庭用循资格,失劝奖之道,请谥曰克。’其子稹讼之,上赐谥忠献。上问萧嵩可以代光庭者,嵩与右散骑常侍王丘善,将荐之,固让于右丞韩休。嵩言休于上。甲寅,以休为黄门侍郎、同平章事。休为人峭直,不干荣利;及为相,甚允时望。始,嵩以休恬和,谓其易制,故引之。及与共事,休守正不阿,嵩渐恶之。宋璟叹曰:‘不意韩休乃能如是!’上或宫中宴乐及后苑游猎,小有过差,辄谓左右曰:‘韩休知否?’言终,谏疏已至。上尝临镜默然不乐,左右曰:‘韩休为相,陛下殊瘦于旧,何不逐之!’上叹曰:‘吾貌虽瘦,天下必肥。萧嵩奏事常顺指,既退,吾寝不安。韩休常力争,既退,吾寝乃安。吾用韩休,为社稷耳,非为身也。’”《旧唐书·玄宗纪上》:“(开元二十一年三月)甲寅,尚书右丞韩休为黄门侍郎、同中书门下平章事。”《文苑英华》卷四四八翰林制诏张九龄《除韩休黄门侍郎平章事制》:“尚书左丞韩休,蕴道宏深,秉德经远。清诚可以轨物,素行可以律人。一自登朝,备闻体国,志存公亮,诚合始终。而羽翼朕躬,金玉王度,人望是在,朝选无逾。宜拜命于琐闱,俾兼和于鼎实。”《唐大诏令集》卷四五题为《韩休平章事制》,系开元二十一年三月,恐误。

## |闰三月|

**癸酉,幽州道副总管郭英杰与契丹在都山交战,败死。张九龄撰《敕薛泰书》,命薛泰与王忠嗣等合谋,共讨叛蕃。**

《资治通鉴》卷二一三:“(开元)二十一年闰(三)月癸酉,闰月,幽州道副总管郭英杰与契丹战于都山,败死。时节度薛楚玉遣英杰将精骑一万及降奚击契丹,屯于榆关之外。可突干引突厥之众来合战,奚持两端,散走保险;唐兵不利,英杰战死。余众六千余人犹力战不已,虏以英杰首示之,竟不降,尽为虏所杀。”《曲江集》卷八《敕薛泰书》:“朕抚育降奚,每事过厚,衣食供给,数年于兹,而禽兽无知,不怀恩信,相率种落,一时叛亡。此于国家,譬犹蚊虻耳,无所惮惜,惟恶恶心,总是乱阶,私相招诱,若不扑灭,何以示威?卿可率所统,与纪思诲、王忠嗣等计会进讨。”

## |春|

**徐征、刘眘虚、房安禹、元德秀、王端、阎伯玙(阎仲玙)等二十五人登进士第。明经科郑洵等人及第。考功员外郎李彭年知贡举。**

见《登科记考补正》卷八。

## |五月|

**敕许百姓任立私学。**

《唐会要》卷三五："许百姓任立私学，欲其寄州县受业者亦听。"

## | 六月 |

**癸亥，唐玄宗下《令优才异行不限常例诏》："自今选人有才业操行，委吏部临时擢用，流外奏用不复引过门下。"孙逖本年三十八岁，任起居舍人、任考功员外郎、集贤院修撰，《诫励吏部兵部礼部掌选知举官等敕》应作于此时。**

事见《资治通鉴》卷二一三。《全唐文》卷三〇载《令优才异行不限常例诏》。《全唐文》卷三一〇孙逖《诫励吏部兵部礼部掌选知举官等敕》："朕祇膺大宝，岂忘兢业，临驭以来，且逾二纪。……必须杜邪枉之门，绝请托之路。……自今以后，吏部选人，三月三十日以前，团奏事毕。"《唐会要》卷七五《选部下·选限》："开元二十年正月二十二日，吏部尚书裴光庭奏：'文武选人，承前三月三十日始毕，比团甲已至夏末。自今以后，并正月三十日内团甲，二月内毕。'至二十一年六月二十八日，萧嵩奏：'吏部选人，请准旧例，至三月三十日团甲毕。'"则《敕》当作于开元二十一年六月。《册府元龟》卷六三〇亦系于开元二十一年六月二十八日。然《敕》又云朕"临驭以来，且逾二纪"。一纪为十二年，唐玄宗先天元年（712）即位，至本年二十二年，不可谓"逾二纪"。

## | 九月 |

**京兆尹裴耀卿上《请缘河置仓纳运疏》，唐玄宗深然其言。**

《资治通鉴》卷二一三载耀卿言："关中久雨谷贵，上将幸东都，召京兆尹裴耀卿谋之，对曰：'关中帝业所兴，当百代不易；但以地狭谷少，故乘舆时幸东都以宽之。臣闻贞观、永徽之际，禄廪不多，岁漕关东一二十万石，足以周赡，乘舆得以安居。今用度浸广，运数倍于前，犹不能给，故使陛下数冒寒暑以恤西人。今若使司农租米悉输东都，自都转漕，稍实关中。苟关中有数年之储，则不忧水旱矣。且吴人不习河漕，所在停留，日月既久，遂生隐盗。臣请于河口置仓，使吴船至彼即输米而去，官自雇载分入河、洛。又于三门东西各置一仓，至者贮纳，水险则止，水通则下，或开山路，车运而过，则无复留滞，省费巨万矣。河、渭之滨，皆有汉、隋旧仓，葺之非难也。'上深然其言。"《全唐文》卷二九七载此文。

## |十一月|

**戊子，左丞相宋璟以年老致仕，归东都。**

事见《资治通鉴》卷二一三、《旧唐书·玄宗纪上》。

## |十二月|

**萧嵩与韩休不和，皆罢相。以裴耀卿为黄门侍郎，张九龄丁母忧，起复拜中书侍郎，并同中书门下平章事。**

《资治通鉴》卷二一三载宰相萧嵩与韩休不和，常相争论，遂皆罢相："以京兆尹裴耀卿为黄门侍郎，前中书侍郎张九龄时居母丧，起复中书侍郎，并同平章事。"《曲江集》附录诰命《起复拜相制词》："正议大夫、前检校中书侍郎、集贤院学士、仍副知院事、上柱国、曲江县开国男、赐紫金鱼袋张九龄……可起复中书侍郎、同中书门下平章事，兼修国史，余如故。"开元二十一年十二月十四日行制。

**太府卿杨崇礼以户部尚书致仕，唐玄宗擢其子杨慎矜、杨慎名，皆称职。**

《资治通鉴》卷二一三："太府卿杨崇礼，政道之子也，在太府二十余年，前后为太府者莫能及。时承平日久，财货山积，尝经杨卿者，无不精美；每岁句驳省便，出钱数百万缗。是岁，以户部尚书致仕，年九十余矣。上问宰相：'崇礼诸子，谁能继其父者？'对曰：'崇礼三子，慎余、慎矜、慎名，皆廉勤有才，而慎矜为优。'上乃擢慎矜自汝阳令为监察御史，知太府出纳，慎名摄监察御史，知含嘉仓出给，亦皆称职。上甚悦之。"

## |本年|

**岑参十九岁，遍览经史，本年前后，于长安献书阙下。**

《岑嘉州诗笺注》附录一《感旧赋并序》:“参,相门子。五岁读书,九岁属文,十五隐于嵩阳,二十献书阙下。……志学集其荼蓼,弱冠干于王侯。荷仁兄之教导,方励己以增修。无负郭之数亩,有嵩阳之一丘。……我从东山,献书西周。”西周即长安。《序》云:“二十献书阙下。”以二十岁推算,岑参献书事当在开元二十二年。然《新唐书·玄宗纪》:“二十二年正月己巳,如东都。”知二十二年玄宗在洛阳,岑参断无献书长安之理,故疑献书事在二十一年。杜确《岑嘉州集序》:“早岁孤贫,能自砥砺,遍览史籍,尤工缀文。”

**邢南和上《老子注》**。

《新唐书·艺文志三》载。

**孙逖《吏部尚书壁记》作于本年**。

《全唐文》卷三一二《吏部尚书壁记》:“吏部尚书……综九流之要,为六官之长。位尊任重,实在于兹。……皇帝在位之二十二年,缺其官,选于众,乃命武都公自兵部尚书拜焉。”《旧唐书·孙逖传》:“二十一年,入为考功员外郎、集贤修撰。”孙逖于《壁记》中叙述吏部尚书一职之沿革与地位,《壁记》云“皇帝在位之二十二年”,玄宗先天元年(712)即皇帝位,至本年正值二十二年,故疑《吏部尚书壁记》作于开元二十一年。

**王昌龄本年约四十四岁,《上李侍郎书》疑作于本年前后**。

《全唐文》卷三三一《上李侍郎书》:“昌龄拜手奉书吏部侍郎李公座右……天生贤才,必有圣代用之。用之于天子,先自铨衡。……持衡取士,专在文墨,固未尽矣。况文章体势,其多面焉。苟不相容,则太迂阔。一时不合,便即弃之,伏恐伤钩赜之明,结志士之怨,吁可畏也。……昌龄常在暇日,著《鉴略》五篇,以究知人之道,将俟后命,以黩清尘。”《书》云“铨衡”,当指吏部铨选,而非进士考试,故当作于王昌龄入仕后,即开元十五年后。李侍郎即李林甫,开元二十年秋任吏部侍郎,故称李侍郎,是知《上李侍郎书》当作于李林甫任吏部侍郎后。故疑《上李侍郎书》作于开元二十一年前后,唯作年难确考,姑系于此。

**陆羽生。**

陆羽(733—?),字鸿渐,一名疾,字季疵。自号竟陵子、桑苧翁、东岗子。复州竟陵(今湖北天门)人。幼孤,为竟陵龙盖寺僧人智积所收养。少为伶人。天宝五载,太守李齐物教以诗书,始为士人。与崔国辅、皎然、颜真卿及湖州名僧高士有交谊。贞元末卒。生平见《陆文学自传》、《新唐书》本传、《唐才子传校笺》卷三。著述颇丰,尤精于茶道。其《陆文学自传》自录有《谑谈》三篇、《君臣契》三卷、《源解》三十卷、《江表四姓谱》八卷、《南北人物志》十卷、《顺兴历官记》三卷、《湖州刺史记》一卷、《茶经》三卷、《占梦》三卷。顾况《湖州刺史厅壁记》录其所撰《湖州图经》。《新唐书·艺文志三》著录《茶经》三卷、《警年》十卷。《郡斋读书志》《直斋书录解题》增录《顾渚山记》二卷。今存《茶经》三卷,为第一部论茶著作,余皆佚。《全唐文》卷四三三录其文四篇,一篇重出,《唐文拾遗》卷二三补一篇。

## 唐玄宗开元二十二年

甲戌　七三四

### 正月

**唐玄宗本年五十岁,以关中久雨乏粮,己巳,行幸东都洛阳。张九龄自韶州至洛阳。**

《旧唐书·玄宗纪上》:"是岁(二十一年),关中久雨害稼,京师饥,诏出太仓米二百万石给之。二十二年春正月癸亥朔,制古圣帝明皇、岳渎海镇用牲牢,余并以酒酺充奠。己巳,幸东都。"《资治通鉴》卷二一四:"开元二十二年春,正月,己巳,至东都。张九龄自韶州入见,求终丧;不许。"

### 二月

**壬寅,秦州地连震,命左丞相萧嵩赈恤,唐玄宗下《遣萧嵩往秦州致祭山川诏》。**

事见《资治通鉴》卷二一四、新旧《唐书》玄宗本纪。《全唐文》卷三〇载此诏。

**辛亥，初置十道采访处置使，张九龄撰《置十道采访使敕》《遣卢绚等诸道宣慰赈给敕》。**

事见《旧唐书·玄宗纪上》。《唐大诏令集》卷一〇〇载第一敕，系开元二十二年二月十九日，卷一一五载第二敕，系开元二十二年二月。《全唐文》卷二八四题为《敕置十道使》《敕授十道使》。

**方士张果老自言有神仙术，唐玄宗遣迎之，恩礼甚厚。本年，玄宗授其为银青光禄大夫，号通玄先生，下《加张果封号制》。史称"上由是颇信神仙"。**

事见《资治通鉴》卷二一四、《旧唐书·玄宗纪上》。《全唐文》卷二三载此制，《册府元龟》卷五三亦载。

## | 三 月 |

**李琚、张阶、韩液、阎防、张茂之、颜真卿、杜鸿渐、郗纯、魏缜、梁洽、王澄、申堂构等二十七人登进士第，试《梓材赋》《武库诗》。王昌龄、杨谏、韩液等人登博学宏词科。考功员外郎孙逖知贡举，本年三十九岁。**

《登科记考补正》卷八："（开元二十二年）是年试《梓材赋》《武库诗》。"《旧唐书》卷一九〇中《孙逖传》："二十一年，入为考功员外郎、集贤修撰。逖选贡士二年，多得俊才。初年（开元二十二年）则杜鸿渐至宰辅，颜真卿为尚书。后年（开元二十三年）拔李华、萧颖士、赵骅登上第，逖谓人曰：'此三人便堪掌纶诰。'"《全唐文》卷三三七载颜真卿《尚书刑部侍郎赠尚书右仆射孙逖文公集序》："公又雅有清鉴，典考功时，精核进士，虽权要不能逼。所奖擢者二十七人。数年间宏词判等，入甲第者一十六人，授校书郎者九人，其余咸著名当世，已而多至显官。明年典举，亦如之。故言第者必称孙公而已。夫然，信可谓人文之宗师，国风之哲匠者矣。"

《全唐文》卷三五六梁洽《梓材赋》："立政施教，能简则理；为器择材，惟良是视。政有孚而可大,器自斫而称美。学古入官,斯可已矣。……政有善人则不欺,山有木工则度之。材有常质,政则匪一,每呈器而受用,亦相时而陈术。夫如是,谐利贞,保元吉,信前贤之济代,岂小人之能悉。”梁洽(? —734),晋(今山西)人。开元二十二年进士及第,释褐为宋州单父尉,是年冬卒于任所。善诗赋,《全唐文》卷三五六收其赋九篇,唯作年多难确考。

《全唐文》卷三五一王澄《梓材赋》:“则工以理材为难,国以教人为圣。圣体材而存道,材象道而成政。宏之在人,慎出乃令。藏器俟时,人罔越思。达乎至极,钦哉有司。惟试可矣,以材校之。守而弗失,其德秩秩。以人观材,以材观实。非独陈伊周之宏义,将以翊我唐之政术。傥小材之不遗,愿雕焕于兹日。”王澄(生卒年不详),《全唐文》仅收此文。

《全唐文》卷四〇七魏缜《梓材赋》:“凡教在始,而法在初,莫不念乎梓匠。慎尔攸居,苟方圆之失理,是风化之蔑如。故王者削殷迹,述周令,汲汲贤良,孜孜善政,招延俊造,以辅明盛。” 魏缜(生卒年不详),《全唐文》仅收此文。

《全唐文》卷三六一郗纯《梓材赋》:“厥若选德以序,辨官以位,诚当正直而无颇,亦何患乎纲纪之紊坠?小既以此,大无不如。文公立号以化洽,康叔省功以慎储。仁义有常,刚柔贵识其虚实;宽猛相济,勤苦务知其疾徐。”郗纯(生卒年不详),一作郗昂,字高卿,号伊川田父,兖州金乡(今属山东)人。

《全唐文》卷四〇七韩液《公孙弘开东阁赋》:“千载之下,凛然清风。才生于代,道积厥躬。洎六十而达,为百夫之雄。时然后遇,否极斯通。贱不忧贫,牧豕之心在。” 韩液(生卒年不详),本年登进士第,并登博学宏词科。《全唐文》仅收此文。

《全唐文》卷三七七李琚《公孙弘开东阁赋》:“当汉皇之有道,登股肱于此公。顺天招物,德盛声崇。接士于衡门之下,起阁于相府之东。及夫人殁政绝,阁废道休,俾马厩之是宅,奚人德之不修。言念于此,我心其瘳。故知道劣者事微,徇名者失实。奚量才之远近,宁比迹于劳逸。”李琚(生卒年不详),《全唐文》仅收此文。

《全唐文》卷三三一王昌龄《公孙弘开东阁赋》:“《易》:穷则变,变则乃通。二气相感,万物初蒙。拆于阳甲,化于阴风。彼君臣有际会,屠钓无终穷。”《旧唐书·王昌龄传》:“又以博学宏词登科,再迁汜水县尉。”

《全唐文》卷三六五杨谏《公孙弘开东阁赋》:“君立相以道崇,相辅仁而协同。庶辑多士,允厘百工。始于其家,且有招贤之义;刑于四海,大启尚贤之风。”《登科记考补正》卷八:“(开元二十二年)博学宏词科:杨谏。”又载:“杨谏

《公孙弘开东阁赋》曰……”杨谏(生卒年不详),弘农华阴(今属陕西)人,善诗赋,《全唐文》卷三六五收其文六篇,皆为赋作,然除《公孙弘开东阁赋》外,作年皆难确考。

## 四月

**唐玄宗下《令两监生徒赴学诏》。**

《全唐文》卷三〇《令两监生徒赴学诏》:“风化之本,其在庠序。去秋不熟,生徒暂令就舍。讲习之地,安可久闲。其两监生在外者,即宜赴学。”《登科记考补正》卷八:“(开元二十二年)四月,诏曰:‘风化之本,其在庠序。去秋不熟,生徒暂令就舍。讲习之地,安可久闲。其两监生在外者,即宜赴学。’”即此诏。《册府元龟》卷五〇亦载此诏。

## 五月

**张九龄本年五十七岁,守中书令,集贤院知院事,其《奏劾林甫》当作于此前。裴耀卿为侍中,李林甫为礼部尚书、同中书门下平章事。中书侍郎徐安贞撰《授裴耀卿侍中张九龄中书令李林甫礼部尚书制》。**

《曲江集》附录诰命《加银青光禄大夫中书令制》:“正议大夫、中书侍郎、同中书门下平章事、兼修国史张九龄……可银青光禄大夫、守中书令、集贤院学士知院事,修国史,勋封如故。”《旧唐书·玄宗纪上》:“(开元二十二年)五月戊子,黄门侍郎裴耀卿为侍中,中书侍郎张九龄为中书令,黄门侍郎李林甫为礼部尚书、同中书门下平章事。”《资治通鉴》卷二一四:“吏部侍郎李林甫,柔佞多狡数,深结宦官及妃嫔家,伺候上动静,无不知之,由是每奏对,常称旨,上悦之。时武惠妃宠幸倾后宫,生寿王清,诸子莫得为比,太子浸疏薄。林甫乃因宦官言于惠妃,愿尽力保护寿王;惠妃德之,阴为内助,由是擢黄门侍郎。五月,戊子,以裴耀卿为侍中,张九龄为中书令,林甫为礼部尚书、同中书门下三品。”《全唐文》卷二八八张九龄《奏劾林甫》:“宰相系国安危,林甫非社稷之臣也。陛下若相甫,恐异日为社稷忧矣。”《资治通鉴》卷二一四开元二十四年载:“初,上欲以李林甫为相,问于中书令张九龄,九龄对曰:‘宰相系国安危,陛下相林甫,臣恐异日为庙社之忧。'上不从。"玄宗不听张九龄谏言,执意任李林甫为相。李林甫于开元二十二年五月戊子为相,则张九龄奏劾李林甫事当在此前,唯作年难确考,姑系于此。按:《全唐文》卷二三载《授裴耀卿侍中张九龄中书令李林甫礼部尚书制》于玄宗名下,《全唐文补编》卷三五移至徐安贞名下,《唐大诏令集》卷四五题为《裴耀卿侍中张九龄中书令李林甫同三品制》。

**张九龄撰《敕虑囚》。**

《全唐文》卷二八四载此敕,《册府元龟》卷八五系开元二十二年五月。

## 七月

**薛王业薨,赠谥惠宣太子,韩休为撰《惠宣太子哀册文》。**

《资治通鉴》卷二一四:"薛王业疾病,上忧之,容发为变。七月,己巳,薨,赠谥惠宣太子。"《旧唐书·玄宗纪上》:"己巳,司徒、薛王业薨,追谥为惠宣太子。"《新唐书·玄宗纪》:"己巳,薛王业薨。"《全唐文》卷二九五载《惠宣太子哀册文》。

## 十月

**唐玄宗下《禁三元日屠宰敕》。**

《唐大诏令集》卷一一三载此敕,系开元二十二年十月,《全唐文》卷三五题为《禁屠宰敕》。

## 十一月

**是光乂在秘书正字任,上《十九部书语类》。**

《玉海》卷五四引《集贤注记》:"开元二十二年十一月,秘书正字是光乂上《十九部书语类》,敕留院修撰。"

## |十二月|

**突厥毗伽可汗卒,庚戌,来告丧,唐玄宗下《以突厥可汗卒辍朝敕》。**

事见《资治通鉴》卷二一四。《全唐文》卷三五载此敕。

## |冬|

**李白本年三十四岁,在随州送元演往隐仙城山,作《冬夜于随州紫阳先生餐霞楼送烟子元演隐仙城山序》。**

此前李白往来洛阳、嵩山间,与元演、元丹丘有交谊。《冬夜于随州紫阳先生餐霞楼送烟子元演隐仙城山序》:"吾与霞子元丹、烟子元演,气激道合,结神仙交,殊身同心,誓老云海,不可夺也。历行天下,周求名山,入神农之故乡,得胡公之精术。"随州,即汉东都,见《元和郡县图志》卷二一。仙城山,在随州东八十里,见《舆地纪胜》卷八三。紫阳先生,即胡紫阳,亦称胡公,见李白《汉东紫阳先生碑铭》。参见郁贤皓《李白丛考·李白与元丹丘交游考》。

## |本年|

**李白撰《与韩荆州书》,投谒韩朝宗。**

《李白集校注》卷二六《与韩荆州书》:"白闻天下谈士相聚而言曰:生不用封万户侯,但愿一识韩荆州。……白陇西布衣,流落楚汉。十五好剑术,遍干诸侯;三十成文章,历抵卿相。虽长不满七尺,而心雄万夫,王公大人许与气义。此畴曩心迹,安敢不尽于君侯哉?君侯制作侔神明,德行动天地,笔参造化,学究天人。幸愿开张心颜,不以长揖见拒。必若接之以高宴,纵之以清谈,请日试万言,倚马可待。今天下以君侯为文章之司命,人物之权衡,一经品题,便作佳士。而君侯何惜阶前盈尺之地,不使白扬眉吐气,激昂青云耶?……白每观其衔恩抚躬,忠义奋发,以此感激,知君侯推赤心于诸贤腹中,所以不归他人而愿委身国士。傥急难有用,敢效微驱。……白谟猷筹划,安能自矜?至于制作,积成卷轴,则欲尘秽视听,恐雕虫小技,不合大人。若赐观刍荛,则请给纸墨,兼之书人,然后退扫闲轩,缮写呈上。庶青萍结绿,长价于薛卞之门。幸惟下流,大开奖饰,惟君侯图之。”李白于《书》中向韩荆州自叙家世,自我推荐,盼获提携之情跃然纸上。《书》云“三十成文章,历抵卿相”,推知《书》作于李白三十岁后,亦即开元十八年后。又《新唐书》卷一一八《韩朝宗传》:“朝宗初历左拾遗。……累迁荆州长史。开元二十二年,初置十道采访使,朝宗以襄州刺史兼山南东道。”韩朝宗任荆州长史当在开元二十二年前,故知《与韩荆州书》当作于开元十八年至二十二年间,唯作年难确考,姑系于此。

**房琯、綦毋潜游苏州龙兴寺,各撰《龙兴寺碑序》《龙兴寺碑铭》。**

《全唐文》三三二载《龙兴寺碑序》云:“开元十七年,天火下焚,仅获半存。州将皇三从叔无言,圣允帝绪,禀受自高,发虑存诚,与庶品不类。于彼无度外之物,在我无累己之人,广不可寻,深难以测。政成化溥,身逸俗康。位居藩牧,与天子共理;亲则叔父,与人主同家。护社稷深于他臣,视龙兴别于余寺。兴言多感,举意大成,以家率先,施钱数万。合境僧尼等,道会一体,物通十方,同力来奉佛塔。”《全唐文》卷三三三载綦毋潜《龙兴寺铭》。《宝刻丛编》卷一四引《复斋碑录》:“《唐重建龙兴寺碑》,唐房琯撰序、綦毋潜铭、徐挺古分书,贞元十四年十月十五日韦夏卿重刊立。”《吴郡志》卷三一:“龙兴寺在吴县西南,梁所置,绍兴间于官仓瓦砾中得房琯所作寺碑,韦夏卿再立者。”注云:“唐金紫光禄大夫、守吏部尚书、同中书门下平章事、清河公房琯寺碑序,秘书省校书郎綦母(应为‘毋’)潜铭。”房琯序当作于本年其贬睦州司马途经苏州时,綦毋潜有《宿龙兴寺》诗,与碑铭作于同时。参见蒋方《唐人綦毋潜生平中几个问题的考辨》,《湖北大学学报》,一九九〇年第四期。綦毋潜(691—756),字孝通,虔州南康(今属江西)人,晚年寄居淮阴。开元十四年,进士及第。开元中入为集贤院直学士,后为秘书省校书郎、右拾遗。仕终著作郎,有诗名,《新唐书·艺文志四》著录《綦毋潜诗》一卷,生平参见《唐才子传校笺》卷二。《全唐文》仅录《龙兴寺铭》一篇。

# 唐玄宗开元二十三年

乙亥　七三五

## |正 月|

**乙亥，唐玄宗本年五十一岁，亲耕籍田，欲重耕籍，九推乃止。张九龄本年五十八岁，任中书令，撰《籍田之制》《籍田赦书》。**

《旧唐书·玄宗纪上》："二十三年春正月己亥，亲耕籍田，上加至九推而止，卿以下终其亩。大赦天下。"《资治通鉴》卷二一四所载类似。《曲江集》卷七《籍田之制》："粢盛所以奉神祇，耕籍所以助人力……朕自御极以来，动咨故实，惟是千亩，未展三推，匮神困人，降灾移岁，庸不在此，良以怃然。"《大唐新语》卷一〇："自古帝王必躬籍田，以展三推终亩之礼。开元二十三年正月，玄宗亲耕于洛阳东门之外。诸儒奏议，以古者耦耕，以一拨为一推，其礼久废。今用牛耕，宜以一步为一推。及行事，太常卿奏，三推而止。于是公卿以下，皆过于古制。"《唐会要》卷三六《修撰》："二十三年正月，敕中书令张九龄、光禄卿韦绍，与礼官就集贤院撰《籍田仪注》。"《籍田之制》当为同时之作，故系于此。《曲江集》卷六《籍田赦书》亦作于同时。

**诏命五品以上清官及刺史各举一才有霸王之略、学究天人之际及堪将帅牧宰者。**

《旧唐书·玄宗纪上》："其才有霸王之略、学究天人之际及堪将帅牧宰者，令五品以上清官及刺史各举一人。"《册府元龟》卷六四五亦载。

## |二 月|

**张守珪至东都献捷，唐玄宗嘉奖。欲以为相，张九龄谏止。**

事见《旧唐书·玄宗纪上》、《资治通鉴》卷二一四。按：前年六月，幽州节度使张守珪大破契丹。十二月，又进兵斩契丹王屈烈，传首献捷。

**张审素二子瑝、琇为父仇杀殿中侍御史杨汪，议者多言二子父死非罪，宜加矜宥，张九龄亦欲活之，唐玄宗撰《决杀张瑝等兄弟敕》称"国家设法""期于止杀""法在必行"，遂杖杀之。**

事见《资治通鉴》卷二一四。《全唐文》卷三五载玄宗此文。

## |三 月|

**二十七日，玄宗注《老子》，修《疏义》八卷，并制《开元文字音义》三十卷，颁示公卿。**

事见《唐会要》卷三六。

**贾季邻、李颀、萧颖士、李华、赵骅（赵晕）、李嶒、张南容、杨拯（杨极）、张翚、邹象先、朱□等二十七人登进士第，考功员外郎孙逖知贡举。**

见《登科记考补正》卷八本年条及李华《杨骑曹集序》所载。《旧唐书》卷一九〇中《孙逖传》："逖选贡士二年，多得俊才。初年则杜鸿渐至宰辅，颜真卿为尚书。后年拔李华、萧颖士、赵骅登上第，逖谓人曰：'此三人便堪掌纶诰。'"

**李华本年二十一岁，登进士第，《望瀑泉赋》《木兰赋并序》疑作于本年前。**

《全唐文》卷三一四《望瀑泉赋》："孤流皎皎于苍梁，翠淙千仞兮悬帛。玉绳縋于辽天，银河垂于广泽。"《全唐文》卷三一四《木兰赋并序》："故知天地无心，死生同域，纭纭品物，物有其极。至人者，委性循于自然，宁任夫智之与力也。虽贤愚各全其好恶，草木不夭其生植，已而已而，翳蔽不可得。"《登科记考补正》卷八："（开元二十三年）进士：李华。"赋一般作于作者未登第前，开元二十三年，李华登进士第，唯《望瀑泉赋》《木兰赋并序》作年难确考，姑一并暂系于此。

**萧颖士本年十九岁，登进士第，授金坛尉，会其父遭推按，官不成。**

李华《扬州功曹萧颖士文集序》："十九进士擢第，历金坛尉。……君为金坛尉也，会官不成，为扬州参军也。"李华《三贤论》："茂挺父为莒丞得罪，清河张惟一时佐廉使，按成之。茂挺初登科，自洛至莒，道邀使车，发词哀乞，惟一涕下，即日舍之，且曰：'萧赞府生一贤才，资天下风教，吾由是得罪亦无憾。'"

**唐玄宗撰《答张九龄贺御制开元文字音义批》《答张九龄请施行御注道德经批》。**

《全唐文》卷三七《答张九龄贺御制开元文字音义批》："象物成文，以行代教。传习寖远，疑误增多。不制其失，孰云端本。"卷三七《答张九龄请施行御注道德经批》："朕恭承余烈，思有发明，推校诸家，因之详释。……可广示朝廷。有能正朕之失者，具为条件，录姓名以闻，当别加重赏。"《批》当作于张九龄进《贺御制开元文字音义状》《请御注道德经及疏施行状》稍后。张九龄作《贺御制开元文字音义状》《请御注道德经及疏施行状》，事在开元二十三年三月，姑一并系《答张九龄贺御制开元文字音义批》《答张九龄请施行御注道德经批》于此。

**张九龄撰《贺御制开元文字音义状》《请御注道德经及疏施行状》《谢赐食状》。**

《全唐文》卷二八九《贺御制开元文字音义状》："示臣等圣制《开元文字音义》三十卷，义微旨远，文省理该。……望令集贤院更写一本，付外流行。仅奉状陈贺以闻，谨进。"《全唐文》卷二八八《请御注道德经及疏施行状》："伏奉恩敕，赐臣等于集贤院与诸学士奉观御注《道德经》及《疏》本，天旨元远，圣义发明，词约而理丰，文省而事惬。"《全唐文》卷二八九《谢赐食状》："臣等面奉进止，令就集贤院与诸学士等观圣注《道德经》，寻又赐臣等食，窃味道腴，兼承珍馔，闻义饱德，虚往实归。"《唐会要》卷三六《修撰》："其年（开元二十三年）三月二十七日，上注《老子》，并修《疏义》八卷，并制《开元文字音义》三十卷，颁示公卿。"故知玄宗注《道德经》，修《疏义》，制《开元文字音义》事在开元二十三年三月。张九龄《贺御制开元文字音义状》《请御注道德经及疏施行状》当为同时之作,故系于此。《谢赐食状》应作于“颁示公卿”后,当略晚于前二《状》,姑一并系于此。

**张瑝、张琇兄弟复仇杀监察御史杨万顷(即杨汪),唐玄宗决杀之,下《决杀张瑝等兄弟敕》。**

事见《资治通鉴》卷二一四、《旧唐书》卷一八八。《全唐文》卷三四载此敕。

## | 四 月 |

**壬子,唐玄宗下《决断冤系诏》。**

《全唐文》卷三〇载此诏,《册府元龟》卷一五一系开元二十三年四月壬子。

## | 五 月 |

**宗子于兴庆宫建龙池并上《圣德颂》,张九龄奉诏撰《龙池圣德颂》,并上《进龙池圣德颂表》。**

《旧唐书·玄宗纪上》:“(开元二十三年)夏五月戊寅,宗子请率月俸于兴庆宫建龙池,上《圣德颂》。”《全唐文》卷二八三载张九龄文。

## | 六 月 |

**司马承祯卒,年八十九。有《坐忘论》一卷,唐玄宗亲为制碑,卫凭撰《唐王屋山中岩台正一先生庙碣》。**

《旧唐书·司马承祯传》:“是岁,卒于王屋山,时年八十九。”《全唐文》卷三〇六卫凭《唐王屋山中岩台正一先生庙碣》:“岁乙亥夏六月十八日……已蜕形矣。越二十一日,群弟子相与瘗杖舄于西北之松台。制赠银青光禄大夫,谥曰贞一,并上自制碑,申宠章也。”《历代名画记》卷九:“二十三年卒……年八十一。”《新唐书·艺文志三》:“道士司马承祯《坐忘论》一卷,又《修生养气诀》一卷,《洞元灵宝五岳名山朝仪经》一卷。"《郡斋读书志》卷一六:"《坐忘论》一卷。右唐司马承祯子微撰,凡七篇。其后有文元公跋,谓子微之所谓'坐忘',即释氏之言'宴坐'也。"《直斋书录解题》卷九:"《坐忘论》一卷。唐逸人河内司马承祯子微撰,言坐忘安心之法,凡七条,并《枢翼》一篇,以为修道阶次。其论与释氏相出入。"

## | 七 月 |

**丙子,唐玄宗下《皇太子诸王改名敕》,皇太子鸿改名瑛,庆王直以下十四王并改名。**

事见《旧唐书·玄宗纪上》、《资治通鉴》卷二一四。《唐大诏令集》卷二九载此敕。

## | 八 月 |

**张九龄撰《贺论三教状》,唐玄宗撰《答张九龄贺论三教批》。**

《全唐文》卷二八九《贺论三教状》:"伏奉今日墨制,诏诸学士及道僧讲论三教同异。……伏惟陛下道契无为,思该元妙……臣等幸侍轩墀,亲承至训,忭跃之极,实倍常情。望宣付史馆。谨奉状陈贺以闻,谨奏。"《册府元龟》卷三七《帝王部颂德》:"(开元二十三年)八月癸巳千秋节,命诸学士及僧道讲论三教同异。中书令张九龄上言曰:'……伏惟陛下道契无为,思谈玄妙……臣等幸侍轩墀,亲承至训,抃跃之极,实倍常情。望宣付史馆。'"《全唐文》卷三七载《答张九龄贺论三教批》:"顷因节日,会以万方,略举三教,未暇尽理。……况会三归一,初分渐顿,理皆共贯,使自求之。"

## | 九 月 |

**唐玄宗亲注《金刚经》,张九龄撰《贺御注金刚经状》《请御注经内外传授状》,唐玄宗撰《答张九龄贺御注金刚经批》《答张九龄请御注经内外传授批》。**

《全唐文》卷二八九《贺御注金刚经状》:“内侍引凤祥宣敕,垂示臣等御注《金刚经》。但佛法宗旨,撮在此经,人间传习,多所未悟。……陛下至德法天,平分儒术,道已广度其宗,僧又不违其愿。三教并列,万姓知归。伏望降出御文,内外传授。”《全唐文》卷二八八《请御注经内外传授状》:“臣等今日于九龄处,伏见集贤院奉贺御注前件。……臣等近识,暗于大道,粗闻九龄此传,便若已有所得。……伏惟陛下天纵无方,有来斯应,万殊一贯,三教同归。伏望降出御本,使内外传授。”《册府元龟》卷五一《帝王部崇释氏一》:“(开元)二十三年九月,亲注《金刚经》及修义诀。中书令张九龄等上言:……三教并列,万姓知归。伏望降出御文,内外传授。……今请颁行,仍虑未惬。简教释门威仪僧思有奏曰:‘……其御注《经》,伏乞示天下,宜付史官。’许之。”《请御注经内外传授状》云“臣等今日于九龄处,伏见集贤院奉贺御注前件”。故知《请御注经内外传授状》所作时间当略晚于《贺御注金刚经状》,唯作年作月难确考,姑一并系于此。《全唐文》卷三七载《答张九龄贺御注金刚经批》:“以道元元,与夫《孝经》《道经》,三教无阙,岂兹秘藏。能有详探,所贺知。”同卷载《答张九龄请御注经内外传授批》:“此经宗旨,先离诸相。解说者众,证以真空。僧徒固请,欲以宏教。心有所得,辄复疏之。今请颁行,虑无所益。”

**唐玄宗下制定永业田、口分田**。

《册府元龟》卷四九五载此制,系开元二十三年九月。

## | 秋 |

**李白本年三十五岁,与元演同游太原,撰《秋日于太原南栅饯阳曲王赞公贾少公石艾尹少公应举赴上都序》**。

《李白集校注》卷二七《秋日于太原南栅饯阳曲王赞公贾少公石艾尹少公应举赴上都序》:“今年春,皇帝有事千亩,湛思八埏,大搜群才,以缉邦政,而王公以令宰见举,贾公以王霸升闻。”《旧唐书·玄宗纪上》:“(开元二十三年正月)其才有霸王之略、学究天人之际、及堪将帅牧宰者,令五品以上清官及刺史各举一人。”则《序》所云“今年春”,当为开元二十三年正月,又《序》题云“秋日”,故知《序》当作于开元二十三年秋。

## 十月

**唐玄宗拟于来年正月七日取南路幸西京，命张九龄撰《敕幸西京》文，告所司准式，务从节减。**

《曲江集》卷七(《全唐文》卷二八四)载此文。

**唐玄宗对东北战局料测如睹，张九龄连撰《贺依圣料赤山北无贼及突厥要重人死状信安郡王祎承王忠嗣警因牒云赤山有贼》《贺突厥小可汗必是伤死状》《贺圣料突厥必有亡征其兆今见状》三贺状，并请付史馆纪之。**

《曲江集》卷一四载此三状(《全唐文》卷二八九，第一状题为《贺依圣料赤山北无贼及突厥要重人死情宣付史馆状》)。

## 十二月

**二十四日，唐玄宗册故蜀州司户杨玄琰女为寿王妃，有《册寿王杨妃文》；二十七日，册封前相州邺县令郑博古第二女为荣王妃，有《册荣王郑妃文》。**

事见《资治通鉴》卷二一四。《唐大诏令集》卷四〇载《册寿王杨妃文》(《全唐文》卷三八)："维开元二十三年，岁次乙亥，十二月壬子朔，二十四日乙亥，皇帝若曰……"同卷载《册荣王郑妃文》(《全唐文》卷三八)："维开元二十三年，岁次乙亥，十二月壬子朔，二十七日戊寅，皇帝若曰……"

**唐玄宗西幸改期，张九龄撰《西幸改期请付史馆状》，唐玄宗撰《答张九龄请西幸改期宣付史馆批》。**

《曲江集》卷一三载此文，《全唐文》卷二八八载题为《西幸改期请宣付史馆状》，卷三七载玄宗批文。

## | 本 年 |

**高適三十六岁，赴长安应试，不第。**

《高適诗集编年笺注》第一部分《酬秘书弟兼寄幕下诸公诗序》云："乙亥岁，适征诣长安。"乙亥岁即开元二十三年，故知高適本年曾赴长安应试。然至天宝八载，高適方登有道科，任封丘尉。

**杜甫二十四岁，本年前后，赴长安应进士举，不第。**

《新唐书·杜甫传》："举进士不中第，困长安。"《旧唐书·杜甫传》："甫天宝初应进士不第。"杜甫《壮游》诗云："归帆拂天姥，中岁贡旧乡。气劘屈贾垒，目短曹刘墙。忤下考功第，独辞京尹堂。"又《新唐书》卷四四《选举志上》："每岁仲冬，州、县、馆、监举其成者送之尚书省。……既至省，皆疏名列到，结款通保及所居，始由户部集阅，而关于考功员外郎试之。……二十四年，考功员外郎李昂为举人诋诃，帝以员外郎望轻，遂移贡举于礼部，以侍郎主之。礼部选士自此始。"故知杜甫应进士举时，仍由考功员外郎主试，而开元二十四年后，即由礼部选士，故杜甫应进士举不第当在开元二十四年后，姑系于此。《旧唐书·杜甫传》所载有误。

**元结十七岁，始折节向学，师从元德秀。**

颜真卿《唐故容州都督兼御史中丞本管经略使元君表墓碑铭并序》："君聪悟宏达，倜傥而不羁。十七始知书，乃受学于宗兄德秀。"

**徐浩在集贤院任上，以文章知遇于张九龄，结为忘年之交。**

参见朱关田《唐代书法家年谱》(江苏教育出版社二〇〇一年版)卷五《徐浩事迹系年》："徐浩撰《张九龄碑》：'义深知己，眷以文章，礼接同人，惠兼甥舅。'浩之夫人张氏，与九龄同姓，故有甥舅之称。"

**杜佑生**。

杜佑(735—812),字君卿,京兆万年(今陕西西安)人。著名政治家、史学家。生于世宦之家,父杜希望,官至鄯州都督、陇右节度留后。佑以门资入仕,历任江淮青苗使、容管经略使、水陆转运使等。建中二年(781)为度支郎中,迁户部侍郎,判度支。后出为岭南、淮南节度使,颇有政声。十七年进《通典》二百卷,"大传于时。礼乐刑政之源,千载如指诸掌,大为士君子所称"(《旧唐书》本传)。十九年征拜检校司空、同平章事、太清宫使,加弘文馆大学士。元和初,任检校司徒、同平章事,封岐国公。七年以太保致仕,卒赠太傅,年七十八,谥安简。三子十孙,孙杜悰后为宰相,孙杜牧为晚唐著名文学家。新旧《唐书》有传,权德舆有《唐丞相岐国公杜公墓志铭》,近人郑鹤声有《杜佑年谱》。《新唐书·艺文志三》还著录其《理道要诀》十卷、《管氏指略》二卷、《宾佐记》一卷,已佚。《全唐文》卷四七七录其文十三篇。

**李邕本年六十一岁,本年或稍后,为括州刺史,撰《秦望山法华寺碑》《谢恩慰谕表》**。

《新唐书·李邕传》:"开元二十三年,起为括州刺史。"《旧唐书·李邕传》:"贬为钦州遵化尉……又转括、淄、滑三州刺史。"《八琼室金石补正》卷五《秦望山法华寺碑并序》,前题"括州刺史李邕撰并书",后署"唐开(元)廿三年十二月八日建"。《全唐文》卷二六一李邕《谢恩慰谕表》:"臣出入岭南,自经一纪。自澧州司马加朝散大夫,兼此州牧。"李邕开元十四年贬岭南,则"一纪"之后应为二十五年。未详孰是,姑系于此。

## 唐玄宗开元二十四年

丙子　七三六

### 正月

**唐玄宗本年五十二岁,下《幸西京敕》**。

《册府元龟》卷一一三(《全唐文》卷三五)载此敕。

**下《听逃户归首敕》。**

《唐大诏令集》卷一一一(《全唐文》卷三五)载此敕,系开元二十四年正月。

## |初春|

**张九龄本年五十九岁,在守中书令、集贤院学士知院事兼修国史任上。北庭都护盖嘉运旧疾复发,请入都就医,张九龄撰《敕北庭都护盖嘉运书》,告之将专遣人疗疾。敕发不久,奏知盖师多有杀获,苏禄遁走,北庭围解,撰《贺盖嘉运破贼状》《敕瀚海军使盖嘉运书》慰勉,又撰《贺北庭解围仍有杀获状》《贺贼苏禄遁走状》。**

《曲江集》卷一〇载《敕北庭都护盖嘉运书》之四、《敕瀚海军使盖嘉运书》,卷一四载《贺盖嘉运破贼状》。

**吐蕃赞普屡次来书抗议蛮中地界及抄掠等事,张九龄撰《敕吐蕃赞普书》谴责其不义之举;为防止突厥报复奚、契丹两蕃,撰《敕平卢使乌知义书》要其远加斥候,严加戒备;又撰《敕突厥可汗书》劝登利可汗不要侵伐奚、契丹诸部,联合夹击突骑施。**

《曲江集》卷一一载《敕吐蕃赞普书》之三、卷九载《敕平卢使乌知义书》之三、卷一一载《敕突厥可汗书》之二。据《曲江集》记载,张九龄前后撰《敕北庭都护盖嘉运书》五篇、《敕吐蕃赞普书》七篇、《敕突厥可汗书》七篇、《敕平卢使乌知义书》三篇、《敕安西节度王斛斯书》八篇、《敕金城公主书》三篇、《敕幽州节度张守珪》八篇、《敕渤海王大武艺书》四篇、《敕新罗王金兴光书》三篇等。张九龄恪尽宰守之责,处理唐朝中央政府与边疆民族政权的关系,及时传达部署,事无巨细,有理有节。这些官文书具有相当高的文献价值,可参看顾建国《张九龄年谱》开元二十三年、二十四年及其他年份的行状及编年文考证。

## | 二 月 |

**甲寅，唐玄宗宴新除县令于朝堂之上，作《令长新戒》，赐天下县令。**

《全唐文》卷四一载此文："我求令长，保乂下人，人之所为，必有所因。侵渔浸广，赋役不均，使夫离散，莫保其身。微诸善理，寄尔良臣，与之革故，政在惟新。调风变俗，背伪归真，教元为富，惠恤于贫。无大无小，必躬必亲，责躬劝农，其惟在勤。墨绶行令，孰不攸遵，曷云被之，我泽如春。"

## | 三 月 |

**崔亘、张巡等二十人登进士第。明经科郑宠等人及第。颜真卿、卢先之、马巯等人登拔萃科。考功员外郎李昂知贡举。**

见《登科记考补正》卷八本年条。本年拔萃科未知举于何月，姑一并系于此。

颜真卿本年二十七岁，登拔萃科，吏部擢判入高等，授秘书省校书郎。《全唐文》卷三三七载其《对三命判》："乙仕登三命，举以特牲，祀以少劳，人告其僭加于举礼也。……从大夫之后，既登三命；循先人之祭，有事十伦。……举特且叶于《礼经》，加牢未亏于祀典。人告其僭，罔知攸伏。"《全唐文》卷五一四殷亮《颜鲁公行状》："二十四年吏部擢判入高等，授朝散郎秘书省著作局校书郎。"

《全唐文》卷三九九卢先之《对三命判》："乙仕登三命，举以特牲，祀以少劳，人告其僭加于举礼也。……且国有十伦，仕登三命，尊卑式序，威仪孔昭。车服以庸，祀享宁僭，矧惟举礼，无乃用心。凡举特牲者，克从其秩；祀少牢者，实符于班。失或归于讼人，礼不黩于君子。谓之过矣，其在兹乎？"卢先之（生卒年不详），《全唐文》仅收此文。

《全唐文》卷四〇一马巯《对三命判》："乙仕登三命，举以特牲，祀以少劳，人告其僭加于举礼也。……信以大夫之礼，能行孝子之志。缘祀而加，诚不违于旧典；或人妄告，固未适于时宜。虽二簋之可享，岂少牢之为僭。此其礼欤，固无尤矣。" 马巯（生卒年不详），《全唐文》仅收此文。

李昂本年任考功员外郎，知贡举，为举人诋诃。唐玄宗以员外郎望轻，遂移贡举于礼部侍郎，下《检试诸色举人及斋郎诏》，张九龄撰《敕令礼部掌贡人》。此为唐代科举选人制度的重大改变，也是文化史上的重要一环。《大唐新语》卷一〇："开元二十四年，李昂为考功，性刚急，不容物，乃集进士与之约曰：'文之美恶，悉知之矣。考校取舍，存乎至公。如有请托于人，当悉落之。'昂外舅尝与进士李权邻居，相善，为言之于昂。昂果怒，集贡士数权之过。……及出，权谓众人曰：'向之斯言，意属吾也。昂与此任，吾必不第矣。文何籍为？'乃阴求瑕。他日，昂果摘权章句小疵，榜于通衢以辱之。……昂闻惶骇，诉于执政，以权不逊，遂下权吏。初，昂以强愎不受属请，及有吏议，求者莫不允从。由是庭议，以省郎位轻，不足以临多士，乃使吏部侍郎掌焉。"《唐摭言》卷一亦载。《新唐书》卷四四《选举志上》："（开元）二十四年，考功员外郎李昂为举人诋诃，帝以员外郎望轻，遂移贡举于礼部，以侍郎主之。礼部选士自此始。"《旧唐书·玄宗上》："（开元二十四年）三月乙未，始移考功贡举，遣礼部侍郎掌之。"《登科记考补正》卷八："（开元二十四年）三月十二日，以考功员外郎李昂为举人所讼，乃下诏曰：'每岁举人，求士之本。专典其事，宁不重欤？顷年以来，惟考功郎所职掌，位轻事重，名实不伦。欲尽委长官，又铨选猥积。但六官之列，体国是同，况宗伯掌礼，宜主宾荐。自今以后，每年诸色举人及斋郎等简试，并于礼部集。既众务烦杂，仍委侍郎专知。'"《全唐文》卷三〇唐玄宗《检试诸色举人及斋郎诏》："每岁举人，求士之本。专典其事，宁不重欤？顷年以来，惟考功郎所职，位轻务重，名实不伦。欲尽委长官，又铨选猥积。且六官之例，体骨是同，况宗伯掌礼，宜注宾荐。自今以后，每岁诸色举人及斋郎等检试，并于礼部集。既众务烦杂，仍委侍郎专知。"《全唐文》卷二八四张九龄《敕令礼部掌贡人》："敕：每岁举人，求士之本。专典其事，宁不重欤？顷年以来，惟考功郎所职掌，位轻事重，名实不伦。……自今以后，每诸色举人及斋郎等简试，并于礼部集。既众务烦杂，仍委侍郎专知。"

**韦济在恒州刺史任上撰《白鹿泉神祠碑》，入为京兆少尹、户部侍郎。孙逖本年四十一岁，迁中书舍人，撰《授韦济户部侍郎制》。**

《八琼室金石补正》卷五五《白鹿泉神祠碑》："开元二十四年春三月……"题下署"恒州刺史韦济文，峘岳山人裴抗书"。《旧唐书·孙逖传》："（开元）二十四年，拜逖中书舍人。"《全唐文》卷三〇八载《授韦济户部侍郎制》，称韦济："衣冠吉士，文雅清才，蕴忠信于身谋，传孝友于门德。明而克允，遇理必通；刚则近仁，临事能断。自升华省，迨佐神州，皆有令名，咸归雅望。”

## 四月

**丁丑，唐玄宗下《疏决禁囚敕》，降死罪以下。**

事见《新唐书·玄宗纪》。《全唐文》卷三五载此敕，《册府元龟》卷八五亦载。

**张守珪使安禄山讨奚、契丹叛者，禄山恃勇轻进，为虏所败。辛亥，守珪请奏斩之；又惜其勇，执送京师。中书令张九龄批示当斩，玄宗惜其才，敕令赦之，九龄固争之，以为禄山貌有反相，不杀必有后患，玄宗不允，对九龄已有不满。史称安禄山狡猾，善揣人情，守珪爱之以为养子，史思明与其相亲爱，亦得守珪宠幸，史言“安、史事始此”。此乃唐史之一大关节。**

事见《资治通鉴》卷二一四，并见司马光之考异。

## 六月

**张九龄撰《白羽扇赋并序》，唐玄宗撰《答张九龄进白羽扇赋批》，孙逖撰《为宰相谢赐竹扇表》。**

《全唐文》卷二八三张九龄《白羽扇赋并序》：“开元二十四年夏，盛暑，奉敕使大将军高力士赐宰臣白羽扇，某与焉。窃有所感，立献赋曰：……肃肃白羽，穆如清风。纵秋气之移夺，终感恩于箧中。”《全唐文》卷三七唐玄宗《答张九龄进白羽扇赋批》：“朕顷赐扇，聊以涤暑。卿立赋之，且见情素，词高理妙，朕详之久矣。”《全唐文》卷三一一孙逖《为宰相谢赐竹扇表》：“高力士至，奉宣恩制，各赐臣等竹扇及圣赞。赉以器用，俯矜于烦暑；博以文章，更垂于光拂。……不胜感戴之至，谨奉表陈谢以闻。”

**唐玄宗因籍田敕，命有司议增宗庙笾豆及服纪未通者。太常卿韦绍、兵部侍郎张均（张说之子）、职方郎中韦述、太子宾客崔沔、礼部员外郎杨仲昌等有奏**

**议辩难礼制**。

《全唐文》卷三〇二韦述《宗庙加笾豆议》《服制议》,卷二七三崔沔《加笾豆增服纪议》、卷三〇七韦绍《姨舅服制奏》,卷三〇六杨仲昌《加笾豆增服纪议》。

## | 七月 |

**己巳,初置寿星坛,下《置寿星坛诏》**。

事见《旧唐书·玄宗纪上》。《全唐文》卷三〇载此诏,《唐大诏令集》卷七四载题为《置寿星坛敕》,系于开元二十四年十月,但《通典》卷四五《沿革五》、《唐会要》卷二二均记为本年七月,从之。

**庚子,太子太保陆象先卒,唐玄宗下《赠兖国公陆象先尚书左丞制》。辛丑,李林甫为兵部尚书,依旧知政事**。

事见《旧唐书·玄宗纪上》。《全唐文》卷二三载此制。

## | 八月 |

**壬子,唐玄宗御东都广达楼,赐宴群臣,下《千秋节宴群臣制》,称"中外无事,朝野乂安"。群臣献宝镜,惟张九龄上《千秋金镜录》五卷,述"前世兴废之源",贺玄宗生日,并以鉴戒。玄宗还召集地方父老宴饮,下《千秋节赐父老宴饮敕》**。

《全唐文》卷二三载《千秋节宴群臣制》:"今属时和气清,年谷渐熟,中外无事,朝野乂安。不因此时,何云燕喜?卿等即宜坐饮,相与尽欢。"《资治通鉴》卷二一四:"(开元二十四年)秋,八月,壬子,千秋节,群臣皆献宝镜。张九龄以为以镜自照见形容,以人自照见吉凶。乃述前世兴废之源,为书五卷,谓之《千秋金镜录》,上之。上赐书褒美。"按:玄宗虽赐书褒美,但九龄上书,显得不合时宜。《全唐文》卷三五《千秋节赐父老宴饮敕》:"今兹节日,谷稼有成。顷年以来,不及今岁。百姓既足,朕实多欢。故于此时,与父老同宴,自朝及野,福庆同之，并宜坐食。”

**御楼设绳技，卫士胡嘉隐作《绳技赋》以献，词甚宏畅，唐玄宗大悦。**

《唐语林》卷五：“明皇开元二十四年八月五日，御楼设绳技。技者先引长绳，两端属地，埋鹿卢以系之。鹿卢内数丈，立柱以起，绳之直如弦。然后技女自绳端摄足而上，往来倏忽，望若飞仙。有中路相遇，侧身而过者；有着履而行，从容俯仰者；或以画竿接胫，高六尺；或蹋肩蹋顶，至三四重，既而翻身直倒至绳，还往曾无蹉跌，皆应严鼓之节，真可观也。卫士胡嘉隐作《绳技赋》献之，词甚宏畅，上览之大悦，擢拜金吾卫仓曹参军。”

**张守节撰《上史记正义序》。**

《全唐文》卷三九七《上史记正义序》：“守节涉学三十余年，六籍九流，地理苍雅，锐心观采。评史汉，诠众训，释而作正义。……次旧书之旨，兼音解注，引致旁通，凡成三十卷，名曰《史记正义》。发挥膏肓之辞，思济沧溟之海，未敢侔诸秘府，冀训诂而齐流庶，贻厥子孙，世畴兹史。于时岁次丙子开元二十四年八月，杀青斯竟。”《序》云：“于时岁次丙子开元二十四年八月，杀青斯竟。”张守节（生卒年不详），开元时官诸王侍读，守右清道率府长史。《全唐文》仅收此文。

## | 九 月 |

**礼部以贡举请别置印。**

《唐会要》卷七六《缘举杂录》：“二十四年九月二十日，礼部以贡举请别置印。”

**唐玄宗贬荆州大都督府长史韩朝宗为洪州刺史，张九龄为撰制。**

《曲江集》卷七载此制，述其轻贬原因：“乃私其所亲，请以为邑，未盈三载，已至两迁，既殊德举，自速官谤，及令按事，果验非才。伤败实多，矫诬斯甚，举不为党，岂其然欤？事咨于周，则异于是，不能自律，何以正人？”

## 十月

**戊申，唐玄宗自东都归长安，张九龄等扈从。玄宗改变来年二月西返的决定，提前离开洛阳，从此再未至东都。玄宗过陕州，下《自东都还至陕州推恩敕》，以刺史卢奂（卢怀慎之子）有善政，作《卢奂赞》。**

《旧唐书·玄宗纪上》："冬十月戊申，车驾发东都，还西京。至华州，赋赦行在系囚。丁丑，至自东都。"《资治通鉴》卷二一四："先是，敕以来年二月二日行幸西京。会宫中有怪，明日，上召宰相，即议西还。裴耀卿、张九龄曰：'今农收未毕，请俟仲冬。'李林甫潜知上指，二相退，林甫独留，言于上曰：'长安、洛阳，陛下东西宫耳，往来行幸，何更择时！借使妨于农收，但应蠲所过租税而已。臣请宣示百司，即日西行。'上悦，从之。"《册府元龟》卷八五（《全唐文》卷三五）载制文，《全唐文》卷四一载《卢奂赞》。

**驾还西京后，张九龄奉敕前往安国观等处行香，在观中得见唐玄宗为宁王李宪、故惠宣太子李业和代国公主、金仙公主所写《一切道经》四本，遂撰《上为宁王写一切经请宣付史馆状》。**

《曲江集》卷一一载此状。系年参见顾建国《张九龄年谱》考，页二六〇。

**唐玄宗恩赐衣物并授权张九龄弟九皋殿中丞、九章太子司议郎，张九龄撰《谢赐衣物状》《谢两弟授官状》。**

《曲江集》卷一五载两状。按：此前一年春，玄宗即欲起复授九皋、九章京官，被九龄恳辞。参见《文苑英华》卷八九九萧昕《殿中监张九皋碑》（《全唐文》卷三五五题为《唐银青光禄大夫岭南五府节度经略采访处置等使摄御史中丞赐紫金鱼袋殿中监南康县开国伯赠扬州大都督长史张公神道碑》）。

**唐玄宗敕令百司从官减省集贤书籍，三分留一，贮于东都。**

《唐会要》卷三五《经籍》："二十四年十月，车驾从东都还京，有敕：'百司从官，皆令减省集贤书籍，三分留一，贮在东都。’”

**唐玄宗欲以牛仙客为相，遭张九龄激烈反对；明日又以实封为言，九龄固执如初，玄宗大怒。史称“是时，上在位岁久，渐肆奢欲，怠于政事。而九龄遇事无细大皆力争，林甫巧伺上意，日思所以中伤之”，且九龄“性颇躁急，动辄忿詈，议者以此少之”，故玄宗“浸疏之”。**

事见《资治通鉴》卷二一四，并参见《旧唐书·张九龄传》。

**礼部侍郎姚奕请进士帖《左氏传》《周礼》《仪礼》，通五与及第。**

《唐会要》卷七六《贡举中·进士》：“开元二十四年十月，礼部侍郎姚奕请进士帖《左氏传》《周礼》《仪礼》，通五与及第。”

## |十一月|

**唐玄宗听信谗言，欲废太子李瑛，张九龄力谏不可，“卒九龄相，而太子无患”。**

徐浩《唐尚书右丞相中书令张公神道碑》：“范阳节度颍王澐奏前太子索甲二千领，上乃震怒，谓其不臣，顾问于公。公曰：‘子弄父兵，罪当笞，况元良国本，岂可动?’上因涕泣，遂寝其奏。武贵妃离间储君，将立其子，使中谒者私于公曰：‘若有废也，必将兴焉。’公遂叱之曰：‘宫闱之言，何得辄出！’”《新唐书·张九龄传》：“故卒九龄相，而太子瑛无患。”

**张九龄以省中必奉学识为高，贬斥李林甫荐引的户部侍郎萧炅，并举荐中书侍郎严挺之为相。玄宗赐以尺诗，寓言警示，九龄撰《谢赐尺诗状》。**

《曲江集》卷一五载此状，云：“因物寓言，以言垂象。虽臣謇陋，伏见宸衷。窃谢良工，徒秉刀尺；终其死力，取配钧衡，而未副所图，退省知罪。”《资治通鉴》卷二一四载：“林甫引萧炅为户部侍郎，炅素不学。尝对中书侍郎严挺之，读‘伏腊’为‘伏猎’。挺之言于九龄曰：‘省中岂容有“伏猎侍郎”?’由是，出炅为岐州刺史,故林甫怨挺之。九龄与挺之善,欲引以为相,尝谓之曰:‘李尚书方承恩,足下宜一造门,与之款昵。’挺之素负气,薄林甫为人,竟不之诣。林甫恨之益深。”后张九龄果遭林甫进谗,成为九龄罢相的导火索。

**壬寅,唐玄宗以裴耀卿、张九龄阿党,并罢相,分别为尚书左、右丞相,下《罢侍中裴耀卿中书令张九龄为尚书左右丞相制》。李林甫兼中书令,牛仙客为工部尚书、同中书门下三品,萧嵩为太子太师,韩休为太子少保。这是唐代政治与文学史上的界标事件,《旧唐书·玄宗纪》分上、下两卷,以本年结《玄宗纪上》。**

《全唐文》卷二三载《罢侍中裴耀卿中书令张九龄为尚书左右丞相制》,《唐大诏令集》卷五五题为《裴耀卿张九龄尚书左右丞相制》。《旧唐书·玄宗纪上》:“十一月壬寅,侍中裴耀卿为尚书左丞相,中书令张九龄为尚书右丞相,并罢知政事。兵部尚书李林甫兼中书令,殿中监牛仙客兵部尚书、同中书门下三品。尚书右丞相萧嵩为太子太师,工部尚书韩休为太子少保。”《曲江集》附录诰命《充右丞相制》,开元二十四年十一月二十七日行。《资治通鉴》卷二一四:“于是上积前事,以耀卿、九龄为阿党。壬寅,以耀卿为左丞相,九龄为右丞相,并罢政事。以林甫兼中书令。仙客为工部尚书、同中书门下三品,领朔方节度如故。”所谓“前事”,包括前述安禄山事、牛仙客事、废太子瑛事、萧炅、严挺之事等,玄宗对直言的九龄终于失去了容忍之心。按:《通鉴》此处载考异曰:“《唐历》曰:‘宰相遥领节度,自仙客始。’按:萧嵩已遥领河西,非始此。”此处明显指牛仙客遥领,牛仙客此前为朔方节度使,由他遥领实属自然。《唐大诏令集》卷五二载《李林甫兼朔方军节度使制》(《全唐文》题为《以李林甫兼领朔方节度诏》),系开元二十四年十一月,误。文中称李林甫官阶为“右相”,天宝元年方改侍中、中书令为左右相,林甫兼领朔州方军节度使在天宝十载正月,参见“天宝十载正月”条。

开元二十四年,张九龄罢相,李林甫全面掌权,是政治史与文学史上的转折。中唐宰相崔群《论开元天宝讽止皇甫镈疏》(《全唐文》卷六一二)有评:“安危在出令,存亡系所任。玄宗初得姚崇、宋璟、卢怀慎、苏颋、韩休、张九龄则治,用宇文融、李林甫、杨国忠则乱,故用人得失,所系非轻。人皆以天宝十四载安禄山反为乱之始,臣独以为开元二十四年罢张九龄相,专用李林甫,此理乱之所分也。”范祖禹《唐鉴》卷九:“(玄宗)始诛韦氏,抑外戚,焚珠玉锦绣,诋神仙,禁言祥瑞,岂不正哉!其终也,惑女宠、极奢侈、求长生,悦禨祥,以一人之身而前后相反如此。由有所陷溺其心故也,可不戒哉!”

史言“即位以来,所用之相,姚崇尚通,宋璟尚法,张嘉贞尚吏,张说尚文,李元纮、杜暹尚俭,韩休、张九龄尚直,各其所长也。九龄既得罪,自是朝廷之士,皆容身保位,无复直言”。李林甫欲蔽塞人主视听,自专大权,明如诸谏官不用多言,自是谏争路绝。

事见《资治通鉴》卷二一四。

## |十二月|

**丙寅,牛仙客知门下省事,仙客为林甫所引,专给唯诺而已。**

事见《旧唐书·玄宗纪上》。

## |本年|

**孙逖撰有《陈情表》。**

《全唐文》卷三一一孙逖《陈情表》:“臣父嘉之……才及令长。臣夙荷严训,累登清秩,频迁省闼,又拜掖垣。……伏望降臣一外官,特乞微恩,稍沾臣父。”《旧唐书·孙逖传》:“(开元)二十四年,拜逖中书舍人。逖自以通籍禁闱,其父官才邑宰,乃上表陈情曰:‘臣父嘉之……才及令长。……伏望降臣一外官,特乞微恩,稍沾臣父。’玄宗优诏奖之,授嘉之宋州司马致仕,寻卒。”

**皇甫冉十九岁,为张九龄叹异。**

《全唐文》卷三八八独孤及《皇甫冉集序》:“右丞相曲江张公深所叹异,谓清颖秀拔,有江、徐之风。”按:事在张九龄十一月罢相之后。

# 唐玄宗开元二十五年

丁丑　七三七

## |正 月|

**壬午，唐玄宗本年五十三岁，下《恤刑制》《推恩臣庶制》，彰显“崇德尚齿”之精神。初置玄学博士，崇玄学，习《老子》《庄子》《列子》。癸卯，道士尹愔召对，玄宗厚礼之，以道士服拜谏议大夫、集贤院学士兼知史馆事，可见尚玄言之一斑。**

《全唐文》卷二三载《恤刑制》《推恩臣庶制》，《旧唐书·玄宗纪下》完整记录此二制书，云“开元二十五年春正月壬午制”。《文苑英华》卷四四〇所载亦如是，题为《优恤德音》。《唐大诏令集》卷八二载《恤刑制》为《令宰臣与法官详死刑敕》。《资治通鉴》卷二一四：“初置玄学博士，每岁依明经举。”《旧唐书·玄宗纪下》云：“癸卯，道士尹愔为谏议大夫、集贤院学士兼知史馆事。”《新唐书·尹愔传》：“初为道士，玄宗尚玄言，有荐愔者，召对，甚喜，厚礼之，拜谏议大夫、集贤院学士，兼修国史，固辞不起。有诏以道士服视事，乃就职，专领集贤、史馆图书。”

**唐玄宗下《条制考试明经进士诏》。**

《全唐文》卷三一载此诏。《册府元龟》卷六三九亦载，系开元二十五年正月。

## |二 月|

**唐玄宗下《诸州贡人限数敕》《条制考试明经进士诏》。**

《全唐文》卷三六《诸州贡人限数敕》：“应诸州贡人，上州岁贡三人，中州二人，下州一人。必有才行，不限其数。其所贡之人，将申送一日，行乡饮酒礼，牲用少牢，以现物充。”《全唐文》卷三一《条制考试明经进士诏》：“今之明经进士，则古之孝廉秀才。近日以来,殊乖本意。进士以声韵为学,多昧古今;明经以帖诵为功,罕穷旨趣。安得为敦本复古,经明行修?以此登科,非选士取贤之道也。其明经自今以后,每经宜帖十,取通五以上,免旧试一帖,仍按问大义十条,取通六以上。免试经策十条,令答时务策三首。取粗有文性者与及第。其进士宜停小经,准明经例帖,大经十帖,取通四以上,然后准例试杂文及策,考通与及第。其明经中有明五经以上,试无不通者,进士中兼有精通一史,能试策十条,得六以上者,委所司奏听进止。其应试进士等唱第讫,具所试杂文及策,送中书门下详覆。其所问明经大义日,仍须对同举人考试,庶能否共知,取舍无愧。有功者达,可不勉与?"《登科记考补正》卷八:"(开元二十五年)二月,敕应诸州贡士,上州岁贡三人,中州二人,下州一人。必有才行,不限其数。所宜贡之人,解送之日,行乡饮礼,牲用少牢,以官物充。"《唐会要》卷七五《帖经条例》:"二十五年二月敕:今之明经进士,则古之孝廉秀才。近日以来,殊乖本意。进士以声韵为学,多昧古今;明经以帖诵为功,罕穷旨趣。安得为敦本复古,经明行修?……其明经自今以后,每经宜帖十,取通五已上,免旧试一帖,仍按问大义十条,取通六已上。免试经策十条,令答时务策三道,取粗有文理者与及第。其进士宜停小经,准明经帖大经十帖,取通四已上,然后准例试杂文及第(策),者通(通者)与及第。……其所问明经大义日,仍须对同举人考试,应能否共知,取舍无愧。有功者达,可不勉欤。"《册府元龟》卷三九载此文于正月,不从。

**唐玄宗下《定关辅庸调敕》。**

《全唐文》卷三五载此敕,《唐大诏令集》卷一一一题为《关内庸调折变粟米敕》,系开元二十五年二月。

## 三 月

**邵轸等二十七人登进士第,明经科蔡直方等人及第。礼部侍郎姚奕知贡举。**

见《登科记考补正》卷八本年条。

**王维本年四十四岁,任右拾遗,撰《暮春太师左右丞相诸公于韦氏逍遥谷燕**

**集序》**。

《王右丞集笺注》卷一九《暮春太师左右丞相诸公于韦氏逍遥谷燕集序》："时则太子太师徐国公、左丞相稷山公、右丞相始兴公、少师宜阳公、少保崔公、特进邓公、吏部尚书武都公、礼部尚书杜公、宾客王公……以诣夫逍遥焉。"据赵殿成笺注，徐国公为萧嵩，稷山公为裴耀卿，始兴公为张九龄，宜阳公为韩休，杜公为杜暹，王公为王邱。又《旧唐书·玄宗纪上》："十一月壬寅，侍中裴耀卿为尚书左丞相，中书令张九龄为尚书右丞相……尚书右丞相萧嵩为太子太师，工部尚书韩休为太子少保。"《旧唐书·玄宗纪下》："甲子，尚书右丞相张九龄以曾荐引子谅，左授荆州长史。"张九龄开元二十四年十一月为尚书右丞相，二十五年四月出为荆州长史，《序》云"右丞相始兴公"，故知《序》当作于张九龄任尚书右丞相之际。又《序》题云"暮春"，故知《暮春太师左右丞相诸公于韦氏逍遥谷燕集序》当作于开元二十五年三月。

## |春|

**李白本年三十七岁，《春夜宴从弟桃花园序》疑作于本年**。

《李白集校注》卷二七《春夜宴从弟桃花园序》："夫天地者，万物之逆旅也；光阴者，百代之过客也。而浮生若梦，为欢几何？古人秉烛夜游，良有以也。况阳春召我以烟景，大块假我以文章。会桃花之芳园，序天伦之乐事。群季俊秀，皆为惠连；吾人咏歌，独惭康乐。幽赏未已，高谈转清。开琼筵以坐花，飞羽觞而醉月。不有佳咏，何伸雅怀？如诗不成，罚依金谷酒数。"李白于开元二十五年作《答从弟幼成过西园见赠》一诗，此《序》或同时之作，又《序》以"春夜"为题，姑系《春夜宴从弟桃花园序》于开元二十五年春。

## |四月|

**张九龄本年六十岁，甲子，坐任用周子谅事，为李林甫谮，出为荆州长史，从此离开政治中心，到荆州后有《荆州谢上表》。此后，其诗歌创作达到高峰**。

《旧唐书·玄宗纪下》："（夏四月）辛酉，监察御史周子谅上书忤旨，搸之殿庭,朝堂决杖死之。甲子,尚书右丞相张九龄以曾荐引子谅,左授荆州长史。”《旧唐书·李林甫传》:“监察御史周子谅言仙客非宰相器,玄宗则杀之。林甫言子谅本九龄引用,乃贬九龄为荆州长史。”《资治通鉴》卷二一四:“监察御史周子谅弹牛仙客非才,引谶书为证。上怒,命左右擽于殿庭,绝而复苏;仍杖之朝堂,流瀼州,至蓝田而死。李林甫言:‘子谅,张九龄所荐也。’甲子,贬九龄荆州长史。”《旧唐书·张九龄传》:“初,九龄为相,荐长安尉周子谅为监察御史。至是,子谅以妄陈休咎,上亲加诘问,令于朝决杀之。九龄坐引非其人,左迁荆州大都督府长史。”《曲江集》附录诰命《赴荆州长史制》:“金紫光禄大夫、尚书右丞相、上柱国、始兴县开国子张九龄……慕近小人,亏于大德……可行荆州大都督府长史,散官勋封如故。”开元二十五年四月二十日行。《全唐文》卷二八八张九龄《荆州谢上表》:“伏奉四月十四日制,授臣荆州大都督府长史。……伏念心无党恶,死则似同,以此偷生,犹希圣察。臣往年按察岭表,便道赴使,访闻周子谅,久经推覆,遥即奏充判官,寻属臣改官,使亦有替。其后信安郡王祎奏将朔方驱使,便请授官,臣因其岭外勤劳,因而奏乞。事不敢隐,未至涉私,然进用非人,诚宜得罪。但臣特蒙拔擢,出自宸衷,陛下所用隐微,惟臣而已。伏思报效,窃恃圣恩。每于事端,无所防避。智识虽浅,罄竭则深。微诚区区,义有所在。岂复与此私协,以负累圣鉴?”

**乙丑,唐玄宗终废太子瑛,下《废皇太子瑛为庶人制》,鄂王瑶,光王琚及太子妃兄、驸马薛锈俱被废,寻赐死。瑶、琚“皆好学有才识,死不以罪,人皆惜之”。此案中,惟瑶妃家韦氏以妃贤行免,下《免鄂王瑶妃韦氏罪诏》。**

《唐大诏令集》卷三一载《废皇太子瑛为庶人制》:“太子瑛,幼而钟爱,爰加训诱,亲之师范,所望日新。年既长成,与之婚冠。而妃之昆弟,潜构异端。……瑛可废为庶人。……鄂王瑶、光王琚……并降为庶人。”《旧唐书·玄宗纪下》:“(夏四月)乙丑,皇太子瑛、鄂王瑶、光王琚并废为庶人。”《新唐书·玄宗纪》:“乙丑,废皇太子瑛及鄂王瑶、光王琚为庶人,皆杀之。”《资治通鉴》卷二一四:“杨洄又奏太子瑛、鄂王瑶、光王琚,云与太子妃兄、驸马薛锈潜构异谋,上召宰相谋之。李林甫对曰:‘此陛下家事,非臣等所宜豫。’上意乃决。乙丑,使宦者宣制于宫中,废瑛、瑶、琚为庶人;流锈于瀼州;瑛、瑶、琚寻赐死城东驿,锈赐死于蓝田。瑶、琚皆好学有才识,死不以罪,人皆惜之。丙寅,瑛舅家赵氏、妃家薛氏、瑶舅家皇甫氏,坐流贬者数十人,惟瑶妃家韦氏以妃贤得免。”

## | 五 月 |

**辛丑，命有司选宗子有才者授以台省京县官，有《选宗子授台省官及法官京县官诏》。**

事见《资治通鉴》卷二一四。《唐大诏令集》卷四载此诏："违道慢常，义无私于王法；修身效节，恩岂薄于他人。期于率先，励我风俗，深宜自勉，以副明言。"（《全唐文》卷三一题为《选宗子授台省京县等官诏》）

**癸未，下《命诸道节度使募取丁壮诏》。**

事见《资治通鉴》卷二一四。《全唐文》卷三一载此诏。

**诏录开元以来名臣事迹付史馆，吴兢因撰《开元名臣录》《开元升平源》。**

《唐大诏令集》卷八一载《录开元以来名臣事迹付史馆敕》："开元以来，有勋庸德业者，咸宜备叙。其身已没者，宜令子孙共录事迹送史馆。"系开元二十五年五月。《直斋书录解题》卷五："《开元升平源》一卷，唐史官吴兢撰，叙姚崇十事。"《郡斋读书志》卷六："《开元升平源》一卷。右唐吴兢载姚崇以十事要明皇。"又《宋史·艺文志二》："吴兢《开元名臣录》三卷。"

**夷州刺史杨浚坐赃当死，唐玄宗命杖之六十，流古州。左丞相裴耀卿上《论夷州刺史杨浚决杖表》，以为"决杖赎死，诚则已优，解体受笞，事颇为辱。法至于死，天下共之；刑至于辱，或有所耻"，玄宗从之。**

《全唐文》卷二九七载此文。事见《资治通鉴》卷二一四，但疏文略有不同："决杖赎死，恩则甚优，解体受笞，事颇为辱。止可施之徒隶，不当及于士人。"

## | 六 月 |

**壬戌，荧惑犯房，至心星越度而过。**

事见《旧唐书·玄宗纪下》。此为史家讽喻朝政之笔法。

## 七月

**十日，册故右骁卫郎将独孤礼第十二女为颍王妃，孙逖本年四十二岁，撰《册颍王独孤妃文》。**

《唐大诏令集》卷四〇（《全唐文》卷三一一）载此册文："维开元二十五年，岁次丁丑，七月辛巳朔，十日辛卯，皇帝若曰……"

**大理少卿徐峤奏天下今岁断死刑五十八人，唐玄宗归功宰辅，命孙逖撰《封李林甫晋国公牛仙客豳国公制》，封李林甫为晋国公，牛仙客为豳国公。**

事见《资治通鉴》卷二一四、《旧唐书·玄宗纪下》（"峤"作"岵"）。《文苑英华》卷四一六（《全唐文》卷三〇〇）载此制，称："断狱数十，殆至无刑，所以比迹于成康，高步于文景。"

## 八月

**十五日，孙逖撰《册信成公主文》。二十九日，孙逖撰《册昌乐公主文》。**

《唐大诏令集》卷四一载《册信成公主文》："维开元二十五年，岁次丁丑，八月癸卯朔，十五日丁巳，皇帝若曰……"同卷载《册昌乐公主文》："维开元二十五年，岁次丁丑，八月癸卯朔，二十九日辛未，皇帝若曰……"《全唐文》卷三一一载此二册文。

## 九月

**十一日，孙逖撰《册高都公主文》。**

《唐大诏令集》卷四一（《全唐文》卷三一一）载此册文："维开元二十五年，岁次丁丑，九月壬申朔，十一日壬午，皇帝若曰……"

**颁新定《令》《式》《格》及《事类》一百三十卷于天下。**

《旧唐书·玄宗纪下》:“(开元二十五年)九月壬申,颁新定《令》《式》《格》及《事类》一百三十卷于天下。”

**行和籴之法于关中,自是关中蓄积羡溢,车驾不复幸东都。**

《资治通鉴》卷二一四:“敕以岁稔谷贱伤农,命增时价什二三,和籴东西畿粟各数百万斛,停今年江淮所运租。自是关中蓄积羡溢,车驾不复幸东都矣!”

## |十月|

**太常博士王玙上疏请立青帝坛以迎春。辛丑,唐玄宗有《迎春东郊制》,自立春亲迎春于东郊。史载“时上颇好祀神鬼”,故王玙专习祀祭以干时,类巫觋,习礼者羞之。**

事见《资治通鉴》卷二一四。《全唐文》卷二四、卷三五载此制。

**孙逖撰《遣祭郊庙山川敕》。**

《全唐文》卷三五载此敕。《唐大诏令集》卷六七题为《命宰臣等分祭郊庙社稷敕》,署名孙逖,系开元二十五年十月。文中有“国子祭酒张说祭南岳”,张说已于开元十八年去世,恐有误。

**王维为崔希逸撰《为崔常侍谢赐物表》,又撰《送怀州杜参军赴京选集序》。**

《王维集校注》卷八《为崔常侍谢赐物表》:“臣某言:总管关敬之至,奉九月十五日敕,吐蕃赞普公主信物金胡瓶等十一事,伏蒙恩旨,特以赐臣。”史载本年二月,河西节度使崔希逸袭吐蕃,破之于青海西,二十六年五月改任河南尹,故“九月十五日”当谓本年九月十五日,谢表当作于十月。《王维集校注》卷八系《送怀州杜参军赴京选集序》于十月间。

## |十一月|

**甲戌，王维为崔希逸撰《为崔常侍祭牙门姜将军文》。**

《王维集校注》卷八《为崔常侍祭牙门姜将军文》："维大唐开元二十五年岁次丁丑十一月辛未朔四日甲戌。"此年前后，又撰《赞佛文》《西方变画赞》。

**己丑，开府仪同三司广平郡公宋璟卒，年七十五。颜真卿撰《有唐开府仪同三司行尚书右丞相上柱国赠太尉广平文贞公宋公神道碑铭》。**

《全唐文》卷三四三颜真卿《有唐开府仪同三司行尚书右丞相上柱国赠太尉广平文贞公宋公神道碑铭》："（开元）二十五年仲冬月十九日，寝疾薨于东都明教里第，享年七十五。天下失声，元宗震悼，追赠太尉，谥曰文贞公。……以戊寅岁五月二十九日，虔奉遗约，归葬公于沙河县太尉乡丞相原之先茔。"《旧唐书·玄宗纪下》："丁丑，开府仪同三司、广平郡公宋璟薨。"《资治通鉴》卷二一四记为："己丑，开府仪同三司、广平文贞公宋璟薨。"按：开元二十五年为"丁丑"年，十一月十九日为"己丑"，"郡公"为其生前封号，"文贞公"为其卒后谥号。

姚崇、宋璟并称开元名相，二人与唐代文化事业关系密切。关于二人与盛唐文人的关系，可参阅丁放、袁行霈《姚崇、宋璟与盛唐诗坛》（《文学遗产》二〇〇七年第三期）。

## |十二月|

**丙午，武惠妃薨。丁巳，唐玄宗下《赠武惠妃贞顺皇后制》追册为皇后，徐安贞为撰《贞顺皇后哀册文》。**

《旧唐书·玄宗纪下》："丙午，惠妃武氏薨，追谥为贞顺皇后，葬于敬陵。"《新唐书·玄宗纪》："丙午，惠妃武氏薨。丁巳，追册为皇后。"《全唐文》卷二四载《赠武惠妃贞顺皇后制》。卷三〇五载《贞顺皇后哀册文》（《文苑英华》卷八三七）："维开元二十五年，岁次丁丑，十二月庚子朔七日丙午，惠妃武氏薨于兴庆宫之前院，移殡春宫丽正殿之西阶。粤翌日，乃命有司持节册谥曰贞顺皇后，以旌德饰终也。洎明年春二月己亥朔二十二日庚申，将迁座于敬陵，礼也。”

**唐玄宗下《封临晋公主制》**。

《唐大诏令集》卷四一（《全唐文》卷二四）载此制，系开元二十五年十二月。

## 唐玄宗开元二十六年

戊寅　七三八

### 正月

**唐玄宗本年五十四岁，乙亥，以工部尚书牛仙客为侍中；壬辰，以李林甫领陇右节度副大使**。

事见《新唐书·玄宗纪》、《资治通鉴》卷二一四。林甫领右节度副本大使事，《旧唐书·玄宗纪下》记为“二月辛卯”。是年二月乙卯，以牛仙客兼河东节度副大使，之前已领朔方。五月乙酉，李林甫又兼河西节度使，兼判梁州事，牛、李二人以宰相掌东北、西部的兵权。

**十八日，册右羽林军长侯莫陈超第五女为永王妃，有《册永王侯莫陈妃文》**。

《唐大诏令集》卷四〇（《全唐文》卷三八）载此文云：“维开元二十六年，岁次戊寅，正月庚午朔十八日丁亥，皇帝若曰……”

**唐玄宗亲迎气于东郊，祀青帝，赦天下囚徒，赐百官，下《敕亲祀东郊德音》，命诸乡贡每年就国子监谒先师，明经加口试，并委本司本州推荐博学文辞之士**。

事见《旧唐书·玄宗纪下》、《资治通鉴》卷二一四。《旧唐书·玄宗纪下》：“（开元二十六年正月）天下州县，每乡一学，仍择师资，令其教授。诸乡贡每年令就国子监谒先师，明经加口试。内外八品以下及草泽有博学文辞之士，各委本司本州闻荐。”《唐大诏令集》卷七三载《敕亲祀东郊德音》(《全唐文》卷二四题为《春郊礼成推恩制》):“宜令天下州县,每一乡之内,别各置学,仍择师次,令其教授。”

## 三月

**崔曙、郑相如、李挺等二十三人登进士第,试《拟孔融荐祢衡表》《明堂火珠诗》,兼取杂文、歌诗。礼部侍郎姚奕知贡举。**

《登科记考补正》卷八:“《词学指南》:‘开元二十六年,西京进士试《拟孔融荐祢衡表》。’又按崔曙试《明堂火珠诗》及第,则《明堂火珠》为是年试题。”又,《洛阳新出土墓志释录》页二二七载拓本《唐故监察御史李府君墓志铭并序》:“公讳挺……弱冠兴进士,再赋登科。……(大历二年)终于长安开化里之客舍,享年卌有九。”以大历二年(767)四十九岁推之,李挺弱冠进士及第在本年。

## 四月

**己亥朔,始令太常卿韦绍读时令于宣政殿,有《始读时令推恩敕》。**

事见《旧唐书·玄宗纪上》。《全唐文》卷三五载此敕,《唐大诏令集》卷八四题为《遣使往诸道疏决囚徒敕》,《册府元龟》卷八五亦载。

## 五月

**孙逖本年四十三岁,撰《授李林甫兼河西节度等使制》。**

《全唐文》卷三一〇载此制,《唐大诏令集》卷五二题为《李林甫兼河西节度使制》,系开元二十六年五月。

## 六月

**忠王玙本年二十八岁。唐玄宗御宣政殿,册忠王玙为皇太子(即后来的唐**

**肃宗），大赦天下**。**玄宗撰《南岳投龙告文》《立忠王玙为皇太子制》**。

《全唐文补编》卷二五《南岳投龙告文》："大唐开元神武皇帝李隆基，本命乙酉八月五日降诞。夙好道真，愿蒙神仙长生之法，谨依上清灵文，投刺紫盖仙洞。……太岁戊寅六月戊戌朔廿七日甲子告文。"戊寅即开元二十六年。《全唐文》卷二四《立忠王玙为皇太子制》（《唐大诏令集》卷二七题为《立忠王为皇太子制》）："玙……宜膺择嗣之举，俾受升储之命，可立为皇太子。仍取来月内择日册命，所司准式。"《旧唐书·玄宗纪下》："六月庚子，立忠王玙为皇太子。秋七月己巳，册皇太子，大赦天下，常赦所不免者咸赦除之。"《新唐书·玄宗纪》："六月庚子，立忠王玙为皇太子。"《旧唐书·肃宗纪》："开元十五年正月，封忠王，改名浚。……二十三年，改名玙。二十五年，皇太子瑛得罪。二十六年六月庚子，立上为皇太子，改名绍。后有言事者云：绍与宋太子名同，改今名。"《新唐书·肃宗纪》："十五年，更名浚，徙封忠王。……二十三年，又更名玙。二十五年，皇太子瑛废死；明年，立为皇太子。……二十八年，又更名绍。天宝三载，又更名亨。"《制》云"仍取来月内择日册命"，册忠王玙为皇太子事在开元二十六年七月，故知《立忠王玙为皇太子制》当作于开元二十六年六月。《资治通鉴》卷二一四载忠王立为太子事："太子瑛既死，李林甫数劝上立寿王瑁。上以忠王玙年长，且仁孝恭谨，又好学，意欲立之，犹豫岁余不决。自念春秋浸高，三子同日诛死，继嗣未定，常忽忽不乐，寝膳为之减。高力士乘间请其故。上曰：'汝，我家老奴，岂不能揣我意！'力士曰：'得非以郎君未定邪？'上曰：'然。'对曰：'大家何必如此虚劳圣心，但推长而立，谁敢复争！'上曰：'汝言是也！汝言是也！'由是遂定。六月，庚子，立玙为太子。"《文苑英华》卷四四三载册文，云"维开元二十六年，岁次戊寅，七月戊寅朔二日己巳"。

**渤海遣使求《唐礼》《三国志》《晋书》《三十六国春秋》，唐玄宗许之**。

《唐会要》卷三六《蕃夷请经史》载："（开元）二十六年六月二十七日，渤海遣使求写《唐礼》及《三国志》《晋书》《三十六国春秋》，许之。"

**唐玄宗下《雅乐名为大唐乐制》**。

《唐大诏令集》卷八一载此制，文末小注云"开元二十九年六月"。《全唐文》卷二四题为《定大唐乐制》。

## |七月|

**唐玄宗下《册忠王为皇太子文》《立忠王玙为皇太子大赦天下制》。**

《唐大诏令集》卷二七《册忠王为皇太子文》(《全唐文》卷三八载):"维开元二十六年岁次戊寅七月戊寅朔二日己卯……忠王玙,幼而夙成,长有宏量,佩服仁义,周旋礼乐。忠孝极于君亲,友爱闻于兄弟。……命尔为皇太子。"《全唐文》卷二四《立忠王玙为皇太子大赦天下制》(《唐大诏令集》卷二九题为《开元二十六年册皇太子赦》):"太子玙植性温恭,因心孝友。……可大赦天下。自开元二十六年七月二日昧爽以前,大辟罪以下,罪无轻重,已发觉未发觉,已结正未结正,系囚见徒,常赦所不免者,咸赦除之。"《旧唐书·玄宗纪下》:"(开元二十六年)六月庚子,立忠王玙为皇太子。秋七月己巳,册皇太子,大赦天下,常赦所不免者咸赦除之。"

**张九龄本年六十一岁,任荆州长史,撰《贺册皇太子表》。**

《全唐文》卷二八八《贺册皇太子表》:"臣言:伏奉今月二十日制,册立皇太子者,伏以皇太子天实生德,睿智夙备。……臣某待罪荆南,不获称庆阙庭……谨遣所部官宣议郎、行枝江县尉杨崇先奉表陈贺以闻。"《旧唐书·玄宗纪下》:"(开元二十六年)六月庚子,立忠王玙为皇太子。秋七月己巳,册皇太子,大赦天下,常赦所不免者咸赦除之。"

**萧颖士本年二十二岁,为扬州参军,撰《为扬州李长史贺立皇太子表》《为扬州李长史作千秋节进毛龟表》。**

《文苑英华》卷七〇一李华《萧颖士集序》:"历金坛尉、扬州参军。"《全唐文》卷三二二《为扬州李长史贺立皇太子表》:"皇太子以今月嘉辰,肃膺典册。"同卷又载《为扬州李长史作千秋节进毛龟表》,为玄宗寿诞而作。

## |八月|

**甲申，唐玄宗亲试文词雅丽科举人，撰《试文词举人赐食敕》。**

《全唐文》卷三五《试文词举人赐食敕》："顷年以来，亦尝亲试，对策者众，而登科者少。盖繇宿构之词，不与所问相对，所以然也。卿等博达古今，聿膺推荐。朕之所问，皆有节目，宜指事而对，勿措游辞。并宜坐食，食讫就试。"《登科记考补正》卷八："（开元二十六年）八月甲申，亲试文词雅丽举人，命有司置食。敕曰：'古者求士，必择其才，考之以文，施于有政。自非体要，何用甄明。顷年以来，亦尝亲试，对策者众，而登科者少。盖繇宿构之词不与所问相对，所以然也。卿等博达古今，聿膺推荐。朕之所问，皆有节目，宜指事而对，勿措游词。并宜坐食，食讫就试。'有郭纳、姚子彦等二十四人升第，皆量资授官。"《册府元龟》卷六四三亦载。

**辛巳，渤海王武艺卒，子钦茂立，唐玄宗下《册渤海郡王大钦茂文》。**

事见《资治通鉴》卷二一四、《旧唐书·玄宗纪上》。《全唐文》卷三九载此册文。

**二十二日，孙逖撰《册永宁公主文》。**

《唐大诏令集》卷四一（《全唐文》卷三一一）载此册文："维开元二十六年，岁次戊寅，八月丁酉朔二十二日戊午，皇帝若曰……"

**唐玄宗下《赐突骑施可汗书》。**

《全唐文》卷四〇载此书，《册府元龟》卷九八〇系开元二十六年八月。

## |闰八月|

**十六日，唐玄宗下《册临晋公主文》。**

《唐大诏令集》卷四一(《全唐文》卷三八)载此册文:“维开元二十六年,岁次戊寅,闰八月丁卯朔十六日壬午,皇帝若曰……”

## |九月|

**剑南节度王昱兵败于安戎城,死于贬途。戊午,册南诏蒙归义为云南王,下《封蒙归义云南王制》。以兵威协服群蛮,渐为边患,南诏事始此。**

事见《资治通鉴》卷二一四、《旧唐书·玄宗纪下》。《全唐文》卷二四载此制。

## |十一月|

**十四日,以郎官品位卑,命礼部侍郎专知武举。**

事见《唐会要》卷五九,系开元二十六年十一月十四日。

## |本年|

**《唐六典》三十卷书成奏上,张说、萧嵩、张九龄、李林甫先后领衔,徐坚出力最多。**

《大唐新语》卷九:“开元十年,玄宗诏书院撰《六典》以进。时张说为丽正学士,以其事委徐坚。……其后张九龄委陆善经,李林甫委苑咸,至二十六年,始奏上。百寮陈贺,迄今行之。”《新唐书·艺文志二》:“《六典》三十卷:开元十年,起居舍人陆坚被诏集贤院修《六典》,玄宗手写六条,曰理典、教典、礼典、政典、刑典、事典。张说知院,委徐坚,经岁无规制,乃命毋煚、余钦、咸廙业、孙季良、韦述参撰。始以令式象《周礼》六官为制。萧嵩知院,加刘郑兰、萧晟、卢若虚。张九龄知院,加陆善经。李林甫代九龄,加苑咸。二十六年书成。”开元十年至二十六年,先后主持编纂《六典》者有张说、萧嵩、张九龄、李林甫四位中书令。《唐会要》卷三六《修撰》:“二十七年二月,中书令张九龄等撰《六典》三十卷成,上之。百官称贺。”按:“二十七”应为“二十六”,张九龄二十四年已罢任中书令。

**翰林供奉改称翰林学士，别置学士院**。

《唐会要》卷五七："至二十六年，始以翰林供奉改称学士，由是别置学士院，俾掌内制。于是太常少卿张洎(垍)、起居舍人刘光谦等首居之，而集贤所掌，于是罢息。"《新唐书·百官志一》："开元二十六年，又改翰林供奉为学士，别置学士院，专掌内命。"

**李邕六十四岁，自括州刺史迁淄州刺史，上表谢恩**。

《全唐文》卷二六五李邕《淄州刺史谢上表》："自远江左，近守河南。"《唐刺史考》本年括州刺史为王昱，则李邕本年称守淄州。

**孙逖《授贺知章等太子宾客制》约作于本年或稍后数年。又本年或稍前，邢巨终丧，孙逖撰《授邢巨监察御史制》**。

《全唐文》卷三〇九《授贺知章等太子宾客制》："贺知章等，衣冠耆旧，词学宗师。或恬淡风流，独擅东南之美；或清贞介特，是称江汉之英。……方之四老，用列宾友之任；综彼三坟，俾在图书之府。"《旧唐书·玄宗纪下》载："(开元二十六年)六月庚子，立忠王玙为皇太子。"贺知章任太子宾客当在此后，唯作年难确考，姑系于此。《全唐文》卷三〇八孙逖《授邢巨监察御史制》："前守监察御史邢巨，器能通敏，词藻清新，久著令名，兼称利用。终丧有礼，既及于除；执宪须才，宜居于旧。可监察御史。"孙逖开元二十四年为中书舍人，明年丁月丁父忧，制当行于本年或稍前。

**本年左右，裴朏任怀州司马，撰《续文士传》十卷**。

《新唐书·艺文志二》："裴朏《续文士传》十卷。开元中怀州司马。"今已不存。按：《册府元龟》卷一二八："(开元)二十三年十二月，命十道具采访使举良刺史县令，以……蒲州永雒县令裴朏等闻。"开元二十八年，裴朏在朝为学士，疑其为怀州司马即自永乐令迁。

**本年前后至天宝中，李华兄事元德秀，友萧颖士、刘迅、颜真卿、高適、贾至、柳识、陈兼、赵骅、柳芳等从之游。**

《全唐文》卷三一七李华《三贤论》："余兄事元鲁山而友刘、萧二功曹，此三贤者，可谓之达矣！"据该文，元德秀为房琯、苏源明赞誉，程休、邢宇、邢宙、张茂之、李崿、李丹、李惟岳、乔潭、杨拯、房垂、柳识"皆慕于元者"；刘迅为房琯赞誉，裴腾、裴霸、李广敬、卢虚舟、陈说言、沈兴宗、陈兼、高適"皆重于刘者"；萧颖士为韦述、阳浚推重，邵轸、赵骅、殷寅、源衍、孔至、陆据、柳芳、贾至、韦收、张有略、张邈、刘颖、韩拯、孙益、韦建、陈晋、尹征"皆厚于萧者"；颜真卿与萧亦"少相知"。此中文士包括玄、肃、代三朝文人。

## 唐玄宗开元二十七年

己卯　七三九

### 二月

**己巳，唐玄宗本年五十五岁，加尊号"开元圣文神武皇帝"，下《开元二十七年册尊号赦》，大赦天下，三品以上赐爵一级，四品以上加一阶。孙逖本年四十四岁，任中书舍人，撰《开元二十七年册尊号大赦天下制》。**

《唐大诏令集》卷九载《开元二十七年册尊号赦》。《旧唐书·玄宗纪下》："（开元二十七年）二月己巳，加尊号开元圣文神武皇帝，大赦天下。"《全唐文》卷三一〇孙逖《开元二十七年册尊号大赦天下制》："以今日敬依大号曰开元圣文神武皇帝，勉从典册，良增感惧。惟新之号，既不私于朕躬；非常之泽，宜并覃于率土。可大赦天下。"

### 春

**李岑、程谏（元谏）、吕諲、南巨川等二十四人登进士第，试《蓂荚赋》《美玉诗》，礼部侍郎崔翘知贡举。**

《登科记考补正》卷八:“(开元二十七年)孟按:《蓂荚赋》(以‘呈瑞圣朝’为韵)、《美玉诗》为本年进士科试题。”《全唐文》卷三七四程谏《蓂荚赋》:“则知圣作物睹,物兴由圣,圣于赫而克著元亨,物效祥而天莫之令。然而蓂之为应也博,蓂之为瑞也昭。赞睿主则太平在迩,测阴灵则时变不遥。”程谏(生卒年不详),字仲几,休宁人。进士及第后,再选蓝田尉,累迁著作郎、大理司直、汾州巡官,入为卫尉卿、京兆少尹,终密州刺史。《全唐文》卷三七四另录其《对升高判》一文。

## |四 月|

**癸酉,敕诸阴阳术数,自非婚丧卜择,皆禁之,下《禁卜筮惑人诏》。**

事见《资治通鉴》卷二一四。《全唐文》卷三一载此诏。

**牛仙客为兵部尚书兼侍中,李林甫为吏部尚书兼中书令,总文武选事。**

《资治通鉴》卷二一四:“(开元二十七年四月)己丑,以牛仙客为兵部尚书兼侍中,李林甫为吏部尚书兼中书令,总文武选事。”按:牛仙客总武选,李林甫总文选。《旧唐书·玄宗纪下》亦载。

**孙逖丁父忧,免中书舍人职,撰《孙嘉之墓志》。**

《唐五代文学编年史》引《孙嘉之墓志》:“以开元二十七年四月二十四日弃背于东都集贤里之私第。”《旧唐书·孙逖传》:“二十四年,拜逖中书舍人。……丁父丧免,二十九年服阕,复为中书舍人。”

## |五 月|

**王维本年四十六岁,任监察御史,撰《大荐福寺大德道光禅师塔铭》。**

《王维集校注》卷八《大荐福寺大德道光禅师塔铭》:“禅师讳道光,本姓李,绵州巴西人。……春秋五十二夏,以大唐开元二十七年五月二十三日,入般涅盘于荐福僧坊，门人明空等建塔于长安城南毕原。人天会葬，涕泗如雨。……铭曰：呜呼人天尊，全身舍利在毕原。”同卷所载《荐福光寺师房花药诗序》亦应作于此时前后。

## 六月

**癸酉，以御史大夫李适之兼幽州节度使。张守珪因隐瞒部分败状，守珪赂牛仙童，事发坐贬括州刺史，下《贬张守珪括州刺史制》。太子太师萧嵩因尝赂仙童，李林甫发之，坐贬青州刺史，下《贬萧嵩青州刺史制》。**

事见《资治通鉴》卷二一四。李适之（694—747），原名昌，陇西成纪（在今甘肃天水）人，太宗李世民曾孙，恒山王李承乾之孙。曾任幽州节度使、刑部尚书，天宝元年牛仙客病故后代其为左相，封清和县公。与李林甫争权落败，贬宜春太守。天宝六载（747），畏惧自尽。位列酒中八仙，雅好宾友，当时士人多附之。《全唐文》三〇四录其文四篇，《全唐文补编》卷三六补《三隈记》一篇，共计五篇。《全唐文》卷二四载《贬张守珪括州刺史制》《贬萧嵩青州刺史制》。

## 七月

**张九龄本年六十二岁，在荆州大都督府长史任，进封始兴县开国伯、食邑五百户。宋之望为宋鼎绘写真图，请九龄为之撰赞并序。**

《曲江集》附录诰命《封始兴县伯制》。《曲江集》卷一七载《宋使君写真图赞并序》。

## 八月

**甲申，唐玄宗追谥孔子为文宣王，颜回为兖国公，撰《追谥孔子十哲并升曾子四科诏》。己丑，又下《追赠曾参等六十七人诏》。**

《旧唐书·玄宗纪下》：“（开元二十七年八月）甲申，制追赠孔宣父为文宣王，颜回为兖国公，余十哲皆为侯，夹坐。后嗣褒圣侯改封为文宣公。……又赠曾参、颛孙师等六十七人皆为伯。”《全唐文》卷三一《追谥孔子十哲并升曾子四科诏》:“夫子既称先圣,可追谥为文宣王。……其后嗣褒圣侯,宜改为文宣公。……门人三千,见称十哲,包夫众美,实越等夷。畅元圣之风规,发人伦之耳目,并宜褒赠,以宠贤明。”同卷又载《追赠曾参等六十七人诏》。

**乙亥,碛西节度使盖嘉运攻碎叶城,擒获突骑施可汗吐火仙,威震西陲。**

事见《资治通鉴》卷二一四、《旧唐书·玄宗纪上》。

**二十四日,普寂卒,年八十九。李邕本年六十五岁,撰《大照禅师塔铭》。**

《全唐文》卷二六二李邕《大照禅师塔铭》:“二十七年……八月二十四日有弥留,怡然坐灭于都兴唐寺,享寿八十九。……可号大照禅师。”末注:“天宝元年二月十五日建。”

## |十月|

**改作明堂,毁上层,改拆下层为乾元殿。**

《旧唐书·玄宗纪下》:“(开元二十七年)冬十月,毁东都明堂之上层,改拆下层为乾元殿。”

## |十一月|

**崔沔卒,年六十七,有文集三十卷。李邕为撰墓志,李华撰《赠礼部尚书清河孝公崔沔集序》。**

《唐代墓志汇编》大历〇六〇《有唐尚书左仆射崔孝公之墓》:“以开元二十九年十二月二十九日权窆于邙山,故人北海太守江夏李邕为志曰:‘公讳沔,字若冲,博陵安平人也。……终东都副留守。时春秋六十有七。呜呼!以开元二十七年十一月十七日薨于居守之内馆。’……注老子《道德经》,文集三十卷。尝以公硕行多才如彼,清资盛业如此。……邕十三同学,二十同游。昼连榻于蓬山,夕比烛于书幌。直则为友,道则为师。一刚一柔,厥迹颇异。好文好义,职允攸同。”《旧唐书·玄宗纪下》载“十二月,东都副留守、太子宾客崔沔卒”,误。《全唐文补遗》(第三辑)题为《有唐通议大夫守太子宾客赠尚书左仆射崔孝公墓志》。《全唐文》卷三一五李华《赠礼部尚书清河孝公崔沔集序》:“时开元二十四年冬仲月旬有七日,春秋六十七。……文集经乱离,多散逸,今其存者二十九卷。”“二十四”当为“二十七”之误。参见开元十一年条。

### |十二月|

**剑南节度使张宥,文吏不习军旅,悉以军政委团练副使章仇兼琼。兼琼入奏事,盛言安戎城可取,上悦之,以兼琼为剑南节度使**。

事见《资治通鉴》卷二一四。

## 唐玄宗开元二十八年

庚辰 七四〇

### |二月|

**八日,唐玄宗本年五十六岁,下《册真阳公主文》**。

《唐大诏令集》卷四一(《全唐文》卷三八)载此册文云:“维开元二十八年,岁次庚辰,二月戊子朔八日乙未,皇帝若曰……”

### |三月|

**二十二日,唐玄宗下《册莫贺咄吐屯为顺义王文》;二十六日,下《册突厥苾伽骨吐禄为可汗文》**。

《唐大诏令集》卷一二九载此二册文,云:“维开元二十八年,岁次庚辰,三月丁亥朔二十二日戊申,皇帝若曰……”“维开元二十八年,岁次庚辰,三月丁亥朔二十六日壬子,皇帝若曰……"《全唐文》卷三九题为《册顺义王莫贺咄吐屯文》《册突厥苾伽骨咄禄为可汗文》。

**章仇兼琼密与安戎城中吐蕃翟都局及维州别驾董承晏结谋,使局等开门引唐兵入,尽杀吐蕃将卒。帝闻之甚悦,中书令李林甫上表,唐玄宗有《答李林甫贺收安戎城手诏》。**

事见《资治通鉴》卷二一四及《册府元龟》卷九九二。《全唐文》卷二四载此诏敕。

## | 春 |

**十五人登进士第,明经科萧直、独孤季膺等人及第。礼部侍郎崔翘知贡举。**

见《登科记考补正》卷八本年条。

**王昌龄与孟浩然会于襄阳,浩然食鲜疾动,卒,年五十二。王士源搜其遗诗,编集三卷,为之序。后皮日休撰《郢州孟亭记》记之。**

《全唐文》卷三七八王士源《孟浩然集序》:"孟浩然,字浩然,襄阳人也。骨貌淑清,风神散朗。救患释纷,以立义表;灌蔬艺竹,以全高尚。交游之中,通脱倾盖。机警无匿,学不为儒;务掇菁藻,文不按古。匠心独妙,五言诗天下称其尽美矣。闲游秘省,秋月新霁,诸英华赋诗作会,浩然句曰:'微云淡河汉,疏雨滴梧桐。'举坐嗟其清绝,咸阁笔不复为继。丞相范阳张九龄、侍御史京兆王维、尚书侍郎河东裴胐、范阳卢僎、大理评事河东裴总、华阴太守郑倩之、守河南独孤策率以浩然为忘形之交。山南采访使本郡守昌黎韩朝宗谓:'浩然间代清律,寘诸周行,必咏穆如之颂。'因入奏,与偕行,先扬于朝,与期约日引谒。及期,浩然会寮友,文酒讲好甚适。或曰:'子与韩公豫诺而忘之,无乃不可乎?'浩然叱曰:'仆已饮矣,身行乐耳,遑恤其它。'遂毕席不赴,由是闲罢,既而浩然亦不之悔也,其好乐忘名如此。士源它时尝笔赞之曰:'导漾挺灵,实生楚英,浩然清发,亦自其名。'开元二十八年,王昌龄游襄阳。时浩然疾疢发背,且愈,相得欢甚,浪情宴谑。食鲜疾动,终于冶城南园,年五十有二。子曰仪甫。浩然文不为仕，伫兴而作。故或迟行，不为饰动以求真；故以诞游，不为利期以放性。故常贫，名不继于选部，聚不盈于担石。虽屡空不给，而自若也。”《全唐文》卷七九七皮日休《郢州孟亭记》：“明皇世，章句之风大得建安体，论者推李翰林、杜工部为尤。介其间能不愧者，惟吾乡之孟先生也。先生之作，遇景入咏，不拘奇抉异，令龌龊束人口者，涵涵然有干霄之兴，若公输氏当巧而不巧者也。北齐美萧悫‘芙蓉露下落，杨柳月中疏’，先生则有‘微云澹河汉，疏雨滴梧桐’；乐府美王融‘日霁沙屿明，风动甘泉浊’，先生则有‘气蒸云梦泽，波撼岳阳城’；谢朓之诗句精者，有‘露湿寒塘草，月映清淮流’，先生则有‘荷风送香气，竹露滴清响’。此与古人争胜于厘毫间也。他称是者众，不可悉数。”

## | 五 月 |

**七日，张九龄本年六十三岁，病卒于韶州曲江私第。唐玄宗震悼其丧，爱重其人，褒赠荆州大都督，谥文献。有集二十卷，徐安贞为撰写阴堂志，徐浩撰《唐尚书右丞相中书令张公神道碑》。**

《唐代墓志汇编》开元五二二《唐故尚书右丞相赠荆州大都督始兴公阴堂志铭并序》：“公之生岁六十有三，以开元二十八年五月七日薨，二十九年三月三日迁窆于此。……太中大夫、守中书侍郎、集贤院学士、东海县开国男徐安贞撰。”《全唐文》卷四四〇徐浩《唐尚书右丞相中书令张公神道碑》：“开元二十八年春，请拜扫南归。五月七日，遇疾薨于韶州曲江之私第。享年六十三。皇上震悼，赠荆州大都督。有司谥行曰‘文献公’。”《资治通鉴》卷二一四：“二月，荆州长史张九龄卒。上虽以九龄忤旨，逐之。然终爱重其人，每宰相荐士，辄问曰：‘风度得如九龄不？’”“二月”卒，误。《旧唐书·张九龄传》：“因遇疾卒，年六十八，赠荆州大都督，谥曰文献。……至德初，上皇在蜀，思九龄之先觉，下诏褒赠，曰：‘……故中书令张九龄……可赠司徒。’”《新唐书·张九龄传》：“病卒，年六十八，赠荆州大都督，谥曰文献。……帝后在蜀，思其忠，为泣下，且遣使祭于韶州，厚币恤其家。开元后，天下称曰‘曲江公’而不名云。建中元年，德宗贤其风烈，复赠司徒。”《册府元龟》卷一三三：“建中元年十二月丁酉，令详定国初已来将相功臣，名踪崇高、功效明著者为二等，总一百八十七人。武德以来宰相以房玄龄、杜如晦……韩休、张九龄三十七人为上等。”唐宣宗大中二年，张九龄成为凌烟阁功臣三十七人之一，《唐会要》卷四五：“其年七月十一日，史馆奏续选堪上凌烟阁功臣……中书令张九龄……宜令御史台散牒诸州，寻访子孙，图写真形进送。”《旧传》《新传》均载“年六十八”，不知何据，疑误。《新唐书·艺文志四》著录其有《张九龄集》二十卷。《旧唐书·张九龄传》载其“有集二十卷”，又载其曾“进《金镜录》五卷，言前古兴废之道，上赏异之”。《新唐书·张九龄传》则载其“上‘事鉴’十章，号《千秋金鉴录》，以伸讽谕”。徐浩《唐尚书右丞相中书令张公神道碑》：“学究精义，文参微旨，或有兴托，或存讽谏，后之作者所宗仰焉。”《旧唐书·张九龄传》载张说言张九龄为“后来词人称首也”。《新唐书·张九龄传》载张说言张九龄“后出词人之冠也”。《郡斋读书志》卷一七：“九龄风流蕴藉，幼善属文。玄宗朝，知制诰，雅为帝知。为相，谔谔有大臣节。及贬荆州，惟以文史自娱，朝廷许其胜流。徐坚论九龄之文，如轻缣素练，实济时用，而窘于边幅。柳宗元以九龄兼攻诗文，但不能究其极尔。集后有姚子彦所撰行状，吕温撰真赞，郑宗真（珍）撰谥议，徐浩撰墓碑及赠司徒敕辞。”《四库全书总目》卷一四九：“九龄守正嫉邪，以道匡弼，称开元贤相。而文章高雅，亦不在燕、许诸人下。……文笔宏博典实，有垂绅正笏气象，亦具见大雅之遗。坚局于当时风气，以富艳求之，不足以为定论。至所撰制草，明白切当，多得王言之体。”今有《曲江张先生文集》二十卷传世，熊飞有《张九龄集校注》（中华书局，二〇〇八年）。《全唐文》卷二八三至二九三存文十一卷，《唐代墓志汇编》录《故中散大夫并州盂县令崔府君（哲）夫人源氏墓志铭并序》（页一一七三）一篇，《全唐文补编》卷三四补《韩休平章事制》《上张燕公书》《劾牛仙客疏》《请诛安禄山疏》《进金鉴录表》五篇。

**唐玄宗增置玄元皇帝庙及崇玄学**。

《登科记考补正》卷八：“（开元二十八年）五月帝谓宰臣曰：‘朕在藩邸，有宅在积善里东南隅，宜于此地。置玄元皇帝庙及崇玄学。’”

**萧颖士本年二十四岁，撰《赠韦司业书》**。

《全唐文》卷三二三《赠韦司业书》：“以正月二十五日至自东京，参后追兹，遽承足下屡垂访引。……何言日损一日，年贬一年，蹉跎半纪，乃殊方一下吏耳。……仆平生属文，格不近俗，凡所拟议，必希古人。魏晋以来，未尝留意。……正应陪侍从近臣之列，以箴规讽谲为事。进足以献替明君，退足以润色鸿业。……仆有识以来，寡于嗜好，经术之外，略不婴心。幼年方小学时，受《论语》《尚书》，虽未能究解精微，而依说与今不异，由是心开意适，日诵千有余言。……仆不揆，顾尝有志焉，思欲依《鲁史》编年，著历代通典，起于汉元十月，终于义宁二年，约而删之，勒成百卷。应正数者，举年以系代；分土宇者，附月以表年。于《左氏》取其文，《谷梁》师其简，《公羊》得其核，综三传之能事，标一字以举凡，扶孔左而中兴，黜迁固为放命。……仆以三月二十六日拜谢阙庭，迩来凡四十余日……自今月五日始作书，首末千余言，经半旬乃就，加之笔札，斯亦勤矣。"此《书》五千言，为萧颖士现存文章中篇幅最大、忧愤最广、最能表现其为人为文特点的文章，《书》萧颖士中自叙家世、个性，倾诉平生之志，畅言其属文风格，并针对《春秋》《史记》不同之体例评断优劣，最后亲自撰书著作。《书》云"蹉跎半纪"。萧颖士开元二十三年登进士第，至本年六年，可谓"半纪"。《书》又云"仆以三月二十六日拜谢阙庭，迩来凡四十余日……自今月五日始作书，首末千余言，经半旬乃就"，故知《赠韦司业书》当作于开元二十八年五月。

**太子少师韩休卒，赠扬州大都督，谥文忠。**

《旧唐书·玄宗纪下》："夏五月乙未，太子少师韩休、太子少傅李暠卒。"韩休(672—739)，字良士，京兆长安(今陕西西安)人。先天元年，登文可以经邦科。历中书舍人、礼部侍郎，兼知制诰。开元十二年出为虢州刺史，以母丧去职。服除，除工部侍郎，仍知制诰。开元二十一年三月，拜黄门侍郎、同中书门下平章事。十二月，转工部尚书，罢知政事。二十四年，迁太子少师，封宜阳县子。二十七年卒，谥曰文忠。韩休工于文词，为开元时期著名文章家。生平事迹见《旧唐书》卷九八、《新唐书》卷一二六本传。《全唐文》卷二九五存文十一篇，《全唐文补遗》(千唐志斋新藏专辑)(三秦出版社，二〇〇六年)载《大唐故吏部侍郎高阳许公墓志铭并序》《大唐故银青光禄大夫行薛王府长史上柱国河东县开国男柳府君墓志铭并序》二篇。

## 六月

**盖嘉运为河西、陇右节度使，经略吐蕃，然恃恩流连，在京师以酒色自娱而不即赴镇，左丞相裴耀卿上《论盖嘉运疏》称其有骄敌之色，请严加训励。盖嘉运后果无功，如裴耀卿言。**

事见《资治通鉴》卷二一四。按:本年三月,盖嘉运入朝献捷,玄宗御花萼楼以宴之。《全唐文》卷二九七所载《论盖嘉运疏》与按:《资治通鉴》所载文辞略异。按:《资治通鉴》卷二一四开元二十九年:“十二月,乙巳,吐蕃屠达化县,陷石堡城,盖嘉运不能御。”

## |九月|

**庚寅,封皇孙俶等十九人为郡王,唐玄宗下《封广平郡王等制》。**

事见《旧唐书·玄宗纪下》。《唐大诏令集》卷三八载此制,《全唐文》卷二四题为《封皇叔等为郡王制》。

## |十月|

**甲子,唐玄宗下《度寿王妃为女道士敕》,以寿王妃杨氏为道士,号太真。**

事见《新唐书·玄宗纪》。《全唐文》卷三五载此敕。

**以徐安贞、裴朏、权彻等十学士考吏部选人判,考判之目,自此始也。**

《全唐文》卷三九〇独孤及《唐故朝议大夫高平郡别驾权公神道碑铭并序》:“初选部旧制,每岁孟冬以书判选多士。至开元十八年,乃择公廉无私工于文者,考校甲乙丙丁科,以辨论其品。是岁,公受诏与徐安贞、王敬从、吴巩、裴朏、李宙、张烜等十学士参焉。凡所升奖,皆当时才彦。考判之目,由此始也。于时天下无兵百二十余载,搢绅之徒用文章为耕耘,登高不能赋者,童子大笑。公攘臂其间,以仁义为己任,片言只字,动为学者所法,时辈荣之。”“十八年”为“二十八年”之误,参见《唐五代文学编年史》,页七四三。

## |十一月|

**罢牛仙客朔方、河东节度副大使。**

事见《资治通鉴》卷二一四、《新唐书·玄宗纪》《旧唐书·玄宗纪下》。

**金城公主薨，吐蕃告丧请和，唐玄宗不许。**

事见《资治通鉴》卷二一四。

## |十二月|

**孙逖本年四十五岁，《太子少傅李公墓志铭》或作于本月。**

《全唐文》卷三一三《太子少傅李公墓志铭》："唐之宗盟，有若武都公者，讳暠，字某。……以开元二十八年五月十日，薨于位，春秋五十有八。……其年十二月七日，葬于河南县九岭山之南原。"《墓志铭》云"以开元二十八年五月十日，薨于位"，又云"其年（开元二十八年）十二月七日，葬于河南县九岭山之南原"。墓志铭一般作于下葬前，以一般情况而言，《太子少傅李公墓志铭》当作于开元二十八年五月十日后、十二月七日前，唯作月难确考，姑系于此。

## |本年|

**萧颖士《爱而不见赋》疑作于本年。**

《全唐文》卷三二二《爱而不见赋》："嗟乎！或爱之而不见者有之矣。何必周秦异代，夷夏殊轨。阻严城之九重，限方舟之一水。苟时事之多苑，故人遐而室迩。……为夙昔之良会，梦佳期于北方。……愿报义于永日，陪游宴于帝乡。"萧颖士于《赋》下自注云"丙辰岁待诏京邑贻旧知作"。萧颖士生于开元五年，卒于上元元年，平生未尝经历"丙辰岁"，此"丙辰"疑为"庚辰"之误。萧颖士本年正月已至长安，参后追兹，承韦司业屡垂访引。（详见本年五月萧颖士《赠韦司业书》条）故疑《爱而不见赋》作于开元二十八年，唯作年难确考，姑系于此。

**天下无事，海内雄富，行者虽适万里，可不持寸刃，不赍一钱。**

《旧唐书·玄宗纪下》:“其时频岁丰稔,京师米斛不满二百,天下乂安,虽行万里不持兵刃。”《资治通鉴》卷二一四:“是岁,天下县千五百七十三,户八百四十一万二千八百七十一,口四千八百一十四万三千六百九。西京、东都米斛直钱不满二百,绢匹亦如之。海内富安,行者虽万里不持寸兵。”评曰:“以开元之承平,而户口犹不及汉之盛时,唐兴以来,治日少而乱日多也。”《南部新书》辛卷:“开元二十八年,天下无事,海内雄富,行者虽适万里,不持寸刃,不赍一钱。”

## 唐玄宗开元二十九年

辛巳　七四一

### 正月

**唐玄宗本年五十七岁,崇道日甚,梦玄元皇帝告之真容,遣人求之。诸州各置玄元皇帝庙,并崇玄学,撰《令两京诸路各置玄元皇帝庙诏》。**

《资治通鉴》卷二一四:“上梦玄元皇帝告云:‘吾有像在京城西南百余里,汝遣人求之,吾当与汝兴庆宫相见。’上遣使求得之于盩厔楼观山间。”《全唐文》卷三一《令两京诸路各置玄元皇帝庙诏》:“两京及诸州,各置玄元皇帝庙一所,每年依道法斋醮,兼置崇元学,生徒于当州县学生数内均融量置,令习《道德经》及《庄子》《文子》《列子》,待习业成,每年准明经举送至省。”《旧唐书·玄宗纪下》:“二十九年春正月丁丑,制两京、诸州各置玄元皇帝庙并崇玄学,置生徒,令习《老子》《庄子》《列子》《文子》,每年准明经例考试。”《唐会要》卷六四《崇元馆》:“开元二十九年正月三日,于元元皇帝庙置崇元博士一员,令学生习《道德经》《庄子》《文子》《列子》。待习业成后,每年随贡举人例送至省,准明经例考试。”《唐会要》卷七七《崇元生》又载:“开元二十九年正月十五日,于元元皇帝庙置崇元学,令习《道德经》《庄子》《文子》《列子》。待习成后,每年随举人例送名至省,准明经考试,通者准及第人处分。其博士置一员。”按:“丁丑”误,应为“丁酉”。

关于唐玄宗之崇道及其对盛唐文坛的影响,可参阅丁放、袁行霈《唐玄宗与盛唐诗坛——以其道家思想与道教活动为中心》(《中国社会科学》二〇〇五年第四期)。

**丁丑，有诏令内外官荐亲伯叔及弟兄子侄堪任刺史县令。**

事见《旧唐书·玄宗纪下》。《全唐文》卷三一载此诏，《册府元龟》卷六八亦载。

## | 三 月 |

**十八日，册京兆府新丰县令薛巇长女为荣王妃，有《册荣王薛妃文》。**

《唐大诏令集》卷四〇载《册荣王薛妃文》（《全唐文》卷三八）："维开元二十九年，岁次辛巳，三月壬午朔十八日己亥，皇帝若曰……"

## | 春 |

**武殷、周万、李揆、柳芳等十三人登进士第，明经科朱巨川等人及第，元载等人登明四子科。礼部侍郎崔翘知贡举。**

见《登科记考补正》卷八本年条。柳芳（生卒年不详），字仲敷，河东（今山西永济）人。著名史家，"该谏故事"（李华《三贤论》），"精于谱学"（《旧唐书·柳璟传》），"又识古今仪注"（《太平广记》引《定命录》），历任拾遗、补阙、员外郎，皆居史任。天宝间，与韦述受诏修吴兢《国史》。至德二载，述卒，芳继成其业，勒成一百三十卷。后撰《唐历》四十卷。后又任史馆修撰、太常博士，上《皇室永泰新论》二十卷，仕终右司郎中、集贤殿学士。与殷寅、颜真卿、陆据、萧颖士、李华、邵轸、赵骅等友善。新旧《唐书》有传。史著甚丰，今均佚，《全唐文》卷三七三录其文三篇，《唐代墓志汇编》录《唐故通议大夫守太子詹事上柱国源府君（光乘）墓志铭并序》（页一六〇五）一篇，《全唐文补遗》（第八辑）补《唐故朝议郎行鄜州通义县令上轻车都尉王府君（景先）墓志铭一首并序》一篇，共计五篇。

## | 闰 四 月 |

**十八日，唐玄宗下《册兴信公主出降文》。**

《唐大诏令集》卷四二载此册文:“维开元二十九年,岁次辛巳,闰四月辛巳朔十八日戊戌,皇帝若曰……”《全唐文》卷三八题为《册兴信公主文》。

**唐玄宗迎老子真容置兴庆宫。**

事见《资治通鉴》卷二一四。

## | 五 月 |

**唐玄宗下《令写玄元皇帝真容分送诸道并推恩诏》,命画玄元真容,分置诸州开元观。庚戌,求明《道德经》《庄子》《列子》《文子》者。**

画像事见《资治通鉴》卷二一四。《全唐文》卷三一载此诏,《唐大诏令集》卷一一三题为《玄元皇帝临降制》。《新唐书·玄宗纪》:“五月庚戌,求明《道德经》及《庄》《列》《文子》者。”

**十四日,册故绛州司士参军崔承宠长女为济王妃,有《册济王崔妃文》。**

《唐大诏令集》卷四〇载《册济王崔妃文》(《全唐文》卷三八):“维开元二十九年,岁次辛巳,五月庚戌朔十四日癸亥,皇帝若曰……”

## | 六 月 |

**唐玄宗下《雅乐为大唐乐制》。**

《唐大诏令集》卷八一载此制,《全唐文》卷二四题为《定大唐乐制》。

## | 七 月 |

**安禄山倾巧善事人,人多誉之,上益以为贤,重用之。**

《资治通鉴》卷二一四:“平卢兵马使安禄山,倾巧,善事人,人多誉之。上左右至平卢者，禄山皆厚赂之，由是上益以为贤。御史中丞张利贞为河北采访使，至平卢，禄山曲事利贞，乃至左右皆有赂。利贞入奏，盛称禄山之美。八月，乙未，以禄山为营州都督，充平卢军使，两蕃（奚、契丹）、勃海、黑水四府经略使。”

## 九月

**唐玄宗御兴庆门，亲试明《四子》者，有《策道德经及文列庄子问》。**

《旧唐书·玄宗纪下》：“壬申，御兴庆门，试明《四子》人姚子产、元载等。”《册府元龟》卷六四三：“御兴庆门楼，亲试明《道德经》及《庄》《文》《列子》举人。……有姚子彦、靳能、元载等入第，各授之以官。”《全唐文》卷四〇载此敕。《唐大诏令集》卷一〇五题为《亲试四子举人敕》。

**起居舍人王邱撰《大唐开元礼》一百五十卷成，集贤学士萧嵩上之，颁所司行用。**

《唐会要》卷三七《五礼篇目》：“说卒后，萧嵩代为集贤学士，始奏起居舍人王邱，撰成一百五十卷，名曰《大唐开元礼》。二十九年九月，颁所司行用焉。”

## 十月

**唐玄宗下《遣使分巡天下诏》。**

《全唐文》卷三一载此诏，《唐大诏令集》卷一〇四题为《遣使黜陟诸道敕》，系开元二十九年十月。

## 十一月

**辛未，太尉宁王宪薨，唐玄宗哀惋特甚，谥为让皇帝，撰《追谥宁王宪为让皇帝制》《册谥让皇帝文》《奠让皇帝文》，中书舍人徐安贞撰《让皇帝哀册文》。**

《唐大诏令集》卷二六载以上诸文，《全唐文》卷二四载制文，卷三八载册谥文，卷四〇载奠文，卷三〇五载哀册文。唐玄宗对长兄尤为亲重，《旧唐书·睿宗诸子传》："玄宗既笃于昆季，虽有谗言交构其间，而友爱如初。宪尤恭谨畏慎，未曾干议时政及与人交结，玄宗尤加信重之。……开元九年兼太常卿。十四年，停太常卿，依旧为开府仪同三司。二十一年，复拜太尉。二十八年冬，宪寝疾，上令中使送医药及珍膳，相望于路。僧崇一疗宪稍瘳，上大悦，特赐绯袍鱼袋，以赏异崇一。时申王等皆先薨，唯宪独在，上尤加恩贷。每年至宪生日，必幸其宅，移时宴乐。居常无日不赐酒酪及异馔等，尚食总监及四方有所进献，食之稍甘，即皆分以赐之。宪尝奏请年终录付史馆，每年至数百纸。二十九年冬，京城寒甚，凝霜封树，时学者以为《春秋》'雨木冰'即此是，亦名树介，言其象介胄也。宪见而叹曰：'此俗谓树稼者也。谚曰："树稼，达官怕。"必有大臣当之，吾当之，吾其死矣。'十一月薨，时年六十三。上闻之，号叫失声，左右皆掩涕。"传文全录《追谥宁王宪为让皇帝制》："能以位让，为吴太伯，存则用成其节，殁则当表其贤。非常之称，旌德斯在。故太尉宁王宪，诞含粹灵，允膺大雅。孝悌之至，本乎中诚；仁和之深，非因外奖。率由礼度，雅尚文儒。谦以自牧，药于为善。比两献而有光，与二南而合德。自出临方镇，入配台阶，逾励忠勤，益闻周慎。实谓永为藩屏，以辅邦家，曾不憖遗，奄焉殂没，友于之痛，震恸良深。惟王，朕之元昆，合升上嗣。以朕奉先朝之睿略，定宗社之阽危，推而不居，请予主鬯。又承慈旨，焉敢固违。不然者，则宸极之尊，岂归于薄德？茂行若此，易名是凭，自非大号，孰副休烈？按《谥法》'推功尚善曰让''德性宽柔曰让'，敬追谥曰'让皇帝'。宜令所司择日，备礼册命。"册敛当天，特令高力士带手书置业于灵座之前，书称"隆基白"，以表家人之礼："大哥嫡长，合当储贰，以功见让，爰在薄躬。既嗣守紫宸，万机事总，听朝之暇，得展于怀。十数年间，棣华凋落，谓之手足，唯有大哥。今复沦亡，眇然无对，以兹感慕，何恨如之。然以厥初生人，孰不殂谢？所贵光昭德行，以示崇高，立德立名，斯为不朽。大哥事迹，身殁让存，故册曰让皇帝，神之昭格，当兹宠荣。"《旧唐书·玄宗纪下》："辛未，太尉、宁王宪薨，谥为让皇帝，葬于惠陵。"《资治通鉴》卷二一四："辛未，太尉宁王宪薨。上哀惋特甚，曰：'天下，兄之天下也；兄固让于我，为唐太伯，常名不足以处之。'乃谥曰让皇帝。"唐玄宗妥善地处理好兄弟诸王，为唐朝历史罕见，史臣赞曰："睿宗有圣子，一受命（玄宗），一追帝（让皇帝），三赠太子（惠庄、惠文、惠宣），天与之报，福流无穷，盛欤！"这充分显示了唐玄宗刚柔并济的权谋。

## |十二月|

**癸未，吐蕃入寇，陷石堡城，节度使盖嘉运不能守。**

事见《旧唐书·玄宗纪下》《新唐书·玄宗纪》。

**唐玄宗有敕勉新授刺史县令。**

《册府元龟》卷一五七载此敕，系开元二十九年十二月。

## |冬|

**李邕本年六十七岁，在滑州刺史任，以文名为执政所忌，竟不得进，归滑州。**

《旧唐书·李邕传》："又累转括、淄、滑三州刺史，上计京师。邕素负美名，频被贬斥，皆以邕能文养士，贾生、信陵之流，执事忌胜，剥落在外，人间素有声称，后进不识，京洛阡陌聚观，以为古人；或将眉目有异，衣冠望风，寻访门巷；又中使临问，索其新文。复为人阴中，竟不得进。"《全唐文》卷三六一李邕《辞官归滑州表》："况臣今兹，六十有七。……即以今日归州。""官"疑为衍文。

## |本年|

**孙逖四十六岁，复为中书舍人，充河东黜陟使。**

《旧唐书·孙逖传》："二十四年，拜逖中书舍人。……丁父丧免，二十九年服阕，复为中书舍人。其年充河东黜陟使。"

**杜甫三十岁，撰《祭远祖当阳君文》祭先祖杜预。**

《杜诗详注》卷二五《祭远祖当阳君文》："维开元二十九年岁次辛巳月日，十三叶孙甫，谨以寒食之奠，敢昭告于先祖晋驸马都尉镇南大将军当阳成侯之灵。”杜甫另有《祭外祖祖母文》:“维年月日,外孙荥阳郑宏之、京兆杜甫,谨以寒食庶羞之奠,敢昭告于外王母之灵。”唯作年难确考,然行文近似《祭远祖当阳君文》,疑为同年之作,姑一并系于此。

**唐玄宗《开元末与吐蕃赞普书》疑作于本年或稍前数年。**

《全唐文补编》卷二五《开元末与吐蕃赞普书》:“波州铁柱,唐九征铸。”《大唐新语》卷一一:“唐九征为御史,监灵武诸军。时吐蕃入寇蜀汉,九征率兵出永昌郡千余里讨之,累战皆捷。……开元末与吐蕃赞普书云:‘波州铁柱,唐九征铸。’即谓此是也。”文题云“开元末”,故知《开元末与吐蕃赞普书》当作于本年或稍前数年,唯作年难确考,姑系于此。

**本年或稍前,崔令钦常从人访问教坊中事,撰《教坊记》。**

《全唐文》卷三九六崔令钦《教坊记序》:“开元中余为左金吾仓曹,武官十二三是坊中人,每请俸禄,每加访问,尽为余说之。”后崔令钦撰其事为《教坊记》。

**本年或稍前,武平一卒,有《景龙文馆记》十卷。**

《旧唐书·武平一传》:“平一见宠中宗,时虽宴豫,尝因诗颂规谏,然不能卓然自引去,故被谪。既谪而名不衰,开元末卒。”《新唐书·艺文志二》:“武平一《景龙文馆记》十卷。”《直斋书录解题》卷七:“《景龙文馆记》八卷,唐修文馆学士武甄平一撰。中宗初置学士以后馆中杂事,及诸学士应制倡和、篇什杂文之属,亦颇记中宗君臣宴亵无度以及暴崩。其后三卷为诸学士传。今阙二卷。平一,以字行。”《玉海》卷五七:“《唐景龙文馆记》。《志》,武平一撰,十卷。《崇文目》《书目》同。中宗景龙二年,诏修文馆置大学士、学士、直学士,凡二十四员。赋诗赓唱,是书咸记录,为七卷。又学士二十九人传,为三卷。”参见陶敏《〈景龙文馆记〉考》(《文史》第四十八辑,中华书局,一九九九年)。

**开元年间卜隐之撰《拟文选》三十卷。**

《新唐书·艺文志四》:“卜隐之《拟文选》三十卷。开元处士。”

## 唐玄宗天宝元年

壬午　七四二

### |正月|

**唐玄宗本年五十八岁,丁未朔,御勤政楼,受朝贺,赦天下;改元,撰《改元大赦文》。**

《文苑英华》卷四二一载《改元大赦文》(《唐大诏令集》卷四题为《改元天宝赦》):“可大赦天下,改开元三十年为天宝元年,正月一日昧爽以前,大辟罪以下,罪无轻重,已发觉未发觉,已结正未结正,系囚见徒,常赦所不原者,咸赦除之。”《旧唐书·玄宗纪下》:“天宝元年春正月丁未朔,大赦天下,改元。”《新唐书·玄宗纪》:“天宝元年正月丁未,大赦,改元。”

**壬子,以安禄山为平卢节度使。是时,置十节度、经略使以防边,镇兵四十九万人,史称“公私劳费,民始困苦”。**

《资治通鉴》卷二一五详记十节度,并称:“开元之前,每岁供边兵衣粮,费不过二百万;天宝之后,边将奏益兵浸多,每岁用衣千二十万匹,粮百九十万斛,公私劳费,民始困苦矣。”

**壬辰,群臣上表于尊号加“天宝”。**

事见《资治通鉴》卷二一五。

**唐玄宗命荐儒学博通、文辞秀逸及军谋武艺者,并诏京文武官才堪刺史者自举。**

《旧唐书·玄宗纪下》:“前资官及白身人有儒学博通、文辞秀逸及军谋武艺者,所在具以名荐。京文武官才堪为刺史者各令封状自举。"《新唐书·玄宗纪》载:"诏京文武官材堪刺史者自举。"

## |二 月|

**丁亥,唐玄宗加尊号开元天宝圣文神武皇帝。辛卯,享玄元皇帝于新庙。甲午,享太庙。制庄子、文子、列子、庚桑子为真人,撰《加庄文列庚桑四子为真人敕》。**

《全唐文》卷三六《加庄文列庚桑四子为真人敕》:"庄子、文子、列子、庚桑子,列在真仙……庄子依号曰南华真人,文子号曰通元真人,列子号曰冲虚真人,庚桑子号曰洞灵真人。其四子所著改为真经。崇元学置博士助教各一员,学生一百人。"《旧唐书·玄宗纪下》:"二月丁亥,上加尊号为开元天宝圣文神武皇帝。辛卯,亲享玄元皇帝于新庙。甲午,亲享太庙。丙申,合祭天地于南郊。制天下囚徒,罪无轻重并释放。……庄子号为南华真人,文子号为通玄真人,列子号为冲虚真人,庚桑子号为洞虚真人。其四子所著书改为真经。崇玄学置博士、助教各一员,学生一百人。"

**丙申,合祀天地于南郊,赦天下,下《天宝改元制》。改侍中为左相,中书令为右相,尚书左、右丞相复为仆射,黄门侍郎为门下侍郎;东都为东京,北都为北京,天下诸州改为郡;刺史改为太守。**

事见《资治通鉴》卷二一五、《旧唐书·玄宗纪下》。《全唐文》卷二四《天宝改元制》(《唐大诏令集》卷六七题为《天宝元年南郊制》):"是知神仙所缄,造化同固,爰初有待,经韫匮而多时,潜应改元,若符契之相合。……愿加天宝之名,用易开元之号。"

**王之涣卒,年五十五,靳能为撰墓志。**

《唐代墓志汇编》天宝〇二八《唐故文安郡文安县尉王君墓志铭》:"以天宝元年二月十四日遘疾终于官舍,春秋五十有五。……倜傥有异才,尝或歌从军,吟出塞,皎兮极关山明月之思,萧兮得易水寒风之声,传乎乐章,布在人口。至夫雅颂发挥之作，诗骚兴喻之致，文在斯矣，代未知焉。惜乎！"又云"宣义郎、行河南府永宁县尉西河靳能撰"，天宝二年五月葬。靳能，生卒年未详。

## |三月|

**王阅、柳载（柳浑）、赵涓、于益、崔珪璋、李□、李华（字华）、许登等二十三人登进士第，明经科郭揆、归崇敬、贾至等人及第，颜真卿等人登文词秀逸科；萧昕登博学宏词科。礼部侍郎韦陟知贡举。**

见《登科记考补正》卷九本年条。

**韦陟命举子于省试前先纳旧日所作诗文，此应为纳省卷之始。**

《旧唐书·韦陟传》："后为礼部侍郎，陟好接后辈，尤鉴于文，虽辞人后生，靡不谙练。曩者主司取与，皆以一场之善，登其科目，不尽其才。陟先责旧，仍令举人自通所工诗笔，先试一日，知其所长，然后依常式考核，片善无遗，美声盈路。"程千帆《唐代进士行卷与文学》云："纳省卷的风尚可能即由此形成。"（上海古籍出版社一九八〇年版，页九）

**李林甫为相专权，深忌文学之士，世谓其"口有蜜，腹有剑"；常以金帛赂上左右，上举动必知之；忌唐玄宗想重用之人或朝廷宿望卢绚、严挺之、齐澣，以散秩员外待之。公卿之进，有不出林甫门者，必以罪去之。**

《资治通鉴》卷二一五："李林甫为相，凡才望功业出己右及为上所厚、势位将逼己者，必百计去之；尤忌文学之士，或阳与之善，啖以甘言而阴陷之。世谓李林甫'口有蜜，腹有剑'。"并载李林甫忌卢绚、严挺之、齐澣事。

**贾至本年二十五岁，明经擢第，解褐单父尉。**

《登科记考补正》卷九："（天宝元年）明经科：贾至。"《新唐书·贾至传》："至字幼邻，擢明经第，解褐单父尉。"

**萧颖士本年二十六岁,在秘书正字任,刘方平、沈仲昌应进士举,颖士撰《送刘方平沈仲昌秀才同观所试杂文》。**

《唐诗纪事》卷四七:"萧颖士《送刘方平沈仲昌秀才同观所试杂文》:'山东茂异有河南刘方平、临汝沈仲昌,以郡府计偕之尤,当礼闱能赋之试。余勇待贾,未始逾辰。吾徒相与登群玉,咀遗芳,目临云外,思入神境,佳哉乐乎。意数之出幽谷而渐于陆矣。'"

## |四月|

**唐玄宗下《分道德经为上下经诏》。**

《全唐文》卷三一《分道德经为上下经诏》:"自今以后,天下应举,除崇元学生外,其余所试《道德经》宜并停。仍令所司,更详择一小经代之,其《道经》为上经,《德经》为下经。"《唐会要》卷七五《贡举上·明经》:"天宝元年四月三日敕:自今以后,天下应举,除崇元学生外,自余所试《道德经》,宜并停。仍令所司更别择一小经代之,其年加《尔雅》,以代《道德经》。"

## |六月|

**制令道教及天地乾坤字须半阙。**

《全唐文》卷二四载《令道教及天地乾坤字须半阙制》。《唐会要》卷五〇、《册府元龟》卷五四并载此文,时间为天宝元年六月。

## |七月|

**辛未,左相、豳国公牛仙客薨。**

事见《旧唐书·玄宗纪下》《新唐书·玄宗纪》、《资治通鉴》卷二一五。

**裴旻献捷京师,唐玄宗诏旻舞剑,乔潭撰《裴将军剑舞赋》。**

《文苑英华》卷八二乔潭《裴将军剑舞赋》:"后元年秋七月,羽林裴公献戎捷于京师。上御花萼楼,大置酒。酒酣,诏将军舞剑。"玄宗之后元元年,即天宝元年。裴将军即裴旻,《独异志》卷中描述其舞剑情况。《新唐书・李白传》:"文('玄'之误)宗时,诏以白歌诗、裴旻剑舞、张旭草书为'三绝'。"乔潭,字源,梁人。天宝十三载进士,官陆浑尉。《全唐文》卷四五一存其文十一篇。

## 八月

**丁丑,刑部尚书李适之为左相。壬辰,吏部尚书兼右相李林甫加尚书左仆射,左相李适之兼兵部尚书,左仆射裴耀卿为尚书右仆射。**

事见《旧唐书・玄宗纪下》《新唐书・玄宗纪》。

**萧颖士奉使求遗书于人间。**

《新唐书・萧颖士传》:"天宝初,颖士补秘书正字。……奉使括遗书赵、卫间。"萧颖士《登临河城赋序》:"天宝元年秋八月,奉使求遗书于人间。"

## 九月

**改一百一十处不稳及重复县名,改两京玄元庙为太上玄元皇帝宫。**

《旧唐书・玄宗纪下》:"(天宝元年九月)丙寅,改天下县名不稳及重名一百一十处。两京玄元庙改为太上玄元皇帝宫,天下准此。"

## 秋

**颜真卿本年三十三岁,登文词秀逸科,授京兆府醴泉县尉。**

《登科记考补正》卷九:"(天宝元年)文词秀逸科:颜真卿。"殷亮《颜鲁公行状》:"天宝元年秋,扶风郡太守崔琇举博学文词秀逸。玄宗御勤政楼,策试上第。以其年授京兆府醴泉县尉。"

**岑参本年二十八岁,居长安,撰《感旧赋并序》。**

《岑嘉州诗笺注》附录一《感旧赋并序》:“参,相门子。五岁读书,九岁属文,十五隐于嵩阳,二十献书阙下。……参年三十,未及一命。昔一何荣矣,今一何悴矣。……我从东山,献书西周,出入二郡,蹉跎十秋。”《序》云“参年三十,未及一命”,若以岑参三十岁计,则《感旧赋并序》当作于天宝三载,岑参三十岁之际。然《赋》云“我从东山,献书西周,出入二郡,蹉跎十秋”,岑参献书事在开元二十一年,至天宝元年恰为十年,则此《感旧赋并序》当作于天宝元年。据杜确《岑嘉州诗集序》“天宝三载,进士高第”,可知天宝三载,岑参已登进士第,不当有“参年三十,未及一命”之叹。“年三十”当非实指。按:陈铁民、侯忠义《岑参集校注》认为此文作于天宝二年,姑存疑。

## |十月|

**唐玄宗造长生殿,名为集灵台,以祀神。**

事见《唐会要》卷三〇《华清宫》。

**萧颖士撰《登临河城赋并序》。**

《全唐文》卷三二二《登临河城赋并序》:“天宝元年秋八月,奉使求遗书于人间。越来月,届于临河之旧邑,览物增怀,泫然有赋。”《序》云:“天宝元年秋八月,奉使求遗书于人间。越来月……泫然有赋。”文中纪念其亡舅对自己的教授之恩,对自己才高位下的坎坷遭遇深致不平,反映出盛世压抑人才的现象依然存在。

**李白本年四十二岁,《汉东紫阳先生碑铭》或作于本年。**

《李白集校注》卷三〇《汉东紫阳先生碑铭》:“呜呼紫阳,竟夭其志以默化,不昭然白日而升九天乎!……代业黄老,门清儒素,皆龙脱世网,鸿冥高云。但贵天爵,何征阀阅?始八岁经仙城山,□□□□□□□□□□□□有清都紫微之遐想。九岁出家,十二休粮,二十游衡山,云寻洞府,水涉冥壑。……至其年十月二十三日，葬于郭东之新松山，春秋六十有二。先生含弘光大，不修小节。书不尽妙，郁有崩云之势；文非夙工，时动雕龙之作。存也宇宙而无光，殁也浪化而蝉蜕，岂□□□□□□□□□乎！……贤哉仙士，六十而化。光光紫阳，善与时而为龙蛇，固亦以生死为昼夜。有力者挈之而趋。劫运颓落，终归于无。惟元神不灭，湛然清都。延陵既没，仲尼呜呼。青青松柏，离离山隅。篆石颂德，名扬八区。”据瞿蜕园、朱金城《李白集校注·李白年谱》天宝元年条下附考可知胡紫阳卒于天宝元年。《碑铭》云“至其年十月二十三日，葬于郭东之新松山”，碑铭一般作于死者下葬之前，以一般情况而言，《汉东紫阳先生碑铭》当作于天宝元年十月二十三日前，唯作年难确考，姑系于此。

## 十一月

**李白因玉真公主或吴筠荐，待诏翰林**。

李白《为宋中丞自荐表》：“天宝初，五府交辟，不求闻达。亦由子真谷口，名动京师。上皇闻而悦之，召入禁掖，既润色于鸿业，或间草于王言。”《全唐文》卷三七三魏颢《李翰林集序》：“白久居峨眉，与丹丘因持盈法师达，白亦因之入翰林，名动京师。” 魏颢，生卒年不详，开元中进士。持盈法师即玉真公主。《旧唐书·玄宗纪下》：“（天宝三载十一月）玉真公主先为女道士，让号及实封，赐名持盈。”《旧唐书·李白传》载李白入京为道士吴筠所荐。《全唐文》卷四三七李阳冰《草堂集序》：“天宝中，皇祖下诏，征就金马……置金銮殿，出入翰林中，问以国政，潜草诏诰，人无知者。”《全唐文》卷六一九刘全白《唐故翰林学士李君碣记》：“天宝初，玄宗辟翰林待诏，因为和蕃书，并上《宜唐鸿猷》一篇。”

**本年或稍前，贺知章自秘书监迁太子宾客，孙逖撰《授贺知章等太子宾客制》**。

《全唐文》卷三〇九孙逖《授贺知章等太子宾客制》：“庆王侍读、银青光禄大夫、秘书监、员外置同正员贺知章等，衣冠耆旧，词学宗师。或恬淡风流，独擅东南之美；或清贞介特，是称江汉之英。负当朝之令名，有锡类之纯行。顷令教导，久侍藩维，善利则多，宠章宜及。方之四老，用列宾友之任；综彼三坟，俾在图书之府。”

## |本 年|

**贺知章见李白，呼为谪仙人，解金龟换酒相为乐**。

《李白集校注》卷二三《对酒忆贺监序》："太子宾客贺公，于长安紫极宫一见余，呼余为谪仙人，因解金龟，换酒为乐。"

**郑虔为协律郎，著书八十余篇，为人告发私撰国史，坐谪十年**。

《新唐书·郑虔传》："天宝初，为协律郎，集掇当世事，著书八十余篇。有窥其稿者，上书告虔私撰国史，虔苍黄焚之，坐谪十年。"

**李邕六十五岁，在灵昌郡太守任上，撰《灵岩寺碑》；又撰《鹘赋》，高適本年四十三岁，撰《奉和鹘赋》和之**。

《宝刻丛编》卷一齐州："《唐灵岩寺碑》，唐李邕撰并书，天宝元年立(《诸道石刻录》)。"《全唐文》卷二六三李邕《灵岩寺碑》："灵昌郡太守邕。"滑州于天宝元年改灵昌郡。《高適诗集编年笺注·奉和鹘赋并序》："天宝初，有自滑台奉太守李公《鹘赋》以垂示适，越在草野，才无能为，尚怀知音，遂作《鹘赋》。"《奉和鹘赋》，《全唐文》卷三五七题作《奉和李泰和鹘赋》，盛赞鹰隼的矫健高举，以喻己之雄才大志。

**贾至自校书郎为单父尉，撰《微子庙碑颂》《宓子贱碑颂》**。

《全唐文》卷三六八贾至《微子庙碑颂》："皇帝二十一载，予作吏于宋。"同卷《宓子贱碑颂》："天宝初，至始以校书郎尉于单父。"单父为宋州属县。前文"二十一"恐"三十一"之误，否则贾至年方十五，殊无可能。《微子庙碑颂》借歌颂殷代微子的才德，感慨帝乙不用微子而立纣辛以致亡国的教训。《宓子贱碑颂》赞颂孔子学生、春秋鲁国人宓子贱在乱世尚能从容治理一县的政绩："观夫为政之大，体元之要，恤孤哀丧，举事问吊。"认为治理天下与治理一县同理。

**尚衡撰《文道元龟并序》。**

《全唐文》卷三九四尚衡《文道元龟》序："天宝初，适于平阳。平阳太守稷山公，则衡之从考舅。雅好古道，门尚词客，当今文人，相与多矣。尝叹曰：'取士之道，才其难乎？或精文而薄于行，或敦行而浅于文，斯乃有失其道，一至于此。顾衡曰：'吾尝谓尔知言，尔其言之。'衡私门以文场而进五世，鄙虽不嗣，忝藉余训，敢著《元龟》，以叙其事。"对君子之文、志士之文、词士之文予以解析："文道之兴也，其当中古乎？其无所始乎？且天道五行以别纬，地道五色以别方，人道五常以别德。《易》曰：'观乎天文，以察时变；观乎人文，以化成天下。'非五纬孰可以知天，非五方孰可以辨地，非五常孰可以化人，文之为道，斯亦远矣。天人之际，其可得于是乎？夫卦始乎三画，文章之阃，大抵不出乎三等，斯乃从人而有焉，工与不工，各区分而有之。君子之文为上等，其德全；志士之文为中等，其义全；词士之文为下等，其思全。其思也可以纲物，义也可以动众，德也可以经化。化人之作，其惟君子乎？君子之作，先乎行，行为之质；后乎言，言为之文。行不出乎言，言不出乎行，质文相半，斯乃化成之道焉。志士之作，介然以立诚，愤然有所述，言必有所讽，志必有所之，词寡而意恳，气高而调苦，斯乃感激之道焉。词士之作，学古以摅情，属词以及物；及物胜则词丽，摅情逸则气高。高者求清，丽者求婉，耻乎质，贵乎情，而忘其志，斯乃颓靡之道焉。古人之贵有文者，将以饰行表德，见情著事。杼轴乎天人之际，道达乎性命之元，正复乎君臣之位，昭感乎鬼神之奥。苟失其道，无所措矣。君子也，文成而业著；志士也，文成而德丧。然今之代，其多词士乎？"尚衡，生卒年不详，汲郡（今河南汲县）人。天宝初游平原。十五载客濮阳，起兵讨安禄山。至德中官至右散骑常侍，检校礼部尚书，兼御史大夫。《全唐文》仅存此文。

**突厥乌苏米施可汗为朔方节度使王忠嗣所破，突厥部众相次降唐，唐玄宗于花萼楼宴突厥降者，赏赐甚厚。陇右节度使皇甫惟明与吐蕃有青海湖会战，大破吐蕃北线主力，吐蕃死伤数万人。回纥一部遣使入贡。史言明皇喜边功，故边师告捷者相继。**

事见《资治通鉴》卷二一五。

# 唐玄宗天宝二年

癸未 七四三

## |正月|

**安禄山入朝，唐玄宗本年五十九岁，宠待甚厚，谒见无时。时李林甫领吏部尚书，日在政府，选事委宋遥、苗晋卿，致吏部铨选，请托成风，御花萼楼亲试举人，贬苗晋卿、宋遥、张倚、裴朏等。**

《资治通鉴》卷二一五："春，正月，安禄山入朝，上宠待甚厚，谒见无时。李林甫领吏部尚书，日在政府，选事悉委侍郎宋遥、苗晋卿。御史中丞张倚新得幸于上，遥、晋卿欲附之。时选人集者以万计，入等者六十四人，倚子奭为之首，群议沸腾。前蓟令苏孝韫以告安禄山，禄山入言于上，上悉召入等人面试之，奭手持试纸，终日不成一字，时人谓之'曳白'。癸亥，遥贬武当太守，晋卿贬安康太守，倚贬淮阳太守，同考判官礼部郎中裴朏等皆贬岭南官。"《册府元龟》卷一六二："天宝二年正月，贬吏部侍郎苗晋卿、吏部侍郎宋遥。……是载春，御史中丞张倚男奭参选，晋卿与遥以倚初承恩，欲悦附之，考选入判等第，凡六十四人登甲乙丙科，奭在其首。众知奭不读书，议论纷然。……玄宗大集登科人，御花萼楼亲试，及第者十无一二焉。奭手持试纸，竟日不下一字，时人谓之'曳白'。帝怒，贬晋卿为安康郡太守，遥为武当郡太守，倚为淮阳郡太守。"

**改崇玄学为崇玄馆，博士为学士。**

《旧唐书·玄宗纪下》："（天宝二年）正月丙辰，追尊玄元皇帝为大圣祖玄元皇帝，两京崇玄学改为崇玄馆，博士为学士。"《唐会要》卷六四《崇元馆》载："二年正月十五日，改崇元学为崇元馆，博士为学士，助教为直学士，置大学士二员。天下诸郡崇元学，改为通道学。博士为学士。二月四日，以门下侍郎陈希烈兼崇元馆学士。"

**王维本年五十岁，任左补阙，撰《故任城县尉裴府君墓志铭》。**

《王右丞集笺注》卷二六《故任城县尉裴府君墓志铭》:"天宝二年,正月十二日,唐故鲁郡任城县尉河东裴府君,卒于西京新昌坊私第,享年三十九。呜呼哀哉!"又云:"天宝二年,正月十二日,唐故鲁郡任城县尉河东裴府君,卒于西京新昌坊私第。"故知《故任城县尉裴府君墓志铭》当作于天宝二年正月或稍后,姑系于此。

## | 三 月 |

**壬子,唐玄宗亲祀玄元庙以册尊号,下《追尊玄元皇帝父母并加谥远祖制》。**

事见《旧唐书·玄宗纪下》。《全唐文》卷二四载此制,《册府元龟》卷五四亦载。

**刘单、邱为(丘为)、孟彦深、张谓、乔琳、卫庭训等二十六人登进士第,明经科杨暄等人及第,李华登博学宏词科。礼部侍郎达奚珣知贡举。**

见《登科记考补正》卷九本年条。

**李华本年二十九岁,登博学宏词科,由南和尉擢秘书省校书郎。**

独孤及《检校尚书吏部员外郎赵郡李公中集序》:"开元二十三年举进士,天宝二年举博学宏词,皆为科首,由南和尉擢秘书省校书郎。"

**以长安令、太子妃之兄韦坚为陕郡太守,领江、淮租庸转运使,敛财聚资,引浐水,造新潭,民间萧然愁怨。然韦坚等以穿广、运潭、兴漕之利得宠,唐玄宗有《褒赐韦坚等敕》。**

《资治通鉴》卷二一五:"(开宝二年)三月,以长安令韦坚为陕郡太守,领江、淮租庸转运使。初,宇文融既败,言利者稍息。及杨慎矜得幸,于是韦坚、王铁之徒,竞以利进,百司有利权者,稍稍别置使以领之,旧官充位而已。坚,太子之妃兄也,为吏以干敏称。上使之督江、淮租运,岁增巨万;上以为能,故擢任之。"《全唐文》卷三六载《褒赐韦坚等敕》。

**唐玄宗撰《减崇玄生试及帖册各一条制》。**

《全唐文》卷二四《减崇玄生试及帖册各一条制》："崇玄生试及帖册各减一条，三年业成，始依例程。"《册府元龟》卷六四〇："（天宝）二年三月十六日，制崇玄生试及帖册各减一条，三年业成，始依常式。"

## | 五 月 |

**唐玄宗重注《孝经》，亲撰《孝经注序》，颁行天下，下《颁重注孝经诏》。**

《文苑英华》卷七三七载《孝经注序》。《全唐文》卷三二《颁重注孝经诏》："朕思畅微言，以理天下，先为注释，寻亦颁行。犹恐至赜难明，群疑未尽。近更探讨，因而笔削，兼为叙述，以究源流。……宜付所司，颁示中外。"《唐会要》卷三六《修撰》："十年六月二日，上注《孝经》，颁于天下及国子学。至天宝二年五月二十二日，上重注，亦颁于天下。"

## | 七 月 |

**二十一日，册前殿中省尚辇局直长卢季融第三女为信王妃，有《册信王卢妃文》。**

《唐大诏令集》卷四〇（《全唐文》卷三八）载此册文："维天宝二年，岁次癸未，七月戊戌朔二十一日戊午，皇帝若曰……"

**裴耀卿卒，年六十三。许孟容为撰《唐故侍中尚书右仆射赠司空文献公裴公神道碑铭并序》；王维为撰《裴仆射齐州遗爱碑》；孙逖本年四十八岁，为撰《唐齐州刺史裴公德政碑》。**

《旧唐书·裴耀卿传》："天宝元年，改为尚书右仆射，寻转左仆射。一岁薨，年六十三。"《旧唐书·玄宗纪下》："（天宝二年七月）丙辰，尚书右仆射裴耀卿薨。"《全唐文》卷四七九许孟容《唐故侍中尚书右仆射赠司空文献公裴公神道碑铭并序》："明皇帝登宝位之廿一祀，得师文臣侍中文献公□□……以天宝三载七月十八(以下阙十九字)震悼罢朝,赠太子太傅,谥曰文献。以其年十月,归葬绛州稷山县姑射山之阳尚书府君茔东西里。有子八人……综、皋最知名。”许孟容,生卒年不详,字公范,京兆长安人。举进士甲科,又第明经,授校书郎,累拜太常少卿,宪宗朝迁尚书左丞,拜东都留守。元和十三年卒,年七十六,赠太子少保,谥曰宪。《王维集校注》卷九《裴仆射齐州遗爱碑》:“公之视人也如子,人之去公也如父,宜其升闻于天,司我五教。公之富人也以简,简则不扰,而人得肄其业,非富欤?公之爱吏也以严,严则畏威,而吏不陷于罪,非爱欤?是其大旨也。至若沛郡谓为神明,淮阳谢其清净。尊经于学校,鲁风载儒;加信于儿童,齐人不诈。明闲视听,其察奸也无全;晓习文法,于决事乎何有?六义之制,文在于斯;五车之书,学半于我。其为身计,保乎忠贞;将为孙谋,贻以清白。熊轼之贵,子弟夷于平人;龙门则高,宾客不遗下士。非礼不动,出言有章。语曰:‘恺悌君子,人之父母。其是之谓乎?维也不才,尝备官属,公之行事,岂不然乎?维实知之,维能言之。”《全唐文》卷三一二孙逖《唐齐州刺史裴公德政颂》:“公以甲子岁秋八月,莅于是邦。……俾夫阖境之内,靡清风,渐膏雨,醉纯德,饱话言。……公名耀卿,字焕之,河东闻喜人。……若乃迈德由己,全诚自衷,出入孝悌,周旋礼乐,幅利以俭。葆光以和,仁而有刚,直而不倨,微妙析理,入于无间,清明开物,周于有象。享兹具美,可谓大贤。其庇身也宏矣!其所凭也厚矣!《诗》曰:‘布政优优,百禄是遒。’又曰:‘君子万年,介尔景福。’夫如是,欲辞福禄,其可得乎?方当弥纶帝绩,岂徒润色吏事而已?卢县父老某乙等,怀公之惠,不可弭忘,思欲铭德颂美,计功称伐。以予国之史臣也,学于《春秋》褒贬之义,乃因邑子校书郎卫凭,假词不能,征拙于我。事则详实,言多遗恨。著循吏之传,愿守文翁;述马野之诗,惭非史克。”此文作于裴耀卿卒后,姑系于此。

## 十月

**制命孔璲之袭封文宣公。**

《全唐文》卷二四载《命孔璲之袭封文宣公制》。《册府元龟》并载此文,且云“(天宝)二年十月制”。

## 十一月

**唐玄宗下《诸州医学附甲敕》。**

《全唐文》卷三六《诸州医学附甲敕》:“诸州医学生等,宜随贡举人例申省,补署十年与散官,恐年岁深久,检勘无凭,仍同流外例附甲。”《唐会要》卷七五《附甲》:“天宝二年十一月敕:诸州医学生等,宜随贡举人例,申省补署,十年与散官,恐年岁深久,检勘无凭,仍同流外例附甲。”

## 本年

**李白四十三岁,供奉翰林,屡遭谗谤,乃浪迹纵酒,与贺知章等人为八仙之游。**

李阳冰《草堂集序》:“置于金銮殿,出入翰林中,问以国政,潜草诏诰,人无知者。丑正同列,害能成谤,格言不入,帝用疏之。公乃浪迹纵酒,以自昏秽。咏歌之际,屡称东山。又与贺知章、崔宗之等自为八仙之游,谓公谪仙人,朝列赋谪仙之歌,凡数百首,多言公之不得意。”《新唐书·李白传》:“与知章、李适之、汝阳王琎、崔宗之、苏晋、张旭、焦遂为‘酒八仙人’。”

**王维本年前后,得宋之问蓝田辋川别墅,与裴迪同游其中,撰《山中与裴秀才迪书》。**

《王右丞集笺注》卷一八《山中与裴秀才迪书》:“北涉玄灞,清月映郭。夜登华子冈,辋水沦涟,与月上下。寒山远火,明灭林外;深巷寒犬,吠声如豹……多思曩昔,携手赋诗,步仄径,临清流也。……山中人王维白。”《新唐书·王维传》载其“别墅在辋川,地奇胜,有华子冈、欹湖、竹里馆、柳浪、茱萸沜、辛夷坞,与裴迪游其中,赋诗相酬为乐。……母亡,表辋川第为寺,终葬其西”。《书》中所述华子冈、辋水皆为辋川景色,知此《书》当作于王维居辋川别墅之际。王维母崔氏卒于天宝九载二月,则王维居于辋川别墅当在此前数年,唯《山中与裴秀才迪书》作年难确考,暂系于此。

**萧颖士二十七岁，本年前后，为有司劾免，客居濮阳。时尹征、王恒、卢异、卢士式、贾邕、赵匡、阎士和、柳并等皆从之学，执弟子礼，号“萧夫子”。**

《新唐书·萧颖士传》：“天宝初，颖士补秘书正字。……奉使括遗书赵、卫间，淹久不报，为有司劾免，留客濮阳。于是尹征、王恒、卢异、卢士式、贾邕、赵匡、阎士和、柳并等皆执弟子礼，以次授业，号萧夫子。”

## 唐玄宗天宝三载

甲申　七四四

### 正月

**唐玄宗本年六十岁，丙申，改年为载，撰《改年为载敕》《改年为载推恩制》。**

《全唐文》卷三六《改年为载敕》：“敕：天宝三年改为三载者，所论前后年号，一切为载。其后造帐计岁月，云若干载。自余表状文章并准此。”《全唐文》卷二四《改年为载推恩制》（《唐大诏令集》卷四题为《改天宝三年为载制》）：“可改天宝三年为载。……其天下见禁囚徒，应杂犯罪死者宜各降一等，自余一切放免。”《旧唐书·玄宗纪下》：“三载正月丙辰朔，改年为载。赦见禁囚徒。”《新唐书·玄宗纪》：“三载正月丙申，改年为载。降死罪，流以下原之。”

**唐玄宗下《量赏租庸如数制》，太守县令廉能者赐中上考。**

《全唐文》卷二一载此制，《册府元龟》卷六三五系天宝三载正月。

**庚子，太子宾客贺知章因病请度为道士，求归越。唐玄宗许之，命百官送，御制诗，并撰《送贺知章归四明序》。贺知章至乡旋卒，年八十六。**

《旧唐书·玄宗纪下》：“（天宝三载正月）庚子，遣左右相已下祖别贺知章于长乐坡，上赋诗赠之。”《全唐诗》卷三玄宗《送贺知章归四明序》：“天宝三年（载），太子宾客贺知章鉴止足之分，抗归老之疏，解组辞荣，志期入道。朕以其年在迟暮，因循挂冠之事，俾遂赤松之游。正月五日，将归会稽，遂饯东路，乃命六卿庶尹大夫供帐青门，宠行迈也。……乃赋诗赠行。”《会稽掇英总集》卷二载左相李适之、右相李林甫等应制诗三十一首，另外卢象、储光羲、李白亦有诗送之。《旧唐书·贺知章传》：“天宝三载，知章因病恍惚，乃上疏请度为道士，求还乡里，仍舍本乡宅为观。上许之。……至乡才几寿终，年八十六。……知章晚年，尤加纵诞，无复规检，自号‘四明狂客’，又称‘秘书外监’，遨游里巷，醉后属词，动成卷轴，文不加点，咸有可观。又善草隶书，好事者供其笺翰，每纸不过数十字，共传宝之。”《全唐文》卷四四七窦臮《述书赋下》：“湖山降礼，狂客风流。落笔精绝，芳林寡俦。如春林之绚彩，实一望而写忧。”

## | 三 月 |

**癸酉，制天下见禁囚徒死罪降流，流以下并原之，下《放免囚徒制》。**

事见《旧唐书·玄宗纪下》。《全唐文》卷二四载此制。

**唐玄宗宠信安禄山益甚，为平卢、范阳节度使。席建侯、李林甫、裴宽皆称其美。**

《资治通鉴》卷二一五：“（天宝三载）三月，己巳，以平卢节度使安禄山兼范阳节度使；以范阳节度使裴宽为户部尚书。礼部尚书席建侯为河北黜陟使，称禄山公直；李林甫、裴宽皆顺旨称其美。三人皆上所信任，由是禄山之宠益固不摇矣。”

**赵岳、岑参、杨贲、乔潭等二十九人登进士第，礼部侍郎达奚珣知贡举，之后三年奚珣皆知贡举。**

见《登科记考补正》卷九本年条。《唐语林》卷八：“神龙元年已来，累为主司者：……达奚珣四，天宝二年、三年、四年、五年。”

**岑参本年三十岁，登进士第，任右内率府兵曹参军。**

杜确《岑嘉州诗集序》:“天宝三载,进士高第。解褐右内率府兵曹参军。”

## 五月

**长安令柳升坐赃,下《诛柳升诏》,于朝堂决杀之。**

事见《旧唐书·玄宗纪下》。《全唐文》卷三二载此诏。

## 六月

**四库更造见在库书目。从三载至十四载,又续写一万六千八百四十三卷。**

《唐会要》卷三五《经籍》:“十九年冬,车驾发京师,集贤院四库书,总八万九千卷。经库一万三千七百五十二卷,史库二万六千八百二十卷,子库二万一千五百四十八卷,集库一万七千九百六十卷。其中杂有梁陈齐周,及隋代古书。贞观、永徽、麟德、乾封、总章、咸亨年,奉诏缮写。”《唐会要》卷三五《经籍》又载:“至天宝三载六月,四库更造见在库书目,经库七千七百七十六卷,史库一万四千八百五十九卷,子库一万六千二百八十七卷,集库一万五千七百二十卷。从三载至十四载,库续写又一万六千八百四十三卷。”

## 七月

**唐玄宗敕令缮写施行今文《尚书》,藏古体《尚书》于书府。**

《唐会要》卷三五《经籍》:“天宝三载七月敕:‘先王令范,莫越于唐虞;上古遗书,并称于训诂。虽百篇奥义,前代或亡;而六体奇文,旧规尤在。其《尚书》应古体文字,并依今字缮写施行,其旧本仍藏书府。’”

**杜甫、李白、高適三人同游梁宋。**

《新唐书·杜甫传》:“尝从白及高適过汴州,酒酣登吹台,慷慨怀古,人莫测也。”

## 八月

**突厥大乱，敕朔方节度使王忠嗣出兵乘之。**

事见《资治通鉴》卷二一五。

## 九月

**高適本年四十五岁，秋末，离梁宋东征，撰《东征赋》。**

《高適集校注·东征赋》："岁在甲申，秋穷季月，高子游梁既久，方适楚以超忽。"按：《唐五代文学编年史》系本文于天宝四载八月。

## 十二月

**癸卯，以宗女为和义公主，嫁宁远奉化王阿悉烂达干，有《封和义公主制》。**

事见《资治通鉴》卷二一五。《唐大诏令集》卷四二载此制文，《全唐文》卷二四题为《封和义公主出降宁远国王制》。

**甲寅，唐玄宗亲祀九宫贵神于东郊，有《亲祭九宫坛敕》。大赦天下，孙逖本年四十九岁，撰《亲祭九宫坛大赦天下制》。**

事见《旧唐书·玄宗纪下》《新唐书·玄宗纪》、《资治通鉴》卷二一五。按：《资治通鉴》记此事于嫁和义公主（癸卯）之后"癸丑"，《新唐书·玄宗纪》亦为"癸丑"，误，《旧唐书·玄宗纪下》为"甲寅"。《唐大诏令集》卷七四载此敕，《全唐文》卷二四题为《令详定九宫坛仪注制》。《唐大诏令集》卷七四载此制，《全唐文》卷三一〇题为《天宝三载亲祭九宫坛大赦天下制》。

**唐玄宗诏天下民间家藏《孝经》一本，撰《教习孝经敕》。**

《唐文拾遗》卷四《教习孝经敕》："自今以后，宜令天下家藏《孝经》一本，精勤教习。学校之中，倍加传授；州县官长，明申劝课。"《旧唐书·玄宗纪下》："诏天下民间家藏《孝经》一本。"《新唐书·玄宗纪》："诏天下家藏《孝经》。"《唐会要》卷三五《经籍》："其载（天宝三载）十二月，敕自今以后，宜令天下家藏《孝经》一本，精勤教习。学校之中，倍加传授；州县官长，明申劝课焉。"

**户部尚书裴宽素为上所重，李林甫恐其入相，忌之贬之。唐玄宗以为天下无事，高居无为，悉以政事委李林甫。**

事见《资治通鉴》卷二一五。

**杨贵妃为唐玄宗宠遇，宫中号曰"娘子"，仪体皆如皇后。**

《资治通鉴》卷二一五："初（按：开元二十五年），武惠妃薨，上悼念不已，后宫数千，无当意者。或言寿王妃杨氏之美，绝世无双。上见而悦之，乃令妃自以其意乞为女官，号太真；更为寿王娶左卫郎将韦昭训女。潜内太真宫中。太真肌态丰艳，晓音律，性警颖，善承迎上意，不期岁，宠遇如惠妃，宫中号曰娘子，凡仪体皆如皇后。"

## |本年|

**孙逖四十九岁，权判刑部侍郎。**

《旧唐书·孙逖传》："天宝三载，权判刑部侍郎。"

**李白四十四岁，自知不为唐玄宗亲近，恳求还山，玄宗赐金放还。**

李阳冰《草堂集序》："丑正同列，害能成谤，格言不入，帝用疏之。……天子知其不可留，乃赐金归之。"范传正《唐左拾遗翰林学士李公新墓碑》："既而上疏请还旧山，玄宗甚爱其才，或虑乘醉出入省中，不能不言温室树，恐掇后患，惜而遂之。"

# 唐玄宗天宝四载

乙酉　七四五

## | 正 月 |

**回纥怀仁可汗击杀突厥白眉可汗，传首京师，突厥余部来降，于是北边晏然，烽燧无警。回纥斥地愈广，渐为唐患。**

事见《资治通鉴》卷二一五。

**陶翰与王维、裴总送僧归江东，撰《送惠上人还江东序》。**

《全唐文》卷三三四《送惠上人还江东序》："侍御史王公维、太子舍人裴公总，寄彼好事，于焉首唱。贤才翕集，文墨敷芬。作者为之不宁，词林为之一振。……正月�裳东旅，征帆南岸，眺吴山而可见，值湖水之将碧。"天宝四载，王维任侍御史，与裴总等人作诗送惠上人归江东，陶翰为之序。

## | 二 月 |

**唐玄宗本年六十一岁，下《均平户籍敕》。**

《全唐文》卷三六载此敕，《册府元龟》卷四八六系天宝四载三月。

**己酉，以朔方节度使王忠嗣兼河东节度使，以持重安边为务，不以战邀功，出必有功，于要害之地列置城堡，人比之张仁愿(亶)。**

《资治通鉴》卷二一五："二月，己酉，以朔方节度使王忠嗣兼河东节度使。忠嗣少以勇敢自负，及镇方面，专以持重安边为务，常曰：'太平之将，但当抚循训练士卒而已，不可疲中国之力以邀功名。'有漆弓百五十斤，常贮之橐中，以示不用。军中日夜思战，忠嗣多遣谍人伺其间隙，见可胜，然后兴师，故出必有功。既兼两道节制，自朔方至云中，边陲数千里，要害之地，悉列置城堡，斥地各数百里。边人以为自张仁亶之后,将帅皆不及。”

## 三月

**十九日,册京兆府新丰县尉韦鉴第八女为陈王妃,有《册陈王韦妃文》。二十六日,册左卫勋二府右郎将韦昭训第二女为寿王妃。**

《唐大诏令集》卷四〇载《册陈王韦妃文》(《全唐文》卷三八):“维天宝四载,岁次乙酉,三月己未朔十九日丁丑,皇帝若曰……”同卷载《册陈王韦妃文》(《全唐文》卷三八):“维天宝四载,岁次乙酉,七月丁卯朔二十六日壬辰,皇帝若曰……”

## 春

**崔佑甫等二十五人登进士第,明经科陈诸等人及第。礼部侍郎达奚珣知贡举。**

见《登科记考补正》卷九本年条。

## 五月

**壬申,刑部尚书充岭南五府经略使裴敦复坐逗留不之官,贬淄川太守,李林甫陷之。李林甫与李适之争权有隙,李林甫借吉温、罗希奭二酷吏除不附己者,时人称之“罗钳吉网”。**

事见《资治通鉴》卷二一五。

**试高蹈不仕科举人。**

《册府元龟》卷九八《帝王部·征聘》载:“天宝四年五月,引诸州高蹈不仕举人见,诏曰:‘……卿等来应辟命,远致城阙……爰命台省,询于道业。……津涯未测,轮桷何施。’”

## | 八 月 |

**壬寅，册太真妃杨氏为贵妃。杨氏亲属，宠贵赫然。杨钊为剑南节度使，章仇兼琼、剑南采访使鲜于仲通荐入京中，以蜀货遗杨氏诸妹，得入禁中。**

《资治通鉴》卷二一五："八月，壬寅，册杨太真为贵妃，赠其父玄琰兵部尚书，以其叔父玄珪为光禄卿，从兄铦为殿中少监，锜为驸马都尉。癸卯，册武惠妃女为太华公主，命锜尚之。及贵妃三姊，皆赐第京师，宠贵赫然。"并记杨钊事。《新唐书·玄宗纪》："八月壬寅，立太真为贵妃。"按：《旧唐书·玄宗纪下》录封贵妃事于五月甲辰，恐误。

**癸未，以陕郡太守、江淮租庸转运使韦坚为刑部尚书，罢其诸使，以御史中丞杨慎矜代之。李林甫恐韦坚有入相之志，故迁以美官，实夺之权。**

事见《资治通鉴》卷二一五。

**唐玄宗以户部郎中王𫓶为户口色役使，聚敛财富，厚遇之。丙子，以𫓶为御史中丞、京畿采访使，𫓶务为割剥以求媚，中外嗟怨。𫓶奏杨钊充为判官。时玄宗在位日久，用度日侈，后宫赏赐无节。**

事见《资治通鉴》卷二一五。

**安禄山以边功市宠，数侵掠奚、契丹，奚、契丹各杀公主以叛，禄山讨破之。陇右节度使皇甫惟明与吐蕃战于石堡城，为虏所败。**

事见《资治通鉴》卷二一五。

**李白本年四十五岁，《朱虚侯赞》疑作于本年。**

《李白集校注》卷二八《朱虚侯赞》："嬴氏秽德，金精摧伤。秦鹿克获，汉风飞扬。赤龙登天，白日升光。阴虹贼虐，诸吕扰攘。朱虚来归，会酌高堂。雄剑奋击,太后震惶。爰锄产禄,大运乃昌。功冠帝室,于今不忘。”按:《朱虚侯赞》或有感于唐玄宗立太真为贵妃,杨氏亲属显赫一时而作,唯作年难确考,姑系于此。

## |秋|

**李白、杜甫同在兖州,相与论诗文**。

杜甫《赠李白》:“秋来相顾尚飘蓬,未就丹砂愧葛洪。痛饮狂歌空度日,飞扬跋扈为谁雄?”李白《鲁郡东石门送杜二甫》:“醉别复几日,登临遍池台。何时石门路,重有金樽开? 秋波落泗水,海色明徂徕。飞蓬各自远,且尽手中杯。”

## |本 年|

**王士源被征至京,编孟浩然诗四卷,撰《孟浩然集序》**。

《全唐文》卷三七八《孟浩然集序》:“士源幼好名山,行年十八,首事陵山。践止恒岳,咨求通元丈人,又过苏门,问道隐者元知运。太行采药,经王屋小有洞。太白习隐诀,终南修《亢仓子》九篇。天宝四载徂夏,诏书征谒京邑,与冢臣八座讨论,山林之士麇至,始知浩然物故。嗟哉! 未禄于代,史不必书,安可哲踪妙韵,从此而绝? 故详问文者,随述所论,美行嘉闻,十不纪一。浩然凡所属缀,就辄毁弃,无复编录,常自叹为文不逮意也。流落既多,篇章散逸,乡里构采,不有其半,敷求四方,往往而获。既无他事,为之传次,遂使海内衣冠缙绅,经襄阳思睹其文,盖有不备见而去,惜哉! 今集其文诗二百一十八首,分为四卷。诗或缺逸未成,而制思清美,及他人酬赠,咸录次而不弃耳。”周祖谍主编《中国文学家大辞典·唐五代卷》“王士源”条下载:“天宝元年,玄宗下诏,以《庄子》为《南华真经》,《列子》为《冲虚真经》,《文子》为《通玄真经》,《庚桑子》为《洞灵真经》,然《庚桑子》求之不获,时王士源隐于终南山,乃取诸子文义相类者补其亡,成《亢仓子》九篇。四载应诏入京,讨论《亢仓子》文义,始知故友孟浩然物故,乃敷求四方,得其遗文诗,编成《孟浩然集》四卷,并为之作序。”《序》亦云王士源天宝四载始知孟浩然物故,方“集其文诗二百一十八首,分为四卷”。王士源(生卒年不详),一作士元,襄阳宜城(今属湖北省)人。工文,韦绦

《孟浩然集序》赞其“藻思清远,深鉴文理”。《全唐文》卷三七八仅收此文。《全唐文补编》卷三五补《亢仓子序》一篇。

**颜真卿三十六岁,罢秩醴泉,师笔法于张旭,《张长史十二意笔法记》疑作于本年**。

《全唐文》卷三三七《张长史十二意笔法记》:“予罢秩醴泉,特诣京洛,访金吾长史张公旭,请师笔法。……予遂铭谢再拜,逡巡而退。自此得攻书之术。”严杰《颜真卿评传》附录《颜真卿简谱》“天宝四载”条下载:“醴泉任满,往洛阳向张旭学笔法。”故疑《张长史十二意笔法记》作于天宝四载,姑系于此。

## 唐玄宗天宝五载

丙戌　七四六

### 正月

**丙子,唐玄宗本年六十二岁,下《遣使巡按天下诏》,遣礼部尚书席豫、左丞崔翘、御史中丞王鉷等七人分行天下,黜陟官吏**。

事见《旧唐书·玄宗纪下》。《全唐文》卷三二载此诏,《唐大诏令集》卷一〇四题为《席建侯等巡行诸道敕》,系天宝五载正月。

**包佶撰《请详定开元时令奏》**。

《唐文拾遗》卷二二《请详定开元时令奏》载:“开元删定《礼记》《月令》为《时令》,其音及义疏并未刊正。其开元礼所与《月令》相涉者,请选通儒详定。”《旧唐书·玄宗纪下》:“(天宝五载正月)《礼记》《月令》改为《时令》。”《唐会要》卷七七《论经义》载:“天宝五载正月二十三日,诏曰:《礼记》垂训,篇目攸殊,或未尽于通体,是有乖于大义。借如尧命四子,所授惟时;周分六官,曾不系月。先王行令,盖取于斯。苟分至之可言,可弦望之足举。其《礼记》《月令》,

宜改为《时令》。”《册府元龟》卷五〇亦载。

**以王忠嗣为河西、陇右节度使，兼知朔方、河东节度事，杖四节，控制万里，天下劲兵重镇，皆在掌握，与吐蕃战于青海、积石，皆大捷。讨吐谷浑于墨离军，虏其全部而归。**

事见《资治通鉴》卷二一五。

## 春

**羊袭吉等二十一人登进士第，礼部侍郎达奚珣知贡举。**

见《登科记考补正》卷九本年条。

**王维本年五十三岁，为王倕撰《为王常侍祭沙陀鄯国夫人文》。**

《王维集校注》卷九《为王常侍祭沙陀鄯国夫人文》："维年月日朔，河西节度使左散骑常侍王公，遣总管石抱玉，以酒牢之奠。致祭于故沙陀鄯国夫人之灵。”王常侍，即王倕。《旧唐书·王倕传》："（天宝）五年，河陇以皇甫惟明败衄之后，因忠嗣以持节充西平郡太守，判武威郡事，充河西、陇右节度使。”据《全唐诗》卷一二五王维《新秦郡松树歌》《榆林郡歌》，知天宝中王维曾出使至麟州新秦郡、胜州榆林郡。

## 四月

**己亥，下《增定祀典诏》。**

事见《资治通鉴》卷二一五。《全唐文》卷三二载此诏，《唐大诏令集》卷六七题为《每载四孟合祭天地诏》，系天宝五载四月。

**十八日，册太子宫门郎崔珣长女为广平王妃，有《册广平王崔妃文》。**

《唐大诏令集》卷四〇(《全唐文》卷三八)载此册文:"维天宝五载,岁次景戌,四月癸未朔十六日戊戌,皇帝若曰……"

**李适之为李林甫所谮,罢相守太子少保。陈希烈为李林甫所引拜相。**

《旧唐书·李适之传》:"天宝元年,代牛仙客为左相。……与李林甫争权不叶,适之性疏,为其阴中。……五载,罢知政事,守太子少保。"《新唐书·宰相世系表》载其罢相在本年四月。《资治通鉴》卷二一五:"其子卫尉少卿霅尝盛馔召客,客畏李林甫,竟日无一人敢往者。……李林甫以(李)希烈为上所受,且柔佞易制,故引以为相,凡政事一决于林甫,希烈但给唯诺。"由此可知李林甫此时权势日炽。《唐大诏令集》卷四五有《陈希烈平章事制》,系天宝五载四月,《全唐文》未收。

## | 五 月 |

**庚申,有诏许百官每至旬节休假,不须入朝。**

事见《旧唐书·玄宗纪下》。《唐大诏令集》卷一一〇载《许百官旬节休假不见朝诏》,《全唐文》卷三二题为《许百官旬节休假不入朝诏》。

## | 夏 |

**高適本年四十七岁,在东平郡,撰《为东平薛太守进王氏瑞诗表》。时李邕在北海太守任,与杜甫、高適登齐州历下亭,赋诗论文。**

《高適诗集编年笺注》第五部分载《为东平薛太守进王氏瑞诗表》:"臣某言,符瑞之兴,实由王化;歌诗之作,有自《国风》。伏见范阳卢某母琅琊王氏,性合希夷,体于静默,精微道本,驰骛元关,旁通天地之心,豫纪休征之盛。去景龙二载,撰《天宝回文诗》凡八百一十二字。循环有数,若寒暑之递迁;应变无穷,谓阴阳之莫测。"《高適诗集编年笺注》第一部分《奉酬北海李太守丈人夏日平阴亭》:"寄书汶阳客,回首平阴亭。……自怜遇时休,漂泊随流萍。……一生徒羡鱼,四十犹聚萤。"天宝二年,李邕任滑州刺史,其后,出为汲郡、北海太守。

《新唐书·玄宗纪》:“六载正月辛巳,杀北海郡太守李邕、淄川郡太守裴敦复。”知李邕天宝六载已逝,故高適奉李邕召当在此前。又文题云“夏日”,则高適奉李邕召当在天宝五载夏。

## |七月|

**二十二日,唐玄宗下《册乐成公主出降文》。**

《唐大诏令集》卷四二载此册文:“维天宝五载,岁次庚戌,七月辛亥朔二十二日壬申,皇帝若曰……”《全唐文》卷三八题为《册乐成公主文》。

**下杨贵妃恩遇愈隆,后宫莫得进。民间有歌曰:“生男勿喜女勿悲,君今看女作门楣。”**

《资治通鉴》卷二一五:“杨贵妃方有宠,每乘马则高力士执辔授鞭,织绣之工专供贵妃院者七百人,中外争献器服珍玩。岭南经略使张九章、广陵长史王翼,以所献精美,九章加三品,翼入为户部侍郎。天下从风而靡。民间歌之曰:‘生男勿喜女勿悲,君今看女作门楣。’妃欲得生荔支,岁命岭南驰驿致之,比至长安,色味不变。至是,妃以妒悍不逊,上怒,命送归兄铦之第。是日,上不怿,比日中,犹未食,左右动不称旨,横被棰挞。高力士欲尝上意,请悉载院中储偫送贵妃,凡百余车;上自分御膳以赐之。及夜,力士伏奏请迎贵妃归院,遂开禁门而入。自是恩遇愈隆,后宫莫得进矣。”

**韦坚、皇甫惟明、李适之等数十人为李林甫所诬,或流或贬,唐玄宗有《贬韦坚并免从坐诏》,后其被杀。**

《资治通鉴》卷二一五详述林甫与韦坚、皇甫惟明、李适之等之权斗过程:“初,太子之立,非林甫意。林甫恐异日为己祸,常有动摇东宫之志;而(韦)坚,又太子之妃兄也。皇甫惟明尝为忠王友,时破吐蕃,入献捷,见林甫专权,意颇不平。时因见上,乘间微劝上去林甫,林甫知之,使杨慎矜密伺其所为。会正月望夜,太子出游,与坚相见,坚又与惟明会于景龙观道士之室。慎矜发其事,以为坚戚里,不应与边将狎昵。林甫因奏坚与惟明结谋,欲共立太子。坚、惟明下狱，林甫使慎矜与御史中丞王铁、京兆府法曹吉温共鞫之。上亦疑坚与惟明有谋而不显其罪，癸酉，下制，责坚以干进不已，贬缙云太守；惟明以离间君臣，贬播川太守；仍别下制戒百官。……韦坚等既贬，左相李适之惧，自求散地。庚寅，以适之为太子少保，罢政事。其子卫尉少卿霅尝盛馔召客，客畏李林甫，竟日无一人敢往者。……李林甫因言坚与李适之等为朋党，后数日，坚长流临封，适之贬宜春太守，太常少卿韦斌贬巴陵太守，嗣薛王琄贬夷陵别驾，睢阳太守裴宽贬安陆别驾，河南尹李齐物贬竟陵太守，凡坚亲党坐流贬者数十人。……（天宝六载正月）林甫又奏分遣御史即贬所赐皇甫惟明、韦坚兄弟等死。罗希奭自青州如岭南，所过杀迁谪者，郡县惶骇。排马牒至宜春，李适之忧惧，仰药自杀。"《旧唐书·玄宗纪下》："五载春正月癸酉，刑部尚书韦坚贬括苍太守；陇右节度使皇甫惟明贬播川太守，寻决死于黔中。……夏四月庚寅，左相、渭源伯李适之为太子少保，罢知政事。……秋七月丙子，韦坚为李林甫所构，配流临封郡，赐死。……太子少保李适之贬宜春太守，到任，饮药死。"《全唐文》卷三二《贬韦坚并免从坐诏》即为戒百官之制，云："韦坚已别有处分，所司一切不问。咸令自新，冀有廉隅，成予德化，各思变节，无贰过焉。"

## 八 月

**十三日，唐玄宗下《册寿光公主出降文》。**

《唐大诏令集》卷四二载此册文："维天宝五载，岁次庚戌，八月辛巳朔十三日癸巳，皇帝若曰……"《全唐文》卷三八题为《册寿光公主文》。

**唐玄宗下《刊广济方诏》。**

《全唐文》卷三二《刊广济方诏》："朕顷所撰《广济方》，救人疾患，颁行已久，计传习亦多。……宜令郡县长官，就《广济方》中逐要者，于大板上件录，当村坊要路榜示。仍委采访使勾当，无令脱错。"《唐大诏令集》卷一一四题为《榜示广济方敕》。《唐会要》卷八二《医术》载："开元十一年九月七日，亲制《广济方》，颁示天下。"《唐会要》卷八二《医术》又载："天宝五载八月敕：朕所撰《广济方》，宜令郡县长官，选其切要者，录于大版上，就村坊要路榜示。仍委采访使勾当，无令脱错。"

## 十月

**唐玄宗下《黜陟守令诏》。**

《全唐文》卷三二载此诏,《唐大诏令集》卷一〇四题为《黜陟杨懋等诏》,系天宝五载十月。

## 十二月

**九日,唐玄宗下《册平昌公主出降文》。**

《唐大诏令集》卷四二载此册文:"维天宝五载,岁次庚辰,十二月戊申朔九日丙辰,皇帝若曰……"《全唐文》卷三八题为《册平昌公主文》。

**唐玄宗下《详定来年庙享及南郊合祀仪注诏》。**

《全唐文》卷三二载此诏,《唐大诏令集》卷六七题为《天宝五载南郊诏》,系十二月。

**赞善大夫杜有邻、左骁骑兵曹柳勣、著作郎王曾等为友,皆当时名士。众人皆为李林甫所鞫构,皆杖死,积尸大理,妻子流远方,中外震慄。柳勣与北海太守李邕定交,罗希奭往按李邕。乙亥,邺郡太守王琚坐赃贬江华司马,下《贬王琚江华郡司马诏》,后被杀,亦为李林甫所构。**

事见《资治通鉴》卷二一五。《全唐文》卷三二载此诏。

## 本年

**孙逖五十一岁,以风病求散秩,改太子左庶子,后因疾转太子詹事。**

《旧唐书·孙逖传》:"(天宝)五载,以风病求散秩,改太子左庶子。……以疾沉废累年,转太子詹事。”

**颜真卿三十七岁,任长安县尉**。

殷亮《颜鲁公行状》:“黜陟使户部侍郎王珙以清白名闻,授通直郎长安尉。”

## 唐玄宗天宝六载

丁亥 七四七

### 正月

**戊寅,以范阳、平卢节度使安禄山兼御史大夫,玄宗、贵妃荣宠益爱之。王忠嗣为李林甫所忌,辞河东、朔方节度使,曾数言安禄山必反**。

《资治通鉴》卷二一五:“戊寅,以范阳、平卢节度使安禄山兼御史大夫。禄山体充肥,腹垂过膝,尝自称腹重三百斤。外若痴直,内实狡黠。常令其将刘骆谷留京师诇朝廷指趣,动静皆报之;或应有笺表者,骆谷即为代作通之。岁献俘虏、杂畜、奇禽、异兽、珍玩之物,不绝于路,郡县疲于递运。禄山在上前,应对敏给,杂以诙谐,上尝戏指其腹曰:‘此胡腹中何所有?其大乃尔!’对曰:‘更无余物,正有赤心耳!’上悦。又尝命见太子,禄山不拜。左右趣之拜,禄山拱立曰:‘臣胡人,不习朝仪,不知太子者何官?’上曰:‘此储君也,朕千秋万岁后,代朕君汝者也。’禄山曰:‘臣愚,向者惟知有陛下一人,不知乃更有储君。’不得已,然后拜。上以为信然,益爱之。上尝宴勤政楼,百官列坐楼下,独为禄山于御座东间设金鸡障,置榻使坐其前,仍命卷帘以示荣宠。命杨铦、杨锜、贵妃三姊皆与禄山叙兄弟。禄山得出入禁中,因请为贵妃儿。上与贵妃共坐,禄山先拜贵妃。上问何故,对曰:‘胡人先母而后父。’上悦。李林甫以王忠嗣功名日盛,恐其入相,忌之。安禄山潜蓄异志,托以御寇,筑雄武城,大贮兵器,请忠嗣助役,因欲留其兵。忠嗣先期而往,不见禄山而还,数上言禄山必反,林甫益恶之。夏四月,忠嗣固辞兼河东、朔方节度,许之。”

**唐玄宗本年六十三岁，撰《置三皇五帝庙敕》。**

《唐文拾遗》卷四《置三皇五帝庙敕》："三皇，伏羲、神农、轩辕。五帝，少昊、颛顼、高辛、唐尧、虞舜。其择日及置庙地，量事营立，其乐器请用宫悬，祭请用少牢，仍以春秋二时致享。共置令丞，令太常寺检校。"《唐会要》卷二二《前代帝王》："六载正月十一日，敕三皇五帝，创物垂范，永言龟镜，宜有钦崇。三皇，伏羲、神农、轩辕。五帝，少昊、颛顼、高辛、唐尧、虞舜。其择日及置庙地，量事营立，其乐器请用宫悬，祭请用少牢，仍以春秋二时致享。共置令丞，令太常寺检校。"

**诏征天下士人，李林甫恐有人言其奸恶，使无一人及第，上表称野无遗贤。**

《资治通鉴》卷二一五："上欲广求天下之士，命通一艺以上皆诣京师。李林甫恐草野之士对策斥言其奸恶，建言'举人多卑贱愚聩，恐有俚言污浊圣听'。乃令郡县长官精加试练，灼然超绝者具名送省，委尚书覆试，御史中丞监之，取名实相符者闻奏。既而至者皆试以诗、赋、论，遂无一人及第者。林甫乃上表贺野无遗贤。"

**元结本年二十九岁，赴长安应举，不第，撰《喻友》《元谟》《演谟》《系谟》。**

《元次山集》卷四《喻友》："天宝丁亥中，诏征天下士人有一艺者，皆得诣京师就选。相国晋公林甫以草野之士猥多，恐泄漏当时之机，议于朝廷曰：'举人多卑贱愚聩，不识礼度，恐有俚言，污浊圣听。'于是奏待制者悉令尚书长官考试，御史中丞监之，试如常吏。已而布衣之士无有第者，遂表贺人主，以为野无遗贤。元子时在举中，将东归。"《元次山集》卷四《元谟》题下云："按《元谟》《演谟》《系谟》，即《二风诗序》所称《皇谟》三篇。"《元次山集》卷一《二风诗序》："天宝丁亥中，元子以文辞待制阙下，著《皇谟》三篇、《二风诗》十篇，将欲求于司匦氏，以裨天监。会有司奏待制者悉去之，于是归于州里。"

**李华本年三十三岁，任秘书省校书郎，《含元殿赋》当作于本年后，萧颖士、贾至称赏之，李华颇以此赋自负。时人以华不可居萧、贾之间。**

《全唐文》卷三一四《含元殿赋》："崇四渎之前式，敕怀铅之小臣，俾雠书于禁中，正百代之遗文。"《旧唐书·玄宗纪下》："（天宝六载正月）五岳既已封王，四渎当升公位，封河渎为灵源公，济渎为清源公，江渎为广源公，淮渎为长源公。"封四渎为公事在天宝六载，《赋》又云"崇四渎之前式"，故知《含元殿赋》当作于天宝六载正月后，唯作月难确考，姑系于此。独孤及《检校尚书吏部员外郎赵郡李公中集序》云李华《含元殿赋》"主文而谲谏"。《旧唐书·李华传》："华进士时，著《含元殿赋》万余言，颖士见而赏之，曰：'《景福》之上，《灵光》之下。'"《新唐书·李华传》所载亦同。按：何晏撰《景福殿赋》，王延寿撰《鲁灵光殿赋》。《唐语林校正》卷二："李华，字遐叔，以文学自名，与萧颖士、贾幼几（至）为友。华作赋云：'星锤电交于万绪，霜锯冰解于千寻。拥梯成山，攒杵为林。'颖士读之，谓华曰：'可使孟坚瓦解，平子土崩矣。'幼几曰：'未若"天光流于紫庭，测景入于朱户。腾祥灵于黯霭，映旭日之葱茏"。'华曰：'某所自得，惟："括万象以为尊，特巍巍于上京。分命征般石之匠，下荆、扬之材，操斧执斤者万人，涉碛砾而登崔嵬。"不让东、西二都也。'时人以华不可居萧、贾之间。"按：班固撰《两都赋》。

**李邕、裴敦复皆被杖杀。李邕年七十三，才艺出众，卢藏用比之为干将、莫邪，难与争锋；有集七十卷，然已十不存一，李昂为撰墓志。**

《旧唐书·玄宗纪下》："（天宝五载）十二月辛未，赞善大夫杜有邻、著作郎王曾、左骁卫兵曹柳勣等为李林甫所构，并下狱死。六载正月辛巳朔，北海太守李邕、淄川太守裴敦复并以事连王曾、柳勣，遣使就杀之。"《新唐书·玄宗纪》："正月辛巳，杀北海太守李邕、淄川郡太守裴敦复。"《资治通鉴》卷二一五："春，正月辛巳，李邕、裴敦复皆杖死。邕才艺出众，卢藏用常语之曰：'君如干将、莫邪，难与争锋，然终虞缺折耳。'邕不能用。"《旧唐书·李邕传》："邕性豪侈，不拘细行，所在纵求财货，驰猎自恣。五载，奸赃事发……就郡决杀之，时年七十余。"《唐代墓志汇编》大历〇〇九李昂《唐故北海郡守赠秘书监江夏李公墓志铭并序》："移青州，又遭所佞谬旨阴中，以东宫之姻，妄词连之。千里狱讯，不得谳报。年七十三，卒于强死，哀哉！"《旧唐书·李邕传》："邕早擅才名，尤长碑颂。……有文集七十卷。其《张韩公行状》《洪州放生池碑》《批韦巨源谥议》，文士推重之。"《新唐书·艺文志四》："《李邕集》七十卷。"《唐代墓志汇编》贞元三三《唐故江夏李府君墓志》称李邕"有文集一百零六卷行于代"。《四库全书总目提要》卷一四九:“《李北海集》六卷,附一卷。……邕文集本七十卷,《宋志》已不著录。此本为明无锡曹荃所刊,前有荃序,称绍和征君刻唐人集,初得北海集,而余论之。不言为何为所编。大抵皆采摭《文苑英华》诸书,裒而成帙,非原本矣。史称邕长于碑颂,前后所制凡数百首,今惟赋五首,诗四首,表十四首,疏、状各一首,碑文八首,铭、记各一首,神道碑五首,墓志铭一首,盖已十不存一。”

## 三月

**戊戌,南海太守彭果坐赃,决杖,下《流彭果诏》,长流溱溪郡,死于路。**

事见《旧唐书·玄宗纪下》。《全唐文》卷三二载此诏。

## 春

**杨护、李澥、石镇、蒋至、包佶、孙蓥、刘蕃等二十三人登进士第,试《罔两赋》。薛据登风雅古调科,礼部侍郎李岩知贡举。**

《登科记考补正》卷九:“(天宝六载)《云麓漫钞》:‘天宝六载,杨护榜试《罔两赋》。’”

《全唐文》卷三七〇包佶《罔两赋》:“更忆班固丽藻,漆园清真,述幽通于前烈,继逍遥于后尘。沉吟染翰,顾慕书绅。于是稽乎古,陈乎义,常未得其一端,故多惭于明试。”

《全唐文》卷四〇七蒋至《罔两赋》:“则知于物有凭,处身如寄,和光远害是其道,先人后己是其义。鉴之者虽临水而罕窥,畏之者将奔走而奚避。欲明有象于无象,有愧知音之意。”同卷《洞庭张乐赋》:“吾君缵戎,始酌遗风。集端虚于黄屋,攘靡曼于元宫。理代之音兮蹈而不厉,不言而化兮美以能充。今以视昔,实由元同。”天宝六载蒋至登进士第,其《洞庭张乐赋》或作于天宝六载前,唯作年难确考,姑一并暂系于此。蒋至(生卒年不详),《全唐文》收以上二篇。

《全唐文》卷三六四李澥《罔两赋》:“况我国家道周辽阔,德及纯粹,抟伪归真,绝圣弃智。汉阴抱瓮而匿影,赤水遗珠而有愧。罔两难明,慌惚无累,徒以知人藏化,见得思义。傥微阴之所及,幸余光兮不我秘。”李澥(生卒年不详),字坚水,上元中卒。

《全唐文》卷四〇七石镇《罔两赋》:"于是罔两卑陬改容,逡巡徐避。养淡泊,怀简易。鄙白龙之遇制,嗤文豹之有累。寓百骸于神理,休四海之光被。在埏埴于洪炉,得修身之明义。"石镇(生卒年不详),《全唐文》卷四〇七收其文五篇。

## |四月|

**戊午,门下侍郎陈希烈为左相兼兵部尚书,下《授陈希烈左相制》。**

事见《旧唐书·玄宗纪下》。《新唐书·玄宗纪》记于"三月甲辰"。《全唐文》卷二五载此制文。《唐大诏令集》卷四五题为《陈希烈左相制》,系天宝六载三月,恐误。

**蔡希周卒于咸安郡贬所,年六十。张阶为撰《唐故朝请大夫尚书刑部员外郎骑都尉蔡公墓志铭》,蔡希周弟蔡希寂书。**

《隋唐五代墓志汇编》洛阳卷第十一册《唐故朝请大夫尚书刑部员外郎骑都尉蔡公墓志铭》:"公讳希周,字良傅,天宝五载以举主得罪于朝……公自刑部员外郎贬咸安郡司马。……明年四月十五日终于贬郡之官寺,春秋六十。以其载十月十九日发葬焉。""前大理评事张阶字叔平撰,第七弟朝议郎、行洛阳县尉希寂字季深书。"由此可知蔡希周生卒年(688—747),其郡望济阳(今属山东),润州丹阳(今属江苏)人。开元十三年进士及第,历官监察御史、侍御史兼殿中,有诗名,诗入选《丹阳集》。《吟窗杂录》卷二六《历代吟谱》评曰:"希周词彩明媚,殊得风规。"《光绪丹阳县志》卷三五著录《蔡希周诗》一卷。张阶,生卒年及生平事迹不详,《全唐文》卷四〇五录其《黄赋》《无声乐赋》《审乐知政赋》三篇。

## |十月|

**改温泉宫为华清宫。**

《旧唐书·玄宗纪下》:"(天宝六载)冬十月戊申,幸温泉宫,改为华清宫。"

《唐会要》卷三〇《华清宫》："天宝六载十月三日，改温泉宫为华清宫。"

**哥舒翰、李光弼以勇略为王忠嗣所重。唐玄宗好大喜功，欲使王忠嗣攻吐蕃石堡城，忠嗣上言石堡险固，非杀数万人不能克。谏言缓图。李光弼劝忠嗣不得，忠嗣遭林甫陷害，入朝为三司所鞫，得哥舒翰请冤，贬为汉阳太守。**

《资治通鉴》卷二一五详述忠嗣及光弼之言辞："上欲使王忠嗣攻吐蕃石堡城，忠嗣上言：'石堡险固，吐蕃举国守之，今顿兵其下，非杀数万人不能克。臣恐所得不如所亡，不如且厉兵秣马，俟其有衅，然后取之。'上意不快。将军董延光自请将兵取石堡城，上命忠嗣分兵助之。忠嗣不得已奉诏，而不尽副延光所欲，延光怨之。李光弼言于忠嗣曰：'大夫以爱士卒之故，不欲成延光之功，虽迫于制书，实夺其谋也。何以知之？今以数万众授之而不立重赏，士卒安肯为之尽力乎！然此天子意也，彼无功，必归罪于大夫。大夫军府充牣，何爱数万段帛不以杜其谗口乎！'忠嗣曰：'今以数万之众争一城，得之未足以制敌，不得亦无害于国，故忠嗣不欲为之。忠嗣今受责，天子不过以金吾、羽林一将军归宿卫，其次不过黔中上佐；忠嗣岂以数万人之命易一官乎！李将军，子诚爱我矣，然吾志决矣，子勿复言。'光弼曰：'向者恐为大夫之累，故不敢不言。今大夫能行古人之事，非光弼所及也。'遂趋出。延光过期不克，言忠嗣阻挠军计，上怒。李林甫因使济阳别驾魏林告'忠嗣尝自言我幼养宫中，与忠王相爱狎'，欲拥兵以尊奉太子。敕征忠嗣入朝，委三司鞫之。上闻哥舒翰名，召见华清宫，与语，悦之。十一月辛卯，以翰判西平太守，充陇右节度使；以朔方节度使安思顺判武威郡事，充河西节度使。……哥舒翰之入朝也，或劝多赍金帛以救忠嗣。翰曰：'若直道尚存，王公必不冤死。如其将丧，多赂何为！'遂单囊而行。三司奏忠嗣罪当死。翰始遇知于上，力陈忠嗣之冤，且请以己官爵赎忠嗣罪。上起，入禁中，翰叩头随之，言与泪俱。上感寤。己亥，贬忠嗣汉阳太守。"

## |十一月|

**户部侍郎杨慎矜与兄少府少监慎余、弟洛阳令慎名为李林甫及御史中丞王𫟹所构，下狱死，有《杨慎矜赐自尽诏》。术士史敬忠预见天下将乱。**

《资治通鉴》卷二一五："户部侍郎兼御史中丞杨慎矜为上所厚，李林甫浸忌之。慎矜与王鉷父晋,中表兄弟也,少与鉷狎,鉷之入台,颇因慎矜推引。及鉷迁中丞,慎矜与语,犹名之;鉷自恃与林甫善,意稍不平。慎矜夺鉷职田。鉷母本贱,慎矜尝以语人,鉷深衔之。慎矜犹以故意待之,尝与之私语谶书。慎矜与术士史敬忠善,敬忠言天下将乱,劝慎矜于临汝山中买庄为避乱之所。……丁酉,赐慎矜及兄少府少监慎余、洛阳令慎名自尽;敬忠杖百,妻子皆流岭南。"《新唐书·玄宗纪》:"(天宝六载)十一月丁酉,杀户部侍郎杨慎矜及其弟少府少监慎余、洛阳令慎名。"《旧唐书·玄宗纪下》:"(天宝六载)十一月乙亥,户部侍郎杨慎矜及兄少府慎余与弟洛阳令慎名,并为李林甫及御史中丞王鉷所构,下狱死。"《唐大诏令集》卷一二六载此诏,《全唐文》卷三二题为《赐杨慎矜等自尽并处置诏》。

## |十二月|

**李林甫权势益炽,百官言事悉集林甫第门,台省为空。然其子李岫颇以满盈为惧,林甫言"势已如此,奈若之何"。其以多结怨,常虞刺客,驺从甚盛。**

《资治通鉴》卷二一五:"丙寅,命百官阅天下岁贡物于尚书省,既而悉以车载赐李林甫家。上或时不视朝,百司悉集林甫第门,台省为空。陈希烈虽坐府,无一人入谒者。林甫子岫为将作监,颇以满盈为惧,尝从林甫游后园,指役夫言于林甫曰:'大人久处钧轴,怨仇满天下,一朝祸至,欲为此得乎!'林甫不乐曰:'势已如此,将若之何!'先是,宰相皆以德度自处,不事威势,驺从不过数人,士民或不之避。林甫自以多结怨,常虞刺客,出则步骑百余人,为左右翼,金吾静街,前驱在数百步外,公卿走避;居则重关复壁,墙中置板,如防大敌,一夕屡徙床,虽家人莫知其处。宰相驺从之盛,自林甫始。"

**高丽人高仙芝为安西四镇节度使,猗氏人封常清为判官、留后。李林甫欲杜边帅入相之路,以胡人不知书,而劝唐玄宗用胡人为诸道节度使,卒使安禄山倾覆天下。王维本年五十四岁,撰《兵部起请露布文》。**

《资治通鉴》卷二一六:"自唐兴以来,边帅皆用忠厚名臣,不久任,不遥领,不兼统,功名著者往往入为宰相(如李靖、李勣、刘仁轨、娄师德之类是也。开元以来,薛讷、郭元振、张嘉贞、王晙、张说、杜暹、萧嵩、李适之等,亦皆自边帅入相)。其四夷之将,虽才略如阿史那社尔、契苾何力犹不专大将之任,皆以大臣为使以制之(社尔讨高昌,侯君集为元帅;何力讨高丽,李勣为元帅)。及开元中,天子有吞四夷之志,为边将者十余年不易,始久任矣(王晙、郭知运、张守圭之类是也)。皇子则庆、忠诸王,宰相则萧嵩、牛仙客,始遥领矣;盖嘉运、王忠嗣专制数道,始兼统也。李林甫欲杜边帅入相之路,以胡人不知书,乃奏言:‘文臣为将,怯当矢石,不若用寒畯胡人。胡人则勇决习战,寒族则孤立无党,陛下诚以恩洽其心,彼必能为朝廷尽死。’上悦其言,始用安禄山。至是,诸道节度尽用胡人(安禄山、安思顺、哥舒翰、高仙芝,皆胡人也),精兵咸戍北边,天下之势偏重,卒使禄山倾覆天下,皆出于林甫专宠固位之谋也。”《王维集校注》卷九《兵部起请露布文》:“四镇节度使高仙芝等。”据此,知此文作于天宝六载十二月。

## |本 年|

**颜真卿三十八岁,迁监察御史,寻充河东、朔方军试覆屯交兵使。**

殷亮《颜鲁公行状》:“六载迁监察御史。制云:‘文学擅于登科,器干彰于适用,宜先汗简之职,俾伫埋轮之效。’寻充河东、朔方军试覆屯交兵使,凡阅举纠士伍舒惨之情,事理无不必当。”

**独孤及二十三岁,以文章游于梁宋,与陈兼、高適、贾至等交游。**

《全唐文》卷五二二梁肃《朝散大夫使持节常州诸军事守常州刺史赐紫金鱼袋独孤公行状》:“二十余以文章游梁宋间,通人颍川陈兼、长乐贾至、渤海高適,见公皆色授心服,约子孙之契。”《全唐文》卷三九三独孤及《祭贾尚书文》:“维大历七年四月二十一日,朝散大夫、检校尚书、司封郎中兼舒州刺史、赐紫金鱼袋独孤及,谨以清酌庶羞之奠,敬祭于故散骑常侍、赠礼部尚书贾公六兄之灵……某获见于兄,二十有六年矣,兄有七年之长,蒙以伯仲相视。”自大历七年上推二十六年为本年。

**何超、杨齐宣并撰《晋书音义序》。**

《全唐文》卷四〇三杨齐宣《晋书音义序》:“余内弟东京处士何超字令升之所纂也。……处士弟约以优闲,溺于坟史。尝讶晋室之典,未昭其音。思欲发挥前人，启迪后进。由是博考诸传，综览群言，研核异同，撰成音义，亦足以畅先皇旨趣，为学者司南。……巨唐天宝六载，天王左史宏农杨齐宣字正衡序。”杨齐宣（生卒年不详），字正衡，宏农人。《全唐文》仅收此文。《全唐文》卷四〇三何超《晋书音义序》：“先朝所撰《晋书》，帝纪十，志二十，列传七十，载记三十，合一百三十篇。令升此音，纪志共为一卷。其列传载记，各自区分，都成三轴，件目如左。仍依陆氏《经典释文》，注字并以朱暎，服勤编简，颇涉暄寒。凡此训释，必求典据。庶无墙面，畴敢师心。如或未周，敬俟来哲尔。”何超（生卒年不详），《全唐文》仅收其此文。

**陶翰撰《送谢氏昆季下第归南阳序》送谢良辅、谢良弼兄弟。**

《全唐文》卷三三四陶翰《送谢氏昆季下第归南阳序》：“吾常游江表，得二谢焉。青青子衿，始在童丱时已，辨其梢云喷浪之兆。江河萧散，垂二十秋。忽然上京，再莹心目。《诗》《骚》之兴天假，流略之奥日新。才艺克备，文锋甚锐。吾以此自负，不为非知人矣。金门未偶，征䒱言旋。云峰闭于武阁，春野开于楚邓。䒱将穷讨策府，琢磨词律。他日之奋六翮，登九霄，未为后耳。春水尚寒，郊草无色，何以赠别？必在乎斯文。”《全唐文》卷五二八顾况《礼部员外郎陶氏集序》：“中书谢会人良辅、良弼……名自公出，名著公器。”知谢氏昆季即谢良辅、谢良弼。《登科记考补正》卷九：“（天宝十载）进士：谢良辅。”天宝十载，谢良辅已登进士第，题云“下第”，故知《序》当作于天宝十载谢梁辅登进士第前。又陶翰自开元十八年（730）进士及第后即任华阴丞，至本年正值十九年，可谓“垂二十秋”，唯作年难确考，姑系于天宝六载。

**张庭芳撰《中书令郑国公李峤杂咏百二十首序》。**

《全唐文》卷三六四张庭芳《中书令郑国公李峤杂咏百二十首序》：“顷寻绎故中书令李郑公百二十咏，藻丽词清，调谐律雅，宏溢逾于灵运，密致掩于延年。特茂霜松，孤悬皓月。高标凛凛，千载仰其清芬；明镜亭亭，万象含其朗耀。味夫纯粹，罕测端倪。故燕公《刺异词》曰‘新诗冠宇宙’，斯言不佞，信而有征。于是欲罢不能，研章摘句，辄因注述，思郁文繁。庶有补于琢磨，俾无至于疑滞，且欲启诸童稚，焉敢贻于后贤？于时巨唐天宝六载，龙集强圉之所述也。”按：文中燕公当指张说，“新诗冠宇宙”为张说《五君咏》之《李赵公峤》中句，不知《刺异词》指何诗,待考。

# 唐玄宗天宝七载

戊子　七四八

## | 正 月 |

**己卯,礼部尚书席豫卒,年六十九。**

事见《旧唐书·玄宗纪下》。《旧唐书》本传载:“卒于位,时年六十九。……赠汇陵大都督,谥曰文。”

## | 二 月 |

**李华本年三十四岁,任秘书省校书郎,撰《著作郎厅壁记》,虞世南、魏徵、郑愔、崔融、崔沔、吴兢、胡皓(疑)、韦述等在其中。**

《全唐文》卷三一六《著作郎厅壁记》:“天宝七载二月辛亥记。”著作郎在唐代承担着重要的文化职能,非才华出众者不能任,李华认为著作郎“以其能综群言,且居百乘,出典下国,转为郎官,经纬斯文,昭宣有政,或上迁秘书少监,或擢拜中书舍人,固不易其任也”,当中不少人升迁至更重要的职位。文中详述史官由来及历代著名史官:“昔沮诵、仓颉,为黄帝史臣,文字以兴,其来尚矣。若南正、北正,建于颛顼;义氏、和氏,命于唐尧。更虞夏商,代序天地。周官宗伯之属,有太史正岁年以序事,小史奠系代辨昭穆,内史受纳访以诏王听理,外史达书名于四方。前志所载,有左史记事,箴王之阙,或司过于朝,所典不同,其纳君于善一也。《传》曰‘天子有日官’,则史逸、史伯是也;‘诸侯有日御’,则裨灶、子韦是也。倚相在楚,南史在齐,董狐在晋,邦之司直也。其事举则三灵不慝,其政息则百度惟危,故先王贵之。至于汉廷,参用周礼。太史公既殁,其子迁。缄金匮石室之文焉。降及东京永平中,特诏班固著作东观,继其事者,杨彪、蔡邕,由是太史但掌天文、律历而已。……魏太和年,肇以著作名官,为中书属。晋元康年,改隶秘书,朝服单衣介帻,始亲职,必选名臣。传历宋、齐、梁、陈,官品第六，元魏、高齐、周、隋，秩从五品。魏则王沈以侍中兼之，卫凯以尚书带之。至于有晋，若史材之美，陈寿自佐郎迁；元舅之尊，庾亮以中书领。宋则徐爰、何承天，齐则沈约、裴子野，梁则陆云、公姚察，陈则顾野王、张正见，后魏则崔光、高允，北齐则邢子才、魏收，周则苏亮、柳虬，隋则虞绰、王劭，皆一朝名选也。”李华还于《记》中历数唐代曾任著作郎一职之名臣：“天命元圣，降而为唐，唐之建官，罔非俊乂。若虞永兴德函大雅，魏侍中才高王佐，郑吏部绝韵锵鸣，崔司业雄词飞动，皆历焉。今上兼帝王之极功，总文武之能事，思所以比崇轩皞，绍美唐虞，润色乎大猷，发明乎皇道。问谁献箴，则宾客崔氏；问谁执简，则恒傅吴公。胡谕德游刃诗骚，韦庶子贯珠今古。济济多士，时惟秉文，盛矣哉！……今大著作清河崔公名杰，天宝三载，自秘书郎拜。”按：其中虞永兴即虞世南（封永兴县公），魏侍中指魏徵（贞观七年任），郑吏部指郑愔（景龙三年任吏部尚书、同平章事），崔司业指崔融（武后时任国子司业、兼修国史），宾客崔氏指崔沔（开元中任秘书监太子宾客），恒傅吴公指吴兢（天宝时为恒王傅），胡谕德疑指胡皓（待考，胡皓曾为著作郎，参看《全唐文》二五一苏颋《授胡皓著作郎制》），韦庶子指韦述（天宝时历左右庶子）。

## 三月

**杨誉、包何、李嘉祐、权皋、郭珍岑、李栖筠等二十四人登进士第，礼部侍郎李岩知贡举。**

见《登科记考补正》卷九本年条。

## 四月

**辛丑，高力士加骠骑大将军，承恩岁久，中外畏之。**

《资治通鉴》卷二一六：“夏，四月辛丑，左监门大将军、知内侍省事高力士加骠骑大将军。力士承恩岁久，中外畏之，太子亦呼之为兄，诸王公呼之为翁，驸马辈直谓之爷。自李林甫、安禄山辈皆因之以取将相。其家富厚不赀。于西京作宝寿寺，寺钟成，力士作斋以庆之，举朝毕集。击钟一杵，施钱百缗，有求媚者至二十杵，少者不减十杵。然性和谨少过，善观时俯仰，不敢骄横，故天子终亲任之，士大夫亦不疾恶也。”

## 五月

**壬午，群臣上尊号曰开元天宝圣文神武应道皇帝，唐玄宗本年六十四岁，有《答百僚表请加应道尊号手诏》《开元天宝圣文神武应道皇帝册文》《加应道尊号大赦文》，大赦，免来载租、庸，继续崇奉道教。**

事见《新唐书·玄宗纪》、《资治通鉴》卷二一六。《唐大诏令集》卷七载《答百僚表请加应道尊号手诏》《开元天宝圣文神武应道皇帝册文》。《全唐文》卷三九载《加应道尊号大赦文》(《唐大诏令集》卷九题为《天宝七载册尊号赦》)，有云：“朕每以道元有属，思竭精诚，经教所在，岂忘崇奉？且宗其道者师其人，行其教者尊其礼。”

## 六月

**唐玄宗赐安禄山铁券。杨钊以聚敛骤迁，虢国夫人居中用事，岁中领十五余使，恩幸日隆。李林甫始恶之。**

事见《旧唐书·玄宗纪下》、《资治通鉴》卷二一六，并载时人苏冕论，称“奸臣广言利以邀恩，多立使以示宠”“宇文融首唱其端，杨慎矜、王鉷继遵其轨，杨国忠终成其乱”。《新唐书·杨国忠传》：“虢国居中用事，帝所好恶，国忠必探知其微，帝以为能，擢兼度支员外郎。迁不淹年，领十五余使，林甫始恶之。”

## 八月

**改千秋节为天长节。**

《旧唐书·玄宗纪下》：“(天宝七载)秋八月己亥朔，改千秋节为天长节。”

## 十一月

**封贵妃姊三人为韩国、虢国、秦国夫人，杨贵妃一家受宠于唐玄宗，权倾天下。**

《资治通鉴》卷二一六：“（天宝七载）十一月癸未，以贵妃姊适崔氏者为韩国夫人，适裴氏者为虢国夫人，适柳氏者为秦国夫人。三人皆有才色，上呼之为姨，出入宫掖，并承恩泽，势倾天下。每命妇入见，玉真公主等皆让不敢就位。三姊与铦、锜五家，凡有请托，府县承迎，峻于制敕；四方赂遗，辐凑其门，惟恐居后，朝夕如市。十宅诸王及百孙院婚嫁，皆以钱千缗赂韩、虢使请，无不如志。上所赐与及四方献遗，五家如一。竞开第舍，极其壮丽，一堂之费，动逾千万；既成，见他人有胜己者，辄毁而改为。虢国尤为豪荡，一旦，率工徒突入韦嗣立宅，即撤去旧屋，自为新第，但授韦氏以隙地十亩而已。中堂既成，召工圬墁，约钱二百万；复求赏技，虢国以绛罗五百段赏之，嗤而不顾，曰：‘请取蝼蚁、蜥蜴，记其数置堂中，苟失一物，不敢受直。’”

**王缙撰《唐故文安郡文安县尉太原王府君（之涣）夫人渤海李氏墓志铭》。**

《唐代墓志汇编》天宝一三四载《唐故文安郡文安县尉太原王府君（之涣）夫人渤海李氏墓志铭》，大理丞王缙撰，王之涣于天宝七载十一月葬于洛阳。

## 本年

**李白四十八岁，《虞城县令李公去思颂碑并序》疑作于本年后。**

《李白集校注》卷二九《虞城县令李公去思颂碑并序》：“徐而清之则安，颁首之颂兴焉。苟非大贤，孰可育物？而能光昭弦歌，卓立振古，则有虞城宰公焉。公名锡，字元勋，陇西成纪人也。……年十九，拜北海寿光尉。心不挂细务，口不言人非，群吏罕测，望风敬惮。秩满，转右武卫仓曹参军，次任赵郡昭庆县令。奉诏修建初、启运二陵，总徒五郡，支用三万贯。举筑雷野，不鞭一人，功成余八千贯。其干能之声大振乎齐赵矣。……天宝四载，拜虞城令，而天章宠荣，俾金玉王度，炯若七曜，昭回堂隅。……采其瑰踪茂行，俾刻石篆美，庶清风令名，奋乎百世之上。其词曰：激扬之水兮，白石有凿。李公之来兮，雪虞人之恶。厥德孔昭，折狱既清。五教大行，殷云雷之声。既父其父，又子其子。春之以风，化成草靡。乃影我岗，乃雨我田。阳无骄僭，四载有年。人戴公之贤，犹百里之天。弃余往矣，茫如坠川。哀丧惠博，掩骼仁深。苦井变甘，凶人易心。三柳勿剪，永思清音。"《碑》云"天宝四载，拜虞城令"，又云"阳无骄僭，四载有年"，则其于天宝四载至七载间任虞城令，《虞城县令李公去思颂碑》当作于李锡卸任虞城令即天宝七载后，唯作年难确考，姑系于此。

**颜真卿三十九岁，充河西、陇右军试覆屯交兵使，平反五原郡冤狱，郡人呼为御史雨**。

殷亮《颜鲁公行状》："七载，又充河西、陇右军试覆屯交兵使。五原郡有冤狱不决，公理之，时方久旱，而甘泽立应，郡人呼为御史雨。"

**贾至三十一岁，自宋州赴洛阳，撰《虎牢关铭并序》**。

《全唐文》卷三六八《虎牢关铭并序》："天宝七载，至自宋都，西经洛阳，歇鞍登兹……敢献铭曰……岁在戊子，西经登兹。祇圣肃然，悯亡凄其。"贾至自宋州赴洛阳，途经虎牢关，有感于历史兴亡，遂作《虎牢关铭》。《序》云"天宝七载"，《铭》又云"岁在戊子"，天宝七载即戊子岁。

**元结三十岁，游长安，撰《丐论》**。

《元次山集》卷四《丐论》："天宝戊子中，元子游长安，与丐者为友。……丐者言语如斯，可编为《丐论》，以补时规。"

# 唐玄宗天宝八载

己丑　七四九

## 二月

**时州县殷富，国用丰衍。唐玄宗本年六十五岁，赏赐贵宠之家，无有限极。**

《资治通鉴》卷二一六："春，二月戊申，引百官观左藏，赐帛有差。是时州县殷富，仓库积粟帛，动以万计。杨钊奏请所在粜变为轻货，及征丁租地税皆变布帛输京师；屡奏帑藏充牣，古今罕俦，故上帅群臣观之，赐钊紫衣金鱼以赏之。上以国用丰衍，故视金帛如粪壤，赏赐贵宠之家，无有限极。"

## 三月

**下《荣王琬安北大都护制》。**

《唐大诏令集》卷三六载此文，系天宝八载三月。《全唐文》卷二五题为《授荣王琬安北大都护制》。

## 春

**二十人登进士第。明经科卢憕、李佐等人及第。高適登有道科，授封丘尉。礼部侍郎李岩知贡举。南海太守张九皋献高適诗集于唐玄宗；颜真卿本年四十岁，为撰四言诗并序。**

见《登科记考补正》卷九本年条。《旧唐书·高適传》："天宝中……宋州刺史张九皋深奇之，荐举有道科。时右相李林甫擅权，薄于文雅，惟以举子待之。解褐汴州封丘尉，非其好也。"《郡斋读书志》卷一七："天宝八载，举有道科中第。"《敦煌遗书》页三八六二高適《奉寄平原颜太守序》："今南海太守张公之牧梁也，亦谬以仆为才，遂奏所制诗集于明主。而颜公又作四言诗数百字并序，序张公吹嘘之美，兼述小人狂简之盛，遍呈当代群英。"按：张公指张九皋，张九龄之弟，时为南海太守。颜公指颜真卿。

## 四月

**咸宁太守赵奉璋决杖而死，著作郎韦子春贬端溪尉，李林甫陷之也。**

事见《旧唐书·玄宗纪下》。

## 五月

**李林甫奏停折冲府上下鱼书，府兵徒有官吏。时承平日久，“猛将精兵皆聚于西北，中国无武备”，此为祸根。**

事见《资治通鉴》卷二一六。

## 六月

**陇右节度使哥舒翰以数万之众攻吐蕃四百人所守石堡城，拔之。时人鼓吹拔石堡城乃神兵助之，王维有《贺神兵助取石堡城表》。此前，王忠嗣已暴卒，年仅四十五。**

《资治通鉴》卷二一六：“上命陇右节度使哥舒翰帅陇右、河西及突厥阿布思兵，益以朔方、河东兵，凡六万三千，攻吐蕃石堡城。其城三面险绝，惟一径可上，吐蕃但以数百人守之，多贮粮食，积檑木及石，唐兵前后屡攻之，不能克。翰进攻数日不拔，召裨将高秀岩、张守瑜，欲斩之，二人请三日期可克。如期拔之，获吐蕃铁刃悉诺罗等四百人，唐士卒死者数万，果如王忠嗣之言。”《王维集校注》卷一〇载《贺神兵助取石堡城表》：“臣维等言：伏奉中书门下牒，伏见绛郡太平县百姓王英杞状称：去载七月，于万春卿界频见圣祖，空中有言曰：‘我以神兵助取石堡城。’当时具经郡县陈说，并有文状申奏。讫今载正月又于旧处再见。”按：“去载七月”应指“天宝八载七月”，“今载正月”应指天宝九载正月，则此文撰于天宝九载正月后。《旧唐书·王忠嗣传》：“明年（天宝八载）暴卒，年四十五。……其后歌舒翰大举兵伐石堡城，拔之，死者大半，竟如忠嗣之言，当代称为名将。”《全唐文》卷三六九有元载《朔方河东河西陇右节度使御史大夫赠兵部尚书太子太师清源公王府君神道碑铭并序》详述其生平功绩。《全唐文》卷三六三存其《平定诸蕃奏》一文。

## |闰六月|

**丙寅，唐玄宗亲谒太清宫，下《上圣祖及诸庙帝后尊号推恩制》。册圣祖玄元皇帝尊号为圣祖大道玄元皇帝，有《圣祖大道玄皇帝加号册》，高祖、太宗、高宗、中宗、睿宗五帝，皆加“大圣皇帝”之字，各有册文，太穆、文德、则天、和思、昭成皇后，皆加“顺圣皇后”之字。群臣上尊号曰开元天地大宝圣文神武应道皇帝。丁卯，御含元殿受册，大赦天下，有《加天地大宝尊号大赦文》。**

事见《资治通鉴》卷二一六、《旧唐书·玄宗纪下》。《全唐文》卷二五载《上圣祖及诸庙帝后尊号推恩制》(《唐大诏令集》卷七八题为《上圣祖大道玄元号并五圣加谥制》,《册府元龟》卷五四亦载),卷三八载《圣祖大道玄元皇帝加号册文》《高祖神尧大圣皇帝加谥册文》《太宗文武大圣皇帝加谥册文》《高宗天皇大圣皇帝加谥册文》《中宗孝和大圣皇帝加谥册文》《睿宗元真大圣皇帝加谥册文》,《唐大诏令集》卷七五皆录。《全唐文》卷四〇载《加天地大宝尊号大赦文》(《唐大诏令集》卷九题为《天宝八载册尊号赦》)。

**戊辰，太子太师、徐国公萧嵩薨。**

事见《旧唐书·玄宗纪下》。萧嵩(668—749),南兰陵(今江苏常州)人。唐代著名丞相、军事家,与睿宗朝宰相陆象先为僚婿,受其引荐为监察御史。开元初为中书舍人,十一年为尚书左丞,翌年转兵部侍郎,十四年以兵部尚书令朔方节度使,次年徙河西节度使。以破吐蕃功,进同书门下三品。十七年,兼中书令,加集贤殿学士。封徐国公。二十一年罢为尚书右丞相,二十四年拜太子少师。天宝八载卒,年八十余。生平事迹见《旧唐书》卷九九、《新唐书》卷一〇一本传。《新唐书·艺文志二》录其《开元礼义镜》一百卷、《开元礼》一百五十卷、与裴光庭等删次《格后长行敕》六卷。《全唐文》卷二七九录其文三篇,《全唐文补编》卷三六补《请准旧祀后土奏》《答圣问开元文字音义奏》《请改朝参宸仪奏》三篇,共计六篇。

## |七月|

**王维撰《贺玄元皇帝见真容表》。**

《王维集校注》卷一〇《贺玄元皇帝见真容表》:“臣维言:伏见中书门下奏,上党郡奏启:圣祖大道玄元皇帝玉石真容主上圣容,今月十五日三元齐开光明……伏惟开元天地大宝圣文神武应道皇帝陛下大道为心,上元同体。”据所称尊号,为本年闰六月后,又旧以正月、七月、十月之望为三元日,故此表作于七月十五或十月十五日之后。又据王维《贺神兵助取石堡城表》“去载七月,于万春乡界,频见圣祖空中有言曰‘我以神兵助取石堡城’”,疑此文应作于七月十五日。

## |八月|

**颜真卿充河东、朔方军试覆屯交兵使,八月迁殿中侍御史,后出为东京畿采访判官。**

殷亮《颜鲁公行状》:“八载又充河东、朔方军试覆屯交兵。……八月迁殿中侍御史。……宰相杨国忠初党于温,亦怒公之不附己,令吉温讽中丞蒋冽奏公为东京畿采访判官。”

## |秋|

**贾至本年三十二岁,撰《送李兵曹往江外序》。**

《全唐文》卷三六八贾至《送李兵曹往江外序》:“李侯吾之鲍子也,我知其为人,立身清而廉,从政敏而达,内以孝悌著,外以信义称。嘉辰良宵,亹亹清话,又足见林宗高识,叔度洪量。一命佐邑,非以政学也;再命环卫之曹,非为官择也。徒栖迟下位,禄未代耕,是以去游镜亭,探禹穴,水宿云卧,弥年始还。今又匹马出关,舣舟洛下,念安石东山之赏,怀子猷剡溪之兴,何云思浩荡,而野情寥廓哉?予困于徒劳,累及五斗,升沉风波之里,跼蹐长吏之前,岂沧州远蹈之情、南阳躬耕之意？临歧对酒，有愧长剑。想子行迈，路经夷门，见颍川陈兼、河南于頔，为问道心无恙，星鬓如何，宿昔屡空，复为安邑也。予近得阴君秘诀，之北方河车郊原近山，金鼎夕燎，秋来气冷，炉火适宜，刀圭一开，与子携手。”“于頔”当为“于逖”之误，参见《唐五代文学编年史》页八三四—八三五。

## |十月|

**卢僎在临汝长史任撰《唐故光禄卿崔公墓志铭并序》。**

《唐代墓志汇编续集》天宝〇五七《唐故光禄卿崔公墓志铭并序》：“巨唐天宝八岁，太岁乙丑秋九月壬辰朔廿五日景辰，银青光禄大夫、光禄卿、上柱国魏县开国公崔府君，感疾暴薨于东京昌斤门之南别业……公讳瑶，字叔玉，清河东武城人。”前题“太中大夫、行汝长史、上柱国卢僎撰”。崔瑶本年十月葬，墓志应作于此时。卢僎应于此后不久卒。

## |本年|

**高適五十岁，登有道科，任封丘尉，撰《谢封丘尉表》。**

《高適集校注·谢封丘尉表》：“臣艺业无取，谬当推荐，自天有命，追赴上京，曾未浃旬，又拜臣职。顾惭虚受，实惧旷官。捧日无阶，戴天何报？臣已于正衙辞讫，即以今日赴官，无任犬马之志，谨奉表陈谢以闻。”《登科记考补正》卷九：“（天宝八载）有道科：高適。”《旧唐书·高適传》：“宋州刺史张九皋深奇之，荐举有道科。时右相李林甫擅权，薄于文雅，唯以举子待之。解褐汴州封丘尉。”高適于天宝八载登有道科，“未浃旬”即任封丘尉，故知《谢封丘尉表》当作于高適登科任职之际，即天宝八载。详参《高適集校注·高適年谱》，页三八二—三八三。

**杜甫三十八岁，居长安，《天狗赋》作于本年前后。**

《杜诗详注》卷二四《天狗赋》：“天宝中，上冬幸华清宫。甫因至兽坊，怪天狗院列在诸兽院之上，胡人云：此其兽猛健无与比者。甫壮而赋之，尚恨其与凡兽相近。”《赋》云“天宝中,上冬幸华清宫”,据《新唐书·玄宗纪》可知天宝六载至十四载冬玄宗皆曾幸华清宫,唯《天狗赋》作年难确考。天宝共十五载,姑系于天宝八载。

**萧颖士三十三岁,撰《伐樱桃树赋并序》;又拔戴叔伦于诸生之中,授以文史。**

《全唐文》卷三二二《伐樱桃树赋并序》:“擢无用之璅质,蒙本枝而自庇。汩群林而非据,专庙庭之右地。虽先寝而式荐,岂和羹之正味。”《新唐书·萧颖士传》载:“召为集贤校理。宰相李林甫欲见之,颖士方父丧,不诣。林甫尝至故人舍邀颖士,颖士前往,哭门内以待,林甫不得已,前吊乃去。怒其不下己,调广陵参军事,颖士急中不能堪,作《伐樱桃树赋》曰:‘擢无庸之琐质,蒙本枝以自庇。虽先寝而或荐,非和羹之正味。’以讥林甫云。”《旧唐书·萧颖士传》所载略同。《序》云:“天宝八载,予以前校理罢免,降资参广陵大府军事。……庙堂之右,有大樱桃树……中外斯隔,余实恶之,惧寇盗窥窬,因是为资,遂命伐焉。聊托兴兹赋,以儆夫在位者尔。”权德舆《戴叔伦墓志铭》:“初抠衣于兰陵萧茂挺,以文学政事,见称萧门。”梁肃《戴叔伦神道碑》:“公少而好学,能属辞。兰陵萧颖士,名重一时,罕所推揖。拔公于诸座之上,授以文史,由是令闻益炽。”

**吴兢卒,年八十,号为良史,史称“今之董狐”。**

《旧唐书·吴兢传》:“天宝八载,卒于家,时年八十余。……兢家聚书颇多,尝目录其卷第,号《吴氏西斋书目》。”《新唐书·吴兢传》:“卒,年八十。兢叙事简核,号良史。晚节稍疏牾,时人病其太简。……初与刘子玄撰定《武后实录》,叙张昌宗诱张说诬魏元忠事。……后说为相,读之,心不善,知兢所为,即从容谬谓曰:‘刘生书魏齐公事,不少假借,奈何?’兢曰:‘子玄已亡,不可受诬地下。兢实书之,其草故在。’闻者叹其直。说屡以情蕲改,辞曰:‘徇公之情,何名实录?’卒不改。世谓今董狐云。”吴兢(670—749),汴州浚仪(今河南开封)人。少勤学,博通经史,长期修国史,撰《则天实录》,历任谏议大夫、修文馆学士,著述颇多,尤以《贞观政要》著称。《新唐书·艺文志一》载:“《乐府古题要解》一卷。”《新唐书·艺文志二》载:“《齐史》《梁史》《周史》各十卷,《陈史》五卷,《隋史》二十卷,《唐书》一百卷,《唐春秋》三十卷,《唐书备阙记》十卷,《太宗勋史》

一卷,《中宗实录》二十卷,《吴氏西斋书目》一卷。”《新唐书·艺文志三》载:“《兵家正史》九卷,《五藏应象论》一卷。”《新唐书·艺文志四》载:“《唐名臣奏》十卷。”《全唐文》卷二九八存文十四篇,《全唐文补编》卷三六补《乐府古题要解序》《乞终修史疏》《开元升平源》三篇,共计十七篇。

## 唐玄宗天宝九载

庚寅　七五〇

### 正月

**唐玄宗本年六十六岁,庚戌,群臣请封西岳,从之。崔翘、李彻有《请封西岳表》。**

事见《旧唐书·玄宗纪下》、《资治通鉴》卷二一六。《全唐文》卷三二八、卷四〇六载请封表文。

**集贤修撰韦绍增订孟浩然集,撰《孟浩然集序》。**

《孟浩然集校注·序》:“宜城王士源者,藻思清远,深鉴文理,常游山水,不在人间。著《亢仓子》数篇,传之于代。余久在集贤,尝与诸学士命此子,不可得见。天宝中,忽获《浩然文集》,乃士源为之序传,词理卓绝,吟讽忘疲。书写不一,纸墨薄弱。昔虞坂之上,逸驾与驽骀俱疲;吴灶之中,孤桐与樵苏共爨。遇伯乐与伯喈,遂腾声于千古。此诗若不遇王君,乃十数张故纸耳。然则王君之清鉴,岂减孙、蔡而已哉!余今缮写,增其条目,复贵十源之清才,敢重述于卷首。谨将此本,送上秘府,庶久而不泯,传芳无穷。”卷首所录此序后署“天宝九载正月初三日,特进、行太常卿礼仪使、集贤院修撰、上柱国、沛国郡开国公韦滔(绍)叙。”

### 二月

**杨贵妃复忤旨,送归私第。不久即召还,宠待益深。**

事见《资治通鉴》卷二一六。

**赵冬曦于国子祭酒任上卒，年七十四。**

《新唐书·赵冬曦传》："赵冬曦……以国子祭酒卒。"《唐代墓志汇编续集》天宝〇六八《唐故国子祭酒赵君（冬曦）圹》："春秋七十有四，天宝九载二月丁亥薨背于西京善和里第。……文雅之盛，奕世重晖，以至府君，克济其美。清文丽藻，发自龆年；洪笔大名，振动于弱冠。中复探索□门，精意老释，脱略嚣埃，周流山泽，道以摄心，蒙以养正，吐故纳新，澄禅入定。成□□□，举□性情，亦未尝以世务为心也。"赵冬曦（677—750），字仲爱，定州鼓城（今河北晋县）人。神龙二年，进士及第；景龙二年，上《王政》三卷。开元前期，与张说过从密。历任监察御史，兼掌国史，又任考功员外郎、中书舍人、国子祭酒等，卒年七十四。性情放达，不屑世事。《新唐书·艺文志四》著录其有《赵冬曦集》，注曰：卷亡。《全唐文》卷二九六收其文三篇，《唐文拾遗》卷一八补一篇，陈尚君《全唐文补编》卷三六补《与少林寺主慧觉牒》《请明律令书》二篇，共计六篇。《职官分纪》卷一五载："张燕公等因献赋诗，上各赐赞以褒美之。敕曰……赵冬曦：'白简端严，青史良直。清词雅韵，博览强识。'"

## 三月

**十三日，唐玄宗下《敕吏部慎重注拟诏》，吏部取人不得限书判及循资格。**

《全唐文》卷三二载此诏，《册府元龟》卷六三〇系天宝九载三月十三日。

**唐玄宗遇旱灾，制罢封西岳，有《停封西岳诏》。**

《全唐文》卷三二载此诏。

**沈仲昌、贾邕、钱起等二十一人登进士第，明经科崔千里等人及第。礼部侍郎李玮知贡举。**

见《登科记考补正》卷九本年条。按：李翰约于本年登进士第，《全唐文》卷五一八梁肃《李翰前集序》:“弱冠进士登科,解褐卫县尉。”李翰天宝十载在卫县尉任,故其登进士第约在本年。

## 四月

**十七日,册左卫率府亲府左郎将罗国公张安仁第二火凉王妃,有《册凉王张妃文》**。

《唐大诏令集》卷四〇(《全唐文》卷三八)载此册文:“维天宝九载,岁次庚寅,四月乙未朔十七日乙亥,皇帝若曰……”

**二十六日,唐玄宗下《册广宁公主出降文》**。

《唐大诏令集》卷四二载此册文:“维天宝九载,岁次庚寅,四月己未朔二十六日甲申,皇帝若曰……”《全唐文》卷三八题为《册广宁公主文》。

**御史大夫宋浑坐赃巨万,流潮阳**。**吉温为杨钊谋代李林甫执政之策,故剪其心腹,林甫不能救**。

事见《资治通鉴》卷二一六。《旧唐书·玄宗纪下》记宋浑贬谪事于本年二月壬午。

## 五月

**乙卯,赐安禄山爵东平郡王,下《封安禄山东平郡王制》,史称唐将帅封王自此始**。

事见《资治通鉴》卷二一六、《旧唐书·玄宗纪下》。《册府元龟》卷一二九(《全唐文》卷二五)载此制,称其:“性合韬钤,气禀雄武。声威振于绝漠,捍御比于长城。战必克平,智能料敌,所以擢升台宪,仍仗旌麾。既表勤王之诚,屡申殄寇之略。”

## | 六 月 |

**韩朝宗薨，年六十五，王维本年五十七岁，丁母忧，居辋川，次年，为撰墓志铭。**

《王维集校注》卷一〇载《大唐吴兴郡别驾前荆州大都督府长史京兆尹韩公墓志铭》："天宝九载六月二十一日寝疾，薨于官舍，享年六十有五……夫人河东柳氏……以开元五年六月五日先公而卒，至是天宝十载十月二十四日合祔。"据此则此文撰于天宝十载十月。

## | 七 月 |

**置广文馆于国子监，以领词藻之士，郑虔为博士。**

《旧唐书·玄宗纪下》："（天宝九载）秋七月己亥，国子监置广文馆，领生徒为进士业者。"《资治通鉴》卷二一六："乙亥，置广文馆于国子监，以教诸生习进士者。"《唐语林校证》卷二："天宝中，国学增置广文馆，以领词藻之士。荥阳郑虔久被贬谪，是岁始还京师参选，除广文馆博士。虔茫然曰：'不知广文曹司何在？'执政谓曰：'广文馆新置，总领文词，故以公名贤处之。且令后代称广文博士自郑虔始，不亦美乎？'遂拜职。"《唐会要》卷六六《广文馆》："天宝九载七月十三日置，领国子监进士业者，博士、助教各一人，品秩同太学，以郑虔为博士，至今呼郑虔为郑广文。"其著述有类书《会粹》（又名《荟蕞》）四十卷、《天宝军防录》一卷、《胡本草》七卷，均佚。

## | 九 月 |

**处士崔昌上《五行应运历》。**

《旧唐书·玄宗纪下》："（天宝九载）九月乙卯，处士崔昌上《五行应运历》，以国家合承周、汉，请废周、隋不合为二王后。"

## 十月

**时唐玄宗尊道教，慕长生，群臣争言符瑞，李林甫等皆请舍宅为观，以祝圣寿。**

《资治通鉴》卷二一六："太白山人王玄翼上言见玄元皇帝，言宝仙洞有妙宝真符。命刑部尚书张均等往求，得之。时上尊道教，慕长生，故所在争言符瑞，群臣表贺无虚月。李林甫等皆请舍宅为观，以祝圣寿，上悦。"

**安禄山屡诱奚、契丹，醉而坑之，前后数四。禄山入朝，杨钊兄弟姊妹皆往迎之，冠盖蔽野。唐玄宗命考课之日书上上考。**

事见《资治通鉴》卷二一六。

**唐玄宗赐杨钊名国忠。**

《资治通鉴》卷二一六："（杨）钊以图谶有'金刀'，请更名。上赐名国忠。"

## 十一月

**唐玄宗下《太清宫改为朝献荐献制》。**

《唐大诏令集》卷七五载此制，系天宝九载十一月。《全唐文》卷二五题为《改宗庙称告享制》，误。

## 十二月

**杨国忠荐鲜于仲通为剑南节度使。**

事见《资治通鉴》卷二一六。

**颜真卿本年四十一岁，转侍御史。**

殷亮《颜鲁公行状》："九载十二月，转侍御史。"

## | 本 年 |

**元结三十二岁，居商余山习静，始著《元子》。**

《元次山集》卷五《自述序》："天宝庚寅，元子初习静于商余。"《元次山集》卷八《自释》："少居商余山，著《元子》十篇。"《子略》卷四"元子"条下："其序谓'天宝九年庚寅至十二年癸巳，一万六千五百九十五言，分十卷'。"

**苏源明为河南令，为元结作《商余操》。**

《宝刻丛编》卷八："《唐商余操》，唐苏预撰，韩择木八分书。预友元结隐居教授于商余之肥溪，预为作此辞。预时为河南令，自号中行子。碑不载刻石年月，在鲁山县(《集古录目》)。"苏预后避代宗讳，改名源明。苏源明(？—764)，字弱夫，郡望扶风(今陕西西安)，京兆武功(今属陕西)人。少孤，寓居徐、兖，读书泰山。天宝十三载，为国子司业，尝名郑虔所编书四十余篇为《会粹》。安禄山隐京师，称病不受伪职，肃宗复两京擢为考功郎中、知制诰。乾元元年，正除中书舍人，入翰林院为学士。终秘书少监，广德二年卒。生平事迹见《新唐书》二〇二本传。源明工文辞，有盛名于天宝间，杜甫称其"学府醇儒姿，文包旧史善……前后百卷文，枕藉皆禁脔"(《八哀诗》)。韩愈《送孟东野序》："唐之有天下，陈子昂、苏源明、元结、李白、杜甫、李观，皆以其所能鸣。"《新唐书·艺文志四》集部著录《苏源明前集》三十卷，《通志·艺文略》著录苏源明《治乱集》三卷，均已佚。今《全唐文》卷三七三存文五篇。

# 唐玄宗天宝十载

辛卯　七五一

## 正月

**丁酉，唐玄宗本年六十七岁，命李林甫遥领朔方节度使，以户部侍郎李玮知留后事。**

事见《资治通鉴》卷二一六、《旧唐书·玄宗纪下》。《唐大诏令集》卷五二载《李林甫兼朔方军节度使制》，系开元二十四年十一月，误，应移至此年。《全唐文》卷三三题为《以李林甫兼领朔方节度诏》。

**唐玄宗朝献太清宫及太庙，有事于南郊，大赦，有《南郊大赦文》。**

《全唐文》卷四〇载此赦文，《唐大诏令集》卷六八题为《天宝十年南郊赦》。

**杜甫本年四十岁，居长安，撰《进三大礼赋表》，献《朝献太清宫赋》《朝享太庙赋》《有事于南郊赋》。**

《杜诗详注》卷二四《进三大礼赋表》："臣生长陛下淳朴之俗，行四十载矣。与麋鹿同群而处，浪迹于陛下丰草长林，实自弱冠之年矣。……适遇国家郊庙之礼，不觉手足蹈舞，形于篇章。……臣谨稽首，投延恩匦，献纳上表。进明主《朝献太清宫》《朝享太庙》《有事于南郊》等三赋以闻。"《旧唐书·杜甫传》："天宝末，献《三大礼赋》，玄宗奇之，召试文章。"《新唐书·杜甫传》："天宝十三载，玄宗朝献太清宫，飨庙及郊，甫奏赋三篇。帝奇之，使待制集贤院，命宰相试文章。"《新唐书·玄宗纪》："（天宝）十载正月壬辰，朝献于太清宫。癸巳，朝享于太庙。甲午，有事于南郊，大赦，赐侍老粟帛，酺三日。"又《表》云："臣生长陛下淳朴之俗，行四十载矣。"天宝十载，杜甫正值四十岁，故知《进三大礼赋表》及《朝献太清宫赋》《朝享太庙赋》《有事于南郊赋》当作于天宝十载正月。《新传》所载疑误。关于杜甫献赋时间，有学者认为是天宝九载冬杜甫预献，可备一说，参见张忠纲《杜甫献〈三大礼赋〉时间考辨》(载《文史哲》,二〇〇六年第一期)。

**唐玄宗命有司为安禄山治第于亲仁坊,但穷壮丽,不限财力,宠幸日隆,禄山出入宫掖不禁。**

事见《资治通鉴》卷二一六。

## |二 月|

**丙辰,以河东节度使韩休珉为左羽林将军,以安禄山代之。至此,安禄山身兼平卢、范阳、河东三镇,日益骄恣。户部郎中吉温附之约为兄弟,共排李林甫。然禄山终独惮林甫。**

事见《资治通鉴》卷二一六。按:河东节度使治太原府,兵五万五千人;范阳节度使治幽州,兵九万一千四百人;平卢节度使治营州,兵三万七千五百人。三镇兵约二十万,占全国镇兵的百分之四十。

## |三 月|

**十七日,唐玄宗下《册东海神为广德王文》。**

《唐大诏令集》卷七四(《全唐文》卷三八)载此册文,云:"维天宝十载,岁次辛卯,三月甲申朔十七日庚子,皇帝若曰……"

**颜真卿本年四十二岁,转武部员外郎,判南曹,提纲目,锄苛细。**

殷亮《颜鲁公行状》:"九载十二月转侍御史。百余日转武部员外郎,判南曹,提纲目,锄苛细,武调者多感而怀之。"

## |春|

**李巨卿、钱起、谢良辅、魏璀、陈季、庄若讷、王邕、孙翊仁、房宽、李征、袁傪**

**等二十人登进士第，试《豹鳥赋》《湘灵鼓瑟诗》，明经科贾耽等人及第。杜甫登上书拜官。兵部侍郎李麟知贡举。**

《登科记考补正》卷九载："《永乐大典》引《苏州府志》：'天宝十载，侍郎李麟知举，试《豹鳥赋》《湘灵鼓瑟诗》。'按《文苑英华》，《豹鳥赋》以两遍用四声为韵。"

**钱起本年约三十二岁，登进士第，任秘书省校书郎。**

《全唐文》卷三七九钱起《豹鳥赋》之一："丽哉豹鳥，文彩彬彬。豹则雕虎齐价，鳥与君子同身。故得飞声入楚，见赐留秦。曩者胡为隐雾而不下，今复何幸对雪而迎宾？盖因虞者之获，成于匠者之手。"《全唐文》卷三七九钱起《豹鳥赋》之二："惟豹作鳥，杀身思遇，惜其有美而来，亦以御寒之故。虽雨雪而盈尺，俾阳和而在步，不然者宁践于斯路？客有感而言，其文也何丽！其用也何薄！当思步武之间，徒异犬羊之鞹。"《旧唐书》卷一六八《钱徽传》载："父起，天宝十年登进士第。……是岁登第，释褐秘书省校书郎。"

《全唐文》卷三七二谢良辅《豹鳥赋》："夫材俟时而进用，时俟材以求索。彼微兽之有章，亦饰躬而制作。慕公孙之几几，耻滑稽以交错。幸参鹓鸾之行，无杂犬羊之鞹。若然者，则荷夫天衢之亨，对斯文而不怍。"谢良辅（？—783），谢良弼之弟，天宝中官至中书舍人。德宗建中四年（793）任商州刺史，为地方军所杀。

## | 六 月 |

**李颀撰《故广陵郡六合县丞赵公墓志》。**

《隋唐五代墓志汇编》洛阳卷第十一册《故广陵郡六合县丞赵公墓志》云"前汲郡新乡县尉赵郡李颀撰"，赵公天宝十载六月十二日卒，二十五日葬于北邙。李颀（生卒年不详），唐代著名诗人，交流颇广，与王昌龄、崔颢、綦毋潜、岑参、王维、高適、皇甫曾、朱放等人皆有交往，名重当世。今只存此一文。

## 八月

**萧颖士本年三十五岁，撰《白鹇赋并序》。**

《全唐文》卷三二二《白鹇赋并序》："天宝辛卯岁，予飘泊江介……秋八月，自山阴前次东阳。……会有命自天，召赴京阙，适与兹鸟偕。……因感而赋之。"《序》云："天宝辛卯岁，予飘泊江介……秋八月，自山阴前次东阳。"天宝辛卯岁即天宝十载。

## 九月

**丙申，唐玄宗下《故举人并下第敕》。**

《全唐文》卷三六载此敕，《册府元龟》卷六四三系天宝十载九月丙申。

## 秋

**杜甫撰《秋述》。**

《杜诗详注》卷二五《秋述》："秋，杜子卧病长安旅次，多雨生鱼，青苔及榻。……我，弃物也，四十无位，子不以官遇我，知我处顺故也。"《述》云"秋，杜子卧病长安旅次"，又云"我，弃物也，四十无位"。天宝十载，杜甫正值四十岁。

## 十一月

**丙午，兵部侍郎兼御史中丞杨国忠兼领剑南节度使。**

事见《旧唐书·玄宗纪下》、《资治通鉴》卷二一六。

**李华本年三十七岁，任伊阙县尉，《故河南府伊阙县丞博陵崔府君墓志铭并序》疑作于本年。**

《全唐文》卷三二一《故河南府伊阙县丞博陵崔府君墓志铭并序》:“唐天宝九载之季月,伊阙丞博陵崔君遘疾于官,就医于河南兴敬里,不幸逝于家,时年五十五。……以明年十一月五日,窆于洛阳县清风原。”《序》云:“唐天宝九载之季月,伊阙丞博陵崔君……不幸逝于家。……以明年十一月五日,窆于洛阳县清风原。”墓志铭一般作于下葬前,以一般情况而言,《故河南府伊阙县丞博陵崔府君墓志铭并序》当作于天宝九载季月后、天宝十载十一月前,唯作年难确考,姑系于此。

## 十二月

**萧颖士撰《庭莎赋并序》。**

《全唐文》卷三二二《庭莎赋并序》:“天宝十载,予以史臣推择,待诏阙下。僻直多忤,连岁不偶,未选叙,求参河南府军事。……往岁久游剡中,将遂终焉,朝旨迫召,故不获展,著《白鹇赋》,以寄斯意。……俗吏往来,必凌践之,叹其禀山野之姿,而托非其所,以就窘迫,因而赋。”《新唐书·萧颖士传》:“史官韦述荐颖士自代,召诣史馆待制,颖士乘传诣京师。而(李)林甫威福自擅,颖士遂不屈,愈见疾,俄免官。”萧颖士于《序》中言明作赋之因为喻己“托非其所”之窘迫。《序》云:“往岁久游剡中……著《白鹇赋》,以寄斯意。”《白鹇赋》作于天宝十载八月,详见八月萧颖士条。《序》又云“求参河南府军事”,萧颖士调河南府参军事在天宝十载,故知《庭莎赋并序》当作于天宝十载八月至十二月间,唯作月难确考,姑系于此。

## 本年

**史载本年鲜于仲通败于南诏,高仙芝败于大食,安禄山败于契丹,一年三败于边疆。**

事见《资治通鉴》卷二一六。

**独孤及本年二十六岁,撰《古函谷关铭》。**

《全唐文》卷三八九独孤及《古函谷关铭》:“岁在大火,余适下阳,停骖塞门,凭览旧国。襟带如故同,世道不留。秦余空山,汉遗茂草。恐复舟失于壑,岸化为谷,万载之后,昧者不知,乃刻颂此石,以示来裔。”《全唐文》卷四〇九崔祐甫《故常州刺史独孤公神道碑铭并序》:“天宝末,以洞晓元经对策上第,诏拜华阴县尉,著《古函谷关》《仙掌》二铭,格高理精,当代词人,无不畏服。”

**李翰在卫县尉任,作《殷太师比干碑》。**

《全唐文》卷四三一《殷太师比干碑》:“天宝十祀,余尉于卫,拜乎祠堂,魄感精动,而庙在邻邑,官非式闾。刊石铭表,以志丕烈。”李翰,生卒年不详,赵州赞皇(今属河北)人。天宝中登进士第。安史乱中避地吴越。上元二年撰《张巡传》,为淮南节度掌书记。大历六年征为左补阙,俄以本官充翰林学士。善古文,梁肃师事之。《新唐书·艺文志四》著录《李翰前集》三十卷,又录其《张巡姚訚传》二卷,集今佚。生平事迹见梁肃《补阙李君前集序》、新旧《唐书》本传。《全唐文》卷四三〇录其文十三篇。

**孙愐本年任陈州司法参军,撰《唐韵序》。**

《全唐文》卷三六五《唐韵序》:“盖闻文字聿兴,音韵乃作。……其有异闻,奇怪传说,姓氏原由,土地物产,山河草木,鸟兽虫鱼,备载其闲,皆引冯据,随韵编纪,添彼数家,勒成一书,名曰《唐韵》。……依次编记,而不别番。其一字数训,则执优而尸之,劣而副之。其有或假不失元本,以四声寻绎,冀览者去疑,宿滞者豁如也。又纽其唇齿喉舌牙,部件而次之,有可纽不可行之,及古体有依约之,并采以为证,庶无壅而昭其冯。起终五年,精成一部,前后总加四万二千三百八十三言,仍篆隶石经,勒存正体,幸不讥繁。于时岁次辛卯天宝十载也。”孙愐(生卒年不详),新旧《唐书》无传,《全唐文》仅收此文。

**本年稍后,杨拯卒,年五十八,有集十卷。李华为撰《杨骑曹集序》。**

《隋唐五代墓志汇编》洛阳卷第一一册《房承光及夫人吴氏志》云“前右骁卫骑曹杨拯撰”,天宝十载十月二十四日葬。《全唐文》卷三一五李华《杨骑曹集序》:“开元、天宝之间,海内和平君子,得从容于学,以是词人材硕者众。……

宏农杨君,讳极,字齐物……举进士时,刑部侍郎乐安孙公逖,以文章之冠为考功员外郎,精试群材。君以南阳张茂之,京兆杜鸿渐,琅邪颜真卿,兰陵萧颖士,河东柳芳,天水赵骅,顿邱李琚,赵郡李崿、李欣,南阳张阶,常山阎防,范阳张南容,高平郗昂等连年高第,华亦与焉。既而丁艰,礼足哀余,名教称之。外调补太子正字,历右骁卫骑曹参军。求道于宏正禅师,百千人中,独受心要。与清河张茂之、房安禹,钜鹿魏幼卿为禅慧之交,河南元德秀、陆据、崔器,范阳卢治为道义之交。大官荐贤,使臣请介,莫不推君为首。以方外为意,不之受也。识者谠议,以论道许之。质纯气和,动必由道,谈笑中雅,名理入元。所著文章,多入元中雅之者也。不幸婴风疾,逝于京洛,享年五十八。……君之集十卷,诗、赋、赞、序、颂、记、策凡一百七十五篇。”杨拯(生卒年不详),一作杨极,郡望荥阳(今属河南),隋皇室后裔,永平令杨珣子。今文已不存。

## 唐玄宗天宝十一载

壬辰　七五二

### 三月

**薛播等二十六人登进士第,礼部侍郎李麟知贡举。**

见《登科记考补正》卷九本年条。

### 四月

**户部侍郎、御史大夫兼京兆尹王鉷权宠日盛,虽李林甫亦畏避之,终为杨国忠、陈希烈所陷。戊子,赐死,下《赐王鉷自尽诏》,杨国忠兼京兆尹。陈希烈晚年与李林甫为敌,林甫惧,请解朔州方节制,荐河西节度使安思顺自代。**

此又为唐代政治史上一件大事。《资治通鉴》卷二一六详载:“户部侍郎、御史大夫、京兆尹王鉷,权宠日盛,领二十余使。宅旁为使院,文案盈积,吏求署一字,累日不得前;中使赐赉不绝于门,虽李林甫亦畏避之。林甫子岫为将作监,铁子准为卫尉少卿,俱供奉禁中。准陵侮岫,岫常下之。然铁事林甫谨,林甫虽忌其宠,不忍害也。……铁弟户部郎中银,凶险不法。……银所善邢縡,与龙武万骑谋杀龙武将军,以其兵作乱,杀李林甫、陈希烈、杨国忠;前期二日,有告之者。夏,四月乙酉,上临朝,以告状面授铁,使捕之。铁意银在縡所,先使人召之,日晏,乃命贾季邻等捕縡。縡居金城坊,季邻等至门,縡帅其党数十人持弓刀格斗突出。铁与杨国忠引兵继至,縡党曰:'勿伤大夫人。'国忠之傔密谓国忠曰:'贼有号,不可战也。'縡斗且走,至皇城西南隅。会高力士引飞龙禁军四百至,击斩縡,捕其党,皆擒之。国忠以状白上,曰:'铁必预谋。'上以铁任遇深,不应同逆;李林甫亦为之辩解。上乃特命原银不问,然意欲铁表请罪之;使国忠讽之,铁不忍,上怒。会陈希烈极言铁大逆当诛,戊子,敕希烈与国忠鞫之,仍以国忠兼京兆尹。于是任海川、韦会等事皆发,狱具,铁赐自尽,银杖死于朝堂,铁子准、偁流岭南,寻杀之。有司籍其第舍,数日不能遍。铁宾佐莫敢窥其门,独采访判官裴冕收其尸葬之。初,李林甫以陈希烈易制,引为相,政事常随林甫左右,晚节遂与林甫为敌,林甫惧。会李献忠叛,林甫乃请解朔方节制,且荐河西节度使安思顺自代;庚子,以思顺为朔方节度使。"《旧唐书·玄宗纪下》:"夏四月,御史大夫兼京兆尹王铁赐死,坐弟银与凶人邢縡谋逆故也。杨国忠兼京兆尹。"《唐大诏令集》卷一二六载《王铁赐自尽诏》。

**柳识自洛阳东游,至颍阳许由遗庙,撰《许先生颍阳祠庭献酹文》,又至首阳山,撰《吊夷齐文》。**

《全唐文》卷三七七柳识《许先生颍阳祠庭献酹文》:"壬辰岁夏四月,客自洛东游,至先生遗庙,而颍水古风,旧山岿然。追怀古踪,慕羡至道,以时酒敬酹于灵。既酌既拜,献乎言曰……"同卷《吊夷齐文》:"洪河之东兮,首阳穹崇。"

## | 五 月 |

**杨国忠陷李林甫交私王铁,陈希烈、哥舒翰从而证之,上由是疏林甫。国忠贵震天下,始与林甫为仇敌。**

事见《资治通鉴》卷二一六。

**独孤及本年二十七岁，在汴州撰《阮公啸台颂并序》。**

《全唐文》卷三八四独孤及《阮公啸台颂并序》："岁在玄黓，余登大梁之墟，墟中之人方诵公遗尘，叹元风芜没，议乐石以旌朽壤。余采其故事之存于糟粕者，勒而为《啸台颂》。颂曰……"太岁在辰曰玄黓，本年壬辰。

## 十月

**唐玄宗本年六十八岁，敕秘书省检覆四库书，与集贤院计会填写。**

《唐会要》卷三五《经籍》载："（天宝）十一载十月，敕秘书省检覆四库书，与集贤院计会填写。"

**陈兼在汴州，撰《陈留郡文宣王庙堂碑并序》。**

《全唐文》卷三七三陈兼《陈留郡文宣王庙堂碑并序》："唐天宝十一载……冬十月丙午，新宫成。……遂命客卿前封邱县丞泗上陈兼志之。"陈兼（生卒年不详），秘书少监京父，陈叔宝之弟叔明五世孙，字时达，开元十二年举进士及第，官右补阙、翰林学士。才名藉甚，与贾至、李华、独孤及等人有交游，《全唐文》仅存此文。

## 十一月

**乙丑，唐玄宗下《禁官夺百姓口分永业田诏》，王公百官勋荫等家置庄田不得逾令式。**

《全唐文》卷三三载此诏，《册府元龟》卷四九五系天宝十一载十一月乙丑。

**丁卯，李林甫卒。庚申，以杨国忠为右相兼文部尚书，有《授杨国忠右相制》。杨国忠身为右相，仍领四十余使，厚敛以怒天下，遂成天下之乱。**

《资治通鉴》卷二一六："（天宝十一载）十一月丁卯，林甫薨。……庚申，以杨国忠为右相,兼文部尚书,其判使并如故。”又载:“上晚年自恃承平,以为天下无复可忧,遂深居禁中,专以声色自娱,悉委政事于林甫。林甫媚事左右,迎合上意,以固其宠;杜绝言路,掩蔽聪明,以成其奸;妒贤嫉能,排抑胜己,以保其位;屡起大狱,诛逐贵臣,以张其势。自皇太子以下,畏之侧足。凡在相位十九年,养成天下之乱,而上不知寤也。庚申,以杨国忠为右相,兼文部尚书,其判使并如故。国忠为人强辩而轻躁,无威仪。既为相,以天下为己任,裁决机务,果敢不疑;居朝廷,攘袂扼腕,公卿以下,颐指气使,莫不震慑。自侍御史至为相,凡领四十余使。台省官有才行时名,不为己用者,皆出之。”《旧唐书·玄宗纪下》:“十一月乙卯,尚书左仆射兼右相、晋国公李林甫薨于行在所。庚申,御史大夫兼蜀郡长史杨国忠为右相兼文部尚书。”《全唐文》卷二五载此制文,《唐大诏令集》卷四五题为《杨国忠右相制》。李林甫(683—752),小字哥奴,京兆万年(今陕西西安)人。李唐宗室,李渊叔伯兄弟李叔良曾孙。善音律、会机变、善钻营。历任太子中允,国子司业,御史中丞,刑部、吏部侍郎。二十一年拜黄门侍郎。二十二年拜相。二十四年十一月,代张九龄为中书令,兼兵部尚书、集贤殿学士,修国史。二十七年,迁吏部尚书,仍兼中书令。天宝元年,为右相,迁尚书左仆射。六载兼领安北大都护、朔方节度使等。无学术,在相位长达十九年,权倾朝野,欺上罔下,《新唐书》列其入《奸臣传》。《新唐书·艺文志三》著录《唐朝炼大丹感应颂》一卷、《度支长行旨》五卷,曾参预修撰《御刊定礼记月令》一卷、《唐律令事类》四十卷、《唐新定诸家谱录》一卷,多为假他人之手,已佚。惟其领衔之《唐六典》存。生平事迹见新旧《唐书》本传。《全唐文》卷三四五录其文四篇,《唐文拾遗》卷二一补二篇,共计六篇。李林甫对盛唐文人多所压制,他与盛唐文人的关系,可参阅丁放、袁行霈《李林甫与盛唐诗坛》(载《文学遗产》二〇〇四年第五期)。

**李华本年三十八岁,以监察御史奉使朔方,撰《二孝赞并序》。又逢扬州兴龙寺怀仁和尚圆寂,撰《扬州龙兴寺经律院和尚碑》。**

《全唐文》卷三一七《二孝赞并序》:“灵、武二孝,曰侯知道、程俱罗。……华奉使朔陲,欲亲往吊焉,属河凌绝渡,愿言不果。凭轼隔川,寄声二孝,因为赞一章,敢旌善人,以附惇史。其文曰……冬十一月,浮冰塞津,吾将唁之。其路无因,寄诚斯文,挥涕河滨。”独孤及《检校尚书吏部员外郎赵郡李公中集序》赞李华《灵武二孝赞》为“敦礼教”之作。《新唐书·李华传》:“天宝十一载,迁监察御史。”李华出使事在天宝十一载，又《赞》云“冬十一月”，故知《二孝赞并序》当作于天宝十一载十一月。《全唐文》卷三二〇《扬州龙兴寺经律院和尚碑》：“和尚执持戒律，兼修定慧，恩制落染，为人式瞻，六十年矣。和尚法号怀仁。其人也，惟天宝十载十月十四日，晨起盥漱，绳床跏趺，心奉西方。既瞑，就灭于龙兴寺，春秋八十三，僧夏六十。”据此碑文应撰于是年十月后，姑系于此。碑文又载：“黄门侍郎卢藏用，才高名重，罕有推挹，一见和尚，慕味循环，不能离坐，退而叹曰：‘宇宙之内，信有当人！’黄门于院内置经藏，严以香灯，天地无疆，象法常在。太子太保陆象先、吏部尚书毕构、少府监陆余庆、吏部尚书崔日用、秘书监贺知章、礼部尚书裴宽、中书侍郎严挺之、河南尹崔希逸、太尉房琯、中书侍郎平章事崔涣、礼部尚书李澄、词人汜水尉王昌龄等，所共瞻奉，愿同洒扫。”

## 十二月

**唐玄宗下《定礼部试帖经制》**。

《唐会要》卷七五载此制文，云“天宝十一载七月，举人帖及口试并且对众考定更唱通否。其载十二月敕”。《全唐文》卷二五载此制文。

**唐玄宗下《禁战功虚冒诏》，令朝要子弟不得将行**。

《全唐文》卷三三载此诏，《册府元龟》卷六三系天宝十一载十二月。

**杨国忠奏请两京选人铨日便定留放，无长名，颇得众誉**。

《旧唐书·玄宗纪下》：“（天宝十一载）十二月甲戌，杨国忠奏请两京选人铨日便定留放，无长名。”《唐会要》卷七四《掌选善恶》载：“十一载十一月，杨国忠为右相，兼吏部尚书，奏请两京选人，铨日便定留放，无长名。”《旧唐书》载此事于天宝十一载十二月，《唐会要》载此事于天宝十一载十一月，二书相差一月，今从《旧唐书》，系于天宝十一载十二月。《资治通鉴》卷二一六：“十二月，杨国忠欲收人望，建议：‘文部选人，无问贤不肖，选深者留之，依资据阙注官。’滞淹者翕然称之。国忠凡所施置，皆曲徇人所欲，故颇得众誉。”

## |本年|

**高適五十二岁，前半年仍任封丘尉，作《陈留郡上源新驿记》。本年冬，任哥舒翰幕府掌书记，随翰入朝，作《后汉贼臣董卓庙议》。**

《高適集校注·陈留郡上源新驿记》："壬辰岁，太守元公连率河南之三载也……"壬辰岁，即天宝十一载。《高適集校注·后汉贼臣董卓庙议》："据文中'庇身戎幕''昨忝高会，敬受德音'及《旧唐书》本传'从翰入朝，盛称于上前'云云，此文当作于天宝十一载(752)冬随哥舒翰入朝时。"

**李华奉使于朔方三受降城，《吊古战场文》疑作于本年前后。**

《全唐文》卷三二一《吊古战场文》："浩浩乎平沙无垠，夐不见人。河水萦带，群山纠纷。黯兮惨悴，风悲日曛。蓬断草枯，凛若霜晨。……此古战场也。"《新唐书·李华传》："华文辞绵丽，少宏杰气，颖士健爽自肆，时谓不及颖士，而华自疑过之。因著《吊古战场文》，极思研摧，已成，污为故书，杂置梵书之庋。他日，与颖士读之，称工，华问：'今谁可及？'颖士曰：'君加精思，便能至矣。'华愕然而服。"《旧唐书·李华传》所载亦同。天宝十一载十一月，李华奉使朔方，《吊古战场文》当作于此际，唯作年难确考，姑系于此。

**贾至三十五岁，任关内道采访使判官。**

颜真卿《朝请大夫行江陵少尹兼侍御史荆南行军司马上柱国颜君神道碑铭》："天宝十载，制举县令对策及第，授延昌令。君悉心致理，远者怀而迩者安。采访判官贾至、王伦言于使，清白名闻。"

**元结三十四岁，居商余山，撰《自述》(《述时》《述命》)。**

《元次山集》卷五《述时》："圣皇承之，不言而化，四十余年，天下太平。礼乐化于戎夷，慈惠及于草木。虽奴隶齿类，亦能诵周公孔父之书，说陶唐虞夏之道。……况世贵之士，博学君子，其文学声望，安得不显闻于当时也哉？"《元次山集》卷五《述命》:“元子尝问命于清惠先生。……人之命也,亦由是矣。若夭若寿,若贵若贱,乌可强哉? 不可强也,不可强也。……子不喻乎?”《元次山集》卷五《自述序》:“天宝庚寅,元子初习静于商余。……及三年……遂为《述时》《命》以辩之。先曾为《述居》一篇,因刊而次之,总命曰《自述》。”天宝庚寅即天宝九载,“及三年”为天宝十一载,故知《述时》《述命》当作于天宝十一载,《述居》当作于天宝十一载前,姑一并系于此。

## 唐玄宗天宝十二载

癸巳 七五三

### 二月

**杨国忠使人诬告李林甫,唐玄宗本年六十九岁,下《削李林甫官秩诏》。**

《全唐文》卷三三载此文,称林甫:“爰因宗室,奖以班序。逮履清贯,尤持矫饰。鄙诚患失,狡迹多端。朕待以勿疑,任当殊重,恩私逾分,崇高至极。乘据枢衡,二十余载。岂知外表廉慎,内怀凶险,筹谋不轨,觊覦非望。昵比庸细,谮害忠良,悖德反经,师心蕴慝。祸福生于喜怒,荣辱由其爱憎。使缙绅箝口,行路侧目。”《唐大诏令集》卷一二六题为《李林甫除削官秩诏》。

### 三月

**杨儇、鲍防、皇甫曾、张继、李清、长孙铸、刘太冲、郑愕、刘舟、殷少野、邬载、房由(房白)、王崇俊等五十六人登进士第,明经科林披等人及第。礼部侍郎阳浚知贡举。**

见《登科记考补正》卷九本年条。

**唐玄宗下《赠杨国忠父珣武部尚书郑国公母张氏郑国夫人制》。**

《册府元龟》卷一三一载此制,《全唐文》卷二五题为《赠杨珣郑国公制》。

## |春|

**萧颖士本年三十七岁，任河南府参军事，贾邕等十二人执弟子礼为之饯别，门人刘太真撰《送萧颖士赴东府序》。名声远播国外，倭国使者求其为国人师。**

《新唐书·萧颖士传》："林甫死，更调河南府参军事。倭国遣使入朝，自陈国人愿得萧夫子为师者，中书舍人张渐等谏不可而止。"刘太真《送萧颖士赴东府序》："顷东倭之人，逾海来宾，举其国俗，愿师于夫子，非敢私请。表闻于天子，夫子辞以疾而不之从也。……从官三年，始参谋于洛京。家兄与先鸣者六七人，奉壶开筵，执弟子之礼于路左。……春云轻阴，草色新碧，皎皎匹马，出于青门。……赋诗仰饯者，自相里造。贾邕以下，凡十二人，皆及门之选也。"

**李华本年三十九岁，任监察御史，奉使在朔方三受降城，撰《韩国公张仁愿庙碑铭并序》。**

《全唐文》卷三一八李华《韩国公张仁愿庙碑铭并序》："唐之元老，有大庇于生人，曰韩公张仁愿。尽力天朝，位尊将相，三城立庙，军师乞灵则祠之。天宝季岁，华奉使朔方，展敬祠下，式瞻风采。"铭文有"翔野何有，群山青青"语，当作于本年春。

**约春夏间，李白自宋州赴曹南。独孤及本年二十八岁，撰《送李白之曹南序》。**

《全唐文》卷三八八独孤及《送李白之曹南序》："曩子之入秦也，上方览《子虚》之赋，喜相如同时，由是朝诣公车，夕挥宸翰。一旦幞被金马，蓬累而行，出入燕、宋，与白云为伍。然则适来时行也，适去时止也。彼碌碌者，徒见三河之游倦、百镒之金尽，乃议子于得失亏成之间，曾不知才全者无亏志，志全者无得失。进与退，于道德乎何有？是日也，出车桐门，将驾于曹，仙药满囊，道书盈箧，异乎庄舄之辞越、仲尼之去鲁矣。送子何所？平台之隅。"李白自离长安后，"出入燕、宋"，故此文当作于本年。

## 五月

**王维本年六十岁，在文部郎中任上，作《送高判官从军赴河西序》。**

《王维集校注》卷一〇载此文，或以为高判官为高適。文中有“上将有哥舒大夫者”云云，本年五月，哥舒翰兼任河西节度使，故系于此。

## 七月

**壬子，唐玄宗下《举人不得充乡赋诏》。**

《全唐文》卷三三《举人不得充乡赋诏》：“天下举人，不得充乡赋，皆须补国子学生及郡县学生，然后听举。四门俊士停。”《旧唐书·玄宗纪下》：“（天宝十二载）七月壬子，天下齐人不得乡贡，须补国子学生然后贡举。”《唐会要》卷七六《缘举杂录》：“天宝十二载七月十三日诏：天下举人，不得充乡赋，皆须补国子学士，及郡县学生，然后听举。”

## 八月

**高適本年五十三岁，在哥舒翰幕府，作《送窦侍御知河西和籴还京序》。**

《高適集校注·送窦侍御知河西和籴还京序》：“八月既望，公于是领钱谷之要，归奏朝廷。”又据文中称“我幕府凉公”，知此文作于五月哥舒翰收复九曲进封凉国公后，九月赐爵西平郡王之前。

## 九月

**己亥朔，陇右节度使、凉国公哥舒翰以吐蕃之功进封西平郡王，食实封五百户，有《加哥舒翰爵赏制》。同时有《册骨吐禄三姓毗方伽颉利发文》《册突骑施黑娃姓可汗文》。**

事见《旧唐书・玄宗纪下》。《资治通鉴》卷二一六载是年五月："陇右节度使哥舒翰击吐蕃，拔洪济、大漠门等城，悉收九曲部落。……八月戊戌，赐翰爵西平郡王。"《全唐文》卷二五载此制，《唐大诏令集》卷六〇题为《陇右河西节度使哥舒翰西平郡王制》，系天宝十二载七月。按：哥舒翰封西平郡王事分别记为九月、八月、七月，未详孰是。《唐大诏令集》卷一二九载此二册文："维天宝十二载，岁次癸巳，九月己亥朔六日甲辰，皇帝若曰……""维天宝十二载，岁次癸巳，九月己亥朔六日甲辰，皇帝若曰……"《全唐文》卷三九载第一则册文，题为《册骨咄禄三姓毗方伽颉利发文》。

## | 秋 |

**晁衡东归日本，王维、赵骅等送之，王维撰《送秘书晁监还日本国序》。**

《新唐书・日本传》："天元初，粟田复朝……其副朝臣仲满慕华不肯去，易姓名曰朝衡，历左补阙、仪王友，多所该识。久乃还。……天宝十二载，朝衡复入朝。"《全唐诗》卷一二七王维《送秘书晁监还日本国序》："晁司马结发游圣，负笈辞亲。问礼于老聃，学诗于子夏。鲁借车马，孔丘遂适于宗周；郑献缟衣，季札始通于上国。名成太学，官至客卿。必齐之姜，不归娶于高国；在楚犹晋，亦何独于由余。游宦三年，愿以君羹遗母；不居一国，欲其书锦还乡。庄舄既显而思归，关羽报恩而终去。于是稽首北阙，裹足东辕。……子其行乎，余赠言者。"《序》云"开元天地大宝圣文神武应道皇帝"，乃天宝八载六月所上尊号，十二载十二月改"应道"为"孝德证道"，诗必作于此期间。又据王辑五《中国日本交通史》："（遣唐大使藤原清河）天宝十一载起程赴唐，至唐后，玄宗命仲麻吕（即晁衡）结伴。……清河与仲麻吕归国途中遭飓风，漂至安南。"故此文应作于本年秋。

## | 十 月 |

**唐玄宗下《严考课诏》，禁绝循名进考。**

《全唐文》卷三三载此诏，《册府元龟》卷六三五系天宝十二载十月。

**杨国忠等五家权倾朝野，享用极乐。**

事见《资治通鉴》卷二一六。

**中书舍人宋昱知选事，刘迺以选法未善，上《与宋昱论铨事书》，认为选才应先政事，后文学。**

事见《资治通鉴》卷二一六。《全唐文》卷三七八载此文。

**萧颖士任河南府参军事，撰《唐故沂州丞县令贾君墓志铭并序》。**

《全唐文补遗》（第一辑）《唐故沂州丞县令贾君墓志铭并序》："登仕郎守河南府参军萧颖士撰。君讳钦惠……以开元二载四月四日终于位，春秋卅有一。……以天宝十二载岁次戊巳十月戊辰朔十七日甲申，起殡□平乐里，葬于河南县梓泽乡邙山之北原。"

**陈兼应辟命自汴州赴阙，独孤及为撰《送陈赞府兼应辟赴京序》。**

《全唐文》卷三八八独孤及《送陈赞府兼应辟赴京序》："初公读《梁竦传》始慨然薄游，耻揭其公器，退而耕于楚县。……知大名之下，天爵难让。十二载冬十月，果以公才征。"

## |本 年|

**颜真卿四十四岁，出为平原太守，察安禄山反状，阴备之。**

殷亮《颜鲁公行状》："十二载，国忠以前事衔之，谬称精择，乃遂出公为平原太守。……安禄山镇幽州十余载，末年反迹颇著，人不敢言。公亦阴备之，因岁终式修城，乃浚濠增堵，坏环垣，立植木，内为御敌之计，外托胜游之资。及兵兴，果赖其固而城得全。"文见《全唐文》卷五一四。

**元结三十五岁，举进士，以《文编》行卷；撰《订古五篇》、《元子》十卷。礼部**

**侍郎阳浚知贡举**。

《元次山集》卷一〇《文编序》:“天宝十二年,漫叟以进士获荐,名在礼部。会有司考校旧文,作《文编》纳于有司。……侍郎杨公见《文编》,叹曰:‘以上第污元子耳,有司得元子是赖。’……明年,有司于都堂策问群士,叟竟在上第。”《通典》卷一五《选举三·历代制下》:“自京师郡县皆有学焉。每岁仲冬,郡县馆监课试其成者……与计偕。其不在馆学而举者,谓之乡贡。”《元次山集》卷五《订古五篇》:“吾观君臣之间,且有猜忌而闻疑惧,其由禅让革代之道误也,故后世有劫窜废放之恶兴焉。……吾观父子之际,且有……吾观兄弟之中,且有……吾观夫妇之道,且有……吾观朋友之义,且有……”《元次山集》卷五《订古五篇序》:“天宝癸巳,元子作《订古》,订古前世君臣、父子、兄弟、夫妇、朋友之道。”《序》云“天宝癸巳”,天宝癸巳即天宝十二载,故知《订古五篇》当作于天宝十二载。《子略》卷四“元子”条下:“其序谓:‘天宝九年庚寅至十二年癸巳,一万六千五百九十五言,分十卷。’”

**梁肃生**。

梁肃(753—793),字敬之,一字宽中,河南陆浑(今河南嵩县)人,郡望安定(今甘肃泾川)。幼逢安史之乱,少为李华推奖,师事独孤及。建中元年(780)中文辞清丽科,历任监察御史、翰林学士、史馆修撰。八年与崔元翰同荐韩愈、李观、欧阳詹等登第。九年卒,年四十一。倡导古文,韩愈、李凤、李翱皆师事之。《旧唐书·韩愈传》:“大历、贞元之间,文字多尚古学,效扬雄、董仲舒之述作,而独孤及、梁肃最称渊重,儒林推重。韩愈从其徒游,锐意钻研,欲自振动于一代。”好佛,尤精天台教义。生平事迹见崔元翰《左补阙翰林学士梁君墓志》、《新唐书》卷二〇二本传。有文集三十卷,为学者之师式,《新唐书·艺文志四》著录《梁肃集》二十卷,已佚。《全唐文》卷五一七至五二二存其文六卷。《唐代墓志汇编》录《唐故衢州司士参军府君李公(涛)墓志铭》(页一八〇八)一篇。

# 唐玄宗天宝十三载

甲午　七五四

## 正月

**安禄山入朝，杨国忠与太子言其必反，唐玄宗不听。欲加禄山平章事，杨国忠谏止，乃加左仆射。**

《资治通鉴》卷二一七："（天宝十三载）春，正月己亥，安禄山入朝。是时杨国忠言禄山必反，且曰：'陛下试召之，必不来。'上使召之，禄山闻命即至。庚子，见上于华清宫，泣曰：'臣本胡人，陛下宠擢至此，为国忠所疾，臣死无日矣！'上怜之，赏赐巨万，由是益亲信禄山，国忠之言不能入矣。太子亦知禄山必反，言于上，上不听。……上欲加安禄山同平章事，已令张垍草制。杨国忠谏曰：'禄山虽有军功，目不知书，岂可为宰相！制书若下，恐四夷轻唐。'上乃止。乙巳，加禄山左仆射，赐一子三品、一子四品官。"《旧唐书·肃宗纪》："天宝十三载正月，安禄山来朝，上尝密奏，云安禄山有反相，玄宗不听。"

## 二月

**唐玄宗本年七十岁，壬申，朝献太清宫，御兴庆殿受徽号，大赦天下，下《加天地大宝尊号大赦文》，文武官加阶，杨国忠守司空，信安禄山言，超授将军五百余人。**

事见《旧唐书·玄宗纪下》、《资治通鉴》卷二一七。《唐会要》卷二六《册让》："自开元已来，册礼久废，惟天宝末，杨国忠为司空。"《全唐文》卷二一载《加天地大宝尊号大赦文》（《唐大诏令集》卷九题为《天宝十三载册尊号赦》）。

## 三月

**丁酉朔，安禄山辞归范阳，唐玄宗解御衣以赐之。自是有言禄山反者，上皆缚送，由是人皆知其将反，无敢言者。**

事见《资治通鉴》卷二一七。

**高適本年五十五岁，哥舒翰表适为左骁卫兵曹，掌书记。严武为节度判官，吕諲为支度判官**。

《旧唐书·高適传》："解褐汴州封丘尉，非其好也，乃去位，客游河右。河西节度哥舒翰见而异之，表为左骁卫兵曹，充翰府掌书记，从翰入朝。"《资治通鉴》卷二一七："（天宝十三载三月）翰又奏严挺之之子武为节度判官，河东吕諲为支度判官，前封丘尉高適为掌书记，安邑曲环为别将。"

## |春|

**杨纮、韩翃、元结、尹征、刘太真、吕渭等三十五人登进士第，明经科窦寓、薛迅等人及第，独孤及等人登洞晓玄经科。礼部侍郎阳浚知贡举**。

见《登科记考补正》卷九本年条。

**元结本年三十六岁，登进士第，《说楚何荒王赋》疑作于本年前**。

《元次山集》卷四《说楚何荒王赋》："呜呼！有国者非喜爱亡国，有家者非喜爱亡家，当取其亡也，如喜爱者耶！今君上喜爱浮宫罛钓，今臣下喜爱浮司浮乡，吾恐君臣各迷，而家国共亡。"颜真卿《唐故容州都督兼御史中丞本管经略使元君表墓碑铭并序》："常著《说楚赋》三篇，中行子苏源明骇之，曰：'子居今而作真淳之语，难哉！然世自浇浮，何伤元子？'"《登科记考补正》卷九载："（天宝十三载）进士：元结。"《唐才子传》卷三载元结"天宝十三年进士。礼部侍郎杨浚见其文曰：'一第慁子耳。'遂擢高品"。《元次山集》卷一〇《文编序》："天宝十二年（载），漫叟以进士获荐，名在礼部。……明年，有司于都堂策问群士，叟竟在上第。"知元结天宝十三载已登进士第。赋一般作于作者未登第前，故《说楚何荒王赋》当作于本年前，唯作年难确考，姑系于此。按：《元次山集》卷四《说楚何荒王赋》题下注"疑天宝九载（公元七五〇年作）"。

## | 五 月 |

**唐玄宗下《戒县令敕》。**

《全唐文》卷三六载此敕,《唐大诏令集》卷一〇〇题为《吏部引见县令敕》,系天宝十三载五月。《册府元龟》卷一五八录天宝十三载六月。

**萧颖士本年三十八岁,在河南府参军任。时刘太真及第东归江表,颖士为撰《江有归舟三章序》,抒发其文学观点。**

《全唐诗》卷一五四萧颖士《江有归舟三章序》:"孔圣称颜子,有视余犹父之叹,其至欤!今吾于太真也然乎尔。且后进而余师者,自贾邕、卢冀之后,比岁举进士登科,名与实皆相望腾迁,凡数子。其他自京畿太学,逾于淮泗,行束修以上,而未及门者,亦云倍之。余弗敏,曷云当乎而莫之让。盖有来学,微往教,蒙匪余求,若之何其拒哉!猗尔之所以求,我之所以诲,学乎?文乎?学也者,非云征辨说,摭文字,以扇夫谈端,辏厥词意,其于识也,必鄙而近矣。所务乎宪章典法、膏腴德义而已。文也者,非云尚形似,牵比类,以局夫俪偶,放于奇靡,其于言也,必浅而乖矣。所务乎激扬雅训,彰宣事实而已。众之言文学者或不然。于戏!彼以我为僻,尔以我为正,同声相求,尔后我先,安得而不问哉!问而教,教而从,从而迁,欲辞师也得乎?……吾尝谓门弟子有尹征之学,刘太真之文,首其选焉。今兹春莲茹甲乙,淑问休阐,为时之冠。浃旬有诏,俾征典校秘书,且驰传坌首,领元戎书记之事。四牡骓骓,薄言旋归,声动日下,浃于寰外。而太真元昆,前已甲科,未始间岁,翩其连举。谓予不信,岂其然乎!夏五月,回棹京洛,告归江表。……余羁宦此都,色斯云举,彼吴之丘,曾是昔游。……余之门人有柳并者,前是一岁,亦尝觏兹地。其请业也,必始乎此焉。并也有尹之敏、刘之工,其少且疾,故莫之逮。太真亦尝曰:何敢望并?并与真,难乎其相夺矣。缅彼江阴,京阜是临。言念二子,从予于此。尔云过之,其可忘诸。同是饯者,赋《江有归舟》,以宠夫嘉庆焉尔。"

**独孤及本年二十九岁,撰《郑县刘少府兄宅月夜登台宴集序》。**

《全唐文》卷三八七独孤及《郑县刘少府兄宅月夜登台宴集序》:“夏五月,小暑至矣,吾兄方幕夜天,扫月榭,有酒如乳,酾我乎城隅。城临近山,俯瞰乎隰,秦郊汉苑,相错如绣,且有颢气,足以娱人,故数君子称觞焉。其谁同之?有若功曹陇西李华,参军荥阳郑洵、琅琊王休、河东裴觊,郑尉京兆韦造,皆卿材也,声同而形骸相忘,道契故机事不入。”刘少府,即刘造。

## 六 月

**朝廷数用兵南诏,前后死者几二十万人,杨国忠隐其败。唐玄宗欲以朝事付宰相,高力士借南诏事谏之。**

事见《资治通鉴》卷二一七。

**唐玄宗下《戒县令敕》。**

《全唐文》卷三六载此敕,《册府元龟》卷一五八系天宝十三载六月。

**杜甫与岑参等人屡游鄠县渼陂。**

杜甫《渼陂行》:“岑参兄弟皆好奇,携我远来游渼陂。……沉竿续蔓深莫测,菱芡荷花净如拭。”杜甫《渼陂西南台》:“高台面苍陂,六月风日冷。”

**吴筠再次应诏入京,献《玄纲》三篇。**

《全唐文》卷四八九权德舆《中岳宗玄先生吴尊师集序》:“(天宝)十三年(载),召入大同殿,寻又待诏翰林。乃献《玄纲》三篇,优诏嘉纳。志在遐举,累章迄还。”《正统道藏》太玄部《宗玄先生玄纲论》卷首《进玄纲论表》:“天宝十三载六月十一日,中岳嵩阳观道士臣筠表上。”《玄纲》三篇为《明道德》《辨教法》《析疑滞》,凡三十三章,阐释道教理论。吴筠(?—778),字贞节,华州华阴(今属陕西)人。天宝初,受召至京师,乃请度为道士,入嵩山嵩阳观,从道士冯齐整学正一之法。天宝十三载再次被召。安史乱中,避乱南行,大历十三年初,在舒州天柱山。(陶敏先生说“十三”为“五”之破体,此天柱山为杭州之天柱山,可备一说）卒于宣城道观，门下私谥为宗玄先生。生平事迹见权德舆《唐故中岳宗玄先生吴尊师集序》、《唐才子传校笺》卷一、《旧唐书》卷一九二、《新唐书》卷一九六本传。善著述，平生所作凡四百五十篇，由王颜类次为三十编，权德舆作序。《新唐书·艺文志三》载其文集十卷，今仅存《宗玄先生文集》三卷，收入《正统道藏》。《全唐文》卷九二五、九二六编其文二卷。

## |八 月|

**陈希烈累表辞位。丙戌，以之为太子太师，罢政事，以韦见素为武部尚书、同平章事，下《授韦见素同平章事制》。**

事见《资治通鉴》卷二一七。《全唐文》卷二五载此制，《唐大诏令集》卷四五题为《韦见素平章事制》。

**杜甫本年四十三岁，因长安久雨，物价腾飞，携家寄于奉先。**

《旧唐书·玄宗纪下》："（天宝十三载）秋八月丁亥，以久雨，左相、许国公陈希烈为太子太师，罢知政事；文部侍郎韦见素为武部尚书，同中书门下平章事。是秋，霖雨积六十余日，京城垣屋颓坏殆尽，物价暴贵，人多乏食，令出太仓米一百万石，开十场贱粜以济贫民。东都瀍、洛暴涨，漂没一十九坊。"

## |九 月|

**唐玄宗忧雨伤稼，杨国忠取禾之善者欺之。天下无敢言灾，高力士谏之，称"以权假宰相，赏罚无章，阴阳失度"。**

事见《资治通鉴》卷二一七。

**萧颖士托疾罢河南府参军事，客居陈留，撰《陪李采访泛舟蓬池宴李文部序》。**

《全唐文》卷三二三《陪李采访泛舟蓬池宴李文部序》："秋九月，钜鹿舟舆次于是都……越三日，宴集于南亭……以至于蓬池。……二公喜升平生至乐，欢然有命赋诗。客有欣遇二府，簉宾筵之末，从事斯文，爰操简请同赋四韵，嗣于国风之后焉。”萧颖士与李采访等宴于蓬池，与宴者各为四韵诗，萧颖士为之序。李华《扬州功曹萧颖士文集序》：“为河南参军也，僚属多嫉君才名，上司以吏事责君，君拂衣渡江，遇天下多故，其高节深识，皎皎如此。”萧颖士天宝十三载五月尚任河南府参军事，《序》云“秋九月”，故知《陪李采访泛舟蓬池宴李文部序》当作于天宝十三载九月。

## 秋

**唐玄宗亲御勤政楼试四科制举人，制举加诗赋，自此始也。**

《旧唐书・玄宗纪下》：“（天宝十三载秋）上御勤政楼试四科制举人，策外加诗赋各一首。制举加诗赋，自此始也。”《唐会要》卷七六《制科举》：“天宝十三载十月一日，御勤政楼，试四科举人，其辞藻宏丽，问策外更试诗赋各一道。”注云：“制举试诗赋，从此始。”《旧唐书》载此事于天宝十三载秋，《唐会要》载此事于天宝十三载十月，二书所载相差月余，今从《旧唐书》系于天宝十三载秋。

## 十月

**道举停习《道德经》，加《周易》，以来载为始。**

《唐会要》卷七七《崇元生》载：“十三载十月十六日，道举停习《道德经》，加《周易》，宜以来载为始。”

**韦济卒，韦述为撰墓志。**

《唐五代文学编年史・初盛唐卷》载拓本《大唐故正议大夫行仪王傅上柱国奉明县开国子赐紫金鱼袋京兆府君墓志铭并序》：“君讳济，字济，京兆杜陵人。……春秋六十七，以十三载十月十一日终于京城之兴化里第……族叔银青光禄大夫、行工部侍郎述撰，外甥扶风郡参军裴叔猷书。”

## |十二月|

**颜真卿本年四十五岁，任平原太守，撰《东方先生画赞碑阴记》。**

《全唐文》卷三三八《东方先生画赞碑阴记》："其赞开元八年刺史韩公思复刻于石碑……佥叹其文字纤靡，驳藓生金，四十年间，已不可识，真卿于是勒诸他山之石，盖取其字大可久，不复课其工拙，故援翰而不辞焉。……有唐天宝十三载季冬辛卯朔建。"

## |冬|

**杜甫撰《进封西岳赋表》《封西岳赋并序》。《雕赋》《进雕赋表》疑作于本年后。**

《杜诗详注》卷二四《进封西岳赋表》题下："朱注：据表云年过四十，又云笃（克）生司空，为十二载冬所上无疑。盖先（按：天宝九载三月）以庙灾及旱停封，至是公始进赋以请也。"按：本年二月，杨国忠方受册司空礼，故疑"十二载"为"十三载"之误。《进封西岳赋表》："臣甫言：臣本杜陵诸生，年过四十，经术浅陋，进无补于明时，退尝困于衣食，盖长安一匹夫耳。顷岁，国家有事于郊庙，幸得奏赋，待罪于集贤，委学官试文章，再降恩泽，仍猥以臣名实相副，送隶有司，参列选序。"同卷《封西岳赋》："上既封泰山之后，三十年间，车辙马迹，至于太原，还于长安。时或谒太庙，祭南郊，每岁孟冬，巡幸温泉而已。圣主以为王者之礼，告厥成功，止于岱宗可矣。故不肯到崆峒，访具茨，驱八骏于昆仑，亲射蛟于江水，始为天子之能事壮观焉尔。……臣甫诚薄劣，不胜区区吟咏之极，故作《封西岳赋》以劝。"同卷《雕赋》："故其不见用也，则晨飞绝壑，暮起长汀，来虽自负，去若无形。……众雏倘割鲜于金殿，此鸟已将老于岩扃。"同卷《进雕赋表》："臣幸赖先臣绪业，自七岁所缀诗笔，向四十载矣，约千有余篇。……臣之述作，虽不能鼓吹六经，先鸣数子，至于沉郁顿挫，随时敏捷，扬雄、枚皋之徒，庶可企及也。"《新唐书·玄宗纪》："（开元十三年）十一月庚寅，封于泰山。"又《封西岳赋》云"上既封泰山之后，三十年间"。开元十三年十一月至天宝十三载冬恰为三十年之数。《进封西岳赋表》云"臣本杜陵诸生，年过四十"。天宝十三载，杜甫四十三岁，堪称“年过四十”。另《进雕赋表》云“自七岁所缀诗笔，向四十载矣”，自杜甫七岁至天宝十三载为三十七年，与“四十载”略合，故疑《雕赋》《进雕赋表》亦作于同时，故一并系于此。

**鲍防经蔡游陈，撰《问津台赋》。**

《全唐文》卷四三七鲍防《问津台赋》：“惟岁临乎甲午，余经蔡以游陈。见岿然之故台，没路隅之荒榛。侧闻夫子，于此问津。……永追想于遗迹，遂投吊于寒荒。”由“甲午”“寒荒”语，知赋作于本年冬。

## | 本 年 |

**李白五十四岁，尽出其文，命魏颢（魏万）为之集。**

《李白集校注》、《李白年谱》“天宝十三载”条下云“太白游广陵，与魏万相遇，遂同舟入秦淮，上金陵”。魏颢《李翰林集序》：“颢……生平自负，人或为狂，白相见泯合，有赠之作，谓余尔后必著大名于天下，无忘老夫与明月奴。因尽出其文，命颢为集。……解携明年，四海大盗。”《魏序》云“解携明年，四海大盗”。《新唐书·玄宗纪》：“（天宝十四载）十一月，安禄山反，陷河北诸郡。”故知李白与魏颢相遇，尽出其文，命魏颢为之集事当在天宝十三载。

**元德秀卒，年五十九。李华四十岁，为撰《元鲁山墓碣铭并序》，元结为撰《元鲁县墓表》。**

《全唐文》卷三二〇李华《元鲁山墓碣铭并序》：“维唐天宝十二载九月二十九日，鲁山令河南元公终于陆浑草堂，春秋五十九。服名节者，无不痛心。呜呼！堂内有篇简巾褐，枕履琴杖，箪瓢而已。堂下有接宾之位，孤勋受学之室。过是而往，无以送终。名高之士陆浑尉梁园乔潭，赙以清白之俸，遂其丧葬，以明月十二日。窆于所居南冈，礼也。公讳德秀，字紫芝，延州使君之子。……世有明哲，承而述之，幼挺全德，长为律度。神体和，气貌融，视色知教，不言而信。《大易》之易简，黄老之清净，惟公备焉。延州即世之后，昆弟凋落，慈亲羸老，无小无大，仰饴于公。及应府贡，如京师，不忍离亲，躬负安舆，往复千里。以才行第一，进士登科。丁艰，声动于心。既过苴枲，刺血画佛像、写经，以不赀之身，申罔极之报，食无盐酪，居无爪翦者三年。先人未祔于兆，身迫当室，缄未忘之哀，参调求仕。铨试超等，补南和尉。黜陟使以至行上闻，授左龙武军录事，因坠伤足。乐正之忧，愀然满容，以甥侄婚仕为念。授署鲁山令，以痼疾不能趋拜，故后长吏佥以客礼待之。……公自幼居贫，累服齐斩，故不及亲在而娶。既孤之后，单独终身，人或以绝后谕焉。……涵泳道德，拔清尘而栖颢气，中古以降，公无比焉。知我或希，晦而不耀故也。是宜为国老，更论道佐世，而羔雁不至，殁于空山，可胜恸耶！所著文章，根元极则《道演》，寄情性则《于蔿于》，思善人则《礼咏》，多能而深则《广吴公子观乐》，旷达而妙则《现题》，穷于性命则《蹇士赋》，可谓与古同辙、自为名家者也。又其恶万金之藏，鄙十卿之禄，富贵之辨，吾得其真。至哉元公！越轶古今，冲邃冥冥，纯朗朴浑，范于生灵。凡与门人，吟慕遗风，谥曰文行先生，从古也。夫诔德铭功，厥义有三：上以简神明，中以铺光烈，下以耸示后人。斯文之作，由此志也。”元结《元鲁县墓表》、新旧《唐书》元德秀传皆称其卒于天宝十三载，故文中“十二载”应为“十三载”之误。《元次山集》卷六《元鲁县墓表》：“天宝十三年(载)，元子从兄前鲁县大夫德秀卒，元子哭之哀。……呜呼元大夫！生六十余年而卒，未尝识妇人而视锦绣，不颂之，何以诫荒淫侈靡之徒也哉？未尝求足而言利、苟辞而便色，不颂之，何以诫贪猥佞媚之徒也哉？未尝主十亩之地、十尺之舍、十岁之童，不颂之，何以诫占田千夫、室宇千柱、家童百指之徒也哉？未尝皂布帛而衣、具五味而食，不颂之，何以诫绮纨梁肉之徒也哉？于戏！吾以元大夫德行，遗来世清独君子、方直之士也欤！”《旧唐书·元德秀传》：“南游陆浑，见佳山水，杳然有长往之志，乃结庐山阿。岁属饥歉，庖厨不爨，而弹琴读书，怡然自得。……琴觞之余，间以文咏，率情而书，语无雕刻。所著《季子听乐论》《蹇士赋》，为高人所称。天宝十三年(载)，时年五十九，门人相谥为文行先生。士大夫高其名，不名，谓之元鲁山。”《新唐书·元德秀传》：“天宝十三载卒，家惟枕履箪瓢而已。(乔)潭时为陆浑尉，庀其葬。”元德秀(696—754)，字紫芝，郡望河南(今河南洛阳)，世居太原(今属山西)，后移居鲁山(今属河南)，世号“元鲁山”。少孤贫，事母至孝。开元二十一年，登进士第。后居陆浑山，以琴酒文咏自娱，门弟子云集。天宝十三载卒，门人私谥为“文行先生”。师古道，性介洁质朴，乐天知命，名重当世。李华兄事德秀，将其与萧颖士、刘迅合称“三贤”，撰《三贤论》颂其贤德。德秀善为文章，惜所著文章皆已失传。

**崔颢卒,官终司勋员外郎**。

《旧唐书·崔颢传》:“累官司勋员外郎。天宝十三年(载)卒。”《新唐书·崔颢传》:“终司勋员外郎。”崔颢早有才名,然无士行。《旧唐书》卷一九〇下本传载其“有俊才,无士行,好蒱博饮酒。及游京师,娶妻择有貌者,稍不惬意,即去之,前后数四。……开元、天宝间,文士知名者,汴州崔颢,京兆王昌龄、高適,襄阳孟浩然,皆名位不振,唯高適官达”。《新唐书》卷二〇三下本传载其“有文无行。好蒱博,嗜酒。娶妻惟择美者,俄又弃之,凡四五娶”。开元后期为代州都督杜希望器重,引至门下,以监察御史任职河东军幕。崔颢“名重当时”(《新唐书·杜佑传》),与卢象、严挺之有交往,有诗名。《全唐文》卷三三〇收其文二篇,然岑仲勉《跋唐摭言》考《荐齐秀才书》乃他人伪作,故其作《全唐文》仅《荐樊衡书》一篇,作年难确考。《全唐文补遗》(千唐志斋新藏专辑)补《唐故太子洗马荥阳府君(齐望)墓志铭并序》一篇。

**陆据卒**。

《旧唐书·陆据传》:“少孤,文章俊逸,言论纵横。年三十余,始游京师,举士。公卿览其文,称重之,辟为从事。累官至司勋员外郎。天宝十三载卒。”陆据,字德隣,河南人。《全唐文》卷三三〇录其文一篇,另曾撰有《颜惟贞神道碑》,颜真卿撰《晋侍中右光禄大夫本州大中正西平靖侯颜公大宗碑》《唐故通议大夫行薛王友柱国赠秘书少监国子祭酒太子少保颜君碑铭》《秘书省著作郎夔州都督长史上护军颜公神道碑》,皆提及此文,惜已不存。

**本年左右,陶翰卒,顾况撰《礼部员外郎陶氏集序》**。

《全唐文》卷五二八顾况《礼部员外郎陶氏集序》:“姓陶氏,讳翰,冀方思深之裔:前汉青,后汉谦,东晋侃,至靖节、贞白二先生。生人表秀,间朝育才,方守省署,庆钟于君。开元十八年进士上第,天宝文明载登宏词、拔萃两科,累陟太常博士礼部员外郎。喉舌密勿,坛场破的,无发不中。行在六经,志在五言,尤精赋序。朝出暮遍,殷如奋铎,声塞海隅,化诸溺音,蔚公之容,风山籁静。然华实光于苑圃,綦毋著作潜、王龙标昌龄则其勍敌。登公之门,李膺之门也,鲍、马二京兆,中书谢舍人良弼、良辅,侍御史李封,殿中刘全诚名自公出。名著公器,神人所怪,宁贵不名详矣。大抵文体十年一更,有体病而才赡,有言纡而事直,有文胜而理乖,雅艳殊致,云和之源,杳以无穷。折为万派,嗣子问儒为法官。捧先人之集,霜露之疾,将愬于吾棊毋通问之世友。抚事编次,咨于彝训,稽于故实,是有冠篇之述乎哉!"《新唐书·艺文志四》载"《陶翰集》,卷亡"。《直斋书录解题》卷一九:"《陶翰集》一卷。"《全唐文》卷三三四录其文二十篇。

## 唐玄宗天宝十四载

乙未　七五五

### 正月

**唐玄宗本年七十一岁,下《平粜诏》,开仓贱粜以济时需。**

《全唐文》卷三三载此诏,《册府元龟》卷一〇五系天宝十四载正月。

### 二月

**唐玄宗下《宏文学生帖试敕》。**

《唐文拾遗》卷四《宏文学生帖试敕》:"宏文馆学生,自今以后,宜依国子监学生例帖试。明经进士帖经并减半,杂文及策,皆须粗通。仍永为恒式。"《唐会要》卷七七《宏文崇文生举》:"天宝十四载二月十日,宏文馆学生,自今以后,宜依国子监学生例帖试。明经进士帖经并减半,杂文及策,皆须粗通。仍永为恒式。"

**独孤及本年三十岁,使长安,与薛华、裴冀、郑袞交游,撰《仲春裴胄先宅宴集联句赋诗序》,稍后撰《华山黄神谷宴临汝裴明府序》。**

《全唐文》卷三八七独孤及《仲春裴胄先宅宴集联句赋诗序》:"先是先清明一日,右金吾仓曹薛华陈嘉肴,酾清酤,会河东裴冀、荥阳郑袞、河南独孤及于署之公堂。引满举白,自午及子,促席于花阴,赋诗于月波。乐极不醉,夜艾而罢。

后清明三日，二三子春服成，思欲修好寻盟，选胜卜昼，裴侯是以再有投辖之会。……不纪而赋之，如春风何？其演为连珠，以志此会。”同卷《华山黄神谷宴临汝裴明府序》：“余吏于华之明年，道俾裴冀，亦再命为临汝令。夏六月，假道敝邑，税鞅此山，思欲追高步，诣真境。于是相与携手，及二三友生、童子将命者六七人，挈长瓢，荷大壶，以浊醪素琴，会于黄神之谷，兴也。”

## 三月

**萧颖士本年三十九岁，客居陈留，撰《蓬池禊饮序》。**

《全唐文》卷三二三萧颖士《蓬池禊饮序》：“天宝乙未，暮春三月，河南连帅领陈留守李公，以政成务简，方国多暇，率府郡佐吏、二三宾客，帐饮于蓬池，备祓除之礼也。……请皆赋诗志焉。”《序》云“天宝乙未，暮春三月”，天宝乙未即天宝十四载。

## 春

**常衮、于邵、李□等二十四人登进士第，明经科李汇等人及第，礼部侍郎阳浚知贡举。**

见《登科记考补正》卷九本年条。

## 四月

**内出御撰《韵英》五卷，付集贤院行用。**

《唐会要》卷三六《修撰》：“天宝十四载四月，内出御撰《韵英》五卷，付集贤院行用。”

**李白本年五十五岁，居宣城，撰《赵公西候新亭颂》。**

《李白集校注》卷二八《赵公西候新亭颂》：“惟十有四载，皇帝以岁之骄阳，秋五不稔，乃慎择明牧，恤南方凋枯。伊四月孟夏，自淮阴迁我天水赵公作藩于宛陵，祗明命也。……自唐有天下，作牧百数，因循龌龊，罔恢永图。及公来思，大革前弊。……长史齐公光乂，人伦之师表，司马武公幼成，衣冠之髦彦，录事参军吴镇、宣城令崔钦，令德之后，良材间生。纵风教之乐地，出人伦之高格。卓绝映古，清明在躬，佥谋僝功，不日而就。……敢询耆老而作颂曰：眈眈高亭，赵公所营。如鳌背突兀于太清，如鹏翼开张而欲行。赵公之宇，千载有睹。必恭必敬，爰游爰处。瞻而思之，罔敢大语。赵公来翔，有礼有章。煌煌锵锵，如文翁之堂。清风洋洋，永世不忘。"《旧唐书·玄宗纪下》："（天宝十四载春三月）癸未，遣给事中裴士淹等巡抚河南、河北、淮南等道。"盖即为旱灾，与《颂》中所言相符。又《颂》云"惟十有四载""伊四月孟夏"，故知《赵公西候新亭颂》当作于天宝十四载四月。

**陈章甫为宋昱子宋应作墓志。**

《隋唐五代墓志汇编》陕西卷第一册《唐故殿中省进马宋公墓志铭》："天宝十四载、岁次乙未、四月庚寅朔八日丁酉，殿中省进马宋公卒，年始十九。……公名应，字用之……父昱，朝议大夫、中书舍人……太常博士陈章甫撰。"陈章甫，开元中进士，《全唐文》三七三存文三篇。

## 六月

**李华本年四十一岁，任右补阙，撰《御史大夫厅壁记》，又撰《中书政事堂记》。**

《全唐文》卷三一六《御史大夫厅壁记》："君以文明照临百官，官纠其邪，职在邦宪，由京师而端下国，王化所系，不唯威行，御史大夫其任也。……天宝十四载六月十五日记。"李华于《记》中叙述御史大夫之职责与历代御史大夫一职之沿革。《全唐文》卷三一六《中书政事堂记》："政事堂者，自武德以来，常于门下省议事，即以议事之所，谓之政事堂。"李华于《记》中叙述政事堂之意义、地位、性质、作用，含警戒之意，有异于一般壁记记官制沿革、官员迁转之常例，疑作于天宝末年，唯作年难确考，姑系于天宝十四载。

**萧颖士旅居华州韦城，左胁生肿，《莲蕊散赋并序》疑作于本年。**

《全唐文》卷三二二《莲蕊散赋并序》："己未岁夏六月，旅寄韦城，忧伤感疾，肿生于左胁之下，弥旬不愈，楚痛备至。……公予之旧知也，俯垂惊嗟，远致是散，题曰莲蕊……一夕复故，感恩叹异，于以赋焉。"《序》云"己未岁夏六月"。颖士生于开元五年，卒于上元元年，惟一经历的"己未岁"为开元七年，颖士时方三岁，断不能为此文，此"己未"疑为"乙未"之形讹。乙未岁即天宝十四载，故疑《莲蕊散赋并序》作于天宝十四载六月。

## | 七 月 |

**唐玄宗始疑安禄山有反意，杀受赂者辅璆琳。**

《资治通鉴》卷二一七："（天宝十四载）秋，七月，禄山表献马三千匹，每匹执控夫二人，遣蕃将二十二人部送。河南尹达奚珣疑有变，奏请'谕禄山以进车马宜俟至冬，官自给夫，无烦本军'。于是上稍寤，始有疑禄山之意。会辅璆琳受赂事亦泄，上托以他事扑杀之。"

## | 八 月 |

**唐玄宗下《天长节推恩制》，称"衣食既足，则廉耻乃知""天下百姓今载租庸，并宜放半"。**

此乃唐玄宗诞节盛况的最后强音。《册府元龟》卷八六（《全唐文》卷二五）载此制。

## | 十 月 |

**颁《御注老子》与《义疏》于天下。**

《旧唐书·玄宗纪下》："（天宝十四载十月）甲午，颁《御注老子》并《义疏》于天下。"《唐会要》卷三六《修撰》："其年（天宝十四载）十月八日，颁《御注道德经》并《义疏》,分示十道,各令巡内传写,以付宫观。”

## 十一月

**安禄山反于范阳,仅二十三天即至黄河边。**

《新唐书·玄宗纪》:“(天宝十四载)十一月,安禄山反,陷河北诸郡。”《资治通鉴》卷二一七:“(天宝十四载)十一月甲子,禄山发所部兵及同罗、奚、契丹、室韦凡十五万众,号二十万,反于范阳。……时海内久承平,百姓累世不识兵革,猝闻范阳兵起,远近震骇。”

**李华上诛守之策,皆不报。**

《新唐书·李华传》:“安禄山反,上诛守之策,皆留不报。”

**颜真卿本年四十六岁,举义旗,众推之为盟主。**

殷亮《颜鲁公行状》:“(十四载)十一月,禄山反于范阳。……公躬自抚巡,举酒下泪,言国家之恩,戮力死节,无以上报,众皆激愤勇,思致命焉。……相次于平原,共推公为盟主,公三辞后听焉。”

## 十二月

**唐玄宗下《亲征安禄山诏》,宣布亲征。太平久,不知战,高仙芝、封常清溃退至潼关。丁酉,安禄山陷东京。辛丑,下制由皇太子监国,重议亲征,下《命皇太子监国仍亲总师徒弟东讨诏》。癸酉,唐玄宗斩杀高仙芝、封常清,封常清有《遗表》,痛言失败,字字血泪。**

事见《资治通鉴》卷二一七。《唐大诏令集》卷一一九(《全唐文》卷三三)载《亲征安禄山诏》。《旧唐书·玄宗纪下》:“(天宝十四载十二月)丁酉,禄山陷东京。”《全唐文》卷三三载《命皇太子监国仍亲总师徒弟东讨诏》(《唐大诏令集》卷三〇题为《明皇命皇太子监国亲总师徒东讨诏》)。卷三三〇载封常清

《遗表》:“中使骆奉仙至,奉宣口敕,恕臣万死之罪,收臣一朝之效,令臣却赴陕州,随高仙芝行营。负斧缧囚,忽焉解缚;败军之将,更许增修。臣常清诚欢诚喜,顿首顿首。臣自城陷已来,前后三度遣使奉表,具述赤心,竟不蒙引对。臣之此来,非求苟活,实欲陈社稷之计,破虎狼之谋。冀拜首阙庭,吐心陛下,论逆胡之兵势,陈讨捍之别谋,酬万死之恩,以报一生之宠。岂料长安日远,谒见无由;函谷关遥,陈情不暇。臣读《春秋》,见狼瞫称未获死所,臣今获矣。昨日者与羯胡接战,自今月七日交兵,至于十三日不已。臣所将之兵,皆是乌合之徒,素未训习。率周南市人之众,当渔阳突骑之师,尚犹杀敌塞路,血流满野。臣欲挺身刃下,死节军前,恐长逆胡之威,以挫王师之势。是以驰御就日,将命归天。一期陛下斩臣于都市之下,以诫诸将;二期陛下问臣以逆贼之势,将诫诸军;三期陛下知臣非惜死之徒,许臣竭露。臣今将死抗表,陛下或以臣失律之后,诳妄为辞;陛下或以臣欲尽所忠,肝胆见察。臣死之后,望陛下不轻此贼,无忘臣言。则冀社稷复安,逆胡败覆,臣之所愿毕矣。仰天饮鸩,向日封章,即为尸谏之臣,死作圣朝之鬼。若使殁而有知,必结草军前,回风阵上,引王师之旗鼓,平冠贼之戈铤。生死酬恩,不任感激。臣常清无任永辞圣代悲恋之至。”

**高適本年五十六岁,任左拾遗、监察御史,佐哥舒翰守潼关。**

《旧唐书·玄宗纪下》:“(天宝十四载十二月)以哥舒翰为太子先锋兵马元帅,领河、陇兵募守潼关以拒之。”《旧唐书·高適传》:“禄山之乱,征翰讨贼,拜适左拾遗,转监察御史,仍佐翰守潼关。”

## |本 年|

**王维六十二岁,作《宋进马哀辞并序》。**

《王维集校注》卷一〇载此文。据唐陈章甫《唐故殿中省进马宋应墓志铭》,宋应卒于天宝十四载四月八日,故此文应作于此后。

**李白《泽畔吟序》疑作于本年前。**

《李白集校注》卷二七《泽畔吟序》:“《泽畔吟》者,逐臣崔公之所作也。公代业文宗,早茂才秀。……同时得罪者数十人,或才长命夭,覆巢荡室。崔公忠愤义烈,形于清辞,恸哭泽畔,哀形翰墨。……书所感遇,总二十章,名之曰《泽畔吟》。……余览之怆然,掩卷挥涕为之序云。”《李白集校注》卷二七《泽畔吟序》引今人詹锳《李白诗文系年》:“按此序不及为丰城令事,当是天宝十四载以前成甫尚未宰丰城时作。”唯作年难确考,今从詹说,姑系于天宝十四载。

## 唐玄宗天宝十五载　唐肃宗至德元载

丙申　七五六

### 正月

**安禄山据洛阳,自称大燕皇帝,改元圣武。**

《旧唐书·玄宗纪下》:“(天宝十五载正月)禄山僭号于东京。”《资治通鉴》卷二一七:“(天宝十五载)春正月乙卯朔,禄山自称大燕皇帝,改元圣武。”

**颜真卿本年四十七岁,任平原太守,加户部侍郎。**

《旧唐书·玄宗纪下》:“(天宝十五载正月)乙巳,加平原太守颜真卿户部侍郎,奖守城也。”

### 二月

**卢庚(卢庾)、郎士元、皇甫冉、令狐峘、关播、封演等三十三人登进士第,试《东郊迎春诗》。明经科陆康、柳□、柳镇、白季庚、卢岳、崔衍、王求古等人及第。礼部侍郎阳浚知贡举。**

《登科记考补正》卷九:“《文苑英华》载皇甫冉《东郊迎春诗》,当是此年试题。”

**韦述撰《集贤注记序》。**

《全唐文补编》卷三九《集贤注记序》:“韦述自登书府,至天宝十五载,凡四十年。缅想同时凋亡已尽,后来贤彦多不委书院本末。岁月既久,或虑湮沉。敢因东观之暇,聊记置院经史及前后学士名氏。事皆亲睹,不敢遗隐。时丙申岁二月也。”丙申岁即天宝十五载,故知《集贤注记序》当作于天宝十五载二月。

## | 三 月 |

**颜真卿加河北采访使**。

《旧唐书·玄宗纪下》:“(天宝十五载三月)乙酉,以平原太守颜真卿为河北采访使。”

## | 六 月 |

**潼关失守,唐玄宗幸蜀,本年七十二岁。丁酉,至马嵬,六军不进,诛杀杨国忠,赐杨贵妃自尽**。

《旧唐书·玄宗纪下》:“(天宝十五载六月)丙辰,次马嵬驿,诸卫顿军不进。龙武大将军陈玄礼奏曰:‘逆胡指阙,以诛国忠为名,然中外群情,不无嫌怨。今国步艰阻,乘舆震荡,陛下宜徇群情,为社稷大计,国忠之徒,可置之于法。’会吐蕃使二十一人遮国忠告诉于驿门,众呼曰:‘杨国忠连蕃人谋逆!’兵士围驿四合,及诛杨国忠、魏方进一族,兵犹未解。上令高力士诘之,回奏曰:‘诸将既诛国忠,以贵妃在宫,人情恐惧。’上即命力士赐贵妃自尽。”《新唐书·玄宗纪》:“(天宝十五载六月)丁酉,次马嵬,左龙武大将军陈玄礼杀杨国忠及御史大夫魏方进、太常卿杨暄。赐贵妃杨氏死。”杨国忠、杨玉环兄妹与盛唐诗人的关系,可参阅丁放、袁行霈《杨氏兄妹与盛唐诗坛》(载《文学评论》二○○七年第三期)。

**高適本年五十七岁,赴长安为唐玄宗献策抗敌**。

《新唐书·高適传》:“禄山乱,召翰讨贼,即拜適左拾遗,转监察御史,佐翰守潼关。翰败,帝问群臣策安出,適请竭禁藏募死士抗贼,未为晚,不省。”《旧唐书·玄宗下》:"(天宝十五载六月)庚寅,哥舒翰将兵八万与贼将崔乾祐战于灵宝西原,官军大败,死者十六七。……辛卯,哥舒翰至潼关,为其帐下火拔归仁以左右数十骑执之降贼,关门不守,京师大骇。……甲午,将谋幸蜀。"六月辛卯,潼关失守,甲午,玄宗谋幸蜀,则高適赴长安献策抗敌事当在六月辛卯至甲午间。

**贾至本年三十九岁,从唐玄宗幸蜀,拜起居舍人,知制诰,迁中书舍人。**

《旧唐书·贾至传》:"至,天宝末为中书舍人。禄山之乱,从上皇幸蜀。"《新唐书·贾至传》:"从玄宗幸蜀,拜起居舍人,知制诰。……历中书舍人。"

**安禄山陷京师。**

《新唐书·玄宗纪》:"(天宝十五载六月)己亥,禄山陷京师。"

**李华本年四十二岁,任哥舒翰书记,潼关失守,陷贼,授伪凤阁舍人。**

《旧唐书·玄宗纪下》:"(天宝十五载六月)哥舒翰至潼关,为其帐下火拔归仁以左右数十骑执之降贼,关门不守,京师大骇。"《旧唐书·李华传》:"禄山陷京师,玄宗出幸,华扈从不及,陷贼,伪署为凤阁舍人。"

## | 七月 |

**甲子,唐肃宗本年四十六岁,即皇帝位于灵武,改天宝十五载为至德元载,颁布《即位大赦文》。以御史中丞裴冕为中书侍郎、同中书门下平章事。**

《全唐文》卷四四《即位大赦文》:"以七月癸丑朔十二日甲子,即皇帝位于灵州,敬崇徽号,上尊圣皇曰上皇天帝,所司择日,昭告于上帝。朕以薄德,谬当重任,既展承天之礼,宜覃率土之泽,可大赦天下,改元曰至德。"《旧唐书·肃宗纪》:"(天宝十五载)是月(七月)甲子,上即皇帝位于灵武。"《新唐书·肃宗纪》:"(天宝十五载七月)甲子,即皇帝位于灵武,尊皇帝曰上皇天帝,大赦,改元至德。"《资治通鉴》卷二一八:"(天宝十五载七月)肃宗即位于灵武城南楼,群臣舞蹈,上流涕歔欷。尊玄宗为上皇天帝,赦天下,改元。”

**甲子,唐玄宗至普安郡(剑阁),下《銮驾到蜀大赦制》。丁卯,贾至为撰《命三王制》,阐明玄宗罪己责躬,是为罪己诏。与此同时,部署太子李亨、及永王璘、盛王琦、丰王珙分管诸路兵马,试图继续号令天下。**

《唐大诏令集》卷七九载《銮驾到蜀大赦制》,《全唐文》卷四〇题为《幸蜀郡大赦文》。《唐大诏令集》卷三六载《命三王制》(《文苑英华》卷四六二、《全唐文》卷三六六题为《玄宗幸普安郡制》),有云:“宸极既贞,寰区载晏,尔来在位,垂五十年。中原幸无师旅,戎狄岁来朝贡。夙兴旰食,勤念苍生,庶宏至理,永跻仁寿。愧无帝尧之圣德,而有寄体之不明,致令贼臣,内外为患,蔽朕耳目,远朕忠良,或窃弄威权,或厚敛重赋。泉壤一漏,成此滔天。构逆召戎,驰突中夏,倾覆我河洛,扰乱我崤函,使衣冠奔走于草莽,黎庶狼狈于锋镝。伊朕薄德,不能守厥位,贻祸海内,负兹苍生。是用罪己责躬,寤寐战灼,上愧乎天地,下愧乎庶人,外愧乎四海,内愧乎九族,乾乾惕厉,思雪大耻。夫定祸乱者必仗于群才,理国家者先固其根本。太子亨,忠肃恭懿,说礼敦诗,好勇多谋,加之果断。永王璘、盛王琦、丰王珙,皆孝友谨恪,乐善好贤,顷在禁中,而习政事,察其图虑,可试艰难。夫宫相之才,师傅之任,必资雅善,允属忠贞,况四海多虞,二京未复,今当慎择,实惟其人。太子亨宜充天下兵马元帅,仍都统朔方、河东、河北、平卢等节度采访都大使,与诸路及诸副大使等计会,南收长安、洛阳;以御史中丞裴冕兼左庶子,陇西郡司马刘秩试守右庶子;永王璘宜充山南东路及黔中、江南西路等节度支度采访都大使,江陵大都督如故;以少府监宝绍为之傅,以长沙郡太守李岘为副都大使,仍授江陵郡大都督府长史兼御史中丞;盛王琦宜充广陵郡大都督,仍领江南东路及淮南、河南等路节度采访都大使;依前江陵郡都督府长史刘汇为之傅,以广陵郡长史李成式为副都大使,兼御史中丞;丰王珙宜充武威郡大都督,仍领河西、陇右、交西、北庭等路节度支度采访都大使;以陇西郡太守邓景山为之傅,兼武威郡都督府长史御史中丞充副都大使。应须兵马、甲仗、器械、粮赐等,并于当路自供。”

**十四日,唐玄宗以宪部侍郎房琯为文部尚书、同中书门下平章事,贾至撰《授房琯文部尚书同平章事制》。**

《全唐文》卷三六七载此制,《唐大诏令集》卷四五题为《房琯平章事制》,系天宝十五载七月十四日。

**颜真卿任工部尚书兼御史大夫,河北招讨、采访、处置使,撰《皇帝即位贺上皇表》《修书帖》,唐玄宗有《答颜真卿贺皇帝即位批》。**

《资治通鉴》卷二一八:“(至德元载七月)以真卿为工部尚书兼御史大夫,依前河北招讨、采访、处置使。”《全唐文》卷三三六载《皇帝即位贺上皇表》、卷三三七载《修书帖》,系年据《颜鲁公年谱》。《全唐文》卷三七(《文苑英华》卷四六七)载玄宗答批文。

## | 八月 |

**癸未,唐肃宗诏郭子仪为兵部尚书,李光弼为户部尚书,并掌军事,同中书门下平章事。是日,唐玄宗至成都,颁布《幸蜀郡大赦文》。**

事见《旧唐书·肃宗纪》《旧唐书·玄宗纪下》。《全唐文》卷四〇载此赦文。

**丁酉,贾至为唐玄宗撰《命皇太子即皇帝位诏》,逊位称诰。己亥,命左相韦见素,宰相房琯、崔涣奉传国宝玉册至灵武,举行传位仪式,并下《命群臣辅嗣皇帝诏》,命贾至草拟《肃宗皇帝即位册文》。玄宗览读感叹,贾氏父子为两代皇帝撰写传位册文。**

《全唐文》卷三三《命皇太子即皇帝位诏》:“今宗社未安,国家多难,宜令即皇帝位,朕称太上皇。且天下兵权,宜制在中夏,朕据巴蜀,应卒则难,其四海军权,先取皇帝处分,然后奏朕知。待克复上京,朕将凝神静虑,偃息大庭也。”《唐大诏令集》卷三〇载贾至《明皇令肃宗即位诏》,与《全唐文》所载《命皇太子即皇帝位诏》文字互异,较之详细,透露出更多信息:“先帝以朕有戡难之功,命朕当主鬯之任,辞不获已,遂践皇极。聿来临御,垂五十载。……今宗社未安,国家多难,某英勇雄毅,总戎专征,代朕忧勤,斯为克荷。宜即皇帝位。仍令所司择日,宰相持节,往宣朕命。其诸礼仪,皆准故事。有如神祇简册申令须及者，朕称诰焉；衣冠表疏礼数须及者，朕称太上皇焉。且天下兵权，制在中夏，朕处巴蜀，应卒则难。其四海军郡，先奏取皇帝进止，仍奏朕知；皇帝处分讫，仍量事奏报。寇难未定，朕实同忧，诰制所行，须相知悉。皇帝未至长安已来，其有与此便近，去皇帝路远，奏报难通之处，朕且以诰旨随事处置，仍令所司奏报皇帝。待克复上京已后，朕将凝神静虑，偃息大庭，纵姑射之人，绍鼎湖之事。"《唐大诏令集》卷一《肃宗即位册文》(《全唐文》卷三六七题为《肃宗皇帝即位册文》，贾至所撰)："维天宝十五载岁次景申八月癸未朔十八日己亥，皇帝若曰：咨尔元子某，惟天为大，惟人君则之，顺乃德。……是用命尔元子某，当位嗣统。"《全唐文》卷三三载《命群臣辅嗣皇帝诏》："皇帝自幼仁孝，与诸子有异，朕岂不知。往十三年，已有传位之意，属其岁水旱，左右劝朕，且俟丰年。尔来便属禄山构逆，方隅震扰，未遂此心。昨发马嵬，亦有处分。今皇帝受命，朕心顿如释负，劳卿等远去，勉辅佐之。多难兴王，自古皆府，卿等乃心王室，以社为念，早定中原，吾之望也。"《旧唐书·贾至传》："禄山之乱，从上皇幸蜀。时肃宗即位于灵武，上皇遣至为传位册文，上皇览之叹曰：'昔先帝逊位于朕，册文则卿之先父所为。今朕以神器大宝付储君，卿又当演诰。累朝盛典，出卿父子之手，可谓难矣。'至伏于御前，呜咽感涕。"《新唐书·贾至传》所载略同。《旧唐书·玄宗纪下》："(天宝十五载八月)上皇临轩册肃宗，命宰臣韦见素、房琯使灵武，册命曰：'朕称太上皇，军国大事先取皇帝处分，后奏朕知。候克复两京，朕当怡神姑射，偃息大庭。'"

**二十一日，贾至为唐玄宗撰《停颖王等节度诰》。**

《唐大诏令集》卷三六(《全唐文》卷三八)载此诰。

**萧颖士本年四十岁，撰《为李中丞贺赦表》。**

《全唐文》卷三二二萧颖士《为李中丞贺赦表》："中书省马崇至自蜀郡，伏奉八月一日制书，大赦天下。罪无轻重，咸蒙洗涤，覆宗之辜，亦赐原宥。……昔上皇御辨，袛车巡于谷口。"《旧唐书·玄宗纪下》："(天宝十五载)八月癸未朔，御蜀都府衙，宣诏曰：'……令太子诸王搜兵重镇，诛夷凶丑，以谢昊穹；思与群臣重弘理道，可大赦天下。'……己亥，上皇临轩册肃宗……曰：'朕称太上皇，军国大事先取皇帝处分，后奏朕知。候克复两京，朕当怡神姑射，偃息大庭。'"

## |十月|

**唐玄宗下《黜陟守令诏》。**

《全唐文》卷三二载此诏。《册府元龟》卷一五二系天宝十五载十月。

## |十二月|

**高適为淮南节度使,作《谢上淮南节度使表》。**

《资治通鉴》卷二一九:“十二月,置淮南节度使,领广陵等十二郡,以適为之;置淮南西道节度使,领汝南等五郡,以来瑱为之;使与江东节度使韦陟共图璘。”《高適集校注》载《谢上淮南节度使表》:“以今月二日至广陵。”故该《表》当作于至德元载十二月二日。

## |本年|

**李白五十六岁,永王璘重其才名,辟为府僚佐,《与贾少公书》疑作于本年前后。**

《李白集校注》卷二六《与贾少公书》:“宿昔惟清胜,白绵疾疲薾,去期恬退,才微识浅,无足济时。虽中原横溃,将何以救之?王命崇重,大总元戎。辟书三至,人轻礼重。严期迫切,难以固辞。扶力一行,前观进退。且殷深源庐岳十载,时人观其起与不起,以卜江左兴亡。谢安高卧东山,苍生属望。白不树矫抗之迹,耻振玄邈之风,混游渔商,隐不绝俗,岂徒贩卖云壑,要射虚名?方之二子,实有惭德。徒尘忝幕府,终无能为。唯其当报国荐贤,持以自免,斯言若谬,天实殛之。以足下深知,具申中款。惠子知我,夫何间然?勾当小事,但增悚惕。”李白于《书》中云“唯当报国荐贤,持以自免”。《书》中所记为安史乱后,永王璘辟白为府僚佐时事,当在至德元载至二载间,唯作年难确考,姑系于此。

**王昌龄本年约六十七岁,为亳州刺史闾丘晓所杀。**

《新唐书·王昌龄传》:“以世乱还乡里,为刺史闾丘晓所杀。”闾丘晓此时之官职,有濠州刺史、亳州刺史两说,以后者为是。王昌龄于开元、天宝之际,诗名籍甚,有“诗家夫子王江宁”之称。《新唐书》卷六〇《艺文志四》著录其有《王昌龄集》五卷。《旧唐书·王昌龄传》载其“有集五卷”,又言其为文“绪微而思清”。《新唐书·王昌龄传》则载其“工诗,绪密而思清,时谓王江宁”。《旧唐书·崔颢传》:“开元、天宝间,文士知名者,汴州崔颢,京兆王昌龄、高適,襄阳孟浩然,皆名位不振,唯高適官达。”《明皇杂录·补遗》:“天宝中,刘希夷、王昌龄、祖咏、张若虚、孟浩然、常建、李白、杜甫,虽有文名,俱流落不偶,恃才浮诞而然也。”《唐才子传校笺》卷二:“自元嘉以还,四百年之内,曹、刘、陆、谢,风骨顿尽,逮储光羲、王昌龄颇从厥迹,两贤气同而体别也。王稍声峻,奇句俊格,惊耳骇目。奈何晚途不矜小节,谤议沸腾,两窜遐荒,使知音者喟然长叹,失归全之道,不亦痛哉!”今有胡问涛、罗琴《王昌龄集编年校注》(巴蜀书社,二〇〇〇年)。《全唐文》卷三三一收其文七篇。

**王维、裴迪、杜甫俱陷贼,王维被迫为给事中。**

《新唐书·王维传》:“安禄山反,玄宗西狩,维为贼得,以药下利,阳喑。禄山素知其才,迎置洛阳,迫为给事中。”

**萧颖士避乱襄阳,为源洧掌书记,撰《登宜城故城赋》,《与崔中书圆书》疑作于本年。**

《全唐文》卷三二二萧颖士《登宜城故城赋》自注:“丙申岁避地襄阳,见召掌节度书记,陪幕府源公赴江陵作。”《赋》云:“变之始也,予旅寓于淇园,初提挈而南奔。崩波滑台,逼迸夷门。”源公,即源洧。《旧唐书·源洧传》:“安禄山反……以洧为江陵郡大都督府长史、本道采访防御使,摄御史中丞。”《全唐文》卷三二三萧颖士《与崔中书圆书》:“时事孔棘,出于虑外,京邑倾沦,主上迁播。……某自中州隔越,流播汉阴,遂至江左,淮南节度使诏掌书记,兼补此官。……窃惟二京未复,祆氛方炽,灵武太原,虽称官军甚盛,而两河南北,无月不遭寇祸。”萧颖士于《登宜城故城赋》中载安史乱起后己之行踪。题下自注云:“丙申岁避地襄阳,见召掌节度书记,陪幕府源公赴江陵作。”丙申岁即天宝十五载(至德元载),故知《登宜城故城赋》当作于天宝十五载(至德元载)。《书》云

“京邑倾沦,主上迁播”,又云“二京未复,祆氛方炽”。《旧唐书·玄宗纪下》:“(天宝十五载六月)甲午,将谋幸蜀,乃下诏亲征。”《新唐书·玄宗纪》:“(天宝十五载六月)己亥,禄山陷京师。”《新唐书·肃宗纪》:“(至德二载九月)复京师。”故知《与崔中书圆书》当作于天宝十五载(至德元载)六月至至德二载九月间,唯作年难确考,姑系于此。

**李华《哀节妇赋》疑作于本年。**

《全唐文》卷三一四《哀节妇赋》:“昔岁群盗并起,横行海浙,江阴万户,化为凝血,无兰不焚,无玉不折,峨峨薄媛,渊然明节。”独孤及《检校尚书吏部员外郎赵郡李公中集序》赞李华《哀节妇赋》为“敦礼教”之作。《资治通鉴》卷二一七:“(天宝十四载)十一月,甲子,禄山发所部兵及同罗、奚、契丹、室韦凡十五万众,号二十万,反于范阳。”知天宝十四载,安史乱起。又《赋》云“昔岁群盗并起,横行海浙”。故疑《哀节妇赋》作于天宝十五载(至德元载),姑系于此。

**元结三十八岁,逃难入猗玗洞,遂号猗玗子,《虎蛇颂》(《虎颂》《蛇颂》)《异泉铭》疑作于本年。**

《元次山集》卷六《虎颂》:“猗,王虎,将何与方?方古太王,非不方于今。今也惠让不如王虎之心。”《元次山集》卷六《蛇颂》:“猗,均蛇,将何与俦?俦古延州,非不俦于时。时也顺让不如均蛇之为。”《元次山集》卷六《异泉铭》:“何故作铭,铭于异泉,为其当不可阏,坼石出焉。何用作铭,铭于异泉,为其当不可下。穷高流焉,君子之德,显与晦殊,为此铭者,忘道也欤。”《元次山集》卷六《虎蛇颂序》:“猗玗子逃乱在(石邑),南人云:猗玗洞中,是王虎之宫;中(石邑)之阴,是均蛇之林。居之三月,始知王虎如古君子,始知均蛇如古贤士。……可作颂矣。”《序》云“猗玗子逃乱在(石邑)”,元结本年逃难入猗玗洞,始号猗玗子,故疑《虎蛇颂》作于天宝十五载(至德元载)。异泉位于猗玗洞侧,《异泉铭》当为元结逃难入猗玗洞时作,故亦疑其作于天宝十五载(至德元载)。

# 唐肃宗至德二载

丁酉　七五七

## 正月

**贾至本年四十岁，三日，撰《诫示诸道制》；五日，撰《嗣道王𫔎云安等五郡节度使制》。**

《唐大诏令集》卷一一〇载《诫示诸道制》（《全唐文》卷三六六），系至德二载正月三日。《唐大诏令集》卷三八载《嗣道王𫔎云安等五郡节度使制》（《全唐文》卷三六七），系至德二载正月五日。

**乙卯，安禄山为其子安庆绪所杀。安庆绪即帝位，尊安禄山为太上皇。高適本年五十八岁，撰《贺安禄山死表》。**

《旧唐书·肃宗纪》："（至德二载正月）乙卯，逆胡安禄山为其子庆绪所杀。"《新唐书·肃宗纪》："（至德二载正月）乙卯，安庆绪弑其父禄山。"《资治通鉴》卷二一九："安禄山自起兵以来，目渐昏，至是不复睹物；又病疽，性益躁暴，左右使令，小不如意，动加棰挞，或时杀之。既称帝，深居禁中，大将希得见其面，皆因严庄白事。庄虽贵用事，亦不免棰挞，阉宦李猪儿被挞尤多，左右人不自保。禄山嬖妾段氏，生子庆恩，欲以代庆绪为后。庆绪常惧死，不知所出。庄谓庆绪曰：'事有不得已者，时不可失。'庆绪曰：'兄有所为，敢不敬从。'又谓猪儿曰：'汝前后受挞，宁有数乎！不行大事，死无日矣！'猪儿亦许诺。庄与庆绪夜持兵立帐外，猪儿执刀直入帐中，斫禄山腹。左右惧，不敢动。禄山扪枕旁刀，不获，撼帐竿，曰：'必家贼也。'肠已流出数斗，遂死。掘床下深数尺，以毡裹其尸埋之，诫宫中不得泄。乙卯旦，庄宣言于外，云禄山疾亟。立晋王庆绪为太子，寻即帝位，尊禄山为太上皇，然后发丧。"《高適集校注·贺安禄山死表》："臣得河南道及诸州牒，皆言逆贼安禄山苦痛而死，手足俱落，眼鼻残坏。臣闻负天者天诛，负神者神怒，其道甚者，今乃克彰。"

**唐玄宗本年七十三岁，庚戌，诰求天下孝悌可旌者。**

《新唐书·玄宗纪》："至德二载正月庚戌，诰求天下孝悌可旌者。"《旧唐书·肃宗纪》载此诰。《全唐文》卷三八载《令郡县采奏孝弟诰》，《唐大诏令集》卷一〇三题为《访至孝友弟诏》。

**唐肃宗本年四十七岁，下《谕西京逆官敕》。**

《唐大诏令集》卷一一八载此敕，系至德二载正月。敕文有云："夏有夷羿之灾，而少康克复；周有骊山之难，而宣王中兴；汉有猾莽之衅，而光武底定。盖厄运，时数也。亦天将稔凶族之恶，延国祚之意哉！"《全唐文》未收此文。

**唐肃宗以郭子仪、李光弼二人功大难封，问李泌，李泌答以疏爵土以赏之，肃宗称善。**

《资治通鉴》卷二一九："上谓泌曰：'今郭子仪、李光弼已为宰相，若克两京，平四海，则无官以赏之，奈何？'对曰：'古者官以任能，爵以酬功。汉、魏以来，虽以郡县治民，然有功则锡以茅土，传之子孙，至于周、隋皆然。唐初，未得关东，故封爵皆设虚名，其食实封者，给缯布而已。贞观中，太宗欲复古制，大臣议论不同而止。由是赏功者多以官。夫以官赏功有二害，非才则废事，权重则难制。是以功臣居大官者，皆不为子孙之远图，务乘一时之权以邀利，无所不为。向使禄山有百里之国，则亦惜之以传子孙，不反矣。为今之计，俟天下既平，莫若疏爵土以赏功臣，则虽大国，不过二三百里，可比今之小郡，岂难制哉！于人臣乃万世之利也。'上曰：'善！'"

**张巡、许远坚守睢阳。后城破人亡，可歌可泣。李翰为传，元和二年，韩愈撰《张中丞传后叙》。**

事见《资治通鉴》卷二一九及新旧《唐书》二人本传。《全唐文》卷四三〇载李翰《进张巡中丞传表》。马其昶《韩昌黎文集校注》卷二载《张中丞传后叙》。

**颜真卿本年四十八岁，除御史大夫，后贬冯翊太守。**

殷亮《颜鲁公行状》:"(至德)二年正月,又除御史大夫。未几,因忤圣旨,贬冯翊太守。"《全唐文》卷四四载《答颜真卿谢兼御史大夫批》《答颜真卿谢冯翊太守批》。

## | 二 月 |

**戊戌,永王璘兵败,其党伏诛**。

《旧唐书·肃宗纪》:"(至德二载二月)永王璘兵败,奔于岭外,至大庾岭,为洪州刺史皇甫侁所杀。"《资治通鉴》卷二一九:"戊戌,永王璘败死,其党薛镠皆伏诛。"

**八日,贾至撰《遣巡抚使制》**。

《唐大诏令集》卷一一五载此制,系至德二载二月八日。《全唐文》卷三六七题为《遣巡抚使敕》。

**严维、顾况、戴孚、王察等二十二人登进士第,礼部员外郎薛邕、门下侍郎崔涣、礼部侍郎裴士淹、礼部侍郎李希言知贡举**。

见《登科记考补正》卷一〇本年条。

## | 三 月 |

**辛酉,唐肃宗罢韦见素、裴冕相,以前宪部尚书致仕苗晋卿为左相,军国大务悉咨之**。

事见《旧唐书·肃宗纪》、《资治通鉴》卷二一九。

**唐玄宗思张九龄有先见之明,追恨不从九龄之言,遣使至韶州祭之,兼赍货币,以恤其家**。

事见《唐国史补》卷上、《资治通鉴》卷二一九。

## |四 月|

**八日，贾至撰《诏天下搜贤俊制》。**

《全唐文》卷三六六载此制，《唐大诏令集》卷一〇三题为《搜访天下贤俊制》，系至德二载四月八日。

**颜真卿自荆、襄诣凤翔，唐肃宗封为宪部尚书，颜真卿有《让宪部尚书表》。唐肃宗以郭子仪为司空、天下兵马副元帅，贾至撰《授郭子仪兵马副元帅制》，李光弼为司徒。**

事见《旧唐书·肃宗纪》、《资治通鉴》卷二一九。《全唐文》卷三三六载颜真卿《让宪部尚书表》，卷四四载《答颜真卿让宪部尚书御札》。《全唐文》卷三六七载《授郭子仪兵马副元帅制》，《唐大诏令集》卷五九题为《郭子仪兵马副元帅制》，系至德二载四月十日。

## |五 月|

**丁巳，唐肃宗以房琯为太子少师，罢知政事。以谏议大夫张镐为中书侍郎、同中书门下平章事。**

事见《旧唐书·肃宗纪》。《资治通鉴》卷二一九："房琯性高简，时国家多难，而琯多称病不朝谒，不以职事为意，日与庶子刘秩、谏议大夫李揖，高谈释、老，或听门客董庭兰鼓琴，庭兰以是大招权利，御史奏庭兰赃贿。丁巳，罢琯为太子少师。以谏议大夫张镐为中书侍郎、同平章事。上常使僧数百人为道场于内，晨夜诵佛。镐谏曰：'帝王当修德以弭乱安人，未闻饭僧可致太平也！'上然之。"

**庚申，唐玄宗追册肃宗生母杨妃为元献皇后，用以调节父子关系。**

事见《旧唐书·后妃传下》《旧唐书·肃宗纪》。

**是时府库空虚，朝廷专以官爵赏功，名器之滥，至是而极。**

《资治通鉴》卷二一九："是时府库无蓄积，朝廷专以官爵赏功，诸将出征，皆给空名告身，自开府、特进、列卿、大将军，下至中郎、郎将，听临事注名。其后又听以信牒授人官爵，有至异姓王者。诸军但以职任相统摄，不复计官爵高下。及清渠之败，复以官爵收散卒。由是官爵轻而货重，大将军告身一通，才易一醉。凡应募入军者，一切衣金紫，至有朝士僮仆衣金紫，称大官，而执贱役者。名器之滥，至是而极焉。"

**杜甫本年四十六岁，脱贼，谒上凤翔，拜左拾遗。时房琯罢相，杜甫上疏救之，肃宗怒，诏三司推问。**

《旧唐书·杜甫传》："琯罢相。甫上疏言琯有才，不宜罢免。肃宗怒，贬琯为刺史，出甫为华州司功参军。"《新唐书·杜甫传》："（琯）罢宰相。甫上疏言：'罪细，不宜免大臣。'帝怒，诏三司杂问。"

## | 六 月 |

**将军王去荣以私怨杀本部县令，当死，唐肃宗敕免死。中书舍人贾至本年四十岁，上《论王去荣打杀本部县令表》谏之，太子太师韦见素有《王去荣不宜赦罪议》，御史大夫崔器有《将军王去荣杀人议》。**

事见《资治通鉴》卷二一九，并节录三人谏辞。《全唐文》卷三六七载贾至文，卷二七二载韦见素文，卷三三一载崔器文。贾至《论王去荣打杀本部县令表》："臣某言，伏见宰臣奉宣圣旨，将军王去荣擅打杀富平县令杜徽，其罪将合寘殊死，缘新收陕郡，防遏要人，特宜免死，削除在身官爵，白身配陕郡展效者。……况今之律令，太宗之律令也，陛下不可惜小才而废祖宗之法也。伏惟明主弃琐琐之能，全其远者大者，则祸乱不日而定，师旅因兹整齐矣。天下幸甚！臣等不胜云云。"《新唐书·贾至传》："至德中，将军王去荣杀富平令杜徽，肃宗新得陕，且惜去荣材，诏贷死，以流人使自效。至谏曰：'……律令者，太宗之律令,陛下不可以一士小材,废祖宗大法。'”

**杜甫得宰相张镐救获免,撰《奉谢口敕放三司推问状》《为补遗荐岑参状》。**

《杜诗详注》卷二五《奉谢口敕放三司推问状》:“(甫)智识浅昧,向所论事,涉近激讦,违忤圣旨,既下有司,具已举劾,某从自弃,就戮为幸。今日巳时,中书侍郎平章事张镐,奉宣口敕,宜放推问,知臣愚戆,赦臣万死,曲成恩造,再赐骸骨。……至德二载六月一日,宣议郎行在左拾遗臣杜甫状进。”《杜诗详注》卷二五《为补遗荐岑参状》:“宣议郎、试大理评事、摄监察御史、赐绯鱼袋岑参,右臣等,窃见岑参,识度清远,议论雅正,佳名早立,时辈所仰。今谏诤之路大开,献替之官未备,恭惟近侍,实借茂材。臣等谨诣合门,奉状陈荐以闻,伏听进止。至德二载六月十二日……左拾遗内供奉臣杜甫。”《新唐书·杜甫传》:“宰相张镐曰:‘甫若抵罪,绝言者路。’帝乃解。”

**于休烈任太常少卿,知礼仪事,兼修国史,言“有德之君,不忘书过,臣不胜庆”于肃宗。**

《唐会要》卷六四《史馆下·史馆杂录下》:“至德二载六月二十三日,上谓史官于休烈曰:‘君举必书,朕有过,卿宜书之。’休烈对曰:‘臣闻禹汤罪己,其兴也勃焉。有德之君,不忘书过,臣不胜庆。'”

## 七月

**十二日,贾至撰《遣郑叔清往江淮宣慰制》。**

《唐大诏令集》卷一一五载此制,系至德二载七月十二日。《全唐文》卷三六七题为《遣郑叔清往江淮宣慰敕》。

## 九月

**借回纥兵收复京师长安。广平王有大功,皇后张良娣忌之,李泌为之言。**

《新唐书·肃宗纪》:“(至德二载九月)癸卯,复京师。”《旧唐书·肃宗纪》:“癸卯,广平王收西京。”《资治通鉴》卷二二〇详记之。

**贾至撰《嗣虢王巨西京留守制》**。

《唐大诏令集》卷三八载此制,系至德二载九月二十九日,《全唐文》卷三六七题为《授嗣虢王巨西京留守制》。

## |十月|

**一日,唐肃宗下《宣慰京城僧道父老敕》**。

《唐大诏令集》卷一一五(《全唐文》卷四四)载此敕,系至德二载十月一日。

**乙巳朔,以崔光远为京兆尹,下《还京减省供顿诏》。癸亥,收复东京洛阳,惩处受贼官禄者。丁卯,入长安,士庶涕泣,称“不图复见吾君”**。

《旧唐书·肃宗纪》:“冬十月乙巳朔,以崔光远为京兆尹。诏曰……”即《全唐文》卷四二《还京减省供顿诏》(《唐大诏令集》卷一二三题为《收复西京还京诏》)之节文。《新唐书·肃宗纪》:“(至德二载十月)壬子,复东京。”《资治通鉴》卷二二〇:“(至德二载十月)制:‘士庶受贼官禄,为贼用者,令三司条件闻奏;其因战被虏,或所居密近,因与贼往来者,皆听自首除罪;其子女为贼所污者,勿问。’”《旧唐书·肃宗纪》:“壬戌,广平王入东京,陈兵天津桥南,士庶欢呼路侧。陷贼官伪署侍中陈希烈、中书令张垍等三百余人素服待罪。癸亥,上自凤翔还京,仍遣太子太师韦见素入蜀迎上皇,凤翔郡给复五载。丙寅,至望贤宫,得东京捷书至,上大喜。丁卯,入长安。士庶涕泣拜忭曰:‘不图复见吾君!’上亦为之感恻。”

**以甄济、苏源明有操行,为秘书郎,考功郎中、知制诰**。

事见《资治通临》卷二二〇。

## 十一月

**壬申朔，唐肃宗御丹凤楼，下《御丹凤楼大赦制》。**

《旧唐书·肃宗纪》："十一月壬申朔，唐肃宗御丹凤楼，制曰……"即此制之节选。《全唐文》卷四二载此制，《唐大诏令集》卷一二三题为《收复京师诏》。

**贾至撰《册回纥为英武威远可汗文》。**

《唐大诏令集》卷一二九（《全唐文》卷三六七）载此册文："维至德二年岁次丁酉十一月某日，皇帝若曰……"

**于休烈撰《请搜访国史奏》。**

《全唐文》卷三六五于休烈《请搜访国史奏》："《国史》一百六卷、《开元实录》四十七卷、《起居注》并余书三千六百八十二卷，并在兴庆宫史馆。京城陷贼后，皆被焚烧。且《国史》《实录》，圣朝大典，修撰多时，今并无本。伏望下御史台推勘史馆所繇，令府县招访。有人别收得《国史》《实录》，如送官司，重加购赏。若是官书，仍赦其罪。得一部，超授官；得一卷，赏绢十匹。"《唐会要》卷六三《修国史》："至德二载十一月二十七日，修史官太常少卿于休烈曰：'《国史》一百六卷、《开元实录》四十七卷、《起居注》并余书三千六百八十二卷，在兴庆宫史馆，并被逆贼焚烧。且《国史》《实录》，圣朝大典，修撰多时，今并无本。望委御史台推勘史馆所由，并令府县搜访。有人收得《国史》《实录》，能送官司，重加购赏。若是官书，并舍其罪。得一部超授官，一卷赏绢十匹。'数月惟得一两卷。前修史官工部侍郎韦述，贼陷入东京，至是，以其家先藏《国史》一百一十三卷送官。"

## 十二月

**丙午，唐玄宗至咸阳，唐肃宗亲迎于望贤宫。玄宗称"吾享国长久，吾不知贵，见吾子为天子，吾知贵矣"。受贼伪署名左相陈希烈、达奚珣等二百余人禁**

**于杨国忠宅鞫问，大多伏诛。戊午朔，御丹凤门，下《收复两京大赦文》，大封官员。**

事见《资治通鉴》卷二二〇、《旧唐书·肃宗纪》。《全唐文》卷四四载此赦文，大封功臣，韦见素、高力士、陈玄礼，各加实封三百户；裴冕封冀国公，李辅国封成国公，李遵封郑国公，兼进封邑；广平王俶封楚王，加实封二千户，郭子仪加司徒，进封代国公，实封一千户；仆固怀恩封丰国公，李嗣业封虢国公，李光弼封蓟国公，王思礼封霍国公，来瑱封颍国公，鲁炅封岐国公，仍并加实封；京兆尹崔光远邺国公、开府李光进范阳郡公、左相苗晋卿为侍中，封韩国公；宪部尚书、平章事李麟褒国公，中书侍郎崔圆为中书令、赵国公，中书侍郎张镐南阳县公；李憕、卢弈、颜杲卿、袁履谦、许远、张巡、张介然、蒋清、庞坚等即与追赠，访其子孙，厚其官爵。册良娣张氏为淑妃。《唐大诏令集》卷一二三题为《至德二载收复两京大赦》。《全唐文》卷四二有《授苗晋卿侍中制》《封鲁炅岐国公诏》《诛受贼伪官达奚珣等诏》《追赠颜杲卿太子太保诏》《放免被贼逼授伪官诏》等。

**唐肃宗因张说故，赦免张垍，兄张均在玄宗干预下被杀。**

《资治通鉴》卷二二〇："上欲免张均、张垍死，上皇曰：'均、垍事贼，皆任权要。均仍为贼毁吾家事。'上叩头再拜曰：'臣非张说父子，无有今日。臣不能活均、垍，使死者有知，何面目见说于九泉！'因俯伏流涕。上皇命左右扶上起，曰：'张垍为汝长流岭表，张均必不可活，汝更勿救。'上泣而从命。"一说张垍死于贼中，张均被长流合浦郡。

**王维本年六十四岁，因曾受伪官，责授太子中允。**

《旧唐书·王维传》："贼平，陷贼官三等定罪。维以《凝碧诗》闻于行在，肃宗嘉之，会（王）缙请削己刑部侍郎以赎兄罪，特宥之，责授太子中允。"

**李白本年五十七岁，因永王璘事长流夜郎。**

《旧唐书·李白传》："永王谋乱，兵败，白坐长流夜郎。"《新唐书·李白传》："永王璘辟为府僚佐。璘起兵，逃还彭泽；璘败，当诛。……有诏长流夜郎。”

**李华本年四十三岁，因受贼伪官贬为杭州司功参军。**

独孤及《检校尚书吏部员外郎赵郡李公中集序》：“二京既复，坐谪杭州司功参军。”

## | 本 年 |

**御史中丞宋若思辟李白为参谋，李白撰《为宋中丞自荐表》；《为宋中丞请都金陵表》《为宋中丞祭九江文》或作于本年。**

《李白集校注》卷二六《为宋中丞自荐表》：“臣伏见前翰林供奉李白年五十有七……属逆胡暴乱，避地庐山，遇永王东巡胁行，中道奔走，却至彭泽，具已陈首，前后经宣慰大使崔涣及臣推覆清雪，寻经奏闻。臣闻古之诸侯，进贤受上赏，蔽贤受明戮。若三适称美，必九锡光荣，垂之典谟，永以为训。臣所管李白，实审无辜。怀经济之才，抗巢由之节，文可以变风俗，学可以究天人。一命不沾，四海称屈。伏惟陛下大明广运，至道无偏，收其希世之英，以为清朝之宝。……特请拜一京官，献可替否，以光朝列，则四海豪俊，引领知归。”《李白集校注》卷二六《为宋中丞请都金陵表》：“皇朝百五十年，金革不作……臣伏见金陵旧都，地称天险。龙蟠虎踞，开扃自然。六代皇居，五福斯在。雄图霸迹，隐赈由存。”《李白集校注》卷二九《为宋中丞祭九江文》：“若思参列雄藩，各当重寄。遵奉王命，大举天兵。……扫妖孽于幽燕，斩鲸鲵于河洛。惟神佑我，降休于民。”《新唐书·李白传》：“宋若思将吴兵三千赴河南，道寻阳，释囚辟为参谋，未几辞职。”又据瞿蜕园、朱金城《李白集校注》及《李白年谱》可知，御史中丞宋若思辟李白为参谋事在至德二载。《为宋中丞自荐表》云“臣伏见前翰林供奉李白年五十有七”，至德二载，李白正值五十七岁，故知《为宋中丞自荐表》当作于至德二载。《为宋中丞请都金陵表》云“皇朝百五十年，金革不作”。唐高祖李渊于武德元年(618)建国号为唐，往后推一百五十年，当为唐代宗大历二年(767)，其时李白早已身故，断不能为此文，“百五十年”当非实指。《为宋中丞请都金陵表》《为宋中丞祭九江文》皆当作于安史乱后，李白任宋若思参谋之际，姑一并系于至德二载。

**元结三十九岁，居猗玗洞，撰《管仲论》。**

《元次山集》卷六《管仲论》："自兵兴以来，今三年，论者多云：'得如管仲者一人，以辅人主，当见天下太平矣。'元子异之，曰：'呜呼！何是言之误耶？彼管仲者，人耳，只可与议私家畜养之计，只可以修乡里畎浍之事。……况今日之兵，不可以礼义节制，不可以盟誓禁止，如仲之辈，欲何为矣。'"《论》云："自兵兴以来，今三年。"自天宝十四载（755）十一月甲子，安禄山反于范阳，至至德二载正值三年，故知《管仲论》当作于至德二载。

**韦述卒。**

韦述（？—757），京兆万年（今陕西西安）人。家藏书两千卷，自幼博览群书，笃志文学。景龙二年举进士。开元时参预续《七志》，任右补阙、集贤院直学士、起居舍人。十八年，兼知史官事，转吏部郎中、学士，知史官如故。二十七年，改国子司业，充集贤院学士。天宝九载，迁工部侍郎，封方城县侯。安史乱中，抱《国史》藏于南山，陷贼授伪官。至德二载，流放渝州，为刺史困惑，不食而卒。典掌图书四十年，任史官二十年，以史才博识，著称于世，尤精谱牒之学，著述甚丰。《新唐书·艺文志二》著录《唐春秋》二十卷、《开元谱》二十卷、《唐职仪》三十卷、《高宗实录》三十卷、《御史台记》十卷、《两京新记》五卷、《集贤注记》三卷、《东封记》一卷、《集贤书目》一卷，但大多散佚，曾预修《唐书》《初学记》等。生平事迹见新旧《唐书》本传。《全唐文》卷三〇二录其文九篇，《唐代墓志汇编》录《大唐故少府监范阳县伯张公（去奢）墓志铭》（页一六〇八）一篇，《全唐文补遗》（第二辑）补《大唐故正议大夫行仪王傅上柱国奉明县开国子赐紫金鱼袋京兆韦府君（济）墓志铭并序》一篇，《全唐文补遗》（第六辑）补《大唐故壮武将军守左威卫大将军兼五原太守郭府君（英奇）墓志铭并序》一篇。

**安史乱后，乾元旧籍亡散殆尽。**

《旧唐书·经籍志上》："禄山之乱，两都覆没，乾元旧籍，亡散殆尽。"

# 唐肃宗至德三载　乾元元年

戊戌　七五八

## 正月

**唐肃宗本年四十八岁，下《安辑京城百姓敕》。**

《唐大诏令集》卷一一五载此敕，系至德三载正月，《全唐文》卷四二题为《安辑京城百姓诏》。

**戊寅，唐玄宗本年七十四岁，御宣政殿，册唐肃宗尊号，下《光天文武大圣孝感皇帝加号册文》。**

事见《旧唐书·肃宗纪》《新唐书·肃宗纪》。《全唐文》卷三八载此册文。

## 二月

**乙巳，唐肃宗御兴庆宫，奉册上皇徽号，下《册太上皇尊号赦文》。丁未，御明凤门，大赦天下，改至德三载为乾元元年，复载为年。**

《旧唐书·肃宗纪》："（至德三载二月）乙巳，上御兴庆宫，奉册上皇徽号曰太上至道圣皇大帝。丁未，御明凤门，大赦天下，改至德三载为乾元元年。"《新唐书·肃宗纪》："（至德三载二月）乙巳，上上皇天帝册号曰圣皇天帝。丁未，大赦，改元。"《资治通鉴》卷二二〇："丁未，上御明凤门，赦天下，改元。尽免百姓今载租、庸，复以载为年。"《全唐文》卷四五载此赦文，《唐大诏令集》卷九题为《乾元元年册太上皇尊号赦》。

**癸卯朔，以殿中监李辅国兼太仆卿。辅国依附张淑妃，势倾朝野。**

事见《资治通鉴》卷二二〇。

**唐肃宗下《禁京城酤酒敕》。**

《唐大诏令集》卷一一二(《全唐文》卷四四)载此敕,系乾元元年二月。

**独孤及本年三十三岁,撰《为谯郡唐太守贺赦表》。**

系年见蒋寅《独孤及文系年补正》(《山西大学师范学院学报》一九九六年第一期)。《全唐文》卷三八四载此文。

**王维、贾至为中书舍人,岑参为右补阙,杜甫为左拾遗。**

见贾至《早朝大明宫呈两省僚友》及王维、杜甫、岑参等和作,并参《王维集校注·王维年谱》。

**苏端、柳伉等二十三人登进士第,礼部侍郎裴士淹知贡举。**

见《登科记考补正》卷一〇本年条。

## | 三 月 |

**唐肃宗立张淑妃为皇后。陆贽为撰《册淑妃王氏为皇后文》。**

事见《资治通鉴》卷二二〇。《陆贽集》(中华书局,二〇〇六年)卷六载此册文。

**唐肃宗临三殿亲观考击钟磬,又于内造乐章三十一章。**

《旧唐书》卷二八《音乐一》:"乾元元年三月十九日,上以太常旧钟磬,自隋以来,所传五声,或有差错……集乐工考试数日,审知差错,然后令再造及磨刻。……上临三殿亲观考击,皆合五音,送太常。……又于内造乐章三十一章,送太常,郊庙歌之。"

**颜真卿本年四十九岁，任蒲州刺史，封丹阳县开国子。**

殷亮《颜鲁公行状》："乾元元年三月又改蒲州刺史本郡防御使，封丹阳县开国子，食邑一千户。"《全唐文》卷四四载《答颜真卿谢蒲州刺史批》。

## |春|

**王维本年六十五岁，复官责授太子中允，旋加集贤学士，作《谢除太子中允表》《谢集贤学士表》《谢御书集贤院额表》。**

《王维集校注》卷一一《谢除太子中允表》："臣维稽首言：伏奉某月日制，除臣太子中允。诏出宸衷，恩过望表，捧戴惶惧，不知所裁。臣闻食君之禄，死君之难。当逆胡干纪，上皇出宫，臣进不得从行，退不能自杀，情虽可察，罪不容诛。伏惟光天文武大圣孝感皇帝陛下孝德动天，圣功冠古，复宗社于坠地，救涂炭于横流。"据此尊号，可知此文作于本年正月之后。又据《既蒙宥罪旋复拜官伏感圣恩窃书鄙意兼奉简新除使君等诸公》"花迎喜气皆知笑，鸟识欢心亦解欢"语，可知此文当作于本年初春。《王维集校注》卷一一《谢集贤学士表》："朝议大夫试太子中允臣维稽首言：伏奉今月十八日敕，令臣充集贤殿学士。"同卷载《谢御书集贤院额表》亦作于同时或稍后。"今月"疑为三月。详见《王维集校注·王维年谱》考证。

## |四月|

**一日，唐肃宗下《宣慰西京官吏敕》。**

《全唐文》卷四四载此敕，《唐大诏令集》卷一一五题为《宣慰西京逆官敕》，系至德三载四月一日。

**十四日，唐肃宗下《乾元元年南郊赦文》。**

《全唐文》卷四五《乾元元年南郊赦文》(《唐大诏令集》卷六九，系四月十四日)："大赦天下，除反逆之党缘坐谋杀十恶劫盗临监主掌，自余一切原免。……

国子监学生明经法帖、策、口试各十，并通四以上，进士通三与及第。乡贡明经准常式程，州县学生放归营农，待贼平之后，任从例程。”《新唐书·肃宗纪》：“（乾元元年四月）甲寅，朝享于太庙，有事于南郊。乙卯，大赦……有能赈贫穷宠以官爵。”

**王维撰《与工部李侍郎书》。**

《王维集校注》卷一一载《与工部李侍郎（遵）书》。《旧唐书·肃宗纪》：“（至德二载）十二月戊午……宗正卿李遵为郑国公。”独孤及《唐故特进太子少保郑国李公墓志铭》：“（肃宗）即皇帝位，拜工尚书工部侍郎，领宗正卿。……乾元二年，论功行封，策为郑国公，定食实封二百户，加特进、工部尚书，宗正如故。”可知李遵自至德元载十二月至乾元元年官工部侍郎。《与工部李侍郎书》载“一昨出后”，指其至德二载十月入狱，十二月被宥出狱，据“候凉时”之语，可知此文作于本年乾元元年夏，参见《王维集校注》此文校注。

## 五月

**张镐、崔圆、李麟并罢相，李玙投肃宗好鬼神之癖，拜相。庚寅，唐肃宗立成王俶为皇太子，下《立成王为皇太子德音》。**

事见新旧《唐书·肃宗纪》。《唐大诏令集》卷二九载此德音（《全唐文》卷四四载）：“皇太子俶，植性恭懿，因心孝友……今撰辰斯及，册命攸行。……京官五品以上，各举忠正孝友文儒周慎堪任东宫官者，务取实才，不得虚荐。”《资治通鉴》卷二二〇载张镐以不切事机，不事中要罢相事，并记载肃宗立太子时征求考功郎中、知制诰李揆语：“张后生兴王佋，才数岁，欲以为嗣，上疑未决，从容谓考功郎中、知制诰李揆曰：‘成王长，且有功，朕欲立为太子，卿意何如？’揆再拜贺曰：‘此社稷之福，臣不胜大庆。’上喜曰：‘朕意决矣。’庚寅，立成王俶为皇太子。乙未，以崔圆为太子少师，李麟为少傅，皆罢政事。上颇好鬼神，太常少卿王玙，专依鬼神以求媚，每议礼仪，多杂以巫祝俚俗。上悦之，以玙为中书侍郎、同平章事。”

**唐肃宗下《追赠颜杲卿太子太保诏》。**

事见《旧唐书》卷一八七《颜杲卿传》。《全唐文》卷四二载此诏，称赞其“任彼专诚，志枭狂虏，艰难之际，忠义在心。愤群匈而慷慨，临大节而奋发，遂擒元恶，成此茂勋。属胡虏凭陵，流毒方炽，孤城力屈。见陷寇仇，身殁名存，实彰忠烈”。

**高適本年五十九岁，为李辅国谗，由淮南节度使左授太子詹事，归东京经睢阳，撰《罢职还京次睢阳祭张巡许远文》。**

《高適集校注·罢职还京次睢阳祭张巡许远文》：“维乾元元年五月日，太子詹事御史中丞高適谨以清酌之奠，敬祭于故御史中丞张、许二公之灵。”《新唐书·肃宗纪》：“（至德二载十月）安庆绪陷睢阳，太守许远及张巡、郓州刺史姚訚、左金吾卫将军南霁云皆死之。”知许远、张巡殁于至德二载十月。

## | 六 月 |

**唐肃宗下《原免两京被贼逼授伪官诏》。**

《唐大诏令集》卷一二一载此诏，系乾元元年六月，《诏》云：“朕闻古先哲王，慎罚以恤人命。胁从罔理，罪疑从轻。成汤有解纲之仁，光武有焚书之令。盖惠彼至理，缓其刑章，是以法不滥加，刑所以措也。间者时遭寇逆，患在干戈，衣冠之流，逼迫者众，事不获已，情稍轻焉。”《全唐文》卷四二题为《放免被贼逼授伪官诏》。

**太子少师房琯称疾不朝，宾客盈门，唐肃宗下《贬房琯刘秩严武诏》，称其有朋党不公之言，贬房琯、刘秩、严武为刺史。**

《全唐文》卷四二载此诏：“房琯素表文学，夙推名器，由是累阶清贵，致位台衡。而率性自任，怙气恃权。虚浮简傲者，进为同人；温让谨令者，捐于异路。所以辅佐之际，谋猷匪宏。顷者时属艰难，擢居将相，朕永怀仄席，冀有成功。而丧我师徒，既亏制胜之任；升其亲友，悉彰浮诞之迹。曾未逾时，遽从败绩。……又与前国子祭酒刘秩、前京兆少尹严武等，潜为交结，轻肆言谈，有朋党不公之言，违臣子奉上之体。……琯可邠州刺史，秩可阆州刺史，武可巴州刺史。”《资治通鉴》卷二二〇：“太子少师房琯既失职，颇怏怏，多称疾不朝，而宾客朝夕盈门，其党为之扬言于朝云：‘琯有文武才，宜大用。’上闻而恶之，下制数琯罪，贬豳州刺史。前祭酒刘秩贬阆州刺史，京兆尹严武贬巴州刺史，皆琯党也。”

**李吉甫生**。

李吉甫（758—814），字弘宪，赵郡（今河北赵县）人。其父李栖筠有远度，庄重寡言，能文章，善书法，不妄交游，常衮在《授李栖筠浙西观察使制》中称“其学博而精，其文简而当。明以辨政，居官可纪，秩更三署，名重一时”，官至御史大夫。吉甫少好学，能属文，明练典故，“该洽多闻，尤精国朝故实，沿革折衷，时多称之”（《旧唐书》本传），颇受宰相李泌、窦参推重。宪宗即位，为考功员外郎、知制诰，不久又入为翰林学士，转中书舍人，元和二年、六年两度拜相。始当国，“经综政事，众职咸治”，再辅政，稍修怨，然总体上“畏慎奉法，不忮害，顾大体”，深受宪宗宠信。吉甫曾为集贤殿大学士，监修国史，著述颇为丰富，文集二十卷，编有《古今文集略》二十卷，集唐人表、章、笺、启等为《类表》五十卷（亦名《表启集》），集梁陈迄唐开元歌诗三百二十首为《丽则集》五卷，《国朝哀策文》四卷，《梁大同古铭记》一卷，可见其文学素养，并注意文集的编纂。也许由于陷于党争等原因，其作品流失颇为严重，显示其代为王者言的“大手笔”文字很有可能亦随之湮没，今人仅能从其现存的文章中拟推其应用文创作成就。现存文三十三篇，包括《全唐文》卷五一二存二十一篇，《唐文拾遗》卷二四补二篇，《唐文续拾》卷六补三篇，《全唐文补编》（中册）卷六一补五篇，《全唐文补遗》（千唐志斋新藏专辑）补一篇，另据《唐会要》卷五三补一篇。此外，新旧《唐书·李吉甫传》记载了吉甫为相时的大量奏对，亦有价值。

## | 七月 |

**丙戌，为改革币制，唐肃宗下《铸一当十钱诏》**。

《全唐文》卷四二《铸一当十钱诏》：“御史中丞第五琦奏请改钱，以一当十，别为新铸，不废旧钱。冀实三官之资，用收十倍之利。所谓于人不扰，从古有经。宜听于诸监别铸一当十钱，文曰乾元重宝，其开元通宝者依旧行用。”《唐大诏令集》卷一一二题为《行乾元重宝钱敕》。《旧唐书·肃宗纪》:“(乾元元年七月)丙戌,初铸新钱,文曰‘乾元重宝’,用一当十,与开元通宝同行用。”

## |八 月|

**郭子仪、李光弼、王思礼来朝,加子仪中书令,光弼侍中,有《授郭子仪中书令李光弼侍中制》。思礼为兵部尚书,余如故。**

事见《旧唐书·肃宗纪》、《资治通鉴》卷二二〇。《全唐文》卷四二载此制,《唐大诏令集》卷六〇题为《郭子仪中书令李光弼侍中制》,系乾元元年九月,误。

## |九 月|

**命郭子仪、李光弼等九节度之师,步骑二十万,不置元帅,以宦官鱼朝恩为观军容使,以讨安庆绪。观军容之名自此始。**

事见《旧唐书·肃宗纪》《新唐书·肃宗纪》、《资治通鉴》卷二二〇。

**独孤及撰《为独孤中丞天长节进镜表》《为独孤中丞谢让官爵表》。**

独孤中丞为独孤峻。系年见蒋寅《独孤及文系年补正》(《山西大学师范学院学报》一九九六年第一期)。《全唐文》卷三八五载此文。

**颜真卿任蒲州刺史,封丹阳县开国子,撰《祭侄季明文》。**

《全唐文》卷三四四《祭侄季明文》:“维乾元元年,岁次戊戌,九月庚午朔三日壬申,第十三叔银青光禄大夫使持节蒲州诸军事蒲州刺史上轻车都尉丹阳县开国侯真卿,以清酌庶羞,祭于亡侄赠赞善大夫季明之灵。”

## 十月

**唐肃宗撰《立成王俶为皇太子诏》《册成王为皇太子文》。**

《全唐文》卷四二《立成王俶为皇太子诏》:“成王俶宜立为皇太子,改名豫,所司择日行册礼。”《全唐文》卷四四《册成王为皇太子文》:“维乾元元年,岁次戊戌,十月庚子朔五日甲辰……成王俶,道备文武,生资睿哲……是用命尔为皇太子,以副朕躬。”《新唐书·肃宗纪》:“(乾元元年)十月甲辰,立成王俶为皇太子。大赦。……举忠正孝友堪东宫官者。”

**颜真卿受诬贬饶州刺史,撰《祭伯父豪州刺史文》。**

《全唐文》卷三四四《祭伯父豪州刺史文》:“维乾元元年,岁次戊戌,十月庚子朔廿一日庚申,第十三侄男银青光禄大夫使持节饶州诸军事饶州刺史上轻车都尉丹阳县开国侯真卿,敢昭告于亡伯故朝议大夫豪州刺史府君之灵。”殷亮《颜鲁公行状》:“乾元元年三月又改蒲州刺史本郡防御使,封丹阳县开国子,食邑一千户。是年为酷吏唐旻所诬,贬饶州刺史。”颜真卿本年九月作《祭侄季明文》尚云“蒲州刺史”,然十月作《祭伯父豪州刺史文》已云“饶州刺史”,故知贬饶州刺史事当在乾元元年十月。

**武元衡生。**

武元衡(758—815),字伯苍,缑氏(今河南偃师)人。建中四年登进士第。唐德宗时召授比部员外郎,岁内三迁至左司郎中。贞元二十年,擢为御史中丞。唐宪宗元和二年正月拜相,十月以使相出为剑南西川节度使,八年征还,复入相。力主用兵平淮西吴元济,十年六月遭刺杀。追赠司徒,谥忠愍。《新唐书·艺文志四》著录《武元衡集》十卷,后散佚。生平事迹见新旧《唐书》本传及《唐才子传校笺》卷四。《全唐文》卷五三一及《唐文拾遗》卷二五存文十三篇。

## |本年|

**王维请施蓝田别业为寺,撰《请施庄为寺表》。**

《王右丞集笺注》卷一七《请施庄为寺表》:"臣亡母故博陵县君崔氏,师事大照禅师三十余岁。……乐住山林,志求寂静,臣遂于蓝田县营山居一所……伏乞施此庄为一小寺。"《唐五代文学编年史》乾元元年"王维"条下载:"《请施庄为寺表》……当作于本年王维授太子中允后。"姑从之,系于此。

**杜甫四十七岁,因房琯事出为华州司功参军,撰《乾元元年华州试进士策问五首》。**

《杜诗详注》卷二五《乾元元年华州试进士策问五首》:"问:足食足兵,先哲雅诰,盖有兵无食,是谓弃之。致能掉鞅靡旌,斯可用矣。况寇犹作梗,兵不可去,日闻将军之令,亲睹司马之法。关中之卒未息,灞上之营何远?近者,郑南训练,城下屯集,瞻彼三千之徒,有异什一而税。窃见明发教以战斗,亭午放其庸保,课乃菽麦,以为寻常。夫悦以使人,是能用古,伊岁则云暮,实虑休止,未卜及瓜之还,交比翳桑之饿。群有司自救不暇,二三子谓之何哉?"《旧唐书·杜甫传》:"琯罢相。甫上疏言琯有才,不宜罢免。肃宗怒,贬琯为刺史,出甫为华州司功参军。"乾元元年杜甫为华州司功,文题又云"乾元元年",故知《乾元元年华州试进士策问五首》当作于乾元元年。

**贾至四十一岁,著作郎任上撰《百家类例》十卷,撰《百家类例序》。**

《全唐文》卷三六八《百家类例序》:"以其婚姻承家,冠冕备尽,则存谱。大谱所纪者,唯尊官清职。传记本原,分为十卷,爰列百氏。其中须有部折,各于当族注之。通为百氏,以陇西李氏为第一。"《唐会要》卷三六《氏族》:"乾元元年,著作郎贾至撰《百家类例》十卷。"

**元结四十岁,居江州瀼溪,撰《瀼溪铭》。**

《元次山集》卷六《瀼溪铭》:“瀼溪之澜,谁取盥焉;瀼溪之漪,谁取饮之。盥实可矣,饮岂难矣,得不惭其心,不如此水。浪士作铭,将戒何人?欲不让者,惭游瀼滨。”《元次山集》卷六《瀼溪铭序》:“乾元戊戌,浪生元结始浪家瀼溪之滨。……瀼溪,浪士爱之,铭之其滨。”乾元戊戌,即乾元元年。

**于休烈任太常少卿、知礼仪事,兼修国史,撰《请停命妇入朝奏》。**

《全唐文》卷三六五《请停命妇入朝奏》:“据《周礼》,有命夫命妇。夫朝人主,妇朝女君。自永徽五年以则天为皇后,始行此礼。其日也,命妇又朝光顺门,朝官命妇,并入杂处,殊为失礼。”《旧传》:“旧仪,元正冬至,百官不于光顺门朝贺皇后,乾元元年,张皇后遂行此礼。休烈奏曰:‘……命妇又朝光顺门,与百官杂处,殊为失礼。’肃宗诏停之。”

**李逢吉生。**

李逢吉(758—835),字虚舟,陇西(今属甘肃)人。贞元十年登进士第。范希朝辟为振武军节度掌书记。历任左拾遗、左补阙、侍御史。元和六年,迁给事中,九年改中书舍人,十一年权知礼部贡举,同年二月拜相,次年罢相。长庆二年代裴度为门下侍郎平章事,再拜相。后出镇山南东道、宣武军。大和五年,以检校司徒兼太子太师,充东都留守。八年,征拜左仆射,守司徒。九年正月卒。工诗文,“每有所作,必惊流辈。不数年,遂压秉笔之士”(《唐诗纪事》卷四七引《断金集序》)。与令狐楚友善,《新唐书·艺文志四》著录《断金集》一卷,即为二人唱和之作,已佚。生平事迹见新旧《唐书》本传。《全唐文》卷六一六录其文四篇,《唐文拾遗》卷二六补一篇,共计五篇。

## 唐肃宗乾元二年

己亥　七五九

### 正月

**戊寅,有事于籍田,上行九推,下《禁籍田雕饰农器诏》。**

事见《旧唐书·肃宗纪》。《全唐文》卷四二载此诏,《唐大诏令集》卷七四题为《停籍田雕饰农器诏》,系乾元二年正月。新旧《唐书·肃宗纪》系于“戊寅”,《资治通鉴》卷二二一系“乙卯”(注:“乙卯”,当作“乙酉”)。

## |二 月|

**壬子望,百官请加皇后尊号曰辅圣,中书舍人李揆谏止之。**

《资治通鉴》卷二二一:“先是百官请加皇后尊号曰‘辅圣’,上以问中书舍人李揆,对曰:‘自古皇后无尊号,惟韦后有之,岂足为法!’上惊曰:‘庸人几误我!’会月食,事遂寝。后与李辅国相表里,横于禁中,干豫政事,请托无穷,上颇不悦,而无如之何。”《旧唐书·肃宗纪》:“二月壬子望,月蚀既。百官请加皇后张氏尊号为‘翊圣’,上以月蚀阴德不修而止。贬东都留守、嗣虢王巨以遂州刺史,苛政也。”

**壬戌,遣侍中苗晋卿、王玙录囚徒,有《春令减刑敕》。**

事见《旧唐书·肃宗纪》。《全唐文》卷四四载此敕,《唐大诏令集》卷八四题为《以春令减降囚徒敕》。

**赖棐等二十五人登进士第,礼部侍郎李揆知贡举。试日,置《五经》、诸史及《切韵》供贡士寻检。**

见《登科记考补正》卷一〇本年条。又《旧唐书》卷一二六《李揆传》:“其试进士文章,请于庭中设《五经》、诸史及《切韵》本于床,而引贡士谓之曰:‘大国选士,但务得才,经籍在此,请恣寻检。’由是数月之间,美声上闻。”《唐会要》卷七六《贡举中·进士》:“乾元初,中书舍人李揆兼礼部侍郎。揆尝以主司取士,多不考实,徒峻其堤防,索其书策,殊不知艺不至者,居文史之囿,亦不能摛其词藻,深昧求贤意也。及其试进士文章日,于中庭设《五经》及各史,及《切韵》本于床,而引贡士谓之曰:‘国家进士,但务得才,经籍在此,各务寻检。’由是数日之间,美声上闻。”

## | 三 月 |

**甲午,吕諲拜相,有《授吕諲同平章事制》。乙未,苗晋卿、王玙罢相,李岘、李揆、第五琦拜相,有《授李岘吏部尚书李揆中书侍郎第五琦户部侍郎并平章事制》,军国大事多独决于岘,李岘有《请罢选羽林骑士备巡检疏》。高適、贾至等百余人南奔襄、邓。**

《全唐文》卷四二载此二制,《唐大诏令集》卷四五题为《吕諲平章事制》《李岘李揆第五琦平章事制》。《旧唐书·肃宗纪》:"乙未,侍中苗晋卿为太子太傅,平章事王玙为刑部尚书,并罢知政事。以京兆尹李岘为吏部尚书,礼部侍郎李揆为中书侍郎,与户部侍郎第五琦等并同中书门下平章事。"《新唐书·肃宗纪》:"壬申……东京留守崔圆、河南尹苏震、汝州刺史贾至奔于襄、邓。……甲午,兵部侍郎吕諲同中书门下平章事。乙未,苗晋卿、王玙罢。京兆尹李岘为吏部尚书,中书舍人李揆为中书侍郎,户部侍郎第五琦,同中书门下平章事。"《资治通鉴》卷二二一:"甲午,以兵部侍郎吕諲同平章事。乙未,以中书侍郎、同平章事苗晋卿为太子太傅,王玙为刑部尚书,皆罢政事。以京兆尹李岘行吏部尚书,中书舍人兼礼部侍郎李揆为中书侍郎,及户部侍郎第五琦并同平章事。上于岘恩意尤厚,岘亦以经济为己任,军国大事多独决于岘。于是京师多盗,李辅国请选羽林骑士五百以备巡逻。李揆上疏曰:'昔西汉以南北军相制,故周勃因南军入北军,遂安刘氏。皇朝置南、北牙,文武区分,以相伺察。今以羽林代金吾警夜,忽有非常之变,将何以制之!'乃止。"《全唐文》卷三七一载此疏。《册府元龟》卷四四三《将帅部·败衄三》:"乾元二年三月壬申,子仪……等九节度与逆贼安庆绪战于相州城下……官军大奔,弃甲仗器械,委积道路。子仪等收兵断河阳桥保东京。……留守崔圆、河南尹苏震、詹事高適、汝州刺史贾至百余人南奔襄、邓。"

**丁亥,唐肃宗下《推恩祈泽诏》。**

《全唐文》卷四二载此诏,《册府元龟》卷八七系乾元二年三月丁亥。

**壬申,九节度之师溃于滏水。安庆绪为史思明所杀。唐肃宗下《命郭子仪**

**充东京畿等道元帅诏》**。

《新唐书·肃宗纪》:“(乾元二年三月)壬申,九节度之师溃于滏水。史思明杀安庆绪。东京留守崔圆、河南尹苏震、汝州刺史贾至奔于襄、邓。郭子仪屯于东京。”《资治通鉴》卷二二一详记之。《全唐文》卷四二载此诏,《唐大诏令集》卷五九载题为《郭子仪东京畿山东河南诸道元帅制》,系乾元二年三月。

**唐肃宗下《申明赏罚诏》**。

《全唐文》卷四二载此诏,《册府元龟》卷六四系乾元二年三月。

**李白本年五十九岁,因永王璘事长流夜郎,中道遇赦而还**。

《旧唐书·李白传》:“永王谋乱,兵败,白坐长流夜郎。”王琦《李太白全集》卷三五《李太白年谱》“乾元二年,己亥”条下载:“未至夜郎,遇赦得释。”《新唐书·肃宗纪》:“(乾元二年三月)丁亥,以旱降死罪,流以下原之;流民还者给复三年。”李白或因此而得释放还。

**颜真卿本年五十岁,任饶州刺史,撰《天下放生池碑铭》**。

《全唐文》卷三三九《天下放生池碑铭》:“乾元二年太岁己亥春三月己丑……置放生池,凡八十一所,盖所以宣皇明而广慈爱也。……谨缘皋陶奚斯歌虞颂鲁之义,述天下放生池碑铭一章。”

## | 春 |

**王维本年六十六岁,在给事中任上作《为相国王公紫芝木瓜赞并序》**。

《王维集校注》卷一一载《为相国王公紫芝木瓜赞并序》,相国王公指王玙,据两《唐书》本传即《新唐书·宰相世系表》,乾元元年五月拜中书侍郎、同中书门下平章事,二年三月,罢为刑部尚书。

## | 四 月 |

**太子詹事李辅国弄权，宰相李岘谏之。唐肃宗本年四十九岁，感寤，下《删除律令诏》《申明赏罚诏》，归政于中书门下，辅国由是忌岘。不久，李岘即以朋党专权被贬为蜀州刺史。**

事见《资治通鉴》卷二二一，并节录肃宗诏文。《全唐文》卷四二载《删除律令诏》《申明赏罚诏》。

**唐肃宗下《减省服膳敕》《求言诏》。**

《旧唐书 · 肃宗纪》："（乾元二年四月）壬寅，诏以寇孽未平，务怀抑挹，'自今以后，朕常膳及服御等物，并从节减，诸作坊造坊并停'。'比缘军国务殷，或宣口敕处分。今后非正宣，并不得行用，中外诸务，各归有司。英武军及六军诸使，比因论竟便行追摄。今后须经台府，如处断不平，具状闻奏。自文武五品已上正官各举贤良方正、直言极谏一人，任自封进。两省官十日一上封事。御史台欲弹事，不须进状，仍服豸冠。残妖未殄，国步犹难，共体至公，以康庶政。朕推诚御物，与众共之，思与苍生，臻夫至道。宣示中外，知朕意焉。'"即《全唐文》卷四四所载《减省服膳敕》、卷四二所载《求言诏》。

## | 五 月 |

**丁亥，唐肃宗御宣政殿试文经邦国等四科举人。**

《旧唐书 · 肃宗纪》："（乾元二年五月）丁亥，上御宣政殿试文经邦国等四科举人。"

**高適本年六十岁，任彭州刺史，作《谢上彭州刺史表》。**

《高適集校注 · 谢上彭州刺史表》："比逆乱侵轶，淮楚震惊，遂兼节制之权，空忝腹心之寄。衔命感激，思效驽骀，敢竭公忠，动无回避。而智不周物，才难适时,俄尘圣听,果速官谤,实谓斧钺可待,流窜在兹。陛下宏覆载之恩,明日月之鉴,始拜宫尹,今列藩条。"《同河南李少尹毕员外宅夜饮时洛阳告捷遂作春酒歌》云:"前年持节将楚兵,去年留司洛阳宫,今年复拜二千石,盛夏五月西南行。"据此可知,此文撰于本年五月。

## 六月

**颜真卿任升州刺史,充浙江西道节度使兼宋亳都防御使**。

殷亮《颜鲁公行状》:"(乾元)二年六月拜升州刺史,充浙江西道节度使兼宋亳都防御使。"

## 七月

**召还郭子仪。辛巳,制以赵王系为天下兵马元帅,有《命赵王系充天下兵马元帅诏》;李光弼为副,有《授李光弼副知行营事制》;以王思礼为北京留守,有《王思礼北京留守制》**。

事见《旧唐书·肃宗纪》《新唐书·肃宗纪》。《唐大诏令集》卷三六载此诏(《全唐文》卷四三),《全唐文》卷四四二载《李光弼副知行营事制》,《唐大诏令集》卷五九题为《李光弼副知行营事制》。《唐大诏令集》卷五九载《王思礼北京留守制》,《全唐文》未录。

## 八月

**一日,唐肃宗下《申戒刺史考察县令诏》**。

《全唐文》卷四三载此诏,《唐大诏令集》卷一〇四题为《察访刺史县令诏》,系乾元二年八月一日。

**唐肃宗下《受贼伪官令均平改拟诏》**。

《唐大诏令集》卷一二一载此诏，系乾元二年八月。《全唐文》卷四三题为《加恩处分流贬官员诏》。

**贾至本年四十二岁，坐弃汝州事贬岳州司马，与李白、李晔等同游洞庭。**

《新唐书·贾至传》："坐小法，贬岳州司马。"贾至《初至巴陵与李十二白裴九同泛洞庭湖三首》，李白《陪族叔刑部侍郎晔及中书贾舍人至游洞庭五首》《巴陵赠贾舍人》《与贾舍人于龙兴寺剪梧桐枝望灉湖》诗可证。

## | 九 月 |

**继续改革币制，铸新钱，以一当五十，下《行重轮钱敕》。**

《旧唐书·肃宗纪》："（乾元二年九月）戊辰，新铸大钱，文如乾元重宝，而重其轮，用一当五十，以二十二斤成贯。"《唐大诏令集》卷一一二载此敕，系乾元二年八月。《全唐文》卷四四题为《行轻重钱敕》。

**史思明攻陷洛阳，无所得。唐肃宗下《史思明再陷洛阳灵宝幸东京诏》。**

《资治通鉴》卷二二一："（乾元二年九月）庚寅，思明入洛阳，城空，无所得。"《唐大诏令集》卷七九载此诏，《全唐文》卷四三题为《亲征史思明诏》。

**元结本年四十一岁，奉肃宗召至长安，撰《时议三篇》。**

《元次山集》卷六《时议三篇》："陛下忽降公诏，远征愚臣……臣实不能当君子之羞，受小人之辱，故编舆皁之说为三篇，名曰《时议》，敢以上闻，抵冒天威。……乾元二年九月日，前进士元结表上。"

## | 十 月 |

**唐肃宗下《亲征史思明诏》，群臣上表谏，乃止。**

事见《资治通鉴》卷二二一、《旧唐书·肃宗纪》。《全唐文》卷四三载此诏。

## |十一月|

**庚午,宰相第五琦贬忠州长史,御史大夫贺兰进明贬溱州司马,有《贬第五琦忠州长史制》。不久,又长流第五琦于夷州**。

事见《旧唐书·肃宗纪》、《资治通鉴》卷二二一。《全唐文》卷四二载此制,曰:“又与贺兰进明并居权要,潜结往来,尝夜会于私第,归必淹于永漏。殊乖宪典,足表异端,颇招党比之嫌,甚失弼谐之望。”同卷载《流第五琦夷州制》,事在乾元三年二月。《唐大诏令集》卷五七载此二制。

**四明山人沈若进《广孝经》十卷**。

《唐会要》卷三六《修撰》:“乾元二年十一月,四明山人沈若进《广孝经》十卷。”

## |本年|

**权德舆生**。

权德舆(761—818),字载之,天水略阳(今甘肃秦安)人。名士权皋子。幼颖悟,年十五,为文数百篇,见称于诸儒间。贞元十年,任起居舍人兼知制诰。后历任驾部员外郎、司勋郎中、中书舍人,均掌诰命。十八年拜礼部侍郎,三掌贡举。后任户部侍郎、兵部侍郎、吏部侍郎,元和五年拜相,为政以宽厚为本。八年罢为礼部尚书,历东都留守、刑部尚书等职。十三年卒,年五十八。赠左仆射,谥文。于贞元、元和间执掌文柄,名重一时,刘禹锡、柳宗元皆投文门下,为文尚气尚理,弘博雅正,温润周详,公卿侯王、硕儒名士之碑铭、集纪,多出其手,主张“体物导志”“有补于时”,时人奉为宗匠。《新唐书·艺文志四》录其文集五十卷、制集五十卷、《童蒙集》十卷、《元和格敕》三十卷(与刘伯刍等合编),今惟传文集五十卷,杨嗣复为序。生平事迹见新旧《唐书》本传、韩愈《唐故相权公墓碑》、《唐才子传校笺》卷五。《全唐文》卷四八三至五〇九编其文二十七卷,

《唐文拾遗》卷二四补一篇。今有严国荣《权德舆研究》(中国社会科学出版社,二〇〇六年)。

## 唐肃宗乾元三年　上元元年

庚子　七六〇

### 正月

**戊子,以朔方节度使郭子仪兼邠宁、鄜坊两道节度使,假其威名以震摄党项,有《郭子仪兼邠宁鄜坊两道节度使制》。**

事见《旧唐书·肃宗纪》、《资治通鉴》卷二二一。《唐大诏令集》卷五九载此制,《全唐文》未收此制。

**辛巳,李光弼进位太尉,兼中书令,余如故,有《授李光弼太尉中书令制》。**

事见《旧唐书·肃宗纪》、《资治通鉴》卷二二一。《全唐文》卷四二载此制,《唐大诏令集》卷六〇题为《李光弼太尉中书令制》,系乾元二年十二月,误。

**颜真卿本年五十一岁,入京任刑部侍郎,《与蔡明远帖二首》或作于本年。**

《全唐文》卷三三七《与蔡明远帖二首》:"一昨缘受替归北,中止金陵,阖门百口,几至糊口。……真卿报。"殷亮《颜鲁公行状》:"未至京,拜刑部侍郎。"《帖》云"一昨缘受替归北",颜真卿乾元三年正月入京任刑部侍郎,推知《与蔡明远帖二首》或作于乾元三年正月。

### 二月

**魏颢(魏万)等二十六人登进士第,明经科阎士熊等人及第。中书舍人姚子彦知贡举。**

见《登科记考补正》卷一〇本年条。《登科记考补正》卷一〇:“(乾元三年)进士:魏颢(魏万)。”魏颢《李翰林集序》:“颢始名万,次名炎。”魏颢(生卒年不详),原名万,又名炎,后改名颢,聊城(今属山东)人。曾隐于王屋山,自号王屋山人。

**萧颖士本年四十四岁,客死汝南逆旅,谥曰文元先生。**

李华《扬州功曹萧颖士文集序》:“君以先世寄殡嵩条,因之迁祔终事,至汝南而殁。”李华《祭萧颖士文》:“维乾元三年二月十日,孤子赵郡李华,以清酌之奠,敬祭于亡友故扬州功曹兰陵萧公之灵。”《新唐书·萧颖士传》:“后客死汝南逆旅,年五十二,门人共谥曰文元先生。”《新传》载其“年五十二”,不知何据,疑误。萧颖士为盛唐著名散文家,与李华齐名,世称“萧李”。好奖掖、提引后进,名重于时,号“萧夫子”“萧功曹”。与颜真卿、柳芳、贾至等人相友善,其创作主张与实践,为中唐韩、柳古文运动之先声。萧颖士一生尊经重道,致力于提倡古文,于《赠韦司业书》中自称:“平生属文,格不近俗,凡所拟议,必希古人。……有识以来,寡于嗜好,经术之外,略不婴心。”李华《扬州功曹萧颖士文集序》亦赞其“以文章制度为己任,时人咸以此许之”。《新唐书》卷六〇《艺文四》著录其有《萧颖士集》十卷、《游梁新集》三卷。李华《扬州功曹萧颖士文集序》载其“有文十卷”。《全唐文》卷三二二至三二三编其文为两卷,《唐代墓志汇编》录《唐故沂州丞县令贾君(钦惠)墓志铭》(页一六八九)一篇。萧颖士除上述编年之文外,尚有《至日圜丘祀昊天上帝赋》《听早蝉赋》《滞舟赋》《为陈正卿进续尚书表》等作品,唯作年难确考。《新传》载其尝谓“仲尼作《春秋》,为百王不易法,而司马迁作本纪、书、表、世家、列传,叙事依违,失褒贬体,不足为训。乃起汉元年讫隋义宁编年,依《春秋》义类为传百篇。……亦著《梁萧史谱》及作《梁不禅陈论》”。《旧传》载“当开元中,天下承平,人物骈集,如贾曾、席豫、张垍、韦述辈,皆有盛名,而颖士皆与之游,由是缙绅多誉之”,又载其“狂率不逊”,然“聪警绝伦,尝与李华、陆据同游洛南龙门,三人共读路侧古碑,颖士一阅,即能诵之,华再阅,据三阅,方能记之。议者以三人才格高下亦如此。是时外夷亦知颖士之名,新罗使入朝,言国人愿得萧夫子为师,其名动华夷若此。”《新传》则载其“观书一览即诵,通百家谱系、书籀学”,又载:“于时裴耀卿、席豫、张均、宋遥、韦述皆先进,器其材,与钧礼,由是名播天下。……尹征、王恒、卢异、卢士式、贾邕、赵匡、阎士和、柳并等皆执弟子礼,以次授业,号萧夫子。……乐闻人善,以推引后进为己任,如李阳、李幼卿、皇甫冉、陆渭等数十人,由奖目,皆为名士。天下推知人,称萧功曹。尝兄事元德秀,而友殷寅、颜真卿、柳芳、陆据、李华、邵轸、赵骅,时人语曰'殷、颜、柳、陆,李、萧、邵、赵',以能全其交也。所与游者,孔至、贾至、源行恭、张有略、族弟季遐、刘颖、韩拯、陈晋、孙益、韦建、韦收。独华与齐名,世号'萧李'。"李华《扬州功曹萧颖士文集序》:"开元天宝间词人……以文学著于时者,曰兰陵萧君颖士字茂挺,梁鄱阳忠烈王之后。……君七岁能诵数经,背碑覆局。十岁以文章知名,十五誉高天下,十九进士擢第。……君以为六经之后,有屈原、宋玉,文甚雄壮,而不能轻;厥后有贾谊,文词最正,近于理体;枚乘、司马相如亦瑰丽才士,然而不近风雅;扬雄用意颇深;班彪识理;张衡宏旷;曹植丰赡;王粲超逸;嵇康标举。此外皆金相玉质,所尚或殊,不能备举。左思诗赋有雅颂遗风,甘宝著论近王化根源,此后敻绝无闻焉。近日陈拾遗子昂文体最正,以此而言,见君之述作矣。君以文章制度为己任,时人咸以此许之。……有文十卷,卷行于代,其篇目虽存,章句遗落,古所谓有其义而无其词者也。后之为文者,取以为法焉。"《明皇杂录》卷上言萧颖士其人"恃才傲物,曼无与比"。

**李华本年四十六岁,撰《祭萧颖士文》。《扬州功曹萧颖士文集序》疑作于本年。**

《全唐文》卷三二一《祭萧颖士文》:"维乾元三年二月十日,孤子赵郡李华,以清酌之奠,敬祭于亡友故扬州功曹兰陵萧公之灵。"独孤及《检校尚书吏部员外郎赵郡李公中集序》云李华《祭萧颖士文》为"一死一生之间,抒其交情"之作。《序》云:"君以先世寄殡嵩条,因之迁祔终事,至汝南而殁。"萧颖士卒于乾元三年二月,知《扬州功曹萧颖士文集序》当作于此后,唯作年难确考,姑一并系于乾元三年二月。

## | 三 月 |

**新钱难以实行,唐肃宗下《令百官议罢新钱诏》。**

《唐大诏令集》卷一一二(《全唐文》卷四三)载此诏,系乾元三年三月。

**王维本年六十七岁，官给事中，撰《门下起赦书表》。**

《王维集校注》卷一一载《门下起赦书表》，据表中肃宗称号，可知作于乾元二年正月之后。据《新唐书·肃宗纪》"上元元年三月丙子，降死罪，流以下原之"，则此表应作于本年三月。

## |四月|

**元结本年四十二岁，居长安，撰《箧中集序》。**

《唐人选唐诗新编·箧中集序》："近世作者，更相沿袭，拘限声病，喜尚形似，且以流易为辞，不知丧于雅正，然哉！彼则指咏时物，会谐丝竹，与歌儿舞女生污惑之声于私室可矣。若今方直之士，大雅君子，听而诵之，则未见其可矣。吴兴沈千运，独挺于流俗之中，强攘于已溺之后，穷老不惑，五十余年，凡所为文，皆与时异。故朋友后生，稍见师效，能侣类者，有五六人。呜呼！自沈公及二三子，皆以正直而无禄位，皆以忠信而久贫贱，皆以仁让而至丧亡。异于是者，显荣当世，谁为辩士，吾欲问之。天下兵兴，于今六岁，人皆务武，斯焉谁嗣？已长逝者，遗文散失，方祖绝者，不见尽作。尽箧中所有，总编次之，命曰《箧中集》。且欲传之亲故，冀其不忘于今。于今凡七人，诗二十四首，时乾元之三年也。"元结病近世作者"拘限声病，喜尚形似，且以流易为辞，不知丧于雅正"之风，编沈千运、王季友、于逖、孟云卿、张彪、赵微明、元季川七人之诗，共二十四首，为《箧中集》，并为之作序。《序》云"时乾元三年也"。《旧唐书·肃宗纪》："（乾元三年闰四月）己卯，以星文变异，上御明凤门，大赦天下，改乾元为上元。"《序》当作于乾元未改上元之先，即一至四月间，唯作月难确考，姑系于乾元三年四月。

**严武任巴州刺史兼山南西道度支判官，撰《巴州古佛龛记》。**

《唐文拾遗》卷二二《巴州古佛龛记》："山南西道度支判官卫尉少卿兼侍御史内供奉严武奏。臣顷牧巴州，其州南二里有前件古佛龛一所……请度无色役有道行者漆僧，永以住持，俾其修习。……乾元三年四月十三日。"

## 闰四月

**唐肃宗本年五十岁，改乾元三年为上元元年，撰《改元上元赦文》。**

《全唐文》卷四五《改元上元赦文》："可大赦天下，改乾元三年为上元元年。……其太公望，可追封为武成王，有司依文宣王置庙，仍委中书门下。择古今名将配享，并置亚圣及十哲等，享祭之典，一同文宣。"《旧唐书·肃宗纪》："己卯，以星文变异，上御明凤门，大赦天下，改乾元为上元。追封周太公望为武成王，依文宣王例置庙。"《新唐书·肃宗纪》："己卯，大赦，改元，赐文武官爵。追封太公望为武成王。"《资治通鉴》卷二二一："己卯，赦天下，改元。追谥太公望为武成王，选历代名将为亚圣、十哲。"

**唐肃宗下《授彭王仅等节度大使制》。**

《全唐文》卷四二载此制，《唐大诏令集》卷三六题为《彭王仅河西节度大使等制》，系乾元三年闰四月。

**本年唐玄宗七十五岁，下《明皇遗诰》。**

《唐大诏令集》卷一二《明皇遗诰》："予嗣承丕业，敬守宗祧，中昵憸人，几失大宝。赖皇帝拨乱反正，戡乱济时，幸以暮年，复兹安养，常惧有悔，以羞先灵。"按：文下系上元元年建巳月。又，此文作者阙名，《全唐文》《唐文拾遗》《唐文续拾》《全唐文补编》均未收。

## 五月

**丙午，复以太子太傅、韩国公苗晋卿为侍中。壬子，吕諲罢相。癸丑，以河南尹刘晏为户部侍郎。**

事见《旧唐书·肃宗纪》《新唐书·肃宗纪》、《资治通鉴》卷二二一。《全唐文》卷四二载《授苗晋卿侍中制》，《唐大诏令集》卷四五题为《苗晋卿侍中制》。

## 六月

**诏重棱钱一当三十文，开元钱一当十。**

《旧唐书·肃宗纪》："（乾元三年）六月乙丑，诏先铸重棱钱一当五十，宜减当三十文；开元宜一当十。"

## 七月

**唐玄宗自兴庆宫移居西内，李辅国矫诏为之。史称"上皇寖不自怿"。高力士配流巫州，王承恩流播州，魏悦流溱州，陈玄礼致仕。**

事见《旧唐书·玄宗纪下》："阉臣李辅国离间肃宗，故移居西内。高力士、陈玄礼等迁谪，上皇寖不自怿。"《旧唐书·肃宗纪》："丁未，上皇自兴庆宫移居西内。丙辰，开府高力士配流巫州；内侍王承恩流播州，魏悦流溱州；左龙武大将军陈玄礼致仕。"《资治通鉴》卷二二一详记此事："上皇爱兴庆宫，自蜀归，即居之。上时自夹城往起居，上皇亦间至大明宫。左龙武大将军陈玄礼、内侍监高力士久侍卫上皇。上又命玉真公主，如仙媛，内侍王承恩、魏悦及梨园弟子常娱侍左右。上皇多御长庆楼，父老过者往往瞻拜，呼万岁，上皇常于楼下置酒食赐之；又尝召将军郭英乂等上楼赐宴。……李辅国素微贱，虽暴贵用事，上皇左右皆轻之。辅国意恨，且欲立奇功以固其宠，乃言于上曰：'上皇居兴庆宫，日与外人交通，陈玄礼、高力士谋不利于陛下。今六军将士尽灵武勋臣，皆反仄不安，臣晓谕不能解，不敢不以闻。'上泣曰：'圣皇慈仁，岂容有此！'对曰：'上皇固无此意，其如群小何！陛下为天下主，当为社稷大计，消乱于未萌，岂得徇匹夫之孝！且兴庆宫与阎闾相参，垣墉浅露，非至尊所宜居。大内深严，奉迎居之，与彼何殊，又得杜绝小人荧惑圣听。如此，上皇享万岁之安，陛下有三朝之乐，庸何伤乎！'上不听。兴庆宫先有马三百匹，辅国矫敕取之。才留十匹。上皇谓高力士曰：'吾儿为辅国所惑，不得终孝矣。'辅国又令六军将士，号哭叩头，请迎上皇居西内。上泣不应。辅国惧。会上不豫，秋，七月，丁未，辅国矫称上语，迎上皇游西内，至睿武门，辅国将射生五百骑，露刃遮道奏曰：'皇帝以兴庆宫湫隘，迎上皇迁居大内。'上皇惊，几坠。高力士曰：'李辅国何得无礼！'叱令下马。辅国不得已而下。力士因宣上皇诰曰：'诸将士各好在！'将士皆纳刃，再拜，呼万岁。力士又叱辅国与己共执上皇马鞚，侍卫如西内，居甘露殿。辅国帅众而退。所留侍卫兵，才尪老数十人。陈玄礼、高力士及旧宫人皆不得留左右。上皇曰：'兴庆宫，吾之王地，吾数以让皇帝，皇帝不受。今日之徙，亦吾志也。'是日，辅国与六军大将素服见上，请罪。上又迫于诸将，乃劳之曰：'南宫、西内，亦复何殊！卿等恐小人荧惑，防微杜渐，以安社稷，何所惧也！'刑部尚书颜真卿首率百寮上表，请问上皇起居。辅国恶之，奏贬蓬州长史。"

## |八月|

**丁亥，赠故兴王佋为恭懿太子，下《追赠兴王佋为恭懿太子诏》。李揆为撰《恭懿太子哀册文》。**

事见《旧唐书·肃宗纪》。《全唐文》卷四三载此诏，卷三七一载此哀册文。

**王维任尚书右丞，《责躬荐弟表》作于本月前后。**

《王右丞集笺注》卷一七《责躬荐弟表》："臣弟蜀州刺史缙，太原五年，抚养百姓，尽心为国，竭力守城，臣即陷在贼中，苟且延命。臣忠不如弟，一也。……臣之五短，弟之五长，加以有功，又能为政。故臣谬官华省，而弟远守方州，外愧妨贤，内惭比义，痛心疾首，以日为年。臣又逼近悬车……伏乞尽削臣官，放归田里，赐弟散职，令在朝廷。臣当苦行斋心，弟自竭诚尽节，并愿肝脑涂地，陨越为期。"《表》云"臣弟蜀州刺史缙"，据周勋初《高適年谱》，上元元年九月，高適任蜀州刺史，知上元元年九月王缙已不在蜀州刺史任上，故知《表》当作于上元元年九月前，姑系于上元元年八月。

**颜真卿遭李辅国诬，贬蓬州长史，撰《鲜于氏离堆记》。**

《全唐文》卷三三七《鲜于氏离堆记》："乾元改号上元之岁，秋八月，哉生魄，猥自刑部侍郎以言事忤旨，圣恩全宥，贬贰于蓬州。……感今怀昔，遂援翰而志之。"殷亮《颜鲁公行状》："上元元年秋，时御史中丞敬羽，狙诈险惨，班列皆避之。公曾与之语及政事，遂遭诬贬蓬州长史。公乐道自怡，不以介怀。"颜真卿(709—784),字清臣,祖籍琅琊临沂(今属山东),京兆长安(今陕西西安)人。齐黄门侍郎颜之推之为五代孙,秘书监颜师古为从曾孙。开元二十二年进士及第,二十四年为秘书省校书郎。天宝元年,登文词秀逸科,六载为监察御史,八载迁殿中侍御史,为杨国忠排挤出为平原太守。安史乱起,举义旗起兵抵抗,附近十七州同时响应,聚众二十万,推为盟主。至德元载,授宪部尚书、御史大夫。乾元二年,迁升州刺史、浙西节度使、刑部尚书。李辅国忌之,奏贬蓬州长史。宝应二年为户部侍郎、尚书右丞。广德二年,迁刑部尚书,进封鲁郡开国公,世称"颜鲁公"。为元载所衔,贬吉州别驾。大历年间任抚州刺史、湖州刺史。十二年为刑部侍郎。建中三年,为卢杞所忌,改为太子太师。会李希烈叛乱,卢杞奏请真卿前往劝谕,被缢杀,享年七十六。贞元元年有诏赠司徒(《册府元龟》卷一三九、《全唐文》卷五一载),谥文忠。生平事迹见《旧唐书》卷一二八、《新唐书》卷一五三本传、令狐峘《光禄大夫太子太师上柱国鲁郡开国公颜真卿墓志铭》、殷亮《颜真卿行状》。宋留元刚、清黄本骥皆有《颜鲁公年谱》。工于文词,书法精绝,尤擅楷书,世称"颜体"。著述富赡,湖州刺史任上著《韵海镜源》三六〇卷,已佚。《新唐书·艺文志二》著录《礼乐集》十卷(又名《古律历创制仪》)。《宋秘书省续编四库阙书目》卷一著录《五经要略》,卷二甘肃《家教》三卷,并不传。《新唐书·艺文志四》著录《吴兴集》十卷、《庐陵县集》十卷、《临川集》十卷,北宋时已散佚。今传《颜鲁公集》一五卷,为宋留元刚所刊刻。《全唐文》卷三三六至三四四编其文九卷,《全唐文补遗》(第六辑)补《汉太中大夫东方先生墓碑》一篇,《全唐文补编·再补》卷三补《大唐故冠军将军左羽林军大将军东莞郡开国公上柱国臧府君墓志铭》。

## |九月|

**有人上言"天下未平,不宜置郭子仪于散地",乙未,命子仪出镇邠州,党项遁去。戊申下《命郭子仪充诸道兵马都统诏》,诸道兵马七万人皆受子仪节度,制下旬日,复为鱼朝恩沮,事竟不行。**

事见《资治通鉴》卷二一一。《全唐文》卷四三载此制。《唐大诏令集》卷五九题为《郭子仪都统诸道兵马收范阳制》。

**针对私铸钱币的弊病,唐肃宗下《重棱钱减价行用敕》,开元旧钱与乾元钱**

**并行用。**

《唐大诏令集》卷一一二(《全唐文》卷四四)载此敕,系上元元年九月。

## |秋|

**独孤及在扬州,为江淮都统李峘掌书记,作《扬州崔行军水亭泛舟望月宴集赋诗序》。**

《全唐文》卷三八八载此序。

## |本 年|

**王起生。**

王起(760—847),字举之,其先太原(今属山西)人,父恕为扬州司仓参军,遂家于扬州。贞元十四年登进士第,十九年登博学宏词科,授集贤殿校书郎。元和三年,又中贤良方正能直言极谏科,授权蓝田尉。同年九月,以监察御史充淮南节度掌书记。十四年以比部郎中知制诰。穆宗即位,拜中书舍人。长庆元年十月,迁礼部侍郎,掌贡举两年,得士甚精。宝历二年为吏部侍郎。文宗即位,加集贤学士、判院事。开成三年,以兵部尚书充翰林侍讲学士,改太子少师。武宗即位,为东都留守。会昌元年,征拜吏部尚书、判太常卿事,四年进尚书左仆射,连掌会昌三、四年贡举,所选皆名士。四年,以同中书门下平章事充山南西道节度使,大中元年卒于镇,谥文懿。博洽多闻,嗜学强记,官位崇重,却夙夜孜孜,书无不览。所撰《庄恪太子哀册文》,“词情凄惋,当世称之”,尤长于赋。《旧唐书》本传著录文集一百二十卷、《五纬图》十卷、《写宣》十卷。《新唐书·艺文志二》著录《王氏五位图》十卷、《写宣》十卷、《李赵公行状》一卷、《王起集》一百二十卷、《文场秀句》一卷、《大中新行诗格》一卷,均佚。生平事迹见新旧《唐书》本传。《全唐文》卷六四一至六四三载其文八篇,赋六十五篇。

# 唐肃宗上元二年

辛丑　七六一

## | 正 月 |

**甲午，唐肃宗不康，甲寅，诏释囚徒，下《春令减刑德音》。**

事见新旧《唐书·肃宗纪》。《全唐文》卷四四载此文，《唐大诏令集》卷八四题为《以春令减降囚徒德音》。

## | 二 月 |

**张濯、王绰等二十九人登进士第，试《迎春东郊诗》，中书舍人姚子彦知贡举。**

《登科记考补正》卷一〇："《文苑英华》有《迎春东郊诗》，当是此年试题。"

**唐肃宗本年五十一岁，癸未，贬李揆袁州长史，有《贬李揆袁州长史诏》，以河中节度使萧华为中书侍郎、同平章事，有《授萧华中书侍郎同平章事制》。**

事见《资治通鉴》卷二二二。《全唐文》卷四三载此诏、卷二四载此制。《唐大诏令集》卷五七题为《李揆袁州长史制》，卷四五题为《萧华平章事制》。

## | 三 月 |

**戊戌，史思明为其子史朝义所杀，史朝义即皇帝位。**

《新唐书·肃宗纪》："（上元二年三月）戊戌，史朝义弑其父思明。"《资治通鉴》卷二二二："（上元二年三月）朝义即皇帝位，改元显圣。"

**己未，以吏部侍郎裴遵庆为黄门侍郎、同平章事，有《授裴遵庆黄门侍郎同**

**平章事制》**。

事见《资治通鉴》卷二二二。《全唐文》卷四二载此制,《唐大诏令集》卷四五题为《裴遵庆平章事制》,系上元二年四月。

**李光弼以不克史思明,上表固求自贬,制以开府仪同三司、侍中,领河中节度使。本年五月,复副元帅、太尉兼侍中职**。

事见《资治通鉴》卷二二二。

## |四 月|

**下《嗣岐王珍免为庶人制》**。

《唐大诏令集》卷三九载此制,系上元二年四月。《全唐文》卷一一题为《免岐王珍为庶人制》,列于唐高宗名下,误。

## |五 月|

**王维本年六十八岁,任尚书右丞,撰《谢弟缙新授左散骑常侍状》**。

《王维集校注》卷一一《谢弟缙新授左散骑常侍状》:"陛下均平布政,中外递迁,尚录前劳,仍收旧齿,使备顾问,载珥貂蝉,趋侍玉墀,从容琐闼。……上元二年五月四日,通议大夫守尚书右丞王维状进。"

## |六 月|

**己卯,以凤翔尹李鼎为善州刺史、陇右节度营田等使,有《授李鼎陇右节度使制》**。

事见《旧唐书·肃宗纪》。《全唐文》卷四二载此制,《唐大诏令》卷五九题为《李鼎陇右节度使制》。

## | 七月 |

### 王维卒，年约六十八。后唐代宗命其弟缙缀辑遗文，编成《王维集》十卷。

《旧唐书·王维传》："（维）乾元二年七月卒。临终之际，以缙在凤翔，忽索笔作别缙书，又与平生亲故作别书数幅，多敦励朋友奉佛修心之旨，舍笔而绝。"然王维《谢弟缙新授左散骑常侍状》："上元二年五月四日，通议大夫守尚书右丞臣王维状进。"知上元二年五月四日王维仍在世，《旧传》所载有误。"乾元二年七月卒"当为"上元二年七月卒"。关于其生卒年，学术界仍有一定争议，参见王辉斌《王维生卒年研究述评》（《运城学院学报》，二〇〇七年第四期），但大体可定于上元二年卒。《旧传》又载："代宗时，缙为宰相。代宗好文，常谓缙曰：'卿之伯氏，天宝中诗名冠代，朕尝于诸王座闻其乐章。今有多少文集，卿可进来。'缙曰：'臣兄开元中诗百千余篇，天宝事后，十不存一。比于中外亲故间相与编缀，都得四百余篇。'翌日上之，帝优诏褒赏。"《新传》载："上元初卒，年六十一。疾甚，缙在凤翔，作书与别，又遗亲故书数幅，停笔而化。赠秘书监。……宝应中，代宗语缙曰：'朕尝于诸王座闻维乐章，今传几何？'遣中人王承华往取，缙裒集数十百篇上之。"《新传》所载"年六十一"不知何据，疑误。王缙《进王右丞集表》（《全唐文》卷三七〇题为《进王维集表》）云："臣缙言：中使王承华奉宣进止，令臣进亡兄故尚书右丞维文章，恩命忽临，以惊以喜，退因编录，又窃感伤。臣兄文词立身，行之余力，当官坚正，秉操孤直，纵居要剧，不忘清净，实见时辈，许以高流。至于晚年，弥加进道，端坐虚室，念兹无生。乘兴为文，未尝废业。或散朋友之上，或留箧笥之中。臣近搜求，尚虑零落，诗笔共成十卷，今且随表奉进。……银青光禄大夫尚书兵部侍郎兼御史大夫臣王缙表上。"王维为盛唐最著名之山水田园诗人，与孟浩然齐名，世称"王孟"。王维精于诗文、书画、音乐，自称"宿世谬词客，前身应画师"。《王右丞集笺注》卷二八收《画学秘诀》与《石刻二则》，为其论画之作，唯作年难确考。《新传》载其"工草隶，善画，名盛于开元、天宝间"。唐代宗《答王缙进王维集表诏》誉其为"天下文宗"。《新唐书·艺文志四》著录其有《王维集》十卷。《崇文总目》《郡斋读书志》《直斋书录解题》均载其有文集十卷，参见《王维集校注·王维集版本考》。

## |八月|

**癸丑朔，李辅国为兵部尚书，有《加李辅国兵部尚书诏》。骄纵日甚，求为宰相。宰相萧华以为“吾臂可断，宰相不可得”。辛巳，以殿中监李若幽为户部尚书，充朔方镇西北庭陈郑等州节度使，镇绛州，赐名国贞，有《授李若幽朔方节度使制》。**

事见《资治通鉴》卷二二二、《旧唐书·肃宗纪》。《全唐文》卷四三载此诏，卷四二载此制（《唐大诏令集》卷五九题为《李若幽朔方节度使赐名国贞制》），系上元元年八月，误。

## |九月|

**有制加令狐彰银青光禄大夫鸿胪卿。**

《全唐文》卷四二载《加令狐彰银青光禄大夫鸿胪卿制》，《唐大诏令集》卷六〇载题为《滑州节度使令狐彰加御史大夫制》，系上元二年九月。

**壬寅，唐肃宗制去尊号，但称皇帝，去上元号，改称元年，以十一月为岁首，月以斗所建辰为名，撰《去上元年号大赦文》。**

《全唐文》卷四五《去上元年号大赦文》（《唐大诏令集》卷四题为《去上元年号赦》）：“自今以后，朕号唯称皇帝，其年但号元年，去上元之号。其以今年十一月为天正岁首，使建丑建寅，每月以所建为数。”《旧唐书·肃宗纪》：“（上元二年九月）自今以后，朕号唯称皇帝，其年但号元年，去上元之号。”《新唐书·肃宗纪》：“（上元二年九月）去‘上元’号，称元年，以十一月为岁首，月以斗所建辰为名。”

## |建子月|

**丁亥，刘晏贬通州刺史。戊子，御史中丞元载为户部侍郎，代晏专掌财利。**

事见《资治通鉴》卷二二二。

## |本 年|

**孙逖本年六十六岁，卒，有集三十卷。广德二年，诏赠尚书右仆射，谥曰文。**

《旧唐书·孙逖传》："以疾沉废累年，转太子詹事。上元中卒。广德二年，诏赠尚书右仆射，谥曰文。"《新唐书·孙逖传》："上元中卒，赠尚书右仆射，谥曰文。"孙逖乃盛唐著名文章家，亦善诗，古调今格，均有所长。《新唐书·艺文志四》著录其有《孙逖集》二十卷。《旧唐书·孙逖传》载："有集三十卷。"《唐才子传》卷一："集二十卷，今传。"《笺》云："但宋人书目皆未有著录其文集者，疑散佚于南北宋之间或宋元之际，元时恐未有二十卷本传世。"陈尚君云："按北宋王尧臣等《崇文总目》卷五有《孙逖文集》二十卷。南宋尤袤《遂初堂书目》有《孙逖集》，是南宋时犹存。魏了翁《鹤山先生大全文集》卷六三《跋尤氏遂初堂藏书目录序后》，云尤氏书于宝庆初厄于火。《孙逖集》或即此时焚毁。《宋史·艺文志》有《孙逖集》二十卷，或据他书转引，未必元时尚传。今传《孙逖集》一卷，有明铜活字本等，为明人所辑。"（《唐才子传校笺》第五册《孙逖传》补正）《全唐文》卷三〇八至三一三录其文六卷，《唐文拾遗》卷一九补三篇。其文章成就理应得到充分重视。孙逖一生所作制敕无数，除制敕外，《席赋》《对读书判》《对除丧鼓琴判》等各类篇章作年难确考。《旧唐书·孙逖传》："逖掌诰八年，制敕所出，为时流叹服。议者以为自开元以来，苏颋、齐澣、苏晋、贾曾、韩休、许景先及逖，为王言之最。逖尤善思，文理精练，加之谦退不伐，人多称之。"《新唐书·孙逖传》："开元间，苏颋、齐澣、苏晋、贾曾、韩休、许景先及逖典诏诰，为代言最，而逖尤精密，张九龄视其章，欲易一字，卒不能也。"颜真卿《尚书刑部侍郎赠尚书右仆射孙逖文公集序》："公风裁澂明，天才杰出，学穷百氏，不好非圣之书。文统三变，特深稽古之道，故逸气上跻，而高情四达。……十五时，相国齐公崔日用试《土火炉赋》，公雅思遒丽，援翰立成，齐公骇之，约以忘年之契，尔后遂有大名。故其试言也，年未弱冠，而三擅甲科。吏部侍郎王邱试《竹帘赋》，降阶约拜，以殊礼待之，相国燕公张说览其策而心醉；其序事也，则《伯乐川记》及诸碑志，皆卓立千古，传于域中；其为诗也，必有逸韵佳对，冠绝当时，布在人口；其词言也，则宰相张九龄欲掎摭疵瑕，沉吟久之，不能易一字。公之除庶子也，苑咸草诏曰：'西掖掌纶，朝推无对。'议者以为知言。……公又雅有清鉴，典考功时，精核进士，虽权要不能逼。所奖擢者二十七人。数年间宏词判等，入甲第者一十六人，授校书郎者九人，其余咸著名当世，已而多至显官。明年典举，亦如之。故言第者必称孙公而已。夫然，信可谓人文之宗师，国风之哲匠者矣。公凡所著诗、歌、赋、序、策问、赞、碑、志、表、疏、制诰，不可胜纪。遭二朝之乱，多有散落。子宿绛成等……乃编次公文集为二十卷。”

**李华四十七岁，《三贤论》疑作于本年或稍后数年。**

《全唐文》卷三一七《三贤论》：“余兄事元鲁山而友刘、萧二功曹。此三贤者，可谓之达矣。……元之志行，当以道纪天下；刘之志行，当以六经谐人心；萧之志行，当以中古易今世。……”李华于《论》中详载元德秀、刘迅、萧颖士之交游，并赞誉其文章、道德、志行。独孤及《检校尚书吏部员外郎赵郡李公中集序》云李华《三贤论》为其“思旧”之作。《论》云“不幸元罢鲁山，终于陆浑、刘避地，逝于安康，萧归葬先人，殁于汝南”，知《论》作于元德秀、刘迅、萧颖士三人殁后。元德秀卒于天宝十三载(754)，刘迅卒于上元二年(761)，萧颖士卒于乾元三年(760)二月。故知《三贤论》当作于上元二年或稍后数年，唯作年难确考，姑系于上元二年。

**贾至四十四岁，任岳州司马，撰《送于兵曹往江夏序》。**

《全唐文》卷三六八《送于兵曹往江夏序》：“予谪居洞庭，岁三秋矣。有客自蜀浮舟来者，则河南于侯，能读古人书，辨当世务。”《序》云“予谪居洞庭，岁三秋矣”。乾元二年八月，贾至坐弃汝州事，贬岳州司马，与李白等人同游洞庭。乾元二年至上元二年正值三年，故知《送于兵曹往江夏序》当作于上元二年。尝自编岳州所赋诗为《巴陵诗集》，又撰《百家类例》十卷，均已佚。《新唐书·艺文志四》著录《贾至集》二十卷、《别集》十五卷，宋以后大半散佚。《全唐文》卷三六六至三六八编其文三卷，《唐文拾遗》卷二二补一篇，文中有后人作品羼入(见岑仲勉《读全唐文札记》)。《全唐文补编》卷四三补四篇。

**魏颢撰《李翰林集序》。**

《全唐文》卷三七三《李翰林集序》：“颢生平自负，人或为狂，白相见泯合，有赠之作,谓余尔后必著大名于天下,无忘老夫与明月奴。因尽出其文,命颢为集。……经乱离,白章句荡尽。上元末,颢于绛偶然得之,沉吟累年,一字不下,今日怀旧,援笔成序。首以赠颢作,颢酬白诗,不忘故人也;次以《大鹏赋》古乐府诸篇,积薪而录。文有差互者两举之。白未绝笔,吾其再刊,付男平津子掌,其它事迹,存于后序。"《序》云:"上元末,颢于绛偶然得之,沉吟累年,一字不下,今日怀旧,援笔成序。"上元共两年,故知"上元末"当指上元二年。又周祖谍《中国文学家大辞典》唐五代卷"魏颢"条下载:"(上元)二年,编成《李翰林集》,为作序。"《序》载李白言魏颢,"尔后必著大名于天下"。

# 参考文献


C

(宋)王钦若等编. 册府元龟. 北京:中华书局,1973.
廖立笺注. 岑嘉州诗笺注. 北京:中华书局,2004.
陈铁民、侯忠义校注. 岑参集校注. 上海:上海古籍出版社,2004.

D

(清)徐松. 登科记考. 北京:中华书局,1994.
(清)徐松著,孟二冬补正. 登科记考补正. 北京:北京燕山出版社,2003.
(清)仇兆鳌注. 杜诗详注. 北京:中华书局,1979.
(清)王夫之. 读通鉴论. 北京:中华书局,1975.

F

马积高. 赋史. 上海:上海古籍出版社,1987.

G

孙钦善校注. 高適集校注. 上海:上海古籍出版社,1984.
周勋初. 高適年谱. 上海:上海古籍出版社,1980.
刘开扬笺注. 高適诗集编年笺注. 北京:中华书局,1981.

J

(后晋)刘昫等. 旧唐书. 北京:中华书局,1975.

L

瞿蜕园、朱金城校注. 李白集校注. 上海:上海古籍出版社,1980.

(清)王琦注. 李太白全集. 北京:中华书局,1977.
朱关田. 中国古代书法家丛书. 李邕. 北京:紫禁城出版社,1988.

**M**

徐鹏校注. 孟浩然集校注. 北京:人民文学出版社,1998.

**P**

尹恭弘. 骈文. 北京:人民文学出版社,1994.
莫道才. 骈文通论. 桂林:广西教育出版社,1994.

**Q**

(清)董诰等. 全唐文. 北京:中华书局,1983.
陈尚君. 全唐文补编. 北京:中华书局,2005.
吴钢主编. 全唐文补遗. 西安:三秦出版社,1994—2007.
(清)陈鸿墀. 全唐文纪事. 上海:上海古籍出版社,1987.
宋颖芳.《全唐文》唐玄宗李隆基诏敕考辨. 西北大学硕士论文,2008.
(清)钱谦益笺注. 钱注杜诗. 上海:上海古籍出版社,1979.

**S**

袁行霈、丁放. 盛唐诗坛研究. 北京:北京大学出版社,2012.
陈钧考校. 苏颋诗文集编年考校. 太原:山西古籍出版社,2001.
林宜青. 盛唐文编年. 厦门大学博士论文,2008.
陶敏、李一飞. 隋唐五代文学史料学. 北京:中华书局,2001.
罗宗强. 隋唐五代文学思想史. 北京:中华书局,1999.

**T**

熊笃. 天宝文学编年史. 重庆:重庆出版社,1987.
傅璇琮主编. 唐才子传校笺. 北京:中华书局,1989.
(唐)杜佑. 通典. 北京:中华书局,1973.
曲景毅. 唐代"大手笔"作家研究. 北京:中国社会科学出版社,2015.
孙昌武. 唐代古文运动. 天津:百花文艺出版社,1984.
傅璇琮. 唐代科举与文学. 西安:陕西人民出版社,1986.

吴宗国. 唐代科举制度研究. 沈阳:辽宁大学出版社,1997.
周绍良主编. 唐代墓志汇编. 上海:上海古籍出版社,1992.
周绍良、赵超主编. 唐代墓志汇编续集. 上海:上海古籍出版社,2001.
王勋成. 唐代铨选与文学. 北京:中华书局,2001.
(日)池田温. 唐代诏敕目录. 西安:三秦出版社,1991.
(宋)宋敏求编. 唐大诏令集. 北京:中华书局,2008.
李希泌主编. 唐大诏令集补编. 上海:上海古籍出版社,2003.
(唐)李肇. 唐国史补. 上海:上海古籍出版社,1983.
(宋)王溥. 唐会要. 北京:中华书局,1955.
(宋)计有功. 唐诗纪事. 上海:上海古籍出版社,1987.
于景祥. 唐宋骈文史. 沈阳:辽宁人民出版社,1991.
葛晓音. 唐宋散文. 上海:上海古籍出版社,1990.
(五代)王定保. 唐摭言. 北京:中华书局,1979.
上海古籍出版社编. 唐五代笔记小说大观. 上海:上海古籍出版社,2000.
吴在庆. 唐五代文史丛考. 南昌:江西人民出版社,1995.
傅璇琮主编. 唐五代文学编年史·初盛唐卷. 沈阳:辽海出版社,1998.
(清)陆心源. 唐文拾遗. 北京:中华书局,1983.
(清)陆心源. 唐文续拾. 北京:中华书局,1983.
刘文瑞. 唐玄宗评传. 苏州:苏州大学出版社,2001.
许道勋、赵克尧. 唐玄宗传. 北京:人民出版社,1993.
(宋)王谠. 唐语林. 上海:上海古籍出版社,1987.

**W**

陈铁民校注. 王维集校注. 北京:中华书局,1997.
张清华. 王维年谱. 上海:学林出版社,1988.
赵殿成笺注. 王右丞集笺注. 上海:上海古籍出版社,1984.
(宋)李昉等. 文苑英华. 北京:中华书局,1966.

**X**

(宋)欧阳修、宋祁. 新唐书. 北京:中华书局,1975.

## Y

(唐)元结.元次山集.台北:河洛图书出版社,1975.

(宋)王应麟辑.玉海.扬州:广陵书社,2003.

## Z

吴海林、李延沛编.中国历史人物生卒年表.哈尔滨:黑龙江人民出版社,1981.

郭预衡.中国散文史.上海:上海古籍出版社,1993.

陈文新主编.中国文学编年史·隋唐五代卷.长沙:湖南人民出版社,2006.

周祖谟主编.中国文学家大辞典·唐五代卷.北京:中华书局,1992.

熊飞校注.张九龄集校注.北京:中华书局,2008.

顾建国.张九龄年谱.北京:中国社会科学出版社,2005.

熊飞.张九龄年谱新编.台北:花木兰文化出版社,2012.

熊飞校注.张说集校注.北京:中华书局,2013.

陈祖言.张说年谱.香港:香港中文大学出版社,1981.

熊飞.张说年谱新编.台北:花木兰文化出版社,2012.

(宋)陈振孙.直斋书录解题.上海:上海古籍出版社,1987.

(宋)司马光.资治通鉴.北京:中华书局,1956.

国家出版基金项目
国家社科基金重大招标项目
教育部人文社科重点研究基地重大项目
安徽省“十三五”重点出版规划项目

国家出版基金项目
NATIONAL PUBLICATION FOUNDATION

吴在庆 主编 丁放 副主编

# 唐五代文编年史

## 初唐卷

亢巧霞 吴在庆 著

黄山书社

**图书在版编目(CIP)数据**

唐五代文编年史 / 吴在庆主编,丁放副主编. —合肥：黄山书社,2016.10
ISBN 978-7-5461-5710-8

Ⅰ.①唐… Ⅱ.①吴… ②丁… Ⅲ.①中国文学-古代文学史-编年史-中国-唐代 ②中国文学-古代文学史-编年史-中国-五代(907-960) Ⅳ.①I209.42 ②I209.431

中国版本图书馆 CIP 数据核字(2016)260339 号

**唐五代文编年史** 吴在庆主编 丁放副主编

出 品 人 王晓光
选题策划 汤吟菲
责任编辑 汤吟菲 江 汇 周挺启 向 焱 范丽娜
责任印制 戚 帅
装帧设计 观止堂_未氓
出版发行 时代出版传媒股份有限公司(http://www.press-mart.com)
黄山书社(http://www.hspress.cn)
地址邮编 安徽省合肥市蜀山区翡翠路 1118 号出版传媒广场 7 层 230071
印 刷 安徽新华印刷股份有限公司
版 次 2018 年 3 月第 1 版
印 次 2018 年 3月第 1 次印刷
开 本 700mm × 1000mm 1/16
字 数 2520 千
印 张 145
书 号 ISBN 978-7-5461-5710-8
定 价 598.00 元 (全五册)

服务热线 0551-63533706
销售热线 0551-63533761
官方直营书店(http://hsssbook.taobao.com)

# 序

厦门大学吴在庆教授将他主编(丁放教授副主编)的二百余万字的《唐五代文编年史》书稿发给我,并嘱我为之作序。我与在庆先后由闽南考入北京大学中文系学习,毕业后我留中文系任教,由于专业不同,在校期间我们并不认识。记得我们是在一九九一年的一次学术会议上相识的,此后二十多年,我们一直联系不断,最近几年在学术上的交往尤多,故应嘱为其书作序自是情理中事,虽然我很少为人作序,也实在写不好这类文字。唐五代文浩若烟海,为之作编年史,需要极大的勇气和厚重的文史功底。我钦佩在庆与众位作者的胆识与学识,在这里想简单谈谈自己读后的一些感受。

唐五代文编年史的撰写,是一件难度很大的工作。难就难在首先得把数百位作家的生平事迹弄清楚,还难在要将各个作家的重要文章的创作时间搞确切。曾为唐代作家编写过年谱的同志都知道,做这项工作常常“苦无所本”,即找不到系年的依据,而费力搜罗来的一些材料,还往往互相矛盾,不下一番艰辛的考证功夫,很难得出可靠的结论。这还只是就某一作家而言,至于要同时搞几百位作家,那当然更是难上加难。上世纪末,傅璇琮先生主编《唐五代文学编年史》,在这一方面做了极具开创性的工作。这部书材料丰富,结论扎实,获得了高度的学术赞誉,并成为唐代文史研究者的案头必备书。由于该书多偏重于文学性较强的唐五代诗歌的编年,故所选编的唐五代文章尚不足全部篇章的百分之一,大量文学性较弱的文章并未列入,这就为《唐五代文编年史》的编撰留出了必要的理由和足够的空间。

在庆是傅先生主编的几部著作的主要参撰者,更是《唐五代文学编年史·晚唐卷》的主要撰写者,他于文学编年史的撰著,颇具实力与经验。这次他主编《唐五代文编年史》,是秉承傅先生生前的意愿撰著的。是书既是《唐五代文学编年史》的补阙之作,又是专门将唐五代文系统编年的独立之作,与《唐五代文学编年史》有着颇为密切的关系,称两书为姐妹篇,是颇为恰切的。

唐文研究相对于唐诗研究而言,一直较为沉寂。细究其原因,一是传统"文笔"观念的束缚,认为辞赋、诏敕、章奏、碑铭、书信、记序、佛道文字等多为讲究实用的应用文章,其文学性与诗歌相较显得相当薄弱,故文学研究者多不太看重。虽有部分学者致力于这项工作,但研究基础仍然较为薄弱。二是研究对象数量过大。现存唐五代时期的文章,主要保存在《全唐文》《唐文拾遗》《唐文续拾》中,近年来,吴钢主编的《全唐文补遗》、陈尚君辑校的《全唐文补编》,又增收了众多篇章,其总数量保守估计,也有将近四万篇,约千万字。再加上唐五代文的体裁多种多样,又历时达三百五十多年,因此将其做总体的或具体而微的把握都颇具难度。在这种情况下,为了弥补研究的缺憾,在庆、丁放两位教授迎难而上,带领六位青年才俊,历时十五年,对唐五代文进行了认真的搜集、梳理、研读、比勘、考赜、归纳、总结,并按照是书的撰著体例,进行了细致的编年整理,借以呈现这一时期各体文章在各个年头的存在与演进的脉络。尤其令人感到可喜的是,是书编年研究审慎严谨,皆以翔实可靠的文献资料和大量的史实为依据;各种材料纷繁复杂却有条不紊,纵横捭阖又收放自如;既有放眼全局的宏观视野,又有细致入微的考赜剖析;既时而勾勒同类文体的纵向演进,又简介不同体裁的相互影响,从中可略见唐五代文的发展演变与交互影响之迹。如果说书中的唐五代文犹如一棵大树的主干,那么其他如唐五代的政治、历史、哲学、宗教、艺术乃至自然科学等诸多方面,就犹如围绕主干穿插于其旁的枝叶,从而形成了宛如众星拱月般的景观,呈现出立体交叉的图像。总而言之,这部书不仅是首部唐五代文的编年史,在唐五代文研究史上具有举足轻重的地位与意义,而且对唐五代文学研究和唐代各学科史料的整理和补充,也将起到推进与增益的作用。当然,诚如此书主编已经意识到的,学术研究是难有终点的,随着唐五代文新材料的不断被发现,书中的编年研究对象和一些结论,可能还有待作进一步补充和修订,但学术研究,不正是这样一步一步地还原历史和接近真相的吗?

在庆年届古稀,早已著作等身,却依然笔耕不辍,令人佩服;丁放等学者现已是学界的重要力量,吴、丁的众弟子也隐然展示出雏凤清声,预祝他们在学术上取得更大的成就!喜见在庆主编的《唐五代文编年史》巨制即将付梓,欣佩之余,写此为序。

陈铁民

二〇一六年秋于北京西三旗寓所

# 前　言

由傅璇琮、余恕诚两位先生为顾问，我任主编、丁放教授为副主编的《唐五代文编年史》，经过多年的筹划、撰写和修改，终于杀青付梓了，我心中自有一种轻松与愉悦。这部二百余万字的大部头学术著作，由包括我在内的八位作者共同撰写、修改，从初始至今已有十五个年头了，这在当今的著述史上也可算较长的了。在这十五年中，有几位年轻的作者已从当初的博士生、博士后成长为副教授、教授了。他们在学术上的成长，应该和这一学术历练不无关系。此时我不禁回想起撰著此书的缘起与过程，并就此书的撰著过程给读者做些说明。

在上一世纪末，由傅璇琮先生主编，并由他、陶敏、李一飞、贾晋华和我共同撰著的《唐五代文学编年史》由辽海出版社出版，并于一九九九年获得了第四届国家图书奖。此书出版后不久，就获得了学术界极高的赞誉，并在之后为不少研究者提供方便，不断被提起和引用。这对我们作者而言是莫大的荣誉与鼓舞，同时也引起此书主编傅璇琮先生的进一步思考，筹划着新的研究项目。二〇〇〇年，傅先生即有撰著唐宋文编年史的想法，并分别向台湾大学中文系主任何寄澎教授和我提起，并命我负责撰写《唐五代文编年史》。二〇〇一年四月中旬，在武夷山参加柳永学术研讨会暨首届中国武夷山世界遗产节后不久，我即开始具体的写作规划。

由于我参加撰写《唐五代文学编年史》，明白此书虽也编入部分重要的唐五代文，但主要是侧重于更具文学性的诗歌的编年。因此作为《唐五代文学编年史》姐妹篇的《唐五代文编年史》，则主要是对唐五代文的编年，而此书的编撰体例，应是与《唐五代文学编年史》相同的（详请参《唐五代文学编年史》傅璇琮先生《自序》）。是书的主要目的在于，从唐五代文中选择有代表性的各类各体文章进行编年，以尽可能客观地展现唐五代文的内容、各类各体文章的样式及文章的发展脉络与流变。由于这一著作在体例、选材、目的等如同《唐五代文学编年史》，我随后即按照我撰写《唐五代文学编年史·晚唐卷》之例，挑选了我比较熟悉的中晚唐的几位著名作家如韩愈、柳宗元、刘禹锡、白居易、元稹、杜牧、李商隐等人的文章，按照既定的体例范式进行编年，写出这些作家中晚唐间部分文的编年史，作为随后此书各位撰写者的范本。从二〇〇四年开始，我将这部书分为初唐、盛唐、中唐、晚唐、五代十国五个部分，请当时我所指导的厦门大学历史系历史文献专业唐宋典籍与文化方向的博士生亢巧霞、林宜青、刘心、杨娟娟和博士后罗立刚五位弟子分别负责各部分唐五代文的编年撰写。二〇〇八年，丁放教授审阅了林宜青、刘心等三位博士的论文（即为本书相关部分），并主持了他们三人的博士论文答辩。至二〇〇八年夏，《唐五代文编年史》的编撰初步完成，当时我即有出版此书的考虑，故又嘱咐我的学生们继续修改充实文稿。

我从二〇〇五年起即应安徽师范大学之邀，被聘为中国诗学研究中心兼职研究员。二〇一一年《唐五代文编年史》作为教育部人文社科重点研究基地重大项目立项，之后成为国家社科基金重大招标项目“唐诗学研究”（项目批准号：12&DZ156）的中期成果。因此，从二〇一一年起，我即再请参加撰写此书的上述几位作者抓紧时间，继续修改补充文稿，并请他们特别注意收集并编入以前遗漏的有关资料文章。因盛唐部分的原撰写者林宜青博士从厦门大学毕业后即回台湾工作，另有任务不便继续补充文稿，故此部分的工作，改由丁放教授举荐的曲景毅博士（南洋理工大学中文系助理教授）进行全面的修改和大量的补充（补充了22万字），并由丁放教授负责盛唐部分的统稿修订。几位撰写者在承担繁重的本职工作之余，终于完成修改补充工作。随后的两年间，我陆续将除盛唐部分外的编年稿进行统稿修订，着重其体例的统一，审核入选文章的编年与所引用的资料，补充或删除某些文章资料等。

本书作为《唐五代文学编年史》的姐妹篇，在撰写体例、内容的选择安排、通过文章和有关时事等的编年所欲达到的目的等等，一如《唐五代文学编年史》，故不再赘言，这里只简要说明以下几点。

其一，现存纸质文献以及新、旧出土的唐五代碑志所呈现的唐五代文可谓繁富众多，既有保存于各种文献中，也有深藏于各处博物馆乃至各地研究机构里。况且随着考古工作的不断扩大与深入，唐五代文还在不断地被发现。因此本书所选入编年的文章，实在难于穷尽所有现存者，只能尽能力所及择取所能见到者进行编年。其二，在所能看到的唐五代文中，由于有些是难于断定其撰作年代的，故难于进行编年而未选入；有不少文章虽然能考订其撰作年代，然不符合本书的编撰原则，或为避免繁冗琐碎而有意舍去；有些文章难于确切系年，只能大致考订其撰作年代，系于大致的相关年份；此外，或许有的文章的系年，学术界或有纠谬或有新见，然因我们未及见而仍存旧说。以上述之故，尽管我们以追求尽可能全面与精确地编撰唐五代文为鹄的，但还是难免有遗珠之憾，还请读者体察见谅。其三，本书选入的文章，有我们尽力经过自己的考订而系年者，也有部分文章的系年乃取自学术界的各种研究成果和各种唐人年谱，特别是傅璇琮先生主编、我也参加撰写的《唐五代文学编年史》以及《新编唐五代文学编年史》的研究成果，有的地方还直接引用其考订文字。凡是吸收引用他人学术成果之处，我们不敢掠美，虽然因行文方便等原因难于一一述及，但还是尽可能在文中加以说明，并在此表示我们的诚挚感谢之情。

此书撰写有年，现在诸位撰著者又正在认真地进行排版稿的初校工作。尽管诸位撰写者黾勉从事，孜孜以求完善，然而学无止境，著述亦难臻至善至美。此书当有不尽人意之处，还祈海内外读者和学界贤达有以匡正之。

吴在庆

二〇一五年九月写成于厦门市龙虎山路寓所

# 目　录

初唐卷

# 唐高祖武德元年

戊寅　六一八

## | 五 月 |

**甲子，李渊即帝位于太极殿，是为唐高祖，有唐始建。李渊，字叔德，讳渊，祖籍陇西狄道人，本年李渊五十三岁。**

《旧唐书·高祖纪》："（五月）甲子，唐王即皇帝位于太极殿，命刑部尚书萧造兼太尉，告于南郊，大赦天下，改隋义宁二年为唐武德元年。官人百姓，赐爵一级。"《旧唐书·高祖纪》："高祖神尧大圣大光孝皇帝姓李氏，讳渊。其先陇西狄道人……高祖以周天和元年生于长安。"周天和元年（566），至本年唐高祖李渊五十三岁。

**壬申，命裴寂、刘文静等修订律令，置国子、太学、四门生，合三百余员，郡县学亦各置生员。**

《资治通鉴》卷一八五："（武德元年五月）壬申，命裴寂、刘文静等修定律令。置国子、太学、四门生，合三百余员，郡县学亦各置生员。"

## | 六 月 |

**李世民年二十一。甲戌，拜尚书令；庚辰，封秦王。**

据《旧唐书·太宗纪上》，李世民隋开皇十八年（598）十二月戊午生于武功之别馆，至本年太宗年二十一。《旧唐书·高祖纪》："（武德元年）六月甲戌，太宗为尚书令……庚辰，立世子建成为皇太子。封太宗为秦王，齐国公元吉为齐王……"

**孙伏伽作《陈三事疏》，谏礼、乐、选才三事。**

《唐会要》卷三四："武德元年六月二十四日，万年县法曹孙伏伽上书曰：'百戏散乐，本非正声，有隋之末，始见崇用，此谓淫风，不可不改。近者，太常官司于人间借妇女裙襦五百余具，以充散乐之服，云拟于玄武门游戏……请并废之。'"《全唐文》卷一三五孙伏伽《陈三事疏》第二文即为上文，知作于本年六月。《陈三事疏》第一文谏礼，第三文谏选才。第一文云："臣闻天子有诤臣，虽无道，不失其天下；父有诤子，虽无道，不陷于不义。故云子不可以不诤于父，臣不可以不诤于君。以此言之，臣之事君，犹子之事父故也。"第三文云："臣闻性相近而习相远，以其所好相染也。故《书》云：'与治同道罔弗兴，与乱同事罔弗亡。'……愿陛下妙选贤才，以为皇太子僚友。如此，即克隆磐石，永固维城矣。"

## |七月|

**魏徵三十九岁，任李密元帅府记室，与许敬宗共掌文翰。魏徵，字玄成，钜鹿曲城人。**

《旧唐书·太宗纪下》："（贞观十七年正月）太子太师、郑国公魏徵薨。"《旧唐书·魏徵传》："魏徵字玄成，钜鹿曲城人也。……徵少孤贫，落拓有大志，不事生业，出家为道士。……徵薨，时年六十四。"魏徵卒于贞观十七年（643），年六十四。依此逆推，知魏徵生于580年，至本年三十九岁。《资治通鉴》卷一八五："（武德元年七月）遣通事舍人许敬宗诣密请降……以敬宗为元帅府记室，与魏徵共掌文翰。"

## |八月|

**李百药年五十四，为沈法兴府掾。**

《旧唐书·李百药传》："李百药，字重规，定州安平人……（贞观）二十二年（648）卒，年八十四，谥曰康。"据此逆推，李百药当生于565年，至本年五十四岁。《资治通鉴》卷一八六："（武德元年）八月……沈法兴亦上表于皇泰主，自称大司马，录尚书事、天门公，承制置百官，以……李百药为府掾。"

**李渊有《放宫女诏》。**

《唐大诏令集补编》卷二《放宫女诏》:“朕嗣膺宝历,抚育黔黎,克己励精,庶几至理。顾省宫掖,其数实多,恐兹幽闭,久离亲族。一时减省,各从罢散,归其戚属,任从婚娶。”(武德元年八月癸酉)

## |十一月|

**魏徵随李密降唐,高祖授魏徵为秘书丞。魏徵出关至黎阳作《与徐世勣书》,劝徐早降。**

《资治通鉴》卷一八六:“(武德元年十一月)魏徵随密至长安,乃自请安集山东,上以为秘书丞。乘传至黎阳,遗徐世勣书,劝之早降,世勣遂决计西向。”据此知魏徵本年在李密府,十一月作《与徐世勣书》。《全唐文》卷一四一魏徵《与徐世勣书》云:“自隋末乱离,群雄竞逐,跨州连郡,不可胜数,魏公起自叛徒,奋臂大呼,四方响应,万里风驰,云合雾聚,众数十万,威之所被,将半天下。破世充于洛口,摧化及于黎山,方欲西蹈咸阳,北陵元阙,扬旌瀚海,饮马渭川,翻以百胜之威,败于奔亡之虏。固知神器之重,自有所归,不可以力争。是以魏公思皇天之乃眷,入函谷而不疑。公生于扰攘之时,感知己之遇,根本已拔,确乎不动,鸠合遗散,据守一隅。世充以乘胜余勇,息其东略;建德因侮亡之势,不敢南谋。公之英声,足以振于今古。然谁无善始,终之虑难,去就之机,安危大节。若策名得地,则九族荫其余辉;委质非人,则一身不能自保。殷鉴不远,公所闻见。孟贲犹豫,童子先之。知几其神,不俟终日。今公处必争之地,乘宜速之机,更事迟疑。坐观成败,恐凶狡之辈,先人生心,则公之事去矣。”《旧唐书·魏徵传》:“世勣得书,遂定计遣使归国,开仓运粮,以馈淮安王神通之军。”

## |本年|

**韦云起上《谏征王世充表》,帝从之。**

《旧唐书·韦云起传》:“武德元年,加授上开府仪同三司,判农圃监事。是岁,欲大发兵讨王世充,云起上表谏曰……”所上表即本文。《全唐文》卷一三四韦云起《谏征王世充表》:“国家承丧乱之后,百姓流离,未蒙安养,频年不熟,关内阻饥。京邑初平,物情未附,鼠窜狗盗,犹为国忧。……臣谓王世充远隔千里，山川悬绝，无能为害，待有余力，方可讨之。今内难未弭，且宜宏于度外，如臣愚见……三年之后，一举便定，今虽欲速，臣恐未可。”

**田仁会、崔仁师应制及第**。

见《登科记考补正》卷一本年条。

**太子李建成与李世民、李元吉争致名臣以自助，中颇多文学之士**。

《新唐书·袁朗传》：“武德初，隐太子与秦王、齐王相倾，争致名臣以自助。太子有詹事李纲、窦轨，庶子裴矩、郑善果，友贺德仁，洗马魏徵，中舍人王珪，舍人徐师谟，率更令欧阳询，典膳监任璨，直典书坊唐临，陇西公府祭酒韦挺，记室参军事庾抱，左领大都督府长史唐宪；秦王有友于志宁，记室参军事房玄龄、虞世南、颜思鲁，谘议参军事窦纶、萧景，兵曹杜如晦，铠曹褚遂良，士曹戴胄、阎立德，参军事薛元敬、蔡允恭，主簿薛收、李道玄，典签苏勖，文学姚思廉、褚亮，敦煌公府文学颜师古，右元帅府司马萧瑀，行军元帅府长史屈突通，司马窦诞，天策府长史唐俭，司马封伦，军谘祭酒苏世长，兵曹参军事杜淹，仓曹李守素，参军事颜相时；齐王有记室参军事荣九思，户曹武士逸，典签裴宣俨，朗为文学。”

**王度撰《古镜记》成，文中记古镜种种怪异经历与神奇法力，颇为详悉**。

《太平广记》卷二三〇王度《古镜记》文末云：“大业十三年（617）七月十五日，匣中悲鸣，其声纤远，俄而渐大，若龙咆虎吼，良久乃定。开匣视之，即失镜矣。”全文撰成之确年难考，姑记于此。

**汪华有《奉籍归唐表》**。

《全唐文补编》卷五汪华《奉籍归唐表》：“伏以乾坤革运，帝王有真，据地利之善便者，当思天命之攸归……今闻应天受禅，革命肇基，令宣城长史铁佛，奉表以闻。”（《北京图书馆藏中国历代石刻拓片汇编》一一册）

# 唐高祖武德二年

己卯　六一九

## |四　月|

**王世充自立为帝，国号郑。杜淹、郑颋、陆德明等皆为其僚属。**

《旧唐书·高祖纪》："（武德二年）夏四月乙巳，王世充篡越王侗位，僭称天子，国号郑。"《资治通鉴》卷一八七："（武德二年）乙巳，王世充备法驾入宫，即皇帝位。丙午，大赦，改元开明……戊申……杜淹为少吏部，郑颋为御史大夫……又以国子助教吴人陆德明为汉王师。"

## |五　月|

**欧阳询作《女子苏玉华墓志铭》。**

《唐代墓志汇编》武德〇〇一文云："弘文馆学士欧阳询撰并书女子玉华，盖洗马苏君之季女也。夫其瑶姿外照，蕙性内芳，体备幽闲，动合礼则……春秋十有五焉，以大唐武德二年五月九日终于居德里之第，即以其月之二十有五日葬之于京兆之神和原……"据此可知，墓志铭作于本年五月。其铭云："玉碎兮珠焚，风悲兮日曛。问天兮无言，永绝兮音尘。善可纪兮慧绝伦，严霜降兮值芳春。丹旐飞兮泪沾巾，千秋万世兮哀无垠。"

## |六　月|

**戊戌，唐高祖有《令国子学立周公孔子庙诏》。**

《旧唐书·高祖纪》："（武德二年）六月戊戌，令国子学立周公、孔子庙，四时致祭，仍博求其后。"《全唐文》卷一高祖皇帝《令国子学立周公孔子庙诏》："盛德必祀，义存方策，达人命世，流庆后昆……粤若宣父，天资睿哲，经纶齐鲁之内……朕君临区宇，兴化崇儒，永言先达，情深绍嗣。宜令有司于国子学立周公孔子庙各一所，四时致祭，仍博求其后，具以名闻，详考所宜，当加爵土。”

### |本 年|

**魏徵四十岁，撰《唐故邢国公李密墓志铭》。李密武德元年十二月为行军总管盛彦师追斩**。

《全唐文》卷一四一魏徵《唐故邢国公李密墓志铭》：“观乎天造草昧之初，有圣经纶之始，原鹿逐而犹走，瞻乌飞而未定，必有异人间出。……公讳密，字元邃，陇西成纪人，自种德降祉，宏道垂风，导碧海之长澜，竦阆峰之遥构。……心辞魏阙之下，志在江湖之上……临阵丧元，时年三十有七……粤以武德二年某月日，葬于黎阳山西南五里之平原，礼也。”《旧唐书·高祖纪》：“（武德元年十二月）庚子，李密反于桃林，行军总管盛彦师追讨斩之。”该墓志铭“特为俪体，抒以盛藻，抑扬爽朗，健笔凌云，殊旷代之高手矣”。

## 唐高祖武德三年

庚辰　六二〇

### |二 月|

**无名氏撰墓志铭，见《唐代墓志汇编续集》**。

《唐代墓志汇编续集》武德〇〇二。文云：“夫人禀质端庄，天资婉顺，班家名教……乃以武德三年太岁庚辰二月乙未朔八日壬寅归葬于万年县之福闰里樊川原，礼也。”

### |七 月|

**壬戌，秦王李世民率军讨王世充**。

《旧唐书·高祖纪》：“（武德三年）秋七月壬戌，命秦王率诸军讨王世充。”

## 九月

**许敬宗撰《唐故卧龙寺黄叶和尚墓志铭》**。

《唐代墓志汇编》武德〇〇二《唐故卧龙寺黄叶和尚墓志铭》,守黄门侍郎许敬宗制,弘文馆学士欧阳询书。文云:"和尚自说姓张名真志,其生缘桑梓,莫能知之……武德二年五月二十有九日,即化于卧龙寺之禅堂……乃以武德三年秋九月四日葬于万年县凤□原……"

## 本年

**王绩约三十一岁,客游河北**。

《王无功文集》卷一吕才《王无功文集序》云:"隋季版荡,客游河北。时窦建德始称夏王,其下中书侍郎凌敬,学行之士也,与君有旧。君依之数月……君遂去还龙门。"《旧唐书·高祖纪》:"(武德)三年春正月辛巳……甲午……建德僭称夏王。"据此知王绩本年客游河北。

# 唐高祖武德四年

辛巳 六二一

## 正月

**高祖于门下省置修文馆**。

《唐会要》卷六四:"武德四年正月,于门下省置修文馆。"

## 二月

**薛收撰《骠骑将军王怀文碑铭》**。

《资治通鉴》卷一八八："（武德四年二月）初，骠骑将军王怀文为唐军斥侯，为世充所获，世充欲慰悦之，引置左右。壬寅，世充出右掖门，临洛水为陈，怀文忽引槊刺世充，世充衷甲，槊折不能入，左右猝出不意，皆愕眙不知所为。怀文走趣唐军，至写口，追获，杀之。"据此知王怀文卒于武德四年二月，薛收《骠骑将军王怀文碑铭》约作于其时或稍后，姑录于此。薛收《骠骑将军王怀文碑铭》见《文馆词林》卷四五二。该序云："盖闻惟生为贵，轻之者类于鸿毛，非义不居。取之者同于熊掌，当仁处命。不其难乎……"

## |三月|

**薛收为秦王记室，作《上秦王书》，建言坚拒窦建德军，为李世民所纳。**

《资治通鉴》卷一八九："（武德四年三月）记室薛收曰'世充保据东都，府库充实，所将之兵，皆江淮精锐……'"所言与《上秦王书》同。《全唐文》卷一三三薛收《上秦王书》："世充据有东都，府库填积，其兵皆是江淮精锐，所患者在于乏食，是以为我所持，求战不可。建德亲总军旅，来拒我师，亦当尽彼骁雄，期于奋决。若纵其至此，两寇相连。转河北之粮，以相资给，则伊洛之间，战斗不已。今宜分兵守营……若退兵自守，计之下也。"

**孔德绍作《为窦建德遗秦王书》。**

《全唐文》卷一三四孔德绍《为窦建德遗秦王书》："夏王敬问唐秦王，彼朝发迹太原，奄有关内，郑氏光启伊洛，崇建宗社，予则创基燕赵，包举山东，郑国何辜，兴师致讨，深怀固存，不惮濡足。方今千乘雷动，万骑云屯，投石拔距，蒙轮击剑，统三燕之义勇，驱六齐之雄杰。制勍敌如拾遗，殄高墉若摧朽……守秦川之旧邦，更修前好，不乖来请。"《资治通鉴》卷一八九："（武德四年三月）先是，建德遗秦王世民书，请退军潼关，返郑侵地，复修前好。"其中"复修前好"与本文"守秦川之旧邦，更修前好"要旨合，故录文于此。

## |四月|

**本月一日，敕诸州贡士，此为唐代贡士之始。**

《唐摭言》卷一："始自武德辛巳岁四月一日，敕诸州学士及早有明经及秀才、俊士、进士，明于理体，为乡里所称者，委本县考试，州长重覆，取其合格，每年十月随物入贡。斯我唐贡士之始也。"辛巳即本年。

## 五月

**高祖有《赐秦王获窦建德手诏》。**

《唐大诏令集补编》卷四《赐秦王获窦建德手诏》："闻获建德，竟如汝所料，划策者虽吾，平定者汝也……吾今开怀抱，养苍生，尽其天年，心无外虑，汝功四也。"（武德四年五月）

## 六月

**傅奕上《请废佛法表》。**

《全唐文》卷一三三傅奕《请废佛法表》："伏惟陛下定天门之开阖，更新宝位，通万物之迍否，再育黔黎。布李老无为之风，而民自化。执孔子爱敬之礼，而天下孝慈。且佛之经教，妄说罪福。军民逃役，剃发隐中。不事二亲，专行十恶。岁月不除，奸伪逾甚……武德四年六月二十一日上。"

## 七月

**斩窦建德于市。丁卯，中原略定，大赦。**

《资治通鉴》卷一八九："（武德四年）秋，七月，斩窦建德于市。丁卯，以天下略定，大赦百姓，给复一年。"

## 八月

**盛彦师作《与弟书》。**

《全唐文》卷一五三盛彦师《与弟书》:“吾奉使无状,被贼所擒,为臣不忠,誓之以死,汝宜善待老母,勿以吾为念。”《资治通鉴》卷一八九:“(武德四年八月)上使葛公盛彦师安集河南,行至任城;辛亥,圆朗执彦师,举兵反。黑闼以圆朗为大行台元帅,兖、郓、陈、杞、伊、洛、曹、戴等八州豪右皆应之。圆朗厚礼彦师,使作书与其弟,令举虞城降。彦师为书曰……”所云即为本文,据此知盛彦师《与弟书》盖作于本年八月。

## |九月|

**颜师古作《汪华封越国公制》。**

《全唐文补编》卷四颜师古《汪华封越国公制》:“奉天承运皇帝制曰:门下,汪华往因离乱,保据州乡,镇静一隅,以待宁晏……武德四年九月二十二日,中书舍人颜师古行。”(《北京图书馆藏中国历代石刻拓本汇编》一一册)

## |十月|

**李世民开文学馆,待四方之士,以孔颖达、虞世南、薛收、许敬宗、姚思廉等为“十八学士”。**

《唐会要》卷六四:“武德四年十月,秦王既平天下,乃锐意经籍,于宫城之西开文学馆,以待四方之士。”《全唐文》卷四太宗《置文馆学士教》:“属以大行台司勋郎中杜如晦,记室考功郎中房玄龄、于志宁……孔颖达,主簿李道玄,天策仓曹李守素,王府记室参军虞世南……咸能垂裾邸第,委质藩维,引礼度而成典则,畅文词而咏风雅。优游幕府,是用嘉焉。宜令并以本官兼文馆学士。”《旧唐书·太宗纪上》:“于是海内渐平,太宗乃锐意经籍,开文学馆以待四方之士。行台司勋郎中杜如晦等十有八人为学士,每更值阁下,降以温颜,与之讨论经义,或夜分而罢。”

## |十一月|

**起居舍人令狐德棻上《请修近史奏》。**

《全唐文》卷一三七令狐德棻《请修近史奏》:“窃见近代已来,多无正史,梁陈及齐,尤有文籍,至周隋遭大业离乱,多有遗阙。当今耳目尤接,尚有可凭。如更十数年后,恐事迹湮没。陛下既受禅于隋,复承周氏历数,国家二祖,功业并在周时,如文史不存,何以贻鉴千古?如臣愚见,并请修之。”《唐会要》卷六三:“武德四年十一月,起居舍人令狐德棻尝从容言于高祖,云……”所云即为本文,据此知令狐德棻《请修近史表》作于本年十一月。

## |本 年|

**魏徵四十二岁,入关。李建成引其为太子洗马。**

《旧唐书·魏徵传》:“及建德就擒,与裴矩西入关。隐太子闻其名,引直洗马,甚礼之。”

**李诏应明经科。**

见《登科记考补正》卷一本年条。

**虞世南六十四岁,归唐,出为秦府参军。**

《旧唐书·虞世南传》:“从(宇文)化及至聊城,又陷于窦建德,伪授黄门侍郎。太宗灭建德,引为秦府参军。”

**杜淹作《文中子世家》。**

《全唐文》卷一三五杜淹《文中子世家》:“文中子王氏,讳通,字仲淹。其先汉征君霸,洁身不仕,高尚镇天下……定居万春乡之甘泽里,乃续诗书,正礼乐,修元经,赞易道,盖有事于述者九年,而六经大就,门人自远而至……大唐武德四年,天下大定,先夫人得返于故居,复以书授于其弟凝,文中子二子,长曰福郊,少曰福畤。”据文末“武德四年”知该文约作于本年或稍后,姑录于此。

# 唐高祖武德五年

壬午　六二二

## 二月

**无名氏为张士高撰墓志铭，文见《唐代墓志汇编续集》。**

《唐代墓志汇编续集》武德〇〇三："张士高，本望南阳，相州林庐县人也……去武德五年二月十四日，崩于魏地。呜呼哀哉！悲伤黎庶。"

## 十月

**诸州共贡明经一百四十三人，秀才六人，俊士三十九人，进士三十人。考功员外郎申世宁知贡举，唐代进士科考试始于本年。**

见《登科记考补正》卷一。

## 十一月

**高祖有《命太子建成讨刘黑闼诏》。**

《唐大诏令集补编》卷三《命太子建成讨刘黑闼诏》："其陕西东道大行台及山东道行军元帅、河南河北诸州，并受建成处分。其间经略筹算，赏罚科条，要在合机，皆以便宜行事。"（武德五年十一月甲申）

## 十二月

**二十六日，诏萧瑀等人分工修撰魏、周、隋、齐、梁、陈史。然数年后修史事终未成。**

《唐会要》卷六三："至（武德）五年十二月二十六日，诏：'……中书令萧瑀、给事中王敬业、著作郎殷闻礼可修魏史,侍中陈叔达、秘书丞令狐德棻、太史令庾俭可修周史,中书令封德彝、中书舍人颜师古可修隋史,大理卿崔善为、中书舍人孔绍安、太子洗马萧德言可修梁史,太子詹事裴矩、吏部郎中祖孝孙、前秘书丞魏徵可修齐史,秘书监窦琎、给事中欧阳询、秦王府文学姚思廉可修陈史。'绵历数载,竟不就而罢。"

## |本 年|

**王绩被举赴京,目睹长安之巨变有感而作《燕赋》。**

《全唐文》卷一三一王绩《燕赋》:"龙星掌岁,风律移灰。弱条垂柳,残花落梅。莺候暖而初啭,燕排寒而始来。惊玉户之全掩,喜珠帘之半开。出入金龙殿,瞻视铜雀台。何兹会之微薄,识自然之寒暑。恒连栖兮并处,绕翠槛而对语。还将择木之意,自觅安巢之所。昔年居屋,桂栋兰芬;今来旧地,谷变陵分。若非历阳随水没,定是吴宫遭火焚。逢海上之新伴,忆秋前之故群。颉颃骞翥,差池羽翼。汉党胡朋,丹头素臆。并忘情而驯扰,俱顺时而动息。……风诗入喻。传石玺而无疑,宿瑶筐而不惧。位列司分之职,名擅高禖之赋。乱曰:昔窥前殿,花飞絮回;今过上苑,雁度鸿来。光阴递代,摇落悲哉。眼看巢户,还应北开。"据《中国文学家大辞典(唐五代卷)》王绩条:"唐武德五年,以前官待诏门下省,特判日给酒一斗,时人号为斗酒学士。"又《燕赋》云"今来旧地",盖为王绩入京时目睹长安之变有感而作,姑录于此。

**令狐德棻官秘书丞,受诏与侍中陈叔达撰《艺文类聚》;又奏请购募、缮写图书。**

《旧唐书·李百药传》:"武德五年,迁秘书丞,与侍中陈叔达等受诏撰《艺文类聚》。"《唐会要》卷三五:"武德五年,秘书监令狐德棻奏:'今乘丧乱之余,经籍亡逸,请购募遗书,重加钱帛,增置楷书,专令缮写。'数年间,群书毕备。"

**陈叔达官侍中,封江国公。约本年撰《隋纪》二十卷。**

《旧唐书·陈叔达传》:"(武德)二年,兼纳言。四年,封侍中。……五年,进封江国公。”《全唐文》卷一三三陈叔达《答王绩书》：“叔达亡国之余，幸赖前烈……妄叨近侍，庙堂多暇，典坟自娱。览后魏、周、齐之纪传，考下官之所闻见，曾不喜怒随意，曲直任情，叙致浮杂，褒贬阿党。……故聊因掌壶之暇，著《隋纪》二十卷。骋辞流离，则愧于心矣；书事简要，则尝有志焉。”据傅璇琮主编《新编唐五代文学编年史》（下文简称为《新编年史》）所考，《隋纪》乃著于“本年或稍后为侍中时”。

**李百药为杜伏威行台考功郎中，为杜伏威所囚，曾作《省躬赋》以致情。**

《旧唐书·李百药传》：“及杜伏威攻灭李子通，又以百药为行台考功郎中。或有谮之者，伏威囚之。百药著《省躬赋》以致其情，伏威亦知其无罪，乃令复职。伏威既据有江南，高祖遣使招抚。百药劝伏威入朝，伏威从之，遣其行台仆射辅公祏与百药留守，遂诣京师。”此事《新编年史》记于本年，今从之。

## 唐高祖武德六年

癸未　六二三

### 正月

**己卯，诸葛德威执刘黑闼以降，送诣太子，并其弟斩于州。**

《资治通鉴》卷一九〇：“（武德六年）春，正月，己卯，刘黑闼所署饶州刺史诸葛德威执黑闼，举城降……德威勒兵执之，送诣太子，并其弟十善斩于洺州。”

### 二月

**李义琰、李义琛、李上德等四人登进士第。**

见《登科记考补正》卷一本年条。

## 六月

**《大唐洛阳别驾大将军崔公妻库狄夫人墓志铭》撰于此时**。

《唐代墓志汇编》武德〇〇三《大唐洛阳别驾大将军崔公妻库狄夫人墓志铭》:“夫人讳真相,恒州代郡人也……夫人出自公宫,长于师氏,柔情玉润,洁志冰清……武德六年岁次癸未六月乙巳朔二日景午,卒于洛阳廨舍,时年五十有九。仍以其月五日己酉权殡于邙山之南原,勒铭玄室,代诸彤管。”

## 本年

**高祖幸国学,徐文远任国子博士,与诸儒议《春秋》**。

《旧唐书·徐文远传》:“复授国子博士。武德六年,高祖幸国学,观释奠,遣文远发《春秋》题,诸儒设难蜂起,遂方占对,皆莫能屈。”

# 唐高祖武德七年

甲申　六二四

## 二月

**己酉,高祖颁《令诸州举送明经诏》,诸州有明一经以上未仕者,咸以名闻,又州县及乡皆置学**。

《全唐文》卷三高祖《令诸州举送明经诏》:“六经茂典,百王仰则,四学崇教,千载垂范……隋季以来,丧乱滋甚……方今函夏既清,干戈渐戢,搢绅之业,此则可兴。宜下四方诸州,有明一经已上未被升擢者,本属举送,具以名闻……州县及乡,各令置学……”《资治通鉴》卷一九〇:“(武德七年)二月己酉,诏:‘诸州有明一经以上未仕者,咸以名闻;州县及乡皆置学。’”故知《令诸州举送明经诏》颁于本年二月。

**李玄齐、李义琳、云洪嗣等六人登进士第,秀才二人。**

见《登科记考补正》卷一本年条。

## |七月|

**史孝谦二子年幼,讲习《孝经》,咸畅厥旨,优诏奖之,此为唐童子科之所由始。**

《登科记考》卷一武德七年七月诏:"自隋以来,乱离永久,雅道沦缺,儒风莫扇。朕膺期御宇,静难齐民……是以广设庠序,益召学徒,旁求俊异,务从奖擢。宁州罗川县前兵曹史孝谦,守约邱园,伏膺道素,爰有一子,年并幼童,讲习孝经,咸畅厥旨。义方之训,实堪励俗。故从优秩,赏以不次。宜普颁次,咸使知闻。如此之徒,并即申上,朕加亲览,特将褒异。"徐松按:"此即童子科所由昉也。"

## |九月|

**欧阳询、令狐德棻、袁朗、赵弘智等撰成类书《艺文类聚》一百卷上之,欧阳询作《艺文类聚序》。**

《新唐书·艺文志三》:"欧阳询《艺文类聚》一百卷。令狐德棻、袁朗、赵弘智等同修。"《唐会要》卷三六:"武德七年九月十七日,给事中欧阳询奉敕撰《艺文类聚》成,上之。"《全唐文》卷一四六欧阳询《艺文类聚序》:"夫九流百氏,为说不同,延阁石渠,架藏繁积,周流极源,颇难寻究,披条索贯,日用宏多。卒欲摘其菁华,采其旨要,事同游海,义等观天。皇帝命代膺期,抚兹宝运,移浇风于季俗,反淳化于区中。戡乱靖人,无思不服。偃武修文,兴开庠序,欲使家富隋珠,人怀荆玉,以为前辈缀集,各抒其意,《流别》《文选》,专取其文,《皇览》《遍略》,直书其事。文义既殊,寻检难一,爰诏撰其事,且文弃其浮杂,删其冗长,金箱玉印,比类相从,号曰《艺文类聚》,凡一百卷,其有事出于文者,便不破之为事,故事居其前,文列于后,俾夫览者易为功,作者资其用,可以折衷今古……"序盖作于本年九月十七日前,姑录于此。

## |本 年|

**薛收卒，年三十三，有文集十卷。王绩作《思友文》以悼之。**

《旧唐书·薛收传》：“（武德）七年，寝疾，太宗遣使临问，相望于道。……寻卒，年三十三。太宗亲自临哭。……文集十卷。”《新唐书·艺文志四》：“《薛收集》十卷。”《王无功文集》吕才序：“君又与河南董恒、河东薛收友善，二人并早卒，君追惜不已，后为《思友文》及二人诔，词甚感至。君舅河东裴晞览而叹曰：‘不图文诔之至于斯也。庄周读此，亦当酸鼻。’”王绩之作已佚。薛收之生平事迹见《旧唐书》卷七三，《新唐书》卷九八。《全唐文》卷一三三录薛收文三篇：《琵琶赋》《上秦王书》《隋故征君文中子碣铭》。其《琵琶赋》云：“惟兹器之为宗，总群乐而居妙。应清角之高节，发号钟之雅调。处躁静之中权，执疏密之机要。遏浮云而散彩，扬白日以垂耀。尔其状也，龟腹凤颈，熊据龙旋，戴曲履直，破觚成圆，虚心内受，劲质外宣，磅礴象地，穹崇法天。候八风而运轴，感四气而鸣弦。金华徘徊而月照，玉柱的历以星悬。”文之作年难确考，姑录于此。

**傅奕作《请除释教疏》。**

《全唐文》卷一三三傅奕《请除释教疏》：“佛在西域，言妖路远。汉译胡书，恣其假托，故使不忠不孝……且古今忠谏，鲜不及祸。窃见齐朝章仇子佗上表，言僧尼徒众，糜损国家，寺塔奢侈，虚费金帛。为诸僧附会宰相，对朝谗毁，诸尼依托妃主，潜行谤讟。子佗竟被囚执，刑于都市。及周武平齐，制封其墓，臣虽不敏，窃慕其踪。”《旧唐书·傅奕传》云：“武德七年，奕上疏请除去释教，曰‘佛在西域……’”所云即本文。

# 唐高祖武德八年

乙酉　六二五

## 二月

**乙丑朔五日己巳,有《武德八年封李凤为豳王诏书刻石》。**

文见《全唐文补遗》第一辑。文首云:“维武德八年岁次乙酉二月乙丑朔五日己巳。”故系于此。

## 十二月

**无名氏撰墓志,见《唐代墓志汇编》。**

《唐代墓志汇编》武德〇〇四:“夫人讳月相,陇西狄道人也……粤以大唐武德八年岁次乙酉十二月辛酉朔二十五日乙酉,合葬于幽州范阳县之永福乡安阳府君之墓……”

## 本年

**进士及第五人,秀才一人。**

见《登科记考补正》卷一本年条。

**温大雅撰成《大唐创业起居注》。**

《旧唐书·温大雅传》:“武德元年,历迁黄门侍郎……寻转工部,进拜陕东道大行台工部尚书……撰《创业起居注》三卷。”《直斋书录解题》卷四:“《唐创业起居注》五卷,唐工部尚书晋阳温大雅彦弘撰。”据今人岳纯之考,《大唐创业起居注》撰成于武德三年至九年之间,见其所著《唐代官方史学研究》,今从其说,姑录于此。今传是书仍为三卷。

# 唐高祖武德九年

丙戌　六二六

## 正 月

**十日，诏太常少卿祖孝孙等更定雅乐。**

《唐会要》卷三二："高祖受禅，军国多务，未遑改创乐府，尚用隋氏旧文。武德九年正月十日，始命太常少卿祖孝孙考正雅乐。"

## 二 月

**欧阳询官给事中，撰序并书《大唐宗圣观记》，侍中陈叔达撰铭。**

《全唐文》卷一四六欧阳询《大唐宗圣观记》："夫至理虚寂，道非常道；妙门凝邈，无名爰名。爰自太始开图，混元立极，三才奠处，万品流形……宗圣观者，本名楼观，周康王大夫文始先生尹君之故宅也。以结草为楼，因即为号。先生禀自然之德，应元运而生。体性抱神，韬光隐耀。观星候气，物色真人……以武德三年，诏锡嘉名，改楼观为宗圣观……七年岁惟作噩，月在黄钟……"《金石萃编》卷四一《大唐宗圣观记》："给事中，骑都尉欧阳询撰序并书，侍中、柱国、江国公陈叔达撰铭……武德九年二月十五日建。"

**进士七人及第，秀才二人登科。**

见《登科记考补正》卷一本年条。

**无名氏撰墓志铭，见《唐代墓志汇编》。**

《唐代墓志汇编》武德〇〇五："□讳长先，字后已，博陵安平人也……粤以武德九年岁次景戌二月庚申朔二十三日壬午，葬于洛阳河南县东都故城北十里千金乡安善里。"

## 四月

**无名氏撰《大唐故秘书省司辰师赵君墓志铭》，见《唐代墓志汇编续集》。**

《唐代墓志汇编续集》武德〇〇四："君慧意，字如意，襄州襄阳人也……以武德九年岁次景戌朔四月一日己未崩于雍州万年县崇义坊……即以其年斯月九日葬于京城东南侯宋村东北。"

**无名氏撰《大尉秦王刀人高墓志铭》，见《唐代墓志汇编续集》。**

《唐代墓志汇编续集》武德〇〇五："刀人字惠通，渤海人……武德九年四月十日寝疾，卒于公馆。春秋卅，即以其月十四日葬于长安县龙首乡。"

## 六月

**甲子，立李世民为皇太子。**

《旧唐书·太宗纪上》："（武德九年）皇太子建成、齐王元吉谋害太宗。六月四日，太宗率长孙无忌等……于玄武门诛之。甲子，立为皇太子，庶政皆决断。"

**壬申，唐高祖李渊有《命司空裴寂等择日上尊号手诏》。**

《唐大诏令集补编》卷一《命司空裴寂等择日上尊号手诏》："朕当加尊号为太上皇，有司择日，宜速闻奏。"（武德九年六月壬申）

## 八月

**李世民即帝位于显德殿。**

《旧唐书·太宗纪上》："（武德九年）八月，高祖传位于皇太子，太子即位于东宫显德殿。”

## |九 月|

**太宗于宏文殿聚书二十余万卷，选虞世南、褚亮、姚思廉、欧阳询等以本官兼学士，引入内殿，讲论文义，商量政事。**

《唐会要》卷六四：“武德四年正月，于门下省置修文馆，至九年三月改为宏文馆。至其年九月，太宗初即位，大阐文教。于宏文殿聚四部群书二十余万卷，于殿侧置宏文馆，精选天下贤良文学之士虞世南、褚亮、姚思廉、欧阳询、蔡允恭、萧德言等，以本官兼学士，令更宿直。听朝之隙，引入内殿，讲论文义，商量政事，或至夜分方罢。”

**己酉，太宗有《封吏部尚书长孙无忌等诏》，杜如晦、房玄龄等皆受封。**

《唐大诏令集补编》卷七《封吏部尚书长孙无忌等诏》，文末注：武德九年九月己酉。

## |十 二 月|

**张蕴古上《大宝箴》，授大理丞。此后谢偃亦献《惟皇诫德赋》。**

《贞观政要》卷八：“蕴古，初以贞观二年(628)，自幽州总管府记室兼直中书省，表上《大宝箴》，文义甚美，可为规诫。”然此事《资治通鉴》卷一九二，武德九年十二月载：“前幽州记室直中书省张蕴古，上《大宝箴》……上嘉之，赐以束帛，除大理丞。”则张蕴古《大宝箴》作于本年十二月。又《新唐书·谢偃传》：“初，帝即位，直中书省张蕴古上《大宝箴》，讽帝以民畏而未怀，其辞挺切，擢大理丞。偃又献《惟皇诫德赋》，其序大略言……”据此知张蕴古《大宝箴》与谢偃《惟皇诫德赋》当为先后所作，谢偃之《惟皇诫德赋》确年难考，并叙于此。《全唐文》卷一五四张蕴古《大宝箴》云：“今来古往，俯察仰观。惟辟作福，为君实难。……是故恐惧之心日弛，邪僻之情转放。岂知事起乎所忽，祸生乎无妄。固以圣人受命，拯溺亨屯。归罪于己，因心于民。大明无私照，至公无私亲。故以一人治天下,不以天下奉一人。礼以禁其奢,乐以防其佚。左言而右事,出警而入跸。……勿谓无知,居高听卑。勿谓何害,积小就大。乐不可极,乐极生哀。欲不可纵,纵欲成灾。壮九重于内,所居不过容膝。彼昏不知,瑶其台而琼其室。罗八珍于前,所食不过适口。惟狂罔念,邱其糟而池其酒。勿内荒于色,勿外荒于禽。勿贵难得货,勿听亡国音。内荒伐人性,外荒荡人心。难得之货侈,亡国之音淫。勿谓我尊,而傲贤慢士。勿谓我智,而拒谏矜已。……勿浑浑而浊,勿皎皎而清。”又,《全唐文》卷一五六谢偃《惟皇诫德赋》:“臣闻理忘乱,安忘危,逸忘劳,得忘失,此四者莫不皆然。是以夏桀以瑶台琼室为丽,而不悟鸣条南巢之祸。……故朝行之则为尧舜,暮失之则为桀纣,岂异人哉!其辞曰:‘周坟籍以遐观,总宇宙而一窥。结绳往而莫纪,书契来而可知。惟皇王之迭代,信步骤之恒规,莫不虑失者常得……’”

## |本 年|

**李世民令阎立本图十八学士像,褚亮有《十八学士赞》。得入馆者,时人谓之登瀛洲。**

《历代名画记》卷九:“立德弟立本……初为太宗秦王库直。武德九年,命写秦府十八学士,褚亮为赞。”《全唐文》卷一四七褚亮有《十八学士赞》,概括十八学士之风格与特点。文中云:“大行台司勋郎中杜如晦:建平文雅,体有烈光,怀忠履义,身立名扬;记室考功郎中房玄龄:才兼藻翰,思入机神,当官励节,奉上忘身…… 文学褚亮:道高业峻,神气清远,学总书林,文兼翰苑;文学姚思廉:志古精勤,纪言实录,临名殉义,余风励俗…… 太学博士孔颖达:道充列第,风传阙里,精义霞开,掞辞飙起……记室参军虞世南:笃行扬声,雕文绝世,网罗百世,并包六艺……著作佐郎薛元超:薛生履操,昭哉德音,辞奔健笔,思逸清襟。”《唐会要》卷六四:“及薛收卒,征东虞州录事参军刘孝孙入馆。令库直阎立本图其状,命褚亮为文赞,号曰十八学士……分为三番,更直宿阁下,每日引见,讨论文典。得入馆者,时人谓之‘登瀛洲’。”

**本年有《二名不偏讳令》。**

《唐大诏令集补编》卷一《二名不偏讳令》:“依礼,二名义不偏讳,尼父达圣,非无前指。近世以来,曲为节制。两字兼避,废阙已多;率意而行,有违经语。今宜依据礼典,务从简约,仰效先哲,垂法将来。其官号、人名,及公私文籍,有'世'及'民'两字不连读者,并不须避。"(武德九年)

## 唐太宗贞观元年

丁亥　六二七

### 正月

**乙酉,太宗有《改元贞观诏》。**

《旧唐书·太宗纪上》:"贞观元年春正月乙酉,改元。"《全唐文》卷四《改元贞观诏》:"朕遐观方册,历选前王,大道既隐,至公斯革,莫不思树风声,用隆鼎命。太皇膺箓受图,功成治定,鄙圣人之余事,顾天下而窅然,永言俗累,高居物表。爰以大宝,俯授微躬……今则其时,可改武德十年为贞观元年。"

### 二月

**上官仪、敬播等四人登进士第,张文瓘应明经科,谢偃应诏对策及第,考功员外郎卢承庆知贡举。时上官仪有《对求贤策》等二文。**

见《登科记考补正》卷一本年条。上官仪对策所云,见《全唐文》卷一五五,题名为《对用刑宽猛策》与《对求贤策》。又谢偃应诏对策及第事见于《旧唐书》本传:"贞观初,应诏对策及第。历高陵主簿。"

**无名氏撰《大唐故开君墓志之铭并序》《息州长史崔君墓志铭》。**

《唐代墓志汇编》贞观〇〇一《大唐故开君墓志之铭并序》:"君讳道爱,字僧护,河东安邑人也……以唐贞观元年丁亥二月甲寅十九日壬申合葬于千里邙山……"《唐代墓志汇编》贞观〇〇二《息州长史崔君墓志铭》:"君讳志,字远,清河武城人也……粤以贞观元年岁次丁亥二月甲寅朔二十九日壬午,合葬于洛阳北邙山之阳清风里……”

## 五月

**陈子良作《祭司马相如文》。**

《全唐文》卷一三四陈子良《祭司马相如文》曰：“维大唐贞观元年岁次丁亥五月壬子朔十六日丁卯，相如县令陈子良……敬祭故文园令司马公之灵。惟君夙敏，雅调雍容，含章挺生，慕蔺斯在，题桥去蜀，仗策入关。终倦梁园之游，还悦临邛之客。杨意为之延誉，王孙以之开筵。弹琴而感文君，诵赋而惊汉主……予忝宰兹邑，似觌遗尘，抚事怀贤，实劳寤寐。夫游九原者，慕随会而增悲；望魏都者，伫侯嬴而顾步……神其如在，希能飨之。”据文中所云“贞观元年岁次丁亥五月壬子朔十六日丁卯”，知本文作于本年五月。

## 七月

**无名氏撰《大唐吴国公府记室参军故刘君墓之铭并序》。**

《唐代墓志汇编》贞观〇〇三《大唐吴国公府记室参军故刘君墓之铭并序》：“君讳粲……以贞观元年六月十六日痼疾而终，窆于私馆，春秋七十有三。其年丁亥七月丁亥朔二十二日壬申合葬于河南县清风乡……”

## 八月

**卢士牟作《段干木庙记》。**

《全唐文》卷一五六卢士牟《段干木庙记》：“陕之芮东有祠，署于道曰魏文侯师段干木庙。谨按史传，语文侯过其庐必式……贞观元年秋八月七日，将仕郎前守河南府伊阳县主簿范阳卢士牟，载想遐踪，愿志遗庙。”据文中“贞观元年秋八月七日”，知文作于本年八月。铭曰：“鼎河在南，在条在北。洪河横流，以纪魏国。天地淑灵，山泽粹精。惟公克生……先生之德，永永不昧。”

## |十月|

**无名氏撰《隋故上仪同三司黎阳镇将程府君墓志铭并序》**。

《唐代墓志汇编》贞观〇〇四《隋故上仪同三司黎阳镇将程府君墓志铭并序》:“君讳钟,字子通,广平人,周大夫伯休父之后也……以大唐贞观元年十月五日与夫人弘农刘氏合葬于洛阳邙山礼也。”

## |本年|

**褚亮为弘文馆学士**。

《旧唐书·褚亮传》:“贞观元年,为弘文馆学士。”

**孙伏伽有《谏马射表》**。

《全唐文》卷一三五孙伏伽《谏马射表》:“臣闻千金之子,坐不垂堂;百金之子,立不倚衡。以此言之,天下之主,不可履险乘危明矣。……臣窃闻陛下犹自走马射帖,娱乐近臣,此乃无禁乘危,窃为陛下有所不取也。何者?一则非光史册,二则未足显扬,又非所以遵养圣躬,亦不可以垂范后代。此只是少年诸生之所务,岂得既为天子,今日犹行之乎?陛下虽欲自轻,其奈社稷天下何?如臣愚见,窃谓不可。”《旧唐书·孙伏伽传》:“太宗即位,赐爵乐安县男。贞观元年,转大理少卿。太宗尝马射,伏伽上书谏曰……”所云即本文。据此可知,本文约作于贞观元年。

**虞世南奉敕撰并书《孔子庙堂碑》,碑述高祖封孔丘二十三世孙孔德伦为褒圣侯及修葺孔庙之事**。

《全唐文》卷一三八虞世南《孔子庙堂碑》:“微臣属书东观,预闻前史……于是自卫返鲁,删书定乐,赞易道以测精微,修春秋以正褒贬,故能使紫微降光,丹书表瑞,济济焉,洋洋焉。充宇宙而洽幽明,动风云而润江海。……武德九年十二月二十九日，有诏立隋故绍圣侯孔嗣哲子德伦为褒圣侯，乃命经营，惟新旧址。万雉斯建，百堵皆兴，揆日占星，式规大壮。凤甍骞其特起，龙桷俨以临空。霞入绮寮，日晖丹槛。窅窅崇邃，悠悠虚白。……”据文中“武德九年十二月二十九日”知去年十二月末方下诏，又有“百堵皆兴”等事，故文作于本年为宜，姑录于此。又《金石萃编》卷四一《孔子庙堂碑》：“武德九年十二月廿九日，有诏立隋故绍圣侯孔嗣哲子德伦为褒圣侯，乃命经营，惟新旧址。”又云：“太子舍人、行著作郎臣虞世南奉敕撰并书。”

**李百药本年任中书舍人。**

《旧唐书·李百药传》：“太宗重其才名，贞观元年，召拜中书舍人，赐爵安平县男。”

**陆德明卒。有《经典释文》《老子疏》《易疏》等著作行于世。**

《旧唐书·陆德明传》：“贞观初，拜国子博士，封吴县男，寻卒。撰《经典释文》三十卷、《老子疏》十五卷、《易疏》二十卷，并行于世。”其生平事迹见《旧唐书》卷一八九上。

**本年或稍前，孔绍安卒，有集五卷。**

《旧唐书·孔绍安传》：“寻诏撰梁史，未成而卒。有文集五卷。”孔绍安之卒年，今据《新编年史》而书于此。

**本年或稍后，蔡允恭卒，有集十卷。**

《旧唐书》本传：“贞观初，除太子洗马，寻致仕，卒于家。有集十卷，又撰《后梁春秋》十卷。”蔡允恭之卒年，今据《新编年史》而书于此。

**本年或稍后，贺德仁卒，年七十余，有集二十卷。**

《旧唐书》本传：“贞观初……无几卒，年七十余。有文集二十卷。”贺德仁之卒年,今据《新编年史》而书于此。

**本年或稍后,袁朗卒,有集十四卷。**

《旧唐书》本传:“再转给事中,贞观初卒官。……有文集十四卷。”袁朗之卒年,今据《新编年史》而书于此。

## 唐太宗贞观二年

戊子　六二八

### |正月|

**唐太宗作《金镜》并序,述史上之盛衰兴亡。**

《全唐文》卷一〇太宗《金镜》:“朕以万机暇日,游心前史。仰六代之高风,观百王之遗迹,兴亡之运,可得言焉。每至轩昊之无为,唐虞之至治,未尝不留连赞咏,不能已已。”《全唐文纪事》卷四云:“贞观二年正月庚午著《金镜述》以示侍臣。”据此知该文作于本年正月。又,《全唐文补编》卷二太宗《金镜序》:“昔隋季崩离,天纲驰紊,波涛沸四海,气雾塞三光……明镜不远,于焉自鉴。”(《太平御览》卷五引唐书)

### |四月|

**李百药有《汪华可左卫白渠府统军制》。**

《全唐文补编》卷五李百药《汪华可左卫白渠府统军制》:“前歙州总管汪华,右可左卫白渠府统军……贞观二年四月五日,中书舍人李百药行。”(《北京图书馆藏中国历代石刻拓本汇编》一一册)

## 六月

**唐高宗李治生，一岁。**

见《旧唐书·高宗纪上》。

**杜淹有《贞观二年六月对》，谓兴亡在乐。**

《全唐文新编》卷一三五杜淹《贞观二年六月对》："前代兴亡，实由于乐。陈将亡也，为《玉树后庭花》；齐将亡也，而为《伴侣曲》，行路闻之，莫不悲泣，所谓亡国之音也。以是观之，盖乐之由也。"《唐会要》卷三二："武德九年正月十日，始命太常少卿祖孝孙考定雅乐，至贞观二年六月十日，乐成奏之。……御史大夫杜淹对曰：'前代兴亡，实由于乐……'太宗曰：'不然。夫音声感人，自然之道也，故欢者闻之则悦，忧者听之则悲。悲悦之情，在于人心，非由乐也。将亡之政，其民必苦，然苦心所感，故闻之则悲耳。岂乐声哀怨，能使悦者悲乎！'"杜淹所云即《贞观二年六月对》。

## 十月

**虞世南作《左武侯将军庞某碑序》。**

《文馆词林》卷四五三虞世南《左武侯将军庞某碑序》："昔者彤云受命，樊灌佐其雄图……盛矣哉功臣之为贵也。……公讳字，相州，邺县人也，灵源导于姬水……以今贞观二年六月厶日，遘疾薨于雍州长安县之安仁里宅……粤其年十月甲戌朔二十一日甲午……遗孤藐然，不胜孺暮，同气友睦，弥庸急难，爰建丰碑，式镌不朽。"

**御史大夫杜淹卒，赠尚书右仆射，谥曰襄。**

《资治通鉴》卷一九三："（贞观二年）十月，御史大夫参预朝政安吉襄公杜淹薨。"《旧唐书·杜淹传》："贞观二年，帝为临问。卒，赠尚书右仆射，谥曰襄。”杜淹之生平事迹见《旧唐书》卷六六、《新唐书》卷九六。《全唐文》卷一三五收其《文中子世家》一文。

**无名氏撰《杨府君墓志铭并序》。**

《唐代墓志汇编》贞观〇〇五《□□□国洛阳长史金乡县开国公杨府君墓志铭并序》:“□讳敏,字属师,弘农华阴人也……以大唐贞观二年六月十九日卒于洛阳第舍,春秋六十有一。粤以其年十月十二日葬于洛州北邙山礼也。”

## |十一月|

**无名氏撰《大唐故左广禄大夫蒋国公屈突府君墓志铭》等多篇墓志铭。**

《唐代墓志汇编》贞观〇〇六:“夫人讳女羡,南阳白水人也……以大唐贞观二年岁次戊子夏四月景子朔一日景子遘疾,终于重光城私第,春秋七十有九。粤以其年冬十一月癸卯朔七日己酉,合葬于洛阳县清风乡张方里邙山之阳。”又《唐代墓志汇编》贞观〇〇七《大唐故左广禄大夫蒋国公屈突府君墓志铭》:“公讳通,字坦豆拔,昌梨徒河人。高祖恒,中领军,随魏氏迁于洛也……粤以贞观二年遘疾,其年十月十九日薨于官舍,春秋七十有二……以其年十一月二十八日,葬于洛州河南县千金乡玄门里之北邙山。”又《唐代墓志汇编》贞观〇〇八《安定胡府君墓志》、贞观〇〇九条亦作于本年十一月。

## |本 年|

**魏徵为秘书监,参预朝政,并奏请校定四部书。**

《唐会要》卷三五:“至贞观二年,秘书监魏徵以丧乱之后,典章纷杂,奏引学者校定四部书。数年之间,秘府粲然毕备。”《旧唐书》本传:“贞观二年,迁秘书监,参预朝政。徵以丧乱之后,典章纷杂,奏引学者校定四部书。数年之间,秘府图籍,粲然毕备。”

**王绩《醉乡记》《五斗先生传》作于本年前后。《醉乡记》描述“土旷然无涯”**

**“气和平一揆”之理想世界，醉乡之人“吸风饮露”“与鸟兽鱼鳖杂处，不知有舟车器械之用”。全文托物寓意，并非纪实。**

《全唐文》卷一三二王绩《醉乡记》：“醉之乡，去中国不知其几千里也，其土旷然无涯，无丘陵阪险。其气和平一揆，无晦明寒暑；其俗大同，无邑居聚落；其人甚精，无爱憎喜怒。吸风饮露，不食五谷；其寝于于，其行徐徐，与鸟兽鱼鳖杂处，不知有舟车器械之用……嗟乎，醉乡氏之俗，岂古华胥氏之国乎？其何以淳寂也如是，今予将游焉，故为之记。”《全唐文》卷一三二王绩《五斗先生传》：“有五斗先生者，以酒德游于人间，有以酒请者，无贵贱皆往，往必醉，醉则不择地斯寝矣，醒则复起饮也。常一饮五斗，因以为号焉。先生绝思虑，寡言语，不知天下之有仁义厚薄也，忽焉而去，倏然而来。其动也天，其静也地，故万物不能萦心焉。尝言曰：‘天下大抵可见矣，生何足养，而嵇康著论，途何为穷，而阮籍恸哭。故昏昏默默，圣人之所居也。’遂行其志，不知所如。”吕才《王无功文集序》云：“大业末，应孝悌洁举，射策高第，除秘书正字。性简傲，饮酒至数斗不醉。尝云：‘恨不逢刘伶，与闭户轰饮。’因著《醉乡记》及其《五斗先生传》……”据此，知二文当作于隋大业末后。然《新唐书》本传则云：“贞观初，以疾罢。复调有司……所居东南有磐石。立杜康祠祭之，尊为师，以革配。著《醉乡记》以次刘伶《酒德颂》。其饮至五斗不乱，人有以酒邀者，无贵贱辄往，著《五斗先生传》。”据此，二文当作于贞观初，确年难考，今姑系于本年。

《全唐文》卷五五五韩愈《送王秀才序》：“吾少时读《醉乡记》，私怪隐居者无所累于世，而犹有是言，岂诚旨于味耶？及读阮籍、陶潜诗，乃知彼虽偃蹇不欲与世接，然犹未能平其心，或为事物是非相感发，于是有托而逃焉者也。”

**骆宾王生，宾王字观光，婺州义乌人。**

《旧唐书》本传：“骆宾王，婺州义乌人。”《新唐书》本传：“骆宾王，义乌人。”《义乌县志》卷一四载：“骆宾王，字观光。”骆宾王之生年典籍均无确切纪年，说法不一。闻一多主640年（《唐诗大系》）；傅璇琮谓630年或稍前（《卢照邻杨炯简谱》，见《卢照邻集·杨炯集》附录）；刘开扬谓638年（《初唐四杰及其诗》，见《唐诗论文集》）；杨恩成则谓623年（《骆宾王生卒年考辨》，见《人文杂志》1981年2期）；杨柳、骆祥发谓619年（《骆宾王简谱》，见《骆宾王评传》）；王增斌谓628年（《骆宾王系年考》，见《唐代文学研究》第2辑）；张志烈谓635年（《初唐四杰年谱》,巴蜀书社,1993 年版)。今从王增斌《骆宾王系年考》(载于《唐代文学研究》第 2 辑,广西师大出版社 1990 年版)之说,故系骆宾王生于本年。

**李百药为礼部侍郎,上《封建论》。**

《全唐文》卷一四三李百药《封建论》:"臣闻经国庇民,王者之常制,尊主安上,人情之本方……爵非世及,用贤之路斯广,民无定主,附下之情不固,此乃愚智所辩,安可惑哉? ……习文学者,尚长短纵横之术;习武艺者,尽干戈战争之心。……陛下每见四夷款附,万里归仁,必退思进省,凝神动虑,恐妄劳中国,以求远方,不籍万古之英声,以存一时之茂实。心切忧劳,迹绝游幸,每旦视朝,听受无倦,智周于万物,道济于天下。"《旧唐书·李百药传》:"贞观……二年,除礼部侍郎。朝廷议将封建诸侯,百药上《封建论》,曰……朝廷竟从其议。"据此,知《封建论》乃作于本年。

**静琬有《贞观二年题刻》。**

《全唐文补编》卷三静琬《贞观二年题刻》:"释迦如来正法像法,凡千五百余岁。至于今贞观二年,已浸末法七十五载。"(《房山石经题记汇编》第一部分。石刻在雷音洞洞门左壁。参元贾志道《重修华严堂经本记》)

## 唐太宗贞观三年

己丑　六二九

### 正月

**岑文本上《藉田颂》。**

《唐会要》卷一〇下:"太宗贞观三年正月,亲祭先农,躬御耒耜,藉于千亩之甸……于是秘书郎岑文本献《藉田颂》以美之。"《全唐文》卷一五〇岑文本《藉田颂》:"正位恭己,体元得一……亲耕帝藉,躬稼大田……比汉之兆,方周之祚。"

## 二 月

**进士及第五人，秀才二人。**

见《登科记考补正》卷一本年条。

## 三 月

**唐太宗命岑文本、令狐德棻、李百药、姚思廉、魏徵等重修周、齐、梁、陈、隋等五代史，令狐德棻与房玄龄总监诸代史。太宗论修史当录词理切直之文，忌浮华之文。**

《唐会要》卷六三《史馆上·修前代史》："至贞观三年，于中书省置秘书内省，以修五代史。"又《旧唐书·令狐德棻传》："贞观三年，太宗复敕修撰，乃令德棻与秘书郎岑文本修周史，中书舍人李百药修齐史，著作郎姚思廉修梁、陈史，秘书监魏徵修隋史，与尚书右仆射房玄龄总监诸代史。众议以魏史既有魏收、魏澹二家，已为详备，遂不复修。德棻又奏引殿中侍御史崔仁师佐修周史，德棻仍总支类会梁、陈、齐、隋诸史。"《资治通鉴》卷一九三："（贞观三年三月）玄龄监修国史，上语之曰：'比见《汉书》载《子虚》《上林赋》，浮华无用。其上书论事，词理切直者，朕从与不从，皆当载之。'"

## 四 月

**无名氏造《慈润寺故大灵琛禅师灰身塔铭文》。**

《唐代墓志汇编》贞观〇一〇《慈润寺故大灵琛禅师灰身塔铭文》："禅师俗姓周，道讳灵琛。"铭文末署：大唐贞观三年四月十五日造。

**太宗下诏《太宗正居紫极德音》。**

《唐大诏令集补编》卷一《太宗正居紫极德音》："百行之本，要道唯孝，一言终身,恕而已矣……朕往因征伐天下多矣,每见村落丘墟,未尝不抚膺太息。自登九五,不许横役,不惟冀遐迩休息……普告天下,知朕意焉。”(贞观三年四月)

## |五 月|

**张神安作《唐贞观铜钟铭并序》**。

《全唐文》卷一五六张神安《唐贞观铜钟铭并序》云:“盖如如实际,性相平等,念念虚假,缘业万殊,是以导之以解脱,礼乐未之汩。诲之以究竟,象系所不言……以大唐贞观三年,摄提在岁,蕤宾御律,景丁统日……辄缘斯义,乃为铭曰……”“蕤宾”指五月,故知铭文作于本年五月。其铭曰:“……微妙焉名,无为不住,有为不尽,去彼常乐……”

## |六 月|

**无名氏为谭伍撰墓志铭**。

《唐代墓志汇编》贞观〇一一条:“君讳伍,字德深,恒山桑干人……粤以贞观三年岁次己丑六月庚午朔,十六日乙酉卒于第,春秋六十八。即以其月二十五日甲午,殡于邙山之阳千金里。”

## |七 月|

**无名氏为蒋国夫人撰墓志铭**。

《唐代墓志汇编》贞观〇一二条:“维大唐贞观三年岁次己丑五月二十九日蒋国夫人年六十六,薨于家第。其年七月庚子朔,二十八日丁卯,殡于洛州河南县千金乡玄明里邙山之阳。”

## |十二月|

**孔颖达有《对论语问》**。

《资治通鉴》卷一九三:“(贞观三年十二月)乙酉,上问给事中孔颖达曰:‘《论语》:以能问于不能,以多问于寡,有若无,实若虚。何谓也?’颖达具释其义以对,且曰:‘非独匹夫如是,帝王亦然。帝王内蕴神明,外当玄默……’上深善其言。”孔颖达“且曰”之语与《对论语问》要旨合。《全唐文》卷一四六孔颖达《对论语问》:“圣人设教,欲人谦已。己虽有能,不自矜大,仍就不能之人。求访能事,己之才艺虽多,犹以为少,仍就寡少之人。更求所益,己之虽有,其状若无,己之虽实,其容若虚。非惟匹庶,帝王之德,亦当如此。夫帝王内蕴神明,外须元默,使深不可知,故易称以蒙养正,以明夷莅众,若其位居尊极,炫耀聪明,以才陵人,饰非拒谏,则上下情隔,君臣道乖,自古灭亡,莫不由此也。”

## |闰十二月|

**唐太宗命为战死之义士勇夫各立一寺,并命虞世南、李百药(又作“李伯药”)等多人为作碑铭,记载其功业。颜师古奉敕撰《等慈寺塔记铭》。**

《旧唐书·太宗纪上》贞观三年十二月载:“癸丑,诏建义以来交兵之处,为义士勇夫殒身戎阵者各立一寺,命虞世南、李伯药、褚亮、颜师古、岑文本、许敬宗、朱子奢等为之碑铭,以纪功业。”又《金石萃编》卷四二《等慈寺塔记铭》《豳州昭仁寺碑》分别为颜师古和朱子奢奉敕撰。

## |本 年|

**本年前后,王绩欲续成其兄王度所撰《隋书》,驰书陈叔达借其所著《隋纪》。叔达誊录寄予,并修书报之。**

《全唐文》卷一三一王绩《与陈叔达重借隋纪书》:“久承所撰《隋纪》,缮写咸毕,前舍弟及家人往,并有书借,咸不见付。岂连城之珍,俟楚文而乃进,崩山之操,待钟期而后发。……丰屋华榱,顾蓬蒿而徙眷;鸣钟列鼎,想藜藿而移交。不与骄期,遂忘昔时之好耳。仆遭逢明圣,栖迟丘壑,幸悦尧舜之风,得全箕颍之操。……所以愿凭鳞羽,宛若承颜,望观述作,欣然得意。足下裁成国典……故当贻诸好事,岂拟唯传子孙?……天下之望,岂如是乎?仆亡兄芮城,尝典著局,大业之末,欲撰《隋书》,俄逢丧乱,未及终毕。仆窃不自揆,思卒余功,收撮漂零,尚存数帙。兆自开皇之始,乞于大业之初,咸亡兄点窜之遗迹也。大业之后,言事阙然,仆虽欲继成,无可凭采。以此尤思见足下之所作也。还使请致,无再三。王绩白。”《全唐文》卷一三三陈叔达《答王绩书》:“贤弟千牛及家人典琴至,频辱芳翰,索下官所撰《隋纪》,虽承厚眷,漶然自失……所以迟回简牍,伏念旬时,辄揆短怀,仰违前命。今奉来札,诲责逾深,既以骄鄙相诃……欲加之罪,其无辞乎?正当要使必致耳。了不知贤兄芮城有《隋书》之作,足下既图继就,须有考寻,谨依高旨,缮录驰送。”据《新编年史》所考,上述两书均作于本年左右。

**本年或稍后,李道玄卒,有集十卷。**

《旧唐书》本传:“为常州刺史……(贞观)三年,表请致仕,加银青光禄大夫,以禄归第,寻卒。”《新唐书·艺文志四》著录:“《李道玄集》十卷。”

## 唐太宗贞观四年

庚寅　六三〇

### |正月|

**无名氏撰《安定胡公墓志铭》。**

《唐代墓志汇编》贞观〇一三条《安定胡公墓志铭》:“君讳质,字孝质,安定临泾人也……贞观三年八月十一日寝疾,卒于官,春秋六十有七。粤以四年岁次庚寅正月丁卯朔十九日乙酉,葬于河南县千金里邙山之茔。”

### |二月|

**甲辰,李靖大破颉利突厥于阴山;甲寅,以克突厥赦天下。**

《资治通鉴》卷一九三:“(贞观四年二月)甲辰,李靖破突厥颉利可汗于阴山。……甲寅,以克突厥赦天下。”

**许叔静、韦思谦、崔志道等九人登进士第，秀才一人。**

见《登科记考补正》卷一本年条。

**无名氏撰《大唐故李君墓志之铭》。**

《唐代墓志汇编》贞观〇一四《大唐故李君墓志之铭》:“君讳彦，字君才，陇西成纪人也……贞观四年正月三十日，遘疾终于家，春秋五十一。以其年岁次庚寅二月丁酉，二十四日庚申，迁窆于北邙山之阳千金乡。”

## 三月

**杜如晦卒，年四十六。**

《旧唐书》本传:“（贞观）四年，疾笃……寻薨，年四十六。”

## 八月

**无名氏撰墓志铭，见《唐代墓志汇编续集》。**

《唐代墓志汇编续集》贞观〇〇一:“夫人姓张，字娥子，洛州河南县人也……以大唐贞观四年岁次庚寅八月癸巳朔四日景申薨于私第，以其月十四日景午窆于邙山之阳苍东北隅一里。”

## 十一月

**无名氏撰《大唐绵州万安县令故毛府君墓志铭》《故蒲州河东县令李府君墓志铭》等文。**

《唐代墓志汇编》贞观〇一五条《大唐绵州万安县令故毛府君墓志铭》:“君讳祐，字千相，安定鹑觚人也……贞观四年九月十四日终于私第，春秋八十有二。夫人张氏令淑矜庄，夙恭礼典，灵草未加，先从物变。粤以其年十一月十二日合葬于姑藏县方亭里，勒石记功。”又，《唐代墓志汇编》贞观〇一六条《故蒲州河东县令李府君墓志铭》：“君讳徹，字永富，陇西成纪县人也……以大唐贞观四年十月二十七日遇疾无痊，终于私第。即以其年岁次庚寅十一月壬戌朔，二十一日壬午，窆于北邙山千金里。”又，《唐代墓志汇编》贞观〇一七条：“大唐中散大夫行□药奉御永安男吴景达夫人彭城刘氏之灵。今以贞观四年岁次庚寅十一月壬申朔，二十三日甲午，殡于邙山旧陵。”

## |本 年|

**王绩隐居龙门河渚，其《答冯子华处士书》《答程道士书》《河渚赋》与《独居赋》约作于本年或稍后。**

《全唐文》卷一三一王绩《答冯子华处士书》：“乖别甫尔，已十余年。诵《采葛》之诗，增其慨咏。夫人生一世，忽同过隙。合散消息，周流不居。偶逢其适，便可卒岁。陶生云：富贵非吾愿，帝乡不可期。又云：盛夏五月，跂脚北窗下，有凉风暂至。自谓是羲皇上人。嗟乎，适意为乐，雅会吾心。吾河渚间有先人故田十五六顷，河水四绕，东西趋岸各数百步。古人云：河济之滨宜黍，况中州之腴乎？……吾家三兄，生于隋末，伤世擾乱，有道无位，作《汾亭操》，盖孔子《龟山》之流也。……吾所居南渚有仲长先生，结庵独处三十载……吾近作《河渚》《独居赋》，为仲长先生所见，以为可与白牛连类。今亦写一本以相示，可与清溪诸贤共详之也。乱极则治，王途渐亨，天灾不行，年谷丰熟，贤人充其朝，农夫满于野。……薛生已殁……暮春三月，登于北山，松柏群吟，藤萝翳景，意甚乐之……”文又云：“吾所居南渚有仲长先生，结庵独处三十载。”又同书同卷王绩《仲长先生传》云：“开皇末，始结庵河渚间。”按：仲长先生即仲长子光，见《唐才子传校笺》卷一。自开皇末（600）下推三十载，恰为贞观四年（630），姑录王绩《答冯子华处士书》于此。又，《全唐文》卷一三一王绩《答程道士书》：“吾尝读书，观览数千年事久矣。有以见天下之通趋，识人情之大方……昔孔子曰无可无不可，而欲居九夷；老子曰同谓之元，而乘关西出；释迦曰色即是空，而建立诸法。此皆圣人通方之元致。……吾受性潦倒，不经世务，屏居独处，则萧然自得，接对宾客，则茶然思寝，加性又嗜酒，形骸所资，河中黍田，足供岁酿。闭门独饮，不必须偶。……而同方者不过一二人。时相往来，并弃礼数，箕踞散发，元谭虚论。……”据文中“屏居独处……河中黍田……而同方者不过一二人”，知文成于王绩独居河渚时，然作年难确考，姑录《答程道士书》于此。王绩《独居赋》与《河渚赋》已佚。

**太宗作《临层台赋》。**

《全唐文》卷四太宗《临层台赋》："惟万几之暇景，屏千虑于岩廊。元英移其暮节，白日黯其斜光。郁金阶兮起雾，碧玉宇兮流霜。……则若阿房初制，穷八荒之巧艺。甘泉始成，极三秦之壮丽。工靡日而不劳，役无时而暂憩。……彼露台之一俭，乃延德于苍生。……一德是珍，万物非宝。不避辱于真恶，岂求荣于伪好？既同德而同心，共流芳于王道。"太宗有感于楼台殿阁之高大奢华，于本文结尾处提出节俭之主张："彼露台之一俭，乃延德于苍生。"《唐太宗文集校注》以为"此赋盖写于贞观四年"，今从之，姑录于此。

**王绩《祭处士仲长子光文》《仲长先生传》亦约作于本年至贞观中若干年间。**

《全唐文》卷一三二王绩《祭处士仲长子光文》："岁月日，邻人王绩谨以鱼醴之奠，敬祭仲长先生之灵。曰：明道若昧，进道若退，鸟飞知还，龙亢必悔。嗟嗟夫子，理融其内……至矣夫子，其死若休，乡党不惧，朋友不忧，素琴犹在，黄经尚留。老莱不婚，梁鸿难偶……祭非古也，礼之为始，吾从其俗，敢告夫子，清尊薄奠，神其歆止。"仲长，名子光，其卒年不可考。然据王绩贞观四年左右《答冯子华处士书》中所云："吾所居南渚有仲长先生，结庵独处三十年……吾近作《河渚》《独居赋》，为仲长先生所见……"知贞观四年左右，仲长先生仍健在。则本文之作年不早于贞观四年，姑录于此。又《全唐文》卷一三二王绩《仲长先生传》："先生讳子光，字不曜。自云洛阳人也。往来河东，佣力自给，无室庐，绝妻子。开皇末，始结庵河渚间，以息身焉。十余年卖药为业，人莫知之也。汾阴侯生以筮著，因游河渚，一睹而伏。曰'东方朔管辂不如也'，由是显重。守令至者皆亲谒，先生辞以喑疾，未尝交语。著《独游颂》及《河渚先生传》以自喻，识者有以知其悬解也。人有请道者，则书'老易'二字示之。弹琴饵药，以终其世。文中子比之虞仲、夷逸。"本文与第一文当为前后所作，姑录于此。

**王福畤《录东皋子答陈尚书书略》约作于本年或稍后。**

《全唐文》卷一六一王福畤《录东皋子答陈尚书书略》:“东皋先生讳绩,字无功。文中子之季弟也。弃官不仕,耕于东皋,自号东皋子。贞观初,仲父太原府君为监察御史,弹侯君集,事连长孙太尉,由是获罪。时杜淹为御史大夫,密奏仲父直言非辜,于是太尉与杜公有隙,而王氏兄弟皆抑而不用矣。季父与陈尚书叔达相善,陈公方撰隋史,季父持文中子世家与陈公编之,陈公亦避太尉之权,藏而未出。……嗟乎,足下知心者,顾仆何为哉,愿记亡兄之言,庶几不坠足矣。谨录世家寄去,余在福郊面悉其意,幸甚幸甚。”王绩与陈叔达借书之事约在本年,姑录王文于此。

**道宣撰《四分律比丘含注戒本序》**。

《全唐文补编》卷一二道宣《四分律比丘含注戒本序》:“四分戒本者,盖开万行之通衢,引三乘之正轨也……遂以贞观四年庚寅之岁,薄游岳渎,广评律宗。但见诵语纷纶,未思弘远。高谭有务,事用无施……今试敢依律本,具录正经,仍从佛解,即为注述。文唯一卷,同昔所传。持犯两明,今便异古……故辄笔记,序之云尔。”(《大正藏》一八〇六号卷首)

## 唐太宗贞观五年

辛卯　六三一

### 正月

**无名氏撰《大唐故宫人何氏墓志》**。

《唐代墓志汇编》贞观〇一八条《大唐故宫人何氏墓志》:“宫人何氏,太原文水人也……贞观五年岁辛卯正月辛酉朔二十三日癸未,遘疾而卒,春秋七十有六,归葬于长安县之龙首原。”

**无名氏撰墓志铭,见《唐代墓志汇编续集》**。

《唐代墓志汇编续集》贞观〇〇二:“君讳谅,字慈信,瀛洲博野人也……贞观五年岁次辛卯正月辛酉朔六日丙寅卒于家。粤以其月二十五日改窆于河南千金里。”

**无名氏撰《唐故宫人丁氏墓志》,见《唐代墓志汇编续集》。**

《唐代墓志汇编续集》贞观〇〇三:“宫人丁氏,扬州建康人也……贞观五年岁次辛卯正月二十六日辛酉朔,卒于掖庭。即以其月三十日庚寅,以七品之礼葬于长安县龙首原。”

## |二月|

**贾统、毕粹等十五人进士及第,秀才一人;钱元修、李谓、贾贞应明经科。**

见《登科记考补正》卷一本年条。

**无名氏撰《唐故大将军主客郎中蓨县男李君墓志铭》。**

《唐代墓志汇编续集》贞观〇〇四:“君讳立言,字义方,渤海蓨人……以贞观五年正月四日卒于永兴里第,年五十。即以其年岁次辛卯二月辛卯朔六日景申,葬于洪原里之地。”

**李百药作《唐故都督徐州五州诸军事徐州刺史临淄定公房公碑铭并序》,并书碑。**

《全唐文补编》卷五李百药《唐故都督徐州五州诸军事徐州刺史临淄定公房公碑铭并序》:“……贞观三年十有二月,乃下诏书,纪功褒德……粤以五年岁次辛卯三月庚申朔越二日辛酉,安措于本乡齐州亭山县赵山之阳。”又《金石萃编》卷四三《房彦谦碑》:“太子左庶子、安平男李百药撰,太子中允……欧阳询书……贞观五年三月二日树。”据此可知,此文最迟作于本年二月末,三月初方可树碑。

**无名氏为人撰有墓志铭。**

《唐代墓志汇编》贞观〇一九条："君讳祎，字士华，恒州人也……贞观四年十一月卒，五年岁次辛卯二月辛卯朔十六日丙午，乃岁合时通，卜居吉地，于此洛邑，殉窆九壤，玄石勒。"

## 三月

**无名氏撰《唐故掌闱麻氏墓志铭》。**

《唐代墓志汇编》贞观〇二〇《唐故掌闱麻氏墓志铭》："宫人姓麻氏，丹阳建康人也……以大唐贞观五年三月五日卒，春秋七十有二。即以其月九日丁时，葬于雍州长安县之龙首原。"

**无名氏为人撰墓志。**

《唐代墓志汇编》贞观〇二一条："君讳守仁，清河人也……粤以大唐贞观五年岁次辛卯三月庚申朔十三日壬申，窆于处士君墓次。"

## 七月

**无名氏撰《大唐故开府仪同三司刘君墓志铭》。**

《唐代墓志汇编》贞观〇二二《大唐故开府仪同三司刘君墓志铭》："君讳节，字德操，冀州下博人……以大唐贞观五年六月四日卒于家，其年七月十五日葬于邙阜。"

## 九月

**二十七日，魏徵、虞世南等奉敕撰成《群书治要》五十卷，上之。魏徵有《群书治要序》，于序中批评"竞采浮艳之词，争驰迂诞之说"，反对唐初浮华之文风，太宗作《答魏徵上群书治要手诏》褒之。**

《唐会要》卷三六："贞观五年九月二十七日，秘书监魏徵撰《群书治要》，上之。太宗欲览前王得失，爰自六经，讫于诸子，上始五帝，下尽晋年，徵与虞世南、褚亮、萧德言等始成，凡五十卷，上之。诸王各赐一本。”据此知《群书治要》成于本年。《全唐文》卷一四一魏徵《群书治要序》：“近古皇王，时有撰述，并皆包括天地，牢笼群有，竞采浮艳之词，争驰迂诞之说。骋末学之传闻，饰雕虫之小技，流荡忘反，殊途同致。虽辩周万物，愈失司契之源；术总百端，弥乖得一之旨。皇上以天纵之多才……以为六籍纷纶，百家踳驳。穷理尽性，则劳而少功，周览泛观，则博而寡要。故爰命臣等，采摭群书，剪截浮放，光昭训典……爰自六经，讫乎诸子。上始古帝，下尽晋年。凡为五帙，合五十卷。本求治要，故以治要为名。”《全唐文》卷九太宗《答魏徵上群书治要手诏》：“朕少尚威武，不精学业，先王之道，茫若涉海。览所撰书，博而且要，见所未见，闻所未闻。使朕致治稽古，临事不惑。其为劳也，不亦大哉！”

## 十月

**无名氏撰《唐故银青光禄大夫凉州刺史定远县开国子郭公墓志铭》，欧阳询书之。**

《唐代墓志汇编》贞观〇二三条《唐故银青光禄大夫凉州刺史定远县开国子郭公墓志铭》：“公讳云，字仲翔，京兆万年县人也……不幸以贞观五年六月二十有七日终于修德里第，春秋五十有九……以其年十月六日葬于县西龙首原，礼也。”

**无名氏撰墓志铭，见《唐代墓志汇编续集》。**

《唐代墓志汇编续集》贞观〇〇六：“君讳路，字叔道，魏州顿丘人也……以隋大业十三年四月九日终于寝室，春秋七十有二。男以大唐贞观五年十月丁亥二十三日己酉迁于垗茔。”

## 十一月

**林邑献五色鹦鹉，太宗异之，诏李百药作《鹦鹉赋》。**

《全唐文》卷一四二李百药《鹦鹉赋》：“嘉灵禽之擢秀，资品物以呈祥。含金精于兑域，体耀质于炎方，候风海而作贡……庭开雾夕，景净霞空，乍褰珠网，始出金笼。游万年于木末，玩四照于花丛。窥仙盘而饮露，登井干以承风。怀故乡之远思，恋羁雌之旧侣。望天衢以寄声，托归飞而延伫。”《资治通鉴》卷一九三：“（贞观五年）十一月，丁巳，林邑献五色鹦鹉。太宗异之，诏太子右庶子李百药为之赋。”

## 十二月

**无名氏撰《大唐故司空公上柱国淮安靖王墓志铭》。**

《唐代墓志汇编》贞观〇二四条《大唐故司空公上柱国淮安靖王墓志铭》：“君王讳寿，字神通，陇西狄道人……贞观四年十二月寝疾，薨于京城延福里第，春秋五十有四……粤以五年岁次辛卯十二月景戌朔十一日景申，葬于雍州三原县之万寿原。”

## 本年

**太宗数幸国学，筑学舍，增生员至八千余人，高丽、高昌、吐蕃等国酋长亦遣子弟入学。**

《唐会要》卷三五：“贞观五年以后，太宗数幸国学太学，遂增筑学舍一千二百余间，国学、太学四门亦增生员，其书、算等各置博士，凡三千二百六十员。其屯营、飞骑，亦给博士，授以经业。已而高丽、百济、新罗、高昌、吐蕃诸国酋长亦遣子弟请入国学。于是国学之内，八千余人，国学之盛，近古未有。”

**李百药作《赞道赋》谏太子。**

《全唐文》卷一四二李百药《赞道赋》：“下臣侧闻先圣之格言，常览载籍之遗则。伊天地之元造，洎皇王之建国。……以正君臣，以笃父子，君臣之礼，父子之亲，尽情义以兼极，谅宏道之在人。……生于深宫之中，处于群后之上，未深思于王业，不自珍于匕鬯。谓富贵之自然，恃崇高以矜尚，必恣骄狠，动愆礼让，轻师傅而慢礼仪……敢下拜而稽首，愿永树于风声，奉皇灵之遐寿，冠振古之鸿名。”《旧唐书·李百药传》云:"(贞观)五年,与左庶子于志宁、中允孔颖达、舍人陆敦信侍讲于弘教殿。时太子颇留意典坟,然闲燕之后,嬉戏过度,百药作《赞道赋》以讽焉。"据此,知李百药之《赞道赋》盖作于本年。又《文馆词林》卷四五九李百药《洛州都督窦轨碑铭》序云:"盖闻补天立极,大圣于是勃兴。政乱朝昏,名臣以之陈力。步骤之迹既弘,经纶之会斯在。……公讳轨,字士则,扶风平陵,受终若帝之初……贞观初拜使持节大都督益绵嘉邛陵雅简眉八州……益州刺史……五年,葬于某所。谥曰某公,礼也。惟公始于立身,终于行道……衔哀见托,乃述铭曰……"由该序知窦轨卒于本年,今以其卒葬之年定本文作于本年。其铭曰:"炎光侵隐,命历斯穷,滔天塞雾,振海飞风。皇灵膺录,大济神功。龙兴晋野,电照秦中,灼灼英武,人之先觉。才应时须,神生灵岳。始离襁褓……生平华屋。初笑后号,始哥终哭。舄奕钟鼎,葳蕤简牍。方托辰精,徒嗟梁木。"

**朱桃椎作《茅茨赋》。**

《全唐文》卷一六一朱桃椎《茅茨赋》:"若夫虚寂之士,不以世务为荣,隐遁之流,乃以闲居为乐……若乃睹余庵室,终诸陋质。野外孤标,山旁迥出。壁则崩剥而通风,檐则摧颓而写日。是时闲居晚思,景媚青春。逃斯涧谷,委此心神。削野藜而作杖,卷竹叶而为巾。不以声名为贵,不以珠玉为珍。风前引啸,月下高眠。庭惟三径,琴置一弦。散诞池台之上,逍遥岩谷之间。逍遥兮无所托,志意兮还自乐。枕明月而弹琴,对清风而缓酌。望岭上之青松,听云间之白鹤。用山水而为心,玩琴书而取乐。谷里偏觉鸟声高,鸟声高韵尽相调。见许毛衣真乱锦,听渠声韵宛如歌。调弦乍缓急,向我茅茨集。时逢双燕来,屡值游蜂入。冰开绿水更应流,草长阶前还复湿……"《新唐书》卷一九六:"朱桃椎,益州成都人。淡泊绝俗,被裘曳索……高士廉为长史,备礼以请……"高士廉贞观元年至五年,官益州大都督府长史,见《旧唐书》高士廉本传。朱桃椎唐初蜀人,贞观初隐居山野。朱桃椎之生卒年不详,《茅茨赋》作年难确考,今姑录于此。

**本年左右王绩有《答刺史杜之松书》拒本州刺史杜之松之召,后又有《重答杜使君书》。**

《全唐文》卷一三一王绩《答刺史杜之松书》《重答杜使君书》。第一书云:"月日,博士陈龛至,奉处分,借家礼,并帙封送至,请领也。又承欲相招讲礼,闻命惊笑,不能已已。岂明公前眷,或徒与下走相知不熟也,下走意疏体放,性有由然,兼弃俗遗名,为日已久。……帷天席地,友月交风,新年则柏叶为樽,仲秋则菊花盈把。罗含宅内,自有幽兰数丛……直与同志者为群,不知老之将至,欲令复整理簪屦,修束精神,揖让邦君之门,低昂刺史之坐,远谈糟粕,近弃醇醪,必不能矣。亦将恐刍狗贻梦,栎社见嘲,去矣君侯,无落吾事。”据文中“不知老之将至”知该文当作于王绩晚年时。又,吕才《王无功文集序》云:“贞观中,京兆杜之松、清河崔公善为继为本州刺史,皆请与君相见。”与本文所述之事同,据此可知《答刺史杜之松书》当作于贞观中。第二书云:“月日,佐史杨方至,奉报书,兼枉别帖……寻问傥获,当遣祗送,王君白。”该书与第一书当为其时先后所为。王绩拒杜之松召之事,《新编年史》系与本年左右,今从之。

**本年前后杜之松欲请王绩讲《礼》,遭拒,遂有《答王绩书》。**

《全唐文》卷一三四杜之松《答王绩书》:“辱书,知不降顾,叹恨何已。仆幸恃故情,庶回高躅。岂意康成道重,不许太守称官;老莱家居,羞与诸侯为友。……林壑地之所丰,烟霞性之所适。荫丹桂,藉白茅,浊酒一杯,清琴数弄,诚足乐也,此真高士,何谓狂生?……迟更知闻,杜之松白。”此文乃答王绩《答刺史杜之松书》文,当为稍后于前王绩书之作,亦录于此。

## 唐太宗贞观六年

壬辰　六三二

### 正月

**八日,唐太宗命整理古书家钟繇、王羲之等真迹,得一千五百一十卷。**

《唐会要》卷三五:“贞观六年正月八日,命整治御府古今工书钟、王等真迹,得一千五百一十卷。”

## | 二 月 |

**陈子良于相如县因梦其弟，作《平城县正陈子干诔》以记之。**

《全唐文》卷一三四陈子良《平城县正陈子干诔》，其序云："昔闻子路雄烈，赴难如归，先轸忠贞，虽死无悔，故能贻芳尘于后世，徇节义于遐年，况乎勇嗣前修，功深曩代者。岂可使身名顿灭，典籍无闻。悲夫，余弟少府，则其人也。弟名子干，字元桢……余以贞观六年二月十日夜，于相如县梦见尔灵，仍于梦中，共驰哀恸，乃涕流于枕，悲不自胜。嗟乎……"据序中"贞观六年二月十日夜，于相如县梦见尔灵"，知文作于本年二月。《平城县正陈子干诔》云："猗欤我祖，承舜之绪。爰从妫汭，下居颍汝。凤飞于齐，辉映于许。宛彼长陵，离江而举。攀手桂林，笃生翘楚……英声不坠，于戏哀哉。"

**进士及第十二人，秀才一人。崔信明应制及第。**

见《登科记考补正》卷一本年条。

**无名氏作《大唐永嘉府队正郭伦妻杨氏墓志铭》。**

《唐代墓志汇编》贞观〇二五条《大唐永嘉府队正郭伦妻杨氏墓志铭》："夫人讳宝，弘农华阴人也……以贞观六年正月五日卒于私第，越以其年二月十八日葬窆于北邙山千金乡。"

## | 三 月 |

**李淳风作《太上赤文洞神三箓序》。**

《全唐文补编》卷一二李淳风《太上赤文洞神三箓序》："隐居先生曰箓者，本曰赤文洞神式，别出为三本，此书于葛鲍，未题有所受人。汉中曰，吾今以众所传者，证之为一篇，而遂题本称于予前，故具名众也……余为故人惜心，岂徒然也。因为校之于前。贞观六年岁在壬子辰月序。"（《正统道藏》卷五一）按，

"辰月"即三月。

## |四月|

**太宗于九成宫避暑,魏徵作《九成宫醴泉碑铭》。**

《全唐文》卷一四一魏徵《九成宫醴泉碑铭》:"维贞观六年孟夏之月,皇帝避暑于九成之宫……高阁周建,长廊四起……仰视则迢递百寻,下临则峥嵘千仞。珠璧交映,金碧相辉。照灼云霞,蔽亏日月。……粤以四月甲申朔旬有六日己亥,上及中宫,历览台观,闲步西城之阴,踌躇高阁之下。俯察厥土,微觉有润,因而以杖导之,有泉随而涌出,乃承以石槛,引为一渠。其清若镜,味甘如醴。南注丹霄之右,东流度于双阙。贯穿青琐,萦带紫房。激扬清波,涤荡瑕秽。可以导养正性,可以澄莹心神。鉴映群形,润生万物。"

## |五月|

**无名氏为戚纂妻赵夫人撰墓志。**

《唐代墓志汇编》贞观〇二六条:"贞观六年五月二十九日雍州长安县清化乡宜君县开国子故戚纂妻赵夫人。"

## |七月|

**陈子良卒,年五十八,有集十卷。**

《唐诗纪事》卷四:陈子良"贞观六年卒"。《法苑珠林》卷六五引《冥报记》云:贞观六年马嘉运卒。东海公府欲以为记室,嘉运以但业经学辞,荐陈子良有文章。其年七月,吴人陈子良卒。《旧唐书·经籍志》《新唐书·艺文志》均录其集十卷。《全唐文》卷一三四存录其文六篇,生平事迹见《旧唐书》卷一九〇上《贺德仁传》、《唐诗纪事》卷四。

## 九月

**无名氏撰《大唐故文林郎新喻县丞胡府君墓志铭》**。

《唐代墓志汇编》贞观〇二七条《大唐故文林郎新喻县丞胡府君墓志铭》："君讳俨，字长威，安定临泾人也……以贞观五年六月□日终于县，春秋卌六，以六年岁次壬辰九月辛巳朔四日，葬于河南邙山，礼也。"

## 十月

**无名氏撰有墓志**。

《唐代墓志汇编》贞观〇二八条："公讳謩，字忠孝，秦州上邽人也……以贞观元年八月六日薨于京第，春秋七十……粤以贞观六年十月十日合葬于秦州东南岩池谷。"

## 十一月

**无名氏撰《故河阴县主簿南阳张君墓志》**。

《唐代墓志汇编》贞观〇二九条："君讳濬，字文远，南阳冠军人……贞观六年六月二十日，遘疾终于家。粤以其年十一月五日卜窆于河南之洛阳里。"

## 本年

**太宗作《民可畏论》**。

《全唐文》卷一〇太宗《民可畏论》："古之帝王，有兴有衰，犹朝之有暮，皆为蔽其耳目。至于灭亡，书云可爱非君，可畏非民。天子有道，则人推而为主，无道，则人弃而不用，诚可畏也。"《贞观政要》卷一《政体第二》云："贞观六年，太宗谓侍臣曰"其中所云，与《民可畏论》旨意同。

**马周有《上太宗疏》。**

《全唐文》卷一五五马周《上太宗疏》:“微臣每读经史,见前贤忠孝之事。臣虽小人,窃希大道,未尝不废卷长想,思履其迹。臣以不天,早失父母,犬马之养,已无所施。顾来事之可为者,唯忠义而已,是以徒步二千里而自归于陛下。……臣伏见王长通白明达,本自乐工,舆皂杂类,韦槃提斛斯正,则更无他材。独解调马,纵使术逾侪辈,能有可取,止赐金帛以富其家,岂宜列预士流,超受高爵,遂使朝会之位,万国来庭,驺子倡人,鸣玉曳组,与夫朝贤君子,比肩而立,同坐而食,臣窃耻之,然成命既往,纵不可追,谓宜不使在朝班预于仕伍也。”《旧唐书·马周传》:“(贞观)六年,授监察御史,奉使称旨。帝以常何举得其人,赐帛三百匹。是岁,周上疏曰……”马周所言即为本文。

## 唐太宗贞观七年

癸巳　六三三

### 正月

**李百药著《大乘庄严经论》十三卷,并撰书序。**

《全唐文》卷一四二李百药《大乘庄严经论序》:“臣闻天帝受无上之法,景福会昌;轮王致正直之道,神祇合德。是则圣人执契,元化潜通,至诚所感,冥功斯应,皇情西顾,法海东流。……其菩提一品,最为微妙,转八识以成四智,束四智以具三身。详诸经论,所未曾有,可谓闻所未闻,见所未见。圣上受飞行之宝命,总步骤于前王,屈天师之尊,智周万物,应人皇之运,道照三明,慈慧外宣,神机内湛……外国凡大小乘学,悉以此论为本……又兼义解。至心译语,一无纰缪。以七年献春之始,撰定斯毕。勒成十有三卷二十四品。”据文中“以七年献春之始”知该文当作于本年初春时节,系于正月。

### 二月

**姬温、李尧臣、刘从仕等十三人进士及第,秀才二人,郑敞、强伟应制及第。**

见《登科记考补正》卷一本年条。

**无名氏撰《故处士张君墓志铭并序》《唐故平原郡将陵县令张府君墓志》**。

《唐代墓志汇编》贞观〇三〇条《故处士张君墓志铭并序》:“君讳叡,字洪远,南阳冠军人也……以贞观六年十月十日寝疾卒于家,粤以贞观七年岁次癸巳二月己酉朔一日己酉,合葬于北邙山千金里之地。”又《唐代墓志汇编》贞观〇三一条《唐故平原郡将陵县令张府君墓志》:“君讳伯,字德秋,南阳白水人也……以六年九月十四日终,时年八十有七。粤以七年二月一日,合葬于洛阳邙山,礼也。”

## |四 月|

**无名氏撰《隋太尉府典签上大将军乐君墓志铭》**。

《唐代墓志汇编》贞观〇三三条:“君讳陟,字世迁,南阳白水人也……以大唐贞观七年岁次癸巳三月戊寅朔十三日庚寅,终于私第。即以其年四月戊申朔二日己酉,瘗于邙山之阳先君墓茔之侧。”

**无名氏撰《唐故和州历阳县令孟君墓志铭》**。

《唐代墓志汇编续集》贞观〇〇七:“君讳公行,字遵道,平原平昌人也……贞观六年八月二十日终于官舍,春秋七十有五……七年四月戊申朔十四日,归葬于洛州洛阳西安清风香月城里。”

## |六 月|

**无名氏撰《隋故越王府司兵参军事贾君墓志铭并序》**。

《唐代墓志汇编》贞观〇三四条:“君讳通,字子照,洛州洛阳人也……以大唐贞观七年六月二日终于里舍,春秋五十八。粤以其月十四日葬于河南邙山,礼也。”

## | 七 月 |

**无名氏撰《唐故玄昭监张君墓志铭并序》。**

《唐代墓志汇编》贞观〇三五条:"君讳明,字文朗,武城人,汉文成侯之后也……越以贞观七年七月二十四日葬于河南县邙山之阳,礼也。"

## | 八 月 |

**李靖作《兵要望江南序》。**

《全唐文补编》卷四李靖《兵要望江南序》:"靖闻自古善用兵者,以谋为主,机变次之。其贤智之士,即情为用,假事合机。故情者事之源,机者动之端……如不能详事破敌,徒使谬民误国,可不惜哉! 贞观七年中秋前一日三原李靖序。"

## | 九 月 |

**唐太宗与侍臣言及虞世南曾谏阻作艳诗事。**

《唐会要》卷六五:"(贞观)七年九月二十三日,上谓侍臣曰:'朕因暇日,每与秘书监虞世南商量今古。朕一言之善,虞世南未尝不悦;有一言之失,未尝不怅恨。尝戏作艳诗,世南进表谏曰:"圣作虽工,体制非雅。上之所好,下必随之。此文一行,恐致风靡。轻薄成俗,非为国之利。赐令继和,辄申狂简。而今之后,更有斯文,继之以死,请不奉诏旨。"群臣皆若世南,天下何忧不治!'因顾谓世南曰:'朕更有此诗,卿能死否?'世南曰:'臣闻诗者,动天地,感鬼神,上以风化下,下以俗承上。故季札听诗而知国之兴废。盛衰之道,实基于兹。臣虽愚诚,愿不奉诏。'"

## | 十 月 |

**长孙无忌拜司空,太宗作《威凤赋》赐之。**

《旧唐书·长孙无忌传》:“七年十月,册拜司空,无忌固辞,不许……太宗曰:‘朕之授官,必择才行。若才行不至,纵朕至亲,亦不虚授’……太宗追思王业艰难,佐命之力,又作《威凤赋》以赐无忌。”据此可知太宗《威凤赋》写于贞观七年十月或稍后。《全唐文》卷四太宗皇帝《威凤赋》:“有一威凤,憩翮朝阳,晨游紫雾,夕饮元霜。资长风以举翰,戾天衢而远翔。……俾贤德之流庆,毕万叶而芳传。”

**无名氏撰《隋左光禄大夫耿公墓志铭》。**

《唐代墓志汇编续集》贞观〇〇八:“公讳士隆,字师,太原晋阳人……贞观七年十月五日,改窆乎洛阳县北邙山千金乡安平里。”

**无名氏撰有墓志。**

《唐代墓志汇编》贞观〇三六条:“君讳远,字彦深,汝南平舆人也……以贞观七年岁次癸巳十月乙巳朔十九日癸亥遘疾,卒于家,以其年其月二十八日卜窆于洛阳千金里。”

## |十一月|

**丁丑,颁孔颖达、颜师古等新定之《五经》。**

《旧唐书·太宗纪下》:“十一月丁丑,颁新定《五经》。”

**无名氏撰《隋故开府仪同三司杨君墓志铭并序》。**

《唐代墓志汇编续集》贞观〇〇九:“君讳业洛,弘农华阴人……以大唐贞观七年十一月某日终于里舍,春秋六十。”

## |本年|

**魏徵录古来帝王之子成败事,成《自古诸侯王善恶录》两卷。今已佚,仅存**

**其序《诸王善恶录序》。**

《全唐文》卷一四一魏徵《诸王善恶录序》:“观夫膺期受命,握图御宇……今录自古诸王行事得失,分为善恶,各为一篇,名曰《诸王善恶录》。欲使见善思齐,足以扬名不朽;闻恶能改,庶得免乎太过。从善则有誉,改过则无咎。兴亡是系,可不勉与。”《贞观政要》卷四:“贞观七年,太宗谓侍中魏徵曰:‘自古侯王自保全者甚少,皆由生长富贵,好尚骄逸,多不解亲君子远小人故尔。朕所有子弟欲使见前言往行,冀其以为规范。’因命徵录古来帝王子弟成败事,名为《自古诸侯王善恶录》,以赐诸王。其序曰……”“其序曰”后之内容即为本序。

## 唐太宗贞观八年

甲午 六三四

### 正月

**无名氏撰《故隋阳平郡发干县主簿郭君墓志铭并序》《隋故征士解君墓志铭并序》。**

《唐代墓志汇编》贞观〇三七条《故隋阳平郡发干县主簿郭君墓志铭并序》:“君讳提,并州太原人也……粤以大唐贞观八年岁次正月甲戌朔十二日葬于邙山河南县千金里也。”又,《唐代墓志汇编》贞观〇三八条《隋故征士解君墓志铭并序》:“君讳深,字宣达,河东人……以大唐贞观八年正月八日终于洛州里舍,春秋八十。粤以其月二十一日葬于邙山,礼也。”

### 二月

**李义府、裴皓等九人进士及第,秀才一人。**

见《登科记考补正》卷一本年条。

## | 三 月 |

**三日,诏加进士试读经史一部。**

《唐会要》卷七六《贡举中·进士》:"贞观八年三月三日诏,进士试读一部经史。"

**无名氏撰《唐故永嘉府育林张君墓志铭并序》《唐河南县故录事邢君墓志铭》。**

《唐代墓志汇编》贞观〇三九条《唐故永嘉府育林张君墓志铭并序》:"君讳岳,字昆仑,南阳西鄂人,汉相文成留侯之后也……粤以贞观八年岁次甲午三月癸酉朔四日景子,迁窆于河南邙山之上。"又,《唐代墓志汇编》贞观〇四〇条《唐河南县故录事邢君墓志铭》:"君讳牟,字言,河间人……以贞观八年三月二十二日迁窆于洛阳邙山之上。"

## | 五 月 |

**十日,高士廉有《上天下姓望氏族谱状》。**

《全唐文补编》卷四高士廉《上天下姓望氏族谱状》:"以前太史因尧置九州,今为八五郡,合三百九十八姓。今贞观八年五月十日壬辰,自今已后,明加禁约……"(北国位七九号。末云:敕旨依奏。)

**无名氏撰有墓志。**

《唐代墓志汇编》贞观〇四一条:"惟大唐贞观八年岁次甲午五月辛未朔,三十庚子,洺州永年县敬德乡故韩仁师,年二十二,今月二十一日终,今葬在故仓西北邙山之上,故立铭记。"

## | 六 月 |

**静琬有《镌华严经题记》。**

《全唐文补编》卷三静琬《镌华严经题记》:“静琬敬白未来之世一切道俗,法幢将没,六趣昏冥……贞观八年岁次申午六月乙卯十五日己巳。”

## |八月|

**无名氏撰《大唐故田夫人墓志并序》《处士李君墓志铭并序》。**

《唐代墓志汇编》贞观〇四三条《大唐故田夫人墓志并序》:“夫人田氏,西河人……以大唐贞观八年八月十一日,终于洛阳里第,春秋六十有二。粤以其月二十二日葬于邙山,礼也。”又,《唐代墓志汇编》贞观〇四二条《处士李君墓志铭并序》:“君讳继叔,字绍嗣,赵郡平棘县人也……以大唐贞观八年七月十五日卒于家,以其年岁次甲午八月庚子朔二十一日庚申卜窆邙山之原清风乡千金里。”

## |十一月|

**无名氏撰《大唐故清淇公墓志铭》《张夫人墓志》《隋故江都安德府司马孙君墓志铭》。**

《唐代墓志汇编》贞观〇四四条《大唐故清淇公墓志铭》:“公讳孝敏,字至德,平原平昌人也……以贞观七年正月十七日终于广州南海县,春秋五十有五。粤以八年岁次甲午十一月己巳朔五日癸酉,归葬于洛州洛阳县清风乡崇德里。”又,《唐代墓志汇编》贞观〇四五条《张夫人墓志》:“夫人讳妃,南阳白水人……以大唐贞观七年八月十五日遘疾,终于家第。以八年岁次甲午十一月己巳朔十六日甲申,合葬于洛阳清风里。”又,《唐代墓志汇编》贞观〇四六条《隋故江都安德府司马孙君墓志铭》:“君讳隆,字道泰,平陵安德郡人矣……大唐贞观八年十一月己巳朔二十八日景申,合葬于洛州洛阳县清风乡邙山所。”

**无名氏撰《隋故朔州长史徐君墓志铭》。**

《唐代墓志汇编续集》贞观〇一〇:“君讳彪,字仲斌,兖州高平人……以大唐贞观七年正月二十二日终于家。粤以八年岁次甲午十一月己巳朔五日癸酉,袝穸于洛阳清风里。”

## |本年|

**卢照邻生。卢照邻字升之，幽州范阳人，其家世为山东大姓望族。**

《旧唐书·卢照邻传》："卢照邻字升之，幽州范阳人也。"《卢照临集》卷一《病梨树赋》序："癸酉之岁，余卧病于长安光德坊之官舍。……余年垂强仕，则有幽忧之疾。"癸酉之岁，指唐高宗咸亨四年，即673年。《礼记·曲礼上》："四十曰强仕。"据该赋中"余年垂强仕"，以此推算，其生年应在本年前后，今姑系于此。（卢照邻生平及作品编年主要依据李云逸《卢照邻集校注》，中华书局1998年版，下同。）

**骆宾王约七岁，有诗名，《咏鹅杂言》作于此时。**

《新唐书·骆宾王传》："七岁能赋诗。"又《骆临海集笺注》卷三《咏鹅杂言》题下注："时年七岁。"《咏鹅杂言》云："鹅，鹅，鹅，曲项向天歌。白毛浮绿水，红掌拨清波。"短短数语，尽现白鹅嬉水之神情体态。胡应麟《补唐书骆侍御传》："父为博昌令，宾王生七岁，能诗，尝嬉戏池上。客指鹅群令赋焉。应声曰：'白毛浮绿水，红掌拨清波。'客惊诧，呼神童。"

**虞世南有《贞观八年对》。**

《册府元龟》卷一四四虞世南《贞观八年对》："昔齐景公时，有彗星见，公问晏子。晏子对曰：公穿池沼畏不深，起台榭畏不高，行刑法畏不重，是以天见彗星为公诫。景公惧而修德，后十六日而星没。臣闻天时不如地利，地利不如人和。若政德不修，麟凤数见，终是无补。但使百姓安乐，朝无阙政，虽有灾变，何损于时？然愿陛下勿以功高古人而自矜大，勿以太平渐久而自骄怠。慎终如始，彗星未足为忧。"

**李靖《乞解职表》约作于本年。**

《全唐文》卷一五三李靖《乞解职表》："臣闻宰臣程材，樗散无栋梁之用，陶冶成器,满盈有倾覆之忧,是以量力著于鲁史,招损陈于夏载。臣固庸流,无阶贵仕。短翮慕侣,顾榆枋而自得;骀足追群,瞻燕越而绝思。幸属光华启旦,管库无遗,录其丹赤,弃其瑕滓。假宫商于庸音,披丹漆于朽质……加以年事西夕,痾疾日侵,腰脚疼痹,筋力衰竭,虽欲勉励,非复全人。臣犹知之,况于他人……乞解所职,养病私门……”《旧唐书·李靖传》:“(贞观)八年,诏为畿内道大使,伺察风俗。寻以足疾上表乞骸骨,言甚恳至。”所载与李靖《乞解职表》背景相似,据此可知本文盖作于贞观八年或稍后。

**徐惠八岁,其父使拟《楚辞》,词甚典美**。

《旧唐书·太宗徐贤妃传》:“太宗贤妃徐氏,名惠,右散骑常侍坚之姑也。生五月而能言,四岁诵《论语》《毛诗》,八岁好属文,其父孝德试拟《楚辞》云‘山中不可以久留’,词甚典美。自此遍涉经史,手不释卷。太宗闻之,纳为才人。其所属文,挥翰立就,词华绮赡。”徐惠永徽元年(650)卒,年二十四,当生于贞观元年(627),本年八岁。

## 唐太宗贞观九年

乙未　六三五

### 二月

**杨全等六人进士及第**。

见《登科记考补正》卷一本年条。

**无名氏撰有墓志**。

《唐代墓志汇编》贞观〇四七条:“大唐贞观九年岁次乙未二月戊戌朔正月二十一日身亡,洛州河南县从政乡君夫人慕容年八十八。”

## 三月

**彦悰作《后画录序》。**

《全唐文补编》卷一一彦悰《后画录序》:“彦悰为帝京寺录,因观在京名迹,其中优劣差降,甚有不同……若兹之流,以俟来哲。时贞观九年春三月十有一日序。”(《画品丛书》本卷首)

## 四月

**壬寅,康国献狮子,虞世南作《狮子赋》。**

《全唐文》卷一三八虞世南《狮子赋》:“惟皇王之御历……渺渺地角,悠悠嶂表,有绝域之神兽……其所居也,岩磴深阻,盘纡绝峻。翠岭万重,琼崖千仞……臣载笔以叨幸,得寓目于奇玩。顺文德以呈祥,乃编之于东观。”《旧唐书·太宗纪》贞观九年:“夏四月壬寅,康国献狮子。”《全唐文》卷三九八牛上士《狮子赋》:“贞观九年,西域进狮子,秘书监虞世南献赋,前史美之。”据此可知虞世南《狮子赋》作于本年四月。

## 五月

**庚子,高祖李渊崩,年七十岁。**

《旧唐书·高祖纪》:“九年五月庚子,高祖大渐……是日,崩于太安宫之垂拱前殿,年七十。群臣谥曰大武皇帝,庙号高祖。十月庚寅,葬于献陵。”

## 八月

**无名氏撰有墓志铭。**

《唐代墓志汇编》贞观〇四八条《□□□□□□尉耿□□志铭》:“于贞观九

年八月二十日……”

**无名氏撰墓志铭**。

《唐代墓志汇编续集》贞观〇一一：“观夫天地回旋，阴阳运动……君讳秀，字文才，营州柳城人……以贞观九年八月十日……即以其月二十一日乃葬于龙城。”

## |十 月|

**二日，李百药有《太穆皇后哀册文》**。

《唐大诏令集补编》卷二《太穆皇后哀册文》：“维贞观九年，岁次癸未，冬十月辛丑朔，二日庚寅，太穆皇后梓宫启自寿安陵，将祔于献陵。其日至尊亲奉奠于太安宫，乃使兼太尉某设祖于行宫，礼也……”

**二十七日，虞世南有《高祖神尧皇帝哀册文》，高祖李渊本年五月崩**。

《唐大诏令集补编》卷一《高祖神尧皇帝哀册文》：“维贞观九年，岁次癸未五月乙未朔六日庚子，大行太上皇崩于大安宫，殡于前殿之西阶。粤十月甲子朔二十七日庚寅，将迁座于献陵，礼也……”

## |本 年|

**陈叔达卒，有集十五卷**。

《旧唐书·陈叔达传》：“听以散秩归第。九年卒，谥曰缪。后赠礼部尚书，改谥曰忠。有集十五卷。”《新唐书·艺文志四》：“《陈叔达集》十五卷。”《全唐文》录其文两篇。陈叔达之生平事迹见《旧唐书》卷六一、《新唐书》卷一〇〇。

**无名氏撰有墓志**。

《唐代墓志汇编》贞观〇四九条:"□讳家庆,字余恩,河南洛阳人……以贞观九年亡于雍州光德里第,春秋三十八。"

# 唐太宗贞观十年

丙申　六三六

## |正月|

**魏徵与房玄龄、孔颖达等撰成《隋书》,上之。魏徵于《隋书·文学传序》中,肯定文学之审美功能,抨击梁、陈宫体,反对梁、陈之浮靡文风;又论及南北文风之异同,主张合南北之长以建立文质彬彬之新文风。**

《旧唐书·太宗纪下》:"十年春正月壬子,尚书左仆射房玄龄、侍中魏徵上梁、陈、齐、周、隋五代史,诏藏于秘阁。"《唐会要》卷六三《史馆上·修前代史》:"贞观十年正月二十日,尚书左仆射房玄龄,侍中魏徵,散骑常侍姚思廉,太子右庶子李百药、孔颖达,礼部侍郎令狐德棻,中书侍郎岑文本,中书舍人许敬宗等,撰成周、隋、梁、陈、齐五代史,上之,进阶颁赐有差。"《旧唐书·魏徵传》:"徵受诏总加撰定,多所损益,务存简正。《隋史》序论,皆徵所作。《梁》《陈》《齐》各为总论,时称良史。史成,加左光禄大夫,进封郑国公,赐物二千段。"魏徵于《隋书·文学传序》论南北文风之异同云:"暨永明、天监之际,太和、天保之间,洛阳、江左,文雅尤盛。……然南北好尚,互有异同。江左宫商发越,贵于清绮;河朔词义贞刚,重乎气质。气质则理胜其辞,清绮则文过其意。理深者便于时用,文华者宜于咏歌,此其南北词人得失之大较也。若能掇彼清音,简兹累句;各去所短,合其两长,则文质斌斌,尽善尽美矣。梁自大同之后,雅道沦缺,渐乖典则,争驰新巧。简文、湘东,启其淫放;徐陵、庾信,分路扬镳。其意浅而繁,其文匿而彩,词尚轻险,情多哀思,格以延陵之听,盖亦亡国之音乎!周氏吞并梁、荆,此风扇于关右,狂简斐然成俗,流宕忘反,无所取裁。"

## |二月|

**登进士第十一人。**

见《登科记考补正》卷一本年条。

**岑文本有《重修金枝寺记》**。

《全唐文补编》卷四岑文本《重修金枝寺记》:"世尊拈花于灵山,妙传心印。达摩面壁于少林,大悟宗旨……至贞观九年十一月,诏下:凡天下诸州有寺之处,仍复建立……三月乃成,沙门智实及诸绅士,延余作记,使事传而不朽……"据文所录,该文当作于本年二月间。(民国《湖北通志》卷九六金石四)

## 四月

**无名氏撰《大唐故度支部中彭府君墓志铭并序》**。

《唐代墓志汇编续集》贞观〇一二:"君讳师德,字大师,河南洛阳人也……春秋五十有六,以贞观九年十一月二十七日遘疾,终于雍州万年县务本坊之里舍……粤以十年岁次景申四月辛酉朔十三日癸酉,迁瘗于洛州洛阳县北邙之原。"

## 五月

**无名氏撰《唐故蒲州虞乡县丞王君之志》**。

《唐代墓志汇编》贞观〇五〇条《唐故蒲州虞乡县丞王君之志》:"君讳安,字海宁,河南偃师人也……以十年岁次景申五月庚寅朔十七日景午,殡于邙山。"

## 六月

**太宗拜魏徵为特进,徵频上疏陈得失,其《论时政疏》约作于此时**。

《资治通鉴》卷一九四:(贞观十年六月)"侍中魏徵屡以目疾求为散官,上不得已,以徵为特进,仍知门下事。朝章国典,参议得失,徒流以上罪,详事奏闻。其禄赐、吏卒并同职事。"知魏徵本年六月罢侍中为特进,仍知门下事。其《论时政疏》四道约作于本年,文见《全唐文》卷一三九。其《论时政疏》云:"臣观自古受图膺运,继体守文,控御英杰,南面临下,皆欲配厚德于天地,齐高明于日月……常念居之者逸,作之者劳;亿兆悦以子来,群生仰而遂性。德之次也。若惟圣罔念,不慎厥终,忘缔构之艰难,谓天命之可恃。忽采椽之恭俭,追雕墙之侈靡;因其基以崇之,增其旧而饰之。触类而长,不思止足,人不见德,而劳役是闻,斯为下矣。譬如负薪救火,扬汤止沸,以暴易乱,与乱同道,莫可则也。后嗣何观?夫事无可观,则人怨神怒;人怨神怒,则灾害必生;灾害既生,则祸乱必作;祸乱既作,而能以身名令终者鲜矣。顺天革命之后,将隆七百之祚,贻厥孙谟,传之万世。难得易失,可不念哉!"

## |七月|

**无名氏撰《故幽州功曹魏君墓志铭并序》。**

《唐代墓志汇编续集》贞观〇一三:"君讳岩,字嵩礼,河东安邑人……维大唐贞观十年岁次庚申七月己丑朔九日丁酉合葬于洛阳县清风乡邙山之阳,礼也。"

## |十月|

**无名氏撰有墓志。**

《唐代墓志汇编》贞观〇五一:"君讳合,字玄符,洛阳人也……贞观三年,奉敕检校松州都督。八年来朝于九成宫所,因疾弥留。其年八月二十七日薨。十年十月十七日迁葬于洛阳之北邙埠。"

**欧阳询撰并书《大唐故特进尚书右仆射上柱国虞恭公温公墓志》。**

《唐代墓志汇编》贞观〇五二《大唐故特进尚书右仆射上柱国虞恭公温公墓志》:"公讳彦博,字大临,太原祁人也……粤以其年(按,即本年)十月二十二日陪葬于昭陵侧之东所。"末署:银青光禄大夫欧阳询撰并书。

## | 十 一 月 |

**庚寅，长孙皇后葬于昭陵，虞世南作《文德皇后哀册文》。长孙皇后有《女则要录》十卷**。

《旧唐书·太宗纪下》："（贞观十年六月）己卯，皇后长孙氏崩于立政殿。冬十一月庚寅，葬文德皇后于昭陵。"《唐大诏令集补编》卷二虞世南《文德皇后哀册文》。《资治通鉴》卷一九四："后尝采自古妇人得失事为《女则》三十卷。"《新唐书·艺文志二》："长孙皇后《女则要录》十卷。"

**长孙皇后葬，太宗为文刻石昭陵，并撰《昭陵六马赞》**。

《类编长安志》卷一〇："《唐昭陵石刻文》，太宗御制，欧阳询八分书，贞观十年刻，太宗为文德皇后立。"又，《金石录》卷二三："右《唐昭陵六马赞》。初，太宗以文德皇后之葬，自为文刻石于昭陵，又琢石象平生征伐所乘六马，为赞刻之。"

**无名氏撰《太原王夫人墓志铭并序》**。

《唐代墓志汇编》贞观〇五三条《太原王夫人墓志铭并序》："夫人姓王，字玉儿，太原晋阳人也。上开府仪同三司岚州长史通达之孙，太原主簿齐景陵王记室参军仁则之女……以大唐贞观十年岁次景申十月丁巳朔二十一日戊寅，终于时邕里私第，即以其年十一月丁亥朔四日庚寅，窆于千金乡邙山之南故仓东北一里。"

**无名氏撰《大唐故宋君墓志铭》**。

《唐代墓志汇编续集》贞观〇一五："君讳行，字钦仁，洛州广平人也……今以大唐贞观十年岁次景申十有一月丁亥朔十二日丁酉葬于洛州邙山之阳。"

**虞世南作《大唐故汝南公主墓志》**。

《唐代墓志汇编》贞观〇五四虞世南《大唐故汝南公主墓志》:“公主讳字,陇西狄道人,皇帝之第三女也。天潢疏润,圆折浮夜光之采;若木分晖,秾华照朝阳之色。故能聪颖外发,闲明内映。训范生如,尚观箴于女史。言容成则,犹习礼于公宫。……以今贞观十年十一月丁亥朔十六日。(阙)”汝南公主是唐太宗之女,早逝,虞世南为其撰写墓志。

## |本 年|

**杨师道作《听歌管赋》。**

《全唐文》卷一五六杨师道《听歌管赋》:“尔乃辟飞阁之临空,望雕梁之架虹。奏东城之妙曲,命南荆之结风。庄华艳于朝日,长袖曳于芳丛。度参差以仪凤,响嘹亮之惊鸿。伊小臣之庸琐,预恩私之嘉宴。闻仙管于帝台,听钧天于兰殿。怅崦嵫之易晚,惜宫羽之难遍。抚长笛而多惭,览洞箫而兴怨。徒隶齿于群龙,信庸音其已荐。”《旧唐书·杨师道传》:“贞观十年,代魏徵为侍中……师道退朝后,必引当时英俊,宴集园池,而文会之盛,当时莫比。”杨师道《听歌管赋》即为描写其宴集园池之情景,约作于贞观十年左右,然确年难考,姑录于此。

**李百药撰成《北齐书》,于《北齐书·文苑传序》中以为梁及北齐之文学为亡国之音。**

《旧唐书》本传:“贞观十年,以撰齐史成,加散骑常侍,行太子左庶子,赐物四百段。俄除宗正卿。”又《新唐书·艺文志四》:“李百药《北齐书》五十卷。”《北齐书·文苑传序》:“江左梁末,弥尚轻险,始自储宫,刑乎流俗。杂沾滞以成音,故虽悲而不雅。爰逮武平,政乖时蠹,唯藻思之美,雅道犹存,履柔顺以成文,蒙大难而能正。原夫两朝叔世,俱肆淫声,而齐氏变风,属诸弦管,梁时变雅,在夫篇什。莫非易俗所致,并为亡国之音。而应变不殊,感物或异,何哉?盖随君上之情欲也。”

**令狐德棻撰成《周书》,于《庾信王褒传论》中评及梁陈宫体诗,强调文章当以气为主,文质得宜。**

《旧唐书·令狐德棻传》:“贞观六年,累迁礼部侍郎,兼修国史,赐爵彭阳县男。十年,以修周史赐绢四百匹。”《新唐书·艺文志二》:“令狐德棻《后周书》五十卷。”《周书·王褒庾信传论》:“然则子山之文,发源于宋末,盛行于梁季。其体以淫放为本,其词以轻险为宗。故能夸目侈于红紫,荡心逾于郑卫。昔扬子云有言:‘诗人之赋丽以则,词人之赋丽以淫。’若以庾氏方之,斯又词赋之罪人也。”又云:“原夫文章之作,本乎情性……虽词赋与奏议异轸,铭诔与书论殊途,而撮其指要,举其大抵,莫若以气为主,以文传意……其调也尚远,其旨也在深,其理也贵当,其辞也欲巧。然后莹金璧,播芝兰,文质因其宜,繁约适其变,权衡轻重,斟酌古今,和而能壮,丽而能典,焕乎若五色之成章,纷乎犹八音之繁会。夫然,则魏文所谓‘通才’足以备体矣,士衡所谓‘难能’足以逮意矣。”

**太宗有《五代史成劳诸史臣诏》。**

《全唐文补编》卷二:“朕睹前代史书,彰善恶,足为将来之戒……公辈以数年之间,勒成五代之史,深副朕怀,极可嘉尚。”(《册府元龟》卷五五四)

**本年左右,欧阳询有《投老帖》。**

《全唐文补编》卷四欧阳询《投老帖》:“投老残年,西崦已逼……年将八十,可以意求。欲望长存,何可得也……”(《淳化阁帖》卷五,原误作何氏书,又见《昭和法帖大系》卷六。)欧阳询卒年约为贞观十五年,年八十五。故本文或作于本年前后。

**本年左右,凌敬为魏王府文学。此后数年卒,有集十四卷。**

《元和姓纂》卷五管城凌氏:“唐魏王府文学凌敬。”《新唐书·艺文志四》:“《凌敬集》十四卷。”凌敬之卒等事据《新编年史》系于此。

**本年前后,郑世翼卒于流所巂州,有文集八卷,《交游传》二卷。**

《旧唐书》本传:“世翼贞观中坐怨谤,配流巂州,卒。文集多遗失。撰《交游传》,颇行于时。”《新唐书·艺文志二》:“郑世翼《交游传》二卷。”同书《艺文志四》:“《郑世翼集》八卷。”《新编年史》谓郑世翼“其贬及卒年不可确考,姑系于此”。

## 唐太宗贞观十一年

丁酉　六三七

### |正 月|

**诏崇道教**。

《唐会要》卷四九:“贞观十一年正月十五日,诏道士女冠宜在僧尼之前。”《唐大诏令集》卷一一三《道士女冠在僧尼之上诏》:“至如佛教之兴,基于西域,爰自东汉,方被中华。神变之理多方,报应之缘匪一。洎乎近世,崇信滋深。人冀当年之福,家惧来生之祸,由是滞俗者闻玄宗而大笑,好异者望真谛而争归,始波涌于闾里,终风靡于朝廷。遂使殊方之典,郁为众妙之先;诸华之教,翻居一乘之后。流遁忘反,于兹累代。朕夙夜夤畏,缅惟至道,思革前弊,纳诸轨物。况朕之本系,起自柱下。鼎祚克昌,既凭上德之庆;天下大定,亦赖无为之功。宜有改张,阐兹玄化。今自已后,斋供行法,至于称谓,道士女冠可在僧尼之前。庶敦本之俗,畅于九有;尊祖之风,贻诸万叶。”

### |二 月|

**进士八人,秀才一人**。

见《登科记考补正》卷一本年条。

**无名氏撰《隋故仪同三司王府君墓志铭并序》**。

《唐代墓志汇编》贞观〇五六《隋故仪同三司王府君墓志铭并序》:“君讳护,字乾福,太原人也……大唐贞观十一年二月七日,终于私第,以其月二十九日,合葬于邙山,礼也。”

**无名氏撰《大唐秦州诸军事秦州刺史侯使君夫人潞国太夫人窦氏墓志》。**

《唐代墓志汇编续集》贞观〇一七："夫人讳娘子，扶风平陵人也……贞观六年六月二十二日卒于九城宫，时年八十。以十一年二月二十九日归祔于豳州三水县仁安县山，礼也。"

## |四 月|

**唐太宗下诏颁行唐礼及郊庙新乐。**

《唐大诏令集》卷八一《颁行唐礼及郊庙新乐诏》："朕虽德谢前王，而情深好古。伤大道之既隐，惧斯文之将坠。故广命贤才，傍求遗逸，探六经之奥旨，采三代之英华。古典之废于今者，咸择善而修复；郑声之乱于雅者，并随违而矫正。莫不本乎人心，稽之物理，正情性而节事宜，穷高深而归简易。用之邦国，彝伦以之修叙；施之律吕，金石于是克谐。今修撰既毕，可颁行天下。"此诏下于贞观十一年四月。

## |七 月|

**谢偃上封事，太宗称善，拜魏王府功曹，充弘文馆学士。偃尝为《尘》《影》《述圣赋》等赋甚工，又曾献《惟皇诫德赋》以讽。**

《旧唐书·谢偃传》："十一年，驾幸东都，谷、洛泛溢洛阳宫，诏求直谏之士。偃上封事极言得失，太宗称善引为弘文馆直学士，拜魏王府功曹。偃尝为《尘》《影》二赋甚工，太宗闻而诏见，自制赋序，言区宇乂安，功德茂盛，令其为赋。偃奉诏撰成，名曰《述圣赋》，赐采数十匹。偃又献《惟皇诫德赋》以申，讽曰：'臣闻理忘乱，安忘危，逸忘劳，得忘失，此四者人君莫不皆然……'"

**无名氏撰《大唐校尉陈公故夫人刘氏墓志铭》。**

《唐代墓志汇编》贞观〇五七《大唐校尉陈公故夫人刘氏墓志铭》："夫人讳□，字嬢嬢，徐州彭城人也……以大唐贞观十一年岁次丁酉六月甲寅朔十九日壬申，终于洛阳县余庆乡里第，春秋三十有七。粤以其年七月癸未朔二日甲申，葬于邙山之阳，礼也。”

## 八月

**无名氏撰《大唐故左骁卫将军上柱国安山县侯罗君副墓志铭并序》**。

《唐代墓志汇编》贞观〇五八：“公讳君副，字进成，齐州历城人也……以贞观十一年七月八日遘疾，终于洛阳，春秋三十有二……以其年八月二十一日葬于洛州洛阳县邙山之阳。”

## 十月

**辛丑，太宗宴群臣于积翠池，令各赋一物。太宗自赋《尚书》，魏徵赋《西汉》，李百药赋《礼记》**。

《册府元龟》卷四〇：“（贞观）十一年十月辛丑，幸集翠池，宴五品已上。帝曰：‘公等酒既酣，各宜赋一事。’帝赋《尚书》。特进魏徵赋《西汉》，其卒章曰：‘终借叔孙礼，方知皇帝尊。’帝曰：‘魏徵每言必约我以礼，此语极好，特宜记录。’”又，《大唐新语》卷八：“太宗在洛阳，宴群臣于积翠池。酒酣，各赋一事。太宗赋《尚书》曰……魏徵赋《西汉》曰：‘受降临轵道，争长趣鸿门。驱传渭桥上，观兵细柳屯。夜宴经柏谷，朝游出杜原。终借叔孙礼，方知天子尊。’太宗曰：‘魏徵每言，必约我以礼。’”《全唐诗》卷四三李百药有《赋礼记》，盖亦同时之作。

**李百药为宗正卿，撰《裴镜民碑》，金部员外郎殷令名书。李百药又撰《郎茂碑》，郎余令题额**。

《金石萃编》卷四四《隋故益州总管府司马裴君碑铭》：“大唐贞观十一年十月廿一日树碑……宗正卿，安平县开国子李百药制，行尚书金部员外郎……殷令名书。”《宝刻丛编》卷六：“《隋尚书左丞郎茂碑》，唐宗正卿李百药撰，幽州人张师丘书，平公孙余令题额。……碑贞观五年十一月立，在府北郎氏墓林中（《集古录目》）。”《新编年史》按云：“《宝刻类编》卷二亦云碑贞观五年立。然考之李百药署衔，似当作于本年前后，且郎余令武后时尚在，似立碑之年尚有疑问，或者，碑额乃后来补题，姑附于此。”今从之系于此。

**无名氏撰《隋通事舍人长孙府君并夫人陆氏墓志》。**

《唐代墓志汇编》贞观〇五九：“公讳仁，字安世，河南洛阳人也……粤以贞观十一年十月二十二日与夫人同窆河南县瀍涧乡之玄室。”

**无名氏撰《大唐鲁王故友汉王府故司马徐君墓志铭并序》。**

《唐代墓志汇编续集》贞观〇一八：“君讳謩，兖州高平人……粤以贞观十年春秋七十有二四月二十四日薨于位。十一年岁次丁酉十月壬子朔二十二日癸酉，葬于兖州任城县黄山乡定丘里范山之右。”

## |十一月|

**太宗召武则天入后宫为才人，武则天年十四岁。**

《资治通鉴》卷一九五：“（贞观十一年十一月）故荆州都督武士彟女，年十四，上闻其美，召入后宫，为才人。”

## |本年|

**魏徵上《论君子小人疏》与《理狱听谏疏》。**

《全唐文》卷一四〇魏徵《论君子小人疏》：“臣闻为人君者，在乎善善而恶恶，近君子而远小人。善善明，则君子进矣；恶恶著，则小人退矣。近君子，则朝无粃政；远小人，则听不私邪。小人非无小善，君子非无小过。君子小过，则白玉之微瑕；小人之善，乃铅刀之一割。铅刀一割，良工之所不重，小善不足以掩众恶也；白玉微瑕，善贾之所不弃，小疵不足以妨大美也。善小人之小善，谓之善善；恶君子之小过，谓之恶恶。此则蒿兰同嗅，玉石不分。”《贞观政要》卷五：“贞观十一年，时屡有阉宦充外使，妄有奏，事发，太宗怒。……魏徵因上疏曰……”其疏即本文。《全唐文》卷一四〇魏徵《理狱听谏疏》:“臣闻道德之厚,莫尚于轩唐;仁义之隆,莫彰于舜禹。欲继轩唐之风,将追舜禹之迹,必镇之以道德,宏之以仁义。举善而任之,择善而从之;不择善任能,而委之俗吏,既无远度,必失大体。惟奉三尺之律,以绳四海之人。欲求垂拱无为,不可得也。……故齐桓好服紫,而合境无异色;楚王好细腰,而后宫多饿死。夫以耳目之玩,人犹死而不违,况圣明之君,求忠正之士,千里斯应,信不为难。若徒有其言,而内无其实,欲其必至,不可得也。”《贞观政要》卷五将本文与《论君子小人疏》同书于“贞观十一年”魏徵上疏时,姑录于此。

**马周有《陈时政疏》**。

《全唐文》卷一五五马周《陈时政疏》:“臣历观前代,自夏殷周及汉氏之有天下,传祚相继,多者八百余年,少者犹四五百年,皆为积德累业,恩结于人心,岂无僻王……今京师及益州诸处,营造供奉器物,并诸王妃公主服饰,议者皆不以俭。臣闻昧旦丕显,后世犹怠,作法于理,其弊犹乱。陛下少处人间,知百姓辛苦,前代成败,目所亲见,尚犹如此,而况皇太子生长深宫,不更外事,即万岁之后,固圣虑所当忧也。臣窃寻往代以来成败之事,但有黎庶怨叛,聚为盗贼,其国无不即灭,人主虽欲改悔,未有重能安全者。凡修政教,当修之于可修之时,若事变一起,而后悔之,则无益也。故人主每见前代之亡,则知其政教之所由丧,而皆不知其身之有失。是以殷纣笑夏桀之亡,而幽厉亦笑殷纣之灭。……俚语曰‘贫不学俭,富不学奢’,言自然也。今陛下以大圣创业,岂惟处置见在子弟而已,当须制长久之法,使万世遵行之。”《旧唐书·马周传》:“寻除侍御史,加朝散大夫。十一年,周又上疏曰……”所云与本文同。

**初唐十八学士之一姚思廉卒**。

《旧唐书·姚思廉传》:“(贞观)十一年卒,太宗深悼惜之,废朝一日,谥曰康,赐葬地于昭陵。”其生平事迹见《旧唐书》卷七三、《新唐书》卷一〇二本传。

**道宣作《量处轻重仪本序》**。

《全唐文补编》卷一二道宣《量处轻重仪本序》:“余昔在帝京,周流讲肆,深文伏义，力志幽求。颇尝清叙，惟以轻重为要，而附事临机，多随意情……今依下卷衣法之中，单解六物，略分十门。”(《大正藏》一八九五号卷首。原署：唐贞观十一年神州遗僧释迦道宣缉叙。乾封二年重更条理。)姑录文于此。

**无名氏撰《唐故武城张府君墓志铭并序》**。

《唐代墓志汇编》贞观〇六〇：“君讳举，字思奋，清河武城人也……大唐贞观十一年□阳私第，春秋七十有七。”故录于此。

# 唐太宗贞观十二年

戊戌 六三八

## 正月

**乙未，高士廉等撰成《氏族志》一百卷，上之。凡二百九十三姓，不论数世以前，以当今品秩为高下**。

《唐会要》卷三六：“贞观十二年正月十五日，修《氏族志》一百卷成，上之……合二百九十三姓，千六百五十一家。”《旧唐书·高士廉传》：“(太宗)诏士廉与御史大夫韦挺、中书侍郎岑文本、礼部侍郎令狐德棻等刊正姓氏……曰：‘我与山东崔、卢、李、郑，旧既无嫌，为其世代衰微，全无冠盖，犹自云士大夫，婚姻之间，则多邀钱币。才识凡下，而偃仰自高……我今特定族姓者，欲崇重今朝冠冕……不须论数世以前，止取今日官爵高下作等级。”事又见《旧唐书·太宗纪下》，作《氏族志》一百三十卷。《旧唐书》本传、《新唐书·艺文志二》均作一百卷，今从之。

**无名氏撰《大唐雍州万年县故赵君墓志铭》**。

《唐代墓志汇编续集》贞观〇一九：“君讳隆，字世贵，魏郡零昌人也……粤以贞观十二年岁次戊戌正月辛巳朔二十六日丙午，窆于义善乡少陵原，礼也。”

## | 二 月 |

**癸亥，太宗观砥柱，魏徵作《砥柱山铭》，以纪功德。**

《新唐书·太宗纪》："（贞观十二年）二月癸亥，如河北县，观砥柱。"《全唐文》卷一四一魏徵有《砥柱山铭》："仰临砥柱，北望龙门。茫茫禹迹，浩浩长春。"

**进士十一人，秀才一人。**

见《登科记考补正》卷一本年条。

**无名氏撰《大唐护军魏王府主簿唐逊故夫人柳氏墓志铭并序》。**

《唐代墓志汇编》贞观〇六一："夫人讳婆归，字尼子，河东人也……以贞观十二年闰二月二十一日终于洛阳，春秋三十有三，即以其月二十七日窆于洛州河南县千金乡千金里北邙山。"

## | 三 月 |

**著作佐郎邓世隆表请编录御集，太宗不许，以为"为人主患无德政，文章何为"。**

《资治通鉴》卷一九五："（贞观十二年）三月辛亥，著作佐郎邓世隆表请集上文章。上曰：'朕之辞令，有益于民者，史皆书之，足为不朽。若为无益，集之何用？梁武帝父子、陈后主、隋炀帝皆有文集行于世，何救于亡？为人主患无德政，文章何为！'遂不许。"

## | 四 月 |

**己卯朔一日，有《贞观十二年封虢王李凤为虢州刺史诏书刻石》。**

文见《全唐文补遗》第一辑。文首曰："维贞观十二年四月己卯朔一日。"故录于此。

**八日，无名氏造《故大僧堪法师灰身塔》。**

《唐代墓志汇编》贞观〇六二《故大僧堪法师灰身塔》："大唐贞观十二年四月八日造。"

## | 五 月 |

**壬申，虞世南卒，年八十一，有集三十卷，褚亮为之序。太宗作《命魏王泰祭尚书虞世南手敕》。后太宗亦作《虞世南改谥文懿敕》。**

《旧唐书·太宗纪下》："（贞观十二年）夏五月壬申，银青光禄大夫、永兴县公虞世南卒。"《旧唐书·虞世南传》："寻卒，年八十一……赠礼部尚书，谥曰文懿。……有集三十卷，令褚亮为之序。"《全唐文》卷九太宗《命魏王泰祭尚书虞世南手敕》："虞世南与我，犹一体也。拾遗补过，无日暂忘。当代名臣，人伦准的。吾有小失，必犯颜而诤之。今其云亡，石渠东观之中，无复人矣。痛惜岂可言耶！"《全唐文补编》卷二太宗《虞世南改谥文懿敕》："虞世南学综古今，行笃终始。至孝忠直，事多弘益。易名之典，抑有旧章，前虽谥懿，未尽其美，可谥曰文懿。"（《册府元龟》卷五九五）又，虞世南曾编纂《北堂书钞》一六〇卷，为现存唐代著名类书之一。其书法善正行草书，风格圆融遒逸，与欧阳询齐名，世称"欧虞"。《旧唐书·经籍志》与《新唐书·艺文志》著录其《帝王略论》五卷、《大唐仪》十卷（与裴矩合作）、文集三十卷，俱已散佚。虞世南之生平事迹见《旧唐书》卷七二、《新唐书》卷一〇二本传。又，虞世南《白鹿赋》《秋赋》《琵琶赋》亦为名作，其确年难考，今录其《秋赋》于此："观四时之代序，对三秋之爽节。云既净而天高，潦将收而水洁。凝珠露之凄泠，镜青山之滉瀁。燕违幕而巢空，雁惊群而行绝。于斯时也，登绮阁，临飞观，开雾縠之疏幌，褰轻绡之碧幔。映金波之皎洁，明玉绳之灿烂。看夜鹊之绕枝，望牵牛之隔汉。莲尚香于江浦，草犹青于河畔。"文见《全唐文》卷一三八。又，虞世南善法书，风格圆融遒逸，与欧阳询齐名，世称"欧虞"。其文章中亦多有谈及书法者，如《书旨述》《笔髓论》等。《笔髓论》为其书法思想之集中体现。

## 九月

**无名氏撰《大唐潘府君墓志铭》。**

《唐代墓志汇编》贞观〇六三："君讳基，字令本，清河广宗人也……以大唐贞观十二年八月二十一日终于洛阳私第，春秋七十。粤以其年九月十日葬于邙山之阳，礼也。"

## 本年

**太宗作《诫吴王恪书》。**

《全唐文》卷一〇太宗《诫吴王恪书》："吾以君临兆庶，表正万邦。汝地居茂亲，寄惟藩屏，勉思桥梓之道，善侔间平之德。以义制事，以礼制心，三风十愆，不可不慎。如此，则克固磐石，永保维城，外为君臣之忠，内有父子之孝。宜自励志，以勖日新。汝方违膝下，凄恋何已，欲遗汝珍玩，恐益骄奢。故诫此一言，以为庭训。"吴王恪，太宗第三子。《旧唐书·太宗诸子》卷七六："吴王恪，太宗第三子也。……十二年，累授安州都督。及将赴职，太宗书诫之曰……"所云即为本文。

**李泰奏引萧德言、顾胤、谢偃等就府撰《括地志》。**

《旧唐书·李泰传》："十二年，司马苏勖以自古名王多引宾客，以著述为美，劝泰奏请撰《括地志》。泰遂奏引著作郎萧德言、秘书郎顾胤、记室参军蒋亚卿、功曹参军谢偃等就府修撰。"

# 唐太宗贞观十三年

己亥　六三九

## 二月

**谢偃作《可汗山铭》。**

《全唐文》卷一五六谢偃《可汗山铭》:“维贞观十三年岁在己亥二月甲戌朔八日辛巳。圣唐大使右武卫大将军慕容宝节度副使朝散大夫任雅相等肃奉明诏,册授大单于真珠毗伽可汗嫡嗣为肆弃护可汗,安怀率土,廓裁宇外。曩者隋历既终,九域沦覆,天资圣明,光启有唐……是以万里齐契,四海同规,始验秦防徒营,汉城虚筑。在德非险,皇哉唐哉。勒石纪功,腾声不朽。词曰:‘振天威兮横朔方,星剑腾兮虹旗扬。穷绝汉兮越幽荒,拜单于兮册名王。历千载兮声弥光。’”据文中“贞观十三年岁在己亥二月”,知文作于本年二月。

**进士十七人,秀才二人。董本、赵保隆应明经科。**

见《登科记考补正》卷一本年条。

**十七日,无名氏撰《大唐沧州景城县令萧府君之铭》等文。**

《唐代墓志汇编》贞观〇六四《大唐沧州景城县令萧府君之铭》:“公讳萧,字瑶,南徐州兰陵人也……以大唐贞观十二年八月十四日遘疾,薨于任所。以十三年岁次己亥二月十七日葬于洛州河南县千金乡。”又,《唐代墓志汇编》贞观〇六五条:“僧顺禅师者,韩州涉县人也。俗姓张氏,七岁出家……以贞观十三年二月十八日卒于光天寺,门徒巨痛,五内崩摧,有缘悲慕,吾不感切。”

**于志宁作《唐故(银青)光禄大夫张府君碑》。**

《全唐文补编》卷一〇于志宁《唐故(银青)光禄大夫张府君碑》:“夫霞蔚云蒸,龙兴豹变。补天立极,夷难开基……贞观十一年十二月之任,在道寝疾,薨于宋州馆舍。春秋五十有五……即以十三年二月十一日,迁厝于始平之原。”

## | 五 月 |

**魏徵作《十渐疏》,述太宗不能善始善终之十端。文章词切气雄,辞达而理洽,对后世奏议颇有影响。**

《全唐文》卷一四〇魏徵《十渐疏》:“臣观自古帝王,受图定鼎,皆欲传之万代,贻厥孙谋,故其垂拱岩廊,布政天下。其语道也,必先淳朴而抑浮华;其论人也,必贵忠良而鄙邪佞。……陛下贞观之初,动遵尧舜,捐金抵璧,反朴还淳。顷年已来,好尚奇异,难得之货,无远不臻,珍玩之作,无时能止。上好奢靡,而望下敦朴,未之有也。末作滋兴,而求丰实,其不可得,亦已明矣。此其渐不克终五也……”《资治通鉴》卷一九五:“(贞观十三年)五月旱,甲寅,诏五品以上上封事。魏徵上疏,以为‘陛下志业,比贞观之初,渐不克终者凡十条’,其间一条,以为‘顷年以来,轻用民力’。乃云:‘百姓无事则骄逸,劳役则易使。自古未有因百姓逸而败,劳而安者也,此恐非兴邦之至言。’上深加奖叹。”其中所云上疏之内容,即与魏徵《十渐疏》要旨同。且《十渐疏》云:“伏惟陛下统天御宇,十有三年。”据此知文盖作于本年。高步瀛评《十渐疏》:“词旨剀切,气势雄骏。”(见其《唐宋文举要》)

**无名氏撰《唐故壮武将军行太子左卫副帅段府君墓志铭并序》。**

《唐代墓志汇编》贞观〇六六《唐故壮武将军行太子左卫副帅段府君墓志铭并序》:“公讳元哲,字善明,辽西令支人也……以贞观十三年五月十六日,遘疾终于私第,春秋六十有一……以其月二十八日葬于雍州万年县长乐乡之纯化里。”

## | 八 月 |

**裴孝源作《贞观公私画史序》。**

《全唐文》卷一五九裴孝源《贞观公私画史序》:“虙牺氏受龙图之后,史为掌图之官，有体物之作，盖以照远显幽，侔列群象。自元黄萌始，方图辨正，有形可明之事，前贤成建之迹，遂追而写之……以余耿尚，存赐讨论，遂命魏晋以来前贤遗迹所存，及品格高下，列为先后。起于高贵乡公，终于大唐贞观十三年。秘府及佛寺并私家所蓄，共二百九十八卷，屋壁四十七所，目为《贞观公私画录》。又集新录官库尽，总二百九十八卷。三百三十卷是隋室官，十三卷是左仆射萧瑀进，二十卷杨素家得，三卷许善心进，十卷高平县行书佐张氏所献，四卷褚安福进。近十八卷先在秘府，亦无所得人名。并有天和年月，其间有二十三卷恐非晋宋人真迹，多当时工人所作，后人强题名氏，时贞观十三年八月望日序。”据此可知该文作于贞观十三年八月望日。

**明濬作《大唐灵化寺故大德智该法师之碑》。**

《全唐文补编》卷六明濬《大唐灵化寺故大德智该法师之碑》：“维夫爱河巨浪，赋命者迷其问津。玄流大川，宵行者罔知利涉……粤以贞观十三年岁次己亥六月三日，微觉贬和……八月平旦……春秋六十有二……”（《考古与文物》1985 年第 4 期刊拓本）

## |十一月|

**无名氏撰《大唐故张君之墓铭》。**

《唐代墓志汇编》贞观〇六七：“君讳骚，字孝质，南阳白水人……以贞观十三年十月十三日薨于河南县思恭之里第，春秋六十有三。即以其年岁次己亥十一月己亥朔四日壬寅，窆于邙山北至千金乡梓村西三里。”

## |本年|

**张玄素以承乾颇以游畋废学，连上《上太子承乾书》《重谏太子承乾书》谏之。**

《全唐文》卷一四八载张玄素《上太子承乾书》《重谏太子承乾书》。第一书云：“臣闻皇天无亲，惟德是辅。苟违天道，人神共弃。然古三驱之礼，非欲教杀,将为百姓除害。……古人有言,勿以小恶而不去,小善而不为,故知祸福之来,皆起于渐……"《重谏太子承乾书》:"臣闻周公以大圣之材,犹握发吐哺,引纳白屋,而况后之圣贤,敢轻斯道?……古人有言:心为万物主,动而无节则乱。臣恐殿下败德之源,在于斯矣。"《贞观政要》卷四:"贞观十三年,太子右庶子张玄素以承乾颇以游畋废学,上书谏曰……"其云即为《上太子承乾书》第一文。又据《旧唐书》本传:"(贞观)十三年,又上书谏曰……"其云与《上太子承乾书》第二文主旨同。

**太子令傅奕卒,年八十五岁。曾集《高识传》十卷,又自为《墓志铭》。**

《全唐文补编》卷三傅奕《自为墓志铭》:"青山白云人也,因酒醉死。呜呼哀哉!"《旧唐书》本传:"贞观十三年卒,年八十五。"又,《资治通鉴》卷一九五:"(贞观十三年)太史令傅奕……临终戒其子无得学佛书,时年八十五。又集魏晋以来驳佛教者为《高识传》十卷,行于世。"

**始置崇贤馆,太宗命颜师古赞诸学士,以学士颜勤礼为师古兄弟,特命萧钧赞之。**

《职官分纪》卷二八:"贞观中,崇文馆有学士、直学士,员不常置,掌教授学生等业。贞观十三年置崇贤馆,上元二年(675)改,避太子名也。"《全唐文》卷三四〇颜真卿《唐故通议大夫行薛王友柱国赠秘书少监国子祭酒太子少保颜君碑铭》:"生勤礼,字敬,君之祖也。幼而朗悟,识量宏远,工于篆籀,尤精诂训。解褐校书郎,与两兄弟师古、相时同时为宏文崇贤学士,弟育德又于司经校定经史,当代荣之。太宗尝令师古赞崇贤学士,以兄弟,特命萧钧赞之曰:'依仁服义,怀文守一。履道自居,下帷终日。德彰素里,行成兰室。鹤钥驰誉,龙楼委质。'"

**太宗有《答房玄龄请解仆射诏》。**

《唐大诏令集补编》卷一六《答房玄龄请解仆射诏》:"夫选贤之义,无私为本;奉上之道,当仁是贵。列代所以弘风,通贤所以协德。卿忠肃恭懿,明允笃诚。草昧霸图,绸缪帝道。仪刑黄阁,庶政惟和;辅翼春宫,望实斯著。而忘彼

大体,徇兹小节,虽恭教谕之职,乃辞机衡之务,岂所谓弼予一人,共安四海者也？宜听此怀,无烦固让。”(贞观十三年)

## 唐太宗贞观十四年

庚子　六四〇

### |正月|

**无名氏撰《故张君夫人秦氏之铭》。**

《唐代墓志汇编》贞观〇六七《故张君夫人秦氏之铭》:“夫人讳详皃,字尼子,怀州妣止人也……以贞观十四年岁次庚子正月七日卒于私第,春秋八十。即以其月己亥朔十七日乙卯,窆于千金乡之里。”

### |二月|

**丁丑,太宗幸国子监,其时孔颖达任祭酒,太宗命其与诸儒撰定《五经》疏;颖达讲《孝经》毕,上《释奠颂》。此文为太宗所褒奖,于志宁亦称赞之。时增筑学舍、增收学员甚多,四方学者云集,高丽、百济等多国遣子弟来唐入国学。**

《资治通鉴》卷一九五:“(贞观十四年)二月丁丑,上幸国子监,观释奠,命祭酒孔颖达讲《孝经》。……上以师说多门,章句繁杂,命孔颖达与诸儒撰定《五经》疏,谓之《正义》,令学者习之。”又,《旧唐书·孔颖达传》:“命孔颖达讲《孝经》。既毕,颖达上《释奠颂》,手诏褒美。”《资治通鉴》卷一九五又云:“是时上大征天下名儒为学官,数幸国子监,使之讲论,学生能明一大经已上皆得补官。增筑学舍千二百间,增学生满二千二百六十员。自屯营飞骑亦给博士,使授以经,有能通经者听得贡举。于是四方学者云集京师,乃至高丽、百济、新罗、高昌、吐蕃诸酋长亦遣子弟请入国学,升讲筵者至八千余人。(《考异》曰:旧传云八十余人。今从新书。)”据此知孔颖达《释奠颂》当作于贞观十四年二月左右。《全唐文》卷一四五于志宁《大唐故太子右庶子银青光禄大夫国子祭酒上护军曲阜公孔公碑铭》:“上《释奠颂》一篇,文艳雕龙,将五色而比彩,韵谐□凤,与八音而同节,逸思掩于子玉……”《唐文拾遗》卷一《褒孔颖达上释奠颂手诏》:“省所上颂殊为佳作。循题发函,清辞烂其盈目。启封申纸,逸气飘以凌云,骊龙九重不足方斯绮丽,威凤五彩无以比其鲜华……”(《册府元龟》卷六〇一)

**进士五人,秀才一人。李楚才应制及第。王德表应明经科。**

见《登科记考补正》卷一本年条。

## |三 月|

**无名氏撰《大唐故特进观国公墓志》。**

《唐代墓志汇编续集》贞观〇二一:“维贞观十三年龙集己亥十二月己巳一日,特进、观国公薨于京城安定里第,春秋七十二……粤以十四年三月戊戌朔十二日己酉,安厝真宅。”

## |六 月|

**法琳徙益部僧舍,行至百牢关,因疾卒,年六十九,有集三十余卷。**

《续高僧传》卷二五《法琳传》:“乃絷以缧绁……(琳)具以事闻,遂不加罪,有下敕徙于益部僧寺。行至百牢关菩提寺,因疾而卒,时年六十九。……琳所著诗赋启颂、碑表章诔、大乘教法并诸论记传合三十余卷,并金石击其风韵,缛锦缋其文思,流靡雅便,腾焰弥穆。又善应机说导,即事骋词,言会宫商,义符玄籍,斯亦稀世罕嗣矣。”据彦悰《法琳别传》,法琳卒于本年六月,年六十九。

## |七 月|

**无名氏撰《唐故弘农杨府君墓志铭并序》。**

《唐代墓志汇编》贞观〇六九:“君讳士汉,字子泉,弘农华阴人也……以大唐贞观十四年六月十九日,终于私第,年六十有六。惟君自少及长,忠恕为怀……以其年七月十一日葬邙山之阳,礼也。"

## |十一月|

**无名氏撰《魏府君夫人雷氏墓志铭并序》《前梁开府漳川郡太守山阴县开国侯孟府君墓志》等文。**

《唐代墓志汇编》贞观〇七〇条《魏府君夫人雷氏墓志铭并序》:"夫人姓雷,同州白水人也……以大唐贞观十四年闰十月十五日,终于敦厚里之第,春秋九十有四。魏府君去义宁二年八月七日先终洛阳之宅,春秋七十有六。粤以其年十一月三日,合葬于洛阳宫城东北五里邙山,礼也。"又,《唐代墓志汇编》贞观〇七一条《前梁开府漳川郡太守山阴县开国侯孟府君墓志》:"君讳保同,字德会,平昌人……以大唐贞观十四年岁次庚子十一月九日合葬于洛州洛阳县清风乡。"又,《唐代墓志汇编》贞观〇七二条:"君讳孝长,字仁宗,清河广宗人也……越以大唐贞观十四年太岁庚子十一月十日,合葬于邙山之阳洛阳县之清风里,呜呼哀哉!"又,《唐代墓志汇编》贞观〇七三条:"君讳孝基……以贞观十二年八月二十一日寝疾,卒于私第,春秋七十……粤以大唐贞观十四年十一月十日,合葬于洛阳邙山之阳。"

## |本年|

**王绩作《元正赋》。**

《王无功文集》卷一王绩《元正赋》:"若夫四时定岁,三元启正,无许都之日蚀,值荆州之雪晴。风云淑畅……遥忆二京风光好,玉城正殿年光早。旌旃晔晔千门路,冠盖纷纷两宫道。天子拜安平,储宫迎太保……但愿皇家四海平,每岁常期万方客。则有故国人,独守寒乡春。昨夜竹声惊百魅,今旦桃符安四邻。岁酒经三老,年盘贵五辛。老夫无所欲,光阴苦难足。……"据文中"老夫无所欲"知此赋盖作于王绩晚年时。王绩本年约五十一岁,姑录《元正赋》于本年。

**本年或稍前,庾抱卒,有集十卷。刘孝孙为作《沙门慧净诗英华序》。**

《全唐文》卷一五四刘孝孙《沙门慧净诗英华序》:"尝以法师敷演之暇,商榷翰林。若乃园柳天榆之篇,阿阁绮窗之咏。魏王北上,陈思南国,嗣宗之赋明月……咸递相祖述,郁为龟镜,岂独光于曩代而无继轨者乎?近世文人,才华间出。……温邢誉高于东夏,徐庾价重于南荆。王司空孤秀一时,沈恭子标奇绝代。凡此英彦,安可阙如?……文雅郁兴,于兹为盛。余虽不敏,窃有志焉,既而舟壑潜移,悼陵谷而迁贸;居诸易晚,恻人世之难常。固请法师,暂回清鉴,采摭词实,耘剪繁芜。盖君子不常矜庄,删诗未为斯玷。自刘廷尉所撰诗苑之后,纂而续焉。颍川庾幼孙,学该坟索,行齐颜闵。京兆韦山甫,耿介有奇节,弋猎综群言,与法师周旋,情逾胶漆,睹斯盛事,咸共赞成,生也有涯,庾侯长逝,永言怛化,不觉流襟。顷观其遗文,久为陈迹。今亦次乎汗简,贻诸后昆。法师式遵旧章,纂斯鸿烈,予聊因暇日,敬述芳猷。俾郢唱楚谣,同管弦而播响;春华秋实,与天地而长存,遂使七贵挹其嘉猷,五众欣其慧识,凡预能流,家藏一本。"《旧唐书·庾抱传》:"寻转太子舍人,未几卒,有集十卷。"据《新编年史》所考,庾抱约卒于本年或稍前。

## 唐太宗贞观十五年

辛丑　六四一

### |正月|

**丁丑,文成公主归吐蕃。赞普遣子弟入国学,受《诗》《书》。**

《资治通鉴》卷一九六:"(贞观十五年正月)丁丑,命礼部尚书江夏王道宗持节送文成公主于吐蕃。赞普大喜,见道宗,尽子婿礼,慕中国衣服、仪卫之美,为公主别筑城郭宫室而处之,自服纨绮以见公主。其国人皆以赭涂面,公主恶之,赞普下令禁之,亦渐革其猜暴之性。遣子弟入国学,受《诗》《书》。"

**二十日,有《贞观十五年封临川郡公主诏刻石书》。**

文见《全唐文补遗》第一辑。文末云:"贞观十五年正月二十日下。"故录于此。

**谢偃善赋,李百药工诗,时人称为"李诗谢赋"。谢偃《述圣赋》盖作于本年正月**。

《全唐文》卷一五六谢偃《述圣赋》云:"臣闻立极著纪之初,辟乾开历之始,上所以分垂象曜,下所以疆括地里。……圣皇以令叶先甲,时惟仲春,乃整法驾,驭华轮,六军雷动,万乘星陈。……至如云观晨开,风亭夜敞,回长飙于轻翼,凝浓露于仙掌,沉落月于璧台,挂奔星于珠网,罗纨飘而散馥,环佩动而流响,垂密叶于绮窗,散飞花于翠幌。……"据《旧唐书·太宗纪下》:"十五年春正月……辛巳,幸洛阳宫。"《述圣赋》中言及之积翠池、东平苑均在洛阳,从时间来看"时惟仲春"与"十五年春正月"亦大致相符,故录谢偃《述圣赋》于本年。《旧唐书·谢偃传》:"偃尝为《尘》《影》二赋甚工。太宗闻而召见,自制赋序……令其为赋。偃奉诏撰成,名曰《述圣赋》,赐彩数十匹。偃又献《惟皇戒德赋》以申讽。……时李百药工为五言诗,而偃善作赋,时人称为'李诗谢赋'焉。"

## |二 月|

**进士十四人,秀才一人**。

见《登科记考补正》卷一本年条。

**无名氏撰有墓志**。

《唐代墓志汇编》贞观〇七四:"贞观十五年二月朔壬辰二十三日甲寅,交河县民、镇西府内将任阿悦妻刘,春秋六十有三。"

## |三 月|

**无名氏撰《大唐故右勋卫王君墓志》**。

《唐代墓志汇编续集》贞观〇二五:"君讳灵仙,字神象,太原晋阳人也……以贞观十五年岁次辛丑三月壬戌朔十日辛未终于长安延寿第,春秋五十有一。粤以其月二十四日窆于长安县龙首原。"

## 四月

**己酉,吕才奉敕刊定阴阳杂书,书成上之。**

《旧唐书·吕才传》:"太宗以阴阳书近代以来渐致讹伪,穿凿既甚,拘忌亦多,遂命才与学者十余人共加刊正,削其浅俗,存其可用者。勒成五十三卷,并旧书四十七卷,十五年书成,诏颁行之。才多以典故质正其理,虽为术者所短,然颇合经义。……"《资治通鉴》卷一九六:"(贞观十五年)上以近世阴阳杂书,讹伪尤多,命太常博士吕才与诸术士刊定可行者,凡四十七卷。(四月)己酉,书成,上之。"

**无名氏撰《唐故慧静法师灵塔之铭》。**

《唐代墓志汇编》贞观〇七五:"法师讳慧静,河东闻喜人也,俗姓裴氏……以大唐贞观十五年四月二十三日卒于寺所。"

## 五月

**无名氏撰《大唐处士故贾君墓志铭并序》等文。**

《唐代墓志汇编》贞观〇七六《大唐处士故贾君墓志铭并序》:"君讳仕通,字仁彻,河南洛阳人也……以大唐贞观十五年岁次辛丑四月丁卯朔二十六日景辰,遘疾终于私第,春秋四十有六。……即以其年五月辛卯朔十二日壬申,窆于邙山之阳。"又,《唐代墓志汇编》贞观〇七七条:"夫人薄氏,雁门代人也……粤以贞观十五年五月七日寝疾,薨于洛阳县嘉善里第,春秋六十有二。即以其月二十五日葬于邙山,礼也。"

## 九月

**无名氏撰《大唐处士梁君墓志铭并序》。**

《唐代墓志汇编》贞观〇七八:"君讳凝达,字静通,洛州河南人也……以大唐贞观十五年八月十二日终于景行里第,即以其年岁次辛丑九月己未朔十五日癸酉,卜窆于北邙山千金里。”

## |十月|

**二十五日,高士廉等撰成《文思博要》一千二百卷,上之。高士廉《文思博要序》云:“大矣哉,文籍之盛也。范围天地,幽赞神明,用之邦国,则百官以人。用之乡人,则万姓以察。”知其重视文教。**

《唐会要》卷三五:“贞观十五年……十月二十五日,尚书左(右)仆射,申国公高士廉等撰《文思博要》成,凡一千二百卷,诏藏之秘府。”《全唐文》卷一三四高士廉(高俭)《文思博要序》:“大矣哉,文籍之盛也。范围天地,幽赞神明,用之邦国,则百官以乂;用之乡人,则万姓以察。……以为观书贵要,则十家并驰,观要贵博,则《七略》殊致。……虽草创之指,义在兼包,而编录之内,犹多遗阙,并未能绝云而负苍天。……述作之义坦然,笔削之规大备。特进尚书右仆射申国公士廉、特进郑国公魏徵、中书令驸马都尉德安郡公杨师道、兼中书侍郎江陵县子岑文本、中散大夫守尚书礼部侍郎颜相时、中散大夫守国子司业朱子奢、给事中许敬宗、朝散大夫守国子博士刘伯庄……讨论历载,琢磨云毕,勒成一家,名《文思博要》,一百二十帙一千二百卷,并目录一十二卷。义出六经,事兼百氏,究帝王之则,极圣贤之训,天地之道备矣,人神之际在焉。昭昭若日月,代明于下土。离离若星辰,错行于躔次。斯固坟素之苑囿,文章之江海也。是为国者尚其道德,为家者尚其变通,纬文者尚其溥博,谅足以仰观千古。”

**无名氏撰《隋沧州饶安县令侯君妻刘夫人墓志铭并序》。**

《唐代墓志汇编》贞观〇七九:“夫人姓刘,魏郡安阳人……以大唐贞观十五年五月卒于洛阳之地,春秋七十有八。即以其年岁次辛丑十月己丑朔九日丁酉,瘗于北邙山。”

## |十一月|

**魏王泰为长孙皇后造巨像于龙门,中书侍郎岑文本作《三龛记》,起居郎褚**

**遂良书**。

《六一题跋》卷五:“右《三龛记》,唐兼中书侍郎岑文本撰,起居郎褚遂良书。字画尤奇伟,在河南龙门山。……龙门山壁间凿石为佛像,大小数百,多后魏及唐时所造,惟此三龛像最大,乃魏王泰为长孙皇后造也。”《集古录跋尾》记此在贞观十五年。《宝刻类编》卷二褚遂良:“《三龛碑》,岑文本撰,贞观十五年十二月磨崖刻。”

**无名氏撰《大唐故交州都督上柱国清平县公世子李君墓志铭并序》**。

《唐代墓志汇编》贞观〇八〇:“君讳道索,清河清平人也……以贞观十五年岁次辛丑十一月戊午朔十五日壬申,葬于洛州河南县千金里之原。”

## |十二月|

**无名氏撰《大唐故苏州吴县丞杜府君墓志》**。

《唐代墓志汇编》贞观〇八一:“君讳荣,字世玮,京兆杜陵人也……大唐贞观十五年岁次辛丑十二月戊子朔三十日丁亥,卒于时邕里之私第,粤以其年十二月十五日壬寅,启畴于邙山之阳。”

## |本年|

**颜师古著《汉书注》成,岁末有《上汉书注序》**。

《全唐文》卷一四八颜师古《上汉书注序》:“储君体上哲之姿,膺守器之重,俯降三善,博综九流。观炎汉之余风,究其终始;懿孟坚之述作,嘉其宏赡。以为服应曩说,疏紊尚多。苏晋众家,剖断盖鲜;蔡氏纂集,尤为抵牾。自兹以降,蔑足有云。怅前代之未周,愍将来之多惑。顾召幽仄,俾竭刍荛。匡正睽违,激扬郁滞。将以博喻胄齿,远覃邦国;宏敷锦带,启导青衿。曲禀宏规,备蒙嘉惠;增荣改观,重价流声。斗筲之材,徒思罄力;驽蹇之足,终惭远致。岁在重光,律中大吕,是谓涂月,其书始就。不耻狂简,辄用上闻。粗陈指例,式存扬榷。”《旧唐书》卷七三《颜师古传》:"贞观十一年,《礼》成,进爵为子。时承乾在东宫,命师古注班固《汉书》,解释详明,深为学者所重。承乾表上之,太宗令编之秘阁,赐师古物二百段、良马一匹。"据此知颜师古始著《汉书注》于贞观十一年,其撰成当在数年之后。其《上汉书注序》,盖在书成时。序有"岁在重光,律中大吕,是谓涂月,其书始就"语。按,重光乃岁阳名称之一。《尔雅·释天》:"[太岁]在辛曰重光。"贞观十五年为辛丑年,故"岁在重光"指贞观十五年。"涂月"即谓十二月。故此文乃作于本年十二月。

**王绩作《游北山赋》。**

《全唐文》卷一三一王绩《游北山赋》。其序云:"吾周人也,本家于祁。永嘉之际,扈从江左,地实儒素,人多高烈。穆公感建元之耻,归于洛阳;同州悲永安之事,退居河曲。始则晋阳之开国,终乃安康之受田。坟陇寓居,倏焉五叶;桑榆成荫,俄将百年。绩南山故情,老而弥笃,东陂余业,悠哉自宁。……仲长统之规模,园林幸足。独居南渚,时游北山,聊度日以为娱,忽经年而忘返。西穷马谷,北达牛溪,丘壑依然,风烟满目。……诗者志之所之,赋者诗之流也,式抽短思,即为赋云。"据序中"老而弥笃",知该赋当作于王绩晚年时。又《游北山赋》云:"阶梯礼乐,生徒杞梓。山似尼丘,泉凝泗涘。忽焉四散,于今二纪。"且文中自注:"吾兄仲淹,以大业十三年卒于乡馆。"以大业十三年(617)下推二十四年为本年。王绩《游北山赋》以白描见长,其中多有骈骊句,对仗甚工丽。该赋云:"天道悠悠,人生若浮。古来贤圣,皆成去留……松落落而风回,桂苍苍而露溽。月未侧而先阴,霞方升而已旭。喜方外之浩荡,欢人闲之窘束。况乃幽谷藏真,傍无四邻……兰窗左辟,菌阁斜临。石当阶而虎踞,泉度牖而龙吟。月照南浦,烟生北林。阅丘壑之新趣,纵江湖之旧心。道集吾室,风吹我襟。松花柏叶之醇酎,凤翮龙唇之素琴。白牛溪里,峰峦四峙……"

**欧阳询卒,年八十五。询尤工书法,初学王羲之、王献之,后渐变体,劲险刻厉,于平正中见险绝,自成一家,世称"欧体"。与虞世南、褚遂良、薛稷并称唐初四大书家。**

《新唐书·欧阳询传》:"贞观初,历太子率更令、弘文馆学士,封渤海男。卒,年八十五。"《法书要录》卷八张怀瓘《书断》卷中:"皇朝欧阳询,长沙汨罗人,官至银青光禄大夫、率更令。八体尽能,笔力劲险,篆体尤工……以贞观十五年卒,年八十五。飞白、隶、行、草入妙,大小篆、章草入能。”欧阳询《用笔论》乃其论书法之名作。《全唐文》卷一四六欧阳询《用笔论》:“有翰林善书大夫言于寮故无名公子曰:自书契之兴,篆隶兹起,百家千体,纷杂不同。至于书妙穷神,作范垂代,腾芳飞誉,冠绝古今,惟右军王逸少一人而已……公子从容襝衽而言曰……余自少及长,凝精翰墨,每览异体奇迹,未尝不循环吟玩,抽其妙思,终日临仿,至于皓首而无退倦也。夫用笔之法,急捉短搦,迅牵疾掣,悬针垂露,蠖屈蛇伸,洒落萧条,点缀闲雅,行行眩目,字字惊心。若上苑之春花,无处不发,抑亦可观,是余用笔之妙也……”文乃论书法之名作,作年难确考,并录于此。

**本年或稍前,无名氏作《补江总白猿传》以讥讽欧阳询**。

《郡斋读书志》卷九:“《补江总白猿传》一卷。右不详何人撰。述梁大同末,欧阳纥妻为猿所窃,后生子询。《崇文目》以为唐人恶询者为之。”《直斋书录解题》卷一一:“《补江总白猿传》一卷。无名氏撰。欧阳纥者,询之父也。询貌类猕猿,盖尝与长孙无忌互相嘲谑矣。”据《新编年史》所考,“(欧阳)询本年卒,传当本年前作”。

## 唐太宗贞观十六年

壬寅 六四二

### 正月

**李泰撰《括地志》五十卷成,有《括地志序略》**。

《唐会要》卷六三:“(贞观)十五年正月三日,魏王泰上《括地志》五十卷。……凡四年而成。”《新编年史》按云:“《通鉴》卷一九六作‘十六年’。《唐大诏令集》卷四〇有贞观十六年正月《魏王泰上括地志赐物诏》。《新唐书·李泰传》云‘历四年成’,修撰事始于十二年,《会要》云十五年,误。按《新唐书·艺文志二》地理类著录《括地志》五百五十卷。其书已不传,今人有辑本。”又,《全唐文补编》卷七李泰《括地志序略》详细记载各州县之情况。文中曰:“至十四年西克高昌，又置西州都护府及庭州并六县，通前凡三百六十州，依叙之为十道也。”此文当亦撰于本年或稍前。

## | 二 月 |

**无名氏撰《故刘夫人墓志》**。

《唐代墓志汇编》贞观〇八二《故刘夫人墓志》：“王才粲夫人刘郡君，弘农华阴人也……以神龟大唐贞观十六年二月十日丙薨，至其年其月二十四日，葬于邙山西北二里瀍水之阳荒源之侧。”

## | 六 月 |

**唐太宗颁《刊正氏族诏》**。

《唐会要》卷八三：“十六年六月诏。氏族之盛，实系于冠冕；婚姻之道，莫先于仁义。自有魏失御，齐氏云亡，市朝既迁，风俗陵替。燕、赵右姓，多失衣冠之绪；齐、韩旧俗，或乖德义之风。名虽著于州闾，身未免于贫贱。自号膏粱之胄，不敦匹敌之仪。问名惟在于窃赀，结褵必归于富室。乃有新官之辈，丰财之家，慕其祖宗，竞结婚媾，多纳货贿，有如贩鬻。或贬其家门，受屈辱于姻娅；或矜其旧族，行无礼于舅姑。积习成俗，迄今未已，既紊人伦，实亏名教。朕夙夜兢惕，忧勤政道，往代蠹害，咸已惩革，惟此敝风，未能尽变。自今已后，明加告示，使识嫁娶之序，各合典礼，知朕意焉。”此即《全唐文》卷六唐太宗《刊正氏族诏》。

**无名氏撰《大唐故刘府君墓志铭并序》**。

《唐代墓志汇编》贞观〇八三《大唐故刘府君墓志铭并序》：“君讳粲，字休明，彭城人也……粤以贞观十六年六月九日卒于洛阳县淳俗里私第，春秋六十有四。以其月二十五日葬于邙山，礼也。”

## |七月|

**十八日，无名氏撰《大唐毗沙妻杨夫人墓志铭并序》。**

《唐代墓志汇编》贞观〇八四《大唐毗沙妻杨夫人墓志铭并序》："夫人姓杨，字玉姿，弘农华阴人也……大唐贞观十六年六月乙酉二十五日己酉遇疾无痊，殒于私第，即以其年岁次壬寅七月甲寅朔二十日癸酉，窆于河南县千金乡北邙山之原礼。"墓志铭末署：贞观十六年七月十八日。

## |九月|

**无名氏撰《唐故张君墓志》《大唐故大将军张府君墓志》。**

《唐代墓志汇编》贞观〇八五条《唐故张君墓志》："君讳行密，其先陇西原北人也……至十六年四月二十六日，奄终于扬州……以其年九月十二日窆于育贤村西嘉禾乡之原礼也。"又，《唐代墓志汇编》贞观〇八六条《大唐故大将军张府君墓志》："府君讳孝绪……至十六年九月二十七日，在路构疾，汴州薨背，其年六十有九，安窆于北邙山。"

## |十一月|

**无名氏撰《隋故西平郡化隆县长刘府君墓志铭并序》《大唐吏部将仕郎范阳卢府君妻冯氏墓志铭》。**

《唐代墓志汇编》贞观〇八八条《隋故西平郡化隆县长刘府君墓志铭并序》："君讳政，字弘矩，瀛洲河间人也……粤以大唐贞观十六年岁次壬申十一月癸丑朔二十日壬申，合葬于洛阳县北邙山王羽村之北里。"又，《唐代墓志汇编》贞观〇八九条《大唐吏部将仕郎范阳卢府君妻冯氏墓志铭》："夫人姓冯氏，长乐信都人也……贞观十六年正月七日，卒于吕州之永安城，春秋二十九。即以其年十一月二十日迁厝于洛州洛阳县。"

## |十二月|

**无名氏撰《唐故邛州别驾陇西公李君墓志铭并序》。**

《唐代墓志汇编续集》贞观〇三三："君讳绍，陇西成纪人也……以贞观十六年八月三十日终于雍州万年县安兴里之私第，春秋五十七。即以其年十二月九日葬于长乐乡长乐里。"

## |本年|

**孔颖达表上其奉敕复审之《五经正义》一百八十卷，各书皆有孔颖达序，即《毛诗正义序》《尚书正义序》《礼记正义序》《易正义序》《春秋正义序》。**

《全唐文》卷一四六载孔颖达《易正义序》《尚书正义序》《毛诗正义序》《礼记正义序》《春秋正义序》。各序皆云"至十六年又奉敕……覆更详审，为之正义"等语。《毛诗正义序》云："夫诗者，论功颂德之歌，止僻防邪之训。虽无为而自发，乃有益于生灵。六情静于中，百物荡于外。情缘物动，物感情迁。若政遇淳和，则欢娱被于朝野。时当㦂黩，亦怨刺形于咏歌。作之者所以畅怀舒愤，闻之者足以塞违从正。发诸情性，谐于律吕。故曰：感天地，动鬼神，莫近于诗。此乃诗之为用，其利大矣。"

**本年左右，刘孝孙卒，有集三十卷。**

《旧唐书·刘孝孙传》："十五年，迁本府咨议参军，寻迁太子洗马，未拜卒。"《新唐书·艺文志四》："《刘孝孙集》三十卷。"刘孝孙之卒年今据《新编年史》所考。

# 唐太宗贞观十七年

癸卯　六四三

## 正月

**戊辰，魏徵卒，年六十四，有文集二十卷。太宗为亲撰碑文书石，谓徵没后，“朕亡一镜矣”。魏徵直言敢谏，史以“诤臣”称之。**

《旧唐书·太宗纪下》：“贞观十七年春正月戊辰……太子太师、郑国公魏徵薨。”《旧唐书·魏徵传》：“……徵薨，时年六十四。”《魏郑公谏录》卷五：“公葬日……太宗幸苑西楼望哭尽哀，令晋王宣敕祭之。……太宗因望送作诗曰……御撰碑文及挽歌词，仍亲为书。太宗思之不已，遂登凌烟阁观其画，又赋七言诗送灵座焉。”《全唐文》卷一四七褚亮《圣制故司空魏徵挽歌词表》：“伏见圣制《故司空郑国公挽词十首》，词穷清曲，理备哀伤。”《资治通鉴》卷一九六：“上思徵不已，谓侍臣曰：‘人以铜为镜，可以正衣冠；以古为镜，可以见兴替；以人为镜，可以知得失。魏徵没，朕亡一镜矣。’”《旧唐书·魏徵传》：“臣尝阅《魏公故事》，与文皇讨论政术，往复应对，凡数十万言。其匡过弼违，能近取譬，博约连类，皆前代诤臣之不至者。其实根于道义，发为律度，身正而心劲，上不负时主，下不阿权幸，中不侈亲族，外不为朋党，不以逢时改节，不以图位卖忠。所载章疏四篇，可为万代王者法。虽汉之刘向、魏之徐邈、晋之山涛、宋之谢朏，才则才矣，比文贞之雅道，不有遗行乎！前代诤臣，一人而已。”《新唐书·艺文志四》：“《魏徵集》二十卷。”《旧唐书·魏徵传》：“徵亡后，朕遣人至宅，就其书函得表一纸，始立表草，字皆难识，唯前有数行，稍可分辨，云……”所云即《全唐文》卷一三九魏徵《遗表稿》。《遗表稿》云：“天下之事，有善有恶。任善人则国安，用恶人则国乱。公卿之内，情有爱憎，憎者惟见其恶，爱者惟见其善。爱憎之间，所宜详审。若爱而知其恶，憎而知其善，去邪勿疑，任贤勿贰，可以兴矣。”该文作年难确考，姑录于此。魏徵之生平事迹见《旧唐书》卷七一、《新唐书》卷九七本传。

**戊申，太宗颁《图功臣像于凌烟阁诏》。**

《旧唐书·太宗纪下》:“贞观十七年正月……戊申,诏图画司徒、赵国公无忌等勋臣二十四人于凌烟阁。”《全唐文》卷七太宗《图功臣像于凌烟阁诏》:“自古皇王,褒崇勋德。既勒铭于钟鼎,又图形于丹青,是以甘露良佐,麟阁著其美;建武功臣,云台纪其迹。……宜酌故实,宏兹令典,可并图画于凌烟阁,庶念功之怀,无谢于前载;旌贤之义,永贻于后昆。”

## |二月|

**进士十五人。崔沉应明经科**。

见《登科记考补正》卷一本年条。

## |四月|

**丙戌,立晋王李治为皇太子。以李义府为太子舍人、来济为太子司议郎,二人俱掌文翰,时称“来李”**。

《旧唐书·太宗纪下》:“(贞观十七年)夏四月……丙戌,立晋王治为皇太子,大赦。”又《旧唐书·李义府传》:“又敕义府以本官兼侍晋王。及升春宫,除太子舍人,加崇贤馆直学士,与太子司仪郎来济俱以文翰见识,时称‘来李’。”

## |六月|

**太宗有《以旱减膳诏》**。

《唐大诏令集补编》卷一《以旱减膳诏》:“朕以寡德,祇膺宝命……亢旱涉于春夏……朕将亲览,以答天谴。”(贞观十七年六月)

**太宗有《命皇太子知左右屯营兵马事诏》**。

《唐大诏令集补编》卷三《命皇太子知左右屯营兵马事诏》:“皇太子治,忠孝成德,志业光茂。地惟储副,寄深监抚。兼统禁旅,实允旧章,宜知左右屯营

兵马事。其大将以下,并受处分。”(贞观十七年闰六月)

## |九 月|

**无名氏撰《大唐故长乐公主墓志》。**

《唐代墓志汇编续集》贞观〇三六:“公主讳丽质,陇西狄道人,高祖太武皇帝之孙,皇帝之第五女,东宫之姊也……以十七年八月十日奄然薨谢,春秋二十三……粤以其年岁次癸卯九月丁丑朔二十一日丁酉陪于□陵。”

## |十 月|

**无名氏撰《大唐故李府君墓志铭》《隋毗陵郡无锡县令姚君墓志铭》。**

《唐代墓志汇编》贞观〇九〇《大唐故李府君墓志铭》:“君讳仲宾,字少卿,河东蒲坂人也……贞观十七年九月三十日亡于私第……粤以其年十月九日合葬于邙山。”又,《唐代墓志汇编》贞观〇九一条《隋毗陵郡无锡县令姚君墓志铭》:“君讳孝宽,字德博,南安人也……即以十七年岁次癸卯十月丁未朔二十七日癸酉,葬于邙山之阜。”

## |十一月|

**无名氏撰有墓志。**

《唐代墓志汇编》贞观〇九二:“君讳宾,字士外,太原祁人也……以贞观十七年十一月五日终于私第,春秋八十有三……即以其月十四日葬于洛州河南县北邙山之原。”

## |十二月|

**无名氏撰《故繁昌县令马君墓志》。**

《唐代墓志汇编》贞观〇九三:“君讳志道,字淳一,扶风茂陵人……粤以大唐贞观十七年岁次癸卯十一月十二日卒于私第,春秋七十有三……即以其年十二月丙午朔二十八日癸酉,葬于邙山之原千金乡。”

## |本 年|

**陆元朗作《经典释文序》,介绍成书之经过及内容特征。该书“训义兼辩,质而不野,繁而非芜”**。

《全唐文》卷一四六陆元朗《经典释文序》:“夫书音之作,作者多矣。前儒撰著,光乎篇籍,其来既久,诚无间然。但降圣已还,不免偏尚,质文详略,互有不同。汉魏迄今,遗文可见。或专出己意,或祖述旧音,各师成心,制作如面。加以楚夏声异,南北语殊,是非信其所闻,轻重因其所习,后学钻仰,罕闻指要。夫筌蹄所寄,惟在文言,差若毫厘,谬便千里。……予少爱坟典,留意艺文。虽志怀物外,而情存著述。粤以癸卯之岁,承乏上庠,循省旧音,苦其太简。况微言久绝……研精六籍,采摭九流,搜访异同,校之苍雅。辄撰集五典《孝经》《论语》及《老庄》《尔雅》等音,合为三帙三十卷,号曰《经典释文》。古今并录,括其枢要,经注毕详,训义兼辩,质而不野,繁而非芜。示传一家之学,用贻后嗣。今奉以周旋,不敢坠失,与我同志,亦无隐焉。但代匠指南,取笑于博识,既述而不作,言其所用,亦何伤乎云尔。”据文中“粤以癸卯之岁”知文盖为本年所作。

**谢偃本年或稍后,卒于湘潭令,有集十卷。谢偃善作赋,李百药善五言诗,时人称“李诗谢赋”**。

《旧唐书·太宗纪下》:“贞观十七年四月癸巳,魏王泰以罪降爵为东莱郡王。”《旧唐书·谢偃传》:“拜魏王府功曹。……十七年,府废,出为湘潭令,卒。文集十卷。”本年四月魏王府废,谢偃出为湘潭令。谢偃之卒当在本年或稍后,姑系于此。《新唐书·艺文志四》:“《谢偃集》十卷。”已佚。《旧唐书·谢偃传》:“偃尝为《尘》《影》二赋甚工。太宗闻而召见,自制赋序……令其为赋。偃奉诏撰成,名曰《述圣赋》,赐彩数十匹。偃又献《惟皇戒德赋》以申讽。……时李百药工为五言诗,而偃善作赋,时人称为‘李诗谢赋’焉。”《全唐文》卷一五六存谢偃文十二篇。其《影赋》云:“何物类之实繁,各异形而辨色,惟兹影之灵化,独元妍而莫测。……岁月忽其代序,斑鬓倏而改貌,诚既往而莫追,徒鉴流以自吊。"谢偃之赋作年难确考,今仅录《影赋》于此。谢偃之生平事迹见《旧唐书》卷一九〇上、《新唐书》卷二〇一本传。

**刘洎为黄门侍郎,上疏以为宜令太子习图书,寻篇翰,接正人。**

《旧唐书·刘洎传》:"寻摄黄门侍郎,加上护军。……时皇太子初立,洎以为宜尊贤重道,上书曰:'……伏惟陛下……乙夜观书,事高汉帝;马上披卷,勤过魏后。陛下自励如此,而令太子优游弃日,不习图书,臣所未谕一也。加以暂屏机务,即寓雕虫。综宝思于天文,则长河韬映;摛玉字于仙札,则流霞成彩。固以锱铢万代,冠冕百王,屈、宋不足以升堂,钟、张何阶于入室。陛下自好如此,而太子悠然静处,不寻篇翰,臣所未谕二也。……陛下自好如此,而令太子久入趋侍,不接正人,臣所未谕三也。'"

**萧德言年八十七,为太子侍读,因年老请致仕,太宗不许,致书谈及当今"建礼作乐,偃武修文"之策。**

据《旧唐书·萧德言传》,萧德言以年老请致仕,太宗不许,遗之书云:"自隋季版荡,庠序无闻,儒道坠泥涂,诗书填坑穽。眷言坟典,每用伤怀。顷年已来,天下无事,方欲建礼作乐,偃武修文。卿年齿已衰,教将何恃!所冀才德犹茂,卧振高风,使济南伏生,重在于兹日;关西孔子,故显于当今。令问令望,何其美也!"萧德言事,据《新编年史》书于此。

**太子太保萧瑀被贬商州刺史。**

《唐大诏令集补编》卷一六《萧瑀贬商州刺史手诏》:"朕闻物之顺也,虽异质而成功;事之违也,亦同形而罕用……而太子太保、宋国公瑀践覆车之余轨,袭亡国之遗风。弃公就私,未明隐显之际;身俗口道,莫辩邪正之心……朕犹隐忍至今,瑀尚全无悔改。宜即去兹朝阙,出牧小藩,可商州刺史,仍除其封。"(贞观十七年)

# 唐太宗贞观十八年

甲辰 六四四

## | 正月 |

**太宗幸骊山温泉,作《温泉铭》,刻石立于华清宫。**

《类编长安志》卷一〇:"《唐温泉铭》,太宗御制御书。……帝始建宫于骊山温泉,作此铭。碑以贞观中立,在华清宫。"据《新唐书·地理志一》,骊山宫,贞观十八年置。又《旧唐书·太宗纪下》记,贞观十八年"正月壬寅,幸温泉汤。"则太宗作《温泉铭》在本年正月。据《新编年史》,"《温泉铭》拓本见《敦煌遗书》第五〇八页,参罗振玉《莫高窟石室秘录》"。

## | 二月 |

**冉实等二十四人进士及第,秀才一人,颜仁楚、史行简应明经科,来济知贡举。**

见《登科记考补正》卷一本年条。

**无名氏撰《大唐故彭城国夫人刘氏墓志铭并序》。**

《唐代墓志汇编续集》贞观〇三九:"夫人讳,字娘子,雍州咸阳人也……贞观十七年,转封彭城夫人。十七年十二月四日遘疾终于私第,春秋七十有四。十八年二月五日陪葬于昭陵。"

**无名氏撰有《唐故开府右尚令王君墓志铭并序》等文。**

《唐代墓志汇编》贞观〇九四条《唐故开府右尚令王君墓志铭并序》:"君讳仁则,字行规,琅耶人,汉谏议大夫、益州刺史吉之后……粤以贞观十八年岁次甲辰二月乙巳朔五日己酉,迁葬于北邙。"又,《唐代墓志汇编》贞观〇九五条:

“君讳怀文，字思武，琅耶人也……粤以十八年岁次甲辰二月乙巳朔……合葬于邙山之阳。”又，《唐代墓志汇编》贞观〇九六条：“君讳信，字师言，河内修武人也……以贞观十八年正月二十日卒于洛阳景行之间乡之私第，春秋五十一。即以其年二月十六日葬于北邙山之南原千金之里。”

## 三月

**太宗在内殿召见诸州举子十一人，问以浅近，咸不能答；又令引至中书省射策，构思弥日，终不达问旨，理既乖违，词亦庸陋，诏令放还。举主以举非其人罪论，仍加一等。**

见《登科记考补正》卷一本年条。

## 四月

**智琼、智炬为大智焱律师造塔。**

《唐代墓志汇编》贞观〇九七：“慈闰寺故大智焱律师灰身塔，贞观十六年四月二十五日终于山胜所，刊石记言。大唐贞观十八年四月十二日于师亡后，弟子智琼敬造。”又，《唐代墓志汇编》贞观〇九八条：“大唐贞观十八年四月十二日，弟子智炬于师亡后，念恩深重，建此支提，以旌长代。”

## 七月

**无名氏撰《唐故朝散大夫王伏与妻吕府君之铭》《大唐故处士霍君墓志铭并序》。**

《唐代墓志汇编》贞观〇九九《唐故朝散大夫王伏与妻吕府君之铭》：“□闻日月丽天，尚沦光于昼夜……以贞观十八年六月二十七日薨于家第，即以其年七月二日，葬于东山赤川之上。”又，《唐代墓志汇编》贞观一〇〇《大唐故处士霍君墓志铭并序》：“君讳恭，字弘肃，行唐人也……以贞观十八年岁次甲辰六月癸卯朔二十六日戊辰，终于河南县清化里私第……粤以其年七月壬申朔十一日壬午，葬于邙山之阳，礼也。”

## | 八 月 |

**太宗有《帝京篇》十首并序之作，褚遂良以行书书于本年八月。**

《全唐诗》卷一太宗《帝京篇十首序》：“予以万机之暇，游息艺文……予追踪百王之末，驰心千载之下，慷慨怀古，想彼哲人。庶以尧、舜之风，荡秦、汉之弊；用《咸》《英》之曲，变烂漫之音。求之人情，不为难矣。故观文教于六经，阅武功于七德。台榭取其避燥湿，金石尚其谐神人，皆节制于中和，不系之于淫放。……释实求华，以人从欲，乱于大道，君子耻之。故述《帝京篇》以明雅志云尔。”《玉海》卷二九云：“《帝京篇》五言，太宗制，褚遂良行书，贞观十八年八月。”

**无名氏撰《大唐故姚君墓志铭》。**

《唐代墓志汇编》贞观一〇一：“君讳畅，字士荣，陇西南安人也……夫人春秋八十有三，以贞观十八年岁次甲辰七月壬申朔五日景子，还类石光……遂以夫人终年之八月壬寅朔十九日庚申，窆于河南县千金之乡邙山之阳，礼也。”

## | 十 月 |

**无名氏撰《大唐处士王君墓志铭并序》等文。**

《唐代墓志汇编》贞观一〇二：“君讳字钟葵，南阳人也……以贞观十八年五月二十六日，遇疹奄终……即以其年十月九日合葬于洛北邙。”又，《唐代墓志汇编》贞观一〇三条《大唐处士王君墓志铭并序》：“君讳通，字二朗，并州太原人也……以大唐贞观十八年四月二十三日卒，即以其年岁次甲辰十月辛丑朔九日己酉，合葬于洛州河南县北邙山平乐乡安善里。”又，《唐代墓志汇编》贞观一〇四条：“贞观十八年岁次甲辰十月朔辛丑十五日乙卯，西州交河县民岸头府旅师唐神护春秋三十有七，以虬车灵柩殡葬于墓。唐氏之墓表。”

## 十一月

**无名氏撰有墓志。**

《唐代墓志汇编》贞观一〇五:"法师俗姓崔,博陵人也……粤以贞观十八年岁次甲辰十一月十五日于此名山镌高崖而起塔。"

## 十二月

**太宗将征高丽,至洛阳,作《感旧赋》。**

《旧唐书·太宗纪下》:"贞观十八年十一月壬寅,车驾至洛阳宫。庚子……发天下甲士,召募十万,并趋平壤,以伐高丽。"《全唐文》卷四太宗《感旧赋》序云:"余将问罪东夷,言过洛邑,聊因暇景,散虑郊畿,流盼城阙之间,睹弱龄游观之所,风云如故,卉木维新,少壮不留,忽焉白首。追思曩日,缅成异世,感时怀旧,抚辔忘归,握管叙情。赋之云尔。"赋云:"惟端扆之余隙,属凝阴于暮年。时观兵于九伐,聊息驾于三川。登临原隰,怅望郊廛。……况复气结隆冬,岁穷余律,对落景之苍茫,听寒风之萧瑟。云散叶而无蒂,雪凝花而不实……扣沉思而多端,寄翰墨而何述。""庚子"为本年十一月三十日,且《感旧赋》作于"岁穷余律"之隆冬,时在洛阳,将伐东夷时,与《旧唐书》所记合,乃本年十二月所作。

## 本年

**王绩卒,卒前自作墓志铭,可见其之达观。王绩有文集五卷,吕才为作《东皋子后序》。**

《旧唐书·王绩传》:"贞观十八年卒。临终自克死日,遗命薄葬,兼预自为墓志。有文集五卷,又撰《隋书》,未就而卒。"《全唐文》卷一三二录王绩《自撰墓志铭》:"王绩者,有父母,无朋友。自为之字曰无功焉。人或问之,箕踞不对,盖以有道于己,无功于时也。不读书,自达理。不知荣辱,不计利害,起家以禄位,历数职而进一阶。才高位下,免责而已。天子不知,公卿不识,四十五十,而无闻焉。于是退归，以酒德游于乡里，往往卖卜，时时著书。行若无所之，坐若无所据，乡人未有达其意也。尝耕东皋，号东皋子。身死之日，自为铭焉。曰：有唐逸人，太原王绩。若顽若愚，似矫似激。院止三径，堂唯四壁。不知节制，焉有亲戚。以生为附赘悬疣，以死为决疣溃痈。无思无虑，何去何从。垄头刻石，马鬣裁封。哀哀孝子，空对长松。”《郡斋读书志》卷一七作“《东皋子集》五卷”；《直斋书录解题》作“《东皋子》五卷”；《旧唐书 · 经籍志》与《新唐书 · 艺文志》均录作“《王绩集》五卷”；《唐诗纪事》王绩条作“著《五斗先生传》《醉乡记》《无心子传》。预知终日，自制墓志。自号东皋子”。《全唐文》卷一六〇吕才《东皋子后序》：“所著诗赋并多散逸，鸠访未毕，且缉成五卷。又著《会心高士传》五卷，《酒谱》二卷，及注《老子》，并别成一家，不列于集云。”《全唐文》卷六一八陆淳《删东皋子集序》：“等是非，遗物我，方之外者也。……庄叟之后，绵历千祀，几于是道者，余得之王君焉。心与物冥，德不外荡，随变而适，即分而安。忘所居而迹不害教，遗其累而道不绝俗。故有陶公之去职，言不怨时；有阮氏之放情，行不忤物。旷哉渊乎，真可谓乐天之君子者矣！生于隋季，人莫之知，故其遗文高迹不显。余每览其集，想见其人，恨不同时，得为忘形之友。故祛彼有为之词，全其解悬之志，庶乎死而可作，无愧异代之知音尔。”《全唐文》卷六〇九刘禹锡《唐故宣歙池等州都团练观察处置使宣州刺史兼御史中丞赠左散骑常侍王公神道碑》：“始文中先生有重名于隋末，其弟绩，亦以有道显于国初，自号‘东皋子’。文章高逸，传在人间……”《石洲诗话》卷一：“王无功以真率疏浅之格，入初唐诸家中，如鸾凤群飞，忽逢野鹿，正是不可多得也。然非入唐之正派。”

**骆宾王约十七岁，曾投书兖州长史、瑕丘令等求荐，有《上瑕丘韦明府启》《上兖州刺史启》《上兖州张司马启》《上兖州崔长史启》等文，皆为求仕之启。**

《骆临海集笺注》卷五《畴昔篇》：“少年重英侠，弱岁贱衣冠。既托寰中赏，方承膝下欢。”当指其上启求仕之事。《骆临海集笺注》卷八《上瑕丘韦明府启》：“飙金将露玉共清，柳黛与荷缃渐歇。实含毫振藻之际，离经析理之期。不揆雕朽之材，窃冀迁乔之路。”启文语趋于丽。王增斌《骆宾王系年考》系此文于本年，今姑录之。

**李袭誉本年或稍后卒于泉州贬所，著有《五经妙言》四十卷、《江东记》三十**

**卷、《忠孝图》二十卷**。

据《新编年史》引《旧唐书》卷五九《李袭誉传》，袭誉性严整，好聚书，从扬州罢职，“经史遂盈数车”。后“寻转凉州都督，加金紫光禄大夫，行同州刺史。坐在凉州阴憾番禾县丞刘武，杖而杀之，至是有司议当死，制除名，流于泉州，无几而卒。撰《五经妙言》四十卷、《江东记》三十卷、《忠孝图》二十卷”。据考，李袭誉“贬泉州及卒当在本年或稍后”。

## 唐太宗贞观十九年

乙巳　六四五

### 正月

**玄奘从印度携经论六百五十七部回长安**。

见《续高僧传》卷四《玄奘传》，参杨廷福《玄奘年谱》。

**无名氏撰《大唐故卫州刺史李君杨夫人墓志之铭》**。

《唐代墓志汇编续集》贞观〇四〇：“夫人讳十戒，弘农华阴人也……粤以十九年正月十三日厝于万年县同人原之空，遵遗制也。”

### 二月

**玄奘谒太宗于洛阳宫，太宗命其译佛经于弘福寺**。

见《续高僧传》卷四《玄奘传》。

**丁巳，太宗率师次于河阳，撰文祭比干，有《祭比干文》。癸酉，次邺，经魏太祖墓，有《祭魏太祖文》**。

《册府元龟》卷四〇："（贞观）十九年将徵辽，二月，次河阳，诏殷少师比干赠太师，自为文祭之。次邺，经魏太祖墓，自为祭文。"《全唐文》卷一〇录太宗《祭比干文》《祭魏太祖文》。《资治通鉴》卷一九七载《祭魏太祖文》："临危变，料敌设奇；一将之智有余，万乘之才不足。"

**太宗有《命皇太子治决断军国事务令》。**

《唐大诏令集补编》卷三《命皇太子治决断军国事务令》："仰惟圣训，秦以周旋，虚想异人，共康神化……所在官僚，精加访采，庶使垂纶必察，操筑无遗，一善弓旌，咸宜举送。"（贞观十九年二月）

**秀才三人，皇甫玄志、元罕应明经科，上书拜官一人。**

见《登科记考补正》卷一本年条。

## 三月

**太宗至定州，有文祭北岳。**

《册府元龟》卷四〇："十九年将征辽……三月幸定州，经北岳，自为祭文。"《全唐文》卷一〇《祀北岳恒山文》："维大唐贞观十九年，以太牢之奠敬祭于恒岳之灵次。苍苍元气，纪三光而成象；茫茫后土，镇五岳以成形。衡岱启东南之址，嵩华表西中之固，惟灵山之秀峙，亘朔野而标奇。兽啸龙腾，风雨之所吐纳，霓裳鹤盖，神仙之所往还。叠嶂参差，凝烟含翠……幽涧冬暄，飞泉夏冷。宝符临代邦之美，灵蛇表阵势之奇。铄石七年，无以亏其大；含波七载，不能损其高。巍巍乎与乾坤而永固，隐隐乎横古今而不绝。属以授旗赵郊，誓师冀土，敢荐牲王，惟神飨之。"

## 四月

**丁未，岑文本卒于幽州军中，年五十一，有集六十卷。**

《旧唐书·太宗纪下》:“(贞观十九年四月)丁未,中书令岑文本卒于师。”《旧唐书·岑文本传》:“及至幽州,暴疾……寻卒,年五十一。”《新唐书·艺文志四》:“《岑文本集》六十卷。”岑文本之生平事迹见《旧唐书》卷七〇、《新唐书》卷一〇二。

## 五月

**无名氏撰《齐得州平原县令张明府杨夫人墓志铭》。**

《唐代墓志汇编》贞观一〇七:“盖闻书称高大,承家四世之尊,志述其美,嘉其五公之胤……粤已贞观十九年岁次乙巳四月戊戌朔十四日辛亥,风疾暴增,掩然亡馆,春秋六十有二。即以其年五月戊辰朔三日庚午,卜其宅兆而安措之,葬于洛州河南县平乐乡邙山西北之原。”

## 六月

**丁巳,太宗大破辽贼于驻跸山,许敬宗受旨草诏,词采甚丽。**

《旧唐书·太宗纪下》:“(贞观十九年)六月丙辰,师至安市城。丁巳,高丽别将高延寿、高惠真帅兵十五万来援安市,以拒王师。李勣率兵奋击,上自高峰引军临之,高丽大溃,杀获不可胜纪。延寿等以其众降,因名所幸山为驻跸山,刻石纪功焉。”《旧唐书·许敬宗传》:“(贞观)十九年,太宗亲伐高丽,皇太子定州监国,敬宗与高士廉共知机要。中书令岑文本卒于行所,令敬宗以本官检校中书侍郎。太宗大破辽贼于驻跸山,敬宗立于马前受旨草诏书,词采甚丽,深见嗟赏。”

**无名氏撰《大唐隋故邛州司户参军明君墓志》《唐故霍君墓志铭并序》。**

《唐代墓志汇编》贞观一〇八《大唐隋故邛州司户参军明君墓志》:“君讳雅,字子儒,平原人也……以贞观十九年六月二日终于洛阳信义乡,春秋八十有八。以其年六月丁酉朔二十四日□时,神柩相合,迁窆于邙山之阳,礼也。”又,《唐代墓志汇编》贞观一〇九条《唐故霍君墓志铭并序》:“君讳汉,赵州人也……以贞观十九年六月十二日奄随风烛,遂以其月二十五日窆于邙山之阳,礼也。”

## | 七月 |

**无名氏撰有墓志。**

《唐代墓志汇编》贞观一一〇:"夫人姓任,西河汾州人也……粤以贞观十九年六月三十日终景行里私第,春秋五十有二。以其年七月十八日葬于邙山之北阳,礼也。"

## | 九月 |

**无名氏撰《大唐何君墓志铭》。**

《唐代墓志汇编》贞观一一一:"君讳相,字元辅,扶风平陵人也……以贞观十九年八月十七日遘疾,卒于私第……粤以大唐贞观十九年岁次乙巳九月丙寅朔七日壬申,合葬于邙山西南之三里。"

## | 十月 |

**无名氏撰有墓志。**

《唐代墓志汇编》贞观一一二:"公讳纲,字遵详,白水人也……以今贞观十九年岁次乙巳九月景寅朔,终于内寝,春秋八十……以其年十月景申朔合葬于北邙山。"文末署:大唐贞观十九年十月十四日。

**无名氏撰《唐故幽州都督邢国公王公墓志》。**

《唐代墓志汇编续集》贞观〇四一:"公讳君愕,武安邯郸人也……以贞观十九年六月二十二日薨于辽东驻跸之山,春秋五十有一……即以其年十月十四日陪葬于昭陵,褒臣节也。"

## |十二月|

**刘洎赐死，有集十卷。**

《资治通鉴》卷一九八贞观十九年十二月记："庚申，下诏称：'洎与人窃议，窥窬万一，谋执朝衡，自处伊霍，猜忌大臣，皆欲夷戮。宜赐自尽。'"《新唐书·艺文志四》："《刘洎集》十卷。"

**无名氏撰《大唐杨君墓志铭并序》《大唐洛州伊阙县故令刘君墓志铭并序》。**

《唐代墓志汇编》贞观一一三条《大唐杨君墓志铭并序》："讳华，字世英，弘农人也……大唐贞观十九年岁次乙巳十一月乙丑朔十三日丁丑，终于敦厚里私第，则以其年十二月乙未朔十二日景午，合葬于邙山之阜。"又，《唐代墓志汇编》贞观一一四条《大唐洛州伊阙县故令刘君墓志铭并序》："君讳德，字小奴，彭城沛人也……以贞观十九年十一月二十一日终于洛阳私第，春秋九十有六。即以其年岁次乙巳十二月乙未朔十二日景午，葬于北邙之山。"

## |本年|

**颜师古卒，年六十五。师古学识渊博，尤精训诂，善为文章，所撰《汉书注》《急就章注》大显于时，行于后世。**

《旧唐书》本传云："师古俄迁秘书监，弘文馆学士。十九年，从驾东巡，道病卒，年六十五，谥曰戴。有集六十卷，其所注《汉书》及《急就章》，大行于世。"《旧唐书》本传与《新唐书·艺文志》均载其有集六十卷，已散佚。《旧唐书·颜师古传》论云："师古家籍儒风，该博经义，至于详注史策，探测典礼，清明在躬，天有才格。然而三黜之负，竟在时讥。孔子曰'才难'，不其然乎？"其生平事迹见《旧唐书》卷七三、《新唐书》卷一九八。又，《全唐文》卷一四七颜师古《幽兰赋》："惟奇卉之灵德，禀国香于自然。俪嘉言而擅美，拟贞操以称贤。咏秀志于楚赋，腾芳声于汉篇；冠庶卉而超绝，历终古而弥传。若乃浮云卷岫，明月澄天，光风细转，清露微悬，紫茎膏润，绿叶水鲜。若翠羽之群集，譬彤霞之竞然。感羁旅之招恨，狎寓客之流连。既不遇于揽采，信无忧乎剪伐。鱼始陟以先萌，鶗虽鸣而未歇。愿擢颖于金陛，思结荫乎玉池。泛旨酒之十酝，耀华灯于百枝。”此赋之作年难确考，姑录于此。

**李峤，字巨山，赵州人，约生于本年。**

《新唐书·李峤传》：“李峤字巨山，赵州赞皇人。”（李峤之生平与部分文章之系年，主要依据陈冠明《李峤年谱》，中央文献出版社2000年版，下简称《李谱》。）

## 唐太宗贞观二十年

丙午　六四六

### 正月

**太宗幸晋祠，有《晋祠铭》。**

《唐会要》卷二七：“（贞观）二十年正月，幸晋祠，树碑制文。”《全唐文》卷一〇录太宗《晋祠铭》。

### 二月

**张昌龄、郝连梵、田备三人进士及第，秀才一人；程思义应明经科。王师旦掌贡举。**

见《登科记考补正》卷一本年条。

**无名氏撰《唐故班夫人墓志》。**

《唐代墓志汇编》贞观一一五：“夫人雁门人也……以大唐贞观二十年二月三日卒于清化里第……即以其年岁次景午二月甲午朔二十七日庚申，卜窆于河南县平乐里邙山之阳。”

## |闰三月|

**四日，太宗颁《修晋书诏》，令房玄龄与褚遂良等更撰《晋书》，房玄龄奏由许敬宗、令狐德棻、来济、李义府、薛元超、上官仪等八人分工撰写。**

《唐会要》卷六三《史馆上·修前代史》：“（贞观）二十年闰三月四日诏令修史所更撰《晋书》。……于是司空房玄龄、中书令褚遂良、左庶子许敬宗掌其事……详其条例，量加考正，以臧荣绪《晋书》为本。”《全唐文》卷八太宗《修晋书诏》：“……大矣哉盖史籍之为用也……宜令修国史所更撰《晋书》，诠次旧文，裁成义类，俾夫湮落之诰，咸使发明，其所须，可依修五代史故事，若少学士，亦量事追取。”《旧唐书·房玄龄传》：“太宗亲征辽东，命玄龄京城留守。……寻与中书侍郎褚遂良受诏重撰《晋书》，于是奏取太子左庶子许敬宗，中书舍人来济，著作郎陆元仕、刘子翼，前雍州刺史令狐德棻，太子舍人李义府、薛元超，起居郎上官仪等八人分功撰录。”

**无名氏撰《大唐武州将利县令吕道仁妻王夫人墓志铭并序》。**

《唐代墓志汇编续集》贞观〇四三：“夫人姓王，讳凝华，并州太原人也……以贞观二十年岁次景午三月癸亥朔六日戊辰终于京第，春秋七十有八。即以其月二十日殡于滻川乡龙首之原。”

**无名氏撰有《唐故前泽州参军左府君墓志铭并序》等。**

《唐代墓志汇编》贞观一一六：“禅师讳静感……贞观二十年三月二十一日终于圣道寺。”又，《唐代墓志汇编》贞观一一七条《唐故前泽州参军左府君墓志铭并序》：“君讳法，字孝才，南阳人也……粤以大唐贞观十九年七月一日终于私第，春秋七十有七。以来年三月二十七日葬于□县。”

## 四月

**无名氏撰《大唐万年县刘居士墓志》。**

《唐代墓志汇编续集》贞观〇四四："公讳相，字文范，京兆万年人……不以寒暑易其心，不以荣辱改其度……春秋八十有一卒于里第。"文末云：贞观二十年岁次景午闰三月癸巳朔二十日、壬子年四月壬戌朔十一日壬申葬于此。

**无名氏撰《大唐故杨君墓志铭并序》。**

《唐代墓志汇编》贞观一一九《大唐故杨君墓志铭并序》："君讳德，字世师，虢州弘农人也……粤以贞观二十年岁次景午四月壬戌朔十二日癸酉，卒于洛阳敦俗里私第，春秋四十有八。即以其月二十四日乙酉殡于邙山，礼也。"

## 五月

**无名氏撰《唐故洛州河南县崇政乡君齐夫人墓志铭并序》《大唐前齐府功曹参军尹君墓志》。**

《唐代墓志汇编》贞观一二〇《唐故洛州河南县崇政乡君齐夫人墓志铭并序》："夫人齐氏，东海上人也……以贞观二十年四月二十九日奄随朝露，即以其年五月十一日窆于邙山之阳，礼也。"又，《唐代墓志汇编》贞观一二一条《大唐前齐府功曹参军尹君墓志》："君讳贞，字善幹，京兆人也……粤以二十年五月十四日卒于家，春秋六十有五……其月二十九日，殡于终南山，礼也。"

**无名氏撰《李君墓志》。**

《唐代墓志汇编》贞观一二二《李君墓志》："君姓李，讳护，字道周，陇西成纪人也……以贞观二十年五月十二日终于洛阳之立行里，春秋五十有六。即以其年六月一日迁神于北邙山之南原也。"则文约撰于五月。

## 六月

**无名氏撰有《故魏君之铭》。**

《唐代墓志汇编》贞观一二三《故魏君之铭》："君讳文德，字道宗，偃师洛阳人也……以贞观二十年五月二十七日卒于斯第，春秋六十有一……即以其年六月十二日葬于邙山清风乡，礼也。"

## 七月

**玄奘上《进经论等表》《请太宗文皇帝作经序并题经表》。**

《全唐文补编》卷九玄奘《进经论等表》："沙门玄奘言，玄奘闻羲画既陈，肇有书契……窃多罗之密藏，所获梵本经论，总一千帙，六百五十部。佛像七躯，佛肉舍利一百五十粒……贞观二十年七月十三日，沙门玄奘上。"《全唐文补编》卷九玄奘《请太宗文皇帝作经序并提经表》与前文为先后所作。

**无名氏撰《大唐右宗卫大都督杨君墓志并序》。**

《唐代墓志汇编》贞观一二四："君讳士达，字崇福，弘农华阴人也……大唐贞观二十年岁次丙午六月辛酉朔十八日戊寅终于洛阳之私第，春秋六十有六……以其年七月辛卯朔十二日壬寅，葬于河南县平乐乡安川里邙山之阳翟村之西三百步，礼也。"

## 八月

**无名氏撰《大唐故处士余君墓志铭并序》。**

《唐代墓志汇编》贞观一二五："君讳当，字难当，东海郯人也……以贞观二十年八月十一日寝疾，卒于思恭里，春秋七十。即以其年岁在景午八月庚辛朔二十三日甲子，窆于北邙山之里。"

## 九月

**王福畤作《录唐太宗与房魏论礼乐事》。文叙魏徵等人“虽逢明主，必愧礼乐”之事。**

《全唐文》卷一六一王福畤《录唐太宗与房魏论礼乐事》：“太宗龙飞，宇内乐业，文中子之教，未行于时，后进君子，鲜克知之。贞观中，魏文公有疾，仲父太原府君问候焉，留宿宴语，中夜而叹。……昔文中子不以礼乐赐予，良有以也。向使董薛在，适不至此。噫！有元首，无股肱，不无可叹也。十七年，魏公薨，太原府君哭之恸。十九年，授余以《中说》。又以魏公之言告予。因叙其事，时贞观二十年九月记。”据文末所言，知该文作于本年九月。

**无名氏撰有墓志。**

《唐代墓志汇编》贞观一二六：“君讳忠，字处信，上谷居庸人也……以贞观二十年四月十三日寝疾，卒于洛阳第，春秋六十有一。粤以其年岁在景午九月庚寅朔二十日己酉，窆于邙山之平乐里。”

## 十月

**无名氏撰《大唐傅君妻梁夫人铭》《故大优婆塞晋州洪洞县令孙佰悦灰身塔铭》《维大唐骑都尉王氏故妻墓》《唐故魏郡范相墓志铭》。**

《唐代墓志汇编》贞观一二七《大唐傅君妻梁夫人铭》：“君讳叔，字季成，北地灵州人也……以贞观二十年终于洛阳之里第，春秋七十五。即以其年十月十四日合葬于北邙山之平乐里。”又，《唐代墓志汇编》贞观一二八条《故大优婆塞晋州洪洞县令孙佰悦灰身塔铭》：“优婆塞姓孙，字佰悦，相州尧城人也……今以大唐贞观二十年十月十五日起塔于宝山之谷，冀居婆塞之类，同沾释氏之流。”又，《唐代墓志汇编》贞观一二九条《维大唐骑都尉王氏故妻墓》：“夫人马氏，扶风人也……以贞观二十年岁次景午十月己未十五日癸酉，瘗于邙山之阳。”又，《唐代墓志汇编》贞观一三〇：“君讳相，字思祖，魏郡人也……以大唐贞观二十年岁次景午九月庚寅朔十八日丁未，奄然长住……即以其年十月己未朔二十七日乙酉，葬于穀城之前。”

**无名氏撰《隋故银青光禄殷州刺史志铭》**。

《唐代墓志汇编》贞观一三一：“君讳师，字大师，河南人也……粤以大唐贞观二十年十一月二日同祔于北邙山之中，礼也。”则文乃约撰于本年十月。

## |十二月|

**无名氏撰《唐故忠州垫江县令上护军王君墓志铭并序》《故大唐睦州桐庐县主簿李君墓志之铭》**。

《唐代墓志汇编》贞观一三二《唐故忠州垫江县令上护军王君墓志铭并序》：“君讳才，字挺俊，太原祁人也……以贞观十九年七月二十八日卜禄于公馆，春秋六十有四……以二十年十二月十五日癸酉襘神于邙阜之阳，礼也。”又，《唐代墓志汇编》贞观一三三条《故大唐睦州桐庐县主簿李君墓志之铭》：“君讳桀，字陵汉，赵郡人也……粤以贞观二十年岁次丙午十一月十一日卒于洛阳敦厚之里第……即以其年十二月己未朔廿四日壬午，合葬于邙山之阳，礼也。”

## |本年|

**李义府献《承华箴》**。

《旧唐书·李义府传》：“义府尝献《承华箴》，其辞曰……太子表上其文。优诏赐帛四十匹，又令撰《晋书》。”《唐会要》卷六三《史馆上·修前代史》：“（贞观）二十年闰三月四日，诏令修史所更撰《晋书》。”据此可知，李义府献《承华箴》当不迟于本年闰三月，其作年难确考，姑录于此。《全唐文》卷一五三李义府《承华箴》：“邃初冥昧，元气氤氲。二仪始阐，三才既分。司乾立宰，出震为君。化昭淳朴，道映典坟。功成揖让，事极华勋。肇兴夏启，降及姬文……皇明眷德，超伦作贰。匪懋声华，莫酬恩异。匪崇徽烈，莫符天志。勉之又勉，光兹守器。下臣司箴，敢告近侍。”

# 唐太宗贞观二十一年

丁未　六四七

## 正月

**壬辰，高士廉卒，年七十二岁。其后太宗作《祭高士廉文》。**

《旧唐书》本传：“二十一年正月壬辰，薨于京师崇仁里私第，时年七十二。”高士廉于《文思博要序》云“大矣哉，文籍之盛也”，可见其重视文教。其生平事迹见《旧唐书》卷六五、《新唐书》卷九五。又，《全唐文》卷一〇太宗《祭高士廉文》：“朕与卿义重君臣，道符冥契，鳞波顺乎风势，早启沃乎朕心。如何一朝，奄成异代，眷言畴昔，用切深衷。自幽明一谢，将历数旬。尚同城阙之间，想游魂其如近……酒有千日之号，人无再饮之期。昔临膳以增欢，今抚杯而益恸。故遣陈兹飨礼，以寄曩怀，魂如有灵，歆我哀馔。”《旧唐书·高士廉传》：“贞观二十一年正月壬辰，薨于京师崇仁里私第，时年七十二。”据此，知太宗《祭高士廉文》当作于此时或稍后。

**无名氏撰有墓志。**

《唐代墓志汇编》贞观一三四条：“贞观二十一年岁次丁□正月戊子朔……以今月十九日身便□亡，春秋一十有七。”

## 二月

**诏以左丘明等二十一人配享孔子庙。**

《旧唐书·太宗纪下》：“（贞观二十一年）二月壬申，诏以左丘明、卜子夏、公羊高、穀梁赤、伏胜、高堂生、戴圣、毛苌、孔安国、刘向、郑众、杜子春、马融、卢植、郑康成、服子慎、何休、王肃、王辅嗣、杜元凯、范宁等二十一人，代用其书，垂于国胄，自今有事于太学，并命配享宣尼庙堂。”

**进士七人，薄仁、陈元敬、贾玄赞应明经科，王师旦知贡举。**

见《登科记考补正》卷一本年条。

**无名氏撰有墓志。**

《唐代墓志汇编》贞观一三五："君讳举，字义高，南阳安众人也……以贞观二十一年二月六日卒于第，春秋六十有三。呜呼哀哉！即以其年岁次丁未二月戊午朔二十八日乙酉，迁窆于北邙山之阳清风里。"

## 四月

**无名氏撰《隋故奋武尉元君墓志》。**

《唐代墓志汇编》贞观一三六："君讳质，字文刚，河南洛阳人也……以今大唐贞观二十一年四月遘疾，卒于私第，春秋七十有一。以其年四月六日，葬于邙山之阳。"

**无名氏撰《唐故右武卫大将军赠兵部尚书李君墓志》。**

《唐代墓志汇编续集》贞观〇五〇："公讳思摩，本姓阿史那氏，阴山人也……以贞观二十一年岁次丁未三月丁亥朔十六日壬寅，遘疾卒于居德里第，春秋六十有五。即以其年四月丁巳朔二十八日甲申窆于昭陵。"

## 五月

**无名氏撰《大唐象州使君第六息故韦君之墓志铭》。**

《唐代墓志汇编续集》贞观〇五一："韦几，原字敬兴，小字惠子，京兆杜陵人也……粤以二十一年岁次戊申五月辛巳五日乙酉，返葬于洪固原之大茔，礼也。"

## 六月

**太宗有《令天下诸州举人手诏》，求文学之士。**

《全唐文》卷八太宗《令天下诸州举人手诏》："……或含章杰出，命世挺生。丽藻遒文，驰楚泽而方驾；钩深睹奥，振梁苑以先鸣。业擅专门，词高载笔……并宜推择，咸同举荐……"此文《唐大诏令集》卷一〇二作贞观二十一年六月《搜访才能诏》。

**无名氏撰《大唐故洛州征士万君墓志》。**

《唐代墓志汇编》贞观一三七《大唐故洛州征士万君墓志》："君讳德，字道仁，陇西人也……以贞观二十一年五月五日终于私第，春秋七十有一。即以其年岁在丁未六月景辰朔五日庚申，窆于邙山之平乐乡。"

## 八月

**明濬有《因明入正理论后序》。**

《全唐文补编》卷六明濬《因明入正理论后序》："因明入正理论者，乃抗辩标宗……粤以贞观二十一年秋八月六日，于弘福寺承诏译讫。"（《大正藏》第一六三一号卷首）

**无名氏撰《唐故李思摩妻统毗伽可贺敦延陁墓志》。**

《唐代墓志汇编续集》贞观〇五三："夫人姓延陁，阴山人也……贞观二十一年八月十一日遘疾薨于夏州濡鹿辉之所，奉诏合葬于思摩之茔。"

**无名氏撰《大唐故万年县尉孔府君墓志铭》。**

《唐代墓志汇编》贞观一三八："君讳长宁，鲁国邹人也……以贞观二十一年八月八日卒于第，春秋七十二。呜呼哀哉，粤以其年岁次丁未八月乙卯朔二十八日壬午，合葬于邙山之平原里。”

**无名氏撰《大唐故洛阳康大农墓志》**。

《唐代墓志汇编》贞观一三九《大唐故洛阳康大农墓志》：“君讳婆，字季大，博陵人也……即以其年九月一日迁窆葬于北邙山之南原也。”墓志末署：“大唐贞观二十一年岁次丁未八月乙卯朔十四日戊辰，九月甲申朔一日甲申。”则文约撰于本年八月。

## 九月

**褚亮卒，年八十八，有集二十卷**。

《旧唐书·褚遂良传》：“二十一年，以本官检校大理卿，寻丁父忧解。明年，起复旧职。”褚亮为褚遂良之父，据遂良本传，知其父褚亮卒于本年。《新唐书·宰相表上》：“十月癸丑，遂良以父丧罢。”《旧唐书·褚亮传》：“卒，时年八十八。……赠太常卿，谥曰康，陪葬昭陵。”《新唐书·艺文志四》：“《褚亮集》二十卷。”褚亮之生平事迹见《旧唐书》卷七二、《新唐书》卷一〇二本传。

## 十月

**无名氏撰《唐故涪州永安县令轻车都尉乐昌墓志铭并序》**等。

《唐代墓志汇编》贞观一四〇《唐故涪州永安县令轻车都尉乐昌墓志铭并序》：“君讳善文，字善文，南阳人也……以贞观二十一年正月二十日卒于荆州石首县归义里，春秋六十有七。呜呼哀哉！即以其年十月八日葬于河南县平乐乡安川里。”又，《唐代墓志汇编》贞观一四一条：“维大唐贞观二十一年岁次丁未十月甲寅朔二十日癸酉，徐氏妻刘夫人，洛州河南县洛邑乡人。顺天敬寿，春秋八十有二。于其年十月十日气疾暴增，奄然殡馆。今葬在邙山之阳洛邑东北郊洛阳县清风之原故仓东王村西南一百余步。”

## |十一月|

**无名氏撰《大唐故征士向君墓志》**。

《唐代墓志汇编》贞观一四二:“君讳英,字文杰,河内温人也……以贞观二十一年十一月七日卒于私第,春秋六十有三……即以今年岁次丁未十一月癸未朔二十日壬寅,殡于北邙山之阳。”

## |十二月|

**无名氏撰有墓志**。

《唐代墓志汇编》贞观一四三:“君讳达,字叔通,弘农人也……以贞观二十一年十二月三日卒,春秋六十二。即以其年十二月二十一日窆于邙山之阳,礼也。”

## |本年|

**许敬宗作《请定释奠主祭奏》**。

《全唐文》卷一五一许敬宗《请定释奠主祭奏》:“按《礼记·文王世子》,凡学官春释奠于其先师,郑元注云,官谓诗书礼乐之官也,彼谓四时之学,将习其道,故儒官释奠,各于其师,既非国学行礼,所以不及先圣。至于春秋二时合乐之日,则天子视学,命有司典秩,即总祭先圣先师焉……望准祭社同给明衣,修附礼令为永式。”《旧唐书·礼仪志四》:“贞观二十一年……初,以儒官自为祭主,直云博士姓名,昭告于先圣。又州县释奠,亦以博士为主。敬宗等又奏曰……”所云即为本文,据此可知,许敬宗《请定释奠主祭奏》作于本年。

**唐太宗《小山赋》约作于本年**。

《全唐文》卷四太宗《小山赋》:“何四序之交运,转三阳之暮时。风辞暄而入暑，树替锦而成帷。想蓬瀛兮靡觌，望昆阆兮难期。……非为固于九折，庶无亏于一篑。聊夕玩而朝临，足摅怀而荡志。”《唐太宗全集校注》以为“此小山是在离宫——翠微宫的掖庭中”。又《资治通鉴》：“（贞观二十一年）五月，戊子，上幸翠微宫。”据此定《小山赋》写于本年，今从之，姑录于此。

**徐惠有《奉和御制小山赋》。**

《全唐文》卷九五徐惠《奉和御制小山赋》：“惟圣皇之御宇，鉴败德于前规。裁广知以从狭，抑高心而就卑。惧逸情之有泰，欣静虑于无为……影促圆峰三寸日，声低叠嶂一寻风。风轻兮拂兰蕙，日斜兮荫阶砌，蝶留粉于岩端，蜂寻香于岭际。草临波而侧影，石莹流而倒势。虽蓬瀛之蕴奇，故未留于神睇。彼昆阆之称美，讵有述于天制……期保终于一国，奉天眷于千龄。”

## 唐太宗贞观二十二年

戊申　六四八

### 正月

**己丑，太宗作《帝范》十二篇，自为序，有《帝范序》与《帝范后序》。**

《资治通鉴》卷一九八：“二十二年，春，正月，己丑，上作《帝范》十二篇以赐太子。曰《君体》《建亲》《求贤》《审官》《纳谏》《去谗》《戒盈》《崇俭》《赏罚》《务农》《阅武》《崇文》；且曰‘修身治国，备在其中，一旦不讳，更无所言矣。’”据此知太宗《帝范》十二篇成于贞观二十二年正月。《全唐文》卷一〇有太宗《帝范序》与《帝范后序》。前文云：“朕闻大德曰生，大宝曰位，辨其上下，树之君臣，所以抚育黎元……由此观之，帝王之业，非可以力争者矣……汝以幼年，偏钟慈爱，义方多阙，庭训有乖，擢自维城之居，属以少海之任，未辨君臣之礼节，不知稼穑之艰难。朕每思此为忧，未尝不废寝忘食。自轩昊以降，迄至周隋，以经天纬地之君，纂业承基之主，兴亡治乱，其道焕然。所以披镜前踪，博采史籍，聚其要言，以为近诫云尔。”后文云：“此十二条者，帝王之纲，安危兴废，咸在兹焉……”

**庚寅，马周卒，年四十八，有集十卷。**

《旧唐书·太宗纪下》："（贞观）二十二年春正月庚寅，中书令马周卒。"《旧唐书·马周传》："贞观二十二年卒，年四十八。太宗为之举哀，赠幽州都督，陪葬昭陵。"《新唐书·艺文志四》："《马周集》十卷。"马周机辩，深识事端，岑文本称其论事"援引事类，扬榷古今，举要删芜，会文切理，一字不可加，一字不可减，听之靡靡，令人忘倦"。马周生平事迹见《旧唐书》卷七四、《新唐书》卷九八本传。

**无名氏撰《唐故武骑尉张君墓志铭》。**

《唐代墓志汇编》贞观一四四："君讳秀字宝，修武人也……以贞观二十二年岁次戊申正月壬午朔二十二日寝疾，卒于清化里第，春秋二十有七，即以其月二十八日己酉，窆于芒山之阳平乐里。"

## |二 月|

**进士及第九人，王师旦知贡举。**

见《登科记考补正》卷一本年条。

**无名氏撰《隋故平州录事参军张君墓志》。**

《唐代墓志汇编》贞观一四五《隋故平州录事参军张君墓志》："君讳育，字永珍，魏郡邺人也……以贞观二十二年岁次戊申二月壬子朔二日癸丑，遘疾弥留，终于思顺里，以其月二十一日壬申，伉俪同窆，葬于北邙山平乐乡之原。"

## |三 月|

**无名氏撰《大唐故文安县主墓志铭并序》《大唐赵君墓志铭并序》。**

《唐代墓志汇编》贞观一四七："主讳（缺字），字（缺字），陇西成纪人也……

以贞观二十二年二月三日卒于长安颁政里第，春秋二十六，呜呼哀哉……即以其年三月二十二日陪葬于昭陵……”又，《唐代墓志汇编》贞观一四六条《大唐赵君墓志铭并序》：“君讳昭，字孝明，陇西天水人也……以贞观二十二年岁次戊申二月壬子朔二十九日庚午，终于私第，春秋六十有七。……即以其年三月辛巳朔四日甲申，殡于邙山之阳，礼也。”

## |四月|

**无名氏撰《张君墓志》。**

《唐代墓志汇编》贞观一四八：“君讳行满，字德充，洛州洛阳人也……以贞观二十二年岁在戊申四月辛亥朔，十五日乙丑，患卒于家。即以其月二十三日殡于洛城之北邙岭之阴十五里千金乡之地，礼也。”

## |六月|

**癸酉，萧瑀卒，年七十四，有文集一卷。**

《旧唐书·太宗纪下》：“（贞观二十二年）六月癸酉，特进、宋国公萧瑀薨。”《旧唐书·萧瑀传》：“贞观二十一年，征授金紫光禄大夫，复封宋国公。从幸玉华宫，遘疾薨于宫所，年七十四。”《新唐书·艺文志四》：“《萧瑀集》一卷。”其生平事迹见《旧唐书》卷六三、《新唐书》卷一〇一。《全唐文》卷一三三萧瑀《临终遗子书》：“生而必死，理之常分。气绝后可着单服一通，以充小敛，棺内施单席而已。冀其速朽，不得别加一物，无假卜日，惟在速办。自古贤哲，非无等例，尔宜勉之。”萧瑀诸子遵其遗志，敛葬俭薄。

**无名氏撰《大唐故上骑都尉益州新津县丞丘君墓志铭并序》。**

《唐代墓志汇编》贞观一四九《大唐故上骑都尉益州新津县丞丘君墓志铭并序》：“君讳蕴，字怀艺，吴兴人也……贞观二十二年岁次戊申五月二十九日终于第，春秋六十有七。即以其年六月庚戌朔二十三日壬申，葬于洛阳县清风县邙山之阜。”

## 七月

**癸卯,房玄龄卒,年七十。**

《旧唐书·太宗纪下》:“(贞观二十二年)秋七月癸卯,司空、梁国公房玄龄薨。”《旧唐书·房玄龄传》:“寻薨,年七十。”其生平事迹见《旧唐书》卷六六、《新唐书》卷九六。

**太宗为玄奘所译经论作《大唐三藏圣教序》。**

《全唐文》卷七四二刘轲《大唐三藏大遍觉法师塔铭》:“二十二年七月,法师进新译经论,仍请制经序。……及《三藏圣教序》成,神笔自写。太宗居庆福殿,百寮陪位,坐法师,命宏文馆学士上官仪对群寮读之。”《全唐文》卷一〇太宗《大唐三藏圣教序》云:“有玄奘法师者,法门之领袖者。幼怀真敏,早悟三空之心;长契神情,先苞四忍之行。松风水月,未足比其清华……凝心内境,悲正法之陵迟;栖虑玄门,慨深文之讹谬。思欲分条析理,广彼前闻;截伪续真,开兹后学。是以翘心净土,往游西域,乘危远迈,杖策孤征。”玄奘之形象跃然纸上。

**无名氏撰《大唐张君墓志》。**

《唐代墓志汇编》贞观一五〇条:“……以贞观二十二年岁次戊申七(缺字)庚辰朔七日景戌,卒于思顺坊之第。”又,《唐代墓志汇编》贞观一五一条《大唐张君墓志》:“君讳通,字进达,清河人也……今以贞观二十二年七月二十七日丙午,合葬于邙山之阳,礼也。”

## 八月

**玄奘作《谢述圣记启》《请经论流行表》《谢东宫书述圣记启》。**

《全唐文补编》卷九玄奘《谢述圣记启》:“……玄奘志穷佛道,誓捐躯命。粤自东夏,愿至四方。皇灵护持,得经论六百五十七部。寻蒙恩敕,令玄奘翻译。爰降慈旨,为制序文……贞观二十二年八月五日。沙门玄奘上启。”《全唐文补编》卷九玄奘《请经论流行表》《谢东宫书述圣记启》分别作于本年八月二十日和二十六日。

**无名氏撰《大唐故光禄大夫工部尚书使持节都督荆州刺史驸马都尉上柱国莘安公窦府君墓志铭》**。

《唐代墓志汇编续集》贞观〇六一:“公讳诞,字光大,扶风平陵人也……二十二年二月寝疾,薨于辅兴里第,春秋六十八……其年八月,合葬于襄阳公主之茔。”

## |九月|

**玄奘上《皇帝在春宫日所写六门经及题菩萨藏经等谢启》**。

《全唐文补编》卷九玄奘《皇帝在春宫日所写六门经及题菩萨藏经等谢启》多颂扬之语,文末署“贞观二十二年九月十八日,沙门玄奘上启”。

**于志宁作《大唐故太子右庶子银(青光)禄大夫国子监祭酒上护军曲阜宁公孔公碑铭》**。

《全唐文补编》卷一〇于志宁《大唐故太子右庶子银(青光)禄大夫国子监祭酒上护军曲阜宁公孔公碑铭》:“盖闻八卦已列,书契之迹肇兴……以贞观二十二年九月(十)八日,薨于万年县平康里第,春秋七十有五……”按,文末记葬时,姑系于此。

**无名氏撰《大唐右领军果毅荥阳毛君志铭并序》《大唐梁君墓志》**。

《唐代墓志汇编》贞观一五二《大唐右领军果毅荥阳毛君志铭并序》:“君讳盛,字转兴,荥阳人也……以贞观二十二年八月二十八日终于洛阳之私第,春秋六十有八。即以其年九月十八日葬于北邙之曲。”又,《唐代墓志汇编》贞观一五三条《大唐梁君墓志》:“君讳基,字知本,安定乌氏人也……以贞观二十二年五月遘疾于军所，终于善山……以其年九月二十八日归葬于邙山平阴里也。"

## 十月

**苏士方作《妙法莲花经题记》。**

《全唐文补编》卷五苏士方《妙法莲花经题记》："贞观二十二年十月二日，菩萨戒弟子苏士方，发心愿。渐转写诸经经论等，奉为至尊皇后、殿下储妃，又为师僧父母、诸亲眷属，四生六道等出尘劳。法界有穷，斯愿无泯。"

## 十一月

**无名氏撰《大唐霍君铭志》。**

《唐代墓志汇编》贞观一五五条："君讳昉，字子昇，赵郡人也……以大唐贞观二十二年岁次戊申九月九日亦从迁化。以其年十一月戊申朔七日甲申，祔于邙山之阳，礼也。"又，《唐代墓志汇编》贞观一五六条《大唐霍君铭志》："君讳宽，字公裕，定州博陵人也……贞观十九年三月二十三日，奄随风烛……二十二年八月二十三日，春秋六十有二，归思于公穴……其年十一月十三日迁柩合葬于洛州洛阳县清风乡邙山之原，礼也。"

## 十二月

**无名氏撰《隋故仓部侍郎辛君墓志铭并序》《唐故郢州参军事胡府君墓志铭并序》。**

《唐代墓志汇编》贞观一五七条《隋故仓部侍郎辛君墓志铭并序》："君讳衡卿，字公能，陇西狄道人也……粤以二十二年十二月二十四日合葬于邙山之阳。"又，《唐代墓志汇编》贞观一五八条《唐故郢州参军事胡府君墓志铭并序》："公讳宝，字令珍，安定临泾人也……粤以二十二年岁次戊申十二月丁未朔二十四日庚午，窆于河南县邙山之阳。"

## 闰十二月

**无名氏撰《大唐故任处士墓志铭并序》《大唐故处士宋君墓志铭并序》。**

《唐代墓志汇编》贞观一五九条《大唐故任处士墓志铭并序》:"君讳道,字守义,河南人也……以贞观二十二年十二月十日卒于洛阳之第,春秋六十有四……粤以其年岁次戊申闰十二月九日葬于邙山之阳。"又,《唐代墓志汇编》贞观一六〇条《大唐故处士宋君墓志铭并序》:"君讳荣,字元盛,广平人也……以大唐贞观二十二年闰十二月十七日卒于第,春秋六十有八……即以其年岁在戊申闰十二月丁丑朔二十七日癸卯,迁窆于邙山之阳千金里。"

## 本年

**孔颖达卒,年七十五岁,有集五卷。于志宁撰《大唐故太子右庶子银青光禄大夫国子祭酒上护军曲阜宪公孔公碑铭》。**

《旧唐书·孔颖达传》:"贞观二十二年卒,陪葬昭陵,赠太常卿,谥曰宪。"《全唐文》卷一四五于志宁《大唐故太子右庶子银青光禄大夫国子祭酒上护军曲阜宪公孔公碑铭》:"公讳颖达,字冲远,冀州衡水人也……薨于万年县平康里第,春秋七十有五。"《新唐书·艺文志四》:"《孔颖达集》五卷。"孔颖达之生平事迹见《旧唐书》卷七三,《新唐书》卷一九八。

**李百药卒,年八十四,有集三十卷。**

《旧唐书》本传:"(贞观)二十二年卒,年八十四,谥曰康。百药以名臣之子,才行相继,四海名流,莫不宗仰。藻思沉郁,尤长于五言诗,虽樵童牧竖,并皆吟讽。……有集三十卷。"《新唐书·艺文志四》:"《李百药集》三十卷。"《唐音癸签》卷五:"李安平藻思沉郁,尤长于五言,如'柳色迎三月,梅花隔二年',含巧于硕,才壮意新,真不虚人主品目。"其文以《封建论》为名。李百药之生平事迹见《旧唐书》卷七二、《新唐书》卷一〇二本传、《隋书》卷四二《李德林传》附、《大唐新语》卷八。

**房玄龄等撰《晋书》成一百三十卷。唐太宗自撰《陆机传论》《王羲之传论》及宣、武二帝论。**

《旧唐书·房玄龄传》:"寻与中书侍郎褚遂良受诏重撰《晋书》……至二十年,书成,凡一百三十卷,诏藏于秘府,颁赐加级各有差。"按《晋书》之重修始于贞观二十年闰三月,见该年条。此云成书亦于贞观二十年,误。据今人考证,新撰《晋书》成书实在本年,参见余嘉锡《四库提要辨证》卷三。太宗《陆机传论》云:"观夫陆机、陆云,实荆衡之杞梓,挺圭璋于秀实,驰英华于早年。风鉴澄爽,神情俊迈。文藻宏丽,独步当时;言论慷慨,冠乎终古。高词迥映,如朗月之悬光;迭意回舒,若重岩之积秀。千条析理,则电坼霜开;一绪连文,则珠流璧合。其词深而雅,其义博而显,故足远超枚、马,高蹑王、刘,百代文宗,一人而已。"《王羲之传论》云:"所以详察古今,研精篆素,尽善尽美,其惟王逸少乎！观其点曳之工,裁成之妙,烟霏露结,状若断而还连;凤翥龙蟠,势如斜而反直。玩之不觉为倦,览之莫识其端,心慕手追,此人而已。其余区区之类,何足论哉!"刘知幾《史通·论赞》:"大唐修《晋书》,作者皆当代词人,远弃史、班,近宗徐、庾。夫以饰彼轻薄之句,而编为史籍之文,无异加粉黛于壮夫,服绮纨于高士者矣。"

**徐惠有《谏太宗息兵罢役疏》。**

《全唐文新编》卷九五太宗徐贤妃《谏太宗息兵罢役疏》:"自贞观以来,二十有二载,风雨调顺,年登岁稔,人无水旱之弊,国无饥馑之灾……伏惟抑意裁心,慎终如始,削轻过以滋重德,择后是以替前非,则鸿名与日月无穷,盛德与乾坤永大。"

**吕才《东皋子后序》约作于本年。**

《全唐文》卷一六〇吕才《东皋子后序》:"君姓王氏,讳绩,字无功,太原祁人也。……君性好学,博闻强记,与李播、陈永、吕才为莫逆之交。……君后追述焦革《酒经》一卷,其术精悉……太史令李淳风见而悦之曰,王君可为酒家之南董。……所著诗赋,并多散逸,鸠访未毕,且缉成五卷,又著《会心高士传》五卷,《酒谱》二卷,及注《庄子》,并别成一家,不列于集云。"据文中"太史令李淳风……"知,吕才作该序时,李淳风任太史令。据《旧唐书·李淳风传》云"(贞观)二十二年,迁太史令”,知吕才《东皋子后序》之作年当不早于贞观二十二年,姑录于此。

## 唐太宗贞观二十三年

己酉　六四九

### |正月|

**王福畤作《王氏家书杂录》。**

《全唐文》卷一六一王福畤《王氏家书杂录》:“太原府君讳凝,字叔恬,文中子亚弟也。贞观初,君子道亨,我先君门人,布在廊庙,将播厥师训,施于王道,遂求其书于仲父,仲父以编未就,不之出。故六经之义,代莫得闻。仲父释褐为监察御史,时御史大夫杜淹谓仲父曰:‘子圣贤之弟也,有异闻乎?’仲父曰:‘凝忝同气,昔二兄讲道河汾,亦尝预于斯。然六经之外,无所闻谒。’淹曰:‘昔门人咸有记焉,盖薛收姚义缀而名之。’……于以观先君之事业,建义明道,垂则立训,知文中之所为者,其天乎!年序浸远,朝廷事异,同志沦殂……时贞观二十三年正月序。”据文末所云,知文作于本年正月。

**无名氏撰《大唐上柱国记室贾君墓志之铭》。**

《唐代墓志汇编》贞观一六一《大唐上柱国记室贾君墓志之铭》:“君讳昂,字名立,河东晋国人也……以贞观二十二年岁次戊申闰十二月丁丑朔十七日癸巳,卒于洛阳私第……以二十三年正月十六日窆于邙山之阳。”

### |二月|

**娄师德等八人登进士第,秀才一人,逯贞登明经科,王师旦知贡举。**

见《登科记考补正》卷一本年条。

**无名氏撰《大唐太子故左内率河内司马公墓志铭并序》。**

《唐代墓志汇编续集》贞观〇六三:“君讳叡,字温,怀州河内人也……贞观二十三年岁次乙酉二月景子朔日遘疾,薨于安兴里第,春秋六十有六……粤以其月九日甲申,葬于万年县铜人乡。”

**无名氏撰《唐故赵君墓志铭》。**

《唐代墓志汇编》贞观一六二《唐故赵君墓志铭》:“君讳字荣,其先赵郡人也……以贞观二十三年正月二十五日卒于家,春秋五十有六……粤以其年岁次己酉二月景子朔二十二日丁酉,葬于邙山原百亩洛城之北十里。”

## |三月|

**无名氏撰《唐故赵妻麴墓志铭并序》《大唐杨君墓志并序》《唐右屯卫将军阿史那公墓志》。**

《唐代墓志汇编》贞观一六三《唐故赵妻麴墓志铭并序》:“夫人麴氏,清河人也……忽以贞观二十三年岁次己酉二月丙子朔十五日庚寅寝疾,卒于私第,春秋八十有四……即以其年三月二日葬于邙山,礼也。”《唐代墓志汇编》贞观一六四条:“君讳英,字文哲……大唐贞观二十三年岁次己酉卒于私第,三月十一日窆于邙山之阳。”又,《唐代墓志汇编》贞观一六五条《大唐杨君墓志并序》:“君讳昭,字宣政,洛阳人也……以贞观二十三年二月十五日终于思恭之里,春秋七十有二。即以其年三月十七日葬于北邙平乐之南原。”又,《唐代墓志汇编续集》贞观〇六六:“公讳摸末,漠北人也……以贞观二十三年二月十六日薨于宣阳之里第,呜呼哀哉……夫人李氏,平夷县主。先以贞观九年正月八日薨于宣阳里。粤以大唐贞观二十三年岁次己酉三月乙巳朔十七日辛酉同葬于万年龙首乡,礼也。”

## |四月|

**善感作《大唐故上柱国内给事李君之碑》。**

《全唐文补编》卷五善感《大唐故上柱国内给事李君之碑》:“窃闻应龙上升,则祥云必起;圣人下降,则贤哲挺生……以贞观二十三年三月二十三日遘疾薨于崇仁坊之第,春秋六十有二……粤以其年四月十二日葬于浐川东之平原。”

**无名氏撰《唐禹君墓志铭并序》**。

《唐代墓志汇编》贞观一六八《唐禹君墓志铭并序》:“君讳艺,字君才……以贞观二十三年四月十七日卒于三川第,春秋五十有六。即以其年岁次己酉四月乙亥朔二十八日壬寅,葬于邙山,礼也。”

## | 五 月 |

**己巳,唐太宗卒于含风殿,年五十二,有集四十卷**。

《旧唐书·太宗纪下》:“(贞观二十三年)四月己亥,幸翠微宫。五月……己巳,上崩于含风殿,年五十二。”《唐会要》卷一同。《新唐书·艺文志四》云:“《太宗集》四十卷。”《直斋书录解题》卷一六:“《唐太宗集》三卷。唐太宗皇帝本集四十卷,《馆阁书目》但有诗一卷六十九首而已。今此本第一卷赋四篇,诗六十五首,后二卷为碑铭书诏之属,而讹谬颇多。世所传太宗之文见于石刻者,如《帝京篇》《秋日效庾信体诗》《三藏圣教序》,皆不在。又《晋书》纪传论称‘制曰’者四,皆太宗御制也,今独载宣、武二纪论,而陆机、王羲之传论不预焉。宣纪论复重出,其他亦多有非太宗文者杂厕其中,非善本也。”《旧唐书·邓世隆传》:“初,太宗以武功定海内,栉风沐雨,不暇于诗书。暨于嗣业,进引忠良,锐精思政。数年之后,道致隆平,遂于听览之暇,留情文史,叙事言怀,时有构属,天才宏丽,兴托玄远。”又,《全唐文》卷四太宗《小池赋》,其序云:“许敬宗家有小池,作赋赐之。”赋云:“若夫素秋开津,碧沼凝光。引泾渭之余润,萦咫尺之方塘。竹分丛而合响,草异色而同芳。徘徊踟躇,淹留自足。叠风纹兮连复连,折回流兮曲复曲。映垂兰而转翠,翻轻苔而动绿。牵狭镜兮数寻,泛芥舟而已沉。涌菱花于岸腹,擘莲影于波心。减微涓而顿浅,足一滴而还深。于时景落池滨,雾黯疏筠,舒卷澄霞彩,高低碎月轮。露宿鸟之全翮,隐游鱼之半鳞。岸随年而或故,流与日而终新。虽有惭于溟渤,亦足莹乎心神。”该赋写景极佳,然作年难确考,姑录于此。

**许敬宗有《大唐故尚书右仆射特进开府仪同三司上柱国赠司徒并州都督卫景武公之碑》。**

《全唐文补编》卷一三许敬宗《大唐故尚书右仆射特进开府仪同三司上柱国赠司徒并州都督卫景武公之碑》:“……公讳靖,字药师,陇西成纪人也……以贞观二十三年五月十八日(下缺二十二字)诏赠司徒使持节都督并汾箕岚四州诸军事并州刺史……”(《昭陵碑录》卷中、《昭陵碑石》、《金石萃编校补》卷一、《唐文续拾》卷一,二玄堂刊拓本)

## | 六 月 |

**甲戌,皇太子李治即帝位,是为高宗,有《高宗即位大赦诏》。**

《旧唐书·高宗纪上》:“(贞观二十三年)六月甲戌,皇太子即皇帝位,时年二十二。”又,《唐大诏令集补编》卷一载《高宗即位大赦诏》。

**无名氏撰《唐故郡君杨夫人墓志铭》。**

《唐代墓志汇编》贞观一六九:“夫人讳成其,弘农华阴人也……以贞观二十三年六月三日卒于家,春秋八十有四。粤以其年六月十八日,葬于邙山之原二亩洛城之北五里。”

## | 七 月 |

**无名氏撰《唐故青州录事参军李君墓志》《大唐故将仕郎杨君墓志铭并序》。**

《唐代墓志汇编》贞观一七〇条《唐故青州录事参军李君墓志》:“君讳良,字德师,陇西狄道人也……以大唐贞观二十三年岁次己酉六月甲戌朔二十九日壬寅,遇疾卒于家。遂以其年七月十八日窆于邙山之阳,礼也。”又,《唐代墓志汇编》贞观一七一条《大唐故将仕郎杨君墓志铭并序》:“君讳全,字宝行,弘农华阴人也……以贞观二十三年七月三日奄然终谢,春秋三十有三。即以其月二十一日葬于北邙山之南曲。”

## 八月

**无名氏撰《大唐故郑州新郑县令刘君墓志铭并序》《唐故邓州司仓张君墓志铭并序》《大唐故燕君墓志铭并序》。**

《唐代墓志汇编续集》贞观〇六七:“君讳文,字德逸,彭城人也……粤以贞观二十三年八月五日卒于私第。春秋八十有三……即以其年八月十八日瘗洛阳清风乡邙山之原,礼也。”又,《唐代墓志汇编》贞观一七二条《唐故邓州司仓张君墓志铭并序》:“君讳舒,字弘裕,清河武成人也……以贞观二十三年八月五日终于思顺里第,春秋七十有六。即以其年八月二十二日窆于邙山之阳,礼也。”又,《唐代墓志汇编续集》贞观〇六六:“君讳明,字肆朗,河南人也……以大唐贞观二十三年岁次乙亥八月癸酉朔二十五日丁酉,合葬于河南县寇村西南之左。”

**庚寅,褚遂良撰《太宗文皇帝哀册文》。**

《唐大诏令集补编》卷一《太宗文皇帝哀册文》:“维贞观二十三年,岁次己酉五月甲辰朔二十六日己巳,大行皇帝崩于翠微宫之合风殿,旋殡于大极殿之西阶。粤八月庚寅将迁座于昭陵,礼也……想神襟而腾茂,纵史笔而扬翘,笼嘉声于日月,终有裕于唐尧。呜呼哀哉!”

## 九月

**无名氏撰《大唐集州录事参军王文鹭夫人赵氏墓志铭》。**

《唐代墓志汇编》贞观一七三条《大唐集州录事参军王文鹭夫人赵氏墓志铭》:“夫人赵氏,河南新安人也……以贞观二十三年八月三日卒于赵州……即以其年九月四日殡于邙山之原,礼也。”

## 十月

**无名氏撰《大唐故上柱国通直散骑常侍使持节唐州诸军事唐州刺史平兴县开国公周府君墓志铭并序》。**

《唐代墓志汇编》贞观一七五《大唐故上柱国通直散骑常侍使持节唐州诸军事唐州刺史平兴县开国公周府君墓志铭并序》:"公讳仲隐,字孟脩,汝南安城人也……以贞观二十三年正月二十日薨于官舍,春秋六十九……即以其年十月二十五日永窆于洛阳县积润里邙山之南。"

## 十一月

**无名氏撰《隋故楼烦郡秀容县长侯府君墓志》《大唐故坊州司仓参军董君墓志》《大唐故镮辕府鹰扬后任斛斯君墓志》。**

《唐代墓志汇编》贞观一七六《隋故楼烦郡秀容县长侯府君墓志》:"夫岩岩大厦,必俟良材;济济周行,咸资英哲……奄以二十三年八月十六日薨于私第瀍左之里。即以其年十一月壬寅朔五日丙午,合葬于邙山之阳。"又,《唐代墓志汇编》贞观一七七条《大唐故坊州司仓参军董君墓志》:"君讳柱,陇西人也……贞观二十三年八月十四日卒于任邑,夫人任氏,隋宣州秋浦县令国之女也……今以君终之年十一月二十日同葬于邙山之阳,礼也。"又,《唐代墓志汇编》贞观一七八条《大唐故镮辕府鹰扬后任斛斯君墓志》:"君讳达,字师德,北代人也……贞观二十三年十一月二十四日卒于私第,春秋五十有四……还以贞观二十三年岁次己酉十二月辛未三日癸酉迁窆于邙山之阳,礼也。"按,葬于十二月三日,则文约撰于十一月。

## 十二月

**无名氏撰《唐故济州别驾李府君墓志铭并序》。**

《唐代墓志汇编》贞观一七九条《唐故济州别驾李府君墓志铭并序》:"公讳

君绚，陇西狄道人也……以贞观二十三年岁次己酉十二月辛未朔十二日壬午子迁窆于河南偃师县之西原。”

## |本 年|

**卢照邻于洹水从王义方学经史**。

《旧唐书·卢照邻传》：“年十余岁，就曹宪、王义方授《苍》《雅》及经史。”卢照邻《释疾文·粤若》云“入陈适卫，百舍不厌其栖遑”，指其从王义方学经史之事。《旧唐书》卷一八七《忠义上·王义方传》：“王义方，泗州涟人。……贞观二十三年，改授洹水丞。”

**褚遂良作《大唐故尚书左仆射司空太子太傅上柱国赠太尉并州都督梁文昭公之碑文》**。

《全唐文补编》卷七褚遂良《大唐故尚书左仆射司空太子太傅上柱国赠太尉并州都督梁文昭公之碑文》：“……以贞观二十□年七月……”姑录于此。

# 唐高宗永徽元年

庚戌　六五〇

## |正 月|

**辛丑，改元永徽，有《改元永徽诏》**。

《唐大诏令集补编》卷一《改元永徽诏》：“可改贞观二十四年为永徽元年。”（贞观二十四年正月辛丑）

**二十四日，有《永徽元年封临川郡公主为长公主诏书刻石》**。

文见《全唐文补遗》第一辑。文末云“永徽元年正月二十四日下”，故录于此。

**无名氏撰《大唐故右勋卫宣城公武君墓志》**。

《唐代墓志汇编》永徽〇〇一：“君讳希玄，字敬道，太原受阳人……粤以永徽元年正月二十日窆于长安西南十里之平原。”

**来济作《临川郡公主可长公主制》**。

《全唐文补编》卷七来济《临川郡公主可长公主制》：“门下，高密长公主等。禀庆紫宸……永徽元年正月二十三日。”（《文物》1977 年第 10 期刊拓本）

## 二月

**赵义等十四人进士及第，秀才一人。王师协、崔嵦应明经科，吴立本医举及第，裴皓应贤良方正科，孙处约应游情文藻、下笔成章科**。

见《登科记考补正》卷二本年条。

**无名氏撰《大唐隋故车骑将军金公墓志铭并序》**。

《唐代墓志汇编》永徽〇〇二：“公讳行举，字义起，陇西伏羌人也……奄以永徽元年二月十三日薨于私第，春秋六十有九……今以三月三日合葬于邙山，礼也。”按，葬于三月三日，文盖二月作。

## 三月

**无名氏撰《唐故祁君墓志铭并序》**。

《唐代墓志汇编》永徽〇〇三《唐故祁君墓志铭并序》：“君讳让，字文雅，陇西人也……粤以永徽元年岁次庚戌三月庚子朔五日甲辰卒于清风县之第，春秋六十有七。即以其年四月己巳朔二日庚午窆于邙山之阳，礼也。”按，葬于四月二日，文盖三月撰。

## 四月

**无名氏撰《大唐乐君墓志》**。

《唐代墓志汇编》永徽〇〇四《大唐乐君墓志》：“君讳达，字智纂，河南人也……以永徽元年四月十八日奄辞人世，遂以其月二十九日窆于邙山之阳，礼也。”

## 闰五月

**二十三日，长孙无忌等修《贞观实录》毕，上之**。

《唐会要·修国史》卷六三：“永徽元年闰五月二十三日，史官太尉无忌等修《贞观实录》毕，上之。起贞观十五年至二十三年，敕成二十卷。”

**无名氏撰《隋燕王府录事段夫人之志铭并序》**。

《唐代墓志汇编》永徽〇〇五：“夫人姓段，陇西武威人也……即以永徽之元五月二十三日，迁葬于北邙谷城之南原也。”

## 六月

**李义府作《唐故特进芮定公之碑》**。

《全唐文补编》卷一一李义府《唐故特进芮定公之碑》：“永徽元年六月四日，薨于京城之弘德里第，春秋六十有九。呜呼哀哉……”按，碑文未见下葬之时辰，今姑记于此。（《昭陵碑录》卷上、《关中石刻文字新编》卷二、《八琼室金石补正》卷三五、《昭陵碑石》）

**无名氏撰《大唐故张处士墓志铭并序》**。

《唐代墓志汇编》永徽〇〇七:“君讳风怜,字伯鸾,南阳西鄂人……以永徽元年六月四日卒于第,春秋六十八……即以其年岁次庚戌六月戊辰朔十八日乙酉迁窆于北邙之原,礼也。”

## | 七 月 |

**无名氏撰《唐故隋湑城府鹰扬曹君及琅琊郡君安氏墓志并序》**。

《唐代墓志汇编》永徽〇〇八:“君讳谅,字叔子,济阴定陶人,晋西平太守曹袪之后也……粤以永徽元年六月一日卒于私第,春秋八十有六。即以其年七月九日迁奉于邙山之阳,礼也。”

## | 八 月 |

**无名氏撰《大唐故张君墓志铭》**。

《唐代墓志汇编》永徽〇〇九:“君讳宝,字彦珍,河南伊阙人……粤以大唐永徽元年岁次庚戌七月戊戌朔十二日己酉卒于敦厚坊之第,春秋五十有二。仍以其年八月丁卯朔七日癸酉厝于邙山之阳。”

## | 十 月 |

**无名氏撰《大唐永徽元年洛州河南县郏鄏乡吕君墓志》《荥阳毛君墓志之铭》**。

《唐代墓志汇编》永徽〇一〇《大唐永徽元年洛州河南县郏鄏乡吕君墓志》:“君讳买,字世留……以□徽元年七月二十六日卒于私第,即以其年十月八日殡于邙山之南原也。”又,《唐代墓志汇编》永徽〇一一条《荥阳毛君墓志之铭》:“君讳文通,字知运……永徽元年十月丙寅二十日乙酉葬。”

**无名氏撰有墓志**。

《唐代墓志汇编》永徽〇一二：“君讳药，字子，南阳白水人也……即以大唐永徽年十月十四日卒于私第……有夫人李氏……粤以永徽元年十一月一日卒于私第，即以其年十一月一日合葬于河南县平乐乡邙山之原，礼也。”

## |本 年|

**徐惠卒，年二十四，诏赠贤妃。**

《旧唐书》本传：“永徽元年卒，时年二十四，诏赠贤妃。”徐惠所作诗文，词彩华丽。其生平事迹见《旧唐书》卷五一、《新唐书》卷七六本传。

**贾公彦《周礼正义序》与《仪礼注疏序》约作于本年。**

《旧唐书·儒学上》列传第一百三十九：“贾公彦，洛州永年人。永徽中，官至太学博士。撰《周礼义疏》五十卷、《仪礼义疏》四十卷。”据此可知，贾公彦《周礼正义序》《仪礼注疏序》当作于永徽年间，二文之作年难确考，姑录于此。又，《全唐文》卷一六四贾公彦《周礼正义序》：“夫天育蒸民，无主则乱，立君治乱，事资贤辅，但天皇地皇之日，无事安民，降自燧皇，方有臣矣。是以易通卦验云：天地成位，君臣道生，君有五期，辅有三名……注云：拒燧皇谓人皇，在伏羲前，风姓，始王天下者。斗机云：所谓人皇九头，兄弟九人。别长九州者也。是政教君臣，起自人皇之世，至伏羲因之……所以象天立官，而官益备。此则官号沿革，粗而言之。”文章对历代官号沿革详加阐述。又，《全唐文》卷一六四贾公彦《仪礼注疏序》：“窃闻道本冲虚，非言无以表其疏。言有微妙，非释无以悟其理。是知圣人言曲，事资注释而成，至于周礼仪礼，发源是一。理有终始，分为二部，并是周公摄政太平之书。周礼为末，仪礼为本，本则难明，末便易晓，是以周礼注者，则有多门。仪礼所注，后郑而已。其为章疏，则有二家……二家之疏，互有修短，时之所尚，李则为先，案士冠三家……今以先儒失路，后宜易涂，故悉鄙情，聊裁此疏，未敢专欲，以诸家为本，择善而从，兼增己义，仍取四门助教李元植详论可否，佥谋已定，庶可施矣。函丈之儒，青衿之俊，幸以去瑕取玖，得无讥焉。”

**杨炯(650—694)生于本年，字不详，华州华阴人。**

《旧唐书》本传："杨炯，华阴人。"《新唐书》本传："炯，华阴人。"《杨炯集》卷一《浑天赋》："显庆五年，炯时年十一。"显庆五年为公元660年，据此逆推，杨炯生于本年。（杨炯作品主要据《杨炯集》，徐明霞点校，中华书局1980年版，下同。）

**王勃（650—676）生于本年，字子安，绛州龙门人**。

《旧唐书》本传："王勃，字子安，绛州龙门人。"《新唐书》本传："王勃字子安，绛州龙门人。"《王子安集注》卷一《春思赋序》："咸亨二年，余春秋二十有二。"咸亨二年为公元671年，据此逆推，王勃生于本年。（王勃作品主要据清代蒋清翊注《王子安集注》，下同。）

**褚遂良有《执笔图跋》**。

《全唐文补编》卷七褚遂良《执笔图跋》："太宗皇帝留意于书，盖欲尽收大王真迹。曾累召其家子孙，智永弟子辨才等，觅《兰亭叙》稿。推以不知存留。后贞观十三年（639）四月三日始得之。兼得此图，尤为神妙。细观其说，尤可法也。陛下奋乾刚之威，盖有不期然而然者。遂良不自揣量，妄以学书，未之行笔之理。今得睹此图，幸甚。用功如此，真可拜而观焉。奉敕谨识其语于左方。"（《旧经补遗》卷一）文中云贞观十三年太宗得《兰亭序》，知该跋当作于太宗后之高宗时，确年难考，姑录于此。

## 唐高宗永徽二年

辛亥　六五一

### 二月

**进士二十五人及第，秀才一人，皇甫文备以明法擢第**。

见《登科记考补正》卷二本年条。

## 三月

**十三日，无名氏撰《大唐故王府君墓志铭》。**

《唐代墓志汇编续集》永徽○○六：“君讳道仁，字世诚，源系琅琊人……以永徽二年岁次辛亥二月二十四日卒于洛州私第，春秋六十有二。即以其年三月甲午朔十三日景午窆于平乐乡邙山之阳，礼也。”

## 四月

**无名氏撰《大唐故左骁卫大将军幽州都督琅琊公墓志》。**

《唐代墓志汇编续集》永徽○○七：“君讳秀，字进达，其先陇西人……以永徽二年正月十六日薨于雍州万年县宣阳里之私第，春秋五十有七……夫人凝辉珠派……粤以永徽二年四月十日合葬于昭陵之赐茔。”

## 八月

**己巳，于志宁拜左仆射，同中书门下三品。**

《资治通鉴》卷一九九：“（高宗永徽二年）八月，己巳，以于志宁为左仆射，张行成为右仆射，高季辅为侍中；志宁、行成仍同中书门下三品。”

## 九月

**褚遂良在同州，作《故汉太史司马公侍妾随清娱墓志铭》。**

《全唐文》卷一四九褚遂良《故汉太史司马公侍妾随清娱墓志铭》：“永徽二年九月，余判同州。夜静坐于西厅，若有若无，犹梦犹醒，见一女子，高髻盛妆，泣谓余曰：‘妾汉太史司马迁之侍妾也。赵之平原人，姓随名清娱，年十七事迁，因迁周游名山，携妾于此。会迁有事去京，妾侨居于同，后迁故，妾亦忧伤寻故，瘗于长乐亭之西，天帝悯妾未尽天年，遂司此土。代异时移，谁为我知，血食何所，君亦将主其地，不揣人神之隔，乞一言铭墓，以垂不朽。’余感寐铭之。铭曰：嗟尔淑女，不世之姿。事彼君子，弗终厥志。百千亿年，血食于斯。”文章饱含情感，娓娓道来。

## | 十 一 月 |

**无名氏撰《宋都尉墓志》。**

《唐代墓志汇编续集》永徽〇一一：“君讳举，字思进，太原西河人也……大唐永徽二年六月十四日卒于私第，春秋七十有一……夫人裴氏，钟氏，冠盖良家……即以其年十一月十三日合葬于州城西二里。”

## | 本 年 |

**姚崇（651—721）生于本年，字元之，陕州硤石人。**

《旧唐书》本传：“姚崇，本名元崇，陕州硖石人也。”《新唐书》本传：“姚崇字元之，陕州硖石人……开元七年，授太子少保，以疾不拜。明年卒，年七十二。”据此可知姚崇卒于开元八年，年七十二，依此逆推，姚崇生于本年。

**许敬宗作《大唐故中书令高唐马公之碑》。**

《全唐文补编》卷一三许敬宗《大唐故中书令高唐马公之碑》：“……贞观二十三年正月九日，薨于万年县之隆庆里第，春秋三十八……永徽二年，诏赠高唐县开国公，食邑一千……”（《昭陵碑录》卷下、《唐文续拾》卷一）

# 唐高宗永徽三年

壬子　六五二

## 正月

**己巳，褚遂良为吏部尚书、同中书门下三品。**

《旧唐书·高宗纪上》："（永徽）三年春正月……己巳，同州刺史、河南郡公褚遂良为吏部尚书、同中书门下三品。"

**无名氏撰《郭府君墓志铭》。**

《唐代墓志汇编续集》永徽〇一二："君讳长生，字遐龄，并州太原人也……粤以永徽二年七月九日终于私寝，春秋五十有八。以三年正月十五日合窆州慎之第二女。"

## 二月

**王大义、高隆基、刘仁景、刘寂、吴续应明经科。**

见《登科记考补正》卷二本年条。

## 三月

**无名氏撰《唐故郭氏夫人墓志并序》《大唐故陈君夫人杨氏墓志铭》。**

《唐代墓志汇编续集》永徽〇一三："夫人姓张氏，南阳白水人也……粤以永徽三年二月二十日陨于私第，春秋七十有八。即以其年岁次壬子三月戊午朔四日辛酉葬于邙山之原，礼也。"又，《唐代墓志汇编续集》永徽〇一四："夫人姓杨氏，弘农华阴人也……以永徽三年三月……即以其月十六日瘗于洛阳县清风邙山之阳。"

## 七月

**丁巳，唐高宗立陈王忠为皇太子，大赦天下。**

《资治通鉴》卷一九九："（永徽）三年秋，七月，丁巳，立陈王忠为皇太子，赦天下。"

## 九月

**无名氏撰《雍州万年县大明府校尉刘氏妻之墓志铭》。**

《唐代墓志汇编续集》永徽〇一六："夫人姓郭氏，太原人也……以永徽三年七月十五日终于永昌坊之本宅。即以九月次旬殡于东郊之长乐原。"

## 十月

**无名氏撰《大唐故处士董君志铭》。**

《唐代墓志汇编续集》永徽〇一七："君讳僧利，雍州长乐人也……以隋大业四年六月三日终于休祥之第，春秋五十有三。妻王氏……以永徽三年九月八日卒，春秋八十有五。即以其年十月一日合葬于龙首原，礼也。"

## 十二月

**癸巳，李泰卒，年三十五，有文集二十卷。**

《旧唐书·高宗纪上》："（永徽三年）十二月癸巳，濮王泰薨。"《旧唐书·濮王泰传》："（贞观）二十一年，进封濮王……永徽三年，薨于郧乡，年三十有五，赠太尉、雍州牧，谥曰恭。文集二十卷。"《新唐书·艺文志四》："《濮王泰集》二十卷。"李泰，太宗第四子，其生平事迹见《旧唐书》卷七六、《新唐书》卷八〇。

## |本年|

**卢照邻约二十岁，授邓王府典签约在本年。**

《旧唐书》本传："初授邓王府典签，王甚爱重之，曾谓群官曰：'此即寡人相如也。'"《朝野佥载》卷六："（卢照邻）弱冠，拜邓王府典签，王府书记，一以委之。王有书十二年，照邻总披览，略能记忆。"弱冠，古代男子二十岁行冠礼，卢照邻本年约二十岁，其为邓王典签约于本年。

# 唐高宗永徽四年

癸丑　六五三

## |二月|

**长孙无忌作《进五经正义表》。**

《全唐文》卷一三六长孙无忌《进五经正义表》："……故祭酒上护军曲阜县开国子孔颖达，宏才硕学，名振当时。贞观年中，奉敕修撰，虽加讨核，尚有未周，爰降丝纶，更令刊定。敕太尉扬州都督监修国史上柱国赵国公臣无忌……儒林郎守四门助教臣王真儒等。上禀宸旨，傍摭群书，释左氏之膏肓。翦古文之烦乱，探曲台之奥趣，索连山之元言，囊括百家，森罗万有，比之天象，与七政而长悬；方之地轴，将五岳而永久。笔削已了，缮写如前。臣等学谢伏恭，业惭张禹，虽罄庸浅，惧乖典正。谨以上闻，伏增战越，谨言，永徽四年二月二十四日，太尉扬州都督上柱国公臣无忌等上。"据文中"永徽四年二月二十四日"知此文作于本年二月。

**王景之登进士科，杨再思登明经科，毕正义等三人应制及第。**

见《登科记考补正》卷二本年条。

## 三月

**壬子朔，高宗颁孔颖达《五经正义》于天下，每年明经皆令依此考试。**

《旧唐书·高宗纪上》："（永徽四年）三月壬子朔，颁孔颖达《五经正义》于天下，每年明经令依此考试。"《唐会要·论经义》卷七七："永徽元年三月十四日……至四年三月一日，太尉无忌、左仆射张行成、侍中高季辅及国子监官，先受诏修改《五经正义》，至是功毕，进之，诏颁于天下。每年明经，依次考试。"

## 五月

**无名氏作《唐永徽四年故孔君墓志》。**

《唐代墓志汇编续集》永徽〇一九《唐永徽四年故孔君墓志》："公讳弘，字承信，平阳厌次人也。孔太傅之苗裔，莫不人物显贵，详诸历史。"文末云：永徽四年岁次癸丑五月辛亥月四日。

## 十一月

**长孙无忌作《进律疏议表》。**

《全唐文》卷一三六长孙无忌《进律疏议表》："臣无忌等言，臣闻三才既分，法星著于元象。六位斯列，习坎彰于易经，故知出震乘时，开物成务，莫不作训以临函夏，垂教以牧黎元……布之象魏，与七曜而长悬，庶一面之祝，远超于殷简，十失之叹，永弥于汉图。谨诣朝堂奏表以闻，臣无忌等诚惶诚恐，顿首顿首。永徽四年十一月十九日进。"据文末"永徽四年十一月十九日进"知此文作于本年十一月。又，《全唐文》卷一三六长孙无忌《律疏议序》："夫三才肇位，万象斯分，禀气含灵，人为称首，莫不凭黎元而树司宰，因政教而施刑法。其有情恣庸愚，识沉愆戾。大则乱其区宇，小则睽其品式。不立制度，则未之前闻……唐由于隋，相承不改，名者五刑之罪名，例者五刑之体例……譬权衡之知轻重，若规矩之得方圆。迈彼三章，同符画一者矣。"据《进律疏议表》知该书永徽四年十一月十九日呈上，则《律疏议序》当作于此前，姑录于此。

## 唐高宗永徽五年

甲寅　六五四

### |二 月|

**王庆祚进士及第，张敻应制及第。**

见《登科记考补正》卷二本年条。

**无名氏作《大唐故陈州明水府鹰扬郎将通议大夫王君墓志并序》。**

《唐代墓志汇编续集》永徽〇二五："君讳恭，并州太原人也……以大业十三年卒于私第，春秋八十有二。刺史夫人刘氏，郎将夫人陈氏，并质生贞洁，体貌温恭。四德不亏，六行无失……粤以永徽五年岁次甲寅二月丑朔二十六日壬寅合葬于雍州咸阳县杜尤乡，礼也。"

### |三 月|

**高宗幸九成宫，撰《万年宫铭》。**

《唐会要》卷三〇："永徽二年九月八日，改九成宫为万年宫……五年三月，幸万年宫……乃亲制《万年宫铭并序》七百余字。群臣请刊石建于永光门，从之。"

### |本 年|

**卢照邻二十二岁，其时邓王李元裕为寿州刺史，卢照邻随邓王在寿州。**

《金石萃编》卷五〇《万年宫铭》题名有"使持节寿州诸军事、寿州刺史、上柱国、邓王臣元裕”，永徽五年五月建。知本年邓王李元裕已在寿州刺史任。《卢照邻集》卷四《五悲·悲昔游》：“少年游宦，来从北燕，淮南芳桂之岭，岘北明珠之川。”淮南指寿州。

**萧德言卒，年九十七，有集三十卷。**

《旧唐书·萧德言传》：“（贞观）十七年，拜秘书少监……二十三年，累表请致仕，许之……永徽五年卒于家，年九十七……有文集三十卷。”《新唐书·艺文志四》作二十卷。德言笃志于学，博涉经史，尤精《春秋左氏传》，其生平事迹见《旧唐书》卷一八九上、《新唐书》卷一九八。

## 唐高宗永徽六年

乙卯　六五五

### 二月

**裴扮等四十三人进士及第，慕容知礼、李敏、赵思廉登明经科，应制及第一人。**

见《登科记考补正》卷二本年条。

### 七月

**无名氏作《大唐故索处士墓志铭》。**

《唐代墓志汇编续集》永徽〇三八：“君讳谦，字文纲，敦煌人也……以永徽六年岁次乙卯六月己亥三日辛丑，春秋卅六，卒于隆政里。其年七月己巳朔五日癸酉窆于龙首之元。呜呼哀哉！”

## |八 月|

**李义府作《大唐故使持节都督黔思费等十六州诸军事黔州刺史赠左武卫大将军上柱国武永县开国伯常府君之碑》。**

《全唐文补编》卷一一李义府作《大唐故使持节都督黔思费等十六州诸军事黔州刺史赠左武卫大将军上柱国武永县开国伯常府君之碑》:"……永徽三年,迁使持节都督黔思费等十六州诸军事黔州刺史……以四年五月十六日,薨于府馆,春秋六十有六……六年八月,反葬于故里……"(参《敦煌吐鲁番文献研究论集》第一辑郑必俊录文)

## |十 月|

**己酉,废王皇后,立武昭仪为皇后。**

《旧唐书·高宗纪上》:"(永徽六年)十月己酉,废皇后王氏为庶人,立昭仪武氏为皇后,大赦天下。"《唐大诏令集补编》卷二《立武昭仪为皇后诏》:"武氏门著勋庸,地华缨绂,往以才行,选入后庭,誉重椒闱,德光兰掖。朕昔在储贰,特荷先慈,常得侍从,弗离朝夕。宫壶之内,恒自躬饬;嫔嫱之间,未尝迕目。圣情鉴悉,每垂赏叹,遂以武氏赐朕。事同政君,可立为皇后。"(永徽六年十月己酉)

## |本 年|

**王勃六岁,善属文,为杜易简所称。**

《旧唐书》本传:"勃六岁,善属文,构思无滞,词情英迈,与兄勔、勮,才藻相类。父友杜易简常称之曰'此王氏三珠树也'。"

# 唐高宗显庆元年

丙辰　六五六

## 二月

**苏瓌等三人登进士第，孟玄一登明经科。**

见《登科记考补正》卷二本年条。

**高宗有《减膳诏》。**

《唐大诏令集补编·节俭》卷一《减膳诏》："夫国以人为本，以食为天，百姓不足，君孰与足……宜令所司常进之食，三分减二。"（显庆元年二月）

**无名氏撰《大唐故公子长孙白泽墓志铭并序》。**

《唐代墓志汇编续集》显庆〇〇一："公子讳白泽，雍州新丰人也……以显庆元年二月二十六日葬于万年县凤栖之原，礼也。"

## 七月

**史官太尉长孙无忌、国子祭酒令狐德棻等修武德、贞观两朝史成，凡八十一卷，表上之。**

《唐会要·修国史》卷六三："显庆元年七月三日，史官太尉胤无忌、左仆射于志宁、中书令崔敦礼、国子祭酒令狐德棻、中书侍郎李义府、崇贤学士刘胤之、著作郎杨仁卿、起居郎李延寿、秘书郎张文恭等修国史成，起义宁，尽贞观末，凡八十一卷，藏其书于内府。"

## |十一月|

**无名氏作《大唐故开府仪同三司特进户部尚书上柱国莒国公唐君墓志》。**

《唐代墓志汇编续集》显庆〇〇六:“公讳俭,字茂约,太原晋阳人也……以显庆元年十一月三日薨于安仁里第,春秋七十八。粤以其年十一月辛酉朔二十四日甲申陪葬于昭陵。”

**许敬宗作《大唐故开府仪同三司特进户部尚书上柱国莒国公唐君墓志铭并序》。**

《全唐文补遗》第一辑许敬宗《大唐故开府仪同三司特进户部尚书上柱国莒国公唐君墓志铭并序》。该序云:“公讳俭,字茂约,太原晋阳人也……以显庆元年十月三日薨于安仁里第,春秋七十八。粤以其年十一月辛酉朔二十四日甲申陪葬于昭陵,冕旒增悕。悼稷臣之日远,废朝流恸,恨舍驾之无追,诏赠开府仪同三司,谥曰襄公,礼也……”据此可知该墓志铭约作于显庆元年十一月。其铭云:“尧图渐庆,夏御承宗。降为唐杜,锡壤分封。子高显行,驰名泮雍。……”

## |本年|

**沈佺期,字云卿,相州内黄人,郡望吴兴,约生于本年。**

《旧唐书》本传:“沈佺期,相州内黄人也。进士举。”(沈佺期、宋之问生平及作品编年主要据陶敏、易淑琼《沈佺期宋之问集校注》,下同。)

**宋之问,字延清,一名少连,虢州弘农人,郡望西河,约生于本年。**

《旧唐书》本传:“宋之问,虢州弘农人。”

# 唐高宗显庆二年

丁巳　六五七

## 二月

**进士及第二十二人，姚处贤、田嵩应明经科，杨志诚、刘仁愿应制及第。**

见《登科记考补正》卷二本年条。

## 三月

**甲子，李义府进为中书令，杜正伦兼度支尚书。**

《旧唐书·高宗纪上》："（显庆二年）三月甲子，中书侍郎李义府为中书令兼检校御史大夫，黄门侍郎杜正伦兼度支尚书，依旧同中书门下三品。"

## 六月

**高宗制《元首》等论，许敬宗等注释之，名曰《天训》。**

《唐会要》卷三六："（显庆）二年六月，上制《元首》《前星》《维城》《股肱论》，令许敬宗等注释，名曰《天训》。"

## 十二月

**丁卯，改洛阳宫为东都。**

《旧唐书·高宗纪上》："（显庆二年）十二月丁卯，手诏改洛阳宫为东都，洛州官员阶品并准雍州。"

# 唐高宗显庆三年

戊午　六五八

## 正月

**卢照邻随邓王李元裕由寿州转襄州**。

《全唐文》卷一四高宗《册邓王元裕襄州刺史文》:“维显庆三年岁次戊午,正月甲申朔二十八日辛亥……寿州刺史,上柱国、邓王元裕……是用命尔为使节襄州诸军事、襄州刺史。”邓王本年正月由寿州转襄州刺史,卢照邻亦转襄州。

**李义府约于此时作《大唐故礼部尚书张府君之碑》**。

《全唐文补编》卷一一李义府《大唐故礼部尚书张府君之碑》:“……以显庆三年正月七日遘疾,薨于长安县……”(《昭陵碑石》、《唐文续拾》卷二)

**二十九日,有《显庆三年封虢王李凤为宋州刺史诏书刻石》**。

文见《全唐文补遗》第一辑。文首云“维显庆三年岁次戊午正月甲申朔二十九日壬子”,故录于此。

## 二月

**崔禹锡等十七人登进士第;崔玄玮等登明经科;韩思彦、魏哲登志烈秋霜科**。

见《登科记考补正》卷二本年条。

## 四月

**许敬宗撰《大唐故辅国大将军荆州都督上柱国嘉川襄公周君碑文并序》**。

《全唐文补编》卷一三许敬宗《大唐故辅国大将军荆州都督上柱国嘉川襄公周君碑文并序》："盖闻有道者有尊，二八光于帝载。有功可大，四七构于皇业……公讳护，字善福，其先汝南人也……显庆年，銮驾东幸，公……以其年十一月九日遘疾，薨于私第，春秋七十有五……以显庆三年岁次戊午四月癸丑朔九日辛酉，陪葬昭陵……"（《书法丛刊》第四辑刊拓片，参《考古与文物》一九八三年第二期孙迟录文。《昭陵碑石》）

## | 五 月 |

**高宗遣使访吐火罗等国之风俗物产及古今废置，后令史官撰《西域图志》六十卷。**

《唐会要》卷三六："（显庆三年）五月九日，以西域平，遣使分往康国及吐火罗等国，访其风俗、物产，及古今废置，画图以进。令史官撰《西域图志》六十卷，许敬宗监领之。书成，学者称其博焉。"

## | 十 月 |

**许敬宗等撰成《文馆词林》，上之。《文馆词林》乃大型诗文总集，共一千卷，选录自汉至唐太宗时之诗文。此书在宋代已散佚不全，今残存二十三卷，见于《适园丛书》。**

《唐会要》卷三六："（显庆三年）十月二日，许敬宗修《文馆词林》一千卷，上之。"又《新唐书·艺文志四》："《文馆词林》一千卷，许敬宗、刘伯庄等撰。"

**吕才《进白雪歌奏》，新定《白雪曲》，又以高宗君臣所赋《白雪诗》为歌词。**

《旧唐书·吕才传》："显庆中，高宗以琴曲古有《白雪》，近代顿绝，使太常增修旧曲。才上言曰……"吕才所上奏疏即为此篇《进白雪歌奏》。《唐会要》卷三三："显庆二年，以琴中雅曲，古人歌之，近代以来，此声顿绝，令所司修习旧曲。至三年十月八日，太常丞吕才奏：'按张华《博物志》云：《白雪》，是天帝使素女鼓五十弦琴曲……以其调高，人和遂寡。自宋玉以来，迄今千祀，未有能歌

《白雪》曲者。臣今准敕,依仿琴中旧曲,定其宫商,然后教习,并合于歌。辄以御制《雪诗》为《白雪》歌词。又按古今乐府,奏正曲之后,皆别有送声,君倡臣和,事彰前史。辄取侍中许敬宗等奉和《雪诗》十六首以为送声,各十六节。'上善之,仍付太常,编于乐府。"《全唐文》卷一六〇吕才《进白雪歌奏》:"臣按《礼记》及《家语》云,舜弹五弦之琴,歌南风之诗,是知琴操曲弄,皆合于歌。……是知《白雪》琴曲,本宜合歌,以其调高,人和遂寡。自宋玉以来,迄今千祀,未有能歌《白雪》曲者。……今悉教讫,并皆合韵。"

## |十一月|

**无名氏撰《大唐故使持节泗州诸军事泗州刺史魏府君墓志铭并序》。**

《唐代墓志汇编续集》显庆〇二九:"君讳伦……以显庆三年十一月二十三日葬于长安县西南细柳之原。"

## |本年|

**王勃九岁,已读颜师古注《汉书》,撰《汉书指瑕》十卷。**

《杨炯集》卷三《王勃集序》:"九岁读颜氏《汉书》,撰《指瑕》十卷。"

**刘祥道作《陈铨选六事疏》。**

《全唐文》卷一六二刘祥道《陈铨选六事疏》:"今之选司取士,伤多且滥,每年入流,数过一千四百,伤多也。杂色入流,不加铨简,是伤滥也。经明行修之士,犹或罕有正人,多取胥徒之流,岂能皆有德行?即知共厘务者,善人少而恶人多。有国以来,已四十载,尚未刑措。岂不由此乎?……古之选者,为官择人,不闻取人多而官员少。今官员有数,入流无限,以有数供无限,遂令九流繁总,人随岁积,谨约准所须人。……儒为教化之本,学者之宗,儒教不兴,风俗将替,今庠序遍于四海,儒生滥于三学,诱掖之方,理实为备。而奖进之道,事或未周。但永徽已来,于今八载,在官者以善政粗闻,论事者以一言可采,莫不光被纶音,超升不次。……国家富有四海,已四十年,百姓官僚,未有秀才之举……"

文章就古今之铨选而言,对其时之选举提出建议。据文中"国家富有四海,已四十年"知文作于658年左右,又据文"永徽已来,于今八载",永徽元年为650年,八载后即为本年,故录文于此。

**褚遂良卒,年六十三,有文集二十卷。**

《旧唐书》本传:"显庆二年,转桂州都督。未及,又贬为爱州刺史。明年卒官,年六十三。"《资治通鉴》卷二〇〇:"(显庆三年)是岁,爱州刺史褚遂良卒。"《新唐书·艺文志四》:"褚遂良集二十卷。"其生平事迹见《旧唐书》卷八〇、《新唐书》卷一〇五。

## 唐高宗显庆四年

己未　六五九

### 二月

**乙亥,唐高宗亲策试举人,九百人中,惟张九龄、郭待封等五人居上第。本年二十人登进士第,试《关内父老迎驾表》《贡士箴》。尹思贞、张弘雅、束良登明经科。赵越宝登幽素科。**

《登科记考补正》卷二本年条:"二月乙亥,上亲策试举人,凡九百人。惟郭待封、张九龄五人居上第,令待诏弘文馆,随仗供奉。进士二十人。《词学指南》:'显庆四年,进士试《关内父老迎驾表》《贡士箴》。'"《旧唐书·高宗本纪》:"(显庆)四年春二月乙亥,上亲策试举人,凡九百人,惟郭待封、张九龄五人居上第,令待诏弘文馆,随仗供奉。"

### 六月

**丁卯,诏改《氏族志》为《姓氏录》,以后族为第一等,余以仕唐官品高下为准,人称为"勋格"。**

《资治通鉴》卷二〇〇:“(显庆四年)六月丁卯,诏改《氏族志》为《姓氏录》。初,太宗命高士廉等修《氏族志》……至是,许敬宗等以其书不叙武氏本望,奏请改之,乃命礼部郎中孔志约等比类升降,以后族为第一等,其余悉以仕唐官品高下为准,凡九等。于是士卒以军功致位五品,豫士流,时人谓之‘勋格’。”《新唐书·艺文志二》:“《姓氏谱》二百卷,许敬宗、李义府、孔志约、阳仁卿、史玄道、吕才撰。”《姓氏谱》当即《姓氏录》。

## |七月|

**长孙无忌被逼自缢**。

《资治通鉴》卷二〇〇:“(显庆四年)秋,七月,壬寅,命李勣、许敬宗、辛茂将与任雅相、卢承庆更共覆按无忌事。许敬宗又遣中书舍人袁公瑜等诣黔州,再鞫无忌反状,至则逼无忌令自缢。诏柳奭、韩瑗所至斩决。使者杀柳奭于象州。韩瑗已死,发验而还。”长孙无忌生平事迹见《旧唐书》卷六五、《新唐书》卷一〇五本传。

## |十月|

**沈元明《成唯识论后序》约作于本年**。

《全唐文》卷二〇五沈元明《成唯识论后序》:“粤以显庆四年,龙栖叶洽,元英应序。厥闰惟阳,糅兹十释四千五百颂,汇聚群分,各遵其本,合为一部,勒成十卷。月穷于纪,铨综云毕。精括诂训,研详夷夏。调惊韶律,藻掞天庭。白凤甄奇,紫薇呈瑞。遂使文同义异,若一师之制焉。斯则古圣今贤,其揆一也。……传之后学,教蟠黄陆。跨合璧于龟畴,祥浮紫宫;掩连珠于麟籀,式罄庸谀。叙其宗致云。”据文中“粤以显庆四年”知序作于本年左右,又云“厥闰惟阳”,查《二十史朔闰表》知本年闰十月,故录文于本年十月。《唯识论》为佛教重要论书之一。

**李义府作《大唐故兰陵长公主碑》**。

《全唐文》卷一五三李义府《大唐故兰陵长公主碑》:“公主讳淑,字丽贞,陇西狄道人也。高祖武皇帝之孙,太宗文皇帝之第十九女也……第十九女,理识幽闲,质性柔顺,幼娴礼训,夙镜诗文。汤沐之典,抑有恒规,可封兰陵郡公主……以显庆三年八月八日疾薨于雍州万年县之平乐里第……即以其年岁次己未十月甲辰朔二十九日迁窆于……”己未即为显庆四年,据此知碑文作于本年十月。其铭云:“赫赫皇猷,昭昭帝族,导源姜水,分枝若木……”

## 本 年

**李延寿撰《南史》《北史》,表上之,作《上南北史表》。**

《唐会要·修前代史》卷六三:“(显庆)四年二月,太子司更大夫吕才,著《隋纪》二十卷。其年,符玺郎李延寿撮近代诸史,南起自宋,终于陈,北始自魏,卒于隋,合一百八十篇,号为《南北史》,上自制序。”据此知李延寿之《上南北史表》作于本年。《全唐文》卷一五四李延寿《上南北史表》:“臣闻史官之立,其来已旧,执简记言,必资良直。是以典谟载述,唐虞之风尤著;诰誓斯陈,殷周之烈弥显。鲁书有作,鹿门贻鉴于臧孙……臣轻生多幸,运奉千龄,从贞观以来,屡叨史局,不揆愚固,私为修撰。起登魏国元年,尽隋义宁三年,凡三代二百四十四年,兼自东魏天平元年,尽齐隆化二年,又四十四年行事,编为本纪十二卷,列传八十八卷,谓之《北史》。又起宋永初元年,尽陈真明三年,四代一百七十年,为本纪十卷,列传七十卷,谓之《南史》。凡八代,合为二书一百八十卷,以拟司马迁《史记》。就此八代,而梁陈齐周隋五书,是贞观中敕撰,以十志未奏,本犹未出。然其书及志始末,是臣所修。……其《南史》刊勘已定,《北史》勘校粗了,既撰自私门,不敢寝默,又未经闻奏,亦不敢流传。轻用陈闻,伏深战越。谨言。”

**孔志约作《本草序》,叙成书之缘由、体例及其功用。**

《全唐文》卷一八六孔志约《本草序》:“盖闻天地之大德曰生,运阴阳以播物,含灵之所保曰命,资亨育以尽年。蛰穴栖巢,感物之情盖寡;范金揉木,逐欲之道方滋……惜其年代浸远,简编残蠹……既而朝议郎行右监门府长史骑都尉臣苏恭,摭陶氏之乖违,辨俗用之纰紊,遂表请修定,深副圣怀,乃诏太尉扬州都督监修国史上柱国赵国公臣无忌，大中大夫行尚药奉御臣许孝崇等二十二人与苏恭详撰……撰《本草》并图经目录等，凡成五十四卷，庶以网罗今古，开涤耳目，尽医方之妙极……”按《资治通鉴》卷二〇〇：“（显庆四年）七月，壬寅，命李勣、许敬宗、辛茂将与任雅相、卢承庆更共覆按无忌事。许敬宗又遣中书舍人袁公瑜等诣黔州，再鞫无忌反状，至则逼无忌令自缢。”长孙无忌曾参与撰写《唐本草》，其卒于显庆四年左右，《唐本草》成书盖不晚于显庆四年，姑系孔志约《本草序》于显庆四年。

**陈子昂（659—700），生于本年，字伯玉，梓州射洪县人。**

《旧唐书》本传：“陈子昂，梓州射洪县人。”《新唐书》本传：“陈子昂字伯玉，梓州射洪人。”《唐才子传》卷一：“子昂字伯玉，梓州人，开耀二年（682）许旦榜进士。”陈子昂之生年，今从彭庆生《陈子昂年谱》（四川人民出版1981年版，下简称《陈谱》。本文陈子昂之生平与相关文章之系年多取此书之说，容不一一说明。）

**杨炯十岁，应神童举。**

《旧唐书》本传：“炯幼聪敏博学，善属文，神童举，拜校书郎，为崇文馆学士。”又《四部丛刊》本《杨盈川集》附录云：“炯，华阴人，显庆四年举神童，授校书郎。”

**道宣作《释门章服仪后序》。**

《全唐文补编》卷一二道宣《释门章服仪后序》：“余以贞观末历，摈景山林……显庆四年，重于西明寺更为陶炼，文不逮意，略可详之。终拟诸后披而拔俗者可，不尔徒虚言尔。终南山沙门吴兴释道宣。记其程器时序。”

# 唐高宗显庆五年

庚申　六六〇

## 二月

**进士十四人,上书拜官一人。**

见《登科记考补正》卷二本年条。

## 三月

**张楚金作《翰苑后序》。**

《全唐文补编》卷一八张楚金《翰苑后序》:"余以大唐显庆五年三月十二日癸丑,昼寝于并州太原县之廉平里焉。梦先圣孔丘被服坐于堂皇之上,余伏于座前而问之曰……昔夫子大圣也,尚称曰吾衰也,久矣不复梦见周公。余小子何知焉,而神交于将圣,感而有述,遂著是书焉。"

## 四月

**王行宝作《造观世音像记》。**

《全唐文补编》卷七王行宝《造观世音像记》:"大唐显庆五年四月二十日,雍州醴泉纪王典卫、太原晋阳人王行宝,奉为见存父闾仁、母杨氏敬造。妻戴氏、黄氏。男元庆、承庆、同庆、延庆等,一心供奉。"(《八琼室金石补正》卷三、《龙门石窟碑刻题记汇编》)

## 十月

**高宗患风眩头重,目不能视,政事委皇后参决。**

《资治通鉴》卷二〇〇:“(显庆五年)冬,十月,上初苦风眩头重,目不能视,百司奏事,上或使皇后决之。后性明敏,涉猎文史,处事皆称旨。由是始委以政事,权与人主侔矣。”

## |十一月|

**裴炎之妻卒,裴炎作《大唐监察御史裴炎故妻刘氏墓志铭》。**

《全唐文补遗》第三辑裴炎《大唐监察御史裴炎故妻刘氏墓志铭》。该序云:“……父德敏,见任潭州都督……夫人,公之第三女也,自笄五稔,归于我焉,地尽膏腴,家极钟鼎……唐显庆五年正月二十六日卒于兴道里之第,春秋三十有四。呜呼哀哉!以其年十一月五日,改瘗于义善乡之原……”据此知该文作于本年十一月。铭云:“遥遥华胄,弈弈高门。扰龙贻祉,分蛇判源……”

## |本 年|

**杨炯年十一,待制弘文馆。**

杨炯《浑天赋》序:“显庆五年,炯时年十一,待制弘文馆。”

**窥基作《唯识三十论要释序》。**

《全唐文补编》卷一七窥基《唯识三十论要释序》:“……初于贞观二十二年,在慈恩寺译斯本颂。后显庆末年,于坊州玉华宫寺乃翻释论。初翻之际,十释别行,后因咨请,糅成一本。包含名相,该罗邪正。今取正义而释颂文,论所缘竞。”(斯三九六,转录自《大正藏》第二八〇四号)序云“显庆末”,姑录于此。

# 唐高宗显庆六年　龙朔元年

辛酉　六六一

## | 正 月 |

**李善上《文选》注六十卷，藏于秘府。该书征引繁富，于语源及典故之注释极其详尽。李善于《进文选表》文中详述其著述之背景，且较为切当地评价梁以前文学发展之特色。近人高步瀛称李善文"闳括瑰丽"。**

《唐会要》卷三六："显庆六年正月二十七日，右内率府录事参军崇贤馆直学士李善，上注《文选》六十卷，藏于秘府。"据此可知，李善《进文选表》约作于本年正月。《全唐文》卷一八七李善《进文选表》："臣善言，窃以道光九野，缛景纬以照临……楚国词人，御兰芬于绝代；汉朝才子，综鞶帨于遥年。虚元流正始之音，气质驰建安之体。长离北度，腾雅咏于圭阴；化龙东骛，煽风流于江右。爰逮有梁，宏材弥劭，昭明太子业膺守器，誉贞问寝，居肃成而讲艺，开博望以招贤。搴中叶之词林，酌前修之笔海。周巡绵峤，品盈尺之珍；楚望长澜，比径寸之宝。故撰斯一集，名曰《文选》。后进英髦，咸资准的。伏惟陛下经纬成德，文思垂风……愿言注辑，合成六十卷。杀青甫就，轻用上闻，享帚自珍，缄石知谬，敢有尘于广内，庶无遗于小说。谨诣阙奉进，伏愿鸿慈。曲垂照览。谨言。"

## | 二 月 |

**乙未，改元龙朔。**

《旧唐书·高宗纪上》："（显庆六年）二月乙未，以益、绵等州皆言龙见，改元。"

**张贞等五人登进士第，袁义全登明经科，召拜官一人，高像护应制及第。**

见《登科记考补正》卷二本年条。

## |六 月|

**八日，窥基作《唯识二十论述记序》。**

《全唐文补编》卷一七窥基《唯识二十论述记序》："唯识二十论者，筏苏畔徒菩萨之所作也。题叙本宗有二十颂，为简三十，因以名焉……复以大唐龙朔元年岁次辛酉六月一日，于玉花庆福殿肇翻此论，基受旨执笔，其月八日，详译毕功。删整增讹，缀补纰阙……"（《续藏经》第八三函卷首）

**二十六日，许敬宗等进《累璧》六百三十卷。**

《唐会要》卷三六："龙朔元年六月二十六日，许敬宗等撰《累璧》六百三十卷，上之。"

**靖迈作《唯识二十论序》。**

《全唐文补编》卷八靖迈《唯识二十论序》："唯识二十论者，晰妙趣实之格言，济玄匠机之至轨也……遂以皇唐龙朔元年六月一日，奉诏于玉华山庆福殿译……词分两卷，其于至理幽檠，玄根冲浚，皆蒙大师函杖之训，指掌之规。恐有闻之未行，惧瓶受之斯漏。遂染翰墨，式拟书绅。余以阅译之暇，序之云尔。"

## |本 年|

**王勃十二岁，冬，师从曹元学《周易》与医学。**

《王子安集注》卷九《黄帝八十一难经序》："夫子讳元，字真道。……以大唐龙朔元年，岁次庚申冬至后甲子，予遇夫子于长安……盖授《周易章句》及黄帝《素问》《难经》……十五月而毕。……勃受命，伏习五年于兹矣，有升堂睹奥之心焉。"

# 唐高宗龙朔二年

壬戌　六六二

## 正月

**丙午,始置东都国子监。**

《旧唐书·高宗纪上》:"(龙朔二年春正月)丙午,东都初置国子监,并加学生等员,均分于两都教授。"

## 二月

**韦承庆、李元轨等八人登进士第。**

见《登科记考补正》卷二本年条。

**张思讷作《大唐故郑州荥阳县令上骑都尉张府君墓志铭并序》。**

《全唐文补编》卷一〇张思讷《大唐故郑州荥阳县令上骑都尉张府君墓志铭并序》:"君讳楚贤,字东箭,清河东武城人……以龙朔元年五月二十二日,遘疾薨于雍州之第,春秋七十有二……粤以二年二月二十四日,迁厝于万年县洪固乡凤栖之原,礼也。"

**无名氏撰《大唐故郑州荥阳县令上骑都尉张府君墓志铭并序》。**

《唐代墓志汇编续集》龙朔〇一四:"君讳楚贤,字东箭,清河东武城人……粤以二年二月二十四日迁厝于万年县洪固乡凤栖之原,礼也。"

## 六月

**己未朔,皇子旭轮生。**

《旧唐书·高宗纪上》:“(龙朔二年)六月己未朔,皇子旭轮生。”

**阎立本作《僧尼跪拜君父议状》**。

《全唐文补编》卷一四阎立本《僧尼跪拜君父议状》:“右兼司平太常伯阎立本等议称,臣闻刚折柔存,扇玄风之妙旨,苦形甘辱……龙朔二年六月五日状。”(《集沙门不应拜俗等事》卷六)

## |七 月|

**尉迟宝琳作《阿毗云毗婆娑题记》**。

《全唐文补编》卷一〇尉迟宝琳《阿毗云毗婆娑题记》:“龙朔二年七月十五日,右卫将军鄂国公尉迟宝琳,与僧道爽及鄠县有缘知识等,敬于云际山寺洁净写一切尊经。以此胜因,上资皇帝皇后,七代父母,及一切法界苍生……”

**窥基作《异部宗轮论述记序》**。

《全唐文补编》卷一七窥基《异部宗轮论述记序》:“异部宗轮论者,佛圆寂后四百许年,说一切有部世友菩萨之所作也……以大唐龙朔二年七月十四日,于玉华宫庆福殿重译斯本……异者,别也;部者,类也。人随理解,情见不同,别而为类,名为异部。宗者,主也;轮者,转也。所主之法,互有取舍,喻轮不定,故曰宗轮……”(《续藏经》第八三函卷首。原署:世友菩萨造,唐三藏法师玄奘奉诏译,翻经沙门基记。)

## |本 年|

**来济卒,年五十三,有文集三十卷**。

《旧唐书·来济传》:“龙朔二年,突厥入寇,济总兵拒之,谓其众曰:‘吾尝挂刑网,蒙赦性命,当以身塞责,特报国恩。’遂不释甲胄赴贼,没于阵。时年五十三……有文集三十卷,行于代。”《新唐书·艺文志四》:“《来济集》三十卷。”

其生平事迹见《旧唐书》卷八〇、《新唐书》卷一〇五。

## 唐高宗龙朔三年

癸亥　六六三

### 二月

**乔崇隐应明经科**。

见《登科记考补正》卷二本年条。

**李俨作《大唐故左戎卫大将军兼太子左典戎卫率赠荆州都督怀宁县开国公襄公杜公碑》**。

《全唐文补编》卷一四李俨《大唐故左戎卫大将军兼太子左典戎卫率赠荆州都督怀宁县开国公襄公杜公碑》:"……以龙朔二年十月廿五日,日朝薨于禁庑,天子震悼,废朝二日,乃下诏曰……粤以三年岁次癸亥二月乙酉朔十八日壬寅,迁窆于陵东南一十里,奉常考谥曰襄公,礼也……"(《昭陵碑录》卷中《昭陵碑石》)

### 四月

**戊子,李义府流嶲州**。

《旧唐书·高宗纪上》:"(龙朔三年)夏四月乙丑,右相李义府下狱。戊子,李义府除名,配流嶲州。"

### 六月

**窥基作《界身足论后序》**。

《全唐文补编》卷一七窥基《界身足论后序》:“界身足论者,说一切有部。发智六足之一足也……遂以大唐龙朔三年六月四日,于玉华宫八桂亭终译此论,原其大本。颂有六千,后以文繁,或致删略,为九百颂。……惟恐爱海波腾,玄源秘泄,瞩法舟之沦丧,故叙其时事云。”(《大正藏》第一五四〇号阿昆达磨《界身足论》末附)

## |十月|

**五日,无名氏撰《大唐故宫府大夫兼司驭少卿裴君志铭》。**

《唐代墓志汇编续集》龙朔〇二八:“君讳皓,字圆照,河东闻喜人……以龙朔二年四月十九日遘疾于西京安兴里第,春秋五十有五……粤以三年岁次癸亥十月辛巳朔五日乙酉,迁窆于绛州闻喜县高阳乡之东凉原,礼也。”

**窦德玄等奉太子李弘命,撰《瑶山玉彩》成,表上之。**

《唐会要》卷三六:“(龙朔)三年十月二日,皇太子弘遣司元太常伯窦德玄,进所撰《瑶山玉彩》五百卷上之,诏藏书府。”《旧唐书·孝敬皇帝弘传》:“龙朔元年,命中书令太子宾客许敬宗、侍中兼太子右庶子许圉师、中书侍郎上官仪、太子中舍人杨思俭等于文思殿博采古今文集,摘其英词丽句,以类相从,勒成五百卷,名曰《瑶山玉彩》。”

## |十一月|

**玄奘有《请御制大般若经序表》。**

《全唐文补编》卷九玄奘《请御制大般若经序表》:“窃寻佛法大乘,般若为本……以显庆五年正月一日起首,译大般若经。至今龙朔三年十月二十三日绝笔。合成六百卷……龙朔三年十一月二十二日,坊州宜君县玉华寺沙门玄奘上表。”

## |本年|

**李峤十九岁，有《贺麟迹表》。**

《全唐文》卷二四三李峤有《贺麟迹表》云："臣某言，今月十六日……从南行向北，总有八十一麟迹见，外无入处，内有出踪。"《资治通鉴》卷二〇一"麟德元年"下注："去年绛州麟见，又含元殿前麟趾见，于是改元。"知李峤《贺麟迹表》作于本年。

# 唐高宗麟德元年

甲子　六六四

## |正月|

**二十一日，有《麟德元年封虢王李凤为青州刺史诏书刻石》。**

文见《全唐文补遗》第一辑。文首云"维麟德元年岁次甲子正月己酉朔二十一日己未"，故录于此。

## |二月|

**五日，玄奘卒，年六十五。玄奘门人冥祥作《大唐故三藏玄奘法师行状》，概述玄奘一生。**

《续高僧传》卷四本传："麟德元年，告翻经僧及门人曰：'……行年六十五矣，必卒玉华。于经论有疑者今可速问。'……至二月四日，右胁累足……至五日中夜……言已气绝。"玄奘之生平事迹可参见今人杨廷福撰《玄奘年谱》。又，冥祥《大唐故三藏玄奘法师行状》见《全唐文补编》卷九。

**李峤、支敬伦、张弘道三人进士及第，严善思登销声幽薮科，李思训登经明**

**行修科**。

见《登科记考补正》卷二本年条。

## |十二月|

**丙戌,上官仪为许敬宗所陷,坐与梁王忠通谋,下狱死。有集三十卷**。

《旧唐书·上官仪传》:“麟德元年,宦者王伏胜与梁王忠抵罪,许敬宗乃构仪与忠通谋,遂下狱而死,家口籍没。”《旧唐书·高宗纪上》:“(麟德元年)十二月丙戌,杀西台侍郎上官仪。”《新唐书·艺文志四》:“《上官仪集》三十卷。”《新唐书·上官仪传》:“自褚遂良等元老大臣相次屠覆,公卿莫敢正议,独仪纳忠,祸又不旋踵,由是天下之政归于后,而帝拱手矣。”上官仪之生平事迹见《旧唐书》卷八〇、《新唐书》卷一〇五本传。

## |本年|

**骆宾王三十七岁,上书刘祥道,作《上司列太常伯启》求表荐**。

《骆临海集笺注》卷七《上司列太常伯启》:“伏惟太常伯公,仪天耸构。……举材应器,与士无私……而有道贱贫,耻作归田之赋。……指帝乡以望云,赴长安而就日。”陈熙晋注考太常伯为刘祥道。查严耕望《唐仆尚丞郎表》卷九,知刘祥道龙朔三年冬或本年由司刑太常伯迁司列太常伯,八月兼右相,十二月罢为司礼太常伯。据此,则刘祥道任司列太常伯在龙朔三年冬至本年十二月间,骆宾王作《上司列太常伯启》不晚于本年十二月,姑系于此。

**王勃十五岁,上书刘祥道,于《上刘右相书》中论及时政,兼以自陈**。

《新唐书·王勃传》:“麟德初,刘祥道巡行关内,勃上书自陈,祥道表于朝,对策高第。”《王子安集注》卷五有《上刘右相书》。刘祥道本年八月以司列太常伯兼右相,十二月罢,故王勃《上刘右相书》约在本年八月至十二月间,姑录文于此。王勃于文中述己之政治、经济、军事等诸见解,以为唐王朝连年不断之扩边战争造成恶果:“伏见辽阳未靖,大军频进,有识寒心,群黎破胆。……勒兵十八万,空疲帝卒。惊烽走传,骇秦洛之甿;飞刍挽粟,竭淮海之费。”亦指出当时选司之流弊:“今之选司,取士伤多且滥。每年入流数过一千四百,伤多也。杂色入流,不加铨简,是伤滥也……”

**道宣撰《大唐内典录序》**。

《全唐文补编》卷一二道宣《大唐内典录序》:“原夫正法称宝,诚有其由……今总会群作,以类区分,合成一部。开为十例,依条显列……序之云尔。”(《大正藏》本卷首。题署:麟德元年甲子岁京师西明寺释道宣撰。)

## 唐高宗麟德二年

乙丑　六六五

### 二月

**刘寿登明经科,进士并落下**。

见《登科记考补正》卷二本年条。

### 十月

**于志宁卒,年七十八,有集七十卷,令狐德棻为其撰神道碑**。

《全唐文》卷一三七令狐德棻《大唐故柱国燕国公于公碑铭》:“以麟德二年十月二十日薨于东都安众里之第,春秋七十八。……缘情极绮靡之能,体物穷浏亮之趣。雕龙谢其辉焕,吐凤惭其符彩。所著文集,勒成七十卷。”《旧唐书》本传云:“集二十卷。”《新唐书·艺文志四》:“《于志宁集》四十卷。”《旧唐书·经籍志》同。《新唐书·艺文志三》:“于志宁《谏苑》二十卷。”于志宁之生平事迹见《旧唐书》卷七八、《新唐书》卷一〇四、令狐德棻《大唐故柱国燕国公于君碑铭并序》。

**许敬宗作《唐卢国公程知节碑》。**

《全唐文补编》卷一三许敬宗《唐卢国公程知节碑》:“公讳知节,字义贞,济州东阿人也……以麟德二年二月七日,遘疾薨于长安……粤以其年十月己亥朔十一日己酉,窆于……”(《昭陵碑录补》、《陕西金石志》卷八,参《全唐文补遗》第一辑《昭陵碑石》录《程知节墓志铭》)

## 十二月

**骆宾王为齐州父老作《请陪封禅表》。**

《旧唐书·高宗纪》:“(麟德二年)十月戊午,皇后请封禅,司礼太常伯刘祥道上疏请封禅……丁卯将封泰山,发自东都……十二月丙午,御齐州大厅,乙卯命有司祭泰山。”据此知本年十二月高宗到齐州。《骆临海集笺注》卷七《为齐州父老请陪封禅表》云:“岂可使稷下遗氓,顿隔陪封之礼;淹中故老,独奏告成之仪……倘允微诚,许陪大礼,则梦琼余息,玩仙阙以相欢。”知宾王应齐州父老之请上表高宗,请求参加封禅泰山之盛典。

## 本年

**王勃十六岁,作《黄帝八十一难经序》。**

《王子安集注》卷九《黄帝八十一难经序》:“勃受命伏习,五年于兹矣……近复钻仰太虚,导引元气,觉滓秽都绝,精明相保。”王勃龙朔元年从曹元学医,至本年为五年。

**吕才卒,有《隋记》二十卷。**

《旧唐书·吕才传》:“才龙朔中为太子司更大夫,麟德二年卒,著《隋记》二十卷,行于时。”其生平事迹见《旧唐书》卷七九、《新唐书》卷一〇七。

**静泰作《大唐东京大敬爱寺一切经论目序》。**

《全唐文补编》卷八静泰《大唐东京大敬爱寺一切经论目序》:"……又奉麟德元年正月二十六日敕……首末三年,又置官僚,是涂供给……"(《大正藏》二一四八号众经目录卷首。《文物》1988 年第 8 期刊《四川安岳卧佛院石经拓本》,仅为节文)

## 唐高宗乾封元年

丙寅 六六六

### | 二 月 |

**魏知古、王上客进士及第,王勃、苏環、崔谷神等十二人幽素科及第,沈齐文、萧谦登明经科。**

见《登科记考补正》卷二本年条。

**己未,高宗至亳州,追号老子为太上玄元皇帝。**

《旧唐书·高宗纪下》:"(乾封元年)二月己未,次亳州。幸老君庙,追号曰太上玄元皇帝,创造祠堂;其庙置令、丞各一员。"

### | 五 月 |

**李俨作《法苑珠林序》。**

《全唐文补编》卷一四李俨《法苑珠林序》:"……总一百篇,勒成十帙,义丰文约,纽虞氏之博要,迹宣道镜,睎祐上之弘明。其言以美,其道斯著,举至赜而无遗,包妙门而必尽。粤以有唐麟德三年岁在摄提律维姑洗五月十日,纂集斯毕……"(《四部丛刊》本卷首,《广弘明集》卷二〇)

## 七月

**卢照邻作《相乐夫人檀龛赞》与《益州长史胡树礼为亡女造画赞》。**

《卢照邻集校注》卷七《相乐夫人檀龛赞》，其序云："相乐夫人韦氏者，益州都督长史胡公之继亲也。夫人寓迹兰闺，栖情香岫。……粤以乾封纪岁，流火司辰，敬造灵龛，奉图真相……"据"乾封纪岁，流火司辰"可知此文当作于是年七月。赞云："猗欤寔相，显允神工。规模鹿苑，图写龙宫。分身谛听，列坐谈空。群天飒缅，众宝玲珑。雕窗引月，镂网摇空。一窥妙境，高谢尘蒙。"卢照邻《益州长史胡树礼为亡女造画赞》亦当为同时所作。

## 八月

**无名氏撰《大唐故上柱国咸阳府长上果毅杨君墓志铭》。**

《唐代墓志汇编续集》龙朔〇一六："君讳智积，字仲谋，弘农华阴人也……粤以乾符二年八月十八日合葬于冯翊北临高乡之原。"

## 十月

**十四日，诏赵仁本等刊正并缮写四部群书。**

《唐会要》卷三五："乾封元年十月十四日，上以四部群书传写讹谬，并亦缺少，乃诏东台侍郎赵仁本、兼兰台侍郎李怀岩、兼东台舍人张文瓘等，集儒学之士刊正，然后缮写。"

## 十一月

**李安期作《大唐故右威卫大将军上柱国汉东郡开国公李公碑铭》。**

《全唐文补编》卷十四李安期《大唐故右威卫大将军上柱国汉东郡开国公李

公碑铭》:“盖闻辰极居尊,列宿齐其咎……粤以乾封元年五月二十日暴疾,薨于静安坊里第,春秋七十有四……即以其年岁次景寅十一月癸亥朔二十八日庚寅,葬于昭陵东南一十三里。”

## 本年

**令狐德棻卒,年八十四,有集三十卷**。

《旧唐书》本传:“龙朔二年,表请致仕,许之,仍加金紫光禄大夫。乾封元年卒于家,年八十四,谥曰宪。德棻暮年尤勤于著述,国家凡有修撰,无不参预。”《新唐书·艺文志四》:“《令狐德棻集》三十卷。”令狐德棻先后预修《晋书》《武德贞观两朝史》《高宗后修实录》《大唐氏族志》《大唐仪礼》《艺文类聚》《留本司行格》等书,并主编《周书》。自撰《凌烟阁功臣故事》四卷、《皇帝封禅仪》六卷、《令狐家传》一卷、文集三十卷。除《艺文类聚》《晋书》《周书》外,余皆佚。令狐德棻之生平事迹见《旧唐书》卷七三、《新唐书》卷一〇二本传。

**李义府卒,年五十三,有集三十卷**。

《旧唐书》本传:“乾封元年大赦,长流人不许还,义府忧愤发疾卒,年五十余。文集三十卷,传于代。又著《宦游记》二十卷,寻亡失。”《新唐书·李义府》作“年五十三”,是。《旧唐书·经籍志下》:“《李义府集》三十九卷。”《新唐书·艺文志四》:“《李义府集》四十卷。”其生平事迹见《旧唐书》卷八二、《新唐书》卷二二三。

# 唐高宗乾封二年

丁卯　六六七

## 二月

**苏味道、程芝等五人进士及第,王行淹登明经科,杨纯登孝通神明科**。

见《登科记考补正》卷二本年条。

**道宣撰《律相感通传序》**。

《全唐文补编》卷一二道宣《律相感通传序》:“余曾见晋太常干宝撰《搜神录》,述晋故中牟令苏诏,有才识,咸宁中卒……余少乐多闻希世拔俗之典籍,故搜神、研神、冥祥、冥报、旌异、述异、志怪、录幽,曾经阅之,非疑虑。况佛布天人之说,心进勇锐之文,护助形神,守持城塔,事出前闻,非为徒说。后诸缘叙,并依出而疏之。(《大正藏》第一八九八号卷首。原署:唐乾封二年仲春终南山沙门释道宣撰。)

## |十月|

**道宣卒,年七十二**。

《宋高僧传》卷一四《道宣传》:“尔后十旬,安坐而化,则乾封二年十月三日也,春秋七十二,僧腊五十二……撰《法门文记》《广弘明集》《续高僧传》《三宝录》《羯摩戒疏》《行事钞》《义钞》等二百二十余卷。”《全唐文补编》卷一二编录道宣《四分律比丘尼钞序》《列塔像神瑞迹序》《大唐内典录后记》等文。

## |本年|

**张说(667—730)生于本年,字道济,或字说之**。

《旧唐书·张说传》云:“张说字道济,其先范阳人,代居河东,近又徙家河南之洛阳……(开元)十八年,遇疾,玄宗每日令中使问疾,并手写药方赐之。十二月薨,时年六十四。”《新传》略同。依张说之卒年逆推,则其生于本年。(张说作品之系年主要依据陈祖言《张说年谱》,香港中文大学出版社,1984年版。)

**王勃十八岁,为沛王李贤王府侍读,奉教撰写《平台秘略赞》十篇,于《艺文第三》篇中写道,文章宜“气凌云汉,字挟风霜”**。

《王子安集注》卷一五《平台秘略赞十首》，其《艺文第三》云："荣分上邸，业盛文场。争开宝札，竞耸雕章。气凌云汉，字挟风霜。后之来者，其在君王。"以为文章应具昂扬激越之情感。同书卷一一《平台秘略论·文艺》："故文章经国之大业，不朽之能事，而君子所役心劳神，宜于大者远者，非缘情体物、雕虫小技而已。"《杨炯集》卷三《王勃集序》："沛王之初建国也，博选奇士，征为侍读，奉教撰《平台钞略》十篇。"《新唐书·王勃传》："数献颂阙下。沛王闻其名，召署府修撰。"按明年王勃已在沛王府，其入府约在本年，然确年难考，姑录《平台秘略赞》于此。

## 唐高宗乾封三年　总章元年

戊辰　六六八

### 二月

**二十六人登进士第，骞思哲登明经科。**

见《登科记考补正》卷二本年条。

### 三月

**庚寅，以明堂制度略定，改元总章。**

《资治通鉴》卷二〇一："朝廷议明堂制度略定，三月庚寅，赦天下，改元。"

### 十月

**高宗作《选人试经史授官敕》。**

《全唐文新编》卷一四高宗《选人试经史授官敕》："司戎诸色考满入选，司列诸色考满入流。人并兼试一经一史，然后授官。"《唐会要·杂处置》卷七五："乾封三年十月敕……"所云即为本篇，据此知高宗《选人试经史授官敕》作于本年十月。

## |十一月|

**王勃作《归仁县主墓志并序》。**

《全唐文补编》卷一五王勃《归仁县主墓志并序》:“……以总章元年八月六日,遘疾薨于乾封县永达里,春秋三十有四……以其年十一月二十日,窆于少陵之原,礼也。”

## |十二月|

**唐高宗以高丽平,将祀南郊,王勃献《拜南郊颂》十章与《上拜南郊颂表》。**

《王子安集注》卷四《上拜南郊颂表》:“臣伏见总章元年十二月四日诏,既清东寇,将觐南岳,甫资元勋,旋窥大典。……辄贡《拜南郊颂》十章。”据此可知王勃《拜南郊颂》《上拜南郊颂表》作于本年十二月。《王子安集注》卷一二录《拜南郊颂》。

## |本年|

**王勃作《九成宫颂》二十四章、《上九成宫颂表》。**

《王子安集注》卷一三有《九成宫颂》《上九成宫颂表》。《资治通鉴》卷二〇一:“(总章元年)三月庚寅,赦天下,改元。戊寅,上幸九成宫。”王勃《九成宫颂》序云“光总章之瑞纪,嗣乾封之宝历”,知颂作于本年。文末云“下客游梁,荣参赐帛”,知其在沛王府。

**王勃十九岁,作《山亭兴序》与《山亭思友人序》。**

《王子安集注》卷九《山亭兴序》:“仁者乐山,智者乐水。深山大泽,龙蛇为得性之场;广汉巨川,珠贝是有殊之地。……乐天知命,一十九年……”《序》云

“乐天知命，一十九年”，王勃本年十九岁，知《山亭兴序》作于本年。《王子安集注》卷九《山亭思友人序》：“高兴之后，中宵起观，举目四望，风寒月清。……思飞情逸，风云坐宅于笔端，兴洽神清，日月自安于调下……”该文与其《山亭兴序》当为前后所作，姑录于此。

## 唐高宗总章二年

己巳　六六九

### 五月

**癸卯，王勃自长安游蜀，集途中所作诗歌三十首为《入蜀纪行诗》，自为序。**

《王子安集注》卷七《入蜀纪行诗序》云：“总章二年五月癸卯，余自长安观景物于蜀。遂出褒斜之隘道，抵岷峨之绝径……嗟乎，山川之感召多矣，余能无情哉！爰成文律，用宣行唱，编为三十首，投诸好事焉。”

**卢照邻于成都作《对蜀父老问》，文见卢照邻失意之情。**

《卢照邻集校注》卷六《对蜀父老问》：“龙集荒落，律纪蕤宾，余自酆镐，归于五津，从王事也。”《尔雅·释天》：“（太岁）在巳曰大荒落。”本年己巳，“龙集荒落”当指本年。《辞源》载，“蕤宾”即五月。《对蜀父老问》云：“……富贵者君子之余事，仁义者贤达之常迹。来不可违，类鸿燕之随阳；去不可留，同白驹之过隙。……大唐之有天下也，出入三代，五十余载。……若余者，十五而志于学，四十而无闻焉。咏羲、农之化，玩姬、孔之篇。周游几万里，驰骋数十年。”

### 八月

**王勃作《涧底寒松赋》与《青苔赋》。**

《王子安集注》卷二《涧底寒松赋》：“岁八月壬子，旅游于蜀，寻茅溪之涧，深溪绝磴，人迹罕到，爰有松焉，冒霜停雪，苍然百丈……寓天地兮何日，凌霜露兮几秋？……徒志远而心屈，遂才高而位下。”据本年五月条知王勃本年游于蜀，《涧底寒松赋》云“岁八月壬子，旅游于蜀”，知文盖作于本年八月。同书同卷《青苔赋》：“吾之旅游数月矣，憩乎荒涧，睹青苔焉，缘崖而上。……若夫桂洲含润，松崖秘液。绕江曲之寒沙，抱岩幽之古石……不根不蒂，无华无影。耻桃李之暂芳，笑兰桂之非永。故顺时而不竞，每乘幽而自整。”其作年难确考，并系于此。

## 秋

**王勃作《游山庙序》《游庙山赋》。**

《王子安集注》卷七《游山庙序》云：“吾之有生二十载矣，雅厌城阙，酷嗜江海。……粤以胜友良暇，相与游于玄武西山庙，盖蜀郡三灵峰也。山东有道君庙，古者相传以名焉尔。”王勃本年二十岁，据序中“吾之有生二十载矣”知文当作于本年。同书卷一《游庙山赋》：“玄武山，西有庙山，东有道君庙，盖幽人之别府也。……秋阴方积，松柏群吟，悲声四起……”亦作于此时，赋云“秋阴方积”知乃作于秋日。

**卢照邻作《狱中学骚体》。**

《卢照邻集校注》卷四《狱中学骚体》：“夫何秋夜之无情兮，皎皛悠悠而太长；圜户杳其幽邃兮，愁人披此严霜。见河汉之西落，闻鸿雁之南翔。山有桂兮桂有芳，心思君兮君不将。忧与忧兮相积，欢与欢兮两忘。风袅袅兮木纷纷，凋绿叶兮吹白云。寸步千里兮不相闻，思公子兮日将曛。林已暮兮鸟群飞，重门掩兮人径稀。万族皆有所托兮，蹇独淹留而不归。”所记为秋景。李云逸《卢照邻集校注》附录《卢照邻年谱》系其为人所讼入狱于本年，今从之。

## 十二月

**孤独作《叹辞》。**

《全唐文补编》卷一二孤独《叹辞》：“总章二年十月，弟子孤独妻魏早亡，身复失明,作叹辞……上无元季之兄,下无伏床之子。苟存朝夕,养其蜉蚰之命……敬造尊像一龛,龙门以记功,凿山盈而存朽迹(下缺)。”(《八琼室金石补正》卷三一。刘景龙编《古阳洞龙门石窟》第一四四三窟。按,《唐文续拾遗》卷一一收阙名下,题作《总章二年造像记》。今重录。)

## |本 年|

**卢照邻由友人救护,未几出狱,作《穷鱼赋》。文中照邻借生动之寓言,抒悲愤不平之情**。

《卢照邻集校注》卷一《穷鱼赋》,其序云:“余曾有横事被拘,为群小所使,将致之深议,友人救护得免。窃感赵壹《穷鸟》之事,遂作《穷鱼赋》,常思报德,故冠之篇首。”本年秋照邻因事下狱,未几出狱,《穷鱼赋》或作于年末,赋云:“有一巨鳞,东海波臣,洗静月浦,涵丹锦津。映红莲而得性,戏碧浪以全身;宕而失水,届于阳濒。渔者观焉,乃具竿索,集朋党,凫趋雀跃,风驰电往,竟下任公之钓,争陈预且之网。蝼蚁见而甘心,獱獭闻而抵掌。于是长舌利嘴,曳纶争钩。拖鬐挫鬣,抚背扼喉。动摇不可,腾越无由。有怀纤润,宁望洪流。大鹏过而哀之,曰:‘昔予为鲲也,与尔游乎。自余羽化之后,子其遗孤。’俄抚翼而下,负之而趋,南浮七泽,东泛五湖。是鱼也,已相忘于江海,而渔者犹怅望于泥涂。”又,《卢照邻集校注》卷一《驯鸢赋》:“既而摧颓短翮,寥落长想……荷大德之纯粹,将轻姿之陋薄。思一报之无阶,欣百龄之有托。”亦与《穷鱼赋》序“有横事被拘……有友人救护得免”所云主旨合,姑录于此。

**玄导有《总章二年题记》**。

《全唐文补编》卷一一玄导《总章二年题记》:“夫法性玄运……共拔山同登(下缺)。大唐总章二年[四]月己酉朔八日景[辰]。”(见《房山石经题记汇编》第一部分。原按云:据石形及文字,似每行缺三至四字。此题记在雷音洞洞门外,门楣上横刻“静琬残题”,发现后又半年,剥去灰皮,再发见。)

# 唐高宗总章三年　咸亨元年

庚午　六七〇

## 二月

**杜审言、宋守节、高瑾等五十四人登进士第，宋守节为状元。王思齐、郑谌登明经科。**

见《登科记考补正》卷二本年条。

**无名氏撰《大唐故司空公太子太师赠太尉扬州大都督上柱国英国公李公墓志之铭》。**

《唐代墓志汇编续集》总章〇一〇："公讳勣，字懋功，本姓徐氏，高平之著族焉……以总章二年十二月三日薨，春秋七十有六……粤以三年岁次庚午二月甲辰朔六日己酉陪葬于昭陵。"

## 三月

**甲戌朔，大赦天下，改元咸亨。**

《旧唐书・高宗纪下》："（总章三年）三月甲戌朔，大赦天下，改元为咸亨元年。"

## 五月

**诏令速建州、县孔子庙堂及学馆。**

《旧唐书・高宗纪下》："（咸亨元年）五月丙戌，诏曰：'诸州县孔子庙堂及学馆有破坏并先来未造者，遂使生徒无肄业之所，先师阙奠祭之仪，久致飘露，深非敬本。宜令所司速事营造。'"

## 九月

**深秋因久旱得雨，李峤作《晚秋喜雨》诗并序。**

《全唐诗》卷六一李峤《晚秋喜雨序》："咸亨元年，自四月不雨至于九月，王畿之内，嘉谷不滋。君子小人惶惶如也。"

**王勃在益州，作《益州夫子庙碑》。**

《王子安集注·益州夫子庙碑》："述夫帝车南指，遁七曜于中阶……咸亨元年，又下诏曰……银青光禄大夫谯国公讳崇义……高秋九月……"文中诏曰即为本年五月条，《益州夫子庙碑》乃其年九月王勃所作碑文。杨炯《王勃集序》："所制《九陇县孔子庙堂碑文》，宏伟绝人，稀代为宝，正平之作，不能夺也。"

## 秋

**王勃在益州。其《益州绵竹县武都山净惠寺碑》《益州德阳县善寂寺碑》《宇文德阳宅秋夜山亭宴集序》等文确年难考，并叙于此。**

《王子安集注》卷七《宇文德阳宅秋夜山亭宴集序》："若夫龙津宴喜，地切登仙，凤阁元虚，门称好事。亦有登山临水，长想巨源，清风明月，每思玄度，未有能星驰一介，留美迹于芳亭。云委八行，抒劳思于彩笔，遂令启瑶缄者，攀胜集而长怀，披琼翰者，仰高筵而不暇……于时白藏开序，青女御律。金风高而林野动，玉露下而江山清。琴亭酒榭，磊落乘烟；竹径松扉，参差向月。鱼鳞积磴，还升兰桂之峰；鸳翼分桥，即映芙蓉之水。亦有红蘋绿荇，亘渚连翘，玉带瑶华，分楹间植。池帘夕敞，香牵十步之风；岫幌宵褰，气袭三危之露。纵冲衿于俗表，留逸契于人间。东山之赏在焉，南涧之情不远。夫以中牟驯雉，犹婴触网之悲；单父歌鱼，罕继鸣琴之趣。俾夫一同诗酒，不挠于牵丝；千载岩溪，无惭于景烛云尔。"

## 十一月

**高宗颁《简择史官诏》，精选修撰史书之官员。**

《全唐文》卷一三高宗《简择史官诏》："修撰国史，义在典实，自非操履贞白，业量该通，谠正有闻，方堪此任。所以承前继居，史官必就中简择，灼然为众所推者，方令著述……自今以后，宜遣史司于史官内简择……自余虽居史职，不得辄令闻见所修史籍，及未行用国史等事。"《唐会要·修史官》卷六三："咸亨元年十一月二十一日诏：修撰国史，义在典实，自今以后，宜令所司于史官内简择堪修人……"此条所录与《简择史官诏》旨同，据此知高宗《简择史官诏》颁于本年十一月二十一日。

## 本年

**骆宾王四十三岁，从军西域，作《荡子从军赋》。清人陈熙晋论该赋："临海夙龄英侠，久戍边城，慷慨临戎，徘徊恋阙。借子山之赋体，摅定远之壮怀。绝塞烟尘，空闺风月，虽文托艳冶，而义协风骚。"**

清陈熙晋《续补唐书骆侍御传》云："咸亨元年，吐蕃入寇。罢安西四镇，以薛仁贵为逻娑大总管。适宾王以事见谪，从军西域。会仁贵兵败大非川，宾王久戍未归，作《荡子从军赋》以见意。未几，自塞外还。"《资治通鉴》卷二〇一："（咸亨元年）秋八月……仁贵退屯大非川……唐兵大败。"骆宾王《荡子从军赋》约作于本年，姑系于此。又，《骆临海集笺注》卷六《荡子从军赋》云："胡兵十万起妖氛，汉骑三千扫阵云。隐隐地中鸣战鼓，迢迢天上出将军。边沙远离风尘气，塞草长萎霜露文。荡子辛苦十年行，回首关山万里情。远天横剑气，边地聚笳声。铁骑朝常警，铜焦夜不鸣。抗左贤而列阵，比右校以疏营。沧波积冻连蒲海，雨雪凝寒遍柳城。若乃地分玄徼，路指青波。边城暖气从来少，关塞玄云本自多。严风凛凛将军树，苦雾苍苍太史河。既拔距而从军，且扬麾而挑战。征旆凌沙漠，戎衣犯霜霰。楼船一举争沸腾，烽火四连相隐见。戈文耿耿悬落星，马足骎骎拥飞电……荡子别来年月久，贱妾空闺更难守。凤凰楼上罢吹箫，鹦鹉杯中休劝酒。闻道书来一雁飞，此时缄怨下鸣机。裁鸳帖夜被，熏麝染春衣。屏风宛转莲花帐,夜月玲珑翡翠帷。个日新妆始复罢,只应含笑待君归。”马积高《赋史》论该赋:“丽而不縻,劲而不直。”

**元兢有《古今诗人秀句序》**。

《全唐文补编》卷一二元兢《古今诗人秀句序》:“晚代铨文者多矣,至如梁昭明太子萧统与刘孝绰等撰集《文选》,自谓毕乎天地,悬诸日月。然于取舍,非无舛谬……余以龙朔元年,为周王府参军,与文学刘祎之,典签范履冰。时东阁已建,期竟撰成此录。王家书既多缺,私室集更难求,所以遂历十年,未终两卷。今剪《芳林要览》,讨论诸集,人欲天从,果谐宿志……时历十代,人将四百,自古诗为始,至上官仪为终。刊定已详,缮写斯毕。实欲传之好事,冀得知音,若斯而已,若斯而已矣。”(《文镜秘府论》南卷,参王利器校注、罗联添《隋唐五代文学批评资料汇编》,周祖譔《隋唐五代文论选》)由龙朔元年至咸亨元年,头尾共十年,与序中“所以遂历十年”合,姑录于此。

**新罗王金法敏作《报薛仁贵书》**。

《全唐文补编》卷一六新罗王金法敏《报薛仁贵书》:“先王贞观二十二年入朝,面奉太宗文皇帝恩敕。朕今伐高丽,非有他故,怜你新罗……至咸亨元年六月,高丽谋叛,总杀汉官……至七月,入朝使金钦纯等至……请总官审自商量,具状申奏,鸡林州大都督左卫大将军开府仪同三司上柱国新罗王金法敏白。”又,《全唐文补编》卷一六薛仁贵《致新罗王金法敏书》:“行军总管薛仁贵致书新罗王,清风万里,大海三千,天命有期,行遵此境……行人来往,今遣王所部僧琳润赍书,伫布一二。”二文为前后之作,文一云“咸亨元年”,姑录文于此。

## 唐高宗咸亨二年

辛未　六七一

### 正月

**卢照邻作《益州至真观主黎君碑》**。

《卢照邻集校注》卷七《益州至真观主黎君碑》："法师于咸亨二年正月十八日寝疾之际，闻空中有声曰……"据此知碑文作于本年正月。又，《卢照邻集校注》卷六《杨明府过访诗序》："夫清风动驾，谒阮籍于山阳；素雪乘舟，访戴逵于江路。犹名高好事，迹标良史。未有莺临绮月，筵开许、郭之谈；花聚繁星，门枉荀、陈之驭。泛烟光于紫溆，翻露色于丹滋。亭皋一望，平芜千里。萋萋芳草，童儿牧马之场；亹亹晴川，野老休牛之塔。钓台隐隐，先生之桑梓可知；茨岭岩岩，隐士之风流尚在。岂使临邛樽酒，歌赋无声；彭泽琴书，田园寝咏。"杨明府，其人不详。观《序》之内容，盖为照邻卧病前所作，但作年难确考。卢照邻于咸亨四年病卧长安光德坊之官舍，姑叙文于此。

## 二月

**弓嗣初登进士科，许坚登明经科。**

见《登科记考补正》卷二本年条。

## 四月

**王勃作《夏日仙居观宴序》。**

《全唐文补编》卷一五王勃《夏日仙居观宴序》："咸亨二年四月孟夏，龙集丹纪，兔躔朱陆……敢分谤于当仁，庶同尘于介福，人分一字，七韵成篇。"

## 春

**王勃作《春思赋》，描绘长安、洛阳、江南、蜀中等地春色，表现不同人物之春思，揭示"抚穷贱而惜光阴，怀功名而悲岁月"之主旨。**

《王子安集注》卷一《春思赋》，序云："咸亨二年，余春秋二十有二，旅寓巴蜀，浮游岁序……九陇县令河东柳太易，英达君子也，仆从游焉……"知文作于本年。《春思赋》云："蜀川风候隔秦川，今年节物异常年。霜前柳叶衔霜翠，雪里梅花犯雪妍。霜前雪里知春早，看柳看梅觉春好。思万里之佳期，忆三秦之远道……昭阳殿里报春归，未央台上看春晖。水精却挂鸳鸯幔，云母斜开翡翠帏。竞道西园梅色浅，争知北阙柳阴稀？……春来并是春，何啻雨违秦。忽逢江外客，复忆江南春。罗衣乘北渚，锦袖出东邻……”

## |六 月|

**王勃至剑州梓潼县，有《梓潼南江泛舟序》。**

《王子安集序》卷六《梓潼南江泛舟序》云：“咸亨二年，六月癸巳。梓潼县令韦君，以清湛幽凝，镇流靖俗，境内无事，舣舟于江潭，纵观于丘壑。渺然有山林陂泽之思，遂长怀悠想……”据此可知序作于本年六月。

## |十 二 月|

**许敬宗作《越国燕太妃碑》。**

《全唐文补编》卷一三许敬宗《越国燕太妃碑》：“……以咸亨二年七月二十七日，遘疾弥留，薨于郑州之传舍，春秋六十有三……粤以其年十有二月二十七日，陪葬于昭陵，礼也。”(《昭陵碑录补》、《陕西金石志》卷八、《昭陵碑石》《全唐文补遗》)

**无名氏撰《大唐越国故太妃燕氏墓志铭》。**

《唐代墓志汇编续集》咸亨〇一二：“夫文明演繇，帝妹入飞鸿之祥；景象舒华，轩辕赞贯鱼之术……粤以咸亨二年岁次辛未十二月甲子朔二十七日庚寅，奉迁灵亲，陪葬于昭陵之近茔，礼也。”

## |本 年|

**王勃至长安，作《上吏部裴侍郎启》，述其文论思想，又录旧作《古君臣赞》十篇投献。**

杨炯《王子安集序》云："咸亨之初，乃参时选。"《王子安集注》卷四有《上吏部裴侍郎启》云："夫文章之道，自古称难。圣人以开物成务，君子以立言见志。遗雅背训，孟子不为；劝百讽一，扬雄所耻。苟非可以甄明大义，矫正末流，俗化资以兴衰，家国由其轻重，古人未尝留心也。自微言既绝，斯文不振，屈宋导浇源于前，枚马张淫风于后。谈人主者，以宫室苑囿为雄；叙名流者，以沉酗骄奢为达。故魏文用之而中国衰，宋武贵之而江东乱。虽沈谢争骛，适先兆齐梁之危；徐庾并驰，不能止周陈之祸。……伏见铨擢之次，每以诗赋为先，诚恐君侯器人于翰墨之间，求材于简牍之际，果未足以采取英秀，斟酌高贤者也。……尝著文章，非敢自媒，聊以恭命。谨录《古君臣赞》十篇并序，虽不足尘高识之门，亦可以见小人之志也。"本文之作年难确考，姑录于此。

**杨炯、王勃、卢照邻、骆宾王并以文章称于李敬玄。**

《唐会要》卷七五曰："裴行俭为吏部侍郎，时李敬玄盛称王勃、杨炯、卢照邻、骆宾王等，为之延誉，引以示裴行俭。行俭曰：'才名有之，爵禄盖寡。杨应至令长，余并鲜能令终。'"《天中记》卷三一引《唐会要》作"咸亨二年"，知为此年之事。

## 唐高宗咸亨三年

壬申　六七二

### 正月

**骆宾王四十五岁，从军姚州。《兵部奏姚州道破逆贼诺没弄杨虔柳露布》《兵部奏姚州破贼设蒙俭等露布》《为李总管祭赵郎将文》等文均作于姚州军中。**

《资治通鉴》卷二〇二："（咸亨三年）春，正月辛丑，以太子左卫副率梁积寿为姚州道行军总管，将兵讨叛蛮……庚戌，昆明蛮十四姓二万三千户内附。"宾王此时从军赴姚州，掌军中文书。《骆临海集笺注》卷一〇《兵部奏姚州道破逆贼诺没弄杨虔柳露布》《兵部奏姚州破贼设蒙俭等露布》作于此时。另《骆临海集笺注》卷一〇《为李总管祭赵郎将文》云"姚州道大总管李义,祭赵郎将之灵",知该文亦作于其出征姚州时,乃代李总管所作。

## 八月

**许敬宗卒,年八十一,有集八十卷。**

《旧唐书·许敬宗传》:"咸亨元年,抗表乞骸骨,诏听致仕,仍加特进,俸禄如旧。三年薨,年八十一……文集八十卷。"《旧唐书·高宗纪下》:"(咸亨三年)八月壬子,特进、高阳郡公许敬宗卒。"本传云:"敬宗自掌知国史,记事阿曲……然自贞观已来,朝廷所修《五代史》及《晋书》《东殿新书》《西域国志》《文思博要》《文馆词林》《累璧》《瑶山玉彩》《姓氏录》《新礼》,皆总知其事,前后赏赉,不可胜纪。"其生平事迹见《旧唐书》卷八二、《新唐书》卷二二三本传。又,《全唐文》卷一五一许敬宗《竹赋》:"惟修竹之劲节,伟圣贤之留赏。览山经而逖听,咏周诗而遐想。掩寰中而独秀,非庶物之所仰……夏景开松。枝藏戏鸟,叶间残虹。上便娟而妨露,下檀栾而来风。散归云之掩翳,引落日之玲珑。虽复严霜晓结,惊飙夕扇。雪覆层台,寒生复殿。惟贞心与劲节,随春冬而不变。考众卉而为言,常最高于历选。"该赋之作年难确考,姑录于此。

## 秋

**骆宾王之蜀,作《艳情代郭氏赠卢照邻》。其《秋日于益州李长史宅宴序》作年难确考,并叙于此。**

《骆临海集笺注》卷四《艳情代郭氏赠卢照邻》云:"迢迢芊路望芝田,眇眇函关限蜀川。归云已落涪江外,还雁应过洛水瀍。洛水傍连帝城侧……柳叶园花处处新。洛阳桃李应芳春,妾向双流窥石镜……谁分迢迢经两岁,谁能脉脉待三秋。情知唾井终无理,情知覆水也难收。不复下山能借问,更向卢家字莫愁。"陈熙晋谓:"照邻《病梨树赋序》:'癸酉之岁,卧病长安。'岁癸酉,实咸亨四年。临海入蜀,在咸亨中。此诗云'妾向双流窥石镜,君住三川守玉人',是时升之方自蜀至洛。当在咸亨四年以前也。"骆宾王姚州军中归后"策辔西南使邛僰",或至蜀,《艳情代郭氏赠卢照邻》约作于本年秋。《骆临海集笺注》卷九《秋日于益州李长史宅宴序》:“曲浦澄漪,似对任棠之水;芳亭兴洽,如归山简之池。加以秋水盈襟,寒郊满望,洲渚肃而蒹葭变,风露凝而荷芰疏。忘怀在真俗之中,得性出形骸之外……”文章写秋日之景,叙宴饮之会。

## |本 年|

**员半千作《陈情表》,自夸文可比曹植、枚皋。**

《新唐书·员半千传》:“咸亨中,上书自陈:‘臣家资不满千钱,有田三十亩……’”所云与《陈情表》旨意同。据此,可知《陈情表》约作于咸亨中。咸亨共五年,姑系于此。《全唐文》卷一六五员半千《陈情表》:“臣某言,臣贫穷孤露,家贫不满千钱,乳杖藜糗,朝夕才充一饭,有田三十亩,有粟五十石。闻陛下封神岳,举英才,货卖以充粮食,奔走而归帝里。京官九品,无瓜葛之亲,立身三十有余,志怀松柏之操,不能粜贱贩贵,取利于锥刀……”员半千于表中自夸文学才能云:“若使臣七步成文,一定无改,臣不愧子建。若使臣飞书走檄,援笔立成,臣不愧枚皋。……请陛下召天下才子三五千人,与臣同试诗、策、判、笺、表、论,勒字数,定一人在臣先者,陛下斩臣头,粉臣骨,悬于都市,以谢天下才子。望陛下收臣才,与臣官。如用臣刍荛之言,一辞一句,敢陈于玉阶之前。如弃臣微见,即烧诗书,焚笔砚,独坐幽岩,看陛下召得何人,举得何士,无任郁结之至。”

# 唐高宗咸亨四年

癸酉　六七三

## |二 月|

**郭震、李迥秀等七十九人登进士第,礼部侍郎杜易简知贡举。崔韶、马怀素、杨承福登明经科,郭震登拔萃科。**

见《登科记考补正》卷二本年条。

## 四月

**卢照邻在长安，任职于著作局，和崔行功作《双槿树赋》。**

《全唐文》卷一六六题作《同崔少监作双槿树赋》，《卢照邻集校注》卷一题作《双槿树赋》，题下注："同崔少监作。"崔少监，即崔行功，《旧唐书》卷一九〇《文苑·崔行功传》："崔行功，恒州井陉人……咸亨中，官名复旧，改为秘书少监。"咸亨共五年，卢照邻此赋约作于木槿花开之际即四月左右，《双槿树赋》之作年难考，姑录于此。其序云："日昨于著作局，见诸著作竞写《双槿树赋》。蓬莱山上，即对神仙；芸香阁前，仍观秘宝。金悬秦市，杨子见而无言；纸贵洛城，陆生闻而罢笑……"《双槿树赋》云："方丈蓬莱，邈矣悠哉。芸扃石室，图天揆日。若乃羲和掌日，太史观星，铜浑玉策，宝笥金铭。……寂寞攸利，栖闲此地，委命卷舒，随时荣悴。外无婴夭之祸，内有逍遥之致。朝朝暮暮落复开，岁岁年年红以翠……同丧我之非我，固虽凋而不凋。……东方生闻而叹曰：故年花落不留人，今年花发非故春。倏兮夕损，忽兮朝新。侏儒何功兮短饱，曼倩何负兮长贫。聊寄辞于庭树，傥有感于平津。"

## 五月

**薛仁贵作《造像记》。**

《全唐文补编》卷一六薛仁贵《造像记》："薛仁贵奉为皇帝皇后敬造阿弥陀像一躯，并二菩萨。普共法界苍生，同得此福。咸亨四年五月造。"（《八琼室金石补正》卷三一）

## 七月

**卢照邻作《病梨树赋》以自喻。**

《卢照邻集校注》卷一有《病梨树赋》。其序云："癸酉之岁，余卧病于长安光德坊之官舍……时有处士孙思邈居之。……于时天子避暑甘泉，邈亦征诣行在,余独病卧兹邑,阒寂无人,伏枕十旬,闭门三月。庭无众木,惟有病梨一树……树犹如此,人何以堪?有感于怀,赋之云尔。""癸酉之岁"即高宗咸亨四年。《旧唐书·高宗纪》:"(咸亨四年)夏四月丙子,幸九成宫。"序云"避暑甘泉"即指此事。《旧唐书·孙思邈传》:"思邈尝从幸九成宫,照邻留在其宅,时庭前有病梨树,照邻为之赋。"且赋云"闭门三月",知赋盖作于七月左右。《病梨树赋》云:"天象平运,方祇广植。挺芳桂于月轮,横扶桑于日域。……尔生何为,零丁若斯。无轮桷之可用,无栋梁之可施;进无违于斤斧,退无竞于班倕。无庭槐之生意,有岩桐之死枝……叶病多紫,花凋少白。夕鸟怨其巢危,秋蝉悲其翳窄……憔悴孤影,徘徊直形。状金茎之的的,疑石柱之亭亭……年年岁岁,无叶无花,荣辱两齐,吉凶同轨……"

## |十月|

**壬午,阎立本卒。其善图画,尤工写真。**

《旧唐书·高宗纪下》:"(咸亨四年)冬十月壬午,中书令、博陵县子阎立本卒。"《旧唐书·阎立本传》:"立本,显庆中累迁将作大匠……总章元年,迁右相,赐爵博陵县男。立本虽有应务之才,而尤善图画,工于写真,《秦府十八学士图》及贞观中《凌烟阁功臣图》,并立本之迹也,时人咸称其妙。……及为右相,与左相姜恪对掌枢密。恪既历将军,立功塞外;立本唯善于图画,非宰辅之器,故时人以《千字文》为语曰:'左相宣威沙漠,右相驰誉丹青。'"

## |本年|

**王勃二十四岁,在虢州参军任,有序送弟王劼赴太学。**

《王子安集注》卷八《送劼弟赴太学序》:"今之游太学者多矣,咸一切欲速,百端进取。……吾被服家业,沾濡庭训,切磋琢磨,战兢惕厉者,二十余载矣。幸以薄伎,获蠲戎役,尝耻道未成而受禄,恨不得如古君子四十强仕也……"据"吾被服家业……二十余载矣",姑录此文于本年。

**骆宾王《答员半千书》约作于本年。**

《骆临海集笺注》卷八《答员半千书》:“夫人生百年,物理千变,名利宠辱之形立矣,爱憎毁誉之迹生焉。其有道在则尊,德成而上。幽贞为虚白之室,静默为太玄之门。知轩冕是傥来,悟荣华非力致。苟斯道之不坠,亦何患乎无成?而欲图侥幸于权重之交,养声誉于众多之口,斯所以杨朱徘徊于岐路,阮籍怵惕于穷途。嗟乎!露往霜来,岁华不待;山高河广,离会无时。桂树寒花,公子去而忘返;松岩春草,王孙游以不归。去矣员生,远离隔矣。音尘不嗣,情其劳矣。畏途空谷,静躁殊矣。惠而好我,无密尔音。”盖咸亨三年,员半千上书陈情,自诩诗文无敌,骆宾王居蜀,后以书答之。该文作年难确考,姑述于此。

## 唐高宗咸亨五年　上元元年

甲戌　六七四

### 二月

**周彦晖、张守贞等五十七人登进士第,重试及第十一人。王基登明经科。李迥秀登英材杰出科。考功员外郎王方庆知贡举。**

见《登科记考补正》卷二本年条。

**王勃二十五岁,在虢州参军任,补定祖父王通所撰《续书》,并为之序,即《续书序》。**

《王子安集注》卷九《续书序》:“我先君文中子,实秉睿懿。生于隋末,睹后作之违方,忧异端之害正,乃喟然曰:‘宣尼既没,文不在兹乎?’遂约大义,删旧章,续诗为三百六十篇,考伪乱而修元经,正礼乐以旌后王之失。述易赞以申先师之旨。经始汉魏,迄于有晋。择其典物宜于教者,续书为百二十篇,而广大悉备……呜呼小子,何敢以当之也。其尽心力乎!始自总章二年,洎乎咸亨五年,刊写文就,定成百二十篇,勒成二十五卷。”王勃自总章二年(669)至本年整理王通《续书》,本年八月改元上元,故序盖作于八月改元前。

## | 八月 |

**壬辰，改元上元，大赦，赐酺三日。**

《旧唐书·高宗纪》："（咸亨五年）八月壬辰……皇帝称天皇，皇后称天后。改咸亨五年为上元元年，大赦。"

**王勃因官奴曹达案事发当诛，恰大赦，被除名。**

《旧唐书》本传："久之，补虢州参军。勃恃才傲物，为同僚所嫉。有官奴曹达犯罪，勃匿之，又惧事泄，乃杀达以塞口。事发当诛，会赦除名。""赦"盖指上条之改元大赦。

## | 十二月 |

**二十七日，武后表请百官习《老子》，明经试《老子》策。**

《唐会要》卷七五："上元元年十二月二十七日，天后上表曰：'伏以圣绪出自玄元，五千之文，实惟圣教，望请王公以下，内外百官，皆习老子《道德经》。其明经咸令习读，一准《孝经》《论语》，所司临时策试，请施行之。"《旧唐书·高宗纪下》、《资治通鉴》卷二〇二所载同。

## | 冬 |

**王勃游汾阴，有《冬日羁游汾阴送韦少府入洛序》，抒发其落魄之心情。**

《王子安集注》卷七《冬日羁游汾阴送韦少府入洛序》："游汾胜壤，楼船高汉帝之词；卜洛名都，城邑辨周公之迹。……下官诗书拓落，羽翮摧颓。朝廷无立锥之处，丘园有括囊之所。……于时冰霜裂地，星象回天，朔风动而关塞寒，明月下而楼台曙。"文中"诗书拓落，羽翮摧颓。朝廷无立锥之处"即指其因匿杀官奴得罪之事。又据"冰霜裂地"知文作于冬日，姑录于此，全文尽现王勃落魄流离之心绪。

## |本 年|

**李峤三十岁，仍任安定县尉，于本年冬长安赴制举。**

《新唐书》本传云："举制策甲科，迁长安。"但不录其于何年应制举登科。按《李谱》认为：清徐松《登科记考》卷二谓："是年有诏举所知，盖即制科也。"故定李峤于本年冬赴制举。今从之。

**中山郎徐令编成《乐府杂诗》二卷，卢照邻为之序，即《乐府杂诗序》，叙及贾言忠等因高宗君臣游幸九成宫而赋诗编集之事，并赞赏诸人"发挥新题""自我作古"之创造性。**

《卢照邻集校注》卷六《乐府杂诗序》："闻夫歌以永言，庭坚有歌虞之曲；颂以纪德，奚斯有颂鲁之篇。四始六义，存亡播矣……王风国咏，共骊翰而升沉；里颂途歌，随质文而沿革。以少卿长别，起高唱于河梁；平子多愁，寄遥情于垄坂。南浦动关山之役，作者悲离；东京兴党锢之诛，词人哀怨。其后鼓吹乐府，新声起于邺中；山水风云，逸韵生于江左。言古兴者多以西汉为宗，议今文者或用东朝为美。落梅芳树，共体千篇；陇水巫山，殊名一意。亦犹负日于珍狐之下，沉萤于烛龙之前。辛勤逐影，更似悲狂；罕见凿空，曾未先觉。潘、陆、颜、谢，蹈迷津而不归；任、沈、江、刘，来乱辙而弥远。其有发挥新体，孤飞百代之前；开凿古人，独步九流之上。自我作古，粤在兹乎！乐府者，侍御史贾君之所作也。……亲行翰墨之林，光标唱和之雅。于是怀文之士，莫不向风靡然……"文叙诗之由来及两汉乐府之作，又言魏晋之后只知效古，罕见新创之弊，后言及贾侍御之文学。诚如高步瀛评："缛采星稠，藻思绮合，极笔歌墨舞之致。"序云："撰而集之，命余为序。时褫巾三蜀，归卧一丘。散发书林，狂歌学市。……遂复驱逼幽忧之疾。经纬朝廷之言，凡一百一篇，分为上下两卷。"据"归卧一丘""遂复驱逼幽忧之疾"，知其时卢照邻已卧病山中，上一年卢照邻所作《病梨树赋》云"余年垂强仕，则有幽忧之疾"，姑录于此。

**王勃为僧怀素之《四分律宗记》作序。**

《王子安集注》卷九《四分律宗记序》："咸亨之祀，椒房谅阴……于斯为盛。……五载而就，名曰《开四分律宗记》。凡十卷，三十七万六百三十言。"据《宋高僧传》卷一四《唐京师恒济寺怀素传》："咸亨元年，发起勇心，别述《开四分律记》。"该序云"五载而就"，从咸亨元年(670)至今为五年，故录于此。

## 唐高宗上元二年

乙亥　六七五

### 二月

**沈佺期、宋之问、张鷟、郑益、刘希夷等四十五人登进士第，郑益为状元。考功员外郎骞味道知贡举。**

见《登科记考补正》卷二本年条。又，《唐才子传》卷一《刘希夷传》："上元二年郑益榜进士，时年二十五，射策有文名。"

### 四月

**己亥，太子李弘薨。**

《旧唐书·高宗纪下》："(上元二年四月)己亥，皇太子弘薨于合璧宫之绮云殿……五月己亥，追谥太子弘为孝敬皇帝。"

### 五月

**王勃作《上百里昌言疏》，旋赴交趾省父。**

《王子安集注》卷六《上百里昌言疏》："乡人奉五月一日诲，子弟各陈百里之术宣于政者，承命惶灼，伏增悲悚。勃闻古人有言，明君不能畜无用之臣，慈父不能爱无用之子。何则？以其无益于国而累于家也。呜呼，如勃尚何言哉！

辱亲可谓深矣,诚宜灰身粉骨,以谢君父。复何面目以谈天下之事哉……今交趾虽远,还珠者尝用之矣。……谨上《百里昌言》一部,列为十八篇,分为上下卷。"《旧唐书·王勃传》:"上元二年,勃往交趾省父……"据文中"今交趾虽远",知文盖为王勃往交趾前作,姑录于此。

**己亥,追谥太子弘为孝敬皇帝,薛元超为其撰哀册文。**

《旧唐书·高宗纪下》:"(上元二年)五月己亥,追谥太子弘为孝敬皇帝。"《全唐文》卷一五九录薛元超《孝敬皇帝哀册文》。

## | 夏 |

**王勃路经韩城,有《夏日登韩城门楼寓望序》。王勃《夏日登龙门楼寓望序》之作年难确考,并叙于此。**

《王子安集注》卷六《夏日登韩城门楼寓望序》:"下官狂走不调,东西南北之人也。流离岁月,羁旅山川。辍仙驾于殊乡,遇良朋于异县。面胜地,陟危楼,放旷怀抱,驱驰耳目。"同书同卷有《夏日登龙门楼寓望序》:"夫益者三友,则道术可存;同心三人,则金兰可裕。况乎诗书旧好,披乐广之高天;乡党新知,扫颜回之陋巷。寻胜地,叙清芜,脱野客之荷衣,入幽人之桂座。榴花浮酌,对文举而无忧;葛蔓调弦,抚钟期而有遇……"据本年五月王勃条知王勃远赴交趾,二文或为其途中所作,确年难考,并叙于此。

## | 八月 |

**王勃作《秋日楚州郝司户宅饯崔使君序》。**

《王子安集注》卷八《秋日楚州郝司户宅饯崔使君序》:"上元二载,高秋八月。人多汴北,地实淮南。……思染翰以凌云,愿縻戈以留景。……且欣风物,共悦濠梁。齐天地于一指,混飞沉于一贯。"

**王勃作《过淮阴谒汉祖庙祭文》。**

《全唐文补编》卷一五王勃《过淮阴谒汉祖庙祭文》:“维大唐上元二年岁次乙亥八月壬申朔十六日丁巳,交州交阯县令等谨以清酌之奠,敬祭故汉高皇帝之灵曰……”

**王绍宗作《与王勃书》。**

《全唐文补编》卷二二王绍宗《与王勃书》:“太虚中常无名曰谑,不恨不见古人,但恨当今不相见耳。甚善甚善。何物誉之方籍也,闻吾中奥自中州随任南徼……乙亥年仲秋月二十有九日寓言。”(日本存唐抄本《王勃集》卷三〇)本年乃乙亥年,故录于此。

## |九 月|

**王勃行至洪州,作《滕王阁序》,其“落霞与孤鹜齐飞,秋水共长天一色”成千古名句。**

《王子安集注》卷八《秋日登洪府滕王阁饯别序》:“时维九月,序属三秋;潦水尽而寒潭清,烟光凝而暮山紫。……落霞与孤鹜齐飞,秋水共长天一色。渔舟唱晚,响穷彭蠡之滨;雁阵惊寒,声断衡阳之浦。遥襟俯畅,逸兴遄飞。爽籁发而清风生,纤歌凝而白云遏。睢园绿竹,气凌彭泽之樽;邺水朱华,光照临川之笔。四美具,二难并。……时运不齐,命途多舛;冯唐易老,李广难封。屈贾谊于长沙,非无圣主;窜梁鸿于海曲,岂乏明时。所赖君子安贫,达人知命。老当益壮,宁移白首之心;穷且益坚,不坠青云之志。酌贪泉而觉爽,处涸辙而相欢。北海虽赊,扶摇可接;东隅已逝,桑榆非晚……”王勃明年八月渡海溺水而卒,姑录本文于此。

## |十 一 月|

**王勃至广州,有《鞶鉴图铭序》。王勃为广州宝庄严寺舍利塔作碑,即《广州宝庄严寺舍利塔碑》。**

《王子安集注》卷九《鞶鉴图铭序》:“上元一(蒋星翊注,‘一’是‘二’之讹)

年岁次乙亥十有一月庚午朔七日丙子，予将之交趾，旅次南海……”故系该序于本年。同书卷一八有《广州宝庄严寺舍利塔碑》，亦为王勃在广州时作。

## |十二月|

**无名氏撰《大唐故赠司徒虢王妃刘氏墓志铭并序》。**

《唐代墓志汇编续集》上元〇一二：“若夫柔风成范，四象迪良袂之词……以上元二年五月十四日薨于西京之邸第，春秋三十有九。天皇深加哀悼……粤以其年岁次乙亥十二月庚午朔三日壬子，合窆于献陵之侧，礼也。”

## |本年|

**沈佺期作《蝴蝶赋》。**

《沈佺期集校注》卷五《蝴蝶赋》：“羌蝴蝶之可熹兮，纷化育乎阳和。二角六足，蠕腹状蛾。脉绀缕以玄翅，点赭珠以缃窠。凌猎兰蕊，嘘吸蕙葩。飞将进而又退兮，含百态以委蛇。岂绵舞而不懈兮，奈众芬其铄何。图君子之翠屏，俪彩族而星罗。蒙左右之深赏，况梦寐之所嘉。”《蝴蝶赋》之作年难确考。据文中“蒙左右之深赏”，姑录赋于沈佺期及第年，即本年。

**王勃至江宁，作《采莲赋》，其辞甚美。又有《江宁吴少府宅饯宴序》。**

《王子安集注》卷二《采莲赋》：“非登高可以赋者，唯采莲而已矣。况洞庭兮紫波，复潇湘兮绿水。或暑雨兮朝霁，乍凉风兮暮起。黛叶青跗，烟周五湖。红葩绛花，电烁千里。尤见重于幽客，信作谣于君子……”《旧唐书·王勃传》：“上元二年，勃往交趾省父，道出江中，为《采莲赋》以见意，其辞甚美。”《采莲赋》总体上仍存六朝四六骈赋遗风，但吸收骚体赋之句法，借莲花自喻，表现怀才不遇之心境，与王勃其时之心绪吻合。《王子安集注》卷八《江宁吴少府宅饯宴序》：“蒋山南望，长江北流。伍胥用而三吴盛，孙权困而九州裂。……帘帷后辟，竹树映而秋烟生；栋宇前临，波潮惊而朔风动。……九江为别，帝里隔于云端；五岭方逾，交州在于天际。”该序为王勃往交趾路经江宁所作，并录于此。

# 唐高宗上元三年　仪凤元年

丙子　六七六

## |正月|

**骆宾王作《初春邪岭送益府窦参军宴序》**。

《骆临海集笺注》卷九《初春邪岭送益府窦参军宴序》:"分首三秦,送君千里。青山白日,非旧国之春秋……况复圭峰南望,切登高之情;渭水北流,动临川之叹。于时寒光将歇,春景未华,残雪飘花,犹开六出。轻冰涵镜,未解三川。晨风轸孙楚之情,歧路下杨朱之泪。虽载言载笑,赏风月于离前。而一咏一吟,寄心期于别后。诗言志也,可不云乎?"陈熙晋谓:"当是为武功簿时所作。"今从。骆宾王约于本年任武功簿,故录于本年正月。

## |二月|

**杨令一登进士第,房逸、韦希损、孟立三人登明经科,崔融登词殚文律科,马怀素登文学优赡科**。

见《登科记考补正》卷二本年条。又《唐会要》卷七六:"上元三年正月辞殚文律科,崔融及第。"

## |六月|

**胡楚宾作《大唐润州仁静观魏法师碑并序》**。

《全唐文补编》卷一七胡楚宾《大唐润州仁静观魏法师碑并序》:"原夫有物混成,分两仪而造天地……法师讳降,字道崇,其先任城樊人也……粤以上元三年六月六日,忽有异香满室,佳气充庭,合观相骇,惊其所谓。师乃晨兴沐浴,匡坐凝怀,命诸弟子,而谓之曰:仙官见召,吾其往乎。有顷之间,溘然迁化。春秋八十有二。颜色不变,屈伸如常,道俗瞻奉,哀感行路。即以其月十三日,安厝于观西南之马迹山。远近攀号,人将万数……”

## |八月|

**杨炯为秘书省校书郎,《登秘书省阁诗序》盖作于本年。**

《杨炯集》卷一《浑天赋》:“上元三年,始以应制举,补校书郎。”知杨炯本年补校书郎。同书卷三《登秘书省阁诗序》:“于时五行金王,八月秋分。……假使神仙可得,自蔑松、乔;富贵在天,终轻许、史。间之以博奕,申之以咏歌,陶陶然乐在其中矣!登高而赋,群公陈力于大夫……轻为序引,缀在辞章。”据“于时五行金王,八月秋分”,知该序盖作于本年八月。

**王勃度南海溺水而死,年二十七,有集三十卷,杨炯为之序。**

《杨炯集》卷三《王勃集序》云:“皇唐上元三年秋八月,不改其乐,颜氏斯殂。”上元三年,即仪凤元年,以是年十一月始改元,故八月仍称上元三年。《新唐书·艺文志四》:“《王勃集》三十卷。”又:“王勃《舟中纂序》五卷。”《郡斋读书志》卷一七:“《王勃集》二十卷。”《四库全书总目》卷一四九:“《王子安集》十六卷……勃文为四杰之冠,儒者颇病其浮艳。”杨炯评王勃之文云:“尝以龙朔初载,文场变体,争构纤微,竞为雕刻。糅之金玉龙凤,乱之朱紫青黄。影带以徇其功,假对以称其美。骨气都尽,刚健不闻。思革其弊,用光志业。薛令公朝右文宗,托末契而推一变;卢照邻人间才杰,览清规而辍九攻。知音与之矣,知己从之矣。于是鼓舞其心,发泄其用,八弦驰骋于思绪,万代出没于毫端。契将往而必融,防未来而先制。动摇文律,宫商有奔命之劳;沃荡词源,河海无息肩之地。以兹伟鉴,取其雄伯。壮而不虚,刚而能润,雕而不碎,按而弥坚。大则用之以时,小则施之有序。徒纵横以取势,非鼓怒以为资。长风一振,众萌自偃。遂使繁综浅术,无藩篱之固;纷绘小才,失金汤之险。积年绮碎,一朝清廓。翰苑豁如,词林增峻。反诸宏博,君之力焉……”王勃赋今存十二篇,《七夕赋》《寒梧栖凤赋》《释迦佛赋》作年难考,并述于此。《王子安集注》卷一《寒梧栖凤赋》以拟人手法,自比凤凰,以凤凰应盛世而出赞王室,以凤凰应盛世喻己获取功名,构思巧妙。“凤兮凤兮,来何所图?出应明主,言栖高梧。梧则峄阳之珍木,凤则丹穴之灵雏。……自此西序,言投北阙,若用之衔诏,冀宣命于轩阶。

若使之游池，庶承恩于岁月，可谓择木而俟处，卜居而后歇。岂徒比迹于四灵，常栖栖而没没？”文章流露用世之热情，盖为王勃二十岁游蜀之前所作。同书同卷《七夕赋》：“停翠梭兮卷霜縠，引鸳杼兮割冰绡。举黄花而乘月艳，笼黛叶而卷云娇。抚今情之恨促，指来绪而伤遥。既而丹轩万栱，紫房千龠。……洞庭波兮秋水急，关山晦兮夕雾连。谓河汉之无浪，似参商之永年。”同书卷二《释迦佛赋》：“原夫佛者，觉也。神而化之，修六年而得道，统三界以称师……”

**李峤三十二岁，转三原县尉。《上雍州高长史书》《上高长史述和诗启》《与雍州崔录事司马录事书》约作于本年。**

《全唐文》卷二四七李峤《上雍州高长史书》：“八月十五日，三原县尉赵国李峤谨再拜奉书明长史执事……至于有文无害之政，得玉丧宝之谈，服以周旋，庶乎闻达……此昔人所以慷慨于神交，殷勤于知己者也。……”又同书同卷有《上高长史述和诗启》：“某启，近于录事参军杜延昌处，伏见公秋月遥想洛城十韵之作。曲中之妙，传乎郢客之声。天下之珍，得自隋侯之掌。凤鸣六吕，龙文九光。骇属奇观……雕文将锦绣同美，惠气与芝兰等馥……持入周京，即贵洛阳之纸，足使两都宾主，羞谈翰墨；二陆兄弟，耻论词赋。死者可作，贾生为入室之徒；来者难诬，潘子得扶轮之地。某学异通敏，才非沉郁。刀笔为吏，趋驰之岁月已多，黼藻成文，雅颂之风流尚缺……徒以夙承光彩，早延提拂，曾将薄伎见知，思以庸音自效……”又《全唐文》卷二四七有李峤《与雍州崔录事司马录事书》：“三原县尉赵国李峤谨再拜，致书于崔录事司马录事执事……清襟与秋水俱映，缛藻共春葩竞发……峤学术芜浅，才艺寡薄，弓冶遗业，独事斯文……小子裁章，顾羞于调下。”诸作品均作于其任三原县尉之时，其时官位尚低，且所言皆为八月之秋景，《李谱》系文于本年，今从之。

## 十一月

**壬寅，改元仪凤。**

《资治通鉴》卷二〇二：“（上元三年）十一月，壬寅，改元，赦天下。”

**无名氏撰《大唐故朝散大夫岐府君之铭》。**

《唐代墓志汇编续集》仪凤〇〇三:“君讳慈,字刚仁,京兆长安人,岐伯之后也……以仪凤元年十一月二十日合葬于县内之龙首原,礼也。”

## |十二月|

**诏设“文高六艺下笔成章”等八科,期尽收山东、江左人物。**

《唐大诏令集》卷一〇二仪凤二年十二月《访孝悌德行诏》:“山东、江左,人物甚众,虽每充宾荐,而未尽英髦。或孝悌通神,遐迩推敬;或德行光裕,邦邑崇仰;或学综九流,垂帷睹奥;或文高六义,下笔成章;或备晓八音,洞该七曜;或射能穿札,力可翘关;或丘园秀异,志存栖隐;或将帅子孙,素称勇烈,委巡抚大使咸加采访,伫申褒奖。”

## |本年|

**陈子昂十八岁,始发愤读书。**

《全唐文》卷二三八卢藏用《陈子昂别传》:“奇杰过人,姿状岳立。始以豪家子,驰侠使气,至年十七八未知书。尝从博徒入乡学,慨然立志,因谢绝门客,专精坟典。数年之间,经史百家,罔不该览。”《新唐书·陈子昂传》云:“子昂十八未知书,以富家子尚气决,弋博自如。他日入乡校,感悔,即痛修饬。”

**骆宾王四十九岁,任武功主簿,以母老需养,辞裴行俭掌书记之命,作《上吏部裴侍郎书》以答之。**

《骆临海集笺注》卷八《上吏部裴侍郎书》:“四月一日,武功县主簿骆宾王谨再拜,奉书吏部侍郎裴公执事。……不图君侯忽垂过听,礼以弓招之恩,任以书记之事,儗人则多惭阮瑀,入幕则高谢郗超……所以逡巡于成命,踌躇于从事者,徒以夙遭不造,幼丁闵凶,老母在堂,常婴羸恙。”书中自称“武功县主簿骆宾王”,知宾王作此文时已为武功县主簿。《新唐书·骆宾王传》:“历武功主簿,裴行俭为洮州总管,表掌书奏,不应。”《旧唐书·裴行俭传》:“改为吏部侍郎。(上元)三年,叶蕃背叛,诏行俭为洮州道左二军总管,寻又为秦州镇抚右军总管，并受元帅周王节度。”骆宾王之《上吏部裴侍郎书》盖作于本年左右，姑录于此。文章谈及每读古书，见古人孝行之事，产生强烈之共鸣：“仆诚鄙人也，颇览前事。每读古书，见高堂九仞，曾参负北向之悲；积粟万钟，季路起南游之叹。未尝不废书辍卷，流涕沾衣。何者？情蓄自衷，事符则感；形潜于内，迹应斯通。”又自叙长期怀才不遇，信末笔锋一转，婉言谢绝云：“流沙一去，绝塞千里；子迷入塞之魂，母切倚闾之望。就令欢以卒岁，仰南熏之不赀。而使忧能伤人，迫西山而何几！君侯情深锡类，道叶天经。明恕待人，慈心应物。倘矜犬马之微愿，悯乌鸟之私情，宽其负恩，遂其终养，则穷魂有望，老母知归。宾王死罪再拜。”本文骈四俪六，感情至深。胡应麟于《续补〈唐书〉骆侍御传》中，以为其意致委笃，可与李密的《陈情表》媲美。

## 唐高宗仪凤二年

丁丑 六七七

### 正月

**杨炯作《晦日药园诗序》。**

《杨炯集》卷三《晦日药园诗序》云：“于时丁丑之年，孟春之晦，岁阴入于星纪，斗柄临于析木。……阳光稍晚，高兴未阑，请诸文会之游，共纪当年之事。凡厥众作，列之于后。”丁丑年即仪凤二年。

### 二月

**李尚贞、陈宪登进士科，张鹭、姚元崇、韩思彦、王无竞登下笔成章科，张庭珪登贤良方正科。**

见《登科记考补正》卷二本年条。

**无名氏撰《唐故张君墓志之铭》。**

《唐代墓志汇编续集》仪凤〇〇四:“君讳琮,字珍,南阳人也……仪凤二年二月,卒于私第。合葬于城西北七里。”

**李峤三十三岁,本年夏秋间访绛州夏县尉崔融,未遇,有《与夏县崔少府书》。**

《全唐文》卷二四七有李峤《与夏县崔少府书》:“安成足下,伏闻高义之日久矣。缅维徽范,虔想德音。山川阔契,风月劳心,何尝不煎九回,苦百虑。向清风而披襟,仰高门而企躅。然执事者……下官才不逮人,学非通敏,徒以闻长者之余论,忝好事之末流。有时感激……仆事已清白,寻就西辕。仰承背夏涉秋……契阔不会,我劳如何,勉敬风猷,时敦景行。”崔融字安成,时在夏县尉任,参陈冠明《李峤年谱》。

## |本 年|

**骆宾王五十岁,约于本年任明堂主簿,有《上吏部侍郎帝京篇》呈裴行俭,当时以为绝唱。**

《旧唐书·骆宾王传》:“少善属文,尤妙于五言诗,尝作《帝京篇》,当时以为绝唱……高宗末,为长安主簿。”《朝野佥载》卷一:“明堂主簿骆宾王《帝京篇》曰……”《骆临海集笺注》卷一《上吏部侍郎帝京篇》:“山河千里国,城阙九重门……桂殿阴岑对玉楼,椒房窈窕连金屋。三条九陌丽城隈,万户千门平旦开……”按骆宾王在武功主簿任,见上年条,盖于本年迁明堂主簿,此文确年难考,姑叙于此。《帝京篇》为骆宾王名作,清人贺裳《载酒园诗话又编》谓:“《帝京篇》,铨官时吏部侍郎裴行俭索文,作以献者也,故淋漓磊落,竭其才思。今人或病其过于横溢。余以读诗者如汉文节俭,自不作露台可耳,必不得谓未央壮丽,追罪萧何。”

**杨炯作《浑天赋》铺写天象。**

《杨炯集》卷一《浑天赋》序云:“上元三年,始以应制举补校书郎,朝夕灵台之下,备见铜浑之象。寻返初服,卧疾丘园。二十年而一徙官,斯亦拙之效也。……代之言天命者，以为祸福由人，故作《浑天赋》以辩之。”文盖作于上元三年稍后，姑录于此。《浑天赋》云：“鹏何壮兮，抟扶摇而翔九万，运海水而击三千。龟与蛇兮异其短长之质，椿与菌兮殊其大小之年。钟何鸣兮应霜气，剑何伏兮动星躔。列子何方兮御风而有待，师门何术兮验火而登仙。鲁阳挥戈兮转于西日，陶侃折翼兮登乎上玄。女何冤兮化精卫，帝何耻兮为杜鹃。”

## 唐高宗仪凤三年

戊寅　六七八

### 二月

**元希古登进士科，宋智亮登明经科，魏靖应制及第，裴怀古上书拜官。**

见《登科记考补正》卷二本年条。

**十四日，无名氏撰《大唐故殿中少监上柱国唐府君墓志铭》。**

《唐代墓志汇编续集》仪凤〇〇八：“君讳河上，字嘉会，晋昌人也……粤以大唐仪凤三年正月六日薨于西都大宁里之官舍，春秋六十有五。即以其年岁次摄提月旅大火二月己丑朔十四日壬寅，与夫人元氏合葬于昭陵莒公之旧茔，礼也。”

### 三月

**高宗颁《贡举人须先通道经孝经敕》，老子《道德经》更为人所重视。**

《全唐文新编》卷一四高宗《贡举人须先通道经孝经敕》：“自今已后，《道经》《孝经》并为上经，贡举人并须兼通，其余经及《论语》，任依常式。”《唐会要·贡举上》卷七三：“仪凤三年三月敕，自今以后，《道德经》《孝经》并为上经……”所云与《贡举人须先通道经孝经敕》同，知高宗此文作于本年三月。

## |四 月|

**张毅作《大唐圣帝感舍利之铭》。**

《全唐文补编》卷一六张毅《大唐圣帝感舍利之铭》："夫八相分容，应物而弘摄受……曰以大唐仪凤三年岁在戊寅四月丁亥朔八日甲午，安厝于梵境寺旧塔之下……"（《山右石刻丛编》卷四、光绪《长治县志》卷四）

## |九 月|

**魏元忠上书言御吐蕃之策，论及文武人才之才略。**

《资治通鉴》卷二〇二："（仪凤三年九月）太学生宋城魏元忠上封事，言御吐蕃之策，以为：'理国之要，在文与武。今言文者则以辞华为首而不及经纶；言武者则以骑射为先而不及方略，是皆何益于理乱哉！故陆机著《辨亡》之论，无救河桥之败，养由基射穿七札，不济鄢陵之师……'"

## |十 一 月|

**无名氏撰《唐故给事郎兰池正监史府君墓志并序》。**

《唐代墓志汇编续集》仪凤〇一五："公讳道德，字万安，其先建康飞桥人氏……以仪凤三年三月十九日遘疾，终于原州平高县招远里之私第，春秋六十六……即以其年十一月癸未朔八日庚寅窆于原州百达之原，礼也。"

## |本 年|

**杨炯二十九岁，其时仍为校书郎，作《公卿以下冕服议》。**

《旧唐书·杨炯传》："仪凤中，太常博士苏知几上表，以公卿已下冕服请别立节文，敕下有司详议。炯乃献议曰……由是竟寝知几所请。"杨炯所云即为其

《公卿以下冕服议》,文见《杨炯集》卷五。仪凤共四年(676—679),此云仪凤中,姑录文于本年。

**崔融以《报三原李少府书》答李峤,盛赞李峤之诗作,并谢其推奖之情。**

《全唐文》卷二二〇崔融《报三原李少府书》:"仆去夏遄征徂秋,戾止于舍弟圆处。辱吾子赠书,撤函敷纸。恬神静讽,龙文阳发,居然异气射人,凤律雄鸣,自有奇音震物。是何词裁清雅,兴旨奥深。黄缣白缎吐其文,玉篆银钩艳其彩。超超美论,上陵于八十五篇;婉婉成章,下该于五十六字。心灵密会,许予以烟霄鸾凤之交……足下博闻强学,丰才赡思,以为魏蜀名游,吴郑奇节,不独于古,可生于今……足下德擅宗师,名推雄伯。文高积玉,升学日以照天光;韵警锵金,激思风而吹地籁。至若山柱河官之作,珠胎鼎气之篇,并登作者之心,每讽词人之口……"去夏李峤访崔融不遇,作《与夏县崔少府书》,崔融作书予以回复盖在本年,故录于此。

## 唐高宗仪凤四年　调露元年

己卯　六七九

### 二月

**李准登明经科,梁玙应制及第。**

见《登科记考补正》卷二本年条。

**和神剑作《相州临河县井李村大像碑颂文》。**

《全唐文补编》卷一六和神剑《相州临河县井李村大像碑颂文》:"闻夫凭三乘之宝轼,超然出焚如之镜……月皎三明,霜浮五净……大唐仪凤四年岁次己卯二月壬子朔八日己未上。"(民国《滑县县志》卷二)

## 五月

**韦承庆作《上东宫启》《重上直言谏东宫启》。**

《旧唐书·韦承庆传》:“仪凤四年五月,诏皇太子贤监国。时太子颇近声色,与户奴等款狎,承庆上书谏曰:‘臣闻太子者,君之贰,国之本也。……’”所云即为韦承庆《重上直言谏东宫启》。又,《全唐文》卷一八八韦承庆《上东宫启》:“臣承庆言,伏以殿下国之储贰,主器承祧,百姓系心,万方延首,行一事天下所瞻,出一言天下所听,动静不可以不慎,进退不可以不思。固须数引正人,询谋得失,使忠言日闻于耳,善事每关于心,所为合度,必自知其过。如此,则正心起,邪心息,德业日新,声闻弥广,福禄可以长守,荣位可以久安。若谄谀在侧,忠良不进,意有所向,则合词称善,言未出口,则同声称美,有非莫悟,有过莫知,便自为神睿聪明,超绝今古,骄溢之渐,常必由之。……”该文与上所录《重上直言谏东宫启》当为同时先后之作,并录于此。

## 六月

**辛亥,改元调露,大赦天下。**

《旧唐书·高宗纪下》:“(仪凤四年)六月辛亥,制大赦天下,改仪凤四年为调露元年。”

## 九月

**杨炯作《从弟去溢墓志铭》。**

《杨炯集》卷九《从弟去溢墓志铭》:“越仪凤四年十月二日,归葬于华阴之某原。林野弥望,关山寥廓,樵童牧竖……”据此,知文作于仪凤四年,文云:“处士宏农杨去溢,年二十,即华山公之曾孙,大将军之孙,朝散大夫,邓州司马之第四子也……阴阳为道,大道无亭毒之心。祸福唯人,圣人有抑扬之教。智焉而毙,仁焉而终。今也则亡,叹颜回之短命,死而可作。冀随会之同归,文不在兹乎……”按，葬于十月二日，则文盖上月所撰，故系于九月。

## |十一月|

**杨炯作《从弟去盈墓志铭》。**

《杨炯集》卷九《从弟去盈墓志铭》：“至仪凤四年十二月二日，归葬于华阴之某原，不忘本也。山河郁郁，松柏苍苍，骨肉闭兮归后土，魂魄游兮思故乡。”据此，知文作于仪凤四年，文云：“古者黄帝轩辕氏没，帝……国子进士杨去盈，字流谦，弘农华阴人也。……铭曰：高掌远蹠，浊泾清渭。天子诸侯，司空太尉。星辰鼓舞，山泽通气，道在者尊，德成为贵。”

## |本年|

**卢照邻仍在太白山中，《宴凤泉石翁神祠诗序》约作于本年。**

《卢照邻集校注》卷六《宴凤泉石翁神祠诗序》：“予以归骸空谷，言隔市朝；濯发长川，载罹寒暑。心灰两寂，长无具尔之欢；形木双枯，将有终焉之志。”文中“予以归骸空谷”盖记其入太白山服饵之事。又据“载罹寒暑”知卢照邻居于太白山非一载。照邻于674年左右因病归卧太白山，至今五年有余，姑录文于此。

**骆宾王五十二岁，约于本年入狱，狱中作《在狱咏蝉》与《萤火赋》。**

《旧唐书·骆宾王传》：“高宗末，为长安主簿，坐赃，左迁临海丞相。”此虽未提及其入狱之事，然宾王《在狱咏蝉》《萤火赋》等可证。《骆临海集笺注》卷六《萤火赋》：“久遭幽縶，见一叶之已落，知四运之将终……览光华而自照，顾形影以相吊。感秋夕之殷忧，僰宵行以熠耀……”又同书卷四有《在狱咏蝉序》：“仆失路艰虞，遭时徽缨。不哀伤而自怨，未摇落而先衰……”骆宾王于明年秋被释出狱，其入狱盖在本年，姑录文于此。

**韦承庆《灵台赋》约作于本年前后。**

《全唐文》卷一八八韦承庆《灵台赋》:“岁已殚,夜向阑,风威劲,霜气寒。月斜临于栋首,河半落于檐端。心耿耿而不寐,魂茕茕而未安。乃振衣危坐,隐几太息。绎思于今古之津,伫怀于天地之域。……其鹜时也,似飞蛾凌乱而投明烛;其趋利也,若饥鸟联翩而争场粟。……明晦所以相欺,或外静而中躁,或情愠而颜怡,或趣暌而迹偶,或言信而诚疑。眉睫两连而相对,山河万重而在兹……”《旧唐书》卷八八本传:“承庆又以人之用心,多扰浊浮躁,罕诣冲和之境,乃著《灵台赋》以广其志。……调露初,东宫废,出为乌程令。”《新唐书》本传:“仪凤中……承庆尝谓人所以扰浊浮躁,本之于心,乃著《灵台赋》,讥揣当世,亦自广其志。太子废,出为乌程令。”据此可知,韦承庆《灵台赋》作于仪凤年间,仪凤共四年,今姑录于此。

## 唐高宗调露二年　永隆元年

庚辰　六八〇

### 二月

**苏颋、宋璟、李福业、员半千等人进士及第,员半千、殷楷应岳牧举。**

见《登科记考补正》卷二本年条。《唐会要》卷七六:“永隆元年,岳牧举,武陟县尉员半千及第。”

**高宗亲谒少姨庙,后幸嵩阳观及启母庙。杨炯受诏撰《少姨庙碑》,崔融受诏撰《嵩山启母庙碑》。杨炯《群官寻杨隐居诗序》作年难确考,并叙于此。**

《旧唐书·高宗纪》:“(调露二年二月)丁巳,至少室山。戊午,亲谒少姨庙……又幸隐士田游严所居。己未,幸嵩阳观及启母庙,并命立碑。”《金石录》卷四:“《唐少姨庙碑》,杨炯撰,沮渠智烈书,永淳元年十二月。”《杨炯集》卷五《少室山少姨庙碑》:“臣闻昆仑西北之天门也,则五帝处其阳陆,三王居其正地;泰山东南之日观也,则秦皇刻其石铭,汉帝探其玉策。……少室山者,山岳之神秀也。凭河图而括地,用遁甲而开山。发挥宇宙之精,喷薄阴阳之气。壁立而千仞,削成而四方。……于以采蘋,南涧之滨;于以采藻,于彼行潦。日吉兮辰良,浴兰汤兮沐芳。扬枹兮拊鼓,奠桂酒兮椒浆。神其醉止,降福穰穰。”又,《全唐文》卷二二〇崔融《嵩山启母庙碑》:“臣闻天地生成,其法自然之谓道;阴阳鼓舞,其功不测之谓神。然则物或类感,事因通变,乾栋倾而三光北驰,坤舆缺而百川东泻。……大唐革去故,鼎取新,与运而生,继天而作。握乾坤而造物,海内知春;辟混沌而为家,域中无外。”《唐代文选》评曰:“全文探远古之奇,通仙灵之变,铺排有则,文辞典丽。”又,《杨炯集》卷三《群官寻杨隐居诗序》:“若夫太华千仞,长河万里,则吾土之山泽,壮于域中;西汉十轮,东京四代,则吾宗之人物,盛于天下。……天子巡于下都,望于中岳。轩皇驻跸,将寻大隗之居……寒山四绝,烟雾苍苍;古树千年,藤萝漠漠。诛茅作室,挂席为门。石隐磷而环阶,水潺湲而匝砌。乃相与旁求胜境,遍窥灵迹。论其八洞,实惟明月之宫;相其五山,即是交风之地。仙台可望,石室犹存。极人生之胜践,得林野之奇趣。”文中云“天子巡于下都……将寻大隗之居”,下都即洛阳,据上知高宗本年幸隐士田游严,《群官寻杨隐居诗序》之作年难确考,姑录于此。

## 四月

**考功员外郎刘思立奏进士科加贴经及试杂文。**

《唐会要》卷七六《贡举中·进士》本年条:“调露二年四月,刘思立除考功员外郎。先时,进士但试策而已。思立以其庸浅,奏请帖经,及试杂文。自后因以为常式。”

## 八月

**骆宾王遇赦出狱。**

《新唐书·高宗纪》:“永隆元年,八月丁未,如东都。……乙丑,立英王哲为皇太子,大赦改元。”宾王盖于此遇赦出狱。

## 本年

**卢照邻卧疾于嵩山东龙门,赋诗作书遍呈朝士,以乞衣药之直。卢照邻《寄**

**裴舍人诸公遗衣药直书》《与洛阳名流朝士乞药直书》《与在朝诸贤书》约作于本年,《南阳公集序》亦约作于其时。**

《卢照邻集校注》卷七《寄裴舍人诸公遗衣药直书》:"山仆至自都,太子舍人裴瑾之、太子舍人韦方贤、左史范履冰、水部员外郎独孤思庄、少府丞舍人内供奉阎知微、符玺郎乔偘,并有书问余疾……余家咸亨中良贱百口,自丁家难,私门弟妹凋丧,七八年间货用都尽。"照邻之父丧于咸亨四年,本年距咸亨四年首尾八年,与文"自丁家难,私门弟妹凋丧,七八年间货用都尽"合,故系卢书于本年。《卢照邻集校注》卷七《与洛阳名流朝士乞药直书》《与在朝诸贤书》二文亦与前篇为同时先后之作,并录于此。又,《卢照邻集校注》卷六《南阳公集序》云:"昔者龙蹲东鲁,陈礼乐而救苍生……文质再而复,殷商之损益足征;骊翰三而始,虞夏之兴亡可及。美哉焕乎,斯文之功大矣!自获麟绝笔,一千三四百年,游、夏之门,时有荀卿、孟子;屈、宋之后,直至贾谊、相如。两班叙事,得丘明之风骨;二陆裁诗,含公干之奇伟。邺中新体,共许音韵天成;江左诸人,咸好瑰姿艳发。精博爽丽,颜延之急病于江、鲍之间;疏散风流,谢宣城缓步于向、刘之上。北方重浊,独卢黄门往往高飞;南国轻清,惟庾中丞时时不坠。嗟乎!古今之士,递相毁誉,至有操我戈矛,启其墨守。《三都》既丽,征夏熟于上林;《九辩》已高,责春歌于下里。……俞曰未可,人称屡中;化鲁成鱼,曷云其远?非夫妙谐钟律,体会风骚,笔有余妍,思无停趣。作龟作镜,听歌曲而知亡;为龙为光,观礼容而识大。齐鲁一变之道,唐虞百代之文,悬日月于胸怀,挫风云于毫翰。含今古之制,扣宫征之声。细则出入无间,粗则弥纶区宇……自兹已降,徒劳举斧。八病爰超,沈隐侯永作拘囚;四声未分,梁武帝长为聋俗。后生莫晓,更恨文律烦苛;知音者稀,常恐词林交丧。《雅》《颂》不作,则后死者焉得而闻乎?……变风变雅,立体不拘于一途;既博既精,为学遍游于百氏。……凡所著述,千有余篇,今之刊写,成三十卷。"卢照邻以为文章既需"作龟作镜",观政治教化之得失,也应"妙谐钟律,体会风骚,笔有余妍,思无停趣""悬日月于胸怀,挫风云于毫翰。含今古之制,扣宫徵之声。细则出入无间,粗则弥纶区宇"。据该序云"余早游西镐,及周史之阙闻;晚卧东山,忆汉庭之遗事",知该文当为照邻病卧东山之时或稍后所作,确年难考,姑录于此。

# 唐高宗永隆二年　开耀元年

辛巳　六八一

## 二月

**李乂、姜晞进士及第，考功员外郎刘思立知贡举。崔日新应明经科，陈该应制及第。**

见《登科记考补正》卷二本年条。

**薛元超表荐杨炯、崔融等十人为崇文馆学士。杨炯作《崇文馆宴集诗序》。**

《唐会要》卷六四："永隆二年二月六日，皇太子亲行释奠之礼。礼毕，上表请博延耆硕英髦之士，为崇文馆学士，许之。于是薛元超表荐郑祖玄、邓玄挺、杨炯、崔融等并为崇文学士。"《杨炯集》卷三《崇文馆宴集诗序》："天下之器也神，立贰者所以经其化……为宾者四友，等黄龙之简才；论奏者八人，同赤乌之下士。……琴书暇景，风月名辰。周旋揖让，观礼仪之溢目……千年有属，咸蹈舞于时康；四坐勿喧，请讴歌于帝力。小子狂简，题其序云。"本年二月，薛元超表荐杨炯为崇文馆学士，《崇文馆宴集诗序》作于其时或稍后，姑录于此。

## 四月

**崔融作《吏部兵部选人议》。**

《全唐文》卷二一九崔融《吏部兵部选人议》："……今天皇垂衣裳，负黼扆，独得千年之景运，犹惧一物之未安。发德音，采舆议，忧选司之或爽，虑考绩之弗明，此天皇尧舜之用心也。有司伏奉明旨，以吏部兵部选人，每年万人已上，及其铨量，十放六七，疲于来往，虚费资粮者，愚臣敢不悉以陈之。……伏望许同选例，限以岁年，诸色入流，每年参选……伏望播告天下，申明旧章，其有德有行，府寮共推者，虽有公坐小失，重加褒进之。无才无识，朝廷罕称者，虽有公事微功，量加抑退之。……夫然，德行为上，功夫次之，折衷之方，庶几此道。微臣等才谢知今，学惭半古。海内无事，君子盈朝，天下有道，庶人何议？谨议。”《册府元龟》卷六二九云：“开耀元年四月十一日敕：‘吏部、兵部，选人渐多。及其铨量，十放六七。既疲于来往，又虚费资粮。宜付尚书省，集京官九品以上详议。’崇文馆直学士崔融议曰……”崔融所议即为《吏部兵部选人议》。

## 八月

**高宗诏明经试贴、进士试杂文两首，即为常式。**

《全唐文》卷一三高宗《严考试明经进士诏》：“如闻明经射策，不读正经，抄撮义条，才有数卷。进士不寻史传，惟诵旧策，共相模拟，本无实才。所司考试之日，曾不简练，因循旧例，以分数为限。至于不辨章句、未涉文词者，以人数未充，皆听及第。其中亦有明经学业该深者，惟许通六；进士文理华赡者，竟无科甲，铨综艺能，遂无优劣。试官又加颜面，或容假手，更相嘱请，莫惮纠绳。……自今已后，考功试人，明经试贴，取十贴得六已上者，进士试杂文两首，识文律者，然后并令试策。仍严加捉搦。……即为常式。”《唐大诏令集》卷一〇六系此诏于本年八月。《唐会要》卷七五：“永隆二年八月敕……自今已后，明经每经贴十得六已上者，进士试杂文两首识文律者，然后令试策。”

## 十一月

**无名氏撰《大唐故秘书少监刘府君墓志铭并序》。**

《唐代墓志汇编续集》开耀〇〇一：“府君讳应道，字玄寿，广平易阳人，汉景帝之后……粤以开耀元年岁次辛卯十一月景申朔七日壬寅，安厝于雍州明堂县之少陵原，合葬于闻喜县主旧域。”

## 十二月

**杨炯为文祭郝处俊，有《同詹事府官僚祭郝少保文》。**

《杨炯集》卷一〇有《同詹事府官僚祭郝少保文》：“少詹事邓玄机，永昌令令狐恩,府司直王思善、杨炯,主簿郑行该等,谨以清酌庶羞之奠,敬祭太子少保郝公之灵。……”《旧唐书·高宗纪下》:“(开耀元年十二月)辛未,太子少保、甑山县公郝处俊薨。”杨炯《同詹事府官僚祭郝少保文》盖作于本年。

## |本 年|

**崔融作《瓦松赋》。**

《全唐文》卷二一七崔融《瓦松赋》。其序云:“崇文馆瓦松者,产于屋溜之上,千株万茎,开花吐叶,高不及尺,下才如寸,不载于仙经,靡题于药录,谓之为木也。访山客而未详,谓之为草也。验农皇而罕记,岂不以在人无用,在物无成乎?俗以其形似松,生必依瓦,故曰瓦松。杨炯谓余曰:此中草木,咸可为赋……”由此知该赋当作于崔融与杨炯同为崇文馆学士时。据本年二月条,杨炯、崔融皆为薛元超表荐为崇文馆学士,故崔融《瓦松赋》盖作于本年。《瓦松赋》云:“宾馆兮沉沉,明月高兮重海深。试一望兮,上栋下宇,开阳阖阴,彼美嘉族,依于夏屋。煌煌特秀,状金芝兮产溜;历历空悬,若星榆而种天。……闲青苔而裛露,陵碧瓦而含烟;春风摇兮郁起,冬雪糅兮苍然。……进不必媚,居不求利,芳不为人,生不因地。其质也菲,无忝于天然……”

**骆宾王五十四岁,出任临海丞,赴任途中有《与亲情书》两篇、《钓矶应诘文》等文。**

《骆临海集笺注》卷八有《与亲情书》和《再与亲情书》。其《与亲情书》云:“近缘之官,佐任海曲,便还故里,冀叙宗盟,徒有所怀……”据此知两文当作于其赴临海任途中。《与亲情书》又云:“风壤一殊,山河万里。或平生未展,或暌索累年,存殁寂寥,吉凶阻绝。无由聚泄,每积凄凉。”《再与亲情书》云:“某初至乡间,言寻旧友,耆年者化为异物,少壮者咸为老翁。山川不改旧时,丘陇多为陈迹。感今怀古,抚存悼亡,不觉涕之无从也。询问子侄,彼亦凋零;永言伤情,增以悲恸。”文章尽现骆宾王功业未就却远离故里之惆怅心绪。又,《骆临海集笺注》卷一〇《钓矶应诘文》:“余以三伏晨行,至七里滩。此地即新安之江口也,有严子陵钓矶焉。澄潭至清,洞澈见底,往往有群鱼戏,历历如水上行。”又《元和郡县志》:“江南道睦州清溪县,新安江自歙州黟县界流入县,东流入浙江。”知

《钓矶应诘文》作于其赴临海丞时。此篇以钓鱼为喻,通过主客问答之形式,借日常钓鱼小事,述治理国家之理,深入浅出,记叙亦生动形象,如:“舟人有钓者,试取饵而投之。或有游而不顾者,或有贪而辄吞之者。引竿而举,因以获焉。其始出也,掉尾扬鳍,有若恃力而自免;其少退也,即鼓鳃濡沫,有似屈体而求哀。”

**陈子昂在长安,中书令薛元超索其文章,子昂作《上薛令文章启》以答之,谓文章乃“薄伎小能”。**

《全唐文》卷二一四陈子昂《上薛令文章启》:“某启:一昨恭承显命,垂索拙文。……某闻鸿钟在听,不足论击缶之音;太牢斯烹,安可荐羹藜之味。然则文章薄伎,固弃于高贤;刀笔小能,不容于先达。岂非大人君子以为道德之薄哉?某实鄙能,未窥作者。斐然狂简,虽有劳人之歌;怅尔咏怀,曾无阮籍之思。徒恨迹荒淫丽,名陷俳优,长为童子之群,无望壮夫之列。岂图曲蒙荣奖,躬奉德音,以小人之浅才,承令君之嘉惠,岂不幸甚……谨当毕力竭诚,策驽磨钝,期效忠以报德,奉知己以周旋。文章小能,何足观者。”薛令,薛元超,本年七月为中书令,弘道元年七月罢,见《新唐书·高宗纪》。文或作于本年稍后,确年难考,姑录于此。

## 唐高宗开耀二年　永淳元年

壬午　六八二

### 二月

**刘知幾、刘穆、高宪、崔谔之等五十五人登进士第,重试及第十一人,礼部侍郎刘思立知贡举。高宪、崔谔之登明经科。**

见《登科记考补正》卷二本年条。

**癸未,改元永淳。**

《旧唐书·高宗纪下》:“(开耀二年)二月癸未,以太子诞皇孙满月,大赦。

改开耀二年为永淳元年，大酺三日。”

## |四　月|

**杨炯为东宫官僚，作《送徐录事诗序》送同僚出任外官。**

《杨炯集》卷三《送徐录事诗序》：“徐学士风流茜茜，容貌堂堂，汝南则颜子更生，洛下则神人重出……粤在于永淳元年，孟夏四月，始以内率府录事出摄苍溪县主簿。……是日也，鹤鸣于野，龙升于天……圣主以叶时同律，义在于省方；皇储以守器承祧，任隆于监国……”

**二十八日，裴行俭卒，年六十四，有集二十卷。后张说作《赠太尉裴公神道碑》以记之。**

《全唐文》卷二二八张说《赠太尉裴公神道碑》：“永淳元年，诏公为金牙道大总管，未行遘疾。四月二十八日，薨于京师延寿里，春秋六十有四。”据此可知，裴行俭卒于本年四月。《旧唐书·裴行俭传》：“有集二十卷，撰《草字杂体》数万言，并传于代。又撰《选谱》十卷，安置军营、行陈部统、克料胜负、甄别器能等四十六诀，则天令秘书监武承嗣诣宅，并密收入内。”《新唐书·艺文志四》：“《裴行俭集》二十卷。”裴行俭之生平事迹见《旧唐书》卷八四、《新唐书》卷一〇八。

## |九　月|

**杨炯作《庭菊赋》。**

《杨炯集》卷一《庭菊赋序》：“庭菊，美贞芳也。天子幸于东都，皇储监守于武德之殿，以门下内省为左春坊。今庶子裴公所居，即黄门侍郎之厅事也。其庭有菊焉……”序所云盖与《送徐录事诗序》所指高宗幸东宫，太子监国之事同，知《庭菊赋》作于本年。《庭菊赋》云：“日之贞矣，于彼重阳；菊之荣兮，于彼华坊。含天地之精气，吸日月之淳光。……当此时也，和其光，同其尘，应春光而早植。及夫秋星下照，金气上腾，风萧萧兮瑟瑟，霜刺刺兮棱棱；当此时也，弱其志，强其骨，独岁寒而晚登……”文云“于彼重阳”则作于秋九月。

## 十一月

**七日，卢献作《大唐故巫州龙标县令崔君墓志铭并序》。**

《全唐文补遗》第一辑卢献《大唐故巫州龙标县令崔君墓志铭并序》云：“君讳志道，字元闰，清河东武城人也，原夫赫赫营丘……公禀和授气，资灵毓德，妙年立节，卓而不群，负笈从师，虽千里无远。集萤志学，历三冬而有成。逮乎弱冠，声猷籍甚，甫应宾庭，射策高第，解巾泰州万春县尉……惟公自少及长，怀贞践义，出言有章，动则由礼，敦朴素，抑浮华……以大唐永淳元年十一月十七日同迁窆于北邙旧茔，礼也。百年飘忽，嗟气运之难留；万古寂寥，惧陵谷之方涉。式刊玄琰，永播遗芳。”

## 十二月

**韦敬辨作《澄州无虞县清泰乡都万里六合坚固大宅颂一首诗一篇并序》。**

《全唐文补编》卷二〇韦敬辨《澄州无虞县清泰乡都万里六合坚固大宅颂一首诗一篇并序》。文末曰：永淳元年岁次壬午十二月十五日聊摄。

## 本年

**卢照邻徙居阳翟具茨山养疾，《释疾文》与《五悲》约作于本年。**

《卢照邻集校注》卷五有《释疾文》。其序云：“余羸卧不起，行已十年，宛转匡床，婆娑小室。……今为《释疾文》三篇，以贻诸好事。盖作《易》者其有忧患乎？删《书》者其有栖遑乎？《国语》之作，非瞽叟之事乎？《骚》文之兴，非怀沙之痛乎？吾非斯人之徒欤？安可默而无述？故作颂曰……”自咸亨四年婴疾至本年首尾十年，序云“余羸卧不起，行已十年”，姑录文于此。《释疾文》由《粤若》《悲夫》《命曰》三部分构成，文均见于《卢照邻集校注》卷五。又，《卢照邻集校注》卷四《五悲》。《旧唐书》本传：“后疾转笃，徙居阳翟之具茨山，著《释疾文》《五悲》等诵，颇有骚人之风，甚为文士所重。"其序云："自古为文者，多以九七为题目，乃有《九歌》《九辩》《九章》《七发》《七启》，其流不一。余以为天有五星，地有五狱，人有五章，礼有五礼，乐有五声。五者，亦在天地之数。今造《五悲》，以申万物之情，传之好事者。"《五悲》由《悲才难》《悲穷通》《悲昔游》《悲今日》《悲人生》五篇构成，作年难确考，并录于此。

**李峤奉使岭南归，唐高宗奖之。李峤《为独孤氏请陪昭陵合葬母表》约作于本年前后。**

《全唐文》卷二四五李峤有《为独孤氏请陪昭陵合葬母表》："妾独孤氏言：妾早罹艰罚，终鲜急难。门构倾颓，宗绪断绝，零丁在疚，微眇何依。赖母氏劬劳，顾存鞠抚，渐离厄瘵，以至成立。犬马含识，乌鸟有情，空怀返哺，岂曰能养……"此编年乃据陈冠明所撰谱文。

**魏玄同上《请吏部各择寮属疏》。**

《全唐文》卷一六八魏玄同《请吏部各择寮属疏》："臣闻制器者必择匠以简材，为国者必求贤以莅官。匠之不良，无以成其工；官之非贤，无以致其理。君者所以牧人也，臣者所以佐君也。君不养人，失君道矣；臣不辅君，失臣任矣。任人者，诚国家之基本，百姓之安危也。方今人不加富，盗贼不衰，讼狱未清，礼义犹阙者，何也？下吏不称职，庶官非其才也。……今欲务得实才，兼宜择其举主。清流以源洁，影端由表正。不详举主之行能，而责举人之庸滥，不可得已。……伏愿稍回圣虑，特采刍言，略依周汉之规，以分吏部之选，即望所用精详，鲜有差失。"《新唐书》卷一一七本传"永淳元年，诏与中书、门下同承受进止平章事，封钜鹿男。上疏言选举法弊曰……"所云即为本文，据此知魏玄同《请吏部各择寮属疏》作于本年。

**孙思邈卒。**

《旧唐书・孙思邈传》："永淳元年卒……自注《老子》《庄子》，撰《千金方》三十卷，行于代。又撰《福禄论》三卷，《摄生真录》及《枕中素书》《会三教论》各一卷。"其生平事迹见《旧唐书》卷一九一、《新唐书》卷一九六本传。孙思邈集唐初之前医学之大成，著《备集千金要方》三十卷、《千金翼方》三十卷。《全唐文》卷一五八有孙思邈《千金要方序》《千金翼方序》。第一文云：“夫清浊剖判，上下攸分，三才肇基，五行俶落，万物淳朴，无得而称。燧人氏出观斗极，以定方名，始有火化；伏羲氏作，因之而画八卦，立庖厨，滋味既兴，疴瘵萌起；大圣神农氏愍黎元之多疾，遂尝百药以救疗之，犹未尽善……吾幼遭风冷，屡造医门，汤药之资，罄尽家产，所以青衿之岁，高尚兹典，白首之年，未尝释卷。至于切脉诊候，采药合和，服饵节度，将息避慎，一事长于己者，不远千里，服膺取决。至于弱冠，颇觉有悟，是以亲邻中外，有疾厄者，多所济益，在身之患，断绝医门，故知方药本草，不可不学……乃博采群经，删裁繁重，务在简易，以为《备急千金要方》一部，凡三十卷，虽不能究尽病源，但使留意于斯者，亦思过半矣……”第二文云：“余幼稚蔑闻，老成无见，才非公干，夙婴沈疾。德异士安……撰方一部，号曰《千金》，可以济物摄生，可以穷微尽性。……运转无涯，等羽翼之交飞，抟摇不测……虽未能譬言中庶比润上池，亦足以慕远测深稽门扣键者哉！傥经目于君子，庶知予之所志焉。”据第一文“白首之年，未尝释卷”、第二文“余幼稚蔑闻，老成无见”，可知两文当为其晚年之作。二文之确年难考，姑录文于此。

## 唐高宗永淳二年　弘道元年

癸未　六八三

### 二月

**元求仁等五十五人登进士科，贾大隐知贡举。高悊登明经科。**

见《登科记考补正》卷二本年条。

### 四月

**陈子昂与晖上人游，有《晖上人房饯齐少府入京府序》。**

《全唐文》卷二一四陈子昂《晖上人房饯齐少府入京府序》：“永淳二年，四月孟夏，东海齐子，宦于此州。虽黄绶位轻，而青云器重。故能委邦君而坐啸，屈刺史而知名。属乎銮驾巡方,诸侯纳贡,将欲对扬天子,命我行人。执玉帛而当朝,拥骓骖而戒道。指途河渭,发引岷嵎。粤以丙丁之日,次于晖公别舍,盖言离也。尔其岩泉列坐,竹树交筵,吐青霭于轩窗,栖白云于左右。参差池榭,乱山水之清阴;缭绕阶庭,杂峰崖之异势。入禅林而避暑,肃风景于中林;开水殿而追凉,彻氛埃于户外。瑶琴合奏,翠斝时行。谭窈窕于天人,极留连于晷刻。既而欢乐极,良辰征,攀白日而不回,唱浮云而告别。山光黯黯,凝绿树之将曛;岚气沉沉,结苍云而遂晚。虽同交未阻,风月可留,歧路方乖,关山成恨。嗟乎!朝廷子入,期富贵于崇朝;林领吾栖,学神仙而未毕。青霞路绝,朱绂途遥,言此会之何时,愿相逢而谁代。永怀千古,岂知仁者之交;凡我三人,盖崇不朽之迹。斯文未丧,题之此山。同疏六韵云尔。"据文中"永淳二年,四月孟夏",知该文作于本年四月。

## 十二月

**己酉,改元弘道,高宗薨,年五十六,有集八十六卷;中宗李显即位,武后临朝称制**。

《旧唐书·高宗纪下》:"(永淳二年)十二月己酉,诏改永淳二年为弘道元年……是夕,帝崩于真观殿,时年五十六。"《新唐书·艺文志四》:"《高宗集》八十六卷。"《旧唐书·则天皇后纪》:"弘道元年十二月丁巳,大帝崩,皇太子显即位,尊天后为皇太后。既将窜夺,是日自临朝称制。"《资治通鉴》卷二〇三:"甲子,中宗即位,尊天后为皇太后,政事咸取决焉。"

## 本年

**卢照邻疾甚,自投颍水而死,有集二十卷**。

《旧唐书·卢照邻传》:"照邻既沉痼挛废,不堪其苦,尝与亲属执别,遂自投颍水而死,时年四十,文集二十卷。"总章二年卢照邻《对蜀父老问》曰"十五而有志于学,四十而无闻焉",故其卒年非为四十。《朝野佥载》卷六:"世称王杨卢骆,照邻闻之曰:'喜居王后,耻在骆前。'时杨之为文,好以古人姓名连用,如'张平子之略谈,陆士衡之所记';'潘安仁宜其陋矣,仲长统何足知之',号为

‘点鬼簿’。骆宾王文好以数对，如‘秦地重关一百二，汉家离宫三十六’，时人号为‘算博士’。如卢生之文，时人莫能评其得失矣。惜哉，不幸有冉耕之疾，著《幽忧子》以释愤焉。文集二十卷。”照邻之事迹此后无闻，盖卒于本年或稍后一二年中。《新唐书·艺文志四》：“《卢照邻集》二十卷，又《幽忧子集》十卷。”《郡斋读书志》卷一七：“《幽忧子集》十卷。”《直斋书录解题》卷一六：“《卢照邻集》十卷。”《四库提要》卷一四九：“《卢升之文集》七卷。唐卢照邻撰……盖文士之极坎坷者，故平生所作，大抵欢寡愁殷，有骚人之遗响，亦遭遇使之然也……其集晁氏、陈氏《书目》俱作十卷，此本仅七卷，则其散佚者已多。”其生平事迹见《旧唐书》卷一九〇上，《新唐书》卷二〇一本传。又，卢照邻《驸马都尉乔君集序》亦为名篇，然作年难考，姑录于此。《序》云：“昔文王既没，道不在于兹乎？尼父克生，礼尽归于是矣。其后荀卿、孟子，服儒者之褒衣；屈平、宋玉，弄词人之柔翰。礼乐之道，已颠坠于斯文；《雅》《颂》之风，犹绵联于季叶。痛乎王泽既竭，诸侯为麋鹿之场；帝图伊梗，天下作豺狼之国。秦人一灭旧章，大愚黔首。群书赴火，化昆岳之高烟；儒士投坑，变蓬莱之巨壑。……自此迄今，年逾千祀，圣门论赋，相如为入室之雄；阙里裁诗，公干即升堂之客。陆平原龙惊学海，浮天泉以安流；鲍参军鹤翥文场，代黄金之平埒。……凡所著述，多以适意为宗；雅爱清虚，不以繁词为贵。足以传诸好事，贻厥孙谋，故撰而存之，凡为若干卷云尔。”

## 唐中宗嗣圣元年　睿宗文明元年　武后光宅元年

甲申　六八四

### 正月

**甲申朔，改元嗣圣。**

《旧唐书·则天皇后纪》：“嗣圣元年春正月甲申朔，改元。”

### 二月

**己未，改元文明。**

《旧唐书·则天皇后纪》："二月……己未，立豫王轮为皇帝，令居于别殿。大赦天下，改元文明。皇太后仍临朝称制。"

**陈子昂、许且等十六人登进士第。许且为状元，知贡举者为刘廷奇；房晋、皇甫仲琼、王旦登词标文苑科**。

见《登科记考补正》卷三本年条。《全唐文》卷二三六房晋《对词标文苑科策》："惟德动天，文云开其五色。惟贤济俗，大运符其半千。是知广厦将崇，必伫群材之用；巨川方济，良资舟楫之功。俾作股肱，方之羽翼。自风姜御辩之始，树以后王君公；云鸟分司之初，承以大夫师长。莫不投竿入相，舍筑称师。五臣光就日之朝，八凯翊熏风之代。阴阳由其变理，百姓用以平康，善俗必借于贤臣，辅国或伫于良佐。……少选而收二俊，自然词人阔步，才子长鸣。公理息昌言之篇，节信罢潜夫之作。谨对。"

**陈子昂作《为乔补阙庆武成殿表》**。

《全唐文》卷二〇九陈子昂《为乔补阙庆武成殿表》："洛阳宫室，皆隋朝营制，岁月久远，方有隳颓。楼阁内殿，凋落者众，补一坏百，无可施功。唯此武成，确然端立。土木丹彩，光色如新，不知何故。……臣闻圣人有言曰，清明在躬，志气如神，嗜欲将至，有开必先。天降时雨，山川出云。此盖言神应，必有其物……今陛下应天受命，括地登枢，先飞名于秘箓，终据图于宝座。今则当千载之运，得三统之元，帝气氤氲……"《新唐书》卷四："光宅元年二月甲子，皇帝率群臣上尊号于武成殿。"《资治通鉴》卷二〇三："（文明元年）甲子，太后御武成殿，皇帝帅王公以下上尊号。丁卯，太后临轩，遣礼部尚书武承嗣册嗣皇帝。自是太后常御紫宸殿。"按，本年年号频繁更换：春，正月，改为嗣圣；壬子，改元文明；九月，甲寅，改元为光宅。光宅元年二月与文明元年二月实为同年同月，陈子昂《为乔补阙庆武成殿表》约作于本年二月。

## 五月

**陈子昂作《谏灵驾入京书》**。

《全唐文》卷二一二陈子昂《谏灵驾入京书》云:“伏惟大行皇帝遗天下,弃群臣,万国震惊,百姓屠裂……陛下曾未察之,谓其不可。愚臣鄙见,良足尚矣。况瀍涧之中,天地交会,北有太行之险,南有宛叶之饶,东压江淮,食湖海之利,西驰崤渑,据关河之宝。……臣西蜀野人,本在林薮,幸属交泰,得游王国。故知不在其位者,不谋其政,亦欲退身岩谷,灭迹朝廷。……庶万有一中,或垂察焉。”据《资治通鉴》卷二〇三:“(文明元年)五月,丙申,高宗灵驾西还……八月,庚寅,葬天皇大帝于乾陵。”陈子昂《谏灵驾入京书》盖作于本年五月左右。其时,子昂自射洪故里游东都,与文所云“臣本西蜀野人,本在林薮,幸属交泰,得游王国”符合,姑录文于此。

## 八月

**王绍宗作《祭王勃文》。**

《全唐文补编》卷二二王绍宗《祭王勃文》:“文明元年八月二十四日……山川有助,天地无亲,如河赋象,独冠常伦,应乎五百,合乎鬼神……访蔡邕之何在,痛张衡之已徂。呜呼来飨!”(陈按:本篇原题作《族翁承烈致祭文》。)

**武则天有《高宗天皇大帝哀册文》。**

《唐大诏令集补编》卷一天后武氏《高宗天皇大帝哀册文》:“粤以文明元年五月壬午朔十五日丙申,发自瀍洛,旋于镐京,以其年八月庚辰朔十一日庚寅,将迁瘗于乾陵,礼也……业弥遥而道弥著,时益远而声益隆。播二仪而不极,横四海而焉穷!呜呼哀哉!”

## 九月

**甲寅,改元光宅。**

《旧唐书·则天皇后纪》:“九月,大赦天下,改元光宅。”《资治通鉴》卷二〇三:“九月,甲寅,赦天下,改元。”

**徐敬业起兵于扬州。骆宾王从徐敬业，为记室。骆宾王《代李敬业传檄天下文》盖作于本年九、十月间。**

《旧唐书·则天皇后纪》："九月，大赦天下，改元光宅。……故司空李勣孙柳州司马徐敬业伪称扬州司马，杀长史陈敬之，据扬州起兵，自称上将，以匡复为辞。"《旧唐书·骆宾王传》："文明中，与徐敬业于扬州作乱，敬业军中书檄，皆宾王之词也。"《资治通鉴》卷二〇三："（光宅元年）宾王为记室，旬日间得胜兵十余万，移檄州县，略曰：伪临朝武氏者，人非温顺，地实寒微……太后见檄，问曰：'谁所为？'或对曰：'骆宾王。'太后曰：'宰相之过也。人有如此才，而使之流落不偶乎！'"《骆临海集笺注》卷一〇《代李敬业传檄天下文》云："伪临朝武氏者，人非温顺，地实寒微。昔充太宗下陈，尝以更衣入侍，洎乎晚节，秽乱春宫。密隐先帝之私，阴图后庭之嬖。入门见嫉，蛾眉不肯让人；掩袖工谗，狐媚偏能惑主。……敬业皇唐旧臣，公侯冢子。"文蕴含强烈之情感，如："公等或家传汉爵，或地协周亲。或膺重寄于爪牙，或受顾命于宣室。言犹在耳，忠岂忘心！一抔之土未干，六尺之孤安在？"

## 十月

**郭正一作《大唐故右威卫将军上柱国安府君墓志铭》。**

《全唐文补编》卷一八郭正一《大唐故右威卫将军上柱国安府君墓志铭》："君讳元寿，字茂龄，凉州姑臧人也。……以永淳二年八月四日遇疾，薨于东都河南里之私第，春秋七十有七……"按，此文末署"光宅元年岁次甲申十月己卯朔廿四日壬寅奄葬"，则文乃本年十月撰。

## 十一月

**徐敬业军败，宾王去向不明。郗云卿集宾王遗文为十卷，并作集序。**

《旧唐书·骆宾王传》："敬业败，伏诛，文多散失。则天素重其文，遣使求之。有兖州人郗云卿集成十卷，盛传于世。"《资治通鉴》卷二〇三："（光宅元年十一月）乙丑，敬业至海陵界，阻风。其将王那相斩敬业、敬猷及骆宾王首来降。"张鷟《朝野佥载》卷二:骆宾王"投江水而死"。郗云卿《骆宾王文集序》:"兵事既不捷,因致逃遁"。《新唐书·骆宾王传》:"亡命,不知所之。"骆宾王之下落,说法纷纭。其是否卒于本年难确考,姑从《资治通鉴》系于此。《新唐书·艺文志四》:"《骆宾王集》十卷。"陈振孙《直斋书录解题》卷一六:"《骆宾王集》十卷。唐临海丞义乌骆宾王撰。宾王后为徐敬业传檄天下,罪状武后,所谓'一抔之土未干,六尺之孤安在'者也。其首卷有鲁国郗云卿序,言宾王光宅中广陵乱伏诛,莫有收拾其文者,后有敕搜访,云卿撰焉。又有蜀本,卷数亦同,而次序先后皆异。序文视前本加详,而云广陵起义不捷,因致逃遁,文集散失,中宗朝诏令搜访。案,本传言宾王既败,亡命不知所之,与蜀本序合。"郗云卿《骆宾王文集序》:"骆宾王,婺州义乌人也。年七岁,能属文。高宗朝,与卢照邻、杨炯、王勃文词齐名,海内称焉,号为四杰,亦云卢骆杨王四才子。仕至侍御史,后以天后即位,频贡章疏讽谏,因斯得罪,贬授临海丞。文明中,与嗣业于广陵共谋起义,兵事既不捷,因致逃遁,遂致文集悉皆散失。后中宗朝,降敕搜访宾王诗笔,令云卿集焉。所载者即当时之遗漏,凡十卷。此集并是家藏者,亦足传诸好事,鲁国郗云卿。"又,《骆临海集笺注》卷七《和道士闺情诗启》:"窃惟诗之兴作,肇基邃古。唐歌虞咏,始载典谟;商颂周雅,方陈金石。其后言志缘情,二京斯盛;含毫沥思,魏、晋弥繁。布在缣简,差可商略。李都尉鸳鸯之词,缠绵巧妙;班婕妤霜雪之句,发越清回。平子桂林,理在文外;伯喈翠鸟,意尽行简。河朔词人,王、刘为称首;洛阳才子,潘、左为先觉。若乃子建之牢笼群彦,士衡之籍甚当时,并文苑之羽仪,诗人之龟镜。爰逮江左,讴谣不辍。非有神骨仙材,专事玄风道意。颜、谢特挺,戕伐典丽。自兹以降,声律稍精,其间沿改,莫能正本。天纵明睿,卓而不群。听新声,鄙师涓之作;闻古乐,笑文侯之睡。以封鲁之才,追自卫之迹。宏兹雅奏,抑彼淫哇。澄五际之源,救四始之弊。固可以用之邦国,厚此人伦。俯屈高调,聊同下里。思沿态巧,文随手变,侯调惭其曼声,延年愧其新曲。……"由该文可见骆宾王之文学思想,姑录于此。

## |十二月|

**薛元超卒,杨炯撰《祭汾阴公文》以祭之,崔融撰墓志。**

《旧唐书·则天皇后纪》:"(光宅元年)十二月,前中书舍人薛元超卒。"《杨炯集》卷一〇《祭汾阴公文》:"维大唐光宅之元祀,太岁甲申冬十有二月戊寅朔丁亥御辰……若夫家传宝鼎，地辟金楼。文则属词而比事兮，学则八索而九丘。入则东藩之上相兮，出则南面之诸侯。”又，崔融《薛元超墓志》：“唯公神韵潇洒，天才磊落。陈琳许其大巫，阮籍称其王佐。立辞比事，润色太平之业；述礼正乐，歌颂先王之道。擅一时之羽仪，光百代之宗匠。”薛元超之生平事迹见《旧唐书》卷七三、《新唐书》卷九八。

## | 冬 |

**杨炯等宴于洛阳皇甫兵曹宅，炯作《宴皇甫兵曹宅诗序》。**

《杨炯集》卷三《宴皇甫兵曹宅诗序》：“皇甫君冠冕于安定……是日也，河图适至，海鲸初死。五岳四渎，汉皇帝崇其望祀；一日三朝，周天子展其庄敬。君臣庆色，朝野欢心。……阴云已墨，肃气弥高。霜寒万里之园，冰纳千金之水。……”“千金水”指千金渠，在洛阳西，见《水经注·谷水》。“海鲸”即指徐敬业。徐敬业于本年冬大败投江而死，君臣相庆。序云“霜寒万里之园，冰纳千金之水”，与冬景相符。

## | 本 年 |

**陈子昂作《麈尾赋》。**

《全唐文》卷二〇九有陈子昂《麈尾赋》，该序云：“甲子岁，天子在洛阳，时余始解褐，与秘书省正字，太子司直宗秦客置酒于金谷亭，大集宾客，酒酣，共赋座上食物，命余为麈尾赋焉。”按，甲子，实为甲申之误，本年甲申年。赋云：“天之浩浩兮，物亦云云。性命变化兮，如丝之焚。或以神好正直，天盖默默；或以道恶强梁，天亦茫茫。此仙都之灵兽，固何负而罹殃……”

# 唐武后垂拱元年

己酉　六八五

## |正月|

**丁未朔，改元垂拱。**

《资治通鉴》卷二〇三："春，正月，丁未朔，赦天下，改元（垂拱）。"

## |二月|

**吴师道、颜元孙等二十二人登进士第，试《九河铭》与《高松赋》。张嘉贞、李尚隐登明经科。本年知贡举者为刘廷奇。**

见《登科记考补正》卷三本年条。《全唐文》卷三四一颜真卿《朝议大夫守华州刺史上柱国赠秘书监颜君神道碑铭》："举进士，素未习《尚书》，六日而兼注必究。省试《九河铭》《高松赋》，故事，举人就试，朝官毕集，考功郎刘奇乃先标榜君曰：'铭赋二首，既丽且新；时务五条，词高理赡。……由是名动天下。"

**杨炯作《常州刺史伯父东平杨公墓志铭》。**

《杨炯集》卷九《常州刺史伯父东平杨公墓志铭》："越垂拱元年春二月某日，与夫人陇西李氏合葬于某原，礼也。"据此知文作于本年二月。《墓志铭》又云："公简贵不交流俗，非礼不动，非礼不行，望之俨然，听其言也厉。博观史籍，不学书生寻章摘句而已。至于台阁旧事，法令科条，莫不成诵在心，若指诸掌。"

## |春|

**宋之问有《春夜令狐正字田子过弊庐序》。**

《宋之问集校注》卷六有《春夜令狐正字田子过弊庐序》："田二官考室颖

阳,令狐九闲居渭涘。……池塘润于时雨,衣巾渐于和气。兰欲芳而逼人,林将曙而催鸟。嗟乎!语默恒理,聚散何常。请挥翰写心,用旌厥事。使嵩高洞里,记兹夕之当歌;太白岩中,念今宵之秉烛。共编四韵,贻诸好事云。”《宋之问集校注》以为此序作于武后前期,今从之,姑系文于本年春。宋之问所赋四韵诗已佚。

## |三 月|

**无名氏有《唐故贺州桂岭县丞谭君墓志铭并序》。**

《唐代墓志汇编续集》垂拱〇〇二:“公讳德,字钦明,清河郡人也……以垂拱元年三月二十八日,合祔窆于邙山之东北,礼也。”

## |四 月|

**杨炯有《中书令汾阴公薛振行状》。**

《杨炯集》卷一〇有《中书令汾阴公薛振行状》:“公含天地之间气,依日月之末光。能备九德,兼资百行。探赜索隐,极深研几。……在邛笮十余载,沉研《易》象,韦编三绝,赋诗纵酒,以乐当年。有《醉后集》三卷行于世。……垂拱元年四月四日,故中书令汾阴公府功曹姓名,谨状。……”据此知该文作于本年四月。

**崔融为薛元超作《大唐故中书令兼检校太子左庶子户部尚书汾阴男赠光禄大夫使持节都督秦成武渭四州诸军事秦州刺史薛公墓志》。**

《全唐文补编》卷二二崔融《大唐故中书令兼检校太子左庶子户部尚书汾阴男赠光禄大夫使持节都督秦成武渭四州诸军事秦州刺史薛公墓志》:“公讳震,字元超。河东汾阴人也……以光宅元年十一月二日薨于洛阳之丰财里,春秋六十有二……以垂拱元年岁次乙酉四月景子朔二十二日丁酉,诏陪葬于乾陵,礼也。”(廖彩梁《乾陵稽古》。原署:崔融纂,曜骆缜书序,毅俊书铭。)

**韦元旦转美原县尉，与友人游县东北之神泉，作《游神泉诗序》以记之。**

《全唐文》卷二〇八韦元旦《游神泉诗序》："美原县东北隅神泉者，虽无树石森深之致，而有豁险清冷之异。韦子盖尝倦簿领，泆尘冥。爰命丞太原王公主簿平阳贾公、尉南阳张公释事以游焉。喟然而叹曰：'陵谷之变虽穷，造化之功何检。有穷则适变，无检则忘功。所以物效其奇，事冥其契。'嗟乎，恨不得列之玉槛，漱以琼浆，胜负无私，流俗所忿，徒观其色洁，其味美，起自文明首秋。时则垂拱元夏……则所谓上善利物，谷神不死。岂虬龙窟宅，灵迁福祐，怀清伫俊，抱逸寻幽者乎？跻颢气而莹襟情，疏元流而屏喧浊，忘归淡定，盍赋诗云。"据文中"时垂拱元夏"，可知该文当作于垂拱元年夏四月。

## | 五 月 |

**李峤上《自叙表》自举。其自述生平，称笃好文史六艺百家之学。**

《全唐文》卷二四六李峤《自叙表》："臣峤言：奉今月十七日口敕，令臣等各自述行能进者。臣以蒙鄙，遭逢休历。陛下降非常之遇，垂不次之恩，擢处崇班，超登近侍。上感皇明识遇之厚，下忧忝冒负乘之责……岂敢更为进退，苟事廉隅，固守抝谦，坐饰边幅。臣早遘凶闵，素甘贱贫，少缠羸疴，不任劳苦。从仕代饥寒之役，徇禄无显达之心。修身惧于辱先，履道期于远害……此臣之所以登朝廷而事明圣，全直道而勖身名者也。……有能不敢隐。是以西戎不静，充国自衒其谋；南越未宾，终军思赴其难。……臣曾涉经典，笃好文史，渐六艺之腴润，驰百家之阃阈……"《旧唐书·则天皇后纪》："（垂拱元年）五月，秋官尚书裴居道为内史，纳言王德真配流象州，冬官尚书苏良嗣为纳言。诏内外文武九品已上及百姓，咸令自举。"李峤《自叙表》盖作于本年五月。

## | 八 月 |

**无名氏有《大唐故太子洗马杨府君及夫人宗氏墓志铭并序》。**

《唐代墓志汇编续集》垂拱〇〇七："君讳上，字善。其先弘农华阴人也……粤以今垂拱元年八月十七日迁窆于长安县承平乡龙首原，礼也。"

## 十一月

**武后召见陈子昂，陈子昂作《上军国利害事三条》，从出使、牧宰、人机三方面述己见。**

《全唐文》卷二一一陈子昂《上军国利害事三条》，其《人机》云："臣闻天下有危机，祸福因之而生。机静则有福，机动则有祸，天下百姓是也。夫百姓安则乐其生，不安则轻其死。轻其死，则无所不至也……幸得陛下以仁圣之恩，悯其失业，所在边境有兵战之役，一切且停。遂使穷困之人，尚得与妻子相见，父兄相保，各复其业，获以救穷，人心稍安，殆半年矣。"《资治通鉴》卷二〇三："（垂拱元年冬十一月），麟台正字射洪陈子昂上疏，以为：朝廷遣使巡察四方，不可任非其人……夫使不择人，则黜陟不明，刑罚不中，朋党者进，贞直者退，徒使百姓修饰道路，送往迎来，无所益也。……天下有危机，祸福因之而生，机静则有福，机动则有祸……"《资治通鉴》本条所云与陈子昂《上军国利害事三条》主旨同，故系于此。

# 唐武后垂拱二年

丙戌　六八六

## 正月

**杨炯作《为梓州官属祭陆郪县文》。**

《杨炯集》卷一〇《为梓州官属祭陆郪县文》："维垂拱二年太岁景戌正月壬寅朔二十二日癸亥，长史刘某谨以清酌庶羞之奠，敬祭陆明府之灵。……惟彼积德，挺生夫君，天垂白气，地发黄云。江则有汜，为国之纪，君传其政，爱人如子；山则有梁，镇兹一方，君弘其道，视人如伤。……"《杨炯集》卷四有《大唐益州大都督府新都县学先圣庙堂碑文》《遂州长江县先圣孔子庙堂碑》，同书卷五《梓州惠义寺重阁铭》均作于其在梓州任时，确年难考，并叙于此。

## 二 月

**四人登进士第**。

见《登科记考补正》卷三本年条。

## 三 月

**戊申,武后命铸铜匦,听臣民投献颂表疏,由是盛开告密之门**。

《资治通鉴》卷二〇三:“(垂拱二年)三月,戊申,太后命铸铜为匦……其东曰‘延恩’,献赋颂求仕进者投之;南曰‘招谏’,言朝政得失者投之;西曰‘伸冤’,有冤抑者投之;北曰‘通玄’,言天象灾变及军机密计者投之。命正谏、补阙、拾遗一人掌之,先责识官,乃听投表疏……于是四方告密者蜂起,人皆重足屏息。”

## 本 年

**陈子昂作《燕然军人画像铭》**。

《全唐文》卷二一四陈子昂《燕然军人画像铭》:“龙集丙戌,有唐制匈奴五十六载……”“丙戌”即为本年。《全唐文》卷二〇九陈子昂《为乔补阙论突厥表》、卷二一一陈子昂《上西蕃边州安危事三条》、卷二一〇陈子昂《为人陈情表》、卷二一六陈子昂《吊塞上翁文》,《陈谱》系于本年,今从之,并录于此。

**孙虔礼撰《书谱》二卷,刻石汴州**。

《全唐文》卷二〇二孙虔礼《书谱》:“余志学之年,留心翰墨。味钟、张之余烈,挹羲、献之前规。极虑专精,时逾二纪。有乖入木之术,无间临池之志。……自汉魏以来,论书者多矣,妍蚩杂糅,条目纠纷。或重述旧章,了不殊于既往;或苟兴新说,竟无益于将来。徒使繁者弥繁,阙者仍阙。今撰为六篇,分成两卷,第其工用,名曰《书谱》。庶使一家后进,奉以规模,四海知音,或存观省。”《宝刻类编》卷二:“孙过庭《书谱》,垂拱二年写记,汴。”孙虔礼,字过庭。

## 唐武后垂拱三年

丁亥　六八七

### | 二 月 |

**陈伯玉等六十五人登进士第,陈伯玉为状元。王豫登明经科。赵洁登武举。**

见《登科记考补正》卷三本年条。

### | 五 月 |

**刘祎之卒,年五十七。有集七十卷。**

《旧唐书·刘祎之传》:“垂拱三年……赐死于家,时年五十七……有集七十卷,传于时。”《新唐书·艺文志四》:“《刘祎之集》七十卷。”其生平事迹见《旧唐书》卷八七、《新唐书》卷一一七。

### | 本 年 |

**宋璟二十五岁,作《梅花赋》。**

《全唐文》卷二〇七宋璟《梅花赋》。其序云:“垂拱三年,余春秋二十有五,战艺再北,随从父之东川,授馆官舍,时病连月,顾瞻圯墙,有梅一本,敷花于榛莽中,喟然叹曰:斯梅托非其所,出群之姿,何以别乎?若其贞心不改,是则可取也已。感而成兴,遂作赋曰。”序文交代写作时间地点及缘由,可知宋璟《梅花赋》作于垂拱三年。《梅花赋》云:“高斋寥阒,岁晏山深,景翳翳以斜度,风悄悄而龙吟。坐穷檐以无朋,命一觞而孤斟。步前除以踯躅,倚藜杖于墙阴。蔚有寒梅，谁其封植。未绿叶而先葩，发青枝于宿枿。擢秀敷荣，冰玉一色。胡杂还于众草，又芜没于丛棘。匪王孙之见知，羌洁白其何极。若夫琼英缀雪，绛萼着霜，俨如傅粉，是谓何郎。清香潜袭，疏蕊暗臭。又如窃香，是谓韩寿。冻雨晚湿，夙露朝滋。又如英皇，泣于九疑。爱日烘晴，明蟾照夜。又如神人，来自姑射。烟晦晨昏，阴霾昼闷。又如通德，掩袖拥髻。狂飙卷沙，飘素摧柔。又如绿珠，轻身坠楼。半含半开，非默非言。温伯雪子，目击道存。或俯或仰，匪笑匪怒。东郭慎子，正容物悟。或憔悴若灵均，或欹傲若曼倩，或妩媚如文君，或轻盈若飞燕，口吻雌黄，拟议难遍。彼其艺兰兮九畹，采蕙兮五柞。缉之以芙蓉，赠之以芍药。玩小山之丛桂，掇芳洲之杜若。是皆物出于地产之奇，名著于风人之托。然而艳于春者，望秋先零；盛于夏者，未冬已萎。或朝华而速谢，或夕秀而遄衰，曷若兹卉，岁寒特妍，冰凝霜沍，擅美专权。相彼白花，谁敢争先。莺语方涩，蜂房未喧。独步早春，自全其天。……谅不移于本性，方可俪乎君子之节。聊染翰以寄怀，用垂示于来哲。从父见而助之曰：万木僵仆，梅英再吐。玉立冰姿，不易厥素。子善体物，永保贞固。”皮日休评：“《梅花赋》清便富艳，得南朝徐庾体。”

## 唐武后垂拱四年

戊子　六八八

### 二月

**刘处仁等二十四人登进士第，陈该、王齐丘登词标文苑科，尹守贞、崔孝昌等登明经科。**

见《登科记考补正》卷三本年条。

### 四月

**徐彦伯与尹元凯等寻韦元旦，后同游美原神泉，元凯等有和韦诗作，徐彦伯作《同韦子游神泉诗序》。**

《全唐文》卷二六七徐彦伯《同韦子游神泉诗序》:“美原北涧,有神泉生焉。裕明子、明台子寻故人韦炟,因游之。乌戏!泉潭虚融,派流径复,信造化之极,神明之俊也。裕明子乃盥焉,明台子乃漱焉,相视而笑曰:异哉!岂太平殊感,而循化有助邪!则韦子盖文章之雄也,昔投雅兴,谅无言而不酬云。”《金石萃编》卷六一《美原神泉诗碑阴》“五言同韦子游神泉诗并序”“云阳主簿台子徐彦伯字光”作,序云“……”即为本文。后附“裕明子河间尹元凯字彧,左司郎中温翁念字敬祖,天官员外郎李鹏字至远”五言诗各一首,“垂拱四年龙集戊子四月……”据此可知,徐彦伯《同韦子游神泉诗序》约作于本年四月。

## |十二月|

**李峤从武后拜洛受图,有应制之作《奉和拜洛应制》。**

《旧唐书·则天皇后纪》云:“(垂拱四年)十二月己酉,神皇拜洛水,受‘天授圣图’。”李峤《奉和拜洛应制》云:“七萃銮舆动,千年瑞检开。文如龟负出,图似凤衔来。”

**陈子昂有《谏雅州讨生羌书》。**

《全唐文》卷二一二陈子昂《谏雅州讨生羌书》:“将士郎守麟台正字臣陈子昂昧死上言……国家欲开蜀山,自雅州道入讨生羌,因以袭击吐蕃……”《资治通鉴》卷二〇四:“(垂拱四年)十二月,太后欲发梁、凤、巴蜑,自雅州开山通道,出击生羌,因袭吐蕃。正字子昂上书,以为:雅州边羌,自国初以来未尝为盗……”陈子昂《谏雅州讨生羌书》与《资治通鉴》所记本条主旨同,故录此文于此。

## |本 年|

**刘允济作《明堂赋》,拜著作郎。**

《全唐文》卷一六四刘允济《明堂赋》:“大哉乾象,紫微疏上帝之宫;邈矣坤舆,丹阙披圣人之宇。聿观文而听政,宜配天而宗祖。体神化以成规,应灵图而立矩。度七筵以垂宪,分四室而通辅。合宫之典,郁乎轩邱;重屋之仪,崇于夏禹。因殷成于五帝,继周道于千古,统正朔之相循,起皇王之踵武……未有若斯之壮观者矣。焕乎王道,昭贲三才;远乎圣怀,周流九垓。鸿名齐于太昊,茂实光乎帝魁。浃群山于雨露,通庶品以风雷。盛矣美矣,皇哉唐哉。"《旧唐书·刘允济传》云:"垂拱四年,明堂初成,允济奏上《明堂赋》以讽,则天甚嘉叹之,手制褒美,拜著作郎。"据此可知,刘允济《明堂赋》作于垂拱四年。

**杨炯三十九岁,自梓州返京,受代前,作《梓州官僚赞》三十首。**

《杨炯集》补遗有《梓州官僚赞》三十首。其末首《司法参军杨炯自赞》云:"吾也世贱,信而好古。游宦边城,江山劳苦。岁聿云徂,小人怀土。归欤归欤,自卫返鲁。"《唐五代文学编年史》(下简称《编年史》)系其于此,今从之。《杨炯集》卷三《李舍人山亭诗序》云:"永嘉有高阳公山亭者,今为李舍人别墅也。廊宇重复,楼台左右,烟霞栖梁栋之间,竹树在汀洲之外。龟山对出,背东武而飞来;鹤阜相临,向东吴而不进。青溪数曲,赤岩千丈。……其人也,凝脂点漆,琼树瑶林,学富文史,言成准的。……大隐朝市,本无车马之喧;不出户庭,坐得云霄之致。于是乎百年无几,万事徒劳,唯谈笑可以遣平生,唯文词可以陈心赏。既因良会,咸请赋诗。虽向之所欢,已为陈迹。俾千载之下,感于斯文。"李舍人不知何人,文约作于其返京途中,作年难确考,并叙于此。

## 唐武后永昌元年　载初元年

己丑　六八九

### 正月

**改元永昌,大赦,大酺七日。**

《旧唐书·则天皇后纪》:"永昌元年春正月,神皇亲享明堂,大赦天下,改元,大酺七日。"

## 二 月

**进士神都六人，京西二人。张柬之以贤良对策第一，擢拜监察御史。高嵘登明经科。**

见《登科记考补正》卷三本年条。又，《全唐文》卷一七五张柬之《对贤良方正策》《对贤良策第二道》。第一文云："臣闻仲尼之作《春秋》也，法五始之要，正王道之端，微显阐幽。……故臣以为陛下有三皇之人，无三皇之吏也。"第二文云："陛下尽六艺之英，穷百代之要。淑问扬天地，元情贯幽显。……岂若睿思琼敷，同雨露之沾渍；神机茗发，登羲望之照临。起帝典而孤立，孕皇坟而独秀。臣沐浴淳和，叨承至训，名闻于圣听，言奏于阙前，谨对。"

## 三 月

**武后问陈子昂为政之要，子昂上《答制问事八条》。**

《资治通鉴》卷二〇四："（永昌元年三月）壬申，太后问正字陈子昂，当今为政之要。子昂退，上疏，以为'宜缓刑崇德，息兵革，省赋役，抚慰宗室，各使自安。'辞婉意切，其论甚美，凡三千言。"《全唐文》卷二一二陈子昂《答制问事》："臣今月十九日蒙恩敕召见，令臣论当今政要，行何道可以适时，不须远引上古，具状进者……"所言与《资治通鉴》同。《答制问事》分为八条，依次为《请措刑科》《重任贤科》《明必得贤科》《贤不可疑科》《招谏科》《拳赏科》《请息兵科》《安宗子科》。

## 五 月

**无名氏有《唐故益川大都督府成都县令府君墓志》。**

《唐代墓志汇编续集》永昌〇〇三："君讳绯，京兆杜陵人也……即以永昌元年岁次己丑五月壬子朔二十一日壬申，葬于明堂县凤栖原，礼也。"

## 十月

**陈子昂上书谏滥刑法,有《谏刑书》。**

《全唐文》卷二一三陈子昂《谏刑书》:"承务郎、守右卫曹参军臣陈子昂,谨顿首昧死上言……比者大狱增多,逆徒滋广。愚臣顽昧,初谓皆实。乃去月十五日,陛下……召见高正臣,又重推元万顷,百寮庆悦,皆贺圣明,臣乃知亦有无罪之人挂于疏网者。"《资治通鉴》卷二〇四录此事于本年十月,今从之。

## 十一月

**改元载初,始用周正。**

《旧唐书·则天皇后纪》:"改永昌元年十一月为载初元年正月,十二月为腊月,改旧正月为一月,大酺三日。"

## 本年

**宋之问作《太平公主山池赋》。**

《宋之问集校注》卷五《太平公主山池赋》:"粤若公主诞生,皇家太平,征郡国以选号,叶时雍之美名。孕灵娥之秀彩,辉婺女之淳精。虹美电熠,兰香玉清。禀金后之玄训,系列圣之聪明。厌绮罗与丝竹,爱瑶池及赤城。构仙山兮既毕,侔造化之神术。其为状也,攒怪石而岑崟;其为异也,含清气而萧瑟。……风泉活活兮鸣石,葛藟青青兮蔓岑。……秋叶飞兮散红树,春苔生兮覆绿泉。春秋寒暑兮岁荣落,林峦沼沚兮日芳鲜。吾君永保南山寿,车骑往来千万年。"《宋之问集校注》以为该赋作于高宗后期或武后朝,确年难考,今姑录于此。《宋之问集校注》卷六《奉陪武驸马宴唐卿山亭序》:"一人御历,乾坤尽覆载之功;四海为家,朝野得欢娱之契。若乃侯门向术,近对城隅;帝子垂休,时过戚里。银炉绛节,辞北禁而渡河桥;骏马香车,出东城而临甲第。……落霞归而叠嶂明,飞泉洒而回潭响。灵槎仙石,徘徊有造化之姿……前阶晚而白露生,后池夕而秋风起。……”《宋之问集校注》以为该序约作于武后朝洛阳时。据序中“后池夕而秋风起”知文当作于秋日,作年难确考,姑录于此。

**李峤四十五岁,任侍御史,作《为百僚贺瑞石表》,文为人所讥。**

《全唐文》卷二四三李峤《为百僚贺瑞石表》:“伏惟皇太后陛下庆发曾沙,业隆大宝,以至明当宗社之寄,以至圣合乾坤之德……伏见雍州永安县人唐同泰,于洛水中得瑞石一枚,上有紫脉成文曰‘圣母临人,永昌帝业’八字……姓氏将国号元符……”文中云“姓氏将国号元符”,本年正月改元永昌,十一月改元载初,故该文作于十一月之前。《册府元龟》卷四八二:“李峤,则天朝为侍御史,雍州人唐同泰献洛水瑞石,峤上《皇符》一篇以美其事,有识者多讥之。”按《皇符》即《为百僚贺瑞石表》。

**李善卒,尝注《文选》六十卷,极为详尽。**

《旧唐书·李善传》:“尝注解《文选》,分为六十卷……又撰《汉书辨惑》三十卷。载初元年卒。”按本年十一月,改元载初,下年九月改载初为天授,李善卒于两年间,姑录于此。《新唐书·艺文志四》:“李善注《文选》六十卷。”又:“李善《文选辨惑》十卷。”李善生平事迹见《旧唐书》卷一九〇、《新唐书》卷二〇二。

## 唐武后载初元年　周武则天天授元年

庚寅　六九〇

### 二月

**辛酉,武后于洛阳策贡士,贡士殿试自此始。进士神都十二人,西京四人。崔湜、王珣等十六人进士及第,颜惟贞应拔萃科,张说登词标文苑科,柳冲登贤良方正科。**

见《登科记考补正》卷三本年条。又《资治通鉴》卷二〇四:“(天授元年)二月,辛酉,太后策贡士于洛城殿。贡士殿试自此始。”

**张说对策天下第一,登词标文苑科,授太子校书,其《对词标文苑科策》作于本年**。

《大唐新语》卷八《文章第十七》:“则天初革命,大搜遗逸,四方之士应制者向万人。则天御洛阳城南门,亲自临试,张说对策为天下第一。则天以近古以来,未有甲科,乃屈为第二等。其警句曰‘昔三监玩常,有司既纠之以猛;今四罪咸服,陛下宜济之以宽’。拜太子校书。仍令写策本于尚书省,颁示朝集及蕃客等,以光大国得贤之美。”张九龄《张说墓志铭》云:“起家太子校书,迄于左丞相,官政四十有一。”从本年至开元十八年张说卒,其为官恰为四十一年。又据《资治通鉴》云本年二月太后策贡士,则张说对策中第当在此时。《全唐文》卷二二四张说《对词标文苑科策》三道,第二道与《大唐新语》之记同。

## |九月|

**壬午,改国号曰周,改元天授**。

《资治通鉴》卷二〇四:“九月,丙子,侍御史汲人傅游艺帅关中百姓九百余人诣阙上表,请改国号曰周,赐皇帝姓武氏。太后不许……庚辰,太后可皇帝及群臣之请。壬午,御则天楼,赦天下,以唐为周,改元。乙酉,上尊号曰圣神皇帝,以皇帝为皇嗣,赐姓武氏;以皇太子为皇孙。”

**陈子昂作《大周受命颂》并有《神凤颂》四章歌颂武周**。

《新唐书·陈子昂传》:“后既称皇帝,改号周,子昂上《周受命颂》以媚悦。”《全唐文》卷二〇九陈子昂《大周受命颂》:“今者凤鸟来,赤雀至,庆云见,休气升,大周寿命之珍符也……臣不揣朴固,辄献《神凤颂》四章,以言大周受命之事。”

**杨炯有《老人星赋》以贺武周**。

《杨炯集》卷一《老人星赋》:“赫赫宗周,皇天降休。……秋分之旦见乎丙,春分之夕入乎丁。”赋中有“宗周”“神皇”语,据上条可知,本年九月以唐为周,改元。《老人星赋》中之“宗周”“神皇”等皆与此事合，故该文盖作于九月改元天授后，姑录于此。文云：“晃如金粟，灿若银烛，比秋草之一萤，状荆山之片玉。”

## | 秋 |

**宋之问与杨炯分直于洛阳宫习艺馆，宋之问视玉池菡萏而有感，作《秋莲赋》。**

《宋之问集校注》卷五《秋莲赋》，其序云：“天授元年，敕学士杨炯与之问分直于洛城西……”知本年杨炯与宋之问分直于洛阳宫中习艺馆。《秋莲赋》：“若夫西城秘掖，北禁仙流，见白露之先降，悲红渠之已秋。昔之菡萏齐秀，芬敷竞发。君门闭兮九重，兵卫俨兮千列。绿叶青枝，缘沟覆池，映连旗以摇艳，辉长剑兮陆离。……晓而望之，若霓裳宛转朝玉京；夕而察之，若霞标灼烁散赤城。既如秦女艳日兮凤鸣，又如洛妃拾翠兮鸿惊。……落英兮徘徊，风转兮衰颓。入黄扉兮洒锦石，萦白蘋兮覆绿苔。寒暑茫茫兮代谢，故叶新花兮往来。何秋日之可衰，托芙蓉以为媒。”

## | 本 年 |

**陈子昂作《唐故循州司马申国公高君墓志》。**

《全唐文》卷二一五陈子昂《唐故循州司马申国公高君墓志》：“粤载初元年，岁在摄提格，始昭启亡灵，改卜迁祔。”

**李峤四十六岁，作《为欧阳通让夏官尚书表》。**

《全唐文》卷二四四李峤有《为欧阳通让夏官尚书表》：“伏奉恩制，以臣为夏官尚书，非常之恩，忽萃庸朽……今圣历惟新，王化资始，天工其代，帝难所急……”文云“圣历惟新，王化资始”，本年九月武则天即帝位，故表约作于本年九月或稍后。李峤《为魏国北寺西寺请迎寺额表》《为武攸暨上礼食表》《为百寮贺恩制表》《代百寮请立周七庙表》作年难确考，然皆为则天改制后所作，并叙于此。

# 周武则天天授二年

辛卯　六九一

## 二月

**邓森、薛稷等十六人登进士第。祝钦明登英才杰出，业奥大经科。**

见《登科记考补正》卷三本年条。

**马元贞作《东岳观齐醮投龙题记》《孔庙题记》。**

《全唐文补编》卷一九马元贞《东岳观齐醮投龙题记》："大周天授二年岁次辛卯二月癸卯朔十日壬子，金台观主中岳先生马元贞，将弟子杨景初、郭希元，内品官杨君尚、欧阳智琮，奉圣神皇帝敕，缘大周革命……"《孔庙题记》见同书同卷。

**陈子昂作《唐故袁州参军李府君妻张氏墓志铭》《唐陈州宛邱县令高府君夫人河南宇文氏墓志铭》。**

《全唐书》卷二一六陈子昂《唐故袁州参军李府君妻张氏墓志铭》："以大周天授二年二月日朔，迁祔于袁州府君之旧茔，礼也。合葬非古，奉周公之仪；墓而为坟，宗仲尼之训。呜呼！鸳鸯之树，眇泣于松楸；鼓吹之山，缅然于邱垄。原陵何代，铭志无文，有哀黄鸟之诗，遂勒青乌之兆。铭曰：诗云淑女，君子好求。懿哉令德，嘉仪聿修。温容玉映，峻节松楸。妙心彤史，洁志元猷。……"《全唐文》卷二一六陈子昂《唐陈州宛邱县令高府君夫人河南宇文氏墓志铭》："永淳元年五月，遇疾终于宛邱县之官舍……以大周天授二年太岁辛卯二月癸卯，启殡于东园，迁祔于洛阳某原……夭夭桃李有华兮，灼灼淑人宜家兮。修睦妇道不哗兮，窈窕嫔仪孔嘉兮，荣采之方茂而云亡兮。咨嗟！"

## 十月

**陈子昂有《故宣议郎骑都尉行曹州离孤县丞高府君墓志铭》。**

《全唐文》卷二一六陈子昂《故宣议郎骑都尉行曹州离孤县丞高府君墓志铭》:“天授二年岁在单阏七月二十二日,考终厥命,卒于陆浑县明高之山庄,时年七十有二……即以其年十月日,葬于北邙山平乐之原。”故墓志铭作于本年十月。

**无名氏有《大周故宣威将军敦煌县开国男索公墓志铭并序》**。

《唐代墓志汇编续集》天授〇一〇:“公讳礼,敦煌人也……以天授二年太岁辛卯十月戊戌迁于北邙山,礼也。”

## |本 年|

**徐彦伯作《登长城赋》,叙己登临长城怀想英雄人物之思,抒“长怀壮士,永慕忠臣”之感**。

《全唐文》卷二六七徐彦伯《登长城赋》:“班孟坚辍编史阁,掌记戎幕,坐燕皋之阳,览秦城之作,喟然而叹曰……轻诗书礼乐于残贼。然后驰海若以为梁,断阳纡以为薮。犀象有形而采掇,珠玉无胫而奔走。朝则贪竖比肩,野则庶人钳口。……嗟我羁沦,南庭苦辛,长怀壮士,永慕忠臣。经百战之戎俗,对三边之鬼邻。徐乐则燕北书生,开伟词而谕汉;贾谊则洛阳才子,飞雄论以过秦。岁峥嵘而将暮,实慷慨于穷尘。”文云“岁次单阏,我行穷发”,单阏是卯年别称,本年为辛卯年,文之作年难确考,姑录于此。

**陈子昂作《上殇高氏墓志铭》**。

《全唐文》卷二一六陈子昂《上殇高氏墓志铭》:“维唐垂拱二年太岁景戌七月二十日,殇子高氏卒。……六载于兹矣。天授二年龙集辛卯,府君方大崇元域……”知该墓志铭为本年所作。《全唐文》卷二一〇陈子昂《为司刑袁卿让官表》:“伏惟陛下恭己受图,任贤兴化,方其合符皇极,代理天工……”同书同卷《为资州郑使君让官表》:“伏惟陛下革命开基,造天立极,方且宏宣帝典……大周之命惟新……”据二文“伏惟陛下恭己受图”与“伏惟陛下革命开基”,知二文应作于武则天称帝之后不久,并录于此。

**李峤有《为百寮贺雪表》《为何舍人贺御书杂文表》《为杨执柔让夏官尚书表》《为欧阳通让司礼卿第二表》《为崔神基让司宾卿表》《为武攸暨让兼知司礼寺事表》等文。**

《全唐文》卷二四三李峤《为百僚贺雪表》《为何舍人贺御书杂文表》;《全唐文》卷二四四李峤《为杨执柔让夏官尚书表》《为欧阳通让司礼卿第二表》《为崔神基让司宾卿表》《为武攸暨让兼知司礼寺事表》。《李谱》系上述文于此,今从之。

**张说任太子校书,《虚室赋》约作于本年。魏归仁以为张说所作《虚室赋》"文旨清峻,元义深远",作《宴居赋》以和之。**

《全唐文》卷二二一张说《虚室赋》:"明月窗前,古树檐边,无北堂之樽酒,绝南邻之管弦。理涉虚趣,心阶静缘。室惟生白,人则思元。厌百虑之劳止,归一途之兀然。嗟乎,巧智首乱,礼乐增矫,名起异端,利成贪兆。役二见之交战,驱五神而杂扰。形何费而不衰,性何烦而不夭。每竭源而追末,必亡多而获少。玉帐琼宫,图奢务丰;朱门金穴,恃满矜隆。荣与辱而俱盛,事随忧而不穷。陷营为之桎梏,留健羡之池笼。心元是幻,法本皆空。莫不因无证实,假异生同。鱼何知而乐水,蛇何意而怜风。大哉默识,守此元通。顾瞻天下,还如梦中。"《编年史》系该赋于此,今从之。又,《全唐文》卷二六〇魏归仁《宴居赋》,其序云:"张校书作《虚室赋》,以示予。文旨清峻,元义深远。予味之有感,聊为《宴居赋》以和之。"张校书,即张说。据此可知,魏归仁《宴居赋》之作年稍晚于张说《虚室赋》,并录于此。《宴居赋》云:"气序忽诸,日月其除。夏尽炎歇,秋至凉初。地僻而人物自少,庭闲乃室宇成虚,寂尔无悟,萧然宴居。览圣贤于上古,窥得失于前书。或智之不足,或愚而有余。谅千变而万化,尤难得而备疏。若夫名因行立,身由才致。官要则谤议斯起,誉高必谗毁自至。所以君子逃名,达人避位,养性以安其体,摛文以见其志。且贵不如贱,善亦同恶。贵则但益忧劳,善乃未离贪着。徒怜颠覆之祸,虚缠爱欲之缚。前事既忘,后车焉托。倘来未足有慰,或去可以无怍……闻宠讵惊其心,居陋宁改其乐。盖老氏称德,所贵先慈;孔门之道,一以贯之。于常则有,允出厥兹。屈伸委运,行用随时。既无去无取,亦何虑何思。"

**李无亏有《天授二年进四瑞表》。**

《全唐文补编》卷一八李无亏《天授二年进四瑞表》:“……前件四瑞,诸州皆见……遐迩讴谣,嘉大周至应宝命。”(伯二〇〇五、伯二六九五沙州都督府图经)

## 周武则天天授三年　如意元年　长寿元年

壬辰　六九二

### 二月

**敬守德进士及第,敬昭道等登明经科,公孙思观登武艺超伦科。**

见《登科记考补正》卷三本年条。

### 四月

**改元如意。**

《旧唐书·则天皇后纪》:“四月,大赦天下,改元为如意,禁断天下屠杀。”

### 七月

**杨炯作《盂兰盆赋》。**

《杨炯集》卷一《盂兰盆赋》:“粤大周如意元年秋七月,圣神皇帝御洛城南门,会十方贤众,盖天子之孝也……”《旧唐书·杨炯传》:“如意元年七月望日……炯献《盂兰盆赋》,词甚雅丽。”《盂兰盆赋》曰:“缤缤纷纷,氛氛氲氲,五色成文若荣光,休气发彩于重云。奋奋粲粲,焕焕烂烂,三光壮观若合璧,连珠耿耀于长汉。夫其远也,天台杰起,绕之以赤霞;夫其近也,削成孤峙,覆之以莲花。晃兮瑶台之帝室,赩兮金阙之仙家……圣神皇帝于是乎唯寂唯静,无营无欲,寿命如天,德音如玉。任贤相,惇风俗;远佞人,措刑狱。……太阳夕,乘舆归;下端闱,入紫薇。”盂兰,梵语,意译为救倒悬。旧俗,阴历七月十五日为中元节,举行盂盆会。盆中置百味五果,供养众佛僧,仰其恩光,以解脱饿鬼倒悬之苦。该赋详细描写本年中元节之情景,宛似一幅风俗画。

**马元贞作《造元始天尊像记》**。

《全唐文补编》卷一九马元贞《造元始天尊像记》:“……元贞以正月戊辰朔二十一日戊子陈法座,宣御词。俄有仙鹤回翔,庆云萦拂……如意元年七月十五日。”

## |八 月|

**义威作《维摩罗诘经文疏题记》**。

《全唐文补编》卷一九义威《维摩罗诘经文疏题记》:“此经一部疏合三十四卷……维大周如意元年岁次壬辰八月,天宫寺僧义威传写,誓愿受持,以期佛慧,为报三宝,往江南法华寺,斯文乃尽尔。年六十,处处霄夕,至死无倦。”(《维摩罗诘经文疏》卷二八附)

## |九 月|

**庚子,改元长寿**。

《旧唐书·则天皇后纪》:“九月,大赦天下,改元长寿。改用九月为社,大酺七日。”《资治通鉴》卷二〇五:“太后春秋虽高,善自涂泽,虽左右不觉其衰。丙戌,敕以齿落更生。九月,庚子,御则天门,赦天下,改元。”

## |本 年|

**李峤四十八岁,因覆狄仁杰等狱忤旨,被贬润州司马,作《为窦孝谌让润州刺史表》**。

《旧唐书·李峤传》云:“……累迁给事中。时酷吏来俊臣构陷狄仁杰、李嗣真、裴宣礼等三家，奏请诛之。则天使峤与大理少卿张德裕、侍御史刘宪覆其狱……与德裕等列其枉状，由是忤旨，出为润州司马。”《资治通鉴》卷二〇五录来俊臣罗织狄仁杰等人罪状事在本年一月，故李峤出为润州司马在本年。《全唐文》卷二四四李峤《为窦孝谌让润州刺史表》：“伏奉恩制，以臣为润州刺史……臣所让人，具如别状……”又，《全唐文》卷二四三李峤《为秋官员外郎李敬仁贺圣躬新牙更生表》，《全唐文》卷二四四李峤《为李景谌让天官尚书表》《为杨执柔让同凤阁鸾台平章事表》。《全唐文》卷二四六李峤《为武承嗣谢男授官表》作年难确考，《李谱》系于本年，今从之，并叙于此。

**薛谦光上疏论选举，有《论选举疏》。**

《全唐文》卷二八一薛谦光《论选举疏》：“臣闻国以得贤为宝，臣以举士为忠……臣窃窥古之取士，实异于今……伏愿陛下降明制，颁峻科，千里一贤，尚不为少，侥幸冒进，须立堤防。断浮虚之饰词，收实用之良策，不取无稽之说，必求忠谠之言。文则试以效官，武则令其守御。始既察言观行，终亦循名责实，自然侥幸滥吹之伍，无所藏其妄庸。”《唐会要》卷七六：“天授三年，左补阙薛谦光上疏曰：‘……有梁荐士，雅爱属辞。陈氏简贤，特珍赋咏……”薛谦光所云即为上文。

**阎朝隐有杂言诗《鹦鹉猫儿篇》。**

《资治通鉴》：“（长寿元年）太后习猫，使与鹦鹉共处。出示百官，传观未遍，猫饥，搏鹦鹉食之，太后甚惭。”阎朝隐《鹦鹉猫儿篇》所言与此事同。其序云：“鹦鹉，慧鸟也。猫，不仁兽也。飞翔其背焉，啮啄其颐焉。攀之缘之，蹈之履之，弄之藉之，跄跄然此为自得，彼亦以为自得。畏者无所起其畏，忍者无所行其忍，抑血属旧故之不若。臣叨践太子舍人，朝暮侍从，预见其事。圣上方以礼乐文章为功业，朝野欢娱，强梁充斥之辈，愿为臣妾，稽颡阙下者日万计。寻而天下一统，实以为惠可以伏不惠，仁可以伏不仁，亦太平非常之明证。事恐久远，风雅所缺，再拜稽首为之篇。”按《鹦鹉猫儿篇》乃阎朝隐名篇。《唐诗归》卷四钟惺评云：“自首至尾，全用作文排比法成诗，奇甚！”

# 周武则天长寿二年

癸巳　六九三

## 二月

**王元、赵夏日等十八人登进士第，减策及第二人。**

见《登科记考补正》卷三本年条。

**馆陶郭公姬薛氏卒，后陈子昂为作《馆陶郭公姬薛氏墓志铭》。**

《全唐文》卷二一六陈子昂《馆陶郭公姬薛氏墓志铭》："以长寿二年，太岁癸巳，二月十七日，遇暴疾而卒于通泉县之官舍。"按，墓志未记葬于何时，今故录于其卒之时。

**杨炯四十四岁，作《大周明威将军梁公神道碑》。**

《杨炯集》卷六有《大周明威将军梁公神道碑》，文记梁待宾长寿元年正月卒于洛阳，本年二月迁葬于长安。碑云"粤以大周长寿二年岁次癸巳二月辛酉朔二十四日甲申，迁窆于雍州蓝田县骊山原旧茔"，据此，知杨炯此文作于本年二月。

## 九月

**宋之问作《早秋上阳宫侍宴序》。**

《宋之问集校注》卷六《早秋上阳宫侍宴序》："臣闻神器至大，非圣无以光临；宝位至尊，非神无以长守。我金轮圣神皇帝垂妙觉，抚鸿勋，出轩宫而镇紫微，卷翚衣而袭玄兖。……霞浆玉醴，与湛露而俱倾；凤管龙丝，杂商飙而共奏……"文云"我金轮圣神皇帝垂妙觉"，称武后为金轮圣神皇帝。按武则天之尊号变动频繁，据两《唐书》武则天本传，武则天于本年九月加尊号金轮圣神皇帝,次年五月加尊号越古金轮圣神皇帝。序作于本年九月至次年五月间。宋之问序题云“早秋”,序作于本年九月为宜。文章述上阳宫早秋之景与群臣侍宴之况,借以歌颂武后之功德。蒋敬臣评“直逼子安而上之矣”,全文未脱应制酬唱之习。

## |本 年|

**夏初,宋之问有《宴龙泓诗序》。**

《宋之问集校注》卷六《宴龙泓诗序》:“玉树凉台之侧,丹溪洞壑之傍,灵圣之所往还,蛟螭之所潜伏。……潭如月映,狎之者无从;石似霞开,陟之者莫晓。斜驰洛邑,径路接于风烟;却枕寒郊,年代成乎今昔。……探胜迹而忘疲,对良朋而不倦……时临夏首,绣羽哢而添歌;序属春余,丹花舒而助笑。……此之嘉会,佥曰难逢。曹子建七步之才,论情实愧;江文通五色之管,岂宜虚掷?”据“时临夏首……序属春余”知该序作于春末夏初之时。《宋之文集校注》以为序当作于武后前期,姑录序于本年。

**陈子昂作《忠州江亭喜重遇吴参军牛司仓序》。**

《全唐文》卷二一四陈子昂《忠州江亭喜重遇吴参军牛司仓序》:“日月交分,春秋代谢,昔岁居单阏,适言别于兹都,今龙集昭阳,复相逢于此地。山川未改,容貌俱非。叙名宦而犹嗟,问乡关而不乐。云天遂解,琴酒还开。新交与旧识俱欢,林壑共烟霞封赏。”文云“龙集昭阳”,昭阳指癸年,本年为癸巳年,姑录文于此。

**杨炯出为盈川令,张说以箴赠别,有《赠别杨盈川炯箴》。**

《全唐文》卷二二六张说有《赠别杨盈川炯箴》:“杳杳深谷,森森乔木。天与之才,或鲜其禄。君服六艺,道德为尊;君居百里,风化之源。才勿骄吝,政勿苛烦。明神是福,而小人无冤。畏其不畏,存其不存。作诰兹酒,成败之根。勒铭其口,祸福之门。虽有韶夏,勿弃击辕。岂无车马,敢赠一言。”文章盛赞杨炯之才学,对其出任盈川有警戒之言。据本年二月条,其时杨炯尚在洛阳。杨炯卒于盈川,其出为盈川令则在二月后,姑叙于此。

**李峤四十九岁,《为杭州刺史崔元将献绿毛龟表》《为绛州刺史孔祯等上献食表》约作于本年**。

《全唐文》卷二四五李峤《为杭州刺史崔元将献绿毛龟表》:“臣闻五气殊方,元龟列于元武。……伏惟金轮圣神皇帝陛下蕴灵沙劫……陛下解网收罟,宏天地之大德,创制改物,穷帝王之能事……”又同书同卷有李峤《为绛州刺史孔祯等上献食表》:“伏惟金轮圣神皇帝陛下功掩大千……尊名大号,与日月而齐光……”《旧唐书·则天皇后纪》载本年九月武则天加尊号金轮圣神皇帝,至明年五月又加尊号为越古金轮圣神皇帝。据二文中“伏惟金轮圣神皇帝陛下”可知《为杭州刺史崔元将献绿毛龟表》《为绛州刺史孔祯等上献食表》二文作于本年九月至明年五月间,确年难考,姑录于本年。

**陈子昂作《梓州射洪县武东山故居士陈君碑》**。

《全唐文》卷二一五陈子昂《梓州射洪县武东山故居士陈君碑》:“享年八十有五,太岁壬辰五月十三日,考终厥命……长寿二年,龙集癸巳,某月某朔日,元月载逾,卜兆时吉,始启殡昭告,奉迁于旧茔武东山之阳。”据文可知,该碑作于本年。

## 周武则天长寿三年　延载元年

甲午　六九四

### 正月

**陈子昂为堂弟作墓志铭,有《堂弟孜墓志铭》**。

《全唐文》卷二一六陈子昂《堂弟孜墓志铭》:“始以今甲午岁献春一月己酉朔二十五日己酉,定于石溪山之北冈,陪考坟也。”其堂弟长寿二年秋七月亡,据文知墓志铭作于本年一月。

**程彦先作《大周故处士程先生墓志铭》**。

《八琼室金石补正》卷四四《大周故处士程先生墓志铭》:“先生讳玄景,字师朗,京兆长安人也。……以长寿三年岁次甲午正月景戌朔五日甲午,遘疾终于群贤里,春秋五十有一……粤以其月二十二日景午,葬于龙首原,礼也。”

## 二月

**薛稷、寇泚、王敏临难不顾,应徇节宁邦科。**

见《登科记考补正》卷三本年条。《全唐文》卷二七五录薛稷《临难不顾徇节宁邦科三道》。

## 五月

**李峤代杭州刺史作表章,有《为杭州崔使君贺加尊号表》。**

《全唐文》卷二四三李峤《为杭州崔使君贺加尊号表》:“伏惟越古金轮圣神皇帝陛下承大云之法记……”《旧唐书·则天皇后纪》载本年五月武则天加尊号“越古金轮圣神皇帝”,据此知此表作于本年五月后。

## 十月

**无名氏有《唐故东宫通事舍人隆州阆中县令卫府君墓志铭并序》。**

《唐代墓志汇编续集》延载〇〇六:“君讳规,字德规,河南洛阳人也……即以其年二月八日薨于京善和私第,春秋三十有七。即以其年权殡于滻川乡。以今延载元年十月十一日与夫人寇氏合葬于同人原,礼也。”

## 本年

**杨炯卒,年约四十五岁,有集三十卷。**

《旧唐书·杨炯传》:“选授盈川令……无何卒官。中宗即位,以旧僚追赠著作郎,文集三十卷。”新旧《唐书》本传皆云杨炯卒于盈川令,但都无确切记年。据《后周明威将军梁公神道碑》,知长寿二年杨炯尚在人世,此后,即无事迹之记载,颇疑不久即卒于盈川任。杨炯上年选授盈川令,其卒约在本年。晁公武《郡斋读书志》:“杨炯《盈川集》二十卷……集本三十卷,今多亡佚。”《四库全书总目》卷一四九提要:“《盈川集》十卷、附录一卷。唐杨炯撰。《唐书·文苑传》称其文集本三十卷,晁公武《读书志》仅著录二十卷,云‘今多亡佚’,是宋代已非完本。然其本今亦不传。此乃明万历中龙游童佩从诸书裒集诠次成编,并以本传及赠答之文、评论之语别为附录一卷,皇甫汸为之序。凡赋八首,诗三十四首,杂文三十九首……《旧唐书》本传最称其《盂兰盆赋》,然炯之丽制,不止此篇,刘昫殆以为奏御之作,故特加记录欤。传又载其《驳太常博士苏知几冕服议》一篇,引援经义,排斥游谈,炯文之最有根柢者,知其词章瑰丽,由于贯穿典籍,不止涉猎浮华。”张说评其文曰:“文思如悬河注水,酌之不竭。既优于卢,亦不减王也。”杨炯赋今存八篇。其《青苔赋》《幽兰赋》《浮沤赋》《卧读书架赋》作年难确考。《青苔赋》与《幽兰赋》咏物抒情,《浮沤赋》可见其受佛教之影响之人生观,今并录于此。《杨炯集》卷一《青苔赋》:“粤若稽古圣皇,重晖日光。开博望之苑,辟思贤之堂。华馆三袭,雕轩四下。地则经省而书坊,人则后车而先马。相彼草木兮,或有足言者。吁嗟青苔,今可得而闻也。……有美人兮向隅,应闭门兮踟躇。心震荡兮意不愉,颜如玉兮泪如珠。……苔之为物也贱,苔之为德也深。夫其为让也,每违燥而居湿;其为谦也,常背阳而即阴。重扃秘宇兮不以为显,幽山穷水兮不以为沉。有达人卷舒之意,君子行藏之心。唯天地之大德,匪予情之所任。”《杨炯集》卷一《幽兰赋》:“惟幽兰之芳草,禀天地之纯精,抱青紫之奇色,挺龙虎之嘉名。不起林而独秀,必固本而丛生。……含雨露之津润,吸日月之休光。美人愁思兮,采芙蓉于南浦;公子忘忧兮,树萱草于北堂。虽处幽林与穷谷,不以无人而不芳。”《杨炯集》卷一《卧读书架赋》:“儒有传经在乎致远,力学在乎请益。……开卷则气杂香芸,挂编则色连翠竹。风清夜浅,每待蘧蘧之觉;日永春深,常偶便便之腹。……尔有卷兮尔有舒,为道可以集虚;尔有方兮尔有直,为行可以立德。济笔海兮尔为舟航,骋文囿兮尔为羽翼。故吾不知夫不可,聊逍遥以宴息。”又,杨炯尝作《王勃集序》,盛赞王勃诗文“经籍为心”“风云入思”。《杨炯集》卷三《王勃集序》:“故能使六合殊材,并推心于意匠;八方好事,咸受气于文枢。出轨躅而骧首,驰光芒而动俗。非君之博物,孰能致于此乎……尝以龙朔初载,文场变体,争构纤微,竞为雕刻。糅之金玉龙凤,乱之朱紫青黄。影带以徇其功,假对以称其美。骨气都尽,刚健不闻。……兄勔及剧，磊落词韵。……友爱之至，人伦所及。永言存殁，何痛如之。援翰纪文，咸所未忍。盖以投分相期，非宏词说。潸然揽涕，究而序之。……”文中杨炯对龙朔时“上官体”之诗风加以评论。“假对”即指上官仪“六对”“八对”之说而言。杨炯以为它们“争构纤微，竞为雕刻”“骨气都尽，刚健不闻”。

**宋之问作《祭杨盈川文》以赞扬杨炯之文学成就**。

《宋之问集校注》卷八有《祭杨盈川文》：“自古皆死，不朽者文。北河流液，西岳吐云。叶神通契，降精于君。伏道孔门，游刃诸子。精微博识，黄中通理。属词比事，宗经匠史。玉璞金浑，风摇云起。闻人之善，若在诸己；受人之恩，许之以死。惟子坚刚，气陵秋霜。行不苟合，言不苟忘。大君有命，征子文房。余亦叨忝，随君颉颃。同趋北禁，并拜东堂。志事俱得，形骸两忘。……之子妙年，香名早传，从来金马，夙昔崇贤。门庭若市，翰墨如泉，千载之后，闻而凛然。……子文子翰，我缄我持；子宅子兆，我营我思……”杨炯卒于本年，故系文于此。

**陈子昂作《周故内供奉学士怀州河内县尉陈君石人铭》**。

《全唐文》卷二一六陈子昂《周故内供奉学士怀州河内县尉陈君石人铭》：“青龙甲午，铭兹坟兮。”甲午即为本年。

## 周武则天证圣元年　天册万岁元年

乙未　六九五

### 正月

**李峤作《宣州大云寺碑》**。

《全唐文》卷二四八李峤《宣州大云寺碑》：“慈氏越古金轮圣神皇帝体兼具相，心冥众善。……爰命下臣，式旌高躅，庶山飞海竭，将地轴而无倾，火劫风灾，共金坚而不朽。重宣此义，敢作铭曰：心行之表，虚空之际，有物混成，是名真谛。非生非灭,不巨不细,去失其方,来无所系。……面似月轮,顶如天盖,十位傍拱,四神来会。真契何远,心诚则通,毫文玉洁,额理金融。色动天印,辉含帝弓。"碑称"慈氏越古金轮圣神皇帝",武则天于本年正月加此尊号,二月去"慈氏越古"四字,故该碑约作于本年正月。

**冉祖雍作《大周故河州刺史冉府君长子(祖求)墓志》**。

《全唐文补遗》第六辑卷二九五冉祖雍《大周故河州刺史冉府君长子墓志》:"兄讳祖求,字义,家本鲁人……以大周天册万岁元年正月二十八日壬申,迁袝于定鼎原之大茔,礼也。"

## |二 月|

**贺知章、孙嘉之、许南容、李令琛等二十二人登进士第。知贡举者为考功员外郎李迥秀。贺知章应超拔群类科**。

见《登科记考补正》卷四本年条。

## |十 月|

**陈子昂有《送曲郎将使默啜序》**。

《全唐文》卷二一四陈子昂《送曲郎将使默啜序》:"盖北夷不羁之日久矣,天子垂元默,穆皇风,而狼居革心,蚁伏请职。岁一月,上将恤戎,乃以金章假曲公为司宾卿,载驰锦车,谕意云幕,且欲顿单于之膝,受呼韩之朝……朝廷以赴此绝国,追送近郊。登熊山,望燕塞,黄云千里,亭皋悠然。"默啜,突厥人。《资治通鉴》卷二〇五:"(万岁元年)冬十月,突厥默啜遣使请降,太后喜,册授左卫大将军、归国公。"故陈子昂《送曲郎将使默啜序》作于本年十月为宜。

**敕停糊名考判制**。

《唐会要》卷七五:"天册元年十月二十二日敕:'……糊名考判,立格注官,既乖委任之方,颇异铨衡之术。……其常选人自今已后,宜委所司依常例铨注。其糊名入试,及令学士考判,宜停。”

## 十二月

**陈子昂有《别中岳二三真人序》。**

《全唐文》卷二一四陈子昂《别中岳二三真人序》:“夫爱名山,歌长往。世有之矣,放身霄岭,宴景云林,卑俗不可得而闻,时士不可得而见,则吾欲高视终古,一笑昔人。嵩山有二仙人,自浮邱公王子晋上朝玉帝,遗迹金坛,凤箫悠悠,千载无响。吾每以是临霞永慨,抚膺叹息。常谓烟驾不逢,羽人长往。去嚣世,走青云。登玉女之峰,窥石人之庙。见司马子微、冯太和,霓裳眇然,冥壑独立。真朋羽会,金浆玉液,则有杨仙翁元默洞天,贾上士幽栖牝谷。玉笙吟凤,瑶衣驻鹤,方且迷轩辕之驾,期汗漫之游。吾亦何人,躬接兹赏,实欲执青节,从白霓……”题注:“时龙集乙未十二月二十日。”乙未即为本年。

## 本年

**陈子昂坐缘逆党系狱,出狱后上《谢免罪表》。**

《全唐文》卷二一〇陈子昂《谢免罪表》:“司刑少卿郭某奉宣敕旨,以臣所犯,特从放免,伏对恩命,魂魄飞扬。中谢。臣巴蜀微贱,名教未闻。陛下降非常之恩,加不次之命,拔臣草野,谬齿衣冠。臣私门祖宗,幽显荣庆,岂止微臣一身而已!臣宜肃恭名节,上答圣恩,不图误识凶人,坐缘逆党,论臣罪累,死有余辜,肝脑涂地,不足塞责。陛下宏慈育之典,宽再宥之刑。矜臣草莱,悯臣愚昧,特恕万死,赐以再生。身首获全,已是非分;官服具在,臣何敢安?……庶陛下威命,绥服荒夷,愚臣罪戾,时补万一。若臣获死锋镝,为厉犬羊,古人结草,实臣恳愿。不胜大造再生荷戴之至。”《编年史》系该文于此,今从之。

**李峤任凤阁舍人,作《请令御史检校户口表》。**

《全唐文》卷二四六李峤《请令御史检校户口表》:“臣闻黎庶之数,户口之众，而条贯不失，按此可知者，在于各有管统，明其簿籍而已。今天下之人，流散非一，或违背军镇，或因缘逐粮，苟免岁时，偷避徭役。……臣以为宜令御史督察简校，设禁令以防之，垂恩德以抚之，施权衡以御之，为制限以一之。然后逃亡可还，浮寓可绝。"《唐会要》卷八五："证圣元年，凤阁舍人李峤上表曰'臣闻黎庶之数……"所云即为本文，其时李峤为凤阁舍人。又《旧唐书·李峤传》："出为润州司马。诏入，转凤阁舍人。则天深加接待，朝廷每大手笔，皆特令峤为之。"《全唐文》卷二四二李峤《授豆卢钦望太府卿制》，《全唐文》卷二四三李峤《为朝集使等上尊号表》，《全唐文》卷二四五李峤《为司农卿宗晋进赤鵩山鹊表》《为武攸宜让扬州都督府长史表》，《全唐文》卷二四六李峤《为汴州司马唐授衣请预斋会表》，《李谱》并系于本年，今从之，并叙于此。

**刘知幾作《思慎赋》，于赋中"寻往哲之遗事，验古人之得失"，列举史事，娓娓道来**。

《全唐文》卷二七四有刘知幾《思慎赋》，其序云："赋形天地，受气阴阳，生乐死哀，进荣退辱，此人伦之大分也。然历观自古，以迄于今，其有才位见称，功名取贵，非命者众，克全者寡。大则覆宗绝祀，堙没无遗；小则系狱下室，仅而获免。速者败不旋踵，宽者忧在子孙。至若保令名以没齿，传贻厥于后允，求之历代，得十一于千百。……余早游坟素，晚仕流俗。观古今之人物极矣，见吉凶之成败众矣。……寄彼形言，存诸炯诫，列之座右。"《旧唐书·刘知幾传》："证圣年，有制文武九品已上各言时政得失，知几上表陈四事，词甚切直。是时官爵僭滥而法网严密，士类竞为趋进而多陷刑戮，知几乃著《思慎赋》以刺时，且以见意。"证圣仅一年，故据此可知《思慎赋》当作于证圣元年。

## 周武则天万岁登封元年　万岁通天元年

丙申　六九六

**| 腊月 |** 周腊月，为一年第二月，即上年十二月。

**李峤任凤阁舍人，从封嵩山，作《大周降禅碑》**。

《旧唐书·则天皇后纪》:“腊月甲申,上登封于嵩岳,大赦天下,改元,大酺。丁亥,禅于少室山。……癸巳,至自嵩岳。”《资治通鉴》卷二〇五:“腊月,甲戌,太后发神都。甲申,封神岳;赦天下,改元万岁登封,天下百姓无出今年租税;大酺九日……”《全唐文》卷二四八李峤《大周降禅碑》:“以天册万岁二年腊月……壬午,柴燎祀昊天上帝于岳南。……是日大赦,改元为万岁登封元年。……臣峤谬忝司牧,躬陪错事……敢承明制,而为颂云……”当时李峤仍任凤阁舍人。《大周降禅碑》全文约四千言,云:“我大周之有天下也,鼓道德之林薮,恢圣神之事业,始于阃阈,成于家邦。辉光烛于两朝,德泽流于八裔。……盖千帝所不能及,六籍所不能谈。”又,《全唐文》卷二四二李峤《授宋元爽司膳少卿制》《授豆卢钦望秋官尚书制》《授右卫亲府中郎将裴思谅等加阶制》《授通州刺史于光远等加阶制》,《全唐文》卷二四三李峤《为武承嗣等贺贼平后新殿成上礼食表》《为百寮贺瑞笋表》,《全唐文》卷二四四李峤《为王方庆让凤阁侍郎表》《为王方庆让凤阁侍郎第二表》,《全唐文》卷二四五李峤《为凤阁李侍郎进瑞牛蒙赐马表》《为凤阁侍郎李元素进冬椹表》,《全唐文》卷二四七李峤《论巡察风俗疏》,《李谱》均系于本年,今从之,并叙于此。

## 二月

**郑遂初、韦虚心等二十七人进士及第,知贡举者为考功员外郎李迥秀。崔沔、崔浑、苏颋登贤良方正科。韩琬登文艺优长科。**

见《登科记考补正》卷四本年条。

## 四月

**丁巳,因明堂成,赦天下,改元万岁通天。**

《资治通鉴》卷二〇五:“丁巳,新明堂成,高二百九十四尺,方三百尺,规模率小于旧。上施金涂铁凤,高二丈,后为大风所损,更为铜火珠,群龙捧之,号曰通天宫。”《旧唐书·则天皇后纪》:“春三月,重造明堂成。夏四月,亲享明堂,大赦天下,改元为万岁通天,大酺七日。以天下大旱,命文武官九品以上极言时政得失。”

## |九 月|

**朝廷以武攸宜为右武卫大将军，充清边道行军大总管，以讨契丹。**

《旧唐书·则天皇后纪》："万岁登封元年，九月，命右武卫大将军、建安王攸宜为大总管以讨契丹。"

**陈子昂为武攸宜府参谋，作《上军国机要事》。**

卢藏用《陈子昂别传》："属契丹以营州叛，建安郡王攸宜亲总戎律，台阁英妙，皆署在军麾，特敕子昂参谋帷幕。"《资治通鉴》卷二〇五："（万岁通天元年九月）右拾遗陈子昂为攸宜府参谋，上疏曰：恩制免天下罪人及募诸色奴充兵讨击契丹，此乃捷急之计……"《通鉴》所引疏文即《全唐文》卷二一〇陈子昂《上军国机要事》。又，《全唐文》卷二一四陈子昂《为建安王誓众词》："故皇帝命我，肃将王诛，今大师已集，方将问罪。"建安王即武攸宜，文约作于本年，姑录于此。

## |十 月|

**张说作《为河内王作祭陆冀州文》。**

《全唐文》卷二三三张说《为河内王作祭陆冀州文》："维万岁通天元年月朔日，神兵道大总管河北道按抚使右金吾卫大将军河内郡王……致祭故冀州刺史陆君之灵……"《旧唐书·则天皇后纪》："（万岁通天元年）冬十月，孙万斩攻陷冀州，刺史陆宝积死之。"陆宝积，失冀州且卒于本年十月，张说之文作于本年十月或稍后。

## |本 年|

**甘子布作《光赋》。**

《全唐文》卷二五九甘子布《光赋》:"原夫阳之化,阴之融,功斯元,理斯妙,故沉凝者显象,清贞者流曜,惟兹光之熇爚,辟重昏以临照。夫其明灭靡定,虚无罕测,道叶神气,功侔夜力。寄方圆以分影,逐元黄以变色,鉴无隐而不彰,状虽空而可识。类至人之虚己,同日月于元德。若夫丹鸟启旭,彤曜丽空,藻晨霞而飞绮,瞟晚霭而生红。发菱花于元镜,转蕙叶于清风。故其称物咸烛,呈形被景,逗幽隙而露纤埃,漏疏林而分细影,从盈空而不积,虽骏奔其如静,至如银河披曀……诫投暗之不臧,镜兹道之用舍,乃君子之行藏。"该赋之作年难考,据《中国文学家大辞典·唐五代卷》甘子布条,其卒于696年,《光赋》之作年不晚于本年,姑录于此。

**李嗣真卒。李嗣真曾撰《明堂新礼》《孝经指要》《诗品》《书品》《画品》。**

《旧唐书·李嗣真传》:"万岁通天年,征还,至桂阳,自筮死日,预托桂阳官属备凶器,依期暴卒。……撰《明堂新礼》十卷,《孝经指要》《诗品》《书品》《画品》各一卷。"李嗣真之卒年难确,姑系于本年。《全唐文》卷一六四李嗣真《书品序》:"昔仓颉造书,天雨粟,鬼夜哭,亦有感矣。盖德成而上,谓仁义礼智信也;艺成而下,谓礼乐射御书数也。吾作《诗品》,犹希闻偶合神交自然冥契者,是才难也。及其作书评,而登逸品数者四人,故知艺之为末,信也。……今始于秦氏,终于唐世,凡八十一人,分为十等。"《书品》乃继梁庾肩吾《书品》之后又一部书法著录,《书品序》将秦至初唐八十一位书家,按十品十个等级加以评述。李嗣真生平事迹见《旧唐书》卷一九一、《新唐书》卷九一。

## 周武则天万岁通天二年　神功元年

丁酉　六九七

### 正月

**陈子昂作《为建安王与诸将书》《为建安王与辽东书》《为建安王答王尚书送生□书》《为建安王与安东诸军州书》。**

《全唐文》卷二一四有陈子昂《为建安王与诸将书》《为建安王与辽东书》

《为建安王答王尚书送生□书》《为建安王与安东诸军州书》等文。第一文云:“六军长驱,此月将发。”第二文云:“初春向暖,愿动静胜常。”第三文云:“初春犹寒,愿保休胜。”第四文云:“大军即以二月上旬六道并入,指期克剪,同立大勋。”据上年九月条知建安王其时讨契丹,此四文盖作于来年初春时节,姑录于此。又,《全唐文》卷二〇九陈子昂《为建安王贺破贼表》《为建安王献食表》,卷二一四陈子昂《为建安王答王尚书送生□书》,卷二一〇陈子昂《为副大总管屯营大将军苏宏晖谢表》《为建安王谢借马表》,卷二一六陈子昂《为建安王祭苗君文》诸文皆作于建安军幕中,确年难考,并叙于此。

## | 二 月 |

**璩抱朴、房承先等二十七人登进士第,苏颋、何凤等应绝伦科**。

见《登科记考补正》卷四本年条。《唐会要》卷七六:“神功元年九月,绝伦科。苏颋……及第。”

**无名氏有《大周故万俟府君墓志铭并序》**。

《唐代墓志汇编续集》万岁通天〇〇五:“君讳师,字范,河南洛阳人也……以万岁登封元年一月十七日,卒于私第,春秋七十。粤以万岁通天二年岁次丁酉二月戊辰朔十七日甲申,合葬于合宫县谷水之阳,礼也。”

## | 三 月 |

**清边道总管王孝杰、苏宏晖等率兵与孙万荣战于东硖谷,唐兵大败**。

《资治通鉴》卷二〇六:“(通天二年)春,三月,戊申,清边道总管王孝杰、苏宏晖等将兵十七万与孙万荣战于东硖石谷,唐兵大败,孝杰死之……武攸宜军渔阳,闻孝杰等败没,军中震恐,不敢进。契丹乘胜寇幽州,攻陷城邑,剽掠吏民,攸宜遣将击之,不克。”

**陈子昂作《国殇文》记王孝杰之败,又作有《祃牙文》**。

《全唐文》卷二一六陈子昂《国殇文》:“丁酉岁三月庚辰,前将军尚书王孝杰败王师于榆关峡口,吾哀之,故有此作。”又,《全唐文》卷二一六陈子昂《祃牙文》云:“万岁通天二年三月朔日,清边道大总管建安郡王某,敢以牲牢告军牙之神。”

**张说作《为清边道大总管建安王奏失利表》《吊国殇文》**。

《全唐文》卷二二二有张说《为清边道大总管建安王奏失利表》《吊国殇文》。第一文云:“臣攸宜言……前军王孝杰等以某日失利于峡石山,忽闻殒绝,心摧魂死……伏深兢战,特乞更召严猛,代臣统帅,请归罪司寇,以正国刑。”第二文云:“北伐兮东胡……在崇山兮峡谷……闻殇魂兮雨哭,君王按金鼓而气愤。抚珠钤而泪滋,横万里兮抽恨……仁义之理兵,为蛮夷之俘馘。”二文盖作于本年三月武攸宜军渔阳,闻孝杰等败没,军中震恐,不敢进,遂不克之后,姑录于此。

## 四月

**孙文俊作《岱岳观祈请题记》**。

《全唐文补编》卷一九孙文俊《岱岳观祈请题记》:“大周万岁通天二年岁次丁酉……奉天册金轮圣神皇帝四月五日敕。”

**韦敬一作《廖州大首领左玉钤卫金谷府长上左果毅都尉员外置上骑都尉检校聊州刺史韦敬辨智城碑一首》**。

《全唐文补编》卷二〇韦敬一《廖州大首领左玉钤卫金谷府长上左果毅都尉员外置上骑都尉检校聊州刺史韦敬辨智城碑一首》:“若夫仰观天文,有日月星辰之象;俯察地理,有岳渎山河之镇……维大周万岁通天二年岁次丁酉四月丁卯朔七日癸酉,检校无虞县令韦敬一制。”

## 五月

**王方庆进家藏王导、王羲之以下二十八人书十卷,中书舍人崔融为作《宝章**

**集序**》。

《唐会要》卷三五:“神功元年五月,上谓凤阁侍郎王方庆曰:‘卿家多书,合有右军遗迹。’方庆奏曰:‘臣十代再从伯祖羲之书,先有四十余卷,贞观十二年,太宗购求,先臣并以进讫,惟有一卷见在,今亦进讫。臣十一代祖导……已下二十八人书,共十卷。’上之。上御武成殿,示群臣,仍令中书舍人崔融为《宝章集》以叙其事,复赐方庆。当时以为荣。”

**狄仁杰作《虞世南校写老子道德经跋》**。

《全唐文补编》卷二〇狄仁杰《虞世南校写老子道德经跋》:“大周神功元年五月初五日,我天圣神皇帝,出内府所藏秘书少监虞世南书老子《道德经》一卷,上下二篇,八十一章。并羊萧竹楷五种,命仁杰等钩摹勒石,以公天下……”(虞世南校写老子石刻拓本,转录自路工《访书见闻录》)

## | 六 月 |

**河内王懿宗为大总管出兵讨孙万斩,唐军大胜。陈子昂作《为河内王等论军功表**》。

《旧唐书·则天皇后纪》:“(万岁通天二年)五月,命右金吾大将军、河内王懿宗为大总管……率兵二十万以讨孙万斩。六月……孙万斩为其家奴所杀,余党大溃。”《全唐文》卷二〇九陈子昂《为河内王等论军功表》:“右,金吾卫大将军兼检校洛州长史河内郡王臣懿宗加爵一等勋五转司宾卿兼羽林大将军……”文作于六月孙万斩被杀,余党大溃,唐军胜利之后,故录于此。

**张说作《为河内郡王懿宗平冀州贼契丹等露布》《论神兵军大总管功状**》。

《张燕公集》卷一三有《为河内郡王懿宗平冀州贼契丹等露布》:“……臣凭借睿略,忝当戎政,神机密运,不待横草之功。天赞冥符,恭承破竹之势……”《全唐文》卷二二四张说《论神兵军大总管功状》:“……自契丹背恩,营州失守……冀州既陷,势将不已……王权以料敌,静而镇下,宣国恩以抚宁,晓愚俗以逆顺……惟大总管忠善龚行，克成庙算……其所正复州县，招抚归降，补署官僚，存集流迸，擒杀凶丑，收获军实，与吏士共功者，具如别状。”文盖作于六月唐军大胜后。

## |九月|

**改元神功。**

《旧唐书·则天皇后纪》：“九月，以契丹李尽灭等平，大赦天下，改元为神功，大酺七日。”

## |十月|

**徐彦伯作《大周故韶州乐昌县令上柱国王府君墓志铭》。**

《全唐文补遗》第五辑徐彦伯《大周故韶州乐昌县令上柱国王府君墓志铭》：“□夫君山硕□，宰六安而顿辔；弘度宏材，临百越而停轸。名标动物，位不充□。政术蔼于当时，遭回积于前古。踵斯恨者，其在兹乎？府君讳师协，字景和……粤以今神功元年岁次丁酉十月甲子朔二十二日乙酉合祔于邙山之原，礼也。”据此可知，该墓志铭作于本年十月。

**陈子昂作《窅冥君古坟记铭序》。**

《全唐文》卷二一四陈子昂《窅冥君古坟记铭序》：“神功元年，龙集丁酉。我有周金革道息，宝鼎功成，朝廷大宁，天下无事……即以其年十月甲子朔，具物备容，还定旧圹。豚鸡在奠，牺樽若歆，哀其铭志磨灭，姓位不显，乃锡之名曰窅冥君。其铭曰……”

**李峤以凤阁舍人知天官选事。**

《资治通鉴》卷二〇六：“（神功元年）十月，凤阁舍人李峤知天官选事，始置员外官数千人。”

**阳鸿卒,张说作《贞洁君碑》。**

《全唐文》卷二二六张说《贞洁君碑》,其序云:"神功元年十月乙丑,阳鸿卒于雩都县,友人沛国朱敬则、清河孟乾祚、范阳卢禹等,哀鸿抱德没地……大虑克就之谓贞,好廉自克之谓节。粤若夫子,可谥为贞洁也已。于是纪名垂迹,表墓勒石,其词曰……"据文中"神功元年十月乙丑",知该碑作于本年十月。

### |本 年|

**陈子昂作《蓟丘览古赠卢居士藏用七首序》。**

《全唐诗》卷八三陈子昂《蓟丘览古赠卢居士藏用七首序》:"丁酉岁,吾北征,出自蓟门,历观幽之旧都……因登蓟丘,作七诗以志之,寄终南卢居士。"丁酉即本年,故系于此。

## 周武则天圣历元年

戊戌　六九八

### |二 月|

**冯万石、齐瀚、卢含、樊庭观等二十二人登进士第,王佺应制及第。**

见《登科记考补正》卷四本年条。

### |春|

**宋之问从太平公主游九龙潭,有《奉敕从太平公主游九龙潭寻安平王宴别序》。**

《宋之问集校注》卷六《奉敕从太平公主游九龙潭寻安平王宴别序》:"安平王地惟藩翰,才实宗英,悬鹊镜于胸怀,运龙泉于掌握……林栖谷饮,古亦有之。

岂有贵而为王,炼形云壑?希世独立,万古谁邻,子晋以来,一人而已。群公等衔紫泥之宠命,借清溪之逸游……藉落花而听时鸟,累宿忘归;荫芳树而弄春泉,穷年不厌。衣冠车马,明日下于春山;鸾鹤笙歌,今宵共乎芳月。"《宋之问集校注》系该序于圣历初至长安四年数年中。据文中"明日下于春山……今宵共乎芳月"知序作于春季,姑录序于圣历元年春。

## |四 月|

**陈子昂作《与左史东方虬修竹篇序》,明确提出"兴寄""风骨"说,提倡汉魏风骨,抨击齐梁"彩丽竞繁,而兴寄都绝"之诗风。**

《全唐诗》卷八三陈子昂《与左史东方虬修竹篇序》云:"文章道弊五百年矣。汉魏风骨,晋宋莫传,然而文献有可征者。仆尝暇时观齐梁间诗,彩丽竞繁,而兴寄都绝,每以咏叹。思古人,常恐逶迤颓靡,风雅不作,以耿耿也。一昨于解三处,见明公《咏孤桐篇》,骨气端翔,音情顿挫,光英朗练,有金石声。遂用洗心饰视,发挥幽郁,不图正始之音,复睹于兹,可使建安作者相视而笑。"据《旧唐书·宋之问传》,东方虬任左史在圣历前后,子昂本年秋归蜀,故二人唱答当在本年春夏间四月左右,姑录于此。陈子昂文章中提出"兴寄""风骨"说,有利于廓清初唐诗坛齐梁之余风。

**元思叡、高叔夏各作《造像铭》一篇。**

《全唐文补编》卷二〇元思叡《造像铭》:"夫日容含晬,卅相之殊姿。月面流光,千种之奇状。故能独高天上,利妙觉而为尊。……大周圣历元年四月八日,宣德郎行豳州司户参军事元思叡造。"同书同卷高叔夏《造像铭》:"大周圣历元年四月八日……于应福寺造地藏两躯……"

## |五 月|

**十四日,陈子昂上疏论蜀中安危,有《上蜀川安危事三条》。**

《全唐文》卷二一一陈子昂《上蜀川安危事三条》:"圣历元年五月十四日,

通直郎行右拾遗陈子昂状。”知本年五月陈子昂仍守右拾遗。文中云:“蜀中运粮既停,百姓更无重役,至于租庸,合富府库。今诸州逃走户有三万余,在蓬渠果合遂等州山林之中……蜀中诸州百姓所以逃亡者,实缘官人贪暴,不奉国法,典吏游容,因此侵渔。剥夺既深,人不堪命,百姓失业,因即逃亡……”

## |六 月|

**宣威将军杨令一卒,张说作《大周故宣威将军杨君碑》以记之。**

《全唐文》卷二二六张说《大周故宣威将军杨君碑》,其序云:“文章可观,彬彬如也,泉英皎穆,当世硕士。与之游焉,而曰君子……圣历元年夏六月辛丑,遘疾而卒……记词怀旧,迹德表墓,示之来昆,其铭曰……”由文中“圣历元年夏六月辛丑,遘疾而卒”知该碑作于本年六月辛丑后,姑记于此。

## |十 二 月|

**桓道彦作《东岳斋醮题记》。**

《全唐文补编》卷一九桓道彦《东岳斋醮题记》:“大周圣历元年岁次戊戌腊月癸巳朔二日甲午……奉为天册金轮圣神皇帝敬造等身老君像一躯……”

## |冬|

**陈子昂《冬夜宴临邛李录事宅序》约作于此时。圣历初子昂以父老,表解官归侍。**

《新唐书·陈子昂传》:“圣历初,以父老,表解官归侍,诏以官供养。”圣历共三年,其父卒于圣历二年,圣历初盖为圣历元年。《全唐文》卷二一四陈子昂《冬夜宴临邛李录事宅序》:“下官游京国久矣,接轩裳众矣。池台钟鼓,虽有会于终朝,琴酒管弦,未穷欢于永夕,岂非殊我亲爱,异我风谣,而使临堂有怀,闻乐增叹者也。何功曹旧州耆老,迹尚于沉冥;李录事吾土贤豪,义多于游侠。高轩置酒,甲第迎宾。丝竹纷于绮窗……于是乘兴,自此而游,安得不放意留欢,遗老忘死？金壶漏晚，银烛花微。北林之烟月无光，南浦之星河向曙。赤车使者，下官虽谢于古人，锦里名家，群公岂惭于昔彦。我之怀矣，实在于斯。”文盖作于陈子昂离京归家之后，其作年难确考，姑录于此。

## 本年

**杜审言贬吉州司户参军，陈子昂作《送吉州杜司户审言序》。**

《旧唐书·杜审言传》：“累转洛阳丞，坐事贬吉州司户参军。”《全唐文》卷二一四陈子昂《送吉州杜司户审言序》：“嗟夫，德则有邻，才不必贵。……杜司户炳灵翰林，研几策府，有重名于天下，而独秀于朝端。……群公爱祢衡之俊，留在京师；天子以桓谭之非，谪居外郡。苍龙阉茂，扁舟入吴，告别千秋之亭，回棹五湖之曲。朝廷相送……之子孤游，猋风帆于天际。白云自出，苍梧渐远。帝台半隐，坐隔丹霄。巴山一望，魂断绿水。于是邀白日，藉青蘋，追潇湘之游，寄洞庭之乐。吴歈楚舞，右琴左壶，将以缓燕客之心，慰越人之思。”据《尔雅·释天》，“阉茂”指太岁在戌之年，本年戊戌，盖指本年，姑录于此。

**东方虬（生卒年不详），武后时官左史。《全唐文》收录其赋三篇。**

《全唐文》卷二〇八东方虬有《尺蠖赋》《蚯蚓赋》《蟾蜍赋》，均为咏物赋。

# 周武则天圣历二年

己亥　六九九

## 二月

**吉顼等十六人进士及第。开休元登明经科。**

见《登科记考补正》卷四本年条。

**无名氏有《大周故董府君墓志铭》。**

《唐代墓志汇编续集》圣历〇〇六:“君讳弘,字师哲,陇西人也……以天授二年二月九日遇疾,终于海州官舍,春秋六十有三。夫人河东樊氏,燕郊烈士之族,汉室武侯之胤……以圣历二年岁在己亥二月景戌朔十七日壬寅,合葬于万安山北原,礼也。”

**吴扬吾作《大周故陈州溵水县主簿周府君墓志铭》。**

《全唐文补遗》第一辑吴扬吾《大周故陈州溵水县主簿周府君墓志铭》。该序云:“君讳善持,字善持,河南伊阙人也……自兹已降,代有其人,祖郁,隋左亲侍,位至抚州司马。父师,属隋季分崩,王充窃据,宅躔寇境,身陷危城,申策马于非君,授如熊之伪将,不获已也,既而郑氛将泯,唐祚惟新……以圣历元年九月二十六日,卒于私第,春秋七十有二。即以二年二月十一日,祔葬于先茔,礼也。”据此可知,该墓志铭当作于本年二月。其铭曰:“邈矣夫子,冠俗之士。道自天资,行非人拟。爰及冠带,辞家入仕。恬雅以宁,孝友是履。轻官忽禄,厚养重味。列图智境,筑居仁里。用集英贤,敦悦经史。专精老释,详求福祉。报善未融,奄焉没齿。凡我友朋,式□铭旨。笔短词殚,焉能尽美。”

## 三月

**薛稷作《大周故瀛洲文安县令王府君墓志铭》。**

《全唐文补遗》第一辑薛稷《大周故瀛洲文安县令王府君墓志铭》,序云:“公讳德表,字文甫,太原晋阳人。……以圣历二年三月二日,寝疾终于遵教里私第,春秋八十。……粤以其年岁次己亥三月景辰朔二十九日甲申,权厝于合宫县伯乐原,礼也。”据此知墓志铭作于本年三月。

## 四月

**张说有《送毛明府诗序》。**

《全唐文》卷二二五张说《送毛明府诗序》:“昔之谓良宰者……圣历之际,任贤稽古。毛明府执德不回,发言无择,雍容文雅,罢曲江之曳裾。……孟夏涉河,路践芳草,眷彼燕赵,顷罹戎寇,金革毒三北之师……”据文中“圣历之际”知文作于圣历年间。圣历共三年,姑系于本年。又据“孟夏涉河,路践芳草”知文作于夏四月左右。

## |十月|

**陈子昂作《我府君有周居士文林郎陈公墓志文》以记其父。**

《全唐文》卷二一六陈子昂《我府君有周居士文林郎陈公墓志文》:“公讳元敬……太岁己亥,享年七十有四,七月七日己未,隐化于私馆。孤子子昂愚昧,鞠然在疚,不知所从,乃祗驯圣人卜宅之义。是岁十月己酉,遂开拭旧茔,奉宁神于此山石佛谷之中岗也。”据“太岁己亥……是岁十月己酉”知墓志铭作于本年十月。

**无名氏有《大周故衢州刺史兰陵萧府君墓志之铭》。**

《唐代墓志汇编续集》圣历〇一一:“公讳缮,字懿宗,兰陵兰陵人也……以圣历二年五月三日薨于私第,呜呼哀哉!粤以十月十六日,与夫人彭城刘氏,后夫人闻喜裴氏合葬于宫县平乐乡原,礼也。”

**韦嗣立上疏请兴儒学,止滥刑,武后不从。**

《资治通鉴》卷二〇六:“(圣历二年十月)太后自称制以来,多以武氏诸王及驸马都尉为成均祭酒,博士、助教亦多非儒士。又因郊丘,明堂,拜洛,封嵩,取弘文国子生为斋郎,因得选补。由是学生不复习业,二十年间,学校殆废。而向时酷吏所诬陷者,其亲友流离,未获原宥。凤阁舍人韦嗣立上疏,以为:‘时俗浸轻儒学,先王之道,弛废不讲。宜令王公以下子弟,皆入国学,不听以它岐仕进。又,自扬、豫以来,制狱渐繁,酷吏乘间,专欲杀人以求进……则天下皆知昔之枉滥,非陛下之意,皆狱吏之辜,幽明欢欣,感通和气。’太后不能从。”

## | 本 年 |

**徐彦伯作《枢机论》。**

《全唐文》卷二六七徐彦伯《枢机论》:“书曰:唯口起羞,惟甲胄起戎。又云:齐乃位,度乃口。《易》曰:‘慎言语,节饮食。’又云:‘出其言善,千里应之;出其言不善,千里违之。’《礼》亦云:‘可言也,不可行也。君子不言也,可行也。不可言也,君子不行也。’”《旧唐书》本传:“彦伯,圣历中累除给事中。时王公卿士多以言语不慎,密为酷吏周兴、来俊臣等所陷,彦伯乃著《枢机论》以诫于代,其辞曰……”所云即为本文,圣历共三年,文作于圣历中,姑录于此。

**陈子昂作《申州司马府君墓志》。**

《全唐文》卷二一五陈子昂《申州司马王府君墓志》:“龙集己亥,律躔应钟,金鸡鸣,玉狗吠,黄肠密启,丹旐徐飞,始迁神于某原之阳,礼也。”己亥年即本年。

**李峤五十五岁,作《攀龙台碑》。**

《全唐文》卷二四九李峤《攀龙台碑》:“圣历二年,乃下制改昊陵署为攀龙台,加置官署佐吏……”文近七千言。

**张说作《唐故凉州长史元君石柱铭》。**

《全唐文》卷二三二张说《唐故凉州长史元君石柱铭》,其序云:“……粤以圣历二年岁次月朔,别卜宅于咸阳县肺浮原合葬焉。公孝友纯深,风标峻起,门无杂客……”据“圣历二年岁次月朔”,知文作于本年。

**陈子昂四十一岁,作《偶遇巴西姜主簿序》。**

《全唐文》卷二一四陈子昂《偶遇巴西姜主簿序》云:“予疲尔永久,未尝解颜,正欲登高山,望远壑,挥斥幽痗,以劘太清。姜主簿倏自县中,至于林下,乃饰琴酒之事，杂文章之娱，将蠲我忧，颓靡取乐。……南国橘柚，阳月初荣，北梁山水，良辰复别，挥手何赠，诗以永言云尔。”此序为子昂居家时所作，本年七月陈子昂之父卒，其时子昂已辞官居家，文之确年难考，姑录于此。

## 周武则天圣历三年　久视元年

庚子　七〇〇

### 正月

**武后幸汝州，游流杯亭，与群臣宴饮，同赋诗，李峤为诗序，有《流杯亭侍宴诗序》，已佚。**

《资治通鉴》卷二〇六：“（圣历三年）春，一月，丁卯，幸汝州之温汤。戊寅，还神都。”又宋欧阳修《集古录跋尾》卷六：“《流杯亭侍宴诗》者，唐武后久视元年，幸临汝阳，留宴群臣，应制诗也，李峤序，殷仲容书。”李峤诗序已佚。

### 二月

**张纮、崔尚、刘幽求等二十人登进士第，孙嘉之、邵炅等登拔萃出类科。**

见《登科记考补正》卷四本年条。

### 五月

**癸丑，改元久视。**

《资治通鉴》卷二〇六：“（圣历三年）五月……癸丑，赦天下，改元久视，去天册金轮大圣之号。”

## 六月

**李峤领衔修撰《三教珠英》。**

《资治通鉴》卷二〇六:"(武则天久视元年)六月,改控鹤为奉宸府,以张易之为奉宸令。太后每内殿曲宴,辄引诸武、易之及弟秘书监昌宗饮博嘲谑。太后欲掩其迹,乃命易之、昌宗与文学之士李峤等修《三教珠英》于内殿。"

**薛稷作《唐故洛州洛阳县令郑府君碑》。**

《全唐文》卷二七五薛稷《唐故洛州洛阳县令郑府君碑》:"观夫道周通变,青史徽其德庸……粤以大周久视元年龙集庚子六月戊寅朔七日甲申,迁窆于洛阳北邙山之平乐原,礼也。"

## 夏

**沈佺期任通事舍人,于东观修书,因见黄口,作《黄口赞》记之。**

《沈佺期集校注》卷五有《黄口赞》,其序云:"圣历中,余时任通事舍人,有敕于东观修书。夏日南轩,诸公共见黄口飞落铅椠间,奉宸主簿李崇嗣,命余小竖苍子采花哺之。河东薛曜邀余为赞。"按《资治通鉴》卷二百六:"(圣历三年)五月,癸丑,赦天下,改元久视。"且六月始,李峤领衔修撰《三教珠英》。序云"有敕于东观修书",当指此事。故,序云"圣历中……夏日南轩"实为本年六月后,即久视元年夏。《黄口赞》:"爵爵黄口,戾我床隅。受兹懿名,解壳呈躯。纤胫戟爪,短毛节翼。规眼擘椒,直觜剡棘。妥貌谆谆,性淑以驯。岂不逼畏,虚诚附仁。仁其谓何,雏乎奚知。跳跳往复,啾啾苦饥。谓余小竖,采华中圃。夺蝶红须,摘蜂细缕。易父之慈,代母之哺。载吞载嚼,群彦是睹。"

## 七月

**李峤以其舅父张锡入知政事,避嫌,转为成均祭酒,罢知政事及修史。**

《资治通鉴》卷二〇七:"(久视元年)七月,己丑,以天官侍郎张锡为凤阁侍郎、同平章事。鸾台侍郎、同平章事李峤罢为成均祭酒。锡,峤之舅也,故罢峤政事。"

## 丨十 月丨

**王博作《文林郎冯庆墓志铭》。**

《全唐文》卷二〇二王博《文林郎冯庆墓志铭》:"冯君讳庆,字贞菘,冀州下博县人也。其源出自长乐郡,北燕文成帝跋之苗裔……大周久视元年岁在庚子十月二十日,改葬于冀州城西,与夫人冯氏合葬于平原,礼也。其铭曰:青乌卜茔,元鹤孕兆。南北神坛,东西灵沼。扬贞高于玉山,播芳猷于笔杪。"

## 丨本 年丨

**尹元凯于洛阳预修《三教珠英》,因返长安接取家室,宋之问送之,作《送尹补阙入京序》。**

《宋之问集校注》卷六《送尹补阙入京序》:"河间尹公,博物君子,解褐调慈州司仓。白云在天,不乐为吏。有竹林近鄠杜南山,弹琴读书,日益沦放。……天子以其老成达学,昂藏有古人风,命典著书,职在补阙。……既而藉马入关,西携老幼,重见乔木,载驰旧山。"按尹元凯、宋之问于本年并修《三教珠英》,序盖作于今、明两年间,姑录于此。

**陈子昂卒,年四十二,有文十卷。韩愈赞曰:"国朝盛文章,子昂始高蹈。勃兴得李杜,万类困陵暴。后来相继生,亦各臻阃奥。"**

《全唐文》卷二三八卢藏用《陈子昂别传》:"属本县令段简贪暴残忍,闻其家有财,乃附会文法,将欲害之。子昂荒惧,使家人纳钱二十万,而简意未塞,数舆曳就吏。子昂素羸疾,又哀毁,杖不能起。外迫苛政,自度气力恐不能全,因命蓍自筮,卦成,仰而号曰:'天命不佑,吾其死矣!'于是遂绝,年四十二。"陈子昂生于显庆四年(659),由此下推四十二年,是为本年。《新唐书·艺文志四》:

“《陈子昂集》十卷。”《郡斋读书志》卷一七:“《陈子昂集》十卷……子昂少以豪侠使气,及冠,折节为学,精究坟籍,耽爱黄老、易象、尤善属文。唐兴,文章承徐、庾余风,天下祖尚,至是始变雅正。故虽无风节,而唐之名人无不推之。柳仪曹曰:‘张说以著述之余攻比兴,而莫能极;张九龄以比兴之暇攻著述,而不克备。唐兴以来,称是选而不怍者,子昂而已。”《四库全书总目》卷一四九:“《陈拾遗集》十卷,唐陈子昂撰。……马端临《文献通考》乃谓子昂惟诗语高妙,其他文则不脱偶俪卑弱之体,韩、柳之论,不专称其诗,皆所未喻。今观其集,惟诸表序犹沿排丽之习,若论事书疏之类,实疏朴近古,韩、柳之论,未为非也。”梁肃《左补阙李翰前集序》:“唐有天下几二百载,而文章三变:初则广汉陈子昂以风雅革浮侈;次则燕国张公说以宏茂广波澜;天宝以还,则李员外、萧功曹、贾常侍、独孤常州比肩而作,故其道益炽。”(《唐文粹》卷九二)韩愈《韩昌黎集》卷二《荐士》:“国朝盛文章,子昂始高蹈。勃兴得李、杜,万类困陵暴。后来相继生,亦各臻阃奥。”陈子昂之生平事迹见《旧唐书》卷一九〇、《新唐书》卷一〇七。又,《全唐文》卷二一四陈子昂《座右铭》云:“事父尽孝敬,事君端忠贞,兄弟敦和睦,朋友笃信诚。从官重恭慎,立身贵廉明,待士慕谦让,莅民尚宽平。理讼惟正直,察狱必审情。谤议不足怨,宠辱讵须惊。处满常惮盈,居高本虑倾。诗礼固可学,郑卫不足听。幸能修实操,何俟钓虚声。白珪玷可灭,黄金诺不轻。秦穆饮盗马,楚客报绝缨。言行既无择,存殁自扬名。”文之确年难考,并录于此。文章概括其对家、国、名、利、信等方面之定位。

**卢藏用撰《陈子昂别传》;又编陈子昂遗文十卷,于序中论及古今文学之变,谓陈子昂“卓立千古,横制颓波,天下翕然,质文一变”。卢藏用《祭拾遗陈公文》亦作于本年左右。**

《全唐文》卷二三八卢藏用《右拾遗陈子昂文集序》:“至于徐庾,天之将丧斯文也。后进之士若上官仪者继踵而生,于是风雅之道,扫地尽矣。易曰:物不可以终否,故受之以泰,道丧五百岁而得陈君。君讳子昂,字伯玉,蜀人也。崛起江汉,虎视函夏,卓立千古,横制颓波,天下翕然,质文一变。非夫岷峨之精,巫庐之灵,则何以生此。故其谏诤之辞,则为政之先也;昭夷之碣,则议论之当也;国殇之文,则大雅之怨也;徐君之议,则刑礼之中也。至于感激顿挫,微显阐幽,庶几见变化之朕,以接乎天人之际者,则《感遇》之篇存焉。”又,《全唐文》卷二三八卢藏用《祭陈拾遗公文》:“子之生也,珠圆流兮玉介洁;子之没也,太山颓兮梁木折。士林阒寂兮人物疏，门馆萧条兮宾侣绝。叹佳城之不返，辞玉阶而长别。呜呼，置酒祭子子不顾，失声哭子子不回。唯天道而无托，但抚心而已摧。尚飨！”子昂卒于本年，文或作于本年，姑录于此。

## 周武则天大足元年　长安元年

辛丑　七〇一

### 正月

**丁丑，改元大足。**

《资治通鉴》卷二〇七：“春，正月，丁丑，以成州言佛迹见，改元大足。”

### 二月

**席豫、章仇嘉勉等二十七人进士及第，知贡举者为张说。崔翘、郑少微、裴宽登拔萃科。王敬从、王易从、席豫登文擅词场科。**

见《登科记考补正》卷四本年条。

### 三月

**张说作《文昌左丞陆公墓志》。**

《全唐文》卷二三一张说《文昌左丞陆公墓志》：“公讳元方，字希仲……大足元年二月七日，寝疾而终，春秋六十有三。历事两宫三十余载，奉上惟敬，临下惟诚。……粤三月十四日，假葬于国门之南费村，永刊昭烈，垂之幽础。”陆元方卒于本年二月，三月张说撰此墓志。

## 五月

**朝廷命魏元忠为总管以备突厥，张说作《送田郎中从魏大夫北征篇序》。**

《旧唐书·则天皇后纪》："（大足元年）夏五月，幸三阳宫，命左肃政御史大夫魏元忠为总管以备突厥。"《全唐文》卷二二五张说《送田郎中从魏大夫北征篇序》："夫王者，所以威四海，攘六夷……皇帝有天下之十二载也，金精东上，雄汉国之兵形……"公元 690 年，武后称帝，改国号周。"皇帝有天下之十二载也"，即自 690 年至 701 年，恰为十二载。张说《送田郎中从魏大夫北征篇序》当为其时之作。

## 七月

**张说之姨卒，张说作《司属主簿博陵崔讷妻刘氏墓志铭》以记之。**

《全唐文》卷二三一张说《司属主簿博陵崔讷妻刘氏墓志铭》，其序云："夫人刘氏，其先彭城人也……以大足元年七月某日寝疾而卒，粤二十九日某辰，假葬于某里……夫人即吾姨也，今薄撰素履，永刊幽石，图史之外，有美存焉。其铭曰……"据此，知该墓志作于本年七月。

## 八月

**苏颐作《大周故朝请大夫行鼎州三原县令卢府君墓志铭并序》。**

《全唐文新编》卷二五八苏颐《大周故朝请大夫行鼎州三原县令卢府君墓志铭并序》："公讳行毅，字子明，范阳涿人也。伯夷典礼，尚父为师，爰昌四岳之秩，所谓大风之裔，卢实胙土，燕惟世家。自先生敖，中郎植，司空毓，尚书珽后，称冠者数百祀，于今洪流淼然，休荫无绝。曾祖齐黄门思道，祖唐太子率更令赤松，父齐州长史承泰，莫不思含风雅，道冠儒墨，衣簪之会，羔雁为群。……以大足元年六月十二日终于洛阳之私第，春秋六十有二……太岁辛丑八月辛丑朔二十日庚申瘗于邙山，礼也。"据此，可知该文作于本年八月。

## 九月

**徐岩卒，张说作《徐氏子墓志铭》。**

《全唐文》卷二三一张说《徐氏子墓志铭》，其序云："徐氏子者，名岩字某，司封员外郎坚之第四子也……年十有三岁，大足元年九月，遭疾而没……"其铭曰："生日何浅，死路何深。珠碎胧月，花残稚林。哀哀父母，孰处其心。"

## 十月

**辛酉，改元长安。**

《资治通鉴》卷二〇七："冬，十月，壬寅，太后西入关。辛酉，至京师。赦天下，改元。"

## 十一月

**李峤、宋之问等撰《三教珠英》成，凡一千三百卷。**

《唐会要》卷三六："大足元年十一月十二日，麟台监张昌宗撰《三教珠英》一千三百卷成，上之。初，圣历中，以上《御览》及《文思博要》等书，聚事多未周备，遂令张昌宗召李峤、阎朝隐、徐彦伯、薛曜、员半千、魏知古、于季子、王无竞、沈佺期……二十六人同撰。于旧书外，更加佛、道二教及亲属、姓名、方域等部。"《新唐书·艺文志三》："《三教珠英》一千三百卷，目十三卷。"

# 周武则天长安二年

壬寅 七〇二

## 正月

**韦元晨作《六绝纪文》**。

《全唐文补编》卷二一韦元晨《六绝纪文》:“大周长安二年岁壬寅王正月,皇帝以东征西怨,乃眷秦京……姚中书学行,人才之绝也。言诗合作,文章之绝也。密勿纡谟,夤亮之绝也……疏其六绝,刻之于石。”(《山右石刻丛编》卷五)

## 二月

**张九龄、徐秀等二十一人登进士第,本年知贡举者为考功员外郎沈佺期。庞履温、周诚、李迪登明经科**。

见《登科记考补正》本年条。

## 六月

**李峤年五十八,为东都留守**。

《资治通鉴》卷二〇七:“(长安二年)六月,壬戌,召神都留守韦巨源诣京师,以副留守李峤代之。”

## 七月

**卢藏用作《纪信碑阴》,且为文吊之,有《吊纪信文》**。

《全唐文》卷二三八卢藏用《纪信碑阴》:“长安元年,乡人白孔府君,请为纪公建立碑表……至二年七月,乃自减私奉,将断石采山,以旌忠烈……至清也;

希古以砥节，至忠也。不然，后□何以仰德而立名哉！乃于碑阴，刊纪斯异。”据此可知，《纪信碑》作于长安二年七月。《纪信碑》云：“有汉忠烈，姓纪名信，官族代载，史失其书。昔秦始皇弃六代之业，穷天下之力，以从其心。施及二代，荐作昏德，人怨神怒，百姓与能，此皇天所以兴汉祖也。夫龙跃虎变，不有非常之灾，则不能蔚其文而神其行，故英雄豪杰，雷动震击，并起而亡秦。当是时，海水飞而无纪，王纲颓而不纽。强者制命，弱国连衡……”同书同卷卢藏用《吊纪信文》：“皇纲绝兮帝纽颓，王风悲兮霸道衰。天运促兮周以霸，秦德弃兮汉业开。何项王之赑屃，作驱除于云雷。岂渊海之飞荡，资拔山之伟才。于是左契归楚，群雄奉职，皇矣汉祖，独负其直。”

**张说作《四门助教尹先生墓志铭》。**

《全唐文》卷二三一有张说《四门助教尹先生墓志铭》，其序云：“先生讳守贞，天水冀人，盖好学博古者也。……长安二年六月十日昼寝，忽梦麟台两局争召修文，觉而叹曰：十二日稷，吾当往矣。因命亲族序诀。至日，安枕俟期，俄然而卒，春秋四十……粤七月十七日，葬于高阳原先君之旧茔。”据此知该墓志铭作于本年七月。

## |本 年|

**卢藏用作《谏营兴泰宫疏》。**

《全唐文》卷二三八卢藏用《谏营兴泰宫疏》：“臣愚虽不达时变，窃尝读书，见自古帝王之迹众矣。臣闻土阶三尺，茅茨不翦，采椽不断者，唐尧之德也。卑宫室，菲饮食，尽力于沟洫者，大禹之行也。惜中人十家之产，而罢露台之制者，汉文之明也。并能垂名无穷，为帝皇之烈，岂不以克念徇物，博施济众，以臻于仁恕哉！今陛下崇台邃宇，离宫别馆，亦已多矣，更穷人之力以事土木……乞下臣此章，与执事者议其可否，则天下幸甚。”《旧唐书·卢藏用传》云：“长安中，征拜左拾遗，时则天将营兴泰宫于万安山，藏用上疏谏曰……”其上疏即为本文。长安共四年，据文中“长安中”，姑系于本年。

**张说作《祭霍山文》《为魏元忠作祭石岭没陷士女文》《为魏元忠作祭石岭**

**战亡兵士文》**。

《全唐文》卷二三三张说有《祭霍山文》《为魏元忠作祭石岭没陷士女文》《为魏元忠作祭石岭战亡兵士文》。第一文曰:“长安二年月日,皇帝使并州道大行军副大总管尹元凯等,敬荐酒脯时果,敢告霍山之神……”第二文曰:“维长安二年月朔日……致祭石岭死丧百姓之魂,北胡自擅,贼虐不道,气悍朔风……”第三文曰:“维长安二年月朔日,勒并州道行军大总管兼宣劳使左肃政御史大夫同凤阁鸾台三品兼知并州事魏元忠……致祭于石岭战亡兵士之灵……痛兹壮士,翦为国殇。”据此,知三文作于本年。

## 周武则天长安三年

癸卯 七〇三

### 正月

**一日,李峤、崔融、徐彦伯、徐坚、刘知幾、吴兢等人授诏,共修唐史**。

《唐会要》卷六三:“长安三年正月一日敕:‘宜令特进梁王武三思与纳言李峤,正谏大夫朱敬则,司农少卿徐彦伯,凤阁舍人魏知古、崔融,司封郎中徐坚,左史刘知幾,直史馆吴兢等修唐史,采四方之志,成一家之言,长悬楷则,以贻劝诫。’”

**十日,无名氏有《大周故游击将军上柱国张君墓志铭并序》**。

《唐代墓志汇编续集》长安〇一一:“君讳礼臣,字崇让,南阳白水人也……以长安二年太岁壬寅十一月甲子朔二十一日甲申终于私第,春秋四十有八。即以长安三年岁次癸卯正月癸亥朔十日壬申,葬于高昌县之北原旧茔,礼也。”

### 二月

**王择从等三十一人登进士第,慕容瑾、李庭训登明经科**。

见《登科记考补正》卷四本年条。

## 四月

**吐蕃遣使求婚，张说有《和戎篇送桓侍郎序》。**

《全唐文》卷二二五张说《和戎篇送桓侍郎序》："和戎，送桓侯之诗。长安三年，吐蕃乞附，中国有圣，殊俗向风，纳虎豹之文，修葡萄之贡……罢甲兵，坦疆场，厚忠信，亲蛮貊，臻夫无事，以继好息人者，国家之急务也。……"据文中"长安三年"，知此序作于本年。《资治通鉴》卷二〇七："（长安三年）夏，四月，吐蕃遣使献马千匹、金二千两以求婚。"故系该序于本年夏四月左右。

**闰四月，丁丑，韦安石留守东都，张说为之作《郯公园池饯韦侍郎神都留守序》。**

《全唐文》卷二二五张说《郯公园池饯韦侍郎神都留守序》："夫良才出乎休运，大任归乎令德，四海既安，乃注意于贤相。……鸾台侍郎兼左庶子韦公……天子赋诗，已载宠行之史；群公盛集，须传出宿之文。凡若干首，合成一卷。"《资治通鉴》卷二〇七："（长安三年）四月……闰月，丁丑，命韦安石留守神都。"《新唐书·宰相世系表上》："（长安三年）闰四月……丁丑，安石为神都留守，判天官、秋官二尚书事。"诗及序即作于此时。

## 九月

**高峤作《大唐故洛州司户高府君墓志铭并序》。**

《全唐文补遗》第八辑高峤《大唐故洛州司户高府君墓志铭并序》："……唐刑部员外转郎中，轻重二典，胜残是寄，哀矜一著，允洽人心。迁给事中……夙子含文，天姿仁义，非礼不动，惟道是修，瑰材硕量，卑躬厚德，虽造次颠沛必于是……以大周长安三年十月三日，合葬于洛阳北山张杨里，礼也。"据此可知，该墓志铭作于本年十月前，今系于九月。

## 十月

**常文贞作《周故太中大夫使持节守庄牂琰等一十二州诸军事侍庄(周)都督上柱国常府君墓志铭并序》**。

《全唐文补编》卷二〇常文贞《周故太中大夫使持节守庄牂琰等一十二州诸军事侍庄(周)都督上柱国常府君墓志铭并序》:"君讳怀靓,字倩,其先河内人也……以长安三年岁次癸卯正月癸亥朔卅日壬辰,薨于岚州治官舍,春秋七十。夫人颍州郡君陈氏,光流夜月,彩缛朝霞,始悦乘龙,先从隙驷,即以今年十月己未朔十五日癸酉,并归葬于陕城东信义乡之原,礼也。"

## 本年

**张说任凤阁舍人,因证魏元忠无谋反语,坐流钦州**。

《唐会要》卷六四:"长安三年,张易之、昌宗欲作乱,将图皇太子,遂谮御史大夫、知政事魏元忠……明日,上引皇太子、相王及宰相等于殿庭,遣昌宗与元忠、高戬对于上前。上谓曰:'具述其事。'说对曰:'臣今日对百寮,请以实录。'因厉声言:'魏元忠实不反,总是昌宗令臣诬枉耳。'……乃贬元忠为高要尉,说流钦州。"

# 周武则天长安四年

甲辰　七〇四

## 二月

**李温玉等四十一人登进士第,续奏四人,知贡举者为崔湜**。

见《登科记考补正》卷四本年条。又《唐摭言》卷一:"长安四年,崔湜下四十一人，李温玉称苏州乡贡。”

## 三月

**仇道朗作《清河公到任记》**。

《全唐文补编》卷二一仇道朗《清河公到任记》，文末云“时昭圣皇帝绍位之二十有二载岁次甲辰三月十八日记”。本年即为甲辰年，姑录于此。

## 四月

**李峤上疏谏造大佛像**。

《资治通鉴》卷二〇七：“长安四年四月，太后复税天下僧尼，作大像于白司马阪，令春官尚书武攸宁检校，糜费巨亿。李峤上疏，以为：‘天下编户，贫弱者众。造像钱见有一十七万余缗，若将散施，人与一千，济得一十七万余户。拯饥寒之弊，省劳役之勤，顺诸佛慈悲之心，沾圣君亭育之意，人神胥悦，功德无穷。方作过后因缘，岂如见在果报！’……太后为之罢役。”

## 五月

**马吉甫作《蜗牛赋》**。

《全唐文》卷六二二马吉甫《蜗牛赋》：“甲辰岁夏五月，余寓居官舍，时雨初止，有蜗牛蠢蠢缘堂砌而上，恐致践履之祸，因命稚子移于墙阴，乃潜角缩壳，而有自卫之意，退为赋云：‘蕤宾仲月，逆旅孤亭，薄宦春罢，闲门昼扃。云漫漫兮雨冥冥，荷蕖红兮苔藓青。卷阴风于北幌，间皓月于南棂。观蜗牛之蕃育，何诡错之殊形。若乃顺阴而起，背阳而化，夤缘于草木，萦委于台榭。傍庭庑以徐回，循墙隅而乱下。纤角内奋，宁交触氏之兵；坚壳外围，终结野人之舍。阙爪牙兮自达，无羽翼兮相借。本忘情于蚌守，亦何惮于鸱吓。故其投迹多闲，冥心寡欲，进不奔竞，退非饮啄。吸大道之淳精，体中庸之止足，匪徇物而无悔，恒居冲而守朴。升清流兮不为宠，顿潢污兮不为辱。岂蝶识之可量，何蜆智之能较。

借如海蛤无胫,江龟有灵,怀珠胎以自伐,韬玉兆以先形。螂之捕也,后黄雀而宁惧;鱼之贪也,前翠竿而不惊。观万夫而恕已,会千载而作程。乃知无用之为用,求生而丧生。"其序云"甲辰岁夏五月",甲辰岁即长安四年,故系于此。又,《全唐文》卷六二二马吉甫《蝉赋》:"鹑星兮御夏,鶪鸣兮登序。日月骤而运长赢,阴阳争而催小暑。询求纵赏之地,枚卜追凉之处。寻川径而栖迟,顿林庭而延伫。则有应律初蝉,含生自然。其声嘒嘒,其翼翩翩。参万物之动植,随四序之回旋。避啼莺于春后,伴鸣蛩于秋前。廉而有德,静而无累。逸豫攸安,沉吟斯慰。体素质而标俭,养清心而拔萃。食不求粒,虽黍稷而非珍;栖不择林,纵梧桐而何贵。……风萧萧兮八九月,路悠悠兮千万里。坐听霜雁自无聊,复对寒蝉怨何已。望乡关而思积,抚摇落而愁起。悲深嘶马之初,泪断啼猿之始。触类多感,于何不伤。伊兹虫之菲陋,识君子之行藏。其立志也,不慕于鸿鹄;其守分也,不越于榆枋。任朝夕之栖处,极天地之翱翔。适其性,韬其光,岂比飞燕之巢幕,流萤之聚囊?至如入槛愁猿,触笼穷鸟,絷透木之幽志,屈凌云之遐矫。岂无故而婴罗,谅有求而自扰。聊息心于万事,欣寓迹于一枝,澹然兮自守,千秋兮若斯。"本文之作年难确考,并录于此。

## |秋|

**张易之作《秋日宴石淙序》**。

《全唐文》卷二三九张易之《秋日宴石淙序》:"夫瀛洲渤澥,瞻地际而无穷;昆邱阆风,望天涯而不极。岂若阳城石淙,山水名区。……于时青要戒序,朱明谢时,红飙息而凉蝉吟,白日下而残虹歇。秋风稍起,撼群木于高邱;夏日旋移,落长绳于暮景。天开云散,流离烂漫,少室巅兮嵩高半……游践所经,天下之为绝也。吸精英而咀根荄,既四序之无厌;脑翰墨而髓风烟,须一言之有作。"本文作年难确考,张易之明年正月卒,姑录文于此。

## |本 年|

**卢藏用作《为姚大夫请致仕归侍表》**。

《全唐文》卷二三八卢藏用《为姚大夫请致仕归侍表》:"臣某言,臣闻孝于亲者,然后可以忠于君;理于家者,然后可以移于国。臣实妄庸,叨奉明圣。职在枢要,切寄股肱。恩非始图,荣绝流辈。臣之殒身,无以上答。然臣老母今年八十有一,起居渐废,齿发日衰,饮食朝晡,非臣不膳,寝兴侍奉,非臣不欢。臣欲僶俛国朝,则顾复无报;臣欲归养私第,则圣泽不赀。实类羝羊羸角,方同狼跋其尾。去岁陈乞,初沐圣恩,旋承后命,不垂允纳。良由臣孝道衰废,至诚无感,扣心泣血,夙夜无宁……"姚大夫,即姚崇,字元之。《旧唐书·姚崇传》云:"长安四年,元之以母老,表请解职侍养。"据此可知,卢藏用《为姚大夫请致仕归侍表》作于本年。

## 唐中宗神龙元年

乙巳 七〇五

### 正月

**壬午朔,大赦,改元神龙。癸亥,张柬之等率兵诛张易之、张昌宗兄弟。丙午,李显即帝位,大赦天下,惟张易之党不原。**

《资治通鉴》卷二〇七:"神龙元年春,正月,壬午朔,赦天下,改元……太后疾甚,麟台监张易之、春官侍郎张昌宗居中用事,张柬之、崔玄暐与中台右丞敬晖、司刑少卿桓彦范、相王府司马袁恕己谋诛之……癸卯……柬之等斩易之、昌宗于庑下。……甲辰,制太子监国,赦天下……乙巳,太后传位于太子。丙午,中宗即位,赦天下,惟张易之党不原。"

**张易之被诛。**

《旧唐书》卷七八:"神龙元年正月,则天病甚。是月二十日,宰臣崔玄暐、张柬之等起羽林兵迎太子,至玄武门,斩关而入,诛易之、昌宗于迎仙院。"张易之粗知属文,其应制之作,多为宋之问、阎朝隐所代作。张易之生平事迹见《旧唐书》卷七八、《新唐书》卷一〇四本传。

## 二月

**姚仲豫、褚璆、张思鼎、杨相如等六十一人登进士第，姚仲豫为本年状元，崔湜知贡举。又崔嘉祉登明经科，卢藏用、严挺之等登贤才科。**

见《登科记考补正》卷四本年条。

**宋之问作《为定王武攸暨请降王位表》两篇。**

《宋之问集校注》卷七《为定王武攸暨请降王位表》："臣攸暨言：臣闻力微任重，无德者履之必危；功薄赏隆，有识者陋其非据。臣地因外戚，器实中庸……"同书同卷有《第二表》："臣闻富贵者，易象谓之崇高；满盈者，至人诫其颠覆。臣在非次，久冒殊恩。……尸位者必会短期，冒荣者难为长守。岂有外戚尚主，异姓封王，男皆公侯，女食郡县，佩服五等，辉耀一门，汤沐山河，家逾万户，耕夫织妇，凡有几人？……臣以日为岁，以荣为忧。希回三舍之光，允臣万死之请。无任觋冒之至。"《旧唐书·中宗本纪》："（神龙元年二月）丁丑，武攸暨固让司徒、封王，许之。"由此知，宋之问代武攸暨之二表作于本年二月。

**唐中宗有《礼葬皇室子孙等诏》。**

《全唐文补编》卷二二唐中宗《礼葬皇室子孙等诏》："皇室子孙，诸王妃主驸马等。自垂拱已来，非命者皆不望殡。宜令州县寻求处所，以牲牢致祭，仍追复官爵，备礼改葬。其王并令陪葬昭献二陵，有嗣者即令承袭，无嗣者听取近亲为后。"诏书下注：神龙元年二月。

## 三月

**郑休文作《大唐故公士安君墓志铭》。**

《全唐文补遗》第三辑郑休文《大唐故公士安君墓志铭》，其序云："禀谆和以为人，含神爽以为用。在家为孝子，在国为忠臣。于乡党而则恂恂，于富贵而不汲汲。谐大隐于朝市,笑独行于山林。斯则安君见之矣。君讳令节,字令节,先武威姑藏人,出自安息国。王子入侍于汉,因而家焉。……即以神龙元年三月五日,葬于长安县之龙首原,礼也。”据此可知,此墓志铭作于本年三月。

**阮孝波作《岱岳观斋醮题记》**。

《全唐文补编》卷二二阮孝波《岱岳观斋醮题记》:“大唐神龙元年岁次乙巳三月庚辰朔二十八日丁未……奉为皇帝皇后敬造石玄真万福天尊像一铺。”(《求古录》、《金石萃编》卷五三。末署:给事郎试太子中允刘秀良书。)

## |十月|

**张秦客作《南阳白水郡张公墓志铭并序》**。

《全唐文补遗》第八辑张秦客《南阳白水郡张公墓志铭并序》:“昔者铜马运戏,田龙矫翼,图开白水……君讳景,字世雄,即京兆高陵安道里人也。汉朝张霸,俗号曾参;宋国张曼,帝称杨柳。生才可贵,驰誉五龙。死节不凋,飞英三叶。……以神龙元年十月二十七日,葬于万年长乐乡古城之阳也。”据此可知,该墓志铭作于本年十月。

## |十一月|

**张说作《上邽县君李氏墓志铭》**。

《全唐文》卷二三二张说《上邽县君李氏墓志铭》云:“夫人帝室之亲,夫贵妇荣,于斯为盛。及帷堂而哭,有敬姜之礼;择邻而处,有孟母之教;入间俟信,有诸妇之期;出言成章,有众女之诫。受命不淑,以某年月日,卒于同州之私第,以神龙元年十一月二十日,合葬于万年县白鹿之旧茔。”据“以神龙元年十一月二十日,合葬于……”,知该墓志铭当作于本年十一月。

**壬寅,武后卒,年八十二,有文集一百二十卷**。

《旧唐书·则天皇后纪》:“(神龙元年)冬十一月壬寅……崩于上阳宫之仙居殿,年八十三,谥曰则天大圣皇后。二年五月庚申,祔葬于乾陵。……太后尝召文学之士周思茂、范履冰、卫敬业,令撰《玄览》及《古今内范》各百卷,《青宫纪要》《少阳政范》各三十卷,《维城典训》《凤楼新诫》《孝子列女传》各二十卷,《内范要略》《乐书要录》各十卷,《百僚新戒》《兆人本业》各五卷,《臣轨》两卷,《垂拱格》四卷,并文集一百二十卷,藏于秘阁。”《新唐书·艺文志四》:“武后《垂拱集》一百卷。又《金轮集》十卷。”《册府元龟》卷一三〇:“(神龙)二年,中书令、齐国公魏元忠与武三思等撰《则天皇后实录》二十卷,编次文集一百二十卷,中宗称善。”武则天兼涉文史,沈既济云:“太后颇涉文史,好雕虫之艺。永隆中,始以文章选士。及永淳以后,太后君临天下二十余年,当时公卿百辟,无不以文章达。因循日久,寝以成风。”武则天之生平事迹见《旧唐书》卷六、《新唐书》卷四《则天皇后本纪》。

## |本 年|

**李峤六十一岁,以其附会张易之兄弟,贬通州刺史。**

《旧唐书·李峤传》:“中宗即位,峤以附会张易之兄弟,出为豫州刺史。未行,又贬为通州刺史。”

**进士行三场试,榜中常列诗赋题目。**

《唐摭言》卷一:“后至调露二年,考功员外郎刘思立奏请加试贴经与杂文,文之高者放入策。寻以则天革命,事复因循。至神龙元年方行三场试,故常列诗赋题目于榜中矣。”

**唐中宗有《答敬晖等表请削武氏诸王王爵诏》。**

《唐大诏令集补编》卷七《答敬晖等表请削武氏诸王王爵诏》:“朕尝因暇景,博览前修,帝籍皇图,略稽其迹……伏以则天大圣皇帝,内辅外临,将五十载,在朕躬则为慈母,于士庶即是明君……群公以‘天无二日,土无二王’,抗表紫庭,用申丹恳者。然以赏罚之典,经国大纲,攸暨、三思,皆悉预告凶竖,虽不

亲冒白刃，而亦早献丹诚，今若却除旧封，便虑有功难劝。”（神龙元年）

# 唐中宗神龙二年

丙午　七〇六

## | 正 月 |

**戊戌，李峤以吏部尚书同中书门下三品。**

《新唐书·中宗纪》：“（神龙）二年春正月，戊戌，吏部尚书李峤同中书门下三品。”

## | 二 月 |

**薛令之、赵冬曦、赵安贞、徐安贞等三十二人登进士第，礼部侍郎赵彦昭知贡举。张鷟、张敬、冯万石等登才高位下科。卢友度登明经科。**

见《登科记考补正》卷四本年条。

**张说有《荥阳夫人郑氏墓志铭》。**

《全唐文》卷二三二张说《荥阳夫人郑氏墓志铭》：“诗所谓邦之媛也，夫人有焉。皇天难忱，不享偕老，年六十四，神龙元年十一月九日，遘疾终于洛阳之遵化里，其明年二月某日，葬于富平县之某原……”

## | 三 月 |

**富嘉谟卒，有集十卷。吴少微以诗哭之，张说等人均甚悼惜。富嘉谟与吴少微友善，时天下之文，崇尚徐庾。嘉谟与少微以经典为本，雅厚雄迈，人钦慕之，称“富吴体”。**

《太平广记》卷二三五引《御史台记》:“吴少微,东海人也。少负文华,与富嘉谟友善。……时嘉谟疾卒,为文哭之,其词曰:‘维三月癸丑,河南富嘉谟卒。于时寝疾于洛阳北里,闻之,投枕而起,泪沿乎衽席,匍匐于寝门之外,病不能起。……太常少卿徐公、鄜州刺史尹公,中书徐、元二舍人,兵部张郎中说,未尝值我不叹于朝。夫情悼之,赋诗以宠亡也。’其词曰:‘吾友适不死,于戏社稷臣……子之文章在,其殆尼父新。鼓兴干河岳,真词毒鬼神……’词人莫不叹美。既而病亟……慷慨而终。”学界多以为其卒于本年,今从之。张说论富嘉谟文云:“如孤峰绝岸,壁立万仞,丛云郁兴,震雷俱发,诚可畏乎!若施于廊庙,则为骇矣。”《旧唐书·经籍志》与《新唐书·艺文志》皆著录《富嘉谟集》十卷,已佚。其生平事迹见《旧唐书》卷一九〇中、《新唐书》卷二〇二本传、《唐诗纪事》卷六。《旧唐书》卷一九〇中云:“嘉谟与少微属词,皆以经典为本,时人钦慕之,文体一变,称为富吴体。”又,《全唐文》卷二三五富嘉谟《丽色赋》:“客有鸿盘京剧者,财力雄倬,志图丰茂。绣毂生尘,金羁照路。清江可涉,绿淇始度。拾蕊岁滋,摘芳奇树。锦席夜陈,苕华娇春。瑶台吐镜,翠楼初映。俄而世姝即,国容进,疑自持兮动盼,目烂烂兮昭振。金为钗兮十二行,锦为履兮五文章。声珊珊兮佩明珰,意洋洋兮若有亡。蹁跹兮延伫,招吾人兮由房,凝缸吐辉兮明烛流注,愿言始勤兮四坐相顾。时峨峨而载笑,唯见光气之交骛。夜如何其夜迟迟,美人至止兮皎素丝。秉明心兮无他期,夜如何其夜已半。美人至止兮青玉案,之死矢兮无凋换……涉绿水兮采红莲,水漫漫兮花田田,舟容与兮白日暮,桂水浮兮不可度。怜彩翠于幽渚,怅妖妍于早露。于是览物迁迹,徘徊不怿。”该赋之作年难确考,并录于此。

## 四月

**李峤有《懿德太子哀册文》。**

《全唐文》卷二四九李峤《懿德太子哀册文》:“维神龙二年岁次景午夏四月……”

**严善思作《论则天不宜合葬乾陵表》。**

《全唐文》卷二六六严善思《论则天不宜合葬乾陵表》:“臣谨按天元房录葬

法云,尊者先葬,卑者不合于后开入。臣闻葬则天太后卑于天皇大帝,今欲开乾陵合葬,即是以卑动尊,事既不经,恐不安稳。臣又闻乾陵元阙其门,以石闭塞,其石缝隙,铸铁以固其中,今若开陵,必须镌凿。以神明之道,体尚幽元,今乃动众加功,诚恐多所惊黩。又若别开门道,以入元宫,即往者葬时,神位先定,今更改作,为害益深。……臣伏以合葬者人缘私情,不合者前循故事。若以神道有知,幽途自得通会。若以死者无知,合之复有何益……"《旧唐书·则天皇后纪》:"(神龙元年)冬十一月壬寅,则天将大惭……是日,崩于上阳宫之仙居殿,年八十三……(神龙)二年五月庚申,祔葬于乾陵。"由此可知,严善思之文作于神龙元年末至神龙二年五月前,姑系于此。

## | 五月 |

**武三思、徐彦伯、崔融、岑羲、徐坚等上所撰《则天实录》及则天文集。**

《唐会要》卷六三:"神龙二年五月九日,左散骑常侍武三思,中书令魏元忠,礼部尚书祝钦明,秘书少监柳冲,国子司业崔融,中书舍人岑羲、徐坚等撰《则天实录》二十卷,文集一百二十卷,上之,赐物各有差。"

## | 九月 |

**李峤有《请减员外官疏》。**

《资治通鉴》卷二〇八:"(神龙二年)九月……初,李峤为吏部侍郎,欲树私恩,再求入相,奏大置员外官,广引贵势亲识。既而为相,铨衡失序,府库减耗,乃更表言滥官之弊,且请逊位。上慰谕不许。"《全唐文》卷二四七李峤《请减员外官疏》:"自宝命中兴,鸿恩溥及,唯以爵赏为惠,不择才能任官。授级加阶,朝廷多改;正缺不足,加以员外。非复求贤助理,多是为人择官。接武随肩,填曹溢府,无益政化,虚请俸禄。在京则府库之财殚竭,在外则黎庶被其侵渔……"此文言择官之事,约作于本年九月,确年难考,姑录于此。

## 十月

**张说作《大唐中散大夫行淄州司马郑府君神道碑》，又作《唐玉泉寺大通禅师碑铭》以记神秀**。

《全唐文》卷二二八张说《大唐中散大夫行淄州司马郑府君神道碑》云："……神龙二年夏六月十五日，终于洛阳之私第，冬十月一日，归葬于荥阳之旧原，成先志也。"据此知该碑铭作于本年十月。其碑铭曰："大君有命，桓公封郑，世执王政，其后不竞，为韩所并，以国成姓。"《旧唐书》卷一九一《方伎传》："神秀以神龙二年卒，氏庶皆来送葬。有诏赐谥曰大通禅师。又于相王旧宅置报恩寺，岐王范、张说及征士庐鸿一皆为其碑文。"又，《全唐文》卷二三一张说《唐玉泉寺大通禅师碑铭》序云："……神龙二年二月二十八日夜中，顾命趺坐，泊如化灭，禅师武德八年乙酉受具于天宫，至是年丙午复终于此寺……维十月哉生魄明，即旧居后罔安神起塔……"知碑铭作于本年十月。

**宋之问作《为东都僧等请留驾表》**。

《宋之问集校注》卷七《为东都僧等请留驾表》："王主陪奉，更促工徒。虽力以子来，而颇妨农事。倘千官扈辇，同费太仓之粟；万国来庭，共索长安之米。将何给用，以济公私？且东都有河朔之饶，食江淮之利，九年之储已积，四方之赋攸均。诚宜宅幸三川，宽徭八水……实冀金舆近幸，玉辂亲临，礼如来之大身，毕先圣之遗旨。然后载诣京辅，驰谒山陵，即付嘱无违，情礼兼极。无任恳款恋慕之至。"《旧唐书·中宗纪》："（神龙二年）冬十月己卯，车驾还京师，戊戌，至自东都。"二文所指盖为同时之事，姑录《为东都僧等请留驾表》于本年十月。

## 十一月

**韦承庆卒，年六十七岁。文集六十卷，已佚。郑愔作《大唐故黄门侍郎兼修国史赠礼部尚书上柱国扶阳县开国子韦府君墓志铭并序》**。

《全唐文补遗》第三辑郑愔《大唐故黄门侍郎兼修国史赠礼部尚书上柱国扶阳县开国子韦府君墓志铭并序》云:“夫天降贤才,必偶昭明之后,俗登仁寿……粤以神龙二年十一月十九日寝疾薨于京师万年县大宁里第,春秋六十有七。”据此知韦承庆卒于本年十一月。《旧唐书·韦承庆传》:“府中文翰,皆出于承庆,辞藻之美,擅于一时。”《新唐书·艺文志四》著录《韦承庆集》六十卷,已佚。韦承庆生平事迹见《旧唐书》卷八八、《新唐书》卷一一六。又,《全唐文》卷一八八韦承庆《枯井赋》:“粤若天生五材兮一不可弃,水包六府兮万人攸利。……环终始兮历古今,积岁时而绵月日。……枯桐零落兮罢阴,霜霰积兮空园冷,荆棘攒兮荒径深……有通有塞兮道之恒,时用时舍兮业方宏。疏而泄兮甘润腾,壅而竭兮污泥增。彼幽涸兮如重启,济穷渴兮良所能。”该赋之作年难确考,并叙于此。

## 十二月

**宋芬作《大唐故正议大夫使持节延州诸军使延州刺史上柱国宋府君墓志铭》。**

《全唐文补编》卷二二宋芬《大唐故正议大夫使持节延州诸军使延州刺史上柱国宋府君墓志铭》:“君讳祯,字麟福,广平人也……神龙二年十二月二日,同迁祔于偃县西北原之礼也。”(《考古》一九八六年五期刊拓本,偃师杏园唐墓)

**无名氏撰《唐故奉御吴府君墓志》。**

《唐代墓志汇编续集》神龙〇一八:“君讳本立,字元恽,濮阳人也……以神龙二年十一月五日,终于阌乡县……即以其年十二月二十日,葬于瀍川东原,礼也。”

## 本年

**唐中宗有《康宝藏游击将军制》。**

《全唐文补编》卷二二唐中宗《康宝藏游击将军制》:“朝议郎行统万监副监

康宝藏,颇著行能。早从班秩,其兄法藏夙参梵侣,深入妙门……宝藏可游击将军、行威卫隆平府左果毅都尉,兼令侍母,不须差使,主者施行。”下注:神龙二年。(《唐大荐福寺故寺主翻经大德法藏和尚传》)

**卢藏用作《析滞论》**。

《全唐文》卷二三八卢藏用《析滞论》:“客曰:天道元微,鬼神幽化,圣人所以法象,众庶由其运行。……呜呼! 习俗讹谬,一至此焉。夫甲子兴师,非成功之日,往亡用事……”全文以主客一问一答形式展开。《旧唐书》本传云:“神龙中,累转起居舍人,兼知制诰,俄迁中书舍人。藏用常以俗多拘忌,有乖至理,乃著《析滞论》以畅其事。”据此可知,卢藏用《析滞论》作于神龙中。神龙共三年,姑系于此。

**崔融作《则天大圣皇后哀册文》,因用思精苦,卒,年五十四。崔融有集六十卷,张说有诗挽之**。

《旧唐书·崔融传》:“神龙二年,以预修《则天实录》成,封清河县子……融为文典丽,当时罕有其匹,朝廷所颁《洛出宝图颂》《则天哀册文》及诸大手笔,并手敕付融。撰哀册文,用思精苦,遂发病卒,时年五十四。以侍读之恩,追赠卫州刺史,谥曰文。有集六十卷。”《新唐书》本传:“撰《武后哀册》最高丽,绝笔而死,时谓思苦神竭云。年五十四。”按崔融本年撰《则天大圣皇后哀册文》,卒亦为本年。又,《全唐文》卷二二〇崔融《则天大圣皇后哀册文》:“维神龙元年岁次乙巳十一月丁丑朔二十六日壬寅,大行则天大圣皇后崩于洛阳宫之观象殿。旋殡于集仙殿之西阶。粤二年岁次丙午某月朔日,将迁袝于乾陵,礼也。……天生后稷,飞鸟覆翼。天护武王,跃鱼陨航。施于成康,武子有光。丰沛之疆,河汾之阳。……何通变之有恒兮,而始终之无愧。惟圣慈之可法,播徽音于后嗣。呜呼哀哉!”《张燕公集》卷九《崔司业挽歌二首》其一云:“海岱英灵气,胶庠礼乐资。风流满天下,人物擅京师。疾起扬雄赋,魂游谢客诗。从今好文主,遗恨不同时。”崔融生平事迹见《旧唐书》卷九四、《新唐书》卷一一四。

**贺知章与贺朝万、齐融、张若虚、邢巨、包融等俱以文词俊秀,名扬上京。知章又与张旭、张若虚、包融合称“吴中四士”**。

《旧唐书·文苑传》卷一九〇中："神龙中，知章与越州贺朝万、齐融，扬州张若虚、邢巨，湖州包融，俱以吴越之士，文词俊秀，名扬于上京。朝万止山阴尉，齐融昆山令，若虚兖州兵曹，巨监察御史。融遇张九龄，引为怀州司户、集贤直学士。数子人间往往传其文，独知章最贵。"神龙共三年，神龙中盖指神龙二年。《新唐书·刘晏传》附《包佶传》："父融，集贤院学士，与贺知章、张旭、张若虚有名当时，号'吴中四士'。"

**王觌作《十八学士图记》**。

《全唐文》卷二六九王觌《十八学士图记》："夫立身之功，莫大于行道；行道之功，莫大于逢时。行道则孝悌才学有闻，逢时则仁信机谋及物。有其时，无其材，斯固自犬彘也；有其材，无其时，得不愤心涕血欤？则知无代无材，计用与不用耳。高祖起于沛，光武起于南阳，而筹画功勋，独出丰、宛之士。萧丞相从汉高入关，封府藏而收图籍；房太尉从太宗征讨，舍珠玉而采人材：二君子之材，岂偶然也。十八学士皆炀帝之臣，曷暗于隋而明于唐，是有其材而无其时矣。如晦、元龄，止于一尉，或非好去任，或挂纲徙边；褚亮、虞南，不离下位，或嫉才见谪，或七品十年。暨我国家，则有道兼文武、器重珪璋者，慷慨大节、临机能断者，仁孝忠直、预识存亡者，洁行检身、而有英略者，好学敏达、详明吏道者，出入军旅、涉历危难者，不惮兵威、树立忠谊者，博闻贞俭、文翰兼绝者，风韵闲雅、善于吟咏者，精练诂训、长于讲论者。夫如是，则立身行道之事，尽在于斯矣，得不冥心契志，以自勖励哉！觌每睹十八学士图，空瞻赞像而已，辄各采本传，列其嘉绩，庶几阅像者思其人，披文者思其人，非惟临鉴耳目，抑可以垂诫于君臣父子之间也。"《全唐文》载："觌，中宗朝官监察御史。"该文具体作年难确考，姑录于此。

## 唐中宗神龙三年　景龙元年

丁未　七〇七

### 二月

**李钦让、权澈等四十八人登进士第，知贡举为苏颋。张九龄、康元环登材堪经邦科。苏晋、寇泚登贤良方正科**。

见《登科记考补正》卷四本年条。

## |春|

**宋之问作《春游宴兵部韦员外韦曲庄序》。**

《宋之问集校注》卷六《春游宴兵部韦员外韦曲庄序》:"长安城南有韦曲庄,京郊之形胜也。却倚城阙,朱雀起而为门;斜枕岗峦,黑龙卧而周宅。……于是下高台,陟曲沼,铺落花以为茵,结垂杨而代幄。霁景含日,晚霞五彩而丹青;韶望卷云,春青一色而凝黛。……拙而不速,恨无倚马之才;婉而且微,请谈雕龙之什。公命赋水字,盍成四韵云尔。"该序约作于本年春,参《宋之问集校注》。

## |六 月|

**沈佺期经端州,作《峡山寺赋》。**

《沈佺期集校注》卷五《峡山寺赋》,其序云:"峡山寺者,名隶端州,连山夹江,颇有奇石,飞泉回落,悉从杉竹下过。渡口至山顶,石道数层,斋房浴室,眇在云汉。神龙二年夏六月,予投弃南裔,承恩北归,结缆山隅,周谒精舍,因为之赋焉。"沈佺期神龙元年春流驩州,元年末抵驩州。二年自春及秋其在驩州,均有诗作。故序中"二年"实为"三年"之讹。《峡山寺赋》:"峡山精舍,端溪妙境,中有红泉,分飞碧岭。若乃忍殿临岸,禅堂枕江,桂叶熏户,莲花照窗。银函师子之座,金刹凤皇之柱;野鹿矫而屡驯,山鸡爱而频舞。千层古龛,百仞明潭,幡灯夕透,杖钵朝涵。炎光失于攒树,凉风生于高竹。仙人共天乐俱行,花雨与香云相逐。法侣徘徊,斋房宴开;心猿久去,怖鸽时来。走何为者,窜身炎野,旋旆京师,维舟山下。稽首医王,誓心无常。向何业而辞国?今何缘而赴乡?岂往过而追受。"

**张说撰《祭崔侍郎文》《为伎人祭元十郎文》。**

《全唐文》卷二三三张说《祭崔侍郎文》:"维神龙三年月朔日,兵部郎中员外曹良史等,谨以清酌少牢之奠……”《全唐文》卷二三四张说《为伎人祭元十郎文》:“维神龙三年月朔日,故伎人伏十善,谨以清酌少牢之奠,致祭于元十郎之灵……”本年九月改元景龙,故二文盖作于九月前,故系于此。

## |七月|

**无名氏有墓志铭《唐故司农寺主簿崔君墓志铭并序》。**

《唐代墓志汇编续集》景龙〇〇五:“君讳日新,字子昇,安平博陵人也……景龙二年太岁戊申七月辛卯朔五日乙未,卒于河南承义里之私第……以其年七月十六日景午,葬于北邙山之旧茔。”

## |九月|

**庚子,上皇帝尊号“应天神龙”,大赦天下,改元景龙。李峤草册文《上应天神龙皇帝册文》与《神龙历序》。**

《旧唐书·中宗纪》:“(神龙三年)九月,庚子,上皇帝尊号曰应天神龙,皇后尊号曰顺天翊圣,大赦天下,改元景龙。”《全唐文》卷二四二李峤《上应天神龙皇帝册文》:“维神龙三年,岁次丁未九月丙申朔五日庚子,具官某及文武群官等谨昧死再拜稽首奉册言……”《全唐文》卷二四七李峤《神龙历序》:“昔者龙负河图,八卦列明时之象。……自重黎并命,叔仲分官,理八节而调四时,部三元而齐七政。权衡度律,在虞夏而兼修;正朔阴阳,及殷周而备举。……序临安宁,岁次强圉。皇帝抚天下之三载也,珍图改御……”神龙共三年,据“皇帝抚天下之三载也”,知该文作于本年,并录于此。《唐代文选》评之云:“《神龙历序》记叙中宗下令修历及修历诸臣之资望、才能,复赞新历之精密、命名之缘由。全文典雅精实,整饬中寓有疏宕之气,足见文章老宿之风采。序文所述历代历法之嬗变、得失,中宗时代修历之经过,亦可成为研究我国盛唐以前历法演变之可贵资料。”

## |十月|

**唐中宗有《禁断结构朋党敕》。**

《全唐文补编》卷二二唐中宗《禁断结构朋党敕》:“敕,如闻诸州百姓结构朋党,作排山社,宜令州县严加禁断。景龙元年十月二十日。”

## |十二月|

**霍孝恭作《霍处士墓志》。**

《全唐文补编》卷二二霍孝恭《霍处士墓志》:“君讳良,字腊仁,河东霍邑人也……咸亨元年十一月二十日,卒于私第……今以景龙元年岁次戊申十二月己未朔十四日壬申,葬于壶关城南卅里斯原,礼也。”(乾隆《潞安府志》卷二〇。按,此志不署作者,文中以霍良为父,知为其子所撰。)

## |本年|

**魏元忠作《请解职表》。**

《全唐文》卷一七六魏元忠《请解职表》:“臣本书生,艺业无取,徒以服膺儒教,颇践礼经,忠义所奖,思固名节,每见危临难,辄即忘死。昔事大帝,以谨密见称,名位虽微,预参顾问。中事则天皇后,缘委质先朝,以履屡之末,特存恩盼。往事陛下,又预官寮,攀附之情,无忘造次。……请解尚书右仆射中书令知兵部事及监修国史,并除齐国公封爵。……生死知足。”《旧唐书·魏元忠传》:“神龙二年,元忠与武三思、祝钦明、徐彦伯、柳冲、韦承庆、崔融、岑羲、徐坚等撰《则天皇后实录》二十卷,编次文集一百二十卷奏之。……四年秋,代唐璟为尚书右仆射,兼中书令,仍知兵部尚书事,监修国史。未几,元忠请归乡拜除……”(按神龙无四年,卷末校勘记云:“四年为是年之讹。”)据此可知,魏元忠请归乡拜除约在神龙二年稍后不久,确年难考,姑录《请解职表》于此。

**刘知幾上书萧至忠,求罢史任,有《上萧至忠论史书》。**

《全唐文》卷二七四刘知幾《上萧至忠论史书》:“仆幼闻诗礼,长涉艺文。至于史氏之言,尤所耽悦。寻夫左史右史,是曰《春秋》《尚书》……前汉郡国计书,先上太史,副上丞相……古者刊定一史,纂成一家,体统各殊,指归咸别。夫

《尚书》之教也，以疏通知远为主；《春秋》之义也，以惩恶劝善为先。《史记》则退处士而进奸雄，《汉书》则抑忠臣而饰主阙……窃以史置监修，虽无古式，寻其名号，可得而言。夫言监者，盖总领之义耳……仆既功亏刻鹄，笔未绝麟，徒殚太官之膳，虚索长安之米，乞以本职，还其旧居，多谢简书，请避贤路。惟明公足下哀而许之。"《旧唐书·刘知幾传》："景龙初，再转太子中允……知幾于是求罢史任，奏记于至忠曰……"所云即为本文。据此可知，文盖作于景龙初，姑录于此。

**张说作《河州刺史冉府君神道碑》《洛州张司马集序》。**

《全唐文》卷二二八张说《河州刺史冉府君神道碑》："证圣元年二月十日，寝疾终于官舍……有子曰祖雍，景龙初擢给事中兼侍御史内供奉，追皇考孝于事亲。"景龙共四年，文云"景龙初"，姑系于此。《全唐文》卷二二五张说《洛州张司马集序》："夫言者志之所之，文者物之相杂，然则心不可蕴，故发挥以形容；辞不可陋，故错综以润色。万象鼓舞，入有名之地；五音繁杂，出无声之境。非穷神体妙，其孰能与于此乎？洛州司马张公，名希元，中山人也，族高辰象。……发言而宫商应，摇笔而绮绣飞。逸势标起，奇情新拔。……起仪凤之后，迄景龙以前，凡若干卷，列之如目。"文云"起仪凤之后，迄景龙以前"，其作年为本年左右，作年难确考，姑并叙于此。

## 唐中宗景龙二年

戊申　七〇八

### 二月

**张谔等四十人登进士第，知贡举为马怀素。丁诏登明经科。**

见《登科记考补正》本年条。

**十五日，有《唐中宗下发入塔铭》。**

文见《全唐文补遗》第一辑。文首云："大唐景龙二年岁次戊申二月乙丑朔十五日己卯。"故录于此。

**萧至忠上疏，言近来官员倍增，近戚又卖官利己，台寺之内，朱紫盈满，中宗不听**。

《资治通鉴》卷二〇九："（中宗神龙二年二月）丁亥，萧至忠上疏，以为：'恩幸者止可富之金帛，食以粱肉，不可以公器为私用。今列位已广，冗员倍之，干求未厌，日月增数。陛下降不赀之泽，近戚有无涯之请，卖官利己，鬻法徇私。台寺之内，朱紫盈满。忽事则不存职务，恃势则公违宪章。徒忝官曹，无益时政。'上虽嘉其意，竟不能用。"

## |四月|

**置修文馆大学士四人，直学士八人，学士十二人，天下争相以文华相尚。李峤为增置大学士四员其一**。

《资治通鉴》卷二〇九："（景龙二年）夏，四月，癸未，置修文馆大学士四员，直学士八员，学士十二员，选公卿以下善为文者李峤等为之。每游幸禁苑，或宗戚宴集，学士无不毕从，赋诗属和，使上官昭容第其甲乙，优者赐金帛。同预宴者，惟中书、门下及长参王公、亲贵数人而已。至大宴，方召八座、九列、诸司五品以上预焉。于是天下靡然争以文华相尚，儒学中说之士莫得进矣。"又《唐会要》卷六四："至景龙二年四月二十二日，修文馆增置大学士四员，学士八员，直学士十二员，征攻文之士以充之。二十三日，敕中书令李峤、兵部尚书宗楚客并为大学士。"

**张说作《故洛阳尉赠朝散大夫马府君碑》**。

《全唐文》卷二二七张说《故洛阳尉赠朝散大夫马府君碑》："永昌元年孟夏辛卯，卒官……厥子构、据、择，皆国之良也……景龙初宰长安也……今龙集戊申，将返葬故国……"景龙二年即戊申年，碑中云"今龙集戊申，将返葬故国"，故系于景龙二年孟夏，即四月。

## 五月

**薛崇徽作《写大般涅槃经题记》。**

《全唐文补编》卷二二薛崇徽《写大般涅槃经题记》,文末云:“维大唐景龙二年岁次戊申五月壬辰朔二十六日丁巳。弟子朝议郎成州同谷县令上柱国薛崇徽敬写。”(斯二一三六)

## 七月

**苏颋作《唐故司农寺主簿崔君墓志铭》。**

《全唐文补遗》第五辑苏颋《唐故司农寺主簿崔君墓志铭》序云:“君讳日新,字子昇,安平博陵人也……景龙二年太岁戊申七月辛卯朔五日乙未,卒于河南承义里之私第……以其年其月十六日景午,葬于北邙山之旧茔。”据此可知,墓志铭作于本年七月。

**宋之问作《为宗尚书兄弟祭鲁忠王文》。**

《宋之问集校注》卷八《为宗尚书兄弟祭鲁忠王文》:“维景龙二年岁次戊申月日,兵部尚书楚客、弟将作大匠秦客等,谨以清酌之奠,敢昭告于鲁忠王之灵。……锦鸾失偶,台凤悲只。玳席宾空,金乡户阒。径不践兮苔紫,庭不游兮草碧。敢申赋于童眇,痛平生之姻戚。呜呼哀哉!雁池送夏,马埒迎秋,露白天净,云低陇愁。恨名王之沦枉,悲促运之浮休。蓄哀思而成泣,凭聪明而致羞。小山一平兮多桂树,故人虽在兮罢兰游。”据文中“雁池送夏……露白天净”,知该文作于夏末初秋之交,姑系于七月。

**张说有文《府君墓志铭》。**

《全唐文》卷二三二张说《府君墓志铭》:“景龙元年秋,封长乐县太君……二年七月己酉,克葬我先公、夫人合祔焉。”据此知墓志铭作于本年七月。

## | 八 月 |

**潘行臣作《大唐故兴教府左果毅都尉上柱国河南元公墓志铭》。**

《全唐文补编》卷二二潘行臣《大唐故兴教府左果毅都尉上柱国河南元公墓志铭》:“公讳大亮,河南洛阳人也……以景龙元年十一月二十日终,卒于京崇化里第。……景龙二年岁在戊申八月辛酉朔二十四日,合葬于岐州阳县含原乡三畤原,礼也。”(《文博》一九九三年五期刊石刻)

## | 十 月 |

**宋之问作《祭杜学士审言文》,伤其才高位下,名可不死。本年左右杜审言卒,年六十余,有集十卷。**

《宋之文集校注》卷八《祭杜学士审言文》:“维大唐景龙二年岁次戊申月日,考功员外郎宋之问,谨以清酌之奠,敬祭于故修文馆学士杜君之灵。呜呼!位曰大宝,才曰天爵,辞业备而官成,名声高而命薄。屈原不终于楚相,扬雄自投于汉阁。代生人而岂无,人违代而咸若。运钟唐虞,崇文宠儒,国求至宝,家献灵珠。后复有王、杨、卢、骆,继之以子跃云衢。王也才参卿于西陕,杨也终远宰于东吴,卢则哀其栖山而卧疾,骆则不能保族而全躯。由运然也,莫以福寿自卫。……君病何病,到此弥留。药虽饵兮宁愈,针不及兮可忧。虽则妙医莫识,实冀明神获瘳。……登君词赋于云台之上,藏君齿发于缑山之曲。缑氏山兮山上云,秦城郊兮郊外坟。孟冬十日兮共归君,君有灵兮闻不闻。”据文中“孟冬十日”知该祭文作于十月。又,《旧唐书·杜审言传》:“寻召授国子监主簿,加修文馆直学士。年六十余卒,有文集十卷。”《郡斋读书志》卷一七:“《杜审言集》一卷。右唐杜审言必简也。襄阳人,预之后裔。擢进士,恃高才以傲世。尝对武后赋《欢喜诗》,后叹重其文。与李峤、崔融、苏味道为‘文章四友’。集有诗四十余篇而已。”《直斋书录解题》卷一九:“《杜必简集》一卷。唐著作郎襄阳杜审言必简撰。工部之祖也。唐初沈、宋以来,律诗始盛行,然未始以平侧失眼为忌。审言诗虽不多,句律极严,无一失粘者。甫之家传,有自来矣。然遂欲衙官屈、宋,则不可也。”杜审言生平事迹见《旧唐书》卷一九〇上、《新唐书》卷二〇一。

## 本年

**唐中宗李显有《韦嗣立修文馆大学士制》《阎朝隐修文馆学士制》**。

《全唐文补编》卷二二唐中宗《韦嗣立修文馆大学士制》:"词林伫秀,学海资英。苟非鸿儒,孰副推择。守太府卿韦嗣立……宜参右署之荣,俾接金闺之彦,可修文馆大学士。"下署:景龙中。景龙共四年,姑系于此。《阎朝隐修文馆学士制》,见同书同卷。

**宋之问代韦安石作《为韦特进已下祭汝南王文》**。

《宋之问集校注》卷八《为韦特进已下祭汝南王文》:"维大唐景龙二年岁次戊申月日,某官某等谨以清酌之奠,祭于汝南王之灵。相门踵德,王实挺生,天资温克,神与聪明,人称玉树,我嗣金籯。芳庭欲秀,桂林将逐,惟彼雁堂,坠兹鸿陆,魅夺精气,坟迷草木……"

**李乂作《谏遣使江南以官物充直赎生疏》**。

《全唐文》卷二六六李乂《谏遣使江南以官物充直赎生疏》:"江南水乡,采捕为业,鱼鳖之利,黎元所资。土地使然,有自来矣。伏以圣慈含育,恩周动植,布天下之大德,及鳞介之微品。虽云雨之私,有沾于末类,而生成之惠,未洽于平人。何则?江湖之饶,生育无限,府库之用……其福胜彼。"《旧唐书》本传:"景龙中,累迁中书舍人。时中宗遣使江南分道赎生,以所在官物充直。乂上疏曰……"所云即为本文。景龙共四年,姑录于此。

**萧至忠作《陈时政疏》,以为"令宰相已下,下及诸司长官,各通内外缌麻以上,见任京官九品以上,精加检择,每家量勒一人在两京,余并改授外官"**。

《全唐文》卷二八〇萧至忠《陈时政疏》:"臣闻王者列职分司,为人求理,求理之道,必在用贤。得其人则公务克修,非其才则厥官如旷。官旷则事废,事废则人残,渐至陵迟……卖官利己,鬻法徇私,台寺之内,朱紫盈满,官秩益轻,朝纲日坏,憸利之辈,冒进而莫识廉隅。方雅之流,知难而敛分丘垄。则才者莫用,用者不才。二者相形,十有其五,故人不效力,而官为匪人。"《资治通鉴》卷二〇九:"(景龙二年)丁亥,萧至忠上疏,以为:'恩幸者止可富之金帛,食之粱肉,不可以公器为私用……'"该疏与《陈时政疏》主旨相同,故系萧至忠《陈时政疏》于本年。

## 唐中宗景龙三年

己酉　七〇九

### 二月

**韦述、刘惟正登进士科,知贡举为宋之问。严仁、张九皋登明经科。王仁皎登将帅科。许景先、卢重玄、王敬从登茂才异等科。**

见《登科记考补正》卷四本年条。

### 九月

**中宗幸九曲调亭子,宴侍臣、学士,作《九日登高诗序》。**

《全唐文》卷一七中宗《九日登高诗序》:"粤以景龙三年宾鸿九月,乘紫机之余暇……衔芦送响,疑传苏武之书;化草翻光,似临车允之帙。于时诏懿戚,命朝贤,属重阳之吉辰,呈九皋之嘉瑞。萸房荐馥,辟邪之术爰彰;菊蕊含芬,延年之欢攸著。人以酒属,喜见覆于金杯。文在兹乎,盍各飞于玉藻。渊明抱菊,且浮九醖之观;毕卓持螯,须尽一生之兴。人题四韵,同赋五言。其最后成,罚之引满。"《旧唐书·中宗纪》:"景龙三年九月壬戌,幸九曲亭子,宴侍臣、学士。"

### 十月

**李峤作《代公主让起新宅表》。**

《全唐文》卷二四五李峤《代公主让起新宅表》:“伏承圣慈……别庐之带水连山,将盈万亩,深埒则可乘骐骥,高楼则惟待凤凰。”《唐诗纪事》卷九:“(景龙三年)十一月一日,安乐公主入新宅,赋诗。”李峤文盖作于本年十一月前,姑系于十月。

**张说作《李氏张夫人墓志铭》《周故通道馆学士张府君墓志铭》《唐处士张府君墓志铭》。**

《全唐文》卷二三二张说《李氏张夫人墓志铭》:“长安二年,四十有八,倾逝于康俗里,殡于永通门外。景龙三年,家疢居贫,季弟说鬻词取给,冬十月,安厝伯姊于万安山阳。”据“景龙三年……冬十月”,知该墓志铭作于本年冬十月。《全唐文》卷二三一有张说《周故通道馆学士张府君墓志铭》《唐处士张府君墓志铭》。第一文云:“景龙三年岁次己酉十月十六日,克葬曾王父曾王母于河东之普救原,成先志也。”第二文云:“景龙三年岁次己酉十月二十六日,克葬王父王母于蒲坂东司空之村。”据此知两文均作于本年十月。又,《全唐文》卷二三二张说《张氏女墓志铭》:“圣历中,随仲昆之任,殒折于庆州……景龙年属家艰,季兄说,征黄门侍郎,哀请不拜,诏许终服……冬十月,获葬女弟于万安山阳。”据《旧唐书·张说传》,张说于景龙年间(707—710)曾丁母忧去职。文中云“景龙年属家艰……征黄门侍郎,哀请不拜”当指此事,姑录该墓志于此。

## |十一月|

**徐彦伯作《南郊赋》。**

《全唐文》卷二六七徐彦伯《南郊赋》:“维帝唐八十有五载,鸿徽铄于县寓,腾阳精,握机矩,还摄提以产气,配神明而作主,倬四后之在天,伊万物之胥睹。左日壑,右星圃,吹烈火于炎丘,觌坚冰于委羽,莫不匍匐我声教,骏奔我珪组……天子方合符于大庭之国,错事以梁父之阿,岱崱嶷兮青嶂,汶泓澄兮紫波,屯千毂以霆转,整万辔而星罗,则述易象者献风行之繇,谈比兴者奏时迈之歌,荡荡乎,巍巍乎,无得而名言矣。遂作颂曰:煌煌灵台,告成功兮。我君孝享,亚坤宫兮,纯嘏布濩,延皇穹兮。惟策代表,蔼升中兮,享寿千亿,传无穷兮。”《旧唐书·徐彦伯传》:“景龙三年,中宗亲拜南郊,彦伯作《南郊赋》以献,辞甚典美。”据此可知该文作于景龙三年。又《资治通鉴》卷二〇九:“(景龙三年十一月)上召崔湜、郑愔入陪大礼。乙丑,上祀南郊。”

## 十二月

**中宗至韦嗣立庄,亲制序赋诗,从臣奉和,张说作《东山记》以纪其事。**

《旧唐书·中宗纪》:“(景龙三年)十二月……庚子,幸兵部尚书韦嗣立宅,封嗣立为逍遥公,上亲制序赋诗,便游白鹿观。”又《全唐文》卷二二六张说《东山记》云:“兵部尚书同中书门下三品修文馆大学士韦公,体含真静,思协幽旷……东山之曲,有别业焉。……是日拜公逍遥公。”文中所记与《旧唐书》所载为一事,故系张说《东山记》于本年十二月。

**元道作《唐故处士陇西李君墓志铭》。**

《全唐文补编》卷二二元道《唐故处士陇西李君墓志铭》:“君讳延祯,陇西成纪人……以唐垂拱元年三月七日终于延陵县令之官舍,春秋二十有七。……粤以大唐景龙三年岁次己酉十二月景申,招魂葬于偃师县西十三里武陵原大茔,礼也。”(《考古》1984 年第 10 期刊拓本)

## 本年

**宋之问在越州,有《祭禹庙文》。**

《宋之问集校注》卷八《祭禹庙文》:“维大唐景龙三年岁次己酉月日,越州长史宋之问,谨以清酌之奠,敢昭告于夏后之灵。……之问移班会府,出佐计乡,遂得载践遗尘,远探名穴。朝玉帛于斯地,声存而处亡;留精灵于此山,至诚而响发。悲夫!井家相连,于今几年。当其葬也,上不通臭,下不及泉……”

**元希声卒于景龙元年,年四十六,有集十卷。崔湜作《故吏部侍郎元公碑》,概述元希声之生平。张说为撰墓志铭,崔湜为作碑文,卢藏用为其篆石。**

《全唐文》卷二八〇崔湜《故吏部侍郎元公碑》:“良玉吐曜,非媚荆人之断;幽兰怀芳,岂珍楚客之奏。……春秋四十有六,景龙元年某月终于某……即以景龙三年某月,归葬于某,礼也。……有文集三十卷,行于世。……追慨畴曩,援毫涕集。公执交兵部侍郎南阳张说、吏部侍郎范阳卢藏用,当代英秀,文华冠时,而卢兼有临池之妙,故张述铭,卢篆石,天下称是碑有二美焉。”《全唐文》卷二三一张说《故吏部侍郎元公碑铭》:“英英白云,瑞彼君辂。佻佻公子,嘉我王度。魏后遗德,作华天朝。灵气应变,直心逍遥。麟阁书仙,凤池墨妙。太常国礼,少宰邦教。公之处之,有伦有要。玉折其贞,金断其清,没而不朽。仁乎令名。”元希声河南洛阳人,少通五经百家之言,志趣冲淡,与张说、卢藏用、崔湜等人为至交,卒于景龙元年。《新唐书·艺文志四》:“《元希声集》十卷。”今已佚。

**辛替否作《陈时政疏》,以为“微不可不防,远不可不虑”。其时侈丽过甚,佛寺兴盛**。

《全唐文》卷二七二辛替否《陈时政疏》:“……臣闻君以人为本,本固则邦宁,邦宁则陛下之夫妇母子,长相保也。……臣以为出家者,舍尘俗,离朋党,无私爱。今殖货营生,非舍尘俗;援亲树知,非离朋党;畜妻养孥,非无私爱。是致人以毁道,非广道以救人。……一寺当陛下一宫,壮丽甚之矣,用度过之矣。是十分天下之财,而佛有其七八。”《旧唐书·辛替否传》:“景龙年为左拾遗。时中宗置公主府官属,安乐公主府所补尤多猥滥。又驸马武崇训死后,弃旧宅别造一宅,侈丽过甚。时又盛兴佛寺,百姓劳弊,帑藏为之空竭。替否上疏谏曰……”所云与本文主旨和,据此可知,本文作于景龙年间,姑系于此。

**卢藏用为吏部侍郎,苏颋作《授卢藏用检校吏部侍郎制》**。

《全唐文》卷二五一苏颋《授卢藏用检校吏部侍郎制》:“敕朝请大夫守中书舍人兼知吏部侍郎事修文馆学士上轻车都尉卢藏用,含和育粹,直道正身,学贯儒墨,词精比兴。风尘之外,独秀瑶林;清白之中,常悬冰镜。自四年掌诰,九品作程,峻而不杂,重轻咸当,简而能要,浮竞斯远,刀尺之委,铨衡已归。特选周才,更符佥望,可检校吏部侍郎,仍佩鱼如故。”《旧唐书·卢藏用传》云:“景龙中,为吏部侍郎。”景龙共四年,姑系苏颋《授卢藏用检校吏部侍郎制》于此。

**刘允济卒年不详，盖卒于中宗朝，有文集二十卷。**

《旧唐书·经籍志》《新唐书·艺文志》著录其《鲁后春秋》二十卷、《金门待诏集》十卷、《刘允济集》二十卷，俱佚。《全唐文》卷一六四录存其赋五篇。《旧唐书·刘允济传》："长安中，累迁著作佐郎，兼修国史。未几，擢拜凤阁舍人。中兴初，坐与张易之款狎，左授青州长史。为吏清白，河南道巡察使路敬潜甚称荐之。寻丁母忧，服阙而卒。"刘允济生平事迹见《旧唐书》卷一九〇中、《新唐书》卷二〇二本传。又，《全唐文》卷一六四有刘允济《天赋》《地赋》。第一文曰："臣闻混成发粹，大道含元，兴于物祖，首自胚浑。分泰阶而立极，光耀魄以司尊。悬两明而必照，列五纬而无言。驱驭阴阳，裁成风雨，叶乾位而凝化，建坤仪而作辅……非测管以能喻，岂戴盆之可识。欣大赉于天成，激长歌于帝力。"第二文曰："元气攸分，太极斯判。建三才以可久，开二仪以贞观；伟坤德之无疆，恢地道之幽赞。叶高明而资始，孕沉潜而刚断。空征王母之图，竟劳竖亥之算。……既布井而陈邑，亦列郡而分州。……飞仁风于禹迹，服耒耜于田畴；偃戈矛于边场，谅宾则之广被。"又，《全唐文》卷一六四刘允济有《万象明堂赋》《天行健赋》。第一文云："浚哲惟唐，受天之明。究皇王之鸿休，包宇宙之纯精……咸以为明堂者，明乎天道者也。所以明有功，褒有德，崇大教，发大政。……灵大壮乎其中，非至圣之精诚，孰能克勤乎此功。"第二文云："大哉乾元，神不可测。其内也刚，其外也直。直所以保合太和，刚所以运行不息。故王者奉之而垂化，君子体之而进德者也。……大道非物，岂容娲后之功；小说惑人，岂容秦宓之论。皇家恩流品物，礼达上元，垂文明画一之令，秉神武不杀之权。推之荡荡，守之虔虔，信所谓神道设教，刚健而法天者欤！"上所引赋，作年难确考，姑录于此。

## 唐中宗景龙四年　少帝唐隆元年　睿宗景云元年

庚戌　七一〇

### 正月

**张说作《为人作祭弟文》。**

《全唐文》卷二三三张说《为人作祭弟文》云:"维景龙三年岁次庚戌正月癸丑朔五日丁巳,从兄兵部尚书某,以清酌少牢之奠,致祭于故将军弟之灵……呜呼哀哉!永怀令弟,言念生平,兰华雪艳,玉润珠清……"文云"景龙三年岁次庚戌正月","庚戌"即本年,其"景龙三年"实为景龙四年之误。

**庚午,唐中宗有《金城公主出降吐蕃制》。**

《唐大诏令集补编》卷五《金城公主出降吐蕃制》:"圣人布化,用百姓为心;王者垂仁,以八荒无外。故能光宅遐尔,裁成品物。……金城公主,朕之少女,岂不钟念。但为人父母,志息黎元,若允乃诚祈,更敦和好,则边土宁晏,兵役服息。遂割深慈,为国大计,筑兹外馆,聿膺嘉礼,降彼吐蕃赞普。即以今月进发,朕亲自送于郊外。"(景龙四年正月庚午)

**宋之问《送裴五司法赴都序》约作于其时。**

《宋之问集校注》卷六《送裴五司法赴都序》:"夫有别必感,今昔共之。盖理迫聚散,事均穷达。望秦是断肠之所,况念故国;怀洛多掩涕之人,更分良友。……客饮恨而欢促,席含情而景迟。目乔树之将华,青门恋旧;背芳萱之稍吐,金谷逢春。"《宋之问集校注》系该文于景龙中。宋之问景龙三年秋,贬越州。据文中"怀洛多掩涕之人……金谷逢春",知该文盖作于其远离东都之初春季节,即正月。

## | 二 月 |

**王翰等五十二人登进士第,知贡举为武平一。**

见《登科记考补正》本年条。又《唐才子传》卷一《王翰传》:"字子羽,并州人,景云元年卢逸下进士及第。"

**郑惟忠护送金城公主入蕃,李峤等应制赋诗,徐彦伯有《送郑惟忠序》。**

《唐诗纪事》卷九:"(景龙四年)二月一日,送金城公主。"同书卷十二:"金城公主和蕃，中宗送至马嵬，群臣赋诗。帝令御史大夫郑惟忠及利用护送入蕃，学士赋诗以饯，徐彦伯为之序云。”序已佚。

**刘知幾作《史通序录》与《自叙》，文中记述一己之经历与《史通》成书经过及该书命名缘由。**

《全唐文》卷二七四刘知幾《史通序录》：“长安二年，余以著作佐郎兼修国史，寻迁左史，于门下撰起居注。会转中书舍人，暂停史任，俄兼领其职。今上即位，除著作郎、太子中允率更令，其修史皆如故。又属大驾还京，以留后在都。无几，驿征入京，专知史事，仍迁秘书少监。自惟历事二主，从官两京，遍居司籍之曹，久处载言之职。昔马融三入东观，汉代称荣；张华再典史官，晋朝称美。嗟予小子，兼而有之，是用职思其忧，不遑启处。尝以载削余暇，商榷史篇，下笔不休，遂盈筐箧。于是区分类聚，编而次之。昔汉世诸儒，集论经传，定之于白虎阁，因名曰《白虎通》。予既在史馆，而成此书，故便以《史通》为目。且汉求司马迁，后封为史通子，是知史之称通，其来自久。博采众议，爰定兹名。凡为二十卷，列之如左，合若干言。于时岁次庚戌景龙四年仲春之月也。”据文末“于时岁次庚戌景龙四年仲春之月也”，知文成于本年仲春，即二月。又，《全唐文》卷二七四刘知幾《自叙》：“予幼奉庭训，早游文学。年在纨绮，便受古文《尚书》，每苦其辞艰琐，难为讽读。虽屡逢捶挞，而其业不成。尝闻家君为诸兄讲《春秋左氏传》，每废书而听。逮讲毕，即为诸兄说之。因窃叹曰‘若使书皆如此，吾不复怠矣。’……父兄欲令博观义疏，精此一经，辞以获麟已后，未见其事。乞且观余部，以广异闻。次又读《史》《汉》《三国志》，既欲知古今沿革，历数相承，于是触类而观，不假师训。自汉中兴以降，迄乎皇家实录，年十有七，而窃览略周。其所读书，多因假赁，虽部帙残缺，篇第有遗。至于叙事之纪纲，立言之梗概，亦粗知之矣。……观史籍之繁文，惧览之者不一，删诗为三百篇，约史记以修《春秋》，赞易道以黜《八索》，述职方以除《九丘》。讨论坟典，断自唐虞，以迄于周。其文不刊，为后王法。自兹厥后……余撰《史通》，亦屡移寒暑，悠悠尘俗，共以为愚。其似二也。扬雄撰《法言》，时人竞尤其妄，故作《解嘲》以训之。余著《史通》，见者亦互言其短，故作《释蒙》以拒之。……嗟乎！傥使平子不出，公纪不生，将恐此书与粪土同捐，烟烬俱灭，后之识者，无得而观。此予所以抚卷涟洏，泪尽而继之以血也。”文之作年盖与《史通》成书相近，并叙于此。

## 三月

**中宗与修文馆学士同宴于窦希玠宅，沈佺期等有应制诗，张说为之序，有《南省就窦尚书山亭寻花柳宴序》。**

《唐诗纪事》卷九："（景龙四年三月）八日，令学士寻胜，同宴于礼部尚书窦希玠宅，赋诗，张说为之序。"《全唐文》卷二二五张说《南省就窦尚书山亭寻花柳宴序》云："寻花柳者，上赐群臣之宴也。……诸公入金门，侍瑶殿，窈窕云阁，葳蕤华馆，不亦泰乎……"

## 六月

**壬午，中宗为韦后、安乐公主鸩毒卒，年五十五，有集四十卷。**

《旧唐书·中宗纪》："（景龙四年）六月壬午，帝遇毒，崩于神龙殿，年五十五。"《新唐书·艺文志四》："《中宗集》四十卷。"

**庚子夜，临淄王李隆基与刘幽求等率兵入宫，杀韦后、安乐公主，尽诛宗楚客等武、韦之党。**

见《旧唐书·中宗纪》、《资治通鉴》卷二〇九。

**甲辰，有《少帝命相王即位诏》。**

《唐大诏令集补编》卷三《少帝命相王即位诏》："自古帝王，必有符命；兄弟相及，存诸典礼。朕以孤藐，遭家多难，顾兹蒙识，不晓政途，茫茫四海，将何所属？累圣丕业，若坠于地。王室多故，义择长君。思与群公，推崇明圣。叔父相王，高宗之子，昔以天下让与先帝，孝友宽简，彰信兆人。神龙之初，已有明旨，将立太弟以为嗣君，因王恳辞，未行册命。所以东宫旷位，于今历年。……起今日，请叔父相王即皇帝位，朕退守旧藩，归于外邸。凡百卿士，敬承朕意。赞我天人之休期，光我有唐之洪业。"（景龙四年六月甲辰）

**上官婉儿于韦后之乱时被斩,年四十七,有集二十卷。**

《新唐书·上官婉儿传》:“韦后之败,斩阙下。”《资治通鉴》卷二〇九:“(景龙四年六月)庚子,晡时,隆基微服与幽求等入苑中……及隆基入宫,昭容执烛帅宫人迎之。……隆基……斩于旗下。”《新唐书·艺文志四》:“《上官昭容集》二十卷。”《新唐书·上官婉儿传》:“婉儿劝帝侈大书馆,增学士员,引大臣名儒充选。数赐宴赋诗,君臣赓和。婉儿常代帝及后、长乐安乐二主,众篇并作,而彩丽日新。又差第群臣所赋,赐金爵,故朝廷靡然成风。当时属辞大抵浮靡,所得皆有可观,婉儿力也。”上官婉儿生平事迹见《旧唐书》卷五一、《新唐书》卷七六。

## |七月|

**己巳,李旦即位,是为唐睿宗,改元景云。**

《资治通鉴》卷二〇九:“(景龙四年)七月……己巳,赦天下,改元。凡韦氏余党未施行者,咸赦之。”

**李隆基被立为太子,唐睿宗有《景云元年册皇太子赦》。**

《全唐文补编》卷二三唐睿宗《景云元年册皇太子赦》:“朕钦若灵命,寅奉神宗,屈己顺人,用安四海……改唐隆元年为景云元年,内外官子为父后者,赐勋一转。公卿各举孝友忠正堪任东宫官一人。”(《唐大诏令集》卷二九)

## |十月|

**唐睿宗有《令西域昌隆两公主入道制》。**

《唐大诏令集补编》卷五《令西域昌隆两公主入道制》:“玄元皇帝,朕之始祖,无为所庇,不亦远乎!第八女西域公主、第九女昌隆公主,性安虚白,神融皎昧,并令入道,奉为天皇天后。宜于京城右造观,仍以来年正月令二公主入道。”(景云元年十月)

**苏珽有《和恩皇后哀册文》。**

《唐大诏令集补编》卷二《和恩皇后哀册文》:“维景云元年,岁次庚戌,十月戊寅朔二十日丁酉,和恩皇后魂归于仙灵宫之寝殿。粤十一月戊申朔二日己酉,招祔于定陵,礼也。”按,葬于十一月二日,则文盖撰于十月。

## |十一月|

**卢藏用作《大唐故万泉县主薛氏墓志铭并序》。**

《全唐文补遗》第一辑卢藏用《大唐故万泉县主薛氏墓志铭并序》,该序云:“县主姓薛氏,河东汾阴人,镇国太平长公主之第二女也。……县主禀淑真之灵,资瑰宝之粹,生而凝贵,幼则柔嘉。骞鸿龙之闲琬,穆芝蕙之贞秀。翠帷珠缀,彩丽韬华。兰膏铅泽,珍芳褫妙。色受神会,惠问发于初孩。目领心传……景云元年八月二十一日,遘疾终于延州官舍……以其年十一月二十五日,归葬于咸阳县洪度川之礼也。”据此可知,该墓志铭作于景云元年十一月。

**苏瓌卒,年七十二,有集十卷。**

《旧唐书·苏瓌传》:“景云元年,以老疾转太子少傅。是岁十一月薨,赠司空、荆州大都督,谥曰文贞。”《新唐书·艺文志四》:“《苏瓌集》十卷。”《全唐文》卷一六八录存其文二篇,《唐文拾遗》卷一六补一篇。苏瓌生平事迹见《旧唐书》卷八八、《新唐书》卷一二五本传。

**己酉,中宗葬于定陵,贾曾为作挽歌,徐彦伯为作哀册文。**

《旧唐书·中宗纪》:“(景云元年)九月丁卯,百官上谥曰孝和皇帝,庙号中宗。十一月己酉,葬于定陵。”贾曾有《孝和皇帝挽歌》,徐彦伯有《中宗孝和皇帝哀册文》。

## 本年

**李邕作《又驳韦巨源谥议》。**

《全唐文》卷二六一李邕《又驳韦巨源谥议》:“夫古之谥,在乎劝沮。将杜小人之业,冀长君子之风。故为善者,虽存不贵仕,而没有余名,此贤达所以砥节也。为恶者,虽生有所幸,死怀所惩,此回邪所以易心也。呜呼巨源,尝未斯察,而乃闻义不从,与恶相济,蓄罔上之志,协群凶之谋,苟容圣朝,贪昧厚禄。……”《旧唐书·韦安石传》:“睿宗即位,赠特进、荆州大都督。太常博士李处直议巨源谥曰‘昭’,户部员外郎李邕驳之曰……”所云即为本文,本年七月睿宗即位,李邕文盖作于此后,确年难考,姑录于此。

# 唐睿宗景云二年

辛亥　七一一

## 正月

**己未,睿宗以中书侍郎张说并同中书门下平章事,张说作《让平章事表》。**

《旧唐书·睿宗纪》:“(景云)二年春正月……己未,太仆卿郭元振、中书侍郎张说并同中书门下平章事。”《全唐文》卷二二二张说《让平章事表》:“臣说言,臣伏奉宣旨制书,以臣同中书门下平章事,承命战汗,拜舞失容。……为国者为官择人,为臣者陈力就列。若智小谋大,力微任重,岂敢顾惜微躯,实恐上尘王政……乞停此授……谨诣朝堂奉表陈让以闻。”

## 二月

**张秀明、王明从、王言从、段同泰、张乔进士及第,知贡举为卢逸。张鷟应贤良方正科;袁晖、韩朝宗等登文以经国科。**

见《登科记考补正》卷四本年条。《唐会要》卷七六:“景云二年文以经国科,袁晖、韩朝宗及第。”

**张说进《上东宫请讲学启》建议太子“重道尊儒”“博采文士”。**

《资治通鉴》卷二一〇:“(景云二年)二月……丁丑,命太子监国。”《全唐文》卷二二四张说《上东宫请讲学启》:“臣闻安国家、定社稷者,武功也;经天地、纬礼俗者,文教也。社稷定矣,固宁辑于人和……伏惟皇太子殿下英睿天纵……殿下之于天下,可谓不轻矣。监国理人,可谓至重矣。莫不拭目而视,清耳而听,冀闻异政。……臣愚伏愿崇太学,简明师,重道尊儒……伏愿博采文士,旌求硕学,表正九经……”文云“监国理人,可谓至重矣”,二月太子监国,文盖作于太子监国后,姑录于此。又,《全唐文》卷二二八张说《唐赠丹州刺史先府君碑》:“府君讳陟……景云二年,天子嘉侍臣之匪躬,念前人之蕴德,二月乙巳诏曰……”故知碑文作于本年二月。

## | 三 月 |

**卢藏用作《太子少傅苏瓌神道碑》。**

《全唐文》卷二三八卢藏用《太子少傅苏瓌神道碑》:“维唐景云元年岁在庚戌十一月己巳,太子少傅许国苏公薨于崇仁里之私第,春秋七十有二。呜呼哀哉! 粤明年三月己酉,制葬我公于武功之先茔,礼也。”据此可知,该碑当作于景云二年三月。苏瓌卒于景云元年十一月,卢藏用于文中概述苏瓌之平生:“中书侍郎、同中书门下平章事,昭文馆学士、兼修国史、皇太子侍读……刊石纪颂,词如清风。”

**张说撰《故太子少傅苏公碑铭》。**

《全唐文》卷二三一张说《故太子少傅苏公碑铭》:“斤斤苏公,体正含道,禀灵淳粹,为唐元老。忠以为主,孝以立身,文以经国,惠以安人……”张说与卢藏用之文盖为同时之作,并录于此。

## 七月

**追复上官婉儿为昭容，褒其文集二十卷，张说为序，有《唐昭容上官氏文集序》。其《昭容上官氏碑铭》并叙于此。**

《资治通鉴》卷二一〇："（景云二年）秋七月癸巳，追复上官昭容，谥曰惠文。"《新唐书·艺文志四》："《上官昭容集》二十卷。"《全唐文》卷二二五张说《唐昭容上官氏文集序》："上官昭容者，故中书侍郎仪之孙也。明淑挺生，才华绝代。敏识聪听，探微镜理。开卷海纳，宛若前闻；摇笔云飞，咸同宿构。……自则天久视之后，中宗景龙之际，十数年间，六合清谧。内峻图书之府，外辟修文之馆，搜英猎俊，野无遗才。右职以精学为先，大臣以无文为耻。每豫游宫观，行幸河山，白云起而帝歌，翠华飞而臣赋。雅颂之盛，与三代同风。岂惟圣后之好文，亦云奥主之协赞者也。古者有女史记功书过，复有女尚书决事宫阁，昭容两朝专美，一日万机，顾问不遗，应接如响。虽汉称班媛，晋誉左嫔，文章之道不殊，辅佐之功则异。……有命史臣，叙兰台之新集。凡若干卷，列之于左。"又，《全唐书》卷二三一张说《昭容上官氏碑铭》云："天降雨，山川出云，乃生灵媛，祚我圣君。精微其道，焕炳其文，三光错行……"

## 十月

**宋之问在桂州，有《在桂州与修史学士吴兢书》。**

《宋之问集校注》卷七《在桂州与修史学士吴兢书》："拙自谋卫，降黜炎荒，杳寻魑魅之途，远在雕题之国。……往年恩贷，许惠为看起居注、实录、江融《别录》，使不错漏。《国史》及高明所撰《唐史春秋》等六处，并乞逸遗事迹，不翳声尘。代业有光，实在吾子。……秋冬凝寒……"宋之问明年赐死桂州，此文作年难确考，文云"秋冬凝寒"，姑录文于本年秋冬，即十月。

**唐睿宗有《赠重俊节愍皇太子制》《加刘幽求实封二百户诏》。**

见《唐大诏令集补编》卷四《赠重俊节愍皇太子制》，又《唐大诏令集补编》

卷十五《加刘幽求实封二百户诏》。

### 十一月

**沈佺期作《故工部侍郎李公祭文》。**

《沈佺期集校注》卷五《故工部侍郎李公祭文》:“维景云二年岁次辛亥十一月壬申朔二十六日丁酉,中书舍人沈佺期谨以清酌之奠,祭故工部侍郎、昭文馆学士李公之灵。公含华毓粹,履仁佩德,少践义方,长游礼则。思含飞动,才冠卿、云。……呜呼哀哉!感念平生,应怀多绪,自兹冥漠,非复游处……”

## 唐睿宗太极元年　延和元年　玄宗先天元年

壬子　七一二

### 正月

**己丑,赦天下,改元太极。**

《资治通鉴》卷二一〇:“春,正月,戊子,幸浐东,耕藉田。己丑,赦天下,改元太极。”

**沈佺期作《先农祭文》。**

《旧唐书·礼仪志四》:“则天时,改籍田坛为先农……睿宗太极元年,亲祀先农,躬耕帝籍。”《沈佺期集校注》卷五《先农祭文》:“维景云三年岁次壬子木正月辛未土朔十八日戊子火,嗣皇帝臣某敢昭告于帝神农氏。耒耜之利,圣功惟厚。时在上春,肇兴东作,率由典则,祗事千亩。”

### 二月

**李橙、孔齐参等三十七人进士及第,知贡举为房光庭。郑少微、晁良贞、雍**

**惟良登文可以经邦科，张九龄登道侔伊吕科，赵冬曦登藻思清华科。**

见《登科记考补正》卷五本年条。

## 四月

**唐睿宗有《镇国太平长公主皇太子诸王郡公禁中定策编于史册诏》。**

《唐大诏令集补编》卷五《镇国太平长公主皇太子诸王郡公禁中定策编于史册诏》："朕闻御宸极，握灵图，为天下之尊，居域中之大者，上以奉宗庙，下以育黎元，迹宜彰于简编，事须闻于朝野……宜勒左右，编于史册。"（太极元年四月）

## 五月

**辛巳，改元延和。**

《资治通鉴》卷二一〇："（太极元年）五月……辛巳，赦天下，改元延和。"

## 八月

**庚子，唐玄宗即位，尊睿宗为太上皇。甲辰，改元先天。**

《资治通鉴》卷二一〇："（延和元年）八月，庚子，玄宗即位，尊睿宗为太上皇……甲辰，赦天下，改元。"

## 十月

**张说在东都洛阳，与崔日知、崔泰之等人赋诗唱和，有《东都酺宴诗五首序》。**

《张燕公集》卷五《东都酺宴诗五首序》："先天元祀，孟冬十月，东都留守韦公……合洛京之五省，招河尹之二县……供帐于兴教之门，式酺宴也。……凡我词客，安敢阙如，赋诗展事，垂列于后。”又，《张燕公集》卷七张说《酬崔光禄冬日述怀赠答序》：“太极殿众君子分司洛城，自春涉秋，日有游讨。既而韦公出守，兹乐便废。顷因公宴，方接咏言。崔光禄述志论文，首贻雅唱。诸公嘉德叙事，咸有报章。……是用缀集，勒成一卷。”第一、第二序中之韦公，即韦安石。《旧唐书·韦安石传》：“景云二年……冬，罢知政事，拜特进，充东都留守。……为御史中丞杨茂谦所劾，出为蒲州刺史。”序云“韦公出守”，当为出守蒲州刺史事，盖在本年，姑录文于此。

## |本年|

**姚崇有《答张九龄书》。**

《全唐文》卷二〇六姚崇《答张九龄书》：“忽辱笺翰，喜慰攸集，退惟自省，惭惧亦深。实智力之所不逮也，宜朝廷之所见责也。仆本凡近之才，素非经济之具，叨承过听，谬膺朝委。自少及长，从微至著，唯以直道为业，匪以曲路期通。历官三朝，年逾一纪，凡所称荐，罕避嫌疑，实有祁奚之举，非无许允之对。则天之世，已被流言，行之有恒，久而自辨。近蒙奖擢，倍励驽庸。每以推贤进士为务，欲使公卿大夫称职，岂杨桥之或用，及解狐之可为。而悠悠之徒，未足矜察，嗷嗷之口，欲以中伤。上恃天聪，俯仗神道，既不得奉身而退，但知信心而前。然顾无隐慝，亦死为分明矣。猥惟不敏，敬承厥休，持当座铭，永为身宝。元崇顿首。”张九龄《上姚令公书》见于《曲江集》卷一六，顾建国《张九龄年谱》系于开元元年十月，今从之。据此，则姚崇《答张九龄书》盖作于开元元年十月后。

**徐彦伯作《汾水新船赋》。**

《全唐文》卷二六七徐彦伯《汾水新船赋》：“贤者彻侯，求人之莫，分帝之忧，以为冀方轮转。病于行輈，乃乘素秋，镜清流，假道于河伯，息肩于吴牛。因去彼以取此，遂舍车而造舟。革故鼎新，裁规创制。通子房之妙略，运宏羊之潜计。测浅深之量，将载沉而载浮；陈去就之宜，则既济而未济。懿夫席帆锦缆，兰桡桂楫，不日而成，嘉谟允叶。蒲且罔设，宁劳渔子之家；财用无亏，不夺农人之业。水之积也厚，船之动也捷。回翔并骛，识波上之双凫；倏忽孤飞，见天边之一叶。伊负重以致远，非印否而人涉。及夫安卑委顺，外静中虚，混泥沙而闭矣，象智者之居诸。逐便乘流，排难触物，泛波涛之不屈，状勇者之拂郁。……别有荷为衣兮蕙为带，鼓轻枻兮张翠盖。杳渺烟波之末，夷犹区域之外。愿一涉于龙门，接神仙之嘉会。"《旧唐书·徐彦伯传》云："先天元年，以疾乞骸骨，许之。"文中"病于行辀"与本传所记相符，姑录其《汾水新船赋》于此。

**阎朝隐卒，有集五卷。**

《旧唐书·阎朝隐传》："先天中，复为秘书少监，又坐事贬通州别驾，卒。"先天共两年，阎朝隐约卒于本年左右，姑系于此。《旧唐书》本传又云："朝隐文章虽无风、雅之体，善构奇，甚为时人所赏。累迁给事中，预修《三教珠英》。"《新唐书·艺文志四》："《阎朝隐集》五卷。"张说论阎朝隐文云："如丽色靓妆，衣之绮绣；燕歌赵舞，观者忘忧。然类之风雅，则为罪矣。"又，《全唐文》卷二〇七阎朝隐《晴虹赋》："一阴一阳，备藻绘以成文章；载清载浊，挂天涯而临地角。生于气，立于空，宛宛转转，曈曈昽昽。上下明媚，表里冲融。洗奇光于暴雨，留艳彩于飘风。隐显之情奚尔，造化之理何穷。若乃碧嶂无云，清江息浪，曲折异体，低昂殊状。半出高岊，疑蟾魄之孤生；全入澄澜，若蛾眉之相向。又乃绮窗远辟，锦帐斜褰，仿佛天上，依稀目前。晫兮煜兮，既类丹山碧树之重叠；断兮连兮，又似美人彩女之婵娟。察之无涯，究之无实。光天地之大造，保云霄之元吉。爰有下才，或趋微秩，其志蹇蹇，其心栗栗。体物无功，著书有疾。既蕴渐于明镜，载有阁于鸿笔。"赋之作年难确考，姑录于此。

**宋之问卒，年约五十七，有集十卷。**

《旧唐书·宋之问传》："配徙钦州。先天中，赐死于徙所。之问再被窜谪，经途江、岭，所有篇咏，传布远近。友人武平一为之纂集，成十卷，传于代。"宋之问之卒年难确考，姑系于本年。《新唐书·艺文志四》："《宋之问集》十卷。"《郡斋读书志》卷一七、《直斋书录解题》卷一六均著录其集为十卷。其生平事迹见《旧唐书》卷一九〇中、《新唐书》卷二〇二。

# 参考文献


**B**

(宋)陈思编. 宝刻丛编. 丛书集成初编本.

**C**

(宋)王钦若等编. 册府元龟. 北京:中华书局,1973.

(唐)张鷟. 朝野佥载. 北京:中华书局,1979.

彭庆生注释. 陈子昂诗注. 成都:四川人民出版社,1981.

刘开扬. 唐诗论文集. 上海:上海古籍出版社,1979.

张志烈. 初唐四杰年谱. 成都:巴蜀书社,1992.

(唐)王勃等著,倪木兴选注. 初唐四杰诗选. 北京:人民文学出版社,2001.

骆祥发. 初唐四杰研究. 北京:东方出版社,1993.

**D**

(唐)温大雅. 大唐创业起居注. 上海:上海古籍出版社,1983.

(唐)玄奘、辩机著. 季羡林等校注. 大唐西域记校注. 北京:中华书局,2000.

(唐)刘肃. 大唐新语. 北京:中华书局,2002.

(清)徐松. 登科记考. 北京:中华书局,1994.

(清)徐松著,孟二冬补正. 登科记考补正. 北京:北京燕山出版社,2003.

(清)王夫之. 读通鉴论. 北京:中华书局,1975.

**E**

陈垣. 二十史朔闰表. 北京:中华书局,1962.

### F

马积高. 赋史. 上海:上海古籍出版社,1987.

### J

(清)王旭. 金石萃编. 北京:中国书店,1985.

(宋)赵明诚. 金石录. 北京:北京图书馆出版社,2002.

(五代)刘昫等. 旧唐书. 北京:中华书局,1975.

(宋)晁公武撰,孙猛校证. 郡斋读书志校证. 上海:上海古籍出版社,1990.

### L

(元)骆天骧. 类编长安志. 西安:三秦出版社,2006.

(唐)张彦远. 历代名画记. 北京:中华书局,1985.

(唐)卢照邻著,任国绪笺注. 卢照邻集编年笺注. 黑龙江:黑龙江人民出版社,1989.

(唐)卢照邻著,李云逸校注. 卢照邻集校注. 北京:中华书局,1998.

(唐)卢照邻、杨炯著,徐明霞点校. 卢照邻集杨炯集. 北京:中华书局,1980.

杨柳、骆祥发. 骆宾王评传. 北京:北京出版社,1987.

(唐)骆宾王著,陈熙晋笺注. 骆临海集笺注. 上海:上海古籍出版社,1985.

杨恩成. 骆宾王生卒年考辨. 人文杂志. 1981,(2).

### Q

(清)彭定求等. 全唐诗. 北京:中华书局,1956.

(清)董诰等. 全唐文. 北京:中华书局,1983.

陈尚君辑校. 全唐文补编. 北京:中华书局,2005.

吴钢主编. 全唐文补遗. 西安:三秦出版社,1994—2007.

(清)陈鸿墀. 全唐文纪事. 上海:上海古籍出版社,1987.

周绍良等. 全唐文新编. 吉林:吉林文史出版社,2000.

### S

(唐)沈佺期、宋之问著,陶敏、易淑琼校注. 沈佺期宋之问集校注. 北京:中华书局,2001.

四库全书存目丛书编辑委员会. 四库全书存目丛书. 济南:齐鲁书社,1995.
(清)永瑢. 四库全书总目. 北京:中华书局,1965.
余嘉锡. 四库提要辨证. 北京:中华书局,1980.
(宋)赞宁. 宋高僧传. 北京:中华书局,1987.
陈冠明. 苏味道李峤年谱. 北京:中央文献出版社,2000.
孟繁峰等主编. 隋唐五代墓志汇编. 天津:天津古籍出版社,1991.
国家图书馆善本金石组编. 隋唐五代石刻文献全编. 北京:北京图书馆出版社,2004.
陶敏、李一飞. 隋唐五代文学史料学. 北京:中华书局,2001.
罗宗强. 隋唐五代文学思想史. 北京:中华书局,1999.

**T**

(宋)李昉等编. 太平广记. 北京:中华书局,1961.
傅璇琮主编. 唐才子传校笺. 北京:中华书局,1989.
郁贤皓. 唐刺史考. 南京:江苏古籍出版社,1987.
(宋)宋敏求. 唐大诏令集. 北京:中华书局,2008.
李希泌主编. 唐大诏令集补编. 上海:上海古籍出版社,2003.
岳纯之. 唐代官方史学研究. 天津:天津人民出版社,2003.
傅璇琮. 唐代科举与文学. 西安:陕西人民出版社,1986.
周绍良主编. 唐代墓志汇编. 上海:上海古籍出版社,1992.
周绍良、赵超主编. 唐代墓志汇编续集. 上海:上海古籍出版社,2001.
傅璇琮. 唐代诗人丛考. 北京:中华书局,1980.
罗联添. 唐代四家诗文论集. 台北:台湾文海出版社,1996.
孙望、郁贤皓主编. 唐代文选. 南京:江苏古籍出版社,1994.
吴廷燮. 唐方镇年表. 北京:中华书局,1980.
(宋)王溥. 唐会要. 上海:上海古籍出版社,2006.
严耕望. 唐仆尚丞郎表. 上海:上海古籍出版社,2007.
岑仲勉. 唐人行第录. 北京:中华书局,2004.
桃源居士编. 唐人小说. 上海:上海文艺出版社,1992.
周勋初主编. 唐人轶事汇编. 上海:上海古籍出版社,1995.
(宋)计有功. 唐诗纪事. 上海:上海古籍出版社,1987.
谭优学. 唐诗人行年考. 成都:四川人民出版社,1981.

高步瀛选注. 唐宋文举要. 上海:上海古籍出版社,1982.
吴云、冀宇校注. 唐太宗全集校注. 天津:天津古籍出版社,2004.
(宋)姚铉. 唐文粹. 长春:吉林出版集团有限责任公司,2005.
韩理洲. 唐文考辨初编. 西安:陕西人民出版社,1992.
(清)陆心源编. 唐文拾遗. 上海:上海古籍出版社,1990.
上海古籍出版社编. 唐五代笔记小说大观. 上海:上海古籍出版社,2000.
吴在庆. 唐五代文史丛考. 南昌:江西人民出版社,1995.
傅璇琮主编. 唐五代文学编年史 · 初盛唐卷. 沈阳:辽海出版社,1998.
李剑国. 唐五代志怪传奇叙录. 天津:南开大学出版社,1993.
(明)胡震亨. 唐音癸签. 上海:上海古籍出版社,1981.
(唐)王定保. 唐摭言. 北京:中华书局,1979.
(唐)杜佑. 通典. 北京:中华书局,1973.

**W**

聂文郁. 王勃诗解. 西宁:青海人民出版社,1980.
(唐)王绩著. 韩理洲校点. 王无功文集. 上海:上海古籍出版社,1987.
(清)蒋清翊集注. 王子安集注. 上海:上海古籍出版社,1995.
(唐)许敬宗等撰. 文馆词林. 北京:中华书局,1985.
(宋)李昉等. 文苑英华. 北京:中华书局,1966.

**X**

熊礼汇. 先唐散文艺术论. 北京:学苑出版社,1999.
(宋)欧阳修、宋祁. 新唐书. 北京:中华书局,1975.
续修四库全书编纂委员会编. 续修四库全书. 上海:上海古籍出版社,1995.
杨廷福. 玄奘年谱. 北京:中华书局,1988.

**Y**

(宋)王象之. 舆地碑记目. 北京:中华书局,1985.
(宋)王象之. 舆地纪胜. 北京:中华书局,1992.
(宋)王应麟辑. 玉海. 扬州:广陵书社,2003.
(唐)林宝. 元和姓纂. 北京:中华书局,1994.

## Z

(清)徐松.增订唐两京城坊考.西安:三秦出版,2006.

顾建国.张九龄年谱.北京:中国社会科学出版社,2005.

(唐)张说.张燕公集.北京:中华书局,1985.

陈祖言.张说年谱.香港:香港中文大学出版社,1984.

(唐)吴兢.贞观政要.上海:上海古籍出版社,1978.

(宋)孙逢吉.职官分纪.北京:中华书局,1988.

(宋)陈振孙撰,徐小蛮、顾美华点校.直斋书录解题.上海:上海古籍出版社,1987.

吴海林、李延沛编.中国历史人物生卒年表.哈尔滨:黑龙江人民出版社,1981.

周祖谍.中国文学家大辞典·唐五代卷.北京:中华书局,1992.

(宋)司马光.资治通鉴.北京:中华书局,1956.

国　家　出　版　基　金　项　目
国家社科基金重大招标项目
教育部人文社科重点研究基地重大项目
安徽省“十三五”重点出版规划项目
福建省教育厅A类研究项目成果

国家出版基金项目
NATIONAL PUBLICATION FOUNDATION

吴在庆 主编
丁放 副主编

# 唐五代文编年史

## 中唐卷

刘心 吴在庆 著

黄山书社

# 目　录

中唐卷

# 唐肃宗宝应元年

壬寅　七六二

## |正 月|

**李华在江州，作《衢州刺史厅壁记》。**

《李遐叔文集》卷四《衢州刺史厅壁记》："以苏州刺史陈郡殷公，文可以成政，武可以安人。明断良谋，忠在王室。其理也，宽不容怠，严不拒情，清白贯于神明，简易契于黄老，德必有邻，歌声宜继，由是命公典此邦也。……元年建寅月二十一日，左补阙赵郡李华于江州附述。"建寅月乃正月，故系于此。

## |二 月|

**本年停贡举。**

见《登科记考补正》卷一〇。

## |春|

**元结在荆南，知节度观察使留后。**

《颜鲁公文集》卷一一《唐故容州都督兼御史中丞本管经略使元君表墓碑铭（并序）》："君知节度观察使事，经八月，境内晏然。"元结本年冬罢职闲居，故其知留后在本年春。

## |四 月|

**甲寅，玄宗卒，年七十八。**

见《旧唐书·肃宗纪》、《资治通鉴》卷二二二。

**代宗张皇后与李辅国有隙，欲除之；乙丑，李辅国率兵收系张后。丁卯，肃宗病卒，年五十二。李辅国即杀后及后子越王李系、兖王李僩。**

见《旧唐书·代宗纪》、《资治通鉴》卷二二二。《资治通鉴》谓："初，张后与辅国相表里，专权用事，晚年，更有隙。"《新唐书·代宗纪》："肃宗张皇后恶李辅国，欲图之，召问太子，太子不许，乃与越王系谋之。肃宗疾革。四月丁卯，皇后与系将召太子入宫，飞龙副使程元振得其谋，以告辅国。辅国止太子无入，率兵入，杀系及兖王僩，幽皇后于别殿。"

**己巳，代宗李豫即位。**

见《旧唐书·代宗纪》。《资治通鉴》卷二二二："是夕，肃宗崩，乃迎太子见群臣于九仙门。明日，发丧。己巳，即皇帝位于柩前。癸酉，始听政。"

## | 五 月 |

**乙卯朔，李辅国为司空兼中书令，其兵部尚书、判元帅行军、闲厩等使如故。丙申，以户部尚书元载同中书门下平章事，充度支转运使。丁酉，大赦，永王璘昭雪。**

见《旧唐书·代宗纪》。

**代宗有《三年之丧不忍权夺制》。**

《唐大诏令集补编》卷一八代宗有《三年之丧不忍权夺制》。文末署"宝应元年五月辛卯"，文即撰于此时。

**韩翃入淄青节度使侯希逸幕，为掌书记。**

《太平广记》卷四八五引《柳氏传》："侯希逸自平卢节度淄青，素藉翊（翃）

名,请为书记。”据《资治通鉴》卷二二二,侯希逸本年五月为淄青节度使。据傅璇琮《唐代诗人丛考·关于〈柳氏传〉与〈本事诗〉所载韩翃事迹考实》,韩翊即韩翃。

## |六月|

**己未,解李辅国行军司马及兵部尚书,余如故,以程元振代判元帅行军司马。辛酉,又罢李辅国兼中书令。**

见《旧唐书·代宗纪》。《资治通鉴》卷二二二谓此系“飞龙副使程元振谋夺李辅国权,密言于上,请稍加裁制”。

**中京延兴寺僧常会,往敦煌城西塞亭供养,遇佛说智慧海藏经,有题记。**

《全唐文补编》卷四二常会《佛说智慧海藏经题记》:“大唐宝应元年六月廿九,中京延兴寺沙门常会,因受请往此敦煌城西塞亭供养。忽遇此经,无头,名目不全。遂将至宋渠东支白佛图,别得上卷,合成一部。恐后人不晓,故于尾末书记,示不思议之事合会。愿以此功德,普及于一切。我等与众生,皆共佛道。”详述题记来由。按,“智慧海”乃佛教语,比喻智慧广大,佛法无边。《无量寿经》卷下:“如来智慧海,深广无涯底。”中京,即唐都长安。自高宗建洛阳为东京,因称长安为西京。至德二年,建凤翔为西京,改称长安为中京。李白《天长节使鄂州刺史韦公德政碑并序》:“中京重睹于汉仪,列郡还闻于舜乐。”

## |七月|

**代宗有《流裴茙费州敕》。**

《唐大诏令集补编》卷一六代宗有《流裴茙费州敕》。文末署:“宝应元年七月”,文即撰于此时。

## 八月

**己未，徐知道为其将李忠厚所杀，剑南悉平。**

见《资治通鉴》卷二二二。

**代宗有《削除来瑱官爵诏》。**

《唐大诏令集补编》卷一六代宗有《削除来瑱官爵诏》。文末署“宝应元年八月”，文即撰于此时。文云：“《春秋》之义，贵在于必书；君臣之间，法存于无赦。沮劝式遵于前典，进退莫匪于至公。恶稔既彰，明罚难贷。……来瑱，谬当任用，素乏器能，亟历班荣，累经节制。莅职蔑闻于成绩，登朝虚美于崇名。顷者分阃颁条，久淹江汉。或频征不至，或移镇迟留，实乖堂陛之仪，爰及干戈之忿。朕以旧臣宿将，道在含宏，会其来庭，用甄后效。超登宰辅，光拜夏卿，列在三台……实亏周慎，且间枢言，何以辅弼鼎司，仪刑簪绂！据其所犯，合置殊科，以尝侍轩闼，用存宽免之辜，缅范旧章，兼膺黜削之谴。其身官爵，一切削除。”

## 九月

**丁卯，夜，盗杀李辅国于其第，窃首而去。**

见《旧唐书·代宗纪》。

**戊辰，雍王李适为天下兵马元帅，统河东、朔方及诸道行营、回纥等兵十余万东进，讨史朝义。甲戌，与史朝义军战于洛阳北郊横水，大败之。史朝义奔冀州。己亥，收复东京洛阳及河阳、汴、郑、滑、相、魏等州。时回纥入洛阳，大掠，死者万计，火累旬不灭。官军亦大肆掳掠。**

《资治通鉴》卷二二二载：“回纥入东京，肆行杀略，死者万计，火累旬不灭。朔方、神策军亦以东京、郑、汴、汝州皆为贼境，所过虏掠，三月乃已。比屋荡尽，士民皆衣纸。”

## 十月

**僧灵一卒于杭州龙兴寺，年三十六，有集一卷。独孤及为作塔铭。**

《毗陵集》卷九《唐故扬州庆云寺律师一公塔铭并序》："公讳灵一，俗姓吴，广陵人也。神气清和，方寸地灵，与太初元精，合其纯粹。闻思修惠，介然生知，九岁出家，三千断结。严持律藏，将绍法宝，示人文学，以诱世智。初不计身中有我，我中有身，德充报圆，缘断相灭。宝应元年冬十月十六日，终于杭州龙兴寺，春秋三十有六。临灭顾命，以香木荼毗，为送终之节，门弟子虔奉遗旨。粤以是月某日，焚身于某山，起塔于某原，从拘尸城之制也。右补阙赵郡李纾、殿中丞侍御史顿邱李汤，尝以文字言语，游公廊庑，至是相与追录遗懿，以诒尘劫。谓公贞静直方，渊远宏大，而密识洞鉴，天倪道机。注不满，酌不竭，冲如也。……"详述灵一生平及文学、佛家之造诣，又述及其生平交往："公智刃先觉，法施无方。每禅诵之隙，辄赋诗歌事，思入无间，兴含飞动。潘、阮之遗韵，江、谢之阙文，公能缀之。盖将吻合词林，与儒墨同其波流，然后循循善诱，指以学路。由是与天台道士潘清、广陵曹评、赵郡李华、颍川韩极、中山刘颖、襄阳朱放、赵郡李纾、顿邱李汤、南阳张继、安定皇甫冉、范阳张南史、清河房从心相与为尘外之友，讲德味道，朗咏终日。其终篇必博之以文，约之以修，量其根之上下而投之以法味，欲使俱入不二法流。公示教之攘门也，内张天机，外与物接，舍法无我，以虚受人，旷焉若空谷之响、止水之象，优而柔之，使自得之。"《直斋书录解题》卷一九："《灵一集》一卷。"

**独孤及在江东，与裴倩等十五人宴集，独孤及作歌与序。**

《毗陵集》卷一四《冬夜裴员外薛侍御置酒宴集序》："二公以大司马之命，领浙河东西十有三州之政，相与周爰咨度，平均邦赋者三月矣。……冬十月辛未，征会于此堂，宴朋友故旧也。贤豪毕会，升降有序。逢衣浅带，十有五人……既醉，余以箸击唾壶，扣商而歌。其词曰：……"据郁贤皓《李白丛考·黄锡珪李太白年谱附录三文辨伪》，裴员外即裴倩。此文乃本年十月作，故系于此。

## |十一月|

**李白依李阳冰于当涂，病亟，尽付手稿与之，赋《临终歌》而卒，年六十二。葬当涂，李华为其作墓志。李白有《草堂集》二十卷，李阳冰为其作序，魏颢亦有文集序。**

《全唐文》卷三二一李华《故翰林学士李君墓志铭》："姑孰东南，青山北址，有唐高士李白之墓。……年六十二，不偶，赋《临终歌》而卒。"《全唐文》卷四三七李阳冰《唐李翰林草堂集序》述及作序之由："阳冰试弦歌于当涂，心非所好，公遐不弃我，乘扁舟而相顾。临当挂冠，公又疾亟。草稿万卷，手集未修，枕上授简，俾余为序。论《关雎》之义，始愧卜商；明《春秋》之辞，终惭杜预。自中原有事，公避地八年，当时著述，十丧其九。今所存者，皆得之它人焉。时宝应元年十一月乙酉也。"其盛赞李白的文学成就与地位："不读非圣之书，耻为郑卫之作，故其言多似天仙之辞。凡所著述，言多讽兴。自三代以来，风、骚之后，驰驱屈、宋，鞭挞扬、马，千载独步，惟公一人。故王公趋风，列岳结轨，群贤翕习，如鸟归凤。卢黄门云：陈拾遗横制颓波，天下质文，翕然一变。至今朝诗体，尚有梁、陈宫掖之风。至公大变，扫地并尽。今古文集，遏而不行，唯公文章，横被六合，可谓力敌造化欤！"《李太白全集》卷八《临路歌》："大鹏飞兮振八裔，中天摧兮力不济。"当即《临终歌》。又，《全唐文》卷三七三魏颢《李翰林集序》："蜀之人无闻则已，闻则杰出，是生相如、君平、王褒、扬雄，降有陈子昂、李白，皆五百年矣。白本陇西，乃放形，因家于绵。身既生蜀，则江山英秀。伏羲造书契后，文章滥觞者六经。六经糟粕《离骚》，《离骚》糠粃建安七子。七子至白，中有兰芳，情理宛约，词句妍丽。白与古人争长，三字九言，鬼出神入，瞠若乎后耳。"《新唐书·艺文志四》："李白《草堂集》二十卷。李阳冰录。"《郡斋读书志》卷一七："《李翰林集》二十卷。右唐李白太白也。"

## |十二月|

**代宗有《程元振长流溱州诏》。**

《唐大诏令集补编》卷一六代宗有《程元振长流溱州诏》。文末署"宝应元年十二月”,文即撰于此时。

**李华卧疾于江州,本年冬,作诗并序送李佐赴刘晏辟**。

《全唐文》卷三一五李华《江州卧疾送李侍御诗序》:“侍御历总汉上、湖阴、江左之赋,王府之入不匮,爱人之颂有余。前相国刘公居佐帝庭,行恤人隐,侍御时贤高誉,盛府旧僚,传檄速驾,江城风动。当天心厌兵,品物思理,将柬贪狼之口,掩破骨之伤,濡足而前,化危为安,此大丈夫悬弧四方之志。与夫窜身渔钓,山林枯槁,异日论也。天下有道,贫且贱焉,耻也。……而老夫甘心贫贱,得非人生穷达,固有分耶?方理舟浔阳,追迹幽人,解缨纲,陵颢淳,虽病痼齿衰而神王。……侍御忽告余行,余知悒焉轸心,岂纷累未涤,将悲亦有道,且以簪击茶瓯歌而饯之曰:江沈兮雨凄凄,洲渚没兮玄云低,伤别心兮闻鼓鼙。”据《唐五代文学编年史》(下简称《编年史》)所考,“刘公,刘晏,本年六月自通州刺史召为户部侍郎,充度支转运等使,见《通鉴》卷二二二。李侍御,李佐。《全唐文》卷七八四穆员《李佐墓志》:‘故相彭城公辟以从事,凡三迁至监察御史,领江西之赋。’彭城公即刘晏。”

**苗发官拾遗,本年奉使江淮括访图书**。

《新唐书·艺文志一》:“安禄山之乱,尺简不藏。元载为宰相,奏以千钱购书一卷,又命拾遗苗发等使江淮括访。”据《新唐书·宰相世系表五下》,本年五月,元载为宰相。

**崔令钦本年在著作郎任。所撰《教坊记》一卷本年成**。

崔令钦《教坊记序》:“开元中,余为左金吾仓曹,武官十二三是坊中人……尽为予说之。今中原有事,漂寓江表,追思旧游,不可复得,粗有所识,即复疏之,作《教坊记》。”《新编唐五代文学编年史》(下简称《新编年史》)考:“序称‘玄宗之在藩邸’,知序撰于本年四月玄宗卒后、广德元年安史之乱平前。书始作于前漂寓江表时,及此而成。《古今说海》本《教坊记》题‘著作郎’崔令钦,明抄《说郛》本作‘著作佐郎’,盖令钦本年在著作郎或佐郎任。”按,此条之系年从《新编年史》所记。又,本书之条目系年多有迻录自《编年史》与《新编年史》者,此后恕不一一说明。

## 本年

**江东旱后大疫，包佶与独孤及同在吴中，包佶作《道殣文》，独孤及作《吊道殣文并序》。**

《毗陵集》卷一九《吊道殣文并序》："辛丑岁大旱，三吴饥甚，人相食。明年大疫，死者十七八，城郭邑居，为之空虚，而存者无食，亡者无棺殡悲哀之送。……于是延陵包佶作《道殣文》，盖《小雅·云汉》之流。及亦斐然献吊，且告之运命云……"

**刘秩卒于抚州，有《政典》三十五卷，其他著述甚多。李华有祭文。**

《李遐叔文集》卷四《祭刘左丞文》："维年月日，左补阙赵郡李华，谨奉清酌微奠，祭于故国子祭酒刘十六兄之灵。……浔阳地古，举目凄悲。"刘左丞，即刘秩。《旧唐书·刘秩传》："秩，给事中、尚书右丞、国子祭酒，撰《政典》三十五卷、《止戈记》七卷、《至德新议》十二卷、《指要》三卷。"《新唐书·刘秩传》："出为阆州刺史，贬抚州长史，卒。"刘秩乾元元年六月出守阆州，见《旧唐书·房琯传》。刘秩当本年卒于抚州，时李华卧疾江州，故有祭文。

# 唐肃宗宝应二年　唐代宗广德元年

癸卯　七六三

## 正月

**代宗令王缙进王维文章，缙搜求诗文十卷，上表献之；代宗有诏答之。**

《全唐文》卷三七〇王缙《进王维集表》："臣兄文词立身，行之余力……乘兴为文，未尝废笔。或散朋友之上，或留箧笥之中。臣近搜求，尚虑零落。诗笔共成十卷，今且随表奉进。……宝应二年正月七日，银青光禄大夫尚书兵部侍郎兼御史大夫臣缙表上。"《全唐文》卷四六唐代宗《答王缙进王维集表诏》:"卿之伯氏,天下文宗。位历先朝,名高希代。抗行周雅,长揖楚词。调六气于终篇,正五音于逸韵。泉飞藻思,云散襟情。诗家者流,时论归美,诵于人口,久郁文房,歌以国风,宜登乐府。旰朝之后,乙夜将观。石室所藏,殁而不朽。柏梁之会,今也则亡,乃眷棣华,克成编录。声猷益茂,叹息良深。"均系于此。

## | 二 月 |

**洪源、古之奇、耿纬、杜黄裳、郑锡、乔琛等二十七人登进士第,试《日中有王字赋》,以题为韵次用,洪源为状元。郑锡、乔琛文今存;李邢、敬宽拔萃科及第。本年礼部侍郎萧昕知贡举。**

见《登科记考补正》卷一〇。

## | 三 月 |

**颜真卿由尚书户部侍郎改任吏部侍郎。**

《颜鲁公文集》卷五《乞御书题额恩敕批答碑阴记》:"(宝应元年)授尚书户部侍郎。二年春三月改吏部。"

**裴士淹撰《章敬皇后哀册文》。**

《唐大诏令集补编》卷二有裴淹《章敬皇后哀册文》:"维宝应二年……粤三月二十七日庚午,将迁祔于建陵,礼也。"则此文乃本年三月撰。

**萧昕撰《元献皇太后哀册文》。**

《唐大诏令集补编》卷二有萧昕所撰《元献皇太后哀册文》。文首:"维宝应二年岁次癸卯……粤三月甲辰朔,十三日乙卯,将迁座于泰陵,礼也。谥册昭礼,容车俨驾。皇帝执通丧而在疚,遵远日以戒期。悼悯凶之荐及,痛皇妣以御悲。泣外郊而阻礼,将撤奠于有司。命宗伯之贰职,陈明德以为词。其词曰:……”据此,本文盖乃本年三月所撰。

**刘士深等六人同游华山,有题名。**

《全唐文补编》卷四二刘士深《华岳题名》:“前蓝田县尉刘士深……时广德元年三月纪。”注:“《金石萃编》卷七九。”

## | 春 |

**李华本年四十九岁。春,至鄂州,卧疾,《卧疾舟中相里范二侍御先行赠别序》疑作于本年。**

《李遐叔文集》卷一《卧疾舟中相里范二侍御先行赠别序》:“华与二贤早相得……先时为伊阙尉,忝相公尚书约子孙之契,不幸孤负所知,亏顿受污,流落江湖,于今六年。……病夫李华序。”又,《全唐文》卷三八八独孤及《检校尚书吏部员外郎赵郡李公中集序》记李华《别相里造范伦序》为其“自叙”之作。《别序》:“先时为伊阙尉……流落江湖,于今六年。”李华天宝八载任伊阙尉,乾元元年贬为杭州司户参军,往后推算六年正值宝应二年,故疑《卧疾舟中相里范二侍御先行赠别序》作于宝应二年春,唯作年难确考,姑系于此。

## | 五 月 |

**刘晏本年四十九岁,任吏部尚书同平章事,《检点祭器奏》当作于此时。**

《全唐文》卷三七〇刘晏《检点祭器奏》:“诸色祠祭,委礼仪使撰礼料为例程。祭前点检祭器及馔物明衣,有不在者,所由量事料决。其行事官若出斋宫,及不到,明衣及料不得妄。”《唐会要》卷二三《缘祀裁制》:“宝应二年五月四日,吏部尚书刘晏奏:‘诸色祠祭,委礼仪使撰礼料为例程。祭前点检祭器及馔物明衣,有不在者,所由量事料决。其行事官若出斋宫,及不到,明衣及料不得妄。’制曰:‘可。’”故知《检点祭器奏》当作于宝应二年五月。

## 六月

**癸酉，太常少卿杨绾上疏，请停进士、明经考试，复古乡里举选察秀才孝廉之制**。

见《资治通鉴》卷二二二。《登科记考补正》卷一〇载杨绾奏议言进士试之弊："投刺干谒，驱驰于要津；露才扬己，喧腾于当代。古之贤良方正，岂有如此者乎？"七月，杨绾再次上疏。翰林学士认为："进士行来已久，遽废之恐失人业。"敕旨："进士、明经，置来日久，今顿令改业，恐难其人。诸色举人，宜与旧法兼行。"《资治通鉴》卷二二三谓"事虽不行，识者是之"。

**本年夏卢象卒于武昌，崔祐甫为其作墓志。后其孙元符编其文集十二卷，刘禹锡为之序**。

《刘禹锡集》卷一九《唐故尚书主客员外郎卢公集序》："初谪果州长史，又贬永州司户，移吉州长史。天下无事，朝廷思用宿旧，征拜主客员外郎，道病留武昌，遂不起。故相崔太傅时为右史，方在鄂，以文志其墓。其一词曰：'噫！公妙年有声，振耀当代。翱翔云路，不虞矰缴，盛名先物，易生疠疵，三至郎署，坐成遗蠹。蹭蹬江皋，栖栖没齿，见知者恨之。"卢象本年春在鄂州，其卒盖在本年夏。又，刘禹锡文："心之精微，发而为文；文之神妙，咏而为诗。犹夫孤桐朗玉，自有天律。能事具者，其名必高。名由实生，故久而益大。尚书郎卢公讳象，字纬卿，始以章句振起于开元中，与王维、崔颢比肩骧首，鼓行于时。妍词一发，乐府传贵。……故相崔太傅时为右史，方在鄂，以文志其墓，其词曰：……公下世后七十三年，其孙元符捧遗草来乞词以表之。尝经乱离，多所散落，今之存者，十有二卷，凡若干篇。"《新唐书·艺文志四》："《卢象集》十二卷。"《河岳英灵集》卷下选有卢象诗，并评："象雅而平，素有大体，得国士之风。曩在校书，名充秘阁。其灵越山最秀，新安江甚清，尽东南之数郡。"

## 七月

**壬子，改元广德，大赦天下**。

见《旧唐书·代宗纪》、《资治通鉴》卷二二三。

**郭子仪本年六十七岁，有《上尊号表》。**

《全唐文》卷三三二郭子仪《上尊号表》："臣等犯冒万死，奉上宝应元圣文武孝皇帝尊号，伏愿陛下祗膺景命，对越神祇，应天理人，光膺大典。……臣子仪等与群臣百姓不胜大庆，谨上尊号以闻。"《新唐书·代宗纪》："（宝应二年）七月壬寅，群臣上尊号曰宝应元圣文武孝皇帝。"故知《上尊号表》作于宝应二年七月。

**阎伯均撰崔氏墓志铭并序。**

《全唐文补遗》有阎伯均《太子通事舍人河东裴君（虬）夫人博陵崔氏墓志铭并序》："宝应癸卯岁……以其年四月乙未，遘疾终于毗陵旅舍……遂于其年七月辛酉，权窆于丹阳之北原。"宝应癸卯岁即宝应二年，则此文约撰于本年七月。

## |八月|

**辛云京与仆固怀恩有隙，奏其反状。怀恩上《陈情书》，为自己辩解，请皇帝明辨。**

见《全唐文》卷四三二。文首："广德元年八月二十三日，开府仪同三司尚书左仆射兼中书令朔方节度副大使河北副元帅上柱国大宁郡王臣怀恩，刺肝沥血，谨顿首顿首，上书宝应圣文神武皇帝陛下。"

## |十月|

**代宗幸陕，颜真卿扈从至行在，除尚书右丞。**

《颜鲁公文集》卷五《乞御书题额恩敕批答碑阴记》："广德元年秋八月，拜江陵尹兼御史大夫，充荆南节度观察处置等使，未行受代，转尚书右丞。"《全唐文》卷五一四殷亮《颜鲁公行状》:“(广德元年)代宗幸陕,公扈从至行在,除尚书右丞。”《旧唐书·代宗纪》:“(广德元年十月)丙子,驾幸陕州。”

## |十一月|

**大兴善寺不空上表请置护国灌顶道场**。

《全唐文补编》卷四四不空《请置灌顶道场表》:“大兴善寺三藏沙门不空请为国置灌顶道场。……灌顶法门,是诣极之夷途,为入佛之正位。顶谓头顶,表大行之尊高。灌谓灌持,明诸佛之护念。……广德元年十一月十四日。大兴善寺三藏沙门不空状进。”按,大兴善寺,位于西安城南约 2.5 公里的小寨兴善寺西街,始建于晋武帝司马炎泰始至泰康年间(265—289 年),初称遵善寺。隋文帝杨坚开皇二年(582),在遵善寺的基础上进行扩建,因寺院在都城大兴城的靖善坊中,取城名“大兴”和坊名“善”,故易名“大兴善寺”。

**太常博士柳伉上书,请诛程元振**。

《全唐文》卷四五七柳伉《请诛程元振疏》:“臣出身事君,忝备近密,夙有志愿,铭之在心,若遭艰危,必死王事。当今日之际,是臣死之秋,将死之言,庶裨万一,特乞陛下少垂听览,则甘就鼎镬。且天生四夷,皆习战斗,轻走易北。独有犬戎数万之师,犯关度陇,历秦渭……伏乞陛下读臣此表一二十遍,亲与朝廷商量,事若可行,则自处置,不用露臣此表。臣今日上表,即知万死,但愿行之,死无所恨。陛下若违臣所请,更无长策,社稷重事,伏惟陛下审图之。”《旧唐书·代宗纪》:广德元年十一月,“太常博士柳伉上疏,以蕃寇犯京师,罪由程元振,请斩之以谢天下”。广德元年七月,吐蕃率领吐谷浑、党项、氐、羌共二十余万人寇边,边将告急,程元振不上报代宗。至京师告急,唐代宗仓皇出奔陕州。吐蕃从十月初九日入长安,烧掠十余日。故柳伉上疏反击宦官。

## |冬|

**郭子仪图形凌烟阁,作《请车驾还京奏》**。

《全唐文》卷三三二郭子仪《请车驾还京奏》云："近因吐蕃凌逼，銮驾东巡。……愿时迈顺动，回銮上都，再造邦家，惟新庶政，奉宗庙以修荐享，谒陵寝以崇孝思，臣虽陨越，死无所恨。"按，《旧唐书·郭子仪传》载："自西蕃入寇，车驾东幸，天下皆咎程元振，谏官屡论之。元振惧，又以子仪复立功，不欲天子还京，劝帝且都洛阳以避蕃寇，代宗然之，下诏有日。子仪闻之，因兵部侍郎张重光宣慰回，附章论奏曰……代宗省表，垂泣谓左右曰：'子仪用心，真社稷臣也。可亟还京师。'十一月，车驾自陕还宫，子仪伏地请罪，帝驻车劳之曰：'朕用卿不早，故及于此。'乃赐铁券，图形凌烟阁。"《旧唐书·代宗纪》载："（广德元年十二月）丁亥，车驾发陕郡还京。"代宗还京事在广德元年十一、十二月间，故知《请车驾还京奏》当作于广德元年冬。

**贾至本年四十六岁，迁尚书左丞，《议杨绾条奏贡举疏》当作于本年。**

《全唐文》卷三六八贾至《议杨绾条奏贡举疏》："杨绾所奏，实为正论。然自典午覆败，中原板荡，戎狄乱华，衣冠迁徙，南北分裂，人多侨处。……今欲止依古制，乡举里选，犹恐取士之未尽也。请兼广学校，以弘训诱。……保桑梓者，乡里举焉；在流寓者，庠序推焉。"《旧唐书·贾至传》："宝应二年，为尚书左丞。时礼部侍郎杨绾上疏请依古制，县令举孝廉于刺史，试其所通之学，送名于省；省试每经问义十条、对策三道，取其通否。……至议曰……议者然之。宰臣等奏以举人旧业已成，难于速改。其今岁举人，望且依旧。贾至所议，来年允之。"《新唐书·贾至传》所载略同。故知《疏》当作于宝应二年。

## 唐代宗广德二年

甲辰　七六四

### 正月

**李华本年五十岁，在鄂州，诏征为司封员外郎，以疾不赴。《无疆颂八首并序》盖作于此时。**

《李遐叔文集》卷三《越禅师塔记》："弟子司封员外郎赵郡李华……敬表仁

旨，时广德二年正月六日。”常越卒于鄂州大云寺，知华时在鄂州，已授司封员外郎。《李遐叔文集》卷一《无疆颂八首并序》：“臣又逮事玄宗、肃宗，今以余年，获事陛下，官历御史补阙尚书郎，命薄多病，不获奔赴阙庭，恐先朝露，同于泥尘。若无歌诗颂德，曾蛮夷不若也。敢述列圣为无疆颂，式昭皇家大庆无穷。”《全唐文》卷三八八独孤及《检校尚书吏部员外郎赵郡李公中集序》称李华《无疆颂》为“陈王业”之作。华歌颂高祖、太宗、高宗、中宗、睿宗、玄宗、肃宗、代宗八圣为《无疆颂》，《序》又云其“逮事玄宗、肃宗，今以余年，获事陛下”，可知此颂盖作于代宗即位后，即约作于此时。

**颜真卿除检校刑部尚书兼御史大夫，朔方行营汾、晋等六州宣慰使，寻罢前命，惟知刑部尚书事。**

《全唐文》卷五一四殷亮《颜鲁公行状》：“（广德）二年正月除检校刑部尚书兼御史大夫，朔方行营汾、晋等六州宣慰使。（元）载又疑公因使奏对必言短，寻罢前命，惟知刑部尚书事。”

**不空进表请置大兴善寺法师四十九员。**

《全唐文补编》卷四四《请置大兴善寺大德四十九员表》：“……前件大德四十九人，并道业清高，洞明经戒。众所钦尚，堪为师范。伏乞隶名此寺，有阙续填。……”注：“《代宗朝赠司空大辨正广智三藏和上表制集》卷一。”陈尚君按：“此为广德二年正月奏。”故系于此。

## | 二 月 |

**杨栖梧、苏涣、李汲等二十五人登进士第，杨栖梧为状元；杨宁明经科擢第。其年礼部侍郎杨管知贡举。**

见《登科记考补正》卷一〇。

**太常卿、延州都督韦胜将诣朝廷，上华岳祈福，有题名。**

《全唐文补编》卷四二韦胜《华岳题名》:“银青光禄大夫守太常卿使持节延州都督侍御史上柱国岐阳县开国男韦胜。以广德二年二月十七日,越自师旅,将诣朝廷。□□明神,式祈景福。……”注:“《金石萃编》卷七九。《华岳志》卷四。”

**涪陵白鹤梁江水退,石鱼出现。涪州刺史郑令珪作石鱼题记。**

《全唐文补编》卷四二郑令珪《涪陵白鹤梁石鱼题记》:“唐广德(二年)春二月,岁次甲辰。江水退,石鱼出现。下去水四(尺)□问古老,咸云:‘江水退,石鱼见,即年丰稔。’时刺史□州团练使郑令珪记。”注:“《涪州石鱼文字所见录》卷上。《文物》一九七四年八期刊《宋开宝石刻拓本》引。”按,涪州,治今四川涪陵县。白鹤梁,位于涪陵区城北长江江心,是一块长约1600米、宽16米的天然巨型石梁,石梁仅冬、春枯水期露出水面。相传唐时尔朱真人在此修炼,后得道,乘鹤仙去,故名白鹤梁。古人在白鹤梁上刻有“枯水季节,若石鱼出水面,则兆年丰,千年如许”之石刻题记。

## | 三 月 |

**刘晏本年五十岁,任河南、江淮等道转运使,《遗元载书》约作于本年。**

《全唐文》卷三七〇刘晏《遗元载书》:“浮于淮泗,达于汴,入于河,西循底柱硖石少华,楚帆越客,直抵建章长乐,此安社稷之奇策也。”《旧唐书·刘晏传》载:“时新承兵戈之后,中外艰食,京师米价斗至一千,官厨无兼时之积,禁军乏食,畿县百姓乃挼穗以供之。晏受命后,以转运为己任,凡所经历,必究利病之由。至江淮,以书遗元载。”《资治通鉴》卷二二三载:广德二年“三月己酉,以太子宾客刘晏为河南、江、淮以来转运使,议开汴水。”故《书》当作于广德二年三月刘晏任江淮转运使之际,姑系于此。

**颜真卿晋封鲁郡开国公。**

《全唐文》卷五一四殷亮《颜鲁公行状》云:广德二年“三月晋封鲁郡开国公,食邑三千户”。

## 四月

**代宗准元载所请，诏修《历代书志》。**

《册府元龟》卷五五六："元载代宗朝为相。广德二年四月，诏集贤院撰《历代书志》，从载所请也。"

**李华《卢郎中斋居记》当作于本年。**

《李遐叔文集》卷三《卢郎中斋居记》："鸿鹄逆清风，陵颢气，翱翔自得于冥冥之间，故虞衡矢敫，不能为患。甘刍丰秣，羁絷骏骥……力方盛也，骋于康逵；及其殆也，困于鞭策。由是智者高鸿鹄而卑骏骥，岂妄而论之哉？……尚书左司郎中嗣渔阳公卢振，字子厚，奉世德而聿修之，味道风而游泳之。处于九江南郭荒榛之下，不贻害于身，不假力于人。……书堂斋亭，成于指顾；高松茂条，森于门巷。宴然燕居，胜自我得。……公以瑚琏之器为郎官，以干将之断宰赤县；君子入则善其身也，公就鸿鹄之冥冥，舍骐骥之驰骋。况大江在下，名山当目，嘉宾时来，携手长望，可以颐神养寿、畅其天和。'浴乎沂，风乎舞雩，吾与点也。'……广德二年四月五日，赵郡李华记。"故知《记》当作于广德二年四月。

## 五月

**元结去年九月授道州刺史，本年五月到州任，撰《谢上表》。**

《元次山文集》卷四《舂陵行序》："癸卯岁，漫叟授道州刺史。"同书卷一〇《谢上表》："去年九月敕授道州刺史，属西戎侵轶，至十二月，臣始于鄂州授敕牒，即日赴任。臣州先被西原贼屠陷，节度使已差官摄刺史，兼又闻奏。臣在道路待恩命者三月，臣以五月二十二日到州上讫。"知元结广德元年九月即授道州刺史，二年五月方到任。《谢上表》当到任后即作，故系于此。

**代宗有《停仆固怀恩灵州大都督府长史等职制》。**

《唐大诏令集补编》卷一六有代宗《停仆固怀恩灵州大都督府长史等职制》。文末署“广德二年五月癸未”,文即此时所撰。

## | 六 月 |

**独孤及在抚州,作《抚州南城县客馆新亭记》。**

《毗陵集》卷一七《抚州南城县客馆新亭记》:“是邦也,与两越七闽,犬牙其疆,守官者以为地遐途穷,而琐琐行迈之罕到也,则杀其礼而阙其物焉,无修除之备,井树之设。及客至,则候人不为导,里不授馆……由是途而往者,佥曰陋如之何。是岁也,台司审县尹之寄,擢王公昕为南城。公至之日,则制其事典,陈其艺极,视年之上下,去民之疾苦,凡三月而南城之人和。于是饰厩置以候宾客……夏六月,筑其馆,辨其域于道周,作新亭于馆之阳。厦屋耽耽……而兹亭之经始也,取废彻之材以利用,用乃有节;……崇栋宇之制以礼宾,宾至如归。……登斯临斯,酾酒以赠之。溪云竹风,生于栋牖,而绿野青山为之亭障。三爵之后,可以送千里之目,可以道四方之志焉,兹又胜会之佳境也。是岁广德二年也。台司审县尹之寄,擢王公昕为南城。……夏六月,筑其馆……作新亭于馆之阳。……是岁,广德二年也。”

**朝散郎行下邽县丞孙广等二人游华山,有题名。**

《全唐文补编》卷四二《华岳题名》:“朝散郎行下邽县丞孙广,试卫尉少卿田遇。广德二年六月十三日记。”注:“《金石萃编》卷七九。”

## | 夏 |

**湛然自常州归天台佛龛道场,删定智并《维摩经略疏》为十卷。**

《全唐文》卷五一八梁肃《维摩经略疏序》:“疏成之岁,岁在甲辰,吾师自晋陵归于佛龛之夏也。”《宋高僧传》卷六《湛然传》:“其朝达得其道者唯梁肃学士。”

## 七月

**元结在道州刺史任。逢西戎侵轶，百姓流亡，结作《春陵行》并序、《贼退示官吏》并序。**

《元次山文集》卷四《舂陵行序》："癸卯岁，漫叟授道州刺史。道州旧四万余户，经贼已来，不满四千，大半不胜赋税。到官未五十日，承诸使征求符牒二百余封……故作《舂陵行》以达下情。"同书同卷《贼退示官吏序》："癸卯岁，西原贼入道州，焚烧杀掠几尽而去。明年，贼又攻永州，破邵，不犯此州边鄙而退……盖蒙其伤怜而已，诸使何为忍苦征敛？故作诗一篇以示官吏。"两篇当同时而作，即"到官未五十日"，元结本年五月到官未满二月，故文约作于本月。

## 八月

**尚书郎刘伯华等出守，同官饯送者四十六章，起居郎于邵为之序。**

《全唐文》卷四二七于邵《送峡州刘使君忠州李使君序》："国有戎事，今兹十年。……尚书驾部郎中刘公、司门员外郎李公分命之拜，中朝骏选。……凉秋八月，言辞北阙。……总南宫之赋者，凡四十有六章，次之爵里，亦当使君之佳传耳。"按，"国有戎事"即指安史之乱；"今兹十年"即本年（764 年）；"凉秋八月"即本月。

## 十一月

**颜真卿致书郭仆射，并为李光弼撰神道碑铭。**

《颜鲁公文集》卷四《与郭仆射书》："十一月日，金紫光禄大夫检校刑部尚书上柱国鲁郡开国公颜真卿，谨奉书于右仆射定襄郡王郭公阁下。……朝廷纪纲，须共存立。过尔隳坏，亦恐及身。明天子忽震电含怒，责斁彝伦之人，则仆射其将何辞以对。"颜真卿于《书》中斥责尚书右仆射郭英乂谄媚宦官鱼朝恩之举。真卿广德二年三月晋封鲁郡开国公，《书》云"鲁郡开国公颜真卿"，又云

"十一月日",故知《与郭仆射书》当作于广德二年十一月。《颜鲁公文集》卷八《唐故开府仪同三司太尉兼侍中河南副元帅都督河南淮南淮西荆南山南东道五节度行营事东都留守上柱国赠太保临淮武穆王李公神道碑铭》:"公讳光弼,京兆万年人也。……广德二年秋七月五日己亥,薨于徐州之官舍。……冬十一月廿七日庚申……虔窆公于富平县先茔之东,礼也。"《碑铭》云广德二年"十一月廿七日庚申……虔窆公于富平县先茔之东"。《碑铭》一般作于死者下葬之前,故知《碑铭》当作于广德二年十一月廿七日庚申前,姑系于此。

## |十二月|

**代宗有《答郭子仪让尚书令手诏》。**

《唐大诏令集补编》卷一六有代宗《答郭子仪让尚书令手诏》。文末署"广德二年十二月乙丑",文即此时所撰。

## |本年|

**李勉任洪州刺史,辟王季友以太子司议郎、兼监察御史为副使,于邵作序送之。**

《全唐文》卷四二七于邵《送王司议季友赴洪州序》:"咨尔宗枝,勉移独坐之权,实专方面之寄。……是以王司议得为副车。……良辰岁首,群公叙离。苍然霜林,坠叶为聚。别怨既如此,岁穷又如此。"《唐刺史考·洪州》载李勉本年至大历二年为洪州刺史,季友入幕,当在其初赴镇时,故此《序》当为本年作。

**任华隐于绵州涪城,本年来成都,上书严武。**

《全唐文》卷三七六任华《上严大夫笺》:"仆隐居岩壑,积有岁年,销宦情于浮云,掷世事于流水。今者辍鱼钓,诣旌麾……"按,此严大夫即严武。时严武镇西川。

**于邵作序别祁岳。**

《全唐文》卷四二八于邵《送家令祁丞序》盛赞祁岳之学识、风度："祁丞公表微造理之士也，尝精其思而深于诗，警其神而存乎象。深于诗者，得之于《风》《雅》，存乎象者，受之于丹青。非奇峰绝壑，则不能运其机；非缘情体物，则不能动其兴。"按，祁丞公，即画家祁岳。《全唐诗》卷二一六杜甫《奉先刘少府新画山水障歌》："岂但祁岳与郑虔，笔迹远过杨契丹。"朱景玄《名画录》中"空有其名，不见踪迹二十五人"中亦有祁岳。《序》："去年八月，闽越纳贡，而吾子实董斯役。"《旧唐书·于邵传》："出为道州刺史，未就道，转巴州。时岁俭，夷獠数千相聚山泽，围州掠众，邵励州兵以拒之。旬有二日，遣使说喻，盗邀邵面降，邵儒服出城，盗罗拜而降，围解，节度使李抱玉以闻，超迁梓州，以疾不至，迁兵部郎中。"《旧唐书·李抱玉传》："广德元年冬……乃诏抱玉兼凤翔节度使讨之。"据此知此文撰于本年。《序》末："虞部郎中岑公赠诗一篇，情言兼至，当时之绝也。"诗指岑参之《再送祁四赴江南别》。《序》"三江五湖，夐然复游"，即岑诗"再赴江南"之意。

**杜甫本年五十三岁，严武荐甫为节度参谋。**

《旧唐书·杜甫传》："（严武）奏为节度参谋、检校尚书工部员外郎，赐绯鱼袋。"《新唐书·杜甫传》："武再帅剑南，表为参谋，检校工部员外郎。"据《资治通鉴》卷二二二：广德二年正月"癸卯，合剑南东西川为一道，以黄门侍郎严武为节度使"。

**贾至本年四十七岁，转礼部侍郎，奏请两都分试举人。**

《旧唐书·贾至传》："广德二年，转礼部侍郎。是岁，至以时艰岁歉，举人赴省者，奏请两都试举人，自至始也。"《登科记考补正》卷一〇："（永泰元年）始置两都贡举，礼部侍郎官号皆以知两都为名。每岁两地别放及第。"《登科记考补正》卷一〇又载："（永泰元年）知贡举：上都，尚书左丞杨绾。东都，礼部侍郎贾至。"

**李华居江西，《蒙求序》疑作于本年。**

《唐文拾遗》卷一九李华《蒙求序》："安平李瀚著《蒙求》一篇，列古人言行美恶。参之声律，以授幼童，随而释之，比其终始，则经史百家之要，十得其四五矣。……从切韵东字起，每韵四字，凡五百九十六句云尔。”注：“东洋刊本《蒙求》。”《全唐文》卷三三〇李良《荐蒙求表》：“司封员外郎李华，当代文宗，名望夙著，与作序云，不出卷而知天下，岂其《蒙求》哉！”《李遐叔文集》卷三《故中岳越禅师塔记》：“弟子司封员外郎赵郡李华，泣举双林，敬表仁旨。时广德二年正月六日。”知李华广德二年正月任司封员外郎，故疑《蒙求序》作于广德二年，姑系于此。

**陈允昇撰《薛稷祠堂记》。**

此文见《全唐文补编》卷四二。陈尚君按：“《新安志》云为广德二年立，不云作者。今据《宝刻丛编》卷一五引《诸道石刻录考知》。”故系于本年。按，薛稷，字嗣通，生于唐太宗贞观二十三年，卒于唐玄宗开元元年，蒲州汾阴（治今山西万荣）人，唐著名画家。曾任黄门侍郎、参知机务、太子少保、礼部尚书，后被赐死狱中。工书法，师承褚遂良，与虞世南、欧阳询、褚遂良并列初唐四大书法家。善绘画，长于人物、佛像、树石、花鸟，尤精于画鹤。

**元结祭九疑山，命一洞名“无为洞”，有题刻。**

《全唐文补编》卷四三元结《九疑山无为洞题刻》：“无为洞。广德二年，刺史元结因祭山，名此洞曰无为洞。”注：“《八琼室金石补正》卷五九。”《读史方舆纪要》卷七五：“九疑山在永州府道州宁远县南六十里。”《水经注·湘水注》：“九疑山盘基苍梧之野，峰秀数郡之间，罗岩九举，各导一溪，岫壑负阻，异岭同势，游者疑焉，故曰九疑山。”本年元结任道州刺史，因祭九疑山，故有此文。

**任华本年来成都，有书上严武。**

《全唐文》卷三七六《上严大夫笺》：“逸人姓任名华，是曾作芸省校书郎者，辄敢长揖，俾三尺之童奉笺于御史大夫严公麾下：仆隐居岩壑，积有岁年，销宦情于浮云，掷世事于流水。今者辍鱼钓，诣旌麾，非求荣，非求利，非求名，非求媚，是将观俯仰，察浅深。何也？公若带骄贵之色，移夙昔之眷，自谓威足凌物，不能礼接于人，则公之浅深，于是见矣。公若务于招延，不隔卑贱，念半面之曩日，迴亲眼于片时，则公之厚德，未易量也。惟执事少留意焉。且君子成人之美，仆忝士君子之末，岂不敢成公之美事乎？是将投公药石之言，疗公膏肓之疾，未知雅意欲闻之乎？必欲闻之，则当先之以卑辞，申之以喜色，则膏肓之疾，不劳扁鹊而自愈矣。”任华上书严武之时间，采《新编年史》之说。

## 唐代宗永泰元年

乙巳　七六五

### 正月

**癸巳朔，大赦天下，改广德三年为永泰元年。**

见《旧唐书·代宗纪》。

### 二月

**本年始置两都贡举，礼部侍郎官号皆以知两都为名。每岁两地别放及第。**

见《登科记考补正》卷一〇。

**皇甫彻、萧遘、徐申、卢虔等二十七人登进士第，皇甫彻为状元。本年试《辕门箴》，时尚书左丞杨绾知上都举，礼部侍郎贾至知东都举。**

见《登科记考补正》卷一〇。又，同书同卷又载：“（永泰元年）知贡举：上都，尚书左丞杨绾。东都，礼部侍郎贾至。”

**高适本年六十六岁，卒，赠礼部尚书，谥曰忠。**

《旧唐书·高适传》：“永泰元年正月卒，赠礼部尚书，谥曰忠。”《新唐书·高适传》：“永泰元年卒，赠礼部尚书，谥曰忠。”《新唐书·艺文志四》著录其有《高适集》二十卷。《旧唐书·高适传》载其“有文集二十卷”。《旧唐书·崔颢传》载："开元、天宝间，文士知名者，汴州崔颢，京兆王昌龄、高适，襄阳孟浩然，皆名位不振，唯高适官达。"

**独孤及在长安左拾遗任上，时李抱真出守泽州，孙成赴任凤翔，朝士以诗宠行，及为之序。**

《毗陵集》卷一五《送泽州李使君兼侍御史充泽潞陈郑节度副使赴本道序》："今岁，皇帝……分命大司徒凉公作藩岐阳，平秩西夏。凉公季弟曰抱真……使宅高平，绥厥有众，董次将之任。……非歌诗莫足以赠。"凉公，李抱玉。《旧唐书·代宗纪》：永泰元年正月"戊申，泽潞李抱玉兼凤翔陇右节度使"。《资治通鉴》卷二二三正月戊申亦载此事，并云："以其从弟殿中少监抱真为泽潞节度副使。"《毗陵集》卷一五《送孙侍御赴凤翔幕府序》："帝命司徒，为唐方叔，开府之日，搜贤自贰，于是孙侯以监察御史领司徒掾。……二月丙午，乘传诣部。……请居者歌之，持贶行迈。"司徒，即是李抱玉。孙侍御，即孙成。《千唐志斋藏志》九五〇《孙成墓志》："拜监察御史，时李凉公作镇汧岐……遂辟为陇右节度判官，兼掌书记。"

## | 三 月 |

**独孤及在长安左拾遗任上，上谏表直斥时弊。**

《毗陵集》卷四有独孤及《谏表》。《资治通鉴》卷二二三：永泰元年"三月壬辰朔……左拾遗洛阳独孤及上疏曰……"时裴冕、贾至等于集贤院待制却不尽其用，独孤及因此言："陛下虽容其直而不录其言，有容下之名，无听谏之实。"又云："今师兴不息十年矣，人之生产，空于杼轴。拥兵者第馆亘街陌，奴婢厌酒肉，而贫人羸饿就役，剥肤及髓。长安城中白昼椎剽，吏不敢诘，官乱职废，将堕卒暴，百揆隳刺，如沸粥纷麻，民不敢诉于有司，有司不敢闻于陛下，茹毒饮痛，穷而无告。"

**春，独孤及应诏入京，至洛阳，恰崔昭饯送徐浩归京，同会者十八人赋诗，及为之序。**

《毗陵集》卷一六《崔中丞城南池送徐侍郎还京序》："侍郎者为河南督邮、河阳令……今出入夷险，历二十(《文苑英华》作'三十余')载而一来。……去之日，主人……酾酒于此池……而兰台金闺建礼承明之英十有八人，序列其次。……伊洛春树，若刺绣布锦。……宜歌而诗之，且以见追攀者之志。"徐侍郎，为徐浩。《全唐文》卷四四五张式《徐浩神道碑》："授河南府司录，转河阳令。……代宗践祚……乃□复中书舍人。……寻迁工部侍郎。"崔中丞，崔昭，代宗初为河南尹，参《唐刺史考·河南府》。

**刘长卿春自鄂州使回，途遇萧华灵榇，撰文祭之。**

《全唐文》卷三四六刘长卿《祭萧相公文》："殿中侍御史刘长卿，谨以清酌庶羞之奠，敬祭于故江州刺史相公萧公之灵：……和气同积，英姿外举，草木阳春，山川时雨。累叶当国，同心事主，业继韦平，世生申甫。……辅国佞幸，敢乱朝经，潜申谠言，请夺禁兵。谋泄隙开，反为所倾，仓卒之际，播迁无名。东出招邱，南浮洞庭，寄身沧江，泛若流萍。水国生疾，炎洲促龄，琼树先落，金丹未成。长卿自奉周旋，于今五年，才微顾重，迹近位悬。即之温如，望之俨然，奖饬何厚？招寻亦偏。春山彩撷……江南春草，自古伤心，想像生平，犹闻德音。呜呼哀哉！去旌摇摇，送马萧萧，长江远山，暮暮朝朝。……公之逝矣，一言寂寥。挂剑于此，魂兮可招。尚飨！"据《新编年史》所考，此萧相公为萧华，约广德中为江州刺史，此祭文乃作于此时。

**焦锾等三人同游华山，有题名。**

《全唐文补编》卷四二焦锾《华岳题名》："前大理司直焦锾……永泰元年春同游此庙。"注："《金石萃编》卷七九。《华岳志》卷四。"

## |四月|

**严武本年四十岁，庚寅，卒于成都。独孤及在长安，代元载作祭文。**

《旧唐书·严武传》："严武……永泰元年四月，以疾终，时年四十。"武卒后，独孤及代元载作文祭之。《毗陵集》卷一九《为元相祭严尚书文》："年月日，某官某乙，谨以清酌少牢之尊，敬祭于黄门侍郎兼吏部尚书御史大夫严公之灵。”严武擅诗，与杜甫等人相友善，然所作多散佚。《旧唐书·严武传》：“（武）神气隽爽，敏于闻见。幼有成人之风，读书不究精义，涉猎而已”。又言其“性本狂荡，视事多率胸臆，虽慈母言不之顾”。杜甫《八哀诗》《赠左仆射郑国公严公武》赞其“阅书百氏尽，落笔四座惊”。《全唐文》卷三九四收其文两篇。

**阎伯瑾撰《黄鹤楼记》。**

文见《全唐文》卷四四〇。文中详细描绘了黄鹤楼的地理位置及风貌特色：“观其耸构巍峨，高标巃嵸。上倚河汉，下临江流。重檐翼馆，四闼霞敞。坐窥井邑，俯拍云烟。亦荆吴形胜之最也。何必濑乡九柱，东阳八咏。乃可赏观时物，会集灵仙者哉。”文末注：“时皇唐永泰元年岁次大荒落月孟夏日庚寅也。”按，“大荒落”，《尔雅》纪年，太岁运行到地支“巳”的方位，本年即是乙巳年；“孟夏”，四月；庚寅，二十七日。故将本文系于此。

## 六月

**独孤及在长安，时梁镇归岐州，送行者赋诗，及为之序。**

《毗陵集》卷一五《送兵部梁郎中上奏事既毕归幕府序》：“元年夏，相国凉公将城汧阳、百里二城……先命从事兵部郎中安平梁公镇如京师。……六月庚戌，以玺书还雍……于是有追而送之者，皆赋以美。”

## 夏

**元结罢道州刺史北归，夏在衡阳与刘湾夜宴，赋诗咏怀，撰月夜宴会序。又为孟皞作《茅阁记》。**

《元次山文集》卷七《刘侍御月夜宴会序》：“乙巳岁，彭城刘灵源在衡阳，逢故人或有在者……咏歌夜久，赋诗言怀。於戏，文章道丧，盖久矣。时之作者，烦杂过多，歌儿舞女，且相喜爱，系之风雅，谁道是耶？诸公尝欲变时俗之淫靡，为后生之规范，今夕岂不能道达情性，成一时之美乎。”抨击时俗的淫靡文风。

刘湾,字灵源,郡望彭城。按,同书同卷《茅阁记》:“乙巳,平昌孟公镇湖南,将二岁矣。”同书卷四《题孟中丞茅阁》:“天下正炎热,此然冰雪俱。”序文和记文均撰于本年夏。按,吴廷燮《唐方镇年表》卷六《湖南》载,广德二年孟士源镇湖南,注:“元结《茅阁记》:‘乙巳中,平昌孟公镇湖南将二岁,以威惠理戎旅,以简易肃州县。’又《退谷铭》:‘谁命退谷,孟公士源。’《新表》:‘置湖南都团练守捉观察处置使,治衡州,领衡、潭、邵、永、道五州,治衡州。’”永泰元年、大历元年均载孟士源镇湖南,其中大历元年孟士源名后有注:“元结《崔潭州表》:‘乙巳岁,潭州刺史崔瓘去官,州人请余为崔公请表。公前在澧州,谣颂达于朝廷,观察、御史中丞孟公奏课第一。’”岑仲勉于《唐方镇年表正补》中认为“平昌孟公”当为孟皞:“湖南自广德二年至大历元年著录孟士源,注云,‘元结《茅阁记》,乙巳中,平昌孟公镇湖南将二岁……又《退谷铭》,谁命退谷,孟公士源。’余按《全文》五二一梁肃《李舟(公受)墓志》,‘二十余,以金吾掾假法冠为孟侯皞湖南从事’,惟《志》只称享年四十有八,不著卒年,同书五二二又有肃《祭李处州文》,自署淮南节度掌书记殿中侍御史内供奉,依同书五二三崔元翰《梁肃志》,肃在淮南,实佐杜亚,贞元五年以监察御史征入,则舟殆卒于是岁。由此逆推,舟年二十当上元二年,广德、永泰间正年二十余,其时镇湖南者名皞,不名士源。(皞之事迹,略见拙著《姓纂四校记》)。《考证》下又云,‘孟士源无传,元结《茅阁记》,乙巳中平昌孟公镇湖南将二岁矣。按,乙巳,广德二年,前一岁为元年,此士源元年镇湖南之证,今以《新表》广德二年置湖南观察,系是年’。余按广德二年是甲辰,非乙巳,乙巳乃永泰元年,《新表》广德二年置,正与《茅阁记》合,吴氏误算耳,何为疑《新书》?《唐诗纪事》二四‘孟彦深字士源,天宝末为武昌令’,又云,‘彦深登天宝二年第’,是士源名彦深,与皞为两人,所同者不过姓孟耳,平昌是郡望,武昌是所官,吴氏徒因姓同及有一‘昌’字相同,遂混而为一,大误。申言之,即《茅阁记》之孟公,非《退谷铭》之孟公。”

## | 七月 |

**贾至在朝官礼部侍郎、集贤院待制。适朝士赋诗送蒋晁归淮南,贾至为其作序。**

《资治通鉴》卷二二三载,永泰元年“三月壬辰朔,命左仆射裴冕……十三人于集贤院待制”。胡三省注引宋白曰:“是年,诏……礼部侍郎贾至……集贤待制。"《全唐文》卷三六八贾至《送蒋十九丈奏事毕正拜殿中归淮南幕府序》："天子以淮南多虞……命旧相崔公董之。公……辟柱史蒋公佐之。……于兹五稔，方隅克定，乃朝天阙。……七月流火，言旋幕府。……时临岐赠言……众君子之志其诗乎。"《毗陵集》卷一六《送蒋员外奏事毕还扬州序》："扬州牧赵国崔公使其部从事侍御史吴兴蒋晁如京师。……既将命，赵公拜左仆射，蒋侯加尚书郎之位。"知蒋侍御即蒋晁。《旧唐书·贾至传》："永泰元年，加集贤院待制。"《序》："命旧相崔公董之……于兹五稔，方隅克定。"《旧唐书·肃宗纪》："（上元二年二月）以太子詹事、赵国公崔圆为扬州大都督府长史、淮南节度观察等使。"崔公，即崔圆，上元二年二月镇淮南，至永泰元年正值五年。《序》又云"七月流火，言旋幕府"，故知本序当作于永泰元年七月。

**李华本年五十一岁，罢李岘幕，至杭州，撰刺史厅壁记。**

《旧唐书·代宗纪》：永泰元年"六月癸亥，吏部尚书李岘南选回，至江陵，贬衢州刺史"。李华亦当去职。《李遐叔文集》卷四《杭州刺史厅壁记》："杭州东南名郡，后汉分会稽为吴郡、钱塘，属隋平陈，置此州，咽喉吴越，势雄江海。国家阜成兆人，户口日益，增领九县，所临莅者，多当时名公。……况郊海门，池浙江，三山动摇于掌端，灵涛歕激于城下。水牵卉服，陆控山夷，骈樯二十里，开肆三万室。……公体仁而清，直方简亮，文以辅德，武以静人，澄旷有清江之姿，巍峨有秋山之状。麾幢戾止，未逾三月，降者迁忠义，归者喜生育，旌次让利，辕门无声，人咸曰休哉！……词尚体要，古史之遗也。永泰元年七月二十五日记。"

## | 八 月 |

**颜真卿任刑部尚书，为孙逖文集作序，论及文质之辩。**

见《颜鲁公文集》卷五《尚书刑部侍郎赠尚书右仆射孙逖文公集序》。文首："古之为文者，所以导达心志，发挥性灵，本乎咏歌，终乎雅颂。帝庸作而君臣动色，王泽竭而风化不行。政之兴衰，实系于此。然而文胜质则绣其鞶帨，而血流漂杵；质胜文则野于礼乐，而木讷不华。历代相因，莫能适中。故诗人之赋丽以则，词人之赋丽以淫，此其效也。"又："汉魏已还，雅道微缺，梁陈斯降，宫体聿兴；既驰骋于末流，遂受嗤于后学，是以沈隐侯之论谢康乐也，乃云灵均已来，此未及睹。卢黄门之序陈拾遗也，而云道丧五百岁，而得陈君。若激昂颓波，虽无害于过正；榷其中论，不亦伤于厚诬！何则？雅、郑在人，治、乱由俗，桑间濮上，胡为乎绵古之时；正始皇风，奚独乎凡今之代，盖不然矣。”文末云：“时则永泰元年仲秋之月也。至若世系阀阅，盖存之别传，此不复云。”

## 九月

**不空新译仁王《护国般若波罗蜜多经》，九月一日迎进。有庆云应现，右龙武军大将军刘仙智有贺表。**

《全唐文补编》卷四二刘仙智《贺庆云表》：“臣仙智等言：昨日迎新译仁王《护国般若波罗蜜多经》，伏有庆云应现。……永泰元年九月二日，特进右龙武军大将军知军事上柱国徐国公臣刘仙智等上表。”注：“《大唐贞元续开元释教录》卷上。《贞元新定释教目录》卷一六。”

**代宗命西明寺开百座讲仁王护国般若经，上座僧怀感有贺表。**

《全唐文补编》卷四二怀感《贺开讲仁王经表》：“西明寺上座沙门怀感等言：特奉恩命，令开百座讲仁王护国般若经。……永泰元年九月十五日，西明寺上座沙门怀感等表进。”注：“《大唐贞元续开元释教录》卷上。”按，《仁王护国般若波罗蜜经》，简称《仁王经》。现存两种译本，一题《仁王般若波罗蜜经》，姚秦鸠摩罗什译；一题《仁王护国般若波罗蜜多经》，唐不空译，都分上下两卷。

## 闰十月

**郑日就撰李夫人墓志铭并序。**

《全唐文补遗》有郑日就所撰《大唐故太子洗马郑府君故妻赵郡李夫人墓志铭并序》，中云李夫人“永泰元年八月十九日”终，“以其年闰十月廿一日”，祔葬于“先府君之茔”，则文乃本年闰十月撰。

## 十一月

**神会门人慧空撰神会塔铭**。

《全唐文补编》卷四三慧空《大唐东都荷泽寺殁故第七祖国师大德于龙门宝应寺龙岗腹建身塔铭并序》:“粤自佛法东流,传乎达摩,达摩传可,可传璨,璨传道信,信传弘忍,忍传惠能,能传神会。”记载了禅宗南宗神会法系所奉的七代祖师。前五位祖师在《传法宝纪》《楞伽师资记》有传记,与北宗同;前七位在《祖堂集》卷二、卷三,《景德传灯录》卷三、卷五有传记。题下署:“门人比丘慧空撰。”末署:“永泰元年岁次乙巳十一月戊子十五日壬申入塔。门人比丘法璘书。”

## 十二月

**李华约此时或稍后作《润州丹阳县复练塘颂并序》**。

《李遐叔文集》卷一《润州丹阳县复练塘颂并序》:“永泰元年,王师大翦西戎……是岁十一月二十三日,拜常州刺史京兆韦公损为润州,声如飙驰,先诏而至,吏人畏伏,男女相贺。即日上无贪刻,下无冤愤。”按,李华作文赞颂韦公于润州施政之德,《序》云永泰元年十一月二十三日“拜常州刺史京兆韦公损为润州”,故知《润州丹阳县复练塘颂并序》当作于永泰元年十一月二十三日韦损治润州后,唯作月难确考,姑系于此。

**安史乱后,国子监室堂颓坏,军士多借居之。时国子祭酒萧昕上疏言:“学校不可遂废”**。

《资治通鉴》卷二二四:“自安史之乱,国子监室堂颓坏,军士多借居之。祭酒萧昕上言,学校不可遂废。”《新唐书·萧昕传》:“代宗狩陕,昕由武关从帝,擢国子祭酒。建请崇太学以树教本,帝癖其言,诏群臣有籍于朝及神策六军子弟隶业者,听补生员。”按,《旧唐书·代宗纪》系此事于明年正月,今姑从《资治通鉴》所记。

## 本 年

**贾至在礼部侍郎任上，为李季卿之父李适文集撰序。**

《全唐文》卷三六八《工部侍郎李公集序》。文中曰"公嗣子吏部侍郎季卿与至有声誉之好"，李公即是李适。《新唐书·李适传》附《李季卿传》："代宗立，还为京兆少尹，复授舍人，进吏部侍郎、河南江淮宣慰使。"《旧唐书·代宗纪》载永泰元年，"三月壬辰朔，诏左仆射裴冕……吏部侍郎李季卿、王延昌、礼部侍郎贾至、泾王傅吴令瑶等十三人，并集贤院待诏"。知永泰元年贾至与李季卿同为集贤院待诏，颇多交往，且此时季卿亦为礼部侍郎。又，《唐仆尚丞郎表》卷一〇载，李季卿永泰初迁吏侍，大历二年春夏间徙右骑常侍，卒。知此序或本年作，故系于此。贾至此文云："然则唐虞赓歌，殷周《雅》《颂》，美文之盛也。厥后四夷交侵，诸侯征伐，文王之道将坠地。于是仲尼删《诗》述《易》作《春秋》，而叙帝王之书，三代文章，炳然可观。洎骚人怨靡，扬、马诡丽，班、张、崔、蔡，曹、王、潘、陆，扬波扇飙，大变风雅，宋、齐、梁、隋，荡而不返。昔延陵听乐，知诸侯之兴亡。览数代述作，固足验夫理乱之源也。皇唐绍周继汉，颂声大作，神龙中兴，朝称多士。济济儒术，焕乎文章，则我李公，杰立当代。於戏！斯文将丧久矣！……而公当颓靡之中，振洋洋之声，可谓深见尧舜之道、宣尼之旨，鲜哉希矣！观作者之意，得《易》之变，知《书》之远，究《诗》之微，极《春秋》之褒贬，可谓孔门子弟、洙泗遗徒。至其逸韵，扬波扇飙……时有婉丽之什、浮艳之句，皆牵于诏旨，迫于时事，然亦言近而兴深，语细而讽大，罔有不含六经之奥义，览者其知夫子之墙乎？……而公文与行协，识与才并，是故大名震于当代，德庆流于后叶，不其伟欤！"

**孟云卿本年官校书郎，将赴南海。时元结罢守道州，以诗文送之。**

《元次山文集》卷四有《别孟校书》。同书卷七《送孟校书往南海序》："平昌孟云卿与元次山同州里，以辞学相友几二十年。次山今罢守春陵，云卿始典校芸阁。"按，此事从《新编年史》所记。

**裴度本年生。**

据《旧唐书·裴度传》,开成四年裴度卒,年七十五,其生年由此逆推之。

**姚汝能约本年为华阴尉,撰《安禄山事迹》三卷**。

《安禄山事迹》署为华阴尉姚汝能撰,叙事至宝应元年十二月史朝义被杀,又称玄宗庙号,故其当作于广德元年三月后,姑系于本年。

## 唐代宗永泰二年　大历元年

丙午　七六六

### 正月

**代宗有《增修学馆制》**。

《唐大诏令集补编》卷二四有代宗《增修学馆制》。文末署"永泰二年正月乙酉",文即撰于此时。文云:"乙酉制:治道同归,师氏为上,化人成俗,必务于学。俊造之士,皆从此途。国之贵游,罔不受业。修文行忠信之教,崇祗庸孝友之德,尽其师道,乃谓成人。然后扬于王庭,敷以政事,征之以理,任之以官,寘于周行,莫匪邦彦。乐得贤也,其在兹乎! 朕志承理体,尤重儒术,先王设教,敢不虔行! 顷以戎狄多虞,急于经略,太学空设,诸生盖寡,弦诵之地,寂寥无声,函丈之间,殆将不扫,上庠及此,甚用闵焉。今宇县乂宁,文武并备,方投戈而讲艺,俾释菜以行礼,使四科咸进,六艺复兴,神人以和,风化浸美,日用此道,将无间然。其诸道节度观察都防御等使,朕之腹心,久镇方面,眷其子弟,为奉义方,修德立身,是资艺业,恐干戈之后,学校尚微,僻居远方,无所咨禀。……负经来学,宜集京师。其宰相朝官六军诸将子弟欲得习学者……并令补国子学生……其中身虽有官,欲附学读书者亦听。其学官委中书、门下选行业堪为师范者充。其学生员数多少,所习经业考试等,并所供粮料,及缘学馆破坏,要量事修理,各委本司增条件闻奏,务须详悉。称朕意焉。"

## 二月

**丁亥朔，释奠于国子监，宦官、神策军使鱼朝恩亦帅六军诸将前往听讲；鱼朝恩学讲经为文，自谓文武兼才，人莫敢抗。**

《资治通鉴》卷二二四："二月，丁亥朔，释奠于国子监。命宰相帅常参官、鱼朝恩帅六军诸将往听讲，子弟皆服朱紫，为诸生。朝恩既贵显，乃学讲经为文，仅能执笔辨章句，遽自谓才兼文武，人莫敢与之抗。"

**代宗有《命鱼朝恩判国子监事敕》《许鱼朝恩辞判国子监事敕》。**

《唐大诏令集补编》卷一一代宗有《命鱼朝恩判国子监事敕》《许鱼朝恩辞判国子监事敕》。前一文文末署"永泰二年二月二十五日"，后一文文末署"永泰二年二月"。则两文盖均撰于本年二月。前文："古者设官分土，所以崇德报功。总内署之纲，事密于清禁；宏上庠之教，德润于鸿业。赋开千乘，礼序九宾，必资兼济之能，用协至公之选。开府仪同三司、兼右监门卫大将军、仍知观军容宣慰处置使、知内侍省事、内飞龙闲厩使、内弓箭库使、知神策军兵与使、上柱国、冯翊郡开国公鱼朝恩，温良恭俭，宽柔简廉，长才博达，敏识高妙。学究儒元之秘，谋穷遁甲之精，百行资身，一心奉上。自王室多故……"

**裴枢、吕牧、窦叔向、郑云逵等二十六人登进士第，尚书右丞贾至知上都举。**

见《登科记考补正》卷一〇。

**李华本年五十二岁，在常州，作刺史厅壁记。**

《李遐叔文集》卷四《常州刺史厅壁记》："赞皇公秉心宣猷，尽瘁王室，恺悌君子，民之父母，为王者辅，宜哉！永泰二年二月庚戌，赞皇公从子检校吏部员外郎华述。"

**颜真卿遭谤贬陕州别驾，旬余移贬吉州别驾。**

《颜鲁公文集》卷五《乞御书题额恩敕批答碑阴记》:“永泰二年春二月贬峡州别驾,旬余移贬吉州。”《全唐文》卷五一四殷亮《颜鲁公行状》:“永泰二年春,差公摄职谒太庙,公以祭器不修,言之于朝。载谮公以为讪谤时政,贬陕州别驾。代宗为罚过其罪,寻换吉州别驾。”

## |三 月|

**剑南东川节度使张献诚与崔旰战于梓州,大败,仅以身免。**

见《资治通鉴》卷二二四。时张献诚以山南西道节度使兼剑南东川节度使,佐杜鸿渐以征崔旰,《资治通鉴》谓张献诚败,“旌节皆为旰所夺”。

## |春|

**杜亚、杨炎赴杜鸿渐剑南幕,时独孤及在长安,为作送序。**

《毗陵集》卷一五《送吏部杜郎中兵部杨郎中入蜀序》:“二公罢东西曹草奏启事之剧,而参军西南。时人或讥朝廷易其大而难其细,及以为不然。当其天子命将帅以守四方,丞相秉钺,为唐南仲,择佐命介,宜先才者、贤者,事孰大焉!彼夫采薇出车,以遣役劳勤,我则异于是。受王命者不言勤,赴知己者不怆离。今日斗酒,姑展交好,遂以道吾子四方之志,亦使满座歌二公乎!”按,钱起《钱考功集》卷三《赋得青城山歌送杨杜二郎中赴蜀军》:“绿萝春月营门近,知君对酒遥相思。”知独孤及序文撰于春日。杜郎中,即杜亚。杨郎中,即杨炎。《旧唐书·杜亚传》:“永泰末,剑南叛乱,鸿渐以宰相出领山、剑副元帅,以亚及杨炎并为判官。”

## |四 月|

**李华《送观往吴中序》当作于此时。**

《李遐叔文集》卷一《送观往吴中序》末:“永泰二年四月庚寅,叔父华序。”

## 五月

**独孤及迁太常博士，有《太常少卿厅壁记》。**

《毗陵集》卷一七《太常少卿厅壁记》："其选也，以才能不以资，以恩泽不以劳。谓李公卿材也，是用超拜。公将以忠孝敬慎肃恭神人，且懋其官府政令，俾无不恪。方议酌前贤之遗尘而损益之，乃瞻屋壁，所记漫灭。于是夏五月己丑，皆姓而名之，使如珠之贯，盱衡指顾，俨若对面。曰：'贤者吾得而师之，不贤者吾韦而弦之。贤远乎哉？'既进牍，然后命博士河南独孤及为之志。"按，刘鹏《独孤及行年及作品系年再补正（下）》："据《二十史朔闰表》，自广德元年至大历三年五月均无己丑日，原文恐误，姑系于本年。本年秋以前，及在太常博士位。"

**元结复授道州刺史，巡县至江华，有《寒亭记》《阳华岩铭》。**

《颜鲁公文集》卷一《唐故容州都督兼御史中丞本管经略使元君表墓碑铭》："起家为道州刺史。……既受代，百姓诣阙请立生祠，仍乞再留。"《元次山文集》卷一〇《再谢上表》："伏奉某月日敕，再授臣道州刺史。"同书卷九《寒亭记》："永泰丙午中，巡属县至江华……始得构茅亭于石上。……今大暑登之，疑天时将寒。"同书卷六《阳华岩铭》序："道州江华县东南六七里，有……大岩。"铭刻于本年五月十一日，见《八琼室金石补正》卷六〇。同书卷四《招陶别驾家阳华作》："海内厌兵革，骚骚十二年。阳华洞中人，似不知乱焉。"洞当在阳华岩，与铭作于同时。

**袁傪破方清于石埭，回军泾上，宾僚宴贺于东峰亭。独孤及有贺表。**

《新唐书·李芃传》："永泰初，宣、饶剧贼方清、陈庄西绝江，劫商旅为乱。"《嘉庆泾县志》卷三〇裴丹《重建东峰亭诗序》："唐永泰元年春二月……明年秋七月，御史中丞袁公傪复为江淮招讨使，尽殄江西之寇，回军屯于泾上，命前锋破洞贼方清于石埭。捷书始至，公命宾僚宴贺于斯亭，赋诗纪事，凡七首。从事则曰刘公太真，为首序，王公纬、高公参、崔公何、陆公渭、郭公澹、苏公宇，皆当代之英髦，一时之名士，继唱累累，存乎贞石，迄于今七十余年矣。"《毗陵集》卷四《贺袁傪破贼表》："臣等伏见河南副元帅行军司马、太子右庶子、兼御史中丞袁傪露布奏，今年五月十七日破石埭城贼方清，并降乌石山贼陈庄等徒党二万二千五百人者。"注："宝应二年。"按，《全唐诗》卷二五二袁傪《喜陆侍御破石埭草寇东峰亭赋诗》："欣欣夏木长，寂寂晚烟收。"袁傪平方清及诸人唱和在本年五月。故独孤及《贺袁傪破贼表》作于宝应二年五月，裴丹序作七月，误。

## 七月

**阙名撰荀府君(仁会)墓志铭并序。**

《全唐文补遗》有阙名所撰《大唐故茂州护都府左果毅都尉上柱国颍川郡荀府君(仁会)墓志铭并序》，中云："公讳仁会……以至德二年秋八月十六日，殁于室……以永泰二年岁次景午七月甲寅朔十八日……合祔于东都河南县万安山平原之礼也"。则文乃约本年七月撰。

**阙名撰陈府君墓志。**

《唐代墓志汇编续集》"永泰〇〇三"阙名《大唐故左相兼兵部尚书集贤院弘文馆学士崇玄馆大学士上柱国许国公陈府君墓志》："公讳希烈，字子明，颍川人也。……以永泰二年秋七月甲寅朔廿三日景辰告窆穸，礼也。"则文乃撰于此时。

## 十月

**柳芳撰《皇室永泰谱》二十卷，上之。**

《唐会要》卷三六《氏族》载："永泰二年十月七日，宗正卿吴王祇，奏修史馆太常博士柳芳撰《皇室永泰谱》二十卷，上之。"

## 十一月

**甲子，日长至，大赦天下。改永泰二年为大历元年。制曰："周征俊造，汉辟**

**贤良，垂之典谟，永代作则。天下有安贫乐道、孝弟力田、未经荐用者，委所在长官具以名闻奏，朕当亲自策试，量才叙用。”**

《册府元龟》卷六八：“大历元年十一月制曰：周征俊造，汉辟贤良，垂之典谟，永代作则。天下有安贫乐道、孝悌力田，未经荐用者，委所在长官具以名闻。朕当亲自策试，量才叙用。”又见《旧唐书·代宗纪》《唐大诏令集》卷四。

**朝廷有《减租税诏》《减京畿秋税制》。**

《唐大诏令集补编》卷二八有《减租税诏》与常衮所撰《减京畿秋税制》。两文均署“永泰二年十一月”，文均撰于此时。

## |冬|

**李翰以大理司直参淮南崔圆幕，冬，蒋晁入京奏事，吴楚文士以诗送行，李翰、薛弁均为之序。**

《全唐文》卷五一八梁肃《李翰前集序》：“其后以书记再参淮南节度军谋，累迁大理司直。”《毗陵集》卷一六《送蒋员外奏事毕回扬州序》：“扬州牧赵国崔公使其部从事侍御史吴兴蒋晁如京师。……其来也，吴楚之众君子酒而诗之，而薛水部弁、李司直翰双为之序，以冠篇首。”此据《新编年史》所考。

## |本 年|

**元结本年奉命再理道州，撰《九疑图记》。**

见《元次山文集》卷九。文末曰：“时永泰丙午中也。”本文乃元结第二次出任道州刺史后所作。

**本年李华于延陵养病，为杨极文集作序，撰法云碑、径山大师碑铭。**

《李遐叔文集》卷一《杨骑曹集序》。序文记杨极一生行迹，品格资质：“识者谠议，以论道许之。质纯气和，动必由道，谈笑中雅，名理入元。”又：“所著文章，多入元中雅之才者也。”文末：“昔许卫尉与徐孝穆友善，卫尉孤善心，年在童孺，奉孝穆笺，曲尽情理。孝穆怜之，延誉当时。”文中记撰序时间与缘由：“永泰二年，余旅疾延陵，故人之孤，更来候余。”又，《李遐叔文集》卷二《润州天乡寺故大德云禅师碑》：“长老云公……永泰二年某月日，涅盘于润州丹徒天乡寺。……长老号法云。……礼部员外郎崔令钦常为丹徒，宗仰不怠。”同书同卷李华尚有《润州鹤林寺故径山大师碑铭》，亦称“礼部员外郎崔令钦”，当与法云碑约略同时之作。按，径山大师玄素，即马素。

**元结在道州刺史任，本年曾至零陵，游朝阳岩，作铭及歌。**

见《元次山文集》卷六《朝阳岩铭》序：“永泰丙午中，自舂陵诣都使计兵，至零陵。爱其郭中有水石之异，泊舟寻之，得岩与洞。”同书卷四有《朝阳岩下歌》，当同时所作。

**窦庠约本年生。**

《全唐文》卷七六一褚藏言《窦庠传》：“转婺州。亦既二载，遘疾告终于东阳之官舍，享年六十有三。”《旧唐书·窦庠传》同，《窦氏联珠集》作“六十有二”。《白居易集》卷二五《宿窦使君水亭》：“使君何在在江东。”窦使君，即窦庠，诗乃大和二年正月作。以窦庠卒于该年，年六十三计，其当约生于本年。此窦庠之生年，及以下诸人之生年均从《新编年史》所考。

**令狐楚生。**

《旧唐书·令狐楚传》，楚开成二年卒，年七十二，逆推定为本年。

**李观生于本年。**

《韩昌黎文集校注》卷二五《李元宾墓志》：“年二十四举进士，三年登上第。”李观贞元八年登进士第，时年二十六，故当生于本年。

**张籍约本年生。**

《白居易集》卷一《读张籍古乐府》:“如何欲五十,官小身贱贫。”诗于元和九年作。《白居易集》卷四五《与元九书》:“张籍五十,未离一太祝。”书元和十年作。五十为成数。以元和十年张籍约年五十推,其约生于本年。

**王建约本年生。**

《张司业集》卷四《逢王建有赠》:“年状皆齐初有髭。”建与张籍齐年,当约生于本年。

## 唐代宗大历二年

丁未　七六七

### 正月

**同华节度使周智光上年十二月杀陕州监军张志斌。正月丁巳,密诏郭子仪讨之;甲子,华州牙将姚怀等杀智光,降于朝廷。淮西节度使李忠臣入朝,以收华州为名,帅所部兵大掠于潼关至华州郑县赤水间。**

见《旧唐书·代宗纪》、《资治通鉴》卷二二四。《资治通鉴》载去年十二月周智光据华州时,“朝士举选人,畏智光之暴,多自同州窃过,智光遣将将兵邀之于路,死者甚众”。盖十二月为应科举之士人入京之时。《资治通鉴》又记大历二年正月:“淮西节度使李忠臣入朝,以收华州为名,帅所部兵大掠,自潼关至赤水二百里间,财畜殆尽,官吏有衣纸或数日不食者。”

**蒋晁入京奏事毕,还淮南。时韩翃在长安,有诗送之。独孤及为之序。**

《毗陵集》卷一六《送蒋员外奏事毕还扬州序》:“扬州牧赵国崔公,使其部从事侍御史吴兴蒋晁如京师。……其来也,吴楚之众君子酒而诗之,而薛水部弁、李司直翰双为之序,以冠篇首。既将命,赵公拜左仆射,蒋侯加尚书郎之位。

其还也……西人之旧者，皆赋韵道别，而鄙夫和之。……然浊泾素浐，春水始生，秦原青青，诸草皆秀，可共乐也，而又别焉。凡我同寮，是以有瞻望不及之叹，故送远之志，悉形于文。”崔公，即淮南节度使崔圆。此系年据《新编年史》。

## | 二 月 |

**张叔良、崔琮、李竦、武少仪、敬骞、王颜等二十人进士及第；冯伉明经科及第；韦夏卿、韦正卿、杜确、李彝等十人登茂才异行科；杨膺乐道安贫科及第。武少仪、敬骞《射隼高墉赋》（存《文范英华》卷一三六），以“君子藏器待时”为韵，当是此年试题。《文苑英华》卷一八〇录张叔良、崔琮、李竦《长至日上公献寿》诗，亦是本年试题。本年礼部侍郎薛邕知上都举。**

见《登科记考补正》卷一〇。

**丙辰，郭子仪自河中来朝，代宗命宰臣元载、王缙，左仆射裴冕，户部侍郎第五琦，京兆尹黎干，及鱼朝恩等互置酒于其第，一会之费至十万缗。**

《旧唐书·代宗纪》载当时置酒连宴：“公卿大臣列坐于席者百人”。《资治通鉴》卷二二四亦载此事。

## | 五 月 |

**岭南节度判官宗羲仲卒，豆卢诜为之撰神道碑。**

见《全唐文》卷四三九豆卢诜《岭南节度判官宗公神道碑》。文：“夫工文者或懦于勇烈，善武者或昧于政理。徐则失于断，疾则寡于谋。至若文而有勇，武而有政，徐而能断，疾而能谋者，公有之矣。……允文允武，惟忠惟孝。……才兼文武，德备刚柔。”又曰：“阅水去而不留，藏舟奄其长逝。以永泰三年四月六日，寝疾捐馆于上京务本里第，春秋四十有二。以其年五月十八日葬毕陌原，礼也。”按，丙午年为永泰二年，即大历元年。丁未年即大历二年，并无永泰三年之说。文中“永泰三年”，疑是本年之讹，姑系于此。

## 六月

**甲戌，杜鸿渐自蜀归朝，复知政事，并荐崔旰才堪寄任，后即任崔旰为西川节度使。**

《资治通鉴》卷二二四："六月，甲戌，（杜）鸿渐来自成都，广为贡献，因陈利害，荐（崔）旰才堪寄任；上亦务姑息，乃留鸿渐复知政事。秋，七月，丙寅，以旰为西川节度使。……旰厚敛以赂权贵，元载擢旰弟宽至御史中丞，宽兄审至给事中。"

**杨炎随杜鸿渐入朝，以礼部郎中、知制诰，与常衮同在中书，皆以制诰文辞之美享誉一时，时号"常杨"。**

《全唐文》卷四一〇常衮《授庾准杨炎知制诰制》："检校尚书兵部郎中充山南副元帅判官赐绯鱼袋杨炎等，诏令之重，润色攸难，其文流则失正，其词质则不丽。固宜酌《风》《雅》之变，参汉魏之作，发挥纶旨，其在兹乎？尔各以茂才硕学，敏识纯行，俾其对掌，可谓得人，仍转郎位，式光朝选。准可行尚书职方郎中知制诰，散官勋如故。炎可守尚书礼部郎中、知制诰。"《旧唐书·代宗纪》：大历二年"六月戊戌，山南、剑南副元帅杜鸿渐自蜀入朝"。杨炎当于此时迁入中书省。《旧唐书·杨炎传》："转礼部郎中、知制诰，迁中书舍人，与常衮并掌纶诰。衮长于除书，炎善为德音，自开元已来，言诰制之美者，时称'常杨'焉。"

## 七月

**鱼朝恩修章敬寺，穷壮极丽。宰相元载、王缙、杜鸿渐皆好佛，代宗由是亦信之，崇佛建寺，政刑日紊。进士高郢曾上书谏阻，未纳。**

《资治通鉴》卷二二四："（七月）丁卯，鱼朝恩奏以先所赐庄为章敬寺，以资章敬太后冥福，于是穷壮极丽，尽都市之材不足用，奏毁曲江及华清宫馆以给之，费逾万亿。"按，章敬太后为代宗生母。同月又载："始，上好祠祀，未甚重佛。元载、王缙、杜鸿渐为相，三人皆好佛；缙尤甚，不食荤血，与鸿渐造寺无穷。……上由是深信之，常于禁中饭僧百余人。……京畿良田美利多归僧寺。敕天下无得棰曳僧尼。造金阁寺于五台山，铸铜涂金为瓦，所费巨亿，缗给中书符牒，令五台僧数十人散之四方，求利以营之。载等每侍上从容，多谈佛事，由是中外臣民承流相化，皆废人事而奉佛，政刑日紊矣。"又载进士高郢上书，云："陛下当卑宫室，以夏禹为法，而崇塔庙踵梁武之风乎！"按，《旧唐书·鱼朝恩传》："原赐鱼朝恩庄宅，大历二年，朝恩献通化门外赐庄为寺，以资章敬太后冥福，仍请以章敬为名，复加兴造，穷极壮丽。以城中材木不足充费，乃奏坏曲江亭馆、华清宫观楼及百司行廨、将相没官宅给其用，土木之役，仅逾万亿。"《唐会要》卷四八："章敬寺，通化门外。大历二年(767)七月十九日，内侍鱼朝恩请以城东庄为章敬皇后立为寺。因拆哥舒翰宅，及曲江百司看屋及观风楼造焉。"《长安志·郭外》："大历元年作章敬寺于长安之东门。总四千一百三十余间，四十八院。"次年正月，代宗亲临该寺，度僧尼千人。贞元七年七月，德宗与群臣在该寺唱和，德宗有《七月十五日题章敬寺》，权德舆有《唐故章敬寺百岩大师碑铭并序》。

**独孤及在长安，官礼部侍郎，为李季卿撰墓志，贾至为其作铭文。**

《毗陵集》卷一一《唐故正议大夫右散骑常侍赠礼部尚书李公墓志铭》："岁在丁未，七月乙卯，有唐故右散骑常侍李季卿薨，享年五十九。……由是尚书右丞长乐贾至作铭以铭之。"《全唐文》卷五二二梁肃《朝散大夫使持节常州诸军事守常州刺史赐紫金鱼袋独孤公行状》："公为博士……时有上议，谓景皇帝……不宜为太祖。诏下百寮……逾月，拜公尚书礼部员外郎。"其事在大历元年夏，其年秋，独孤及当已迁礼部员外郎。

## 九月

**萧定在袁州刺史任上，撰文宣王庙记。**

《全唐文》卷四三四《袁州文宣王庙记》："大历元祀，定自尚书左司郎中试秘书少监兼此州刺史。祗膺典礼，式展诚敬，入夫子之庭庑，美盛德之形容。高堂肖然，垣墉半落，俎豆斯在，榱桷全朽，灵像颓容，门人虚位。乃谋及寮吏，撰日增修。府寮从，胄子从，龟从筮从，是之曰大同。敢征良匠，祗敬蒇事，改造夫子及四科之像，兼画七十二子之容。”文末题：“时大历二年疆圉协洽岁律中无射之月，兼刺史萧定记。”据此知序作于本年九月。

## 秋

**钱起、郎士元、李端同在长安，秋，作诗送李别驾还洪州，独孤及为其撰序。**

《毗陵集》卷一五《送洪州李别驾还任序》：“别驾……仕有余力，则寄傲于琴。……众君子赋诗以壮别。”《全唐诗》卷二三七钱起《送弹琴李长史往洪州》：“几度秋江水，皆添白雪声。”同书卷二四八郎士元《送洪州李别驾之任》：“南去秋江远，孤舟兴自多。能将流水引，更入洞庭波。”同书卷二八五李端《送从兄赴洪州别驾兄善琴》：“鹤舞月将下，乌啼霜正繁。”按，独孤及大历三年闰六月已抵濠州刺史任，序当作于本年秋。

**张谓为尚书郎中，秋，出守潭州。撰《长沙土风碑铭并序》。**

《全唐文》卷三七五张谓《长沙土风碑铭并序》：“巨唐八叶，元圣六载，正言待罪湘东。”正言，张谓字。代宗宝应元年即位，至本年正六年。《直斋书录解题》卷八：“《长沙土风碑》一卷。唐潭州刺史河南张谓撰，前有碑铭，后有《湘中记》，载事迹七十件。”

## 十月

**癸卯，上御紫宸殿，策试茂才异行、安贫乐道、孝悌力田、高蹈不仕等四科举人。**

见《登科记考补正》卷一〇。

## 十一月

**元结在道州刺史任，将次第近作203首，编为《文编》十卷，自为序，以申为文戒劝、安顺世人之旨。**

《元次山文集》卷一〇《文编序》:“天宝十二年,漫叟以进士获荐名在礼部,会有司考校旧文,作《文编》纳于有司。当时叟方年少,在显名迹,切耻时人谄邪以取进,奸乱以致身。径欲填陷阱于方正之路,推时人于礼让之庭,不能得之,故优游于林壑,怏恨于当世。是以所为之文,可戒可劝,可安可顺。……尔来十五年矣,更经丧乱,所望全活,岂欲迹参戎旅,苟在冠冕,触践危机,以为荣利?盖辞谢不免,未能逃命。故所为之文,多退让者,多激发者,多嗟恨者,多伤闵者。其意必欲劝之忠孝,诱以仁惠,急于公直,守其节分。如此,非救时劝俗之所须者欤!叟在此州,今五年矣。地偏事简,得以文史自娱,乃次第近作,合于旧编,凡二百三首,分为十卷,复命曰《文编》,示门人子弟,可传之于筐箧耳。叟之命称,则著于《自释》云,不录。时大历二年丁未中冬也。”元结于文中提出:“是以所为之文,可戒可劝,可安可顺。”

## |本 年|

**李华本年五十三岁,为李岘作传,约于本年撰《杭州开元寺新塔碑》。**

《李遐叔文集》卷二《故相国兵部尚书梁国公李岘传》:“梁国公讳岘……以大历二年某月日,窆于某原,礼也。”《李遐叔文集》卷四《杭州开元寺新塔碑》:“杭州开元寺,梁天监四年豫州刺史谯郡戴朔舍宅为寺,寺号方兴……至开元二十六年改为开元寺……广德三年三月,西塔坏……太常卿兼杭州刺史张公伯仪……乃舍清白之俸,为君为亲,修而复之。……三年毕事。”《全唐文》卷三八八独孤及《检校尚书吏部员外郎赵郡李公中集序》云华《故相国兵部尚书梁国公李岘传》为“表贤达盛德”之作。《传》:“梁国公讳岘……以大历二年某月日,窆于某原。”故知《故相国兵部尚书梁国公李岘传》当作于大历二年。另《碑》云“广德三年三月,西塔坏……三年毕事。”广德三年往后推算三年,正值大历二年,故《杭州开元寺新塔碑》约作于本年。

**郭少聿撰《黄山三祖塔铭并序》。**

见《全唐文》卷四四〇。文曰:“于唐大历二年岁次丁未,庆赞已毕,传芳永代,称庆远年。若不刻石镌铭,无以示其来者。”

# 唐代宗大历三年

戊申　七六八

## 正月

**乙丑，代宗幸章敬寺，度僧尼千人**。

见《资治通鉴》卷二二四。按，章敬寺即鱼朝恩所建，以为代宗生母章敬太后求福。详见大历二年四月条。

**甲戌，贾至以尚书右丞为兵部侍郎**。

见《旧唐书·代宗纪》。

**独孤及为韦元曾撰墓志**。

《毗陵集》卷一一《唐故吏部郎中赠给事中韦公墓志铭》："大历二年十二月乙酉以吏部郎中终于京师静恭里之故宅。……大历三年正月癸酉卜窆于旧茔。"

**贾至本年五十一岁，以尚书右丞为兵部侍郎**。

《旧唐书·贾至传》："大历初，改兵部侍郎"。《旧唐书·代宗纪》："（大历三年正月）左丞李涵、右丞贾至并为兵部侍郎。"

**扬州龙兴寺僧藏诸撰《法华玄赞抉择记序》**。

《全唐文补编》卷四二藏诸《法华玄赞抉择记序》："序曰：抉择者，辅玄赞而开释也。……时我唐御天，大历三年春正月也。"注："《续藏经》五三函卷首。"原署："惟扬龙兴寺桑门藏诸。"陈尚君按："《法华玄赞抉择记》，杭州天竺寺沙门崇俊撰。"唐神龙元年，武则天还政于唐中宗。中宗时为太子，下令天下各州修建中兴寺、观一所,寓意大唐中兴。景龙元年,武则天死,中宗正式即位。为避中宗之讳,天下中兴寺、观均更名龙兴寺、观。又,《法华玄赞》,凡十卷,慈恩大师窥基(632—682年)撰,又称《妙法莲华经玄赞》《法华经玄赞》《玄赞》,收于《大正藏》第三十四册。本书由法相宗唯识学之立场解释《法华经》,依据摄大乘论等之说,自一乘方便三乘真实之立场,批判天台、华严宗之说,文中多引用世亲之法华论、刘虬之注法华经、慧表之注无量义经等,颇忠于原典。

## |二 月|

**高拯等十九人进士及第;殷彪明经科登第;诸科三人。礼部侍郎薛邕知上都举。**

见《登科记考补正》卷一〇。

**皇甫冉、皇甫曾、耿湋、李端、吉中孚、钱起、顾况、独孤及均在长安。时归崇敬奉诏使新罗吊祭册立,陆珽、顾愔为之副。冉、曾、湋、端、中孚同作诗送归崇敬,独孤及为之序。**

见《毗陵集》卷一五《送归中丞使新罗吊祭册立序》。《新唐书·新罗传》:"大历初,宪英死,子干运立……诏仓部郎中归崇敬往吊,监察御史陆珽、顾愔为副,册授之。"《唐会要》卷九五:"大历二年,宪英卒,册立其子干运为王。三年二月,命仓部郎中归崇敬兼御史中丞,持节册命。"

## |三 月|

**陆瑀撰萧府君(忳)墓志铭并序。**

《全唐文补遗》有陆瑀所撰《唐故朝议郎行右武卫长史赐绯鱼袋上柱国兰陵萧府君(忳)墓志铭并序》,中云:"有唐大历三年岁次戊申三月乙巳,兰陵萧公终于洛之思顺里……以其年三月廿有二日,窆于河南龙门之北原。"则文乃撰于本年三月。

**杨炎在礼部郎中、知制诰任，撰李楷洛碑。**

见《全唐文》卷四二二杨炎《云麾将军李府君神道碑》。文："府君讳楷洛，先族汉校尉之裔也。"杨炎于文中刻画了李将军的神勇英姿："府君英明淳浑，神踊天飞；威严生介胄之容，魁岸本山河之状。……虎啸于穷溟，云从于大泽。"其历数将军的显赫战功及朝廷对将军的赏识及封赏："由是奋跃辽海，翻飞上京。其来也戎竭生忧，其至也幽燕罢警。上御前殿，庭列千官，钟石毕陈，君臣相贺。始问其姓，因赐以家族，特拜玉钤卫将军。……始自天后之末，至于圣皇之朝，前后录功凡二十四命，食邑二千七百户。封蓟郡开国公，又加云麾将军。参定国者两朝，拖侯服者四纪，会兵车者百胜，出帐下者千人。国有事，未尝不勤劳，无私可谓知礼。故得大命三锡，重侯累封，略车山元，藏于太室。"此文文字简洁，记述详备，为文士传诵。《旧唐书·杨炎传》："尝为《李楷洛碑》，辞甚工，文士莫不成诵之。"《八琼室金石补正》卷六二《赠司空李楷洛碑》："尚书礼部郎中、知制诰杨炎撰"，"大历三年岁次戊申三月甲辰朔□□日戊□建"。

## | 四月 |

**二十五日，复置童子科举。每岁，本贯申送礼部，同明经考试。取十岁以下，习一经，兼《论语》《孝经》，每卷诵文十科，全通者与官。通七以上者与出身。仍每年冬，本贯申送礼部，同明经举人例，考试讫闻奏。**

《册府元龟》卷六四〇："大历三年四月，复置童子科举。每岁本贯申送礼部，同明经考试……"

**元结自道州刺史迁容州刺史、容管经略使，张谓时为潭州刺史，作《甘棠颂》美其政绩。结赴任，过梧州，作《冰泉铭》。**

《全唐文》卷三四四《唐故容州都督兼御史中丞本管经略使元君表墓碑铭并序》："起家为道州刺史。……观察使奏课第一，转容府都督，兼侍御史、本管经略使，仍请礼部侍郎张谓作《甘棠颂》以美之。"按，张谓时为潭州刺史。《元次山文集》卷六《冰泉铭并序》："苍梧郡城东二三里，有泉焉。出在郭中，清而甘，寒苦冰。在盛暑之候，苍梧之人得救渴。泉与火山相对，故命之曰冰泉，以变旧俗。铭曰：火山无火，冰泉无冰。惟彼泉源，甘寒可征。铸金磨石，篆刻此铭。置之泉上，彰厥后生。"《舆地碑记目》卷三《梧州碑记》："元结《冰井铭》，唐大历十三年，容州经略使元结过郡，目曰冰井，又为铭刻石泉上。"按，"十三"乃"三"之衍误，见《唐刺史考·容州》。"冰井"当为"冰泉"。按，此系于本年四月，乃据《新编年史》所记。

## | 五 月 |

**颜真卿自吉州别驾除抚州刺史，乃集吉州四年所作篇章为《庐陵集》十卷。**

《颜鲁公文集》卷五《乞御书题额恩敕批答碑阴记》："贬授吉州。大历三年夏五月，蒙除抚州刺史。"《全唐文》卷五一四殷亮《颜真卿行状》："寻换吉州别驾。公与往来词客，诗酒讲论，为乐甚。有所著编为《庐陵集》十卷。于大历三年迁抚州刺史。"

## | 六 月 |

**常衮有《减征京畿夏麦制》。**

《唐大诏令集补编》卷二八常衮有《减征京畿夏麦制》。文末署"大历三年六月"，文即撰于此时。

## | 闰 六 月 |

**独孤及自礼部员外郎除濠州刺史，有谢上表。**

《全唐文》卷四〇九崔祐甫《独孤及神道碑》："迁尚书礼部员外郎……以公为濠州刺史。"《毗陵集》卷五《谢濠州刺史表》："臣伏奉今年五月一日敕，授臣……濠州刺史。臣顷待罪礼官，备位郎署。……以闰六月十二日到所部。"

**阙名撰王孝廉（义亶）墓志铭并序。**

《全唐文补遗》有阙名所撰《唐赠秘书少监王孝廉(义亶)墓志铭并序》,中云:"家本儒素,笃好文学。州举孝廉,贡于天府。冢宰论士,擢以甲科。……以大历三年七月二日,迁厝于铸鼎原。……曰:有美一人兮言规行矩,生为儒宗兮没赠书府。鼎原上兮荆山下,松柏青青兮千万古。"按,迁厝于七月二日,则撰文盖在闰六月。

## |七月|

**增置崇玄生员满一百。**

见《唐会要》卷七七。

**幽州兵马使朱希彩杀节度使李怀仙,自称留后。成德军节度使李宝臣曾遣将讨之,为所败。朝廷不得已,姑息之,以宰臣王缙为幽州节度使,以朱希彩领幽州留后。七月乙亥,王缙赴镇。**

见《旧唐书·代宗纪》、《资治通鉴》卷二二四。

**仓部王郎中出守蕲州,朝士赋诗送之,时于邵在京官比部郎中,为其作。**

《全唐文》卷四二七于邵《送王郎中赴蕲州序》:"大君当宁之七载也,日月会于降娄。有诏尚书仓部郎中王公……出典于蕲。……赋诗追饯者,翰林之故事,吾何间然。"代宗宝应元年即位,至本年七年。《旧唐书·代宗纪》:"(大历三年七月)五星并聚于东井。"《旧唐书·于邵传》:"再迁比部郎中。"《序》当为本月作。

## |八月|

**壬戌,吐蕃十万众进攻灵武;丁卯,又以二万众攻邠州。京师戒严。邠宁节度使马璘击破之。**

见《旧唐书·代宗纪》、《资治通鉴》卷二二四。

**于邵作《送崔判官赴容州序》。**

《全唐文》卷四二七于邵《送崔判官赴容州序》云"今年春,有诏特命元公都督十二州诸军事",当指大历三年,元结迁容州刺史,加授容州都督,充本管经略守捉使(见《颜鲁公文集》卷一一《唐故容州都督兼御史中丞本管经略使元君表墓碑铭》)。《序》中又云:"秋八月,传次于寿春安丰县之东亭。"故系于本月。文中离别之情真切委婉,深挚感人:"前临芍陂,渺漫无际,虽淮海之内,浸薮则多,而胜景之中,堪游盖少。故邀留觊别,非此而何?邵孤奉明恩,负累炎徼,邂逅相遇,欢戚不同。既而前多歧路,行有先后。日幕犹远,自有穷途之泣;木叶微脱,更切长年之悲。"

## 九月

**壬申,郭子仪将兵五万屯奉天以备吐蕃。壬辰,朔方骑将王元光破吐蕃二万众于灵武;凤翔节度使李抱玉遣右军都将李晟破吐蕃于临洮定秦堡,吐蕃退兵。京师解严。**

见《旧唐书·代宗纪》、《资治通鉴》卷二二四。

## 十月

**代宗赐安国寺僧崇惠紫衣袈裟,有谢表。**

见《全唐文补编》卷四八崇惠《谢赐紫衣袈裟并贺表一首》。文末署:"大历三年十月二十九日,安国寺沙门崇惠上表。"注:"《代宗朝赠司空大辨正广智三藏和上表制集》卷第六。"

## 十一月

**丁亥,朱希彩由幽州留后改为幽州长史,充幽州卢龙节度使。是为朝廷姑息藩镇之举。**

见《旧唐书·代宗纪》。

**晋州刺史李良金卒，李季平为之撰墓志铭。**

见《全唐文》卷四三九李季平《唐故金紫光禄大夫试太子詹事兼晋州刺史上柱国陇西郡开国公李公墓志铭并序》。文曰："公讳良金……以大历三年七月十一日，奄终于晋州官舍。……夫人……中年不幸，先公而亡……以公即世之岁十一月廿六日，合葬于晋城东偏。"故文撰于本月廿六日前。

## |十二月|

**刘长卿在鄂州，为转运使判官，有文祭崔涣。**

《新唐书·艺文志四》："（刘长卿）以检校祠部员外郎为转运使判官，知淮西鄂岳转运留后。"《全唐文》卷三四六刘长卿《祭崔相公文》："维年日月，某某谨以清酌之奠敬祭于故道州刺史相国崔公之灵。……旅榇还乡，危旌启路。吊湘水而自波，望长沙而空暮。呜呼！万古兮归舟，千里兮东流。过洞庭而摇落，出夏口而夷犹。月苍苍兮江淼淼，人不见兮猿独愁。徒仿佛兮如在，竟寂寥而若休。"当作于鄂州转运留后任。崔相公，即崔涣。《旧唐书·崔涣传》："贬道州刺史。大历三年十二月壬寅，以疾终。"《旧唐书·代宗纪》亦载"十二月壬寅，道州刺史崔涣卒"。

## |冬|

**李勉本年十月出镇广州。李阳冰在广州，冬，上书李勉论古篆。**

《旧唐书·代宗纪》："（大历三年十月）乙未，以京兆尹李勉为广州刺史，充岭南节度使"。《全唐文》卷四三七李阳冰《上李大夫论古篆书》，开篇点明论古篆之因："阳冰志在古篆，殆三十年。见前人遗迹，美则美矣，惜其未有点画，但偏傍模刻而已。缅想圣达立制造书之意，乃复仰观俯察六合之际焉。"又概述古篆之美："随手万变，任心所成，可谓通三才之气象，备万物之情状者矣。"论及古篆亟待整理之现状："常痛孔壁遗文，汲冢旧简，年代浸远，谬误滋多。……诚愿刻石作篆，备书六经，立于明堂，为不刊之典，号曰大唐石经。使百代之后，无所损益，仰明朝之洪烈，法高代之盛事，死无恨矣。……大夫衔命北阙，抚宁南方，苟利国家，专之可也。伏望处分，令题简牍，及到主人，寒天已暮，暗烛之下，应命书之。霜深笔冷，未穷体势，傥归奏之日，一使闻天，非小人之已务，是大夫之功业。”

## |本 年|

**郭湜约于本年撰《高力士外传》。**

《高力士外传》：“以宝应元年八月十八日终于朗州……九月，灵榇发朗州，十一月抵襄州。有诏令……陪葬玄宗陵。……大理司直郭湜曰……”《外传》当作于广德元年三月玄宗葬后。北京图书馆藏拓本《郭邕墓志》云“季弟登封县令湜撰”，邕大历四年葬。湜以从六品上之大理司直迁为正六品上之畿县令，在大历四年前，广德元年后，暂系《外传》于此。

**韩愈本年生。**

据《李文公集》卷一一《韩愈行状》所记，韩愈长庆四年卒、年五十七，逆推。

# 唐代宗大历四年

己酉　七六九

## |正 月|

**王邕撰张公(佶)墓志铭并序。**

《全唐文补遗》有王邕所撰《唐故银青光禄大夫行光禄少卿赐太子宾客张公(佶)墓志铭并序》，文中谓张佶“以大历二年遘疾，六月六日，终于上都永宁里……以大历四年春二月三日，归葬”，则此志盖撰于本年正月。

**王邑撰张献诚墓志铭并序。**

《唐代墓志汇编续集》"大历〇〇七"有王邑所撰《唐故开府仪同三司检校户部尚书知省事赠太子少师御史大夫邓国公张公墓志铭并序》。文:"公讳献诚……大历三年春,公请朝请,遂检校户部尚书知省事。忽有风痹之疾,御医良药,宠赐超等。呜呼!其年九月十五日薨于上都光福里……以大历四年二月三日与夫人清河崔氏合祔于河南县谷阳里邙山原……"则文约撰于大历四年正月。

## 二月

**齐映、李益、冷朝阳、郑儋、贾全等二十六人进士及第,齐映为状元;张叔良、崔淙博学宏词科登第,《文苑英华》卷八载本年宏博试《五星同色赋》,以"昊天有成命"为韵。《登科记考补正》卷一〇以《文苑英华》卷八收姚逖、林益《五星同色赋》,虽用韵不同亦有可能为同时之作,录姚、林二人亦登本年博学宏词科,以俟考。本年礼部侍郎薛邕知上都举,权知留守张延赏知东都举。**

见《登科记考补正》卷一〇。

## 三月

**因戎事连岁,天下凋瘵,京师近甸,烦苦尤重,代宗下诏减县吏员,以省开支。**

见《旧唐书·代宗纪》三月壬申诏:"今连岁治戎,天下凋瘵,京师近甸,烦苦尤重,比屋流散,念念恻然。人寡吏多,困于供费,欲其苏息,不可得也。……其京兆府长安、万年各减丞一员、尉两员,余县各减丞、尉一员。"

**独孤及在濠州,宴集于垂花坞,有诗序。**

《毗陵集》卷三《垂花坞醉后戏题序》:"庄周台南十许步,有丘一成。……三月戊子,及群英堰而升焉。……众君子瞻弄之不足,故秉烛进酒,以继落日。

欲称醉而不能也。因命其地曰垂花坞,堰曰缘花堰,亦饰之以诗云:‘紫蔓青条覆酒壶,落花时与竹风俱。归时自负花前醉,笑向鲦鱼问乐无。’”《元和郡县图志》卷九“濠州钟离县”:“庄周台,在县南七里。”此事系于本年,乃从《新编年史》所记。

**郑洵卒于岳州贬所,年五十六,著《东宫要录》十卷,修琴谱,有集二十卷,柳识为其撰墓志**。

《考古》一九九六年第十二期《河南偃师市杏园村唐墓的发掘》载“河南府陆浑县丞郑深撰”《唐故监察御史贬岳州沅江县尉荥阳郑府君(洵)墓志铭并序》及“河东柳识述”《唐故朝议郎行监察御史上柱国郑府君(洵)墓志铭并序》。前志为权厝志,大历五年四月葬。后志为合祔志,大历十三年正月葬。后志云:“以大历四年三月既望,寝疾终于岳州官舍,时年五十六。……□(肃)宗初建储,君撰《东宫要录》十卷奉进,存于秘阁。琴者,正情辅性,君子所狎,君擅九弄,更修其谱。所著述及诗赋,共成二十卷。”

## | 四 月 |

**颜真卿在抚州刺史任,作《抚州宝应寺翻经台记》;在抚州任内,又增广天宝末所作《韵海镜源》为五百卷**。

《颜鲁公文集》卷五《抚州宝应寺翻经台记》:“大历己酉岁四月丙午……以真卿业于斯文,见咨纪述。”同书卷七《湖州乌程县杼山妙喜寺碑铭》:“天宝末,真卿出守平原……修之(谓《韵海镜源》),裁成二百卷。……及刺抚州,与州人左辅元、姜如璧等增而广之,成五百卷。”

**陈简甫撰《宣州开元以来良吏记》**。

《全唐文》卷四三八《宣州开元以来良吏记》:“君子所贵乎德积于中,而化行于外。大可以篆钟鼎,次可以备讴歌,所谓古人遗爱,没而不朽者也。宣州秦故郡之地,阻以重山,缘以大江,封方数百里,而铜陵铁冶,繁阜乎其中。故其俗佻而侈,其人劲而悍,属鞬揭铩者,习以为恒,易于寇攘,昔号难治。……自开元距今，惠化浃物，清修迈伦，故事传于府中，淑问存诸故老，得之数公焉。”文末署：“大历己酉岁三月二十五日记。”按，大历己酉年即大历四年，故系于此。

**元结丁母忧，扶柩北返；再授容管经略使，结坚辞，诏许之。**

元结《元次山文集》卷九《再让容州表》：“今陛下又夺臣情，礼授容州。臣遂行则亡母旅榇，归葬无日，几筵漂寄，奠祀无主。捧读诏书，不胜悲惧。臣旧患风疾，近转增剧，荒忽迷忘，不自知觉。余生残喘，朝夕殒灭，岂堪金革，能伏叛人？特乞圣慈，允臣所请，收臣新授官诰，令臣终丧制，免生死羞愧，是臣恳愿。”《颜鲁公文集》卷一一《唐故容州都督兼御史中丞本管经略使元君表墓碑铭》：“丁陈郡太夫人忧。百姓诣使请留。大历四年夏四月，拜左金吾卫将军兼御史中丞，管使如故。君矢死陈乞再三，优诏褒许。”

## | 七月 |

**冷朝阳擢第归上元，钱起、李嘉佑、韩翃等赋诗送之。于邵时将出守巴州，作序为别。**

《全唐文》卷四二八于邵《送冷秀才东归序》：“吴会之地，慈亲倚门。冷侯言归，心切攸往，白雁初过，青冥转高……邵亦是日理装也，始同末异，怆此岐路。冷侯深于诗也，秘监韦公序焉。其为歌诗以出饯，皆汉廷显达，士林精妙，各附爵里，为一时之荣。邵何言哉，觋别而已。”《全唐诗》收有钱起、李嘉佑、韩翃等送冷朝阳诗。其中卷二四五韩翃《送冷朝阳还上元》云：“落日澄江乌榜外，秋风疏柳白门前。”“秋风疏柳”知送别时在早秋。又《登科记考补证》记冷朝阳本年登科，故系于邵《序》于本年七月。

**窦蒙撰《述书赋跋》。**

《全唐文补编》卷四二窦蒙《述书赋跋》：“大历四年七月，点发行朱，寻绎精严。痛摧心骨，其人已往，其迹今存。追想容辉，涕泪呜咽。”注：“《法书要录》卷六。”

**郭湜为其故妻撰李夫人墓志铭并序。**

《全唐文补遗》有郭湜所撰《大理司直郭湜故妻陇西李夫人墓志铭并序》，文谓“以大历四年七月廿日，迁窆于洛阳北原”。则文盖作于本年七月。

## 八月

**卢季长撰王氏墓志铭并序。**

《全唐文补遗》有卢季长所撰《大唐故著作郎贬台州司户荥阳郑府君(虔)并夫人琅琊王氏墓志铭并序》，文谓郑虔“遘疾于台州官舍，终于官舍，享年六十有九，时乾元二年九月廿日也。……初，公以权厝于金陵石头山之原，夫人在王城南定鼎门之右，顷以时艰，未遑合祔。……于是，自江涉淮，逾河达洛，万里扶持，归于故乡。昨以六月廿五日，将启城南故窆，言归郑邑新茔。……遂以大历四年八月廿五日，祔于夫人故茔，崇礼经也，议不可动也”。据此知，墓志盖作于本年八月。

## 九月

**李翰为友人尉迟绪草堂撰记。**

见《全唐文》卷四三〇《尉迟长史草堂记》。文：“吾友晋陵郡丞河南尉迟绪……大历四年夏，乃以俸钱构草堂于郡城之南……其岁秋八月乙丑朔记。”大历四年八月丙申朔，乙丑为九月之朔，此“八月”为“九月”之讹，故系本文于此。“晋陵郡丞”为常州长史，为上佐。翰曰“吾则弃于世矣”，与友人相比，慨叹自己仍是沉沦下僚。文中刻画尉迟绪之才情气貌：“节阔达，志遐远。含和而不假修，推诚而不诡行。外若可浑，其中甚清；外如可杂，其中甚静。……飘飘然不知冠冕之在已，浩浩然不知天地之为大。”

**阙名撰张奉璋墓志并序。**

《唐代墓志汇编续集》“大历〇一〇”有阙名所撰《唐故河东节度右厢兵马使开府仪同三司试太常卿文安郡王张公墓志铭并序》。文记张公“公讳奉璋,其先清河人也。……大历四年七月廿有五日,薨于晋阳之第,春秋六十有五。便以年九月,葬于北都北万善之原,礼也”。则文撰于本年九月。

**卢瀜撰崔氏合祔铭并序**。

《全唐文补遗》有卢瀜所撰《大唐故魏州元城县尉卢府君夫人清河崔氏合祔铭并序》。文中谓“以大历四年岁次己酉九月甲戌朔七日壬申,启府君旧茔合祔,礼也”。则文约撰于本年九月。

## |十月|

**王武撰张公墓志铭并序**。

《全唐文补遗》有王武所撰《唐故朝请大夫广平郡武安县令张公墓志铭并序》。文谓张公卒于天宝七载,“大历四年九月廿日,迁柩长安。至十月十五日,合祔于河南府洛阳县清风原”。则墓志约撰于本年十月。文谓张公“弱冠太学,举经明《左氏传》,射策高第,荣冠士林。兼通《公》《穀》,尤精《诗》《礼》。历代古史、百氏群言,罔不穷览,得其机要”。

**米乘撰杜府君墓志铭并序**。

《唐代墓志汇编续集》“大历〇一二”米乘《大唐故右领军卫仓曹参军杜府君墓志铭并序》:“殁不朽者才也,久而彰者德也。如杜府君仕未通,年不永……蔼其芳香,词赋遗音,铿然金石。则才与德者不其盛欤?府君讳钑,字钊……府君生则聪悟,幼而颖拔。开元七年,进士擢第,解褐授襄陵县尉。晋州良牧贾公曾则词艺之宗,太原节制张公嵩有瑰奇之量。贾则设榻以邀之,张则开幕以翘之。人谓二公能举善矣。……以天宝二年五月八日怛化于东都建春之私第,享年五十有一。……以大历四年十月廿七日□迁旧茔邻于塔次,庶神理之通也。”则文撰于本年十月。

**杨炅撰杨府君(东鲁)墓志铭并序**。

《全唐文补遗》有杨炅所撰《唐故广陵郡扬子县尉杨府君(东鲁)墓志铭并序》。文称“以大历四年冬十月廿一日,合祔于洛阳县清风乡邙山之原,礼也”。则文盖作于本年十月。

**殷亮撰蒋君(伦)墓铭并序**。

《全唐文补遗》有殷亮所撰《唐故摄福昌县令蒋君(伦)墓铭并序》。文谓蒋伦“至德二年十月甲子,终于东都立德里之私第。大历四年十月廿七日……迁厝于河南龙门山之西岗”。则墓铭盖撰于本年十月。

**阙名撰郑夫人(卢君妻)墓志铭并序**。

《全唐文补遗》有阙名所撰《唐故荥阳郑夫人(卢君妻)墓志铭并序》。文谓“以大历四年岁次己酉十月廿七日,迁窆于东周北邙山之原,礼也”。则墓志盖撰于本年十月。

## |十一月|

**杜鸿渐本年六十一岁,卒,于卒前数日或数月间作《乞解职表》**。

《全唐文》卷三六四《乞解职表》:“窃料气力衰惫,恐先朝露,乞遂退闲,庶安形神。……昔汉魏近臣,有暮年多疾,则赐告就第,或再起复位。若大限未尽,羸屙渐平,圣慈不弃,驰策非晚。”《旧唐书·杜鸿渐传》:“(大历)四年十一月卒,赠太尉,谥曰文宪。”又,《新唐书·杜鸿渐传》载:“(大历)四年,疾甚,辞宰相,罢三日卒,年六十一,赠太尉,谥曰文宪。”《表》当作于卒前数日或数月间,故知《乞解职表》当作于大历四年,唯作月难以确考,姑系此文于卒月。杜鸿渐工文,好佛,晚年于长兴里私第与朝士时相唱和。《旧唐书·杜鸿渐传》载其“敏悟好学。……晚年乐于退静,私第在长兴里,馆宇华靡,宾僚宴集”。《全唐文》卷三六四收其文六篇。

**何伯遇撰何府君(伯述)墓志铭并序**。

《全唐文补遗》有何伯遇所撰《唐故太子舍人兼虢州阌乡县令何府君(伯述)墓志铭并序》。文谓何府君卒于"大历六年五月廿六日","越以其年十一月廿日,迁窆于河南县……先府君之茔侧,礼也"。则文盖作于本年十一月。

## |十二月|

**常衮撰有《减京兆府秋税制》**。

见《唐大诏令集补编》卷二八常衮《减京兆府秋税制》。文末署"大历四年十二月",文即撰于此时。

## |本年|

**岑参寓成都,卒,年五十五,《招北客文》疑作于本年。有集八卷,杜确为之序**。

《岑嘉州诗笺注》附录一《招北客文》:"蜀之先曰蚕丛兮,纵其目以称王。当周室陵颓兮,乱无纪纲。……蜀之不可往,北客归去来兮。"大历元年,岑参随剑南西川节度使杜鸿渐入蜀,参其幕;二年,任嘉州刺史;三年,罢官东归,始寓居成都。《全唐文》卷四五九杜确《岑嘉州诗集序》:"无机使罢,寓居于蜀。时西川节度因乱受职,本非朝旨,其部统之内,文武衣冠,附会阿谀,以求自结,皆曰:中原多故,剑外少康,可以庇躬,无暇向阙。公乃著《招蜀客归》一篇,申明逆顺之理,抑挫佞邪之计。"《序》中所提《招蜀客归》即《招北客文》,故疑《招北客文》作于大历四年。《新唐书·艺文志四》:"《岑参集》十卷。"《郡斋读书志》卷一七:"《岑参集》十卷。……集有杜确序。"《直斋书录解题》卷一九:"《岑嘉州集》八卷。"杜确《岑嘉州集序》先言及文体流变、宫体诗对后世之负面影响:"自古文体变易多矣。梁简文帝及庾肩吾之属,始为轻浮绮靡之词,名曰宫体。自后沿袭,务于妖艳,谓之摛锦布绣焉。其有敦尚风格、颇存规正者,不复为当时所重。讽谏比兴,由是废缺。物极则变,理之常也。圣唐受命,斫雕为朴。开元之际,王纲复举,浅薄之风,兹焉渐革。其时作者凡十数辈,颇能以雅参丽,以古杂今,彬彬然,粲粲然,近建安之遗范矣。”再述岑参家世文才,及其作品在当世之流传情况:“南阳岑公,声称老著。公讳参……曾太公文本,大父长倩,伯父羲,皆以学术德望,官至台辅。早岁孤贫,能自砥砺,遍鉴史籍,尤工缀文。属辞尚清,用意尚切,其有所得,多入佳境,迥拔孤秀,出于常情。每一篇绝笔,则人人传写,虽闾里士庶,戎夷蛮貊,莫不讽诵吟习焉。时议拟公于吴均、何逊,亦可谓精当矣。”又谓撰序缘由:“嗣子佐公,复纂前绪,亦以文采,登名翰场。有公遗文,贮之筐箧。以确接通家余烈,忝同声后辈,受命编次,因令缮录,区分类聚,勒成八卷。倘后之词人,有所观览,亦由聆广乐者识清商之韵,游名山者仰翠微之色,足以莹彻心府,发挥高致焉,京兆杜确序。”《新唐书·艺文志四》著录《岑参集》十卷。《全唐文》卷三五八收其文一篇,卷三八九《招北客文》实乃岑参作,误入独孤及集。杜确《岑嘉州集序》云其“属辞尚清,用意尚切,其有所得,多入佳境,迥拔孤秀,出于常情。每一篇绝笔,则人人传写,虽闾里士庶,戎夷蛮貊,莫不讽诵吟习焉。时议拟公于吴均、何逊,亦可谓精当矣”。晁公武《郡斋读书志》卷一七:“参博览史籍,尤工缀文,属辞清尚,用心良苦,其有所得,往往超拔孤秀,度越常情。每篇绝笔,人竞传讽。”

**窦巩本年生**。

《全唐文》卷七六一褚藏言《窦巩传》:“元公下世,公亦北归。道途遘疾,迨至辇下,告终于崇德里之私第,享年六十。”《旧唐书·窦巩传》同。元公,即元稹,大和五年七月卒于武昌,巩当同年卒。按,《窦氏联珠集》作巩卒年六十三。今以巩大和五年卒、年六十三逆推之,当生于本年。

**李翰前往苏州、嘉兴,撰《苏州嘉兴屯田纪绩颂并序》**。

《全唐文》卷四三〇李翰《苏州嘉兴屯田纪绩颂并序》:“浙西观察都团练使、御史中丞兼吴郡守赞皇公”,“赞皇公”即李栖筠。李栖筠永泰间封赞皇县子,大历三年二月为苏州刺史、浙西团练观察使兼御史中丞,六年八月召拜御史大夫,见《旧唐书·代宗纪》。序中又言:“自羯戎乱常,天步多艰,兵连不解,十有四年。”“羯戎乱常”即指安史之乱,自天宝十四载下推十四年,正是大历四年。故系本文于本年。

# 唐代宗大历五年

庚戌　七七〇

## |二 月|

**李抟、李端、顾少连、韦重规等二十六人进士及第，李抟为状元；陈润、张士陵明经擢第。本年礼部侍郎薛邕知上都举，权知留守张延赏知东都举。**

见《登科记考补正》卷一〇。

**代宗有《停度支盐铁奉常使敕》。**

《唐大诏令集补编》卷二二代宗有《停度支盐铁奉常使敕》。文末署"大历五年二月己丑"，文即撰于此时。

## |三 月|

**癸酉，寒食，代宗用元载计，是日置酒宴贵近于禁中，宴罢，留鱼朝恩，令左右缢杀之，下诏则云罢其观军容等使，受诏自缢死。**

《资治通鉴》卷二二四："三月，癸酉，寒食，上置酒宴贵近于禁中，载守中书省。宴罢，朝恩将还营，上留之议事，因责其异图。朝恩自辩，语颇悖慢，皓与左右擒而缢杀之，外无知者。上下诏，罢朝恩观军容等使，内侍监如故。诈云'朝恩受诏乃自缢'。"并云元载受宠骄纵："元载既诛鱼朝恩，上宠任益厚，载遂志气骄溢，每众中大言，自谓有文武才略，古今莫及，弄权舞智，政以贿成，僭侈无度。"

**常衮撰有《京兆府减税制》。**

见《唐大诏令集补编》卷二八常衮《京兆府减税制》。文末署"大历五年三月"，文即撰于此时。

## | 五 月 |

**李翰在淮南节度掌书记任，撰行军司马厅壁记。**

见《全唐文》卷四三〇《淮南节度行军司马厅壁记》。文末："大历五祀夏五月丁丑记"，故系于此。文中"韦公"即韦元甫，大历三年闰六月为淮南节度使，六年八月卒。见《旧唐书·代宗纪》。

## | 六 月 |

**己未，彗星始灭，赦天下。制曰："文武官及前资六品已下，并草泽中有硕德专门、茂才异等、智谋经武、讽谏主文者，仰所在州府观察、牧宰精求表荐。如所由搜扬未尽，遗逸林间者，即宜诣阙自举。亲当策试，量能擢用。"**

见《旧唐书·代宗纪》。

**第五琦婿卢当，在河东副元帅判官、礼部郎中兼侍御史任，谒华山，有题名。**

《全唐文补编》卷四三卢当《华岳题名》："前相国京兆第五公，自户部侍郎出牧括州。子婿关内河东副元帅判官礼部郎中兼侍御史卢当……从谒灵祠，因纪贞石。时大唐大历五年六月四日。……"注："《金石萃编》卷七九。"

**礼部尚书裴士淹出为饶州刺史，谒华山，有题名。**

《全唐文补编》卷四三裴士淹《华岳题名》："礼部尚书裴士淹，出为饶州刺史。大历五年六月六日，于此礼谒。"注："《金石萃编》卷七九。"

## | 七 月 |

**东方山逝多林寺僧照明为《华严经决议论》撰序。**

见《全唐文补编》卷四三照明《华严经决议论序》。文末署:“时大历庚戌秋七月八日述。”本年即是大历庚戌年,故系于此。注:“《续藏经》第七函、《大正藏》一七四一号卷首。”原署:“东方山逝多林寺比丘照明撰。”序文详述了李通玄撰《华严经决议论》始末及其大义。

## |八月|

**吴筠卜居杭州天柱山天柱观,作《天柱观记》。**

《全唐文》卷九二五《天柱山天柱观记》:“太史公称大荒之内,名山五千,其在中国,有五岳作镇,罗浮、括苍辈十山为之佐命,其余不可详载。粤天柱之号,潜、霍及此,三峰一称矣。……昔高士郭文举创隐于兹。……宝应中,群寇蚁聚,焚爇城邑,荡然煨烬,唯此独存。非神灵扶持,曷以臻是?州牧相里造县宰范愔,化洽政成,不严而理。遗氓憬附,复辑其业。筠与逸人李元卿,乐土是安,舍此奚适。……大历十三年正月十五日中岳道士吴筠记。”按《宝刻丛编》卷一四“临安府”:“《唐天柱山天柱宫记》,唐吴筠撰并书……大历五年立。”

**李勉撰《厨院新池记》(《全唐文》标题下注:“谨按,是篇一作‘李华’”)。**

见《全唐文》卷四三七。文中云:“每休沐之暇,访道山林,见其有天造池沼之形,而遂为沟渎。乃命黄冠等颐指广袤,凿周宇下,骈石以涯之,蓄流以深之。清澜忽平,秋阴满院,执爨无欲清之仆,挈瓶无汲深之劳。不造机事,而功赡于物,范公实所谓新池知己矣。静胜则道纯,境幽则神完,予与吴天师采真洞府,朝夕窥临。莹澈心胆,滑昏潜遁,事苟惬于心,则与登姑苏望五湖而齐矣。故因碑籀余地,刻而志之,犹诗人有泌泉之作。大历五年岁号上章阉茂八月一日记。”宋邓牧《大涤洞天记》卷下李玄卿《厨院新池记》:“予与吴天师采真洞府,朝夕窥临。……时大历五年岁号阉茂八月一日处士李玄卿记。”故系本文于此。

**任华本年九月在京,分别有书上京兆尹贾至、杜济,其词颇为不逊张狂。**

《全唐文》卷三七六任华《告辞京尹贾大夫书》:“昔侯嬴邀信陵君车骑过屠门,而信陵为之执绥,此岂辱公子耶?乃所以成公子名耳。王生命廷尉结袜,廷尉俯偻从命无难色,此岂辱廷尉耶?亦以成廷尉之名耳。仆所邀明公枉车过陋巷者,岂徒欲成君之名而已哉?窃见天下有识之士,品藻当世人物,或以君之才望,美则美也,犹有所阙焉。其所阙者,在于恃才傲物耳。仆感君国士之遇,故以国士报君。其所以报者,欲浇君恃才傲物之过,而补君之阙。宜其允迪忠告,惠然来思。而乃踌躕数日不我顾,意者耻从卖醪博徒游者乎?观君似欲以富贵骄仆,乃不知仆欲以贫贱骄君,君何见之晚耶?抑又闻昔有……耻为平原君家美人所笑,乃诣平原君请笑者头,平原君虽许之,终所不忍。……今君犹惜马蹄不顾我,况有请美人头者,岂复得哉?仆亦恐君之门客于是乎解体。仆解体者也,请从此辞。任华顿首。"又同书同卷任华《与京尹杜中丞书》:"仆到京辇,常以孤介自处,终不能结金张之援,过卫霍之庐,苟或见招,辄以辞避,所以然者,以朱建自试。一昨不意,执事猥以文章见知,特于名公大臣,曲垂翦拂,由是以公为知己矣。亦尝造诣门馆,公相待甚厚,谈笑怡如,仆由是益知公懿德宏远,必能永保贞吉,而与人有终始之分。不然,何乃前日辄不自料,而有祈丐于公哉?若道不合,虽以王侯之贵,亲御车相迎,或以千金为寿,仆终不顾,肯策款段崎岖傍人门庭开强言乎?矧仆所求不多,公乃曰亦不易致,即当分减,然必若易致,则已自致矣,安能烦于公?且凡有济物之心,必能辍于己,方可以成济物之道,公乃曰分减,岂辍己之义哉?况自蒙见许,已经旬日,客舍倾听,寂寞无声,公岂事繁遗忘耶?当不至遗忘,以为间事耶?今明公位高望重,又居四方之地,若轻于信而薄于义,则四方无所取,惟公留意耳。任华顿首。"按,京尹贾大夫即贾至,京尹杜中丞为杜济。《旧唐书·代宗纪》:"(大历五年三月)辛卯,以兵部侍郎贾至为京兆尹。"同书《贾至传》:"大历……五年,转京兆尹,兼御史大夫。"又,《唐会要》卷六一:"大历五年九月,杜济除京兆尹,充本府馆驿使。"

## |十二月|

**杜甫本年五十九岁,卒。**

《旧唐书·杜甫传》载:"永泰二年,啖牛肉白酒,一夕而卒于耒阳,时年五十九。"《新唐书·杜甫传》:"令尝馈牛炙白酒,大醉,一夕卒,年五十九。"元稹《元稹集》卷五六《唐检校工部员外郎杜君墓系铭并序》:"扁舟下荆楚间,竟以寓卒,旅殡岳阳。享年五十有九。"郑处诲《明皇杂录·补遗》:"杜甫后漂寓湘潭间,旅于衡州耒阳县,颇为令长所厌。甫投诗于宰,宰遂致牛炙白酒以遗,甫饮过多,一夕而卒。集中犹有赠聂耒阳诗也。”《旧唐书·杜甫传》所载“永泰二年”不知何据,乃误。《新唐书·艺文志四》著录其有《杜甫集》六十卷。《旧唐书·杜甫传》载:“甫有文集六十卷。”杜甫于《进雕赋表》中自云其作“虽不能鼓吹六经,先鸣数子,至于沉郁顿挫,随时敏捷,扬雄、枚皋之徒,庶可企及也。”《新唐书·杜甫传》:“逮开元间,稍裁以雅正,然恃华者质反,好丽者壮违,人得一概,皆自名所长。至甫,浑涵汪茫,千汇万状,兼古今而有之,他人不足,甫乃厌余,残膏剩馥,沾丐后人多矣。故元稹谓:‘诗人以来,未有如子美者。’甫又善陈时事,律切精深,至千言不少衰,世号‘诗史’。昌黎韩愈于文章慎许可,至歌诗,独推曰:‘李、杜文章在,光焰万丈长。’”《旧唐书·杜甫传》载元稹言杜甫:“上薄《风》《骚》,下该沈、宋,言夺苏、李,气吞曹、刘,掩颜、谢之孤高,杂徐、庾之流丽,尽得古今之体势,而兼人人之所独专矣。……则诗人已来未有如子美者。”《明皇杂录·补遗》载:“天宝中,刘希夷、王昌龄、祖咏、张若虚、孟浩然、常建、李白、杜甫,虽有文名,俱流落不偶,恃才浮诞而然也。”

## |本 年|

**杜佑仍为淮南节度使韦元甫从事、检校主客员外郎,时与李翰同为幕僚,多年后《通典》成,李翰为其撰《通典》序。**

见《全唐文》卷四三〇《通典序》。序:“淮南元戎之佐曰尚书主客郎京兆杜公君卿,雅有远度,志于兴邦,笃于好古,生而知之。以大历之始,实纂斯典,累纪而成。……今之人贱近而遗远,昧微而观著,得之者甚鲜,知之者至稀,可以叹息也。翰与杜公数旬探讨,故颇详旨趣,而为之序。”《旧唐书·杜佑传》:“(韦)元甫为浙西观察、淮南节度,皆辟为从事,深所委信,累官至检校主客员外郎。”韦元甫大历六年八月卒于淮南节度任(《旧唐书·代宗纪》),故知本年左右杜佑于淮南幕府任,《通典》乃其大历元年始撰“累纪而成”,故李翰《通典序》乃多年后所撰。

**代宗有《明慎刑典诏》。**

《唐大诏令集补编》卷二〇代宗有《明慎刑典诏》。文末署“大历五年”,文即撰于此时。

**薛涛约本年生。**

章渊《槁简赘笔》："（涛）父卒，母孀居。韦皋镇蜀，召令侍酒赋诗，遂入乐籍。"《旧唐书·德宗纪上》：贞元元年六月"辛卯，以左金吾卫大将军韦皋检校户部尚书，兼成都尹、御史大夫、剑南西川节度观察使"。据张蓬舟《薛涛诗笺》，薛涛约贞元元年为韦皋西川营妓，时年十六，逆推薛涛约生于本年。

## 唐代宗大历六年

辛亥　七七一

### 正月

**柳识在润州，撰文载李栖筠、樊晃琴会之事。**

《全唐文》卷三七七柳识《琴会记》："大历六年，浙西观察使、苏州刺史兼御史大夫赞皇公祇命朝于京阙。春正月，夕次朱方，刺史樊公称江月当轩，愿以卮酒侑胜。居无何，赞皇公弦琴，樊公和之。"文中生动描述了琴会情况："琴动人静，琴酣酒醒，清声向月，和气在堂，春风犹寒，是夜觉暖。"并记载了李栖筠对音乐的感悟，及其对音乐与道关系的看法："见明珠者始贱鱼目，知雅乐者方鄙郑声。自朴散为器，真意在琴。与众乐同出于虚，独能致静；同韵五音，独能多感；同名为乐，独偶圣贤。是宜称德，切近于道。昔尧以美利利于天下，曲名始畅，自舜禹至于夫子不止。且声著哀思，或当戚自陈。其后居常玩之，和理所措。若然者，宁袭陶公真意空拍而已？岂袭胡笳巧丽，异域悲声？我有山水桐音，宝而持之，古操则为，其余未暇。"赞皇公，即李栖筠，大历三年二月至六年八月为苏州刺史，见《唐刺史考·苏州》。樊公，即樊晃。《元和姓纂》卷四"南阳樊氏"："晃，兵部员外、润州刺史。"《宋高僧传》卷一七《唐金陵钟山元崇传》："大历五年，刺史南阳樊公……属县行春。"知大历五年春，晃已在润州刺史任。

### 二月

**王淑、章八元、路季登、赵需、卢景亮、杨於陵、郑絪、裴佶等二十八人进士及**

**第，王溆为状元。本年试《初日照露盘赋》（以“云表清露，光发金景”为韵）、《寒夜闻霜钟》诗；元衮擢明经第；郑珣瑜、李益讽谏主文科擢第；陈润茂才异等科擢第。本年礼部侍郎刘单知上都举，权知留守张延赏知东都举。**

见《登科记考补正》卷一〇。《文苑英华》卷一六今存郑絪、卢景亮《初日照露盘赋》二赋，《文苑英华》卷一八四存郑絪《寒夜闻霜钟诗》：“霜钟初应律，寂寂出重林。拂水宜清听，凌空散迥音。春容时未歇，摇曳夜方深。月下和虚籁，风前间远砧。净兼寒漏彻，闲畏曙更侵。遥想千山外，泠泠何处寻。”郑絪《初日照露盘赋》中云：“日初出兮露成文，盘既洁兮光乍分。凝素彩而泛滟，鲜颢气之絪缊。忽炯尔以流景，乍揭然而拂云。若乃势倚金茎，色映霞表；倒初景以摇扬，澹轻烟之缥缈。承露华以逾明，焜霁色而共晓。焕然孤秀，赫奕奕于长川；烂尔生光，照翻翻之高鸟。”卢景亮所作赋中云：“揭金盘而受露，擢仙掌而凌云。当朝阳之出海，属寥廓之无氛。霁色曈眬，金辉晃晶。光奕奕于九霄之际，色昭昭于众象之表。大明既照，夕露方盈。金景相映，银华自清。高不可攀，驻王乔之羽驾；仰不可视，夺离朱之目睛。彼方丈之金阙，洎天台之赤城。”

**岭南蛮酋梁崇牵起兵据容州，攻陷附近城邑，元结时避乱寄治苍梧。**

《资治通鉴》卷二二四：“岭南蛮酋梁崇牵自称平南十道大都统，据容州，与西原蛮张侯、夏永等连兵攻陷城邑，前容管经略使元结等皆寄治苍梧。”后经略使王翃以岭南节度使李勉之援，与义州、藤州等连结，讨平梁崇牵，尽复容州故地。按，元结明年正月还长安，七月卒。

## | 三 月 |

**李幼卿在滁州刺史任，赋《琅琊溪》八题，独孤及、刘湾皆作文记述，李阳冰为撰，并书《新泉铭》。**

《全唐文》卷三八九独孤及《琅琊溪述》：“陇西李幼卿，字长夫，以右庶子领滁州。……赋八题题于岸石，及亦状而述之。是岁大历六年，岁在辛亥春三月丙午。”《舆地碑记目》卷二滁州：“《琅琊溪记》，唐秘书郎刘湾撰。”《全唐文》卷四三七李阳冰《庶子泉铭》：“贤哉官相，牧此滁上。”亦为李幼卿作。《金石录》

卷八:"《唐李庶子新泉铭》,李阳冰撰并篆书,大历六年三月。"按,李幼卿诗及刘湾记今不传。

**颜真卿任抚州刺史,作《抚州宝应寺律藏院戒坛记》。**

颜真卿于抚州刺史任内,撰称颂佛道之文数篇。《颜鲁公文集》卷五《抚州宝应寺律藏院戒坛记》:"有唐大历辛亥岁春三月,行抚州刺史鲁郡开国公颜真卿书而志之。"

**皇甫冉约本年春卒于丹阳,年五十四,有集,诗三百五十篇,独孤及等为其撰集序。**

《全唐文》卷三八八独孤及《唐故左补阙安定皇甫公集序》:"转右(按,当为左)补阙。奉使江表,因省家至丹阳。朝廷虚三署郎位以待君之复。不幸命短,年方五十四而殁。"大历五年冬末,扬州韩洄寄诗山阴严维,李嘉祐及皇甫冉和之,故皇甫冉卒在本年春。《新唐书·艺文志四》:"《皇甫冉诗集》三卷。"《郡斋读书志》一七:"《皇甫冉诗》二卷。"《直斋书录解题》卷一九:"《皇甫冉集》一卷。"《全唐文》卷三八八独孤及《唐故左补阙安定皇甫公集序》:"沈、宋既殁,而崔司勋颢、王右丞维复崛起于开元、天宝之间,得其门而入者,当代不过数人,补阙其人也。……故睹君述作,知君所尚。以景命不永,斯文未臻其极也。盖存于遗札者,凡三百有五十篇。其诗大略以古之比兴就今之声律,涵咏风骚,宪章颜谢。至若丽曲感动,逸思奔发,则天机独得,有非师资所奖。每舞雩咏归,或金谷文会,曲水修禊,南浦怆别,新声秀句,辄加于常时一等,才钟于情故也。君母弟殿中侍御史曾,字孝常……丽藻竞爽,盛名相亚,同乎声者方之景阳、孟阳。孝常既除丧,惧遗制之坠于地也,以及与茂政前后为谏官,故衔痛编次,以论撰见托,遂著其始终以冠于篇。"《全唐文》卷三五七《皇甫冉集序》(附名"高适",然高适于765年永泰元年卒,此当为《全唐文》编撰者误附):"皇甫冉补阙自擢桂礼闱,遂为高格。往以世道艰虞,避地江外,每文章一到朝廷,作者变色。于词场为先辈,推钱郎为伯仲,谁家胜负,或逐鹿中原。……可以雄视潘、张,平揖沈、谢。又《巫山诗》终篇皆丽。自晋、宋、齐、梁、陈、周、隋已来,采掇者无数,而补阙独获骊珠,使前贤失步,后辈却立。自非天假,何以追斯?恨长辔未骋,而芳兰早凋,悲夫!"

## | 闰三月 |

**颜真卿罢抚州刺史,令本州秀才左辅元编次其抚州所作篇章,为《临川集》十卷**。

《颜鲁公文集》卷五《乞御书题额恩敕批答碑阴记》:“蒙除抚州刺史。大历六年闰三月代到。”《全唐文》卷五一四殷亮《颜真卿行状》:“于大历三年迁抚州刺史。在州四年……接遇才人,耽嗜文卷,未尝暂废焉。因命在州秀才左辅元编次所赋,为《临川集》十卷。”

## | 四月 |

**戊午(《旧唐书》本纪作“丁巳”),上御宣政殿,亲试讽谏主文、茂才异等、智谋经武、博学专门等四科举人,登科者十五人。李益、郑珣瑜登讽谏主文科;陈润登茂才异等科,授坊州鄜城令**。

见《登科记考补正》卷一〇。

**颜真卿在抚州,撰《抚州南城县麻姑山仙坛记》,并书之**。

《全唐文》卷三三八颜真卿《抚州南城县麻姑山仙坛记》:“大历三年,真卿刺抚州。按《图经》,南城县有麻姑山,顶有古坛,相传云麻姑于此得道。坛东南有池,中有红莲,近忽变碧,今又白矣。池北下坛傍有杉松,松皆偃盖,时闻步虚钟磬之音。东南有瀑布,淙下三百余尺。东北有石崇观,高石中犹有螺蚌壳,或以为桑田所变。西北有麻源,谢灵运诗题《入华子冈是麻源第三谷》,恐其处也。源口有神,祈雨辄应。……自麻姑发迹于兹岭,南真遗坛于龟源,华姑表异于井山。今女道士黎琼仙,年八十而容色益少,曾妙行梦琼仙而餐花绝粒。紫阳侄男曰德诚,继修香火;弟子谭仙岩,法箓尊严。而史元洞、左通元、邹郁华,皆清虚服道。非天地气殊异,江山炳灵,则曷由纂懿流光,若斯之盛者矣?真卿幸承余烈,敢刻金石而志之,时则六年夏四月也。”

## |本 年|

**樊晃在润州刺史任，约本年采杜甫遗文二百九十篇，编为《杜甫小集》六卷，并为之作序，传于江左。**

《新唐书·艺文志四》："《杜甫小集》六卷，润州刺史樊晃集。"《唐文拾遗》卷二三樊晃《杜工部小集序》："工部员外郎杜甫……文集六十卷，行于江汉之南。常蓄东游之志，竟不就。属时方用武，斯文将坠，故不为东人之所知。江左词人所传诵者，皆君之剧题戏论耳。曾不知君有大雅之作，当今一人而已。今采其遗文，凡二百九十篇，各以志类，分为六卷，且行于江左。君有宗文、宗武，近知所在，漂寓江陵，冀求其正集，续当论次云。"

**李华约于本年为萧颖士集作序。**

《李遐叔文集》卷一《扬州功曹萧颖士文集序》："君以为六经之后，有屈原、宋玉，文甚雄壮，而不能经。厥后有贾谊，文词最正，近于理体。枚乘、司马相如，亦瑰丽才士，然而不近风雅。扬雄用意颇深，班彪识理，张衡宏旷，曹植丰赡，王粲超逸，嵇康标举，此外皆金相玉质，所尚或殊，不能备举。左思诗赋有《雅》《颂》遗风，干宝著论近王化根源……近日陈拾遗子昂文体最正，以此而言，见君之述作矣。君以文章制度为任，时人咸以此许之，不幸殁于旅次。有文十卷，卷行于代，其篇目虽存，章句遗落，古所谓有其义而无其词者也。后之为文者，取以为法焉。今海内至广，人民至众，求君之比，不可复得，难乎哉！君有子一人曰存，为苏州常熟县主簿，雅有父风，知名于代。以华平生最深，见托为叙，力疾直书云尔。"《全唐文》卷六九一苻载《萧存墓志》："李大夫栖筠领浙西……遂奏授苏州常熟县主簿。"李栖筠大历三年至六年领浙西，见《唐刺史考·苏州》，故系此序于本年。按，李华所撰序之时间从《新编年史》所记。

**梁肃本年旅于苏州，作梁鸿碣。**

《全唐文》卷五二〇梁肃《梁高士碣》："唐大历六年，小子旅于吴……乃刊于贞石，以识遗烈。"吴，即今江苏苏州。

**于邵致书宰相元载，希望得到提携。**

《全唐文》卷四二六于邵《与元相公书》文首“通直郎殿中侍御史内供奉于邵顿首”，于邵大历五、六年间出为道州刺史，未到任转为巴州刺史，之后在崔宁幕，故此文最迟作于本年。按，《新唐书·宰相世系表五下》：“元氏宰相一人，稹。大历宰相元载，本景氏，故不著。”元稹于长庆二年由工部侍郎拜相，此时于邵早已离世。故文中“元相公”，当指元载。

**连年丰稔，边境无寇，仓库蓄积稍充实。**

《资治通鉴》卷二二四大历六年：“是岁，以尚书右丞韩滉为户部侍郎、判度支。自兵兴以来，所在赋敛无度，仓库出入无法，国用虚耗。滉为人廉勤，精于簿领，作赋敛出入之法，御下严急，吏不敢欺。亦值连岁丰穰，边境无寇，自是仓库蓄积始充。”《旧唐书·韩滉传》亦载此事：“又属大历五年已后，蕃戎罕侵，连岁丰稔，故滉能储积谷帛，帑藏稍实。”

## 唐代宗大历七年

壬子　七七二

### 正月

**回纥使者擅入长安市中掠人子女，又以三百骑犯金光、朱雀门，有司不能禁。**

《资治通鉴》卷二二四大历七年：“春正月甲辰，回纥使者擅出鸿胪寺，掠人子女；所司禁之，殴击所司，以三百骑犯金光、朱雀门（胡注：金光门，长安城西面中门；朱雀门，宫城南门）。是日，宫门皆闭，上遣中使刘清潭谕之，乃止。”又七月载：“秋七月癸巳，回纥又擅出鸿胪寺，逐长安令邵说至含光门街（胡注：西内宫城之外为皇城，南面三门，西为含光门），夺其马；说乘他马而去，弗敢争。”又见《旧唐书·代宗纪》。

**不空进所译佛经一百一卷,诏下有司,宣付中外。**

《册府元龟》卷五三:"大历七年正月,兴善寺僧特进,试鸿胪卿三藏不空献所翻译佛经,特许编入《一切经目》。不空表曰:'……谨缵集前后所翻译自开元至今,凡一百一卷、七部以闻。'诏下有司,宣付中外。"

**白居易生于郑州新郑。**

《白居易集》卷七一《醉吟先生墓志》:"大历七年正月二十日,生于郑州新郑县东郭宅。"白居易(772—846年),字乐天,晚号香山居士、醉吟先生,祖籍太原(今属山西),唐下邽(今陕西渭南)人。按,白居易生平及作品编年主要据朱金城《白居易年谱》,下同。

**修功德中使魏成信奉敕于岱岳观修醮,有题记。**

《全唐文补编》卷四八魏成信《岱岳观修斋醮题记》:"大唐大历七年太岁壬子正月癸未朔廿三日乙巳。……"注:"《求古录》。《金石萃编》卷五三。"陈尚君按:"末有修功德中使内侍魏成信等十余人题名。"

## |二 月|

**张式、畅当、王仲堪、王础、胡珦等三十三人登进士第,张式为状元;归登举孝廉;杨于陵博学宏辞科擢第。礼部侍郎张谓知上都举。**

见《登科记考补正》卷一〇。

**党晔等八人游香山寺,有题名。**

《全唐文补编》卷四三党晔《香山寺题名》:"大历七年二月十二日。"注:"《北京图书馆藏中国历代石刻拓本汇编》二七册。"

## 三月

**侯季文等三人游华山，有题名。**

《全唐文补编》卷四三侯季文《华岳题名》："大历七年三月廿日。西上前乡贡进士侯季文……"注："《华岳志》卷四。"

**崔微等四人游华山，有题名。**

《全唐文补编》卷四九崔微《华岳题名》："前开州刺史崔微……大历七年三月廿四日西上。"注："《金石萃编》卷七九。《八琼室金石补正》卷五五。"

## 四月

**贾至本年五十五岁，以右散骑常侍卒，赠礼部尚书，谥曰文。独孤及有文祭之。**

《新唐书·贾至传》："（大历）七年，以右散骑常侍卒，年五十五，赠礼部尚书，谥曰文。"《毗陵集》卷二〇《祭贾尚书文》："维大历七年四月二十一日，朝散大夫检校尚书司封郎中兼舒州刺史赐紫金鱼袋独孤及，谨以清酌庶羞之奠，敬祭于故散骑常侍赠礼部尚书贾公六兄之灵。"《新唐书·艺文志四》著录《贾至集》二十卷、《别集》十五卷（苏冕编）；《唐会要》卷三六《氏族》载其有《百家类例》十卷，然已佚；《郡斋读书志》卷一七："《贾至集》十卷。李邯郸淑家本二十卷，苏弁编次，常仲孺为序，以墓铭、序、碑列于后，今亡其半。"《直斋书录解题》卷一六："《贾幼几集》十卷。唐起居舍人河南贾至幼几本，又有十卷者，有序。今本无序。《中兴馆阁》本亦同。"《全唐文》卷三六六至三六八编其文为三卷。贾至一生所作制诰无数，除制诰外，另有《旌儒庙碑》《微子庙碑颂》《陕州铁牛碑颂》等篇章，唯作年难确考。时人、后人对其诗文评价甚高。独孤及《祭贾尚书文》赞其"兄逢盛世，任适梁栋……追念夙昔，尝陪讨论……揭厉孔门，匪究枝叶，必探本根。高论拔俗，精义入神，誓将以儒，训齐斯民。文章陵夷，郑声夺伦，兄于其中，振三代风，复雕为朴，正始是崇。学者归仁，如川朝宗，六义炳焉，自兄中兴。大名全才,仪刑百工。”李白《巴陵赠贾舍人》比之为贾谊。杜甫《别唐十五诚因寄礼部贾侍郎》称其“雄笔映千古”。皇甫湜《谕业》赞其文“如高冠华簪,曳琚鸣玉,立于廊庙,非法不言,可以望为羽仪,资以道义。”《唐才子传》卷三评其文曰:“俊逸之气,不减鲍照、庾信。调亦清畅,且多素辞。”

**元结卒于京师,年五十四。杨炎、常衮为作碑志,十一月,颜真卿为作墓碑。结有《元子》十卷、《文编》十卷,自为之序。**

《颜鲁公文集》卷一一《唐故容州都督兼御史中丞本管经略使元君表墓碑铭》:“(大历)七年正月,朝京师。……夏四月庚午,薨于永崇坊之旅馆,春秋五十。……中书舍人杨炎、常衮,皆作碑志,以抒君之志业。”又:“君聪悟宏达,倜傥而不羁。十七始知书,乃授学于宗兄先生德秀。常著《说楚赋》三篇,中行子苏源明骇之曰:‘子居今而作真淳之语,难哉!然世自浇浮,何伤元子?’天宝十二载举进士,作《文编》。……乾元二年,李光弼拒史思明于河阳,肃宗欲幸河东,闻君有谋略,虚怀召问。君悉陈兵势,献《时议》三篇。……乃拜著作郎。遂家于武昌之樊口,著《自释》以见意,其略曰:‘少习静于商余山,著《元子》十卷。兵起,逃难于猗玗洞,著《猗玗子》三篇。……乃自称浪士,著《浪说》七篇。及为郎,时人以浪者亦漫为官乎,遂见呼为漫郎,著《漫记》七篇。’……七年正月朝就师,上深礼重,方加位秩,不幸遇疾,中使临问者相望。夏四月庚午,薨于永崇坊之旅馆,春秋五十,朝野震悼焉。……以其年冬十一月壬寅,虔葬君于鲁山青岭泉陂原,礼也。……中书舍人杨炎、常褒皆作碑志,以抒君之志业。……真卿不敏,常忝次山风义之末,尚存尽往……铭曰:次山斌斌,王之荩臣。义烈刚劲,忠和俭勤。炳文华国,孔武宁屯。率性方直,秉心真纯。见危不挠,临难遗身。允矣全德,今之古人。奈何清贤,素志莫伸?群士立表,垂声不泯。”据孙望《元次山年谱》,结享年五十四岁。《新唐书·艺文志三》:“元结《猗玗子》一卷、《元子》十卷、《浪说》七篇、《漫说》七篇。”《新唐书·艺文志四》:“元结《文编》十卷、《箧中集》一卷。”《郡斋读书志》卷一七:“《元子》十卷、《猗玗子》一卷、《文编》十卷。右唐元结次山也。……结性耿介,有忧道悯世之思。逢天宝之乱,或仕或隐,自谓与世聱牙,岂独其行事而然,其文辞亦如之。然其辞义幽约,譬古钟磬,不谐于里耳,而可寻玩。在当时,名出萧、李下,至韩愈称数唐之文人,独及结云。”《直斋书录解题》卷一五:“《箧中集》一卷。唐元结次山录沈千运、赵微明、孟云卿、张彪、元季川、于逖、王季支七人诗二十四首,尽箧中所有次之。

荆公《诗选》尽取不遗。唐中世诗高古如此。今人乃专尚季末,亦异点。”

**独孤及在舒州,为禅宗三祖僧粲请谥,谥曰镜智,塔曰觉寂,及为其作碑铭。**

《毗陵集》卷九《舒州山谷寺觉寂塔随故镜智禅师碑铭》:“皇帝即位后五年,岁次庚戌,及剖符是州。……胜业寺大比丘释开悟至自庐江。……七年夏四月……诏册谥禅师曰镜智,塔曰觉寂。”

## |九月|

**于休烈本年八十一岁,卒,赠尚书左仆射,谥曰元。**

《旧唐书·于休烈传》:“于休烈……大历七年卒,年八十一。……(上)闻休烈卒,追悼久之,褒赠尚书左仆射。”《新唐书·于休烈传》载:“岁中,休烈亦卒,年八十一。帝为叹息,赠尚书左仆射,谥曰元。”

按,于休烈一生笃好典籍,熟谙经史制度,以儒行著名于世。其与会稽贺朝、万齐融、延陵包融为文词之友,齐名一时。《新唐书·艺文志四》著录其有《于休烈集》十卷。《旧唐书·于休烈传》载其“有集十卷行于代”。《全唐文》卷三六五收其文七篇。《旧唐书·于休烈传》载其“至性贞悫,机鉴敏悟。自幼好学,善属文。……在朝凡三十余年,历掌清要,家无担石之蓄。恭俭温仁,未尝以喜愠形于颜色。而亲贤下士,推毂后进,虽位崇年高,曾无倦色。笃好坟籍,手不释卷,以至于终。……儒者之荣,少有其比”。《新唐书·于休烈传》亦载其“机鉴融敏,善文章。……性恭俭仁爱,无喜愠之容。乐贤下善,推毂士甚众。年老,笃意经籍,嗜学不厌。……为儒者荣”。

## |十月|

**皎然居湖州龙兴寺,追立远祖谢安碣,刺史裴清为其撰文。**

《宝刻丛编》卷一四“湖州”:“《唐立晋谢公碣》,唐裴清撰……大历七年十月十一日龙兴寺沙门皎然建。”

**醴泉县令韦凭游华山，有题名。**

《全唐文补编》卷四三韦凭《华岳题名》："醴泉县令韦凭，大历七年十月廿八日题记。"注："《金石萃编》卷七九。"

## 十一月

**怀素本年来长安，任华等为其作歌，颜真卿为其作序。**

《全唐诗》卷二六一有任华所撰《怀素上人草书歌》。《全唐文》卷三三七颜真卿《怀素上人草书歌序》："开士怀素……精心草圣，积有岁时，江岭之间，其名大著。……今礼部侍郎张公谓，赏其不羁，引共游处。"《唐诗纪事》卷二五："谓大历间为礼部侍郎，典七年、八年、九年贡举。"颜真卿此前为抚州刺史，此后为湖州刺史，惟本年迁祔母柩至京师，时任华亦在京，故序及歌当作于本年。

**常衮撰有《减淮南租庸地税制》。**

《唐大诏令集补编》卷二八有常衮所撰《减淮南租庸地税制》。文末署"大历七年十一月"，文即撰于此时。

**越州开元寺僧昙一卒，梁肃为其作塔铭。**

《宋高僧传》卷一四《唐会稽开元寺昙一传》："法谢形离，薪尽火灭，以大历六年十一月十七日迁化于寺之律院，报龄八十，僧腊六十一。即以明年十一月二十四日迁座于秦望山，从先和尚之茔也。……时会稽徐公浩素敦乡里之旧为碑颂德焉。大历十一年也。"《全唐文》卷五二〇梁肃《越州开元寺律和尚塔碑铭并序》："释氏先律师讳昙，一字昙允，报年八十，僧夏六十一，以大历六年十二月七日，灭度于越州开元寺。迁座起塔于秦望山之阳，制缞会葬者以千百数……"据此知"迁座起塔于秦望山之阳"在大历七年十一月二十四日，则《昙一塔碑铭》作于此时左右。

**阙名撰孙府君(随)墓志铭并序。**

《全唐文补遗》有阙名所撰《唐故朝散大夫守定陵令孙府君(随)墓志铭并序》。文记孙府君"以大历七年六月十九日,遇疾终于万年县之永宁里之私第……其年十一月十四日,永厝于望洛原,礼也"。则文乃本年十一月撰。

**颜真卿任湖州刺史,为元结撰墓碑铭。**

《颜鲁公文集》卷一一《唐故容州都督兼御史中丞本管经略使元君表墓碑铭》云:"呜呼!可惜哉元君。君讳结,字次山。……(大历七年)夏四月庚午,薨于永崇坊之旅馆,春秋五十,朝野震悼焉。……以其年冬十一月壬寅,虔葬君于鲁山青岭泉陂原,礼也。"

## |本 年|

**崔祐甫约本年为崔日用文集作序。**

《全唐文》卷四〇九崔佑甫《齐昭公崔府君集序》:"天以日月经纬为文,地以邱陵山川为文,刚柔杂也。其施于人也,钟磬笙竽文其乐,九章三赀文其礼,典谟咏歌文其言。国之大臣,业参政本,发挥皇王之道,必由于文。故虞有皋陶洎益,稷以嘉言启迪。舜、禹以降,伊、傅、周、召,训命策诰,并时而兴。秦之李斯,着事而僻。自兹厥后,蜀丞相孔明有《出师表》,晋司空茂先有《鷦鷯赋》,皆辅臣之文也。财成陶冶,于是见焉。我族叔父齐昭公讳日用,佐命中朝,光照千里……公薨五十载,嗣孙起居舍人儒,以文事主便蕃禁闼,追怀前烈,思有以发扬垂裕,奉昭公之文集以请焉。伏览碑颂志论、表章赞序,凡五十余首,诗几三百篇,卓尔孤标,气高调远。若雅琴度曲,众音无味,则我远祖长岑济北雕龙之美,昭公能缵承矣。"据《旧唐书·崔日用传》,崔日用于开元十年卒,至本年已五十载。

**崔祐甫约本年集其父崔沔遗文为集,李华为其撰序。**

《全唐文》卷三一五李华《赠礼部尚书清河孝公崔沔集序》:"博陵孝公崔氏讳沔……文集经乱离多散逸,今其存者二十九卷。……嗣子祐甫论撰先志一卷,为第三十卷。"此事之编年据《新编年史》。《集序》又云:"文章本乎作者,而哀乐系乎时。本乎作者,六经之志也;系乎时者,乐文武而哀幽厉也。立身扬名,有国有家,化人成俗,安危存亡。于是乎观之,宣于志者曰言,饰而成之曰文。有德之文信,无德之文诈。……夫子之文章,偃、商传焉,偃、商殁而孔丘、孟轲作,盖六经之遗也。……中朝议政或疑,群谋未允,公援六经,伸百氏,覆于时事,事举其中,天下莫不讽诵焉。文集经乱离多散逸,今其存者二十九卷。……嗣子祐甫,论撰《先志》一卷,为第三十卷,传祖祢之美,合于《礼经》。见公文章,知公行事,则人伦之叙、治乱之源备矣,岂唯化物谐声、为文章而已乎!奉诏修《道德经疏》,藏于三阁,行乎天下,反魏晋之浮诞,合立言于世教,其于道也至乎哉!祐甫纯孝而文……泣次遗文,以华北州邻壤、婚姻之旧,尝趋公门,备阅家编,祐甫代华为校书郎,华以是味公之道也熟,词则不敏,有古之直焉。"

**梁肃居常州,作《圮桥石表铭并序》《舒州望江县丞卢公墓志铭》**。

《全唐文》卷五二〇梁肃《圮桥石表铭并序》:"大历七年,予旅游次堕履之地,于是钻石勒铭。"同书同卷梁肃《舒州望江县丞卢公墓志铭》:"大历七年月日,胤子太常寺协律郎东美初奉严训,以公之丧后祔先大夫于阳翟之某原,礼也。"

**吕温本年生**。

据《柳宗元集》卷九《吕温诔》载其元和六年卒、《刘禹锡集》卷一九《吕温集纪》载其卒年四十推定。

**李绅本年生**。

《全唐文》卷六九四李绅《黑诏持经大德神异碑铭》:"大历癸丑岁……余生未期岁。"癸丑年为明年,故知绅生于本年。

**李翱约本年生**。

李翱生年诸说不一,今从陈尚君《李翱卒年订误》(《中华文史论丛》1981 年第 1 辑),系于本年。

**刘禹锡，字梦得，郡望中山，洛阳人。生于本年。**

刘禹锡，传见《旧唐书》卷一六〇、《新唐书》卷一六八。《旧唐书·刘禹锡传》："刘禹锡字梦得，彭城人。"《新唐书·刘禹锡传》："刘禹锡字梦得，自言系出中山。"此从卞孝萱《刘禹锡年谱》（中华书局1963年版，下简称《刘谱》。本书刘禹锡生平及其诗文本年多取此书之说，不一一说明）之说。据《旧唐书·刘禹锡传》云其"会昌二年七月卒，时年七十一"，推其生在本年。

**李华本年五十八岁，疑本年为《崔沔集》撰序。**

《全唐文》卷三一五李华《赠礼部尚书清河孝公崔沔集序》："薨于位，时开元二十四年冬仲月旬有七日，春秋六十七。……文集经乱离多散逸，今其存者二十九卷……嗣子祐甫，论撰《先志》一卷，为第三十卷，传祖祢之美，合于《礼经》。"《集序》又云："文集经乱离多散逸，今其存者二十九卷。"此乱离当指安史之乱，故知《集序》当作于安史乱后。傅璇琮《编年史》载："祐甫本年（大历七年）闲居和、滁诸州，与李华所居楚州邻近。"故疑《赠礼部尚书清河孝公崔沔集序》作于大历七年，唯作年难确考，姑系于此。

## 唐代宗大历八年

癸丑　七七三

### 正月

**顾况在温州，备办盐务，有文祭陆渭。**

《全唐文》卷五三〇顾况《祭陆端公文》："维大历八年正月朔，同乡顾况于永嘉发使……敬祭陆三十二端公之灵。"陆端公，即陆渭。见《文史》第31辑陶敏《唐人行第录正补》。

**颜真卿任湖州刺史，本月至湖州任所。**

《颜鲁公文集》卷一九《乞御书题额恩敕批答碑阴记》:“(大历)七年秋九月归自东京,起家蒙除湖州刺史,来年春正月至任。”

## |二月|

**陆贽、严绶、郑利用、周存、苗秀、张蒙、员南溟、常沂等三十四人进士及第。《文苑英华》卷五五载陆贽《东郊朝日赋》,以“国家行仲春之令”为韵。《容斋续笔》引《唐登科记》,作《东郊朝日赋》,以“国家行仲之令”为韵,误缺一字。是年试《禁中春松诗》,《文苑英华》卷一八七收陆贽、周存、员南溟、常沂诗。《文苑英华》卷五一收陆贽、苗秀、张蒙《登春台赋》,皆以“晴眺春野,气和感深”为韵。本年进士科所试赋题当为《登春台赋》;诸科五人。礼部侍郎张谓知上都举,东都留守蒋涣知东都举。**

见《登科记考补正》卷一〇。

**阙名撰卢氏(胜娘)墓志铭并序。**

《全唐文补遗》有阙名所撰《唐虢州录事参军何伯遇妻范阳卢氏(胜娘)墓志铭并序》。文谓“大历八年正月十日,夫人终于虢州录事之官舍,春秋廿有三。……粤以其年二月九日,权瘗于龙门西原”。则文约撰于本年二月。

## |春|

**颜真卿重修《韵海镜源》,撰《湖州乌程县杼山妙喜寺碑铭》记其修书始末,大历十二年表献之,诏付集贤院。**

《颜鲁公文集》卷七《湖州乌程县杼山妙喜寺碑铭》:“真卿自典校时,即考五代祖隋外史府君与《法言》所定切韵,引《说文》《苍》《雅》诸字书,穷其训解,次以经史子集中两字已上成句者,广而编织,故曰《韵海》。以其镜照原本,无所不见,故曰镜源。天宝末,真卿出守平原,已与郡人渤海封绍高筼族弟今太子通事舍人浑等修之,裁成二百卷。属安禄山作乱,止具四分之一。及刺抚州,与州人左辅元、姜如璧等增而广之,成五百卷。事物婴扰,未遑刊削。大历壬子岁,真卿叨刺于湖,公务之隙,乃与金陵沙门法海……以季夏于州学及放生池日相讨论。至冬,徙于兹山东偏。来年春,遂终其事。”《湖州乌程县杼山妙喜寺碑铭》:“大历壬子岁……来年春,遂终其事。”大历壬子岁即大历七年,来年即大历八年,故知《韵海镜源》撰成于大历八年春,《湖州乌程县杼山妙喜寺碑铭》亦当作于此时。

## |六月|

**代宗有《追赠不空和尚诏》。**

《唐大诏令集补编》卷三〇代宗有《追赠不空和尚诏》。文末署“大历八年六月癸未”,故文即撰于此时。文云:“大道之行,同合于异相:王者至理,总归于正法。方化成之齐致,何儒释之殊途?故前代帝王,罔不崇信,法教宏阐,与时偕行。特进试鸿胪卿大兴善寺三藏沙门大广智不空,我之宗师,人之舟楫。超诣三学,坐离于见闻;修持万行,常示于化灭。执律舍缚,护戒为仪。继明善教之志,来受人王之请。朕在先朝,早闻道要,及当付嘱,常所归依。……可开府仪同三司,仍封肃国公,赠司空。谥曰大辩正广智不空三藏和尚。”

## |八月|

**李华本年五十九岁,《与外孙崔氏二孩书》当作于本年或此前数年。**

《李遐叔文集》卷一《与外孙崔氏二孩书》:“八月十五日,翁告崔氏之子两孩省:吾出身入仕,行四十年,晚有汝母,已养汝二人矣。”按,李华开元二十三年登进士第,以四十年推算,则本文当作于大历九年八月十五日。然据《全唐文》卷五二二梁肃《为常州独孤使君祭李员外文》:“维大历九年五月日,朝散大夫守常州刺史赐紫金鱼袋独孤某,谨以清酌之奠,祭于故尚书吏部郎赵郡李遐叔三兄之灵。”可知大历九年八月十五日李华已逝,断无作本文之理。则“行四十年”当指近四十年,李华登第至本年三十九年,故知《与外孙崔氏二孩书》当作于大历八年或此前二三年间,唯作年难确考,姑系于此。

## |九月|

**崔浚等七人游桐君山,有题名,崔浚并篆。**

《全唐文补编》卷四三崔浚《桐君山题名》:“大历八年九月廿二日记。崔浚篆。”注:“拓本。”

**修功德中使魏成信撰有《东岳观修醮题记》。**

《全唐文补编》卷四八魏成信《东岳观修醮题记》:“大历八年岁次癸丑九月癸酉朔廿八日。修功德中使正议大夫守内侍省内侍员外同正员上柱国魏成信……”注:“《金石萃编》卷五三。《泰山石刻记》。”

## |十月|

**吐蕃以十万之众侵泾州、邠州,朔方兵马使浑瑊与之战,兵败,居民为吐蕃所掠者千余人。后马璘与吐蕃战于盐仓,又败。郭子仪与诸将谋,浑瑊与马璘联兵,共击吐蕃,败之,吐蕃遁还。**

见《旧唐书·代宗纪》、《资治通鉴》卷二二四。

**梁肃居常州,撰《明州刺史李公墓志铭》。**

《全唐文》卷五二〇梁肃《明州刺史李公墓志铭》:“大历七年冬十月甲子,前明州刺史李公寝疾终于晋陵之无锡私馆。呜呼!公讳长……八年冬十月,某奉公之丧,反葬于河南万安山之阳。……以夫人之丧反葬万安,至是祔焉,礼也。夫惟天地之道可久,若陵谷,则无不迁也。”

## |十二月|

**颜真卿撰《吴兴沈氏述祖德记》。**

《颜鲁公文集》卷五《吴兴沈氏述祖德记》:“拜泣松槚,增修旧茔,感先碑之陨覆,惧遗文之残阙,乃具他石,传而贰焉。……时有唐大历八年冬十二月。”

**元澄在尚书虞部员外郎兼殿中侍御史任,有《华岳题名》。同行者有卢恒、卢言则。**

《全唐文补编》卷五八元澄《华岳题名》:“尚书虞部员外郎兼殿中侍御史元澄,与大理评事卢恒,华阴县丞卢言则。以唐大历八年十二月三日题纪。”文末注:“《金石萃编》卷七九。”

## |冬|

**本年冬刘晏知三铨选事,用常衮、杜亚、李翰等吏部选人判,吉中孚等五人登书判拔萃科,无名子作书及诗,大兴谤议。**

《旧唐书·刘晏传》:“累迁吏部尚书。大历……八年,知三铨选事。”《全唐文》卷九八六阙名《移刘吏部书》:“其常衮之徒,令天下受屈。……徒以窃居翰苑,谬践掖垣,虽十年掌于王言,岂一句在于人口?……况杜亚薄知经籍,素懵文辞。李翰虽以辞藻擢第,不以书判擅名。”《册府元龟》卷六三五:“(大历)八年十月,敕中书舍人尝(常)衮、谏议大夫杜亚、起居郎刘湾、左补阙李翰考吏部选人判。”

## |本 年|

**李华旅疾楚州。约本年,其子李羔编李华为监察御史以后诗文一百四十三篇为《中集》二十卷,独孤及为其作序。**

《全唐文》卷三八八独孤及《检校尚书吏部员外郎赵郡李公中集序》:“天宝中,公与兰陵萧茂挺、长乐贾幼几勃焉复起,振中古之风,以宏文德。公之作,本乎王道,大抵以五经为泉源。抒情性以托讽,然后有歌咏。美教化,献箴谏,然后有赋颂。悬权衡以辩天下公是非,然后有论议。至若记序编录铭鼎刻石之作,必采其行事,以正褒贬,非夫子之旨不书。故《风》《雅》之指归,刑政之本根，忠孝之大伦，皆见于词。于时，文士驰骛，飙扇波委，二十年间，学者稍厌《折杨》《皇荂》，而窥《咸池》之音者什五六。识者谓之文章中兴，公实启之。……少时所著者，多散落人间。自志学至校书郎已前八卷，并《常山公主志文》《窦将军神道碑》《崔河南生祠碑》《礼部李侍郎碑》《安定三孝论》《哀旧游诗》《韩幼深避乱诗序》，祭王员外端、沈起居兴宗、裴员外腾文，《别元旦诗》，并《杨骑曹集序》《王常山碑》，并因乱失之，名存而篇亡。自监察御史已后所作颂、赋、诗、歌、碑、表、叙、论、志、记、赞、祭，凡一百四十三篇。公长子羔，字宗绪，编为二十卷，号《中集》。其中陈王业则《无疆颂》；主文而谲谏，则《言医》《含元殿赋》；敦礼教，则《哀节妇赋》《灵武二孝赞》；表贤达盛德，则《崔宾客集序》《元鲁山碣》《房太尉德政碑》《平原张公颂》《梁国李公传》《德先生诔》《权著作墓志》《李太夫人传》《卢夫人颂》；一死一生之间，抒其交情，则祭萧功曹、刘平事、张评事文；吟咏情性，达于事变，则《咏古诗》；思旧，则《三贤论》；辨卿大夫之族姓，则《卢监察神道碑》；自叙，则《别相里造范伦序》；诠佛教心要而合其异同，则南泉真禅师、左溪朗禅师碑。其余虽波澜万变，而未始不根于典谟。故览公之文，知公之质，不俟觌容貌、听词气。假令束带立于史臣之位，足以润色王度。天而病之，时不幸欤！公之病也，尝以斯文见托，诒某书曰：'桓谭论扬雄当有身后名，华亦谓足下一桓谭也。'及于公才，宜播其述作之美，明于后人，故拜命之辱而不让，今乃著其文德，为之冠于篇首焉。""自监察御史"以下，《文苑英华》卷七〇二作："自监察御史已后迄至于今所著述者，公长男羔字宗绪编而集之。断自监察御史已前十卷号为《前集》，其后二十卷，颂、赋、诗、碑、表、叙、论、志、记、赞、祭、文凡一百四十四篇，为《中集》。其中陈王业，则《无疆颂》；议世道，则《卜原论》《质文论》；主文而谲谏，则《言凿》《含元殿赋》；敦礼教，则《哀节妇赋》《灵武二孝赞》《与外孙女二孩书》；表贤达盛德，则《元鲁山碣》《房太尉颂德铭》《崔宾客集序》《平原张公颂》《梁国李公传》《德先生诔》《权著作墓表》《李夫人传》《卢夫人颂》；一死一生之间，抒其交情，则祭萧功曹、刘评事、张博士文；吟咏情性，达于事变，则《咏古诗》；辨卿大夫族姓，则《卢监察神道碑》；思旧，则《三贤论》；自叙，则《别相里造范伦序》；诠佛教心要，而会其异同，则南泉真禅师、左溪朗禅师碑。其余虽比兴万变，而未始不根于道德。故览公之文，知公之质，不俟觌容貌、听词气，而后睹其行。若使束带立于史臣之位，其备献替足以润色王度，正一代之训典。天而病之，国不幸也！然遐叔身甚病而心甚壮，文益瞻而才不竭，则前路逸气，讵可度矣？他日继于此而作者，当为《后集》。及常游公之藩也久，故录其述作之所以然著于篇。"《李遐叔文集》卷一《与外孙崔氏二孩书》："吾出身入仕，行四十年。”李华开元二十三年进士及第，至本年三十八年，以大历九年五月卒，其《中集》之编定、独孤及撰序约在本年。

**权德舆本年十五岁，有文数百篇，为《童蒙集》十卷。**

《册府元龟》卷七七五：“权德舆生四岁能讽诗，十五为文数百篇，为《童蒙集》，名声大振。”《新唐书·艺文志四》：“权德舆《童蒙集》十卷。”

**柳宗元本年生，其先为解县（今山西解州镇）人。**

韩愈《韩集校注》卷七《柳子厚墓志铭》：“子厚以元和十四年十一月八日卒，年四十七。”其生年以此推定。又宋文安礼《柳先生年谱》（下简称《文谱》，本书柳宗元事迹系年多有采此谱之说者，下不一一注明。《谱》见中华书局1979年版《柳宗元集》附录）：“柳氏之先……食采于柳下，遂姓柳氏。楚灭鲁，仕楚。秦并天下，柳氏迁于河东。秦末，柳下惠裔孙安，始居解县。”

## 唐代宗大历九年

甲寅　七七四

### 二月

**杨凭、张莒、郑辕、韩浚、王濯、史延、阎济美、杨瑀等三十二人登进士第，杨凭为状元。《文苑英华》卷一八〇录张莒《元日望含元殿御扇开合诗》，郑辕、韩浚、王濯、史延《清明日赐百僚新火诗》。知东都试《蜡日祈天宗赋》，上都试《元日望含元殿御扇开合诗》，东都试《清明日赐百僚新火诗》。礼部侍郎张谓知上都举，东都留守蒋涣知东都举。**

见《登科记考补正》卷一〇。

**阎济美应举，不工帖经，座主命以诗赎帖，诗仅成两韵，亦登第。**

《唐诗纪事》卷三六:"济美大历九年春下第……明年,济美自江东继荐,就试东都,(张)谓复主文。杂文已过,继欲帖经,济美辞以不能。谓曰:礼闱故事,亦许作诗赎帖。遂命《天津桥望洛城残雪》题。……日势已晚,诗未就。谓云:只据见在将来。一览称赏,遂唱。"《唐诗纪事》谓阎济美大历十年东都张谓下及第,《太平广记》卷一七九亦云其于大历十年东都试《蜡日祈天宗赋》。然大历十年张谓未知举,而《蜡日祈天宗赋》为本年试题。《唐诗纪事》"九年"乃"八年"之误,《太平广记》亦误。

**独孤及赴常州刺史任。时梁肃年二十二,谒见于丹阳梅里,并随及赴任,历四年,及教以为文之道。**

《全唐文》卷五二二梁肃《祭独孤常州文》:"顾惟小子,慕学文史。公初来思,拜遇梅里。如旧相识,绸缪慰止。更居恤贫,四稔于此。尝谓肃曰:'为学在勤,为文在经。勤则能深,经则可行。吾斯愿言,勉子有成。'又曰:'文章可以假道,道德可以长保。华而不实,君子所丑。'"独孤及提携、文教后学的儒师形象跃然纸上。《越绝书》卷八:"传闻越王子孙在丹阳皋乡,更姓梅,梅里是也。"独孤及三月至常州任,故梁肃谒于梅里当在本月。

**辛未,徐州军乱,刺史梁乘逾城走。**

见《资治通鉴》卷二二五。

## | 三 月 |

**独孤及莅常州刺史任,有谢上表。**

《毗陵集》卷五《谢常州刺史表》:"伏奉去年十二月二十三日敕,授臣……常州刺史……臣往岁……典濠、舒二州,出入七年。……今以三月十七日到州上讫。"独孤及大历三年出守濠州,故此表当于九年三月作。又,《全唐文》卷五二二梁肃《朝散大夫使持节常州诸军事守常州刺史赐紫金鱼袋独孤公行状》:"擢拜常州刺史、本州都团练使……为郡四载,大历十二年四月壬寅晦暴疾薨于位。"同书卷五一八梁肃《常州刺史独孤及集后序》:"大历丁巳岁夏四月,有唐文宗常州刺史独孤公薨于位。……公讳及,字及之。”丁巳,即大历十二年。故独孤及大历八年十二月敕拜常州刺史,九年三月到任,十二年四月卒。

## |春|

**任华入李昌巙桂管幕,有序送人北归。**

《全唐文》卷三七六任华《桂林送前使判官苏侍御归上都序》:“桂林,秦所置郡也,南临天池。……连帅之任,朝廷难其人。往年命御史中丞张公,公号为称职,去年又命我以佐之(按,当作命我公以伐之)。初张公受命之日,以为五岭荒服,不同于他邦;百蛮犷俗,不可以独理。乃荐武功苏汗,自秘书省校书郎除金吾掾摄监察御史以佐焉。……洎我公至止,观其迹而美其政,将表请焉。汗辞以久辞坟墓,不见兄弟已六年,愿得生入武关,一到阙下足矣。……料子必见潘庶子,因登高把酒,南望千峰。”同书同卷《送宗判官归滑台序》:“去年春会于京师,是时仆如桂林,衮如滑台。今年秋,乃不期而会于桂林。”潘庶子,即潘炎。大历十二年四月自太子右庶子迁礼部侍郎。故任华所从府主乃李昌巙,大历八年九月至建中二年二月为桂管,见《唐刺史考·桂州》。任华即于本年春赴桂州,送苏浣序作于本年,送宗衮序则作于大历十年。

## |五 月|

**李华卒于楚州,年五十七,梁肃代独孤及撰文祭之。**

《全唐文》卷五二二梁肃《为常州独孤使君祭李员外文》:“维大历元年五月日……祭于故尚书吏部郎赵郡李遐叔三兄之灵。……惟兄孝友仁恕,高明宽裕。何德之茂,何才之富。粹气积中,畅于四肢。发为斯文,郁郁耀辉。自五百年,风雅陵夷。假手于兄,郁为宗师。……吴楚迢递,关山阻越。不及归赗,仍乖执绋。”按,此文谓李华大历元年已卒,当误。《金石录》卷八有大历八年十二月立李华所撰之《唐法慎律师碑》,则梁肃祭文之“大历元年”盖为“大历九年”之误。《新唐书·艺文志四》著录有《李华前集》十卷、《中集》二十卷。《全唐文》卷三八八独孤及《检校尚书吏部员外郎赵郡李公中集序》云:“自监察御史已后所作。颂、赋、诗、碑、表、叙、论、志、记、赞、祭,凡一百四十三篇……号为

《中集》。"《旧唐书·李华传》:"有文集十卷,行于时。"《全唐文》卷三一四至三二一编其文为八卷。李华一生为文甚多,《质文论》《正交论》《卜论》《字诀》等皆为其篇章,唯作年难确考。《旧传》谓其"文体温丽,少宏杰之气,颖士词锋俊发,华自以所业过之,疑其诬词。"《新传》谓其"文辞绵丽,少宏杰气,颖士健爽自肆,时谓不及颖士,而华自疑过之"。《全唐文》卷三八八独孤及《检校尚书吏部员外郎赵郡李公中集序》则赞其"与兰陵萧茂挺、长乐贾幼几勃焉复起,振中古之风,以宏文德。公之作,本乎王道,大抵以五经为泉源。抒情性以托讽,然后有歌咏。美教化,献箴谏,然后有赋颂。悬权衡以辩天下公是非,然后有论议。至若记序编录铭鼎刻石之作,必采其行事,以正褒贬,非夫子之旨不书。故《风》《雅》之指归,刑政之本根,忠义之大伦,皆见于词。于时,文士驰骛,飙扇波委。二十年间,学者稍厌《折杨》《皇荂》,而窥《咸池》之音者什五六。识者谓之文章中兴,公实启之"。李肇《唐国史补》卷上言:"(李华)以失节贼庭,故其文殷勤于四皓、元鲁山,极笔于权著作,心所愧也。"

**庚申,因岁丰谷贱,代宗下诏度支使支七十万贯、转运使五十万贯和籴**。

见《旧唐书·代宗纪》。

## 六月

**长安兴善寺西域密宗僧不空卒,年七十,严郢、飞锡为作碑铭;圆照集不空及其弟子表谢答制为《表制集》六卷**。

《资治通鉴》卷二二五:大历九年六月"癸未,兴善寺胡僧不空卒,赠开府仪同三司、司空,赐爵肃国公,谥曰大辩正广智不空三藏和尚"。《全唐文》卷三七二严郢《不空碑铭》:"大历九年夏六月癸未灭度于京师大兴善寺。代宗为之废朝三日,赠司空,追谥大辩正广智三藏和尚。……享年七十。"权德舆《权载之文集》卷二八《不空影堂碣铭》:"大凡翻经七十七部,一百卷。……严京兆郢、沙门飞锡为之碑。"《大正大藏经》圆照《代宗朝赠司空大辩正广智三藏和上表制集序》:"表谢答制,师弟相承,大凡而言一百四十四首,乃分成六卷。"飞锡《不空碑》见《不空表制集》卷四。按,此条据《新编年史》所记而书。

## | 七月 |

**颜真卿在湖州刺史任上，作《乞御书题额恩敕批答碑阴记》，记近年所任官职、形迹。**

《颜鲁公文集》卷五《乞御书题额恩敕批答碑阴记》："额既未立，追思莫达。客或请先帝所赐敕书批答中诸事，以缉而勒之，真卿从焉。勒愿斯毕，瞻慕不足，遂志诸碑阴。……时则有唐大历九年青龙甲寅之岁孟秋甲子之日也。"

**兵部尚书李抱玉有文祭不空。**

《全唐文补编》卷四七李抱玉《祭不空三藏和上文》："维大历九年岁次甲寅七月戊戌朔五日壬寅，兵部尚书同中书门下平章事李抱玉，谨以香华之供，奉祭于故三藏大和上之灵。……"注："《代宗朝赠司空大辩正广智三藏和上表制集》卷第四。"原题作："《三藏和上葬日李相公祭文一首》。"

**立飞锡所撰不空碑。**

《全唐文补编》卷四八有飞锡所撰《大唐故大德开府仪同三司试鸿胪卿肃国公大兴善寺大广智三藏和上之碑》。末署："大历九年岁次甲寅七月六日丁酉建。"注："《代宗朝赠司空大辩正广智三藏和上表制集》卷第四。"原署："敕检校千福安国两塔院法华道场沙门飞锡撰。"

**元载在中书侍郎任上，有文祭不空。**

《全唐文补编》卷四七元载《祭不空三藏和上文》："维大历九年岁次甲寅七月戊戌朔六日癸卯，中书舍人同中书门下平章事元载，谨以香花之供，敬祭于故三藏大和上之灵。……"注："《代宗朝赠司空大辩正广智三藏和上表制集》卷第四。"原题作："《三藏和上葬日元相公祭文一首》。"

**不空俗弟子赵迁撰不空行状。**

《全唐文补编》卷四六赵迁《大唐故大德赠司空大辨正广智不空三藏行状》:“皇帝灌顶大师法号不空……七月六日,就塔所。……”姑系于此。原署:“前试左领军卫兵曹参军翰林待诏臣赵迁。”赵注名下注:“赵迁,三藏僧不空之俗弟子,曾助其译经多年。代宗大历间试左领军卫兵曹参军、翰林待诏。”按,此《行状》详述不空生平事迹及佛教著述等事,乃研究不空之重要资料。

## |八月|

**李勉在滑州,作《滑州新驿记》。**

《全唐文》卷四三七李勉《滑州新驿记》:“幕客请余构驿传以备政,县吏请余广驿传以息责,遂命试光禄卿兼同州别驾裴万以恪以干,俾主剞劂圬墁之工。授其意曰:无尚雕木之异,无荣饰土之奇,揆时勿夺,详费就简。惟疏楹楝,将违暑也;广庭庑,将达风也。取宁体之用,去娱目之奢,彤彩为文……及息役休工阅成,度费则万,衹懔不堕,余诚素不违。乘轺之宾,无或嗤余不效徐湛之风亭月观之盛也。大历甲寅岁八月二日记。”按,大历甲寅年即大历九年,故系于此。

**张志和离湖州他适,后不知所终。颜真卿为作碑铭。**

见《颜鲁公文集》卷七《浪迹先生元真子张志和碑铭》。文中记载本月张志和来湖州谒拜颜真卿,作《渔父词》五首之事云:“大历九年秋八月,讯真卿于湖州。……”文末曰:“(志和)忽焉去我,思德兹深,曷以置怀,寄诸他山之石。铭曰:邈元真,超隐沦。齐得丧,甘贱贫。泛湖海,同光尘。宅渔舟,垂钓纶。辅明主,斯若人。岂烟波,终此身?”未言及志和之殁。《续仙传》等道教诸书以为张志和于水上仙去,今人或以为张志和溺水而亡。姑系本文于此。

## |十月|

**李谋等二人游华山,有题名。**

《全唐文补编》卷四六李谋《华岳题名》:“前凤翔府司录参军李谋。……大历九年十月十三日题。”注:“《金石萃编》卷七九。”

## |十一月|

**梁肃游常州建安寺止观院，有记。**

《全唐文》卷五一九梁肃《常州建安寺止观院记》："予以为法门有三观，遂征之此堂：盖非缘不成，空也；有之以为利，假也；不广不狭不奢不陋，中也。又以净名之喻宫室，谓于虚空然后不能成，随其心净，则一切境净，作一物而观者获数善焉。又况我大师居之，为斯人之庇乎！小子忝游师门，故不敢不志。时大历九年冬十一月日记。"

## |十二月|

**梁肃为安定梁慎初撰墓志铭，并陪独孤及观陈生讲《论语》，有文记之。**

《全唐文》卷五二一梁肃《冠军大将军检校左卫将军开国男安定梁公墓志铭》："公姓梁氏，讳慎初，字智周……既冠，有勇力，以弧矢为事，性严简直方，不苟合于时，博物涉史书，览历代成就山川地形攻守奇正之术。……至大历九年冬十二月，贲始奉先公之裳帷以安宅焉……夫如是，宜刊贞石，遗于后嗣，是吾宗也，实能言之。"又，《全唐文》卷五一八梁肃《陪独孤常州观讲论语序》："晋陵守河南独孤公，以德行文学，为政一年，儒术大行，与洙泗同风。公以为使民悦以从教，莫先乎讲习；括五经英华，使夫子微言不绝，莫备乎《论语》。于是俾儒者陈生，以《鲁论》二十篇，于郡学之中，率先讲授。乃季冬月朔，公既视政，与二三宾客。躬往观焉。"独孤及去年十二月受命刺常，至今"季冬月"，即本年十二月，是"为政一年"，则此序即撰于此时。

## |本年|

**郭子仪本年七十八岁，《论吐蕃书》当作于本年。**

《全唐文》卷三三二《论吐蕃书》："今吐蕃充斥，势强十倍，兼河、陇之地，杂羌、浑之众，每岁来寇近郊。……臣请抽赴关右，教之战阵，则军声益振，攻守必全,亦长久之策。臣猥蒙任遇,垂二十年,今齿发已衰,愿避贤路,止足之诚,神明所鉴。"按,《旧唐书·郭子仪传》:"(大历)九年,入朝,代宗召对延英。语及西蕃充斥,苦战不暇,言发涕零。既退,复上封论备吐蕃利害……诏曰:'卿忧身虑远,殊沃朕心,始终倚赖,未可执辞也。'"故知《书》当作于大历九年。

**欧阳詹本年始与林藻、林蕴兄弟偕隐于莆田县莆山,读书五载。**

欧阳詹《欧阳行周文集》卷八《与王式书》:"莆阳读书,接席五年。"《林邵州遗集·泉山铭》:"予仲兄藻……首倡,与友欧阳詹结志攻文,同指此山……不四五年,继踵上第。"此事又见《全唐文》卷八二五黄滔《莆山灵岩寺碑铭》。欧阳詹建中元年始入京应试,其居莆山当在本年至大历十四年间。

## 唐代宗大历十年

乙卯 七七五

### 正月

**去年冬,魏博节度使田承嗣诱昭义将吏使作乱。本年正月丁酉,昭义兵马使裴志清逐留后薛崿,率众归田承嗣,田承嗣遂引兵袭相州,取之。戊申,代宗命内侍魏知古赴魏州说谕田承嗣,使各守封疆。田承嗣不从,并遣大将卢子期取洺州,杨光朝攻卫州。**

见《旧唐书·代宗纪》、《资治通鉴》卷二二五。

### 二月

**乙丑,田承嗣使盗刺杀卫州刺史薛雄,尽据相、卫四州之地,自置长吏。河阳军乱,逐城使常休明,奉兵马使王维恭为留后,军士大掠数日乃定。**

见《旧唐书·代宗纪》、《资治通鉴》卷二二五。

**窦蒙重校窦臮之《述书赋》，作《语例字格》。**

《法书要录》卷六窦蒙《述书赋语例字格》："大历十年龙集乙卯二月乙丑……检校国子司业、太原县令窦蒙甫校。"据《述书赋》下窦蒙附记有"大历四年七月点发行朱，寻绎精严"语，知《述书赋》此前已作成。

**崔恒、崔穜、卢士阅、丁春泽、王建等二十七人进士及第。上都试《五色土赋》，以"皇子毕封，依色建社"为韵，崔恒、卢士阅赋今存《文苑英华》卷二五；东都试《日观赋》《龟负图诗》，赋以"千载之统，平上去入"为韵，丁春泽诗、赋均存《文苑英华》卷二九。拔萃科吉中孚、张载华、朱邵南、王申、裴通等擢第。本年礼部侍郎常衮知上都举，东都留守蒋涣知东都举。**

见《登科记考补正》卷一一。《文苑英华》卷二五载崔恒赋："君立社以布政，臣受土而宣威。象君臣之同理，知社土之相依。是以成百王之则，作万邦之宪。珪璋玉帛，莫不因我而执；公侯伯子，莫不因我而建。土之德也斯美，社之义也奚拟。其色也，匪同五星而乍连乍散；其质也，各表一方而岳立山峙。有以崇国祚于我皇，有以同盘石于宗子。夫如是，则其义广矣，岂斯文之所能尽纪。"《文苑英华》卷二九载丁春泽赋："日之升也浴海而丽天，岳之峻也切汉而临边。登高者以致九霄之上，爱景者欲在万人之先。其所惟一，其仞惟千。伊风灵之有载，彼日观之存焉。夫其夜刻未终，曙色犹昧。彼穷高之极远，此有进而无退。……忽听晨鸡，即曈昽而可爱。于是渐出旸谷，将离地维。岩峦既秀，草树生姿。"

**崔恒撰梁氏(淑)墓志铭并序。**

《全唐文补遗》有崔恒所撰《唐故夫人安定梁氏(淑)墓志铭并序》。文记夫人"以大历九年十一月二日，终于憕之官舍，享年五十四。……以十年二月廿一日"葬。则文盖撰于本年二月。

## | 三 月 |

**甲午，陕州军乱，逐兵马使赵令珍，观察使李国清不能禁。军士大掠库物。**

**后淮西节度使李忠臣入朝，过陕，平之。**

见《旧唐书·代宗纪》、《资治通鉴》卷二二五。

**涪江内石镜现，以为吉兆，合州刺史王铤有题名。**

《全唐文补编》卷四六王铤《内水石镜题名》："大唐大历十年三月三日。此石出时，兵甲息，黎庶归，六气调，五种熟。刺史兼侍御史王铤记。"注："《舆地纪胜》卷一五九合州碑记。"

## | 四 月 |

**乙未，下制贬田承嗣为永州刺史，命河东、成德、幽州、淄青、淮西、永平、汴宋、河阳、泽潞诸道发兵进讨。**

见《旧唐书·代宗纪》、《资治通鉴》卷二二五。

## | 五 月 |

**癸卯，诏罢两都贡举，进士都集上都长安，敕童子科宜停。**

见《旧唐书·代宗纪》、《册府元龟》卷六四〇、《唐会要》卷七六。

## | 七 月 |

**耿湋自湖州归京，经常州，梁肃作序送之。**

《全唐文》卷五一八梁肃《送耿拾遗归朝廷序》："国家……虑有阙文遗编，逸诗坠礼，分命史(使)臣，求之天下。……拾遗耿君于是……有江湖之役。黾勉已事，将复命阙下。七月乙未，改辕而西。"此条之系年，据《新编年史》所记。

## |八月|

**田承嗣以诸道兵四合,且部将亦多有降者,因遣使奉表,请束身归朝。本月乙丑,又遣其将卢子期寇磁州。**

见《旧唐书·代宗纪》、《资治通鉴》卷二二五。

**吕希诠撰程公墓志铭。**

《唐代墓志汇编续集》"大历〇二六"有吕巽所撰《大唐故程公墓志之铭》。文云:"公讳希诠,河南府长水县人也。……以大历九年冬十二月廿八日遘疾卒于长安修德里之私第,春秋五十有六。……又以十年秋八月廿三日……葬于城西陇首原之,礼也。"文末署"大历十年岁次乙卯八月壬戌朔廿三日甲申",则文即撰于此时。

## |九月|

**戊申,在长安之回纥白昼刺市人肠出,有司执之系狱,其酋长率众驰入县狱,斫伤狱吏,劫囚而去。代宗闻之亦不问。本月,吐蕃又兵侵陇州、普润,大掠人畜而去。**

见《旧唐书·代宗纪》、《资治通鉴》卷二二五。

## |秋|

**僧少微自长安南游天台,赵涓赋诗送别,众人和者二十七章。秋至吴越,独孤及赠序。**

《毗陵集》卷一六《送少微上人之天台国清寺序》:"岁次乙卯,自京师持钵而来。给事中天水赵公涓赋诗抒别,卿大夫已下属而和者二十七章。既而,飞锡济江,休于晋陵。又东至于姑苏,将涉震泽,逾会稽,上天台,至国清上方而止。趣静境者，不料远近；登渐门者，不计岁月。则上人还斯，讵可知也？上人之文章，可得而闻也。诸公将议远别，得不以斯文为赠乎？”知僧少微在本年自长安而来。又，《全唐诗》卷一四七刘长卿《送少微上人游天台》：“秋夜闻清梵，余音逐海潮。”故其当是本年秋行至苏州。

**约本年秋，任华在桂林送道虔归越游天台，有序赋之。**

《全唐文》卷三七六任华《送虔上人归会稽觐省便游天台山序》：“图书所载名山，如天台者鲜矣，故老莱游于斯，应真游于斯。虔上人亦游于斯，老莱崇于孝者也，应真崇于道者也，二公之美，上人兼而有焉。上人缁侣之澄肇，词场之沈、谢。读尽贝叶，能了于空，净如莲花，不着于水。不然，安得众君子礼敬若是焉？……镜湖秋月，当见色空；……今朝赠别桂林花，洞庭白烟湿袈裟，上人与君各在天一涯。”此条之系年据《新编年史》所记。

## 十月

**成德节度使李宝臣与昭义留后李承昭大破田承嗣将卢子期，擒之送京师，斩之；河南诸将又大破田承嗣之子田悦于陈留。但诸将各有所私，且为田承嗣所间，故亦未能进兵。**

见《旧唐书·代宗纪》、《资治通鉴》卷二二五。

## 十一月

**大兴善寺僧惠果受赐锦彩二十四，有谢表。**

《全唐文补编》卷五八惠果《恩赐锦采谢表一首》末署：“大历十年十一月十日。大兴善寺沙门惠果表进。”惠果名下注：“《代宗朝赠司空大辨正广智三藏和上表制集》卷第五，《秘密漫荼罗教付法传》卷二。”故系谢表于此。

**李纵为常州团练副使，冬，充贺正使入京，独孤及作序送之。**

《全唐文》卷三八八《送李副使充贺正使赴上都序》:“之子领秘书著作于是邦,参我军事,事必肃,谋必忠,居处必恭,三年矣。……今兹将东诸侯之命,朝于京师,称寿之仪举,专对之才达。是行也,将为度材者所得,岂复顾池中乎?正月元日,和气资始,大行设九宾于蓬莱前殿,皇帝辇出,百辟奉贺。……况惟伯氏,典司宸翰,棠棣之华,交映于朝,斯可谓之荣矣!懋修乃职,尚慎行迈,勉从栾伯之戒,将复臧孙之烈。至如遵大路之叹,不足为吾子设矣。吾尝同寮,且士龙之执也。江楼醉别,何用贶远。以其章句当佩玉琼琚乎?”李副使即李纵,时以著作郎为常州团练副使。伯氏,即李纾,时官中书舍人,典司宸翰。《新唐书·宰相世系表二上》载赵郡李氏南祖房,李希言二子,李纾、李纵。此条并下条之系年从《新编年史》所记。

## |本 年|

**李幼卿约本年卒于滁州刺史任,独孤及为其撰文祭之。**

《毗陵集》卷二〇《祭滁州李庶子文》:“常州刺史独孤及……敬祭于故右庶子、滁州刺史、扬州大都督府司马、兼侍御史陇西李长夫之灵。呜呼,才与上寿并者,吾不得见之矣,得见中寿,斯可矣。呜呼长夫,曾未半之。……追惟长夫,行茂神俊,孝爱友睦,谅直仁勇。卓荦夸迈,英明旷达,文武志略,邦家必闻。为州治行,成百城之最;诗赋歌事,穷六义之美。休声喧于里巷,佳句被于管弦。”又云:“往岁滁城之会,俱未以少别为临歧道旧,坎坎鼓我,酒酣气振,言尽欢甚,孰知此际,以是永诀。”故知李幼卿卒于任上。

**梁肃在常州,作《昆山县学记》。**

《全唐文》卷五一九梁肃《昆山县学记》:“大历九年,太原王纲以大理司直兼县令,既而释奠于庙,退而叹曰:‘夫化民成俗,以学为本。是而不崇,何政之为?’乃谕三老主吏,整序民,饰班事,大启宇于庙垣之右,聚五经于其间。以邑人沈嗣宗躬履经学,俾为博士。于是遐迩学徒,或童或冠,不召而至,如归市焉。公听治之暇,则往敷大猷以耸之,博考明德以翼之。优而柔之,使自求之;揭而厉之,使自趋之。故民见德而兴行,行于乡党,洽于四境。父笃其子,兄勉其弟,其不被儒服而行,莫不耻焉。大历九年,太原王纲以大理司直兼县令,既而释奠于庙，退而叹曰……是岁龙集乙卯，公为县之明年也。”按，王纲为昆山县令在大历九年，“公为县之明年”即本年。

**本年前后崔元翰致书独孤及，与之论文章及政教，且献文五篇。**

《全唐文》卷五二三崔元翰《与常州独孤使君书》：“崔元翰再拜上书郎中使君阁下，天之文以日月星辰，地之文以百谷草木，生于天地而肖天地。圣贤又得其灵和粹美，故皆含章垂文，用能裁成庶物，化成天下。而治平之主，必以文德致时雍；其承辅之臣，亦以文事，助王政。而唐尧、虞舜、禹汤、文武之代，则宪章、法度、礼乐存焉；皋陶、伯益、伊傅、周召之伦，则诰命、谟训、歌颂传焉。其后卫武、召穆、吉甫、仍叔，咸作之诗，并列于《雅》；孔圣无大位，由修《春秋》，述《诗》《易》，反诸正而寄之治；而素臣邱明、游夏之徒，又述而赞之。推是而言，为天子大臣，明王道，断国论，不通乎文学者，则陋矣；士君子立于世，升于朝，而不繇乎文行者，则僻矣。……阁下绍三代之文章，播六学之典训；微言高论，正词雅音，温纯深润，溥博宏丽，道德仁义，粲然昭昭，可得而本。学者风驰云委，日就月将，庶几于正。若元翰者，徒以先人之绪业，不敢有二事，不迁于他物。……独喜阁下虽处贵位，而有仲尼诲人不倦之美，亦欲以素所论撰，贡之阁下，然而未有暇也。不意流于朋友，露其嗤鄙，而乃盛见称叹，俯加招纳，顾惟狂简，何以克堪？今谨别贡五篇，庶垂观察。……元翰再拜。”独孤及任常州，据《中国文学家大辞典·唐五代卷》所考，乃在大历八年至十二年。本文作年难确考，姑系于本年。

## 唐代宗大历十一年

丙辰　七七六

### 正月

**田承嗣上表请罪。壬辰，遣谏议大夫杜亚使魏州宣慰。时代宗有《招谕田承嗣李正己诏》。**

见《旧唐书·代宗纪》、《资治通鉴》卷二二五。又，代宗《招谕田承嗣李正己诏》见《唐大诏令集补编》卷三二。

## | 二 月 |

**许孟容、崔损、王抒等十四人登进士第;明经科李子卿、吴士平等人及第。本年礼部侍郎常衮知贡举。**

见《登科记考补正》卷一一。

**庚辰,田承嗣复遣使上表,请入朝。下诏赦其罪,复其官爵,听与家属入朝,其所部拒朝命者,一切不问。**

见《旧唐书·代宗纪》、《资治通鉴》卷二二五。

**御史大夫李栖筠卒,年五十八。后权德舆为其文集作序。**

《旧唐书·代宗纪》:大历十一年二月"辛亥,御史大夫李栖筠卒"。《全唐文》卷四九三有《唐御史大夫赠司徒赞皇文献公李栖筠文集序》:"辰象文于天,山川文于地,肖形最灵,经纬教化,鼓天下之动,通万物之宜,而人文作焉,三才备焉。命代大君子,所以序九功,正五事。精义入神,英华发外,著之话言,施之宪章,文明之盛,与天地准。赞皇文献公,以文行正直,祗事代宗,中行山立,乃协于极。初未弱冠,隐于汲郡共城山下,营道抗志,不苟合于时。族子华,名知人,尝谓公曰:叔父上邻伊周,旁合管乐,声动律外,气横人间。……故公之文,简实而粹精,朗拔而章明。《书志》三篇,感慨自叙,英华特达,君子之道,有初有终。至若嘉园、绮弛张出处于秦汉之间。著《四先生》碑,美萧、文、终、邴丞相之伦,或退或让。作《五君》咏,病有司诗赋取士非化成之道。著《贡举》议,其他下属在教条,则辞语温润。言公事上奏,则切劘端正,触类而长。皆文约旨明,昭昭然足以激衰薄而申矩度。如昆邱元圃,积玉相照;景山邓林,凡木不植。览公遗编者,仿佛风采,知公之道焉。"

## |四 月|

**颜真卿在湖州刺史任,为崔沔宅撰铭记**。

《全唐文》卷三三八《通议大夫守太子宾客东都副留守云骑尉赠尚书左仆射博陵崔孝公宅陋室铭记》:“公讳沔……凡所著文集二十九卷,并嗣子佑甫论次先志一卷,为三十卷,吏部员外郎赵郡李华为集序云。……(佑甫)乃刻陋室铭于井北遗址之前,以抒所志。……时则大历十一年青龙景辰孟夏之月也。”

## |五 月|

**汴宋留后田神玉卒,都虞侯李灵曜杀兵马使孟鉴,北结田承嗣为援**。**癸巳,以永平节度使李勉兼汴宋等八州留后**。**乙未,以灵曜为濮州刺史,灵曜不受诏**。

见《旧唐书·代宗纪》、《资治通鉴》卷二二五。

## |六 月|

**国子司业张参等校定五经文字,书于国子监壁,复收集疑文互体,成《五经文字》三卷**。

《全唐文》卷四五八张参《五经文字序例》:“(大历)十年夏六月……诏委国子儒官勘校经本……参幸承诏旨,得与二三儒者分经钩考而共决之。……卒以所刊,书于屋壁。……乃命孝廉生颜传经收集疑文互体……分为三卷。……大历十一年六月七日,司业张参序。”《新唐书·艺文志一》著录张参《五经文字》三卷。

**戊戌,以李灵曜为汴州刺史,充节度留后,并遣使宣慰**。

见《旧唐书·代宗纪》、《资治通鉴》卷二二五。

## |七月|

**田承嗣遣兵攻滑州,败李勉**。

见《旧唐书·代宗纪》、《资治通鉴》卷二二五。

## |八月|

**李灵曜据汴州叛。甲申,诏淮西节度使李忠臣、永平节度使李勉、河阳三城使马燧讨之**。

见《旧唐书·代宗纪》、《资治通鉴》卷二二五。

**河西支度判官、节度留后使杨授撰《大唐陇西李氏莫高窟修功德记》**。

《全唐文补编》卷四七杨授《大唐陇西李氏莫高窟修功德记》:"敦煌之东南,有山曰三危。……时大唐大历十一年龙集景辰八月有十五日辛未建。妹夫乡贡明经摄敦煌州学博士阴庭诫。"题下注:"伯四六四〇作陇西李家先代碑记。"文末注:"伯三六〇八、伯四六四〇,《敦煌研究》第一期刊石刻录文。又参《沙州文录》。"又注:"伯三六〇八署:节度留后使朝议大夫尚书刑部郎中兼侍御史杨授述。伯四六四〇署:杨授述。"陈尚君按:"《唐文拾遗》卷二二收此文。误归阴庭诫名下,且首缺百余字,中多阙误,故重录之。"

**独孤及为其姊作石幢祈福,梁肃为之赞**。

《全唐文》卷五一九梁肃《金刚般若波罗密经石幢赞》:"陇西李氏先夫人,常州刺史独孤公之伯姊也。……十一年八月,即世于晋陵郡舍,公茹尚右之痛,追无作之福,缵微言于金石,庶幽赞乎妙报。"《全唐文》卷五二一梁肃《恒州真定县尉独孤君墓志铭》:"大历十一年某月日,卒于晋陵郡。……先是君李氏之姊捐馆,其明年四月,常州府君薨"。独孤及大历十二年四月卒,故文中"十一年八月",即本月。

## 九月

**李忠臣、马燧与李灵曜战于郑州,不利。李正己收复郓、濮二州。**

见《旧唐书·代宗纪》、《资治通鉴》卷二二五。

## 十月

**李忠臣、马燧进击李灵曜,屡败其兵。田承嗣遣其子田悦率兵救灵曜,进军汴州,李忠臣、马燧与战,败之,汴州平。李灵曜后被擒。李忠臣于本年十二月领汴州刺史,治汴州。**

见《旧唐书·代宗纪》、《资治通鉴》卷二二五。

**赵迁有平李灵曜贺表。**

《全唐文补编》卷四六赵迁《贺平李灵曜表一首》:"臣迁言:伏闻滑亳节度使勉等……大历十一年十月二十九日。前左领军卫兵曹翰林待诏臣赵迁表上。"注:"《代宗朝赠司空大辨正广智三藏和上表制集》卷六。"

**灵应台检校观音道场沙门道润上表贺平河南。**

《全唐文补编》卷四六道润《贺平河南表一首》:"灵应台检校观音道场念诵沙门道润等言:伏承河南诸将收获汴州,大破田悦,生擒灵曜。……大历十一年七月二十九日。灵应台检校观音道场沙门道润上表。"注:"《代宗朝赠司空大辨正广智三藏和上表制集》卷五。"按,《表》署"七月"当为"十月"之误,故系本文于此。

## 十一月

**僧清江撰清源律师墓志。**

《全唐文补遗·千唐志斋新藏专辑》有僧清江所撰《唐故安国寺清源律师墓志》。据《唐故安国寺清源律师墓志》，清源律师乃大历十一年十月卒，十一月葬于龙门之西岭。

**本年柳宗元四岁，居京城西田庐中，其母教其古赋十四首。**

《柳宗元集》卷一三《先太夫人河东县太君归祔志》："某始四岁，居京城西田庐中，先君在吴，家无书，太夫人教古赋十四首，皆讽传之。"

**郑王府咨议李太宾于沙州修当家窟，塑像画壁若干铺，至本年成，为碑刻石以记之。**

《大唐陇西李府君修功德碑记》："时有住信士朝散大夫、郑王府咨议陇西李太宾……千金贸工，百堵兴役，奋锤聋壑，揭石聒山。素涅盘象一铺，如意轮菩萨……大历十一年龙集丙辰，□□□有十五日辛未建。"文据姜亮夫《莫高窟年表》。

**白行简本年生。**

《白居易集》卷二四《闻行简恩赐章服喜成长句寄之》："吾年五十加朝散，尔亦今年赐服章。齿发恰同知命岁，官衔俱是客曹郎。"诗作于宝历元年在苏州时，时白行简年五十。逆推之，当生于本年。

**皇甫湜约本年生。**

《全唐文》卷七一五韦处厚《上宰相荐皇甫湜书》："窃见前进士皇甫湜，年三十二。"书约上于元和二年，逆推之。

# 唐代宗大历十二年

丁巳　七七七

## 正月

**大历十一年末，惠果为代宗灌顶加持，获国师号。代宗命拂拭京城诸寺塔像，本月八日成，惠果有进表。**

《全唐文补编》卷五八惠果《恩命拂拭京城诸寺塔像讫进表一首》："沙门惠果言。伏奉去年十二月十九日中使李宪诚奉宣敕旨，令微僧巡京城诸寺句当，洒扫殿宇，拂拭尊像，及勒僧尼徒众焚香念诵。为国发愿，虔祈福祐者。谨以去十二月二十日于庄严寺佛牙处起首，至今月八日终。兴善寺等一百一十二寺，应有殿塔佛牙经藏灵迹舍利处，总九百五十七所。奉宣睿诚，发挥像教，拂石尘劫。降天衣于六铢，涤埃金身。耀千叶于莲座，旧容复照，古书再鲜。香焚殿中，跃洒庭内。承清净以发愿，若灵应而感通。今四海澄波，三天卷雾。虏尘不起，旭日破昏。"可见当时京城寺庙之状况，及佛家被重视之程度。进表末署："大历十二年正月八日，大兴善寺检校两道场兼知院事沙门惠果表进。"注："《代宗朝赠司空大辨正广智三藏和上表制集》卷第六。"

**阙名撰张光祚墓志。**

《唐代墓志汇编续集》"大历〇二九"有阙名所撰《唐故殿中监张君墓志》。文云："范阳张公讳光祚，字光祚……（公）七岁通两经，十五诵三略。"又记其大历十一年十二月八日卒，"维明年岁次丁巳癸未二月朔二日甲申"葬。则文约本年正月撰。

## 二月

**黎逢、周澈、郑馀庆、任公叔、杨系、张昔、丁位、元友直、杨凌、崔绩、裴达、张季略、沈迴等十二人登进士第，黎逢为状元。本年试《通天台赋》，以"洪台独存，浮景在下"为韵；亦试《小苑春望宫池柳色》诗。黎逢、任公叔、杨系赋存《文苑**

**英华》卷五〇，黎逢、杨系、张昔、丁位、元友直、杨凌、崔绩、裴达、张季略、沈迥诗存《文苑英华》卷一八八。本年礼部侍郎常衮知贡举。**

见《登科记考补正》卷一一。《文苑英华》卷五〇任公叔赋首云："武皇起云阳之宫，致崇台于爽垲。就山谷之交会，得神明之所在。近瞰八极，周临四海。将端冕而不二，必垂衣而有待。是用迴载天路，高标地游。……磴道邈以特立，通天赫其无俦。托神灵于秦甸，结元气于雍丘。白日旁转，青云上浮。八垓可接于咫步，万象无逃于寸眸。是岁献春，众灵咸秩。天子乃举群祠，撰吉日郊上玄礼。太一风伯，陪乘蚩尤扈跸，向甘泉以整像，届通天而挺出。"

## 三 月

**田承嗣又上表谢罪。庚午，复其官爵，仍为魏博节度使，不必入朝。**

见《旧唐书·代宗纪》、《资治通鉴》卷二二五。

**庚辰，宰相元载、王缙得罪下狱，命吏部尚书刘晏审之。辛巳，下制，命元载自尽，王缙贬括州刺史。**

见《旧唐书·代宗纪》。《资治通鉴》卷二二五详载其事，谓元载专横不法，与王缙俱贪赃，代宗早欲诛之，意乃借端治之。

**不空弟子惠晓充五台山修功德使，有谢表。**

《全唐文补编》卷四九惠晓《往五台山修功德辞谢圣恩表一首》："沙门惠晓言：今月十日，面奉进止，令往五台山检校大圣金阁寺尊像颜色契印，至九月停作，却赴阙庭。……大历十二年三月十九日，五台山修功德使西明寺沙门惠晓上表。"注："《代宗朝赠司空大辨正广智三藏和上表制集》卷六。"

**康仲熊在遂安县，有《游灵岩瀑布记》。**

《全唐文》卷四四〇《陪遂安封明府游灵岩瀑布记》云："乃命车骑，邀嘉客，追我于枫香之野,乘我以骊眉之马,载笑载言,遗谷超原。于是穿窈窕,蹑岖嵚,缘云搏壁,极乎所闻。观其阳崖划开,阴壑旁转,悬水百仞,注而成潭,万象奔走以呈形,群峰回合而却倚,练影挂于层汉,雨声散于长林,潺潺然无昼夜而息。虽天台之飞流,蔑以过也。……啜香茗以傲睨,招清风而咏歌,足以长道机,涤烦想,功名轩冕,于我为宾。矧夫上隐云天,下临佛土,岩岫窅蔼,时人穿窥,禅庵居解虎之僧,洞堀栖骖鸾之客,永言长往,其可乎哉!"文末曰:"时大历十二年暮春上巳之明日也。"

## |四 月|

**杨炎自礼部侍郎贬道州司马,韩洄、王定、包佶等并坐元载党贬官。**

《旧唐书·代宗纪》:大历十二年四月癸未,"贬吏部侍郎杨炎为道州司马,元载党也。谏议大夫、知制诰韩洄、王定、包佶、徐璜,户部侍郎赵纵,大理少卿裴翼,太常少卿王纨,起居舍人韩会等十余人,皆坐元载贬官也"。时韩洄贬邵州司户,见《权载之文集》卷二〇《韩洄行状》。王定贬太子洗马,见《权载之文集》卷一四《王定神道碑》。同时,包佶贬岭南,赵纵贬和州刺史,韩会贬韶州刺史。

**颜真卿在湖州撰并书《唐射堂记》。旋被诏还京,编湖州所撰诗文与文士唱和之作为《吴兴集》十卷,并有《梁吴兴太守柳恽西亭记》。**

《宝刻丛编》卷一四"湖州":"《唐射堂记》,唐颜真卿撰并书……大历十二年四月立。"又《颜鲁公文集》卷五《梁吴兴太守柳恽西亭记》:"湖州乌程县南水亭,即梁吴兴太守柳恽之西亭也。……今此记述,以备其事,惧不宣美,岂徒媿词而已哉?大历一纪之首夏也。"按,《旧唐书·代宗纪》:"(大历十二年四月)又召颜真卿于湖州,亦载所忌斥外也。"《全唐文》卷五一四殷亮《颜鲁公行状》:"(大历)七年九月拜湖州刺史……饯别之文,及词客唱和之作,又为《吴兴集》十卷。"西亭记云"大历一纪之首夏也。"一纪十二年,故知《梁吴兴太守柳恽西亭记》当作于大历十二年四月。

**独孤及卒于常州刺史任,年五十三。崔祐甫为作神道碑、祭文,梁肃亦有祭**

**文。后，梁肃为独孤及编辑《毗陵集》二十卷，李舟为序，梁肃为后序。**

《全唐文》卷四〇九崔祐甫《独孤及神道碑》："奄忽捐馆，其时也，大历十二年夏四月二十九日；其地也，常州之路寝；其寿也，五十有三年。……常州渐教成器，卓然有立。著《延陵论》，君子谓其评议之精，在古人右。……公之文章，大抵以立宪诫世褒贤遏恶为用，故论议最长。其或列于碑颂，流于歌咏，峻如嵩华，盛如江河，清如秋风过物，邈不可及。公有集二十卷，行于代。"同卷崔祐甫《祭独孤常州文》："吾与至之，思阐斯文。不俾皋契，独谟华勋。"同书卷五二二梁肃《祭独孤常州文》："大历十二年岁次丁巳五月朔日，门生安定梁肃，谨以清酌庶羞之奠，敬祭于故常州刺史河南独孤公之灵。……追惟哲人，应运而生。行在五常，志在六经。……颂声既微，郑卫横塞。或游或僻，时万时亿。公当其时，载振其雄。宪章典谟，为学者元龟。文哉郁乎，文实在兹。伊昔策名东堂，作尉西华。铭仙掌与函谷，驰休声于天下。逮乎拾遗君前，考礼太常。献可之词，直而含章。建言削稿，故海内莫扬。旋议庙祧，乃正谥法。享帝之礼，终焉允洽。名正言顺，事深体合。垂后可大，贤人之业。"李舟撰有《独孤常州集序》，见《全唐文》卷四四三。《全唐文》卷五一八梁肃《常州刺史独孤及集后序》记及独孤及之卒年与编撰其文集缘由云："大历丁巳岁夏四月，有唐文宗常州刺史独孤公薨于位。秋九月既葬，门下士安定梁肃，咨谋先达，稽览故志，以公茂德映乎当世，美化加乎百姓，若发扬秀气，磅礴古训，则在乎斯文。斯文之盛，不可以莫之纪也。于是缀其遗草三百篇为二十卷，以示后嗣。"又云："故其文宽而简，直而婉，辩而不华，博厚而高明。论人无虚美，比事为实录"；"每申之话言，必先道德（一作'德礼'）而后文学。"《新唐书·艺文志四》："独孤及《毗陵集》二十卷。"《郡斋读书志》卷一七："独孤及《毗陵集》二十卷。……及幼有成人之量，遍览五经，观其大义，不为章句之学。为文以立宪诫世、褒贤遏恶为用，长于论议。《唐实录》称韩愈师其为文云。"《直斋书录解题》卷一六："《独孤常州集》二十卷，唐常州刺史洛阳独孤及至之撰。"

## 六月

**李宥为解慧寺三门楼作赞并序。**

《唐文拾遗》卷二二李宥《解慧寺三门楼赞并序》："后魏兴和二年置寺，名之静观。大随开皇十一载也，改创解慧为文。北近滹沲大川，西负井陉巨镇，山势逦迤，依依目前……定殿昔立，长廊旧成，门之不修，梵宫未备。……有大法师曰珠言，余之义兄也，身长七尺，江目海口，心明玉镜，色净莲花，演大乘经，救苍生于此邑。至四月初，结夏兹寺，招余往来。初言祸福之门，再指吉凶之道，愍我如是，令归善因。余知昔非，稽首从命。谓余曰：'圣迹如是，大功无纪，千岁之末，谁人共传？子其志之，请不辞也。'敢不承命，书词后焉。词曰：大师宝公能安禅，至今日乎一百年。过门楼乎金刹前，念救苦兮贼不害。力禅通兮火不然，成大功而百三天。故有为以入无为，结有缘乎福无边。大历十二年六月六日记。(《常山贞石志》六、《八琼室金石补正》四十一)"

**去年十二月，泾原节度使马璘卒，年五十六。本年六月左右，常衮为其撰墓志铭、神道碑铭。**

《旧唐书·马璘传》载："(璘)忠而能勇，武干绝伦，艰难之中，颇立忠节，中兴之猛将也。年五十六，大历十二年卒，德宗悼之，废朝，赠司徒。"《资治通鉴》卷二二五"代宗大历十一年十二月"条载："丙申，璘薨。"《段公别传》曰："十二月十三日景申，马公薨。"《全唐文》卷四一九常衮《故四镇北庭行营节度使扶风郡王赠司徒马公神道碑铭》言："以大历十一年月日，薨于戎府，春秋五十六。"故《旧传》载马璘卒年有误。常衮《碑铭》记马璘卒后："天子废朝而叹曰：'安得雄边威敌之臣如扶风乎？'遣中命以迎丧，顾近侍而流涕。其至第也，百官会吊；其遣奠也，五校启行……"又，常衮《大唐故四镇北庭行营节度使兼泾原颍郑等节度观察使尚书左仆射扶风郡王赠司徒马府君墓志铭并序》："以大历十二年六月五日，葬我司徒于铜人原"，知此二文撰于本年六月左右。

## 七月

**常衮荐窦叔向自江阴令除左拾遗内供奉，梁肃作序送之。**

《旧唐书·代宗纪》载元载被诛后，常衮四月为相。《金石萃编》卷一〇五《窦叔向碑》："使臣观风者献状闻，诏授江阴□□(县令)……于是征拜左拾遗内供奉。"《新唐书·艺文志四》："(窦叔向)与常衮善。衮为相，用为左拾遗、内供奉。"《全唐文》卷五一八梁肃《送窦拾遗赴朝廷序》："扶风窦遗直由华(当作江)阴令擢拜左拾遗。诏下之日,士大夫相见而喜曰:‘遗直举矣,直道其行乎。’……七月初吉,整车祀軷。安定梁肃举觞以祝曰……”

**代宗有《追赠张自勉实封诏》。**

《唐大诏令集补编》卷一五代宗有《追赠张自勉实封诏》。此文末署“大历十二年七月”。文即作于此时。文云:“顷者逆竖灵耀,阻兵大梁。淮西都虞候、试太常卿、赠扬州大都督张自勉,往观衅焉。奉议正词,无所屈挠,贼臣肆忿,毙于铁锧,朕用悯焉。虽锡命之恩,已旌窀穸;而赏延之典,爰及子孙。可追赠实封五十户。”

## |八月|

**颜真卿任刑部尚书。**

《旧唐书·代宗纪》载:“(大历十二年八月)甲辰,以湖州刺史颜真卿为刑部尚书。”《全唐文》卷五一四殷亮《颜鲁公行状》:“十二载,元载伏诛,召公为刑部尚书经年。”

**刘长卿在睦州司马任,刺史萧定赴润州,刘长卿有序送之。**

《全唐文》卷三四六有刘长卿《仲秋奉饯萧郎中使君赴润州序》。萧郎中,即睦州刺史萧定。萧定,字梅臣,江南兰陵人,累官至户部侍郎,两《唐书》有传。《旧唐书·萧定传》:“历信、湖、宋、睦、润五州刺史,所莅有政声。大历中有司条天下牧守课绩,唯定与常州刺史萧复、濠州刺史张镒为理行第一。”按,《宋高僧传》卷八《睦州龙兴寺慧朗传》叙慧朗圆寂后,“至大历十二年新定太守萧定述碑,司马刘长卿书,刺史李揆篆额”。知萧定离睦州赴润州任在大历十二年。故系刘长卿文于此。

**阙名撰大德禅师比丘尼隐超墓志。**

《全唐文补遗》有阙名所撰《唐故安国寺主大德禅师比丘尼隐超墓志》。文谓禅师“大历十二年八月十二日,迁化于本寺精舍。即以其月廿一日,宁神于河南县天竺寺之南原”。则此文为本年八月撰。文云:“铭曰:至哉吾师,式昭律仪。内究定慧,外弘慈悲。不取有相,不住无为。三者备焉,一以贯之。我闻世谛,是证生灭。始有声闻,终无言说。金棺既窆,宝座虚设。徒志贞珉,以示来哲。”

## |九月|

**京城雨水不止,令京城诸寺转孔雀王等经,精勤止雨。晴后,飞锡有贺晴表。**

《全唐文补编》卷四八飞锡《贺晴表一首》:“沙门飞锡等言:伏奉八月二十六日中使高品李宪诚宣圣旨,令京城诸寺释门众转大般若孔雀王等经,精勤止雨。……遂使晴光上升,折重云而四照。……大历十二年九月一日。京城释门众沙门飞锡上表。”注:“《代宗朝赠司空大辨正广智三藏和上表制集》卷第六。”

## |秋|

**李纾自中书舍人贬婺州刺史,经湖州,时皎然卧疾未晤,遂驰书,兼简杂文。**

《唐语林》卷五:“元相载用李纾侍郎知制诰,元败,欲出官。王相缙曰:‘且留作诰。’待发遣诸人尽,始出为婺州刺史。”知李纾之贬在诸人后。又,《全唐诗》卷一四九刘长卿《奉寄婺使李使君舍人》:“崖开当夕照,叶去逐寒波。……穷分安藜藿,衰容胜薜萝。只应随越鸟,南翥托高柯。”诗当属秋寒时作。《全唐文》卷九一七皎然《赠李舍人使君书》:“自湖上一辞,十有余载。……昼于文章理心之外,或有所作。意在适情性,乐云泉,亦何能若健羡于其间哉。顷者目疾相婴,蒙蒙如隔烟雾,患脚气,行李不迨。昨承至止,病中不获躬诣门阑,披叙离阔。形碍神往,有所恨也。谨状,兼简杂文。昼性野,思拙机浅,忽若偶中风律,终期匠者赏鉴不遗。”

## 十月

**怀素撰草书《自叙帖》。**

《唐文拾遗》卷四九怀素《自叙帖》:“时大历丁巳冬十月廿有八日。”

## 十一月

**颜真卿献《韵海镜源》。**

《唐会要》卷三六载:“大历十二年十一月二十五日,刑部尚书颜真卿,撰《韵海镜原》三百六十卷,表献之,诏付集贤院。”《全唐文》卷五一四殷亮《颜鲁公行状》:“公初在平原,未有兵革之日,著《韵海镜源》,成一家之作,始创条目。遂遇禄山之乱,寝而不修者二十余年。及至湖州,以俸钱为纸笔之费,延江东文士萧存、陆士修、裴澄、陆澌、颜祭、朱弁、李莆、清河寺僧智海、兼善小篆书吴士汤涉等十余人,笔削旧章,该搜群籍,撰定为三百六十卷。大凡据《法言》《切韵》次其字;按经史及诸子语,据音韵次字成句者刊成文裁以类编;又按《仓》《雅》及《说文》《玉篇》等,其义各注其下,谓之字脚。韵海者,以牢笼经史之语,依韵次之,其多如海。镜源者,八体之本,究形声之义,故曰镜源。绵亘数载,其功乃毕,表奏上之,有诏付所司藏之于书府,大抵求经史撰集篇赋,利于后学焉。”

**代宗有《巴南诸州放二年租庸诏》。**

《唐大诏令集补编》卷二八代宗有《巴南诸州放二年租庸诏》。文末署“大历十二年十一月庚辰”,文即撰于此时。

**梁肃为河南独孤氏、真定县尉独孤正撰墓志铭。**

《全唐文》卷五二一梁肃《衢州司士参军李君夫人河南独孤氏墓志铭》:“享年五十三,大历十一年某月日,寝疾终于常州……明年某月日……始迁兆合袝于洛阳某之先茔。嗣子前越州士曹参军居介、南陵尉居佐、谯县尉居敬、孝廉居易等,痛圣善之德不可追也,俾肃为志。”又,同书同卷梁肃《恒州真定县尉独孤君墓志铭》:“君讳正,河南洛阳人……大历十一年某月日,卒于晋陵郡。明年某月日,归葬于洛阳南先茔。……先是君李氏之姊捐馆,其明年四月,常州府君薨,反葬之日,三丧俱引,故亲旧惋痛,为善者相吊。水部之哀,又其可既乎!肃尝辱常州之眷,且与真定游,故备其实录,刊于贞石。”

**本年代宗有《赠杨绾司徒诏》。**

《唐大诏令集补编》卷一七代宗有《赠杨绾司徒诏》。文末署“大历十二年”,文即撰于此时。

## 唐代宗大历十三年

戊午　七七八

### 正月

**回纥攻太原,河东留后鲍防与战,大败。回纥纵兵大掠。**

见《旧唐书·代宗纪》、《资治通鉴》卷二二五。《资治通鉴》又载,本年二月,代州都督张光晟击回纥兵于羊武谷(位于代州崞县),回纥引退。

**颜真卿三上表乞致仕,代宗不允。**

《旧唐书·代宗纪》载:“(大历十三年正月)壬戌,刑部尚书、鲁郡公颜真卿三抗章乞致仕,不允。”

### 二月

**杨凝、卫次公、仲子陵、姜公辅等二十一人进士及第,杨凝为状元。诸科二人。本年礼部侍郎潘炎知贡举。**

见《登科记考补正》卷一一。

## |三月|

**刘齐撰《沙门京西明寺大德智明发愿造陀罗尼石幢记》**。

见《全唐文补编》卷四八。文末署:“大历十三年岁次戊午三月丁未朔七日卯时建立。”注:“《八琼室金石补正》卷四七。”

**颜真卿迁吏部尚书,撰《唐故太尉广平文贞公宋公神道碑侧记》**。

《颜鲁公文集》卷五《唐故太尉广平文贞公宋公神道碑侧记》:“吐蕃素闻太尉名德,曰:‘唐天子我之舅也。衡之父,舅贤相也,落魄如此,岂可留乎?’遂赠以驼马,送还于朝。……(大历)十三年春三月,吏部尚书颜真卿记。”又,《全唐文》卷五一四殷亮《颜鲁公行状》:“公以前后频典刑宪,密启辞焉,乃上选举利害事宜数十条,代宗善之,人莫知也,遂改吏部尚书。”

**本年春,梁肃三十五岁,尚未登科,与友人欧阳仲山漫游吴地,过周瑜墓下,仲山作诗,肃为序**。

《全唐文》卷五一八梁肃《周公瑾墓下诗序》:“(大历)十三年春,予与友人欧阳仲山旅游于吴。里巷之间,有坟岿然。问于人,则曰:‘吴将军周公瑾之墓也。’予尝览前志,壮公瑾之业,历于遗墟,想公瑾之神,息驾而吊,徘徊不能去。……诗人之作,感于物,动于中,(一作‘感于物象’)发于咏歌,形于事业。事之博者其辞盛,志之大者其感深。故仲山有过墓之什,廓然其虑,粲乎其文,可以窥盘桓居贞之道,梁父闲吟之意。凡有和者,当系于斯文。”据《全唐文》卷五一七梁肃《过旧园赋并序》:“余行年十八,岁当上元辛丑,盗入洛阳,三河间大涂炭。因窜身东下,旅于吴越,转徙厄难之中者,垂二十年。”知此“十三年”乃代宗大历十三年,时梁肃年三十五岁,仍漫游于吴越。《苏州府志》卷四九引《吴地记》云:“大将军周瑜墓,在吴县东二里。”

## 七月

**封演在魏博田承嗣幕，为撰三门楼碑**。

《宝刻丛编》卷六“北京”：“《唐开元寺新建三门楼碑》，封演撰，八分书，大历十三年七月。”

**侍御史上官沼赴东都御史台，谒华山，有题名**。

《全唐文补编》卷四九上官沼《华岳题名》：“侍御史上官沼。大历十三年七月廿九日。赴东台，谒岳过题。”注：“《金石萃编》卷七九。《华岳志》卷四作上官铭。”按，东台，唐时东都御史台的省称。赵璘《因话录·徵部》：“武后朝，御史台有左右肃政之号，当时亦谓之左台、右台，则宪府未曾有东西台之称。惟俗间呼在京为西台，东都为东台。”

## 九月

**刘长卿在睦州司马任，为司仓参军夫人撰墓志铭**。

《全唐文》卷三四六刘长卿《唐睦州司仓参军卢公夫人郑氏墓志铭》文首云：“有唐大历十三年九月二十一日”，故系于此。

## 十月

**常衮撰《贞懿皇后哀册文》**。

《唐大诏令集补编》卷二有常衮所撰《贞懿皇后哀册文》。文中所记最后时间为大历十三年十月二十五日丁酉，故文乃撰于此时之前。此文中云：“皇帝悼鸾掖以追怀，感麟趾而增恸。备百礼以殷遣，命六宫而哀送。宗祝荐告，司仪降收。爰诏侍臣，纪垂鸿休。其词曰：……”

## 十一月

**诏令惠朗与五台山修功德使惠晓同修功德，惠晓有谢上表。**

见《全唐文补编》卷四九惠晓《恩命令与惠朗同修功德谢表一首》。文末署："大历十三年十一月十七日。五台山修功德使西明寺沙门惠晓上表。"注："《代宗朝赠司空大辨正广智三藏和上表制集》卷第六。"

**本年刘太真在扬州陈少游幕，为侍御史、节度判官，上书宰相杨绾，献文三十余章。**

《全唐文》卷三九五刘太真《上杨相公启》："天宝中，尝遇故扬州功曹兰陵萧君，语及文学，许相师授，而家贫世乱，不克终之。其后从役外府，所用寡细，虽抱夙心，无因警发。……尝有一言逸至理，一章适遗恨，窃怀耻愧，不觉淹留，以深稽命之愆，宁负厚颜之愧？谨上近所记录三十余章。……今过五十，已加其四。"以《全唐文》卷五三八裴度《刘府君神道碑铭并序》："公讳太真，字仲适……移疾去郡，以贞元八年三月八日，薨于余干县之旅馆，春秋六十八。"知太真生于开元十三年，五十四岁即本年。《刘府君神道碑铭并序》又云："浙东观察使陈少游……奏授监察御史。及陈之移镇扬州，又为节度判官，再迁至侍御史。"据《唐刺史考·扬州》，陈少游大历八年至兴元元年镇扬州。

**唐代宗欲为贞懿皇后诏近城为陵，以朝夕临望，姚南仲上疏谏止。**

《全唐文》卷四三五《谏近城为陵墓疏》："臣闻人臣宅于家，君上宅于国。长安城是陛下皇居也，其可穿凿兴动，建陵墓于其侧乎？此非宜一也。夫葬者藏也，欲人之不得见也。是以古帝前王葬后妃，莫不凭丘原，远郊郭。今则西临宫阙，南迫康庄，若使近而可见，死而复生，虽在西宫，待之可也。如骨肉归土，魂无不之，章敬之北，竟何所益？视之兆庶，则彰溺爱。垂之万代，则累明德，此非所宜二也。夫帝王者，居高明，烛幽滞。先皇所以因龙首建望春，盖为此也。今若起陵目前，动伤宸虑，天心一伤，数日不平。且匹夫向隅，满堂为之不乐。万乘不乐，人其可欢心乎？又暇日起歌动钟于内，此地皆闻，此非宜三也。"《新唐书》卷七七:“(代宗贞懿皇后独孤氏)大历十年薨,追号为皇后,上谥。帝悼思不已,故殡内殿,累年不外葬。后三年,始诏于都左治陵,欲朝夕望见之。补阙姚南仲谏而止,乃葬庄陵。诏宰相常衮为哀册,帝于后厚,故送终华广,务称其情,衮极道凄婉,以中帝意。又诏群臣为挽辞,帝择其尤悲者令歌之。”按,大历十年后三年当为本年,故系于此。

**吴筠本年卒于宣城,有集十卷,权德舆为之序。**

《权载之文集》卷三三《吴筠集序》:“大历十三年,岁直鹑首,止于宣城道观,焚香返真于虚室之中,门弟子有邵冀元者,偏得先生之道,率吁其徒,宁神于天柱西麓,从其命也。”《新唐书·艺文志四》:“道士《吴筠集》十卷。”《新唐书·艺文志三》:“吴筠《神仙可学论》一卷。又《玄纲论》三卷。”《郡斋读书志》卷一七:“吴筠《宗玄先生集》十卷。……筠通经义,美文辞,性高鲠。其待诏翰林也,特承恩顾。高力士素奉佛,尝短筠于帝,故筠所著文赋,深诋释氏,颇为通人所讥云。”《直斋书录解题》卷一六:“《吴筠集》十卷。唐嵩阳观道士华阴吴筠贞节撰。……事见《隐逸传》。传称筠所善孔巢父、李白,歌诗相甲乙。巢父诗未之见也。筠诗固不碌碌,岂能与太白相甲乙哉?”《权载之文集》卷三三《吴筠集序》:“有时放言,以畅天理。且以园公歌咏于紫芝,弘景怡悦于白云,故属词之中,尤工比兴。观其《自古五化诗》《大雅吟》《步虚词》《游仙》《杂感》之作,或遐想理古,以哀世道,或磅礴万象,用冥环枢,稽性命之纪,达人事之变,大率以啬神挫锐为本。至如奇采逸响,琅琅然若戛云璈而凌倒景,昆阆松乔,森然在目,近古游方外而言六义者,先生实主盟焉。至若总论谷神之妙,则有《玄纲》;哀蓬心蒿目之远于道也,则有《神仙可学论》;疏瀹澡雪,使无落吾事,则有《洗心赋》《岩栖赋》;修胸中之诚而休乎天均,则有《心目论》《契形神颂》。其它抗章寓书,赞美序别,非道不言,言而可行,泊然以微妙,卓尔而昭旷,合为四百五十篇,博大真人之言,尽在是矣。”《宝刻丛编》卷一四“临安府”:“《唐内供奉道士吴筠碑》,贞元十年立,在余杭西十九里天柱观内。”《全唐文》卷九二五、卷九二六录其文凡两卷。

**王颜撰《慈州文城县令王景祚并仲子郴州郴县丞墓碣序》。**

见《全唐文补编》卷五七。《序》末有陈尚君按:“县志载此文为大历十三年王颜撰。”

# 唐代宗大历十四年

己未 七七九

## |二 月|

**王储、周渭、袁同直、窦常、王表、独孤绶等二十人进士及第,王储为状元。是年试《寅宾出日赋》,以“大明在天,恒以时授”为韵;亦试《花发上林苑诗》。王储、周渭、袁同直、独孤绶赋存《文苑英华》卷三,王储、周渭、窦常、王表、独孤绶诗存《文苑英华》卷一八八。独孤绶、独孤良器博学宏词科擢第。试《放驯香赋》,以“珍异禽兽,无育家国”为韵;又试《沈珠于泉诗》。独孤绶、独孤良器诗、赋今均存《文苑英华》卷一八六。**

见《登科记考补正》卷一一。

**魏博节度使田承嗣卒,以其子中军兵马使田悦知军事。甲申,诏以田悦为魏博留后。**

见《旧唐书·代宗纪》、《资治通鉴》卷二二五。

## |三 月|

**韩翃在汴州,代李希烈撰谢淮西留后表。时李勉移镇汴州,遂入勉幕。**

《全唐文》卷四四四韩翃《为李希烈谢留后表》:“伏奉今月日制书,授臣使持节蔡州刺史、兼御史中丞,充淮西节度观察度支营田等使留后……”《资治通鉴》卷二二五:大历十四年三月,“以希烈为蔡州刺史、淮西留后。以永平节度使李勉兼汴州刺史,增领汴、颍二州,徙镇汴州”。盖李忠臣时虽为淮西节度,但治汴州,被逐后李希烈徙治蔡州,李勉兼汴州刺史。《本事诗·情感》“韩翃”条:“李相勉镇夷门,又署为幕吏。”按,此条据《新编年史》而记。

**元稹生于本月。**

《旧唐书·元稹传》:“大和……五年七月……卒于镇,时年五十三。”逆推定于本年。又,《元稹集》卷一五《二月十九日酬王十八全素》云:“君念世上川,嗟余老瘴天。那堪十日内,又长白头年。”其当生于二月。元稹,字微之,别字威明,行九。鲜卑族后裔。世居京兆万年(今陕西西安)。(元稹生平及作品编年主要据卞孝萱《元稹年谱》,下同)

## |四 月|

**于邵以治薛邕狱失旨,贬桂州长史。致书宰相常衮,以期复用。**

《新唐书·宰相世系表五下》:“常氏宰相一人。衮。”《全唐文》卷四二六于邵《与常相公书》曰:“今相公宰平天下,而鄙夫拘束边外,独不得一亲颜色,更露腹心,则汉庭于相公何厚哉!”知此时于邵当贬官在外,而常衮在朝为相。常衮大历十二年四月拜门下侍郎、同平章事,十四年贬河南少尹。于邵此文当作于贬桂州长史之初、常衮本年贬官之前,姑系本月。

## |五 月|

**辛酉,代宗崩。癸亥,太子适即位,是为德宗。**

见《旧唐书》本纪、《资治通鉴》卷二二五。

**颜真卿以吏部尚书充礼仪使,令左辅元编其前后所制仪注为《礼仪》十卷。**

《全唐文》卷五一四殷亮《颜鲁公行状》云:“今上谅暗之际,诏公为礼仪使。……前后所制仪注,令门生左辅元编为《礼仪》十卷,今存焉。”

**常衮贬潮州刺史,窦叔向自左拾遗贬为溧水令,姚南仲自补阙贬海盐令。**

《新唐书·艺文志四》:“及衮贬,(窦叔向)亦出为溧水令。”《金石萃编》卷一〇五《窦叔向碑》:“……病于权臣,由是与二三谏官□(姚)公南仲,何公(下阙)。”据权德舆《权载之文集》卷一四《姚南仲神道碑》,姚南仲时贬海盐令。据

《册府元龟》卷五四九，姚南仲大历十三年冬在补阙任。

**张众甫游京师，李希烈辟为从事，授监察御史。**

《权载之文集》卷二五《张众甫墓志》："罢秩历年，侨居云阳。……间以羁旅游京师，卿大夫聆其风者，方以声韵属和不暇。会淮宁军帅之始至也，慎选僚佐，求士于朝，朝贤多以君为才，辟书荐至。俄拜监察御史，且为从事。……年过耳顺方脱章甫……"《资治通鉴》卷二二五：大历十四年五月"戊子，以淮西留后李希烈为节度使"。《新唐书·方镇表二》：大历十四年，"淮西节度使复治蔡州。是年，赐号淮宁军节度"。

**本月德宗下诏：山南枇杷、江南柑桔，岁一贡以供宗庙，余贡皆停；停梨园使及伶官之冗食者三百人；罢剑南岁贡拳酒十斛；禁天下不得贡珍禽异兽；五坊鹰犬皆放之；出宫女百余人。**

见《旧唐书·德宗纪上》，《资治通鉴》亦载此事，并云："于是中外皆悦，淄青军士，至投兵相顾云：'明主出矣，吾属犹反乎！'"

**丙申，兵部侍郎黎干、宦官刘忠翼并除名长流，后即赐死于途中。**

见《旧唐书·德宗纪上》。《资治通鉴》卷二二五谓二人恃宠贪纵，为众所恶。

## |闰五月|

**宰相常衮与中书舍人崔祐甫不和，未与同时为相者郭子仪、朱泚商议，即奏贬崔祐甫为河南少尹。后德宗知其实情，即下诏贬衮为潮州刺史，召崔祐甫为相。**

见《旧唐书·德宗纪上》、《资治通鉴》卷二二五。

## 六月

**中官邵光超送李希烈淮西节度使旌节，李希烈赠缣七百匹，德宗闻之，杖邵光超六十而流之。又淄青节度使李正己表献钱三十万缗，德宗从崔祐甫言，以所献钱慰劳所部将士。李正己惭服。**

见《旧唐书·德宗纪上》、《资治通鉴》卷二二五。《资治通鉴》又云："天下以为太平之治，庶几可望焉。"

**唐德宗有《即位赦》。诏曰："天下有才业尤著、高蹈丘园，及直言极谏之士，所在具以名闻。诸色人中有孝悌力田、经学优深、文词清丽、军谋宏远、武艺殊伦者，亦具以名闻，能诣阙自陈者亦听。仍限今年十二月内到，朕当亲试。"**

见《册府元龟》卷八九。

**德宗有《罢扬州贡镜幽州贡麝香诏》《禁诸州府进献珍禽等诏》。**

《唐大诏令集补编》卷一八德宗有《罢扬州贡镜幽州贡麝香诏》《禁诸州府进献珍禽等诏》。两文末署"大历十四年六月"，故文均撰于此时。

## 七月

**壬申，毁元载、马璘、刘忠翼之第，以其雄侈逾制。**

见《旧唐书·德宗纪上》。《资治通鉴》卷二二五亦载此事，并云："初，天宝中，贵戚第舍虽极奢丽，而垣屋高下，犹有制度……及安史乱后，法度堕弛，大臣将帅竞治第舍，各穷其力而后止，时人谓之木妖。上素疾之，故毁其尤者。"

**颜真卿上奏请以初谥为定。**

《全唐文》卷三三六颜真卿《请以初谥为定奏》："列圣谥号，文字繁多，请以初谥为定。"《旧唐书·德宗纪上》载:"(大历十四年七月)礼仪使、吏部尚书颜真卿奏:'列圣谥号,文字繁多,请以初谥为定。'兵部侍郎袁傪议云:'陵庙玉册已刻,不可轻改。'罢。傪妄奏,不知玉册皆刻初谥而已。"故知《请以初谥为定奏》当作于大历十四年七月。

## | 八月 |

**德宗有《上睿文孝孝武皇帝尊号册文》。**

《唐大诏令集补编》卷一德宗有《上睿文孝孝武皇帝尊号册文》。此文署本年八月庚申。

**甲辰,杨炎由道州司马为门下侍郎、平章事。**

见《旧唐书·德宗纪上》。《资治通鉴》卷二二六谓杨炎由宰相崔祐甫推荐:"上方励精求治,不次用人,卜相于崔祐甫,祐甫荐炎器业,上亦素闻其名,故自迁谪中用之。"

**沈既济在京官协律郎,上书议选举事。**

《全唐文》四七六有沈既济《选举议》。沈既济以为选举故法各有不足之处:"选举之法三科:曰德也,才也,劳也。然安行徐言,非德也;丽藻方翰,非才也;累资积考,非劳也。今乃以此求天下之士,固未尽矣。"应当革新,选用官吏当据其德、才、劳,建言六品以下及僚佐之属许州府辟用。《资治通鉴》卷二二六:大历十四年八月,"协律郎沈既济上《选举议》"。

**萧定在润州刺史任上,撰《改修吴延陵季子庙记》。**

《全唐文》卷四三四萧定《改修吴延陵季子庙记》:"季子之让,贤以让也。……季子之明,可谓知进退存亡,而不失其正矣。至于听乐辨列国之兴亡,审贤知世数之存没,挂剑示不言之信,避国保无欲之贞。故有吴之祀寂寥,而延陵之飨如在。"文末署:"时大唐大历十四年岁在己未八月戊戌朔二十七日甲子,正议大夫使持节润州诸军事守润州刺史上柱国赐紫金鱼袋新拜尚书户部侍郎兰陵萧定字梅臣记。”

## |九月|

**德宗有《秘书省书阁内书不得供诸司及官人敕》。**

《唐大诏令集补编》卷一九德宗有《秘书省书阁内书不得供诸司及官人敕》。文末署“大历十四年九月二十七日”,文即撰于此时。

## |十月|

**吐蕃合南诏兵十万,入侵茂州及扶、文、黎、雅等州。发禁兵四千人,使右神策都将李晟统率,与蜀军合,大破吐蕃于大渡河处。**

见《旧唐书·德宗纪上》、《资治通鉴》卷二二六。

**崔儆为其父撰先府君(崔混之)墓志铭并序。**

《全唐文补遗》有崔儆所撰《大唐故同州司士参军先府君(崔混之)墓志铭并序》。文记大历十四年“十月十三日,改卜合祔于先茔之北原,礼也”。则文盖本年十月撰。

## |十一月|

**西川崔宁幕从事郑某缵集大历中西川崔宁幕中唱和诗为《华阳唱和集》三卷,时于邵在幕中,为之撰序。此集佚。**

《全唐文》卷四二七于邵《华阳属和集序》:“洎大历初,尚书左仆射冀国崔公,登坛受命……高选幕客,无非其人,彬彬然文质协乎中而英华发乎外矣。殿中侍御史荥阳郑公……以玉帐之暇,而清词间作,盈我怀袖,式歌且谣,以为离群索居,谁与晤语。故自相府及冀公达于储(诸)公,凡所献酬,缵为三卷,仍以属和为集之目。……同声于邵，闻而且喜，即之寓目，煜若春荣。遂询我以宣布，咨我以序引，取彼敝帚，无相患焉。"《资治通鉴》卷二二五："(大历十四年六月)西川节度使崔宁、永平节度使李勉并同平章事。"《旧唐书·德宗纪上》："(大历十四年十一月)加剑南西川节度……等使、检校司空、平章事、成都尹崔宁兼御史大夫、京畿观察使。"《华阳属和集序》中称"相府"，故当作于六至十一月间，今即系于此。于邵于文中称文学"虽风流万古而不易者，文乎哉！且日新之谓盛德，崇业之谓不朽"，又云"夫属和者，唱予和汝，击发商征，亦取诸伐木相求之义，斯盖郑君之意也"。

**陈玄祐约本年作《离魂记》**。

《太平广记》卷三五八："事出陈玄祐《离魂记》，云玄佑少常闻此说，而多异同，或谓其虚。大历末，遇莱芜县令张仲先见，因备述其本末……故记之。"

**贾岛生于本年**。

《全唐文》卷七六三苏绛《贾岛墓志铭》："会昌癸亥岁七月二十八终于郡馆舍，春秋六十有五。"逆推定其生于本年。

**刘长卿撰《张僧繇画僧记》**。

《全唐文》卷三四六有刘长卿所撰《张僧繇画僧记》。文末有言："汤传睦州司马刘长卿，今为刘氏之宝藏矣。"刘长卿约于建中元年除随州刺史，本文撰于睦州司马任上，姑系于本年。

## 唐德宗建中元年

庚申　七八〇

### 正月

**丁巳朔，改元建中，赦天下。用杨炎议，行两税法**。

见《旧唐书·德宗纪上》。又,《唐大诏令集补编》卷一八德宗有《建中元年南郊赦》,文末署"建中元年正月辛巳",文即撰于此时。

**甲子,罢刘晏转运、租庸、青苗、盐铁等使。**

见《资治通鉴》卷二二六。

## |二 月|

**魏弘简、辛恽、唐次、孔戣、杜兼等二十一人登进士第;崔稃明经科登第;姜公辅、元友直、樊泽、吕元膺、韩皋登贤良方正能直言极谏科,姜公辅对策今存《文苑英华》卷四九一;奚陟、梁肃、刘公亮、郑辕、沈封、吴通玄等人登文词清丽科,以"灵草无心,有佞必指"为韵,梁肃、沈封、郑辕《指佞草赋》今存《文苑英华》卷八八;孙玭、黎逢、白季随登经学优深科。本年礼部侍郎令狐峘知贡举。**

见《登科记考补正》卷一一。姜公辅对策见《文苑英华》卷四九一,首云:"臣闻尧舜之驭宇也,以至理理万邦,以美利利天下,百姓犹惧其未化也,万邦犹惧其未安也。乃复设谤木,询谠议,不敢满假,不敢荒宁。…………臣狂简不知化源,谨昧死稽颡,辄陈愚虑。制策曰:朕窃不自揣,敢慕前王,欲上法羲轩,下遵尧舜,还已散之淳朴,振将颓之纪纲,使礼让兴行,刑罚不用,而人犹轻犯,吏尚徇私,为盗者未奔,不仁者未远,岂臣非稷契而致是乎?为君谢禹汤使之然也。大矣哉,陛下之言乎。臣闻禹称善人,不善者远矣。"

**己酉,刘晏被贬为忠州刺史。**

见《旧唐书·德宗纪上》。《资治通鉴》卷二二六谓"上用杨炎之言,托以奏事不实"而贬之。《资治通鉴》同月记云:"崔祐甫以疾,多不视事;杨炎独任大政,专以复恩仇为事。"

**平卢淄青支度判官敬骞登岱岳,有题名。**

见《全唐文补编》卷六一敬骞《岱岳题名》。文首署:"平卢淄青支度判官中大夫检校尚书工部郎中兼侍御史敬骞。”文末署：“唐建中元年二月廿九日同登岱岳。因诣瑶池，故志之。”注：“《金石萃编》卷五三、《泰山石刻记》。”

## 三月

**李翰居阳翟，撰《唐立汉黄公碑》。时皇甫曾为阳翟令，翰常从之求音乐，以益文思。**

《国史补》卷上：“李翰文虽宏畅，而思甚苦涩。晚居阳翟，常从邑令皇甫曾求音乐，思涸则奏乐，神全则缀文。”《宝刻丛编》卷五“许州”：“《唐立汉黄公碑》（注：在阳翟），唐李翰撰……建中元年三月立。”此碑文今不传。

**权德舆为韩洄所辟，春，授校书郎，为从事，旋因韩洄改官罢职，曾上书黜陟使柳浑。**

《册府元龟》卷七二八：“权德舆字载之，韩洄黜陟河（淮）南，辟为从事，试秘书省校书郎。”《权载之文集》卷二〇《韩洄行状》：“今上即位……征为淮南、淮西等道黜陟使。……未及行，拜权判户部侍郎，专判度支。”《权载之文集》卷四二《与柳谏议书》：“试秘书省校书郎权德舆上书阁下……”柳谏议，即柳载，后改名浑。《册府元龟》卷一六二：“建中元年二月，发黜陟使分往天下，以……谏议大夫柳载往浙江东西道。”

## 五月

**常衮为福建观察使，甚重文教。时欧阳詹于诸生中独秀出，衮甚敬爱之。**

《旧唐书·德宗纪上》：建中元年五月，“潮州刺史常衮为福建观察使”。《韩昌黎集》卷二二《欧阳生哀辞》：“今上初，故宰相常衮为福建诸州观察使，治其地。衮以文辞进，有名于时，又作大官，临莅其民。乡县小民有能诵书作文辞者，衮亲与之为客主之礼。观游宴飨，必召与之。未几，皆化翕然。詹于时独秀出，衮加敬爱，诸生皆推服。”

## | 六 月 |

**崔祐甫卒于相位，年六十，邵说为其撰墓志。崔祐甫有集三十卷，权德舆为其作序。**

北京图书馆藏拓本邵说《崔祐甫墓志》："以建中元年岁次庚申六月一日薨于京师静恭里第，春秋六十。……至于文章著述，发言吐论，必以训代轨物为可传也，为可继也，有数十百篇，未及编次。"《新唐书·艺文志四》："《崔祐甫集》三十卷。"《权载之文集》卷三三《崔祐甫集序》："公自门子秀士，被服荐绅，至于登大朝，管宰政，四十年间，作为文章，以修人纪，以达王事。惧喜怒之不中节，故有《作威诫》；惩苟得之害正，故有《重请铭》；恐匪人之干纪，故有《与永王璘笺书》；诮时宰之不能上广聪明，故有《台封说》；悼《谷风》之诗废，故有《僚友箴》；虑法吏、边吏之失其官守，故有《猫鼠议》。是惟无作，作则有补于时。以至于修事功，断国论，导志通理，昭明易直，施于名命，发为雅诰，刻于金石，无愧辞。康庄逸辙，卓荦浚发，九流六艺，鼓舞奔走，陈思王所谓俨乎若崇山，勃乎若浮云，惟公信然。……遗文三十编……凡九百二十篇，为一家之言云尔。"《全唐文》编其文一卷，录于卷四〇九。

## | 七 月 |

**刘晏本年六十六岁，任忠州刺史。遭宰相杨炎诬构，己丑，赐死，后追赠为郑州刺史。**

《旧唐书·刘晏传》载："（杨）炎欲诬构其罪，知庾准与晏素有隙，举为荆南节度，以伺晏动静。准乃奏晏与朱泚书祈救解，言多怨望，炎又证成其事，上以为然。是月庚午，晏已受诛，使回奏报，诬晏以忠州谋叛，下诏暴言其罪，时年六十六，天下冤之。……贞元五年，上悟，方录晏子执经，授太常博士；少子宗经，秘书郎。执经上请削官赠父，特追赠郑州刺史。"《新唐书·刘晏传》载："（杨）炎必欲傅其罪，知庾准与晏素憾，乃擢为荆南节度使。准即奏晏与朱泚书，言语怨望，又搜卒，擅取官物，胁诏使，谋作乱。炎证成之。建中元年七月，诏中人赐晏死，年六十五。………天下以为冤。………兴元初，帝浸悟，乃许归葬。贞元五年，遂擢晏子执经为太常博士，宗经秘书郎。执经还官，求追命，有诏赠郑州刺史，又加司徒。"《新唐书·德宗纪上》载："(建中元年七月)己丑，杀忠州刺史刘晏。"《旧唐书·德宗纪上》谓七月"己丑，忠州刺史刘晏赐自尽"。《资治通鉴》卷二二六载："荆南节度使庾准希杨炎旨，奏忠州刺史刘晏与朱泚书求营救，辞多怨望，又奏召补州兵，欲拒朝命，炎证成之。上密遣中使就忠州缢杀之。己丑，乃下诏赐死。天下怨之。"刘晏为肃宗、代宗两朝最为著名之理财家，亦善诗文。为相期间，与当时文人名士岑参、钱起、戴叔伦、刘长卿、郎士元等人交往，并曾举荐戴叔伦、刘长卿。《旧唐书·刘晏传》称其"所领要务，必一时之选，故晏没后二十余年，韩洄、元琇、裴腆、包佶、卢征、李衡继掌财富，皆晏故吏"。

**本年七月颜真卿作《世系谱序》。**

《全唐文》卷三三七《世系谱序》："颜氏之先，出自皇帝之孙安为曹姓。……以颜为氏，世为鲁国卿大夫。……建中元年岁次庚申秋七月癸亥序。"

## | 八 月 |

**颜真卿遭宰相杨炎排挤，罢吏部尚书，改太子少师，依前充礼仪使。**

《旧唐书·德宗纪上》载："(建中元年八月)戊午，以吏部尚书颜真卿为太子少师，依前礼仪使。"

**梁肃在太子校书任，请告还吴，经新安旧居，作《过旧园赋》。**

《全唐文》卷五二三崔元翰《梁肃墓志》："公建中初以文辞清丽应制，授太子校书，请告还吴。"《全唐文》卷五一七梁肃《过旧园赋序》："上嗣位岁，应诏诣京师。其年夏，除东宫校书郎，遂请告归觐于江南。八月，过崤渑，次于新安，东南十数里，旧居在焉。时岁滋远，荆榛芜翳，乔木苍然，三径莫辨。访邻老而已尽，眄庭柯以沾衣。情之所钟，可胜叹耶？夫怀旧之志，在昔所不免。圣如尼父，达若庄叟，且有归与之叹，怅然之思。予蓬艾存乎胸中，喜惧形于膝下。寓江海之遐阻，念归来而不得。思潘园板舆之乐，陶野巾车之游。愿言莫展，一食三叹。至是当秋日萧索，征途浩渺，栋宇摧落，曾不得乎少留。心之忧伤，又加于他日一等。遂作赋纪事,以‘过旧园’命篇。其辞曰:白露既戒夫清秋。爰驾言而东迈,漫征路之悠悠。且予发乎新安,历函关之旧邱。灌丛林以相属,披一径而可求。阒里巷之罕人,辨原田而莫由。堂除既缺,衡宇亦折。树蔽户而稍稍……骇兽群起,颓墉四达。识旧井于庭隅,吊重萝于木末。既循省而顾慕,愈辛酸而惨怛。何缠迫而求所安,激予哀而不可遏也?……”

**李翰居阳翟,编所作三十卷为《前集》,梁肃为之序。**

《全唐文》卷五一八梁肃《补阙李君前集序》:“君既退,归居于河南之阳翟。家愈贫而禄不及,志愈迈而文益壮。暇日以尝所述作三十卷,目为《前集》,命予序之。君与予实有伯喈、仲宣之义,故书于篇。”又云:“文之作,上所以发扬道德,正性命之纪;次所以财成典礼,厚人伦之义;又其次所以昭显义类,立天下之中。三代之后,其流派别。炎汉制度,以霸王道杂之,故其文亦二。贾生、马迁、刘向、班固,其文博厚,出于王风者也。枚叔、相如、扬雄、张衡,其文雄富,出于霸涂者也。其后作者,理胜则文薄,文胜则理消。理消则言愈繁,繁则乱矣。文薄则意愈巧,巧则弱矣。故文本于道,失道则博(一作传)之以气,气不足则饰之以辞。盖道能兼气,气能兼辞,辞不当则文斯败矣。”

**欧阳詹在泉州,为常衮、薛播礼重,有文名于江南。秋,赴京应试。**

《欧阳行周文集》卷八欧阳詹《与王式书》:“建中初,因当道廉察故相国常公、本州将故中书舍人薛公南涧之谈,西湖之礼,丹青目下,程准前期。……至其秋,大人则有遣从计吏之命。”《韩昌黎集》卷二二《欧阳生哀辞》:“建中、贞元初,予就食江南,未接人事,往往闻詹名闾巷间。詹之称于江南也久。”

## |十二月|

**德宗有《详定国初已来将相功臣为二等令》。**

《唐大诏令集补编》卷一五德宗有《详定国初已来将相功臣为二等令》。文末署“建中元年十二月丁酉”。文云:“德宗建中元年十二月丁酉令,详定国初已来将相功臣名迹崇高、功效明著者为二等,总一百八十七人。武德已来,宰相以房玄龄、杜如晦、萧瑀、高士廉、魏徵、王珪、戴胄、岑文本、马周、刘洎、褚遂良、于志宁、张行成、高季辅、韩瑗、来济、张文瓘、郝处俊、李义琰、裴炎、苏良嗣、狄仁杰、娄师德、王方庆、王及善、魏元忠、姚崇、朱敬则、苏瓌、宋璟、魏知古、陆象先、苏颋、张嘉贞、李元纮、韩休、张九龄三十七人为上等,窦威、陈叔达等四十人为次等。功臣以裴寂、刘文静、长孙无忌、河间孝王恭、李绩、尉迟敬德、屈突通、殷开山、刘弘基、长孙顺德、唐俭、柴绍、段志玄、刘政会、张公瑾、程知节、秦叔宝、虞世南、李杰、张柬之、崔玄暐、桓彦范、袁恕已、张仁愿、敬晖、刘幽求、崔日用、郭元振、张说、王琚、王俊三十四人为上等,淮安王神通等五十人为次等。至德已来将相既殁者,以裴冕、房琯、杜鸿渐、李嗣业、刘正臣、颜杲卿、袁履谦、张巡、许远、卢奕、南霁云十一人为上等,李光弼等十五人为次等。"

**韩愈,字退之,郡望昌黎。大历三年生,本年十三岁,居于河阳故居,勤读书而能文。**

《全唐文》卷七四四李汉《唐吏部侍郎昌黎先生讳愈文集序》:"先生生于大历戊申。"戊申即大历三年,至本年十三岁。韩愈《韩昌黎全集》卷一八《与凤翔邢尚书书》:"愈也,布衣之士也。生七岁而读书,十三而能文。"

**牛僧孺生于本年。**

牛僧孺,字思黯,行二,安定鹑觚(今属甘肃灵台)人。《樊川文集》第七《唐故太子少师奇章郡开国公赠太尉牛公墓志铭并序》:"大中二年十月二十七日薨于东都城南别墅,年六十九。"逆推可知其生于本年。

## 唐德宗建中二年

辛酉　七八一

### 二月

**中书门下奏:"准制,崇玄馆学生试日,减策一道者。其崇玄馆附学馆见任者,既同行事,例合沾恩。惟策一道,不可更减,减大义两条。"德宗从之。**

见《册府元龟》卷六四三、《唐会要》卷七七。

**崔元翰、崔敖、崔备、郑元均、于公异、高乎等十七人登进士第，本年试《白云起封中赋》，以“皇汉施德、介丘告成”为韵，高乎赋今存《文苑英华》卷一二；董溪明经科擢第。本年礼部侍郎于邵知贡举。《旧唐书·德宗纪上》载：“四月丁巳，贬礼部侍郎于召桂州刺史。”按，“召”当作“邵”。**

见《登科记考补正》卷一一。

**乙巳，以卢杞为门下侍郎，与杨炎同为相，以分杨炎之权。**

《资治通鉴》卷二二六：“杨炎既杀刘晏，朝野侧目，李正己累表请晏罪，讥斥朝廷。炎惧，遣腹心分诣诸道，以宣慰为名，实使之密谕节度使云：‘晏昔朋附奸邪，请立独孤后，上自恶而杀之。’上闻而恶之，由是有诛炎之志，隐而未发。乙巳，迁炎中书侍郎，擢卢杞为门下侍郎，并同平章事，不专任炎矣。”

## 五月

**魏博节度使田悦与平卢节度使李正己、成德节度留后李惟岳相结，连兵拒命，并攻邢州、临洺。**

见《资治通鉴》卷二二六。本年正月，成德节度使李宝臣卒，其子惟岳自为留后。德宗不许。又因刘晏之死，李正己等益生疑惧，惟岳即暗中与田悦等勾连。

## 六月

**山南东道节度使梁崇义不受朝命，癸巳，淮宁节度使李希烈进爵南平郡王，命其督兵进讨。时南北皆因有战事而出兵。**

见《资治通鉴》卷二二七。《资治通鉴》并载杨炎对此有谏，谓李希烈“为人狼戾无亲，无功犹倔强不法，使平崇义，何以制之”。德宗不听，“炎固争之，上益不平”。又云:“时内自关中,西暨蜀、汉,南尽江、淮、闽、越,北至太原,所在出兵,而李正己遣兵扼徐州甬桥、涡口,梁崇义阻兵襄阳,运路皆绝,人心震恐。”

**郭子仪本年八十五岁,卒,谥曰忠武,赠太师。**

《旧唐书·郭子仪传》:“建中二年夏,子仪病甚,德宗令舒王谊传诏省问。及门,郭氏子弟迎拜于外,王不答拜;子仪卧不能兴,以手叩头谢恩而已。六月十四日薨,时年八十五,德宗闻之震悼,废朝五日。……赐谥曰忠武,配飨代宗庙庭。”《新唐书·郭子仪传》:“建中二年,疾病,帝遣舒王到第传诏省问,子仪不能兴,叩头谢恩。薨,年八十五。帝悼痛,废朝五日。……赠太师。陪葬建陵。……赐谥曰忠武,配飨代宗庙廷。”《全唐文》卷三三二收其文十五篇。《旧传》载史臣裴垍言郭子仪“始与李光弼齐名,虽威略不逮,而宽厚得人过之。……代宗不名,呼为大臣。天下以其身为安危者殆二十年。校中书令考二十有四。权倾天下而朝不忌,功盖一代而主不疑,侈穷人欲而君子不之罪。富贵寿考,繁衍安泰,哀荣终始,人道之盛,此无缺焉”。

## 七月

**庚申,杨炎为左仆射,罢相。**

见《旧唐书·德宗纪上》、《资治通鉴》卷二二七。《资治通鉴》载李希烈因久雨未进军,卢杞密言于德宗,以为李之迁延因杨炎谏用之故,宜免其相。德宗信之。

**癸未,河东节度使马燧、昭义节度使李抱真、神策先锋都知兵马使李晟大破田悦于临洺。**

见《旧唐书·德宗纪上》、《资治通鉴》卷二二七。

## 八月

**平卢节度使李正己于七月卒,其子纳擅领军务,于本月始发丧,奏请袭父**

**位。德宗不许。**

见《资治通鉴》卷二二七。

**壬子,淮宁军节度使李希烈攻襄阳,破之,梁崇义投井死。**

见《资治通鉴》卷二二七。

**姚系、宇文邈、郑鲲、冯曾、崔郊等人同登河中鹳雀楼,各赋诗以继前辈畅诸之作,李翰为之序。**

《全唐文》卷四三〇李翰《河中鹳雀楼集序》:“河南尹赵公,受帝新命,宣风三晋,右贤好事,游人若归。小子承连帅之眷,列在下客。八月天高,获登兹楼。……前辈畅诸,题诗上层,名播前后,山川景象,备于一言。上客有前美原尉宇文邈、前栎阳郡郑鲲,文行光达,名重当时。吴兴姚系、长乐冯曾、清河崔郊,鸿笔佳什,声闻远方。将刷羽青天,追飞太清,相与言诗,以继畅生之作。命予纪事,书于前轩。”赵公,即赵惠伯,本年正月自河南尹移镇河中,见《旧唐书·代宗纪上》;本年十月贬费州,见《资治通鉴》卷二二七。序中所言诸人和作今皆不存。

## | 九 月 |

**甲子,李承为山南东道节度使。李希烈不满,大掠全境所有而去。**

见《资治通鉴》卷二二七。据《旧唐书·德宗纪上》,因李希烈平梁崇义之功,于九月壬戌,加同中书门下平章事。

**权德舆在扬州盐铁使任,使杭州,有序送元全柔赴镇黔中。**

《权载之文集》卷三九《奉送黔中元中丞赴本道序》:“中丞……以余杭风政表课第一,故有持节黔中之拜。……鄙人以使者之微假道于此,属当祖軷,辱在宾筵。”元中丞,即元全柔。《旧唐书·德宗纪上》:建中二年九月“戊辰,以杭州刺史元全柔为黔中经略招讨观察等使”。

**于邵于桂州长史任上，作《九日陪廉使卢端公宴东楼序》、《送尹判官之江陵序》。**

《全唐文》卷四二六于邵《九日陪廉使卢端公宴东楼序》云“国家以桂林重镇……余负累谪居”，故此序当是于邵作于本年四月贬官桂州后、贞元元年入为原王傅前。同书卷四二七《送尹判官之江陵序》：“前年度支创平籴之法，典斯南海。”当指大历十四年刘晏以左仆射兼判度支，推行平籴法（见《资治通鉴》卷二二六），两年后当是本年。又，题为“九日”，故当作于九月初九重阳日。

## |十月|

**杨炎自左仆射贬崖州司马，寻赐死，年五十五。有文集、制集各十卷。**

《旧唐书·德宗纪上》：建中二年“冬十月乙酉，尚书左仆射杨炎贬崖州司马，寻赐死”。《新唐书·杨炎传》：“贬崖州司马同正。未至百里，赐死，年五十五。”据《资治通鉴》卷二二七，杨炎之贬，乃因卢杞所谮，德宗亦恶之，故未至崖州，出长安百里，即缢杀之。《新唐书·艺文志四》：“《杨炎集》十卷。又《制集》十卷。苏弁编。”

**沈既济因杨炎连坐，自左拾遗、使馆修撰贬处州司户，与裴冀、孙成、崔儒、陆质皆谪居东南。时朱放亦旅游同行，途中话任氏事，沈既济作《任氏传》；又有感于宦海风云莫测，作《枕中记》。**

《旧唐书·沈既济传》：“既而杨炎谴逐，既济坐贬处州司户。”《太平广记》卷四五二：“建中二年，既济自左拾遗与金吾将军裴冀、京兆少尹孙成、户部郎中崔需、右拾遗陆淳，皆谪居东南，自秦徂吴，水陆同道。时前拾遗朱放，因旅游而随焉。浮颍涉淮，方舟沿流，昼宴夜话，各征其异说。众君子闻任氏之事，共深叹惋，因请既济传之，以志异云。”据《资治通鉴》卷二二七载，裴冀尝于本年二月为黜陟使出使河北，为杨炎心腹。又《文苑英华》卷八三三有沈既济《枕中记》。《全唐文》卷七六〇房千里《骰子选格序》言“近者沈拾遗述枕中事”，其中所述卢生事亦与杨炎事相类，当与《任氏传》约同时作。

## |十一月|

**宣武节度使刘洽与神策将曲環等大破李纳之众于徐州、魏博、淄青军解围走，江、淮漕运始通。**

见《旧唐书·德宗纪上》、《资治通鉴》卷二二七。

**顾况本年或稍后入韩滉镇海军幕，为判官；戴嵩入韩滉幕为巡官，师滉为画，独善水牛。**

《全唐文》卷六八六皇甫湜《顾况集序》："尝从韩晋公于江南为判官。"《资治通鉴》卷二二七：建中二年"六月庚寅，以浙江东西观察使、苏州刺史韩滉为润州刺史、浙江东西节度使，名其军曰镇海"。《历代名画记》卷一〇"戴嵩"条："韩晋公之镇浙右，署为巡官。……师晋公之画，不善他物，唯善水牛而已。田家川原亦有意。"

**柳识本年卒，权德舆为之撰祭文。**

《权载之文集》卷四六《祭故屯田柳郎中文》："维建中二年岁次辛酉某月朔日，试右金吾卫兵曹参军权某……敬祭于故屯田郎中柳公之灵。"柳郎中，即柳识。《唐文拾遗》卷二七吕温《柳氏墓志铭》："考识，屯田郎中、集贤殿学士。"

**于邵因治薛邕诏狱案，本年四月自礼部侍郎贬桂州长史。后有寄书裴虬，论文章之作用。**

《全唐文》卷四二六于邵《与裴谏议虬书》言："孤奉明恩，竞速官谤，谪居之地，犹佐大藩。"故该书所撰当为本年四月于邵因治薛邕诏狱案，自礼部侍郎贬桂州长史之后。《旧唐书·德宗纪上》："（建中二年四月）丁巳，贬礼部侍郎于邵桂州刺史（当为长史）。"从文中知裴虬曾寄文集四卷给于邵，邵缮写一本后，令其子送还原本。于邵于文中谓："自微言中绝，大义复乖，历战国纵横之后，遭亡秦煨烬之末，四始不作，斯文无纪。汉兴总辑驰骛，稍复《诗》《骚》之体，讫建安之闲，皆可垂训。风流更代，纷然淆杂，追有高下，不可胜论。刘梁陈隋，乃至流遁矣。国家受命，焕乎文明。开元天宝，于斯为盛，格高体正者，君臣之义，天人之际，毕备于斯矣。”裴虬文仅存一篇，见《全唐文》卷四一一。

**于邵代崔宁致书宰相朱泚，诉受杨炎排挤之苦。**

《全唐文》卷四二六于邵《为崔仆射与朱泚书》文首言：“相公阁下。”据《新唐书》《旧唐书》朱泚本传，其于大历十一年八月拜相。《资治通鉴》卷二二七：“（建中二年七月）以朔方节度使崔宁为右仆射”。《旧唐书·崔宁传》：“宁巡边至夏州，刺史吕希倩与宁同力招抚党项，归降者甚多。（杨）炎恶之，因奏希倩抚绥之功，才堪委任。召归朝，除右仆射知省事。”《书》中曰：“羌戎之患，盖三代矣。秦汉以还，怨许更作，详诸旧史，抑有前闻。今则乘我闲衅，于兹二纪，乱华谋夏，腥闻于天，贪婪无厌，暴殄斯极，侵轶我汤沐，震惊我兆人。十月之初，中官驿至，密奉宸翰，远使临边，拜受遂行，赴敌宜速。西山之役，寻已加兵，将赴急宣，不遑启处。”此文当作于崔宁除右仆射之后。又文中有“十月之初”句，则当作于本年十月后。于邵以曾为幕僚之故代为书信，故系于本年。

**于邵在桂州长史任，有序饯崔真源之容州。**

《全唐文》卷四二七于邵《宴饯崔十二弟校书之容州序》：“有诏集于京师，将以更秩。既而容管经略处置使陇西李公，从而请焉。猗欤真源，以受命底禄，已利也；以从人之求，国务也。身不可先于国，禄不可急于求，翻然回车，假道于桂。”又云：“卢公执畴昔之好，惜今辰之别，朝阳初升，宾筵始合。子夜云艾，主赋未晞，觥觯交飞而取乐，埙篪相协以奏雅。”文中有言“建中初天下文明，惧乎遗逸，黜陟十道，君举先行”，故其应作于建中初年。按，于邵本年方贬桂州，故系于此。

# 唐德宗建中三年

壬戌　七八二

## |闰正月|

**马燧、李抱真、李艽破田悦兵于洹水,遂进兵魏州。成德军兵马使王武俊杀李惟岳,归唐。**

见《旧唐书·德宗纪上》、《资治通鉴》卷二二七。

## |二月|

**杨弘微、韦执谊等二十八人进士及第。停试诗赋,以箴、论、表、赞代之。本年中书舍人赵赞知贡举。**

见《登科记考补正》卷一一。《词学指南》:"建中三年,进士试《学官箴》。"又进士别头试试《欹器铭》,见潘昂霄《金石例》。

**释湛然卒。**

《宋高僧传》卷六《唐台州国清寺湛然传》:"建中三年二月五日,示疾佛陇道场……泊如而化,春秋七十二,法腊三十四。"湛然为天台宗六祖。

**德宗有《集诸军于汴宋怀郑之间以备侵轶诏》。**

《唐大诏令集补编》卷二五德宗有《集诸军于汴宋怀郑之间以备侵轶诏》。文末署"建中三年二月",文即撰于此时。

## |三月|

**张众甫在李希烈淮宁军幕,使广陵,涉江省家,道病卒,年六十八,权德舆为**

**其撰墓志。**

《权载之文集》卷二五《张众甫墓志》:“征军实于广陵,因涉江省家,道病沈痼,不克复命。以建中三年三月日至家而终,享年六十八。”

## 四月

**德宗敕礼部:“应进士举人等,自今以后,如有试官并不合选,并诸色出身人等有应举者,先于举司陈状,准例考试。如才堪及第者,送名中书门下,重加考核。如实才堪,即令所司进纳告身,注毁官甲,准例与及第。至选日,仍稍优与处分。其正员官不在举限。”**

见《册府元龟》卷六四一、《唐会要》卷七七。

**田悦密与朱滔、王武俊等谋,共拒朝命。时两河用兵,月费百余万缗,府库不支数月。甲子,用太常博士陈京等议,诏借商人钱,判度支杜佑大索长安市中商贾所有货,辄加搒捶,人不胜苦,京师嚣然,如被寇盗。**

《旧唐书·德宗纪上》:建中三年四月壬戌,“朱滔、王武俊与田悦合从而叛”。《资治通鉴》卷二二七:“(四月)甲子,诏借商人钱,令度支条上。判度支杜佑大索长安中商贾所有货,意其不实,辄加搒捶。帛粟麦者,皆借四分之一,封其柜窖。百姓为之罢市,相帅遮宰相马自诉,以千万数。”

## 五月

**辛卯,诏朔方节度使李怀光率神策及朔方军东讨田悦等。**

见《旧唐书·德宗纪上》。

## 八月

**颜真卿迁太子太师。**

《全唐文》卷五一四殷亮《颜真卿行状》:“(建中)三年八月,迁太子太师”。

### |十一月|

**朱滔称冀王,田悦称魏王,王武俊称赵王,李纳称齐王,相互勾结,抗拒朝廷。朱滔为盟主。李希烈亦密与朱滔等交通。**

《旧唐书·德宗纪上》。《资治通鉴》卷二二七载,十一月,李希烈帅所部三万徙镇许州,与李纳谋共袭汴州,“由是东南转输者皆不敢由汴渠,自蔡水而上”。

### |十二月|

**丁丑,李希烈自称天下都元帅、太尉、建兴王。**

见《旧唐书·德宗纪上》、《资治通鉴》卷二二七。《资治通鉴》谓朱滔、王武俊等劝李希烈称帝。

**柳芳纂《唐历》,本年成书四十卷;崔令钦又抄其事目为《唐历目录》一卷。**

《通志》卷六五:“《唐历》四十卷。唐柳芳撰,起隋义宁元年,讫建中三年。”又:“《唐历目录》一卷。唐崔令钦撰,据柳芳历,抄其事目。”此条据《新编年史》所记。

## 唐德宗建中四年

癸亥　七八三

### |正月|

**常衮卒于福建观察使任,年五十五。有集十卷,诏集六十卷。**

《新唐书·艺文志四》:“《常衮集》十卷。又《诏集》六十卷。”《旧唐书·常衮传》:“建中元年,迁福建观察使。四年正月卒,时年五十五。……有文集六十卷。”常衮于福建文教之兴贡献颇丰。《新唐书·常衮传》:“始,闽人未知学,衮至,为设乡校,使作为文章,亲加讲导,与为客主钧礼,观游燕飨与焉,由是俗一变,岁贡士与内州同。……其后闽人春秋配享衮于学官云。”《全唐文》编其文为十一卷,录于卷四一〇至卷四二〇。

**颜真卿奉使往许州宣慰李希烈军。**

《旧唐书·德宗纪上》载:“(建中四年正月)甲午,遣颜真卿宣慰李希烈军。”

**庚寅,李希烈兵陷汝州,执别驾李元平,遣将四出抄掠。东都士民震骇,窜匿山谷。卢杞进计,举颜真卿诣许州宣慰李希烈,诏下,举朝失色。颜真卿至许州,为李希烈所拘。**

见《资治通鉴》卷二二八。

**德宗有《与吐蕃会盟清水文》。**

《唐大诏令集补编》卷三三德宗有《与吐蕃会盟清水文》。

## | 二 月 |

**薛展、武元衡、韦同正、韦纯、熊执易等二十七人进士及第,薛展为状元。是年试《易简知险阻论》。冯伉博学宏辞与三史科擢第;李益、韦绶、路泌拔萃科擢第。本年礼部侍郎李纾知贡举。**

见《登科记考补正》卷一一。又,《唐语林》卷二:“熊执易通易,建中四年试《易简知险阻论》,执易端坐剖析,声动场中,一举而捷。”

**德宗以龙武大将军哥舒曜为东都畿汝节度使,率凤翔、邠宁、泾原等军,东**

**讨李希烈。乙卯，哥舒曜收复汝州。**

见《旧唐书·德宗纪上》。

## | 三 月 |

**辛卯，嗣曹王李皋击李希烈将陈质之众，败之，并收复黄州。**

见《旧唐书·德宗纪上》。

## | 七 月 |

**本年三月，朱巨川卒，年五十九。李纾为撰神道碑。**

《全唐文》卷三九五李纾《故中书舍人吴郡朱府君神道碑》："国朝铲通代之弊，振中古之业，掌文命官，发华归本，出入二百载，上下十数公，灿灿然与汉魏同风矣。而旷士之制博而通，豪士之制英而辩，道流之制精而密，君子之制直而温。吴郡朱君，其君子欤！……拜中书舍人，锡以章绶。凡载书之传信者，赞书之加命者，诏策之封崇者，愍策之褒厚者，其词必温，其道必直，洪而不放，纤而不繁，实根作者之心，无愧前人之色。……以建中四年三月九日，遘疾终于上都胜业里私第，春秋五十有九。以其年七月七日，归窆于本县西上蔡原旧茔，礼也。"

## | 十 月 |

**德宗诏泾原节度使姚令言率师东征，丁未，泾原兵叛，上出苑北门。戊申，至奉天。乱兵奉朱泚为帅，朱泚自称帝。李怀光率众赴长安勤王。朱泚军攻奉天，浑瑊力战却之。**

见《旧唐书·德宗纪上》、《资治通鉴》卷二二八。

## 十一月

**神策将李晟赴奉天勤王。朔方节度使李怀光军次醴泉，败朱泚兵，朱泚退还长安。奉天之难解。**

见《旧唐书·德宗纪上》。

**李怀光上表暴卢杞罪恶，壬戌，贬卢杞为新州司马。庚午，李希烈陷汴州。**

见《旧唐书·德宗纪上》。

## 本年

**谢良弼冬自吉州刺史入为大理少卿，梁肃等十一人作诗送之，肃为之序。**

《全唐文》卷五一八梁肃《送谢舍人赴朝廷序》："初，公以文似相如，得盛名于天下。大历再居献纳，俄典书命。……尔来六七年，同登掖垣者已迭操国柄，而公方自庐陵守入副九卿。……意又不足，则陈诗赠之，属而和者凡十有一人。小子适受东观之命，从公后尘，行有日矣。"谢良辅本年十月终商州刺史任，故知此谢舍人为谢良弼，其为中书舍人在大历十二年左右，距今正是六、七年。

**颜真卿正月奉使往许州宣慰李希烈军，后遭希烈拘押，度不得全，自撰墓志，以见其心。**

《全唐文》卷五一四殷亮《颜鲁公行状》："（建中）四年，怀宁节度使李希烈以十四州叛……朝廷诏公为怀宁军宣慰使……至许州，与希烈相见，宣传诏意未毕，逆贼使其大将军王玢、周曾，诟公以丑词，劫公以白刃。……拘公于官舍。……公度不得全，自撰墓志，以见其心。……（希烈）为惨酷之具以逼公，意欲其屈礼，公愤然而无求生之意，贼以止焉。"

# 唐德宗兴元元年

甲子　七八四

## |正　月|

**癸酉朔，德宗在奉天行宫受朝贺毕，赦天下，改建中五年为兴元元年，下诏罪己。制曰："尚德者，教化之所先；求贤者，邦家之大本。永言兹道，梦想劳怀。而浇薄之风，趋竞不息，幽栖之士，寂寞无闻。盖诚所未孚，故求之不至。天下有隐居行义、晦迹邱园、不求闻达者，委所在长吏具名闻奏，朕当备礼邀致。诸色人中，有贤良方正、能直言极谏及博通坟典、达于教化，并识洞韬略、堪任将帅者，委常参官及所在长吏闻荐。"**

《资治通鉴》卷二二九载："赦下，四方人心大悦。及上还长安明年，李抱真入朝为上言：'山东宣布赦书，士卒皆感泣，臣见人情如此，知贼不足平也！'"按，此罪己诏乃翰林学士陆贽所撰。

**灵澈年三十六，自湖州北上。皎然引严维、刘长卿、皇甫曾语，以书力荐之于包佶。**

《昼上人集》卷九《赠包中丞书》："孟春犹寒，伏惟中丞尊体万福。……有会稽沙门灵澈，年三十有六，知其有文十余年而未识之。此则闻于故秘书郎严维、随州刘使君长卿、前殿中皇甫侍御曾，常所称耳。及上人自浙右来湖上见存，并示制作。观其风裁，味其情致，不下古手，不傍古人，则向之严、刘、皇甫所许。畴今所觌，三君之言，犹未尽上人之美矣！……此僧诸作皆妙，独此一篇（按，指其《归湖南》诗），使老僧见，欲弃笔研。……方今天下有故，大贤勤王，辄以非急干请视听，亦昭愚老不达时也。然上人秉心立节，不可多得。其道行定慧，无惭安远。尝著《律宗引源》二十一卷，为缁流所归。至于元言道理，应接靡滞，风月之间，亦足以助君子高兴也。昼疾弊，未期奉展，伏深瞻望。近应府公三五首，谨凭灵澈上人呈上。"书云"方今天下有故，大贤勤王"，当指朱泚僭位，德宗奔走奉天。故文当作于本年孟春。此事之系年据《新编年史》所记。

## ｜二 月｜

**李怀光密与朱泚通谋，反。丁卯，德宗奔梁州。**

见《旧唐书·德宗纪上》。

**马异等五人进士及第。是年试《朱干铭》。本年礼部侍郎鲍防知贡举。**

见《登科记考补正》卷一一。《玉海》卷二〇四："建中三年进士别头试《欹器铭》，兴元元年《朱干铭》，则以铭试士尚矣。"

**于邵在桂州，时纪奉礼之容州，于邵作序送之。**

《全唐文》卷四二七《送纪奉礼之容州序》："容州经略之府，南据交趾，北达苍梧。李郎中受委中朝，联典大郡，凡有化理，悉为世程。纪子响风慕义，不远千里，释板舆，即轻舸。晨餐夕膳，不改旧物，从一乐土，之一乐土，谁其间焉？……时兴元大赦之仲春，桂林迁客于邵之别序云。"故《序》即作于本月。

**德宗有《赠段秀实太尉诏》。**

《唐大诏令集补编》卷一七德宗有《赠段秀实太尉诏》。文末署"兴元元年二月"，文即撰于此时。文中云："兴元元年二月，帝在奉天诏曰：见危致命之谓忠，临义有勇之谓烈，惟尔克励臣节，不惮杀身，惟朕式嘉乃勋，懋昭大典。曰台不德，罔克若天，遘兹殷忧，变起都邑。惟尔卿士，嗷然靡依，逼畏所加，淄渑共混。故开府仪同三司、检校礼部尚书、司农卿、上柱国、张掖郡王段秀实，操行岳立，忠厚精至，义形于色，勇必有仁。顷者尝镇泾原，克著威惠。叛卒知训，咨尔以诚。贼泚藏奸，欺尔以诈。守人臣之大节，洞元恶之深情，端委国门，挺身白刃，誓碎凶渠之首，以敌君父之仇，视死如归，履虎致咥。噫！天未悔祸，事乖垂成，雄风壮图，振骇群盗。昔王蠋守死以全节，周颉正色而抗词，惟我信臣，无愧前哲。声闻寰宇，义冠古今，足以激励人伦，光昭史册。……有临危致命，殁而愈彰，有因事成功，权以合道，苟利社稷，存亡一致，酬报之典，岂限常员？并委所司,访其事迹,续具条奏,当加褒异。锡其井赋,图形云阁,书功鼎彝,以彰我有服节死谊之臣,传于不朽。"

## | 三 月 |

**田承嗣子田绪杀田悦,奉表归顺朝廷。李怀光虽欲反,而部下不从,乃烧营东走,返河中。**

见《旧唐书·德宗纪上》、《资治通鉴》卷二三〇。

**湖州刺史袁高登顾渚山,奉旨备贡茶,有题名。**

《全唐文补编》卷五三袁高《顾渚山题名》:"大唐州刺史臣袁高,奉诏修茶贡讫。至邑山最高堂,赋茶山诗。兴元甲子岁三春十日。"注:"《两浙金石志》卷二。《吴兴金石记》卷三。"

## | 五 月 |

**李抱真、王武俊破朱滔于京城东南,朱滔遁归幽州。李晟大破朱泚兵,收复长安。浑瑊等克咸阳。朱泚出走。**

见《旧唐书·德宗纪上》、《资治通鉴》卷二三一。

## | 六 月 |

**朱泚将奔吐蕃,至彭原西城屯,为其将所杀。**

见《旧唐书·德宗纪上》、《资治通鉴》卷二三一。

**于邵作序送杨倓南游。**

《全唐文》卷四二八于邵《送杨倓南游序》:"宏农杨倓,世以文艺登甲乙科。

而倏克构前烈，复修儒行，升高作赋，正始言诗，期于拾青，今也被褐，盖未遇云尔。桂林之游，我何忧哉？……忽有余兴，言将南迈。寻桂江之远近，度疑山之险易，适诸侯之馆，披三越之图。并苍梧以右转，观象地之发迹，亦何谢泛五湖，探禹穴，而畅其孤愤哉！扁舟一叶，风涛千里，于所适复何危乎？吾当俟子于寿星之会，而复祗命，所在念此无忽。兴元之元，季夏之望，河南于邵词。"知其作于本月十五日。

## 七月

**壬午，德宗自兴元返长安。**

见《旧唐书·德宗纪上》。

**陆贽从驾奉天、梁州，翰林制诰多出其手，后编入《翰苑集》。**

《权载之文集》补刻《陆贽翰苑集序》："德宗皇帝……召对翰林，即日为学士，由祠部员外转考功郎中。朱泚之乱，从幸奉天。时车驾播迁，诏书旁午，公洒翰即成……无不曲尽情事，中于机会。"

**欧阳詹为德宗还长安撰赋。**

《文苑英华》卷五九欧阳詹《回銮赋》："夫何降一人兮，将凝帖乎万方。神其精而杰其质兮，赫赫巍巍以昂昂。膺千年之宝，历承八圣之重光。道为纪，德为纲，仁为宅，义为防。化悠悠而荡荡，风习习以洋洋。沐雨露以蕃昌，烛日月以皆康。癸亥之岁，太皞司政，乃作幸于西，顺上帝之令……"癸亥，即建中四年。德宗本年七月自兴元还京，故知赋为此时作。

**德宗有《于段秀实墓所立碑诏》。**

《唐大诏令集补编》卷一九德宗有《于段秀实墓所立碑诏》。文末署"兴元元年七月"，文即撰于此时。

## |八 月|

**马燧撰《谕晋隰慈州檄》。**

见《全唐文》卷四三八。文首曰“兴元元年八月某日”,故系于此。

## |秋|

**蝗遍远近,草木无遗。**

《旧唐书·德宗纪上》:“是秋,螟蝗蔽野,草木无遗。”又见《资治通鉴》卷二三一。

## |十 月|

**德宗有《遣使分道宣慰诏》。**

《唐大诏令集补编》卷三一德宗有《遣使分道宣慰诏》。文末署“兴元元年十月”,文即撰于此时。文云:“顷戎役繁兴,两河尤剧,农桑俱废,井邑为墟,丁壮服其干戈,疲羸委于沟壑,历河朔而至太原,自淮沂而被雒汭,虫螟为害,雨泽愆时,然犹征赋未息,征役未宁,冻馁流离,寄命无所。……江淮之间,连岁丰稔,迫于供赋,颇亦伤农,收其有余,济彼不足。宜令度支于淮南浙江东西道,加价和籴米三五十万石,差官般运于诸道,减价出粜,贵从权便,以利于人。宜即遣使分道宣慰劳勉将士,存问乡闾,有可以救岁凶灾,除人疾苦,各与长吏商量奏闻。”

## |十一月|

**李希烈兵数败,弃汴州,奔归蔡州。**

见《旧唐书·德宗纪上》、《资治通鉴》卷二三一。

# | 本 年 |

**本年前后，于邵在桂州，作《送李校书归江西序》《春宵饯卢司马丈归澧阳序》《宴饯严判官使还上都序》《送房判官巡南海序》《送卢判官之梧州郑判官之昭州序》《送盛卿序》《送陈秀才序》《送窦秀才序》等。**

《全唐文》卷四二七于邵《归江西序》中自言："予迁客也。"同书同卷《归澧阳序》云："邵上负明圣，来佐藩隅，终沐荫庥，忝招座右"。同书同卷《还上都序》："州牧卢公叙别于初筵。"同书同卷《巡南海序》："桂管经略观察使范阳卢公，惜云雨为别……将我府公之厚意也。"同书卷四二八《昭州序》："桂管都防御经略观察使范阳卢公……桂林阳亭南越之胜……迁客于邵书其事。"同书同卷《送盛卿序》："老夫负累炎方，僻处南馆，东阻高岸，西临通衢。……叩门告别，且曰：'……一入桂林。'……迁客于邵赠言而已。"同书同卷《送陈秀才序》："泝潇湘踰零桂而循来……索迁客不腆之作。"同书同卷《送窦秀才序》："今复左迁僻地……殿中侍御史范阳卢公，聿来监州。"按，《旧唐书·德宗纪上》："（建中二年二月）甲辰，以容州刺史卢岳为桂州防御观察使。"《全唐文》卷七八四穆员《陕虢观察使卢公（岳）墓志铭》："建中元年，今上嗣位……授容管经略招讨等使，未一年……转桂府观察经略等使……贞元三年来朝，拜少府监。"知卢岳建中二年至贞元三年为桂州刺史。上列于邵文均作于建中二年四月贬桂州卢岳幕、贞元元年入为原王傅间，故均系于此。

**张延赏撰《南门记》。**

见《全唐文》卷四三二。文末曰"兴元元年记"，故系于此。

**灵澈本年或稍后赴长安，包佶以书荐之于李纾。**

《刘禹锡集》卷一九《澈上人文集纪》："皎然以书荐于词人包侍郎佶，包得之大喜，又以书致于李侍郎纾。是时，以文章风韵主盟于世者曰包、李，以是上人之名以二公而飏，如云得风，柯叶张王。以文章接才子，以禅理说高人，风仪甚雅，谈笑多味。"而本年正月，皎然以书荐灵澈于包佶。《旧唐书·李纾传》：

“德宗居奉天，择为同州刺史，寻弃州诣梁州行在，拜兵部侍郎。反正，兼知选事。”灵澈赴京，当在本年七月德宗返京之后，故系于此。

**刘明素本年编《丽文集》五卷。**

《新唐书·艺文志四》：“刘明素《丽文集》五卷。兴元中集。”按，刘明素为常州处士，贞元十年韦夏卿荐之，与窦群同表，见《全唐文》卷七六一褚藏言《窦群传》。今集已佚。

## 唐德宗贞元元年

乙丑　七八五

### 正月

**丁酉朔，大赦天下，改元贞元。大风雪，寒。去冬螟蝗，冬旱，至是雪，寒甚，民饥冻死者踣于路。**

见《旧唐书·德宗纪上》。

**陆羽为王维所作孟浩然画像作序。**

葛立方《韵语阳秋》卷一四：“余在毗邻，见孙润夫家有王维孟浩然像。……又有太子文学陆羽鸿渐序云：‘……唐贞元年正月二十有一日志之。’”按，贞元三年、四年权德舆等人诗中已称陆羽为陆文学，疑羽授太子文学在建中、兴元中，序文或作于贞元元年，因重“元”字而夺其一，姑系于此。

**颜真卿遭李希烈拘押，自汝州移囚蔡州，撰《移蔡帖》以明其志。**

《颜鲁公文集》卷四《移蔡帖》：“贞元元年正月五日，真卿自汝移蔡，天也。天之昭明，其可诬乎？有唐之德，则不朽耳。十九日书。”

**德宗有《赠颜真卿司徒诏》。**

《唐大诏令集补编》卷一七德宗有《赠颜真卿司徒诏》。文末署“贞元元年正月”,文即撰于此时。文云:“贞元元年正月诏曰:君臣之义,生录其功,没厚其礼,况才优任国,忠至灭身。朕每兴叹,劳于寤寐。故光禄大夫、守太子太师、上柱国、鲁郡公颜真卿,器质自天,公忠杰出,出入四朝,坚贞一志。属贼臣扰乱,委以存谕,拘胁累岁,死而不挠。稽其盛节,实谓犹生,朕致贻斯祸,惭悼靡及。式崇嘉命,兼延尔嗣。可赠司徒。仍赙绢帛五百端,米三百石。男頵硕等,至丧制终后,所司闻奏,超授官秩。”

**陆贽有《贤良方正能直言极谏策》。**

《唐大诏令集补编》卷二四有陆贽所撰《贤良方正能直言极谏策》。文署“贞元元年”,则其约撰于此时。

## | 二 月 |

**丙寅朔,遣工部尚书贾耽、侍郎刘太真分往东都、两河宣慰。时河南、河北饥,米斗千钱。**

见《旧唐书·德宗纪上》。

**郑全济、羊士谔、卢汀、钱徽、崔从、薛存诚等三十三人进士及第,郑全济为状元。孙公乂明经科擢第。韦执谊、穆贽、裴复、归登、魏弘简、韦纯、钱徽等十四人“贤良方正,能直言极谏”科擢第,穆贽试策今存《文苑英华》卷六三八。熊执易、刘简甫“博通坟典,达于教化”科擢第。许贽“识洞韬略,堪任将帅”科擢第。本年礼部侍郎鲍防知贡举。**

见《登科记考补正》卷一二。

## 三月

**丁未，李希烈兵陷南阳。**

见《旧唐书·德宗纪上》。

## 四月

**丁丑，以江西节度使曹王李皋为江陵尹、荆南节度使。李希烈将李思登以随州降。**

见《旧唐书·德宗纪上》、《资治通鉴》卷二三一。

**关东大饥，关中饥民蒸蝗虫而食。**

《旧唐书·德宗纪上》载贞元元年四月："时关东大饥，赋调不入，由是国用益窘。关中饥民蒸蝗虫而食之。"

**四月十一日，德宗敕："比来所习《尔雅》，多是鸟兽草木之名，无益理道。自今已后，宜令习《老子道德经》，以代《尔雅》。其进士亦宜同大经略例帖试。"**

见《唐会要》卷七五。

## 五月

**二日，德宗敕："自今已后，明经习《礼记》及第者，许冬集。"**

见《唐会要》卷七五。

## 六月

**朱滔病死，将士奉前涿州刺史刘怦知军事。**

见《旧唐书·德宗纪上》、《资治通鉴》卷二三一。按，七月壬辰，即以刘怦为幽州、卢龙节度使。

## 七月

**德宗有《灾沴罪己诏》。**

《唐大诏令集补编》卷一德宗有《灾沴罪己诏》。此诏所撰时间乃本年七月甲子。文中云："夫人事失于下，则天变形于下，咎征之作，必有由然。自顷以来，灾沴仍集，雨泽不降，绵历三时，虫蝗继臻，弥亘千里。菽黍翔贵，稼穑枯瘁，嗷嗷蒸人，聚泣田亩，兴言及此，实切痛伤。……忧心如焚，深自刻责。"

## 八月

**朔方将牛名俊斩李怀光，出降；马燧收复河中。**

见《旧唐书·德宗纪上》、《资治通鉴》卷二三一。

**颜真卿被李希烈杀害于蔡州，年七十七。后令狐峘为撰墓志，殷亮为撰行状。德宗有诏赠司徒，谥曰文忠。颜真卿有《吴兴集》《庐陵集》《临川集》《礼乐集》各十卷，又修撰《韵海镜源》三百六十卷。**

《资治通鉴》卷二三一载，颜真卿兴元元年八月为李希烈所害。《全唐文》卷三九四令狐峘《颜真卿墓志》："今上兴元元年八月三日，蹈危致命，薨于蔡州之难。"《旧唐书·颜真卿传》："兴元元年八月三日，希烈使阉奴等缢杀之。"《全唐文》卷三三七颜真卿《移蔡帖》："贞元元年正月五日，真卿自汝移蔡，天也。天之昭明，其可诬乎？有唐之德，则不朽耳。十九日书。"《全唐文》卷五一四殷亮《颜鲁公行状》:"贞元元年,河南王师复振,贼虑蔡州有变,乃使其将辛景臻,于龙兴寺积薪,以油灌。既纵火,乃传希烈之命,若不能屈节,自即裁之。公应声投地,臻等惊惭,扶公而退。希烈审不为己用,其年八月二十四日,又使景臻等害于龙兴寺幽辱之所,凡享年七十七。……有诏赠司徒,谥曰文忠。"按,殷亮乃颜真卿亲谊兼僚属,在其遇害后撰《行状》上报朝廷,继由太子右庶子令狐峘作《神道碑铭》。二文对于颜真卿卒年记载不一,今以《移蔡帖》结合殷亮《颜鲁公行状》,以贞元元年八月之说为据。《旧唐书》首次为颜真卿立传,称颜真卿"富于学、守其正、全其节,是文之杰也",又于《忠义传》序中评论曰:"杲卿、真卿之骂贼,又愈于安金藏、段秀实。"颜真卿工于文词,富于学,书法精绝,世称"颜体"。《新唐书·艺文志一》:"颜真卿《韵海镜源》三百六十卷。"《新唐书·艺文志二》:"颜真卿《礼乐集》十卷。"《新唐书·艺文志四》著录其有《吴兴集》十卷、《庐陵集》十卷、《临川集》十卷。《旧传》载其"少勤学业,有词藻,尤工书"。又载德宗诏,谓其"器质天资,公忠杰出,出入四朝,坚贞一志"。文宗诏谓:"朕每览国史,见忠烈之臣,未尝不嗟叹久之,思有以报。如闻从览、弘式,实杲卿、真卿之孙。永惟九原,既不可作,旌其嗣续,谅协典彝。考绩已深于宦途者,命列于中台;官次未齿于缙绅者,俾佐于左辅,庶使天下再新义风。"《新传》则载其"博学,工辞章"。又载其:"立朝正色,刚而有礼,非公言直道,不萌于心。天下不以姓名称,而独曰鲁公。……善正、草书,笔力遒婉,世宝传之。"《郡斋读书志》卷一七:"《颜真卿文》一卷。……世谓真卿忤杨国忠、李辅国、元载、杨炎、卢杞,拒安禄山、李希烈,废斥者七八,以至于死,而不自晦,天下一人而已。而学问文章往往杂于神仙浮屠之说,不皆合于理,而所为乃尔者,盖天性然也。"《直斋书录解题》卷一六:"《颜鲁公集》十五卷,《补遗》一卷,《附录》一卷。唐太子太师京兆颜真卿清臣撰。……案《馆阁书目》,嘉祐中宋敏求惜其文不传,乃集其刊于金石者,为十五卷。今本序文,刘敞所作,乃云吴兴沈侯编辑,而不着沈之名。刘元刚刻于永嘉,为后序,则云'刘原父作序,即宋次道集其刻于金石者也',又不知何据。元刚复为之年谱,益以《拾遗》一卷,多世所传帖语,且以行状、碑、传为《附录》。"《全唐文》卷三三六至三四四编其文为九卷。

**德宗有《诏谕淮右诏》。**

《唐大诏令集补编》卷三二德宗有《诏谕淮右诏》。文末署"贞元元年八月",文即撰于此时。

**德宗有《为李怀光立嗣诏》。**

《唐大诏令集补编》卷一七德宗有《为李怀光立嗣诏》。文末署“贞元元年八月己卯”,文即撰于此时。

**怀素有《书清静经题记》。**

《全唐文补编》卷五七怀素《书清静经题记》:“贞元元年八月廿有三日。西太平寺沙门怀素藏真书,时年六十一岁。”后有注:“《汪氏珊瑚网法书题跋》卷二、《式古堂书画汇考》卷八。”

**苻载居庐山,与道士黄洞元交往,苻载为之撰记。**

《全唐文》卷六八九苻载《黄仙师瞿童记》:“朗州桃源桃花观,南岳黄洞元居焉。……仙师以建中元年自武陵卜居于庐山紫霄峰下。……贞元元年八月二十日,苻载记。”

## |九月|

**幽州节度使刘怦病卒,以其子刘济权知节度事。**

见《旧唐书·德宗纪上》。

**乙巳,德宗上御宣政殿,策贤良方正、能直言极谏等三科举人。又有《求规谏之士经术之士才略之臣诏》。**

见《旧唐书·德宗纪上》、《册府元龟》卷六四四。按,《唐大诏令集》卷一〇六注云:“试官鲍防、独孤愐”。又,《唐大诏令集补编》卷二三有德宗《求规谏之士经术之士才略之臣诏》,文末署“贞元元年九月丁巳”,文即撰于此时。

**德宗有《赐陈仙奇实封五百户诏》。**

《唐大诏令集补编》卷一五德宗有《赐陈仙奇实封五百户诏》。文末署“贞元元年九月”，文即作于此时。

## 十一月

**癸卯，冬至大礼，大赦天下。制曰：“致理之本，在乎审官，审官之由，资乎选士，将务选士之道，必精养士之方。魏晋已还，浇风未革。国庠乡校，唯尚浮华，选部礼闱，不稽实行。学非为己，官必徇人，法且非精，弊讲安救？宜令百僚，详思所宜，各修议状，中书门下参校得失，择善而行。”**

见陆贽《陆宣公制诰续集》卷二。

## 十二月

**德宗有《岁歉罢朝贺诏》。**

《唐大诏令集补编》卷一八德宗有《岁歉罢朝贺诏》。文末署“贞元元年十二月”，文即撰于此时。

**于邵在桂州长史任，本年致书宰相萧复，希冀重用。**

《全唐文》卷四二六《与萧相公书》云：“圣上缵序鸿业，于今六年。”唐德宗建中元年即位，至本年六年。文中又云：“负累忧危，年垂七十。”《旧唐书·于邵传》：“（贞元）八年，出为杭州刺史，以疾请告，坐贬衢州别驾，移江州别驾，卒，年八十一。”其卒约在贞元十二年，逆推其生于唐玄宗开元四年，本年正是“年垂七十”。《与萧相公书》云：“今大盗未除，群寇更起，其可处置者，惟两江半淮，三蜀五岭而已。其中最切者，请举尤以明之。……为今之计，莫若监军一切且停，客军权属节使，申明本管，无得相干。然后慎选良将，文武兼备，委这镇抚，希在万一。”又云：“每恨生死契阔，不尽曩时之期。拳拳之心，皎如白日，良友虽殁，情岂忘乎？……平生志业，身退毁随，纷纷世情，鲜不秉乘便。浮石沉水，自古而然，茕茕万里，谁能识察？敢托相公门阑之旧，辄书当时得罪之由，再烦视听，具如别状。”

**羊士谔本年登进士第后，释褐为常州义兴尉，杨凌约本年有序送之。**

《全唐文》卷六一六孟简《建南镇碣记》："太山谏卿，受气端劲，为文雅拔，由进士尉阳羡。"谏卿，即羊士谔字。《柳宗元集》卷二一《杨凌文集后序》："其季年所作尤善。"所举季年作中有饯送太山羊士谔序，凌约贞元四年卒，序或本年送羊士谔赴义兴作。

**皎然本年居于湖州东溪草堂，此前其《诗式》已草成。**

《全唐文》卷九一七皎然《诗式中序》："贞元初，余与二三子居东溪草堂，每相谓曰：世事喧喧，非禅者之意。假使有宣尼之博识，胥臣之多闻，终朝目前，聆道侈义，足以扰我真性，岂若孤松片云，禅坐相对，无言而道合，至静而性同哉！吾将深入杼峰，与松为侣，所著《诗式》及诸文字，并寝而不纪。……至壬申夏五月，会前御史李公洪自河北负谴，遇恩再移为湖州长史。初与相见，未交一言，恍若神合。……他日，言及《诗式》。余具陈夙昔之志。公曰不然。因命门人简出草本，一览而叹曰……"据此，则《诗式》草本本年已成。

## 唐德宗贞元二年

丙寅　七八六

### 正月

**吉中孚为户部侍郎、判度支两税。**

《旧唐书·德宗纪上》："谏议大夫、知制诰、翰林学士吉中孚为户部侍郎、判度支两税。"

**德宗有《关辅饥停朝贺诏》。**

《唐大诏令集补编》卷一八德宗有《关辅饥停朝贺诏》。文末署"贞元二年正月壬辰"，文即撰于此时。

**朱放授左拾遗，赴京，梁肃作序送之**。

《郡斋读书志》卷四："朱放诗一卷。放字长通，襄阳人，隐居剡溪。嗣曹王皋镇江西，辟节度参谋。贞元初，召为拾遗不就。"《唐才子传》卷五"朱放"："贞元二年，诏举韬晦奇才，诏下聘礼，拜左拾遗，不就，表谢之。"《全唐文》卷五一八梁肃《送朱拾遗赴朝廷序》："上将以道莅天下，先命大臣举有道以备司谏，故朱君长通有拾遗之拜。……吴中贤士大夫相贺不暇。长通方移疾饵药，不出东山者三年。或曰：'以君之才之识，宜行而止，宜语而默。且君命召，其可以久乎？'由是不俟驾，亦不敢言病，献岁之吉，涉江而西。……群贤于是乎酒酣歌诗，以代杂珮之赠。"

## | 二 月 |

**张正甫、窦牟、窦易直、李夷简、张贾等二十七人进士及第，张正甫为状元。朱放韬晦奇才科擢第。本年礼部侍郎鲍防、国子祭酒包佶知贡举。帖经后鲍防改京兆尹**。

见《登科记考补正》卷一二。

**王文长等六人游雁塔，有题名**。

《全唐文补编》卷五三王文长《雁塔题名》："瑯邪王文长……贞元二年二月三日。"注："《雁塔题名帖》。《文物》一九六一年八期刊宋拓残本。"

## | 四 月 |

**丙寅，李希烈为其将陈仙奇毒杀，陈仙奇举众降。甲申，诏以陈仙奇为蔡州刺史、淮西节度使**。

见《旧唐书·德宗纪上》。本年二月，山南东道节度使樊泽曾破李希烈将杜文朝，擒之；三月，李希烈别将寇郑州，义成节度使李澄亦击破之。《资治通鉴》卷二三二载："希烈兵势日盛，会有疾，夏四月丙寅，大将陈仙奇使医陈山甫毒杀之。"

## 五月

**戴叔伦在抚州刺史任，时马总增损梁庚仲容《子书抄》为《意林》六卷，戴叔伦为其作序。**

《全唐文》卷五一〇戴叔伦《意林序》："有梁颍川庾仲容，略其要会为《子书抄》三十卷，将以广搜采异，而立言之本或不求全。大理评事扶风马总元会，家有子史，幼而集录，探其旨趣，意必有归。遂增损庾书，详择前体，裁成三轴，目为《意林》。上以防守教之失，中以补比事之阙，下以佐属文之绪。……余元会之执友，故序而记之。贞元二年五月二十一日也，抚州刺史戴叔伦撰。"

## 六月

**德宗有《命举选人习开元礼诏》。十一日，敕："《开元礼》国家盛典，列圣增修。今则不列学科，藏在书府，使效官者昧于郊庙之仪，治家者不达冠昏之义。移风固本，合正其源。自今已后，其诸色举人中有能习《开元礼》者，举人同一经例，选人不限选数许集。但问大义一百条。试策三道。全通者超资与官；义通七十条，策通两道已上者，放及第；已下不在放限。其有散试官能通者，亦依正官例处分。"**

见《唐会要》卷七六。又见《唐大诏令集补编》卷二三，文末署"贞元二年六月"。

## 七月

**淮西兵马使吴少诚杀陈仙奇，自为留后。**

《资治通鉴》卷二三二载本月己酉，即以吴少诚为留后。

## 八月

**吐蕃大举攻泾、陇、邠、宁等州，西边骚然。诏浑瑊等将兵屯咸阳以备之。**

见《旧唐书·德宗纪上》、《资治通鉴》卷二三二。

## |九月|

**吐蕃攻好畤，京师戒严。李晟命部将击之于汧阳城，败之。吐蕃又攻凤翔，李晟出师御之，乃退。**

见《旧唐书·德宗纪上》。

**朱放自润州归越，顾况有序送之。**

《全唐文》卷五二九顾况《送朱拾遗序》："楚天暮秋，衰草多霜。我送朱兄，置酒寒塘。他方有遗名之人，语出世之事。昔我大师居毗耶离方丈之室，以虚空量，纳诸群有，为法而来，难于酬对。……我送朱兄，浮于乱流。主明不在谏，故谏臣在烂漫之游。"《序》中言之"暮秋"，当在九月。朱放本年初应召入京，盖终未赴任。

## |十一月|

**吐蕃攻陷盐州，刺史杜彦光出奔鄜州。**

见《旧唐书·德宗纪上》、《资治通鉴》卷二三二。

## |十二月|

**吐蕃又攻陷夏州、银州。**

见《旧唐书·德宗纪上》、《资治通鉴》卷二三二。

**戴叔伦、权德舆、萧公瑜、王绍均在洪州，各作五言诗送崔侍御赴江陵度支院，权德舆为之序。**

《权载之文集》卷五《送崔端公赴江陵度支院序》:“今年春,上始命二小司徒主量入经费之节,辨繇赋榷管之法。皆内有郎吏,外有从事,多冠惠文冠,分道将命,督课郡国。……故执事有今兹南荆之命,用能选也。……岁十二月,自钟陵抵江陵,驱车即路,不惮冰雪。况骚楚遗韵,枫江远目,在此路也。情如之何?五言诗送别之始,故自戴临川、萧王二柱史已降,皆征文觋远。字用五而词多楚者,以地理所历,且行古之道也。”“柱史”,“柱下使”的省称,即侍御史。萧柱史,即萧侍御,是萧公瑜;王柱史,即王侍御,是王绍;戴临川,即戴叔伦。

## |本 年|

**梁肃整理天台六祖湛然《止观辅行传弘诀》等为《删定止观》三卷,成于本年**。

《续藏经》载:“《删定止观》三卷,梁肃述。”《全唐文》卷五一七梁肃《止观统例议》:“今止观之说,文字万数,广论果地,无益初学。岂如暗然自修,功至自至,何必以早计为事乎?是大不然。……予常戚戚,于是,整其宏纲,撮其机要,其理之所存,教之所急,或易置之,或引伸之。其义之迂,其辞之鄙,或剃除之,或润色之。大凡浮疏之患,十愈其九;广略之宜,三存其一。于是祛鄙滞,导蒙童,贻诸他人,则吾岂敢?若同见同行,且不以止观罪我,亦无隐乎尔。建中上元甲子首事,笔削三岁,岁在析木之津,功毕云尔。”按,“析木”,星次名,十二星次之一。与十二辰相配为寅,与二十八宿相配为尾、箕两宿。太岁在寅曰析木,知此书之作始于兴元元年,至本年毕。

**陆贽有《册淑妃王氏为皇后文》**。

《唐大诏令集补编》卷二有陆贽所撰《册淑妃王氏为皇后文》。文首:“维贞元二年某月日,皇帝若曰……王教之端,始于内范,风美关雎之化,雅咏思齐之德,罔懈阙位,忝于前修,克念有终,庶无咎悔。奉承休命,可不慎欤!”

# 唐德宗贞元三年

丁卯　七八七

## 二月

**牛锡庶、谢登、赵傪、裴埴等三十三人进士及第，牛锡庶为状元。本年礼部侍郎薛播知贡举。**

见《登科记考补正》卷一二。

**孙会授常州刺史，时兄孙成在苏州刺史任，李崿为作《二孙邻郡诗》，和者三十七章，梁肃序之。**

《全唐文》卷五一八梁肃《贺苏常二孙使君邻郡诗序》："《二孙邻郡诗》者，前道州刺史李崿贺晋陵、吴郡伯仲二守之作也。二公修懿文之烈，成变鲁之政，地无夹河之阻，人有同舟（一作风）之乐，抑近古未之有也。故道州诗而美之，属而和之者，凡三十有七章，溢于道路，盖云盛矣。"文中论及诗人之志云："夫诗人之志有四焉：美其德，美其位，美其政，美其邻，信可以编诸唐雅，昭示后学，岂止于涂歌里诵，遐迩悦慕而已！肃尝辱二公之眷，谨序篇首，庶采诗者得之，陈于太师，以知吴风。"李崿诗今不存。苏州孙使君，即孙成。《千唐志斋藏志》九五〇《孙成墓志》："遂迁苏州刺史……数岁积劳，除桂州刺史……"《旧唐书·德宗纪下》载，孙成贞元四年七月除桂州刺史。常州孙使君，即孙成弟孙会。《千唐志斋藏志》一一一三《孙公乂墓志》："父会，皇郴、温、庐、宣、常五州刺史。"《太平广记》卷七九引《异闻集》，言韩滉回京后，有张严除常州刺史，无何，因张严犯赃，又除常州刺史替之，三数日后，韩滉卒。韩滉本月卒于长安，盖所除替张严之常州刺史，即孙会。故系本文于此。

**韩滉撰《昭德皇后哀册文》。**

《唐大诏令集补编》卷二有韩滉所撰《昭德皇后哀册文》。文云："维贞元二年，岁次丙寅……越期一年，岁次丁卯，二月丙辰朔，二十九日甲申，大行昭德皇后将迁座于陵台,礼也。”则文盖作于本年二月。

## 五月

**以侍中浑瑊为吐蕃清水会盟使,兵部尚书崔汉衡副之。瑊与骆元光率师二万,赴平凉川盟所。**

见《旧唐书·德宗纪上》、《资治通鉴》卷二三二。

**润州延陵尉郑播慕吴季子,谒灵宇,作墓记。**

《全唐文补编》卷五三郑播《吴季子墓记》:“公制礼作乐,声名雅量,皆编诸史册,载在碑颂。欲为具纪,恐近繁文。清风凛然,万古不朽。播作尉斯邑,因谒灵宇。式镌数字,聊以纪年。时大唐贞元三年岁次丁卯五月廿八日。荥阳郑播字伯丰记。”注:“《金石文钞》卷一。”

## 闰五月

**辛未,浑瑊与吐蕃宰相尚结赞会盟于平凉,为吐蕃伏兵所劫,瑊狼狈遁而获免,崔汉衡以下将吏陷没者六十余人。**

见《旧唐书·德宗纪上》。

## 六月

**吐蕃驱盐、夏二州居民,焚其州城而去。**

见《旧唐书·德宗纪上》。《资治通鉴》卷二三二亦载此事,谓吐蕃宰相尚结赞遣将“悉焚其庐舍,毁其城,驱其民而去”。

**黎迥撰独孤季膺墓志铭并序。**

《唐代墓志汇编续集》"贞元〇〇七"有黎迥所撰《唐故润州司马独孤公墓志铭并序》。文记"公讳季膺,字季膺",卒于贞元三年二月二日,"以其年六月廿八日,安厝于上东门外平阴乡之岗,礼也"。则文乃本年六月所撰。

## 夏

**柳并目盲,滞于吉州,为马总《意林》作序。**

《全唐文》卷三七二柳并《意林序》:"扶风马总,精好前志,务于简要,又因庾仲容之抄略,存为六卷,题曰《意林》。圣贤则糟粕靡遗,流略则精华尽在,可谓妙矣。……予扁舟涂水,留滞庐陵,扶风为余语其本尚,且曰:'编录所取,先务于经济,次存作者之意。罔失篇目,如面古人。予懿马氏之作,文约趣深,诚可谓怀袖百家、掌握千卷。'之子用心也远乎哉!旌其可美,述于篇首,俾传好事。贞元丁卯岁夏之晦,文废瞍河东柳伯存重述。"《四库全书总目》卷一二三子部"杂家类"《意林》提要云:"初,梁庾仲容取周秦以来诸家杂记凡一百七家,摘其要语为三十卷,名曰《子抄》。总以其繁略失中,复增损以成此书。……今观所采诸子,今多不传者,惟赖此仅存其概;其传于今者,为老、庄、管、列诸家,亦多与今本不同。"

## 八月

**闰五月陷于吐蕃之兵部尚书崔汉衡还归。**

见《旧唐书·德宗纪上》。

## 九月

**吐蕃屡次侵掠陇、泾等州,劫掠残杀居民。**

《旧唐书·德宗纪上》:"九月丁巳,吐蕃大掠汧阳、吴山、华亭界民庶,徙于安化峡西(据《资治通鉴》胡三省注,吴山、华亭皆属陇州)。""丙寅,吐蕃陷华亭,又陷泾州之连云堡。甲戌,吐蕃退,俘掠邠、泾、陇等州民户殆尽。自是蕃寇常至泾、陇。”《资治通鉴》卷二三三载：“（九月）丁巳，吐蕃大掠汧阳、吴山、华亭，老弱者杀之，或断手凿目，弃之而去，驱丁壮万余悉送安化峡西，将分隶羌、浑，乃告之曰：‘听尔东向哭辞乡国。’众大哭，赴崖谷死伤者千余人。”

**吴通玄撰冯氏墓志铭并序。**

《唐代墓志汇编续集》“贞元〇〇一”有吴通玄所撰《唐故扶风郡冯氏墓志铭并序》。文记冯氏卒于贞元三年闰五月八日，“以其年拾月肆日奉柩安厝于京兆府万年县浐川乡之白鹿原，礼也”。则文约本年九月所撰。

## |十一月|

**万俟署撰崔府君（杲之）墓志铭并序。**

《全唐文补遗》有万俟署所撰《唐故寿州霍丘县主簿崔府君（杲之）墓志铭并序》。文云：“唐贞元三祀龙集丁卯建子月旬之十七日，故寿州霍丘县主簿崔府君，自寿而葬于东都河南县南山龙门之西原，礼也。”按，建子月即夏历十一月，则文盖在本年十一月撰。

## |十二月|

**皎然复书权德舆论及先辈作者及友人诗作。**

《昼上人集》卷九《答权从事德舆书》：“权三从事足下，传吏至，辱书，谬蒙发扬，殊增悚恧。观其立言典丽，文明意精，实耳目所未接也。幸甚幸甚！贫道隳名之人，万虑都尽，强留诗道，以乐性情。盖繇瞥起，余尘未泯，岂有健羡于其间哉？初，贫道闻足下盛名，未睹制述，因问越僧灵澈、居士豆卢次方，佥曰杨、马、崔、蔡之流。……先辈作者，故李员外遐叔、故皇甫补阙茂正、故严秘书正文、故房吴县元警、故阎评事士和、故朱拾遗长通、故处士韦□，此数子畴昔为林下之游。遐叔当时极许贫道四十韵之作……元警著《道交论》，比于高云独鹤，意谓关于诗而不关于事，贫道亦无推焉。今再遇足下见知，则东山遗民，时免擘琴绝弦于知已矣！灵澈上人，足下素识，其文章挺拔瑰奇，自齐梁以来，诗僧未见其偶。但此子迹冥累迁,心无营营。……豆卢次方,才识超迈,所得经奇,飘飘然有凌云之气而不轻浮。此乃山僧惠眼远见。亦尝与论物理,极天人之际,言至简正,意不虚诞。"其盛赞灵澈与豆卢次方之文采,并转述二人之言,以为权德舆之文堪比扬雄、司马相如。朱放贞元二年尚在,权德舆贞元四年六月丁母忧,故书当作于本年十二月。

**何观撰韦氏墓志铭并序**。

《全唐文补遗》有何观所撰《唐故右卫仓曹参军赐绯鱼袋何(杲)继夫人京兆韦氏墓志铭并序》。文记夫人"以贞元四年岁次戊辰正月三日壬子,迁厝于河南县龙门山西原,权也"。又,文末记其第六孙书志铭之时间为"丁卯岁十二月卅日"。据此,则墓志盖作于本年十二月。

## |本 年|

**朱放卒于广陵舟中,有诗集一卷,顾况为之序**。

朱放贞元二年授拾遗,本年十二月皎然于《答权从事德舆书》中称其为"故拾遗",故其当于本年卒。《新唐书·艺文志四》:"《朱放诗》一卷。"《郡斋读书志》卷一八:"《朱放诗》一卷。"《直斋书录解题》卷一九:"《朱放集》一卷。"《全唐诗》卷三一五载其诗一卷。《全唐文》卷五二八顾况《右拾遗吴郡朱君集序》:"朱君能以烟霞风景,补缀藻绣,符于自然。山深月清,中有猿啸。复如新安江水,文鱼彩石,历历可数。其杳夐倏飒,若有人衣薜荔而隐女萝,立意皆新。可创离声乐友之什,情思最切。虽有谏职,心游江湖。谢病而来,慕出尘之侣,精好《涅槃》《维摩经》。爱人为善,有志未就,终于广陵舟中。识与不识,聆风向义,相与兴叹。我主人延陵包君、兵部李侍郎、礼部刘侍郎,皆有托孤之旧。子郁,袭其先行,敬事父友,泣捧遗文,祈余冠序。"

**庾承宣撰王维碑**。

《宝刻丛编》卷八"蓝田县":"《唐尚书右丞王维碑》,唐庾承宣撰,郑絪书,贞元三年。"此碑今不存。

**刘长卿本年或稍后卒，有集十卷**。

《新唐书·艺文志四》："（刘长卿）终随州刺史。"按刘长卿罢随州后，贞元二年春尚有诗送朱放，贞元七年春权德舆文称之为"故随州刘使君长卿"，知其卒年当在贞元三年至六年间，今姑系于此。《新唐书·艺文志四》："《刘长卿集》十卷。"《郡斋读书志》卷一七："《刘长卿集》十卷。……长卿刚而犯上，故两度斥废。诗虽窘于才，而能锻炼。权德舆尝谓为五言长城。今集诗九卷，杂文一卷。"《直斋书录解题》卷一六："《刘随州集》十卷。……诗九卷，末一卷杂著数篇而已。建昌本十卷，别一卷为杂著。"

**李德裕本年生**。

《旧唐书·李德裕传》载其大中三年卒，年六十三，逆推而定。

**本年丰稔，诏所在和籴**。

《资治通鉴》卷二三三载："自兴元以来，是岁最为丰稔，米斗直钱百五十、粟八十，诏所在和籴。"

## 唐德宗贞元四年

戊辰　七八八

### 正月

**庚戌朔，德宗御丹凤楼，大赦。制曰："贤良方正、直言极谏者，高蹈不仕、隐居岩穴，孝弟力田、闻于乡里，所在长官，具以名闻，亲当策试。"**

见《册府元龟》卷六四一。又，《贞元四年大赦》文见于《唐大诏令集补编》卷二〇。文末署"贞元四年正月"，文即撰于此时。

**德宗敕："应补宏文、崇文学生，员阙至少，请补者多，就中商量，须有先后。**

**伏请准建中三年十一月敕，先补皇缌麻已上亲，及次宰辅子孙。仍于同类之内，所用荫先尽门地清华，履历要近者，其余据官荫高下，类例处分。”**

见《唐会要》卷七六。

## |二月|

**包谊、崔立之、郑群、裴次元、王良士等三十一人进士及第，本年试《南至日隔霜仗望含元殿炉香》诗。崔立之、裴次元、王良士诗存《文苑英华》卷一八〇。林蕴、蔡沼明经科擢第。本年礼部侍郎刘太真知贡举。**

见《登科记考补正》卷一二。

**道一（大寂禅师）卒于洪州，包佶为作碑，权德舆作塔铭。**

《权载之文集》卷二八《道一塔铭》：“化缘既周，趺坐报尽。时贞元四年二月庚辰。春秋八十，夏腊六十。”《宋高僧传》卷一〇《唐洪州开元寺道一传》：“丹阳公包佶为碑纪述，权德舆为塔铭。”

## |春|

**陆羽居洪州玉芝观，与萧公瑜、崔载华唱和，权德舆为之序。**

《权载之文集》卷三五《萧侍御喜陆太祝自信州移居洪州玉芝观诗序》：“太祝陆君鸿渐，以词艺卓异，为当时闻人。凡所至之邦，必千骑效劳，五浆先馈。尝考一亩之宫于上饶，时江西上介殿中萧侍御公瑜权领是邦，相得欢甚。会连帅大司宪李公入觐于王，萧君领廉察留府，太祝亦不远而至，声同而应随故也。先是尝舍于道观，因复居之，竹斋虚白，湖水在下，春物萌劝，时鸟变声……既展宾主之贶，又歌诗以将之。其词清越，铿若金璧。得诗人之辨丽，见君子之交好。诗既成，而太祝有酬和之作，复往之盛，粲然可观。客有前法曹掾崔君茂实，文场之旧，以六义为己任，攘臂拔笔而为和者，惟三贤师友风骚，迭为强敌。……以鄙人尝学于是，俾冠以序，其或继而和者，用先成为次序云。”崔载华,字茂实。据《唐才子传校笺》卷三“陆羽传”,陆羽于贞元三年冬自信州移居洪州,故系本文于此。

## |四月|

**崔元翰、裴次元、李彝、崔农、史牟、陆震、柳公绰、赵傪、徐弘毅、韦彭寿、邹儒立、王及、杜伦、元易、王真“贤良方正,能直言极谏”科擢第;李巽“清廉守节,政术可称,堪任县令”科擢第;张皓“孝弟力田,闻于乡闾”科擢第。**

见《登科记考补正》卷一二。

## |五月|

**德宗诏于邵、包佶、李纾等补诸庙所缺乐章。**

《册府元龟》卷五六九:“贞元……四年五月,诏有司补诸庙所缺乐章。自开元以来……遂命于邵、包佶、李舒等分为之。”

**灵澈自庐山至洪州,将归越,权德舆作序送之。**

《权载之文集》卷三八《送灵澈上人庐山回归沃洲序》:“上人心冥空无,而迹寄文字,故语甚夷易,如不出常境,而诸生思虑终不可至。其变也,如风松相韵,冰玉相叩,层峰千仞,下有金碧,耸鄙夫之目。初不敢视,三复则淡然天和,晦于其中。故睹其容览其词者,知其心不待境静而静。况会稽山水,自古绝胜,东晋逸民,多遗身世于此。夏五月,上人自庐峰言旋,复于是邦。予知夫拂方袍,坐轻舟,溯沿镜中,静得佳句。然后深入空寂,万虑洗然,则向之境物,又其秭稗也。”灵澈贞元初游长安,权德舆本年六月丁母忧,故灵澈东归至江西及权德舆以序送之当在本年五月。

**吐蕃三万余骑侵扰泾、邠、宁、庆、鄜等州,掠人畜万计而去。**

《资治通鉴》卷二三三载贞元四年五月“吐蕃三万骑寇泾、邠、宁、庆、鄜等州。先是,吐蕃常以秋冬入寇,及春多病疫而退。至是,得唐人,质其妻子,遣其将将之,盛夏入寇。诸州皆城守,无敢与战者,吐蕃俘掠人畜万计而去”。

## | 六 月 |

**权德舆因母丧辞洪州幕,梁肃为其母作墓志。**

《权载之文集》卷二六《先公先太君灵表》:“先太君以贞元四年岁在戊辰夏六月二十三日弃代于洪州,亡友安定梁肃宽中又为之墓表。”《全唐文》卷五二一梁肃《权皋妻李氏墓志》:“有子德舆。……以四年秋七月某辰寝疾而终。”今从权德舆所记,系表及墓志于此。

## | 夏 |

**顾况在著作佐郎任。柳浑、崔汉衡、刘太真、释藏用等访之于宣平里,各赋六言诗,刘太真为序。**

《全唐文》卷三九五刘太真《顾著作宣平里赋诗序》:“宣平里环堵之宅,嘉木垂阴,疏篁孕清,友生顾君寓之所也。前相国宜城伯、夏官卿博陵公、陈蓬州、藏用上人,贤顾君而访之,鄙夫与焉。……乃赋六言诗以纪会。既明日,属文之士翕然而和之。”宣城伯,即柳浑,据《旧唐书》本传及《旧唐书·德宗纪上》,其封宜城县伯,贞元三年八月罢相。博陵公,即崔汉衡,据《旧唐书》本传,博陵人,本年在兵部尚书任,去年曾陷于吐蕃,后归还。柳浑贞元五年二月卒,故集会当在本年。又序云“嘉木垂阴,疏篁孕清”,故当夏日作,故系于此。

## | 七 月 |

**王嵩撰崔公(珣)墓志铭并序。**

《全唐文补遗》有王嵩所撰《唐故朝议□□□□郡枣阳县令崔公(珣)墓志铭并序》。文记崔珣卒于“天宝七年四月廿一日”,“以贞元四年岁次戊辰七月景午朔廿一日景寅,合祔公之先茔,礼也”。则文乃本年七月撰。

## 八月

**李观西游京兆兴平县，至茂陵，作文吊汉武帝，并有序文。**

《全唐文》卷五三五李观《吊汉武帝文并序》："戊辰岁，秋八月，周览秦原，次茂陵之下，既睹永归之地，弥怀所行之事。且夫承天统物，岂无足称之德欤？盖观日月高明，有时亏昃；珠玉贞洁，不免瑕疵。徘徊路隅，兴言而吊曰……"《元和郡县图志》卷二"京兆府兴平县"："汉茂陵，在县东北十七里。"

## 九月

**德宗有《放免积欠诏》。**

《唐大诏令集补编》卷二八德宗有《放免积欠诏》。文末署"贞元四年九月"，文即撰于此时。

## 十月

**杜锡游资州，有摩崖题名。**

《全唐文补编》卷五三杜锡《资州磨崖题名》："贞元四年十月十日。杜锡、崔熊、席夔三人同游。"注："《舆地纪胜》卷一五七。"

## 十一月

**神邕卒，年七十九。后，丘丹为碑纪德。有集十卷，皇甫曾为序。**

《宋高僧传》卷一七《神邕传》："邕修念之外，时缀文句，有集十卷，皇甫曾为序。……贞元四年戊辰岁十一月十四日遇疾……归寂于大历法堂焉。……报龄七十九，法岁五十。……秘书省校书郎陆淮为其塔铭。上首弟子智昂、灵澈……等咸露锋颖，禅律互传。至十一年，户部员外郎丘上卿为碑纪德焉。"岑仲勉《元和姓纂四校记》卷五谓丘上卿即丘丹。丘丹、皇甫曾之作今皆不存。

## |本 年|

**高仲武选肃、代二朝诗人二十六家，诗一三二首，编为《中兴间气集》二卷，以钱起、郎士元分别为上、下卷之首，自为序。**

高仲武《中兴间气集序》："诗人之所作本诸心，心有所感而形于言。言合典谟，则列于风雅。暨乎梁昭明载述已往撰集者数家，榷其风流，正声最备。其余著录，或未至正焉。何者？《英华》失于浮游，《玉台》陷于淫靡，《珠英》但纪朝士，《丹阳》止录吴人。此由曲学专门，何暇兼包众善。使夫大雅君子，所以对卷而长叹也，唐兴一百七十载，属方隅畔涣，戎事纷纶，业文之人，述作中废。粤若肃宗、先帝，以殷忧启圣，反正中兴。伏惟皇帝以出震继明，保安区宇，国风雅颂，蔚然复兴，所谓文明御时，上以化下者也。仲武不揆菲陋，辄罄謏闻，博访词林，采察谣俗，起自至德元年首，终于大历末年，作者数千，选者二十六人，五言诗一百四十首，七言诗附之，列为两卷，略序品汇人伦，命曰《中兴间气集》。且夫微言虽绝，大制犹存，详略其臧否，尚可拟议。古之作者，因事造端，敷弘体要。立义以全其制，因文以寄其心，著王政之兴衰，国风之善否，岂其苟悦权右，取媚薄俗哉。今之所收，殆革斯弊。但使体格风雅，理致清新，期观者易心，听者悚耳，则朝野通载，格律兼收，自郐以下，非所附丽。凡百君子，幸详至公。渤海高仲武序。"按，序云"终于大历末年"，又称代宗为"先帝"，代宗大历十四年五月薨。又，文称"唐兴一百七十载"，故系于本年。《新唐书·艺文志四》："高仲武《中兴间气集》二卷"。《郡斋读书志》卷二〇："《中兴间气集》三卷。右唐高仲武辑至德迄大历中钱起以下二十六人诗，自为序。以天宝叛涣，述作中废，至德中兴，风雅复振，故以名。仍品藻众作，著之于前云。或又题孟彦深撰。"《直斋书录解题》卷一五："《中兴间气集》二卷。唐渤海高仲武序。集至德以后终于大历钱起等二十六人诗一百三十二首，各有小传，叙其大略，且拈提其警句，而议论文辞皆凡鄙。"

**苻载客于成都，与司空曙等在韦皋剑南西川幕府，陪宴北池，撰幕府诸公写真赞并序。**

《全唐文》卷六九〇苻载《剑南西川幕府诸公写真赞并序》:“戊辰岁,尚书韦公授钺之四年也。……时符子客于成都,叹其盛美,又咸得众君子之欢,而尝思欲赞颂之,事无由缘,殆似行佞,蕴蓄浩思,殊郁郁不快也。适会有沙门义全者,善丹青,尤工写真,诸公博雅好事,皆使图画之。山客由是得书曩意,因述《写真赞》十三章,使士林才彦,不独仰大府得贤之盛,抑亦欲属词比迹,各明其为人也。”

**戴叔伦在抚州有惠政,抚州吏民为之立遗爱碑。**

《舆地碑记目》卷二“抚州碑记”:“《戴叔伦遗爱碑》,在州城东三十步,正(贞)元四年建,时叔伦为刺史。”

**杨凌约本年卒于大理评事任,有文集,权德舆为之序,柳宗元为作后序。**

《权载之文集》卷三三《唐故尚书兵部郎中杨君文集序》:“他日计事如京师,复命于梁。会其帅既殁,军司马代之,诏未下,兵火气焰,杀人以逞。明神祐善,独脱死地。……燕居四年,不交人事,磅礴三古,推明六义,措迹愈退,而属词愈精。时恭履捐馆一纪,君与嗣仁倍手足之爱。”汴州军乱在贞元十五年,故杨凌(字恭履)之卒约在本年。《柳宗元集》卷一二《先君石表阴先友记》:“杨氏兄弟者……凌以大理评事卒,最善文。”《柳宗元集》卷二一《杨凌文集后序》:“文有二道,辞令褒贬,本于著述者也;导扬讽谕,本乎比兴者也。……兹二者,考其旨义,乖离不合。故秉笔之士,恒偏胜独得,而罕有兼者焉。厥有能而专美,命之曰艺成。虽古文雅之盛世,不能并肩而生。唐兴以来,称是选而不怍者,梓潼陈拾遗。……若杨君者,少以篇什著声于时。其炳耀尤异之词,讽诵于文人,盈满于江湖,达于京师。晚节遍悟文体,尤邃叙述,学富识远,才涌未已。其雄杰老成之风,与时增加。既获是,不数年而夭。其季年所作尤善。其为《鄂城新城颂》《诸葛武侯论》,饯送梓潼陈仲甫(一作众甫)、汝南周愿、河东裴泰、武都苻义府、太山羊士谔、陇西李谏(一作炼),凡六序,《庐山禅居记》《辞李常侍启》《远游赋》《七夕赋》,皆人文之选已。用是陪陈君之后,其可谓具体者欤。呜呼,公既悟文而疾,既即功而废,废不逾年,大病及之,卒不得穷其工、竟其才,遗文未克流于世,休声未克充于时,凡我从事于文者,所宜追惜而悼慕也!”柳宗元于序中盛赞杨凌之文,并提出“文有二道”之论。《全唐文》卷七三〇仅载其判词一首。

**李益在军中，辑录五十首《从军诗》赠左补阙卢景亮，有诗序。**

《全唐文补编》卷六六《从军诗序》："出身二十年，三受末秩；从事十八载，五在兵间。"大历四年，李益进士及第，乃即获得"出身"。二十年后，即今年。大历六年，登讽谏主文科，为华州郑县尉。后迁主簿。建中四年，中拔萃科，为侍御史。所谓"三受末秩"，指郑县尉、郑县主簿、侍御史，"五在兵间"则指五次出佐戎幕。建中元年李益进入朔方节度使崔宁幕府，开始了"巡行朔野"的军队生活，到贞元十五年前后离开幽州节度使刘济的幕府，结束大约十九年的"五在兵间"生涯。其《序》云："故其为文，咸多军旅之思。……凡所作边塞诸文及书奏余事，同时幕府选辟，多出词人。或因军中酒酣，或时塞上兵寝，相与拔剑秉笔，散怀于斯文。"又谓其诗"率皆出于慷慨意气，武毅犷厉"。《序》末云"时左补阙卢景亮见知于文者，令予辑录，遂成五十首赠之"。

**陈翃撰郭公(湜)墓志铭并序。**

《全唐文补遗》有陈翃所撰《唐故朝散大夫检校尚书驾部郎中兼同州长史郭公(湜)墓志铭并序》。文记郭公卒于"贞元四年戊辰岁正月十三日"，而其"以二月三日。归葬于东洛"，然"合祔于洛阳县"之时间为"其年"，具体月日则因缺字而不清，故系于本年。文中谓郭湜"风标清秀，文学渊邃。……著书数十卷。"

## 唐德宗贞元五年

己巳　七八九

### 正月

**德宗诏置二月一日为中和节，备三令节数。**

《旧唐书·德宗纪下》：贞元五年正月"乙卯，诏：……自今宜以二月一日为中和节，以代正月晦日，备三令节数，内外官司休假一日”。又，《新唐书·李泌传》：“泌请：‘废正月晦，以二月朔为中和节，因赐大臣戚里尺，谓之裁度。民间以青囊盛百谷瓜果种相问遗，号为献生子。里闾酿宜春酒，以祭勾芒神，祈丰年。百官进农书，以示务本。’”

## |二月|

**德宗敕，特置三礼、《开元礼》科。**

见《旧唐书·职官志》。按，《开元礼》科置于二年，至本年始有登科者，《职官志》误，见《登科记考补正》卷一二。

**卢项、杨巨源、崔简、马逢、张正元、吴仲舒、李夷亮、李方叔、裴度、胡证、李君何、周弘亮、曹著、陈翥等三十六人进士及第，卢项为状元。本年试《曲江亭望慈恩寺杏园花发》诗、《南风之薰赋》（以“悦人阜财，生物成遂”为韵）。李君何、周弘亮、曹著、陈翥诗存《文苑英华》卷一八八，张正元、吴仲舒、李夷亮、李方叔赋存《文苑英华》卷一三。丁公著、韦孟明明经科擢第。本年礼部侍郎刘太真知贡举。**

见《登科记考补正》卷一二。吴仲舒赋首云：“歌南风之熏兮，肇自前烈。美凯风以时兮，流乎俊哲。澹澹荡荡，生乎无间；馥馥微微，播于有截。故功成作乐，而上下昭著；治定制礼，而君臣有别。吾亦乘日月之至明，致中和之令节。言而履之，万国称庆；动而法之，千寮胥悦。此所谓规模帝舜，慰洽吾人。操五弦之琴而八风从律，征三代之乐而六气平均。使天下霈然而有感，穷海外飒尔而知春。至于传之永久，垂之不朽，可以动萌芽，可以荣林薮。熏风之有德也，使国富以人安；熏风之有惠也，使时和而俗阜。”

**梁肃在扬州杜亚幕为掌书记，中和节陪宴，座客皆成六韵诗，肃为之序。**

《全唐文》卷五二三崔元翰《右补阙翰林学士梁君墓志》：“其后淮南节度使、吏部尚书京兆杜公表为殿中侍御史、内供奉，管书记之任，非其所好，贞元五年，以监察御史征还台。”同书卷五一八梁肃《中和节奉陪杜尚书宴集序》：“于时上元甲子之六岁,地平天成,河清海晏,君臣高会,由内及外。粤我主公牧扬州,以领东诸侯,既承湛露之泽,且修式燕之礼。……既醉,小子辄起而言曰:‘大君有命,令节兹始。我公宴喜,于以受祉。歌以发德,诗以颂美。于胥乐兮,胡可废已。’公曰:‘善!’乃俾座客偕以六韵成章,授简为序。”杜尚书,即杜亚。据《旧唐书·德宗纪下》,杜亚兴元元年十二月至贞元五年十二月为淮南节度使。序云“令节兹始”,故当于本年作。“上元甲子之六岁”当为“贞元甲子之五岁”之误。

## 三月

**宰相李泌卒,年六十八,有集二十卷,后梁肃为集序。**

《旧唐书·德宗纪下》:贞元五年,“三月甲辰,中书侍郎、同平章事李泌卒”。《旧唐书·李泌传》:“年六十八薨……有文集二十卷。”《新唐书·艺文志四》:“《李泌集》二十卷。”《全唐文》卷五一八梁肃《丞相邺侯李泌文集序》:“开元中,公七岁,见丞相始兴张公九龄。张骇其聪明,授以属辞之要,许以辅相之业。洎始兴殁,不六十载,公果至宰相封侯。有文集二十卷,其习嘉遁,则有紫府沧浪之诗;其在王庭,则有君臣赓载之歌。或依隐以玩世,或主文以谲谏,步骤六义,发扬时风。观其词者,有以见上之任人,始兴之知人者已。……凡诗三百篇,表、志、碑、赞、序、议、述又百有二十,其五十篇缺,独著其目云。”

**德宗有《修葺寺观诏》。**

《唐大诏令集补编》卷三〇德宗有《修葺寺观诏》。文末署“贞元五年三月”,文即撰于此时。

## 四月

**德宗下《明经举人更习老子诏》曰:“明经举人所习《尔雅》,多是草木鸟兽之名,无益理道,宜令习《老子道德经》以代《尔雅》。其进士同大经例帖。”**

见《册府元龟》卷六〇四。

## 五月

**二日，诏曰："王者设教，劝学攸先；生徒肄业，执礼为本。然则礼者，盖务学之本，立身之端，居安之大猷，致治之要道。顷有司定议。习礼经者独授散官。颇乖指要，姑务宏奖，以广儒风。自今已后。诸色人中有习三礼者，前资及出身人依科目例选，吏部考试白身人依贡举例。礼部考试，每经问大义三十条，试策三道。所试大义，仍委主司于朝官学官中，拣选精通经术三五人闻奏，主司于同试问义策全通为上等，特加超奖。大义每经通二十五条以上，策通两道已上为次等，依资与官。如先是员外试官者，听依正员例。其诸馆学生，愿习三礼及《开元礼》者并听。仍永为例程。"**

见《唐会要》卷七六。

**皎然在湖州西山，与吴凭重加编录《诗式》。时湖州长史李洪点而窜之，勒成五卷，皎然自为之序。**

《全唐文》卷九一七皎然《诗式中序》："贞元初，余与二三子居东溪草堂……所著《诗式》及诸文字，并寝而不纪。……至壬申夏五月，会前御史李公洪自河北负谴，遇恩再移为湖州长史。初与相见，未交一言，恍若神合。……他日，言及《诗式》，余具陈宿昔之志，公曰不然。因命门人简出草本。一览而叹曰：'早岁曾见沈约《品藻》、惠休《翰林》、庾信《诗箴》，三子之论，殊不及此。奈何学小乘偏见，以夙昔为词耶！'再三顾余，敢不唯命。因举邑中词人吴季德……公欣然。因请吴生相与编录。有不当者，公乃点而窜之，不使琅玕与碔砆齐列。勒成五卷，粲然可观矣。"时李洪为湖州长史，《全唐诗》卷八二一皎然《观李中丞洪二美人唱歌轧筝歌》，注云"时量移湖州长史"。《全唐文》卷九一七皎然《诗式总序》："夫诗者，众妙之华实，六经之菁英，虽非圣功，妙均于圣。彼天地日月，玄化之渊奥，鬼神之微冥，精思一搜，万象不能藏其巧。其作用也，放意须险，定意须难。虽取繇我里，而得若神表。至如天真挺拔之句，与造化争衡，可以意会，难以言状，非作者不能知也。洎西汉以来，文体四变，将恐风雅浸泯，辄欲商校，以正其原。今从西汉以降，至于我唐，名篇丽句，凡若干人，命曰《诗式》。使无天机者坐致天机。若君子见知，庶有益于诗教矣！"此条据《新编年史》所记。

## | 六 月 |

**苻载去冬离蜀，至荆州，与杨衡羁旅相依，有送之游南越序。六月至襄阳，干谒曹王李皋，作《襄阳北楼记》。**

《全唐文》卷六九〇苻载《荆州与杨衡说旧因送游南越序》："己巳岁，自成都至，中师自长安侨寓荆州，羁旅相依，各被婚娶，困于柴水。"同书卷六八九苻载《襄阳北楼记》："蔼蔼襄阳，山水之乡，征南兴岘亭之赏，贤王造北楼之胜，缅邈千载，遐襟一致，静操其旨，得不根柢于是乎？然势胜则同，制作乃异，请得本末而言之。"文末言："五年六月十五日记。"据《唐刺史考·襄州》，贤王即曹王李皋，贞元三年至八年为山南东道节度使。

**戴叔伦道卒于南海清远县，年五十八。权德舆撰墓志并序。有集二十卷，马总为序。**

《权载之文集》卷二四《朝散大夫使持节都督容州诸军事守容州刺史兼侍御史充本管经略招讨制置等使谯县开国男赐紫金鱼袋戴公墓志铭并序》："维贞元五年夏四月，容州刺史经略使侍御史谯县男戴公至部之三月，以疾受代，回车瓯骆。六月甲申，次于清远峡而薨，春秋五十八。……初，抠衣于兰陵萧茂挺，以文学政事见称萧门。文本菁华而长于比兴，粲为采章，锵如珩璜，鼓钟于宫，累辟大府。"《新唐书·艺文志四》："戴叔伦《述稿》十卷。"《郡斋读书志》卷一八："戴叔伦《述稿》十卷，外诗一卷，书状一卷。……集有马总序，或题曰《会录》。《唐史》但云师事萧颖士，初不称其能诗，以时人少其诗，气骨绵弱故也。"

## | 九 月 |

**长安章敬寺僧智通进《大乘理趣六波罗蜜多经疏》，有表记之。**

《全唐文补编》卷五五智通《进大乘理趣六波罗蜜多经疏表》："沙门智通等言：伏奉四月十五日少监马钦淑特宣圣旨，令僧道岸、智通修新译大乘理趣六波罗蜜多经疏义进来者。……贞元五年九月八日，章敬寺奉诏修疏沙门智通等上表，同修疏沙门道岸。”注：“《宋本大唐正元续开元释教录》卷中。”

## |十 月|

**丙午，西川节度使韦皋奏，于吐蕃战于故巂州，大破之，擒其降乞藏遮遮。自是吐蕃兵势挫锐**。

见《旧唐书·德宗纪下》。又见《资治通鉴》卷二三三：贞元五年“冬，十月，韦皋遣其将王有道将兵与东蛮、两林蛮及吐蕃青海、腊城二节度战于巂州台登谷，大破之，斩首二千级，投崖及溺死者不可胜数，杀其大兵马使乞藏遮遮。乞藏遮遮，虏之骁将也，既死，皋所攻城栅无不下。数年，尽复巂州之境”。

**德宗有《除张孝忠检校尚书左仆射同平章事制》**。

《唐大诏令集补编》卷七德宗有《除张孝忠检校尚书左仆射同平章事制》。此文末署“贞元五年十月”。则文乃此时所撰。文有云：“法令者，国之典章；藩岳者，朕之屏翰。封域既列，疆里有经，必守信诚，用永终始。干纪难亏于常宪，念功宜贷于新恩，酌于厥中，是有兹命。”

## |十一月|

**裴通撰裴府君墓志铭并序**。

《全唐文补遗》有裴通所撰《唐故大理评事摄监察御史裴府君墓志铭并序》。文记裴府君卒于“贞元四年九月十五日……明年十二月三日，葬于洛阳北邙山之原”。则文约撰于本年十一月。

## |十二月|

**梁肃入京为监察御史**。

《全唐文》卷五二三崔元翰《右补阙翰林学士梁君墓志》:“贞元五年,以监察御史征还台。”梁肃所从府主杜亚本年十二月自淮南节度迁东都留守,故梁肃入京当在本月。

## |本 年|

**李朝威约本年作《柳毅传》。**

《太平广记》卷四一九引《广异记·柳毅》:“至开元末,毅之表弟薛嘏为京畿令,谪官东南,经洞庭。……殆四纪,嘏亦不知所在。陇西李朝威叙而叹曰……”自开元二十九年下推四十八年,当在本年。

**卢简求本年生。**

见《旧唐书·卢简求传》。

# 唐德宗贞元六年

庚午　七九〇

## |正 月|

**岐州无忧王寺有佛指骨寸余,下诏迎置宫中,又送诸寺以示众,倾都瞻礼,施财巨万。**

见《旧唐书·德宗纪下》。又见《资治通鉴》卷二三三:贞元六年“春,诏出岐山无忧王寺佛指骨迎置禁中,又送诸寺以示众,倾都瞻礼,施财巨万”。可见当时礼佛盛况。二月,德宗下诏送还本寺。

## |二 月|

**唐款、李君房、郑权、许尧佐、王公亮等二十九人登进士第,试《观庆云图》**

**诗;林著、张浑明经科及第。博学宏辞科崔立之登科。本年礼部侍郎张蒙知贡举。**

见《登科记考补正》卷一二。

## |四月|

**顾游秦为李白葺墓建碣,刘全白为撰碣文。**

《李太白全集》卷三一刘全白《唐故翰林学士李君碣记》:"全白幼则以诗为君所知,及此投吊,荒坟将毁,追想音容,悲不能止。邑有贤宰顾公游秦,志好为诗,亦常慕效李君气调,因嗟盛才冥冥,遂表墓式坟,乃题贞石,冀传于往来也。贞元六年四月七日记。"

## |五月|

**包佶在秘书监任,奉诏作祀风师、雨师乐章。**

《唐会要》卷二二:"(风师)本是小祀,《开元礼》无乐章。及升为中祀,乃用登歌一部。天宝以来,尝借《天帝乐章》用之。……至贞元六年五月十四日,诏秘书监包佶补之。雨师亦准此。"

**欧阳詹在长安,作《德胜颂二章》,感水旱而未成灾。**

见《旧唐书·德宗纪下》,本年三月,"甲子,以旱,日色如血,无光";"夏四月甲辰,大风雷";闰四月"戊午,始雨";"是夏,淮南、浙东西、福建等道旱,井泉多涸,人渴乏,疫死者众"。欧阳詹《欧阳行周文集》卷四《德胜颂二章》:"唐贞元六年,岁在庚午。阴阳家流曰:'岁在午,人马食土。'人之所食也谷,马之所食也草,今言食土,明岁无嘉谷,而野无青草。则运数于兹,合凶灾之大者。……自春三月至于夏五月,或赫日杲杲,或密云溶溶,为燋灼,为霖霪,似不日而至。……九阳构旱而莫展,六阴作潦而不就。……辄为颂二章,用贻于康衢,庶事明而声畅,流乎无穷,而以德胜目篇。"

## 七月

**苻载客荆州,于陆澧宅观张璪画松石,作文纪之。**

《全唐文》卷六九〇苻载《江陵陆侍御宅宴集观张员外画松石图》:"尚书祠部郎张璪字文通,丹青之下,抱不世绝俦之妙。……初公盛名赫然,居长安中,好事者卿相大臣。既迫精诚,乃持权衡尺度之迹,输在贵室,他人不得诬妄而睹者也。居无何,谪官为武陵郡司马。官闲无事,从容大府,士君子由是往往获其宝焉。荆州从事、监察御史陆澧字深源……秋七月,深源陈宴宇下,华轩沉沉,樽俎静嘉,庭篁霁景,疏爽可爱。公天纵之思,欻有所诣,暴请霜素,抪愿奇踪。……及其终也,则松鳞皴,石巉岩,水湛湛,云窈眇。投笔而起,为之四顾,若雷雨之澄霁,见万物之情性。观夫张公之艺,非画也,真道也。当其有事,已知夫遗去机巧,意冥玄化,而物在灵府,不在耳目。故得于心,应于手,孤姿绝状,触毫而出,气交冲漠,与神为徒。若忖短长于隘度,算妍媸于陋目,凝觚舐墨,依违良久,乃绘物之赘疣也……"

## 九月

**德宗敕:"本置两馆学生,皆选勋贤胄子,盖欲令其讲艺,绍习家风,固非开此幸门,堕紊典教。且令式之内,具有条章,考试之时,理须精核。比闻此色,幸冒颇深,或假市门资,或变易昭穆,殊亏教化之本,但长浇竞之风。未补者务取阙员,已补者自然登第。用荫既已乖实,试艺又皆假人。诱进之方,岂当如此!自今已后,所司宜据式文考试,定其升黜。如有假代,并准法处分。"**

见《册府元龟》卷六四〇。

**李观作文吊韩弇。**

《全唐文》卷五三五李观《吊韩弇没胡中文》:"维唐贞元元年,匈奴上款乞盟……戎乘我不虞,而有诡谋,我计无素成,而奸以宿萌;故勇者死,奔者追,而韩君为之擒矣。……五年于兹,生死不寻。谓之生,岂复还期;谓之死,永永湮沈。或曰死矣，切伤我心。绝国浩浩，穷西极滨。强胡居之，犬视狺狺。流沙无波，阴山无春。边草不绿，塞鸿不宾。秦有长城，汉有遗人。死者虏鬼，生者虏臣。哀哀韩君，生死穷辛。……秦中九月，黄叶始下。长风西来，烈烈飘野，望君申吊。”

## 十月

**蒋郾撰蒋氏（无尽灯）墓志铭并序。**

《全唐文补遗》有蒋郾所撰《□□岩邑府折冲范阳卢公故夫人乐安蒋氏（无尽灯）墓志铭并序》。文记蒋氏卒于“贞元六年岁次庚午秋八月旬十有九日……以其年十月十日，安厝于河南县万安乡万安山之阳”。则文乃本年十月撰。

## 十二月

**于邵撰孙常楷神道碑。**

《全唐文》卷四二九于邵《内侍省内常侍孙常楷神道碑》：“有魁岸之姿，有沉毅之略……公以单车之使，仗节直进，诞敷威德，阴携党与。元恶奔溃，狡童折首。犹以余众，啸聚朔陲。公乃通和獯戎，俾发义师，与郭汾阳等诸军犄角。奸凶败绩，万国底宁，斯又公之劳也。前此急宣藩维，会计大务，必能尽瘁。以奉投艰，明明三后，称叹多矣。事今上也，每侍帷幄，且曰求旧，嘉谋谠词，入陈出秘，扈避狄也。著奔问之勤，从省方也。有执羁之效，逮法驾还宫，特加衮奖，斯又公之忠也。”又云：“贞元五年七月二十三日，卒于广化里之私第，享年六十一。明年十二月五日，葬于泾阳县高平原先茔之侧。”知此碑约撰于本月或稍前。

**韩愈本年二十三岁，有书投滑州刺史贾耽，献文十五章以求荐引。经河中，作《河中府连理木颂》。**

《韩昌黎文集校注·外集》上卷《上贾滑州书》：“愈儒服者，不敢用他术干进……窃整顿旧所著文一十五章以为贽……愈年二十有三，读书学文十五年，言行不敢戾于古人……伏以小子之文，可见于十五章之内；小子之志，可见于此书。与之进，敢不勉；与之退，敢不从：进退之际，实惟阁下裁之。"贾滑州即贾耽，文即本年呈贾耽之作。又《韩昌黎文集校注》卷二有《河中府连理木颂》："司空咸宁王尹蒲之七年，木连理生于河之东邑。野夫来告。且曰：吾不知古，殆气之交畅也。维吾王之德，交畅者有五，是其应乎：训戒奋威，荡戮凶回；举政宣和，人则宁嘉；入践台阶，庶尹克司；来帅熊罴，四方作仪……"洪兴祖《韩子年谱》："《河中连理木颂》曰：'司空咸宁王尹蒲之七年。'浑瑊以兴元元年为河中同绛陕虢行营副元帅、咸宁郡王，至今七年。"并系此文于本年。马茂元在《韩昌黎文集校注》中《补注》（后文简称《补注》）引吴汝纶语云："古雅遒奥之词，谲诡恢危之趣。"

**柳宗元本年有文干谒补阙权德舆。**

《柳宗元集》卷三六《上权德舆补阙温卷决进退启》："补阙执事：宗元闻之……进退无倚，宵不遑寐，乃访于故人而咨度之。……是以有今兹之问，仰惟览其鄙心而去就之。"旧注云："时年十八。"又罗联添《柳子厚年谱》（见其《唐代四家诗文论集》，台湾学海出版社 1996 年版。以下简称《罗谱》，本书柳宗元事迹系年多有采用此谱者，下不一一注明）引集注云："子厚此启年十八时作。瑰琦而苍古，驰骤而精工。……康海曰：'句法骚快，气概闲适，可见子厚少年文字便洒然出尘。'"按，此文亦间用骈体。

## 唐德宗贞元七年

辛未　七九一

### 正月

**吴通微撰俱慈顺墓志。**

《唐代墓志汇编续集》"贞元〇二〇"有吴通微所撰《唐故元从朝议大夫行内侍省内常侍上柱国赐紫金鱼袋俱府君墓志铭并序》。文云："敦煌俱府君，讳慈顺，世宅京邑，今为三原人焉。……贞元六年十二月十三日，终于大宁里第，春秋六十有八。以明年正月十二日迁窆于京兆府万年县长乐乡龙首原,礼也。”则文乃撰于本年正月。

## |二月|

**尹枢、陆复礼、林藻、令狐楚、萧俛、房次卿等三十人登进士第,尹枢为状元。本年试《青云干吕》诗、《珠还合浦赋》,以“不贪为宝,神物自还”为韵。尹枢、陆复礼、令狐楚、林藻赋今存《文苑英华》卷一一七,林藻、令狐楚、王履贞、彭伉诗今存《文苑英华》卷一八二。礼部侍郎杜黄裳知贡举。**

见《登科记考补正》卷一二。状元尹枢《珠还合浦赋》云:“骊龙之珠,无胫而至。骇浪浮彩,长川再媚。回夜光之错落,反明月之瑰异。非经汉女之怀,宁泣鲛人之泪……”《文苑英华》卷一一七令狐楚赋中云:“物之多兮珠为珍,通其货而济乎人。才披沙以晶耀,仪错彩以璘玢。避无厌之心……繇是观德,孰云无神。相彼南州,昔无廉吏。富期润屋,贪以败类。孤汉主析珪之恩,夺苍梧易米之利。滥源既启,真质斯閟。……惠政潜施,欲不欲之欲,为无为之为。不召其珠,珠无胫而至。不移其俗,俗如影之随。尔其状也,上掩星彩,遥迷月规。粲粲离离,与波逶迤。乍入潭心,时依浦口。惊泉客之初泣,疑冯夷之始剖……”陆复礼赋中云:“珠行藏兮与道为邻,政善恶兮感物生神。私以务贪,必去土而匿耀。光之崇俭,则还浦而归淳。我政无累,匪求而至。宛若中流,昭然明媚。对三光而分色,契一德而潜致。盈虚无胜,不随月魄以哉生。往返有孚,殊异奔星之出使。徒见其表迹,罔知其奚自。睹映水之新规,谓沈泉之初弃。为人利也,且一贯以称珍。与众共之,虽十斛而不匮。然知此珠之感,唯政是随。”

**徐泗节度掌书记侍御史内供奉杜兼有《李邕修孔子庙碑侧题记》。**

见《全唐文补编》卷六〇杜兼《李邕修孔子庙碑侧题记》。文末署:“大唐贞元七年辛未岁二月八日。祇谒拜奠。”注:“《金石萃编》卷七二。”

## |三月|

**权德舆复入洪州幕,与幕中诸人游龙沙登清风亭,各有诗作,题于屋壁,权**

**德舆为序**。

《权载之文集》卷三五《暮春陪诸公游龙沙熊氏清风亭诗序》:“暮春三月,时物具举,先师达贤,或风于舞雩,或禊于兰亭。……因休沐之暇,考近郊之胜。郭北五里有古龙沙,龙沙北下有州人秀才熊氏清风亭。盖故容州牧戴幼公、前仓部郎萧元植,贤熊氏之业文,尚兹境之幽旷,合资以构之,创名以识之,五年矣。……是会也,有御史府杨君、薛君,环列崔君,校理魏君,皆以文发身,或再战再克。予与皇甫君,不繇是进,亦陪其欢,虚中旷然,取乐名教。……主人趋隅拜下,敬恭得礼请酌古道,遍徵歌诗。……乃次诗于屋壁,各疏爵里,以为清风亭故事云。”序中称戴叔伦为“故容州牧”,贞元六年三月权德舆尚丁母忧,本年冬即入京,故序当作于本年三月。

## |春|

**权德舆居丧润州,春,秦系过之,出其与刘长卿唱和诗卷,权德舆为之序,评述秦、刘五言之作**。

《权载之文集》补遗《秦征君校书与刘随州唱和诗序》:“儒有秦公绪者,当天宝理平之世,兴丽则鼓盛名于当时。遭多故,道进身退,越部山水,佐其清机,圆冠野服,翛然自放。宅遐心于事外,得佳句于物表,不知华缨丹毂之为贵者几四十年。……(贞元)七年春,始与予遇于南徐。白头初命,色无愠怍。知名岁久,故其相得甚欢。因谓予曰:‘今业六义以著称者,必当唱酬往复,亦所以极其思虑,较其胜败,而文以时之闻人序而申之。’悉索笈中,得数十编,皆文场之重名强敌。且见校以故敌故(二字疑衍)随州刘君长卿赠答之卷,惜其长往,谓余宜叙。夫彼汉东守尝自以为五言长城,而公绪用偏伍奇师,攻坚击众,虽老益壮,未尝顿锋。词或约而旨深,类乍近而致远,若珩珮之清越相激,类组绣之玄黄相发,奇采逸响,争为前驱。至于室家离合之义,朋友切磋之道,咏言其伤,折之以正,凡若干首,各见于词云。”

## |六 月|

**杨衡离荆州赴桂管齐映幕,苻载作序送之**。

《全唐文》卷六九〇《荆州与杨衡说旧因送游南越序》:"中师旅食淹恤,内顾勤窭,策马南向,慰其家室。……相国齐公,挺鸾皇之姿,郁经纬之誉,新荷天宠,镇安越服。"齐公,即齐映,据《旧唐书·德宗纪下》,贞元七年五月自衡州刺史授桂管观察使,杨衡当入其幕。

## 七月

**梁肃在右补阙任,有序送席相赴泉州刺史任。**

《全唐文》卷五一七梁肃《述初赋序》:"会明诏以监察御史征,俄转右补阙。"同书卷五一八梁肃《奉送泉州席使君赴任序》:"惟先尚书文公,茂德盛名,光乎前朝,吾子淑慎其身,荷伯父覆露,银章皂盖,秩二千石。方将布王泽以牧闽人,得不谓重且远乎?行当变未善之俗,使至齐鲁,然后祗承优命,超处蕃阃,乃其盛也。七月之吉,火云在天,征车徂东,瞻望不及。所当慎者,残暑而已,岂以远道为戒哉?掺袂如之何?序以道意。"席使君,即席相,据《唐刺史考》卷一五三"泉州",贞元七年为泉州刺史。

**李宪撰李公(祐)墓志铭并序。**

《全唐文补遗》有李宪所撰《唐故宣议郎行钜鹿郡参军李公(祐)墓志铭并序》。据文中所记,李祐与夫人合葬于"贞元七年岁次辛未七月庚申廿三日",则文盖撰于本年七月。

## 八月

**丙午,陆贽为宰相窦参所忌,罢翰林学士,为兵部侍郎。**

《资治通鉴》卷二三三:"八月丙午,以翰林学士陆贽为兵部侍郎,余职皆解;窦参恶之也。"《旧唐书·陆贽传》:"(贽)恩遇既隆,中外属意为辅弼,而宰相窦参素忌贽,贽亦短参之所为,言参黩货,由是与参不平。(贞元)七年,罢学士,正拜兵部侍郎,知贡举。"

**李观西游邠宁诸州，寄书与其弟李兑。**

《全唐文》卷五三三李观《报弟兑书》："六年春……其明年，司分之月，乘罢驴，出长安，西游一二诸侯，求实于囊。往复千里，投身甚难，殊不知西陲数州，界在虏关，土塞门民犷，荣战陋儒。我见其将，遗我缦胡。我见其士，赋我从军。……会候人举烽，我茫然谓戎来，遂夜驰归。长安穷处，萧条犹初。……行至八月，天地凄凉。叶下西郊，我在空房。晨起吟咏，阒乎无人。夜卧不寐，寒漏自长。意可覆也，难可缕陈。我书不稀，汝书亦新。异日两至，同慰一身，岂不旨哉！年不甚幼，近学何书？拟举明经，为复有文？明经世传，不可堕也。文贵天成，不可强高也。二事并良，苟一可立，汝择处焉，无乃不修。系书黄耳，依依有遗，千万孝弟，其兄云云。"李观与其弟叙己应试读书之艰难，并谕以虽应明经试，亦须有文，且谓文贵天成。

## |九 月|

**吐蕃攻灵州，为回纥所败，回纥遣使来献俘。**

见《资治通鉴》卷二三三。

**卢建撰杨休烈墓志铭并序。**

《全唐文补遗》有卢建所撰《唐故通议大夫国子司业崇□杨馆学士太清宫使判官赠济阴郡太守弘农杨府君（休烈）墓志铭并序》。据文所记，杨府君"以贞元七年九月十五日，合祔公夫人暨奉宣城府君于洛阳南万安山"，则墓志铭盖作于本年九月。

## |十 二 月|

**秘书监包佶奏："开元删定《礼记·月令》为时令，其音及义疏并未刊正。其《开元礼》所与《月令》相涉者，请选通儒详定。"从之。**

见《唐会要》卷七七。

**高从彦为韩愈《送李愿归盘谷序》撰跋。**

《全唐文补编》卷五七《韩愈送李愿归盘谷序跋》:“陇西李愿,隐者也,不干誉以求进,每韬光而自晦。寄迹人世,心游太清。乐仁智于动静之间,信古今一人也。”赞李愿高蹈之志,又述韩愈送序之由来:“昌黎韩愈,知名之士,高愿之贤,故序而送之。”《跋》文末署“唐贞元辛未岁建丑月”,即贞元七年十二月,故系于此。

## |冬|

**李观本年冬在长安,曾投《安边书》《汉祖斩白蛇剑赞》等十篇文与兵部侍郎陆贽。**

《全唐文》卷五三三李观《贴经日上侍郎书》:“乡贡进士李观,长跪荐书侍郎座右:侍郎知小子也,侍郎方扬清上流,观方委照下风;夫上流之清有源,下风之行无还,借之于人事也。有察之者昭昭,有昧之者元元。乃古人曰:‘离娄视千里,盲不见咫尺。’得非然哉?用是越群子之行,荐数字之书,排得丧之怀,登万一之途,侍郎其或不见邪?其或悦也。得不言之而后退,言之而后进,安可空空而为乎?昨者奉试《明水赋》《新柳诗》。平生也,实非甚尚;是日也,颇亦极思。侍郎果不以媸夺妍,不以瑕废瑜,获邀福于一时,小子不虚也,而以帖经为本,求以过差去留。观去冬十首之文,不谋于侍郎矣,岂一赋一诗足云乎哉?十首之文,去冬之所献也。有《安边书》《汉祖斩白蛇剑赞》《报弟书》《邠宁庆三州飨军记》《谒文宣王庙》《文大夫种碑》《项籍碑》《请修太学书》《吊韩没胡中文》等作,上不罔古,下不附今,直以意到为辞,辞讫成章。中最逐情者,有《报弟书》一篇,不知侍郎尝览之耶?未尝览之耶?观尝窃览侍郎顷年诗一篇,言才者许以不一,端文者许以所长,则虽班固、司马迁、相如,未闻若话言,是侍郎雅评,掩于三贤矣。故观今日以所到之文,谋于侍郎,不以帖经疑侍郎也。”按,李观明年春于兵部侍郎陆贽下及第,此《贴经日上侍郎书》乃明年春所上,故知其今年冬曾上文十篇于陆贽。

## |本 年|

**韩愈本年二十四岁，其与李观、李绛、崔群等人交往，并游梁肃之门约在此年之前。**

《唐摭言》卷七："贞元中，李元宾、韩愈、李绛、崔群同年进士。先是四君子定交久矣，共游梁补阙之门；居三岁，肃未之面，而四贤造肃多矣，靡不偕行。肃异之，一日延接，观等俱以文学为肃所称，复奖以交游之道。然肃素有人伦之鉴。观、愈等既去，复止绛、群，曰：'公等文行相契，他日皆振大名；然二君子位极人臣，勉旃！'"

**顾况在饶州，约本年为戴孚《广异记》作序，述小说源流。**

《全唐文》卷五二八顾况《戴氏广异记序》："予欲观天人之际，察变化之兆，吉凶之源，圣有不知，神有不测。其有干元气，汩五行，圣人所以示怪力乱神，礼乐行政，著明圣道以纠之。故许氏之说，天文垂象，盖以示人也。古文'示'字如今文'不'字，儒者不本其意，云'子不语'，此大破格言，非观象设教之本也。大钧播气，不滞一方。梼杌为黄熊，彭生为大豕，苌宏为碧，舒女为泉，牛哀为虎，黄母为鼋。君子为猿鹤，小人为虫沙。武都女子化为男，成都男子化为女。周娥殉墓，十载却活。嬴谍暴市，六日而苏。蜀帝之魂曰杜鹃，炎帝之女曰精卫。洪荒窈窕，莫可纪极。古者青乌之相冢墓，白泽之穷神奸，舜之命夔以和神，汤之问革以语怪，音闻鲁壁，形镂夏鼎，玉谍石记，五图钥，说者纷然。故汉文帝召贾谊，问鬼神之事，夜半前席。志怪之士，刘子政之《列仙》，葛稚川之《神仙》，王子年之《拾遗》，东方朔之《神异》，张茂先之《博物》，郭子潢之《洞冥》，颜黄门之《稽圣》，侯君素之《旌异》。其中神奥，陶君之《真诰》，周氏之《冥通》，而《异苑》《搜神》，《山海》之经，《幽冥》之录，襄阳之《耆旧》，楚国之《先贤》，《风俗》所通，《岁时》所记，《吴兴》《阳羡》，《南越》《西京》，注引《古今》，辞标《淮海》，裴松之、盛弘之、陆道瞻等，诸家之说，蔓延无穷。国朝燕公《梁四公传》，唐临《冥报记》，王度《古镜记》，孔慎言《神怪志》，赵自勤《定命录》，至如李庾成、张孝举之徒，互相传说。谯郡戴君孚幽赜最深，安道之允，若思之后。……君自校书终饶州录事参军，时年五十七。有文集二十卷。此书二十卷，用纸一千幅，盖十余万言。虽景命不融，而铿锵之韵，固可以辅于神明矣。二子钺、雍，陈其先志，泣诸父友，况得而叙之。”序中详述传奇中的人物、妖神之原型，并对历代传奇逐一相校对比。此条与下条均据《新编年史》所记。

**封演约本年撰成《封氏闻见记》五卷。**

《新唐书·艺文志二》：“《封氏闻见记》五卷。封演。”《封氏闻见记》署曰：“唐朝散大夫、检校尚书吏部郎中、兼御史中丞封演”。《封氏闻见记》卷四载：“贞元初，主上超然觉悟，乃下诏去其徽号，直称皇帝，合于古矣。近岁，百僚复请加尊号，上守谦冲意，不之许。”《册府元龟》卷一六：“兴元元年正月，诏去圣文神武之号，贞元五年十月、六年九月，百僚累上请复徽号，均不许。”此是书中所记最近之事，姑系于本年。

**吕温从其父渭学《诗》《礼》，又师从陆贽学《春秋》，从梁肃学文章约在本年前后。**

《刘禹锡集》卷一九《吕温集纪》：“早闻《诗》《礼》于先侍郎，又师吴郡陆贽通《春秋》，从安定梁肃学文章。”按，“先侍郎”即吕温父吕渭。又，梁肃贞元九年卒，故吕温师学诸人约在本年前后。

## 唐德宗贞元八年

壬申　七九二

### 正月

**皎然在湖州，集贤院征其文集，刺史于頔采其诗五百四十六首，编为《杼山集》十卷，为之序。**

《昼上人集》卷首《敕浙西观察使牒》：“湖州。当州皎然禅师集。牒：得集贤殿御书院牒，前件集库内无本，交阙进奉。……请速写送院讫……贞元八年正月十日牒。”《全唐文》卷五四四于頔《释皎然杼山集序》：“贞元壬申岁，余分刺吴兴之明年,集贤殿御书院有命征其文集,余遂采而编之,得诗五百四十六首,分为十卷,纳于延阁书府。上人以余尝著《诗述》论前代之诗,遂托余以集序。辞不获已,略志其变。”序中述诗歌发展源流,并概述皎然诗歌特色略云:“诗自风雅道息,二百余年而骚人作。其旨愁思,其文婉丽,亡楚之变风欤?至西汉李陵、苏武,始全为五言诗体,源于风,流于骚,故多忧伤离远之情。梁昭明所撰《文选》,录古诗十九首,亡其名氏。观其辞,盖东汉之世,亦苏李之流也。自建安中王仲宣、曹子建鼓其风,晋世陆士衡、潘安仁扬其波。王曹以气胜,潘陆以文尚。气胜者魏祖兴武功,于二京已覆;文尚者晋武图帝业,于五胡肇乱。……宋高祖平桓元、定江表,文帝继业,五十年间,江左宁谧,魏晋文章,郁然复兴。康乐侯谢灵运独步江南,俯视潘陆;其文炳而丽,其气逸而畅;驱风雷于江山,变晴昏于洲渚;……信江表之文英,五言之丽则者也。迨于齐世,宣城守谢元晖亦得其词调,涵于气格,不侔康乐矣。梁陈已降,虽作者不绝,而五言之道,不胜其情矣。有唐吴兴开士释皎然,字清昼,即康乐之十世孙。得诗人之奥旨,传乃祖之菁华,江南词人,莫不楷范。极于缘情绮靡,故辞多芳泽;师固兴制,故律尚清壮。其或发明玄元理,由深契真如,又不可得而思议也。”

## |二 月|

**贾稜、陈羽、欧阳詹、李博、李观、冯宿、王涯、穆贽、韩愈、李绛、庾承宣、崔群等二十三人登进士第,贾稜为状元。时以其得人,称“龙虎榜”。本年试《明水赋》,以“玄化无宰,至精感通”为韵。本年周匡业、林荐明经及第;陆复礼、李观、裴度登博学宏词科,试《御沟新柳》诗、《钧天乐赋》,以“上天无声,昭锡有道”为韵。贾稜、陈羽、欧阳詹、韩愈之《明水赋》,陆复礼、李观、裴度之《钧天乐赋》今存,见《文苑英华》卷七三。兵部侍郎陆贽知贡举。**

见《登科记考补正》卷一三。又,《新唐书·欧阳詹传》:“举进士,与韩愈、李观、李绛、崔群、王涯、冯宿、庾承宣联第,皆天下选,时称‘龙虎榜’。”《欧阳行周文集》卷一《明水赋》首云:“智之不测,有明水焉。方诸在手,圆月居天。象质遐分,则迢遥而迥远。英华潜合,遂滴沥以流涟。可谓妙自斯妙,交之又元。此道也,自何而来;彼灵也,从何而借。越杳杳之苍旻,阻溟溟之永夜。望蟾魄而光彩殊流,端蛤形而清冷忽下。等阳燧之通感,实柔祇之秘化。岂不以我惟阳德,伊乃阴徒。精灵合契,气类相符。共禀坤而配坎,谅交津以有濡。此理焉自取之乎必有，斯水也遂生之于本无。精洁可嘉，清明斯在。湛玉壶以无垢，入牺樽而有待。"《全唐文》卷五四七韩愈《明水赋》有云："古者圣人之制祭祀也，必主忠敬，崇吉蠲。不贵其丰，乃或荐之以水。不可以黩，斯用致之于天。其事信美，其义惟元。月实水精，故求其本也；明为君德，因取以名焉。……或将祀圆丘于玄冬，或将祭方泽于朱夏。持鉴而精气旁射，照月而阴灵潜下。视而不见，谓合道于希夷；挹之则盈，方同功于造化。应于有，生于无。形象未分，徒骋离娄之目；光华暗至，如还合浦之珠。既齐芳于酒醴，讵比贱于潢污。明德惟馨，元功不宰。于以表诚洁，于以戒荒怠。苟失其道，杀牛之祭何为；如得其宜，明水之荐斯在。"《全唐文》卷五三二李观《钧天乐赋》："异哉天地之乐，其可闻乎。美矣盛矣，神夫至夫。谓其有不见其有，谓其无不见其无。是惟德盛者能感，匪词工者足愉。故昔秦穆之寐也，去乎人间，即乎天上。豁如有遇，杳若无妄。大音嘈兮交作，上帝俨以延望。百神纷纭而齐赴，万变合沓而殊状。日月正其东西，星辰分其背向。乃有地祇上谒，天仙下朝。……其疾武足畏，其徐文足昭。遇之以神，殊季札之观鲁；乐而忘味，类宣尼之听韶。是知穷深极厚，于何不有。罕究其真，莫寻其首。德声及于无外，协气积于虚受。骇矣乎乐以和，和之至而天用作，天之神而乐克宣。其动也与元气迭运，共静也与太虚相全。"

**帖经日，李观寄书陆贽，问及去年投文十篇之事。**

《全唐文》卷五三三李观《帖经日上侍郎书》："昨者奉试《明水赋》《新柳》诗。平生也，实非甚尚；是日也，颇亦极思。侍郎果不以嫱夺妍，不以瑕废瑜，获邀福于一时，小子不虚也，而以帖经为本，求以过差去留。观去冬十首之文，不谋于侍郎矣，岂一赋一诗足云乎哉。十首之文，去冬之所献也。有……《吊韩弇没胡中文》等作。上不罔古，下不附今，直以意到为辞，辞讫成章。中最逐情者，有《报弟书》一篇，不知侍郎尝览之耶？未尝览之耶？"

**李纾卒于长安，年六十二。**

《旧唐书·德宗纪下》：贞元八年二月"己酉，吏部尚书李纾卒"。《旧唐书·李纾传》："卒于官，年六十二。"《新唐书·李纾传》："论撰甚多。"《全唐诗》卷二五二小传谓："今其诗不传，存乐章十三首。"《全唐文》卷三九五载其文两篇。

**郑叔规撰马炫墓志铭并序**。

《唐代墓志汇编续集》“贞元〇二五”有郑叔规所撰《唐故银青光禄大夫兵部尚书上柱国汉阳郡公□太子少保马公墓志铭并序》。文谓：“公讳炫，字抱元。……少博学，工为文，而雅好□遁，不求闻达。尝隐居苏门山，慕孙阮高踪，有终焉之志。……以贞元七年九月二日薨于京师安邑里私第，春秋七十有九。……以八年二月十七日祔葬于颍阳县颍原乡御井原，礼也。”则文乃本年二月撰。

## 三月

**刘太真移疾去信州，八日，道卒于饶州余干旅舍，年六十八**。**太真有集三十卷，后顾况为之序**。

《全唐文》卷五三八裴度《刘府君神道碑铭并序》：“公讳太真，字仲适，族彭城，晋永嘉末，衣冠南渡，遂为金陵人。……移疾去郡，以贞元八年三月八日，薨于余干县之旅馆，春秋六十八。朝廷遂亡其宿重，士子俄失于津涂。故哭于寝丧于心者，寄声相吊，其恸也极。”《新唐书·艺文志四》：“《刘太真集》三十卷。”《全唐文》卷五二八顾况《信州刺史刘府君集序》：“有文集三十卷。游名山而窥洞壑者，略举奇峰，纪胜境，至于鬼怪，不可纪焉。临终赋诗，意不忘本。凡古人所咏山水、游仙、田家之什，脱罻罗走，思以自适，其可得乎？奄忽之辰，以况从表兄弟，平生相爱，手运遗札，心存顾托。冢子讽构厥德，不忘前好，得而叙之。”《全唐文》卷三九五载其文六篇。

**于頔于湖州刺史任上，奉诏诣顾渚茶院，汲泉试茶**。**有顾渚山题名**。

《全唐文补编》卷六二于頔《顾渚山题名》：“使持节湖州诸军事刺史(臣)于頔……大唐贞元八年岁在壬申春三月□□。”末注：“《两浙金石志》卷二。《吴兴金石记》卷三。”

## 四月

**丁亥，贬窦参族子申道州司马**。**乙未，贬窦参为郴州别驾，并杖杀窦申**。**诸**

**窦皆贬**。

见《旧唐书·德宗纪下》。《资治通鉴》卷二三四详载其事,曰:"窦参阴狡而愎,恃权而贪,每迁除,多与族子给事中申议之。申招权受赂,时人谓之'喜鹊'。……左金吾大将军虢王则之,巨之子也,与申善,左谏议大夫、知制诰吴通玄与陆贽不叶,窦申恐贽进用,阴与通玄、则之作谤书以倾贽。上皆察知其状。夏四月丁亥,贬则之昭州司马,通玄泉州司马,申道州司马。寻赐通玄死。……乙未,贬中书侍郎、同平章事窦参为郴州别驾,贬窦申锦州司户(按,《旧唐书·德宗纪下》谓"寻杖杀申,诸窦皆贬")。"《资治通鉴》卷二三四载贞元九年三月陆贽奏语有云:"窦参得罪之初,私党并已连坐。"

**陆贽与尚书左丞赵憬并为中书侍郎、同平章事**。

见《旧唐书·德宗纪下》。

## |五 月|

**包佶卒于长安,年约六十七。五月,权德舆为文祭之。后梁肃为其文集作序**。

《权载之文集》卷四八《祭故秘书包监文》:"维贞元八年,岁次壬申五月朔日,故吏金部员外郎萧存、太常博士权德舆、大理寺丞王纯等,谨以清酌庶羞之奠,敬祭于故秘书包七丈之灵。"包佶当卒于本月前。祭文赞其文学造诣:"偃息文苑,优游汉庭。雅韵拔俗,清机入冥。立言大旨,为经为纪。中行文质,不华不俚。鲁史一字,诗人四始。溯其源流,用制颓靡。以谊藩身,与道为邻。"《全唐文》卷五一八梁肃《秘书监包府君集序》:"文章之道,与政通矣。世教之污崇,人风之薄厚,与立言、立事者邪正、臧否皆在焉。……於戏!才全其难乎?有唐故秘书监丹阳公包氏讳佶字幼正,烈考集贤院学士大理司直赠秘书监讳融,实以文藻盛名,扬于开元中。洎公与兄起居何,又世其业,竞爽于天宝之后。一动一静,必形于文辞,由是议者称为'二包'。孝友之美,闻于天下。拟诸孔门,则何居德行,公居政事,而偕以文为主。不其伟欤!"《全唐诗》卷二〇五编其诗为一卷,《全唐文》卷三七〇录其文两篇。

**欧阳詹在长安，有序送周匡业归闽。**

《欧阳行周文集》卷一〇《送周孝廉擢第归觐序》：“今春献艺，果登孝廉上第。予以片言只字进，亦同年成名。既昔情所佳，又今迹斯叶，或因有觌，独与之语。宫商起于朱弦，姜桂在乎太牢，泠然可听，芬乎可尝。已比郄诜之玉，思怀陆绩之橘。夏五月，自京而东，赁庑陋居，回轩见别。予则不敏，辄奉以言。”据《登科记考补正》卷一三，周孝廉即是周匡业。

**五台山清凉寺僧澄观奉诏入京译《华严经》。**

《宋高僧传》卷五《唐代州五台山清凉寺澄观传》：“贞元……七年……宣诏入都，与罽宾三藏般若译乌荼国王所进《华严》后分四十卷。观苦辞，请明年入。敕允。……五月，内中使霍仙鸣传宣催入。观至，帝颇敦重，延入译场刊正。”

## | 六 月 |

**吐蕃千余骑侵扰泾州，掠田军千余人而去。**

见《资治通鉴》卷二三四。

**德宗有《黜于公异诏》。**

《唐大诏令集补编》卷一六德宗有《黜于公异诏》。文末署“贞元八年六月”，文即此时所撰。文云：“八年六月诏曰：前祠部员外郎于公异，顷以才艺，升于省闼。其少也为父母之所不容，宜其引慝在躬。行孝不匮，匿名迹于畎亩，候安否于门闾，俾其亲之过不彰，庶其诚之至必感，此闵子骞王休征所以著名于前古也。而公异安于弃斥，游学远方，忘其温凊之勤，竟至存亡之隔，为人子者，忍至是乎！宜放归田庐，俾自循省。”

## | 七 月 |

**河南、河北、江淮、荆襄、陈许等四十余州大水，溺死者两万余人。**

见《旧唐书·德宗纪》下、《资治通鉴》卷二三四。《资治通鉴》并载，陆贽请遣使赈抚，八月，遣中书舍人京兆奚陟等宣抚诸道水灾。

## 八月

**八月一日，于邵在太子宾客任上，作《河南于氏家谱后序》。**

《全唐文》卷四二八于邵《河南于氏家谱后序》末署："时贞元八年岁在壬申八月朔日，金紫光禄大夫太子宾客上柱国袭恒山郡开国公于邵述。"故系于本月。文中云："邵高叔祖皇朝尚书左仆射侍中太子太师燕国定公讳志宁，博学多闻，徇忠秉直，为秦十八学士。其左右庶子不道，尝撰《谏苑》三十篇讽之。凡有文集若干卷于代，又述作之外，修集家谱，其受姓封邑，衣冠婚嫁，著之谱序，亦既备矣。历一百七十余年，家藏一本，人人遵守，未尝失坠。洎天宝末，幽寇叛乱，今三十七年。顷属中原失守，族类逃难。不南驰吴越，则北走沙朔，或转死沟壑，其谁与知？或因兵祸纵横，吊魂无所；或道路阻塞，不由我归；或田园淹没，无可回顾。所以旧谱散落无余，将期会同，考集不齐，奚为修集？实难有待。"

## 九月

**西川节度使韦皋攻吐蕃于维州，获其大将论赞热。**

见《旧唐书·德宗纪》下、《资治通鉴》卷二三四。此为中唐时唐对吐蕃之较大胜事。

## 十一月

**左神策大将军柏良器为监军窦文场所恶，被劾而左迁右领军，自是宦官专神策军政。**

《资治通鉴》卷二三四贞元八年十一月载："左神策大将军柏良器，募才勇之士以易贩鬻者，监军窦文场恶之。会良器妻族饮醉，寓宿宫舍。十二月丙戌，良器坐左迁右领军。自是宦官始专军政。"胡注:"右领军,十六卫之一也。时南牙诸卫,具位而已。北军掌禁兵,权重,故良器为左迁。"

**德宗有《讨吐谷浑诏》**。

《唐大诏令集补编》卷三三德宗有《讨吐谷浑诏》。文末署"贞元八年十一月",文即撰于此时。

**卢景亮撰王府君(仙鹤)墓志铭并序**。

《全唐文补遗》有卢景亮所撰《唐故万州刺史太原王府君(仙鹤)墓志铭并序》。据此文所记,王府君卒于"建中元年十一月十六日……以贞元壬申岁十一月廿一日,迁祔先府君先夫人于河南县万安山黄华堆之前,礼也"。据此,本文乃"贞元壬申岁",即本年十一月所撰。

## |十二月|

**德宗有《赈恤遭水灾百姓敕》**。

《唐大诏令集补编》卷二〇德宗有《赈恤遭水灾百姓敕》。文末署"贞元八年十二月",文即撰于此时。

## |本年|

**韩愈本年二十五岁,登进士第,始与欧阳詹相识。其讥谏议大夫阳城之《诤臣论》乃作于本年**。

《韩昌黎文集校注》卷五《欧阳生哀辞》:贞元"八年春,遂与詹文辞同考试登第,始相识。"同书卷二《诤臣论》:"或问谏议大夫阳城于愈:……(阳城)居于位五年矣,视其德如在野:彼岂以富贵移易其心哉?……问其官,则曰谏议大夫也;问其禄,则曰下大夫之秩也;问其政,则曰我不知也:有道之士,固如是乎哉?……愈曰:君子居其位,则思死其官;未得位,则思修其辞以明其道:我将以明道也,非以为直而加人也。"《新唐书·阳城传》:"既兴草茅,处谏诤官,士以为且死职,天下悼之。及受命,它谏官论事苛细纷纷,帝厌苦,而城浸闻得失且孰,犹未肯言。韩愈作《争臣论》讥切之,城不屑。"据《旧唐书·德宗纪下》,阳城贞元四年六月为谏议大夫,至本年为五年,韩愈文即本年作。

**于邵在江州别驾任,作《送卢侍御赴恒州使幕序》。**

《全唐文》卷四二七《送卢侍御赴恒州使幕序》:"仆江西旅人也,趋风明庭,同等见顾,常忝座右之客,不贱屏外之员。"《旧唐书·于邵传》:"(贞元)八年,出为杭州刺史,以疾请告,坐贬衢州别驾,移江州别驾。"此文当撰于于邵在江西幕中时,最早作于本年。

**贞元六年八月,鲍防卒于洛阳,年六十九。本年穆员为其撰神道碑。**

《旧唐书·德宗纪下》:贞元六年,"八月丁未,工部尚书致仕鲍防卒"。《全唐文》卷四三七及《唐文拾遗》卷二三载其文三篇。《全唐文》卷七八三穆员《鲍防碑》:"有唐尚书东海宣公姓鲍,春秋六十九。……贞元六年秋八月景申,薨于洛阳私第。冬十月旬有七日,从先公于北邙南原(一作郊)。诏赠太子少保,给卤簿鼓吹旌其卒。葬后三年,嗣子宗由,惟中古封树之制……天宝中,天下尚文其曰闻人,则重侔有德,贵齿高位。公赋《感遇》十七章,以古之正(一作名)法,刺讥时病。丽而有则,属诗者宗而诵之。"碑文中云"葬后三年",当是从贞元六年至本年贞元八年,神道碑当撰于本年,故系于此。

**李观本年及第后有上梁肃书,荐举孟郊、崔宏礼。**

《全唐文》卷五三四李观《上梁补阙荐孟郊崔宏礼书》:"观辞违盛德,旷阻拜跪,自始及今,三改其时,方寸之心,戴慕何穷!但以久寓之身,无所取资,故或丐于北,或游于南,秋夏逍遥,途极还东,业不增旧,文不加新,将往拜见,愧无所容。……然观尝以未成名前,高见揄扬,远迩之人,以观为执事门生。然作公门生,当人此言,岂曰易乎?岂曰荡乎?诚敢望耶?诚不敢望耶?然每思念士有胜己者,而上荐之执事,以恃知德之深也,常用为心。今有孟郊者,有崔宏礼者,俱在举场,静而无徒,各以累举,可嗟甚焉。孟之诗,五言高处,在古无二;其有平处,下顾两谢。崔之文,鸿健宏深,度中文质。言之他时,必得老成;言之今日,粲然出伦。执事导之辈流,于观日深矣,故得言,今辄以二子之文布之下风,执事岂以为党乎?”按,李观本年及第,文云“观尝以未成名前”,则文乃及第后作,且明年梁肃卒,故文盖约上于本年。

**刘复本年卧病长安,曾作文自叙生平**。

《全唐文补遗》梁宁《唐故水部员外郎以著作郎致仕彭城刘府君(复)墓志文》:“贞元八年,君卧病长安而自叙曰:‘刘复,字公孙,彭城绥余里人也。……仕至兰台正字,历河阳主簿,起监察御史,除秘书郎、集贤直学士,迁尚书水部员外郎。以足疾,除著作郎致仕。……行年七十有二。’”

## 唐德宗贞元九年

癸酉　七九三

### 正月

**韩愈、李翱、孟郊、柳宗元等人同登长安慈恩寺塔,并题名。孟简时为秘书省校书郎,亦有雁塔题名**。

《韩昌黎集文集校注》遗文《长安慈恩塔题名》:“韩愈退之、李翱习之、孟郊东野、柳宗元子厚、石洪濬川同登。”《登科记考补正》卷一四:“柳瑊摹雁塔题名残拓本有贞元九年正月五日进士孟郊题。”本年韩愈、孟郊等人在长安,其登雁塔题名盖在此时。又,《全唐文补编》卷六四孟简《雁塔题名》:“秘书省校书郎孟简,进士孟郊,进士崔玄亮,进士崔寅亮,进士崔纯亮。贞元九年正月五日。”注:“《文物》一九六一年八期刊宋拓残本。”

**癸卯,初税茶。茶之有税,自此始**。

见《旧唐书·德宗纪下》。《资治通鉴》卷二三四载:“春,正月,癸卯,初税茶。凡州县产茶及茶山外要路,皆估其直,什税一,从盐铁使张滂之请也。滂奏:‘去岁水灾减税,用度不足,请税茶以足之。自明年以往,税茶之钱,令所在别贮,俟有水旱,以代民田税。’自是岁收茶税钱四十万缗,未尝以救水旱也。”

## |二月|

**苑论、柳宗元、刘禹锡、武儒衡、穆寂、李宗和、张复元、卫中行等三十二人登进士第,苑论为状元。本年试《风光草际浮》诗、《平权衡赋》,以“昼夜平分,铢钧取则”为韵。刘禹锡、李宗和、陈佑等人赋今存《文苑英华》卷一〇四。元稹、杜行方本年登明经科;张复元、李绛博学宏词科登第,试《太清宫观紫极舞赋》《颜子不贰过论》,赋以“大乐与天地同和”为韵,张复元、李绛赋今存《文苑英华》卷一二五。本年知贡举为礼部侍郎顾少连。**

见《登科记考补正》卷一三。《刘宾客外集》卷七《省试风光草际浮》:“熙熙春景霁,草绿春光丽。的历乱相鲜,葳蕤互亏蔽。乍疑芊绵里,稍动丰茸际。影碎翻崇兰,浮香转丛蕙。含烟绚碧彩,带露如珠缀。幸因采掇日,况此临芳岁。”李绛《太清宫观紫极舞赋》:“由是俾有司夙夜在躬,候吉日鼓钟于宫。方将万舞,爰节八风。于以易其俗,于以告厥功……是时也,天地泰,人神会,舞有容,歌无外。故曰作乐以象德,有功而可大。”

**德宗诏赐杭州僧法钦谥曰大觉。时明州长史李吉甫为撰碑铭;崔元翰为撰影堂记,羊士谔书;王颜、丘丹各有碑碣。**

《宋高僧传》卷九《法钦传》:“八年壬申十二月示疾,说法而长逝,报龄七十九,法腊五十。……刺史王颜撰碑述德,比部郎中崔元翰、湖州刺史崔玄亮、故相李吉甫、丘丹各有碑碣焉。”《册府元龟》卷五二:“贞元……九年五月,赐故杭州径山寺僧法钦谥曰大觉禅师。”《全唐文》卷五一二李吉甫《杭州径山寺大觉禅师碑铭并序》:“贞元八年……明年二月八日,奉全身于院庭之内……建塔安神。”李吉甫于贞元八年出为明州员外长史,因撰此碑铭。《宝刻丛编》卷一四“临安府”:“《唐径山大觉禅师国一影堂记》,唐崔元翰撰,羊士谔正书,贞元九年二月八日立。”据此,《册府元龟》“五月”恐“正月”之误。

## 四月

**柳宗元二十一岁。本年登进士第。四月，苑论归，长安友人以诗饯送，柳宗元为序送之。**

《柳宗元集》卷二二《送苑论登第后归觐诗序》："八年冬，予与马邑苑言杨联贡于京师。……明年春，同趋权衡之下，并就重轻之试。观其掉鞅于术艺之场，游刃乎文翰之林，风雨生于笔札……二月丙子，有司题甲乙之科，揭于南宫，予与兄又联登焉。予不厚颜怀愧而陪其游久矣。夏四月，告归荆衡，拜手行迈，轮移都门之辙，辕指秦岭之路。……群公道饯于霸陵，列筵而觞，送远之赋，珪璋交映。或授首简于余曰：……余受而书之，编于群玉之右。"

**羊士谔在越州，参皇甫政浙东幕，官试右威卫兵曹参军，撰《南镇永兴公祠堂碑》。**

《全唐文》卷六一三羊士谔《南镇永兴公祠堂碑》："越部凡七郡三十有八邑，提封所加，旁合溟海，由是崇元侯之命，建东征之府，其镇曰会稽山，其神曰永兴公。……贞元九年夏四月，连率安定皇甫公，以前月丁酉诏旨，奉元玉制币，祷于灵坛。"《宝刻丛编》卷一三"越州"："《唐南镇会稽山神永兴公祠堂碣》，唐试左威卫兵曹参军羊士谔撰。"

**王武俊遣兵袭取定州义丰，掠安喜、无极二县万余口，徙之德、棣二州。**

《资治通鉴》卷二三四："海州团练使张升璘，升云之弟，李纳之婿也，以父大祥，归于定州，尝于公座骂王武俊，武俊奏之。夏四月，丁丑，诏削其官，遣中使杖而囚之。定州富庶，武俊常欲之，因是遣兵袭取义丰，掠安喜、无极万余口，徙之德、棣。"据胡注，义丰、安喜、无极，皆属定州。由此可见贞元时朝廷对河北藩镇仍持姑息之策。

## 五月

**柳宗元父镇卒于长安，年五十五，柳宗元居家丁忧。梁肃代人作祭文。**

《柳宗元集》卷一二《先侍御史府君神道表》："先君讳镇……贞元九年……五月十七日，终于亲仁里第，享年五十五。"《全唐文》卷五二二有梁肃《为人祭柳侍御史文》。

**德宗有《弘奖明经习礼者诏》。**

《唐大诏令集补编》卷二四德宗有《弘奖明经习礼者诏》。文末署"贞元九年五月"，文即撰于此时。文云："（贞元）九年五月制曰：王者设教，劝学攸先；生徒肄业，执礼为本。故孔子曰：'不学礼，无以立。'又曰：'安上理人，莫善于礼。'然则礼者，盖务学之本，立身之端，居安之大猷，致治之要道。属词比事而不裁之以礼则乱，疏通知远而不节之以礼则诬，实百行之本源，为五经之户牖。虽圣人设教，罔不会通，而学者遵行，宜有先后。自顷有司定议，计功记习，不量教化浅深、义理难易，遂使修传学者，例从冬集，习《礼经》者，独授散官，敦本劝人，颇乖指要。始务弘奖，以广儒风。自今已后，明经习《礼记》及第者，亦宜冬集，如中经兼习《周易》若《仪礼》者，量减一选，应诸色人中习《三礼》者，前资及出身人依科目例，白身人依贡举例，每经问大义三十条，试策三道，仍主司于朝官学官中简选精通经术三五人闻奏。主司与同试问质定通否，义策全通为上等，转加超奖，大义每经通十五条已上，策通两道已上为次等，依资与官。如先是员外试官者，听依正员例。其习《开元礼》，人问大义一百条，试策三道，全通者为上等，大义通八十条已上，策两道已上为次等。余一切并准习《三礼》例处分。其诸馆学士愿习《三礼》及《开元礼》者并听。仍永为常式。"

**怀素晚年周游中原诸侯之国，途经江都宜陵镇（古称东陵），撰《圣母帖》。**

见《全唐文补编》卷五七。文末署："贞元九年岁在癸酉五月。"有文末注："西安碑林石刻。参西安碑林书法艺术录文。"陈尚君按："《唐文拾遗》卷四九录此文，缺误甚多，今重录。"《列仙全传·东陵圣母传》（按，《列仙全传》，明朝万历徽州玩虎轩书铺汪云鹏刊行)谓:“东陵圣母,海陵人,师事刘纲得道,能易形变化,隐显无方。适杜氏,杜不信道,常恚怒之,圣母时或理疾救人,而有所诣,杜恚愈甚,遂讼官出之云:‘下圣母奸妖,不理家务。’官收圣母付狱,顷之从狱窗中飞去,众望之,见转入云中,留所著履一緉在窗下,远近立庙祠之,祷祈立效,常有一青鸟,即集盗人之屋,是路不拾遗,岁月弥久,亦不复尔,至今海陵人,不敢为偷盗之事,大者风波没溺,虎狼吞噬,小者即病伤也。”《圣母帖》为颂扬圣母之文,王世贞《艺苑卮言》评曰:“藏真书虽从二张一张芝、张旭一草圣中来,而结法极谨密……晚年书圆熟丰美又自具一种姿态,大要从山阴派中来……素师诸帖皆遒瘦而露骨,《圣母帖》独匀稳清熟,妙不可言。”明赵崡《石墨镌华》云:“此帖轻逸圆转,几贯王氏之垒而拔其赤帜矣。其刻手甚佳,不失素师笔意。”王世贞云:“素师诸帖皆遒瘦而露骨,此帖独匀稳清熟,妙不可言。”是为怀素晚年佳作。

## 七月

**欧阳詹在泉州,州宴送乡贡进士,詹为文记之。**

《欧阳行周文集》卷九《泉州刺史席公宴邑中赴举秀才于东湖亭序》:“贡士有宴,我牧席公新礼也。贞元癸酉岁,邑有秀士八人,公将首荐于阙下。古者相觌相祖,有享有宴,事以昭恭俭,宴以示慈惠。二典为用,鲜或克兼。……秋七月,与八人者乡饮之礼既修,乃加之以宴,肴移已膳,醴出家酝。……捧豆伺彻,时在公之侧,睹众君子之作,遂从卜商之后,书其旨为首序。”席公,即席相。

## 八月

**李观将归觐,上书陆贽,又作《东还赋》。**

《全唐文》卷五三三《上陆相公书》:“观小人也,伏思不肖之身,出自大贤门下,其为幸也,不敢忘也。今者东还拜亲,即不得以起居执事者,将何以申大贤、小人邈矣之间……昨者卢、贾二公,同升台鼎,天下谓贤相公荐贤,莫不欣欣。”卢迈、贾耽本年五月拜相,此书当于五月或稍后作。同书卷五三二《东还赋》:“我思西来兮,犹前日之未赊。岁回复兮,倏历五稔,如一息欤。……风苍茫兮候入八月，灞上之日西南斜。”李观贞元五年入京，至此五年，故系于此。

**德宗有《答李晟遗表手诏》**。

《唐大诏令集补编》卷一七德宗有《答李晟遗表手诏》。文末署“贞元九年八月”，文即撰于此时。文中云：“天祚我邦，是生才杰，禀阴阳之粹气，实山岳之降灵。弘济患难，保佑王室；扫荡氛祲，廓清上京。忠诚感于人神，功业施于社稷，匡时定乱，实赖元勋。洎领上台，克谐中外，吁谟帝道，叶赞皇猷。常竭嘉言，以匡不逮，情所亲重，义无间然。方期与国同休，永为邦翰。比婴疾恙，虽历旬时，日冀痊除，重期相见，弼予在位，终致和平。岂图药饵无征，奄至薨逝，丧我贤哲，亏我股肱，天不慭遗，痛惜何极！呜呼！大厦方构，旋失栋梁；巨川未济，遂亡舟楫。君臣之义，追恸益深，循省遗章，倍增感切……”。

## 九月

**李翱举乡贡进士，至长安，携文谒梁肃，深得梁肃赏识**。

《李文公集》卷一《感知己赋》：“贞元九年，翱始就州府之贡举人事。其年九月，执文章一通，谒于右补阙安定梁君。是时梁君之誉塞天下，属词求进之士，奉文章造梁君门下者，盖无虚日。梁居知人之过也，亦既相见，遂于翱有相知之道焉。谓翱得古人之遗风，期翱之名不朽于无穷，许翱以拂拭吹嘘。翱初谓面相进也，亦未幸甚。”

**杜密撰裴札志铭并序**。

《全唐文补遗》有杜密所撰《唐故朝议大夫金部郎中韶州刺史裴府君（札）志铭并序》。文记裴府君卒于“兴元元年五月八日”，“举以贞元九载岁在癸酉十月丁未三日己酉，祔葬于东都河南县万安山之阳”。则文约本年九月撰。文记裴札“幼而聪辩，尤善膕文。虽五行一览，若成诵在心。而六律八音，自谐声韵。非师旷聪受、叔子省视，不能过也”。

## |十月|

**于邵撰樊公墓志铭并序**。

《唐代墓志汇编续集》“贞元〇二九”有于邵所撰《大唐故太原府祁县尉黔□道采访判官赠尚书兵部侍郎南阳樊公墓志铭并序》。文云：“公讳泳，字泳……以天宝十一年七月遘疾，终于官舍……贞元九年岁次癸酉十月丁未朔三日己酉，合祔于洛师之邙原，礼也。”则文约撰于本年十月。

## |十一月|

**梁肃为翰林学士，病中作《述初赋》纪怀。十六日卒，年四十一。有文集三十卷，后崔恭撰文集序**。

《全唐文》卷五一七梁肃《述初赋并序》：“会明诏以监察御史征，俄转右补阙。羁守职次，未遑自免，江湖之思漫如也。间一岁，加翰林学士，领东宫侍读之事。既微且陋，载荷天睠。……不欲寝食，无一日而安者，三年于兹。……于是作《述初赋》以纪怀，且贻诸同志焉。”梁肃贞元五年为右补阙，“间一岁”，即贞元七年，加翰林学士，“三年于兹”，是为本年。同书卷五二三崔元翰《右补阙翰林学士梁君墓志》：“梁君讳肃，字宽中……（贞元）九年十有一月旬有六日，寝疾于万年之永康里，享年四十有一。诏赠礼部郎中，赙以布帛。十年春正月二十八日，葬于京师之南小赵村之原。”《新唐书·艺文志四》：“《梁补阙集》二十卷。”《全唐文》卷四八〇崔恭《唐右补阙梁肃文集序》：“而公早从释氏，义理生知，结意为文，志在于此。……若夫明是非，探得失，乃作《西伯称王议》；宗道德，美功成，作《磻溪铭》《四皓赞》《钓台碑》《圯桥碑》；絜当世，激清风，作《先贤赞》《独孤常州集序》《观讲论语序》；美艺文、善章句，作《李补阙集序》《隐士李君遗文序》；备教化，彰讽咏，作《中书侍郎赠太子太傅李公集序》《开国公包君集序》；总名实，树遗风，作《常州独孤公遗爱颂》《太常卿常山郡开国公崔公神道碑》；恶戎丑，思康济，作《兵箴》；叙宗系，思祖德，作《述初赋》；病流滥，悦故居，作《过旧园赋》；明大道，宗有德，作《受命宝赋》。其余言志导情，记会叙别，总存诸集录。”《权载之文集》卷四八《祭故梁补阙文》：“游夏远矣，文章运衰。风流不还，作者盖稀。君得其门，独溯浇醨。遐蹈古始，《六经》为师。"《全唐文》编其文六卷，即卷五一七至五二二。

## |十二月|

**宣武军乱，都知兵马使李万荣逐节度使刘士宁。陆贽请另选一文武大臣为节度使，德宗则以通王李谌为宣武节度大使，以李万荣为汴州刺史、宣武军节度、汴宋等州观察留后。**

见《旧唐书·德宗纪下》。《资治通鉴》卷二三四亦载，谓刘士宁淫乱残忍，而都知兵马使李万荣则颇得众心。十二月乙卯，乘刘士宁外出，李万荣拒之不听入城，士宁奔归京师。陆贽奏请另选一文武大臣为节度使，并云"若使倾夺之徒便得代居其任，利之所在，人各有心，此源潜滋，祸必难救"。但德宗仍姑息之，予李万荣实权。

## |本年|

**吕温本年自长安往洛阳，过虞虢，作《傅岩铭》《虢州三堂记》。**

《吕和叔文集》卷八《傅岩铭并序》："贞元九年，予自镐徂洛，息驾于虞虢之间……乃作铭曰：……"同书卷一〇《虢州三堂记》："由是南阳张公，辍挥翰之任，受剖符之寄。"张公，即张式，据《旧唐书·德宗纪下》，贞元九年三月为虢州刺史。

**苻载在襄阳，本年前后上书樊泽，请为孟浩然修镌墓碑。**

《全唐文》卷六八八苻载《从樊汉南为鹿门处士求修墓笺》："窃见故鹿门孟处士浩然，纳灵含粹，伏儒杰立，文宝贵重，价吞连城。一旦殒落，门允陵蔑。吁嗟丘陇，颓陷荒圃，形或异斧，高不及隐。永怀若人，行路慨然。前日办觉佛寺岘首亭恭睹明公垂意拳拳，将墓文表随封起窀穸……阁下外迫军旅程使之剧，内劳宾客俯仰之勤，牵耗星岁，未遑指顾，尝恐旦夕，飞践廊庙，缠绵深旨，郁纡不写，则处士之风流精爽，沉翳厚地矣。"《旧唐书·德宗纪下》：贞元八年二月

"襄州军乱,掠府库民财殆尽,都将徐诚斩其乱首杨清潭,方止。丙子,以荆南节度使樊泽为襄州刺史、山南东道节度使"。书云"外迫军旅程使之剧",即指定军乱之事,故系此笺于本年。

**韩愈本年二十六岁,在长安参加博学宏词科试落第,有《太清宫观紫极舞赋》《省试颜子不贰过论》。应试前,有《应科目时与人书》《上考功崔虞部书》。其《与凤翔邢尚书书》乃下第后游凤翔上邢君牙之文。**

《韩昌黎文集校注》卷二有《省试颜子不贰过论》,此文乃本年博学宏词科试题,据此知文乃韩愈本年参加博学宏词科试之作,本年此科试尚有《太清宫观紫极舞赋》,韩愈当亦有作,惜今不存。《补注》引李光地评《省试颜子不贰过论》云:"公早年之文,便尔经术纯白如此。"又,《韩昌黎文集校注》卷三有《应科目时与人书》,此文魏本引严有翼云:"即贞元九年宏辞试也。"其题目魏本等亦作"应科目与韦舍人书"。首句"愈再拜"作"应博学宏辞前进士韩愈谨再拜上书舍人阁下",愈去年登第,此文即本年作。文中云:"天池之滨,大江之漬,曰有怪物焉;盖非常鳞凡介之品汇匹俦也!其得水,变化风雨上下于天不难也;其不及水,盖寻常尺寸之间耳。无高山大陵旷途绝险为之关隔也;然其穷涸不能自致乎水……如有力者哀其穷而运转之,盖一举手一投足之劳也。……"《补注》引前人评此文:"何焯曰:难于致词,则托物以喻,此诗人比兴之道也。刘大櫆曰:转捩曲折,自生奇致。曾国藩曰:其意态恢诡瑰玮,盖本诸《滑稽传》。干泽之文如是,乃为轩昂。"又,《韩昌黎文集校注》外集上卷《上考功崔虞部书》:"愈今二十有六矣,距古人始仕之年尚十四年,岂为晚哉?"文作于本年愈二十六岁时。又,同书卷三《与凤翔邢尚书书》:"愈也布衣之士也。生七岁而读书,十三而能文,二十五而擢第于春官,以文名于四方。前古之兴亡未尝不经于心也,当世之得失未尝不留于意也,常以天下之安危在边,故六月于迈,来观其师,及至此都,徘徊而不能去者,诚悦阁下之义……故先此书序其所以来之意"。宋人程俱《韩文公历官记》谓韩愈贞元十一年"五月去京师,有不遇时之叹,感二鸟以赋。过潼关,游凤翔,以书抵邢君牙,不得意去"。乃谓《与凤翔邢尚书书》作于贞元十一年。《韩昌黎文集校注》按语曰:"程说大误,盖赋序言五月过潼关,而此书言六月至凤翔。潼关在长安之东,凤翔在长安之西,相距六百余里,岂有五月方东出潼关,而六月遽能复至凤翔之理?此书决非此年所作,必是八年以后十年以前尝至凤翔,而有此书。"所说可从。

**于邵致书姨夫李尚书，以期回朝。**

《全唐文》卷四二六于邵《与李尚书书》："去年出守江华。"《旧唐书·德宗纪下》："（贞元八年）九月丁巳……贬太子宾客于邵江州别驾。"故此文当作于本年。文中描述谪地艰苦环境与窘迫生活云："满室遗孤，立锥无地，朝求暮乞，日往月来。外愧亲朋，内惭骨肉，屏居陋巷，不堪其忧。唯此绝粮，已复旬日，古人并食，今实当之。……所乏耕牛，佣赁无计。傥或哀此窘迫，许以后图，解倒悬之忧，广赒急之路。"又云："侧闻姨夫入朝，先以贫贱为意，颂声载路，谁不归心？某于池阳之间，获空闲数顷之地，誓将作劳陇亩，以望秋登。"

**贾耽本年或稍后制关中陇右及山南九州图，表上之。**

《全唐文》卷三九四贾耽《进九州图并别录通录表》："画关中、陇右及山南九州等图一轴……谨撰《别录》六卷……《通录》都成十卷，文义鄙朴，伏增惭悚，谨随表奉进。"《旧唐书·贾耽传》："（贞元）九年，征为右仆射、同中书门下平章事。……耽乃画陇右、山南图，兼黄河经界远近，聚其说为书十卷，表献。"

## 唐德宗贞元十年

甲戌　七九四

### 正月

**南诏与唐和好，本月，其王异牟寻率众大破吐蕃于神川，遣使献捷。**

《资治通鉴》卷二三四载："先是，吐蕃与回纥争北庭，大战，死伤颇众，征兵万人于云南。异牟寻辞以国小，请发三千人，吐蕃少之；盖至五千，乃许之。异牟寻遣五千人前行，自将数万人踵其后，昼夜兼行，袭击吐蕃，战于神川，大破之，取桥等十六城，虏其五王，降其众十余万。戊戌，遣使来献捷。"

## | 二 月 |

**陈讽、范传正、李逢吉、王播、陈九流、陈通方、张汇、席夔等二十八人登进士第，陈讽为状元。本年进士科试《进善旌赋》（以“设之通衢，俾人进善”为韵）、《春风扇微和》诗。李逢吉、陈讽、柳道伦、陈九流、窦从直、范传正赋今存《文苑英华》卷六八，陈九流、张汇、范传正、陈通方、柳道伦、郭遵、豆卢荣诗今存《文苑英华》卷一八三。卢伯卿登明经科；裴垍、王播、裴度、熊执易、许尧佐、崔群、王仲舒等十六（杨嗣复《权文公集序》又作“十七”，《唐会要》卷七六作“十五”人）人登贤良方正、能直言极谏科；朱颖登博通坟典，达于教化科；张平叔、李景亮登详明政术、可以理人科；陈讽、王太真、庾承宣登博学宏词科。本年博学宏词科试《朱丝绳赋》《冬日可爱诗》《学生代斋郎议》。王太真、庾承宣《朱丝绳赋》今存《文苑英华》卷七七，陈讽、庾承宣《冬日可爱诗》今存《文苑英华》卷一八一。本年知贡举为户部侍郎顾少连。**

见《登科记考补正》卷一三。又，《广卓异记》引《登科记》：“陈讽，贞元十年进士，状元及第。当年宏词头登科。”《文苑英华》卷七七庾承宣《朱丝绳赋》首云：“丝之为体兮，柔以顺德。丝之为用兮，施之则直。从其性而不改，成其音而罔忒。故君子体直以为象，履中而立身。岂委曲而取媚，将劲挺而惟新。既端懿以难匹，想高张而莫伦。……惧不合于众而改操，不同其类而易真。虽立质以假物，立音而因人。敦夫慌氏之功，辨夫园客之养。非绕指以可悦，将如丝而是仰。志士以是而兴叹，诗人因此而取象。清庙之瑟，非我而莫闻。空桑之琴，非我而奚响。”李逢吉《进善旌赋》首云：“皇唐之与伊唐也，浚哲文思，异代同时。咸进善以钦若，又建旌以求之。不进善焉，何以延侧陋之士；不彰别也，何以嘉谠正之词。是宜式创宏模，聿陈令典。缀析羽以藻耀，植修竿之偃蹇。相其地以崇树所宜，因其人以康庄是践。即之者有以翊圣，瞻之者于焉迁善。忠謇之徒，风驰云趋。毕效臣节，同膺帝俞。犹金砺而君臣合契；类土圭而形影相符。”

**于頔在湖州刺史任，游碧玉潭，有题名。**

《全唐文补编》卷六二于頔《碧玉潭题名》：“湖州刺史京兆于頔……贞元十

年二月五日题。”注:“《吴兴金石记》卷三。”

**王绛等四人游雁塔,有题名。**

《全唐文补编》卷五五王绛《雁塔题名》:“王绛……贞元十年二月廿七日题。”注:“《雁塔题名帖》。《文物》一九六一年八期刊宋拓残本。”

## |五 月|

**德宗性猜忌,官无大小,必自选而用之,群材淹滞。陆贽上书奏谏,不听。**

《资治通鉴》卷二三四载:“上性猜忌,不委任臣下,官无大小,必自选而用之,宰相进拟,少所称可;及群臣一有谴责,往往终身不复得用;好以辩给取人,不得敦实之士;艰于进用,群材淹滞。(陆)贽上奏谏,其略曰:……上不听。”韩愈《顺宗实录》:“德宗在位稍久,益自揽机柄,亲治细事,失人君大体,宰相益不得行其职。”

## |六 月|

**权德舆在长安,官起居舍人。时唐与南诏交好,袁滋使南诏,权德舆有序送之。**

《权载之文集》卷三六《送袁中丞持节册回鹘序》:“近臣主文乃类歌诗。鄙人不腆,忝记言之职。故西南之册命,使臣之优诏,皆得书之授于史官。又尝与中丞同为江西从事,辱命内引,所不敢辞。”《旧唐书·德宗纪下》:贞元十年六月“癸丑,以祠部郎中袁滋兼御史中丞,为册南诏使”。序谓“诏工部郎袁君加中宪之重,被命服之贵。将行,又拜祠部郎中,有司具仪法,持节册命,所以新其号而厚其礼也。……且滇池昆明,为西南雄部”,知权德舆即本年送袁滋册南诏序,题作“册回鹘”,当误。《资治通鉴》卷二三五载贞元十年五月:“云南王异牟寻遣其弟凑罗楝献地图、土贡及吐蕃所给金印,请复号南诏。癸丑,以祠部郎中袁滋为册南诏使,赐南窠金印,文曰:‘贞元册南诏印’。滋至其国,异牟寻北面跪受册印,稽首再拜,因与使者宴,出玄宗所赐银平脱马头盘二以示滋。又指老笛工、歌女曰：‘皇帝所赐《龟兹乐》，唯二人在耳。’滋曰：‘南诏当深思祖考，子子孙孙尽忠于唐。’异牟寻拜曰：‘敢不谨承使者之命！’”

## | 夏 |

**李观在京有疾，韩愈有诗赠之。李观卒，年二十九，愈为其作墓志铭。**

《韩昌黎诗系年集释》卷一《重云一首李观疾赠之》：“天行失其度，阴气来干阳。重云闭白日，炎燠成寒凉。”《新唐书·五行志一》：“（贞元）十年春，雨，至闰四月，间止不过一二日。”诗为本年夏作。《韩昌黎文集校注》卷六《李元宾墓铭》：“李观字元宾……年二十四举进士，三年登上第，有举博学宏辞，得太子校书一年，年二十九，客死于京师。……友人韩愈书石以志之。……生而不淑，谁谓其寿？死而不朽，孰谓之夭？已乎元宾，高乎当世，而行出乎古人。”李观贞元八年登第，年二十七，其卒年二十九，即本年卒。《新唐书·艺文志四》：“《李观集》三卷。”《郡斋读书志》卷一七：“大顺中，陆希声编观文，为之序……其后，蜀人赵昂又得其《安边书》至《晁错论》一十四首，为后集二卷。”《全唐文》卷八一三陆希声《唐太子校书李观文集序》：“贞元中，天子以文化天下，天下翕然兴于文，文之尤高者李元宾观、韩退之愈。始元宾举进士，其文称居退之之右，及元宾死，退之之文日益高。今之言文章，元宾反出退之之下。论者以元宾早世，其文未极；退之穷老不休，故能卒擅其名。予以为不然，要之所得不同，不可以相上下。文以理为本，而辞质在所尚。元宾尚于辞，故辞胜其理；退之尚于质，故理胜其辞。退之虽穷老不休，终不能为元宾之辞；假使元宾后退之死，亦不能及退之之质。”《全唐文》卷五三二至五三五编其文为四卷。

## | 九 月 |

**袁滋等奉使南诏，途经石门，为纪其行，作摩崖题记。**

《全唐文补编》卷六二袁滋《册南诏开石门路题记》：“大唐贞元十年九月廿日。云南宣慰使内给事俱文珍、判官刘幽岩、小使吐突承璀、持节册南诏使御史中丞袁滋、副使成都少尹庞颀、判官监察御史崔佐时，同奉恩命赴云南，册蒙异牟寻为南诏。其时节度使尚书右仆射成都尹兼御史大夫韦皋，差巡官监察御史马益，统行营兵马开路置驿。故刊石纪之。袁滋题。”文末注：“《文物集刊》第二期刊拓片。《云南古代石刻丛考》。”故系于此。

## | 十 月 |

**裴珣、王播、裴度、许尧佐、崔群、皇甫镈、王仲舒、仲子陵等十五人登贤良方正、能直言极谏科**。

见《唐会要》卷七六。

## | 十 一 月 |

**杜确撰李元光墓志铭并序**。

《唐代墓志汇编续集》“贞元〇三〇”有国子司业杜确所撰《大唐故尚书左仆射赠司空李公墓志铭并序》。文谓：“公本姓安，讳元光，其先安息王之胄也。……贞元癸酉岁十有一月十五日，薨于良原镇之公馆，享年六十七。……其明年十一月廿八日……祔葬于华阴县潼乡原之新茔，礼也。”按，癸酉岁指贞元九年，则文乃撰于本年十一月。

## | 十 二 月 |

**壬戌，陆贽罢相，为太子宾客**。

见《旧唐书·德宗纪下》。《资治通鉴》卷二三五，以为陆贽罢相，乃裴延龄谮之之故：陆贽曾上书陈裴延龄之罪恶，德宗不悦，“待延龄益厚”。

## | 本 年 |

**崔群登贤良方正科，授校书郎。归觐洛阳，柳宗元以文送行**。

《柳宗元集》卷二二《送崔群序》：“今将宁觐东周，振策于近，且饯于野，或命为之序。……崔君以文学登第于仪曹,扬于王庭,甲俊造之选,首雠校之列。”集注引:“韩曰:贞元十年,群举贤良方正,授校书郎。”陈景云《柳集点勘》:“元和十五年,子厚之丧北还,群时自政府观察湖南,其祭奠之词云‘群宿受交分,行敦情契,遗文在箧,赠言犹佩’,即谓此序也。”

**刘禹锡二十三岁。本年在长安,有文十数篇献权德舆,谓己“非笃好其章句,泥溺于浮华”。**

陶敏、陶红雨《刘禹锡全集编年校注》(岳麓书社 2003 年 11 月版,下简称《刘集校注》,刘禹锡之生平与文章编年多有取于此书之说,以下容不一一说明)卷一三《献权舍人书》:“见志之具,匪文谓何?是用颛颛恳恳于其间,思有所寓,非笃好其章句,泥溺于浮华。时态众尚,病未能也……今谨录近所论撰凡十数篇,蕲端较是非,敢关于左右。”按,权舍人乃权德舆,据《刘集校注》与卞孝萱《刘禹锡年谱》,《献权舍人书》乃本年文。

**柳冕在婺州刺史任,本年或稍后,有书与徐岱论文章。**

《全唐文》卷五二七柳冕《与徐给事论文书》:“盖文有余而质不足则流,才有余而雅不足则荡;流荡不返,使人有淫丽之心,此文之病也。雄虽知之,不能行之。行之者惟荀、孟、贾生、董仲舒而已。仆自下车,为外事所感,感而应之,为文不觉成卷。意虽复古而不逮古,则不足以议古人之文。”《旧唐书·儒学传下》:“徐岱……贞元初,迁水部郎中……擢拜给事中……卒年五十。”《旧唐书·韦渠牟传》:“贞元十二年四月,德宗诞日,御麟德殿,召给事中徐岱。”《旧唐书·权德舆传》:“德舆知制诰,给事有徐岱,舍人有高郢。居数岁,岱卒。”知贞元十年权德舆以起居舍人知制诰时,徐岱为给事中,故文中徐给事,即徐岱。《权载之文集》卷四九有《祭徐给事文》,作于十四年八月十四日。柳冕贞元九年出为婺州刺史,知此书作于十年或稍后。

**沈既济本年前后为礼部员外郎,作《词科论》,论进士试以文章取士之流弊。**

《全唐文》卷四七六沈既济《词科论并序》:“礼部员外郎沈既济论曰:……初国家自显庆以来,高宗圣躬多不康,而武太后任事,参决大政,与天子并。太后颇涉文史,好雕虫之艺。永隆中,始以文章选士。及永淳之后,太后君天下二十余年,当时公卿百辟,无不以文章,因循遐久,浸以成风。以至开元、天宝之中,上承高祖、太宗之遗烈,下继四圣理平之化,贤人在朝,良将在边,家给户足,人无苦窳,四夷来同,海内晏然。……是以进士为士林华选,四方观听,希其风采。每岁得第之人,不浃辰而周闻天下。故忠贤隽彦、韬才毓行者,咸出于是,而桀奸无良者或有焉。故是非相陵,毁称相腾,或扇结钩党,私为盟歃,以取科第,而声名动天下。或钩摭隐慝,嘲为篇咏,以列于道路,迭相谈訾,无所不至焉。”《新唐书·沈既济传》:“沈既济,苏州吴人,经学该明。吏部侍郎杨炎雅善之,既执政,荐既济有良史才,召拜左拾遗、史馆修撰。……炎得罪,既济坐贬处州司户参军。后入朝,位礼部员外郎,卒。撰《建中实录》,时称其能。”沈既济为礼部员外郎及卒当在贞元中期,姑系于此。

**韩愈本年二十七岁,应宏辞科落第后回河阳省坟墓,作《祭郑夫人文》,又有《赠张童子序》。其《瘗砚铭》亦为本年所作。**

《韩昌黎文集校注》卷五有《祭郑夫人文》,方松卿《韩文公年谱》于贞元十年处云:“是岁,再应前科(指博学宏词科),不中,归河阳省坟墓,复还京。”并系此文于本年,而《韩昌黎文集校注》中注:“晁本于‘维年月日’作‘贞元九年岁次癸酉九月朔日’”。又卷四《赠张童子序》:“张童子生九年,自州县达于礼部,一举而进立于二百之列;又二年,益通二经。有司复上其事,由是拜卫兵曹之命。”又同书卷八有《瘗砚铭》,方成珪《昌黎先生诗文年谱》系两文于本年,并云:“童子以八年升于礼部,故曰俱陆公之门人。又二年拜卫兵曹,即是年也,序系九月作。”后文谓“李元宾始从进士贡在京师,或贻之砚;既四年,悲欢穷泰,未尝废其用。凡与之试艺春官,实二年登上第。行于褒谷,役者刘胤误坠于地,毁焉。”

## 唐德宗贞元十一年

乙亥　七九五

### 二月

**崔玄亮、韩泰、周君巢、齐皞、独孤宁、李季何、李师穆、李应等二十七人登进**

**士第，试《立春日晓望三素云诗》；蔡广成、刘明素等应隐居邱园、不求闻达科；欧阳詹博学宏词科登第。本年知贡举为礼部侍郎吕渭。李季何、李师穆、李应《立春日晓望三素云诗》今存《文苑英华》卷一八二。**

见《登科记考补正》卷一四。

**宋元方撰魏府君(揩)墓志铭并序。**

《全唐文补遗》有宋元方所撰《唐故大理评事魏府君(揩)墓志铭并序》。文记魏府君“以贞元十一年正月十八日，终于河中冯公之官舍”，“以其年三月五日清明日前，厝于北邙山之阳”，则文约撰于本年二月。

## | 三 月 |

**丙申，诸州准例荐隐居邱园、不求闻达蔡广成等九人。各授试官，令给公乘，到京日量才叙用。**

见《旧唐书·德宗本纪下》。《册府元龟》载此事于贞元十二年三月，非是。赵璘《因话录》卷四：“有似昔岁，德宗搜访怀才抱器不求闻达者，有人于昭应县逢一书生，奔驰入京，问求何事。答云：‘将应不求闻达科。’”又见《登科记考补正》卷一四。

**韩愈本年二十八岁，自去冬再来长安。从正月至三月连上时宰三书以求知见用，然均不见用。时有《答崔立之书》，谓己所试文章亦有时文之作。**

《韩昌黎文集校注》卷三有《上宰相书》《后十九日复上书》《后廿九日复上书》三文。第一文云：“正月二十七日，前乡贡进士韩愈谨伏光范门下，再拜献书相公阁下：今有人生二十八年矣，名不著于农工商贾之版。其业则读书著文歌颂尧舜之道，鸡鸣而起，孜孜焉亦不为利；其所读皆圣人之书，杨墨释老之学无所入于其心；其所著皆约六经之旨而成文，抑邪与正，辨时俗之所惑。居穷守约，亦时有感激怨怼奇怪之辞，以求知于天下；亦不悖于教化，妖淫谀佞诪张之说，无所出于其中。四举于礼部乃一得，三选于吏部卒无成；……今有人生七年而学圣人之道以修其身，积二十年，不得已一朝而毁之，是亦不获其所矣！……而方闻国家之仕进者，必举于州县，然后升于礼部吏部，试之以绣绘雕琢之文，考之以声势之逆顺、章句之短长，中其程式者，然后得从下士之列；虽有化俗之方、安边之画，不由是而稍进，万不有一得焉……小子不敢自幸，其尝所著文，辄采其可者若干首，录在异卷，冀辱赐观焉。"文中谓己"生二十八年"，则文作于本年正月。此文又云："恤恤乎饥不得食，寒不得衣；滨于死而益固，得其所者争笑之；忽将弃其旧而新是图，求老农老圃而为师。悼本志之变化，中夜涕泗交颐。虽不足当诗人孟子之谓，抑长育之使成材，其亦可矣；教育之使成才，其亦可矣！"《补注》引方苞评此文语云："散体文用韵，周秦间诸子时有之。惟退之笔力朴健，不觉其佻，后人不能学，亦不必学。"第二文曰"二月十六日前乡贡进士韩愈谨再拜言相公阁下"，亦本年二月作。《补注》引何焯评此文："文势如奔湍激箭，所谓情隘辞慽也。"第三文曰"三月十六日，前乡贡进士韩愈谨再拜言相公阁下"，乃本年三月所上文。此文云："愈闻周公之为辅相……称周公之功不衰。"《补注》引何焯评云："至此气愈足，势愈重，无此一勒，文势便有剽而不留之患。"三书最晚写于本月，故均系于此。

## | 四月 |

**壬戌，陆贽由太子宾客贬为忠州别驾。裴延龄又谮京兆尹李充、卫尉卿张滂等皆党附于贽，李充出为涪州长史，张滂为汀州长史。阳城时为谏议大夫，闻讯，即上疏论裴延龄奸佞，陆贽等无罪。德宗不听。**

见《旧唐书·德宗纪下》、《资治通鉴》卷二三五。《资治通鉴》并载：阳城联络拾遗王仲舒等上疏，"上大怒，欲加城等罪。太子为之营救，上意乃解，令宰相遣谕之。于是金吾将军张万福闻谏官伏阁谏，趋往至延英门，大言贺曰：'朝廷有直臣，天下必太平矣！'遂遍拜城与仲舒等，已而连呼'太平万岁！太平万岁！'万福，武人，年八十余，自此名重天下"。

## | 五月 |

**韩愈出长安，至河阴，见有献鸟者，遂感而作《感二鸟赋》以抒慨自悼。**

《韩昌黎文集校注》卷一《感二鸟赋并序》:"贞元十一年,五月戊辰,愈东归。癸酉,自潼关出,息于河之阴。时始去京师,有不遇时之叹。见行有笼白乌、白鸲鹆而西者,号于道曰:'某土之守官,使使者进于天子!东西行者皆避路,莫敢正目焉。因窃自悲。……故为赋以自悼,且明夫遭时者,虽小善必达;不遭时者,累善无所容焉。'"马其昶谓:"公之赋,见于集者四,大抵多有取于《离骚》之意。此篇苏子美亦谓其悲激顿挫,有骚人之思,疑其年壮气锐,欲发其藻章,以耀于世。"

## 六月

**韩愈归至河阳,与客论画品格,将画赠人,作《画记》。**

《韩昌黎文集校注》卷二《画记》:"贞元甲戌年,余在京师,甚无事,同居有独孤生申叔者,始得此画而与余弹棋,余幸而获焉。……明年,出京师,至河阳,与二三客论画品格,因出而观之。座有赵侍御者,君子人也,见之戚然,若有感然……余既甚爱之,又感赵君之事,因以赠之,而记其人物之形状与数,而时观之,以自释焉。"甲戌为贞元十年,其"明年"即本年,韩愈本年五月出京东归,其至河阳作此文约在六月间。此文颇有特色,《补注》引前人评语云:"方苞曰:周人以后无此种格力,欧公自谓不能为,所谓晓其深处;而东坡以所传为妄,于此见知言之难。张裕钊曰:读此文固须求其参错之妙,尤当玩其精整。"

## 夏

**崔元翰卒于长安,年六十七。有集三十卷,权德舆序之。**

《权载之文集》卷三三《比部郎中崔君元翰集序》:"(贞元)十一年夏,感疾不起,其寿四百甲子。"一甲子是六十天,四百甲子即是二万四千天,约六十七年。元翰玄宗开元十七年生,贞元十一年卒。《新唐书·艺文志四》著录《崔元翰集》三十卷,今佚,《全唐诗》卷三一三存其诗七首,《全唐文》卷五二三存其文十三篇。元翰师事独孤及,其论文主张载道与复古。权德舆在序中称其文:"闳茂博厚,菁华缜密,足以希前古而耸后学"。《旧唐书·崔元翰传》称其:"对策及奏记、碑志,师法班固、蔡伯喈,而致思精密。"

## | 八月 |

**白行简撰《李娃传》。**

《太平广记》四八四:“贞元中,予与陇西公佐话妇人操烈之品格,因遂述汧国之事。公佐拊掌竦听,命予为传。乃握管濡翰,疏而存之。时乙亥岁秋八月,太原白行简云。”按,历代或以为“乙亥”当为“乙酉”之误,或以为贞元乙亥为元和己丑或己亥之误,又有疑非白行简所撰者,详参李剑国《唐五代志怪传奇叙录》。

## | 九月 |

**韦夏卿在常州刺史任上,修复独孤及所辟胜迹东山,撰文记之。**

《全唐文》卷四三八有韦夏卿《东山记》。此文以流畅飘逸之笔,描绘东山清新秀美的风景:“自江之南,号为水乡。……有仁智山水之乐,有风流遐旷之怀,如独鹤唳天,孤云出岫……我是以东山定号,始于中峰之顶,建茅茨焉。出云木之高标,视湖山如屏障,城市非远,幽闻鸟声,轩车每来,静见水色。复有南池西馆,宛如方丈瀛洲。秋发芰荷,春生苹藻。晨光炯曜,夕月澄虚,信可以旷高士之襟怀,发诗人之咏歌也。自公之往,清风寂寥,野兽恒游,山禽咸萃,不转之石斯固,勿伐之木惟乔。……植山松以作门,树官柳以界道,蟠旎麾于原上,骋骐骥于途中,又有塞门陇阪之意也。”文末题:“时贞元十一年岁在乙亥九月九日记。”

**德宗有《委常参官各举才德高远者诏》。**

《唐大诏令集补编》卷二三德宗有《委常参官各举才德高远者诏》。文末署“贞元十一年九月”,文即撰于此时。

**韩愈前往东都洛阳,过田横墓,感己之不遇,作《祭田横墓文》。**

《韩昌黎文集校注》卷五《祭田横墓文》:“贞元十一年九月,愈如东京,道出田横墓下,感横义高能得士,因取酒以祭,为文而吊之。……事有旷百世而相感者,余不自知其何心;非今世之所稀,孰为使余嘘唏而不可禁?……”文即作于本年九月。

## | 十 月 |

**横海节度使程怀直为其从父兄、兵马使程怀信所逐,怀直奔京师。丁丑,以程怀信为留后。**

《资治通鉴》卷二三五:贞元十一年,“横海节度使程怀直,不恤士卒,猎于野,数日不归。怀直从父兄怀信为兵马使,因众心之怨,闭门拒之;怀直奔归京师。冬十月丁丑,以怀信为横海留后”。此乃德宗朝对藩镇姑息之举。

**欧阳詹自太原归东都,将往长安应博学宏辞科试,命仆献书徐泗濠节度使张建封求援引。**

《欧阳行周文集》卷八《送张尚书书》:“前乡贡进士欧阳詹,于洛阳旅舍再拜授仆人书,献尚书阁下:某同众君子伏在尚书下风久矣。孟冬已寒,伏惟尚书尊体动止万福!……某闽越人,向京师七千里矣。去秋远应直言极谏诏,不逮试便往西秦,今冬将从博学宏词科赴集期。昨至东洛……”书称“徐方南阳公”,知张尚书为徐泗濠节度使张建封。文称“孟冬”,乃本年十月。

## | 十 一 月 |

**李嗣真撰陈造墓志铭并序。**

《全唐文补遗》有李嗣真撰《故润州延陵县令颍川陈府君(造)墓志铭并序》。据文所记,陈府君卒于贞元十一年八月十八日,“以其年十一月廿八日,卜迁于洛阳县平阴乡之原,礼也”。则文乃本年十一月所撰。

## |十二月|

**阎济美撰阎说墓志铭并序。**

《全唐文补遗》有阎济美所撰《唐故检校尚书膳部郎中兼侍御史阎君(说)墓志铭并序》。据文所记,阎说卒于“贞元十一年三月十五日……以其年十二月九日,安厝于洛城东北塔陵原,礼也”。则文盖撰于本年十二月。

## |本年|

**元稹代人草《论裴延龄表》《又论裴延龄表》,论裴延龄谮陆贽事。**

《文苑英华辨证》卷六《名氏》三云:“其有可疑……元稹《论裴延龄表》二首。按:表论裴延龄谮陆贽事。又云:‘职忝谏司’。然贽以贞元十年贬,稹于元和元年除拾遗,相去十一年,而稹集亦无之。”马元调《元氏长庆集补遗》卷二:“愚按:微之……当裴之盛,虽未为谏官,而已年十八九矣,二表或是代人作。盖公《与乐天书》,叙贞元十年已后事云:‘心体悸震,若不可活,思欲发之久矣。’则裴亦时事之尤舛者也。况公生长京城,代人作表论裴,想当然尔。”卞孝萱《元稹年谱》和周相录《元稹年谱新编》均认为马说有理,姑系于此年。

**柳宗元二十三岁,时已有文章名,为人所推仰。本年为王氏兄弟唱和诗作序。**

《韩昌黎文集校注》卷七《柳子厚墓志铭》:“子厚少精敏,无不通达。”《新唐书·柳宗元传》:“宗元少精敏绝伦,为文章卓伟精致,一时辈行推仰。”《柳宗元集》卷二一《王氏伯仲唱和诗序》:“王氏子某,与余通家,代为文儒。……乙亥岁,某自南徐来,执文贶予,词有远致。……某也谓余传卜氏之学,宜叙于首章。操斧于班、郢之门,斯强颜耳。”乙亥岁即本年。

**刘禹锡二十四岁。本年过吏部试,授太子校书。**

《刘禹锡集》卷三九《子刘子自传》:“初禹锡既冠举进士,一幸而中试,间岁,又以文登吏部取士科,授太子校书。”刘禹锡前年登第,授太子校书在本年。

**本年或稍后,李翱献文于杨於陵,求荐引。**

《李文公集》卷七《谢杨郎中书》:“乡贡进士李翱再拜,前者以所著文章献于阁下,累获咨嗟,勤勤不忘。翱率性多感激,每读古贤书,有称誉荐进后学之士,则未尝不遥想其人,若与神交,太息悲歌,夜而复明。何独乐已往之事哉,诚窃自悲也。临空文,尚慨慕如不足,况亲遇厥事,观厥人哉。幸甚幸甚。翱自属文,求举有司,不获者三,栖遑往来,困苦饥寒,踣而未能奋飞者,诚有说也。”李翱贞元九年初试,至本年为三年。《旧唐书·杨於陵传》:“贞元八年,始入朝,为膳部员外郎,历考功、吏部三员外……迁右司郎中,复转吏部郎中,改京兆少尹。”知杨郎中当是杨於陵。大和四年杨於陵卒,《李文公集》卷一六《祭杨仆射文》亦记此事:“贞元中岁,公既为郎。始获趋门,仰公之光。遂假荐言,幽蛰用彰。德惠之道,殁身敢忘!”

**张建撰《崔朝请去思赞并序》。**

见《全唐文补编》卷五七。文首署“贞元乙亥”,是为贞元十一年,故系于此。文末有注:“《乾隆蒲城县志》卷一三。”

## 唐德宗贞元十二年

丙子　七九六

### 正月

**乙丑,以成德节度使王武俊、河中绛州节度使浑瑊并兼中书令,兴元节度使严震、魏博田绪、西川韦皋、幽州刘济并加检校左右仆射、同中书门下平章事。于是方镇皆进兼官,以悦其意。**

见《旧唐书·德宗纪下》、《资治通鉴》卷二三五。

## 二月

**李程、孟郊、张仲方、崔鄘、湛贲、萧炼、崔护、乔弁、崔弘礼等三十人登进士第，李程为状元。本年试《春台晴望诗》《日五色赋》，以“日丽九重，圣符土德”为韵。李程、湛贲、崔护《日五色赋》今存《文苑英华》卷五，李程、湛贲、乔弁《春台晴望诗》今存《文苑英华》卷一八四。明经科侯绩登第。本年知贡举为礼部侍郎吕渭。**

见《登科记考补正》卷一四。《全唐文》卷四八一崔护《日五色赋》：“阳精之瑞兮，惟瑞之嘉，首三光而委照，备五色以连华。繁彩遥分，叶土数于圣运；祥光下烛，赞元吉于皇家。且夫天之降祯，昭示群有，日之效庆，丕应元后。轶图牒而称灵，著策书而不朽，径惟千里，表年历而当千；丽彼九华，彰帝业之在九。……羲和疑而愕立，畴官骇以横睇，循黄道以迟迟，烁青冥而晰晰。观其瑞景中焕，浮晶外溢，所以告昌期，符圣日，结金天以标异，掩群祥而首出。仰其从色，比河上之荣光；征彼谣言，异江中之萍实。景丽天衢，明均八区，知神光之有宰，信元化之潜敷。媚韶阳于紫陌，混佳气于皇都，于是见土行之善应，识帝载之珍符。君一德兮，格于上天。日五色兮，临于下土。实有感而斯见，固惟仁而是辅。”

**柳宗元二十四岁，为其叔作墓表与墓版文。**

《柳宗元集》卷一二有《故殿中侍御史柳公墓表》《故叔父殿中侍御史府君墓版文》，前文云：“唐贞元十二年二月庚寅，葬我殿中侍御史河东柳公于万年县之少陵原。”并称其叔“自少耽学，颇工为文。”后文云：本年“二月二十八日庚寅，安厝于万年县之少陵原，礼也”。两文即此时所作。

## 三月

**国子司业裴肃奏：“《尔雅》博通诂训，纲维六经，为文字之楷范，作诗人之兴咏。备详六亲九族之礼，多识鸟兽草木之名，今古习传，儒林遵范。其《老子》是圣人玄微之言，非经典通明之旨，为举人所习之书，伏恐稍乖本义。伏请依前加**

**《尔雅》。”奉敕：“宜准天宝元年四月三日敕处分。”**

见《登科记考补正》卷一四。

## 四月

**德宗召给事中徐岱等讲论儒、道、释三教。韦渠牟以讲论得宠，由四门博士授秘书郎；又奏诗七十韵，迁右补阙、内供奉。**

《旧唐书·韦渠牟传》：“贞元十二年四月，德宗诞日，御麟德殿，召给事中徐岱、兵部郎中赵需、礼部郎中许孟容与渠牟及道士万参成、沙门谭延等十二人，讲论儒、道、释三教。”又云：“累转四门博士。……讲论儒、道、释三教。渠牟枝词游说，捷口水注。上谓其讲耨有素，听之意动。数日，转秘书郎。”《资治通鉴》卷二三五载贞元十二年四月，“庚辰，上生日，故事，命沙门、道士讲论于麟德殿，至是，始命以儒士参之。四门博士韦渠牟嘲谈辩给，上悦之，旬月，迁右补阙，始有宠”。此为唐儒参与三教论衡之始，反映了唐代佛教发展中的世俗化转化。

## 五月

**苻载由庐山赴岭南，触热患疾于虔州，刺史戎昱使人代送书及旧文与岭南节度使王锷。**

《全唐文》卷六八八苻载《寄南海王尚书书》：“尚书以雄才盛业，作镇南服。……即小子旦暮，敢不驰心于旌戟耶？一昨径理扁舟，远离浔阳，不畏道路，时伸贺礼。属船隘热剧，饮食江水，度庐陵百余里，防护无术，痁疾动作，药物荒乏，邻于委踣。以今月十八日达南康，使医工诊视，了未蠲愈。自揣气力，不任支持，遂祈戎使君致健步，持短书，并备旧文，缄结敬献阁下。”据《唐刺史考·广州》，王锷贞元十一年正月至十七年四月为广州刺史、岭南节度使，即文中王尚书。《全唐文》卷六八八苻载《答泽潞王尚书书》“某有旧故为南康郡太守，今年夏五月往游其门”，“旧故”即指戎昱，书为本年末上泽潞王虔休之作，是知苻载此行在本年五月。寄王锷书中有云：“三月中，冯翊严谟至山居，道杨秀才衡携挈口累，归心大府。……伏惟尚书大厦宏敞，能不以盖覆为意乎？”知本年三月杨衡亦入王锷广州幕。

**德宗有《放驸马郭暧王士平归私第诏》。**

《唐大诏令集补编》卷一六德宗有《放驸马郭暧王士平归私第诏》。文末署“贞元十二年五月”,文即撰于此时。文云:“先圣忌辰,才经叙慰,戚里之内,固在肃恭,而乃遽从宴游,饮酒作乐,既乖礼法,须有所惩。前汾州长史郭煦宜于袁州安置,前南郑县尉郭晅于柳州安置,曹自庆配流永州,其驸马郭暧、王士平仍令并归私第。”

## |六月|

**乙丑,初置左右护军中尉监、中护军监,以授宦官。以左右神策军使窦文场、霍仙鸣为左右神策护军中尉监,以左右神威军使张尚进、焦希望为左右神威中护军监。**

见《旧唐书·德宗纪下》。《资治通鉴》卷二三五亦载此,胡注云:“左、右神策中尉,始于窦、霍,自此宦官之权日以益重,不可复制矣。”

## |七月|

**宣武节度使李万荣病笃,其子乃为兵马使,拒朝中所遣使臣,汴州乱。乙未,以东都留守董晋同平章事兼宣武节度使,赴任,汴州事平。**

见《旧唐书·德宗纪下》、《资治通鉴》卷二六五。

**卢士瑀为其夫人撰崔氏墓志铭并序。**

《全唐文补遗》有卢士瑀所撰《大唐范阳卢公(士瑀)故夫人清河崔氏墓志铭并序》。据文所记,崔氏卒于“贞元丙子岁四月壬寅……以其年七月壬申,窆于河南万安山南”。按,贞元丙子岁乃本年,则文乃撰于本年七月。

**阙名撰苗悉达墓志铭并序**。

《全唐文补遗》有阙名所撰《唐故华州潼关镇国军防御使特进太子宾客兼御史中丞上党郡王苗府君(悉达)墓志铭并序》。文记苗府君卒于“贞元十二年三月八日……其年秋七月廿日,中司之柩,苏氏之骨,合祔于华山东郊,礼也”。则文乃撰于本年七月。

**韩愈本年二十九岁**。**七月,入汴州董晋幕,始与李翱交往,讲文析道**。

《李文公集》卷一六李翱《祭吏部侍郎文》:“贞元十二,兄在汴州,我游自徐,始得兄交。视我无能,待予以友。讲文析道,为益之厚。二十九年,不知其久。”《韩昌黎全集》卷一七韩愈《与冯宿论文书》:“近李翱从仆学文,颇有所得。然其人家贫多事,未能卒其业。”文中汴州,即指董晋汴州幕。

## | 秋 |

**本年夏秋间大旱,德宗命分祷于终南山、太白山,柳宗元撰有两山祠堂碑及碑阴文**。

《柳宗元集》卷五有《终南山祠堂碑并序》《太白山祠堂碑并序》《碑阴文》。第一文云:“贞元十二年,夏洎秋不雨。……皇帝使中谒者,祷于终南山。”第二文云:“贞元十二年孟秋,旱甚。皇帝遇灾悼惧,分命祷祀,至于兹山。”三文即约孟秋作,故系于此。

**刘禹锡二十五岁**。**本年秋八九月间,由京洛由水路东归途中,有《儆舟》之作**。**其《因论七篇》约作于此后数年中**。

《刘集校注》卷一三《儆舟》:“刘子浮于汴,涉淮而东。……”《刘集校注》谓此文为刘禹锡贞元十二年自京洛东归时作。又据《刘谱》,刘禹锡于本年八九月前由京师来扬州。文即此行所作。《刘集校注》卷一三有《因论七篇》,据此书所考乃“作于贞元十二三年或稍后数年中。”除上文外,尚有《鉴药》《讯畦》《叹牛》《原力》《说骥》《述病》等。其中《原力》为“贞元中自京洛赴淮南途中经泗州作”,《讯甿》“作于贞元十三年至十四年间”,今并叙于此。王应麟谓《叹牛》云:“文法效《汉书·蒯通》等传赞。”(《困学记闻》卷一七)洪迈评《儆舟》:“刘梦得《因论·儆舟》篇云:‘越子膝行吴君忽,晋宣尸居魏臣怠,白公厉剑子西哂,李园养士春申易。’亦效班史语也。然其模范,本自《荀子·成相》篇。”(《容斋四笔》卷九)

## |十月|

**柳宗元作《邠宁进奏院记》。**

见《柳宗元集》卷二六《邠宁进奏院记》,文末记:“贞元十二年十月六日,河东柳宗元为记。”

## |十二月|

**昭义军节度使王虔休献《继天诞圣乐》一曲。**

《唐会要》卷三三:“贞元……十二年十二月,昭义节度使王虔休,献《继天诞圣乐》一曲。大抵以宫为调,表五音之奉君也。……其曲谱同进上。先时,有太常乐人刘玠,流落至潞州,虔休因令造此曲以进。”

**郑易撰郑公墓志文。**

《全唐文补遗》有郑易所撰《唐故太子典膳丞荥阳郑公墓志文》。据此文所记,郑公卒于“丙子岁十有一月戊子朔二日己丑……粤以其年十有二月戊午朔廿有七日甲申,归祔河南邙山之先茔,顺孝思也”。则文盖本年十二月所撰。

## |冬|

**李程、柳宗元、李挚、李行敏、席夔、张仲方等博学宏辞科及第,试《披沙拣金赋》,以“求宝之道,同乎选才”为韵;又有《竹箭有筠诗》,亦为是年诗题。李程、柳宗元、席夔、张仲方赋今存《文苑英华》卷一一八,李程、席夔、张仲方诗今存**

**《文苑英华》卷一八七。**

见《登科记考补正》卷一四。《全唐文》卷五六九柳宗元《披沙拣金赋》中云:“沙之为物兮,视污若浮;金之为宝兮,耻居下流。沉其质兮,五材或阙;耀其光兮,六府以修。然则抱成器之珍,必将有待;当慎择之日,则又何求。配璋而取贵,岂泥滓而为俦。披而择之,斯焉见宝……动而愈出,幽以即明;涅而不缁,既坚既好。潜虽伏矣,获则取之。翻混混之浊质,见熠熠之殊姿。久暗未彰,固亦将君是望;先迷后得,孰谓弃予如遗。其隐也,则杂昏昏、沦浩浩。晦英姿兮自保。和光同尘兮合于至道。其遇也,则散奕奕、动融融。焕美质兮其中。”又,《全唐文》卷六三二李程《披沙拣金赋》:“物有感者,其沙之同流。韬至精之未吐,俟明鉴以来求。披溃滗,历汀洲。……大无间于洪流,细宁忽于潢潦?必因目击,信夫川则效珍;不假镜临,所谓地不藏宝。於戏!未分美恶,必在妍媸。当有期于慎简,幸无见于忽遗。经营乎永昌之日,徘徊乎丽水之湄。……充一镒而有待,贯三品而方期。出轻涟而沉潜自照,别丽景而光灵生姿。洎乎沙之汰之,既坚既好。断之则同心斯得,用之则从革是宝。”

## |本 年|

**李翱本年自徐州游汴州,与韩愈交好。**

《李文公集》卷一六《祭吏部韩侍郎文》:“贞元十二,兄佐汴州,我游自徐,始得兄交。视我无能,待予以友。讲文析道,为益之厚。二十九年,不知其久。”

**萧炼登第后南归,柳宗元撰序送之。**

《柳宗元集》卷二二《送萧炼登第后南归序》:“吾兄先觉而守道,独立而全和……亦既升名天官,告余东游……仆不腆,见邀为序。”按,萧炼本年登第,此序写作月份难确考,盖作于本年中。

**蔡南史、独孤申叔将驸马王士平与义阳公主反目事播为乐曲,号《义阳子》。德宗闻之怒,几欲废科举。**

《国史补》卷下:“贞元十二年,驸马王士平与义阳公主反目,蔡南史、独孤申叔播为乐曲,号《义阳子》,有《团雪》《散雪》之歌。德宗闻之,怒,欲废科举。后但流斥南史、申叔而止。”蔡南史、独孤申叔时当为应试举子。《旧唐书·王士平传》《新唐书·德宗诸女传》亦载。

**皎然为苏州东武丘寺律师撰塔铭**。

《全唐文》卷九一八皎然《唐苏州东武丘寺律师塔铭并序》:“天宝八年八月五日奉制度,配名永定,九年十月依分坛受具足戒,后移名开元。大历中移名武邱,皆两州道俗所请也。……至某年,春秋六十八,僧夏四十七,遇疾卒。”天宝九年之后四十七年,乃本年,知律师本年卒。

**庾准撰王氏墓志**。

《全唐文补遗》有庾准所撰《唐故博陵崔公(藏之)夫人文水县君太原王氏墓志》。据文所记,“唐贞元十有二年太岁景子,河南府偃师县令博陵崔侠奉皇妣文水县君太原王氏之柩,归葬于河南县……之先茔”。则文乃本年所撰。

## 唐德宗贞元十三年

丁丑　七九七

### 正月

**权德舆有《贞元十三年中书试进士问策二道》**。

《唐大诏令集补编》卷二四有权德舆所撰《贞元十三年中书试进士问策二道》。文盖本年此时所撰。

### 二月

**郑巨源、郭炯、陈诩、宋迪、独孤申叔、高允中等二十人登进士第,郑巨源为**

**状元。试《龙池春草诗》《西掖瑞柳赋》,以“应时呈祥,圣德昭感”为韵。郭炯、陈诩赋今存《文苑英华》卷八七,陈诩、宋迪诗今存《文苑英华》卷一八八。本年知贡举为礼部侍郎吕渭。**

见《登科记考补正》卷一四。《全唐文》卷四四六陈诩《西掖瑞柳赋》:“柳美西掖,瑞彰圣时。感巡游之未至,失荣落于先期。雨露所均,常比中国之郁郁;宫闱暂闭,若无春日之迟迟。所以望车尘之行幸,慰都人之怨思。物或有凭,神固难宰。生植不易地而殊荣,孤影忽同秋而异色。岂上天之降鉴,俾下民之是则?于以激忠臣这心,于以彰大君之德。初斯柳之失常,人未知其为祥。秦原之烟景明媚,汉苑之草树芬芳。独孤雕而槁瘁,似永隔于风光;无絮花之似雪,意膏露之凝霜。及夫天回旧步,木得其性;千官捧日以输忠,万骑从龙而翊圣。彼众芳之已歇,我得秋而始盛。岂固异于常材,实愿贞乎景命。伟夫瑞发匪遥,成天意之孔昭;德惟可览,结人心之幽感。”

**苻载赴襄阳,途中有书赠蕲州刺史。后参预鄂岳观察使何士干中和节宴,作序记之。**

《全唐文》卷六八八苻载《赠蕲州卢员外书》:“去年春三月,某有谓暂出蓬户间,适值麾幢将度浔阳,严太守命某为贰食之客,偶于末席,备聆嘉话。……后有远役,南征千里,夏徂冬归,道路萧条,音尘寂灭,至此而已。今者有襄汉之役,实游郡境,暂将维舟,泄宣曩怀。一昨至蕲阳岸下……”据《唐刺史考·江州》,严士良贞元十一年为江州刺史,是为文中严太守。又,“远役”“南征”,谓贞元十二年赴岭南,道中染疾于南康事,是此书作于本年,时苻载将赴襄阳。又,《全唐文》卷六九〇苻载《中和节陪何大夫会宴序》云:“中和,王节也。万国承之乐洪庆也。夫天地之大德日生,发生之盛气曰春,春之于孟也,萌动而方微,于季也,发泄而过强,唯仲春木德乃茂沃,生人之恺乐,洗万物之枯槁,当三阳之正中,凝四气之太和,以正星鸟,以推律度。”又云:“我岳鄂连帅御史大夫何公……今天子以皇极大中之道,居鸿宝之位,垂二十载矣。”德宗大历十四年五月即位,至贞元十三年为十九年。何大夫,即何士干,贞元四年至十八年为鄂岳观察使。中和节为二月一日,苻载本年赴襄阳,正月、二月过蕲、鄂二州,因有二文。

## 三月

**华阴县尉郑全济等三人游华山，有题记。**

《全唐文补编》卷五五郑全济《华岳题名》："将仕郎守尉郑全济，字巨舟。……贞元十三年三月廿四日题记。"注："《金石萃编》卷八〇。《八琼室金石补正》卷五五。《华岳志》卷四。"

## 春

**韩愈本年三十岁，在汴州董晋幕府。春，监军俱文珍将回京，韩愈受董晋命作送诗及序。**

《韩昌黎诗系年集释》卷一《送汴州监军俱文珍序》："（贞元）十三年春，将如京师，相国陇西公饮于青门之外，谓功德皆可歌之也，命其属咸作诗以铺绎之。"陇西公即宣武军节度使董晋，姑系于此。

## 七月

**韩愈在汴州，有复薪之疾，退休于居，作《复志赋并序》。**

《韩昌黎文集校注》卷一《复志赋并序》："愈既从陇西公平汴州，其明年七月，有复薪之疾，退休于居，作《复志赋》。"方成珪《昌黎先生诗文年谱》（下简称方成珪《诗文年谱》）谓此赋"是年七月，以疾退休于居时所作。"马其昶谓："此赋句法，步骤《离骚》，往往相似。晁无咎尝取此赋于《变骚》。"

## 八月

**独孤郁在长安，上书权德舆，权德舆亦有书答之。**

《全唐文》卷六八三独孤郁《上权侍郎书》："贞元十三年八月日，独孤郁谨上书于舍人三兄阁下。”时权德舆为驾部员外郎、知制诰,可称舍人。《权载之文集》卷四二有《答独孤秀才书》。

## 秋

**吕温在长安,有序送琴客摇兼济东归。**

《吕和叔文集》卷三《送琴客摇兼济东归便道谒王虢州序》:“贞元丁丑岁,观艺京师,冲宇罕窥,正声寡听,道不苟合,浩然东归。水流无心,遇用则止。弘农守御史中丞王公待子最深,且东诸侯之望也。傥羽翼吾道,铿锵尔音,飞而鸣之,一日千里,则何公门不可曳长裾乎?大丈夫风波未始有极,生死且不足问,况能离忧乎?白露降,秋风起,仰见太华,壮心勃兴。”据《唐刺史考》卷五八“虢州”,王虢州即是王颜,贞元十三年至十七年为虢州刺史。

## 十月

**淮西节度使吴少诚擅开刀沟入汝,德宗遣中使谕止之,不从。后又命兵部郎中卢群往诘之,吴少诚遂为之罢役。**

见《资治通鉴》卷二三五。《旧唐书·德宗纪下》谓其“擅开洵刁河、汝河,诏使不能禁。”

## 十一月

**武元衡撰萧氏(鲍宣妻)墓志铭并序。**

《全唐文补遗》有武元衡撰《唐故兰陵郡夫人萧氏(鲍宣妻)墓志铭并序》。据本文所记,萧氏卒于“贞元十三年龙集丁丑十月三日……以十一月二十一日,窆于北邙之南原”。则文乃本年十一月所撰。

## |十二月|

**张建封入朝,曾上言宫市之弊。德宗不听。**

《资治通鉴》卷二三五载此事,谓:德宗“以问户部侍郎判度支苏弁,弁希宦者意,对曰:‘京师游手万家,无土著生业,仰宫市取给。’上信之,故凡言宫市者皆不听”。

**顾少连为尚书左丞,权礼部知贡举,奏:“伏以取士之科,以明经为首;教人之本,则义理为先。至于帖书及以对策,皆形文字,并易考寻。试义之时,独令口问,对答之失,覆视无凭,黜退之中,流议遂起。伏请准建中二年十二月敕,以所问录于纸上,各令直书其义,不假文言。仍请依经疏对奏。”敕:“宜依。”**

见《册府元龟》卷六四一、《唐会要》卷七七、《登科记考补正》卷一四。

## |冬|

**张籍由和州来汴州,经孟郊介绍与韩愈交往,并寓居韩愈处。**

《韩昌黎诗系年集释》卷一《此日足可惜赠张籍》乃作于贞元十六年,诗记韩张相交云:“念昔未知子,孟君自南方。自矜有所得,言子有文章。我名属相府,欲往不得行。思之不可见,百端在中肠。维时月魄死,冬日朝在旁。驱驰公事退,闻子适及城。命车载之至,引坐于中堂。开怀听其说,往往副所望。……留之不遣去,馆置城西旁。”据《韩愈年谱汇考》,韩愈、张籍之交往在本年冬。

## |本年|

**李翱本年在汴州,得韩愈所言高愍女事,为作其碑,其《杨烈妇传》或亦作于此时前后。**

《李文公集》卷一二《高愍女碑》:“贞元十三年,翱在汴州,彦昭时为颍州刺史，昌黎韩愈始为余言之。余既悲而嘉之，于是作《高愍女碑》。”又，《李文公集》卷一二《杨烈妇传》：“若高愍女、杨烈妇者，虽古烈女，其何加焉？予惧其行事堙灭而不传，故皆叙之，将告于史官。”当为同时之作。康熙《古文评论》卷三六誉其文：“摹写情事，有声有色，末作断语，亦自详整。”《古文渊鉴》卷三八引杜讷语：“摹画烈妇守项事，英气逼人。善学史迁诸传，始能有此神理。”

**李翱屡试不第，作《感知己赋》怀念梁肃，恨无知己者如斯。**

《李文公集》卷一《感知己赋》：“贞元九年，翱始就州府之贡举人事。其年九月，执文章一通，谒于右补阙安定梁君。是时梁君之誉塞天下，属词求进之士，奉文章造梁君门下者，盖无虚日。梁居知人之过也，亦既相见，遂于翱有相知之道焉。……当时意谓先进者遇人特达，皆合有是心，亦未谓知己之难得也。梁君殁于兹五年，翱学圣人经籍教训文句之旨，而为文将数万言，愈昔年见于梁君之文，弗啻数倍，虽不敢同德于古人，然亦常无怍于中心。每岁试于礼部，连以文章罢黜，声光晦昧于时俗，人皆谓之固宜。然后知先进者遇人特达，亦不皆有是心也，方知知己之难得也。……不幸梁君短命遽殁，是以翱未能有成也，其谁能相继梁君之志而成之欤？已焉哉！天之遽丧梁君也，是使翱之命久迍邅厄穷也。遂赋《感知己赋》以自伤。”梁肃卒于贞元九年，“殁于兹五年”，此赋当作于本年。

**李翱约于本年，书荐孟郊于徐州刺史张建封，盛赞其诗作。**

《李文公集》卷八《荐所知于徐州张仆射书》：“兹有平昌孟郊，贞士也，伏闻执事旧知之。郊为五言诗，自前汉李都尉、苏属国及建安诸子、南朝二谢，郊能兼其体而有之。李观荐郊于梁肃补阙书曰：‘郊之五言，其有高处，在古无上；其有平处，下顾二谢。’韩愈送郊诗曰：‘作诗三百首，杳默咸池音。’彼二子皆知言者，岂欺天下之人哉？郊穷饿不得安养其亲，周天下无所遇，作诗曰：‘食荠肠亦苦，强歌声无欢。出门如有碍，谁谓天地宽？’其穷也甚矣。……呜呼！人之降年，不可与期。郊将为他人之所得，而大有立于世，与其短命而死，皆不可知也。二者卒然有一于郊之身，他日为执事惜之，不可既矣，执事终不得而用之矣，虽恨之，亦无可奈何矣。”书又云：“昌黎韩愈……伏闻执事又知其贤，将用之未及，而愈为宣武军节度使之所用。”愈受辟于宣武军在贞元十二年七月，此书作于此后,时孟郊登第而未授官。

**于邵撰李复去思颂。**

《全唐文》卷四二九有于邵所撰《唐检校右散骑常侍容州刺史李公去思颂》。《旧唐书·李复传》:“(贞元)十三年四月卒官,年五十九。废朝三日,赠司空。”故此文最早撰于本年,姑系于此。

**柳宗元二十五岁。约本年春,举子辛殆庶下第游南郑,柳宗元有序送之,称其“文无谬悠迂诬之谈”。**

《柳宗元集》卷二三《送辛殆庶下第游南郑序》:“朝廷用文字求士……仆在京师,凡九年于今,其间得意者,二百有六十人。其果以文克者,十不能一二。”按,文中“仆在京师”下注引“韩曰:贞元五年”,则“凡九年于今”当在本年。辛殆庶下第而游,或在春榜后的春中,柳序约此时作。《序》称辛:“专志于学,为文无谬悠迂诬之谈,锻炼翦截,动可观采。”

**张仲素《墨池赋》,约于本年前撰。**

见《全唐文补编》卷六三。文中描写墨池周遭清新景色,语言清婉爽洁,悠远飘逸:“墨之为用也,以观其妙。池之为玩也,不伤其清。苟变池而尽墨,知功积而艺成。……浴玉羽之翩翩,或殊白鸟。濯锦鳞之瀓瀓,稍见玄鱼。自强不息,允臻其极。……苹风已歇,桂月初临。玄渚弥净,玄流更清。所以恢宏学海,辉映儒林。……”墨池,在今江西临川。相传东晋书法家王羲之在北池边习字,池水尽黑。按,张仲素明年进士及第,姑系本赋于此。

# 唐德宗贞元十四年

戊寅　七九八

## |正月|

**德宗有《放免诸道积欠诏》。**

《唐大诏令集补编》卷二八德宗有《放免诸道积欠诏》。文末署“贞元十四年正月”,文即撰于此时。

## |二月|

**李随、李翱、张仲素、吕温、权长孺、独孤郁、王起、王季友、李建、许康佐等二十人登进士第,李随为状元。本年试《青出蓝诗》,注云:“题中用韵,限四十字成”;又试《鉴止水赋》,以“澄虚纳照,遇象分形”为韵。吕温、王季友诗今存《文苑英华》卷一八九,张仲素、吕温、王季友赋今存《文苑英华》卷三二。韦温登本年明经科。知贡举为尚书左丞顾少连。**

见《登科记考补正》卷一四。《全唐文》卷四四二王季友《鉴止水赋》:“鉴于水者,不在于广大,而在于澄渟。奔流则崇山莫辨,静息则纤芥必形。故能任人伦之巨细,随物色之丹青。皆一鉴而沿达,若三光之出冥。因见底之清,成照胆之朗;以无心而应物,皆洁已而呈象。如白日之辉,辉无孤蓬之振荡。冯虚之状,信有妍而有媸;阅实之明,固无偏而无党。若乃仙井旧渫,华池既潴;中无浴鸟,下绝游鱼。疑金镜之湛寂,若琉璃之至虚。当其来,见威仪之酷似;及其去,无联迹于沦胥。向使潺浮动不息,喷薄长注。将沃日而腾虹,或因山而瀑布;遭骇飙之欻起,值潜虬之交骛。虽有清明之本质,岂能使形影之相遇?是知专而静可以居要,明而动变不能照。斯大道之指归,岂常情之感召?”

**柳雍门撰裴溆墓志铭并序。**

《全唐文补遗》有柳雍门所撰《唐故汝州司户参军裴府君(溆)墓志铭并

序》。据文所记，裴府君卒于“贞元十二年六月十六日……以十四年岁次戊寅二月壬子朔十一日，龟筮袭吉，祔于北邙先茔，礼也”。按，贞元十四年乃岁次戊寅，则文乃本年二月所撰。

## 三月

**韩愈本年三十一岁，在汴州董晋幕府任观察推官。汴州东西水门修建成，韩愈作文记之。**

《韩昌黎文集校注》卷二《汴州东西水门记并序》：“贞元十四年正月戊子，陇西公命作东西水门，越三月辛巳朔，水门成。三日癸未，大合乐，设水嬉……既卒事，其从事昌黎韩愈请纪成绩。”文乃本年三月作。《补注》引吴汝纶曰：“词但用东汉金石体，而骏迈完固，乃古今无类。又曰学韩公不从此入，不能得其雄骏。”

## 四月

**苻载隐庐山，江西观察使李巽奏为奉礼郎，充南昌军副使，载三谢而受之。**

《全唐文》卷五二六李巽《请苻载书》：“数月不面，延企为劳，首夏渐热，惟动履安胜。巽弊屑推遣，昨者不揆薄劣，辄上荐贤之书，恩命拜足下太常寺奉礼郎，充南昌军副使。官告已到，惟增感庆，巽不任忻惬。”又有《再请书》《第三书》。《全唐文》卷六八八苻载有《谢李巽常侍书》《答李巽再请书》《答李巽三请书》。据《旧唐书·德宗纪下》，李巽任江西观察使在贞元十三年九月，故《请苻载书》中“首夏”当指本年四月，故将数书一并系于本月。

## 七月

**李渤游彭蠡东湖，得山名石钟者，以文记之。**

《全唐文》卷七一二李渤《辨石钟山记》：“《水经》云：‘彭蠡之口，有石钟山焉。’郦元以为下临深潭，微风鼓浪，水石相搏，响若洪钟，因受其称。有幽栖者，寻纶东湖，沿澜穷此，遂跻崖穿洞，访其遗踪。次于南隅，忽遇见双石，欹枕潭际，影沦波中。询诸水滨，乃曰石钟也，有铜铁之异焉。扣而聆之，南声函胡，北声清越，桴止响腾，余韵徐歇。若非潭滋其山，山涵其英，联气凝质，发为至灵，不然则安能产兹奇石乎！乃知山仍石名旧矣。如善长之论，则濒流庶峰，皆可以斯名冠之。聊刊前谬，留遗将来。贞元戊寅岁七月八日，白鹿先生记。”

## 八月

**京兆尹吴凑屡言宫市之弊，宦者言吴凑屡奏宫市，皆右金吾都知赵洽、田秀嵒之谋。丙午，洽、秀嵒坐流天德军。**

见《资治通鉴》卷二三五。据《旧唐书·德宗纪下》，吴凑于本年七月由右金吾将军为京兆尹，吴凑为章敬皇后之弟，德宗之舅。

## 九月

**癸酉，诏："乡贡武举，并应百只箭及三十只箭人等，今年宜权停。"时谏议大夫田敦因蒙召对（《旧唐书·德宗纪下》作"田登"），奏言兵部武举等每年尝数百千人，持挟弓矢，出入皇城间，恐非所宜。上闻而矍然，故命停之。其实武举者，每岁不过数十人。时议恶敦贵欲非短旧事，奏议不实。自是讫于贞元，更不复置。**

见《旧唐书·德宗纪下》、《登科记考补正》卷一四。

**柳宗元二十六岁。本年为集贤殿正字，时才气卓绝，议论宏发，为人所推重。九月，国子司业阳城贬道州刺史，太学生二百余人诣阙乞留，不许。柳宗元有与太学诸生书和阳城遗爱碣。**

《韩昌黎文集校注》卷七《柳子厚墓志铭》："子厚少精敏……能取进士第，崭然见头角；……其后以博学宏词授集贤殿正字。隽杰廉悍，议论证据古今，出入经史百子……率常屈其座人；名声大振，一时皆慕与之交，诸公要人争欲令出我门下，交口荐誉之。"又《柳宗元集》卷三四《与太学诸生喜诣阙留阳城司业书》："二十六日，集贤殿正字柳宗元敬致尺牍，太学诸生足下：……阳公为司业……于兹四祀而已，诏书出为道州。"文中原注："韩曰：贞元十四年，太学生薛约言事得罪，谪连州，城送之郊外。帝恶城党有罪，出为道州刺史。"文中原注于"二十六日"下注："孙曰：贞元十四年九月也。"文又云太学诸生"爱慕阳公之德教，不忍其去，顿首西阙下，恳悃至愿乞留如故者百数十人"。又同书卷九《国子司业阳城遗爱碣》记阳城贞元四年五月为谏议大夫，"后七年……迁为国子司业。……又四年，九月己巳，出拜道州刺史。……今公于征……生徒上言……立石书德，用扬懿则"。按，碣文亦本年九月作。

## 秋

**张籍于本年秋预汴州府试，韩愈为试官，张籍获首荐。**

《韩昌黎诗系年集释》卷一《此日足可惜赠张籍》："州家举进士，选士缪所当。驰辞对我策，章句何炜煌。相公朝服立，工席歌鹿鸣。礼终乐亦阕，相拜送于庭。之子去须臾，赫赫流盛名。"《全唐诗》卷三八三张籍《祭退之》："公领试士司，首荐到上京。"

**彰义节度使吴少诚遣兵掠寿州霍山，杀镇遏使谢详，侵地五十余里，并置兵镇守。**

见《资治通鉴》卷二三五。

## 十月

**癸酉，以岁凶谷贵，出太仓粟三十万石，开场粜米以赈饥民。**

见《旧唐书·德宗纪下》。

**韩愈为清边郡王杨燕奇撰碑文。**

《韩昌黎文集校注》卷六《清边郡王杨燕奇碑文》："公讳燕奇，字燕奇……

(贞元)十四年,年六十一,五月某日终于家。……嗣子……以其年十月庚寅葬公于开封县鲁陵冈。"文即约作于本年十月间。

## |十一月|

**陈叔齐撰士崇俊墓志铭并序。**

《唐代墓志汇编续集》"贞元〇四六"有前太子文学陈叔齐所撰《大唐故士府君墓志铭并序》。文谓:"府君讳崇俊,字惟彦,河南人也。……春秋七十四,大历四年五月十五日卒于京师东缠里之私第。……以贞元十四年岁次戊寅十一月景午朔廿一日景寅合祔于浐川乡龙首元岗曾门大茔之左,不远祖宗,礼也。"则文乃本年十一月撰。

## |十二月|

**癸酉,出东都含嘉仓粟七万石,开场粜以惠河南饥民。**

见《旧唐书·德宗纪下》。

**虢州刺史王颜为中条山靖院撰铭文,尚书右丞袁滋书。**

《全唐文补编》卷五七有王颜所撰《中条山靖院道堂铭并序》。文中详述靖院之由来,铭文极言中条山之景色:"平挹海日,雱邻洞宫。有时云族,几处泉蒙。山光明晦,岚翠轻浓。馥馥兰畹,青青极丛。千岩雾罢,十室烟中。隐非绝俗,和而不同。"文末曰:"贞元十四年岁在戊寅十二月景子朔廿五日庚子建。"陈尚君注:"芮城县博物馆藏拓片,转录自道家金石略。"故系于此。按,贞元十二年,王颜时六十九岁,由御史中丞调赴虢州刺史任内,车骑出潼关,隔河北望,满目家山,恋乡深情萦怀难已。其即着手用自己的俸禄在永乐县之北中条山上择地建造一处卜居之地,名为"靖院"。早在大历十三年,丞相韩滉在任解县盐池官时,用俸金在此建造名胜宫观及别居而未就,王颜遂继其志而成之,一为自己归居之所,二为方外人士行旅之便。竣工后,他以太原王颜之名,自撰碑文,又请当时著名的篆隶书法家、官居尚书右丞的袁滋书写,是为著名的《中条山靖院道堂铭》碑。此处右为方山，左为五老峰，北有诸道观名胜，南临黄河，风景秀丽，气势壮观。

## |本 年|

**韦渠牟于本年编诗三百篇成集，权德舆为之序。**

《权载之文集》卷三五《左谏议大夫韦公集序》："自贞元五年，始以晋公从事至京师，迨今十年，所著凡三百篇，尝因休沐，惠以见示。德舆鄙昧，不能言诗，徒以掖垣之寮，辱命为序，岂爱之厚而忘其不能欤？"

**苻载于本年末或稍后寄书山南东道节度使于頔，论孟浩然墓碑事。**

《全唐文》卷六八八《寄赠于尚书书》："朱校书至，猥辱书问，并示孟处士碑篆端由，捧读弥日，抃跃无次。夫旌善人，采遗美，盖有位君子之所行志，岂伊薄劣，敢议发挥，言轻赐重，益用惶骇。"苻载约于贞元九年曾上书时任山南东道节度使樊泽，请为孟浩然修镌墓碑。于頔于贞元十四年九月移镇襄阳，盖莅镇后有书征询苻载，载因有此书寄赠。

**韩愈撰序送权秀才。**

《韩昌黎文集校注》卷四《送权秀才序》："权生之貌，固若常人耳。其文辞引物连类，穷情尽变，宫商相宜，金石谐和，寂寥乎短章，舂容乎大篇：如是者，阅之累日而无穷焉。"文中云"相国陇西公既平汴州，天子命御史大夫吴县为军司马"，军司马为陆长源。文中注于此句下云："是年八月以汴州刺史、御史大夫吴县男陆长源为节度行军司马。"则此文盖本年作。

**韩愈与张籍约本年秋有书往还，论为文之道。张籍批评韩愈"尚驳杂之说"，"为博塞之戏"。韩愈本年之《与冯宿论文书》述及自己亦有"时时应事作俗下文字，下笔令人惭"之作。**

张籍有《上韩昌黎书》《上韩昌黎第二书》（均见《全唐文》卷六八四），劝韩愈应多著书立说，弘扬古道，批评韩愈“多尚驳杂无实之说”，“又尚论之际，或不容人之短如任私尚胜者，亦有所累也”，“愿执事绝博塞之好，弃无实之谈，弘广以接天下士，嗣孟轲扬雄之作，辨杨墨老释之说，使圣人之道复见于唐，岂不尚哉！”对此韩愈有《答张籍书》《重答张籍书》（均见《韩昌黎文集校注》卷二），前书云：“夫所谓著书者，义止于辞耳。宣之于口，书之于简，何择焉？……吾子又讥吾与人人为无实驳杂之说，此吾所以为戏耳；比之酒色，不有间乎？吾子讥之，似同浴而讥裸裎也。若商论不能下气，或似有之，当更思而悔之耳。博塞之讥，敢不承教”。后书云：“前书谓吾与人商论，不能下气，若好胜者然。虽诚有之，抑非好己胜也，好己之道胜也；非好己之道胜也，己之道乃夫子孟轲扬雄所传之道也。若不胜，则无以为道。……驳杂之讥，前书尽之，吾子其复之。昔者夫子犹有所戏，《诗》不云乎：‘善戏谑兮。’《记》曰‘张而不弛，文武不能也’，恶害于道哉？吾子其未之思乎！”此文后云“孟君将有所适，思与吾子别”，孟君即孟郊，张籍《上韩昌黎第二书》云“今执事虽参于戎府”，则其时孟郊将离开汴州，而韩愈正在汴州为从事，其时间盖在本年秋。又《韩昌黎文集校注》卷三《与冯宿论文书》，《昌黎先生诗文年谱》将其系于本年，谓：“王星斋云：详书中‘弃俗尚’云云，籍时尚未登第，当是此年作。”文中韩愈述及自己作文云：“但不知直似古人，亦何得于今人也？仆为文久，每自则意中以为好，则人必以为恶矣：小称意人亦小怪之，大称意即人必大怪之也。时时应事作俗下文字，下笔令人惭；及示人，则人以为好矣：小惭者亦蒙谓之小好，大惭者即必以为大好矣，不知古文直何用于今世也；然以俟知者知耳。……近李翱从仆学文，颇有所得，然其人家贫多事，未能卒其业。有张籍者，年长于翱，而亦学于仆，其文与翱相上下，一二年业之，庶几乎至也。”

## 唐德宗贞元十五年

己卯　七九九

### 正月

**柳宗元二十七岁，在京师为集贤殿正字。撰柳公行状及谥议，赞其为学略章句之烦乱，为文去藻饰之华靡。**

《柳宗元集》卷八有《柳公行状》与《谥议》,后文云:“贞元十五年正月日……柳公从孙将仕郎、守集贤殿正字宗元谨上。”知两文均本年正月作。前文称柳公“字惟深,其先河东人。……惟公质貌魁杰,度量宏大……凡为学,略章句之烦乱,采摭奥旨,以知道为宗;凡为文,去藻饰之华靡,汪洋自肆,以适己为用”。

## | 二 月 |

**丁丑,宣武节度使、汴州刺史董晋卒。乙酉,以行军司马陆长源为节度使。军中作乱,杀陆长源及判官孟叔度。监军俱文珍召宋州刺史刘逸准,逸准引兵入汴州,乱平。**

见《旧唐书·德宗纪下》。《资治通鉴》卷二三五所叙较详:“长源性刻急,恃才傲物。判官孟叔度,轻佻淫纵,好慢侮将士,军中皆恶之。董晋薨,长源知留后,扬言曰:‘将士弛慢日久,当以法齐之耳!’众皆惧。或劝之发财以劳军,长源曰:‘我岂效河北贼,以钱买健儿求节钺邪!’故事,主帅薨,给军士布以制服,长源命给其直;叔度高盐直,下布直,人不过得盐三二斤。军中怨怒,长源亦不为之备。是日,军士作乱,杀长源、叔度,脔食之,立尽。监军俱文珍以宋州刺史刘逸准久为宣武大将,得众心,密书召之。逸准引兵径入汴州,乱众乃定。”

**杨凝为贺正使使长安,归汴州途中闻汴州乱,走还京师。**

《新唐书·杨凝传》:“晋卒,乱作。凝走还京师。”

**封孟绅、张籍、王炎、李景俭、孟寂、俞简等十七人登进士第,封孟绅为状元。本年试《行不由径诗》,封孟绅、张籍、王炎、俞简诗今存《文苑英华》卷一八九。独孤申叔、吕温登博学宏词科,本年试题为《乐理心赋》,以“易直子谅,油然而生”为韵;又试《终南精舍月中闻磬诗》。独孤申叔、吕温二人应试诗存《文苑英华》卷一八四,赋存《文苑英华》卷七五。本年知贡举为中书舍人高郢。**

见《登科记考补正》卷一四。

**韩愈本年三十二岁。董晋卒,韩愈有文祭之。**

《韩昌黎文集校注》外集上卷《祭董相公文》有"维贞元十五年岁次己卯二月"语,祭文乃此时作。

## |三 月|

**彰义节度使吴少诚遣兵袭唐州,杀监军邵国朝等,掠百姓千余人而去。**

见《旧唐书·德宗纪下》、《资治通鉴》卷二三五。

**癸酉,德宗令江淮岁运米二百万石。虽有是命,然岁运不过四十万石。**

见《旧唐书·德宗纪下》。

## |春|

**杨凝自京还汴州,柳宗元有序送之。**

《柳宗元集》卷二二《送杨凝郎中使还汴宋诗后序》:"故杨公以谋议之隙,对扬王庭,不逾时而承诏复命,示信于外诸侯。时当朝之羽仪,凡同官之僚属,皆饯焉。容受童孺,使在末位。礼部郎中许公……谓小子预离觞之余沥,俾撰后序。"按,文中注:"韩曰:贞元十四年冬,凝朝正京师。""贞元十五年春,凝还汴。""孙曰:公时年二十七。"据此,《序》当本年春作。

**白居易本年二十八岁。自兄幼文浮梁主簿任所返洛阳省母,有《伤远行赋》。**

《白居易集》卷三八《伤远行赋》:"贞元十五年春,吾兄吏于浮梁;分微禄以归养,命予负米而还乡。出郊野兮愁予,夫何道路之茫茫!茫茫兮二千五百,自鄱阳而归洛阳。朝济乎大江,暮登乎高冈。……枫林郁其百寻,涵瘴烟之苍苍。其中阒其无人,唯鷓鸪之飞翔。水有含沙之毒虫,山有当路之虎狼。……步一步兮不可进,独中路兮傍徨!噫!昔我往兮,春草始芳。今我来兮,秋风其凉。”

## |八月|

**吴少诚遣兵攻掠许州临颍,又进围汴州。丙辰,下诏削夺其官爵,令诸道进兵讨之。**

见《旧唐书·德宗纪下》。《资治通鉴》卷二三五载吴少诚围许州,为守将所破;又寇陈州西华,亦不得逞。

**李翱过泗州,应开元寺僧请,为其作钟铭。又有书寄寺僧澄观。**

《李文公集》卷一七《泗州开元寺钟铭并序》:“维泗州开元寺遭罹水火漂焚之余,僧澄观与其徒僧若干,复旧室居,作大钟。贞元十五年,厥功成。于是陇西李翱书辞以纪之:八月梓人功既休,戊寅大钟成。”又,《李文公集》卷七《答泗州开元寺僧澄观书》:“前日见命作《开元寺钟铭》,云欲藉仆之词,庶几不朽,而传于后世,诚足下相知之心,无不到也。……夫铭,古多有焉,汤之《盘铭》,其词云云;卫孔悝之鼎,其词云云;秦始皇之《峄山碑》,其词云云,皆可以纪功伐,垂诫劝。铭于盘则曰《盘铭》,于鼎则曰《鼎铭》,于山则曰《山铭》,盘之词可迁于鼎,鼎之词可迁于山,山之词可迁于碑,唯时之所纪耳。及蔡邕《黄钺铭》,以纪功于黄钺之上尔。或盘或鼎,或峄山或黄钺,其立意与言皆同,非如《高唐》《上林》《长杨》之作赋云尔。近代之文士则不然,为铭为碑,大抵咏其形容,有异于古人之所为。”此段详述了“铭”为文体的由来及内容。

## |九月|

**柳宗元为其妻撰墓志,并有《辩侵伐论》。**

《柳宗元集》卷一三《亡妻弘农杨氏志》:“遂以九月五日庚午,克葬于万年县栖凤原……是岁,唐贞元十五年,龙集己卯。为之志云。”又,《柳宗元集》卷三《辩侵伐论》,文中注:“在集贤院为征天下兵讨淮西作。孙曰:德宗贞元十五年三月甲寅,淮西节度使吴少诚反,遣兵袭唐州,掠百姓千余人而去。九月丙辰,诏削夺少诚官爵,令诸道兵讨之。时公为集贤殿正字作也。"据此系年。

**韩愈时为徐州节度使张建封幕节度推官,先后上二书谏张建封不当规定"自九月至明年二月之终,皆晨入夜归"及张建封击马球事**。

《新唐书·韩愈传》:"汴军乱,乃去依武宁节度使张建封,建封辟府推官。"《韩昌黎文集校注》卷三《上张仆射书》:"九月一日愈再拜:……有小吏持院中故事节目十余事来示愈。其中不可者,有自九月至明年二月之终,皆晨入夜归,非有疾病事故辄不许出。……若此者,非愈之所能也。抑而行之,必发狂疾,上无以承事于公,忘其将所以报德者。"此文题下注云:"公以(贞元)十五年二月脱汴州之乱,依建封于徐。秋,建封辟为节度推官,至是供职,书意以晨入夜归为不可"。《韩昌黎文集校注》卷三又有《上张仆射第二书》,乃稍后上张建封作,文云:"愈再拜:以击球事谏执事者多矣,谏者不休,执事不止,此非为其乐不可舍、其谏不足听故哉?"

## 秋

**白居易应乡试于宣州,试《射中正鹄赋》**。

《白居易集》卷三八《宣州试射中正鹄赋》题下注:"以'诸侯立戒众士知训'为韵,任不依次用韵,限三百五十字已上成。"

**苻载在洪州。本年秋,卢泰卿归巴陵,载作序送之**。

《全唐文》卷六九〇苻载《送卢端公归巴陵兼往江夏谒何大夫序》:"乙卯岁,主君以清净之理,治洪州之三年也。侍御史卢公,自江夏展礼于我。……端公名泰卿,字成业,有当世才干,瑰玮磊落,不萦苛细,工为文,能读三略六韬。观其发论指画,规模宏拔,真卓然之士也。"何大夫,即何士干,时为鄂、岳、沔、蕲、黄等州都团练观察使。主君,是江西观察使李巽,贞元十三年九月观察江西,至本年为三年。文中"乙卯"当是"己卯"之误。

## |十月|

**欧阳詹再诣同州韩城县访友,作《西尉厅壁记》。**

《欧阳行周文集》卷四《同州韩城县西尉厅壁记》:“贞元十五年春,余友人荥阳郑伯义授焉。……其受命之年五月,余诣焉,十月又诣焉。见东厅有记,西厅无记,因请书其姓氏序于左。……十月十五日记。”

**李仲撰李戎墓志铭并序。**

《全唐文补遗》有李仲所撰《唐故太常寺协律郎赵郡李戎墓志铭并序》。文载李戎“以贞元十四年九月二日,卒于磁州之官舍,享年五十四。以明年十月廿七日,归葬于□门西山,列先府君之茔次”。据此,则文盖撰于本年十月。

**葛朝宗撰杨若墓志铭并序。**

《全唐文补遗》有葛朝宗所撰《故同州夏阳县令杨公(若)墓志铭并序》。据文所记,杨若卒于“贞元九年癸酉岁九月一日……越贞元十五年己卯岁十一月廿日,合祔于华阴县晋□原,陪先茔,礼也”。则文乃本年十一月所撰。文末云:“词曰:华山千仞,黄河九曲。惟神降灵,庆钟于族。赫赫乃祖,葳蕤弈叶。德迈千祀,光昭传谍。苍苍秦川,列列松柏。感风树之不定,痛天地之永隔。呜呼!寿夭一致,贤愚同此。窅窅冥冥,孰分其理。”

## |十二月|

**山南东道、安黄及宣武诸镇兵讨吴少诚,以无统帅,战辄不利,诸军自溃。**

《资治通鉴》卷二三五于本年十月、十一月曾载山南东道节度使于頔、安黄节度使伊慎、知寿州事王宗及新任宣武节度使韩弘,共进击吴少诚,曾有小胜。但后云:“诸军讨吴少诚者既无统帅,每出兵,人自规利,进退不壹。(十二月)乙未,诸军自溃于小溵水(胡注引宋白曰:溵水在蔡州汝阳县),委弃器械、资粮,皆为少诚所有。于是始议置招讨使。"

**顾况应湖州刺史李词请,为刺史厅题名作后记。**

《全唐文》卷五二九顾况《湖州刺史厅壁记》:"其旧记吏部李侍郎纾撰,其图经竟陵陆鸿渐撰,使君命况总两家之说,俶落晋宋,讫于我唐,凡一百九十七人,及历代良二千石,仪形略也。铺张屋壁,设作存劝,竦神告人,《春秋》不朽之义也。贞元十有五年十二月哉生魄,华阳山人顾况述。"《舆地碑记目》卷一《湖州刺史厅名记》:"唐广德元年李纾撰,后记贞元十六年顾况撰,又后题贞元十七年刺史李词。"

## |本 年|

**杜确约于本年为岑参文集撰序。**

《全唐文》卷四五九杜确《岑嘉州集序》:"公讳参……又出为嘉州刺史……吉往凶归,呜呼不禄,岁月逾迈,殆三十年。嗣子佐公,复纂前绪,亦以文采,登名翰场。有公遗文,贮之筐箧,以确接通家余烈,忝同声后辈,受命编次,因令缮录,区分类聚,勒成八卷。……京兆杜确序。"岑参卒于大历四年,卒后"殆三十年",约为本年。

**徐浩建中三年卒于长安,年八十。同年十一月葬,本年张式为撰神道碑铭。**

《旧唐书·德宗纪上》载建中三年四月"丁丑,彭王傅徐浩卒,赠太子少师"。《全唐文》卷四四五张式《大唐故银青光禄大夫彭王傅上柱国会稽郡开国公赠太子少师东海徐公神道碑铭》:"薨于长安永宁里之私第,享龄八十。……公以建中三年四月二十五日薨,以其年十一月葬于东都偃师县先茔之左(阙一字)。洎贞元十五年,嗣子现,罢宰王畿之新安……"据此,张式撰神道碑铭盖在本年。

**欧阳詹约本年为四门助教,柳宗元为作壁记。**

《欧阳行周文集》卷八《上郑相公书》云:"某……五试于礼部,方售乡贡进士;四试于吏部,始授四门助教。"《柳宗元集》卷二六《四门助教厅壁记》:"贞元中……河东柳立始以前进士求署兹职,天水武儒衡、闽中欧阳詹又继之。是岁,为四门助教凡三人,皆文士,京师以为异。"施子愉《柳宗元年谱》(下简称《施谱》)据韩愈《欧阳生哀词》中"贞元十五年冬,詹为国子四门助教"语,故系于本年。

**韩愈本年有文《徐泗豪三州节度掌书记厅石记》《崔评事墓铭》《与李翱书》《太学生何蕃传》等。**

《韩昌黎文集校注》卷二《徐泗豪三州节度掌书记厅石记》:"书记之任亦难矣!元戎整齐三军之士,统理所部之甿,以镇守邦国,赞天子施教化,而又外与宾客四邻交……凡文辞之事,皆出书记。"本文题下注云:"此记当在贞元十五年作。"又,《韩昌黎文集校注》卷六《崔评事墓铭》:"君讳翰……以(贞元)十五年正月五日寝疾终于家……其二月某日,遂葬于某县某乡某原。"文即本年崔翰葬前作。又,《韩昌黎文集校注》卷三《与李翱书》云:"仆之家本穷空,重遇攻劫,衣服无所得,养生之具无所有,家累仅三十口,携此将安所归托乎?舍之入京不可也,挈之而行不可也,足下将安以为我谋哉?"此所云乃本年韩愈在汴州乱后在徐州之处境,故方成珪《诗文年谱》谓此文"是年在徐州幕作"。又,《韩昌黎文集校注》卷二《太学生何蕃传》:"太学生何蕃入太学者廿余年矣。岁举进士,学成行尊;……蕃,淮南人,父母具全。初入太学,岁率一归,父母止之;其后间一二岁乃一归,又止之;不归者五岁矣。……故凡贫贱之士必有待然后能有所立,独何蕃欤!吾是以言之,无亦使其无传焉。"方成珪《诗文年谱》系此文于本年冬。马其昶注引评语:"方苞曰:澹宕处,绝类史公。曾国藩曰:善用缩笔,纡余顿宕,如将不尽。"

**白居易《中和节颂》约作于本年。**

《白居易集》卷四六有《中和节颂并序》,其颂中云:"巍巍我唐,穆穆我皇。纂承九叶,照临八方。四维载张,两曜重光。……乘时有作,焕乎文章。乃建贞元,以正乾坤。"白居易本年所作《伤远行赋》仍受古赋影响,其中多有"兮"字句法,可见楚赋之迹。

# 唐德宗贞元十六年

庚辰　八〇〇

## 正月

**白居易时年二十九岁，在长安应试，上书给事中陈京，献诗文行卷。**

《白居易集》卷四四《与陈给事书》："正月日，乡贡进士白居易谨遣家僮奉书献于给事阁下：……居易鄙人也，上无朝廷附离之援，次无乡曲吹煦之誉，然则孰为而来哉？盖所仗者文章耳，所望者主司至公耳。今礼部高侍郎为主司，则至公矣，而居易之文章，可进也，可退也，窃不自知之，欲以进退之疑取决于给事，给事其能舍之乎？……谨献杂文二十首，诗一百首，伏愿俯察悃诚，不遗贱小，退公之暇，赐精鉴之一加焉。"

## 二月

**乙酉，夏绥节度使韩全义因宦官、神策军中尉窦文场之荐，为蔡州四面行营招讨使，统诸军讨吴少诚。**

《资治通鉴》卷二三五：贞元十六年"春，正月，乙巳，恒冀、易定、陈许、河阳四军与吴少诚战，皆不利而退。夏绥节度使韩全义本出神策军，中尉窦文场爱厚之，荐于上，使统诸军讨吴少诚。二月乙酉，以全义为蔡州四面行营招讨使，十七道兵皆受全义节度"。

**陈权、吴丹、郑俞、白居易、戴叔伦、崔玄亮、王鉴、杜元颖、陈昌言等十七人登进士第，陈权为状元。时高郢知贡举，颇抑浮华之风。试《玉水记方流诗》《性习相近远赋》，以"君子之所慎焉"为韵，郑俞、白居易《性习相近远赋》今存《文苑英华》卷九二。白居易赋为李逢吉所称赏，其所试策文五道现亦存世。吴丹、郑俞、白居易、王鉴、杜元颖、陈昌言《玉水记方流诗》今存《文苑英华》卷一八六。周著为本年明经科及第者。白居易及第前有《与陈给事书》，后又有《箴言》之作。**

见《登科记考补正》卷一四。《旧唐书·高郢传》:“拜礼部侍郎。……凡掌贡举三岁,进幽独抑浮华,朋滥之风,翕然一变。”又《元稹集》卷五一《白氏长庆集序》云:“贞元末进士尚驰竞,不尚文,就中六籍尤摈落。礼部侍郎高郢始用经艺为进退,乐天一举擢上第。”《唐摭言》卷三:“白乐天一举及第……时年二十七。省试《性习相近远》赋,《玉水记方流》诗。携之谒李凉公逢吉。公时为校书郎,于时将他适。白遽造之,逢吉行携行看,初不以为意;及览赋头,曰:‘噫!下自人上,达由君成;德以慎立,而性由习分。’逢吉大奇之,遂写二十余本。其日,十七本都出。”白居易此赋略曰:“噫!下自人,上达君,咸德以慎立,而性由习分。习则生常,将俾夫善恶区别;慎之在始,必辨乎是非纠纷。原夫性相近者,岂不以有教无类,其归于一揆?习相远者,岂不以殊途异致,乃差于千里。昏明波注,导为愚智之原;邪正歧分,开成理乱之轨。安得不稽其本,谋其始,观所由,察所以。考成败而取舍,审臧否而行止。”白居易本年之对策文五道亦存,《登科记考》均引用,其一中云:“利用厚生,教之本也。从宜随俗,政之要也。……夫田、畜、蚕、绩四者,土之所宜者多。人之所务者众,故《周礼》举而为条目,且使居之者无游惰,无堕业焉。其余非四者,虽不具举,则随土物生业而劝导之可知矣。”又《白居易集》卷四六《箴言》序云:“贞元十有五年,天子命中书舍人渤海公领礼部贡举事。越明年,居易以进士举,一上等第。洎翌日,至于旬时……乃自陈戒于德,作《箴言》。”此文中云:“公之德,之死矢报之。报之义靡他,唯励乃志,远乃猷;俾德日修,道日就。是报于公。匪报于公,是光于躬。匪光于躬,是华于邦。……”据上所载,可知本年文风浮华已引起掌文者之不满,故高郢掌贡时即有意遏制此文风。此时科举所试仍是限韵之赋,然白居易之赋不浮华,颇为厚实有物,其策文与文章亦如此,行文朴实晓畅,多是古文体式,故其为李逢吉所赏恐亦是此之故。

**齐孝若撰张任墓志铭并序**。

《唐代墓志汇编续集》“贞元〇五五”有齐孝若所撰《唐故蔚州刺史兼殿中侍御史张府君墓志铭并序》。文谓:“君讳任,字君规……少在京师从儒者游,慕乡人选举之事,学为词赋,颇造堂室。痛诸生蚊成其响,蝇点其色,相覆以险,自专其媒。乃抚己叹曰:此求仁义,仁义远矣;此求文学,文学微矣。丧我元和,不如去之。……以贞元十五年十一月廿五日,薨于太原府福昌里之私第,春秋五十。……以明年二月廿二日……祔先茔也。余忝旧执,泣为之铭。”据此,文乃本年二月撰。

**崔从撰王淑墓志铭并序。**

《全唐文补遗》有崔从所撰《大唐河南府法曹参军崔公(廞)夫人太原王氏(淑)墓志铭并序》。文载王氏卒于“贞元十六年岁次庚辰正月……即以其年二月二十二日,迁窆于颍阳县万安山之南原,从姑舅之兆,礼也”。则文乃撰于本年二月。

## |三 月|

**韩愈本年三十三岁。寄书孟郊,赞其“才高气清,行古道”,又告以李翱婚事、张籍居丧,望孟来汴州一聚。**

《韩昌黎文集校注》卷二有《与孟东野书》,方成珪《诗文年谱》谓此文作于本年三月。文云:“足下才高气清,行古道,处今世;无田而衣食,事亲左右无违;足下之用心勤矣,足下之处身劳且苦矣!混混与世相浊,独其心追古人而从之,足下之道其使吾悲也!……李习之娶吾亡兄之女,期在后月,朝夕当来此;张籍在和州居丧,家甚贫;恐足下不知,故具此白,冀足下一来相视也。”《补注》:“曾国藩曰:真气足以动千载下之人。韩公书札,不甚经意者其文尤至。”

## |四 月|

**韦丹奉使新罗,离长安时,朝士有送行诗数百首,权德舆为之序。**

《旧唐书·新罗传》:贞元“十六年,授俊邕开府仪同三司、检校太尉、新罗王。令司封郎中、兼御史中丞韦丹持节册命”。后韦丹至郓州而还,未成行。据《旧唐书·德宗纪下》,此事时在四月。《权载之文集》卷三六《奉送韦中丞使新罗序》:“中丞以佐曹陈君之历司封郎也,今为之代,以德舆之忝驾部郎也,又为之代;凡两掖所赋,盍偕序以为好,宜征作者,猥及鄙人,直书粗略,敢谢不敏。”

# | 五月 |

**韩全义素无勇略，又好结交宦官，帅军与吴少诚战，诸军大溃。**

《资治通鉴》卷二三五：贞元十六年“韩全义素无勇略，专以巧佞货赂结宦官得为大帅，每议军事，宦官为监军者数十人坐帐中争论，纷然莫能决而罢。天渐暑，士卒久屯沮洳之地，多病疫，全义不存抚，人有离心。五月，庚戌，与吴少诚将吴秀、吴少阳等战于溵南广利原，锋镝才交，诸军大溃”。

**韩愈离张建封幕将往洛阳，与李翱、王涯、侯喜等人同往清泠池等地，有《题李生壁》记其事。**

《韩集校注》外集《题李生壁》文末署“贞元十六年五月十四日”，文云：“余始得李生于河中，今相遇于下邳，自始及今，十四年矣。始相见，吾与之皆未冠，未通人事，追思多有可笑者，与生皆然也。今者相遇，皆有妻子，昔时无度量之心，宁复可有是？生之为交，何其近古人也！是来也，余黜于徐州，将西居于洛阳。泛舟于清泠池，泊于文雅台下。……陇西李翱、太原王涯、上谷侯喜实同与焉。”《补注》引曾国藩语曰：“低回唱叹，深远不尽，无韵之诗也。张裕钊曰：古郁苍凉，清微萧远，别有襟抱。”

**许州刺史张建封卒，年六十六，有集，后权德舆为其集作序。**

《旧唐书·德宗纪下》：贞元十六年五月“庚戌……徐泗濠节度使、检校上书右仆射、许州刺史张建封卒”。《旧唐书·张建封传》：“卒，时年六十六，册赠司徒。”《新唐书·张建封传》：“治徐凡十年……性乐士，贤不肖游其门者礼必均，故其往如归。许孟容、韩愈皆奏署幕府，有文章传于时。”《新唐书·艺文志四》：“《张建封集》二百三十篇。”《权载之文集》卷三四《徐泗濠节度使赠司徒张公文集序》：“司徒讳建封，南阳人。简廉疏达，信厚诚直。……歌诗特优，有仲宣之气质，越石之清拔……大君推恩善善，春秋之义也，永怀先志，乃集遗文，以德舆尝承司徒之欢，表烈编次，凡二百三十篇，承诏作序，是用拜君命之辱而不敢让云。”

**张建封卒，徐州军乱，不纳行军司马韦夏卿，杀徐州判官郑通诚等，奉张建封子前虢州参军张愔知军府事。**

见《旧唐书·德宗纪下》、《资治通鉴》卷二三五。六月，德宗即以张愔兼徐州刺史、知徐州留后。此可见当时朝廷之姑息政策。

## |六月|

**刘禹锡本年二十九岁，刘禹锡免父丧，淮南节度使杜佑辟为从事。时禹锡多有代草公文。**

《刘禹锡集》卷三九《子刘子自传》："既免丧，相国扬州节度使杜公领徐、泗，素相知，遂请为书记，捧檄入告，太夫人曰：'吾不乐江淮间，汝宜谋之于始。'因白丞相以语，曰诺。居数月而罢徐泗，而河路犹艰难，遂改为扬州掌书记。"据《旧唐书·德宗纪下》载贞元十六年"六月丙午……淮南杜佑加同平章事，兼领徐、泗、濠节度"，知刘禹锡受辟为徐泗书记在本年六月。刘禹锡为幕府从事后即多有代草文书，如《让同平章事表》《谢贷钱物表》（均见《刘禹锡集》卷一一）等等，此等文章多为骈俪文，如《谢贷钱物表》云："昨以封略未宁，干戈犹动。寿春固垒以备盗，淮甸兴师以扞奸。经费所资，数盈巨万。馈饷时久，供亿力殚。虑始图终，不敢缄默。辄陈管见，上黩宸聪。"此类文多，后不具录。

**冯宿过东阳兰溪，游东峰亭，有文记之。**

《全唐文》卷六二四冯宿《兰溪县灵隐寺东峰新亭记》："东阳实会稽西部之郡，兰溪实东阳西鄙之邑。岁在戊寅，天官署洪君少卿以为之宰。……后三年夏六月，予过其邑，洪君导予以邑之胜赏，于是有东峰亭之游。……夫播芳尘而鼓余波者，非文莫可，遂揽笔为记，刊于石而附诸地志焉。"

## |夏|

**白居易伤汴州行军司马陆长源、徐州军副使郑通诚不得其死，为文哀之。**

《白居易集》卷四〇《哀二良文并序》:"丞相陇西公出镇于汴州,军司马、御史大夫陆长源实左右之,二年而军事宁。司空南阳公作藩于徐州,副军使、祠部员外郎郑通诚实先后之,三年而民用康。及十五年春,陇西薨,浃辰而师乱,大夫以直道及祸。十六年夏,南阳薨,翌日而难作,员外以危行遇害。……天乎!报施之朕,何其昧欤?昔诗人有《黄鸟》之章,以哀三良不得其死;今斯文亦以《哀二良》名其篇云。"

## | 七月 |

**高锡撰裴氏墓志铭并序。**

《全唐文补遗》有高锡所撰《唐高氏(锡)故夫人河东裴氏墓志铭并序》。据文所记,裴氏卒于贞元十五年八月廿日,"以贞元十六年七月十日,窆于洛阳县清风乡之原,从权宜也"。则文约撰于本年七月。

## | 八月 |

**柳宗元本年二十八岁,为亡姐作墓志。**

《柳宗元集》卷一三《亡姐前京兆府参军裴君夫人墓志》:"以贞元十六年三月十三日甲子,终于光德里第。……其年八月十八日甲子,安厝于长安县之神禾原。"

**杜兴成撰皇甫氏墓志。**

《全唐文补遗》有杜兴成所撰《唐故宣议郎左骁卫兵曹参军杜君(侚)夫人安定皇甫氏墓志》。文载皇甫氏"贞元十六年庚辰正月五日,没于所居,享年六十。……以其年八月廿四日,窆于河南县尹樊村万安之原,依外族也"。则文乃本年八月撰。

## |十月|

**吴少诚归蔡州,上表求昭雪。戊子,诏赦之,复其官爵。**

见《旧唐书·德宗纪下》。《资治通鉴》卷二三五胡注曰:"盖少诚起兵以来,不能无疲弊,故求休息耳。"此亦是德宗姑息之策。

## |十二月|

**戊寅,敕礼部:"别头举人,宜委礼部考试,不须置别头。"**

见《旧唐书·德宗纪下》、《册府元龟》卷六四一、《唐会要》卷七七。

**吕温撰柳氏墓志铭并序、吕府君墓志铭并序。**

《唐代墓志汇编续集》"贞元〇五九"有吕温所撰《吕府君夫人河东郡君柳氏墓志铭并序》。文云:"夫人……贞元十六年六月庚寅,前先公七日弃养于潭州官舍,享年四十二。……孤子温,恭以其年十二月八日,号奉帷裳,从先公归祔于洛阳邙山清风原之大茔,礼也。"据此,文乃撰于本年十二月。又,《唐代墓志汇编续集》"贞元〇六〇"有吕温所撰《吕府君墓志铭并序》。文云:"先府君讳渭……以(贞元)十六年七月一日薨于镇,享年六十有六。……以其年十二月八日,与(吕)恭等护奉先公、先夫人帷裳归祔于洛阳邙山清风原之大茔,礼也。"则文乃本年十二月撰。

## |本年|

**本年,独孤郁将出仕,有书答孟郊论仕进;又作《辩文》,以为文贵自然。**

《全唐文》卷六八三独孤郁《答孟郊论仕进书》:"天下病不言久矣,吾子猥贶嘉言,以笃鄙人之志,是勖天下之心也。……吾子知仆射将宦游,访仆曰:'是役也,为身之役欤?为人之役欤?'意甚善。……又曰:'亲戚处乎大位,力主人也。'"亲戚，指时为中书舍人之权德舆。同书同卷独孤郁《辩文》："夫文者，考言之具也，可以革，则不足以毕天地矣。……病不能然，而曰必以彩饰之能，援引之富，为作文之秘诀，是何言之末欤！夫天岂有意于文彩耶？而日月星辰不可逾；地岂有意于文彩耶？而山川丘陵不可加；八卦《春秋》岂有意于文彩耶？而极与天地侔。其何故得以不可越？自然也。夫自然者，不得不然之谓也。不得不然，又何体之慎耶！……是则其心卓然绝于俗者，其文不求而至也，无得子为教。苟于圣达之门无所入，则虽劬劳憔悴于翻黻，其何数哉！是故在心曰志，宣于口曰言，垂于书曰文，其实一也。"《韩昌黎集》卷二九《独孤郁墓志铭》："年二十四，登进士第……选授奉礼部。"郁于贞元十四年登进士第，郊于明年选调溧阳尉离洛阳，推知答孟郊书作于本年，《辩文》亦附系于此。

**韩愈闲居洛阳，有《与卫中行书》《闵己赋》。**

《韩集校注》卷三《与卫中行书》："穷居荒凉，草树茂密，出无驴马，因与人绝，一室之内，有以自娱；足下喜吾复脱祸乱，不当安安而居、迟迟而来也！"方成珪《诗文年谱》认为"是年去徐归洛后作，以篇末'穷居荒凉'等语见之"。故系于本年。又，《韩集校注》卷一有《闵己赋》，方成珪《诗文年谱》系此赋于本年。此赋亦用楚辞赋体，如："余昏昏其无类兮，望夫人其已远；行舟楫而不识四方兮，涉大水之漫漫。勤祖先之所贻兮，勉汲汲于前修之言；虽举足以蹈道兮，哀与我者为谁。众皆舍而己用兮，忽自惑其是非……"

**义成军牙将曹文洽杀诬姚南仲之小吏后自杀，韦道安亦死于藩镇抗王命事，因此柳宗元作《曹文洽韦道安传》。**

《柳宗元集》卷一七有《曹文洽韦道安传》，原文阙。集注云："孙曰：曹文洽者，义成军牙将也。贞元十六年，监军薛盈珍遣小吏程务盈诬奏节度使姚南仲罪，文洽亦奏事长安，知之，追及务盈于长乐驿，中夜杀之，沉盈珍表于厕中，自作表雪南仲之冤，且首专杀之罪，亦作状白南仲，遂自杀。……又是岁五月庚戌，徐州节度使张建封卒。壬子，军乱，杀判官郑通诚，建封子愔知军事，以抗王命，韦道安死之。韩曰：二公传，诸本皆阙，然集中有《韦道安诗》，言其事甚详。观其诗，则传之意可见矣。题云《曹文洽韦道安传》，则事必相关，岂诗所谓自言故刺史者耶？或与道安同救刺史之急者也。"按，据此，文乃约本年作。

**李翱从弟正辞约于本年取解未送，翱作书勉之。**

《李文公集》卷八《寄从弟正辞书》："知尔京兆府取解，不得如其所怀，勿念在意……"《李文公集》卷七《与陆傪书》云："适有书寄弟正辞。"故其作于陆傪未入朝为官时，由此知与正辞书亦当作于此时。《唐摭言》卷二注："贞元末，正辞取京兆解，掾不送，翱故以书勉之。"

**皇甫湜二十五岁，本年前后，见顾况于扬州孝感寺，受知重。**

《皇甫持正文集》卷二《唐故著作左郎顾况集序》："湜以童子见君扬州孝感寺，君披黄衫，白绢鞳头，眸子瞭然，炯炯清立，望之真白圭振鹭也。既接欢然，以我为扬雄、孟轲，顾恨不及见，三十年于兹矣，知音之厚，曷尝忘诸？"此序作于文宗大和三年，知湜初见况约在本年，详参傅璇琮《唐代诗人丛考·顾况考》。

## 唐德宗贞元十七年

辛巳　八〇一

### 二月

**中和节，德宗宴群臣于曲江亭，赋诗，权德舆等人和之。**

《旧唐书·德宗纪下》：贞元十七年"二月癸巳朔，赐群臣宴于曲江亭，上赋《中和节赐宴曲江诗》六韵赐之"。诗见于《全唐诗》卷四。《权载之文集》卷一《奉和圣制中和节赐百官宴集因示所怀》即为和诗。

**班肃、罗让、李彦方、徐至、郑方、刘积中、杜周士、乐伸等十八人登进士第，试《闰月定四时诗》《乐德教胄子赋》，以"育材训人之本"为韵。罗让、李彦方、徐至、郑方、刘积中、杜周士《乐德教胄子赋》今存《文苑英华》卷七六，罗让、徐至、杜周士、乐伸《闰月定四时诗》今存《文苑英华》卷一八一。林应登明经科。知贡举仍为礼部侍郎高郢，其志在经艺，抑浮华，所试专考程试。**

见《登科记考补正》卷一五。按,《旧唐书·高郢传》:“时应进士举者,多务朋游,驰逐声名;每岁冬,州府荐送后,唯追奉燕集,罕肄其业。郢性刚正,尤嫉其风,既领职,拒绝请托,虽同列通熟,无敢言者。志在经艺,专考程试。凡掌贡部三岁,进幽独,抑浮华,朋滥之风,翕然一变。”又《全唐文》卷五二五罗让《乐德教胄子赋》云:“至乐之极兮,德教所畜。德者体中和而定刚柔,教者正情性而端耳目。既垂法于国胄,亦布政于方族。四术允正,三明祗肃。所以明俊选之标表,所以致才贤之蕴育。比师严而道尊,信仁行而礼复。乐正初协,司成理该。被其风而道其志,涤其滥而释其回。持筋骸以固束,刷性灵而洞开。德义可依,异射宫之取士。程准斯在,同梓人之理材。乐且致之,行之广运。内无声以是托,表中庸以垂训。……以道应物,以乐和人。事且符于米廪,义且畅于成均。将俟乎绮纨之子率变,何患乎膏粱之性难驯。苟以我于木铎,尔宜必诚必信。苟以我于藻镜,尔宁不智不仁。庶居之也泄泄,谅诲之乎谆谆。”

## |闰二月|

**龙兴寺僧日进载毗沙门天王灵验之事。**

见《全唐文补编》卷五七录日进《龙兴寺毗沙门天王灵验记》。首曰:“大蕃岁次辛巳闰二月十五日”。“大蕃”为吐蕃自称,“大蕃岁次辛巳”乃吐蕃占领敦煌时期的纪年表述法,时当为唐贞元十七年,故系于此。按,灵验记,又称感应记、验传记、功德记等,乃宗教宣传之重要工具。敦煌文书中保存有相当数量的佛家灵验记,其中《龙兴寺毗沙门天王灵验记》乃唯一一则标明发生于敦煌的灵验故事,实为珍贵的文学、宗教资料。

## |三月|

**赵傪时为校书郎,为崔氏《唐显庆登科记》作序。**

徐松《登科记考》卷首《登科记叙》:“自武德至于贞元,阅崔氏本记,前后嗣续者在我公为多焉。顾惟寡昧,获与斯文,因濡翰而为之序。贞元十七年三月丁亥校书郎赵傪述。”《新唐书·艺文志二》录此为崔氏《唐显庆登科记》五卷,序为赵傪作,辑录唐高祖武德至德宗贞元时进士登第者。然《文苑英华》卷七三八载此序，题作《李奕登科记序》；《全唐文》卷五三六题为《登科记序》，作者亦为李奕。据傅璇琮《唐代科举与文学》第一章《唐登科记考补正索》，《文苑英华》与《全唐文》有误，此序乃赵傪为崔氏《唐显庆登科记》而作。

**孟郊授溧阳尉，经洛阳赴任，韩愈有序送之，赞誉孟郊、李翱、张籍诗文，提出“物不得其平则鸣”之说。**

《韩昌黎集》卷二九《贞曜先生墓志铭》：“从进士试，既得即去。间四年，又命来选，为溧阳尉，迎侍溧上。”孟郊于贞元十二年登进士第，“间四年”，当为本年。《韩昌黎集》卷一九《送孟东野序》开篇即云：“大凡物不得其平则鸣：草木之无声，风挠之鸣；水之无声，风荡之鸣。”“不平则鸣”的观点，对后世文学创作和理论影响重大。序中历数有唐开国以来善鸣之士：“唐之有天下，陈子昂、苏源明、元结、李白、杜甫、李观，皆以其所能鸣。其存而在下者，孟郊东野始以其诗鸣，其高出魏晋，不懈而及于古，其他浸淫乎汉氏矣。从吾游者，李翱、张籍其尤也。三子者之鸣信善矣，抑不知天将和其声，而使鸣国家之盛耶？抑将穷饿其身，思愁其心肠，而使自鸣其不幸耶？三子者之命，则悬乎天矣。”序末云：“其在上也奚以喜，其在下也奚以悲？东野之役于江南也，有若不释然者，故吾道其命于天者以解之。”知为送孟郊将赴溧阳任之作，故系于此。

**苻载时为何士干鄂岳观察使幕从事，有序送崔税赴洪州幕府。**

《全唐文》卷六九〇苻载《送崔副使归洪州幕府序》：“崔君名税字文约……十六年冬，自洛阳抵襄州，历江夏，将祇承本府之命。大夫何公，上才硕望，作镇兹地，十四年矣。……适值寒食前后……请咸赋春中一物，为道路之志。”据《旧唐书·德宗纪下》：“（贞元四年六月）乙未，以谏议大夫何士干为鄂、岳、沔、蕲、黄等州都团练观察使。”何士干在鄂岳团练观察使任上第十四年，正是本年，又及“适值寒食……咸赋春中一物”，故系于本年三月寒食时。

## | 春 |

**柳宗元二十九岁。春，班肃及第归东川，有序送行。**

《柳宗元集》卷二二《送班孝廉擢第归东川觐省序》:“陇西辛殆庶猥称吾文宜叙事……以班孝廉之行为请。……遂如辛氏之谈,濡翰于素,因寓于辞……”辛殆庶亦是本年登进士第,可知柳宗元文在当时已为青年士子所重。按,班肃本年及第,其归觐省约在及第后之春日,故系于此。

**白居易撰《祭符离六兄文》。**

《白居易集》卷四〇《祭符离六兄文》云“维贞元十七年”,又有“既卜远日,既宅新阡。春草之中,昼为墓田”语,故当为本的春作。

## | 五 月 |

**韩愈本年三十四岁。众文士送窦平广州幕为从事,愈有序送之。**

《韩集校注》卷四《送窦从事序》:“皇帝临天下二十有二年,诏工部侍郎赵植为广州刺史,尽牧南海之民。署从事扶风窦平。平以文辞进。于其行也,其族人殿中侍御史牟合东都交游之能文者二十有八人,赋诗以赠之。于是昌黎韩愈……作《送窦从事少府平序》。”德宗临天下二十二年即本年。又《旧唐书·德宗纪下》:贞元十七年五月“以工部侍郎赵植为广州刺史、兼御史大夫、岭南节度使”。则韩愈文约作于本年五月间。《补注》:“刘大櫆曰:起得雄直,惟退之有此。张裕钊曰:起势如河之注海,如云出而风驱之,而造意雄坚,无一字懈散,读之但觉腾迈而上耳。”

## | 六 月 |

**韩愈于六七月间作答李翊二书,叙及自己为文经历,指出为仁义之人与养气乃作文之根本。**

《韩集校注》卷三有《答李翊书》《重答翊书》,方成珪《诗文年谱》谓此二书为本年六月作。前文云:“六月二十二日愈白:李生足下:……将蕲至于古之立言者,则无望其速成,无诱于势利,养其根而俟其实,加其膏而希其光。根之茂者其实遂,膏之沃者其光晔;仁义之人,其言蔼如也。……愈之所为,不自知其至犹未也,虽然,学之二十余年矣。始者非三代两汉之书不敢观,非圣人之志不敢存……当其取于心而注于手也,惟陈言之务去,戛戛乎其难哉。其观于人也,不知其非笑之为非笑也。如是者亦有年,犹不改,然后识古书之正伪,与虽正而不至焉者,昭昭然白黑分矣,而务去之,乃徐有得也。当其取于心而注于手也,汩汩然来矣。……虽然,不可以不养也。行之乎仁义之途,游之乎《诗》《书》之源,无迷其途,无绝其源,终吾身而已矣。气,水也;言,浮物也。水大而物之浮者大小毕浮,气之与言犹是也,气盛则言之短长与声之高下者皆宜。……有志乎古者希矣!志乎古必遗乎今,吾诚乐而悲之。"《重答翊书》盖作于前文之后,约在本年七月间。《补注》:"姚鼐曰:此文学《庄子》。张裕钊曰:学《庄子》而得其沉着精刻者,惟退之此书而已。又曰:此书自道所得,字字从精心撰出,故自绝伦。"

**戊寅,吐蕃攻盐州;己丑,攻陷麟州,杀刺史郭锋,平其城郭,并掠居民及党项部落而去**。

见《旧唐书·德宗纪下》、《资治通鉴》卷二三六。

## | 七月 |

**白居易在宣州,有《祭乌江十五兄文》**。

《白居易集》卷四〇《祭乌江十五兄文》云"维贞元十七年,七月七日",题下注"时在宣州"。

**韦渠牟卒于长安,年五十三,权德舆撰墓志铭。韦渠牟有诗集十卷,贞元十四年权德舆曾为之序**。

《权载之文集》卷二三《唐故太常卿赠刑部尚书韦公墓志铭并序》:"维贞元十七年秋七月乙酉,太常韦公讳渠牟,年五十三,启手足于靖恭里。"《新唐书·艺文志四》:"《韦渠牟诗集》十卷。"参见贞元十四年"本年"下"韦梁牟"条。

## |八月|

**韩愈在洛阳，有荐侯喜于卢郎中状。**

《韩集校注》卷八《与汝州卢郎中论荐侯喜状》："愈感其言，贺之以酒，谓之曰：'卢公天下之贤刺史也，未闻有所推引，盖难其人而重其事。今子郁为选首，其言：'死不恨，固宜也。'古之所谓知己者，正如此耳。……"据《韩愈年谱汇证》，文乃本年七八月间作。《补注》："自'谓之曰'以下，一气直注七八行，而其中具无限曲折，此所谓'低回善往复'者也。"

## |九月|

**西川节度使韦皋奏大破吐蕃于雅州。**

见《旧唐书·德宗纪下》。又见《资治通鉴》卷二三六："上遣使敕韦皋出兵深入吐蕃以分其势，纾北边患。皋遣将将兵二万分出九道，攻吐蕃维、保、松州及栖鸡、老翁城。"

## |十月|

**杜佑时任淮南节度使，献《通典》二百卷。**

《旧唐书·德宗纪下》："（贞元十七年十月）淮南节度使杜佑进《通典》，凡九门，共二百卷。"《旧唐书·杜佑传》："初，开元末，刘秩采经史百家之言，取《周礼》六官所职，撰分门书三十五卷，号曰《政典》……佑得其书，寻味其旨，以为条目未尽，因而广之，加以开元礼、乐，书成二百卷，号曰《通典》。贞元十七年，自淮南使人诣阙献之。……优诏嘉之，命藏书府。其书大传于时，礼乐刑政之源，千载如指诸掌，大为士君子所称。"《通典》记事上起黄帝下至唐玄宗，间述及肃宗、代宗以至德宗时期。

**柳宗元在蓝田尉任，撰南岳云峰寺和尚塔铭及碑。**

《柳宗元集》卷七《南岳云峰和尚塔铭》:“云峰和尚……贞元十七年九月十七日终,十月二十七日葬。”《南岳云峰寺和尚碑》:“云峰大师法证……贞元十七年乃没。”集注:“韩曰:按《塔铭》,和尚死于贞元十七年九月,葬于十月。其年秋,公方调蓝田尉,此碑及《塔铭》皆同时作。”据此,系柳文于十月。

**贾耽撰《海内华夷图》一轴、《古今郡国县道四夷述》四十卷,献之。**

《旧唐书·德宗纪下》:“(贞元十七年十月)辛未,宰相贾耽上《海内华夷图》及《古今郡国县道四夷述》四十卷。”《唐会要》卷三六《修撰》:“贞元……十七年十月,宰臣贾耽撰《海内华夷图》一轴并序、《古今郡国县道四夷述》四十卷,上之。耽好地理学,四方之使,自蕃方来者,必问其土地山川之所终始,凡三十年,问既备,因撰《海内华夷图》,广三丈,纵三丈三尺,率以一寸折一百里,人有披图以问其郡人者,皆得其实,无虚词焉。”

**孟郊为溧阳尉,上书常州卢刺史,求助衣食之资。**

《孟东野诗集》卷一〇《上常州卢使君书》:“小子尝衣食宣武,军司马陆大夫道德仁义之矣。陆公既殁,又尝衣食此郡,前守吏部侍郎韦公道德仁义之矣。韦公既去,衣食亦去。”陆公即陆长源,贞元十五年二月死于汴军乱中;韦公即韦夏卿,贞元八年至十一年为常州刺史,《旧唐书·德宗纪下》:“(贞元十七年十月庚戌)以吏部侍郎韦夏卿为京兆尹。”《书》中称韦夏卿为“吏部侍郎”,最迟当作于本月,姑系于此。

**蒋郾撰卢府君墓志铭并序。**

《全唐文补遗》有蒋郾所撰《唐故致果校尉前守右卫河南府岩邑府折冲卢府君墓志铭并序》。据文所载,卢府君卒于贞元十七年九月二十六日,“公以终之年十月十八日……又翌日己酉,举柩及圹。”据此,则文乃撰于本年十月。

**阙名撰王炼墓志铭并序。**

《全唐文补遗》有阙名所撰《唐故陕州芮城县主簿太原王府君(炼)墓志铭

并序》。文记王府君"以贞元十七年六月八日,终于润州丹徒县之客馆也,享年五十有五。哀哉!中年丧逝,孀妻幼子,护丧远归。哀恸四邻,悲伤行路。以其年十月廿日,卜兆于洛阳县平阴乡邙山之原,祔先茔,礼也"。据此,文乃本年十月撰。

## |本 年|

**欧阳詹本年自太原归长安,未几卒,年四十余。有集十卷,后李贻孙于大中六年为之撰集序。**

《新唐书·艺文志四》:"《欧阳詹集》十卷。"《新唐书·欧阳詹传》:"卒,年四十余。……初,徐晦举进士不中,詹数称之,明年高第。"《登科记考补正》卷一五载徐晦为贞元十八年状元,知詹卒于贞元十七年。《全唐文》卷五四四李贻孙《故四门助教欧阳詹文集序》:"君之文新无所袭,才未尝困,精于理故言多周详,切于情故叙事重复,宜其司当代文柄以变风雅。一命而卒,天其绝耶!……大中六年,予又为观察使……为题其序,亦以卒后嗣之愿云。"《韩昌黎集》卷二二《欧阳生哀辞》云"余与詹相知为深",赞其文:"其文章切深,喜往复,善自道,读其书,知其于慈孝最隆也。"

**柳冕本年在福州,致书与裴胄论文。**

见《全唐文》卷五二七柳冕《答荆南裴尚书论文书》。裴尚书即裴胄。据《旧唐书·德宗纪下》,裴胄于贞元八年三月为江陵尹、荆南节度使。十九年五月卒。书云:"古人云:'一日不见,如三秋兮。'况十年乎!"自贞元八年至本年为十年,姑系于此。此文中云:"前所寄拙文,不为文以言之,盖有谓而为之者。尧舜殁,《雅》颂作;《雅》《颂》寝,夫子作。未有不因于教化,为文章以成《国风》。是以君子之儒,学而为道,言而为经,行而为教,声而为律,和而为音,如日月丽乎天,无不照也;如草木丽乎地,无不章也;如圣人丽乎文,无不明也。故在心为志,发言为诗,谓之文,兼三才而名之曰儒。儒之用,文之谓也。言而不能文,君子耻之。及王泽竭而诗不作,骚人起而淫丽兴,文与教分而为二。以扬马之才,则不知教化;以荀陈之道,则不知文章。以孔门之教评之,非君子之儒也。夫君子之儒,必有其道,有其道必有其文。道不及文则德胜,文不知道则气衰,文多道寡,斯为艺矣。《语》曰:‘文质彬彬,然后君子。’兼之者斯为美矣。昔游夏之文章与夫子之道能流,列于四科之末,此艺成而下也,苟言无文,斯不足征。小子志虽复古,力不足也;言虽近道,辞则不文。虽欲拯其将坠,末由也已。丈人儒之君子,曲垂见褒,反以自愧。冕再拜。”

**韩愈本年有《答尉迟生书》,提出“夫所谓文者,必有诸其中”。《送李愿归盘谷序》《获麟解》《圬者王承福传》《答杨子书》等文亦为本年文。**

《韩集校注》卷二《答尉迟生书》:“夫所谓文者,必有诸其中,是故君子慎其实;实之美恶,其发也不揜:本深而末茂,形大而声宏,行峻而言厉,心醇而气和;昭晰者无疑,优游者有余;体不备不可为成人,辞不足不可以为成文。”同书卷四有《送李愿归盘谷序》,方成珪《诗文年谱》系于本年,曰:“以高氏《跋》,定为是年作。”魏本引樊汝霖《谱注》曰:“贞元十七年作,公年三十四。脱汴徐之乱,来居洛,方且求官京师,郁于中而见于外,故其辞如此。东坡云:‘欧阳公言:晋无文章,惟陶渊明《归去来辞》一篇而已。余亦谓:唐无文章,惟韩退之《送李愿归盘谷序》一篇而已。平生欲效此作一篇,每执笔辄罢。因自笑曰:‘不若且放,教退之独步。’’”《补注》:“刘大櫆曰:极力形容得志之小人,与不得志之小人,而隐居之高尚乃见。行文浑浑,藏蓄不露。又曰:兼取偶俪之文,此哲匠之妙用也。恽敬曰:字字有本,句句自造,事事披根,惟退之有此。”据《韩愈年谱汇证》,《韩集校注》卷一《获麟解》《圬者王承福传》两文均本年作。《韩集校注》卷二《答杨子书》,马其昶注云:“此书答杨敬之,凌之子也。……此书贞元十七年作。”

**张登本年卒于漳州,有集六卷,后权德舆为之序。**

《册府元龟》卷七〇〇:“张登为漳州刺史,贞元十七年死于州狱。”《新唐书·艺文志四》:“《张登集》六卷。”《权载之文集》卷三三《唐故漳州刺史张君集序》:“清河张登,刚洁介特,不趋和从俗,循性属词,发为英华,秉直好静,居多隐约。……所著诗赋之外,书启序述,志记铭诔,合为一百二十篇。……君之孤宣猷,以予建中初同为丹阳公从事,捧持遗文,拜泣见托。开卷三复,追怀旧故,咏言击节,仿佛如闻。列于左方,传诸好事云尔。”

**温庭筠约于本年生。**

温庭筠生年尚有异说。《中华文史论丛》一九八一年第二辑陈尚君《温庭筠早年事迹考辨》定温庭筠约生于本年,从之。

## 唐德宗贞元十八年

壬午 八〇二

### 正月

**骠国王献骠国乐十二曲。**

《唐会要》卷三三:"骠国乐,贞元十八年正月,骠国王来献。凡十有二曲,以乐工三十五人来朝,乐曲皆演释氏经论之词。骠国在云南西,与天竺国相近,故乐多演释氏之词。……有类中国柘枝舞。"《旧唐书·德宗纪下》:贞元十八年正月,"乙丑,骠国王遣使悉利移来朝贡,并献其国乐十二曲与乐工三十五人"。《新唐书·骠国传》曰:(骠国人)"明天文,喜佛法。有百寺……琉璃为甓,错以金银丹彩,紫矿涂地……","民七岁祝发止寺,至二十有不达其法,复为民"。可见当时幼童入寺修行,已形成风气。《新唐书·骠国传》又云:骠国人"衣用白氎、朝霞,以蚕帛伤生不敢衣"。《旧唐书·骠国传》云:骠国所献"乐曲皆演释氏经论之意"。《唐会要》卷一〇〇、《册府元龟》卷七七二亦有相同记载。

**开州刺史唐次有《骠国乐颂》以献。**

《全唐文补编》卷六〇唐次《骠国乐颂》:"唐之盛天子宅位二十有三载。"《新唐书·南蛮下》:"其乐五译而至,德宗授舒难陀太仆卿,遣还。开州刺史唐次述《骠国献乐颂》以献。"当是此篇。德宗即位二十三载,即本年,故系于此。

### 二月

**徐晦、侯云长、韦纾、樊阳源、许稷、尉迟汾、李翊、冯定、杨嗣复、杨归厚等二十三人登进士第,徐晦为状元。本年试《风动万年枝诗》,韦纾、樊阳源、许稷诗存《文苑英华》卷一八七。明经科牛堪登第。本年博学宏词科试《瑶台月赋》,**

**以“仙家帝室，皎洁清光”为韵，王涯登科并赋存《文苑英华》卷七。进士策问则重经学。中书舍人权德舆为本年知贡举。**

见《登科记考补正》卷一五。同书载本年进士策问之一：“六经之后，百氏塞路，微言大义，浸以乖绝。使昧者耗日力以灭天理，去夷道而趋曲学，利诱于内，不能自还。汉庭用经术以升贵位，传古意以决疑狱，诚为理之本也。今有司或欲举建中制书，置五经博士，条定员品，列于国庠，诸生讨论，岁课能否。然后删非圣之书，使旧章不乱，则经有师道，学者颛门。以为如何？当有其说。至于九流百家论著利病，有可以辅经术而施教化者，皆为别白书之。”策问之五云：“育材造士，为国之本。修辞待问，贤者能之。岂促速于俪偶，牵制于声病之为耶？但程试司存，则有拘限。音韵颇叶者，或不闻于轶响；珪璋特达者，亦有累于微瑕。欲使楚无献玉之泣，齐无吹竽之滥，取舍之际，未知其方。子曰‘盍各言尔志’，赵孟亦清七子皆赋，以观郑志。古人有述祖德，叙家风之作。众君子藏器而含章者久，积善而流庆者远，各言心术，兼叙代德。鄙夫虚伫，以广未闻。”从本年策问，可知是时乃强调经学，于俪偶、声病之有碍于为文则甚有体认。又，《全唐文》卷四四八王涯《瑶台月赋》：“素月宵凝，寒空迥彻，照琼树以增丽，焕瑶台而共洁。……近而察焉，带巍峨之积雪。美其清荧互映，绚练相鲜。洞玉砌以周设，对金波而正圆。层构参差，迥出林峦之表；光辉照烛，还同昆阆之前。睹重璧以发地，瞻百常之造天。乍动乍摇，难审诚意于众目；若明若灭，疑陟降于群仙。……若见仙阙，如游玉京；月映台而九天共霁，台照月而万里俱明。含水霰而逾洁，轶氛埃而更清，斯可能涤鄙夫之幽抱，畅达士之高情。皎皎寒光，悠悠清质，凝精以降，委照而出。……吟玩既久，规圆已斜，叹将倾于桂魄，思复搴于琼华。庶竭精于册府，宁远慕于仙家。”

**陆傪由祠部员外郎出刺歙州，韩愈以诗序送之。**

《韩昌黎集》卷一九《送陆歙州诗序》：“贞元十八年二月十八日，祠部员外郎陆君出刺歙州……于是昌黎韩愈道愿留者之心而泄其思，作诗曰……”

## 三月

**杜杰有浯溪题名。**

《全唐文补编》卷五七杜杰《浯溪题名》:“杜杰、杜例。贞元十八年三月十五日时讨幽奇,同游至此。”文末有注:“湖南通志金石卷七”。

## 春

**韩愈本年三十五岁,调授四门博士,时有《与祠部陆员外书》推荐侯喜、尉迟汾等十人,后皆先后登进士第。**

《旧唐书·韩愈传》:“调授四门博士。”《朱子校昌黎先生集传》新传注:“(贞元)十八年壬午,春,始有四门博士之授。”《唐摭言》卷八通榜:“贞元十八年,权德舆主文,陆傪员外通榜帖,韩文公荐十人于傪,其上四人曰侯喜、侯云长、刘述古、韦纾,其次六人……而权公凡三榜共放六人,而弦、绅、俊余不出五年内,皆捷矣。”韩愈之荐书即《韩集校注》卷三《与祠部陆员外书》。

## 四月

**贾耽撰成《贞元十道录》,献之。权德舆为之序。**

《权载之文集》卷三五《魏国公贞元十道录序》:“于是献《海内华夷图》一轴,《古今郡国县道四夷述》四十卷。……又撮其要会切于今者,为《贞元十道录》四卷,其首篇自贞观初,以天下诸州,分隶十道,随山河江岭,控带纡直,割裂经界,而为都会。在景云为按察,在开元为采访,在天宝以州为郡,在乾元复郡为州,六典地域之差次,四方贡职之名物,废置升降,提封险易,因时制度,皆备于编。……其事覈,其言详,闳览默识,精微错综,斯为至矣。德舆忝掖垣之属,承公话言,盱衡屈指,珠贯冰释,辱命授简,书其大端,辄罄斐然之辞,岂扬不休之业?时贞元壬午岁夏四月,谨序。”

## 五月

**朝廷敕:“明经、进士,自今以后,每年考试所收人,明经不得过一百人,进士不得过二十人。如无其人,不必要满此数。”**

见《登科记考补正》卷一五。

**柳宗元三十岁，有《盩厔县新食堂记》。**

《柳宗元集》卷二六《盩厔县新食堂记》："贞元十八年五月某日，新作食堂于县内之右，始会食也。……高山在前，流水在下，可以俯仰，可以宴乐。……乃列其事来告，使余书之。"文或五月作，姑系于此。

**阙名撰陈元造墓志铭并序。陈府君能文，纂撰古今表记卅卷，所缀风什五百余篇。**

《全唐文补遗》有阙名所撰《故秀才举颍川陈府君（元造）墓志铭并序》。据文所载，陈府君"以贞元十八年四月廿九日，遘疾终于台州官舍"，未言葬年月。然其葬当在本年五月或之后，故姑系文于本年五月。又文云陈府君"纂撰古今表记卅卷，所缀风什五百余篇。其或遗简脱编，往往他处，未及成缀。□舍得者，亦数百余纸。备详世人之口，故无能言之"。

## | 七 月 |

**柳宗元为亡友独孤申叔作墓碣，颇称其文深而厚，善赋颂。**

《柳宗元集》卷一一有《亡友故秘书省校书郎独孤君墓碣》，文记独孤申叔"未练而没，盖贞元十八年四月五日也。是年七月十日而葬"，文约七月作。文称独孤君"读书推孔子之道，必求诸其中。其为文深而厚，尤慕古雅，善赋颂，其要咸归于道"。

**本年四月陆傪赴歙州任，道卒于洛阳，年五十五。本月，权德舆为之撰墓志并序。**

《权载之文集》卷二四《唐故使持节歙州诸军事守歙州刺史赐绯鱼袋陆君墓志铭并序》："拜歙州刺史，在途发疡，夏四月二十日卒于洛师，享年五十五。……文章宏朗，有作者风格。……时贞元十八年岁直鹑首秋七月甲子，镂坚石而铭曰:……"

**苻载去鄂岳幕归浔阳,旋至淮南,入杜佑幕为从事。同僚薛评事还晋州,载作序送之**。

见《全唐文》卷六九一苻载《祭何大夫文》《为杨廷评祭何大夫文》。何大夫,即鄂岳观察使何士干。据《唐刺史考》,郑绅本年三月继何士干为鄂岳观察使,知何士干卒即在此前,苻载当于此后不久去鄂岳幕归浔阳。《全唐文》卷六九〇苻载《送薛评事还晋州序》:"(贞元)十八年秋七月,余自浔阳来赴丞相府,与评事始相值。初揖其风貌,次聆其嘉话,终览其篇咏,如游三山……广陵握手,秋往汾晋,渺渺长路,萧辰气清。想君马上见落叶,听候雁,一吟一啸,自有遐趣,亦足以开游子颜也。千里之别,勿复恨恨。"

**韩愈上书于頔求援引**。

《韩集校注》卷三《与于襄阳书》:"七月三日,将仕郎守国子四门博士韩愈谨奉书尚书阁下:……愈今者惟朝夕刍米仆赁之资是急,不过费阁下一朝之享而足也。……谨献旧所为文一十八首,如赐览观,亦足知其志之所存。"按,于襄阳即于頔,据方成珪《诗文年谱》,文乃本年七月作。

**焦郁为京兆府泾阳县尉,本月前为从兄焦200撰墓碑**。

《全唐文补编》卷五七有焦郁所撰《唐故云麾将军守左神威大将军知军事兼御史大夫焦200碑》。文末有陈尚君按语:"《金石录》卷九载此碑,为从弟郁撰。朱献任行书。贞元十八年七月立。"故系于本月。

## 八月

**李公佐自吴之洛,泊淮浦,询访遗迹,撰《南柯太守传》**。

《唐人小说·南柯太守传》:"公佐贞元十八年秋八月自吴之洛,暂泊淮浦,偶觌淳于生梦,询访遗迹,翻覆再三,事皆摭实,辄编录成传,以资好事。虽稽神语怪,事涉非经,而窃位著生,冀将为戒。后之君子,幸以南柯为偶然,无以名位骄于天壤间云。”

## 九月

**元稹、李绅同宿靖安里第,两人话及崔莺莺事,李绅因作《莺莺歌》,元稹则作《莺莺传》。**

《元稹集》外集卷六《莺莺传》:“后岁余,崔已委身于人,张亦有所娶。……贞元岁九月,执事李公垂宿于余靖安里第,语及于是。公垂卓然称异,遂为《莺莺歌》以传之。崔氏小名莺莺,公垂以命篇。歌曰……”按,《新编年史》谓:“承上文,知此‘贞元岁’为‘文战不胜,张遂止于京,因赠书于崔……崔氏缄报’之‘后岁余’,即贞元十七年春之‘后岁余’,推知为贞元十八年九月。参贞元十七年春有关条。”李公为李绅,因作《莺莺歌》。又按,卞孝萱《元稹年谱》《唐代小说与政治》均谓“贞元岁九月”为贞元二十年九月,所系年有所不同。

**徐放撰姚侑墓志铭并序。**

《全唐文补遗》有徐放所撰《唐故朝散郎前试詹事府司直兼蕲州黄梅县令姚公(侑)墓志铭并序》。文云:“贞元十八年五月廿二日,有唐试詹事府司直、兼蕲州黄梅县令、赐绯鱼袋姚公,启手足于东都慈惠里之私第,享年五十有六。……以其年九月十八日,葬于河南县”。则文乃撰于本年九月。

## 秋

**柳宗元为南岳弥陀和尚撰碑文。**

《柳宗元集》卷六《南岳弥陀和尚碑》:“公为僧凡五十六年……贞元十八年七月十九日终于寺。葬于寺之南冈,刻石于寺大门之右。”集注:“公贞元十八年为蓝田尉,和尚死于七月十九日,此碑盖七月后作也。”今系于本年秋。

# |十月|

**刘禹锡三十一岁。约本月前已在京兆府渭南县主簿任,时与柳宗元、韩泰等人从施士丐听《毛诗》。**

《刘禹锡集》卷三九《子刘子自传》:"遂改为扬州掌书记。涉二年……调补京兆渭南主簿。"《刘谱》记此事在本年。《唐语林》卷二:"刘禹锡云:'与柳八、韩七诣施士丐听《毛诗》。'"韩愈《韩集校注》卷六《施先生墓铭》:"贞元十八年十月十一日,太学博士施先生士丐卒……先生明《毛郑诗》、通《春秋左氏传》,善讲说。朝之贤士大夫从而执经考疑者继于门,太学生习《毛郑诗》《春秋左氏传》者皆其弟子。"按,柳八、韩七即柳宗元、韩泰。施士丐卒于本年十月,则禹锡为渭南主簿、听《毛诗》均约在此时前。

**韩愈撰施先生墓铭,伤经师施士丐之卒。**

《韩集校注》卷六《施先生墓铭》:"贞元十八年十月十一日,太学博士施先生士丐卒……昌黎韩愈为之辞,曰:先生明《毛郑诗》,通《春秋左氏传》,善讲说。朝之贤士大夫从而执经考疑者继于门,太学生习《毛郑诗》《春秋左氏传》者皆其弟子。贵游之子弟时先生之说二经,求太学帖帖坐诸生下,恐不卒得闻。先生死,二经生丧其师,仕于学者亡其朋;故自贤士大夫老师宿儒新进小生闻先生之死,哭泣相吊,归衣服货财。"《补注》:"曾国藩曰:或先叙世系而后铭功德,或先表其能而后及世系,或有志无诗,或有诗无志,皆韩公创法。后来文家踵之,遂援为金石定例。究之,深乎文者乃可与言例,精于例者仍未必知文也。"

**王公亮撰郑府君墓志铭并序。**

《全唐文补遗》有王公亮所撰《唐故河南府伊阳县令荥阳郑府君墓志铭并序》。文记郑府君"贞元庚辰岁十月廿三日,薨于寿州之私第,享年七十一。……以贞元十八年十月十四日,归葬于河南府河南县金谷原。……铭曰:邙阜之西洛都北,列列松楸皆兆域。悠悠逝水古今流,唯有德声流不息。"

## |冬|

**白居易于吏部试书判拔萃科，时已有百道判。**

白居易之百道判乃为本年之科试而作，其文见《白居易集》卷六六、卷六七。

## |本 年|

**元稹作《错字判》《易家有归藏判》《修堤请种树判》《夜绩判》《田中种树判》《屯田官考绩判》《怒心鼓琴判》《回风变节判》《五品女乐判》《学生鼓琴判》《对父病杀牛判》《对弓矢驱鸟鸢判》《千岁龟判》《对蕃客求鱼判》《对宴客鳖小判》《对养鸡猪判》《对狗伤人有牌判》等。**

卞孝萱《元稹年谱》："元稹求官，必须应吏部试。应吏部试，先要练习作'判'……其《诲侄等书》云：'至年十五，得明经及第，因捧先人旧书，于西窗下，钻仰沉吟，仅于不窥园井矣。如是者十年，然后粗沾一命，粗成一名。'元稹试判登科之日，距两经擢第之年，正十载。这十年，是元稹用功的十年。"故系以上各篇于此年。

**柳宗元撰《为京兆府请复尊号表三首》《武功县丞厅壁记》。**

《柳宗元集》卷三七《为京兆府请复尊号表三首》，集注："韩曰：此为德宗作也。……盖公为蓝田尉时作。"《罗谱》亦系于本年。按，此三表多用骈体，可见此时宗元之公文亦多用时文也。又卷二六《武功县丞厅壁记》："贞元十五年……后三年，而颍川陈南仲居是官……因其族子持地图以来谒余记。"按，贞元十五年后三年即本年。

**韩愈撰《师说》，讲论为师之道，首倡古文之说。其《与崔群书》言已读圣人之书。作《欧阳生哀辞》《题哀辞后》以赞欧阳詹，并言其为古文、学古道之目的。《答李秀才书》称李观之为人与文，并谓己志于古者，乃好其道。诸文均本年所作。**

《韩集校注》卷一《师说》:“古之学者必有师。师者,所以传道受业解惑也。人非生而知之者,孰能无惑?惑而不从师,其为惑也终不解矣。……是故无贵无贱,无长无少,道之所存,师之所存也。……圣人无常师,孔子师郯子、苌弘、师襄、老冉。郯子之徒,其贤不及孔子,孔子曰:‘三人行,则必有我师。’是故弟子不必不如师,师不必贤于弟子,闻道有先后,术业有专攻,如是而已。李氏子蟠,年十七,好古文,六艺经传皆通习之,不拘于时,学于余。余嘉其能行古道,作师说以贻之。”《补注》:“张裕钊曰:此篇最近《孟子》。吴汝纶曰:句句硬接逆转,而气体浑灏自然。”又,《韩集校注》卷三《与崔群书》谓己仰服崔群并读圣人书之况云:“至于心所仰服,考之言行而无瑕尤,窥之阃奥而不见畛域,明白淳粹,辉光日新者,惟吾崔君一人。仆愚陋无所知晓,然圣人之书无所不读,其精粗巨细,出入明晦,虽不尽识,抑不可谓不涉其流者也。”上两文《诗文年谱》皆系于本年。旧注:“群字敦诗,清河人……时为宣州判官,而公为国子四门博士。”又,《韩集校注》卷五有《欧阳生哀辞》《题哀辞后》,欧阳生乃唐古文家欧阳詹,《韩愈年谱汇证》系两文于本年。前文韩愈云:“詹事父母尽孝道,仁于妻子,于朋友义以诚。气醇以方……其文章切深喜往复,善自道。读其书,知其于慈孝最隆也。……詹虽未得位,其名声流于人人,其德行信于朋友,虽詹与其父母皆可无憾也。詹之事业文章,李翱既为之传,故作哀辞,以舒余哀”。后文提出:“愈之为古文,岂独取其句读不类于今者邪?思古人而不得见,学古道则欲兼通其辞;通其辞者,本志乎古道者也。”又,《韩集校注》卷三《答李秀才书》,《诗文年谱》亦系于本年。此文云:“故友李观元宾……行峻清洁,元宾既殁,其文益可贵重;思元宾而不见,见元宾之所与者则如元宾焉。”又自谓:“自之言以愈所为不违孔子,不以琢雕为工,将相从于此;……然于之所志于古者,不惟其辞之好,好其道焉尔。”《补注》:“姚范曰:风神得之《左氏传》。刘大櫆曰:情韵简淡而荡逸。曾国藩曰:义深而文淡永。”

**刘禹锡本年离淮南幕,调渭南县主簿。**

《刘禹锡集》卷三九《子刘子自传》:“遂改为扬州掌书记,涉二年而道无虞,前约乃行,调补京兆渭南主簿。”刘禹锡贞元十六年为杜佑淮泗掌书记,至是“涉二年”。

**王颜于本年类吴筠文为三十编,权德舆为作序。**

《权载之文集》卷三三《中岳宗玄先生吴尊师集序》:“先生讳筠,字贞节,华阴人。……大历十三岁岁直鹑首,止于宣城道观,焚香返真于虚室之中……自先生化去二十五年,颜为御史丞,类其遗文为三十编,拜章上献,藏在秘府。厥后冀元得其本以授予,请序引其迳庭,庶传永久。”

**李翱《复性书》约于本年撰成**。

见于《李文公集》卷二,分为上、中、下三篇,是李翱受陆傪鼓励而于贞元十六年始作,约于本年完成,是其哲学思想的代表作。《复性书》的写作时间,李恩溥《李翱年谱》(1948 年 5 月 17 日《南京日报》)系于贞元十六年。卞孝萱、张清华、阎琦《韩愈评传》附《李翱评传》认为是书完成于贞元十八年,今从之。

## 唐德宗贞元十九年

癸未 八〇三

### |正 月|

**杨凝卒于长安。后杨凭辑其遗文为集二十卷,权德舆为之序,并论其作文之意**。

《柳宗元集》卷九《唐故兵部郎中杨君墓碣》:“贞元十九年正月某日,守尚书兵部郎中杨君卒。……君讳凝,字懋功……”《新唐书·艺文志四》:“《杨凝集》二十卷。”《权载之文集》卷三三《兵部郎中杨君集序》:“君讳凝,字懋功……今懋功亦以中兵下大夫奄忽不淑……此吾徒故人所以索然出涕,而有百身之痛也。嗣仁类其文为二十篇,缄词甚哀,猥见授简。”是为凝卒后作。序云:“君尝以为尚气者或不能精密,言理者或不能彪炳,镂烝彝景钟与缘情比兴者,或不能相为用。仲宣体弱,公干未遒,才难而力不足,从古所病。故懋功于六经百氏之中,如良金巧冶,锻炼在手,而又弛扃防,隳约束,恬然而据上游,坦然而蹈中行。其叙事推理,况今据古,多而不烦,简而不遗,弥纶条鬯,无入而不自得。所著文一百四十余篇,歌诗倍之,皆天球大圭,奇采逸响,不待数珩璜珮玦之目,然后知其妙。”《全唐诗》卷二九〇编其诗一卷。嗣仁,即是杨凝兄杨凭字。

**权德舆《礼部策问进士五道》盖此时前后所作。**

《唐大诏令集补编》卷二四有权德舆所撰《礼部策问进士五道》,署“贞元十九年”,盖此时所作。

## |二月|

**曹景伯、侯喜、贾餗、胡直钧、郑式方、李蟠等二十人进士及第,试《太常观阅骠国新乐诗》《中和节百辟献农书赋》,以“嘉节初吉,修是农政”为韵。侯喜、贾餗、胡直钧、郑式方赋今存《文苑英华》卷二二,胡直钧诗存《文苑英华》卷一八四。**

见《登科记考补正》卷一五。《全唐文》卷七三一贾餗所作赋有云:“圣上睹万国之无事,伟三农之可嘉。因月令之初,爰询播植;俾年丰之庆,无隔幽遐。于是文武毕成,威仪斯列。爰修耒耜之务,用广异同之说。将期国实京坻,人怀礼节。捧书而进,知地利之可分;足食是图,见天心之载悦。既而启文字,俨簪裾。焕夔龙之献纳,掩河洛之图书。得富国以如此,契生人于厥初。稽重谷之言,徒称董仲;验深耕之法,何愧朱虚。所以候惊蛰之辰,应夹钟之律。昭八政之所用,蓄九年之罔失。”

**杜佑于《通典》二百卷中纂成《理道要诀》十卷进献,有表。**

《全唐文补编》卷六一杜佑《进理道要诀表》:“从去年春末,更于二百卷中,纂成十卷,目曰《理道要诀》。凡三十三篇,详古今之要,酌时宜可行。贞元十九年二月十八日上。”注:“《玉海》卷五一引。”

## |三月|

**乙亥,以司农卿李实为京兆尹。李实为德宗所爱信,而其为政暴戾,士大夫畏之侧目。**

《资治通鉴》卷二三六:贞元十九年三月“乙亥,以司农卿李实兼京兆尹。实为政暴戾,上爱信之。实恃恩骄傲,许人荐引,不次拜官,及诬谮斥逐,皆为期而效,士大夫畏之侧目”。

## |春|

**吕炅、王起等人博学宏词科及第,试《贡举人谒先师闻雅乐诗》《汉高祖斩白蛇赋》,吕炅、王起诗存《文苑英华》卷一八四。拔萃科白居易、哥舒峘、元稹、崔玄亮、吕颖等人及第,试《毁方瓦合判》,白居易、哥舒峘、元稹、崔玄亮、吕颖判存《文苑英华》卷五一五。知贡举为礼部侍郎权德舆。本年进士策问题颇体现倡古风,抵排绮靡文风之倾向。**

见《登科记考补正》卷一五。同书录权德舆所出之策问题五道,其一云:“汉廷董仲舒、公孙弘对策,言天人相与之际,而施于教化。韦玄成、匡衡之伦,以明经至宰相封侯,皆本王道,以及人事。今虽以文以经贵禄学者,而词绮靡于体物,浸失古风;学因缘于记问,宁穷典义。说无师法,经不名家,有司之过,敢不内讼。思欲本司徒之三物,同乐正之四术,不率教者屏之远方,则名义益修,风俗益厚。程孝、秀之本业,参周、汉之旧章。虑难改作,式伫嘉话。事关理本,必议上闻,斯乃诚求,诸生毋忽。”

**韩愈本年三十六岁,任国子监四门博士。应柳宗元之请作《送浮屠文畅师序》,又有《送何坚序》《送牛堪序》。**

《韩集校注》卷四《送浮屠文畅师序》,旧注:“公时为四门博士作。”方成珪《诗文年谱》、方崧卿《韩文年表》均系于本年。文云:“浮屠师文畅喜文章,其周游天下,凡有行,必请于缙绅先生以求咏歌其所志。贞元十九年春,将行东南,柳君宗元为之请。解其装,得所得叙诗累百余篇;非至笃好,其何能致多如是邪?……余既重柳请,又嘉浮屠能喜文辞,于是乎言。”《补注》:“唐顺之曰:开阖宛转,真如走盘之珠,此天地有数文字。通篇一直说,而前后照应在其中。……曾国藩曰:立言有本,故真气充溢,历久常新。”又,《韩集校注》卷四有《送何坚序》《送牛堪序》。后文旧注:“公时为四门博士,堪为太学生,在贞元十九年云。”《韩愈年谱汇证》系两文于本年春。后文云:“以明经举者,诵数十万言;又约通大义、征辞引类、旁出入他经者,又诵数十万言:其为业亦勤矣。……

由是进而累为卿相者,其为获也亦大矣。”

**浮屠文畅本年春复有东南之行,柳宗元代其请韩愈作序送之。**

《韩昌黎集》卷二〇《送浮屠文畅师序》:“浮屠师文畅喜文章,其周游天下,凡有行必请于搢绅先生,以求咏歌其所志。贞元十九年春,将行东南,柳君宗元为之请。解其装,得所得叙诗累百余篇,非至笃好,其何能致多如是耶?……余既重柳请,又嘉浮屠能喜文辞,于是乎言。”

## |四月|

**柳宗元本年三十一岁。作杨凝墓碣,称其文皆可传于世。**

《柳宗元集》卷四〇《为李京兆祭杨凝郎中文》:“维贞元十九年,岁次癸未,四月辛巳朔……敬祭于故兵部郎中杨公之灵。”按,李京兆,据文中所记乃李实。《柳宗元集》卷九《唐故兵部郎中杨君墓碣》:“贞元十九年正月某日,守尚书兵部郎中杨君卒,某月日,葬于奉先县某原。既葬,其子侄洎家老,谋立石以表于墓。”按,兵部郎中杨君,据集注知为杨凝。文未言葬及作墓碣时日,然其卒于本年初,则宗元作墓碣约在本年。文称杨凝云:“东薄海、岱,南极衡、巫,文学者皆知诵其词,而以为模准;进修者率用歌其行,而有所矜式。……君之文若干什,皆可以传于世。”

## |五月|

**乙亥,吐蕃遣使论莽热入朝。**

见《旧唐书·德宗纪下》。《资治通鉴》卷二三六系此事于四月。据《资治通鉴》,贞元十八年正月,吐蕃曾遣其大相论莽热将兵十万攻维州,西川节度使韦皋大败之,擒论莽热,并献于朝,德宗特赦之。自此,吐蕃之势稍受挫,未见扰边。

## 六月

**德宗敕礼部举人："自春以来，久愆时雨。念其旅食京邑，资用屡空，其礼部举人，今年宜权停。"**

见《册府元龟》卷六四一、《唐会要》卷七七。《旧唐书·德宗纪下》作"七月"。

**白居易在长安，观画家张敦简之山水、鸟兽、人物画十余轴，以文记之。**

《白居易集》卷四三《记画》云："时贞元十九年，清河张敦简画。六月十日，太原白居易记。"

**辛卯，以右神策中尉副使孙荣义为中尉，与杨志廉皆骄纵招权，依附者众，宦官之势益盛。**

见《资治通鉴》卷二六三。

**德宗有《条理冤滞诏》。**

《唐大诏令集补编》卷二〇德宗有《条理冤滞诏》。文末署"贞元十九年六月"，文即撰于此时。

## 七月

**李绅作《苏州画龙记》。**

《全唐文》卷六九四李绅《苏州画龙记》云："茂宰博陵崔君据，始命余述，举丹素实验，附邑书末简。"文末题："时贞元癸未岁秋七月记。"

**姚南仲卒，年七十五。有集十卷，后权德舆序之并撰碑铭。**

《权载之文集》卷一四《姚公神道碑铭并序》:“公讳南仲……(贞元)十九年秋七月乙亥,感疾薨于宣平里第,享年七十五。”《新唐书·艺文志四》:“《姚南仲集》十卷。”《权载之文集》卷三四《姚南仲集序》:“是皆以立诚居业,言而履之之效也。故其含章匪躬,讽议居多,其他则歌诗有逸韵,叙事为实录,皆据根柢,而无枝叶,愔愔然君子硕儒之言,其在是乎!……公嗣子太仆主簿衮,孝谨而文,永怀罔极,捧公述作二百篇,列为十编,以论次见授,故粗举公之所履与为文之旨而叙之云尔。”《全唐文》卷四三五仅录其文一篇。

## |十月|

**李吉甫有侍郎窾题名**。

见《全唐文补编》卷六一李吉甫《侍郎窾题名》。文首署:“朝议大夫前守郴州刺史李吉甫。贞元十九年岁次癸未拾月戊寅朔贰拾四日辛丑。”

## |闰十月|

**刘禹锡三十二岁**。**入为监察御史**。**此后与韩愈、柳宗元友善、讨论学术诗文**。

《刘禹锡集》卷四〇《祭韩吏部文》:“昔遇夫子,聪明勇奋、常操利刃,开我混沌。子长在笔,予长在论。持矛举盾,卒不能困。时惟子厚,窜言其间。赞词愉愉,固非颜颜。”

**柳宗元由蓝田尉征为监察御史里行,刘禹锡由渭南主簿擢监察御史**。

《柳宗元集》卷三九《让监察御史状》:“贞元十九年闰十月日承议郎新除监察御史柳宗元奏。”按,《新唐书·柳宗元传》:“贞元十九年为监察御史里行。”又《柳宗元集》卷四〇《祭李中丞文》称“维贞元二十年……五月……承务郎监察御史里行柳宗元”,诸书所言不同,《罗谱》以为“监察御史里行,”今从之。又《刘禹锡集》卷三九《子刘子自传》:“调补京兆渭南主簿,明年冬擢为监察御史”。《柳宗元集》卷一七《举崔监察群自代状》:“右臣蒙恩,授监察御史……。

贞元十九年闰十月日。"

**皇甫湜东归过宋，值举子周子桑死，作文悲悼之。**

《皇甫持正文集》卷一《悲汝南子桑》："汝南周子桑……贞元十九年如京师，将举五经，秋及陕，见无举诏东还，冬及宋而病，闰月丁亥而死。……友人安定皇甫湜适至，见之而哀之，为文悲之。"

## |十一月|

**韦皋在剑南西川节度使任，为乐山大佛撰记，张绰书并篆额。**

见《全唐文补编》卷五九韦皋《嘉州凌云寺大弥勒石像记》，文末署："贞元十九年十一月五日，剑南西川节度观察处置统押近界诸蛮及西山八国云南安抚等使光禄大夫检校司徒兼中书令成都尹上柱国南康郡王韦皋记。随带知表记登仕郎守巂州苏祁县令赏绯鱼袋张绰书并篆额。节度衙前逐要许□□□。"《记》末注："四川文物一九九三年三期刊魏奕雄据乐山大佛右手侧悬崖刻碑录文。又《蜀中广记》卷八五。同治《嘉州府志》卷四三。民国《乐山县志》卷一一。"故系《大佛记》于此。

## |冬|

**韩愈秋冬间作《祭十二郎文》以哀悼其侄；献文两卷并作《上李尚书书》，反映天旱景象。冬，迁监察御史，京都旱，有《论天旱人饥状》。**

《韩集校注》卷五有《祭十二郎文》。十二郎，韩愈之侄，名老成。文首曰"年月日"，《文苑英华》卷九九三作"贞元十九年五月二十六日"，《诗文年谱》谓"此文乃是年秋冬间作，十二月则公谪阳山矣"，从之。旧注："斯文盖公所谓'喜往复善自道'者，在当时无对；后二百七十年，欧阳文忠公为其父作《泷冈阡表》，始足以追配公此作。"《补注》："曾国藩曰：述哀之文，究以用韵为宜。韩公如神龙万变，无所不可，后人则不必效之。"又，《韩集校注》卷二《上李尚书书》："将仕郎前守四门博士韩愈谨载拜奉书尚书大尹阁下：……今年以来，不雨者百有余日，种不入土，野无青草，而盗贼不敢起……愈也少从事于文学，见有忠于君孝于亲者，虽在千百年之前，犹敬而慕之。”方成珪《诗文年谱》系此文于本年。《韩愈年谱汇证》：“韩愈《书》云：‘今年已来，不雨者百有余日’，指是年关辅天旱饥馑事，七月以后乃雨，可证其上书在秋天。”又，《韩集校注》卷八《御史台上论天旱人饥状》：“臣伏以今年以来，京畿诸县夏逢亢旱，秋又早霜，田种所收，十不存一。……至闻有弃子逐妻以求口食，坼屋伐树以纳税钱……伏乞特敕京兆府：应今年税钱及草粟等在百姓腹内征未得者，并且停征；容至来年，蚕麦庶得少有存立。”《皇甫持正文集》卷六《韩文公神道碑》：“（贞元）十九年，关中旱饥，人死相枕藉，吏刻取息，先生列言天下根本，民急如是，请宽民徭而免田租之弊，专政者恶之，行为连州阳山令。”《资治通鉴》卷二三六载贞元十九年十二月：“监察御史韩愈上疏，以‘京畿百姓穷困，应今年税钱及草粟等征未得者，请俟来年蚕麦’。愈坐贬阳山令。”

**白居易应试诸文及百道判多为新进士所传。秋冬时游许昌，有《许昌县令新厅壁记》《养竹记》诸文。**

《元稹集》卷五一《白氏长庆集序》：“明年，拔萃甲科。由是《性习相近远》《求玄珠》《斩白蛇》等赋及百道判，新进士竞相传于京师矣。”《斩白蛇》赋为骈赋，句式齐整，讲究声韵，韵脚转换，具有和谐流畅之音韵美。声情抑扬顿挫，迭荡多姿，且以雅洁通俗的语言极力铺排，笔力健挺，颇有包举天下之气势。又，《白居易集》卷四三《许昌县令新厅壁记》文后署：“时贞元十九年冬，十月一日记。”同书同卷《养竹记》记其作时谓：“贞元十九年春，居易以拔萃选及第，授校书郎……”文云：“竹似贤，何哉？竹本固，固以树德；君子见其本，则思善建不拔者。竹性直，直以立身；君子见其性，则思中立不倚者。竹心空，空以体道；君子见其心，则思应用虚受者。竹节贞，贞以立志；君子见其节，则思砥砺名行，夷险一致者。夫如是，故君子人多树之为庭实焉。……于是日出有清阴，风来有清声，依依然，欣欣然，若有情于感遇也。嗟乎！竹，植物也，于人何有哉？以其有似于贤，而人犹爱惜之，封植之；况其真贤者乎？然则竹之于草木，犹贤之于众庶。呜呼！竹不能自异，唯人异之；贤不能自异，为用贤者异之。故作《养竹记》，书于亭之壁，以贻其后之居斯者；亦欲以闻于今之用贤者云。”文章语言平易流畅，采用比喻、对比之手法，且精当之比喻、鲜明之对比，更使其深沉之感慨、深刻之讽喻突显。

**唐次于本年冬自开州刺史迁夔州刺史，集其在开州二十三人唱和诗为《盛山唱和集》，权德舆为之序。**

《权载之文集》卷三三《唐使君盛山唱和集序》："十九年冬，既受代转迁于夔……理盛山十二年，其属诗多矣，非交修继和，不在此编。……凡汉庭公卿左右曹方国二千石军司马部从事，及岩栖处士令弟才子，稽合属和，二十有三人，共若干篇。……文编所友善者，仆多善之。周星之间，物故殆半，梁宽中、杨懋功尤为莫逆。……编于德舆，尝有木桃琼瑶之往复，辱求序引，所不敢让者。"盛山郡，即开州。唐使君，即唐次，字文编，贞元八年至十九年为开州刺史。

**权德舆、张荐等曾任或现任太常博士者十九人宴会于太子韦宾客宅，各即兴赋诗，权德舆序之。**

《权载之文集》卷三五《韦宾客宅宴集诗序》："太子宾客韦兄……以兄始登朝行，实自礼寺，蕃祉吉禄，此为椎轮。于是众君子学通行修，尝践此任者，与今之引经据古，屈职在列者，同声撰日，复修兹会。……乃相谓曰：季伦金谷，实有歌诗；元亮斜川，亦疏爵里。况今贺得谢之美，赋必类之词，爰景美禄，遗簪投辖，盛集之若是者有几？安可没而不书？……因广斯文，且为礼官之籍。"《序》中云"鄙夫之忝兹一纪矣"，据《权载之文集》卷六《太常博士举人自代状》，权德舆于贞元八年正月拜太常博士，"忝兹一纪"当贞元十九年；《序》又有"清冬之时，寒翠溢目"语，知权序作于本年冬。

## | 本 年 |

**苻载本年自庐山赴成都，上书韦皋，并呈新文。**

《全唐文》卷六八八苻载《上西川韦令公书》："优见自建功汧陇之后，天子念重，付托西蜀，拥旄伏节，垂二十年。……新文五章，音以赏奏，重干宗匠，伏惟俯赐省览……"韦皋自贞元元年为成都尹、剑南西川节度使，至本年将二十年。

**苏冕、苏弁于本年撰成《会要》四十卷。**

《唐会要》卷三六:“贞元……十九年……杭州刺史苏弁撰《会要》四十卷。弁与兄冕,缵国朝故事为是书。弁先聚书至二万卷。皆手自刊正。今言苏氏书。次于集贤芸合焉。”《郡斋读书志》卷一四:“《唐会要》一百卷,宋王溥撰。初,唐苏冕叙高祖至德宗九朝沿革损益之制,大中七年诏崔铉等撰次德宗以来事,至宣宗大中六年,以续冕书。溥又采宣宗以后事,共成百卷。”

**杜牧生于本年**。

《旧唐书·杜牧传》:“其年,以疾终于安仁里,年五十。”《樊川诗集注》附录缪钺《杜牧卒年考》考订杜牧卒于大中六年,逆推可知生于本年。

**王起登博学宏词科,授集贤殿校书郎,撰《庭燎赋》**。

见《全唐文》卷六四二,本文以“早设王庭辉映群辟”为韵。赋开篇即点明主题:“助彼皇明,可烛于夜色;叶兹睿哲,引曜于宵衣。”文中通过描写朝廷的庭燎,完整细腻地展示了朝臣就列的庄严肃穆场景:“冠剑铿锵,环佩昭晰。峨峨争赴,肃肃就列。听玉漏而未央,仰紫宸而初爇。”文末“彼爟火秦举,神光汉觌。何足示来仪之容,呈入觐之绩?”歌颂了君臣宵衣旰食、勤于政事的“来仪之容”。本文详细描写朝班之状,似为王起亲眼所见,故系于本年。其就集贤殿校书郎之职,此赋乃亲历此景所作。清代李调元《赋话》卷三:“唐王起《庭燎赋》最脍炙人口。其警句云:‘珠旒将出,方熠熠以星悬;彩仗徐来,已煌煌而电设。’又,‘远而瞻之,谓焚裘之烟昭俭于晋帝;迫而察之,似流屋之火呈瑞于周王。’又,‘昭其明也,叶天鉴之穆清;望而畏之,契天威之咫尺。’按王举之仆射以文学致通显,《文苑英华》采其律赋不下数十篇,晰以此篇压卷。华而重,典而清,三唐人不知谁与抗手。”

**韩愈本年撰《与陈给事书》,谓献近作《复志赋》十首于陈京,请其援引。本年前后,韩愈、柳宗元互相推赏对方之文**。

《韩集校注》卷三《与陈给事书》,《诗文年谱》系于本年,旧注云:“京字庆复……贞元十九年……(京)自考功员外迁给事中。公于十九年冬贬阳山,此书当在京迁给事后作。”此书云:“愈也道不加修而文日益有名。夫道不加修,则贤者不与；文日益有名，则同进者忌。……不敏之诛无所逃避，不敢遂进，辄自疏其所以，并献近所为《复志赋》已下十首为一卷，卷有标轴；《送孟郊序》一首生纸写，不加装饰，皆有揩字注字处，急于自解而谢不能俟更写，阁下取其意而略其礼可也。”《柳宗元集》卷三四《答韦珩示韩愈推以文墨事》：“足下所封示退之书，云欲推避仆以文墨事，且以励足下。若退之之才，过仆数等，尚不宜推避于仆，非其实可知，固相假借为之辞耳。退之所敬者，司马迁、扬雄。迁于退之，固相上下。若雄者，如《太玄》《法言》及《四愁赋》，退之独未作耳，决作之，加恢奇，至他文过扬雄远甚。雄之遣言措意，颇短局滞涩，不若退之猖狂恣睢，肆意有所作。若然者，使雄来尚不宜推避，而况仆耶？”《编年史》谓：“韩、柳聚会京师，唯本年冬数月，二人以文墨相推当在其时。”

**柳宗元作梓人、郭橐驼等传约在本年或稍后。本年前后柳宗元颇有文名，为士人所推重，多有向其请教者。**

见《柳宗元集》卷一七《梓人传》《种树郭橐驼传》，据《编年史》三传约作于本年或稍后，今从之。《柳宗元集》卷三四《报袁君陈秀才避师名书》：“仆避师名久矣。住在京师，后学之士到仆门，日或数十人，仆不敢虚其来意，有长必出之，有不至必惎之。”同书同卷《答贡士廖有方论文书》：“吾在京都时，好以文宠后辈，后辈由吾文知名者，亦为不少焉。”本年前后宗元在长安，故事当在本年前后。

**柳冕约于本年致书权德舆，论当以经义、治道而不当以诗赋取士。时权德舆拜礼部侍郎、知贡举，冕在福建观察使任。**

《全唐文》卷五二七柳冕《与权侍郎书》：“进士以诗赋取人，不先理道；明经以墨义考试，不本儒意；选人以书判殿最，不尊人物。故吏道之理天下，天下奔竞而无廉耻者，以教之者末也。阁下岂不谓然乎？……诚能革其弊，尊其本，举君子之儒先于理行者，俾之入仕，即清识君子也；俾之立朝，即王公大人也。……今海内人物，喁然思理。推而广之，以风天下，即天下之士，靡然而至矣。是则由于有司以化天下，天下之士，得无廉耻乎？冕顿首。”权侍郎，即权德舆，《旧唐书·权德舆传》：“贞元十七年冬，以本官知礼部贡举，来年，真拜侍郎，凡三岁掌贡士，至今号为得人。”《权载之文集》卷四一《答柳福州书》：“今之取士，在于礼部吏部……”柳福州，即柳冕。据《旧唐书·德宗纪下》，冕于贞元十三年三月由婺州刺史为福建观察使，贞元二十年尚在任。

## 唐德宗贞元二十年

甲申 八〇四

### |正 月|

**柳善撰乾氏夫人（任万妻）迁祔大茔记。**

《全唐文补遗》有柳善所撰《唐故北海乾氏夫人（任万妻）迁祔大茔记》。据文所记，乾氏夫人卒于贞元十四年二月一日，“洎贞元廿年二月四日……遂乃迁其幽榇，祔彼新茔”，则文约本年正月撰。

### |二 月|

**本年停贡举，中和节亦罢。**

见《登科记考补正》卷一五。又，《太平广记》卷一五四引《续定命录》：“唐监察御史李顾言，贞元末应进士举，甚有名称。岁暮自京西客游回，诣南省访知己郎官。适至日已晚，省吏告郎官尽出。顾言竦辔而东，见省东南北街中有一人挈小囊，以乌纱蒙首北去，徐吟诗曰：‘发榜只应三月暮，登科又较一年迟。’又稍朗吟，若令顾言闻。顾言策马，逼之于省北，有惊尘起，遂失其人所在。明年，京师自冬雨雪甚，畿内不稔，停举。贞元二十一年春，德宗皇帝晏驾，果三月下旬放进士榜。”又，皇甫湜《皇甫持正文集》卷一《悲汝南子桑文》：“汝南周子桑，治《书》通《春秋》，非仁义不动止。年二十三，贞元十九年如京师，将举五经。秋及陕，见无举诏，东还。”又，《皇甫持正文集》卷四《答刘敦质书》：“湜求闻来京师三年矣。一年以未成颠蹶，二年以不试狼狈，及今三年，而不遇有司。”按，所谓不试者，即停举事。

**白居易撰《八渐偈并序》。**

《白居易集》卷三九《八渐偈并序》:“唐贞元十九年秋八月,有大师曰凝公,迁化于东都圣善寺塔院。越明年二月,有东来客白居易作八渐偈。偈六句四言以赞之……”

## |三 月|

**甲申,以吐蕃赞普卒,废朝,以示修好。**

见《旧唐书·德宗纪下》。

## |春|

**白居易三十三岁,时为校书郎。移家秦中,游渭河,有《泛渭赋》。**

《白居易集》卷三八《泛渭赋序》云:“(贞元)十九年……明年春,予为校书郎,始徙家于秦中,卜居于渭上。……于时,泛舟于渭,因为《泛渭赋》以导其意。”文中云:“亭亭华山下有人,跂兮望兮,爱彼三峰之白云;泛泛渭水上有舟,沿兮溯兮,爱彼百里之清流。以我为太平之人兮,得于斯而优游。又感阳春之气熙熙兮,乐天和而不忧。曰予生之幸兮,时哉时哉。……不我后兮不我先,适当我兮生之世。彼鳞虫兮与羽族,咸知乐而不知惠。我为人兮最灵,所以愧贤相而荷圣帝。乐乎乐乎,泛于渭兮咏而归,聊逍遥以卒岁。”文多用“兮”字句,显受楚辞影响。且句式多变,散多骈少,长短不一,颇为灵活多变。

## |四 月|

**齐抗卒于长安,年六十五,有集二十卷。**

《旧唐书·齐抗传》:“贞元二十年卒,时年六十五。”《旧唐书·德宗纪下》:贞元二十年,“夏四月辛酉,太子宾客齐抗卒”。《新唐书·艺文志四》:“《齐抗集》二十卷。”

## | 五月 |

**柳宗元三十二岁，在监察御史里行任，撰文祭李中丞。**

《柳宗元集》卷四〇《祭李中丞文》："维贞元二十年……五月某朔，二十二日……文林郎守监察御史刘禹锡、承务郎监察御史里行柳宗元……敬祭于故中丞赠刑部侍郎李公之灵。"

## | 六月 |

**苻载自庐山至潭州，观察使杨凭舍之于东馆，值凭凿东池成，载为作记。时良郢上人将游罗浮，又作序送之。**

《全唐文》卷六八九苻载《长沙东池记》："壬午岁，皇帝命御史中丞杨公领湖南七郡之地……期月而苛细去，周岁而兵食足，三年而风俗清。……载顷年庐岳，尝辱公颜闵之顾，贺荣拜宠。自旧山以来，拂拭孱弱，屡陪游泛。"同书卷六九〇苻载《奉送良郢上人游罗浮山序》："甲申岁夏六月，中丞杨公下车长沙之三年也，余自故山扁舟一叶，主人舍我于东馆。师荷簦振策，惠然相顾。……居累日，报余以罗浮之行，云心不定，稍欲引去。"中丞杨公，即杨凭。《旧唐书·德宗纪下》：贞元十八年"九月乙卯朔，以太常少卿杨凭为潭州刺史，湖南观察使。"至此正三年，故系于此。

## | 夏 |

**韩愈本年三十七岁。去年十二月离长安赴连州阳山，本年已抵任所，夏，作《别知赋》《送杨支使序》。**

《韩集校注》卷一《别知赋》，旧注："公岁癸未贞元十九年冬，以监察御史言旱饥得罪，黜连之阳山令，明年春，至邑。……时杨仪之以湖南支使来，公为赋以别之。集中又有序送焉。"所言《序》，即同书卷四《送杨支使序》。旧注谓"此序乃贞元二十年公在阳山作"。方成珪《诗文年谱》谓："《别知赋》，是年夏作，以‘树蓊蓊’句;见之。”又曰:“《送杨支使序》,是年作。序中‘去年冬奉诏,为邑于阳山’句可证。”

## | 七月 |

**张荐殁于使吐蕃途中,年六十一。有集三十卷、《灵怪集》二卷。权德舆为之撰墓志铭。**

《权载之文集》卷二二《充吊赠吐蕃使赠礼部尚书张公墓志铭并序》:“张君讳荐……贞元甲申岁夏六月,出车国门,在途被病,秋七月戊寅,复左毂于青海之西……春秋六十一。……有文集三十卷,荦荦然君子之词也。上疏陈史职利弊,指明切实,有裨王度。著《史遁先生传》,臣节之贞厉见焉;纂《十祖赞》,家风之德善章焉。至若《宰辅传略》《灵怪集》《同僚籍》《寓居录》等又数十编,自成一家之言。”《新唐书·艺文志四》:“《张荐集》三十卷。”《新唐书·艺文志三》:“张荐《灵怪集》二卷。”其为志怪传奇集,今《太平广记》《类说》存佚文十余条。

## | 八月 |

**日本第十七次遣唐使船队抵福州,空海代大使向福州观察使致书,请求上岸。**

空海,即弘法大师,乃日本德高望重僧人,于唐德宗贞元二十年作为“学问僧”之一,随第十七次遣唐使藤原野葛麻吕入唐。副使为石川道益,判官为菅原清公、高阶远成等。空海与大使等乘第一舶。其于七月从肥前松浦郡田浦出海,忽遇风暴,因所乘船遭遇飓风在海上漂流三十四天,于八月抵福州溪县海口。其随遣唐使团于福州上岸受阻,无计可施之际,以其善属文,受大使重托,代撰陈情书信。此即是《全唐文补编》卷六九空海所撰《为大使与福州观察使书》。文中极言旅途之艰险:“比及中途,暴雨穿帆。戕风折柁。高波沃汉,短舟裔裔。凯风朝扇,摧肝耽罗之狼心。北气夕发,失胆留求之虎性。……掣掣波上,二月有余。水尽人疲,海长陆远。”又言及当地民风淳厚,其受到热情友好接待:“仅八月初日,乍见云峰,欣悦罔极,过赤子之得母,越旱苗之遇霖……原垂柔远之惠，顾好邻之义，纵其习俗，不怪常风，则涓涓百蛮，与流水而朝宗舜海；喁喁万服，将葵以引领尧天。”阎济美阅后，大为感动，迎至福州第一古刹开元寺约月余。文末注：“《遍照发挥性灵集》卷五。”

## |九 月|

**太子李诵得风疾，不能言。翰林待诏王伾和王叔文俱侍奉太子，与柳宗元、刘禹锡、韩泰等人交结。**

《资治通鉴》卷二三六载：“太子始得风疾，不能言。”又记：“叔文因为太子言：‘某可为相，某可为将，幸异日用之。’密结翰林学士韦执谊及当时朝士有名而求速进者陆淳、吕温、李景俭、韩晔、韩泰、陈谏、柳宗元、刘禹锡等，定为死友。”

## |十 月|

**空海撰启请福州观察使阎济美准其入京。**

见《全唐文补编》卷六九空海《请福建观察使入京启》。空海因资历较浅未能准许随使入京，故其呈书阎济美请准许入长安。文末署：“贞元廿年十月日。日本国学问僧空海启中丞阁下。”注：“《遍照发挥性灵集》卷五。”故系于此。

**韦珏撰路氏墓志铭并序。**

《全唐文补遗》有韦珏所撰《唐故朝散大夫检校金部郎中韶州刺史裴公（札）夫人陈留县君阳平路氏墓志铭并序》。据此文所记，路氏卒于贞元廿年五月廿一日，“其年十一月一日，于河南县万安山阳合祔于先府君之茔，从周礼也”。据此，文约撰于本年十月。

## |十一月|

**郑云逵为剑州长史、赠太仆少卿、汝州刺史李广业撰神道碑铭。**

《全唐文补编》卷六一《唐故剑州长史赠太仆少卿汝州刺史陇西李公神道碑铭并序》:“李公其人矣。公讳广业,字□尧,陇西成纪人也。”文末署:“贞元廿年岁次甲申十一月壬申朔十三日甲申建。”注:“唐三家碑录卷上。二玄社刊拓本。咸阳碑刻。”原署:“正议大夫行尚书刑部侍郎上柱国原武县开国男(下缺)朝议郎使持节华州诸军事守华州刺史□□□□□□□防御□□□□赐(下缺)。”陈尚君按:“《宝刻丛编》卷一引诸道石刻录谓此为郑云逵撰并书。《全唐文》卷四七九收此文,较此少一百又五字,今重录。”

**阙名撰王氏墓志**。

《全唐文补遗》有阙名所撰《左金吾大将军吕孚妻王氏墓志》。据此文所载,王氏卒于“贞元十九年十月廿五日……贞廿年甲申岁十一月壬申,辅于先茔,卜厝泉宅”。按,贞元甲申岁即本年,故文撰于本年十一月。

**卢景亮撰郑氏墓志铭并序**。

《全唐文补遗》有卢景亮所撰《唐朝议郎殿中侍御史内供奉赐绯鱼袋弘农杨君夫人荥阳郑氏墓志铭并序》。据本文所记,郑氏“贞元十九祀春三月廿五日,遘疾殁于江陵官舍。以来岁冬十有一月十三日,葬于虢州……,祔于先茔之右,礼也”。则文乃撰于本年十一月。

## |十二月|

**窦牟撰袁亮墓志铭并序**。

《全唐文补遗》有窦牟所撰《唐故河南府河南县尉袁府君(亮)墓志铭并序》。文云:“以贞元甲申岁秋八月二日,告终于上党开元之精舍,享年六十有四。……遂以贞元廿年十二月廿日,迁祔于龙门原之先茔,礼也。”据此,本文乃撰于本年十二月。

# |本年|

**柳宗元撰《监祭使壁记》《诸使兼御史中丞壁记》。**

《柳宗元集》卷二六有《监祭使壁记》《诸使兼御史中丞壁记》。前文云:“旧以监察御史之长居是职,贞元十九年十二月,御史多缺……明年,中山刘禹锡始复旧制。……于是始为记,求簿书,得为是职者若干人书焉。”文乃本年作,然不知何月。后文云:“武公以厚德在位,甚宜其官……遂命其属书之。”《罗谱》云:“武公谓武元衡。旧书一五八武元衡传:‘贞元二十年迁御史中丞。’子厚为其属,文必此年作。”

**韩愈年中撰有《燕喜亭记》《答窦秀才书》。其时窦秀才请学于愈,愈诉及少发愤于文学之故,赞窦秀才“乘不测之舟”前来问学之精神。其《原道》等“五原”作年难确考,或作于本年前后。**

《韩集校注》卷二《燕喜亭记》:“太原王弘中在连州,与学佛人景常元慧游,异日从二人者行于其居之后,丘荒之间,上高而望,得异处焉。斩茅而嘉树列,发石而清泉激……却立而视之:出者突然成丘,陷者呀然成谷,窐者为池而缺者为洞;若有鬼神异物阴来相之。自是弘中与二人者晨往而夕忘归焉,乃立屋以避风雨寒暑。……”方成珪《诗文年谱》、洪兴祖《韩子年谱》皆系于本年,洪云:“公在连州,有《王弘中燕喜亭记》。”《补注》:“茅坤曰:淋漓指画之态,欧文大略有得于此。张裕钊曰:马、班作史,于数十层排比之后,必作大波以震荡之。公此记叙山水多用排比,后借贬秩翻出意义,摩空取势,使人不一览而尽,仍与上文神回气合。”又,《韩集校注》卷二《答窦秀才》“愈白:愈少驽怯,于他艺能,自度无可努力,又不通时事,而与世多龃龉;念终无以树立,遂发愤笃专于文学。……今又以罪黜于朝廷,远宰蛮县,愁忧无聊……足下年少才俊,辞雅而气锐……今乃乘不测之舟,入无人之地,以相从问文章为事……”方崧卿《韩文公年谱》系于本年。方成珪《诗文年谱》曰:“以书中‘远宰蛮县’句,定为是年作。”又,《韩集校注》卷一有《原道》《原性》《原毁》《原人》《原鬼》等“五原”,此五文作年难确考,《韩愈年谱汇证》姑系于本年。其中《原道》云:“夫所谓先王之教者,何也?博爱之谓仁;行而宜之之谓义;由是而之焉之谓道;足乎己,无待于外之谓德。其文《诗》《书》《礼》《易》《春秋》，其法礼乐刑政，其民士农工贾，其位君臣、父子、师友、宾主、昆弟、夫妇……其为道易明，而其为教易行也。……曰：斯道也，何道也？曰：斯吾所谓道也，非向所谓老与佛之道也。尧以是传之舜，舜以是传之禹，禹以是传之汤，汤以是传之文武周公，文武周公传之孔子，孔子传之孟轲，轲之死，不得其传焉。"旧注："山谷尝曰：'文章必谨布置。每见后学，多告以《原道》命意曲折，后以此概求古人法度，如老杜《赠韦见素》诗，布置最得正体，如官府甲第厅堂房室，各有定处，不可乱也。韩文公《原道》，与《书》之《尧典》盖如此。'"

**柳冕约于本年卒于福州，有文集。**

《旧唐书·柳冕传》："冕在福州，奏置万安监牧于泉州界。……人情大扰，期年无所滋息，诏罢之。以政无状，诏以阎济美代归而卒。"据《旧唐书·德宗纪下》，柳冕奏置万安监牧在贞元二十年七月十九日；据《唐刺史考》，阎济美由婺州刺史为福建观察使亦在贞元二十年，知柳冕卒约在本年。《新唐书·艺文志四》："《柳冕集》，卷亡。"《旧唐书·柳冕传》："冕，文史兼该，长于吏职。"《新唐书·柳冕传》："冕字敬叔，博学富文辞，且世史官。"《全唐文》卷五二七编其文一卷。

**穆员约卒于本年，年四十余。有集十卷，许孟容为之序。**

《旧唐书·穆宁传》："赞……永贞元年十一月卒，时年五十八。……员工文辞，早卒。"《全唐文》卷四七九许孟容《穆公集序》："吾友河南穆员字舆直……其文融朗恢健，沉深理辨。……其工也异今而从古，其旨也惩恶而从善。迹夫孝于其上，慈于其下，择中庸而后蹈，推久要而后交，则向之词艺，由积衷淳耀，发而为身瑞者也。……穆君年逾四十，用止幕画。……大凡碑志文册铭赞记序六十五首，共成十卷。……授于伯兄旧御史中丞、今常州刺史，善知音者唯子期乎！发箧开卷，如升元圃，将垂来代，敢失其传。"伯兄，即穆赞，据《唐刺史考》，赞于贞元二十年至二十一年为常州刺史。时员已卒，知员卒于本年或稍前。《新唐书·艺文志四》："《穆员集》十卷。"《全唐文》卷七八三至七八五编其文共三卷。

**陆羽约于本年卒,年七十余。著有《茶经》等。**

《新唐书·陆羽传》:“贞元末卒。”《全唐文》卷四三三陆羽《陆文学自传》:“著《君臣契》三卷,《源解》三十卷,《江表四姓谱》八卷,《南北人物志》十卷,《吴兴历官记》三卷,《湖州刺史记》一卷,《茶经》三卷,《占梦》上中下三卷,并贮于褐布囊。上元辛丑岁,子阳秋二十有九。”据此推知贞元末陆羽年七十余。《新唐书·艺文志》三:“陆羽《茶经》三卷。”

## 唐德宗贞元二十一年　唐顺宗永贞元年

乙酉　八〇五

### 正月

**癸巳,德宗有《德宗命皇太子即位册文》。**

《唐大诏令集补编》卷三德宗有《德宗命皇太子即位册文》。文云:“维贞元二十一年,岁次乙酉,正月辛未朔,二十三日癸巳,皇帝若曰:於戏!天下之大,实维重器,祖宗之业,允属元良。咨尔皇太子诵,睿哲温恭,宽仁慈惠。……”据此,文乃撰于本年正月。

**权德舆有《贞元二十一年礼部策问五道》。**

《唐大诏令集补编》卷二四有权德舆所撰《贞元二十一年礼部策问五道》。其约撰于此时前后,姑系于此。

**癸巳,德宗崩。丙子,太子李诵即皇帝位,是为顺宗。**

见《资治通鉴》卷二三六,《旧唐书·德宗纪下》。又《旧唐书·顺宗纪》:贞元二十一年正月“癸巳,德宗崩,丙申,即位于太极殿。上自二十年九月风病,不能言。……大行发丧,人情震惧。上力疾衰服,见百僚于九仙门”。

**杜信撰郑高墓志铭并序。**

《唐代墓志汇编续集》“贞元〇七九”有杜信所撰《大唐故郑府君墓志铭并序》。文记云“府君讳高,字履中,荥阳开封人也。……弱不好弄,长而敦敏,强学待问,余力工文。艺冠等伦,进士高第,莺迁乔木,骥骋长衢。调补太子正字。……以贞元廿一年正月四日寝疾终于洛阳县时邑里之旅舍,春秋六十一。以其月廿六日,葬于……芝田乡,祔先茔,礼也。……铭曰:粤惟府君,纯茂淑质,妙年擢桂,累践荣秩。刊正书坊,讨论经术,奉常举坠,登歌司律。平刑棘寺,绳违石室,佐幕澄清,理军静谧。秉心无二,行归于一,去彼春华,崇慈秋实。抟扶方展,风水相失,如何不淑,音容永毕。……”据此,文撰于本年正月。

## | 二 月 |

**甲子,顺宗御丹凤门大赦天下,施行新政。制:“诸色人中有才识兼茅、明于体用者,经术精深、可为师法者,达于吏理、可使从政者,宜委常参官各举所知。其在外者,长吏宜精加访择,具名闻奏,仍优礼发遣。朕当询事考言,审其才实。如无人论荐者,即任自诣阙廷。”**

见韩愈《顺宗实录》卷一、《册府元龟》卷八九、《唐大诏令集》卷二。

**辛卯,吏部郎中韦执谊为尚书左丞、同中书门下平章事。**

见《旧唐书·顺宗纪》。《资治通鉴》卷二三六永贞元年二月所载同,并云:“王叔文欲掌国政,首引执谊为相,己用事于中,与相唱和。”

**辛酉,贬京兆尹李实为通州长史,寻卒。**

见《旧唐书·顺宗纪》。《顺宗实录》卷一载此事,云:“至谴,市井欢呼,皆袖瓦砾遮道伺之。(李)实由间道获免”。

**壬寅,王伾由翰林待诏充翰林学士,王叔文以起居舍人充翰林学士,共谋议政事。**

见《旧唐书·顺宗纪》。《资治通鉴》卷二三六又云:"每事先下翰林,使叔文可否,然后宣于中书,韦执谊承而行之。外党则韩泰、柳宗元等主采听外事,谋议唱和。"

**甲子,顺宗御丹凤门,赦天下,施行新政。**

《资治通鉴》卷二三六载永贞元年二月,"甲子,上御丹凤门,赦天下,诸色逋负,一切蠲免,常贡之外,悉罢进奉。贞元之末政事为人患者,宫市、五坊小儿之类,悉罢之"。

**白居易为人撰书上宰相韦执谊,指责时政之弊。**

《白居易集》卷四四《为人上宰相书》:"二月十九日,某官某乙谨拜手奉书献于相公执事。"据《白居易年谱》,此文乃本年二月上宰相韦执谊。文中指出:"自古以来,斯道之弊,恐未甚于今日也。然则为宰相着,得不思变其风乎?……是以庶政阙于内……致使天下之户口日耗,天下之士马日滋;游手于道途市井者不知归,托足于军籍释流者不知反。计数之吏日进,聚敛之法日兴。田畴不辟,而麦禾之赋日增;桑麻不加,而布帛之价日贱。吏部,则士人多而官员少,奸滥日生;诸使,则课利少而羡余多,侵削日甚。举一知十,可胜言哉!……"文为散体,然时夹骈偶之句,如:"盖竭其力以举职,而权必自归;忘其身以徇公,而宠必自至。权归宠至,然后能行其道焉。"

**日僧空海去年随日本遣唐使来唐留学,十二月抵长安,本年二月十日准敕配住西明寺。**

空海《上新请来经等目录表》(《弘法大师传全集》蠲一圣贤阿阇梨《高野大师御广传》上):"入唐学法沙门空海:空海以去延历二十三年,衔命留学之末,问津万里之外。其年腊月,得到长安,二十四年二月十日,准敕配住西明寺,爰则周游诸寺,访择师依。"按,《编年史》谓日本延历二十三年(804 年)即贞元二十年,并系此事于贞元二十年二月。然此事乃延历二十四年事,故改系于此。

**柳宗元三十三岁。由监察御史里行擢礼部员外郎。**

《旧唐书·柳宗元传》:“顺宗即位,王叔文韦执谊用事,尤奇待宗元。……密引禁中,与之图事。转尚书礼部员外郎。”《柳宗元集》卷一三《先太夫人河东县太君归祔志》:“是岁之初,天子加恩群臣,以宗元任御史尚书郎。”集注:“贞元二十一年正月,顺宗即位。二月大赦,加恩群臣。”

## 三月

**丙戌,杜佑为度支盐铁使;戊子,王叔文以翰林学士为副使,掌实权。**

见《旧唐书·顺宗纪》、《顺宗实录》卷二。

**癸巳,诏册广陵郡王淳为太子,更名纯。**

见《旧唐书·顺宗纪》。《资治通鉴》卷二三六谓时顺宗久疾不愈,中外危惧,宦官俱文珍等恨王叔文等专权,乃与翰林学士郑絪等谋,立李淳为皇太子。

**沈传师、窦佟、刘述古、韦珩、李宗闵、牛僧孺、罗立言、陈鸿、萧籍、张公儒等二十九人进士及第。此年试题为《沽美玉》。罗立言诗今存《文苑英华》卷一一五。殷侑、滕遂、浑偘等明经科擢第。杜元颖等茂才异等科擢第。杨嗣复、冯审、杜元颖等博学宏词科及第。杜元颖对策今存《文苑英华》卷四九一。本年知贡举为礼部侍郎权德舆。**

见《登科记考补正》卷一五。又,《权文公集》卷一〇《上巳日贡院考杂文不遂赴九华观祓禊之会以二绝句申赠诗》:“三月韶光处处新,九华仙洞七香轮。老夫流滞何由往,珉玉相和正绕身。”注云:“时以《沽美玉》为题。”按是年德宗晏驾,三月下旬放进士榜,见《续定命录》。《文苑英华》卷四九一载杜元颖对策首云:“臣元颖案:《周易》君道下济,臣志上通,谓之泰,其由曰‘小往大来’。臣历观书契以还,君德定位,未有遗斯道而能达聪明目,光极鸿业者也。伏惟陛下,诞膺明命,克敷文德,亲降大问,询于微臣。愚臣智识庸鄙,经术短浅,不足以充明诏之言。而隐罪大矣,敢不俯罄愚衷,仰谢万一。……臣闻汤革夏政野以质,武革殷政鬼以文,秦暴以亡,汉宽以矫,此皆古王之令典也。比东汉既衰,皇纲幅裂,曹操挟天子以令诸侯,用汉法以取威权,中原粗平,遂偷神器,其政刑典礼,蠡驳前世,固非萧曹画一、文景更令之比也。虽曰革命,固无足采。陛下承匕鬯以取大器,赫雷电以扫群凶,功高一戎,业定再造。欲维新制度,以救生灵,幽明动植,罔不称庆,实天下幸甚。然臣之私心,有愿献替,不惮斧钺,以干龙鳞,伏惟陛下少留意焉。……"

**皇甫湜三举进士不第,寄书刘敦质。**

《皇甫持正文集》卷四《答刘敦质书》:"湜求闻来京师三年矣,一年以未成颠蹶,二年以不试狼狈,及今三年而不遇有司……""二年以不试狼狈"指贞元二十年停贡举,知湜于贞元十九、二十、二十一年三年连举不第。

**陆贽卒于忠州贬所,年五十二。有《翰苑集》,权德舆为之序。**

《权载之文集》卷三三权德舆《唐赠兵部尚书宣公陆贽翰苑集序》。序中总结陆贽文章特色及交待撰序之目的:"公之文集有诗文赋集,表状为别集十五卷。其关于时政,昭昭然与金石不朽者,惟制诰奏议乎。虽已流行,多谬编次。今以类相从,冠于篇首,兼略书其官氏景行,以为序引,俾后之君子,览公制作,效之为文为臣事君之道,不其伟欤!"据《资治通鉴》载,顺宗诏追陆贽等还,在贞元二十一年三月。时下诏追还者尚有郑馀庆、韩皋、阳城等,阳城亦未返而卒。《旧唐书·陆贽传》:"顺宗即位,与阳城、郑馀庆同诏征还。诏未至而贽卒,时年五十二,赠兵部尚书,谥曰宣。"《新唐书·艺文志四》:"陆贽《论议表疏集》十二卷。"《直斋书录解题》卷一五:"《陆宣公集》二十二卷。唐宰相嘉兴贽敬舆撰。权德舆为序,称《制诰集》十三卷、《奏草》七卷、《中书奏议》七卷。今所存者,《翰苑集》十卷。《榜子集》十二卷。序又称别集文赋、表、状十五卷,今不传。"《郡斋读书志》录其《奏议》十二卷、《翰苑集》十二卷。今存《陆宣公翰苑集》二十二卷,有清张佩芳注本,余皆佚。《全唐诗》卷二八八存其诗三首,《全唐诗补编·续补遗》卷四补一句;《全唐文》卷四六〇至四七五编其文为十六卷。其生平事迹见《旧唐书》卷一三九本传、《新唐书》卷一五七本传、《唐诗纪事》卷三二。《四库全书总目》云:"宋祖作贽传赞,称其论谏数十百篇,讥陈时病,皆本仁义,炳炳如丹青,而惜德宗之不能尽用。故《新唐书》例不录排偶之作,独取贽文十余篇,以为后世法。司马光作《资治通鉴》,尤重贽议论,采奏疏三十九篇。其后苏轼亦乞以贽文校正进读。盖其文虽多出于一时匡救规切之语,而于古今来政治得失之故,无不深切著明,有足为万世高抬贵手者。故历代宝重焉。贽尚有诗文别集十五卷,久佚不传。《全唐诗》所录仅存《试帖诗》三首及《语林》所载逸句。然经世有用之言,悉具是书。其所以为贽重者,固不必在雕章绘句之末矣。"曾国藩《鸣原堂论文》亦云:"骈体文久为大雅所羞称,以其不能发挥精义,并恐以芜累伤其气也。陆公则无一句不对,无一字不谐平仄,无一联不调马蹄,而义理之精,足以比隆濂、洛;气势之盛,亦堪方驾韩、苏。退之本为陆公所取士,子瞻奏议,终身效法陆公;而陆公之剖析事理,精当不移,则非韩、苏所及。"陆贽的骈文奏议,对偶、平仄更加工巧精密,语言通俗晓畅而避免用事用典,内容充实,论事恳切,情感真切深挚,长于论事析理。叙事间以散行,无繁赘晦涩典故,亦无虚浮雕饰辞藻,可谓别具一格。

## | 五 月 |

**辛卯,王叔文为户部侍郎。宦官俱文珍恶其专政,谋削去其翰林之职。**

见《资治通鉴》卷二三六。

## | 六 月 |

**癸丑,西川节度使韦皋上表,奏请皇太子亲监庶政,荆南节度使裴均、河东节度使严绶亦继笺表,意与皋同。**

见《资治通鉴》卷二三六。

**顺宗有《蠲除畿内及诸州府庄宅等逋悬诏》。**

《唐大诏令集补编》卷二八顺宗有《蠲除畿内及诸州府庄宅等逋悬诏》。文末署"贞元二十一年六月丙申",文即撰于此时。

**羊士谔在宣州充观察判官,因公入京,言王叔文之非,贬汀州宁化县尉;后以阎济美荐,佐福建观察使府。**

《顺宗实录》卷四:“六月乙亥,贬宣州巡官羊士谔为汀州宁化县尉。士谔性倾躁,时以公事至京,遇叔文用事,朋党相煽,颇不能平,公言其非,叔文闻之怒……遂贬焉。”《资治通鉴》卷二三六所载与此同。《全唐文》卷六一六孟简《建南镇碣记》:“谏卿永贞年为谗贼所中,谪居汀州。今皇帝践祚,宰臣论其冤滥,故福建廉使阎公得以上请,复历大理评事,遽征拜监察御史。”谏卿,羊士谔字。阎公,阎济美。据《唐刺史考》,阎济美贞元二十年至元和二年为福建观察使,其荐羊士谔当在宪宗即位初。

**德宗有《起复张重政诏》。**

《唐大诏令集补编》卷一六德宗有《起复张重政诏》,文末署“贞元二十一年六月”。《全唐文》卷五三一后收录此文于德宗名下,但文未署时间。按,本年正月德宗已病卒,此诏如依《唐大诏令集补编》文末署,当为顺宗。今依《唐大诏令集补编》和《全唐文》,系于德宗,姑系本文于此。

## 夏

**柳宗元约本年夏撰《兴州江运记》。**

《柳宗元集》卷二六《兴州江运记》:“御史大夫严公,牧于梁五年。嗣天子举周、汉进律增秩之典……是年四月,使中谒者来锡公命。宾僚吏属……愿建碑纪德……公固不许,而相与怨咨,遑黄如不饮食。于是西鄙之人,密以公刊山导江之事,愿刻岩石。”按,《罗谱》系此文于本年。又文中记宾僚欲建碑事于四月,则此文或作于本年夏。

## 七月

**苻载在成都,受韦皋辟为西川节度支使。**

《北梦琐言》卷五:“韦南康镇蜀,辟(苻载)为支使。”《全唐文》卷六九〇苻载《送卢端公归恒州序》:“太尉南康公作坤维之梁柱,二十三年矣。……至今岁之流火,方遂其行也。”太尉南康公,即韦皋。《旧唐书·韦皋传》:“顺宗即位,加检校太尉。”流火，即七月。推知本年七月苻载从事韦皋西川幕。

**李渤复至庐山，作有《真系》《梁茅山贞白先生传》等十传。**

《全唐文》卷七一二李渤《真系》署曰：“时贞元乙酉岁七月二十一日，于庐山白鹿洞栖真堂中述。”其尚作有《梁茅山贞白先生传》《司空侯安都庙记》《晋茅山真人杨君传》等文，均见于《全唐文》卷七一二。诸文并非均作于本年，姑一并系于此。

## | 八 月 |

**庚子，顺宗制令太子即皇帝位，称太上皇。辛丑，太上皇诏改元永贞。乙巳，宪宗即位于宣政殿。壬寅，宪宗贬王伾为开州司马、王叔文为渝州司户，有《贬王伾开州司马王叔文渝州司户参军制》。**

见《资治通鉴》卷二三六，又云：“伾寻病死贬所。明年，赐叔文死。”《唐大诏令集补编》卷一六有宪宗《贬王伾开州司马王叔文渝州司户参军制》。文末署“永贞元年八月”，文即撰于此时。文云：“制曰：银青光禄大夫、守散骑常侍、翰林学士、上柱国、富阳县开国男王伾，将仕郎、前守尚书户部侍郎、充度支及诸道盐铁运等副使、赐紫金鱼袋王叔文等，夙以薄伎，并参近署，偕缘际会，遂洽恩荣。骤居左掖之秩，超赞中邦之赋。曾不自厉，以效其诚，而乃漏泄密令，张皇威福，畜奸冒进，黩货彰闻，迹其败类，载深惊叹。夫去邪厝枉。为国之要；惩恶劝善，制政之先。恭闻上皇之旨，俾远不仁之害。宜从贬削，犹示优容。伾可开州司马员外置同正员，叔文可守渝州司户参军员外置同正员。并驰驿发遣。”

**郑絪时为翰林学士，撰皇太子即位诏。**

见《全唐文补编》卷六六郑絪《顺宗命皇太子即位诏》。注：“贞元二十一年八月。《唐大诏令集》卷三〇。《顺宗实录》卷五。”

**柳宗元为陈京作行状，称其文深茂古老，其《北都赋》名传天下。**

《柳宗元集》卷八《唐故秘书少监陈公行状》:“公姓陈氏……讳京。……永贞元年八月五日,尚书礼部员外郎柳宗元状。”又谓:“大历中,公始来京师,中书常舍人衮、杨舍人炎读其文,惊以相视曰:‘子云之徒也。’……公曰:‘非是为也。某尝为《北都赋》未就,愿即而就焉。……《赋》成,果传天下。……公有文章若干卷,深茂古老,慕司马相如、扬雄之辞,而其诂训多《尚书》《尔雅》之说,纪事朴实,不苟悦于人,世得以传其稿。其学自圣人之书以至百家诸子之言,推黄、炎之事,涉历代洎国朝之故实,钩引贯穿……浩浩乎不可知也,岂扬子所谓仲尼驾说者耶?’”

**李吉甫由饶州刺史召为考功员外郎、知制诰。李德裕随父入京,年十九。**

《旧唐书·宪宗纪上》:永贞元年八月“丙寅,以饶州刺史李吉甫为考功郎中,夔州刺史唐次为吏部郎中,并知制诰”。《李德裕文集》卷九《平泉山居诫子孙记》:“吾随侍先太师忠公在外十四年,上会稽,探禹穴。历楚泽,登巫山,游沅湘,望衡峤……”李吉甫自贞元八年四月由驾部员外郎贬明州长史,至本年召还,在外十四年。参傅璇琮《李德裕年谱》,李德裕本年十九岁。

**刘禹锡此时前有《拟册晋王文》《拟册楚王文》《拟册齐王文》《拟册郇王文》。**

《唐大诏令集补编》卷四有刘禹锡所撰《拟册晋王文》《拟册楚王文》《拟册齐王文》《拟册郇王文》等文。四文末均署“永贞”。按永贞九月刘禹锡等人均遭贬,此后不能拟草册文,故四文当撰于本年九月前,姑系于本年八月。

## | 九月 |

**柳宗元坐叔文党贬邵州刺史,刘禹锡贬连州刺史。**

《旧唐书·宪宗纪上》:永贞元年九月“己卯,京西神策行营节度行军司马韩泰贬抚州刺史,司封郎中韩晔贬池州刺史,礼部员外郎柳宗元贬邵州刺史,屯田员外郎刘禹锡贬连州刺史,坐交王叔文也”。

## 秋

**韩愈在衡山拜访廖道士，有序**。

《韩集校注》卷四《送廖道士序》："五岳于中州，衡山最远；……廖师郴民，而学于衡山，气专而容寂，多艺而善游，岂吾所谓魁奇而迷溺者邪？"旧注："公永贞元年自阳山徙掾江陵，道衡山而作。"据《韩愈年谱汇证》所考，文当本年秋末作。《补注》："刘大櫆曰：此文如黑云漫空，疾风迅雷，甚雨骤至，电光闪闪，顷刻尽扫阴霾，皎然日出，文境奇绝。"

## 十月

**贾耽卒于长安，年七十六。有《大唐国要图》等地理著作数种**。

《旧唐书·贾耽传》："永贞元年十月卒，时年七十六。"《旧唐书·宪宗纪上》：永贞元年十月"丁酉，检校司空兼右仆射、同中书门下平章事、魏国公贾耽卒"。《新唐书·艺文志二》："《大唐国要图》五卷，左仆射贾耽纂""贾耽《地图》十卷"。《新唐书·艺文志三》："贾耽《唐七圣历》一卷""《急备草方》一卷"。贾耽擅舆地之学，又工书。郑馀庆称其"文章之制，博达而清约"（《全唐文》卷四七八《左仆射贾耽神道碑》）。

**顺宗有《德宗皇帝谥册文》**。

《唐大诏令集补编》卷一八顺宗有《德宗皇帝谥册文》。文末署"永贞元年十月"，文即撰于此时。

**给事中陆质卒，时吕温已自吐蕃使归长安，为作祭文**。

《吕和叔文集》卷八《祭陆给事文》："维贞元元年岁次乙酉十月景申朔十日乙巳，将仕郎守尚书户部员外郎赐绯鱼袋吕某，絜樽置诚，致祭于故给事中吴郡陆公之灵。……某奉使无状，闭留昆夷，再换炎凉，言归未期。公方沉瘵，忘巳之危，念我否隔，发言涟洏，悉所著书，付予稚儿，曰'道之将兴，而父其归'。惧不果待，寓心于斯。似有神明，感公所敦。穷荒生还，仅及公存。绵顿在床，深堂昼昏。举烛开目，握手无言，自此及终，曾未浃辰。"吕温自吐蕃使还长安当在九月，"贞元元年"当为"永贞元年"之误。陆质长于经学，少师事赵匡，匡师啖助。赵、啖皆精《春秋》，故淳尽得二家之学，于《春秋》尤精。其为学务究大义，与前儒之说，多有异议，开宋儒学怀疑经传风气之先声，对当时韩愈、柳宗元等人之古文写作，亦有一定影响。著作今存《春秋集传纂例》十卷、《春秋微旨》三卷、《春秋集传辨疑》十卷。另有《集注春秋》二十卷、《类礼》三十卷、《君臣图翼》二十五卷，皆逸。《全唐文》卷六一八存文六篇，《唐文拾遗》卷二、《唐文续拾》卷四另补二篇。

**韩愈为江陵功曹参军，时先后有序送孟、陈二秀才赴举，《序》提出"学所以为道，文所以为理"。**

《韩集校注》卷四《送孟秀才序》："今年秋，见孟氏子琯于郴，年甚少，礼甚度……其十月，吾道于衡潭以之荆，累累见孟氏子焉……今将去是而随举于京师，虽不有请，犹将强而授之以就其志，况其请之邪？"据此，文十月作。又有《送陈秀才彤序》："读书以为学，缵言以为文，非以夸多而斗靡也；盖学所以为道，文所以为理耳。"旧注："永贞元年，徙掾江陵，送彤举进士。"文亦约十月作。

## 十一月

**八司马等人再贬。刘禹锡贬连州司马，柳宗元在道又贬永州司马。柳宗元时有《潭洲杨中丞作东池戴氏堂记》，称戴简好孔氏书，旁及庄子、文子。《吊屈原文》乃本年经汨罗时作。此前尚有多文作于长安。**

柳宗元等八司马再贬事见《旧唐书·宪宗纪上》、《资治通鉴》卷二三六。又《旧唐书·柳宗元传》："宗元为邵州刺史，在道，再贬永州司马。"《刘禹锡集》卷三九《子刘子自传》："予出为连州，途至荆南，又贬朗州司马。"《柳宗元集》卷二七《潭洲杨中丞作东池戴氏堂记》："弘农公刺潭三年，因东泉为池，环之九里。"集注："韩曰：永贞元年，公谪永州司马，过潭而作此文。"《罗谱》系于本年十一月。文称："戴氏曰简……尝以文行累为连率所宾礼，贡之泽宫……好孔氏书，旁及《庄》《文》，莫不总统。以至虚为极，得受益之道，其乐道欤？”文又写池之景色云：“丘陵林麓距其涯，坻岛渚洲交其中。其岸之突而出者，水萦之若玦焉。”此文已具其山水记之特色。《柳宗元集》卷一九《吊屈原文》：“后先生盖千祀兮，余再逐而浮湘。求先生之汨罗兮……冀陈辞而有光。”柳宗元十一月在道再贬永州，文即此后经汨罗时作。据《施谱》，柳宗元文本年前作于长安者尚多，其中亦有论文之言，如《杨评事文集后序》：“文之用，辞令褒贬，道扬讽谕而已。虽其言鄙野，足以备于用。然而阙其文采，固不足以竦动时听，夸示后学。立言而朽，君子不由也。故作者抱其根源，而必由是假道焉。……文有二道：辞令褒贬，本乎著述者也；道扬讽谕，本乎比兴者也。著述者流，盖出于书之谟、训，《易》之象、系，《春秋》之笔削，其要在于高壮广厚，词正而理备，谓宜藏于简册也。比兴者流，盖出于虞、夏之咏歌，殷、周之风雅，其要在于丽则清越，言畅而意美，谓宜流于谣诵也。”

## 十二月

**韩愈上书兵部侍郎李巽，述及其作诗为文之主张。**

《韩集校注》卷二《上兵部李侍郎书》：“愈少鄙钝……性本好文学，因困厄悲愁无所告语，遂得究穷于经传史记百家之说，沉潜乎训义，反复乎句读……而奋发乎文章。凡自唐虞已来，编简所存，大之为河海，高之为山岳，明之为日月，幽之为鬼神，纤之为珠玑华实，变之为雷霆风雨，奇辞奥旨，靡不通达。……谨献旧文一卷，扶树教道，有所明白；南行诗一卷，舒忧娱悲，杂以瑰怪之言，时俗之好，所以讽于口而听于耳也。”此文首云：“十二月九日，将仕郎守江陵府法曹参军韩愈。”旧注又曰：“永贞元年十二月九日江陵作。”《补注》：“刘大櫆曰：盘硬雄迈。张裕钊曰：随笔屈注而笔力雄奇。唐宋大家，惟韩公内气尤足。”李侍郎，即李巽。文中云：“自江而西既化而行矣，今者入守内职，为朝廷大臣。”据新、旧《唐书》李巽本传，李巽盖于永贞元年八月以前，由检校散骑常侍、江西观察使迁兵部侍郎。

## 本年

**韩愈本年三十八岁，年初仍在阳山，来问学于愈之区册归拜其亲，愈作序**

**送之**。

《韩集校注》卷四《送区册序》:"阳山,天下之穷处也。……愈待罪于斯且半岁矣。有区生者,誓言相好……入吾室,闻《诗》《书》仁义之说,欣然喜,若有志于其间也。与之翳嘉林,坐石矶,投竿而渔,陶然以乐,若能遗外声利而不厌乎贫贱也。岁之初吉,归拜其亲,酒壶既倾,序以识别。"按,去年二月愈始至阳山,本年春夏间离阳山,《序》有"岁之初吉"语,则文乃本年初作。《补注》:"方苞曰:风调与柳州相近。刘大櫆曰:昌黎阳山后文字,尤高古简老。……张裕钊曰:不独镵辞精莹,要其命意最幽洁,故读之有味。又曰:遒郁醇宕,风致与柳相近。"

**苏冕卒,有《会要》四十卷**。

《旧唐书·苏冕传》:"冕缵国朝政事,撰《会要》四十卷,行于时。……贞元二十一年,卒于家。"

**唐次本年由夔州刺史征拜中书舍人,卒于道。有《辨谤略》三卷。权德舆为祭文**。

《旧唐书·唐次传》:"宪宗即位,与李吉甫同自峡内召还,授次礼部郎中,寻以本官知制诰,正拜中书舍人,卒。"《柳宗元集》卷一二《先君石表阴先友记》:"唐次……永贞中,召以为中书舍人,道病,去长安七十里,死传舍。"据《旧唐书·宪宗纪上》,唐次本年八月召还,而《权载之文集》卷四八《祭唐舍人文》署"元和元年岁次丙戌正月……十九日甲申",则唐次之卒约在本年末。

**韩愈《五箴》亦为本年警戒自己之文**。

《韩集校注》卷一《五箴五首并序》,其序云:"人患不知其过;既知之不能改,是无勇也。余生三十有八年;……作《五箴》以讼其恶云。"本年韩愈三十八岁,文本年作。

# 唐宪宗元和元年

丙戌 八〇六

## |正 月|

**丙寅朔,赦天下,改元。**

见《旧唐书·宪宗纪上》。

**甲申,顺宗崩于兴庆宫,年四十六。**

见《旧唐书·宪宗纪上》、《资治通鉴》卷二三七。

**岁初,白居易罢校书郎,与元稹居华阳观,闭户累月,揣摩时事,撰《策林》七十五篇,提出删淫辞、削丽藻,存炯戒,通讽喻;建议立采诗之官,以补察时政。其《策林》六十四《复乐·古器古曲》提出政治与音乐之关系。**

《白居易集》卷六二《策林序》:"元和初,予罢校书郎,与元微之将应制举,退居于上都华阳观,闭户累月,揣摩当代时事,构成策目七十五门。……次而集之,分为四卷,命曰《策林》云尔。"《策林》六八《议文章》云:"是以凡今秉笔之徒,率尔而言者有矣,斐然成章者有矣。故歌咏、诗赋、碑碣、赞咏之制,往往有虚美者矣,有瑰辞者矣。……且古之为文者,上以纫王教,系国风,下以存炯戒,通讽喻:故惩劝善恶之柄,执于文士褒贬之际焉;补察得失之端,操于诗人美刺之间焉。今褒贬之文无核实,则惩劝之道缺矣:美刺之诗不稽政,则补察之义废矣。虽雕章镂句,将焉用之?臣又闻:……淫辞丽藻生于文,反伤文者也。故……王者删淫辞,削丽藻,所以养文也。伏惟陛下:诏主文之司,谕养文之旨,俾辞赋合炯戒讽喻者,虽质虽野,采而奖之;碑诔有虚美愧辞者,虽华虽丽,禁而绝之。若然,则为文者,必当尚质抑淫,著诚去伪,小疵小弊,荡然无遗矣。则何虑乎皇家之文章,不与三代同风者欤?"又《策林》六九《采诗》云:"臣闻:圣王酌人之言,补己之过,所以立理本,导化源也。将在乎选观风之使,建采诗之官,俾乎歌咏之声,讽刺之兴,日采于下,岁献于上者也。所谓言之者无罪,闻之者足以自戒。大凡人之感于事，则必动于情；然后兴于嗟叹，发于吟咏，而形于歌诗矣。故闻《蓼萧》之诗，则知泽及四海也。闻《禾黍》之咏，则知时和岁丰也。闻《北风》之言，则知威虐及人也。闻《硕鼠》之刺，则知重敛于下也……故国风之盛衰，由斯而见也；王政之得失，由斯而闻也；人情之哀乐，由斯而知也。”此文骈词俪句与奇句单行交相应用，语言轻快流利，说理议论，畅快而意深，可谓议论风生，乃骈散交织之佳作。又《复乐・古器古乐》云：“臣闻乐者本于声，声者发于情，情者系于政。盖政和则情和，情和则声和，而安乐之音由是作焉；政失则情失，情失则声失，而哀淫之音由是作焉。斯所谓音声之道与政通矣。”

**柳宗元三十四岁，在永州司马任，有《东明张先生墓志》，记张因去官入道，多聚经籍图史。**

《柳宗元集》卷一一《东明张先生墓志》：“东明先生张氏曰因，尝有以文荐于天子，天子策试甚高，以为长安尉。一年，投去印绶，愿为黄老术，诏许之。居东明观三十余年，受毕法道行峻异，得众真秘书诀箓，聚经籍图史，侔于麟阁。”又记：“遂病。既亟，以命回曰：‘吾生天宝讫贞元乙酉岁十月，今死于汝之手，盈吾志矣。……’乃自为志而卒。明年正月某日，葬如其言。”按，贞元乙酉岁即永贞元年，其云“明年正月葬”，则墓志约作于本年正月。

**西川节度使刘辟反，戊子，命神策行营节度使高崇文率师讨之。时宪宗有《讨刘辟诏》。**

见《旧唐书・宪宗纪上》。《资治通鉴》卷二三七亦载，谓当时公卿多以蜀险难取，宪宗从宰相杜黄裳、翰林学士李吉甫议，“于是始用兵讨蜀，以至威行两河，皆黄裳启之也”。西川节度本为韦皋，永贞元年八月卒，刘辟继任。又，宪宗有《讨刘辟诏》见《唐大诏令集补编》卷三二。

**元稹作有《论讨贼表》。**

《元稹集》卷三三《论讨贼表》云：“臣伏见贼辟有不庭之罪，陛下尚覆露以待之……。”据卞孝萱《元稹年谱》，此文乃本年正月所作。

**左金吾卫将军、试太常卿尉旻有华岳题名。**

见《全唐文补编》卷五九。文末署:“元和元年正月卅日题。”有注:“《金石萃编》卷八〇”。

## |二 月|

**韩愈本年三十九岁。本月在江陵为法曹参军,时有《祭郴州李使君文》。**

《韩集校注》卷五《祭郴州李使君文》首云“维年月日,将仕郎守江陵府法曹参军韩愈”,而《文苑英华》卷九八七此篇首题云:“维元和元年岁次景戌,二月乙未朔二十四日……”知文作于本年二月韩愈为江陵法曹参军时。本文写法颇有特色,如:“俟新命于衡阳,费薪刍于馆候;空大亭以见处,憩水木之幽茂。逞英心于纵博,沃烦肠以清酎;航北湖之空明,觑鳞介之惊透。宴州楼之豁达,众管啾而并奏……”《补注》:“方苞曰:此赋体也,其源出于陆机《吊魏武帝文》。曾国藩曰:亦不出六朝轨范,不使一俳丽字,不著一闲冗句,遂尔风骨遒上。通首不转韵,古无此体,宋人为长短句祭文,则多一韵到底。”

**孟简在刑部员外郎任上,游独秀山,有题名。**

《全唐文补编》卷六四孟简《独秀山题名》:“元和元年二月三日。”注:“《八琼室金石补正》卷六五。”按,独秀山在安徽怀宁县境中部。康熙《安庆府志》、民初《怀宁县志》均载独秀山“潜岳绵亘,落平冈百里,顿起此峰,形势突兀,条干所为,明析可数”,“西望如卓笔,北望如覆釜,为县众山之祖,无所依附,故称独秀”。

## |三 月|

**苻载为西川幕从事,上巳日,陪刘辟宴集北池,赋诗,有序。**

《全唐文》卷六九〇苻载《上巳日陪刘尚书宴集北池序》:“载自顾薄劣,尘厕下介,谬处陈璋之任,被命首叙,敢逡巡乎?请赋八韵,以耀兰亭诸子也。”刘尚书,即刘辟。《旧唐书·刘辟传》:“永贞元年八月韦皋卒,辟自为西川节度留后。……时宪宗初即位,以无事息人为务,遂授辟检校工部尚书,充剑南西川节度使。”时高崇文军尚未至蜀。

**柳宗直随兄柳宗元在永州,同游华严岩,有题名。**

《全唐文补编》卷六二柳宗直《华严岩题名》:“永州刺史冯叙,永州员外司马柳宗元……进士柳宗直。元和元年三月八日,宗直题。”注:“《金石萃编》卷一〇五。《八琼室金石补正》卷六八”。

## |春|

**柳宗元约在此时作陆质墓表,谓其有《春秋集注》等著作。**

《柳宗元集》卷九《陆文通先生墓表》:“有吴郡人陆先生质,与其师友天水啖助洎赵匡,能知圣人之旨。故《春秋》之言,及是而光明。使庸人小童,皆可积学以入圣人之道,传圣人之教,是其德岂不侈大矣哉!……永贞年,侍东宫,言其所学,为《古君臣图》以献……是岁,嗣天子践阼而理……先生以疾闻,临问加礼。某月日终于京师。某日月葬于某郡某里。……将葬……遂相与谥曰文通先生。……乃作石以表碣。”据集注,质卒于永贞元年九月。又柳宗元《柳宗元集》卷三一《答元饶州论春秋书》云:“宗元始至是州,作《陆先生墓表》。”“是州”指永州。文安礼《柳先生年谱》系此文于元和元年。今推宗元作此文盖在抵永州不久后,约在本年春。此文记陆质云:“与其师友天水啖助洎赵匡,能知圣人之旨。故《春秋》之言,及是而光明。……为《春秋集注》十篇,《辩疑》七篇,《微旨》二篇。”

## |四月|

**国子祭酒冯伉奏解补国子学生及其考核之事。**

《登科记考补正》卷一六引《册府元龟》云:“国子祭酒冯伉奏:‘应解补学生等,国家崇儒,本于劝学,既居庠序,宜在交修。其有艺业不勤,游处非类……有一于此，并请解退。又有文章帖意不及格限，频经五年不堪申送者，亦请解退。其礼部所补学生，到日亦请准格帖试，然后给厨。'"

**武翊黄、柳公权、皇甫湜、李绅、陆畅、李顾言、韦处厚、韦表微、庾敬休等二十三人进士及第。杜元颖、元稹、白居易、韦处厚、独孤郁、罗让、沈传师等十八人登博学宏词科，并有对策文论时政与儒术经学者。本年知贡举为中书舍人崔邠。**

见《登科记考补正》卷一六。同书录白居易对策略云："臣闻汉文帝时，贾谊上疏云'可为痛哭者一，可为流涕者二，可为长太息者三'。是时汉兴四十岁，万方大理，四海大和，而贾谊非不见之。所以过言者，以为辞不切，志不激，则不能回君听，感君心，而发愤于至理也。是以虽盛时也，贾谊过言而无愧；虽过言也，文帝容之而不非。故臣不失忠，君不失圣，书之史策，以为美谈。然臣观自兹以来，天下之理未曾有仿佛于文帝者，激切之言又未有仿佛于贾谊疏者。岂非君之明圣不侔于文帝，臣之忠不追于贾谊乎？不然何丧乱之时愈多，而公直之言愈少也！……洎天宝以降，政教浸微，寇既荐兴，兵亦继起。兵以遏寇，寇生于兵，兵寇相仍，迨五十载。赋征由是而重，人力由是而罢。下无安心，虽日督农桑之课而生业不固；上无定费，虽日峻筦榷之法而岁计不充。日剥月朘，以至于耗竭其半矣。此臣所谓疲病之因缘者也，岂不然乎？由是观之，盖人疲由乎税重，税重由乎军兴，军兴由乎寇生，寇生由乎政缺。然则未修政教而望寇戎之销，未销寇戎而望兵革之息，虽太宗不能也。……"又，元稹对策云："今国家之所谓儒术者，岂不以通经文字之科乎？其所谓通经者，又不出于覆射数字；明意者，材至于辨析章条。是以中第者岁盈百数，而通经之士蔑然。以是为通经，通经固若是乎哉？至于工文自试者，则不过于雕词镂句之才，搜摘绝离之学。苟或出于此者，则公卿可坐致，郎署可俯求……陛下诚能使礼部以两科求士，凡自唐礼、《六典》、律令及国家制度之书者，用至于九经、历代史，能专其一者，悉得谓之学士。以环贯大义而与道合符者为上第，口习文理者次之。其诗赋判论以文自试者，皆得谓之文士。以经纬今古、理中是非者为上第，藻缋雅丽者次之。凡自布衣达于末隶，在朝省者悉得以两科求士，礼部第其高下，归之吏部而宠秩之。若此则儒术之道兴，而经纬之文盛矣。"本年韦惇、独孤郁、罗让均有对策文，见《登科记考补正》卷一六。

**徐岱撰慧坚碑铭**。

《全唐文补编》卷五九徐岱《唐故招圣寺大德慧坚禅师碑铭并序》:"四叶相授,至弘忍大师,奉菩提之记,当次补之位。乃至荷忍大师之付嘱,承本师之绪业,则能大师居漕溪。其授人也,顿示佛心,直入法界,教离次第,行无处所。厥后,奉漕溪之统纪,为道俗之归依,则荷泽大师讳神会,谓之七祖。升神会之堂室,持玄关之管键,度禅定之域,入智慧之门,则慧坚禅师乎?"此为阐述慧能禅法的特色。慧能主张顿悟,称自己的禅法是"大乘顿教法",引导信众"顿见真如本性""一悟即至佛地""自性顿修,亦无渐次",寄坐禅于自然无为和日常生活之中,"虽即见闻觉知,不染万境,而常自在"(详参敦煌坛经读本《六祖坛经》)。文中并详述慧坚身世及其受戒求法经历:"禅师俗姓朱氏,陈州淮阳人也。汉左丞相之裔孙,唐金吾将军之第三子也。禀四气之和,五行之秀,生知道极,动合德符。爰自成童,逮于弱冠,不师俗学,常慕真宗。去坳塘而游沧溟,拔埴尘而栖沆瀣。以无住为入室,以无利为出家。求法于无所求,得师于无所得。密印玄契,天机洞开。于是,大师悦之,付以心要。禅师以为:'成菩提者,万法必周;随回向者,六度皆等。'乃解尘服于洛阳,受净戒于汾州。"此《慧坚碑铭》乃研究神会禅师及中国禅宗承袭流变之极其重要史料。文末有陈尚君注:"西安碑林藏石刻。参《佛学研究》第七期杨曾文校录。《碑林集刊》第二辑张严考述。原署:太中大夫给事中皇太子及诸王侍读兼史馆修撰柱国徐岱撰,奉义郎前试詹事府司直孙藏器书。"按,徐岱,字处仁,苏州嘉兴人,代宗大历年间初任校书郎,德宗贞元初为太子、诸王侍读,迁侍中、史馆修撰。德宗每年生日时诏佛、道二教到麟德殿对论,曾召徐岱等儒者讲说。其生平见《旧唐书·徐岱传》《新唐书·徐岱传》。孙藏器,唐著名书法家。碑铭末署"元和元年景戌岁夏四月旬有五日建",故系于此。

**日本学问僧空海于本年春随日本遣唐使归国,四月,在越州,致书委托越州节度使,搜集内外典籍一百余卷**。

见《全唐文补编》卷六九空海《请越州节度使求内外经书启》。空海于贞元二十年十二月抵达长安,二十一年二月住长安西明寺求法,于本年春离长安,四月在越州,随即出海归国。其虽然已得经疏"三百余轴",犹叹"劣教广未拔一毫,衣钵竭尽不能雇人",遂呈《请越州节度使求内外经书启》,恳求越州节度使馈赠“经律论疏传记,乃至诗赋碑铭、卜医五明”。文末署:“元和元年四月日。日本国求法沙门空海启。”注:“《遍照发挥性灵集》卷五。”

**元稹有《才识兼茂明于体用策》。**

《元稹集》卷二八有元稹所撰《才识兼茂明于体用策》。据卞孝萱《元稹年谱》,此文乃作于本年四月十三日。

## 五月

**窦群为山南东道节度副使,曾至常州,重游惠山寺,有记。**

《全唐文》卷六一二窦群《重游惠山寺记》:“元和二年五月三日,重游此寺,独览旧题,二十年矣。……因命题壁,以志所怀。山南道节度副使、检校兵部郎中、兼御史中丞,赐紫金鱼袋窦群记。”窦群由山南东道节度副使入为吏部郎中在元和二年正月,此文当在此之前作,文中“元和二年”为“元和元年”之误,姑系于此。

## 六月

**韩愈诏拜国子博士,至邓州有《上襄阳于相公书》称赞其文“丰而不余一言,约而不失一辞”。至京,与张籍、张彻、孟郊等多有联句之酬唱。**

《韩集校注》卷二《上襄阳于相公书》:“阁下负超卓之奇材……故其文章言语与事相侔……正声谐韶濩,劲气沮金石,丰而不余一言,约而不失一辞,其事信,其理切:孔子之言曰:‘有德者必有言。’信乎其有德也且有言也!”文又言:“伏蒙示《文武顺圣乐辞》《天保乐诗》……并《与京兆书》,自幕府至邓之北境凡五百余里,自庚子至甲辰凡五日。”旧注:“公元和元年自江陵掾召为国子博士,行至邓州北境,作是书以答之。”《韩集校注》卷二《释言》:“元和元年六月十日,愈自江陵法曹诏拜国子博士。”则此书当作于本年六月中。

又韩愈至京后与张籍、张彻、孟郊等人多有联句之唱酬,《韩昌黎诗系年集释》卷四《会合联句》《纳凉》《同宿》联句;卷五《秋雨》《城南》《斗鸡》《征蜀》

《有所思》等等联句皆其时所和作。

**宪宗有《削夺刘辟在身官爵诏》**。

《唐大诏令集补编》卷一六宪宗有《削夺刘辟在身官爵诏》。文末署"元和元年六月",文即撰于此时。文云:"刘辟生于士族,敢蓄枭心,驱劫蜀人,拒扞王命。肆其狂逆,诖误一州,俾我黎元,肝脑涂地。贼将崔纲等同恶相扇,至死不回,咸宜伏辜,以正刑典。刘辟男超郎等九人,并处斩。"

**羊士谔约于本月征拜监察御史**。

《全唐文》卷六一六孟简《建南镇碣记》:"今皇帝践祚,宰臣论其冤滥,故福建廉使阎公得以上请,复历大理评事,遽征拜监察御史。"羊士谔永贞元年为阎济美所辟,本年秋已在御史台,知其受征入拜监察御史在秋前,故系于此。

## |闰六月|

**壬子朔,淄青节度使李师古卒,判官高沐、李公度秘不发丧,奉其异母弟李师道为节度副使**。

见《旧唐书·宪宗纪上》、《资治通鉴》卷二三七。

## |夏|

**柳宗元居于永州龙兴寺,作记;又有《对贺者》以抒戚戚之情**。

《柳宗元集》卷二八《永州龙兴寺西轩记》:"永贞年,余名在党人……出为邵州,道贬永州司马。至则无以为居,居龙兴寺西序之下。"又《柳宗元集》卷一四《对贺者》:"柳子以罪贬永州,有自京师来者,既见,曰:'余闻子坐事斥逐,余适将唁子。今余视子之貌浩浩然也,能是达矣,余无以唁矣,敢更以为贺。'柳子曰:'……凡吾之贬斥幸矣,而又戚戚焉何哉?……子诚以浩浩而贺我,其孰承之乎?嬉笑之怒,甚乎裂眦;长歌之哀,过乎恸哭。庸讵知吾之浩浩非戚戚之尤者乎?'”按,本年八月,宪宗有诏左降官柳宗元、刘禹锡等人“纵逢恩赦,不在量移之限”。(《旧唐书·宪宗纪》上),而柳宗元此文有“吾之罪大,会主上方以宽理人,用和天下”,则两文似作于八月前,今姑系于夏中。

**元稹撰有《论西戎表》。**

《元稹集》卷三三有《论西戎表》。据《元稹年谱》,此文乃本年夏之作。

**刘禹锡三十五岁,在朗州司马任。夏,有书上杜佑诉其获谤遭遇。**

《刘集校注》卷一四《上杜司徒书》:“故吏守朗州司马……刘某……敢敬献于司徒相公阁下。……小人受性颛蒙,涉道未至,末学见浅,少年气粗。间者昧于藩身,推至危地,始以飞谤生衅,终成公议抵刑,旬朔之间,再投裔土。……虽欲沥血以自明,吁天以自诉,适足来众多之诮,岂复有特达见知者邪?”按,此文下旧注:“时元和元年”。据《刘集校注》,“书元和元年夏在朗州作”。

## | 七月 |

**癸丑,高崇文进军入川,破刘辟之众万人于梓州玄武。**

见《资治通鉴》卷二三七,并云:本年秋七月“甲午,诏:‘凡西川继援之兵,悉取崇文处分'”。四月,已任命高崇文为东川节度副使、知节度事。

**元稹有《迁庙议状》文。**

《元稹集》卷三四有元稹所撰《迁庙议状》文。据卞孝萱《元稹年谱》所考,本文为本年七月所作。

**崔杙为华阴县尉,有华岳题名。**

见《全唐文补编》卷五九崔杙《华岳题名》。文末署:“元和元年七月十日,同会于此。杙题。”文末有注:“《金石萃编》卷八〇”。同行者有华州司士参军郭丰、华阴县丞李甲、华阴县主簿姚鹏举、华阴县尉韩晤、华阴县尉苗华、华阴县尉崔杙、门下典仪李诚明。

## 八月

**宪宗有《停进奇禽异兽诏》**。

《唐大诏令集补编》卷一八宪宗有《停进奇禽异兽诏》。文末署“元和元年八月庚戌”,文即撰于此时。

## 九月

**李渤隐嵩山。诏征为左拾遗,不赴。卢坦寄书促之**。

《旧唐书·宪宗纪上》:元和元年九月“癸丑,以山人李渤为左拾遗,征不至”。《全唐文》卷五四四卢坦《与李渤拾遗书》:“八月三日,坦顿首,奉书拾遗公:……天子所以闻风下诏,命作谏臣。朝野耸瞻,烟萝动色。足下怀宝乐山,竟未为苍生起,实一代之孤风,千年之旷躅,不可得而累也。”

**辛亥,高崇文奏收成都,擒刘辟以献。时韦皋原参佐房式、韦乾度、独孤密、符载、郗士美、段文昌等皆在成都,高崇文皆释而礼之,并上表荐之**。

见《资治通鉴》卷二三七,并记高崇文:“目段文昌曰:‘君必为将相,未敢奉荐’”。

## 十月

**张仲素在徐州,为武宁军张愔幕从事,西川平,代为表贺**。

《全唐文》卷六四四张仲素《贺破贼表》:“臣某言:得度支使李巽与臣委曲,报剑南行营官军大破逆贼刘辟事宜。……凡在臣子,孰不欢心。某忝荷鸿私,谬承朝寄,无任庆快之至。”同书同卷张仲素又有《贺捉获刘辟等表》:“臣谬沐殊私,叨承重寄,手舞足蹈,倍万恒情。”二表均为代人贺表。

**壬申,以李师道为平卢淄青节度副大使、知节度事**。

见《旧唐书·宪宗纪上》。

## |十一月|

**本年五月庚辰,郑馀庆以尚书左丞知政事,本月罢为太子宾客,有制**。

见《资治通鉴》卷二三七。《全唐文补编》卷五九《郑馀庆太子宾客制》题末注:“元和元年十一月”。

**睦州刺史李幼清游定山,有题名**。

见《全唐文补编》卷六三。文末署:“元和元年十一月廿□日游。”注:“《两浙金石志》卷二。”

## |十二月|

**白居易与陈鸿、王质夫同游仙游寺,陈鸿作《长恨歌传》,白居易作《长恨歌》**。

《白居易集》卷一二有《长恨歌》,诗前附陈鸿《长恨歌传》:“元和元年冬十二月,太原白居易自校书郎尉于盩厔。鸿与琅邪王质夫家于是邑。暇日相携游仙游寺,话及此事,相与感叹。质夫举酒于乐天前曰:‘夫希代之事,非遇出世之才润色,则与时消没,不闻于世。乐天深于诗,多于情者也,试为歌之,如何?’乐天因为《长恨歌》。意者,不但感其事,亦欲惩尤物,窒乱阶,垂于将来也。歌既成,使鸿传焉。”传奇文与诗相配合而作,亦可见此时文与诗之合作关系。

## | 冬 |

**凌准卒于连州，有《邠志》二卷。柳宗元为撰权厝志。**

《柳宗元集》卷一〇《故连州员外司马凌君权厝志》："尚书都官员外郎、和州刺史、连州司马、富春凌君讳准，卒于桂阳佛寺。先是六月，告于州刺史博陵崔君曰：'余尝学《黄帝书》。切脉视病，今余……将不腊而死，审矣。'……又告为老氏者某曰：'余生于辰，今而寓乎戌。辰戌冲也，吾命与脉叶，其死矣乎！……'及是，咸如其言云。"按，"丙戌"为元和元年，知准死于六月后，腊月之前，则其卒约在冬日。《新唐书·艺文志二》："凌准《邠志》二卷。"

## | 本 年 |

**白居易《驺虞画赞》作于本年。**

《白居易集》卷三九《驺虞画赞》："元和元年夏，有以《驺虞图》赠予者。予爱其外猛而威，内仁而信。又嗟旷代不睹，引笔赞之词云尔。"

**僧文畅将游河朔，杨凝等以诗送行，柳宗元为作诗序，谓文畅北游将统合儒、释。其《剑门铭》《上严东川寄剑门铭启》均本年作。**

《柳宗元集》卷二五《送文畅上人登五台遂游河朔序》："昔之桑门上首，好与贤士大夫游。……天官顾公、夏官韩公、廷尉郑公、吏部郎中杨公、刘公……皆厚于上人，而袭其道风，伫立瞻望，惧往而不返也。吾辈常希灵运、明远之文雅，故诗而序之。又从而谕之曰：'今燕、魏、赵、代之间，天子分命重臣，典司方岳，辟用文儒之士，以缘饰政令。服勤圣人之教，尊礼浮屠之事者，比比有焉。上人之往也，将统合儒释，宣涤疑滞。'"集注谓天官顾公为顾少连，贞元十七年任此职。《编年史》以为此序约贞元十八年作，并谓："此亦可见当时河北诸镇辟用文士之用意，及柳宗元对儒、释可以统合而用于政教之见解。"但据《罗谱》所考，此序乃本年作，今从之。又，《柳宗元集》卷二〇有《剑门铭》、卷三六有《上严东川寄剑门铭启》，前文云："帝用休嘉，议功居首，增秩师长，进为大藩，宅是南服。将校群吏,愿刊山石,昭著公之功。”按,严东川为严砺,其除东川节度使在本年十月(《资治通鉴》卷二三七),故柳两文盖作于本年。

**刘禹锡本年为《机汲记》《救沈志》文,《楚望赋》《砥石赋》亦约作于本年。**

《刘集校注》卷一四《机汲记》:“濒江之俗,不饮于凿而皆饮之流。予谪居之明年,主人授馆于百雉之内,江水沄沄,周墉间之。”禹锡去年被谪,文即本年作。又,《刘集校注》卷一四《救沈志》:“贞元季年夏大水,熊、武五溪……毁民家。……适有挚兽……其徒将取焉,僧趣呵之曰:‘第无济是为!’……子刘子曰:余闻‘善人在患,不救不祥;恶人在位,不去亦不祥’,僧之言远矣,故志之。”按,贞元季夏即永贞元年季夏,禹锡此年末抵朗州,文或作于本年。又,《刘集校注》卷一四有《楚望赋》《砥石赋》,据《刘集校注》:“赋元和初在朗州作。”按,两赋作年难确考,约作于其初贬朗州数年中,今姑系于此。

**元稹本年作有《献事表》《论教本书》《论谏职表》《论追制表》等文;其《论出宫人嫁诸女书》《论广开言路书》《论禁贡献省畋游书》等文亦本年所作。**

《元稹集》卷二九有《论教本书》,同书卷三二有《献事表》,同书卷三三有《论谏职表》《论造制表》诸文。据卞孝萱《元稹年谱》所考,上述诸文均本年所撰。又《元稹年谱》谓元稹本年尚作有《论出宫人嫁诸女书》《论广开言路书》《论禁贡献省畋游书》等文,今均佚。

**权德舆本年有《元和元年吏部试上书人策问三道》。**

《唐大诏令集补编》卷二四有权德舆所撰《元和元年吏部试上书人策问三道》。文当撰于本年。

**柳理约于本年作小说《上清传》。**

《太平广记》二七五柳理《上清传》:“……乃下诏窦参。时裴延龄探知陆贽恩衰,得恣行媒孽。贽竟受谴不回。后上清特敕削丹书度为女道士,终嫁为金忠义妻。”陆贽恩衰贬忠州别驾在贞元十一年,二十一年卒于忠州。《上清传》言其“受遣不回”，又记上清后度道士、嫁金忠义事等，则此传之作更当在此后，未可确考，姑系于此。柳珵，又有《常侍言旨》。《郡斋读书志》卷一三：“记其世父柳芳所谈。”

**令狐楚约于本年免父丧，征拜右拾遗**。

《旧唐书·令狐楚传》：“丁父忧，以孝闻，免丧，征拜右拾遗。”《刘禹锡集》卷一九《令狐楚集纪》：“元和初，宪宗闻其名，征拜右拾遗。”

## 唐宪宗元和二年

丁亥　八〇七

### 正月

**宪宗下制云：“天下诸色人中，有贤良方正，能直言极谏；博通坟典，达于教化……委内外官各举所知，当亲策试。”**

见《册府元龟》卷六八、《唐大诏令集》卷七〇。

**王璠、姚向游雁塔，有题名**。

《全唐文补编》卷六八王璠《雁塔题名》：“元和二年正月五日。”注：“《文物》一九六一年八期刊宋拓残本。”

**刘肃为浔阳县主簿，撰《大唐新语》**。

《全唐文》卷六九五刘肃《大唐新语序》：“圣唐御宇，载几二百，声明文物，至化元风，卓尔于百王，辉映于前古。肃不揆庸浅，辄为纂述。备书微婉，恐贻床屋之尤；全采风谣，惧招流俗之说。今起自国初，迄于大历，事关政教，言涉文词，道可师模，志将存古，勒成十三卷，题云《大唐新语》，聊以宣之开卷，岂敢传诸奇人。时元和丁亥岁有事于圜丘之月序。登仕郎、守江州浔阳县主簿刘肃撰。”按，元和丁亥岁即本年。又，《旧唐书·宪宗纪上》：元和“二年春正月己丑朔……辛卯。祀昊天上帝于郊丘，是日还宫，御丹凤楼，大赦天下”。据此，《大唐新语》此时已撰成并有序之撰。

**李德裕以父居相位，避嫌，辞校书郎，出为方镇幕府从事。**

《旧唐书·李德裕传》：“元和初，以父再秉国均，避嫌不仕台省，累辟诸府从事。”据《旧唐书·宪宗纪上》，李吉甫元和二年正月己卯拜相，知李德裕避嫌外任当在此时。

**杜佑以年老请致仕，诏不许。居城南杜曲，乐林泉之胜，以文记之。权德舆亦有记刻石。**

《旧唐书·宪宗纪上》：元和二年正月“丁酉，司徒杜佑辞知政事，诏令每月三度入朝，便于中书商量政事”。《全唐文》卷四七七杜佑《杜城郊居王处士凿山引泉记》：“佑实虚薄，谬窃公台，作相两朝，空尸高秩。初过从心之岁，即陈归老之诚……任适田庐，恣寻山水……司徒平章事岐国公京兆杜佑记。”《权载之文集》卷三一《司徒岐公杜城郊居记》：“自汉建平侯徙杜陵，三守本封，几乎千祀。故城南墟里，多以杜为名。逮今郊居，不忘厥初。……德舆谬陪众君子升公之堂，嘉招盛集，靡间弦晦，以众美之不可以不纪也。承命遽书，刻于岩石云。”

**回纥请于河南府、太原府置摩尼寺，许之。**

见《旧唐书·宪宗纪上》。

## 二月

**王源中、窦巩、白行简、张存则、杨敬之、费冠卿、钱众仲、韦楚材、吴武陵等二十八人及第，王源中为状元。试《贡院楼北新栽小松诗》《舞中成八卦赋》，以“中和所制，盛德斯陈”为韵，张存则、白行简、钱众仲之赋存《文苑英华》卷七九。白行简、钱众仲、吴武陵诗存《文苑英华》卷一八七。刘茂贞明经科登第。**

**本年知贡举为礼部侍郎崔邠**。

见《登科记考补正》卷一七。《全唐文》卷六九二白行简《舞中成八卦赋》首云:"卦惟体德,舞以象功。分其节于乾坤之位,列其画于缀兆之中。相彼六爻,爰配数于六律;侔兹八体,俾叶义于八风。原夫乍合乍离,进旅退旅。参于由而九变无挠,辨于位而五方有序。作既自于天心,用必在夫君所。刚柔斯别,皆取象于负图;俯仰可观,各分行于曳绪。尔其舞既备,位亦陈。赞阳和之启蛰,助雷雨之解屯。卦始画于庖牺,当皇唐贞元之岁;《易》咸列于宣父,在圣祖中和之辰。度曲未终,变态无极。震艮以节其动止,离坎以分其南北。闻之者正性命而深和,睹之者守精微而不贼。"

**潘伦撰《新罗僧法清请给公验牒》**。

见《全唐文补编》卷六〇。牒文规定所有僧人"今欲往诸山巡礼及寻医疗疾,恐所在关戍、城门街铺、村坊佛堂、山林兰若、州县寺舍等不练行由(按,"行由",唐公文中习语,意谓不熟悉此事的前后状况),请给公验者。付库检得报敕内名同者。谨检格,僧尼有能行头陀者,到州县寺舍,任安置将理,不得所由恐动者。"据此牒文所规,僧尼和一般百姓一样,在通过关戍等地时,必须携带公验或过所,以备巡检。文末署:"元和二年二月日。令吏潘伦牒。主事赵参。员外郎周仲孙。"注:"《入唐求法巡礼行记》卷二。"

**韩愈本年四十岁。二月,仍在京任国子博士,作《释言》以避谗谤,求分司东都。又为卢东美作墓志铭,叙及其大历间与众文友讲说周公、孔子事**。

《韩集校注》卷二《释言》:"元和元年六月十日,愈自江陵法曹诏拜国子博士,始进见今相国郑公。公赐之坐,且曰……愈再拜谢,退录诗书若干篇,择日时以献。于后之数月,有来谓愈者曰:'子献相国诗书乎?'曰:'然'曰:'有为谗于相国之座者曰:'韩愈曰:"相国征余文,余不敢匿,相国岂知我哉!"子其慎之!'……既累月,又有来谓愈曰:'有谗于翰林舍人李公与裴公者,子其慎欤!'……既累月,上命李公相,客谓愈曰:'子前被言于一相,今李公又相,子其危哉!'……既而谗言果不行。"李公,李吉甫,元和二年正月拜相,文云"今李公又相",则此文约本年二月作。《李文公集》卷一一《故吏部侍郎韩公行状》:"入为权知国子博士，宰相有爱公文者，将以文学职处公。有争先者，构公语以非之。公恐及难，遂求分司东都。"又，《韩集校注》卷六《考功员外郎卢君墓铭》："范阳卢君东美。少未出仕，皆在江淮间，天下大夫士为之'四夔'……大历初……君时始任戴官，通《诗》《书》，与其群日讲说周公孔子以相磨砻浸灌……将合葬其子畅命其孙立曰'……起居丈有季曰愈，能为古文，业其家；是必能道吾父事业。'"文末署"元和二年二月十日。"

## |春|

**窦群于本年春由吏部郎中迁御史中丞，吕温代其上书襄州刺史于頔。**

《吕和叔文集》卷三有《代窦中丞与襄阳于相公书》。于相公，于頔。据《旧唐书·宪宗纪上》，襄州刺史、山南东道节度使于頔于永贞元年十二月加同平章事。窦中丞，即窦群。《旧唐书·窦群传》："宰相武元衡、李吉甫皆爱重之，召入为吏部郎中。元衡辅政，举群代己为中丞。"武元衡于本年正月拜相，十月出镇西川。则窦群由吏部郎中迁御史中丞约在本年春。

**白居易撰郑氏墓志铭，文中记及元稹早年事迹。**

据《白居易年谱》。《白居易集》卷四二《唐河南元府君夫人荥阳郑氏墓志铭》中云："家贫无师以授业。夫人亲执诗书，诲而不倦。四五年间，二子皆以通经入仕。稹既第，判入等，授秘书省校书郎；……由校书郎拜左拾遗，不数月，谠言直声，动于朝廷，以是出为河南尉。……元和岁，丁亥春。"

## |四月|

**韩愈感李翰所作《张巡传》之不足，为作《张中丞传后叙》。**

《韩集校注》卷二《张中丞传后叙》："元和二年四月十三日夜，愈与吴郡张籍阅家中旧书，得李翰所为《张巡传》。翰以文章自名，为此传颇详密，然尚恨有阙者：不为许远立传，又不载雷万春事首尾。"《补注》："方苞曰：截然五段，不用钩连，而神气流注，章法浑成，惟退之有此。……又曰：退之序事文不学《史记》，而生气奋动处，不觉与之相近。刘大櫆曰：通篇议论，盘屈排戛，锋芒透露，皆韩公本色。鹿门以为太史公，误矣！张裕钊曰：其屈盘遒劲，雄岸自喜处，仍系退之本色。”

**饶州刺史李夷简游定山，有题名。**

《全唐文补编》卷六四李夷简《定山题名》：“元和二年四月十二日□。”注：“《两浙金石志》卷二。”

**卢允叔有雁塔题名。**

见《全唐文补编》卷六一。文末署：“元和二年四月廿三日同游。”注：“《雁塔题名帖》。《文物》一九六一年八期刊宋拓残本。”

**段文昌赴上都，游广元千佛崖，有题名。**

《全唐文补编》卷六八段文昌《广元千佛崖题名》：“前秘书省校书郎段文昌。元和二年四月赴上都。男斯立、思齐。”注：“《八琼室金石补正》卷五一。《金石苑》卷二。”

## | 五 月 |

**刘禹锡三十六岁，本月撰广禅师碑。**

《刘集校注》卷一四《袁州萍乡县杨岐山故广禅师碑》，宋赵明诚《金石录》卷九《目录》于《唐乘广禅师碑》条云：“刘禹锡撰并正书，元和二年五月。”《金石萃编》卷一〇五记此碑“元和二年五月二十七日建”。

**殿中侍御史内供奉郑敦礼有定山题名。**

见《全唐文补编》卷六〇。文末署：“元和二年五月七日。”注：“《两浙金石志》卷二。”

**郴州刺史梁褒先有侍郎窦题名。**

见《全唐文补编》卷六〇。文末署:“元和二年五月十日。先记。西羌安常皎镌。”注:“《八琼室金石补正》卷六七。”

**崔群撰崔夫人权厝墓志铭并序。**

《唐代墓志汇编续集》“元和〇〇五”有崔群所撰《大唐故清河崔夫人权厝墓志铭并序》。文云:“夫人姓崔氏,清河东武城人。……终于元和景戌岁六月十有六日,盖享龄三十有七。……以明年……五月十五日,归窆于河南府缑氏县张曲村原直御史府君茔二里所。……仲弟群感深同气,痛剧如剡,援毫啜泣,谨志大略,以置于幽隧云……”按,“元和景戌岁”为元和元年,文末又署“元和二年五月十日季弟章书”,则文乃撰于元和二年五月。

## | 六 月 |

**刘禹锡有《观市》之作。**

《刘集校注》卷一四《观市》:“元和二年,沅南不雨,自季春至于六月,毛泽将尽,郡守有志于民,遂迁市于城门之逵,余得自丽谯而俯焉。”文即六月或稍后作,姑系于此。

## | 八 月 |

**杨琯撰宫自劝墓志铭。**

《全唐文补遗》有杨琯所撰《唐故东都畿汝州都防御使押衙中散大夫试太常卿兼监察御史赐紫金鱼袋上柱国宫府君(自劝)墓志铭》。此文末署“大唐元和二年岁在丙戌八月景辰十七日壬申”,则文撰于本年八月。

**王诩撰杨志廉墓志铭并序。**

《唐代墓志汇编续集》“元和〇〇二”有王诩所撰《赠扬州大都督杨府君墓志铭并序》。文记“公讳志廉,其先系于周”,又云“圣唐丕口万国一百八十有九载,龙集景戌月惟孟春,廿六日……杨公薨于长安修德里之私第,享年六十有三。大君悼焉。……以明年八月十七日葬于国城之西龙首原先茔之东南二百步。”按,“圣唐丕口万国一百八十有九载,龙集景戌月惟孟春”即为唐宪宗元和元年,其葬于“明年八月十七日”,则为元和二年八月十七日。据此,则文乃本年八月撰。

## | 秋 |

**白居易自周至尉调充进士考官,有《进士策问五道》。**

《白居易集》卷四七《进士策问五道》第三道云:“大凡人之感于事,则必动于情,发于叹,兴于咏,而后形于歌诗焉。……”

## | 十 月 |

**癸酉,润州大将张子良等执李锜以献,浙西乱平。**

见《旧唐书·宪宗纪上》。十一月甲申,即斩李锜于长安独柳树下。

**郑宗经撰高行晖墓志铭并序。**

《唐代墓志汇编续集》“元和〇〇七”有郑宗经所撰《唐故正议大夫试怀州别驾赐紫金鱼袋赠户部尚书渤海高府君墓志铭并序》。文云:“公名行晖,字行晖,本郡之潞县人也。……自成童以及弱冠,心志不醨,错综群言,该详百氏。于礼义,敦恪慎之敬,利用叶中……以乾元二年十二月二日寝疾,终于怀之官舍,享龄六十九。……以元和二年岁在丁亥十一月朔日甲申归祔于潞县高义乡庞村之原。”据此,则文约撰于本年十月。

## |十二月|

**宪宗有敕规定有亏礼教者,州府不准举送。**

《登科记考补正》卷一七载元和二年十二月敕:"自今以后,州府所送进士,如迹涉疏狂,兼亏礼教,或曾为官司科罚,或曾任州府小吏,一事不合入清流者,虽薄有词艺,并不得申送入。"

**李吉甫上所撰《元和年国计簿》。**

《唐会要》卷三六:"元和二年十二月,李吉甫等撰《元和年国计簿》十卷,上之。"

## |本年|

**韩愈约于本年撰《答冯宿书》《送董邵南序》。**

《韩集校注》卷三《答冯宿书》:"在京城时,嚣嚣之徒相訾百倍……故至此已来,克己自下,虽不肖人至,未尝敢以貌慢之;况时之所尚者邪?……"按,文中"至此",乃谓至东都。方成珪《诗文年谱》系此文于本年。又,《韩集校注》卷四《送董邵南序》:"燕赵古称多感慨悲歌之士。董生举进士,连不得志于有司,怀抱利器,郁郁适兹土,吾知其必有合也。董生勉乎哉!夫以子之不遇时,苟慕义强仁者皆爱惜焉,矧燕赵之士出乎其性者哉?然吾尝闻风俗与化移易,吾恶知其今不异于古所云邪?聊以吾子之行卜之也。董生勉哉!吾因子有所感矣,为我吊望诸君之墓,而观于其市复有昔时屠狗者乎?为我谢曰:明天子在上,可以出而仕矣!"《补注》:"刘大櫆曰:退之以雄奇胜,独此篇及《送王含序》深微屈曲,读之觉高情远韵,可望不可及。曾国藩曰:沉郁往复,去肤存液。"此文作年难确考,《韩愈年谱汇证》姑系于本年,今从之。

**柳宗元三十五岁。本年在贬地不得内召,作《惩咎赋》自儆。又撰其母之归祔志、其父之神道表,记述其父曾因事撰文事。本年作西亭成,与文友会饮,各**

**有诗,宗元为之序。又有记法华寺西亭文。**

《柳宗元集》卷二《惩咎赋》:“哀吾生之孔艰兮,循《凯风》之悲诗。罪通天而降酷兮,不殛死而生为!逾再岁之寒暑兮,犹贸贸而自持。……”按,《新唐书·柳宗元传》:“既窜斥,地又荒厉,因自放山泽间,其堙厄感郁,一寓诸文,仿《离骚》数十篇,读者咸悲恻。……宗元不得召,内闵悼,悔念往咎,作赋自儆,曰《惩咎》。”据赋,文乃作于其母卒之再岁,其母元和元年五月卒,则此赋乃作于本年。又,《柳宗元集》卷一三《先太夫人河东县太君归祔志》:“先夫人姓卢氏……元和元年,岁次丙戌,五月十五日,弃代于永州零陵佛寺。明年某月日,安祔于京兆万年栖凤原先侍御史府君之墓。其孤有罪,衔哀待刑,不得归奉丧事以尽其志。”按,此文乃撰于其母卒之明年,当在本年撰。文中哀悼其母颇为哀伤动人。又,《柳宗元集》卷一二《先侍御史府君神道碑》:“先君讳镇……会宗元得罪……不得手开玄堂以奉安祔,罪恶益大,世无所容。”按,集注:“韩曰:公永贞元年八月谪永州司马。明年,元和改元,先夫人卒于永。明年,归祔于侍御之墓。表当作于是时。”据此,碑亦本年作。碑记其父所作文甚多,云:“载家书隐王屋山。间行以求食,深处以修业,作《避暑赋》。……劝耦耕,作《三老五更议》《籍田书》……作《晋文公三罪议》《守边论》……元戎大攘狄虏,增地近律,作《夏口破虏颂》。”又,《柳宗元集》卷二四《法华寺西亭夜饮赋诗序》:“予既谪永州,以法华浮图之西临陂池,丘陵大江连山……遂伐木为亭。……间岁,元克己由柱下吏亦谪焉而来,无几何,以文从予者多萃焉。是夜会兹亭者凡八人,既醉,克己欲志是会,以贻于后,咸命为诗,而授予序。”按,文谓其贬永州“间岁”,知序乃本年作。又,《柳宗元集》卷二八《永州法华寺新作西亭记》:“法华寺居永州,地最高。……余时谪为州司马,官外乎常员,而心得无事。乃取官之禄秩,以为其亭,其高且广,盖方丈者二焉。”按,此文亦约本年作。

**刘禹锡在朗州,本年与柳宗元有书寄答,互叙思念之情。**

《刘禹锡集》卷一〇《答柳子厚书》:“索居三岁,俚言芜而不恰,临书轧轧不具。禹锡白。”刘禹锡于永贞元年岁暮抵朗州,至此三年。文中云:“零陵守以函置足下书爰来,屑末三幅,小章书仅千言,申申亹亹,茂勉甚悉。相思之苦怀,胶结赘聚,至是泮然以销,所不如晤言者亡几。”可见其虽身在贬中,想念之情仍深。

**韦处厚本年上书宰相荐皇甫湜，随进湜文八篇。**

《全唐文》卷七一五韦处厚《上宰相荐皇甫湜书》："窃见前进士皇甫湜，年三十二，学穷古训，词秀人文，脱落章句，简斥枝叶。……谨缮其书论赋合八首，用卜可否。"皇甫湜元和元年进士及第，三年举贤良方正授陆浑尉。文称其为"前进士"，故当作于今年。

**刘商于本年或稍前卒，有诗集十卷。后武元衡为之撰集序。**

刘商卒年未可确考，姑系于此。《全唐文》卷五三一武元衡《刘商郎中集序》："其孤乃缄鐍遗文，提捧万里，猥期序引。"知序作于武元衡出镇成都以后，时刘商已卒。序中又云："著歌行等篇，皆思入窅冥，势含飞动，滋液琼瑰之朗润，浚发绮绣之浓华，触境成文，随文变象，是谓折繁音于孤韵，贯清济于洪流者也。今所编录凡二百七十七篇，及早岁著《胡笳词十八拍》……雄词丽句，遍在人间。予与司空严公亲结义深，相与编葺，恨不得继采诗之末，播于乐章，且传诸名士，庶几不朽。忝以宿姻旧好，抚事追书，故言之不让也。"

## 唐宪宗元和三年

戊子　八〇八

### 二月

**周况、郑肃、陆亘等十九人等进士第。时中书舍人卫次公知贡举。**

见《登科记考补正》卷一七。

**柳宗元三十六岁，在永州司马任。约二月后为海禅师碑。**

《柳宗元集》卷六《龙安海禅师碑》记禅师："元和三年二月九日而殁。其弟子玄觉洎怀直、浩初等，状其师之行，谒余为碑。"据此，碑作于本年二月之后，确时难考，姑系于此。

## |三月|

**宪宗有《委吏部访择秘书省弘文馆等校书正字诏》。**

《唐大诏令集补编》卷二二宪宗有《委吏部访择秘书省弘文馆等校书正字诏》。文末署“元和三年三月”,文即撰于此时。文云:“元和三年三月诏:秘书省、弘文馆、崇文馆、左春坊、司经局校书、正字,宜委吏部自今以后于平留选人中,加功访择,取志行贞洁、艺学精通者注拟。综核才实,惟在得人,不须限以登科及判入等第。其校书、正字,限考入畿县尉簿,任依常格。”

## |春|

**柳宗元游南池,有序。**

《柳宗元集》卷二四《陪永州崔使君游宴南池序》,云:“崔公既来,其政宽以肆……于暮之春……登舟于兹水之津。”《施谱》谓崔使君为崔敏,“崔敏于元和二年刺永,《序》或是是年春所作”。

## |四月|

**牛僧孺、皇甫湜、李宗闵、李正封、徐晦、贾餗、王起等人登贤良方正、能直言极谏科。考官杨於陵、李益、韦贯之等坐牛僧孺、皇甫湜、李宗闵等策语太切直,为权幸者所忌恨而遭贬。有皇甫湜对策文。樊宗师亦登军谋宏远科,授著作佐郎。王衮拔萃科擢第。冯芑、陆亘博通坟典、达于教化科擢第。樊宗师军谋弘达科擢第。萧睦详明政术、可以理人科擢第。皇甫湜对策存《文苑英华》卷四八九。**

见《登科记考补正》卷一七。又《唐会要》卷七六:“元和三年……四月……先是策贤良诏杨於陵、郑敬、李益与韦贯之为同考官。是年牛僧孺、皇甫湜、李宗闵条对甚直,无所畏避,考官考三策皆在第。权幸或恶其诋己,而不中第者乃注解其策,同畏为唱诽。又言涯居翰林,其甥皇甫湜中选,考核之际不先上言,故同坐焉。居数日，贯之再黜巴州司马，涯虢州司马，杨於陵遂出为广州节度使。”皇甫湜对策文之有关取士、振儒风之意见云：“……黜异端之学，使法不乱而教不烦，则老释之流常屏矣。……陛下葺国学以振儒风，而微言尚郁者，盖其所以干禄而得仕者以章句记读，而不由义理故也。若变其法，则可以诛其弊矣。……古之取人也，拔十得五，犹以为多也。……今则不然。举于礼部，则曰幽昧者凡陋而不可采；选于吏部，则曰声名者虚浮而不可用。工文者则惧华而不实，敦质者惧朴而寡能，冠盖之族则以为因依，微贱之人则以为幽险。上求之愈切，下搜之弥深。夫士何负于有司，而乃蹇顿之、抑刻之如是哉！……今之取士，以文学记读为法，其素履实行则无门而知。使由文学而进者，往往犯奸贼为枭獍，此诚甚弊也。……伏请……置乡校县学州庠，以教训其子弟，长育其才志。自乡升之县，自县升之州，自州升之礼部。公卿子弟尽育于京辇者，则使之必太学，然后登有司。……然后参以才艺，试其器用。诚取人之急务，伏惟陛下裁之。”（《登科记考补正》卷一七）

**韩愈本年四十一岁，仍在洛阳分教东都生，时改真博士。约四月后为裴均《荆潭唱和诗》作序，有“欢愉之辞难工，穷苦之言易好”之说。**

李翱《李文公集》卷一一《韩公行状》：“权知三年，改真博士。”洪兴祖《韩子年谱》本年下云：“《酬崔十六少府》诗，唐本注云‘元和三年’。诗云‘三年国子师’，公自元年为博士，至今三年。《行状》云‘权知三年，改真博士’也。”方成珪《诗文年谱》：“是年改真博士。”《韩昌黎文集校注》卷四《荆潭唱和诗序》：“从事有示愈以《荆潭酬唱诗》者，愈既受以卒业，因仰而言曰：夫和平之音淡薄，而愁思之声要妙；欢愉之辞难工，而穷苦之言易好也。是故文章之作，恒发于羁旅草野；至若王公贵人气满志得，非性能而好之，则不暇以为。今仆射裴公开镇蛮荆……常侍杨公领湖之南壤地二千里……乃能存乎诗书，寓辞乎咏歌，往复循环，有唱斯和，搜奇抉怪，雕镂文字，与韦布里闾憔悴专一之士较其毫厘分寸，铿锵发金石，幽眇感鬼神，信所谓材全而能钜者也。两府之从事与部属之吏属而和之，苟在编者，咸可观也。宜乎施之乐章，记诸册书。从事曰：‘子之言是也。’告于公，书以为《荆潭唱和诗序》。”按，《新唐书·艺文志四》：“裴均《荆潭唱和集》一卷。”又据《旧唐书·宪宗纪上》：裴均贞元十九年五月为江陵尹、荆南节度使，元和三年入为右仆射，判度支；杨凭贞元十八年九月为潭州刺史、湖南观察使，元和二年由江西观察使入为散骑常侍、刑部侍郎，元和四年拜京兆尹。文称"今仆射裴公""常侍杨公",知文乃本年四月或稍后之作,姑系于此。

**白居易作状论制科利弊**。

《白居易集》卷五八《论制科人状》云:"臣伏见内外官近日除改,人心甚惊,远近之情,不无忧惧,喧喧道路,异口同音。皆云:制举人牛僧孺等三人,以直言时事,恩奖登科。被落第人怨谤加诬,惑乱中外,谓为诳妄,斥而逐之,故并出为关外官。……臣伏以裴垍、王涯、卢坦、韦贯之等皆公忠正直,内外咸知;所宜授以要权,致之近地。故比来众情私相谓曰:此数人者,皆人之望也。若数人进,则必君子之道长;若数人退,则必小人之道行。故卜时事之否臧,在数人之进退也。……"

**易州刺史、义武支度副使高述有北岳庙题名**。

见《全唐文补编》卷六一高述《北岳庙题名》。文末署:"元和三年四月三日祷祀。"注:"《金石萃编》卷七三。"

## | 九 月 |

**丙申,以户部侍郎裴垍为中书侍郎、同平章事**。**戊戌,李吉甫罢相,出为淮南节度使**。

见《旧唐书·宪宗纪上》。据傅璇琮《李德裕年谱》,李吉甫之罢相,"为宦侍所抑"(《新唐书·吕温传》)。

**崔邠、卫次公以昔日同官渭南尉日唱和诗刻石,权德舆序之**。

《全唐文》卷四九〇《崔吏部卫兵部同任渭南县尉日宿天长寺上方唱和诗序》:"清河崔处仁、河东卫从周,于是有清秋仁祠往复十七韵之作。……元和三年秋,处仁为吏部侍郎,从周为兵部侍郎,重九休浣联镳道旧,永怀囊篇,二纪于兹。虑屋壁之隙坏,诗文之磨灭,不若刻勒片石之为坚且久也。惟二贤大雅闳达,人伦龟玉,更为王阳,迭为田苏。"崔邠字处仁,卫次公字从周,二人唱和诗作于贞元元年秋。本文有“元和三年秋”“重九休浣联镳道旧”语，则文乃本年九月重阳作。

## 秋

**娄图南往淮南入道，柳宗元有序送之，提出君子之出，以行道也。**

《柳宗元集》卷二五《送娄图南秀才游淮南将入道序》：“仆自尚书郎谪来零陵，觏娄君，犹为白衣……因为余留三年。他日又曰：‘吾所以求于心者，未克，今其行也。’……故为之言。”按，宗元谪永州时见娄图南，“三年”后即本年。又同书卷四二有《酬娄秀才寓居开元寺早秋月夜病中见寄》《酬娄秀才将之淮南见赠之什》，集注云：“韩曰：娄秀才，图南也……集有送其之淮南序。二诗与序当同时作。”又后诗有“畹晚惊移律”句，或即指初入秋时。宗元此序或即作于本年秋后图南将往淮南时。此序云：“夫君子之出，以行道也；其处，以独善其身也。……仆尝学于儒，持之不得，以陷于是。以出则穷，以处则乖，其不宜言道也审矣。”

## 十月

**柳宗元撰般舟和尚碑。**

《柳宗元集》卷七《南岳般舟和尚第二碑》，集注：“孙曰：按碑云前永州司马员外置同正员柳宗元撰并书。元和三年十月二十九日僧景秀立。”然校勘记云：“‘十月’，何焯校本作‘二月’。”未详孰是，今权记于十月。

**韩愈在洛阳，与石洪、王仲舒等游福先寺塔，题名。**

《韩昌黎集》遗文《福先塔寺题名》：“处士石洪浚川、吏部员外王仲舒宏中、水部员外郑楚相叔敖、洛阳县令潘宿阳乾明、国子博士韩愈退之、前试左武卫胄曹李演广文、前杭州钱塘县尉郑纮文明。元和三年十月九日同游。”据《增订唐两京城坊考》卷五，东京延福坊有福先寺。

**韩愈称赏李贺《雁门太守行》诗，劝其举进士，为作《讳辩》。**

张固《幽闲鼓吹》："李贺以歌诗谒韩吏部，时为国子博士分司。送客归，极困。门人呈卷，解带旋读之。首篇《雁门太守行》曰：'黑云压城城欲摧，甲光向日金鳞开。'却援带，命邀之。"《韩昌黎文集校注》卷一《讳辩》："愈与李贺书，劝其举进士。贺举进士有名，与贺争名者毁之，曰：'贺父名晋肃，贺不举进士为是，劝之举者为非。'听者不察也，和而唱之，同然一辞。"《编年史》系此事于此时，今从之。

## 十一月

**王源植撰萧恕南阳张夫人合祔志铭并序。**

《全唐文补遗》有王源植所撰《唐故右武卫长史萧府君(恕)南阳张夫人合祔志铭并序》。据本文，萧府君卒于大历三年，张夫人卒于元和二年七月廿二日。"吉岁明年十一月十八日兆。乃自望洛坡，迁先君……及夫人神柩偕葬，礼也"。则文撰于元和三年十一月。

## 十二月

**韩愈致书李渤拾遗，劝其赴诏出任拾遗。**

《韩昌黎文集校注》外集上卷《与少室李拾遗书》："十二月某日，愈顿首。……自即大位已来，于今四年……拾遗公不疾起与天下之士君子乐成而享之，斯无时矣。"按，此拾遗为李渤。宪宗永贞元年即位，至本年为四年，故文乃本年十二月作。

## 冬

**柳宗元有文上李吉甫。**

《柳宗元集》卷三六《上扬州李吉甫相公献所著文启》："阁下相天子，致太平,用之郊报……然后中分主忧,以临东诸侯……谨以杂文十首上献。"按,集注:"韩曰:吉甫罢相,为淮南节度使,公在永州,上此启。"又据《旧唐书·宪宗纪上》,李吉甫罢相为淮南节度使在本年九月。此文盖本年九月后撰,姑系于冬。

## |本年|

**柳宗元约本年为吴武陵父集作序,又有序送薛存义之零陵任。其《贺进士王参元失火书》亦作于本年前后。**

《柳宗元集》卷二一《濮阳吴君文集序》:"濮阳吴君……好学而善文。……会其子偘,更名武陵……得罪来永州。因奉其先人文集十卷,再拜请余以文冠其首,余得遍观焉。其为词赋,有诫苟冒陵僭之志;其为诗歌,有交王公大人之义;其为诔志吊祭,有孝恭慈仁之诚。而多举六经圣人之大旨,发言成章,有可观者。"按,柳宗元《与杨京兆凭书》云"去年吴武陵来",书元和四年作,则吴武陵来永州在元和三年。此序当本年作。又,《柳宗元集》卷二三有《送薛存义之任序》:"存义假令零陵二年矣。"按此文亦作于永州,然不知确年,姑从《编年史》附于此。又,《柳宗元集》卷三三《贺进士王参元失火书》:"得杨八书,知足下遇火灾……吴二十一武陵来,言足下为《醉赋》及《对问》,大善,可寄一本。仆近亦好作文,与在京城时颇异。"按,吴武陵来永州在本年,此文作时难确考,或为本年作。

**窦群坐倾李吉甫贬湖南观察使,再贬黔州观察使;吕温贬均州刺史,再贬道州刺史;羊士谔贬资州刺史,再贬巴州刺史。**

《旧唐书·吕温传》:"(元和)三年,(李)吉甫为中官所恶,将出镇扬州,温欲乘其有间倾之。温自司封员外郎转刑部郎中,窦群请为知杂。吉甫以疾在第,召医人陈登诊视,夜宿于安邑里第。温伺知之,诘旦,令吏捕登鞫问之,又奏劾吉甫交通术士。宪宗异之,召登面讯,其事皆虚。乃贬群为湖南观察使,羊士谔资州刺史,温均州刺史。朝议以所责太轻,群再贬黔南,温贬道州刺史。"《全唐文》卷六一六孟简《建南镇碣记》载羊士谔"迁侍御史,以言语明切,将酬明府,且不入,出为巴州刺史",知羊士谔再贬巴州。

**韩愈约本年致书陈商，自称“志在古道，又甚好其言辞”。**

《韩昌黎文集校注》卷三《答陈生书》：“陈生足下：……足下求速化之术，不于其人，乃以访愈……愈之志在古道，又甚好其言辞，观足下之书及十四篇之诗，亦云有志于是矣。……速化之术如是而已。古之学者惟义之问，诚将学于太学，愈犹守是说而俟见焉。”按，据《韩愈年谱汇证》，陈生乃陈商，元和九年进士，“从书中所写投书寄诗，求速化之术，汲汲于科名看，时陈商未中进士，而将学于太学，韩愈时为博士，当在是年。下年则为都官员外郎矣”。

**白居易本年授拾遗，有《初授拾遗献书》。又有《除裴垍中书侍郎同平章事制》《论和籴状》《论于頔裴均状》《答杜黄裳请上尊号表》。**

《白居易集》卷五八有《初授拾遗献书》，文融骈入散，时有骈俪之句，然文不华丽而朴实达意。如：“所以重其选者，使上不忍负恩，下不忍负心也。夫位未足惜，恩不忍负；然后能有阙必规，有违必谏；朝廷得失无不察，天下利病无不言，此国朝置拾遗之本意也。……”又，同书卷五四《除裴垍中书侍郎同平章事制》亦本年所拟翰林制诏，此文乃当时所行制书之骈文体，中云：“裴垍：器得天爵，文为国华；行有根源，词无枝叶。忠敬恭顺，贯之以诚心；方洁贞廉，辅之以通识。玉立不倚，金扣有声。……”又，同书卷五八《论和籴状》《论于頔裴均状》两文《白居易年谱》均系于本年。两文均为畅达流利，论锋犀利之散文。又白居易有《答杜黄裳请上尊号表》，见《唐大诏令集补编》卷一。此文乃本年代宪宗所撰。

**刘禹锡三十七岁，在朗州司马任。本年有书答柳宗元，赞其文词甚约而味长。其《董氏武陵集纪》亦约本年作，提出“片言可以明百意”等文论观点。**

《刘集校注》卷一四《答柳子厚书》：“零陵守以函置足下书爰来……相思之苦怀，胶结赘聚，至是泮然以销……索居三岁……”按，刘禹锡贬居朗州至本年三年。文谓柳书云：“顾其词甚约，而味渊然以长。气为干，文为支，跨踩古今，鼓行乘空。……端而曼，苦而腴，佶然以生，癯然以清。”同书同卷有《董氏武陵集纪》，据高志忠《刘禹锡诗文系年》（广西人民出版社 1988 年版，下简称《诗文系年》）：“纪云：‘生名侹……值余欢甚。因相谓曰：“间者以廷尉属为荆州从事,移疾罢去,幽卧于武陵,迨今四年。……寓其情怀,播为吟咏,时复发笥,纷然盈前。凡五十篇,因地为目。"余不得让而著于篇。'"又云:"《故荆南节度推官董君墓志》云:'始,予谪于武陵……有董生为守令客,既而以士相见之'。董侹幽卧武陵,早于禹锡谪于武陵,是纪之作,不得迟于本年也。"今从之。《董比武陵集纪》云:"片言可以明百意,坐驰可以役万景,工于诗者能之。风雅体变而兴同,古今调殊而理冥,达于诗者能之。……因系之曰:诗者,其文章之蕴邪!义得而言丧,故微而难能;境生于象外,故精而寡和。……自建安距永明已还,词人比肩,唱和相发。……国朝因之,粲然复兴,由篇章以跻贵仕者,相踵而起。兵兴已还,右武尚功,公卿大夫以忧济为任,不暇器人于文什之间,故其风浸息。乐府协律,不能足新词以度曲,夜讽之职,寂寥无纪。"

## 唐宪宗元和四年

己丑　八〇九

### 正月

**南方旱饥。庚寅,命左司郎中郑敬等为江、淮、二浙、荆、湖、襄、鄂等道宣慰使。宪宗有《遣使臣巡行江淮制》。**

见《资治通鉴》卷二三七。《旧唐书·宪宗纪上》元和三年十二月记:"是岁,淮南、江南、江西、湖南、山南东道旱。"又,宪宗《遣使臣巡行江淮制》见《唐大诏令集补编》卷二三,文末署"元和四年正月壬午"。

**宪宗有《分命使臣赈恤水旱百姓敕》。**

《唐大诏令集补编》卷二〇宪宗有《分命使臣赈恤水旱百姓敕》。文末署"元和四年正月",文即撰于此时。

**韦瓘、鲍溶、杨汝士、卢钧、赵蕃、李行修、张彻、范传质、陈至等二十人登进士第,试《荐冰诗》。鲍溶、赵蕃、卢钧、范传质、陈至诗存《文苑英华》卷一八二。韦瓘为本年状元。知贡举为中书舍人张弘靖。**

见《登科记考补正》卷一七。

**裴度在成都，为剑南西川节度掌书记，撰《蜀丞相诸葛武侯祠堂碑铭并序》。**

《全唐文》卷五三八裴度《蜀丞相诸葛武侯祠堂碑铭并序》："元和二年冬十月，圣上……诏相国临淮公，由秉钧之重，乘推毂之寄。"《八琼室金石补正》卷六八：元和四年二月二十八日立《诸葛武侯祠堂碑》，题名为"节度掌书记、侍御史内供奉、赐绯鱼袋裴度"。

## | 三 月 |

**成德节度使王士真卒，其子副大使王承宗自为留后。**

见《资治通鉴》卷二三七，云："河北三镇，相承各置副大使，以嫡长为之，父没则代领军务。"

**宪宗有《亢旱抚恤百姓德音》。**

《唐大诏令集补编》卷二〇宪宗有《亢旱抚恤百姓德音》。文末署"元和四年三月三日"，文即撰于此时。

**白居易在左拾遗、翰林学士任，屡陈时事，后有论事文多篇。**

《资治通鉴》卷二三七：元和四年三月，"上以久旱，欲降德音，翰林学士李绛、白居易上言，以为'欲令实惠及人，无如减其租税'；又言'宫人驱除之余，其数犹广，事宜省费，物贵徇情'。又请'禁诸道横敛以充进奉'。又言'岭南、黔中、福建风俗，多掠良人卖为奴婢，乞严禁止'。"据《白居易年谱》，《白居易集》中卷四二《大唐故贤妃京兆韦氏墓志铭》、卷五八《论于頔所进歌舞人事宜状》、《奏请加德音中节目二件》《论太原事状》《论魏徵旧宅状》等文乃作于本年。《论于頔所进歌舞人事宜状》中云："今于頔所进，事非获已者。臣未知此说虚之与实；再三思之，皆为不可。……今因普宁，夺其爱妾，众人既有流议，于頔得以为词。臣恐此事，不益圣德。在臣愚见，岂敢不言？伏见陛下，数月已来，分别邪正,所有制断,所有处置,无不合于公论,无不惬于情。唯此一事,实乖时体,关于损益,臣实惜之!”又《奏请加德音中节目二件》之二中云:“伏见大历已来,四十余载,宫中人数,稍久渐多。伏虑驱使之余,其数犹广。上则虚给衣食,有供亿糜费之烦;下则离隔亲族,有幽闭怨旷之苦。事宜省费,物贵遂情。顷者已蒙圣恩,量有拣放。闻诸道路,所出不多。……伏望圣慈,再加处分……”

## |闰三月|

**三月末至闰三月初,韩愈、樊宗师、卢仝自洛阳至少室谒李渤,同游嵩岳,有题名。**

《韩昌黎集》遗文《谒少室李渤题名》:“愈同樊宗师、卢仝谒少室李拾遗。”《韩昌黎集》遗文又有《嵩山天封宫题名》:“元和四年三月二十六日,与著作佐郎樊宗师、处士卢仝自洛中至少室谒李征君渤。樊至玉泉寺,疾作归。明日,遂与李、卢、道士韦濛、僧荣,并少室而东……明日,观启母石。入此观,与道士赵玄遇,乃归。闰三月三日,国子博士韩愈题。”

## |四月|

**李夷简为御史中丞,元稹代为谢上表。**

《元稹集》卷三四《代李中丞谢官表》云:“伏承今月二十九日制,授臣御史中丞。”《旧唐书·宪宗纪上》载:“(元和四年四月甲辰)以御史大夫高郢为兵部尚书,以刑部郎中、侍御史知杂李夷简为御史中丞。”《新唐书·宗室宰相传·李夷简传》载:“……复为殿中侍御史。元和时,至御史中丞。”元和四年四月二十九日正是“甲辰”,与李夷简为侍御史中丞时间相合,此表中自述身份与经历也与李夷简相符,故将此文系于本月。

**幽州卢龙节度支度营田观察处置使刘济石刻大般若经,置于房山石室,有题记。**

见《全唐文补编》卷六一刘济《大般若波罗蜜多经题记》。文首署:“唐元和四年四月八日。”文末注:“《房山石经题记汇编》第二部分。”

**李君房撰崔迈墓志铭并序**。

《全唐文补遗》有李君房所撰《唐故洛川县主簿崔府君(迈)墓志铭并序》。文云:“维元和四年正月廿九日乙亥,有唐官师前鄜州洛川县主簿崔君殁于京兆府美原县之别墅。四月壬寅,归葬于洛阳县之某原,祔先茔,礼也。……士安著书,是有高贤之传;泉明自序,常题五柳之篇。君少能属文,中岁家食,疾痼而不能秉笔,可胜痛耶。”据此,崔迈之葬在本年四月,此亦撰文之时。

## 五月

**韩愈本年四十二岁,仍在东都为国子博士。五月,为国子助教薛公达作墓志**。

《韩昌黎文集校注》卷六《国子助教河东薛君墓志铭》记“君讳公达,字大顺”,谓其“元和四年……二月十四日疾暴卒。……以五月十五日葬”,则此墓志铭当作于此时前。文以传记手法记其事迹云:“君少气高,为文有气力,务出于奇,以不同俗为主。始举进士,不与先辈揖,作《胡马》及《圆丘》诗,京师人未见其书,皆口相传以熟。及擢第,补家令主簿,佐凤翔军。军帅武人,君为作书奏,读不识句,传一幕以为笑,不为变。后九月九日大会射,设标的,高出百数十尺,令曰:中,酬锦与金若干。一军尽射,莫能中。君执弓,腰二矢,指一矢以兴,揖其帅曰:‘请以为公欢。’遂适射所,一座皆起,随之。射三发,连三中,的坏不可复射。中辄一军大呼以笑,帅益不喜,即自免去。”

**王公乂撰孙氏墓志铭并序**。

《全唐文补遗》有王公乂所撰《唐故信州永丰县尉骆府君夫人乐安孙氏墓志铭并序》。文载“以元和四年五月廿七日,安厝于洛阳县东北十里清风乡郭村之北原,礼也”。据此,文乃本年五月撰。

## 六月

**韩愈为尚书都官员外郎、分司东都。**

方崧卿《韩文公年谱》:元和四年“六月十日,行尚书都官员外郎,分司东都”。

**李翱抵广州,作《来南录》载自洛阳至广州行程。**

《李文公集》卷一八《来南录》:“六月乙亥朔,至韶州。……癸未,至广州。”

## 七月

**元稹妻韦丛卒,年二十七。元稹请韩愈撰、沈传师书墓志铭。**

《元稹集》卷六〇有《祭亡妻韦氏文》,伤悼妻子对自己的深情和夫妻间的相敬如宾:“他人以我为拙,夫人以我为尊;置生涯于濩落,夫人以我为适道;捐昼夜于朋宴,夫人以我为狎贤,隐于幸中之言。”其哀痛妻子早逝之情真挚感人,令人动容:“况携手于千里,忽分形而独飞。昔惨凄于少别,今永逝与终离。将何以解予怀之万恨?故前此而言曰:‘死犹不悲’。”

**柳宗元三十七岁,仍在永州。七月后,于与许孟容书中诉其于贬地之生活与郁悒情状。**

《柳宗元集》卷三〇《寄许京兆孟容书》:“伏念得罪来五年,未尝有故旧大臣肯以书见及者。何则?罪谤交积,群疑当道,诚可怪而畏也。以是兀兀忘行,尤负重忧……近世礼重拜扫,今已阙者四年矣。每遇寒食,则北向长号,以首顿地。……贤者不得志于今,必取贵于后,古之著书者皆是也。宗元近欲务此,然力薄才劣,无异能解,虽欲秉笔……神志荒耗,前后遗忘,终不能成章。”按,宗元被贬至本年五年。又《旧唐书·宪宗纪上》记许孟容本年七月为京兆尹,此文当作于本年七月后,姑系于此。

## 八月

**李吉甫有辋川图题记。**

见《全唐文补编》卷六一李吉甫《题辋川图》。文末署："元和四年八月十三日。弘宪题。"文末注："《容斋三笔》卷六。"

**卢载为其妻撰郑氏墓志铭并序。**

《全唐文补遗》有卢载所撰《唐前黔中观察推官试太常寺协律郎卢载妻郑氏墓志铭并序》。据文所载，郑氏"元和四年五月廿六日，寓终于长夏门外司农之官墅……其年八月十一日，窆于河南县万安山之南原，祔先茔，礼也"。则文乃本年八月所撰。

**谭峰撰元氏墓志铭。**

《全唐文补遗》有谭峰撰《唐故太中大夫守泽州刺史李公府君夫人河南元氏墓志铭》。据文所载，元氏"元和三年冬十一月廿二日，终于东都之仁和里。洎明年岁次己丑……以其年八月十七日，权窆寓河南县伊汭乡万安山之南原，从其宜也"。据此，文乃撰于本年八月。

## 九月

**宪宗以王承宗为成德节度使，分割其所属德、棣二州授德州刺史薛昌朝，为德棣节度使。制才下，王承宗即出兵至德州，执昌朝以归真定。**

见《旧唐书·宪宗纪上》、《资治通鉴》卷二三七。

**宪宗有《定刑部大理覆断系囚日限敕》。**

《唐大诏令集补编》卷二〇宪宗有《定刑部大理覆断系囚日限敕》。文末署

“元和四年九月”,文即撰于此时。文云:“元和四年九月敕:刑部大理覆断系囚,过为淹滞,是长奸幸。自今以后,大理寺检断不得过二十日,刑部覆下不得过十日。如刑部覆有异同,寺司重申,不得过十五日,省司重覆,不得过七日。如有牒外州府看勘节目及于京城内勘本推,即以报牒到后计日数,被勘司却报不得过五日。……”

**柳宗元构法华寺西亭,游宴西山,有文记之。**

《柳宗元集》卷二八《永州法华寺新作西亭记》:“法华寺居永州……遂命仆人持刀斧,群而剪焉。……乃取官之禄秩,以为其亭,其高且广,盖方丈者二焉。”又,《柳宗元集》卷二九《始得西山宴游记》:“今年九月二十八日,因坐法华西亭,望西山,始指异之。”文后又记其游后心情:“心凝形释,与万化冥合。然后知吾向之未始游,游于是乎始,故为之文以志。是岁,元和四年也。”

**司勋员外郎薛存有华岳题名。**

见《全唐文补编》卷六〇。文末署:“元和四年九月十九日。”注:“《金石萃编》卷八〇。《雍州金石记》卷五。”

**王岘撰宇文氏墓志铭并序。**

《全唐文补遗》有王岘撰《大唐故御史中丞王府君(坚)夫人宇文氏墓志铭并序》。据文所载,宇文氏“以元和四年八月,终于河南县之私第。……逾月,迁殡于河南府洛阳县平阴乡北邙之原,礼也”。据此,文撰于本年九月。

## 十月

**癸未,以神策左军中尉吐突承璀为镇州行营招讨处置等使,率众军攻讨成德王承宗。白居易上奏,以为不宜令宦官作统领,京兆尹许孟容、给事中穆质、右补阙独孤郁等亦极言其不可。宪宗不听,仅改处置为宣慰。**

见《旧唐书·宪宗纪上》、《资治通鉴》卷二三八。《资治通鉴》载白居易奏云:“国家征伐,当责成将帅,近岁始以中使为监军。自古及今,未有征天下之兵,专令中使统领者也。……陛下忍令后代相传云以中官为制将、都统自陛下始乎!”

**韩愈为元稹妻韦丛撰墓志。**

《韩集校注》卷六《监察御史元君妻京兆韦氏夫人墓志铭》:“夫人讳丛,字茂之,姓韦氏。……选婿得今御史河南元稹。……年二十七,以元和四年七月九日卒。……得其年之十月十三日葬咸阳。”则文撰于十月间。

**柳宗元游宴西山,又得钴鉧潭及其西小丘,后复游小丘西小石潭,均有记游之作。时,南承嗣量移澧州,有序送之。其为南承嗣乞两河效用状盖亦约十月间所作。**

《柳宗元集》卷二九有《钴鉧潭记》《钴鉧潭西小丘记》《至小丘西小石潭记》。第二文云:“得西山后八日,寻山口西北道二百步,又得钴鉧潭。……余怜而售之。李深源、元克己时同游,皆大喜,出自意外。”第三文云:“从小丘西行二十步,隔篁竹,闻水声,如鸣佩环,心乐之。……潭中鱼可百许头,皆若空游无所依。日光下澈,影布石上,怡然不动;俶而远逝,往来翕忽,似与游者相乐。”按,此三文《罗谱》均记于本年九月二十八日后,盖均作于十月间。又,同书卷二三《送南涪州量移澧州序》:“朝廷建大本,贞万邦,庆泽之濡,洗濯生植。……优诏既至,而君适雠于文。其往也独,故凡羡慕之辞,无不加等。”按,《罗谱》认为:“本年十月邓王宁立为皇太子,序云:‘朝廷建大本,贞万邦’,即指此。”故系此文于本年十月。又,同书卷三九有《为南承嗣上中书门下乞两河效用状》:“伏见明制兴师,讨伐恒、冀……某材非古人,志慕前烈,愿得身当一队,效死戎行。”集注:“孙曰:元和四年十月制,削夺承德军节度使王承宗官爵,以左神策中尉吐突承璀为招讨处置使,往征之。”文中“讨伐恒、冀”事即指此。文即此时作。

## 十一月

**己巳,彰义军节度使吴少诚卒,其大将吴少阳自为留后。**

见《资治通鉴》卷二三八。

## |本 年|

**工部侍郎归登、给事中吕元膺为皇太子诸王侍读**。

见《全唐文补编》卷五九《归登吕元膺充皇太子诸王侍读制》。题下注:“元和四年”。文末注:“《册府元龟》卷七〇八”。

**柳宗元本年寄书萧俛、李建、裴埙,述说穷愁悒郁之状。其病《国语》好诡以反伦,其道舛逆,作《非国语》六十七篇亦约在本年**。

《柳宗元集》卷三〇《与萧翰林俛书》:“人生少得六七十者,今已三十七矣。”本年柳宗元年三十七,文本年作。文云:“居蛮夷中久,惯习炎毒……意绪殆非中国人。……用是更乐瘖默,思与木石为徒,不复致意。”又,同书同卷《与李翰林建书》:“时到幽树好石,暂得一笑,已复不乐。何者?譬如囚拘圜土……然顾地窥天,不过寻丈,终不得出,岂复能久为舒畅哉?……前过三十七年,与瞬息无异……仆近求得经史诸子数百卷,常候战悸稍定,时即伏读,颇见圣人用心……著书亦数十篇。”此文亦作于本年三十七岁时。文又云:“裴应叔、萧思谦仆各有书,足下求取观之,相诫勿示人。”按,裴应叔即裴埙。宗元有《与裴埙书》(《柳宗元集》卷三〇):“应叔十四兄足下……”则此文亦为本年所作。又,柳宗元有《非国语》六十七篇(《柳宗元集》卷四四、卷四五),其《非国语序》云:“左氏《国语》,其文深闳杰异,固世之所耽嗜而不已也。而其说多诬淫,不概于圣。余惧世之学者溺其文采而沦于是非,是不得由中庸。以入尧、舜之道。本诸理,作《非国语》。”按,柳宗元《与吕道州温论非国语书》:“尝读《国语》,病其文……好诡以反伦,其道舛逆。而学者以其文也,咸嗜悦焉……则溺其文必信其实,是圣人之道翳也。余勇不自制,以当后世之讪怒,辄乃黜其不臧,救世之谬。凡为六十七篇,命之曰《非国语》。”按,吕温元和三年十月至五年五月为道州刺史,此书约作于元和四年或五年五月间。宗元作《非国语》盖在元和四年前后,今姑系于此。

**本年二月元稹为监察御史,出使剑南东川,劾奏官吏奸事,获罪权贵,分务**

**洛阳东台,元和五年召还。本年作《弹奏剑南东川节度使状》《弹奏山南西道》《为河南百姓诉车》《论浙西观察使封杖决杀县令事》《论转牒事》等。**

见《元稹集》卷三四、卷三五。卞孝萱《元稹年谱》系诸文于本年,又谓元稹佚文《感梦记》亦为本年之作。

**白居易《新乐府并序》约作于本年。**

《白居易集》卷三《新乐府并序》,下署"元和四年、左拾遗时作"。序云:"凡九千二百五十二言,断为五十篇。篇无定句,句无定字,系于意,不系于文。首句标其目,卒章显其志,《诗》三百之义也。其辞质而径,欲见之者易谕也。其言直而切,欲闻之者深戒也。其事核而实,使采之者传信也。其体顺而肆,可以播于乐章歌曲也。总而言之,为君、为臣、为民、为物、为事而作,不为文而作也。"

**韩愈游戏而有所寄托之《毛颖传》及《送幽州李端公序》约于本年作。**

《韩集校注》卷八《毛颖传》作年难确考。据《韩愈年谱汇证》所考,"《毛颖传》的写作当在元和初年为宜",并暂系于本年。《补注》:"何焯曰:子厚所最喜者《毛颖传》,孙可之所特称者《进学解》;今人不以为俳体,则以为六朝,多见其不自量也。曾国藩曰:东坡诗云:'退之仙人也,游戏于斯文。'凡韩文无不狡狯变化,具大神通,此尤作剧耳。张裕钊曰:游戏之文,借以抒其胸中之奇,洸洋自恣,而部勒一丝不乱,后人无从追步。"又,《韩集校注》卷四《送幽州李端公序》:"元年,今相国李公为吏部员外郎,愈尝与偕朝,道语幽州司徒公之贤……端公岁时来寿其亲东都,东都之大夫士莫不拜于门。其为人佐甚忠,意欲司徒公功名流于千万岁,请以愈言为使归之献。"其作年魏本引樊汝霖《谱注》曰"公此序元和四年二月以后为之",其确年不详,姑系于此。旧注谓:"李益时佐幽州刘济幕。今相国,李藩也。公因益来东都,序以送之,盖勉其归使为济言,率先来觐,奉职如开元时也。"《补注》:"虞集曰:命意高,结体奇,絜提从天降。方苞曰:句法皆学《三礼》,与《史记》不类。储欣曰:立言无裨世道,文虽奇不足尚也。读此及《送董序》,公之言所以奇而益纯,久而益尊。……曾国藩曰:骨峻上而词瑰伟,极用意之作。张裕钊曰:用意高妙,造言瑰奇,可见下笔时经营措注,摆落一切。又曰:体制字法皆仿《三传》《三体》,而鹿门以为描画得《史记》之髓,误矣。”

**白行简在校书郎任，作《三梦记》。**

《说郛》卷四引白行简《三梦记》：“元和四年，河南元微之为监察御史，奉使剑外。去逾旬，予与仲兄乐天、陇西李杓直同游曲江。诣慈恩佛舍，遍历僧院，淹留移时。日已晚，同诣杓直修行里第，命酒对酬，甚欢畅。兄停杯久之，曰：‘微之当达梁矣。’命题一篇于屋壁。……十许日，会梁州使适至，获微之书一函，后寄《纪梦诗》一篇……日月与游寺题诗日月率同。”

## 唐宪宗元和五年

庚寅　八一〇

### 正月

**幽州节度使刘济自将兵七万人击王承宗，拔饶阳、束鹿二城。吐突承璀至行营，威令不振，与王承宗战，屡败。**

见《资治通鉴》卷二三八。

### 二月

**李顾行、李仍叔、王璠、杨虞卿、唐扶等三十二人登进士第，李顾行为状元。本年试《洪钟待撞赋》。知贡举为礼部侍郎崔枢。**

见《登科记考补正》卷一八。

**河东节度使范希朝与义武合军，赴恒州讨判，有恒岳题名。**

《全唐文补编》卷六一范希朝《恒岳题名》首署：“河东节度支度营田观察处置等使开府仪同三司检校司空太原尹御史大夫北都留守上柱国成纪郡王范希

朝。”文末署:“元和五年二月六日镌。”注:“《金石录》补卷一九。”

## 三月

**宪宗有《停户部尚书李元素官诏》。**

《唐大诏令集补编》卷一六有宪宗《停户部尚书李元素官诏》。文末署“元和五年三月”,文即撰于此时。文云:“李元素病中上表,恳切披陈,云‘妻王氏,礼义殊乖,愿从离绝’。初谓素有丑行,不能显言,以大官之家,所以令自处置。访问不曾告报妻族,亦无明过可书,盖是中情不和,遂至于此。胁以王命,当日遣归,给送之间,又至单薄。岂惟王氏受辱,实亦朝情尽惊。如此理家,合当惩责。宜停官,仍令与王氏钱物,通所奏数满五千贯。”

**前试太常寺奉礼郎元仲容为元兄、鄂岳观察推官监察御史里行元衮撰墓志铭并序。**

《全唐文补编》卷六一元仲容《唐故鄂岳观察推官监察御史里行上柱国元公墓铭并序》:“维元和四年秋七月丁卯,唐故鄂岳观察推官监察御史里行上柱国元公终于沔州官舍,享年五十二。以明年春三月庚申宁神于北邙之阳。……公讳衮,字山甫,仲容之元兄也。小有奇质,卓然不群。神清气和,骨秀容茂。……”文末注:“北京图书馆藏《中国历代石刻拓本汇编》二九册。《洛阳出土历代墓志辑绳》。”原署:“弟儒林郎前试太常寺奉礼郎仲容述。”

## 春

**元稹贬为江陵士曹离长安,白居易送之,赠诗二十首,有诗序。**

《资治通鉴》卷二三八:“河南尹房式有不法事,东台监察御史元稹奏摄之,擅令停务;朝廷以为不可,罚一季俸,召还西京。至敷水驿,有内侍后至,破驿门呼骂而入,以马鞭击稹伤面;上复引稹前过,贬江陵士曹。白居易上言:‘中使凌辱朝士,中使不问而稹先贬,恐自今中使出外益横暴,人无敢言者。……’上不听。”据《旧唐书·宪宗纪上》,此事在本年春。《白居易集》卷二《和答诗十首》

序云:“五年春,微之自东台来,不数日,又左转为江陵士曹掾。诏下日,会予下内直归……得马上话别……是夕……命季弟送行,且奉新诗一轴……凡二十章,率有兴比,淫文艳韵,无一字焉。”可见白居易此时倡比兴、斥责淫文艳韵之主张。

**元稹撰《诲侄等书》。**

《元稹集》卷三〇《诲侄等书》中云:“……吾生三十二年矣。”元稹生于唐代宗大历十四年,至本年三十二岁。文中又云:“吾谪窜方始,见汝未期。粗以所怀,贻诲于汝。”据《旧唐书·宪宗纪上》:“(元和五年二月)东台监察御史元稹摄河南尹房式于台,擅令停务,贬江陵士曹参军。”知此文作于本年春。

**韩愈本年四十三岁,仍在洛阳任都官员外郎。春,与众官吏饯送郑涵,并有送别诗序。**

《韩集校注》卷四《送郑十校理序》:“校理则用天下之名能文学者;苟在选,不计其秩次,惟所用之。(元和)四年,郑生涵始以长安尉选为校理……能恭俭守教训,好古义施于文辞者。……求告来宁,朝夕侍侧……于其行日……盛宾客以饯之。既醉,各为诗五韵,且属愈为序。”旧注谓:“公以元和四年六月为都官员外郎,分司东都,涵求告来宁,公于其行,作是序以送之,盖五年春也,故有‘归骑春衫薄’之句。”

## 四月

**柳宗元三十八岁,本月有与吕温论《非国语》书。**

《柳宗元集》卷三一《与吕道州温论非国语书》:“四月三日,宗元白化光足下:……往时致用作《孟子评》,有韦词者告余曰:‘吾以致用书示路子,路子曰:‘善则善矣,然昔人为书者,岂若是摭前人耶?’韦子贤斯言也。……今余为是书,非左氏尤甚。”按,集注:“韩曰:温,字和叔,一字化光。元和三年十月为道州刺史,六年八月卒,公为之诔。此书作于六年前。”书言“四月”,则约作于元和四年或五年,今姑系于此。

**宪宗有《贬卢从史司马诏》。**

《唐大诏令集补编》卷一六宪宗有《贬卢从史欢州司马诏》，中云“元和五年四月制曰：邪以蓄众，自致覆车；奸以事君，所宜用钺。故楚人告变，韩信患释于事先；蜀土征灾，钟会祸生于部下。况害深楚蜀，功匪钟韩，构此厉阶，布于公议。怀私负德，合置于严科；屈法申恩，尚从于宽典。……卢从史擢自裨将，居于大藩，不思报国之诚，每设徇身之计。比丁家祸，曾无戚容，行弃人伦，孝亏天性。属常山称乱，朝制未行，固愿兴师，苟求复位。刻期效用，请以身先；指日投诚，誓云独致。示于怀抚，推以信诚。排众论以释其苴麻，决中心而授之𫓧钺，委以重任，命之专征。章奏所陈，事无违者；恩光是贷，予何爱焉。而乃冒利蓄奸，隳政败度，成师既出，保敌而交通；邪计以行，临戎而向背。诸侯尽力而不应，遗寇游魂而是托。臣节既丧，恩岂念于生成；……俾投魑魅之乡，以解人神之愤。可贬欢州司马。”

## | 六 月 |

**洛阳处士石洪辟为河阳从事，东都文士赋诗送之，韩愈为之序。**

《韩集校注》卷四《送石处士序》：“河阳军节度御史大夫乌公为节度之三月，求士于从事之贤者，有荐石先生者。……于是东都之人士咸知大夫与先生果能相与以有成也。遂各为歌诗六韵，退，愈为之序云。”据《旧唐书・宪宗纪上》，乌重胤元和五年四月为河阳三城怀州节度使。经三月，事约在六七月间，姑系于六月。《补注》：“茅坤曰：以议论行叙事，是韩之变调。何焯曰：此篇命意，盖因石之行，望重胤尽力转输，使朝廷克成讨王承宗之功，不可复若卢从史之阴与之通，而位置有体，藏讽喻于不觉。”

**吕温过永州，携李吉甫抚问手札，柳宗元有启谢之。**

《柳宗元集》卷三六《谢李吉甫相公示手札启》：“宗元启：六月二十九日，衡州刺史吕温道过永州，辱示相公手札……感深益惧，喜极增悲。”文多骈俪句。按，“六月二十九日”下补注：“元和五年”。又《罗谱》亦系此文于本年，曰：吕温“元和三年贬道州刺史，五年移衡州。衡州在永州北，温自道州至衡，必过永州。”按，此文盖在六月二十九日后所撰，确时难知，姑系于此月。

## | 七 月 |

**王承宗上表自首，请输常赋，朝廷除授官吏。淮西李师道亦为之请。丁未，宪宗下制洗雪，复其官爵，以为成德节度使，并以德、棣二州与之；进讨诸道将士，并以罢兵加赏。**

见《旧唐书·宪宗纪上》、《资治通鉴》卷二三八。

**乙卯，幽州节度使刘济为其子刘总毒死，总自领军务。**

见《旧唐书·宪宗纪上》、《资治通鉴》卷二三八。

## | 八 月 |

**韩愈为孔戡撰墓志。**

《韩集校注》卷六《唐朝三大夫赠司勋员外郎孔君墓志铭》：“昭义节度卢从史有贤佐曰孔君，讳戡，字君胜。……元和五年正月……遂卒，年五十七。……其年八月甲申，从葬河南河阴之广武原。”《补注》：“曾国藩曰：此文起法，惟韩公笔力警耸矫变，无所不可。”

## | 九 月 |

**吐突承璀自讨王承宗还，朝臣奏以其无功，应加贬黜，乃罢其中尉之职，降为军器使。**

见《旧唐书·宪宗纪上》、《资治通鉴》卷二三八。《资治通鉴》又谓：“中外相贺”。

## |十一月|

**杨诲之过柳州，示柳宗元以韩愈《毛颖传》，作读《毛颖传》传后记。柳宗元认为传虽怪，然有益于世，时又有说车文等赠诲之。**

《柳宗元集》卷三三有《与杨诲之书》，按柳宗元《与杨诲之第二书》云："张操来，致足下四月十八日书，始复去年十一月书，言《说车》之说及亲戚相知之道。"第二书乃元和六年作，所说"去年十一月书"即本书，知书今年十一月作。此书云："今为足下作《说车》，可详观之。"据此可知《说车赠杨诲之》(《柳宗元集》卷一六)亦乃此时稍前作。书又云："足下所持韩生《毛颖传》来，仆甚奇其书，恐世人非之，今作数百言，知前圣不必罪俳也。"又《柳宗元集》卷二一《读韩愈所著毛颖传后题》，据前可知乃本年杨诲之来时，宗元读韩愈《毛颖传》后所撰。文云："自吾居夷，不与中州人通书。有南来者，时言韩愈为《毛颖传》，不能举其辞，而独大笑以为怪，而吾久不克见。杨子诲之来，始持其书，索而读之，若捕龙蛇，搏虎豹，急与之角而力不敢暇，信韩子之怪于文也。……且世人笑之也，不以其俳乎？而俳又非圣人之所弃者。……《太史公书》有《滑稽列传》，皆取乎有益于世者也。……且凡古今是非六艺百家，大细穿穴用而不遗者，毛颖之功也。韩子穷古书，好斯文，嘉颖之能尽其意，故奋而为之传，以发其郁积，而学者得以励，其有益于世欤！"

## |十二月|

**李翱受浙东观察使李逊辟为从事。**

《李文公集》卷一六《祭故东川卢大夫文》："公在宣州，翱归自南。……公迁侍郎，翱赴浙东。"卢大夫，即卢坦。《旧唐书·宪宗纪上》，元和五年十二月"以前宣歙观察使卢坦为刑部侍郎"。李翱赴浙东当与之同时。据《唐刺史考·越州》，时浙东观察使为李逊。

## |冬|

**韩愈因受谗毁，上书郑尚书以明志。冬，为河南令，后温处士赴河阳军，韩愈为之序，中有“伯乐一过冀北之野，而马群遂空”之语。又上书留守郑相公，以辨军人事。**

《韩集校注》卷二《上郑尚书相国启》：“愈幸甚，三得为属吏……窃自计较，受与报不宜在门下诸从事后；故事有当言，未尝敢不言，有不便于己，辄吐私情，阁下所宜怜也。分司郎官职事惟祠部为烦且重。愈独判二年，日与宦者为敌，相伺候罪过，恶言詈辞，狼藉公牒，不敢为耻，实虑陷祸。”按，愈时任分司二年，其上年六月任都官员外郎，至本年六月已二年，则文上于六月后、本年冬改任河南令前。方成珪《诗文年谱》：“冬授河南令。”《韩愈年谱汇证》同。又，《韩集校注》卷四《送温处士赴河阳军序》：“大夫乌公以铁钺镇河阳之三月，以石生为才，以礼为罗，罗而置之幕下。未数月也，以温生为才，于是以石生为媒，以礼为罗，又罗而致之幕下。……留守相公首为四韵诗歌其事，愈因推其意而序之。”本文方成珪《诗文年谱》系于五年，曰：“是年冬，公初令河南时作。”《补注》：“姚鼐曰：意含滑稽，而文特票姚。”《序》又言：“伯乐一过冀北之野，而马群遂空。……”又，《韩集校注》卷二《上留守郑相公启》：“愈启：愈为相公官属五年……日夜思虑谋画，以为事大君子当以道，不宜苟且求容悦……今虽蒙沙汰为县，固犹在相公治下……坐坊市卖饼又称军人，则谁非军人也！……守官去官，惟今日指挥。”洪兴祖《韩子年谱》系此文于本年冬，云：“公以论事失郑公意，既令河南，犹论列不已。《行状》云：‘改河南令日，以职分辨于留守及尹，故军士莫敢犯禁。’”

**柳宗元寄书于杨凭，说及自己与当时文士学文之情况，谓吴武陵可以兴西汉之文章。其《愚溪诗序》《愚溪对》亦本年冬作。**

《柳宗元集》卷三〇《与杨京兆凭书》，集注：“韩曰：必元和五年冬作也。”《罗谱》：“书略云：‘……丈人旦夕归朝廷，复为大僚，伏维以此为念。’按杨凭元和四年以赃罪贬临贺尉。本年子厚与诲之书云：‘今日有北人来示将籍田敕，是举数十年之坠典，必有大恩泽。丈人之冤闻于朝，今是举也必复大任。’此书云：

‘丈人旦夕归朝廷,复为大僚。’当亦系本年作。”今从之。文中云:“今之世言士者,先文章。文章,士之末也。然立言存乎其中,即末而操其本,可十七八,未易忽也。自古文章之多莫如今,今之后生为文,希屈、马者,可得数人;希王褒、刘向之徒者,又可得十人;至陆机、潘岳之比,累累相望。若皆为之不已,则文章之大盛,古未有也。……今之文士咸能先理。理不一断于古书老生,直趣尧舜之道、孔氏之志,明而出之,又古之所难有也。……宗元自小学为文章……然未能究知为文之道。自贬官来无事,读百家书,上下驰骋,乃少得知文章利病。去年吴武陵来,美其齿少,才气壮健,可以兴西汉之文章,日与之言,因为之出数十篇书。……若宗元者,才力缺败,不能远骋高厉,与诸生摩九霄。抚四海,夸耀于后之人矣。何也?凡为文,以神志为主。自遭责逐,继以大故,荒乱耗竭,又常积忧恐,神志少矣,所读书随又遗忘。”又,《柳宗元集》卷二四《愚溪诗序》、卷一四《愚溪对》,《施谱》据本年《与杨诲之书》中“方筑愚溪东南为室”,认为“书作于元和五年冬,则得愚溪当亦在是年”,系两文于本年,今从之。

**白居易本年有《论元稹第三状》《请罢兵第二状第三状》《除柳公绰御史中丞制》《授吴少阳淮西节度留后制》等文。又有《代书诗一百韵寄微之》,元稹酬和,后时俗效仿之,号“元和体”。**

《白居易集》卷五九有《论元稹第三状·监察御史元稹贬江陵府士曹参军》《请罢兵第二状第三状》,卷五四有《授吴少阳淮西节度留后制》,卷五五有《除柳公绰御史中丞制》,诸文《白居易年谱》均系于本年。《授吴少阳淮西节度留后制》略云:“况阃外重寄,淮右成师;建有德以统藩方,擢有才以领留府:抑惟令典,今举行之。……会稽郡王吴少阳:忠劳许国,贵介承家;蓄武略于韬钤,宣吏能于符竹。”《除柳公绰御史中丞制》略云:“中宪之设,纠谬惩违;一引其纲,百职具举。非清与直,不称厥官。……忠实有常,文以词学,介然端直,有古之遗风。顷居台宪,累次郎位,持平守正,人颇称之。”两篇均为制词,前篇对句字数有所变化,或四四相对;或七字互对;或六六相骈对。而后文基本上为四字句。又,《白居易集》卷一三有《代书诗一百韵寄微之》,《元稹集》卷一〇有《酬翰林白学士代书一百韵》,据《白居易年谱》,白诗乃本年之作,元诗亦同年稍后所酬。《元稹集》卷五一《白氏长庆集序》云:“予始与乐天同校秘书,前后多以诗章赠答。会予谴掾江陵,乐天犹在翰林,寄予百韵律诗及杂体,前后数十章。是后各佐江、通,复相酬寄,巴、江、楚间及长安中少年,递相仿效,竞作新词,自谓为‘元和体’。”

# 唐宪宗元和六年

辛卯 八一一

## 正月

**韩愈本年四十四岁，春夏间仍在河南县令任。正月，有《送穷文》以抒发困顿牢骚。**

《韩集校注》卷八《送穷文》："元和六年正月乙丑晦，主人使奴星结柳作车，缚草为船……引帆上樯，三揖穷鬼而告之曰：……"旧注云："小宋云：退之《送穷文》《进学解》《毛颖传》等诸篇，皆古人意思未到，可以名家矣；然《送穷文》与扬子云《逐贫赋》大率相类。张文潜曰：公《送穷文》盖出于子云《逐贫赋》，然文采过《逐贫》矣。晁无咎取公此文于《续楚辞》，系之曰：愈以屡穷不遭时，若有物焉为之，故托于鬼呼……"。

**孟简、刘伯刍等奉诏于长安半泉寺译《大乘本生心地观音经》。**

《旧唐书·宪宗纪上》：正月丙申，"敕谏议大夫孟简、给事中刘伯刍、工部侍郎归登、右补阙萧俛等于半泉寺翻译《大乘本生心地观音经》"。

## 二月

**王质、卢简辞、高铢、侯冽、谢楚、张公乂等二十人进士及第，本年试《金谷园花发怀古》诗。王质、张公乂、侯冽、阙名诗存《文苑英华》卷一八八。韦埙明经科擢第。冯芫拔萃科擢第。本年中书舍人于尹躬知贡举。**

见《登科记考补正》卷一八。

**宪宗有《赈恤百姓德音》。**

《唐大诏令集补编》卷二〇宪宗有《赈恤百姓德音》。文末署"元和六年二月二十八日”，文即撰于此时。

## 三 月

**应准河东节度使王锷之请，诏于蔚州置五炉铸钱。**

见《旧唐书·宪宗纪上》。《全唐文补编》卷五九《蔚州铸铜钱敕》：“河东道自用锡钱已来，百姓不堪其弊。若蔚州鼓铸渐致铜钱，则公私之间，皆得充用。宜委所司子细计料量借钱。今积渐加至五炉。”题下注“元和六年三月”，文末注“《册府元龟》卷五〇一”。

**崔从撰崔廞墓志铭并序。**

《全唐文补遗》有崔从所撰《唐故朝散大夫惠陵台令清河崔公（廞）墓志铭并序》。文记崔廞“元和五年岁在庚寅冬十二月十七日癸未，终于奉先县仙台观之别院……即以明年四月廿一日乙酉，归祔于河南府万安山南原之先茔，合窆于夫人之故兆，礼也”。则文乃本年四月所撰。

## 五 月

**李公佐时任江淮从事，因事至长安，于归途中与高钺等闲话，因撰《庐江冯媪传》。**

《太平广记》卷三四三《庐江冯媪传》：“元和六年夏五月，江淮从事李公佐使至京，回次汉南，与渤海高钺，天水赵儹，河南宇文鼎会于传舍，宵话征异，各尽见闻。钺具道其事，公佐为之传。”

## 夏

**沈亚之本年应进士试落第，夏，往鄜、夏州求荐，并求接济。**

《沈下贤文集》卷七《与路鄜州书》：“亚之昨去长安时……所知亲友贺亚之

曰:‘安所适? 安所为?’亚之对曰:‘适鄜,将假贷于诸侯门。’”据《唐刺史考》,路恕元和三年至七年为鄜州刺史、鄜坊节度使。知路鄜州为路恕。《沈下贤文集》卷五《歌者叶记》:“元和六年,莒从事岐公在朔方,时余往谒焉。”据《唐刺史考》卷一六“夏州”,李愿元和元年至六年八月为夏州刺史、夏绥银宥等州节度使,文中岐公是为李愿。知沈亚之谒李愿在本年八月前。

## |八 月|

**吕温卒于衡州,年四十。有集十卷,后十年刘禹锡为之撰集纪。**

《柳宗元集》卷九《衡州刺史东平吕君诔》:“元和六年八月日,衡州刺史东平吕君卒。”诔文姑系于本月。《刘禹锡集》卷一九《唐故衡州刺史吕君集纪》:“东平吕和叔,实生是时,而绝人远甚。始以文章振三川……年四十而殁。后十年,其子安衡泣奉遗草来谒,咨予叙之。成一家言,凡二百篇,勒成十卷。和叔名温,别字化光。……古之为书者,先立言而后体物,贾生之书首《过秦》,而荀卿亦后其赋。和叔年少遇君,而卒以谪似贾生,能明王道似荀卿,故余所先后视二书,断自《人文化成论》至《诸葛武侯庙记》为上篇。其他咸有为而为之。始学左氏书,故其文微为富艳。”《旧唐书·吕温传》:“温天才俊拔,文采赡逸,为时流柳宗元、刘禹锡所称。……温文体富艳,有丘明、班固之风,所著《凌烟阁功臣铭》《张始兴画赞》《移博士书》,颇为文士所赏,有文集十卷。”

**左羽林军胄曹参军崔纮卒,卢从偃为之撰墓志铭并序。**

《全唐文补编》卷六一卢从偃《故左羽林军胄曹参军崔君墓志铭并序》:“公讳纮,字子纲,博陵人也。……以元和六祀秋七月旬十有二日疾殁于上都常乐里……以其年八月二十二日,归葬于万年县之毕原。”故系于此。

## |九 月|

**柳宗元本年三十九岁。有祭吕温文,谓其文章过人。**

《柳宗元集》卷四〇《祭吕衡州文》:“维元和六年,岁次辛卯,九月癸巳某日,友人守永州司马员外置同正员柳宗元……敬祭于吕八兄化光之灵。”文云:“宗元幼虽好学,晚未闻道,洎乎获友君子,乃知适于中庸,削去邪杂,显陈直正,而为道不谬,兄实使然。……至于化光……理行第一,尚非所长,文章过人,略而不有,素志所蓄,巍然可知。”

**韩愈在尚书职方员外郎任,有《复仇状》。**

《韩集校注》卷八有《复仇状》。《韩子年谱》系此文于本年,云:“九月,有《复仇状》。时为朝议郎、行尚书职方员外郎、上骑都尉。《旧史》云:梁悦为父报仇者,杀秦杲,特敕免死,愈献议执奏之。”《补注》:“李光地曰:事理周尽,而辞令简要。……其老练精核,远侔武侯,近比宣公矣。姚范曰:简易明直,最为文之高致。”

**宪宗有《梁悦配流循州敕》。**

《唐大诏令集补编》卷一六宪宗有《梁悦配流循州敕》。文末署“元和六年九月”,文即撰于此时。

**徐孝友撰赵晏墓志铭并序。**

《唐代墓志汇编续集》“元和〇三三”有徐孝友所撰《唐故朝议大夫同州长史骑都尉赐紫金鱼袋天水赵公墓志铭并序》。文云:“公讳晏,字栖玄,汝州梁县人也。……公夙禀儒行,素承胄裔,文铿金石之响,武尽狐矢之妙。……元和六年七月七日寝疾,终于吴郡释菜里之私第,享龄七十四。越九月十日,权于武丘北原,宜也。”据此,文乃撰于本年九月。

## | 十月 |

**宪宗有《惠贷京兆府百姓制》。**

宪宗有《惠贷京兆府百姓制》。文末署“元和六年十月戊寅”,文即撰于此时。

**柳宗元复有诔吊吕温。**

《柳宗元集》卷九《唐故衡州刺史东平吕君诔》:“维元和六年八月日,衡州刺史东平吕君卒。爰用十月二十四日,藁葬于江陵之野。”按,诔文据此系于本月。

**白居易四十岁。在长安任京兆户曹参军、翰林学士任。后丁母忧。本月有《太原白氏家状二道》。**

《白居易集》卷四六有《太原白氏家状二道》,题下注:“元和六年,兵部郎中知制诰李建按此二状,修撰铭志。”其第一道中有“元和六年,十月八日,孙居易等始发护灵榇”等语;第二道亦云:“元和六年……其年十月八日,从先府君祔于皇姑焉。”

**宪宗有《停河南陕府水路运及润州等使额诏》。**

《唐大诏令集补编》卷二二宪宗有《停河南陕府水路运及润州等使额诏》。文末署“元和六年十月”,文即撰于此时。

**李遇撰赵晏墓志铭并序。**

《唐代墓志汇编续集》“元和〇三四”有南陵县丞李遇所撰《唐故董府君墓志铭并序》。文云:“公讳希逸,字赟则,京兆万年人。……以贞元十四年正月廿五日遘疾终于延政里之私第……夫人陇西李氏……以元和六年四月廿日奄逝于私第。遂以其年冬十月十二日迁府君之灵,合祔于龙首元,遵周公之礼也。”据此,文乃本年十月所撰。

## 十二月

**严建撰张玉墓志铭并序。**

《全唐文补遗》有严建所撰《有唐故朝议郎广州南海县令南阳张府君(玉)

墓志铭并序》。据文所记张玉卒于“大历四年正月廿八日……(夫人)以元和六年七月九日,终于河南县乐城里之私第……以是年辛卯十二月壬戌朔十一日壬申,合祔于北邙之原,礼也”。按,辛卯即元和六年,则文乃撰于本年十二月。

**庾承恭撰崔侠墓志铭并序。**

《全唐文补遗》有庾承恭所撰《唐朝散大夫使持节郴州刺史博陵崔公(侠)墓志铭并序》。据文所载,崔侠“以元和六年八月廿一日,殁于旅次,享年六十二。以其年后十二月十九日,返葬于河南府万安山故原,陪先大夫之茔”。据此,文乃本年十二月所撰。

## |闰十二月|

**柳雍门撰裴兼墓志铭并序。**

《全唐文补遗》有柳雍门所撰《唐故宋州参军河东裴府君(兼)墓志铭并序》。据文所载,柳兼卒于“元和五年七月十七日……以来岁闰十二月廿二日,龟筮袭吉,祔于北邙先茔,礼也”。则文乃本年闰十二月所撰。

## |本年|

**柳宗元《与杨诲之第二书》为本年文,文中说及对道与文之看法。约本年尚作有《闵生赋》。**

《柳宗元集》卷三三《与杨诲之第二书》:“张操来,致足下四月十八日书,始复去年十一月书,言《说车》之说及亲戚相知之道。”按,柳宗元去年十一月有《与杨诲之书》,故此书乃作于本年。书云:“凡吾之致书、为《说车》,皆圣道也。……吾之所云者,其道自尧、舜、禹、汤、高宗、文王、武王、周公、孔子皆由之,而子不谓圣道,抑以吾为与世同波,工为翦翦拘拘者?以是教己,固迷吾文,而悬定吾意,其不然也。……且子以及物行道为是耶,非耶?伊尹以生人为己任,管仲衅浴以伯济天下,孔子仁之。凡君子为道,舍是宜无以为大者也。……”又,《柳宗元集》卷二《闵生赋》,集注云:“韩曰:《赋》云:肆余目于湘流兮。盖在永州时作。又云:孟轲四十乃始持心兮云云,顾余质愚而齿减兮云云,当是四十以前也。其诸元和五六年间作欤?"

**白居易《伤唐衢二首》约作于本年后。**

《白居易集》卷一《伤唐衢二首》中云:"忆昨元和初……生民正憔悴。但伤民病痛,不识时忌讳。遂作《秦中吟》,一吟悲一事。贵人均怪怒,闲人亦非訾。……唯有唐衢见,知我平生志。一读兴叹嗟,再吟垂涕泗。"《白居易年谱》谓此诗约作于本年之后。今姑系于此。此前白居易尚有《寄唐生》诗,云:"我亦君之徒,郁郁何所为?不能发声哭,转作乐府诗。篇篇无空文,句句必尽规。功高虞人箴,痛甚骚人辞。非求宫律高,不务文字奇。唯歌生民病,愿得天子知。"(《白居易集》卷一)此亦可知白居易此时为文之态度与主张。

**陈鸿于本年撰编年史《大统纪》成,撰序上之。**

《全唐文》卷六一二陈鸿《大统纪序》:"臣少学乎史氏,志在编年。贞元丁酉岁登太常第,始闲居遂志,乃修《大统纪》三十卷。……通讽谕,明劝戒也。七年书始就,故绝笔于元和六年辛卯。"贞元无丁酉岁,当为"乙酉"之误,自元和六年逆推七年,乙酉为贞元二十一年。

## 唐宪宗元和七年

壬辰　八一二

### 二月

**李固言、李汉、陈夷行、李珏、归融、姚嗣卿等二十九人进士及第,李固言为状元。本年兵部侍郎许孟容知贡举。**

见《登科记考补正》卷一八。按,《旧唐书·许孟容传》:"改兵部侍郎。俄以本官权知礼部贡举,颇抑浮华,选择才艺。"

**韩愈本年四十五岁。本月以论柳涧事,由职方员外郎贬为国子博士。**

《旧唐书·韩愈传》:“时华州刺史阎济美以公事停华阴令柳涧县务,俾摄掾曹。居数月,济美罢郡,出居公馆。涧遂讽百姓遮道索前年军顿役直。后刺史赵昌按得涧罪以闻,贬房州司马。愈因使过华,知其事,以为刺史相党,上疏理涧,留中不下,诏监察御史李宗奭按验,得涧赃状,再贬涧封溪尉。以愈妄论,复为国子博士。”《韩子年谱》引《宪宗实录》云:“元和七年二月乙未,职方员外郎韩愈为国子博士。”

**郑馀庆为吏部尚书。惠昭太子葬,郑馀庆撰哀册。**

《全唐文补编》卷六三郑馀庆《惠昭太子哀册》:“元和六年岁次辛卯十二月亥……持节册谥曰惠昭。维元和七年岁次壬辰二月庚寅朔廿五日丁酉,葬于□□之北原惠昭陵。……”末署:“吏部尚书上柱国荥阳县开国(下缺)敕并撰书。”注:“《考古与文物》一九九二年四期刊临潼所出玉册。《中国书法全集》三〇册隋唐五代墓志收玉册拓本。”陈尚君按:“《仆尚丞郎表》载元和六七年间吏部侍郎为郑馀庆。荥阳为其郡望。”

## | 四 月 |

**大梁令赵矜游华岳圣帝祠,有题名。**

见《全唐文补编》卷六一赵矜《华岳题名》。文末署:“壬辰四月六日。”注:“《华岳志》卷四。”壬辰年为本年,故系于此。

## | 五 月 |

**刘禹锡四十一岁,在朗州司马任。四五月间为董侹作墓志,称其能“百氏之学”。**

《刘集校注》卷一四《故荆南节度推官董府君墓志》:“元和七年夏四月某日,前荆州部从事董府君以疾终于故府私第……是岁五月十二日卜葬于龙山之某冈。”墓志称董侹“与之言,能言坟、典、数,旁捃百氏之学。”《新唐书·艺文志四》:“董侹《武陵集》”。

## | 六月 |

**讲经僧文溆奸秽事发,杖责之,配流天德军。**

《册府元龟》卷一五三:元和“七年六月戊戌,杖僧文溆一百,勒返俗配流天德军。文溆面佞口给,每开筵讲经,专为诙谈谑笑,庸人观者奔走如不及,相与效其声调周于间陌,至是奸秽大发,故及焉。”

## | 七月 |

**刘禹锡有《绝编生墓表》,谓其能道古语,通诸家之学。**

《刘集校注》卷一四《绝编生墓表》:“顾彖,吴郡人……以读《易》闻。……予既谪居是邦,始至之日,问能道古语可与言者,邑子以生为对……问安学,曰:‘始闻于师,晚孰于心。自尼父兼三才,紬《八索》,系辞焉以通微言……汉之田、丁、京、刘,而东京有马、郑,魏之何、荀、两王,而吴有韦、陆。前者导源,后者浚之,沨融混合,百派奔奏。’……生之死,在元和七年秋七月。”墓表即作于七月或稍后,姑系于此。

**卢士琼为其妻撰郑氏墓志铭并序。**

《全唐文补遗》有卢士琼为其妻所撰《唐故东都留守推官试大理评事卢君(士琼)故夫人荥阳郑氏墓志铭并序》。据文所载,郑氏“以元和七年岁次壬辰五月廿七日,终于行修里之私第……即以其年七月廿八日,宁神于河南县伊汭乡万安山南原,礼也”。据此,则文乃本年七月所撰。

## | 八月 |

**戊戌,魏博节度使田季安卒,军中奉其十一岁幼子怀谏为副大使,知军务。**

见《旧唐书·宪宗纪下》、《资治通鉴》卷二三八。

## |秋|

**沈亚之为再应进士试，投书行卷于同州、京兆试官求解。**

《沈下贤文集》卷八《与同州试官书》："今年秋，亚之求贡于郡，以文求知已于郡之执事。凡三易郡，失其知，辄去。……今亚之负词之来，于执事其望亦同于直者也。伏惟熟察无忽。"同书同卷《与京兆试官书》："去年始来京师，与群士皆求进，而赋以八咏，雕琢绮言与声病，亚之习未熟，而又以文不合于礼部，先黜去。今年复来，闻执事主选京兆，长安中贤士皆贺亚之曰：'某执事斯谓明矣，其取舍必以目辨而察。'"知是其次年初举不第之即本年秋所作。

**秋，刘禹锡在朗州，杜佑来函问讯，刘禹锡有《上杜司徒启》乞援。**

《刘集校注》卷一八《上杜司徒启》："某启：一自谪居，七悲秋气。……近本州徐使君至，奉手笔一函，称谓不移，问讯加剧。重复点窜，一无客言。忽疑此身，犹在门下。收纸长想，欣然感生。"题下注："时谪朗州。"文云："某启：一自谪居，七悲秋气。"本年秋刘禹锡在朗州已历七次秋天。文后云："某材略无取，废锢是宜，若非旧恩，孰肯留念？六翮方铩，思重托于扶摇；孤桐半焦，冀见收于爨烬。俯纸流涕，不知所言。"

**柳宗元本年四十岁，在永州。秋与崔策同登西山，有送其罢举诗序。**

《柳宗元集》卷二三《送崔子符罢举诗序》："今有博陵崔策子符者，少读经书，为文辞，本于孝悌，理道多容，以善别时，刚以知柔。进于有司，六迁而不获。……仆智不足而独为文，故始见进而卒以废。居草野八年……余惧其悼时之往而不得于内也……赋之诗而歌之，坐者从而和之，既和而叙之。"子符，崔策字。按，至本年宗元被贬八年，文是本年作。又柳宗元有《与崔策登西山》诗："鹤鸣楚山静，露白秋江晓。……驰景泛颓波，遥风递寒筱。"（《柳宗元集》卷四三）诗秋时作，则送序盖亦本年秋文。

## |十月|

**魏博部众拥都知兵马使田兴为留后。田兴上表朝廷，愿“守朝廷法令，申版籍，请官吏”。甲辰，诏以田兴为魏博节度使。**

见《旧唐书·宪宗纪下》、《资治通鉴》卷二三八、二三九。此事对河北、山东诸镇颇有影响。十一月，朝廷命知制诰裴度至魏博宣慰，《资治通鉴》记：“军士受赐，欢声如雷。成都、衮郓使者数辈见之，相顾失色，叹曰：‘倔强者果何益乎！’”

**宪宗有《命裴度宣慰魏博诏》。**

《唐大诏令集补编》卷三一宪宗有《命裴度宣慰魏博诏》。文末署“元和七年十月”，文即撰于此时。

**宪宗有《授田兴魏博节度使诏》。**

《唐大诏令集补编》卷八宪宗有《授田兴魏博节度使诏》。此文末署“元和七年十月。”文中云：“魏郊巨镇，河上奥区，杖钺可以宣国威，观风可以率彝典。习俗至于丕变，疲畦徯而汔康，伫光册书，用寄心膂。荣级继登于七命，显秩超践于六卿，仍兼副相之雄，以重元戎之委，服兹休命，其懋戒哉！可银青光禄大夫、检校工部尚书、兼魏州大都督府长史、御史大夫、充魏博等州节度管内支度、营田、观察处置等使，勋封如故。”

**柳宗元本月前后有《袁家渴记》等四篇山水游记及《韦使君新堂记》。**

《柳宗元集》卷二九有《袁家渴记》《石渠记》《石涧记》《小石城山记》等游记。《石渠记》云：“自渴西南行，不能百步，得石渠，民桥其上。有泉幽幽然，其鸣乍大乍细。……元和七年正月八日，蠲渠至大石。十月十九日，逾石得石泓小潭。渠之美于是始穷也。”按，此四文乃先后之作，集注云：“韩曰：自《袁家渴》至《小石城山》四记，皆同时作也。”据此，文均作于十月前后。由，《柳宗元集》卷二七《永州韦使君新堂记》,《罗谱》云:“据谢表注,韦使君以元和七年八月刺永州。《新堂记》云:‘永州九疑之麓……韦公之来既逾月,理甚无事,望其地且异之……乃作栋宇,以为观游。’堂成,子厚为作此记,时在七年韦使君至任后不久。”据此,文本年十月前后作,姑系于此。

**林宝撰《元和姓纂》成,上之。王涯为之作序。**

《全唐文》卷七二二林宝《元和姓纂序》:“元和壬辰岁……上谓相国赵公,有司之误,不可再也。宜召通儒硕士,辩卿大夫之族姓者,综修《姓纂》,署之省阁。……宝末学浅识,首膺相府之命,因案据经籍,穷究旧史,诸家图牒,无不参详,凡二十旬,纂成十卷。”相国赵公,即李吉甫。据《唐会要》卷六四,林宝时为太常博士。《全唐文》卷四四八王涯《元和姓纂序》:“元和七年十月,中大夫行兵部员外郎知制诰王涯述。”

## |十一月|

**戊寅,吏部尚书郑馀庆请复置吏部考官三员。吏部郎中杨於陵执奏以为不便,乃诏考官韦顗等三人只考及第科目人,其余吏部侍郎自定。**

见《旧唐书·宪宗纪下》。

**杜佑卒于长安杜曲宅第,年七十八。后权德舆为之撰墓志铭。有《通典》二百卷等。**

《旧唐书·宪宗纪下》:元和七年十一月“辛未,太保致仕杜佑卒”。《权载之文集》卷二二《赠太傅岐国公杜公墓志铭并序》:“有唐元老太保岐公,讳佑,字君卿,年七十八,以得谢之岁岁十一月辛未,启手足于京师安仁里。”《新唐书·艺文志二》:“杜佑《宾佐记》一卷。”《新唐书·艺文志三》:“杜佑《管氏指略》二卷”“《理道要诀》十卷”“杜佑《通典》二百卷”。《旧唐书·杜佑传》:“佑性勤而无倦,虽位极将相,手不释卷。质明视事,接对宾客,夜则灯下读书,孜孜不怠。与宾佐谈论,人惮其辩而伏其博,设有疑误,亦能质正。”

## | 十 二 月 |

**权知礼部侍郎韦贯之奏,试明经请停墨义,依旧格问口义。从之。**

见《册府元龟》卷六四〇、《唐会要》卷七五。

**宪宗有《授杨归厚国子主簿分司东洛敕》。**

《唐大诏令集补编》卷一一宪宗有《授杨归厚国子主簿分司东洛敕》。文云:"杨归厚为左拾遗,元和七年十二月敕曰:杨归厚顷以词艺,擢于谏垣,自处班行,颇修职业。但列于清近,当慎威仪。以婚姻之私,假借公馆,表章上献,慢渎则多。俾移秩于国庠,仍分曹于雒邑。可国子主簿,分司东洛。"

**韩愈作《石鼎联句诗》并序。**

《韩集校注》卷四《石鼎联句诗序》:"元和七年十二月四日,衡山道士轩辕道士弥明自衡下来,旧与刘师服衡湘中相识,将过太白,知师服在京,夜抵其居宿。有校书郎侯喜,新有能诗声,夜与刘说诗,弥明在其侧……尝闻有隐君子弥明,岂其人耶? 愈序。"《补注》:"卢轩曰:此诗盖讥时宰之辞也。曾国藩曰:傲兀自喜,此等情事亦适与公笔势相发也。吴汝纶曰:此序最不易学,恐入叫嚣类小说,其雅俗之辨甚微。"

## | 冬 |

**窦常由水部员外郎出为朗州刺史。**

《刘禹锡集》卷九《武陵北亭记》:"(元和)七年冬,诏书以竹使符授尚书水曹外郎窦公常曰:命尔为武陵守。"

## |本 年|

**韩愈约本年寄书答刘正夫，文中有为文“师其意，不师其辞”“能自树立，不因循”等论文之说。**

《韩集校注》卷三《答刘正夫书》，据《韩愈年谱汇证》所考，此文“当写于元和七年。此文是公论文的重要文章”。文中有谓：“有来问者……或问：为文宜何师？必谨对曰：宜师古圣贤人。曰：古圣贤人所为书具存，辞皆不同，宜何师？必谨对曰：师其意，不师其辞。又问曰：文宜易宜难？必谨对曰：无难易，惟其是尔。……若皆与世沉浮，不自树立，虽不为当时所怪，亦必无后世之传也。足下家中百物皆赖而用也，然其所珍爱者，必非常物；夫君子之于文，岂异于是乎？……若圣人之道不用文则已，用则必尚其能者；能者非他，能自树立，不因循者是也。”

**舒元舆约本年撰《牡丹赋》并序。**

见《全唐文》卷七二七。作者于序中交代写作缘由：“近代文士，为歌诗以咏其形容，未有能赋之者。余独赋之，以极其美。”唐诗咏牡丹甚多，而赋牡丹者少。舒元舆有感于此，以铺叙、排比手法，巧妙生动、新奇多样之比喻、衬托以尽显才思，用细腻文笔，尽态极妍地描摹牡丹，有云：“暮春气极，绿苞如珠。清露宵偃，韶光晓驱。动荡支节，如解凝结。百脉融畅，气不可遏。兀然盛怒，如将愤泄。淑色披开，照曜酷烈。美肤腻体，万状皆绝。赤者如日，白者如月。淡者如赭，殷者如血。向者如迎，背者如诀。坼者如语，含者如咽。俯者如愁，仰者如悦。袅首如舞，侧者如跌。亚者如醉，曲者如折。密者如织，疏者如缺。鲜者如濯，惨者如别。”又云其国色天香的卓异风姿：“或灼灼腾秀，或亭亭露奇。或飐然如招，或俨然如思。或带风如吟，或泫露如悲。或垂然如缒，或烂然如披。或迎日拥砌，或照影临池。或山鸡已驯，或威凤将飞。其态万万，胡可立辨。不窥天府，孰得而见？”清代李调元《雨村赋话》云：“《唐书·舒元舆传》，元舆为《牡丹赋》一篇，时称其工，死后，帝观牡丹，凭殿阑诵赋，为泣下。”舒元舆明年（元和八年）进士及第，系此赋于及第前一年，权做其练笔之作。

**刘禹锡《伤往赋》乃本年吊妇之作。**

《刘集校注》卷一《伤往赋》:“予受室九年而鳏……作赋以伤之,冀夫览者而有以增伉俪之重云。”按,《刘禹锡集》卷三《薛公神道碑》:“初公治粟于朔陲,愚方冠惠文冠,察行马外事,聆风相厚,谓可妻也,以元女归之。明年,愚入尚书为郎。”则刘禹锡于贞元二十年为监察御史时娶薛謇女为妻,至元和七年为九年,故此赋作于本年。

**柳宗元撰序送元暠,提出释与儒合,并讲孝道报恩。又有《上岭南郑相公献所著文启》。**

《柳宗元集》卷二五《送元暠师序》:“中山刘禹锡,明信人也。……元暠师居武陵,有年数矣。与刘游久且暱。持其诗与引而来。”按,刘禹锡《送元暠南游诗并引》:“予策名二十年……开士元暠……亟来相从。”刘贞元九年策名,下推二十年即本年。元暠从刘禹锡处持其诗与引来,则柳宗元此文当亦同年作。此序云:“释之书有《大报恩》十篇,咸言由孝而极其业。……于元暠师,吾见其不违且与儒合也。”又,《柳宗元集》卷三六《上岭南郑相公献所著文启》:“宗元素乏智能……一自得罪,八年于今。……谨献杂文三十六首。”按,宗元被贬至今八年,此启即本年所上。

**李翱在越州,本年有《答皇甫湜书》,述已有志于史,又自称其《高愍女碑》《杨烈妇传》不在班固、蔡邕之下。**

《李文公集》卷六《答皇甫湜书》:“仆到越中,得一官,三年矣。”李翱于元和五年入李逊浙东幕,故此书作于七年。又有云:“仆窃不自度,无位于朝,幸有余暇,而词句足以称赞明盛,纪一代功臣贤士行迹,灼然可传于后代,自以为能不灭者,不敢为让。故欲笔削国史,成不刊之书。用仲尼褒贬之心,取天下公是公非以为本。群党之所谓为是者,仆未必以为是;群党之所谓非者,仆未必以为非。使仆书成而传,则富贵而功德不著者,未必声名于后;贫贱而道德全者,未必不煊赫于无穷。韩退之所谓‘诛奸谀于既死,发潜德之幽光’,是翱心也。仆文采虽不足以希左邱明、司马子长,足下视仆叙高愍女、杨烈妇,岂尽出班孟坚、蔡伯喈之下耶!”

# 唐宪宗元和八年

癸巳　八一三

## 二 月

**尹极、舒元舆、张萧远、王含、杨汉公等三十人登进士第，试《履春冰诗》，舒元舆、张萧远诗存《文苑英华》卷八七。尹极为状元。本年知贡举为中书舍人韦贯之。**

见《登科记考补正》卷一八。

**白居易有《唐太原白氏之殇墓志铭》《陈府君夫人白氏墓志铭》《祭小弟文》。**

《白居易集》卷四二有《唐太原白氏之殇墓志铭》《陈府君夫人白氏墓志铭》。两文均记"元和八年，春二月二十五日"改葬，文即作于此时。又，《白居易集》卷四〇《祭小弟文》首云："维元和八年……二月，某朔，二十五日，仲兄居易、季兄行简，以清酌之奠，致祭于亡弟金刚奴。"文又云："川水一逝，不复再还；手足一断，无因重连。惟吾与尔，其苦亦然！黄墟白日，相见无缘。每一念至，肠热骨酸；如以刀火，刺灼心肝。……袝先茔之北次，就卑位于东偏。冀神魂之不孤，庶窀穸之永安。……昔尔孤于地下，今我孤于人间。与其偷生而孤苦，不若就死而团圆。"此文多骈俪之句，然富于变化，流畅有致，盖四、六、七等字句交相运用使然。

**李吉甫进所撰《元和郡县图志》四十卷，并有序记之；又进《六代略》三十卷、《十道州郡图》五十四卷。**

《旧唐书·宪宗纪下》：元和八年二月辛卯，"宰相李吉甫进所撰《元和郡国图》三十卷，又进《六代略》三十卷，又为《十道州郡图》五十四卷。"《全唐文》卷五一二李吉甫《元和郡县图志序》："以为成当今之务，树将来之势，则莫若版图地理之为切也。所以前上《元和国计簿》，审户口之丰耗；续撰《元和郡县图志》,辨州域之疆理。时获省阅,或裨聪明。……谨上《元和郡县图志》,起京兆府,尽陇右道,凡四十七镇,成四十卷,每镇皆图在篇首,冠于叙事之前,并目录两卷,总四十二卷。”

**王建撰李仲昌墓志铭并序。**

《全唐文补遗》有王建所撰《唐故摄相州刺史兼监察御史里行陇西李公(仲昌)墓志铭并序》。据文所载,李仲昌卒于“元和七年九月八日……以元和八年二月廿二日,迁护裳帷归于河南府河南县伊汭乡樊村万安山南原之大茔。威仪从俭,或奉遗命”。据此文所记,文乃撰于本年二月。铭文云:“其词曰:呜呼!吾邦欲贫,厥丧贤人。黄金作尘,琼树为薪。四子明哲,嗣光未缺。承家之庆兮,德源岂竭。青山涔涔,绿桂丛丛。猨鸣乌啼,夜雨朝风。于嗟乎贤人兮,永于其中。”

## | 三 月 |

**韩愈本年四十六岁,在京仍任国子博士。自觉才高而位下,作《进学解》以自喻。执政李吉甫、李绛等怜其才,擢为比部郎中、史馆修撰。**

《旧唐书·韩愈传》:“愈自以才高,累被摈黜,作《进学解》以自喻。执政览其文而怜之,以其有史才,改比部郎中、史馆修撰。”《白居易集》卷五五《韩愈比部郎中史馆修撰制》:“太学博士韩愈:学术精博,文力雄健;立词措意,有班马之风;求之一时,甚不易得。……可使执简,列为史官。……仍迁郎位,用事褒升。”《韩集校注》卷一《进学解》旧注:“元和八年三月二十三日也。”《补注》:“李光地曰:此文与《解嘲》千载称绝。‘谨’‘严’‘正’‘葩’等字,并极群经要眇,故未有不精经术而能行文者。曾国藩曰:仿《客难》《解嘲》,而论道论文二段,精实处过之。”

## | 四 月 |

**吏部奏:“应《开元礼》及学究一经登科人等,旧例据等第高下,量人才授官。近日缘校书、正字等名望稍优,但沾科第,皆求注拟。坚待员阙,或至踰年。若**

**无科条，恐长侥幸。起今已后，等第稍高，文学兼优者，伏请量注校、正。其余署《开元礼》人，太常寺官有阙相当；注通经人，国子监官阙相当者：并请先授，以备讲讨。如不情愿，即通注他官。庶名实有名，纪律可守。其今年以前待阙人，亦请依此条限，使为常制。”敕旨“依奏”**。

见《唐会要》卷七六。

## 五月

**柳宗元四十一岁。游黄溪，作《游黄溪记》**。

《柳宗元集》卷二九《游黄溪记》："黄溪距州治七十里……至初潭，最奇丽，殆不可状。其略若剖大瓮，侧立千尺，溪水积焉。……元和八年五月十六日，既归为记。"

## 六月

**韩愈有《答刘秀才论史书》，提出“夫为史者，不有人祸，则有天刑”之论**。

《韩集校注》外集上卷《答刘秀才论史书》："六月九日，韩愈白秀才。……孔子圣人，作《春秋》，辱于鲁卫陈宋齐楚，卒不遇而死：左丘明纪春秋时事以失明；司马迁作《史记》，刑诛；……夫为史者，不有人祸，则有天刑，岂可不畏惧而轻为之哉！"方成珪《诗文年谱》谓此文作于本年初韩愈为史馆修撰时，即在本年六月。《补注》："张裕钊曰：绝无章法，而气脉自然贯注。中有造句似子云，而绝琢雕迹，一归自然。"

## 夏

**柳宗元在永州，时永州发大火，作《逐毕方文并序》**。

《柳宗元集》卷一八《逐毕方文并序》："永州元和七年夏，多火灾。日夜数十发……八年夏，又如之。……若今火者，其可谓讹欤？而人有以鸟传者，其毕方欤？遂邑中状而图之……为之文而逐之。”按，文盖作于本年夏。

## 八月

**韩愈有《乌氏庙碑铭》。**

《韩集校注》卷六《乌氏庙碑铭》：“元和五年……八年八月，庙成……乙巳，升于庙。”

## 九月

**白居易撰《记异》。**

《白居易集》卷四三有《记异》，据文中所记，文乃作于元和八年九月七日。此文乃传奇小说体，文笔亦简洁有致，自然流转。

## 秋

**约本年秋前后，柳宗元有答韦中立、严厚舆、袁君、陈秀才等人书，中有论师道、避师名与论道论学之说。**

《柳宗元集》卷三四有《答韦中立论师道书》《答严厚舆秀才论师道书》《报袁君陈秀才避师名书》三书。第一书云“仆自谪过以来，益少志虑。居南中九年”，则文作于本年。第二文云：“得生书，言为师之说，怪仆所作《师友箴》与《答韦中立书》，欲变仆不为师之志。”据此，此文作于前文后。又第三书云：“秀才足下：仆避师名久矣。……其所不乐为者，非以师为非，弟子为罪也。有两事，故不能：自视以为不足为，一也；世久无师弟子，决为之，且见非，且见罪，惧而不为，二也。其大说具《答韦中立书》，今以往，可观也。……秋风益高，暑气益衰，可偶居卒谈。”按，据上引，此文当作于本年秋，前两书盖作于本年秋或稍前。诸文多有论师道与避师名与论学之说，第一文云：“今之世，不闻有师，有辄哗笑之，以为狂人。独韩愈奋不顾流俗，犯笑侮，收召后学，作《师说》，因抗颜为师。世果群怪聚骂，指目牵引，而增与为言辞。愈以是得狂名，始吾幼且少，为文章,以辞为工。及长,乃知文者以明道,是固不苟为炳炳烺烺,务采色、夸声音而以为能也。凡吾所陈,皆自谓近道,而不知道之果近乎,远乎?……故吾每为文章,未尝敢以轻心掉之,惧其剽而不留也;未尝敢以怠心。易之,惧其弛而不也;未尝敢以昏气出之,惧其昧没而杂也;未敢以矜气作之,惧其偃蹇而骄也。抑之欲其奥,扬之欲其明,疏之欲其通,廉之欲其节,激而发之欲其清,固而存之欲其重,此吾所以羽翼夫道也。本之《书》以求其质,本之《诗》以求其恒,本之《礼》以求其宜,本之《春秋》以求其断,本之《易》以求其动,此吾所以取道之原也。参之谷梁氏以厉其气,参之《孟》《荀》以畅其支,参之《庄》《老》以肆其端,参之《国语》以博其趣,参之《离骚》以致其幽,参之太史公以著其洁,此吾所以旁推交通而以为之文也。"第二文云:"言道、讲古、穷文辞以为师,则固吾属事。仆才能勇敢不如韩退之,故又不为人师。……若曰仆拒千百人,又非也。仆之所拒,拒为师弟子名,而不敢当其礼者也。若言道、讲古、穷文辞,有来问我者,吾岂尝瞋目闭口耶?"第三文论学习云:"大都文以行为本,在先诚其中。其外者当先读六经,次《论语》、孟轲书皆经言;《左氏》《国语》、庄周、屈原之辞,稍采取之;谷梁子、太史公甚峻洁,可以出入;余书俟文成异日讨也。其归在不出孔子,此其古人贤士所懔懔者。"

**雷恒为其父撰雷浑墓志铭并序**。

《全唐文补遗》有雷恒所撰《唐故前恒王府典军左亲事员外郎置同政员赐紫金鱼袋雷府君(浑)墓志铭并序》。文记雷府君"以元和七载三月廿五日不露。……乃以元和八年十月五日,于县□十里之胜地,礼也"。据此,文盖作于本年十月五日前之九月中。

## |十月|

**约本月后,柳宗元作《武冈铭》**。

《柳宗元集》卷二〇《武冈铭》:"元和七年四月,黔巫东鄙,盗弄库兵……御史中丞柳公绰,练立将校提卒五百"讨伐之,后乱兵"革面向化","诏书显异,进临江汉"。按,集注:"孙曰:以公绰为鄂岳观察使。"据《旧唐书·宪宗纪下》,柳公绰镇鄂岳在元和八年十月。本文乃柳公绰镇鄂岳后所作,故文约作于十月后,姑系于此。

**郑述撰窦劝墓志铭并序。**

《全唐文补遗》有郑述所撰《唐故三卫窦府君(劝)墓志铭并序》。据文所记,窦劝"以元和八年八月四日,遘疾终……,即以其年十月廿七日,窆于洛阳县平阴乡王赵村之北原,礼也"。据此,文盖撰于本年十月。文又记窦劝"早通诗礼,博览史籍,强学待问,修词润身"。

## |十一月|

**韩愈与沈传师等人受命重修《顺宗实录》。其《董府君墓志铭》《沂国公先庙碑铭》《送水陆运使韩侍御归所治序》等文均作于本月。**

《韩集校注》卷八《进顺宗皇帝实录表状》:"去八年十一月,臣在史职,监修李吉甫授臣以前史官韦处厚所撰《先帝实录》三卷,云未周悉,令臣重修。臣与修撰左拾遗沈传师、直馆京兆府咸阳县尉宇文籍等共加采访,并寻检诏敕,修成《顺宗皇帝实录》五卷。""去八年"即指本年。又,同书卷六《唐故朝散大夫商州刺史除名徙封州董府君墓志铭》记墓主于"元和八年十一月甲寅"葬,知文作于此时。同书同卷《魏博节度观察使沂国公先庙碑铭》:"元和八年十一月壬子,上命丞相元衡、丞相吉甫、丞相绛,召太史尚书比部郎中韩愈至政事堂,传诏曰……而臣适执笔隶太史,奉明命,其可以辞?"《补注》:"方苞曰:序简以则,铭清而蔚,兼《尚书》《雅》《颂》之义,而无摹拟之迹。曾国藩曰:序文疏简,著意在铭诗,而终不称其先世功德一字,可谓有体。"又,同书卷四《送水陆运使韩侍御归所治序》:"八年,诏拜殿中侍御史……其冬来朝……闻其归,皆相勉为诗以推大之,而属余为序。"文中"八年"即指本年,文乃冬日作,《韩愈年谱汇证》以为"当写于元和八年十一月"。

## |十二月|

**宪宗有《录张茂昭家敕》。**

《唐大诏令集补编》卷一五有宪宗《录张茂昭家敕》。文末署“元和八年十二月”,文即作于此时。文云:“十二月敕:张茂昭立功河朔,举族归朝,义烈之风,史册攸载。或闻身殁之后,家无余财,追怀旧勋,特越常典。宜每年赐其家绢二千匹,春秋二时给付。”

## 本年

**柳宗元本年撰《永州铁炉步志》。**

《柳宗元集》卷二八有《永州铁炉步志》,文云:“永州北郭有步,曰铁炉步。余乘舟来,居九年,往来求其所以为铁炉者无有。”据此,文作于居永州九年,亦即本年。

**元稹作《与史馆韩愈郎中书》,云:“稹常读注记,缺而未书,谨备所闻,盖欲执事者编此义烈,以永永于来世耳”,请韩愈编甄济事于国史。**

《旧唐书·韩愈传》载,本年三月韩愈作《进学解》,由国子博士改官比部郎中、史馆修撰。姚铉《唐文粹》卷八二《书》四《论史》、《文苑英华》卷六九〇《书》二四《经史》载元稹《与史馆韩愈郎中书》。《元稹集》《全唐文》作“韩侍郎”,当误。《韩集校注》卷三《答元侍御书》:“前岁辱书,论甄逢父济识安禄山必反……”旧注:“元稹以书言甄济父子事,丐公笔之于史,公以此答之。此书盖元和九年在史馆时作。”故元稹此书当作于元和八年三月韩愈改官比部郎中、史馆修撰后,元和九年前。

**元稹为杜甫撰墓志铭并序。**

见《元稹集》卷五六《唐故工部员外郎杜君墓系铭并序》。杜甫大历五年卒于由潭州至岳州途中,四十多年后,其孙杜嗣业方送杜甫灵柩归葬故土偃师,此志即元稹应杜嗣业之请而撰。元稹于序文中交代写作缘由:“适子美之孙嗣业,启子美之柩,襄祔事于偃师,途次于荆楚。雅知予爱言其大父之为文,拜予为志,辞不可绝,予因系其官阀而铭其卒葬云。”此文云:“予读诗至杜子美,而知古人之才有所总萃焉。……建安之后,天下文士遭罹兵战,曹氏父子鞍马间为文,往往横槊赋诗，故其遒文壮节抑扬怨哀悲离之作，尤极于古。晋世风概稍存，宋、齐之间，教失根本，士以简慢歙习舒徐相尚，文章以风容色泽放旷精清为高，盖吟写性灵流连光景之文也，意义格力无取焉。陵迟至于梁、陈，淫艳刻饰佻巧小碎之词剧，又宋、齐之所不取也。唐兴，学官大振，历世之文，能者互出，而又沈、宋之流，研练精切，稳顺声势，谓之为律诗。由是而后，文体之变极焉。然而好古者遗近，务华者去实，效齐、梁则不逮于晋、魏，工乐府则力屈于五言，律切则骨格不存，闲暇则纤秾莫备。……至于子美，盖所谓上薄风骚，下该沈、宋，言夺苏、李，气吞曹、刘，掩颜、谢之孤高，杂徐、庾之流丽，尽得古今之体势，而兼昔（一作今）人之所独专矣。……则诗人以来，未有如子美者。”铭末有“维元和之癸巳”语，知作于本年。元稹首倡扬杜抑李之说，于后世影响甚巨。

**刘禹锡四十二岁，在朗州司马任。本年有启上武元衡，诉说被谪盼归之情。**

《刘集校注》卷一四《上门下武相公启》，按，武相公为武元衡。据《旧唐书·宪宗纪下》，其任相始于元和八年二月。又本启云：“某久罹宪网……一身主祀，万里望枌榆之乡；高堂有亲，九年居蛮貊之地。”刘禹锡居朗州至今九年，故系于此。

**窦庠约于本年由泽州刺史为宣歙团练副使。**

《全唐文》卷七六一褚藏言《窦庠传》：“迁泽州刺史。秩满，时光禄卿范公由吴郡领宛陵，奏公试太子中允、兼侍御史，为团练副使。”范公，即范传正，元和七年八月由苏州刺史为宣歙观察使。元和六年前后窦庠为泽州刺史，秩满约在元和八年。

**窦巩于本年入袁滋山南东道节度使幕，为掌书记。**

《旧唐书·窦巩传》：“滋改荆、襄二镇，皆从之，掌管记之任。”据《旧唐书·宪宗纪下》，袁滋于元和八年正月由户部尚书出为襄州刺史，充山南东道节度使。知窦巩入其幕在本年。

# 唐宪宗元和九年

甲午 八一四

## |正月|

**韩愈本年四十七岁，仍为比部郎中史馆修撰。张籍病眼，甚贫，愈代书上浙东观察使李逊，托李翱转达。**

《韩集校注》卷三《代张籍与李浙东书》：“籍独喜，常以为自今已后，不复有如古人者，于今忽有之。退自悲不幸两目不见物，无用于天下，胸中虽有知识，家无钱财，寸步不能自致；……使籍诚不以畜妻子忧饥寒乱心，有钱财以济医药，其盲未甚，庶几其复见天地日月，因得不废，则自今至死之年，皆阁下之赐。”又谓：“近者阁下从事李协律翱到京师，籍于李君，友也，不见六七年。”按，李浙东为李逊，其于元和五年至九年九月镇浙东，翱为其从事。《李文公集》卷一四《叔氏墓志铭》：“元和九年岁直甲午正月十九日丁卯，浙东道观察判官、将仕郎试大理评事摄监察御史李翱，奉其叔氏之丧于兹……是以乞假公府，言来筮宅。”

**柳宗元读韩愈《答刘秀才论史书》后，作《与韩愈论史官书》，以为韩愈所说“甚大谬”。此后又有致韩愈段秀实逸事书，言其所撰并上《段太尉逸事状》。**

《柳宗元集》卷三一《与韩愈论史官书》：“正月二十一日，某顿首十八丈退之侍者前：获书言史事，云具《与刘秀才书》，及今乃见书稿，私心甚不喜，与退之往年言史事甚大谬。”按，韩愈《答刘秀才书》作于去年，柳宗元此时见之，故有此作。又，《柳宗元集》卷三一《与史官韩愈致段秀实太尉逸事状》：“退之馆下：前者书退之力史事，奉答诚中吾病……窃自冠好游边上，问故老卒吏，得段太尉事最详。……其逸事有状。”按，据此知文作于前书后，此时已有《段太尉逸事状》（《柳宗元集》卷八），《状》亦云：“元和九年月日，永州司马员外置同正员柳宗元谨上史馆。”均姑系于此。

## | 二 月 |

**张又新、李德垂、殷尧藩、高锴、陈商等二十七人进士及第。本年吏部侍郎韦贯之知贡举。**

见《登科记考补正》卷一八。

**宪宗有《放免京畿百姓所欠元和八年税制》。**

《唐大诏令集补编》卷二八宪宗有《放免京畿百姓所欠元和八年税制》。文末署“元和九年二月”,文即撰于此时。

## | 三 月 |

**乐元素撰南阳府君(庭芬)夫人陇西郡歧氏(珪)合祔志。**

《全唐文补遗》有乐元素所撰《唐故朝散大夫太子左赞善大夫试汝州司马上柱国南阳府君(庭芬)夫人陇西郡歧氏(珪)合祔志》。据文所载,府君“元和二年正月十九日,薨于东都乐城里之私第。夫人……寿终六十一,即同年正月廿九日矣。……以元和九年三月十八日,卜兆合祔于河南府河南县梓泽里之原,礼也”。据此,文盖撰于本年三月。

## | 春 |

**安南桂管宣慰使马日温游叠彩山,有题名。**

见《全唐文补编》卷六一马日温《叠彩山题名》。文末署:“元和九年春四日题。”注:“嘉庆《广西通志》卷二一五。”

## 四月

**李渤应召上《御戎新录》二十卷，授秘书省著作郎。**

《登科记考补正》卷一八引《册府元龟》卷六〇一："李渤为左拾遗，罢官闲居东雒，撰《御戎新录》二十卷以献。元和九年四月壬午，诏曰：'前左拾遗、内供奉李渤，隐居求志，殚见洽闻，尝致弓旌之招，尚怀林壑之恋。而闻肆其素业，成此新书，词章典雅，谋议深远，献于阙下，良所嘉焉。故洽今恩，用清旧议，可授秘省著作郎。'"

## 六月

**沈亚之客滑州，值魏、滑分河工程竣工，为文记之。**

《旧唐书·宪宗纪下》：元和八年十二月，"以河溢浸滑州羊马城之半，滑州薛平、魏博田弘正征役万人，于黎阳界开古黄河道……决旧河水势，滑人遂无水患"。《沈下贤文集》卷三《魏滑分河录》："元和八年秋，水大至滑，河南瓠子堤溢，将及城。……明年春，滑凿河北黎阳西南，役卒万人，间流二十里，复会于河。其壖田凡七百顷，皆归属河南。夏六月，魏使杨茂卿授地，滑帅令陈酒乐，与浮河新渠。是日亚之以客得与，故悉其事于两帅之宾。"

## 七月

**正议大夫、云州刺史吴卓卒，王叔简为之撰墓志铭。**

《全唐文补编》卷六一王叔简《唐故正议大夫持节都督云州刺史充大同军使兼侍御史赐紫金鱼袋长乐郡王食邑三千户渤海吴府君墓志铭并序》："公讳卓，字山立。……以元和九年七月廿八日归葬于少陵原。……"原署："乡贡进士王叔简撰并书。"文末注："《考古与文物》一九九〇年四期刊拓本。"

**王泾撰袁惟承墓志铭并序。**

《全唐文补遗》有王泾所撰《唐故彭城郡袁府君(惟承)墓志铭并序》。据此文所记,袁府君卒于元和九年,同年"七月廿八日,子母相顾……须合礼仪。卜禹穴之北,望洛之平原。买天竺之胜地,祔先茔之东南。窆兹,礼也。刊石乃为颂曰:浮生也荣,其死也哀。择地而葬,筑坟成台。永为标记,饰斯松限。人皆如此,讶而为灰。南凭禹穴,北靠王城。左临伊流,右接磬声。梵响朝奏,令人可听。天宫若此,不羡生荣"。据此,本文乃撰于本年七月。

## 八月

**李翱、灵澈在越州,从观察使李逊游妙喜寺,李逊作文记之。**

《全唐文》卷五四六李逊《游妙喜寺记》:"妙喜寺去郭二十里而近,通舟而到。……时从事四五人,天气清爽,同登共览。……时有从事李翱、僧灵澈请纪,故琢于片石云。时元和八月十五日记。"

**丙辰,彰义节度使吴少阳卒,其子摄蔡州刺史元济匿丧,自领军务,不听朝命。**

见《旧唐书·宪宗纪下》、《资治通鉴》卷二三九。

**王广撰王府君夫人荥阳郑氏合祔墓志。**

《全唐文补遗》有王广所撰《唐故太子左赞善大夫太原王府君夫人荥阳郑氏合祔墓志》。据文所记,郑氏"元和九年秋七月二日,弃背于河南县敦化里之私舍,享年四十九。其年八月十一日,祔葬于洛阳县清风乡郭村邙山之原,礼从先府君旧茔",则文乃本年八月撰。

## 九月

**元稹曾以书言甄济父子事,请韩愈载于史。本月,韩愈有《答元侍御书》。**

《韩集校注》卷三《答元侍御书》:"九月五日,愈顿首,微之足下:前岁辱书,论甄逢父济识安禄山必反,即诈为喑弃之。……足下由是与之交,欲令逢父子名迹存诸史氏。……愈既承命,又执笔以俟。"旧注:"元稹以书言甄济父子事,丐公笔之于史,公以此答之。此书盖元和九年在史馆时作。"

**刘禹锡四十三岁,在朗州司马任。本月作《武陵北亭记》。**

《刘集校注》卷一四《武陵北亭记》:"七年冬,诏书以竹使符授尚书水曹外郎窦公常曰:'命尔为武陵守。'莅止三月……又三月……是岁大穰,明年政成……九月壬午,工告休。"按,"七年冬"指元和七年冬,则《武陵北亭记》为本年九月作。

## |十月|

**甲子,以严绶为申、光、蔡招讨使督诸道兵招讨吴元济。乙丑,命内常侍知省事崔潭峻监其军。时宪宗有《严绶兼充申光蔡等州招抚使制》。**

见《旧唐书·宪宗纪下》、《资治通鉴》卷二三九。又,《唐大诏令集补编》卷一三有《严绶兼充申光蔡等州招抚使制》。此文末署"元和九年十月甲子",文即此时所撰。

**华良夫撰李举墓志铭。**

《全唐文补遗》有华良夫所撰《唐故殿中侍御史李公(举)墓志铭》。据文所记,李公"于(元和)九年甲午岁闰八月遘疾,廿七日辛未卒于滑州龙兴寺官署……以十月廿七日庚午,归葬于洛阳县北原青风乡,祔于先茔",则文乃本年十月撰。

**元稹本年闰八月自江陵移唐州长史,本月代节度使严绶作《代谕淮西书》。**

《元稹集》卷三四有元稹《为严司空谢招讨使表》。表中云:"伏奉今月十九日敕,以臣兼充申光蔡等州招讨使,并赐臣手诏两道。"《旧唐书·宪宗纪下》:"(元和九年十月)甲子,制:'……今淮西一道,未达朝经。擅自继袭,肆行寇掠。将士等迫于受制,非是本心。思去三面之罗,庶遵两阶之义。宜以山南东道节度使严绶兼充申光蔡等州招抚使。'"又,《元稹集》卷三一《代谕淮西书》云:"奉十月十九日诏书,以某充申光蔡招抚使。某月日,遣使赍敕送付界首布告讫。"知是代严绶撰。

**吴元济举兵反叛,吴武陵撰书谴责。**

见《全唐文》卷七一八《遗吴元济书》。据《旧唐书·吴元济传》,唐宪宗元和九年九月,吴少阳死,吴元济自请代父职,朝廷不许;十月,举兵反叛。故本文最早撰于吴元济反叛后,姑系于本月。

**韩愈本月转考功郎中,史馆修撰如故;十二月,以考功知制诰。本月有为孟郊所撰之《贞曜先生墓志铭》。**

李翱《李文公集》卷一一《韩公行状》:"转考功郎中,修撰如故。数月,以考功知制诰。"《韩子年谱》:"冬,为考功郎中、知制诰。《实录》云:'九年十月甲子,韩愈考功郎中,依前史馆修撰。十二月戊午,以考功知制诰。'"《韩集校注》卷六《贞曜先生墓志铭》:"唐元和九年,岁在甲午八月乙亥,贞曜先生孟氏卒。……先生讳郊,字东野。……十月庚午,樊子合凡赠赙而葬之洛阳东其先人墓左。"据此,孟郊乃葬于本年十月,愈文乃稍前所撰。《铭》称郊"及其为诗,刿目鉥心,刃迎缕解,钩章棘句,掐擢胃肾,神施鬼设,间见层出"。

**李吉甫卒,年五十七,有集二十卷。武元衡作文祭之。**

《旧唐书·宪宗纪下》:元和九年十月丙午"赵国公李吉甫卒"。《旧唐书·李吉甫传》:"元和九年冬,暴病卒,年五十七。"《新唐书·艺文志四》:"《李吉甫集》二十卷。"《全唐诗》卷三一八载其诗四首,《全唐文》卷五一二编其文一卷。《全唐文》卷五三一武元衡《祭李吉甫文》:"维元和九年月日,某官谨遣某,以清酌之奠,敬祭于故中书侍郎同中书门下平章事赠司空赵国公李公之灵……"

## 十一月

**礼部贡院奏："贡举人见讫，谒先师，准格学官为开讲，质定疑义。常参及致仕官观礼。旧例至时举奏。"诏："宜谒先师，余著停。"后虽每年举奏，并不复行。**

见《唐会要》卷三五。

**柳宗元撰湘源二妃庙碑。**

《柳宗元集》卷五《湘源二妃庙碑》："元和九年八月二十日，湘源二妃庙灾。"后建新庙成，"十有一月庚辰，陈奠荐辞，立石于庙门之宇下。……即石是铭"。据此，碑铭乃本年十一月作。

**韩愈本月作《试大理评事王君墓志铭》，文澹宕多奇。**

《韩集校注》卷六《试大理评事王君墓志铭》："君讳適，姓王氏。好读书，怀奇负气，不肯随人后举选。……比部郎中韩愈日发书问讯……明年九月，疾病……其月某日卒，年四十四。十一月某日，即葬京城西南长安县界中。"方成珪《诗文年谱》系此文于本年，愈撰文约在十一月。《补注》："茅坤曰：澹宕多奇。曾国藩曰：以蔡伯喈碑文律之，此等已失古意。然能者游戏，无所不可。"

**中牟尉李存诚有雁塔题名。**

见《全唐文补编》卷六一。文末署："元和九年十一月题。"注："《文物》一九六一年八期刊宋拓残本《唐贤雁塔题名》。"

## 十二月

**元稹代严绶撰《祭淮渎文》。**

《元稹集》卷六〇《祭淮渎文》文首曰："维元和九年，岁次甲午，十二月朔甲辰,某日辰。"文中又有"天子命我,涤除妖慝"等语,亦是代严绶撰。

**崔植撰李佶墓志铭并序**。

《全唐文补遗》有崔植所撰《唐故河南府寿安县尉陇西李公(佶)墓志铭并序》。据此文所记,李佶卒于贞元十三年十月十五日,"以元和九年十二月十八日,合祔于寿安县甘棠乡郡段之北原,礼也"。则文乃本年十二月所撰。

## |本 年|

**韩愈荐樊宗师之《与袁相公书》乃本年文**。

《韩集校注》卷三《与袁相公书》:"窃见朝议郎前太子舍人樊宗师孝友聪明……穷究经史,章通句解,至于阴阳、军法、声律,悉皆研极原本。又善为文章,词句刻深,独追古作者为徒,不顾世俗轻重,通微晓事,可与晤语。"方崧卿《韩公年谱》、方成珪《诗文年谱》均系本文于本年,从之。

**柳宗元撰有《囚山赋》《起废答》。本年前作于永州之文尚多,如《佩韦赋》《牛赋》等**。

《柳宗元集》卷二《囚山赋》:"楚越之郊环万山兮……非兕吾为柙兮,非豕吾为牢。积十年莫吾省者兮,增蔽吾以蓬蒿。……谁使吾山之囚吾兮滔滔?"按,集注:"韩曰:公永贞元年乙酉,贬永州司马。至元和九年甲午,为十年矣。"又,《柳宗元集》卷一五《起废答》:"柳先生既会州刺史……还,游于愚溪之上。……黧老进曰:'今先生来吾州亦十年……然而一废不复。'"集注:"亦永州未召时作。"柳宗元来永州至今十年,故两文均本年作。据《施谱》,柳宗元作于永州之文尚有不少,然未能考其确年,主要有《佩韦赋》《瓶赋》《牛赋》《解祟赋》《封建论》《时令论》《桐叶封弟辩》《天对》《设渔者对智伯》《对贺者》《鹘说》《谪龙说》《捕蛇者说》《罴说》《临江之麋》《黔之驴》《永某氏之鼠》《李赤传》《河间传》《宋清传》《蝜蝂传》《乞巧文》《哀溺文》《骂尸虫文》《斩曲几文》《宥蝮蛇文》《憎王孙文》《招海贾文》《东海若》《柳宗直西汉文类序》《送薛存义之任序》《答刘禹锡天论书》《与刘禹锡论周易书》《与友人论为文书》《报崔黯秀才论为文书》等等(详见《施谱》)。其中亦有论文之言,如《报崔黯秀才论为文书》:“圣人之言,期以明道,学者务求诸道而遗其辞。辞之传于世者,必由于书。道假辞而明,辞假书而传,要之,之道而已耳。道之及,及乎物而已耳,斯取道之内者也。今世因贵辞而矜书,粉泽以为工,遒密以为能,不亦外乎?……凡人好辞工书者,皆病癖也。”又《与友人论为文书》:“古今号文章为难……非谓比兴之不足,恢拓之不远,钻砺之不工,颇颣之不除也。得之为难,知之愈难耳。苟或得其高朗,探其深赜,虽有芜败,则为日月之蚀也,大圭之瑕也,曷足伤其明黜其宝哉?”

**刘禹锡本年撰《谪九年赋》**。

《刘集校注》卷一《谪九年赋》:“古称思妇,已历九秋;……伊我之谪,至于数极。长沙之悲,三倍其时;……天有寒暑,闰余三变。”按,《刘集校注》卷一《问大钧赋》:“俟罪朗州,三见闰月,人咸曰数之极,理当迁焉,因作《谪九年赋》以自广。是岁腊月,诏追……”刘禹锡自贬后至今已历九秋,且是年冬有诏追回京事,故赋本年作。

**白居易本年或稍后有盛赞张籍乐府诗之作,提倡风雅比兴,可裨教化之文风**。

《白居易集》卷一《读张籍古乐府》诗,《编年史》谓约作于本年或明年,姑系于此。诗云:“张君何为者,业文三十春。尤工乐府诗,举代少其伦。为诗意如何?六义互铺陈,风雅比兴外,未尝著空文。读君学仙诗,可讽放佚君。读君董公诗,可诲贪暴臣。……上可裨教化,舒之济万民;下可理情性,卷之善一身。……言者志之苗,行者文之根。所以读君诗,亦知君为人。”

**朝廷诏征刘禹锡、柳宗元、韩晔等被贬者回朝。刘、柳被贬间诗文之作颇丰,以柳为师,从其学文者甚众**。

《刘禹锡集》卷二四有《元和甲午岁诏书尽征江湘逐客余自武陵赴京宿于都亭有怀续来诸君子》诗,同书卷一《问大钧赋》:“俟罪朗州,三见闰月。……因作《谪九年赋》以自广。是岁腊月诏追。”柳宗元、韩晔等人亦在此次诏征之列。

同书卷二〇《刘氏集略说》:“及谪于沅、湘间,为江山风物之所荡,往往指事成歌诗;或读书有所感,辄立评议。穷愁著书,古儒者之大同,非高冠长剑之比耳。”刘禹锡作于朗州之重要文章尚有《天论》上、中、下三篇,《望赋》《何卜赋》《伤我马词》等(据《刘谱》)。《韩昌黎文集校注》卷七《柳子厚墓志铭》:“遇用事者得罪,例出为刺史;未至,又例贬州司马。居闲益自刻苦,务记览,为词章泛滥停蓄,为深博无涯涘,而自肆于山水间。……衡湘以南为进士者,皆以子厚为师,其经承子厚口讲指画为文词者,悉有法度可观。”

**僧澄观约于本年卒于长安,年七十余。有译著《华严经》四十卷,又撰《华严经疏》十卷、《随疏演义》四十卷。**

《宋高僧传》卷五《唐代州五台山清凉寺澄观传》:“澄观……宣诏入都……所进《华严》,后分四十卷。……又诏令造疏,遂于终南草堂寺编成十卷,进呈。……又著《随疏演义》四十卷。”又云:“以元和年卒,春秋七十余。”澄观卒年不可确考,姑系于此。

## 唐宪宗元和十年

乙未　八一五

### 正月

**柳宗元四十三岁。在永州为崔中丞作万石亭记,后即奉诏赴京。**

《柳宗元集》卷二七《永州崔中丞万石亭记》:崔中丞建亭后,州邑耆老贺而请名,“公曰:‘是石之数,不可知也。以其多,而命之曰万石亭。’……宗元尝以笺奏隶尚书,敢专笔削,以附零陵故事。时元和十年正月五日记”。按,柳宗元作于永州之山水游记除已编年者外尚多,如《零陵三亭记》(《柳宗元集》卷二七)、《永州龙兴寺东丘记》(《柳宗元集》卷二八)等皆是,均作于其在永州十年间。《柳宗元集》卷四二《诏追赴都回寄零陵亲故》《过衡山见新花开却寄弟》:“故国名园久别离……晴天归路好相逐,正是峰前回雁时。”集注:“鸿雁之属,九月而南,正月而北。”诗乃作于本年正月赴京途中。

**二十二日，独孤郁卒于长安，年四十。有《制策》一卷，韩愈为之撰墓志铭。**

《韩集校注》卷二九《唐故秘书少监赠绛州刺史独孤府君墓志铭》："君讳郁，字古风，河南人。……元和……十年正月，病遂殆，甲午，舆归，卒于其家。赠绛州刺史。年四十。"正月癸酉朔，二十二日为甲午。《新唐书·艺文志四》："《元和制策》三卷：元稹、独孤郁、白居易。"

## | 二 月 |

**沈亚之、滕迈、裴夷直、封敖、张嗣初、任畹、庞严、胡遇、吕让、刘岩夫等三十人登进士第，试《春色满皇州诗》《乡老献贤能书赋》，"以行艺昭洽，可升王庭为韵"。封敖、张嗣初、滕迈赋存《文苑英华》卷六七，沈亚之、滕迈、裴夷直、封敖、张嗣初诗存《文苑英华》卷一八一。尚弘简经明行修科擢第。礼部侍郎崔群知本年贡举。**

见《登科记考补正》卷一八。《全唐文》卷七二三滕迈《乡老献贤能书赋》中云："今则潜获其人，可施于政。咸能藏器以自持，秉心而无竞。处乎野兴在轴之歌，遇其时仰干旄之咏。矧臣察之而甚熟，交之而益敬。逼桑榆暮景，敢罔于天聪。当杞梓良材，将裨于国庆。若夫博通之艺可称，亏污之德难升，臣不敢书其德而罔举贤能；若乃闺门之风虽浃，乡党之言未洽，臣不敢请于王而远离荷锸。凡所称无党，所覆有经。……岂以臣之职，所言莫可。昔明王问政于耆耋，圣后取人于农琐。帝乃启书而相，视贤不佻。听说言而其容穆穆，纳嘉猷而厥德昭昭。由是道冠百王，风驰四裔。使居乡者洁其己，在家者修其艺。以黄发荐士之书为式，欲庶官推贤之路无蔽。彼周询乡老，汉延群儒，未足量功而并利。"

**任畹及第归蜀，沈亚之有序送之。**

《沈下贤文集》卷九《送同年任畹归蜀序》："（元和）十年，新及第进士将去都……亚之以为相如还蜀之荣，而生未后也。"

**严绶军为淮西所败，退守唐州。寿州团练使令狐通亦兵败，走保州城。田**

**弘正子布、韩弘子公武各率师隶鄂岳观察使柳公绰讨吴元济。**

见《旧唐书・宪宗纪下》、《资治通鉴》卷二三九。

## |三 月|

**执政有怜王叔文之党坐谪官者,欲渐用之,谏官言其不可,宪宗与武元衡亦恶之,遂皆以为远州刺史。柳宗元为柳州刺史,刘禹锡先为播州刺史,旋经裴度言于上,改连州刺史。**

见《资治通鉴》卷二三九。《旧唐书・宪宗纪下》本年三月:"乙酉,以虔州司马韩泰为漳州刺史,以永州司马柳宗元为柳州刺史,饶州司马韩晔为汀洲刺史,朗州司马刘禹锡为播州刺史,台州司马陈谏为封州刺史。"《旧唐书・刘禹锡传》:"元和十年,自武陵召还,宰相复欲置之郎署,时禹锡作《游玄都观咏看花诸君子》诗,语涉讥刺,执政不悦,复出为播州刺史。诏下,御史中丞裴度奏曰:……乃改授连州刺史。"《韩昌黎文集校注》卷七《柳子厚墓志铭》:"其召至京师而复为刺史也,中山刘梦得禹锡亦在遣中,当诣播州。子厚泣曰:'播州非人所居,而梦得亲在堂,吾不忍梦得之穷……'请于朝,将拜疏,愿以柳易播,虽重得罪,死不恨。遇有以梦得事白上者,梦得于是改刺连州。"

**李易简等三人游雁塔,有题名。**

见《全唐文补编》卷六一李易简《雁塔题名》。文末署:"元和十年三月十四日同游"。注:"《文物》一九六一年八期刊宋拓残本《唐贤雁塔题名》。"

**韩愈本年四十八岁,仍任考功郎中、知制诰。约本月有与鄂州柳中丞二书。**

《韩集校注》卷三有《与鄂州柳中丞书》二篇。洪兴祖《韩子年谱》系此二文于本年,谓:"公与鄂州柳公绰中丞二书,云'计已与裴中丞相见,行营事宜,不惜时赐示及'。当在今年。公绰以鄂岳兵五千隶安州刺史李听,率赴行营。"又《资治通鉴》卷二三九元和十年:"二月,诏鄂岳观察使柳公绰以兵五千授安州刺史李听,使讨吴元济,公绰……即奏请自行,许之。公绰至安州。"按,公绰于本年二月赴安州行营，而据《旧唐书·宪宗纪下》，御史中丞裴度“自淮西行营宣慰还”在本年五月上旬，则愈作此二书当在二月至四月间，今姑系于三月。《补注》：“刘大櫆云：奔泻苍古，似西汉。”

## 春

**沈亚之在长安，作序送杜憓南游。**

《沈下贤文集》卷九《送杜憓序》：“十年春，生长上知生之志……因命生去游，以广其思。三月，生即路，亚之喜鲍之知言，又乐生受命之游，故终始以序。”据《新唐书·宰相世系表二上》，杜憓为杜佑之孙、杜式方之子。

## 四月

**韩愈为独孤郁作墓志铭。**

《韩集校注》卷六《独孤府君墓志铭》：“君讳郁，字古风……元和元年，对诏策，拜右拾遗。……十年正月，病遂殆。……四月己酉……葬河南寿安之甘泉乡家茔宪公墓侧。”

## 五月

**韩愈上言力主征讨淮西。**

《资治通鉴》卷二三九本年五月：“考功郎中、知制诰韩愈上言，以为：‘淮西三小州，残敝困剧之余，而当天下之全力，其破败可立而待。……’因条陈用兵利害。”

**丙申，李光颜奏败淮西兵于时曲。**

《资治通鉴》卷二三九，胡注谓时曲在陈州殷水县西南。《旧唐书·宪宗纪下》作“洄曲”，记云：“自征兵讨贼，凡十余镇之师，环于申、蔡，未立战功。……

至是告捷，京师相贺。”

**刘禹锡四十四岁。本月抵连州刺史任，作谢表，中述遭谤被贬之事。**

《刘集校注》卷一五《谢上连州刺史表》：“伏奉去三月七日制，授臣使持节连州刺史。……伏以南方疠疾，多在夏中。臣自发郴州，便染瘴疟……即以今月十一日到州上讫。”按文中有“夏中”语，又其作于连州之《沓潮歌并引》云：“元和十年夏五月，终风驾涛南海羡溢。……余为连州，客或为予言其状。”则元和十年五月中，刘禹锡盖已抵连州任，谢表乃至任后不久作，姑系于此。《谢上连州刺史表》云：“陛下龙飞之日，臣忝郎官。恭守章程，勤修职业。权臣奏用，盖闻虚名，实非曲求，可以覆示。迹卑易枉，无路自明，亦缘臣有微才，所以嫉臣者众，竞生口语，广肆加诬。”

**韦瑕有雁塔题名。**

见《全唐文补编》卷六一。文末署：“元和十年五月十四日。”注：“《文物》一九六一年八期刊宋拓残本《唐贤雁塔题名》。”

**沈亚之受泾原节度使李汇辟为掌书记，时姚合客游于泾州，亚之于座中闻李汇、姚合述邢凤、王炎异梦事，作《异梦录》。**

《沈下贤文集》卷四《异梦录》：“元和十年，亚之以记室从陇西公军泾州，而长安中贤士皆来客之。五月十八日，陇西公与客期宴于东池便馆。既坐，陇西公曰：‘余少从邢凤游，得记其异，请语之……故亚之退而著录。明日，客有后至者……吴兴姚合曰：‘吾友王炎者……”

## 六月

**三日，宰相武元衡被刺身死，年五十八，有集十卷。**

《旧唐书·宪宗纪下》：元和十年六月“癸卯，镇州节度使王承宗遣盗夜伏于靖安坊，刺宰相武元衡，死之”。《旧唐书·武元衡传》：“元衡宅在静安里，十年六月三日，将朝，出里东门，有暗中叱使灭烛者，导骑诃之，贼射之，中肩。又有匿树阴突出者，以棓击元衡左股。其徒驭已为贼所格奔逸，贼乃持元衡马，东南行十余步害之，批其颅骨怀去。……年五十八。"《新唐书·艺文志四》："《武元衡集》十卷。"《郡斋读书志》卷一七："武元衡《临淮集》二卷，唐元衡伯苍也。……元衡工五言诗，好事者传之，被于管弦，尝夏夜作诗曰：'夜久喧暂息，池台惟月明。无因驻清景，日出事还生。'翌日遇害。……议者谓唐世工诗宦达者惟高适，达宦诗工者惟元衡。"

**宪宗有《捕杀武元衡盗诏》。**

《唐大诏令集补编》卷三二宪宗有《捕杀武元衡盗诏》。文末署"元和十年六月辛丑"，文即撰于此时。

**裴度时亦被盗所伤。乙丑，裴度拜相，为中书侍郎、同平章事。**

见《旧唐书·宪宗纪下》。《资治通鉴》卷二三九载此，并云宪宗"悉以用兵事委度，讨贼甚急"。

**柳宗元抵柳州刺史任，作谢表，言及早年交友不慎及祸事。**

《柳宗元集》卷三八《谢除柳州刺史表》："早以文律，微臣官在礼司……臣以不慎交友，旋及祸凶。"按，集注："诸本表首云：'伏奉三月十三日制，除臣使持节柳州诸军事、守柳州刺史，六月二十七日到任上讫。'"谢上表乃作于抵任后数日内，约在六月末撰。

**盗刺死宰相武元衡，裴度亦被刺伤，隶人王义死之。裴度撰祭文祭之。本年进士多有撰《王义传》者。**

《旧唐书·宪宗纪下》：元和十年六月"镇州节度使王承宗遣盗夜伏于靖安坊，刺宰相武元衡，死之。又遣盗于通化坊刺御史中丞裴度，伤首而免。"《唐国史补》卷中："裴晋公为盗所伤刺，隶人王义捍刃死之。公乃自为文以祭，厚给其妻子。是岁进士撰王义传者，十有二三。"按，裴晋公即裴度。

## |夏|

**韩愈撰《顺宗实录》成。进呈,时有《进顺宗皇帝实录表状》。**

《韩集校注》卷八《进顺宗皇帝实录表状》:"去八年十一月,臣在史职,监修李吉甫授臣以前史官韦处厚所撰《先帝实录》三卷,云未周悉,令臣重修。臣与修撰左拾遗沈传师、直京兆府咸阳县尉宇文籍等共加采访,并寻检诏敕,修成《顺宗皇帝实录》五卷:削去常事,著其系于政者,比之旧录,十益六七,忠良奸佞,莫不备书,苟关于时,无所不录。吉甫慎重其事,欲更研讨,比及身殁,尚未加功。臣于吉甫宅取得旧本,自冬及夏,刊正方毕。文字鄙陋,实惧尘玷,谨随表献上。"旧注:"退之以元和八年守比部郎中、史馆修撰;而吉甫以九年十月卒,则进《实录》在十年夏也。"

## |七月|

**约在本月,柳宗元从父弟柳宗直来,与谒雷雨塘神舍,有祷雨文。不久,宗直卒,撰祭文等悼之,其中记其擅文之事。**

《柳宗元集》卷一二《志从父弟宗直殡》:"从父弟宗直……善操觚牍,得师法甚备。融液曲折,奇峭博丽,知之者以为工。作文辞,淡泊尚古,谨声律,切事类。撰汉书文章为四十卷,歌谣言议。纤悉备具,连累贯统,好文者以为工。……元和十年,宗元始得召为柳州刺史。七月,南来从余。……又从谒雨雷塘神所,还戏灵泉上,洋洋而归,卧至旦,呼之无闻,就视,形神离矣。……是月二十四日,出殡城西北若干尺。"据此,其《雷塘祷雨文》《祭弟宗直文》(均见《柳宗元集》卷四一)均为本年此时作。

**白居易因上疏请捕杀害武元衡之凶手,为执政所忌,贬江州司马。后,白居易在江州,将其诗编为四类,十五卷。**

《旧唐书·白居易传》:"(元和)十年七月,盗杀宰相武元衡,居易首上疏论其冤,急请捕贼以雪国耻。宰相以宫官非谏职,不当先谏官言事,会有素恶居易者……执政方恶其言事,奏贬为江州刺史,诏出,中书舍人王涯上疏论之,言居易所犯状迹,不宜治郡,追诏授江州司马。”白居易贬江州,《白居易年谱》系在本年八月,《编年史》则系在七月初稍后。

## |九 月|

**癸酉,以宣武军节度使韩弘充淮西行营兵马都统。**

见《旧唐书·宪宗纪下》。严绶本督诸军进讨淮西,因无功,故改任韩弘。

## |十 月|

**新修柳州文宣王庙成,柳宗元为作碑文。**

《柳宗元集》卷五《柳州文宣王新修庙碑》:“元和十年八月,州之庙屋坏……十月乙丑,王宫正室成。……卜日之吉,虔告于王灵曰……”碑文本年十月庙成后作。

## |十 一 月|

**丁酉,武宁节度使李愿奏败淄青节度使李师道之兵九千。时李师道暗与吴元济沟通。**

见《旧唐书·宪宗纪下》、《资治通鉴》卷二三九。

**宪宗有《授李愬山南东道节度使制》。**

《唐大诏令集补编》卷八宪宗有《授李愬山南东道节度使制》。本文末署“元和十年十一月”,则文乃此时所撰。文中云:“赐金紫魚袋李愬,宗臣之胤,王国克生,毅勇蓄深,温良煦外。礼乐战攻之器,默识其源;诗书义理之府,洞窥其室。虽早升朝序,而未展将材。顷以悬瓠滔天,宿兵既久,方城压境,易帅颇频。永怀韬略之家,必有弓裘之嗣。将执金鼓,载持干旄,果副眷求,克扬威令。缉伤夷之后，振怯为雄；制密迩之间，保危成固。推忠厚以感物，本信惠而知人，一其斗心，厉厥死力，乘虚径袭，负雪兼行，风驱如合于百神，雷发若出于九地，坚城立溃，狡竖坐擒。遗甿安堵以知归，余党释甲而请命。古之良将，其孰过焉……"

## 十二月

**章敬寺僧怀晖卒，权德舆撰碑铭并序。**

《权载之文集》卷一八《唐故章敬寺百岩大师碑铭并序》："师讳怀晖……元和三年有诏征至京师，宴坐于章敬寺，每岁召入麟德殿讲论，后以疾固辞，十年十二月二十一日，恬然示灭。"

**白居易作《与元九书》，阐述其一系列关于诗文之看法。**

白居易至江州司马任后，作《与元九书》，略云："仆既受足下诗……常欲承答来旨，粗论歌诗大端，并自述为文之意，总为一书，致足下前。……人之文，六经首之。就六经言，《诗》又首之。何者？圣人感人心而天下和平。感人心者，莫先乎情，莫始乎言，莫切乎声，莫深乎义。诗者，根情，苗言，华声、实义。……仆常痛诗道崩坏，忽忽愤发……不量才力，欲扶起之。……自登朝来，年齿渐长，阅事渐多，每与人言，多询时务，每读史书，多求理道，始知文章合为时而著，歌诗合为事而作。……仆数月来检讨囊箧中，得新旧诗，各以类分，另有卷目。自拾遗来，凡所遇所感，关于美刺比兴者，又自武德讫元和，因事立题，题为新乐府者，共一百五十首，谓之讽喻诗。又或退公独处，或移病闲居，知足保和，吟玩情性者一百首，谓之闲适诗。又有事务牵于外，情理动于内，随感遇而形于叹咏者一百首，谓之感伤诗。又有五言七言长句短句，自一百韵至两韵者四百余首，谓之杂律诗。凡为十五卷，约八百首。……今俟罪浔阳……浔阳腊月，江风苦寒，岁暮鲜欢。"（《白居易集》卷四五）知此书作于本年腊月。

## 冬

**韩愈撰《衢州徐偃王碑》《唐故监察御史卫府君墓志铭》。**

《韩集校注》卷六《衢州徐偃王碑》，文云："元和九年，而徐氏放复为刺史。……春行视农至于龙丘……是岁，州无怪风剧雨，民不夭厉，谷果完实……乃相请辞京师，归而镵之于石。"旧注谓："石刻云：'韩愈撰，福州刺史元锡书，元和十年十二月九日立。'"据此，文当作于本年冬岁丰后。《补注》："曾国藩曰：徐州有偃王庙，其事本支离漫诞，文以诙诡出之，其神在若有若无之间。""张裕钊曰：此种文无可著思，借秦抒论，便生精彩。此作家工于创意处。"又，《韩集校注》卷七《唐故监察御史卫府君墓志铭》："子曰某。元和十年十二月某日，归葬河南某县某乡某村，祔先茔。于时中行为尚书兵部郎，号名人，而与余善，请铭。"据此，文乃本年冬葬前作。旧注云："公此志自'与其弟中行别'下至'可饵以不死'，造语雄奇，所谓'唯陈言之务去'者也。"

## | 本 年 |

**韩愈撰《蓝田县丞厅壁记》**。

《韩集校注》卷二《蓝田县丞厅壁记》。《韩子年谱》："《蓝田县丞厅记》，唐本云元和十年。"方成珪《诗文年谱》本年云："记末衔书考功郎中、知制诰，当为是年作。"《补注》："曾国藩曰：……此文则纯用戏谑，而怜才共命之意，沉痛处自在言外。张裕钊曰：此文纯以诙诡出之，当从傲睨一切中玩其神味。方苞曰：屹然而止，通篇意义皆结聚于此。法本《乐书》《平准书》。何焯曰：以不问一事反结，跌宕有《简兮》诗人之意。"

**元稹与白居易多次互通书信，论及近况与诗文之事**。

《元稹集》卷三〇有元稹《叙诗寄乐天书》。本年三月，元稹出为通州（今四川达县）司马，留诗文二十卷于白居易。其抵任不久，撰此书记叙自己阅世经历与创作过程，指斥时弊"直臣义士，往往抑塞"，"又不幸，年三十二时有罪谴弃。今三十七矣，五六年之间，是丈夫心力壮时，常在闲处无所役用"。文中又谓："又久之，得杜甫诗数百首，爱其浩荡津涯，处处臻到，始病沈、宋之不存寄兴，而讶子昂之未暇旁备矣。"据文中"今三十七矣"，将此文系于本年。又，元稹作《江陵寄乐天书》，原文已佚。白居易《与元九书》又云："自足下谪江陵，至于今，凡所赠答诗，仅百篇。每诗来，或辱序，或辱书，冠于卷首。皆所以陈古今歌诗之义，且自叙为文因缘与年月之远近也”。从中可见元稹在江陵时寄书白居易甚多，惜今佚。元稹又作《通州寄乐天书》（一），原文已佚。白居易《与元九书》又云：“又足下书云：到通州日，见江馆柱间，有题仆诗者。”《得微之到官后书备知通州之事怅然有感因成四章》之一云：“来书子细说通州：州在山根峡岸头。四面千重火云合，中心一道瘴江流。虫蛇白昼拦官道，蚊蚋（一作‘蟆’）黄昏扑郡楼。……”之二云：“匝巅山万仞余，人家应似甑中居。寅年篱下多逢虎，亥日沙头始卖鱼。衣斑梅雨长须熨，米涩畲田不解锄。……”之三云：“人稀地僻医巫少，夏旱秋霖瘴疟多。……”从白居易诗文中可看出元稹书信内容。

**柳宗元至柳州后即因其土俗，设法令赎奴归。**

《韩昌黎文集校注》卷七《柳子厚墓志铭》：“子厚得柳州。既至，叹曰：‘是岂不足为政邪！因其土俗，为设教禁，州人顺赖。其俗以男女质钱，约不时赎，子本相侔，则没为奴婢。子厚与设方计，悉令赎归；其尤贫力不能者，令书其佣，足相当，则使归其质。观察使下其法于他州，比一岁免而归者且千人。’”

**沈亚之于本年过徐州，闻旧识歌者叶近逝，作文记之。**

《沈下贤文集》卷五《歌者叶记》：“后莒复从岐公来彭城。十年，余过其居，问叶安在，曰近逝矣！……故余著之，欲其闻于后世云。”岐公，即李愿，于元和六年十月至十三年为徐州刺史、武宁军节度使。

**刘伯刍卒，年六十一，有集三十卷。**

《旧唐书·刘伯刍传》：“元和十年，以左常侍致仕，卒，年六十一。”《新唐书·艺文志四》：“《刘伯刍集》三十卷。”然，《全唐诗》《全唐文》皆未载其作。

**董居中等五人同游雁塔，于第三层西北梁上见颜真卿任校书时手札题名，董居中有题名。**

见《全唐文补编》卷六一董居中《雁塔题名》：“元和十年月十七日同登。更上从此第三层西北梁上,见颜鲁公任校书时手札题名”。注:“《文物》一九六一年八期刊宋拓残本《唐贤雁塔题名》。”因月不可考,故系于本年。

## 唐宪宗元和十一年

丙申　八一六

### 正月

**庚辰,翰林学士、中书舍人钱徽,驾部郎中、知制诰萧俛,各解职,守本官,以上书请罢兵之故。**

《旧唐书·宪宗纪下》。《资治通鉴》卷二三九亦载,并云:“时群臣请罢兵者众,上患之,故黜徽、俛以警其余。”

**柳宗元四十四岁。《曹溪第六祖赐谥大鉴禅师碑》作于正月或稍前。**

《柳宗元集》卷六《曹溪第六祖赐谥大鉴禅师碑》:“扶风公廉问岭南三年,以佛氏第六祖未有称号,疏闻于上,诏谥大鉴禅师,塔曰‘灵照之塔’。元和十年十月十三日下尚书祠部,符到都府。……大鉴去世百有六年,凡治广部而以名闻者以十数,莫能揭其号。乃今始告天子,得大谥,丰佐吾道,其可无辞。”按,《舆地碑记目》卷三《韶州碑记》:“《六祖赐谥碑》,唐柳州刺史柳宗元撰,元和十年立。”《罗谱》《施谱》均系于元和十年。然《环宇访碑录》卷四:“《大鉴禅师碑》,柳宗元撰,正书,元和十一年正月。明嘉靖乙巳重刻,广东曲江。”《刘禹锡全集编年校注》即编于本年。然元和十一年正月乃立碑时间,碑之撰亦有在上年末之可能。据吴在庆《听涛斋中古文史论稿·柳宗元〈道州文宣王庙碑〉等三文系年考补》所考,“碑文之撰,最稳妥而确切的说法应是元和十年十一月至元和十一年正月间”。今系于本年。

### 二月

**郑澥、姚合、廖有方、周匡物、令狐定、皇甫曙等三十三人进士及第。郑澥为**

**状元。中书舍人李逢吉知贡举。时传本年多取寒素为进士。**

见《登科记考补正》卷一八。

**韦静撰灵志文。**

《全唐文补遗》有韦静所撰《唐故朝议郎泉州诸军事守泉州刺史韦执中故第三女灵志文》。此文末署“时元和十一年岁在景申二月辛未朔廿四日庚申记”。则文乃撰于本年二月。

## 三月

**顺宗庄宪皇后王氏崩于南内之咸宁殿,礼仪使郑絪有称谥议。**

《全唐文补编》卷六六郑絪《庄宪皇太后称谥议》:“秦汉已来,天子之后称皇后,母称皇太后,祖母称太皇太后,崩亦如之。加太字者,所以别尊称也。国朝典礼,皆依旧制。……入庙称后,义系于夫;在朝称太后,义系于子。此载于史册,垂之不刊。今百司移牒及奏状,参详典故,恐不合除太字。如谥册入陵,神主入庙,即当去之。”注:“《旧唐书》卷五二。”《旧唐书》卷五二:“元和十一年三月,崩于南内之咸宁殿,谥曰庄宪皇后。”姑系奏议于此。

## 四月

**庚子,李光颜、乌重胤奏败淮西兵于陵云栅。**

见《旧唐书·宪宗纪下》。《资治通鉴》卷二三九亦载,胡注谓陵云栅在溵水西,郾城东北。《旧唐书·宪宗纪下》、《资治通鉴》卷二三九于五月亦载败淮西兵于陵云栅,斩首二千余级。

## 五月

**韩愈本年四十九岁。以前上论淮西用兵事等事,为人所谗毁,由中书舍人**

**改为太子右庶子**。

《旧唐书·韩愈传》:"俄有不悦愈者,摭其旧事,言愈前左降为江陵掾曹,荆南节度使裴均馆之颇厚,均子锷凡鄙,近者锷还省父,愈为序饯锷,仍呼其字。此论喧于朝列,坐是改太子右庶子。"《韩子年谱》本年记"春,迁中书舍人;夏,为天子右庶子"。又引《实录》云:"五月癸未,降为太子右庶子。"方崧卿《韩文年表》:"正月,拜中书舍人。五月,坐议伐蔡,以他事降太子右庶子。"按,愈有《论淮西事宜状》(《韩集校注》卷八),乃本年五月前论淮西用兵事,故樊汝霖《韩文公年谱》本年记"五月十八日,坐廷议伐蔡,与执政意忤,以他事降太子右庶子"。

## | 六 月 |

**韩愈前送归公科斗书《孝经》《官书》,今借而观之,后还之,并于六月作《科斗书后记》**。

《韩集校注》卷二《科斗书后记》文末署:"元和十一年六月四日右庶子韩愈记。"又有云:"贞元中,愈事董丞相幕府于汴州,识开封令服之者,阳冰子。授余以其家科斗《孝经》,汉卫宏《官书》,两部合一卷,愈宝蓄之而不暇学。……归公好古书,能通之,愈曰:'古书得其据依,盖可讲。'因进其所有书属归氏。元和来,愈亟不获让,嗣为铭文,荐道功德;思凡为文辞宜略识字;因从归公乞观二部书,得之,留月余。张籍令进士贺拔恕写以留愈,盖得其十四五,而归其书归氏。"

**甲辰,唐邓节度使高霞寓与淮西兵战,大败**。**时人情恢骇**。**宰相奏对,多请罢兵**。

见《旧唐书·宪宗纪下》。《资治通鉴》卷二三九所载同,并云:"时诸将讨淮西者,胜则虚张杀获,败则匿之。至是大败不可掩,始上闻,中外骇愕。宰相入见,将劝上罢兵。"宪宗"独用裴度之言",仍主征讨。

## 七月

**刘禹锡四十五岁，本月有《连州刺史厅壁记》。**

《刘集校注》卷一五《连州刺史厅壁记》，文末署"元和十一年七月二十四日，刺史中山刘某记"。《墨庄漫录》卷一〇："张邦基曰：予少年在湘阳，曾弦伯容云：唐人能造奇语者，无若刘梦得作《连州刺史厅壁记》云：'环峰密林，激清储阴，海风驱温，交战不胜，触石转柯，化为凉飔。……'盖前人未道者。不独此尔，其他刻峭清丽者，不可概举。学为文者，不可不成诵也。"

## 八月

**柳宗元撰《道州文宣王庙碑》。**

《柳宗元集》卷五《道州文宣王庙碑》云："某年月日，儒师河东薛公伯高，由尚书刑部郎中为道州。明年二月丁亥，公用牲币祭于先圣文宣王之庙。"据集注，文中"明年"为元和十年。文又云"既祭而出"，"爰得美地"，而后"乘时以僦功役，逾年而克有成"。则时为元和十一年。文后又谓："乃立夫子像，配以颜氏。笾豆既嘉……九年八月丁未，公祭于新庙。"按，集注谓"九年八月"当作"十年八月"，盖"新庙之作，起于十年二月丁亥既祭之后"。今据上文知，新庙乃十一年成，则九年八月，应为十一年八月。据吴在庆《听涛斋中古文史论稿·柳宗元〈道州文宣王庙碑〉等三文系年考补》所考，"《道州文宣王庙碑》应作于元和十一年八月薛伯高祭于新庙之后"，今即系于本月。

**张惟素撰崔备墓志铭并序。**

《全唐文补遗》有张惟素所撰《唐故谏议大夫清河崔府君（备）墓志铭并序》。据文所记，崔备卒于元和十一年春三月，"以八月廿七日，会葬于洛阳县邙山之原旧茔，成先志也"。则文乃本年八月撰。文记崔备云："能以学成志，以文著名。……博览群籍，尤精内典。……攻于五言，澄虑万象。研文摘字，思清意苦，往往得其句焉。为人讽咏，名满天下。……迁礼部员外郎，中台极文章之选，时谓得人。”

## 秋

**白居易在江州，作《琵琶引并序》。**

《白居易集》卷一二《琵琶引并序》：“元和十年，予左迁九江郡司马。明年秋，送客湓浦口，闻舟船中夜弹琵琶者。听其音，铮铮然有京都声。问其人，本长安倡女，尝学琵琶于穆、曹二善才，年长色衰，委身为贾人妇。遂命酒，使快弹数曲。曲罢，悯默。自叙少小时欢乐事，今漂沦憔悴，转徙于江湖间。予出官二年，恬然自安；感斯人言，是夕始觉有迁谪意。因为长句，歌以赠之，凡六百一十二言，命曰《琵琶行》。”

## 十月

**僧至辩撰李弘墓志铭并序。**

《全唐文补遗》有僧至辩所撰《故李府君（弘）墓志铭并序》。文记“元和十一年丙申九月癸亥廿六日戊子，遘疾终于东都河南县修善里之私第，享龄六十三。后月壬戌廿三日甲申，卜葬于定鼎南龙门甫天竺寺东南”。则文撰于本年十月。

## 十一月

**裴潾撰郑绚墓志铭并序。**

《全唐文补遗》有裴潾所撰《故陕州芮城县尉李公（茂成）夫人荥阳郑氏（绚）墓志铭并序》。据本文记载，郑氏卒于贞元二年，“以元和十一年十一月廿九日……祔于李公茔之东次，宜也”。则文乃本年十一月所撰。

## |本 年|

**本年，元稹作《通州寄乐天书》，原文已佚。**

元稹《凭李忠州寄书乐天》云："万里寄书将出峡，却凭巫（一作'冰'）峡寄江州。"《唐人行第录》云："此诗约作于（元和）十一、十二年之间，所云李忠州应是李宣，如果是景俭，元、李交情极密，试题必不如此称呼也"。由此可知元稹有寄书乐天。

**顾况约本年卒，年约九十岁。有集二十卷，后皇甫湜为之作集序。**

《皇甫持正文集》卷二《唐故著作左郎顾况集序》："以寿九十卒。"据赵昌平在《唐才子传校笺》卷三"顾况传"之考证，顾况生年在开元十五年前后，故系本文于此。此序称顾况云："吴中山泉气状，英淑怪丽，太湖异石，洞庭朱实，华亭清唳，与虎丘、天竺诸佛寺，钧号秀绝。君出其中间，翕轻清以为性，结泠汰以为质，煦鲜荣以为词，偏于逸歌长句，骏发踔厉，往往若穿天心，出月胁，意外惊人语，非寻常所能及，最为快也。李白、杜甫已死，非君将谁与哉！……"并交代写作缘由："去年从丞相凉公襄阳，有曰顾非熊生者在门，讯之即君之子也。出君之诗集二十卷，泣请余发之。凉公适移莅宣武军，余装归洛阳，诺而未副，今又稔矣！生来速文，乃题其集之首为序。"《新唐书·艺文志四》著录《顾况集》二十卷，《直斋书录解题》著录五卷。现存《华阳集》三卷（又称《顾况集》《顾逋翁诗集》《华阳真逸诗》）。

**韩愈本年有《曹成王碑》之作。**

见《韩集校注》卷六《曹成王碑》。《韩愈年谱汇证》考此文作年云："此碑刻立的时间当在元和十一年下半年，十二年二月为岳鄂团练使攻申前。……此碑文当写于元和十一年。"《补注》："张裕钊曰：退之叙事文，简严生动，一变东汉文格，后人无从追步；然直叙处多本东汉旧法，出退之手笔，便简古不可及，却与东汉不同。"

**白居易本年有《与杨虞卿书》，说明去年遭贬之由；又有《答户部崔侍郎书》，叙学佛之心得**。

《白居易集》卷四四有《与杨虞卿书》，卷四五有《答户部崔侍郎书》。据《白居易年谱》，两文皆本年作，后文乃答崔群作。前书说去年武元衡被盗杀，其上疏而遭贬事："仆以为书籍以来，未有此事。国辱臣死，此其时耶！……故武相之气平明绝，仆之书奏日午入。两日之内，满城知之。……然仆始得罪于人也，窃自知矣。……性又愚昧，不识时之忌讳。凡直奏密启外，有合方便闻于上者，稍以歌诗导之。意者，欲其易入而深戒也。"后文答修习佛学之心得："终垂问以心地。此最要者，辄梗概言之。顷与阁下在禁中日，每视草之暇，匡床接枕，言不及他，常以南宗心要，互相诱导。别来闲独，随分增修，比于曩时，亦似有得，得中无得，无可寄言。"

**诗僧灵澈本年卒于宣州，年七十一。有集十卷，后刘禹锡为作集序，赞其诗文**。

《刘禹锡集》卷一九《澈上人文集纪》："元和十一年，终于宣州开元寺，七十有一。"《新唐书·艺文志四》："《僧灵澈诗集》十卷。"又："《僧灵澈酬唱集》十卷。"文谓灵澈："虽受经纶，一心好篇章。从越客严维学为诗，遂籍记有闻。……与长老诗僧皎然游，讲蓺益至。……是时以文章风韵主盟于世者，曰包、李。以是，上人之名由二公而飏，如云得风，柯叶张王。以文章接才子，以禅理说高人，风仪甚雅，谈笑多味。"

**李吉甫为杜佑所撰碑文本年立。此碑张弘靖书，袁滋篆额**。

见《全唐文补编》卷六一李吉甫《赠太傅岐国公杜佑碑》。题下注："题据《宝刻类编》卷四。"文末有陈尚君按："《宝刻丛编》卷八引《京兆金石录》云此碑为元和十一年立。在万年县，吉甫撰，张弘靖书，袁滋篆额。"

# 唐宪宗元和十二年

丁酉 八一七

## |正月|

**甲申，袁滋因上疏请罢兵，又卑辞与吴元济交通，被贬为抚州刺史。太子詹事李愬上年十二月甲寅即代之为唐、随、邓节度使，本年正月至唐州，积极备战。**

见《旧唐书·宪宗纪》下、《资治通鉴》卷二四〇。

**宣歙观察使范传正遵李白遗志，将其坟墓自当涂龙山迁至青山，撰《新墓碑》。**

《全唐文》卷六一四范传正《赠左拾遗翰林学士李公新墓碑》："传正共生唐代，甲子相悬，常于先大夫文字中，见与公有《浔阳夜宴》诗，则知与公有通家之旧。早于人间得公遗篇逸句，吟咏在口。无何，叨蒙恩奖，廉问宣池，按图得公之坟墓，在当涂邑。……孙女二人……因云：先祖志在青山，遗言宅兆，顷属多故，殡于龙山东麓，地近而非本意。坟高三尺，日益摧圮，力所不及，知如之何。闻之悯然，将遂其请。因当涂令诸葛纵会计在州，得谕其事。纵亦好事者，学为歌诗，乐闻其语。便道还县，躬相地形，卜新宅于青山之阳，以元和十二年正月二十三日，迁神于此，遂公之志也。西去旧坟六里，南抵驿路三百步。北倚谢公山，即青山也。"

## |二月|

**萧杰、崔龟从、郑涯等三十五人登进士第，张又新博学宏词科及第。知贡举为中书舍人李程。**

见《登科记考补正》卷一八。

**刘禹锡四十六岁，在连州刺史任。本月作《问大钧赋》，叹贬久而不得调。**

《刘集校注》卷一五《问大钧赋并引》："始，余失台郎为刺史，又贬州司马。俟罪朗州，三见闰月……因作《谪九年赋》以自广。是岁腊月，诏追。明年，自阙下重领连山郡印绶。……居三年，不得调。岁二月，有事于社……敢问大钧。其夕有遇，寤而次第其词以为赋。"按，刘禹锡元和十年再任连州，居三年（按，"三年"，一作"五年"，今姑从"三年"），即本年。文二月作。

**白居易撰《祭匡山文》**。

《白居易集》卷四〇有《祭匡山文》。文记其时为"元和十二年，岁次丁酉，二月，辛酉朔，二十一日"，乃本月作。

**慧琳取释玄应、慧苑两家《一切经音义》合而次之，成《慧琳一切经音义》一千三百部，五千七百余卷。后释景审为之序**。

《唐文拾遗》卷二七景审《一切经音义序》："暨国朝初，有沙门玄应……撰《一切经音义》一部，凡二十五卷。……次有沙门慧苑，撰《新译华严音义》二卷，并编于《开元释教录》。……大兴善寺慧琳法师，姓裴氏……二十余载，傍求典籍，备讨经纶，孜孜不倦，修缉为务，以建中末年创制，至元和二祀方就。凡一百轴，具释众经，始于《大般若》，终于《护命法》，总一千三百部、五千七百余卷。旧两家音义，合而次之。……元和十二年二月三十日，绝笔于西明寺焉。"

## | 三 月 |

**白居易在江州，时刘轲已著《翼孟》等文集，举进士赴京，居易作《代书》以推介之**。

《白居易集》卷四三《代书》："有彭城人刘轲。轲开卷慕孟轲为人，秉笔慕杨雄、司马迁为文，故著《翼孟》三卷、《豢龙子》十卷、杂文百余篇。而圣人之旨，作者之风，虽未臻极，往往而得。予佐浔阳郡三年，轲每著文，辄来示予。予知轲志不息，异日必能跨符、杨而攀陶、谢。轲一旦尽赍所著书及所为文，访予告行，欲举进士。……因援纸引笔，写胸中事授轲，且曰：子到长安持此札，为予谒集贤庾三十二补阙……三月十三日，乐天白。"

## |四月|

**白居易作草堂成，有《草堂记》记其居草堂、优游山水之乐。与元集虚等众僧十七人游庐山大林寺，有《序》记之。**

《白居易集》卷四三《草堂记》："匡庐奇秀，甲天下山。……元和十一年秋，太原人白居易见而爱之，若远行客过故乡，恋恋不能去。因面峰腋寺作为草堂。明年春，草堂成。……乐天既来为主，仰观山，俯听泉，傍睨竹树云石，自辰及酉，应接不暇。俄而物诱气随，外适内和，一宿体宁，再宿心恬，三宿后颓然嗒然，不知其然而然。……四月九日，与河南元集虚、范阳张允中……东西二林长老凑、朗、满、晦、坚等凡二十有二人，具斋施茶果以落之。因为《草堂记》。"又，同书同卷《游大林寺序》："余与河南元集虚、范阳张允中……东林寺沙门法演、智满……寂然凡十七人，自遗爱草堂、历东西二林，抵化城、憩峰顶，登香炉峰，宿大林寺。……于时孟夏月，如正二月天，梨桃始华，涧草犹短；人物风候，与平地聚落不同。初到，恍然若别造一世界者。因口号绝句云：'人间四月芳菲尽，山寺桃花始盛开。长恨春归无觅处，不知转入此中来。'……时元和十二年，四月九日，乐天序。"

## |五月|

**宪宗有《封邓怀金新平郡王诏》。**

《唐大诏令集补编》卷七宪宗有《封邓怀金新平郡王诏》。文末署"元和十二年五月辛未"。则文本年五月撰。

## |闰五月|

**河南尹辛秘奉敕祭中岳，有题名。**

《全唐文补编》卷六三辛秘《祭中岳题名》："元和十二年闰五月廿九日。河南尹辛秘，奉敕祭中岳，散斋于此寺。"注："《八琼室金石补正》卷五八。《金石续编》卷一〇。"

**白居易作有《祭浮梁大兄文》**。

《白居易集》卷四〇有《祭浮梁大兄文》。文记其时为"维元和十二年,岁次丁酉,闰五月",为本年闰五月作。

**华阴县令裴贲等三人有华岳题名**。

见《全唐文补编》卷六二裴贲《华岳题名》。文首署:"元和十二年闰五月。"注:"《华岳志》卷四。"

## 七月

**丙辰,裴度以门下侍郎、同平章事、兼彰义节度使,仍充淮西宣慰处置使;以刑部侍郎马总为宣慰副使,太子右庶子韩愈为彰义行军司马,以司勋员外郎李正封、都官员外郎冯宿、礼部员外郎李宗闵皆兼侍御史,为判官、书记,从裴度出征**。

见《旧唐书·宪宗纪下》。《资治通鉴》卷二四〇谓此次随裴度出征者,"皆朝廷之选"。

**韩愈本年五十岁。七月,裴度出征淮西,韩愈为彰义行军司马从征**。

《旧唐书·宪宗纪下》:元和十二年七月,裴度以宰相充淮西宣慰处置使出征蔡州,"以太子右庶子韩愈兼御史中丞,充彰义行军司马……从度出征"。

## 八月

**僧文湜为柳姓僧撰大德塔**。

《全唐文补编》卷六三文湜《唐故大德塔并序》:"和尚俗姓柳。……元和十二年八月八日坐化。”注:“《雍州金石记》卷九。”

## |九月|

**柳宗元四十五岁。本月有《柳州东亭记》《筝郭师墓志铭》。**

《柳宗元集》卷二九《柳州东亭记》:“既成,书石于中室,书以告后之人,庶勿坏。元和十二年九月某日,柳宗元记。”同书外集卷上《筝郭师墓志》:“郭师名无名……能鼓十三弦。其为事天姿独得,推七律三十五调……既病,自为歌。死三日,葬州北冈西。志其词曰:云州生,柳州死……丁酉之年秋既季,月阙其团于是始。”据此,郭师乃死于本年九月,柳文乃作于其葬前,姑系于此。

**元佑撰徐放墓志铭并序。**

《全唐文补遗》有元佑所撰《衢州刺史上柱国徐君(放)墓志铭并序》。据文所记,徐放卒于“元和十二年龙集丁酉正月十九日……以其年十月五日,迁祔于万安山南旧茔,礼也”。则文约本年十月五日前之九月所撰。

## |秋|

**张署卒,韩愈有文祭之。**

《韩集校注》卷五《祭河南张员外文》:“彰义军行军司马太子右庶子兼御史中丞韩愈……祭于亡友故河南县令张十二员外之灵。……宰相南讨,余辱司马;议病大梁,走出洛下。哭不凭棺,奠不亲斝。”按,张员外为张署,祭文作时难确考,然时在韩愈为行军司马时,即约在秋时。

## |十月|

**己卯,随、唐节度使李愬率师入蔡州,执吴元济以献,淮西平。**

见《旧唐书·宪宗纪下》。

**柳州大云寺修建成，柳宗元有文记之。**

《柳宗元集》卷二八《柳州复大云寺记》，文记："元和十年，刺史柳宗元始至"，寺重建，"后二年十月某日，寺皆复就"。

**白居易撰《唐江州兴果寺律大德凑公塔碣铭》。**

《白居易集》卷四一《唐江州兴果寺律大德凑公塔碣铭》记："元和十二年九月七日，遘疾，二十六日反真，十月十九日，迁全身于寺道北。"文即作于此时。

## | 十二月 |

**翰林学士沈传师奉诏修续唐次《辩谤略》三篇，广为十卷，表上之。**

《唐会要》卷三六：元和"十二年十二月，翰林学士沈传师等，奏《元和辩谤略》两部，各十卷"。《全唐文》卷六八四沈传师《元和辩谤略序》："……诏掌文之臣令狐楚等，上自周汉，下洎隋朝，求史籍之忠贤，罹谗谤之事迹，叙瑕衅之本末，纪谣诼之浅深，编次指明，勒成十卷。"

**李虞仲撰卢氏墓志。**

《全唐文补遗》有李虞仲所撰《唐故昭义军节度巡官试太常寺协律郎赵郡李府君故夫人范阳卢氏墓志》。据文所记，卢氏"以元和十二年九月寝疾，弃二子四女之养。越翌月，长子殷正、季子友仲，泣血忍死，护夫人輤车归于洛阳。以其年十二月十八日，龟筮卜吉，祔于从父之玄堂"。则文乃本年十二月所撰。

**阙名撰李说墓志铭并序。**

《唐代墓志汇编续集》"元和○七二"有阙名所撰《大唐故银青光禄大夫检校太子宾客李府君墓志铭并序》。文云："公讳说，字说，陇西人也。……公丱岁习礼经，弱冠应乡试，一举不第，乃谓知故曰：文字即雕虫之艺，儒墨是润身之业。……享年六十有一，以元和十二年闰五月廿四日，终于河南府洛阳县履顺坊之私第。……以元和十二年十二月五日卜葬于洛阳县平阴乡王赵村安喜门外口十里岗原,礼也。”据此,文乃约本年十二月初撰。

## |本 年|

**元稹作《乐府古题序》《上兴元权尚书启》。**

《元稹集》卷二三《乐府古题序》题下注“丁酉”,知是本年。时元稹于通州司马任,全家寓居兴元,见刘猛、李余之古乐府,选而和之,并撰《乐府古题序》阐明“古今歌诗异同之音”。《乐府古题序》云:“自《风》《雅》至于乐流,莫非讽兴当时之事,以贻后代之人。沿袭古题,唱和重复,于文或有短长,于义咸为赘剩。尚不如寓意古题,刺美见事,犹有诗人引古以讽之义焉。……近代唯诗人杜甫《悲陈陶》《哀江头》《兵车》《丽人》等,凡所歌行,率皆即事名篇,无复倚傍。予少时与友人乐天、李公垂辈,谓是为当,遂不复拟赋古题。”其论对于推动新乐府运动,有极大促进作用。胡适《元稹白居易的文学主张》云:“(《乐府古题序》)讨论诗的分类,颇有精义,也可算是一篇有历史价值的文字。”又,《启》云:“因用官通已来所作诗,及常记忆者共五十首,又文书中得《迁庙议》《移史官书》《勘难纪》,并在通时《叙诗》一章,次为卷轴,封用上献。”(《元稹集》外集卷二补遗二《启》)按,权尚书当为权德舆。此处“在通时《叙诗》一章”,当是《乐府古题序》。又,《乐府古题序》撰于本年,元稹献诗、文于权德舆,当在同年。今《勘难纪》原文佚。

**元稹撰《贺诛吴元济表》《贺裴相公破淮西启》。**

《旧唐书·宪宗纪下》载本年十月,卫次公为淮南节度使,随唐节度使李愬擒吴元济,淮西平。十二月,裴度还朝,马总为彰义军节度使,韩愈为刑部侍郎。《文苑英华》卷五六八《表》一六《贺捷》三《贺诛吴元济表》署“元植(元和十一年,见集本)”,人名、年份均误。

**约岁末,刘禹锡作《与柳子厚书》,言及得其所撰《筝郭师墓志》;又上表贺收蔡州,平吴元济。其《答道州薛郎中论书仪书》乃本年作。**

《刘集校注》卷一五《与柳子厚书》:“间发书,得《筝郭师墓志》一篇,以为其工独得于天资……嗟乎,郭师与不可传者死矣!”按,柳宗元今年所撰《筝郭师墓志》谓郭师:“死三日,葬州北冈西。志其词曰:‘云州生,柳州死。年五十,病骨髓。天与之音今止矣。丁酉之年秋既季,月阙其团于是始。’”据此,郭师乃卒于本年九月中,本文约本年岁末前后作。又,同书同卷《贺收蔡州表》:“伏见诏书,以唐州节度使李愬生擒逆贼吴元济献俘……行吊伐而礼在无违,煊威声而何城不克。楚氛改色,淮水安流。汉上疲人,尽沾雨露;汝南遗老,重睹升平。……元和十二年十二月二十三日。”又,同书同卷《答道州薛郎中论书仪书》云:“前年,祇召抵京师,偶故人席夔谈,因及是事”。刘禹锡元和十年抵京师,谓为前年,则本文今年作。薛郎中为薛景晦。又,同书同卷《含辉洞述》:“河东薛公景晦,以文无害为尚书刑部郎中,以讪为道州刺史。”

**柳宗元岳父杨凭卒,有文祭之**。

《柳宗元集》卷四〇《祭杨凭詹事文》:“年月,子婿谨以清酌庶羞之奠,昭祭于丈人之灵。……某以通家承德,夙奉良姻……早丧淑人。……迨今挈然,十有八祀,家缺主妇。”集注:“韩曰:自贞元十五年己卯,至元和十二年丁酉,为十八年。”祭文即撰于本年。

**长孙巨泽于本年撰传奇《卢陲妻传》**。

《全唐文》卷七一七长孙巨泽《卢陲妻传》:“时元和丁酉岁,巨泽聆于王君,乃疏本末为传。”

**苻载约于本年为郗士美泽潞幕参谋。此后不久卒,有集十四卷**。

《郡斋读书志》卷一八:“(苻载)辟……泽潞郗士美参谋,历协律郎,监察御史。元和中卒。”协律郎、监察御史均为检校官。据《唐刺史考》,郗士美于元和六至十二年为潞府长史、泽潞节度使。则苻载为泽潞从事不得迟于本年。《新唐书·艺文志四》:“《苻载集》十四卷。”《郡斋读书志》卷一八:“《苻载集》十四卷。……苻载,字厚之,岐襄人。……元和中卒。段文昌为墓志,附于后。集皆杂文,末篇有数诗而已。集前有崔群、王湘《送苻处士归觐序》,皆云载蜀人,以比司马、王、杨云。”《全唐诗》卷四七二载其诗二首,《全唐文》卷六八八至卷六九一编其文为四卷。

## 唐宪宗元和十三年

戊戌　八一八

### | 正 月 |

**刘禹锡四十七岁,在连州刺史任。上书裴度,颂其功德,祈望援引。**

《刘集校注》卷一五《上门下裴相公启》:“曩者,淮右逋诛,即戎岁久,太子斋戒,以命元臣,登坛之日,上略前定。从九天而下,纵以神兵;分六符之光,扫其长彗。……功成偃节,复执大柄。……某顷堕危厄,尝受厚恩……常惧废死荒服,永辜愿言,敢因贺笺,一寄丹恳。”按裴相公为裴度。朝廷平淮右在去年,而本文有“时属四始”语,乃作于本年正月。

**李师道因淮西平,遣使奉表,献沂、密、海三州。乙巳,遣左常侍李逊诣郓州宣慰。**

见《旧唐书·宪宗纪下》、《资治通鉴》卷二四〇。

### | 二 月 |

**安政兴有侍郎寮题名。**

《全唐文补编》卷六二安政兴《侍郎寮题名》:“元和十三年二月六日,至此阻水五日。故记。”注:“《湖南金石志》卷九。”

### | 三 月 |

**王承宗奏请献德、棣二州,并愿以二子入京为质。**

见《旧唐书·宪宗纪下》、《资治通鉴》卷二四〇。

**独孤樟、李廓、李石、柳仲郢、刘轲、潘存实等三十三人登进士第，独孤樟为状元。吴全素登明经科。本年试《玉声如乐诗》《修礼耕情田赋》，刘轲、潘存实诗存《文苑英华》卷一八六。知贡举为中书舍人庾承宣。**

见《登科记考补正》卷一八。

**韩愈本年五十一岁。本月上所撰《平淮西碑》及进碑文表。后碑被指为所载不实，宪宗命段文昌重撰。**

《韩集校注》卷七有《平淮西碑》，卷八有《进撰平淮西碑文表》。表下旧注："元和十二年十月，淮西平，群臣请刻石纪功。十三年正月，敕刑部侍郎韩愈撰文。《表》云：'伏奉正月十四日敕牒。'本《表》后云：'三月二十五日，自奉敕凡七十日矣。'"据此，《碑》《表》均成于本年三月。《旧唐书·韩愈传》："仍诏愈撰《平淮西碑》，其辞多叙裴度事。时先入蔡州擒吴元济，李愬功第一。愬不平之。愬妻出入禁中，因诉碑辞不实。诏令磨愈文。宪宗命翰林学士段文昌重撰文勒石。"《补注》："茅坤曰：颂文淋漓，并合绳斧。""张裕钊曰：此文自秦以后殆无能为之者。窃谓此文可追《尚书》……退之诣绝之作，欲度越盛汉，与周人并席矣。"

## 春

**刘禹锡有书予韩愈。**

《刘集校注》卷一五《与刑部韩侍郎书》："前日赦书下郡国，有弃过之目。……春雷一振，必歆然翘首……况有吹律者召东风以薰之，其化也益速。雷且奋矣。"按，文作于春日。文中所说"前日赦书下郡国"事指本年春大赦事。《旧唐书·宪宗纪下》：元和"十三年春正月乙酉朔，御含元殿受朝贺，礼毕，御丹凤楼，大赦天下"。按，韩侍郎为韩愈，盖此时韩愈已任刑部侍郎，且文中说"退之从丞相平戎还，以功为第一官"。

**柳宗元四十六岁，在柳州刺史任。春，淮西吴元济已平，作《平淮夷雅》二篇献上及裴度、李愬等人**。

见《柳宗元集》卷一《平淮夷雅二篇并序》。同书同卷《献平淮夷雅表一首》："臣宗元言：臣负罪窜伏，违尚书笺奏十有四年。"按，宗元自贬至今为十四年，知两文均本年作。又，《柳宗元集》卷三六《上裴晋公度献唐雅诗启》："宗元虽败辱斥逐，守在蛮裔……谨撰《平淮夷雅》二篇。"《柳宗元集》卷三六有《上襄阳李愬仆射献唐雅诗启》。按，据《旧唐书·宪宗纪下》，李愬镇襄阳在元和十二年十一月，裴度元和十二年十二月封晋国公，淮西吴元济平在元和十二年十月，十一月宪宗御兴安门受淮西之俘，十三年正月，御含元殿受朝贺，大赦天下。宗元献诸人文约在此后春时。

## 六月

**刘禹锡将所收集之药方五十余方寄薛景晦，并有《传信方述》《答道州薛郎中论方书书》**。

《刘集校注》卷一五《传信方述》："余为连州四年，江华守河东薛景晦以所著《古今集验方》十通为赠。……遂于箧中得已试者五十余方，用塞长者之问。……元和十三年六月八日，中山刘禹锡述。"又，同书同卷又有《答道州薛郎中论方书书》："初，兄出中台，守江华……会崔生来，辱书教，果惠以所著奇方十通，商古今之宜而去其并猥。……顷因欲编次已试者为一家方书，顾力不足。今兄能我先，所以辱贶之喜信逾拱璧，有以赏音适道耳。"按此书盖亦本年作，故并系于此。

## 夏

**柳宗元上书陈夷简陈情**。

《柳宗元集》卷三四《上门下李夷简相公陈情书》："宗元曩者齿少心锐，径行高步，不知道之艰以陷于大厄……日号而望者十四年矣……及今阁下以仁义正直，入居相位……故敢致其辞以声其哀。"据《罗谱》，"李夷简以元和十三年三月拜相,七月出为淮南节度使。子厚上此书时当在本年三月至七月间”。据此,系于本年夏时。

## | 七月 |

**乙酉,下制历数李师道罪状,令宣武、魏博、义成、武宁、横海兵共讨之。**

见《旧唐书·宪宗纪下》、《资治通鉴》卷二四〇。李师道虽于本年正月上表效忠,但为部属所挟,实未纳质割地。且前武元衡之被刺,实出于李师道之谋,亦渐为人所知。故朝中今下征讨之制。

**韦同元为都水使者,为从祖兄龙花寺比丘尼大德撰幢记。**

《全唐文补编》卷六二韦同元《唐故龙花寺内外临坛大德比丘尼尊胜陀罗尼等幢记》:“比丘尼大德讳契义,俗姓韦氏。……元和十三年七月三日。”原署:“从祖弟朝议郎守都水使者上柱国同元撰。”

**白居易在江州司马任,本月作《江州司马厅记》,谓司马之清闲,在任可养志忘名,从容山水之间。**

《白居易集》卷四三有《江州司马厅记》,文记作时为“元和十三年七月八日”。文中云:“司马之事尽去,唯员与俸在。……莅之者,进不课其能,退不殿其不能,才不才,一也。……若有人养其志忘名,安于独善者处之,虽终身无闷。……江州左匡庐,右江湖,土高气清,富有佳境。……唯司马绰绰可以从容于山水诗酒间。……苟有志于吏隐者,舍此官何求焉?”

## | 八月 |

**权德舆自兴元召回,道卒,年六十。杨於陵等为文祭,后韩愈为作神道碑。有集五十卷,后杨嗣复为作集序。**

《旧唐书·权德舆传》:“十三年八月,有疾,诏许归阙,道卒,年六十。赠左仆射,谥曰文。"《全唐文》卷五二三杨於陵、卷五四五王仲舒、卷六一八李直方、卷六九五萧籍皆有祭文,《韩昌黎文集校注》卷七有《唐故相权公墓碑》。《新唐书·艺文志四》:"《权德舆集》五十卷。"又"《童蒙集》十卷、《制集》五十卷"。《全唐文》卷六一一杨嗣复《丞相礼部尚书文公权德舆文集序》:"公昔自纂录为《制集》五十卷,托于友人湖南观察使杨公凭为之序,故今不在编次之内。其他千名万状,随意所属,牢笼今古,穷极微细,周流于亲爱情理之间,磅礴于勋贤久大之业,不为利疚,不以菲废,本乎道以行乎文,故能独步当时,人人心伏,非以德爵齿挟而致之。"《旧唐书·权德舆传》:"德舆自贞元至元和三十年间,羽仪朝行,性直亮宽恕,动作语言,一无外饰,蕴藉风流,为时称向。于述作特盛,六经百氏,游泳渐渍,其文雅正而弘博,王侯将相洎当时名人薨殁,以铭纪为请者什八九,时人以为宗匠焉。"《郡斋读书志》卷一八:"《权德舆集》五十卷。……其文雅正赡缛,当时公卿功德卓异者,皆所铭记,虽动止无外饰,其酝藉风流,自然可慕。贞元、元和间,为缙绅羽仪。"

**李宗闵撰刘胜孙墓铭并序。**

《全唐文补遗》有李宗闵所撰《唐故河南府士曹彭城刘君(胜孙)墓铭并序》。据文所记,刘胜孙"元和十三年六月十二日,终于归仁里之私第,享年五十有三。……其年八月廿一日,权窆君于龙门,以须时也"。据此,文乃撰于本年八月。

**甲辰,皇甫镈以户部侍郎判度支,程异以工部侍郎并同平章事。皇甫镈曾以厚赂交结宦者吐突承璀。制下,朝野骇愕,至于市井负贩者亦嗤之。裴度、崔群时亦在相位,极陈其不可,宪宗不听。**

见《旧唐书·宪宗纪下》、《资治通鉴》卷二四〇。《资治通鉴》谓"淮西既平,上浸骄侈",皇甫镈、程异"晓其意,数进羡余以供其费,由是有宠"。

## |十月|

**权知礼部侍郎庾承宣奏:"臣有亲属应明经、进士举者,请准旧例送考功试。"从之。自贞元十六年高郢掌贡举,请权停考功别试,识者是之。自今始复。**

见《册府元龟》卷六四〇、《唐会要》卷七六。

## |十一月|

**宪宗因皇甫镈之荐，召道士柳泌至长安炼长生药；本月，又以柳泌权知台州刺史采药，谏官论奏，皆不听。**

《资治通鉴》卷二四〇元和十三年十月："上晚节好神仙，诏求天下方士。宗正卿李道古先为鄂岳观察使，以贪暴闻，恐终获罪，思所以自媚于上，乃因皇甫镈荐山人柳泌，云能合长生药。甲戌，诏泌居兴唐观炼药。"十一月，"柳泌又言天台山为神仙所聚，多灵草，希为其地长官，以便采药，乃于本月丁亥任其为权知台州刺史"。"谏官争论奏"，宪宗皆不听。《旧唐书·宪宗纪下》亦载。

## |十二月|

**庚戌朔，宪宗遣中使赴凤翔法门寺迎佛指骨。**

《资治通鉴》卷二四〇载："功德使上言：'凤翔法门寺塔有佛指骨，相传三十年一开，开则岁丰人安。来年应开，请迎之。'十二月，庚戌朔，上遣中使帅僧众迎之。"

**杨倞为大理评事，撰成《荀子注》。**

《新唐书·艺文志三》："杨倞注《荀子》二十卷。"下题："汝士子，大理评事。"杨倞《荀子序》："故仲尼定礼乐……时岁在戊戌，大唐睿圣文武皇帝元和十三年十二月也。"《容斋随笔》卷一一："唐杨倞注《荀子》，乃元和十三年。"

## |本年|

**韩愈约在本年冬为权德舆撰墓碑。**

《韩集校注》卷七《唐故相权公墓碑》记权德舆："以疾求还，十三年某月甲子，道薨于洋之白草。……某年某月日，葬河南北山。”按，碑中之“十三年”指元和十三年。《旧唐书·权德舆传》：“十三年八月，有疾，诏许归阙，道卒，年六十。”未写明葬时。据《韩愈年谱汇证》所考，此文约作于本年冬。《补注》：“刘大櫆曰：昌黎叙事，枝枝节节，造未奇语。曾国藩曰：矜慎简练，一字不苟，金石文字之正轨也。张裕钊曰：退之碑志之文，其前后错注及锤句炼响，并坚净简劲，坦然出之；而雄浑高古不可及。”

**元稹撰《上门下裴相公书》，致书裴度要求召用。**

《元稹集》卷三一《上门下裴相公书》云：“……况当今陛下在宥四海，与人为天，特降含垢弃瑕之书，且授随才任能之柄于阁下。阁下若能荡涤痕累，洞开嫌疑，弃仇如振尘，爱士如救馁，使恃才薄行者，自赎于烦辱，以能见忌者，骋力于通衢，上以副陛下咸与惟新之怀，次以广阁下好善救人之道……”《旧唐书·宪宗纪下》：“（元和）十三年春正月乙酉朔……御丹凤楼，大赦天下。”《全唐文》卷六三宪宗《平淮西大赦文》：“左降官及流人移隶等，并与量移近处。别敕因责降授正员官，所司亦与处分。”故元稹在与裴度书中求召用：“今天下病沟渎，困笼槛，思阁下药之、养之、投之、放之者，岂特小生而已哉！”此文《元稹年谱》系于本年，今从之。

**刘禹锡撰俨公碑，其《含辉洞述》或作于本年。**

《刘集校注》卷一五有《唐故衡岳律大师湘潭唐兴寺俨公碑》，碑记俨公“元和十三年九月二十七日中夜，具汤沐，剃颐顶，与门人告别，即寂……葬于寺东北隅”。则碑文盖作于本年。又，同书卷一六《含辉洞述》：“河东薛景晦，以文无害为尚书刑部郎中，以讪为道州刺史。……营阳郁郁，山水第一。洞有含辉，游人忘归。……先是斯境，翳于榛薄，天姿孤绝，凡目所忽，閟其清光，有待而发。……”按，本文确年难考，《刘谱》编于本年，从之。

**柳宗元为訾家洲亭撰记。**

《柳宗元集》卷二七《桂州裴中丞作訾家洲亭记》“元和十二年，御史中丞裴公来莅兹邦。……期年政成，而富且庶”，遂有此亭之作。文当本年亭成后作。

**白居易约于本年作《三谣》，皆为寄寓其意之作。**

《白居易集》卷三九有《三谣》，《白居易年谱》编于本年。其序云："予庐山草堂中，有朱藤杖一，蟠木机一，素屏风二。时多杖藤而行，隐机而坐，掩屏卧。宴息之暇，笔砚在前。偶为《三谣》，各导其意，亦犹座右、陋室铭之类尔。"其三谣为《蟠木谣》《素屏谣》《朱藤谣》，均可见其寄意之旨。

**刘轲慕孟轲为文，有《三传指要》十五卷、《翼孟子》三卷等书。文章与韩、柳齐名。其《上座主书》约作于其及第前。**

《唐诗纪事》卷四六《刘轲》："轲，字希仁。元和末，登进士第"。《唐摭言》卷一一："刘轲，慕孟轲为文，故以名焉。少为僧，止于豫章高安县南果园；复求黄老之术，隐于庐山；既而进士登第。文章与韩、柳齐名。"又，《全唐文》卷七四二刘轲《上座主书》约其及第前所作，中云："轲今月十日祗奉榜限纳杂文一卷。……轲本沛上耕人，代业儒，为农人家。……贞元中，轲仅能执经从师。元和初，方结庐于庐山之阳。日有芟夷畚筑之役……农圃余隙，积书窗下，日与古人磨砻前心。岁月悠久，浸成书癖。故有《三传指要》十五卷、《十三代名臣议》十卷、《翼孟子》三卷，虽不能传于时，其于两耀无私之烛，不为堕弃矣。"

**河东节度使张弘靖于本年进所藏历代书画三十卷及陈闳《玄宗马射图》，李德裕代作进状。**

张彦远《历代名画记》卷一《叙画之兴废》："元和十三年，高平公镇太原。……宪宗……降宸翰索其所珍。惶惑不敢缄藏，科简登时进献，乃以钟、张、卫、索真迹各一卷，二王真迹各五卷，魏、晋、宋、齐、梁、陈、隋杂迹各一卷，顾、陆、张、郑、田、杨、董、展洎国朝名手画合三十卷，表上曰：……又别进《玄宗马射真图》。"注云："永王府司马陈闳画。"文云："掌书记、监察御史李德裕制词。"李德裕《会昌一品集》别集卷五有《代高平公进书画状》《进玄宗马射图状》。高平公，据《尚书故实》，张弘靖封高平县侯。傅璇琮《李德裕年谱》即系两文于本年。

**李公佐于本年撰《谢小娥传》。**

《全唐文》卷七二五李公佐《谢小娥传》："元和八年春，余罢江西从事，扁舟东下，淹泊建业，登瓦棺寺阁。……十三年……其年夏五月，余归长安，途经泗滨，过善义寺，谒大德尼令。……知善不录，非《春秋》之义也，故作传以旌美之。"

**沈亚之于本年撰小说《湘中怨》。**

《沈下贤文集》卷二《湘中怨解》："元和十三年，余闻之朋中，因悉补其词，题之曰《湘中怨》。"

**无名氏之《东阳夜怪录》约作于本年或稍后。**

《太平广记》四九〇引《东阳夜怪录》："前进士王洙字学源，其先琅琊人。元和十三年春擢第。尝居邹鲁间名山习业，洙自云：前四年时……"王洙于元和十三年登进士第，文称"前进士"，则本文写作在本年或稍后。

## 唐宪宗元和十四年

己亥　八一九

### 正月

**韩愈五十二岁。宪宗迎法门寺佛骨入禁中，韩愈上《论佛骨表》进谏，谓此乃"伤风败俗，传笑四方"之事。宪宗怒，贬韩愈为潮州刺史。**

《旧唐书·宪宗纪下》：元和十四年正月丁亥，宪宗"迎凤翔法门寺佛骨至京师，留禁中三日，乃送诣寺。王公士庶奔走舍施如不及。刑部侍郎韩愈上书极陈其弊。癸巳，贬愈为潮州刺史"。《韩昌黎文集校注》卷八《论佛骨表》："今闻陛下令群僧迎佛骨于凤翔，御楼以观……臣虽至愚，必知陛下不惑于佛，作此崇奉，以祈福祥也；……然百姓愚冥，易惑难晓，苟见陛下如此，将谓真心事佛……焚顶烧指，百十为群；解衣散钱，自朝至暮；转相仿效，惟恐后时；老少奔波，弃其业次。若不即加禁遏，更历诸寺，必有断臂脔身以为供养者；伤风败俗，传笑四方,非细事也。”

**丙申,魏博田弘正奏败淄青兵于东阿,杀万余人**。

见《资治通鉴》卷二四〇。

**宪宗有《蕃使论矩立藏及后般来使并放归本国诏》**。

《唐大诏令集补编》卷三三宪宗有《蕃使论矩立藏及后般来使并放归本国诏》。文末署“元和十四年正月庚寅”,文即撰于此时。

**李朝式游华山,有题名**。

《全唐文补编》卷六二有李朝式所撰《华岳题名》。文署:“元和十四年正月十一日题。”注:“《金石萃编》卷八〇。”

## | 二 月 |

**韦谌、章孝标、陈去疾、马植、李让夷、张庾、韦中立、杨牢、程昔范等三十一人进士及第,韦谌为状元。本年试《王师如时雨赋》,以“慰悦人心,如雨枯旱”为韵;又试《骐骥长鸣诗》。章孝标、陈去疾诗今存《文苑英华》卷一八五,赋今存《文苑英华》卷六五。知贡举为中书舍人庾承宣**。

见《登科记考补正》卷一八。《全唐文》卷六八三章孝标《王师如时雨赋》中云:“天人之意,将使卫讨邢乎。至乃锐戈矛,齐卒伍。诚告虔于上帝,祈发生于下土。龙旗电掣,疑驱蔚矣之云;鼍鼓雷奔,似送沛然之雨。匪六师之是侵,实百姓以为心。所谓谋臣如雨,猛将如林。驰之骤之,似得时而将降;六伐七伐,谓决渠而就深。……异苞茅之贡矣,尔职不恭;同阴雨以膏之,我心则悦。不疾不徐,箕张翼舒。向兵革而自弭,喻滂沱之有余。……且宣王六月兮非旱之备,高宗三年兮适足为费。惟鬼方之是惧,何人伦之足慰。……一鼓而风云作气,再麾而寰宇清尘。以此出征为活国,不能无战乃爱人。故得戎羯来王,淮夷纳款。嗟蝼蚁之犹聚,将刑戮而尚缓。今挟泰山压危卵,不得已而用师,如救岁之大旱。”

**壬戌，魏博节度使田弘正奏，淄青李师道于本月九日为其都知兵马使刘悟所杀，淄青平。**

见《旧唐书·宪宗纪下》。《资治通鉴》卷二四一：“广德以来，垂六十年，藩镇跋扈河南、北三十余州，自除官吏，不供贡赋，至是尽遵朝廷约束。”

**郭文应为其亡妻撰卢氏墓志铭并序。**

《全唐文补遗》有郭文应所撰《唐安州都督府法曹参军郭文应亡妻范阳卢氏墓志铭并序》。据文所载，卢氏“以元和十三年九月二十八日，终于河南府洛阳县丰财里之私第，享年五十二，无子。哀哉！以十四年二月廿五日，迁厝于洛阳县平阴乡王才里北邙之原，归祔先茔，礼也”。则文乃本年二月所撰。

## 三月

**白居易抵忠州刺史任，有《忠州刺史谢上表》。赴任途中与元稹及弟白行简共游石洞，有《三游洞序》。**

《白居易集》卷六一有《忠州刺史谢上表》，文记作时为“元和十四年，三月二十八日”。文云：“臣性本疏愚，识惟褊狭，早蒙采录，擢在翰林，仅历五年，每知尘忝，竟无一事，上答圣明。……一志忧惶，四年循省，昼夜饮食，未尝敢安。负霜枯葵，虽思向日；委风黄叶，敢望沾春。”又，《白居易集》卷四三《三游洞序》云：“平淮西之明年冬，予自江州司马授忠州刺史……又明年春……与知退偕行。三月十日，参会于夷陵。翌日，微之反棹送予，至下牢戍。又翌日，将别未别，引舟上下者久之。酒酣，闻石间泉声。因舍棹进策，步入缺岸。初见石如叠如削，其怪者如引臂，如垂幢。次见泉，如泻如洒。其奇者如悬练，如不绝线……知退曰：借此喻彼，可为长太息；岂独是哉？……微知曰：诚哉是言！矧吾人难相逢，斯境不易得；今两偶于是，得无述乎？请各赋古调诗二十韵，书于石壁；仍命予序而纪之。”按，平淮西在元和十二年，据文中所述，文乃作于本年三月。

**刘禹锡四十八岁，在连州刺史任，上表贺平淄青李师道之叛。**

《刘集校注》卷一五《贺平淄青表》："魏博节度使所奏逆贼李师道并男二人并枭斩讫……天地协神算之期，雷霆助成师之气。蠢尔孽竖，敢生野心，萧斧一临，妖氛自灭。……元和十四年三月二十四日。"

## |四月|

**丙子，裴度罢相，出为河东节度使。**

见《旧唐书·宪宗纪下》。《资治通鉴》卷二四一亦载，谓："裴度在相位，知无不言，皇甫镈之党阴挤之"。

**李翱入朝为国子博士、史馆修撰，上言，论改革时政，又以百官所上行状不实，上疏论之。**

见《资治通鉴》卷二四一。《李文公集》卷一〇《陵庙日时朔祭议》："征事郎、守国子博士、史馆修撰臣李翱等谨献议曰：……今圣朝以弓矢既櫜，礼乐为大，故下百僚，使得详议。"同书同卷《百官行状奏》："夫劝善惩恶，正言直笔，纪圣朝功德，述忠臣贤士事业，载奸臣佞人丑行，以传无穷者，史官之任也。……今之作行状者，非其门生，即其故吏，莫不虚加仁义礼智，妄言忠肃惠和，或言盛德大业，远而愈光，或云直道正言，殁而不朽，曾不直叙其事，故善恶混然不可明。……臣今请作行状者，不要虚说仁义礼智，忠肃惠和，盛德大业，正言直道，芜秽简册，不可取信。但指事说实，直载其词，则善恶功迹，皆据事足以自见矣。"《唐会要》卷六四录此奏，云："元和……十四年四月，史官李翱奏。"知李翱时已为史官修撰。

**韩愈抵潮州，有《潮州刺史谢上表》。**

《韩昌黎文集校注》卷八《潮州刺史谢上表》："臣以正月十四日蒙恩除潮州刺史，即日奔驰上道，经涉岭海，水陆万里，以今月二十五日到州上讫。"按，韩愈本年四月抵潮州，谢上表乃抵任后即作，故表作于本年四月。文中云："臣受性愚陋，人事多所不通，惟酷好学问文章，未尝一日暂废，实为时辈所见推许。臣于当时之文，亦未有过人者。至于论述陛下功德，与《诗》《书》相表里；作为歌诗，荐之郊庙；纪泰山之封，镂白玉之牒；铺张对天之闳休，扬厉无前之伟绩；编之乎《诗》《书》之策而无愧，措之乎天地之间而无亏，虽使古人复生，臣亦未肯多让。”

**李德裕时仍在河东节度使张弘靖幕，为掌书记，撰《掌书记厅壁记》。**

见《李德裕文集校笺》别集卷七。文末有言“元和十四年四月十一日记”，故系于此。

## |夏|

**柳宗元四十七岁。约夏时，杜温夫来柳州求师于宗元，且将往连州、潮州谒刘禹锡与韩愈，宗元有书复之，言及“拟人必于其伦”，并谓少为文“不能自雕斫”“意尽便止”等情。其《柳州山水近治可游者记》等文盖作于此时前。**

《柳宗元集》卷三四《复杜温夫书》：“书抵吾必曰周、孔，周、孔安可当也？拟人必于其伦，生以直躬见抵，宜无所谀道……来柳州，见一刺史，即周、孔之；今而去我，道连而谒于潮之二邦，又得二周、孔；……何吾生胸中扰扰焉多周、孔哉！吾虽少为文，不能自雕斫，引笔行墨，快意累累，意尽便止，亦何所师法？立言状物，未尝求过人，亦不能明辨生之才致。但见生用助字，不当律令，唯以此奉答。”本年四月，韩愈始至潮州贬所，文中“谒于潮”即指见韩愈，故此书当作于四月后，或夏中所作。又，《柳宗元集》卷二九有《柳州山水近治可游者记》，文作年难确考，盖此时前作。据施子愉《柳宗元年谱》，《童区寄传》《送方及师序》两文亦作于柳宗元在柳州时，确年难考，并附于此。

## |七月|

**己丑，御宣政殿册尊号。礼毕，大赦天下。制曰：“用贤纳谏，常所虚心；计科求人，抑亦古典。天下诸色人中，有贤良方正、能直言极谏，博通坟典、达于教化，军谋弘远、堪任将帅，详明政术、可以理人者，委中书门下、尚书、御史台及诸**

**司四品以下清望官,五品以上清望官,诸道观察使、刺史,各举所知。仍限来年正月内到上都,朕当亲自策试。”**

见《册府元龟》卷六四五、《登科记考补正》卷一八。

**裴询撰秦朝俭墓志铭并序。**

《唐代墓志汇编续集》“元和〇六七”有裴询所撰《唐故开府仪同三司行左领军卫上将军致仕阳城郡王秦公墓志铭并序》。文云:“公讳朝俭,字觐……以(元和)十二年四月十日,终于上都宣阳里之私第,春秋八十有二。以其年七月十日安神于万年县浐川乡之龙首原,陪都督府君之茔,礼也。”据此,文乃本年七月所撰。

## |十一月|

**己亥,起居舍人裴潾因谏服柳泌所采药,触怒宪宗,贬为江陵令。**

见《旧唐书·宪宗纪下》、《资治通鉴》卷二四一。

**刘禹锡约本月前撰《大鉴禅师第二碑》,并有《佛衣铭》之作。**

《刘集校注》卷一五《大唐曹溪第六祖大鉴禅师第二碑》:“元和十一年某月日,诏书追褒曹溪第六祖能公,谥曰大鉴……遂咨于文雄今柳州刺史河东柳君为前碑。后三年,有僧道琳,率以其徒自曹溪来,且曰愿立第二碑,学者志也。”按元和十一年后三年即本年。又柳宗元卒于本年十一月八日,则刘碑最迟乃作于柳卒之前,姑系于此。同书同卷《佛衣铭并序》:“吾既为僧琳撰《曹溪第二碑》,且思所以辩六祖置衣不传之旨,作《佛衣铭》曰……”据此铭乃作于《曹溪第二碑》稍后,姑系于此。

**十一月八日,柳宗元卒于柳州刺史任。后韩愈为作墓志,刘禹锡编其文三十卷,并作序。**

《旧唐书·柳宗元传》记其卒于元和十四年十月五日，但韩愈《柳子厚墓志铭》(《韩昌黎文集校注》卷七)记其“以元和十四年十一月八日卒，年四十七。以十五年七月十日归葬万年先人墓侧”，从之。《刘禹锡集》卷一九《唐故尚书礼部员外郎柳君集记》：“遂为柳州刺史，五岁不得召，病且革，留书抵其友中山刘某曰：‘我不幸，卒以谪死，以遗草累故人。’某执书以泣，遂编次为十三通，行于世。子厚之丧，昌黎韩退之志其墓，且以书来吊曰：‘哀哉，若人之不淑！吾尝评其文，雄深雅健似司马子长，崔、蔡不足多也。’安定皇甫湜于文章少所推让，亦以退之之言为然。”《旧唐书·柳宗元传》：“宗元少聪警绝众，尤精西汉诗骚，下笔构思，与古为侔。精裁密致，灿若珠贝。当时流辈咸推之。”《新唐书·艺文志四》：“《柳宗元集》三十卷。”

## |本 年|

**本年，韩愈至潮州，询吏民疾苦，见鳄鱼危害百姓，故作《鳄鱼文》以驱逐之。《潮州请置乡校牒》《与大颠师书》亦在潮州作。**

《旧唐书·韩愈传》：“初，韩愈至潮阳，既视事，询吏民疾苦，皆曰：‘郡西湫水有鳄鱼，卵而化，长数丈，食民畜产将尽，以是民贫。’居数日，愈往视之，令判官秦济炮一豚一羊，投之湫水，咒之。……咒之夕，有暴风雷起于湫中。数日，湫水尽涸，徙于旧湫西六十里。自是潮人无鳄患。”《韩昌黎文集校注》卷八《鳄鱼文》云：“今与鳄鱼约：尽三日，其率丑类南徙于海，以避天子之命吏。三日不能至五日，五日不能至七日，七日不能，是终不肯徙也，是不有刺史，听从其言也；不然，则是鳄鱼冥顽不灵，刺史虽有言，不闻不知也。夫傲天子之命吏，不听其言，不徙以避之；与冥顽不灵而为民物害者：皆可杀。刺史则选材技吏民，操强弓毒矢，以与鳄鱼从事，必尽杀乃止。其无悔。”《韩昌黎文集校注·外集》上卷《潮州请置乡校牒》《与大颠师书》亦本年文。前文云：“夫欲用德礼，未有不由学校师弟子者。此州学废日久。进士明经，百十年间，不闻有业成贡于王庭，试于有司者。人吏目不识乡饮酒之礼，耳未尝闻《鹿鸣》之歌。忠孝之行不劝，亦县之耻也。夫十室之邑，必有忠信；今此州户万有余，岂无庶几者邪？刺史县令不躬为之师，里闾后生无所从学。……尔赵德秀才……可以为师矣。……专勾当州学，以督生徒，兴恺悌之风。”后文注：“唐元和十四年，刻石在潮阳灵山禅院。”故系于此。

**白居易本年撰有《东林寺经藏西廊记》《传法堂碑》《贺平淄青表》**。

《白居易集》卷四三《东林寺经藏西廊记》:“元和初……十四年月日,忠州刺史白居易记。”《白居易集》卷四一《传法堂碑》、卷六一《贺平淄青表》两文,《白居易年谱》皆系于本年。

**沈亚之于本年过滑州黎阳军,得闻平卢军节士郭旷事迹,撰文旌之**。

《沈下贤文集》卷三《旌故平卢军节士文》:“(元和)十四年,余与李褒、刘濛宿白马津,俱闻之于郭记室。明日,复皆如济北。济北之人尽能言旷之节。故悉以论著,将请于史氏云。”

**宪宗有《答田弘正请留阙下诏》**。

《唐大诏令集补编》宪宗有《答田弘正请留阙下诏》。文末署“元和十四年”,文即此时作。文云:“昨韩弘至朝,称疾恳辞戎,务朕不得不从。今卿复请留止,意诚可尚,然魏土乐卿之政,邻境服卿之威,为我长城,不可辞也。可亟归藩。”

**彭晁游涂山禹庙,有记**。

《全唐文补编》卷六三彭晁《禹庙记》:“昔大禹治水之日,会于涂山……元和十四年,彭晁记。”注:“《舆地纪胜》卷五〇。《安徽金石略》卷七。”

## 唐宪宗元和十五年

庚子　八二〇

### 正月

**宪宗有《贬李道古循州司马诏》**。

《唐大诏令集补编》卷一六宪宗有《贬李道古循州司马诏》。文末署“元和十五年正月”，文即此时所撰。

**庚子，宪宗崩。闰月丙午，穆宗即位于太极殿东序。宪宗之崩，传为宦官陈弘志毒死。**

《资治通鉴》卷二四一：“上服金丹，多躁怒，左右宦者往往服罪，有死者，人人自危。庚子，暴崩于中和殿。时人皆言内侍陈弘志弑逆，其党类讳之，不敢讨贼，但云药发，外人莫能明也。”

**中尉梁守谦与诸宦官王守澄等共立太子李恒即位，是为穆宗。杀吐突承璀及澧王李恽。**

见《旧唐书·穆宗纪》、《资治通鉴》卷二四一。吐突承璀时为左军中尉，曾向宪宗进言立李恽为太子，故二人皆被杀。

**刘禹锡四十九岁。自连州护母柩北返至衡阳，得柳宗元讣书，有《祭柳员外文》。**

《刘集校注》卷一五《祭柳员外文》：“维元和十五年，岁次庚子，正月戊戌朔日。孤子刘禹锡衔哀扶力……敬祭于亡友柳君之灵。”按，《刘禹锡集》卷三〇《重至衡阳伤柳仪曹·引》：“元和乙未岁，与故人柳子厚临湘水为别，柳浮舟适柳州，余登陆赴连州。后五年，余从故道出桂岭，到前别处，而君没于南中，因赋诗以投吊。”诗云：“千里江蓠春，故人今不见。”则时刘禹锡在衡阳。

## 闰正月

**丙午，穆宗即位。**

《唐大诏令集补编》卷三有《宪宗命皇太子即位册文》。文云：“维元和十五年，岁次庚子，闰正月甲辰朔，越三日丙午，皇帝若曰：於戏！上天降监……今朕寝疾弥留……宜令中书侍郎平章事令狐楚奉册，即皇帝位。”据此，则文盖本年闰正月所撰。

**丁未，贬皇甫镈为崖州司户，市井皆相贺。辛亥，御史中丞萧俛，中书舍人、翰林学士段文昌，皆为中书侍郎、同平章事。**

见《旧唐书·穆宗纪》、《资治通鉴》卷二四一。

**卢储、裴虔余、施肩吾、姚康、崔嘏、郑亚、吕述、唐持、卢弘正、李中敏等二十九人登进士第，卢储为状元。试《早春残雪诗》《大羹赋》，以"宗本诚敬，遗味由礼"为韵，施肩吾赋存《文苑英华》卷五七，裴虔余、施肩吾诗存《文苑英华》卷一八二，姚康诗存《唐诗纪事》卷五〇。本年知贡举为太常少卿李建。**

见《登科记考补正》卷一八。施肩吾赋云："至诚尚洁，在礼惟恭。……荐既殊于禘礿，礼乃变乎秋冬。则知此祭不数，此羹不混。法明水以成功，恶咸鹾而是撙。……道尚全真，喻恬淡而为本。故宜轻八簋，黜三牲，其味唯德，其色唯清。若谓我在物，则物不在于盐莱；若谓我在水，则水不在于污行。……虽无形而可挟，务展礼而由诚。观乎一鼎，无包百王是庆。法君长以为尊，事鬼神而听命。既陈既酌，弥重乎精诚；不絜不调，莫先乎圣敬。聿修前典，不可度思。因七献以成礼，纳三岁而为期。"

**甲寅，李德裕、李绅、庾敬休并以本官充翰林学士。**

《旧唐书·穆宗纪》：元和十五年(闰)正月"甲寅……以监察御史李德裕、右拾遗李绅、礼部员外郎庾敬休并守本官，充翰林学士"。

## 二月

**壬寅，敕："先帝所征贤良方正、能直言极谏等科，朕不欲亲试。宜令中书门下、尚书省四品已上官，于三月二十三日就尚书省同试。"**

见《旧唐书·穆宗纪》、《唐会要》卷七六。

**穆宗好观倡优杂戏及手搏杂技，监察御史杨虞卿、衡山人赵知微等皆上书谏。**

《资治通鉴》卷二四一：元和十五年“二月丁丑，上御丹凤门楼，赦天下。事毕，盛陈倡优杂戏于门内而观之。丁亥，上幸左神策军观手搏杂戏。庚寅，监察御史杨虞卿上疏，以为：……”

## 三月

**穆宗召侍讲学士韦处厚、路随于太液亭讲《毛诗·关雎》《尚书·洪范》等篇。**

见《旧唐书·穆宗纪》。

**李益由太子宾客转右散骑常侍。**

《册府元龟》卷一七二：元和十五年三月“以太子宾客李益为右散骑常侍”。

**卢蕃撰卢广夫人陇西李氏合祔墓志铭并序。**

《全唐文补遗》有卢蕃所撰《唐故越州剡县尉卢府君(广)夫人陇西李氏合祔墓志铭并序》。据文所记，卢府君与夫人李氏“并以元和十五年三月廿八日，同窆于龙门西山河南府河南县毕圭乡望春村东原”。据此，文乃本年三月所撰。

**穆宗有《赠郭暧太傅诏》。**

《唐大诏令集补编》卷一七穆宗有《赠郭暧太傅诏》。文末署“元和十五年三月”，文即撰于此时。

## 四月

**王杲文撰裴深墓志铭并序。**

《全唐文补遗》有王杲文所撰《唐故大理司直润州金坛县令河东裴公(深)墓志铭并序》。据文所记,裴深“以建中元年十月六日殁于位……以元和十五年闰正月十七日,启举于毗陵故坟。四月十四日,祔葬于河南县平洛乡杜翟村,以从于先茔,礼也”。则文乃本年四月所撰。

**穆宗有《蠲免京畿百姓悬欠敕》。**

《唐大诏令集补编》卷二八穆宗有《蠲免京畿百姓悬欠敕》。文末署“元和十五年四月”,文即撰于此时。

## 丨五 月丨

**韩愈本年五十三岁,为袁州刺史。本月,有《祭柳子厚文》。稍后又撰《柳子厚墓志铭》,称赞柳文“出入经史百子,踔厉风发”“深博无涯涘”。**

《韩昌黎文集校注》卷五《祭柳子厚文》:“子之自著,表表愈伟。不善为斫,血指汗颜;巧匠旁观,缩手袖间。子之文章,而不用世;乃令吾徒,掌帝之制。子之视人,自以无前;一斥不复,群飞刺天。”此文《文苑英华》卷九八七有云:“维元和十五年岁次庚子五月壬寅朔五日”,知作于本年五月。《韩昌黎文集校注》卷七《柳子厚墓志铭》有云:“子厚少精敏,无不通达。……隽杰廉悍,议论证据今古,出入经史百子,踔厉风发,率常屈其座人;名声大振,一时皆慕与之交,诸公要人争欲令出我门下,交口荐誉之。……居闲益自刻苦,务记览,为词章泛滥停蓄,为深博无涯涘,而自肆于山水间。……衡湘以南为进士者,皆以子厚为师,其经承子厚口讲指画为文词者,悉有法度可观。……然子厚斥不久,穷不极,虽有出于人,其文学辞章,必不能自力以致必传于后如今,无疑也。虽使子厚得所愿,为将相于一时;以彼易此,孰得孰失,必有能辨之者。”《柳子原墓志铭》记“以(元和)十五年七月十日归葬万年先人墓侧”,此日期盖为葬日,墓志当作于此前,约在祭文稍后。按,马其昶于此文下注:“此志作于袁州。公之志子厚详矣,其《祭文》推许尤厚。刘梦得序子厚集曰:‘子厚之丧,昌黎韩退之志其墓,且以书来吊,曰:“哀哉,若人之不淑!吾尝评其文,雄深雅健,似司马子长,崔蔡不足多也。”安定皇甫湜于文章少推许,亦以退之之言为然。’《补注》何焯曰:此文亦在远贬后作,故尤淋漓感慨。”

**杜元颖以中书舍人充翰林学士,撰《翰林院使壁记》。**

《全唐文》卷七二四有杜元颖所撰《翰林院使壁记》,岑仲勉《补唐代翰林两记》补云:"《英华》文末尚有'时庚子岁夏五月一日记'十字,《全唐文》夺,盖即元和十五年,据《重修记》,彼时元颖方以中书舍人充学士也。"

**宪宗葬于景陵,令狐楚撰哀册文。**

《旧唐书・宪宗纪下》:元和十五年"五月丁丑,群臣上谥曰圣神章武孝皇帝,庙号宪宗。庚申,葬于景陵"。《全唐文》卷五四二令狐楚有《唐宪宗章武皇帝哀册文》。

## |六月|

**刘禹锡又有重祭柳宗元文。稍后经鄂州,代李程撰祭柳宗元文。**

《刘集校注》卷一五《重祭柳员外文》:"呜呼! 自君之没,行已八月,每一念至,忽忽犹疑。今以丧来,使我临哭,安知世上,真有此事!"按柳宗元去年十一月卒,至本年六月已八个月。《刘集校注》卷一五《为鄂州李大夫祭柳员外文》:"予来夏口,忽复三年,离索则久,音贶屡传。箧盈草隶,架满文篇,钟、索继美,班、扬差肩。贾谊赋鹏,屈原问天,自古有死,奚论后先?"据《旧唐书・李程传》:"(元和)十三年……六月,出为鄂州刺史、鄂岳观察使。"至本年已三年。此文应是禹锡自衡阳返洛阳途经鄂州所作,约在六月中或稍后。

## |夏|

**白居易在忠州作《荔枝图序》等,传于京都,为人模写。后被召还为司门员外郎,有《续虞人箴》。**

《白居易集》卷四五《荔枝图序》云:"荔枝生巴峡间,树形团团如帷盖。……元和十五年夏,南宾守乐天命工吏图而书之。"《旧唐书・白居易传》:"南宾郡当峡路之深险处也,花木多奇。居易在郡,为木莲、荔枝图,寄朝中亲友,各记其状曰:……咸传于都下,好仕者喧然模写。”《白居易集》卷三九《续虞人箴》云:“鸟生深林,兽在丰草;春蒐冬狩,取之以道。鸟兽虫鱼,各遂其生;君民朝野,亦克用宁。在昔玄祖,厥训孔彰:驰骋畋猎,俾心发狂。何以验之?曰羿曰康;曾不是戒,终然覆亡。”此文题下署“元和十五年”。据《白居易年谱》,其时居易为司门员外郎。

## 七月

**张常庆游华山,有题名。**

《全唐文补编》卷六三张常庆《华岳题名》:“元和十五年七月七日。”注:“《金石萃编》卷八〇。”

## 九月

**韩愈作《与孟尚书书》辟传言其信佛之妄。**

《韩昌黎文集校注》卷三《与孟尚书书》:“来示云:有人传愈近少信奉佛氏,此传之者妄也。潮州时,有一老僧号大颠,颇聪明,识道理,远地无可与语者,故自山召至州郭,留十数日,实能外形骸以理自胜,不为事物侵乱。与之语,虽不尽解,要自胸中无滞碍;以为难得,因与往来。……乃人之情,非崇信其法,求福田利益也。”又书云:“行官自南回,过吉州,得吾兄二十四日手书数番……未审入秋以来眠食何似……”孟尚书为孟简,旧注:“元和十五年贬太子宾客分司孟简吉州司马。”又《旧唐书·穆宗纪》:元和十五年九月辛酉,“以袁州刺史韩愈为朝三大夫、守国子祭酒,复赐金紫”。则此书约九月作。按马茂元注引诸家评此文云:“李光地曰:《佛骨表》其所言于廷者耳,此是欲流传学者之书,故拔本塞源,争辩千古道术之归,反复剀切,无复余恨。……方苞曰:理足气盛,浩然若江河之达。何焯曰:理明气畅,此文真是如潮。张裕钊云:浑浩变化,千转百折,而势愈劲;其雄肆之气,奇杰之辞,并臻上境、北宋诸家,无能为役。”

**穆宗有《加裴度司空制》。**

《唐大诏令集补编》卷七穆宗有《加裴度司空制》。本文末署“元和十五年九月戊午”。则文本年九月撰。

**日本僧灵仙入礼五台山,有题名。**

《全唐文补编》卷六六灵仙《五台山停点普通院题名》:“日本国内供奉翻经大德灵仙。元和十五年九月十五日到此兰若。”注:“《入唐求法巡礼行记》卷三。”

## |十月|

**韩愈为江西观察使王仲舒作《新修滕王阁记》。**

《韩昌黎文集校注》卷二《新修滕王阁记》:“中书舍人太原王公为御史中丞,观察江西道……工既讫功,公以众饮,而以书命愈曰:‘子其为我记之!愈既以未得造观为叹,窃喜载名其上,词列三王之次,有荣耀焉;乃不辞而承公之命。其江山之好,登望之乐,虽老矣,如获从公游,尚能为公赋之。’”马其昶评此文云:“公自袁州作此记,凡五百字,首尾叙其不一到为叹,而终之曰:‘其江山之好,登望之乐,虽老矣,如获从公游,尚能为公赋之。’盖叙事之外,所以寄吾不尽之意。”马茂元又引诸家评:“方苞曰:回环作态……姚范曰:风格峻朗,公文之老境如此。曾国藩曰:反复以不得至彼为恨,此等蹊径自公辟之,亦无害。”据记文末:“元和十五年十月某日袁州刺史韩愈记。”故系于此。

**韩愈撰有《祭湘君夫人文》。**

《韩昌黎文集校注》卷五《祭湘君湘夫人文》:“维元和十五年岁次庚子十月某日,朝散大夫守国子祭酒……韩愈……敢昭告于湘君湘夫人二妃之神。”马其昶云:“公以元和十五年九月拜国子祭酒,未离袁州时作。”据祭文,故系于此。

**周君巢撰刘伦墓志铭并序。**

《全唐文补遗》有周君巢所撰《唐故台州录事参军河南刘公(伦)墓志铭并

序》。文云刘伦卒于建中三年,而至四十年后方“权窆南郭之近郊”。文末署“元和十五年十月廿八日”,则文乃是时所撰。文中谓刘“公道合中庸,性邻几庶,志尚儒术,雅耽坟史。弱冠,与从父兄方平以能诗齐名”。

## |十一月|

**癸卯,遣谏议大夫郑覃诣镇州宣慰。制曰:“如有隐于山谷,退在邱园,行义素高,名节可尚,或才兼文武,卓然可奖者,具名荐闻。”**

见《资治通鉴》卷二四一、《册府元龟》卷六八。

**韦处厚为侍读学士,本月前,撰翰林院厅壁记。**

《全唐文》卷七一五韦处厚《翰林院厅壁记》:“聆于朝端,中书舍人杜元颖、兵部侍郎沈传师洎诸学士,皆涉历岁久,备首前文者也。……处厚因与司勋郎中路隋职参侍读,通籍近署,纪述之事,前托沈传师,沈公以为称善之在己,不若使其人让,于处厚,无以辞。时皇帝统临四海之初元也。”丁居晦《重修承旨学士壁记》:“韦处厚元和十五年二月二十四日自户部郎中知制诰充侍讲学士。”岑仲勉《韦处厚〈翰林院厅壁记〉摘校》:“处厚之记,元和十五年作,是岁闰正月元颖迁中书,十一月迁户侍。”(《郎官石柱题名新考订》)韦文自称侍读,称杜元颖中书舍人,知作于本年十一月前,姑系于此。

**郑馀庆卒于长安,年七十五。有集五十卷。穆宗有《赠郑馀庆太保诏》。**

《旧唐书·郑馀庆传》:“元和十五年十一月卒。……时年七十五,谥曰贞。……有文集、表疏、碑志、诗赋共五十卷,行于世。”《新唐书·艺文志》四:“《郑馀庆集》五十卷。”郑馀庆于元和十四年曾以检校司空兼判国子祭酒,穆宗即位,“以师傅之旧,进位检校司徒,优礼甚至”(《旧唐书·郑馀庆传》)。又,《唐大诏令集补编》卷一七穆宗有《赠郑馀庆太保诏》。文末署“元和十五年十一月”,文即撰于此时。

**王璠为起居舍人,使镇州宣慰,游华山,有题名。**

《全唐文补编》卷六八王璠《华岳题名》:“起居舍人赐绯鱼袋王璠。元和十五年十一月二十六日□使镇州宣慰□。”注:“《金石萃编》卷八○。《八琼室金石补正》卷五五。”

## |十二月|

**白居易由司门员外郎擢主客郎中、知制诰。**

《旧唐书·穆宗纪》:元和十五年“十二月己巳朔……丙申,以司门员外郎白居易为主客郎中、知制诰”。

**白居易充重考定科目官,有《论重考科目人状》论不重考。**

《白居易集》卷六○《论重考科目人状》:“伏以今年吏部科第,不置考官,唯遣尚书侍郎二人考试。吏部事至繁剧,考送固难精详;所送文书,未免瑕病。臣等若苦考覆,退者必多。……今吏部只送十人,数且非广;其中更重黜落,亦恐事体不弘。以臣所见,兼请不考。”文末署:“元和十五年,十二月十三日,重考定科目官、将仕郎守尚书司门员外郎臣白居易等状奏。”

## |本年|

**元稹撰《钱货议状》《钱重物轻议》《为萧相公让官表》等。本年五月,元稹为祠部郎中、知制诰,起草大量诏文,撰写多篇制、状、表、铭,此不一一列出。**

《元稹集》卷三四《钱货议状》云:“奉进止,‘当今百姓之困,众情所知,减税则国用不充,欲依旧则人困转甚,皆由货轻钱重,征税暗加,宜令百寮,各陈意见,以革其弊。’右闰正月十七日宰相奉宣进止如前者。”据《册府元龟》卷五○一《邦计部·钱币三》,此诏是穆宗元和十五年闰正月下。《元稹集》外集卷二《补遗二·议》之《钱重物轻议》云:“右臣伏见中书门下牒,奉进止,以钱重物轻,为病颇甚,宜令百寮各随所见,作利害状,类会奏闻者。臣备位有司,谬总邦计。”据《旧唐书·穆宗纪》:“(元和十五年八月)辛未,兵部尚书杨于陵总百僚钱货轻重之议,取天下两税、榷酒、盐利等,悉以布帛任土所产物充税,并不征见钱，则物渐重，钱渐轻，农人见免贱卖匹段。请中书门下、御史台诸官长重议施行。"《元稹集》卷三四《为萧相公让官表》云："有累枢衡，无裨衮职。……岂谓陛下……再提腹背之毛，重委股肱之地。"当撰于萧俛改门下侍郎之时。又据《新唐书·宰相世系表一下》"（元和十五年）八月戊戌，（萧）俛为门下侍郎"，故此文系于本年。

**韩愈有《处州孔子庙碑》《黄家贼事宜状》等文。**

《韩昌黎文集校注》卷七有《处州孔子庙碑》，马其昶注云："《碑记》不载年月日，第云'朝散大夫国子祭酒赐紫金鱼袋韩愈撰'。公为祭酒在元和十五年。"《韩昌黎文集校注》卷八《黄家贼事宜状》："臣去年贬岭外刺史，其州虽与黄家贼不相接，然见往来过客，并谙知岭外事人，所说至精至熟。"马其昶注云："公以近贬岭外，谓自潮方移袁，继入为祭酒，知岭外事详，故以三事为请。时元和十五年也。"马茂元引李光地曰："形势性情及处置之方，至明至尽，抚御南蛮者，不可不熟讲深究。"

**薛用弱《集异记》或撰于元和末。**

《新唐书·艺文志三》："薛用弱《集异记》三卷。"《集异记》作年无确考。《集异记》卷二云："少霞尔后修道尤剧，元和末，已云物故。"则其作年不得早于元和末，姑系于此。

**穆宗有《李光颜检校司空制》。**

《唐大诏令集补编》卷七穆宗有《李光颜检校司空制》。文末署"元和十五年"。则文本年撰。

**穆宗有《授狄兼谟拾遗制》。**

《唐大诏令集补编》卷九穆宗有《授狄兼谟拾遗制》。此文文末署"元和末"，则文乃本年所撰。

## 唐穆宗长庆元年

辛丑　八二一

### 正月

**己亥朔，穆宗亲荐献太清宫、太庙。辛丑，祀昊天上帝于圆丘，又御丹凤楼，大赦天下。改元长庆。制曰："三代致理，皆重学官；两汉用人，盖先经术。天下诸色人中，有能精通一经、堪为师法者，国子祭酒访择，具以名闻，将加试用。天下诸色人中，有贤良方正、能直言极谏，博通坟典、达于教化，军谋弘远、堪任将帅，政术详明、可以理人者，委有司各举所知。限今年十月到上都。"**

见《旧唐书·穆宗纪》、《文苑英华》卷四二六、《唐大诏令集》卷四二六。

**元稹撰《辨日旁瑞气状》《郊天日五色祥云赋》**。

《元稹集》卷三五《辨日旁瑞气状》云："今月二日，日旁瑞气。"《元稹集》卷二七又有《郊天日五色祥云赋》。据《唐会要》卷二九《祥瑞》下云："长庆元年正月二日，有事于南郊，出东省门，日抱珥，五色。"《旧唐书·穆宗纪》："长庆元年正月己亥朔，上亲荐献太清宫、太庙。是日，法驾赴南郊。日抱珥，宰臣贺于前。辛丑，祀昊天上帝于圆丘。"《元稹年谱》系两文于本年正月。

**李德裕本年仍为翰林学士。正月，上疏言驸马不得至要官私第**。

见《李德裕文集校笺》别集卷五《驸马不许至要官私第状》。《旧唐书·穆宗纪》载长庆元年正月己酉："翰林学士、司勋员外郎李德裕上疏曰：'臣见国朝故事，驸马国之亲密，不合与朝廷要官往来，开元中止尤切。近日驸马多至宰相及要官宅，此辈无他才可以延接，唯是漏泄禁密，交通中外。伏望宣示驸马等，今后有事任至中书见宰臣，此外不得至宰臣及台省官私第。'从之。"《旧唐书·李德裕传》亦载："穆宗不持政道，多所恩贷，戚里诸亲，邪谋请谒，传导中人之旨，与权臣往来，德裕嫉之，长庆元年正月，上疏论之曰……"《唐会要》卷五七亦载此事。故系于此。

## 二月

**元稹为中书舍人、翰林承旨学士，奉旨进呈杂诗十卷，撰《进诗状》。**

《白居易集》卷七〇《唐故武昌军节度处置等史正议大夫检校户部尚书鄂州刺史兼御史大夫赠紫金鱼袋赠尚书右仆射河南元公墓志铭》云："在翰林时，穆宗前后索诗数百篇，命左右讽咏，宫中呼为'元才子'。自六宫、两都、八方至南蛮、东夷国皆写传之，每一章一句出，无胫而走，疾于珠玉。"元稹卷三五《进诗状》云："臣某杂诗十卷……右臣面奉圣旨，令臣写录杂诗进来者。……况臣九岁学诗，少经贫贱。十年谪宦，备极恓惶。凡所为文，多因感激。故自古风诗至古今乐府，稍存寄兴，颇近讴谣，虽无作者之风，粗中遒人之采。自律诗百韵至于两韵七言，或因友朋戏投，或因悲欢自遣，既无六义，皆出一时，词旨繁芜，倍增惭恐。今谨随状陈进，无任战汗屏营之至。"《进诗状》中云"微臣入院之始"，可见元稹呈诗穆宗，当在长庆元年二月以后。《元稹年谱》所系同。

**元稹为翰林学士，与李德裕、李绅相善，时称"三俊"。**

丁居晦《重修承旨学士壁记》："元稹，长庆元年二月十六日自祠部郎中、知制诰充，仍赐紫；十七日拜中书舍人；十月迁工部侍郎出院。"由此可知，李德裕与元稹同在翰林院在本年二月至十月。《旧唐书·李德裕传》："时德裕与李绅、元稹俱在翰林，以学识才名相类，情颇款密。"《旧唐书·李绅传》："岁余，穆宗召为翰林学士，与李德裕、元稹同在禁署，时称'三俊'，情意相善。"

## 三月

**穆宗制以刘总献辽阳八州之地，其管内有贤才隐于山谷，退在邱园，并具荐闻。**

见《册府元龟》卷六八。

**穆宗敕："今年礼部侍郎钱徽下进士及第郑朗等一十四人，宜令中书舍人王**

**起、主客郎中知制诰白居易等重试闻奏。"**

见《旧唐书·穆宗纪》、《册府元龟》卷六四〇。

**进士二十五人,驳下十一人,重试十四人。卢简求、皇甫弘、孔温业、赵存约、窦洵直等登进士第。试《鸟散余花落诗》《孤竹管赋》,孔温业、赵存约、窦洵直诗存《文苑英华》卷一八五。郑朗、卢公亮、苏巢、杨殷士等十人进士科覆落。时礼部侍郎钱徽知贡举。**

见《登科记考补正》卷一九。

**李德裕、李绅、元稹上言钱徽取士不公,穆宗诏王起、白居易重试。后黜落郑朗等十人。钱徽、李宗闵、杨汝士皆遭贬,此后牛李党争遂起。白居易有《论重考进士事宜状》。**

见《登科记考补正》卷一九。《旧唐书·李宗闵传》:"长庆元年,子婿苏巢于钱徽下进士及第。其年巢覆落,宗闵涉请托,贬剑州刺史。时李吉甫子德裕为翰林学士,钱徽榜出,德裕与同职李绅、元稹,连衡言于上前,云徽受请托,所试不公,故致重覆,比相嫌恶,因是列为朋党,皆挟邪取权,两相倾轧,自是纷纭排陷,垂四十年。"《资治通鉴》卷二四一:"(段)文昌言于上曰:'今岁礼部殊不公,所取进士皆子弟无艺,以关节得之。'上以问诸学士,德裕、稹、绅皆曰:'诚如文昌言。'乃命中书舍人王起覆试。夏四月,丁丑,黜(郑)朗等十人。"《旧唐书·穆宗纪》:长庆元年三月"敕:今年钱徽下进士及第郑朗等一十四人,宜令中书舍人王起、主客郎中知制诰白居易等重试以闻"。关于此事《旧唐书·钱徽传》记云:"长庆元年,为礼部侍郎。时宰相段文昌出镇蜀川,文昌好学,尤喜图书古画。故刑部侍郎杨凭兄弟以文学知名,家多书画,钟、王、张、郑之迹在《画断》《画品》者,兼而有之。凭子浑之求进,尽以家藏书画献文昌,求致进士第。文昌将发,面托钱徽,继以私书保荐。翰林学士李绅亦托举子周汉宾于徽。继及榜出,浑之、汉宾皆不中选。李宗闵与元稹素相厚善。初稹以直道谴逐久之,及得还朝,大改前志,由京径以徽进达,宗闵亦急于进取,二人遂有嫌隙。杨汝士与徽有旧,是岁,宗闵子婿苏巢与汝士季弟殷士俱及第。故文昌、李绅大怒。文昌赴镇,辞日,内殿面奏,言徽所放进士郑朗等十四人,皆子弟艺薄,不当在选中。

穆宗以其事访于学士元稹、李绅，二人对与文昌同。遂命中书舍人王起、主客郎中知制诰白居易，于子亭重试，内出题目《孤竹管赋》《鸟散余花落》诗，而十人不中选。诏曰：国家设文学之科，本求才实，苟容侥幸，则异至公。访闻近日浮薄之徒，扇为朋党，谓之关节，干扰主司。每岁名，无不先定，永言败俗，深用兴怀。郑朗等昨令重试，意在精核艺能，不于异书之中，固求深僻题目，贵令所试成就，以观学艺浅深。孤竹管是祭天之乐，出于《周礼》正经，阅其呈试之文，都不知其本事，辞律鄙浅，芜累亦多。比令宣示钱徽，庶其深自怀愧，诚宜尽弃，以警将来。……孔温业、赵存约、窦洵直所试粗通，与及第；裴撰特赐及第，郑朗等十人并落下。自今后，礼部举人，宜准开元二十五年敕，及第讫，所试杂文并策，送中书门下详覆。寻贬徽江州刺史，中书舍人李宗闵剑州刺史，右补阙杨汝士开江令。"《白居易集》卷六〇《论重考试进士事宜状》："伏以陛下虑今年及第进士之中，子弟得者侥幸，平人落者受屈，故令重试重考。……然臣别有愚见……伏准礼部试进士例：许用书策，兼得通宵。得通宵则思虑必周，用书策则文字不错。昨重试之日，书策不容一字，木烛只许两条。迫促惊忙，幸皆成就，若比礼部所试，事校不同。虽诗赋之间，皆有瑕病；在与夺之际，或可矜量。……"

## |春|

**沈亚之在长安。春，田牟兄弟归魏博觐省，沈亚之应其所请作序送之。**

《沈下贤文集》卷九《送田令二子归宁序》："长庆初，少子牟，牟弟罕，令觐中书公。明日出都门，来顾余，以云毂下名人文士，必以文宠别，欲余有撰。"田令、中书公，均谓田弘正。《旧唐书·田弘正传》："弘正子布、群、牟。"弘正于本年秋镇州军乱中被害。

**幽州节度使刘总奏请去位，落发为僧。癸丑，以宣武军节度使张弘靖兼幽州大都督府长史，充幽州卢龙军节度使。**

见《旧唐书·穆宗纪》。

## 四月

**秘书监蒋乂卒于长安，年七十五。有《大唐宰辅录》《凌烟阁功臣》等著作。**

《旧唐书·穆宗纪》：长庆元年四月“甲戌，秘书监蒋乂卒”。《旧唐书·蒋乂传》：“乂居史任二十年，所著《大唐宰辅录》七十卷、《凌烟阁功臣》《秦府十八学士》《史臣》等传四十卷。长庆元年卒，年七十五。”又曾预修《宪宗实录》。

**僧法英等有灵岩寺功德龛题名。**

《全唐文补编》卷六四法英《灵岩寺功德龛题名》：“长庆元年四月八日记之。”注：“《八琼室金石补正》卷七一。”

**穆宗有《戒朋党诏》。**

《唐大诏令集补编》卷二二穆宗有《戒朋党诏》。文末署“长庆元年四月”，文即撰于此时。文中云：“穆宗长庆元年四月制曰：昔者，卿大夫相与让于朝，士庶人相与让于列，周成王刑措不用，汉文帝耻言人过，真古理也，朕甚慕焉。中代以还，争端斯起，掩抑其言则专蔽，诱掖其说则侵诬。自非责实循名，不能彰善瘅恶。……我国家贞观开元，同符三代，风俗归厚，礼让偕行。兵兴已来，人散久矣。始欲道之以德，不欲驱之以刑。然而信有未孚，理有未至，曾无耻格，益用凋刓。小则综核之权，见侵于下辈；大则枢机之重，旁挠于薄徒。尚念因而化之，亦既去其尤者。而臣等惧其浸染，未克清澄，备引祖宗之书，愿垂戒励之诏，遂申告戒，颇用殷勤。各当自省厥躬，与我同底于道。凡百多士，宜体朕怀。”

**穆宗有《复试郑郎等诏》。**

《唐大诏令集补编》卷二四穆宗有《复试郑郎等诏》。文末署“长庆元年四月”，文即撰于此时。文中云：“国家设文学之科，本求才实，苟容侥幸，则异至公。访闻近日浮薄之徒，扇为朋党，谓之关节，干扰主司，每岁策名，无不先定。

永言败俗，深用兴怀。郑朗等昨令重试，意在精核艺能，不于异书之中，固求深僻题目，贵令所试成就，以观学艺浅深。孤竹管是祭天之乐，出于《周礼》正经，阅其呈试之文，都似不知本事，词律鄙浅，芜累至多。亦令宣示钱徽，庶其深自怀愧。诚宜尽弃，以警将来。但以四海无虞，人心方泰……自今以后，礼部举人，宜准开元二十五年敕，及第讫，所试杂文并策，送中书、门下详复。”

## | 五 月 |

**本年二月李建卒，年五十八。本月，白居易为之作墓碑，元稹撰墓志铭。**

《白居易集》卷四一《有唐善人墓碑铭并序》：“长庆元年二月二十三日夜，无疾即世于长安修行里第。是岁五月二十五日，归祔于凤翔某县某乡某原之先茔。春秋五十八。……翰林学士、中书舍人河南元稹作墓志，有尚书主客郎中、知制诰太原白居易作墓碑。”文中记李建云：“公养有余力，读书属文。业成，与兄逊起应进士，俱中第。为校书时，以文行闻。……自八九岁时，始讽诗书，日三百言，讽毕，尽得其意。善理《王氏易》《左氏春秋》。前后著文凡一百五十二首，皆诣理撮要，词无枝叶。其卓然者，有詹事府司直、比部员外郎《厅记》《请双日坐疏》《与梁肃书》《上宰相论选事状》，秉笔者许之。”又，《元稹集》卷五四《唐故中大夫尚书刑部侍郎上柱国陇西县开国男赠工部尚书李公墓志铭》云：“竟不竞言而遂薨……是岁长庆元年之二月二十有三日也。……祔先君于凤翔府某县某乡某里，实五月之二十有五日。……子讷遂来告曰：‘为志且铭。’”元稹撰《志》当在五月或稍前。

**韩愈本年五十四岁，仍为国子祭酒。本月，撰《中大夫陕府左司马李公墓志铭》。**

《韩昌黎文集校注》卷七《中大夫陕府左司马李公墓志铭》中云墓主葬于长庆元年五月庚申，文即此前所撰。文中谓墓主“无家，母抱置之姑氏以去，姑怜而食之。至五六岁，自问知本末，因不复与群儿戏，常默默独处，曰：‘吾独无父母，不力学问自立，不名为人！’年十四五，能暗记《论语》《尚书》《毛诗》《左氏》《文选》，凡百余万言，凛然殊异，故氏子弟莫敢为敌。浸传之闻诸父，诸父泣曰：‘吾兄尚有子邪？’迎归而坐问之，应对衡从无难。诸父悲喜，顾语群子弟曰：‘吾为汝得师。’于是纵学无不观。”马茂元注引方苞曰：“世称退之叙事文不肯步趋太史公，故作《毛颖传》以示非不能，观此文序次世系，不惟骨法大类《史记》，即径陌亦同，肤学自不能辨耳。”

## | 六 月 |

**元稹进呈《京西京北图》《京西京北图经》等。**

《元稹集》卷三五《进西北边图经状》云：“臣今月二日进《京西京北图》一面。山川险易，细大无遗。……寻于古今图籍之中，纂撰《京西京北图经》，共成四卷。……又太和公主下嫁，伏恐圣虑，念其道远，臣今具录天德城以北至回鹘衙帐已来食宿井泉，附于图经之内，并别写一本，与《图经序》谨同封进。其《图》四卷，随状进呈。”《旧唐书·穆宗纪》云：“（长庆元年五月癸亥，）皇妹太和公主出降回纥登罗骨没施合毗伽可汗。……（七月）辛酉，太和长公主发赴回纥。”七月公主出嫁，元稹进呈《京西京北图经》等当在五六月间，姑系于此。

## | 七 月 |

**壬子，群臣上尊号。上受册于宣政殿。礼毕，大赦天下。制曰：“天下诸色人中，有贤良方正、能直言极谏，博通坟典、达于教化，军谋弘远、堪任将帅，政术详明、可以理人者，委有司各举所知。限今年十月到上都。”**

见《唐大诏令集》卷一〇。

**李硎撰薛氏殇子（鲁鲁）墓志铭并序。**

《全唐文补遗》有李硎所撰《河东薛氏殇子（鲁鲁）墓志铭并序》。据文所记，“鲁十岁而卒，长庆元年，（其父）宾客分曹于洛，七月十一日捐背于馆。太夫人遂启鲁榇于长安，归于偃师之先茔，祔于宾客之左廿步”。据此，文撰于本年七月十一日之后，今姑系于此。据文所记，鲁鲁“冲不戏，幼不骄，五岁能诵孝经十八章，七岁通《论语》廿二篇，及古诗赋不啻百首。言必有文，动必中礼。亲族之内，无不敬之”。

**十日，幽州军乱，囚节度使张弘靖，杀幕僚韦雍、判官张彻等，立旧将朱洄子克融为留后。丁巳，贬张弘靖为宾客分司；己未，再贬为吉州刺史。**

见《旧唐书·穆宗纪》。《资治通鉴》卷二四一载朱克融本在京师，是时穆宗"方酬宴，不留意天下之务"，而时为相者崔植、杜元颖"无远略，不知安危大体"，乃放朱克融归幽州。而张弘靖至幽州，"雍容骄贵"，判官韦雍等又"嗜酒豪纵，出入传呼甚盛，或夜归烛火满街"，导致军民怨怒。

**镇州军乱，成德军都知兵马使王庭凑杀节度使田弘正，自为留后。八月癸酉，又遣盗杀冀州刺史王进岌，据其城。**

见《旧唐书·穆宗纪》。

**庚申，韩愈由国子祭酒转为兵部侍郎。**

见《旧唐书·穆宗纪》。

## | 八 月 |

**元稹撰《翰林承旨学士厅壁记》。**

《元稹集》卷五一《翰林承旨学士厅壁记》文末题："长庆元年八月十日记。"岑仲勉《补唐代翰林两记》卷下《翰林承旨学士厅壁记校补》："余按居晦文亦称《承旨学士厅壁记》，《翰苑群书》（卷上作《承旨学士院记》）及《元集》（作《翰林承旨学士记》）所题均不合。"《直斋书录解题》卷六《职官类》云："《承旨学士院记》一卷：唐承旨河南元稹微之撰，专载承旨姓名，自贞元二十一年郑絪，至元和十五年杜元颖并稹，为十二人。末又有李德裕、李绅、韦处厚三人，盖后人所益也。"《郡斋读书志·后志》卷七《史类·职官类》云："《翰林杂志》一卷：右不题撰人，辑唐韦执谊《故事》、元稹《承旨壁记》……"《宋史·艺文志二》："元祯（稹）《承旨学士院记》一卷"。

**穆宗有《田布起复宁远将军守右金吾卫大将军诏》。**

《唐大诏令集补编》卷一六穆宗有《田布起复宁远将军守右金吾卫大将军诏》。文末署“长庆元年八月”,文即撰于此时。文首云:“穆宗长庆元年八月制曰:父子之仇不同天,虽下至匹士而犹寝苫枕戈,以期必报。是以子胥不狗伍奢之死,卒能发荆王之墓,鞭不义之尸,取贵《春秋》,垂名万古。而况于身备将坛,父死人手,家仇国耻,并在一门,当怀尝胆之心,岂俟绝浆之礼,金革无避,其在兹乎!”

**穆宗秋分日祭百神,元稹代撰《秋分日祭百神文》。**

《元稹集》卷五九有《秋分日祭百神文》。文首题:“维长庆元年,岁次辛丑,八月甲子朔,十八日辛巳……”知此文撰于本月十八日。

**沈亚之为栎阳尉,作栎阳县丞厅记。**

《沈下贤文集》卷六《栎阳县丞小厅记》署曰:“长庆元年八月甲子也。”栎阳,畿县,尉正九品下。书当作于栎阳尉任。

**乙丑,裴度以河东节度使充幽、镇两道招讨使。时诏魏博、横海、昭义、河东、义武诸军各出兵临成德之境,以讨王庭凑。**

见《旧唐书·穆宗纪》、《资治通鉴》卷二四二。

## 九月

**乙巳,相州军乱,杀刺史邢濋。**

见《旧唐书·穆宗纪》。

**吐蕃来求盟,庚戌,以大理卿刘元鼎为吐蕃会盟使。**

见《资治通鉴》卷二四二。

## |十月|

**穆宗诏:“文武常参官及诸州府,准制举荐贤良方正人等,以十一月二十五日御宣政殿策试。宜令所司准式。”**

见《册府元龟》卷六四四。

**裴度上表言元稹与宦官魏弘简深相结,陈其朋比之状。元稹改工部侍郎,出翰林。**

《资治通鉴》卷二四二:长庆元年十月,“翰林学士元稹与知枢密魏弘简深相结,求为宰相,由是有宠于上,每事咨访焉。稹无怨于裴度,但以度先达重望,恐其复有功大用,妨己进取,故度所奏画军事,多与弘简从中沮坏之。度乃上表极陈其朋比奸蠹之状……表三上,上虽不悦,以度大臣,不得已,癸未,以弘简为弓箭库使,稹为工部侍郎。稹虽解翰林,恩遇如故”。

**韦贯之卒于东都,年六十二,有集三十卷。**

《旧唐书·韦贯之传》:“擢为河南尹。征拜工部尚书,未行,长庆元年卒于东都,年六十二。”《旧唐书·穆宗纪》:长庆元年十月“戊寅,工部尚书韦贯之卒”。《新唐书·艺文志四》:“《韦贯之集》三十卷。”

## |十一月|

**庞严、崔龟从、任畹、韦正贯、沈亚之等人登贤良方正,能直言极谏科,庞严对策今存《文苑英华》卷四九〇、沈亚之对策今存《文苑英华》卷四九二。李思玄(李思元、李思立)登博通坟典,达于教化科。崔郢登详明政术、可以理人科。吴思、李商卿登军谋弘远科。礼部侍郎钱徽知贡举。**

见《登科记考补正》卷一九。《旧唐书·穆宗纪》:长庆元年十月“上御宣政殿,试制科举人。”沈亚之对策略曰:“今礼部之得进士,最为清选,而以绮言声律之赋诗而择之。及乎为仕也,则责之不通天下之大经,无王公之重器。今取之至微而望甚大,其犹击陋缶而望曲齐于《韶濩》也。今仕进之风益坏矣,必以阴诈为朴,阳明为狂,顾以武为汙矣,而况兼学乎?陛下何不令礼部之臣督其所业,杂考其所能,则人可化矣。……今吏部之补吏,岁调官千余。其试以偶文俪语之书程,以二百字为准,考其能否,以定取舍。直使其人真能,然尚何以补,况十九皆伪人乎!以此而求其实,不可得也。且昆吾之利,莫耶之才,虽巧用不能雕咫尺之木。……如使恢宏博大之士裁心镂舌,以为此辞,而其道安可见乎?……"

**韩愈于本月前撰郑君墓志铭**。

见《韩昌黎文集校注》卷七《唐故朝散大夫尚书库部郎中郑君墓志铭》。据墓主葬于本年十一月二十二日,则文即此前作,姑系于此。马茂元注:"茅坤曰:隽才逸兴。归有光曰:欧王多有此体格。刘大櫆曰:韩公文法劲挺独造,独此篇叙次遒逸,风神略近太史公。"

**李翱由礼部郎中出为舒州刺史,有与李绅书,时李绅以司勋员外郎知制诰**。

《李文公集》卷一六《于湖州别女足墓文》:"长庆元年岁次辛丑十二月癸亥朔,十九日辛巳,父舒州刺史翱,以酒果之奠,敬别于第七女足娘子之灵。吾以前月二十八日蒙恩改授舒州刺史。"同书卷八有《与翰林李舍人书》。李舍人,即李绅,时为司勋员外郎知制诰,即是舍人。文云:"翱思逃后祸,所冀存身,惟能休罢,最惬私意,从此永已矣。"当作于出刺舒州时。

## |十二月|

**乙酉,以朱克融为幽州卢龙节度使,其拘囚张弘靖、杀害府僚之罪,一切释免**。

见《旧唐书·穆宗纪》。《资治通鉴》卷二四二亦载:"自宪宗征伐四方,国用已虚,上即位,赏赐左右及宿卫诸军无节,及幽、镇用兵久无功,府藏空竭,势不能支。执政乃议:'王庭凑杀田弘正而朱克融全张弘靖,罪有重轻,请赦克融,专讨庭凑。’上从之。”

**穆宗有《贬李景俭漳州刺史诏》。**

《唐大诏令集补编》卷一六穆宗有《贬李景俭漳州刺史诏》。文末署“长庆元年十二月”，文即撰于此时。

## |本 年|

**刘禹锡五十岁。本年冬仍在洛阳守制，时授夔州刺史。此前为吕温、柳宗元作集纪，编辑其集并推介两人之诗文成就。**

《刘集校注》卷一六《夔州谢上表》乃作于“长庆二年正月五日”，知刘禹锡授夔州刺史乃在本年冬，其前仍在洛阳为其母守制。同书同卷有《唐故衡州刺史吕君集纪》《唐故尚书礼部员外郎柳君集纪》，乃分别为吕温、柳宗元集所作。两文《刘集校注》均系于本年。前文记吕温：“改衡州，年四十而没。后十年，其子安衡泣捧遗草来谒。……凡二百篇，勒成十卷。”而吕温卒于元和六年八月，据此推定。前文云：“初，贞元中，天子之文章焕乎垂光，庆霄在上，万物五色。天下文人，为气所召，其生乃蕃。……早闻《诗》《礼》于先侍郎，又师吴郡陆质通《春秋》，从安定梁肃学文章，勇于艺能，咸有所祖。……古之为书者，先立言而后体物……和叔年少遇君，而卒以谪似贾生，能明王道似荀卿，故余所先后视二书，断自《人文化成论》至《诸葛武侯庙记》为上篇，其它咸有为而为之。始学左氏书，故其文微为富艳。”后文谓宗元：“病且革，留书抵其友中山刘某曰：‘我不幸，卒以谪死，以遗草累故人。’某执书以泣，遂编次为三十通，行于世。子厚之丧，昌黎韩退之志其墓，且以书来吊曰：‘哀哉，若人之不淑！吾尝评其文，雄深雅健似司马子长，崔、蔡不足多也。’安定皇甫湜于文章少所推让，亦以退之之言为然。”

**白居易授中书舍人，元稹撰《授白居易中书舍人制》，原制已佚。**

见《白居易集》卷二三《余思未尽加以六韵重寄微之》。自注：“予除中书舍人，微之撰制词。”

**元稹撰《授李绛检校右仆射兼兵部尚书制》。**

《唐大诏令集补编》卷一〇有元稹撰《授李绛检校右仆射兼兵部尚书制》。此文末署“长庆元年”，则文乃本年所撰。此文末云：“昔晋仆射何季玄病足求免，犹命坐家视事。张子孺拜大司马，仍令兼录尚书，则卧理不独专于郡符，端右可以旁绥于戎政，由古道也。尔其处议持平，勉居喉舌，慎所观听，为人司南。可检校尚书右仆射、兼兵部尚书，散官勋封如故。”

**元稹改革制诰，创为“新体”，作《制诰自序》，白居易推崇之。**

《元稹集》卷四〇《制诰自序》谓：“召入禁林，专掌内命，上好文，一日从容议及此，上曰：‘通事舍人不知书，便其宜宣赞之外，无不可。’自是司言之臣，皆得追用古道，不从中覆。”《白居易集》卷七〇《元公墓志铭》曰：“制诰，王言也。近代相沿，多失于巧俗。自公下笔，俗一变至于雅，三变至于典谟，时谓得人。”《白居易集》卷二三《余思未尽加为六韵重寄微之》云：“制从长庆辞高古。”自注：“微之长庆初知制诰，文格高古，始变俗体，继者效之也。”陈寅恪《元白诗笺证稿》之《读莺莺传》云：“今《白氏长庆集·中书制诰》有‘旧体’‘新体’之分别。其所谓‘新体’，即微之所主张，而乐天所从同之复古改良公式文字新体也。……在昌黎平生著作中，《平淮西碑文》乃一篇极意写成之古文体公式文字，诚可称勇敢之改革，然此文终遭废弃。……就改革当时公式文字一端言，则昌黎失败，而微之成功，可无疑也。至于北宋继昌黎古文运动之欧阳永叔为翰林学士，亦不能变公式文之骈体。司马君实竟以不能为四六文，辞知内制之命。然则朝廷公式文体之变革，其难若是。微之于此，信乎卓尔不群矣。”元稹此《序》中有“元和十五年……又明年”语，则此文最早撰于本年，姑系于此。

**白居易本年五十岁，在主客郎中、知制诰任，后转中书舍人。画家白旻赠居易雕画，有《画雕赞》文。又有《赠刘总太尉册文》《祭李侍郎文》《有唐善人墓碑》《论左降独孤朗等状》《送侯权秀才序》等文。此时白居易所撰制文已有学元稹之“高古”新体者。**

《白居易集》卷三九《画雕赞并序》：“寿安令白旻……长庆元年，以画雕贶予。予爱之，因题赞云。”知文作于本年。赞云：“鸷禽之英，黑雕丁丁：钩缀八爪，剑插六翎。想入心匠，写从笔精：不卵不雏，一日而成。轩然将飞，戛然欲鸣；毛动骨活，神来著形。……”又，《白居易集》卷五一《赠刘总太尉册文》：“维长庆元年，四月……降自天和，立为日杰，得君于先帝，叶运于昌时……有开必先，纳款于我；沈断大事，奋扬奇谋。捧幽都四封之图，挈卢龙三军之籍，尽献阙下，高谢人间。感动君臣，惊籍激忠义。顾妻子若脱屣，视富贵如浮云。惟道是从，奉身以退。仲连事成而蹈沧海，子房名遂而追赤松。……”此文编于《白居易集》卷五一《中书制诰四》，下注“新体”。所谓新体乃有别于骈体制诰旧体而言，即散体之文。《白居易集》卷二三《余思未尽加以六韵重寄微之》诗“制从长庆词高古”句下白居易自注云：“微之长庆初知制诰，文格高古，始编变俗体，继者效之也。”所说乃元稹长庆初所作制诰乃用新体，白所撰制诰亦即学此新体。《白居易集》卷四三《送侯权秀才序》云：“去年冬，蒙不次恩，迁尚书郎，掌诰西掖。”按《白居易年谱》，居易元和十五年迁主客郎中、知制诰，则文本年作。《白居易集》卷六〇《论左降独孤朗等状》，据《白居易年谱》，亦本年之作。

**韩愈撰《殿中少监马君墓志》。**

《韩昌黎文集校注》卷七有《殿中少监马君墓志》。马茂元注引：“方苞曰：他无可述，故独载死生离合之迹。何焯曰：如此俯仰淋漓，仍是简古，不觉繁溢。姚鼐曰：古者书旌柩前，即谓之铭，故不必有韵之文始可称铭。曾国藩曰：情韵不匮。……（此文）似哀诔文字。”

**张从本为华岳庙令，朝散大夫行华阴县令上柱国裴颖本年某月再修中门屋，至其月廿五日成，张从本有题记。**

《全唐文补编》卷六四张从本《华岳题名》：“长庆元年□□十三日。……至廿五日功毕。庙令张从本题。”注：“《金石萃编》卷八〇。《华岳志》卷四。”姑系于此。

**蒋防约于本年作《霍小玉传》。**

《太平广记》卷四八七蒋防《霍小玉传》：“大历中，陇西李生名益，年二十，以进士擢第。其明年，拔萃。……至于三娶，率皆如此焉。”作年无可确考。卞孝萱《唐代小说与政治》以为此传系蒋防适应元稹、李绅之政治需要而作，姑系于此。

## 唐穆宗长庆二年

壬寅　八二二

### |正 月|

**卢龙节度使朱克融陷沧州弓高县，中书舍人白居易上《论行营状》议之。**

朱克融陷沧州弓高县事，见《旧唐书·穆宗纪》。《通鉴》卷二四二长庆二年正月记中书舍人白居易上言云："自幽、镇逆命，朝廷征诸道兵，计十七八万，四面围攻，已逾半年，王师无功，贼势犹盛。弓高既陷，粮道不通；盖由节将太众，其心不齐，莫肯率先，递相顾望。……请令李光颜诸将诸道劲兵，约三四万人从东速进，开弓高粮路，解深、邢重围，与元翼合势。令裴度将太原全军，兼招讨旧职，西面压境，观衅而动。……"此处引文白居易语即《白居易集》卷六〇《论行营状》。

**穆宗有《赠田布尚书右仆射诏》。**

《唐大诏令集补编》卷一七穆宗有《赠田布尚书右仆射诏》。文末署"长庆二年正月"，文即撰于此时。

**刘禹锡五十一岁。正月，抵夔州刺史任，有谢上表。**

《刘集校注》卷一六《夔州谢上表》："伏奉某月日制书，授臣使持节都督夔州诸军事、守夔州刺史。……长庆二年正月五日。"

### |二 月|

**李训、白敏中、周墀、丁居晦、浩虚舟、裴休等二十九人进士及第，李训为状**

**元。本年试《木鸡赋》,以“致此无敌,故能先鸣”为韵;又试《琢玉诗》。丁居晦诗、浩虚舟诗存《文苑英华》卷一八六,赋存《文苑英华》卷一三八。黄季长明经科擢第,田夷吾、曹璠日试百篇科及第。本年礼部侍郎王起知贡举。**

见《登科记考补正》卷一九。《全唐文》卷六二四浩虚舟《木鸡赋》云:“惟昔有人,心至术精,得鸡之情。情可驯而无小无大,术既尽而不飞不鸣。对勍敌以自持,坚如挺植;登广场而莫顾,混若削成。初其教以自然,诱之不惧。希渐染而能化,将枯槁而是喻。质殊扑斫,用明不竞之由;状非雕锼,盖取无情之故。然则饮啄必异,嬉游每殊。伫栖心而自若,期顾敌而如无。……已而芥羽讵设,雕笼莫闭。卓然之志全变,兀若之姿已致。首圆胫直,轮桷之状俱呈;……澹然无挠,子綦之质方侔;确尔不回,周勃之强未敌。其喻斯在,其由可征。驯致已忘乎力制,积习渐通乎性能。是则语南国者未足与议,斗东郊者无德而称。士有特立自持,端然不倚。块其形而与木无二,灰其心而顾鸡若是。彼静胜之深诫,冀一鸣而在此。”

**甲子,诏雪王庭凑,以为成德节度使。时穆宗有《舍雪王庭凑诏》。**

见《旧唐书·穆宗纪》。《资治通鉴》卷二四二亦载,并谓:“崔植、杜元颖为相,皆庸才,无远略。史宪诚既逼杀田布,朝廷不能讨,遂并朱克融、王庭凑以节授之。由是再失河朔,讫于唐亡,不能复取。”又,穆宗《舍雪王庭凑诏》见《唐大诏令集补编》卷三二。

**辛巳,崔植罢相,元稹以工部侍郎同平章事,入相。**

见《旧唐书·穆宗纪》。

**韩愈在镇州宣慰使尚书兵部侍郎任上,与副使尚书驾部郎中吴丹途经承天山往镇州,有题名。**

《全唐文补编》卷六五韩愈《承天山题名》:“镇州宣慰使尚书兵部侍郎韩愈,副使尚书驾部郎中吴丹。长庆二年二月十五日,由此路同往镇州。其月二十日回□。”注:“《山右石刻丛编》卷八。”

**王起撰杨府君墓志铭并序**。

《全唐文补遗》有王起所撰《唐故中散大夫守太子宾客上柱国弘农县开国男食邑三百户赐紫金鱼袋杨府君墓志铭并序》。文云:"维唐长庆元年八月廿五日,公薨于京兆府万年县长兴里第,享龄七十五。其明年二月,反窆于虢州阌乡县方全乡牧马原之先茔。"

## |三　月|

**癸丑,徐州节度使崔群为其副使王智兴所逐,王自专军务。己未,即以为徐州刺史,充武宁军节度使**。

见《旧唐书·穆宗纪》。

## |四　月|

**卢方撰李夫人(卢元裳妻)墓志铭并序**。

《全唐文补遗》有卢方所撰《唐故陇西李夫人(卢元裳妻)墓志铭并序》。文载李夫人"以长庆元年十月遘疾,二年正月廿六日夜,卒于康俗里,享年二十一。……其年四月十二日,葬于洛阳县清风乡南陶村之北原,祔于先舅□之茔,礼也"。据此,文乃撰于本年四月。

## |五　月|

**刘禹锡作《夔州刺史厅壁记》**。

《刘集校注》卷一六《夔州刺史厅壁记》:"今以郡国更名之所以然著于壁云。凡名殊必以国,事建必以年,谨始也。长庆二年五月一日,刺史中山刘某记。"

## 六月

**裴度罢相。元稹出为同州刺史,到任后撰《同州刺史谢上表》《论党项疏》等文。其中《论党项疏》原文已佚。**

《旧唐书·穆宗纪》:"(长庆二年)六月庚申朔。甲子,司徒、平章事裴度守尚书右仆射,工部侍郎、平章事元稹为同州刺史。"《元稹集》卷三三《同州刺史谢上表》云:"伏奉今月三日制书,授臣使持节同州诸军事,守同州刺史,兼本州岛岛防御使。……谨以今月九日到州上讫。"本月九日撰。表又云:"或闻党项小有动摇,臣今谨具手疏陈奏。……臣此《表》并臣手疏,并请留中不出。"自注:"手疏今在《论边事》卷。"

**韩愈本年五十五岁,为兵部侍郎。应韦处厚之请作《韦侍讲盛山十二诗序》。**

《韩昌黎文集校注》卷四有《韦侍讲盛山十二诗序》,据《韩愈年谱会证》所考,文乃本年五六月间作,韦侍讲为韦处厚。文称韦处厚:"韦侯读六艺之文,以探周公、孔子之意,又妙能为辞章,可谓儒者。"马茂元注引前人评此文:"归有光曰:跌宕自喜。刘大櫆曰:直叙之中。造出奇崛。"

## 七月

**白居易不满执政之所为,求外任,自中书舍人出为杭州刺史。**

《旧唐书·白居易传》:"时天子荒纵不法,执政非其人,制御乖方,河朔复乱。居易累上疏论其事,天子不能用,乃求外任。七月,除杭州刺史。"《旧唐书·穆宗纪》:"(长庆二年)七月……出中书舍人白居易为杭州刺史。"

**穆宗有《员外郎知制诰五年后正除郎中诏》。**

《唐大诏令集补编》卷二二穆宗有《员外郎知制诰五年后正除郎中诏》。文末署“长庆二年七月乙卯”，文即撰于此时。

## 八月

**韩愈作《唐故国子司业窦公墓志铭》，称窦牟名声词章行于京师。**

《韩昌黎文集校注》卷七《唐故国子司业窦公墓志铭》记墓主窦牟葬于长庆二年八月，文乃此前所作。文称窦牟：“初，公善事继母，家居未出，学问于江东，尚幼也；名声词章行于京师，人迟其至。”据此文，窦牟长庆二年卒，年七十四。《新唐书·艺文志四》：“《窦氏联珠集》五卷。”其中有窦牟诗一卷。

## 九月

**李德裕应段文昌之请，撰《丞相邹平公新置资福院记》。**

见《李德裕文集校笺》别集卷七。文中曰“丞相邹平公”，《旧唐书·穆宗纪》载长庆元年二月“壬申，以中书侍郎、平章事段文昌检校刑部尚书、同平章事、成都尹，充剑南西川节度等使”。段文昌祖籍为齐州临淄，唐初邹平县曾隶之，《新唐书·段文昌传》载其于文宗时进爵邹平公。《旧唐书·段文昌传》载：“文昌于荆、蜀皆有先祖故事，至是（为西川节度使时）赎为浮图祠。”是故德裕文中云：“下车逾月，访于旧馆，邵伯之树未剪，武侯之庐犹在。于公邑里，遂见高车；龙骧门闳，竟容长戟。公瞻构洒泣，循陔永思，以为征坏壁者夫子之居尚毁，固朽宅者如来之乘斯远，孰若归于净土，环以香林。乃购之于官，以为精舍，又以桑门之上首者七人居之，所证迷途而资夙植也。殿堂层立，轩房四柱，熔金作绘，仿佛诸天。”王象之《舆地碑记目》卷四《成都府碑记》录《资福院记》，注：“长庆二年立石。”欧阳棐《集古录目》卷九亦录，并注：“李德裕撰，长庆二年立。”文末署曰：“长庆二年十月二十二日，朝议大夫、御史中丞、上柱国、赞皇县开国男、食邑三百户、赐紫金鱼袋李德裕撰。”《旧唐书·穆宗纪》载长庆二年九月癸卯，“御使中丞李德裕为润州刺史、兼御史大夫、浙江西道都团练观察处置等使，以代窦易直”。九月戊子朔，癸卯为九月十六日。十月德裕已出为润州刺史，故文末“十月”待考，姑系本文于九月。

## 十月

**白居易抵杭州刺史任，有《杭州刺史谢上表》。**

《白居易集》卷六一《杭州刺史谢上表》即本年抵任时所作。《白居易年谱》曰："《陈谱》长庆二年壬寅：'十月一日到任，有谢上表。'"表即本月作。

**穆宗有《与吐蕃会盟京师文》。**

《唐大诏令集补编》卷三三有《与吐蕃会盟京师文》。文末署"长庆二年十月十日"，文即撰于此时。

**卢士玟撰卢士珩墓志铭并序。**

《全唐文补遗》有卢士玟所撰《唐故苏州长洲县尉范阳卢府君（士珩）墓志铭并序》。文记卢府君"以元和十五年七月二日……捐于桂州之旅馆，享年六十有二。……以长庆二年岁次壬寅十一月丁巳朔四日庚申，窆于洛阳万安山之南，祔先尚书之茔，礼也"。则文约撰于本年十一月四日前之十月。

## 十二月

**郑居中撰李氏墓志铭并序。**

《全唐文补遗》有郑居中所撰《唐故右金吾卫录事参军荥阳郑府君夫人陇西李氏墓志铭并序》。文记李氏"竟以其年（长庆二年）秋七月己丑八日景申，倾背于信之官舍，享年五十有二。……是岁辰直壬寅冬十二月丁亥朔廿三日己酉，归殡于万安山之南原，依先舅姑之茔侧"。

**刘禹锡本年在夔州刺史任，据当地民歌之声调作《竹枝词九首》，并有序记之。**

《刘禹锡集》卷二七《竹枝词九首并引》:“四方之歌,异音而同乐。岁正月,余来建平,里中儿联歌《竹枝》,吹短笛,击鼓以赴节。歌者扬袂睢舞,以曲多为贤。聆其音,中黄钟之羽。其卒章激讦如吴声,虽伧儜不可分,而含思宛转,有淇濮之艳。昔屈原居沅、湘间,其民迎神,词多鄙陋,乃为作《九歌》,到于今,荆、楚鼓舞之。故余亦作《竹枝词》九篇,俾善歌者飏之,附于末。后之聆巴歈,知变风之自焉。”按,禹锡本年正月抵夔州,即建平,诗与序并本年作。

**沈亚之于本年客游河中,应人之请,作《河中府参军厅记》《解县令厅记》。**

《沈下贤文集》卷五《河中府参军厅记》:“长庆二年,余客蒲河中城。”同书卷六《解县令厅记》:“长庆二年,予客其地,因受命而著记云。”

**神祐等魏龙寺僧有灵岩寺功德龛题名。**

《全唐文补编》卷六四《灵岩寺功德龛题名》:“长庆二年十二月八日。……神祐者,内黄人也。姓刘氏。”注:“《八琼室金石补正》卷七一。”

## 唐穆宗长庆三年

癸卯　八二三

### 正月

**礼部侍郎王起奏曰:“伏以礼部放榜,已是成名,中书重覆,尚未及第。若重覆之中,万一不定,则放榜之后,远近误传。其于事理,实为非便。臣伏请今年进士堪及第者,本司考试讫,其诗赋先送中书门下详覆,候敕却下本司,然后准旧例大字放榜。”从之。**

见《旧唐书·穆宗纪》、《册府元龟》卷六四〇、《唐会要》卷七六。

**穆宗有《长庆三年却贡献诏》《定寒食假诏》。**

《唐大诏令集补编》卷一八穆宗有《长庆三年却贡献诏》《定寒食假诏》。两文末署"长庆三年正月",文即均撰于此时。

**韩愈有《故太学博士李君墓志铭》。**

《韩昌黎文集校注》卷七《故太学博士李君墓志铭》:"太学博士顿丘李于,余兄孙女婿也。……长庆三年正月五日卒。其月二十六日,穿其妻墓而合葬之。"文本年正月作。文斥服药石之妄云:"余不知服食说自何世起,杀人不可计,而世慕尚之益至,此其惑也!在文书所记及耳闻相传者不说,今直取目见亲与游而以药败者六七公,以为世戒。"马茂元注引前人评此文:"何焯曰:深切著明,笔力亦健,志子弟墓,不嫌于直。"

**阙名撰杨随墓志铭并序。**

《全唐文补遗》有阙名所撰《唐故银青光禄大夫忠州司马监察御史杨府君(随)墓志铭并序》。文记杨府君"长庆元年九月七日,终于江陵千箱坊私第。……以长庆三年正月十七日葬"。则文乃本年正月撰。

**李翱为舒州刺史,江州刺史李渤筑蓄水堤成,李翱为撰铭并序。**

《李文公集》卷一七《江州南湖堤铭并序》:"长庆二年十二月,江州刺史李君浚之截南陂,筑堤三千五百尺,高若干尺,广若干尺,以通四乡之路,畜水为湖,人得其赢。正月事既毕,舒州刺史李翱词以记之。"

## | 二 月 |

**郑冠、袁不约、李敬方、韩湘、李余、徐凝等二十八人登进士第,郑冠为状元。本年试《丽龟赋》。郭崖等第罢举,孟宁(孟守)进士覆落。本年知贡举为礼部侍郎王起。时谏议大夫殷侑奏考三传、三史,从之。**

见《登科记考补正》卷一九。同书同卷载:"二月,谏议大夫殷侑奏:'谨按《春秋》二百四十二年行事,王道之正,人伦之纪备矣。……历代立学,莫不崇尚其教。伏以《左传》卷轴文字，比《礼记》多较一倍；《公羊》《谷梁》比《尚书》《周易》多较五倍。是以国朝旧制，明经若大经、中经能习一传，即放冬集。……今明经一例冬集，人之常情，趋少就易，三传无复学者……伏请置三传科，以劝学者。……其司马迁《史记》，班固、范晔两《汉书》，旨意详明，惩恶劝善，亚于六经，堪为代教。伏惟国朝故事，国子学有文史直者，弘文馆弘文生，并试以《史记》《汉书》《三国志》……伏请置前件史科……三史皆通者，请录奏闻，特加奖擢。'敕旨'宜依'。"

## 三月

**刘温自左羽林军使改授合州刺史兼御史中丞，于石照北岩造卢舍那佛一躯，有题名。**

《全唐文补编》卷六四刘温《合州石照北岩卢舍那佛题名》："敬造卢舍那佛一躯……唐长庆三年岁次癸卯三月十九日。银青光禄大夫使持节合州诸军事行合州刺史兼御史中丞刘温。温自幽燕而来，从左羽林军使改授此。记之归正寺岩。"注："《蜀中名胜记》卷一八。"

## 春

**韩愈有《柳州罗池庙碑》。**

《韩昌黎文集校注》卷七有《柳州罗池庙碑》，据《韩愈年谱汇证》乃本年春所撰。文云："罗池庙者，故刺史柳侯庙也。"柳侯即柳宗元。其碑辞颇有楚辞句法："荔子丹兮蕉黄，杂肴蔬兮进侯堂。侯之船兮两旗，度中游兮风泊之，待侯不来兮不知我悲。侯乘驹兮入庙，慰我民兮不嚬以笑。……我民报事兮无怠其始，自今兮钦于世世。"马茂元注引前人评此文："曾国藩曰：此文情韵不匮，声调铿锵，乃文章第一妙境。情以生文，文亦足以生情；文以引声，声亦足以引文：循环互发，油然不能自已，庶可渐入佳境。"

## 五月

**樊宗师守绛州，作《绛守居园池记》。**

《全唐文》卷七三〇樊宗师《绛守居园池记》文末曰："长庆三年五月十七日记。"

## 夏

**韩愈作《南阳樊绍述墓志铭》，称赏樊宗师文之诙奇险奥，并提出"文从字顺"的主张。**

《韩昌黎文集校注》卷七有《南阳樊绍述墓志铭》，据《韩愈年谱汇证》所考，此文作于本年五月樊绍述卒后。樊绍述亦当时著名文章家，其所作据此文云："从其家求书，得书号《魁纪公》者三十卷，曰《樊子》者三十卷，《春秋集传》十五卷，表笺状策书序传记纪志说论今文赞铭凡二百九十一篇，道路所遇及器物门里杂铭二百二十，赋十，诗七百一十九。曰：多矣哉！古未尝有也。然而必出于己，不袭蹈前人一言一句，又何其难也！必出入仁义，其富若生蓄万物，必具海含地负、放恣横从，无所统纪；然而不烦于绳削而自合也。呜呼！绍述于斯术其可谓至于斯极者矣！"又铭曰："惟古于词必己出，降而不能乃剽贼，后皆指前公相袭，从汉迄今用一律。寥寥久哉莫觉属，神徂圣伏道绝塞。既极乃通发绍述，文从字顺各识职。有欲求之此其躅。"

## 七月

**韩愈为韩弘撰神道碑铭。**

《韩昌黎文集校注》卷七有《司徒兼侍中中书令赠许国公神道碑铭》，据文，墓主乃韩弘，弘"以长庆二年十二月三日"卒，"明年七月某日"葬，则文约七月作。马茂元注引前人评此文："沈钦韩曰：……退之不袭《左》《史》格调，而未尝不师其义法，观此可见。姚范曰：韩弘碑文，严毅威重，与其人相称。姚鼐曰：……而文则雄伟，首尾无一字懈，精神弈然。”

**穆宗有《授李源左谏议大夫制》。**

《唐大诏令集补编》卷九穆宗有《授李源左谏议大夫制》。文末署“长庆三年七月”，则文乃此时所撰。

## |八月|

**马总卒于长安，韩愈有文祭之。马总撰《意林》等多种著作。**

《韩昌黎文集校注》卷五有《祭马总文》。《旧唐书·穆宗纪》：长庆三年八月“检校尚书右仆射、户部尚书马总卒”。文此时作。《新唐书·艺文志二》：“马总《通历》十卷”，又“马总《唐年小录》八卷”。《新唐书·艺文志三》：“马总《意林》三卷”。《新唐书·艺文志四》：“马总《奏议集》三十卷。”《旧唐书·马总传》：“总理道缩素优，军政多暇，公务之余，手不释卷。所著《奏议集》《年历》《通历》《子钞》等书百余卷，行于世。”

**阙名撰李氏墓志铭并序。**

《全唐文补遗》有阙名所撰《大唐故袁府君（惟承）夫人李氏墓志铭并序》。文记“夫人不幸，以长庆三年六月廿三日，终于河南嘉善坊之私第，享年五十有八。……以其年八月廿日，启府君之旧坟，窆夫人之同穴，礼也”。则文撰于本年八月。

**韦曾撰秦夫人墓志铭并序。**

《全唐文补遗》有韦曾所撰《唐故宗正寺元陵台令京兆韦公夫人茂陵秦夫人墓志铭并序》。据文所记，夫人卒于“贞元九年三月十四日……以长庆三年八月廿一日，启旧殡归葬于河南府洛阳县平阴乡陶村之原先府君茔封之内”。据此，文乃撰于本年八月。

**白居易于七八月间作《祷仇王神文》《祈皋亭神文》《祭龙文》《冷泉亭记》。**

《白居易集》卷四〇有《祷仇王神文》《祈皋亭神文》《祭龙文》诸文，据诸文中所记，三文皆作于本年七八月。前一文为散体文，而后两文则骈散间行，其骈对处亦有不同。第二文有四四相对，有五五相对；后文则有三三对句者。《白居易集》卷四三《冷泉亭记》记其作年为"长庆三年，八月十三日"。文云："东南山水，余杭郡为最。就郡言，灵隐寺为尤。由寺观，冷泉亭为甲。亭在山下，水中央，寺西南隅。高不倍寻，广不累丈；而撮奇得要，地搜胜概，物无遁形。"

## 十月

**韩愈本年五十六岁。六月，转京兆尹兼御史大夫。十月改兵部侍郎，旋复为吏部侍郎。**

据《旧唐书·穆宗纪》载，韩愈长庆二年二月奉诏赴镇州宣谕王廷凑。使还，转吏部侍郎。皇甫湜《皇甫持正文集》卷六《韩文公神道碑》："迁吏部侍郎，会京兆尹以不治闻，遂以迁拜。敕曰：'朕屈韩愈公为尹，宜令无参御史，不得为故常，兼御史大夫，用优之。'"《旧唐书·穆宗纪》："六月，敕京兆尹、御史大夫宜放台参，后不得为例。十月，以京兆尹韩愈为兵部侍郎"，旋因台参事与李绅"辞理往复……，以兵部侍郎韩愈为吏部侍郎"。

**李翱由舒州刺史召为礼部郎中，遣使辞别山神。**

《李文公集》卷一六《别灊山神文》："维长庆三年十月二十七日，朝议郎守尚书礼部郎中、上轻车都尉李翱……以清酒鹿脯告辞于灊山大神之灵。翱自去岁，来临此邦。……遂忝帝命，复官南宫。皆神所佑，我亦何功。将赴京邑，路沿大江。遣使来辞，神鉴予衷。"

## 十一月

**王仲舒卒于江西观察使任，年六十二，有《制集》十卷。**

《韩昌黎集》卷三一《王仲舒神道碑》:“长庆三年十一月十七日,薨于洪州,年六十二。”《新唐书·艺文志四》:“王仲舒《制集》十卷。”

## |冬|

**韩愈撰文祭侯喜,称其文学才能。又有《祭女挐女文》伤痛其女之夭。**

《韩昌黎文集校注》卷五有《祭侯主簿文》《祭女挐女文》,据《韩愈年谱汇证》所考,两文均本年冬作。侯主簿即侯喜,韩愈于其文学与道义颇称誉之:“惟子文学,今谁过之?子于道义,困不舍遗。我狎我爱,人莫与夷;自始及今,二纪于兹。我或为文,笔俾子持;唱我和我,问我以疑。”后文乃本年十月归葬其女于河阳之祭文,中云:“我既南行,家亦随谴。扶汝上舆,走朝至暮。天雪冰寒,伤汝羸肌。撼顿险阻,不得稍息,不能食饮,又使渴饥。死于穷山,实非其命。不免水火,父母之罪。……草葬路隅,棺非其棺;……魂单骨寒,无所托依……我归自南,乃临哭汝:汝目汝面,在吾眼旁;汝心汝意,宛宛可忘。”

**白居易本年冬与元稹频相唱和,以竹筒邮递,称为诗筒。**

据《编年史》,白居易与元稹本年以竹筒邮诗。《白居易集》卷二三《醉封诗筒寄微之》:“展眉只仰三杯后,代面唯存五字中。为向两州邮吏道,莫辞来去递诗筒。”《白居易集》卷二四《秋寄微之十二韵》自注:“比在杭州,两浙唱和诗赠答,于筒中递来往。”

**韩湘本年冬以校书为江西使府从事,贾岛、姚合、朱庆余、马戴、僧无可以诗送之,沈亚之为序。**

《沈下贤文集》卷九《送韩北渚赴江西序》:“或曰:近世有府之侯,邀士拜宾,不由己之所尚,而使群居不类。故有谀言顺容积微之才,以基所毁。四邻之地,更效递笑,飞流短长,天下闻之矣,而其侯尚且不寤。夫言谀足以謽明,薄毁足以害忠。若是虽欲明其桡直,而明莫之遂也;虽乐闻已之所阙,而阙莫之闻也。彼思勤过畏者,一牵于谀谗即尔,而况已之所尚,又使群居不类,是以慎行者之所畏也。昔者余尝得诸吏部昌黎公,凡游门下十有余年。北渚,公之诸孙也。左右杖屦，奉应对，言忠情劳。其余则工为魏晋之诗，尽造其度。今年春，进士得第，冬则宾仕于江西府。且有行日，其友追诗以为别。”北渚，韩湘字。

## |本 年|

**元稹在同州刺史任，撰《同州奏均田状》，均定同州税籍。撰《祈雨九龙神文》《报雨九龙神文》。**

《元稹集》卷三八《同州奏均田状》：“右件地并是贞元四年检责，至今已是三十六年。”贞元四年后第三十六年，正是本年。《元稹集》卷五九《祈雨九龙神文》云：“稹始以长庆二年夏六月，相天子无状，降居于同。……涉岁于兹，理用不效。冬不时雪，春不时雨。越二月，宿麦不滋，耒耜不利。”同书同卷《报雨九龙神文》：“是月己巳，刺史稹……亲为龙言……是夕而应，庚午而降，辛未而洽，癸酉而饫，甲戌而霁，乙亥而报。”

**白居易约在本年致书济法师问佛理。**

据《编年史》，《白居易集》卷四五《与济法师书》约为本年之作。此文云：“昨者顶谒时，不以愚蒙，言及佛法，或未了者，许重讨论。今经典间未谕者，其义有二……仍望指陈，著于翰墨。”

# 唐穆宗长庆四年

甲辰　八二四

## |正 月|

**壬申，穆宗崩，年三十。丙子，李湛于太极东序即位，年十六，是为敬宗。**

见《旧唐书·穆宗纪》、《旧唐书·敬宗纪》、《资治通鉴》卷二四三。

**李衡撰乐辅政墓志铭并序。**

《唐代墓志汇编续集》“长庆〇〇九”有李衡所撰《唐故荆南节度监军使朝散大夫行奚官局令上柱国赐绯鱼袋乐公墓志铭并序》。文云:“公讳辅政,字辑……以长庆三年秋九月”卒,“以长庆四年春仲月有四日,葬于京师之东崇道乡之原,礼也”。则文乃约撰于本年正月下旬。

## | 二 月 |

**李群、韩琮、韦楚老、李廿、韩昶、韦昌明等三十三人登进士第,李群为状元。本年试《金用砺赋》《震为苍莨竹诗》。知贡举为中书舍人李宗闵。**

见《登科记考补正》卷一九。

**吴弘简撰乐辅政墓志铭并序。**

《唐代墓志汇编续集》“长庆〇一〇”有吴弘简所撰《大唐故朝议郎行慈州长史赐绯鱼袋陇西李府君墓志铭并序》。文云:“府君讳霸,字寿,出于陇西,而源流于周……公自丱岁敦儒,而弱冠学剑,每自谓不能以文字折腰,而孜孜蹑常迹。……以长庆三年十一月廿八日终于义宁里之私第,享龄六十六。……以长庆四年二月十日将葬于长安县龙首原承平乡张杜村。”则文盖本年二月初撰。

**敬宗耽于游宴,好赏赐宦官等。**

《资治通鉴》卷二四三长庆四年二月载:“丁未,上幸中和殿击球,自是数游宴,击球,奏乐,赏赐宦官、乐人,不可悉记。”

## | 三 月 |

**壬子,敬宗御丹凤楼,有《即位赦文》。制曰:“天下诸色人中,有贤良方正、能直言极谏,经术优深、可为人师,详闲吏理、达于教化,军谋弘远、堪任边将者,委常参官并诸道节度、观察使,诸州刺史,各举所知。限来年正月到上都。”**

见《册府元龟》卷九〇,又见《全唐文》卷六八。

**白居易在杭州刺史任，修筑钱塘湖堤，浚城中六井。三月，撰《钱塘湖石记》以记之。**

《白居易集》卷六八《钱塘湖石记》："今年修筑湖堤，高加数尺，水亦随加……予在郡三年，仍岁逢旱；湖之利害，尽究其由。恐来者要知，故书于石，欲读者易晓，故不文其言，长庆四年三月十日，杭州刺史白居易记。"《新唐书·白居易传》："为杭州刺史，始筑堤捍钱塘湖……复浚李泌六井，民赖其汲。"

## | 春 |

**韩愈本年五十七岁，在长安为吏部侍郎。春，为王仲舒作墓志铭与神道碑铭。**

《韩昌黎文集校注》卷七有《故江南西道观察使赠左散骑常侍太原王公墓志铭》《唐故江南西道观察使中大夫洪州刺史兼御史中丞……太原王公神道碑铭》，前文云："公讳仲舒，字弘中。……长庆三年十一月十七日，未命而薨，年六十二。……以四年二月某日葬于河南某县先茔之侧。"后文云："公尚书之弟某子，公讳仲舒……某日，归葬于某处。"王仲舒葬于本年二月，则两文约作于本年春。

## | 四月 |

**元稹本年任浙东观察使，撰《永福寺石壁法华经记》。**

《元稹集》卷五一有《永福寺石壁法华经记》。记文详细描述永福寺地理位置，石壁《法华经》位置、形状、尺寸大小，又记叙石壁来历与渊源等。文末题"长庆四年四月十一日"，故系于此。《舆地纪胜》卷二《两浙西路·临安府·碑记》、《舆地碑记目》卷一《临安府碑记》云："《石壁法华经记》：在广化寺，唐元稹文。"

**李逢吉时在相位，用张又新等，时称"八关十六子"。**

《资治通鉴》卷二四三长庆四年四月:“时李逢吉用事,所亲厚者张又新、李仲言、李续之、李虞、刘栖楚、姜洽及拾遗张权舆、程昔范,又有从而附丽之者,时人恶逢吉者,目之为‘八关十六子’。”

**柳公权为右补阙,书《金刚经》,僧强演、邵建于西明寺刻石。**

《莫高窟年表》引罗振玉《石室秘录》:“《经》末署:‘长庆四年四月六日,翰林院侍书学士朝议郎行右补阙上轻车都尉赐绯鱼袋柳公权为右街僧录准公书,强演、邵建合刻。’”《莫高窟年表》按:“此长安西明寺时刻拓墨流入敦煌者也。”

## |五 月|

**白居易撰《祭浙江文》。**

《白居易集》卷四〇《祭浙江文》云:“维长庆四年,岁次甲辰,五月……守杭州刺史、上柱国白居易……敢昭告于浙江神。”文即此时作。

## |八 月|

**本年夏,韩愈因病请告休假,八月假满百日去吏部任,多养病于长安城南庄别墅。约八月前,为作孔戣墓志铭,并有序送杨少尹。**

《韩昌黎文集校注》卷七《唐正议大夫尚书左丞孔公墓志铭》:“孔子之后三十八世,有孙曰戣,字君严……长庆四年正月己未,公年七十四,告薨于家,赠兵部尚书。……其年八月甲申……葬于河南河阴广武原。”此墓志铭乃作于本年八月前。同书卷四《送杨少尹序》:“予忝在公卿后,遇病不能出,不知杨侯去时,城门外送者几人?”方成珪《昌黎先生诗文年谱》系此序于本年,云:“盖是年请告后作”。《韩愈年谱汇证》谓:“时韩愈尚在城南休假,因病未及送行,而尚未去官。当在八月去官前作。”姑系于此。马茂元注引前人评此文语:“唐顺之曰:前后照应,而错综变化不可言。此等文字,苏曾王集内无之。……刘大櫆云:驰骤跌宕,生动飞扬,曲尽行文之妙。”

## |九月|

**刘禹锡五十三岁，自夔州赴和州刺史任途中经鄂州吉祥寺，有《洗心亭记》。**

刘禹锡由夔州转和州之时间史未明载，然《刘禹锡集》卷一四《谢中使送上表》云："深山远郡，忽降王人。……伏以发自巴峡，至于南荒。涉水陆湍险之途，当炎夏郁蒸之候。"又禹锡于本年十月抵和州，则其乃本年夏徙和州。《刘集校注》卷一六《洗心亭记》，文末记"长庆四年九月二十三日，刘某记"。文又云："天下闻寺数十辈，而吉祥尤章章。蹲名山，俯大江，荆吴云水，交错如绣。始予以不到为恨，今方弭所恨而充所望焉。"按，《古今图书集成·方舆汇编·职方典》卷一一二一武昌府大冶县："吉祥寺，在吉祥山之阳。"则文乃本年九月赴任和州途经鄂州吉祥寺时所撰。

## |十月|

**刘禹锡抵和州刺史任，作谢表。**

见《刘集校注》卷一六《和州谢上表》，文末署"长庆四年十月二十六日"。

## |十二月|

**元稹排缵白居易长庆二年以前所作诗文为《白氏长庆集》五十卷，并撰《白氏长庆集序》。**

《元稹集》卷五一《白氏长庆集序》中谓白居易创作经历云："入翰林，掌制诰，比比上书言得失。因为《贺雨》《秦中吟》等数十章，指言天下事，时人比之《风》《骚》焉。"又谓白居易诗"禁省、观寺、邮候墙壁之上无不书，王公妾妇、牛童马走之口无不道。至于缮写模勒，衒卖于市井，或持之以交酒茗者，处处皆是……"又称："大凡人之文各有所长，乐天之长可以为多矣。是以讽谕之诗长于激，闲适之诗长于遣，感伤之诗长于切；五言律诗、百言而上长于赡；五字七字、百言而下长于情；赋赞箴戒之类长于当；碑记叙事制诰长于实；启表奏状长于直；书檄词策剖判长于尽。”娄坚《重刻白氏长庆集序》云：“白之所以为文者，元序之详矣。”元稹序末云：“长庆四年冬十二月十日，微之序。”故系于此。

**韩愈卒于靖安里第，赠礼部尚书，谥文。刘禹锡为作祭文。有文集四十卷，李汉为撰序。后李翱为作行状，皇甫湜作墓志铭。**

《张司业诗集》卷七《祭退之》：“去夏公请告，养疾城南庄。”张籍诗乃明年作，所言韩愈请告事在本年。城南庄即韩愈城南别墅。李翱《李文公集》卷一一《故吏部侍郎韩公行状》：“长庆四年得病，满百日假。既罢，以十二月二日卒于靖安里第。……享年五十七，赠礼部尚书。”《旧唐书·韩愈传》：“长庆四年十二月卒，时年五十七，赠礼部侍郎，谥曰文。”韩愈卒后，诸友人多有祭吊之文，《刘禹锡集》卷四〇《祭韩吏部文》：“手持文柄，高视寰海，权衡低昂，瞻我所在。三十余年，声名塞天，公鼎侯碑……子长在笔，我长在论，持矛与盾，卒不能困。时惟子厚，窜言其间，赞词愉愉，固非颜颜。”李翱《韩公行状》：“公气厚性通，议论多大体……深于文章，每以为自扬雄之后，作者不出。其为文未尝效前人之言，而固与之并。自贞元末以至于兹，后进之士，其有志于古文者，莫不视公以为法。”《皇甫持正文集》卷六《韩文公墓志铭并序》：“先生之作，无圆无方……茹古涵今，无有端涯，浑浑灏灏，不可窥校。及其酣放，豪曲快字，凌纸怪发，鲸铿春丽，惊耀天下。然而栗密窈眇，章妥句适，精能之至，入神出天。呜呼极矣！后人无以加之矣！姬氏以来，一人而已矣。”《旧唐书·韩愈传》：“颇能诱励后进，馆之者十六七。……大抵以兴起名教弘奖仁义为事。……常以为自魏晋以还，为文者多拘偶对，而经诰之指归，迁、雄之气格，不复振起矣。故愈所为文，务反近体，抒意立言，自成一家新语。后学之士，取为师法。当时作者甚众，无以过之，故世称‘韩文’焉。”《新唐书·韩愈传》：“愈性明锐……成就后进士，往往知名。经愈指授，皆称‘韩门弟子’。……每言文章自汉司马相如、太史公、刘向、扬雄后，作者不世出故愈深探本元，卓然树立，成一家言。其《原道》《原性》《师说》等数十篇，皆奥衍闳深，与孟轲、扬雄相表里而佐佑六经云。至它文造端置辞，要为不袭蹈前人者然，惟愈为之，沛然若有余，至其徒李翱、李汉、皇甫湜从而效之，遽不及远甚。从愈游者，若孟郊、张籍，亦皆自名于时。”愈所作甚多，《全唐文》卷七四四李汉《唐吏部侍郎昌黎先生讳愈文集序》云：“长庆四年冬，先生殁。门人陇西李汉辱知最厚且亲，遂收拾遗文，无所失坠。得赋四、书启序八十六、哀辞祭文三十八、碑志七十六、笔砚鳄鱼文三、表状四十七，总七百，并目录合为四十一卷，目为《昌黎先生集》，传于代。又有《注论语》十卷传学者，《顺宗实录》五卷列于史书，不在集中。”

## |本年|

**李肇为左司郎中，约于本年撰成《国史补》三卷。**

李肇《国史补序》：“昔刘悚集小说，涉南北朝至开元，著为传记。予自开元至长庆，撰《国史补》。虑史氏或阙则补之意，续传记而有不为。言报应，叙鬼神，征梦卜，近帷箔，悉去之；纪事实，探物理，辨疑惑，示劝戒，采风俗，助谈笑，则书之。”自署“左司郎中”。《新唐书·艺文志二》：“李肇《国史补》三卷。”《唐摭言》卷一：“元和中，中书舍人李肇撰《国史补》。”岑仲勉《跋唐摭言》谓为大和中之误。

**本年前穆宗有《授庞严等左右拾遗制》《授费冠卿右拾遗制》。**

《唐大诏令集补编》卷九穆宗有《授庞严等左右拾遗制》《授费冠卿右拾遗制》。此两文末均署“穆宗”，则两文乃本年前所撰，姑系于此。

# 唐敬宗宝历元年

乙巳　八二五

## |正月|

**辛亥，敬宗祀南郊，御丹凤楼大赦天下，改元宝历。下制招延儒学，制曰：“澄清教化，莫尚乎太学；明治心术，必本乎六经。天下诸色人中，有能精通一经、堪为师法者，委国子祭酒访泽，具以名闻。天下州县各委刺史、县令招延儒学，明加训诱，名登科第，即免征徭。”**

见《旧唐书·敬宗纪》、《册府元龟》卷五〇、《唐大诏令集》卷七〇、《资治通鉴》卷二四三。

**乙卯，牛僧孺罢相，出为武昌军节度使。**

见《旧唐书·敬宗纪》。《资治通鉴》卷二四三载，谓牛僧孺“以上荒淫，嬖幸用事，又畏罪不敢言”，故求外出。

## |二 月|

**柳璟、欧阳衮、杨洵美、裴素等三十三人登进士第。礼部侍郎杨嗣复知贡举。**

见《登科记考补正》卷二〇。

**李德裕在浙西观察使任上，进献《丹扆箴并序》。**

见《李德裕文集校笺》别集卷第八。《资治通鉴》卷二四三载，宝历元年“上游幸无常，昵比群小，视朝月不再三，大臣罕得进见。二月，壬午，浙西观察使李德裕献《丹扆箴》……上优诏答之”，并录《纳诲箴》《防微箴》二文。本月乙亥朔，壬午为初八日。故系本文于此。

## |三 月|

**辛酉，诏常参及诸州府，准去年三月三日制举，诸色目见到总三一九人。本月二十八日御宣政殿临试。宜付所司准式。**

见《册府元龟》卷六四四。

**辛未，帝御宣政殿试制举人，诏曰：“朕闻心术顺道，天下可一言而兴；聪明壅途，堂上有千里之远。故唐虞而降，则考试观俗；汉魏之际，则诏策求贤。朕缵绍丕图，抚临方夏，实惧诚有所偏信，鉴有所未周。乃前岁诏六官、九卿、方岳、尹正有位之士，逮于庶僚，高悬四科，博荐群彦。将访众政之阙，酌至论之**

**中。子大夫庭列俨然，可应其品，是用霄兴前殿，永日渴求，条列坦明，咸本经意。固子大夫之所讲磨矣，当竭诚虑，无有蕴藏。宜坐食，食讫就试。”**

见《册府元龟》卷六四四、《唐大诏令集》卷一〇六。

**以中书舍人郑涵、吏部郎中崔琯、兵部郎中李虞仲并充考制策官。**

见《旧唐书·敬宗纪》。

**唐伸、舒元褒、杨鲁士等贤良方正、能直言极谏科及第；韦正贯详闲吏理、达于教化科及第；柳璟博学宏词科及第。舒元褒对策多有谏敬宗以德理天下之言，并指出浮屠多而耕夫少之弊。**

见《登科记考补正》卷二〇。

## | 四 月 |

**韦仁宝撰王府君墓志铭并序。**

《唐代墓志汇编续集》“宝历〇〇三”有韦仁宝所撰《唐故太中大夫(下泐)尉琅琊王府君墓志铭并序》。文云：“公讳汶(下泐)临沂……明年建号宝历，春二月十日，衮奉太夫人之命，护公灵座，归于周京，以卜先远。……以其年夏四月十一日甲申，襄事于河南县平乐乡杜翟村之九原，请铭于石，以防陵谷。愚不敢以无文而辞……”据此，则文乃本年四月撰。

## | 五 月 |

**白居易到苏州刺史任，有谢上表。**

《白居易集》卷六八有《苏州刺史谢上表》，据《白居易年谱》乃居易本年抵苏州刺史任时而作。

## | 六 月 |

**刘禹锡五十四岁，作《和州刺史厅壁记》，指出“瘠天下者其在多巧”。**

《刘集校注》卷一六《和州刺史厅壁记》：“余以尚书郎得谴连山，今也由巴东来牧。考其二邦之籍与版图，才什五六，而征地三之。究其所从来，生植有本：……凡百为一出于农桑故也。由是而言，瘠天下者其在多巧乎！宝历元年六月二十一日，刺史中山刘某记。”

## | 七 月 |

**白居易将韦应物《郡宴》与己《旬宴》诗刻于石，并撰《吴郡诗石记》。**

《白居易集》卷六八《吴郡诗石记》云：“贞元初，韦应物为苏州牧……韦在此州，歌诗甚多，有《郡宴》诗云：‘兵卫森画戟，燕寝凝清香。’最为警策。今刻此篇于石，传贻将来。因以予《旬宴》一章，亦附于后。虽雅俗不类，各咏一时之志；偶书石背，且偿其初心焉。宝历元年七月二十日，苏州刺史白居易题。”

## | 闰七月 |

**李仍叔撰李济墓铭并序。**

《唐代墓志汇编续集》“宝历〇〇四”有李仍叔所撰《唐故宗正少卿上柱国赐紫金鱼袋李公墓铭并序》。文云：“公讳济，字恕躬，陇西成纪人也。……公享五十，宝历元年正月十日寝疾而殁。闰七月十九日，葬于万年县义善乡旧茔之东北。维刻石铭墓，以难朽也。铭曰：好古耽书，名从军立，投笔论功，侯封不及。奔波敷奏，差池忧悒，迹为宾僚，道皆伍什。款忠事泄，割地功集，疑责俾死，词拒血泣。昂诸鸿翔，悲同虫蛰，人多闲闲，公常汲汲。……荣卫疾生，沉悲不起，魂神销离，呜呼已矣。”据此，文乃撰于本年闰七月。

## | 八 月 |

**李渤在桂州，游西山诸洞。吴武陵记之，并刻石。**

《全唐文》卷七一八吴武陵《新开隐山记》："他日会新亭之下，辱命纪事。奉笔遽题于北荣，曰成纪公字浚之……宝历元年八月三日记。"《宝刻丛编》卷一九静江府："《唐新开隐山六洞记》，唐都防御判官、侍御史内供奉吴武陵撰……以宝历元年八月立此记。"

**胡不干为吴兴沈朝撰墓志铭。**

《全唐文补编》卷六五胡不干《唐故吴兴沈府墓志铭并序》："公讳朝，字宪忠。……以宝历元年六月十七日，终于私第。……巨唐宝历元年岁次乙巳八月辛丑朔十日庚戌，建立兹铭，故记。"注："《光绪上虞县志校续》卷四〇。"题署："进士胡不干撰。"末署："使主元邑宰张。前试左内率府兵曹参军左仇书并勒字。"陈尚君按："此志光绪己丑出土。"

**杜牧本年有《上昭义刘司徒书》。**

吴在庆《杜牧集系年校注》（中华书局2008年版）卷一一有《上昭义刘司徒书》，末云："大唐二百年向外，叛者三十余种，大者三得其二，小者亦包裹千里，燕、赵、魏、潞、齐、蔡、吴、蜀，同欢共悲，手足相急，阵刺死、帐下死、围悉死、伏剑死、斩死、绞死，大者三岁，小或一日，已至于尽死。曰忠曰义，则有父子同坛，兄弟继踵，论罪则曰有某功，论功则曰舍某罪。伏惟十二圣之仁，一何汪汪焉，天之校恶灭逆，复何一切焉。此乃尽将军所识，复何云云，小人无位而谋，当死罪。某恐惧再拜。"据《杜牧集系年校注》所考，昭义刘司徒"即昭义节度使刘悟。……《杜牧年谱》于宝历元年考本文作年云：'长庆元年，卢龙大将朱克融叛，朝廷调刘悟为卢龙节度使，望其讨朱克融，刘悟不从，反代朱克融求情，此后朝廷讨伐朱克融与王庭凑，刘悟亦不出兵，且渐学河北三镇之跋扈抗命，故杜牧作此书遗之，责以大义，并加规劝。按克融、王庭凑之叛在长庆元年（公元八二一）七月，而刘悟卒于本年九月，是书中责悟曰："今默而处者，四五岁矣。"故系于本年。'据此,订本文于宝历元年(八二五)九月前”。今从之,系于此。

## |十月|

**阙名撰《严淙墓志》**。

《全唐文补遗》有阙名所撰《严淙墓志》。文记严淙“不幸遘疾,以宝历元年九月七日,殁于汴州官舍,时年十七。以其年十一月一日,归葬洛阳县金墉乡双洛村,祔于先茔之西”。据此,文撰于本年十月。

## |十一月|

**许丰撰贺兰遂墓志铭并序**。

《全唐文补遗》有许丰所撰《唐故河南贺兰府君(遂)墓志铭并序》。文记贺兰府君“元和三年九月六日,寝疾终于河阳别业,享年五十有三。夫人……宝历元年七月十六日,终于河阳别业,享年六十有二。克用其年十一月十五日,合祔于河阳县丰平乡徐村南原公之旧茔,礼也”。则文乃撰于本年十一月。

## |十二月|

**白居易撰《故京兆元少尹文集序》,多有称赞元宗简诗文者**。

《白居易集》卷六八《故京兆元少尹文集序》记作序时间云:“宝历元年,冬十二月”。序乃为元宗简作,中云:“天地间有粹灵气焉,万类皆得之,而人居多,就人中文人得之又居多。盖是气凝为性,发为志,散为文。粹胜灵者,其文冲以恬。灵胜粹者,其文宣以秀。粹灵均者,其文蔚温雅渊,疏朗丽则,检不扼,达不放,古常而不鄙,新奇而不怪。吾友居敬之文,其殆庶几乎?居敬姓元,名宗简,河南人。……著格诗一百八十五、律诗五百九、赋述铭记书碣赞序七十五:总七百六十九章,合三十卷。”

## |本 年|

**白居易撰《如信大师功德幢记》。**

《白居易集》卷六八《如信大师功德幢记》:"宝历元年,某月某日,迁葬于奉先寺……请苏州刺史白居易为记。记既讫,因书二四句偈以赞云:师之度世,以定以慧。为医药师,救疗一切。师之阇维,不塔不祠。作功德幢,与众共之。"

**沈亚之为福建副使,本年上书观察使徐晦。**

《沈下贤文集》卷七《与福州使主徐中丞第一书》《第二书》《第三书》。徐中丞,即徐晦。《旧唐书·徐晦传》:"宝历元年,出为福建观察使。二年,入为工部侍郎。"徐晦宝历二年正月为卫中行所代,见《旧唐书·敬宗纪》,沈亚之书当作于宝历元年。

**敬宗有《访求精通一经堪为师表者制》。**

《唐大诏令集补编》卷二三敬宗有《访求精通一经堪为师表者制》。文末署"宝历元年",文即撰于此时。

**本年初,李程以吏部侍郎同中书门下平章事,本年撰《金受砺赋》。**

见《全唐文》卷六三二《金受砺赋》(以"圣无全功,必资佐辅"为韵)。全文开篇点题:"惟砺也,有克刚之美;惟金也,有利用之功。"一语双关,以金受砺兴喻,借以论述君必受臣之砥砺,方可通达圣明。全文含蓄蕴藉、融汇经史,主旨在于阐明君臣相得以致太平之道理。文末云:"况今圣上钦明,英髦迭出。恭默思道,曷高宗之可侔?辅弼纳忠,岂傅岩之攸匹?宜乎哉!"颂扬皇帝如殷之高宗,广收英髦,饱含规讽之义。因本文乃切合李程为相之身份,故系于本年。清代李调元《赋话》卷三:"唐李程《金受砺赋》双起双收,通篇纯以机致胜,骨节通灵,清气如拭。在唐赋中又是一格。毛秋晴太史谓制义源于排律,此种亦是滥觞。分合承接,蹊径分明。颖悟人即可作制义读。又排句之下每用单句收束,亦是创格。”

**本年前后，寺壁画佛相之风大盛。**

《莫高窟年表》：“宝历元年……寺壁画佛相之风大盛，直至北宋不衰。左金画成都大圣慈寺中殿维摩变、师子国王菩萨变及多宝塔下仿长安景公寺吴道玄地狱变。赵公祐居蜀久，画大圣慈寺石经院天王部属……”

**杜牧约于本年作《阿房宫赋》。**

《樊川文集》卷一有《阿房宫赋》。《樊川文集》卷一六《上知己文章启》云：“宝历大起宫室，广声色，故作《阿房宫赋》。”姑系于此。

## 唐敬宗宝历二年

丙午　八二六

### 正月

**敬宗有《罚李方现俸敕》。**

《唐大诏令集补编》卷一六敬宗有《罚李方现俸敕》。文末署“宝历二年正月”，文即撰于此时。文云：“李方现不自谨身，有此喧竞，假如品官凌忽，只合具实奏闻，辄肆狂疏，恣行殴击，伤人见血，理在难容。但以父有勤劳，身叨宗属，特从轻典，粗以绳违。宜量罚两月俸。”

### 二月

**裴度于正月自兴元入朝，备受朝士拥戴，丁未，为司空、同平章事，入相。**

见《旧唐书·敬宗纪》、《资治通鉴》卷二四三。

**裴俅、朱庆余、夏侯孜、刘蕡、卢求、李方玄等三十五人登进士第，裴俅为状元。本年试《晦日与同志昆明池泛舟诗》《齐鲁会于夹谷赋》。朱庆余、阙名《晦日与同志昆明池泛舟诗》今存《文苑英华》卷一八九。程修己登明经科。知贡举为礼部侍郎杨嗣复**。

见《登科记考补正》卷二〇。

## |五月|

**幽州军乱，杀节度使朱克融及其子延龄，军中立其少子延嗣主军务**。

见《旧唐书·敬宗纪》、《资治通鉴》卷二四三。

## |六月|

**敬宗至兴福寺，听僧文溆俗讲**。

《资治通鉴》卷二四三："宝历二年六月己卯，上幸兴福寺，观沙门文溆俗讲。"按，另据日本圆仁《入唐求法巡礼行记》载，当时长安有名的俗讲法师，左街有海岸、礼虚、齐高、光影四人，右街有文溆及其他二人，其中以文溆最为有名。赵璘《因话录》称"听者填咽寺舍，瞻礼崇拜"；段成式《酉阳杂俎》续集《寺塔记上》云"佛殿内槽东壁维摩变，舍利弗角而转睐，元和末，俗讲僧文淑装之，笔迹尽矣"；段安节《乐府杂录·文叙子》曰"长庆中，俗讲僧文叙善吟经，其声宛畅，感动里人"。

**泉州刺史乌重儒赴任过游灵隐寺，于龙泓洞题名**。

《全唐文补编》卷六五乌重儒《灵隐龙泓洞题名》："泉州刺史乌重儒，宝历二年六月十八日，赴任过游此寺。"注："《两浙金石志》卷二。"

## |七月|

**裴缜撰李群墓志铭。**

《全唐文补编》卷六五裴缜《唐故亳州司兵参军赵郡李府君墓志铭》:"府君讳群,享年四十有九。……宝历二年,归闲于洛阳。以四月十七日,终于伊川之别墅。爰卜七月一日,归祔于先茔……"注:"《北京图书馆藏中国历代石刻拓本汇编》三〇册。"原署:"侄女壻河东裴缜撰。"末署:"前河南府河阴县尉裴缜书。"

**崔冀撰崔元立墓志铭并叙。**

《全唐文补遗》有崔冀所撰《故乡贡进士博陵崔公(元立)墓志铭并叙》。文云:"宝历二祀夏六月庚子日,崔君殇于洛阳思恭之第,春秋二十有一岁……逾月孟秋之上旬八日,祔于先茔之左,礼也。"则文撰于本年七月。

## |八月|

**敬宗信奉神仙之说,遣使遍访"异人",并迎润州人周息元入宫。李德裕上疏,极言周息元妄诞,不可轻信。**

见《李德裕文集校笺》别集卷五《谏敬宗搜访道士疏》。《旧唐书·敬宗纪》载宝历二年八月,"浙西观察使李德裕上疏言,息元妄诞,无异于人"。与《新唐书》和《旧唐书》李德裕本传载其在浙西反对宦者至浙西迎道士周息元事相合,故系本文于本月。

**时李德裕在润州,浙西观察使任上,撰《三圣记》。**

见《李德裕文集校笺》别集卷七。此文包括《大圣祖玄元皇帝》《老君》《孔子》(阙)、《尹真人》。按,别集前一篇《丞相邹平公新置资福院记》注:"此下二首以明钞本校。"即包括此《三圣记》。《四库全书》本删去本文,《全唐文》

卷七〇八仅载第一篇《大圣祖玄元皇帝》。《老君》《尹真人》实出《史记》卷六十三《老子列传》与裴骃《集解》所引《列仙传》。疑是李德裕造老君殿院及老君、孔子、尹真人像后,刻史传遗文于内,后人误以为德裕之文而舛入。《大圣祖玄元皇帝》篇首云"有唐宝历二年岁次丙午,八月丙申朔,十五日庚戌",故系本文于此。

**幽州都知兵马使李载义又杀朱延嗣,并居其家。**

见《旧唐书·敬宗纪》。《资治通鉴》卷二四三载此,谓朱延嗣于本年五月因乱主持军务,但"虚用其人",故为所杀。九月,即以李载义权知留后。李载义为唐宗室,太宗长子承乾之后。

## |九 月|

**白居易五十五岁,罢苏州刺史任后为杭州龙兴寺撰《华严经社石记》。**

《白居易集》卷六八有《华严经社石记》,文末云:"斯石之文,但叙见愿,集来缘而已。宝历二年,九月二十五日,前苏州刺史白居易记。"

## |十 二 月|

**敬宗有《诛逆人苏佐明德音》。**

《唐大诏令集补编》卷三二敬宗有《诛逆人苏佐明德音》。文末署"宝历二年十二月庚申",文即撰于此时。

**辛丑,敬宗被害,宦官拥立江王李涵为帝,是为文宗。**

见《旧唐书·敬宗纪》、《旧唐书·文宗纪》及《资治通鉴》卷二四三。

**文宗即位之初,革前朝之弊,去奢从简,按制视朝,为时所称。去奢从俭,延访政事,人以为太平可冀。**

见《旧唐书·文宗纪》。《资治通鉴》卷二四三:"上自为诸王,深知两朝之弊,及即位,励精求治,去奢从俭。诏宫女非有职掌者皆出之,出三千余人。五坊鹰犬,准元和故事,量留校猎外,悉放之。有司供宫禁年支物,并准贞元故事。省教坊、翰林、总监冗食千二百余员,停诸司新加衣粮。御马坊及近岁别贮钱谷,所占陂田,悉归之有司。先宜索组绣、雕镂之物,悉罢之。敬宗之世,每月视朝不过一二,上始复旧制,每奇日未尝不视朝,对宰相群臣延访政事,久之方罢。待制官旧虽设之,未尝召对,至是屡蒙延问。其辍朝、放朝皆用偶日,中外翕然相贺,以为太平可冀。"

**郭德元撰郭文应墓志并序。**

《全唐文补遗》有郭德元所撰《唐故安州司法参军郭公(文应)墓志并序》。据文所记,郭公"不幸以宝历二年五月十六日,遘疾终于洛阳县丰财里之私第,享年六十有五。……以其年十二月廿七日,归祔先茔于邙山平阴乡王才村高原,礼也"。则文乃本年十二月撰。

**白居易弟白行简本年冬卒于长安,年五十一。后白居易将其文编为《白郎中集》二十卷。**

《旧唐书·白行简传》:"行简宝历二年冬病卒。"《白居易集》卷六九《祭郎中弟文》乃作于大和二年,中云:"尔前后所著文章,吾自检寻编次,勒成二十卷,题为《白郎中集》。"《旧唐书·白行简传》:"行简文笔有兄风,辞赋尤称精密,文士皆师法之。"《全唐文》卷六九二编白行简文为一卷。

**本年,元稹作《越州寄乐天书》,原文已佚。**

《白居易集》卷二四《仲夏斋居偶题八韵寄微之及崔湖州》:"久别闲游伴,频劳问疾书。不知湖与越,吏隐兴何如?"知元稹寄书乐天。

**令狐楚在汴州,本年令人绘《王勃集》卷末鉴图传之,有记。**

《全唐文》卷五四三令狐楚《盘鉴图铭记》:"元和十三载二月八日,予为中书舍人、翰林学士,夜直禁中,奏进旨检事。因开前库东阁,于架上阅古今撰集,凡数百家。偶于《王勃集》中卷末获此鉴图并序,爱玩久之。翌日,遂自摹写,贮于箱箧。宝历二年,乃命随军潘元敏绘于缣素,传诸好事者。太原令狐楚记。”

# 参考文献


**B**

（清）陆增祥. 八琼室金石补正. 北京：文物出版社，1985.

（唐）白居易著，颜学颉校注. 白居易集. 北京：中华书局，1979.

朱金城著. 白居易年谱. 上海：上海古籍出版社，1982.

（宋）陈思编. 宝刻丛编. 丛书集成初编本.

（东晋）葛洪. 抱朴子. 北京：中华书局，1985.

**C**

（宋）王钦若等编. 册府元龟. 北京：中华书局，1973.

（唐）岑参著，廖立笺注. 岑嘉州诗笺注. 北京：中华书局，2004.

方成珪编. 昌黎先生诗文年谱. 瑞安陈氏湫漻斋铅印本，1926.

**D**

（元）邓牧. 大涤洞天记. 济南：齐鲁书社，1996.

（唐）刘肃. 大唐新语. 北京：中华书局，2002.

大正新修大藏经. 台北：财团法人佛陀教育基金会印赠，1990 年.

（清）徐松. 登科记考. 北京：中华书局，1994.

（清）徐松著，孟二冬补正. 登科记考补正. 北京：北京燕山出版社，2003.

（清）顾祖禹撰，贺次君、施和金点校. 读史方舆纪要. 北京：中华书局，2005.

（清）王夫之. 读通鉴论. 北京：中华书局，1975.

**E**

陈垣. 二十史朔闰表. 北京：中华书局，1962.

赵昌平主编.二十五史新编.上海:上海古籍出版社,2002.

**F**

(唐)张彦远.法书要录.北京:中华书局,1985.

(唐)杜牧著,冯集梧注.樊川诗集注.上海:上海古籍出版社,1978.

(唐)杜牧.樊川文集.四部丛刊初编本.

(清)李调元.赋话.北京:中华书局,1985.

马积高.赋史.上海:上海古籍出版社,1987.

**G**

(明)冯梦龙.古今小说.上海:上海古籍出版社,1987.

(春秋)左丘明.国语.上海:上海古籍出版社,1978.

(清)徐乾学等编注.古文渊鉴.长春:吉林出版集团有限责任公司,2005.

**H**

(唐)韩愈著,钱仲联校释.韩昌黎诗系年集释.上海:上海古籍出版社,1984.

(唐)韩愈著,马其昶校注.韩昌黎文集校注.上海:上海古籍出版社,1986.

张清华.韩愈年谱汇证.南京:江苏教育出版社,1998.

(汉)班固.汉书.上海:上海古籍出版社,2003.

傅璇琮、施纯德编.翰学三书.沈阳:辽宁教育出版社,2003.

(唐)皇甫湜.皇甫持正文集.上海:上海书店,1989.

**J**

(宋)欧阳棐著,黄本骥辑.集古录目.行素草堂金石丛书.

(清)李德淦修,洪亮吉纂.嘉庆泾县志.泾县翟氏石印本,1984.

(清)王旭辑.金石萃编.北京:中国书店,1985.

(宋)赵明诚.金石录.北京:北京图书馆出版社,2002.

(清)朱记荣等.金石全例.北京:北京图书出版社,2008.

(五代)刘昫等.旧唐书.北京:中华书局,1975.

(宋)晁公武撰,孙猛校证.郡斋读书志校证.上海:上海古籍出版社,1990.

**K**

(宋)王应麟.困学纪闻.沈阳:辽宁教育出版社,1998.

**L**

岑仲勉.郎官石柱题名新考订(外三种).北京:中华书局,2004.

郁贤皓.李白丛考.西安:陕西人民出版社,1982.

(唐)李德裕著,傅璇琮、周建国校笺.李德裕文集校笺.石家庄:河北教育出版社,2000.

(唐)李白著,(清)王琦注.李太白全集.北京:中华书局 1977.

(唐)李翱.李文公集.上海:上海书店,1989.

(唐)李华.李遐叔文集.清文渊阁四库全书本

(唐)张彦远.历代名画记.北京:中华书局,1985.

(唐)刘禹锡著,高志忠编.刘禹锡诗文系年.南宁:广西人民出版社,1988.

(唐)刘禹锡撰,《刘禹锡集》整理组点校.刘禹锡集.北京:中华书局,1990.

卞孝萱.刘禹锡年谱.北京:中华书局,1963.

(唐)刘禹锡著,陶敏、陶红雨校注.刘禹锡全集编年校注.长沙:岳麓书社,2003.

(唐)刘长卿著,杨世明校注.刘长卿集编年校注.北京:人民文学出版社,1999.

(唐)柳宗元.柳宗元集.北京:中华书局,1979.

施子愉.柳宗元年谱.武汉:湖北人民出版社,1958.

(唐)惠能著,邓文宽校注.六祖坛经——敦煌坛经读本.沈阳:辽宁教育出版社,2005.

(唐)陆贽.陆贽集.北京:中华书局,2006.

王素.陆贽评传.南京:南京大学出版社,2001.

洛阳文物工作队编.洛阳出土历代墓志辑绳.北京:中国社会科学出版社,1991.

(唐)吕温.吕和叔文集.上海:上海古籍出版社,1989.

(战国)吕不韦.吕氏春秋.长沙:岳麓书社,1989.

**M**

(唐)孟郊. 孟东野诗集. 上海:上海书店 1987.

郑处诲. 明皇杂录. 北京:中华书局,1985.

姜亮夫. 莫高窟年表. 上海:上海古籍出版社,1985.

张邦基、范仲等撰. 墨庄漫录. 北京:中华书局,2002.

**N**

丁鼎. 牛僧孺年谱. 沈阳:辽海出版社,1997.

**O**

欧阳詹. 欧阳行周文集. 上海:上海书店,1989.

**P**

(唐)独孤及. 毗陵集. 四部丛刊初编本

**Q**

张钫. 千唐志斋藏志. 北京:文物出版社 1983.

(唐)钱起. 钱考功集. 上海:上海书店,1989.

(唐)权德舆. 权载之文集. 上海:上海书店,1989.

(清)彭定求等. 全唐诗. 北京:中华书局,1956.

(清)董诰等. 全唐文. 北京:中华书局,1983.

陈尚君辑校. 全唐文补编. 北京:中华书局,2005.

吴钢主编. 全唐文补遗. 西安:三秦出版社,1994.

(清)陈鸿墀. 全唐文纪事. 上海:上海古籍出版社,1987.

陈国灿. 全唐文职官丛考. 武汉:武汉大学出版社 1997

**R**

(宋)洪迈. 容斋随笔. 上海:上海古籍出版社,1978.

(日)圆仁著,顾承甫、何泉达点校. 入唐求法巡礼行记. 上海:上海古籍出版社,1986.

## S

(唐)沈亚之. 沈下贤文集. 上海:上海古籍出版社,1989.

(汉)刘熙. 释名. 北京:中华书局,1985.

(南北朝)郦道元著,陈桥驿校证. 水经注校正. 北京:中华书局,2007.

(唐)韩愈. 顺宗实录. 北京:中华书局,1985.

(明)陶宗仪、陶珽. 说郛三种. 上海:上海古籍出版社,1990.

四库全书存目丛书编辑委员会. 四库全书存目丛书. 济南:齐鲁书社,1995.

(清)永瑢. 四库全书总目. 北京:中华书局,1965.

余嘉锡. 四库提要辨证. 北京:中华书局,1980.

(宋)赞宁. 宋高僧传. 北京:中华书局,1987.

孟繁峰等主编. 隋唐五代墓志汇编. 天津:天津古籍出版社,1991.

国家图书馆善本金石组编. 隋唐五代石刻文献全编. 北京:北京图书馆出版社,2003.

陶敏、李一飞. 隋唐五代文学史料学. 北京:中华书局,2001.

罗宗强. 隋唐五代文学思想史. 北京:中华书局,1999.

## T

(宋)李昉等编. 太平广记. 北京:中华书局,1961.

傅璇琮主编. 唐才子传校笺. 北京:中华书局,1989.

郁贤皓. 唐刺史考. 南京:江苏古籍出版社,1987.

(宋)宋敏求. 唐大诏令集. 上海:上海学林出版社,1992.

岳纯之. 唐代官方史学研究. 天津:天津人民出版社,2003.

傅璇琮. 唐代科举与文学. 西安:陕西人民出版社,1986.

周绍良主编. 唐代墓志汇编. 上海:上海古籍出版社,1992.

傅璇琮. 唐代诗人丛考. 北京:中华书局,1980.

罗联添. 唐代四家诗文论集. 台北:台湾文海出版社,1996.

孙望、郁贤皓主编. 唐代文选. 南京:江苏古籍出版社,1994.

吴廷燮. 唐方镇年表. 北京:中华书局,1980.

(宋)王溥. 唐会要. 上海:上海古籍出版社,2006.

严耕望. 唐仆尚丞郎表. 上海:上海古籍出版社,2007.

桃源居士编. 唐人小说. 上海:上海文艺出版社,1992.

岑仲勉.唐人行第录.北京:中华书局,2004.
周勋初主编.唐人轶事汇编.上海:上海古籍出版社,1995.
(宋)计有功.唐诗纪事.上海:上海古籍出版社,1987.
高步瀛选注.唐宋文举要.上海:上海古籍出版社,1982.
(宋)姚铉.唐文粹.长春:吉林出版集团有限责任公司,2005.
韩理洲.唐文考辨初编.西安:陕西人民出版社,1992.
上海古籍出版社编.唐五代笔记小说大观.上海:上海古籍出版社,2000.
吴在庆.唐五代文史丛考.南昌:江西人民出版社,1995.
傅璇琮主编.唐五代文学编年史(中唐卷).沈阳:辽海出版社,1998.
李剑国.唐五代志怪传奇叙录.天津:南开大学出版社,1993.
(明)胡震亨.唐音癸签.上海:上海古籍出版社,1981.
(宋)王谠.唐语林.北京:中华书局,2007.
(五代)王定保.唐摭言.北京:中华书局,1979.
(唐)杜佑.通典.北京:中华书局,1973.
(宋)郑樵.通志.杭州:浙江古籍出版社,2000.

W

(宋)李昉等.文苑英华.北京:中华书局,1966.

X

傅璇琮等.新编唐五代文学编年史.沈阳:辽海出版社,2012.
(宋)欧阳修、宋祁.新唐书.北京:中华书局,1975.
续修四库全书编纂委员会编.续修四库全书.上海:上海古籍出版社,1995.
杨廷福.玄奘年谱.北京:中华书局,1988.
(唐)薛涛著,张蓬舟注.薛涛诗笺.北京:人民文学出版社,1983.

Y

(唐)颜真卿.颜鲁公文集.清三长物斋丛书本
(宋)王象之.舆地碑记目.北京:中华书局,1985.
(宋)王象之.舆地纪胜.北京:中华书局,1992.
(清)李调元.雨村赋话.香港:万有图书公司,1976.
(宋)王应麟辑.玉海.扬州:广陵书社,2003.

陈寅恪. 元白诗笺证稿. 上海:上海古籍出版社,1978.

(唐)元结. 元次山文集. 北京:中华书局,1989.

(唐)李吉甫. 元和郡县图志. 北京:中华书局,1983.

林宝著,岑仲勉校. 元和姓纂四校记. 北京:中华书局,1994.

(唐)元稹. 元稹集. 北京:中华书局,1982.

卞孝萱. 元稹年谱. 济南:齐鲁书社,1980.

周相录. 元稹年谱新编. 上海:上海古籍出版社,2004.

(唐)段安节. 乐府杂录. 北京:中华书局,1985.

(宋)葛立方. 韵语阳秋. 北京:中华书局,1985.

**Z**

(清)徐松. 增订唐两京城坊考. 西安:三秦出版社,2006.

(唐)张籍. 张司业集. 上海:上海古籍出版社,1989.

(宋)陈振孙撰,徐小蛮、顾美华点校. 直斋书录解题. 上海:上海古籍出版社,1987.

范文澜. 中国通史简编. 北京:北京人民出版社,1964.

(清)曾国藩. 曾国藩文集. 北京:京华出版社,1999.

周祖课. 中国文学家大辞典(唐五代卷). 北京:中华书局,1992.

胡可先. 中唐政治与文学:以永贞革新为研究中心. 合肥:安徽大学出版社,2000.

(唐)皎然. 昼上人集. 上海:上海书店,1989.

(宋)司马光. 资治通鉴. 北京:中华书局,1956.